Sous ma carapace

Éditions Verdier
11220 Lagrasse

Du même auteur
dans la même collection

Au pays qui te ressemble
Traduit de l'italien par Martin Rueff, 2019

Lisa Ginzburg

Sous ma carapace

ROMAN

Traduit de l'italien par
Carole Walter

Collection « Terra d'altri »
VERDIER

Collection dirigée par Martin Rueff

www.editions-verdier.fr

Titre original : *Cara pace*

ISSN : 0989-4160
ISBN : 978-2-37856-164-2

À ma mère

Si je suis moi parce que tu es toi et si tu es toi parce que je suis moi, alors je ne suis pas moi et tu n'es pas toi. Mais si je suis moi parce que je suis moi et si tu es toi parce que tu es toi, alors je suis moi, et tu es toi.

Rabbi Mendel de Kotzk

Le passé est un phare, non un port.

Proverbe russe

PREMIÈRE PARTIE

Les courants

Je décide que je dois absolument aller à Rome. Je prends la décision un soir, en me démaquillant, Pierre est déjà couché, dans le miroir de la salle de bains, par l'interstice de la porte entrouverte, je peux le voir faisant semblant de lire *L'homme qui regardait passer les trains*, le roman de Simenon – mais il fait semblant, effectivement : il est mort de fatigue et trop éméché pour vraiment se concentrer.

Nous sommes rentrés de l'un de ces dîners de représentation auxquels je l'accompagne en jouant – plutôt bien, je trouve – mon rôle de femme d'un important diplomate. Dîners ennuyeux, où tout est toujours pareil : pareils les fromages avant le dessert, les gâteaux imposants, la teneur des conversations, et aussi les visages, les manières, ces échanges trop superficiels sur des sujets qui ne m'intéressent ni ne me surprennent.

L'art du démaquillage (et du maquillage) m'a été enseigné par Leïla, une amie esthéticienne – plus exactement : mon esthéticienne, qui est ensuite devenue une amie. Nous avons des vies très différentes, elle et moi. Leïla n'est pas mariée, n'a pas d'enfants. Elle s'occupe de son père, un vieux monsieur antillais de Fort-de-France, émigré à Paris il y a plus de cinquante ans, très gentil, les cheveux blancs en harmonieux contraste avec le noir de la peau (avec Leïla, j'ai déjeuné chez lui, à Champigny, un dimanche que je n'oublierai pas). Leïla a monté son activité toute seule, et le local de son salon d'esthétique, dans le dix-septième, après vingt-cinq ans de location, elle va maintenant l'acheter, ce dont elle est très fière, à juste titre. Je me sens bien avec Leïla, j'aime bien la voir pour un café ou un déjeuner sur le pouce. Il y a des gens qui, quand on les voit, nous galvanisent, nous enrichissent, et pour moi Leïla est de ceux-là : l'esprit combatif, l'élégance, le maquillage toujours parfait – les foulards colorés sur des vêtements sombres, les bijoux imposants, les talons hauts sur lesquels elle se déplace avec une vraie et enviable désinvolture. C'est peut-être parce qu'elle me rappelle un peu ma mère que j'ai confiance en Leïla : elle comprend les choses, elle est attentive, n'a jamais un propos déplacé, l'expérience lui a appris à ne se faire d'illusions sur rien mais sans céder au cynisme, et malgré les difficultés de sa vie de métisse en France, je ne lui ai jamais connu d'attitudes de rancœur ou de récrimination. Donc, Leïla m'a expliqué : avant d'utiliser le tonique je dois attendre que la première couche de lait démaquillant soit absorbée – les dernières traces d'eye-liner, de rimmel ou de khôl, il vaut mieux les enlever après le lait et avant le tonique. Il faut humidifier les lèvres avec un onguent à base d'huile d'argan, que l'on extrait en plongeant le doigt dans une boîte minuscule et très chère, mais que je suis à présent trop fatiguée pour aller chercher là-bas, dans mon sac. Je me contente du lait et du tonique. Pierre a capitulé, dans un ultime effort il a éteint la lampe de chevet led et maintenant, pacifiquement ivre, il dort. Je me regarde dans le miroir, me trouvant, comme d'habitude, ni belle ni laide, et sans vraiment me voir, tant je suis absorbée dans mes pensées.

Je suis rarement allée à Rome ces dernières années, et toujours pour des occasions d'une importance « capitale ». Avec Nina pour les obsèques de notre mère. Il y a bien longtemps, un Noël où Pierre et moi avions décidé de faire le voyage avec Valentina et Samuel encore petits. C'est Pierre qui avait insisté, avec conviction et même une légère irritation : « Il faut quand même qu'ils voient la ville où leur maman a grandi ; leurs racines, Maddalena, ce n'est pas que Paris, il y a aussi tes lieux à toi ! » Dans ma tête, cependant, Rome reste un endroit problématique : un enchevêtrement de souvenirs sur lesquels, par un instinct naturel d'autoprotection, j'évite de trop m'attarder.

Mais voilà, c'est décidé, pas le moindre doute ce soir. Je dois aller à Rome.

Nina et moi avons toujours beaucoup communiqué, et depuis qu'elle a déménagé à New York, elle voudrait qu'on se parle plus encore. Il suffit d'un rien pour que ma sœur m'appelle ou m'envoie des messages par WhatsApp. Ces derniers arrivent de manière intempestive, sans aucune considération de sa part pour le fuseau horaire qui nous sépare. En pleine nuit, à l'aube, pendant la journée quand je me promène seule, le soir juste au moment où on est tous les quatre (Pierre, les enfants et moi) sur le point de passer à table. Inexorable, voici l'iPhone qui émet le petit son de clochette notifiant un message. Tant d'incursions envahissantes, d'inopportunes interférences. J'ai appris à éteindre mon téléphone pour me rendre injoignable ; mais quand je le rallume et que je trouve les textos de Nina, à chaque fois une pointe d'angoisse fait que je me sens obligée de lui répondre. « Je dormais », « Ce n'est pas le bon moment maintenant », « On peut se parler demain ? », je textote frénétiquement, en espérant que ma sœur saura saisir la manière implicite dont je lui suggère de faire preuve de plus de discrétion et de parcimonie communicationnelle. Mais rien à faire : Nina persévère, s'obstine à importuner. « Oh Maddi, je suis stupide, pardonne-moi, je n'ai pas fait attention ! » : elle sait très bien se confondre en excuses, pour ensuite, imperturbable, comme si de rien n'était, reprendre ses rafales envoyées dans l'éther à des heures indues. Moi je lui pardonne ; mais Pierre est très sévère. « Un truc de fou ! Ta sœur est tellement narcissique qu'elle interromprait sans scrupule le sommeil d'un nouveau-né ! », peste-t-il quand j'ai oublié de mettre mon téléphone sur silencieux et que le gazouillis des messages WhatsApp nous réveille en sursaut. Patiemment, je recommence à taper : « S'il te plaît, Nina, fais gaffe au fuseau horaire, il y va de ma sérénité conjugale… » Je rétablis le silence télématique – interrompu par des avalanches d'émoticônes envoyées par Nina et que je verrai plus tard, des myriades de smileys, des yeux en forme de cœur, des mains jointes en prière, un parasol, deux flûtes de champagne qui trinquent en un tchin-tchin idéal, des bouquets de fleurs, des bananes pelées, des portées remplies de notes pour dire (ou invoquer) des harmonies renouvelées.

Rien de neuf. Nina : c'est elle qui compte, elle avant tout. Contrairement à Pierre, je ne suis pas agacée par l'égoïsme de ma sœur. J'y suis habituée, c'est comme ça depuis que nous sommes venues au monde. Nina, ma petite sœur, belle et capricieuse, emportée, difficile, premier rôle. Fatigante. Si différente de moi, moi Maddalena surnommée Maddi, moi la sœur aînée plus timide, sobre, réservée. Moi qui toujours soutiens Nina, l'excuse, lui sers de bouclier ; moi, sa spectatrice privilégiée.

Les causes des excès de ma sœur, je les connais, toutes. Si elle exagère, si elle parle à tort et à travers, si elle en fait trop, si elle ne comprend pas les situations ni les gens qu'elle a en face d'elle, c'est avant tout parce qu'elle ne parvient pas à se maîtriser. Sa nature est impulsive, embrouillée, une collection d'humeurs qui changent sans cesse. Et pour compliquer encore les choses, il y a sa beauté : magnétique, un charme dont Nina, même à présent qu'elle est adulte, n'a jamais su prendre la vraie mesure. Elle est une femme maintenant, et elle ne sait toujours ni prévoir ni prendre en considération l'effet qu'elle produit sur les autres.

« Quel regard, bon sang ! » : j'ai entendu des dizaines et des dizaines de fois ce compliment que lui adressaient des connaissances, des parents, des étrangers. Tous frappés par ses yeux, verts comme ceux de Gloria, notre mère. Un vert intense, on peut y lire de la vulnérabilité, mais aussi quelque chose d'impérieux, et ce mélange suffit à désorienter complètement. Un regard auquel on ne peut se soustraire, d'une intensité accrue par les sourcils sombres, d'une implacable beauté, en ailes de mouette. Physiquement, moi j'ai hérité de la constitution de la famille paternelle, les Cavallari – les os longs, les hanches hautes et un peu carrées, les épaules étroites de Seba. Alors que Nina a le corps de Gloria, ses jambes longues, galbées, droites, la poitrine généreuse, le buste juste légèrement disproportionné (pas beaucoup, mais un peu court par rapport à ses jambes élancées). L'allure naturellement gracieuse, une élégance innée qui m'est toujours apparue comme un objectif impossible à atteindre.

Je vis depuis toujours avec la personnalité de Nina, j'en connais chaque pli. Tout en l'infligeant aux autres, c'est comme si elle s'excusait de son encombrante nature. Elle exaspère mais en même temps, totalement désarmée, elle demande qu'on la comprenne. Je le remarque, moi qui suis sa (seule) sœur. Les autres ne voient pas la nuance : Nina apparaît comme une femme très belle et exubérante, mais dotée d'un tempérament inconséquent, lunatique. C'est agréable de la côtoyer, mais c'est difficile ; trop prenant.

Un samedi après-midi, notre père nous avait emmenées chez une astrologue, près de la via Nomentana – la rue s'appelle viale Pola, c'est une petite rue ombragée par la rangée de platanes qui longe les murs, des stucs modern style rouge foncé et blanc ornent les façades des immeubles peu élevés. L'astrologue habitait un rez-de-chaussée, elle faisait ses horoscopes dans une grande pièce au bout d'un couloir aux murs tapissés de velours vieux rose. Chez elle tout semblait antique, poussiéreux et aussi bizarre qu'elle – grande, robuste, une crinière de cheveux noirs bouclés, les pupilles qui roulaient dans des globes oculaires légèrement saillants. Pendant tout le temps de la rencontre, elle garda devant elle, disposées sur la table, les grandes feuilles sur lesquelles étaient dessinés les tableaux astrologiques : arabesques enchevêtrées qu'elle déchiffrait en les observant d'en haut, ajustant sans cesse son *pince-nez* en forme de goutte, sans monture, dont on ne savait si elle l'utilisait pour mieux voir ou simplement pour se donner un genre. Elle s'appelait Angela Perrone; elle tenait une rubrique d'astrologie dans un important magazine féminin, et on comprenait à quel point elle était fière de cet emploi d'après l'emphase avec laquelle elle déclamait ses réponses, posant sur nous des regards d'une expressivité exagérée – on aurait dit une magicienne désireuse de nous hypnotiser. Seba, notre père, l'avait rencontrée à une fête de mariage où lui-même travaillait alors qu'elle faisait partie des invités. Sans qu'elle fût franchement belle, cette femme lui avait plu, et quand il eut compris qu'elle n'était pas accompagnée, il l'avait courtisée avec la même sympathique insistance qu'il avait employée ensuite à l'inviter à dîner, puis il l'avait mise dans son lit. Deux ou trois rencontres, pas plus, l'un de ces flirts déjà terminés avant même d'avoir commencé. Mais non sans laisser de traces, car papa s'était mis depuis à croire aux horoscopes. Même quand Angela Perrone entra dans le cercle des ex-maîtresses devenues de « bonnes amies », Seba continua à utiliser l'astrologie comme filtre privilégié pour interpréter la vie. La lecture des planètes resta à ses yeux la perspective la plus digne de confiance parmi toutes celles auxquelles il en vint à se fier, inquiet et perdu comme il se sentait après que maman fut partie. Il y eut la période des biscuits porte-bonheur apportés avec l'addition au restaurant chinois de Piazza Vittorio. Papa les émiettait fiévreusement pour lire les petits billets qu'il pliait et gardait ensuite dans son portefeuille, et bien qu'il y en eût d'autres, c'est dans ce restaurant-là qu'il voulait aller tous les dimanches. « Un échec est la meilleure occasion », son préféré, fixé bien en vue sur le réfrigérateur. Ensuite, dans l'ordre, il y avait eu les bienfaits du régime vegan, les prodigieux effets du yoga ashtanga, la lecture de l'iris et celle des lignes de la main, l'analyse de la posture et les arts divinatoires de graphologie et numérologie. Quelle que fût la divination, le diagnostic était toujours le même. Lui, Seba Cavalleri, souffrait de tristesse. Il avait été quitté par la mère de ses filles et, comme cela arrive aux déprimés dans une première phase post-traumatique, il tentait à présent de remonter la pente. Il pouvait faire des hypothèses sur les causes de ce qui s'était passé, mais « se faire une raison », ça il n'y parvenait absolument pas.

Depuis lors, papa s'était mis à parler des astres avec tout le monde, dès que l'occasion s'en présentait. En commentant les étoiles il confiait sa peine, cet abattement muet qui le rongeait. « Gloria, Vierge ascendant Vierge, avec la Lune et Mars en Scorpion… il n'y a qu'à un Taureau ascendant Cancer avec la Lune en Sagittaire comme moi que pouvait venir cette idée folle de fonder une famille avec une femme pareille », l'entendis-je dire. J'écoutais derrière la porte du salon où, après le repas, il parlait au téléphone tout en surveillant Nina, hypnotisée par le visionnage de *La Belle et le Clochard*. Qui sait avec qui il parlait, papa ; en tout cas ce furent ces mots, ce « il n'y a qu'à moi que pouvait venir cette idée folle… », qui me firent comprendre. Maman et lui ne se remettraient plus ensemble. Nous pouvions bien nous torturer, nous désespérer, désirer de toutes nos forces que le temps se rembobine comme une bande magnétique et revienne en arrière. Maudire la vie autant que nous le voulions : entre Seba et Gloria, notre père et notre mère, c'était fini.

Moi neuf ans, Nina huit. Gloria était partie depuis plusieurs semaines maintenant. Il ne s'agissait pas d'une pause, ni du nuage passager que serait une dispute plus violente que les autres, ni d'un contretemps temporaire manigancé avec une perfide malignité par le destin. Non : après que j'eus intercepté ce « l'idée folle de fonder une famille », ce fut différent. Le ciel accueillait beaucoup plus de choses que la terre n'en pouvait absorber ; s'il était écrit dans les étoiles que Seba Cavallari et Gloria Recabo, nos parents, devaient se séparer, alors on ne pouvait vraiment plus rien y faire. Je ne pouvais que l'accepter.

Il avait suffi à l'astrologue de rapprocher les feuilles (on aurait dit des draps) de nos deux tableaux astrologiques, à Nina et à moi, pour deviner les principaux traits qui caractérisaient nos personnalités si éloignées, « mais quand même tout à fait compatibles », s'était empressée de dire la dame. Nina, Vierge ascendant Gémeaux avec la Lune en Bélier, « intelligence fulgurante, brillante, mais encline aux coups de tête ; il faudra un long chemin pour parvenir à l'équilibre de la maîtrise de soi ». Moi, Cancer ascendant Capricorne et la Lune en Poissons, je risquais le contraire : ma sensibilité excessive serait un obstacle pour m'exprimer et m'affirmer dans le monde. À la demande de Seba, elle se mit ensuite à déchiffrer la personnalité de maman, hasardant des pronostics sur de possibles futurs scénarios concernant leur couple qui traversait une grave crise. Mais, accablée comme je l'étais, j'avais alors cessé d'écouter. Je cherchais du courage dans les images de signes zodiacaux épinglées sur les murs de velours, ces figures symboliquement à mi-chemin entre animaux et humains. Charmée en particulier par la majestueuse liberté du Sagittaire, les pattes de cheval formant un contraste magnifique avec les traits tout à fait anthropomorphiques du visage.

« Maman, où es-tu, pourquoi tu ne m'appelles jamais ? » Stimulée par la force des figures, la nostalgie trouvait une voix, une forme de parole.

Il faisait nuit quand, de nouveau dehors, marchant le long du trottoir étroit de viale Pola, nous avions regagné la voiture.

L'astrologue nous avait offert des chocolats en forme d'oursons, emballés dans du papier coloré et brillant, enfermés dans un autre ours, grand celui-là, en plastique transparent. Dans la voiture, nous lui avons brisé le haut de la tête, et tout de suite après, pleines de rage, nous nous sommes disputé les petits chocolats éparpillés sur le siège. Une violente prise de bec; jusqu'à ce que Nina éclate en sanglots, avec l'insistance épuisante de ses caprices habituels, mais déclinée cette fois avec une note supplémentaire de désespoir. « Éteins la radio, papa, on ne s'entend pas! », l'entendis-je implorer. Effectivement le volume de la musique était exagéré, envahissant l'habitacle et faisant vibrer les vitres – papa avait dû le monter pour ne pas nous entendre nous disputer. Mais ce n'était pas la tension qui comptait; plutôt la violence que mettait Nina à déverser sa douleur, sa façon de se mettre en scène en rejetant à l'extérieur ce qu'elle ne parvenait pas à maîtriser intérieurement. Et peu importait si c'était elle qui se lamentait, jamais moi. Ses scènes exprimaient notre tristesse à toutes les deux. Ma sœur était mon mégaphone.

Gloria nous manquait. Trop. Son absence était un trou : un gouffre dans lequel nous tombions depuis un nombre insupportable de jours.

Pour l'instant, je n'ai pas envie de parler de mon éventuel voyage à Rome, ni à Pierre ni aux enfants. Il faut d'abord que l'idée mûrisse, qu'elle prenne dans ma tête une forme suffisamment nette pour que je puisse la communiquer de façon adéquate. J'imagine un séjour bref, une semaine maximum. Ce sera la première fois que je pars seule ; une nouveauté qui pourrait surprendre mes enfants, peut-être les contrarier. J'hésite, je m'enferre dans mes propres questionnements.

« Il faut que je te parle d'un truc urgent, Maddi, tu as une minute ? » J'ai oublié de mettre mon téléphone en mode silencieux, le message WhatsApp de Nina déboule en pleine nuit. « Qu'est-ce que ça veut dire "tu as une minute ?" – la nuit est pleine de minutes, toutes inopportunes », ai-je le temps de me dire, irritée d'être réveillée en sursaut. Pierre dort en chien de fusil, ses longues jambes très maigres sont repliées à angle droit, dans une comique position semi-fœtale qui m'attendrit. Heureusement, le son de la notification ne l'a pas réveillé, j'essaie de me calmer en écoutant sa respiration, je force mon regard dans la pénombre pour suivre le mouvement presque imperceptible des couvertures soulevées par son léger ronflement. Je tape d'un toucher feutré : « Il est tard, Nina, vraiment très tard », puis j'envoie mon texto avec rage. Qu'elle se rende compte une bonne fois, mince alors !

Mais on ne peut pas dire que ce qu'elle a à m'annoncer ne mérite pas un coup de fil. Il est midi à Paris, je suis en train de pousser la lourde porte vitrée du Club Med Gym de la rue Cadet où a lieu tous les mercredis mon cours de Pilates, quand je sens mon portable vibrer dans la poche de mon manteau.

« Bonjour Ninouchka… dis-moi, ce n'est pas vraiment le bon moment, mais dis-moi quand même. » Le ton conciliant que j'adopte cache mal mon impatience, sauf que comme à son habitude Nina ne se préoccupe guère de la situation des autres, c'est le cadet de ses soucis.

« Je quitte Brian, Maddi.

— Qu'est-ce que ça veut dire, "je le quitte" ? Oh Nina, mais… »

Je sens un tremblement dans sa voix, cette fêlure particulière qui précède les pleurs. « Un connard, je ne veux plus rien savoir de lui ! R-i-e-n, tu entends ?! »

Rebonjour l'appréhension. Vous voici revenues, angoisses du passé, où étiez-vous allées vous cacher ? Ça faisait longtemps que je n'avais pas eu à servir de paratonnerre aux épanchements de ma sœur, à me faire du souci pour elle. Depuis qu'elle avait rencontré Brian, je me sentais soulagée, l'esprit plus libre. Nina avait enfin une vraie vie, une vie à elle, détachée de moi. Ce que la géographie n'avait pas réussi à faire, les événements sentimentaux l'avaient imposé : un large espace vide nous séparait. Bouffée d'oxygène, possibilité de me concentrer rien que sur moi. Saine distance, faite moins de brasses et de milles marins que de respect, d'autonomie, de silence. Deux sœurs, deux vies. Moins d'ingérences. Et maintenant voilà, il suffit de cette annonce de séparation imminente pour me faire replonger dans la vie de Nina. Comme s'il ne s'était pas passé un jour depuis l'époque où nous étions indivisibles, impensables l'une sans l'autre.

Brian O'Brien : un Irlandais émigré à Brooklyn, où il a ouvert trois galeries d'art de suite, chaque fois avec succès. Dans la famille, nous avions tous parié sur lui – sauf Pierre, toujours caustique à l'égard de sa jolie et volubile belle-sœur, cette Nina aussi fougueuse qu'envahissante. « Tu verras que celui-là aussi il dégagera », l'avais-je entendu décréter à la fin de la soirée où elle nous avait présenté Brian. « Tu te trompes, cette fois ça va durer ! lui avais-je rétorqué. Celui-là, c'est un homme bien, mûr, quelqu'un sur qui on peut compter… » Les raisons de mon optimisme ce soir-là n'étaient pourtant ni la personnalité sympathique de Brian, ni son charme – Nina a toujours eu un faible pour les hommes beaux, rien de neuf de ce côté-là. Ce qui m'avait donné de l'espoir, c'était plutôt de la voir différente de ce qu'elle était d'habitude, attentionnée, bien disposée, disponible. « Je t'aide ? », m'avait-elle demandé en gazouillant avant le dîner, me rejoignant à la cuisine – et nous avions bavardé là, tout en préparant les *trofie al pesto* et la salade exotique, en braves petites sœurs dévouées, pendant que leurs hommes discutaient au salon, un scénario aussi hypernormé qu'inédit pour nous.

Eh bien voilà, à force de se casser la figure en se heurtant à des hommes qui ne lui convenaient pas, ma sœur s'était finalement décidée à grandir – avais-je pensé tout de suite au téléphone en entendant parler de Brian la première fois. Enfin, elle était même capable de s'accorder un amour « de bon aloi ». Peut-être qu'elle ne se marierait pas, m'étais-je dit, mais au moins elle se poserait – trouvant une certaine mesure, un pas plus tranquille par rapport au rythme forcené qu'elle s'imposait depuis toujours, ainsi qu'à moi qui non sans mal, encore maintenant, de l'autre côté de l'Atlantique, m'aventure entre imagination et réalité pour être proche d'elle.

Et à présent, ce coup de fil, la nouvelle qu'elle le quitte. Et pourquoi donc, et après si longtemps ? Brian l'a-t-il trompée ?

Lui, si attirant, barbe blond-roux, une peau claire semée de taches de rousseur, des yeux bleus si gais et vifs : il a dû céder aux avances d'une gamine se pointant à la porte de sa galerie, une opportunité trop difficile à refuser...

« Ah, un vrai salaud, Maddi, si tu savais ! Il m'a fait une scène devant tout le monde parce que d'après lui au vernissage de l'expo d'un artiste grec, l'autre soir, j'aurais adressé au type, à l'artiste, des sourires trop insistants, des minauderies excessives. Bref, une scène de jalousie dans les règles et comme ça, en public, sans penser aux conséquences que ça allait avoir. Et tu sais ce qu'il a osé me dire, ce connard ? »

J'aurais surtout voulu en savoir plus sur l'artiste grec, mais je laisse tomber.

« *Tu n'es qu'une pauvre séductrice* : voilà ce qu'il m'a dit... pour m'humilier devant tous ces gens que je connais. La galerie, tu sais, tu l'as vue, elle est sur Montague Street, à quelques blocs de là où j'allais faire de la méditation, dans le centre de Sri. Un magnifique emplacement : en plus d'inaugurer l'expo du Grec, le vernissage c'était aussi pour fêter l'anniversaire de cet espace – il y avait quasiment tous nos amis et connaissances new-yorkais. Juste après cette scène, j'en ai eu marre, c'était trop : j'ai jeté mon verre par terre et je me suis barrée à la maison. C'était moche, Maddi, je te jure. Vraiment moche... »

Les colères de Nina : territoires dont je connais chaque millimètre. La force de sa rage possède la même intensité qu'elle mettait, l'instant d'avant, à aimer. La colère, la fureur, l'orgueil blessé. Séquences que je peux reconstituer sans faire une seule erreur, pour la simple raison que je les connais par cœur, je les maîtrise aussi parfaitement qu'un acteur maîtrise son rôle juste avant une première. Nina : la manière qu'elle a de démonter toutes les dynamiques, réduisant à néant des relations patiemment construites. Nous étions encore au collège quand, à l'occasion d'un spectacle de danse, ma sœur avait réussi à se disputer avec toutes ses copines du cours, coupables de ne pas l'avoir soutenue dans une discussion avec la maîtresse de ballet au sujet d'un passage de la chorégraphie, jugé trop compliqué par Nina. « C'est un vrai poulailler, rien que des poules commandées par une perfectionniste, pourquoi je serais obligée d'en faire partie ? », me hurlait-elle dans les jours qui suivirent. Je crois qu'elle avait raison, mais sa rancœur était une vraie plaie ; je me rendais compte que j'avais une sœur qui était une enquiquineuse, et cela me préoccupait. De la patience et une bonne dose de persuasion pour la convaincre de participer quand même au spectacle que, furieuse, elle aurait voulu abandonner. Pauvre Brian, pensé-je à présent : les jours à venir ne vont pas être faciles.

Pendant que je continue à parler au téléphone, le garçon à la réception de la salle de sport me tend une serviette et le cadenas pour le casier du vestiaire. « Maintenant, pardonne-moi, Ninouchka, il faut vraiment que je te laisse... on se reparle dès que possible. Mais ne précipite pas les choses, si tu peux. Donne-toi du temps.

— Du temps pour faire quoi, Maddi, excuse-moi ? Et quelles choses à ne pas précipiter ? C'est fini. Je romps. Un homme pareil, je n'en veux pas. Un pauvre, misérable jaloux. Les frustrations cachées sont les pires, tu sais... aujourd'hui il se comporte comme ça, après un paquet de temps qu'on est ensemble il s'autorise à me faire des scènes absurdes : qu'est-ce que ça sera demain ? Qu'est-ce qu'il sera capable de faire, à ton avis, tu veux que je t'explique ? »

Si ça ne tenait qu'à elle, nous parlerions toute la matinée, je le sais. J'entre en retard au cours de Pilates, la prof d'un geste aimable m'indique l'endroit au fond de la salle où je dois m'installer et étendre mon tapis. Une heure et demie de pur, d'intime bien-être. Allonger les muscles, dénouer les tensions des tendons fatigués par mes marches folles, contrôler la respiration en la portant comme un « flux de lumière » (c'est ce que dit la prof) vers chaque partie du corps. M'isoler de tout ce qui, dans ce laps de temps, ne doit pas me concerner. Être à l'écoute de moi-même, de moi seule, et c'est tout. Mais la conversation avec Nina a déclenché une alarme dans ma tête : ma sœur sait comme personne (et bien plus que mes enfants) m'envahir, se coller à mes pensées. Je rumine, et cet incessant raisonnement – réflexions continues qui tournent en rond et reviennent sur les mêmes sujets – atténue l'action du Pilates. Une inquiétude mentale que je connais bien ; et juste maintenant, alors que je suis en train de me demander si je dois aller à Rome ou pas, et que je devrais disposer de la sérénité nécessaire pour me consacrer à cette hypothèse, la passer au crible, lui accorder toute mon attention.

Dans la maison où, petites filles, nous allâmes nous installer après avoir quitté Genzano, les fenêtres du côté de nos chambres donnaient sur Villa Doria Pamphili. Le balcon filant, qui reliait les chambres à la cuisine, s'élargissait au niveau du salon, devenant une belle terrasse d'où l'on pouvait voir de larges pans de ciel, et aussi, grâce à cette perspective latérale, la pente des Quattro Venti et à l'horizon le Gazomètre, et même, en regardant bien, tout étroit entre des buissons de ronces sèches, un petit morceau du Tibre.

Grâce à la proximité des arbres, l'asthme qui m'assaillait depuis quelque temps fut soulagé; paradoxalement c'était plus facile pour moi à Rome qu'à Genzano, où certes il y avait beaucoup de verdure, mais plus éloignée. Ou plutôt l'amélioration de l'état de mes poumons avait des causes psychologiques. Je me sentais moins vulnérable parce que notre organisation domestique (à Nina et à moi) revêtait une forme nouvelle, moins absurde, moins pénible à vivre. Quoi qu'il en soit, il s'agissait d'une amélioration toute relative : le déménagement à Rome avait ralenti la fréquence des crises, mais pas la violence des attaques.

Je savais reconnaître les signaux de l'asthme. Une légère douleur au niveau du thorax, un élancement intercostal imperceptible, puis qui allait en s'intensifiant. Et la toux :

une petite toux sèche, des quintes de plus en plus rapprochées et éprouvantes, accompagnées de régurgitations si je venais de manger, des hoquets que je ne parvenais pas à stopper, même en buvant de l'eau à petites gorgées comme le médecin me l'avait recommandé. Cette toux était le prologue de la crise qui arrivait ensuite, ponctuelle; le souffle commençait à me manquer, les battements de cœur s'accéléraient jusqu'à devenir fous; je chancelais, si j'étais debout il fallait que je m'appuie contre le mur pour ne pas perdre l'équilibre. La Ventoline rangée dans le vanity-case bleu marine, que Nina allait en courant prendre sur le rayon le plus haut de l'étagère de la salle de bains. Et la peur : une peur qui ne me lâchait pas, même après, une fois la crise terminée, quand je retrouvais un souffle plus normal, inspirer, expirer, les lèvres en bec d'oiseau comme – ça aussi – me l'avait appris le docteur. De petites portions d'oxygène pour mes poumons dévastés. Nina me soutenait : une fois, elle resta plus d'une heure dans ma chambre, attendant avec moi le moment où la porte redeviendrait une porte, le mur un mur, Nina de nouveau Nina. Elle, durant tout ce temps, soutenait mon front, tout en arrangeant de l'autre main mes cheveux, de manière à passer les mèches humides derrière mes oreilles. Experte, compétente. « C'est fini, Maddi, complètement fini » : comme cela m'apaisait, d'entendre ma sœur me le murmurer à l'oreille.

Elle était la seule que je tolérais pendant mes crises. « Je reste avec Maddalena, je sais comment il faut faire », l'entendais-je dire aux adultes. « Laissez-moi seule avec elle, s'il vous plaît, vraiment », insistait-elle – et on percevait cette demande comme pleine d'autorité. Elle avait inventé une technique qui lui était propre, une succession de postures, très efficace. Elle se plaçait derrière moi et m'entourait la taille, puis faisait doucement remonter son bras, vers l'épaule, tout en exerçant avec la paume de sa petite main une pression sur le diaphragme, à un endroit qu'elle imaginait comme le plus douloureux (ce point, je ne le lui avais jamais indiqué : c'était Nina, avec son empathie absolue, qui l'avait identifié). Dans ces moments si difficiles et pénibles, je me fiais aveuglément à elle. Quel soin elle mettait aux actes indispensables de l'urgence, enlever le bouchon de la Ventoline, tourner le cylindre du spray et le positionner tout de suite dans ma bouche pour l'inhalation (moi, mes mains tremblaient trop, jamais je n'aurais pu accomplir tous ces gestes).

Nina, qui piaffait d'être au centre de l'attention, elle si capricieuse, si impérieuse dans ses jeux de scène, dans ces situations se métamorphosait.

« C'est bon, Maddi ?

— Oui, oui, ça va mieux… un peu mieux. » J'étais encore essoufflée, mais je n'avais plus de vertiges.

« On va sortir, tu te sens d'aller un peu dehors si je t'accompagne ? »

Nous partions, bras dessus bras dessous, d'abord à Genzano, ensuite à Villa Pamphili, quelques pas dans la verdure, silence, inspirations profondes : petit à petit je retrouvais tout mon souffle, heureuse d'être soutenue par Nina, à l'inverse de ce qui se produisait habituellement. Variations de schéma qui nous unissaient davantage encore.

Quand je suis partie m'installer en France, je n'étais quasiment plus asthmatique : les crises avaient beaucoup diminué, en fréquence comme en intensité, jusqu'à cesser complètement après la naissance des enfants. Mais, en dépit de l'angoisse que me causaient mes impasses respiratoires, ces situations dramatiques avaient un effet bénéfique. Elles apposaient un sceau inaltérable sur notre pacte de sœurs. Nina était la seule personne au monde sur laquelle je pouvais vraiment compter. Chacune le parapet de l'autre, digues contre le chaos que nous dûmes traverser, cette grande pagaille dans laquelle, sans que nous ayons été consultées, nous avions été jetées. Notre pacte était un bouclier, une carapace. Dans les moments où j'étais physiquement le plus fragile, je le sentais, une pensée distincte, claire, transmise du corps à l'âme sans passer par un point intermédiaire.

Puis Nina revenait à ses désordres effrénés, et moi à ma prétention à tout contrôler – à l'écart, mais vigilante. J'avais accroché au mur à côté de mon lit une photo de Gloria avec nous deux. La photo avait été prise par Seba, un dimanche lointain où nous étions allés tous ensemble au lac de Nemi. Il y avait du vent ce jour-là, avec Gloria nous avions joué à nous poursuivre sur la rive : sur le portrait, nous apparaissions toutes les trois, mère et filles, décoiffées, essoufflées, joyeuses. Maman au milieu, et nous agrippées à elle. Je regardais cette image, encore et encore. Le soir, quand personne ne pouvait me voir, tournée vers le mur je la fixais, menant des conversations en moi-même : dialogues muets qui étaient mon grand secret.

Il m'était déjà arrivé de parler à une autre photo, dont le souvenir agitait encore mes pensées, exactement comme cela s'était produit alors. Un portrait de Gloria toute seule qui – photocopié en cinquante exemplaires – avait été affiché pendant plusieurs jours d'un lointain mois de février sur les murs de Genzano. Gloria y apparaissait radieuse, un imperméable rouge serré à la taille par une ceinture avec une boucle brillante et noire, comme les boutons. Maman avait acheté cet imperméable sur l'Appia Nuova, un samedi pendant une balade avec nous, quelques semaines avant de s'en aller pour toujours. Le rouge avait disparu dans le noir et blanc de la photo, mais le jeu de lumière des contrastes et l'élégance du vêtement restaient fidèles à la réalité. Sur la photocopie, on pouvait lire la légende en lettres majuscules « DISPARUE » et, encore en dessous, dans un corps typographique plus petit, un numéro de téléphone.

Nina et moi nous en avions parlé en diverses occasions, et très récemment encore. Pour toutes les deux, le souvenir le plus difficile reste celui de cette photographie dupliquée et placardée à la ronde. La honte à la pensée que beaucoup de gens allaient la voir, collée à la vitre de l'abribus où s'arrêtait le direct pour Rome, dans le hall de notre école, à l'entrée de la poste et de la mairie, dans les trois bars qui donnaient sur la place centrale, et même sur la porte du centre de loisirs de via delle Rose, où jeunes et vieux passaient les fins de semaine. La gêne face au spectacle de la compassion manifestée par les connaissances, les camarades, les professeurs. Dans la rue, tenant la main de notre grand-mère Imma, nous gardions la tête basse, le cœur serré par l'angoisse, muettes.

« Nous ne parlions que le soir, juste avant de dormir.

— D'après toi, Maddi, elle est où ?

— Loin, je crois. Mais tu verras, maman va revenir, j'ai confiance.

— Comment tu fais pour en être sûre ?

— Si elle était morte, on le sentirait. Il y aurait des signes.

— Quels signes ?

— Des signes genre avertissements magiques. Dors maintenant, Nina, n'y pense plus…

— J'y arrive pas.

— Essaie. Compte les perles du collier.

— Quel collier ?

— Un collier que tu peux imaginer : genre le rouge en corail de maman…

— Mais si je pense à son collier, je vais me mettre à penser à elle.

— Pas faux. »

Je faisais attention aux mots, les miens et ceux de Nina : tous les mots. Je ressentais fortement la responsabilité qui m'incombait de la protéger avant tout; c'était ma sœur cadette, dans un coin de ma tête palpitait l'obligation impérieuse de lui garantir une explication quelconque au sujet de la vie absurde que nous menions depuis des jours et des jours. Son intermédiaire avec le monde, c'était moi – c'est ce que je pensais. Sa forteresse. Si maman ne revenait pas, me disais-je, s'il s'était passé quelque chose de moche et qu'elle ait disparu pour toujours, ou bien si elle ne nous aimait plus et n'avait plus besoin de nous, alors c'est moi qui devrais être la mère. Mère de Nina, et mère de moi-même. Imaginations terrifiées, remplies de cette audace que peut donner le désespoir.

Gloria téléphona le jeudi qui suivit le vendredi où elle avait disparu. Elle appela le soir, alors que nous étions à table. Juste avant, le souffle avait commencé à me manquer, et je luttais contre une crise d'asthme imminente – crise qui toutefois, après le coup de fil, décida miraculeusement de m'épargner. « Maman vous embrasse fort – ainsi Seba nous avait-il hâtivement informées en reprenant sa place à table –, tout va bien, là elle ne pouvait pas rester longtemps au téléphone, elle vous appellera un autre soir.

— Un autre soir… quel soir ? », avait demandé Nina, déjà très forte à l'époque pour dissimuler sa rage et sa colère polémique sous le sarcasme et les simagrées.

« Où es-tu, maman ? et quelle raison peut bien t'empêcher de nous dire bonjour au téléphone ? », pensais-je pour ma part. La crise d'asthme tout juste évitée avait cédé la place à l'angoisse. L'appétit coupé, le poulet à la diable refroidissant dans l'assiette. Nina avait commencé à pleurer, et moi juste après ; en essayant de nous consoler, Imma, notre grand-mère, démontrait toute son incompétence. Seba s'était à nouveau levé de table et fumait près de la porte-fenêtre entrouverte sans se soucier du froid de la nuit hivernale. De profondes bouffées aspirées de sa cigarette lui creusaient sur les joues des fossettes comme de petits gouffres. Moi, depuis la place à table où j'étais restée assise, je l'épiais – il suivait le vol lent des anneaux de fumée qui s'élevaient dans l'obscurité glacée. Un homme anéanti.

Le nœud d'appréhension qui nous avait empêchées de vivre cette dernière semaine, voici qu'il était desserré, évanoui, tel un lest de sable qui tombe avec un bruit sourd et définitif. Gloria était vivante, saine et sauve. Notre maman adorée. Rien de si terrible, elle était juste partie, c'est tout : enfuie de la maison, de sa maison, loin de sa famille. Et Seba, incrédule, sourd à notre douleur qui marquait la fin. Terminus ! Maman allait bien, nous la reverrions. Il n'y avait ni disparitions, ni blessures, ni pertes insupportables à accepter. Un cauchemar prenait fin, et pourtant l'instabilité se poursuivait, s'aggravait, le départ sans préavis de Gloria n'en était que le premier signal. Un mur avait commencé à se désagréger, et ça ne s'arrêterait plus. Notre confiance dans les adultes, voilà ce qui était en train de se perdre.

Le lendemain matin, sur le chemin de l'école, le soulagement de ne plus voir fixée à aucun mur la fichue photo. Seba avait dû aller à l'aube arracher les photocopies accrochées un peu partout, avec au cœur qui sait quelle amère consolation.

« Tu la vois, Maddi, la photo ?

— Non, il n'y en a pas, il n'y en a plus, Nina, sois tranquille. »

Tout sera de nouveau vrai, aurais-je voulu lui dire : tout sera déséquilibré, mais vivant, avec nous, en chair et en os. *En chair et en os* : voilà ce que nous recherchions. Présence, consistance, réalité de ce qui existe, de ce qu'il y a. J'aurais voulu rassurer ma sœur avec des certitudes de ce genre, mais j'en étais incapable, parce que l'amour omniprésent de Gloria serait désormais différent, un amour plus distant, moins incarné, et c'était comme si je le savais déjà.

« Ma chère petite Maddalena, tu verras, tout va rentrer dans l'ordre », m'étais-je entendu dire par la maîtresse alors que je m'apprêtais à quitter la salle de classe et à rejoindre mes camarades dans la cour pour la récréation. J'avais haussé les épaules, je n'avais pas répondu ; je savais que ce n'était pas vrai, qu'aucune amélioration ne se profilait pour nous. La fugue de Gloria n'avait été qu'un premier pas, les choses ne feraient que se compliquer. Quoi qu'il en soit, notre mère n'était pas morte, elle n'avait pas été enlevée, aucune tragédie n'était survenue : j'avais bien le sentiment d'avoir échappé à cela, le même soulagement que lorsque l'asthme me tournait autour, se préparait à me serrer les poumons, à les secouer, les épuiser, et qu'au contraire le supplice d'une nouvelle crise m'était miraculeusement épargné.

« Ma petite maman chérie, il ne t'est rien arrivé de grave. Merci le ciel, toi qui comprends et qui sais. » Au lit, avant de m'endormir, en chuchotant pour que Nina ne puisse pas entendre, tournée vers Gloria, je récitais mes silencieuses prières secrètes. Soulagement et gratitude, pour moi ; pour Nina, rage, éclats d'une douleur pleine de hargne. « Aucune maman n'abandonnerait ses filles comme ça, Maddi. La nôtre s'est comportée pire que la maman de Hansel et Gretel », décrétait-elle dans un filet de voix. Et, après une pause : « Je ne crois pas que je pourrai lui pardonner, je veux que tu le saches, Maddalena. » Nina et ses condamnations sans appel. Mots comme des coups décochés au niveau du cœur, épanchements qui glissaient dans l'interstice entre le mur et nos lits superposés.

Dans la maison de Monteverde, je disposais d'une chambre rien que pour moi, et désormais je pouvais parler à Gloria chaque fois que j'en ressentais le désir, à sa photo où elle était avec nous deux au bord du lac. D'ailleurs, l'image de maman ne correspondait plus aux affres de la préoccupation, penser à elle ne me serrait plus l'estomac, ni n'opprimait en aucune façon mes fragiles poumons. À présent, rien que le vide, le manque. Nous voyions Gloria, il nous était permis de la voir ; deux dimanches par mois, comme l'avait établi le juge des tutelles. De manière intermittente et bizarre, notre mère était de nouveau avec nous : absente et toujours présente. Un météore, une apparition ; et plus tard, quand elle repartait, la reine incontestée de nos pensées.

« Bonne nuit, ma petite maman. » « Ciao, Gloria, maman si belle ; sois fière de moi, je suis forte, si tu voyais comment j'arrive à ne jamais pleurer. » Les conversations avec la photo dessinaient mon univers. Ces dialogues du soir, comme des ancres : des digues contre le courant du sort pour ne pas briser le fil qui liait nos rencontres en raccordant chaque rendez-vous au suivant. Converser avec la photo de maman, cela voulait dire tendre ce fil : qu'il fasse tenir ensemble nos bonheurs arrachés, et si rares.

Avec une ardente patience j'attendais la rencontre suivante. Diligente, disciplinée, très bonne élève – les dimanches, aux rendez-vous avec Gloria, j'apportais mes cahiers, fière de lui montrer leur ordre parfait, satisfaite d'entendre ses compliments. Elle approuvait tout avec de grands sourires hâtifs : nous devions faire vite, semblait-elle vouloir nous dire, être rapides, le souffle est court pour nos échanges, chaque instant doit être exploité, vécu, valorisé, car il est une récupération du temps qui nous est soustrait.

Si j'éprouve un si fort besoin de retourner à Rome, c'est pour revoir les lieux, certains en particulier. Monteverde et la rue où se trouvait notre maison, via di Villa Pamphili ; la Villa ; la via dei Quattro Venti, près de l'endroit où elle s'élargit, là où se trouvait l'école que Nina et moi fréquentions. Mais aussi des rues du centre historique où nous nous sommes promenées avec notre père et notre mère (avec chacun d'eux, jamais avec les deux ensemble). Via del Governo Vecchio, à l'endroit où elle débouche sur piazza Pasquino ; Palazzo Taverna, un lieu élevé, à l'écart et magique – gravier entre les vieux bâtiments, mousse à l'ombre des fontaines, un endroit dont je suis tombée amoureuse dès l'adolescence et dont je faisais une destination pour mes diverses promenades solitaires ; piazza Santa Maria Liberatrice dans le Testaccio, où Mylène nous emmenait parfois manger une glace le dimanche – le fleuve traversé au pas de course derrière elle qui imposait et encourageait le rythme de notre allure. Et via Borgognona, où maman est allée travailler chaque jour, pendant tant d'années.

Mon désir de partir est survenu à l'improviste ; pourquoi justement maintenant et avec une telle urgence, je ne saurais le dire. Assurément c'est un vrai désir, net, qui se détache sur mes pensées comme une silhouette détourée sur une photo où le reste des détails est flou. Maintenant que Gloria est morte, maintenant qu'elle nous a abandonnées d'un coup et cette fois pour de bon, notre enfance explosée risque de s'effacer ; les preuves tangibles font défaut, les scénarios sont différents : Nina, moi, Seba, et même Mylène, nous avons quitté notre passé. Aller à Rome, c'est garder vivants les souvenirs, empêcher qu'ils ne s'estompent.

« Ne te prends pas la tête, Maddi, me dirait Nina si je lui confiais mes intentions de voyage. Qu'est-ce que tu vas faire là-bas ? Ne t'embête pas avec tout ça ! Ce qui est passé, laisse-le filer. » Bien sûr : contrairement à moi, elle sait couper net. Sa longue pratique de la méditation orientale l'a entraînée à un « non-attachement » qu'elle avait déjà tendance à pratiquer naturellement. Elle a mis fin à ses relations avec Vittoria, avec Petra, avec Rebecca – ses meilleures amies de Rome. Elle a rompu avec beaucoup d'autres personnes, Nina, et toujours de manière expéditive. Elle a transformé son impulsivité et sa nature colérique en netteté gestuelle : fermetures, brusques tournants, sans jamais de réconciliations, ni de regrets. Si elle plaque Brian comme elle m'a annoncé au téléphone vouloir le faire, elle sera aussi tout à fait capable de changer encore une fois de vie : quitter Brooklyn, New York, les États-Unis. Nina aussi fulgurante que je suis terriblement lente. Elle, catégorique, tandis que moi je temporise, je soupèse mes jugements et, craignant de me tromper, je ne les prononce pas ; ayant peur de l'excès, je suis toujours dans le contrôle.

« Attends, ne te précipite pas comme ça ! » : je l'ai répété à Nina tellement de fois, et je voudrais le lui répéter encore maintenant. Ne te hâte pas, prends ton temps ; sois indulgente, donne une chance aux autres, mets-toi un peu à leur rythme. Mais pas question pour Nina de s'arrêter pour m'écouter : déjà loin, elle court devant. Elle court tous les jours parce qu'elle est passionnée de jogging, elle court dans la vie, dans ses décisions comme dans ses actions.

Papa, grand-mère : présences toujours partielles pour colmater la seule véritable absence – celle de Gloria, notre mère. On nous accompagnait à l'école et on venait nous chercher, nous étions, fût-ce de manière sommaire, soignées, nourries, suivies. Moi j'avais grossi, Nina avait perdu du poids. On nous emmena chez un diététicien à Ariccia, un vieux monsieur avec des moustaches blanches et un sourire jovial. « Le problème n'est pas la quantité qu'elles mangent ou ne mangent pas, vos petites. C'est plutôt de savoir si elles sont libres de s'exprimer, et quel reliquat elles déplacent sur l'alimentation », l'entendis-je dire à papa qui, déconcerté par ce diagnostic avant-gardiste était resté à regarder le médecin sans proférer un mot.

Papa est photographe de mariages. À l'époque il travaillait déjà beaucoup, et bien, réalisant des images de qualité dans des délais rapides, sans faire trop attendre les jeunes mariés impatients de voir leur bonheur immortalisé. Quelques années pour démarrer, et atteindre son objectif : Seba Cavallari était devenu l'un des photographes les plus demandés non seulement aux noces des Castelli, mais aussi à celles de Rome. Puis le grand saut : son nom avait commencé à circuler à l'échelon national.

Quand nous habitions encore ensemble, s'il était particulièrement satisfait d'une prestation photographique, il nous emmenait dans son studio pour nous montrer les clichés ; il voulait notre avis, qui « lui donnait de la force », disait-il. Des moments que Nina et moi aimions beaucoup. Le studio était aménagé dans les combles de la maison de Genzano, pour y arriver il fallait grimper par une échelle – rien que le fait de monter là-haut nous excitait, annonçait le divertissement imminent. Puis, assises par terre au milieu des lampes, des trépieds, des flacons de solvant, nous regardions les diapositives que, en appuyant sur la « gâchette » d'une télécommande (en forme de pistolet, justement) papa faisait défiler en les projetant sur le mur. « Celle-là ! », nous exclamions-nous, Nina ou moi, impérieuses, en pointant le doigt vers le mur, quand un cliché suscitait notre intérêt. Alors Seba de nouveau « tirait » avec sa télécommande, zoomant sur des détails pour les soumettre à nos yeux attentifs. Nous captions tout : la joie des mariés, leur fatigue derrière l'air heureux. Les expressions radieuses des épouses, celles plus déconcertées des maris. Les vêtements tape-à-l'œil des invités (nous faisions des paris sur ces habits, s'ils avaient été ou pas achetés pour l'occasion, s'ils coûtaient cher ou pas). Pour nous, un vrai apprentissage du regard : toutes les deux de plus en plus habiles à ne rien laisser échapper, scrupuleuses dans notre interprétation de la joie et de l'enthousiasme de ces inconnus dont nous déchiffrions les grimaces, les trajectoires de regards, les postures.

Dans ses trouvailles, papa était inventif, poétique même. Il réalisait toujours un portrait des co-beaux-parents (s'ils étaient tous vivants, les quatre parents des époux réunis) ; d'autres clichés du mari et de la femme à côté respectivement de l'invité le plus âgé et de l'invité le plus jeune. De petites perles créatives qui au fil du temps s'étaient révélées utiles pour assurer sa notoriété. Grâce au bouche-à-oreille et au talent de Seba pour les relations publiques, le succès professionnel arriva. Le Seba Cavallari jusqu'alors inconnu, voilà qu'il était sans arrêt l'objet d'invitations, d'engagements, de propositions de travail.

De notre cohabitation toutes seules avec lui (en continu, et non de manière occasionnelle comme cela se fit ensuite), les souvenirs de ces moments dans son studio, dans la mansarde sous les toits, sont les plus heureux. Notre participation, cependant, était entachée de tristesse. La joie que nous observions dans les reportages photographiques de Seba nous était interdite d'accès : objectif inatteignable car inconnu. Unir deux vies, deux destins, avec la conviction de les lier pour toujours : jamais de telles joies ne nous arriveraient, à Nina et à moi, c'est ce que nous pensions.

Oui, la famille c'était pour les autres, pas pour nous. Seba non plus n'avait rien à voir avec la gaîté de ces cérémonies : il n'y participait pas, en était seulement le témoin, celui qui les immortalisait – quelqu'un qui sait voir et représenter la joie justement parce qu'il lui est extérieur, latéral. Papa avait le devoir de capter ces pics d'harmonie et de les transformer en images. Les festivités n'étaient pour lui que des occasions de soutirer des louanges, beaucoup de « merci », des sourires durant les poses, le libre accès aux rafraîchissements, des distributions aux invités de ses cartes de visite en espérant des commandes futures, d'autres mariages à photographier. Et c'est tout : l'avenir des couples désormais mariés ne le regardait pas, ni lui ni a fortiori nous. La famille – pensée comme projet, concept, idéal, point de départ et d'arrivée – était une forme distante, jamais nous ne ferions partie de son dessin. Brise légère, délicieuse peut-être, que nous observions de loin souffler sur les autres.

« Elle va revenir ? Elle habitera de nouveau avec nous dans cette maison ?

— Elle ne reviendra pas.

— Comment tu peux en être aussi sûre ?

— Maman est tombée amoureuse d'un autre homme, Nina. Du monsieur qui était l'autre jour au square, tu te rappelles…

— Mais pourquoi ?

— Parce que… parce qu'elle n'avait pas assez confiance en papa. »

Nina était restée longtemps à me fixer, en silence. Ses yeux verts d'habitude brillants s'étaient assombris, une patine de mélancolie les rendait opaques. Lui balancer cette nouvelle aussi explosive qu'une bombe me remplissait d'une satisfaction tyrannique : autant il m'avait été difficile de comprendre la vérité, autant le fait d'en partager maintenant avec ma sœur toute la portée était un soulagement – sombre et vengeresse, mais une libération.

J'avais compris ce qu'il en était grâce à des détails : des fragments d'informations recomposés ensuite dans ma tête comme des pièces de puzzle. Premier détail, connaître Marcos (« le monsieur du square »), remarquer ses attentions envers Gloria. Autre indice, une conversation entre papa et sa mère, Imma, écoutée en cachette alors que je m'étais postée derrière la porte du salon dans la maison de Genzano.

« Elle l'aime… c'est ce qu'elle m'a dit, qu'elle est vraiment tombée amoureuse, disait Seba.

— Mon Dieu, quel serpent, avais-je entendu ma grand-mère lui répondre. Une vraie vipère, je regrette mais il faut que je te le dise, Sebastiano, tu as été vraiment naïf !

— En tout cas, les filles, même pas en rêve elle les aura, ça, maman, je te le garantis.

— Espérons, c'est la moindre des choses ! et encore je voudrais bien voir. Moi je t'avais prévenu dès le début, tu t'en souviens ou pas ? Le jour où tu me l'as amenée à la maison, j'ai tout de suite compris qui elle était, ta Gloria. Avec son air rusé, d'étrangère qui sait comment rouler le monde nouveau et qui doit réussir à tout prix. Pas difficile de s'imaginer que dans pas longtemps elle te ferait des ennuis, cette s… »

Je ne connaissais pas ce mot, mais ça n'avait pas d'importance, je m'étais déjà enfuie, dans notre chambre où Nina était déjà couchée, à moitié endormie, et moi à toute allure de me glisser dans mon lit, de remonter la couette jusque sur ma tête et de me pelotonner là-dessous, recroquevillée, la respiration légèrement haletante, les yeux fermés très fort pour ne plus rien voir, ça suffisait comme ça, plus rien du tout.

Quelque temps après, il y eut les funérailles de notre grand-mère et on nous empêcha d'y assister. Moi j'avais déjà pris congé de grand-mère Imma le soir où j'avais entendu en cachette son anathème. Salope ? Ma mère, que personne ne se risque à l'offenser, à l'insulter. Personne n'en avait le droit.

« Raconte-moi comment ils étaient » m'avait demandé Nina un jour, alors que nous vivions désormais à Rome. Notre différence d'âge est minime, un peu plus d'un an, mais en tant qu'aînée, la dépositaire de nos souvenirs, à ses yeux, c'était (et c'est toujours) moi.

« Comment ils étaient ensemble, tu veux dire ? Surtout ils se disputaient…

— Alors raconte-moi comment ils se disputaient. »

Dimanche, lumière déjà printanière sur Rome, des traînées de rose éparpillées sur un ciel d'azur qui est une joie pour les yeux. Nous avions installé les transats et nous profitions sur la terrasse de ce climat divin. Il faisait plutôt chaud, Nina était en short et tee-shirt, déjà prête pour le sport, moi enveloppée dans un kimono (Seba était allé récemment au Japon et nous en avait rapporté deux, rouge à fleurs pour Nina, blanc avec des losanges bleu foncé pour moi). Devant nous s'étendait la Villa, un manteau somptueux, immense, d'un vert scintillant et changeant. Mes souvenirs sont morcelés mais nets. En fait, je me rappelais seulement deux disputes entre Seba et Gloria. La première querelle s'était produite en voiture, alors que, depuis les Castelli, nous regagnions Rome par la via Appia. Seba au volant, Gloria à côté de lui, lui tournant obstinément le dos ; elle s'était mise sur le côté et, le front écrasé contre la vitre, elle regardait dehors. Sur un pull noir à col roulé elle portait ce jour-là une veste en fausse fourrure, beige, sans manches, et des leggings brillants enfilés dans les bottes. Toujours élégante, maman, déjà à l'époque son aspect ignorait toute négligence, jamais un détail qui aurait pu déparer l'ensemble. Moi, depuis l'intervalle entre ma place et la vitre, je l'avais épiée, elle se mordait les lèvres pour ne pas pleurer, contractée dans cette position retournée, de plus en plus refermée sur son ressentiment. Tout en conduisant, Seba avait entre-temps commencé à hurler, ses mains lâchant sans cesse le volant pour gesticuler, furieux. Il reprochait à Gloria toute une série de comportements selon lui inadmissibles : l'accueil trop froid que maman avait soi-disant réservé à des connaissances rencontrées au lac le dimanche précédent, le fait qu'elle fuyait les réunions à l'école, « ton absence a été remarquée par tout le monde, Gloria, tu comprends ce que ça veut dire : tout le monde ? *Todos…* » Et certaines réponses impolies qu'il lui avait entendu adresser à sa mère à lui, Imma, « qui jusqu'à preuve du contraire est ta belle-mère, et même si on n'est pas mariés c'est quand même quelqu'un qui t'est très proche… à moins que je ne me trompe ? *Tu me entiendes o estoy equivocado ?* » Ces quelques mots en espagnol, papa les baragouinait en hommage aux origines argentines de Gloria, mais n'utilisait son pauvre vocabulaire que pour la polémique, avec l'intention délibérée de la provoquer, quand – comme à cet instant – il était dans une colère noire.

Dans la voiture chaque mot résonnait. Derrière, à côté de moi, il y avait Nina et son angoisse, la frénésie désespérée avec laquelle elle suçait son pouce (elle était déjà assez grande, mais elle avait gardé cette habitude), le serrant entre ses dents comme si elle voulait l'engloutir. Son appréhension palpitait au rythme des battements de son cœur – troisième présence, elle aussi sur le siège arrière, écoutant avec nous ces accusations hurlées par notre père à l'encontre de notre mère. Si la signification des paroles restait obscure, je percevais clairement l'essentiel. Le poison des mots de Seba et la douleur de Gloria, qui avait cessé de se retenir et ne faisait que pleurer, silencieuse, juste un léger tressaillement des épaules, et pour le reste attentive autant que possible à ce que nous, assises derrière, ne remarquions rien.

« Quelles scènes affreuses : rien que de les imaginer, ça me serre le cœur. Et pourtant je ne me souviens de rien, tu ne trouves pas ça bizarre, Maddi ?! » Du balcon, Nina s'était déplacée à la cuisine, d'où elle revenait avec deux grands verres de Coca-Cola sur un plateau, des tranches de citron et des pailles colorées, les glaçons qui tintaient le long du trajet jusqu'à moi. « Et après ? Raconte encore, s'il te plaît », m'avait-elle demandé après avoir déposé le plateau par terre et être retournée se pelotonner dans la balancelle en osier, en repliant ses jambes musclées nues dans son short court.

« Et après, Maddi ? Allez… » Elle était avide, ma sœur, avide d'images trop lointaines pour elle, alors que pour ma part je trouvais incroyable qu'elle ait pu les oublier.

« Et après, quoi ? la deuxième dispute, tu veux dire ?

— Oui.

— Ah, celle-là ! Beaucoup plus violente. On était en train de dîner, c'était un samedi soir et ils nous avaient donné l'autorisation d'aller nous coucher plus tard que d'habitude. Nous on n'était pas d'accord sur le film qu'on voulait voir ; une petite chamaillerie sans importance, qui en quelques minutes était devenue rien du tout par rapport à leur dispute à eux.

— … affreux, encore une fois.

— Carrément. Cette fois-là ils en sont venus aux mains.

— Ils se sont battus pour de bon ? »

Nina s'était de nouveau levée pour prendre sa boisson, l'élan décidé de ses jambes avait fait grincer et crisser les chaînettes de la balancelle. C'était pénible de devoir combler les trous de mémoire de ma sœur. S'adonner à ce jeu de rôles dans lequel seule Nina a la liberté d'oublier.

« Papa a levé le bras pour frapper Gloria, avais-je repris, mais elle a été plus rapide, elle a esquivé le coup et s'est enfuie tout de suite après dans le couloir. Et de là elle criait, elle le traitait de tous les noms. "Tu es fou, complètement fou, Seba, tu vois des choses qui n'existent pas... ce n'est pas ce que tu dis... comment ça serait possible? Laisse-moi, laisse-moi tranquille, espèce de pauvre menteur!" »

« C'est vraiment moche... », avait commenté Nina tandis qu'elle se balançait doucement en regardant en direction de la Villa, y cherchant un apaisement. Moi aussi j'aurais bien voulu ne pas me rappeler ces images, rendues plus sombres encore par l'effet de contraste avec cette magnifique matinée sur notre terrasse, où chaque détail était harmonieux – le bleu ciel du plumbago planté par Mylène dans de grands pots carrés, parfaitement en accord avec le mauve de la glycine sur la pergola.

« Après, il l'a rejointe dans le couloir et il s'est jeté sur elle, il l'a attrapée par les cheveux, il la bousculait... »

À ce moment, ils criaient tous les deux, fous de rage. Ils étaient très différents, mais dans la férocité de l'altercation ils étaient pareils, avais-je eu juste le temps de penser avant que ma respiration déjà haletante ne succombe à une violente crise d'asthme. Différents, oui, ils l'étaient comme le jour et la nuit, même physiquement : Gloria mince, élancée, aérienne, un jonc oscillant dans la fureur qu'elle mettait à se défendre; papa, pas très grand, et plus petit qu'elle, mais tellement plus costaud, le corps ramassé en un unique faisceau de nerfs et secoué par une seule et même pulsation tandis qu'il attrapait maman avec une colère qui le rendait soudain très fort, et dans les yeux une expression à la fois terrorisée et furieuse.

La Ventoline : déboucher l'aérosol, mettre dans ma bouche le côté le plus court du tube, actionner juste après le spray pour délivrer l'oxygène. À présent, Gloria était à côté de moi, encore ébranlée par l'affrontement avec papa, mais elle me soutenait malgré tout, m'embrassant sur le front et en même temps, grâce à une légère pression de l'index et du majeur, me massant les tempes. Nina était là aussi : la présence de ma mère et de ma sœur ensemble, c'était un flux d'énergie chaude, un courant d'amour qui nous liait, nous trois, indissociables. « Ça va passer, ma petite chérie, entendais-je maman me dire, respire fort avec la bouche bien ouverte, comme ça, Maddi, c'est bien. Courage, ça va être bientôt fini. »

« Nina, tu ne te souviens même pas de la crise d'asthme que j'ai faite ce soir-là ? » J'avais bu une longue gorgée de mon coca et j'avais regardé au loin, là où la ligne du ciel épousait le contour des arbres. Une pause dans ces souvenirs difficiles, aussi insidieux que des épines.

« Si, j'ai une image de ça, mais confuse : toi avec ta respiration haletante, le spray. Mais c'est vague… »

Nous sommes restées silencieuses ; devant nous, le spectacle de la Villa, les pins, vus d'aussi haut, formaient une unique étendue de nuances de vert. Une pure merveille. Dans peu de temps, nous allions partir chacune de son côté, Nina pour aller s'entraîner, moi pour aller jouer du piano. À présent nous avions des vies séparées, ma sœur passait du temps avec ses amies, toujours nombreuses (trop à mes yeux), moi je n'en fréquentais qu'une seule, Mauretta Gigli, qui habitait à deux pâtés de maison de chez nous. Parfois ma misanthropie me préoccupait : si je ne suis pas capable de passer du temps avec les autres, c'est une limite pour moi, un blocage qui va me gêner dans le futur, me disais-je. Mais j'assumais, j'avais un peu appris à m'absoudre. Notre vie était maintenant régulière, sans secousses, un tranquille déroulement du temps dans le cadre de la routine imposée par Mylène ; si je savais me traiter moi-même avec davantage d'indulgence, c'était aussi grâce au confort que ce rythme régulier me procurait.

Étincelles de souvenirs. Après la très violente dispute entre Seba et Gloria, ce samedi soir-là, le silence est tombé sur la maison. Nous nous sommes couchées l'une à côté de l'autre, dans le lit de Nina, épuisées. La respiration de ma sœur s'est apaisée. La mienne était un peu haletante et je sentais encore, pour deux, au fond de mon cœur, une grande agitation provoquée par l'émotion et l'effroi suscités par la scène à laquelle nous venions d'assister. L'union de nos parents se désagrégeait, désormais il nous était devenu impossible de l'ignorer.

Parfois je rêvais de m'échapper. En me dérobant aux responsabilités que j'avais de moi-même établies comme étant les miennes, m'inventer une autre existence, une autre Maddalena, loin. Trop distraite par la vie des autres – et spécialement celle de Nina – je négligeais la mienne. Je le savais, c'est pourquoi je m'autorisais quelquefois à envisager des fugues. Je ne pensais pas au futur, je ne cultivais aucune ambition. Ma seule amie, Mauretta Gigli, rêvait de devenir avocate, Nina, à l'époque, affirmait qu'elle voulait être metteuse en scène, Rebecca vétérinaire, Petra herboriste, Vittoria cuisinière. Moi, rien du tout – en ce qui me concernait, aucune idée ne me venait à l'esprit. Après que Mylène fut restée un certain temps avec nous, l'ayant beaucoup observée, je me disais que quand je serais grande je voudrais faire preuve de la même stabilité, de ce calme harmonieux avec lequel je la voyais aborder les journées. Pendant des congés de Pâques, Nina était restée à Rome avec Seba et moi j'avais suivi Mylène en France, dans sa famille à la campagne, près de Nantes. Quelques jours pour connaître et écouter en moi cette autre Maddalena, dotée d'une carapace moins poreuse, moins déséquilibrée par le souci des autres, bien centrée sur elle-même. L'idée que vivre à l'étranger serait la solution, j'ai dû la méditer durant ce voyage avec Mylène. Idée aussitôt enfouie, il faudrait longtemps avant qu'elle ne prenne forme. « Moi je te verrais bien présidente », m'étais-je entendu dire par Rebecca, l'amie de ma sœur. Nous étions à la cuisine, elles confectionnaient une espèce de gadoue – après avoir mélangé dans un bol de la farine et de la lessive, elles regardaient lever et gonfler une pâte visqueuse de couleur bleue. « Présidente ? Et pourquoi ça, explique-moi », avais-je demandé tandis que je m'efforçais de nettoyer avec une éponge mouillée le plan de travail constellé d'éclaboussures et de taches de leur dégoûtante mixture.

« Parce que c'est ce que dit ta sœur, avait-elle répliqué. Sans rien dire, avec ton air de sainte-nitouche, tu prétends tout contrôler. » Nina acquiesçait, satisfaite et surprise de cette déclaration d'allégeance inattendue. J'avais couru me réfugier sur la terrasse. Le ciel était laiteux, d'un blanc sale, la ville bruyante, lasse. Une issue. C'est ce qui me manquait.

Elle avait vingt ans, Gloria, quand elle avait fait la connaissance de Seba Cavallari. Ils s'étaient rencontrés parce que mon père était photographe pour un mariage célébré dans l'hôtel où ma mère était réceptionniste. Ils s'étaient retrouvés par hasard l'un à côté de l'autre au moment du premier toast porté aux mariés. Sa beauté avait frappé Seba comme la foudre. Bien sûr je ne sais pas exactement comment les choses se sont passées entre eux, mais j'y ai beaucoup pensé, et je crois que ça s'est passé plus ou moins comme ça – « plus ou moins », c'est-à-dire selon le récit tel que je l'ai reconstruit en imagination. Cette fille avait dû l'attirer, splendide en dépit de son banal tailleur en viscose beige, uniforme du personnel de l'hôtel. Pour lui c'était une journée très chargée : la famille de la jeune mariée était riche, elle avait demandé « au moins » trois cents clichés, et papa ne faisait que se déplacer d'un endroit à l'autre de la fête. Un moment donné, il avait eu très faim, un creux à l'estomac qui le gênait et l'empêchait de se concentrer. « Tu ne m'aiderais pas à trouver quelque chose à grignoter ? », avait-il demandé à Gloria. Elle était tout de suite descendue au sous-sol, dans les salles affectées aux cuisines. Elle connaissait l'emplacement de chaque chose, il ne lui avait pas fallu longtemps pour grappiller de la nourriture ; elle était remontée avec un plateau de portions du menu de noces

– ravioli au saumon, rôti accompagné de mousse d'avocat, charlotte aux fruits des bois. « Tu es un ange, merci. Ça ne t'embêterait pas de me tenir compagnie pendant mon repas ? » Ainsi s'étaient-ils assis côte à côte dans la loge derrière la réception, là où Gloria, pendant les pauses, avec ses collègues, prenait habituellement ses repas apportés de la maison.

« Tu n'as pas l'air d'une Italienne… d'où viens-tu ? »

Ma mère avait ri, la pénombre l'aidait à dissimuler le rouge qui lui était monté aux joues en raison de ce qui avait résonné pour elle comme un compliment. « Je suis arrivée à Rome avec mes parents quand j'avais sept ans ; avant nous vivions en Argentine…

— Où ça, en Argentine ?

— Dans un petit village de la région de Rosario. Mon père travaillait à la douane, il a appris par un collègue qu'il y avait une opportunité pour un poste à Rome… » À ce moment elle s'était interrompue : parler d'elle la mettait mal à l'aise.

« Toi, en revanche, tu es romain ?

— Plus romain que ça ! Des Castelli, de Genzano…, et Seba avait éclaté de rire, dans sa joie de déguster ces plats délicieux en compagnie d'une fille magnifique.

— Tu peux encore m'aider à trouver une coupe de champagne ? »

Tout était aisé, spontané, naturel. Bavarder, se plaire, échanger les numéros de téléphone. Aller ensemble à la pizzeria, s'embrasser au moment de se dire bonne nuit, coucher ensemble au rendez-vous suivant. Seba tomba amoureux sans réserve. Il avait déjà saisi les traits les plus évidents de la nature de Gloria – à quel point elle était hypersensible, impérieuse jusque dans son excessive délicatesse ; derrière une façade convenable, elle était la proie d'états d'âme contrastés, changeants, dotée de ce caractère difficile qu'elle avait transmis à ma sœur. Mais il y avait sa présence, si dense, substantielle.

Un physique qui le rendait fou, ces jambes longues et soyeuses, tremplins vers un plaisir tout nouveau. Le vert de ses yeux, plus clair et d'une plus belle eau encore après l'amour. Elle le calmait, le comblait. Même son inquiétude était apaisante ; à peine quelque temps ensemble, et déjà Seba désirait une vie commune.

J'ai été conçue à Venise, pendant un pont de Toussaint. Seba et Gloria y avaient fait étape après qu'un samedi mon père eut travaillé à Chioggia pour le reportage photo d'un luxueux mariage. Cela avait été un séjour bref et très romantique, dans une petite pension derrière le Campo Santa Margherita – maman me l'avait raconté quand j'étais toute petite, mais capable déjà d'écouter et d'absorber ses souvenirs, ses regrets, l'ambivalence de ses nostalgies. Je n'ai pas été une enfant désirée, mais mes parents ont été tout de suite heureux de m'attendre, tous les deux, c'est ce qu'elle m'a affirmé. Je suis née en été, par un après-midi de juillet caniculaire. Le travail a été long, l'accouchement compliqué. J'avais un bras replié, la courbe du coude entravait le passage. Pour éviter une possible fracture de la clavicule, ils avaient essayé de me tourner sur un côté. Plusieurs tentatives ; au moment de pousser, Gloria avait épuisé toutes ses forces ; et mes premières semaines de vie ont été pour elle une folle dépense d'énergie. Elle était jeune, en bonne santé, elle avait du lait en abondance, mais elle était éreintée.

Quatorze mois plus tard est arrivée Nina. Vu l'expérience difficile de l'accouchement précédent, gynécologue et obstétricien avaient imposé une césarienne à Gloria. Cette fois, tout fut facile et rapide. Maman avait moins de lait, elle ne nourrit Nina que pendant quatre mois. La naissance de cette deuxième fille, heureux événement qui aurait dû consolider la stabilité conjugale, a au contraire – comme cela arrive à de nombreux couples – creusé, je crois, le fossé d'un malentendu irréversible entre Seba et elle. S'était créée une fiction de plus en plus pénible pour tous les deux. Ils vivaient ensemble, mais de jour en jour chacun était plus conscient qu'il n'était pas adapté à l'autre, pas compatible ; petit à petit ils se rendirent compte qu'ils avaient fait une dramatique erreur de se lier autant l'un à l'autre. D'où le malentendu, cet énorme malentendu dont nous sommes le fruit, moi plus encore que Nina : au moins elle, elle a été désirée, moi je suis arrivée par hasard – par un coup du sort heureux mais fortuit, par insouciance.

Ils ne vivaient plus à Rome, mais à Genzano. Un petit monde que Gloria ne tarda pas à trouver mesquin, cancanier, envieux. Seba la laissait souvent toute seule, il partait pour des déplacements professionnels, appelé pour photographier des mariages un peu partout, jusque dans le nord de l'Italie, à présent. Il était entré en contact – engageant rapidement une solide collaboration – avec une entreprise de traiteur pour mariages qui travaillait en Lombardie, Vénétie, plus tard aussi dans le Piémont. Il voyageait, et quand il se posait à la maison, il avait vite assez de l'oisiveté, il tournait en rond ; il invoquait des prétextes pour aller à Rome, où il passait la journée entière. Il rentrait le soir tard, fatigué, taciturne, de mauvaise humeur. Un peu de zapping pour trouver le bon programme, quelques minutes et, les yeux fermés, déjà il s'écroulait. « Allez, Seba, va te coucher, tu ne vois pas que tu es épuisé ? » J'imagine que Gloria lui disait cela à chaque fois, tandis que sans trop de douceur elle le secouait pour le réveiller. Nous, couchées depuis déjà un bon bout de temps ; dans la maison enveloppée de silence, Gloria, restée seule devant la télé allumée, écoutait mûrir en elle un sentiment d'isolement, de mélancolie, une apathie mêlée d'irritation empoisonnée. Elle se sentait chaque jour plus fragile, décalée ; en même temps elle se sentait seule, étrangère, pas vraiment bien accueillie par Seba, ni par sa mère, ni dans cette Genzano trop étriquée pour que le moindre de ses désirs ait une chance d'être satisfait.

Après la naissance de Nina, pour maman les journées étaient devenues encore plus pesantes et longues. Les matinées surtout devaient être interminables : elle allait dans un petit jardin public de Genzano, s'asseyait sur un banc, le bras vite ankylosé à force de bercer la poussette double où Nina et moi étions installées. Elle tentait de tuer le temps, feuilletait des revues féminines, s'obstinait pour la énième fois à tenter de lire *La donna di gesso*, un roman qu'elle avait acheté au kiosque de la gare de Termini, qu'elle avait commencé des mois auparavant et ne parvenait jamais à terminer. Elle s'ennuyait à mourir : et le pire était qu'elle le savait, qu'elle en était parfaitement consciente.

De temps à autre elle nous confiait à notre grand-mère et partait en voiture au lac, à Albano. Il me semble la voir se garer sur le terrain vague à quelques mètres de l'eau, puis se mettre à marcher le long de la rive, rapidement, au pas de course. Elle rythmait son souffle et avançait le regard fixé sur l'horizon trop proche de la rive opposée. Tout l'oppressait, aussi bien à l'extérieur qu'à l'intérieur. « Je mérite mieux que ça », se disait ma mère durant ces promenades pleines d'exaspération. Oui, elle méritait davantage de loisir, de liberté, de bonheur. De vastes espaces, différents de ces paysages resserrés où elle habitait sans l'avoir désiré. Elle n'aimait pas Seba, à présent elle avait l'impression de ne l'avoir jamais aimé. Et cette pensée la faisait suffoquer plus encore.

« Je peux t'appeler ?
— OK, dans vingt minutes. »

Deux WhatsApp pour fixer un rendez-vous téléphonique. On se comprend toujours au quart de tour, nous deux. Je descends, cela me semble plus prudent : ma fille Valentina est déjà rentrée, elle tourne en rond dans la maison sans trop savoir quoi faire, et quand elle s'ennuie comme ça, elle met facilement son nez dans mes affaires, soudain curieuse de moi qui, d'habitude, ne l'intéresse pas du tout. Il vaut mieux sortir sous un prétexte quelconque – il faut que je puisse parler librement avec ma sœur, sans courir le risque que quelqu'un m'entende. Je dissimule donc mon téléphone sous mon gilet et descends dans la cour de l'immeuble, un triangle découpé entre les murs intérieurs gris, beaucoup de plantes en pots, des étincelles de lumière sur les feuilles et les fleurs, à cette heure d'un après-midi ensoleillé.

« Brian va mal, Maddi. Très mal ; il ne supporte pas l'idée que je le quitte.

— Bon… je m'y attendais, tu sais. Tu ne crois quand même pas que les choses vont s'arrêter comme bon te semble. Une relation ne se rompt pas brusquement juste parce que ça te chante ». Je lui parle avec une sévérité exagérée, je m'en rends bien compte, mais le fait est que j'éprouve envers Brian une sympathie sincère, je l'aime vraiment bien et les circonstances m'en font prendre conscience. Il doit se sentir tellement mal, lui, d'être plaqué comme ça – impossible pour moi de ne pas donner à Nina un quelconque signe de ma perplexité. Brian me fait de la peine et je désire qu'elle le sache.

« ... Il va mal, Maddi, vraiment, c'est impressionnant ; il me rappelle papa quand il venait à Rome et qu'il était tellement déprimé que je ne supportais pas sa présence... Il s'est même mis à pleurer, aujourd'hui, pendant qu'on parlait. On était assis au pub, tu sais, celui de Montague Street, en face de la galerie... »

Non, je ne sais pas. Je voudrais dire à Nina que laisser tomber quelqu'un comme ça, soudainement, sans donner d'explications, c'est destructeur – pas tout à fait mais presque comme le comportement de notre mère quand elle est partie sans donner de nouvelles pendant une semaine. La pousser à se rendre compte que Brian est un homme bien, de loin le mieux de tous ceux qu'elle a rencontrés, qui sait si et quand elle en retrouvera un autre comme celui-là. À son âge elle devrait avoir appris à se mettre à la place des autres : à comprendre les situations et les gens, à être plus patiente, plus compatissante.

Je voudrais m'exprimer, mais je ne dis rien. « Tu es déjà allée courir aujourd'hui ? voilà ce que je lui demande. Tu dois prendre soin de toi, Nina ; c'est toujours la meilleure chose à faire dans les moments difficiles. Tu te souviens de ce que disait Mylène ? *Beaucoup de peine, beaucoup de sport.* »

Nous rions, des deux côtés du monde ; si proches grâce à cette connivence toujours à même de se renouveler, de se régénérer en abolissant les distances. « Oui, oui, tu penses bien que je vais courir : mon tour de quarante minutes dans Prospect Park, ça, personne ne peut m'en priver, t'inquiète, Maddi. Le monde peut s'écrouler, je ne transige pas là-dessus. »

Tandis que je remonte à pied les cinq étages, je sens vibrer sous la manche de mon gilet plusieurs messages à la suite, des salves de communication compulsive envoyées à intervalles très rapprochés. Je consulte ma boîte WhatsApp avant de mettre la clé dans la serrure pour rentrer à la maison : des émoticônes de coureurs, des cœurs mauves et verts, des mains jointes en prière. Je souris ; Nina a fait des progrès, dans le passé elle n'aurait jamais réussi à synthétiser ainsi ses drames amoureux – tout à fait incapable, alors, de manier l'ironie. Moi aussi je lui envoie un cœur, rouge vif. À l'étage, Val est en train de jouer *My Funny Valentine*, « sa » chanson. Je m'assieds avec elle pour un quatre-mains, l'un de ces moments rien qu'à nous qui nous permettent de nous retrouver, soudain à des années-lumière de nos pénibles et incessantes prises de bec. Mais même pendant que je joue, et ensuite au dîner quand je ris avec les enfants et que je parle de tout autre chose avec Pierre, la pensée de ma sœur ne me quitte pas.

Marcos était le cousin d'Angela, qui avait été la nourrice de Gloria à Pérez, la banlieue toute en maisons basses et en tôles où elle était née, à quelques kilomètres de Rosario. Ma grand-mère n'avait pas de lait, et ma mère avait été confiée à cette femme, nourrie à son sein. Elles ne s'étaient jamais perdues de vue, pas même lorsque ma mère avec ses parents était partie pour l'Italie. Et puis, un jour, était arrivée à Genzano une lettre d'Angela. Elle disait que l'un de ses cousins allait séjourner à Rome pendant un mois, elle demandait à Gloria de le rencontrer, entre autres parce qu'il avait à lui transmettre des cadeaux pour nous.

Combien de fois me suis-je imaginé l'irruption de cet amour éprouvé par ma mère, tout comme j'ai imaginé l'union entre Gloria et Seba.

« Bien sûr que je vais le rencontrer, avec grand plaisir ! », avait écrit maman dans sa réponse expédiée à Pérez. Des mots jetés comme ça sans réfléchir, sous l'effet d'un étrange enthousiasme prémonitoire. Quand le cousin d'Angela l'avait enfin appelée, elle lui avait donné rendez-vous place Largo Argentina, devant le Théâtre. Deux Argentins qui se rencontrent à Largo Argentina : elle avait souri plus tard de la coïncidence, en la remarquant. Nous, nous étions restées à Genzano avec Imma, notre grand-mère. Gloria revoyait Rome après presque une année. Elle était descendue de l'autobus à la gare Termini, et avait commencé à marcher. Elle trouvait tout magnifique. On était en septembre, le soleil doré se reflétait sur les façades des immeubles. Oui, ce qu'elle voyait était splendide, splendide et perdu : sa vie romaine, elle la sentait lointaine, inaccessible, et le trajet jusqu'à Largo Argentina avait été une alternance de mélancolie et de joie, de souvenirs agréables dominés par un sentiment douloureux, une peine subtile pour laquelle elle sentait qu'il n'y avait pas de remède.

« Salut!

— Salut à toi. » Cette réponse avait donné à Gloria envie de rire, mais plus que ses mots, c'était le jeune homme lui-même qui la rendait joyeuse. Timide, les yeux noirs comme du charbon, si sombres que Gloria avait l'impression de n'en avoir jamais vu de pareils.

Ce jour-là, ma mère avait accompagné Marcos d'abord au Forum, puis sur le Pincio. Une guide parfaite : elle connaissait les rues, les moindres recoins et anfractuosités, les curiosités, les raccourcis. Son espagnol était pauvre, aussi avaient-ils peu communiqué, mais ils étaient contents d'être ensemble, les obstacles dans leurs échanges les amusaient. « Tu vois, ici avant, il y avait plein de chats, lui avait dit Gloria en désignant le quadrilatère de ruines au milieu de Largo Argentina, après, ils les ont enlevés de là, ils salissaient trop. » Il avait froncé les sourcils (qu'il avait épais, noirs), « *no entiendo* », avait-il bredouillé, un peu perdu, puis il avait arboré un large sourire qui montrait sa dentition très blanche et parfaite.

« Chats... miaou! » Gloria s'était efforcée d'expliquer en imitant, index et majeur des deux mains en forme de V sur sa tête, les oreilles félines. Elle s'était même déhanchée comme pour déplacer une queue imaginaire, et la grâce et la sensualité avec lesquelles elle bougeait avaient attiré l'attention des passants – la chute de reins de ma mère, comme celle de Nina : sensationnelle.

Marcos avait éclaté de rire : « *Ah! gatos! Yo lo sabía, pero no estaba cierto!* » – il l'avait pensé, mais n'en était pas sûr. Le voir si enthousiaste avait rendu Gloria heureuse, une joie de jeune fille, contagieuse, effrénée, le premier souffle de légèreté depuis qui sait combien de temps. Une première étincelle de sa passion avait jailli à cet instant précis, tandis qu'elle riait et le fixait sans pouvoir cesser de le regarder, de se perdre dans le noir de ses yeux.

Ils s'étaient revus le lendemain après-midi, et le plus souvent possible au cours des jours suivants. Pour justifier ses absences répétées, Gloria avait allégué la même excuse que celle donnée à Seba au téléphone (Seba était à Milan, il s'y était installé quelques jours pour réaliser un dépliant promotionnel que lui avait commandé un traiteur). Elle disait avoir trouvé un emploi temporaire de guide touristique, et qu'elle allait remplacer pour quelques jours une de ses connaissances qui était en congé de maternité. « Excuse-moi, mais qu'est-ce que tu y connais, toi, à Rome, à l'histoire de la ville? », lui avait demandé avec un certain mépris Seba au téléphone. Il avait l'intention de la blesser, mais elle n'y avait accordé aucune importance; d'ailleurs le mensonge n'en était pas tout à fait un, puisque maman jouait vraiment les guides ces jours-là, et d'une manière géniale.

« *Ruinas* », « *parque* », « *puerta del sol* », « *billete* » : Marcos avait appris à Gloria de nouveaux mots d'espagnol. Des termes qu'elle avait dû entendre prononcer enfant, oubliés depuis, et qu'elle mémorisa alors très vite, s'amusant ensuite à les répéter; éclats de sa langue maternelle, qu'elle était toute joyeuse de simplement baragouiner.

Gloria nous emmena à l'un de ces rendez-vous. C'était un samedi après-midi, au square de piazza Re di Roma, sur la via Appia. De loin déjà, en voyant Marcos, j'avais tout de suite deviné qu'il s'agissait de lui. « Un de mes amis va passer nous dire bonjour », nous avait dit maman alors que nous étions encore dans le bus pour Rome. « Il ne parle pas italien » avait-elle ajouté en se regardant dans un minuscule miroir qu'elle avait sorti de son sac et en allongeant ses cils avec sa brosse à mascara; « il est très gentil, vous serez gentilles vous aussi, gentilles et sages, les filles : j'y tiens ».

J'avais trouvé que Marcos était beau, avec quelque chose dans son aspect d'étrangement familier. Il portait un jean et une veste noire en cuir souple qui glissait sur ses épaules. Jeune, plein d'énergie : j'avais remarqué tout de suite les sourcils épais, le pli de la bouche, amer ou triste, c'était difficile à dire, en tout cas une expression qui montrait de l'expérience, une précoce connaissance de la vie. Impressions enregistrées tout de suite, juste avant que Nina n'occupe le devant de la scène grâce à l'un de ses caprices typiques, de ceux qui étaient précédés par des mines hystériques savamment étudiées pour attirer l'attention. Ma sœur s'était mise à sourire, puis à rire, de plus en plus nerveuse. Elle me tirait les cheveux, tirait sur le manteau de maman, nous bousculait, impatiente que nous nous occupions d'elle. « Qu'est-ce que tu fais, Nina, tu ne vois pas que tu lui fais mal? », lui avait crié maman tout en l'entraînant hors de l'aire de jeux où entre-temps ma sœur avait réussi à se sauver, et s'était ensuite ruée sur un gamin pour lui voler les biscuits qu'il était tranquillement en train de manger, assis par terre, à côté des balançoires. La mère du gamin était accourue, Gloria, consternée, s'était confondue en excuses. Marcos avait suivi toute la scène en restant à l'écart, debout, derrière un banc; avec sa veste en cuir sombre et son visage pas rasé, on aurait dit un motard qui fait une halte dans son voyage. Timide car respectueux : la vie de Gloria en tant que mère ne le regardait pas, et la juste distance qu'il avait gardée ce jour-là resterait toujours la même. Lors de cette première rencontre, j'avais senti sa force de caractère ; peut-être une certaine fermeture envers les autres, quelque chose d'introverti, mais à l'égard de maman un sentiment vrai, profond, un dévouement authentique. Nous nous étions attardés encore un peu dans le jardin public. Avec une Nina enfin calmée nous avions entrepris de dévaler un toboggan, une sorte de catafalque rouge et rouillé aux limites de l'aire de jeux. Cris d'excitation et de peur, peur au moment de plonger dans le vide, de glisser sur le plan métallique, jambes tendues, prêtes à rebondir sur le revêtement rugueux et de là, repartir en courant pour recommencer. Ensuite la balançoire, d'où Nina était tombée, s'écorchant un genou, et ses cris suraigus avaient fait craindre une blessure grave. Ce qui n'était pas le cas, mais elle saignait, et maman voulait courir chercher quelque chose pour désinfecter. Alors j'avais vu Marcos, indifférent aux coups d'œil féroces que Nina lui lançait tout en sanglotant, retenir Gloria en lui serrant le bras, lui caresser tendrement la joue, lui murmurer en espagnol des mots incompréhensibles. Il lui disait qu'il irait lui-même à la pharmacie, qu'il serait vite de retour, elle pouvait l'attendre avec nous, s'occuper de calmer Nina et ne pas s'inquiéter. Quelle gratitude j'avais vu briller dans les yeux de maman : elle avait vraiment confiance en cet homme, elle obéissait à son injonction. Le courant d'amour qui passait entre eux, je l'avais perçu clairement dès cette première rencontre.

Elle avait quitté Genzano, la maison, nous, quelques semaines plus tard. J'aurais pu présumer, ce jour-là au square, que ce serait Marcos qui lui donnerait la force de partir. Parce que pour maman Marcos a été un havre, tout le temps. Ses racines en guise d'ailes. Rentrer, accoster. Revenir. Peu de temps après s'être enfuie de la maison, Gloria est partie avec lui pour un voyage de six mois en Argentine.

Sur la décision de notre père, nous n'avions pas assisté aux funérailles de grand-mère. Le matin des obsèques, Nina et moi l'avions passé à la maison, sous la garde d'une jeune fille de Genzano. « Ce n'était pas bien », mais ce jour-là nous avions une furieuse envie de jouer. La jeune fille l'avait compris, elle avait réussi à nous divertir sans négliger la gravité du moment. Plus tard, nous étions par terre, concentrées, dessinant sur des feuilles fixées sur le tapis avec du scotch ; « mais vous, les filles » nous avait-elle dit, nous trouvant fermées, taciturnes, excessivement timides, « vous devez pouvoir faire ce que vous voulez. Vous êtes *libres* ». Elle était très jeune, à peine plus âgée qu'une gamine : de nous, de notre désarroi pour cette perte soudaine, de la pagaille qu'était déjà notre vie et qu'elle allait être encore davantage, de tout cela elle ne savait pas grand-chose, et ne pouvait presque rien comprendre. Cependant elle avait réussi dans son intention : nous insuffler une certaine estime de nous-mêmes, nous montrer la voie de l'autonomie. Se cuirasser : voilà de quoi il s'agissait, nous étions encore petites mais déjà nous devions apprendre cela. Notre condition anormale, l'assumer comme on le fait d'une caractéristique physique bizarre, avec la même orgueilleuse impassibilité.

Ce jour-là nous avions rencontré des membres de la famille de Seba venus pour les funérailles d'Imma, des cousins au premier et deuxième degré. L'un d'entre eux, venu de Milan, courbé, fragile, très vieux et sincèrement affligé. Les autres, originaires de la campagne ferraraise, où ils habitaient dans des maisons contiguës, issues du démembrement de ce qui avait été une vaste propriété agricole. Imma était leur parente la plus aisée, la seule d'entre eux qui avait fait un bon mariage (un militaire de carrière, Michele Cavallari, notre grand-père). À présent, ces cousins bivouaquaient dans notre salon, mal à l'aise et intimidés mais envahissants quand même, s'adressant à Seba sur un ton de fausse condescendance qui n'avait eu pour réponse que la gêne de papa. « Qu'est-ce qu'ils veulent ? Pourquoi ils ne nous laissent pas tranquilles ? », avait demandé Nina dans un murmure de rage (c'était plus une imprécation qu'une question) alors que nous allions à la salle de bains. Moi, pour la calmer, je lui avais serré la main, sans relâcher la prise même pendant qu'elle faisait pipi. Fragiles, trop exposées, nous deux. Les parents s'étaient attardés encore le temps d'un café, puis étaient partis après avoir pris congé avec des sourires distraits à notre intention ; pour papa, des regards en coin qui exprimaient de la pitié à l'égard du Seba fils d'Imma, et un certain trouble et de la désapprobation pour le Seba époux et père – mais comment pouvait-on laisser partir comme ça la mère de ses filles ?

La même baby-sitter était revenue pour passer chez nous les après-midi et les nuits. Papa n'était à la maison que le soir, et presque jamais les fins de semaine car il était très pris par son travail. C'était comme s'il n'y avait plus personne ; nous deux, seules, perdues dans un espace vide et inconnu, trop vaste. Qu'est-ce qui allait encore arriver ?

Éprouvées par un excès d'événements, Nina et moi vivions dans un état d'alerte permanent. L'asthme m'assaillait, je l'affrontais à grand-peine en déjouant les crises possibles.

Énervées comme nous l'étions, nous nous disputions très souvent. Quand elle était exaspérée, Nina se mettait à déblatérer. « Pourquoi tout est aussi absurde pour nous deux ? », demandait-elle en s'adressant à moi, mais je savais que sa question, comme toutes les autres formes d'auto-apitoiement, était plutôt adressée à nos parents. « Est-ce que c'est nous qui avons demandé à vivre comme ça toutes seules, ne jamais nous retrouver tous ensemble le soir pour le dîner, ne pas avoir de repas du dimanche ni de vacances d'été en famille, comme tout le monde ? hein, dis-moi, Maddi ? s'il te plaît, vraiment, dis-le-moi parce que moi je ne comprends pas. » De rage et de détresse elle se tordait les mains, grinçait des dents, éclatait en sanglots puis essuyait ses larmes avec des gestes brusques de la main. Un soir, nous habitions encore à Genzano, nous étions seules au salon, grand-mère était morte depuis peu, même pas un mois. Dans la maison un silence profond, épais, qui retentissait dans chaque pièce. Nina s'était déjà assombrie depuis un petit moment, à présent elle avait commencé à pleurer sans raison apparente, et tout en sanglotant elle s'était mise à arracher les rideaux, des rideaux en organza de soie violette cousus par Imma, à les déchirer avec ses ongles après les avoir secoués pour les faire tomber, le tissu en s'effilochant avait perdu les attaches qui le tenaient à la tringle, s'était effondré sur le sol, formant un tas de tissu violet, flasque, définitivement abîmé. « Nina, qu'est-ce que tu fais, tu es folle… » Il avait été embêtant de la laisser toute seule dans cet état pour aller chercher la baby-sitter à l'étage : « Tu peux descendre tout de suite, s'il te plaît, ma sœur fait une crise… »

Toutes les deux seules. Le prix était trop élevé.

« Regarde ce qui est arrivé, Maddi, et en si peu de temps… », m'avait dit Nina un matin alors que nous nous préparions pour aller à l'école. Levant le regard au-dessus de ses chaussures qu'elle était en train de lacer, elle avait dardé sur moi ses implacables yeux verts – un avertissement sévère m'enjoignant de l'écouter, de laisser tomber tout le reste, quasiment toute autre occupation, pour la suivre, elle et ses raisonnements.

« Mais qu'est-il donc arrivé ? Feindre la naïveté, c'était pour moi maintenir le calme.

— Jusqu'au jour où maman est partie, nous étions une famille, et maintenant...

— Maintenant... ?

— Maintenant nous sommes orphelines sans l'être. »

Elle avait raison, c'était tout à fait ça. Tout dans notre situation avait quelque chose d'excessif, de démesuré. Depuis que Gloria était partie, nous nous traînions dans un désert, telle était la vérité, perdues sur une étendue de terre aride, sans le moindre réconfort, assoiffées, avec pour seule réserve d'eau notre alliance.

« Pour moi, je te le dis, ça serait beaucoup mieux si on vivait toutes seules », m'avait-elle confié un autre jour, alors que nous rentrions de l'école, le long d'une portion de rue interdite aux voitures qui nous permettait de marcher côte à côte. De fortes pluies étaient annoncées, nous avancions avec aux pieds des bottes en caoutchouc qui, à chaque pas, produisaient de ridicules couinements. La veille, notre baby-sitter nous avait fait une scène parce que nous ne savions pas bien nous brosser les cheveux toutes seules, « je vais dire à monsieur Seba que si vous continuez comme ça je ne reviendrai plus, et on verra comment il fera pour s'organiser cette fois », l'avions-nous entendue proférer avec une rage tranquille, cruelle. Nous étions allées nous coucher sans lui dire bonne nuit, chacune avec le cœur serré qui battait fort dans la poitrine, chacune avec le poids de son appréhension.

« On est encore petites, d'accord, Maddi, je sais ; mais tu vois, en fait, c'est facile d'apprendre à s'occuper de nous-mêmes. Tout irait mieux, j'en suis sûre : la vie serait plus belle et plus facile, plus *à nous.*

— Papa essaie quand même d'être là pour nous, on peut lui reconnaître ça, Nina, allez…

— Tu trouves que c'est ça, être là pour nous ? C'est une présence, ça ? »

Ces dialogues étaient absurdes, disproportionnés, excessifs. Il nous incombait de ne pas pleurer, de ne pas nous plaindre, de ne pas nous laisser gagner par le chagrin. Je me parlais à moi-même et répétais les mêmes choses à Nina. J'étais la sœur-forteresse, celle à qui il revenait de donner à l'anormal une apparence de normalité. Mais en vérité moi aussi je me débattais, peut-être même plus encore qu'elle.

Dans l'espace étroit entre le lit et le mur, tous les soirs nos voix se couraient après.

« Qui décide de notre rythme, Maddi ?

— Ce sont les *grands* qui décident.

— Les *grands*… ? Il n'y a plus de grands, ici.

— Et papa, c'est quoi, Nina ?

— Papa ? Un agité. Rien de plus, rien de grand… Et encore autre chose : pourquoi maman n'a pas encore appelé une seule fois depuis qu'elle est partie en voyage ?

— Peut-être que de là où elle est ce n'est pas facile de téléphoner… et de toute façon elle va appeler, Nina, tu verras. Maman elle est comme ça : on ne dirait pas, mais elle est toujours là. Maintenant, allez, on dort. Bonne nuit.

— … nuit, Maddi, fais de beaux rêves. Heureusement que tu es là. C'est toi la grande : la seule grande. »

Si je m'étais écoutée, je serais descendue dans le lit du bas pour m'allonger à côté de Nina ; on se serait endormies ensemble, comme des galets bercés par le même clapotis vague de l'eau. Pourtant je restais immobile, pelotonnée sous la couverture, tournée vers le mur pour parler avec la photo de maman et nous au bord du lac. Une forteresse, ça ne se déplace pas ; droite, immobile, c'était la seule façon de soutenir aussi bien Nina que moi-même.

Comme décor pour faire son annonce, Seba avait choisi Giolitti, le café romain célèbre dans le monde entier pour ses glaces. Depuis le quai du Tibre où il avait garé la voiture, jusqu'au Panthéon et ensuite à Montecitorio, nous avions marché côte à côte, lui au milieu, nous tenant chacune par la main. En silence, toutes les deux renfrognées et contrariées comme cela arrivait de plus en plus fréquemment les derniers temps – depuis que tout n'était que changement, succession de baby-sitters, transmissions de trousseaux de clés et de sacs isothermes contenant repas et goûters, programmations d'horaires, déplacements de dates, nouvelles organisations sans cesse revues. Boudeuses mais contentes aussi, en ce dimanche après-midi : s'il se comportait ainsi, Seba, le pas pressé, ses mains assurant une prise ferme et chaude, on pouvait s'attendre à quelque chose de bien.

Dans la grande salle du café – bondée, en cet après-midi d'hiver – nous avions commandé moi un chocolat chaud avec de la crème, Nina une coupe de glace tutti frutti. Des sucreries pour prévenir l'amertume qui ne manquerait pas de se déverser sur nous d'ici peu. Papa nous avait parlé à voix basse, il y avait beaucoup de bruit autour, et nous avions du mal à le suivre, obligées de rapprocher nos chaises de la table pour observer le mouvement de ses lèvres et comprendre ce qu'il était en train de nous dire. Solennel, sérieux, il s'était adressé à nous comme si nous étions déjà des grandes filles. J'avais avalé mon chocolat bouillant, me brûlant la langue ; Nina au contraire lapait lentement sa glace, que je voyais couler le long des rainures de la coupe en verre, formant sur la serviette un lac bigarré. Elle faisait montre de flegme avec une coquetterie têtue, mais moi je savais – c'est ma sœur, je le savais – que si elle faisait tout si lentement, c'était à cause de l'angoisse, l'angoisse provoquée par les mots de papa, qui s'évertuait à nous expliquer comment les choses allaient se passer. Grand-mère nous avait laissé un héritage, avait-il dit, nous demandant aussitôt si nous savions ce que cela voulait dire. Non, nous ne le savions pas, « en tout cas, pas exactement » avais-je précisé, me comportant comme une grande. « Ça veut dire qu'une somme d'argent vous est destinée, à vous deux et à personne d'autre ; et comme vous êtes encore petites, et que c'est à moi, qui suis son fils et votre papa, de décider comment utiliser cet argent...

— ... Et donc ? l'avait pressé Nina, très inquiète sous ses airs fanfarons.

— Donc, l'argent – avait ajouté Seba après avoir avalé une longue gorgée du gin tonic qui lui avait été servi en même temps que nos commandes – nous permettra d'acheter une maison à Rome. Une maison pour vous. J'estime qu'il restera de l'argent, et avec ça j'embaucherai quelqu'un.

— Quelqu'un... qui ça ? avait encore demandé Nina, de plus en plus désorientée.

— Une personne, je n'y ai pas encore réfléchi... Mais ce sera quelqu'un de fantastique, je vous le garantis, mes petites.

— Dans quel sens, *quelqu'un de fantastique* ?, avait insisté ma sœur, tandis qu'en frottant ses joues avec la serviette d'un geste maternel, je lui enlevais les traces de glace.

— Une fille jeune, sympathique, qui sache vivre avec vous de manière amusante. »

« Qui soit bien, et amusante » : on aurait cru entendre la chansonnette de Mary Poppins – Nina et moi avions revu le film récemment, pour la cinquième ou sixième fois je ne savais plus.

« Je ne comprends pas : pourquoi c'est une personne fixe qui devrait vivre avec nous, on ne peut pas continuer avec les baby-sitters ? » Avec son franc-parler, Nina semblait parfois être l'aînée, plutôt que moi.

Je croisais les jambes, les décroisais, tout en recueillant avec ma cuillère le peu de chocolat chaud qui restait au fond de ma tasse. La salle de Giolitti s'était un peu vidée mais le bruit environnant restait tout de même assourdissant. Un élancement intercostal m'avait fait craindre une crise d'asthme, qui heureusement m'avait finalement été épargnée. J'étais là, un peu hébétée, je regardais Seba arranger ses cheveux clairsemés, j'observais l'un des tics qu'il a quand il est nerveux – comme à ce moment-là – et qui lui fait battre une veine sur la tempe droite. « ... Moi, je vais bientôt devoir partir à cause de mon travail, mes petites. Je reviendrai tous les week-ends, c'est sûr ; mais voilà, il faut que vous le sachiez, pendant un certain temps je serai à Milan du lundi au vendredi soir.

— Un certain temps... combien de temps papa, pardon ? »

Cette fois c'est moi qui avais pris la parole, ravalant l'arrière-goût acide du chocolat et m'efforçant de garder sous contrôle aussi bien ma respiration haletante que les battements accélérés de mon cœur qui m'inquiétaient.

Un silence prolongé. Seba s'était mouché, il avait regardé autour de lui, avait attendu un peu et, après avoir incliné son verre pour les recueillir, en avait sifflé les dernières gouttes. « Pas longtemps, Maddalena : trois, quatre mois, peut-être six… peut-être encore un peu plus, difficile de prévoir exactement. »

La vérité. La vérité rend muet. Au moment où nous avons quitté la salle, les clients du café Giolitti étaient de nouveau très nombreux : italiens, mais aussi étrangers, en groupes, attendant patiemment leur tour pour commander une glace. Beaucoup de familles – des vraies, pas comme la nôtre. Le dimanche après-midi des familles heureuses.

C'étaient les jours les plus courts et les plus sombres de l'année, même pas encore cinq heures de l'après-midi et il faisait déjà tout noir dehors ; nous ne pensions plus à poser de questions, ni l'une ni l'autre, un nœud me serrait la gorge, et j'avais dû faire très attention pour me contrôler, ne pas éclater en sanglots.

« Et maman ? », avait demandé Nina alors que nous étions encore dans la salle sur le point d'enfiler nos manteaux, pendant que Seba réglait la note en laissant au serveur stupéfait un pourboire de vingt mille lires.

« Gloria va bientôt rentrer de voyage et elle viendra aussi vous voir… c'est dans pas longtemps, mes petites, un peu de patience et les choses vont retrouver leur rythme, vous verrez… »

Elle viendra nous voir. Qu'est-ce que ça veut dire, « elle viendra vous voir » ? Tout est bizarre ; pas normal, et pourtant clair comme le soleil. Nous allions avoir une maison à nous, un endroit pour nous, sans nos parents. Nous allions être majeures avec plusieurs années d'avance. Élevées par une gouvernante embauchée pour sauver les apparences, mais de fait abandonnées. Orphelines sans l'être.

Clair comme le soleil ; mais, en fait de soleil, pas le moindre rayon. Au contraire, une obscurité hivernale. Le trajet pour revenir à la voiture était le même qu'à l'aller, mais complètement opposé l'état d'esprit dans lequel nous l'avions refait. Aucune attente, aucun horizon heureux à imaginer. Nina ne parlait pas, elle tenait la main de papa et se laissait conduire par lui sans jamais croiser mon regard. Moi, attentive à ne pas trébucher, je fixais les pavés, la laine de mon collant me piquait les jambes, le froid sur mon visage était mordant, malgré la protection de mon écharpe. J'aurais voulu ma maman, juste elle ; m'entendre dire les mêmes choses, que les mêmes nouvelles me soient annoncées, mais de la bouche de Gloria, du ton mélodieux de sa voix, capable comme nul autre de me rassurer. « Il n'y a qu'en toi que j'ai confiance, maman », lui disais-je dans ma tête ; et en silence j'avais continué à lui faire mentalement cette déclaration pendant le trajet en voiture jusqu'à Genzano. Il s'était mis à pleuvoir fort, les essuie-glaces oscillaient à toute vitesse en projetant de petites rigoles sur les rétroviseurs. Papa avait allumé la radio, le silence dans l'habitacle devait lui être insupportable, il était comme nous éprouvé par ce long après-midi. Aucun commentaire en provenance du siège arrière. Nous étions épuisées, sans mots ni réactions.

Je retournerai chez Giolitti, si je vais à Rome. C'est un endroit que j'affectionne car j'y ai des souvenirs : pas seulement celui de ce moment pénible avec notre père, mais aussi des souvenirs dans ce même café avec Gloria, avec Mylène. Une fois, nous y sommes aussi allées juste Nina et moi, toutes seules. J'allais partir pour Paris, et nous voulions fêter ça, heureuses de nous trouver là ensemble ; les lumières faibles et l'aspect vieillot de la salle n'avaient pas réussi à nous rendre mélancoliques. « Bon voyage, petite sœur », m'avait dit Nina en me regardant dans les yeux – les siens, d'un vert intense, brillaient. J'avais acquiescé, pensive; le problème c'était de savoir si on allait réussir à vivre éloignées l'une de l'autre – ce doute flottait dans l'air tandis que nous levions nos verres.

Je me retrouverai à Rome, et les lieux seront différents de ce qu'ils sont dans mes souvenirs, plus banals, dépouillés, moins évocateurs qu'ils ne le sont dans ma mémoire. Des endroits comme il en existe d'innombrables dans le monde, dénués d'échos à présent; pourtant, y penser me réconforte et m'émeut. Pouvoir y revenir et m'y arrêter, à l'écoute des battements du temps.

Papa n'avait jamais pardonné à Gloria sa fugue : ni alors, ni après. Jamais il n'y eut d'absolution pour le fait qu'elle était tombée amoureuse d'un autre, et amoureuse avec l'intensité qu'on met à aimer une terre, plus encore qu'une personne. Une terre qui est celle des origines : voilà ce qu'avait été Marcos pour Gloria, dès le premier instant. Écho d'un appel, voix d'un pays auquel on se sent appartenir et qu'on aime avant même de le connaître mieux. Au nom d'un tel amour, s'en aller, abandonner deux filles encore petites, et leur père, l'homme avec lequel il s'agissait, en théorie, de construire sa vie. Tout quitter, séance tenante.

Un affront aussi grave, Seba ne pouvait pas le subir, encore moins le justifier : il y allait de sa dignité d'homme et d'être humain. Il aurait été possible de mettre au point l'arrangement qui est celui de tant de couples séparés : vivre avec notre mère et le voir lui les week-ends. Mais Seba raisonna différemment, mûrissant une décision qui tenait beaucoup de la vengeance : il empêcha Gloria de rester vraiment proche de nous, tout en se soustrayant lui-même à la responsabilité d'assumer notre garde quotidienne. Ce que papa choisissait ainsi, c'était de nous priver de la base essentielle – la proximité de notre mère, sans mettre à notre disposition son soutien de père.

De son côté, Gloria n'avait pas livré bataille. Elle avait laissé faire. Bien que les décisions du juge des tutelles aient instauré une situation largement inique, elle l'avait acceptée. Comment avait-elle pu faire ça? Comment une mère peut-elle permettre que la vie de ses filles se déroule au loin, sans elle?

« Comment une mère peut faire ça? c'est pas possible... » Nina parfois se mettait à dire et à répéter ça comme une rengaine, une litanie, une plainte. Je la laissais se défouler. Contrairement à ma sœur, je ne voulais ou ne pouvais laisser de place à mon désarroi. Comment une mère peut faire ça : au fond, moi aussi je le pensais, bien sûr. Mais c'était arrivé, les choses s'étaient passées comme cela. Et la vérité, c'était que nos parents trouvaient que cette configuration familiale si anormale – une « maison des enfants », rien qu'à nous, sans eux – était non seulement tolérable, mais même la seule possible.

Nous en convînmes nous aussi à l'arrivée de Mylène : tout absurde qu'elle était, la nouvelle organisation allait nous protéger, la présence de cette femme chez nous allait nous garantir une normalité impossible autrement. C'est cette nouvelle vie qui allait nous équilibrer, avons-nous bientôt pensé. Modération, survie, là où tout le reste s'était écroulé, avait volé en éclats – quelque chose s'était brisé qui resterait à jamais irréparable.

Fille d'immigrés, fauchée, sans vrai travail : dans les premiers temps après l'abandon du domicile conjugal, aucune conséquence de son statut ne fut épargnée à Gloria. « La mère de mes filles ? Une femme psychologiquement instable », avait déclaré Seba au juge des tutelles, désignant maman comme seule responsable de l'effondrement familial. Elle était irréfléchie, infantile, « pas du tout en mesure de s'occuper des petites, croyez-moi, monsieur le juge, je n'exagère pas ».

Le premier argument pour définir les responsabilités respectives concernant notre garde fut la différence de situation économique entre nos parents. Non pas leurs structures psychologiques propres, ni leur degré de maturité et pour chacun sa capacité à aimer, à nous choyer, à prendre soin de nous. Non, ce qui primait, c'était une donnée bien plus concrète : l'état de leurs comptes en banque personnels. Seba Cavallari était un professionnel libéral censément précaire, mais héritier d'un patrimoine familial conséquent. En ajoutant aux propriétés immobilières l'épargne de ses parents décédés – les économies et l'argent investis par Imma, ex-fonctionnaire dans un ministère, et ceux de son mari Michele, militaire de carrière, décédé dix ans plus tôt –, le patrimoine de papa dépassait les deux milliards de lires. Une somme à côté de laquelle la fragilité de sa situation professionnelle passait au second plan. Quant à la femme, Gloria Recabo, elle ne possédait quasiment rien. Le juge des tutelles retrouva au nom de maman un compte courant ouvert à l'époque de ma naissance et fermé un an plus tard, et un autre avec un million et demi dessus. Rien d'autre. Pas grand-chose à ajouter : notre mère nous avait plantées là un beau matin, après nous avoir dit au revoir devant le portail de l'école. Un abandon du domicile conjugal qui pesait des tonnes. C'était bien plus qu'une preuve irrécusable. Si c'était Gloria qui avait notre garde, qu'est-ce qui permettait de dire qu'elle n'allait pas de nouveau partir ? Qui pouvait être garant de la crédibilité d'une femme qui s'était comportée ainsi ? La solution présentée par papa – une maison indépendante, à nous, une personne pour s'occuper de nous à plein temps – sembla aussi au juge des tutelles la plus adaptée et, peu après le retour de voyage de Gloria, c'est celle qu'il imposa.

« Ciao Maddalena, ciao Nina. Je suis là aujourd'hui avec vous parce que j'aimerais bien vous connaître, passer un peu de temps avec vous, ce matin et peut-être une autre fois, bientôt. Je serai très content si vous m'aidez à comprendre comment vous êtes, ce que vous faites, quels sont vos jeux favoris; bref, vous connaître un peu, et aussi les choses que vous aimez. »

Plutôt sympathique, le juge des tutelles; un homme petit, avec une barbe courte, sourire crispé, palais trop étroit. Persuasif, habile pour nous faire la conversation – sûr qu'il en voyait tout le temps, des enfants, vu comme il sut y faire, en particulier avec Nina. Il parlait avec un accent lombard prononcé, une sorte de miaulement, des sonorités traînantes, amusantes à entendre. C'était le premier adulte qui depuis bien longtemps nous accordait une véritable attention; devoir nous donner en spectacle, lui expliquer notre vie de tous les jours, nos habitudes – cela nous avait diverties. Nous vivions encore dans la maison de Genzano, nous avions allègrement couru dans tous les sens, entre le rez-de-chaussée et les chambres à l'étage. Je lui avais montré ma collection de poupées, Nina avait arboré successivement tous ses déguisements; vaniteuse comme jamais, elle avait monté l'une de ses saynètes avec lesquelles elle avait toujours parfaitement réussi à enchanter les adultes. Grâce à ses murmures d'approbation et ses applaudissements à chaque numéro de ma sœur, le juge avait gagné sa confiance ; mais en même temps – je m'en étais aperçue – il l'étudiait, prenant des notes sur un carnet comme il l'avait déjà fait avec moi quand je lui avais montré mes jouets. Nina était vraiment remontée, elle faisait d'incessantes grimaces, révérences et cabrioles, elle avait chanté *Sapore di sale* et *Buonanotte fiorellino*, les chansons que nous avait apprises la dernière baby-sitter et que nous savions par cœur, mot pour mot, tant nous étions avides d'émotions, de secousses assez fortes pour remplir les vides, pallier les manques. « *Il tempo è dei giorni / che passano piiiiigri.* » J'observais Nina qui rejetait la tête en arrière, faisait bouger ses cheveux dans le dos comme nous avions vu certaines actrices le faire à la télévision. Je l'avais vue rire, se dérober, transpercer le juge de son regard enjôleur. Nina, encore petite fille, mais déjà bien plus que ça.

La semaine suivante, le juge des tutelles était venu dans notre école ; c'est moi qui, avec une surveillante, l'avais conduit jusqu'au bureau de la directrice et avais fait les présentations. Assumer cette responsabilité me gratifiait, je m'étais sentie grande, importante, cela m'avait plu.

Gloria était revenue d'Argentine juste à cette période. Le juge la convoqua avec Seba pour leur communiquer les règles de la gestion familiale. Nous revîmes donc maman dehors, en plein air. La rencontre était fixée au dimanche matin, dans ce même square de Genzano où Gloria nous amenait quand nous étions toutes petites, là où elle avait dû tellement se languir et se sentir seule. Le square : un mouchoir de poche d'herbe rase à l'entrée du village, à quelques mètres du carrefour pour Grottaferrata. Des buissons, quelques haies, un seul jeu, une balançoire. Gloria nous attendait sur le même banc où elle avait lutté contre l'ennui, en berçant avec lassitude notre poussette. Sur une jupe-culotte noire et un pull blanc ivoire elle portait un manteau vert vif, en viscose douce. Les lunettes de soleil masquaient son regard, ne laissant pas deviner à quel point elle était bouleversée ; nous le savions quand même, nous n'avions été surprises ni l'une ni l'autre de la voir rire et pleurer tandis qu'elle venait à notre rencontre, de sentir, dans son étreinte, qu'elle nous broyait presque tant elle nous tenait serrées contre elle. « Mes filles, mes trésors ! — Maman, ma petite maman, alors c'est vrai que tu es revenue, vraiment revenue ! » Mains, caresses : tout résonnait avec force, vibrait. Le soleil était chaud quand il parvenait à percer entre les nuages blancs et vaporeux ; l'hiver touchait à sa fin et pour le signifier il y avait des journées comme celle-là, d'une allure déjà printanière. Serrées toutes les trois, à nous couvrir de baisers, « c'est maman, maman, c'est vraiment elle, elle est revenue ! », murmurions-nous chacune à l'autre, incrédules, au comble de l'émotion. Puis Nina, comme si elle se rappelait brusquement la situation actuelle et la très longue absence de maman, s'était rembrunie, s'enfermant dans un silence farouche qui, après le bonheur des premiers instants, avait tout rendu plus difficile. Quand était venu le moment de nous dire au revoir, la séparation ne nous avait pas pesé, pas tant que ça. Pour cette première et seule fois, pas de déchirement à voir Gloria, déjà de l'autre côté de la rue, qui nous faisait des signes faussement joyeux, dissimulant derrière la protection de ses lunettes de soleil la tristesse de devoir nous laisser qui, contrairement à nous, la tenaillait. Plus tard, ce serait différent, chaque adieu serait douloureux, chaque séparation une dose d'abandon supplémentaire. Mais pas encore à ce moment-là. Alors, nous fêtions seulement la fin de l'absence.

« Tu te rappelles comme maman avait changé ? », m'a demandé Nina un après-midi où nous nous baladions seules toutes les deux dans Tribeca. Pierre était attendu à New York en mission diplomatique pour un forum des Nations unies, et au dernier moment j'avais décidé de l'accompagner. Hôtel réservé *downtown* pour pouvoir être près de Brooklyn et de Nina : vivre la ville en sa compagnie me plaît toujours – nous nous retrouvons le matin tôt et nous promenons dans Manhattan, légères, block après block. Marcher ainsi, jusqu'à ne plus sentir mes jambes, m'écrouler le soir épuisée mais heureuse et pleine de reconnaissance pour l'énergie de la rue, cette décharge d'adrénaline qui frémit à New York plus que dans n'importe quel autre endroit du monde où je suis allée.

« Elle rayonnait littéralement, à ce premier rendez-vous au square de Genzano. Il me semble la revoir telle qu'elle était alors; si fière, une vraie lionne… » La lumière qu'irradiait maman à son retour de voyage : je pensais qu'il s'agissait d'un souvenir indélébile pour moi seulement, alors que Nina non plus n'a pas oublié ces retrouvailles, elle qui prétend ne se rappeler presque rien de notre enfance. Nous sommes assises dans Central Park, du côté du Lincoln Center, dans un grand café bondé, deux thés à la cardamome pour reprendre des forces et marcher à nouveau, avaler encore des kilomètres. « Oui, une lionne, qui réaffirme ses droits, vigilante, royale : c'est à ça qu'elle ressemblait.

— C'est ça qu'elle *était*, Nina », dis-je en la corrigeant.

On pouvait bien nous séparer, Seba pouvait bien nous empêcher de vivre avec maman; peu importait, le courant qui passait entre nous trois, elle et nous, était un flux impossible à endiguer, une vérité plus vraie que toutes les autres, nous en avions eu la confirmation lors de cette première rencontre à Genzano. Et Gloria, à l'époque de son retour, était radieuse : ces jours-là précisément elle avait recommencé à travailler, un nouvel emploi, prestigieux et qui semblait fait tout exprès pour elle. Elle savait que dorénavant ce ne serait plus seulement Seba qui subviendrait à nos besoins, mais elle aussi : et cette certitude la transformait, la libérant de l'injustice dont elle s'était sentie victime jusqu'alors. Comme cadeau venant d'Argentine (de Mar del Plata) elle nous avait rapporté à chacune une petite bouteille en verre bleu, à l'intérieur de laquelle, parfaitement assemblé, il y avait un voilier, avec ses quilles bombées, son cockpit, chaque détail un emboîtement minutieux de minuscules planchettes – les voiles, hissées par des cure-dents, étaient en gaze. Un petit cadeau fabuleux – de retour à la maison j'étais restée longtemps à contempler ma bouteille, rêvant de fugues et de longues navigations avec maman et Nina.

Les prières que je faisais en regardant fixement la photo de nous trois au bord du lac avaient été exaucées : maman était revenue. Nous pouvions passer du temps avec elle, un dimanche sur deux. Quelques heures seulement, jamais assez : mais Gloria était là, pas à la maison avec nous, mais de nouveau présente. Notre mère.

Deux fois par mois, toujours le dimanche. Après que nous eûmes emménagé à Rome, le rendez-vous avait lieu à l'entrée de Villa Pamphili s'il faisait beau, en hiver ou s'il pleuvait dans un restaurant de Monteverde Vecchio. Nous trouvions toujours maman déjà là, arrivée en avance, nous attendant. Elle arborait à chaque fois des tenues différentes, je me souviens de quelques-unes – un blouson noir en cuir porté sur une jupe tube jaune moutarde très serrée et sexy, un tailleur veste et pantalon à mi-mollet en crêpe de soie vert prairie, une jupe évasée multicolore portée avec un body en tissu stretch – sa taille de guêpe lui donnait l'air d'une toute jeune fille.

« Moi je sais bien que nous avons une maman très belle, mais toi, Maddi, tu l'as compris ? », disait Nina, en extase. J'acquiesçais en silence. Gloria regardait ailleurs, avec un sourire en coin, flattée et heureuse mais ne voulant pas le montrer. Nous, fières de cette maman ravissante, et elle rayonnante de notre admiration. Deux ou trois heures. Parfois – exceptions accordées par le juge et fixées à l'avance, une par une – des après-midi entières. Et tout brillait, en ces moments arrachés. Tout se recomposait, et brillait.

DEUXIÈME PARTIE

Les additions

Leïla est la seule personne, après Pierre, à qui j'ai raconté notre histoire, à Nina et moi. Enfances déchirées, vicissitudes de gamins ayant grandi loin de leurs parents : la culture de Leïla en est pleine. Ex-colonies, les Antilles connaissent d'incessantes migrations, surtout vers la France. Des départs qui ne sont pas de véritables expatriations, mais qui ont en partage avec le sort des expatriés la douleur des adieux, le difficile enchevêtrement de nostalgies et de distances dont se compose toute vie qui prétend recommencer ailleurs. En somme, pour Leïla, rien d'extraordinaire dans notre histoire de petites filles ; pourtant, au terme de ma confidence, je me suis rendu compte que je l'avais troublée.

« Quelle histoire ! Je sentais bien qu'il y avait un abîme, derrière ton apparence paisible et disciplinée. Maintenant je comprends pourquoi. » Nous sommes assises dans un café à Jaurès ; par les vitres, au-delà des arbres, on aperçoit le bassin de La Villette, des gens assis près de la fontaine, vu la douceur de cette journée. « Pauvre Madeleine… », commente encore Leïla, avec une note de compassion dans la voix. « Madeleine » : à Paris on francise mon nom en le prononçant en entier, l'usage du diminutif supposerait trop d'intimité – et c'est mieux comme ça, pensé-je à chaque fois : « Maddi », ça ferait tellement ridicule.

« Pauvre Madeleine, vraiment. Quel vide vous avez dû ressentir, ta sœur et toi. »

Oui, mais un vide plein, aurais-je envie de lui dire – et je ne le dis pas. De l'amour, nous en avons reçu Nina et moi, nous en avons été entourées même dans l'anormalité, et malgré cette situation absurde : grandir en ayant des parents vivants, mais lointains. Que Leïla se sente obligée de me plaindre, cela m'ennuie mais je peux le comprendre – il semble que ce soit une nécessité pour elle, de me répéter ce « pauvre », et je laisse faire, c'est une amie sincère, la seule vraie amie que j'ai à Paris, ce n'est pas le moment de s'attarder sur des nuances.

En dépit de tout, deux fillettes entourées d'attentions, ma sœur et moi. S'il en a été ainsi, c'est grâce à l'ordre, au cadre d'une structure : le mérite en revient à Mylène, à son arrivée. Parmi les divers curriculums envoyés en réponse à l'annonce de Seba, celui de Mylène se distinguait. Parfaitement bilingue, elle était aussi, par une curieuse coïncidence, colocataire d'une jeune Française qui vivait à Albano et avait été modèle pour un *fashion book* de papa. Deux éléments qui avaient joué en sa faveur : elle fut choisie avant même l'entretien.

Elle était venue pour faire notre connaissance la veille du déménagement vers Rome. Amusant d'observer son désarroi devant le spectacle du salon rempli de cartons entassés partout, des piles et des piles ; mais notre amusement était teinté de timidité – nous étions impressionnées. Papa nous avait acheté des Chipsters, quand Nina lui avait tendu le paquet, Mylène en avait juste pris une par politesse, on voyait que ça ne l'intéressait pas. Ne trouvant pas d'endroit où s'asseoir, elle était restée debout, à côté du piano emballé dans du papier bulle, prêt à être chargé dans le camion le lendemain matin avec le reste.

Elle portait un pull à col roulé en laine mérinos bordeaux, un pantalon foncé en futaine, aux pieds des bottines gris taupe dont les pointes étaient tachées de boue. Sobre, maîtresse d'elle-même. Une autorité naturelle : il y avait en Mylène quelque chose de stable, de serein, d'équilibré, et nous le sentîmes dès cette première rencontre. Et puis – nous allions l'apprendre bientôt – c'était une sportive, et quinze ans d'athlétisme lui avaient donné une tonicité dans le physique et dans la posture, à laquelle correspondait une forte lucidité mentale. Quelqu'un que nous ne verrions en aucune occasion s'empêtrer dans d'excessives cogitations. Peu de poitrine, des cuisses un peu fortes mais robustes, un corps où elle se trouvait parfaitement à son aise. La frange coupée très court et le carré asymétrique la faisaient ressembler à une actrice du cinéma muet. Elle paraissait très jeune et de fait n'avait même pas vingt-cinq ans. Elle nous plut tout de suite, à toutes les deux.

« Vous savez jouer ? » La question, évidente vu la présence du piano, nous avait été posée avec une vraie curiosité ; aucune réponse de la part de Nina, retranchée dans un de ses silences typiques des situations où elle se sentait impuissante – elle avait déjà deviné que ses stratégies de séduction habituelles n'auraient pas de prise sur la nouvelle venue. C'est moi qui répondis, un peu hésitante : « Ma sœur, pas encore, moi ça m'arrive de pianoter un peu, mais juste deux ou trois morceaux, c'est tout.

— Ah, j'espère que tu me feras écouter ! Moi aussi j'ai étudié le piano, au Conservatoire de Nantes, ma ville. Huit ans, tout rond. J'ai même le diplôme. » *Tout rond* : lexique impeccable, prononciation parfaite – grâce à plusieurs résidences d'été à l'université pour étrangers de Pérouse ; Mylène avait tenu à nous le raconter, tout comme elle nous parla aussi du sport, sa grande passion, qui était devenue un mode de vie. Elle croyait beaucoup en la valeur de l'activité physique, dit-elle en ajoutant qu'elle espérait pouvoir rapidement partager avec nous cette « fantastique » pratique quotidienne. L'amour de la langue italienne faisait aussi partie des passions de Mylène : elle parlait vraiment bien et elle était fière de ce résultat, ses yeux avaient brillé quand elle m'entendit lui adresser des compliments.

À une personne comme ça, on pouvait se fier, avais-je pensé.

« Elle te plaît celle-là, Maddi ? »

Dernière conversation entre moi et Nina du haut en bas de nos deux lits superposés ; derniers instants dans notre chambre commune, avant que nous ne déménagions à Rome où chacune aurait sa chambre. Tous les coins encombrés, partout des cartons et des meubles emballés, depuis des jours nous cherchions le sommeil en observant les ombres que, grâce à la lumière allumée dans le couloir, ces cubes projetaient sur le mur. Nous étions excitées, émues, tristes. C'était une nuit spéciale, électrique et mélancolique.

« Je crois que oui… elle me plaît, oui. Avec sa petite frange. Et puis elle a l'air drôle, une personne joyeuse…

— Elle fait jeune, à peine plus âgée que nous.

— Tu te trompes, Nina : regarde-la bien, elle a les cernes d'un adulte, et les rides, tu ne les as pas remarquées ? Quand elle sourit…

— Je ne sais pas, je ne pourrais pas dire, je ne l'ai pas observée à ce point. Ce que je sais c'est que je suis fatiguée, Maddi : j'en ai archimarre. Je me sens mal rien qu'à l'idée de devoir m'habituer à une énième nouvelle personne. À chaque fois les petits sourires, toujours l'espoir qu'elle reste, recommencer à zéro, réessayer… et tout ça pour rien. »

Mylène fut embauchée pour vivre avec nous. Nos premières impressions s'étaient confirmées : elle était énergique, avec une bonne nature, plutôt sereine, qui nous stimulait et nous faisait nous sentir soutenues. Parfois elle était rigide, c'est sûr : à la maison elle exigeait de l'ordre, et se trouvait souvent à avoir des discussions avec Nina, très chaotique dans la gestion des espaces. Elle savait être souple, bienveillante, mais quand nous étions en proie au mécontentement ou à la tristesse, elle n'en faisait aucun cas, et cela nous frustrait. Avec le temps, nous pensâmes que cette incapacité à accepter les moments où nous étions plus vulnérables était due à une certaine insensibilité ; mais au début, nous nous étions senties comme étreintes par la rigueur de Mylène ; cela nous était apparu comme la meilleure récompense après ce long temps de transition, si douloureux, rythmé par de trop nombreuses baby-sitters, dont aucune ne convenait.

Ayant grandi non à Nantes, mais dans la campagne environnante, Mylène connaissait les rythmes de la nature, la justesse du temps et de l'écoulement des heures quand on sait se les concilier. D'emblée, elle s'employa à nous faire nous sentir bien, le mieux possible. Elle voulait que notre mode de vie soit sain, sur tous les plans : nourriture, rythme quotidien comportant aussi une activité physique régulière. Dynamisme, efficacité, attention : maîtrise de soi. La santé pensée comme concentration maximale. Et le sport : se mettre à l'épreuve, une forme de soin méthodique susceptible de passer du corps à l'esprit.

Mylène avait d'autres qualités encore. Si l'une de nous deux lui confiait un secret, jamais elle ne le trahissait, et jamais elle ne parlait avec l'une de l'autre en l'absence de cette dernière, ni de nous avec les autres. Une réserve mise en œuvre avec intelligence : cette même intelligence avec laquelle elle nous exhortait à être fières de notre organisation domestique, difficile car « trop anormale », comme Nina avait appris à la définir. Nous avions réussi à bien grandir dans cette situation, nous pouvions nous en féliciter, c'est ce que disait Mylène. Nous avions fait preuve de caractère et de courage, ce dont à présent nous devions être conscientes, et fières. « *Vous avez été très courageuses, les filles ; faut savoir l'admettre, le reconnaître.* »

Des nouveautés qui advenaient en même temps : la maison de Rome, la nouvelle vie avec Mylène.

Un autre endroit où je veux retourner si je vais à Rome, c'est le parc de Villa Pamphili, ce circuit où nous allions nous entraîner avec Mylène. « Mince alors, on dirait que tu te débrouilles bien en course à pied ! » Dès le premier jour je l'avais entendue dire cela à ma sœur, dans son italien parfait. D'un an plus jeune que moi, Nina courait beaucoup plus vite. Quelques minutes, quelques foulées décidées, et déjà elle s'était octroyé un avantage que je ne pourrais jamais rattraper.

Mes crises d'asthme étaient plus rares à présent, mais la crainte de nouveaux « événements respiratoires », comme j'avais appris à les appeler en lisant mon rapport pneumologique, m'assaillait toujours. J'avais vite renoncé à courir, pour me consacrer à un entraînement spécifique élaboré pour moi par Mylène, intense, mais sans efforts cardio. Pendant ce temps, Nina s'éclipsait entre les pins, sa queue-de-cheval ondulait et lui fouettait le dos. Ses cuisses étaient tendues dans l'élan, et quand on observait ses jambes de près, on voyait battre sur ses mollets des veines gonflées. Nina, si agile et rapide ; plus attirante que moi, et aussi plus compliquée, spéciale – je pensais à tout cela, imaginant son avenir semblable à ses tours de course : insaisissable car avançant à une allure trop rapide. « *Your sister… she goes so fast!* », m'avait dit Brian lors de notre première rencontre chez nous à Paris, pendant le bref moment où nous nous étions retrouvés tous les deux seuls à la cuisine. Et il riait, il y avait une telle admiration amusée dans les yeux de Brian O'Brien tandis qu'il disait cela ; et là j'ai compris que cet homme aimait ma sœur, l'aimait vraiment.

Elle est capable d'être fulgurante, supersonique, elle est incroyable, Nina ; à Cape Code, sur la plage, m'a raconté Brian, elle a sauvé un petit garçon qui était en train de se noyer. Il s'était éloigné, et, étant donné la force du courant, il ne parvenait pas à regagner la rive ; après des brasses et des brasses en pure perte, il était à bout de forces. Nina l'avait remarqué, de loin, alors qu'elle et Brian se reposaient à l'ombre de l'auvent d'un bar ; elle avait tout de suite donné l'alerte, puis avait couru dans l'eau. C'est elle qui avait sauvé l'enfant, elle, la seule sur toute la plage à avoir remarqué ce qui se passait. Rapide, oui, mais la vie l'est encore plus. Des réussites puis des revers, de soudains bonheurs suivis de crises : ainsi imaginais-je le futur de ma sœur. Et je pensais à nos noms. Maddalena, la seule femme avec Marie à être proche du Christ, avais-je appris à l'école. Maddalena, le courage du dévouement ; impavide, alors que j'avais l'impression qu'il n'y avait rien d'impavide en moi ; la témérité, c'était le propre de Nina. Nina : comme son nom sonnait plus joliment que le mien. « *J'ai vu Nina voler entre les cordes de la balançoire / un jour je la prendrai comme le vent prend par le dos.* » Plus tard nous écouterions les paroles de Fabrizio De André, l'histoire de cette petite fille et de son vol mystérieux. Des intensités pour moi inaccessibles.

Dans la maison de via di Villa Pamphili, nos chambres – à présent séparées – racontaient nos caractères. Nina avait fixé au mur un poster de Madonna sur la plage avec une combinaison en éponge léopard (« Je donnerais tout pour signer un cliché pareil ! », commentait régulièrement Seba). Sur ses étagères un fouillis de vieux jouets, de livres, de vêtements chiffonnés, de boîtes contenant des rubans, des scoubidous ; éparpillés dans tous les coins, des feutres, des feuilles froissées, des jeux de cartes dépareillés, des cassettes vidéo, un jeu de fléchettes magnétiques, une quantité exorbitante d'enveloppes pleines de vignettes adhésives. L'immense petit univers d'une fillette habituée à passer la majeure partie de son temps à la maison.

Ma chambre, au contraire, rangée de façon exemplaire : les livres alignés, les crayons disposés en une symétrie maniaque dans des verres en plastique coloré rangés par ordre décroissant. Au mur, un seul et unique poster, la reproduction d'un tableau impressionniste. Renoir, ma passion ; le tableau intitulé *L'Excursionniste*. C'est le portrait d'une jeune fille, elle tient à la main une canne de bambou qu'elle utilise comme bâton de marche. Elle fixe un point éloigné, à l'horizon. Attentive, détachée, inflexible comme j'aurais voulu l'être.

Aussi bien Gloria que Seba, nos parents avaient été enfants uniques, n'avaient pas connu la vie avec des frères ou des sœurs. De l'entente entre Nina et moi, ils ont été des spectateurs admiratifs, tantôt jaloux, tantôt agacés. Une plus une : ce n'est pas la même chose qu'une seule. Plutôt qu'une alliance, c'était et c'est toujours entre nous une entente télépathique, renforcée, maintenant que nous vivons dans des pays différents, par des échanges quotidiens. Nous sommes très douées pour nous dire tout ce que nous avons à nous dire dans cet intervalle exigu et inconsistant qu'est la communication entre deux téléphones portables. Apparemment, Nina est la plus dépendante de nos dialogues ; mais ce n'est pas exact, c'est plutôt le contraire. Je peux feindre en moi-même que ça m'énerve, mais la vérité c'est que dialoguer avec ma sœur une fois par jour (ou davantage) m'est salutaire. Le parapet le plus sûr.

Il nous est arrivé de parler une heure et demie, presque deux ; pendant la durée du coup de fil je marchais : partie de la place de Clichy, je suis arrivée jusqu'à la rue de la Montagne-Sainte-Geneviève, dans le cinquième arrondissement – et Nina, toujours là, avec moi. Je suis seule à Paris ; je vis isolée toute la journée, depuis le matin jusqu'à ce que nous nous retrouvions tous avec Pierre et les enfants, et c'est presque le soir. Nina le sait, elle sait qu'elle est, avec ses coups de fil et ses messages, ma fenêtre sur le monde. Elle est venue une fois passer quelques jours chez nous. C'était fin mai ou début juin, Sam était en dernière année de primaire, au CM2, moi j'étais occupée par son inscription imminente au collège. Nina avait été à cette occasion une tante fantastique, elle avait emmené Val et Sam au cinéma, au bowling, au Parc Astérix. Affectueuse avec moi, toujours aussi dynamique – elle m'accompagnait dans mes marches matinales ; grâce à un pass invité j'avais pu la faire entrer à la salle de sport, mais tôt le matin elle allait de toute façon courir toute seule au parc Monceau. Cette unique fois, une vraie visite, pas un voyage éclair comme d'habitude. C'est alors que ma sœur avait vu et compris le vide qui était le mien, cette cage dorée où je dois continuellement me trouver des occupations et être vigilante pour ne pas me briser les ailes. Elle avait alors compris combien il était important qu'une fois repartie elle soit quand même là, qu'elle continue à être là. À présent, dans l'éloignement, ce sont nos mots tapés sur les écrans qui disent notre proximité : « Demande-moi, Maddi : tout ce que tu veux, tu sais que je n'ai pas de secrets pour toi. — Pas de question en particulier, Nina. C'est juste que je suis un peu inquiète… — Tu parles de Brian, je sais *(smiley sourire).* Tu voudrais qu'on reste ensemble et tu es terrifiée à l'idée que je le quitte… je te connais, petit masque *(nombreuses émoticônes de masques).* — Mais non, tu te trompes, qu'est-ce que je pourrais vouloir ? juste que tu sois heureuse. — Tu parles comme une mère, Maddi ! Fais attention s'il te plaît. — Quitte Brian, si tu penses que c'est bien. Mais je me fais du souci de te savoir seule à New York, sans lui ni ton emploi à la galerie. Il faudrait que je ne dise rien ? — Là encore, tu parles comme une mère *(autres smileys souriants).* Et puis, ce n'est pas dit que je vais rester ici. Je vais peut-être rentrer en Italie… *(petits drapeaux italiens).* J'en ai marre de New York, tu sais, et de Brooklyn aussi. — Vraiment ? c'est nouveau, ça… — Tu t'en souviens, non, de l'époque où j'ai décidé de venir ici ? J'allais très mal, et toi aussi tu étais partie. S'il n'y avait pas eu la méditation, Sri *(icône de mains jointes en prière),* qui sait comment j'aurais fini. Mais maintenant c'est différent. Je vais bien, et je pense rentrer à Rome, j'y pense vraiment. » Pour moi, les géographies sont des choix inébranlables, pour Nina des transits provisoires, des hypothèses prêtes à se muer en d'autres accostages, en de nouveaux ancrages temporaires. « Ta sœur croit toujours qu'elle est la plus importante pour tout le monde » a commenté Pierre une fois, à l'énième rafale de messages WhatsApp (jamais aussi envahissants qu'une autre fois où nous étions sur le point de faire l'amour, et où, à cause des appels compulsifs de Nina, j'avais dû éteindre mon téléphone, sans plus retrouver la bonne concentration pour le sexe). « Voilà, elle pense qu'elle est seule au monde, ta petite sœur chérie. Tant mieux pour elle : c'est sans doute grâce à un tel narcissisme qu'elle réussit toujours à s'en tirer, dans sa vie bordélique… » Ce n'est qu'à l'égard de Nina que Pierre est si sévère et péremptoire dans ses jugements. Jamais il ne parlerait sur ce ton de nos enfants ou de moi-même. D'un autre côté, comment lui donner tort : Nina est fatigante. Épuisante. Un soir, nous avions fini de dîner et regardions tous ensemble *American Beauty* sur Arte, j'ai dû rester coincée au téléphone pendant plus d'une demi-heure parce qu'en appel vidéo avec l'image fixée sur l'intérieur de sa cabine d'essayage à Brooklyn, elle voulait que je l'aide à choisir sa tenue. Elle allait à un vernissage au Metropolitan où Brian et elle avaient été invités, et elle n'arrivait pas à décider toute seule comment s'habiller. Une autre fois, parce qu'une amie de lycée de Rome avait débarqué à Brooklyn, et qu'elles étaient en train de déjeuner ensemble, Nina a voulu à tout prix une conversation à trois. Moi je marchais sur l'avenue des Gobelins, j'étais allée au cinéma puis en exploration dans le quartier, que je connais mal. Il s'est mis à pleuvoir, je l'ai dit à ma sœur mais il n'était pas question pour elle de mettre fin au coup de téléphone. Et tout a été follement incommode, je parlais et en même temps je me faisais mouiller, j'essayais de tenir mon téléphone sous la capuche de mon coupe-vent mais je suis tout de même arrivée au Panthéon complètement trempée, et une fois que je fus montée dans le bus nous parlions encore, Nina me passa la copine, puis voulut de nouveau me parler ; où elles étaient allées, le shopping de la copine, une suite de détails idiots. Ces bavardages m'avaient tenu compagnie sous la pluie, mais le soir je fus prise de tremblements, j'avais de la fièvre, tellement mon corps avait absorbé d'eau et d'humidité. Elle est épuisante, ma sœur, elle phagocyte la vie des autres, certes ; mais il n'y a pas grand-chose à faire. Et maintenant je suis inquiète pour elle. C'est à présent une femme mûre, du moins j'espérais bien qu'elle le soit suffisamment devenue pour faire durer sa relation de couple, s'accorder une protection durable et authentique, pas imaginaire. « Et les conséquences, tu y penses ? » J'envoie le texto par WhatsApp depuis le boulevard des Batignolles, c'est l'après-midi et je vais passer à la maison récupérer Sam pour l'emmener chez le dentiste. « ? ? ? ? ? » Cinq points d'interrogation dans la réponse de Nina qui suit presque en temps réel. « Qu'est-ce que tu veux dire, Maddi ? » Que tu vas recommencer à te compliquer la vie, petite sœur, voilà ce que j'essaie d'exprimer. Et je ne voudrais pas que cela arrive, de toutes mes forces je ne le veux pas.

De longs moments passés à colorier ; nos heures les plus paisibles ensemble étaient celles que nous occupions à remplir avec des feutres les espaces blancs de figures – déjà imprimées, ou dessinées par nous. Un temps très dense : Mylène n'était pas loin, nous l'entendions bricoler dans la cuisine, dynamique, précise, sa présence efficace et qui jamais ne pesait. Parfois seulement elle devenait mélancolique, je voyais ses manières tranquilles se faire plus nerveuses, son regard s'attrister tandis qu'elle mettait de l'ordre ; elle n'utilisait pas le lave-vaisselle, essuyant et faisant briller casseroles et vaisselle (c'était l'une de ses fixations, économiser l'énergie électrique en limitant au maximum l'utilisation de l'électroménager). J'imaginais qu'elle avait la nostalgie de ses parents, de la vie simple et saine dans leur grande maison à la campagne, près de Nantes ; mais elle se maîtrisait, ne disait rien ; toutefois, pendant ces moments d'assombrissement, son attention à notre égard faiblissait, et ces instants suffisaient pour qu'à nouveau nous nous sentions seules. Seules, nous les deux sœurs. Des rais de lumière bariolaient le plan de la table en formica, depuis la cuisine le sillage des odeurs du repas qui nous attendait – timbale de fenouil et longe de porc au thym et au genièvre, spécialité de Mylène. Silence de notre concentration, et pourtant derrière ce calme apparent j'étais inquiète et dans l'attente de ce qui ne manquait jamais de se produire ensuite : le terrible moment où Nina se mettait à barbouiller sa feuille et, avec une rage furieuse, commençait à appliquer des gribouillis noirs sur le travail soigné auquel elle s'était consacrée juste avant. Abîmer, il s'agissait alors d'un dessin, et plus tard d'autre chose : une amitié, un amour, un engagement. Toujours pour Nina arrivait l'irrésistible pulsion de détruire ; faire échouer les choses, et se nourrir de leur détérioration.

Nous jouions aux « animaux préférés ». Celui de Nina, le jaguar, le mien, la tortue. Depuis quelque temps nous en possédions une ; elle vivait sur le balcon, n'était âgée que de quelques semaines mais paraissait centenaire. Je l'observais qui avançait en sortant sa petite tête sombre, visqueuse, les yeux réduits à deux fentes très noires, des yeux vifs, un peu hystériques. J'allais sans cesse sur la terrasse pour la voir, caressant prudemment du bout des doigts les écailles de sa carapace. Pour la loger, nous avions choisi une cagette renversée, à côté de laquelle j'avais placé une petite tasse d'eau que je changeais tous les matins, me couvrant la tête d'un chapeau s'il pleuvait. La nourrir était ma responsabilité, chaque jour je disposais devant la cagette des bouillies de coquilles d'œufs broyées et des grandes feuilles de laitue auparavant bien lavées. J'apprenais beaucoup du flegme de ce petit animal qui était sa propre maison, de la façon dont il se dérobait en se retirant en soi-même, et établissait de là, impassible, le maximum de distance par rapport à l'extérieur. Nina était jalouse, elle disait que nous allions bientôt prendre un chien, « et la tortue devra dégager, Maddi, je te préviens, sinon le chien la mangera ». Mais cette idée de chien avait été rejetée d'abord par Mylène, et ensuite également par papa et Gloria. « Au contraire ça serait si simple, vous ne comprenez rien, je le sortirai quand je m'entraîne. » Nina insistait, mais papa était resté inflexible sur le sujet : « Vous faites déjà tellement de choses, pas besoin de vous compliquer encore plus la vie. — Comme si ce n'était pas vous qui nous l'aviez compliquée... Tu nous prends vraiment pour des idiotes : tu vois bien que tu ne comprends pas grand-chose, papa... » Les tensions s'exacerbaient, et le rêve de chien demeura irréalisé; à sa place il y avait la carapace brillante de la tortue. Un sursaut à chaque fois, une apparition. Je suivais des yeux ses déplacements lents, solennels. Elle m'incitait à faire de moi-même un repaire, en me montrant comment y résider, créant ainsi le meilleur des boucliers. Comment me protéger de tout le monde, y compris de Nina.

Couchers de soleil sur la Villa Pamphili, le soleil qui filtrait entre les pins, des étincelles de ciel, de larges bandes de rose, d'indigo, de jaune foncé : lumières d'une beauté qui serrait le cœur. Nina courait, opiniâtre, pleine d'assurance, reine des athlètes. Mylène et moi restions debout à l'attendre, près de l'escalier qui donne sur le Casino del Bel Respiro. Moi en silence, Mylène, plus sociable, s'entretenant parfois avec d'autres sportifs qui fréquentaient le circuit. Quand elle nous rejoignait, hors d'haleine, Nina était épuisée mais resplendissante. Autant à l'époque qu'aujourd'hui, rien ne lui faisait plus de bien que le jogging : courir la transfigurait. Cachée derrière une haie, elle changeait son maillot trempé de sueur, puis toutes les trois nous nous dirigions vers la sortie, souvent les dernières à quitter la Villa.

Aller courir sur ce circuit était devenu bien plus qu'une habitude quotidienne. Une obsession, pour ma sœur – pour elle c'était tout, ou presque. Mais il y avait des moments différents, plus pénibles, d'interminables après-midi pluvieux sans rien à faire. Mylène veillait à ce que nous fassions nos devoirs, puis cessait de s'occuper de nous. Son attention était à nouveau distraite; Nina et moi étions persuadées qu'elle avait le béguin pour un entraîneur qui venait tous les jours sur le terrain, un certain Roberto, cogérant d'une salle de sport assez connue dans le quartier de l'EUR. On ne savait pas si c'était réciproque, mais assurément Mylène tendait alors à s'abstraire, et nous nous sentions exclues de ses silences, au lieu d'y être accueillies. Nous restions toutes les deux, l'une avec l'autre, et avec du temps à tuer. Énervée, frustrée parce qu'elle n'avait pas pu se défouler en courant, Nina cherchait querelle.

« Comme tu es ennuyeuse, Maddi. Tu ne te rends pas compte que tu es fatigante ? Toujours parfaite, jamais un truc de travers, jamais un mot déplacé... une vraie plaie, voilà ce que c'est de vivre avec toi !

— Qu'est-ce que tu veux dire ? Tu sais bien que je n'aime pas beaucoup parler, que je préfère écouter. » Ça me pesait d'expliquer comment je fonctionnais, mais à chaque fois je m'efforçais quand même de le faire, me précipitant tête baissée dans le piège tendu par Nina.

« Bien sûr, voyez-vous ça. Tu fais la passive, la sainte-nitouche, mais en fait c'est toi qui commandes tout le temps. Elle a eu vraiment raison, Rebecca, de dire que ça t'irait bien d'être présidente.

— Je commande ? Moi ? Pardon, mais qu'est-ce que je peux bien commander ?

— Tu ne réalises pas à quel point ton calme est pénible. Ce fichu calme imperturbable...

— Je ne te suis pas, Nina.

— Je sais que tu ne me suis pas, que tu ne comprends pas. Moi au contraire je te comprends, carrément, et je vais te dire : ta prudence, ta réserve... c'est ennuyeux, c'est pesant ! Tu m'oppresses, voilà ce qui se passe ! » Je restais muette ; jusqu'au moment où, immanquablement, Nina se mettait à pleurer, cessait alors de penser à l'ennui que je lui procurais et revenait à elle-même, à ses souffrances, et moi une fois de plus je me sentais obligée de m'occuper d'elle. De cette satanée douleur qui était notre lot commun.

Le samedi après-midi des camarades d'école venaient chez nous. Ce n'était pas moi qui les invitais, c'était toujours Nina qui prenait l'initiative. Visites qui étaient des cataclysmes, des entorses à nos rythmes habituels. Des après-midi qui voyaient cesser toute notre solidarité, notre complicité, car Nina s'alliait avec l'amie de service et devenait froide et distante avec moi. Je n'en revenais pas ; et, dans une dynamique perverse, moins je comprenais, plus Nina m'excluait. « Qu'est-ce qu'il y a, Maddalena ? Tu ne vois pas qu'on est en train de jouer ? Désolée, il n'y a pas de place pour toi, on ne peut y jouer qu'à deux, Maddalena... »

« Maddalena » : entendre ma sœur prononcer mon prénom en entier me glaçait. J'allais m'enfermer dans ma chambre, en attendant de pouvoir me retrouver seule avec Nina.

« Pourquoi tu fais ça ? Tu me fais du mal, tu gâches tout, tu ne le vois pas ? Et j'ai l'air de quoi, moi, devant *elles*, devant les autres, tu y penses ? »

Mais Nina ne s'excusait jamais. « J'ai mes raisons. C'est toi qui me casses les pieds ! C'est pas facile, qu'est-ce que tu crois, Maddi, pas facile du tout d'avoir une sœur qui est l'éternelle première de la classe ! Ma chère petite-madame-je-sais-tout, tu es une vraie enquiquineuse, voilà ce que tu es, il serait temps que tu t'en rendes compte... » Elle claquait la porte, allait elle aussi dans sa chambre et s'y barricadait. De longs silences, des journées entières sans s'adresser la parole. Insister c'était perdre son temps : ses intermittences compliquées et si cruelles pour moi, jamais Nina n'aurait pu me les expliquer, car elle-même était bien incapable de les décoder.

D'autres fois elle changeait de cible et se mettait à tourmenter l'amie de service qui, se trouvant soudain « larguée », était toute déboussolée ; faussement désinvolte, elle se mettait dans un coin mais en réalité elle était effrayée. Vexations, jalousies tyranniques, brusques changements d'humeur ; avec de petites variations, le schéma restait le même. Ma sœur empoisonnait l'atmosphère jusqu'à ce que son malheur prenne le dessus et que toutes (la sœur et l'amie) deviennent spectatrices de ses peines et de ses épanchements. Nous essayions de la calmer, moi plus et mieux que l'amie de service, jusqu'à ce que, à travers ses larmes, Nina finisse par ébaucher un sourire torve de satisfaction, et c'était le signal du retour à la paix. Elle était parvenue à ses fins : nous avoir à sa botte, liées à elle.

Tyrannique parce qu'elle souffrait et, derrière la façade déloyale, très soucieuse du jugement des autres. Elle s'empressait de clarifier notre situation auprès de ses compagnes. « Nous, on vit pas avec nos parents » – ainsi agressait-elle l'invitée avant même qu'elle n'ait franchi la porte d'entrée. « Tu sais, c'est aussi pour ça que tu les vois jamais venir nous chercher à l'école… parce qu'ils habitent pas avec nous. Et ils vivent même pas à Rome…

— Vous vivez avec Mylène, la nounou, c'est ça ? J'avais compris, en vrai je le savais déjà… », acquiesçait l'amie de service avec une assurance complice, s'autoproclamant déjà intérieurement elle aussi, comme nous, « orpheline sans l'être ».

Ainsi commençaient d'intenses après-midi, souvent quelque peu mélodramatiques. Mylène contrôlait, mais à sa manière, invisible et jamais inquiète, et puis elle faisait si jeune, et l'absence de parents rendait spéciale l'atmosphère chez nous, différente de celle que l'on respirait dans les autres familles. « Les samedis de Maddi et Nina » devinrent fameux parmi nos camarades d'école : des rendez-vous qu'elles auraient voulu réitérer dès que possible, sauf que les parents, ayant appris par leurs filles notre situation anormale, changeaient d'attitude. Ils hésitaient, peu empressés soudain à les laisser venir chez nous.

Le moment le plus délicat, c'était à la fin, celui où elles prenaient congé. Quand les parents venaient chercher leurs filles, devoir assister à leurs embrassades et retrouvailles, à la familiarité et à l'intimité de leurs gestes dans l'ascenseur avant que ne s'en referment les portes. Et imaginer leur retour à la maison, là où, dans la normalité la plus accueillante, surveillées par une maman et un papa aimants, elles attendraient l'heure du dîner, puis celle du coucher. Nous étions jalouses, et en silence, dans cette jalousie, nous nous dévalorisions. La blessure : toujours aux aguets et prête à se déguiser, prenant chez moi la forme d'un calme excessif, chez Nina, celle d'une agressivité exagérément féroce.

Une fois la porte refermée, nous finissions régulièrement par nous disputer.

« Mince alors, pourquoi tu me trahis à chaque fois, Nina? Quel besoin tu as de m'exclure tout le temps, tu m'expliques? » J'avais des larmes dans la voix, je savais moi aussi que ça faisait trop tragique, mais ça m'était égal.

« Je te l'ai répété mille fois, Maddi : j'ai mes raisons. Et puis d'abord c'est toi, pas moi...

— Quoi, moi?

— C'est toi qui fiches le bazar, en jouant à chaque fois les intruses, les exclues... »

Des pleurs, des bourrades pour me faire partir, des bouderies; puis de solennelles réconciliations, des étreintes serrées pour renouveler notre pacte de fidélité et d'alliance. Voilà comment nous étions. Et il avait fallu du temps pour faire évoluer les choses, pour qu'à partir d'un certain moment je sente que j'étais passée de l'autre côté, sur la large rive du monde des plus grands. Soudain les colères de ma sœur ne m'affectaient plus; qu'elle se débrouille toute seule avec ses invitées, ces gamines que moi je n'aurais jamais voulu avoir à la maison – s'il n'avait tenu qu'à moi, nous serions restées tranquilles, juste nous deux avec Mylène. Dans ma chambre, je passais le temps à lire, à pianoter, en m'accordant la liberté de rester toute seule. Me défaire de ces liens, trouver une Maddalena au-delà de mon rôle de sœur : telle était l'urgence. Ne plus être obsédée par l'idée que nos vies étaient fusionnelles, interconnectées. « Toi c'est toi : tu es Maddalena », me répétais-je, les yeux dans ceux de mon reflet dans le miroir. Toi c'est toi : se trouver, et ne plus se perdre de vue.

Se sentant délaissée dans ses comédies déjantées et mégalomanes – à présent je m'autorisais à les qualifier ainsi –, Nina elle aussi avait changé. Comme me rendre jalouse par l'intermédiaire de ses amies ne marchait plus, elle perdit tout intérêt à leur égard. Elle les invitait pour ensuite les laisser toutes seules et venir frapper à ma porte.

« Tu fais quoi, Maddi ?

— Je suis occupée, tu vois pas ?

— Tu veux pas venir ?

— Vraiment pas, merci. »

Et Nina, contrariée, retournait voir l'« autre », impatiente qu'elle s'en aille enfin et que nous puissions de nouveau être seules, « bien tranquilles, Maddi, juste toi et moi. T'es pas fâchée contre moi, si ?

— Contre toi, et pourquoi donc ? Non, Nina, je ne suis jamais fâchée contre toi. Même pas quand tu es comme ça.

— Comme quoi ?

— Toxique, et méchante aussi. Finalement tu n'as été ni avec ton amie ni avec moi. À force de te diviser, au bout du compte tu n'es là pour personne… »

Un sourire de défi la rendait magnifique. Puis sur le divan, très proches l'une de l'autre, presque enlacées, nous regardions des films, des cassettes vidéo que Seba nous avait rapportées de Milan. Le contact de la tête de Nina contre la mienne me donnait l'illusion de pouvoir écouter ses pensées, et inversement. Unies, toujours, contre tout et tout le monde. Tout à fait différentes, mais deux faces d'une seule et indispensable pièce de monnaie.

Les week-ends où il n'avait pas à travailler, Seba les passait avec nous ; il venait à Rome. Il s'était acheté une Jaguar gris anthracite, et arrivait à bord de cette grosse bagnole rutilante que nous pouvions admirer dans toute sa splendeur avant qu'elle ne soit rangée au garage. Nous avions même la permission d'y entrer et de toucher à tout, sauf les clés. Le tableau de bord brillant et flambant neuf, le revêtement doux de l'habitacle, le cuir hyper-lisse des sièges, qui était une merveille sous les doigts. Nous allumions l'autoradio, inclinions les sièges et faisions semblant de dormir. « Prête, Maddi, on y va ? Allez, c'est moi qui conduis, disait Nina pour commencer le jeu. — Oui, prête, emmène-moi loin, je t'en prie, Nina... » Cette voiture disait le nouveau statut de papa, disait aussi à quelle grande distance de nous sa vie s'était ancrée. Les rythmes milanais et les nombreux déplacements à Rome avaient transformé Seba : à présent il était vêtu d'une manière un peu moins négligée mais il était toujours nerveux, de plus en plus, hyperactif, son corps trop maigre exprimait son mal-être et, quand il était fatigué, un nouveau tic lui faisait battre sans arrêt la paupière droite. Il avait arrêté de fumer la cigarette et était passé au cigare – à table, après le repas, nous suivions, fascinées, le scintillement intermittent de la braise. La voiture, les vêtements, les cigares : nous étions attirées par les possessions de notre père, rien qui lui soit propre.

À l'occasion de ces visites, Mylène avançait au samedi sa journée de congé. Nous suivions ses préparatifs ; elle mettait des talons aiguille, des chaussures à bout pointu qu'elle ne portait jamais autrement, des vêtements ajustés, peu flatteurs car elle avait les cuisses un peu fortes, et des robes qui paraissaient très bizarres sur elle, d'habitude en tenue de sport. Peut-être (mais nous n'en avions aucune confirmation) s'apprêtait-elle ainsi pour des rendez-vous avec Roberto, le cogérant de la salle de sport à l'EUR. En tout cas, elle se métamorphosait, semblait être une autre personne ; elle se maquillait, aussi, et le rimmel et le fard à paupières lui ôtaient cette allure espiègle que nous aimions tant. Nous restions seules avec Seba, fatigué et nerveux même dans ces moments où il aurait pu se reposer.

« On va courir, papa ?

— Non, les filles, j'en suis vraiment incapable. J'ai conduit six heures d'affilée, et ces derniers jours j'ai travaillé comme un fou. Allez-y, vous, je vous attends ici ; je me remets un peu, et je prépare quelque chose à manger. »

Cuisiner lui donnait de l'assurance : mettre en scène une fausse routine l'aidait à se sentir chez lui. Pour nous, le trouver à notre retour de la Villa, c'était étrange et un peu embarrassant ; nous étions fatiguées, Nina par ses nombreux tours de course, moi par la séquence d'exercices que me concoctait Mylène (elle changeait l'enchaînement à peu près tous les deux mois). Étrange et inconfortable, tandis que nous prenions notre douche, d'entendre papa bricoler à la cuisine, la radio toujours à trop fort volume et sur ce fond sonore le cliquetis envahissant des casseroles et des assiettes. Étrange et dérangeant : dans notre cohabitation devenue épisodique – et forcée – cette mise en scène d'une routine domestique relevait d'une fiction presque blessante. S'il espérait nous faire plaisir, Seba obtenait le résultat contraire. Nous mangions en silence les plats qu'il avait amoureusement préparés, sans jamais lui donner la satisfaction qu'il espérait. Une fois, il avait cuisiné une fricassée de poulet, le plan de travail de la cuisine était soudain devenu un champ de bataille avec demi-citrons pressés, coquilles d'œufs, traces d'huile. Il avait ajouté dans la sauce une variété particulière de menthe que lui avait rapportée une amie ligure, « une herbe du bord de mer, les filles, vous m'en direz des nouvelles », nous avait-il garanti. Nina n'avait même pas goûté, écœurée par cette bouillie « si jaune et claire, ça ne te fait pas penser à du vomi, toi, Maddi ? », m'avait-elle dit à voix basse avant de commencer le repas. Éclats de rire derrière le dos de papa, à table encore des ricanements étouffés, dont Seba s'était quand même aperçu, feignant de ne rien entendre, mais clairement très déçu.

Nous nous forcions à parler de sujets quelconques, offrant des réponses paresseuses à ses questions, les mêmes à chaque fois : l'école, comment ça va, et les amies, le sport. Curiosité obligée, sans véritable envie de savoir. Pour tuer le temps, nous retournions sur le circuit, à la Villa, même deux fois par jour quand il était là ; ou bien, errant dans l'appartement, nous attendions l'arrivée du dimanche après-midi, quand papa repartirait pour Milan et que Mylène rentrerait à la maison, s'enfermant vite dans sa chambre pour en émerger à nouveau telle qu'en elle-même, en jogging, silhouette tellement rassurante et familière, la frange courte plaquée sur le front avec du gel, aux pieds des tongs ergonomiques, les mains cachées dans la poche avant de son sweat-shirt. Au lieu d'être le mélancolique déclin du jour de repos, dans l'attente de l'école le lundi, le dimanche soir coïncidait plutôt pour nous avec un moment heureux. La vraie vie reprenait : plénitude d'un quotidien fort de son propre rythme régulier.

Maman ne venait jamais chez nous ; ainsi en avait décidé le juge des tutelles. À Seba, en tant que propriétaire de l'appartement de via di Villa Pamphili, il avait été accordé de pouvoir y séjourner le temps de ses visites de fin de semaine. Mais Gloria non, elle n'avait pas accès à notre maison. Il s'agissait d'un arrangement déséquilibré, injuste, une organisation que maman aurait dû contester d'emblée. Vulnérable et plus démunie dans les premiers temps, Gloria avait pourtant accepté ces conditions, laissant les autres les fixer et les lui imposer ; à présent elle les subissait.

« Tu ne peux vraiment pas monter ? Même pas dix minutes, le temps de voir l'appartement ? C'est l'endroit où on habite, comment ça se fait que tu n'aies même pas la liberté de nous y accompagner cinq minutes ? » Au moment de se quitter, à l'angle de via Fonteiana et de via di Villa Pamphili, Nina pressait Gloria, insistait. Elle voulait à tout prix lui montrer sa chambre, le poster de Madonna, la tortue. Enfin, après des années, pouvoir à nouveau écouter maman et moi jouer du piano ensemble – à défaut de la lui faire respirer, faire au moins sentir à Gloria l'atmosphère dans laquelle se déroulait la vie de ses filles. « Monte, maman chérie, allez, qui le saura ? juste quelques minutes, c'est tout ». Sur la rampe d'accès à la Villa l'habituel va-et-vient dominical : chiens en laisse, flâneurs, sportifs, beaucoup de joggeurs, des ballons de foot, des cerfs-volants. La résignation imprimée sur le sourire de maman en disait plus que n'importe quelle réponse. « Je voudrais tellement vous dire oui, et monter. Mais c'est hors de question, mes chéries ; ne me le demandez plus, ça vaut mieux. »

« La prochaine fois, évite de poser des questions pareilles sans m'en parler avant, d'accord, Nina ? La réalité, tu la connais, tu sais bien comment c'est. Tu ne peux pas t'en affranchir comme ça. »

Nous étions dans l'ascenseur, ma sœur me regardait et acquiesçait, sérieuse, ses yeux d'un vert intense traversés par on ne sait quelles pensées. « Je ne dirai plus rien, je te le jure, Maddi, excuse-moi...

— Méfie-toi : si on en demande trop, l'avais-je encore réprimandée, ils vont nous supprimer le peu de temps que nous avons à passer avec elle. » Entre-temps nous étions rentrées à la maison, où Mylène nous attendait déjà à la table du salon pour nous faire faire nos devoirs – c'était bien elle, chasser par la discipline toute éventuelle mauvaise humeur ou mélancolie. J'avais de la peine pour Nina, de la peine pour nous. Nous deux toujours toutes seules pour faire front. Nous et notre effondrement.

Seba se présenta avec une fille. Nous l'avions vue descendre de la Jaguar, longue et maigre (elle était bien plus grande que lui), avec une fausse fourrure d'un blanc brillant synthétique. Elle nous avait enlacées et embrassées sur les joues, comme une vieille amie. « Pas de souci, vous pouvez lui faire confiance, elle est Capricorne », avait dit papa en riant – moins depuis qu'il vivait à Milan, mais papa était encore passionné d'astrologie. « La Capricorne » avait des cheveux blond platine et une bouche charnue et refaite, couverte d'un pâteux rouge à lèvres orangé. Elle avait suivi papa avec nonchalance, se traînant jusqu'au salon, et l'indolence même avec laquelle elle marchait derrière lui avait quelque chose d'effronté, de vulgaire, à nos yeux. Seba ne semblait pas lui prêter beaucoup d'attention ; juste le temps de poser sa petite valise, de se laver les mains, et voilà qu'il était déjà à la cuisine en train de réunir les ingrédients pour préparer un plat de lasagnes. Joyeux, il tournait la sauce, liait la béchamel, composait les couches de pâtes ; suivi par la grande perche qui pendant ce temps le regardait d'un air absent, juchée sur un tabouret devant le plan de travail ; sa minijupe en cuir noir remontée par la position assise montrait des cuisses soyeuses et la bordure en dentelle de sa culotte.

« Pauvre fille…

— C'est sûr… mais ça durera pas, tu verras. »

Prophétie exacte : la fille s'était rapidement éclipsée. Il se passa quelques mois avant que Seba nous en présente une autre, de Milan aussi. Elle s'appelait Licia, elle était rondelette, petite, des taches de rousseur sur un gracieux visage sympathique, une mèche d'un vert brillant au milieu du noir de ses cheveux.

« Gémeaux ascendant Lion : je suis une "dure à cuire", d'après votre père. » Nous avions ri, bien disposées : elle semblait beaucoup mieux que la grande perche. Au moins elle, Licia, avait l'air d'aimer un peu Seba. Elle avait insisté pour venir courir avec nous, « comme ça j'évacue l'engourdissement causé par trop d'autoroute », avait-elle dit. Arrivées sur le circuit de l'esplanade, nous avions tout de suite remarqué son excellente force de jambes et la résistance de son souffle, et Nina avait dû se dépasser pour ne pas se faire battre sur la durée.

Pendant ce temps papa nous attendait à la maison, heureux de cette comédie pseudo-familiale – nous qui rentrions aux côtés de quelqu'un qui n'était pas notre mère, mais tout de même sa compagne. En Romagne, où il était allé récemment pour une prestation à un mariage, il s'était acheté un tablier de cuisinier, rouge, plastifié, avec imprimée dessus la photo d'une pizza margherita, le blanc de la mozzarella, le vert du basilic, et même des gouttes chatoyantes de giclées d'huile. Symbole de sa volonté obstinée de vouloir être disponible pour nous, se rendant maître à son gré de notre vie domestique. Cependant, toutes ses tentatives avaient échoué : papa restait un poids, un hôte encombrant.

Les rythmes de son travail à Milan étaient intenses, épuisants les incessants allers-retours avec Rome. Seba avait mauvaise mine, à chacun de ses passages je remarquais d'autres rides et de nouvelles ombres sur son visage fatigué. Il était usé, d'une maigreur déshydratée ; déraciné, alors que Gloria avait trouvé, et bien trouvé, une nouvelle allure, un équilibre, une situation prospère.

« Cette Licia, c'est sûr qu'elle convient bien à papa, avait dit Nina, assise sur le bord de la baignoire, en attendant son tour pour se laver. Elle lui tient tête… je dirais même qu'elle le commande, mais elle le fait gentiment. Et puis c'est une joggeuse. Et moi j'ai confiance dans les gens qui courent…

— Tu te trompes, elle ne le commande pas », l'avais-je contredite, d'une voix forte pour que Nina puisse m'entendre de la douche, mais avec le risque, pensai-je aussitôt après, que papa ait pu entendre. « Et puis, tu portes toujours trop de jugements, tu exagères, Nina. Tu es qui, pour savoir tout le temps de quel côté est la vérité ? »

Cette Licia non plus n'avait pas duré. Elle était venue à Monteverde encore trois ou quatre fois en Jaguar avec papa, et puis plus jamais.

Et lui toujours tendu, les yeux rouges de vaisseaux éclatés, l'air hagard. « C'est parce que je conduis trop », disait-il. Mais moi j'étais convaincue que c'était parce qu'il pleurait souvent en cachette. Il était encore amoureux de maman, il pleurait parce qu'elle lui manquait.

« Licia a dû comprendre la vérité : que papa, au fond, est un homme passif.

— Peut-être qu'elle n'était simplement pas vraiment convaincue, et qu'elle a eu la sagesse de l'avouer.

— Bof, qu'est-ce que j'en sais ? » Quand on glissait sur le terrain des sentiments, l'arrogance de Nina disparaissait derrière un vague désintérêt. « De toute façon, Maddi, tu vois bien comment il est, papa. S'il tombe sur quelque chose de bien, il ne sait pas le garder.

— Peut-être. Mais tu es excessivement dure, je te l'ai déjà dit. Tu tranches, avec tes opinions trop catégoriques… » Elle ne m'écoutait plus, elle était sortie de la douche et avait recommencé à s'épancher ; la tête en bas, elle séchait ses cheveux en les frottant avec la serviette.

« Qu'est-ce que j'aimerais ne plus le voir errer dans la maison ! Ne pas l'avoir dans les jambes, avec toute l'attention qu'il demande à chaque fois qu'il débarque ici. Cette fiction d'une vie normale avec lui, moi je te le dis, Maddi, ça me fait pitié. Des habitudes inventées, inexistantes. »

Le temps avait passé. Nina était devenue une jeune fille. Belle, et ne faisant pas cas de sa beauté ; trop attentive aux réactions des autres, hypersensible à leurs comportements, toujours prête à se vexer, à s'acharner. À l'école il y avait eu un problème avec un professeur de sciences qui, d'après Nina, lui était hostile et avait fait une fixation sur elle. L'esclandre s'était déchaîné à cause d'un 5 qu'il lui avait collé d'après elle sans raison valable, une note imméritée. Comme lors du spectacle de danse quelques années auparavant, cette fois encore, Nina avait exigé la solidarité de ses camarades contre l'enseignant, pour sortir ensuite de ses gonds parce qu'elle ne l'avait trouvée chez aucune d'entre elles. Elle avait manqué une semaine d'école en menaçant d'en manquer beaucoup plus, et de rater son année (sans Mylène et son très patient travail de persuasion, à coup sûr elle l'aurait ratée). Elle se mettait en rage pour un rien, ma sœur, elle inventait de toutes pièces des histoires qui ne se terminaient jamais bien. Je m'efforçais d'absoudre, elle s'entêtait à condamner. Elle pointait du doigt papa et ses ridicules tentatives de se rapprocher de nous, moi j'essayais de me concentrer sur autre chose. J'arrondissais les angles, j'émoussais les arêtes. Nous n'y pouvions rien, la réalité devait être acceptée telle qu'elle était. Éprouver de la colère, entrer dans le jeu de victimisation de Nina, je ne devais pas le faire. Cela m'aurait affaiblie : trop.

« Il aurait suffi que papa ait un peu de patience. Il s'agissait d'attendre, maman serait revenue, c'est sûr. » Toujours très forte pour foncer, mettre en avant ses idées, ma sœur.

Je peinais à lui répondre, mise à mal comme je l'étais par ma mélancolie apprivoisée, revêtue des apparences de la maturité. Nous avions passé l'un de nos dimanches magiques avec Gloria, ces moments qui avec elle s'écoulaient de manière fluide, pleins, si doux à vivre. Nous aurions voulu arrêter le temps, et après le départ de maman garder chaque image, la mettre à l'abri dans notre cœur.

La vérité était toute simple : nous souffrions, une peine aiguë, qui jamais ne s'atténuait.

Gloria ne se présentait jamais avec Marcos à nos rendez-vous. « Maman, tu ne le vois plus, ce gars? », avait demandé Nina alors qu'installées toutes les trois sur « notre » banc à Villa Pamphili, le premier à gauche après l'entrée, nous nous mettions du vernis sur les ongles des mains. C'était un vernis bleu vif que portait Gloria, et qu'elle nous appliquait avec soin. Un dimanche où le temps était incertain, l'air trop chaud pour un mois de mars, des nuages effilochés qui striaient un ciel blanchâtre, et une lumière déplaisante, qui blessait les yeux. Maman avait sursauté à la question de Nina, quelque chose devait lui peser sur le cœur, vu la hâte avec laquelle elle avait répliqué. « Bien sûr que je vois Marcos. Je le vois tous les jours. Depuis que nous sommes rentrés de voyage, nous vivons ensemble. » En attendant que le vernis sèche, tout en écoutant ces paroles je fixais le gravier, la réverbération que le ciel très blanc y créait. « J'attends que le juge des tutelles accède à ma demande de pouvoir vous prendre chez moi un dimanche, avait ajouté maman à la fin de sa révélation. C'est petit, chez nous, hein, pas grand-chose : juste deux pièces, mais bien arrangées, jolies. Il y a même un piano, il était dans l'appartement quand nous l'avons loué meublé. Ah, ça serait magnifique que vous puissiez venir! Marcos aussi serait tellement content... »

Le quartier où se trouvait leur appartement s'appelait Portonaccio. Un nom que je n'avais jamais entendu, à la sonorité vaguement menaçante. Portonaccio, sale porte. Porte ouverte sur une nouvelle difficile à digérer – un saut dans le noir, pour Nina et moi. À présent Gloria se taisait. Elle était à l'écoute. Reflétées dans ses lunettes de soleil, je nous voyais, nous ses filles ; notre désarroi, les autres questions que nous ne savions pas lui poser. Un voisin était passé, un monsieur célibataire qui, comme tous les jours, promenait son labrador à la Villa. Il nous avait saluées d'un signe de la main, sans s'approcher pour échanger quelques mots comme il le faisait quand nous le croisions avec Mylène.

Ébauches de sourires. Nina avait fait mine de se lever et était sur le point d'éclater en sanglots ; maman qui s'en était aperçue, l'avait attirée contre elle, entourant son épaule de son bras tout en lui caressant le front et l'embrassant sur les cheveux, et moi elle me tendait l'autre main. Ensemble, toutes les trois, moi juste un peu plus loin. Je les regardais, Nina et Gloria, ma sœur et ma mère ; tant aimées, se ressemblant, et différentes de moi.

Donc, Gloria vivait avec quelqu'un – de fait, c'était comme si elle s'était remariée. Quelle sollicitude, avais-je pensé, quelle attention : si longtemps sans rien nous dire, dans une attente patiente et prudente du bon moment pour parler. Nous savions quelque chose de nouveau, maintenant : dans la ville il existait un endroit, une autre maison qui aurait pu être aussi la nôtre et où, au contraire, il nous était interdit d'aller.

Convaincu que le partage du quotidien de nos parents pouvait nous déstabiliser, le juge n'autorisa pas notre visite à Portonaccio. Il justifia sa décision en arguant du fait que notre routine devait rester celle de Monteverde, avec Mylène. L'injustice qu'il y avait à autoriser à Seba deux visites par mois, mais aucune à Gloria, que nous rencontrions à l'extérieur les dimanches restants, lui semblait à lui plus que légitime. De même que nous ne faisions pas le trajet jusqu'à Milan pour aller chez Seba, de même nous n'irions pas à Portonaccio chez Gloria. En revanche, le juge nous concéda de nouvelles ouvertures en ce qui concernait l'été. Une semaine de vacances avec maman et Marcos, symétrique à une autre semaine en août demandée par papa pour nous emmener à la montagne. On était en avril, c'était encore loin. Mais une félicité fébrile, chargée d'adrénaline, s'empara quand même de nous. Nous ne parlions quasiment de rien d'autre. Où on va aller ? Mer, campagne, montagne ? Nina, surtout, piaffait d'impatience de savoir.

Donc, la nouvelle sérénité de maman, son attitude plus mûre par rapport à l'époque où elle vivait avec nous, dépendaient non seulement du très bon travail qu'elle avait trouvé entre-temps, mais aussi de cette relation sentimentale stable, destinée à durer. Gloria était devenue plus adulte et plus consciente d'elle-même. Avant, c'était comme si elle avait eu honte de sa beauté, elle la portait avec une certaine gêne. À présent au contraire, sûre d'elle, elle exhibait son charme. Elle rayonnait ; quand nous allions manger au restaurant, au moment de partir tout le monde se retournait pour la regarder, tant elle était belle.

Je retournerai via Borgognona, à Rome. Une rue très silencieuse tôt le matin – elle ne s'anime qu'ensuite, à l'ouverture des magasins. Pendant des années Gloria s'y est rendue chaque jour : elle quittait Portonaccio, prenait le métro à Stazione Tiburtina, changeait à Termini, arrivait à Spagna. Quelques mètres, à gauche, à droite, et voilà, elle était à la boutique.

Très sociables depuis l'enfance, maman tout comme Nina ont un vrai talent pour les rencontres. Gloria s'était liée d'amitié avec diverses filles de son âge, qu'elle avait ensuite perdues de vue, jusqu'à ce que, un certain temps s'étant écoulé depuis son retour du voyage en Argentine avec Marcos, elle rencontre dans le métro une de ses ex-camarades de classe. Cette dernière s'était montrée très chaleureuse. « Gloria, mais c'est bien toi ? Toujours splendide ! Deux filles, vraiment ? Waouh, tu es encore une vraie sylphide, parfaite, quelle chance tu as ! » Elles étaient descendues ensemble à l'arrêt Spagna, Gloria avait accompagné la jeune femme jusqu'à son lieu de travail. Elle était vendeuse à l'essai chez Gucci, via Borgognona ; elle avait proposé à Gloria d'entrer avec elle pour jeter un œil à la boutique. En la voyant apparaître, le directeur avait été aussitôt saisi – comment ne pas remarquer Gloria, attentive à chacun de ses gestes, la démarche élégante, les coups de ciseaux de ses longues jambes, le sourire toujours au coin des lèvres, et puis le vert de ses yeux, à s'y noyer. Quelques questions, une brève conversation. Trois jours plus tard, Gloria était prise à l'essai et très vite, à la différence de son ex-camarade de classe, embauchée en contrat à durée indéterminée. Le hasard avait créé cette belle occasion qu'elle avait su saisir – un poste à responsabilité pour lequel maman semblait parfaitement taillée : son ascension professionnelle, ininterrompue depuis lors, la conduisit de promotion en promotion jusqu'à occuper le poste de directrice responsable de cette même boutique Gucci où elle était entrée juste pour faire un tour.

Un travail prospère. Seba, en revanche, galérait à Milan, submergé par les engagements, épuisé, seul. À présent, il venait nous voir sans fiancée. Il arrivait le vendredi soir, très souvent alors que nous dormions déjà; au réveil nous le trouvions dans la cuisine, en peignoir, en train de boire son café. Des poches sous les yeux, des rides de plus en plus visibles et marquées. Il ne parlait plus d'astrologie ni d'autres lectures oraculaires; d'une manière générale, il parlait peu. Au fond de ses pupilles toujours mobiles, inquiètes, je voyais une profonde préoccupation, pour lui-même, pour sa vie. Moi, il me faisait de la peine, mais pas à Nina. « Tu parles, les intentions de papa ne sont pas aussi bonnes que tu le crois, Maddi; c'est aussi un sacré opportuniste, et un emmerdeur. Et puis, excuse-moi, est-ce qu'on n'est pas devenues trop grandes pour se retrouver avec un homme dans nos pattes à la maison deux fois par mois, pour tout le week-end? » Pas faux, j'en convenais. Cohabiter avec Seba était compliqué, la frénésie qu'il manifestait pour nous préparer à manger était pénible et artificielle. Tout cela était vrai, il était tout aussi vrai qu'il fallait bien l'accepter : c'était notre père, venir nous voir à Rome était pour lui un droit dont nous ne pouvions pas le priver, et le fait qu'il puisse vivre à la maison avec nous était un privilège certes arbitraire, mais que personne, à commencer par notre mère, n'avait été capable de contester.

Un dimanche matin. Il pleuvait. En entrant dans la cuisine, je l'avais surpris en train de bidouiller avec de la poudre blanche étalée sur la table. Une poudre fine comme du sable, très blanche, qui se détachait sur l'ardoise du plateau. Seba l'avait rassemblée en un petit tas et écrasée en une large bande. On aurait dit de la farine, sauf qu'elle luisait de bigarrures brillantes que je n'avais jamais vues dans la farine.

« Mais qu'est-ce que tu fais, papa ? C'est quoi, ce truc ? avais-je demandé, directe comme jamais je ne l'étais.

— Du sel spécial que j'ai acheté à Milan » m'avait-il expliqué, ajoutant qu'il fallait l'étaler comme ça pour qu'on puisse le passer au tamis avant de le remettre dans le noir, à la cave. Trop de détails, une explication bizarre ; j'avais tout de suite pensé qu'il me mentait. J'ignorais si c'était ou pas de la cocaïne, en tout cas il m'était spontanément venu à l'esprit d'associer à cette poudre blanche la maigreur de papa, sa peau déshydratée, son regard fuyant où je voyais, comme jamais, passer l'inquiétude.

Papa se droguait. Je ne comprenais pas très bien ce que cela signifiait exactement, mais je l'avais deviné et, muette, je me l'avouais à moi-même.

J'ai vu Nina voler / entre les cordes d'une balançoire / un jour je la prendrai / comme le vent prend par le dos.

Nina, son truc, c'est de brûler les étapes. Elle l'a toujours fait : en amour, mais aussi pour le reste. Plutôt qu'envol, elle est tempête de vent. Elle se jette sur les choses, les renverse, se fait renverser par elles. Moi j'ai les yeux marron, une nuance de noisette qui se mélange de vert à la lumière. J'aurais voulu avoir les yeux de Nina, les mêmes que ceux de notre mère, charmeurs sans être rêveurs, des yeux à l'expression inflexible, parfois même impitoyables. Le regard de Gloria et de Nina : capable de vous fixer jusqu'à ce qu'il ait enregistré tous les détails et décidé ce qu'il fallait faire, comment agir. J'ai toujours pensé que j'étais plus myope, moins apte qu'elles à pénétrer les choses. Forteresse et coffre-fort. Me faire un bouclier de ma carapace, comme la tortue qui, très lentement, continuait chaque jour à parcourir de vastes portions de notre terrasse.

L'impulsivité, j'ai toujours laissé ça à Nina. Nina, avec ses sourcils en ailes de mouette. Magnétique. Elle séduit, elle l'a toujours fait. Elle séduit avec ses humeurs changeantes. Elle s'entiche des gens, établit avec ceux qui l'intéressent des relations vibrantes ; puis, quand les choses cessent de fonctionner comme elle veut, elle rompt. Ses amies, je les ai toutes vues disparaître, l'une après l'autre : étoiles dans la poussière. Rebecca, qui après avoir été « larguée » pour une histoire de petits billets écrits en classe et cachés, selon Nina, dans le but de la « détruire », s'était approchée de moi dans la cour, pendant la récréation, pour me dire : « Ta sœur, tu sais ce qu'elle a ? Elle est méchante, vraiment méchante, *elle a du poison dans le cœur* ».

Quand sa pulsion destructrice prenait le dessus, c'était surtout elle, ma sœur, la vraie victime. Mais pas avant d'avoir tout anéanti : Rebecca devint « la vipère », Vittoria « une pauvre conne », et tout à l'avenant. Nina, telle une foreuse faisant s'ébouler et s'effondrer la terre alentour. Je ne connais personne qui soit capable comme elle de faire du mal avec des mots : même Valentina, ma fille, dans la phase la plus difficile de son adolescence, n'a pas réussi à me blesser autant que ma sœur – Nina qui d'un autre côté, quand elle est bien disposée, sait être délicieuse, irrésistible, quelqu'un avec qui il est impossible de s'ennuyer. Par ailleurs, avec l'enfance qu'on a eue, à quoi s'attendre ? Chacune de nous deux a quelque chose de noué, et quelque chose de singulier. Encore une fois, les deux faces d'une même pièce. Addition d'un manque que nous ressentions toutes les deux.

La cible privilégiée des colères de Nina, c'était Seba, toujours. « Mais qu'est-ce que tu veux, qu'est-ce que tu crois, papa ? Tu ne vis même pas avec nous, comment tu peux te permettre de me dire quelque chose ? », elle l'avait ainsi affronté une fois lors d'une dispute, un samedi soir où Seba lui avait refusé la permission de sortir. « Tu n'es pas là, tu n'as jamais été là. Tu viens ici pour jouer les cuisiniers et nous stresser avec tes petits plats… Lâche l'affaire, laisse-nous tranquilles, c'est tout. » Moi, le cœur battant la chamade, j'avais attendu la réaction de papa. Mais il ne s'était pas démonté. « Ta sœur, avec son fichu caractère, elle rendra les hommes complètement dingues » avait-il seulement commenté, sombre, après que Nina eut claqué la porte et quitté la pièce. Moi, muette; je fonctionnais comme point médian, je jouais toujours ce rôle, c'était un rôle qui faisait sens pour moi, qui remplissait mon vide. Forte, forteresse. À chaque fois une nouvelle confirmation.

« Ta sœur, il faut savoir la prendre, me disait Mylène à propos de Nina – *il lui faut des tonnes de câlins, des caresses : rien d'autre* » –, c'est cela qu'il fallait savoir lui donner : énormément d'affection. Que ce soit grâce à la discipline sportive qu'elle nous enseignait, ou parce qu'elle était la seule à n'avoir jamais cédé aux provocations de ma sœur, Mylène avait toute la confiance de Nina, qui éprouvait pour elle un respect que je ne la voyais jamais témoigner à personne d'autre.

Professeurs, parents des camarades de classe, connaissances, voisins, parents : personne dans notre entourage qui ne pensât pas le plus grand bien de Mylène. Elle était notre ange gardien, cette jeune femme dynamique et consciencieuse qui vivait avec nous. C'est grâce à elle, « la Française », que les sœurs Cavallari étaient rescapées d'une enfance potentiellement dramatique et d'une jeunesse qui aurait été assurément débridée. Mylène a été notre chance, sans aucun doute. Peut-être au fond ne nous a-t-elle pas dispensé une véritable chaleur humaine, mais elle a su nous garantir une vie sereine, sans secousses, peu mouvementée, et un écoulement du temps normal, stabilisé.

« J'espère juste que tu ne partiras pas » lui avait dit Nina un jour où, chargées de sacs à provisions, nous rentrions des courses que nous avions faites ensemble au Conad de piazza

San Giovanni di Dio et que, attendant le vert, nous étions arrêtées aux feux de via di Donna Olimpia.

« Pourquoi je m'en irais ? Sois tranquille, je n'ai aucune intention de vous laisser, Nina ! », s'était exclamée Mylène dans un éclat de rire, juste avant d'amorcer la montée de via Fonteiana. Une voix claire, jamais une fausse note. Pragmatisme, sentiments solides, sûrs. « On n'en sort pas », « il y a anguille sous roche », « je vous vois venir » : elle était la première à rire de ses virtuosités linguistiques qui nous amusaient beaucoup. Certains soirs, avant le dîner, nous jouions du piano, Mylène et moi en duo pour le *Clair de lune* de Debussy. Nina assistait au concert, suivait nos doigts qui caressaient les touches, la mélodie qui prenait forme, se diffusait dans la pièce et la remplissait. « Bravo, vous êtes fantastiques, sensationnelles ! », dès que nous avions fini, elle nous couvrait de louanges. Moments joyeux, durant lesquels le fait de voir ma sœur heureuse m'ôtait un poids. Et puis, cette autre joie : le sport. Le jogging, ces courses où Nina excellait et où moi j'étais à la traîne. Nous allions au circuit tous les après-midi après avoir terminé nos devoirs, sauf s'il pleuvait – et encore, il fallait qu'il pleuve fort : « Pas question de rester à la maison si c'est une petite pluie de rien du tout » déclarait Mylène, habituée en France à bien d'autres rigueurs hivernales.

Sur le terrain, c'était elle qui ouvrait la piste. Elle commençait par sauter doucement, ses pieds se soulevant presque imperceptiblement. « Allez hop, les filles, c'est parti ! » Mylène nous enseignait l'allure du jogging et l'endurance, comment être constantes dans le mouvement sans perdre d'énergie. Garder le rythme, c'était facile pour Nina, le petit trot lui venait naturellement et, en la voyant courir, on devinait tout aussi naturellement l'excellente joggeuse qu'elle deviendrait.

Moi je peinais, je restais en arrière. Par une instinctive prudence, pour que ma respiration ne tourne pas en essoufflement, je mesurais mon pas, je calibrais mes efforts; assaillie par la crainte que mes poumons puissent me trahir, je ne respirais pas à fond comme cela me serait venu spontanément, et comme il aurait été correct de le faire. L'asthme était toujours aux aguets, j'y pensais et je restais vigilante – rangés dans une pochette que je portais autour de la taille, j'avais toujours sur moi mes bronchodilatateurs. Pendant ce temps, Nina courait de mieux en mieux, toujours plus rapide et résistante; « je déchire, disait-elle, rien à faire, quand je cours je déchire » : elle l'avait répété aussi dans la cour de l'école devant ses ex-amies, agacées mais tout ouïe. Une fois, était passé sur le circuit un entraîneur important, de la Fifa Lazio, une connaissance de ce Roberto avec lequel Mylène aimait bien discuter au bord du terrain. Ils avaient parlé. « C'te fille, elle promet, vous l'verrez », l'avais-je entendu dire pendant que, non loin, Nina était sur le point de boucler son vingtième tour. Moi je parvenais à grand-peine à en terminer un; je préférais abandonner le circuit, rejoindre mon arbre préféré, un pin très haut, dérouler là mon tapis en latex et m'adonner à des exercices statiques, plus adaptés pour m'éviter de dangereuses accélérations du rythme cardiaque.

Nous rentrions à la maison en sueur, épuisées, et après la douche les dîners se déroulaient en silence : nous assouvissions notre grande faim, les plats circulaient, nous buvions, mangions, nous nous refaisions – l'harmonie était parfaite. Les vides des absences, les maisons lointaines de nos parents toujours dans nos pensées. Manques tangibles, concrets, qu'il était impossible de combler, et difficile de justifier. Pourtant, grâce à Mylène et à cet entraînement sportif dont jour après jour nous mesurions les bénéfices, voilà que nous avions trouvé notre rythme. Le chaos était derrière nous, quand bien même Seba et Gloria menaient les existences séparées qu'ils avaient préférées, choisissant de nous laisser seules dans une maison absurdement rien qu'à nous deux, la « maison des petites ». À présent notre vie possédait sa propre lumière, autonome, la claire lumière née de l'ordre.

Juillet arriva, nous étions folles de joie de partir en vacances. Les étés précédents, nous étions allées en colonie, près de Anzio, et trois fois à Porto Empedocle avec Seba, dans un hôtel dont le propriétaire, après avoir été un époux photographié par papa, était devenu un ami. Mais partir avec maman, c'était autre chose, plus particulier que n'importe quoi d'autre. Nous étions allées avec Mylène choisir des maillots de bain : Nina en avait trouvé un jaune vif, un deux-pièces avec un bas minuscule et un haut rembourré. Moi, un maillot une pièce, bleu marine ; de ses coutures basses et droites, punitives, mes cuisses sortaient, trapues comme deux saucisses compactes.

Rendez-vous sur le Lungotevere, à hauteur de l'île Tibérine. Le matin était encore frais, l'assaut de la canicule ne se déchaînerait que plus tard. Gloria était venue à notre rencontre après être descendue de la Volkswagen Polo rouge garée devant l'entrée de piazza in Piscinula, là où avait été fixé le rendez-vous. Elle portait une robe blanche sans manches, avec une ceinture turquoise serrée à la taille et qui évasait la jupe. Derrière elle, en bermuda mi-mollets et tee-shirt foncé, se tenait Marcos. Je n'avais de lui qu'un souvenir vague ; à présent il portait une moustache que je ne me rappelais pas avoir déjà vue. Je remarquai aussi une fossette au milieu de son menton carré, viril. Nous ne l'avions pas vu depuis des années, depuis ce jour au jardin public où Nina avait fait une crise d'hystérie et s'était fait mal au genou. Maintenant il était là, souriant, un peu embarrassé. Il saura se comporter avec nous, avais-je pensé.

« Bonnes vacances, les filles, *profitez-en bien* », tel fut le vœu de Mylène au moment de partir. Pour l'occasion, elle avait choisi ce jour-là une tenue féminine, une petite robe marine avec des fleurs violettes et bleu clair, qui lui allait très bien. « Quelle belle personne : s'il y avait plus de gens comme elle, le monde se porterait mieux » avait commenté Gloria tandis que nous suivions du regard Mylène qui s'éloignait via della Lungaretta. Maman adorait Mylène, et ce matin-là, contente comme elle l'était, elle avait eu envie de le redire.

Que nous attendait un lieu en bord de mer, nous le savions, vu l'acquisition des maillots de bain ; là, à bord de la Polo conduite par Marcos nous fûmes enfin informées de notre destination. Nous allions à Terracina, et du port nous embarquerions vers Ponza.

« Ponza, l'île ? », avais-je demandé, déjà électrisée. Nina se taisait : nos rôles habituels étaient inversés – voilà que c'était moi la fanfaronne. Et puis la Pontina, de rares arbres, un grand soleil, Marcos conduisait de manière sûre, maman à côté de lui, ils écoutaient un CD de Michel Petrucciani. Une belle harmonie entre eux, je le sentais, et cette perception m'avait accompagnée durant tout le voyage.

Tout juste descendues de l'hydroglisseur, nous avions été saisies par la beauté du lieu d'abordage : tout était étincelant, ample, la vive clarté de l'azur du ciel, le crépi des maisons qui donnaient sur le port et qui, accrochées au flanc de la colline, composaient un kaléidoscope de couleurs, bleu, rouge brique, rose pâle, ocre. Une parenthèse compensatoire : c'est ce que, dans les intentions du juge des tutelles, devaient être nos vacances ; mais pour nous ce fut, d'emblée, une pure félicité.

Nous étions toutes les deux bonnes nageuses, grâce aux nombreux dimanches matin passés avec Mylène à la piscine delle Rose, à l'EUR. Brasses assurées dès le premier jour à Cala Feola, quand avec Gloria nous avions nagé vers le large ; si à ce moment-là le souffle venait à me manquer, tout de suite je les avais à mes côtés, toutes les deux, ma mère et ma sœur, comme des sirènes et de vrais anges gardiens. Sur les rochers nous avions pris le soleil côte à côte, maman splendide dans un deux-pièces blanc avec des anneaux passants couleur bronze qui raccordaient les points d'attache de la culotte et du soutien-gorge. « On est des vraies bombes, vous vous en rendez compte ? », avait dit Nina ; et le soir, à Marcos, avec une petite tape potache sur l'épaule : « Quelles vacances, hein ? Avec trois femmes pareilles... » Ayant abandonné toute méfiance défensive, Nina se montrait sous son meilleur jour. Tout lui plaisait, elle était aussi enthousiaste que moi. La surprise des vacances, ce n'avait pas été la nage, ni la bonne humeur constante de ma sœur, ni les plongeons et cabrioles sous l'eau, ni même les longs parcours sous-marins avec masque et tuba. Mais la vie en bateau : Marcos en avait récupéré un en location au port, un gozzo à moteur plutôt vieux et peint en blanc, le nom, *Fides,* marqué en bleu d'une graphie pleine de fioritures sur le flanc gauche de la proue. Quelle joie, quel délice ! Un rythme de vie auquel nous nous étions tout de suite habituées : ancrer dans la rade, plonger, se sécher au soleil, se jeter de nouveau à l'eau ; parfois accéder en bateau à un autre endroit de l'île pour d'autres baignades et d'autres heures de soleil. La mer, la vraie, le temps qui se dilatait, exemptés que nous étions des horaires de bus ou des marches fatigantes pour rejoindre les anses ou les deux seules plages, bondées, de l'île que, à bord du *Fides*, nous connaissions tout entière, à force d'en parcourir tous les points. Pendant des heures à la découverte de promontoires abrités, de grottes, de cuvettes creusées dans la roche brûlée par la chaleur. Marcos se montrait aussi habile pour naviguer le long de la côte que pour ancrer le gozzo en pleine mer. Son attitude ne me plaisait pas toujours. Il parlait peu, trop peu, et une telle réserve me semblait exagérée : au fond, il était le compagnon de notre mère, pourquoi devait-il rester toujours en retrait de tout ? Pour une fois c'était moi, et non ma sœur, qui étais la soupçonneuse, l'énervée. La jalouse.

Quand venait le moment de lever l'ancre et de quitter les anses et les plages, avant de rallumer le moteur, Marcos se mettait à ramer. Des coups de rame réguliers, le bateau n'oscillait jamais. Nous suivions ses mouvements, remplies d'admiration.

« Où as-tu aussi bien appris ? », lui avait un jour demandé Nina – depuis la proue où elle se tenait, élevant la voix pour qu'il l'entende malgré le vent. Il lui était sympathique, j'en avais désormais la certitude, je pouvais m'en rendre compte d'après la confiance avec laquelle elle s'adressait à lui, sans le fusiller du regard comme je la voyais faire avec papa ou les autres membres de la gent masculine. Propulsé par la vigueur des coups de rame, le bateau entre-temps filait sur l'eau. Marcos, taciturne, avait scruté l'horizon ; il venait de remonter sur le bateau après avoir plongé, sa moustache était trempée et brillait de gouttes perlées. Grâce à l'aide de Gloria il avait acquis quelques mots précis de la langue italienne : « Comment j'ai appris à ramer, tu veux savoir ? Eh bien, je le faisais déjà tout gamin : un de mes oncles m'emmenait sur le Paraná pour faire du kayak. J'étais plutôt bon, on m'avait même fait concourir à des championnats régionaux. » Depuis la proue où elle se tenait avec Nina, Gloria avait souri, avec cette marque d'approbation un peu niaise de celui qui sait déjà comment se termine l'histoire. Moi, assise sur le côté, je regardais vers la poupe le bateau affaissé sous l'effet de notre poids, les tourbillons d'écume qui s'agitaient autour de l'hélice du moteur.

« J'ai remporté trois coupes de suite ; après j'ai arrêté, la compétition ne m'intéressait pas. Mais même après tant d'années, ramer reste ma passion. Regarde, Nina… », avait dit

Marcos après avoir remonté les tiges et mis les pales des rames à plat sur les fargues, « regarde, tu vois, on a pris de la vitesse, on marche au vent. Comme les oiseaux quand ils arrêtent de battre des ailes, et planent là-haut. Ils avancent grâce à leur énergie propre, leur *fuerza autónoma*. *Fuerza autónoma*, c'est ça qui m'intéresse… »

Grâce à une cliente de la boutique Gucci et amie de Gloria, Marcos avait trouvé à Rome du travail dans le cinéma comme assistant de technicien-son. Ce n'était pas un emploi sûr, susceptible de lui donner une quelconque garantie pour l'avenir; mais d'emblée les choses avaient bien tourné, facilitées par le fait que Gloria, avec son excellent salaire, pouvait assurer à Marcos tout le temps nécessaire pour démarrer professionnellement. Il devait certainement lui être très reconnaissant, bien qu'il couvât un fond de rancœur comme cela arrive chez ceux qui sont trop aidés – un malaise qui, au cours de ces vacances, affleura de temps à autre, décelable à certains accès de nervosité dont je fus témoin à l'égard de maman, à des silences prolongés dans lesquels Marcos s'enfonçait, l'air soudain absorbé et préoccupé. J'enregistrais ces sautes d'humeur, trouvant Gloria bien plus joyeuse et radieuse que lui, comme je crois que je l'aurais pensé en la comparant avec n'importe quel autre homme qui lui était proche, papa le premier.

En tout cas, le travail avait bien commencé pour Marcos, il était parti du bon pied. Il avait déjà collaboré à deux films et s'était fait remarquer : fiable, précis, potentiellement très compétent. Ces vacances à Ponza étaient ses premières vacances en Italie, il savait qu'à l'automne d'autres collaborations l'attendaient. Il inspirait confiance, c'est vrai. Un homme pratique, patient : un après-midi, le moteur du gozzo avait calé et Marcos avait résolu le problème en une heure : il nous avait laissées toutes les trois sur un rocher, avait pris le bus pour rejoindre le port, et était revenu avec un jerricane d'essence et un gros tournevis ; précis, attentionné – quelqu'un qui jamais ne nous mettrait en difficulté, avais-je pensé.

Il nous avait appris à ramer. Peu de mots, beaucoup d'exemples, les gestes essentiels répétés des dizaines de fois. Labourer la mer en la creusant « comme si à la place des pales, les rames avaient des *cucharas*… comment on traduit ça, Gloria ? Ah oui, voilà : imaginez qu'au bout du manche des rames il y a des cuillères ». Recueillir l'eau, la déplacer, et avancer grâce à ce déplacement. J'avais du mal à comprendre le mécanisme, faire osciller mon buste ne m'était pas aisé. Marcos, patiemment, nous montrait à nouveau le mouvement des rames, l'inclinaison précise des pales, la meilleure technique pour garder la posture.

« Mais bon sang comment on fait ? demandait Nina, qui s'impatientait de ne pas réussir à "séquer" l'eau comme Marcos essayait de nous l'enseigner.

— *Cortar*; *se debe cortar el aire*, on doit vraiment fendre l'air, comme quand tu es *en el columpio*… comment on dit, Gloria ?

— Sur la balançoire.

— C'est ça, comme quand tu es sur une balançoire et que tu dois te donner de l'élan, Nina, comment tu fais ? Tu ne vas pas vers le haut puis vers le bas pour *empezar* ? »

Nina sur la balançoire : éternel sujet. Nina et ses balançoires.

On pouvait comprendre que maman soit tombée amoureuse de Marcos. Il y avait ces moments où il était plus nerveux, mais pour le reste la comparaison avec notre père se faisait spontanément, et entièrement à l'avantage de Marcos, quelqu'un qui a la tête sur les épaules, pensais-je alors. Quelqu'un avec qui le temps s'écoulait de manière fluide, plutôt facile. Un homme capable de regarder la vie en face, sans avoir besoin de la photographier pour se cacher.

« Maman a l'air très heureuse avec Marcos, pas vrai, Nina ? Et on est vraiment bien ici à Ponza, tu ne trouves pas ? » Nous étions dans notre chambre, tout juste réveillées. Le pan de ciel azur et le morceau de mer dans l'encadrement de la fenêtre, la journée en bateau qui nous attendait : tout était exaltant.

« On est bien, oui, très bien – avait convenu Nina tandis que, encore en chemise de nuit, elle se brossait les cheveux –, mais je ne pense pas que je pourrais rester plus d'une semaine. C'est un moment exceptionnel, mais comme dit Mylène, l'exception a les jambes courtes. »

J'avais souri, quand elle était bien lunée ma sœur savait (et sait toujours) me mettre de bonne humeur comme personne d'autre. Nous devions descendre au port, Marcos et maman devaient sûrement être en train de préparer le gozzo pour appareiller. Ce jour-là comme les précédents, Gloria avait dû préparer de délicieux sandwiches, de la pizza au jambon et aux figues, des gâteaux secs de chez le pâtissier exceptionnel de Santa Maria que nous avions dégoté dès le premier jour, en découvrant à peine arrivés ses choux à la crème. Tout serait agréable, très divertissant, les plongeons, les moments passés à ramer, les silences. Moi, contrairement à Nina, j'aurais volontiers prolongé amplement l'exception de ces vacances. Avoir Gloria toujours à nos côtés, sentir que jamais elle ne nous perdait de vue, qu'elle s'occupait de nous, était à notre écoute. Profiter des continuelles assurances de son amour : un matin, j'avais ouvert les yeux et l'avais surprise debout devant nos lits, en train de nous regarder ; enfin elle pouvait nous voir dormir, cela n'était pas arrivé depuis tant d'années.

À la fin de la journée en mer, après avoir amarré le bateau à un bollard le long du quai de la jetée, Marcos restait pour s'en occuper ; avec la petite pompe attachée à l'accostage suivant, il lavait et nettoyait la poupe, la proue, les bancs, le plancher. Puis il rejoignait les marins assis pour boire un verre au bar, à quelques mètres, sur la jetée en béton. Il commandait une bière, s'installait à la petite table, discutait avec eux. Peut-être compensait-il là le sentiment de frustration que lui donnait le fait d'être (pour le moment du moins) entretenu par Gloria. Les marins lui posaient beaucoup de questions : il éveillait la curiosité, cet étranger en compagnie de trois femmes dont tous pensaient qu'elles constituaient sa famille, une mère magnifique avec des filles déjà grandes.

Marcos buvait encore, laissait filer le temps; nous avions besoin de rester seules toutes les trois, il avait l'air de le savoir et traînait exprès. La maison que nous avions louée faisait partie des plus hautes au-dessus du port, au bout d'une ruelle escarpée, quelques courbes, beaucoup de marches. De là-haut on voyait la baie tout entière, merveilleuse; une succession d'anses et de barques, de couleurs et de maisons, et la mer, si vaste et si amicale pour nous ces jours-là. Nous rentrions avec Gloria, en file indienne, en sueur et un peu essoufflées une fois arrivées en haut – par deux fois j'avais dû inhaler de la Ventoline parce que c'était comme si l'humidité de l'air et cette montée si raide appelaient la menace de l'asthme, je la sentais très proche, à un souffle, littéralement. Alors je prévenais, je ralentissais, j'avais désormais appris à faire front.

La maison se composait de deux grandes pièces, plafonds voûtés, larges murs imprégnés d'une odeur qui était un mélange d'humidité et d'huile. Nous prenions des douches rapides, comme nous l'avait demandé la propriétaire, car l'eau était rare sur l'île pendant la haute saison. Puis, vêtues et parfumées, les pieds bronzés glissés dans des sandales plates, avec maman nous redescendions au port. Nous allions nous asseoir à Santa Maria, à une terrasse donnant sur la mer, le soir tombait – reflets indigo et rose sur la surface de l'eau. Les regards des autres clients étaient tous pour maman : sa beauté sautait aux yeux, même maintenant qu'elle était habillée d'un rien, une robe toute simple en coton jaune, de grands anneaux aux oreilles, sur les lèvres un soupçon de rouge foncé. Elle commandait un Bitter Campari, puis, regardant en direction de la mer, « Ah mes filles, quel cadeau ces vacances ! », commençait-elle, s'attendrissant toute seule. Un cadeau, c'était vrai. Nous disposions de temps ensemble, enfin : et pas le bonheur arraché de nos rencontres à Rome, rythmées par la montre, avec la séparation qui finissait toujours par arriver, interdisant que les choses se passent naturellement. Ici, les heures étaient à nous, faites d'habitudes qu'il nous était permis d'inventer ensemble. S'échanger nos robes, préparer le petit déjeuner, apprendre qu'au réveil maman, tout comme Nina, était facilement susceptible et ombrageuse. Se laver les dents tout en se faisant des grimaces dans le miroir, en éclatant de rire. Temps joyeux, qui se suffit à lui-même. Récupérer, remédier : c'est de cela qu'il s'agissait. Reprendre ce qui nous avait été volé. Nous étions d'un seul tenant, Gloria, Nina et moi. Compactes, la somme d'une addition naturelle.

À la demande de maman, le dernier jour, Marcos nous avait emmenées avec le gozzo à la plage du Frontone. Il nous avait escortées jusqu'à la rive, nous aidant de manière chevaleresque à sauter de la proue l'une après l'autre, en nous tendant la main comme s'il nous faisait descendre de cheval. Puis il s'était éloigné en ramant rapidement, en marche arrière, avant de diriger le gozzo vers l'ouest et de disparaître derrière la pointe. Frontone, une plage typique : une bande de sable brûlante, bondée, comme il y en a des centaines sur le continent, plusieurs rangées de parasols, presque impossible de trouver une place pour étendre nos serviettes. « Maddi, Nina, vous êtes d'accord pour qu'on se déplace, qu'on cherche un coin un peu tranquille ? » Obéissantes, nous avions suivi maman sur la rive jusqu'au côté opposé de la ligne de brisement des vagues, rejoignant un endroit abrité et moins bruyant, à défaut d'être complètement désert. Échauffées et assoiffées, nous avions bu de longues gorgées d'eau à la gourde que maman nous avait apportée. « Je voulais vous parler », avait-elle annoncé à Nina pour lui demander d'attendre avant d'aller se baigner. Jamais, ces jours-là, nous ne nous opposions à maman ; quelques secondes, et voilà que nous étions à plat ventre sur nos serviettes étendues sur le sable, le soleil nous brûlant le dos, les têtes tournées vers la mer. Prêtes, à l'écoute.

Sous les larges bords de son chapeau, le regard de Gloria avait fixé le lointain, au-delà des bateaux ancrés dans la rade. « J'ai été heureuse cette semaine – nous l'avions entendue commencer ainsi –, heureuse comme je ne l'avais pas été depuis des années, depuis que vous êtes nées, je peux le dire sans exagérer. » Il y avait une certaine emphase dans cette déclaration, une note de trop qui à mes oreilles avait résonné de manière inexplicable, une sorte d'énigme. Des mots qui, tel un sortilège, marquaient la fin de l'enchantement. La magie qui avait caractérisé nos vacances jusqu'à ce moment, s'arrêta là, sur la plage du Frontone. Certes, je comprenais cette urgence à parler : mais nommer les choses en diminuait le bonheur spontané, enlevait leur intensité – maman aurait dû le savoir, avais-je pensé avec regret. « Je souffre tellement, vous savez, les filles ; je souffre quand, à Rome, je ne peux pas vous voir. Vous me manquez d'une façon qui souvent est insupportable. S'il n'y avait pas mon travail qui m'oblige à rester lucide, sans cesse active, je pense que je deviendrais folle. C'est tellement difficile, une injustice aussi grande… »

Il faisait chaud, nous n'en pouvions plus, Nina grattait nerveusement le sable du pied, tant elle était impatiente. Maman ne remarquait rien : « Le désarroi, la rage que vous éprouvez, je les imagine. Le poids que j'ai chargé sur vos épaules quand je suis partie : et à quel point vos rythmes, votre temps, sont différents de ceux de vos camarades… J'y pense, j'y pense tous les jours. »

Pendant une semaine, la joie nous avait distraites ; et voilà qu'à présent tout le poids de notre anormalité nous retombait dessus, resserrant les barreaux de la cage dorée – et défectueuse – de notre vie d'« orphelines sans l'être ».

« Je vais me baigner, tu viens, Maddi ? » Nina avait raison de vouloir s'échapper, de vouloir nager à coups de brasses frénétiques et désespérées jusqu'à dénouer ce nœud dans la gorge, se débarrasser du fardeau de notre histoire de filles à laquelle Gloria, en quelques instants, nous avait réassignées. Nager, oui : je serais une tortue, une tortue marine maintenant : je rentrerais ma tête, et avec ma carapace comme bouclier, je nagerais lentement, flottant et agitant mes pattes, loin.

Gloria s'était levée, elle avait l'intention de parler encore ; avec son bikini et son chapeau blancs se découpant sur le noir de la roche, on aurait dit une divine, mystérieuse, charmante Cassandre. « Après je vous laisse tranquilles, promis, mais laissez-moi vous dire encore une chose, les filles. Très souvent mon absence vous apparaîtra comme une malédiction, un grand tort que vous subissez. Mais moi je ne pouvais pas. À l'âge que vous avez maintenant, il est bon que vous le sachiez. Je ne pouvais pas. Je ne pouvais pas rester. Je n'en aurais pas été capable, je n'aurais pas résisté… »

J'avais regardé Nina, une fois encore ma première pensée avait été pour elle. Je craignais sa réaction, mais ma sœur n'avait rien dit, elle avait souri, aussi interdite que moi. Et, finalement, un plongeon. Nous dans la mer : avec nos maillots différents, nos corps différents, nos personnalités opposées. Le crawl de Nina était beaucoup plus rapide que le mien, mais elle l'avait ralenti afin que nous puissions nager presque parallèlement, pour rejoindre l'endroit où étaient ancrés les bateaux et où bientôt, avec Marcos à la barre, le *Fides* arriverait, le gozzo qui était à nous pour ces quelques jours.

Comme une demande d'absolution : Je suis là mais en même temps je n'y suis pas. Je suis là bien que ce soit comme si je n'y avais jamais été. Et si je n'étais pas là c'est parce que je n'en étais pas capable ; parce que non seulement je n'y arrivais pas, mais encore je n'y serais jamais arrivée.

Malheureusement c'était le dernier jour des vacances ! À ce cri d'amour, avec quelle voix répondre ?

La dernière soirée à Ponza, Nina et moi l'avons passée sur le toit de la maison, avec le golfe et les lumières du port juste en dessous de nous. Nous avions pour dossiers les protubérances qui correspondaient aux plafonds voûtés des pièces. Cimentés au sol, quatre poteaux en fer pour l'étendage du linge ; les draps mis à sécher étaient humides, exhalaient un parfum musqué de lessive. Lune descendante : un fragment d'ongle au milieu d'un ciel étoilé véritablement spectaculaire.

« Il n'y a qu'en toi que j'ai confiance, Maddi. Dans tout ce bazar, en toi seulement », m'avait dit Nina.

La mer au loin était sombre, je l'avais fixée en silence. Pour parler on était bien juste toutes les deux, ici, les sœurs, sous cette voûte noire entre île et eau.

« Tu y penses parfois, demandé-je à Nina, au courage que maman a eu le jour où elle nous a parlé, sur la plage à Ponza. À la fin de nos premières vacances avec Marcos, tu te souviens ?

— Évidemment que je m'en souviens. Du courage, tu dis, toi, Maddi ? Du calcul, aussi. Elle voulait soulager sa conscience, le contexte des vacances la rassurait. Ça atténuait son sentiment de culpabilité. »

Je ne réponds pas. Ces derniers temps, les idées de Nina, ses avis, ses convictions, ses jugements, me touchent moins. C'est son problème, pas le mien. Nous sommes dans un taxi, à New York. C'est Noël et pas *Thanksgiving*, mais elle s'est quand même mis en tête de cuisiner une dinde. Donc, le lendemain matin de notre arrivée – moi ensommeillée et jetlaguée, tandis qu'on avait laissé Pierre, Valentina et Sam dormir dans l'appart-hôtel –, j'ai dû me précipiter avec ma sœur à Fort Greene, parmi les étals du Brooklyn Flea dans la Williamsburgh Savings Bank Tower, pour acheter les ingrédients pour le *brine* (la marinade où faire macérer la dinde) et le *stuffing* (la farce). Une fois qu'on eut tout acheté – laurier, thym, ail, oignons, pommes, chair à saucisse, céleri, citron, herbes aromatiques, les petits pains de polenta, la sauce aux cranberries –, chargées de sacs et de paquets, nous sommes allées jusqu'à Boerum Hill, deux arrêts de *subway* plus loin, dans la boucherie ashkénaze où l'énorme bête de trois kilos commandée par Nina nous attendait, déjà emballée. À présent dans le taxi, coincées dans un trafic infernal, nous attendons de rentrer à la maison. « Ne te fais pas d'illusions, Maddi, insiste Nina, si maman nous a parlé cette fois-là, c'était pour elle-même, et pour rien d'autre. » Sa rancœur et sa méfiance habituelles – rien ne change chez ma sœur. Au cours de ces mêmes journées à New York, je la trouve nerveuse et querelleuse avec Brian. Un soir, nous sommes sur le point de quitter la galerie de Montague Street où Brian a tenu à nous emmener, Pierre et moi, pour une visite (nous n'étions pas revenus à New York depuis quelques années et cette dernière galerie, nous ne la connaissions pas encore) ; il est presque huit heures, pour neuf heures nous avons une table réservée chez Alfredo, un restaurant italien gratifié de quatre étoiles sur Lonely Planet. Val et Sam sont allés dans le Queens avec une amie de Brian, nous ne sommes que nous, les « adultes ». Compliments adressés par Pierre et moi : l'espace de la galerie est vraiment beau, vaste, soigné dans les détails, parquet blanc, mobilier minimal mais recherché, leds australiens qui diffusent partout une lumière bleuâtre fantastique. Du lierre qui grimpe sur le mur d'un hexagone intérieur, une cour de guingois où Brian a aménagé un jardin zen dans les règles de l'art, du sable, des pierres, un filet d'eau et, sous le torrent artificiel, de petits nénuphars en plastique ; du côté du bureau aménagé au fond du loft, une porte coulissante laquée noire, des touches d'atmosphère orientale. Après les fêtes de Noël est prévu un finissage – çà et là des signes de démontage, une grande toile est posée par terre, coups de pinceau d'un bleu intense, « bleu Klein version vingt et unième siècle » – commentaire sarcastique de Brian. Tout me plaît, cet amour pour l'espace et pour le travail, la clarté d'un projet dont je sais que Brian y croit profondément, et Nina avec lui. Nina : elle vient juste de nous rejoindre quand je me rends compte qu'elle est éméchée. Une fois dans la rue, je la vois qui tangue plus qu'elle ne marche. Ce soir-là, elle porte un manteau très élégant en alpaga clair, avec une martingale fixée derrière par deux gros boutons en os, des bottines fourrées à talons de sept centimètres – et sur ses talons elle vacille, je crains vraiment qu'elle ne tombe. Elle parle en s'adressant à Brian, j'arrive à grand-peine à entendre ce qu'elle dit. Elle lui expose un raisonnement confus sur la différence entre avoir du talent et gérer celui des autres. « Parlons franchement, bredouille-t-elle, la vocation, soit on l'a, soit on fait quoi ? » Et elle rit, un rire débridé, elle est vraiment ivre, bon sang. Elle a dû boire avec son amie Sally : Sally est une productrice de films publicitaires dont ma sœur a fait la connaissance dans le groupe de méditation de Sri Barbari. Je ne l'ai jamais rencontrée, mais j'ai entendu parler d'elle, il paraît qu'elle travaille énormément, une vraie *workaholic*, qui boit le soir pour décompresser, et carbure le jour au double expresso pour soigner sa gueule de bois. Elles ont dû boire ensemble, et pas qu'un peu, parce que Nina est totalement à l'ouest, elle dit n'importe quoi. « Des parasites de l'art, voilà ce qu'on est, mon amour ! », l'entends-je dire encore à Brian, tandis qu'elle lui attrape le bras et insiste, « tu as compris? p-a-r-a-s-i-t-e-s », marmonne-t-elle en le secouant. « Alors, tu réponds quoi, hein? mon gentil parasite de l'art... » Brian parvient bien à se dominer, il ne relève pas les provocations délirantes de Nina, il marche devant jusqu'à ce que nous arrivions au restaurant. Cette scène me bouleverse. Les tensions de ma sœur ne me regardent pas, je peux me le répéter autant de fois que je veux, mais le problème reste le même : moi, il m'est impossible de ne pas m'inquiéter pour Nina qui a, elle, beaucoup de mal à se défaire de ses entraves, les années passent et pourtant elle s'obstine à rester prisonnière d'elle-même. Au moment de nous dire au revoir avant notre départ

– à Tribeca, un matin très froid, Nina va prendre le *subway* qui la ramène à Brooklyn –, je la regarde, elle est si agitée, et si élégante dans son manteau d'alpaga. Je voudrais rester avec elle, l'embrasser encore, ne pas la quitter. « Je compte sur toi, hein : ne fais pas de conneries, Nina » lui dit Pierre. Moi aussi je voudrais la submerger de recommandations. Brian, garde-le précieusement. Ne te précipite pas, reste calme. Voilà ce que je voudrais dire à Nina. Nina qui brise, abîme, détruit – et jamais ne sédimente. Moi c'est différent, j'ai construit : avec Pierre une famille, avec moi-même une carapace, un bouclier de protection, une prudente immunité, un système d'autodéfense pourvu d'une sonnette d'alarme pour m'éviter les ennuis. J'ai tracé une ligne, fût-elle fine et courte, sur laquelle se succèdent des points stables.

Vivre avec Mylène n'avait en rien altéré notre lien de sœurs, et après les vacances à Ponza avec maman et Marcos, notre complicité, notre alliance, semblaient même renforcées. Une plus une plus une : nous étions unies par une addition, la même que celle qui engendrait notre pacte. Au milieu de nous deux, signe d'addition et motif de celle-ci, Gloria, son absence-présence. Sans le tout que nous formions et formons toujours grâce à elle, je pense que Nina et moi aurions grandi plus distantes, séparées. Aimer ensemble notre mère de nos manières si opposées fonctionnait comme dénominateur commun. Addition que nous composions, *addiction* à cette addition. L'addition entraîne l'addition, et à ce triple lien nous étions attachées par un fil triple, chacune à sa façon. À la fois source d'énergie, ancrage de nostalgie, départ et arrivée, base et manque de base. De même que l'addition est aussi un poids, tous les poids sont des additions, des poids différents qui, en s'ajoutant les uns aux autres, parviennent à composer un seul énorme poids à porter. L'absence pesait, que Gloria ne soit pas présente dans notre vie de tous les jours, notre symbiose de sœurs pesait, cette symbiose aux doux bras de laquelle le manque maternel nous avait livrées.

Pour Nina, le fait que, en tant qu'aînée, je prenne part à sa vie était une nécessité. Moi je ne le désirais pas vraiment, c'était elle qui me voulait à ses côtés : les choses qui lui arrivaient ne semblaient avoir de valeur qu'à la mesure de mon implication.

« Comment je fais toute seule, Maddi ? » Elle écarquillait ses yeux d'un vert intense, qui avaient alors, tandis qu'elle me suppliait, une beauté violente, dangereuse. À chaque fois un tourbillon, qui s'emparait complètement de ma sœur, mais sans m'épargner moi non plus.

Giacomo Barresi, nous le connaissions toutes les deux. Pendant quelques mois il avait été dans ma classe, d'où on l'avait ensuite retiré car, sa mère étant originaire de Bristol, il parlait parfaitement l'anglais, qui était enseigné dans notre section. Il se distinguait des autres garçons par quelque chose d'original ; déjà, il pensait par lui-même. Des gestes sûrs, des comportements et manières qui paraissaient moins mesquins par rapport à la mentalité des autres camarades. Une cascade de boucles couvrait son front, cachant ses yeux ; il portait toujours des vêtements sombres – seule note de couleur, des jeans couleur rouille que nous tous, à l'école, trouvions sensationnels, on n'avait jamais vu personne en porter de pareils. Nina et lui étaient curieux l'un de l'autre : pendant la récréation ils se retrouvaient toujours côte à côte, même s'ils ne se parlaient pas. L'effronterie habituelle de Nina s'estompait devant ce camarade si différent des autres : aucune arrogance à l'égard de Giacomo Barresi. De voir ma sœur si timide, gênée, faisait naître en moi un sentiment mêlé de tendresse et de rage. Ce silence, cette réserve, était-ce de la part de Nina pur instinct, ou tactique étudiée ? Je n'y comprenais rien. Lui, Giacomo, appuyé contre le mur de la cour, la regardait d'un air sérieux, impénétrable, jamais un sourire. Méfiant et fasciné. De plus en plus attirés, comme deux aimants ; ce n'était pas difficile d'imaginer que quelque chose allait se passer entre eux. J'essayais de ne pas m'en soucier, mais je me demandais souvent ce que cela donnerait.

Ils commencèrent à se fréquenter. Tout de suite des problèmes, des tourments, pas beaucoup de bonheur. Les silences de Giacomo agaçaient Nina ; lui, bien qu'effrayé par ses exubérances, lui emboîtait le pas. À une fête d'anniversaire, ma sœur s'était enivrée au rhum-coca et c'est Giacomo qui l'avait ramenée à la maison sur son dos – elle était terrorisée à l'idée de vomir et de tout gâcher (mais elle n'avait pas vomi). J'étais sceptique. Ils ne se fiaient pas l'un à l'autre, pas vraiment, ni chacun assez à soi-même. Et sans confiance mutuelle, où pouvaient-ils aller ?

Giacomo prit l'habitude de venir chez nous le samedi après-midi. Il habitait dans le Trastevere, il venait à pied, en rejoignant Monteverde depuis via Garibaldi et, après avoir dépassé à droite la Grande Fontaine du Janicule, en longeant Villa Pamphili le long de via Fonteiana. Ce trajet, c'est son père qui le lui avait appris ; ils l'avaient parcouru ensemble une fois, et depuis, Giacomo le faisait par cœur, à toute allure. Il était fils unique, ses parents l'avaient habitué tôt à se débrouiller. Un garçon indépendant et solitaire. Il arrivait chez nous sans jamais trouver Nina en train de l'attendre ; c'était Mylène et moi qui l'accueillions. Il me semble le revoir, enfoncé dans l'un des deux grands divans recouverts de velours mauve disposés en L au centre de notre salon. Un peu tendu, il feuilletait une revue – papa nous avait offert des abonnements à *Focus* et au *National Geographic,* nous en avions désormais de nombreux numéros disséminés partout dans l'appartement. Ou bien, s'il ne lisait pas, Giacomo bavardait avec Mylène ; ils parlaient de Nantes, sa ville, où justement l'été précédent il avait séjourné avec ses parents. Mylène avait été très surprise de cette coïncidence : « Comme c'est curieux, il y a tellement d'endroits au monde, et justement Nantes… — Mais non, rien de bizarre, lui avait-il répliqué avec assurance, comme c'est souvent le cas pour les Anglais, ma mère fait une fixation sur la France : elle adore la parcourir en long et en large et faire des comparaisons » – et il s'était mis à énumérer des régions, des localités, des campagnes françaises qu'il avait visitées avec ses parents. Giacomo : si décontracté, drôle – aucune trace du garçon impénétrable et farouche qu'il était à l'école, avec Nina dans les parages. Mylène l'aimait beaucoup, c'était clair ; quant à moi, attendrie, je pensais non sans mélancolie que les manières éduquées et désinvoltes de ce garçon auraient été encore davantage appréciées par notre mère, si elle avait été là.

Moi, c'est tout juste s'il me disait bonjour. Je l'embarrassais. Sur nous deux pesait le souvenir d'un moment vécu ensemble à l'école l'hiver précédent. Heures du début d'après-midi, depuis les hautes fenêtres de la salle de classe le spectacle d'une journée grise, les silhouettes sombres d'arbres dépouillés, le rouge d'une enseigne de supermarché qui faisait l'angle avec notre bâtiment. Deux longues heures assis l'un à côté de l'autre pour préparer un devoir de géographie – la professeure nous avait mis par deux pour une recherche. Moi, penchée sur le manuel De Agostini, j'étais en train de lire à voix haute un paragraphe sur les ressources agricoles du Malawi, les vertus du *sisal*, une sorte d'agave exploité dans le textile… quand soudain j'avais senti les yeux de Giacomo fixés sur moi, insistants. Dans un silence suspendu, j'avais soutenu son étrange regard. L'attirance est parfois l'affaire d'un instant, le frémissement d'un laps de temps très bref. J'avais vite repris ma lecture, mais ce moment avait été la trace d'un sillage définitif, car aucun de nous deux ne l'avait oublié, je le comprenais à présent en retrouvant Giacomo à la maison, en tant que petit ami de ma sœur. Il venait chaque samedi soir, contrarié et un peu nerveux de ne pas trouver Nina à la porte. Moi j'essayais de transformer le malaise que ce souvenir nous procurait à tous les deux, d'en faire une complicité silencieuse entre nous, un petit secret appartenant au passé et qui à sa façon, sans peser, pouvait être utile au présent. Mais pas Giacomo, qui se contentait de m'éviter.

Nina avait embelli en quelques semaines, je m'en rendais compte en l'observant devant la glace essayer des robes, des chaussures, des coiffures – en plus de la queue-de-cheval, un chignon, des tresses. L'attente de Giacomo le samedi était toujours occupée par ces préparatifs anxieux. Au moment de choisir, elle préférait toujours les mêmes vêtements, une jupe en jean avec un body jaune (« porte le plus de jaune que tu peux, Nina, ça va très bien avec le vert de nos yeux », lui conseillait maman) ; ou bien une robe gris argent en stretch qui, moulant ses formes, la parait d'un charme précoce et troublant. On entendait sonner à l'interphone ; heureuse pour Nina, je déboulais dans sa chambre pour le lui annoncer. « Dépêche-toi, allez, il est en train de monter, il arrive ! » Mais entre-temps ma sœur avait été gagnée par la mauvaise humeur et, dardant sur moi son regard le plus féroce, elle me demandait d'aller ouvrir moi-même. Elle avait attendu ce moment avec trop d'ardeur et cela la rendait mécontente d'elle-même, c'est pourquoi elle était en colère et désagréable.

« Tu restes, Maddi », m'ordonnait-elle ensuite sur un ton comminatoire alors même qu'il pouvait entendre. Elle voulait que je sois à ses côtés maintenant, comme je l'avais été avant, pendant qu'elle attendait. « On est sœurs tout le temps » affirmait-elle, menaçante, en commentant plus tard, quand nous étions seules, le fait qu'elle ait voulu me convaincre de rester. « On est sœurs tout le temps » : plus que du chantage, une condamnation. Lorsqu'elle était avec Giacomo, et que je faisais mine de m'éloigner – j'étais de trop, les laisser seuls me paraissait évident, quoi de plus naturel – Nina en me fusillant de nouveau du regard m'intimait l'ordre de rester. Et moi, à contrecœur, je restais.

Plus belle depuis qu'elle fréquentait Giacomo, certes, mais mal en point aussi. Sa présence la mettait dans un état d'appréhension qui la tendait. Lumière et fièvre, voilà ce qu'il lui apportait.

« Tu es un peu pâlotte, Ninouchka ; c'est l'amour qui te fait cet effet ? », m'efforçais-je de la taquiner quand nous nous retrouvions seules, mais sans que Nina daigne se divertir de ma plaisanterie. « Qu'est-ce que tu racontes, Maddi, qu'est-ce que tu en sais, de comment je me sens... » Sombre dans le ton, pas une lueur d'ironie dans les yeux.

Elle maltraitait Giacomo, le défiait. Ils étaient en désaccord : elle voulait sortir, lui ne voulait pas. Elle allumait la radio, il lui demandait de l'éteindre. « Excuse-moi, mais qu'est-ce que tu es venu faire si tu veux même pas écouter de musique ? », objectait Nina, sur un ton aigu, déjà hystérique. Giacomo silencieux, sans réaction.

« Allez, beau gosse, tu me sors, ou pas ? », le pressait-elle : exaspérante, exaspérée. Pour nous – Mylène et moi – ces manières acides étaient familières. Rien de neuf : comme cela arrive encore aujourd'hui, le mal-être chez Nina prend la forme du défi : pour elle, la polémique n'est pas une attaque, c'est une défense, c'est une carapace. Mais Giacomo, qui l'ignorait, restait interdit, il ne la comprenait pas, se fâchait. « Là je suis fatigué, j'ai fait tout le chemin à pied... on va plutôt se reposer un peu dans ta chambre, allez... » – et avec un air entendu il montrait la porte de la chambre de Nina au bout du couloir. Elle riait, un éclat de rire vulgaire tandis que, debout, elle retouchait son maquillage en s'admirant dans le grand miroir de l'entrée. La coquetterie est l'arme la plus puissante de ma sœur, toujours : sa provocation la plus infaillible.

« Aller se reposer ? Moi je suis pas du tout fatiguée ! » – et tout de suite elle cherchait mon regard complice, preuve d'une entente exclusive entre sœurs, dont Giacomo serait exclu. Elle ne le trouvait pas, elle se heurtait à un mur.

C'était lui qui gagnait parce qu'ils ne sortaient pas, c'était elle qui gagnait parce qu'ils n'allaient pas s'isoler. Ils restaient au salon, devant la télé allumée et laissée sur MTV, vautrés dans les canapés, sans s'effleurer ni presque s'adresser la parole. Parfois, Giacomo essayait d'être tendre, de se serrer contre Nina, mais avec une excuse elle se dérobait immédiatement. Quant à moi, fatiguée de tout ce cirque, j'allais m'enfermer dans ma chambre-forteresse. Mylène tentait d'apaiser les tensions en discutant de nouveau avec Giacomo – les sujets ne manquaient pas, les coïncidences étaient nombreuses, y compris le fait que la mère de Giacomo avait appris l'italien à Pérouse comme Mylène, pas les mêmes années, mais avec un même enseignant, excellent, à propos duquel Giacomo connaissait diverses anecdotes.

Ça avait duré trois mois en tout, Giacomo et Nina. Je n'avais pas posé de questions à ma sœur sur la cause de leur rupture, et elle ne m'en avait rien dit. Giacomo Barresi cessa de venir chez nous et, dès lors, de venir à l'école, quand il leur arrivait de se croiser pendant la récréation, Nina et lui se saluaient à peine. Je m'imaginais qu'elle s'était montrée sous son plus mauvais jour. Étant donné la froideur qui caractérisait maintenant leur relation, je m'étais figuré l'agressivité de ma sœur, jusqu'à quel point elle avait pu être destructrice, dévastatrice. À la maison le nom de Giacomo n'avait plus été prononcé. L'année suivante, il avait quitté notre école ; j'entendis dire que ses parents s'étaient séparés et qu'il avait déménagé à Bristol avec sa mère. J'étais sûre que le souvenir de ce garçon resterait toujours gravé dans les pensées de Nina, et aussi dans les miennes. Pour toutes les deux, une possibilité naufragée, un chemin différemment mais également interrompu. J'étais assez grande pour savoir que les occasions manquées, souvent, sont celles qui se fixent en nous le plus profondément.

Que de souvenirs, si je me rends sur le circuit. De Bruno aussi. Car ensuite, dans la vie de Nina, est arrivé Bruno.

Bruno était un joggeur, technicien en informatique – mais courir comptait bien plus pour lui. Il arrivait sur le circuit en soirée, régulier tout comme nous dans ses entraînements. Avec Nina, ils se rencontrèrent là, sur ce gigantesque rectangle surélevé choisi par de nombreux sportifs parmi les divers endroits possibles de Villa Pamphili. C'est Bruno qui l'avait repérée en premier; difficile de ne pas remarquer Nina, tant elle était belle lorsqu'elle courait, les cheveux rassemblés sous le bandana dégageant son visage, les yeux contrastant avec la chevelure noir corbeau, les jambes parfaites dans l'élan du mouvement et la tenue du rythme. Et l'énergie qui, encore aujourd'hui quand elle fait son jogging, se libère d'elle, et la transfigure en éveillant ses sens, tous ses sens : la femme qu'est Nina affleure et s'épanouit dans l'effort physique, la mettant en harmonie avec elle-même comme jamais dans aucune autre situation. Parce que la persévérance dont elle fait preuve dans le sport est à l'opposé de la versatilité avec laquelle elle affronte la vie. Quand elle s'entraîne, Nina est lumineuse et constante, là où d'ordinaire elle est capricieuse et ondoyante. Sur le terrain, elle était capable d'avaler des kilomètres, refaisant des dizaines et des dizaines de fois le parcours du circuit sans jamais lâcher. Sollicitée par Mylène, elle s'entraînait alors aussi en « fractionné » : des accélérations, en augmentant à chaque fois un peu la longueur de course et la vitesse, pour ensuite récupérer en ralentissant progressivement jusqu'à ramener la respiration à son rythme naturel. Une poignée de minutes de récupération, deux ou trois étirements pour détendre les cuisses, les mollets, les articulations des hanches – et elle recommençait. L'attitude : voilà ce qui compte chez un sportif, et voilà ce que Bruno avait saisi de Nina. Cette grande fille avec son bandana, si concentrée, centrée, déterminée. Spéciale.

Après l'épisode Giacomo – un premier amour avorté, fini avant même d'avoir commencé – Nina sans le savoir était en quête d'un événement réparateur, qui viendrait lui insuffler un peu d'espoir. Je la voyais mélancolique les soirs où, dans le canapé où elle s'efforçait de lire, elle m'écoutait jouer du piano. Elle avait envie d'amour, je le sentais : rencontrer quelqu'un qui lui ressemble, qui ne la décevrait pas en raison d'un caractère trop différent.

Semblables, Bruno et elle l'étaient vraiment, et Nina en eut rapidement une intuition, qui s'avéra juste. Ils traversaient la vie au même rythme, d'un même pas – en courant, et pas seulement. Dix ans de plus que Nina, marié depuis trois ans. Il le lui annonça gravement, à la table d'un bar de Porta San Pancrazio un soir où, sur sa proposition à elle, ils étaient allés s'asseoir après l'entraînement. Il leur était déjà arrivé de s'arrêter pour bavarder sur le bord du circuit. « Je vous rejoins à la maison », disait-elle à Mylène et à moi avec un signe expéditif destiné à nous éloigner pour qu'elle reste seule avec Bruno. Ils parlaient, en sueur et encore essoufflés, les endorphines en circulation les rendaient désinvoltes, chaque pulsion du corps s'écoulait dans la fatigue et il n'y avait pas de raison de la contrôler à l'aide de pensées superflues. C'était facile, les sujets de conversation se présentaient spontanément : le sport (Bruno était très féru de « fractionné »), mais aussi bien d'autres choses. C'est au nom de la facilité de ces brefs échanges occasionnels que Nina s'était risquée à lui proposer d'aller boire un verre. Invitation que Bruno avait acceptée non sans une certaine réticence : « D'accord, on y va, avec plaisir. Mais je ne peux pas rester longtemps, juste un petit moment, ma femme m'attend. » Il y avait déjà là de quoi tout comprendre, mais ma sœur avait souri et fait semblant de rien : déterminée à obtenir quelque chose de cet homme qui, de toute évidence, ne pourrait lui donner que très peu.

Sa femme attendait un enfant et la grossesse était presque à terme. Bruno le lui avait dit dès qu'ils se furent installés à la table du bar, dans la petite salle triangulaire qui donnait sur l'arche de la Porta San Pancrazio et, plus loin, sur l'un des plus spectaculaires panoramas de Rome. Il parlait en fixant son regard non sur ma sœur mais sur un mur couvert de cartes postales expédiées des quatre coins du monde. À cet instant il lui était apparu comme quelqu'un de brisé, « un homme au bord du gouffre » m'avait-elle confié quand elle s'était décidée à me raconter ses amours clandestines. Elle m'en avait parlé un dimanche. Nous rentrions à pied d'un déjeuner au restaurant avec Gloria. « Qu'est-ce que tu as, Nina ? », lui avait demandé maman à plusieurs reprises alors que nous étions à table ; car Nina ne parlait pas, mangeait à peine, on voyait qu'elle n'était pas bien et qu'elle était complètement ailleurs. Distraite, préoccupée peut-être, et pourtant rayonnante. Quand elle fréquentait Giacomo, elle avait embelli, mais maintenant qu'elle rencontrait secrètement Bruno, elle était vraiment magnifique. « Rien, maman, je n'ai rien… », s'obstinait-elle à nier, avec le plus grand sérieux. Mais une fois que nous eûmes dit au revoir à Gloria, tandis que nous marchions, un peu mélancoliques, vers la maison, voilà qu'éclata la vérité de la bouche de Nina, tout à fait différente des réponses évasives qu'elle avait données au cours du repas.

Je l'avais écoutée. Contrairement à elle, je n'avais pas d'amoureux et je n'avais même jamais fait l'amour, j'étais vierge. Je ne disposais pas d'éléments pour comprendre, mais ce dimanche-là, la situation m'était tout de même apparue clairement : une invisible dépendance s'était emparée de Nina et lui dictait sa conduite. Une nouvelle *addiction* – à un homme, à l'émotion que cela lui procurait de le voir, de penser à lui – de l'aimer. Début d'après-midi par un temps doux, l'air sentait bon, l'hiver était derrière nous, on le devinait à quelques bourgeons qui pointaient sur les arbres, à la lumière très claire, prête à se prolonger jusqu'au soir maintenant qu'on était passé à l'heure d'été. « Tu te souviens, Maddi, tu sais le gars avec lequel je cours ces jours-ci, le grand ? » Pour moi c'était suffisant, tout était déjà dit. « On se fréquente depuis un moment, et… » Mon refus instinctif : si l'amour c'était cette nervosité, ce tremblement que je sentais dans la voix de ma sœur, alors ça ne m'intéressait pas, je ne voulais pas en entendre parler. Une forteresse ne cède pas, ne recherche pas les tourments, elle sait comment repousser toute menace d'excès. Jamais je ne tomberai amoureuse, ni ne permettrai que quiconque tombe amoureux de moi, avais-je pensé ce jour-là, tandis qu'en me forçant, je l'avais écoutée à contrecœur.

« On entre à la Villa, d'accord ? Pas longtemps, Maddi, promis, juste le temps de me calmer un peu… » Quelques mètres sur la passerelle asphaltée, et nous voici sur « notre » pelouse, celle qui descend une fois qu'on a passé l'arc des Quatre Vents. Assises en tailleur l'une en face de l'autre, les yeux dans les yeux – ceux de Nina assombris, pendant qu'elle se confiait. « Le sexe avec Bruno, c'est fantastique. C'est dingue comme on se comprend, comme nos corps parlent vraiment la même langue. » Elle cherchait mon regard, sans le trouver, elle avait dû deviner mon malaise mais n'en avait cure. « Je sais bien qu'il est marié, mais on est trop bien ensemble, Maddi, je ne peux juste pas envisager de rompre. » Un nuage passager avait voilé la clarté du ciel, le paysage verdoyant avait semblé s'assombrir. Reflet de ce qui se passait en moi : j'étais triste de sentir Nina entraînée ainsi par des courants secrets, d'obscures dépendances. « Pardon, mais où est-ce que vous vous voyez ? », telle avait été ma seule question – l'unique détail qui m'intriguait au fil de cette confidence que j'aurais voulu ne pas écouter. Ils se rencontraient dans le studio d'un ami de Bruno, parti depuis un an pour une mission professionnelle comme ingénieur agronome en Gambie. « Un petit appartement, mignon, pas loin d'ici – à Testaccio. Je prends toujours une douche avant de quitter la maison, les serviettes sont propres, douces, les plus parfumées que j'aie jamais utilisées. Et puis tu sais, Maddi, Bruno me raccompagne chaque fois en voiture... et quand on arrive en bas, il attend que je sois entrée dans le hall, et quand je me retourne je le vois qui m'envoie un baiser, les doigts appuyés sur ses lèvres puis posés sur la vitre de la voiture, comme pour me toucher... me toucher encore. Chaque fois le même geste, cette courtoise délicatesse après toute l'intensité violente qu'il y a eu avant, pendant l'amour... » Il va peut-être pleuvoir, on ferait mieux de rentrer, avais-je été sur le point de lui dire. Mais le nuage passager s'était éloigné, et un rayon de soleil était même apparu tandis que Nina, imperturbable, avait repris son récit : « ... et moi je monte, je m'assieds à table avec Mylène et toi, je parle avec vous, je reprends ma vie habituelle – et en même temps mon corps tremble encore d'émotion, et mon cerveau s'est déjà mis à attendre, à compter les heures qui me séparent de ma prochaine rencontre avec Bruno. »

J'étais légèrement essoufflée, c'était sans doute le fort taux d'humidité qui rendait ma respiration difficile ; même « notre » pelouse, si vaste et si verte, m'oppressait maintenant. « Bientôt, à la naissance de son enfant, il s'éloignera, Nina. Prépare-toi, parce que c'est sûr que ça va se passer comme ça. » Du bon sens, du réalisme, après toutes ces fadaises romantiques, un peu de saine jugeote. Voilà ce que peut offrir une forteresse, dans l'urgence d'une tempête émotionnelle : la vérité. Ce serait un abandon tout à fait banal, archi prévisible : bouleversé par ses sentiments de néo-papa, Bruno prendrait ses distances. Telle était la seule et unique perspective pour leurs amours clandestines ; point, fin de l'histoire.

Ma sœur m'avait regardée, stupéfaite. J'aurais mille fois préféré la voir en proie à la colère et vindicative, plutôt que niaise et mélodramatique comme elle se révélait alors. « Cet homme va partir » avais-je répété, animée par une veine un peu sadique dont je prenais conscience pour la première fois : « Tiens-toi prête à faire une belle croix dessus, parce qu'il va te larguer, Nina. » L'amour ne m'intéressait pas, mais la réalité si, et pas qu'un peu ; j'attendais de ma sœur qu'elle aussi sache la regarder en face. D'ailleurs, si elle avait ressenti aussi fortement le besoin de m'impliquer, de me mettre enfin, après des semaines, au courant de son histoire d'amour, c'était parce que Nina recherchait l'impact violent mais libératoire de la désillusion. Sortir de son aveuglement : elle ne s'en rendait pas compte, mais c'était ce qu'elle voulait aussi, pour elle-même.

« Mais bon sang qu'est-ce qu'elle a, ta sœur ? Quand est-ce qu'elle va se ressaisir ? », m'avait demandé Seba avant de repartir pour Milan, tandis que je l'accompagnais au garage. Il n'était pas le seul : préoccupée par le changement de Nina, maman aussi avait spontanément pensé à me consulter, et à me la confier.

« Trouve le moyen de lui parler, Maddalena, il n'y a que toi qui puisses le faire. Il va bientôt y avoir les défilés Gucci, je suis vraiment débordée en ce moment ; mais toi, s'il te plaît, Maddi, raisonne-la. Ta sœur, il faut qu'elle étudie, elle ne doit pas s'investir que dans le jogging, mais à l'école aussi... Si ce sont des peines de cœur, comme je le crois, avait-elle ajouté avec sévérité, à plus forte raison elle ne devrait pas perdre son temps avec ça. »

Les tours du soir à Villa Pamphili n'avaient plus rien de joyeux, ils étaient devenus mécaniques, pesants. Même si Bruno et Nina étaient très doués pour ne pas apparaître comme intimes – ils couraient à distance l'un de l'autre, s'évitant et ne s'adressant pas la parole – pour moi qui connaissais la vérité, c'était parfaitement clair. Je faisais ma séquence d'exercices près d'un banc sous un pin, mais j'avais de la peine à me concentrer. Nina passait devant moi à toute allure, belle et sûre d'elle comme toujours ; mais elle était nerveuse, sur des charbons ardents, je m'en rendais bien compte, et je savais pourquoi. Elle se fit une entorse à la cheville, dut rester immobile et s'abstenir de circuit pendant dix jours. À la maison, elle souffrait, elle passait les journées sur le canapé, collée devant la télé sans adresser la parole ni à Mylène ni à moi. Bruno lui manquait et elle ne pouvait même pas l'appeler. J'étais plus inquiète encore que nos parents. Cet amour secret me paraissait être une impasse, une situation sans issue. Et une menace aussi pour moi, pour nous.

Lors de sa visite suivante, papa était revenu à la charge : « Bon, à la fin, on peut savoir ce qu'elle a, Nina ? Je la vois tellement bizarre, comme absente, captive... elle fume quand même pas des joints ? » Un drogué ne peut pas s'empêcher de voir la drogue comme source du déséquilibre des autres, avais-je pensé, folle de rage. À présent Nina était beaucoup plus gentille avec papa, les fins de semaine où il venait chez nous. « Quel délice, miam-miam ! », lui disait-elle en s'asseyant à table et en goûtant ses petits plats. Lesquels étaient de plus en plus recherchés : calamars aux petits pois, foie au curcuma, gnocchi au pesto saupoudrés de poutargue, tourte aux brocolis et anchois, truite saumonée avec riz basmati au safran. Rien n'avait changé ; Seba, empressé et envahissant, continuait à s'approprier la cuisine de la via di Villa Pamphili, et les déjeuners et dîners pendant « ses » week-ends étaient un festival de saveurs, enfin apprécié par nous deux. Sauf que la courtoisie de Nina était superficielle, adoptée par convenance pour qu'on la laisse tranquille par ailleurs. Beaucoup d'amabilité, mais juste pour dresser une barrière. Pour qu'on ne fasse pas attention à elle, qu'on ne remarque pas à quel point elle était déboussolée, distante – amoureuse.

Gloria téléphonait. « Va dans l'autre pièce, Maddi, sois gentille, je ne veux pas que Nina t'entende.

— OK, oui… voilà, maman, j'y suis.

— Bon alors, qu'est-ce qui se passe, qui la met dans un état pareil ? Aide-moi à comprendre, Maddalena, je suis sûre que tu peux.

— Je ne sais rien, maman, vraiment. Nina doit être fatiguée, elle court trop. L'excès d'activité sportive peut causer de la dépression, j'ai justement lu récemment dans *Focus* un article là-dessus.

— Mais voyons, ce n'est pas ça : il s'agit d'autre chose, j'en suis sûre. C'est ta sœur, tu dois bien avoir une idée, pourquoi tu ne veux pas me le dire, Maddi ? Allez, j'ai rendez-vous avec le scénographe chargé du défilé pour une répétition lumières, dans très peu de temps, le taxi est déjà là à m'attendre… »

Je me taisais. Moi au milieu : à ce stade, plus qu'une forteresse, un pont. Intermédiaire et raccordement entre Nina et le monde. Je voulais à tout prix lui être loyale, garder le secret de ses amours avec Bruno, dont personne ne devait rien savoir.

« Captive », Seba avait trouvé le mot juste. Et captive moi aussi, dans le piège de ma loyauté : respecter notre pacte de sœurs exigeait de moi une dose d'énergie considérable.

Tout se passa comme je l'avais pronostiqué. L'enfant de Bruno naquit; au bout de quelques jours à peine, il avait remis à Nina un mot dans lequel il disait qu'il ne pouvait plus la voir. Il ne le sentait pas, tout était « trop difficile et absurde à gérer ». Elle avait accouru pour me le raconter : c'était le soir, j'étais en train de me déshabiller pour aller me coucher. Nina était déjà en chemise de nuit, sa plus jolie, en soie blanc ivoire, avec de fines bretelles qui glissaient sans cesse en découvrant sa poitrine, et qu'elle remontait rapidement aussitôt. Elle pleurait tout en disant : « Il est fou, c'est du suicide; c'est pas sa vie, ça, je t'assure, Maddi. » Puis elle avait voulu qu'on aille dehors, sur la terrasse – la nuit humide, les lumières du Gazomètre au loin, nous deux accoudées pour regarder, avec sur nos épaules des plaids en guise de châles. « Comment on peut se priver d'une passion pareille? C'est comme s'arracher un bras... comment il va vivre? » Nina en quête d'une consolation que je ne pouvais lui offrir, non seulement parce que j'étais ignorante des choses de l'amour, mais aussi parce que son délire ne me regardait pas : cette perte de contrôle, cette métamorphose, cette faiblesse – de nouveau je m'étais dit que je préférais ne jamais les éprouver. Et cette passion qui bouleversait ma sœur s'était insinuée entre nous, nous séparait. J'aurais donné n'importe quoi pour la sortir de son malheur, mais aussi de ces agitations sentimentales.

Où finissais-je et où commençait Nina? Même maintenant que nous vivons séparées, chacune à l'autre bout du monde, il y a des jours où je sens resurgir le vertige de cette interrogation. Comme si j'étais elle, et qu'elle était moi. Inconfortable indistinction. Moi, Maddalena, je ne me sens pas comme une personne singulière, détachée de ma sœur;

je suis prisonnière d'une symbiose qui, au lieu de faiblir, de nous libérer, devient plus forte avec le temps. La faille qui nous sépare, nous qui sommes si proches, résiste à l'éclatement. Nina fait tellement partie de ma vie : elle l'habite, autant que moi j'habite la sienne. Elle souffrait, je souffrais avec elle.

Aujourd'hui que je désire y retourner pour un séjour, Rome me manque pour la première fois depuis que j'en suis partie. Nostalgie neuve, inconnue. Jusqu'à présent, la ville m'avait semblé être un chapitre révolu, un tressaillement terminé du passé. Maintenant, j'ai hâte de la revoir, je suis impatiente de renouer un pacte avec elle. J'habite à Paris depuis plus de vingt ans, sans avoir jamais réussi à me sentir parisienne. « Réussir » n'est pas le terme exact, car je n'ai jamais eu l'ambition de m'intégrer. D'ailleurs, s'expatrier dans mon cas n'a pas été un désir : plutôt une nécessité du cœur, un besoin spontané de rejoindre Pierre, de partager sa vie. Bien que Paris représente pour moi un paysage désormais familier, je n'ai jamais aimé profondément cette ville, alors que cela aurait pu se produire. Il y a la chaleur qui naît des habitudes, la satisfaction de connaître par cœur des parties entières de certains quartiers, surtout du dix-septième arrondissement, où nous habitons. L'efficace rapidité avec laquelle j'ai appris à planifier la vie quotidienne (l'*emploi du temps*, valeur sacrée ici – stressante, et une fin en soi). En quelques clics je sais sélectionner les meilleurs films et spectacles, repérer sur les plans les meilleurs itinéraires pour les déplacements à pied ou en transports en commun. La ville, c'est ainsi que je la domine, en en maîtrisant les possibilités et les codes sociaux, en en connaissant les limites, les qualités, les opportunités. C'est là que sont nés mes enfants, c'est là que je les ai élevés; c'est là que s'écoule mon temps, sans que rien, en dix-neuf ans, ait réussi à devenir important à mes yeux. Exception faite de ma famille et de très rares amitiés (Leïla, presque la seule), je n'ai rien qui compte pour moi dans ce lieu. Sur ce nouveau terrain les racines n'ont pas pris, et Pierre n'a jamais aidé pour que cela se produise – le rapport avec ce monde étranger est resté pour lui mon problème, que je devais affronter seule. D'ailleurs, il ne sait pas grand-chose de mes journées, et ne pose pas beaucoup de questions. Il se montre curieux si c'est moi qui lui raconte un fait, une rencontre, n'importe quoi d'intéressant que j'ai vu. La seule chose qui par ailleurs ait de la valeur, aussi bien pour lui que pour moi, c'est notre ménage. Se retrouver tous ensemble pour le dîner, quand lui et moi n'avons pas à participer à quelque soirée mondaine. Et les fins de semaine, douces parenthèses de vie domestique pour ralentir les rythmes fatigants de la ville et se reposer.

C'est une vie solitaire que la mienne. La seule période où je ne fus pas isolée remonte aux premières années avec mes enfants, lorsque mon engagement dans la maternité était total, en termes de temps, d'espace – de tout. Maman à trois cent soixante degrés – c'est durant cette phase que j'ai fréquenté quelques personnes, d'autres mères, des pères, des mères surtout, mariées comme moi, ou séparées ou mères seules. Avec elles j'ai lié des amitiés éphémères mais intenses, claires dans leurs intentions opportunes, expéditives dans leurs modalités, car subordonnées à de mutuelles obligations. Les mêmes horaires, les mêmes haltes au parc Monceau à la sortie de l'école maternelle. Invitations à des anniversaires, à des goûters le week-end; cafés avalés à la hâte dans le va-et-vient des trajets. Se trouver sympathiques par nécessité, parce que c'étaient les enfants qui se choisissaient. Une sociabilité contrainte mais nourrissante à sa manière, et à laquelle il m'arrive de repenser avec nostalgie. À part ça, je vis dans une grande solitude. Pendant un certain temps, il y a eu Sandra à Paris, une de mes camarades d'école de Rome, qui avait déménagé pour effectuer un stage dans un cabinet d'architectes ; avec elle, je sortais, mais au bout de quelques années ici, elle est tombée amoureuse d'un Florentin et est retournée vivre en Italie. Il y a les femmes des collègues de Pierre, des dames élégantes qui à chaque occasion mondaine me laissent leur numéro de téléphone, dans l'espoir que je les appelle et que des sorties avec moi puissent jouer le rôle de diversions dans leur vie aisée et vide. Mais jamais je ne recherche leur compagnie ; Pierre est là pour compenser, avec ses manières toujours exquises ; et puis il y a le fait que Pierre me laisse toujours la liberté de rester dans ma carapace ; je peux être sûre que jamais il ne me reprochera de ne pas être suffisamment affable.

À cette quasi absence de contacts, la seule a exception a été Anouk, une femme qui résidait à Paris en tant qu'attachée culturelle de l'ambassade turque. Nous nous sommes fréquentées pendant quelque temps : je me sentais à l'aise, nous riions beaucoup et nous avions les mêmes goûts, parmi lesquels le restaurant berbère de la rue de Babylone où nous nous étions donné rendez-vous pour déjeuner la première fois, puis à d'autres occasions. Anouk était sportive aussi – elle nageait. Je trouvais beau son visage anguleux, ses yeux bistrés ; avant de s'installer à Paris elle avait été en poste à l'ambassade d'Ankara, ses récits à propos de son pays étaient très intéressants pour moi qui en ignorais à peu près tout. Jusqu'au moment où, lors de notre cinquième ou sixième rencontre, elle ne se mette à me parler d'elle, de son mariage. Moi je n'avais aucune envie de confidences entre femmes, ça m'allait bien que tout reste plaisamment superficiel comme cela avait été le cas jusqu'à ce jour. Mais Anouk était devenue sérieuse, presque grave ; même ses traits – le menton, les pommettes, le nez effilé – soudain ne m'avaient plus semblé beaux, mais imparfaits, lourds. Son mari était venu avec elle à Paris, m'avait-elle dit, mais ne s'y plaisait pas : il était notaire et son travail en France n'était pas stimulant, il ne s'occupait que d'actes consulaires et de traductions assermentées afférentes – tâches trop modestes pour lui. Bref, il se sentait frustré ; et leur couple ne marchait plus, ils n'avaient pas grand-chose en commun, et de moins en moins. « Je m'ennuie tellement, Maddalena, si tu savais… », a-t-elle commenté, triste. Nous avions commandé toutes les deux un tajine de poulet, qui venait juste de nous être servi dans des plats fumants avec leurs couvercles coniques en céramique colorée. « Oui, je m'ennuie, et j'aimerais tellement avoir de la compagnie, tu ne peux pas imaginer… » Je l'ai regardée avec une certaine méfiance, je devinais qu'elle essayait de me dire autre chose. « La compagnie de quelqu'un comme toi : fine, sage, capable de m'écouter, de me comprendre… » Elle me fixait avec insistance, je l'ai perçu malgré la faible lumière qu'il y avait dans la petite salle du restaurant. J'étais très mal à l'aise, et plus encore lorsque j'ai senti que, glissant sa main sous la nappe, Anouk essayait d'effleurer la mienne. Instinctivement j'ai reculé sur ma chaise, « je suis désolée, je vais être en retard, zut ! », me suis-je exclamée en regardant ma montre ; et, laissant dans le plat mon tajine presque intact, j'ai couru attraper mon manteau pour m'en aller à toute allure. J'ai payé ma part au comptoir, j'ai rejoint à toute vitesse la station de métro Sèvres-Babylone, et je suis rentrée chez moi. Je n'ai pas répondu aux messages qu'Anouk m'a écrits au cours des semaines suivantes. Nous ne nous sommes plus jamais vues, ni même parlé. Je me suis demandé pourquoi j'avais eu cette réaction absurde, ce sentiment de terreur. J'ai pensé que cela avait à voir avec Nina ; qu'il existe un degré d'intimité féminine que spontanément je fuis, car dans ma tête la proximité est le territoire exclusif de nous deux en tant que sœurs : quelque chose qu'il est impossible de reproduire ailleurs.

Quand les enfants étaient petits, les journées me glissaient entre les doigts, frénétiques et remplies de courses, d'engagements, d'activités – des tâches incessantes interrompues par d'autres plus urgentes qui survenaient entre-temps. La vie des mères : fragmentée, dispersée et donc épuisante, des journées trop longues et hyperactives qui me laissaient, le soir, éreintée et avec peu d'énergie à consacrer à Pierre ou à moi-même. Et puis, au fur et à mesure que Sam et Valentina grandissaient, ce rythme s'est ralenti ; j'ai eu de nouveau du temps à ma disposition, ainsi que le privilège et la liberté d'en user à ma guise.

C'est un petit rituel : tous les matins, Pierre et les enfants font ensemble le trajet depuis la maison jusqu'à la station de métro (La Fourche). Puis Pierre revient sur ses pas, jusqu'à la porte de notre immeuble, où le chauffeur de l'Unesco l'attend pour le conduire au travail. Une fois tout le monde parti, je reste seule. Temps et espace soudain dilatés, jusqu'à l'après-midi où l'engrenage du ménage reprend son fonctionnement au mécanisme bien huilé, les enfants rentrent de l'école (d'abord Sam, Val traîne en général un peu avec ses amies et va au basket deux fois par semaine), et moi, en attendant le retour de Pierre, je me consacre aux tâches restantes que je n'ai pas affrontées le matin.

Je ne m'ennuie jamais. Je joue au moins une demi-heure par jour : le temps passé au piano n'est plus essentiel comme lorsque je vivais en Italie, mais, par une espèce de mélange de sens du devoir et de nostalgie, je ne me décide pas à renoncer à la musique. Pour vaincre l'ennui, ce qui est très important pour moi c'est de beaucoup bouger. Je marche énormément. J'ai les chaussures idoines, celles qui vous donnent l'impression d'avoir des ailes aux pieds. Reebok, Nike, New Balance – au fil des ans j'ai expérimenté bien des modèles et des marques. L'enseignement de Mylène ne s'est pas estompé : à Paris aussi j'ai fait en sorte de valoriser l'activité physique, d'en faire une présence quotidienne constante. Activer le corps : discipline, garde-fou. Dans cette vie solitaire qui est la mienne, j'ai fait de la ténacité dans le dynamisme physique un bouclier. Ma carapace – carapace, *cara pace* – chère paix…

À part Leïla, avec laquelle je continue à renouveler le plaisir d'une amitié adulte, désintéressée, paritaire, je n'ai pas de relations sociales. Je crois que c'est moi qui les évite : ces heures sans personne sont un bien que je préserve intact. Je suis seule, et je marche. Je parcours la ville du nord au sud ; en largeur elle est immense, mais quand on la traverse verticalement, depuis la Porte de la Chapelle jusqu'à la Porte d'Orléans, il y a à peine sept kilomètres. L'effort pour garder le rythme rapide du pas atténue l'agacement que me procure la géométrie obsessionnelle des réseaux de rues, cette architecture haussmannienne à la régularité si oppressante. Je marche, je marche. « En balade ou déjà rentrée, Maddi ? » : arrive toujours le moment où mes balades teutoniques sont interrompues par un coup de fil ou un message de Nina. Je continue à avancer, tout en lui parlant, je lui décris les endroits où je me trouve, d'autres fois je lui envoie la carte de mon trajet du jour, des photos de panoramas, des vues, des détails curieux remarqués au hasard de mes traversées de la ville. « Je vais aller courir maintenant, dans pas longtemps », m'informe-t-elle avant de me dire au revoir. Les rythmes de ma sœur outre-Atlantique sont opposés aux miens ; Brian et elle sortent presque tous les soirs, se couchent très tard, voient beaucoup de monde ; Nina ne cesse jamais d'être la créature sociable qu'elle est, ressentant le besoin d'avoir les autres autour d'elle pour se sentir vivante. Une fois, nous avons comparé le répertoire de nos téléphones, et Nina avait exactement cent fois plus de contacts que moi. Bien sûr, il y a des raisons à cela, elle n'a ni enfants ni responsabilités autres que la gestion de la galerie d'art de Brian. Il n'en reste pas moins que nos existences sont aux antipodes. À Rome c'était pareil : Nina s'entourait d'amies de service alors que moi j'avais trouvé Mauretta Gigli et personne d'autre, une seule me suffisait, et même largement – je m'en serais passée sans problème.

« Sœur soleil sœur lune » dis-je une fois, et la trouvaille de cette phrase plut énormément à Nina. En revanche, dans la discipline sportive, nous sommes pareilles. Sœurs : à six mille kilomètres de distance, accordées sur les mêmes rythmes, ceux que Mylène nous avait enseignés pour notre survie et pour notre salut.

Les matins d'hiver à Paris sont humides, gris, pleins de mélancolie. Comme je suis météopathe sous une forme aiguë, faire du sport est devenu une nécessité psychophysiologique. Sans endorphines qui circulent, mon métabolisme se dégrade, quelque chose s'enraye dans le système cellulaire. Le sport m'évite la dépression potentielle où je tomberais vu l'abattement dans lequel me plonge ce gris continu et plombé du ciel. « Une marche rapide stimule la circulation, tonifie le corps, vide l'esprit » : j'ai l'impression de l'entendre encore, la voix de Mylène. Oui, marcher clarifie les choses, mais sans libérer complètement la tête. Des images de la vie à Rome, de Nina et moi avec Mylène, accompagnent mes déambulations parisiennes. Des moments de nos sessions sportives à Villa Pamphili. Nina faisant ses tours de course et son « fractionné » le long du périmètre du terrain ; devant nos yeux, la vue magnifique sur le Casino del Bel Respiro entouré du labyrinthe de haies, les pins tout autour, avec leurs troncs minces, perches lancées vers le ciel qui était haut, lumineux ; je le fixais avant de commencer mon entraînement, et il était si vaste, tant de choses semblaient possibles quand on le regardait – y compris une échappée, une route rien qu'à moi. J'insérais mes pieds entre les lattes d'un banc et je tendais mes abdominaux en torsions du buste de plus en plus toniques et souples. « Allez, Maddi, encore, ne lâche pas maintenant, vas-y ! » : Mylène était une coach personnelle rigoureuse, exigeante mais attentive, toujours empathique envers ma fatigue.

Ces souvenirs me soutiennent, ils insufflent de l'énergie à l'amplitude de mes foulées métropolitaines. En plus de marcher, je vais à la salle de sport : à Paris je fréquente le cours de Pilates au Club Med Gym de la rue Cadet, et un cours de Body Pump dans une autre salle du Club, près de chez moi, derrière le Parc Monceau. Je soulève des poids pour donner du tonus à mes bras ; au sol, après avoir placé de gros disques de fer sur mon ventre et soulevé les jambes, en faisant levier sur les talons je bouge le bassin vers le haut et vers le bas pour modeler les fessiers. Je calibre chaque effort grâce à la respiration. J'ai toujours sur moi mes bronchodilatateurs, sans les utiliser, les jetant lorsqu'ils sont périmés pour en racheter tout de suite d'autres. L'asthme appartient au passé, il semble avoir disparu de ma vie, mais la peur qu'il revienne est toujours là. Je n'en démords pas, je persévère dans le sport en m'entraînant à ressentir les rudes tensions des muscles, tendons, ligaments. J'apprends à résister en restant impassible pendant que je transpire et maudis les limites que je me suis imposées comme objectifs, mais qui sont toujours là, infranchissables.

Dans les gymnases, je ne parle avec personne. Jamais un visage qui me soit sympathique ou qui parvienne à éveiller mon intérêt en m'inspirant un minimum de confiance. La solitude aussi est une dépendance : jour après jour, rester enfermée dans ma carapace s'avère être la posture la plus juste.

Presque un an pour que Nina se remette de sa déception amoureuse : aussi longtemps pour oublier Bruno. De longs mois durant lesquels elle était pâle, défaite, avec des poches sous les yeux que je ne lui avais jamais vues auparavant ; et négligée, les cheveux toujours mal coiffés – et dans le regard une anxiété, quelque chose qui ne parvenait pas à se fixer, à s'ancrer à quoi que ce soit. Elle souffrait d'insomnie, commença à prendre un somnifère le soir, très léger aux dires du médecin. Peu de temps après, elle eut un épisode de somnambulisme ; elle avait ouvert les yeux et s'était retrouvée devant le buffet de la cuisine, s'apprêtant à l'ouvrir – du moins c'est ce qu'elle disait à tout le monde, et qu'elle avait continué à raconter pendant des années. Des mois d'absence, où elle était en piteux état – mais elle s'habillait encore avec soin, et continuait à aller courir, même si ce n'était pas tous les jours. C'étaient ses seules manifestations d'amour-propre ; pour le reste, confrontée à cette mauvaise passe, Nina sombrait. Elle devait préparer son bac et au lieu d'étudier avec ses amies, comme elle l'avait fait pendant les précédentes années de lycée, elle préférait à présent se débrouiller toute seule. Je lui proposais mon aide ; j'avais obtenu mon diplôme au Lycée Linguistique avec les notes maximales, et en attendant de passer mes premiers examens à l'Université (Faculté des Langues) j'avais pas mal de temps libre. « Si tu veux, je t'interroge » lui proposais-je, « ou alors on peut lire, approfondir ensemble… » Mais Nina refusait régulièrement. « Merci, Maddi, je préfère le faire toute seule… ça me donnera sûrement plus de satisfaction » ; elle me repoussait, mais faiblement, sans conviction. Cette mélancolie, c'était nouveau chez elle, je m'inquiétais tout en comprenant que je ne pouvais rien y faire, que son amour pour cet homme adultère, Bruno, nous avait séparées, et notre distance d'alors était une ornière impossible à combler.

Elle voulait se protéger de l'éventualité d'une rencontre, sachant que le revoir la ferait trop souffrir ; alors, pour courir, elle allait maintenant dans la partie la plus récente de Villa Pamphili, celle à laquelle on accède par via della Nocetta. Elle y allait à mobylette, tout lui prenait plus de temps, ce n'était pas à portée de main comme lorsque nous fréquentions le circuit, que nous rejoignions à pied en moins d'un quart d'heure.

J'attendais que cette souffrance cesse de la tourmenter. Je patientais, aussi parce que j'étais animée de sentiments nouveaux. Pendant cette période, je réfléchissais pour la première fois au peu d'espace que la vie si mouvementée de ma sœur laissait à ma propre vie. L'espace pour se déployer, l'espace pour que je puisse moi aussi, comme Nina, exprimer ma nature, définir ma personnalité en la projetant dans des actes. J'étais là, sans qu'il m'arrive jamais rien, sans amours – peut-être sans caractère ? Nina occupait toute la scène, moi je brûlais de disparaître. Comme la tortue qui connaissait chaque recoin de notre terrasse (son royaume), la carapace en guise de bouclier, j'avançais cachée.

Pendant quelque temps, Bruno avait écrit à Nina : des mots brefs dans lesquels regrets et amour étouffé transparaissaient simultanément. Puis il avait arrêté ; elle, dans un premier temps, s'était sentie anéantie par son silence, profond comme un gouffre ; et seulement après, offensée. « C'est un connard, Maddi : il n'aurait pas dû sortir avec moi pendant tous ces mois s'il savait qu'il était aussi fragile et incapable de gérer la situation. » L'anathème était arrivé, inexorable, un dimanche matin. Nous étions sur la terrasse en train de jardiner, avec la tortue qui se déplaçait très lentement entre les pots – chaque fois que je voyais pointer sa petite tête sombre je me réjouissais, interprétant cette apparition comme une mise en garde, un avertissement à faire attention, à ne pas me perdre de vue en me déséquilibrant trop au profit de ma sœur. Jusqu'à présent nous avions eu peu de plantes en pots, mais maintenant des dizaines, car Seba avait fait récemment des photos de mariage chez un pépiniériste monégasque, et à sa demande il avait été payé « en nature » plutôt qu'en argent. Aussi était-il arrivé la dernière fois, un samedi matin, avec sa Jaguar chargée de lierres, de ficus benjamina, de citronniers et de kumquats renversés sur le siège arrière en un joyeux mélange de feuilles et de branches. Et ce n'était pas tout : des hortensias, des azalées, des bégonias dans des containers en plastique amoncelés sur le plancher entre les sièges.

« Un connard, voilà ce qu'il est, Bruno, un connard et c'est tout. » Nina l'avait dit sans acrimonie, mais aussi sans le moindre doute, sur le ton définitif de quelqu'un qui a ruminé longuement une vérité, l'a reconnue à grand-peine et avec une honnêteté conclusive.

Je lui avais donné raison : « C'est vrai, il n'a pas été correct avec toi ; mais fais quand même attention à ne pas tomber dans le piège de tes certitudes » (à cette période, je lisais des livres de psychologie – cela m'inspirait). « Certaines situations nous échappent, Nina. Peut-être qu'il ne savait pas comment se comporter, tout simplement. » Je parlais à tort et à travers, je ne savais rien de l'amour et ne voulais rien en savoir. Mais j'étais contente parce que, dans l'indignation, je sentais Nina plus détachée, de nouveau plus présente à elle-même. Cette colère, c'était un signe de guérison.

Mylène et elle se rendirent à Sienne pour participer à un marathon. Elles partirent avec une voiture de location, dans le coffre le gros sac avec les tenues de rechange et deux paires de chaussures en plus de celles qu'elles avaient déjà aux pieds. J'étais restée à les attendre, anxieuse, jusque tard dans la nuit. « Ta sœur est arrivée troisième ! » – c'était Mylène qui, à peine entrée dans la maison, m'avait annoncé la nouvelle, et elle sautait, m'embrassait, jamais je ne l'avais vue aussi enthousiaste. Nina, troisième sur quatre cents participants ! Un résultat vraiment exceptionnel. Si seulement ma sœur avait su appliquer à son tempérament cette discipline physique. Si seulement elle avait appris à se maîtriser un peu plus, comme son destin aurait été plus facile ! Cependant, après cette longue période de stagnation, quelque chose était en train de changer. Des remous : de nouvelles tempêtes à l'horizon, je pouvais en entendre le grondement au loin, comme un écho de coups de tonnerre avant l'orage.

J'avais déjà fêté mes dix-huit ans, en été, lors d'un déjeuner au restaurant avec Nina et Gloria, par un dimanche étouffant et pénible. Ma sœur allait à son tour être bientôt majeure, et le juge des tutelles fixa une rencontre entre nous et nos parents. Depuis que maman était partie, il n'était plus arrivé que nous nous retrouvions tous ensemble.

« Mais explique-moi, Maddi, pourquoi on doit se voir comme ça ?

— Comment ça ?

— En groupe.

— Tu vas être majeure, maman et papa n'auront plus aucune obligation envers nous, avais-je expliqué à Nina, tout en l'aidant à attacher une robe dont la fermeture éclair était défectueuse.

— Genre bilan général avant les adieux ?

— Genre.

— Quelle absurdité, et quel ennui, Maddi. Toutes ces cérémonies : c'est trop ridicule, allez... », s'était-elle lamentée en faisant semblant de bâiller devant le miroir dans le reflet duquel nous étions en train de nous préparer pour sortir.

« Ça ne sera pas long, Nina, t'inquiète, on sera rentrées pour le dîner. Maintenant, dépêchons-nous, il faut qu'on prenne deux bus et on risque d'arriver en retard. »

La rencontre était fixée dans le bureau du juge des tutelles, dans le quartier de Parioli, derrière la piazza Euclide. Gloria nous attendait déjà à l'endroit du rendez-vous, en avance, comme d'habitude. On la remarquait de loin, très élégante : petite veste noire sur un pantalon clair pattes d'éléphant, fluide ; dans le décolleté, bien en vue, un collier en or large et plat, une queue-de-cheval portée basse et parfaitement tirée, serrée par un élastique en velours à volant. Fard à paupières sombre, rouge à lèvres carmin, pochette Gucci brillante. Elle était magnifique.

Seba était arrivé peu après en s'excusant pour son retard, dû au fait qu'il avait eu du mal à se garer. La sueur qui perlait sur son front et sa chemise froissée mal rentrée dans le pantalon disaient son état de stress. « Vous me donnez cinq minutes pour fumer une cigarette ? », avait-il demandé en souriant ; il avait l'air plus dévasté que jamais ; quand il avait allumé sa cigarette, à chaque aspiration ses joues se creusaient, formant ces cavités que, petite fille, je remarquais déjà avec inquiétude. « Ça alors, Sebastiano, comme tu es maigre, tu n'es pas malade, au moins ? », lui avait demandé Gloria – on sentait une appréhension et un écho attendri dans sa voix –, la vie avait passé, largement passé, ils s'étaient éloignés l'un de l'autre, deux étrangers, mais une intimité profonde avait existé entre eux bien des années auparavant, et cette inflexion dans la voix de Gloria le rappelait. Ils ne s'étaient pas vus depuis plus de deux ans : ils avaient désobéi à la règle imposée par le juge de se rencontrer une fois par mois pour parler de nous, commenter notre évolution, échanger des avis sur les problèmes que posaient nos personnalités. Bientôt, devant le juge, il nous reviendrait, à Nina et à moi, de camoufler leur défaillance, une perspective qui nous crispait aussi ; nous étions nerveuses, mal disposées.

En attendant que Seba finisse sa cigarette, nous étions restées sur le trottoir devant le portail. Nina était très excitée, elle était la seule à avoir envie de parler. « Regarde ce chihuahua, oh là là quelle merveille ! », s'était-elle exclamée en voyant passer un chien tenu en laisse par une dame qui s'était ensuite gentiment arrêtée pour que Nina puisse le caresser. Ce chien qu'elle aurait tant voulu avoir – même si ma sœur avait depuis réalisé combien cela aurait été compliqué, à quel point l'obligation de le sortir aurait chamboulé les rythmes, gêné nos entraînements, limité la grande liberté que nous procurait le sport. Le chihuahua était en effet très mignon, long pelage doré, petites oreilles pointues de renard. Nina l'avait tenu dans ses bras tout en le caressant ; moi, en retrait, je m'appliquais à l'exercice de nous observer de l'extérieur : quelle étrange famille nous formions (aurions formé), la mère élégante et très belle, le père débraillé, mal fagoté, mal dans sa peau, un homme sans centre de gravité propre. Et nous deux, les filles : différentes, inquiètes, décalées. Orphelines.

« J'ai voulu vous voir ensemble – avait commencé le juge après s'être levé de son siège pour serrer la main à chacun d'entre nous, et nous gratifier d'intenses regards – parce que dans quelques mois Nina, comme Maddalena déjà, ne sera plus mineure. La poursuite de la cohabitation avec mademoiselle Roussel, désignée à l'époque par vous les parents comme leur assistante familiale, dépendra bien sûr des choix des jeunes filles, mais aussi de vos capacités à les soutenir. » Il avait fait une pause, caressant sa courte barbe et esquissant un sourire ; son palais étroit et sa dentition chevaline lui donnaient une physionomie nerveuse, légèrement hystérique que je ne me rappelais pas – je n'aurais évidemment pas pu m'en souvenir, tant d'années s'étaient écoulées depuis qu'il était venu chez nous, à Genzano. « Vos capacités » : c'était entièrement une question d'argent, comme toujours, mais le temps avait forgé sa némésis et maintenant c'était maman, bien plus que Seba, qui était à même de nous garantir un bon train de vie.

« Bref, ce que je veux dire, avait poursuivi le juge, c'est que la solution de résidence que nous avions arrêtée ensemble voilà maintenant de nombreuses années, ne sera bientôt plus obligatoire : optionnelle seulement. Je tenais à vous en informer personnellement ; et à vous féliciter, surtout vous, jeunes filles, car vraiment vos efforts ont été extraordinaires. On le voit par vos réussites scolaires, et on le verra plus encore par les succès qu'assurément vous connaîtrez toutes les deux sur votre chemin d'adultes qui commence. »

Ce petit discours bref, solennel, aurait dû en théorie apparaître comme sincère, émouvant même. Mais à mes oreilles, comme à celles de Nina, il avait surtout une tonalité grotesque ; en particulier parce qu'une seule personne aurait mérité ces éloges, et c'était Mylène. Si nous avions survécu, si nous étions devenues solides, ou presque, cela avait été grâce à elle.

« Allez, les filles, je vous raccompagne », avait dit papa lorsque nous étions redescendus dans la rue. Anticipant la gêne de devoir refuser le trajet dans la voiture de Seba, Gloria avait déclaré qu'elle allait prendre un taxi.

« Et où tu vas trouver un taxi ? lui avait demandé papa, sceptique.

— Il y a une station pas loin, à la rotonde sur Viale Parioli, je le sais parce que nous faisons souvent les répétitions des défilés d'automne dans une salle via Mercalli, juste là derrière. » Tellement sûre d'elle, notre mère : une femme qui sans hésitation habite le monde, si éloignée de la Gloria qui nous avait abandonnées. Elle s'était dirigée vers son taxi après nous avoir imprimé un baiser sur le front, l'une après l'autre, comme une bénédiction. Nous allions la revoir le dimanche suivant, donc quelques jours plus tard, pourtant cet au revoir à Parioli avait été très douloureux, de nouveau pénible comme pendant tant d'années de notre enfance et adolescence, un arrachement insensé, violent. Entre Seba et Gloria, une poignée de main franche, comme l'occasion le requérait – leurs destins déjà très éloignés se séparaient officiellement ce jour-là. Nina et moi avions détourné le regard, impatientes de voir cet après-midi si pesant toucher à sa fin. Quand enfin nous eûmes embarqué dans la Jaguar, Nina avait demandé à écouter de la musique – « Fort, à plein volume, s'il te plaît papa ». Des sons qui puissent nous distraire, nous emporter, emmener nos pensées vers des paysages mentaux différents. Et c'est ainsi que s'était terminée notre enfance explosée, cet après-midi-là, en écoutant Sade tandis que tout défilait sous nos yeux fatigués, la ville, le fleuve, carrefours, feux de signalisation, immeubles. Tout filait et glissait sans que plus rien nous appartienne.

« Tu sais, ça arrive », m'avait dit Nina au coin de via Fonteiana, tandis que nous attendions papa qui était allé ranger la Jaguar au garage. « Je l'ai lu dans un article de la revue *Rizapsicosomatica* : il y a des gens qui se rencontrent et tombent amoureux juste pour mettre au monde des enfants. Une fois accompli le devoir pour lequel ils se sont unis, ils se quittent.

— Bof… c'est possible, pourquoi pas » ; en prenant un peu sur moi, je ne lui avais pas donné tort.

Pour calmer la tension, nous étions allées voir le coucher du soleil à la Villa, du côté de via della Nocetta. J'avais regardé Nina faire ses tours de course, après quoi, ayant déroulé mon tapis en latex sous un chêne, je m'étais adonnée à mon stretching. Le juge des tutelles avait raison : dans le chaos, nous avions grandi sainement. Droites, chacune alignée sur son axe, selon son propre centrage vertical. Liées l'une à l'autre par un fil double, pareillement obsédées par le besoin de couper ce fil, de nous libérer, de nous offrir l'une à l'autre la possibilité de respirer. Soutien et oxygène ; base et espace ; contact puis distance, en un mouvement pendulaire semblable à celui des systoles et diastoles du cœur. Sans jamais oublier que l'addition une plus une était et resterait notre opération de prédilection.

TROISIÈME PARTIE

Les départs

Diego Marano avait commencé à venir devant l'école de Nina avant la fin des cours. Dans l'attente de la pause qui précédait les épreuves du bac, on respirait l'atmosphère d'anarchie et de démobilisation propre à la période qui précède les vacances d'été. Depuis des semaines, on voyait Marano appuyé sur le côté du portail, avec un air inquisiteur, un peu genre espion. Il jaugeait les visages des étudiants au moment où, par petits groupes, ils sortaient du bâtiment, continuait à observer ceux d'entre eux qui restaient encore un peu dehors à bavarder. Il épiait les postures des filles et des garçons, leurs gestes. Il était à la recherche de jeunes acteurs : il préparait le casting d'un feuilleton télévisé, une histoire d'adolescents à Rome, de leurs premières expériences de sexe, drogue, amitiés, sentiments âpres et forts. Nina avait tout de suite été remarquée et sélectionnée pour une audition : elle avait passé le premier essai, puis le deuxième : engagée. Les scènes avec elle seraient tournées en automne, à présent elle devait se concentrer exclusivement sur ses examens. Son rôle serait celui d'une fille très courtisée mais qui ne cède jamais à personne : un rôle qui convenait parfaitement à Nina.

Marano : petit, chevelure noire et peu fournie, plaquée en arrière par une couche de gel, le front bas, le nez un peu épaté. Il portait toujours des lunettes noires : les rares fois où il les enlevait, son regard était rusé, irrévérencieux, provocateur. Un gars pragmatique, quelques idées fixes dans un cerveau agile. Il avait compris ma sœur, comment fonctionnait sa psychologie. Explosive, arrogante, et capable aussi de se fâcher et de se vexer pour un rien. Complexion que Marano avait célébrée comme autant de promesses d'une forte présence scénique. « Toi, tu vas m'en donner, des satisfactions », répétait-il à Nina tout en mastiquant un chewing-gum – pendant qu'il parlait, sa bouche mâchonnait et clappait : « Tu sais y faire, j'en suis sûr, il suffira juste que tu en aies envie. »

Très vite, Nina devint l'obsession de Diego Marano : dans ses fantasmes, cette proie sauvage, indocile, difficile à conquérir, était d'autant plus excitante. Quant à Nina, le fait de plaire à ce gars bizarre, trop prodigue de compliments et trop petit (il lui arrivait à peu près à l'épaule) l'avait ennuyée et intriguée en même temps. À la maison, par Interflora, arriva un magnifique bouquet de lys et de petites roses, avec un message prévisible : « À la plus belle, Nina Cavallari, et à son succès assuré » – banalités éhontées, aussi évidentes que la patiente stratégie avec laquelle Marano avait su attendre que Nina en ait fini avec cette phase d'étude, et qu'elle se décide enfin à sortir avec lui. Avec des notes à peine inférieures aux miennes, Nina avait brillamment réussi ses examens. Puis ce furent les vacances – avec Gloria (à Sabaudia) et avec Seba (Val Bormida), une semaine avec chacun comme c'était la règle établie depuis l'été à Ponza. Septembre était là, et dans notre appartement de via di Villa Pamphili on respirait une atmosphère nouvelle, suspendue et nerveuse. Moi je me préparais à partir pour la France ; j'avais enfin un projet de vie, certes limité, mais j'avais réussi à le dessiner. Paris, une bourse d'études pour Italiens attribuée par l'université de Nanterre, six mois reconductibles pour six autres. Je levais l'ancre ; devant moi une mer ignorée s'était mise à étinceler. Entre

Nina et moi, la première séparation depuis que nous étions nées : de manière préventive, par une sorte de préparation à la nouvelle organisation imminente, nous avions commencé à nous éloigner, à parler moins ensemble, chacune concentrée sur elle-même. C'est à cette période que Nina s'était décidée à accepter l'invitation à dîner de Marano. Ennuis en perspective, avais-je pensé. Cet homme ne me plaisait pas, j'étais devenue soupçonneuse à cause de ses manières onctueuses, et la fourberie avec laquelle il avait su embobiner Nina en devinant sa personnalité – comment l'attirer, la persuader : la manipuler – me faisait peur. Perceptions qui présageaient du fort ascendant que Marano allait exercer sur ma sœur. Mon départ approchait et je sentais de plus en plus sa présence comme dangereuse. Mais justement j'étais sur le point de m'en aller, il fallait bien que je pense à moi. Ne pas transiger, aucune diversion ! De la place pour les embrouilles de Nina, non seulement je n'en avais pas, mais je ne devais plus en avoir.

La rencontre avec le juge des tutelles dans son bureau à Parioli, nous l'avions vécue comme quelque chose de difficile, d'un peu inconsidéré, mais elle fut assurément prémonitoire : elle marquait un avant et un après. S'achevaient aussi bien la vie avec Mylène – laquelle partirait peu de temps après, retournant à Nantes pour s'y installer – que l'indistinction entre Nina et moi. C'en était fini de ces longues années de proximité totale, aux limites d'une symbiose qui, s'il n'y avait eu la rigueur de la vie sportive pour nous ancrer dans la réalité, nous aurait phagocytées. Les géographies se modifiaient, déplaçant les méridiens et les parallèles de notre amour sororal, le sortilège de notre profonde intimité. Entre-temps, les événements galopaient à un étrange rythme, à la fois rapide et très naturel. J'avais postulé pour la bourse d'études de l'Université française, mais sans nourrir d'espérance particulière de l'obtenir. Et tout avait été facile comme le sont les choses destinées à se réaliser : obtenir la bourse, trouver, grâce à des connaissances de Mylène, un logement à Paris, organiser en toute hâte les autres détails de mon déménagement. Je ne le montrais pas, mais je partais pleine d'enthousiasme et de confiance ; et je parvins à m'avouer à moi-même et ma joie et le sentiment de soulagement que j'éprouvais.

Nina avait toujours un adversaire-bouc émissaire, et s'il n'y en avait pas, elle l'inventait. C'était Seba, pas tant à cause de l'intrusion de ses visites (auxquelles elle avait bien dû s'habituer) que pour son tempérament passif – « tu peux me dire, Maddi, pourquoi papa ne montre jamais le moindre courage, la force de prendre vraiment sa vie en main ? » Ou bien l'ennemie c'était moi, si j'essayais de me concentrer sur mes affaires et ne lui accordais pas d'attention. Ou encore maman quand elle ne téléphonait pas assez souvent (pendant les périodes de défilés Gucci, en octobre et en avril, suroccupée par son travail, elle s'éclipsait, c'était vrai). À l'encontre de chacun d'entre nous Nina nourrissait des reproches, des récriminations ; elle se sentait négligée, et ce sentiment d'abandon elle le traduisait par de la colère, des manifestations grincheuses, des bouderies qui duraient trop longtemps. Ses amies de service avaient toutes été virées, Nina était seule et bientôt, après le départ de Mylène, elle allait l'être aussi physiquement, dans la maison. Comme unique ressource, elle avait le jogging : elle rentrait toujours de bonne humeur de l'entraînement, sympathique, expansive, et c'était de nouveau un plaisir d'être avec elle. Puis l'expression de son visage à nouveau s'assombrissait, mais à présent je trouvais insupportable de me voir impliquée dans ses humeurs noires. J'étais anxieuse en raison de mon départ qui approchait, je n'avais d'espace ni pour elle ni pour quoi que ce soit d'autre. Nina m'avait accompagnée pour aller retirer mon nouveau passeport, nous avions attendu mon tour ensemble, dans l'atrium de la Questura qui faisait office de salle d'attente, un espace dépouillé dans un vieil édifice tout décrépit dans une ruelle derrière Piazza Scotti. Nous parlions du feuilleton télévisé produit par Marano : il était à présent en phase de montage, et serait diffusé au printemps. J'avais relevé quelque chose en rapport avec le sujet de la série, quelque chose dont je ne me souviens pas, un détail sans importance dont pourtant ma sœur avait déduit une certaine perplexité de ma part, un jugement peu enthousiaste sur le feuilleton tout entier. Ciel, ouvre-toi. « Mais qu'est-ce qui te prend, Nina, qu'est-ce que j'ai dit de mal… » Elle s'était brusquement penchée en avant, les jambes écartées, la tête entre les mains, le regard fixé sur le sol, sur le revêtement en béton de cette immense pièce sordide. Stupéfaite, je me rendis compte qu'elle était toute rouge et avait les yeux remplis de larmes. Et tandis que, déboussolée, j'essayais de lui parler, « Cavallariiii », m'avait-on appelée, c'était mon tour. J'étais revenue au bout de quelques minutes, mon passeport flambant neuf à la main ; mais Nina n'était plus là : envolée. Elle n'était pas dans la rue, pas non plus à la maison. Elle était rentrée seulement des heures plus tard, alors que je me forçais à jouer du piano pour tuer le temps. Fatiguée, décoiffée, débraillée, épuisée comme quelqu'un qui a trop marché. « Tu ne te rends pas compte, Maddi. Tu vas t'en aller, tu pars, tu ne penses pas à ce que ça veut dire pour moi… » J'avais refermé le couvercle bombé sur le clavier, sans répondre, parce que je ne savais vraiment pas quoi dire. Elle avait ri, mon désarroi semblait l'amuser. « Aïe, quelle sœur j'ai là ! Maddadure, voilà ce que tu es, avait-elle ajouté en m'enlaçant et en me serrant fort. Maddadure et Ninamolle, c'était un de nos jeux de petites filles, deux personnages que nous incarnions et faisions jouer. Puis elle avait tiré un petit paquet de sa poche et me l'avait tendu. « Tu l'ouvriras quand tu seras dans l'avion, OK Maddi ? » Quelques jours plus tôt, nous avions célébré mon départ chez Giolitti, qui sait pourquoi elle avait choisi de ne pas me donner son cadeau ce jour-là. Elle était gaie, de nouveau très affectueuse. Quand j'avais ouvert le petit paquet dans l'avion, j'avais trouvé, emballé dans une pochette transparente, un réveil en forme de Snoopy : technologie de haut niveau, afficheur chromé, chiffres fluorescents sur le front du chien. « Profite bien de Paris, Maddi, je suis là à chaque minute », disait le post-it collé sur le papier d'emballage.

Pierre comprendra si je lui fais part de mon idée d'aller passer quelques jours à Rome toute seule ; il comprend toujours.

Nous nous sommes rencontrés à une fête d'anniversaire à Montreuil. C'était un automne inhabituellement chaud que celui où j'étais arrivée à Paris, et le soir de cette fête on suffoquait, tant il y avait de gens dans l'appartement. De nombreux invités entassés dans un salon trop petit ; sur une table dans un coin de la pièce, beaucoup de bouteilles de vin, quelques-unes de champagne, dans la cohue des joints circulaient de main en main. À Rome j'étais déjà allée avec Nina à des fêtes de ce genre ; à la différence qu'à Montreuil l'âge moyen était plus élevé et les invités plus impatients de se laisser aller, de se libérer grâce à l'alcool et à la fumette, d'adopter des manières désinvoltes, et non guindées et tendues comme le sont normalement les attitudes en vertu d'une psychorigidité anthropologique générale que j'avais déjà pu remarquer.

« Tu es italienne, n'est-ce pas ? », m'avait demandé Pierre en s'approchant de moi. Sourire timide, une étincelle ironique dans ses yeux clairs, comme s'il était toujours sur le point de rire. Nous nous étions mis à bavarder, debout près de la porte d'entrée, puis nous déplaçant sur le balcon. Enfant, Pierre était allé en vacances en Toscane, à Forte dei Marmi, c'est pourquoi il connaissait quelques mots (*cavatappi* – tire-bouchon, son préféré). Tandis qu'il me racontait cela, quelqu'un m'avait bousculée et la moitié de mon verre de vin rouge s'était renversée sur la chemise blanche de Pierre. « Oh ! Excusez-moi, pardon, vraiment. » J'étais affreusement gênée, mais il avait éclaté de rire, sans se soucier des larges taches violettes déjà imprimées sur le tissu. Peu de choses mettent davantage deux personnes en contact intime que le fait de rire ensemble, et c'est ainsi que, dans la légèreté de ce divertissement inattendu, nous nous sommes plu. « Tu étais belle, tellement belle, je n'arrivais pas à arrêter de te regarder. » Pierre me le répète encore, à presque vingt ans de distance, à chaque fois je me sens gratifiée comme si c'était la première fois.

Grand, dégingandé, le visage long, le menton saillant. Je le trouve attirant, mais je ne dirais pas qu'il est beau, mon mari. Ses lèvres sont fines, jamais serrées, ce qui montre son absence d'anxiété. Il se meut d'une manière un peu maladroite, un drôle de kangourou qui, au lieu de sauter, marcherait à grandes enjambées en créant un contact fuyant avec la terre. Pourtant, Pierre n'a rien d'abstrait, au contraire : comme moi c'est un bon planificateur, avec la différence qu'il fait tout avec beaucoup plus de flegme. Il était très maigre quand je l'ai connu, avec le temps il a pris quelques kilos et ce petit ventre lui va bien, lui donne un aspect mûr, moins juvénile. Disponible et courtois avec tout le monde, capable d'un véritable fair-play – ce n'est pas un hasard s'il a choisi la carrière diplomatique, il réussit très bien dans son travail. Parfois seulement il est épuisé, sans la moindre énergie et, pendant ces moments-là, il est inabordable. Alors il faut le laisser seul, maintenant je le sais, pour qu'il recharge tranquillement ses batteries comme il sait le faire – par exemple en écoutant Bill Evans, sa grande passion. Il est fils unique, petit, il a passé beaucoup de temps seul, sans s'amuser. Pour n'avoir pas assez joué à l'époque, il recèle en lui-même un secret désir de légèreté, bien enfoui, et qu'il étouffe comme un appétit non rassasié. Derrière le Pierre gentil, spirituel, toujours à la hauteur des situations, il y a un enfant qui a été trop seul et s'est ennuyé. Les deux m'ont plu d'emblée : je me suis fiée au Pierre plus mesuré, mais je suis tombée amoureuse de l'autre, celui qui a secrètement besoin de compagnie.

Depuis longtemps il est délégué Unesco représentant des Consulats de France dans le monde, une fonction qui l'amène à voyager, à rencontrer beaucoup de gens. Mais en vérité Pierre est, comme moi, un solitaire, pourvu d'une carapace épaisse, coriace : quelqu'un qui ne se perd pas dans les autres.

Le matin, avant que les enfants ne débarquent dans la cuisine avec leurs humeurs variables et leurs exigences respectives – Valentina et sa sécheresse oculaire qui me rend folle, Sam qui a cette année ses examens de Terminale mais qui est toujours en retard dans ses devoirs, ce qui est un sujet de dispute , quand nous sommes encore seuls, Pierre me raconte l'agenda de sa journée : rendez-vous, réunions, call conférences sur Skype, déjeuners dans des restaurants prestigieux ou dans les salons privés d'hôtels particuliers. Moi je l'écoute, consciente que dans ce tourbillon de gens et de paroles il sera capable de garder son silence intérieur, ce calme qui lui tiendra lieu d'écorce et le soutiendra.

Je pense que je donne à Pierre beaucoup d'assurances ; j'administre avec précision la maison, je m'occupe de la gestion quotidienne de nos enfants et je fais les deux avec enthousiasme, ou du moins je m'y efforce. Lors des soirées de mondanités diplomatiques où je l'accompagne, je suis élégante et aimable – hormis le fait que j'évite de revoir en privé les dames avec lesquelles je m'y entretiens, pour le reste mon comportement est, je dirais, irréprochable. Cocktails, réceptions, dîners, concerts, vernissages, présentations de livres, inaugurations de lieux publics. Aux côtés de mon époux, je me montre souriante, toujours bien habillée, et plus encore depuis que Nina et moi avons dû nous partager la garde-robe de maman et que je dispose de vêtements vraiment beaux (plusieurs pièces Gucci, et pas seulement). Dans les conversations, j'excelle à m'entretenir sur les thèmes les plus variés, je partage généreusement ma connaissance de la ville avec les femmes des autres fonctionnaires, celles-là mêmes qui me laissent leur numéro de téléphone, que je ne compose jamais. Je domine ma sauvagerie et dans ces occasions je m'ouvre, m'efforçant de donner le meilleur de moi-même. Pierre le sait ; il connaît ma patience à l'égard de personnes qui ne m'intéressent pas du tout, qui jamais n'éveillent en moi le moindre sursaut de véritable curiosité – il connaît mon ennui durant des soirées qui sont comme des pierres pointues, dans le désert rocheux de ma vie parisienne. Il voit mes efforts et m'en est reconnaissant, quand nos regards se croisent de loin il ne manque jamais de me sourire, complice, amical. Il ne faisait pas encore partie du personnel de l'Unesco quand nous nous sommes rencontrés, mais il en était déjà collaborateur, payé au projet et plutôt bien déjà. Aucune nécessité pour moi de travailler, Pierre avait tenu à éclaircir ce point quand ma bourse d'études de l'université de Nanterre avait pris fin et que, de retour à Rome, je réfléchissais à la façon dont je pourrais déménager à Paris. « Pierre est tout à fait la protection que tu recherches », m'avait dit Nina une fois ; c'est bien ça, ai-je pensé, elle avait raison, son regard de sœur capable de lire dans mon cœur avait compris la situation, deviné que j'acceptais ce soutien économique de mon mari et que je continuerais à l'accepter toujours, cela ne me pesait ni ne m'oppressait car c'était le symbole d'une restitution, c'était une forme de compensation, mais pas financière, plutôt en termes de sécurité. Quand les enfants sont nés, Pierre a ouvert un compte à leur nom et y a déposé ensuite régulièrement de l'argent. Je dispose d'une liberté absolue pour les dépenses; si je le voulais, je pourrais avoir une vie beaucoup plus luxueuse que celle que je mène et fais mener à mes enfants. Je choisis la parcimonie, ce qui a toujours été dans ma nature. De la mesure je tire de l'énergie, me limiter m'équilibre. « Se focaliser sur son centre, respirer et agir à partir de là » : Mylène nous disait cela pendant les entraînements, une maxime qui me guide toujours. Elle me guide pour me contrôler : même dans une ville consumériste comme Paris ne pas céder aux compulsions d'achat, mais trouver des ressources en moi-même, et ainsi me mettre en retrait.

Si j'ai essayé de donner à Pierre la gaîté qui lui a manqué enfant, lui m'a offert une assise familiale. Une maison, ça aussi nous nous le sommes offert. Nous sommes une maison l'un pour l'autre, comme celle que nous avons aménagée après une année à vivre ensemble, notre première maison à nous, rue Saint-Georges. Pas à pas, jour après jour, en pariant sur notre bonheur comme, aux cartes, sur une manche que l'on sent favorable. Sans pics, ni vallées, ni secousses. Un terrain sûr où je marche sans jamais tomber : voilà ce qu'est pour moi mon mariage.

Cette stabilité que j'avais trouvée avec Pierre aux premiers temps de notre histoire, j'ai cru pouvoir la transmettre à Nina – et même à Gloria et à Seba. Je me sentais tellement apaisée que je voyais ma vie conjugale comme quelque chose de partageable. Un mariage « réparateur » non pas bien sûr au sens littéral, mais parce qu'il soignait, traitait le passé, celui de Pierre et le mien, et donc aussi, par une sorte de pirouette mentale, celui de ma sœur et de nos parents. Pierre est l'homme avec lequel j'ai fait l'amour pour la première fois, une nuit dans la ferme de la propriété de sa famille, dans les Cévennes. Une nuit, puis tant d'autres, à nous aimer sur un matelas que nous avions fait rebondir le long de deux volées d'escaliers jusqu'en bas, pour le placer par terre à côté de la cheminée. Les premières fois, quand il me pénétrait, je pleurais, non par douleur physique mais à cause de quelque chose d'inconnu qui se dénouait et faisait mal. Pierre s'arrêtait, écoutait mes pleurs. Le passé, les manques qu'il y avait eus, les si nombreuses meurtrissures de ma carapace : je pleurais tout cela en même temps. Nous recommencions à faire l'amour, je m'agrippais au corps long et maigre de Pierre, j'essuyais mes larmes dans ses caresses. Après les secousses, une grande paix. Chère paix, *cara pace*.

Les premières promenades : nous deux seuls dans la nature, à l'écoute du silence qui gonflait les gorges des calanques. Pendant si longtemps j'en avais écarté rien que l'hypothèse, et voilà que c'était arrivé, j'étais tombée amoureuse. Le soleil entamait sa descente, nous retournions vers la ferme ; nous allions faire du feu, manger un tout petit peu, et recommencer à faire l'amour. Si c'était à refaire, je choisirais Pierre de nouveau. S'unir dans la durée c'est cela : le « oui » qu'on dit en réponse à tant de questions formulées après coup.

« Ça te dirait de venir à Paris avec moi ? », ai-je demandé à Nina un jour de cette période agitée où je m'apprêtais à partir. Grâce à des amis de Mylène, j'avais trouvé un studio à louer vers Alésia, vingt mètres carrés avec kitchenette. Certes, l'espace serait un peu juste pour y vivre à deux, mais ensemble nous y arriverions et y serions bien, très bien même, comme toujours quand nous sommes juste toutes les deux. Je savais que notre séparation imminente était nécessaire, vitale pour moi, mais tout de même l'idée de pouvoir débuter mon séjour à l'étranger en compagnie de ma sœur me réconfortait ; j'ai besoin de Nina – j'avais déjà compris que bien souvent son chaos me protégeait davantage que ma prudence ne l'aidait, elle. Et puis j'avais envie de lui faire plaisir, parce que cela faisait bien longtemps que je n'avais plus vu ma sœur ne serait-ce qu'un peu heureuse : depuis ce jour où elle avait rencontré Bruno elle se rendait tous les soirs, le cœur battant, sur le terrain de Villa Pamphili avec la certitude de le croiser.

Eh bien non, Nina n'avait pas du tout envie d'aller à Paris. « Il faut que je me cherche un travail, quelque chose à faire, Maddi. Je ne peux pas rester comme ça, dans ce vide, tu le sais. » Nous étions dans ma chambre où régnait, en ces jours de préparatifs, une inhabituelle pagaille, la valise à double compartiment grande ouverte sur le tapis – depuis des jours je perfectionnais mon bagage, ajoutant ou enlevant quelque chose. Nina ne me disait pas la vérité, je le savais : pas la moindre recherche de travail, en fait elle ne voulait pas s'éloigner de Rome parce qu'elle avait commencé à fréquenter régulièrement Diego Marano. Et cela, sans qu'elle le veuille consciemment, était en train de l'occuper énormément. Encore l'un de ces attachements exclusifs typiques de Nina, une fixation sur un plaisir sombre dont déjà elle ne parvenait pas à se passer.

Le vide la déprimait, l'inaction l'affaiblissait et la faisait souffrir, c'était vrai. Elle passait des heures devant la télévision, zappant de manière obsessionnelle, seuls quelques téléfilms parvenaient à l'intéresser, autrement elle ne faisait que changer de canal.

« Éteins, Ninouchka. Tu ne vois pas que tu t'abrutis ?

— Laisse-moi tranquille, Maddi ; si ça me plaît de me détendre comme ça, ça me regarde. Quand toi tu perds ton temps avec tes activités de mademoiselle-parfaite-je-sais-tout, je ne viens pas t'embêter. Un peu de respect, d'accord ? »

Ombrageuse, nerveuse ; jusqu'à ce qu'on sonne à l'interphone – alors elle bondissait, se dépêchait de se parfumer et de retoucher son maquillage devant le grand miroir de l'entrée. Quelques minutes à peine, et elle était sortie. En bas Diego Marano l'attendait, et à l'angle de via Fonteiana son Opel Chevrolet noire était prête à les emmener sur la via Laurentina, jusque chez lui.

Et puis il y a eu ce coup de téléphone.

Je venais juste de rencontrer Pierre et nous nous fréquentions depuis quelques semaines seulement. Ce jour-là, nous étions convenus de nous retrouver dehors, au café Select, près de Montparnasse, pour aller ensuite au cinéma. Je m'apprêtais à sortir lorsque le téléphone a sonné. C'était Nina. La pièce déjà dans la pénombre, un samedi de novembre blafard, ciel chargé, froidure – sans le rendez-vous avec Pierre je n'aurais pas mis le nez dehors. J'avais répondu et parlé en restant debout, comme si je savais déjà que je devais me défendre du risque d'un coup de fil fleuve.

« Nina ma chérie, ciao ! *Que pasa* ?

— Maddi… oh Maddi. »

Et tout en pleurant elle m'a raconté. L'histoire commençait loin en arrière. « Tu sais, je ne t'en avais pas parlé, mais depuis quelques jours je me sentais vraiment mal, une horreur. Mal assurée sur mes jambes, constamment une sensation de nausée, aucun appétit. Vendredi j'ai vu Diego. Diego Marano, tu vois, le producteur de la série… » Indication faussement fortuite – typique de ma sœur, « balancer un truc », faire des allusions, et ainsi tout compliquer, m'obliger à ces petits jeux de manipulation auxquels régulièrement je me prête. « Oui, oui, j'ai compris, évidemment… le producteur, celui qui venait devant le lycée avant l'été ». Diego Marano, ses cheveux brillants de gel, son sourire mielleux : comment l'oublier.

« On s'est vus pour un apéro, à l'EUR, chez Giolitti » (encore Giolitti : un vrai label pour nos grands moments). « Peu de temps après qu'on s'était assis, j'ai senti que je devais rentrer à la maison, j'avais de nouveau la nausée, les jambes qui flageolaient... Il m'a proposé de me raccompagner en voiture. Je ne voulais pas ; sous un prétexte quelconque j'ai dit non, merci, vraiment il ne vaut mieux pas. J'avais la tête qui tournait et une bizarre impression de satiété : j'avais à peine entamé ma glace et déjà j'avais l'impression d'avoir à digérer quelque chose de très lourd, de pourri, d'avarié, j'avais dans la bouche un goût amer. »

— Oh, ma pauvre chérie. » Les minutes passaient ; inquiète, je les voyais défiler sur l'afficheur numérique du réveil Snoopy que Nina m'avait offert et qui trônait maintenant sur l'étagère du mini-coin cuisine.

« Bref, Maddi, j'allais vraiment mal et je ne voulais personne à mes côtés. Finalement j'ai réussi à convaincre Marano de me laisser seule (un brin de subtil mépris dans cette façon de l'appeler par son nom de famille), et à contrecœur il est parti. Alors j'ai demandé à la caissière du bar où étaient les toilettes, j'avais une envie pressante, et j'avais peur de me mettre à vomir. Et là, dans les toilettes... »

J'ai entendu Nina haleter, renifler – elle était vraiment dévastée, même à distance je le percevais. Six heures moins le quart ; dans quelques minutes Pierre arriverait au Select. J'étais anxieuse, mais je me suis maîtrisée – mettre fin au coup de fil juste à ce moment, c'était impensable.

« ... Et là, quoi donc, Nina ? Qu'est-ce qui s'est passé ?

— Oh Maddi... » Elle avait ses règles ce jour-là, ou plutôt elle pensait qu'elles allaient commencer, et avait donc par précaution mis une protection hygiénique. Et dans ces toilettes, alors qu'elle baissait sa culotte elle avait senti une matière frotter sur le coton de la serviette. « Une matière… comment t'expliquer : c'était comme un caillot, un grumeau dense que je sentais encore couler entre mes jambes. J'ai regardé sur la serviette et j'ai vu cette chose…

— Quelle chose, Nina ? Qu'est-ce que tu veux dire ? »

Dans le silence du studio le désespoir de Nina semblait résonner, augmentant mon angoisse.

« Un grumeau jaune, visqueux, des filaments d'un bizarre mucus coagulé. J'en ai perdu le souffle, tout était tellement étrange, dégoûtant, impressionnant. J'ai eu peur, Maddi, même si je ne comprenais carrément rien du tout à ce qui m'arrivait. De la peur, oui, et aussi un sentiment de vide, d'angoisse soudaine. »

C'est ainsi que ma sœur avait fait sa fausse couche : dans des toilettes. Avorté, expulsé d'elle l'enfant de Diego Marano. Nina, Ninouchka. Ma pauvre petite sœur. Six heures moins deux, les minutes continuaient à défiler sur le réveil Snoopy. Maintenant il fallait vraiment que j'y aille, si je ne voulais pas perdre la confiance et les attentions de Pierre avant même de m'être fiancée pour de bon avec lui.

« Et qu'est-ce que tu as fait, tu es allée à l'hôpital ?

— Non. J'ai pris un taxi et je suis rentrée à la maison. Mylène était là, je lui ai dit que je ne me sentais pas bien, que j'avais besoin d'aller m'allonger. Je lui ai demandé si elle pouvait m'apporter du lait ; j'avais une forte envie de lait, juste du lait, boire du lait… »

Sur le boulevard, tandis que je courais vers mon rendez-vous, l'asphalte était trempé car entre-temps il avait commencé à bruiner. Dans la vaste salle du Select j'avais tout de suite aperçu Pierre, qui sirotait tranquillement son chablis. Le voir avait suffi à me calmer. Mon amour – il ne le savait pas encore, mais il était déjà mon grand amour.

« Quelque chose ne va pas, Madeleine, un problème ? » Le trouble devait se lire sur mon visage ; peut-être y a-t-il eu un risque quant au rythme de notre relation, un court-circuit pouvant en brûler les étapes ; mais déjà j'avais confiance en Pierre, une confiance instinctive, assurée, aussi lui ai-je parlé de Nina et de son avortement spontané. Il n'a pas fait de commentaires, il est resté silencieux. Ensuite nous étions allés au cinéma, dans une salle près du Select, au Gaumont-Montparnasse. C'est moi qui avais choisi le film, sud-coréen, une histoire d'amour racontée avec une très grande lenteur, une très grande précision, séquence par séquence, peu de dialogues, de très poétiques détails visuels. La trame : un adultère ayant pour conséquence un drame de la jalousie qui défait le couple. C'est la femme qui a trahi, en couchant avec un collègue de travail ; c'est l'homme qui veut la séparation. Mais la rupture est difficile, usante ; il tombe malade, elle le soigne, sentiment de culpabilité, pardon, tout se reconfigure. J'avais du mal à suivre : je pensais sans cesse à Nina, à ce grumeau jaunâtre, à cette promesse de vie partie avec l'eau une fois tirée la chasse. Quelque chose de ma sœur aussi était parti, après cet accident. Quelque chose d'elle – une légèreté, une joie féroce que Nina n'a plus eues par la suite, plus totalement. « La vie n'a pas voulu d'enfants pour moi », m'a-t-elle dit une fois où par hasard (ou par nécessité) nous avions abordé le sujet. Nous rentrions de Manhattan à Brooklyn en métro, et je l'ai entendue prononcer cette phrase au milieu de la foule dans un wagon du train – un chaos qui diluait mais amplifiait aussi la portée de ses paroles. Nina n'attendait pas de commentaires de ma part, ma réaction ne lui importait pas. C'était un dialogue avec elle-même, dont j'étais le témoin obligé : rendre dicible sa maternité ratée, s'autoriser cette pensée, une fois pour toutes, tout comme une fois pour toutes elle n'a plus jamais été enceinte. Diego Marano (ou plutôt Marano, comme l'appelait Nina) n'a jamais rien su de leur enfant mort à l'état de fœtus. C'est resté un secret entre nous deux, un nouveau pacte qui, à l'instar de tous les secrets, nous a unies autant qu'il nous a séparées.

QUATRIÈME PARTIE

Occasions

Elle est partie pour les États-Unis au printemps. Elle s'expatriait, comme moi. À l'automne, il y avait eu mon déménagement à Paris, et pour elle cet accident, une perte très triste et invisible, un deuil que j'étais la seule à connaître. Peu après, Mylène était partie, après avoir expédié ses quelques valises de vêtements (essentiellement des tenues de sport), elle était rentrée en France. Nina était restée seule ; elle allait très mal mais avait essayé de réagir : le fait d'avoir pris elle-même l'initiative de la rupture avec Marano lui donnait un peu de force, une estime de soi, certes faible, mais réelle. Des mois de tentatives : elle avait trouvé une collaboration avec une agence immobilière où travaillait une amie de Mylène. Elle s'était acheté une mobylette Honda, les photos envoyées dans une lettre montraient un engin rouge vif, étincelant, flambant neuf. Elle parcourait Rome sur ce bolide, courant d'un endroit à l'autre pour faire visiter des appartements à vendre ou à louer. C'était fatigant : de nombreuses visites par jour et dans des zones lointaines de la ville, dans des quartiers différents et très distants entre eux. Elle faisait beaucoup de trajets, et le rythme des rendez-vous était serré. Ce travail ne lui convenait pas, elle fut la première à s'en rendre compte. On se téléphonait peu car Nina, soudain, n'avait plus le temps ; on se parlait le week-end, de longues conversations au cours desquelles ma sœur ne faisait que se plaindre, chaque fois plus fatiguée et mécontente. « Tu sais, Maddi, le problème c'est que je n'ai pas le bon profil ; je ne suis pas patiente, je ne souris pas assez. Les visiteurs, clients potentiels, sont difficiles, ils changent d'avis. L'autre jour, un couple devait faire une proposition d'achat, l'accord semblait conclu, ferme, et au dernier moment ils se sont ravisés. Raté ! Et en plus je me suis fait engueuler par la responsable de l'agence à cause de l'optimisme excessif que j'avais continué à nourrir quant à l'issue favorable de la transaction… »

Les clients ne prêtaient pas attention à Nina, là était le problème ; son rôle se limitait à la possession des clés des maisons et à sa disponibilité pour les faire visiter, pièce après pièce, avec les gestes pour ouvrir et refermer les fenêtres, les portes, les placards, les caves cachées dans de sombres sous-sols. Elle servait d'intermédiaire, en restant complètement dans l'ombre, voilà ce qui l'irritait, la blessait. « J'ai mon sac rempli de trousseaux de clés, Maddi, et dans ma tête, à chaque visite, une sensation illusoire de toute-puissance, me confiait-elle au cours de ces longs coups de fil de fins de semaine ; le soir, quand enfin je rentre via di Villa Pamphili, j'ai comme l'impression de ne pas être chez moi. Je suis aliénée, c'est ça, Maddi. Pour pouvoir aller courir, je me réveille à l'aube, je dors peu, je suis tout le temps épuisée.

— Tu prends soin de toi, au moins ?

— Le médecin m'a donné des remontants, mais j'ai l'impression que ça ne marche pas. »

Pourtant, elle aimait bien les maisons. Elle était tombée amoureuse de quelques-unes qu'elle avait fait visiter – elle disait avoir laissé son cœur dans un appartement qu'elle m'avait décrit avec de l'enthousiasme dans la voix : une grande habitation sur le Lungotevere dei Mellini, avec vue sur le Tibre et, au-delà du fleuve, sur la coupole de San Carlo al Corso et sur l'Ara Pacis. « J'ai compris pourquoi ce boulot me stresse », s'était-elle encore épanchée au téléphone alors qu'elle travaillait depuis déjà un certain temps, « parce que ça me procure la même frustration que quand papa nous montrait ses books de mariages. Familles des autres, bonheur des autres, installation des autres : construction des autres. Et nous, Maddi, qu'est-ce qu'on construit ? »

Pendant ce temps, mon histoire avec Pierre décollait, chaque jour plus intense, plus prenante. Nous étions déjà retournés trois fois dans la maison des Cévennes, et à Paris on se voyait tout le temps, quasiment chaque soir après son travail. Sur un ton léger, mais quand même très sérieux, nous commencions à parler de vivre ensemble. Mais je ne racontais pas tout cela à Nina : je ne voulais pas la rendre jalouse, et puis mon bonheur personnel était pour le moment quelque chose dont je voulais qu'il s'installe à son propre compte, un espace rien qu'à Pierre et moi, où le monde extérieur ne devait pas entrer, pas encore.

En quatre mois de travail, Nina ne parvint à faire signer que deux contrats de location : bien maigre butin. Elle avait attrapé une bronchite chronique pour avoir passé trop de temps sur sa mobylette, elle s'était foulé une cheville et avait dû rester plusieurs jours immobilisée au lit. Elle ne fréquentait personne ; parfois, le samedi soir, elle sortait avec Rebecca, la seule des ex-amies qui lui témoignait encore de l'affection, ou peut-être de la compassion ; en tout cas elle appelait Nina, et elle était la seule à le faire. Ensuite, au printemps, ma sœur trouva la force de mettre fin à sa collaboration avec l'agence immobilière ; aucun de ses collègues ne manifesta de déception, elle n'était pas faite pour ce job, lui dit affectueusement la responsable.

C'est Rebecca qui emmena Nina à l'Auditorium pour une conférence de Sri Babari, un maître indien de l'Uttar Pradesh.

Coup de foudre spirituel. Sri Babari est un gourou charismatique, bien en chair et souriant sur les photographies où il apparaît avec un collier de barbe blanche, des lunettes rondes à monture dorée, regard affable de matou satisfait. « Pas d'attachement », « liberté du silence », « vitalité de la solitude » : des mots qui ménageaient une trouée de lumière dans le ciel de Nina. Ils la consolaient de la difficulté de cette période, ce sentiment de mort qui depuis la fausse couche continuait à hanter son corps et ses pensées. Les préceptes spirituels du vieux maître indien barbu lui montraient une autre facette du monde – vaste, ample, et surtout : lointaine.

Elle organisa son départ comme moi, en quelques semaines. Destination New York, Brooklyn plus exactement. Là où, chaque matin à l'aube, dans Montague Street, Sri Babari rencontre des centaines de disciples venus des quatre coins du monde. Se réveiller très tôt, écouter, se taire, méditer, vivre le reste de la journée avec le même enthousiasme que celui de ces aubes vibrantes et parfumées d'encens. Mais Nina en eut vite assez. Elle commença à dire que les méditations l'ennuyaient, que chanter les mantras lui donnait la nausée. Se concentrer sur le vide – ce même effort que pendant des mois elle m'avait décrit comme merveilleux –, tout d'un coup cela ne lui convenait plus. Même l'image de Sri Babari la fatiguait : elle avait maintenant l'impression d'être épiée par son visage joufflu et trop souriant reproduit sur l'image fixée au mur en face de son lit. Ce monde désincarné et un peu dogmatique convenait mal à sa nature pragmatique et libre. Tout en continuant à fréquenter la salle de méditation de Montague Street, elle s'était rapidement mise en marge du groupe. Avant cela, elle avait fait quelques tentatives pour nouer des amitiés, avec une Espagnole, veuve, hébergée à New York chez sa belle-sœur (la sœur de son mari décédé), et avec une fille très jeune, dix-sept ans, une certaine Barbara, Californienne de San Diego, disciple dévote de Sri Babari et que ce dernier aimait avoir à ses côtés durant les méditations – elle allait très rapidement devenir son bras droit. Mais avec les deux femmes, Barbara et l'Espagnole, ma sœur avait vite rencontré des problèmes. L'impulsivité que mettait Nina à formuler jugements et avis – cette sincérité trop hardie qui est caractéristique de sa nature –, les deux femmes l'avaient prise pour une arrogante assurance. Un excès d'« esprit critique » interprété comme l'indice d'une inquiétude, de pensées peu compatibles avec la philosophie collective, et opposée à l'attitude d'un authentique méditant. Blessée par cette incompréhension, Nina s'était éloignée, elle avait cessé de sortir le week-end avec les deux femmes. Elle fréquentait aussi de moins en moins assidûment la salle de méditation : elle ne mettait plus son réveil à quatre heures et demie comme elle l'avait fait pendant des mois pour arriver à l'heure au rendez-vous à l'aube avec Sri. Avec ce dernier, elle avait réussi à ne pas se disputer – ils restèrent même en bons termes. Ils avaient eu une rencontre en privé, dans une petite pièce qui était son bureau, un bref dialogue qu'elle m'avait rapporté dans le détail. Avec honnêteté, Nina lui avait fait part de ses difficultés. « Donne-toi du temps, lui avait répondu Sri avec bienveillance, si tu n'es pas sûre que ce soit ta voie, sois toi-même. Attends. » Elle s'était sentie bénie par ces paroles, légitimée à faire comme bon lui semblait. Et puis, elle était reconnaissante à Sri Babari parce que c'était lui et la limpide beauté de ses enseignements qui lui avaient donné le courage de quitter Rome, de clore une longue phase d'amours amputées, destructrices, avec des hommes qui ne l'avaient pas aimée comme elle l'aurait désiré. L'énergie magnétique de Sri Babari lui avait permis aussi de s'éloigner de notre histoire de filles. Aller un peu au-delà de cette enfance explosée, dont la trace continuait à nous entraver, nous empêchant de prendre un véritable envol.

La bénédiction avait dû produire son effet, puisque Brian avait fait son apparition durant cette période. Nina et lui se sont rencontrés dans le Vermont à une retraite intensive de Sri Babari. Ma sœur y était allée pour montrer (à elle-même encore davantage qu'au groupe) qu'elle n'avait pas totalement rompu. Quant à Brian, il se trouvait là sur le conseil d'un ami : il allait inaugurer sa première galerie, et se sentant assez stressé et encombré de pensées, il espérait parvenir à « décrocher » grâce à ce week-end de méditation. Nina et lui s'étaient plu tout de suite, un authentique coup de foudre ; de ces trois jours dans le Vermont ils étaient rentrés ensemble à New York – et ils ne s'étaient plus quittés depuis. Elle m'avait téléphoné pour me le raconter, je marchais rue de Rennes quand elle avait appelé, je m'en souviens. « Il y a une importante nouveauté, Maddadure » : j'avais compris tout de suite qu'elle avait une vraie nouvelle à m'annoncer, tout comme j'avais deviné que cette nouvelle rencontre allait se révéler décisive, positive, qu'il ne s'agirait pas d'un simple flirt, et encore moins d'un échec. En me faisant cette confidence, Nina avait un ton heureux mais sans exagération – au contraire des autres fois, aucune emphase, aucune dramatisation. Bientôt Brian et elle ont commencé à travailler ensemble, dans les différentes galeries qu'il possédait : un mélange d'intérêts professionnels et de sentiments qui, au fil du temps, s'avéra tout à fait sain, sans ambiguïté. C'était un type d'engagement avec des caractéristiques adaptées à Nina : travailler au nom de l'amour pour la beauté, avoir une vie sociale intense, endosser un rôle semi-directif qui lui rappelait le travail de maman. Les choses se recomposaient, la vie de ma sœur cesserait d'être un kaléidoscope de diverses Nina fragmentées. Avec le temps, elle avait fait avec Brian de nombreux voyages pour rencontrer des artistes auteurs d'œuvres et d'installations qui seraient exposées et vendues dans la galerie. Ensemble ils étaient allés à Sidney, à Shanghai, à Athènes, et dans bien d'autres endroits encore. Nina s'était fait couper les cheveux courts parce que Brian aimait bien. Elle était fantastique quand elle était venue nous voir à Paris, avec sa coiffure à la Gavroche, une frange longue sur le front et derrière, sur la nuque, les cheveux presque complètement rasés. Cette fois elle avait passé un week-end avec nous – une escale à Paris choisie exprès sur le trajet Rome - New York. Nous avons marché ensemble le lendemain de son arrivée, toutes les deux, depuis chez moi jusqu'au Jardin Albert-Kahn, à Boulogne-Billancourt. Une quinzaine de kilomètres expédiés comme à tire d'ailes ; c'était un samedi matin de pâle soleil, Nina voyait ce jardin pour la première fois, je lui ai montré les nénuphars, les maisons japonaises, la reconstitution du mont Fuji réalisée grâce à des milliers de pétales violets et roses disséminés sur un monticule. Elle était enthousiaste, comme à chaque fois que quelque chose lui inspire de la sérénité, un état qui ne lui est pas naturel et qui, pour cette raison, l'enchante. Si légère, bien disposée ; et ses tristes amours à Rome, les humeurs noires, les paroles venimeuses, tout cela était derrière elle. Bien que maman ait toujours porté les cheveux longs, Nina avec sa nouvelle coiffure lui ressemblait beaucoup, ce jour-là, vraiment beaucoup. Presque deux gouttes d'eau. Cette pensée me touchait, réactivait tant d'images du passé, tout en en projetant d'autres sur l'avenir.

Tôt le matin, après que Pierre et les enfants sont partis et avant que je ne sorte moi-même, je m'occupe de la maison, j'organise notre vie domestique. Par exemple longues listes de courses que je laisse ensuite à l'employé de Carrefour responsable de notre commande bihebdomadaire. Je téléphone au dentiste, à l'ophtalmo, au magnétiseur ; je fixe ou déplace les rendez-vous pour nous quatre – un agenda quadripartite vit dans ma tête, quatre existences en simultané. Je prépare les affaires à apporter au pressing ; quand Linda, la dame péruvienne qui nous aide à la maison depuis des années, arrive à huit heures et demie pile, je lui donne les instructions – peu de détails, nous voyons surtout ensemble le menu du soir. J'accomplis tous ces devoirs en mode automatique, avec une confiance aveugle en ma rationalité – qui est grande, j'ai acquis maintenant assez de maturité et de conscience de moi-même pour savoir à quel point je suis précise pour ces questions-là. Et puis je sors. Qu'il fasse chaud ou froid, beau ou mauvais temps, soleil, pluie ou neige, peu importe ; je sors, je ne pourrais pas rester à la maison. Une fois dans la rue, je me mets en marche ; je suis capable de ne pas m'arrêter pendant des heures, dans la grille-cage de la ville géométrique, et mon allure est un mouvement infatigable, perpétuel. Pierre est au courant de ces très longues marches, je pense qu'au fond il en est un peu jaloux, mais il n'a rien contre, il me respecte. Il sait, et en même temps il ne sait pas –, il ne sait pas que lorsque je marche, c'est une autre Madeleine qui m'aiguillonne et me fait avancer, avancer encore et encore. Ni épouse ni mère, ni sœur, ni fille. Quelqu'un sans liens ni défenses, mince carapace, juste encaisser, avancer, la respiration en phase avec l'allure du pas. Libre, seule. Prête.

Seule, je m'obstine à marcher. Je marche jusqu'à ce que je ne sente plus mes jambes, et mes poumons dilatés rythment les battements du cœur en les accélérant. À présent, pour mes balades quotidiennes, je parcours exclusivement la trajectoire le long de l'axe horizontal de Paris – le plus étendu, d'ouest en est. Des quartiers très éloignés et très différents de notre dix-septième arrondissement : des zones populeuses, bruyantes, mêlées. Les rues autour de la gare du Nord, là où il y a tant de clochards, de personnes en quête d'un abri, qui sur les trottoirs ou sur les bancs le long des quais du métro étendent de vieilles couvertures ou des sacs de couchage et arrangent leur grabat, ou montent leur tente dans la rue et campent. Je ne cesse de les regarder, sans me faire voir je les espionne ; passage du Désir, près de la gare de l'Est, j'ai remarqué une jeune femme postée toujours au même endroit, recroquevillée devant le rideau métallique baissé de ce qui fut une teinturerie et dont il ne reste que l'enseigne, décolorée et poussiéreuse. Une femme encore jeune : marqué par le vent et opacifié par le manque d'hygiène, son teint est pourtant lisse, on devine qu'elle serait belle sans les privations de l'indigence. Je remarque ses yeux clairs, faméliques, en quête – de nourriture, d'une vie digne, d'un peu de paix. Les jours suivants, je reviens l'espionner, quelque chose m'interpelle. Je vois qu'elle lit un livre, sans doute un roman policier, car la couverture est noire comme celles des polars français. La lecture doit la passionner, à en juger par le nombre de pages qu'elle a dévorées depuis la veille. Indifférente aux regards des passants – y compris le mien – elle lit, concentrée, et ne s'aperçoit pas que je suis en train de l'observer. Elle porte un pantalon clair, déchiré, un sweat bleu turquoise trop large avec sur le devant une inscription en noir, LOVE. Le lendemain matin, je reviens la voir, et ainsi pendant des jours. C'est plus fort que moi, une fois sortie de la maison je finis par aller près de cette femme du passage du Désir. Avec la pensée qu'elle a froid, faim, sommeil. Ce jour-là elle remarque ma présence. « Qu'est-ce que vous voulez, madame ? » La question assène une décharge nerveuse, glacée comme l'air du matin, dure comme l'est son regard qui contraste avec l'harmonie du visage. « Rien, rien, je vous assure ; juste vous offrir un café, si vous voulez bien. » Je lui garantis qu'il n'y a aucune intention de ma part, mais c'est vrai aussi qu'elle ne veut rien, je la dérange, elle n'a que faire de mon empathie.

Je m'impose donc de ne plus aller la voir. Le lendemain, je vais marcher ailleurs, loin, du côté opposé, vers l'ouest et le pont de Sèvres, et à contrecœur les jours suivants je continue à graviter à distance. Je réfléchis au narcissisme de mes élans de pitié, à ma fausse générosité, et en y pensant je me sens envahie par un remords cuisant, pas loin d'un sentiment de honte. En même temps je n'arrête pas de penser à cette femme : dans ma tête elle est devenue une interlocutrice. Je cherche des réponses, en proie au doute, me demandant si je dois ou non faire mon voyage à Rome.

« Je pense partir quelques jours, Pierre. Je ne suis pas retournée à Rome depuis les funérailles de ma mère. J'ai besoin de revoir ma ville, elle me manque. »

Nous venons de nous réveiller, Pierre avant moi. C'est un samedi matin, les enfants dorment encore, la claire lumière du jour filtre à travers les lattes des volets automatiques. C'est « notre » moment, ce laps de temps où nous sommes seuls et pouvons nous parler, échanger des informations sur la vie domestique, nous confronter juste tous les deux sur des sujets plus personnels. Interstices privés qui deviennent partie intégrante de la routine d'un couple bien rodé comme le nôtre, quand le temps de l'intimité devient exigu, toujours sacrifié aux trop nombreux engagements de la vie d'adultes et de parents, coincé parmi les gestes quotidiens qui reconfigurent constamment la constellation des responsabilités respectives, le lien de leur assemblage, la force tranquille de notre association.

Pierre a chaussé ses lunettes, il lit son Simenon – il l'a presque terminé et il lui a fallu des semaines, son flegme le pousse à tout savourer, y compris la lecture. Il porte un vieux pyjama en coton élimé, à rayures marron et bleu ; ainsi vêtu et avec ses demi-lunes sur le nez il fait plus vieux. Un vieux sympathique et sage. Il lève les yeux de *L'homme qui regardait passer les trains*, m'adresse un regard neutre, pas très attentif.

« Quelle drôle d'idée, ma chérie. Qu'est-ce que tu pourrais bien trouver à Rome que tu ne connaisses déjà ? Mais vas-y, bien sûr, si tu en éprouves le besoin. Je m'occuperai des enfants, comme ça tu partiras plus tranquille. Je peux prendre quelques jours de congé ; je dois toujours terminer mon article pour l'Annuaire des Nations unies, on me l'a demandé justement la semaine dernière. »

Pierre, mon cher Pierre. Comme tu comprends tout, et tout avant moi. « Merci, mon chéri. En effet, je n'y avais pas pensé, mais c'est vrai que c'est plus facile pour moi de vous laisser si je sais que tu es à la maison… »

Il sourit, je souris aussi. D'habitude nous savons mieux communiquer avec les gestes qu'avec les mots, mais maintenant je sens que je veux exprimer ma reconnaissance à mon époux par tous les moyens. Je pose ma tête sur sa poitrine et, les yeux fermés, je commence à le caresser, je descends doucement ma main jusqu'à passer mes doigts dans les boutonnières distendues de la braguette de son pyjama élimé. Je rouvre les yeux, je prends le livre qu'il tient encore dans ses mains et je l'écarte, je glisse mes doigts plus bas, au-delà de l'élastique de la ceinture. Sous la paume de ma main je sens son membre durcir au contact expert de mes doigts qui ont commencé à le masturber. Je ferme à nouveau les yeux, abandonnée déjà au plaisir qui me submergera. Nous faisons l'amour, une étreinte synchrone, ni longue ni brève, juste le temps qu'il faut. Après tant d'années, nous connaissons à la perfection chacun le corps de l'autre, chaque détail de ce qui nous excite le plus et nous donne le plus de plaisir. De délicieux archipels connus, tels sont nos physiques respectifs. Je sais qu'il y a un endroit de son dos, juste au-dessus des reins, qui rend Pierre fou chaque fois que je le touche, tout comme il connaît parfaitement ma zone la plus érogène, à l'arrière des cuisses, sous les fesses, un point précis qu'il lui suffit d'effleurer du bout des doigts pour me jeter dans l'extase. Ce matin, le plaisir est particulièrement intense, sans doute parce que cela fait plusieurs semaines que nous n'avons pas fait l'amour, ou bien parce que j'ai dans la tête l'idée de partir, en tout cas il y a une note particulière dans notre jouissance, un écho un peu mélancolique qui m'émeut.

À la mort de Gloria, nous avions appris qu'une autre femme de la famille Recabo était morte aussi d'un infarctus, et à l'âge de trente-deux ans, plus jeune encore que notre mère. Les cas de femmes victimes d'infarctus ne sont pas si fréquents, et de savoir qu'il s'agissait d'une tragédie héréditaire nous avait, un peu, consolées Nina et moi. Les funérailles à Prima Porta, la douleur cachée de Seba, celle de Marcos, digne et déchirante. Notre effroi à nous, ses filles, pas du tout préparées au coup violent de cet événement inattendu. Tout avait été rapide, aussi sacrément rapide qu'il avait été, ensuite, difficile et long de le digérer. Pour cela aussi, le besoin de partir, de revoir Rome. Réinventer la conclusion posthume d'un parcours qui s'est terminé de façon traumatisante car trop brutale.

Je pourrais aller dans bien d'autres endroits, dont Nantes, où Mylène est retournée vivre. Elle est heureuse, travaille comme coach personnel à domicile et bien que n'étant certes plus une jeune fille, elle est encore très en forme ; fiancée, elle vit avec quelqu'un. Mylène m'invite souvent, moi toute seule ou avec ma famille, « comme tu préfères, Maddi, ce sera bien de toute façon », me dit-elle au téléphone, joyeuse – elle est déjà venue nous voir à Paris plusieurs fois, les enfants l'adorent. Je n'y vais jamais. Les destinations pourraient être multiples, mais seule Rome m'obsède à présent. Revoir la ville qui est la mienne et celle de Nina, avoir l'illusion pendant quelques jours de recomposer une mosaïque dont les tessons se sont presque perdus dans ma mémoire aussi. Suturer une plaie impossible à recoudre : Gloria n'est plus là, le paquet de cartes s'est envolé, toutes les parties sont perdues. Des pensées de ce genre me traversent ce samedi matin, alors que, restée seule à la maison, j'allume mon ordinateur et me décide enfin : j'achète un billet d'avion pour Rome.

J'ai réservé un hôtel dans le quartier Monti. Je voulais être non loin de via Borgognona, me promener dans ces rues magnifiques de bon matin, quand tout est encore calme, plongé dans le silence, les pavés encore humides de l'air nocturne, pas de motos vrombissantes, aucune voiture. Gloria arrivait tous les jours vers neuf heures, une heure avant l'ouverture du magasin. Je peux l'imaginer, une belle femme dynamique, toujours vêtue avec grand soin, qui chaque matin se rend au travail par les transports en commun, en partant d'une zone lointaine de la ville et très différente, rien moins qu'élégante. Elle ne se vantait jamais de son travail, cette responsabilité prestigieuse de directrice responsable du siège principal de Gucci à Rome. Avec nous elle ne parlait pas de sa vie professionnelle, et je crois que c'était à peu près pareil avec Marcos – lui-même avait un travail qui le satisfaisait largement, mais sans qu'un fond de frustration et de légère envie par rapport à elle se soit jamais tout à fait dissipé. Son métier, c'était pour Gloria un équilibre privé, et vu son tempérament, jamais il ne lui serait venu à l'esprit de mettre en avant sa position brillante obtenue par hasard, ou par chance, ou de se vanter des grandes capacités, de la lucidité, de la discipline avec lesquelles elle exerçait ses importantes fonctions. Nous, nous étions très fières du rôle de notre mère. Son statut professionnel avait un effet réparateur – dans notre imagination, quelque chose qui compensait le vide qu'elle avait elle-même créé. Même Nina, toujours sévère et péremptoire dans ses jugements, n'avait rien à redire à la réussite de maman. C'était un point lumineux, l'esprit d'initiative dont Gloria avait fait preuve en parvenant à s'affirmer dans un monde huppé et luxueux, si distinct du nôtre et aussi du sien. « Tu nous emmèneras une fois aux défilés ? », lui demandait Nina. Un peu comme les félicités matrimoniales immortalisées par Seba, « les défilés » étaient une image abstraite, fabuleuse et inaccessible à nos yeux. Gloria la décourageait, souriante mais inflexible comme elle savait l'être : « Non ma petite étoile, je ne vais pas vous y emmener ; moi-même j'y vais rarement, tu sais. Je travaille pour les préparer, je mets à disposition les vêtements, je collabore à la mise en scène, mais c'est rare que je participe aux défilés. » Moi je l'admirais, encore une fois. Sa rigueur compensait tout le chaos que nous avions connu, avait un effet rééquilibrant sur notre vie perturbée par des choix qui avaient été surtout les siens. Et puis, un peu comme le sport pour Nina, il y avait aussi le fait que la droiture dont Gloria témoignait dans son travail avait agi positivement sur sa nature instable. Son métier l'avait changée : il avait fait d'elle une personne plus structurée, équilibrée. Notre mère aimait travailler, et cela lui faisait le plus grand bien. Elle se métamorphosait aussi extérieurement : quand elle était avec nous, les dimanches qu'il nous était donné de passer ensemble, elle était certes bien habillée, mais jamais avec cette parfaite élégance qu'elle avait lorsqu'elle allait à la boutique. Là, Gloria revêtait une autre apparence, portait des tenues qui étaient des masques et qui cependant lui allaient parfaitement, car elle s'y identifiait d'emblée.

J'aimerais bien voir Marcos à Rome. On se parle rarement, mais je pense souvent à lui, avec une affectueuse gratitude. Il a su rendre notre mère heureuse quand elle pensait ne jamais être capable de l'être. Il lui a offert la joie, la sérénité, une longue et tranquille vie commune. Mais Marcos n'est pas là, il est en Argentine. Juste avant de quitter Paris, je lui ai écrit un courriel l'informant de mon voyage, il m'a répondu que, comme il avait un battement assez long entre deux productions de films, il avait décidé de partir. Il est devenu un technicien-son confirmé, Marcos, il est demandé par de nombreux réalisateurs. J'imagine la peine qu'il doit éprouver à vivre dans l'appartement de Portonaccio sans Gloria. Nina et moi avions fini par le visiter, cet appartement, une seule fois, le matin des funérailles de maman. Cela ne s'était jamais produit avant : même si c'était devenu possible depuis que nous étions majeures, l'occasion ne s'en était pas présentée. Moi j'avais émigré, Nina aussi était partie, et durant les mois qui avaient précédé nos expatriations, il n'était venu à l'esprit d'aucune de nous deux de faire enfin cette visite. Maman était toujours en train de travailler, et la maison où elle habitait, au début objet de désir au premier plan dans notre imaginaire, était devenue un endroit comme un autre, un simple lieu de repos dans la vie par ailleurs si active de Gloria.

C'est de là qu'était parti le petit cortège funèbre. L'appartement était situé dans une impasse, au troisième étage d'un immeuble à quatre niveaux, et il était exactement comme Gloria nous l'avait toujours décrit. Accueillant et impeccable, deux pièces lumineuses, les murs tapissés d'un papier couleur lilas, une harmonie perceptible à de petits détails de la décoration – le lierre grimpant dans un panier accroché au plafond dans l'entrée, un miroir en forme de baleine, la vaisselle bleue assortie aux rideaux de la cuisine, un poster d'une vue aérienne de Manhattan, et sur le même mur du salon, de nombreuses photos de nous, nos portraits en noir et blanc encadrés, des gros plans de Nina et moi dont papa lui avait fait cadeau – de cela au moins. Un nid d'amour : j'imagine la tristesse de Marcos d'y vivre en tant que veuf, mais c'est une pensée fugace, sur laquelle je peine à m'attarder.

Le matin du premier jour, je me promène dans le centre historique; depuis via Borgognona je vais jusqu'à la piazza del Popolo, puis j'emprunte la via Ripetta pour rejoindre la piazza Navona. Elle me manque depuis si longtemps; toute cette beauté – c'est le mois de mai, le soleil est tiède et doré, le chef-d'œuvre de la place emplit mes yeux. Je repense à un dimanche très lointain, où papa nous avait emmenées ici, Nina et moi. C'était peu après le Premier de l'an, sur tout le périmètre de la place avaient été montés l'un à côté de l'autre les stands de la Befana. Seba nous avait acheté deux gigantesques barbes à papa roses et des billets pour le stand de tir : Nina avait mis dans le mille, nous faisant gagner un petit poisson rouge, qui n'arrêtait pas de frétiller dans le sac en plastique transparent dans lequel nous l'avions rapporté aux Castelli Romani. Maman était partie depuis quelques mois, sur la maison trop grande et vide veillait notre grand-mère, Imma, qui nous avait aidées à transférer tout de suite le poisson dans une cuvette où il n'avait survécu que quelques jours, avant d'être enterré dans le jardin et vite oublié. Je retrouve la joie mélancolique de ce dimanche de notre enfance tandis que, appuyée à l'un des petits piliers en pierre qui entourent la fontaine centrale, j'admire la statue du dieu Gange du Bernin. Notre enfance explosée; l'envie soudaine, injustifiée, d'entendre mon père. Du fond de mon sac je sors mon téléphone et l'appelle.

« À Rome? Mais qu'est-ce que tu fais à Rome, Maddalena? » Il est stupéfait, Seba, très surpris. Je l'ai joint chez lui à Milan; depuis un certain temps déjà il a ralenti son rythme de travail, soit parce qu'il se sent vieillir, soit qu'il en a moins envie, moins besoin psychologiquement – de fait, il est toujours photographe, mais son activité a désormais un rythme paresseux, beaucoup moins effréné qu'autrefois. Il n'a pas de petite amie ; des maîtresses peut-être parfois, mais des petites amies, on n'en a jamais revu. Il a arrêté de parler d'astrologie, et à part immortaliser le bonheur des autres et sniffer de la cocaïne, c'est difficile de savoir ce qui l'intéresse vraiment. Bien que j'aie l'impression de mal le connaître, je peux deviner que la mort soudaine de Gloria l'a dévasté. Nous nous voyons rarement, la dernière fois qu'il est venu nous rendre visite à Paris remonte à deux ans – comme d'habitude agité, trop maigre, le visage tel un éventail de rides nerveuses, la peau qui plisse maintenant aussi dans le cou, sur les pommettes, près des lobes des oreilles. Planning de marche touristique sans pause : pendant ces quelques jours papa est allé tout seul à la Tour Eiffel, au Louvre, à la Maison de la Photographie, dans divers autres musées. Deux soirées passées ensemble chez nous, avec Pierre et les enfants, à chercher des sujets de conversation sans trop en trouver. « Il est bizarre, grand-père », ont commenté mes enfants quand il est reparti. « On dirait un extraterrestre », a lâché Sam. Nous étions à table, Valentina a éclaté de rire ; je les ai repris, mais l'observation, plus que pertinente, m'avait fait rire moi aussi. « *Drop out*, plutôt qu'extraterrestre », avais-je rectifié à part moi.

« Je suis piazza Navona, tu te rends compte, papa ?

— C'est tellement beau » ; une fois passée la surprise de mon coup de fil totalement inattendu, Seba est content de m'entendre. « Et ta sœur elle en dit quoi, que tu sois venue à Rome comme ça, sans mari et sans elle ? »

Mince. Nina. Je me rends compte tout à coup que la seule personne qui ne soit pas au courant de mes vacances romaines, c'est justement ma sœur. Je l'ai dit à Leïla, pendant notre dernier déjeuner ensemble, vers Palais-Royal ; Leïla s'était réjouie, elle m'avait même félicitée (« c'est bien, Madeleine, quelle bonne décision ! tu vas voir comme tu te sentiras bien à ton retour, une vraie renaissance ! »). Maintenant mon père aussi est au courant, lui qui ne sait jamais rien à mon sujet. Alors que j'ai oublié d'en informer Nina, je ne sais pas comment l'expliquer ; ou peut-être que je connais la raison, mais n'ai pas envie de me la formuler. Si elle m'appelle ou qu'elle m'envoie des messages – c'est sûr qu'elle fera l'un des deux – j'inventerai un bobard, j'omettrai de lui dire où je me trouve. Sans quoi elle me ferait une de ces scènes...

Je dis au revoir à mon père, je me remets à marcher – ce souvenir de nous deux, enfants, avec le poisson rouge à la vie si brève m'a attristée, j'avance en proie à une mélancolie d'une intensité non dépourvue d'énergie, j'avance vite, d'un pas rapide mais souple, sans le côté martial de mes teutoniques traversées de Paris. « Il est évident que tu en avais besoin, si le fait d'être à Rome te fait autant de bien que tu le dis, mon amour », me dit Pierre lorsque, rentrée tard le soir à l'hôtel, je l'appelle enfin. J'entends sa belle voix claire, vibrante ; écrire cet article pour l'Annuaire des Nations unies l'amuse, dit-il, et aussi – il ne l'ajoute pas mais moi je le pense – s'occuper pour la première fois tout seul des enfants le satisfait et le met même de bonne humeur.

Le lendemain matin, depuis l'hôtel je rejoins Largo Argentina, où je prends le tram numéro 8. Sur le Viale Trastevere, à hauteur du ministère de l'Instruction publique, je descends, je repars en arrière jusqu'à l'arrêt de l'autobus 75. Je veux retourner à Monteverde.

La via di Villa Pamphili est telle que je la revoyais en pensée : longue, légèrement en courbe vers le milieu, des immeubles peu élevés (trois étages maximum), des enduits rouge brique, bleus, vert clair. De maigres petits arbres plantés çà et là, peu de magasins. Devant celle qui était notre maison, en levant les yeux je parviens à voir l'angle de notre balcon. Je souris, libérée et nostalgique. Ces états d'âme, je les recherche depuis des semaines, depuis qu'à Paris je me suis mis en tête de vouloir aller à Rome. Le voilà, le sens de mon petit pèlerinage : cette tristesse libre. Un autobus passe, je m'en étonne – ils ne venaient pas jusque-là lorsque nous y vivions. J'entre à Villa Pamphili par l'accès latéral, le « nôtre ». Cela fait plus de vingt ans que je n'y suis pas retournée, pourtant le coup d'œil et l'impression face à cette explosion de verdure sont les mêmes que naguère. L'air pur, les arbres, de ce vert qui parle tout de suite à mon cœur. Je m'engage sur la large allée, je la parcours presque entièrement jusqu'à l'endroit où au niveau du Casino del Bel Respiro on peut tourner à droite. Les marches de l'escalier grimpées deux par deux comme Mylène nous commandait de le faire, un exercice qui marquait le début de l'entraînement. Je retourne sur le terre-plein. À l'angle sur la gauche du circuit se trouve toujours le très haut pin sous lequel je m'installais pour suivre les tours de course de Nina avant de m'adonner à mes propres séquences sportives sans cardio, sous la surveillance de Mylène qui les avait conçues spécialement pour moi. Sous ce pin, je m'assieds par terre, en tailleur ; je ferme les yeux, j'inspire et expire profondément. Personne alentour, quelques joggeurs un peu plus loin, le long du parcours. Climat idéal, une magnifique température printanière, ni froide ni chaude. Quel bien-être, ce silence, ce soleil, pouvoir respirer comme ça.

Je ne m'en rends pas compte, mais j'ai dû rester de longues minutes les yeux fermés ; quand je les rouvre, un jeune homme se tient debout devant moi, à me regarder, curieux, un peu étonné. Il a des yeux aqueux et écarquillés, noisette clair, presque couleur miel ; une barbe courte, les cheveux châtains assez longs.

« Salut. Comment ça se fait que tu peux te permettre d'être ici à cette heure de la matinée ? Tu ne travailles pas ? »

Il sourit, et en le voyant faire un clin d'œil, je pense à un elfe, un elfe des bois – de la pinède, plutôt. Il doit avoir vingt-cinq ans, peut-être vingt-sept, pas plus. Oui, un elfe, une expression bienveillante et vive, une physionomie empreinte d'innocence et d'une lumière douce à laquelle je me fie instinctivement, tout de suite.

« C'est parce que je ne vis pas ici ; je suis en visite à Rome, comme touriste… mais pas une touriste par hasard » dis-je, amusée par cette réplique idiote mais pour moi pleine de sens.

Avec un naturel absolu, sans aucune forme d'embarras, nous nous mettons à bavarder. Au bout d'un moment, après s'être présenté (« je m'appelle Tommaso, dit Tommy »), il s'accroupit et s'assoit à côté de moi. Il porte un tee-shirt kaki sur un pantalon léger et blanc – il va le salir, à le frotter ainsi sur la terre nue, pensé-je, mais il semble n'en avoir cure. Il pose beaucoup de questions, écoute davantage qu'il ne parle. Je lui raconte l'époque où j'habitais ici, les entraînements le long du périmètre de ce terrain qui se trouve devant nous, vaste et solennel comme un autel. Je lui parle de moi, de Nina, ma sœur compliquée et adorée qui habite Brooklyn.

« Et vos parents ?

— Ma mère ne vivait pas avec nous, et à vrai dire notre père non plus… »

Ainsi, par fragments, par petites touches, je raconte à cet inconnu l'histoire de notre enfance éclatée.

Plus tard, une fois rentrée à Paris, reconstituer l'enchaînement des événements sera difficile, un malaise amplifié par ma résistance à me souvenir. Tout en bavardant, nous étions descendus vers le Trastevere, par une petite rue escarpée qui longe la Grande Fontaine du Janicule – celle-là même que bien des années auparavant Giacomo Barresi grimpait pour aller voir Nina, avec l'espoir de trouver chez elle l'accueil chaleureux qu'en fait il ne recevait jamais. En continuant à descendre, après avoir croisé la via Garibaldi nous avions rejoint piazza Trilussa. Plus confuses les images suivantes : nous sommes assis dans un bar, il y a du bruit tout autour, beaucoup de monde, de la musique fusion diffusée par de petits haut-parleurs disposés aux quatre coins du plafond. Tommy me prend la main et la garde entre les siennes, il en embrasse le dos, le contact de ses lèvres est tendre, chaud, j'y sens un abandon et une audace déterminée, un mélange d'intentions qui m'excite, tout comme me trouble l'innocence effrontée et insistante que j'ai lue juste avant dans ses yeux.

« Tu es très belle, Maddalena. Je ne pouvais pas imaginer que j'allais te rencontrer, mais depuis un certain temps je sentais que quelque chose d'important allait m'arriver – et voilà, c'était toi. » De nouveau, après ces quelques mots, il se penche pour embrasser mes mains, mes poignets, il effleure mes paumes du bout de son nez, me lèche un doigt, s'apprête à le sucer. Je m'enflamme, et je sens l'excitation monter entre mes cuisses.

Pour monter dans ma chambre à l'hôtel, nous avions évité la réception car Tommy n'avait pas ses papiers sur lui, nous mourions d'envie de monter et il nous a semblé plus facile de le faire sans qu'il s'annonce. Il a grimpé en douce les quatre volées d'escaliers, et quand je suis sortie de l'ascenseur il était déjà là à m'attendre. À midi, dans un hôtel trois étoiles pas trop central, il ne se passe quasiment rien. Les chambres ont déjà été faites, les préposés à la réception peuvent s'occuper d'autre chose, dispensés qu'ils sont d'attendre des clients à cette heure où ils sont tous censés être dehors. Les salons, les ascenseurs, les couloirs étaient déserts, enveloppés dans un silence absolu et ouaté. Nous non plus n'avons pas fait de bruit. Le déclic de la serrure annonçait la fermeture de la porte derrière nous, que déjà nous étions en train de nous déshabiller, rapides, précis dans nos gestes, comme si nous n'étions pas guidés par le désir de faire l'amour, mais plutôt par une nécessité, une obéissance mutuelle que nous adressions ensemble à quelque chose de plus grand que nous. Respecter et honorer la seule chose qu'il était juste et sacré d'accomplir à ce moment-là. Nous nous sommes aimés sur le lit qui venait d'être fait, les draps trop amidonnés sentaient la lessive de médiocre qualité. Amants : c'était un acte nécessaire, la conclusion naturelle du temps passé ensemble à Villa Pamphili et du temps que nous avions mis à descendre vers le Trastevere, un temps de mots, et de silences, et d'éclats de rire, le temps de nous sentir, de nous flairer, de nous désirer. Un plaisir plus qu'intense, j'ai crié d'une voix rauque, sursauts violents d'un orgasme qui venait du plus profond de moi. Les circonstances, les paroles que nous avons échangées, peut-être les oublierai-je, mais pas la joie de ce moment, je le sais par la manière dont, des jours plus tard, elle continue à vibrer en moi. Un spasme, je riais et pleurais, tout était là, et j'étais tout entière avec lui, avec ce garçon. À part Pierre, je ne connaissais pas d'autre homme, pas d'autre intimité ; chaque envie de Tommy était nouvelle, et sauvagement nouveau mon désir de la satisfaire – à la hâte, jusqu'à un point précis de mon âme, un point dont jusque-là j'ignorais l'existence.

Après l'amour nous nous sommes assoupis ensemble. Avant de fermer les paupières et de me reposer un instant, j'ai passé mes doigts dans ses cheveux, qui étaient humides de sueur. « Tu es complètement folle, Maddi » me suis-je dit, malicieuse, épuisée et heureuse.

Nous nous sommes revus deux autres fois avant mon départ. À l'hôtel, le matin, en filant de nouveau par l'escalier pour éviter que Tommy n'ait à s'enregistrer à la réception. Je l'ai embrassé à peine était-il nu, il était maigre, plus maigre encore que mon mari, juste la peau et les os, la poitrine glabre, encore adolescente. J'ai joui de ses caresses, plusieurs fois de suite, cramponnée à ce garçon qui pourrait être un ami de mon fils – une poignée d'années à peine le sépare de Sam. J'ai accueilli en moi son avidité, puissante mais encore verte, une virilité peu consciente d'elle-même, et pour cette raison si prenante. Il ne m'a pas dit grand-chose de lui : qu'il vit avec sa mère et un frère cadet – le père est parti de la maison deux ans plus tôt, parce qu'il « a craqué » pour une fille qui a son âge à lui, Tommy. Qu'il aime la musique – il joue un peu du piano, comme moi, tout contents nous nous sommes mis à imaginer un quatre-mains – « peut-être que tu vas revenir à Rome et tu viendras chez moi, à la maison dans la journée il n'y a jamais personne ». Qu'il est inscrit à la faculté d'architecture et que oui, il étudie, mais sans conviction, il a passé deux examens et puis il a arrêté, se concentrer sur les livres ne lui convient pas – « le matin je préfère mille fois aller à

Villa Pamphili : j'apprends beaucoup plus des arbres que de n'importe quel catalogue, manuel, ou professeur. Et puis tu vois, je t'ai rencontrée. Si j'étais resté à la bibliothèque de la fac enfermé à étudier, ça ne me serait pas arrivé ».

Puis vient le moment de se dire au revoir, sur le quai du train qui m'emmènera à l'aéroport. Tommy s'est vêtu avec soin, une chemise en jeans et un pantalon noir, il a arrangé la taille de sa barbe, peigné ses cheveux, il s'est parfumé. Il veut me montrer qu'en plus d'être un elfe dans les pins et un merveilleux amant, il est aussi un homme, qu'avec une assurance galante il est prêt à jouer son rôle protecteur, de soutien. Ou peut-être désire-t-il me plaire plus encore que ce n'est déjà le cas, me lier à lui en multipliant un charme dont il a deviné que je le subis complètement. Je ne sais pas. Mais je sais que ce jour-là nos baisers sur le banc du quai sont longs et plutôt désespérés : ils racontent le désir impossible d'échapper à la raison, juste plonger dans cette étreinte, nous choisir, et sentir que c'est là qu'est la vie. Une autre vie.

Les passagers déjà montés dans le train nous regardent mais nous n'y prêtons pas attention, ni à eux ni à quoi que ce soit. « Tu m'appelleras ? », demande Tommy alors que je suis déjà sur le marchepied du Leonardo Express, avec autour de moi des valises de toutes formes et dimensions que des touristes aux nationalités les plus variées, un peu stressés, s'évertuent à faire rentrer dans les porte-bagages ou dans les espaces entre les sièges.

« Je ne sais pas… peut-être, mais je ne te garantis rien, je n'en suis pas sûre. »

Comment prévoir si j'aurai envie de lui téléphoner ; en ce moment précis, sentir fixé sur moi son regard implorant me fait mal, je suis heurtée par l'inflexion brisée que je remarque dans sa voix. De ces impressions, j'ai besoin de m'éloigner ; le seul retour possible, c'est à l'intérieur, enfermée dans ma carapace.

Dans le train, tandis que j'observe la campagne urbaine anonyme, desséchée et trop construite, je pense à Gloria au moment où elle quittait Genzano, nous abandonnait. Des départs qui ont le goût de la nécessité. Pour la première fois j'ai l'impression de comprendre ma mère, sa fugue quand nous étions trop petites, et tout ce qui s'en est suivi. Mélèzes, feuillages de chênes écorcés, partout une herbe jaune et des intrications d'arbustes. Je regarde défiler ce paysage incolore où je me laisse engloutir pour éviter de penser à Tommy, au bonheur que j'ai à peine entrevu, peut-être à tout jamais. En pensant intensément à elle, en évoquant son souvenir, dans ce train je comprends ma mère : à quel point elle était dépassée. Soulevée par une émotion qui, tel le vent, l'emportait. Exactement comme sur la photo à laquelle, enfant, je parlais en secret, ce portrait pris sur le lac de Nemi : le même tourbillon voudrait à présent ébouriffer mes cheveux, troubler mes pensées. La force du vent qui se fait plus intense, et précieuse la vie telle qu'elle a chanté, bruyante et brève, dans mon cri, quand ce garçon m'étreignait. Ma mère avait dû vivre quelque chose de ce genre. Cette pensée m'émeut, comprendre me libère.

« Maddi ? »

— Oui, Ninouchka. Dis-moi, je t'écoute. »

Le téléphone fixe a sonné juste après le départ de Pierre et des enfants. Tôt le matin, pour Nina la pleine nuit. Une chance, ce coup de fil : je n'aurais pas l'énergie de sortir pour marcher, et encore moins d'écouter mon cœur en tumulte.

« Mais où tu étais passée, Maddi ? Chaque fois que je t'ai écrit ces jours-ci tu me répondais par monosyllabes. Qu'est-ce qui t'arrive ?

— Rien, c'est juste que j'ai eu des semaines un peu agitées avec Valentina. Les problèmes habituels, tu connais.

— L'adolescence ?

— C'est ça… » Je voudrais l'interroger sur Brian, mais je me retiens, je n'ai pas envie de conversations intimes, et encore moins de les provoquer par des questions importunes.

« Et toi, comment ça va, Nina ?

— Je vais mieux, tu sais. Je n'aurais pas cru, mais ces jours-ci les choses se sont un peu dénouées ».

— Je suis bien contente. »

Un silence prolongé ; nous respirons.

« Il y a eu un nouveau vernissage à la galerie, l'inauguration de l'expo de Svetlana Kodai, une artiste croate. Avec Svetlana, on s'est tout de suite bien entendues. Après l'apéritif, Brian était crevé, il est rentré, et nous on est restées à la galerie à bavarder jusqu'à la nuit… Je lui ai tout raconté, tu sais, Maddi : la dispute, mes difficultés avec Brian, le fait que j'aie décidé de le quitter. Svetlana est une femme mûre, elle en a vu de toutes les couleurs dans sa vie. Elle m'a parlé sans détours.

— …

— "Il y a des trains, Nina, m'a-t-elle dit, qui ne passent pas souvent dans une vie : il s'agit de savoir ne pas les rater." Et d'autres choses du même genre, des arguments qui m'ont convaincue d'essayer encore avec Brian. Ce n'est pas le moment de lâcher. Après tellement de temps ensemble, je dois essayer de ne pas tout envoyer balader, tenter, au moins… »

Tout en l'écoutant parler, je me suis mise à la fenêtre : le magnolia de la cour est en fleur, ça a dû se passer pendant que j'étais à Rome, puisque je remarque maintenant seulement ces boutons blancs et charnus dans le vert des feuilles brillantes.

« Et toi, Maddi, qu'est-ce que tu en penses ?

— Ce sont de bons conseils, Ninouchka ; si j'avais décidé de te parler, je l'aurais fait à peu près dans les mêmes termes que cette dame.

— Ce n'est pas une dame.

— OK, que cette femme : sauf que ça n'aurait pas eu le même effet si c'était moi qui avais exprimé cette opinion, c'est clair.

— …

— J'aime bien Brian, tu sais que je l'aime bien : c'est la meilleure personne que j'aie vue à tes côtés. Je ne te l'ai jamais déclaré d'une manière aussi solennelle, mais…

— Oui, oui, je sais tout ça. Mais tu as une petite voix… tu es vraiment triste, Maddadure, mince alors. Qu'est-ce que tu fais, tu vas à la salle de sport, tu vas marcher ?

— Je ne sais pas encore. Je suis un peu fatiguée, pour tout te dire, et j'ai différentes choses à régler, des courses dont je n'ai pas réussi à m'occuper la semaine dernière.

— Val t'a vraiment épuisée, j'ai compris. La nièce aussi pénible que la tante dit Nina en essayant de plaisanter.

— Oui, un peu. Écoute, Nina...

— Dis-moi...

— Je pensais... non, rien, je te le dirai plus tard. Je viens de me rappeler que j'ai un coup de fil urgent à donner à l'ambassade du Japon, de la part de Pierre, excuse-moi.

— Alors à plus tard.

— D'accord, à plus tard. » Si j'en trouve la force, je sortirai marcher. D'abord j'appellerai Leïla, je lui proposerai qu'on déjeune ensemble dans la semaine. Ce qui m'est arrivé à Rome, il faut que je le raconte à quelqu'un. Partager : nommer l'événement avant qu'il ne se congèle dans mon imagination sous forme de fantôme. Le garder pour moi, protégé par ma carapace – *cara pace,* je n'y arrive pas. Ça ne m'est tout simplement pas possible.

À mon retour de Rome, je suis entrée dans la maison en même temps que Pierre, qui était venu me chercher à l'aéroport, depuis la porte, les enfants ont accouru à ma rencontre. Sam m'a regardée fixement, un long regard inquisiteur – comme s'il avait tout vu. Et le lendemain, je jouais du piano avant le dîner, le second mouvement du Nocturne opus 9 de Chopin avec lequel je me bats ces derniers temps sans grands résultats, et de nouveau je me suis aperçue que mon fils me regardait, il attendait de moi une réponse. Mon fils qui a quelques années – trop peu – de moins que Tommy.

Leïla écoutera mon récit, peut-être qu'elle essuiera mes larmes parce qu'elle est mon amie et qu'elle sait faire ça. Je ne crois pas qu'elle formulera de jugements, ni qu'elle me donnera de conseils. D'ailleurs il n'y a rien à commenter, ni à conseiller. Juste attendre que ça passe. Chère paix, carapace. À la fin de notre coup de fil, ce que j'étais sur le point de demander à Nina, c'était si elle voudrait bien m'héberger à Brooklyn quelque temps. Partir, seule, prendre des distances. Mettre de l'espace, du silence, retrouver la clé, le sens de cette rencontre imprévue qui m'a choisie et atteinte comme un rayon de lumière. Confier à Nina, à sa chaleureuse hospitalité d'âme désordonnée et de sœur, une histoire dont il aurait été plus normal qu'elle lui arrivât à elle, et qui au contraire m'est arrivée à moi. Un événement qui n'appartient qu'à moi, mais pourrait être à Nina, et s'il devient aussi le sien, c'est grâce à cette intime indistinction qui nous lie, ce fil invisible que rien n'a jamais pu rompre.

Je vais lui demander si elle peut m'accueillir à New York, quelque temps, chez eux : mais pas aujourd'hui. Une autre fois. Demain peut-être.

En mémoire de Luigi Spagnol,
pour la généreuse acuité avec laquelle il a lu ce livre.
L. G.

Collection « Terra d'altri »
dirigée par Martin Rueff

Paolo Barbaro – *Journal à deux*
Attilio Bertolucci – *Voyage d'hiver*
Attilio Bertolucci – *La Chambre*
Francesco Biamonti – *L'Ange d'Avrigue*
Francesco Biamonti – *Le Silence*
Romano Bilenchi – *Les Années impossibles*
Ginevra Bompiani – *Les Règnes du sommeil*
Gesualdo Bufalino – *Tommaso et le photographe aveugle*
Gesualdo Bufalino – *Calendes grecques*
Giorgio Caproni – *Le Gel du matin*
Cristina Comencini – *Les Pages arrachées*
Cristina Comencini – *Passion de famille*
Cristina Comencini – *Sœurs*
Cristina Comencini – *Matriochka*
Silvio D'Arzo – *À l'enseigne du Bon Coursier*
Eugenio De Signoribus – *Ronde des convers*
Giuseppe Dessì – *San Silvano*
Giorgio Falco – *La Jumelle H*
Lisa Ginzburg – *Au pays qui te ressemble*
Arturo Loria – *Le Registre*
Mario Luzi – *Cahier gothique*, précédé de *Une libation*
Mario Luzi – *Livre d'Hypatie*
Mario Luzi – *Voyage terrestre et céleste de Simone Martini*
Mario Luzi – *Le Présent de Leopardi*
Mario Luzi – *À l'image de l'homme*
Eugenio Montale – *Papillon de Dinard*
Elsa Morante – *Récits oubliés*
Antonio Moresco – *La Petite Lumière*
Antonio Moresco – *Fable d'amour*
Antonio Moresco – *Les Incendiés*
Antonio Moresco – *Les Ouvertures*
Raffaele Nigro – *Les Feux du Basento*
Raffaele Nigro – *La Baronne de l'Olivento*
Anna Maria Ortese – *La Lune sur le mur*
Dolores Prato – *Bas la place y'a personne*
Domenico Rea – *Spaccanapoli*
Vittorio Sereni – *Étoile variable*
Vittorio Sereni – *Les Instruments humains*, précédé de *Journal d'Algérie*
Walter Siti – *Leçons de nu*
Walter Siti – *Une douleur normale*
Walter Siti – *La Contagion*
Walter Siti – *Au feu de Dieu*

Giani Stuparich – *L'Année 15. Journal de guerre*
Le Tasse – *Le Messager*
Emanuele Tonon – *La Prime Lumière*
Vitaliano Trevisan – *Bic et autres shorts*
Giorgio Vasta et Ramak Fazel – *Absolutely Nothing*
Franco Vegliani – *La Frontière*
Franco Vegliani – *Procès à Volosca*
Cesare Viviani – *L'Œuvre laissée seule*

Verdier/poche

Giuseppe Bonaviri – *Le Murmure des oliviers*
Silvio D'Arzo – *Maison des autres,* suivi de *Un moment comme ça*
Antonio Moresco – *La Petite Lumière*
Mario Rigoni Stern – *Histoire de Tönle*
Giani Stuparich – *L'Île*

Cet ouvrage a été achevé d'imprimer en mars 2023
dans les ateliers de Normandie Roto Impression S.A.S.
61250 Lonrai
N° d'imprimeur : 2300717
Dépôt légal : avril 2023
Imprimé en France

Model/Creifelds
Staatsbürger-Taschenbuch

WAPPEN DER BUNDESLÄNDER

Niedersachsen

Rheinland-Pfalz

Saarland

Sachsen

Sachsen-Anhalt

Schleswig-Holstein

Thüringen

Staatsbürger-Taschenbuch

Alles Wissenswerte über Europa, Staat, Verwaltung, Recht und Wirtschaft mit zahlreichen Schaubildern

Bearbeitet von

Dr. Peter Frank
Ministerialrat
Bayerisches Staatsministerium
der Justiz

Dr. Waltraud Hakenberg
Kanzlerin des Gerichts
für den Öffentlichen Dienst
der Europäischen Union

Christiane König
Richterin am
Finanzgericht Leipzig

Jochen Streil
Leiter der Bibliothek des
Europäischen Gerichtshofes a. D.

Dr. Jürgen Winkler
Professor der
Katholischen Fachhochschule
Freiburg

Andreas Zwerger
Ministerialrat
Bayerisches Staatsministerium
der Justiz

32., neubearbeitete Auflage

Begründet von

Dr. Otto Model †
weiland Rechtsanwalt in Bad Godesberg und Regierungsrat

fortgeführt von

Dr. Carl Creifelds †
weiland Senatsrat,
München

Dr. Gustav Lichtenberger
Generalsekretär des
Bay. Verfassungsgerichtshofs a. D.,
München

und

Gerhard Zierl
Präsident des Amtsgerichts, München

Verlag C. H. Beck München 2007

Verlag C. H. Beck im Internet:
beck.de

ISBN 978 3 406 55264 9

Wilhelmstraße 9, 80801 München
Satz und Druck: Druckerei C. H. Beck Nördlingen
Umschlaggestaltung: Grafik-Werkstatt Bruno Schachtner, Dachau

Gedruckt auf säurefreiem, alterungsbeständigem Papier
(hergestellt aus chlorfrei gebleichtem Zellstoff)

Vorwort zur 32. Auflage

Die 32. Auflage bringt in vielerlei Hinsicht Neues. Herr *Gerhard Zierl*, der seit der 28. Auflage für das Staatsbürger-Taschenbuch als Verfasser verantwortlich zeichnete, hat sich aus dem Werk zurückgezogen. Als neue Autoren konnten Herr *Dr. Peter Frank* (Staatsrecht, Verwaltungsrecht und Kirchenrecht), Frau *Christiane König* (Steuerrecht), Herr *Dr. Jürgen Winkler* (Arbeits- und Sozialrecht) und Herr *Andreas Zwerger* (Rechtspflege; Bürgerliches Recht und Strafrecht, Wirtschaftsrecht und Wirtschaftpolitik sowie Wehrrecht) gewonnen werden. Die Bearbeitung des Völker- und Europarechts stammt in bewährter Weise aus der Feder von Frau *Dr. Waltraud Hakenberg* und Herrn *Jochen Streil*.

Das deutsche Staatsrecht, das Recht der Europäischen Union und das Völkerrecht (1. Teil) wurden in einem gemeinsamen Kapitel zusammengefasst, um die engen internationalen Verflechtungen der Bundesrepublik Deutschland und die Einbettung in die Europäische Gemeinschaft noch deutlicher werden zu lassen. Dabei wurden insbesondere die Erweiterung der EU um 12 Staaten und die damit verbundenen institutionellen und materiell-rechtlichen Änderungen sowie die angestrebte, aber noch nicht in Kraft getretene Europäische Verfassung berücksichtigt. Das Kapitel „Völkerrecht, Internationale Beziehungen" wurde weitgehend neu formuliert; aktuelle Entwicklungen, etwa im internationalen Umweltschutz, sind stärker berücksichtigt worden. Ausführlich werden die Rolle der UNO bei der internationalen Friedenssicherung und Rechtsfragen im Zusammenhang mit aktuellen Konfliktherden – etwa im Irak und im Libanon – behandelt. Im deutschen Verfassungsrecht brachte die Grundgesetzänderung infolge der Föderalismusreform erhebliche Änderungen.

Im 2. Teil (Verwaltungsrecht) wurden in den Bereichen Ausländerrecht, Infektionsschutz und Seuchenbekämpfung erhebliche Änderungen vorgenommen und das Waffenrecht neu konzipiert. Neu bearbeitet wurde auch das Kapitel Wehrverfassung, Wehrrecht und Zivildienst.

Der 3. Teil (Die Rechtspflege; Bürgerliches Recht und Strafrecht) wurde komplett überarbeitet. Zu erwähnen sind insbesondere die Berücksichtigung des Justizvergütungs- und Entschädigungsgesetzes, des Rechtsanwaltsvergütungsgesetzes sowie des in der Diskussion befindlichen Rechtsdienstleistungsgesetzes. Weiterhin wurden die Reformbestrebungen im Verfahren in Familiensachen und in Angelegenheiten der freiwilligen Gerichtsbarkeit (FamFG) sowie die geplanten Neuerungen im Unterhaltsrecht skizziert. Auch die am 1. 7. 2007 in Kraft tretende Reform des Wohnungseigentumsrechts konnte bereits berücksichtigt werden.

Der rasanten wirtschaftlichen Entwicklung und den damit verbundenen Veränderungen im Bereich des Wirtschaftsrechts wurde auch das 4. Kapitel angepasst. Die Neubearbeitung berücksichtigt unter anderem

Vorwort

das neue Genossenschaftsrecht, das Lebensmittel- und Futtermittelgesetzbuch sowie die Änderungen durch das Gesetz über elektronische Handelsregister und Genossenschaftsregister sowie das Unternehmensregister (EHUG). Ferner wurden das Gesetz zur Unternehmensintegrität und Modernisierung des Anfechtungsrechts (UMAG) sowie das Gesetz zur Regelung von öffentlichen Angeboten zum Erwerb von Wertpapieren und von Unternehmensübernahmen angesprochen. Auch die neuen europäischen Gesellschafts- und Genossenschaftsformen und die Novellierung des Gesetzes gegen Wettbewerbsbeschränkungen haben Eingang in das Werk gefunden.

Die Darstellung des Steuerrechts (5. Teil) enthält unter anderem die durch das Steueränderungsgesetz 2007 veranlassten Neuerungen bei der Pendlerpauschale und zur steuerlichen Geltendmachung von Arbeitszimmern sowie die durch das Gesetz zur steuerlichen Förderung von Wachstum und Beschäftigung geschaffene steuerliche Berücksichtigung von Kinderbetreuungskosten.

Das im 6. Teil behandelte Arbeits- und Sozialrecht hat gegenüber der Vorauflage eine deutliche Umfangserweiterung erfahren und wurde grundlegend neu bearbeitet. Erforderlich wurde diese Umstrukturierung durch zahlreiche Gesetzesänderungen, insbesondere durch die Hartz-Gesetze und die Gesundheitsreform 2007.

Im Mai 2007 — Bearbeiter und Verlag

Inhaltsverzeichnis

Inhaltsverzeichnis

3. Teil. Die Rechtspflege; Bürgerliches Recht und Strafrecht

Inhaltsverzeichnis

Inhaltsverzeichnis

Inhaltsverzeichnis

Inhaltsverzeichnis

6. Teil. Arbeits- und Sozialrecht

Verzeichnis der Schaubilder

Verzeichnis der Schaubilder

Abkürzungsverzeichnis

Die nur in einzelnen Abschnitten verwendeten Abkürzungen sind jeweils dort erläutert oder ergeben sich aus dem jeweiligen Sachzusammenhang. Die ➢ bezeichnen Verweisungen auf Gliederungsnummern innerhalb des Werkes.

AA	Agentur für Arbeit
aaO	am angegebenen Ort
Abg.	Abgeordnete(r)
AbgG	Abgeordnetengesetz
Abk.	Abkommen
ABl.	Amtsblatt
ABl. EG	Amtsblatt der Europäischen Gemeinschaften
Abs.	Absatz
Abt.	Abteilung
a. A	andere(r) Ansicht
a. E.	am Ende
AEG	Allgemeines Eisenbahngesetz
a. F.	alte Fassung
AFG	Arbeitsförderungsgesetz
AG	Aktiengesellschaft oder Amtsgericht
AGG	Allgemeines Gleichbehandlungsgesetz
AHK	Alliierte Hohe Kommission
AKG	Allgemeines Kriegsfolgengesetz
AktG	Aktiengesetz
ALG	Gesetz über die Alterssicherung der Landwirte
All.	Alliierte
allg.	allgemein
am.	Amerikanisch
a. M.	andere(r) Meinung
Änd.	Änderung(en)
AO	Abgabenordnung oder Anordnung
ArbG	Arbeitsgericht
ArbGG	Arbeitsgerichtsgesetz
ArbSchG	Arbeitsschutzgesetz
ArbZG	Arbeitzeitgesetz
Art.	Artikel
AufenthG	Gesetz über den Aufenthalte, die Erwerbstätigkeit und die Integration von Ausländern im Bundesgebiet
AsylbLG	Asylbewerberleistungsgesetz
AsylVfG	Asylverfahrensgesetz
AusfBest.	Ausführungsbestimmungen
AÜG	Arbeitnehmerüblassungsgesetz
AVG	Angestelltenversicherungsgesetz
AVO	Ausführungsverordnung
AWG	Außenwirtschaftsgesetz
AWV	Außenwirtschaftsverordnung

Abkürzungen

B	Bund
BA	Bundesagentur für Arbeit
BAföG	Bundesausbildungsförderungsgesetz
BAG	Bundesarbeitsgesetz
BAnz.	Bundesanzeiger
BArbBl.	Bundesarbeitsblatt
BauNVO	Baunutzungsverordnung
BauGB	Baugesetzbuch
BayBS	Bereinigte Sammlung des bayerischen Landesrechts
BayPAG	Bayerisches Polizeiaufgabengesetz
BayRS	Bayerische Rechtssammlung
BBankG	Gesetz über die Deutsche Bundesbank
BBergG	Bundesberggesetz
BBesG	Bundesbesoldungsgesetz
BBG	Bundesbeamtengesetz
BBiG	Berufsbildungsgesetz
BBodSchG	Gesetz zum Schutz von schädlichen Bodenverseuchung und zur Sanierung von Altlasten
BDG	Bundesdisziplinargesetz
BDSG	Bundesdatenschutzgesetz
BeamtVG	Beamtenversorgungsgesetz
BefBezG	Gesetz über befriedete Bezirke für Verfassungsorgane Bund
BEG	Bundesentschädigungsgesetz
Bek.	Bekanntmachung(en)
ber.	berichtigt
BErzGG	Bundeserziehungsgeldgesetz
bes.	besondere
Best.	Bestimmung(en)
best.	bestimmte(r)
bestr.	bestritten
BetrAVG	Betriebsrentengesetz
BetrVG	Betriebsverfassungsgesetz
BewG	Bewertungsgesetz
BFH	Bundesfinanzhof
BinSchAufgG	Gesetz über die Aufgaben des Bundes auf dem Gebiet der Binnenschifffahrt
BGB	Bürgerliches Gesetzbuch
BGBl. I. (oder II, III)	Bundesgesetzblatt Teil I (II, III) Seite …
BGes.	Bundesgesetz
BGH	Bundesgerichtshof
BGHSt, BGHZ	Entscheidung des Bundesgerichthofs in Strafsachen bzw. Zivilsachen
BHO	Bundeshaushaltsordnung
BImSchG	Bundes-Immissionsschutzgesetz
BKAG	Gesetz über das Bundeskriminalamt und die Zusammenarbeit des Bundes und der Länder in kriminalpolizeilichen Angelegenheiten

BKatV	Verordnung über die Erteilung einer Verwarnung, Regelsätze für Geldbußen und die Anordnung eines Fahrverbots wegen Ordnungswidrigkeiten im Straßenverkehr (Bußgeldkatalog-Verordnung)
BKGG	Bundeskindergeldgesetz
Bkzl.	Bundeskanzler(in)
BImSchV	Durchführungsverordnung zum BImschG
BLV	Bundeslaufbahnverordnung
BMAs	Bundesminister(in) für Arbeit und Sozialordnung
BMBF	Bundesminister(in) für Bildung und Forschung
BMELV	Bundesminister(in) für Ernährung, Landswirtschaft und Verbraucherschutz
BMF	Bundesminister(in) der Finanzen
BMFSFJ	Bundesminister(in) für Familie, Senioren, Frauen und Jugend
BMG	Bundesminister(in) für Gesundheit
BMI	Bundesminister(in) des Inneren
BMietG	Bundesmietgesetz
BMin.	Bundesminister
BMJ	Bundesminister(in) der Justiz
BMU	Bundesminister(in) für Umwelt, Naturschutz und Reaktorsicherheit
BMVBS	Bundesminister(in) für Verkehr, Bau und Stadtentwicklung
BMVg.	Bundesminister(in) für Verteidigung
BMWi	Bundesminister(in) für Wirtschaft und Technologie
BMZ	Bundesminister für wirtschaftliche Zusammenarbeit und Entwicklung
BNatSchG	Gesetz über Naturschutz und Landschaftspflege
BPersVG	Bundespersonalvertretungsgesetz
BPräs.	Bundespräsident
BPolBG	Bundespolizeibeamtengesetz
BR	Bundesrat
BRAGO	Bundesgebührenordnung für Rechtsanwälte
BRAO	Bundesrechtanwaltsordnung
BReg.	Bundesregierung
BRep	Bundesrepublik Deutschland
BRH	Bundesrechnungshof
BRHG	Gesetz über den Bundesrechnungshof
BRKG	Bundesreisekostengesetz
BRRG	Beamtenrechtsrahmengesetz
BSchG	Beschäftigtenschutzgesetz
BSeuchG	Bundesseuchengesetz
BSHG	Bundessozialhilfegesetz
BStBl. I	Bundessteuerblatt Teil I Seite ....
BT	Bundestag

Abkürzungen

BUKG	Gesetz über die Umzugskostenvergütung für die Bundesbeamten, Richter im Bundesdienst und Soldaten
BUrlG	Bundesurlaubsgesetz
BVerfG	Bundesverfassungsgericht
BVerfGE	Entscheidung des Bundesverfassungsgerichts (zitiert nach Band und Seite
BVerfGG	Gesetz über das Bundesverfassungsgericht
BVerfSchG	Bundesverfassungsschutzgesetz
BVerwG	Bundesverwaltungsgericht
BVFG	Gesetz über die Angelegenheiten der Vertriebenen und Flüchtigen
BVG	Bundesversorgungsgesetz
BWahlG	Bundeswahlgesetz
bzgl.	bezüglich
bzw.	beziehungsweise
CDU	Christlich-Demokratische Union
CSU	Christlich-Soziale Union
DDR	Deutsche Demokratische Republik
DGO	Deutsche Gemeindeordnung von 1935
d. h.	das heißt
DRiG	Deutsches Richtergesetz
DrittelbLG	Drittelbeteiligungsgesetz
dt., Dt.	deutsch(e, es)
Durchf.	Durchführung(s)
DVBl.	Deutsches Verwaltungsblatt
DVO	Durchführungsverordnung
EVV	Vertrag über die europäische Verfassung
EFZG	Entgeltfortzahlungsgesetz
EG	Einführungsgesetz oder Europäische Gemeinschaft
EG-RiL	EG-Richtlinie
EGBGB	Einführungsgesetz zum Bürgerlichen Gesetzbuch
EGKS	Europäische Gemeinschaft für Kohle und Stahl
EGV	Vertrag zur Gründung der Europäischen Gemeinschaft
EheG	Ehegesetz, Gesetz Nr. 16 des Kontrollrats
einschl.	einschließlich
EKD	Evangelische Kirche in Deutschland
ErbStG	Erbschaftsteuergesetz
Erl.	Erlass
EP	Entgeltpunkte
ERP	European Recovery Program, Europäisches Wiederaufbauprogramm (Marshallplan)
ESt	Einkommensteuer
EStG	Einkommensteuergesetz
etc.	et cetera

EU	Europäische Union
EuGH	Gerichtshof der Europäischen Gemeinschaften
EuGeI	Gericht erster Instanz der Europäischen Gemeinschaften
EuGVÜ	Europäisches Gerichtsstands- und Vollstreckungsübereinkommen
Euratom	Europäische Atomgemeinschaft
EUV	Vertrag über die Europäische Union
EV	Einigungsvertrag
evang.	evangelisch(e, en)
EVG	Europäische Verteidigungsgemeinschaft
evtl.	eventuell
EVV	Vertrag über die Europäische Verfassung
EWG	Europäische Wirtschaftsgemeinschaft
EWGV	Vertrag zur Gründung der Europäischen Wirtschaftsgemeinschaft
EWS	Europäisches Währungssystem
EZB	Europäische Zentralbank
EZU	Europäische Zahlungsunion
FA	Finanzamt
FAO	UNO – Ernährungs- und Landwirtschaftsorganisation
FDP	Freie Demokratische Republik
FeV	Fahrerlaubnis-Verordnung
f.	folgend(e)
ff.	fortfolgend(e)
FG	Finanzgericht
FGG	Gesetz über die Angelegenheiten der freiwilligen Gerichtsbarkeit
FGO	Finanzgerichtsordnung
FStrG	Bundesfernstraßengesetz
fr.	früher
frz.	französisch
GAD	Gesetz über den Auswärtigen Dienst
GAO	Gesetz zur Beschränkung der Brief-, Post- und Fernmeldegeheimnisse
GASP	Gemeinsame Außen- und Sicherheitspolitik
G, Ges.	Gesetz
GBl.	Gesetzblatt
gem.	gemäß
GenTG	Gentechnikgesetz
GewO	Gewerbeordnung
GewStG	Gewerbesteuergesetz
GG	Grundgesetz für die Bundesrepublik Deutschland
GGBefG	Gesetz über die Beförderung gefährlicher Güter
ggf.	gegebenenfalls
GleichberG.	Gleichberechtigungsgesetz

Abkürzungen

GmbH	Gesellschaft mit beschränkter Haftung
GMBl.	Gemeinsames Ministerialblatt der Bundesministerien
GS	Preußische Gesetzessammlung
GS NW	Sammlung des bereinigten Landesrechts Nordrhein-Westfalen
GüKG	Güterkraftverkehrsgesetz
GVBl.	Gesetz- und Verordnungsblatt
GVG	Gerichtsverfassungsgesetz
GVollz.	Gerichtsvollzieher
GZT	Gemeinsamer Zolltarif
HAG	Heimarbeitsgesetz
HandwO	Handwerksordnung
HGB	Handelsgesetzbuch
HHG	Häftlingshilfengesetz
h. M.	herrschende Meinung
HRG	Hochschulrahmengesetz
i. d. F.	in der Fassung
IfSG	Gesetz zur Verhütung und Bekämpfung von Infektionskrankheiten beim Menschen
i. d. R.	in der Regel
ILO	Internationale Arbeitsorganisation
insbes.	insbesondere
InsO	Insolvenzordnung
IRG	Gesetz über die internationale Rechtshilfe in Strafsachen
i. S.	im Sinne
i. S. d.	im Sinne des
i. V. m.	in Verbindung mit
i. w. S.	im weiteren Sinne
Jahrh.	Jahrhundert
JArbSchG	Jugendarbeitsschutzgesetz
JAGG	Jugendgerichtsgesetz
JÖSchG	Gesetz zum Schutze der Jugend in der Öffentlichkeit
JZ	Juristenzeitung
kath.	katholisch(e, en)
KÄV	Kassenärztliche Vereinigung
KDVG	Kriegsdienstverweigerungsgesetz
kfz.	Kraftfahrzeug
KG	Kommanditgesellschaft
KGaA	Kommanditgesellschaft auf Aktien
KKÜNOG	Gesetz zu Übergangsregelungen zur Neuorganisation der vertragsärztlichen Selbstverwaltung und Organisation der Krankenkassen
KPD	Kommunistische Partei Deutschlands

KSchG	Kündigungsschutzgesetz
KStG	Körperschaftsteuergesetz
KSVG	Künstlersozialversicherungsgesetz
KVLG	Gesetz über die Krankenversicherung der Landwirte
KVStG	Kapitalverkehrsteuergesetz
KWG	Gesetz über das Kreditwesen
KrWaffG	Kriegswaffenkontrollgesetz
LA(G)	Lastenausgleich(gesetz)
LAG	Landesarbeitsgesetz
lat.	lateinisch
LDP	Liberal-Demokratische Partei
LG	Landgericht
LohnFG	Lohnfortzahlungsgesetz
LuftSiG	Luftsicherheitsgesetz
LuftVG	Luftverkehrsgesetz
LVG	Landesverwaltungsgesetz
LZB	Landeszentralbank
m. spät. Änd.	mit späterer Änderung
max.	maximal
MABl.	Ministerialamtsblatt
MdE	Minderung der Erwerbsfähigkeit
MDR	Monatsschrift für deutsches Recht
Min.	Minister(ium)
Mio.	Millionen
MitbestG	Mitbestimmungsgesetz
MR(G)	Militärregierung(sgesetz)
Mrd.	Milliarden)
MSchG	Mieterschutzgesetz
MuSchG	Mutterschutzgesetz
NachwG	Nachweisgesetz
NATO	Nort Atlantic Treaty Organization, Atlantikpakt-Organisation
nat.-soz.	national-sozialistisch (e, en, er, es)
nds.	niedersächsische(e, es)
n. F.	neue Fassung
NJW	Neue Juristische Wochenschrift
NPD	Nationaldemokratische Partei Deutschlands
Nr.	Nummer
NRW	Nordrhein-Westfalen
NVwZ	Neue Zeitschrift für Verwaltungsrecht
NZA	Neue Zeitschrift für Arbeitsrecht
OBG	Ordnungsbehördengesetz des Landes Nordrhein-Westfalen
OEEC	Organization for European Economic Cooperation, Organisation für Europäische wirtschaftliche Zusammenarbeit (Marshallplan)

Abkürzungen

OEG	Opferentschädigungsgesetz
OFD	Oberfinanzdirektion
oHG	offene Handelsgesellschaft
OLAF	Office Européen de Lutte Anti-Fraude
OLG	Oberlandesgericht
OSZE	Organisation für Sicherheit und Zusammenarbeit in Europa
OVG	Oberverwaltungsgericht
OWiG	Gesetz über Ordnungswidrigkeiten
PartG	Partnergesetz
PBefG	Personenbeförderungsgesetz
pol	polizeilich(e, er, es)
PrPVG	Preußisches Polizeiverwaltungsgesetz
PflVG	Pflichtversicherungsgesetz
RA	Rechtsanwalt
RArbBl.	Reichsarbeitsblatt
Reg.	Regierung
RGBl.	Reichsgesetzblatt (ab 1922 Teil I, II) Seite ...
RGes.	Reichsgesetz
RGSt, RGZ	Entscheidung des Reichsgerichts in Strafsachen bzw. Zivilsachen
Rh.Pf.	Rheinland-Pfalz
RiStBV	Richtlinie für das Strafverfahren und Bußgeldverfahren
RKG	Reichsknappschaftsgesetz
RL	Richtlinie
ROG	Raumordnungsgesetz
Rspr.	Rechtsprechung
RuSTAG	Reichs- und Staatsangehörigkeitsgesetz
RVerf. 1871	Reichsverfassung vom 16. 4. 1871
RVG	Rechtsanwaltsvergütungsgesetz
RVO	Reichsversicherungsordnung
S.	Seite
s.	siehe
Sartorius	Sartorius, Bd. I Verfassungs- und Verwaltungsgesetze der Bundesrepublik Deutschland (Textausgabe)
SBZ	Sowjetische Besatzungszone (Deutschland)
SchlH	Schleswig-Holstein
Schönfelder	Schönfelder, Deutsche Gesetze (Textausgabe)
SeeAufgG	Gesetz über die Aufgaben des Bundes auf dem Gebiet der Schifffahrt
SeemG	Seemannsgesetz
SED	Sozialistische Einheitspartei Deutschlands
SGB (I, V, X)	Sozialgesetzbuch (I, V, X)
SGG	Sozialgerichtsgesetz
sog.	sogenannt(e, er, es)

SOG	Sicherheits- und Ordnungsgesetz
sowj.	sowjetisch(e, er, es)
SowjZ	Sowjetische Besatzungszone
SPD	Sozialdemokratische Partei Deutschlands
SprAuG	Sprecherausschussgesetz
StA	Staatsanwalt(schaft)
StAG	Staatsangehörigkeitsgesetz
StGB	Strafgesetzbuch
StPO	Strafprozessordnung
str.	strittig
StVG	Straßenverkehrsgesetz
StVO	Straßenverkehrs-Ordnung
StVollzG	Strafvollzugsgesetz
StVZO	Straßenverkehrs-Zulassungs-Ordnung
SÜG	Sicherheitsüberprüfungsgesetz
TBS	Tuberkulose
TierSG	Tierseuchengesetz
TPG	Gesetz über die Spende, Entnahme und Übertragung von Organen (Transplantationsgesetz)
TVG	Tarifvertragsgesetz
TzBfG	Teilzeit- und Befristungsgesetz
u.a.	unter anderem
u.a.m.	und anderes mehr
UNESCO	UNO-Organisation für Erziehung, Wissenschaft und Kultur
UNO	United Nations Organization, Vereinte Nationen
USA	United States of America, Vereinigte Staaten von Amerika
UStG	Umsatzsteuergesetz
usw.	und so weiter
u. U.	unter Umständen
uZwG	Gesetz über den unmittelbaren Zwang bei Ausübung öffentlicher Gewalt durch Vollzugsbeamte des Bundes
VA	Verwaltungsakt
VereinsG	Vereinsgesetz
Verf.	Verfassung
VerkBl.	Verkehrsblatt
VermBG	Vermögensbildungsgesetz
VersammlG	Versammlungsgesetz
Verw.	Verwaltung
VGH	Verwaltungsgerichtshof
vgl.	vergleiche
VO	Verordnung
VStG	Vermögensteuergesetz
VVG	Versicherungsvertragsgesetz
VwGO	Verwaltungsgerichtsordnung
VwVfG	Verwaltungsverfahrensgesetz

Abkürzungen

VwVG .... Verwaltungsvollstreckungsgesetz
VwZG .... Verwaltungszustellungsgesetz

WehrPflG .... Wehrpflichtgesetz
WEU .... Westeuropäische Union
WHG .... Wasserhaushaltsgesetz
WiStG .... Wirtschaftsstrafgesetz
WStG .... Wehrstrafgesetz
WStrG .... Bundeswasserstraßengesetz
WVerf. .... Weimarer Verfassung des Deutschen Reiches vom 11. 8. 1919

z. B. .... zum Beispiel
ZPO .... Zivilprozessordnung
zul. .... zuletzt
z. Z. .... zurzeit

1. Teil
Staatsrecht, Europäische Union, Völkerrecht, Internationales

I. Allgemeines

1 | Der Staat

Der Staat (lat. status = Zustand) ist die politische Einheit einer Gemeinschaft von Menschen **(Staatsvolk)**, die in einem bestimmten Gebiet **(Staatsgebiet)** unter einer obersten Gewalt **(Staatsgewalt)** organisiert sind (Die Drei-Elemente-Lehre).

Z.Z. bestehen 193 selbstständige Staaten (Stand: August 2006), die allgemein anerkannt sind. Bestimmte Gebiete sind nur von einer Minderheit als Staaten anerkannt (z. B. Nordzypern, Taiwan, Westsahara).
Über die Rechtfertigung des Staates ➢ s. Nr. 3.

a) Das Staatsgebiet

ist der Bereich der staatlichen Herrschaft (Gebietshoheit). Es braucht nicht einheitlich zusammenzuhängen. Auch Exklaven, d. h. von fremdem Staatsgebiet umschlossene Gebietsteile, gehören dazu. Vom einschließenden Gebiet her gesehen spricht man von Enklaven. An der Meeresküste reicht das Staatsgebiet 3 Seemeilen in das Meer (Dreimeilenzone). Manche, insbesondere nordische Staaten beanspruchen 4, andere 6 (Italien) oder 12 (VR China), Island und einzelne südamerikanische Staaten sogar bis 200 Seemeilen; über die in der Seerechtskonvention vorgesehene Regelung ➢ Nr. 56 a). Das Staatsgebiet erstreckt sich auch auf den Luftraum (Lufthoheit) ➢ s. auch Nr. 56 b). Auch die aus handelspolitischen Gründen gebildeten Freihäfen in Seehandelsplätzen rechnen zum Staatsgebiet.

b) Das Staatsvolk

ist die Gesamtheit der Staatsangehörigen. Es kann national gemischt sein (sog. Nationalitätenstaat; z. B. Schweiz). **Nation** ist ein Volk, das nach Abstammung, Sprache und Kultur eine Gemeinschaft bildet. Liegen diese Voraussetzungen vor, fallen also Staatsvolk und Nation zusammen, so spricht man von einem Nationalstaat (z. B. Deutschland, Schweden). Soweit in einem solchen ein kleinerer Teil des Staatsvolkes einer anderen Kulturgemeinschaft angehört, ist eine nationale Minderheit gegeben (z. B. Dänen in Schleswig-Holstein, Südtiroler in Italien).

Die geschichtliche Entwicklung hat in einigen Fällen zur Teilung einzelner Nationen in zwei Staaten geführt (z. B. VR China und Taiwan, Nord- und Südkorea, bis 1976 Nord- und Südvietnam).

c) Die Staatsgewalt

Ein Staat muss über die Macht verfügen, seine Anordnungen durchzusetzen. Diese Staatsgewalt geht in demokratischen Staaten vom Volke aus (vgl. z. B. Art. 20 Abs. 2 GG), wird aber von ihm i. d. R. nicht unmittelbar ausgeübt ➢ Nr. 4 b). Sie organisiert sich durch eine **Verfassung** ➢ vgl. Nr. 7, welche die Staatsgewalt verschiedenen Organen anvertraut (Gewaltentrennung und -balancierung, ➢ vgl. Nr. 8). Sie besteht kraft eigenen Rechts, und jede andere Gewalt im Staat ist von ihr abgeleitet (z. B. Anstalten und Selbstverwaltungskörperschaften, ➢ vgl. Nr. 145). Man spricht hinsichtlich der Staatsgewalt auch von (innerer) **Souveränität**. Diese umfasst die Befugnis, im Staatsgebiet das Recht selbst zu ordnen, die Regierungsform zu bestimmen und Eingriffe abzuwehren. Hiervon zu unterscheiden ist die äußere Souveränität, d. h. die Unabhängigkeit der Staatsgewalt von fremder Gewalt und die Fähigkeit des Staates, völkerrechtliche Verträge abzuschließen. Beim **Bundesstaat** hat der Bund als Gesamtstaat die Souveränität nach beiden Richtungen, während die Gliedstaaten zwar eigene Staatlichkeit, nicht aber volle Souveränität (auch nach außen) besitzen.

Der Begriff der Souveränität hat an Bedeutung verloren, nachdem zahlreiche Staaten ihre Hoheitsgewalt zugunsten überstaatlicher Organisationen (UNO, EU, NATO usw.) auf politischem, wirtschaftlichem oder militärischem Gebiet selbst eingeschränkt haben, ➢ Nr. 6 a).

Die Drei-Elemente-Lehre

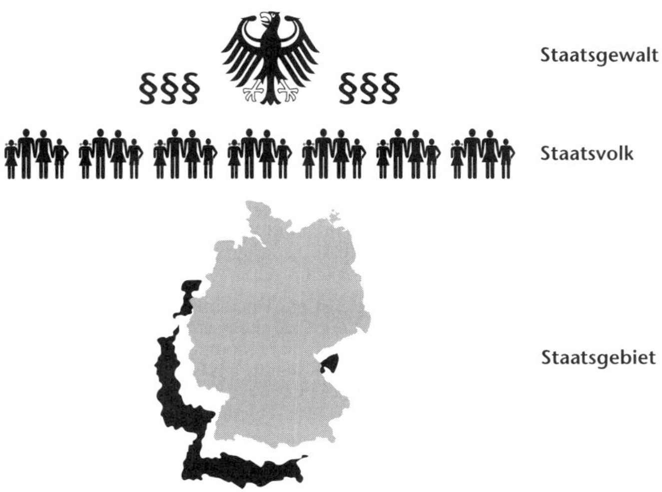

2 | Staatsangehörigkeit

a) Allgemeines

Die Staatsangehörigkeit wird i. d. R. entweder nach dem Abstammungsgrundsatz (**ius sanguinis**, Blutsrecht) durch die Staatsangehörigkeit der Eltern oder nach dem Territorialitätsgrundsatz (**ius soli**, Bodenrecht) durch den Ort der Geburt bestimmt. Das deutsche Staatsrecht folgt im Grundsatz dem Abstammungssystem, nach welchem die Staatsangehörigkeit der Eltern für die der Kinder maßgebend ist.

Mit Erwerb der Staatsangehörigkeit gehört der Erwerber (**Staatsbürger**) zum Schutzverband des Heimatstaates. Aus der Staatsangehörigkeit ergeben sich Rechte (z. B. Wahlrecht, Zulassung zu öffentlichen Ämtern) und Pflichten (z. B. Treue und Gehorsam gegen Verfassung und Gesetze, Schul-, Steuer- und Wehrpflicht). Der Staatsbürger unterscheidet sich (völkerrechtlich) vom **Ausländer** und dem Staatenlosen, der keinem Staat angehört.

Die Unionsbürgerschaft nach Art. 17 EGV ist nicht eine spezielle Staatsbürgerschaft der Europäischen Union, sondern eine durch die Staatsangehörigkeit eines der EU-Staaten vermittelte Rechtsstellung, die die allgemeine Freizügigkeit in der EU gewährleistet (Art. 18 EGV) und den Zugang zur politischen Willensbildung (Kommunalwahlen und Wahlen zum Europäischen Parlament) europaweit eröffnet (Art. 19 EGV).

Im Kaiserreich und in der Weimarer Republik gab es i. d. R. nur eine (bayerische, preußische usw.) Landeszugehörigkeit. Sie begründete gleichzeitig die mittelbare Reichsangehörigkeit. Durch das Gesetz über den Neuaufbau des Reichs vom 30. 1. 1934 (RGBl. I 75) und die VO vom 5. 2. 1934 (RGBl. I 85) wurde die Landesstaatsangehörigkeit abgeschafft und eine unmittelbare deutsche (Reichs-)-Staatsangehörigkeit eingeführt. Das Grundgesetz überlässt es den Ländern, eine eigene Landesangehörigkeit in ausschließlicher Landesgesetzgebungskompetenz einzuführen (Art. 70 Abs. 1 GG). Bislang hat davon aber kein Land Gebrauch gemacht. Dagegen untersteht die „Staatsangehörigkeit im Bunde" der ausschließlichen Gesetzgebung des Bundes (Art. 73 Nr. 2 GG). Sie darf nicht entzogen werden; Art. 16 Abs. 1 GG bestimmt, dass ihr Verlust nur auf Grund eines Gesetzes und gegen den Willen des Betroffenen nur dann eintreten kann, wenn er dadurch nicht staatenlos wird; dadurch ist der deutschen Staatsangehörigkeit grundrechtlicher Schutz gewährt. Über den Begriff der deutschen Staatsangehörigkeit hinausgehend kennt das GG noch den Begriff des **Deutschen** (Art. 116 Abs. 1), der Flüchtlinge und Vertriebene deutscher Volkszugehörigkeit umfasst, soweit sie im Gebiet des Deutschen Reiches nach dem Stand vom 31. 12. 1937 Aufnahme gefunden haben (vgl. auch BVFG, das Hilfen bei er Eingliederung Vertriebener und Spätaussiedler deutscher Volkszugehörigkeit regelt).

Zur Verminderung der Staatenlosigkeit ist ein Übereinkommen vom 30. 8. 1961 (BGBl. 1977 II 597) getroffen worden. Auf Grund dessen gewährt das Gesetz vom 29. 6. 1977 (BGBl. I 1101) einen Anspruch auf Einbürgerung für Staatenlose, die im Inland geboren und sei 5 Jahren rechtmäßig ansässig sind, wenn sie nicht erheblich bestraft sind und vor Vollendung des 21. Lebensjahres die Einbürgerung beantragen.

Nicht ausgeschlossen ist eine **doppelte Staatsangehörigkeit** (vgl. auch § 29 StAG), z. B. wenn vor Erwerb einer ausländischen Staatsangehörigkeit die Genehmigung des Heimatstaates zur Beibehaltung der bisherigen eingeholt wird.

b) Erwerb und Verlust der deutschen Staatsangehörigkeit

richten sich nach dem Reichs- und Staatsangehörigkeitsgesetz vom 22. 7. 1913 (RGBl. 583), seit 1999 (BGBl. I 1618) Staatsangehörigkeitsgesetz (StAG).

aa) Danach wird die deutsche **Staatsangehörigkeit erworben**

- durch Geburt;
- durch Annahme als Kind (Adoption);
- durch Ausstellung einer entsprechenden Bescheinigung des BVFG;
- durch den Staatsakt der Einbürgerung (Naturalisation). Diese soll dem Ehegatten/Lebenspartner eines (einer) Deutschen bei Vorliegen der sonstigen Voraussetzungen (Niederlassung, Unbescholtenheit, Erwerbsfähigkeit usw.) gewährt werden, wenn er seine bisherige Staatsangehörigkeit verliert oder aufgibt, seine Einordnung in die deutschen Lebensverhältnisse gewährleistet ist und erhebliche Belange der BRep. nicht entgegenstehen. Sie muss einem nichtehelichen Kind eines Deutschen gewährt werden, wenn die Vaterschaft rechtswirksam festgestellt und wenn es seit 3 Jahren im Inland ansässig ist und den Antrag vor Vollendung des 23. Lebensjahres stellt.

Dagegen ist entsprechend dem internationalen Übereinkommen vom 20. 2. 1957 (BGBl. 1973 II 1250) die Staatsangehörigkeit der Ehefrau von der des Mannes unabhängig, wird insbes. nicht wie früher kraft Gesetzes durch Eheschließung mit einem Ausländer verändert.

Durch das Gesetz zur Reform des Staatsangehörigkeitsrechts vom 15. 7. 1999 (BGBl. I 1618) wurde der **Erwerb der deutschen Staatsangehörigkeit für Ausländer** erheblich erweitert. So erwirbt ein in der BRep. geborenes Kind ausländischer Eltern die deutsche Staatsangehörigkeit dann, wenn sich ein Elternteil rechtmäßig seit acht Jahren im Inland aufhält und eine Aufenthaltsberechtigung oder bereits seit mindestens drei Jahren eine unbefristete Aufenthaltserlaubnis besitzt (§ 4 Abs. 3 StAG; Optionsmodell).

Ausländische Kinder, die am 1. 1. 2000 rechtmäßig ihren gewöhnlichen Aufenthalt in der BRep. haben und das 10. Lebensjahr noch nicht vollendet haben, können ebenfalls auf Antrag eingebürgert werden. Diese Kinder behalten zunächst auch die von ihren Eltern abgeleitete ausländische Staatsangehörigkeit, sie müssen sich allerdings nach Erreichen der Volljährigkeit erklären, ob sie die deutsche oder die ausländische Staatsangehörigkeit behalten wollen. Wenn sie sich für den Beibehalt der deutschen Staatsangehörigkeit entscheiden, sind sie verpflichtet, Aufgabe oder Verlust der ausländischen Staatsangehörigkeit nachzuweisen. Entscheiden sie sich für die ausländische Staatsangehörigkeit, so geht die deutsche Staatsangehörigkeit mit dem Zugang der Erklärung bei der zuständigen Behörde verloren. Die deutsche Staatsangehörigkeit geht ferner verloren, wenn bis zur Vollendung des 23. Lebensjahres keine entsprechende Erklärung abgegeben wird (§ 29 StAG).

Zudem können Ausländer, die seit acht Jahren rechtmäßig ihren gewöhnlichen Aufenthalt im Inland haben, auf Antrag eingebürgert werden, wenn sie sich zur freiheitlichen demokratischen Grundordnung des GG für die BRep. bekennen, über ausreichende Kenntnis der deutschen Sprache verfügen, eine Aufenthaltserlaubnis oder eine Aufenthaltsberechtigung besitzen, den Lebensunterhalt für sich und ihre unterhaltsberechtigten Familienangehörigen ohne in Anspruchnahme von Sozialleistungen bestreiten können, ihre bisherige Staatsangehörigkeit aufgeben oder verlieren und nicht wegen einer Straftat verurteilt worden sind. Ehegatten und minderjährige Kinder dieser Ausländer können mit eingebürgert werden, auch wenn sie sich noch nicht acht Jahre im Inland aufhalten. Wenn der Ausländer seine bisherige Staatsangehörigkeit nicht oder nur unter besonders schwierigen Bedingungen aufgeben kann, kann davon abgesehen werden, dies zur Voraussetzung der Einbürgerung zu machen. Die Frist für die Einbürgerung ist auf sieben Jahre verkürzt, wenn der Ausländer erfolgreich an einem Integrationskurs teilnimmt.

bb) Die deutsche **Staatsangehörigkeit geht verloren**

- auf Antrag durch Entlassung, die Amtsträgern und Soldaten während Bestehens des Dienst(Amts)verhältnisses sowie grundsätzlich Wehrpflichtigen zu versagen ist;
- i. d. R. bei Erwerb einer ausländischen Staatsangehörigkeit;
- durch (schriftlichen) Verzicht im Falle mehrfacher Staatsangehörigkeit. Er bedarf der Genehmigung der Entlassungsbehörde, die sie aus bestimmten Gründen (z. B. Wehrpflicht) versagen kann;
- durch Annahme als Kind (Adoption) durch einen Ausländer, falls der Angenommene dadurch dessen Staatsangehörigkeit erwirbt,
- durch freiwilligen Wehrdienst in fremden Streitkräften ohne Berechtigung (§ 28 StAG).

3 | Staatsauffassungen

Philosophie und Rechtslehre haben sich mit den Fragen beschäftigt, wie der Staat zu rechtfertigen ist, welche Aufgaben er zu erfüllen und welchem Ziel er zuzustreben hat. Darüber bildeten sich verschiedene Theorien, deren wichtigste sind:

a) Die ethische oder Sittlichkeitstheorie

Die griechischen Philosophen *Plato* (427–347 v. Chr.) und *Aristoteles* (384–322 v. Chr.) sahen die Aufgabe des Staates darin, das Zusammenleben der Menschen in einer Gemeinschaft bestmöglich zu ordnen. Jeder Bürger soll die Funktion, die ihn nach seinen Anlagen zu den höchsten Leistungen befähigt, arbeitsteilig in einer von drei Gruppen ausüben: Erwerbstätige, Krieger und Intellektuelle, denen die Staatslenkung zukommt. Die Herrschaft kann in der Hand eines einzelnen (des „Besten") oder mehrerer oder des gesamten Volkes liegen.

Thomas von Aquin (1225–1274) weist dem Staat die Aufgabe zu, die widerstreitenden individuellen Interessen auszugleichen und dem Gemeinwohl unterzuordnen. Der deutsche Philosoph *G. W. F. Hegel* (1770–1831) sah im Staat eine nach sittlichen und rechtlichen Prinzipien geordnete Gemeinschaft. Den Ausgleich widerstreitender Prinzipien fand er auf Grund des dialektischen Schemas „These – Antithese – Synthese", das später *Karl Marx* als Grundlage für den Gedanken des dialektischen Materialismus diente ➤ s. unten g).

b) Die Lehre vom christlichen Staat

sah den Zweck des Staates darin, die Herrschaft Gottes auf Erden zu errichten. Das Idealbild entwarf *Augustinus* (354–430) in seiner „Civitas Dei"; in seinem „Gottesstaat" herrscht die gottgegebene Ordnung und damit die geistliche über die weltliche Macht. Darin liegt der Grundgedanke der auch von *Th. v. Aquin* vertretenen mittelalterlichen Zweischwerterlehre des Sachsenspiegels.

Während der Sachsenspiegel (1230) darlegt, dass Gott zwei Schwerter an Kaiser und Papst als gleichberechtigte Mächte verliehen habe, führt der 1270 erschienene Schwabenspiegel aus, dass Gott beide Schwerter der Kirche gegeben habe und dass diese das weltliche Schwert auf Widerruf an den Kaiser weitergebe. Hieraus erklären sich die mittelalterlichen Auseinandersetzungen zwischen Papst und Kaiser ➢ Nr. 12.

c) Die Machttheorie

entwickelt von dem florentinischen Staatsmann *Machiavelli* (1469–1527; bekanntestes Werk „il principe" = der Fürst) in seiner Lehre von der **Staatsraison**, sah die Herrschaft eines Einzelnen oder einer Gruppe über die anderen als natur- oder gottgegeben an. Die Ausübung der Macht dient letztlich dem Wohl der Gesamtheit; hinter dieser Zielsetzung tritt die Abwägung von Recht und Unrecht zurück.

Da der Besitz der Macht zum Missbrauch führen kann, bergen unkontrollierte Staatsformen (wie absolute Monarchie, Diktatur, Einparteienstaat) besondere Gefahren in sich. Der **Faschismus** übersteigerte die organische Staatstheorie und erblickte im faschistischen Staat die Verwirklichung einer moralischen, politischen und wirtschaftlichen Einheit. Zu einem Machtmissbrauch können auch andere auf der Herrschaft einer Gruppe, Partei oder Klasse beruhende Staatssysteme führen, so die extremen Formen **marxistischer Staatsauffassungen** (Klassenherrschaft in der Form der Diktatur der Arbeiterklasse; ➢ s. unten Nr. g).

d) Theorie des Wohlfahrtsstaats

Andere Auffassungen stellten die Sorge für die Wohlfahrt des Einzelnen und der Allgemeinheit als Pflicht des Staates in den Vordergrund.

Vertreter dieser Theorie waren insbesondere *Christian Wolff* (1679–1754) und *Joh. Heinr. Justi,* der von einem weiteren Begriff der Polizei als der das gesamte öffentliche Leben regelnden Staatsmacht ausging und in der allgemeinen Wohlfahrt das vornehmliche Ziel des **Polizeistaates** sah. Ihren Gedanken folgten die Herrscher des aufgeklärten Absolutismus, ➢vgl. Nr. 4 a), so *Friedrich d. Gr.* und der Habsburgerkaiser *Joseph II.*

e) Die Rechtstheorien

erklären die Entstehung des Staates aus Rechtsverhältnissen.

- Die patriarchalische Theorie nimmt an, der Staat sei aus der Familie als seiner Urzelle entstanden. Nach ihr ist der Herrscher der Landesvater, Brüderlichkeit ist oberstes Gesetz.
- Die patrimoniale Theorie geht auf die privatrechtliche Eigentumslehre zurück. Nach ihr hat sich der Staat als Gebietsherrschaft entwickelt; wem der Grund und Boden gehört, der beherrscht den Staat. So ergab sich die Landeshoheit im alten Deutschen Reich im Anschluss an die patrimoniale Theorie.
- Die Vertragstheorien rechtfertigen den Staat als eine vertragsmäßige Gründung. Man erklärt den ältesten Staatszustand als auf einem Urvertrag beruhend ➢ s. auch Nr. 5 a) aa).

f) Die relativen Staatstheorien

lehnen einen absoluten, für alle Zeiten gültigen Staatszweck ab. Sie wollen den Zweck den jeweiligen Bedürfnissen des Staates unter Berücksichtigung der weltanschaulichen oder politischen Einstellung anpassen.

Die Theorie vom liberalen Rechtsstaat beschränkte den Staatszweck darauf, die innere und äußere Sicherheit der Staatsbürger zu gewährleisten. Aus dem liberalen

Rechtsstaat entwickelte sich im 19. Jahrhundert der Verfassungsstaat, in dem die staatlichen Organe an Verfassung und Gesetz gebunden und auch Verwaltungsakte einer gerichtlichen Überprüfung unterworfen wurden. Im Zuge der Entwicklung traten als weitere Staatszwecke hinzu: die Überwindung religiöser und sozialer Gegensätze, die Förderung von Gemeinschaftsinteressen, von Kultur und Wissenschaft. Nach neuerer Auffassung soll der Staat die materielle Gerechtigkeit im Rahmen einer freiheitlichen Rechtsordnung so weit wie möglich verwirklichen und für die sozialgerechte Gestaltung der Lebensverhältnisse des Volkes sorgen; er soll insbesondere den Bürgern Hilfe gewähren, die nicht in der Lage sind, sich aus eigener Kraft die materielle Grundlage für ein menschenwürdiges Leben zu schaffen (Rechts- und Sozialstaat).

g) Sozialistische Staatsauffassungen

sehen den bestimmenden Staatszweck in der Förderung der gemeinsamen Interessen der Gesellschaft, also im kollektiven Wohl und nicht in der Wahrung der Rechte des einzelnen.

Dies ist die Zielrichtung der marxistisch-sozialistischen Staatsauffassung, die auf die Theorien von *Ferdinand Lassalle* (1825–1864), *Karl Marx* (1818–1883) und *Friedrich Engels* (1820–1895) zurückgeht und die von *Wladimir I. Lenin* (1870–1924) ausgebaut wurde. Grundlage der marxistisch-leninistischen Staatslehre ist die materialistische Geschichtsauffassung, wonach die Verfassungsordnung ebenso wie alle anderen Kulturerscheinungen (Politik, Rechtsprechung usw.) durch die ökonomischen Gegebenheiten bestimmt wird.

Hieraus entwickelten sozialistische Staatstheoretiker das System des „dialektischen Materialismus“, der nach allgemeinen Entwicklungsgesetzen in der Materie die Grundlage auch geistiger Bewegungen und Entwicklungen sieht (im Gegensatz zum „Idealismus“). Die jeder Materie innewohnende Eigenschaft der Bewegung erzeugt einen fortschreitenden Prozess, der von quantitativen zu qualitativen Veränderungen führt. Die Entwicklung wird dabei beeinflusst von den allen Materien immanenten positiven und negativen Kräften, also von Widersprüchen in Form der Auseinandersetzung zwischen gegensätzlichen Tendenzen. Vom Ausgangspunkt der These gelangt die Entwicklung über die Antithese schließlich zur Synthese.

Ein wichtiger Anwendungsbereich des dialektischen Materialismus ist der „historische Materialismus“. Infolge der inneren Widersprüche der Materie, die im besonderen der Wirtschaft anhaften, verläuft nach der Auffassung von *Marx* und *Lenin* die historische Entwicklung, entsprechend der Veränderung der Produktivkräfte und Produktionsverhältnisse, konsequent in Stufen von der Urgemeinschaft über die Sklaverei, den Feudalismus und den Kapitalismus zum Sozialismus. Jede dieser Stufen ist bestimmt vom Entwicklungsstand der Produktionsmittel: bei der Urgemeinschaft primitive Werkzeuge, in den folgenden Gesellschaftsordnungen verbessert und sich steigernd über Metallwerkzeuge, Ackergeräte und Webstuhl bis zu den maschinenbetriebenen Fabriken im Zeitalter des Kapitalismus und den großen mechanisierten Industrien der sozialistischen Wirtschaftsordnung.

Mit dem Aufkommen des Privateigentums ist nach dieser Lehre der Gegensatz zwischen Besitzenden und Nichtbesitzenden entstanden. Mit der ökonomischen Entwicklung verändert sich die Ebene der Klassenkämpfe: sie spielen sich zunächst zwischen Freien und Sklaven, später zwischen Patriziern und Plebejern, im Mittelalter zwischen Feudalen und Leibeigenen ab und münden schließlich in den Gegensatz von Kapitalisten- und Arbeiterklasse (Bourgeoisie und Proletariat). Die Überwindung der Klassengegensätze wird durch Schaffung der „klassenlosen Gesellschaft“ angestrebt, in der die Diktatur des Proletariats alle politische Macht in sich vereinigt, die Produktion in den Händen der „assoziierten Individuen“

konzentriert ist und Klassengegensätze und Klassenherrschaft beseitigt sind. Das wirtschaftliche Ziel ist eine kollektive, zentralistisch gelenkte Produktionsordnung. Die ursprüngliche Theorie, der Staat sei nach Erreichen dieser Ziele als Herrschaftsinstrument entbehrlich, ist zwar auch angesichts der Planungs- und Lenkungsaufgaben namentlich der kommunistischen Staaten nicht aufgegeben; sie wird aber dahin modifiziert, dass der jeweilige Staat der Übergangszeit als Hilfsagentur der Gesellschaft ohne Herrschaftscharakter interpretiert wird, die der Gesellschaft bei der Befriedigung ihrer Bedürfnisse dient.

h) Staatsutopien

Nur kulturgeschichtliche Bedeutung kommt den utopischen Staatstheorien zu, die Bilder von nicht bestehenden, aber anzustrebenden Idealstaaten entwarfen.

Der englische Staatsmann *Thomas Morus* (1478–1535) schuf in seinem Phantasieroman *Utopia* das Idealbild eines kommunistischen Agrarstaates mit kolchosenähnlichem Aufbau, Gleichheit aller Bürger in Arbeitsleistung und Konsum, Sechsstundenarbeitstag. An ihn knüpften an der „Sonnenstaat" des Italieners *Campanella* (1568–1639) und die „Atlantis" des englischen Philosophen *Bacon of Verulam* (1561–1626). Der deutsche Philosoph *Joh. Gottlieb Fichte* (1762–1814) entwickelte einen Vorläufer planwirtschaftlicher Systeme in seinem „geschlossenen Handelsstaat", in dem für Jedermann das Arbeitsgebiet und dessen Grenzen innerhalb der Gruppen der Urproduzenten, Verteiler und Händler bestimmt werden.

i) Anarchismus, Syndikalismus

Im Gegensatz zu den unterschiedlichen, aber von der Notwendigkeit eines geordneten Staatswesens ausgehenden Staatsauffassungen bekämpft der Anarchismus jegliche staatliche Ordnung. Anarchisten verfolgen ein negatives Ziel, weil die von ihnen angestrebte Anarchie (griech. Herrschaftslosigkeit) in der Freiheit von jeglicher Bindung an Gesetz und staatliche Ordnung besteht; das Leben in der Gemeinschaft soll sich nicht im Rahmen rechtlicher Regeln abspielen, sondern vom freien Willen der Mitglieder bestimmt werden. Eine anarchistische Komponente findet sich im Syndikalismus; er hat mit dem extremen Sozialismus das Ziel der Vergesellschaftung aller Produktionsmittel, deren Verwaltung sog. Arbeitersyndikaten zustehen soll, und mit dem Anarchismus das Streben nach Befreiung von jedem staatlichen Zwang gemein.

Die geistigen Grundlagen des europäischen Anarchismus gehen auf den Engländer *W. Godwin* (1756–1836) zurück; sie wurden in Frankreich von *P. J. Proudhon* (1809–1865), in Russland von *M. A. Bakunin* (1814–1876) und in Deutschland in der Form eines übersteigerten Individualismus von *Max Stirner* (1806–1856) weiterentwickelt. Die Theorien des Syndikalismus verbreiteten sich in Anlehnung an die Gedankengänge von *Proudhon* und *Bakunin* besonders in Frankreich, Italien und Spanien. Die extremen Formen beider Richtungen verbanden sich miteinander in einem sog. Anarcho-Syndikalismus. Der politische Anarchismus griff zur Erreichung seiner Ziele häufig zu radikalen Mitteln; im Kampf gegen die staatliche Ordnung, so besonders gegen Staatsoberhäupter im zaristischen Russland und in anderen Ländern, kam es zu schwersten Provokationen (Attentate, Bombenanschläge usw.).

Gedankengänge solcher Art haben sich weder ideell noch in der praktischen Politik durchsetzen können. Die Theorie der Freiheit von staatlichem Zwang basiert entscheidend auf der Vorstellung, durch ethische Einwirkung die Faktoren Nächstenliebe, Gemeinsinn und Vernunft zur Grundlage menschlichen Zusammenlebens zu erheben. Solche idealistischen Ziele stehen im Widerspruch zu der egoistischen Komponente in der Lebensauffassung vieler Menschen und dem individuellen Streben nach Macht und Einfluss. Diese Realitäten lassen den Verzicht auf die Einwirkung staatlicher Autorität nicht zu.

4 | Staatsformen

Das Erscheinungsbild eines Staates wird durch das kulturelle, wirtschaftliche und religiöse Leben des Volkes beeinflusst und verändert. Es zeigt sich in verschiedenartigen Staatsformen, die sich nach dem Staatsoberhaupt, dem Träger der Staatsgewalt, der Machtfülle der Herrschenden und der staatlichen Organisation unterscheiden können.

a) Monarchie und Republik

Bei der **Monarchie** (Einherrschaft) wird der Staat durch den Monarchen als das Staatsoberhaupt repräsentiert. Der Monarch (König, Kaiser, Zar, Schah) kann gewählt werden oder durch Erbfolge auf den Thron gelangen (Wahl- bzw. Erbmonarchie).

Die Erbfolge wird durch Verfassung oder Thronfolgeordnung geregelt. Die Anwartschaft setzt die Abstammung aus einem bestimmten Herrscherhaus (Dynastie) voraus. Wahlmonarchien gibt es heute – abgesehen vom Papst als souveränem Herrscher des Vatikanstaates, Malaysia und den Vereinigten Arabischen Emiraten – nicht mehr (früher das Heilige Römische Reich). An Erbmonarchien bestehen in Europa noch Großbritannien, die Niederlande, Belgien, Luxemburg, Schweden, Norwegen, Dänemark, Monaco und Liechtenstein sowie seit 1975 wieder Spanien.

Man unterscheidet die absolute, die ständische, die konstitutionelle und die parlamentarische Monarchie. Während in der absoluten (selbstherrlichen) Monarchie der Herrscher die gesamte Staatsgewalt in seinem Namen und nach seinem Gutdünken ausübte, entstand im 18. Jahrhundert nach dem Beispiel *Friedrichs d. Gr.* („Antimachiavelli") der aufgeklärte Despotismus, bei dem sich der Monarch dem Staatsnutzen unterordnete. Der Fürst war der erste Diener des Staates. Die ständische Monarchie band die Krone in wichtigen, namentlich in finanziellen Angelegenheiten und Entscheidungen an das Mitspracherecht der Stände (Adel, Geistlichkeit, Bürgertum). Ihre Blütezeit war das ausgehende Mittelalter. Die **konstitutionelle Monarchie** verpflichtet den Monarchen auf eine gewaltentrennende Verfassung, die bei Gesetzgebung und Finanzgebarung die Mitwirkung der Volksvertretung erfordert. Allerdings verbleibt das politische Schwergewicht beim Monarchen, der unabhängig von der Volksvertretung die Regierung ernennt und dem allein die Minister verantwortlich sind. Eine demokratische Abwandlung der konstitutionellen Monarchie ist die **parlamentarische Monarchie**, wie sie im 17. Jahrhundert in England entstand. Sie baut auf der Volkssouveränität auf und unterscheidet sich von der parlamentarischen Republik formell nur durch die monarchische Staatsspitze. Die Regierung ist hier dem Parlament, nicht mehr dem Monarchen verantwortlich und bedarf seines Vertrauens (so in Großbritannien, Belgien, Dänemark, Schweden, Norwegen, den Niederlanden).

Die **Republik** (Freistaat, lat. res publicae = öffentliche Angelegenheiten, Staatswesen) bildet den Gegensatz zur Monarchie. Ein direkt (unmittelbar durch das Volk) oder indirekt durch das Parlament oder durch Wahlmänner gewählter Präsident nimmt die Rechte des Staatsoberhauptes wahr (so in den USA, BRep., Frankreich). Sie können aber auch einem Gremium übertragen sein.

In der **parlamentarischen Republik** ist die Regierung vom Vertrauen des Parlaments abhängig.

b) Alleinherrschaft – Mehrherrschaft – Volksherrschaft

Diese Staatsformen bestimmen sich nach dem Träger der Staatsgewalt.

Alleinherrschaft (Monokratie) besteht außer bei der Monarchie auch bei einer Diktatur. Sie kann nicht nur von einem Monarchen (z.B. *Ludwig XIV.* von Frankreich), sondern auch von einem Diktator ausgeübt werden.

Diktatoren waren z. B. *Cromwell, Napoleon I., Mussolini, Hitler, Franco.*

Eine **Mehrherrschaft** gab es bei der Aristokratie (griech. wörtlich: Herrschaft der Besten) und bei der Oligarchie (Herrschaft einer kleinen Gruppe).

Aristokratisch waren der Senat der altrömischen Republik, die Ratsgeschlechter der altdeutschen Städte, die Nobili in Venedig. Beispiele der Mehrherrschaft sind die Räterepubliken, aber auch diverse Militärjuntas in Südamerika während des 20. Jahrhunderts oder die Herrschaft der Obristen in Griechenland von 1967–1974.

In der **Demokratie** (Volksherrschaft) steht die Staatsgewalt der Gesamtheit der Staatsbürger zu. Das Volk ist der Ursprung aller staatlichen Macht; es herrscht Volkssouveränität. Es gilt Gleichheit vor dem Gesetz und hinsichtlich der staatsbürgerlichen Rechte. Die demokratische Kontrolle wird durch das Prinzip der Gewaltenteilung gewährleistet, ➢ s. Nr. 8.

Man spricht von einer **repräsentativen** oder **mittelbaren Demokratie**, wenn das Volk durch eine Versammlung von Abgeordneten vertreten wird, im Gegensatz zu der heute seltenen **unmittelbaren Demokratie**, bei welcher die Versammlung des Volkes unmittelbar Entscheidungen trifft (z. B. in den schweizerischen Kantonen und Gemeinden).

Bei einer demokratischen Monarchie steht zwar ein Monarch an der Spitze des Staates. Er hat aber im Wesentlichen nur repräsentative Aufgaben. Träger der Staatsgewalt sind die Volksvertretung für die Gesetzgebung, die Regierung für die Verwaltung und unabhängige Richter für die Rechtsprechung (parlamentarische Monarchie, ➢ s. oben unter a).

In der demokratischen Republik obliegt die Gesetzgebung dem aus gewählten Volksvertretern bestehenden Parlament (mittelbare oder repräsentative Demokratie). Hierin besteht der Wesensgehalt der **parlamentarischen Demokratie**; sie ist gekennzeichnet durch die Trennung der drei Gewalten Gesetzgebung, vollziehende Gewalt und Rechtsprechung (vgl. Art. 20 Abs. 2 GG). Jede Gewalt kontrolliert die andere, so dass kein Organ ein Übermaß an Macht erhält; doch ist dem Parlament als dem Inhaber der gesetzgebenden Gewalt eine hervorgehobene Stellung zugewiesen. Beispiele für die parlamentarische Demokratie sind die Weimarer Republik, der französische Staat und die Bundesrepublik Deutschland. In den USA bildet die starke Stellung des Präsidenten ein Gegengewicht gegen die Vormachtstellung des Parlaments (sog. **Präsidialdemokratie**).

Die marxistische Lehre unterscheidet zwischen „bürgerlicher Demokratie" und „Volksdemokratie". Diese allein verkörpere die reale Herrschaft des Volkes, d. h.

der arbeitenden Klasse, auch im Ökonomischen. Die Funktion der bürgerlichen Demokratie dagegen sei unter dem Mantel formaler Gleichheit auf die Erhaltung des kapitalistischen Machtsystems gerichtet, das dem Proletariat die Teilhabe an den erarbeiteten Wirtschaftsgütern versage.

c) Einheitsstaat – Bundesstaat

ist eine Unterscheidung, die sich aus der staatlichen Organisation ergibt. Sie ist für die deutsche staatsrechtliche Entwicklung von besonderer Bedeutung. Während im **Einheitsstaat** die höchste Gewalt ausschließlich bei einheitlichen, für das ganze Staatsgebiet zuständigen Organen liegt (Zentralismus), ist bei einem **Bundesstaat** die Staatsgewalt zwischen Zentralstaat und Gliedstaaten geteilt.

Je nach dem Umfang, in dem die Staatsverwaltung bei zentralen Instanzen zusammengefasst ist oder eine mittelbare Staatsverwaltung ➢ s. Nrn. 72, 91, 113, 146 besteht, spricht man von einem zentralisierten oder dezentralisierten Staat.

Die Tendenz zum Einheitsstaat bezeichnet man als Unitarismus, das entgegengesetzte Streben nach Beschränkung der bundesstaatlichen Einheit durch Verselbständigung der Gliedstaaten als Föderalismus (foedus = Bündnis), in übersteigerter Form als Partikularismus und bei Loslösungsbestrebungen als Separatismus (pars = Teil, separare = trennen).

d) Absoluter – konstitutioneller Staat

Der konstitutionelle Staat bildet den Gegensatz zum absolut regierten Staat, in welchem alle Macht in einer Hand vereinigt ist und jede Willensäußerung des Herrschers Gesetzeskraft hat. Beim konstitutionellen Staat ist die Machtfülle durch eine Verfassung (Konstitution) beschränkt bzw. verteilt.

Diese Beschränkung kann inhaltlich (z. B. durch Festlegung von Grundrechten), oder organisatorisch begründet sein, so insbesondere durch die Mitwirkung von Ständen oder eines Parlaments.

e) Polizeistaat, totalitärer Staat – liberaler Staat, Rechtsstaat

Im **Polizeistaat** (Verwaltungsstaat) ist im Gegensatz zum **Rechtsstaat** der Machtbereich der Verwaltung so erweitert, dass eine starke Einmischung in das Privatleben der Untertanen möglich ist. Die Bezeichnung Polizeistaat wird wegen der darin herrschenden Unfreiheit des einzelnen heute in negativem Sinne gebraucht.

Beispiele für den Polizeistaat bieten die absolut regierten Staaten des 17. und 18. Jahrhundert.

Von einem **totalitären Staat** spricht man, wenn der Staat alle Macht und Autorität für sich beansprucht und die Einzelpersönlichkeit zurücktreten lässt.

Die Forderung nach dem totalitären (totalen) Staat wurde in neuerer Zeit von *Mussolini* aufgestellt und von *Hitler* fortentwickelt. Der totalitäre Staat pflegt den Kult der Größe, verkörpert durch einen an seiner Spitze stehenden absoluten Herrscher (Duce, Führer), der sich wie die Cäsaren im alten Rom mit einer Prätorianergarde umgibt. Sein Gewaltcharakter führt meist durch Übersteigerung der außenpolitischen Ziele seinen Untergang herbei. Neue Formen des Totalitarismus finden sich in manchen Staaten der Gegenwart, in denen eine zur Macht gelangte politische Richtung versucht, das gesamte Leben einer Gemeinschaft nach ihren

Ideen zu formen, sei es durch zeitweises Außerkraftsetzen demokratischer Grundrechte, sei es unter äußerer Aufrechterhaltung demokratischer Formen. Sie manipuliert die öffentliche Meinung durch die in ihrer Hand befindlichen Kommunikationsmittel (Presse, Hörfunk, Fernsehen), beherrscht den Staatsapparat, lenkt die Wirtschaft und durchdringt das Erziehungs-, Bildungs- und Berufsleben mit dem Anspruch auf Ausschließlichkeit des eigenen politischen Gedankenguts. Solche Formen finden sich z. B. in manchen Staaten Latein-Amerikas, Afrikas oder in einigen Nachfolgestaaten der ehem. Sowjetunion.

Im Gegensatz dazu beschränkt sich der **liberale Staat** auf die Abwehr innerer und äußerer Gefahren und räumt den Menschen- und Freiheitsrechten den Vorrang ein. Er hat seine Ausprägung im **Rechtsstaat** gefunden, dessen Staatsgewalt an die Verfassung, insbesondere an die Grundrechte des Individuums (Menschenrechte), gebunden ist. Dem staatlichen Machtbereich, in dem die Gewalten getrennt sind, sind hierdurch Schranken gesetzt. Den Rechtsstaat kennzeichnet die Bindung der Verwaltung und der Justiz an Recht und Gesetz und die Bindung der Gesetzgebung an die Verfassung. Die bedeutsamen staatlichen Handlungen, vor allem Eingriffe in die Rechtssphäre des einzelnen, müssen sich auf ein formelles Gesetz zurückführen lassen. Weitere Merkmale des Rechtsstaates sind Rechtsgleichheit und Rechtsschutz des einzelnen durch unabhängige Richter.

Die Ursprünge des Rechtsstaats liegen im germanischen Recht, im Naturrecht (d. h. dem Recht, das sich aus der menschlichen Natur ableitet und das aus der menschlichen Vernunft erkennbar ist), in der englisch-amerikanischen Geschichte (Habeas-Corpus-Akte 1679, Bill of Rights 1689), in der nordamerikanischen Verfassung und der Verfassung der französischen Nationalversammlung.

Im Justizstaat, einer Sonderform des Rechtsstaates, ist der Rechtsprechung ein Übergewicht eingeräumt. Selbst politische Entscheidungen unterliegen der Nachprüfung durch die Gerichte auf ihre Rechtmäßigkeit.

Die staatsrechtliche Entwicklung der westlichen Länder führt mehr und mehr zur Einführung des Rechts- und Sozialstaats auf der Grundlage des Mehrparteiensystems. Danach wird die politische Willensbildung im Staat durch mehrere Parteien getragen; in der BRep. hat das GG (Art. 21) diese Aufgabe der Parteien ausdrücklich anerkannt. Die Regierung wird i. d. R. von mehreren Parteien gestützt (Koalition = Zusammenschluss), oder es stellt nur eine die Regierung, während die andere(n) ihr als Opposition gegenübertreten. Das Einparteiensystem dagegen, in dem nur eine Partei zugelassen ist und als Staatspartei auftritt, räumt den dieser nicht angehörenden Staatsbürgern keine Vertretung ihrer Rechte im Parlament ein. Dieses System wird von totalitären Staaten nach der Art der früheren faschistischen und nationalsozialistischen Diktatur bevorzugt.

Die bedeutsame Rolle der Opposition im Mehrparteienstaat des parlamentarischen Systems ist z. B. in Art. 55 Abs. 2 der Verfassung von Brandenburg, Art. 40 der Verfassung von Sachsen und in Art. 24 Abs. 1 der hamburg. Verfassung landesverfassungsrechtlich anerkannt.

Auch im Mehrparteienstaat finden sich häufig politische Kräfte zusammen, die ihrer zahlenmäßig geringen Bedeutung wegen im Parlament nicht vertreten sind und daher ihre Gegnerschaft zur Regierung in Form der sog. außerparlamentarischen Opposition („APO“) zur Geltung zu bringen suchen. Sie setzen sich aus verschiedenen Gruppen unterschiedlicher politischer Richtung – meist an den Rändern des politischen Spektrums – zusammen, denen mehr der Widerspruch gegen das derzeitige Regierungs- und Wirtschaftssystem als ein bestimmtes politisches Ziel gemeinsam ist. Mangels genügender Wirkungsmöglichkeiten durch

Presse und andere Kommunikationsmittel manifestiert sich ihre Protesthaltung in Verteilung von Flugschriften, Straßendemonstrationen und drastischen Widerspruchsmethoden, mit denen die Aufmerksamkeit der Öffentlichkeit geweckt werden soll (Verkehrsstörungen u. dgl.). Ähnlicher Mittel – jedoch mit anderer, meist unpolitischer Zielsetzung – bedienen sich gelegentlich die in Einzelfragen oppositionellen Bürgerinitiativen.

5 | Entstehung und Untergang von Staaten

a) Entstehung von Staaten

Über die **Entstehung des Staates** bestehen verschiedene Anschauungen. Nach Überwindung der Lehre vom Gottesstaat und der Patrimonialtheorie (über diese und die Patriarchaltheorie ➢ vgl. Nr. 3), haben sich verschiedene Grundauffassungen herausgebildet:

aa) Die ältere Ansicht führte die Entstehung auf einen Vertrag zurück, in dem die einzelnen Individuen sich zu ihrer Sicherung und Unterstützung zusammenschließen und einer Obrigkeit unterwerfen **(Vertragstheorie).**

Hauptvertreter: *Hugo Grotius* (1583–1645), *Sam. v. Pufendorf* (1632–1694), *Jean Jacques Rousseau* (1712–1778; contrat social), *John Locke* (1632–1704). Ihre Gedanken lieferten das geistige Rüstzeug für die französische Revolution (1789) und begründeten die demokratische Auffassung von der Volkssouveränität.

bb) Gegenüber dieser verstandesmäßigen Erklärung machte die **historische Schule** geltend, dass sich der Staat aus den Verbänden der Familie, des Stammes und der Völkerschaft allmählich entwickelt habe.

Vertreter dieser Richtung waren *Johann Gottfried Herder* (1744–1803), *Friedrich Karl von Savigny* (1779–1861).

cc) Die **Machttheorie** erklärt die Macht zur wesentlichen Entstehungsursache des Staates. Sie tritt naturrechtlich auf: die Position des Stärkeren schafft Recht (so z. B. *Kallikles* in *Platons* Dialog „Gorgias"). *B. Spinoza* (1632–1677) leitet das Recht des Stärkeren daraus ab, dass dieser von Natur aus überlegen sei; alle Natur aber sei von Gott geschaffen, dem Ursprung allen Rechts.

Zu erwähnen ist noch die empirische Machttheorie, welche die tatsächlich bestehenden politischen Verhältnisse (*F. Lassalle,* 1825–1864) bzw. die Anwendung von Gewalt (*F. Oppenheimer,* 1864–1943) deskriptiv als das wesentliche Merkmal des Staates ansieht.

dd) Bezüglich der das Staatsleben tragenden und gestaltenden Kräfte legt die **materialistische Geschichtstheorie** das entscheidende Gewicht auf die wirtschaftlichen Zusammenhänge; sie meint, dass sich aus wirtschaftlichen Veränderungen auch Änderungen der Staatsverfassung ergeben müssen.

So erblickten *Karl Marx* und *Friedrich Engels* die Gründe für die Wandlung des staatlichen Lebens im Übergang vom agrarischen Feudalismus zum geldwirtschaftlichen Kapitalismus. Sie erstrebten die Beseitigung der kapitalistischen Ordnung durch das sozialistische System, das sich über eine Diktatur des Proletariats ergeben soll, ➤ s. Nr. 3 g). Demgegenüber hat schon *Max Weber* (1864–1920) geltend gemacht, dass nicht nur materialistische, sondern auch geistige Kräfte, wie z. B. religiöse, weltanschauliche oder soziale Auffassungen, die Staatsgestaltung beeinflussen (so z. B. die Theokratie *Calvins* in Genf, der Kastengeist in Indien).

Staatsgründungen gehen oft auf Vereinbarungen mehrerer beteiligter Staaten oder Mächte zurück, so z. B. 1867 die Gründung des Norddeutschen Bundes, vorbereitet durch die Augustverträge; 1871 die Gründung des Deutschen Kaiserreichs, vorbereitet durch die Novemberverträge von 1870 sowie 1945 die Errichtung deutscher Länder mit Hilfe der Besatzungsmächte.

Staaten können aber auch durch Loslösung eines Staatsteils vom Staatsganzen, einer Kolonie vom Mutterland entstehen (z. B. Trennung der Niederlande von Spanien, Belgiens von den Niederlanden, der nordamerikanischen Staaten von Großbritannien, der südamerikanischen Staaten von Spanien und Portugal, afrikanischer Staaten aus dem früheren Kolonialbesitz, die Trennung der früheren Tschechoslowakei in Tschechien und die Slowakei sowie die Staaten, die aus dem ehemaligen Jugoslawien sowie der ehem. Sowjetunion hervorgegangen sind).

b) Untergang von Staaten

Ein Staat geht unter, wenn eines oder alle Elemente, die einen Staat ausmachen (= Staatsgebiet, Staatsvolk, Staatsgewalt) ➤ s. Nr. 1, wegfallen, z. B. bei Vertreibung oder Vernichtung der Bevölkerung durch Krieg. Ferner durch Teilung eines Staates in mehrere selbstständige Teile, durch Einverleibung eines selbstständigen Staates in einen anderen, durch Auflösung eines bisher selbstständigen Staates und durch Zusammenschluss selbstständiger Staaten zu einem Einheitsstaat.

Beispiele für den Untergang von Staaten sind:

1806 Untergang des alten Deutschen Reiches nach Austritt der Rheinbundstaaten und Niederlegung der Kaiserkrone durch *Franz II.* (Auflösung)
1815 Aufteilung Polens auf dem Wiener Kongreß (Einverleibung)
1866 Erwerb von Hannover, Kurhessen, Nassau und der Freistadt Frankfurt a. M. durch Preußen
1920 Zusammenschluss der Thür. Staaten zum Land Thüringen
1990 Beitritt der DDR zur BRep.

6 | Staatenverbindungen

Staatsverbindungen sind Vereinigungen von Staaten auf völkerrechtlicher, staatsrechtlicher oder gemischt staatsrechtlich/völkerrechtlicher Grundlage.

Aus einer Verbindung von Staaten kann sich ergeben:

a) Ein Staatenbündnis oder eine internationale Organisation

Beide beruhen auf einem völkerrechtlichen Vertragsverhältnis zwischen zwei oder mehr Staaten. Diese werden im ersten Falle in ihrer staatlichen Herrschaft und Entscheidung über innerstaatliche Angelegenheiten nicht beeinträchtigt. Im zweiten Falle kann eine Abtretung staatlicher Befugnisse an die Organisation vorliegen.

Solche Vereinbarungen schließen die Staaten in zunehmendem Maße auf politischem, wirtschaftlichem oder militärischem Gebiet ab. Je stärker die Integration der Mitgliedstaaten in eine **supranationale Gemeinschaft** durch Übertragung von Aufgaben und Befugnissen, umso mehr kommt dieser die Stellung eines Völkerrechtssubjekts ➢ s. Nr. 41 a) zu; sie ist aber kein selbstständiger Staat. Zu den politischen Organisationen dieser Art zählen UNO ➢ s. Nr. 49, OAS ➢ s. Nr. 52 a) und WEU ➢ s. Nr. 51 a), zu den wirtschaftlichen die OECD ➢ s. Nr. 51 d), IWF ➢ s. Nr. 54 c), WTO (GATT) ➢ s. Nr. 54 b), zu den überwiegend militärischen die NATO ➢ s. Nr. 53.

b) Ein Staatenbund (Konföderation)

Auch er stellt eine völkerrechtliche Verbindung von Staaten dar.

Diese übertragen einen Teil ihrer staatlichen Aufgaben auf gemeinsame Organe, bleiben aber selbstständig. Der Staatenbund tritt zwar nach außen als Einheit auf, ist aber kein selbstständiger Staat (Beispiele: Schweiz 1815–1848, Rheinbund 1806–1813, Deutscher Bund 1815–1866).

c) Ein Staatenstaat

ist ein völkerrechtliches Unterwerfungsverhältnis eines oder mehrerer Unterstaaten unter einen (herrschenden) Oberstaat.

Nur dieser ist souverän; die Unterstaaten sind nicht souverän; vielmehr tritt nach außen nur der Oberstaat als Gesamtstaat auf. In eigenen innerstaatlichen Angelegenheiten behalten die Unterstaaten jedoch ihre Selbstständigkeit.

d) Ein Bundesstaat

ist eine staatsrechtliche Verbindung von Staaten in der Weise, dass die Teilnehmer (Gliedstaaten) Staaten bleiben, aber auch die Verbindung (Zentralstaat) einen Staat darstellt. Gliedstaaten und Zentralstaat bilden den Gesamtstaat.

Die Staatsgewalt ist zwischen Zentralstaat und Gliedstaaten geteilt; jeder hat die höchste unabhängige Staatsgewalt (innere Souveränität; ➢ vgl. Nr. 1 c) auf dem ihm nach der Aufgabenverteilung der bundesstaatlichen Verfassung zustehenden Aufgabengebiet (Föderalismus; föderativer Staatsaufbau). Das Recht des Zentralstaates bricht, soweit es dessen verfassungsmäßige Zuständigkeit nicht überschreitet, das Recht der Gliedstaaten (vgl. z. B. Art. 31 GG).

Beispiele eines Bundesstaates: USA seit 1787, Schweiz seit 1848, Norddeutscher Bund, Deutsches Reich von 1871, Bundesrepublik Deutschland ➢ vgl. Nr. 62.

Im alten Deutschen Reich war die Staatsgewalt zwischen Bund und Ländern nicht immer klar abgegrenzt. Je nach der Stärke der Reichsgewalt herrschte der Unitarismus, der Zug zur zentralen Macht des Einheitsstaates, vor oder gewann der Föderalismus an Geltung, welcher die Eigenstaatlichkeit der Länder begünstigte. Man spricht von stabilen oder labilen Bundesstaaten. Im Deutschen Reich von 1871 und in der Weimarer Republik waren die Länder für alles zuständig, was nicht dem Bunde zugewiesen war. Auch nach dem Grundgesetz (Art. 30) ist die Ausübung der staatlichen Befugnisse und die Erfüllung der staatlichen Aufgaben Sache der Länder, soweit nicht das GG eine andere Regelung getroffen oder zugelassen hat.

Keine unmittelbare staatsrechtliche Bedeutung hat die Personalunion, bei der zwei selbstständige Staaten allein durch die Person des Monarchen miteinander verbunden sind (so England und Hannover 1714–1837). Dagegen besteht bei der Realunion eine staats(verfassungs)rechtliche Verbindung zwischen den Staaten durch gemeinsame Institutionen zur einheitlichen Verwaltung etwa der auswärtigen, finanziellen und militärischen Angelegenheiten (z. B. die frühere österr.-ungar. Monarchie).

e) Verbindungen von Staaten sui generis

Moderne supranationale regionale Zusammenschlüsse von Staaten (insbesondere EU ➢ s. Nr. 31 ff.) können mit den bisherigen Kategorien des Staats- und Völkerrechts nicht angemessen erfasst werden. Sie beruhen zwar auf völkerrechtlichen Verträgen, haben aber auf dieser Grundlage eine Eigendynamik entfaltet, die zu einer engen Verklammerung der staatlichen und gemeinschaftlichen Ebenen bei Gesetzgebung, Verwaltung und Rechtsprechung geführt haben. Sie zeichnen sich durch innere Strukturen aus, die den innerstaatlichen angenähert sind, und haben die Befugnis zu einer in den zusammengeschlossenen Staaten unmittelbar wirkenden Gesetzgebung.

7 | Die Verfassung (Konstitution)

Die Verfassung (Konstitution) ist die grundlegende Norm eines Staates. Sie enthält im Allgemeinen die Regeln über Staatsform und -organisation, also über die Aufgaben, Befugnisse und Verfahren der obersten Staatsorgane (organisatorischer Teil), über andere wesentliche Strukturen der Gemeinschaftsordnung, über die Grundrechte und Pflichten der Bürger sowie über die maßgebenden Rechtsgrundsätze und Ziele, die dem Verfassungssystem zugrunde liegen.

Um die Wende des 18. zum 19. Jahrhundert erhob sich die Forderung, der Staat müsse eine solche in einem Gesetz niedergelegte Verfassung haben. Man darf freilich nicht annehmen, die Staatsgewalt sei früher in einem verfassungslosen Zustand gewesen; Schranken der Staatsgewalt wurden nur durch andere Faktoren gesetzt, monarchische Befugnisse waren etwa durch Adel und Stände eingeschränkt. Die politische Kräfteverteilung vollzog sich eben nur noch nicht nach einer geschriebenen Verfassung, sondern nach überkommenen Grundsätzen, nach Verträgen und nach der tatsächlichen Macht der politisch wirkenden Faktoren. Der Ruf nach einer allgemeingültigen, in einem Dokument niedergelegten Grundordnung eines Volkes kam von Nordamerika nach Frankreich und von da nach Deutschland. Die nordamerikanische Verfassung, wie sie 1776 in Virginia und 1787 für die USA geschaffen wurde, blieb grundlegend für die weitere staatliche Entwicklung. Ihr folgte 1791 Frankreich. In Deutschland erhielten zuerst Sachsen-Weimar-Eisenach (1816), dann Bayern und Baden (1818), später alle deutschen Länder, zuletzt Preußen (1850), Verfassungen.

Eine Verfassung wird in der Regel von einer verfassunggebenden Versammlung (z. B. die Weimarer Verfassung vom 11. 8. 1919) als Gesetz mit Vorrang (vgl. Art. 20 Abs. 3 GG) vor allen anderen Gesetzen beschlossen. Im Gegensatz hierzu wurde die preußische Verfassung von 1850 vom König der Volksvertretung aufgezwungen (sog. oktroyierte Verfassung).

8 | Gewaltentrennung, Gewaltenteilung

Die Lehre von der Gewaltentrennung im Staat entstand im 18. Jahrhundert und richtete sich gegen den Absolutismus, ➢ vgl. Nr. 4. Eine Trennung der staatlichen Gewalten wurde zuerst in England verwirklicht. Die Theorie der Gewaltentrennung wurde von *Montesquieu* in seinem Werke „De l'Esprit des lois" (1748) formuliert.

Die Staatsgewalt ist nach ihren Hauptfunktionen aufgeteilt in:

Hauptfunktionen der Staatsgewalt

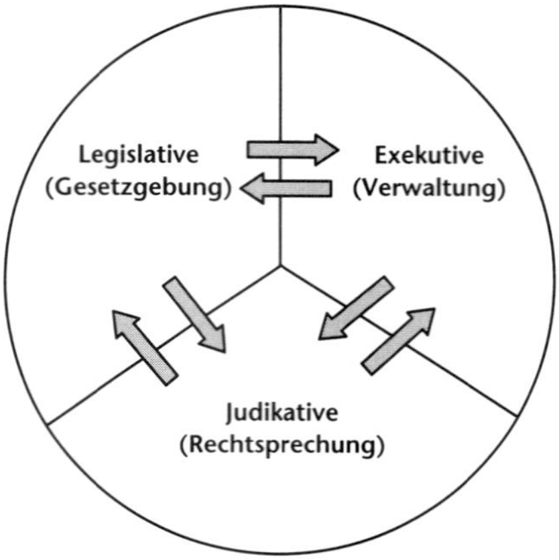

Jede Teilgewalt geht unmittelbar aus der Souveränität hervor. Die drei Gewalten sind in ihrem Bereich selbstständig, wirken jedoch ineinander und beeinflussen sich gegenseitig. Die **Trennung der Gewalten** bezweckt, Machtmissbrauch zu verhindern. Gegenseitige **Kontrolle** soll eine Machtbalance schaffen (System der cheks and balances); sie dient dadurch letztlich dem Schutz und der Freiheit der Einzelpersönlichkeit.

Jean Jacques Rousseau betonte in seinem Werk „Contrat social" (= Gesellschaftsvertrag, 1762) den Vorrang der Gesetzgebung vor den anderen Gewalten. Ihm folgten die demokratische Staatstheorie und die Verfassungen (Konstitutionen) vieler Staaten, insbesondere die Frankreichs, der USA und der Schweiz. Auch das GG der BRep. geht von dieser Grundauffassung aus ➢ vgl. Nrn. 62, 79, 83.

Im totalitären Staat verlagert sich der Vorrang auf die Exekutive; es besteht keine Gewaltentrennung mehr. Beispiele aus der Geschichte des 20. Jahrhunderts sind Faschismus, Nationalsozialismus und Kommunismus. Die in Italien von *Mussolini* 1919 ursprünglich in Form von Kampfbünden *(fasci* von fascio = Bündel, Bund) gegen linksradikale Parteien gegründete Bewegung des Faschismus riss nach dem Marsch auf Rom am 28. 10. 1922 die Macht an sich. *Mussolini* wurde 1925 durch einen Staatsstreich Diktator mit der Bezeichnung Duce (= Führer). Die übrigen Parteien wurden 1926 verboten, das Parlament durch einen vom Duce ernannten Faschistenrat ersetzt. Die Opposition wurde unterdrückt; an Stelle der freien Gewerkschaften trat eine staatliche Zwangsorganisation. Die faschistische Partei übernahm auch in den berufsständischen Vertretungen die Führung.

Wesentliche Elemente des Faschismus, besonders den Grundgedanken der Autorität des Führers, das Zurücktreten des Individuums hinter dem Staat und dessen absolute Wertung hat der Nationalsozialismus übernommen, der 1933 in Deutschland zur Macht gelangte. Er betonte allerdings weniger die Autorität des Staates als die der Volksgemeinschaft und verschrieb sich völlig dem Rassismus;

das führte zu rigorosen Maßnahmen gegen die Juden und andere sog. „nichtarische“ Bevölkerungsteile.

Auch die kommunistisch gelenkten Staaten lehnten auf Grund der marxistisch-leninistischen Staatslehre eine Gewaltentrennung zugunsten des Prinzips der Gewalteneinheit ab, folglich auch eine Kontrolle der Exekutive durch die Justiz. In den „Volksdemokratien“ früherer Prägung bestand daher i. d. R. eine Verfassungsgerichtsbarkeit ebenso wenig wie eine Verwaltungs-, Finanz- oder Sozialgerichtsbarkeit.

9 | Revolutionen, Staatsumwälzungen

Die staatliche Ordnung kann durch eine **Revolution**, d. h. einen Umsturz, bei dem eine bisher ausgeschlossene oder benachteiligte Schicht unter Bruch der Verfassungsordnung die staatliche Macht ergreift, eine Umwälzung erfahren. Bei der ständischen Revolution beseitigten die Stände die monarchische Alleinherrschaft, bei der bürgerlichen Revolution das aufstrebende Bürgertum die feudalmonarchische Staatsordnung. In der proletarischen Revolution stürzt die Arbeiterklasse die bürgerliche Gesellschaftsordnung. Ein Umsturz, bei dem ein an der Staatsgewalt bereits beteiligtes Organ die gegebenen Verfassungsverhältnisse gewaltsam verändert, heißt **Staatsstreich**; ein auf Wiederherstellung (Restauration) der revolutionär geänderten Staatsordnung gerichteter Umsturz wird **Gegenrevolution** genannt.

Ein Recht zur Revolution wurde zuerst aus naturrechtlichen Gründen gegenüber der tyrannischen Obrigkeit abgeleitet (Widerstandsrecht). Die Staatstheorie des Positivismus dagegen sieht in jeder Revolution einen Rechtsbruch (Hochverrat). Die geglückte Revolution kann jedoch einen neuen staatlichen bzw. völkerrechtlichen Zustand begründen, der nach innerer Stabilisierung und äußerer Anerkennung faktische Rechtsgültigkeit erlangt.

Während manche Lehren ein Recht auf Revolution ablehnen und einen Widerstand nur im Rahmen einer Notwehr für berechtigt ansehen, wird von anderen die sittliche Notwendigkeit einer Revolution dann anerkannt, wenn die Obrigkeit unrechtmäßig handelt, aber ihre volle Souveränität aufrechterhält oder eine höchste Not des Volkes oder heillose Zerrüttung des Gemeinwohls nach Erschöpfung aller gesetzlichen Mittel keinen anderen Ausweg erkennen lässt (so *Leibniz*, *Suarez* u. a. Spätscholastiker). Der BGH hat ein Widerstandsrecht gegen staatliche Maßnahmen bereits im Urt. vom 12. 10. 1965 (NJW 1966, 311 f.) als äußerstes Mittel zur Abwehr äußersten staatlichen Unrechts (z. B. gegen eine alle demokratischen Freiheiten unterdrückende Gewaltherrschaft) für gerechtfertigt erklärt, hat es aber durch den Grundsatz der Güterabwägung eingeschränkt: es dürfen keine im Verhältnis zum Befreiungszweck übermäßig starken Mittel angewendet werden (wie z. B. Sprengstoffanschläge, durch die u. a. Krankenhäuser in Mitleidenschaft gezogen werden). Einige Länderverfassungen haben ein Widerstandsrecht und sogar eine Widerstandspflicht insbesondere gegenüber Angriffen auf die demokratische Grundordnung oder die Grundrechte anerkannt (z. B. Bremen Art. 19, Hessen Art. 147). Das GG begründet in dem durch Gesetz vom 24. 6. 1968 eingefügten Art. 20 Abs. 4 für alle Deutschen als äußerstes Mittel ein Widerstandsrecht gegenüber jedem, der es unternimmt, die verfassungsmäßige Ordnung zu beseitigen.

Revolten, **Putsche**, Thronkämpfe, in denen nur um die politische Ordnung eines einzelnen Landes ohne prinzipielle Änderung seiner gesellschaftlichen Struktur oder nur um den Besitz der Macht gekämpft wird, sind keine eigentlichen Revolutionen. Eine ohne Gewaltanwendung durch die Entwicklung sich vollziehende Neugestaltung des Staatswesens unter Beibehaltung der Verfassung pflegt man als **Evolution** zu bezeichnen.

Revolutionäre Änderungen können auch unter Wahrung „äußerer Legalität" erfolgen (z. B. Machtergreifung des Nationalsozialismus und die Errichtung des sog. Dritten Reiches 1933). Die in manchen kommunistisch gelenkten Staaten als „Gegenrevolution" bezeichneten ideologischen Auflehnungen gegen eine streng marxistische Staatsführung waren im Grunde nur innere Auseinandersetzungen über den Kurs der Staatspartei, die auf eine Liberalisierung abzielen.

Während solche Formen der Auflehnung gegen die Staatsgewalt sich vielfach noch im Rahmen der Legalität halten, versucht der **politische Terrorismus** durch Gewaltmethoden wie Bombenattentate, Geiselnahme, Entführung, Einsatz von Schlägertrupps u. dgl. Schrecken (lat. terror) zu erregen, um seine Ziele zu erreichen oder sich an der Macht zu halten.

Geschichtliche Beispiele für den letzteren Fall sind in der französischen Revolution die Terrorherrschaft namentlich von *Robespierre* und *St. Just* und ihren jakobinischen Anhängern. Beispiele terroristischer Aktivitäten in der neueren Geschichte bis hin zur Gegenwart finden sich im Unabhängigkeitskampf der Iren bis zur Befreiung 1921, im nordirischen Bürgerkrieg, im spanischen Baskenland und in der Tätigkeit von Guerilla-Organisationen (Tupamaros in Südamerika usw.). Mit solcher Zielrichtung kann der Terrorismus auch ein internationaler sein, wie bei den Gewaltanwendungen der Palästinensergruppierungen in ihrem nicht auf bestimmte Länder begrenzten Kampf gegen Israel oder dem sich auf den Islam berufenden Terror der Al Qaida die grenzüberschreitende Wirksamkeit terroristischer Organisationen besteht oft in gegenseitiger Unterstützung bei der Waffenbeschaffung, Schulung in Ausbildungslagern u. dgl. Ziel und Forderungen des politischen Terrorismus richten sich meist auf die Änderung einer bestimmten staatlichen Ordnung oder auf die Freilassung inhaftierter Gesinnungsgenossen, dienen häufig aber auch der Beschaffung finanzieller Mittel für den politischen Kampf.

Bei den staatlichen Umwälzungen am Ende des 1. Weltkriegs (1917 Russland, 1918 Deutsches Reich, Österreich) wirkten neben kritischen philosophischen und politischen Einstellungen vielfach auch krasse soziale Gegensätze als Gärstoff mit. Die soziale Frage, ausgelöst durch die Probleme des menschlichen Zusammenlebens in unterschiedlichen wirtschaftlichen Verhältnissen, wird entscheidend beeinflusst durch den Konflikt zwischen Egoismus und Gemeinschaftsbindung. Die daraus entstehenden Spannungen bedürfen eines Ausgleichs. Wird keine Überbrückung gefunden, entstehen leicht Krisen und Klassenkämpfe. Die soziale Frage spielt in den Sozialideologien der Parteien eine wichtige Rolle und kann durch Massenbewegungen zu Staatsveränderungen führen.

II. Die staatliche Entwicklung in Deutschland

11 | Völkerschaft und Königreich

Das deutsche Staatsleben hat sich in einer mehr als tausendjährigen Entwicklung aus germanischen Wurzeln geformt. Die älteren Staatsformen beruhten weniger auf einer staatsrechtlichen Organisation neuerer Prägung als vielmehr auf einem **Personenverband** mit beschränkten zentralen Funktionen und starker Selbstverwaltung. Die germanischen Völkerschaften hatten eine einfache, ungeschriebene Verfassung. Erst mit zunehmender Sesshaftigkeit kam zu dem Personenverband das Staatsgebiet hinzu. Innerhalb solcher Staatsgebilde bestanden vielfach Untergliederungen (Gau, Hundertschaft). Träger allen Rechts war das Volk, dem infolge des geringen Umfangs dieser staatlichen Gebilde die unmittelbare staatliche Willensbildung möglich war. Sie lag in der Hand der Freien, die in der Volksversammlung (Landsgemeinde, Thing) alle wichtigen Fragen des Gemeinwesens entschieden. Die Vorbereitung oblag dem Fürsten, der vom Thing gewählt wurde und abgesetzt werden konnte und der auch die Volksversammlung leitete, und dem Fürstenrat, der über Angelegenheiten minderer Bedeutung entscheiden konnte.

Die Bedeutung der Volksversammlung trat in der Völkerwanderung zurück. Es entwickelte sich ein **erbliches Königtum** mit strafferer Verwaltung. Der König konnte auf Grund des Bannrechts den Heerbann aufbieten, Anordnungen bei Strafe der Friedlosigkeit durchsetzen und Personen, Orte oder Gegenstände unter seinen Königsfrieden stellen. Mit dem Königtum verband sich das Herzogtum, das zunächst von der Völkerschaft zur Führung und für die Dauer eines Krieges eingesetzt, dann aber zur Dauereinrichtung wurde.

12 | Die staatliche Entwicklung in Deutschland

Von den germanischen Reichsgründungen ist die fränkische die folgenreichste. In der Völkergruppe der Franken erreichten die Salier eine führende Stellung und aus ihrem Stamm die Merowinger, vor allem *Chlodwig* (481–511), der ein fränkisches Großreich begründete.

Aus den Hofämtern entwickelte sich allmählich ein Reichsbeamtentum. Die bedeutendsten Hofämter hatten inne: der Kämmerer (Schatzmeister), der Truchsess (Küchenmeister), der Marschall (comes stabuli), der Schenk und der Seneschall, später als Leiter der ganzen Hofhaltung der Hausmeier (major domus), ein Amt, aus dem sich die Karolinger zur Herrschaft aufschwangen, das aber in der Folgezeit verschwand. Als Urteilsfinder, später auch Verhandlungsleiter im Königsgericht fungierte der Pfalzgraf.

An Stelle der Gaue bildeten sich Grafschaften als Gerichts- und Verwaltungsbezirke unter Leitung von Grafen (in den Grenzgebieten Markgrafen mit Sondervollmachten). Sie wurden durch königliche Sendboten kontrolliert.

Zur Belohnung für den Königsdienst erhielten die Gefolgsleute (Vasallen) Lehen (feudum). Daher wird der Staat in dieser Gestalt auch **Feudalstaat** genannt. Neben den germanischen Blutadel trat ein Dienstadel durch Verleihung von Ämtern und Rechten. Da der kirchliche und weltliche Grundbesitz vielfach von Abgaben freigestellt wurde (Immunität), entwickelte sich ein neuer Fürstenstand mit ständig steigendem Einfluss.

12 | Das Heilige Römische Reich Deutscher Nation (962–1806)

Aus dem germanischen Heereskönigtum, das die Rechte der Volksversammlung, namentlich Befehls- und Strafgewalt, nach und nach an sich zog, entstand das fränkische Königtum und unter diesem das **Frankenreich** als die größte Reichsbildung des Mittelalters. Die salischen Franken eroberten unter *Chlodwig* die Reste des Römischen Reichs sowie Teile des Westgoten- und Burgunderreichs. Während aber noch unter **Karl d. Gr.** (768–814) alle deutschen Stämme vereinigt waren, begann unter *Ludwig d. Frommen* (814–840) der Zerfall, der sich unter seinem Nachfolger fortsetzte (Vertrag von Verdun, 843: Teilung des Reiches in Westfranken, Lothringen und Ostfranken; Verträge von Mersen, 870, und Ribemont, 880: Übergang Westlothringens an Ostfranken). Italien und Burgund wurden selbstständig, aus West- und Ostfranken entstanden Frankreich und das Deutsche Reich.

Nach dem Aussterben der ostfränkischen Karolinger wurde der Frankenherzog *Konrad I.* (911–918) zum deutschen König gewählt. Erst seinem Nachfolger *Heinrich I.* (919–936), einem Sachsenherzog, gelang es, bei den Stammesherzögen seine Anerkennung als Lehensherr durchzusetzen. Unter ihm und seinem Sohn *Otto I.* (*d. Gr.* 936–973) wurde das Reich vergrößert und gefestigt (Kolonisation der Ostmark, Unterwerfung der Slawen, Unterstellung Polens unter deutsche Oberhoheit). Er erwarb 962 die römische Kaiserkrone, indem er den Papst im Besitzstand des Kirchenstaates bestätigte, zugleich aber eine Treueverpflichtung für sich und seine Nachfolger vor der Weihe beanspruchte. Nach dem Erlöschen des sächsischen Königsstammes (auf *Otto I.* waren *Otto II.* und *III.* und *Heinrich II.* gefolgt) kamen mit *Konrad II.* (1024–1039) die fränkischen Salier auf den Königsthron.

Der Staat des frühen Mittelalters hatte bis etwa 1300 den Charakter eines **Feudal- und Lehensstaates**. Der ursprünglich vom Volk, später von den Fürsten gewählte König hatte Anspruch auf **Kaiserkrönung** durch den Papst. Er war Heerführer, oberster Gerichts- und Lehensherr und verfügte über das Reichsgebiet und die Regalien (Münz-, Berg-, Zoll-, Jagdregal usw.). Die Machtstellung des Kaisers war allerdings beschränkt durch die **Reichstage**, die sich aus den Hoftagen der Könige entwickelt hatten. Sie wurden mit der Zeit zu einer verfassungsmäßigen Einrichtung; die Großen des Reichs hatten Anspruch auf die Reichsstandschaft; die Reichsstände mussten vom Kaiser vor Erlass von Reichsgesetzen, vor Reichsheerfahrten usw. gehört werden.

Seit Mitte des 11. Jahrhunderts wurden die Geschicke des Reiches wesentlich durch **Machtkämpfe zwischen Kaiser und Papst** und zunehmende **Erstarkung der Fürsten** beeinflusst. Während sich unter *Heinrich III.* (1039–1056) die Herrschaftsposition des Kaisers noch erhielt, wurde die Zeit der Regentschaft über seinen bis 1056 unmündigen Nachfolger *Heinrich IV.* (1056–1106) von den Fürsten zu dem Versuch benutzt, sich gegenüber dem Königtum größeren Einfluss zu verschaffen. Papst *Gregor VII.* versuchte, gestützt auf eine durch Übertragung des Papstwahlrechts auf die Kardinäle (1059) unter *Nikolaus II.* gestärkte Position, sich vom Übergewicht des Kaisers zu befreien. Auf Grund der Zweischwerterlehre ➢ s. Nr. 3 b), beanspruchte er die Oberhoheit des geistlichen Amtes über die weltliche Macht und sogar das Recht, den Kaiser abzusetzen, sowie im Investiturstreit das alleinige Recht der Investitur („Einkleidung" = Einsetzung) der hohen geistlichen Würdenträger (Bischöfe, Äbte; 1075 Verbot der Laien-Investitur). *Heinrich IV.*, in seinem Kampf gegen den Papst durch die Fürsten wenig unterstützt und durch Einsetzung von Gegenkönigen geschwächt, vermochte den weltlichen Herrschaftsanspruch nicht durchzusetzen und musste sich dem Papst im Bußgang von Canossa (1077) unterwerfen. Erst durch einen Kompromiss zwischen *Heinrich V.* und dem Papst im Wormser Konkordat (1122) wurde der Investiturstreit beendet. Der Kaiser behielt das Recht der weltlichen Investitur der geistlichen Fürsten (Belehnung mit Kirchengütern und weltlichen Regierungsrechten), während sich die Einsetzung in die geistlichen Rechte (Seelsorge) nach kanonischem Recht vollzog (Wahl durch Domkapitel, Konsekration, Verleihung von Ring und Stab durch den Papst), und zwar in regional unterschiedlicher Reihenfolge.

Mit ihrer neuen Stellung schieden die Bischöfe zugleich aus ihrer unmittelbaren Abhängigkeit vom König aus und wurden zu geistlichen Reichsfürsten. Die Entmachtung des Königs setzte sich fort in der Entwicklung des Reichs vom Lehensstaat zum **Ständestaat**. Erbitterte innerstaatliche Machtkämpfe begannen unter dem Staufer *Konrad III.* (1138–1152) mit einem Teil der großen Stammesherzogtümer (Sachsen, Franken, Schwaben, Bayern, Lothringen), die erst unter seinem Nachfolger *Friedrich I. Barbarossa* (1152–1190) verschwanden.

Dessen Nachfolger *Heinrich VI.* (1190–1197) versuchte vergeblich, die Erblichkeit des Königtums durchzusetzen. Das Recht der Königswahl, ursprünglich von der Volksversammlung, später von allen Reichsfürsten ausgeübt, stand seit dem 13. Jahrhundert nur noch sieben Kurfürsten zu, von denen drei geistliche und vier weltliche Fürsten waren (Erzbischöfe von Mainz, Köln, Trier; König von Böhmen, Pfalzgraf bei Rhein, Herzog von Sachsen, Markgraf von Brandenburg). Die Abhängigkeit vom Kurfürstenkollegium und die Machtkämpfe mit dem Papsttum trugen zunehmend zur Schwächung des Kaiserreichs bei, vor allem unter *Otto IV.* (1198–1212) und dem zeitweise als Gegenkönig eingesetzten Staufer *Friedrich II.* (1212–1250), der die Zustimmung der geistlichen Kurfürsten zur Königswahl seines Sohnes durch weitgehende Übertragung weltlicher Befugnisse erkaufen musste. Nach dem Tode *Konrads IV.* (1250–1254) trat ein sog. Interregnum bis zur Wahl *Rudolfs I.* von Habsburg (1273) ein, weil keiner der gewählten Könige allseits anerkannt wurde. Die Schwächen des Königtums nutzten die Kurfürsten, die sich zu einem eigenen Reichsstand entwickelten, und die übrigen Reichsfürsten zum Ausbau ihrer Territorialherrschaft, während die Städte ihre Selbstständigkeit erweiterten und sich gegen die Übergriffe der Fürsten erfolgreich behaupteten (so der 1254 gegründete Rheinische Städtebund). Vergeblich versuchten *Albrecht I.* (1298–1308) und *Heinrich VII.* (1308–1313) das Königtum von der Willkür der Kurfürsten zu befreien. *Ludwig d. Bayer* (1314–1347) verwickelte sich in Kämpfe mit dem Papsttum, versuchte aber zugleich, seine Hausmacht zu stärken. *Karl IV.*, schon 1346 zum Gegenkönig gewählt, wandte sich nach Ludwigs Tode unter Verzicht auf eine universale Reichspolitik mehr der Stärkung seiner innerdeutschen Machtstellung zu; zugleich baute er das Reich durch weitere Gebietserwerbungen aus. Unter seinen Nachfolgern erweiterten die Stände, insbesondere auch die Städtebünde, ihre Machtposition.

Die Ständegliederung des späten Mittelalters entwickelte sich aus dem Lehensrecht. Dem Fürstenstand gehörte an, wer sein Lehen unmittelbar vom König erhalten hatte (Herzog, Pfalzgraf, Markgraf, Landgraf, Erzbischof, Bischof, Reichsabt). Das Rittertum entstand aus dem Berufsstand der berittenen Krieger. Das Bürgertum entwickelte sich in den Städten, die seit dem 11. Jahrhundert als befestigte Märkte aufblühten. Zuziehende Unfreie wurden frei („Stadtluft macht frei"). Die Bauern waren meist unfrei mit beschränkter Rechtsfähigkeit, Bindung an die Scholle, Abgaben- und Fronleistungspflicht.

Der **Reichstag**, die Versammlung der Reichsstände, gewann seine staatsrechtliche Gestalt erst in der 2. Hälfte des 15. Jahrhunderts, in dem die Zugehörigkeit zu dem nunmehr wichtigsten Organ der Reichsgewalt abgegrenzt und die Form der Beratungen und Entscheidungen festgelegt wurde. Er gliederte sich seit 1489 in das Kurfürstenkollegium, den Reichsfürstenrat und das Städtekollegium (51 freie Reichsstädte). Diese berieten getrennt über die Gesetzesvorschläge des Kaisers. Bei Übereinstimmung erhielten die Beschlüsse durch seine Genehmigung Rechtskraft. Sie wurden in Reichsabschieden zusammengefasst. Die bereits in der **Goldenen Bulle** (1356) als Königswähler ausdrücklich bestätigten Kurfürsten hatten Vorrechte gegenüber anderen Fürsten (u. a. volle Landeshoheit, autonome Gerichtsbarkeit).

Ebenso wie die Machtstellung des Kaisers war auch die territoriale Macht der Fürsten beschränkt durch die Landstände (Grundadel, Städte), deren Vertreter die Steuern (Beden) zu bewilligen hatten. Direkte Einnahmen hatte der Fürst nur aus den Domänen. In den Städten nahmen die Patrizier als Mitglieder der alten Bürgergeschlechter das Regiment in Anspruch. Nach und nach erlangten die Zünfte der Handwerker Anteil daran. Einzelne Kaufmannsgeschlechter (*Fugger* und *Welser* in Augsburg) gelangten zu höchster Finanzmacht.

Die weitere Entwicklung des Reichs war bestimmt durch die einsetzenden Religionskämpfe. Sie begannen in Böhmen mit der Erhebung der Hussiten, die das Sakrament des Laienkelchs durchsetzten, und fanden ihren Höhepunkt im Zuge der Reformation durch die Thesenverkündung *Luthers* (1517), der durch *Karl V.* von Habsburg (1519–1556) auf dem Reichstag zu Worms (1521) in die Acht erklärt wurde. Eine im Reichsabschied von Speyer (1526) vereinbarte interimistische Regelung der Konfessionsfrage konnte das Wiederaufflackern der religiösen Auseinandersetzungen auch unter *Karls V.* Nachfolgern *Maximilian II.* und *Rudolf II.* nicht verhindern, zumal das Konzil von Trient (1545–1563) die römisch-katholische Glaubenslehre und die Stellung des Papstes festigte und die Grundlage für die Gegenreformation schuf. Der Verfall des Reichs schritt fort; es wurde nicht nur durch Religionskämpfe, sondern auch durch soziale Auseinandersetzungen (Bauernkriege) immer mehr erschüttert und durch den Dreißigjährigen Krieg (1618–1648) der inneren und äußeren Zerstörung preisgegeben. Der **Westfälische Frieden** brachte Gebietsabtretungen an Frankreich und Schweden und das Ausscheiden der Schweiz und der Niederlande aus dem Reichsverband mit sich; er hatte die weitgehende Auflösung des Feudalstaates zur Folge und verschaffte den Reichsständen volle **Territorialhoheit**. Das Reich löste sich in nahezu 1300 Fürstentümer und Herrschaften auf und war nur noch eine Art **Staatenbund**, obwohl es formell noch bis 1806 weiterbestand.

Die Landesherren erweiterten ihre Macht, wurden souverän und setzten gegenüber den Ständen ihre absolute Gewalt durch (**Absolutismus**). Sie erlangten sogar das Recht, mit ausländischen Staaten Bündnisse abzuschließen. Der König von Frankreich als Reichsvogt im Elsass, der schwedische König als Herr von Vorpommern, Bremen und Verden, der König von Dänemark als Herzog von Holstein erhielten die Reichsstandschaft. In dem nur noch als Schattenkaisertum bestehenden Reich entfaltete sich der Dualismus zwischen Österreich und Preußen, das durch *Friedrich d. Gr.* mit dem letztlich erfolgreich geführten Siebenjährigen Krieg (1756–1763) gegen *Maria Theresia* zur Großmacht aufstieg.

Die Schwäche des Reiches begünstigte den Zugriff Frankreichs auf das linke Rheinufer. Durch den **Reichsdeputationshauptschluss** 1803 traten zahllose territoriale Verschiebungen ein; zur Entschädigung der Reichsstände, die von Gebietsabtretungen an Frankreich betroffen waren, wurden alle geistlichen Territorien säkularisiert (verweltlicht) und zahlreiche kleine weltliche Fürstentümer größeren zugeschlagen. 1806 gründeten 16 deutsche Fürsten unter *Napoleons* Protektorat den **Rheinbund** und nahmen dafür Rangerhöhungen entgegen; Kaiser *Franz II.* legte die Krone des Römischen Reiches nieder.

13 | Der Deutsche Bund (1815–1866)

Die weitere staatliche Entwicklung Deutschlands im Innern wurde nicht nur durch die Beseitigung zahlreicher Kleinstaaten, sondern auch durch neue Formen politischen Lebens geprägt. In Preußen schufen *Stein* und *Hardenberg* eine neue städtische Selbstverwaltung ➢ vgl. Nr. 114; grundlegend die preuß. Städteordnung von 1808). Sie führten die Gewerbefreiheit ein und befreiten die Bauern durch Aufhebung der Erbuntertänigkeit und Ablösung ihrer dinglichen Lasten. *Scharnhorst* und *Gneisenau* reformierten das Heerwesen auf der Grundlage der allgemeinen Wehrpflicht. Die Epoche des Absolutismus alter Form war beendet. Eine Reichsreform gelang jedoch nicht. Der auf dem Wiener Kongress (1815) von 35 Fürsten und 4 Reichsstädten gegründete **Deutsche Bund** war nur ein, nach außen und innen machtloser, völkerrechtlicher **Staatenbund**.

Die Geschicke des Deutschen Bundes leitete der unter österreichischem Vorsitz stehende Bundestag in Frankfurt a. M., der eine Konferenz der Gesandten völlig selbstständiger Mitgliedstaaten darstellte. Österreich und Preußen traten sich als Konkurrenten gegenüber. Von dieser Rivalität wurde fast das ganze 19. Jahrhundert überschattet.

Weder der Wunsch nach nationaler Einheit noch die Bestrebungen, eine freiheitliche verfassungsmäßige Ordnung einzuführen, erfüllten sich. *Fürst Metternich* nutzte die Vormachtstellung Österreichs aus, um einem neuen absolutistischen System zum Vorrang zu verhelfen. Der Einfluss des Volkes auf die Staatsführung war gering, weil das Wahlrecht beschränkt war; die Rechte des Parlaments waren begrenzt. Die in der **Wiener Bundesakte** von 1815 begründeten bürgerlichen Freiheiten wurden nach den „Karlsbader Beschlüssen" (1819) zunehmend wieder eingeengt. Erst unter dem Einfluss der französischen Juli-Revolution (1830) erhielten einige Bundesländer fortschrittliche Verfassungen, die aber wiederum eingeschränkt wurden. Die bürgerlich-liberale Revolution von 1848 führte zwar zur **Nationalversammlung** in der **Paulskirche** zu Frankfurt a. M., der viele bedeutende Männer angehörten (*Uhland, Gagern, Arndt* u. a.), aber zu keinem praktischen Ergebnis. Sie wählte einen Reichsverweser (*Erzherzog Johann*) und beschloss eine **Reichsverfassung**, die einen Bundesstaat mit einem erblichen Kaiser, einen durch geheime, direkte und allgemeine Wahl gewählten Reichstag und ein Staatenhaus vorsah. *König Friedrich Wilhelm IV.* von Preußen lehnte aber die ihm angetragene Kaiserkrone ab. Die Nationalversammlung ging als Rumpfparlament nach Stuttgart, wo sie aufgelöst wurde. Ein Aufstand in Baden, der die republikanische Einheit Deutschlands erzwingen wollte, wurde niedergeschlagen. Die deutsche Frage blieb ungelöst. Während die sog. Kleindeutschen ein Reich ohne Österreich forderten, verlangten die Großdeutschen dessen Einbeziehung. Die Entscheidung brachte erst der preuß.-österr. Krieg 1866. Im Prager Frieden vom 23. 8. 1866 trat Österreich aus dem Deutschen Bunde aus und erkannte den von Preußen zu schaffenden Norddeutschen Bund an.

14 | Norddeutscher Bund (1866–1870). Deutsches Reich (1871–1918)

Nach dem siegreichen Krieg gegen Österreich erreichte Bismarck die Gründung des Norddeutschen Bundes durch Vertrag zwischen dem König von Preußen und den 18 norddeutschen Staaten sowie den 3 Hansestädten. Der Bund trat nach Annahme seiner Verfassung durch den zu diesem Zweck gewählten Reichstag am 1. 7. 1867 als **Bundesstaat** auf konstitutioneller Grundlage ins Leben.

Organe des Norddeutschen Bundes waren der Bundesrat, das Bundespräsidium, das der König von Preußen innehatte, und der in allgemeiner, gleicher, direkter und geheimer Wahl gewählte Reichstag.

Der Norddeutsche Bund schloss mit den süddeutschen Staaten, mit denen Schutz- und Trutzbündnisse eingegangen waren, einen Zollvereinigungsvertrag. Erst der Deutsch-Französische Krieg führte zur politischen Vereinigung von Nord- und Süddeutschland. Im November 1870 traten die süddeutschen Staaten dem Norddeutschen Bund bei. Der König von Preußen nahm am 18. 1. 1871 in Versailles die ihm angetragene Würde eines Deutschen Kaisers an. Das neue Deutsche Reich war geschaffen. Die Zusammenfassung seiner staatsrechtlichen Grundlagen erfolgte nach Zustimmung des Reichstags und der gesetzgebenden Körperschaften der beteiligten Staaten in der **Verfassung des Deutschen Reiches** vom 16. 4. 1871, die den Inhalt der Norddeutschen Bundesverfassung mit den veränderten staatsrechtlichen Verhältnissen in Einklang brachte. Nach der Präambel der Reichsverfassung schloss der König von Preußen namens des Norddeutschen Bundes mit den Landesherren der süddeutschen Staaten einen ewigen Bund zum Schutz des Bundesgebietes, des darin gültigen Rechts und zur Pflege der Wohlfahrt des Deutschen Volkes, der den Namen Deutsches Reich führte und durch Vereinbarung der monarchischen Regierungen seine Verfassung erhielt.

Die Verfassung vom 16. 4. 1871 verband in geschickter Mischung föderalistische und unitarische Elemente sowie demokratische und monarchische Gedankengänge miteinander. Das Deutsche Reich, das auf Vertrag zwischen den 22 deutschen Fürsten und den 3 Hansestädten beruhte, war ein **Bundesstaat**. Sein Gebiet umfasste außer den 25 Staaten bzw. Städten das Reichsland Elsass-Lothringen. Träger der Reichsgewalt waren die regierenden deutschen Fürsten und die freien Reichsstädte Hamburg, Bremen und Lübeck; ihr verfassungsmäßiges Organ war der **Bundesrat**. Das Präsidium des Bundes führte der jeweilige König von Preußen als Deutscher Kaiser. Er vertrat das Reich völkerrechtlich, konnte im Namen des Reichs Krieg erklären (ohne Zustimmung des Bundesrats nur bei Angriff auf das Reichsgebiet) und Frieden schließen, Verträge mit fremden Staaten eingehen, Gesandte beglaubigen und empfangen. Daneben stand ihm eine Reihe einzelner in der Verfassung festgelegter Befugnisse zu.

Der **Reichstag** ging aus allgemeinen und direkten Wahlen mit geheimer Abstimmung hervor und war an der Gesetzgebung beteiligt. Zum Zustandekommen eines Reichsgesetzes bedurfte es eines übereinstimmenden Mehrheitsbeschlusses des Bundesrates und des Reichstages. Die Ausfertigung der Reichsgesetze standen dem Kaiser zu.

Einziger Minister, jedoch ohne Verantwortung gegenüber dem Reichstag, war der **Reichskanzler**, der vom Kaiser ernannt wurde. Unter ihm standen an der Spitze der Reichsämter Staatssekretäre.

Reichskanzler des Kaiserreichs waren: Fürst *Bismarck* (1871–1890); *v. Caprivi* (1890–1894); Fürst *Hohenlohe* (1894–1900); Fürst *Bülow* (1900–1909); *v. Bethmann Hollweg* (1909–1917); *Michaelis* (14. 7.–1. 11. 1917); Graf *Hertling* (1. 11. 1917–30. 9. 1918); Prinz *Max von Baden* (3. 10.–9. 11. 1918).

Die **Bundesstaaten** waren nicht nur Verwaltungsbezirke, sondern hatten das Recht der Gesetzgebung; jedoch ging Reichsrecht auf den dem Reich vorbehaltenen Gebieten (insbes. Auswärtiger Dienst, Reichspost, Reichsmarine) dem Landesrecht vor. Das Heerwesen war grundsätzlich Sache der Bundesstaaten. Die direkten Steuern wurden von den Ländern erhoben, während das Reich auf die indirekten Steuern und die Zölle angewiesen war und von den Bundesstaaten sog. Matrikularbeiträge erhielt („Kostgänger der Länder"). Bayern und Württemberg genossen Reservatrechte (z. B. Post). Elsass-Lothringen war – nachdem es auf Grund des Krieges 1870/1871 zum Deutschen Reich gekommen war – kein Bundesstaat des Deutschen Reiches, sondern (nur) ein Reichsland. Es hatte einen Sonderstatus und wurde wie eine preußische Provinz verwaltet. Schrittweise wurde seine rechtliche Stellung jedoch der eines Bundesstaates angenähert. Mit dem Verfassungsgesetz von 1911 (RGBl. S. 225) wurde es einem Bundesstaat nahezu gleichgestellt.

Der Bundesrat beschloss die Vorlagen an den Reichstag und entschied über die von diesem gefassten Beschlüsse. Er konnte Ausführungsbestimmungen zu Reichsgesetzen erlassen und entschied öffentlich-rechtliche Streitfälle der Bundesstaaten untereinander und verfassungsrechtliche Streitigkeiten innerhalb eines Bundesstaates.

Der Reichstag hatte keinen Einfluss auf die Bildung der Regierung und die Ausübung der vollziehenden Gewalt. Er wurde vom Kaiser einberufen, eröffnet und geschlossen. Zur Auflösung des Reichstags bedurfte es eines Bundesratsbeschlusses und der Zustimmung des Kaisers. Die Abgeordneten des Reichstags genossen unter bestimmten Voraussetzungen Freiheit von Strafverfolgung (Immunität). Politisch gliederte sich der Reichstag in mehrere Parteien (Konservative, Nationalliberale, Zentrum, Sozialdemokratische Partei). Der Reichstag hatte keine Möglichkeit, den Reichskanzler zu stürzen. Erst 1918 wurde bestimmt, dass der Kanzler das Vertrauen des Reichstags besitzen müsse.

Der **Kaiser** war im Verhältnis zu den Bundesfürsten nur primus inter pares. Sein Einfluss beruhte auf dem Recht, den Kanzler zu berufen (ohne Zustimmung des Reichstags), und auf den (17 von 58) Stimmen Preußens im Bundesrat. Er war Oberbefehlshaber des Heeres (im Frieden mit gewissen Einschränkungen) und der Reichsmarine. Auch wurden meist preußische Minister zu Staatssekretären des Reiches ernannt.

Deutsche Länder vor 1864

Die Staaten des Deutschen Reiches 1871–1918

Preußen
Bayern
Sachsen
Württemberg
Baden
Hessen
Mecklenburg-Schwerin
Mecklenburg-Strelitz
Oldenburg
Braunschweig
Sachsen-Weimar
Sachsen-Meiningen
Sachsen-Altenburg
Sachsen-Coburg-Gotha
Anhalt
Schwarzburg-Rudolstadt
Schwarzburg-Sondershausen
Waldeck
Reuß älterer Linie
Reuß jüngerer Linie
Schaumburg-Lippe
Lippe
Hamburg
Bremen
Lübeck

Während des 1. Weltkrieges (1914–1918) zielten Reformbestrebungen darauf ab, dem Volk mehr politische Rechte und der Volksvertretung stärkeren Einfluss auf die Regierung einzuräumen. Diese verfassungsmäßige Neuorientierung fand in der Oktoberreform 1918 ihren staatsrechtlichen Niederschlag, der aber durch die Novemberrevolution 1918 überholt wurde.

Obwohl der Kaiser in seiner Eigenschaft als König von Preußen in seiner Osterbotschaft vom 7. 4. 1917 die Abschaffung des preuß. Klassenwahlsystems und die Einführung der unmittelbaren und geheimen Wahl angekündigt hatte, blieb diese Kundgebung zunächst ein Versprechen. Der militärische Zusammenbruch im Sommer 1918 und die Hoffnung, mit einem Eingehen auf die demokratischen Tendenzen der Siegerstaaten erträgliche Waffenstillstands- und Friedensbedingungen zu erhalten, führten zur **Oktoberverfassung von 1918**, durch welche die parlamentarische Verantwortlichkeit des Reichskanzlers und seiner Stellvertreter eingeführt, die Zuständigkeit des Reichstags erweitert und die militärische Kommandogewalt seiner Kontrolle unterstellt wurde.

Eine gesetzmäßige Weiterentwicklung des deutschen Verfassungsrechts wurde durch die **Revolution vom 9. 11. 1918** unterbrochen. An diesem Tage verkündete der Reichskanzler Prinz *Max von Baden* die Abdankung des Kaisers und den Thronverzicht des Kronprinzen. Die von ihm beabsichtigte Einsetzung einer Regentschaft unterblieb, da der Reichstagsabgeordnete *Philipp Scheidemann* am gleichen Tag in Berlin die **Republik** ausrief. Prinz *Max von Baden* übertrug das Reichskanzleramt auf den Reichstagsabgeordneten *Friedrich Ebert*, der durch einen Aufruf die Übernahme der Geschäfte durch den aus drei Sozialdemokraten und drei Unabhängigen Sozialdemokraten gebildeten **Rat der Volksbeauftragten** verkündete. Der Bundesrat wurde zur weiteren Ausübung seiner gesetzlichen Verwaltungsbefugnisse ermächtigt.

15 | Die Weimarer Republik (1919–1933)

Am 30. 11. 1918 wurden die Wahlen zur Verfassunggebenden Deutschen Nationalversammlung ausgeschrieben. Diese trat nach der Wahl vom 19. 1. 1919 am 6. 2. 1919 im Weimarer Nationaltheater zusammen und beschloss zunächst eine Notverfassung. Der Volksbeauftragte *Friedrich Ebert* wurde zum Reichspräsidenten gewählt und berief zur Führung der Reichsgeschäfte ein Reichsministerium. Ihre endgültige rechtliche Grundlage erhielt die demokratische Republik in der von der Nationalversammlung beschlossenen **Verfassung vom 11. 8. 1919** (WVerf.), die am 14. 8. 1919 in Kraft trat.

Das Deutsche Reich war nach der WVerf. eine **Republik.** Jedes Land musste eine freistaatliche Verfassung haben. Die Staatsgewalt ging vom Volk aus. Das Reich war ein **Bundesstaat**, in welchem die Staatsgewalt auf Bund und Gliedstaaten verteilt war. Das Reichsgebiet bestand aus den Gebieten der 17 deutschen Länder bzw. Städte. Die Rechte der Länder waren aber im Vergleich zur Verfassung von 1871 stark gemindert. Es wurde angesichts des erhöhten Reichsbedarfs eine Reichsfinanzverwaltung geschaffen, welche auf Grund der Reichsabgabenordnung von 1919 auch die direkten Steuern (insbes. Einkommen-, Körperschaft-, Vermögensteuer) und die neu eingeführte Umsatzsteuer für das Reich erhob. Die Eisenbahnen wurden auf die Deutsche Reichsbahngesellschaft übergeführt. Das Heerwesen wurde ausschließlich

Reichsangelegenheit. Damit sanken die Gesetzgebungsrechte der Länder ab, während sie als Träger der Verwaltung und Inhaber der Polizeigewalt noch erhebliche Bedeutung behielten.

Während das Reichsgebiet der Kaiserzeit 22 Staaten und 3 freie Städte umfasste, verringerte sich die Zahl der Länder in der Weimarer Republik auf 17, da die 8 Thüringer Staaten sich am 1. 5. 1920 zum Land Thüringen vereinigten und Waldeck ab 1. 4. 1929 mit Preußen vereinigt wurde.

Der **Reichstag** repräsentierte das deutsche Volk und seine Souveränität. Wahlberechtigt waren alle über 20 Jahre alten Deutschen. Zu den alten Parteien (konservative Deutschnationale Volkspartei, nationalliberale Deutsche Volkspartei, Zentrum, Sozialdemokraten) traten die KPD, die NSDAP und zahlreiche kleinere Parteien. Der Kanzler bedurfte des Vertrauens des Reichstages.

Der **Reichsrat** hatte gegen Gesetzesbeschlüsse des Reichstags nur ein Vetorecht, das vom RT mit $^2/_3$-Mehrheit überstimmt oder durch Volksentscheid entkräftet werden konnte. Seine Bedeutung war viel geringer als die des Bundesrats nach der Verfassung von 1871. Die frühere Vormachtstellung Preußens war gebrochen.

Der **Reichspräsident** wurde vom Volk auf 7 Jahre gewählt. Dem ersten Reichspräsidenten *Ebert* folgte Generalfeldmarschall *von Hindenburg* (gest. 1934). Der Präsident vertrat das Reich völkerrechtlich, ernannte die Reichsbeamten und war Oberbefehlshaber der Reichswehr (100 000 Mann). Er konnte den Reichstag auflösen und gegen ein von diesem beschlossenes Gesetz einen Volksentscheid herbeiführen. In Notfällen konnte er auf Grund des Art. 48 WVerf. **Notverordnungen** erlassen. Diese Ausnahmegesetzgebung wurde unter dem Reichskanzler *Brüning* zur Regel und führte zu einer Aushöhlung der Verfassung auf scheinbar legalem Wege.

Im Übrigen garantierte die WVerf. die typischen Rechte der liberalen Demokratie, insbesondere Grundrechte und -freiheiten, und wahrte die Gewaltenteilung. Der Missbrauch der von ihr gewährten Freiheiten führte jedoch letztlich zum Scheitern der Weimarer Republik.

Reichskanzler der Weimarer Republik waren: *Scheidemann* (13. 2.–20. 6. 1919); *Bauer* (21. 6. 1919–26. 3. 1920); *Hermann Müller* (27. 3.–8. 6. 1920 u. 28. 6. 1928–27. 3. 1930); *Fehrenbach* (1920–1921); *Wirth* (1921–1922); *Cuno* (1922 bis 1923); *Stresemann* (1923); *Marx* (1923–1924, 1926–1928); *Luther* (1925–1926); *Brüning* (1930–1932); *von Papen* (1932); *von Schleicher* (3. 12. 1932–28. 1. 1933).

16 | Der Vertrag von Versailles

wurde am 28. 6. 1919 in Versailles von den Alliierten und den assoziierten Mächten und dem Deutschen Reich zur Beendigung des 1. Weltkriegs unterzeichnet; er trat am 10. 1. 1920 in Kraft. Dieser Vertrag legte Deutschland untragbare wirtschaftliche Lasten auf und beschleunigte den Niedergang der Weimarer Republik.

Obwohl Deutschland im Jahre 1918 bereit war, im Rahmen der von US-Präs. *Woodrow Wilson* verkündeten sog. Wilson'schen 14 Punkte einen Friedensvertrag abzuschließen, enthielten die Waffenstillstandsbedingungen ein davon weit entferntes Diktat, das am 11. 11. 1918 unter Protest angenommen wurde. Unter dem Druck eines Ultimatums nahm auch die Nationalversammlung am 23. 6. 1919 den Vertrag von Versailles an; er wurde am 28. 6. 1919 unterzeichnet, von den USA aber nicht ratifiziert. Dem eigentlichen, aus einer Einleitung und 15 Teilen mit 440 Artikeln, Unterabschnitten und Anhängen bestehenden Vertrag war die Völkerbundsatzung vorangestellt; in Teil 13 enthielt der Vertrag von Versailles das internationale Arbeitsrecht. Die wesentlichsten Belastungen Deutschlands waren neben einer Verfemung des deutschen Volkes durch die Kriegsschuldthese Verlust aller Kolonien, Gebietsabtretungen, Abtretung der Rechte des Deutschen Reiches im Ausland, Abtretung von Kunstgegenständen, Reparationen unvernünftigsten Ausmaßes (u. a. 132 Mrd. Goldmark), Internationalisierung von Elbe, Oder, Memel, Donau und Rhein sowie eine 15-jährige Besetzung des linken Rheinlandes.

Die Erfüllung der Reparationen geriet durch die Inflation ins Stocken. Frankreich schritt zu Sanktionen und besetzte 1923 das ganze Ruhrgebiet, was den endgültigen Zerfall der Markwährung zur Folge hatte. Der gegen die Besetzung von der Reichsregierung unter Reichskanzler *Cuno* ausgerufene passive Widerstand wurde, weil letztlich erfolglos, unter der neuen Regierung *Stresemann* wieder aufgegeben. Doch erreichte *Stresemann* im Verhandlungswege, dass der Rest des Rheinlandes bereits 1930 (statt 1935) geräumt wurde. Die Abstimmung im Saargebiet fand, wie vorgesehen, 1935 statt; sie führte zur Wiedervereinigung mit dem Reich.

Der Kampf gegen den Versailler Vertrag und seine Diskriminierung wurde ein Kernstück der nat.-soz. Propaganda; die Beseitigung der restlichen Beschränkungen des Vertrages stärkte *Hitlers* Ansehen und trug wesentlich dazu bei, dass große Teile des deutschen Volkes anfänglich seine Politik und die Machterweiterung der Staatsführung billigten.

17 | Die Diktatur Hitlers (1933–1945)

Obwohl auch nach 1933 die Weimarer Verfassung formell in Geltung blieb, wurde sie doch praktisch von *Adolf Hitler* außer Kraft gesetzt, der alle verfassungsmäßigen Möglichkeiten für seine Zwecke ausnutzte. Nachdem *Hitler* am 30. 1. 1933 vom Reichspräsidenten *von Hindenburg* zum Reichskanzler ernannt worden war, fand am 5. 3. 1933 eine Reichstagswahl statt. Die dabei geschaffene Mehrheit nahm am 24. 3. 1933 das „Gesetz zur Behebung der Not von Volk und Reich" mit 444 gegen 94 Stimmen der SPD an, das *Hitler* zum Erlass von Gesetzen ohne Befragung des Reichstages ermächtigte (**Ermächtigungsgesetz**).

Bereits am 1. 2. 1933 erließ *Hitler* einen Aufruf an die Deutsche Nation zur gemeinsamen Wiederaufbauarbeit in zwei Vierjahresplänen. Am 2. 2. 1933 wurde das Luftfahrt-Kommissariat unter *Göring* errichtet. Eine NotVO vom 4. 2. 1933 schränkte das Recht der öffentlichen Sammlungen, Versammlungen und das Presserecht ein. Am 18. 2. 1933 erging eine NotVO zur Milderung sozialer Härten, die Invaliden und Kriegsopfer bedachte. Auf Grund des Reichstagsbrandes am 27. 2. 1933 nahm *Göring* 4000 kommunistische Funktionäre in Sicherheitsverwahrung. Die sozialistische Presse wurde verboten. Am 28. 2. 1933 erging eine **VO zum Schutz von Volk und Staat**, die kommunistische Gegenmaßnahmen unterband. Am 13. 3. 1933 wurde *Dr. Goebbels* als Leiter des neu errichteten Propagandaministeriums eingesetzt.

Das Verhältnis von Reich und Ländern wurde im Sinne eines **zentralistischen Unitarismus** umgestaltet. Die Länder wurden gleichgeschaltet und Reichsstatthalter eingesetzt. 1934 wurden die Landtage aufgelöst und die Hoheitsrechte der Länder auf das Reich übertragen. Auch Presse, Jugenderziehung, Bauernschaft, Arbeiterorganisationen, Fachverbände kamen unter nat.-soz. Führung.

Das **Führerprinzip** wurde auf alle Bereiche ausgedehnt. Kollegien und parlamentarische Einrichtungen wurden beseitigt oder ausgeschaltet. In den Gemeinden endete die Selbstverwaltung; ein parteimäßig berufener Bürgermeister trat an die Spitze der Verwaltung. Deutschland war zum **Einparteienstaat** geworden, der in totalitärer Weise unter Ausschaltung anderer Meinungen (Überwachung durch Gestapo und Sicherheitsdienst) alle Gebiete des sozialen Lebens beherrschte. Die Gewerkschaften wurden durch die von der NSDAP gesteuerte Deutsche Arbeitsfront ausgeschaltet.

Mit der Vereinigung der höchsten gesetzgebenden und vollziehenden Gewalt in einer Hand waren die Grundlagen der demokratischen Republik zerstört. Das Deutsche Reich war zur **Diktatur** geworden. Der Wille *Hitlers*, der sich nach *Hindenburgs* Tod zum „Führer und Reichskanzler" ernannt hatte und auch die oberste richterliche Entscheidung beanspruchte, war die alleinige Rechtsquelle geworden. Dadurch, dass die Weimarer Verfassung, die formell weiter galt, immer mehr durchlöchert und praktisch außer Kraft gesetzt wurde, ging dem Hitlerreich der Charakter eines Rechtsstaates verloren; es verschrieb sich zudem auch in Gesetzgebung und Verwaltung zunehmend einem schrankenlosen **Antisemitismus.** Die äußerlich in der Form von Gesetzgebungsbeschlüssen des Reichstags zustandegekommenen, in Wahrheit allein auf dem Willen *Hitlers* beruhenden Gesetze dienten vielfach nicht nur der Ausschaltung politischer Gegner, sondern vor allem der Entfernung der Juden aus dem Bereich des öffentlichen und des Berufslebens. Nach Ausbruch des 2. Weltkrieges und der Besetzung der stark mit jüdischer Bevölkerung durchsetzten polnischen Gebiete steigerte sich die Judenverfolgung zur systematischen Vernichtung in Konzentrationslagern. Eine Widerstandsbewegung, die unter Beteiligung hoher Offiziere am 20. 7. 1944 *Hitler* durch einen Anschlag zu stürzen versuchte, scheiterte; ihre Führer wurden vom Volksgerichtshof zum Tode oder zu harten Zuchthausstrafen verurteilt.

Zum Totalitarismus im Innern gesellte sich eine äußere Machtpolitik, die eine zunehmende außenpolitische Isolierung Deutschlands zur Folge hatte. Schon am 14. 10. 1933 erklärte das Reich seinen Austritt aus dem Völkerbund. Dies und die Rassenpolitik *Hitlers* schufen dem Reich immer mehr Feinde in den demokratischen Ländern. Übersteigerte und gewaltsam durchgesetzte Gebietsansprüche führten zum **2. Weltkrieg**, der im April/Mai 1945 mit dem totalen militärischen Zusammenbruch des nat.-soz. Deutschland, des sog. „Dritten Reiches", endete, das vielfach so bezeichnet wurde, indem man das Heilige Römische Reich ➤ vgl. Nr. 14, als das Erste, das Bismarck'sche Kaiserreich ➤ vgl. Nr. 12, als das zweite Deutsche Reich ansah und die Weimarer Republik überging.

Nur ein Teil der für die Rechtsbrüche Hauptverantwortlichen wurde nach dem Zusammenbruch 1945 im Prozess vor dem Alliierten Militär-Gerichtshof in Nürnberg, andere wurden in den während des Krieges von Deutschland besetzten Gebieten oder durch deutsche Gerichte zur Verantwortung gezogen.

18 | Die Besatzungszeit und der Wiederaufbau einer deutschen Verwaltung

a) Beginn der Besatzungszeit

Nach der bedingungslosen Kapitulation der deutschen Wehrmacht, die am 8. 5. 1945 in Berlin unterzeichnet wurde, übten die **Besatzungsmächte** (USA, Großbritannien, Frankreich, Sowjetunion) die Staatsgewalt nach innen und außen aus.

Die militärische Niederringung und die Besetzung des gesamten Staatsgebietes hatten das Deutsche Reich handlungsunfähig gemacht. Es hörte jedoch nicht auf, als **Staatspersönlichkeit** zu bestehen – ebenso wenig wie 1918, als die Fürsten ihre Throne verloren –, obwohl es 1871 als Fürstenbund gegründet worden war. Der Grund liegt darin, dass das staatliche Gemeinwesen in Dasein und Einheit auf dem Willen des Volkes beruht.

In der Berliner Erklärung vom 5. 6. 1945 übernahmen die Regierungen des Vereinigten Königreichs von Großbritannien und Nordirland, der Vereinigten Staaten von Amerika, der Union der Sozialistischen Sowjetrepubliken und der Französischen Republik die oberste Regierungsgewalt in Deutschland. Art. 13b dieser Viermächte-Erklärung bestimmte: „Alle deutschen Behörden und das deutsche Volk haben den Forderungen der Alliierten Vertreter bedingungslos nachzukommen und alle Proklamationen, Befehle, Anordnungen und Anweisungen uneingeschränkt zu befolgen."

Durch das **Potsdamer Abkommen** vom 2. 8. 1945 wurden u. a. Grundsätze für die wirtschaftliche und politische Behandlung Deutschlands festgelegt, so über die Aburteilung der Kriegsverbrecher, die Entnazifizierung, Reparationsleistungen, Industrieentflechtung usw. Ferner wurden territoriale Abmachungen getroffen (Verwaltung des nördlichen Teils von Ostpreußen durch die UdSSR, Unterstellung der übrigen Ostgebiete – südliches Ostpreußen, Pommern, Mark Brandenburg und Schlesien/Oberschlesien östlich der Oder und Lausitzer Neiße – unter polnische Verwaltung; die Festlegung der Westgrenze Polens wurde bis zu einer friedensvertraglichen Regelung zurückgestellt). Die Siegermächte teilten Deutschland in **vier Besatzungszonen** (britische, amerikanische, französische, sowjetische). Die oberste Gewalt wurde den Militärbefehlshabern in den einzelnen Besatzungszonen übertragen. Sie stimmten ihre Maßnahmen im **Kontrollrat** aufeinander ab. Die Gesetze des Kontrollrats, zu deren Beschluss Einstimmigkeit erforderlich war, erhielten Geltung erst durch die Verkündung in den einzelnen Zonen. Von diesen Kontrollratsgesetzen sind zu erwähnen: das Gesetz Nr. 1 betr. Aufhebung gewisser nationalsozialistischer Gesetze, das Gesetz Nr. 9 betr. Beschlagnahme und Kontrolle des Vermögens der IG-Farbenindustrie, Gesetz Nr. 10, das die materielle Grundlage für die Nürnberger Kriegsverbrecherprozesse darstellte. Der Kontrollrat stellte am 20. 3. 1948 seine Tätigkeit ein, nachdem er durch den Auszug der Vertreter der UdSSR beschlussunfähig geworden war.

Die Verwaltung von **Groß-Berlin** wurde einer Alliierten Kommandantur übertragen. Berlin war keiner der vier Besatzungszonen zugeteilt, sondern sollte von den vier Besatzungsmächten gemeinsam verwaltet werden. Das Gebiet wurde in vier Sektoren eingeteilt. Seitdem im Jahre 1948 die Sowjets die Alliierte Kommandantur verlassen hatten, bestand diese nur noch aus den Vertretern der drei Westmächte.

b) Aufbau einer deutschen Verwaltung

Seit 1946 vollzog sich, uneinheitlich in den verschiedenen Besatzungszonen, der Aufbau einer deutschen Verwaltung. Das Ziel der von den Besatzungsmächten gesteuerten Maßnahmen war eine weitgehende **Dezentralisation** und Verlagerung des Schwergewichts auf die lokale Selbstverwaltung.

aa) In der britischen Zone wurden zunächst 8 Länder gebildet. Dies waren die ehemaligen preußischen Provinzen Schleswig-Holstein und Hannover, die alten Länder Oldenburg, Braunschweig und Schaumburg-Lippe, die Hansestädte Hamburg und Bremen und das aus der früheren preußischen Provinz Westfalen und dem Nordteil der Rheinprovinz gebildete Land Nordrhein-Westfalen. Im November 1946 wurden die bisherigen Länder Hannover, Oldenburg, Braunschweig und Schaumburg-Lippe im Zuge einer Neugliederung zum Land Niedersachsen zusammengelegt (VO Nr. 55 der Brit. Militärregierung).

Durch VO Nr. 70 der Brit. Militärregierung wurde das Land Niedersachsen zum Rechtsnachfolger der vier genannten Länder erklärt. Nach Abgabe von Bremen an die amerik. Zone bestand die britische Zone aus den Ländern Schleswig-Holstein, Niedersachsen, Nordrhein-Westfalen und dem Stadt-Staat Hamburg.

Als beratendes Gremium des Zonenbefehlshabers fungierte der sog. Zonenbeirat, dem Vertreter der politischen Parteien, der Landesregierungen und der Gewerkschaften angehörten. Als Hilfsorgane der Besatzungsmacht wurden deutsche Zentralämter für Wirtschaft, Justiz, Finanzen (Finanzleitstelle Hamburg), Arbeit, Verkehr, Bahn und Post eingerichtet.

bb) Der Aufbau in der amerikanischen Besatzungszone zeigte eine deutlich föderalistische Tendenz. Die Machtstellung der hier zu frühem Zeitpunkt gebildeten Länder Bayern, Württemberg-Baden und Hessen (1947 kam als viertes Land das ursprünglich zur brit. Zone gehörende Bremen hinzu) wurde bewusst gestärkt. Bereits 1946 wurden in den Ländern Wahlen zu verfassunggebenden Versammlungen ausgeschrieben, und im Dezember 1946 traten die von diesen beschlossenen Landesverfassungen in Kraft.

Die Länder übernahmen Reichsaufgaben. Ein permanenter Rat der Ministerpräsidenten stimmte als Länderrat Gesetzgebung und Verwaltung der Länder aufeinander ab. Als gemeinschaftliche Verwaltungsstellen entstanden der Oberste Finanzhof, das Oberpostdirektorium in München und die Generaldirektion für Verkehrswesen in Frankfurt a. M.

cc) In der französischen Zone vollzog sich der Aufbau deutscher Verwaltungsstellen langsamer. Es wurden zunächst nur kommunale Verwaltungen errichtet. Später ging man an die Bildung von drei Ländern: Baden, Württemberg-Hohenzollern und Rheinland-Pfalz. Über die Landesverfassungen fand eine Volksabstimmung statt.

Zoneneinheitliche Einrichtungen wie in der amerik. und brit. Besatzungszone gab es in der französischen Zone zunächst nicht. Erst 1947 wurden über die Landesregierungen Generaldirektionen für die wichtigsten Verwaltungszweige eingesetzt.

dd) Die Entwicklung in der sowjetischen Besatzungszone zielte von Anfang an auf Errichtung eines zentralregierten Verwaltungsgebietes ab. Es wurden Zentralverwaltungen aufgebaut. Den fünf Ländern der Zone (Brandenburg, Mecklenburg, Sachsen, Sachsen-Anhalt und Thüringen) kam bald nur noch die Funktion höherer Verwaltungseinheiten zu.

c) Zusammenschluss der Westzonen

Zwar hatten die Siegermächte erklärt, dass Deutschland staatlich und wirtschaftlich eine Einheit bilden solle. Infolge der Gegensätze zwischen den Westmächten und der UdSSR vertiefte sich aber die Trennung der vier Besatzungszonen immer mehr. Die Westmächte fassten deshalb einen wirtschaftlichen Zusammenschluss der drei Westzonen ins Auge, der aber wegen der ablehnenden Haltung Frankreichs zunächst nur als wirtschaftliche Vereinigung der brit. und amerik. Zone zur Bizone mit Wirkung ab 1. 1. 1947 zustande kam. Erst im März 1948 wurde die franz. Zone einbezogen.

Zunächst wurden fünf mit Ressortministern der Länder besetzte Bizonale Räte ins Leben gerufen. Dann wurde durch Proklamation der beiden Militärgouverneure vom 29. 5. 1947 und Gesetz über den vorläufigen Aufbau der Wirtschaftsverwaltung des Vereinigten Wirtschaftsgebietes vom 9. 8. 1947 mit dem Wirtschaftsrat das wichtigste Organ der Zweizonenverwaltung gebildet. Dieser setzte sich aus 104 von den Landtagen der beteiligten 8 Länder gewählten Abg. zusammen. Er erhielt zunächst nur wirtschaftliche, später auch gesetzgeberische Befugnisse. Daneben bestand ein Länderrat aus 24 Vertretern der Landesregierungen. Er besaß neben dem Recht der Gesetzesinitiative ein Vetorecht gegenüber den vom Wirtschaftsrat verabschiedeten Gesetzen, das von diesem nur mit absoluter Mehrheit überstimmt werden konnte. Alle Gesetze bedurften nach Verabschiedung durch Wirtschafts- und Länderrat der Zustimmung des Bipartite Board, einer Kontrollinstanz der Besatzungsmächte. Die Exekutive war gegliedert in fünf Verwaltungen für Wirtschaft, Ernährung und Landwirtschaft, Arbeit, Finanzen, Verkehr und Post, die von Direktoren mit ministerähnlichen Befugnissen unter einem Oberdirektor (*Dr. Pünder*) geleitet wurden. Als Oberbehörden bestanden das Deutsche Obergericht in Köln, das zugleich Staatsgerichtshof und oberstes Zivil-, Straf- und Verwaltungsgericht war (aufgehoben durch Gesetz vom 27. 12. 1951, BGBl. I 1009), und die Bank deutscher Länder.

19 | Der Parlamentarische Rat und die Schaffung des Grundgesetzes

Auf der Londoner Außenministerkonferenz im Nov./Dez. 1947 konnten sich die vier „alliierten Großmächte“ über die Neuordnung der staatlichen Verhältnisse Gesamtdeutschlands nicht einigen. Auf einer weiteren Londoner Konferenz kamen die Vereinigten Staaten von Amerika, Großbritannien, Frankreich, Belgien, Luxemburg und die Niederlande im Juni 1948 überein, die Einberufung einer **verfassunggebenden Versammlung** für die drei Westzonen zu genehmigen. Diese sollte eine demokratische Verfassung mit föderalistischem Staatsaufbau schaffen. Die Militärgouverneure gaben den 11 MinPräs. der westdeutschen Länder entsprechende Richtlinien in den sog. Frankfurter Dokumenten.

Auf Initiative der Ministerpräsidenten wählten die 11 westdeutschen Landtage im August 1948 65 Abgeordnete in den **Parlamentarischen Rat** (Parl. Rat), die sich ihrer Parteizugehörigkeit nach wie folgt verteilten: CDU/CSU 27, SPD 27, FDP 5, DP 2, Zentrum 2, KPD 2. Hinzu kamen 5 Vertreter Westberlins mit beratender Stimme.

Der Parl. Rat trat am 1. 9. 1948 in Bonn zusammen und wählte *Dr. Adenauer* zum Präsidenten. Die Grundlage für seine Arbeit bildete ein von einem Sachverständigenausschuss in Herrenchiemsee erarbeiteter Verfassungsentwurf. Die Mitglieder des Parl. Rates waren von Weisungen unabhängig.

Der Parl. Rat setzte 7 Fachausschüsse zur Vorberatung der einzelnen Verfassungsartikel sowie einen Hauptausschuss ein, der den Verfassungsentwurf in insgesamt vier Lesungen abschließend beriet; in ihm wurden die eigentlichen politischen Entscheidungen getroffen.

Die drei Militärgouverneure beobachteten die Arbeit des Parl. Rates durch Verbindungsstäbe. Der erste Verfassungsentwurf wurde abgelehnt, weil er dem föderalistischen Prinzip zu wenig Rechnung trug. Auch die im März 1949 vorgelegte

Endfassung des Grundgesetzes ➢ zum Begriff s. Nr. 61, stieß auf Einwände der Militärgouverneure. Erst nach langwierigen Verhandlungen konnte eine Verständigung erzielt werden.

Am 8. 5. 1949 wurde das GG vom Parl. Rat mit 53 gegen 12 Stimmen angenommen und anschließend den Militärgouverneuren zur Genehmigung vorgelegt. Diese wurde mit den im **Besatzungsstatut** niedergelegten Vorbehalten ➢ vgl. Nr. 21, erteilt; die Besatzungsmächte hatten ferner das Inkrafttreten an die Zustimmung von $^2/_3$ der Länderparlamente geknüpft. Nach Billigung durch fast alle Landtage der deutschen Länder (von den 11 Ländern stimmte nur Bayern dagegen) wurde das GG am 23. 5. 1949 verkündet; es trat am Tage darauf in Kraft (Art. 145 Abs. 2 GG).

20 | Konstituierung der Organe der Bundesrepublik

Wenn man auch die Verkündung des Grundgesetzes mit Recht als die Geburtsstunde der BRep. ansieht, darf doch nicht verkannt werden, dass der junge Staat erst arbeitsfähig wurde durch die Bildung seiner wichtigsten Organe:

Bundestag, Bundesrat, Bundespräsident, Bundesregierung.

Bereits der Parl. Rat hatte ein Wahlgesetz geschaffen, auf Grund dessen am 14. 8. 1949 die Wahlen zum Deutschen Bundestag als der Volksvertretung der BRep. stattfanden. Diese Wahl stellte eine Mischung von Persönlichkeits- und Listenwahl dar, wobei man den Prozentsatz der direkt gewählten Abgeordneten etwa mit 60 v. H. einsetzen kann. Die Wahlen erbrachten folgendes Ergebnis: CDU/CSU 139, SPD 131, FDP 52, DP 17, BP 17, KPD 15, sonstige 31 Abgeordnete.

Am 7. 9. 1949 trat der Bundestag in Bonn zusammen. Diese Stadt war durch Beschluss des Parl. Rates zur vorläufigen **Bundeshauptstadt** bestimmt worden. Am gleichen Tag hielt auch der Bundesrat, die Vertretung der Länder, seine erste Sitzung ab.

Am 12. 9. 1949 wählte die Bundesversammlung, gebildet aus den 402 Abgeordneten des Bundestags und der gleichen Zahl eigens zu diesem Zweck von den Landtagen entsandter Vertreter (Wahlmänner), in dem durch Art. 54 GG vorgesehenen Verfahren mit 416 von 800 abgegebenen Stimmen den FDP-Abgeordneten **Prof. Dr. Theodor Heuss** zum ersten Bundespräsidenten. Am 15. 9. 1949 wurde der CDU-Abgeordnete **Dr. Konrad Adenauer** vom Bundestag mit einer Stimme mehr als die erforderliche Mehrheit zum Bundeskanzler gewählt. Er stellte am 20. 9. 1949 die Mitglieder seines Kabinetts vor.

21 | Besatzungsstatut, Dreimächtekontrolle

Am 10. 4. 1949 wurden dem Parl. Rat in Bonn von den all. Kontrollbehörden das **Besatzungsstatut** für Westdeutschland und das Abkommen über die Dreimächtekontrolle übermittelt. Danach hörte mit Errichtung der BRep. die Militärregierung als solche auf zu bestehen. Die Kontrollbefugnisse wurden von je einem Hohen Kommissar ausgeübt, während die militärischen Funktionen von je einem Oberbefehlshaber wahrgenommen wurden. Die drei Hohen Kommissare bildeten gemeinsam die **Alliierte Hohe Kommission**, die in jedem Land durch einen Länderkommissar der betreffenden Besatzungsmacht vertreten war.

Das mit Konstituierung der Bundesregierung am 21. 9. 1949 in Kraft getretene Besatzungsstatut übertrug dem deutschen Volk schon während der Besatzungszeit die Selbstverwaltung, behielt aber die oberste staatliche Gewalt und eine Reihe von Machtbefugnissen den Besatzungsbehörden vor.

Auf den Gebieten der Vorbehaltsklausel waren die Besatzungsmächte zu Eingriffen in die Grundrechte berechtigt. Solches Besatzungsrecht ging dem innerdeutschen Recht vor. Änderungen des GG bedurften einer ausdrücklichen vorherigen Zustimmung der Besatzungsmächte.

In der Folgezeit änderte sich das Verhältnis zwischen der BRep. und den früheren Besatzungsmächten infolge einer zunehmenden Westintegration in überstaatliche Organisationen. Durch den **Marshallplan** wurde der Wiederaufbau der westeuropäischen Wirtschaft gefördert. Die BRep. erhielt im Oktober 1949 die volle Gleichberechtigung im Europäischen Wirtschaftsrat (OEEC). Einen weiteren Fortschritt bedeutete das sog. Petersberg-Abkommen vom 22. 11. 1949.

Hierdurch wurden die Demontagen deutscher Unternehmungen praktisch beendet und der Schiffbau freigegeben. Weiter wurde der Beitritt der BRep. zu mehreren internationalen Organisationen sowie zur Ruhrbehörde und die Einrichtung deutscher Konsulate genehmigt.

Mit der Errichtung der Europäischen Gemeinschaft für Kohle und Stahl (Montanunion) im Jahre 1951 ➢ s. Nr. 31, wurden die Bestimmungen des Besatzungsrechts, soweit es sich um die Grundstoffindustrien Kohle und Eisen handelt, durch die neuen europäischen Rechtsvorschriften abgelöst und die gegen Deutschland gerichteten Beschränkungen aufgehoben. Die Beteiligung der BRep. an der Gründung der Europäischen Wirtschaftsgemeinschaft im Jahre 1957 unterstrich weiter ihre wirtschaftspolitische Unabhängigkeit. Der Beitritt der BRep. zur NATO ➢ s. Nr. 53, im Mai 1955 verschaffte ihr Mitgliedschaft im Altantischen Ministerrat, im Militärausschuss und den sonstigen Einrichtungen dieses Paktes. Durch die Pariser Verträge wurde ab 5. 5. 1955 (BGBl. II 305 f.) die **Beendigung des Besatzungsregimes** bis auf die **Vorbehalte hinsichtlich Berlin, Deutschland als Ganzes und den Friedensvertrag** erreicht. Gemäß Erklärung der Drei Mächte vom 27. 5. 1968 (BGBl. I 714) sind die diesen vorbehaltenen Rechte in Bezug auf die Sicherheit der Stationierungsstreitkräfte mit dem Inkrafttreten der sog. Notstandsgesetzgebung ➢ s. Nr. 82, erloschen, nicht aber in Bezug auf die Vier-Mächte-Verantwortung für Deutschland als Ganzes und für Berlin ➢ zu deren Ende s. Nr. 23 c).

22 | Entwicklung zu zwei deutschen Staaten

a) Überblick

Die Gründung der BRep. (23. 5. 1949) und der DDR am 7. 10. 1949 sowie die Aufteilung von Berlin in Berlin (West) und Berlin (Ost) bildete den Beginn einer Aufspaltung der staatlichen, politischen, gesellschaftlichen und rechtlichen Entwicklung Deutschlands. Die weitere Geschichte Deutschlands vollzog sich von 1949 an in zwei getrennten Staaten, die verschiedenen gesellschaftlichen und ideologischen Systemen angehörten. Während die BRep. in das westliche System, besonders in die NATO und die EG integriert wurde, bildete die DDR einen Teil des sog. „Ostblocks". Ideologisch war die DDR ein sozialistischer Staat auf der Grundlage des Marxismus-Leninismus, die BRep. dagegen ist ein freiheitlicher demokratischer Rechtsstaat.

b) BRep. und DDR in staats- und völkerrechtlicher Sicht

In staats- und völkerrechtlicher Hinsicht ergab sich durch die Existenz zweier deutscher Staaten eine Vielzahl von Problemen. Die BReg. vertrat stets die Auffassung, dass Deutschland als Ganzes fortbestehe und dass die BReg. allein berechtigt sei, Gesamtdeutschland zu vertreten (**Alleinvertretungsanspruch**). Im Zusammenhang hiermit stand die sog. Hallstein-Doktrin, die besagte, dass die BRep. keine diplomatischen Beziehungen zu solchen Staaten (außer der UdSSR) aufnimmt, welche die DDR anerkennen. Die Hallstein-Doktrin wurde von der BReg. lange Zeit strikt eingehalten, wich im Laufe der Zeit jedoch einer neueren Auffassung. Auf der Grundlage dieser Auffassung erkannte die BReg. die DDR zwar völkerrechtlich auch weiterhin nicht an; sie strebte vielmehr „besondere innerdeutsche Beziehungen nicht völkerrechtlicher Art innerhalb einer deutschen Nation" an. Nach Auffassung der BReg. hatten die Vier Mächte die 1945 übernommene Regierungsgewalt über Gesamtdeutschland nicht aufgegeben; völkerrechtlich existiere demgemäß noch Gesamtdeutschland, innerhalb dessen BRep. und DDR vorläufige „Teilordnungen" seien (dazu BVerfG NJW 1973, 1539). Die DDR dagegen ging von zwei deutschen Staaten aus, die beide Nachfolgestaaten des untergegangenen Deutschen Reiches seien (**Zwei-Staaten-Theorie**).

Dementsprechend führte die DDR z. B. 1967 unter Aufgabe des Einheitsgedankens im deutschen Staatsangehörigkeitsrecht eine eigene Staatsbürgerschaft der DDR ein. Bis 1972 hatte der von der BRep. erhobene Alleinvertretungsanspruch für Gesamtdeutschland und die entgegengesetzte Zweistaatenlehre der DDR – abgesehen von sog. „technischen Kontakten" z. B. im Post- und Bahnverkehr – offizielle Beziehungen zwischen den Regierungen beider Gebiete verhindert. Im **„Vertrag über die Grundlagen der Beziehungen zwischen der Bundesrepublik Deutschland und der Deutschen Demokratischen Republik" (Grundvertrag)** vom 21. 12. 1972 (Gesetz vom 6. 6. 1973, BGBl. II 421) wurde die Gleichberechtigung beider deutscher Staaten und die Unverletzlichkeit der bestehenden Grenzen sowie die Beschränkungen der Hoheitsgewalt auf das eigene Staatsgebiet anerkannt. Beide Seiten verzichteten auf Gewaltanwendung bei Streitfragen und auf Alleinvertretungsansprüche. Statt diplomatischer Missionen wurden „Ständige Vertretungen" eingerichtet. Durch den Grundvertrag wurde es ermöglicht, dass 1973 sowohl die BRep. als auch die DDR der UNO beitreten konnten.

c) Die staatsrechtliche Stellung Berlins

Innerhalb Deutschlands galten Besonderheiten für die staatsrechtliche Stellung Berlins, da sich die alliierten Siegermächte in Bezug auf Berlin und Deutschland als Ganzes Rechte vorbehalten hatten. Gemäß Art. 23 GG war Berlin, das in einen West- und einen Ost-Teil getrennt war, ein Land der BRep. Jedoch verbot der Vier-

Mächte-Status die volle Eingliederung in die BRep. Berlin durfte wegen der Vorbehalte, welche die drei Westalliierten (USA, Großbritannien, Frankreich) bei Genehmigung des GG und der Berliner Verfassung anbrachten, nicht vom Bund regiert werden. Die Berliner Vertreter in BT und BR hatten im Plenum kein Stimmrecht bei rechtsgestaltenden Abstimmungen oder solchen mit Außenwirkungen, wohl aber in den Ausschüssen, im Vermittlungsausschuss und in der Bundesversammlung. Alle Bundesgesetze, die auch in Berlin gelten sollten, enthielten eine sog. **Berlin-Klausel**, mit der sie erst nach förmlicher Übernahme durch das Abgeordnetenhaus und mit Zustimmung der Westalliierten in Berlin in Kraft traten. Sie galten dann auch in Berlin als Bundesrecht (BVerfG NJW 1966, 723). Das BVerfG hatte in sog. „Berliner-Sachen" nur eine eingeschränkte Entscheidungszuständigkeit.

Rechtsgrundlagen für die besondere Stellung Berlins bildeten zunächst das Londoner Protokoll vom 12. 9. 1944 und das sog. „kleine Besatzungsstatut" für Berlin vom 14. 5. 1949, erläutert durch die Erklärung der Außenminister der drei Westmächte vom 23. 10. 1954 über die Grundsätze der künftigen Anwendung des Berlin-Status, und die Erklärung der Alliierten Kommandantur Berlin vom 5. 5. 1955 (GVBl. Berlin S. 335) über die Stellung Berlins (West) nach dem Inkrafttreten der Pariser Verträge (sog. Berlin-Statut). Im Zuge der europäischen Entspannungspolitik hatten die vier Besatzungsmächte am 3. 9. 1971 außerdem das Vier-Mächte-Abkommen über Berlin geschlossen (BAnz. Nr. 174/72 – Beil.), das die Rechte und Verantwortlichkeiten der Vier Mächte bekräftigte. Das Abkommen legte fest, dass die Bindungen zwischen Berlin (West) und der BRep. aufrechterhalten und weiterentwickelt werden, wobei Berlin (West) kein (konstitutiver) Bestandteil der BRep. war und weiterhin nicht von ihr regiert werden durfte.

Die Vorbehaltsrechte aller vier alliierten Mächte wurden durch den „Vertrag über die abschließende Regelung in Bezug auf Deutschland" vom 12. 9. 1990 beendet ➤ s. Nr. 23 c), nachdem die Drei Mächte schon durch Erklärung vom Juni 1990 (vgl. Bek. vom 12. 6. 1990, BGBl. I 1068) ihre Vorbehalte aufgehoben hatten.

d) Strukturen der ehemaligen DDR

Nach ihrer Verfassung war die DDR ein „sozialistischer Staat der Arbeiter und Bauern", die politische Organisation der „Werktätigen in Stadt und Land unter Führung der Arbeiterklasse und ihrer marxistisch-leninistischen Partei". Sonstige Bestimmungen betrafen das „sozialistische Eigentum" (gesamtgesellschaftliches Volkseigentum), das einheitliche sozialistische Bildungssystem und Einrichtungen spezifisch marxistisch-leninistischer Prägung. Für das Wirtschaftssystem war der Grundsatz der Planung und Leitung der Volkswirtschaft (**Planwirtschaft**) vorgesehen. Das für die Demokratien westlicher Prägung grundlegende Prinzip der Gewaltentrennung war durch das Prinzip der **Gewalteneinheit** ersetzt, das zusammen mit einem in der Verfassung angelegten „demokratischen Zentralismus" den Staatsaufbau bestimmte. Der Rechtsprechung, im demokratischen Staat die „dritte Gewalt", war die Kontrolle der Verwaltung auf Gesetzlichkeit ihres Handelns entzogen; sie war im Gegenteil in ihrer Unabhängigkeit beschränkt und selbst einer staatlichen Kontrolle unterworfen. Der in der ehemaligen DDR herrschende **Zentralismus** bedingte letztlich eine völlige Abhängigkeit von der Verwaltungsspitze; es gab daher auch keine kommunale Selbstverwaltung. Bis zu den politischen Umwälzungen 1989/1990 war die „Sozialistische Einheitspartei Deutschlands" (SED) die bestimmende politische Kraft in der DDR. Höchste Parteiorgane waren der Parteitag, das Zentralkomitee, das Politbüro und das Sekretariat des Zentralkomitees mit dem Generalsekretär. Die SED hatte eine den Staatsapparat beherrschende Stellung. Der Einfluss der Bürger auf das politische Geschehen war durch das Wahlsystem stärkstens eingeschränkt. Es wurde vor jeder Wahl unter dem beherrschenden Einfluss der „Nationalen Front" und der diese steuernden SED eine **Einheitsliste** aufgestellt, die nach einem stets unveränderten Schlüssel außer den politischen Parteien (vor allem der SED) auch andere Gruppen berücksichtigte. Oberstes Gesetzgebungsorgan war die Volkskammer, in der die SED und die kommunistischen Massenorganisationen die Mehrheit hatten. Eine politisch und verwaltungsmäßig überragende Stellung nahm der Staatsrat ein, der zwischen den Tagungen der Volkskammer als deren Organ selbstständig fungierte. Die Verfassung von 1968 verlieh dem Staatsrat u. a. das Recht, durch rechtsverbindliche Erlasse und Beschlüsse Gesetze der Volkskammer zu verwirklichen, grundsätzliche Beschlüsse in Verteidigungs- und Sicherheitsfragen zu fassen und internationale Verträge abzuschließen. Außerdem vertrat der Staatsrat wie ein Staatsoberhaupt die DDR völkerrechtlich. Der Ministerrat war als Regierung der ehemaligen DDR die Spitze der Behördenorganisation. Er war das Exekutivorgan der Volkskammer und leitete die Staatspolitik. Das Ministerium für Staatssicherheit (MfS; Stasi) hatte Überwachungs- und Bespitzelungsaufgaben. Das Rechtswesen war in der ehemaligen DDR als „sozialistisches Recht" ein Mittel zur Verwirklichung der marxistisch-leninistischen Weltanschauung, unterlag also dem Primat der Politik. In der Gesetzgebung zeigte sich dies in der weitgehenden Verwendung unbestimmter Rechtsbegriffe, die bei der Rechtsanwendung weiten Raum für eine Auslegung im Sinne der politischen Zielsetzung ließen: außerdem wurde fast allen Gesetzen eine Präambel als rechtliches und politisches Leitbild für die Gesetzesanwendung vorangestellt. Auch die Bereiche von Wirtschaft und Arbeit waren in der DDR sozialistisch geprägt. Zu den wesentlichen Zielen des sozialistischen Staates gehörte die Umformung des Eigentumsbegriffs durch Schaffung eines „sozialistischen Eigentums" und die Gestaltung der Produktionsprozesse nach den Grundsätzen einer zentral gesteuerten Planwirtschaft. Diesen Zielen diente vor allem die Überführung der privaten Wirtschaftsbetriebe in Staats(Volks)eigentum (Schaffung „volkseigener Betriebe" – VEB). In der Landwirtschaft und im Handwerk geschah dies durch Überführung in landwirtschaftliche Produktionsgenossenschaften (LPG) bzw. „Produktionsgenossenschaften des Handwerks" (HPG). Im Arbeitsrecht war ein Streikrecht nicht vorgesehen; die Vertretung der Arbeitnehmer oblag nicht einem gewählten Betriebsrat, sondern der vom FDGB (Freier Deutscher Gewerkschaftsbund) kontrollierten Betriebsgewerkschaftsleitung, der gewisse Mitbestimmungsrechte zustanden.

23 | Die Wiedervereinigung Deutschlands

a) Die Ereignisse 1989/1990

Ende 1989/Anfang 1990 vollzog sich in der ehemaligen DDR – wie in den meisten Ländern Osteuropas – ein grundlegender politischer Wandel. Das herrschende sozialistische (kommunistische) System ist von einer von der großen Mehrzahl der Bevölkerung getragenen, **revolutionsähnlich verlaufenen friedlichen Bewegung** beseitigt und nach der Durchführung freier Wahlen im März 1990 von einer demokratischen Regierung abgelöst worden. Die Ursachen dieser Entwicklung dürften zum einen in der zunehmenden Unzufriedenheit der Menschen mit den inneren und äußeren Auswirkungen des sozialistischen Systems, besonders den rechtlichen und sozialen Beschränkungen (z. B. Einschränkung der Reisefreiheit und Freizügigkeit, Beschränkungen in der Grund- und Menschenrechtsausübung) sowie in der schlechten wirtschaftlichen Lage zu sehen sein. Zum anderen hatten wohl auch die unter den Schlagworten „Perestrojka" (Umwandlung) und „Glasnost" (Offenheit) eingeleiteten Reformen *Gorbatschows* in der Sowjetunion dem gesamten Ostblock und damit auch der ehemaligen DDR ein Vorbild für einen politischen und gesellschaftlichen Wandel gegeben.

Die in den freien Wahlen vom 18. 3. 1990 in der ehemaligen DDR gewählte Koalitionsregierung unter der Führung von Ministerpräsident *Lothar de Maizière* hatte das Ziel, in Anlehnung an die Strukturen von 1952 durch Wiedererrichtung der früheren Länder der DDR einen föderativen Staatsaufbau zu schaffen und die Wiedervereinigung Deutschlands nach Verhandlungen mit der BRep. auf der Grundlage des Art. 23 S. 2 GG a. F., der anderen Teilen Deutschlands den Beitritt zur BRep. ermöglichte, in die Wege zu leiten. Am 18. 5. 1990 schloss die DDR mit der BRep. den „Vertrag über die Schaffung einer Währungs-, Wirtschafts- und Sozialunion" (BGBl. II 518), über die Bildung einer **Währungs-**, **Wirtschafts- und Sozialunion** zum 1. 7. 1990. Dieser Staatsvertrag ist als Vorstufe der deutschen Wiedervereinigung zu sehen. Der Staatsvertrag (bestehend aus dem Vertrag selbst, einem Gemeinsamen Protokoll über Leitsätze, den Anlagen I–IX und Protokollerklärungen) sah ein einheitliches Währungsgebiet mit der DM als gemeinsamer Währung und der Deutschen Bundesbank als Notenbank dieses Währungsgebiets vor. Grundlage der Wirtschaftsunion ist die soziale Marktwirtschaft mit Privateigentum, Leistungswettbewerb, freier Preisbildung und grundsätzlich voller Freizügigkeit von Arbeit, Kapital, Gütern und Dienstleistungen. Die Sozialunion wird bestimmt durch Einführung einer der sozialen Marktwirtschaft entsprechenden Arbeitsrechtsordnung und eines umfassenden Systems der sozialen Sicherung.

Die Wiedervereinigung Deutschlands wurde durch den Beitritt der DDR gemäß Beschluss der Volkskammer vom 23. 8. 1990 (GBl. DDR I 1324) zur BRep. gem. Art. 23 S. 2 GG a. F. am 3. 10. 1990 erreicht. Die rechtlichen Grundlagen für die Wiedervereinigung wurden im „Vertrag zwischen der Bundesrepublik Deutschland und der Deutschen Demokratischen Republik über die Herstellung der Einheit Deutschlands – **Einigungsvertrag**" vom 31. 8. 1990 (Gesetz vom 23. 9. 1990, BGBl. II 885) gelegt. Der EV regelt u. a. die Inkraftsetzung des Grundgesetzes in der ehemaligen DDR zum 3. 10. 1990 sowie die weitgehende Anwendung des Rechts der BRep. im Beitrittsgebiet, d. h. dem Gebiet der ehemaligen DDR. Die Länder der ehemaligen DDR (Brandenburg, Mecklenburg-Vorpommern, Sachsen, Sachsen-Anhalt und Thüringen) wurden Länder der BRep. In der BT-Wahl vom 3. 12. 1990 wurde das erste gesamtdeutsche Parlament nach dem 2. Weltkrieg gewählt. Die noch vorhandenen Einschränkungen der deutschen Souveränität durch alliierte Vorbehaltsrechte wurden durch den „Vertrag über die abschließende Regelung in Bezug auf Deutschland" ➤ s. unten c), vom 12. 9. 1990 beseitigt.

b) Der Einigungsvertrag

Der EV geht nach seinem Vorspruch aus von dem Wunsch der Menschen in beiden Teilen Deutschlands, gemeinsam in Frieden und Freiheit in einem rechtsstaatlich geordneten, demokratischen und sozialen Bundesstaat zu leben und will durch die deutsche Einheit einen Beitrag zur Einigung Europas und zum Aufbau einer europäischen Friedensordnung leisten; ferner ist er in dem Bewusstsein abgeschlossen, dass die Unverletzlichkeit der Grenzen und der territorialen Integrität und Souveränität aller Staaten in Europa in ihren Grenzen eine grundlegende Bedingung für den Frieden ist.

Im eigentlichen Vertragsteil wird Berlin zur Bundeshauptstadt bestimmt; die Frage des Sitzes von Parlament und Regierung wurde gem. Art. 2 Abs. 1 EV im Juni 1991 vom BT zugunsten Berlins entschieden. Hinsichtlich des GG sieht der EV vor, dass es grundsätzlich – soweit im EV nicht ausdrücklich etwas anderes vorgesehen ist – mit dem Wirksamwerden des Beitritts in den neuen Ländern gilt (Art. 3 EV).

Gleichzeitig wurden beitrittsbedingte Änderungen des GG vorgenommen. Als weitere wichtige Bestimmungen enthält der EV, dass mit dem Wirksamwerden des Beitritts am 3. 10. 1990 in dem Beitrittsgebiet (= Gebiet der ehemaligen DDR) Bundesrecht in Kraft tritt, soweit durch den EV nicht anderes bestimmt ist (Art. 8 EV). Ebenso gelten in diesem Gebiet die Verträge über die Europäischen Gemeinschaften nebst Änderungen und Ergänzungen sowie die internationalen Vereinbarungen, Verträge und Beschlüsse, die in Verbindung mit diesen Verträgen in Kraft getreten sind (Art. 10 EV). Recht der ehemaligen DDR gilt als Landesrecht bzw. Bundesrecht fort, soweit es dem GG und dem unmittelbar geltenden Recht der Europäischen Gemeinschaften nicht widerspricht und soweit im EV nicht ausdrücklich etwas anderes bestimmt ist (Art. 9 EV); im Übrigen bleibt das in Anlage II zum EV aufgeführte Recht der DDR mit den dort genannten Maßgaben in Kraft, soweit es mit dem Grundgesetz und dem Recht der EG vereinbar ist (Art. 9 Abs. 2 EV). Ferner enthält der EV Bestimmungen über die Geltung der völkerrechtlichen Verträge der BRep. und der ehemaligen DDR (Art. 11, 12 EV), über die öffentliche Verwaltung und Rechtspflege (Art. 13–20 EV), über öffentliches Vermögen und Schulden (Art. 21–29 EV).

Praktisch besonders bedeutsam ist Art. 25 EV, der bestimmt, dass das Gesetz zur Privatisierung und Reorganisation des volkseigenen Vermögens – Treuhandgesetz – vom 17. 6. 1990 (GBl. DDR I 300) mit Wirksamwerden des Beitritts mit Maßgaben weitergilt (Art. 25 Abs. 1 EV). Danach hatte zunächst die **Treuhandanstalt** den Auftrag, die früheren volkseigenen Betriebe der ehemaligen DDR wettbewerblich zu strukturieren und zu privatisieren. Mit Wirkung zum 1. 1. 1995 wurde die Treuhandanstalt in Bundesanstalt für vereinigungsbedingte Sonderaufgaben umbenannt. Die liegenschaftsbezogenen und unternehmensbezogenen Aufgaben der Treuhandanstalt wurden zum großen Teil auf das BMF übertragen. Ferner enthält der EV Regelungen über Arbeit, Soziales, Familie, Frauen, Gesundheitswesen und Umweltschutz (Art. 30–34 EV) sowie über Kultur, Bildung und Wissenschaft, Sport (Art. 35–39 EV).

Mit dem Wirksamwerden des EV ist das Gesetz zur Regelung offener Vermögensfragen in Kraft getreten. Das Gesetz regelt vor allem vermögensrechtliche Ansprüche an Vermögenswerten, die im Gebiet der ehemaligen DDR entschädigungslos enteignet und in Volkseigentum überführt oder unter staatliche Verwaltung gestellt wurden. Das Gesetz gilt auch für Grundstücke, die auf Grund nicht kostendeckender Mieten und hierdurch eingetretener Überschuldung in Volkseigentum übernommen wurden. Ferner gilt das Gesetz entsprechend für Ansprüche von Bürgern, die in der Zeit vom 30. 1. 1933 bis 8. 5. 1945 aus rassischen, politischen, religiösen oder weltanschaulichen Gründen verfolgt wurden und Vermögen infolge von Enteignungen verloren haben. Das Gesetz gilt hingegen nicht für **Enteignungen** auf besatzungsrechtlicher oder besatzungshoheitlicher Grundlage in der Zeit von 1945–1949. Die Herausnahme der Enteignungsvorgänge 1945–1949 aus der allgemein vorgesehenen Rückabwicklung ist nach dem Urteil des BVerfG vom 23. 4. 1991 (NJW 1991, 1597) verfassungsgemäß; auch ein Vorstoß gegen die EMRK liegt nicht vor (EGMR NJW 2005, 2530). Der Gesetzgeber ist aber wegen des Gleichbehandlungsgrundsatzes verpflichtet, den Betroffenen eine Ausgleichsleistung (s. u. Ausgleichsleistungsgesetz) zu gewähren. Das Vermögensgesetz sieht vor, dass enteignete Vermögenswerte an die Berechtigten oder deren Rechtsnachfolger grundsätzlich zurückgegeben werden. Die Rückübertragung ist aber ausgeschlossen, wenn dies von der Natur der Sache her nicht mehr möglich ist oder wenn ein Dritter in redlicher Weise an dem Vermögenswert Eigentum erworben hat; in diesen Fällen wird eine Entschädigung in Geld gewährt. Der Berechtigte kann an Stelle der Rückübertragung aber auch die Entschädigung in Geld wählen. Die Grundsätze der Entschädigung, die Berechnung der Höhe sowie die Bemessungsgrundlagen der Entschädigung regelt das Entschädigungsgesetz vom 27. 9. 1994 (BGBl. I 2624). Zuständig sind die Ämter und Landesämter zur Regelung offener Vermögensfragen in den neuen Bundesländern. Auf Bundesebene ist das Bundesamt zur Regelung offener Vermögensfragen errichtet worden. Bei diesen Ämtern sind auch die Ansprüche auf Ausgleichsleistungen nach dem Ausgleichsleistungsgesetz vom 27. 9. 1994 (BGBl. I 2628) geltend zu machen.

Das Vermögensgesetz und das damals ebenfalls in Kraft getretene Investitionsgesetz sind durch das Gesetz zur Beseitigung von Hemmnissen bei der Privatisierung von Unternehmen und zur Förderung von Investitionen vom 22. 3. 1991 (BGBl. I 766) geändert worden. Durch dieses Gesetz soll allgemein die wirtschaftliche Entwicklung und vor allem die Investitionstätigkeit in den neuen Bundesländern, die besonders durch die unklaren Eigentumsverhältnisse und die Verfügungssperre bei der Geltendmachung von Rückgabeansprüchen nach dem Vermögensgesetz gehemmt wurde, gefördert werden. Dementsprechend wird zwar grundsätzlich an dem Prinzip der Rückgabe enteigneter Vermögensgegenstände festgehalten, einem Investor wird aber ein gewisser Vorrang vor dem Alteigentümer eingeräumt; im Investitionsgesetz wurden die Möglichkeiten einer Investition außer durch Veräußerung auch auf Vermietung, Verpachtung und Eigeninvestitionen des Verfügungsberechtigten ausgedehnt. Durch das Gesetz zur Änderung des Vermögensgesetzes und anderer Vorschriften vom 14. 7. 1992 (BGBl. I 1257) sind weitere Verbesserungen vorgenommen worden. Die bisher in verschiedenen Regelungen enthaltenen sog. Vorfahrtregelungen (= **Vorrang von Investitionsvorhaben vor Rückgabeansprüchen von Alteigentümern**) sind im Investitionsvorranggesetz zusammengefasst und vereinheitlicht worden. Weitere wesentliche Gesetze zur Förderung des wirtschaftlichen Wachstums in den neuen Ländern sind das Investitionsförderungsgesetz Aufbau Ost vom 23. 6. 1993 (BGBl. I 982), das Gesetz über die Errichtung des Fonds „Deutsche Einheit“ vom 25. 6. 1990 (BGBl. II 518) und das Erblastentilgungsfonds-Gesetz i. d. F. vom 16. 8. 1999 (BGBl. I 1883). Der Erblastentilgungsfond wird als Sondervermögen des Bundes errichtet und übernahm ab 1. 1. 1995 die bis zu diesem Zeitpunkt aufgelaufenen Verbindlichkeiten des Kreditabwicklungsfonds (insbes. DDR-Altschulden) und die Verbindlichkeiten der Treuhandanstalt.

In der Vereinbarung vom 18. 9. 1990 zur Durchführung und Auslegung des EV vom 18. 9. 1990 wurden bezüglich der Vorgehensweise hinsichtlich der vom ehemaligen Staatssicherheitsdienst der DDR gewonnenen personenbezogenen Informationen bestimmte Grundsätze und Erwartungen an den gesamtdeutschen Gesetzgeber festgelegt. Diese Grundsätze sind inzwischen durch das Gesetz über die Unterlagen des Staatssicherheitsdienstes der ehemaligen Deutschen Demokratischen Republik (**Stasi-Unterlagen-Gesetz**) vom 20. 12. 1991 (BGBl. I 2272) festgeschrieben. Das Gesetz regelt die Erfassung, Erschließung, Verwaltung und Verwendung der Unterlagen des Ministeriums für Staatssicherheit der ehemaligen DDR. Es sieht besonders ein Auskunftsrecht für jedermann und ein Recht auf Einsicht in die Stasi-Unterlagen für die Betroffenen sowie einen weitgehenden Schutz der Persönlichkeitsrechte der Betroffenen vor. Zuständig für die Verwaltung der betreffenden Unterlagen und die Erteilung von Auskünften oder die Gewährung von Akteneinsicht ist der Bundesbeauftragte für die Unterlagen des Staatssicherheitsdienstes der ehemaligen DDR in Berlin. Der Bundesbeauftragte kann zur Erfüllung seiner Aufgaben Informationen (Name, Vorname, Geburtsname, Geburtsort, Personenkennzeichen, letzte Anschrift und das Merkmal „verstorben“) aus dem Zentralen Einwohnerregister der ehemaligen DDR verwenden und diese Daten den Gerichten und Strafverfolgungsbehörden übermitteln.

c) Außenpolitische Aspekte der Wiedervereinigung

Die Frage der Wiedervereinigung der beiden Teile Deutschlands stand in engem Zusammenhang mit den Rechten, die sich die vier alliierten Siegermächte des 2. Weltkriegs (USA, UdSSR, Großbritannien, Frankreich) in Bezug auf Berlin und auf Deutschland als Ganzes einschließlich der Wiedervereinigung und einer friedensvertraglichen Regelung vorbehalten hatten.

Die Bundesländer der Bundesrepublik Deutschland

Das Staatsgebiet der BRep. beträgt ca. 357 999 km^2.
Darauf leben rund 82,3 Mio. Menschen, davon ca. 6,7 Mio. Ausländer.

Diese Vorbehalte sind für die 3 Westalliierten in Art. 2 des Deutschlandvertrags vom 26. 5. 1952, BGBl. 1955 II 305, für die UdSSR in dem Notenwechsel zum Moskauer Abkommen vom 20. 12. 1955 enthalten. Zu einem **Friedensvertrag** ist es seit Ende des 2. Weltkriegs 1945 nicht gekommen. Er scheiterte an gegensätzlichen Auffassungen der Siegermächte. Die UdSSR bestand auf der Forderung, Friedensverträge mit zwei deutschen Staaten (BRep. und DDR) abzuschließen. Die Westmächte betrachteten die DDR (trotz völkerrechtlicher Anerkennung) nicht als durch den wahren Willen des Volkes zustande gekommenen Staat, da freie Wahlen bisher nicht zugelassen waren. Auf Grund der Ereignisse 1989/90 in der DDR und im ganzen Ostblock kam die Wiedervereinigungsfrage in Bewegung. Die sowjetische Führung erklärte im Februar 1990, es sei das Recht der Deutschen, über den Zeitpunkt und den Weg zu ihrer Einheit selbst zu bestimmen. BRep. und DDR leiteten die deutsche Wiedervereinigung in die Wege. Die äußeren Bedingungen einer deutschen Wiedervereinigung wurden in sog. „2+4-Gesprächen" (die vier Siegermächte sowie BRep. und DDR) vereinbart.

Durch den Vertrag über die abschließende Regelung in Bezug auf Deutschland vom 12. 9. 1990 (BGBl. II 1317), auch als „2+4-Vertrag" oder „Souveränitätsvertrag" bezeichnet, wurden diese Gespräche, die die äußeren Aspekte der Herstellung der deutschen Einheit, einschließlich der Fragen der Sicherheit der Nachbarstaaten, klären sollten, abgeschlossen. Der Vertrag enthält die endgültige Regelung der Grenzen in Mitteleuropa, einen Verzicht des vereinten Deutschlands auf die Anwendung von kriegerischer Gewalt und auf atomare, biologische und chemische Waffen sowie die Verpflichtung zu Abrüstungsmaßnahmen hinsichtlich der konventionellen Streitkräfte, Regelungen über den sowjetischen Truppenabzug und den militärischen Status des Gebiets der früheren DDR, die Möglichkeit des vereinten Deutschlands zu freier Bündniszugehörigkeit, die **Beendigung des Viermächtestatus** und die Herstellung der **vollen Souveränität** des vereinten Deutschlands.

Durch den Vertrag zwischen der Bundesrepublik Deutschland und der Republik Polen über die Bestätigung der zwischen ihnen bestehenden Grenze vom 14. 11. 1990 (BGBl. II 1328) haben die BRep. und Polen unter Berücksichtigung des „2+4-Vertrages" erklärt, dass die zwischen ihnen derzeit bestehende Grenze jetzt und in Zukunft unverletzlich ist (Art. 1 des Vertrags). Der Verlauf der Grenze bestimmt sich nach dem Abkommen vom 6. 7. 1950 zwischen der DDR und der Republik Polen (Görlitzer Vertrag, GBl. DDR II 1205) und den zu seiner Durchführung und Ergänzung geschlossenen Vereinbarungen. Damit ist die **Oder-Neiße-Grenze** völkerrechtlich als die deutsch-polnische Grenze anerkannt.

24 | Die Föderalismusreform

Nicht erst seit der deutschen Wiedervereinigung beherrscht die Reform des bundesdeutschen Föderalismus, also des Zusammenwirkens von Bund und Ländern, die Diskussion. Dabei dreht es sich im Wesentlichen um drei Fragestellungen: die Anzahl und Größe der Bundesländer, die finanziellen Beziehungen von Bund und Ländern einschließlich der Verteilung des Steueraufkommens sowie die Kompetenzverteilung zwischen Bund und Ländern.

In der Öffentlichkeit immer wieder gefordert wird eine **Neugliederung der Bundesländer**. Nicht nur Fachleute raten zu einer drastischen Reduzierung der Anzahl der derzeit 16 Länder. Ziel soll die Schaffung von etwa gleich großen und damit finanziell gleich starken Ländern sein, um deren Handlungsfähigkeit zu erhalten und einen echten Wettbewerb zwischen ihnen zu ermöglichen. Vor allem kleinere Länder, wie die Stadtstaaten sowie das Saarland und die neuen Bundesländer, wären von einer Zusammenlegung betroffen. Widerstände gibt es hiergegen sowohl in der Politik wie auch in der Bevölkerung, an deren Zustimmung 1996 der Zusammenschluss der Länder Berlin und Brandenburg scheiterte ➤ s. Nrn. 63, 123.

Während das GG strukturell von einer grundsätzlichen Zuständigkeit der Länder in allen staatlichen Bereichen ausgeht (Art. 30 GG), wurden seit 1949 die Gesetzgebungskompetenzen der Länder immer weiter zurückgedrängt. Eine erste Änderung der Anforderungen an ein Bedürfnis des Bundes zur Ausschöpfung seiner konkurrierenden Gesetzgebungskompetenz ➤ s. Nr. 71 b), im Jahr 1994 zeigte aus Sicht der Länder keine nachhaltigen Wirkungen. Umgekehrt wurde seitens des Bundes das starke Mitwirkungsrecht der Länder über den BR beklagt. Während nach der Struktur des GG nur bestimmte, einzeln aufgeführte Gesetze der Zustimmung des BR bedürfen ➤ im Einzelnen s. Nrn. 76 d), 80 c), hat sich deren Anteil in der Gesetzespraxis auf rund 60 % gesteigert. Gerade bei gegensätzlichen politischen Mehrheiten in BT und BR wird der Vorwurf der Blockadepolitik laut. Nach verschiedenen Anläufen wurde im Oktober 2003 vom BT und BR eine erste Kommission zur Föderalismusreform eingesetzt, die jedoch letztlich an unterschiedlichen Auffassungen im Bereich der Kompetenzverteilung in Bildungsangelegenheiten scheiterte. Erst nach der BT-Wahl im Herbst 2005 und der daraufhin gebildeten großen Koalition von CDU/CSU und SPD kam es zwischen Bund und Ländern zu einer Einigung. Am 30. 6. 2006 beschloss der BT eine umfassende Änderung des GG sowie dazu ein Föderalismusreform-Begleitgesetz mit Änderungen bei einfachen Gesetzen. Beiden Gesetzen stimmte der BR am 7. 7. 2006 zu. Die Änderungen im GG betreffen im Wesentlichen die Neuverteilung der Gesetzgebungskompetenzen sowie eine Stärkung der Länder beim Gesetzesvollzug. Damit geht eine Reduzierung der zustimmungspflichtigen Gesetze einher.

Noch nicht neu geregelt sind die **Finanzbeziehungen von Bund und Ländern**. Hierzu hat der BT am 15. 12. 2006 die Einsetzung einer gemeinsamen Kommission von BT und BR (Föderalismusreform II) beschlossen.
(s. www.bundestag.de/parlament/gremien/foederalismusreform2).

III. Deutschland in der Europäischen Union

31 | Entwicklung und Perspektiven der Europäischen Union (EU)

Aus den Erfahrungen der beiden Weltkriege gespeist, verstärkten sich nach 1945 die schon in den ersten Jahrzehnten des Jahrhunderts aktiven Bestrebungen, in Europa eine Friedensordnung zu schaffen, in der es keine Kriege mehr geben würde. Nachdem schon im Jahre 1949 der Europarat ➢ s. Nr. 51 b), geschaffen worden war, der einen Rahmen für Abkommen und gemeinsames Handeln in kulturellen, wirtschaftlichen und sozialen Fragen bieten sollte, wurde mit dem Vertrag über die Gründung der *Europäischen Gemeinschaft für Kohle und Stahl (Montanunion)* (in Kraft getreten am 23. Juli 1952 und am 23. Juli 2002 ausgelaufen) die Grundlage für eine weitgehende, heute in der Existenz einer Europäischen Union gipfelnden Europäischen Integration gelegt, die auf die Lebensverhältnisse in den Mitgliedstaaten konkreten Einfluss nimmt und damit Funktionen übernommen hat, die ursprünglich den nationalen Verfassungsorganen zustanden.

Die Montanunion, an der neben Deutschland Belgien, Frankreich, Italien, Luxemburg und die Niederlande beteiligt waren, konnte auf Grund der den gemeinsamen Organen, insbesondere der Hohen Behörde (erster Präsident: *Jean Monnet*) eingeräumten weitgehenden wirtschaftspolitischen Eingriffsmöglichkeiten in der noch von Stahl- und Eisenmangel gekennzeichneten Periode der 50er Jahre einen effektiven Beitrag zur Versorgung leisten und gleichzeitig der Wirtschaftsentwicklung wirksame Impulse geben. Sie stellte darüber hinaus im Sinne ihrer Initiatoren, der französischen Politiker *Robert Schuman* und *Jean Monnet*, einen konkreten Schritt in Richtung auf „die Vereinigung der Europäischen Nationen" dar.

Mit den Verträgen zur Gründung einer *Europäischen Wirtschaftsgemeinschaft (EWG)* und einer *Europäischen Atomgemeinschaft (Euratom)* (in Kraft getreten am 1. Januar 1958) wurden sämtliche Bereiche der wirtschaftlichen Tätigkeit gemeinsamen Regeln und Verfahren unterworfen. Kernstück des EWG-Vertrages (EWGV) waren die Errichtung eines Gemeinsamen Marktes durch den Abbau der Behinderungen des grenzüberschreitenden Wirtschaftsverkehrs sowie die Einführung eines Gemeinsamen Zolltarifs und einer gemeinsamen Handelspolitik gegenüber dritten Ländern. Daneben sah der EWGV gemeinsame Wettbewerbsregeln vor (Verbot der Bildung von Kartellen und des Missbrauchs wirtschaftlicher Macht sowie der Subventionierung der einheimischen zum Nachteil der ausländischen Unternehmen) und die Angleichung des innerstaatlichen Rechts, soweit es sich auf das Funktionieren des Gemeinsamen Marktes auswirkt. Für die Landwirtschaft und das Verkehrswesen war die Entwicklung gemeinsamer Politiken vorgesehen, die auch wirtschaftslenkende Maßnahmen beinhalten konnten.

Das institutionelle System der EWG ähnelte demjenigen der Montanunion. Erster Präsident der EWG-Kommission war der Deutsche Walter Hallstein. Mit dem sogenannten Fusionsvertrag (in Kraft getreten am 1. Juli 1967) wurden gemeinsame Organe für die drei europäischen Gemeinschaften geschaffen.

Aus diesem Vertragswerk, das weitgehend noch in der Tradition herkömmlicher Handelsabkommen redigiert worden ist, ist durch eine zukunftsweisende Praxis der europäischen Instanzen, insbesondere der Kommission, und eine auf die Zielvorstellungen des Vertrages abstellende Auslegungspraxis des *Gerichtshofs der Europäischen Gemeinschaften (EuGH)* eine neue, das innerstaatliche Recht zunehmend verdrängende Rechtsordnung geworden.

Diese Rechtsordnung hat sich in den Jahren bis 1980 in den Mitgliedstaaten im wesentlichen, wenn auch mit unterschiedlicher Geschwindigkeit und Intensität, durchgesetzt. Die Gemeinschaft hat sich räumlich erweitert (Dänemark, Irland und Vereinigtes Königreich 1973, Griechenland 1981, Spanien und Portugal 1986, Finnland, Österreich und Schweden 1995, Estland, Lettland, Litauen, Malta, Polen, Slowakei, Slowenien, Tschechische Republik, Ungarn und Zypern 2004, Bulgarien und Rumänien 1. Januar 2007). Eine Erweiterung der EU über die gegenwärtig 27 Mitgliedstaaten hinaus ist politisch sehr umstritten. Zunehmend wird die Fähigkeit der EU, weitere Staaten aufzunehmen, in Frage gestellt. Im Jahre 2005 hat die EU Beitrittsverhandlungen mit der Türkei und mit Kroatien begonnen. Eine eventuelle Aufnahme der Türkei, deren Territorium überwiegend in Asien liegt, ist wegen der Größe des Landes (über 70 Millionen Einwohner), seiner spezifischen islamischen Geschichte und seiner nur allmählichen Entwicklung zu einem demokratischen und rechtsstaatlichen Regierungssystem besonders problematisch. In der Entscheidung des Europäischen Rates vom Dezember 2004, in der die Aufnahme von Beitrittsverhandlungen mit der Türkei beschlossen worden ist, wird ausdrücklich von einem „Prozess, dessen Ausgang offen ist" gesprochen. Es wird damit gerechnet, dass dieser länger als zehn Jahre dauern wird, Die westlichen Balkanländer Albanien, Bosnien Herzegowina, Mazedonien, Montenegro und Serbien streben eine Mitgliedschaft in de EU an. Diese wird von den politischen Instanzen der EU grundsätzlich begrüßt. Gegenwärtig finden Verhandlungen im Rahmen eines Stabilisierungs- und Assoziierungsprozesses statt, der insbesondere den Abschluss von Assoziierungsabkommen und die Leistung finanzieller Hilfen zum Ziel hat.

Historische Daten der Europäischen Integration	
9. 5. 1950	Der französische Außenminister Robert Schuman schlägt eine Europäische Gemeinschaft für Kohle und Stahl vor.
23. 7. 1952	Inkrafttreten des Pariser Vertrages (EGKS/Montanunion) zwischen den Gründungsstaaten Deutschland, Frankreich, Italien, Belgien, den Niederlanden und Luxemburg.
1. 6. 1955	Konferenz von Messina. Unter dem Vorsitz von Paul Henri Spaak wird die Ausgestaltung einer weiteren wirtschaftlichen Integration der EGKS-Staaten beschlossen.
1. 1. 1958	Inkrafttreten der Römischen Verträge über die Errichtung der Europäischen Wirtschaftsgemeinschaft (EWG) und der Europäischen Atomgemeinschaft (EAG/Euratom).
1. 1. 1973	Inkrafttreten der Beitrittsverträge mit dem Vereinigten Königreich, Dänemark und Irland; „West-Erweiterung".
1. 1. 1981	Inkrafttreten des Beitrittsvertrags mit Griechenland.
23. 2. 1982	Grönland (nun selbstständig) scheidet aus der Gemeinschaft aus.
1. 1. 1986	Inkrafttreten der Beitrittsverträge mit Spanien und Portugal; „Süd-Erweiterung" (zusammen mit Griechenland).
1. 7. 1987	Inkrafttreten der Einheitlichen Europäischen Akte; erste große Vertragsrevision.
3. 10. 1990	Mit der deutschen Wiedervereinigung erweitert die EG ihr Territorium und ihre Einwohnerzahl.
31. 12. 1992	Vollendung des Binnenmarktes.
1. 11. 1993	Inkrafttreten des Maastrichter Vertrages vom 7. 2. 1992 und Begründung der Europäischen Union (EU); zweite große Vertragsrevision.
1. 1. 1994	Inkrafttreten des Europäischen Wirtschaftsraums (EWR) mit Österreich, Norwegen, Schweden, Finnland und Island.
1. 1. 1995	Inkrafttreten der Beitrittsverträge mit Schweden, Finnland und Österreich; „Nord-Erweiterung".
1. 1. 1999	Beginn der Währungsunion.
1. 5. 1999	Inkrafttreten des Amsterdamer Vertrages vom 2. 10. 1997; dritte große Vertragsrevision.
7. 12. 2000	Proklamation der Grundrechte-Charta.
1. 2. 2003	Inkrafttreten des Vertrags von Nizza; vierte große Vertragsrevision.
1. 5. 2004	Inkrafttreten der Beitrittsverträge mit Polen, Tschechien, Slowakei, Slowenien, Ungarn, Estland, Lettland, Litauen, Zypern und Malta; „1. Ost-Erweiterung".
29. 10. 2004	Unterzeichnung der Europäischen Verfassung (noch nicht in Kraft).
1. 1. 2007	Inkrafttreten der Beitrittsverträge mit Rumänien und Bulgarien; „2. Ost-Erweiterung".

Zahlenvergleich der Großmächte					
	EU-27	Türkei	USA	Russland	China
Bevölkerung/Mio.	487	66	290	150	1300
Größe/Mio. qkm	4,3	0,8	9,6	17,1	9,5
BSP pro Einwohner/Tsd. $	25,3	7,4	40,1	9,8	5,6

Darüber hinaus hat sich die EU zu einem weltweit anerkannten Wirtschafts- und Handelsblock entwickelt, der sich durch eine Vielzahl von internationalen Verträgen meist handelspolitischer Art mit fast allen Staaten und Regionen der Welt verbunden hat und eines der führenden Mitglieder der World Trade Organization (WTO) ➢ s. Nr. 54 b) ist.

Seit 1985 ist es zu einer Vertiefung der in den Europäischen Gemeinschaften organisierten Zusammenarbeit der Mitgliedstaaten gekommen.

So ist auf Grund der in der Einheitlichen Europäischen Akte vorgesehenen Änderung des EWGV (in Kraft getreten am 1. Juli 1987) bis zum 31. Dezember 1992 ein gemeinsamer *Binnenmarkt* errichtet worden, in dem Waren, Dienstleistungen, Kapital, Gesellschaften und Privatpersonen sich frei bewegen können. Die Grenzkontrollen für Waren und Menschen sind abgeschafft worden. Mit dem Vertrag zur Gründung der *Europäischen Union* (dem sogenannten *„Vertrag von Maastricht"*), der am 1. November 1993 in Kraft getreten ist, hat die Zusammenarbeit der Mitgliedstaaten einen neuen institutionellen Rahmen, nämlich die EU, bekommen, allerdings unter Beibehaltung der Organe und der Verfahren der Europäischen Wirtschaftsgemeinschaft, die bei dieser Gelegenheit in „Europäische Gemeinschaft" umgetauft wurde. Im Rahmen der EU sind auch Regeln für die – im Wesentlichen – intergouvernementale Zusammenarbeit der Mitgliedstaaten in den Bereichen Außen-, Verteidigungs-, Justiz- und Innenpolitik vorgesehen worden. Der Maastrichter Vertrag und der ihn ändernde *Vertrag von Amsterdam* (in Kraft getreten am 1. Mai 1999) haben vor allem eine verbesserte Rechtsstellung des „Unionsbürgers", erweiterte Befugnisse des Europäischen Parlaments und – allerdings meist nur auf Beratung und Koordinierung beschränkte – Zuständigkeiten der EU und der Gemeinschaften auf den Gebieten der Sozial- und Arbeitsmarktpolitik, der Industriepolitik und der Justiz- und Innenpolitik gebracht. Vor allem aber ist auf seiner Grundlage zum 1. Januar 1999 eine gemeinsame Währung, der Euro, eingeführt worden ➢ s. Nr. 480, die allerdings zunächst nur in elf von 15 Mitgliedstaaten galt.

Mit dem *Vertrag von Nizza* (beschlossen vom Europäischen Rat von Nizza im Dezember 2000 und in Kraft getreten am 1. Februar 2003) sind vor allem die Vorschriften über die Zusammensetzung der Organe und die Entscheidungsverfahren den Erfordernissen einer Erweiterung der EU auf 25 oder mehr Mitgliedstaaten angepasst worden (Gewichtung der Stimmen der Mitgliedstaaten bei Mehrheitsentscheidung, Einschränkung der Zahl der Verfahren, in denen einstimmig beschlossen werden muss, Anzahl der Mitglieder des Europäischen Parlaments pro Mitgliedstaat etc.).

Da auf dem Europäischen Rat von Nizza nicht alle für das Funktionieren der um viele Staaten erweiterten EU notwendigen Vertragsänderungen beschlossen werden konnten, ist einem so genannten *Europäischen Konvent* die Aufgabe übertragen worden, im Konsensverfahren den *Entwurf einer europäischen Verfassung* auszuarbeiten. Dieser Konvent, der aus Vertretern der Parlamente der Mitgliedstaaten, des Europäischen Parlaments, der Regierungen der Mitgliedstaaten und der Kommission der EG zusammengesetzt war, hat unter Vorsitz des ehemaligen französischen Präsidenten *Giscard d'Estaing* von Februar 2002 bis Juli 2003 einen Verfassungsentwurf ausgearbeitet, der im Juni 2004 auf einer Regierungskonferenz gebilligt und am 29. Oktober 2004 in Rom von den Staats- und Regierungschefs der 25 Mitgliedstaaten unterzeichnet worden ist.

Der Verfassungsentwurf fasst die verschiedenen europäischen Verträge in einem einzigen Text zusammen, vereinfacht die Entscheidungsverfahren und grenzt die Zuständigkeiten der EU präziser von denen der Mitgliedstaaten ab, als das gegenwärtig der Fall ist (das war vor allem ein Anliegen der deutschen Regierung). Die Europäische Grundrechtecharta ➢ s. Nr. 36), die vom Europäischen Rat in Nizza beschlossen, aber nicht mit Verbindlichkeit ausgestattet worden ist, wird Teil der europäischen Verfassung. Ein Präsident des Europäischen Rates, der auf zweieinhalb Jahre gewählt wird, und der kein nationales Amt ausüben darf, soll zu größerer Kontinuität in der Arbeit des Rates führen. Ein Außenminister soll die Außen- und Sicherheitspolitik der EU leiten.

Es ist gegenwärtig (Stand: Ende 2006) nicht abzusehen, ob und wann die europäische Verfassung, die der Ratifizierung in allen Mitgliedstaaten bedarf, in Kraft treten wird. Sie ist von 16 Mitgliedstaaten (darunter Deutschland und Österreich) ratifiziert, jedoch von Frankreich (Mai 2005) und den Niederlanden (Juni 2005) durch Referendum abgelehnt worden, während die übrigen Mitgliedstaaten im Hinblick auf die negativen Referenden die Entscheidung verschoben haben.

Die Mitgliedstaaten haben durchaus unterschiedliche Auffassungen über die weitere Behandlung des Verfassungsentwurfs. Mehrere unter ihnen wollen ihn nicht weiter verfolgen und sich auf Änderungen der Entscheidungsverfahren in den bestehenden Verträgen beschränken. Ausdruck dieser Unsicherheiten sind die abwartenden Entscheidungen des Europäischen Rates vom Juni 2006, wonach die deutsche Präsidentschaft dieses Gremiums im ersten Halbjahr 2007 einen Bericht über den Stand und die Perspektiven der europäischen Verfassungsgesetzgebung vorlegen soll und endgültige Schritte spätestens im zweiten Halbjahr 2008 erfolgen sollen.

Der Prozess der Vertiefung der europäischen Integration ist zum Teil von der Zielvorstellung eines zunehmenden Zusammenschlusses der in der Europäischen Union vereinigten Mitgliedstaaten gespeist worden. Das zeigt sich in der Einführung des suggestiven Begriffes der Europäischen Union und in der Verstärkung politischer Teilhaberechte (Ausdehnung der Rechte des Europäischen Parlaments, Errichtung eines Ausschusses der Regionen und Schaffung des Amtes des europäischen Bürgerbeauftragten). Andererseits entspricht die Vertiefung der in der EU organisierten europäischen Zusammenarbeit weitgehend wirtschaftlichen Sachzwängen, die es nahelegen, auf die Herausforderungen der Globalisierung mit der Bildung von großen Binnenmärkten zu antworten, in denen die dort ansässigen Unternehmen ungestört von Grenzkontrollen, unterschiedlichen technischen Standards und Währungsrisiken operieren und die für den globalen Wettbewerb als notwendig erachtete Größe erreichen können.

Ob und wie sich der Prozess der Vertiefung der Europäischen Integration fortsetzen wird, ist gegenwärtig durchaus fraglich.

Die angestrebte gemeinsame Außen- und Sicherheitspolitik ist wohl nur mittelfristig realisierbar. Das hat sich 2002/2003 gezeigt, als die Mitgliedstaaten sehr unterschiedliche Haltungen zu der von den USA geplanten Intervention im Irak einnahmen (Deutschland und Frankreich standen gegen Italien, Spanien und das Vereinigte Königreich). Der Ausbau des Binnenmarktes der auf 27 Mitgliedstaaten mit 487 Millionen Einwohnern gewachsenen EU ruft Ängste hervor, die die Besorgnisse wegen der weltweiten Globalisierung verstärken. Viele Menschen fürchten das Sinken des Lebensstandards, den Abbau von Arbeitsplätzen und allgemeiner den Verlust von traditionellen Lebensformen. Das zeigte sich beispielhaft in der Diskussion um den Entwurf der Dienstleistungsrichtlinie ➢ s. Nr. 37 d), in der Befürchtungen vor dem – die einheimischen Arbeitsplätze gefährdenden – „polnischen Klempner und Metzger" in die negative Haltung des europäischen Parlaments zu dem Entwurf der Kommission einflossen.

Bedeutende Fortschritte bei der Vertiefung der Integration sind auch deswegen nicht zu erwarten, weil die in dem Vertrag von Nizza nur unzureichend auf eine EU von 27 zugeschnittenen Entscheidungsverfahren Blockaden von einzelnen oder Gruppen von Mitgliedstaaten nicht werden verhindern können.

Wahrscheinlich ist eine zunehmende Differenzierung der Europäischen Union, die es mit sich bringen wird, dass einzelne Staaten und Staatengruppen in unterschiedlichem Umfang an den Entscheidungsprozessen teilhaben und in unterschiedlichem Ausmaß dem von der Europäischen Union geschaffenen Recht unterworfen sein werden. Eine solche *„abgestufte Integration"* besteht bereits jetzt hinsichtlich der gemeinsamen europäischen Währung (nur 13 der 27 Mitgliedstaaten der Union gehören am 1. 1. 2007 zur EURO-Zone) ➢ s. Nr. 480, und im Rahmen des Europäischen Wirtschaftsraums (die EFTA-Staaten Norwegen, Island und Liechtenstein nehmen nicht an den europäischen Entscheidungsprozessen teil, sind aber an das angeglichene europäische Recht gebunden, ➢ s. Nr. 51 e)).

Eine *„verstärkte Zusammenarbeit"* einzelner Mitgliedstaaten ist überdies in den Art. 11 EGV und 43, 44 EUV ausdrücklich vorgesehen. Eine solche Zusammenarbeit, die sich der im Rahmen des EGV vorgesehenen Verfahren zu bedienen hat, steht allerdings nur einer Gruppe von mindestens acht Mitgliedstaaten offen.

Für eine weitere Integration Europas ist eine ausreichende Identifizierung der Menschen mit dem oft als abstrakt erscheinenden Gebilde der Europäischen Union unabdingbar. Diese werden eine weitere Intensivierung der Integration nur akzeptieren und mittragen, wenn die Entscheidungen in ihnen verständlichen Verfahren getroffen und von ihnen bekannten und respektierten Politikern erklärt und vertreten werden. Befürchtungen und Ängste gegenüber den Europäischen Organen und Verfahren („die anonyme und skandalumwitterte Bürokratie in Brüssel") haben sich in der geringen Wahlbeteiligung bei den Wahlen zum Europäischen Parlament im April 1999 und im Juni 2004 gezeigt, wo mit einer durchschnittlichen Wahlbeteiligung von unter 50% der Wahlberechtigten die Ergebnisse aller vorigen Wahlen dieser Art unterschritten worden sind.

Das Inkrafttreten der Europäischen Verfassung mit einer prägnanten Darstellung der Ziele und der Verfahren der Europäischen Union, einer Präzisierung ihrer Kompetenzen und der Schaffung von Ämtern (etwa eines Präsidenten und eines Außenministers der Europäischen Union), mit deren Inhabern sich die Menschen identifizieren können, würde für den Fortgang der Integration von großer Bedeutung sein. Unerlässlich wird es auch sein, dass sich die Menschen kennen lernen und miteinander vertraut werden (Schüler- und Studentenaustausch, Tourismus, wissenschaftliche und kulturelle Projekte etc.), dass die Sprachbarrieren beseitigt oder zumindest überwindbar werden (Sprachunterricht) und dass die mediale Darstellung der Entscheidungsverfahren der EU objektiv erfolgt und auf Effekthascherei verzichtet.

Nachstehend noch einige Hinweise zum Allgemeinwissen über die Europäische Union:

Der Name „Europa" ist aus der griechischen Mythologie bekannt: dort wird die Geschichte der Tochter des phönizischen Königs *Agenor* erzählt, die von Zeus, der sich in einen Stier verwandelt hat, nach Kreta (also in die westliche Welt) entführt wird. Überliefert wird auch, dass sich der Begriff „Europa" aus dem semitischen „ereb", d.h. dunkel, ableitet, was für „Abendland" stehen würde. Einer der 17 Monde des Jupiter heißt im Übrigen auch „Europa".

Die Europäische Union hat seit 1986 eine gemeinsame Flagge (und zwar die frühere Flagge des Europarates), einen Kreis aus zwölf goldenen Sternen auf blauem Hintergrund. Die Flagge ist auf der hinteren Umschlagseite abgedruckt. Die Zahl zwölf ist ein Symbol für Perfektion und Vollständigkeit und wird nicht an die Zahl der Mitgliedstaaten angepasst (also anders als das Sternenbanner der USA).

Der europäische „National-Feiertag", der so genannte „Europa-Tag", ist der 9. Mai, der Tag der Schuman-Erklärung.

Die europäische „National-Hymne" ist der Schlusschor aus der 9. Sinfonie von *Ludwig van Beethoven*; der Text hierzu stammt aus der Ode an die Freude von *Friedrich von Schiller*. Er kann allerdings nur auf Deutsch gesungen werden; offizielle Übersetzungen in die anderen Amtssprachen existieren bislang nicht.

Die erste Strophe lautet:

> Freude schöner Götterfunken, Tochter aus Elysium!
> Wir betreten feuertrunken, himmlische, Dein Heiligtum.
> Deine Zauber binden wieder, was die Mode streng geteilt.
> Alle Menschen werden Brüder, wo Dein sanfter Flügel weilt.
> Seid umschlungen, Millionen!
> Diesen Kuss der ganzen Welt!
> Brüder, überm Sternenzelt
> muss ein lieber Vater wohnen.

Informationen allgemeiner Art zur EU finden sich unter www.europa.eu.

32 | Struktur der Europäischen Union

a) Zur Terminologie

Der mit dem Maastrichter Vertrag von 1992 erstmalig in einem völkerrechtlichen Vertrag verwendete Begriff der EU ist ein Oberbegriff für die drei sogenannten Säulen ➢ Einzelheiten hierzu unter Nr. 32 c), nämlich (1.) die ursprünglichen drei europäischen Gemeinschaften (Wirtschaftsgemeinschaft, Gemeinschaft für Kohle und Stahl und Atomgemeinschaft), (2.) die Zusammenarbeit der Mitgliedstaaten in den Politikbereichen Außen- und Sicherheitspolitik, sowie (3.) die polizeiliche und justizielle Zusammenarbeit in Strafsachen. Im Gegensatz zu den in der 1. Säule zusammengefassten drei Gemeinschaften besitzt die EU keine Rechtspersönlichkeit.

In den Abschnitten 31 bis 38 ist von der EU auch in einem eher politikwissenschaftlichen als juristischen Sinne die Rede, um das europäische Einheitswerk in seiner Gesamtheit zu beschreiben, unabhängig von den speziellen rechtlichen und politischen Formen, in denen es sich entwickelt hat. Der Begriff „Europäische Gemeinschaft" wird verwendet, um die spezifischen Strukturen der drei europäischen Gemeinschaften darzustellen, die – im Gegensatz zu der 2. und 3. Säule – über ein komplexes System von Zuständigkeits-, Kompetenz- und Haushaltsregeln verfügen.

b) Allgemeines

Die EU ist ein in der Entwicklung befindliches politisches, mit einer komplexen Rechtsstruktur ausgestattetes Gebilde, das zwischen der staatlichen und der internationale Ebene angesiedelt ist und daher weder mit staatsrechtlichen noch mit völkerrechtlichen Begriffen angemessen beschrieben werden kann, (zur rechtlichen Einordnung des Gemeinschaftsrechts, ➢ s. unten Nr. 32 d).

Sie beruht auf völkerrechtlichen Verträgen, die von den Mitgliedstaaten gemäß ihren jeweiligen Verfahren ratifiziert worden sind und mit denen diese einen Teil ihrer Souveränitätsrechte auf die EU übertragen haben (Gründungsverträge). Anders als dies bei herkömmlichen internationalen Organisationen der Fall ist, können die Organe der EU, insbesondere der Rat und das Europäische Parlament, Recht setzen, das unmittelbar, also ohne vorherige Umsetzung in nationales Recht, in den Mitgliedstaaten wirkt ➢ s. Nr. 35 a) dd). Die Rechtsetzung erfolgt in Verfahren, die nationalen Verfahren weitgehend ähneln. Die von den Organen erlassenen Rechtsvorschriften – im Wesentlichen handelt es sich um Verordnungen, Richtlinien und Entscheidungen – bilden zusammen mit den Gründungsverträgen das Recht der Europäischen Gemeinschaften.

Die Gründungsverträge der EU beschränken sich nicht auf Zuständigkeitsvorschriften und Verfahrensregeln, sondern enthalten zahlreiche Zielvorgaben und sehen präzise allgemein- und wirtschaftspolitische Programme vor. So war in dem EWGV von 1957 die Errichtung einer Zollunion und die Einführung einer gemeinsamen Agrarpolitik innerhalb einer Übergangszeit von 12 Jahren vorgesehen. Die Einheitliche Europäische Akte von 1988 enthielt ein Programm zur Verwirklichung eines Binnenmarktes bis Ende 1992 und der EUV sah die Verwirklichung eine gemeinsamen Wirtschafts- und Währungspolitik spätestens bis zum 1. Januar 1999 vor. Diese wirtschaftspolitischen Zielvorgaben sind im Wesentlichen alle eingehalten worden. Auf einer mehr politischen Ebene wurde bereits im EWGV die Wahrung von „Frieden und Freiheit“ als Ziel des angestrebten Zusammenschlusses der Wirtschaftskräfte bezeichnet (Präambel), während der EUV die Grundsätze der Freiheit, der Demokratie, der Achtung der Menschenrechte und Grundfreiheiten sowie der Rechtsstaatlichkeit als Grundsätze der Union anerkennt (Art. 6 Abs. 1 EUV).

Teilweise wird die EU als ein Gebilde beschrieben, das sich in der Richtung auf einen europäischen Bundesstaat zu entwickelt. Obwohl die EU sich durch eine Dynamik zu vertiefter Zusammenarbeit auszeichnet und ein Endpunkt dieser Entwicklung nicht auszumachen ist, ist es irreführend, sie mit Bundesstaaten wie der Bundesrepublik Deutschland und den USA vergleichen zu wollen. Eine Entwicklung zum Bundesstaat entspricht weder den Absichten und Wünschen der in der EU zusammengeschlossenen Staaten und Völker, noch würde sie von den rechtlichen Grundlagen der EU gedeckt:

- Da die EU nur über diejenigen Kompetenzen verfügt, die ihr in den Gründungsverträgen ausdrücklich eingeräumt worden sind (Grundsatz der enumerativen Einzelermächtigung), fehlt ihr die für Staaten charakteristische grundsätzliche Allzuständigkeit.
- Die EU ist auf die Achtung der nationalen Identität ihrer Mitgliedstaaten verpflichtet (Art. 6 Abs. 3 EUV); sie hat das Subsidiaritätsprinzip zu beachten, das heißt, sie darf auf Gebieten, auf denen sie nicht ausschließlich zuständig ist, nicht tätig werden, wenn die in Frage stehenden Ziele auf der Ebene der Mitgliedstaaten ausreichend verfolgt werden können (Art. 2 Abs. 2 EUV und Art. 5 EGV).

Charakteristisch für die EU ist eine komplexe Verzahnung von gemeinschaftlichen und einzelstaatlichen Verfahren und Zuständigkeiten, die sich bei anderen von souveränen Staaten geschaffenen Einrichtungen nicht findet. So ist das bisher noch wichtigste Gesetzgebungsorgan, der

Rat, aus Ministern der Mitgliedstaaten zusammengesetzt, die – jedenfalls in der Praxis – den Interessen ihrer Herkunftsländer verpflichtet sind. Zahlreiche Entscheidungen der Organe der Union werden nur nach einer obligatorischen Konsultation von Ausschüssen getroffen, die aus Vertretern der Mitgliedstaaten zusammengesetzt sind.

c) Die Entwicklung der Europäischen Gemeinschaft zur Europäischen Union

Der am 1. 11. 1993 in Kraft getretene *Vertrag von Maastricht* über die Europäische Union stellt die wichtigste Fortentwicklung der europäischen Integration seit den Gründungsverträgen dar. Dieser Vertrag, der mit dem am 1. 5. 1999 in Kraft getretenen *Vertrag von Amsterdam* geändert wurde, beinhaltet gem. Art. 1 Abs. 2 EUV „eine neue Stufe bei der Verwirklichung einer immer engeren Union der Völker Europas".

Die EU hat demgemäß ein neues „Dach" geschaffen, welches einerseits die EG – als Gesamtbegriff für die drei bestehenden Gemeinschaften –, andererseits zwei neue intergouvernemental organisierte Politikbereiche umfasst, in denen die Organe der Gemeinschaft keine oder nur beschränkte Zuständigkeiten haben (Formel: „EU = EG + 2"). Veranschaulicht wird dies durch das Bild der „drei Säulen", nämlich:

(1) zunächst, als weiterhin wichtigste Säule, die Fortschreibung der Gründungsverträge mit vielen Einzeländerungen und der Aufnahme des großen neuen Komplexes der Wirtschafts- und Währungsunion;

(2) die Schaffung der *Gemeinsamen Außen- und Sicherheitspolitik („GASP")*, durch Einrichtung einer regelmäßigen Zusammenarbeit der Mitgliedstaaten und der Festlegung gemeinsamer Standpunkte, der stufenweisen Durchführung gemeinsamer Aktionen sowie der Festlegung einer gemeinsamen Verteidigungspolitik. Mit dem Amsterdamer Vertrag wurden neue institutionelle und operationelle Instrumente für eine gemeinsame Verteidigungspolitik geschaffen. Insbesondere wurde mit dem Hohen Vertreter für die GASP („Mister GASP") (Erster Amtsinhaber: der frühere Nato-Generalsekretär Javier Solana) eine Art gemeinsamer Außen- und Verteidigungsminister vorgesehen; sowie

(3) die *Zusammenarbeit in den Bereichen Innen- und Justizpolitik* (seit dem Amsterdamer Vertrag: „polizeiliche und justizielle Zusammenarbeit in Strafsachen"): hier wurde eine Koordinierung der nationalen Maßnahmen sowie die Festlegung gemeinsamer Standpunkte und die Erarbeitung von gemeinsamen Maßnahmen in Einzelbereichen vorgesehen.

Der Maastrichter und der Amsterdamer Vertrag haben im Wesentlichen die folgenden materiell-rechtlichen und institutionellen Änderungen gebracht:

Maastrichter Vertrag

Unterzeichnet 7. 2. 1992,
in Kraft getreten 1. 11. 1993

Begründung des „3-Säulen-Modelles" EU

- EU als Dachverband ohne Rechtspersönlichkeit
- 1. Säule EWG-, EGKS-, EAG-Vertrag (Gemeinschaften)
- 2 weitere „Säulen"; GASP und Justiz/Inneres

Neuerungen in der 1. Säule:

- Währungsunion
- Unionsbürgschaft
- Subsidiarität

Amsterdamer Vertrag

Unterzeichnet 2. 10. 1997,
in Kraft getreten 1. 5. 1999

Änderungen in allen Verträgen

- Schengen (bisher außerhalb) in den EGV
- Asyl und Einwanderung von der 3. in die 1. Säule
- GASP wird operativer/Mister GASP

Neuerungen in der 1. Säule

- Institutionelle Änderungen im Hinblick auf Erweiterungen
- Grundrechtsschutz
- Flexibilität
- Stärkung einzelner Politiken

- Die EG wird zuständig für die Errichtung der Wirtschafts- und Währungsunion bis zum 1. Januar 1999.
- Die EG erhält Zuständigkeiten in den Bereichen Sozial- und Arbeitsmarktspolitik, Industriepolitik und Innen- und Justizpolitik (nach dem Amsterdamer Vertrag auch für die Einwanderung von Angehörigen von Drittstaaten, einschließlich der Visums- und Asylpolitik).
- Die Befugnisse des Europäischen Parlaments wurden gestärkt; eine intensivere Beteiligung am Gesetzgebungsverfahren wurde vorgesehen und ihm wurden zusätzliche Befugnisse bei der Ernennung der Kommissionsmitglieder eingeräumt.
- Einzelne Mitgliedstaaten (mindestens acht) können in Zukunft ermächtigt werden, in Anwendung der sog. *Flexibilitätsklausel* (Art. 11 EGV und Art. 43 und 44 EUV) eine verstärkte Zusammenarbeit in einzelnen Bereichen zu begründen; damit werden die schon bisher vorgesehenen Tendenzen zu einer „abgestuften Integration" und zu einem „Europa à la carte" ➢ s. Nr. 31, verstärkt.
- Im Amsterdamer Vertrag wurde eine komplette neue Nummerierung des EUV und des EGV vorgenommen (die die Übersichtlichkeit des Rechts der EU zwar etwas verbessert, es aber doch bei mehreren Ver-

trägen belässt, zu denen es jeweils zahlreiche Protokolle und Protokollerklärungen gibt).

Der am 1. 2. 2003 in Kraft getretene Vertrag von Nizza hat keine wesentlichen Änderungen der Strukturen der Europäischen Union gebracht, sondern sich vor allem darauf beschränkt, ihre Entscheidungsverfahren und die Zusammensetzung ihrer Organe auf die Erweiterung auf 25 oder mehr Mitgliedstaaten vorzubreiten.

Vertrag von Nizza
Unterzeichnet 26. 2. 2001,
in Kraft getreten 1. 2. 2003

Keine Änderungen im Säulen-Gefüge

Neuerungen in der 1. Säule:

- Institutionelle Änderungen im Hinblick auf Erweiterungen, insbesondere Änderung der Stimmengewichtung im Rat
- Ausdehnung der Beschlussfassung mit qualitativer Mehrheit
- Modernisierung des EuGH

Europäische Verfassung
Unterzeichnet 29. 10. 2004,
noch nicht in Kraft

Aufgabe des Säulen-Modelles

- „Verbund von Staaten und Bürgern“
- EU bekommt Rechtspersönlichkeit
- Gemeinschaften werden aufgegeben
- Inhalt der Säulen zusammengefasst und im Rang (den früheren Gemeinschaften) identisch
- Grundrechte-Charta wird inkorporiert

Neuerungen der zusammengefassten Inhalte aller Säulen

- Kompetenzrahmen ausformuliert
- Europäische Wirtschaftsregierung unter Beteiligung nationaler Parlamente, „europäischer Außenminister“
- Institutionelle Reformen
- Grundfreiheiten und Rechtsordnung modernisiert
- Bürgerinitiativen für Gesetzgebung

In dem Entwurf einer *Europäischen Verfassung,* der 2002/2003 von einem Europäischen Konvent unter Vorsitz von *Giscard d'Estaing* ausgearbeitet worden ist, sind die Strukturen und die Entscheidungsverfahren der EU festgeschrieben und verbessert und vor allem auch die Abgrenzung der Zuständigkeiten zwischen der EU und den Mitgliedstaaten präzisiert worden. Das Inkrafttreten dieser Verfassung ist aber in die Ferne gerückt, nachdem ihre Ratifizierung in Frankreich und den Niederlanden am negativen Ausgang der entsprechende Referenden gescheitert ist.

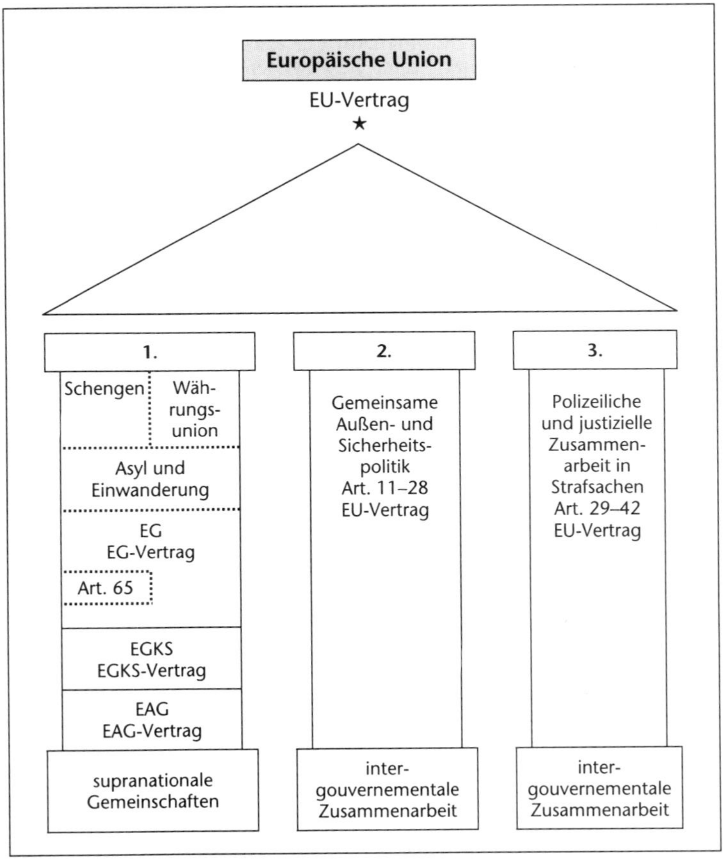

d) Einordnung des Gemeinschaftsrechts

Das Gemeinschaftsrecht unterscheidet sich sowohl vom nationalen Recht, das lediglich für das Hoheitsgebiet eines einzigen Staates gilt, dessen Parlament es verabschiedet hat, wie auch vom internationalen Recht (Völkerrecht), welches durch bi- und multilaterale Verträge zwischen einzelnen Staaten oder Staatenvereinigungen charakterisiert ist. Solche Verträge werden erst durch einen Zustimmungsakt des nationalen Gesetzgebers zu innerstaatlichem Recht.

Wenn die EG ein Handelsabkommen mit den Kapverdischen Inseln schließt, gehört dies zum internationalen Bereich. Wenn das Gemeinschaftsrecht aber vorschreibt: „Männer und Frauen sind für gleiche Arbeit gleich zu bezahlen“, dann kann sich jede Frau in der EG gegenüber ihrem Arbeitgeber, der ihr einen geringeren Lohn als den männlichen

Arbeitnehmern bezahlen will, vor ihrem nationalen Arbeitsgericht direkt darauf berufen. Hier befinden wir uns also praktisch im nationalen Bereich, ohne dass ein nationaler Gesetzgeber hätte einschreiten müssen.

Die Rechtsbeziehungen, die auf dem europäischen Gemeinschaftsrecht beruhen, können also in die herkömmliche Typologie nicht eingeordnet werden. Das Gemeinschaftsrecht ist supranationales Recht, welches in den Mitgliedstaaten direkt und im Falle eines Konfliktes mit dem nationalem Recht mit Vorrang vor diesem Geltung hat. Das Gemeinschaftsrecht wendet sich zunächst an die Organe selbst und an die Mitgliedstaaten, aber in weitem Umfang auch direkt an die EG-Bürger und sogar manchmal an Angehörige von Drittstaaten. Hierin liegt der fundamentale Unterschied zum Völkerrecht. Das Gemeinschaftsrecht kann damit mannigfaltige Rechtsbeziehungen regeln, und es kann sowohl öffentlich-rechtlicher, als auch privatrechtlicher und bisweilen sogar strafrechtlicher Natur sein.

e) Finanzierung und Haushalt

Der EU stehen nach dem System der Eigenmittel der Europäischen Gemeinschaften (Beschluss 2000/597, ABl. EG 2000 L 253, S. 42) bestimmte, von den Mitgliedstaaten eingezogene, Abgaben zu sowie ein Anteil an dem Mehrwertsteueraufkommen und ein Betrag, der sich nach dem Bruttosozialprodukt berechnet.

Im Haushalt 2006 waren dies im Einzelnen:

- Zölle, die entsprechend dem Gemeinsamen Zolltarif auf Importe aus Drittländern erhoben werden, sowie Agrarabschöpfungen, mit denen Preise für importierte Agrarerzeugnisse an die höheren Gemeinschaftspreise angeglichen werden, und sonstige Agrarabgaben (13 % der Einnahmen);
- Anteile an dem Mehrwertsteueraufkommen in den Mitgliedstaaten, die der Gemeinschaft zustehen (14 % der Einnahmen);
- ein auf das Bruttonationaleinkommen der Mitgliedstaaten angewandter einheitlicher Satz (72 % der Einnahmen);
- sonstige Einnahmen wie die von den EU-Bediensteten gezahlte Einkommensteuern und der Ertrag aus von der Kommission verhängten Geldbußen (1 % der Einnahmen).

Die Einnahmen im Haushaltsjahr 2006 betrugen 121 Milliarden Euro, ein Betrag, der in etwa 1 % des Bruttonationaleinkommens der Mitgliedstaaten und 240 Euro pro Einwohner entspricht. Die Hauptausgabenposten waren der Agrarsektor, in den 47 % der Ausgaben flossen (einschließlich 11 % für die Förderung des ländlichen Raums und den Umweltschutz), und die Maßnahmen der Strukturpolitik und zur Förderung der Wettbewerbsfähigkeit, die 40 % der Ausgaben beanspruchten.

Rechtsbeziehungen, die durch das Gemeinschaftsrecht geregelt werden können

Das Gemeinschaftsrecht als **supranationales** Recht kann Rechtsbeziehungen regeln zwischen

- den EG-Organen untereinander (institutionelles Recht)
- der EG und den einzelnen Mitgliedstaaten
- den Mitgliedstaaten untereinander
- der EG und den Staatsbürgern/Unternehmen der Mitgliedstaaten
- den Mitgliedstaaten und ihren eigenen oder anderen EG-Staatsbürgern/Unternehmen
- den EG-Staatsbürgern/Unternehmen untereinander
- der EG und Drittstaaten, ggf. auch deren Angehörigen, und Staatenvereinigungen.

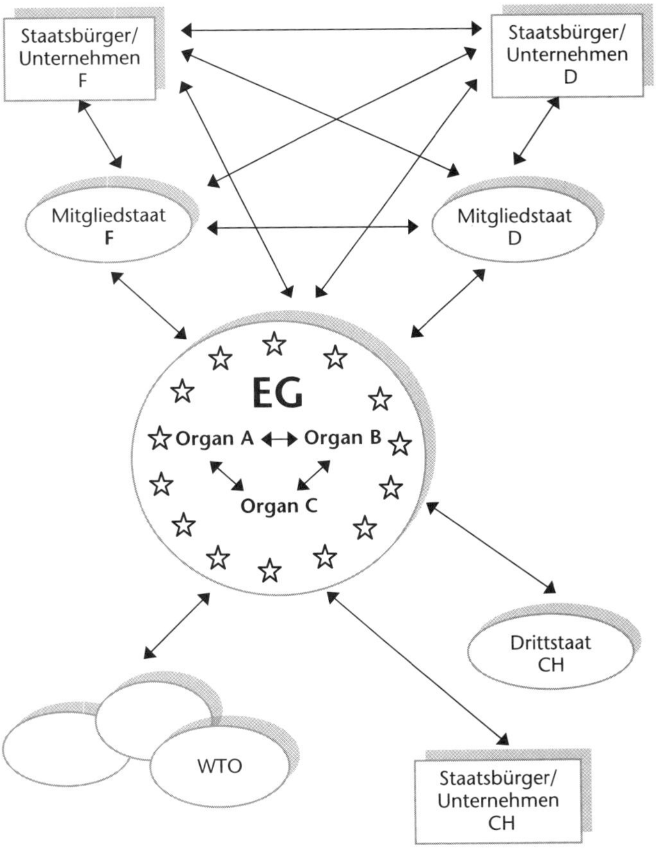

Haushalt der EG 2006

1. Einnahmen
insgesamt 121 Milliarden Euro, davon:

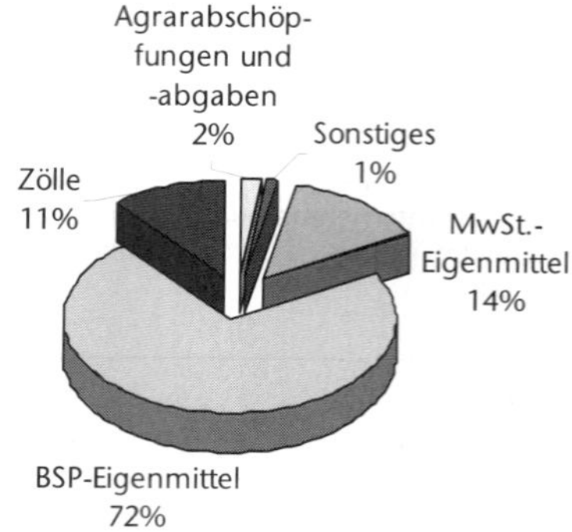

2. Ausgaben
insgesamt 121 Milliarden Euro, davon:

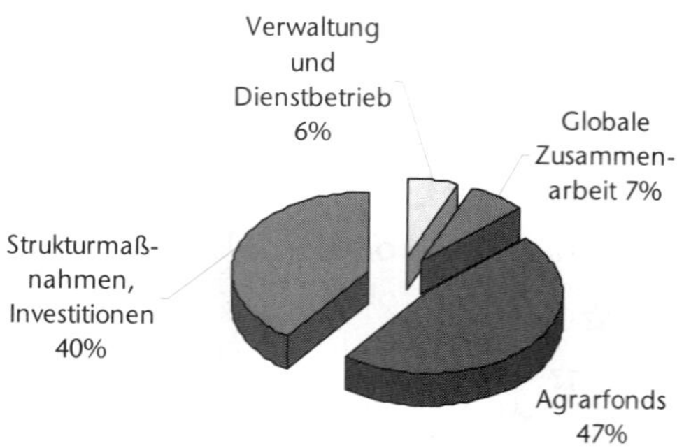

Unter den Mitgliedstaaten der EU sind sowohl das Gesamtvolumen des Haushalts der EU – mehrere Staaten, darunter Deutschland, sind der Meinung, dass er 1 % des Bruttonationaleinkommens nicht überschreiten sollte – als auch der hohe Anteil der Ausgaben für die Landwirtschaft und die Strukturpolitik umstritten. Staaten wie Deutschland, deren landwirtschaftliche Produktion beschränkt ist, kritisieren, dass sie Nettozahler sind, d. h. höhere Beträge an den EU-Haushalt zahlen, als sie von diesem an Einnahmen erhalten. Dagegen sind Staaten mit einem großen landwirtschaftlichen Sektor wie Frankreich prinzipiell gegen eine Einschränkung der Agrarausgaben. Die noch strukturschwachen osteuropäischen Mitgliedstaaten sowie die *„alten"* Mitgliedstaaten wie Spanien und Portugal, die über viele Jahre große Empfänger von Mitteln aus den Strukturfonds waren, sind an einer Beibehaltung der Ausgaben für die Strukturpolitik interessiert. Die Kommission der EU ist der Meinung, dass die beschlossenen Maßnahmen zur Stärkung der Wettbewerbsfähigkeit der EU eine Erhöhung des EU-Haushaltes auf bis zu 1,25% des Bruttonationaleinkommens der Mitgliedstaaten notwendig macht.

Nachdem mit dem Finanzrahmen der Union für den Zeitraum 2000–2006 (sog. *Agenda 2000*) eine begrenzte Einschränkung der Ausgaben für die Landwirtschafts- und die Strukturpolitik erreicht worden ist, hat sich der Europäische Rat im Dezember 2005 nach sehr schwierigen Verhandlungen auf einen Finanzrahmen für den Zeitraum 2007–2013 geeinigt, dessen Eckpunkte sind:

- Begrenzung der Ausgaben auf 864,4 Milliarden Euro (1,05% des EU-Bruttonationaleinkommens);
- Beschränkung der Agrarausgaben auf 371 Milliarden Euro (43%);
- Beschränkung der Ausgaben für die Strukturpolitik auf 308 Milliarden Euro (35.7%);
- Reduzierung des sog. britischen Haushaltsrabatts um 10 Milliarden Euro.

Der Beschluss vom Dezember 2005 sieht für 2008/2009 eine erneute grundsätzliche Überprüfung der Struktur des EU-Haushaltes auf der Einnahmen- und Ausgabenseite vor.

Das Haushaltsrecht der EG ist in den Art. 268ff. EGV und in der in Art. 279 EGV vorgesehenen Haushaltsordnung (VO Nr. 1605/2002 ABl. EG 2002 L 248, S. 1) geregelt. Haushaltsbehörde sind der Rat und das Europäische Parlament. Der jährliche Haushaltsplan wird auf Grund der Voranschläge der Organe in einem komplexen Verfahren genehmigt und schließlich vom Präsidenten des Europäischen Parlaments festgestellt. Die Stellung des Europäischen Parlaments im Haushaltsverfahren ist seit Gründung der Europäischen Gemeinschaft schrittweise verstärkt worden. Es kann nunmehr die nicht zwingenden Ausgaben, d.h. diejenigen, die nicht auf der Grundlage von Rechtssätzen zwingend vorgesehen sind, erhöhen und es kann aus wichtigen Gründen den Entwurf des Haushaltsplanes ablehnen und die Vorlage eines neuen Entwurfes verlangen.

f) Das Zusammenwirken staatlicher und europäischer Organe

aa) Kompetenzen der EG

In der EG gilt das Prinzip der „enumerativen Einzelermächtigung", d.h. dass die Gemeinschaft nur dort Kompetenzen hat, wo ihr diese durch Souveränitätsübertragung der Mitgliedstaaten ausdrücklich eingeräumt sind. Sie kann sich nicht selbst eigene Zuständigkeiten schaffen (sie hat also keine sogenannte „Kompetenz-Kompetenz"). Die Kompetenznormen, die einerseits in einem Katalog in Art. 3 EGV, andererseits in vielen Einzelvorschriften enthalten sind, sind jedoch durchgehend nur wenig präzise gefasst und bedürfen meist der Auslegung. So ist die Befugnis der EG durch Mehrheitsbeschluss des Rates „Maßnahmen zur Angleichung der Rechts- und Verwaltungsvorschriften der Mitgliedstaaten, welche die Errichtung und das Funktionieren des Binnenmarktes zum Gegenstand haben" (Art. 95 EGV) zu erlassen, in ihrer praktischen Tragweite umstritten. Wichtig sind daher die impliziten Schranken der Kompetenzen der EG:

- So gilt das Prinzip der *Verhältnismäßigkeit,* nach welchem die Maßnahmen der Gemeinschaft „nicht über das für die Erreichung der Ziele dieses Vertrags erforderliche Maß" hinaus gehen dürfen (s. Art. 5 Abs. 3 EGV), sowie
- das *Subsidiaritätsprinzip:* danach darf die EG, außer im Bereich ihrer ausschließlichen Zuständigkeiten, nur tätig werden, „sofern und soweit die Ziele der in Betracht gezogenen Maßnahmen auf Ebene der Mitgliedstaaten nicht ausreichend erreicht werden können und daher wegen ihres Umfangs oder ihrer Wirkungen besser auf Gemeinschaftsebene erreicht werden können" (Art. 5 Abs. 2 EGV).

Die Gemeinschaftszuständigkeiten sind grundsätzlich legislatorisch oder erlauben es den Organen Koordinationsaufgaben zu erfüllen (so hat die EG auf dem Gebiet der Arbeitsmarkts- und Beschäftigungspolitik keine gesetzgeberischen, sondern nur koordinierende Aufgaben, Art. 125 ff. EGV). Die Zuständigkeit und die Pflicht zur Ausführung der Rechtsakte der EU, also die Exekutiv- oder Verwaltungskompetenzen, liegt in der Regel bei den Mitgliedstaaten, die z. B. das Agrar- und Zollrecht der EU auf den Einzelfall anzuwenden haben. Auch für die klageweise Durchsetzung des Gemeinschaftsrechts sind im Regelfall die Gerichte der Mitgliedstaaten zuständig. Nur unter eingeschränkten Voraussetzungen kann der Bürger den Gerichtshof der EG anrufen ➢ s. Nr. 35 b). Die Gemeinschaft ist auch in keinem Fall zur Vollstreckung ihrer Entscheidungen zuständig. Diese obliegt immer den mitgliedschaftlichen Vollstreckungsorganen gemäß den nationalen Rechtsvorschriften. Mehrere Mitgliedstaaten – insbesondere auch Deutschland – wünschen eine präzisere ausdrückliche Bestimmung der Zuständigkeiten der Europäischen Union. Der 2003 vom *Europäischen Konvent* ➢ s. Nr. 31, erarbeitete *Entwurf einer europäischen Verfassung* sieht daher einen Kompetenzkatalog vor, der zwischen den ausschließlichen und den mit den Mitgliedstaaten geteilten Zuständigkeiten der EU unterscheidet.

bb) Pflichten der Mitgliedstaaten

Im Rahmen der Arbeitsteilung zwischen nationalen und EG-Behörden entsprechen den Kompetenzen der Organe der EG auf Seiten der Mitgliedstaaten verschiedene Pflichten, die alle auf die allgemeine Treueklausel des Art. 10 EGV zurückgehen:

- Unterlassungspflichten, z. B. nicht weiterhin in eigener Kompetenz einen bestimmten Bereich zu regeln, keine diskriminierende Vorschriften einzuführen u. ä.,
- Handlungspflichten, soweit Voraussetzungen für den gemeinsamen Markt geschaffen werden müssen, so z. B. gemäß Art. 31 EGV die Umformung der staatlichen Handelsmonopole,

– Treuepflichten, um der Gemeinschaft die Durchführung ihrer Aufgaben zu erleichtern. Hierunter fällt z. B. die Zusammenarbeit zwischen nationalen Behörden und Organen der EG, Akteneinsichtsrechte etc., aber auch und vor allem die Einräumung des Vorrangs des Gemeinschaftsrechts über das nationale Recht ➢ s. Nr. 35 a) dd).

33 | Deutsches Recht und Europäische Integration

Die Entwicklung der Europäischen Gemeinschaften und seit 1993 diejenige der Europäischen Union hat auf wesentlichen Gebieten staatlichen Handelns die Übertragung von Kompetenzen deutscher Verfassungsorgane, insbesondere des Bundestages und des Bundesrates, auf die Organe der Gemeinschaft und der Union mit sich gebracht. Diese Übertragung ist grundsätzlich von den Artikel 23 und 24 GG gedeckt und entspricht dem in der Präambel zum Grundgesetz ausgedrücktem Willen des deutschen Volkes, „als gleichberechtigtes Glied in einem vereinten Europa dem Frieden der Welt zu dienen".

Bis zum Vertrag über die Europäische Union vom 7. Februar 1992 *(Vertrag von Maastricht)* war Art. 24 GG Abs. 1 eine ausreichende Grundlage für die Verträge zur Gründung der Europäischen Gemeinschaften. Diese Vorschrift erlaubt es der Bundesrepublik, durch Gesetz Hoheitsrechte auf zwischenstaatliche Einrichtungen zu übertragen.

Angesichts der im Maastricht-Vertrag vereinbarten weitergehenden Übertragung von Hoheitsrechten auf die EU und die EG (Kommunalwahlrecht für Unionsbürger, Ablösung der staatlichen durch eine gemeinsame Währung, Befugnisse der Union in den Bereichen Justiz und Sicherheit u. a.) hat es der deutsche Verfassungsgeber für notwendig erachtet, mit einem Gesetz vom 21. Dezember 1992 eine spezielle Verfassungsvorschrift zu erlassen, nämlich Art. 23 GG (Art. 23 GG in der ursprünglichen Fassung war durch die Wiedervereinigung bedeutungslos geworden), die es der Bundesrepublik Deutschland erlaubt, zur „Verwirklichung eines vereinten Europas ... bei der Entwicklung der Europäischen Union" mitzuwirken und zu diesem Zweck durch Gesetz mit Zustimmung des Bundesrates Hoheitsrechte zu übertragen. Wie bei Änderungen des Grundgesetzes müssen Bundestag und Bundesrat mit zwei Dritteln der Mitglieder bzw. Stimmen zustimmen. Voraussetzung einer wirksamen Übertragung ist weiter, dass die sich entwickelnde Europäische Union „demokratischen, rechtsstaatlichen, sozialen und föderativen Grundsätzen und dem Grundsatz der Subsidiarität verpflichtet ist und einen diesem Grundgesetz im Wesentlichen vergleichbaren Grundrechtsschutz gewährleistet". Auch darf die Übertragung von Hoheitsrechten nicht die Grenzen überschreiten, die Art. 79 Abs. 3 GG Änderungen des Grundgesetzes setzt.

Weiter sieht Art. 23 GG die Mitwirkung von Bundestag und Bundesrat in Angelegenheiten der EU vor, insbesondere bei der Rechtsetzung, und enthält hierzu Verfahrensvorschriften, die in den in Art. 23 vorgesehenen Gesetzen (Gesetze vom 12. März 1993, BGBl. I 311 und 313) noch näher detailliert und in einer Vereinbarung zwischen Bundestag und Bundesregierung über die Unterrichtung und Mitwirkung in Angelegenheiten der Europäischen Union 2006 fortgeschrieben worden sind. Diese Regelung geht vor allem auf das Bestreben der Länder zurück, eine weitere Aushöhlung ihrer Befugnisse durch die Bundesregierung, die die Bundesrepublik bei der europäischen Gesetzgebung auch dann vertritt, wenn es sich um Sachbereiche aus der Kompetenz der Länder handelte, zu verhindern. Die Bundesregierung muss Bundestag und Bundesrat umfassend und frühestmöglich unterrichten und, soweit ein Gesetzgebungsverfahren schwerpunktmäßig ausschließliche Zuständigkeiten der Länder betrifft, bei der Willensbildung die Auffassung des Bundesrates maßgeblich berücksichtigen. Sie soll in solchen Fällen ihre Vertretung im zuständigen Rat der EG einem Vertreter der Länder überlassen, der den Rang eines Landesministers haben soll.

Das BVerfG hat mehrfach über die Gültigkeit und die Tragweite der Gesetze entschieden, mit denen die Bundesrepublik Deutschland den europäischen Verträgen zugestimmt hat. In seinen Urteilen hat er Kriterien zur Beurteilung der Zulässigkeit der Übertragung von Hoheitsrechten entwickelt, die nunmehr in Art. 23 GG als Verfassungsnormen niedergelegt worden sind. Insbesondere hat das BVerfG die Notwendigkeit der Geltung demokratischer und rechtsstaatlicher Grundsätze und eines wirksamen Grundrechtsschutzes betont, dabei aber anerkannt, dass von der EU nicht eine Ausprägung dieser Grundsätze erwartet werden kann, die der im GG vorgesehenen identisch ist. Angesichts der in den Mitgliedstaaten der Union sehr unterschiedlichen verfassungsgeschichtlichen Erfahrungen, die in die Ausgestaltung der EU eingeflossen sind, muss die Gleichwertigkeit der in Deutschland und der EU bestehenden demokratischen und rechtsstaatlichen Verfahren genügen (Urteile vom 29. Mai 1974, BVerfGE 37, 271 – Solange I – und vom 22. Oktober 1986, BVerfGE 73, 339 – Solange II).

In seinem Urteil vom 12. Oktober 1993 (BVerfGE 89, 155) über das Gesetz zum Vertrag über die Europäische Union hat sich das BVerfG eine recht weitgehende Überprüfung der Übereinstimmung der Europäischen Verträge mit dem GG vorbehalten. Es hat zwar entschieden, dass der Vertrag über die Errichtung der Europäischen Union, und damit das ihm zustimmende Bundesgesetz, das GG nicht verletzt und insbesondere mit dem in Art. 38 niedergelegten Demokratieprinzip in Einklang steht. Doch hat es in diesem Urteil Schranken für die Weiterentwicklung der EU gesetzt und insbesondere verlangt, dass ein weiterer Ausbau der Befugnisse der EU und der EG nur dann zulässig ist, wenn dem Deutschen Bundestag Aufgaben und Befugnisse von substantiellem Gewicht verbleiben. Darüber hinaus hat es sich die Möglichkeit vorbehalten zu überprüfen, ob die Rechtsakte der Union sich in den Grenzen der ihr eingeräumten Hoheitsrechte halten und sich damit eine Befugnis der Kontrolle der Rechtmäßigkeit dieser Akte zugeschrieben, die nach dem Gemeinschaftsverträgen nur dem EuGH zusteht. Schließlich hat es sich die Möglichkeit vorbehalten, Rechtsakte der EU an den Grundrechten des GG zu messen, wobei es diese Kompetenz aber nur in einem Kooperationsverhältnis zum EuGH ausüben will. Damit ist wohl gemeint, dass das BVerfG nur bei solchen schwerwiegenden Rechtsverletzungen zuständig ist, die den Wesensgehalt von Grundrechten berühren, im Übrigen aber die Kontrollverfahren für ausreichend hält, in denen der EuGH die eventuelle Verletzung der Grundrechte des Gemeinschaftsrechts durch diese Rechtsakte feststellen kann.

Es ist zu erwarten, dass das BVerfG die in ihrer Tragweite teilweise unklaren Kontrollbefugnisse, die es sich vorbehalten hat, auch in Zukunft zurückhaltend ausüben wird. Sollte das deutsche Parlament in Zukunft wieder durch die Ratifizierung neuer oder die Änderung der bestehenden Verträge den Willen des deutschen Volkes zum Ausdruck bringen, die Europäische Einigung weiter zu treiben, dann wird es sich dem wohl nur in höchst außergewöhnlichen Situationen entgegen stellen. Desgleichen ist zu erwarten, dass das deutsche Verfassungsgericht auch in Zukunft dem EuGH darin vertrauen wird, dass er einen wirksamen Grundrechtsschutz praktiziert und in Überschreitung ihrer Kompetenzen erlassene Rechtsakte der Organe der Gemeinschaft und der Union für ungültig erklärt. So hat es das BVerfG in dem Beschluss vom 7. Juni 2000 (BVerfGE 102, 147) abgelehnt, die Handelsregelung der EG für Bananen an deutschen Grundrechten zu messen, da es das Verwaltungsgericht Frankfurt, das diese Prüfung beantragt hatte, unterlassen habe, darzulegen, dass der Grundrechtsschutz durch den EuGH unter das in dem Urteil vom 22. Oktober 1986 (Solange II) beschriebene und dem deutschen Grundrechtsschutz grundsätzlich gleichwertige Niveau abgesunken sei. Ein Tätigwerden des BVerfG wegen möglicher Grundrechtsverletzungen durch die EU ist auch deshalb unnötig, weil der Bundesrepublik Deutschland gemäß Art. 230 EGV die Möglichkeit zusteht, jeden von deren Organen erlassenen Rechtsakt, der Grundrechte verletzt oder der von den Kompetenzen dieser Organe nicht gedeckt ist, vor dem europäischem Gerichtshof im Wege der Nichtigkeitsklage anzugreifen ➢ s. Nr. 35 b) bb).

34 | Das institutionelle System der EU

a) Allgemeines

Die Europäische Gemeinschaft hat wie ein nationales Staatswesen Organe, die in ihrem Namen auftreten, ihre Geschäfte besorgen, Rechtsakte erarbeiten und sich gegenseitig kontrollieren. Die EG hat gegenwärtig gemäß Art. 7 EGV fünf Organe, und zwar den Rat, die Kommission, das Europäisches Parlament, den Europäischen Gerichtshof und den Europäischen Rechnungshof. Neben den Organen existieren mehrere ergänzende Einrichtungen, von denen die vier wichtigsten der Wirtschafts- und Sozialausschuss, der Ausschuss der Regionen, die Europäische Investitionsbank und die Europäische Zentralbank sind ➢ s. Nr. 34 g). Informationen zu allen Organen und ergänzenden Einrichtungen finden sich unter www.europa.eu.

Der Sitz der Organe war in der Vergangenheit häufig Gegenstand politischer Diskussionen zwischen den Mitgliedstaaten. Gegenwärtig sieht die Situation so aus:

- der Rat hat seinen Sitz in Brüssel, tagt aber im April, Juni und Oktober in Luxemburg,

- die Kommission hat ihren Sitz in Brüssel mit einigen Dienststellen in Luxemburg,
- das Europäische Parlament hält zwölf Plenartagungen im Jahr in Straßburg ab; zusätzliche Plenartagungen finden in Brüssel statt, wo auch die Ausschüsse zusammentreten; das Generalsekretariat ist in Luxemburg,
- der Gerichtshof und der Rechnungshof haben beide ihren Sitz in Luxemburg.

Bei den ergänzenden Einrichtungen ist es so, dass in jedem Mitgliedstaat zumindest eine Einrichtung angesiedelt ist, und dass auch versucht wird, über Personalbesetzungen in den obersten Gremien eine angemessene nationale Verteilung zu finden.

Alle wichtigen Meinungsäußerungen der Organe, insbesondere Rechtsakte und Gerichtsurteile, werden in den 22 Amtssprachen der EU (Stand 1. 1. 2007) veröffentlicht. Diese sind Bulgarisch, Dänisch, Deutsch, Englisch, Estnisch, Finnisch, Französisch, Griechisch, Italienisch, Lettisch, Litauisch, Maltesisch, Niederländisch, Polnisch, Portugiesisch, Rumänisch, Schwedisch, Slowakisch, Slowenisch, Spanisch, Tschechisch und Ungarisch). Ab 1. 1. 2007 ist auch Irisch eine Amtssprache, in die jedoch nicht alle Rechtsdokumente übersetzt werden. Jedermann kann sich in einer dieser Sprachen an die EG wenden und muss in dieser Sprache eine Antwort bekommen. Interne Arbeitssprachen sind vor allem Englisch und Französisch und – in geringerem Maße – Deutsch.

b) Der Rat

Der **Rat** (geregelt in Art. 202–210 EGV; www.consilium.europa.eu) besteht aus je einem Vertreter jedes Mitgliedstaats auf Ministerebene, der befugt ist, für seine Regierung verbindlich zu handeln. Der Rat ist damit dasjenige Organ, das am stärksten die Determination des Handelns der EG durch den Willen der Mitgliedstaaten widerspiegelt. Dies wird oft vergessen, wenn in der Öffentlichkeit von einer „Fremdbestimmtheit durch die Brüsseler Bürokratie" die Rede ist. Tatsächlich sind es die nationalen Regierungen, die im Rat durch ihre Vertreter alle wichtigen Entscheidungen treffen.

Es gibt keine ständigen Ratsmitglieder; vielmehr tagt der Rat in verschiedener Zusammensetzung je nach der betreffenden Angelegenheit (ca. 80 mal jährlich). Der „Allgemeine Rat", wenn keine Spezialfragen behandelt werden, ist der Außenministerrat, der in der Regel einmal monatlich zusammentritt. Den Vorsitz im Rat hat nach einem Rotationsprinzip immer für 6 Monate ein anderer Mitgliedstaat (Deutschland im ersten Halbjahr 2007).

Die Aufgaben des Rates beziehen sich insbesondere auf folgende Gebiete:

- **Rechtsetzung:**
  Der Rat ist das wichtigste Rechtsetzungsorgan für neu zu erlassende Gemeinschaftsrechtsakte, die die Gründungsverträge mit Leben erfüllen sollen (das sogenannte europäische Sekundärrecht). Der Rat wird meist auf Vorschlag der Kommission tätig, in vielen Bereichen gemeinsam mit dem Europäischen Parlament.
- **Außenbeziehungen:**
  Der Rat ist das zuständige Organ für den Abschluss von Abkommen zwischen der Gemeinschaft und dritten Staaten oder internationalen Organisationen.

- **Haushalt und Kontrolle:**
  Der Rat stellt, zusammen mit dem Europäisches Parlament, den Haushaltsplan auf. Er hat auch ansonsten starke Kontrollbefugnisse gegenüber der Kommission.
- **Ernennungen und Personalentscheidungen:**
  Der Rat ernennt die Mitglieder des Rechnungshofes, des Wirtschafts- und Sozialausschusses sowie des Ausschusses der Regionen.
- **Befugnisse gegenüber den Mitgliedstaaten im Rahmen der Wirtschafts- und Währungsunion:**
  In diesem konkreten Bereich hat der Rat ganz erhebliche Befugnisse gegenüber den Mitgliedstaaten, um diese zur Haushaltsdisziplin anzuhalten; sie reichen von der Anordnung der Hinterlegung bestimmter Einlagen bei der EG bis zur Verhängung von Geldbußen.

Obwohl im Rat in der Praxis normalerweise versucht wird, einen Konsens zu erreichen, bestehen theoretisch verschiedene Abstufungen in der Beschlussfassung, die von einfacher Mehrheit zu Einstimmigkeit reichen. In der Praxis spielt die größte Rolle die Abstimmung mit qualifizierter Mehrheit, wobei die Mitgliedstaaten über unterschiedliches Stimmengewicht verfügen.

In einigen Fällen entscheidet der Rat nicht als Gemeinschaftsorgan, sondern als Konferenz der Vertreter der Regierungen der Mitgliedstaaten. So wenn die Beschlussfassung durch die Regierungen ausdrücklich in den Verträgen vorgesehen ist (Beispiel: Ernennung der Mitglieder des EuGH nach Art. 223 EGV) oder wenn Zweifel an der Zuständigkeit des Rates bestehen

Kein Organ der EG, sondern ein solches der EU (s. Art. 4 EUV), ist der **Europäische Rat**, in dem die Staats- und Regierungschefs der Mitgliedstaaten sowie der Präsident der Kommission mindestens zweimal jährlich zu einer Konferenz zusammentreten (früher auch sog. „Gipfel(konferenz)"). Er soll der Union die für ihre Entwicklung erforderlichen Impulse geben und die Zielvorstellungen für diese Entwicklung festlegen. Darüber hinaus werden von dem Europäischen Rat oft sehr technische Fragen behandelt, für die im Rat keine Lösungen gefunden werden konnten.

c) Die Kommission

Die **Kommission** (Art. 211–219 EGV; www.ec.europa.eu) ist die große Verwaltungsbehörde der EG, vergleichbar nationalen Ministerien mit entsprechendem Unterbau. Sie wird geführt von 27 Kommissionsmitgliedern oder „Kommissaren", von denen jeder Mitgliedstaat einen entsendet. Präsident der Kommission ist seit Herbst 2004 der Portugiese *José Manuel Borroso*, deutsches Mitglied *Günther Verheugen*, zuständig für Unternehmen und Industrie.

Um die Größe der Kommission in Hinblick auf künftige Erweiterungen der EU nicht unbeschränkt wachsen zu lassen, ist im Vertrag von Nizza vorgesehen worden, dass die Zahl ihrer Mitglieder 26 nicht überschreiten darf und dass ein Rotationsverfahren zur Anwendung kommt, sobald die Anzahl der Mitgliedstaaten 27 oder mehr beträgt.

Die Amtszeit der Kommissionsmitglieder beträgt fünf Jahre; Wiederernennung ist zulässig. Die Kommissare sind nicht ihren Regierungen verpflichtet, sondern üben ihre Tätigkeit in voller Unabhängigkeit zum allgemeinen Wohl der Gemeinschaft aus. Damit bildet die Kommission den „Gegenpart" zum Rat, der die Interessen der nationalen Regierungen vertritt.

Die Aufgaben der Kommission lassen sich wie folgt zusammenfassen:

- **Initiative:**
  Die Kommission besitzt für den überwiegenden Teil der Gemeinschaftsrechtsakte das sogenannte „Initiativmonopol", d. h. dass der Rat sich in den allermeisten Fällen auf Ideen und Entwürfe der Kommission stützt, über die er sodann berät und entscheidet.
- **Rechtsetzung:**
  Die Kommission kann jedoch auch selbst rechtsetzend tätig werden, was meist in untergeordneten Bereichen der Fall ist, etwa bei den täglichen Maßnahmen der Agrarpolitik.
- **Außenbeziehungen:**
  Zur Vorbereitung der Tätigkeit des Rates ist die Kommission zuständig für die Aushandlung von Abkommen mit Drittstaaten und internationalen Organisationen, darunter vor allem der Beitrittsabkommen mit neuen Mitgliedstaaten.
- **Kontrolle:**
  Die Kommission ist, und damit wird ihr Gegenpart zum Rat vor allem deutlich, in relativ großem Umfang zur Kontrolle der Mitgliedstaaten befugt. Sie wacht darüber, dass diese die Verträge und die damit in Zusammenhang stehenden Pflichten (z. B. die Umsetzung von Richtlinien oder die Befolgung von Urteilen des EuGH) einhalten und strengt notfalls zu diesem Zweck Verfahren vor dem Gerichtshof gegen die Mitgliedstaaten an.
- **Exekutive:**
  In manchen Bereichen, wie etwa dem Wettbewerbsrecht, übt die Kommission die Tätigkeit einer normalen Verwaltungsbehörde aus. Sie prüft Sachverhalte, nimmt Stellungnahmen entgegen, erlässt Verwaltungsakte etc.

Die Kommission untergliedert sich gegenwärtig in knapp 40 Arbeitseinheiten, die entweder als Generaldirektionen oder Dienste (z. B. Juristischer Dienst) bezeichnet werden. Die Verteilung erinnert an die verschiedenen Ministerien einer nationalen Regierung. Für die interne Kontrolle besteht das Betrugsbekämpfungsamt „OLAF" (Office Européen de Lutte Anti Fraude). Jeder Kommissar ist für eine oder mehrere Abteilungen zuständig und verantwortlich. Insgesamt sind in den Dienststellen der Kommission zur Zeit mehr als 30 000 Personen aus allen Mitgliedstaaten tätig.

d) Das Europäische Parlament

Das *Europäische Parlament* (Art. 189–201 EGV; www.europarl.europa.eu) hat eine wechselvolle Geschichte hinter sich. Von einem völlig unbedeutenden Gremium in den ersten Jahrzehnten seiner Existenz ist es mittlerweile zu einem wichtigen Forum und Partner in der europäischen Politik aufgestiegen. Es besteht gemäß Art. 189 EGV aus Vertretern der Völker der Mitgliedstaaten; seit 1979 wird es alle fünf Jahre direkt gewählt in Wahlverfahren, die bisher noch von den einzelnen Mitgliedstaaten festgelegt werden. Nach dem Beitritt Bulgariens und Rumäniens zur EU zum 1. 1. 2007 hat es 784 Mitglieder. Deutschland stellt mit 99 die größte, Malta mit 5 die kleinste Gruppe von Abgeordneten. Präsident ist der deutsche Christdemokrat *Hans-Gert Pöttering*

(Stand: 2007). Im Europäischen Parlament spielt die nationale Zugehörigkeit nur eine beschränkte Rolle, da die Abgeordneten in transnationalen Fraktionen organisiert sind. Diese haben allerdings nicht die gleiche politische Bedeutung wie die Fraktionen in nationalen Parlamenten, da für sie ein politischer Unterbau in der Form von europäischen Parteien erst allmählich im Entstehen ist. So gibt es keine Regierungs- und Oppositionsfraktionen.

2007 existierten folgende transnationale Fraktionen, mehrere Abgeordnete waren fraktionslos.

Fraktionen im Europäischen Parlament

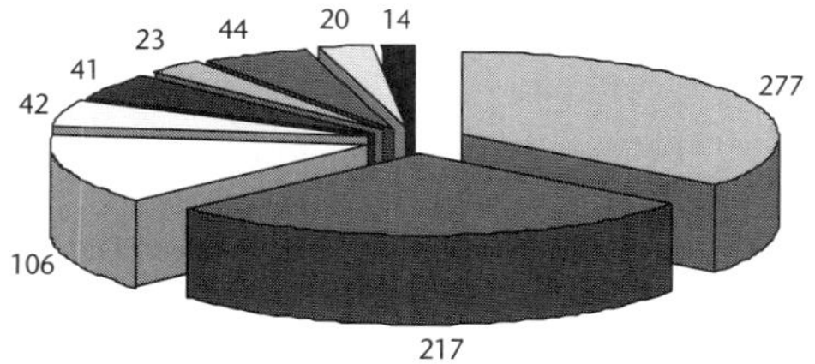

EVP-ED (Europäische Volkspartei)	277
SPE (Sozialdemokratische Partei Europas)	217
ALDE (Liberale und Demokraten)	106
Grüne/Freie Allianz	42
KVEL/NGL (Vereinigte Linke)	41
IDN/DEM (Unabhängigkeit und Demokratie)	23
UNE (Union für das Europa der Nationen)	44
Identität, Tradition, Souveränität	20
Fraktionslos	14

Das Europäische Parlament ist mit einem nationalen Parlament nur bedingt zu vergleichen, da es kein Gesetzesinitiativrecht hat, es in der Rechtsetzung nur zusammen mit dem Rat tätig werden kann, und es keinerlei Entscheidungsbefugnis zu den Gründungsverträgen selbst hat. Die Beteiligungsrechte am Rechtsetzungsverfahren wurden allerdings in den letzten Jahren substantiell verstärkt. Daneben hat das Parlament verschiedene Beratungs- und Kontrollaufgaben. Seine Aufgaben können wie folgt zusammengefasst werden:

- **Beteiligung an der Rechtsetzung:**
  Das Parlament ist am Rechtsetzungsverfahren in dem in Einzelvorschriften des Vertrages vorgesehenen Umfang zu beteiligen. Dies kann entweder auf der Stufe von Anhörungen und unverbindlichen Stellungnahmen geschehen (früher vorherrschend), oder im Verfahren der Zusammenarbeit mit dem Rat oder sogar im Verfahren der Mitentscheidung (gegenwärtig die überwiegenden Bereiche).

- **Außenbeziehungen:**
  Das Parlament muss dem Beitritt neuer Mitgliedstaaten seine Zustimmung geben. Beim Abschluss sonstiger internationaler Abkommen muss es angehört werden, ein Zustimmungsrecht hat es nur für bestimmte Typen des Abkommens, insbesondere solche, die einen besonderen institutionellen Rahmen schaffen (Beispiel: Assoziationsabkommen).
- **Haushalt:**
  Das Parlament verabschiedet den Haushalt, der formell ein Gesetz ist, wobei es sich die Entscheidungskompetenz mit dem Rat teilt.
- **Kontrolle:**
  Das Parlament ist für die Entlastung der Kommission zuständig. Des Weiteren kann es unter bestimmten Umständen einen Misstrauensantrag gegen die Kommission einbringen. Dies ist erstmalig im Januar 1999 erfolgt: ein erster Antrag bekam nicht die nötige Mehrheit; als sich dann nach der Einholung eines Gutachtens über Vettern- und Misswirtschaft einzelner Kommissare zwei Monate später abzeichnete, dass ein neuerlicher Antrag nun Erfolg haben würde, trat die Kommission als ganze zurück.
- **Personalentscheidungen:**
  Das Parlament hat ein Zustimmungsrecht zur Ernennung der Mitglieder der Kommission.
- **Sicherstellung der „Bürgernähe":**
  Jeder Bürger der EG kann in Angelegenheiten, die in die Tätigkeitsbereiche der Gemeinschaft fallen, eine Petition beim Europäischen Parlament einreichen oder sich bei dem Bürgerbeauftragten *(„Ombudsman")* über Missstände in der Tätigkeit der europäischen Institutionen beschweren (www.euro-ombudsman.europa.eu).

Die Beschlüsse des Parlaments werden in der Regel im Plenum mit der Mehrheit der abgegebenen Stimmen gefasst, wobei ein Drittel der Abgeordneten anwesend sein müssen. Ausnahmen gibt es z. B. bei Aufnahme neuer Mitgliedstaaten, im Verfahren der Mitentscheidung sowie im Haushaltsverfahren (absolute Mehrheit) und dem Misstrauensantrag gegen die Kommission (zwei Drittel und die Mehrheit der Mitglieder).

e) Der Europäische Gerichtshof

Der *Europäische Gerichtshof* in Luxemburg (Art. 220–225 EGV; www.curia.europa.eu) ist das höchste Gericht Europas. Er kontrolliert sowohl die Gültigkeit der Rechtsakte der Legislative als auch des Verwaltungshandelns der Exekutive der Gemeinschaft. Daneben überwacht er die Einhaltung des Gemeinschaftsrechts durch die Mitgliedstaaten und legt das Gemeinschaftsrecht für alle Gerichte der Mitgliedstaaten verbindlich aus.

1989 wurde er in zwei Gerichte aufgeteilt: den „Europäischen Gerichtshof" („EuGH") und das *„Europäische Gericht erster Instanz"* („EuGeI"), dessen Urteile rechtsmittelfähig zum EuGH sind. Beide Gerichte sind mit je einem Richter aus jedem Mitgliedstaat besetzt; die Amtszeit der Richter beträgt sechs Jahre, wobei eine Wiederernennung zulässig ist. Neben den Richtern gibt es beim EuGH acht „Generalanwälte", die nach dem Vorbild einer französischen Institution die Rolle einer unabhängigen Mitwirkungsinstanz bei der Entwicklung des Gemeinschaftsrechts spielen (mit dem im deutschen Rechtsraum bekannten Generalstaatsanwalt hat das Amt nichts gemein). Die Generalanwälte erstatten in ausgewählten Fällen, so wenn das Verfahren eine neue Rechtsfrage aufwirft, in Form eines detaillierten Gutachtens einen Entscheidungsvorschlag (sog. „Schlussanträge); der Gerichtshof ist allerdings frei, ob er dem folgt oder nicht.

Die Aufteilung ist grob gesprochen so, dass das EuGeI alle Klagen Privater gegen die EG sowie manche Streitigkeiten mit den Mitgliedstaaten regelt, und der EuGH alle übrigen Rechtssachen, d. h. vor allem Verfahren der Auslegung und Normenkontrolle des Gemeinschaftsrechts in Zusammenarbeit mit den mitgliedstaatlichen Gerichten (sog. Vorabentscheidungsverfahren) ➢ s. Nr. 35 b). Der Vertrag von Nizza eröffnete die Möglichkeit der Einführung eines dreistufigen Instanzenzuges: es sollten sogenannte „gerichtliche Kammern" gebildet werden, die in Spezialgebieten entscheiden, was dann vom EuGeI als Rechtsmittelgericht überprüft werden kann.

Mit dem Beschluss des Rates vom 2. 11. 2004 zur Errichtung des Gerichts für den öffentlichen Dienst der Europäischen Union (EuGöD) ist eine erste solche Kammer gebildet worden. Das neue Gericht, das administrativ ebenso wie das EuGeI dem EuGH angeschlossen ist, hat am 15. 12. 2005 seine Tätigkeit aufgenommen. Es ist für alle Streitigkeiten der EG mit ihren eigenen Bediensteten zuständig.

Vor allen drei Gerichten zusammen werden jährlich etwa 1000 Rechtssachen behandelt.

Europäischer Gerichtshof

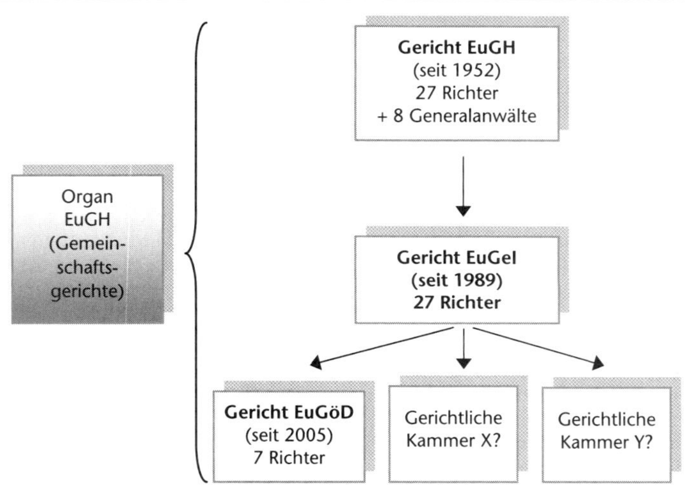

f) Der Rechnungshof

Zur externen Rechnungsprüfung der Gemeinschaft besteht seit 1977 der *Europäische Rechnungshof,* dessen Aufgaben in Art. 246–248 EGV geregelt sind (www.eca.europa.eu). Jeder Mitgliedstaat entsendet ein Rechnungshof-Mitglied; die Mitglieder werden auf sechs Jahre ernannt, wobei eine Wiederernennung zulässig ist. Die Tätigkeit des Rechnungshofes wird in voller Unabhängigkeit ausgeübt, und jede staatliche Einflussnahme hierbei ist strengstens untersagt.

Aufgabe des Rechnungshofes ist es ganz allgemein, die Rechtmäßigkeit und Ordnungsmäßigkeit der Einnahmen und Ausgaben der Gemeinschaft zu prüfen und sich von der Wirtschaftlichkeit der Haushaltsführung zu überzeugen. Hierbei können Prüfungen bei den Organen der Gemeinschaft, bei Behörden der Mitgliedstaaten und bei Privatpersonen durchgeführt werden.

g) Ergänzende Einrichtungen

Wie bereits erwähnt, hat die EG eine Reihe ergänzender Einrichtungen für Sonderaufgaben. Die wichtigsten davon sind

- der *Wirtschafts- und Sozialausschuss* in Brüssel, ein beratendes Gremium, das sich aus Vertretern von Arbeitgebern, Arbeitnehmern und sonstigen Interessengemeinschaften zusammensetzt und im Rahmen des Rechtsetzungsverfahrens Meinungsäußerungen abgeben kann (Art. 257–262 EGV);
- der *Ausschuss der Regionen* in Brüssel, der mit Vertretern regionaler Gremien besetzt ist und Regionalinteressen im Rechtsetzungsverfahren einbringen kann (Art. 263–265 EGV);
- die *Europäische Investitionsbank* in Luxemburg, das Finanzinstitut der Gemeinschaft, deren Funktion darin besteht, Kapital auf den normalen Märkten zu beschaffen und zu günstigen Bedingungen für besonders förderungswürdige Investitionsvorhaben innerhalb und außerhalb der EG in Form von Krediten zur Verfügung zu stellen (Art. 266–267 EGV);
- sowie die *Europäische Zentralbank* in Frankfurt am Main (Art. 105 ff. EGV), die seit Beginn der Währungsunion ➤ s. Nr. 480, weitgehend die Funktion der nationalen Zentralbanken übernommen hat.

Ansonsten existieren etwa dreißig Einrichtungen wie das Europäische Polizeiamt Europol in Den Haag, das Europäische Markenamt in Alicante, die Europäische Umweltagentur in Kopenhagen, die Europäische Behörde für Lebensmittelsicherheit in Brüssel etc.

h) Funktionelle Einordnung der Organe

Generell ist zum institutionellen System der EG zu sagen, dass versucht wird, hierbei einen Ausgleich zwischen den Interessen der Mitgliedstaaten und denjenigen der Gemeinschaft zu finden. So ist z. B. der Rat, das Hauptrechtsetzungsorgan, sehr stark auf die Mitgliedstaaten bezogen, während die Kommission hierzu ganz bewusst einen Gegenpart der europäischen Interessen setzt. Wieder andere Organe müssen bereits von der Funktion her die Gewähr für absolute Neutralität bieten wie der Gerichtshof und der Rechnungshof.

Das so geschaffene System kann daher dem aus der nationalen Staatslehre bekannten System der Gewaltenteilung zwischen Legislative, Exekutive und Judikative nicht vollständig entsprechen; vielmehr überlagern sich die Zuordnungen.

Wenn der EG in der Öffentlichkeit manchmal vorgeworfen wird, sie sei nicht „demokratisch legitimiert", weil die Gesetzgebung praktisch vom Rat, also den nationalen Regierungen, und dem Exekutivorgan Kommission ausgehe und nicht vom europäischen Volk, so sollte hierbei nicht vergessen werden, dass die EG aber eben auch kein Staat ist, sondern ein Zusammenschluss von Staaten, die in diesem Verband eine starke Stellung beibehalten wollen. Die Maßstäbe müssen daher zwangsläufig anders sein. Vor allem die kleineren Mitgliedstaaten würden erheblich darunter leiden, wenn legislative Gremien lediglich über Vertreter, die die Einwohnerzahl widerspiegeln, besetzt würden. Anstelle der klassischen Gewalten„teilung" herrscht in der EG eher ein Zusammenwirken der Gewalten eigener Art, etwa zwischen Organen, die spezifisch den Gemeinschaftsinteressen dienen und solchen, die eher nationale Interessen vertreten, zwischen Stellen, die Einnahmen und Ausgaben festlegen und anderen, die das Budget zu verwalten haben, zwischen den Organen und den Mitgliedstaaten, zwischen großen und kleinen Mitgliedstaaten. Damit kann dem Gebilde eigener Art, das die EG darstellt, sinnvoller Rechnung getragen werden als mit Kategorien, die auf sie nicht passen.

35 | Die Rechtsordnung der EU

a) Die Rechtsquellen des Gemeinschaftsrechts

Da die Mitgliedstaaten an die EG einen Teil ihrer Souveränitätsrechte abgetreten haben ➢ s. Nr. 32 b), ist diese in der Lage, sich eine eigenständige Rechtsordnung zu schaffen, die die Rechtsordnungen der Mitgliedstaaten überlagert und teilweise ersetzt. Hierbei sind drei große Gruppen zu unterscheiden: das primäre und das sekundäre Gemeinschaftsrecht sowie eine Zwischengruppe, das dem Primärrecht angenäherte Recht. Die jeweiligen Rechtsakte kommen in unterschiedlicher Weise zustande, haben unterschiedliche Autoren, Zielgruppen und Wirkungen.

aa) Primäres Gemeinschaftsrecht

Das primäre Gemeinschaftsrecht besteht aus den Gründungsverträgen (EGKS-, E(W)G- und EAG-Vertrag) einschließlich ihrer Anhänge, Protokolle etc. sowie den zu ihrer Änderung und Ergänzung geschlossenen Verträgen, darunter auch den Beitrittsverträgen mit neuen Mitgliedstaaten. Es handelt sich hier praktisch um völkerrechtliche Vereinbarungen; die vertragsschließenden Teile sind die bestehenden oder zukünftigen Mitgliedstaaten, die sich damit eine „neue Ordnung" geben, etwa vergleichbar einer innerstaatlichen Verfassung.

Daneben zählt man zum Primärrecht auch bestimmte ungeschriebene Rechtsgrundsätze, wie etwa die Grundrechte und die gemeinsamen Verfassungsüberlieferungen der Mitgliedstaaten.

bb) Dem Primärrecht angenähertes Recht

Dem Primärrecht angenähert sind zunächst die völkerrechtlichen Verträge, die die Gemeinschaft mit Drittstaaten und internationalen Organisationen schließt.

Rechtsquellen des Gemeinschaftsrechts					
Rechtsquelle	vergleichbar im nationalen Recht	Autoren	Adressaten	verbindlich	effet direct
Primärrecht:					
– Gründungsverträge	Verfassung	Mitgliedstaaten	Mitgliedstaaten, Organe, Private	ja, soweit geeignet	ja, soweit geeignet
Sekundärrecht:					
– Verordnung (EVV: Europäisches Gesetz/ Europäische Verordnung)	Gesetz oder Verordnung	Rat und Parlament, Kommission, EZB	Private, Mitgliedstaaten	ja, in allen Teilen	ja
– Richtlinie (EVV: Europäisches Rahmengesetz)	evtl. Rahmen-Gesetzgebung Bund-Länder	Rat und Parlament, (selten) Kommission	nur Mitgliedstaaten	nur hinsichtlich festgelegter Ziele	nur vertikal, unter bestimmten Bedingungen
– Entscheidung (EVV: Europäischer Beschluss)	Verwaltungsakt	Kommission, EZB, (selten) Rat	Private, (selten) Mitgliedstaaten	ja, aber nur für Adressaten	ja
– Empfehlung (EVV: Empfehlung)	Verwaltungsanweisung	Rat, EZB, Kommission, Rechnungshof	Mitgliedstaaten, Private, andere Organe	nein	nein
– Stellungnahme (EVV: Stellungnahme)	Verwaltungsauskunft (auf Frage)	Rat, EZB, Kommission, Rechnungshof	Mitgliedstaaten, Private, andere Organe	nein	nein

Solche Verträge sind auch unter den Mitgliedstaaten selbst oder zwischen einzelnen von ihnen möglich. Eine Sonderstellung wird weiterhin in Zukunft den Vereinbarungen zukommen, die die Mitgliedstaaten in Anwendung der sogenannten Flexibilitätsklausel ➢ s. Nr. 32 c), treffen können, also Rechtsakte, für die der institutionelle Rahmen der EG benutzt werden kann, die jedoch nur einige Mitgliedstaaten betreffen, die untereinander eine verstärkte Zusammenarbeit begründen möchten. Ein Beispiel hierfür sind Rechtsakte im Rahmen der Wirtschafts- und Währungsunion, an der bekanntlich nicht alle Mitgliedstaaten teilnehmen.

cc) Sekundäres Gemeinschaftsrecht

Zur Regelung spezifischer Einzelprobleme in Ergänzung der Gründungsverträge ist hauptsächlich das sekundäre Gemeinschaftsrecht berufen. Die Mitgliedstaaten haben in den Gründungsverträgen die Organe ermächtigt, in bestimmten Grenzen eigenständig Recht zu setzen, welches europaweite Geltung hat. Es handelt sich hierbei vor allem um die Regelung abstrakter Fallgestaltungen durch Verordnungen und Richtlinien; der Begriff „Gesetz" wurde in diesem Zusammenhang bewusst vermieden.

Gem. Art. 249 EGV sind die hauptsächlichen Kategorien des sekundären Gemeinschaftsrechts Verordnungen, Richtlinien, Entscheidungen, Empfehlungen und Stellungnahmen. Bei den einzelnen Materien und Politiken des EGV ist jeweils angegeben, welcher Rechtsakt für ein Tätigwerden der EG verwendet werden kann.

Außer diesen formalisierten Rechtshandlungen gibt es noch eine Reihe weiterer Ausdrucksformen der Organe wie Entschließungen, Erklärungen, Programme, Leitlinien, Rahmenrichtlinien, Grün- und Weißbücher, Mitteilungen u. ä., die von unterschiedlicher, meist untergeordneter rechtlicher Bedeutung sind, und die hier nicht vertieft werden sollen.

Verordnungen

Zuständig für den Erlass von Verordnungen können sein der Rat, auf mehreren Sachgebieten gemeinsam mit dem Europäischen Parlament (für wichtige Verordnungen), die Kommission (für Verordnungen auf untergeordneter Ebene), sowie, beschränkt auf ihren Bereich, die Europäische Zentralbank. Die Verordnungen haben allgemeine Geltung, d. h. sie regeln eine unbestimmte Vielzahl von Fallgestaltungen generell und abstrakt und sind in allen Teilen verbindlich. Sie entsprechen damit auf nationaler Ebene praktisch einem Gesetz, oft auch, wenn administrative Einzelheiten festgelegt sind (wie bei vielen Kommissionsverordnungen), einer Rechtsverordnung.

Die Verordnungen gelten unmittelbar in den Mitgliedstaaten, d. h. dass sie ohne Mitwirkung der nationalen Gesetzgebungsorgane innerstaatlich wirksam sind, genauso wie normales nationales Recht. Sie können sich also mit ihren Vorgaben grundsätzlich nicht nur an die Mitgliedstaaten, sondern auch direkt an die EG-Bürger wenden.

Richtlinien

Zuständig für den Erlass von Richtlinien sind wiederum der Rat, eventuell gemeinsam mit dem Europäischen Parlament (in den meisten Fällen) sowie die Kommission (eher selten). Richtlinien wenden sich aber im Gegensatz zu Verordnungen nicht an die Bürger direkt, sondern nur an die Mitgliedstaaten, und zwar in der Weise, dass diesen aufgegeben wird, eine Richtlinie binnen einer bestimmten Frist in ihr jeweiliges nationales Recht „umzusetzen“, d. h. den vorgegebenen Rahmen mit eigenen Gesetzgebungsakten auszufüllen. Richtlinien sind deshalb grundsätzlich nur hinsichtlich der festgelegten Ziele verbindlich ➤ zu Ausnahmen s. Nr. 35 a) dd). Auf nationaler Ebene gibt es praktisch keine Entsprechung zu Richtlinien.

Entscheidungen

Die Entscheidungen gehören als Einzelfallregelungen zwar nicht im strengen Sinn zu den Rechtsquellen. Trotzdem sind sie in Art. 249 EGV aufgeführt und werden traditionell dem sekundären Gemeinschaftsrecht zugeordnet. Zuständig für den Erlass von Entscheidungen sind der Rat, die Kommission (überwiegend) sowie in ihrem Bereich die Europäische Zentralbank.

Entscheidungen sind typische Rechtshandlungen der Kommission als Verwaltungsbehörde gegenüber Privaten, auch wenn bisweilen Mitgliedstaaten als Adressaten angesprochen sind. Sie sind also den innerstaatlichen Verwaltungsakten gleichzusetzen; wie diese sind sie öfter belastend als begünstigend.

Entscheidungen sind in allen Teilen für den Adressaten verbindlich, haben unmittelbare Wirkung und können vollstreckt werden (allerdings nur im nationalen Verfahren; einen europäischen Gerichtsvollzieher gibt es nicht).

Empfehlungen und Stellungnahmen

Empfehlungen und Stellungnahmen spielen im Rechtsleben der Gemeinschaft nur eine untergeordnete Rolle. Sie sind nicht verbindlich und haben eher politische Auswirkungen als rechtliche bzw. stellen sich als Orientierungshilfen dar. Sie sind auf nationaler Ebene Verwaltungsanweisungen, Ministerialerlässen o. ä. vergleichbar.

Rechtsakte im Rahmen der zweiten und dritten Säule

Die Handlungsformen auf dem Gebiet der „Gemeinsamen Außen- und Sicherheitspolitik“ und der „polizeilichen und justiziellen Zusammenarbeit in Strafsachen“, die weitgehend intergouvernemental organisiert sind, ➤ s. Nr. 32 c), unterscheiden sich von denjenigen im EG-Bereich. Die „Beschlüsse“, „Gemeinsame Strategien“, „Gemeinsame Aktionen“ und „Gemeinsame Standpunkte“ sind für die Mitgliedstaaten und die Organe der EU verbindliche Handlungsanweisungen, während „Entschließungen“ und „Gemeinsame Erklärungen“ reine Absichtserklärungen sind. Die „Rahmenbeschlüsse“ haben die gleichen Wirkungen wie die Richtlinien des EG-Rechts. Sie binden die Mitgliedstaaten hinsichtlicht eines zu erreichenden Zieles, sind aber nicht unmittelbar anwendbar.

dd) Verhältnis des Gemeinschaftsrechts zum nationalen Recht

Das Verhältnis des Gemeinschaftsrechts zu den nationalen Rechten ist in den Anfangsjahren der Gemeinschaft eher schwierig zu bestimmen gewesen (zur Rechtsprechung des deutschen Bundesverfassungsgerichts ➤ s. Nr. 33). Mittlerweile sind die Positionen, vor allem durch die Rechtsprechung des EuGH, weitgehend konsolidiert.

Vorrang des Gemeinschaftsrechts

Das Gemeinschaftsrecht nimmt für sich in Anspruch, dass es *Vorrang* vor dem nationalen Recht hat, wenn und soweit gleiche Regelungsinhalte betroffen sind. Der EuGH hat in einem berühmten Fall aus den Anfangsjahren der Gemeinschaft entschieden, dass das Gemeinschaftsrecht eine „autonome Rechtsordnung“ ist, „die bewusst von den Mitgliedstaaten unter Aufgabe bestimmter Souveränitätsrechte“ geschaffen worden ist (EuGH, Urteil vom 15. 7. 1964, Costa/ENEL, 6/64, Slg. 1964,

S. 1251). Bestehende innerstaatliche Rechtsvorschriften, die dem Gemeinschaftsrecht widersprechen, dürfen daher in einem konkreten Fall nicht angewendet werden; das Gemeinschaftsrecht hat Vorrang vor ihnen.

In der Folgezeit wurde diese Rechtsprechung verfestigt und auf verschiedene Situationen ausgeweitet. Darüber hinaus hat der EuGH die Mitgliedstaaten auch verpflichtet, in sonstiger Hinsicht alles zu tun, was zur Anwendung und Durchsetzung des Gemeinschaftsrechts notwendig ist. Man nennt dies mit der französischen Bezeichnung den „effet utile" des Gemeinschaftsrechts. Ein Beispiel hierfür ist etwa die Nicht-Anwendung nationaler Verfahrensregeln, wenn diese die Durchsetzung des Gemeinschaftsrechts praktisch unmöglich machen, z. B. eine sehr kurze Verjährungsregel.

Unmittelbare Anwendbarkeit des Gemeinschaftsrechts

Der zweite Aspekt im Verhältnis des Gemeinschaftsrechts zum nationalen Recht ist die sogenannte *unmittelbare Anwendbarkeit* des Gemeinschaftsrechts (besser bekannt unter dem französischen Ausdruck „effet direct"). Sie bedeutet, dass sich jeder Gemeinschaftsbürger vor einem nationalen Gericht direkt auf die jeweilige Gemeinschaftsvorschrift berufen kann, ohne dass ein nationaler Umsetzungsakt notwendig wäre. Die unmittelbare Anwendbarkeit wurde ebenfalls vom EuGH entwickelt (grundlegend EuGH, Urteil vom 5. 2. 1963, Van Gend en Loos, 26/62, Slg. 1963, S. 3) und war, da dem herkömmlichen Völkerrecht fremd, für viele Mitgliedstaaten zunächst schwer nachzuvollziehen.

Der EuGH hat in einer umfangreichen Rechtsprechung viele Vorschriften der Gründungsverträge, also des primären Gemeinschaftsrechts, daraufhin untersucht, ob sie überhaupt geeignet sind, unmittelbar Anwendung zu finden. Was das sekundäre Gemeinschaftsrecht anlangt, so sind Verordnungen und Entscheidungen ohnehin schon von ihrer Definition her für den Adressaten unmittelbar anwendbar. Ein größeres Problem stellte sich bei Richtlinien, die nur hinsichtlich der Ziele verbindlich sind.

Haftung der Mitgliedstaaten bei Verstoß gegen Gemeinschaftsrecht

Relativ neu im Verhältnis der nationalen Rechte zum Gemeinschaftsrecht ist, dass eine *Haftung der Mitgliedstaaten* ausgelöst werden kann, wenn diese das Gemeinschaftsrecht nicht ordnungsgemäß anwenden (grundlegend EuGH, Urteil vom 19. 11. 1991, Francovich, C-6/90 und C-9/90, Slg. 1991, S. I-5357). Mit diesem Urteil wurde festgelegt, dass Mitgliedstaaten, die Richtlinien nicht fristgemäß umgesetzt haben, einzelnen gegenüber ersatzpflichtig werden, wenn (1.) das Richtlinienziel die Verleihung von Rechten an einzelne beinhaltet, (2.) der Inhalt dieser Rechte auf der Grundlage der Richtlinie bestimmt werden kann, und (3.) ein Kausalzusammenhang zwischen dem Pflichtverstoß und dem Schaden besteht. Dieser Schadensersatzanspruch ist unmittelbar im Gemeinschaftsrecht begründet; die Ausgestaltung des Anspruchs richtet sich jedoch nach nationalem Recht, und der Anspruch muss vor nationalen Gerichten eingeklagt werden.

Später wurde diese für die Nichtumsetzung von Richtlinien entwickelte Rechtsprechung dann auch auf sonstige Verstöße gegen das Primärrecht und Sekundärrecht ausgedehnt (EuGH, Urteil vom 5. 3. 1996, Brasserie du Pêcheur und Factortame, C-46/93 und C-48/93, Slg. 1996, S. I-1029); der Pflichtverstoß eines Mitgliedstaates muss danach „hinreichend qualifiziert" sein, um die Haftung auszulösen. Er kann auch in der fehlerhaften Anwendung des Gemeinschaftsrechts durch nationale Gerichte bestehen (EuGH, Urteil vom 30. 9. 2003, Köbler, C-224/01, Slg. 2003, S. I-10239).

Der Sonderfall der *Umsetzung von Richtlinien*

Richtlinien sind, wie erwähnt, grundsätzlich an die Mitgliedstaaten gerichtet, denen die Pflicht obliegt, sie in nationales Recht umzusetzen. Jede Richtlinie gibt an, binnen welcher Frist sie in nationales Recht umzusetzen ist (meist 2–3 Jahre). Vor Ablauf der Umsetzungsfrist besteht für die Mitgliedstaaten daher lediglich eine Verpflichtung, den Richtlinienzweck nicht zu gefährden.

Nach Ablauf der Umsetzungsfrist kommt es darauf an, ob der betreffende Mitgliedstaat der Umsetzung nachgekommen ist. Wenn ja, gibt es kein Problem, allerdings ist der Mitgliedstaat verpflichtet, sein nationales Recht insgesamt „richtlinienkonform" auszulegen, was u. U. eine relativ weitgehende Pflicht sein kann.

Rechtswirkungen von Richtlinien

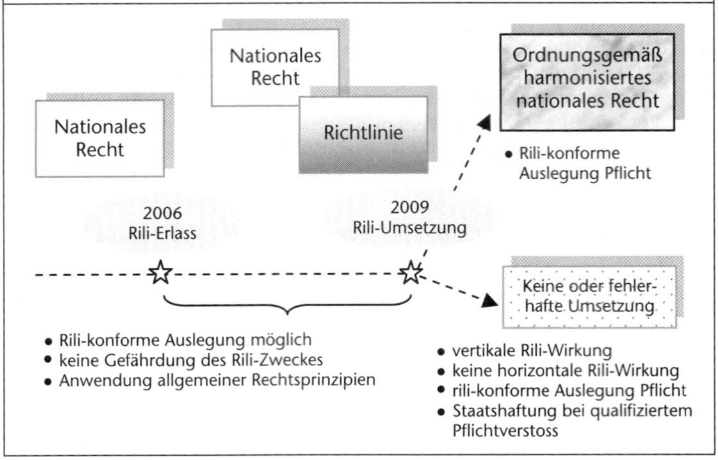

Wenn der Mitgliedstaat die Richtlinie nicht oder nur fehlerhaft umgesetzt hat, bestehen nach der Rechtsprechung des EuGH folgende Möglichkeiten:

– Obwohl die Richtlinie eigentlich keine unmittelbare Wirkung hat, wird eine solche Wirkung angenommen, wenn es sich um ein

Rechtsverhältnis zwischen dem Staat und einem Bürger handelt, und wenn die betroffene Richtlinienvorschrift unbedingt und hinreichend genau ist (sog. „vertikale Direktwirkung", die praktisch eine Bestrafung des säumigen Mitgliedstaates darstellt).
- Eine solche Direktwirkung besteht jedoch nicht, wenn sich zwei Private gegenüberstehen („keine horizontale Direktwirkung").
- Es besteht jedenfalls, soweit möglich, die Pflicht zur richtlinienkonformen Auslegung des bestehenden nationalen Rechts (insbesondere in horizontalen Fällen).
- Wenn Richtlinienbestimmungen nicht so genau sind, dass eine Direktwirkung im vertikalen Verhältnis eingreifen kann, oder wenn es sich um ein horizontales Verhältnis handelt, besteht die Möglichkeit der Haftung des Mitgliedstaates gem. den oben geschilderten Voraussetzungen.

Diese Rechtswirkungen von Richtlinien sind in dem vorstehenden Schaubild noch einmal zusammengefasst.

b) Das Rechtsschutzsystem

aa) Vorbemerkung

Den Gemeinschaftsgerichten kommt gem. Art. 220 EGV als typische judikative Gewalt die Funktion zu, die „Wahrung des Rechts bei der Auslegung und Anwendung dieses Vertrages zu sichern". Seit 2005 wird diese Aufgabe von den drei Gerichten EuGH, EuGeI und EuGöD ➢ s. Nr. 34 e), wahrgenommen. Diese können in einer Reihe von Verfahrensarten tätig werden; je nach Verfahrensart kommt eine Tätigkeit als Verfassungs- oder Verwaltungsgericht in Betracht, oder auch als Arbeitsgericht oder oberste Auslegungsinstanz für die innerstaatlichen Gerichtsbarkeiten, soweit Gemeinschaftsrecht betroffen ist. Alle Urteile ab 1997 sind abrufbar unter www.curia.europa.eu.

bb) Einzelne Verfahrensarten

Vertragsverletzungsverfahren

Gemäß Art. 226–228 EGV können die Kommission und jeder Mitgliedstaat den Gerichtshof anrufen, wenn sie der Meinung sind, dass ein (anderer) Mitgliedstaat gegen eine Verpflichtung aus dem Vertrag verstoßen hat. Ein ähnliches Verfahren ist für den Verwaltungsrat der Europäischen Investitionsbank sowie den Rat der Europäischen Zentralbank für ihre jeweiligen Bereiche vorgesehen (Art. 237 EGV).

Das Verfahren zielt auf die Feststellung einer Vertragsverletzung ab. Der gerichtlichen Phase hat ein Vorverfahren vorauszugehen, in dem dem betreffenden Mitgliedstaat unter Fristsetzung eine letzte Gelegenheit zu vertragskonformem Verhalten gegeben wird. Wenn ein Kompromiss nicht erreicht werden kann, ergeht eine Verurteilung. Befolgt der Mitgliedstaat auch diese nicht, kann ihm ein Zwangs- bzw. Bußgeld auferlegt werden (Art. 228 Abs. 2 EGV). Dieses berechnet sich nach einer Methode, die die Schwere des Verstoßes, seine Dauer sowie das Bruttosozialprodukt des betroffenen Mitgliedstaates ins Verhältnis setzt.

Nichtigkeitsklage

Gemäß Art. 230–231 EGV können die Mitgliedstaaten, die Organe der EG sowie natürliche und juristische Personen Nichtigkeitsklagen gegen Rechtsakte der Gemeinschaft erheben. Mitgliedstaaten und Organe können dies bei allen Sekundärrechtsakten tun; die Nichtigkeitsklage entspricht dann praktisch einer „abstrakten Normenkontrolle". Privatpersonen müssen dahingehend gem. Art. 230 Abs. 4 EGV von dem angefochtenen Rechtsakt „individuell und unmittelbar betroffen" sein; die Klage entspricht dann praktisch einer Anfechtungsklage gegen einen Verwaltungsakt. Eine Vollstreckung hat ggf. nach dem Recht des jeweiligen Mitgliedstaates zu erfolgen.

Untätigkeitsklage

In Ergänzung zur Nichtigkeitsklage sieht Art. 232 EGV eine Klagemöglichkeit für den Fall vor, dass nicht ein Handeln, sondern eine Untätigkeit der Organe eine Rechtsverletzung beinhaltet. Klagebefugt sind wieder die Mitgliedstaaten und Organe und theoretisch auch Privatpersonen. Bei letzteren ist es allerdings notwendig, dass ein Organ es pflichtwidrig unterlassen hat, „einen anderen Akt als eine Empfehlung oder eine Stellungnahme an sie zu richten", was in der Praxis sehr selten ist.

Die Untätigkeitsklage kann erst eingereicht werden, wenn das betreffende Organ vorher aufgefordert worden ist tätig zu werden und es binnen zweier Monate nach dieser Aufforderung nicht Stellung genommen hat.

Schadensersatzklage

Wichtig für Private kann die Schadensersatzklage des Art. 235 EGV sein, die in Verbindung mit Art. 288 Abs. 2 EGV dann Platz greift, wenn die Organe durch eine Rechtsverletzung jemandem Schaden zugefügt haben (ähnlich der Amtspflichtverletzung im nationalen Recht). Sie ist auch wegen normativen Unrechts (also auf Grund fehlerhafter Gesetze oder wegen einer Untätigkeit des Gesetzgebers) im EG-Bereich grundsätzlich zugelassen.

Nachgewiesen werden muss neben einem eingetretenen Schaden ein vorwerfbares Handeln der Gemeinschaftsorgane sowie der Ursachenzusammenhang zwischen dem Handeln und dem Schaden.

Vorabentscheidungsverfahren

Die in der Praxis wichtigste Gruppe von Verfahren vor dem EuGH sind die Vorabentscheidungsverfahren gem. Art. 234 EGV. Hierbei handelt es sich praktisch um einen Dialog zwischen dem EuGH und den mitgliedstaatlichen Gerichten (ähnlich dem deutschen Normenkontrollverfahren, ➢ s. Nr. 87. Jedes nationale Gericht kann, wenn es in einem Fall, in dem es Gemeinschaftsrecht anzuwenden hat und Zweifel an dessen Inhalt hat, sein Verfahren aussetzen und den EuGH anrufen, damit dieser die jeweilige Regelung verbindlich auslegt (Primär- und Sekundärrecht) oder auf ihre Gültigkeit überprüft (nur Sekundärrecht, das am Primärrecht zu messen ist). Gerichte, die letztinstanzlich entscheiden, wie etwa der deutsche Bundesgerichtshof, sind, wenn Zweifel bestehen, zur Vorlage verpflichtet; bei nicht letztinstanzlich entscheidenden Gerichten ist die Vorlage zur Auslegung fakultativ, die Vorlage zur Gültigkeitsprüfung jedoch ebenfalls zwingend, da nur der EuGH Sekundärrecht ggf. für ungültig erklären kann.

Die Entscheidung des EuGH bindet das innerstaatliche Gericht, welches vorgelegt hat, und bildet gleichzeitig später einen Präzedenzfall für ähnliche Sachverhalte. Das Verfahren dient also in besonderem Maße der Entwicklung und Fortbildung des Gemeinschaftsrechts.

Die Parteien des Ausgangsverfahrens haben allerdings keinen Anspruch darauf, dass eine Vorlage an den EuGH durchgeführt wird. Die Entscheidung über eine Vorlage trifft das jeweilige nationale Gericht, und lediglich bei grobem Missbrauch oder erwiesener Willkür kann eine Vorlage auf dem nationalen verfassungsgerichtlichem Wege erzwungen werden, indem ein Verstoß gegen das Gebot des gesetzlichen Richters gerügt wird.

Sonstige Verfahrensarten

Neben diesen fünf wichtigsten Verfahrensarten können die Gemeinschaftsgerichte in einer Reihe sonstiger Bereiche tätig werden. Hierzu gehören Rechtsgutachten über geplante internationale Abkommen, die Tätigkeit als Schiedsgericht für Organe oder Mitgliedstaaten, die Tätigkeit als Arbeits- bzw. Dienstgericht für die Beamten und Angestellten der Organe, sowie einige Sonderzuständigkeiten für bestimmte Bereiche (z. B. die Gemeinschaftsmarke), oder auf Grund völkerrechtlicher Vereinbarungen zwischen den Mitgliedstaaten.

36 | Europäische Grundrechte/Unionsbürgerschaft

Weder der EU- noch der EG-Vertrag enthalten einen „Grundrechtskatalog“, wie man ihn etwa aus nationalen Verfassungen kennt. Erst als sich im Laufe der Entwicklung der Europäischen Gemeinschaften erwies, dass die europäischen Organe in vielfacher Weise in Rechte von Personen und Gesellschaften eingreifen, wurde vor allem auch durch das Europäische Parlament eine ausdrückliche Kodifizierung gemeinschaftsrechtlicher Grundrechte gefordert. Erst 2000 ist von einem so genannten Konvent (unter Leitung des früheren Bundespräsidenten *Roman Herzog*) eine *Charta der Grundrechte der Europäischen Union* ausgearbeitet und vom Europäischen Rat in Nizza (Dezember 2000) feierlich, aber ohne Rechtsverbindlichkeit verkündet worden. Dieser Grundrechtskatalog, der sich an die nationalen Verfassungstraditionen und an den Text der Europäischen Menschenrechtskonvention (EMRK) ➢ s. Nr. 48 b) anlehnt, letztere aber modernisiert, um soziale Grundrechte erweitert und den Bedürfnissen der Europäischen Union anpasst, sollte gemäß den Vorschlägen des Europäischen Verfassungskonvents integraler Bestandteil der von diesem Gremium erarbeiteten Europäischen Verfassung werden ➢ s. Nr. 31.

Auch vor dem förmlichen Inkrafttreten der Charta, das wegen der in Frankreich und den Niederlanden nicht erfolgten Ratifizierung der

Europäischen Verfassung gegenwärtig nicht absehbar ist, ist die EU jedoch kein grundrechtsfreier Raum. Mit verschiedenartigen Vorschriften und in unterschiedlichen Verfahren werden Grundrechte und grundrechtsähnliche Rechte geschützt:

- Nach Art. 6 EUV, der von dem Amsterdamer Vertrag neu formuliert wurde, beruht die Union auf den Grundsätzen der Freiheit, der Demokratie, der Achtung der Menschenrechte und Grundfreiheiten sowie der Rechtsstaatlichkeit. Dieser Programmsatz begründet zwar nicht unmittelbar Rechtsfolgen für den einzelnen, doch kann er zur Auslegung des Gemeinschaftsrechts herangezogen werden. Seine Verletzung durch einen Mitgliedstaat kann gemäß Art. 7 EUV Sanktionen der anderen Mitgliedstaaten auslösen.
- In Art. 6 Abs. 2 EUV ist sodann verankert, dass die EU die Grundrechte achtet, die sich aus der Europäischen Menschenrechtskonvention und aus den gemeinsamen Verfassungsüberlieferungen der Mitgliedstaaten ergeben. Dies entspricht der langjährigen Rechtsprechung des EuGH, der sich in mehreren Urteilen auf die Vorschriften der EMRK und die Urteile des Europäischen Gerichthofs für Menschenrechte (EGMR) zur Eigentumsgarantie, zur Gewerbeausübungsfreiheit, zum Schutz des Privat- und Familienlebens und der Unverletzlichkeit der Wohnung berufen hat. Nunmehr kann sich der EuGH auch an der Charta der Grundrechte der Europäischen Union orientieren, auch wenn diese noch nicht förmlich in Kraft getreten ist.
  Ein Beitritt der Gemeinschaft zur EMRK wird von den Organen der EU seit einiger Zeit erwogen. Gem. einem Gutachten des EuGH könnte er jedoch nur in dem schwerfälligen Verfahren der Vertragsänderung durchgeführt werden, bedürfte also der Ratifikation durch alle Mitgliedstaaten. Es ist möglich, dass der EGMR der EuGH eine Bestimmung der EMRK unterschiedlich auslegen. Wenn die EU der EMRK beiträte, wäre die Entscheidung des EGMR auch für den EuGH verbindlich. Doch ist auch ohne einen Beitritt ein solcher Konflikt unwahrscheinlich, da der EGMR die Meinung vertritt, dass die EU über einen Grundrechtsschutz verfügt, der dem der EMRK gleichwertig ist. Nach Ansicht des EGMR besteht eine Vermutung dafür, dass Handlungen der Mitgliedstaaten, die sich darauf beschränken, EG-Recht durchzuführen, die Konvention nicht verletzen.
- Das allgemeine Verbot, im Anwendungsbereich des Vertrages aus Gründen der Staatsangehörigkeit zu diskriminieren (Art. 12 EGV), findet dann Anwendung, wenn ein Sachverhalt von den speziellen Diskriminierungsverboten des EGV nicht erfasst wird. So etwa, wenn prozessrechtliche Vorschriften ausländische Verfahrensbeteiligte ungleich behandeln. In der Zukunft wird es voraussichtlich auch dann bedeutsam sein, wenn Unionsbürger, etwa Rentner und Schulkinder, auf die die Vorschriften des EGV über die Freizügigkeit der Arbeitnehmer keine Anwendung finden, Opfer von Diskriminierungen werden. Art. 12 EGV beinhaltet kein Verbot der Inländerdiskriminierung und verpflichtet die Mitgliedstaaten also nicht, im nationalen Bereich, ihre eigenen Bürger so behandeln, wie dies andere Mitgliedstaaten tun, oder so, wie sie EG-Ausländer in Anwendung der Verträ-

ge behandeln müssen. Allerdings können nationale Vorschriften, in Deutschland etwa der allgemeine Gleichheitssatz des Art. 3 GG, einen Mitgliedstaat verpflichten, einen Inländer nicht schlechter als einen ausländischen Unionsbürger zu behandeln.

- Art. 141 EGV und das dazu ergangene Sekundärrecht schreiben die Gleichbehandlung von Mann und Frau im Arbeitsleben vor.
- Daneben ist auf den Schutz von sogenannten „allgemeinen Rechtsgrundsätzen“ durch den EuGH hinzuweisen, der funktionell dem Schutz der allgemeinen Handlungsfreiheit gemäß Art. 2 GG ➤ vgl. Nr. 66 b) weitgehend entspricht. Es handelt sich insbesondere um das Rechtsstaatsprinzip und die Grundsätze der Rechtssicherheit, des Vertrauensschutzes und der Verhältnismäßigkeit (letzterer ist nunmehr in Art. 5 Abs. 3 EGV ausdrücklich anerkannt).
- Die *Unionsbürgerschaft,* die jedem Staatsbürger eines Mitgliedstaates zusteht, ist mit dem Maastrichter Vertrag in das Gemeinschaftsrecht eingeführt worden (Art. 17–22 EGV). Sie gibt dem Unionsbürger das Recht, sich im Hoheitsgebiet der Mitgliedstaaten frei zu bewegen und aufzuhalten, vorbehaltlich der im EGV und im Sekundärrecht der EG vorgesehenen Beschränkungen. Der Unionsbürger hat in Drittländern ein Recht auf diplomatischen und konsularischen Schutz auch durch die Vertretungen der Mitgliedstaaten, deren Staatsangehörigkeit er nicht besitzt (Art. 20 EGV), und ihm steht das Petitionsrecht beim Europäischen Parlament (Art. 21 EGV) zu. Von größerer praktischer Bedeutung ist für Bürger, die in einem anderen als dem Staat ihrer Staatsangehörigkeit leben, das Recht auf Teilnahme an den Kommunalwahlen im Aufenthaltsstaat (Art. 19 EGV). In Verbindung mit dem allgemeinem Diskriminierungsverbot des Art. 12 EGV kann die Unionsbürgerschaft, die die nationale Staatsbürgerschaft nur ergänzt, aber nicht ersetzt, auch in anderen Bereichen Bedeutung bekommen, und insbesondere die Vorschriften über die Freizügigkeit ➤ s. Nr. 37 c) ergänzen, die grundsätzlich an den wirtschaftlichen Status des Bürgers anknüpfen und daher viele grenzüberschreitende Situationen nicht angemessen lösen können.

37 | Die Grundfreiheiten des Gemeinschaftsrechts und der Binnenmarkt

a) Allgemeines

Gem. Art. 2 EGV ist es Aufgabe der EG, einen Gemeinsamen Markt und eine Wirtschafts- und Währungsunion zu errichten. Wesentlicher Bestandteil des Gemeinsamen Marktes ist nach Art. 3 Abs. 1 c) EGV ein Binnenmarkt, „der durch die Beseitigung der Hindernisse für den freien Waren-, Personen-, Dienstleistungs- und Kapitalverkehr zwischen den Mitgliedstaaten gekennzeichnet ist“. Zur Errichtung des Binnenmarktes werden zwei sich ergänzende Wege eingeschlagen:

- Die Hindernisse, die dem freien Austausch entgegenstehen, insbesondere diskriminierende nationale Vorschriften und Verwaltungspraktiken, werden beseitigt;

- darüber hinaus muss eine Angleichung des Rechts, welches die Errichtung und das Funktionieren des Binnenmarkts zum Gegenstand hat, stattfinden (Art. 95 Abs. 1 EGV).

Der Pflicht der Mitgliedstaaten zur Beseitigung von Hindernissen entsprechen Rechte der Marktbürger auf einen freien Waren-, Personen-, Dienstleistungs- und Kapitalverkehr. Diese sog. Grundfreiheiten (oder Marktfreiheiten) des Gemeinschaftsrechts waren entscheidend für die wirtschaftliche Integration der EG.

Die Grundfreiheiten sind im EGV unterschiedlich formuliert worden. So verbieten die Art. 28 und 29 für den Warenverkehr alle mengenmäßigen Einfuhr- und Ausfuhrbeschränkungen und die Maßnahmen gleicher Wirkung wie diese, während für die Niederlassung in Art. 43 nur die Gleichbehandlung der aus anderen Mitgliedstaaten kommenden Personen bei der Aufnahme und Ausübung selbstständiger Tätigkeiten und der Gründung und Leitung von Gesellschaften vorgesehen ist. Doch sind unabhängig von der jeweiligen Formulierung im Bereich der Grundfreiheiten nicht nur unmittelbare oder mittelbare Diskriminierungen verboten, sondern auch sonstige Behinderungen von Personen und Gesellschaften, die ihre Grundfreiheiten ausüben, indem sie als Arbeitnehmer, als Dienstleister oder im Rahmen einer Niederlassung innerhalb der EU tätig werden. Von diesem Verbot sind diejenigen staatlichen Vorschriften und Maßnahmen ausgenommen, die aus Gründen der öffentlichen Ordnung, Sicherheit und Gesundheit gerechtfertigt sind (das ist in den jeweilig anwendbaren Vorschriften des EGV ausdrücklich vorgesehen) oder die ein vom Gemeinschaftsrecht anerkanntes zwingendes Allgemeininteresse, wie etwa Umwelt- und Verbraucherschutz, verfolgen. Eine Rechtfertigung kommt nicht in Betracht, wenn die staatlichen Maßnahmen unverhältnismäßig sind, also den Wirtschaftsteilnehmer stärker belasten, als es zur Erreichung des angestrebten Zieles erforderlich ist.

Das Verbot von Beschränkungen der Ausübung der Grundfreiheiten ist von großer praktischer Bedeutung. Es hat zur Folge, dass jedwede staatliche Regelung, die sich als nachteilig für ausländische Waren bzw. Dienstleistungsanbieter und Gesellschaften erweisen kann, auf den Prüfstand des Gemeinschaftsrechts gestellt werden kann. So ist vom EuGH festgestellt worden, dass u. a. folgende Vorschriften nicht einem zwingendem Allgemeininteresse entsprechen oder unverhältnismäßig sind: Deutsche lebensmittelrechtliche Vorschriften, die vorsahen, dass alkoholische Getränke einen Mindestgehalt an Alkohol haben müssen, italienische Vorschriften, wonach Spaghetti nur aus Hartweizen und nicht aus Weichweizen bestehen dürfen, niederländische Vorschriften über den Verkauf von Werbezeiten im Fernsehen, sowie eine Regel des luxemburgischen Sozialversicherungsrechts, wonach im Ausland erbrachte ärztliche Leistungen, außer in Notfällen, nicht erstattungsfähig sind.

b) Der freie Warenverkehr

aa) Gegenstand und Entwicklung

Freier Warenverkehr bedeutet, dass Waren innerhalb der Gemeinschaft zwischen den Mitgliedstaaten ebenso frei gehandelt werden können wie innerhalb eines einzigen Mitgliedstaates. Hindernisse in Form von Zöllen, Grenzkontrollen und unterschiedlichen technischen Vorschriften und Normen bestehen in einem freien Markt nicht mehr.

In der EU ist der freie Warenverkehr im Rahmen des vertragsgemäßen Aufbaus des gemeinsamen Marktes bereits weitgehend bis 1969 und schließlich im Rahmen des Binnenmarktes bis Ende 1992 fast völlig realisiert worden. Insbesondere sind die Grenzkontrollen für Waren abgeschafft und die weiterhin notwendigen Kontrollen, etwa die veterinärpolizeilichen Überprüfungen von frischem Fleisch und frischem Fisch, in das Innere des Bestimmungslandes der Ware verlagert worden.

Der freie Warenverkehr erfasst nicht nur Waren, die in den Mitgliedstaaten hergestellt worden sind, sondern auch solche aus Drittstaaten, die in einem der Mitgliedstaaten zum freien Verkehr abgefertigt worden sind, das heißt in diesen ordnungsgemäß importiert worden sind. Für Waren aus Drittstaaten müssen allerdings bei Einfuhr in die Gemeinschaft Zölle entrichtet werden, deren Höhe in dem *Gemeinsamen Zolltarif* (GZT) einheitlich festgelegt worden ist. Der GZT war eine Voraussetzung für den Aufbau des Gemeinsamen Marktes, denn es musste verhindert werden, dass Waren aus Drittländern über den Mitgliedstaat mit den geringsten Zollsätzen in die Gemeinschaft gelangen und damit die traditionellen Handelsströme gestört werden. Die Behandlung von Drittlandswaren ergibt sich im Übrigen aus von der Gemeinschaft abgeschlossenen Handelsabkommen (z.B. Zollvergünstigungen und zollfreie Kontingente für Waren aus Entwicklungsländern) und aus den Vorschriften der WTO ➢ s. Nr. 54 b). Außerdem erhebt die EG spezifische Abgaben auf Importe von Agrarprodukten aus Drittländern, die sogenannten Agrarabschöpfungen.

bb) Das Verbot von Zöllen und zollgleichen Abgaben

Art. 25 EGV verbietet zwischen den Mitgliedstaaten der EG Zölle und zollgleiche Abgaben. Da bereits 1969 innerhalb der Gemeinschaft alle Zölle abgeschafft waren, kommt dieser Vorschrift nur noch bei den sog. parafiskalischen Abgaben eine Bedeutung zu, z.B. wenn sowohl einheimische wie auch importierte landwirtschaftliche Erzeugnisse mit einer Abgabe für einen Absatzfonds belastet werden, dessen Tätigkeit nur der Marktförderung einheimischer Produkte zugute kommt.

cc) Das Verbot von mengenmäßigen Beschränkungen und Maßnahmen gleicher Wirkung

Von größerer praktischer Bedeutung als das Zollverbot ist auch noch heute das Verbot von mengenmäßigen Beschränkungen und Maßnahmen gleicher Wirkung zwischen den Mitgliedstaaten (Art. 28 und 29 EGV). Schon in einem Urteil aus dem Jahre 1974 (EuGH, Urteil vom 11. 7. 1974, Dassonville, 8/74, Slg. S. 837) hatte der EuGH dem Begriff der Maßnahmen gleicher Wirkung wie eine mengenmäßige Handelsbeschränkung eine weite Bedeutung gegeben und sie definiert als Handelsregelungen der Mitgliedstaaten, die geeignet sind, den innergemeinschaftlichen Handel unmittelbar oder mittelbar, tatsächlich oder potentiell zu behindern (im konkreten Fall war es um einen Ursprungsnachweis für Whisky gegangen). Diesen weiten Begriff, unter den auch Steuer- und Sozialvorschriften fallen könnten, hat der EuGH mit einem Urteil aus dem Jahre 1993 eingeschränkt (EuGH, Urteil vom 24. 11. 1993, Keck, C-267/91 und C-268/91, Slg. S. I-6097). Nunmehr werden den Warenverkehr beeinträchtigende staatliche Regeln nur dann gemäß den Art. 28 und 29 auf ihre Zulässigkeit überprüft, wenn sie warenbezogen sind, z.B. die Zusammensetzung, Verpackung, Aufmachung und Etikettierung von Waren betreffen, nicht aber, wenn es sich um bloße Verkaufsmodalitäten handelt, etwa um Regeln über die Ladenöffnungszeiten, Vorschriften des Werberechts oder – wie in dem dem Urteil Keck zugrundeliegenden Sachverhalt – französische Vorschriften, die den Verkauf mit Verlust verbieten. Solche Verkaufsmodalitäten fallen allerdings ausnahmsweise dann unter die Art. 28 und 29, wenn sie die ausländischen Waren diskriminieren.

Nicht rechtlicher, sondern tatsächlicher Art sind Behinderungen des freien Warenverkehrs, die von Straßen- und sonstigen Verkehrsblockaden ausgehen. Mit diesen versuchen bisweilen Landwirte, Fischer, Güterverkehrsfirmen und andere Berufsgruppen, ihre Interessen gegen ihre eigenen Regierungen oder gegenüber der EU durchzusetzen. Besondere Publizität erhielten die Aktionen französischer Bauernverbände gegen britische Lammfleischimporte und gegen die Durchfahrt spanischer Obst- und Gemüsetransporte in Richtung Nordeuropa. Wenngleich private Aktionen grundsätzlich nicht unter den Tatbestand der Art. 28 und 29 EGV fallen, liegt jedenfalls dann ein dem betreffenden Mitgliedstaat zuzurechnendes Handelshemmnis vor, wenn die staatlichen Stellen aus politischen Rücksichten nicht genügend wirksam gegen die Blockaden einschreiten (EuGH, Urteil vom 9. 12. 1997, Kommission Frankreich, C-265/95, Slg. S. I-6959).

dd) Rechtsangleichung auf dem Gebiet des freien Warenverkehrs

Gegenstand der Rechtsangleichung sind vor allem die in den verschiedenen Mitgliedstaaten unterschiedlichen technischen Vorschriften, die die Hersteller von Waren zwingen, je nach Bestimmungsland unterschiedliche Produktspezifikationen vorzusehen. So sind von der EG für Motorfahrzeuge Vorschriften erlassen worden, die von der Ausstattung von Nebelleuchten und den zulässigen Zündsystemen bis zur Definition des bleifrei arbeitenden Motors gehen. Diese Rechtsangleichung, die wegen ihres detaillierten Charakters gelegentlich belächelt worden ist, entspricht durchaus den Interessen der Mitgliedstaaten und ihrer Industrien. Es ist offensichtlich sinnvoll, in Zeiten eines europa- und weltweiten Vertriebs die notwendigen technischen Normen auf gemeinschaftlicher und nicht auf nationaler Ebene zu erlassen. Diese EG-Standards werden nicht nur innerhalb der Gemeinschaft, sondern weitgehend auch von Ländern eingehalten, die der EU nicht oder noch nicht angehören. Diese Länder sichern damit die Exportchancen ihrer Industrien.

Die Methode der Rechtsangleichung wurde mit der Zeit verändert. Da sie meist durch Richtlinien erfolgt, die innerstaatlich umgesetzt werden müssen, was zeitaufwändig ist und bei Änderung der in den Richtlinien festgesetzten Standards zu erneuten nationalen Umsetzungsmaßnahmen zwingt, war es sinnvoll, den Inhalt der Richtlinien auf die Festlegung grundlegender Standards und Sicherheitsanforderungen zu beschränken und für die technischen Spezifikationen auf die Normenapparate der Normenorganisationen zu verweisen. Im Jahre 1987 wurde das Verfahren der Rechtsangleichung noch dadurch erleichtert, dass für den weiten Bereich der den Binnenmarkt betreffenden Maßnahmen eine Verabschiedung im Rat mit qualifizierter Mehrheit vorgesehen wurde (Art. 95 EGV), während vorher Harmonisierungsrichtlinien nur im Verfahren der Einstimmigkeit erlassen werden konnten.

Gegenstand der Rechtsangleichung sind auch die Verwaltungsverfahren, die den Warenaustausch regeln. So wurden im Jahre 1992 die Grenzkontrollen abgeschafft und durch Maßnahmen ersetzt, die den Grenzübergang nicht mehr verzögerten. Diese Kontrollen hatten zwar nicht mehr der Zollerhebung gedient, da innergemeinschaftliche Zölle ja seit 1968 abgeschafft waren, wohl aber der Erhebung der Mehrwertsteuer, und zu gesundheitspolizeilichen, außenwirtschaftlichen und statistischen Zwecken. Seit der Abschaffung der Grenzkontrollen wird der Einzug der Mehrwertsteuer dadurch sichergestellt, dass sich die nationalen Steuerbehörden im Rahmen eines Ausgleichsverfahrens regelmäßig Daten über die steuerpflichtigen Vorgänge übermitteln. Die Datenerfassung zum Zwecke der Erstellung der – inzwischen harmonisierten – Außenhandelsstatistiken und die gesundheitspolizeilichen Kontrollen finden nunmehr im Inland statt.

c) Der freie Personenverkehr (Freizügigkeit)

Die *Freizügigkeit der Arbeitnehmer* ist das Recht der Unionsbürger, in einem anderem Mitgliedstaat als dem ihrer Staatsangehörigkeit eine abhängige Arbeit unter den Bedingungen aufnehmen und ausüben zu können, die für die Staatsangehörigen des Gastlandes gelten. Sie ist auf der Grundlage der Art. 39–42 EGV und des diese Bestimmungen ausführenden sekundären Gemeinschaftsrechts im Wesentlichen schon bis 1975 verwirklicht worden. Durch drei Richtlinien aus dem Jahre 1990, die in der Richtlinie 38/2004 (ABl. EG 2004 L 158, S. 77) zusammengefasst worden sind, ist das freie Aufenthaltsrecht auch auf nicht im Arbeitsprozess stehende Unionsbürger erweitert worden, aber nur unter der Bedingung, dass sie über ausreichende Einkünfte und eine Krankenversicherung verfügen, damit sie nicht der Sozialhilfe des Gastlandes zur Last fallen. Die erlassenen Richtlinien betreffen die Rentner, die Studenten und sonstige Personen. Inzwischen enthält Art. 18 EGV eine ausdrückliche, durch den Maastrichter Vertrag eingefügte Bestimmung, wonach jeder Unionsbürger – unabhängig davon, wie er seinen Lebensunterhalt verdient – das Recht hat, sich im Hoheitsgebiet aller Mitgliedstaaten frei zu bewegen und aufzuhalten. Dieses Recht wird allerdings unter den Vorbehalt der im EGV und in den Durchführungsvorschriften vorgesehen Beschränkungen und Bedingungen gestellt. Doch ist nach den ersten Urteilen des EuGH zur Unionsbürgschaft damit zu rechnen, dass die Freizügigkeit innerhalb der Europäischen Union kaum noch aus Gründen eingeschränkt werden darf, die in der wirtschaftlichen Situation des Unionsbürgers liegen.

Art. 39 EGV gibt Arbeitnehmern das Recht, sich um tatsächlich angebotene Stellen zu bewerben, und ein Aufenthaltsrecht für die Arbeitssuche, für die Ausübung der Beschäftigung und – nach Maßgabe der dazu ergangenen Kommissionsverordnungen – auch für die Zeit nach Beendigung der Beschäftigung (Verbleiberecht). Sie haben einen Anspruch auf Gleichbehandlung hinsichtlich der Entlohnung und sonstiger Arbeitsbedingungen.

Die Freizügigkeit steht allerdings unter dem Vorbehalt der öffentlichen Ordnung, Sicherheit und Gesundheit und und findet auf die Beschäftigung in der öffentlichen Verwaltung keine Anwendung. Letzterer Begriff ist ein gemeinschaftsrechtlicher und wird vom EuGH eng ausgelegt. Entscheidend ist nicht, ob eine Tätigkeit vom Staat in öffentlichrechtlichen Formen durchgeführt wird, sondern ob sie eine Teilnahme an der Ausübung genuin hoheitlicher Befugnisse oder an der Wahrnehmung allgemeiner Belange des Staates beinhaltet. Tätigkeiten im Verkehrswesen und im medizinischen Bereich sowie Lehrtätigkeiten fallen regelmäßig nicht darunter und müssen daher grundsätzlich allen Unionsbürgern offenstehen. Gegebenfalls müssen Ausländer als Angestellte für Tätigkeiten eingestellt werden, für die ein Mitgliedstaat seine eigenen Angehörigen nur im Beamtenverhältnis beschäftigt. In Deutschland ist befürchtet worden, dass von dieser liberalen Rechtsprechung des EuGH eine Aushöhlung des Berufsbeamtentums ausgehen könnte.

Die wichtigste der zur Realisierung der Freizügigkeit ergangenen Gemeinschaftsvorschriften ist die Verordnung Nr. 1612/68 über die Freizügigkeit der Arbeitnehmer innerhalb der Gemeinschaft (ABl. EG 1968 L 257, S. 2). Sie regelt sowohl die Rechtsstellung der Arbeitnehmer, die sich um eine Stelle bewerben, einschließlich des Vermittlungsverfahrens der Arbeitsverwaltungen, als auch den Umfang des Gleichbehandlungsverbotes für ausländische Arbeitnehmer, die eine Stelle in einem anderen Mitgliedstaat bereits gefunden haben.

In ihrem Art. 7 präzisiert sie den Anspruch auf Gleichbehandlung dahingehend, dass der Wanderarbeitnehmer insbesondere in Hinblick auf die Entlohnung, die Kündigung und, falls er arbeitslos geworden ist, im Hinblick auf berufliche Wiedereingliederung oder Wiedereinstellung, nicht anders behandelt werden darf als die inländischen Arbeitnehmer, und dass er die gleichen sozialen und steuerlichen Vergünstigungen wie die inländischen Arbeitnehmer genießt. Nach Art. 8 hat er Anspruch auf gleiche Behandlung hinsichtlich der Zugehörigkeit zu Gewerkschaften und der Ausübung gewerkschaftlicher Rechte. Die Art. 10–12 bestimmen, welche Verwandte beim Gastarbeiter Wohnung nehmen dürfen (Art. 10), geben diesen das Recht auf die Ausübung einer selbstständigen oder unselbstständigen Tätigkeit und legen fest, dass die Kinder des Arbeitnehmers unter den gleichen Bedingungen wie die Staatsangehörigen des Gastlandes am allgemeinen Unterricht sowie an der Lehrlings- und Berufsausbildung teilnehmen können.

Art. 42 EGV sieht die Einführung eines Systems vor, das den Wanderarbeitnehmern die Zusammenrechnung der nach den verschiedenen innerstaatlichen Rechtsvorschriften berücksichtigten Sozialversicherungszeiten für den Erwerb des Leistungsanspruchs erlaubt und sie in die Lage versetzt, die Zahlung der Leistungen der sozialen Sicherheit in einem anderen Mitgliedstaat als demjenigen, wo sie gearbeitet haben, zu erhalten. In Ausführung dieses Auftrags hat der Rat die Verordnung Nr. 1408/71 zur Anwendung der Systeme der sozialen Sicherheit der Arbeitnehmer und ihrer Familien, die innerhalb der Gemeinschaft zu- und abwandern erlassen und sie 1981 auf diejenigen Selbständigen erstreckt, die im Rahmen von Systemen der sozialen Sicherheit versichert sind.

Die Verordnung Nr. 1408/71, wie auch ihre gegenwärtig (Stand: Ende 2006) wegen Fehlens der notwendigen Durchführungsbestimmungen noch nicht anwendbare Nachfolgeverordnung Nr. 883/2004 des Europäischen Parlaments und des Rates zur Koordinierung der Systeme der Sozialen Sicherheit (ABl. EG 2004 L 166, S. 1) koordiniert die nationalen Rechtsvorschriften, verschmilzt sie aber nicht zu einem einheitlichen Sozialversicherungssystem. Ein Leistungsempfänger, der in verschiedenen Mitgliedstaaten gearbeitet hat, behält selbstständige Leistungsansprüche gegen die Versicherungsträger der Mitgliedstaaten, doch müssen letztere bei der Bestimmung des Grundes und/oder der Höhe des Anspruchs gegebenenfalls Gemeinschaftsrecht neben den innerstaatlichen Rechtsvorschriften anwenden und insbesondere, wenn die in einem Mitgliedstaat zurückgelegten Versicherungszeiten nicht ausreichen, um einen Leistungsanspruch entstehen zu lassen, auch die in anderen Mitgliedstaaten zurückgelegten Versicherungszeiten berücksichtigen.

Die Verordnung Nr. 1408/71 wie auch ihre Nachfolgeverordnung enthält zunächst allgemeine Vorschriften, z. B. einen spezifischen sozialrechtlichen Gleichbehandlungsgrundsatz und Vorschriften zur Bestimmung der anwendbaren Rechtsordnung (grundsätzlich unterliegt ein Arbeitnehmer den Rechtsvorschriften des Beschäftigungsstaates; Art. 13 Abs. 2). Sodann sind spezielle Vorschriften für die einzelnen Leistungsarten vorgesehen, insbesondere zur Durchführung der Zusammenrechnung und des Leistungsexportes (erfasst werden Leistungen bei Krankheit und Mutterschaft, Invalidität, Alter und Tod, Unfall und Arbeitslosigkeit sowie Familienleistungen und Sterbegeld). In einem neueren Urteil hat der EuGH entschieden, dass die nicht ausdrücklich geregelte Pflegeversicherung als Krankenversicherung zu behandeln sei. Er hat damit für diesen neuartigen Sozialversicherungstyp, der erst in wenigen Mitgliedstaaten existiert, den Export von Leistungen ermöglicht. Die Verfahrensvorschriften der Verordnung Nr. 1408/71 sehen die Zusammenarbeit der zuständigen Behörden und insbesondere eine gegenseitige kostenlose Amtshilfe vor (Art. 84). Bei der Kommission wird eine Verwaltungskommission für die soziale Sicherheit der Wanderarbeitnehmer eingesetzt, deren wesentliche Aufgabe es ist, Verwaltungs- und Auslegungsfragen, die sich bei Anwendung der Verordnung ergeben, zu behandeln (Art. 81 a).

d) Die Niederlassungs- und Dienstleistungsfreiheit

Die *Niederlassungsfreiheit* (Art. 43–48 EGV) gibt das Recht, in einem anderen Mitgliedstaat eine selbstständige Erwerbstätigkeit aufzunehmen und eine Gesellschaft oder Zweigniederlassung zu gründen. Die *Dienstleistungsfreiheit* (Art. 49–55 EGV) gibt das Recht, in einem anderen Mitgliedstaat eine Dienstleistung auszuüben, ohne dort eine feste Niederlassung errichten zu müssen. Beide Bereiche sind weitgehend parallel ausgestaltet; die Bestimmungen über die Dienstleistung verweisen hinsichtlich der zur Beseitigung von Beschränkungen erforderlichen Rechtsangleichungsmaßnahmen auf diejenigen zur Niederlassungsfreiheit.

Mit unmittelbarer Wirkung sind verboten und können also vor den einzelstaatlichen Gerichten geltend gemacht werden sowohl Diskriminierungen aus Gründen der Staatsangehörigkeit, als auch sonstige Beeinträchtigungen der Niederlassungs- und Dienstleistungsfreiheit, die nicht durch ein zwingendes Allgemeininteresse gerechtfertigt sind. Einschränkungen der Freiheitsrechte sind auch bei Tätigkeiten, die mit der Ausübung öffentlicher Gewalt verbunden sind (Art. 45 EGV) und aus Gründen der öffentlichen Ordnung, Sicherheit und Gesundheit (Art. 46 EGV) zulässig.

Die EU-weite Liberalisierung von Niederlassungs- und Dienstleistungsfreiheit ist weitgehend erfolgt. Dazu hat vor allem die Rechtsangleichung auf diesem Gebiet beigetragen, die es ermöglicht hat, administrative und praktische Beeinträchtigungen abzubauen und das Recht für die verschiedenen freien Berufe und Gewerbe anzugleichen. Während bis 1985 das Recht der freien Berufe (Richtlinien über die medizinischen und paramedizinischen Berufe, für Architekten und grenzüberschreitende Dienstleistungen von Rechtsanwälten etc.) und die Angleichung des Gesellschaftsrechts ➢ s. Nr. 447 im Vordergrund stand (Publizitätspflichten von Kapitalgesellschaften, Jahresabschlüsse und konsolidierte Jahresabschlüsse von Mutter- und Tochtergesellschaften u. ä.), ist seit 1985 vor allem die Rechtsangleichung auf dem Gebiet der Finanzdienstleistungen (insbesondere Kredit- und Versicherungswesen) vorangetrieben und weitgehend abgeschlossen und damit die fast völlige Liberalisierung dieser Wirtschaftszweige erreicht worden. Daneben sind seit 1985 durch Rechtsakte der Gemeinschaft die Telekommunikation, das öffentliche Auftragswesen und – in geringerem Umfang – das Recht des Güter- und Personentransports weitgehend angeglichen worden und diese Wirtschaftszweige für den europaweiten Wettbewerb geöffnet worden. Das deutsche Recht auf diesen Gebieten ist auf Grund der Rechtsangleichung sehr stark modifiziert worden.

In der Rechtsprechung des EuGH zu den Vorschriften des EGV haben zunächst vor allem Beschränkungen bei dem Zugang zu freiberuflichen Tätigkeiten eine Rolle gespielt, später aber auch zunehmend gesellschafts- und steuerrechtliche Vorschriften, die die grenzüberschreitende Niederlassung behinderten.

In dem Urteil vom 12. 7. 1984, Ordre des avocats au barreau de Paris gegen Klopp, 107/83, Slg. 1984, S. 2971, handelte es sich um einen in Deutschland niedergelassenen deutschen Rechtsanwalt, der seine Zulassung bei der Anwaltskammer in Paris beantragt hatte, aber auch seine deutsche Kanzlei weiterbetreiben wollte. Obwohl Herr Klopp, der die französische Anwaltszulassungsprüfung bestanden hatte, die persönlichen Voraussetzungen für die Zulassung erfüllte, wurde diese mit der Begründung abgelehnt, dass nach französischem Recht ein Rechtsanwalt nur eine einzige Kanzlei betreiben könne. Der EuGH stellte in seinem Urteil fest, dass jeder Mitgliedstaat zwar grundsätzlich die Voraussetzungen für die Ausübung des Berufs des Rechtsanwalts festlegen könne, es jedoch eine Verletzung des Rechts auf freie Niederlassung bedeute, wenn ein in einem Mitgliedstaat zugelassener Rechtsanwalt in der gesamten Gemeinschaft nur eine einzige Kanzlei unterhalten dürfe und also die Niederlassungsfreiheit nur ausüben könne, wenn er die bereits bestehende Kanzlei aufgebe. Die Regel, wonach die Niederlassungsfreiheit auch die Gründung von Agenturen, Zweigniederlassungen und Tochtergesellschaften umfasse, gelte auch für Selbständige. Dagegen stehe es Frankreich frei, für seine Staatsangehörigen den Grundsatz der einzigen Kanzlei beizubehalten.

In seinem Urteil vom 15. 5. 1997, Futura Participations SA und Singer, C-250/95, Slg S. I-2471, hat es der EuGH als eine Verletzung des Rechts auf freie Niederlassung angesehen, dass die Steuerbehörden eines Mitgliedstaates im Rahmen der Ermittlung der Körperschaftsteuer den Verlustvortrag einer Zweigniederlassung einer ausländischen Gesellschaft nur dann berücksichtigten, wenn die Bücher gemäß den nationalen Buchführungsvorschriften geführt worden waren. Nach dem Urteil können die Steuerbehörden nur verlangen, dass die geltend gemachten Verluste klar und eindeutig belegt werden, nicht aber, dass dies nach den innerstaatlichen Vorschriften über die Buchführung geschehe.

Das Recht auf freie Niederlassung hat auch Auswirkungen auf eine Grundfrage des Gesellschaftsrechts: Es wird verletzt, wenn ein Mitgliedstaat die Rechtspersönlichkeit einer in einem anderen Mitgliedstaat rechtmäßig gegründeten Gesellschaft nicht anerkennt, weil er gemäß der von ihm angewandten „Sitztheorie" nur solche Gesellschaften anerkennt, die ihren tatsächlichen Verwaltungssitz im Mitgliedstaat der Gründung haben, während es nach der in dem anderen Mitgliedstaat geltenden „Gründungstheorie" auf den Verwaltungssitz nicht ankommt (EuGH, Urteile vom 9. 3. 1999, C-212/97, Centros, Slg, S. I-1459 und vom 5. 11. 2002, C-208/00, Überseering Slg. S. I-9919). Die in Deutschland bisher praktizierte „Sitztheorie" wird durch diese Urteile in Frage gestellt.

Der Begriff der Dienstleistung ist sehr weit und umfasst nach Art. 50 EGV alle Leistungen, die in der Regel gegen Entgelt erbracht werden und nicht den Vorschriften über den freien Waren-, Personen- und Kapitalverkehr unterliegen. Er umfasst neben der freiberuflichen Tätigkeit, dem Handwerk, dem Baugewerbe, dem Verkehrsgewerbe und den Finanzdienstleistungen auch den ganzen Bereich der Berater- und Vermittlerdienste einschließlich der Werbebranche und das Betreiben von Rundfunk- und Fernsehsendern sowie Telekommunikationsdienste.

Die Dienstleistungsfreiheit erfasst nicht nur den Fall, dass sich der Dienstleistende in einen anderen Mitgliedstaat begibt, z. B. dort Handwerksleistungen erbringt, sondern auch den umgekehrten Fall, wo der Kunde über die Grenze den Dienstleistenden aufsucht, z. B. einen Arzt oder einen Architekten. Bei vielen Dienstleistungen findet keine Ortsveränderung der Vertragspartner statt, so bei grenzüberschreitenden Beraterdiensten oder Kreditgeschäften, die schriftlich oder elektronisch ablaufen.

Auf dem Gebiet der Dienstleistung haben in der Praxis des EuGH vor allem Fälle eine Rolle gespielt, in denen zwar keine Diskriminierung aus Gründen der Staatsangehörigkeit vorlag, jedoch trotz der formalen Gleichstellung der Dienstleistende aus einem anderen Mitgliedstaat in seiner Tätigkeit behindert wurde. Die praktischen Probleme ergeben sich daraus, dass der Dienstleistende sowohl das Recht seines Herkunftsstaates als auch – für die Dauer seiner Tätigkeit – das Recht des Staates, in dem er tätig wird, zu beachten hat. So etwa, wenn er über die im Staat der Tätigkeit erforderliche Zulassung nicht verfügt, wenn er bereits im Herkunftsstaat bezahlte Sozialversicherungsbeiträge noch einmal entrichten soll, oder wenn er einer Berufsorganisation mit Zwangsmitgliedschaft anlässlich einer nur vorübergehenden Tätigkeit beitreten soll. Hierzu zwei Beispiele aus der Praxis des EuGH:

In dem Urteil „Rush Portuguesa" (EuGH, Urteil vom 27. 3. 1990, C-113/89, Slg. S. I-1417) ging es um Bauleistungen. Ein portugiesisches Unternehmen erbrachte Dienstleistungen in Frankreich. Das Bureau national d'immigration verlangte Arbeitserlaubnisse für die von dem Unternehmen eingesetzten, aus Portugal mitgebrachten Arbeitnehmer. Der EuGH sah darin eine unzulässige Einschränkung der Dienstleistungsfreiheit. Zwar dürfe der Aufnahmestaat Kontrollen der Arbeitnehmer durchführen, um sicherzustellen, dass das Unternehmen nicht eine verbotene Arbeitnehmervermittlung betreibe oder Arbeitnehmer Dritten überlasse. Doch dürfe es keine Arbeitserlaubnisse verlangen. Der EuGH wies das Argument der französischen

Regierung zurück, durch den Import von Arbeitnehmern aus Billiglohnländern werde das Lohn- und Sozialsystem im Gastland unterminiert. Es sei den Mitgliedstaaten unbenommen, ihr Arbeitsrecht und die Tarifverträge auch auf Arbeitnehmer anzuwenden, die sich nur vorübergehend im Rahmen einer Dienstleistung bei ihnen aufhielten.

Das Urteil Rush Portuguesa war Anlass für die Verabschiedung der Richtlinie Nr. 96/71 (ABl. EG 1997, L 18 S. 1), nach der im Falle der Entsendung von Arbeitnehmern im Rahmen einer Dienstleistung auf diese ein harter Kern von arbeitsrechtlichen Vorschriften des Gastlandes anzuwenden sind, insbesondere Mindestlohnvorschriften. Es ist in Deutschland mit dem Arbeitnehmer-Entsendegesetz vom 26. 2. 1996, BGBl. I 227 umgesetzt worden, das für das Baugewerbe die Vorschriften der für allgemein verbindlich erklärten Tarifverträge auch auf nach Deutschland entsandte Arbeitnehmer erstreckt.

In dem Urteil des EuGH vom 28. 4. 1998, Kohll/Union des caisses de maladie, C-158/96, Slg. 1998, S. I-1931, ging es um eine Vorschrift der Luxemburger gesetzlichen Krankenversicherung, nach der – ähnlich wie in den meisten europäischen Ländern – im Ausland entstandene Kosten nur ausnahmsweise, vor allem bei Notfällen, erstattet werden. Herr Kohll, der die Zahnregulierung seines Kindes in Trier, also im Ausland, hatte durchführen lassen, sah in der Ablehnung seines Antrages auf Erstattung eine Verletzung des Art. 49 EGV, da ihm die Inanspruchnahme des ausländischen Arztes aus finanziellen Gründen praktisch unmöglich gemacht werde. Der EuGH hat Herrn Kohll Recht gegeben, allerdings in der Begründung des Urteils ausgeführt, dass grundsätzlich Gründe des Gemeinwohls eine Beschränkung der Erstattung von im Ausland erbrachten Leistungen rechtfertigen können, insbesondere wenn eine erhebliche Gefährdung des finanziellen Gleichgewichts der gesetzlichen Krankenversicherung zu befürchten sei oder wenn die Gefahr bestünde, dass eine allen zugängliche ärztliche und klinische Versorgung nicht mehr aufrechterhalten werden könne. Wegen solcher Gefahren hat der EuGH für die stationäre Behandlung in dem Urteil Geraets-Smits und Peerbooms (Urteil vom 12. 7. 2001, C-157/99, Slg. S. I-5473) entschieden, dass in einem Staat, in dem das Sachleistungsprinzip gilt (es ging um die Niederlande), die Kostenübernahme für eine stationäre Behandlung in einem anderen Mitgliedstaat von einer vorherigen Genehmigung abhängig gemacht werden dürfe. Doch müsse der Leistungsträger bei der Beurteilung der Notwendigkeit und Üblichkeit der Behandlung im Ausland patientenfreundliche Kriterien anwenden. Die Kostenübernahme für eine Versorgung außerhalb eines Krankenhauses darf dagegen grundsätzlich nicht von einer solchen Genehmigung abhängig gemacht werden (EuGH, Urteil vom 13. 5. 2003, C-385/99, Müller-Fauré und van Riet, Slg. S. I-4509).

Die Rechtsprechung des EuGH hat nicht alle Fragen klären können, die sich bei Ausübung der Dienstleistungsfreiheit stellen. Noch immer wird auf vielen Gebieten die Bildung von grenzüberschreitenden Dienstleistungsmärkten durch rechtliche, administrative und praktische Schwierigkeiten behindert und damit ein Potenzial für die Entwicklung eines einheitlichen. europäischen Wirtschaftsraums für Dienstleistungen nur unzureichend ausgenutzt. Deshalb hat die Kommission im Februar 2004 den Entwurf einer *Richtlinie über Dienstleistungen im Binnenmarkt* vorgelegt, der für alle Arten von Dienstleistungen – mit Ausnahmen derjenigen, für die bereits europäische Regelungen gelten (Beispiele: Finanzdienstleistungen und Telekommunikation) – eine weitgehende Liberalisierung vorsieht. Nach dem Entwurf finden auf den Dienstleistungserbringer grundsätzlich die Vorschriften seines Herkunftsstaates

Anwendung, auch wenn er in einem anderen Mitgliedstaat tätig wird. In Ausnahmefallen sind Einschränkungen der Dienstleistungsfreiheit im Allgemeininteresse zulässig, doch müssen diese grundsätzlich im Kontakt zwischen den Behörden des Herkunfts- und des Bestimmungsstaats geklärt werden.

Der Entwurf hat eine weitgehend emotionale öffentliche Diskussion ausgelöst und hat in vielen Ländern die Befürchtung ausgelöst, billige Dienstleistungen aus dem Ausland könnten die traditionellen Gewerbe gefährden und Arbeitsplätze vernichten. Die Kommission hat daher, nachdem das Europäische Parlament im Februar 2006 den Entwurf in seiner ursprünglichen Form abgelehnt und substantielle Änderungen vorgeschlagen hatte, im April 2006 einen veränderten Vorschlag vorgelegt. Dieser beschränkt zum einen den Anwendungsbereich der Richtlinie, die insbesondere auf medizinische und soziale Dienste, auf Glücksspiele, Leiharbeitsagenturen und Sicherheitsdienste keine Anwendung finden wird, und lässt zum anderen den Mitgliedstaaten weitere Möglichkeiten der Kontrolle der ausländischen Dienstleistungserbringer als sie im ursprünglichen Entwurf vorgesehen waren. Dieser veränderte Vorschlag ist im November 2006 vom Europäischen Parlament unter dem Vorbehalt kleinerer technischer Änderungen aufgenommen worden und wird wohl 2007 endgültig in Kraft treten.

e) Der freie Kapital- und Zahlungsverkehr

Der *freie Kapital- und Zahlungsverkehr* ist mit der grenzüberschreitenden Ausübung der Grundfreiheiten untrennbar verbunden und darf daher ebenso wie diese nicht durch staatliche Vorschriften und Praktiken behindert werden. Unter Zahlungen versteht man in diesem Zusammenhang Gegenleistungen für gelieferte Waren und erbrachte Dienstleistungen, während Kapitalbewegungen als reine Finanztransfers zwar auch ohne ein Grundgeschäft stattfinden können, jedoch oft auch mit der Erbringung von Bankdienstleistungen oder mit europaweiten Zusammenschlüssen von Gesellschaften in Zusammenhang stehen.

Nachdem in einigen Mitgliedstaaten der EG bis in die achtziger Jahre Devisen- und Kapitalverkehrskontrollen bestanden hatten, sind nunmehr gemäß den Art. 56–60 EGV alle Beschränkungen des Kapital- und des Zahlungsverkehrs zwischen den Mitgliedstaaten und im Verhältnis von Mitgliedstaaten und dritten Ländern verboten. Ausnahmen sind nur noch gegenüber Drittstaaten und in zwei Fällen möglich: So können bei Kapitalbewegungen, die das Funktionieren der Wirtschafts- und Währungsunion schwerwiegend stören, auf höchstens sechs Monate beschränkte Schutzmaßnahmen getroffen werden (Art. 59 EGV). Außerdem kann im Rahmen von Wirtschaftssanktionen, die als Maßnahme der Gemeinsamen Außen- und Sicherheitspolitik beschlossen worden sind, der freie Kapital- und Zahlungsverkehr ausgesetzt werden (Art. 60 EGV).

Im Rahmen des freien Kapitalverkehrs können grenzüberschreitend Direktinvestitionen und auch Übernahmen (take-overs) durch den Kauf von Aktien getätigt werden. Wenn das staatliche Gesellschaftsrecht den grenzüberschreitenden Anteilserwerb über gewisse Quoten hinaus nicht zulässt oder aber den vom Staat gehaltenen Aktien Vorzugsrechte bei Entscheidungen einräumt („Golden Share“ – das kommt vor allem bei privatisierten staatlichen Unternehmen vor), liegt darin grundsätzlich eine Verletzung des Rechts auf freien Kapitalverkehr. Doch können sich die Mitgliedstaaten beschränkte Kontrollrechte für Krisensituationen vorbehalten (EuGH, Kommission gegen Portugal, Frankreich und Belgien, Urteile vom 4. 6. 2002, C-367/98, C-483/99 und C-503/99, Slg. S. I-4731, 4781 und 4809).

38 | Politikbereiche der EG und Rechtsangleichung (Überblick)

Das europäische Gemeinschaftsrecht ist in den mannigfaltigsten Bereichen des Wirtschaftslebens der Mitgliedstaaten präsent und gibt dort mehr oder weniger intensive Regeln vor, die von den Mitgliedstaaten, aber auch von Privaten, zwingend eingehalten werden müssen. Je nach Sachgebiet werden Politikbereiche entweder überwiegend von den EG-Organen legislativ konzipiert und durchgeführt, oder von den EG-Organen in enger Zusammenarbeit mit nationalen Stellen, oder die Einflussnahme beschränkt sich auf Rechtsangleichungsmaßnahmen, also die Harmonisierung der Rechtsvorschriften aller Mitgliedstaaten zu einem bestimmten Problemkreis auf einem bestimmten Niveau (z. B. in Bezug auf den Binnenmarkt gem. Art. 94 und 95 EGV), oder auf eine reine Förderung durch finanzielle Mittel.

Für die Politik-Bereiche der EG existieren in der Europäischen Kommission – und in geringerem Umfang im Rat – zuständige Generaldirektionen, Abteilungen, Arbeitsgruppen o. ä., deren Tätigkeit derjenigen in nationalen Ministerien vergleichbar ist, sowie eine Reihe ergänzender Einrichtungen, die sich einzelnen dieser Gebiete besonders widmen ➢ s. oben Nr. 34 c) und g). Einzelheiten zu allen Politiken sind der allgemeinen website der Kommission (ec.europa.eu) zu entnehmen.

Die Politiken der Gemeinschaft sind im Dritten Teil des EG-Vertrages wie folgt aufgeführt:

Titel I: **Freier Warenverkehr:** Der freie Warenverkehr (Art. 23–31 EGV) ist die zentrale Politik des gemeinsamen Marktes, der primär auf einen unbeschränkten Warenaustausch ausgerichtet ist. Er wurde als die wichtigste der sog. „Grundfreiheiten“ bereits behandelt ➢ s. oben Nr. 37 b).

Titel II: **Die Landwirtschaft:** Die *europäische Agrarpolitik* (Art. 32–38 EGV) ist derjenige Bereich, in dem sich der gemeinsame Markt im Sinne einer „Risikogemeinschaft“ und finanziellen Solidarität am stärksten realisiert. Die Gesetzgebung erfolgt hier einheitlich für alle Mitgliedstaaten ausschließlich durch die Organe der EG zum Teil mit stark marktregulierenden Maßnahmen, die eine ständige aktuelle Anpassung erfordern. Die Durchführung obliegt dann überwiegend den nationalen Behörden. Für alle landwirtschaftlichen Produkte bestehen europäische Marktordnungen, in deren Rahmen mit Preisfestsetzungen, Interventionsmechanismen, Ausgleichszahlungen gegenüber den Weltmarktpreisen, direkten Erzeugerbeihilfen, Prämien, Quotenregelungen u. ä. versucht wird, die Marktverhältnisse stabil zu halten und die EG-Produktion im weltweiten Wettbewerb bestehen zu lassen ➢ s. Nr. 415. Alle Zahlungen erfolgen ausschließlich aus dem Gemeinschaftsbudget, welches dadurch etwas einseitig belastet ist ➢ s. zum Haushalt der EU Nr. 32 e).

Titel III: **Die Freizügigkeit, der freie Dienstleistungs- und Kapitalverkehr (Art. 39–60 EGV):** Parallel zum freien Warenverkehr wurde durch diese „anderen Grundfreiheiten" die Möglichkeit geschaffen, dass auch natürliche und juristische Personen ohne Behinderungen und große Formalitäten ihre Tätigkeit auf Dauer oder vorübergehend in anderen Mitgliedstaaten ausüben können, und dass das notwendige Kapital entsprechend problemlos grenzüberschreitend fließen kann (im einzelnen ➢ s. oben Nr. 37 d).

Titel IV: **Visa, Asyl, Einwanderung und andere Politiken betreffend den freien Personenverkehr (Art. 61–69 EGV):** Dieses durch den Amsterdamer Vertrag 1999 neu eingefügte Kapitel enthält Vorschriften, die früher der sog. Dritten Säule der Europäischen Union ➢ s. Nr. 32 c) zuzuordnen waren, und die den schrittweisen Aufbau „eines Raums der Freiheit, der Sicherheit und des Rechts" (Art. 61 Abs. 1) zum Gegenstand haben. Sie betreffen eine Koordinierung der Kontrollen an den Außengrenzen der EU, eine gemeinsame Asyl- und Einwanderungspolitik, die Bekämpfung internationaler Kriminalität, sowie eine engere justizielle Zusammenarbeit in Zivilsachen (Einzelheiten hierzu, ➢ vgl. Nr. 265.

Titel V: **Der Verkehr (Art. 70–80 EGV):** Gegenstand der europäischen Verkehrspolitik ist die Koordinierung und Konzepterstellung für europaweite Transporte. Angesichts der gegenwärtig exorbitanten Mobilität auf Straße, Schiene, in der Luft und zur See ist diese Politik vor ständig neue Herausforderungen gestellt ➢ s. im Einzelnen hierzu Nr. 176).

Titel VI: **Gemeinsame Regeln betreffend Wettbewerb, Steuerfragen und Angleichung der Rechtsvorschriften (Art. 81–97 EGV):** Die Wettbewerbspolitik (Art. 81–89), die eine der wichtigsten Politiken der EG ist ➢ s. im Einzelnen hierzu Nr. 464, geht grundsätzlich von einem System des freien Wettbewerbs in Europa aus. Um Missbräuche zu verhindern, besteht jedoch ein System der Überwachung von Kartellen, marktbeherrschenden Stellungen von privaten und öffentlichen Unternehmen, von Unternehmenszusammenschlüssen einer bestimmten Größenordnung, sowie der Vergabe einzelstaatlicher Subventionen an Unternehmen (nationale Beihilfen). Neben den nationalen Wettbewerbsbehörden und den staatlichen Gerichten ist vor allem die europäische Kommission die für die Prüfung und die Ahndung unzulässiger Verhaltensweisen zuständige Kartellbehörde. Sie kann aus eigener Initiative oder auf Antrag Ermittlungen anstellen, Untersagungsanordnungen treffen, Bußgelder verhängen etc. Kartellrechtswidrige Verträge und Beschlüsse sind aber auch dann nichtig, wenn eine förmliche Prüfung nicht stattgefunden hat.

Was die Steuern (Art. 90–93) betrifft, so beschränken sich die Kompetenzen der EG im Wesentlichen auf die indirekten Steuern, insbesondere die Umsatzsteuer und die Verbrauchsabgaben (Art. 93 EGV). Im Bereich der direkten Steuern versucht die EG zunehmend tätig zu werden, um Phänomänen wie der Steuerflucht oder der Wahl des Gesellschaftssitzes aus bloßen Steuergründen zu begegnen.

Was die *Rechtsangleichung* angeht, die in diesem Titel noch angesprochen ist, so enthalten Art. 94–97 Ermächtigungsvorschriften für binnenmarktrelevante Angleichungsmaßnahmen. Auch in anderen Bereichen sind jedoch ähnliche Ermächtigungen vorgesehen. Der Rechtsangleichung kommt insgesamt innerhalb der EG ein wichtiger Stellenwert zu. Sie erfolgt überwiegend durch das Rechtsinstitut der Richtlinie (➢ s. 35 a) cc), welche bestimmte Rahmenbedingungen vorgibt, die dann von den Mitgliedstaaten binnen einer bestimmten Frist in nationales Recht umgesetzt sein müssen. Viele Rechtsprobleme entstehen dadurch, dass Richtlinien nicht überall rechtzeitig oder nicht korrekt umgesetzt werden und dadurch weiterhin Ungleichgewichte bestehen. Der EuGH versucht mit seiner Rechtsprechung, einerseits die Mitgliedstaaten zur Umsetzung anzuhalten, wenn erforderlich mit Buß- und Zwangsgeldern ➢ s. Nr. 35 b) bb), andererseits, dem Bürger säumigen Mitgliedstaaten gegenüber mit gemeinschaftsrechtlichen Mitteln Rechte einzuräumen, z. B. über eine eingeschränkte direkte Wirkung von Richtlinien oder einen Schadensersatzanspruch gegen den Staat ➢ s. Nr. 35 a) dd).

Titel VII: **Die Wirtschafts- und Währungspolitik (Art. 98–124 EGV):** Die am 1. 1. 1999 in Kraft getretene einheitliche Währungszone des Euro, in Verbindung mit einer engen Koordinierung der Wirtschaftspolitik der Mitgliedstaaten und einer straffen Überwachung der Haushaltsdisziplin der teilnehmenden Länder durch europäische Organe, stellt wohl die augenfälligste Integrationsstufe der EU dar ➢ zu Einzelheiten hierzu s. Nr. 480. Die Kompetenzen der EG-Organe betreffen hier überwiegend Entscheidungsprozesse.

Titel VIII: **Beschäftigung (Art. 125–130 EGV):** In diesen Vorschriften ist vorgesehen, dass die Mitgliedstaaten versuchen, das Problem der Arbeitslosigkeit durch eine koordinierte Beschäftigungsstrategie einzudämmen; parallel hierzu stellt die EG Mittel zur Verfügung, etwa für spezifische Beschäftigungsprogramme.

Titel IX: **Gemeinsame Handelspolitik (Art. 131–134 EGV):** Die Gemeinsame Handelspolitik im Verhältnis zu Drittstaaten stellt, in Verbindung mit der in Titel XX genannten Entwicklungszusammenarbeit (Art. 177–181) sowie der im Vierten Teil des EG-Vertrages geregelten Assoziierung der überseeischen Länder und Hoheitsgebiete (Art. 182–188), eine der zentralen Politiken der EG dar, die auch ausschließlich in ihre Zuständigkeit fällt. Sie betrifft die Stellung der EG im Welthandel, gegenwärtig vor allem im Verhältnis zur WTO ➢ s. hierzu Nr. 54 b), die der EG oft überzogenen Protektionismus vorwirft, etwa wenn hohe Anti-Dumping-Zölle zur Verhinderung von Billigeinfuhren verhängt werden. Daneben ist aber auch die punktuelle Zusammenarbeit mit Drittländern zu nennen, die von der Förderung von Entwicklungs- und Schwellenländern über Präferenz- und Assoziierungsabkommen (s. z.B. das Abkommen von Cotonou mit 79 Staaten des afrikanischen, karibischen und pazifischen Raumes) zu engen, über den reinen Handel hinausgehenden, Verflechtungen reicht (z.B. die sog. Europaabkommen, die mit den osteuropäischen Ländern sehr rasch nach der Öffnung dieser Länder geschlossen wurden, und die die Vorstufe für den Beitritt darstellten).

Titel X: **Zusammenarbeit im Zollwesen (Art. 135 EGV):** Auf diesem Gebiet ist, über die Vorschriften im Rahmen des freien Warenverkehrs hinaus, eine verstärkte Zusammenarbeit zwischen den Mitgliedstaaten und der Kommission vorgesehen.

Titel XI: **Sozialpolitik, allgemeine berufliche Bildung und Jugend (Art. 136–150 EGV):** Die europäische Sozialpolitik berührt, obwohl die Kompetenzen der EG hier eher eingeschränkt sind, doch mancherlei Aspekte der nationalen Arbeitsrechte, insbesondere den Arbeitnehmerschutz und die Gleichbehandlung von Mann und Frau im Arbeitsleben. Hierfür wurden diverse Rechtsangleichungsmaßnahmen durchgeführt. Für die soziale Förderung (insbesondere der Bekämpfung der Jugend- und Langzeitarbeitslosigkeit in benachteiligten Regionen) werden über den Europäischen Sozialfonds und die übrigen Strukturfonds der EG umfangreiche Fördermittel zur Verfügung gestellt.

Titel XII: **Kultur (Art. 151):** Im Bereich der Kultur beschränkt sich die Tätigkeit der EG auf (finanzielle) Fördermaßnahmen, um einen Beitrag zu leisten „zur Entfaltung der Kulturen der Mitgliedstaaten unter Wahrung ihrer nationalen und regionalen Vielfalt sowie gleichzeitiger Hervorhebung des gemeinsamen kulturellen Erbes“ (Art. 151 Abs. 1).

Titel XIII: **Gesundheitswesen (Art. 152):** Die Tätigkeit der Gemeinschaft ergänzt und unterstützt hier lediglich die Politik der

Mitgliedstaaten und fördert die Zusammenarbeit zwischen ihnen, aber auch mit dritten Ländern und auf internationaler Ebene. Es bestehen Aktionsprogramme und Netzwerke, und es werden allgemeine Studien zu bestimmten Krankheitserscheinungen (Aids, seltene Krankheiten, Drogensucht etc.) erstellt.

Titel XIV: **Verbraucherschutz (Art. 153 EGV):** Der Verbraucherschutz entwickelt sich gegenwärtig zu einer sehr wichtigen Domäne der europäischen Politik. Er konkretisiert sich zum Teil in öffentlich-rechtlichen Maßnahmen wie z. B. Verpackungsangaben auf Lebens- und Arzneimitteln u. ä. (zum Lebensmittelrecht ➢ s. Nr. 430), beeinflusst in der neueren Zeit aber vor allem auch privatrechtliche Materien wie die Rechtsangleichung im Gewährleistungsrecht, bei Haftungsfragen, in der Kontrolle von Vertragsklauseln u. ä. ➢ im Einzelnen s. Nr. 315.

Titel XV: **Transeuropäische Netze (Art. 154–156 EGV):** Seit einigen Jahren wird ein umfassendes Konzept europaweiter Netze in den Bereichen der Verkehrs-, Telekommunikations- und Energieinfrastruktur geplant, mit dem Endziel „des Verbunds und der Interoperabilität der einzelstaatlichen Netze und des Zugangs hierzu" (Art. 154 Abs. 2). Die Netze werden durch Leitlinien festgelegt und sollen von den Mitgliedstaaten nach bestimmten Zeitvorgaben ausgebaut werden.

Titel XVI: **Industrie (Art. 157 EGV):** Die europäische Industrie*politik* konzentrierte sich lange Zeit, da präzise Kompetenzen hierfür nicht vorgesehen sind, auf die Förderung kleiner und mittlerer Unternehmen durch flankierende Maßnahmen, Aktionsprogramme u. ä. Gegenwärtig wird allgemein die Förderung der weltweiten Wettbewerbsfähigkeit der Industrie in der Informationsgesellschaft angestrebt, wobei auch strukturpolitische Maßnahmen wie Beihilfen an bestimmte Industriezweige in Frage kommen können.

Titel XVII: **Wirtschaftlicher und sozialer Zusammenhalt (Art. 158–162 EGV):** Die sog. Politik der *„Kohäsion"* betrifft den Ausgleich und die finanzielle Solidarität der einzelnen Regionen in den Mitgliedstaaten. Strukturschwache Gebiete erhalten über verschiedene Fonds, insbesondere den Europäischen Regionalfonds, direkte Beihilfen. Es werden gefördert Regionen mit Entwicklungsrückstand, ländliche Gebiete und extrem dünn besiedelte Gebiete.

Titel XVIII: **Forschung und technologische Entwicklung (Art. 163–173 EGV):** Hier ist auf europäischer Ebene lediglich die Förderung der Zusammenarbeit der Mitgliedstaaten und die Koordinierung ihrer Forschung vorgesehen. Es gibt Maßnahmen auf Kostenteilungsbasis, aber auch eigene Forschungsmaßnahmen in besonderen EU-Forschungsstellen (z. B. zu atomarer Sicherheit, Werkstofftechnik und Satellitenüberwachung) und Aktionsgruppen. Daneben

100

werden regelmäßig Ausschreibungen für förderungswürdige Projekte gemacht.

Titel XIX: **Umweltpolitik (Art. 174–176 EGV):** Die europäische Umweltpolitik ist zwar in den letzten Jahren graduell in ihrer Bedeutung angewachsen, beschränkt sich jedoch weitgehend auf die Entwicklung von Aktionsprogrammen und die Erarbeitung gemeinsamer Standards in spezifischen Situationen (z.B. Gewässerschutz und Luftreinhaltung, Erhaltung von Flora- und Fauna). Daneben haben einige Richtlinien, etwa zur Umweltverträglichkeitsprüfung bei Großbauvorhaben, zum Zugang zu Umweltinformationen und dem sog. Öko-Audit-System wichtige Vorgaben für die Gesetzgebung in den Mitgliedstaaten gegeben. Problematisch ist allerdings, dass die Kontrolle der EG-Maßnahmen wegen sehr unterschiedlicher Grundkonzeptionen in den Mitgliedstaaten stark schwankt.

Titel XX: **Entwicklungszusammenarbeit (Art. 177–181):** S. hierzu oben Titel IX.

IV. Völkerrecht, Internationale Beziehungen

41 | Völkerrecht – Subjekte und Rechtsquellen

a) Subjekte des Völkerrechts

Das **Völkerrecht** regelt die Rechte und Pflichten der Staaten in ihren internationalen Beziehungen. Der Begriff ist insofern irreführend, als nicht die Völker als solche – etwa die Völker in einem Vielvölkerstaat – Träger von Rechten sind. Der in der englischen und der französischen Sprache verwendete Begriff des „Internationalen öffentlichen Rechts" (International Public Law) gibt diesen Sachverhalt besser als der deutsche Ausdruck wieder.

Neben den Staaten sind auch internationale Organisationen Träger völkerrechtlicher Rechte und Pflichten, etwa die Vereinten Nationen (UNO), die World Trade Organization (WTO), die Europäische Gemeinschaft (EG) und die North Atlantic Treaty Organization (NATO). Allerdings ist ihre Rechts- und Handlungsfähigkeit auf den Zweck der Organisation beschränkt, während die Staaten eine allgemeine völkerrechtliche Rechts- und Handlungsfähigkeit haben.

Auch dem Einzelnen, dem **Individuum**, werden im Völkerrecht zunehmend Rechte eingeräumt, vor allem durch die Menschenrechtskonventionen, aber auch Pflichten, die sich im Falle von internationalen Verbrechen, insbesondere Kriegsverbrechen, aus dem internationalem Strafrecht ergeben.

Auch **nichtstaatlichen internationalen Organisationen** (*Non-governmental Organizations – NGOs*), die prinzipiell dem innerstaatlichen Recht unterliegen, kommt eine teilweise Völkerrechtssubjektivität zu, soweit ihnen durch die Vorschriften internationaler Organisationen die Beteiligung an Anhörungs- und Kontrollverfahren eingeräumt wird. So kann der Wirtschafts- und Sozialrat der Vereinten Nationen nach Art. 71 der UN-Charta Abmachungen mit ihnen treffen und der Internationale Strafgerichtshof kann sie am Verfahren beteiligen.

Atypische Völkerrechtssubjekte sind der *Heilige Stuhl*, der mit mehr als 170 Staaten diplomatische Beziehungen unterhält, das *Internationale Komitee vom Roten Kreuz*, dem die entsprechenden Konventionen Befugnisse zur Kontrolle von Kriegsgefangenenlagern und zur Versorgung der Zivilbevölkerung eingeräumt haben, und der *Souveräne Malteser Ritterorden*, der nach wechselhafter Geschichte heute karitative Aufgaben wahrnimmt und diplomatische Beziehungen mit vielen Staaten unterhält.

Auch Aufstands- und Befreiungsbewegungen können eine partielle völkerrechtliche Rechtssubjektivität haben.

b) Staaten

Staaten sind durch das Vorhandensein eines Staatsvolks (das kein Volk im ethnischen Sinne sein muss), eines Staatsgebiets und einer Staatsgewalt definiert ➢ s. Nr. 1. Ob die Staatsgewalt demokratisch legitimiert oder diktatorischer Natur ist, spielt keine Rolle. Dagegen sind abhängige Gebiete, etwa Kolonien oder Protektorate, keine Staaten. In Abweichung von diesem Prinzip ist Palästina von den meisten Staaten anerkannt worden, obwohl sein Gebiet tatsächlich unter der Oberhoheit Israels steht. Bei Bundesstaaten, etwa den USA, sind diese und nicht die Einzelstaaten Staat im völkerrechtlichen Sinne, während bei Staatenbünden, etwa der mehrere ehemalige Staaten der Sowjetunion umfassenden Gemeinschaft Unabhängiger Staaten (GUS) die Staatsqualität den einzelnen Staaten zukommt.

Weder politische Umwälzungen, etwa ein Wechsel der Regierungsform, noch die tatsächliche Unmöglichkeit die Staatsgewalt auszuüben, lassen einen Staat untergehen (Prinzip der völkerrechtlichen Kontinuität von Staaten). Gegebenfalls können völkerrechtlich anerkannte Exilregierungen gebildet werden. So sind die baltischen Staaten durch die sowjetische Annexion im Jahre 1940 nicht untergegangen und haben im Rahmen der Auflösung der Sowjetunion 1991 ihre Staatlichkeit wieder hergestellt.

Die Anerkennung durch andere Staaten, die *de iure* oder *de facto* erfolgen kann, hat nur deklaratorische und keine konstitutive Bedeutung. Sie hat vor allem die Aufnahme diplomatischer Beziehungen zwischen dem anerkennenden und dem anerkannten Staat zur Folge. Oft erfolgt oder unterbleibt sie aus politischen oder wirtschaftlichen Gründen. So wird die Republik Taiwan, die zweifelsfrei die Kriterien eines Staates aufweist, auf Druck der Volksrepublik China, die sie als Bestandteil ihres Territoriums betrachtet, von keinem größeren Staat anerkannt.

Allerdings haben viele Staaten, darunter auch Deutschland, in Taiwan kommerzielle Vertretungen, deren Funktionen sich derjenigen einer diplomatischen Vertretung annähern.

Obwohl die Bundesrepublik Deutschland die DDR nie völkerrechtlich anerkannt hat und in Anwendung der so genannten Hallstein-Doktrin sogar die diplomatischen Beziehungen zu Staaten abgebrochen hat, die das taten (mit dem Grundlagenvertrag von 1972 wurde eine Normalisierung der Beziehungen zur DDR beschlossen, diese aber nicht als ausländischer Staat anerkannt), hat sie im Einklang mit völkerrechtlichen Regeln gewisse Akte der DDR als rechtlich relevant beachtet, etwa die Einbürgerung von Drittstaatsangehörigen.

c) Quellen des Völkerrechts

Da es im Völkerrecht an einem dem nationalen Gesetzgeber vergleichbaren Rechtssetzungsorgan fehlt, sind es die Staaten selbst, die das Völkerrecht erzeugen. Es beruht auf drei Rechtsquellen, die in Art. 38 des Statuts des Internationalen Gerichtshofs (IGH-Statut) als Entscheidungsmaßstab angeführt sind:

„a) Internationale Übereinkünfte allgemeiner oder besonderer Natur, in denen von den streitenden Staaten ausdrücklich anerkannte Regeln festgelegt sind;

b) das internationale Gewohnheitsrecht als Ausdruck einer allgemeinen als Recht anerkannten Übung;

c) die von den Kulturvölkern anerkannten allgemeinen Rechtsgrundsätze."

Als Hilfsmittel zur Feststellung völkerrechtlicher Normen dienen nach Art. 38 IGH-Statut *„richterliche Entscheidungen und die Lehrmeinung der fähigsten Völkerrechtler der verschiedenen Nationen"*. Dabei spielen insbesondere die Arbeiten von internationalen völkerrechtlichen Vereinigungen, die sich um die Kodifizierung des Völkerrechts bemühen, eine Rolle (*International Law Commission, Institut de droit international, International Law Association*).

Das **Völkergewohnheitsrecht** besteht aus zwischenstaatlichen Verhaltensmustern, die einer allgemeinen Übung, einer Staatenpraxis (*consuetudo*), entsprechen und die in der Überzeugung angewandt werden, rechtlich geboten zu sein (*opinio iuris*). Beispiele sind Grundnormen des Völkerrechts, etwa das Gewaltverbot und der Grundsatz der Verantwortlichkeit der Staaten für völkerrechtliche Delikte. Oft ist unklar, ob eine Staatenpraxis gewohnheitsrechtlicher Natur ist, ob sie insbesondere weit genug verbreitet ist (jedenfalls von einer Mehrheit der Staaten angewendet wird), ob sie über einen längeren Zeitraum befolgt worden ist und als Rechtsregel (im Gegensatz etwa zu Regeln der Höflichkeit – *courtoisie*) anzusehen ist.

Die **anerkannten Rechtsgrundsätze** beruhen meist auf dem Vergleich der Privatrechtsordnungen der Staaten. Sie beinhalten etwa die Prinzipien von Treu und Glauben und der Billigkeit, die Schadenseratzpflicht bei Vertragsverletzungen und das Prinzip der Erstattung der ungerechtfertigten Bereicherung.

d) Völkerrecht ist schwaches Recht

Im Vergleich zum nationalen Recht ist das Völkerrecht weniger effektiv und kaum einheitlich durchzusetzen, da es insbesondere an einer Gerichtsinstanz fehlt, die es einheitlich interpretieren und an Verwaltungsbehörden, die es wirksam durchführen könnten. Der Internationale Gerichtshof (IGH) in Den Haag, das Gericht der Vereinten Nationen ➢ s. Nr. 49 b), ee), ist nur zuständig bei Streitigkeiten zwischen Staaten, die sich seiner Gerichtsbarkeit allgemein – das haben nur wenige Staaten getan – oder ad-hoc unterworfen haben. Darüber hinaus ist die Auslegung des Völkerrechts vielfach von den politischen und wirtschaftlichen Interessen der Staaten geprägt, die sie vornehmen. Das zeigt sich etwa in den Diskussionen und Entscheidungen des Sicherheitsrates der UNO. Die in Art. 38 des IGH-Statuts vorgesehene Heranziehung der „Lehrmeinung der fähigsten Völkerrechtler der verschiedenen Nationen" bietet da keinen befriedigenden Ausweg, da auch diese Experten vielfach von den politischen Interessen der Staaten, denen sie angehören, geprägt sind.

Trotz der weiter bestehenden Schwäche des Völkerrechts gibt es eine Tendenz zu seiner Verdichtung und zur Einrichtung von internationalen Gerichten und anderen Streitschlichtungsinstanzen. Sie zeigt sich auf speziellen Sachgebieten, etwa dem Wirtschaftsrecht, dem internationalen Umweltschutz und dem Seerecht. Sie entspricht dem Interesse zahlreicher Staaten, in Zeiten zunehmender Globalisierung auch auf der internationalen Ebene über das hohe Maß an der Rechtssicherheit zu verfügen, das innerstaatlich selbstverständlich geworden ist. Beispiele sind der Seegerichtshof in Hamburg ➢ s. Nr. 56 a) (Eröffnung 2000), der Internationale Strafgerichtshof in Den Haag ➢ s. Nr. 50 b) (Eröffnung 2003) und die Streitbeilegungsinstanz der WTO in Genf ➢ s. Nr. 54 b). Neben dieser universalen Entwicklung des Völkerrechts ist ein starker, oft an dem Beispiel der Europäischen Union orientierter Ausbau regionaler politischer und wirtschaftlicher Organisationen festzustellen, die über Gerichte oder andere Streitschlichtungsinstanzen verfügen.

42 | Völkerrechtliche Verträge

Völkerrechtliche Verträge, die sich oft auch Charta, Abkommen, Übereinkommen, Pakt oder Satzung nennen, sind neben dem Gewohnheitsrecht die Hauptquelle des Völkerrechts. Sie regeln die Beziehungen zwischen den Vertragsstaaten. Auch internationale Organisationen können Verträge schließen.

Internationale Verträge, die zwischen zwei Staaten (bilaterale Verträge) oder zwischen mehreren Staaten (multilaterale Verträge) abgeschlossen werden können, regeln politische, technische, wirtschaftliche und steuerliche Fragen. Sie stellen eine in ständigem Wachstum befindliche Rechtsmasse dar, der in Deutschland eine eigene Gesetzessammlung, das Bundesgesetzblatt, Teil II, und auf der Ebene der UNO die über 1000 Bände umfassende United Nations Treaty Series (mit den Texten in der Originalsprache und in englischer und französischer Übersetzung) gewidmet ist.

Das **Wiener Übereinkommen über das Recht von Verträgen von 1969 (WVK)** enthält Regeln über den Abschluss, die Anwendung und die Auslegung von Verträgen. Es hat weitgehend das Gewohnheitsrecht auf diesem Gebiet festgelegt und gilt daher, soweit das der Fall ist, auch für diejenigen Staaten, die durch das Übereinkommen nicht gebunden sind.

Völkerrechtliche Verträge werden i. d. R. vom Staatsoberhaupt als Vertreter des Staates geschlossen (Art. 59 Abs. 1 S. 2 GG). In diplomatischen Vorverhandlungen wird zunächst ein Vertragsentwurf formuliert und abgezeichnet (paraphiert). Es folgt meist eine endgültige Festlegung des Vertragstextes durch ein Regierungsmitglied (Unterzeichnung). Im anschließenden parlamentarischen Zustimmungsverfahren, das nach Art. 59 Abs. 2 GG bei Verträgen vorgesehen ist, *„welche die politischen Beziehungen des Bundes regeln oder sich auf Gegenstände der Bundesgesetzgebung beziehen"*, wird der Vertrag vom Parlament angenommen und gleichzeitig transformiert, d. h. die völkerrechtlichen Vereinbarungen werden in das innerstaatliche Recht übernommen. Völkerrechtlich verbindlich wird der Vertrag erst durch die Ratifikation, d.h. durch die formelle Erklärung eines Staates gegenüber der (oder den) anderen Vertragspartei(en), durch den Vertrag gebunden zu sein. Diese Erklärung wird durch die Übergabe einer i. d. R. vom Staatsoberhaupt unterzeichneten Ratifikationsurkunde abgegeben. Bilaterale Verträge werden durch Austausch der Ratifikationsurkunden rechtlich verbindlich. Bei multilateralen Verträgen werden diese Urkunden meist bei der Regierung eines Staates hinterlegt, doch treten sie oft nur in Kraft, wenn sie von einer vertraglich festgelegten Mindestanzahl von Staaten ratifiziert worden sind.

Die Verletzung der innerstaatlichen Vorschriften über die Zuständigkeit zum Abschluss von Verträgen hat grundsätzlich keinen Einfluss auf ihre völkerrechtliche Wirksamkeit (Art. 46 WVK).

Verträge sind nach Art. 31 WVK auszulegen *nach Treu und Glauben in Übereinstimmung mit der gewöhnlichen, seinen Bestimmungen in ihrem Zusammenhang zukommenden Bedeutung und im Lichte seines Zieles und Zweckes.* Bei der Auslegung kann daher weitgehend auf den Effektivitätsgrundsatz (*„effet utile"*) und den Willen der Parteien abgestellt werden.

Eine grundlegende Änderung der dem Vertrag zugrunde liegenden wesentlichen Umstände kann gemäß Art. 62 einen Staat zum Rücktritt vom Vertrag berechtigen *(„clausula rebus sic stantibus")*.

43 | Die Beziehungen zwischen den Staaten

Die Grundsätze der Beziehungen zwischen den Staaten beruhen auf Gewohnheitsrecht. Mehrere von ihnen sind in der *Friendly Relations Declaration* der Generalversammlung der UNO (1970) zusammen gefasst worden.

Sie beinhalten vor allem

- Das Prinzip der **Souveränität**, das erst mit dem modernen Nationalstaat aufkam. Es bedeutet die äußere Unabhängigkeit gegenüber anderen Herrschern und Staaten, einschließlich des Rechts zum Krieg (*ius ad bellum*), und die Herrschaftsgewalt nach innen; die unbeschränkte Souveränität wird allerdings nach moderner Auffassung von den Regeln des Völkerrechts, insbesondere vom Gewaltverbot, beschränkt; eine Übertragung von Hoheitsrechten auf internationale Organisationen, etwa die Europäische Union, verstößt nicht gegen das Prinzip der Souveränität, da sie freiwillig erfolgt und grundsätzlich widerrufbar ist.
- Den Grundsatz der **Gleichheit der Staaten** unabhängig von ihrer Größe und ihrer politischen und militärischen Macht; in den Verfahrensregeln internationaler Organisationen gibt es allerdings teilweise Stimmrechtsvorschriften, die das Gewicht der Staaten von Einwohnerzahl und/oder Wirtschaftskraft abhängig machen.
- Das **Interventionsverbot** verbietet den Staaten und auch der UNO (Art. 2 Abs. 7 UN-Charta) in Angelegenheiten einzugreifen, *„die ihrem Wesen nach zur inneren Zuständigkeit eines Staates gehören“*. Es verbietet nicht nur die Anwendung und die Androhung von Gewalt, sondern auch die Einmischung in die politische, wirtschaftliche, soziale und kulturelle Organisation eines Staates. Seine Tragweite ist umstritten. Während die Unterstützung von Aufständischen und systematische Medienkampagnen, die zum Umsturz aufrufen, zweifelsohne dem Interventionsverbot widersprechen, ist fraglich, ob und inwieweit die Aufklärung über die politischen Verhältnisse, etwa Menschenrechtsverletzungen, oder aber wirtschaftspolitische Maßnahmen (Sanktionen in Form von Handelsembargos, Sperrung von Entwicklungshilfe, Einfrieren von Konten) das Interventionsverbot verletzen können.
- Die **Gebietshoheit**, die zur Folge hat, dass staatliche Hoheitsakte im Ausland nicht zulässig sind, etwa die Entführung von Personen durch Geheimdienste (Beispiel: Entführung des SS-Führers Eichmann aus Argentinien durch den israelischen Geheimdienst im Jahre 1970) oder das Eindringen staatlicher Flugzeuge und Schiffe in fremdes Territorium zu Spionagezwecken.
- Die **Personalhoheit** ergänzt die Gebietshoheit des Staates in Bezug auf seine Staatsangehörigen, die sich im Ausland aufhalten. Sie erlaubt ihm insbesondere diplomatische und konsularische Hilfe zu leisten, wenn diese völkerrechtswidrig behandelt werden oder sich sonst in Notlagen befinden.
- Die **Grundsätze des Fremdenrechts** stellen die Aufnahme fremder Staatsangehörige und ihre Ausweisung grundsätzlich in das Ermessen der Staaten. Doch müssen diese den Fremden einen rechtlichen Mindeststandard gewähren, der u. a. einen Rechtsschutz gegen hoheitliche Maßnahmen und das Verbot von Enteignungen ohne Entschädigung umfasst.

- Die **Verantwortlichkeit der Staaten** für von ihren Organen begangene rechtswidrige Verletzungen des Völkerrechts verpflichtet diese zur Beseitigung des rechtswidrigen Zustandes und zur Wiedergutmachung. Die *International Law Commission* hat 2001 einen Text verabschiedet, der die Prinzipien dieses Rechtsgebiets zusammen fasst, allerdings zu der schwierigen Frage einer eventuellen Gefährdungshaftung für gefährliche Tätigkeiten nicht klar Stellung nimmt (*Draft Articles on Responsibility of States for Internationally Wrongful Acts*).

Die **Abgrenzung der Hoheitsgewalt** zwischen den Staaten ist von großer praktischer Bedeutung, wenn ein Sachverhalt Beziehungen zu mehr als einem Staat aufweist. Es ist oft streitig, wann eine genügend legitimierende Anknüpfung an einen Staat vorliegt. Nach dem Lotus-Urteil des Ständigen Internationalen Gerichtshofs von 1927 durfte die Türkei einen französischen Offizier strafrechtlich verfolgen, der auf Hoher See eine Kollision verschuldet hatte, der acht türkische Seeleute zum Opfer gefallen waren.

Im internationalen Wirtschaftsrecht stellt sich die Frage, ob und unter welchen Umständen das innerstaatliche Kartellrecht auf Wettbewerbsbeschränkungen angewendet werden darf, die auf Gesellschaften mit Sitz im Ausland zurückgehen. Auf manchen Sachgebieten wird die Abgrenzung der Regelungskompetenz der Staaten in bilateralen oder multilateralen Verträgen geregelt. So besteht in dem sensiblen Bereich der direkten Steuern ein dichtes Netz von bilateralen **Doppelbesteuerungsabkommen**.

44 | Diplomatische und konsularische Vertretungen

Unter dem *Diplomatischen Korps* versteht man die Gesamtheit der bei einem Staat beglaubigten ständigen diplomatischen Vertreter fremder Staaten, also die Missionschefs. Sein Wortführer ist der *Doyen,* d. h. das älteste Mitglied, also der Botschafter oder Gesandte, der am längsten bei einer Regierung beglaubigt ist. In Staaten, bei denen ein *Apostolischer Nuntius* beglaubigt ist, wird dieser in der Regel als Doyen anerkannt. Im weiteren Sinne zählt man zum Diplomatischen Korps alle Mitglieder der Vertretungen und deren Familienangehörige, die zu den Diplomatenlisten anzumelden sind.

Den diplomatischen Vertretern sind Botschafts- und Legationsräte, Sekretäre, Attachés und Büropersonal beigegeben. Das entsendende Land fragt vor der Entsendung beim Empfangsstaat an, ob ihm die Person des Vertreters genehm ist. Wird das sog. *Agrément* erteilt, so überreicht der Entsandte dem Staatsoberhaupt des fremden Staates sein *Beglaubigungsschreiben.* Die diplomatischen Vertreter vermitteln den politischen Verkehr zwischen den Regierungen des eigenen und des fremden Staates. Sie wirken i. d. R. bei Verträgen beider Staaten und beim Austausch von *Noten* mit.

Konsuln sind bevollmächtigte Vertreter eines Staates ohne diplomatischen Status; ihnen obliegt die Wahrnehmung von wirtschaftlichen Belangen und anderen Interessen von Angehörigen des Entsendestaates.

Sie residieren meist an wichtigen Handelsplätzen. Sie können Berufsbeamte oder Wahlkonsuln (Honorarkonsuln) sein. Das Gastland genehmigt die Tätigkeit des Konsuls mit dem sog. *Exequatur.*

Die Diplomaten – und in beschränktem Umfang die Konsuln – genießen in dem fremden Staat Unverletzlichkeit (diplomatische Immunität) und Extraterritorialität. Sie werden so behandelt, als ob sie sich im Ausland befänden. Ihre Wohnungen und Amtsräume sind vor fremden Zugriff geschützt; sie sind von direkten Steuern, Zöllen und Abgaben des fremden Staates befreit. Eine Ausnahme besteht, wenn von den Amtsräumen aus Verbrechen begangen werden (Beispiel: Aus dem lybischen Volksbüro in London heraus wurden im Jahre 1984 Demonstranten erschossen).

Die Wiener Übereinkommen von 1961 über diplomatische Beziehungen und von 1963 über konsularische Beziehungen enthalten die Regeln über die Aufgaben und die rechtliche Stellung der Diplomaten und Konsuln.

Das Übereinkommen von 1961 regelt insbesondere die Rechtsstellung und den Schutz der Missionsangehörigen, die Begrenzung des Personalbestandes (in Hinblick auf die Gefahr, dass Botschaften als Zweigstellen des Geheimdienstes des Entsendestaates dienen), die Unverletzlichkeit der Missionsangehörigen und der von ihnen benutzten Gebäude und Archive, Abgabenfreiheit, Gewährleistung des Verkehrs mit dem Heimatland (Kuriergepäck) und die Erklärung des Diplomaten zur unerwünschten Person *(persona non grata),* die dem Empfangsstaat ohne Angabe von Gründen frei steht.

Die *persönliche Unverletzlichkeit* umfasst u. a. die grundsätzliche *Befreiung von der Gerichtsbarkeit* des Empfangsstaates im Rahmen des Wiener Übereinkommens. Sie gilt im Bereich der Strafgerichtsbarkeit ausnahmslos und grundsätzlich auch für die Zivilgerichtsbarkeit. Die Unverletzlichkeit des *Gesandtschaftsgebäudes* verbietet das Eindringen von Amtsträgern des Empfangsstaates (z. B. Polizei, Gerichtsvollzieher) in das Dienstgebäude der ausländischen Mission und in die Wohnung des Diplomaten. Sie umfasst aber nach neuerem Völkergewohnheitsrecht nicht mehr das Recht, einem politisch Verfolgten auf längere Zeit diplomatisches *Asyl* zu gewähren, sondern gibt nur die Möglichkeit, ihn bei Gefahr für Leib oder Leben vorübergehend zu schützen; er muss dann aber den Behörden des Empfangsstaates übergeben werden, wobei eine den allgemeinen Rechtsgrundsätzen entsprechende Behandlung ausbedungen werden kann. (Beispiel: Der ungarische Kardinal *Joszef Midszenty,* der nach den Volksaufstand von 1956 15 Jahre in der Botschaft der USA in Budapest verbrachte).

45 | Friedenssicherung

a) Entwicklung und Prinzipien

Bis in die Mitte des 19. Jahrhunderts wurde das Recht der Staaten, Kriege zu führen, nicht als Gegenstand des Völkerrechts betrachtet. Bemühungen um Frieden gehörten eher in den Bereich der Philosophie (so etwa in *Immanuel Kants* Werk *Zum ewigen Frieden*). In Anbetracht des enormen Leidens, den Kriege über Zivilisten und Soldaten brachten, wurden zunächst in mehreren Konventionen den Staaten für die Kriegsführung, die Behandlung der Kriegsgefangenen und der Zivilbevölkerung Regeln auferlegt (insbesondere die Rot-Kreuz-Konventionen und die Haager Abkommen von 1899 und 1907 ➢ s. Nr. 47. Aber erst seit dem Ende des Ersten Weltkriegs steht vor allem die Verhütung von Kriegen und die Aufrechterhaltung des Friedens im Zentrum der völkerrechtlichen Bemühungen. Die **Völkerbundsatzung** von 1919 enthielt allerdings noch kein allgemeines Gewaltverbot, sondern beschränkte sich darauf, in Art. 11 vorzusehen, dass sich der Völkerbundsrat mit Fällen von Krieg und drohendem Krieg befassen und geeignete Maßnahmen vorschlagen muss. Erst mit dem Vertrag über die Ächtung des Krieges von 1928 **(Kellogg-Pakt)** verzichteten die wichtigsten Staaten auf den Krieg als Werkzeug nationaler Politik. Doch konnten der Völkerbund und der Kellogg-Pakt weder die Angriffe Italiens auf Korfu (1923) und Äthiopien (1935) noch die Intervention Japans in der Mandschurei (1935) und vor allem nicht den Ausbruch des Zweiten Weltkriegs verhindern.

Die **Charta der Vereinten Nationen** ➢ s. Nr. 49 a) von 1945 betrachtet es dagegen als ihr hervorragendes Ziel *„den Weltfrieden und die internationale Sicherheit zu wahren"* (Art. 1 Nr. 1 UN-Charta) und legt in Art. 2 Nr. 4 ein allgemeines Gewaltverbot fest:

Alle Mitglieder unterlassen in ihren internationalen Beziehungen jede gegen die territoriale Unversehrtheit oder die politische Unabhängigkeit eines Staates gerichtete oder sonst mit den Zielen der Vereinten Nationen unvereinbare Androhung oder Anwendung von Gewalt.

Der Sicherheitsrat der UNO ➢ s. Nr. 49 b) aa) ist das Organ, dem die *„Hauptverantwortung für die Wahrung des Weltfriedens und der internationalen Sicherheit"* zukommt (Art. 24) und dessen Beschlüsse die Mitgliedstaaten der UNO durchführen müssen (Art. 25).

Gewalt darf von Staaten gemäß der UN-Charta nur ausgeübt werden

- im Rahmen des von Art. 51 garantierten Rechts der Selbstverteidigung und
- im Rahmen der vom Sicherheitsrat der UNO wegen Bedrohung oder Bruch des Friedens beschlossenen militärischen Sanktionsmaßnahmen nach Art. 42 der Charta.

b) Das Gewaltverbot

Was ist **Gewalt** im Sinne der UN-Charta und was erlaubt das Recht auf Selbstverteidigung?

Zweifelfrei stellt ein Angriff auf einen anderen Staat eine unerlaubte Gewaltausübung dar. So war die Besetzung Kuwaits durch den Irak im Jahre 1990 völkerrechtswidrig. Dies hatte der Sicherheitsrat der UNO in mehreren Resolutionen festgestellt und schließlich mit der Resolution Nr. 678 vom 29. November 1990 die Staaten, die Kuwait unterstützten, zum militärischen Eingreifen für den Fall autorisiert, dass sich der Irak bis zum 15. Januar 1991 den UN-Resolutionen nicht fügt.

Doch angesichts der unterschiedlichen Typen von Gewaltausübung, die in der zweiten Hälfte des 20. Jahrhunderts aufgetreten sind, haben sich den Gremien der Vereinten Nationen, dem Internationalen Gerichthof in Den Haag und der Völkerrechtswissenschaft zahlreiche Zweifelsfragen gestellt, die durchaus unterschiedlich beantwortet werden. Es geht dabei um die Aktivitäten von Befreiungsbewegungen im Rahmen der Dekolonisation, um Bürgerkriege mit rassistischem und religiösem Hintergrund, das Phänomen des grenzüberschreitenden Terrorismus und unkontrollierte Gewaltausbrüche in zusammenbrechenden Staaten (*failed states*). Auch die Frage der Zulässigkeit einer Gewaltanwendung aus humanitären Gründen, insbesondere um einen Völkermord zu verhindern (**humanitäre Intervention**), stellt sich.

Die völkerrechtliche Praxis der letzten Jahre bietet viele Beispielsfälle:

- Darf trotz des Gewaltverbots ein Staat militärisch in einem anderen Staat intervenieren, wenn er dazu von der legalen Regierung, die in einen **Bürgerkrieg** verwickelt ist, aufgefordert worden ist? Damit rechtfertigte die Sowjetunion ihre Intervention in Afghanistan (1979) und die Vereinten Staaten ihr Eingreifen in Grenada (1983). Das ist umstritten, so wie auch die Zulässigkeit der Intervention eines dritten Staates auf der Seite der von der legalen Regierung als Aufständische bezeichneten Bürgerkriegspartei durchaus fraglich ist.
- Kann ein Staat in Ausübung des **Selbstverteidigungsrechts** gegen einen Staat vorgehen, der bewaffnete Banden, Söldner oder Terroristen auf sein Territorium gesandt hat (indirekte Aggression) oder solche Aktionen nicht verhindert hat? Nach den Terroranschlägen vom 11. September 2001 auf das World Trade Center stellte sich die Frage, welche Kriterien erfüllt sein müssen für ein Eingreifen in einem anderen Staat, wenn eine Terrororganisation international operiert und keinem Staat klar die Verantwortung für ihre Aktivitäten zugeordnet werden kann. Das Eingreifen der NATO in Afghanistan im Oktober 2001 ist vom Sicherheitsrat wegen des Vorliegens eines „bewaffneten Angriffes“ gebilligt worden. Denn die afghanische Taliban Regierung hatte die für die Anschläge vom 11. September 2001 verantwortliche Organisation Al Qaida unterstützt und ihr das Land als Operationsbasis zur Verfügung gestellt. Die NATO hatte aus dem Anlass dieser Intervention erstmals in ihrer Geschichte das Vorliegen des Bündnisfalles nach Art. 5 NATO-Vertrag (bewaffneter Angriff gegen einen Partnerstaat) bejaht.
  Die militärischen Aktionen, die Israel im Sommer 2006 im Libanon geführt hat, nachdem die von dort operierenden Hizbullah-Milizen zwei israelische Soldaten entführt hatten, verstießen gegen den Grundsatz der Verhältnismäßigkeit der Selbstverteidigung.
- Angesichts der geringen Vorwarnzeit und der schrecklichen Wirkung des Einsatzes moderner Waffensysteme stellt sich die Frage, ob und unter welchen Bedingungen eine **präventive Selbstverteidigung** (*preemptive auto-defense*) zulässig ist, zu der sich die USA im Rahmen ihrer erstmals im September 2002 formulierten (und im März 2006 bestätigten) Neuen Nationalen Sicherheitsstrategie bekannt haben.

Die präventive Zerstörung der ägyptischen Luftwaffe durch Israel im Sechstagekrieg (1967) ist wohl als Verteidigungsmaßnahme gerechtfertigt gewesen, da ein Angriff auf Israel unmittelbar bevorstand. Dagegen kann der Angriff der USA und mehrerer anderer Staaten auf den Irak im März 2003 nicht als Verteidigungsmaßnahme qualifiziert werden, da jedenfalls keine unmittelbare Bedrohung der intervenierenden Staaten gegeben war. Der Irak war im November 2002 durch die Resolution Nr. 1441 des Sicherheitsrates aufgefordert worden, sämtliche Massenvernichtungswaffen zu zerstören und dies durch Waffeninspekteure der UNO kontrollieren zu lassen. Da der Irak nach Auffassung insbesondere der USA und Großbritanniens dieser Resolution nicht nachgekommen war, griffen sie auch ohne die Billigung des Sicherheitsrates den Irak an.

– Ist trotz des Gewaltverbotes eine **militärische Intervention aus humanitären Gründen** bei schweren systematischen, von staatlichen Stellen ausgehenden Menschenrechtsverletzungen zulässig? Im Falle des von der NATO vorgenommenen Militäreinsatzes (Bombardierung) in Serbien 1999, der sich gegen die serbische Politik der Vertreibung albanischer Bewohner des Kosovo richtete, hatte der Sicherheitsrat zwar 1998 eine Bedrohung des Friedens gemäß Art. 39 UN-Charta festgestellt, aber in der Folge einen Streitkräfteeinsatz nach Art. 42 UN-Charta abgelehnt. In der völkerrechtlichen Lehre wird zwar vielfach die Meinung vertreten, dass in Fällen extremer Menschenrechtsverletzung ein solcher militärischer Eingriff zulässig ist, wenn er sich streng an den Verhältnismäßigkeitsgrundsatz hält, doch wird man noch nicht davon ausgehen können, dass sich eine entsprechende Regel des Völkergewohnheitsrechts gebildet hat, da zahlreiche Staaten, unter anderem auch China, das Konzept der humanitären Intervention nicht anerkennen.

c) Friedenssicherung durch die UNO

Nach dem Kapitel VII der UN-Charta (Art. 39 ff.) ist es Aufgabe des Sicherheitsrats, das Vorliegen einer Bedrohung oder eines Bruch des Friedens oder einer Angriffshandlung festzustellen und ggf. durch Empfehlungen oder durch Sanktionen nach den Art. 41 und 42 tätig zu werden. **Friedliche Sanktionen** i. S. v. Art. 41 können insbesondere im Abbruch der diplomatischen Beziehungen und in der Unterbrechung von Wirtschafts-, Verkehrs- und Telekommunikationsverbindungen bestehen. Wenn sich diese als unzulänglich erweisen, kann der Sicherheitsrat **militärische Maßnahmen** beschließen, um den Frieden zu wahren oder wieder herzustellen. Nach dem Wortlaut des Art. 43 haben die Mitglieder der UNO dem Sicherheitsrat zur Durchführung dieser Sanktionen nach Maßgabe von Sonderabkommen Streitkräfte zur Verfügung zu stellen. In der Praxis überlässt allerdings der Sicherheitsrat die Durchsetzung der von ihm festgelegten Zwangsmaßnahmen den zum militärischen Eingreifen bereiten Staaten (der sog *„coalition of the willing"*), in deren Händen die militärische Führung der Aktion liegt. In manchen Fällen wird die Durchführung des Zwanges auch regionalen Organisationen überlassen, was in Art. 53 UN-Charta vorgesehen ist. So wurden die Afrikanische Union ➢ s. Nr. 52 b), die Europäische Union und die NATO ➢ s. Nr. 53, im Auftrag des Sicherheitsrates tätig. In Deutschland bedarf der Einsatz der Bundeswehr im Rahmen von UN-Aktionen nach einer Entscheidung des Bundesverfassungsgerichtes aus dem Jahre 1994 der vorherigen Zustimmung des Bundestages ➢ s. Nr. 183 a) aa).

Eine besondere Form der friedenssichernden Maßnahmen ist die Entsendung von **UN-Friedenstruppen** (*peace keeping forces*), den sog. Blauhelmen. Solche Operationen, die in der UN-Charta nicht ausdrücklich vorgesehen sind und die das Einverständnis der Streitparteien voraussetzen, werden beschlossen, wenn Kampfhandlungen zwischen den Streitparteien nicht (mehr) stattfinden und die Präsenz der UN-Truppen der Einhaltung von Waffenstillstands-, Entflechtungs- und Rückzugsabkommen dienen kann. Die erste größere Friedensmission fand 1956 in der Folge des Suez-Kanal Konflikts statt, als die UNO die UNEF 1 (First United Nations Emergeny Force) als Pufferstreitmacht zwischen Ägypten und Israel einsetzte. Seitdem haben über 50 solcher Einsätze statt gefunden, von denen einige sich über viele Jahre erstreckten. Im Jahre 2003 etwa wurden in 14 Friedensmissionen ca. 40.000 Militär- und Zivilpersonen eingesetzt, u.a. im Kaschmir, im Libanon, in der West-Sahara, im Kosovo, in der Demokratischen Republik Kongo und in Ost-Timor. Die Blauhelme stammen überwiegend aus Entwicklungsländern, insbesondere aus Bangladesh und Pakistan.

Das Mandat der Friedensmissionen ist teilweise über die militärische Aufgabe hinaus auf Funktionen im Verwaltungsbereich und die polizeiliche Arbeit erstreckt worden. So bemüht sich die UNO im Kosovo seit 1999 in Ergänzung zu der militärischen Friedenssicherung durch die NATO-Truppe (KFOR) im Rahmen der Operation UNMIK um den Aufbau einer zivilen Übergangsverwaltung. So hatte die EU 2006 auf die Aufforderung des Sicherheitsrats hin eine multinationale Friedenstruppe in die Demokratischen Republik Kongo entsandt, um die dort stattfindenden Wahlen abzusichern (EUFOR RD CONGO), darunter 780 Soldaten der Bundeswehr.

Eine weitere Entwicklung der Friedensmissionen besteht darin, den UN-Truppen die begrenze Anwendung von militärischer Gewalt zur Durchsetzung des ihnen erteilten Mandats zu erlauben (*robust peace keeping*). Sie beruhte auf den schlechten Erfahrungen, die die UNO 1993 mit der Einrichtung von Schutzzonen in Bosnien-Herzegowina (Operation UNPROFOR) und der Absicherung von humanitären Aktionen in Somalia (Operation UNOSOM) gemacht hatte, in deren Rahmen Massaker nicht verhindert werden konnten und – im Falle von Somalia – die Friedenstruppen selbst Ziel von Angriffen sich befeindender Milizen wurden. Die „robusten" Friedensmissionen müssen, soweit sie militärisches Vorgehen erlauben, vom Sicherheitsrat nach Art. 42 autorisiert werden.

In der Folge der kriegerischen Auseinandersetzungen, die im Sommer 2006 zwischen Israel und den Hizbullah-Milizen im Libanon stattfanden, hat der Sicherheitsrat mit der Resolution 1701 (2006) das Mandat der in dieser Region bereits operierenden UNFIL (United Nations Interim Force in Lebanon) so ausgeweitet, dass sie auch militärische Maßnahmen ergreifen kann, insbesondere, um die Einschleusung von Waffen zu verhindern.

46 | Abrüstung und Abrüstungskontrolle

a) Entwicklung

Angesichts der Gefahren, die von der Existenz moderner, insbesondere nuklearer Waffensysteme ausgehen, sind seit über 50 Jahren multilaterale und bilaterale (zwischen den USA und der Sowjetunion bzw. Russland geschlossene) Abrüstungsabkommen von größter praktischer Bedeutung.

Schon im 19. Jahrhundert kam es zu ersten Abkommen, so dem *Rush-Bagot-Agreement (*1817*)* zwischen den USA und dem Vereinigten Königreich, das die Höchstzahl der Kriegsschiffe auf den (nordamerikanischen) Grossen Seen festlegte und die Entwaffnung der übrigen Kriegsschiffe vorsah. Die 1. Haager Friedenskonferenz von 1899 diskutierte zwar Fragen der Abrüstung, konnte sich aber auf diesem Gebiet nicht auf ein Übereinkommen einigen.

Nachdem im Versailler Vertrag und in den Parallelverträgen Deutschland und den anderen Verliererstaaten des Ersten Weltkriegs einseitig Abrüstungsverpflichtungen auferlegt worden waren (für Deutschland war die Heeresstärke auf 100.000 Mann beschränkt), bemühte sich der **Völkerbund** gemäß Art. 8 seiner Satzung um die Verabschiedung einer umfassenden Abrüstungskonvention. Die von ihm einberufene **Abrüstungskonferenz von 1932/32** scheiterte jedoch. Doch wurden in dem Washingtoner Abkommen von 1922 Regeln über die Begrenzung der Seerüstung und in dem Londoner Abkommen von 1930 solche über die Abrüstung von Schlachtschiffen vorgesehen. Mit dem Genfer Protokoll von 1925 wurde die Verwendung von Gasen sowie bakteriologischen Mitteln im Kriege verboten.

In der Folge des Zweiten Weltkriegs und insbesondere unter dem Eindruck der Atomwaffenabwürfe in Hiroshima und Nagasaki (1945) wurden die Bemühungen um Rüstungsbeschränkung signifikant verstärkt. Dabei spielten die Verhandlungen zwischen den **nuklearen Supermächten USA und Sowjetunion** eine besondere Rolle, da jeder dieser Staaten die Möglichkeit zur mehrfachen Vernichtung der Menschheit **(overkill-Kapazität)** hatte. Angesichts des gegenseitigen Misstrauens der über moderne Waffensysteme verfügenden Staaten und in Hinblick auf die technische Natur dieser Systeme waren dabei – und sind weiterhin – Fragen der Kontrolle der vereinbarten Beschränkungen von Waffensystemen von größter praktischer Bedeutung. Auch wurden vielfach vertrauensbildende Maßnahmen, ein systematischer Informationsaustausch und Kommunikationsverfahren für den Krisenfall vorgesehen. So wurde 1963 zwischen den USA und der Sowjetunion ein *„Hot Line Agreement"* abgeschlossen und 1987 ein Abkommen über die Einrichtung von *Zentren zur Verminderung des nuklearen Risikos.*

Eine ergänzende Funktion zur Abrüstungskontrolle kommt dem von der UNO geführten Waffenregister für konventionelle Waffen zu, das einen Überblick über Waffenexporte gibt, sowie den Vereinbarungen über den Export von sensitiven Waffentechnologien, von denen die wichtigste der **Vertrag über die Nichtverbreitung von Kernwaffen (Non-Proliferation Treaty) von 1968** ist.

b) Multilaterale und bilaterale Abkommen

Die Generalversammlung der UNO hat sich nach Art. 11 der Charta mit den **Grundsätzen für die Abrüstung und Rüstungsregelung** zu befassen und hat auf diesem Gebiet zahlreiche Initiativen entfaltet. Diese beruhten meistens auf den Arbeiten der *Abrüstungskommission* der UNO und denen der zwar organisatorisch von der UNO getrennten, ihr aber zuarbeitenden, *Genfer Abrüstungskonferenz*. Allerdings sind die bald nach 1945 eingeleiteten Bemühungen um eine allgemeine und vollständige Abrüstung gescheitert, und zwar insbesondere an der zwischen den USA und der Sowjetunion streitigen Frage der Kontrolle des Rüstungsabbaus. Doch wurden für spezielle Waffenarten nach 1963 einige wichtige multilaterale Abrüstungsverträge abgeschlossen, insbesondere die **Übereinkommen über das Verbot von biologischen (1972) und chemischen (1993) Waffen.** Letzteres sieht weitgehende Verifikationsverfahren vor und hat zu deren Durchführung eine eigene, in Den Haag ansässige, Organisation vorgesehen. Mit dem **Vertrag über das Verbot von Kernwaffenversuchen in der Atmosphäre, im Weltraum und unter Wasser (1963)** sind alle Kernexplosionen, die nicht unterirdisch stattfinden, verboten worden. Der Vertrag von 1996, der jede Art von Nuklearversuchen verbietet, ist noch nicht in Kraft getreten. Auf dem Gebiet der konventionellen Waffen wurde mit dem **Übereinkommen von Ottawa über das Verbot von Antipersonenminen (1997)** erstmalig eine Waffenart vollständig verboten. Allerdings haben China, Russland und die USA diesen Vertrag nicht unterzeichnet.

Von besonderer Bedeutung ist der **Vertrag über die Nichtverbreitung von Kernwaffen (1968).** Er verbietet es den Atommächten (Kernwaffenstaaten), Nichtkernwaffenstaaten Kernwaffen zur Verfügung zu stellen oder sie bei der Herstellung solcher Waffen zu unterstützen. Die Nichtkernwaffenstaaten dürfen sich keine Verfügungsgewalt über Kernwaffen verschaffen. Die **Internationale Atomenergie-Organisation** in Wien überprüft die Einhaltung dieser Verpflichtungen und soll insbesondere verhindern, *„dass Kernenergie von der friedlichen Nutzung abgezweigt und für Kernwaffen oder sonstige Kernsprengkörper verwendet wird".*

Die praktische Wirksamkeit des Abkommens wird dadurch beschränkt, dass ihm Indien, Israel und Pakistan nicht beigetreten sind und Nuklearwaffen haben entwickeln können. Nordkorea ist von dem Vertrag 2003 zurück getreten und verfügt über Atomwaffen. Bei einigen an den Vertrag gebundenen Staaten, die ihre zivile Kerntechnologie entwickeln, stellt sich die Frage, wie deren Gebrauch für militärische Zwecke durch effektive Kontrollen und/oder politischen Druck verhindert werden kann. In Bezug auf die nuklearen Aktivitäten des Iran, der an den Nichtverbreitungsvertrag gebunden ist, hat der Sicherheitsrat am 23. Dezember 2006 mit der Resolution 1737 (2006) ein weitgehendes Handels- und Finanzembargo beschlossen, das sich auf nukleare Erzeugnisse und Verfahren bezieht, die der Herstellung von Kernwaffen dienen können.

Zwischen den USA und der Sowjetunion kam es im Rahmen der Entspannungspolitik der 70-er Jahre zum Abschluss einiger wichtiger Verträge: Die **SALT I und II Abkommen von 1972 und 1979** (SALT = Strategic Arms Limitation Talks) sahen Rüstungsbeschränkungen für Trägerraketen, Fernbomber und Raketenabwehrsysteme vor und wurden ergänzt durch den **Vertrag über die Begrenzung von Systemen zur Abwehr ballistischer Raketen** (ABM-Vertrag; 1972). Der ebenfalls grundlegende **Vertrag über die Beseitigung von Flugkörpern mittlerer und kürzerer Reichweite (1987)** schrieb Überprüfungsverfahren vor, die von einer Verifikationskommission zu überprüfen waren.

In dem **START I Vertrag (1991)** (START = Strategic Arms Reduction Talks) haben die USA und die Sowjetunion die Begrenzung der strategischen nuklearen Trägersysteme auf 1600 und die der nuklearen Sprengkörper auf 6000 vorgesehen. Der Vertrag, dessen Ziele im Wesentlichen erreicht wurden, sieht ein Verifikationssystem vor, das es den Vertragsparteien unter anderem erlaubt, die Produktionsstätten für Interkontinentalraketen der Gegenseite zu inspizieren. Mit dem **START II Vertrag (1993)** und der **SORT-Vereinbarung (2002)** (SORT = Strategic Offensiv Reductions Treaty) haben sich die USA und Russland auf eine weitere Beschränkung der landgestützten Interkontinentalraketen und der Nuklearsprengköpfe geeinigt. Die vereinbarten Inspektionen erfassen auch die Anlagen, in denen Raketen entsprechend den Verträgen zerstört werden. Allerdings ist das mit diesen Verträgen angestrebte *„Gleichgewicht des Schreckens"* dadurch gestört worden, dass die USA Ende 2001 von dem ABM-Vertrag zurückgetreten sind.

Auf regionaler Ebene wurden 1990 im Rahmen der OSZE ➤ s. Nr. 51 c) mit dem **Vertrag über konventionelle Streitkräfte in Europa (KSE)** zwischen der NATO und dem Warschauer Pakt Obergrenzen für Kampfpanzer und andere Waffensysteme vereinbart und Verfahren zur Kontrolle ihrer Einhaltung vorgesehen. Nach der Auflösung des Warschauer Paktes gelang es, die vereinbarten Regeln an die neue geopolitische Lage in Europa anzupassen und insbesondere territorial differenzierte Beschränkungen der Truppenstärken und Waffenarsenale festzuschreiben.

Beispiele von regionalen Rüstungskontrollvereinbarungen außerhalb Europas sind:

- der **Antarktis-Vertrag (1959)**, der jegliche militärische Aktivität auf diesem Kontinent verbietet;
- der Vertrag von Tlatelolco (1967), mit dem für Lateinamerika eine nuklearwaffenfreie Zone vereinbart worden ist; in Anlehnung an diesen Vertrag sind auch für Gebiete im Südpazifik, Südostasien und Afrika **kernwaffenfreie Zonen** eingerichtet worden.

47 | Das Völkerrecht in bewaffneten Konflikten

Dieses auch als **Kriegsvölkerrecht** oder **humanitäres Völkerrecht** bezeichnete Rechtsgebiet enthält Regeln für die zulässige Kriegsführung. Diese gelten unabhängig davon, welche der Kriegsparteien den Konflikt mit einer „Angriffshandlung" i.S.v. Art. 51 der UN-Charta begonnen hat. Es verbietet grundsätzlich Angriffe auf die Zivilbevölkerung, definiert den Begriff der „Kombattanten", die allein Schädigungshandlungen vornehmen dürfen, und regelt den Schutz von verwundeten Soldaten und Kriegsgefangenen. Das Kriegsvölkerrecht verbietet außerdem bestimmte Waffenarten und Kampfmethoden, etwa den Gebrauch von Dumdum-Geschossen, und hat insofern Berührungspunkte mit dem Rüstungskontrollrecht.

Die Rechtsquellen des Kriegsvölkerrechts sind zum einen die **Rot-Kreuz-Konventionen**, die auf die Initiative des Schweizers *Henri Dunant* zurückgehen, der später der erste Träger des Friedensnobelpreises wurde. Eine von der Schweizer Regierung einberufene Konferenz führte 1864 zur Unterzeichnung der ersten dieser Konventionen. Zum anderen beruht es auf den **Haager Abkommen**, von denen das erste 1899 die Gesetze und Gebräuche des Landkrieges und des Seekrieges normiert hatte. Von den 13 Haager Abkommen von 1907 hat vor allem die **Haager Landkriegsordnung** eine große Bedeutung erlangt und ist zum völkerrechtlichen Gewohnheitsrecht geworden.

Heute ist das einschlägige Völkerrecht in den vier Genfer Abkommen von 1949, die fast alle Staaten der Welt ratifiziert haben, und dem Zusatzprotokoll I (ZP I) über den Schutz der Opfer internationaler bewaffneter Konflikte (1977) und dem Zusatzprotokoll II (ZP II) über den Schutz der Opfer nicht internationaler bewaffneter Konflikte (1977) zusammen gefasst *(I. Genfer Abkommen zur Verbesserung des Loses der Verwundeten und Kranken der Streitkräfte im Feld, II. Genfer Abkommen zur Verbesserung des Loses der Verwundeten, Kranken und Schiffbrüchigen der Streitkräfte zur See, III. Genfer Abkommen über die Behandlung der Kriegsgefangenen und IV. Genfer Abkommen zum Schutz der Zivilpersonen in Kriegszeiten)*.

Das **Verbot der Waffenanwendung gegen die Zivilbevölkerung** verpflichtet die Kriegsparteien *„jederzeit zwischen der Zivilbevölkerung und Kombattanten sowie zwischen zivilen Objekten und militärischen Zielen"* zu unterscheiden (Art. 48 ZP I). Unter dieses Verbot fallen Flächenbombardierungen bewohnter Gebiete, doch ist umstritten, ob die Infrastruktureinrichtungen eines Landes, etwa Verkehrsnetze, als militärische Ziele angesehen werden dürfen. Fraglich ist auch, ob diese Bestimmung den Einsatz von Massenvernichtungsmitteln verbietet, bei deren Gebrauch nicht zwischen militärischen und anderen Zielen unterschieden werden kann. Mehrere Staaten haben das bei der Ratifizierung des ZP I durch Erklärungen ausgeschlossen.

Spezielle Schutzvorschriften für Kulturgüter enthält die Konvention zum Schutz von Kulturgut bei bewaffneten Konflikten (1954).

„**Kombattanten**", denen im Falle ihrer Festnahme der Status eines Kriegsgefangenen zukommt, müssen nach Art. 44 ZP I grundsätzlich als solche erkennbar sein. Allerdings müssen sie nicht notwendig eine Uniform tragen. Bei den sog. Guerilla-Kämpfern genügt das offene Tragen der Waffen. Die während der Operation *„Enduring Freedom"* von den USA in Afghanistan seit Oktober 2001 festgenommenen und in das Gefangenenlager *Guantánamo* auf Kuba verbrachten Kämpfer wurden von den USA nicht als Kriegsgefangene angesehen. Das wird überwiegend als Verstoß gegen die Genfer Abkommen angesehen, soweit es sich um die Taliban Kämpfer handelte, wobei es unerheblich ist, dass die Taliban-Regierung völkerrechtlich nicht anerkannt war. Soweit die nach Guantánamo verbrachten Kämpfer Angehörige der Terrororganisation Al Qaida waren und ihr Status als Kriegsgefangene deshalb zweifelhaft ist, müssten sie nach Art. 5 des III. Genfer Abkommens bis zu einer gerichtlichen Entscheidung über diese Frage als solche behandelt werden.

Kriegsgefangene sind gemäß Art. 13 der III. Genfer Konvention „mit Menschlichkeit" zu behandeln. Dagegen haben im zweiten Irakkrieg sowohl die USA verstoßen, da amerikanische Soldaten Kriegsgefangene in dem *Gefängnis Abu Ghraib* in Bagdad misshandelt haben, als auch der Irak, der amerikanische Kriegsgefangene gezwungen hat, im Fernsehen US-feindliche Texte zu verlesen.

48 | Internationaler Menschenrechtsschutz

a) Universeller Menschenrechtsschutz

Allgemeine völkerrechtliche Regelungen des Menschenrechtsschutzes sind erst nach dem Zweiten Weltkrieg im Rahmen der Vereinten Nationen verabschiedet worden, nachdem auf staatlicher Ebene bereits im 17. und 18. Jahrhundert in England, den Vereinigten Staaten und Frankreich Grundrechte garantiert worden waren ➤ s. Nr. 65 a). Allerdings gab es bereits vor dem Zweiten Weltkrieg einige internationale Regelungen, so das Verbot des Sklavenhandels in der Schlussakte des Wiener Kongresses (1815) und die Übereinkommen gegen den Mädchenhandel (1904) und die Zwangs- oder Pflichtarbeit (1930).

In der UN-Charta (1945) bekennen sich die Unterzeichnerstaaten zur Achtung und Verwirklichung der Menschenrechte und Grundfreiheiten für alle ohne Unterschied der Rasse, des Geschlechts, der Sprache oder der Religion.

In der **Allgemeinen Erklärung der Menschenrechte** (1948) hat die Generalversammlung der UNO diese Rechte ausformuliert, einschließlich der politischen (z.B. Wahlrecht) und sozialen Rechte (z.B. Recht auf Arbeit).

Im Jahre 1966 sind dann zwei grundlegende universelle Menschenrechtsinstrumente unterzeichnet worden, nämlich der **Internationale Pakt über bürgerliche und politische Rechte** und der **Internationale Pakt über wirtschaftliche, soziale und kulturelle Rechte**, die 1976 in Kraft getreten sind. Sie beruhen auf den Arbeiten der nach Art. 68 UN-Charta eingerichteten **Menschenrechtskommission.**

In beiden Pakten ist in Art. 1 dem jeweiligen Katalog der individuellen Menschenrechte ein kollektives Recht, nämlich das Recht auf Selbstbestimmung der Völker, vorangestellt worden. Daran drückt sich das zur Zeit ihrer Unterzeichnung noch nicht abgeschlossenen weltweite Bemühen um Dekolonisation aus.

Auf der Ebene der individuellen Rechte schützt der **Pakt über bürgerliche und politische Rechte** insbesondere das Recht auf Leben und Freiheit, die Freizügigkeit (auch das Recht das eigene Land zu verlassen), Gewissens-, Meinungs- und Religionsfreiheit, Versammlungs- und Koalitionsrecht, Schutz der Ehe, der Familie und des Kindes, Gleichheit vor dem Gesetz, Gleichheit der Geschlechter, richterliche Haftkontrolle und Anspruch auf ein rechtsstaatliches Verfahren (fair trial) sowie das Verbot von Sklaverei und Zwangsarbeit. Der Pakt sieht darüber hinaus das Recht der Angehörigen von Minderheiten vor, ihr eigenes kulturelles Leben zu pflegen, ihre Religion zu bekennen und sich ihrer eigenen Sprache zu bedienen.

Der **Pakt über wirtschaftliche, soziale und kulturelle Rechte** postuliert u.a. die Rechte auf Arbeit und angemessene Entlohnung, auf gleiches Entgelt für gleichwertige Arbeit, das Recht auf Urlaub und soziale Sicherheit, auf einen angemessenen Lebensstandard, auf Gesunderhaltung, auf Bildung und auf Teilnahme am kulturellen Leben. Auch das Streikrecht wird anerkannt, allerdings nur „soweit es in Übereinstimmung mit der innerstaatlichen Rechtsordnung ausgeübt wird".

Die beiden Pakte unterscheiden sich hinsichtlich der Verfahren zur Überprüfung ihrer Einhaltung. Während der Pakt über wirtschaftliche, soziale und kulturelle Rechte nur eine Berichtssystem vorsieht. ist nach dem Pakt über bürgerliche und politische Rechte sowohl eine systematische Prüfung der Menschenrechtssituation in den Vertragstaaten als auch eine Individualbeschwerde vorgesehen. Der in Art. 28 ff. dieses Paktes vorgesehene **Menschenrechtsausschuss** (seit 2006 der ihn ablösende **Menschenrechtsrat**) (Sitz: Genf) legt der Generalversammlung der UNO auf Grund der von Vertragsstaaten zu erstellenden Berichte einen Jahresbericht über seine Tätigkeit vor. An den Menschenrechtsausschuss können Staatenbeschwerden (ein Vertragsstaat wirft einem anderen Verletzungen des Paktes vor) und Individualbeschwerden gerichtet werden, allerdings nur gegen Vertragsstaaten, die sich gemäß Art. 41 des Paktes über bürgerliche und politische Rechte der Staatenbeschwerde bzw. nach dem Fakultativprotokoll zu diesem Pakt (1966) der Individualbeschwerde unterworfen haben. In der Praxis hatten sich die Arbeiten des Menschenrechtsausschusses als wenig effektiv erwiesen. Dies lag einerseits an den Verfahrensmodalitäten, so etwa den zeitlich begrenzten Sitzungsperioden, der fehlenden Öffentlichkeit der Verhandlungen und den mangelnden Entscheidungsbefugnissen (auch bei Individualbeschwerden beschränkte sich der Ausschuss darauf, seine Auffassung dem Vertragsstaat und dem Beschwerdeführer mitzuteilen). Zum anderen hatten sich häufig Blockadesituationen daraus ergeben, dass in dem Ausschuss Staaten vertreten waren, die Menschenrechte systematisch missachteten und vor allem daran interessiert waren, diese Situation zu verschleiern. Mit der Resolution 60/251 der Generalversammlung der UNO vom 15. März 2006 ist daher der Menschenrechtsauschuss durch einen **Menschenrechtsrat (Human Rights Council)** (Sitz: Genf) ersetzt worden. Die Erwartung einer verbesserten Arbeit gründet sich auf die Ausdehnung der jährlichen Sitzungsperioden (mindestens drei, in denen der Rat mindestens zehn Wochen tagt) und auf eine verbesserte Auswahl der in dem Rat vertretenen 47 Mitgliedstaaten, die direkt von der Generalversammlung der UNO und nicht mehr von deren Wirtschafts- und Sozialausschuss gewählt werden. Die Menschenrechtssituation in dem Staat, der für einen Sitz im Rat kandidiert, muss bei der Wahl berücksichtigt werden. Wenn ein Staat, der im Rat vertreten ist, sich schwere Menschenrechtsverletzungen zu Schulde kommen lässt, kann die Generalversammlung mit Zweidrittelmehrheit seine Mitgliedschaftsrechte im Rat suspendieren.

Wie schon beim Menschenrechtsausschuss ist eine geographisch bestimmte Zusammensetzung des Rates vorgesehen (13 asiatische, 13 afrikanische, 6 osteuropäische, 8 lateinamerikanische und 7 westeuropäische und andere Staaten). Bei den im Mai 2006 erfolgten ersten Wahlen zum Menschenrechtsrat sind daher auch Staaten mit einer schlechten Menschenrechtssituation wie Saudi-Arabien, Kuba und China gewählt worden. Allerdings müssen sich sämtliche Mitglieder des Menschenrechtsrats während ihrer Mitgliedschaft (drei Jahre, einmal verlängerbar) einer Überprüfung ihrer Menschenrechtssituation unterziehen, was manche Staaten von einer Kandidatur für den Rat abhalten könnte. Auch Deutschland ist Mitglied des Menschenrechtsrates geworden, dagegen nicht die USA, die keine Kandidatur eingereicht hatten, weil sie von dem Rat keine wesentliche Verbesserung der vom Menschenrechtsausschuss geleisteten Arbeit erwarteten.

Neben den Pakten von 1966 sind im Rahmen der UNO weitere spezielle, die Menschenrechte schützende Übereinkommen unterzeichnet und in Kraft gesetzt worden. So die Konvention über die Verhütung und Bestrafung des Völkermordes (1948), das Abkommen über die Rechtsstellung der Flüchtlinge (die sog. Genfer Flüchtlingskonvention) (1951), das Übereinkommen zur Beseitigung jeder Form der Diskriminierung der Frau (1979), das Übereinkommen gegen Folter und andere grausame, unmenschliche oder erniedrigende Behandlung oder Strafe (1984) und das Übereinkommen über die Rechte des Kindes (1989). Die Konventionen sehen jeweils die Einrichtung von Kontrollausschüssen vor, die aufgrund der Berichte der Vertragstaaten die Situation des Menschenrechtsschutzes überprüfen. Einige von ihnen, so diejenige über die Gleichbehandlung der Frau, erlauben die Individualbeschwerde gegen Vertragsstaaten, die sich diesem Verfahren unterworfen haben.

Als Instrument zur Koordinierung der zahlreichen Menschenrechtsorgane der UNO ist 1993 das **Amt des Hochkommissars für Menschenrechte** (Sitz: Genf) eingerichtet worden. Hochkommissar ist die Kanadierin *Louise Arbor* (Stand 2006).

b) Regionaler Menschenrechtsschutz – Europa

Die bei weitem wichtigste europäische Kodifizierung der Menschenrechte ist die in Rom am 4. 11. 1950 von den Regierungen der Mitgliedstaaten des Europarates unterzeichnete *Konvention zum Schutze der Menschenrechte und Grundfreiheiten* – EMRK – (BGBl. 1952 II 686). Die Konvention enthält die klassischen Freiheitsrechte, so das Recht auf Leben (Art. 2), den Schutz der Privatsphäre (Art. 8) und das Eigentumsrecht (Art. 1 des 1. Zusatzprotokolls), sie garantiert das aktive und passive Wahlrecht (Art. 3 des 1. Zusatzprotokolls) und enthält wichtige Verfahrensprinzipien, insbesondere den Schutz vor ungerechtfertigter Inhaftierung (Art. 5), den Anspruch auf ein faires, in einer angemessenen Frist durchgeführtes Verfahren (Art. 6) und den Grundsatz, dass eine Handlung nur bestraft werden kann, wenn sie zum Zeitpunkt ihrer Begehung strafbar war (nulla poena sine lege) (Art. 7 Abs. 1).

Entscheidend für die praktische Wirksamkeit der EMRK war und ist das in ihr vorgesehene Rechtsschutzverfahren, in dessen Rahmen vor allem die Verfahrensgarantien der Konvention in vielfacher Weise präzisiert und damit ein in ganz Europa weitgehend akzeptierter Standard des *„fair trial"* geschaffen worden ist.

Der Rechtsschutz lag bis zum Jahre 1998 im Rahmen einer komplizierten Aufgabenteilung bei drei Instanzen, nämlich einer „Europäischen Kommission für Menschenrechte", einem nicht ständigen *„Europäischem Gerichtshof für Menschenrechte"* und dem Ministerkomitee, wobei der Gerichtshof erst tätig werden konnte, nachdem vor der Kommission ein Vorverfahren abgelaufen war.

Individualbeschwerden eines Bürgers gegen einen EMRK-Staat waren nur zulässig, wenn dieser gemäß Art. 25 a. F. EMRK insoweit die Zuständigkeit der Menschenrechtskommission anerkannt hatte.

Nach den Änderungen, die das 11. Zusatzprotokoll zur EMRK vom 11. 5. 1994 gebracht hat, ist der Rechtsschutz nun einem neuen ständigen *Europäischen Gerichtshof für Menschenrechte* (Sitz: Straßburg) anvertraut worden, der am 1. 11. 1998 konstituiert worden ist. Der Gerichtshof setzt sich entsprechend der Anzahl der Mitglieder des Europarates aus 46 Richtern zusammen, sein Präsident ist das schweizer Mitglied *Wildhaber*, sein deutsches Mitglied *Renate Jäger*. Ein Staat, der der Konvention beitritt, akzeptiert damit die Individualbeschwerde, ohne dass es noch einer besonderen Unterwerfungserklärung bedürfte. Der neue Gerichtshof sieht sich einer großen und kaum zu bewältigenden Anzahl von Verfahren gegenüber, die überwiegend aus den Mitgliedstaaten des ehemaligen Ostblocks und der Türkei stammen.

Mit einer Individualbeschwerde kann sich jede Person, die sich durch einen Mitgliedstaat in einem der von der Konvention geschützten Rechte verletzt fühlt, an den Gerichtshof wenden, wenn sie die innerstaatlichen Rechtsmittel gegen die Rechtsverletzung erschöpft hat (Art. 35). Ein Richterausschuss aus drei Richtern hat zunächst die Zulässigkeit der Beschwerde zu prüfen; wenn er die Unzulässigkeit feststellt, ist seine Entscheidung endgültig (Art. 28). Nach Abschluss der Vorprüfung liegt das weitere Verfahren bei den Kammern (sieben Richter); ihnen gehört von Amts wegen der Richter des von der Beschwerde betroffenen Staats an (Art. 27 Abs. 1 und 29). Nur bei schwerwiegenden

Fragen der Auslegung der Konvention wird die aus 17 Richtern bestehende große Kammer angerufen (Art. 27 und 30). Neben der Individualbeschwerde gibt es eine Staatenbeschwerde, mit der ein EMRK-Staat die Verletzung der Konvention durch einen anderen EMRK-Staat geltend machen kann (Art. 33).

Angesichts der Überlastung des Gerichtshofes sind mit dem – 2006 noch nicht in Kraft getretenen – 14. Zusatzprotokoll zur EMRK vom 13. 5. 2004 Verfahrensänderungen vorgesehen worden, insbesondere um die zahlreichen unzulässigen Beschwerden und solche in Wiederholungsfällen, die bereits entschiedene Rechtsfragen betreffen, effektiver behandeln zu können. So wird die Prüfung der Zulässigkeit einem Einzelrichter und die Entscheidung in Wiederholungsfällen einem Ausschuss aus drei Richtern anvertraut.

Mit dem Urteil wird die Rechtsverletzung festgestellt, doch kann darin auch eine gerechte Entschädigung der verletzten Partei angeordnet werden, wenn das innerstaatliche Recht eine solche nicht vorsieht (Art. 41).

Die Mitgliedstaaten sind verpflichtet, die sie betreffenden Urteile zu befolgen (Art. 46 Abs. 1), das Ministerkomitee überwacht ihre Durchführung (Art. 46 Abs. 2).

Weitere Informationen und der Text der Urteile s. www.echr.coe.int.

Zum Grundrechtschutz in der Europäischen Union ➢ s. Nr. 36; zur Europäischen Sozialcharta ➢ s. Nr. 51 b) bb).

c) Regionaler Menschenrechtsschutz – außer Europa

Die **amerikanische Konvention über Menschenrechte** (1969) ist der Europäischen Menschenrechtskonvention nachgebildet. Wie diese in ihrer bis 1998 geltenden Fassung sieht sie eine Kommission für Menschenrechte (Sitz: Washington) und einen Gerichtshof (Sitz: San José, Costa Rica) vor. Verletzungen der Konvention können vor der Kommission mit einer Individualbeschwerde und mit einer Staatenbeschwerde geltend gemacht werden. Die Staatenbeschwerde ist nur zulässig, wenn sich die beteiligten Staaten diesem Verfahren unterworfen haben. Auch Nichtregierungsorganisationen können Individualbeschwerden einreichen. Die Konvention hat 25 Vertragsparteien; die USA haben sie unterzeichnet, aber nicht ratifiziert.

Die afrikanische **Banjul-Charta der Menschenrechte und Rechte der Völker** (1981) sieht neben individuellen Rechten auch individuelle Grundpflichten und kollektive Rechte, insbesondere das Selbstbestimmungsrecht der Völker, vor. Die Durchführung der Charta ist der Afrikanischen Kommission für Menschenrechte und Rechte der Völker (Sitz: Banjul, Gambia) anvertraut. Der in dem Protokoll zur Charta von 1998 vorgesehene Gerichtshof ist noch nicht errichtet worden.

Die **Arabische Charta der Menschenrechte** (1994) ist noch nicht in Kraft getreten.

49 | Die Vereinten Nationen (UNO)

a) Grundlagen

Mit der Unterzeichnung der **Charta der Vereinten Nationen** in San Francisco am 26. 6. 1945 wurde eine neuer weltweiter Zusammenschluss geschaffen, der weitgehend dem Völkerbund nachgebildet war, der 1939 seine Tätigkeit eingestellt hatte.

Hauptaufgabe der UNO ist es, den Weltfrieden und die internationale Sicherheit zu wahren und zu diesem Zweck Kollektivmaßnahmen zu treffen. Sie soll darüber hinaus auf dem Grundsatz der Gleichberechtigung und der Selbstbestimmung der Völker beruhende freundschaftliche Beziehungen zwischen den Nationen entwickeln und die internationale Zusammenarbeit auf wirtschaftlichem, sozialem, kulturellem und humanitärem Gebiet und die Achtung der Menschenrechte fördern und festigen. Nach Art. 1 Abs. 4 UN-Charta ist sie der Mittelpunkt, „in dem die Bemühungen der Nationen zur Verwirklichung dieser gemeinsamen Ziele aufeinander abgestimmt werden“. In der Praxis ist die UNO mit ihren zahlreichen Unter- und Sonderorganisationen ein für alle Probleme der internationalen Beziehungen zuständiger zentraler Zusammenschluss fast aller Staaten der Erde. Sie hat weitgehende eigene Zuständigkeiten, ist aber auch ein Dachverband, der in vielfacher Weise mit anderen internationalen Organisationen kooperiert, mit ihnen Abmachungen trifft und an sie Berichte und Empfehlungen richtet und solche von ihnen erhält. Die zentrale Rolle der UNO drückt sich auch darin aus, dass den Verpflichtungen der Mitgliedstaaten aus der UN-Charta der Vorrang vor denen aus anderen internationalen Verträgen zukommt (Art. 103 UN-Charta).

Der UNO gehören 192 Mitglieder an (Stand: 2006). Die Bundesrepublik Deutschland (und die DDR) wurden zum 18. September 1973, Österreich zum 14. Dezember 1955 und die Schweiz zum 10. September 2002 Mitglieder.

b) Organe der UNO

System der Vereinten Nationen (Organe)

Generalversammlung (GV)
192 Mitglieder (Stand 2006)

Sicherheitsrat	Wirtschafts- und Sozialrat	Treuhandrat	Internationaler Gerichtshof	Sekretariat
15 Mitglieder (5 ständige Mitglieder, 10 von der GV auf 2 Jahre gewählte nicht ständige Mitglieder)	54 Mitglieder (von GV gewählt)	(obsolet in Folge der Entkolonialisierung)	15 Richter von der GV und vom Sicherheitsrat gewählt	Generalsekretär auf Empfehlung des Sicherheitsrats von der GV ernannt

aa) Der Sicherheitsrat

Der Sicherheitsrat besteht aus 15 Mitgliedern, davon 5 ständigen (USA, Russland, Vereinigtes Königreich, Frankreich und China). Die übrigen (nicht ständigen) Mitglieder werden auf 2 Jahre gewählt. Deutschland war zuletzt 2003/2004 Mitglied des Sicherheitsrats.

Der Sicherheitsrat bemüht sich im Fall einer Gefahr für den Weltfrieden zunächst um eine friedliche Streitbeilegung, insbesondere durch Verhandlung und Vermittlung (Art. 33 UN-Charta). Wenn diese scheitert, kann er nach Art. 41 **friedliche Sanktionsmaßnahmen** beschließen, etwa den Abbruch der Wirtschaftsbeziehungen, der Verkehrs- und Telekommunikationsverbindungen und der diplomatischen Beziehungen. Wenn friedliche Maßnahmen nicht ausreichen, um den Frieden zu wahren, kann der Sicherheitsrat **militärische Sanktionen** beschließen (Art. 42), für die die Mitgliedstaaten auf Ersuchen des Sicherheitsrats Streitkräfte zur Verfügung stellen (Art. 43).

Die Beschlüsse des Sicherheitsrates bedürfen der Zustimmung von neun Mitgliedern, zu denen – außer bei Verfahrensfragen – die fünf ständigen Mitglieder gehören müssen. Daraus folgt, dass durch das Veto eines der ständigen Mitglieder eine Entscheidung verhindert werden kann.

Eine Reform des Sicherheitsrats, dessen gegenwärtige Zusammensetzung die Situation der Völkergemeinschaft am Ende des Zweiten Weltkrieges widerspiegelt, ist in der Diskussion. Japan, Deutschland und einige große Schwellen- und Entwicklungsländer wie Brasilien und Indien streben einen ständigen Sitz an.

bb) Die Generalversammlung

Die **Generalversammlung** setzt sich aus Vertretern aller Mitgliedstaaten zusammen. Sie tritt zu jährlichen ordentliche Tagungen und – auf Antrag des Sicherheitsrats oder der Mehrheit der Mitglieder – zu außerordentlichen Tagungen zusammen. Sie entscheidet mit der einfachen und bei wichtige Fragen (das sind insbesondere Fragen, die den Weltfrieden betreffen) mit der Zweidrittelmehrheit. Die Generalversammlung ist das zentrale politische Organ der UNO, verfügt aber auch über wichtige Verwaltungs- und Haushaltsbefugnisse. So beschließt sie über die Aufnahme neuer Mitglieder, ernennt den Generalsekretär auf Empfehlung des Sicherheitsrates und genehmigt den Haushaltsplan. Auch der Verteilungsschlüssel für die Aufbringung der Beiträge zum Haushalt fällt in ihre Zuständigkeit.

Die Generalversammlung verabschiedet ihre Stellungnahmen in Form von Resolutionen und wird im Übrigen in vielfacher Form, so durch die Einleitung von Untersuchungen und anderen Initiativen tätig. Von zahlreichen Ausschüssen und Nebenorganen unterstützt, etwa der Völkerrechtskommission, hat sie wichtige internationale Übereinkommen auf den Weg gebracht, etwa die Seerechtskonvention von 1982 und das Terrorismusübereinkommen von 1997. Darüber hinaus hat sie mehrere „Programme und Fonds“ geschaffen, die meist auch über eine Verwaltungsstruktur verfügen. Beispiele sind das Kinderhilfswerk (UNICEF), die Welthandelskonferenz (UNCTAD) und das Umweltprogramm (UNEP). Mehrfach hat die Generalversammlung durch die Einberufung von Weltkonferenzen die politischen Akteure und die Öffentlichkeit für brennende Probleme der internationalen Entwicklung sensibilisiert und konkrete Maßnahmen eingeleitet. Beispiele sind die Weltbevölkerungskonferenz von 1984 in Mexiko und der Weltgipfel für nachhaltige Entwicklung von 2002 in Johannesburg.

cc) Der Wirtschafts- und Sozialrat

Der **Wirtschafts- und Sozialrat** (ECOSOC), dessen 54 Mitglieder von der Generalversammlung nach regionalen Kriterien bestimmt werden, ist de facto ein Hilfsorgan der Generalversammlung in den Bereichen der wirtschaftlichen und sozialen Zusammenarbeit sowie der Menschenrechte. Seine Tätigkeit wird durch zahlreiche Ausschüsse, Nebenorgane und Expertengruppen unterstützt, so etwa von der Menschenrechtskommission, die ihren Sitz in Genf hat.

dd) Der Treuhandrat

Dieses Organ tritt gegenwärtig nicht zusammen, da es infolge der Dekolonisation keine dem Treuhandsystem (Mandatssystem) unterstellte Hoheitsgebiete gibt.

ee) Der Internationale Gerichtshof

Der **Internationale Gerichtshof** (IGH) mit Sitz in Den Haag ist Nachfolger des Ständigen Internationalen Gerichtshofs des Völkerbunds. (Zu den von der UNO geschaffenen internationalen Strafgerichten ➢ s. Nr. 50).

Er setzt sich aus 15 Richtern zusammen, die verschiedenen Staaten angehören müssen. Sie werden von der Generalversammlung und vom Sicherheitsrat auf 9 Jahre gewählt. Präsident ist *Rosalyn Higgins* (Vereinigtes Königreich), Deutschland ist durch den Richter *Bruno Simma* vertreten (Stand: 2006).

Der IGH ist mit der Entscheidung von Streitigkeiten zwischen Staaten und – auf Antrag von UN-Organen – der Erstattung von Gutachten befasst. Er ist nach dem IGH-Statut nur zuständig, wenn sich die Streitparteien seiner Zuständigkeit unterworfen haben. Das ist für einen bestimmten Streitfall möglich oder aber für bestimmte in internationalen Verträgen geregelte Angelegenheiten. Die Vertragsstaaten können sich darüber hinaus allgemein der Zuständigkeit des Gerichtshofs in Streitigkeiten mit Staaten unterwerfen, die ebenfalls diese Unterwerfungserklärung abgegeben haben. Da sich die Mehrheit der Mitgliedstaaten der UNO, darunter China, Deutschland, Frankreich, Russland und die USA, nicht allgemein der Zuständigkeit des IGH unterworfen haben oder aber ihre Unterwerfungserklärung aus Verärgerung über Entscheidungen des IGH wieder zurückgezogen haben, kann dieser im allgemeinen nur tätig werden, wenn Vertragsstaaten im Einzelfall beschließen, ihm einen Fall vorzulegen.

System der Vereinten Nationen (Sonderorgane und -organisationen)

Sonderorgane (Programme und Fonds	Sonderorganisationen (kooperieren mit der UNO gem. Art. 63 UN-Charta	
UNICEF Kinderhilfswerk Sitz: New York 1946	**ILO** Internationale Arbeitsorganisation Sitz: Genf 1919	**ICAO** Internationale Zivilluftfahrt-Organisation Sitz: Montreal 1944
UNCTAD Welthandelskonferenz Sitz: Genf 1964	**FAO** Ernährungs- und Landwirtschaftsorganisation Sitz: Rom 1945	**UPU** Weltpostverein Sitz: Bern 1874
UNDP Entwicklungsprogramm Sitz: New York 1965	**IFAD** Internationaler Fonds für landwirtschaftliche Entwicklung Sitz: Rom 1974	**ITU** Internationale Fernmeldeunion Sitz: Genf 1992
UNEP Umweltprogramm Sitz: Nairobi 1972	**UNESCO** Organisation für Bildung, Wissenschaft und Kultur Sitz: Paris 1945	**WMO** Weltorganisation für Meteorologie Sitz: Genf 1947
UNDCP Drogenkontrollprogramm Sitz: Wien 1991	**WHO** Weltgesundheitsorganisation Sitz: Genf 1946	**IMO** Internationale Seeschifffahrts-Organisation Sitz: London 1959
	IMF Internationaler Währungsfond Sitz: Washington 1946	**WIPO** Weltorganisation für geistiges Eigentum Sitz: Genf 1967
	IBRD/World Bank Internationale Bank für Wiederaufbau und Entwicklung Sitz: Washington 1944	**UNIDO** Organisation für industrielle Entwicklung Sitz: Wien 1967
	IFC/International Finance Corporation Internationale Finance-Corporation Sitz: Washington 1957	**UNWTO** Welt Tourismus Organisation Sitz: Madrid 1970
	IDA Internationale Entwicklungsorganisation Sitz: Washington 1960	

ff) Das Generalsekretariat

Das Sekretariat (Sitz: New York, USA) besteht aus einem *Generalsekretär* und sonstigen Bediensteten. Der Generalsekretär wird auf Empfehlung des Sicherheitsrats von der Generalversammlung ernannt. Er ist der höchste Verwaltungsbeamte der UNO (Art. 97); er erstattet der Generalversammlung alljährlich über die Tätigkeit der Organisation Bericht (Art. 98) und kann die Aufmerksamkeit des Sicherheitsrats auf jede seiner Auffassung nach den Weltfrieden und die internationale Sicherheit gefährdende Angelegenheit lenken (Art. 99). Das Sekretariat registriert und veröffentlicht die internationalen Verträge (Art. 102).

Bisher waren Generalsekretär der UNO: *Trygve Lie,* Norwegen (1946– 1953); *Dag Hammarskjöld,* Schweden (1953–1961); *U Thant,* Birma (1961–1971); *Kurt Waldheim,* Österreich (1971–1981); *Javier Perez de Cuellar,* Peru (1982–1991); *Butros Ghali,* Ägypten (1991–1996); *Kofi Annan,* Ghana (1997–2006); *Ban Ki Moon,* Südkorea (seit 2007).

Europäische Niederlassungen der UNO befinden sich in Genf und in Wien. Daneben unterhält die UNO weltweit an etwa 60 weiteren Orten Dienststellen, darunter auch in Bonn.

Amts- und Arbeitssprachen der UN-Organe sind Chinesisch, Englisch, Französisch, Russisch, Spanisch und Arabisch. Amtssprachen des Internationalen Gerichthofes sind Englisch und Französisch. Ins Deutsche werden die Beschlüsse der Generalversammlung, des Sicherheitsrates und andere wichtige Dokumente übersetzt (s. *http://www.un.org/Depts/german/*).

Die finanziellen Mittel der UNO werden in der Regel durch den **Haushalt**, für zahlreiche Unterorganisationen und Programme aber auch durch freiwillige Leistungen der Mitgliedstaaten aufgebracht. Die Organisation leidet unter Zahlungsproblemen, die vielfach auf Rückständen bei der Erbringung der Beiträge, insbesondere auch der USA, die der wichtigste Zahler ist, beruhen. Nach dem Aufteilungsschlüssel für 2003 haben die USA mit 22 %, Japan mit 19 % und Deutschland mit 9,8 % die höchsten Beiträge geleistet. Die mehrheitlich aus Staaten. die nur wenig zum Haushalt beitragen, zusammengesetzte Generalversammlung und ihr beratender Ausschuss für Verwaltung- und Haushaltsfragen nehmen auch auf Einzelheiten der Haushaltsplanung Einfluss, was zu Konflikten mit dem Generalsekretär und den Staaten, die hohe Beiträge leisten, führt.

Behörden oder Unterorganisationen der UNO sind u. a. das UNO-Umweltprogramm (UNEP) in Nairobi und die Behörde des Hohen Kommissars der UNO für Flüchtlinge (UNHCR) in Genf.

Weiter bestehen *Sonderorganisationen der UNO.* Diese sind weltweite Organisationen mit rechtlicher Selbstständigkeit im Rahmen der UNO, aber mit eigener, von der UNO unabhängiger Mitgliedschaft. Solche Sonderorganisationen sind u. a.: die Internationale Arbeitsorganisation (ILO) in Genf, die Internationale Bank für Wiederaufbau und Entwicklung, der Internationale Währungsfonds (IWF) in Washington und die UNESCO (United Nations Educational, Scientific and Cultural Organization) in Paris als Einrichtung für Aufgaben der Erziehung, Wissenschaft, Kultur. Über wirtschaftliche Sonderorganisationen ➢ s. Nr. 54, über die Atomenergieagentur (IAEO) ➢ s. Nr. 46 b).

c) Tätigkeit der UNO

In der Geschichte der UNO waren Konflikte in aller Welt immer wieder Gegenstand von Verhandlungen und Entschließungen sowohl in der Vollversammlung wie im Weltsicherheitsrat, so der israelisch-arabische Konflikt, die Stellung der rassischen Minderheiten in Südafrika sowie zahlreiche Streitfälle in Südostasien, in den mittel- und südamerikanischen Staaten (Nicaragua, Chile u.a.) und der Irak-Konflikt, bei denen sich die UNO vor allem um die friedliche Beilegung von Streitigkeiten und die Einhaltung der Menschenrechte bemühte.

Häufig muss sich die UNO allerdings auf kaum durchsetzbare Empfehlungen und Entschließungen der Vollversammlung beschränken, namentlich dann, wenn im Weltsicherheitsrat Beschlüsse über Maßnahmen gegen die Störung des Weltfriedens (Art. 40ff.) am Veto eines ständigen Mitglieds gescheitert sind.

Immerhin sind auf Grund eines im Sicherheitsrat erzielten Einverständnisses wiederholt Streitkräfte oder Beobachter mehrerer Nationen zur Aufrechterhaltung des Friedens oder zur Überwachung der Einhaltung von Waffenstillstandsvereinbarungen eingesetzt worden; so 1964 und 1974 in Zypern, am Suez-Kanal und in der neutralen Zone an der syrischen Grenze im israelisch-arabischen Konflikt; im Jahre 1978 und 2006 im Südlibanon, in den israelische Truppen zur Abwehr arabischer Guerilla-Angriffe eingedrungen waren. Die Entsendung von Streitkräften ist immer wieder Streitpunkt der Mitglieder der UNO.

1990/1991 ermöglichten die Resolutionen Nr. 660 und 678 des Sicherheitsrats es einer multinationalen Streitmacht unter der Führung der USA, Kuwait von der irakischen Besetzung zu befreien (1. Golfkrieg). Der Irak wurde zur Akzeptierung der Waffenstillstandsbedingungen der UNO insbesondere der Wiedergutmachung der Schäden und der Vernichtung der biologischen und chemischen Waffen sowie der Raketen mit größerer Reichweite gezwungen.

50 | Internationale Strafgerichte

a) Entwicklung – Ad-Hoc-Gerichte

Bereits seit dem Ende des 2. Weltkrieges und unter dem Eindruck der von den Alliierten Siegermächten errichteten Kriegsverbrechertribunale von Nürnberg und Tokio wurde im Rahmen der Vereinten Nationen, insbesondere der unter ihrem Dach gegründeten „International Law Commission" (ILC), über die Einführung eines ständigen Internationalen Strafgerichtshofs beraten, welcher im Sinne eines „Weltrechtsverfolgungsprinzips" eine universelle strafrechtliche Verfolgung von Kriegs- und Menschlichkeitsverbrechen sicherstellen könnte.

Wichtige Etappen in dieser Diskussion waren die Errichtung

- 1993, des Internationalen Strafgerichtshofs der Vereinten Nationen zur Aburteilung der Kriegs- und Menschlichkeitsverbrechen im *ehemaligen Jugoslawien* (Resolution Nr. 827 (1993) des Sicherheitsrates der UN vom 25. 5. 1993), mit Sitz in Den Haag, und
- 1994, des Internationalen Strafgerichtshofs der Vereinten Nationen zur Aburteilung der in *Ruanda* begangenen Menschlichkeitsverbrechen (Resolution Nr. 955 (1994) des Sicherheitsrates der UN vom 8. 11. 1994), mit Sitz in Arusha/Tansania.

Beide Gerichtshöfe sind Ad-Hoc-Gerichte, deren Tätigkeit in zeitlicher Hinsicht begrenzt ist. Ihre Struktur ist sehr ähnlich; teilweise besteht auch Personalunion unter Richtern und Anklägern der beiden Gerichtshöfe. Sie bestehen jeweils aus einem Strafverfolgungsorgan (prosecutor), einem Rechtsprechungsorgan (Ermittlungs- und Anklagekammer, zwei Kammern erster Instanz sowie eine Rechtsmittelkammer) und einem Sekretariat. In den Kammern sind jeweils insgesamt 11 Richter tätig, die aus weltweit erstellten Vorschlagslisten vom Sicherheitsrat der UNO ausgewählt wurden. In der Anklagebehörde arbeiten verschiedene Ermittlergruppen. Amtssprachen sind englisch und französisch. Der Präsident des Jugoslawien-Tribunals ist *Fausto Pocar,* die Anklägerin *Carla del Ponte,* der Präsident des Ruanda-Tribunals *Erik Møse,* der Ankläger *Hassan Bubacar Jallow* (Situation: 2006). Der finanzielle Aufwand für die Tribunale ist groß. Allein das Ruanda-Tribunal verfügt 2006/2007 über einen Haushalt von 250 Millionen $.

Das von den Gerichtshöfen anwendbare Recht ist das humanitäre Völkerrecht, das sich aus verschiedenen internationalen Übereinkommen zusammensetzt, von denen die wichtigsten nach wie vor die Genfer Rotkreuz-Konventionen vom 1949 ➢ s. Nr. 47 und die Anti-Völkermord-Konvention von 1948 sind.

Die Vollstreckung der von den Gerichtshöfen verhängten Strafen erfolgt je nach Sachlage in einem der Vertragsstaaten, die hierzu ihre Bereitschaft ausgesprochen haben. Dies haben eine Reihe von Staaten getan, darunter die Bundesrepublik (allerdings nur gegenüber dem Jugoslawien-Tribunal). Beide Gerichte haben schon mehrere Verurteilungen ausgesprochen und führen in zahlreichen Fällen Ermittlungen. Das Verfahren gegen den früheren jugoslawischen Präsidenten *Slobodan Milosevic,* das 2001 mit dessen Überstellung nach Den Haag begann, endete mit seinem Tod 2006.

b) Internationaler Strafgerichtshof

Unter dem Eindruck der mit den Ad-Hoc-Gerichten gemachten Erfahrungen wurde am 17. 7. 1998 von einer in Rom tagenden UN-Staatenkonferenz das Statut des ständigen *Internationalen Strafgerichtshofs zur Ahndung von Völkermord, Verbrechen gegen die Menschlichkeit und Kriegsverbrechen (IStGH)* verabschiedet. Dieses ist am 1. 12. 2002 nach der 60. Ratifizierung in Kraft getreten. Der Gerichtshof, der seinen Sitz in Den Haag hat, ist am 11. 3. 2003 mit der Vereidigung der 18 Richter feierlich eröffnet worden. Der erste Präsident ist der Kanadier *Philippe Kirsch,* Chefankläger der Argentinier *Luis Moreno Ocampo.* Die Organisation und das Verfahren des IStGH und die Vorschriften zur Amts- und Rechtshilfe der mitgliedstaatlichen Stellen sowie zur Vollstreckung der Urteile entsprechen den auf die Ad-Hoc-Gerichte anwendbaren (näheres www.icc-cpi.int).

In der Bundesrepublik musste vor der Ratifizierung Art. 16 Abs. 2 Grundgesetz, der die Auslieferung von Deutschen ins Ausland verbietet, modifiziert werden. (Gesetz vom 29. 11. 2000, BGBl. I 1633).

Die USA, die ebenso wie China und Israel dem IStGH nicht beigetreten sind, haben durch Abkommen mit verschiedenen Staaten die Auslieferung ihrer Staatsangehörigen an die neue Gerichtsbarkeit zu verhindern versucht (Immunitätsabkommen). Das widerspricht dem Geiste des Statuts.

Die Gerichtsbarkeit des IStGH betrifft gem. Art. 5 des Statuts „die schwersten Verbrechen, welche die internationale Gemeinschaft als Ganzes berühren", insbesondere Völkermord, Verbrechen gegen die Menschlichkeit, Kriegsverbrechen und Aggression, soweit sie nach Inkrafttreten des Statuts (1. 7. 2002) begangen worden sind. Anwendbares Recht sind neben dem Statut die einschlägigen völkerrechtlichen Übereinkommen, allgemeine Rechtsgrundsätze der Vertragsstaaten sowie das im Juli 1996 von der ILC angenommene „Strafgesetzbuch der Verbrechen gegen den Frieden und die Sicherheit der Menschheit" (Code of Crimes against the Peace and Security of Mankind), eine Art kodifiziertes Weltstrafrecht, welches sich zum Teil mit Inhalten des Statuts des IStGH überschneidet.

Der IStGH leitet ein Verfahren ein, wenn dem Ankläger von einer Vertragspartei oder von dem Sicherheitsrat der UNO eine „Situation" (ein Sachverhalt, in der nach dem Statut strafbare Verbrechen verübt sein könnten) unterbreitet worden ist. Der Ankläger kann auch auf eigene Initiative Ermittlungen einleiten. Der IStGH ist allerdings unzuständig, wenn die Sache innerstaatlich verfolgt wird oder verfolgt worden ist, es sei denn, der betreffende Staat sei nicht in der Lage, das Verfahren ernsthaft durchzuführen. Der Ankläger scheint sich nach der bisherigen Praxis dahin zu orientieren, nur bei besonders schwerwiegenden Verbrechen und gegen deren Hauptverantwortliche Verfahren einzuleiten. Die ersten anhängigen Verfahren betrafen Verbrechen in der demokratischen Republik Kongo, in Uganda und im Sudan (Durfur).

Mit Gesetz über die Zusammenarbeit mit dem internationalen Strafgerichtshof vom 21. 6. 2002 (BGBl. I 2144) hat Deutschland Regelungen über die Ausführung des Römischen Statuts getroffen. Hiernach ergänzt der Internationale Strafgerichtshof die deutsche Strafgerichtsbarkeit. Die Überstellung von Personen an den Strafgerichtshof wird zugelassen, das Verfahren hierzu einschließlich der Vorschriften über die Überstellungshaft im Einzelnen geregelt. Für die gerichtlichen Entscheidungen ist die Zuständigkeit der Oberlandesgerichte festgelegt. Die §§ 41 ff. regeln die Vollstreckung etwa verhängter Freiheits- oder Geldstrafen. Mit Gesetz vom 26. 6. 2002 (BGBl. I 2254) wurden denkbare Straftaten gegen das Völkerrecht in einem *Völkerstrafgesetzbuch* zusammengefasst, das weitgehend den „Code of Crimes against the Peace and Security of Mankind" der ILC in das deutsche Recht übernimmt.

51 | Regionale Organisationen – Europa

a) Entwicklung

Unter dem Eindruck der Schrecken des Zweiten Weltkriegs bemühten sich viele europäische Staaten nach 1945 durch eine enge Zusammenarbeit auf politischem, wirtschaftlichem und sozialem Gebiet künftige kriegerische Auseinandersetzungen in Europa unmöglich zu machen.

Zu diesem Zweck wurde 1949 von 10 westlichen Staaten zunächst der **Europarat** gegründet, der eine Kooperation auf einer Vielzahl von Gebieten, allerdings unter Ausschluss der Verteidigung, vorsah, und in der

Folge drei Organisationen mit primär wirtschaftlicher Zielsetzung, nämlich die **Europäische Gemeinschaft für Kohle und Stahl** (1951), die **Europäische Wirtschaftsgemeinschaft** (1957) und die **Europäische Atomgemeinschaft** (1957) (zu diesen Gemeinschaften, die 1993 in den Rahmen der **Europäischen Union** gestellt worden sind ➤ s. ausführlich Nr. 31–38.

Auf dem Gebiet der Verteidigung ist es, nachdem der 1952 unterzeichnete Vertrag über die Europäische Verteidigungsgemeinschaft im französischen Parlament nicht ratifiziert worden war, nur im Rahmen der **Westeuropäischen Union** (WEU) zu einer begrenzten Zusammenarbeit gekommen, die inzwischen weitgehend in die Strukturen der Europäischen Union integriert worden ist.

In dem von der Sowjetunion dominiertem östlichem Teil Europas wurde als Reaktion auf die Integration Westeuropas 1949 der Rat für Gegenseitige Wirtschaftshilfe (COMECON) und 1955 die militärische Organisation des Warschauer Paktes gegründet.

Erst im Rahmen der Entspannungspolitik der 70-er Jahre kam es mit **der Konferenz für Sicherheit und Zusammenarbeit in Europa (KSZE)** (1975) zu einer gesamteuropäischen Zusammenarbeit, deren Hauptziel die Konfliktverhinderung war, die aber auch auf dem Gebiet der Wirtschaft, der Wissenschaft, der Kultur und des Menschenrechtsschutzes tätig wurde und die zur Gründung der **Organisation für Sicherheit und Zusammenarbeit in Europa** (**OSZE**) führte.

b) Europarat

aa) Der 1949 gegründete **Europarat** (Sitz: Straßburg), dessen Tätigkeit vor allem der Förderung demokratischer und rechtsstaatlicher Strukturen und der Achtung der Menschenrechte in seinen Mitgliedstaaten gewidmet ist, hat gegenwärtig 46 Mitgliedstaaten (Stand: 2006). Seitdem er auch die Staaten des ehemaligen Ostblocks – mit der Ausnahme Weißrusslands – umfasst (Russland ist 1996 aufgenommen worden und hat 2006 turnusmäßig zum ersten Mal die Präsidentschaft des Ministerkomitees übernommen), ist es zu einem gesamteuropäischen Forum geworden, das sich mit vielen Programmen der Heranführung der Staaten Mittel- und Osteuropas an rechtsstaatliche Strukturen widmet.

Die Organe des Europarats sind das Ministerkomitee, zusammengesetzt aus den Außenministern oder deren ständigen Vertretern, und die Parlamentarische Versammlung, bestehend aus von den Parlamenten der Mitgliedstaaten gewählten Vertretern, deren Monitoring-Ausschuss die Einhaltung der beim Beitritt übernommenen Pflichten der neuen Mitgliedstaaten überwacht. Die Organe werden von einem Sekretariat unterstützt. Generalsekretär ist der Brite *Terry Davis* (Stand: 2006). Die Arbeitssprachen des Europarats sind Englisch und Französisch. Eine beratende Funktion hat der **Kongress der Gemeinden und Regionen Europas.** Seit 1999 gibt es das Amt des Menschenrechtskommissars. Eng mit dem Europarat verknüpft ist der **Europäische Gerichtshof für Menschenrechte** (Sitz: Straßburg) ➤ s. Nr. 486.

bb) Der Europarat hat eine große Anzahl internationaler Übereinkommen erarbeitet, unter denen weiterhin die **Europäische Menschenrechtskonvention – EMRK** (1950) mit ihren Zusatzprotokollen das wichtigste ist ➢ s. Nr. 48 b). Die EMRK wird ergänzt durch die **Europäische Sozialcharta** (1961), die Rechte insbesondere auf dem Gebiet der Arbeit, der Sozialen Sicherheit, der Gesundheit und des Frauen- und Jugendschutzes vorsieht. An Stelle der in der EMRK vorgesehenen Rechtsschutzverfahren ist in der Sozialcharta die Erstattung von jährlichen Berichten durch die Mitgliedstaaten und deren Überprüfung durch einen vom Ministerkomitee eingesetzten Expertenausschuss vorgesehen. Weitere wichtige Verträge sind das Europäische Datenschutzübereinkommen (1981), die Europäische Charta der Regional- und Minderheitensprachen (1992), das Europäische Übereinkommen zur Verhütung von Folter und unmenschlicher oder erniedrigender Behandlung oder Strafe (1987), das Rahmenübereinkommen zum Schutz nationaler Minderheiten (1995) und die Bioethikkonvention (1997).

c) Die Organisation für Sicherheit und Zusammenarbeit in Europa (OSZE)

Die **Konferenz für Sicherheit und Zusammenarbeit in Europa (KSZE)** hat in der sog. **Schlussakte von Helsinki** (1975) Prinzipien der Zusammenarbeit aller europäischen Staaten für die Bereiche Friedenssicherung (sog. Korb 1), wirtschaftliche, wissenschaftliche und technische Kooperation (Korb 2) und die „menschliche Dimension", die kulturelle Aspekte, aber auch den Schutz der Menschenrechte umfasst (Korb 3), formuliert. Aus der KSZE wurde in einer Reihe von Folge-Konferenzen ein Forum der dauerhaften Kooperation der Staaten, das sich seit 1994 **Organisation für Sicherheit und Zusammenarbeit in Europa (OSZE)** nennt, 56 Mitgliedstaaten umfasst und über eine eigene Organisationsstruktur verfügt. Der Rat der Außenminister tagt einmal im Jahr. Der Vorsitz wechselt jährlich und der Außenminister des vorsitzenden Staates ist „Amtierender Vorsitzender der OSZE". Der Rat der Ständigen Vertreter tagt wöchentlich. Die OSZE verfügt über eine Parlamentarische Versammlung (320 Mitglieder) und ein Sekretariat (Sitz: Wien). Generalsekretär ist der Franzose *Perrin de Brichambaut* (Stand: 2006). Weitere Einrichtungen haben Aufgaben bei der Konfliktverhütung (Forum für die Zusammenarbeit in Sicherheitsfragen), dem Schutz der Menschenrechte (Büro für demokratische Institutionen und Menschenrechte mit Sitz in Warschau), dem Schutz von Minderheiten (Hoher Kommissar für nationale Minderheiten mit Sitz in Den Haag) und die Bewahrung der Medienfreiheit.

Die wichtigste Funktion der OSZE ist die Friedenssicherung durch Abrüstung. Schon 1984 bis 1986 fand die **Konferenz über Vertrauens- und Sicherheitsbildende Maßnahmen und Abrüstung in Europa** statt, in deren Rahmen ein umfassender Abbau der konventionellen Rüstung in Europa beschlossen und Verfahren zur gegenseitigen Information und Inspektion in Bezug auf militärische Aktivitäten vorgesehen wurden. Einen wichtigen Einschnitt in der Entwicklung der OSZE nach dem Ende des Kalten Krieges und der Teilung Europas bedeutete die Verabschiedung der **Pariser Charta für ein Neues Europa** (1990), in der die Teilnehmerstaaten beschlossen haben, den historischen Wandel in Europa auf dem Gebiet der Entwicklung der Demokratie, der Rechtsstaatlichkeit und der Marktwirtschaft mitzugestalten und hierfür ständige Einrichtungen aufzubauen. Am Rande der Pariser Konferenz wurde der wichtige **Vertrag über konventionelle Streitkräfte in Europa** (1990) verabschiedet ➢ s. Nr. 46 b), der inzwischen durch weitere Abrüstungsübereinkommen ergänzt worden ist, so den Vertrag über den Offenen Himmel (1992) und das Abkommen über Kleinwaffen und leichte Waffen (2000).

Im Rahmen der Zusammenarbeit bei der Entwicklung demokratischer Strukturen spielt die OSZE eine wichtige Rolle bei der Überwachung der in den Mitgliedstaaten stattfindenden Wahlen. So hat sie im Mai 2006 in Montenegro das die Erlangung der Unabhängigkeit von Serbien betreffende Referendum beobachtet und als korrekt erachtet.

d) Die Organisation für wirtschaftliche Zusammenarbeit und Entwicklung (OECD)

Die **Organisation für wirtschaftliche Zusammenarbeit und Entwicklung – OECD** (Sitz: Paris), der heute neben 23 europäischen Staaten auch 7 außereuropäische Staaten (so die USA, Kanada und Japan) angehören, ist aus der 1948 gegründeten Organisation für Europäische Wirtschaftliche Zusammenarbeit (OEEC) hervorgegangen, die die Umsetzung des amerikanischen Wiederaufbauprogramms für Europa („Marshallplan") organisieren sollte.

Die im Konsensverfahren operierende Organisation hat wichtige Koordinierungs- und Informationsaufgaben auf dem Gebiet der Entwicklung der Weltwirtschaft und erarbeitet hoch geschätzte Berichte, so die regelmäßigen Länderberichte zur wirtschaftlichen Entwicklung in den Mitgliedstaaten. Auch die sog. PISA-Studie, mit der weltweit die Kenntnisse von 15-jährigen Schülern überprüft und verglichen worden sind, ist ein OECD–Projekt.

e) Sonstige europäische Organisationen

Die **Europäische Freihandelszone (EFTA)**, die 1960 von einigen kleineren europäischen Staaten, die sich nicht der Europäischen Wirtschaftsgemeinschaft angeschlossen hatten, gegründet worden war, hat heute – nach dem Beitritt der meisten Mitglieder zur EWG und zur Europäischen Union – nur noch drei Mitglieder, nämlich Island, Liechtenstein und Norwegen. Sie verfügt mit der EFTA-Überwachungsbehörde (Sitz: Brüssel) und mit dem EFTA-Gerichtshof (Sitz: Luxemburg) über eigene Organe. Die Mitgliedstaaten der EFTA sind mit der Europäischen Union durch den **Vertrag über den Europäischen Wirtschaftsraum** (EWR-Abkommen; 1992) organisatorisch verknüpft, vor allem durch gemeinsame Einrichtungen wie den EWR-Rat. Sie nehmen auch an dem europäischen Binnenmarkt teil (freier Waren-, Dienstleistungs- und Kapitalverkehr und freie Niederlassung) nicht aber an der Gemeinsamen Landwirtschaftspolitik.

Die im Rahmen der Auflösung der Sowjetunion entstandene **Gemeinschaft unabhängiger Staaten (GUS)** wurde 1991 von Russland, der Ukraine und Weißrussland gegründet und alsbald um mehrere kaukasische und asiatische ehemalige Sowjetrepubliken wie Aserbaidschan und Kasachstan erweitert. Sie hat 11 Mitglieder (Stand: 2006). Ihr Sitz ist Minsk (Weißrussland). Während die Gründungscharta der GUS eine enge Zusammenarbeit in fast allen Politikfeldern, einschließlich des militärischen, vorsieht, ist die Organisation in ihrer Praxis eher ein allgemeines Koordinationsforum für wirtschaftliche und verteidigungspolitische Fragen, in dem Russland eine überragende Machtposition hat. Ihre Effektivität ist durch scharfe bilaterale Konflikte mehrfach in Frage gestellt worden, so im Verhältnis zwischen Russland und der Ukraine, als in der Mitte der 90-er Jahre der Status der auf der Halbinsel Krim stationierten ehemaligen Schwarzmeerflotte der Sowjetunion strittig war.

Der **Nordische Rat** ist ein gemeinsames beratendes Organ der nordeuropäischen Staaten zur Förderung ihrer Zusammenarbeit auf wirtschaftlichem, sozialem und kulturellem Gebiet. Seine Mitglieder werden von den Parlamenten der Mitgliedstaaten (Dänemark, Finnland, Norwegen, Schweden und Island) gewählt. Auf der Ebene der Regierungen erfolgt die Zusammenarbeit im Rahmen des **Nordischen Ministerrats**. Die beiden Räte haben ihr Sekretariat in Kopenhagen. Die nordische Zusammenarbeit hat zu einer weitgehenden Rechtsangleichung in den nordischen Staaten geführt, die aber inzwischen, nach dem Beitritt von Dänemark, Finnland und Schweden zur Europäischen Union, von den Rechtsangleichungsmaßnahmen in deren Rahmen überlagert wird.

Durch den **Benelux-Vertrag** wurde 1958 eine Wirtschaftsunion zwischen Belgien, Luxemburg und den Niederlanden vereinbart. Es handelt sich um eine Organisation mit eigenen Organen, nämlich dem Ministerrat, dem Parlament, dem Gerichtshof und dem Sekretariat (Sitz: Brüssel). Die Benelux-Integration wird von der im Rahmen der EG erreichten Wirtschaftsintegration überlagert, doch ist nach Art. 306 EG-Vertrag die Tätigkeit von Benelux mit dem europäischen Recht vereinbar, soweit die von ihr angestrebten Ziele nicht im Rahmen der europäischen Gemeinschaft erreicht werden.

Der praktisch wichtigste Tätigkeitsbereich ist der gewerbliche Rechtsschutz. Das Benelux Markenamt und das Benelux Musteramt sind zum 1. August 2006 in dem **Benelux-Amt für Geistiges Eigentum** zusammengefasst worden.

52 | Regionale Organisationen – außer Europa

a) Amerika

Die **Organisation amerikanischer Staaten (Organization of American States – OAS)** ist eine regionale Einrichtung zur Wahrung des Friedens und der internationalen Sicherheit i.S.v. Art. 52ff. der UN-Charta. Ihr Sitz ist Washington. Alle amerikanischen Staaten (35) sind Mitglieder, doch sind die Mitwirkungsrechte von Kuba seit 1962 suspendiert.

Die OAS beruht auf dem inter-amerikanischen Vertrag über gegenseitige Unterstützung (Rio-Pakt; 1947), dem amerikanischen Vertrag über die friedliche Streitbeilegung (Pakt von Bogotá; 1948) und auf der OAS-Charta (1948). Die OAS verfügt über ein System zum Schutz der Menschenrechte, das auf der Amerikanischen Menschenrechtskonvention (1969) ➢ s. Nr. 48 c) beruht.

Zentrales Anliegen der Organisation, deren Hauptorgan die Generalversammlung ist und die mit dem Ständigen Rat über ein Exekutivorgan verfügt, ist die friedliche Streitbeilegung, für die in dem Pakt von Bogotá spezielle Regelungen vorgesehen sind. In mehreren Fällen, insbesondere bei Grenzstreitigkeiten zwischen den OAS-Ländern, hat das Verfahren seine Effektivität bewiesen. Ein gerade in den letzten Jahren betontes Ziel der Organisation ist die Förderung demokratischer Strukturen. Die Generalversammlung der OAS hat eine Inter-Amerikanische Demokratie-Charta (2001) verabschiedet. Bei dem gewaltsamen Sturz der demokratischen Regierung eines Staates können dessen Mitgliedschaftsrechte in der OAS suspendiert werden.

Auf wirtschaftlichem Gebiet ist trotz vielfacher Bemühungen besonders der USA noch keine panamerikanische Organisation entstanden. Neben den regionalen Organisationen spielen bilaterale Freihandelsabkommen, die die USA mit lateinamerikanischen Staaten, diese aber auch untereinander abgeschlossen haben, eine große Rolle.

Das **Nordamerikanische Freihandelsabkommen (North American Free Trade Agreement – NAFTA)** ist 1992 von den USA, Kanada und Mexiko gegründet worden. Das Abkommen sieht den Abbau von Zöllen und nichttarifären Handelshemmnissen vor und öffnet die Dienstleistungsmärkte nach dem Grundsatz der Inländergleichbehandlung. NAFTA verfügt über eine einfache institutionelle Struktur. Hauptorgan ist eine Freihandelskommission, deren Mitglieder Kabinettsrang haben. Für Streitigkeiten zwischen privaten Investoren und dem Gaststaat sind Schiedsverfahren vorgesehen.

Die Staaten Mittel- und Südamerikas haben mehrere Organisationen zur wirtschaftlichen Integration gegründet, deren Mitgliedschaft sich teilweise überschneidet. Der **Gemeinsame Markt Südamerikas (Mercado Comun del Sur – MERCOSUR)** ist 1991 von Argentinien, Brasilien, Paraquay und Uruquay gegründet worden. Chile und Bolivien sind ihm durch Freihandelsabkommen verbunden und Venezuela ist ihm 2006 beigetreten. Die Organisation strebt einen gemeinsamen Markt an. Binnenzölle sind weitgehend weggefallen und ein gemeinsamer Zolltarif ist in Kraft getreten. Die Entscheidungsverfahren sind meist intergouvernemental, doch besteht eine Handelskommission, die die Anwendung der handelspolitischen Instrumente überwacht und ein Schiedsgericht für Streitigkeiten zwischen den Mitgliedsstaaten.

Die mit dem Vertrag von Montevideo (1980) gegründete **Lateinamerikanische Integrationsassoziation (Asociacion Latinoamericana de Integracion – ALADI)**, der 12 Staaten, darunter die Mitgliedstaaten von MERCOSUR, angehören, hat die Förderung der wirtschaftlichen Integration zum Ziel. Sie strebt den Abbau von Zöllen und sonstigen

Handelshemmnissen an, der für alle oder nur für einen Teil der Mitglieder vereinbart werden kann.

Die **Andengemeinschaft (Comunidad Andina)**, die mit dem Abkommen von Trujillo (1996) gegründet worden ist und den 1969 geschaffenen Andenpakt abgelöst hat, umfasst nur noch Bolivien, Ekuador, Kolumbien und Peru, nachdem Venezuela 2006 ausgetreten ist. Die Organisation mit Sitz in Lima ist nicht nur für die Förderung der Wirtschaftsintegration, den Aufbau einer Zollunion, sondern auch – auf der Ebene des Andinischen Rats der Außenminister – für die Formulierung der Außenpolitik im Bereich der regionalen Integration zuständig.

b) Afrika

Die **Afrikanische Union (African Union – AU)** mit Sitz in Addis Abeba (Äthiopien) hat 53 Mitglieder (als einziges afrikanisches Land ist Marokko wegen des Streits um den Status der Westsahara nicht Mitglied geworden). Die AU ist 2002 in Lomé als Nachfolgeorganisation der 1993 errichteten Organisation der Afrikanischen Einheit (Organization of African Unity – OAU) gegründet worden. Sie strebt eine größere Einheit und Solidarität zwischen den afrikanischen Ländern und Völkern an und fördert die politische und sozial-ökonomische Integration des Kontinents. Die Charta von Lomé sieht die Möglichkeit vor, dass die AU in einem Mitgliedstaat militärisch interveniert, wenn dort Kriegsverbrechen oder Völkermord geschehen. Diese Bestimmung steht im Widerspruch zu Art. 53 UN-Charta, wonach regionale Organisationen Zwangsmassnahmen nur nach Ermächtigung durch den UN-Sicherheitsrat ergreifen dürfen.

In Westafrika bestehen zwei wirtschaftliche Zusammenschlüsse, deren Mitgliedschaft sich überschneidet. Die 1975 gegründete **Wirtschaftsgemeinschaft von Westafrika** (Communauté Économique des États de l'Afrique de l'Ouest – CEDEAO) hat 15 Mitgliedstaaten. Wesentliche Ziele sind der Aufbau einer Freihandelszone und die Einführung einer gemeinsamen Währung. Die 1994 gegründete **Wirtschafts- und Währungsunion von Westafrika** (Union Économique et Monétaire Ouest Africaine – UEMOA) umfasst 8 Staaten, die mit der Ausnahme von Guinée Bissau als ehemalige französische Kolonien den sog. „Franc CFA" als gemeinsame Währung haben. Ziel der Organisation mit Sitz in Ouagadougou (Burkina Faso) ist die Angleichung der Wirtschaftspolitik und der Aufbau eines gemeinsamen Marktes für Güter, Dienstleistungen und Kapital.

13 südafrikanische Staaten haben die **Southern African Development Community (SADC)** gegründet, die von einer Freihandelszone zu einem gemeinsamen Markt entwickelt werden soll. Die Bekämpfung der Armut, die Sicherung des Friedens und die Förderung des regionalen Zusammenhalts sind ebenfalls Ziele der Organisation. Ihr Sekretariat ist in Gabarone (Botswana)

c) Arabische Länder, Asien und Pazifik

Der 1945 gegründeten **Arabischen Liga** (Sitz: Kairo) gehören 21 afrikanische und asiatische Staaten an. Sie strebt die Koordination der Aktivitäten der Mitgliedstaaten im politischen, wirtschaftlichen und kulturellen Bereich an und sieht eine gegenseitige Beistandspflicht bei einem Angriff auf einen Mitgliedstaat vor. Hauptorgan ist der Ligarat.

Die **Vereinigung Südostasiatischer Staaten (Association of South-East Asian Nations – ASEAN)**, die 1967 von Indonesien, Malaysia, den Philippinen, Singapur und Thailand mit einer antikommunistischen Zielrichtung gegründet worden ist und heute 10 Staaten umfasst, hat vor allem wirtschaftspolitische Aufgaben, ist aber auch ein Gremium für die sicherheitspolitische Zusammenarbeit in der Region. Wichtigstes Ziel ist die Aufhebung von Handelsschranken und die Schaffung einer Freihandelszone für Industrieprodukte (ASEAN Free Trade Area). Sitz ist Jakarta (Indonesien).

Für den pazifischen Raum wurde 1989 die **Asia-Pacific Economic Cooperation (APEC)** mit Sitz in Singapur gegründet. Ihr gehören 21 Anrainerstaaten des Pazifiks an, unter ihnen Australien, China, Russland, Chile und die USA. Die APEC, die im Konsens operiert und keine bindenden Absprachen vorsieht, strebt die Schaffung einer Freihandelszone an.

53 | Nord-Atlantik-Pakt (NATO)

a) Gründung und Organisation

Der Nord-Atlantik-Pakt wurde am 4. 4. 1949 in der Atmosphäre des beginnenden Kalten Kriegs von zehn westeuropäischen und zwei nordamerikanischen (USA und Kanada) Staaten gegründet. In der Folge traten Griechenland und die Türkei (1951), Deutschland (1955) und Spanien (1982) der NATO bei. Nach Auflösung der Sowjetunion wurden 1999 Polen, die Tschechische Republik und Ungarn und 2004 sieben weitere Staaten Mittel- und Osteuropas Mitglied, so dass die Organisation nunmehr 26 Mitglieder hat. Albanien, Kroatien und Mazedonien haben den Beitritt beantragt (Stand: 2006).

Höchstes Organ der NATO ist der **Nordatlantikrat**, zu welchem die Mitgliedstaaten Mitglieder im Ministerrang entsenden. Der **Ständige NATO-Rat** tagt auf der Ebene der NATO-Botschafter der Mitgliedstaaten. Die militärischen Fragen werden auf der Ebene des Verteidigungsplanungsausschusses (Defence Planning Committee) diskutiert. Der Sitz der Organisation ist Brüssel. Ihr Generalsekretär ist der Niederländer *Jaap de Hoop Scheffer* (Stand: 2006).

Auf der militärischen Ebene ist das höchste Organ der **Militärausschuss** (Military Commitee). Auf der operationellen Ebene gibt es seit dem Prager Gipfeltreffen von 2002 nur noch eine Kommandostruktur, die von den **Supreme Headquarters Allied Power Europe (SHAPE)** in Mons (Belgien) geleitet wird und über regionale Kommandozentralen in den Niederlanden, in Italien und in Portugal verfügt. Der NATO sind mehrere Agenturen und untergeordneten Organisationen zugeordnet, die sich mit Fragen wie der Standardisierung des militärischen Materials, mit Aufklärungstechnologien, mit der Ausbildung und mit der militärischen Logistik beschäftigen. So die NATO Supply and Maintenance Agency mit Sitz in Luxemburg (NAMSA), die gemeinsame Ausschreibungen organisiert, das NATO-Defence College in Rom und die NATO-School in Oberammergau (Deutschland).

b) Ziele und Entwicklung

Die NATO ist ein Bündnis zur **kollektiven Selbstverteidigung**. Nach Art. 5 des Nordatlantikvertrags betrachtet jede der Vertragsparteien einen Angriff auf eine oder mehrere von ihnen in Europa oder Nordamerika als einen Angriff auf alle Mitgliedstaaten und leistet in Ausübung des in Art. 51 der UN-Charta anerkannten Rechts auf individuelle oder kollektive Selbstverteidigung Beistand. Allerdings ist den Partnerstaaten die Form des Beistands nicht vorgeschrieben. So enthielt die erste Feststellung des Bündnisfalles in der Geschichte der NATO, die der NATO-Rat vom 2. Oktober 2001 nach den Terrorangriffen vom 11. September 2001 aussprach, keine Festlegung der zu ergreifenden Maßnahmen.

Nach dem Wegfall des Ost-West-Konfliktes haben sich die Funktionen der NATO beständig erweitert. Mit der Krisenbewältigung, der Konfliktverhütung und der Terrorismusbekämpfung sind wichtige Aufgaben hinzugekommen, die die NATO insbesondere durch die **Beteiligung an friedenssichernden Operationen der UNO** wahrgenommen hat. Die NATO wird hier von der UNO als regionale Einrichtung zur Wahrung des Friedens und der internationalen Sicherheit i.S.d. Art. 52 UN-Charta angesehen, der die Beilegung örtlich begrenzter Streitigkeiten obliegt, So führte die NATO von 1992–1995 im jugoslawischen Bürgerkrieg das UN-Waffenembargo durch und beteiligte sich ab 1994 an Luftwaffeneinsätzen in Bosnien, insbesondere auch an der Befreiung Sarajevos von der Belagerung durch serbische Truppen. Auf Grund des Dayton-Friedensabkommens wurde die NATO von dem UN-Sicherheitsrat 1995 zur Überwachung des Waffenstillstands und zur Truppenentflechtung in Bosnien ermächtigt (Einsatz der „Implementation Force" – IFOR). Auch der seit 1999 stattfindende Einsatz von mehreren Tausend NATO-Soldaten im Kosovo, der die Lage dort in Hinblick auf künftige politische Entscheidungen stabilisieren soll (KFOR), beruht auf einer Resolution des UN-Sicherheitsrates. In Afghanistan, wo die NATO 2003 im Auftrag der UNO die Koordinierung und das Kommando der International Security Assistance Force übernommen hat, wird die Organisation zum ersten Mal außerhalb des Bereiches Europa/Nordatlantik tätig.

Anders als diese Operationen war die Bombardierung serbischer Einrichtungen durch die NATO im Frühjahr 1999, die sich gegen die serbische Politik der Vertreibung von Albanern aus dem Kosovo richtete, nicht durch eine Resolution der UNO gedeckt.

Die geänderten Aufgaben der NATO machten ein neues strategisches Konzept erforderlich, das besonders in der **Prager Gipfelerklärung** des Nordatlantikrates vom November 2002 formuliert worden ist. Geplant ist vor allem der Aufbau von weltweit schnell verfügbaren und adäquat ausgerüsteten und ausgebildeten Einsatzkräften (NATO-Response Forces) sowie eine Vereinfachung der Kommandostrukturen. Die ersten Verbände der „Response Force", die 25.000 Mann umfassen und innerhalb fünf Tagen einsatzbereit sind, stehen seit November 2006 zur Verfügung.

Mit Russland und der Ukraine ist die NATO über besondere Vereinbarungen verbunden. Aufgrund der Erklärung von Rom (2002) ist ein **NATO-Russland-Rat** eingerichtet worden, in dem sich beide Seiten zweimal im Jahr auf der Ebene der Außen- und Verteidigungsminister treffen und sicherheitspolitische Frage behandeln. Mit ähnlicher Zielsetzung ist mit der Ukraine 1997 die Charta über eine Partnerschaft zwischen der NATO und der Ukraine abgeschlossen worden.

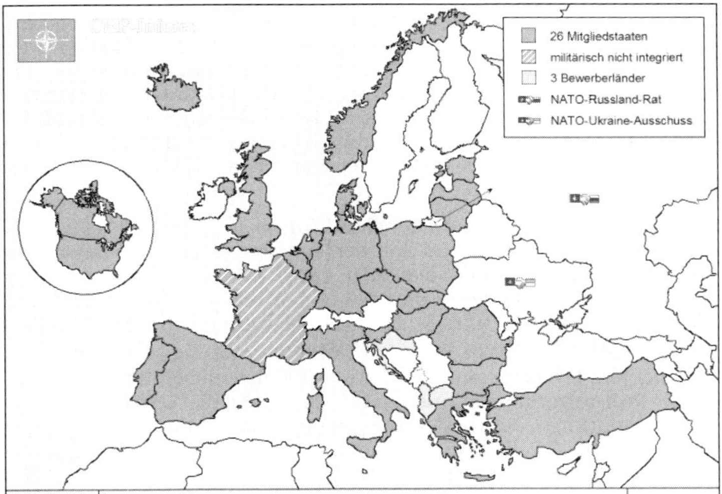

NATO-Mitgliedstaaten 2006 ©richter-publizistik

(Belgien, Bulgarien, Bundesrepublik Deutschland, Dänemark, Estland, Frankreich, Griechenland, Großbritannien, Island, Italien, Kanada, Lettland, Litauen, Luxemburg, Niederlande, Norwegen, Polen, Portugal, Rumänien, Slowakei, Slowenien, Spanien, Tschechische Republik, Türkei, Ungarn und USA)

54 | Internationales Wirtschaftsrecht

a) Grundsätze

Das Völkergewohnheitsrecht enthält nur wenige Regeln zum internationalen Handels- und Wirtschaftsverkehr. So gibt es weder ein Recht auf freien Handel noch einen Grundsatz der Nicht-Diskriminierung, der die Staaten daran hindern würde, auf den Handel mit anderen Staaten unterschiedliche Regeln anzuwenden.

Allerdings kann das **Interventionsverbot** ➢ s. Nr. 43, besonders belastenden wirtschaftspolitischen Maßnahmen wie etwa Handelsembargos eine Grenze setzen. Auch ergibt sich aus dem völkerrechtlichen Fremdenrecht ein gewisser **Schutz von Auslandsinvestitionen.** Diese dürfen nicht ohne Entschädigung enteignet werden, wobei allerdings das allgemeine Völkerrecht keine Regeln über die Höhe und die Modalitäten der Entschädigung vorsieht.

In der Praxis behandeln bilaterale Handelsabkommen oder spezielle Investitionsschutzabkommen Fragen des Investitionsschutzes. In den mehr als 100 von Deutschland abgeschlossenen Verträgen auf diesem Gebiet ist vorgesehen, dass Enteignungen nur zum allgemeinen Wohl zulässig sind und dass die zu leistende Entschädigung dem Wert des enteigneten Kapitals entsprechen und unverzüglich in einer frei transferierbaren Währung geleistet werden muss. Sie enthalten auch eine Garantie der „fairen und billigen" Behandlung der Investitionen und eine Meistbegünstigungsklausel. Das **International Center for the Settlement of Investment Disputes – ICSID**, das durch ein Übereinkommen von 1966 gegründet und in die Strukturen der Weltbank integriert worden ist, steht für Schiedsgerichts- und Mediationsverfahren bei Streitfällen zwischen Investoren und einem Gaststaat zur Verfügung.

Die Entwicklung des internationalen Wirtschaftsrechts seit dem Zweiten Weltkrieg ist weitgehend von den Interessengegensätzen zwischen den Industriestaaten und den sich entwickelnden Ländern geprägt worden. Diese forderten Kompensationen für die bestehende Ungleichheit, insbesondere in der Form der Gewährung von Handelspräferenzen und der Sicherung von Rohstoffpreisen.

Für mehrere Produkte wurden von den Produzentenländern internationale **Rohstofforganisationen** gegründet, z. B. die „Organization of Petrol Exporting Countries" – OPEC (1960), die „International Coffee Organization" (1973) und die „International Nickel Studies Group" (1990). Diese Organisationen strebten meist eine Marktregulierung an, die von der Aufteilung der Produktion (Quoten) bis zum Absatz an die Verbraucher und der Festsetzung der Preise reicht. Diese Rohstoffkartelle haben sich häufig als ungeeignet erwiesen, um genügend flexibel auf Marktschwankungen zu reagieren. So konnte die OPEC in der Folge der von ihr verursachten Ölpreissteigerung von 1973 nicht verhindern, dass die Preise wegen der nun folgenden Wirtschaftskrise zum Nachteil der Produzentenstaaten wieder massiv fielen.

Inzwischen hat sich weitgehend die Auffassung durchgesetzt, dass der nicht diskriminierende freie Handel und der Abbau aller Handelsbeschränkungen, wie sie vor allem dem Regelungswerk der Welthandelsorganisation (WTO) zugrunde liegen, den Interessen aller Staatengruppen am besten gerecht wird. Allerdings zeigt sich in der Bewegung der sog. Globalisierungsgegner, die den im Rahmen der WTO laufenden Verhandlungen über den weiteren Abbau von Handelsbeschränkungen z. T. massiven physischen Widerstand entgegen setzen, dass es auch zu Beginn des 21. Jahrhunderts kein weltweites Einverständnis über die optimale Organisation der Weltwirtschaft gibt.

b) Welthandelsorganisation (WTO)

Die **Welthandelsorganisation (World Trade Organization – WTO)** (Sitz: Genf), die 1994 aus den Verhandlungen der sog. Uruquay-Round hervorgegangen ist, umfasst 149 Mitglieder, zwischen denen 90% des Welthandels abgewickelt werden. China ist seit 2001 Mitglied, mit Russland finden Verhandlungen über den Beitritt statt (Stand: 2006). Die WTO hat die Organisation des **GATT** abgelöst, die sich zur Verwaltung und Entwicklung des Allgemeinen Zoll- und Handelsabkommens (General Agreement on Trade and Tariffs) gebildet hatte, und verfügt über verbesserte Entscheidungsstrukturen und erweiterte Zuständigkeiten, insbesondere auch im Bereich der Dienstleistungen. Ihre Organe sind die Ministerkonferenz, der Allgemeine Rat (das Hauptorgan), spezielle Räte für spezifische Sachgebiete und ein Sekretariat. Generalsekretär ist der Franzose *Pascal Lamy* (Stand: 2006). Die WTO ist das zentrale Forum für die korrekte Anwendung und die Weiterentwicklung der bestehenden multilateralen handelspolitischen Übereinkommen. Insbesondere bemüht sie sich um eine weitere Reduzierung der Zolltarife und die Beseitigung sonstiger Handelshemmnisse

Das WTO-Abkommen enthält in den Anhängen 1. A, B und C drei sektorenpezifische Abkommen:

- Das **Allgemeine Zoll- und Handelsabkommen** (General Agreement on Trade and Tariffs – GATT) in der Fassung von 1994; es sieht insbesondere das Prinzip der Meistbegünstigung, das Diskriminierungsverbot und das Verbot solcher nicht-tarifärerer Handelshemmnisse vor, die nicht aus dem im GATT ausgeführten Gründen, etwa dem Gesundheitsschutz, gerechtfertigt sind; das GATT wird ergänzt von speziellen Übereinkommen zum Warenhandel, die u. a. die technischen Handelshemmnisse und die Subventionen und Ausgleichsmaßnahmen betreffen.
- Das allgemeine **Abkommen über den Handel mit Dienstleistungen** (General Agreement on Trade in Services – GATS).
- Das **Abkommen über handelsbezogene Aspekte der Rechte des geistigen Eigentums** (Agreement on Trade-Related Aspects of Intellectual Property Rights, Including Trading in Counterfeit Good – TRIPS).

Die Anhänge 2–4 enthalten

- die Vereinbarung über Regeln und Verfahren zur Beilegung von Streitigkeiten (Understanding on Rules and Procedures Governing the Settlement of Disputes – DSU);
- den Mechanismus zur Überprüfung der Handelspolitik;
- die – nicht von allen Mitgliedstaaten der WTO ratifizierten – Übereinkommen über das öffentliche Beschaffungswesen und über den Handel mit Zivilluftfahrzeugen.

Die Effektivität des Systems der WTO ist im Vergleich zu der des GATT durch ein reformiertes und verbessertes **Streitschlichtungsverfahren** erhöht worden. Es obliegt einer Streitbeilegungsinstanz (**Dispute Settlement Body – DSB**), die für jeden Streitfall ein „Panel" einrichtet. Im Falle einer Berufung gegen den Vorschlag eines Panel-Berichts wird eine ständige Berufungsinstanz, nämlich der Standing Appellate Body, tätig. Die endgültige Entscheidung obliegt dem DSB. Wenn dessen Empfehlungen oder Entscheidungen von den betroffenen Mitgliedstaaten nicht umgesetzt werden, kann der in seinen Rechten verletzte Staat zu Gegenmaßnahmen ermächtigt werden, die nicht notwendig den streitigen Handelssektor betreffen müssen. So können etwa bei WTO-widrigen Beschränkungen des Handels mit Werkzeugmaschinen Gegenmaßnahmen im Nahrungsmittelsektor gestattet werden. Im Rahmen der Streitschlichtung hat die WTO viele strittige Fragen der Auslegung, insbesondere des GATT, klären können. So wurde auf Antrag der USA entschieden, dass der Importstopp, den die EU für mit Hormonen behandeltes amerikanisches Fleisch erlassen hatte, gegen die Regeln der WTO verstieß, da die mit der Hormonbehandlung verbundenen Gesundheitsrisiken nicht nachgewiesen worden seien. Seit 2004 sind Verfahren zwischen der EU und den USA zur Zulässigkeit von Subventionen anhängig, die die Flugzeugbauer Boeing und Airbus betreffen.

Eine wichtige Frage in der Praxis der WTO ist die Zulässigkeit von Handelshemmnissen, die mit der Verletzung von sozialen und ökologischen Standards gerechtfertigt werden (z. B. dem Verbot der Kinderarbeit und der Vermeidung die Umwelt belastender Produktionsmethoden).

Die Weiterentwicklung des Rechts der WTO im Rahmen einer **neuen Welthandelsrunde**, die 2001 mit einer Konferenz in Doha (Qatar) eröffnet worden ist, hat vor allem den Abbau von Subventionen (z. B. Agrarsubventionen der EU und anderer Staaten) und die fortschreitende Liberalisierung der Dienstleistungen zum Gegenstand. Streitpunkte sind u.a. der Handel mit Medienprodukten und Patenten für biotechnische Erfindungen. Schwierige Kompromisse zwischen den unterschiedlichen Interessen von Staatengruppen müssen gefunden werden, so den Entwicklungsländern und den Industriestaaten sowie aufstrebenden Schwellenländern wie China. Die Verhandlungen sind 2006 ausgesetzt worden.

c) Internationaler Währungsfonds

Der **Internationale Währungsfonds (International Monetary Fund – IMF)** (Sitz: Washington) wurde 1945 auf Grund der Verhandlungen von Bretton Woods, mit denen ein System fester Wechselkurse eingeführt worden war, gegründet. Das Gründungsabkommen wurde 1976 neu gefasst. Der IMF hat 184 Mitglieder. Oberstes Organ ist der Gouverneursrat (Lenkungsausschuss), in dem die Mitgliedstaaten in der Regel durch den Finanzminister oder den Präsidenten der Zentralbank vertreten sind. Die laufenden Geschäfte werden von einem Exekutivdirektorium geführt. Geschäftsführender Direktor ist der Spanier *Rodrigo Rato*, sein Vorgänger war *Horst Köhler*, der jetzige deutsche Bundespräsident (Stand: 2006). Der IMF hat zur Aufgabe, die internationale Zusammenarbeit auf dem Gebiet der Währungspolitik und die Stabilität der Währungen zu fördern, bei der Einrichtung eines multilateralen Zahlungssystems und der Beseitigung von Devisenbeschränkungen mitzuwirken und die Mitgliedstaaten bei Unausgeglichenheiten in der Zahlungsbilanz durch Fondsmittel zu unterstützen (sog. Sonderziehungsrechte). Die Rechte und Pflichten der Mitgliedstaaten, einschließlich der Stimmrechte im Gouverneursrat richten sich nach Quoten, die sich nach ihrer Wirtschaftskraft bestimmen und auch die Höhe der Sonderziehungsrechte bestimmen (Deutschland 6%, USA 17%).

Die Funktionen des IMF haben sich seit dem Zusammenbruch des Systems fester Wechselkurse stark verändert. Die Inanspruchnahme von Krediten ist rückläufig, obwohl sie inzwischen auch für Zwecke der Entwicklungshilfe gegeben werden. Die wirtschaftspolitischen Bedingungen, an die die Kredite gebunden werden, haben sich häufig als wenig praktikabel erwiesen. Es wird diskutiert, ob der IMF zu einem Forum ausgebaut werden kann, das sich vorrangig dem Problem der Ungleichgewichte der Leistungs- und Zahlungsbilanzen und den damit verbundenen Risiken für die Weltwirtschaft widmet.

d) Weltbank

Die **Weltbank (International Bank for Reconstruction and Development – IBRD)** (Sitz: Washington) hat die gleichen Mitgliedstaaten wie der IMF. Das Hauptorgan ist der Gouverneursrat (Lenkungsausschuss), der mit demjenigen des IWF identisch ist und jährlich zu einer gemeinsamen Frühjahrstagung von IMF und Weltbank zusammen tritt. Die laufenden Geschäfte werden von dem aus 24 Mitgliedern bestehendem Board of directors geführt. Präsident der Weltbank ist der US-Amerikaner *Paul Wolfowitz* (Stand: 2006). Sie ist mit Strukturhilfen und langfristigen Entwicklungsfinanzierungen befasst. Rechte und Pflichten der Mitgliedstaaten richten sich wie beim IMF nach den Kapitalbeteiligungen der Mitgliedstaaten. Im Rahmen der sog. Weltbankgruppe stellt die **Internationale Entwicklungshilfeorganisation** (International Development Association – IDA) armen Ländern unverzinsliche Kredite zur Verfügung, während die **Internationale Finanz-Korporation** (International Finance Corporation – IFC) private Entwicklungsprojekte initiiert, unterstützt und finanziert.

55 | Entwicklungspolitik

a) Grundzüge

Die **Entwicklungspolitik** (**Entwicklungszusammenarbeit**) hat zum Ziel, die armen Länder in die Lage zu versetzen, die Bedürfnisse ihrer Bevölkerung angemessen abzudecken (Nahrung, Erziehung, Gesundheit etc.) und gleichberechtigt und aus eigener Kraft am globalen Wirtschafts-, Finanz- und Kulturverkehr teilzunehmen. Die internationalen Verträge und die anderen Regeln, die die Entwicklungspolitik betreffen, sind kein einheitliches Regelungsgebiet. Denn Entwicklungspolitik wird auf verschiedenen Ebenen betrieben. Neben den multilateralen Bemühungen in Organisationen wie der Europäischen Union und den Gremien der Vereinten Nationen stehen die Aktivitäten der einzelnen Staaten sowie die Tätigkeit von Nichtregierungsorganisationen, von denen viele von den Kirchen getragen werden. Ziele der Entwicklungspolitik werden auch im Rahmen der allgemeinen Weltwirtschaftspolitik verfolgt. So müssen in der World Trade Organization (WTO) ➢ s. Nr. 54 b), das Interesse der Entwicklungsländer, ihre Rohstoffe, insbesondere landwirtschaftliche Güter, in den Industriestaaten unter fairen Bedingungen absetzen zu können, mit dem Interesse der reichen Länder am Export von Industriegütern und Dienstleistungen zum Ausgleich gebracht werden. Entwicklungsziele verfolgen auch Rohstoffabkommen ➢ s. Nr. 54 a), die vor allem verhindern sollen, dass starke Preisschwankungen in armen Ländern, die von einem oder wenigen Produkten abhängig sind, zu dramatischem Wirtschaftsproblemen führen.

Entwicklungspolitik kann sich nicht auf die Bekämpfung von Armut und die Regelung von Handels- und Wirtschaftsbeziehungen beschränken. Unter der Zielvorstellung der **nachhaltigen Entwicklung (sustainable development)** wird angestrebt, in die Entwicklungsstrategien auch Elemente des Umweltschutzes und des sparsamen Umgangs mit den natürlichen Ressourcen aufzunehmen (s. die von dem Weltgipfel in Johannesburg 2002 verabschiedete **Declaration on Sustainable Development**). Daneben ist die Stärkung der Verwaltungs- und Regierungsstrukturen in den Entwicklungsländern angesichts schwacher und vielfacher korrupter Behörden zu einem zentralen Tätigkeitsfeld der Entwicklungspolitik geworden (sog. **good governance** in Entwicklungsländern).

b) Aktivitäten im Rahmen der UNO

Die Generalversammlung der UNO hat in mehreren Resolutionen die Ziele der Entwicklungspolitik formuliert, so in der **Millenium Declaration** von 2000 (Resolution 55/2). In ihr wird angestrebt, bis 2015 die Zahl der extrem armen (über weniger als 1 $ pro Tag verfügenden) Menschen zu halbieren und außerdem die Muttersterblichkeit um drei Viertel und die Kindersterblichkeit um zwei Drittel zu reduzieren. Die Anzahl der Menschen ohne genügenden Zugang zu Trinkwasser soll ebenfalls halbiert, die Ausbreitung von AIDS, Malaria und anderen Krankheiten soll bis zu diesem Zeitpunkt gestoppt werden.

1964 hat die Generalversammlung die **UN-Konferenz für Handel und Entwicklung (United Nationes Conference for Trade and Development – UNCTAD)** eingerichtet. Sie ist sowohl eine Institution (Sitz: Genf) als auch die Bezeichnung für die im vierjährigem Rhythmus stattfindenden Konferenzen. Hauptziel von UNCTAD ist die Förderung des internationalen Handels und die Koordinierung der Tätigkeit der Organe der UNO mit besonderer Betonung des Handels zwischen Ländern verschiedener Stufen der Entwicklung.

UNCTAD hat nicht die gleiche Bedeutung als Gremium des Welthandels erlangt, wie sie der WTO beikommt, in der auch die meisten der Mitgliedstaaten von UNCTAD Mitglied sind. Doch sind in ihrem Rahmen wichtige Zielsetzungen der Entwicklungspolitik formuliert worden. So sollen die Industriestaaten den Entwicklungsländern jährlich 0,7 % ihres Bruttosozialprodukts (BSP) als Entwicklungshilfe zukommen lassen (Official Development Assistance). Diese auf der UNCTAD Konferenz von 1968 formulierte und auf der Konferenz über Entwicklungsfinanzierung in Monterey/Mexiko (2002) bestätigte Ziel ist allerdings nur von wenigen Staaten erreicht worden. Auch die Schuldenerlasse für die ärmsten Entwicklungsländer (least developed countries), die mehrere Industriestaaten in den letzten Jahren gewährt haben, beruhen auf UNCTAD Initiativen. Weniger erfolgreich war das Bemühen von UNCTAD, die Rohstoffmärkte zu stabilisieren. Zwar kam es zur Unterzeichnung und dem Inkrafttreten des **Übereinkommens zur Gründung des Gemeinsamen Fonds für Rohstoffe (1980)**, der das Funktionieren verschiedener internationaler Rohstofforganisationen insbesondere finanziell absichern soll, doch ist der Fonds bisher ohne praktische Bedeutung geblieben.

Die **Weltbank** ➢ s. Nr. 54 d), ist mit Strukturhilfen und langfristigen Entwicklungsfinanzierungen befasst, stellt über die **Internationale Entwicklungshilfeorganisation** armen Ländern unverzinsliche Kredite zur Verfügung und unterstützt mit der **Internationalen Finanz-Korporation** private Entwicklungsprojekte.

c) Entwicklungspolitik der Europäischen Union

Ein zentraler Teil der Entwicklungspolitik der EU ist das für 5 Jahre abgeschlossene **Partnerschafts- und Kooperationsabkommen mit 77 Staaten aus Afrika, der Karibik und dem Pazifik-Raum (AKP-Staaten)**, das 2000 in Cotonou (Benin) abgeschlossen worden und am 1. April 2003 in Kraft getreten ist und die von 1975 bis 2000 geltenden Abkommen von Lomé ersetzt hat. Es sieht einen weitgehenden politischen Dialog, den schrittweisen Abbau von Handelshemmnissen und die Bereitstellung von Investitionshilfen aus dem 9. Europäischen Entwicklungsfonds in Höhe von 13,5 Milliarden Euro sowie Darlehen der europäischen Investitionsbank vor.

Über **das Amt für humanitäre Hilfe** leistet die EU in erheblichem Umfang Nahrungsmittelhilfe und sonstige Hilfe in Krisenfällen (Haushalt 2006: 515 Millionen Euro).

Ein weiteres wichtiges Element der Entwicklungspolitik der EU besteht in der Gewährung von **allgemeinen Zollpräferenzen, Zollbefreiungen und Zollkontingenten** für bestimmte Produkte der Entwicklungsländer.

d) Deutsche Entwicklungshilfe

Die von Deutschland geleistete Entwicklungshilfe betrug 2004 0,28% des BSP, d.h. ca. 6 Milliarden Euro, von denen die Hälfte multilateral und insbesondere über die Europäische Union und die Vereinten Nationen erbracht wurde. Hauptempfängerregionen waren Afrika (2,4 Milliarden Euro) und Asien (1,6 Milliarden Euro).

Zuständig für die Gewährung von Entwicklungshilfe und die Koordinierung der Entwicklungspolitik ist das **Ministerium für wirtschaftliche Zusammenarbeit und Entwicklung** ➢ s. Nr. 105). Es bedient sich für die Finanzielle Zusammenarbeit mit den Partnerländern der **Kreditanstalt für Wiederaufbau Entwicklungsbank (KfW)** und für die Technische Zusammenarbeit der **Deutschen Gesellschaft für Technische Zusammenarbeit** (GTZ). Der **Deutsche Entwicklungsdienst (DED)** ist auf die Vorbereitung und Entsendung von Entwicklungshelfern spezialisiert. Grosse Teile der Haushaltsmittel werden Nichtregierungsorganisationen zur Verfügung gestellt, die diese unter eigener Verantwortung in den Partnerländern einsetzen.

56 | See-, Luft und Weltraumrecht

a) Seerecht

Nachdem sich schon seit dem 17. Jahrhundert im Seevölkerrecht die **Grundsätze der freien Schifffahrt und der freien Fischerei** durchgesetzt hatten (*mare liberum*), sind diese in den letzten Jahrzehnten durch die Anerkennung von besonderen Nutzungszonen, die die Küstenstaaten privilegieren, eingeschränkt worden. Diese Entwicklung beruht auf der fortschreitenden Erschöpfung der Fischreserven, auf den sich entwickelnden Möglichkeiten der Ausbeutung des Meeresuntergrunds (Mineralien, Erdöl und Erdgas) und auf strategischen Interessen der Küstenstaaten (Stationierung von Atomwaffen auf Unterseebooten).

Der gegenwärtiger Rechtszustand ergibt sich im Wesentlichen aus den vier 1958 von der Ersten Seerechtskonferenz der UNO unterzeichneten Konventionen und vor allem aus dem **UN-Seerechtsübereinkommen – SRÜ (1982)**, das auf der Dritten Seerechtskonferenz der UNO erarbeitet worden ist. Das SRÜ, neben dem die Übereinkommen von 1958 noch in Kraft sind, enthält neben zahlreichen Vorschriften, die eine Kodifizierung des Völkergewohnheitsrechts beinhalten, wichtige Weiterentwicklungen des Seerechts. So wird erstmalig eine umfängliche Regelung über den Schutz und die Bewahrung der Meeresumwelt vorgesehen. Ein **Internationaler Seegerichtshof** mit Sitz in Hamburg wird eingerichtet (seine Zuständigkeit ist nicht obligatorisch, da sich die Vertragsstaaten alternativ auch der Gerichtsbarkeit des Internationalen Gerichtshofes oder von Schiedsgerichten unterwerfen können).

Das SRÜ enthält folgende Regelungen der **besonderen Nutzungszonen**:

- die Staaten können die **Breite des Küstenmeeres**, d.h. den Teil des Meeres, auf dem sie volle Souveränität besitzen, auf 12 Seemeilen ausdehnen (in Abweichung von der traditionellen Dreimeilenzone); die Schiffe aller Staaten haben das Recht auf die friedliche Durchfahrt des Küstenmeeres.
- In der so genannten **Anschlusszone**, deren Breite 24 Seemeilen nicht überschreiten darf, können die Küstenstaaten gewisse hoheitliche Befugnisse ausüben, insbesondere Kontrollen der Anwendung der Zoll-, Einreise- und Gesundheitsvorschriften.
- In der **ausschließlichen Wirtschaftszone**, deren Breite 200 Seemeilen nicht überschreiten darf, haben die Küstenstaaten das Recht zur Ausbeutung der lebenden (Fischfang) und nicht lebenden (Mineralien, Erdöl und Erdgas) Ressourcen und zum Bau von künstlichen Inseln und anderen Anlagen.
- Die Küstenstaaten haben an dem **Festlandsockel**, das heißt dem Teil des Meeresbodens, der die natürliche Verlängerung seines Landgebie-

tes darstellt, souveräne Rechte zum Zwecke seiner Erforschung und der Ausbeutung seiner natürlichen Ressourcen; die äußerste Grenze des Festlandssockels darf die Entfernung von 350 Seemeilen von der Basislinie (Küstenlinie gemäß Art. 5 SRÜ) oder 100 Seemeilen von der 2500-Meter-Wassertiefenlinie nicht überschreiten; alle Staaten haben das Recht, auf dem Festlandsockel unterseeische Kabel und Rohrleitungen zu legen.

- Für die Nutzung des Meeresbodens und des Meeresuntergrundes wird in Teil XI des SRÜ ein **Meeresbodenregime** geschaffen und eine für die Zuteilung von Nutzungsrechten zuständige Internationale Meeresbodenbehörde (Sitz: Jamaika) eingerichtet. Dieses Regime, das den Meeresuntergrund als „gemeinsames Erbe der Menschheit" betrachtet, sollte das bisher geltende Völkergewohnheitsrecht ablösen, wonach die Nutzung des Meeresbodens keinen Beschränkungen unterlag, stieß aber auf den Widerstand technologisch entwickelter Staaten und führte dazu, dass sie das Übereinkommen nicht ratifizierten. Die Zahl der Vertragsstaaten hat deutlich zugenommen, nachdem das Meeresbodenregime durch das Übereinkommen zur Durchführung des Teiles XI des Seerechts-Übereinkommens der Vereinten Nationen (1994) im Interesse der Industrieländer geändert worden ist. Die USA sind dem SRÜ bisher nicht beigetreten.

b) Luftrecht

Das internationale Luftrecht ist von dem Prinzip der **Lufthoheit der Staaten** für den Luftraum über ihrem Hoheitsgebiet geprägt (**Chicagoer Abkommen von 1944 über die Internationale Zivilluftfahrt**). Es enthält aber keine Regelung der Frage, in welcher Höhe der Luftraum endet, und ist daher nicht klar vom Weltraumrecht abgrenzbar.

Das Luftrecht hat im Wesentlichen die Gewährung von Flugrechten und die Organisation und die Sicherheit der Zivilluftfahrt zum Gegenstand. Die allgemeinen Regeln des Chicagoer Abkommens werden durch eine Vielzahl von bilateralen und regionalen Verträgen (im Rahmen der EU durch Verordnungen) zum internationalen gewerblichen Flugverkehr ergänzt. Die mit dem Chicagoer Abkommen gegründete **Internationale Zivilluftfahrt-Organisation – ICAO** (Sitz: Montreal) hat vor allem die Vereinheitlichung der nationalen Bestimmungen für den Luftverkehr unternommen und damit die Sicherheit des Luftverkehr entscheidend verbessert.

Wichtige Fragen der Personen- und Güterbeförderung, vor allem Haftungsfragen, sind in dem Warschauer Abkommen zu Vereinheitlichung von Regeln über die Beförderung im internationalen Luftverkehr (1929) und in dem dieses Abkommen ablösendem **Übereinkommen vom 28. 5. 1999 zur Vereinheitlichung bestimmter Vorschriften über die Beförderung im internationalen Luftverkehr (Montrealer Abkommen)** geregelt worden.

In Abweichung von dem Prinzip der Lufthoheit der Staaten ist im Bereich des **Internationalen Fernmelde- und Rundfunkwesens** der Grundsatz der **internationalen Sendefreiheit** (Ätherfreiheit) anerkannt. Allerdings darf der Empfängerstaat ihm nicht genehme Sendungen stören (*jamming*). Da das größte Hindernis für die Sendefreiheit aber nicht auf der Existenz von Staatsgrenzen, sondern aus der technisch begründeten Beschränktheit der Frequenzen beruht, ist die Tätigkeit der **Internationalen Fernmeldeunion** (International Telecommunication Union – ITU; Sitz: Genf) von überragender Bedeutung. Sie verteilt und registriert die Frequenzen und koordiniert die Bemühungen zur weltweiten Entwicklung der Telekommunikations-Dienste.

c) Weltraumrecht

Der **Weltraumvertrag** von 1967 schließt die nationale Aneignung des Weltraums, des Mondes und anderer Himmelkörper aus. Er verbietet die Errichtung militärischer Stützpunkte im Weltraum, enthält allerdings keine Regelung, die jegliche militärischen Aktivitäten im Weltall, etwa die Verwendung von Satelliten zur militärischen Aufklärung und Kommunikation, untersagt. Der **Mondvertrag** von 1979, der diesen Himmelskörper als „gemeinsames Erbe der Menschheit" betrachtet, ist nur von wenigen Staaten ratifiziert worden. Insbesondere die Weltraummächte sind nicht an ihn gebunden.

Die Frage der Nutzung des Weltraums für Telekommunikation, z. B. durch Satellitenfernsehen, ist bisher völkervertraglich nicht geregelt worden. Viele Staaten gehen von dem Prinzip der Sendefreiheit aus, während andere es als völkerrechtswidrig ansehen, wenn ohne ihre Zustimmung auf ihrem Gebiet Programme ausgestrahlt werden. An der technischen Koordinierung und der Verteilung von Frequenzen der geostationären Satelliten ist die Internationale Fernmeldeunion beteiligt.

Die **Fernerkundung** zu militärischen, wissenschaftlichen und meteorologischen Zwecken ist Gegenstand der Resolution 41/65 der Generalversammlung der UNO (Principles Relating to Remote Sensing of the Earth from Outer Space) aus den Jahre 1986. Prinzipiell ist danach die Fernerkundung auch ohne Einwilligung des erkundeten Staats zulässig, doch werden Konsultationspflichten vorgesehen.

57 | Internationales Umweltrecht

a) Entwicklung

Das internationale Umweltrecht hat sich erst in den letzten Jahrzehnten entwickelt, parallel zu dem weltweit wachsendem Bewusstsein der Gefährdung und der Begrenztheit der der Menschheit zur Verfügung stehenden natürlichen Ressourcen. Daher gibt es auf diesem Gebiet nur wenige gewohnheitsrechtlich anerkannte Grundsätze, jedoch eine wachsende Anzahl universeller, regionaler und bilateraler Übereinkommen.

Gewohnheitsrechtlich anerkannt und von der Rechtsprechung des IGH bestätigt ist das Verbot, die Umwelt auf fremdem Staatsgebiet oder in staatsfreien Räumen (z. B. auf der Hohen See) zu schädigen. Bei der Nutzung gemeinsamer natürlicher Ressourcen, z. B. von Wasserläufen, hat sich das Prinzip der gerechten Inanspruchnahme (*principle of equitable utilization*) herausgebildet, das allerdings bei der Anwendung auf den Einzelfall schwierige Anwendungsprobleme aufwirft.

Allgemeine Grundsätze zum völkerrechtlichen Umweltschutz wurden auf der **Konferenz der Vereinten Nationen zu Umwelt und Entwicklung von Rio de Janeiro (1992)** formuliert und 2002 von dem Weltgipfel in Johannesburg in der **Declaration on Sustainable Development** bestätigt. Zu ihnen gehört neben dem **Prinzip der nachhaltigen Entwicklung im Einklang mit der Natur** (sustainable development), das den Staaten auferlegte Verbot, die Umwelt jenseits ihrer Grenzen zu schädigen, der Vorsorgegrundsatz, die Schadensersatzpflicht der Verursacher von Umweltschädigungen und die Durchführung von Umweltverträglichkeitsprüfungen. Die Staaten werden aufgefordert, zum Schutz der Ökosysteme der Welt zusammenzuarbeiten und die Weltwirtschaftsordnung so zu gestalten, dass das Wirtschaftswachstum und die nachhaltige Entwicklung ohne Verschlechterung der Umwelt gefördert werden.

Eine wichtige koordinierende Funktion für den Umweltschutz kommt dem **Umweltprogramm der Vereinten Nationen** (United Nations Environment Program – UNEP) zu, das in Nairobi über eine eigene Organisationsstruktur verfügt. Direktor ist der Deutsche Achim Steiner (Stand: 2006).

Eine finanzielle Hilfe für umweltschonende Maßnahmen der Entwicklungsländer kann über die **Umweltfazilität der Weltbank** (Global Environmental Facility) gegeben werden.

b) Internationale Übereinkommen

Zahlreiche internationale Verträge haben den Schutz von Gewässern zum Gegenstand. Ihm sind die Art. 194 ff. des **UN-Seerechtsübereinkommens** ➢ s. Nr. 56 a) gewidmet. Den Schutz von Flora und Fauna betrifft das **Washingtoner Artenschutzabkommen** (1973), während das **Rahmenübereinkommen von Rio über die biologische Vielfalt** (1992) den Erhalt genetischer Ressourcen und ganzer Ökosysteme zum Gegenstand hat. In seinem Rahmen ist das **Protokoll von Cartagena zur biologischen Sicherheit** (2000) unterzeichnet worden, das den grenzüberschreitenden Verkehr von gentechnisch veränderten Organismen regelt.

Das **Baseler Übereinkommen über die grenzüberschreitende Verbringung gefährlicher Abfälle** (1989) soll den internationalen Transport von Abfällen einschränken.

Die weltweiten Bemühungen zum **Klimaschutz** betrafen zunächst die Reduzierung der Ozonschicht, die die Erde vor der gefährlichen ultravioletten Strahlung schützt. Im Rahmen des **Wiener Abkommens zum Schutz der Ozonschicht** (1985) wurde mit dem **Montrealer Protokoll über Stoffe, die zu einem Abbau der Ozonschicht führen** (1987) insbesondere der Abbau der Emission von Fluorkohlenwasserstoffen vorgesehen. Gegenwärtig ist es das Hauptanliegen der internationalen Umweltpolitik, die schädlichen Auswirkungen von Treibhausgasen, insbesondere von Kohlendioxid, auf die Atmosphäre einzudämmen (**Treibhauseffekt**). Diesem dienen das **Rahmenabkommen von Rio über Klimaveränderungen** (1992) und vor allem das **Protokoll von Kyoto** (1997) zu diesem Rahmenabkommen, das den Staaten die fortschreitende Reduzierung der Emission von Treibhausgasen auferlegt, wobei die Reduktionsquoten für verschiedene Ländergruppen unterschiedlich hoch sind. Im Durchschnitt wird den Industrie- und den Schwellenländern eine 5%-ige Reduzierung der Emissionen bis 2012 auferlegt, bezogen auf das Niveau von 1990. Die Entwicklungsländer erhalten bei der Erfüllung ihrer geringen Verpflichtungen finanzielle und technische Unterstützung durch die OECD-Länder. Das Kyoto-Protokoll, über dessen Umsetzung die Vertragsparteien erst 2001 bei der Konferenz von Marrakesch eine Einigung erzielen konnten, ist nach der Ratifizierung von 55 Staaten (deren Emissionen mindestens 55% der weltweiten Emissionen der Industriestaaten erreichen mussten) am 16. Februar 2005 in Kraft getreten. Allerdings haben die USA, die der weltweit größte Verursacher von Treibhausgas sind (36% der weltweiten Emissionen des Jahres 1990), das Protokoll wegen der Befürchtung von Nachteilen für die inländische Industrie noch nicht ratifiziert.

Um den Vertragsstaaten die Erfüllung ihrer Verpflichtungen zu erleichtern, ermöglicht ihnen das Protokoll von Kyoto mit den für sie geltenden Emissionsreduktionsquoten Handel zu treiben. Staaten, die die Emissionen über ihre Verpflichtung hinaus reduzieren, können also das „Recht", die Atmosphäre zu verschmutzen, anderen Staaten, die das ihnen auferlegte Reduktionsziel nicht erreichen, verkaufen, wodurch das weltweit angestrebte Gesamtziel der Reduzierung nicht beeinträchtigt wird (**Emissionshandel**). In Deutschland ist die **Deutsche Emissionshandelsstelle** mit der Verteilung der handelsfähigen Emissionszertifikate an die Unternehmen beauftragt. Der Handel findet an der Strombörse EEX statt.

Art. 4 des Protokolls eröffnet zwei oder mehr Staaten die Möglichkeit, ihre Verpflichtungen gemeinsam zu erfüllen. Die Europäische Gemeinschaft, die das Protokoll ebenso wie ihre Mitgliedstaaten ratifiziert hat, hat von dieser Möglichkeit Gebrauch gemacht, d. h. das Reduktionsziel für die EG ergibt sich aus der Summe der den einzelnen Mitgliedstaaten auferlegten Reduktionsverpflichtungen.

Für das Protokoll von Kyoto, das 2012 ausläuft, muss eine Nachfolgeregelung gefunden werden, die weitere Reduzierungen der Emissionen vorsieht. Die Weltklimakonferenz von Nairobi (November 2006) konnte sich auf solche Ziele und die Verfahren zu ihrer Umsetzung noch nicht einigen.

V. Das Grundgesetz für die Bundesrepublik Deutschland

Verfassungsgrundsätze. Grundrechte

61 | Bedeutung und Aufbau des Grundgesetzes

Das GG vom 23. 5. 1949 hat **Verfassungsrang** und steht damit über dem gewöhnlichen Gesetz ➤ s. zur Normenhierarchie Nr. 142. Die Bezeichnung „Grundgesetz" wurde gewählt, weil es nur als Zwischenlösung für die BRep. gedacht war ➤ s. zur Entstehung Nr. 19. Das Grundgesetz, das nach der 1990 erreichten Vollendung der Einheit und Freiheit Deutschlands für das gesamte deutsche Volk gilt, verliert seine Gültigkeit an dem Tage, an dem eine Verfassung in Kraft tritt, die von dem deutschen Volk in freier Entscheidung beschlossen worden ist (Art. 146 GG).

Während die WVerf. die Verfassungsgrundsätze (insbesondere die republikanische Staatsform und das demokratische Prinzip) an den Beginn stellte und anschließend die obersten Organe (Reichstag, Reichspräsident, Reichsregierung, Reichsrat) sowie die Funktionen der Reichsgewalt (Gesetzgebung, Verwaltung, Rechtspflege) darstellte und erst in einem „Zweiten Hauptteil" Grundrechte und Grundpflichten behandelte, stellt das GG aufgrund der Erfahrungen aus der Zeit des Nationalsozialismus die **Grundrechte an den Anfang unserer Verfassung.** Erst in den folgenden Abschnitten finden sich die Festlegungen zur Staatsorganisation und dem Funktionieren der Staatsgewalten. Diesem Aufbau entsprechen die Landesverfassungen von Baden-Württemberg, Bremen, Hessen, Rheinland-Pfalz, Saarland und Thüringen. Die Bayerische Verfassung folgt dagegen noch dem Aufbau der WVerf. In den Verfassungen von Berlin, Brandenburg, Mecklenburg-Vorpommern, Niedersachsen, Nordrhein-Westfalen, Sachsen und Sachsen-Anhalt werden nach den Verfassungsprinzipien zunächst die Grundrechte und anschließend die Verfassungsorgane behandelt. In Hamburg und Schleswig-Holstein wird auf einen Grundrechtskatalog sogar ganz verzichtet. Der Aufbau hat auf die Geltung der Grundrechte und ihren Umfang aber keine Auswirkung.

Das GG stellt, ähnlich wie frühere Verfassungen, einen einleitenden Satz (**Präambel**) voran, der Bedeutung, Zweck und Entstehung darlegt; sie lautet in der Fassung, die sie durch den EV ➢ s. Nr. 23 b), erhalten hat:

„Im Bewusstsein seiner Verantwortung vor Gott und den Menschen, von dem Willen beseelt, als gleichberechtigtes Glied in einem vereinten Europa dem Frieden der Welt zu dienen, hat sich das Deutsche Volk kraft seiner verfassungsgebenden Gewalt dieses Grundgesetz gegeben.

Die Deutschen in den Ländern Baden-Württemberg, Bayern, Berlin, Brandenburg, Bremen, Hamburg, Hessen, Mecklenburg-Vorpommern, Niedersachsen, Nordrhein-Westfalen, Rheinland-Pfalz, Saarland, Sachsen, Sachsen-Anhalt, Schleswig-Holstein und Thüringen haben in freier Selbstbestimmung die Einheit und Freiheit Deutschlands vollendet. Damit gilt dieses Grundgesetz für das gesamte Deutsche Volk."

Änderungen des GG sind Verfassungsänderungen; sie können nur mit qualifizierten Mehrheiten in Bundestag und Bundesrat beschlossen werden (Art. 79 Abs. 2 GG) ➢ s. Nr. 80 c).

62 | Verfassungsgrundsätze und Staatsziele. Hoheitszeichen

Der Name Bundesrepublik Deutschland besagt, dass die deutschen Länder sich zu einem **Bundesstaat** ➢ s. Nr. 4 c), zusammengeschlossen haben und dass dieser Bund eine **Republik**, ein Freistaat, ist ➢ s. Nr. 4 a). Art. 20 Abs. 1 GG fügt hinzu, dass die BRep. ein **demokratischer** und **sozialer** Bundesstaat ist.

Den Ländern ist ihre Eigenstaatlichkeit geblieben; sie sind nicht lediglich, wie im Einheitsstaat, reine staatliche Verwaltungsbezirke (Provinzen); sie haben eigene Verfassungen, Staatsgebiete und staatliche Gewalten (Gesetzgebung, Verwaltung, Rechtsprechung).

Allerdings ist ihr Staatsgebiet zugleich Bundesgebiet. Im Übrigen aber stehen die Hoheitsrechte der Länder neben denen des Bundes mit den im GG vorgesehenen Abgrenzungen.

Wie in der Weimarer Republik geht die Staatsgewalt vom Volk aus (Art. 20 Abs. 2 GG). Es besteht also **Volkssouveränität.** Somit ist die BRep. eine demokratische Republik.

Das Volk äußert seinen Willen unmittelbar durch die Wahl des BT (Art. 38 GG) sowie durch Volkentscheid bei Abstimmungen über die Landeszugehörigkeit eines Gebiets (Art. 29 GG). Volksentscheide (Plebiszite) zu anderen Themen, auch zu Gesetzentwürfen, wie dies in Art. 73 WVerf. vorgesehen war und auch heute noch in den meisten Landesverfassungen ➢ s. hierzu Nrn. 121 ff., verankert ist, sind auf Bundesebene nicht zulässig. An der Gesetzgebung ist das Volk nur mittelbar beteiligt über die Wahl des BT sowie der Landtage und damit der Landesregierungen, die wiederum im BR vertreten sind. Man spricht daher von einer **repräsentativen Demokratie**, bei der das Volk durch seine Vertreter (Repräsentanten) die Staatsgewalt ausübt. Mittelbar beteiligt ist das Volk hinsichtlich der Wahl des Bundeskanzlers (durch den BT), des BPräs. (durch die Bundesversammlung, bestehend aus den Mitgliedern des BT und aus Delegierten der Landesparlamente) sowie der Mitglieder des BVerfG (durch den BT und BR). Letztlich lässt sich aber jegliche Staatsgewalt – wenn auch nur mittelbar – auf das Volk zurückführen.

Ausprägung des Demokratieprinzips

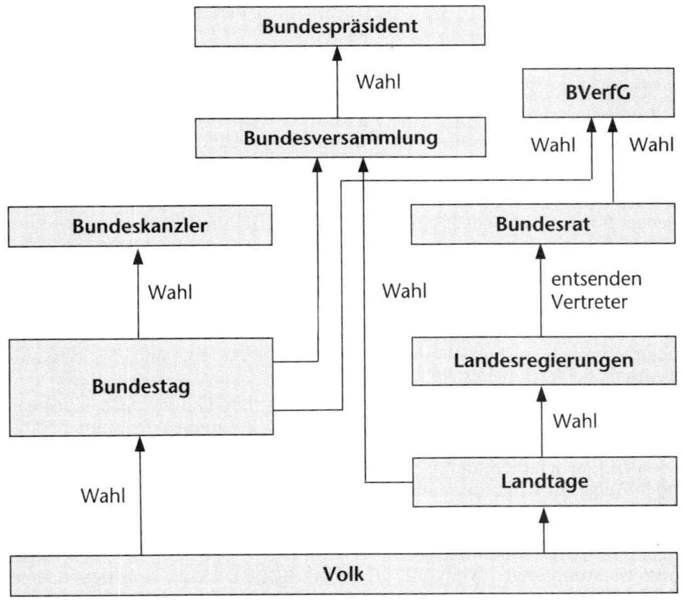

Die BRep. ist ferner ein **Sozialstaat** (Art. 20 Abs. 1 GG), der sich die Fürsorge für alle Teile der Bevölkerung, insbesondere für die wirtschaftlich schlechter gestellten Kreise, angelegen sein lässt, um jedem ein menschenwürdiges Dasein zu ermöglichen ➢ s. ausführlich Nr. 641.

Sie ist ferner ein **Rechtsstaat**, der Gerechtigkeit und Rechtssicherheit zu gewährleisten hat und die Tätigkeit des Staates an Gesetz und Recht bindet (vgl. Art. 20 Abs. 3 GG).

Seit 1994 ist der Umweltschutz und seit 2002 der Tierschutz als Staatszielbestimmung in Art. 20a GG verfassungsrechtlich verankert, aus dem die Bürger aber keine subjektiven Rechte ableiten können. Es handelt sich vielmehr um einen permanenten Konkretisierungsauftrag an den Gesetzgeber. Weitere Staatsziele sind die Sicherung des Friedens (s. Präambel sowie Art. 26 Abs. 1 GG) sowie die Verwirklichung eines vereinten Europas (Art. 23 Abs. 1 GG).

Hoheitszeichen des Bundes sind die Bundesflagge (schwarz-rot-gold; Art. 22 GG), das Bundeswappen (einköpfiger schwarzer Adler auf goldgelbem Grund) und das

Bundessiegel (Bundesadler mit Kranz = großes Bundessiegel). Zu Form und Führung der deutschen Flaggen s. die Anordnung über die deutschen Flaggen v. 13. 11. 1996 (BGBl. I 1729).

Nationalhymne der BRep. ist die 3. Strophe des „Liedes der Deutschen" von *Hoffmann von Fallersleben* (s. Briefe des BPräs. vom 19. 8. 1991 und des Bkzl. vom 23. 8. 1991, BGBl. I 2135):

Einigkeit und Recht und Freiheit für das deutsche Vaterland!
Danach laßt uns alle streben, brüderlich mit Herz und Hand!
Einigkeit und Recht und Freiheit sind des Glückes Unterpfand.
Blüh im Glanze dieses Glückes, blühe deutsches Vaterland!

63 | Das Bundesgebiet

Die Herrschaft des Staates erstreckt sich auf das Staatsgebiet ➢ vgl. Nr. 1 a). Dieser **Gebietshoheit** unterliegen Staatsangehörige und Ausländer in gleicher Weise. Ausnahmen bestehen für die Gebäude fremder diplomatischer Vertretungen und deren Angehörige **(Exterritorialität)** ➢ vgl. Nr. 44.

In jedem Bundesstaat besteht eine doppelte Gebietseinheit:
- die des Bundes, die für das ganze Bundesgebiet gilt, und
- die des Gliedstaates für sein Staatsgebiet.

Das Bundesgebiet besteht aus den 16 Ländern: Baden-Württemberg, Bayern, Berlin, Brandenburg, Bremen, Hamburg, Hessen, Mecklenburg-Vorpommern, Niedersachsen, Nordrhein-Westfalen, Rheinland-Pfalz, Saarland, Sachsen, Sachsen-Anhalt, Schleswig-Holstein und Thüringen.

Art. 29 GG sieht eine allgemeine **Neugliederung der Länder** nach landsmannschaftlicher Verbundenheit, geschichtlichen und kulturellen Zusammenhängen, wirtschaftlicher Zweckmäßigkeit und sozialem Gefüge durch Bundesgesetz vor. Sie soll Länder schaffen, die nach Größe und Leistungsfähigkeit die ihnen obliegenden Aufgaben wirksam erfüllen können. Das Bundesgesetz ist in jedem betroffenen Gebietsteil zum Volksentscheid zu stellen, bei dem grundsätzlich die Mehrheit der abgegebenen Stimmen entscheidet. Das Nähere regeln Art. 29 Abs. 5, 6 sowie das Verfahrensgesetz vom 30. 7. 1979 (BGBl. I 1317) nebst Durchführungsbestimmungen vom 12. 11. 1984 (BGBl. I 1342). Sonstige (kleinere) Gebietsänderungen können gem. Art. 29 Abs. 7, 8 GG durch Staatsvertrag oder durch Bundesgesetz mit Zustimmung des BR erfolgen, wenn das betr. Gebiet höchstens 50 000 Einwohner hat. Eine allgemeine Neugliederung wird jedoch durch das komplizierte Verfahren, die Unbestimmtheit der Ziele und die Unklarheit der in Art. 29 Abs. 1 verwendeten Begriffe außerordentlich erschwert. Zuletzt scheiterte 1997 eine Initiative zur Schaffung eines Bundeslandes Franken aus Teilen Baden-Württembergs, Bayerns und Thüringens auch vor dem BVerfG.

Eine von Art. 29 GG anweichende Regelung besteht für Berlin und Brandenburg (Art. 118 a GG). Ein Fusionsversuch durch Staatsvertrag scheiterte 1996 an einer Volksabstimmung, die in Brandenburg keine Mehrheit fand. Die beiden Länder haben daraufhin ihre Kooperation erheblich ausgeweitet.

64 | Die politischen Parteien

a) Begriff und Bedeutung

Die Willensbildung im Staat kann sich nur in kleineren, überschaubaren Gemeinschaften unmittelbar durch das Volk vollziehen (wie z. B.

früher in den germanischen Völkerschaften und heute noch in Schweizer Kantonen, ➢ vgl. Nr. 11. Wächst die Gemeinschaft räumlich und personell, muss sie eine **Volksvertretung** mit der Repräsentation der Staatsbürger und mit der konkreten Willensbildung, insbes. der Gesetzgebung, beauftragen. Während ursprünglich vielfach Standes-, Berufs- und Interessenverbände die Zusammensetzung der Repräsentationsorgane bestimmten, kam es mit zunehmender Demokratisierung des politischen Lebens, zunächst in England, zur Gründung politischer Parteien im heutigen Sinne. Bei diesen liegt seither die Gestaltung der Politik in der **mittelbaren Demokratie** ➢ vgl. Nr. 4 b) und Art. 21 GG. Freilich wurden und werden die Volksvertretungen nicht immer nach politischen und wirtschaftlichen Programmen gewählt; häufig sind auch weltanschauliche und besonders religiöse Zielsetzungen maßgebend.

Nach § 2 Abs. 1 PartG sind Parteien Vereinigungen von Bürgern, die dauernd oder für längere Zeit für den Bereich des Bundes oder eines Landes auf die politische Willensbildung Einfluss nehmen und an der Vertretung des Volkes im Bundestag oder einem Landtag mitwirken wollen; sie müssen nach ihrem tatsächlichen Gesamtbild, insbesondere nach Umfang und Festigkeit ihrer Organisation, eine ausreichende Gewähr für die Ernsthaftigkeit dieser Zielsetzung bieten. Damit ist klargestellt, dass nur auf kommunaler Ebene tätige „Rathausparteien" und örtliche Wählervereinigungen keine politischen Parteien sind.

Auf der Ebene der EU wird in Art. 191 EGV anerkannt, dass „politische Parteien auf europäischer Ebene als Faktor der Integration in der Union" wichtig sind und dazu beitragen, „ein europäisches Bewusstsein herauszubilden und den politischen Willen der Bürger der Union zum Ausdruck zu bringen."

Art. 191 bezieht sich in erster Linie auf **europäische Parteibünde** wie die Sozialdemokratische Partei Europas und die Europäische Volkspartei (christdemokratisch), die den Fraktionen des Europäischen Parlaments entsprechen und zu den Europawahlen Programme vorlegen. Erst in Ansätzen bestehen in der EU grenzüberschreitende Parteien mit Einzelmitgliedschaft, die eine direkt auf die europäische Ebene bezogene Willensbildung betreiben und beabsichtigen, sich an den Europawahlen zu beteiligen.

Herkömmlicherweise unterscheidet man bei den politischen Parteien zwischen konservativen, liberalen und sozialistischen (extreme Formen: nationalistisch-reaktionäre, sozialistisch-revolutionäre); hingegen entspricht die traditionelle Unterscheidung zwischen bürgerlichen und Arbeiterparteien heute nicht mehr ihrer tatsächlichen Zusammensetzung. Die „Grünen" wurden als eine dem Umweltschutz und der Abrüstung verschriebene Interessenpartei gegründet, sind aber spätestens seit der Regierungsbeteiligung auf Bundesebene von 1998–2005 eine „normale" Partei.

Die Art der Auswahl der Volksvertreter bestimmt sich nach dem **Wahlsystem**. Man unterscheidet die **Mehrheitswahl** und die **Verhältniswahl**, je nachdem, ob für die Entsendung eines Abgeordneten im einzelnen Wahlkreis die Mehrheit der abgegebenen Stimmen maßgebend ist oder ob im Parlament alle Parteien nach dem Verhältnis der für sie insgesamt abgegebenen Stimmen vertreten sein müssen.

Beide Systeme haben Vor- und Nachteile: Die Mehrheitswahl ist vorwiegend eine Persönlichkeitswahl, wobei aber die Stimmen der Minderheiten verlorengehen; die Verhältniswahl dagegen berücksichtigt auch diese, ist aber überwiegend eine Stimmabgabe für politische Programme und begünstigt die Zersplitterung (so in der Weimarer Republik). Der Zersplitterung sucht man durch Sperrklauseln entgegenzuwirken, die Minoritäten bis zu 5 oder 10 v.H. ausschließen. Einen Ausgleich der Vor- und Nachteile bietet weitgehend die in der BRep. festgelegte Kombination der Persönlichkeits- und Verhältniswahl ➤ s. Nr. 75 b) aa); von den beiden dem Wähler zustehenden Stimmen ist die Erste für die Personenwahl, die Zweite – letztlich für die Zusammensetzung des Parlaments maßgebende – für die Programmwahl gedacht. Andere Kombinationen bieten das System der freien Listen, das dem Wähler gestattet, einzelne Bewerber zu streichen und bei anderen Stimmen zu häufen (zu kumulieren), oder das Panaschieren, wobei der Wähler mehrere Stimmen auf verschiedene Listen verteilen kann, wie dies in verschiedenen Ländern bei Kommunalwahlen möglich ist.

In der BRep. ist die Mitwirkung der Parteien bei der politischen Willensbildung des Volkes verfassungsrechtlich durch Art. 21 GG festgelegt. Ihre Gründung ist frei; doch muss ihre innere Ordnung demokratischen Grundsätzen entsprechen.

Durch das Parteiengesetz sind die Parteien in der BRep. ausdrücklich als „verfassungsrechtlich notwendiger Bestandteil der freiheitlichen demokratischen Grundordnung“ anerkannt; ihre besondere Aufgabe besteht in der „freien, dauernden Mitwirkung an der politischen Willensbildung des Volkes“ (§ 1 PartG). Richten sich die Ziele oder das Verhalten der Anhänger einer Partei darauf, die freiheitliche demokratische Grundordnung der BRep. zu beeinträchtigen oder zu beseitigen oder den Bestand der BRep. zu gefährden, so ist sie verfassungswidrig **(Prinzip der „wehrhaften“ Demokratie)**. Hierüber entscheidet das BVerfG; es verbindet damit die Auflösung der Partei und das Verbot von Ersatzorganisationen (so 1956 die KPD, ➤ s. unten unter d) ff)). 2003 scheiterte ein Verbotsverfahren gegen die NPD. Das BVerfG sah es als unvereinbar mit rechtsstaatlichen Grundsätzen und dem Prinzip der Staatsfreiheit politischer Parteien an, dass Mitarbeiter der Polizei und Nachrichtendienste in die NPD „eingeschleust“ wurden und dort Einfluss auf die Parteiführung genommen hatten.

Im Verhältnis der Parteien untereinander gilt das **Prinzip der Chancengleichheit** und der Gleichbehandlung. Es sichert den freien Wettbewerb bei der Teilnahme an der politischen Willensbildung. Dies gilt insbesondere für die Wahlvorbereitung, für den Wettbewerb um Spenden und die Wahlwerbung auf Straßen und im Rundfunk bzw. Fernsehen.

b) Aufbau und Finanzierung

Nach dem PartG muss eine politische Partei, um als solche anerkannt zu werden, über ein schriftliches **Programm** und eine schriftliche Satzung verfügen, die gewisse Mindestbestandteile haben muss (u.a. Name, Gliederung, Zusammensetzung des Vorstandes – mindestens 3 Mitglieder – und der übrigen Organe – mindestens Mitglieder- oder Vertreterversammlung –, Rechte und Pflichten der Mitglieder).

Die Parteien gliedern sich in Gebietsverbände, deren oberstes Organ die Mitglieder- oder Vertreterversammlung ist (Bezeichnung „Parteitag“, in kleineren Bereichen „Hauptversammlung“); sie beschließt über Satzung, Parteiprogramm, Beiträge, Schiedsgerichtsordnung, Auflösung oder Verschmelzung mit anderen Parteien, Wahl der Mitglieder des Vorstands u.a. Organe usw. (§§ 7 bis 9 PartG). Parteimitglieder und Vertreter in den Parteiorganen haben gleiches Stimmrecht (§ 10 Abs. 2 PartG). Wahl der Mitglieder des Vorstands und der Vertretungsorgane sowie Aufstellung der Kandidaten für die Parlamente müssen geheim stattfinden (§ 15 Abs. 2, § 17 PartG). Personen, denen das aktive oder passive Wahlrecht gerichtlich aberkannt worden ist, können nicht Parteimitglieder sein. Ausschluss aus der Partei ist nur bei Mitgliedern zulässig, die vorsätzlich gegen die Satzung oder gegen erhebliche Grundsätze oder Ordnung der Partei verstoßen und ihr dadurch schweren Schaden zugefügt haben; hierüber entscheidet ein unabhängiges Schiedsgericht, dessen Mitglieder weder dem Vorstand angehören noch Parteiangestellte sein dürfen und gegen dessen Spruch ein höheres Schiedsgericht angerufen werden kann (§§ 10, 14 PartG).

Das BVerfG hat im April 1992 die bisherige **Parteienfinanzierung** in einigen Teilen für verfassungswidrig erklärt und unter Aufgabe seiner bisherigen Rechtsprechung, nach der den Parteien aus staatlichen Mitteln nur Kosten des Wahlkampfes ersetzt werden durften, nunmehr zugelassen, den Parteien entsprechend ihrer Verwurzelung in der Gesellschaft Zuschüsse als Teilfinanzierung der allgemein ihnen nach dem Grundgesetz obliegenden Tätigkeiten zu gewähren. Verwurzelungsmaßstäbe sind der Erfolg bei Wahlen sowie der beim Einwerben von Mitgliedsbeiträgen und Spenden, die Durchschnittsverdiener den Parteien zuzuwenden in der Lage sind.

Die Parteien erhalten jährlich grundsätzlich für die bei den jeweils letzten Europa-, Bundestags- und Landtagswahlen insgesamt erzielten Wählerstimmen für die ersten 4 Millionen Stimmen 0,85 Euro je Stimme und darüber hinaus 0,70 Euro je Stimme. Darüber hinaus erhalten die Parteien grundsätzlich 0,38 Euro je Euro für die Summe der Zuwendungen natürlicher Personen bis 3 300 Euro je Person. Das jährliche Gesamtvolumen staatlicher Mittel, das an alle Parteien höchstens ausgezahlt werden darf (absolute Obergrenze), beträgt derzeit 133 Millionen Euro (§ 18 Abs. 2 PartG). Die Höhe der staatlichen Teilfinanzierung darf bei einer Partei die Summe der von der Partei selbst erwirtschafteten Einnahmen nicht überschreiten (relative Obergrenze, § 18 Abs. 5 PartG). Die Festsetzung und Auszahlung der staatlichen Mittel ist von den Parteien schriftlich zum 30. September des jeweils laufenden Jahres beim Präsidenten des BT zu beantragen. Abschlagszahlungen können gewährt werden (§ 20 PartG). Anspruchsberechtigt sind nur die Parteien, die bei einer Landtagswahl mindestens 1 %, bei der Europa- oder Bundestagswahl mindestens 0,5 % der Stimmen erlangt haben.

Die Parteien sind berechtigt, Spenden entgegen zu nehmen; Spenden, deren Gesamtwert im Jahr 10 000 Euro übersteigt, sind unter Angaben von Namen und Anschrift des Spenders im Rechenschaftsbericht zu verzeichnen. Barspenden dürfen nur bis zur Höhe von 1 000 Euro entgegengenommen werden; Spenden, die im Einzelfall 50 000 Euro übersteigen, sind dem Präsidenten des BT unverzüglich anzuzeigen (§ 25 PartG). Der Vorstand der Partei hat gem. § 23 zum Ende des Kalenderjahres in diesem Rechenschaftsbericht, der von einem Wirtschaftsprüfer geprüft werden muss, öffentlich über die Herkunft und Verwendung der zugeflossenen Mittel Rechenschaft zu geben. Er muss dies nach bestem Wissen und Gewissen und wahrheitsgemäß tun. Der Rechenschaftsbericht wird vom Präsidenten des BT geprüft. Unrichtige Angaben oder rechtswidrig erlangte Spenden haben Strafzahlungen bis zum Dreifachen des unrichtig verbuchten oder rechtswidrig erlangten Spendenbetrags zur Folge (§ 31 c PartG). So wurden im Jahr 2000 gegen die CDU wegen ungeklärter Spenden und verschleierter Vermögensverschiebungen in die Schweiz Strafzahlungen in Millionenhöhe verhängt („CDU-Spendenskandal").

Beiträge und Spenden an politische Parteien ermäßigen für natürliche Personen die tarifliche Einkommensteuer um 50 v. H. der Ausgaben, höchstens um 825 Euro, bei zusammenveranlagten Ehegatten um 1 650 Euro (§ 34 g EStG).

Bestimmte Spenden dürfen von den Parteien nicht entgegengenommen werden (z. B. Spenden von politischen Stiftungen, gemeinnützigen o. ä. Körperschaften, bestimmte Auslandsspenden, anonyme Spenden über 500 Euro) und müssen an das Präsidium des BT weitergeleitet werden.

c) Mandate und Fraktionen

Nach Art. 38 Abs. 1 Satz 2 GG sind die Abgeordneten „Vertreter des ganzen Volkes, an Aufträge und Weisungen nicht gebunden und nur ihrem Gewissen unterworfen" (System der auftragsfreien Repräsentation; **Grundsatz des freien Mandats**).

Danach soll sich der Abgeordnete nicht als Vertreter seiner Partei fühlen, mag er auch auf Grund der Stimmabgabe der Wähler für diese über eine Landesliste ➢ s. Nr. 75 b) aa, d) gewählt worden sein. Weder Bund noch Länder kennen das sog. „imperative Mandat" und die damit verknüpfte Bindung an Aufträge der Wähler oder der Parteiorganisation, somit auch nicht wie das Rätesystem eine Abwählbarkeit des Abgeordneten.

Die Unabhängigkeit der Abgeordneten steht aber dem Zusammenschluss in Fraktionen nicht entgegen. Der einzelne Abgeordnete kann Einfluss auf die Gesetzgebung i. d. R. nur innerhalb einer Fraktion nehmen; er hat insbes. allein nicht das Recht der Gesetzesinitiative ➢ vgl. Nr. 75 f. Doch können sich aus solchen Zusammenschlüssen Fragen der **Fraktionsdisziplin** und der Bindung an Parteibeschlüsse ergeben. Partei- oder Fraktionswechsel eines Abgeordneten hat für sich allein noch keinen Mandatsverlust zur Folge.

Nach den Geschäftsordnungen der Parlamente in Bund und Ländern bestimmt sich, wieviele Abgeordnete zur Bildung einer Fraktion erforderlich sind. Diese Vorschriften bestärken den Einfluss der politischen Parteien auf die Parlamente. Um die Vorteile der Fraktionseigenschaft zu genießen, können sich auch politisch unterschiedliche Gruppen zusammenschließen, welche die Mindestzahl nicht aufweisen. Darüber hinaus lassen sich durch Zusammenschluss mehrerer Fraktionen in einer sog. Fraktionsgemeinschaft günstigere Stimmverhältnisse erzielen.

d) Einzelne Parteien

aa) SPD = Sozialdemokratische Partei Deutschlands (www.spd.de)

1869 von *A. Bebel* und *W. Liebknecht* als Sozialdemokratische Arbeiterpartei gegründet, 1875 vereinigt mit dem von *F. Lassalle* 1863 gegründeten „Allgemeinen Deutschen Arbeiterverein"; auf Initiative *Bismarcks* per Gesetz in ihrer außerparlamentarischen Tätigkeit von 1878 bis 1890 eingeschränkt; 1912 stärkste Partei im Reichstag (34,8 %). Am 9. 11. 1918 ruft *Scheidemann* (SPD) in Berlin die freie deutsche Republik aus, der SPD-Vorsitzende *Friedrich Ebert* wird 1919 erster Reichspräsident (bis 1925). Unter Führung von *Otto Wels* stimmt am 24. 3. 1933 die SPD im Reichstag als einzige Partei geschlossen gegen *Hitlers* Ermächtigungsgesetz. Von 1933 bis 1945 Kampf in der Illegalität gegen *Hitler*.

Nach dem Krieg begann der Wiederaufbau der Partei. *Kurt Schumacher* wurde Beauftragter für die Westzonen. In der SBZ kam es 1946 zur Zwangsvereinigung mit der KPD zur SED. Viele Sozialdemokraten der SBZ wurden verhaftet. Bei den ersten Bundestagswahlen 1949 unterlag die SPD knapp der CDU/CSU und ging in die Opposition. Unter *Erich Ollenhauer* verlor die SPD auch die Bundestagswahlen 1953 und 1957. Die SPD akzeptierte daraufhin die Westbindung der BRep. und wandelte sich mit dem **Godesberger Programm** 1959 zur **Volkspartei**, was sich auch in den späteren Wahlergebnissen positiv niederschlug. Die Parteiführung übernahm für über 20 Jahre *Willy Brandt*. 1966 trat die SPD in einer großen Koalition erstmals in die Bundesregierung ein, 1969 stellte sie mit *Brandt* den Bundeskanzler. Ihm folgte *Helmut Schmidt* bis 1982. Die folgenden Jahre verbrachte die SPD wieder in der Opposition. 1990 ging die am 7. 10. 1989 gegründete Sozialdemokratische Partei der DDR (SDP), die bei den letzten Volkskammerwahlen vom 18. 3. 1990 aber nur 21,7% der Stimmen erringen konnte, in der SPD auf. Erst 1998 (bis 2005) konnte die SPD mit *Gerhard Schröder* wieder den Bundeskanzler stellen. Seit November 2005 bilden SPD und CDU/CSU erneut eine große Koalition.

Das aktuelle Parteiprogramm, das „**Berliner Programm**", wurde 1989 verabschiedet und 1998 geändert. Als ihre wichtigsten Ziele bezeichnet die SPD das Eintreten für eine friedliche Welt und eine menschenwürdige, sozial gerechte Gesellschaft. Die Wirtschaft soll zwar gestärkt werden, die Erträge aber fair und solidarische verteilt werden. Dabei erachtet die SPD auch in Zukunft einen starken und sozialen Staat für notwendig. Gesellschaftspolitisch tritt sie für die Öffnung der Gesellschaft, die Gleichberechtigung aller Gruppen sowie mehr Bürgerbeteiligung ein (Einzelheiten s. unter www.spd.de). Auf dem Bundesparteitag 1999 wurde beschlossen, ein neues Grundsatzprogramm zu erarbeiten. Die Arbeiten hierzu dauern an.

bb) CDU = Christlich Demokratische Union (www.cdu.de)/ CSU = Christlich Soziale Union (www.csu.de)

Nach Kriegsende 1945 kam es in verschiedenen deutschen Städten zu spontanen, voneinander unabhängigen Gründungen christlich-demokratischer bzw. christlich-sozialer Gruppen ehemaliger Widerstandskämpfer, KZ-Häftlingen und Emigranten. Als Leitbild künftiger Politik stand das christliche Menschenbild im Mittelpunkt. Die Gründer wollten – auch als Gegengewicht zu SPD und KPD – eine eher **bürgerliche Volkspartei** über die konfessionellen Grenzen und sozialen Schichten hinweg schaffen. Die dezentral gegründeten Gruppen schlossen sich allmählich zusammen, daher auch der Name „Union". Bis 1949 organisierte sich die CDU auf der Ebene der deutschen Länder, 1950 erfolgte der Zusammenschluss zum Bundesverband. Ein wesentlicher Teil ihrer Mitglieder entstammte der katholischen Zentrumspartei. Ende 1945/Anfang 1946 gründete sich die CSU, die ausschließlich in Bayern antritt. Sie wurde bereits in den 50er Jahren maßgeblich von dem 1988 verstorbenen *Franz Josef Strauß* geprägt.

CDU und CSU gewannen die erste Bundestagswahl 1949, der CDU-Vorsitzende *Konrad Adenauer* wurde erster deutscher Bundeskanzler. Seitdem bilden CDU und CSU – obwohl zwei selbständige Parteien – im Bundestag eine Fraktionsgemeinschaft. CDU/CSU trieben die **Westbindung der BRep.** sowie die Wiederbewaffnung voran. Wirtschaftspolitisch befürwortete sie mit *Ludwig Erhard* die **soziale Marktwirtschaft.** CDU und CSU gewannen die Bundestagswahlen 1953 und 1957. Nach Verlusten 1961 wurde *Erhard* 1963 Bundeskanzler. Von 1965–1969 gingen CDU/CSU und SPD unter dem CDU-Bundeskanzler *Kurt Georg Kiesinger* eine große Koalition ein. Obwohl CDU/CSU 1969 bei der Bundestagswahl Zugewinne verzeichnen konnte, musste sie wegen der Koalition der SPD mit der FDP in die Opposition. Erst 1982 stellte sie mit *Helmut Kohl* bis 1998 wieder den Bundeskanzler, der maßgeblich nach dem Zusammenbruch des Ostblocks 1989/1990 die **Wiedervereinigung** der beiden deutschen Staaten vorantrieb und sich für die Ausdehnung und stärkere **Integration der EU** einsetzte. Am 1. 10. 1990 ging die 1945 auch in der SBZ gegründete, in der DDR aber als Blockpartei bestehende CDU (Ost) – zusammen mit der Demokratischen Bauernpartei der DDR – in der CDU (West) auf. Von 1998 bis 2005 befanden sich CDU und CSU wieder in der Opposition. Seit Nov. 2005 stellt die CDU mit *Angela Merkel* in einer großen Koalition mit der SPD den Bundeskanzler.

Die CDU versteht sich nach ihrem 1994 in Hamburg verabschiedeten Grundsatzprogramm (Einzelheiten s. www.cdu.de/doc/pdf/grundsatzprogramm.pdf) als christlich-soziale, liberale und konservative Partei der Mitte. Sie steht für eine soziale Marktwirtschaft und einen föderalen Rechtsstaat. Außenpolitisch strebt sie eine Vertiefung der nordatlantischen Beziehungen zu den USA sowie der europäischen Einigung an. Gesellschaftspolitisch will sie die Eigenverantwortlichkeit des

Einzelnen stärken; staatliches Handeln soll subsidiär sein. Ehe und Familie sind zu fördern. Am 7. 1. 2006 beschloss der CDU-Bundesvorstand in der „Mainzer Erklärung", bis Ende 2007 ein neues Grundsatzprogramm zu erarbeiten. Unter dem Motto „Neue Gerechtigkeit durch mehr Freiheit" sollen Antworten zur Weiterentwicklung der sozialen Marktwirtschaft, zum Zusammenhalt der Gesellschaft, zum Dialog der Kulturen und Religionen sowie zur Frage der demographischen Entwicklung gegeben werden.

Die CSU sieht sich selbst als konservative Partei christlicher Ausrichtung (Einzelheiten s. www.csu.de). Innenpolitisch setzt sie auf einen starken Staat zum Schutz von Recht und Ordnung. Programmatische Unterschiede zur CDU liegen hauptsächlich darin, in Wertefragen konservativer und in der Wirtschaftspolitik sozialer zu sein. Zudem betont die CSU nachdrücklich den Föderalismus. Auch die CSU will sich bis Herbst 2007 ein neues Grundsatzprogramm geben.

cc) FDP = Freie Demokratische Partei (www.fdp-bundesverband.de)

Bereits im Juli 1945 konstituierte sich in der SBZ die Liberal-Demokratische Partei Deutschlands. Ab September 1945 kam es dann auch in den Westzonen zu liberalen Parteigründungen. Diese schlossen sich am 11. 12. 1948 unter Führung von *Theodor Heuss* zur FDP zusammen. Nach den ersten Bundestagswahlen ging sie eine Koalition mit der CDU/CSU ein, *Heuss* wurde erster Bundespräsident. 1966 zerbrach die Zusammenarbeit mit der Union, die FDP ging in die Opposition und leitete einen Kurswechsel hin zur SPD ein, mit der sie 1969 unter *Walter Scheel* eine Koalition einging. *Scheel* wurde 1974 Bundespräsident. Unter ihrem Vorsitzenden *Hans-Dietrich Genscher* blieb die FDP zunächst in der SPD-geführten BReg., die Differenzen vor allem in finanz- und wirtschaftspolitischen Fragen wurden aber immer größer. 1982 trat die FDP aus der BReg. aus und wechselte zur CDU/ CSU. *Genscher* blieb Außenminister. Seit 1998 ist die FDP in der Opposition.

Die FDP sieht sich als liberale, der Toleranz und Weltoffenheit verpflichtete Partei. Ein Grundsatzprogramm hat sie nicht; ihre Politikziele hält sie aber in Beschlüssen und Wahlprogrammen fest. Die FDP setzt sich für ein Zurückdrängen des Staates und mehr Selbstverantwortung des Einzelnen ein. Sie fordert weniger Steuern, bessere Bildung und mehr Bürgerechte. Verschärfungen des Strafrechts, auch zur Bekämpfung terroristischer Aktivitäten, steht sie skeptisch gegenüber.

dd) Bündnis 90/Die Grünen

Das aus ostdeutschen Bürgerbewegungen hervorgegangene Bündnis 90 und Die Grünen haben sich im Januar 1993 zu einer Partei zusammengeschlossen. Die Grünen (West) waren 1979 gegründet worden und 1983 erstmals im BT vertreten. Sie verstehen sich als Alternative zu den herkömmlichen Parteien und wollen Denkanstöße zur Neuorientierung des politischen Lebens geben. Zunächst haben sie sich vorwiegend den Bestrebungen des Umweltschutzes und der Humanisierung des menschlichen Lebens verschrieben, richteten ihre Politik folglich auch gegen die Verwendung der Atomenergie, gegen Atomwaffen und Aufrüstung. Satzungsgemäß ist den Grünen das Bekenntnis zur Basisdemokratie eigen, d. h. dass die politische Willensbildung Sache der Parteimitglieder in den untersten Gremien sein muss. Das Rotationsprinzip (d. h. den Austausch der Mandatsträger nach Ablauf der halben Wahlperiode) wurde mittlerweile aufgegeben, die Forderung der Unvereinbarkeit von Parteiamt und Mandat stark eingeschränkt. Inzwischen dürfen die Parteivorsitzenden auch Abgeordnete des BT sein. Traditionsgemäß werden die Vorsitzendenämter doppelt mit mindestens einer Frau besetzt.

ee) Die Linkspartei.PDS

Die Linkspartei.PDS (von 1990–2005 PDS) ist die Nachfolgerin der früheren SED ➢ s. Nr. 22 d). Sie war im 12. BT erstmals im BT vertreten, da sie im Wahlgebiet Ost mehr als 5 % der Stimmen erhielt und damit die für die 12. BT-Wahl geltenden Anforderungen der getrennten 5 %-Klausel erfüllte. Den Einzug in den 13. BT sicherte sich die PDS durch das Erreichen von Direktmandaten in 4 Wahlkreisen ➢ vgl. Nr. 75 b) aa). Im 15. BT verfehlte die PDS den Fraktionsstatus und war lediglich durch zwei direkt gewählte Abgeordnete vertreten.

Aus Kritik gegen die Sozialpolitik der damaligen rot-grünen BReg. verließen linke SPD-Mitglieder und Gewerkschafter im Jahr 2004 die SPD und gründeten die Wahlalternative Arbeit und soziale Gerechtigkeit **(WASG)**, zunächst als e. V., dann im Januar 2005 als Partei. Ihr schloss sich im Juni 2005 auch der frühere SPD-Vorsitzende *Oskar Lafontaine* an. Noch vor der Bundestagswahl im Oktober 2005 vereinbarten WASG und PDS eine Zusammenarbeit mit dem Ziel des Zusammenschlusses. Mitglieder der WASG kandidierten auf offenen Listen der PDS, die sich inzwischen in Die Linkspartei.PDS (www.sozialisten.de) umbenannt hatte. Sie errang bei der Wahl zum 16. BT 8,7 % der Stimmen. Eine Fusion beider Parteien ist noch in dieser Legislaturperiode geplant, wobei zuletzt auch wegen der konkurrierenden Kandidatur der Landesverbände von Die Linkspartei.PDS und WASG bei den Landtagswahlen in Berlin und Mecklenburg-Vorpommern im Herbst 2006 Differenzen zu Tage traten.

Programmatisch setzt Die Linkspartei.PDS auf sozialistische Politikentwürfe, etwa eine stärkere Belastung der Großkonzerne und der Vermögenden. Sie fordert eine Bürgerversicherung in der Gesundheitspolitik und die Freigabe weicher Drogen. In der Außen- und Sicherheitspolitik lehnt sie Bundeswehreinsätze im Ausland ab und fordert die Abschaffung der Wehrpflicht sowie die Verkleinerung der Bundeswehr.

Nach Ansicht des Bundesamts für Verfassungsschutz duldet Die Linkspartei.PDS linksextremistische Strömungen, die an einer Systemüberwindung durch Revolution ➢ s. Nr. 9, festhalten, innerhalb der Partei. Die Parteiflügel „**Kommunistische Plattform**" und „Marxistisches Forum" werden von einigen Landesämtern für Verfassungsschutz beobachtet.

ff) Weitere Parteien

Weitere Parteien sind, da sie die 5 %-Klausel ➢ s. Nr. 75 b) aa), nicht erfüllten oder bei BT-Wahlen bisher nicht angetreten sind, im BT nicht oder nicht mehr vertreten, so die Gesamtdeutsche Partei (DP/BHE), die Deutsche Friedensunion (DFU), die für Neutralisierung der BRep. eintrat, und die Nationaldemokratische Partei (NPD), deren erklärte Ziele eine unabhängige nationale Politik und der Widerstand gegen Überfremdung durch ausländisches Kapital sind; die NPD hatte 1966–1968 Mandate nur in Länderparlamenten erringen können (Baden-Württemberg, Bayern, Hessen, Niedersachsen, Schleswig-Holstein), seit 2004 ist sie im sächsischen Landtag und seit 2006 im Landtag von Mecklenburg-Vorpommern vertreten. Auch die 1946 gegründete föderalistische Bayernpartei ist im BT und seit 1966 auch im bayerischen Landtag nicht mehr vertreten.

Die Partei „Die Republikaner" (REP) wurde 1983 gegründet und umschreibt ihre politischen Zielsetzungen als patriotisch und konservativ. Sie fordert eine Einschränkung des Asylrechts sowie des Aufenthaltsrechts für Ausländer und spricht sich gegen ein Wahlrecht für Ausländer aus. Die Mitgliedschaft der BRep. in der EU soll wegen ihrer Auswirkungen auf die deutsche Landwirtschaft überprüft werden. Von ihren Gegnern wird die Partei als rechtsextrem eingestuft. Die Republikaner waren zwischen 1989 und 2001 in einigen Landesparlamenten vertreten, zuletzt bis 2001 nur noch in Baden-Württemberg. Die ebenfalls nationalistische Deutsche Volksunion (DVU) will die deutsche Identität bewahren und wiedersetzt sich einer weiteren Interpretation der BRep. in supranationalen Organisationen wie der EU. Deutschen sollen gegenüber ausländischen Mitbürgern mehr Rechte eingeräumt werden. Die DVU ist seit 1999 im Landtag von Brandenburg, war von 1987–1995 und ist seit 1999 in der Bremer Bürgerschaft und war von 1998–2002 im Landtag von Sachsen-Anhalt vertreten.

Ergebnisse der Bundestagswahlen

Anteil der Parteien am Gesamtergebnis

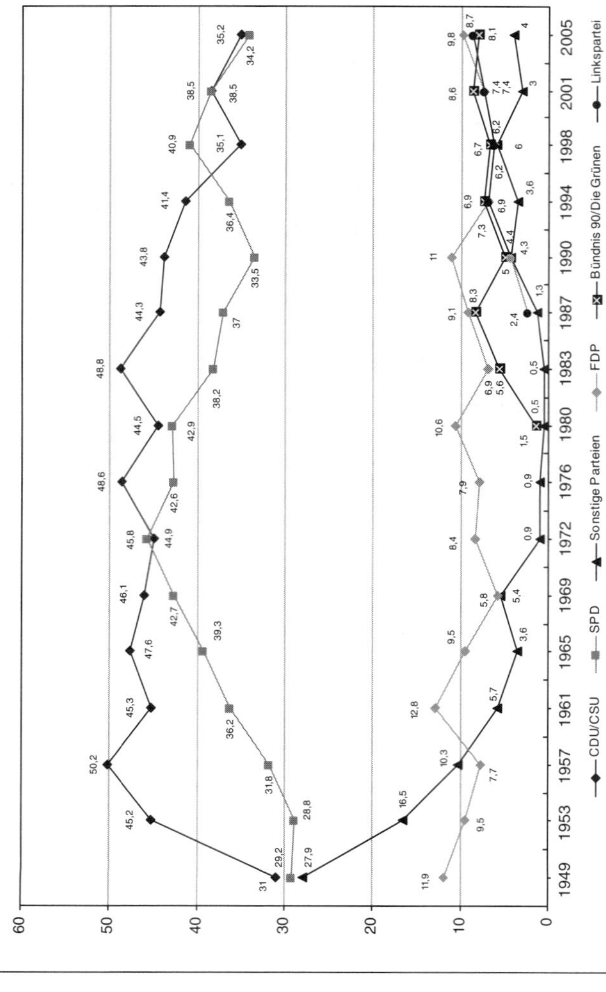

Sonstige Parteien darunter
1949: KPD 5,7%, Bayernpartei 4,2%, Deutsche Partei 4,0%
1953: KPD 2,2%, Bayernpartei 1,7%, Deutsche Partei 3,3% Gesamtdeutscher Block/ Bund der Heimatvertriebenen und Entrechteten 5,9%
1957: Gesamtdeutscher Block/ Bund der Heimatvertriebenen und Entrechteten 4,6%, Deutsche Partei 3,4%
2005: NPD 1,8%, Familienpartei 0,4%

Die frühere Kommunistische Partei Deutschlands (KPD), 1919 von *Karl Liebknecht* und *Rosa Luxemburg* gegründet, ist wegen ihrer antidemokratischen Tendenzen durch Urteil des BVerfG vom 17. 8. 1956 (BVerfGE 5, 85) gemäß Art. 21 Abs. 2 GG als verfassungswidrig verboten und aufgelöst worden. Die im September 1968 neugegründete „Deutsche Kommunistische Partei" (DKP) hat, um sich nicht dem Vorwurf auszusetzen, eine verbotene Nachfolgeorganisation der aufgelösten KPD zu sein, ein neues politisches Programm aufgestellt, das sich von verfassungsfeindlichen Tendenzen freihält.

Zu aa) bis ff): Alle Parteien verfügen über Unterorganisationen und Unterstützergruppen, um gesellschaftliche Strukturen zu durchdringen und auf die politische Willensbildung umfassend Einfluss zu nehmen, Beispielhaft seine genannt die Jugendorganisationen (CDU/CSU; JU; SPD; Jusos, FDP; Julis; Grüne Jugend), aber auch Kontaktorganisationen wie der Wirtschaftsbeirat der Union oder der Gewerkschaftsrat der SPD.

Die im Bundestag vertretenen Parteien haben zudem politische Stiftungen gegründet: Konrad Adenauer-Stiftung, Hanns-Seidel-Stiftung, Friedrich-Ebert-Stiftung, Friedrich-Naumann-Stiftung, Heinrich-Böll-Stiftung, Rosa-Luxemburg-Stiftung. Mit diesen Stiftungen unterstützen die Partien die politische Bildungsarbeit, fördern Studierende und unterstützen Parteien und Projekte im Ausland.

Parteien nach Mitgliederzahlen (Stand 31. 12. 2006):

Bündnis 90/Die Grünen	44 800
CDU	553 900
CSU	170 000
Die Linke.PDS	61 500
FDP	64 900
SPD	558 300

65 | Die Grundrechte im Allgemeinen

Grundrechte sind verfassungsrechtlich gesicherte und unverbrüchlich gewährte stärkste subjektive Rechte.

Von den Grundrechten zu unterscheiden sind die institutionellen Garantien; während jene dem einzelnen eine individuelle Rechtsstellung verbürgen, gewährleisten diese den Bestand bestimmter Einrichtungen wie Ehe, Familie usw. ➢ vgl. Nr. 67.

a) Geschichtliche Entwicklung der Grundrechte

In der Französischen Revolution 1789 wurde auf Antrag *Lafayettes* unter dem Einfluss der Grundrechtsgewährungen der nordamerikanischen Verfassungen eine Erklärung der Menschen- und Bürgerrechte abgegeben unter der Losung „Freiheit, Gleichheit, Brüderlichkeit". Davon ausgehend übernahmen die liberalen Verfassungen des 19. Jahrhunderts Bestimmungen über Grundrechte.

Während die WVerf. im ersten Hauptteil „Aufbau und Aufgaben des Reiches" behandelte und erst im zweiten Hauptteil die „Grundrechte und Grundpflichten der Deutschen" zum Gegenstand hatte, stellt das GG, ebenso wie einige Landesverfassungen, die Grundrechte voran. Es betont damit das Gewicht der Grundrechte in der Demokratie und folgt dem Vorbild Englands (1679 Habeas corpus, 1689 Bill of Rights), Amerikas (1776 Unabhängigkeitserklärung der Vereinigten

Staaten) und Frankreichs (1789 Proklamation der Menschenrechte in der franz. als der ersten kontinental-europäischen Verfassung) sowie den Grundgedanken der Charta der Vereinten Nationen vom 26. 6. 1945 ➢ vgl. Nr. 48.

Zwar hatten die Preuß. Verfassungsurkunden von 1848 und 1850 „Rechte der Preußen" aufgestellt, und die Frankfurter Reichsverfassung hatte in den „Grundrechten des Deutschen Volkes" ein Reformprogramm des politischen, wirtschaftlichen und geistigen Lebens entwickelt. Die Reichsverfassung 1871 enthielt jedoch (anders als die Verfassungen der Länder) ebenso wenig wie die Verfassung des Norddeutschen Bundes Grundrechte, da sie sich im Aufbau des Reiches, in der Organisation der Reichsgewalt und Abgrenzung der Zuständigkeiten erschöpfte. In der Weimarer Verfassung bildeten die Grundrechte teilweise nur Programmsätze oder unerzwingbare Zielsetzungen für den Gesetzgeber. Hingegen erklärt das Grundgesetz in Art. 1 Abs. 3 die Grundrechte als **unmittelbar bindendes Recht.**

b) Einteilung der Grundrechte

Man unterscheidet:

- nach der Rechtsquelle die überstaatlichen und die staatsgesetzlichen Grundrechte; jene stehen unabhängig von innerstaatlichen Verfassungsnormen jedermann zu und können daher durch die Staatsverfassung weder entzogen noch eingeschränkt werden (z. B. der Gleichheitssatz);
- nach dem Kreis der Berechtigten die Menschenrechte, die allen Menschen, jedermann, zustehen (vgl. Art. 1 Abs. 1, 2 GG), und die Bürgerrechte, die nur Bürger, d. h. „Deutsche", in Anspruch nehmen können
- nach dem Maß der staatlichen Garantie Grundrechte, die nur den allgemein jedem Freiheitsrecht von Verfassungs wegen innewohnenden Schranken unterliegen, und Grundrechte, die durch einfaches Gesetz eingeschränkt werden können.

c) Einschränkung von Grundrechten

Die in der Verfassung bei einzelnen Grundrechten vorgesehene Möglichkeit, das betreffende Grundrecht durch Gesetz oder auf Grund eines Gesetzes einzuschränken, nennt man **Gesetzesvorbehalt** (zum Unterschied vom „Vorbehalt des Gesetzes", einem zentralen Begriff des Verwaltungsrechts; ➢ vgl. Nr. 141. Das GG legt, um eine unmittelbar wirksame Schranke gegenüber der Staatsgewalt zu errichten, bei jedem dieser Grundrechte nach Möglichkeit fest, inwieweit der Gesetzgeber zu Eingriffen berechtigt ist. Voraussetzung ist, dass das grundrechtbeschränkende Gesetz allgemein und nicht nur für den Einzelfall gilt (Art. 19 Abs. 1 GG). Darüber hinaus sind Einschränkungen ohne ausdrücklichen Gesetzesvorbehalt im GG zulässig, soweit sie sich innerhalb der dem Grundrecht von Natur eigenen Schranken halten, die sich aus der Gemeinschaftsbezogenheit des einzelnen ergeben (z. B. darf die Wahrnehmung des elterlichen Erziehungsrechts, Art. 6 Abs. 2 GG, nicht Rechte der Allgemeinheit oder anderer Personen verletzen). In keinem Fall darf aber der Wesensgehalt eines Grundrechts angetastet werden (Art. 19 Abs. 2 GG).

d) Wirkungsbereich der Grundrechte

Streitig ist, ob die Grundrechte ihre Wirkung nur gegenüber der öffentlichen Gewalt oder auch gegenüber Dritten – namentlich im privaten Bereich – äußern (sog. **Drittwirkung der Grundrechte**). Sie binden nach Art. 1 Abs. 3 GG Gesetzgebung, Verwaltung und Rechtsprechung als unmittelbar geltendes Recht. Andererseits bindet z. B. das Koalitionsrecht ➢ vgl. Nr. 66 l), auch Dritte, etwa bei Vertragsabreden. Jedenfalls sind die Verfassungsgrundsätze bei Auslegung eines Rechtssatzes, insbesondere bei Generalklauseln, wie z. B. §§ 138, 242 BGB, zu beachten.

e) Der Grundrechtskatalog des Grundgesetzes

Die Väter und Mütter des GG waren bestrebt, die Grundrechte knapp und klar zu fassen. Viele der in der WVerf. enthaltenen 56 Grundrechtsartikel, wie z. B. über Vertragsfreiheit, Wucherverbot, Urheberrecht (Art. 152, 158 WVerf.), erschienen im bürgerlichen Recht hinreichend verankert. Dagegen wurden Eigentumsschutz, Erbrecht (vgl. Art. 153, 154 WVerf., jetzt Art. 14 GG), Sozialbindung von Grund und Boden (Art. 155, 156 bzw. 15 GG), Vereinigungsfreiheit (Art. 159 bzw. 9 GG) als Grundrechte stärker als früher herausgestellt. Außer den spezifisch staatsbürgerlichen Rechten sind als „Rechte der Deutschen" die Rechte ausgestaltet, die zum Schutz der politischen Rechte oder der Berufsausübung den Inländern vorbehalten sind (vgl. Art. 8, 9, 11, 12 GG).

In der Auslegung der Grundrechte hat sich im Laufe der Zeit eine Wandlung vollzogen. Eine von jeder Gemeinschaft gelöste und vollständige Freiheit, wie sie der liberalen Auffassung vorschwebte, ist heute nicht mehr denkbar. Vielmehr müssen die Grundrechte im Rahmen der Gemeinschaftsgebundenheit des Individuums betrachtet und gewertet werden (BVerfGE 4, 15 f.).

f) Grundrechte in den Landesverfassungen

Soweit in Landesverfassungen Grundrechte behandelt sind, bleiben sie aufrechterhalten, wenn die Vorschriften mit dem GG übereinstimmen oder weiter reichen (Art. 142 GG). Insoweit bleiben auch die landesverfassungsrechtlichen Schutzbestimmungen für Grundrechte neben denen des GG bestehen.

So kann z. B. nach Art. 120 der Bayer. Verf. jeder, der sich durch eine behördliche Maßnahme in seinen verfassungsmäßigen Rechten verletzt fühlt, mit einer Verfassungsbeschwerde den Bayerischen Verfassungsgerichtshof anrufen.

66 | Die Grundrechte im Einzelnen

a) Der Schutz der Menschenwürde (Art. 1 Abs. 1 GG)

Umstr. ist, ob Art. 1 Abs. 1 GG ein Grundrecht enthält oder ein Grundprinzip formuliert. Das BVerfG hat in der Menschenwürde einen Eigenwert gesehen, der dem Menschen um seiner selbst und nicht um anderer Güter und Zwecke willen zukommt und der mit dem Anspruch verbunden ist, in der Fähigkeit zu moralischer Selbstbestimmung geachtet und **nicht als bloßes Mittel zu einem Zweck** gebraucht zu werden. Dies verbietet, einen Menschen einer erniedrigenden Behandlung auszusetzen, seinen sozialen Achtungsanspruch zu verletzen, seine Qualität als autonomes Subjekt in Frage zu stellen und ihn als bloßes Objekt zu behandeln (Objektformel).

Dies beinhaltet ein Verbot der Folter, das Schuldprinzip mit dem Gebot einer tatangemessenen Strafe sowie der Auftrag zur Resozialisierung. Umstr. ist, inwieweit der Embryonenschutz geboten ist, d. h. ob die Forschung an überzähligen Embryonen oder die Präimplantationsdiagnostik gegen Art. 1 Abs. 1 GG verstoßen. Als unvereinbar mit der Menschenwürdegarantie angesehen hat das BVerfG eine Ermächtigung für die Bundeswehr, entführte Flugzeuge durch Kampfflugzeuge abzuschießen, auch wenn diese über Großstädte zum Absturz gebracht werden sollen, da die an Bord des Flugzeugs tatunbeteiligten Menschen zum Objekt staatlichen Handelns herabgewürdigt werden ➢ s. auch Nr. 180 d).

b) Die freie Entfaltung der Persönlichkeit (Art. 2 Abs. 1 GG)

Art. 2 Abs. 1 GG schützt die **allgemeine Handlungsfreiheit des Einzelnen.** Der Schutzumfang ist weit gespannt. Jeder soll tun und lassen dürfen, was er kraft eigener Entscheidung für richtig hält.

Darunter fallen die Ausreisefreiheit, die Freiheit der Selbstdarstellung, die Privatautonomie, die Vertragsfreiheit wie auch das Recht auf Selbstgefährdung, etwa durch Rauchen, Alkoholgenuss oder gefährliche Sportarten.

Schranken der Persönlichkeitsentfaltung sind die verfassungsmäßige Ordnung, d.h. alle Gesetze und Rechtsvorschriften, sowie die Rechte anderer. Art. 2 Abs. 1 GG kann also durch jedes Gesetz eingeschränkt werden.

Aus Art. 2 Abs. 1 i.V.m. Art. 1 Abs. 1 GG hat das BVerfG das **allgemeine Persönlichkeitsrecht** entwickelt. Es schützt die Bereiche der Persönlichkeitsentfaltung, die nicht bereits Gegenstand anderer speziellerer Grundrechte sind. Hierzu zählt das Recht auf Schutz der Ehre, das Recht am eigenen Bild und am gesprochenen Wort sowie das **Recht auf informationelle Selbstbestimmung** (Volkszählungsurteil 1983). Letzteres ist Grundlage des Datenschutzes ➢ s. Einzelheiten unter Nr. 163.

c) Der Schutz der Freiheit der Person (Art. 2 Abs. 2 Satz 2, 104 GG)

Unter Freiheit der Person wird die **körperliche Bewegungsfreiheit** verstanden. Sie kann nur durch ein Gesetz und unter Beachtung der darin vorgeschriebenen Formen beschränkt werden. Festgehaltene dürfen weder seelisch noch körperlich misshandelt werden. Die Polizei darf niemanden länger als bis zum Ablauf des der Ergreifung folgenden Tages in Gewahrsam halten (also maximal 48 Std.). Eine Freiheitsentziehung darüber hinaus darf nur ein Richter anordnen, dem der Festgenommene vorzuführen ist. Der Richter hat entweder einen Haftbefehl zu erlassen oder die Freilassung anzuordnen.

Rechtsgrundlagen für Eingriffe in die Freiheit der Person finden sich insbesondere in der StPO etwa über die Untersuchungshaft ➢ s. Nr. 279, über den Vollzug von Strafen und Maßnahmen der Besserung und Sicherung im StGB bzw. StVollzG ➢ s. Nrn. 384, 291, über die Auslieferungshaft im IRG, über die Ordnungshaft in §§ 178 GVG, 390 ZPO, 70 StPO, über die Erzwingungshaft zur Vermögensoffenbarung in § 901 ZPO, über den persönlichen Arrest in § 918 ZPO, aber auch in zahlreichen anderen Gesetzen des Bundes und der Länder.

d) Das Recht auf Leben und körperliche Unversehrtheit (Art. 2 Abs. 2 Satz 1 GG), das Verbot der Todesstrafe (Art. 102 GG)

Das Recht auf Leben beginnt nicht erst mit der Geburt, sondern kommt bereits dem Embryo zu. Aufgrund der Schutzpflicht des Staates für das Leben ist auch ein Schwangerschaftsabbruch grundsätzlich rechtswidrig ➢ zu Einzelheiten s. Nr. 398. Art. 2 Abs. 2 Satz 1 GG verbietet aber nicht die Selbsttötung; auch kann jeder eine ärztliche Behandlung ablehnen.

Grundgesetzwidrig sind Maßnahmen der Zwangssterilisation und Euthanasie (aktive Sterbehilfe). Gleiches gilt für Foltermaßnahmen. Zulässig ist aber der polizeiliche Todesschuss auf einen Geiselnehmer.

e) Der Gleichheitssatz (Art. 3 GG)

Der Gleichheitssatz gehört zu den Leitprinzipien der gesamten Rechtsordnung und wird als Gebot der Gerechtigkeit angesehen. In Verbindung mit dem Sozialstaatsprinzip dient Gleichheit auch dem Ausgleich sozialer und ökonomischer Unterschiede. Gleichbehandlung bedeutet aber nicht Gleichmacherei. Vielmehr ist wesentlich Gleiches rechtlich gleich zu behandeln, wesentlich Ungleiches dagegen je nach der Eigenart des Lebenssachverhaltes ungleich. Liegt eine Ungleichbehandlung vor, führt dies aber dann nicht zu einem Verstoß gegen Art. 3 Abs. 1 GG, wenn diese sachlich gerechtfertigt ist, also **nicht willkürlich** ist, d.h. für eine Differenzierung vernünftige Gründe bestehen und nicht unverhältnismäßig ist.

Spezielle Ausprägungen des Gleichheitsgebots finden sich in Art. 6 Abs. 5 GG (Gleichstellung von ehelichen und nichtehelichen Kindern), Art. 33 Abs. 1 GG (gleiche staatsbürgerlichen Rechte und Pflichten), Art. 33 Abs. 2 GG (gleicher Zugang zu öffentlichen Ämtern) sowie in Art. 3 Abs. 2 und 3 GG (Diskriminierungsverbot).

f) Die Glaubens- und Gewissensfreiheit (Art. 4 GG)

Art. 4 GG schützt nicht nur das Recht des Einzelnen, einer bestimmten Religion nachzugehen oder Weltanschauung anzuhängen oder nicht, sondern auch die kollektive Freiheit, d.h. die Religions- oder Weltanschauungsgemeinschaft als solche. Der Staat ist verpflichtet, eine **objektivrechtliche weltanschaulich-religiöse Neutralität** zu wahren ➤ zum Staatskirchenrecht s. Nrn. 702ff. sowie zu Kreuzen in Klassenzimmern staatlicher Schulen sowie zum Tragen religiöser Symbole ➤ s. Nr. 168. Daraus resultiert auch eine Schutzpflicht des Staates.

Art. 4 Abs. 3 GG gewährleistet das Recht, den Kriegsdienst mit der Waffe zu verweigern.

g) Die Meinungs-, Informations-, Presse- und Rundfunkfreiheit (Art. 5 Abs. 1 und 2 GG)

Art. 5 Abs. 1 GG gehört zu einem **Grundprinzip des demokratischen Willensbildungsprozesses.** Die Meinungsfreiheit schützt nicht nur das Verbreiten von Meinungen (Werturteilen), sondern auch von Tatsachenberichten, soweit diese wahr sind. Die Pressefreiheit schützt Medien jedweder Form (Zeitung, Online-Medien) und umfasst das Presseunternehmen wie auch die publizistische Vorbereitungstätigkeit und Redaktionsarbeit. Eine Vor- oder Nachzensur ist verboten. Die Rundfunkfreiheit gewährleistet privates Fernsehen und gebietet eine Staatsfreiheit auch der öffentlich-rechtlichen Sendeanstalten im Sinne einer ausgewogenen, neutralen Berichterstattung.

h) Die Freiheit der Kunst, der Forschung, Wissenschaft und Lehre (Art. 5 Abs. 3 GG)

Art. 5 Abs. 3 GG schreibt keine bestimmte Kunstform vor und garantiert Wissenschaft, Forschung und Lehre nicht nur an Hochschulen. Seine Grenzen findet Art. 5 Abs. 3 GG in der Verfassung und den Grundrechten anderer (z.B. bei der Humangenetik, dem Datenschutz, der Ehre anderer).

i) Der Schutz von Ehe und Familie, das Elternrecht (Art. 6 GG)

Pflege und Erziehung der Kinder sind das natürliche Recht der Eltern. Es geht dem des Staates vor. Der Staat hat nur eine überwachende, unterstützende und ergänzende Funktion.

j) Das Recht auf Errichtung privater Schulen (Art. 7 Abs. 4 GG)

Jede natürliche oder juristische Person hat das Recht, eine private Schule zu errichten und zu betreiben. Allerdings liegt die Schulaufsicht beim Staat (Art. 7 Abs. 1 GG), d. h. Lehrpläne und -ziele werden vom Staat vorgegeben.

k) Die Versammlungsfreiheit (Art. 8 GG)

Das **Demonstrationsrecht** gehört zu den Grundprinzipien des demokratischen Willensbildungsprozesses (s. Brokdorf-Entscheidung des BVerfG). Es verleiht jedem Deutschen (für Ausländer gelten Einschränkungen) das Recht, ohne Erlaubnis friedlich und ohne Waffen sich zu versammeln. Der Staat ist verpflichtet, die Demonstration zu schützen, d.h. ihren Verlauf zu gewährleisten.

Einzelheiten finden sich im **VersammlG**, das nach Art. 125 a GG als Bundesrecht weitergilt, aber durch Landesrecht ersetzt werden kann, weil der Bund nach der Föderalismusreform ➢ s. Nr. 24, die Gesetzgebungsbefugnis für das Versammlungsrecht verloren hat. Versammlungen unter freiem Himmel können gesetzlich beschränkt werden. Für alle Versammlungen gilt Uniformverbot; auch dürfen Waffen oder andere gefährliche Gegenstände weder mitgeführt noch bereitgehalten noch zur Veranstaltung geschafft oder dort verteilt werden. Bei öffentlichen Versammlungen unter freiem Himmel sind auch das Führen von Schutzwaffen (passive Bewaffnung) sowie jegliche Vermummung verboten. Öffentliche Versammlungen unter freiem Himmel sind grundsätzlich 48 Std. vorher bei der zuständigen Behörde anzumelden (gilt nicht für Spontan-Kundgebungen). Die Polizei darf unter bestimmten Voraussetzungen Bild- und Filmaufnahmen fertigen und ggfs. sogar die Versammlung auflösen. Innerhalb der befriedeten Bezirke um die Verfassungsorgane gelten für Demonstrationen besondere Einschränkungen ➢ s. Nr. 74.

l) Die Vereinigungs- und Koalitionsfreiheit (Art. 9 GG)

Alle Deutschen haben das Recht, Vereine und Gesellschaften zu bilden, unabhängig davon ob es sich um ideelle, wirtschaftliche oder soziale Vereinigungen handelt. Negativ schützt Art. 9 Abs. 1 GG auch das Recht, keinem Verein beizutreten. Da die Vereinigungsfreiheit nur **privatrechtliche Vereinigungen** (z.B. e. V., GmbH, AG, OHG etc.) betrifft, sind Zwangsmitgliedschaften von bestimmten Berufsgruppen in öffentlich-rechtlichen Körperschaften (etwa der Rechtsanwälte in den Anwaltskammern oder der Kaufleute in den Industrie- und Handelskammern) zulässig.

Verboten sind Vereine, die den Strafgesetzen zuwider laufen oder sich gegen die verfassungsmäßige Ordnung oder die Völkerverständigung richten (Art. 9 Abs. 2 GG). Diese Vereine können durch den BMI oder die Landesinnenminister verboten werden. Rechtsgrundlage hierfür ist das **VereinsG.** Das Verbot erstreckt sich auch auf Ersatzorganisationen und wird meistens mit einer Beschlagnahme und Einziehung des Vereinsvermögens zugunsten der Staatskasse verbunden. In jüngster Zeit wurden insbesondere rechtsradikale und islamistische Gruppierungen verboten.

Mit der Koalitionsfreiheit (Art. 9 Abs. 3 GG) werden Gewerkschaften und Arbeitgeberverbände geschützt sowie die Tarifautonomie (d.h. das Recht zum Abschluss von Tarifverträgen) und die Mittel des Arbeitskampfes (Streik, Aussperrung) garantiert ➢ zu Einzelheiten s. Nr. 632 ff..

m) Das Brief-, Post- und Fernmeldegeheimnis (Art. 10 GG)

Art. 10 GG schützt alle Kommunikationsmittel, also den Brief-, Telefon- oder Emailverkehr. Auch Chat-Rooms fallen darunter. Erfasst wird nicht nur der Inhalt der Kommunikation, sondern auch die Kommunikation als solche, d. h. die Verbindungsdaten. Eingriffe sind durch Gesetz möglich, etwa zur Telefonüberwachung bei der Verfolgung schwerer Straftaten ➢ s. Nr. 276.

Das **G 10-Gesetz** lässt zur Abwehr drohender Gefahren für die freiheitlich demokratische Grundordnung sowie die Sicherheit der BRep. oder eines Landes die Kontrolle der Kommunikation durch bestimmte Sicherheitsbehörden (BND, MAD, Verfassungsschutz) zu. Außerdem kann die Überwachung des internationalen, nicht leitungsgebundenen Fernmeldeverkehrs zur Sammlung von Nachrichten oder Informationen angeordnet werden, um die Gefahr der Begehung terroristischer Anschläge, der Verbreitung von Kriegswaffen, der unbefugten Verbreitung von Drogen und gefälschten Geldscheinen rechtzeitig zu erkennen und ihr entgegenzuwirken. Über diese Maßnahmen ist das parlamentarische Kontrollgremium des BT regelmäßig zu unterrichten. Der Betroffene kann sich gegen eine Überwachung nach dem G 10-Gesetz nicht gerichtlich beschweren, sondern nur an den BT wenden.

n) Der Schutz der Freizügigkeit (Art. 11 GG)

Art. 11 GG umfasst das Recht, sich an einem beliebigen Ort in der BRep. aufzuhalten und niederzulassen und zu diesem Zweck in die BRep. einzureisen. Einschränkungen sind zur Abwehr bestimmter Gefahren (z. B. Schutz vor Seuchen, bei Naturkatastrophen) zulässig. Art. 11 GG gewährleistet nicht die Ausreisefreiheit; diese wird nur von der allgemeinen Handlungsfreiheit des Art. 2 Abs. 1 GG umfasst, die durch Gesetze (etwa Passgesetz) eingeschränkt ist.

o) Die Berufsfreiheit (Art. 12 GG)

Alle Deutschen (und über Art. 12, 39 EGV auch Unionsbürger) haben das Recht, Beruf, Arbeitsplatz und Ausbildungsstätte frei zu wählen. Dabei wird unter **Beruf** jede auf Dauer angelegte, der Gewinnung des Lebensunterhalts dienende Beschäftigung verstanden. Art. 12 GG berechtigt zur Aufnahme eines Berufs, zum Wechsel wie auch zum Nichtausüben eines Berufs. Nicht garantiert ist die tatsächliche Möglichkeit einer bestimmten Beschäftigung. Wer einen Arbeitsplatz als Bäcker sucht, kann sich nicht unter Hinweis auf Art. 12 GG darauf berufen, eine Anstellung zu finden. Er kann sich aber als selbständiger Bäcker niederlassen, wenn er dazu ausgebildet ist.

Gesetze mit berufsregelnder Tendenz sind unter bestimmten Voraussetzungen zulässig. Soweit sie die Berufsausbildung betreffen (etwa Prüfungen, Befähigungsnachweise), genügen vernünftige Gründe. Bei der Zulassung zur Berufsausübung wird zwischen subjektiven und objektiven Beschränkungen unterschieden. Erstere betreffen die Person des Betroffenen, sie sind zum Schutz wichtiger Gemeinschaftsgüter zulässig. Beispielhaft sei hier die Zuverlässigkeit des Betroffenen nach verschiedenen gewerberechtlichen Vorschriften genannt. Auch eine bestimmte Altersgrenze für eine Berufsausübung verstößt nicht gegen Art. 12 GG. Objektive Zulassungsvoraussetzungen, die also außerhalb der Person des Berufsbewerbers liegen, also etwa ob überhaupt ein Bedürfnis danach besteht, dass der Beruf durch den Bewerber ausgeübt wird, sind nur zulässig, wenn höchstwahrscheinlich schwere Gefahren für ein überragend wichtiges Gemeinschaftsgut bestehen. Unter anderem daraus resultiert die für bestimmte Gebiete beschränkte Zulassung von Kassenärzten.

Ein Arbeitszwang besteht für Strafgefangene, andere Dienstverpflichtungen sind nur im Rahmen einer herkömmlichen allgemeinen, für alle gleichen Dienstpflicht zulässig (z. B. gemeindliche Hand- und Spanndienste). Darüber hinaus verpflichtet Art. 12a GG alle Männer mit vollendetem 18. Lebensjahr zum Wehr- oder Wehrersatzdienst.

p) Die Unverletzlichkeit der Wohnung (Art. 13 GG)

Wohn- und Geschäftsräume sowie jedes befriedete Besitztum sind besonders geschützt. Durchsuchungen durch Staatsorgane bedürfen einer gesetzlichen Grundlage und einer richterlichen Anordnung (Ausnahme: Gefahr in Verzug). Beispiele hierfür sind in §§ 102 ff. StPO ➢ Einzelheiten s. Nr. 277 a), geregelt. Seit 1998 ist der Einsatz technischer Mittel **(Lauschangriff)** besonders geregelt. Zur Strafverfolgung darf ein solcher nur angeordnet werden, wenn der Verdacht schwerster Straftaten nicht anders aufgeklärt werden kann und mindestens drei Richter zustimmen. Zur Gefahrenabwehr (z. B. zum Auffinden von Kriegswaffen) genügt ein Richter, dessen Zustimmung bei Gefahr in Verzug nachgeholt werden kann. Der Einsatzes einer Wanze ist auch dann erleichtert, wenn diese nur der Eigensicherung des verdeckten Ermittlers dient. Nach Art. 13 Abs. 6 GG berichtet die BReg. dem BT jährlich über diese Maßnahmen. Gleiches gilt für die Länder für den Einsatz technischer Mittel durch Landesbehörden.

q) Der Schutz des Eigentums, das Erbrecht (Art. 14, 15 GG)

Art. 14 Abs. 1 GG gewährleistet das **Privateigentum** sowohl als Einrichtung (institutionelle Garantie, ➢ s. Nr. 67, als auch als konkretes Recht in der Hand des Berechtigten. Dabei werden unter Eigentum alle vermögenswerten Rechte, die dem Einzelnen zur Nutzung und Verfügung zugeordnet sind, verstanden, also nicht nur das Eigentum an körperlichen Gegenständen (Haus, Grund und Boden, Geldscheine), sondern auch Gesellschafts- und Mitgliedschaftsrechte (Anteile an Unternehmen), Urheberrechte (geistiges Eigentum), Forderungen schuldrechtlicher Art wie Zahlungs- oder Herausgabeansprüche. Nicht unter den Eigentumsbegriff fallen bloße Chancen und (Gewinn-)Erwartungen. Die Garantie des Erbrechts bindet den Gesetzgeber, das Prinzip der Privaterbfolge ➢ s. Nrn. 366 ff., aufrechtzuerhalten.

Inhalt und Schranken des Eigentums können durch die Gesetze bestimmt werden. Zudem können Gesetze festlegen, welche die mit dem Eigentum verbundenen sozialen Verpflichtungen (z. B. des Eigentümers und Vermieters gegenüber seinem Mieter) näher bestimmen (Art. 14 Abs. 1 Satz 2 und Abs. 2 GG).

Eine **Enteignung** ist jede über die gesetzlichen Schranken hinausgehende Entziehung oder Beschränkung des Eigentums, durch die dem Betroffenen ein besonderes Opfer zugunsten der Gemeinschaft abverlangt wird. Enteignungen sind nur aufgrund eines Gesetzes und gegen angemessene Entschädigung zulässig (Art. 14 Abs. 3 GG). Solche Gesetze bestehen etwa für den Straßen- und Schienenbau oder für Großanlagen wie Flughäfen.

Die **Sozialisierung**, d. h. die Überführung von Grund und Boden, Naturschätze und Produktionsmittel in Gemeineigentum, ist in Art. 15 GG geregelt. Sie ist nur gegenüber einer Gruppe (z. B. allen Bergbauunternehmen), nicht gegenüber einem einzelnen Eigentümer zulässig. Seit Bestehen der BRep. ist es – mit Ausnahme der Sozialisierung in Form der betrieblichen Mitbestimmung ➢ s. Nr. 636 – noch zu keiner Vergesellschaftung gekommen.

Das Erheben von Steuern verstößt grundsätzlich nicht gegen Art. 14 GG. Allerdings dürfen Steuern keine erdrosselnde Wirkung haben. Ob der Gesamtsteuersatz bei maximal etwa 50 % zu liegen hat (Halbteilungsgrundsatz), ist umstritten.

r) Der Schutz vor Ausbürgerung und Auslieferung, das Asylrecht (Art. 16, 16 a GG)

Nach Art. 16 Abs. 1 GG darf die Staatsangehörigkeit nicht zwangsweise entzogen werden. Sie kann aber aufgrund Gesetzes verloren gesehen (s. hierzu das Optionsmodell in § 29 StAG sowie ➢ Nr. 2. Deutsche dürfen auch nur an einen anderen EU-Mitgliedstaat sowie einen internationalen Gerichtshof zur Durchführung eines fremden Strafverfahrens ausgeliefert werden, ansonsten ist die Auslieferung verboten (Art. 16 Abs. 2 GG). Allerdings kann dann gegen den einer Straftat Verdächtigen in der BRep. ein Strafverfahren eingeleitet werden.

Das Asylrecht (Art. 16 a GG) schützt politisch Verfolgte vor Auslieferung und Ausweisung ➢ zu Einzelheiten s. Nr. 161 b).

s) Das Petitionsrecht (Art. 18 GG)

Jedermann hat das Recht, sich einzeln oder in Gemeinschaft mit anderen schriftlich mit Beschwerden oder Bitten an die zuständigen Behörden oder an den BT sowie die Landtage zu wenden. Diese Stellen sind verpflichtet, die Eingaben zu prüfen und auch zu beantworten ➢ s. auch Nr. 150.

t) Das Recht auf den gesetzlichen Richter und das rechtliche Gehör (Art. 101, 103 Abs. 1 GG)

Niemand darf seinem nach gesetzlicher Vorschrift (GVG, ZPO, StPO, VwGO, FGO, SGG, ArbGG) zuständigen Richter entzogen werden. Wer im Einzelfall zur Entscheidung über die Rechtssache berufen ist, muss in einer vor Beginn des Geschäftsjahres aufgestellten Geschäftsverteilung so bestimmt sein, dass die Einzelsache nicht durch Eingriff der Verwaltung dem Richter entzogen werden kann. Während des Geschäftsjahres kann die Geschäftsverteilung nur aus bestimmten Gründen geändert werden (§§ 21 e, g GVG).

Vor Gericht (und auch vor jeder Behörde) hat jedermann Anspruch auf rechtliches Gehör, d. h. sein Vorbringen muss bei der Entscheidung berücksichtigt werden. Das rechtliche Gehör kann – insbesondere bei automatisierten Massenverfahren – aber nachgeholt werden.

67 | Staatlich garantierte Einrichtungen

Durch das GG werden folgende Einrichtungen vom Staat gewährleistet (sog. Institutsgarantie oder **institutionelle Garantie**):

a) Ehe und Familie (Art. 6 GG)

Die Ehe ist die rechtliche Form der Lebensgemeinschaft von Mann und Frau. Sie bildet die Grundlage der Familie. Die Familie ist das Urbild jeder menschlichen Gemeinschaft. Sie verbindet als Keimzelle des Volkes Vergangenheit und Zukunft der Volksgemeinschaft, ist die organische Bildungsstätte des Kindes und bildet das Fundament, auf dem Staat, Schule und Kirche aufbauen. Der Schutzauftrag des Art. 6 Abs. 1 GG gebietet, Ehe und Familie zu fördern; hinzu kommt das Verbot, Verheiratete gegenüber Nichtverheirateten zu benachteiligen. Auch wenn sich hieraus keine konkreten Ansprüche auf bestimmte staatliche Leistungen ableiten lassen, findet das Ehegattensplitting im Steuerrecht oder die Berücksichtigung des Bedarfs für Kinderbetreuung beim steuerfreien Existenzminimum oder die Entlastung von kindererziehender Versicherter in der Sozialversicherung hier ihre Grundlage.

b) Religionsunterricht (Art. 7 Abs. 3 GG)

Dieser ist in den öffentlichen Schulen mit Ausnahme der bekenntnisfreien **ordentliches Lehrfach.** Die Länder sind verpflichtet, in allen Volks-, Mittel-, höheren und Berufsschulen Religionsunterricht erteilen zu lassen. Dieser Lehrfachzwang gilt nach Art. 141 GG nicht in einem Lande, in dem am 1. 1. 1949 eine andere landesrechtliche Regelung bestand (sog. Bremer Klausel; umstr. ist, ob diese auch auf die Beitrittsländer anzuwenden ist. Die in Brandenburg 1996 beschlossene Einführung des Fachs „Lebensgestaltung – Ethik – Religionskunde", das an die Stelle des Religionsunterricht trat, wurde mit einer Verfassungsbeschwerde angegriffen und endete vor dem BVerfG mit einem Vergleich, auf Grund dessen der Religionsunterricht aufgewertet wurde). Dagegen besteht für die Schüler kein Teilnahmezwang, allerdings kann dann das Fach Ethik als Wahlpflichtfach vorgesehen werden. Das Bestimmungsrecht haben die Erziehungsberechtigten (Art. 7 Abs. 2 GG).

c) Eigentum und Erbrecht (Art. 14 GG) ➢ s. Nr. 66 q)

d) Die gemeindliche Selbstverwaltung (Art. 28 Abs. 2 GG)

Bei ihr wird der organisatorische Zustand der Gemeinden aufrechterhalten, fortgeführt und verbürgt, wie er sich im Laufe des 19. Jahrhunderts in Deutschland entwickelt hat, aber nur in seinen typischen Grundzügen und seiner Substanz, nicht in seinen Einzelheiten. Selbstverwaltung bedeutet Verwaltung durch eigene selbstbestimmte Organe in eigenem Namen und in eigener Verantwortung. Das Selbstverwaltungsrecht erstreckt sich auf alle Angelegenheiten der örtlichen Gemeinschaft, also auf solche Angelegenheiten, die in der örtlichen Gemeinschaft wurzeln, zu ihr einen Bezug haben und von ihr eigenverantwortlich und vollständig bewältigt werden können. Zum gemeindlichen Selbstverwaltungsrecht zählt auch ein Anspruch der Kommunen auf Finanzausstattung, insbesondere eine wirtschaftskraftbezogene Steuerquelle (z. B. Gewerbesteuer).

e) Die hergebrachten Grundsätze des Berufsbeamtentums (Art. 33 Abs. 5 GG)

Sie dürfen in ihrem Wesensgehalt nicht angetastet werden. Dazu gehören vor allem: Anstellung i. d. R. auf Lebenszeit, angemessene Alimentierung einschl. Versorgung, Fürsorgepflicht des Dienstherrn, Gewährleistung wohlerworbener Rechte; anderseits Pflicht des Beamten zum Einsatz für den Dienstherrn, besondere Treuepflicht, Bekenntnis zur verfassungsmäßigen Ordnung, uneigennützige Amtsausübung, sein Verhalten innerhalb und außerhalb des Dienstes muss der Achtung und dem Vertrauen gerecht werden, die sein Beruf erfordert.

68 | Grundrechte und Grundpflichten

Das Gegenstück zu den Grundrechten, die dem Berechtigten eine subjektive Rechtsstellung gewähren, bilden die **Grundpflichten**, die freilich im GG nur vereinzelt in Erscheinung treten. In der Rechtslehre ist streitig, welche grundgesetzlich begründeten Pflichten hierzu zählen, und vor allem, ob unter diesen überstaatliche (vorstaatliche) bestehen.

Zu den Grundpflichten können gezählt werden:
- die Pflicht zur Verfassungstreue (vgl. Art. 5 Abs. 3 Satz 2 GG),
- die Pflicht der Eltern zur Erziehung der Kinder (Art. 6 Abs. 2 GG),
- die öffentliche Dienstleistungspflicht/Wehrpflicht (Art. 12a GG), sowie die Dienstpflicht in Notfällen und zur Abwehr einer Gefahr (Art. 12 Abs. 2 GG),
- die Pflicht zum sozialgerechten Gebrauch des Eigentums (Art. 14 Abs. 2 GG).

Von den Grundrechten und Grundpflichten zu unterscheiden sind die **staatsbürgerlichen Rechte und Pflichten**. Dies sind solche, die sich allgemein aus dem Verhältnis des Bürgers zum Staat ergeben. Sie müssen auch jedem Deutschen in jedem Bundesland in gleicher Weise gewährleistet werden (Art. 33 Abs. 1 GG).

Staatsbürgerliche Rechte (beispielhaft):
- aktives und passives Wahlrecht
- Recht zur Zulassung zu öffentlichen Ämtern
- das Recht zur Verfassungsbeschwerde

Staatsbürgerliche Pflichten (beispielhaft):
- Schulpflicht
- Steuerpflicht
- Pflicht zur Übernahme bestimmter Ehrenämter (Schöffenamt, kommunale Wahlämter)

69 | Der Schutz der Grundrechte

Der Schutz der Grundrechte ist im GG im Vergleich zur WVerf. erweitert.

a) Schutz gegen den Gesetzgeber

Die Schöpfer des GG hielten es nach den schlechten Erfahrungen mit der Gesetzgebung der Weimarer Republik, in der es zu einer Aushöhlung der Verfassung gekommen war ➤ s. Nrn. 15, 17), für angebracht, dem Gesetzgeber deutliche Beschränkungen aufzuerlegen, um den wirksamen Bestand der Grundrechte noch zu verstärken. Nach Art. 19 Abs. 1, 2 GG darf der Gesetzgeber nur durch ein allgemein und nicht nur für den Einzelfall geltendes Gesetz in die Grundrechte eingreifen (zum **Gesetzesvorbehalt**), ➤ s. Nr. 65 c) und in keinem Fall den **Wesensgehalt** eines Grundrechts antasten.

Insbes. sind Einzeleingriffe durch Gesetz verboten (z. B. Sozialisierung eines einzelnen Betriebs). Das Gesetz, welches einen Eingriff enthält, muss das Grundrecht unter Angabe des Artikels des GG nennen (**Zitiergebot**). Was als Wesensgehalt eines Grundrechts anzusehen ist, muss im einzelnen Fall, notfalls durch die Rechtsprechung, geklärt werden.

b) Schutz gegen die Verwaltung

Schutz gegen die Verwaltung gewährt Art. 19 Abs. 4 GG. Jeder, der durch die öffentliche Gewalt in seinen Rechten verletzt wird, kann die Gerichte anrufen (**Rechtsweggarantie**); ➤ s. auch Nr. 151. Über das **Widerstandsrecht** als äußerstes Mittel gegen staatliche Willkür vgl. Art. 20 Abs. 4 GG.

c) Verfassungsbeschwerde/Parlamentsbeauftragter

Jedermann kann mit der Behauptung, durch die öffentliche Gewalt (Gesetzgebung, vollziehende Gewalt, Rechtsprechung) in seinen Grundrechten verletzt zu sein, nach Erschöpfung aller Rechtsmittel und sonstigen Rechtsbehelfe **Verfassungsbeschwerde** beim Bundesverfassungsgericht erheben (Art. 93 Abs. 1 Nr. 4 a GG, § 90 BVerfGG); ➤ s. auch Nr. 88.

Die Einrichtung eines **Parlamentsbeauftragten** nach ausländischen Vorbildern (besonders dem Ombudsmann in Schweden), der – ähnlich dem Wehrbeauftragten ➤ s. Nr. 183 i) – unbürokratisch für den Schutz der Grundrechte des einzelnen Bürgers eintritt, ist in der BRep. zwar diskutiert, nicht aber verwirklicht worden. Eine ähnliche Funktion kommt dem Bürgerbeauftragten in Rheinland-Pfalz zu, der als Organ des Petitionsausschusses des Landtags fungiert ➤ s. auch Nr. 131, sowie dem Bürgerbeauftragten in Mecklenburg-Vorpommern ➤ s. Nr. 128. Weitergehende Befugnisse hat in Österreich die „Volksanwaltschaft" (Dreiergremium). Sie fungiert nicht nur als Beschwerdestelle, sondern kann vermuteten Missständen auch von Amts wegen nachgehen und den obersten Bundesbehörden ggf. Empfehlungen geben; darüber hinaus kann sie Verordnungen einer Bundesbehörde durch Normenkontrollklage beim Verfassungsgerichtshof anfechten.

d) Verwirkung von Grundrechten

Den Schutz der Grundrechte verwirkt, wer sie zum Kampf gegen die freiheitliche demokratische Grundordnung missbraucht (Art. 18 GG).

Unter einer solchen Grundordnung versteht man eine rechtsstaatliche Herrschaftsordnung, die auf dem Willen der Mehrheit des in freier Selbstbestimmung auf der Grundlage von Freiheit und Gleichheit entscheidenden Volkes beruht und die jegliche Gewalt- und Willkürherrschaft ausschließt. Zu den tragenden Prinzipien der freiheitlichen demokratischen Grundordnung zählen die allgemeinen Menschenrechte, Volkssouveränität, Gewaltenteilung und Verantwortlichkeit der Regierung gegenüber dem Parlament, Unabhängigkeit der Gerichte, Bindung von Justiz und Verwaltung an Recht und Gesetz, Mehrparteiensystem und Chancengleichheit für die Parteien, Recht auf Bildung und Betätigung der Opposition.

Verwirkung bedeutet, dass das Grundrecht dem Missbrauchenden keinen Schutz mehr gewährt und er sich den Behörden gegenüber nicht mehr auf das Grundrecht berufen kann. Verwirkbar sind aber nur freie Meinungsäußerung, Lehr-, Versammlungs-, Vereinigungsfreiheit, Brief-, Post- und Fernmeldegeheimnis, Eigentum und Asylrecht. Die Verwirkung wird durch das Bundesverfassungsgericht ausgesprochen. Ein Beamter verliert durch die Verwirkung eines Grundrechts die Beamtenrechte (§ 48 BundesbeamtenG). Diesem Rechtsgedanken liegt auch das Parteienverbot nach Art. 21 Abs. 2 GG ➢ s. auch Nr. 64 a), zugrunde. Wer die Freiheit des GG bekämpft, soll sich auf diese nicht berufen können, auch wenn – wie in der Zeit der Weimarer Republik die NSDAP – dies auf scheinbar legale Weise über die Beteiligung bei Parlamentswahlen erfolgt. Insoweit enthält das GG das **Prinzip der wehrhaften Demokratie**.

Bund und Länder

70 | Die Rechtsstellung der Länder

In einem Bundesstaat ➢ s. Nr. 4 c) verteilt sich die staatliche Gewalt auf den Zentralstaat (Bund) und die Gliedstaaten (Länder). Für die Länder ergeben sich aus der Zugehörigkeit zum Bund Rechte und Pflichten.

a) Die **Rechte der Länder** sind im Wesentlichen folgende:

- Eine Änderung des GG, welche die Gliederung des Bundes in Länder oder deren grundsätzliche Mitwirkung bei der Gesetzgebung berührt, ist unzulässig (Art. 79 Abs. 3 GG).

  Der **bundesstaatliche Charakter** der BRep. muss beibehalten werden, um eine Aushöhlung der Landeszuständigkeit (wie unter der WVerf.) zu verhindern. Dadurch wird der Kompetenz des Bundes eine Schranke gesetzt. Zwar kann der Bund durch verfassungsänderndes Gesetz seine Zuständigkeit auf Kosten der Länder erweitern. Doch muss die bundesstaatliche Ordnung der BRep. erhalten bleiben, d. h. selbst bei Zusammenschluss einzelner Länder im Rahmen einer gebietlichen Neuordnung (Art. 29 GG) müssen mindestens zwei Länder bestehen bleiben, denen Eigenstaatlichkeit – insbesondere die Gesetzgebungskompetenz in Landesangelegenheiten – zukommt.

- Die Ausübung der staatlichen Befugnisse und die Erfüllung der staatlichen Aufgaben ist Sache der Länder, soweit das GG keine andere Regelung trifft oder zulässt (Art. 30 GG).
- Die Länder haben das ausschließliche **Stimmrecht im Bundesrat** und wirken durch ihn bei Gesetzgebung und Verwaltung des Bundes mit (Art. 50 GG).
- Die verfassungsmäßige Ordnung der Länder in Form eines republikanischen, demokratischen und sozialen Rechtsstaates ➢ s. Nr. 111, ist durch den Bund gewährleistet (Art. 28 Abs. 1 und 3 GG).
- Die Länder haben Anspruch auf angemessene Berücksichtigung ihrer Bewohner bei Besetzung der Beamtenstellen in den obersten Bundes-

behörden (Art. 36 GG) und auf Mitwirkung bei der Bestellung der Leiter der Mittelbehörden der Finanzverwaltung, weil diese zugleich Bundes- und Landesbehörden sind (Art. 108 Abs. 1 Satz 3 GG).

- Die Länder haben Anspruch auf Förderung der Landesinteressen bei der Verwaltung der Wasserstraßen (Art. 89 Abs. 3 GG).
- An der Wahrnehmung von **Angelegenheiten der Europäischen Union**, die gemäß Art. 32 Abs. 1 GG dem Bund obliegt, wirken die Länder durch den BR mit (s. Art. 23 Abs. 2–7 GG). Wenn im Schwerpunkt Gesetzgebungsbefugnisse der Länder betroffen sind, ist bei der Willensbildung des Bundes die Auffassung des BR maßgeblich zu berücksichtigen (Art. 23 Abs. 5 Satz 2 GG). Auf den Gebieten Bildung, Kultur und Rundfunk wird die BRep. in den Gremien der EU durch einen vom BR bestellten Vertreter der Länder vertreten (Art. 23 Abs. 6 GG).

b) Andererseits haben die Länder folgende **Pflichten:**

- **Treuepflicht** gegenüber dem Bund; d.h. eine Pflicht zu „bundesfreundlichem Verhalten", also zur gegenseitigen Information, Rücksichtnahme, Koordination und Zusammenarbeit.
- Folgeleistung gegenüber Gesetzen und Weisungen des Bundes, die im Rahmen der Verfassung ergehen (Art. 83ff. GG).
- Aufrechterhaltung einer verfassungsmäßigen Ordnung (Art. 28 GG).
- Die Länder haben jedem Deutschen gleiche staatsbürgerliche Rechte zu gewähren (Art. 33 Abs. 1 GG; Indigenat).

  Keine Benachteiligung eines Deutschen, weil er nicht zur einheimischen Bevölkerung gehört.
- Alle Behörden der Länder sind allen Bundesbehörden gegenüber zur Rechts- und Amtshilfe verpflichtet (Art. 35 GG).

c) Die Erfüllung der Verpflichtungen der Länder kann durch **Bundeszwang** durchgesetzt werden (Art. 37 GG)

Zur Durchführung des Bundeszwangs, der die Zustimmung des BR voraussetzt, hat die BReg. oder ihr Beauftragter das **Weisungsrecht** gegenüber allen Ländern und ihren Behörden (Art. 37 Abs. 2 GG). Ein Weisungsrecht der BReg. kann ferner bestehen bei Bedrohung des Bestands oder der freiheitlichen demokratischen Grundordnung des Bundes oder eines Landes sowie bei Naturkatastrophen oder besonders schweren Unglücksfällen (vgl. Art. 91 Abs. 2, 35 Abs. 3 GG, ➢ s. ferner Nr. 82.

Nach Art. 48 WVerf. konnte der Reichspräsident ein Land mit Hilfe der bewaffneten Macht zur Pflichterfüllung anhalten (sog. Reichsexekution). Heute ist die Sperrung eines Steueranteils das wirkungsvollste Mittel des Bundeszwangs. Gegen die angeordneten Maßnahmen kann das betroffene Land das BVerfG anrufen (Art. 93 Abs. 1 Nr. 1, 3, evtl. 4 GG).

71 | Die Gesetzgebungskompetenz

In einem Bundesstaat ist die Befugnis, Gesetze zu erlassen (Gesetzgebungsbefugnis oder Gesetzgebungskompetenz), zwischen dem Zentralstaat (Bund) und den Gliedstaaten (Ländern) aufgeteilt. In der BRep.

unterscheidet man die ausschließliche Gesetzgebung des Bundes, die konkurrierende Gesetzgebung und die Grundsatzgesetzgebung des Bundes sowie die Gesetzgebung der Länder. Soweit das GG nicht ausdrücklich dem Bund Gesetzgebungskompetenzen zuweist, haben die Länder die Gesetzgebungsbefugnis (Art. 70 Abs. 1 GG). Bei Meinungsverschiedenheiten entscheidet das BVerfG (Art. 93 Abs. 1 Nr. 2 GG).

Die frühere **Rahmengesetzgebungsbefugnis** des Bundes nach Art. 75 GG a. F. auf den Gebieten des Beamtenrechts, des Hochschulwesens, der Raumordnung u. a. wurde durch die Föderalismusreform 2006 ➤ s. Nr. 24, abgeschafft.

Neben den zuvor genannten Gesetzgebungszuständigkeiten des Bundes gibt es in engen Grenzen noch **ungeschriebene Gesetzgebungskompetenzen des Bundes**, nämlich die Gesetzgebungskompetenz des Sachzusammenhangs und die kraft Natur der Sache. Erstere ist gegeben, wenn eine nicht ausdrücklich dem Bund zugewiesene Regelung unerlässliche Voraussetzung einer ausdrücklich zugewiesenen Materie ist (z. B. Wahlwerbung von Parteien im Rundfunk, die an sich Ländersache ist) oder in einem unlösbaren Zusammenhang mit einer Bundeskompetenz steht. Letztere begründet „aus der Natur der Sache" eine Zuständigkeit, wie die Festlegung der Bundeshauptstadt, die Regelung der Bundessymbole und Nationalfeiertage. Allein ein Bedürfnis nach Einheitlichkeit schafft noch keinen Kompetenztitel für den Bund.

a) Die ausschließliche Gesetzgebung des Bundes

In diesem Bereich sind die Länder zur Gesetzgebung nur befugt, wenn und soweit sie hierzu in einem Bundesgesetz ausdrücklich ermächtigt werden (Art. 71 GG).

Zur ausschließlichen Gesetzgebung des Bundes gehören die Rechtsgebiete, die einheitlich geregelt werden sollen. So die auswärtigen Angelegenheiten, Verteidigung, Wehrpflicht, Grenzschutz, Verkehr von Eisenbahnen des Bundes, Luftverkehr, gewerblicher Rechtsschutz, Urheber- und Verlagsrecht, Bundesstaatsangehörigkeit, das Melde- und Ausweiswesen, der Schutz deutschen Kulturguts vor Abwanderung ins Ausland, das Waffenrecht, das Atomrecht, Währung, Maße und Gewichte, Postwesen und die Telekommunikation, Zölle und Finanzmonopole (vgl. Art. 73, 105 Abs. 1 GG). Insoweit sind Ländergesetze ausgeschlossen; sie sind nichtig, soweit nicht eine Ermächtigung durch Bundesgesetz vorliegt.

b) Die konkurrierende Gesetzgebung

Hier können die Länder Gesetze erlassen, solange und soweit der Bund von seiner Gesetzgebungszuständigkeit nicht durch Gesetz Gebrauch gemacht hat (Art. 72 Abs. 1 GG). Insoweit spricht man auch von der **Vorranggesetzgebung des Bundes**. Der Bund kann sein Recht zur Gesetzgebung in bestimmten enumerativ aufgeführten Gebieten (etwa im Ausländerrecht, in der öffentlichen Fürsorge, im Wirtschafsrecht usw.) aber nur wahrnehmen, wenn und soweit die Herstellung gleichwertiger Lebensverhältnisse im Bundesgebiet oder die Wahrung der Rechts- oder Wirtschaftseinheit im gesamtstaatlichen Interesse eine bundesgesetzliche Regelung erforderlich macht (Art. 72 Abs. 2 GG: Ausfluss des Subsidiaritätsprinzips). Eine bundesgesetzliche Regelung, für die eine Erforderlichkeit im vorstehenden Sinn nicht mehr besteht, kann durch

Landesrecht ersetzt werden (Art. 72 Abs. 4 GG). Durch die Föderalismusreform ➤ s. Nr. 24, wurde in Art. 72 Abs. 3 GG eine Ausnahme von der Vorranggesetzgebung des Bundes für das Jagdwesen, den Naturschutz, die Raumordnung, den Wasserhaushalt und die Hochschulzulassung geschaffen. Zwar hat der Bund auf diesen Gebieten das Recht der konkurrierenden Gesetzgebung; Bundesgesetze treten aber erst sechs Monate nach Verkündung in Kraft, soweit nicht mit Zustimmung des BR etwas anderes bestimmt ist. Zudem bricht in Abweichung von Art. 31 GG ➤ s. unten d), nicht Bundesrecht Landesrecht; maßgeblich ist vielmehr das später erlassene Gesetz (Grundsatz des lex posterior derogat legi priori). Dies bedeutet, dass die Länder in weiten Teilen der Umweltgesetzgebung von bundesrechtlichen Vorgaben abweichen können.

Die konkurrierende Gesetzgebung verleiht dem Bund Kompetenzen, wenn ein Bedürfnis nach bundesgesetzlicher Regelung besteht. Dazu gehören insbes. Bürgerliches Recht, Strafrecht, Personenstandswesen, öffentliche Fürsorge, Wirtschafts- und Arbeitsrecht, Straßenverkehr, Gesundheitswesen, Abfallbeseitigung, Luftreinhaltung, Lärmbekämpfung, Staatshaftung, künstliche Befruchtung beim Menschen, Organtransplantationen, Kraftfahrwesen sowie bestimmte Teilbereiche des Umweltschutzes (Wasserhaushalt, Naturschutz); ferner im Abgabenrecht die Steuern vom Einkommen, von Erbschaften und die meisten Verbrauch- und Verkehrsteuern, insbes. wenn der Bund das Steueraufkommen beansprucht (vgl. Art. 74, 105 Abs. 2 GG). Ergeht ein Bundesgesetz, so werden bereits erlassene, aber dem neuen Bundesgesetz widersprechende Landesgesetze außer Kraft gesetzt (Art. 31 GG). Die Länder können das Bundesrecht durch eigene Gesetze nur ergänzen. Regelt der Bund eine Materie vollständig (wie z. B. Bürgerliches Recht, Handels-, Straf-, Prozessrecht), so ist – mit Ausnahme der Gebiete des Art. 72 Abs. 3 GG ➤ s. oben – für die Landesgesetzgebung auf diesem Gebiet kein Raum.

c) Die Grundsatzgesetzgebung

Die Befugnis des Bundes zur Grundsatzgesetzgebung findet sich nach der Föderalismusreform ➤ s. Nr. 24, nur noch im Haushaltsrecht (Art. 109 Abs. 3 GG: Haushaltsgrundsätzegesetz) sowie für die Ablösung von Staatsleistungen an die Religionsgesellschaften (Art. 140 GG i. V. m. Art. 138 Abs. 1 WVerf.). Der Bund hat insoweit nur das Recht, Grundsätze aufzustellen, die für die Länder ausfüllbar sind und ihnen einen Bereich eigener Gestaltungsmöglichkeit belassen.

d) Verhältnis des Bundesrechts zum Landesrecht

Bundesrecht bricht nach Art. 31 GG Landesrecht. Durch Erlass eines Bundesgesetzes im Rahmen der Zuständigkeiten des GG wird alles diesen Gegenstand betreffende Landesrecht aufgehoben und mit Ausnahme der Gebiete des Art. 72 Abs. 3 GG (siehe oben unter b) und hinsichtlich der Verfahrensvorschriften nach Art. 84 Abs. 1 GG ➤ s. Nr. 72 c), Entstehung neuen Landesrechts über diesen Gegenstand ausgeschlossen. Ausnahme nur für Landesverfassungen, soweit sie übereinstimmend mit dem GG Grundrechte gewährleisten (Art. 142 GG).

e) Früheres deutsches Recht

(Reichs-, Landes-, zonales oder überzonales Recht) gilt innerhalb des bisherigen Geltungsbereiches fort (soweit es dem GG nicht widerspricht, Art. 123 Abs. 1 GG) und wird als Bundesrecht behandelt, wenn es

- Gegenstände der ausschließlichen Gesetzgebung des Bundes betrifft (Art. 124 GG) oder wenn es

- Gegenstände der konkurrierenden Gesetzgebung betrifft, soweit es innerhalb einer oder mehrerer Besatzungszonen einheitlich gilt, oder soweit es sich um Recht handelt, das früheres Reichsrecht nach dem 8. 5. 1945 abgeändert hat (Art. 125 GG).

Bundesrecht, das nach Inkrafttreten des GG erlassen wurde, wegen späterer Änderungen des GG (etwa der Föderalismusreform ➢ s. Nr. 24, aber nicht mehr als Bundesrecht erlassen werden dürfte, gilt als Bundesrecht fort, kann jedoch durch Landesrecht ersetzt werden (Einzelheiten in Art. 125 a bis 125 c GG).

Meinungsverschiedenheiten über die Frage, ob Recht als Bundes- oder Landesrecht fortgilt, entscheidet das BVerfG (Art. 126 GG).

72 | Die Verwaltungskompetenz

Auch die Verwaltungsbefugnisse und -aufgaben sind – wie die Gesetzgebung – auf Bund und Länder verteilt (Bundesverwaltung und Länderverwaltung). Das GG unterscheidet vier Verwaltungsformen, nämlich die bundeseigene Verwaltung (Art. 86, 87 GG), die Auftragsverwaltung der Länder (Art. 85 GG), den Vollzug von Bundesgesetzen durch die Länder (Art. 83, 84 GG) und den Vollzug von Landesgesetzen durch die Länder (Art. 30 GG).

a) Bundeseigene Verwaltung

Bundesgesetze können mittels eigener unmittelbar der Bundesregierung unterstellter Behörden ausgeführt werden oder durch selbständige Körperschaften oder Anstalten des Öffentlichen Rechts im Wege der Selbstverwaltung (mittelbare Bundesverwaltung), wie dies etwa für Sozialversicherungsträger oder die Bundesagentur für Arbeit gilt (vgl. Art. 87 Abs. 2 GG). Verwaltungszweige mit einer voll ausgebauten bundeseigenen Verwaltung (Art. 86, 87 Abs. 1, 87 b–f GG) sind:

- der auswärtige Dienst;
- das Bundesfinanzwesen;
- die Eisenbahnverkehrsverwaltung für Eisenbahnen des Bundes (Art. 87 e GG);
- die Bundesnetzagentur für Hoheitsaufgaben im Bereich des Post- und Telekommunikationswesen;
- die Verwaltung der Bundeswasserstraßen und der Schifffahrt (Art. 89 GG);
- die Luftverkehrsverwaltung ➢ vgl. Nr. 180 b);
- die Bundesverteidigung und Bundeswehrverwaltung (Art. 87 a, 87 b GG);
- der Bundespolizei und das Bundeskriminalamt sowie das Bundesamt für Verfassungsschutz (Art. 87 Abs. 1 Satz 2 GG).

Die bundeseigene Verwaltung mit eigenem Verwaltungsunterbau besteht aus den obersten Bundesbehörden (z. B. Bundespräsidialamt, Bundeskanzleramt, Bundesministerien, Bundesrechnungshof) sowie nachgeordneten Bundesoberbehörden bzw. Mittel- und Unterbehörden ➢ s. Nr. 91.

b) Bundesauftragsverwaltung (Art. 85)

Die Bundesauftragsverwaltung sieht eine Verwaltung durch die Länder im Auftrag des Bundes vor. Dieser Verwaltungstyp war in der WVerf. nicht vorgesehen, sondern ist im GG neu entwickelt. Die Fälle der Auftragsverwaltung sind im GG abschließend aufgeführt:

- Bundesautobahnen und sonstige Fernverkehrstraßen (Art. 90 Abs. 2 GG);
- Bundeswasserstraßen auf Antrag und für das Gebiet eines Landes (Art. 89 Abs. 2 GG);

- in der Luftverkehrsverwaltung, soweit bundesgesetzlich bestimmt (Art. 87 d Abs. 2 GG);
- für die dem Bund ganz oder zum Teil zufließenden, von ihm aber nicht verwalteten Steuern (Art. 108 Abs. 3 GG);
- im Verteidigungswesen (einschl. Wehrersatzwesen und Zivilschutz) nach bundesgesetzlicher Regelung (Art. 87 b Abs. 2 GG);
- bei Ausführung von Gesetzen über Erzeugung und Nutzung der Kernenergie und über den Strahlenschutz, soweit bundesgesetzlich bestimmt (Art. 87 c GG);
- in Lastenausgleichssachen (Art. 120 a GG);
- bei bestimmten Geldleistungsgesetzen (Art. 104 a Abs. 3 Satz 2 GG).

Bei dieser Verwaltungsart bleibt die Behördeneinrichtung den Ländern überlassen. D. h. die die Gesetzes ausführenden Behörden sind Landesbehörden, die handelnden Beamten Landesbeamte (Personalhoheit der Länder). Den Gemeinden und Landkreisen dürfen durch Bundesgesetze keine Aufgaben der Auftragsverwaltung übertagen werden (Art. 85 Abs. 1 Satz 2 GG). Die Bundesregierung kann aber allgemeine Verwaltungsvorschriften erlassen, die Ausbildung regeln, Mittelbehördenleiter mitbestellen und Weisungen erteilen. Der Bund übt bei der Auftragsverwaltung die Aufsicht über die Länderbehörden aus, und zwar hinsichtlich Gesetzmäßigkeit (Rechtsaufsicht) und Zweckmäßigkeit (Fachaufsicht). Die Bundesregierung kann sich von den Ländern Berichte erholen, die Vorlage der Akten verlangen und Beauftragte zu allen Behörden entsenden.

In der politischen Praxis geht von der Bundesauftragverwaltung ein erheblicher unitaristischer Zug aus. Öffentlichkeitswirksam wurden Weisungen der Bundesregierung vor allem im Bereich der Nutzung der Kernenergie, etwa Weisungen zu vorläufigen Stilllegungen von Kernkraftwerken oder zur Erteilung von Genehmigungen von Erkundungen von Endlagerstätten für genutzte Brennstäbe.

c) Landesverwaltung von Bundesgesetzen (Art. 84 GG)

Die Landesverwaltung von Bundesgesetzen umfasst die Ausführung der Bundesgesetze, die nicht eine andere Verwaltungsart anordnen (Art. 83 GG), sowie die Durchführung der unmittelbar anwendbaren Vorschriften der Europäischen Union (analoge Anwendung des Art. 83 GG). Die Länder führen diese Gesetze als eigene Angelegenheiten aus und regeln auch die Einrichtung der Behörden sowie das Verwaltungsverfahren. Enthalten Bundesgesetze Vorschriften zum Behördenaufbau sowie zum Verfahren können die Länder abweichende Gesetze erlassen. Hier ist dann das jeweils später erlassene Bundes- bzw. Landesgesetz gültig (Grundsatz des lex posterior derogat legi priori). Bundesrecht geht nur vor, wenn das Bundesgesetz wegen des besonderen Bedürfnisses nach einer bundeseinheitlichen Regelung eine Abweichung durch die Länder nicht zulässt. Diese Gesetze bedürfen der Zustimmung des BR. Gemeinden und Landkreise dürfen durch Bundesgesetz Aufgaben nicht übertragen werden (Art. 84 Abs. 1 GG).

Im Bereich der Landesverwaltung von Bundesgesetzen kann die BReg. mit Zustimmung des BR allgemeine Verwaltungsvorschriften ➢ zum Begriff Nr. 143, erlassen, welche die Länder beachten müssen (Art. 84 Abs. 2 GG). Zudem unterstehen die Länder der **Aufsicht des Bundes** (Art. 84 Abs. 3 und 4 GG).

Die Bundesaufsicht erstreckt sich aber nur auf die Gesetzmäßigkeit (Rechtsaufsicht), nicht auch auf die Zweckmäßigkeit der Verwaltungsmaßnahmen (Fachaufsicht). Von der BReg. bzw. dem zuständigen BMinister gerügte Mängel sind zu beseitigen; in Zweifelsfällen entscheidet der BR. Gegen dessen Beschluss kann das BVerfG angerufen werden.

d) Landeseigene Verwaltung

Die landeseigene Verwaltung betrifft den Vollzug von Landesgesetze und sonstigen Verwaltungsaufgaben, die nicht dem Bund zugewiesen sind (Art. 30 GG). Dies ist eine Selbstverständlichkeit, geht es doch um die Ausführung eigener Gesetze.

Bei bestimmten für die Gesamtheit besonders bedeutsamen **Gemeinschaftsaufgaben** wirkt der Bund, wenn seine wirtschaftliche Hilfe erforderlich ist, bei Erfüllung der Länderaufgaben durch Übernahme eines Anteils der Kosten (mindestens der Hälfte) mit (Art. 91 a GG). Gemeinschaftsaufgaben in diesem Sinne sind die Verbesserung der regionalen Wirtschaftsstruktur, der Agrarstruktur und des Küstenschutzes. Zudem können Bund und Länder in Fällen überregionaler Bedeutung zusammenwirken zur Förderung von Hochschulen (einschließlich der Bauten und Großgeräte) sowie von Einrichtungen und Vorhaben der wissenschaftlichen Forschung (z. B. Deutsche Forschungsgemeinschaft, Max-Planck-Gesellschaft). Einzelheiten hierzu einschließlich zur Höhe der Kostenbeteiligung des Bundes ist Bund-Länder-Vereinbarungen vorbehalten (Art. 91 b GG). Die bis zur Föderalismusreform ➢ s. Nr. 24, bestehende Gemeinschaftsaufgabe der **Bildungsplanung** wurde abgeschafft. Insoweit sind die Länder nunmehr allein zuständig.

Neben einem Zusammenwirken mit dem Bund können die Länder aber auch untereinander durch Abkommen **Gemeinschaftseinrichtungen** zur Wahrnehmung gemeinsamer Länderaufgaben errichten. Beispiele hierfür sind das ZDF sowie die Zentralstelle für die Vergabe von Studienplätzen.

Verwaltungsvollzug von Gesetzen

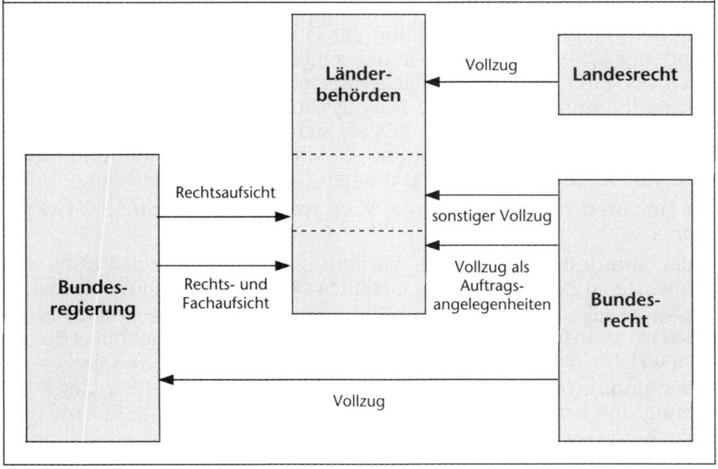

73 | Kompetenzen auf dem Gebiet der Rechtsprechung

Die Rechtsprechung ist ein Teil staatlicher Gewalt. Sie obliegt nach Art. 92 GG den Richtern. Sie wird durch das BVerfG ➢ Nr. 78 a, die Gerichte des Bundes ➢ im Einzelnen Nr. 86, und der Länder ➢ s. Nr. 116, ausgeübt. Mit Ausnahme der obersten Bundesgerichte und der sonstigen

Bundesgerichte obliegt die Rechtsprechung den Gerichten der Länder. Die Bundesgerichte sind nach den Verfahrensordnungen insbesondere dazu berufen, die Einheitlichkeit der Rechtsprechung zu wahren und grundsätzliche Fragen der Rechtsanwendung zu entscheiden.

Die Gesetze über das gerichtliche Verfahren sind Bundesgesetze (Art. 74 Abs. 1 Nr. 1 GG). Die Justizgesetze der Länder beschränken sich weitestgehend auf die organisatorische Errichtung der einzelnen Gerichte, die Festlegung der örtlichen Zuständigkeitsgrenzen sowie die Zusammensetzung der gerichtlichen Spruchkörper, soweit der Bundesgesetzgeber hierzu einen Spielraum ermöglicht hat ➢ beispielhaft vgl. Nr. 151 b).

Die Obersten Bundesorgane

74 | Überblick über die Obersten Bundesorgane

Das GG folgt in der Organisation der Obersten Bundesorgane weitgehend der WVerf., nimmt aber die schlechten Erfahrungen der Jahre 1918 bis 1933 zum Anlass, Sicherungen gegen eine mögliche Funktionsunfähigkeit einzubauen. Die staatlichen Befugnisse sind auf die höchsten Organe so verteilt, dass sie sich in etwa das **Gleichgewicht** halten, um eine Machtzusammenballung zu vermeiden und missbräuchliche Anwendung der staatlichen Gewalt auszuschließen.

Die höchsten Organe des Bundes sind, nach der Einteilung des GG geordnet:

- **der Bundestag:** Er ist als Vertretung des Deutschen Volkes das höchste, in der Gesetzgebung letztlich entscheidende Bundesorgan.

  Seine Rechte sind gegenüber denen des Reichstags der Weimarer Republik etwas eingeschränkt, weil BR und BReg. stärkere Rechte haben als früher Reichsrat und Reichsregierung.

- **der Bundesrat:** Er wirkt als Vertretung der Länder bei der Gesetzgebung und bei der Verwaltung des Bundes sowie in Angelegenheiten der Europäischen Union mit.

  Seine Stellung ist bedeutender als die des Reichsrats der WVerf. Wie dieser verkörpert er das **föderative Element** und gewährleistet den Einfluss der Länder auf den Bund als Gegengewicht zum BT.

- **der Bundespräsident:** Er nimmt die Befugnisse wahr, welche i. d. R. einem Staatsoberhaupt zukommen. Gewählt wird er von der **Bundesversammlung.**

  Die Stellung des Reichspräsidenten der WVerf. war erheblich stärker. Dieser hatte das Recht der Ausnahmegesetzgebung (Notverordnungen).

- **die Bundesregierung:** Sie übt die vollziehende Gewalt aus, soweit diese nicht dem BPräs. oder dem BR vorbehalten ist.

  Während die frühere Reichsregierung durch ein Misstrauensvotum (Art. 54 WVerf.) ausgeschaltet werden konnte, ist dies heute erschwert (konstruktives Misstrauensvotum – ➢ vgl. Nr. 78 b) bb). Zwar konnte auch früher ein Misstrauensvotum nur mit absoluter Stimmenmehrheit beschlossen werden. Es war aber möglich, dass eine Gruppe (z. B. des linken Flügels) dem von einer anderen Gruppe (z. B. des rechten Flügels) gestellten Misstrauensantrag zustimmte und dadurch die Regierung stürzte, ohne dass eine andere Regierung eine Mehrheit fand.

- das **Bundesverfassungsgericht** in Karlsruhe als oberstes Rechtsprechungsorgan.

Durch das Gesetz über befriedete Bezirke für Verfassungsorgane des Bundes vom 11. 8. 1999 (BGBl. I 1818) sind Bezirke der Städte Berlin und Karlsruhe zu befriedeten Bannkreisen erklärt worden. In diesen sind öffentliche Versammlungen und Aufzüge nur nach Genehmigung des BMI zulässig, ansonsten verboten (§§ 5 und 6 BefBezG, § 16 VersammlG).

75 | Der Bundestag

a) Staatsrechtliche Stellung

Der BT ist die **Volksvertretung** der BRep. und als maßgebliches Gesetzgebungsgremium ihr wichtigstes Organ. Er repräsentiert das deutsche Volk bei Ausübung der Staatshoheit (**Repräsentativsystem**; ➢ vgl. Nrn. 4, 62). Der BT ist das einzige Vertretungsorgan bei der Gesetzgebung, ist darin aber in bestimmtem Umfang durch die vorgeschriebene Mitwirkung des BR beschränkt, dessen Zustimmung bei wichtigen Gesetzen erforderlich ist (insbesondere bei verfassungsändernden und föderativen, sog. Zustimmungsgesetzen) und der im Übrigen ein Einspruchsrecht hat (modifiziertes Einkammersystem; ➢ vgl. Nrn. 76, 80 c).

Ein echtes **Zweikammersystem** besteht z. B. in den USA (Kongress = Repräsentantenhaus und Senat) und der Schweiz (Nationalrat und Ständerat). Dort sind beide Kammern voneinander unabhängig; zum Zustandekommen eines Gesetzes ist ein übereinstimmender Beschluss beider Kammern erforderlich. In Großbritannien besteht ein modifiziertes System, weil das Unterhaus eine stärkere Stellung hat als das Oberhaus.

Es besteht eine Vermutung der Zuständigkeit des BT. Er ist für alle Aufgaben der Bundesstaatsgewalt zuständig, welche nicht anderen Bundesorganen (BPräs., BReg., BR, BVerfG) übertragen sind.

b) Zusammensetzung und Wahl

Der BT besteht aus Abgeordneten des deutschen Volkes, die nach Art. 38 Abs. 1 GG in allgemeiner, unmittelbarer, freier, gleicher und geheimer Wahl gewählt werden. Der BT wird auf 4 Jahre gewählt (Art. 39 Abs. 1 GG). Im GG ist nicht festgelegt, ob Mehrheitswahl oder Verhältniswahl stattfindet. Vielmehr behält Art. 38 Abs. 3 GG diese Regelung einem Bundesgesetz vor.

aa) Wahlsystem

Für das Wahlsystem ist das Bundeswahlgesetz maßgebend. Nach § 1 BWahlG werden die 598 Abgeordneten (Zahl ohne evt. Überhangmandate) des BT nach den Grundsätzen einer mit der **Personenwahl verbundenen Verhältniswahl** gewählt, und zwar je 299 nach Kreiswahlvorschlägen in den Wahlkreisen und nach Landeswahlvorschlägen (Landeslisten).

Am 2. 12. 1990 wurde zum ersten Mal seit dem Ende des 2. Weltkriegs wieder ein gesamtdeutsches Parlament gewählt. Die rechtliche Grundlage für diese gemeinsame Wahl auf den Gebieten der BRep. und der ehemaligen DDR bildete der „Vertrag zur Vorbereitung und Durchführung der ersten gesamtdeutschen Wahl des Deutschen Bundestages zwischen der Bundesrepublik Deutschland und der Deutschen Demokratischen Republik", der sog. Wahlvertrag (s. Gesetz v. 29. 8. 1990, BGBl. II 813).

Die Wahl findet nach einer Wahlkreiseinteilung statt. Jeder Wähler hat zwei Stimmen: eine **Erststimme** im Wahlkreis und eine **Zweitstimme** für die Wahl nach einer Landesliste. In jedem Wahlkreis wird ein Abgeordneter gewählt. Gewählt ist der Bewerber, der die meisten Stimmen auf sich vereinigt (relative Mehrheit). Bei Stimmengleichheit entscheidet das vom Kreiswahlleiter zu ziehende Los. Für die Wahl nach Landeslisten werden für jede Partei die im Lande für sie abgegebenen Zweitstimmen zusammengezählt. Dabei werden die Zweitstimmen der Wähler, die für einen im Wahlkreis erfolgreichen parteilosen Bewerber gestimmt haben, nicht berücksichtigt. Von der Gesamtzahl der im Lande zu wählenden Abg. werden die von den parteilosen Bewerbern in den Wahlkreisen errungenen Sitze abgezogen. Die verbleibenden Sitze wurden früher auf die Parteien im Verhältnis ihrer Zweitstimmen nach dem Höchstzahlverfahren d'Hondt verteilt (Teilung der auf jede Liste entfallenden Stimmen durch 1, 2, 3 usw.; Verteilung der Sitze nach den Höchstzahlen), was zu einer Begünstigung der großen Parteien führte. Durch Änderung des BWahlG vom 8. 3. 1985 wurde das d'Hondtsche System durch das **Berechnungssystem Hare-Niemeyer** ersetzt. Nach diesem System wird die Gesamtzahl der Abgeordnetensitze mit der Stimmenzahl der einzelnen Partei multipliziert und das Produkt durch die Gesamtzahl der Stimmen aller in den BT gewählten Parteien geteilt; jede Partei erhält sodann so viele Sitze, wie ganze Zahlen sich aus dieser Proportion ergeben. Verbleibende Sitze werden in der Reihenfolge der höchsten Zahlenbruchteile vergeben. Von der für jede Partei ermittelten Abgeordnetenzahl wird die Zahl der von ihr in den Wahlkreisen (direkt) errungenen Sitze abgezogen. Die ihr dann noch zustehenden Sitze werden aus ihrer Landesliste in der dort festgelegten Reihenfolge besetzt. In einem Wahlkreis gewählte Bewerber bleiben auf der Landesliste unberücksichtigt. In den Wahlkreisen errungene Sitze verbleiben einer Partei auch dann, wenn sie die ihr nach dem Verhältniswahlrecht zustehende Mandatzahl übersteigen (sog. **Überhangmandate**). In einem solchen Fall erhöht sich die Gesamtzahl der Sitze um die Unterschiedszahl. Bei der BT-Wahl 2005 erhielt die SPD neun, die CDU sieben Überhangmandate. Nach Auffassung mancher Politiker können Überhangmandate zu einer Verzerrung des Wählerwillens führen, da hierdurch eine Partei in der Gesamtschau wesentlich weniger Stimmen pro Abgeordnetenmandat erringen muss als die anderen Parteien und für diese ein Ausgleich (sog. Ausgleichsmandate) im Wahlgesetz nicht vorgesehen ist. Bei Verteilung der Sitze auf die Landeslisten werden nur Parteien berücksichtigt, die mindestens 5 v. H. der im Bundesgebiet abgegebenen gültigen Zweitstimmen erhalten oder in mindestens drei Wahlkreisen einen Sitz errungen haben (Ausnahme für nationale Minderheiten). Das Bundesverfassungsgericht hat in seiner Entscheidung vom 10. 4. 1997 sowohl das System der Überhangmandate als auch die „Dreier-Klausel" für verfassungskonform erklärt Es wird dadurch einer Parteiensplitterung entgegengewirkt und damit die Arbeitsfähigkeit des Parlaments gesichert sowie stabile Regierungsmehrheiten gefördert.

Einzelheiten des Wahlverfahrens, insbes. Wahlorgane, Vorbereitung der Wahl, Wahlhandlung sowie Ermittlung und Feststellung des Wahlergebnisses, regelt die Bundeswahlordnung.

Zusammensetzung des Deutschen Bundestages

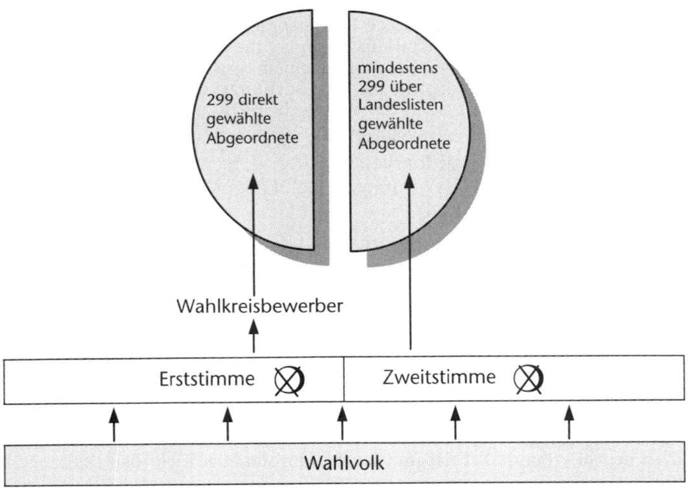

Zusammensetzung des Deutschen Bundestages 2005–2009

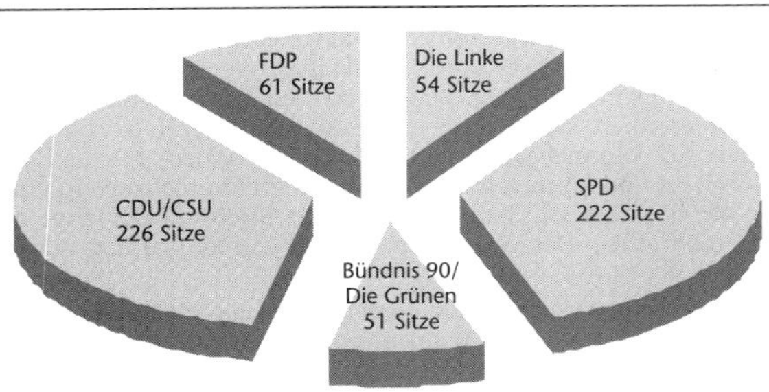

Zu Ergebnissen früherer Bundestagswahlen
siehe www.bundeswahlleiter.de/wahlen/ergebn.html bzw.
www.bundestag.de/parlament/wahlen/sitzverteilung/index.htm

bb) Wahlberechtigung

Aktiv wahlberechtigt ist, d.h. wählen kann jeder deutsche Staatsbürger, welcher das 18. Lebensjahr vollendet und seit mindestens 3

Monaten vor dem Wahltag Wohnsitz oder dauernden Aufenthalt im Bundesgebiet hat. Auch Deutsche, die außerhalb der Bundesrepublik Deutschland leben, haben unter gewissen Voraussetzungen (§ 12 Abs. 2 BWahlG) das aktive Wahlrecht.

Ausgeschlossen von der Wahlberechtigung ist derjenige, für den zur Besorgung aller seiner Angelegenheiten ein Betreuer nicht nur durch einstweilige Anordnung bestellt ist und derjenige, der infolge Richterspruchs (z.B. Strafurteil) das Wahlrecht nicht besitzt. Das Gleiche gilt für Personen, die wegen einer im Zustand der Schuldunfähigkeit begangenen Straftat in einem psychiatrischen Krankenhaus untergebracht sind, dagegen nicht für Untersuchungs- und Strafgefangene (§ 13 BWahlG). Auch Ausländern steht das Wahlrecht nicht zu, da sie mangels Staatsangehörigkeit nicht zum Staatsvolk gehören.

Passives Wahlrecht (Wählbarkeit) besitzt, d.h. wählbar ist jeder aktiv Wahlberechtigte, der am Wahltag das 18. Lebensjahr vollendet hat und Deutscher ist (§ 15 BWahlG).

Nach Art. 137 Abs. 1 GG kann die Wählbarkeit von Beamten, Angestellten des öffentlichen Dienstes, Berufssoldaten, Soldaten auf Zeit und Richtern in Bund, Ländern und Gemeinden gesetzlich beschränkt werden. Nach §§ 5, 6 AbgG ruht das Dienstverhältnis der in den BT gewählten Beamten und Richter vom Tage der Wahlannahme ab (ohne Bezüge) bis 6 Monate nach Beendigung des Mandats. Sie haben aber Anspruch auf Wiedereinstellung nach Beendigung der BT-Mitgliedschaft; auch wird die Mitgliedschaftszeit als Dienstzeit angerechnet. Diese Regelung soll eine Vereinigung legislativer und exekutiver bzw. richterlicher Gewalt verhindern (**Inkompatibilität**). Sie gilt nicht für Bundeskanzler und Bundesminister sowie Mitglieder der Landesregierungen; sie sind nicht Beamte i.e.S. und dürfen dem BT (Bundeskanzler und Bundesminister aber nicht dem BR) angehören.

cc) Wahlkreise

Die Wahlkreise sollen etwa gleich groß sein, was die Anzahl der Wahlberechtigten anbelangt, und sollen die grenzen der Städte und Landkreise nach Möglichkeit einhalten. Wahlkreise sind in Wahlbezirke eingeteilt. Die Gemeinden führen ein Wählerverzeichnis (Wählerliste oder Wahlkartei); die Eintragung ist Voraussetzung für die Wahlrechtsausübung. Wähler, die den für sie bestimmten Wahlraum wegen Ortsabwesenheit, aus beruflichen, gesundheitlichen oder sonstigen wichtigen Gründen zur Stimmabgabe nicht aufsuchen können, erhalten auf Antrag einen Wahlschein und können an der Wahl durch Stimmabgabe in einem beliebigen Wahlbezirk dieses Wahlkreises oder durch Briefwahl teilnehmen (§§ 25 ff. BWahlO, § 36 BWahlG). Das Wahlrecht darf aber nur einmal und nur persönlich ausgeübt werden (§ 14 Abs. 4 BWahlG).

Wahlvorschläge können von Parteien vorgelegt werden, die im Bundestag oder in einem Landtag seit deren letzter Wahl ununterbrochen mit mindestens 5 Abgeordneten vertreten waren; von anderen Parteien, wenn sie ihre Beteiligung an der Wahl angezeigt haben und der Bundeswahlausschuss ihre Parteieigenschaft festgestellt hat. Im letzteren Fall müssen Kreiswahlvorschläge außerdem von mindestens 200 Wahlberechtigten persönlich und handschriftlich unterzeichnet sein; das gilt auch für andere Kreiswahlvorschläge. Bei Landeslisten neuer Parteien ist Unterschrift von 1 vom Tausend der Wahlberechtigten des Landes bei der letzten BT-Wahl, höchstens jedoch 2000 Wahlberechtigten erforderlich (§§ 18, 20, 27 BWahlG).

Die Wahlhandlung ist öffentlich. Gewählt wird mit Stimmzetteln, auf denen der Wähler den Vorschlag ankreuzt, für den er stimmt. Die Wahlprüfung, die nur auf Einspruch erfolgt, ist Sache des BT. Er entscheidet auch, ob ein Abgeordneter die

Mitgliedschaft verloren hat. Gegen seine Entscheidung Beschwerde an das BVerfG (Art. 41 Abs. 2 GG). Einzelheiten regelt das Wahlprüfungsgesetz.

dd) Die Wahlperiode (Legislaturperiode)

Die Wahlperiode beginnt mit dem ersten Zusammentritt des BT und endet mit dem Zusammentritt eines neuen BT (Art. 39 GG).

c) Innere Organisation

Der BT wählt seinen Präsidenten, dessen Stellvertreter und die Schriftführer. Er gibt sich eine **Geschäftsordnung** (Art. 40 Abs. 1 GG).

Der Präsident des BT übt das Hausrecht (Hausordnung vom 7. 8. 2002, BGBl. I 3483) und die Polizeigewalt im Gebäude des BT aus. Ohne seine Genehmigung darf in den Räumen des BT keine Durchsuchung oder Beschlagnahme stattfinden (Art. 40 Abs. 2 GG).

Bisher waren Präsident des BT: *Dr. Erich Köhler* (CDU), *Dr. Hermann Ehlers* (CDU), *Dr. Eugen Gerstenmaier* (CDU), *Kai-Uwe von Hassel* (CDU), *Annemarie Renger* (SPD), *Prof. Dr. Karl Carstens* (CDU), *Richard Stücklen* (CSU), *Dr. Rainer Barzel* (CDU), *Dr. Philipp Jenninger* (CDU), *Prof. Dr. Rita Süssmuth* (CDU), *Wolfgang Thierse* (SPD), und *Dr. Norbert Lammert* (CDU, seit 2005). Traditionell stellt die mitgliederstärkste Fraktion den BT-Präsidenten.

Organe des BT sind der Präsident, das Präsidium, der Ältestenrat und die Ausschüsse. Der **Präsident** ist Vorsitzender des BT, steht an der Spitze seiner Verwaltung, wahrt die Rechte des BT und vertritt ihn nach außen. Er wird für die Dauer der Wahlperiode gewählt und leitet die Plenarsitzungen. Verletzt ein Abgeordneter die parlamentarische Ordnung, so kann der Präsident eine Rüge oder einen Ordnungsruf erteilen, auch das Wort entziehen und den Abgeordneten von den Verhandlungen des BT bis zu 30 Sitzungstagen ausschließen. Der **Ältestenrat** des BT ist Bindeglied zwischen dem Präsidenten und dem Plenum. Er besteht aus dem Präsidenten, seinen Stellvertretern und 23 von den Fraktionen benannten Mitgliedern. Er unterstützt den Präsidenten bei der Führung der Geschäfte und vermittelt eine Verständigung zwischen den Fraktionen über den Arbeitsplan des BT. Er entwirft ferner den Haushaltsplan des BT, verfügt über die Verwendung der Räume und beschließt über sonstige innere Angelegenheiten des BT. Das Präsidium des BT besteht aus dem Präsidenten und seinen Stellvertretern. Die Schriftführer beurkunden die Verhandlungen, sammeln und zählen die Stimmen und unterstützen den Präsidenten bei den Sitzungen. Die **Ausschüsse** sind kleine Beratungskörper zur Vorbereitung der Plenarsitzungen, insbes. Vorberatung der zu beschließenden Gesetze. Sie werden für bestimmte Aufgaben und für die ganze Wahlperiode eingerichtet, als Sonderausschüsse auch für Einzelangelegenheiten. Ausschüsse sind spiegelbildlich der politischen Zusammensetzung des Plenums zu besetzen. Nach Art. 44 GG kann der BT und muss er auf Antrag eines Viertels seiner Mitglieder einen **Untersuchungsausschuss** einsetzen, der Zeugen und Sachverständige vernehmen und sonstige Ermittlungen durch Gerichte und Verwaltungsbehörden vornehmen lassen kann. Der Untersuchungsausschuss ist vor allem ein politisches Instrument der Opposition, Sachverhalte („Skandale") aufzuklären. Mit dem Untersuchungsausschussgesetz wurden die Einsetzung, die Rechte und die Verfahrensweise dieses Ausschusses näher geregelt. So ist z. B. der Ausschuss an den erteilten Untersuchungsauftrag gebunden, alle Fraktionen müssen in ihm vertreten sein, Vorsitzender und stellvertretender Vorsitzender müssen verschiedenen Fraktionen angehören. Die Sitzungen werden protokolliert, auch im Übrigen ist die Verfahrensweise sehr an die Bestimmungen der Strafprozessordnung angelehnt. Über das Ergebnis erstattet der Ausschuss einen schriftlichen Bericht an den Bundestag, Sondervoten sind zulässig und in den Bericht aufzunehmen. Z. Z. bestehen 23 Ausschüsse, von denen die meisten die den Bundesministerien entsprechenden Fachbezeichnungen tragen, also „Auswärtiger Ausschuss", „Innenausschuss", „Finanzausschuss" usw.; außerdem je ein Ausschuss für Wahlprüfung, Immunität und Geschäftsordnung, für Haushalt, für Sport, für Tourismus, für Menschenrechte und humanitäre Hilfe, für Angelegenheiten der Europäischen Union, für Kultur und Medien und ein Petitionsausschuss. Art. 45 a GG hat den Ausschuss für auswärtige Angelegenheiten und den Verteidigungsausschuss, Art. 45 c GG den Petitionsausschuss zu verfassungsrechtlich vorgeschriebenen Institutionen erhoben. Entsprechendes gilt nach Art. 45 GG, für den Ausschuss für die Angelegenheiten der Europäischen Union, der ermächtigt werden kann, die Rechte des BT gem. Art. 23 GG gegenüber der BReg. wahrzunehmen. Von den Ausschüssen zu unterscheiden sind Enquete-Kommissionen, die sich mit Fragen von grundsätzlicher politischer Bedeutung befassen und denen auch externe Mitglieder wie Wissenschaftler und Sachverständige angehören können.

d) Abgeordnete

Die Abgeordneten sind Vertreter des ganzen Volkes; sie sind an Aufträge und Weisungen nicht gebunden und nur ihrem Gewissen unterworfen (**freies Mandat**, Art. 38 Abs. 1 Satz 2 GG). Ausschluss oder Austritt aus einer Partei ist daher ohne Einfluss auf die Abgeordneteneigenschaft. Daher ist ein förmlicher **Fraktionszwang** verfassungswidrig; zulässig ist aber, eine Fraktionsdisziplin einzuhalten, wenn dem Abgeordneten die endgültige Entscheidungsfreiheit verbleibt.

Die Weisungs- und Gewissensfreiheit verbietet eine Bindung des Abgeordneten durch ein Angestelltenverhältnis, einen Beratervertrag oder eine andere mit Zuwendungen verbundene Beziehung, mit der die Erwartung einer bestimmten Interessenvertretung verknüpft ist (BVerfGE 40, 296). Die **Verhaltensregeln** für Mitglieder des BT (s. Anlage 1 zur GeschO-BT) sehen daher für Abg. Anzeigepflichten über Art und Umfang ihrer wirtschaftlichen Betätigung vor. Nach §§ 1 und 3 der Anlage 1 zur GeschO-BT (basierend auf § 44 b AbgG) sind die Nebeneinkünfte der Abgeordneten zu veröffentlichen, wobei lediglich mitgeteilt wird, ob diese pro Monat zwischen 1000–3000 Euro, 3500–7000 Euro oder darüber betragen. Hiergegen haben Abgeordnete verschiedener Fraktionen Klage zum BVerfG erhoben, über die bislang nicht entschieden ist. Bis dahin hat der Präsident des BT von einer Veröffentlichung abgesehen.

Nach Art. 46 GG darf ein Abgeordneter zu keiner Zeit wegen seiner Abstimmung oder wegen einer im BT oder in einem Ausschuss abgegebenen Äußerung gerichtlich oder dienstlich verfolgt oder sonst außerhalb des BT zur Verantwortung gezogen werden. Diese **Indemnität** (Verantwortungsfreiheit) deckt nicht Privatgespräche und verleumderische Beleidigungen. Wegen einer mit Strafe bedrohten Handlung darf ein Abgeordneter nur mit Genehmigung des BT zur Verantwortung gezogen oder verhaftet werden (**Immunität**), außer wenn er bei Begehung der Tat oder im Laufe des folgenden Tages festgenommen wird.

Die Rechtsstellung der Abgeordneten hat sich grundlegend verändert, nachdem das BVerfG im sog. „Diätenurteil" vom 5. 11. 1975 festgestellt hat, dass die Abgeordneten eine Hauptbeschäftigung ausüben, für die sie eine der Bedeutung ihres Amtes angemessene Alimentation aus der Staatskasse verlangen können. Diese ist (außer den echten Aufwendungen für die Tätigkeit) nicht mehr steuerfrei. Auch darf ein zum Abgeordneten gewählter Beamter nicht mehr Ruhegehalt beziehen.

Demgemäß begreift das Abgeordnetengesetz die Tätigkeit des Abgeordneten als Amt; ergänzend gilt Beamtenrecht. Das Gesetz sichert die persönliche Rechtsstellung des Abgeordneten, um die Ausübung eines freien Mandats zu gewährleisten. Es verbietet, die Bewerbung um ein Mandat, dessen Annahme und Ausübung – insbes. am Arbeitsplatz – zu behindern, und erklärt Kündigung (Entlassung) wegen Annahme oder Ausübung des Mandats bis 1 Jahr nach Mandatsende für unzulässig (Ausnahme: wichtiger Grund).

Die Abgeordneten erhalten eine monatliche Entschädigung sowie eine sog. Amtsausstattung als Aufwandsentschädigung, insbes. eine Kostenpauschale und Kostenersatz für die Beschäftigung von Mitarbeitern, ferner je nach Dauer der Zugehörigkeit zum BT abgestufte Versorgungsbezüge. Sie haben das Recht freier Benutzung aller Verkehrsmittel der Eisenbahnen des Bundes. Kosten für Inlandflüge und Schlafwagenbenutzung werden gegen Nachweis erstattet (§§ 11, 12, 16, 19 ff. AbgG).

Die monatliche, steuerpflichtige Entschädigung beträgt ab 1. Januar 2003 7009 Euro. Ab diesem Zeitpunkt orientiert sich die monatliche **Abgeordnetenentschädigung** an einem Zwölftel der Jahresbezüge eines Richters bei einem Obersten Gerichtshof des Bundes (Besoldungsgruppe R 6). Das hierfür erforderliche Anpassungsverfahren ist in § 30 AbgG geregelt (§ 11 AbgG). Die steuerfreie Kostenpauschale wird jeweils zum 1. Januar eines jeden Jahres der Entwicklung der allgemeinen Lebenshaltungsausgaben aller privaten Haushalte im vorvergangenen Kalenderjahr angepasst. Sie beträgt derzeit (Januar 2007) 3647 Euro monatlich. Der Präsident und die Vizepräsidenten erhalten zusätzliche Bezüge. Einem (nicht beurlaubten) Abgeordneten, der an einer namentlichen Abstimmung oder Wahl mit Namensaufruf nicht teilnimmt, werden von der Kostenpauschale 50 Euro abgezogen, bei Nichteintragung in die täglich ausgelegte Anwesenheitsliste 50 Euro (bei Plenarsitzungen 100 Euro). Nicht wiedergewählte Abgeordnete erhalten, wenn sie dem BT mindestens ein Jahr angehört haben, ein Übergangsgeld in Höhe einer Monatsentschädigung, bei längerer Zugehörigkeit weitere Monatszahlungen für je 1 Mitgliedschaftsjahr, längstens für 18 Monate. Ab dem 2. Monat werden sonstige Einkünfte angerechnet. Beim Tod eines Abgeordneten wird den nächsten Angehörigen Sterbegeld (2-fache Monatsentschädigung) gezahlt. Eine Altersentschädigung erhalten Abgeordnete nach Ausscheiden aus dem BT, wenn sie das 65. Lebensjahr vollendet und dem BT 8 Jahre angehört haben. Mit jedem weiteren Jahr bis zum 18. Jahr der Mitgliedschaft im BT entsteht der Anspruch ein Lebensjahr früher. Die Höhe der Altersentschädigung bemisst sich nach der monatlichen Abgeordnetenentschädigung. Der Steigerungssatz beträgt für jedes Jahr bis zum 23. Jahr der Mitgliedschaft je drei v. H. der Abgeordnetenentschädigung. Frühere Zugehörigkeit zu einem Landesparlament ist anrechnungsfähig.

§§ 45–54 AbgG regeln die Rechtsstellung der **Fraktionen**. Sie sind rechtsfähige Vereinigungen von Abgeordneten der gleichen bzw. nicht konkurrierenden Parteien und wirken an der Erfüllung der Aufgaben des BT mit. Sie haben Anspruch auf Geld- und Sachleistungen aus dem Bundeshaushalt. Die Geldleistungen setzen sich aus einem Grundbetrag für jede Fraktion, aus einem Betrag für jedes Mitglied und einem weiteren (Oppositions-)Zuschlag für jede Fraktion, die nicht in der Regierung vertreten ist, zusammen. Die Höhe der Beträge bestimmt der BT. Die Fraktionen haben über Herkunft und Verwendung der Mittel öffentlich Rechnung zu legen.

Die Fraktionsstärke beträgt mindestens 5 % der Mitglieder des BT. Der Fraktionsstatus ist wichtig, weil aus ihm bestimmte Rechte ableitbar sind, z. B. z. Z. einen Vizepräsidenten zu stellen (§ 2 Abs. 1 GeschO-BT) oder Vertreter in den Ältestenrat zu entsenden (§ 6 GeschO-BT). Soweit Abgeordnete zahlenmäßig den Status einer Fraktion nicht erreichen, können sie eine Gruppe bilden (§ 10 Abs. 4 GO-BT). Diese haben aber kein Recht auf einen Ausschussplatz, wenn dieser zahlenmäßig klein ist und rechnerisch kein Platz auf die Gruppe entfällt.

e) Verhandlungen

Der BT bestimmt den Schluss und den Wiederbeginn seiner **Sitzungen** selbst (sog. **Selbstversammlungsrecht**). Er kann von seinem Präsidenten jederzeit einberufen werden. Der Präsident ist zur Einberufung verpflichtet, wenn ein Drittel der Abgeordneten oder der BPräs. oder der Bundeskanzler es verlangt (Art. 39 Abs. 3 GG).

Es gibt also keine Sitzungsperioden. Der BT tagt gewissermaßen in Permanenz. Er muss spätestens am 30. Tag nach der Wahl zusammentreten (Art. 39 Abs. 2 GG). Keine Bindung an einen bestimmten Tag. Vertagung je nach der Geschäftslage.

Der BT verhandelt grundsätzlich öffentlich. Die **Öffentlichkeit** kann jedoch auf Antrag eines Zehntels der Mitglieder des BT oder auf Antrag der BReg. ausgeschlossen werden, wenn sich eine Zweidrittelmehrheit der abgegebenen Stimmen für den Antrag ergibt. Die Beschlussfassung erfolgt im Allgemeinen, soweit nicht im GG anders bestimmt, mit einfacher Mehrheit (Art. 42 Abs. 1, 2 GG). Der BT ist beschlussfähig, wenn mehr als die Hälfte seiner Mitglieder anwesend ist (§ 45 GeschO).

Bei Stimmengleichheit gilt ein Antrag als abgelehnt.

Die Geschäftsordnung des BT (§§ 48 ff.) kennt folgende **Abstimmungsarten**:
- einfache Abstimmung (durch Aufstehen, Sitzenbleiben, Handerheben),
- „Hammelsprung" (Durchschreiten der Ja-Tür, der Nein-Tür oder der Stimmenthaltungs-Tür),
- namentliche Abstimmung (außer bei gewissen Entscheidungen zum Verfahren) und
- Wahlen mit verdeckten Stimmzetteln (geheime Abstimmung).

Nach der Entscheidung des BVerfG vom 14. 7. 1959 (BVerfGE 10, 4) gehört das Recht des Abgeordneten, im BT das Wort zu ergreifen, zu seinem verfassungsrechtlichen Status; er kann sein Stimmrecht frei ausüben und im Plenum des BT von seinem **Rederecht** selbstständig Gebrauch machen. Die Ausübung dieses Rechts unterliegt aber den vom Parlament kraft seiner Autonomie gesetzten Schranken (z. B. zeitweiliger Ausschluss eines Abgeordneten von der Teilnahme an Sitzungen, Wortentziehung nach dem dritten Ordnungsruf, Festsetzung der Tagesordnung, Vertagung, Schließung der Beratung). Durch die Regelung der Redezeit (§ 35 GeschO: grundsätzlich 15 Min., auf Verlangen einer Fraktion bis 45 Min.) wird der durch Art. 38 GG gewährleistete Abgeordnetenstatus nicht verletzt. Die Redebefugnis der Regierungsmitglieder und der Mitglieder des BR nach Art. 43 Abs. 2 GG kann durch den BT nicht beschränkt werden; sie findet ihre Grenze im Missbrauchsverbot.

Für bestimmte Beschlüsse ist nach dem GG eine (qualifizierte) **Mehrheit** oder die **Mehrheit der Mitglieder** (absolute Stimmenmehrheit) erforderlich:
- Zweidrittelmehrheit (der abgegebenen Stimmen) ist erforderlich
  nach Art. 42 Abs. 1 GG für Ausschluss der Öffentlichkeit,
  nach Art. 77 Abs. 4 GG für Zurückweisung eines mit Zweidrittelmehrheit des BR beschlossenen Einspruchs,
  nach Art. 80 a Abs. 1 GG für die Feststellung, dass der Spannungsfall, und
  nach Art. 115 a Abs. GG, dass der Verteidigungsfall eingetreten ist.
  In den Fällen der Art. 77 und 115 a GG muss hinzutreten, dass die Mehrheit der gesetzlichen Mitgliederzahl zugestimmt hat.
- Eine besondere Zweidrittelmehrheit, nämlich zwei Drittel der gesetzlichen Mitgliederzahl des BT (bei Änderung des GG auch zwei Drittel des BR) ist notwendig zu einer Änderung des GG (Art. 79 Abs. 2 GG) und zum Beschluss einer Anklage gegen den BPräs. (Art. 61 GG).

- Mehrheit der Mitglieder, d. h. der gesetzlichen Mitgliederzahl des BT (Art. 121 GG), verlangen Art. 29 Abs. 7 GG (Verfahrensgesetz zur Änderung von Ländergebieten), die Wahl des Bundeskanzlers, ein Misstrauensvotum gegen den Bundeskanzler bei gleichzeitiger Wahl eines Nachfolgers, ein Vertrauensvotum für den Bundeskanzler auf seinen Antrag (Art. 63, 67, 68 GG), Zurückweisung eines mit einfacher Mehrheit beschlossenen Einspruchs des BR (Art. 77 Abs. 4 GG), das Verlangen der Aufhebung von Rechtsvorschriften, die im Spannungsfall auf Grund von Beschlüssen überstaatlicher Organe ergangen sind (Art. 80 a Abs. 3 GG), sowie die Einrichtung bundeseigener Mittel- und Unterbehörden für neue Aufgaben (Art. 87 Abs. 3).

Außer bei Beschlüssen spielt die Zustimmung einer **Mindestzahl** von Abgeordneten eine Rolle bei gewissen Anträgen. In folgenden Fällen ist die Mehrheit verpflichtet, sich einer Minderheit zu fügen:

- Der BT hat die Pflicht, auf Antrag eines Viertels seiner Mitglieder einen Untersuchungsausschuss einzusetzen (Art. 44 GG).
- Nach Art. 39 Abs. 3 Satz 3 GG ist der BTPräs. verpflichtet, auf Antrag eines Drittels der Mitglieder des BT den BT einzuberufen.
- Nach Art. 93 Abs. 1 Nr. 2 GG kann ein Drittel der Mitglieder des BT bei Meinungsverschiedenheiten oder Zweifeln über die Vereinbarkeit von Bundes- oder Landesrecht mit dem GG oder von Landesrecht mit sonstigem Bundesrecht das BVerfG anrufen.

Das Privileg der Berichterstattung (Art. 42 Abs. 3 GG) entspricht Art. 30 WVerf. Wiedergabe und Verbreitung dessen, was im BT oder in seinen Ausschüssen öffentlich verhandelt worden ist, ist nicht rechtswidrig und von jeder (strafrechtlichen, zivilrechtlichen, disziplinarischen) Verantwortung frei, wenn es sich handelt:

- um einen Bericht, d. h. um die erzählende Darstellung eines historischen Vorgangs in seinem wesentlichen Verlauf, die sachlich (objektiv) gehalten ist – Vermischung mit subjektiven Zutaten (Färbung, Werturteile) nimmt der Darstellung den Charakter des Berichts –, weiter
- um einen wahrheitsgetreuen Bericht, der die Verhandlung richtig (ohne Weglassung wesentlicher Punkte, nicht tendenziös) und vollständig (wenn auch nur einen in sich abgeschlossenen Teil) wiedergibt.

f) Befugnisse

Die Befugnisse des Bundestags erstrecken sich, neben seiner Autonomie in der Regelung seiner eigenen Angelegenheiten, auf die Gesetzgebung und die Kontrolle der BReg.

aa) Die Hauptbedeutung des BT liegt auf dem Gebiet der **Gesetzgebung:** Bundesgesetze werden von ihm beschlossen (Art. 77 Abs. 1 GG)

Während nach der Verf. von 1871 die Gesetzgebung Bundesrat und Reichstag gemeinsam zustand, war nach der WVerf. der Reichstag alleiniger Gesetzgebungsfaktor ➢ vgl. Nr. 15. Nach dem GG steht dem BT die alleinige Gesetzgebung zu; jedoch hat die Vertretung der Länder, der Bundesrat, dabei mehr als der Reichsrat der WVerf. mitzuwirken ➢ s. Nr. 75.

Der BT hat das Recht der **Gesetzesinitiative** (wie der Reichstag). Es können Gesetzesvorschläge aus der Mitte des Hauses, d. h. von einzelnen oder mehreren Mitgliedern des BT, eingebracht werden. Nach § 76 der Geschäftsordnung des BT ist hierfür eine von einer Fraktion oder von mindestens 5 v. H. der Mitglieder des BT unterzeichnete Vorlage erforderlich.

Der BT beschließt auch über Gesetze im nur formellen Sinn (völkerrechtliche Verträge, Haushaltsplan, Kreditgewährung, Verteidigungsfall, Friedensschluss; vgl. Art. 59, 110, 115, 115 a, 115 l GG.

bb) Kraft seiner **Kontrollrechte** übt der BT Einfluss auf die Führung der Regierungsgeschäfte des Bundes aus. Seine wesentlichen Kontrollrechte sind:

- Recht auf Anwesenheit der Regierungsmitglieder (Art. 43 Abs. 1 GG);
- Interpellationsrecht, d. h. das Recht auf Beantwortung von Anfragen durch die BReg. (abgeleitet aus Art. 43 Abs. 1 GG);
- Enqueterecht = Einsetzung von Untersuchungsausschüssen (Art. 44 GG);
- Petitionsüberweisungsrecht = Weitergabe von Bitten und Beschwerden an die Bundesregierung und Verlangen von Auskünften;
- Genehmigung von Staatsverträgen (Art. 59 Abs. 2 GG);
- Feststellung des Haushaltsplanes (Art. 110 Abs. 2 GG);
- Rechnungskontrolle (Art. 114 GG);
- Genehmigung von Bundesanleihen (Art. 115 GG);
- Wahl des Bundeskanzlers, Misstrauensvotum gegen ihn bzw. Verweigerung des Vertrauens (Art. 63, 67, 68 GG);
- Erhebung einer Anklage gegen den BPräs. wegen Gesetzesverletzung (Art. 61 Abs. 1 GG).

cc) Auf Grund der **Notstandsgesetzgebung** trifft nach Art. 115 a Abs. 1 GG grundsätzlich der BT die Feststellung, dass der Verteidigungsfall eingetreten ist, ferner die Feststellung des Spannungsfalles nach Art. 80 a Abs. 1 GG; ➢ s. Nr. 82.

g) Der **BPräs.** kann den **BT auflösen**, wenn

- der Bundeskanzler bei der Wahl durch den BT nach Art. 63 Abs. 4 GG nicht mit der Mehrheit der gesetzlichen Mitglieder gewählt wird;
- eine Vertrauensfrage des Bundeskanzlers nicht die Zustimmung der Mehrheit der Mitglieder des BT gefunden hat, der Bundeskanzler die Auflösung vorschlägt und der BT nicht mit Mehrheit seiner Mitglieder einen anderen Bundeskanzler fristgemäß wählt (Art. 68 Abs. 1 GG).

Mit der **Auflösung** hört der BT auf zu bestehen; die Abg. verlieren ihre Mandate und Vorrechte. Nur das Präsidium und die Ausschüsse für auswärtige Angelegenheiten und für Verteidigung setzen ihre Tätigkeit bis zum Zusammentritt des neuen BT fort. Es müssen Neuwahlen binnen 60 Tagen stattfinden (Art. 39 Abs. 1 Satz 3 GG). Ein **Selbstauflösungsrecht** hat der BT anders als andere europäische Parlamente oder verschiedene Landtage der Bundesländer nicht.

76 | Der Bundesrat

a) Staatsrechtliche Stellung

Durch den BR wirken die **Länder** bei der Gesetzgebung und Verwaltung des Bundes und in Angelegenheiten der Europäischen Union mit (Art. 50 GG). Der BR dient als Gegengewicht zum BT; er verkörpert das **föderative System** des Bundes. Er bringt anders als der BT kein parteipolitisches Kräfteverhältnis zum Ausdruck, auch wenn sich häufig im Bundesrat Entscheidungen nach Partiezugehörigkeit der jeweiligen Länderregierungen ergehen, so dass – wenn das Kräfteverhältnis im BR anders ist als im BT – dem BR eine Blockaderolle vorgeworfen wird.

Schon die WVerf. hatte sich für das Bundesratssystem entschieden. Sie schuf in dem aus Vertretern der Länderregierungen gebildeten Reichsrat eine ständige Delegiertenkonferenz sämtlicher Landesregierungen, ließ aber den Reichsrat an Macht und Zuständigkeit weit hinter dem BR der Verf. von 1871 zurücktreten.

Die Stellung des heutigen BR ist eine andere als die des BR im Kaiserreich und die des Reichsrats der WVerf. Der BR des Kaiserreichs von 1871 war Träger der souveränen Reichsgewalt und oberstes Reichsorgan. Er wirkte als Erste Kammer bei der Gesetzgebung mit (Zweikammersystem), hatte ein selbstständiges Verordnungsrecht und besaß wichtige Befugnisse auf dem Gebiet der Verwaltung. Demgegenüber war die Stellung des Reichsrats der WVerf. weit schwächer. Er besaß nur ein Einspruchsrecht gegen Beschlüsse des Reichstags (Einkammersystem) und unbedeutende Kontrollrechte hinsichtlich der Reichsverwaltung. Der jetzige BR hält etwa die Mitte zwischen seinen Vorgängern. Er ist zwar nicht Erste Kammer wie der alte BR, muss aber wichtigen Gesetzen zustimmen und kann gegen andere Gesetze Einspruch einlegen mit dem Ergebnis, dass eine nochmalige Abstimmung im BT erforderlich wird.

Auch wenn im BR Länderinteressen zur Geltung gebracht werden, ist der BR ein Bundesorgan, kein Organ der Länder. Streitigkeiten zwischen BR und BT sind daher Streitigkeiten zwischen Bundesorganen, keine Bund-Länder-Streitigkeiten.

b) Zusammensetzung

Der BR besteht aus **Mitgliedern der Regierungen der Länder**, die von diesen bestellt und abberufen werden. Auf Grund der durch Art. 4 Nr. 4 EV vorgenommenen Änderung des Art. 51 Abs. 2 GG hat jedes Land mindestens drei Stimmen, Länder mit mehr als zwei Mio. Einwohnern haben vier, Länder mit mehr als sechs Mio. fünf, Länder mit mehr als sieben Mio. haben sechs Stimmen.

Jedes Land kann so viele Mitglieder entsenden, wie es Stimmen hat. Die Stimmen jedes Landes dürfen nur einheitlich abgegeben werden (Art. 51 Abs. 3 GG), weshalb das BVerfG 2002 das Zuwanderungsgesetz 2002 für nichtig erklärte, weil die Vertreter des Landes Brandenburg ihre Stimme unterschiedlich abgaben (BVerfGE 106, 310). Die Mitglieder des BR sind Beauftragte der Landesregierung und an Weisungen ihres Kabinetts, nicht aber des jeweiligen Landtages gebunden (Ausnahme für in den Vermittlungsausschuss entsandte Mitglieder, Art. 77 Abs. 2 Satz 3 GG). Das BT-Mandat ist mit der Mitgliedschaft im BR unvereinbar (Inkompatibilität; § 2 GeschO-BR).

c) Innere Organisation

Der BR wählt seinen Präsidenten auf ein Jahr. Der **Präsident** beruft den BR ein und führt den Vorsitz. Der BR gibt sich eine Geschäftsordnung; er verhandelt im Allgemeinen öffentlich. Er bildet **Ausschüsse**, denen andere Mitglieder oder Beauftragte der Länderregierungen angehören können (Art. 52 GG).

Nach der Geschäftsordnung wählt der BR 3 Vizepräsidenten und 2 Schriftführer jeweils auf ein Jahr. Der Präsident und die Vizepräsidenten bilden das Präsidium. Daneben besteht ein **Ständiger Beirat** zur Beratung des Präsidenten und Vorbereitung der Sitzungen. Er wird aus den Bevollmächtigten der Länder gebildet. Der Präsident des BR ist Vertreter des Bundespräsidenten (Art. 57 GG).

Der BR beschließt in Voll-(Plenar-)Versammlungen, regelmäßig mit absoluter Mehrheit, d. h. mit Mehrheit der gesetzlichen Stimmenzahl (Art. 52 Abs. 3 Satz 1 GG). Eine qualifizierte Mehrheit von 2/3 der Stimmen ist zur Bundespräsidentenanklage (Art. 61 Abs. 1 GG) und für die Zustimmung zu verfassungsändernden Gesetzen (Art. 79 Abs. 2 GG) erforderlich.

Zusammensetzung des Bundesrates

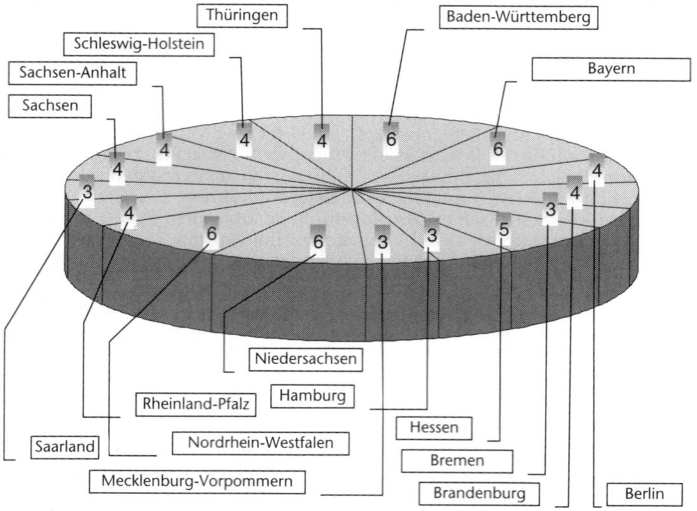

Wie beim BT liegt auch hier das Schwergewicht der Arbeit in den Fachausschüssen, die im Wesentlichen nach den Funktionen der Bundesministerien benannt sind (z. B. Finanzausschuss, Rechtsausschuss). Für die Angelegenheiten der Europäischen Union kann der BR eine Europakammer bilden, deren Beschlüsse als Beschlüsse des BR gelten (Art. 52 Abs. 3 a GG).

Der Konstruktion des BR als einer „Länderkammer" (aber nicht mit gewählten, sondern von den Landesregierungen ernannten und an deren Weisungen gebundenen Ländervertretern) entspricht es, dass die Ministerpräsidenten der Länder wechselnd (in einjährigem Turnus) den Vorsitz im BR führen.

d) Die Befugnisse

Der BR nimmt an der gesetzgebenden und an der vollziehenden bundesstaatlichen Gewalt teil. Kraft dieser Befugnisse ist er das wichtigste Organ des Bundes nach dem BT.

aa) Mitwirkung an der Gesetzgebung

Die Mitwirkung an der **Gesetzgebung** besteht nicht darin, dass der BR bestimmten Gesetzen zuzustimmen hat. Dies ist erforderlich bei Verfassungsänderungen und wenn der föderative Aufbau des Bundes betroffen wird (**Zustimmungsgesetze**, s. unten). Im Übrigen hat der BR ein **Einspruchsrecht** gegen Gesetze (Art. 77 Abs. 3 GG). Obwohl der BR durch die Möglichkeit, Gesetze zu verhindern, einer zweiten Kammer gleicht, fehlt ihm aber das zweite Erfordernis, das der Unabhängigkeit: seine Mitglieder sind nicht gewählt.

Eine wichtige Funktion nimmt der BR in Not- und Ausnahmefällen wahr. Es gelten vom BT abgelehnte Gesetzesvorlagen als zustande gekommen, wenn der Gesetzgebungsnotstand erklärt ist und der BR ihnen zustimmt (Art. 81 GG, ➢ s. Nr. 81).

Die BR hat ihre Gesetzesvorlagen stets dem BR zuzuleiten (Art. 76 Abs. 2 GG, sog. Durchlaufverfahren). Der BR kann auch selbst beim BT (über die BReg.) Gesetzesvorlagen einbringen (Gesetzesinitiative, Art. 76 Abs. 3 GG).

Zustimmungsgesetze sind insbes. Gesetze, die betreffen: Änderung der Ländergebiete (Art. 29 Abs. 7 GG), Behördenorganisation und Verwaltungsverfahren der Länder bei Ausführung von Bundesgesetzen (Art. 84 Abs. 1 GG) oder Behördenorganisation im Bereich der Auftragsverwaltung (Art. 85 Abs. 1 GG), Einrichtung neuer bundeseigener Mittel- oder Unterbehörden (Art. 87 Abs. 3 GG), Steuern der Länder und Gemeinden (Art. 105 Abs. 3 GG), Aufteilung der Gemeinschaftsteuern (Art. 106 Abs. 3 GG), Verteilung der örtlichen Steueraufkommen (Art. 107 GG), Aufbau und Verfahren der Landes- und Gemeindefinanzbehörden bei bundesrechtlichen Abgaben (Art. 108 Abs. 4, 5 GG), Erweiterung der Gesetzgebungskompetenz des Bundes im Verteidigungsfall (Art. 115 c Abs. 1 GG), Behandlung des Reichsvermögens usw. (Art. 134 Abs. 4, 135 Abs. 5 GG). Zustimmungsbedürftig sind ferner gewisse Rechtsverordnungen (vgl. z. B. Art. 80 Abs. 2, 119 GG). Vor allem durch die Zustimmungsbedürftigkeit der meisten VOen kommt dem BR ein bedeutsamer Einfluss zu, da die Bundesgesetze häufig zu ihrem Vollzug durch VOen konkretisiert werden und der BR über das Erfordernis seiner Zustimmung den Inhalt der VOen maßgebend bestimmen kann. In diesem Bereich kann der BR der BReg. auch Vorlagen für den Erlass von RechtsVO zuleiten (Art. 80 Abs. 3 GG). Die Zustimmungsbedürftigkeit ist im GG jeweils ausdrücklich benannt. Fehlt dies, handelt es sich um ein Einspruchsgesetz.

Die Mitglieder und Beauftragten des BR haben Zutritt zu Sitzungen des BT und seiner Ausschüsse und das Recht auf Gehör (Art. 43 Abs. GG). Sie können im BT das Wort ergreifen, unterliegen aber der Ordnungsgewalt des BT-Präsidenten. Dagegen steht dem BT kein Recht auf Anhörung im BR zu, wohl aber den Mitgliedern der BReg. (Art. 53 GG).

bb) Vollziehende Gewalt

Auch an der **vollziehenden Gewalt** ist der Bundesrat weitgehend beteiligt. Teils hat er Verwaltungsakten zuzustimmen, teils hat er über bestimmte Maßnahmen zu beschließen.

Die Zustimmung des BR verlangt das GG insbes. zu Maßnahmen des Bundeszwanges (Art. 37 Abs. 1 GG), zum Erlass allg. Verwaltungsvorschriften über Ausführung von BGesetzen durch die Länder (Art. 85 Abs. 2 GG) oder über die Finanzverwaltung durch die Landesfinanzbehörden (Art. 108 Abs. 7 GG), zur Entsendung von Beauftragten der BReg. zu Landesbehörden ohne Zustimmung der obersten Landesbehörden (Art. 84 Abs. 3 Satz 2 GG), zur Feststellung, dass der Verteidigungsfall eingetreten oder beendet ist, und zur Aufhebung der vom Gemeinsamen Ausschuss ➢ s. Nr. 82 beschlossenen Gesetze (Art. 115 a Abs. 1, 115 l Abs. 1, 2 GG), zur Überführung, Auflösung oder Abwicklung von Sonderverwaltungen (Art. 130 Abs. 1 Satz 2 GG).

Ein Beschluss des BR ist erforderlich zur Anklage gegen den BPräs. vor dem BVerfG wegen Gesetzesverletzung (Art. 61 Abs. 1 GG) und zur Feststellung von Rechtsverletzungen der Länder bei Ausführung der BGesetze (Art. 84 Abs. 4 GG, sog. staatsrechtliche Mängelrüge). Der BR wirkt mit bei Abnahme des Verfassungseides des BPräs. (zusammen mit dem BT; Art. 56 Abs. 1 GG), bei der Wahl der Mitglieder des BVerfG (Art. 94 Abs. 1 GG) und bei Entscheidungen über zweifelhafte Zuständigkeit für Verwaltungsvorschriften und Verwaltungsakte auf Grund alten Reichsrechts (Art. 129 Abs. 1 GG). Er hat Anspruch auf Rechnungslegung durch den BMF (Art. 114 GG) und kann die Aufhebung von Anordnungen verlangen, welche die BReg. beim Staatsnotstand oder in Katastrophenfällen gegen Länder getroffen hat (Art. 35 Abs. 3 Satz 2, 91 Abs. 2 Satz 2 GG).

Durch BGesetz können dem BR neue Befugnisse eingeräumt werden, da seine Mitwirkungsrechte im GG nicht erschöpfend aufgezählt sind.

Eine Einschränkung der Rechte des BR enthält Art. 113 GG, wonach Beschlüsse des BT und des BR, welche die von der BReg. vorgeschlagenen Ausgaben des Haushaltsplanes erhöhen oder neue Ausgaben in sich schließen oder für die Zukunft mit sich bringen, der Zustimmung der BReg. bedürfen.

77 | Der Bundespräsident

steht als Staatsoberhaupt an der Spitze der Bundesrepublik.

a) Wahl

Die Wahl des BPräs. wird ohne Aussprache von der **Bundesversammlung** vorgenommen (Art. 54 GG). Diese besteht aus den Mitgliedern des BT und der gleichen Zahl von Mitgliedern, die von den Volksvertretungen der Länder nach den Grundsätzen der Verhältniswahl gewählt werden (nicht vom BR). Zum BPräs. wählbar ist jeder Deutsche, der das Wahlrecht zum BT besitzt und das 40. Lebensjahr vollendet hat.

Wahl des Bundespräsidenten

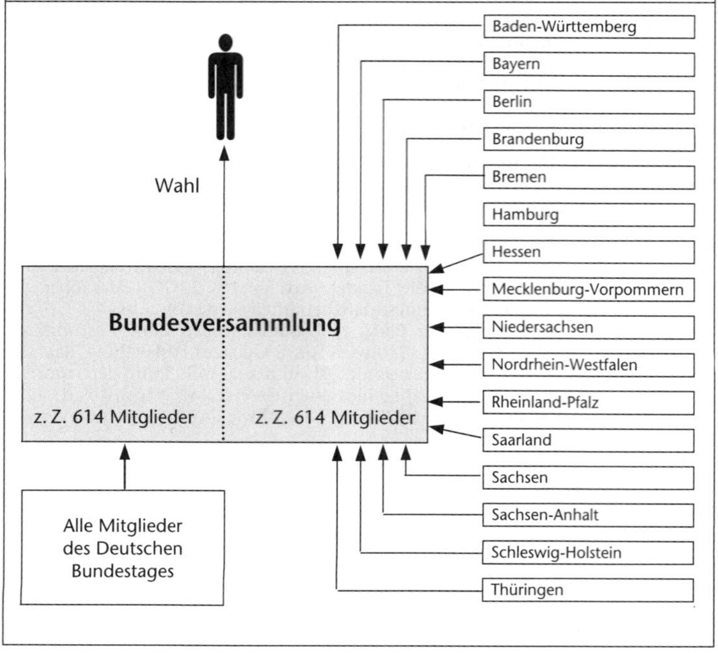

Dagegen wurde der Reichspräsident der WVerf. vom Volk gewählt (plebiszitärer Präsident). Gegensatz: der vom Parlament gewählte parlamentarische Präsident.

Die BVersammlung wird vom BTPräs. einberufen und geleitet. Sie tritt spätestens 30 Tage vor Ablauf der Amtszeit des BPräs., bei vorzeitiger Beendigung innerhalb von 30 Tagen danach zusammen (Art. 54 Abs. GG). Gewählt ist, wer die absolute Mehrheit der gesetzlichen Mitglieder der BVersammlung erhält. Wird diese Mehrheit in 2 Wahlgängen von keinem Bewerber erreicht, so ist gewählt, wer in einem weiteren Wahlgang die meisten Stimmen auf sich vereinigt (Art. 54 Abs. 6 GG); es genügt also im dritten Wahlgang relative Mehrheit.

Nach dem Gesetz über die Wahl des BPräs. durch die Bundesversammlung bestimmt der BTPräs. Ort und Zeit des Zusammentritts der Bundesversammlung. Die BReg. stellt rechtzeitig fest, wieviel Mitglieder die einzelnen Landtage zur BVersammlung zu wählen haben. Die Landtage wählen die auf die Länder entfallenden Mitglieder nach Vorschlagslisten. Vorschläge zur Wahl des BPräs. kann jedes Mitglied der BVersammlung einreichen.

Die BVersammlung hat ausschließlich die Aufgabe, den Bundespräsidenten zu wählen und ist insoweit ein oberstes Bundesorgan.

b) Beginn und Dauer des Amtes

Die fünfjährige Amtszeit des BPräs., der nur einmal wiedergewählt werden darf (Art. 54 Abs. 2 GG), beginnt mit dem Ablauf der Amtszeit des Vorgängers, frühestens mit Annahme der Wahl gegenüber dem BTPräs. (§ 10 WahlG). Der BPräs. leistet bei Amtsantritt vor den versammelten Mitgliedern des BT und des BR – nicht vor der ihn wählenden BVersammlung – einen Verfassungseid (Art. 56 GG). Das Amt endet durch Ablauf der Amtsdauer, Tod, Verzicht oder Aberkennung des Amtes durch das BVerfG auf Grund einer Anklage durch BT oder BR wegen vorsätzlicher Gesetzesverletzung (Art. 61 GG).

In der WVerf. war die Wiederwahl (auf je 7 Jahre) unbeschränkt zugelassen. Das GG lässt sie nur einmal nacheinander zu, um die Stellung des BPräs. nicht durch zu lange Amtsdauer zu stark werden zu lassen.

Bisher waren BPräs. der BRep.: *Prof. Dr. Theodor Heuss* (1949–1959), *Dr. h. c. Heinrich Lübke* (1959–1969), *Dr. Dr. Gustav Heinemann* (1969–1974), *Walter Scheel* (1974–1979), *Prof. Dr. Karl Carstens* (1979–1984), *Dr. Richard Freiherr von Weizsäcker* (1984–1994), *Prof. Dr. Roman Herzog* (1994–1999) und *Johannes Rau* (1999–2004). Seit 1. 7. 2004 amtiert *Dr. Horst Köhler,* der am 23. 5. 2004 gewählt wurde.

c) Die persönliche Stellung

Der BPräs. ist für die Politik nicht verantwortlich. Alle Anordnungen und Verfügungen der BPräs. bedürfen zu ihrer Gültigkeit (Vollziehbarkeit) der **Gegenzeichnung** durch den Bkzl. oder den zuständigen BMin. (Art. 58 GG). Dadurch übernimmt der Gegenzeichnende die politische Verantwortung.

Eine Gegenzeichnung ist nach Art. 58 Satz GG nicht erforderlich bei Ernennung und Entlassung des Bkzl., bei Auflösung des BT gemäß Art. 63 Abs. 4 GG (Wahl eines Bkzl. ohne Mehrheit der Mitglieder des BT) und bei Ersuchen an einen abtretenden Bkzl. oder BMin., die Geschäfte einstweilen fortzuführen (Art. 69 Abs. 3 GG).

Der BPräs. darf weder der Regierung noch einer gesetzgebenden Körperschaft des Bundes oder eines Landes angehören (Inkompatibilität). Er darf auch kein anderes besoldetes Amt, kein Gewerbe und keinen Beruf ausüben und weder der Leitung noch dem Aufsichtsrat eines Erwerbsunternehmens angehören (Art. 55 GG). Nicht verwehrt ist die Zugehörigkeit zu einer politischen Partei und die Übernahme von Ehrenämtern.

Auch der BPräs. genießt Immunität. Er kann, wie ein BTAbgeordneter, nur mit Genehmigung des BT strafrechtlich zur Verantwortung gezogen, verhaftet oder sonst in der persönlichen Freiheit beschränkt werden (Art. 60 Abs. 4 GG). Zivilrechtlich kann der BPräs. wie jeder Deutsche in Anspruch genommen werden.

d) Die amtlichen Funktionen

Der BPräs. ist als Oberhaupt der BRep. mit den einem **Staatsoberhaupt** zustehenden Befugnissen ausgestattet. Allerdings verfügt er nicht wie der Reichspräsident der WVerf. über ein „Notverordnungsrecht" und über Mitwirkungsrechte beim Bundeszwang. Er hat weitgehend **repräsentative Aufgaben** und übt als neutrale Kraft und Hüter der Verfassung eine ausgleichende Wirkung aus.

aa) Völkerrechtlich vertritt der BPräs. die BRep. Er schließt die Verträge mit anderen Staaten ab, empfängt und akkreditiert Botschafter und Gesandte fremder Staaten (Art. 59 Abs. 1 GG).

bb) Staatsrechtlich hat der BPräs. Anteil an der gesetzgebenden und an der vollziehenden Gewalt:

- An der gesetzgebenden Gewalt, indem er die Gesetze ausfertigt und im Bundesgesetzblatt verkündet (Art. 82), die Einberufung des BT verlangen (Art. 39 Abs. 3) und den BT auflösen kann, wenn dieser nicht mit der Mehrheit seiner Mitglieder einen Bkzl. wählt oder wenn ein Vertrauensantrag des Bkzl. nicht die Zustimmung derselben Mehrheit des BT findet (Art. 63 Abs. 4 S. 3, 68 Abs. 1); er kann für einen Gesetzesvorschlag der BReg. den Gesetzgebungsnotstand mit Zustimmung des BR erklären und ihn dadurch gegen den Willen des BT in Kraft setzen (Art. 81 Abs. 1 S. 1). Vom GG nicht geklärt ist die Frage, was geschieht, wenn der BPräs. es ablehnt, ein vom BT verabschiedetes Gesetz zu unterzeichnen und zu verkünden, weil er es für verfassungswidrig hält. Unstreitig steht dem BPräs. ein formelles Prüfungsrecht zu, d.h. nach Verfahrensfehlern. Ob der BPräs. auch materielle Gesetzesverstöße prüfen darf, ist umstritten. Je nach Amtsverständnis des jeweiligen BPräs. hat dieser von ihm für verfassungswidrig gehaltene Gesetze ausgefertigt und den Verfassungsorganen eine Anrufung des BVerfG nahegelegt. BPräs. *Dr. Horst Köhler* hat im 2. Halbjahr 2006 in zwei Fällen eine Ausfertigung von vom BT beschlossenen Gesetze unter Hinweis auf deren Verfassungswidrigkeit verweigert. Diese Gesetze können somit nicht in Kraft treten und auch vom BVerfG nicht überprüft werden. Wenn BT und BR dieses Vorgehen des BPräs. für rechtswidrig halten, müssen sie ihn vor dem BVerfG anklagen (Art. 61 GG).
- An der vollziehenden Gewalt ist der BPräs. wie folgt beteiligt:

  Er schlägt dem BT den Bundeskanzler vor und ernennt ihn nach erfolgter Wahl (Art. 63); er kann den Bkzl. oder einen BMin. verpflichten, die Geschäfte bis zur Ernennung eines Nachfolgers fortzuführen (Art. 69 Abs. 3 GG).

  Er ernennt und entlässt auf Vorschlag des Bkzl. die BMin. (Art. 64 Abs. 1 GG).

  Er genehmigt die Geschäftsordnung der Bundesregierung (Art. 65 Satz 4 GG). Er kann an den Sitzungen der BReg. beratend teilnehmen und von ihr oder einem BMin. Bericht über den Stand der Regierungsgeschäfte verlangen.

  Er ernennt und entlässt die Bundesrichter und Bundesbeamten, die Offiziere und Unteroffiziere, soweit nichts anderes bestimmt ist (vielfach auf BMin. übertragen = Delegation, Art. 60 Abs. 1, 3 GG; ➤ vgl. Nr. 162 c).

  Er übt das **Begnadigungsrecht** für den Bund aus (Art. 60 Abs. 2 GG.

Begnadigung bedeutet Aufhebung oder Milderung einer verhängten Strafe im Einzelfall, während Amnestie einen allg. Erlass oder die Milderung von Strafen umfasst. Zur Amnestie ist ein Gesetz erforderlich. Grundsätzlich hat der BPräs. das Begnadigungsrecht nur in Fällen, in denen ein bundeseigenes Gericht (z.B. der Bundesgerichtshof) erkannt hat. Soweit Gerichte der Länder gesprochen haben, steht den Ländern das Begnadigungsrecht zu, ausgenommen in erstinstanzlichen Strafsachen des OLG, wenn der Generalbundesanwalt das Amt des Staatsanwalts ausübt Art. 96 Abs. 5 GG, § 452 StPO, § 120 Abs. 1, 2, 6 GVG). Der BPräs. kann das Recht auf nachgeordnete Behörden übertragen (Art. 60 Abs. 3 GG).

Ferner obliegt es dem BPräs., den Beschluss des BT oder des Gemeinsamen Ausschusses von BT und BR, dass der Verteidigungsfall eingetreten ist, zu verkünden, ebenso den Beschluss des BT über dessen Beendigung (Art. 115a, 115l GG). Die Befehls- und Kommandogewalt über die Streitkräfte kommt jedoch nicht ihm, sondern dem Bundesminister der Verteidigung bzw. im Verteidigungsfalle dem Bundeskanzler zu (Art. 65a, 115b GG).

Das Recht der Kriegserklärung hatte nach Art. 11 Abs. 2 der RVerf. von 1871 der Kaiser; er bedurfte außer bei Angriffen auf das Reich der Zustimmung des BR. Nach Art. 45 Abs. 2 WVerf. erfolgten Kriegserklärung und Friedensschluss durch ein (formelles) Reichsgesetz. Das Recht, Krieg zu erklären oder Frieden zu schließen, ist nach dem GG der Exekutive (Regierung) entzogen und der Legislative zugewiesen. Grundsätzlich steht dem BT die Feststellung (mit 2/3-Mehrheit, mindestens mit der Mehrheit seiner gesetzlichen Mitglieder, auf Antrag der BReg. und mit Zustimmung des BR) zu, dass der Verteidigungsfall eingetreten ist. Nur wenn der BT nicht mehr zusammentreten kann oder nicht beschlussfähig ist, trifft diese Feststellung der Gemeinsame Ausschuss des BT und des BR (67) mit 2/3-Mehrheit, mindestens der Mehrheit seiner Mitglieder. Über den Friedensschluss wird durch Bundesgesetz entschieden (Art. 115l Abs. 3 GG).

e) Bundespräsidialamt

Zur Durchführung seiner Aufgaben steht dem BPräs. das Bundespräsidialamt zur Verfügung. Es ist **Oberste Bundesbehörde** (zum Begriff ➤ s. Nr. 91; Chef: ein Staatssekretär) und bearbeitet Protokollangelegenheiten (Empfang von Diplomaten, Begleitung des Bundespräsidenten auf Reisen), Gesetzgebungsfragen, Gnadensachen, öffentliches Dienstrecht, Ordensangelegenheiten (in der Ordenskanzlei), Petitionen, Presse- und Informationssachen.

Durch Erlasse der BPräs. sind seit Bestehen der BRep. verschiedene **Orden und Ehrenzeichen** gestiftet oder deren Stiftung genehmigt worden. Die wichtigsten sind:

- der Verdienstorden der Bundesrepublik Deutschland (bekannt als Bundesverdienstkreuz) in acht Stufen für Verdienste um den Staat und das Gemeinwohl
- das silberne Lorbeerblatt für besondere sportliche Leistungen
- das Grubenwehr-Ehrenzeichen für besondere Verdienste um das Grubenrettungswesen
- der Orden Pour le mérite für Wissenschaft und Künste
- das Ehrenzeichen und die Einsatzmedaille der Bundeswehr.

Neben diesen Orden und Ehrenzeichen auf Bundesebene gibt es auch in jedem Land durch die Landesregierungen gestiftete Orden und Ehrenzeichen, z.B. in Bayern den Bayerischen Verdienstorden, die Kommunale Verdienstmedaille oder die Medaille für besondere Verdienste um die bayerische Justiz.

78 | Die Bundesregierung (Bundeskanzler und Bundesminister)

a) Bundesregierung (Kabinett)

Die Bundesregierung (Kabinett) besteht aus dem **Bundeskanzler** und den **Bundesministern** (Art. 62 GG). Von ihr werden die staatlichen und politischen Geschäfte erledigt oder gelenkt. Sie ist ein **Kollegialorgan**, in dem aber dem Bkzl. kraft seiner Richtlinienkompetenz ➢ s. unten b), eine führende Stellung zukommt.

Keine Mitglieder der Bundesregierung sind die Staatsminister und Parlamentarischen Staatsekretäre.

Bei der BReg. liegt der Schwerpunkt der Regierungsaufgaben; für sie spricht eine Zuständigkeitsvermutung in Regierungs- und Verwaltungsangelegenheiten. Sie ist für alle nicht dem BPräs. vorbehaltenen Geschäfte zuständig und trägt die Verantwortung für deren Gesetzmäßigkeit. Durch Gegenzeichnung übernimmt der Bkzl. oder der zuständige Ressortminister (Art. 58 GG) für die Regierungsakte des BPräs. die politische Verantwortung. Wenn die BReg. im Amt bleiben will, muss sie ihre Maßnahmen dem Willen der Mehrheit des BT anpassen, da der Bkzl. durch ein Misstrauensvotum oder durch Verweigerung des Vertrauens (Art. 67, 68 GG) gestürzt werden kann ➢ s. unten b). Die von der Parlamentsmehrheit gebildete BReg. ist mehr als Exponent dieser Mehrheit, denn sie steht als Spitze der Exekutive dem Parlament, also der Mehrheit und zugleich der Opposition, gegenüber.

Die Bundesregierung setzt sich wie folgt zusammen
(Stand: März 2007); vgl. www.bundesregierung.de

Bundeskanzler *Dr. Angela Merkel* (CDU)
Vizekanzler und BM für Arbeit und Soziales *Franz Müntefering* (SPD)
BM für besondere Aufgaben und Chef des Bundeskanzleramts *Thomas de Maizière* (CDU)
BM des Auswärtigen *Dr. Frank-Walter Steinmeier* (SPD)
BM des Innern *Dr. Wolfgang Schäuble* (CDU)
BM der Justiz *Brigitte Zypries* (SPD)
BM der Finanzen *Peer Steinbrück* (SPD)
BM für Wirtschaft und Technologie *Michael Glos* (CSU)
BM für Ernährung, Landwirtschaft und Verbraucherschutz *Horst Seehofer* (CSU)
BM der Verteidigung *Dr. Franz Josef Jung* (CDU)
BM für Familie, Senioren, Frauen und Jugend *Dr. Ursula von der Leyen* (CDU)
BM für Gesundheit *Ulla Schmidt* (SPD)
BM für Verkehr, Bau und Stadtentwicklung *Wolfgang Tiefensee* (SPD)
BM für Umwelt, Naturschutz und Reaktorsicherheit *Sigmar Gabriel* (SPD)
BM für Bildung und Forschung *Dr. Annette Schavan* (CDU)
BM für wirtschaftliche Zusammenarbeit und Entwicklung *Heidemarie Wieczorek-Zeul* (SPD)

b) Bundeskanzler

Der Bundeskanzler leitet die Bundesregierung. Er bestimmt die **Richtlinien der Politik** (Kanzlerprinzip) und trägt dafür die Verantwortung (Art. 65 Satz 1 GG).

Dem Bkzl. stehen zu seiner Unterstützung bei der Erfüllung seiner Regierungsaufgaben, insbes. in den Beziehungen zu den gesetzgebenden Körperschaften und auf dem Gebiet der Deutschlandpolitik, neben dem BMin., der Chef des Bundeskanzleramts ist, z. Z. 3 Staatsminister zur Seite, und zwar einer als Beauftragter der BReg. für Kultur und Medien ➢ s. Nr. 106, eine Staatsministerin als Beauftragte für Bund-Länder-Koordination und eine als Beauftragte der BReg. für Migration, Flüchtlinge und Integration.

aa) Wahl und Ernennung

Der Bkzl. wird auf Vorschlag des BPräs. vom BT gewählt und anschließend vom BPräs. ernannt (Art. 63 GG). Der BPräs. ist rechtlich frei, wen er als Bkzl. vorschlägt; in der Praxis sollte der Vorgeschlagene allerdings des Vertrauens der BT-Mehrheit gewiss sein.

In der Regel wird der BPräs. die Frage, wer als Bkzl. auszuwählen ist, mit den Führern der Parteien erörtern. Nötigenfalls ist erst eine **Regierungskoalition** zu bilden. Bei einer großen Koalition schließen sich mehrere größere, in der politischen Zielsetzung oft voneinander abweichende Kräftegruppen zur Regierungsbildung zusammen. Von einer kleinen Koalition spricht man, wenn es sich um einen Zusammenschluss zahlenmäßig weniger starker Gruppen handelt. Im ersten Fall ist die Opposition geringer, im zweiten stärker.

Seit Bestehen der BRep. gelang es nur einmal einer Partei, eine BReg. ohne Koalitionspartner zu stellen, und zwar der CDU unter Bundeskanzler *Konrad Adenauer* von 1957 bis 1961, ansonsten bestanden Koalitionsregierungen, und zwar von 1949 bis 1957 aus CDU/CSU/FDP/DP, von 1961 bis 1966 und 1982 bis 1998 aus CDU/CSU/FDP, von 1966 bis 1969 und seit 2005 aus CDU/CSU/SPD, von 1969 bis 1982 aus SPD/FDP sowie von 1998 bis 2005 aus SPD/Bündnis 90/Die Grünen.

Zur Wahl des Bkzl. ist Mehrheit der Mitglieder des BT erforderlich (Art. 63 Abs. 2 GG). Bei Erreichen dieser Stimmenzahl muss der BPräs. den Gewählten ernennen. Billigt der BT den Vorschlag des BPräs. nicht, so kann er binnen 14 Tagen einen anderen, von ihm selbst ausgewählten Bkzl. mit mehr als der Hälfte seiner Mitglieder wählen (Art. 63 Abs. 3 GG). Kommt diese Wahl nicht zustande, so findet unverzüglich eine Wahl statt, bei welcher die einfache (relative) Mehrheit der abgegebenen Stimmen entscheidet. Erhält der Gewählte dabei weniger als die Stimmen der Mehrheit der Mitglieder des BT (absolute Mehrheit), so braucht der BPräs. den Gewählten nicht zu ernennen; er kann den BT auflösen (Art. 63 Abs. 4 GG).

Gemäß Art. 69 Abs. 1 GG bestimmt der Bkzl. einen BMin. zu seinem Stellvertreter (Vizekanzler). Dieser nimmt bei Abwesenheit oder Verhinderung des Bkzl. dessen Befugnisse wahr.

Es ist üblich, dass der neu ernannte Bkzl. vor dem Parlament eine **Regierungserklärung** abgibt, in welcher er die Grundzüge seiner Politik darlegt. Die Parteien pflegen hierzu, meist durch ihre Fraktionsvorsitzenden, Stellung zu nehmen (sog. Generaldebatte).

Bisher waren Bkzl. der BRep.: *Dr. Konrad Adenauer* (1949–1963), *Prof. Dr. Ludwig Erhard* (1963–1966), *Kurt Georg Kiesinger* (1966–1969), *Willi Brandt* (1969–1974), *Helmut Schmidt* (1974–1982), *Dr. Helmut Kohl* (1982–1998), *Gerhard Schröder* (1998–2005) und seit November 2005 *Dr. Angela Merkel.*

bb) Amtsdauer

Das Amt des Bkzl. beginnt mit seiner Ernennung durch den BPräs. Es endet außer durch Tod durch freiwilligen Rücktritt, durch **konstruktives Misstrauensvotum** des BT unter Wahl eines neuen Bkzl. (Art. 67, 68 GG) und durch Zusammentreten eines neuen BT (Art. 69 Abs. 2 GG); dieser hat einen Bkzl. zu wählen, wobei Wiederwahl des bisherigen Bkzl. zulässig ist.

Bisher wurde nur einmal ein Bkzl. im Wege des konstruktiven Misstrauensvotums gem. Art. 67 Abs. 1 GG gewählt (Bkzl. *Dr. Kohl* im Oktober 1982). Der im April 1972 gestellte konstruktive Misstrauensantrag, an Stelle des damaligen Bkzl. *Brandt* den Abgeordneten *Dr. Barzel* zum Bkzl. zu wählen, blieb erfolglos.

Bislang dreimal stellte der Bundeskanzler die **Vertrauensfrage** mit dem Ziel, diese zu verlieren und dadurch Neuwahlen zu erreichen (vgl. Art. 68 GG). 1972 durch Bkzl. *Brandt*, nachdem er wegen Parteiaustritten seine Regierungsmehrheit verloren hatte, 1982 durch Bkzl. *Dr. Kohl* nach dem Wechsel der FDP zur CDU/CSU und dem Austritt von FDP-Abgeordneten sowie 2005 durch Bkzl. *Schröder* nach einer Reihe von Wahlniederlagen und angekündigtem Widerstand seiner eigenen Partei gegen die Politik der Bundesregierung. Das BVerfG hat diesen Weg der Neuwahlen bislang immer gebilligt und dem Bkzl. sowie dem BPräs. einen weiten Prüfungsspielraum eingeräumt, ob der Bkzl. noch das Vertrauen der Mehrheit des BT besitzt.

cc) Dem Bundeskanzler unterstehen unmittelbar:

- **Das Bundeskanzleramt**

  Als Arbeitsbehörde dient dem Bkzl. das Bundeskanzleramt, das vom BMin. für besondere Aufgaben geleitet wird. Das Amt hat die Stellung einer obersten Bundesbehörde. Es besteht aus 6 Abteilungen: (1) Zentralabteilung; Innen und Recht, (2) Auswärtige Beziehungen; Globale Fragen, äußere Sicherheit, (3) Soziales; Bildung; Forschung; Umwelt, Verkehr, Verbraucherschutz, Landwirtschaft, (4) Wirtschafts-, Finanz- und Arbeitsmarkt, (5) Europolitik, (6) Bundesnachrichtendienst; Koordinierung der Nachrichtendienste des Bundes.

- **Das Presse- und Informationsamt der Bundesregierung**

  Leiter ist ein Staatssekretär (**Regierungssprecher**). Das Amt hat die Aufgabe, BPräs. und BReg. über die internationale Nachrichtenlage und die öffentliche Meinung zu unterrichten, die Presse und sonstige Medien und die Bürger sowie im Zusammenwirken mit dem Auswärtigen Amt auch das Ausland über die Politik der BReg. zu informieren; es soll die Öffentlichkeitsarbeit der BMinisterien koordinieren. Der Information der in- und ausländischen Presse dienen Pressekonferenzen, an denen die in Berlin stationierten Korrespondenten der Zeitungen teilnehmen. Auch werden kurze Nachrichten, erläuternde Abhandlungen und anderes Pressematerial herausgegeben, ferner eine periodische Druckschrift, das „Bulletin". Das Amt verfügt über ein Bild- und Pressearchiv. Dagegen ist die **Bundespressekonferenz** ein von den Journalisten selbst geschaffener eingetragener Verein. An den mit der BReg. vereinbarten Pressekonferenzen nehmen außer dem Regierungssprecher oder einem seiner beiden Vertreter die Pressereferenten der Ministerien, bisweilen auch Bundesminister als Gäste teil.

- **Der Beauftragte für die Nachrichtendienste**

  Beauftragter für die Nachrichtendienste ist z. Z. (Stand: 1. April 2007) der Chef des Bundeskanzleramtes. Ihm obliegt die Koordinierung und Intensivierung der Zusammenarbeit des Bundesnachrichtendienstes (BND), des Bundesamtes für Verfassungsschutz (BfV) und des Militärischen Abschirmdienstes (MAD) untereinander und ihre ressortübergreifende Zusammenarbeit mit anderen Behörden und Diensten.

  Während das BfV dem Bundesminister des Innern und der MAD dem Bundesminister der Verteidigung unterstehen, ist der BND dem Chef des Bundeskanzleramtes unterstellt. Dies ist im Gesetz über den Bundesnachrichtendienst geregelt.

  Der **BND** versieht den Auslandsnachrichtendienst und hält die BReg. durch Informationen politischer, wirtschaftlicher, technischer und militärischer Art aus dem Ausland auf dem laufenden, während der Inlandsnachrichtendienst in den Händen des Bundesamtes und der Landesämter für Verfassungsschutz liegt ➢ vgl. Nr. 170 a).

Gesetzliche Grundlagen für die Tätigkeit der Nachrichtendienste und Verfassungsschutzbehörden: Bundesverfassungsschutzgesetz, Gesetz über den Militärischen Abschirmdienst, Gesetz über den Bundesnachrichtendienst, sowie Gesetz zur Bekämpfung des internationalen Terrorismus vom 9. 1. 2002.

Nach dem Ges. über die parlamentarische Kontrolle nachrichtendienstlicher Tätigkeit des Bundes bestellt der BT aus seiner Mitte ein **parlamentarisches Kontrollgremium**, deren Kontrolle die BReg. hinsichtlich der Tätigkeit der drei Nachrichtendienste unterliegt. Ihre Beratungen sind geheim, ihre Mitglieder zum Schweigen verpflichtet. Die BReg. unterrichtet die Kommission allgemein über die Tätigkeit der Nachrichtendienste und über Vorgänge von besonderer Bedeutung. Die parlamentarische Kontrolle nach dem Abhörgesetz ➢ s. Nr. 66 m) bleibt hiervon unberührt.

c) Bundesminister

Die Bundesminister werden auf Vorschlag des Bkzl. vom BPräs. ernannt und entlassen (Art. 64 Abs. 1). Sie sind entweder Fach-(Ressort-)Minister oder Minister ohne Portefeuille; ihre Geschäftsbereiche (Ressorts) sind im GG nicht abgegrenzt. Ihr Amt endet außer durch Tod oder Verzicht (Rücktritt) durch Entlassung, die jederzeit erfolgen oder gefordert werden kann, sowie mit Beendigung des Amtes des Bkzl. (Art. 69 Abs. 2 GG). Genausowenig wie der BT der Ernennung der Bundesminister zustimmen muss kann der BT einen Bundesminister abwählen. Der BT kann einem Bundesminister nur seine Missbilligung aussprechen, was aber rechtlich bedeutungslos ist ➢ s. unten d). Die Zahl der Bundesminister ist nicht verfassungsmäßig festgelegt; Zahl und Aufgabenbereiche der BMin. werden durch Organisationsentscheidung des Bundeskanzlers und durch den vom BT zu beschließenden Bundeshaushalt bestimmt. Die Zahl unterliegt wechselnden Bedürfnissen (zu den z. B. bestehenden Bundesministerien ➢ vgl. Nrn. 92 ff.).

Verfassungsrechtlich vorgeschrieben ist der Bundesminister der Verteidigung, da ihm durch Art. 65 a GG in Friedenszeiten die Befehls- und Kommandogewalt über die Streitkräfte zugewiesen ist. Eine besondere Stellung hat zudem der Bundesfinanzminister, da er den Vollzug des Haushaltes überwacht.

In der Auswahl der BMin. ist der Bkzl. formell nicht gebunden. Er wird sich aber vorsorglich der Zustimmung der Mehrheitsparteien vergewissern. Meist werden die Minister von den an der Regierung beteiligten Parteien gestellt.

Der BPräs. kann keine BMin. vorschlagen. Er kann aber die Ernennung der vom Bkzl. Vorgeschlagenen ablehnen. In der Rechtslehre ist streitig, ob das nur wegen Fehlens der gesetzlichen Voraussetzungen für die Ernennung oder auch aus anderen Gründen geschehen kann. Die BMin. vertreten sich bei Verhinderung gegenseitig nach einem durch Kollegialbeschluss des BReg. bestimmten Plan.

In der Leitung eines Bundesministeriums als oberster Bundesbehörde wird der BMin. durch seinen (beamteten) Staatssekretär (evt. den dienstältesten Staatssekretär) vertreten. Den BMin. können nach dem Gesetz über die Rechtsverhältnisse der Parlamentarischen Staatssekretäre außerdem **parlamentarische Staatssekretäre** (PStS) zur Unterstützung – namentlich zur Vertretung gegenüber dem BT – beigegeben werden. Sie müssen mit Ausnahme der Parlamentarischen Staatssekretäre beim Bundeskanzler Mitglieder des BT sein und werden auf Vorschlag des

Bkzl., der im Einvernehmen mit dem betr. BMin. gemacht wird, vom BPräs. ernannt. Sie können jederzeit auf demselben Weg entlassen werden und scheiden automatisch aus, wenn sie ihr BT-Mandat verlieren oder der BMin. aus seinem Amt scheidet. Den Aufgabenbereich eines PStS bestimmt der BMin., dem er beigegeben ist (§ 14a GeschO-BReg.). Einem PStS kann die Bezeichnung „Staatsminister" verliehen werden, was in der Regel im Bundeskanzleramt sowie im Auswärtigen Amt erfolgt.

Der Bkzl. und die BMin. leisten bei Amtsübernahme den gleichen Amtseid wie der BPräs. (Art. 64 Abs. 2 GG). Sie dürfen kein anderes besoldetes Amt, kein Gewerbe und keinen Beruf ausüben und weder der Leitung noch ohne Zustimmung des BT dem Aufsichtsrat eines auf Erwerb gerichteten Unternehmens angehören (Art. 66 GG). Sie können aber Mitglieder des BT sein und sind es in der Regel.

Nach dem Bundesministergesetz stehen die Mitglieder der BReg. zum Bund in einem öffentlich-rechtlichen Amtsverhältnis besonderer Art (Ernennung, vom BPräs. vollzogene Urkunde, Eid, Inkompatibilität = nicht Mitglied einer Landesregierung, keine Nebenämter oder Nebentätigkeit, Amtsverschwiegenheit, Amtswohnung, Umzugs- und Reisekosten, Versorgung). Gleiches gilt für die Parlamentarischen Staatssekretär und Staatsminister. Weder sie noch die Bundesminister sind Beamte.

d) Leitung der Bundesregierung

Die Leitung der Bundesregierung obliegt dem Bkzl. Er führt im Bundeskabinett den Vorsitz und leitet die Geschäfte der BReg. nach einer vom Kabinett beschlossenen **Geschäftsordnung**. Diese bedarf wie auch jede Änderung der Genehmigung des BPräs. (Art. 65 Satz 4 GG).

Wie die WVerf. verbindet auch das GG das sog. **Kanzlerprinzip**, wonach der Bkzl. die Richtlinien der Politik bestimmt und insoweit den BMin übergeordnet ist, mit dem **Kollegialsystem**, nach welchem Meinungsverschiedenheiten von dem aus Bkzl. und BMin. bestehenden Kollegium entschieden werden (wobei ein bestimmtes Quorum nicht festgeschrieben ist) und der Bkzl. nur primus inter pares ist, und mit dem **Ressortprinzip**, auf Grund dessen jeder Ressortminister seinen Geschäftsbereich mit eigener Verantwortlichkeit verwaltet, sich aber zu den vom Kanzler festgelegten Richtlinien der Politik nicht in Widerspruch setzen darf (Art. 65 GG).

Durch das parlamentarische System ist gesichert, dass die Richtlinien der Politik, welche der Bkzl. bestimmt und für welche er die Verantwortung trägt, dem Willen der Parlamentsmehrheit nicht widersprechen.

Dem BT gegenüber ist der Bkzl. allein verantwortlich. Ein Misstrauensvotum des BT gegen einen BMin. hat daher keine rechtliche Bindungswirkung. Es gibt auch keine Ministeranklage. Der BT kann auch nicht gegen den Willen des Bkzl. die Besetzung oder Umbesetzung eines Ministerpostens erzwingen. Er ist darauf beschränkt, dem Bkzl. das Misstrauen (mit der Mehrheit seiner Mitglieder) auszusprechen. Erweckt das Verhalten eines BMin. Widerspruch gegen seine Geschäftsführung, so kann die hieraus entstehende Vertrauenskrise, auch ohne dass ein Misstrauensvotum ergeht, zu einer Regierungskrise und dadurch zur Regierungsumbildung (event. unter demselben Kanzler) führen.

e) Kollegialzuständigkeit der Bundesregierung

Der Bundesregierung als Kollegium sind folgende Geschäfte übertragen:

- Entscheidung von Meinungsverschiedenheiten zw. BMin. (Art. 65 Satz 3 GG);
- Einbringung von Gesetzesvorlagen beim BT (Art. 76 Abs. 1 GG);
- Vorlage der Gesetzesvorlagen des BR an den BT mit Stellungnahme (Art. 76 Abs. 3 GG);

- Anordnung des Bundeszwangs mit Zustimmung des BR (Art. 37 GG);
- Erteilung von Weisungen und andere Maßnahmen im Fall von Krisen durch Naturkatastrophen oder bei Angriffen auf den Bestand oder die demokratische Grundordnung der BRep. (Art. 35 Abs. 3, 91 Abs. 2 GG; letzterenfalls auch Einsatz von Streitkräften, Art. 87 a Abs. 4 GG) sowie besondere Maßnahmen auf Grund erweiterter Befugnisse im Verteidigungsfall (Art. 115 f GG);
- Antrag auf Erklärung des Gesetzgebungsnotstandes (Art. 81 GG; ➤ vgl. Nr. 81);
- Aufsicht über Ausführung der BGesetze durch die Länder (Art. 84 Abs. 3 GG);
- Zustimmung zu Verträgen der Länder mit auswärtigen Staaten (Art. 32 Abs. 3 GG);
- Zustimmung zu Beschlüssen des BT und des BR über Erhöhung oder Neueinsetzung von Ausgaben in den Etat (Art. 113 GG);
- das Verordnungsrecht im Rahmen ihrer Zuständigkeit ➤ s. unten Nr. 83);
- der Erlass allgemeiner Verwaltungsvorschriften (Art. 84 Abs. 2, 85 Abs. 2, 86, 108 Abs. 7 GG; meist an Zustimmung des BR gebunden).

f) Beteiligung der Bundesregierung an der Gesetzgebung

An der Gesetzgebung ist die Bundesregierung beteiligt durch folgende Aufgaben:

- das Recht der Gesetzesinitiative; sie kann ebenso wie BT und BR Gesetzesvorlagen beim BT einbringen (Art. 76 Abs. 1 GG);
- das Recht, bei Zustimmungsgesetzen ➤ vgl. Nr. 80 c) bb) die Einberufung des Vermittlungsausschusses zu beantragen (Art. 77 Abs. 2 Satz 4 GG);
- das Recht, die Erklärung des Gesetzgebungsnotstandes ➤ vgl. Nr. 81, beim BPräs. zu beantragen (Art. 81 Abs. 1 GG);
- unter bestimmten Voraussetzungen die Befugnis zum Erlass von Rechtsverordnungen.

Nach Art. 80 können die BReg., ein BMin. oder die Landesregierungen durch Gesetz ermächtigt werden, Rechtsverordnungen ➤ vgl. Nr. 83, zu erlassen. Jedoch müssen Inhalt, Zweck und Ausmaß der Ermächtigung im Gesetz bestimmt sein; die Rechtsgrundlage ist in der VO anzugeben. Hierher gehören insbes. die AusführungsVOen zu BGesetzen.

78a | Das Bundesverfassungsgericht

a) Verfassungsrechtliche Stellung. Besetzung

Das BVerfG ist ein Verfassungsorgan und ein allen übrigen Verfassungsorganen gegenüber selbstständiger und unabhängiger Gerichtshof des Bundes (§ 1 Abs. 1 BVerfGG). Seine Stellung und Tätigkeit dürfen auch im Verteidigungsfall nicht beeinträchtigt, das BVerfGG darf vom Gemeinsamen Ausschuss des BT und BR ➤ s. Nr. 82, nur im Einvernehmen mit dem Gericht und nur zur Erhaltung seiner Funktionsfähigkeit geändert werden (Art. 115 g GG).

Das BVerfG besteht nach Art. 94 GG aus Bundesrichtern und anderen Mitgliedern. Das Nähere über seine Zusammensetzung, insbes. seine Verfassung, das Verfahren, die Wirkung seiner Entscheidungen regelt das BVerfGG.

Die Mitglieder des BVerfG müssen die Befähigung zum Richteramt ➢ s. Nr. 199, besitzen und das 40. Lebensjahr vollendet haben. Sie werden je zur Hälfte vom BT und vom BR jeweils mit 2/3-Mehrheit gewählt. Sie dürfen weder dem BT noch dem BR, der BReg. oder entsprechenden Landesorganen angehören (Inkompatibilität; Art. 94 Abs. 1 Satz 2 GG). Ihre Amtszeit dauert 12 Jahre (Wiederwahl unzulässig), längstens bis zum 68. Lebensjahr. Eine andere Berufstätigkeit als die eines Hochschullehrers des Rechts dürfen sie neben ihrem Amt nicht ausüben.

Das BVerfG besteht aus **2 Senaten** mit je 8 Richtern, von denen je 3 aus der Zahl der Richter an den obersten Gerichtshöfen des Bundes gewählt werden. Jeder Senat ist beschlussfähig, wenn wenigstens 6 Richter anwesend sind. Das Plenum, also alle 16 Richter entscheidet, wenn ein Senat von der Rechtsprechung des anderen Senates abweichen will.

Das Bundesverfassungsgericht

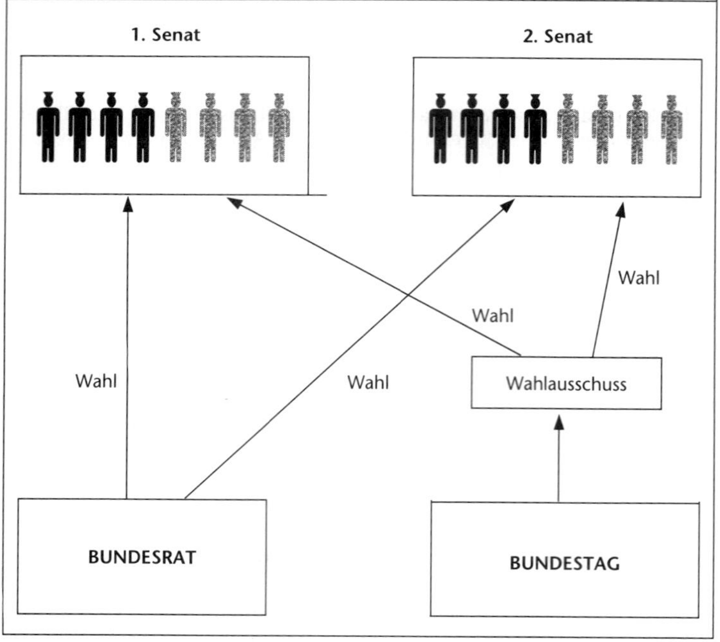

b) Zuständigkeit

Das BVerfG hat nur über rechtliche Fragen zu entscheiden. Im Rahmen der rechtlichen Würdigung können mittelbar auch politisch umstrittene Fragen vom BVerfG entschieden werden. Rein politische Ermessensfragen sind jedoch seiner Beurteilung entzogen (z. B. die Frage der Erforderlichkeit oder Zweckmäßigkeit bestimmter Verteidigungsvorbereitungen).

Nach Art. 93 GG entscheidet das BVerfG

- über die Auslegung des GG bei Streit über den Umfang der Rechte und Pflichten der obersten Bundesorgane (sog. **Organstreitigkeit**);
- bei Meinungsverschiedenheiten oder Zweifeln über Vereinbarkeit von Bundesrecht oder von Landesrecht mit dem GG oder von Landes- mit Bundesrecht (sog. **abstrakte Normenkontrolle**);
- bei Meinungsverschiedenheiten, ob ein Gesetz den Voraussetzungen des Art. 72 Abs. 2 GG entspricht (Erforderlichkeit einer bundesgesetzlichen Regelung) ➤ s. Nr. 71 b);
- bei Meinungsverschiedenheiten über Rechte und Pflichten des Bundes und der Länder, insbes. bei Ausführung der Bundesgesetze und Ausübung der Bundesaufsicht (sog. **Bund-Länder-Streitigkeiten**);
- in anderen öffentlich-rechtlichen Streitigkeiten zwischen Bund und Ländern, verschiedenen Ländern oder innerhalb eines Landes, soweit kein anderer Rechtsweg gegeben ist;
- über **Verfassungsbeschwerden** wegen Verletzung von Grundrechten durch die öffentliche Gewalt ➤ s. Nr. 88, oder wegen Verletzung des gemeindlichen Selbstverwaltungsrechts;
- in den übrigen im GG vorgesehenen Fällen; hier kommt außer Präsidentenanklage (Art. 61 GG), Verwirkungsverfahren (Art. 18 GG), Parteiverbot (Art. 21 GG), Richteranklage (Art. 98 GG), Wahlprüfung (Art. 41 GG) namentlich die **konkrete Normenkontrolle** nach Art. 100 GG ➤ vgl. Nr. 87, in Betracht.

Vielfach stellt das BVerfG in seinen Entscheidungen Richtsätze für die Gesetzgebung auf. Die Abgrenzung zwischen Rechtsausführungen und politischen Entscheidungen ist öfters umstritten.

c) Verfahren

Die verfahrensrechtliche Handhabung ist im BVerfGG nicht umfassend geregelt; sie ist ggf. aus anderem Prozessrecht (je nach dem Verfahrensgegenstand ZPO oder StPO oder einer anderen Verfahrensordnung) zu ergänzen und durch Gerichtsgebrauch fortzubilden. Aus wichtigen Gründen, insbes. zur Vermeidung schwerer Nachteile, kann durch einstweilige Anordnung ein Zustand vorläufig geregelt werden (§ 32 BVerfGG). Jeder Richter kann seine abweichende Meinung (dissenting opinion) in einem **Sondervotum** niederlegen (§ 30 Abs. 2 BVerfGG und § 55 GeschO). Auch kann der Senat in der Entscheidung das Stimmenverhältnis mitteilen.

Die Funktionen der Bundesgewalt

79 | Dreiteilung der Gewalten

Nach Art. 20 Abs. 2 GG geht die **Staatsgewalt vom Volke** aus. Sie wird vom Volke in Wahlen und Abstimmungen und durch getrennte Organe der Gesetzgebung (Legislative), der vollziehenden Gewalt (Exekutive) und der Rechtsprechung (Judikative, Jurisdiktion) ausgeübt. Diese **Dreiteilung der Gewalten** soll die Zusammenballung staatlicher Macht in einer Hand verhindern ➤ vgl. Nr. 8 zur Gewaltenteilung.

Während die Gesetzgebung dem BT unter Beteiligung des BR zugewiesen ist, obliegt die Ausführung der Gesetze, die Verwaltung, der BReg. und den übrigen Verwaltungsbehörden des Bundes und der Länder. Die Rechtsprechung ist unabhängigen Gerichten übertragen.

Zwischen den drei Gewalten bestehen gegenseitige Kontrollen, aber auch organische Verbindungen. Der BPräs. wird legislativ (so z. B. Art. 82 GG = Ausfertigung und Verkündung der BGesetze) und rechtspflegend (z. B. Art. 60 Abs. 2 GG = Begnadigungsrecht) sowie verwaltend (z. B. Art. 60 Abs. 1 GG = Ernennung von Beamten und Soldaten) tätig. BT und BR wirken nicht nur bei der Gesetzgebung, sondern auch bei der Verwaltung (Art. 110 ff. GG = Haushaltsplan, Rechnungslegung usw.) und Rechtspflege (Amnestie) mit. BT oder BR können den BPräs. vor dem BVerfG anklagen (Art. 61 GG), der BPräs. kann den BT in Sonderfällen auflösen (Art. 63, 68 GG). Die BReg. ist vom Vertrauen des BT abhängig; andererseits bedarf eine Erhöhung oder Erweiterung von Haushaltsposten ihrer Zustimmung (Art. 113 GG). Die Richter sind an die Gesetze gebunden (Art. 97 GG), können aber deren Rechtsgültigkeit nachprüfen (Art. 100 GG).

Die Gewaltenteilung ist zugleich auf politischem Gebiet ein Ausdruck des in der BRep. bestehenden gesellschaftlichen Pluralismus; freilich wird die Verteilung und Balancierung der staatlichen Gewalt vielfach ergänzt durch die Einwirkung der Verbände und Gruppen vor allem im wirtschaftlichen Bereich. Das pluralistische System als heterogenes (ungleichartiges) Prinzip bedeutet zugleich eine Absage an den Zwang einer einseitig homogenen (gleichartigen) Staatslehre, die autoritär nur ein einzelnes, wirtschaftlich oder politisch begründetes Prinzip (wie z. B. der Marxismus-Leninismus und der Faschismus) als staats- und gesellschaftsbildenden Faktor anerkennt und alle anderen Auffassungen ausschließt. Zum Pluralismus in der Demokratie gehört auch der Minderheitenschutz, der es z. B. verbietet, politische Gruppierungen von der Willensbildung auszuschließen (wie im Einparteienstaat, ➤ vgl. Nr. 4, es sei denn, sie richten sich gegen den demokratischen Staat oder begünstigen durch ihre zahlenmäßige Schwäche die politische Zersplitterung (zulässig daher die „5%-Klausel", ➤ vgl. Nr. 75 b).

80 | Ordentliche Gesetzgebung des Bundes

Die ordentliche Gesetzgebung ist der regelmäßige Weg, auf dem Bundesgesetze zustande kommen – im Gegensatz zum Ausnahmefall des Gesetzgebungsnotstands, zum Gesetzgebungsverfahren nach der Notstandsverfassung und zu den Verordnungen ➤ vgl. Nrn. 81–83. Sie vollzieht sich in folgenden Abschnitten:

- Einbringen eines Gesetzentwurfs beim BT,
- Feststellung des Gesetzesinhalts durch den BT,
- Beteiligung des BR,
- Ausfertigung des Gesetzes durch den BPräs. nach Gegenzeichnung durch den Bundeskanzler oder die sachlich zuständigen Bundesminister und
- Verkündung (Publikation) im Bundesgesetzblatt.

a) Einbringung eines Gesetzentwurfs

Die Einbringung eines Gesetzentwurfs beim BT (Gesetzesinitiative) steht nach Art. 76 Abs. 1 GG der BReg. (als Kollegium nach Beratung im Kabinett), den Mitgliedern des BT (durch eine Fraktion oder mindestens 5 v. H. der Abgeordneten, ➤ vgl. Nr. 75 f) und dem BR zu.

Die Gesetzesvorlagen der BReg. (Regelfall) müssen zunächst dem BR zugeleitet werden. Dieser kann binnen 6 Wochen dazu Stellung nehmen (Art. 76 Abs. 2 GG). Erst dann gehen sie über die BReg. an den BT (von der BReg. als eilbedürftig bezeichnete Vorlagen kann diese schon nach 3 Wochen weiterleiten). Die BReg. muss sich zu den Vorschlägen des BR äußern; sie kann ihre Vorlage ändern, darf aber nicht völlig neue Bestimmungen nachschieben. In Einzelfällen lässt die BReg. ihre Vorlagen durch Abgeordnete direkt beim BT einbringen. Bei Gesetzesvorlagen durch Mitglieder des BT wirken weder BReg. noch BR bei der Einbringung mit. Der BR kann sein Initiativrecht nur durch Vermittlung der BReg. ausüben, da er seine Vorlagen zunächst ihr zur Stellungnahme vorzulegen hat; die Vorlagen sind dem BT binnen 6 Wochen zuzuleiten (Art. 76 Abs. 3 GG). Eine Gesetzesinitiative des Volkes kennt das GG nicht (im Gegensatz zur WVerf.). Nur bei Grenzkorrekturen gibt es eine Volksabstimmung (Plebiszit, Art. 29 GG) ➤ vgl. Nr. 63.

b) Die Feststellung des Gesetzesinhalts

Nach Art. 77 Abs. 1 GG werden die BGesetze vom BT beschlossen. Hierzu finden im Plenum des BT drei Beratungen („Lesungen"), bei Gesetzen zu völkerrechtlichen Gesetzen grds. zwei Beratungen statt (vgl. §§ 78 ff. GeschO-BT). Nach einer ersten Lesung werden Gesetzesentwürfe an die Ausschüsse verwiesen. Nach dortiger Behandlung findet eine zweite Lesung im BT zu Änderungsanträgen und i. d. R. anschließend nach einer ritten Lesung die Schlussabstimmung statt. Die dabei beschlossenen Gesetze sind vom Präsidenten des BT unverzüglich dem BR zuzuleiten. Mit dem Beschluss des BT wird die bisherige Vorlage zum Gesetz erhoben, also der Gesetzesbefehl (Sanktion) erteilt. Dieser kann allerdings vom BR durch Nichtzustimmung (bei Zustimmungsgesetzen) oder durch Einspruchseinlegung abgelehnt werden.

So auch nach der WVerf. Anders jedoch im Kaiserreich, wo der Gesetzesinhalt durch übereinstimmenden Beschluss von BR und Reichstag festgestellt wurde und der BR die Sanktion vollzog. Dagegen war nach der WVerf. der Reichstag alleiniger Gesetzgebungsfaktor. Gegen die von ihm beschlossenen Gesetze konnte der Reichsrat Einspruch einlegen, der aber vom RT überstimmt werden konnte; der Reichspräsident, eine Reichstagsminderheit oder ein Teil der Stimmberechtigten konnten einen Volksentscheid herbeiführen. Auch nach dem GG hat der BT alleinige Gesetzgebungsfunktion. Nur bei verfassungsändernden, föderativen und gewissen anderen sog. Zustimmungsgesetzen tritt der BR als gleichberechtigter Partner neben den BT, während er bei anderen BGesetzen auf ein Einspruchsrecht beschränkt ist, das der BT überstimmen kann. Will der BR das Zustandekommen eines einfachen Gesetzes (Einspruchsgesetzes) verhindern, muss er durch fristgemäße Einlegung des Einspruchs tätig werden.

c) Gesetzgebungsweg

Der Gesetzgebungsweg ist verschieden, je nachdem, ob es sich um ein verfassungsänderndes, ein föderatives oder ein einfaches Gesetz handelt.

aa) Verfassungsändernde Gesetze, d. h. solche, die das GG abändern, müssen vom BT mit einer Mehrheit von zwei Dritteln der gesetzlichen Mitgliederzahl beschlossen werden und bedürfen der Zustimmung von zwei Dritteln der Stimmen des BR (Art. 79 Abs. 2 GG).

Im Interesse der Übersichtlichkeit der GG-Änderungen, letztlich auch um eine Durchlöcherung des GG zu verhüten, muss jedes verfassungsändernde Gesetz ausdrücklich angeben, welcher Artikel des GG geändert oder ergänzt wird (also keine stillschweigende Verfassungsänderung, Art. 79 Abs. 1 GG). Eine Ausnahme gilt für völkerrechtliche Verträge, die eine Friedensregelung oder den Abbau der besatzungsrechtlichen Ordnung betreffen oder der Verteidigung dienen; in diesen Fällen genügt eine Ergänzung des Wortlautes des GG dahingehend, dass die Bestimmungen des GG diesen Verträgen nicht entgegenstehen (Art. 79 Abs. 1 Satz 2 GG). Grundrechte dürfen nicht in ihrem Wesensgehalt angetastet werden (Art. 19 Abs. 2 GG). Soweit sie eingeschränkt werden dürfen, muss das eingeschränkte Grundrecht unter Angabe des Artikels genannt sein (Art. 19 Abs. 1 GG, sog. Zitiergebot).

bb) Zustimmungsgesetze bedürfen – wie schon der Name zum Ausdruck bringt – der Zustimmung des BR, wobei eine absolute Mehrheit (Art. 52 Abs. 3 GG) genügt. Wann ein Gesetz zustimmungsbedürftig ist, ergibt sich aus dem GG selbst ➢ s. auch Nr. 76 d), etwa bei Regelung des Verwaltungsverfahrens durch Bundesgesetze ohne Abweichungsmöglichkeit der Länder (Art. 84 Abs. 1 GG) oder bestimmte Steuergesetze. Ohne Zustimmung des BR kommt das Gesetz nicht zustande (Art. 78 GG). Die fehlende Zustimmung des BR kann auch nicht durch eine besonders qualifizierte Mehrheit oder sogar Einstimmigkeit im BT ersetzt werden.

Will der BR einem Gesetzesbeschluss des BT seine Zustimmung verweigern oder Änderungen herbeiführen, kann er den **Vermittlungsausschuss** anrufen, der aus je 16 weisungsungebundenen Mitgliedern des BR und des BT besteht. Zweck des Vermittlungsverfahrens ist, den Gesetzestext so abzuändern, dass BT und BR dem Gesetz zustimmen können. Zu einer Anrufung des Vermittlungsausschusses kommt es häufig, wenn im BR andere politische Mehrheiten vorliegen als im BT.

Verweigert der BR einem Zustimmungsgesetz die Zustimmung, können auch BT und BReg. den Vermittlungsausschuss anrufen.

In der Vergangenheit waren etwa 60% der Bundesgesetze zustimmungsbedürftig. Ziel der Föderalismusreform ➢ s. Nr. 24 ist es, diesen Anteil zu senken.

cc) **Einfache bzw. Einspruchsgesetze** sind alle übrigen Bundesgesetze, also solche, die nicht der Zustimmung des BR bedürfen. Dieser hat nur ein Einspruchsrecht (Art. 77 Abs. 3 GG). Allerdings muss der BR zuvor den Vermittlungsausschuss anrufen und auf diesem Weg eine Übereinstimmung mit dem BT zu versuchen. Der Einspruch bedarf keiner Begründung. Der Einspruch kann vom BT mit derselben Mehrheit (absolut oder 2/3) überstimmt werden, mit der der BR den Einspruch beschlossen hat.

d) Ausfertigung und Verkündung der Bundesgesetze

Die nach den Vorschriften des GG zustandegekommenen BGesetze werden vom **Bundespräsidenten** nach **Gegenzeichnung** durch den Bkzl. oder den zuständigen BMin. (vgl. Art. 58 GG) **ausgefertigt** und im Bundesgesetzblatt (BGBl.) verkündet (Art. 82 GG).

Durch die Ausfertigung wird die Echtheit des Gesetzestextes beurkundet; sie begründet die unwiderlegbare Vermutung, dass das Gesetz ordnungsmäßig zustandegekommen ist. Die Verkündung im BGBl. begründet die Rechtswirksamkeit; ist der Tag des Inkrafttretens nicht ausdrücklich angegeben, tritt das Gesetz mit dem 14. Tag nach Ausgabe des BGBl. in Kraft (Art. 82 Abs. 2 GG). Im Verteidigungsfall ist vereinfachte Verkündung durch Rundfunk, Presse oder amtlichen Aushang zulässig, wenn die Verkündung im BGBl. nicht oder nicht rechtzeitig möglich ist.

Das **Bundesgesetzblatt** wird vom Bundesjustizministerium herausgegeben. Im Teil I werden Gesetze, Verordnungen und allgemein gültige Beschlüsse usw., im Teil II völkerrechtliche Vereinbarungen (früher auch Verträge mit der DDR) und die zu ihrer Inkraftsetzung oder Durchsetzung erlassenen Rechtsvorschriften sowie Zolltarifvorschriften bekanntgegeben. In dem durch Beschluss der BReg. vom 3. 10. 1957 (BGBl. I 1742) eingerichteten Teil III ist das Bundesrecht veröffentlicht, das nach dem Gesetz über die Sammlung des Bundesrechts vom 10. 7. 1958 (BGBl. I 437) als noch fortgeltend festgestellt worden ist. Dieser Bereinigung unterlagen das Bundes-Gesetzblatt des Norddeutschen Bundes und des Deutschen Bundes, das Reichsgesetzblatt, das Gesetzblatt der Verwaltung des Vereinigten Wirtschaftsgebietes, das Bundesgesetzblatt und das Verordnungsblatt für die britische Zone. Zu bereinigen war auch das in den Ländern vor dem 7. 9. 1949 (Zusammentritt des BT, ➢ vgl. Nr. 20) gesetzte Recht, soweit es Bundesrecht geworden ist. Der Tag, bis zu dem die Rechtsvorschriften zu erfassen waren (Abschlusstag), ist nach dem Abschlußgesetz vom 28. 12. 1968 (BGBl. I 1451) der 31. 12. 1963. Die nicht in die Sammlung aufgenommenen Rechtsvorschriften sind am 31. 12. 1968 außer Kraft getreten (Ausschlusswirkung). Durch die Aufnahme in die Sammlung wurden aber ungültige Vorschriften nicht gültig, landesrechtliche Vorschriften nicht Bundesrecht.

Im **Bundesanzeiger** erfolgen Bekanntmachungen, die auf Grund von Gesetzen, Satzungen, Gesellschaftsverträgen, Statuten oder anderen Verträgen zu veröffentlichen sind (Gesetz über Bekanntmachungen vom 17. 5. 1950, BGBl. 183).

e) Eingangsformel

Einfache Gesetze werden in der Regel mit der Eingangsformel: „Der Bundestag hat das folgende Gesetz beschlossen" eingeleitet und schließen mit der Schlussformel: „Die verfassungsmäßigen Rechte des BR sind gewahrt" ab. Zustimmungsgesetze tragen die Formel: „Der Bundestag hat mit Zustimmung des BR das folgende Gesetz beschlossen".

Der Weg der Gesetzgebung

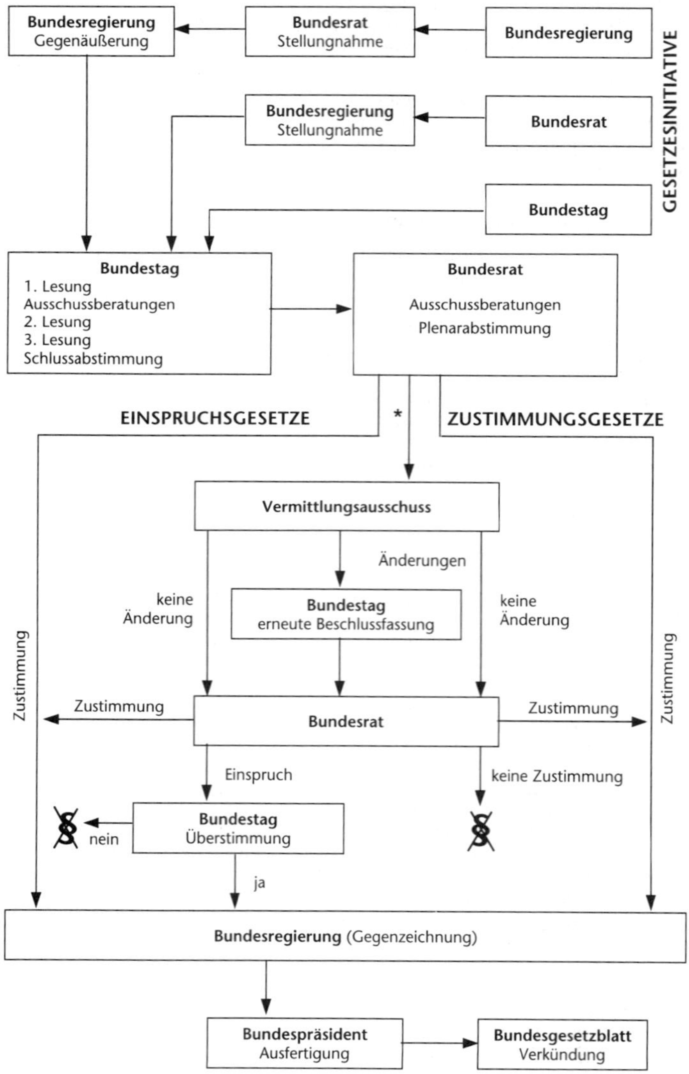

* ggf. auch Anrufung des Vermittlungsausschusses durch BT oder Bundesregierung

81 | Gesetzgebungsnotstand

Das GG trifft Vorsorge, dass im Falle innerer politischer Konflikte oder einer von Außen her veranlassten Notstandslage das Funktionieren von Gesetzgebung und Verwaltung sichergestellt ist. Bei einem **Konflikt zwischen BReg. und BT** anlässlich einer von diesem abgelehnten Gesetzesvorlage kann der Gesetzgebungsnotstand erklärt werden. Bei einem durch innere Krisen oder militärische Bedrohung ausgelösten oder drohenden Ausnahmezustand dagegen werden Notstandsgesetzgebung und Notstandsverfassung wirksam ➢ s. Nr. 82.

Der BPräs. kann auf Antrag der BReg. mit Zustimmung des BR den Gesetzgebungsnotstand erklären, wenn

- entweder eine Vertrauensfrage des Bundeskanzlers nicht die absolute Mehrheit des BT gefunden hat, dieser aber nicht aufgelöst worden ist (Art. 68 GG) und der BT eine Gesetzesvorlage abgelehnt hat, obwohl die BReg. sie als dringlich bezeichnet hat (Art. 81 Abs. 1 Satz 1 GG);
- oder wenn der BT eine Gesetzesvorlage abgelehnt hat, obwohl der Bundeskanzler mit ihr den Vertrauensantrag verbunden hatte (Art. 81 Abs. 1 Satz 2 GG).

Die Erklärung des Gesetzgebungsnotstandes hat unterschiedliche Wirkungen, je nachdem, wie der BT sich verhält, wenn die BReg. die abgelehnte Gesetzesvorlage erneut beim BT einbringt:

- Nimmt der BT sie an, so tritt der normale Gesetzgebungsweg mit Vorlage an den BR usw. ein.
- Lehnt der BT hingegen die Vorlage wiederum ab oder nimmt er sie in einer von der BReg. als unannehmbar bezeichneten Fassung an oder verabschiedet er sie nicht binnen 4 Wochen nach erneuter Einbringung, so geht die Vorlage an den BR und wird nach dessen Zustimmung Gesetz (Art. 81 Abs. 2 GG).
- Auch jede weitere Gesetzesvorlage desselben Bkzl. kann innerhalb einer Frist von 6 Monaten nach der ersten Erklärung des Gesetzgebungsnotstandes auf diesem Weg verabschiedet werden (Art. 81 Abs. 3 Satz 1 GG).

Die Gesetzgebung nach Art. 81 GG unterliegt, um Missbrauch auszuschalten, folgenden Einschränkungen:

- Während der Amtszeit des gleichen Bkzl. darf nach Ablauf der Sechsmonatsfrist kein weiterer Gesetzgebungsnotstand erklärt werden (Art. 81 Abs. 3 Satz 2 GG).
- Das GG darf durch ein Gesetz nach Art. 81 Abs. 2 GG weder geändert noch ganz oder teilweise außer Kraft gesetzt werden (Art. 81 Abs. 4 GG).

Ein **Notverordnungsrecht**, wie es die WVerf. dem RPräs. in Art. 48 GG zuwies ➢ vgl. Nr. 15, wurde vom Parl. Rat abgelehnt. Dafür gibt Art. 81 GG dem BPräs. die Möglichkeit, in einer bei Nichtübereinstimmung von BT und BReg. (darum auch Regierungsnotstand genannt) eintretenden Krise, falls er den BT nicht auflöst (Art. 68 Abs. 1 GG; ➢ vgl. Nrn. 75 g), 78 b), den Gesetzgebungsnotstand zu erklären, um eine gesetzgeberische Weiterarbeit zu ermöglichen. Diese Erklärung erfordert die Übereinstimmung von BReg., BPräs. und BR. Die erneute Vorlage des Gesetzentwurfs ermöglicht eine Verständigung des BT mit der BReg.

82 | Notstandsgesetzgebung und Notstandsverfassung

Die vom Gesetzgebungsnotstand ➢ s. Nr. 81, zu unterscheidende Notstandsgesetzgebung soll für den sog. Notstandsfall die innere und äußere Sicherheit der BRep. und das Funktionieren von Gesetzgebung und Verwaltung gewährleisten, und zwar bei **äußerem Notstand** (Krieg,

Überfall auf das Bundesgebiet) wie auch in **Krisenfällen** (Bürgerkrieg, politischer Streik). Diesen Zwecken dienen die sog. „einfachen“ (nicht verfassungsändernden) Notstandsgesetze, so die im Jahre 1965 erlassenen, aber größtenteils nicht in Kraft gesetzten Zivilschutzgesetze – ZivilschutzkorpsG, SelbstschutzG (inzwischen aufgehoben), SchutzbauG –, sowie die zur Aufrechterhaltung der Versorgung ergangenen sog. Sicherstellungsgesetze – Ernährungs-, Wirtschafts-, Verkehrs-, WassersicherstellungsG. Weitere Notstandsgesetze sind die zur Einschränkung des Post- und Fernmeldegeheimnisses (Art. 10 GG) erlassenen Regelungen, ergänzt durch das sog. AbhörG, das Gesetz über die Erweiterung des Katastrophenschutzes und das ArbeitssicherstellungsG ➢ s. Nr. 183.

Dieses schränkt für Verteidigungszwecke im Verteidigungs- oder Spannungsfall entsprechend Art. 12 a GG in bestimmtem Umfang das Recht zur Beendigung des Arbeitsverhältnisses ein und sieht für Wehrpflichtige die Möglichkeit der Arbeitsverpflichtung sowie für Frauen von 18–55 Jahren im Verteidigungsfall die einer Dienstverpflichtung für das zivile Sanitätswesen oder ortsfeste Lazarette vor.

Für die **Gesetzgebung im Notstandsfall** ist das GG durch Vorschriften über die sog. Notstandsverfassung ergänzt worden. Die Gesetzgebungsfunktion nimmt im **Verteidigungsfall**, solange der BT nicht zusammentreten kann oder nicht beschlussfähig ist, für diesen und den BR ein **Gemeinsamer Ausschuss** wahr, der zu $^2/_3$ aus Mitgliedern des BT, zu $^1/_3$ aus solchen des BR besteht. Er darf aber das GG weder ändern noch außer Anwendung setzen. Die von dem Ausschuss erlassenen Gesetze kann der BT mit Zustimmung des BR jederzeit aufheben (Art. 53 a, 115 e, 115 l GG).

Das Gesetzgebungsrecht des Bundes ist im Verteidigungsfall auch auf Zuständigkeiten der Länder erweitert, das Gesetzgebungsverfahren für dringende Vorlagen vereinfacht (Art. 115 c, 115 d GG). Das Weisungsrecht der BReg. gegenüber den Landesbehörden und das Recht zum Einsatz des Bundesgrenzschutzes ist ebenfalls erweitert; umgekehrt können die Länder im Falle der Funktionsunfähigkeit von Bundesorganen notfalls die erforderlichen Maßnahmen an deren Stelle treffen (Art. 115 f, 115 i GG). Im Verteidigungsfall und im **Spannungsfall** kann die BReg., insbes. wenn Polizeikräfte nicht ausreichen, Streitkräfte zum Schutz ziviler Objekte einsetzen (Art. 87 a Abs. 3 GG).

Der Spannungsfall wird vom BT festgestellt (für Dienstverpflichtungen $^2/_3$-Mehrheit erforderlich; Art. 80 a GG).

Auch außerhalb eines Verteidigungs- oder Spannungsfalls kann die BReg. Streitkräfte zur Sicherung von Bestand oder Grundordnung des Bundes oder eines Landes oder zur Bekämpfung organisierter bewaffneter Aufständischer einsetzen, wenn die Landesbehörden hierzu nicht bereit oder in der Lage sind und Polizei und Grenzschutz nicht genügen (Art. 87 a Abs. 4 GG). Bei **Naturkatastrophen** oder besonders schweren Unglücksfällen kann ein Land Polizeikräfte anderer Länder, Bundesgrenzschutz oder Streitkräfte anfordern; bei überregionalen Krisen kann die BReg. den Länderregierungen die erforderlichen Weisungen erteilen sowie Bundesgrenzschutz und Streitkräfte einsetzen. Den Bundesgrenzschutz kann ein Land ferner zur Unterstützung seiner Polizei in besonderen Fällen zur Aufrechterhaltung oder Wiederherstellung der öffentlichen Sicherheit oder Ordnung in Anspruch nehmen (Art. 35 Abs. 2, 3 GG). Auch bei Gefahr für den Bestand oder die freiheitliche demokratische Grundordnung des Bundes oder eines Landes kann ein Land Polizeikräfte anderer Länder oder die Bundespolizei anfordern; die BReg. kann, wenn ein Land zur Bekämpfung der Gefahr nicht bereit oder in der Lage ist, die Polizei des Landes und anderer Länder ihren Weisungen unterstellen und die Bundespolizei einsetzen. Auch hier hat die BReg. bei überregionalen Krisen ein Weisungsrecht (Art. 91 GG).

83 | Rechtsverordnungen

Rechtsverordnungen sind allgemein verbindliche Rechtsvorschriften, die Rechte und Pflichten abstrakt und generell mit der gleichen verbindlichen Wirkung wie Gesetze regeln ➢ s. auch Nr. 142. Sie werden aber nicht vom ordentlichen Gesetzgeber, sondern auf Grund besonderer **gesetzlicher Ermächtigung** von einer Verwaltungsstelle erlassen. Es handelt sich also um eine **Rechtssetzung durch die Exekutive**. Dies hat seinen Grund darin, das Parlament von weniger wichtigen Aufgaben zu entlasten und auf eine Änderung der Verhältnisse flexibler und schneller als durch ein langwieriges Gesetzgebungsverfahren reagieren zu können. Das heißt aber auch, dass das Parlament die wirklich wichtigen Dinge, insbesondere soweit sie Grundrechte berühren, selbst entscheiden muss (Vorbehalt des Gesetzes; Wesentlichkeitstheorie). Nach Art. 80 Abs. 1 GG kann eine Ermächtigung zum Erlass einer Rechtsverordnung nur der BReg., einem BMin. oder den Landesregierungen erteilt werden. Inhalt, Zweck und Ausmaß der erteilten Ermächtigung müssen im Gesetz bestimmt sein, d. h. die Ermächtigung darf nicht so unbestimmt sein, dass nicht mehr vorausgesehen werden kann, in welchen Fällen und mit welcher Tendenz von ihr Gebrauch gemacht wird und welchen Inhalt die Verordnung haben kann. Die Ermächtigung zum Erlass einer Rechtsverordnung kann durch Verordnung weiter übertragen werden, wenn dies im ermächtigenden Gesetz zugelassen ist (Art. 80 Abs. 1 Satz 4 GG). Die Rechtsverordnung muss die Rechtsgrundlage angeben.

Der Zustimmung des BR bedürfen wegen der Länderinteressen RechtsVOen der BReg. oder eines BMin. über die Gewährleistung der Sicherheit und Ordnung im Eisenbahnverkehr, über Bau und Betrieb der Eisenbahnen des Bundes u. a. sowie RechtsVOen, die auf Grund von Zustimmungsgesetzen oder von BGesetzen ergehen, welche die Länder als Auftrags- oder eigene Angelegenheiten ausführen (Art. 80 Abs. 2 GG). Da grundsätzlich die BGesetze durch die Länder ausgeführt werden, bedarf die große Mehrzahl der RechtsVOen des Bundes der Zustimmung des BR. RechtsVOen werden im BGBl. oder im BAnz. veröffentlicht. Im Gegensatz zu RechtsVOen können **Verwaltungsanordnungen** ➢ s. auch Nr. 143, da sie nur Organisation und Funktion des Staates und seiner Behörden innerhalb des geltenden Rechts regeln, sich also nur instruktionell an die Behörden, nicht rechtssatzmäßig an die Bürger wenden, von der BReg. ohne besondere gesetzliche Ermächtigung erlassen werden und bedürfen nur ausnahmsweise der Zustimmung des BR (z. B. nach Art. 108 Abs. 7 GG).

84 | Beamte

Das GG behält das Recht des öffentlichen Dienstes besonderen Gesetzen vor, stellt aber für die gesetzliche Regelung einige Grundsätze auf, und zwar:

a) Berufsbeamtentum

Das Berufsbeamtentum wird aufrechterhalten (sog. institutionelle Garantie); nach seinen Grundsätzen ist das Recht des öffentlichen Dienstes zu regeln und fortzuentwickeln (Art. 33 Abs. 5 GG).

Damit ist eine Anweisung an Gesetzgebung und Verwaltung in Bund und Ländern erteilt. Sie hat in den Beamtengesetzen des Bundes und der Länder ihren Niederschlag gefunden, insbes. in den Vorschriften über fachliche Vorbildung, hauptberufliche Tätigkeit, Treue- und Gehorsamspflicht, unparteiische Amtsführung, lebenslange Anstellung sowie im Rechtswege verfolgbare Ansprüche auf Gehalt und Versorgung ➢ zum Beamtenrecht s. Nr. 162. Das GG erhebt mit dem Berufsbeamtentum eine Stabilität und Kontinuität der Staatsverwaltung. Durch die Entpolitisierung ist der Beamtenapparat ein neutraler Faktor im gesellschaftlichen und parteipolitischen Kräftespiel. Art. 33 Abs. 5 GG normiert aber keine unbewegliche Bindung an die Tradition.

b) Zugang zu öffentlichen Ämtern

Jeder Deutsche hat gleichen Zugang zu jedem öffentlichen Amt nach Eignung, Befähigung und fachlicher Leistung (Art. 33 Abs. 2 GG). Gleichen Zugang zu solchen Ämtern haben auch Staatsangehörige anderer Staaten der Europäischen Union, es sei denn es handelt sich um Funktionen, die die Ausübung hoheitlicher Befugnisse oder die Wahrnehmung allgemeiner Belange des Staates mit sich bringen (Art. 39 Abs. 4 EGV). Mit Art. 33 Abs. 2 GG ist das Leistungsprinzip nicht nur bei der Einstellung, sondern auch bei Beförderung alleiniger Maßstab. Quotenregelungen bei Beförderung, d.h. der Bevorzugung etwa von Frauen ohne Rücksicht auf die Leistung, sind verfassungswidrig.

c) Gleichheitsgrundsatz bei Zulassung

Die Zulassung zu öffentlichen Ämtern sowie die im öffentlichen Dienst erworbenen Rechte sind unabhängig von Religionsbekenntnis und Weltanschauung (Art. 33 Abs. 3 GG).

d) Ausübung hoheitsrechtlicher Befugnisse

Die Ausübung hoheitsrechtlicher Befugnisse ist als ständige Aufgabe i.d.R. Angehörigen des öffentlichen Dienstes zu übertragen, die in einem öffentlich-rechtlichen Dienst- und Treueverhältnis, das sind die Beamten, stehen (Art. 33 Abs. 4 GG).

Dies schließt nicht die Betrauung von Arbeitnehmern oder Ehrenbeamten mit hoheitsrechtlichen Befugnissen aus.

e) Amts- und Staatshaftung

Bei **Amtspflichtverletzungen** trifft die Verantwortlichkeit den Staat oder die Körperschaft, in deren Dienst der Bedienstete steht (Art. 34 GG).

Nach § 839 BGB macht sich ein Beamter (oder in hoheitlicher Funktion handelnder Nichtbeamter, z.B. Angestellter) schadensersatzpflichtig, wenn er vorsätzlich oder fahrlässig die ihm einem Dritten gegenüber obliegende Amtspflicht verletzt. Die Haftung entfällt jedoch, wenn der Verletzte es unterlassen hat, den Schaden durch Gebrauch eines Rechtsmittels abzuwenden; ferner bei fahrlässiger Amtspflichtverletzung, wenn der Verletzte von einem Dritten Schadensersatz erlangen kann (das gilt nicht, wenn der Beamte bei einer Dienstfahrt einen Verkehrsunfall verschuldet hat, BGH NJW 1977, 1238; 1979, 2043; unzulässig auch Verweisung auf Leistungen einer Krankenversicherung, BGH NJW 1981, 623, 626). Bei Amtspflichtverletzungen durch gerichtliche Urteile oder urteilsgleiche Entscheidungen setzt die Amtshaftung grundsätzlich eine mit Strafe bedrohte Handlung voraus (sog. Spruchrichterprivileg, § 839 Abs. 2 BGB).

Nach Art. 34 GG haftet aber statt des Beamten dessen Dienstherr. Für durch Amtspflichtverletzung eines Beamten im Rahmen hoheitlichen Handelns entstandenen Schaden haftet dem Verletzten also ausschließlich der Staat oder die Gemeinde, in deren Dienst der Beamte steht (Staatshaftung). Weitere Institute einer Staatshaftung sind richterrechtlich entwickelt worden, so Ansprüche aus **Aufopferung** und **enteignendem** oder **enteignungsgleichem Eingriff**. Der Staat (Gemeinde) hat ein **Rückgriffsrecht** gegen den Beamten nur bei Vorsatz oder grober Fahrlässigkeit. Für die Geltendmachung von Amtspflichtverletzungen ist der Rechtsweg zu den Zivilgerichten eröffnet.

Das Staatshaftungsgesetz vom 26. 6. 1981 (BGBl. I 553), das die mittelbare Haftung für Verletzungen öffentlich-rechtlicher Pflichten gegenüber Dritten durch die öffentliche Gewalt durch eine unmittelbare Haftung des Staates ersetzt hatte, ist vom BVerfG durch Urteil vom 19. 10. 1982 für nichtig erklärt worden (BGBl. 1982 I 1493; NJW 1983, 25).

In den neuen Bundesländern gilt nach dem EV das Staatshaftungsgesetz der ehemaligen DDR vom 12. 5. 1969 (GBl. DDR I 34) mit Maßgaben als Landesrecht weiter. Dieses Gesetz sieht eine unmittelbare, verschuldensunabhängige Haftung des Staates für die schädigenden Folgen eines rechtswidrigen, hoheitlichen Verhaltens vor.

Für **politisches Unrecht durch DDR-Behörden** sieht das 2. SED-Unrechtsbereinigungsgesetz vom 23. 6. 1994 die Möglichkeit der Rehabilitierung vor. Hoheitliche Maßnahmen aus der Zeit bis zum 2.10.1990 können auf Antrag aufgehoben werden, wenn sie zu einer gesundheitlichen Schädigung, einem Eingriff in Vermögenswerte oder einer beruflichen Benachteiligung geführt haben. Die aufzuhebenden Maßnahmen müssen zudem in schwerwiegender Weise gegen die Prinzipien der Gerechtigkeit, der Rechtssicherheit oder der Verhältnismäßigkeit verstossen haben, ihre Folgen müssen noch unmittelbar schwer und unzumutbar nachwirken. Kernstück des Ausgleichs für berufliche Nachteile ist ein Ausgleich in der Rentenversicherung etwa durch Anrechnung von Verfolgungszeiten als Pflichtbeitragszeiten. Die Anträge auf Rehabilitierung können bis zum 31. 12. 2007 gestellt werden. Für die Entgegennahme wurden in Berlin und den neuen Ländern Rehabilitierungsbehörden errichtet.

85 | Rechtsprechung

a) Die Rechtsprechung bedeutet verbindliche Feststellung durch eine selbstständige, unabhängige, neutrale und allein nach Gesetz und Recht entscheidende Instanz, was bei Anwendung des Rechts auf einen bestimmten Sachverhalt rechtens ist. Die Rechtsprechung bildet einen Teil der **Rechtspflege**, d.h. der auf Erhaltung der Rechtsordnung gerichteten staatlichen Tätigkeit; zum Bereich der Rechtspflege gehört auch die (nichtstreitige) sog. freiwillige Gerichtsbarkeit.

Die rechtsprechende Gewalt, die sog. Judikative oder auch Jurisdiktion – neben Legislative und Exekutive ➢ vgl. Nr. 8, häufig als „dritte Gewalt" bezeichnet –, ist nach Art. 9 GG den Richtern anvertraut. Die **Richter** nehmen daher im Recht des öffentlichen Dienstes eine besondere Stellung ein, die in Richtergesetzen des Bundes und der Länder geregelt ist ➢ s. Nr. 199. Das „Rechtsprechungsmonopol" des Art. 9 GG schließt freilich nicht aus, dass auch Verwaltungsbehörden oder nichtstaatliche Gerichte (z. B. Berufs- und Ehrengerichte) Rechtsangelegenheiten entscheiden; doch muss die Möglichkeit gerichtlicher Nachprüfung oder wenigstens staatlicher Einfluss in Form der Richterbestätigung gesichert sein.

Richter sind nicht Beamte, diesen aber weitgehend gleichgestellt. Im Gegensatz zum Beamten ist der Richter unabhängig und nur dem Gesetz unterworfen (Art. 97 GG, § 1 GVG).

Die hauptamtlichen und planmäßig endgültig angestellten Richter können wider ihren Willen nur kraft richterlicher Entscheidung aus gesetzlichen Gründen entlassen, ihres Amtes enthoben oder an eine andere Stelle oder in den Ruhestand versetzt werden.

Art. 97 GG gewährleistet den Richtern aller Zweige der Gerichtsbarkeit (Bundes- wie Landesrichtern) sachliche und persönliche Unabhängigkeit (so schon preuß. Verf., RVerf. 1871, Art. 102 WVerf.). Es darf keinem Richter vorgeschrieben werden, wie er zu urteilen hat (sachliche Unabhängigkeit). Die persönliche Unabhängigkeit gewährleistet die grundsätzliche Unabsetzbarkeit und Unversetzbarkeit. Dies gilt nicht nur für die Justiz, d. h. die durch die Justizgesetze geregelte ordentliche Gerichtsbarkeit, sondern für die gesamte Rechtspflege.

Das DRiG regelt für die Richter in Bund und Ländern (für diese nur durch Rahmenvorschriften) die Rechtsverhältnisse und die Sicherungen für die Gewährleistung der richterlichen Unabhängigkeit ➢ s. Nr. 199.

b) Art. 101–104 GG stellen folgende **Grundsätze für das gerichtliche Verfahren** und die Rechtsanwendung auf:

- Ausnahmegerichte sind unzulässig. Niemand darf seinem gesetzlichen Richter entzogen werden (Art. 101 Abs. 1 GG).
- Die **Todesstrafe** ist abgeschafft (Art. 102 GG).

  Die Todesstrafe wurde 1871 in das deutsche Strafgesetzbuch aufgenommen. Das GG verwirft den Gedanken der Vergeltung oder Abschreckung durch Tötung des Verbrechers; an die Stelle der Todesstrafe trat lebenslange Freiheitsstrafe. Anträge auf Wiedereinführung der Todesstrafe fanden nicht die erforderliche Zweidrittelmehrheit.
- Vor Gericht hat jedermann Anspruch auf **rechtliches Gehör** (Art. 103 Abs. 1 GG).

  Obwohl dieser Grundsatz größtenteils in den Prozessordnungen Ausdruck findet, erhebt ihn Art. 103 GG als wesentlichen Teil rechtsstaatlichen Denkens erstmals zum Verfassungsgrundsatz.
- Eine Tat darf nur bestraft werden, wenn die Strafbarkeit gesetzlich bestimmt war, bevor die Tat begangen wurde (Art. 103 Abs. 2 GG).

  Der Satz **nullum crimen sine lege** (keine Bestrafung ohne schon zur Tatzeit bestehendes Strafgesetz) schließt rückwirkende Anwendung der Strafgesetze zum Nachteil des Täters aus. Aber auch die Höhe der zulässigen Strafe muss vor der Tat gesetzlich bestimmt sein (**nulla poena sine lege**). Ebenso §§ 1, 2 StGB.
- Niemand darf wegen derselben Tat auf Grund der allgemeinen Strafgesetze mehrmals bestraft werden (Art. 103 Abs. 3).

  Der Grundsatz **„ne bis in idem"** verbietet, den Täter wegen ein und derselben Tat mehrmals zu bestrafen. Er gilt grundsätzlich auch im Verhältnis zwischen kriminellen Strafen und Disziplinar- oder Ordnungsmaßnahmen.

86 | Gerichtshoheit des Bundes

Die Rechtsprechung ist grundsätzlich den Ländern überlassen ➢ vgl. Nrn. 73, 116. **Bundesgerichte** sind nur:
- das Bundesverfassungsgericht (Art. 93, 94 GG) ➢ vgl. Nr. 78 a;
- die obersten Gerichtshöfe;
- das Bundespatentgericht;
- die (fakultativ vorgesehenen) Wehrstrafgerichte, die nur im Verteidigungsfall oder gegen Angehörige der Streitkräfte im Ausland oder auf Kriegsschiffen tätig werden.

Die obersten Gerichtshöfe entscheiden grundsätzlich nur über die Anwendung von Bundesrecht. Durch Landesgesetz kann ihnen die letztinstanzliche Entscheidung in Sachen übertragen werden, in denen Landesrecht anzuwenden ist (vgl. Art. 99 GG).

Die Richter der obersten Gerichtshöfe werden von dem zuständigen BMin. gemeinsam mit dem Richterwahlausschuss berufen und vom BPräs. ernannt (Art. 95 Abs. 2 GG, Richterwahlgesetz).

Oberste Gerichtshöfe des Bundes sind:
- Der Bundesgerichtshof (BGH) in Karlsruhe mit einer Außenstelle in Leipzig für die Zivil- und Strafgerichtsbarkeit (sog. ordentliche Gerichtsbarkeit) sowie für Angelegenheiten des gewerblichen Rechtsschutzes (Art. 95 Abs. 1, Art. 96 Abs. 1, 3 GG).

  Der BGH entscheidet insbes. auf Revision gegen Urteile der OLG in Zivilsachen und i. d. R. gegen erstinstanzliche Urteile der LG und OLG in Strafsachen (in diesen wird er nicht erstinstanzlich tätig).
- Das Bundesverwaltungsgericht (BVerwG) in Leipzig, errichtet durch Bundesgesetz vom 23. 9. 1952.

  Das BVerwG ist das für das ganze Bundesgebiet zuständige oberste Verwaltungsgericht für die allg. Verwaltungsgerichtsbarkeit; es entscheidet teils in erster und letzter Instanz, teils auf Revision in letzter Instanz ➢ vgl. Nr. 151.

  Der durch Gesetz vom 12. 11. 1951 (BGBl. I 883) und VO vom 5. 1. 1953 (BGBl. I 7) als Rechtsmittelinstanz gegen Entscheidungen der Disziplinarkammern – jetzt: Bundesdisziplinargericht – errichtete Bundesdisziplinarhof ist am 1. 10. 1967 auch organisatorisch dem BVerwG eingegliedert worden.
- Der Bundesfinanzhof (BFH) in München, errichtet durch Bundesgesetz vom 29. 6. 1950.

  Der BFH entscheidet anstelle des früheren Reichsfinanzhofs als oberste Instanz in allen Finanz- und Zollstreitigkeiten ➢ s. Nr. 504.
- Das Bundesarbeitsgericht (BAG) in Erfurt, errichtet durch das Arbeitsgerichtsgesetz vom 3. 9. 1953 ➢ vgl. Nr. 637.
- Das Bundessozialgericht (BSG) in Kassel, errichtet durch das Sozialgerichtsgesetz vom 3. 9. 1953 ➢ vgl. Nr. 666.

Von der Errichtung des in Art. 95 GG ursprünglich vorgesehenen **Obersten Bundesgerichts** ist Abstand genommen worden. Die Wahrung der Einheitlichkeit der Rspr. der obersten Gerichtshöfe obliegt einem **Gemeinsamen Senat** (Sitz Karlsruhe). Er entscheidet, wenn ein oberster Gerichtshof in einer Rechtsfrage von der Entscheidung eines anderen obersten Gerichtshofs oder des Gemeinsamen Senats abweichen will. Der Gemeinsame Senat besteht aus den Präsidenten der obersten Gerichtshöfe sowie den Vorsitzenden Richtern und je einem weiteren Richter der im Einzelfall beteiligten Senate. Das Verfahren regelt sich nach dem Ges. zur Wahrung der Einheitlichkeit der Rechtsprechung der obersten Gerichtshöfe des Bundes vom 19. 6. 1968 (BGBl. I 661).

Gemäß Gesetz vom 23. 3. 1961 (BGBl. I 274) wurde ein **Bundespatentgericht** in München mit Beschwerde- und Nichtigkeitssenaten errichtet, bei welchem auch Mitglieder mit abgeschlossener technischer Ausbildung zum Richteramt befähigt sind. Über Rechtsbeschwerden und Berufungen gegen Beschlüsse bzw. Urteile des Patentgerichts entscheidet der BGH (Patentsenat); ➤ s. auch Nr. 468 h).

87 | Richterliches Prüfungsrecht und Normenkontrollverfahren

Im Rechtsstaat kommt der gerichtlichen Prüfung, ob ein anzuwendendes Gesetz rechtsgültig, insbesondere „verfassungskonform" ist, besondere Bedeutung zu. Der Richter ist nur dem Gesetz unterworfen, aber auch nur an ein rechtsgültiges Gesetz gebunden. Dementsprechend hat er ein **richterliches Prüfungsrecht** bezüglich der Ordnungsmäßigkeit des von ihm anzuwendenden Gesetzes. Er darf und muss jeweils prüfen, ob das Gesetz formell und materiell gültig ist. Dies ist der Fall, wenn das Gesetz ordnungsgemäß verkündet und nicht durch ein späteres Gesetz aufgehoben oder geändert worden ist sowie keiner Norm höheren Ranges (z. B. Völkerrecht, GG, Bundesrecht, Landesverfassung) widerspricht.

Kommt der Richter auf Grund seiner Überprüfung zu dem Ergebnis, dass das Gesetz ordnungsgemäß zustande gekommen ist und nicht gegen höherrangiges Recht verstößt, so entscheidet er den Rechtsfall unter Anwendung des ihm maßgeblich erscheinenden Gesetzes. Hält er dagegen das Gesetz für verfassungswidrig, so hat er – wenn es bei der Entscheidung auf die Gültigkeit dieses Gesetzes ankommt – das Verfahren auszusetzen und gem. Art. 100 Abs. 1, 2 GG die Entscheidung des Bundes- oder Landesverfassungsgerichts einzuholen, sofern es sich um ein förmliches Gesetz handelt, das nach dem Inkrafttreten des GG oder der Landesverfassung zustande gekommen ist (sog. **konkrete Normenkontrolle**). Früheres (sog. vorkonstitutionelles) Recht, d. h. Normen, die vor Inkrafttreten des GG erlassen und nicht später vom Gesetzgeber bestätigt worden sind, hat der Richter selbst auf seine Verfassungsmäßigkeit zu überprüfen. Gelangt er dabei zu der Auffassung, das (vorkonstitutionelle) Gesetz verstoße gegen höherrangiges Recht, so hat er es nicht anzuwenden (**Verwerfungsbefugnis**; vgl. BVerfG NJW 1968, 1772).

Das gerichtliche Verfahren ist nicht nur dann auszusetzen, wenn das Gericht zu der Überzeugung kommt, ein Gesetz sei verfassungswidrig, sondern auch, wenn es eine landesrechtliche Bestimmung als mit einem Bundesgesetz unvereinbar ansieht. Bei Verletzung von Bundesrecht ist die Entscheidung des BVerfG, bei Verletzung von Landesverfassungsrecht die Entscheidung des betreffenden Landesverfassungsgerichts einzuholen.

Wenn ein Richter Zweifel an der Gültigkeit einer **Vorschrift des europäischen Gemeinschaftsrechts** hat, dann muss er die Rechtssache aussetzen, in der es auf diese Vorschrift ankommt, und die Frage der Gültigkeit der Vorschrift dem Gerichtshof der Europäischen Gemeinschaften (Luxemburg) zur **Vorabentscheidung** gemäß Art. 234 EGV vorlegen. Das gilt trotz des insofern nicht klaren Wortlauts von Art. 234 Abs. 3 EGV auch für unterinstanzliche Gerichte.

Die besondere Bedeutung der Verfassungsgerichte des Bundes und der Länder liegt darin, dass sie überprüfen, ob anzuwendende Gesetze verfassungsmäßig zustandegekommen sind und ob sie mit dem GG bzw. der Landesverfassung übereinstimmen. Hierbei kann das Verfassungsgericht über den konkreten Rechtsstreit hinaus Meinungsverschiedenheiten und Zweifel klären. Dieses sog. **Normenkontrollverfahren** dient der Prüfung von Rechtsnormen am Maßstab des GG oder der Landesverfassung.

Über das Normenkontrollverfahren vor dem OVG ➤ vgl. Nr. 151.

Die Entscheidungen des BVerfG binden die Verfassungsorgane des Bundes und der Länder sowie alle Gerichte und Behörden. Entscheidungen darüber, ob Bundes- oder Landesrecht mit dem GG oder Landesrecht mit dem Bundesrecht vereinbar ist (Art. 93 Abs. 1 Nr. 2, Art. 100 Abs. 1 GG), ob Völkerrecht bindendes innerstaatliches Recht geworden ist (Art. 100 Abs. 2 GG) sowie ob früheres Recht als Bundesrecht fortgilt (Art. 126 GG), haben nach § 31 BVerfGG **Gesetzeskraft**. Das Gleiche gilt, wenn ein Gesetz auf Verfassungsbeschwerde hin als mit dem GG vereinbar oder unvereinbar oder für nichtig erklärt wird. Alle diese Entscheidungen werden deshalb im BGBl. veröffentlicht.

88 | Verfassungsbeschwerde

Die Verfassungsbeschwerde ist in Art. 93 Abs. 1 Nr. 4a GG und §§ 90ff. BVerfGG als letzter innerstaatlicher Rechtsbehelf für denjenigen zugelassen, der in einem ihm durch das GG gewährleisteten **Grundrecht** oder einem insoweit den Grundrechten gleichgestellten Recht **durch einen Akt der öffentlichen Gewalt verletzt** ist.

Den Grundrechten gleichgestellt sind folgende Rechte: Widerstandsrecht bei Angriffen gegen die verfassungsmäßige Ordnung (Art. 20 Abs. 4 GG), Indigenat (jeder Deutsche hat in jedem Land der BRep. gleiche Rechte und Pflichten), gleicher Zugang zu öffentlichen Ämtern, Berufsbeamtentum (Art. 33 GG), Wahlrecht (Art. 38 GG), keine Ausnahmegerichte, Anspruch auf den gesetzlichen Richter (Art. 101 GG), rechtliches Gehör vor Gericht, Verbot rückwirkender Anwendung der Strafgesetze und der Doppelbestrafung (Art. 103 GG), Rechtsgarantien bei Freiheitsentzug (Art. 104 GG).

Eine Verfassungsbeschwerde kann nur erhoben werden, wenn der Rechtsweg erschöpft ist, d.h. wenn alle zulässigen Rechtsbehelfe und Rechtsmittel ausgenutzt worden sind. Die Verfassungsbeschwerde ist schriftlich innerhalb 1 Monats seit Bekanntgabe der angegriffenen, begründeten Entscheidung anzubringen und zu begründen. Wiedereinsetzung in den vorigen Stand bei Fristversäumnis ist möglich (§ 93 Abs. 2 BVerfGG). Die Frist beträgt bei Anfechtung von Hoheitsakten, gegen die ein Rechtsweg nicht eröffnet ist, sowie bei Gesetzen 1 Jahr seit Erlass des Hoheitsaktes bzw. Inkrafttreten des Gesetzes. Voraussetzung für die Zulässigkeit einer Verfassungsbeschwerde gegen ein Gesetz ist, dass der Beschwerdeführer selbst, gegenwärtig und unmittelbar durch das Gesetz, nicht etwa erst durch einen vollziehenden Verwaltungsakt, in einem Grundrecht verletzt ist. Eine Popularklage, also eine Klage bzw. Verfassungsbeschwerde gegen ein Gesetz ohne eigenes Betroffensein, ist beim BVerfG nicht möglich (anders dagegen die **Popularklage** nach Art. 98 Satz 4 Bayer. Verfassung, die jedermann zusteht, auch wenn er durch die angegriffene Rechtsnorm selbst nicht beeinträchtigt wird).

Die Verfassungsbeschwerde bedarf der Annahme zur Entscheidung. Die bei den Senaten des BVerfG gem. § 15a BVerfGG gebildeten Kammern (Besetzung: 3 Richter) können durch einstimmigen Beschluss die Annahme ablehnen, aber auch einstimmig der Verfassungsbeschwerde stattgeben, wenn sie offensichtlich begründet ist, weil das BVerfG die hierfür maßgebliche verfassungsrechtliche Frage bereits entschieden hat und wenn es zur Durchsetzung der Grundrechte oder der gleichgestellten Rechte angezeigt ist. Dies kann auch der Fall sein, wenn dem Beschwerdeführer durch die Versagung der Entscheidung zur Sache ein besonders schwerer Nachteil entsteht (§§ 93 a–c BVerfGG). Im Übrigen entscheidet der Senat; die Annahme durch den Senat ist beschlossen, wenn mindestens 3 Richter ihr zustimmen (§§ 93 b, 93 d Abs. 3 BVerfGG). Die vorgenannten Entscheidungen ergehen ohne mündliche Verhandlung und sind unanfechtbar, die Ablehnung der Annahme einer Verfassungsbeschwerde bedarf keiner Begründung (§ 93 d Abs. 1 BVerfGG). Das Verfahren beim BVerfG ist kostenfrei; jedoch kann dem Beschwerdeführer eine Gebühr bis zu 2600 Euro auferlegt werden, wenn die Einlegung der Verfassungsbeschwerde einen Missbrauch darstellt oder ein Antrag auf Erlass einer einstweiligen Anordnung missbräuchlich gestellt ist (§ 34 BVerfGG).

Gibt das BVerfG der Beschwerde statt, so stellt es die Grundrechtsverletzung fest und hebt die angefochtene Maßnahme auf bzw. erklärt das Gesetz für nichtig (§§ 95, 31 BVerfGG).

Die Möglichkeit der Verfassungsbeschwerde zu den Länderverfassungsgerichten ist nicht in allen Bundesländern vorgesehen ➢ s. im Einzelnen unter Nrn. 121–136.

VI. Die obersten Bundesbehörden

91 | Der Verwaltungsaufbau des Bundes

Die Verwaltungsspitze des Bundes besteht (neben dem BPräs.) aus der BReg., die sich zur Verwaltung bundeseigener Angelegenheiten eines Ober-, Mittel- und Unterbaus bedient. Der Bereich der vollausgebauten **bundeseigenen Verwaltung** ist jedoch eng, da im Grundsatz die Ausführung von Bundesgesetzen den Ländern obliegt ➤ s. Nr. 72.

Man unterscheidet **oberste Bundesbehörden,** wozu die Ministerien sowie das Bundespräsidialamt ➤ s. auch Nr. 77, das Bundeskanzleramt ➤ s. hierzu Nr. 78, sowie der Bundesrechnungshof zählen, Bundesoberbehörden sowie Mittel- und Unterbehörden. **Bundesoberbehörden** sind selbständige, den Ministerien nachgeordnete Bundesbehörden ohne eigenen Verwaltungsunterbau mit einer Zuständigkeit für das gesamte Bundesgebiet, z. B. das Deutsche Patent- und Markenamt in München, das Bundeskartellamt in Bonn, das Kraftfahr-Bundesamt in Flensburg, die Bundesanstalt für Wasserbau in Karlsruhe, das Bundesamt für Bauwesen und Raumordnung in Bonn/Berlin oder das Statistische Bundesamt in Wiesbaden. Soweit die Bundesverwaltung mit eigenem Unterbau geführt wird, unterstehen den Ministerien (als oberste Stufe) Mittel- und Unterbehörden. In diesem Sinn dreistufig aufgebaut sind etwa die die Zollverwaltung mit BMF (oberste Stufe), OFD (Mittelstufe) sowie Hauptzollämter/Zollämter (unterste Stufe) oder die Wasser- und Schifffahrtsverwaltung mit BMVBS (oberste Stufe), den Wasser- und Schifffahrtsdirektionen (Mittelstufe) sowie den Wasser- und Schifffahrtsämtern (unterste Stufe).

Statt Bundesoberbehörden oder neue Mittel- und Unterbehörden zu errichten können Verwaltungsaufgaben auch durch bundesunmittelbare Körperschaften und Anstalten ➢ zur mittelbaren Staatsverwaltung s. Nr. 146 sowie bereits Nr. 72 a) wahrgenommen werden (Art. 87 Abs. 3 GG), z. B. für die liegenschaftsbezogene Verwaltung durch die Bundesanstalt für Immobilienaufgaben oder die Banken- und Versicherungsaufsicht durch die Bundesanstalt für Finanzdienstleistungsaufsicht. Auch die **Bundesbank** ➢ s. Nr. 489, ist keine oberste Bundesbehörde, sondern eine bundesunmittelbare juristische Person des öffentlichen Rechts (Art. 88 GG, § 1 BBankG).

92 | Das Auswärtige Amt

Der Auswärtige Dienst nimmt die **auswärtigen Angelegenheiten** des Bundes wahr, über die der Bund nach Art. 73 Nr. 1 GG die ausschließliche Gesetzgebung hat. Der Auswärtige Dienst besteht aus dem Auswärtigen Amt (Zentrale) und den Auslandsvertretungen (Botschaften und berufskonsularische Vertretungen), die zusammen eine einheitliche oberste Bundesbehörde bilden (§ 2 GAD).

Das AA mit Sitz in Berlin ist zuständig für die Pflege der **Beziehungen zu anderen Staaten sowie zu den zwischen- und überstaatlichen Organisationen.** Dazu zählen nicht nur die Pflege und Förderung der politischen Zusammenarbeit, sondern etwa auch der wirtschaftlichen, militärischen, kulturellen, wissenschaftlichen und Entwicklungszusammenarbeit. Dafür stehen im AA politische und fachbezogene Abteilungen zur Verfügung, in denen die deutsche Außen- und Sicherheitspolitik entworfen und bearbeitet wird (zu Aufgaben und Organisation im Einzelnen s. www.auswaertiges-amt.de).

Daneben helfen die **Auslandsvertretungen** über ihre Konsulardienste im Ausland in Not geratenen deutschen Staatsangehörigen in bestimmten Angelegenheiten, etwa wenn diese verhaftet oder bestohlen werden oder bei Naturkatastrophen oder schweren Unfällen. Die Auslandsvertretungen erteilen zudem Ausländern Visa für die Einreise nach Deutschland und beantworten vor Ort Fragen rechtlicher Art. Das AA bietet mit seinen Länder- und Reiseinformationen Einblicke und Hinweise für Reisen ins Ausland, etwa zu Einreisebestimmungen, über Impf- und Zollvorschriften sowie allgemein zu Gefahrenlagen vor Ort (Anschlags-/Entführungsgefahren).

Die BRep. unterhält diplomatische Beziehungen zu 192 Staaten, wobei manche Botschaften auch für mehrere Staaten zuständig sind. So ist der Leiter der deutschen Vertretung in Neuseeland zugleich als Botschafter für Tonga, Samoa, Fidschi, Kiribati und Tuvalu sowie die Cookinseln akkreditiert (Übersicht über die deutschen Vertretungen im Ausland s. www.auswaertiges-amt.de/laenderinfos/adressen). Zudem unterhält die BRep. ständige Vertretungen bei folgenden zwischen- und überstaatlichen Organisationen: EU, NATO, WEU, Abrüstungskonferenz, UNO und Unterorganisationen, OECD, UNESCO, FAO, Europarat sowie OSZE.

Die Stellung und Aufgaben der Botschaften und Konsulate ➢ vgl. auch Nr. 44, sind international in zwei Übereinkommen geregelt, dem Wiener Übereinkommen über diplomatischen Beziehungen vom 18. 4. 1961 (BGBl. 1964, II 959) sowie dem Wiener Übereinkommen über konsularische Beziehungen vom 24. 4. 1963 (BGBl. 1969, II 1587).

Das AA betreut die fremden diplomatischen Missionen (Botschaften, Berufs- und Honorarkonsulate) sowie die Vertretungen Internationaler Organisationen (z. B. UNO, OECD, Arabische Liga) in Deutschland (Übersicht unter www.auswaertiges-amt.de/laenderinfos/vertretungen) und organisiert über die Protokollabteilung Staatsbesuche.

93 | Das Bundesministerium des Innern

Das BMI mit seinem Hauptsitz in Berlin und einem Dienstsitz in Bonn hat ein umfangreiches Aufgabenspektrum, das von der Gewährleistung der **Inneren Sicherheit** (Bundespolizei, Verfassungsschutz, Waffenrecht), über den Katastrophenschutz, das Staatsangehörigkeitsrecht, die Bevölkerungsentwicklung, die Ausländer- und Asylpolitik, über Fragen der Zuwanderung und nationaler Minderheiten, den Öffentlichen Dienst, die politische Bildung, den Datenschutz, die Verwaltungsmodernisierung bis zum Sport reicht (zu Aufgaben und Organisation im Einzelnen s. www.bmi.bund.de).

Beim BMI besteht die Dienststelle des auf Vorschlag der BReg. vom BT gewählten **Bundesbeauftragten für den Datenschutz und die Informationsfreiheit,** der bei den öffentlichen Stellen des Bundes die Einhaltung des Datenschutzes kontrolliert und nur der Rechtsaufsicht der BReg. untersteht (§§ 22–24 BDSG), das **Sekretariat der Unabhängigen Kommission zur Überprüfung des Vermögens der Parteien und Massenorganisationen der DDR** sowie die Bundesakademie für öffentliche Verwaltung als Träger der zentralen Fortbildungsmaßnahmen der BReg.

Zum Geschäftsbereich des BMI gehören unter anderem folgende Dienststellen und Institutionen:

- der Vertreter des Bundesinteresses beim Bundesverwaltungsgericht in Berlin;
- das Statistische Bundesamt in Wiesbaden mit Außenstellen in Bonn und Berlin;
- das Bundesinstitut für Bevölkerungsforschung in Wiesbaden;
- das Bundesverwaltungsamt in Köln – Bundesoberbehörde, errichtet durch Gesetz vom 28. 12. 1959 (BGBl. I 829) mit gesetzlich oder durch Delegation übertragenen Verwaltungsaufgaben (z. B. Auslandsschulwesen, Staatsangehörigkeitsangelegenheiten, Ausländerzentralregister, Darlehenseinzug nach dem Bundesausbildungsförderungsgesetz, Aufnahme, Eingliederung und Verteilung der Aussiedler);
- das Bundesamt für Bevölkerungsschutz und Katastrophenhilfe in Bonn;
- das Bundesamt für Kartographie und Geodäsie in Frankfurt/M., mit Außenstellen in Leipzig und Wettzell/Bayer. Wald;
- die Bundeszentrale für politische Bildung;
- das Bundesinstitut für Sportwissenschaft in Bonn;
- das Bundesamt für Migration und Flüchtlinge in Nürnberg mit 22 Außenstellen;
- das Bundesamt für Verfassungsschutz in Köln ➢ vgl. Nr. 170 a);

- das Bundeskriminalamt in Wiesbaden mit einer Außenstelle in Meckenheim-Merl ➤ vgl. Nr. 170 a);
- das Beschaffungsamt des BMI in Bonn;
- der Bundespolizei ➤ vgl. Nr. 170 a) mit den Präsidien Süd in München, Mitte in Kassel, West in St. Augustin, Nord in Bad Bramstedt, Ost in Berlin, der Bundespolizeiakademie in Lübeck und der GS-Direktion in Koblenz;
- das Bundesausgleichsamt in Bad Homburg v. d. H.;
- die Fachhochschule des Bundes in Brühl;
- das Bundesamt für Sicherheit in der Informationstechnik in Bonn;
- die Bundesanstalt Technisches Hilfswerk in Bonn.

94 | Das Bundesministerium der Justiz

Das BMJ mit seinem Sitz in Berlin und einem Dienstsitz in Bonn (zur Organisation vgl. www.bmj.bund.de) ist innerhalb der BReg. gemeinsam mit dem BMI für das Verfassungsrecht federführend zuständig. Ferner liegt bei ihm die federführende Zuständigkeit für die klassischen Bereiche des Rechts, beispielsweise für das Bürgerliche Recht, das Strafrecht, das Handels- und Gesellschaftsrecht, das Urheberrecht und den gewerblichen Rechtsschutz, das Gerichtsverfassungs- und Verfahrensrecht für die einzelnen Gerichtsbarkeiten (außer Arbeits- und Sozialgerichtsbarkeit) sowie das Dienst- bzw. Berufsrecht der Richter, Staatsanwälte, Rechtsanwälte und Notare. Das BMJ ist ferner zuständig für die mit der Herstellung der Einheit Deutschlands erwachsenen Aufgaben im Bereich der strafrechtlichen, verwaltungsrechtlichen und beruflichen Rehabilitierung und der „Offenen Vermögensfragen".

Das BMJ überprüft die Gesetz- und Verordnungsentwürfe der anderen Bundesministerien sowie zwischenstaatliche Vereinbarungen auf ihre Vereinbarkeit mit dem Grundgesetz und anderen geltenden Rechtsnormen. Dabei wird auch auf die Beachtung der Gesetzestechnik und einer einheitlichen, klaren Gesetzessprache hingewirkt (**Rechtsförmlichkeit**).

Verstärkt widmet sich das BMJ dem durch den Vertrag von Amsterdam vereinbarten Aufbau und die Erweiterung der Zusammenarbeit der EU in den Bereichen Justiz und Inneres. Ein weiterer Aufgabenbereich ist die Schaffung rechtlicher Rahmenbedingungen im Bereich neuer Technologien, insbesondere der Kommunikationstechnologie, der Genforschung und der Biomedizin.

Schließlich bereitet das BMJ die Wahl der Richter des BVerfG und der Richter an den obersten Gerichtshöfen des Bundes vor. Das BMJ ist Herausgeber des BGBl. und des Bundesanzeigers.

Zum Geschäftsbereich des BMJ gehören:

- der Bundesgerichtshof in Karlsruhe mit dem 5. Strafsenat in Leipzig,
- der Generalbundesanwalt beim Bundesgerichtshof in Karlsruhe mit einer Dienststelle in Leipzig,
- das Bundesverwaltungsgericht in Leipzig,
- der Bundesfinanzhof in München,
- das Bundespatentgericht in München,
- das Deutsche Patent- und Markenamt in München mit der Dienststelle in Jena,
- das Bundesamt für Justiz (seit 1. 1. 2007) u. a. mit dem Bundeszentralregister.

95 | Das Bundesministerium der Finanzen

Der Geschäftsbereich des BMF umfasst zwei Gruppen von Aufgaben: die des Haushaltsministers und die eines Fachministers als Spitze der Bundesfinanzverwaltung. Als Haushaltsminister obliegen dem BMF die in den Art. 110–115 GG aufgeführten Aufgaben, insbesondere die Aufstellung des Finanzplans, des Entwurfs des Bundeshaushaltsplanes und die Rechnungslegung über Einnahmen und Ausgaben, Vermögen und Schulden des Bundes. In engem Zusammenhang damit steht seine Kompetenz für die Regelung der finanziellen Beziehungen zwischen Bund und Ländern sowie die Währungs-, Geld- und Kreditpolitik. Er ist in allen Kabinettsausschüssen der Bundesregierung vertreten und führt auch den Vorsitz im Finanzplanungsrat, dem die Koordinierung der Haushaltswirtschaft aller öffentlichen Haushaltsträger obliegt. Ferner ist das BMF zuständig für die deutschen Postwertzeichen, die Kriegsfolgelastenregelung, das Bundesvermögen und den Zoll (zu Aufgaben und Organisation im Einzelnen s. www.bundesfinanzministerium.de).

Als Fachminister steht der BMF an der Spitze der Bundesfinanzbehörden, die nach Artikel 108 GG Zölle, das Branntweinmonopol, die bundesgesetzlich geregelten Verbrauchsteuern einschl. der Einfuhrumsatzsteuer und die Abgaben im Rahmen der Europäischen Gemeinschaft sowie das Bundesvermögen verwalten; ihre Organisation ist im Finanzverwaltungsgesetz ➢ vgl. Nr. 503, geregelt. Ferner obliegt ihm die Vorbereitung der Steuergesetzgebung. Für die von den Landesfinanzbehörden verwalteten und ganz oder zum Teil dem Bund zufließenden Steuern (insbesondere die Gemeinschaftsteuern: Einkommensteuer, Körperschaftsteuer und Umsatzsteuer) ist zudem die Bundesauftragsverwaltung mit Weisungs- und Aufsichtsbefugnissen des BMF gegeben.

Zum Ministerium gehören auch die Bundesfinanzakademie und die Bundeshauptkasse (Zentralkasse des Bundes).

Nachgeordnete Bundesfinanzbehörden sind insbesondere

- als Oberbehörden
  die Bundeswertpapierverwaltung, die Bundesmonopolverwaltung für Branntwein, das Bundeszentralamt für Steuern, das Bundesamt zentrale Dienste und offene Vermögensfragen und das Zentrum für Informationsverarbeitung und Informationstechnik;
- als Mittelbehörden
  die Oberfinanzdirektionen und das Zollkriminalamt;
- als örtliche Behörden
  die Hauptzollämter einschl. ihrer Dienststellen (Zollämter, Zollkommissariate) und die Zollfahndungsämter.

Schließlich obliegt dem BMF die Aufsicht über einige Körperschaften und Anstalten des öffentlichen Rechts, wie z. B. die Versorgungsanstalt des Bundes und der Länder in Karlsruhe, die Kreditanstalt für Wiederaufbau in Frankfurt (Main), die Bundesanstalt für Post und Telekommunikation, die Bundesanstalt für Finanzdienstleistungen und die Bundesanstalt für Immobilienaufgaben.

96 | Das Bundesministerium für Wirtschaft und Technologie

Das BMWi ist zuständig für alle Aufgaben, die sich für den Bund auf dem Gebiete der Wirtschaft und der Technologie ergeben. Es hat die Aufgabe, die Bedingungen für wirtschaftliches Handeln auf der Basis von persönlicher und unternehmerischer Freiheit, Wettbewerb und

Stabilität zu gestalten. Dies geschieht durch gesetzgeberische, administrative und koordinierende Funktionen des BMWi z. B. in der Europa-, Wettbewerbs-, Regional-, Mittelstands-, Energie- oder Außenwirtschaftspolitik. Besonderer Schwerpunkt ist die Entwicklung einer wettbewerbsfähigen Wirtschaft in den neuen Bundesländern (zu Aufgaben und Organisation im Einzelnen siehe www.bmwi.de).

Die auf Grund des Abkommens über wirtschaftliche Zusammenarbeit zwischen den Vereinigten Staaten von Amerika und der BRep. vom 15. 12. 1949 (Gesetz vom 31. 1. 1950, BGBl. 9; vgl. Marshallplan) ➤ s. Nr. 21, zugunsten der BRep. entstandenen Vermögenswerte bilden ein Sondervermögen des Bundes. Dieses ERP-Sondervermögen ist ein rechtlich unselbstständiger Teil des Bundesvermögens. Der Vermögensbestand des ERP-Sondervermögens beträgt rd. 12 Mrd. Euro. Es ist ein revolvierender Fonds, dessen Mittel der Förderung der deutschen Wirtschaft – seit 1990 schwerpunktmäßig in den neuen Bundesländern – und der Wirtschaft der Entwicklungsländer dienen. Die jährlichen ERP-Finanzierungsprogramme werden in einem besonderen Haushaltsplan (ERP-Wirtschaftsplan) veranschlagt.

Zum Geschäftsbereich des Ministeriums gehören unter anderem:
- das Bundesamt für Wirtschaft und Ausfuhrkontrolle in Eschborn/Ts.,
- die Bundesagentur für Außenwirtschaft in Köln,
- die Physikalisch-Technische Bundesanstalt in Braunschweig und Berlin,
- die Bundesanstalt für Materialforschung und -prüfung in Berlin-Dahlem,
- das Bundeskartellamt in Bonn,
- die Bundesanstalt für Geowissenschaften und Rohstoffe in Hannover und
- die Bundesnetzagentur für Elektrizität, Gas, Telekommunikation, Post und Eisenbahnen in Bonn.

97 | Das Bundesministerium für Arbeit und Soziales

Das BMAS mit Sitz in Berlin und einer Dienststelle in Bonn ist zuständig für die Arbeitsmarktpolitik, das Arbeitsrecht und den Arbeitsschutz, die Renten- und Unfallversicherung, die Sozialhilfe, für Prävention und Rehabilitation sowie für die Belange behinderter Menschen (zu Aufgaben und Organisation im Einzelnen s. www.bmas.bund.de). Im BMAS angesiedelt sind der Beauftragte der Bundesregierung für die Belange behinderter Menschen sowie der Beauftragte für Sozialversicherungswahlen.

Zum Geschäftsbereich des BMAS gehören u.a. das Bundesarbeitsgericht in Erfurt (zur Arbeitsgerichtsbarkeit ➤ s. Nr. 637, das Bundessozialgericht in Kassel (zur Sozialgerichtsbarkeit ➤ s. Nr. 666, das Bundesversicherungsamt in Bonn und die Bundesanstalt für Arbeitsschutz und Arbeitsmedizin in Dortmund. Unter der Rechtsaufsicht des BMAS steht die **Bundesagentur für Arbeit** in Nürnberg mit rund 175 örtlichen Agenturen für Arbeit und über 650 Geschäftsstellen. Die als Körperschaft des öffentlichen Rechts organisierte Bundesagentur ist insbesondere für die Vermittlung von Ausbildungs- und Arbeitsstellen, die Berufsberatung, die Förderung der Berufsausbildung und beruflichen Weiterbildung sowie die Zahlung von Ersatzleistungen (Arbeitslosengeld und -hilfe) zuständig. Darüber hinaus führt sie die Arbeitsmarktstatistiken und zahlt als Familienkasse das Kindergeld.

Unter der Rechtsaufsicht des Bundesversicherungsamts stehen verschiedene Renten- und Unfallversicherungsträger ➤ hierzu s. Nrn. 646 d), 647 d).

98 | Das Bundesministerium für Ernährung, Landwirtschaft und Verbraucherschutz

Vorsorgender Verbraucherschutz, Qualitätssicherung sowie umwelt- und tiergerechte Erzeugung im Rahmen der Verbraucher-, Agrar- und Ernährungspolitik ist Aufgabe des BMELV. Die Ziele und Aufgaben leiten sich unter Berücksichtigung der allgemeinen Rahmenbedingungen vornehmlich aus dem Landwirtschaftsgesetz und der Agrarpolitik der EU ab.

Der Aufgabenkreis des BMELV mit seinem Hauptsitz in Bonn und einem Dienstsitz in Berlin umfasst neben dem Verbraucherschutz die in seiner Bezeichnung genannten Wirtschaftsbereiche (mit Gartenbau), ferner die Fischerei, den Tierschutz, die Holzwirtschaft sowie Biotechnologie und genetische Ressourcenpflege (zu Aufgaben und Organisation im Einzelnen s. www.verbraucherministerium.de).

Zum Geschäftsbereich des Ministeriums gehören:

a) als Bundesoberbehörden:
- das Bundesamt für Verbraucherschutz und Lebensmittelsicherheit in Bonn
- das Bundessortenamt in Hannover
- die Biologische Bundesanstalt für Land- und Forstwirtschaft in Berlin und Braunschweig
- das Friedrich-Loeffler-Institut, Bundesforschungsinstitut für Tiergesundheit in Greifswald

b) als selbständige Anstalten des öffentlichen Rechts:
- das Bundesinstitut für Risikobewertung in Berlin
- die Bundesanstalt für Landwirtschaft und Ernährung in Bonn
- der Deutsche Weinfonds in Mainz
- der Absatzförderungsfonds der deutschen Land- und Ernährungswirtschaft in Bonn
- der Absatzförderungsfonds der deutschen Forst- und Holzwirtschaft in Bonn

c) sowie als rechtlich unselbständige Anstalten des öffentlichen Rechts diverse Forschungsanstalten für Landwirtschaft, Züchtungsforschung, Ernährung und Lebensmittel, Forst- und Holzwirtschaft sowie Fischerei.

99 | Das Bundesministerium der Verteidigung

Das Verteidigungsressort steht unter der einheitlichen politischen Leitung eines dem Parlament unmittelbar verantwortlichen Bundesministers. Damit ist die Bundeswehr als Teil der Exekutive der parlamentarischen Kontrolle in vollem Umfang unterstellt.

Das BMVg., heute mit seinem ersten Dienstsitz in Bonn (Hardthöhe) und einem zweiten in Berlin (Bendler-Block), entstand am 7. 6. 1955 aus der **„Dienststelle Blank“**. Diese nach deren Leiter *Theodor Blank* benannte Dienststelle des „Beauftragten des Bundeskanzlers für die mit der Vermehrung der alliierten Truppen zusammenhängenden Fragen“ beschäftigte sich unter anderem mit den Planungen eines Beitrags der BRep. zur (später gescheiterten) Europäischen Verteidigungsgemeinschaft. Die ersten Freiwilligen der Bundeswehr wurden am 21. 11. 1955, dem 200. Geburtstag des preußischen Heeresreformers *Gerhard von Scharnhorst*, ernannt.

Der BMVg. ist gemäß Art. 65 a GG Inhaber der **Befehls- und Kommandogewalt** im Frieden und damit höchster militärischer Vorgesetzter und oberster Disziplinarvorgesetzter der Soldaten. Im Verteidigungsfall geht die Befehls- und Kommandogewalt auf den Bundeskanzler über (Art. 115 b GG).

Die Bundeswehr umfasst die Streitkräfte, die Bundeswehrverwaltung, die Militärseelsorge und die ihren Bereich betreffende Rechtspflege (Wehrdienstgerichte, ➢ s. Nr. 183 e). Die **Bundeswehrverwaltung** wird nach Art. 87 b GG in bundeseigener Verwaltung mit eigenem Verwaltungsunterbau geführt.

Zentraler Bestandteil des BMVg. (zu Aufgaben und Organisation im Einzelnen s. www.bmvg.de) sind die militärischen Führungsstäbe. Sie sind ministerielle Abteilungen und zugleich oberste Kommandobehörden in truppendienstlichen (militärischen) Angelegenheiten. Der Führungsstab der Streitkräfte ist der Arbeitsstab des **Generalinspekteurs der Bundeswehr**. Dieser ist der ranghöchste Soldat der Bundeswehr und militärischer Berater der Bundesregierung. Er ist dem Bundesverteidigungsminister für die Entwicklung und Realisierung der Gesamtkonzeption der militärischen Verteidigung verantwortlich, konzipiert die Grundlagen der Militärpolitik und steuert die Einsatzplanung und -führung der Bundeswehr. Dem Führungsstab des Heeres steht der Inspekteur des Heeres vor, der für seinen Bereich, also die Teilstreitkräfte des Heeres verantwortlich ist. Entsprechendes gilt für die Inspekteure der Luftwaffe, der Marine und des Sanitätsdienstes und ihre Führungsstäbe.

Die Teilstreitkräfte Herr, Luftwaffe und Marine sind wie folgt gegliedert (weitere Einzelheiten unter www.bundeswehr.de, dort unter „Streitkräfte“):

Gliederung des Heeres

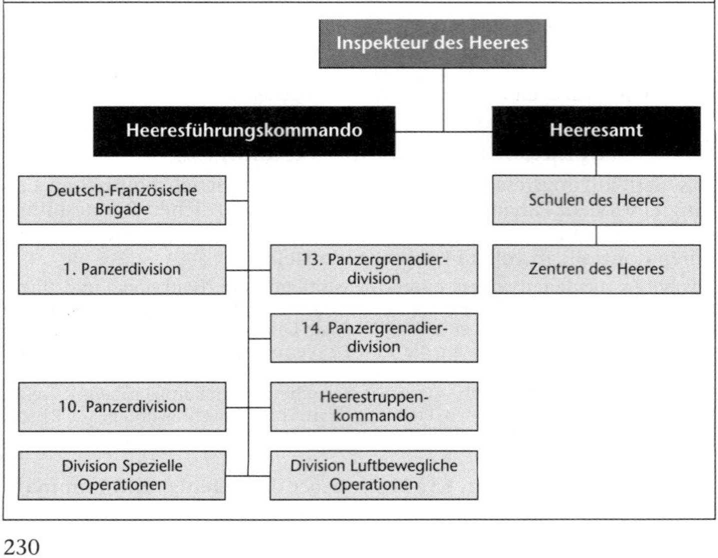

Eine Division gliedert sich in Brigaden und direkt unterstellten Divisionstruppen. Die Brigade besteht aus mehreren Bataillonen, diese aus Kompanien, die sich wieder aus Zügen zusammensetzen.

Gliederung der Luftwaffe

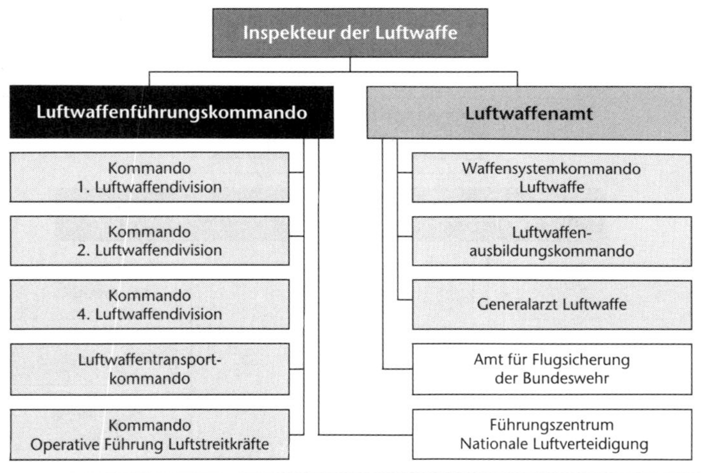

Einer Luftwaffendivision unterstehen mehrere Geschwader, die aus Gruppen und Staffeln bestehen.

Schaubild „Gliederung der Marine" *(siehe nächste Seite)*

Anders als in der Vergangenheit sollen die Einzelflottillen aus unterschiedlichen Schiffstypen (U-Boot, Fregatten etc.) bestehen.

Der **Sanitätsdienst** besteht aus dem Sanitätsamt der Bundeswehr, dem die Sanitätsakademie sowie verschiedene Institute und andere Zentren nachgeordnet sind, sowie dem Sanitätsführungskommando mit diversen Bundeswehrkrankenhäusern, Lazarettregimentern und Sanitätszentren.

In der **Hauptabteilung Rüstung** des BMVg. wird die bedarfsgerechte Ausstattung der Streitkräfte mit Ausrüstung und Waffensystemen geplant und gesteuert.

Die volle Souveränität der BRep. seit der Vereinigung hat für die Bundeswehr erweiterte Aufgaben gebracht. War bisher ein Einsatz deutscher Streitkräfte nur im Bündnisfall und im Rahmen der integrierten Kommandostruktur der NATO denkbar, muss jetzt auch für die Teilnahme an Friedensmissionen unter dem Dach der Vereinten Nationen (Blauhelm-Einsätze) und für humanitäre Einsätze in nationaler Zuständigkeit organisatorische Vorsorge getroffen werden ➢ s. Nr. 183 a).

Mit Urteil vom 12. 7. 1994 hat das BVerfG festgestellt, dass die BReg. mit der Entsendung von Einheiten der Bundeswehr auf der Grundlage von Beschlüssen der NATO und der WEU, die sich wiederum auf Entschließungen der Vereinten Nationen stützen oder direkt auf Ersuchen der UN (Somalia) erfolgten, nicht gegen das Grundgesetz verstoßen hat. Das Gericht hat allerdings klargestellt, dass derartige Entsendungsentscheidungen der vorherigen konstitutiven Zustimmung des Bundestages bedürfen. Nur bei Gefahr im Verzug dürfe die Bundesregierung zur Aufrechterhaltung der Bündnisfähigkeit der BRep. den Einsatz von Streitkräften vorläufig beschließen. Danach müsse das Parlament aber umgehend befasst werden, entsandte Streitkräfte sind, wenn der BT nicht zustimmt, zurückzurufen.

Gliederung der Marine

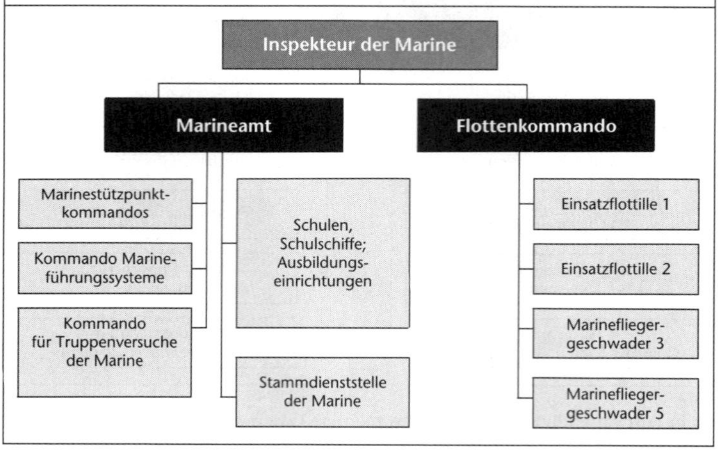

100 | Das Bundesministerium für Familie, Senioren, Frauen und Jugend

Das BMFSFJ mit seinem Hauptsitz in Berlin und einem Dienstsitz in Bonn (zu Aufgaben und Organisation im Einzelnen s. www.bmfsfj.de) ist u.a. zuständig

- für die Angelegenheiten der Familien, insbesondere die Familienförderung durch Kinder- und Erziehungsgeld sowie im Steuer- und Rentenrecht, den Mutterschutz, die Tagesbetreuung von Kindern, die Familienbildung und -beratung,
- für die Angelegenheiten der Senioren, insbesondere der Förderung eines selbständigen Lebens der Senioren sowie der Pflege und Hilfe im Alter,
- für die Durchsetzung der Gleichstellung von Männern und Frauen durch gesetzgeberische und administrative Maßnahmen einschließlich eines Abbaues von Gewalt gegen Frauen,
- für die Kinder- und Jugendhilfe, den Jugendschutz,
- für den Zivildienst und
- für die Wohlfahrtspflege und die Förderung und Weiterentwicklung des freiwilligen sozialen Jahres.

Der Aufsicht des BMFSFJ unterstehen zwei rechtlich selbstständige Stiftungen des öffentlichen Rechts (Stiftung „Mutter und Kind – Schutz des ungeborenen Lebens“ und Conterganstiftung für behinderte Menschen).

Zum Geschäftsbereich des Ministeriums gehören:

- die Bundesprüfstelle für jugendgefährdende Schriften in Bonn. Sie entscheidet in einem justizförmigen Verfahren über Anträge nach dem Gesetz über jugendgefährdende Schriften,
- das Bundesamt für den Zivildienst in Köln. Es ist für die Anerkennung von Kriegsdienstverweigerern nach § 4 KDVG und für die verwaltungsmäßige Durchführung des Zivildienstes zuständig.

101 | Das Bundesministerium für Gesundheit

Zu den zentralen Aufgaben des BMG mit seinem Hauptsitz in Bonn und einem Dienstsitz in Berlin zählt, die Leistungsfähigkeit der gesetzlichen Krankenkassen sowie der Pflegeversicherung zu erhalten, zu sichern und fortzuentwickeln („Gesundheitsreform“). In den Zuständigkeitsbereich des BMG fallen das Arzneimittelrecht (Zulassung und Überwachung der Arzneimittel und Medizinprodukte), die Drogen- und Suchtprävention, die Rahmenbedingungen für die Heilberufe (Ärzte, Heilpraktiker u. a.) einschließlich der Gebührenordnungen (zu Aufgaben und Organisation im Einzelnen s. www.bmg.bund.de). Dem Ministerium zugeordnet sind der **Drogenbeauftragte der Bundesregierung** sowie der Beauftragte für die Belange der Patientinnen und Patienten.

Zum Geschäftsbereich des BMG gehören u a.:

- das Robert-Koch-Institut in Berlin,
- das Paul-Ehrlich-Institut, Bundesamt für Sera und Impfstoffe, in Langen,
- das Deutsche Institut für Medizinische Dokumentation und Information in Köln,
- die Bundeszentrale für gesundheitliche Aufklärung in Köln und
- das Bundesinstitut für Arzneimittel und Medizinprodukte in Bonn.

102 | Das Bundesministerium für Verkehr, Bau- und Stadtentwicklung

Im BMVBS mit seinem Hauptsitz in Berlin und seinem Dienstsitz in Bonn sind alle Zuständigkeiten des Bundes für verkehrsrechtliche und bauliche Infrastrukturen gebündelt: Bundesfernstraßen, Schienen- und Wasserwege, Städtebau, Stadtentwicklung und Raumordnung, Schifffahrt, Luft- und Raumfahrt, Wetterdienst und Satellitennavigation (zu Aufgaben und Organisation im Einzelnen s. www.bmvbs.de). Der BMVBS ist zugleich Beauftragter der BReg. für den Berlin-Umzug und den Bonn-Ausgleich sowie Beauftragter für die neuen Bundesländer.

Zum Geschäftsbereich des BMVBS gehören unter anderem:

- das Kraftfahrt-Bundesamt,
- das Luftfahrt-Bundesamt,
- die Bundesstelle für Flugunfalluntersuchungen,
- das Bundesamt für Bauwesen und Raumordnung,

- das Eisenbahn-Bundesamt,
- der Deutsche Wetterdienst,
- die Bundesanstalt für Straßenwesen,
- das Bundesamt für Güterverkehr,
- das Bundesamt für Seeschifffahrt und Hydrographie,
- die Bundesanstalt für Gewässerkunde,
- die Bundesanstalt für Wasserbau,
- die Bundesstelle für Seeunfalluntersuchungen und
- die Wasser- und Schifffahrtsverwaltung.

103 | Das Bundesministerium für Umwelt, Naturschutz und Reaktorsicherheit

Der BMU mit seinem Hauptsitz in Bonn und einer Dienststelle in Berlin ist zuständig für die Entwicklung von Leitlinien und Strategien der Umweltpolitik, die ökologische Sanierung und Entwicklung in den neuen Ländern, für internationale Zusammenarbeit, Schutz der Erdatmosphäre, Luftreinhaltung, Schutz der Binnengewässer und Meere, Grundwasserschutz, Abwasserbehandlung, Bodenschutz und Altlastensanierung, Vermeidung, Verwertung und Entsorgung von Abfällen, Lärmbekämpfung, Schutz der menschlichen Gesundheit vor Gefahrstoffen, Vorsorge gegen Störfälle in Industrieanlagen, Aufklärung der Bevölkerung in Umweltfragen, Umwelttechnologie, Naturschutz, Landschaftspflege und -planung, erneuerbare Energien, Sicherheit kerntechnischer Einrichtungen, Strahlenschutz und Entsorgung radioaktiver Abfälle. Es hat hierzu einerseits auf nationaler Ebene die Gesetzgebung auf den Gebieten des Umwelt- und Naturschutzes fortzuentwickeln, andererseits auf globaler Ebene eine weltweite Zusammenarbeit in der Umwelt- und Entwicklungspolitik zu begleiten(zu Aufgaben und Organisation im Einzelnen s. www.bmu.de).

Zum Geschäftsbereich des BMU gehören:
- das Umweltbundesamt in Dessau,
- das Bundesamt für Naturschutz ➢ s. Nr. 175 c) in Bonn und
- das Bundesamt für Strahlenschutz in Salzgitter.

104 | Das Bundesministerium für Bildung und Forschung

Für Wissenschaft sind Bund und Länder gemeinsam verantwortlich. Dem Bund sind vom GG eine Reihe von wichtigen Gesetzgebungszuständigkeiten zugewiesen (z.B. die Förderung der wissenschaftlichen Forschung, Art. 74 Nr. 13 GG). Außerdem wirken im Rahmen der Gemeinschaftsaufgaben nach Art. 91b GG Bund und Länder in der Forschungsförderung sowie dem Hochschulbau zusammen ➢ s. Nrn. 72 d), 169 a). Die Zuständigkeiten im Bildungsbereich liegen fast ausschließlich bei den Ländern; insbesondere sind sie für die allgemeinbildenden und berufsbildenden Schulen verantwortlich. Restkompetenzen des Bundes sind etwa die Regelung der Ausbildungsbeihilfen BAFöG (Art. 74 Nr. 13 GG).

Das BMBF mit seinem Hauptsitz in Bonn und einem Dienstsitz in Berlin ist im Rahmen der Kompetenz des Bundes unter anderem zuständig für die europäische und internationale Forschungszusammenarbeit, Grundsatzfragen der allgemeinen und beruflichen Bildung (BAFöG) sowie der Begabtenförderung, Hochschulpolitik und Weiterbildung, Grundlagenforschung, Raumfahrt, Umweltforschung, Neue Technologien sowie Gesundheitsforschung, Biowissenschaften und Nachhaltigkeit (zu Aufgaben und Organisation im Einzelnen s. www.bmbf.de). Nach der Föderalismusreform ➤ s. Nr. 24, und der Abschaffung der Gemeinschaftsaufgabe der Bildungsplanung ➤ s. Nr. 72 d), dürfte dem BMBF ein Betätigungsfeld für den Bereich Bildung nur noch vereinzelt verbleiben.

Zum Geschäftsbereich des BMBF gehört das Bundesinstitut für Berufsbildung, die Deutschen Historischen Institute in Rom und Paris, das Kunsthistorische Institut in Florenz sowie die Biologische Anstalt Helgoland.

105 | Bundesministerium für wirtschaftliche Zusammenarbeit und Entwicklung

Das BMZ mit seinem Hauptsitz in Bonn und einer Dienststelle in Berlin nimmt die Aufgaben wahr, die sich für den Bund in der Entwicklungspolitik ergeben ➤ vgl. Nr. 55. Hier sind insbes. die Entwicklung bilateraler und multilateraler Förderstrategien zur Unterstützung von Entwicklungsprogrammen und -projekten der Partnerländer zu nennen (zu Aufgaben und Organisation im Einzelnen s. www.bmz.de).

Die Deutsche Gesellschaft für Technische Zusammenarbeit (GTZ) GmbH, die voll im Eigentum des Bundes steht, unterstützt die Bundesregierung bei der Erfüllung ihrer entwicklungspolitischen Aufgaben. Hierzu unterhält sie weltweit Büros in über 60 Ländern.

Insbesondere wird sie zur Förderung dieses Zweckes

- im Auftrage der Bundesregierung bei Maßnahmen im Bereich der staatlichen Technischen Zusammenarbeit und
- mit Zustimmung der Bundesregierung bei Aufträgen von Dritten, insbesondere aus Entwicklungsländern,

tätig.

Die Abwicklung der bilateralen finanziellen Zusammenarbeit erfolgt im wesentlichen über die Kreditanstalt für Wiederaufbau in Frankfurt/Main (KfW).

An der Durchführung entwicklungspolitischer Aufgaben sind weitere Organisationen beteiligt, deren Finanzausstattung ganz oder überwiegend im Bundeshaushalt veranschlagt ist, insbesondere die Deutsche Stiftung für internationale Entwicklung, Berlin, die Deutsche Investitions- und Entwicklungsgesellschaft mbH, Köln, der Deutsche Entwicklungsdienst, Berlin und die Carl-Duisberg-Gesellschaft, Köln, die Bundesanstalt für Geowissenschaften und Rohstoffe und die Physikalisch-Technische Bundesanstalt.

106 | Der Beauftragte der Bundesregierung für Kultur und Medien

Der Beauftragte der Bundesregierung für Kultur und Medien, dessen Leiter als Staatsminister beim Bundeskanzler angesiedelt ist, ist eine oberste Bundesbehörde mit Sitz in Bonn, die erst 1998 geschaffen wurde. Zuständig ist sie für die Kultur- und Medienpolitik, soweit der Bund hierfür Kompetenzen hat. Diese sind nach der Struktur des GG nicht sehr umfangreich, gehört doch die Kultur- und Medienpolitik grundsätzlich in den Gesetzgebungsbereich der Länder. Entsprechend eng ist das Aufgabenfeld des „Kulturstaatsministers": Förderung national bedeutsamer kultureller Einrichtungen, auswärtige Kulturpolitik, Sicherung einer freien und pluralistischen Medienlandschaft.

Zum Geschäftsbereich des Beauftragten der Bundesregierung für Kultur und Medien gehören unter anderem das Bundesarchiv, die Deutsche Nationalbibliothek, das Bundesinstitut für Kultur und Geschichte der Deutschen im östlichen Europa, der Bundesbeauftragte für die Unterlagen des Staatssicherheitsdienstes der ehemaligen Deutschen Demokratischen Republik, die Stiftung zur Aufarbeitung der SED-Diktatur sowie die Gedenkstätten des Bundes (im Einzelnen s. www.kulturstaatsminister.de).

107 | Der Bundesrechnungshof

Der Bundesrechnungshof ist oberste Bundesbehörde, steht also den Bundesministerien gleich; er hat seinen Sitz in Bonn.

Nach Art. 114 GG hat der BMF dem BT und dem BR über alle Einnahmen und Ausgaben sowie über das Vermögen und die Schulden alljährlich Rechnung zu legen. Die Rechnung, die **Haushalts- und Wirtschaftsführung des Bundes**, wird durch den BRH geprüft (§§ 88 ff. BHO). Dieser ist der BReg. gegenüber selbstständig und nur dem Gesetz unterworfen. Ihm können keine Prüfaufträge erteilt werden, Zeit Art und Umfang der Prüfung bestimmt er nach eigenem Ermessen.

Der BRH prüft nicht nur die Einnahmen und Ausgaben im Allgemeinen, sondern auch, ob im Einzelnen wirtschaftlich und sparsam verfahren wurde. Neben den Bundesbehörden können auch Stellen außerhalb der Bundesverwaltung (z. B. Länderbehörden) geprüft werden, etwa wenn diese Teile des Bundeshaushalts ausführen oder Bundesmittel verwalten. Gleiches gilt für private Unternehmen, an denen der Bund beteiligt ist (zu Einzelheiten vgl. §§ 88 ff. BHO).

Die Mitglieder des BRH besitzen richterliche Unabhängigkeit, die Entscheidungen werden kollegial in Prüfgruppen und Senaten getroffen. Unterstützt wird der BRH durch neun Prüfämter. Der Präsident und Vizepräsident des BRH werden auf Vorschlag der BReg. durch BT und BR gewählt (zu Einzelheiten vgl. das BRHG v. 11. 7. 1985, BGBl. I S. 1445).

Der Präsident des BRH ist traditionell mit der Wahrnehmung der Aufgaben des **Bundesbeauftragten für Wirtschaftlichkeit in der Verwaltung** beauftragt worden. Dessen Aufgabe ist, durch Vorschläge, Gutachten oder Stellungnahmen auf eine wirtschaftliche Erfüllung der Bundesaufgaben und dementsprechende Organisation der Verwaltung hinzuwirken. Zudem wird er frühzeitig in den Erlass von Gesetzen, Verordnungen und Verwaltungsvorschriften eingebunden.

VII. Die Länder

111 | Die Länderverfassungen. Zusammensetzung der Länderparlamente

Die Verfassungen der Bundesländer müssen nach Art. 28 Abs. 1 GG den Grundsätzen des republikanischen, demokratischen und sozialen Rechtsstaates im Sinne des GG ➢ s. hierzu Nr. 62, entsprechen. In den Ländern, Kreisen und Gemeinden muss das Volk eine aus allgemeinen, unmittelbaren, freien, gleichen und geheimen Wahlen hervorgegangene Vertretung haben. Der Bund gewährleistet, dass die verfassungsmäßige Ordnung der Länder diesen Bestimmungen und den Grundrechten entspricht (Art. 28 Abs. 3 GG).

Hiernach besteht eine sog. Verfassungshomogenität zwischen Bund und Ländern. Dem Art. 28 GG widersprechende Bestimmungen der Länderverfassungen sind verfassungswidrig und ungültig. Die Einführung der Monarchie oder einer Aristokratie, eines „volksdemokratischen" Systems oder einer anderen Art von Minderheitsherrschaft (z. B. Räterepublik, Diktatur) ist demgemäss verboten. Dagegen können die Länder innerhalb der durch Art. 28 GG gezogenen Grenzen ihre staatliche Einrichtung gestalten und z. B. bestimmen, dass das Amt eines Staatspräsidenten geschaffen wird oder ob ein Ein- oder Zweikammersystem eingerichtet werden soll (Verfassungsautonomie der Länder). So bestand bis 31. 12. 1999 in Bayern neben dem Landtag mit dem Senat eine zweite an der Gesetzgebung beteiligte Körperschaft ➢ s. Nr. 122. Auch die hessische Verfassung erlaubt ausdrücklich die Einführung eines Zweikammersystems ➢ s. Nr. 127.

Auch das Wahlalter ist nicht allgemeinverbindlich festgelegt; die Länder haben es aber überwiegend wie der Bund ➢ vgl. Nr. 75 b) bb) dem Eintritt der Volljährigkeit (18 Jahre) angepasst. Auch sind die Länder frei, die Volksvertretungen nach dem Verhältnis- oder nach dem Mehrheitswahlrecht wählen zu lassen, Volksentscheide oder Volksbegehren vorzusehen.

Außer in Schleswig-Holstein bestehen in den Bundesländern Staatsgerichtshöfe oder Landesverfassungsgerichte, denen innerhalb der Landeskompetenz ähnliche Befugnisse wie im Bund dem BVerfG zustehen. Für Schleswig-Holstein ist das BVerfG zugleich als Landesverfassungsgericht tätig (Art. 99 GG, Art. 44 Landesverfassung Schleswig-Holstein).

Zusammensetzung der Länderparlamente

(Stand: Januar 2007)

	CDU (in Bayern CSU)	SPD	FDP	Bündnis90/ Grüne	Die Linke.PDS	NPD	DVU	SSW	fraktionslos
Landtag **Baden-Württemberg** (Wahl 2006)	69	38	15	17	–	–	–	–	–
Landtag **Bayern** (Wahl 2003)	124	41	–	15	–	–	–	–	–
Abgeordnetenhaus **Berlin** (Wahl 2006)	37	53	13	23	23	–	–	–	–
Landtag **Brandenburg** (Wahl 2004)	20	33	–	–	29	–	6	–	–
Bürgerschaft **Bremen** (Wahl 2003)	29	40	1	12	–	–	1	–	–
Bürgerschaft **Hamburg** (Wahl 2004)	63	41	–	17	–	–	–	–	–
Landtag **Hessen** (Wahl 2003)	56	33	9	12	–	–	–	–	–
Landtag **Mecklenburg-Vorpommern** (Wahl 2006)	22	23	7	–	13	6	–	–	–
Landtag **Niedersachsen** (Wahl 2003)	91	63	15	14	–	–	–	–	–
Landtag **Nordrhein-Westfalen** (Wahl 2004)	89	74	12	12	–	–	–	–	–
Landtag **Rheinland-Pfalz** (Wahl 2006)	38	53	10	–	–	–	–	–	–
Landtag Saarland (Wahl 2004)	27	18	3	3	–	–	–	–	–
Landtag **Sachsen** (Wahl 2004)	55	13	7	6	31	9	–	–	3
Landtag **Sachsen-Anhalt** (Wahl 2006)	40	24	7	–	26	–	–	–	–
Landtag **Schleswig-Holstein** (Wahl 2005)	30	29	4	4	–	–	–	2	–
Landtag **Thüringen** (Wahl 2004)	45	15	–	–	28	–	–	–	–

112 | Die Landesregierungen

Da auch die Bundesländer eine demokratische Verfassung haben ➤ s. Nr. 111, entscheidet in ihnen die Mehrheit des Parlaments über die Bildung der Regierung. Wie im Bund entsteht die Frage, ob bei Gegenüberstehen zweier oder mehrerer politischer Kräftegruppen eine Partei allein regieren kann oder ob eine Koalition, also eine Vereinbarung zweier oder mehrerer Parteien zur Bildung einer gemeinsamen Regierung, notwendig ist und zustande kommt; die nicht an der Regierung beteiligten Parteien bilden die Opposition. Die Kräfteverhältnisse in den Ländern beeinflussen die Abstimmung im BR ➤ vgl. Nr. 76, namentlich wenn qualifizierte Mehrheiten erforderlich sind.

In Bund und Ländern sind unterschiedliche Koalitionen vorzufinden. Im Januar 2007 wurden die Regierungen in den Ländern von folgenden Parteien oder Koalitionen gestellt:

Alleinregierung durch CDU oder CSU: Bayern, Hamburg, Hessen, Saarland, Thüringen;
Koalition aus CDU und SPD: Brandenburg, Bremen, Mecklenburg-Vorpommern, Sachsen, Schleswig-Holstein, Sachsen-Anhalt;
Koalition aus CDU und FDP: Baden-Württemberg, Nordrhein-Westfalen, Niedersachsen;
Alleinregierung durch SPD: Rheinland-Pfalz;
Koalition aus SPD und DieLinke.PDS: Berlin.

Die Landesregierungen entsenden je nach Größe zwischen drei bis sechs Vertreter in den BR und wirken über diesen an der Gesetzgebung und der Verwaltung mit ➤ s. Nr. 76. Zur Wahrnehmung ihrer Interessen im BR, aber auch gegenüber dem BT und der BReg. sind die Länder in Berlin durch **Bevollmächtigte beim Bund** vertreten. Diese können im Ministerrang (Minister für Bundesangelegenheiten) oder Beamte sein. Sie stehen Landesvertretungen vor, die historisch aus den Gesandtschaften hervorgegangen sind. Landesvertretungen bzw. Informationsbüros unterhalten die Länder inzwischen auch in Brüssel gegenüber der EU.

113 | Der Verwaltungsaufbau in den Ländern

Da die Länder der BRep. Staatenqualität haben, verfügen sie auch über das **Recht der Verwaltungsorganisation**. Jedes Land kann seine Verwaltungsbehörden also nach seinem politischen Willen gliedern. Dies gilt nicht nur für die Vollziehung landeseigener Gesetze, sondern auch für den Vollzug der Bundesgesetze ➤ s. Nr. 72, soweit nicht der Verwaltungsaufbau und das Verfahren durch verbindliches Bundesgesetz vorgegeben ist (Art. 84 Abs. 1, 85 Abs. 1 GG). Dabei richtet sich die Verwaltungsorganisation nach den Landesverfassungen. Regelmäßig sind der Aufbau der Landesverwaltung insgesamt und die Zuständigkeiten durch Landesgesetz zu regeln, während die Einrichtung der Behörden im Einzelnen der Landesregierung zusteht (so Art. 77 der Verfassung von Nordrhein-Westfalen, Art. 82 der Verfassung von Sachsen, Art. 77 der Bayerischen Verfassung).

In allen Bundesländern ist die Verwaltungstätigkeit in Sachgebiete gegliedert, da es in einem modernen Staat nicht mehr möglich ist, alle Verwaltungstätigkeiten einer einzelnen Behörde zu überlassen. Man unterscheidet daher **allgemeine Verwaltungsbehörden und Sonderverwaltungsbehörden**. Letztere sind für bestimmte, ihnen gesetzlich ausdrücklich zugewiesene Aufgaben zuständig (z.B. in Bayern die Landesämter für Umwelt oder für Gesundheit und Lebensmittelsicherheit; in NRW das Landesversicherungsamt; in Hessen das Landesamt für Straßen- und Verkehrswesen). Die Zuständigkeit der allgemeinen Verwaltungsbehörden ist dagegen stets anzunehmen, wenn nicht die Zuständigkeit einer Sonderverwaltungsbehörde gegeben ist. Die Zusammenführung der Verwaltungsaufgaben bei einer allgemeinen Verwaltungsbehörde dient der Einheit der Verwaltung und verhindert Kompetenzkonflikte. Demgegenüber kann es sinnvoll sein, für Spezialwissen Sonderbehörden einzurichten.

Die Verwaltungstätigkeit ist – gerade in den Flächenländern – nicht nur bei den Landesregierungen angesiedelt. Dies würde ansonsten dazu führen, dass jeder Bürger wegen eines Anliegens in einem Ministerium vorsprechen müsste. In der Vergangenheit hat sich daher ein **dreistufiger Verwaltungsaufbau** herausgebildet. Er besteht etwa in der allgemeinen Verwaltung aus einer Oberstufe (den Ministerien), einer Mittelstufe (den Regierungspräsidien) und einer Unterstufe (Landratsämter). Entsprechendes gilt für Sonderverwaltungsbehörden (etwa bei der Finanzverwaltung: Oberstufe = Finanzministerium, Mittelstufe = Oberfinanzdirektion, Unterstufe = Finanzamt). Während der vierstufige Verwaltungsaufbau nur noch vereinzelt (etwa bei der Polizei: Innenministerium, Polizeipräsidium, Polizeidirektion, Polizeiinspektion) anzutreffen ist, sind heute auch größere Flächenländer dazu übergegangen, unter den Stichworten Verwaltungsmodernisierung, Schlanker Staat, Bürokratieabbau und Deregulierung, auf eine Mittelstufe zu verzichten. Ein **zweistufige Verwaltungsaufbau** besteht etwa in Brandenburg, Mecklenburg-Vorpommern, Niedersachsen, Saarland und Schleswig-Holstein. Eine Dreistufigkeit gibt es noch in Baden-Württemberg, Bayern, Hessen, Nordrhein-Westfalen und Sachsen. In Thüringen und Sachsen-Anhalt wird die Mittelstufe von einem Landesverwaltungsamt wahrgenommen, in Rheinland-Pfalz von zwei Struktur- und Genehmigungsdirektionen.

Die **Oberstufe** der staatlichen Verwaltung bilden die Ministerien. Anders als im 19. Jahrhundert (Gesamtministerium, Staatsministerium) gibt es keine oberste Landesbehörde, die für alle Verwaltungsaufgaben zuständig ist. Zuständig ist jeweils der Minister, in dessen sachlichen Aufgabenbereich die Angelegenheit fällt (z.B. für Steuerfragen der Finanzminister, für Schulangelegenheiten der Kultusminister). Ähnlich wie im Bund ➢ s. Nrn. 92ff. bestehen in den Ländern Ministerien für Inneres, Justiz, Finanzen, Wirtschaft etc. Für Gebiete, auf denen der Bund ausschließlich (Äußeres und Verteidigung) oder hauptsächlich (wirtschaftliche Zusammenarbeit/Entwicklungshilfe) zuständig ist, bestehen keine Länderministerien. Die erforderliche Vereinheitlichung und Abstimmung der Verwaltungstätigkeit der Länder wird durch das

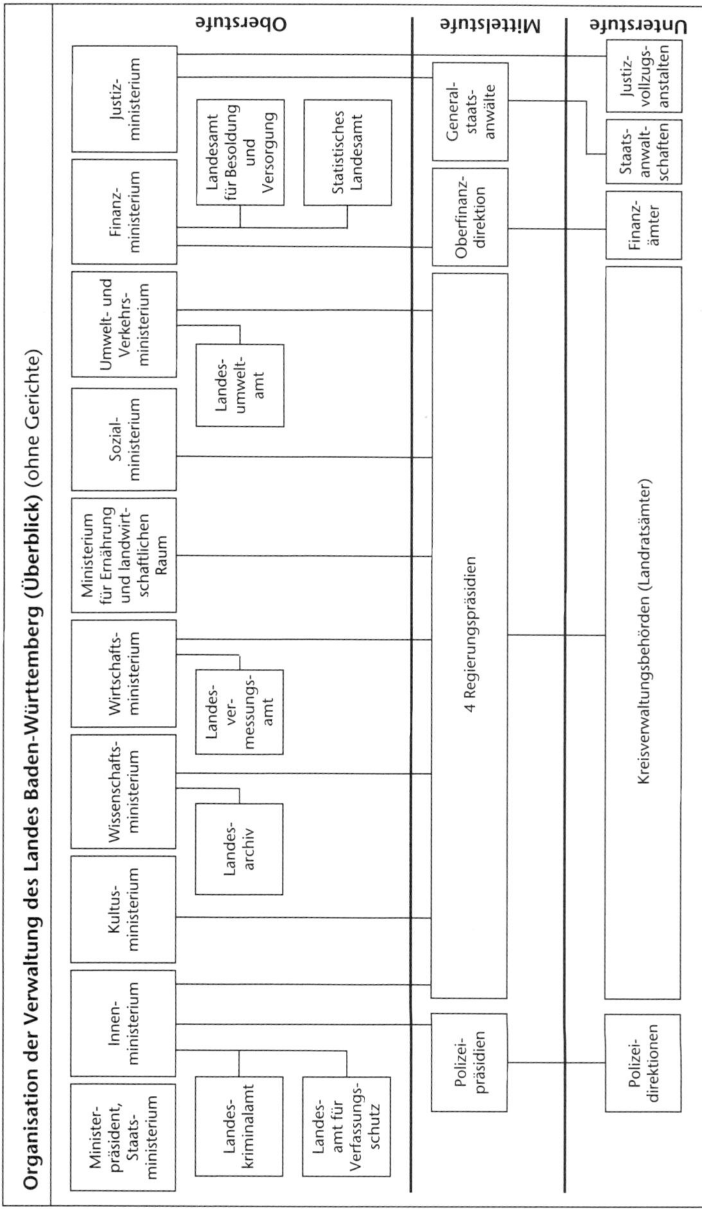

Organisation der Verwaltung des Landes Baden-Württemberg (Überblick) (ohne Gerichte)

Kollegialprinzip der Landesregierung (im Kabinett) bzw. die Richtlinienkompetenz des Ministerpräsidenten erreicht.

Den Ministerien als oberste Landesbehörden sind auch die **Landesoberbehörden** unmittelbar nachgeordnet. Sie sind Sonderverwaltungsbehörden der Oberstufe, welche die Ministerien von bestimmten Verwaltungsaufgaben entlasten (z. B. Landeskriminalämter, Landesämter für Denkmalpflege).

Die **Mittelstufe** besteht in der allgemeinen Staatsverwaltung aus den Regierungspräsidien oder ähnlichen Institutionen. Sie sind für alle Aufgaben zuständig, für die keine Sonderverwaltungsbehörde besteht. Ihnen können also Aufgaben aller Ressortministerien übertragen werden, so dass sie deren Fachaufsicht unterworfen sind. Mittelbehörden wirken auf einen einheitlichen Gesetzesvollzug in ihrem Bezirk hin, beaufsichtigen also die ihnen nachgeordneten Behörden. Zudem ist ihnen die Verwaltungstätigkeit bei komplexeren Verfahren vorbehalten (etwa Planfeststellungsverfahren für Großprojekte).

Die **Unterstufe** der staatlichen inneren Verwaltung bilden die Landratsämter. Ihnen und den Gemeinden ➢ s. Nr. 114, obliegt in den meisten Fällen der eigentliche Gesetzesvollzug mit seiner Wirkung auf und für den Bürger (z. B. Baugenehmigung, Gewerbeerlaubnis). Entsprechendes gilt für die untere Stufe der Sonderverwaltungsbehörden.

114 | Die Kommunen

a) Rechtsnatur und Selbstverwaltung

Die **Gemeinden** bilden die unterste Gliederung unseres politischen Gemeinwesens. Nach der grundgesetzlichen Verteilung der Aufgaben zwischen Bund und Ländern gehören sie zu den letzteren, da sie über eine eigene Staatlichkeit nicht verfügen. Auch wenn Art. 28 Abs. 1 GG für jede Gemeinde eine eigene durch Wahlen hervorgegangene Vertretung (Stadtrat, Gemeinderat, Stadtverordnetenversammlung) vorschreibt, kommt dieser nicht die Qualität eines Parlaments zur. Auch diese Vertretung ist ein bloßes Verwaltungsorgan. Dennoch sind die Gemeinden nicht Teil der staatlichen Verwaltungsbehörden, sondern selbständige Gebietskörperschaften, also juristische Personen des öffentlichen Rechts ➢ s. Nr. 145. Art. 28 Abs. 2 GG – und seit 15. 10. 1985 auch die Europäische Charta der kommunalen Selbstverwaltung (Gesetz vom 22. 1. 1987, BGBl. II 85) – garantiert ihnen das **Recht zur Selbstverwaltung**. Darunter versteht man allgemein die Verwaltung der eigenen örtlichen Angelegenheiten durch die Bürger und die von ihnen gewählten Vertretungsorgane (Bürgermeister, Gemeinderat) in eigener Verantwortung. Wird dieses Recht durch staatliche Stellen verletzt, kann die Gemeinde das BVerfG anrufen (Art. 93 Abs. 1 Nr. 4b GG).

Das Selbstverwaltungsrecht gewährleistet den Gemeinden Autonomie. Sie haben das Recht, ihre Angelegenheiten durch örtliche Vorschriften selbst zu regeln, z. B. Satzungen zu erlassen, etwa über den Anschluss- und Benutzungszwang an gemeindliche Kläranlagen oder über die Gebührenhöhe für die Benutzung gemeindlicher Einrichtungen. Dazu gehört auch eine Finanzautonomie, d.h. über eigene Einnahmen zu verfügen.

Die Bezeichnung „Markt“ oder „Stadt“ wird einer Gemeinde durch staatlichen Akt in der Regel ab einer bestimmten Größe sowie Funktion verliehen. „Kreisfreie Städte“ sind Gemeinden, die keinem Landkreis angehören. Die Bezeichnung „Große Kreisstadt“, die in einigen Bundesländern (etwa Baden-Württemberg, Bayern) existiert, wird bestimmten kreisangehörigen Gemeinden verliehen, die staatliche Aufgaben der Landratsämter wahrnehmen. „Kreisstadt“ ist die Gemeinde, in der die Kreisverwaltungsbehörde ihren Sitz hat.

Art. 28 Abs. 2 GG garantiert auch Gemeindeverbände als Institution. Häufigste Form der Gemeindeverbände sind die **Landkreise**. In Bayern existieren zudem als dritte kommunale Ebene die Bezirke. Auch Landkreise (und Bezirke) sind kommunale Gebietskörperschaften.

b) Kommunale Aufgaben und Kommunalaufsicht

Soweit die Gemeinden (und Landkreise) Aufgaben der örtlichen Gemeinschaft wahrnehmen, also sich selbst verwalten, handeln sie im **eigenen Wirkungskreis**. Dies sind etwa der Bau- und die Unterhaltung eigener Gemeindestraßen, die Verwaltung gemeindlicher Einrichtungen (wie Schwimmbäder, Stadthallen, Schlacht- und Friedhöfe, Kläranlagen, Krankenhäusern) sowie die Bauleitplanung ➢ s. Nr. 174 a). Bei der Erfüllung dieser Angelegenheiten handeln die Kommunen nach eigenem Ermessen. Die Gemeinden und Landkreisen nehmen aber auch zahlreiche staatliche Aufgaben wahr. Insoweit handeln sie im **übertragenen Wirkungskreis** und unterliegen den Weisungen der staatlichen Stellen. Dies ist etwa im Einwohnermeldewesen, in Standesamtsangelegenheiten oder bei der Organisation von Bundes- und Landtagswahlen der Fall. Staatliche Aufgaben dürfen den Kommunen nach der Föderalismusreform 2006 nur durch Landesgesetz, nicht durch Bundesgesetz übertragen werden (Art. 84 Abs. 1 Satz 7, Art. 85 Abs. 1 Satz 2 GG).

Eine Doppelfunktion kommt den Landratsämtern zu. Sie sind untere staatliche Kreisverwaltungsbehörden und gleichzeitig die Behörde des Landkreises, also der kommunalen Gebietskörperschaft. Soweit das Landratsamt Aufgaben erledigt, die in den eigenen oder übertragenen Wirkungskreis des Landkreises fallen, handelt es als Kreisbehörde. Nur wenn es staatliche Aufgaben, also auch nicht solche, die vom Staat dem Landkreis übertragen wurden, vollzieht, ist das Landratsamt Staatsbehörde. Dies ist etwa in Bayern der Fall im Bauordnungs- ➢ s. Nr. 174 b) oder Waffenrecht ➢ s. Nr. 182 a).

Eine Sonderstellung kommt den **kreisfreien Städten** zu. Da sie keinem Landkreis angehören, existiert für ihr Gebiet auch kein Landratsamt. Kreisfreie Städte nehmen somit im eigenen Wirkungskreis alle örtlichen Angelegenheiten und im übertragen Wirkungskreis auch die Aufgaben der Landratsämter als Staatsbehörden wahr. Dies hat unter anderem Auswirkungen, wenn sich ein Bürger gegen eine Maßnahme einer kreisfreien Stadt wehrt. Nach § 78 VwGO ist die kreisfreie Stadt zu verklagen, wenn diese einen Baugenehmigung versagt. Erfolgt dies durch das Landratsamt, ist das jeweilige Land, also der Staat, zu verklagen.

Die Erledigung eigener und übertragener kommunaler Aufgaben führt auch zu einer differenzierten **Kommunalaufsicht**. Diese ist im eigenen Wirkungskreis auf eine Rechtsaufsicht, also auf die Einhaltung der gesetzlichen Vorgaben, beschränkt, im übertragenen Wirkungskreis auch auf eine Fachaufsicht erweitert, d.h. auf die Überprüfung der Zweckmäßigkeit. Zuständig für die Kommunalaufsicht ist für kreisangehörige Gemeinden regelmäßig das Landratsamt (als Staatsbehörde), für kreisfreie Städte und die Landkreise die jeweilige Mittelstufe bzw. bei deren Fehlen das Innenministerium. Große Kreisstädten (s. unter a), denen durch Rechtsvorschrift bestimmte staatliche Aufgaben übertragen sind, werden in diesen Bereichen – nicht aber im Übrigen – wie kreisfreie Städte behandelt.

c) Kommunalverfassung – Aufbau und Organisation

Kommunalrecht ist Landesrecht und so differiert der Aufbau der Gemeinden und Landkreise je nach Bundesland. Die kommunale Organisation hat sich aber seit Mitte der 90er Jahre stark angenähert. Die meisten Länder folgen nun der **süddeutschen Ratsverfassung** in ihrer **dualistischen** Ausprägung. Danach gibt es zwei Organe, den Rat als gewählte Vertretung der Bürger sowie den gewählten Bürgermeister (Oberbürgermeister bzw. Landrat). Während der Rat Rechtsetzungs- und Beschlussorgan für alle wesentlichen Angelegenheiten ist, vollzieht der Bürgermeister die Beschlüsse des Rates, erledigt die laufenden Geschäfte in eigener Zuständigkeit und leitet die kommunale Verwaltung. Die preußische **Magistratsverfassung** gilt heute nur noch zum Teil in Hessen und Bremen. Kennzeichnend ist die kollegiale Leitung der Gemeindeverwaltung durch den von der Gemeindevertretung gewählten Magistrat, dem der Bürgermeister vorsteht. Die **norddeutsche Ratsverfassung**, die 1946 von der britischen Besatzungsmacht in Niedersachsen, Nordrhein-Westfalen und Schleswig-Holstein eingeführt wurde, kannte als einziges Gemeindeorgan (**monistischer** Aufbau) den Rat, dem der Bürgermeister vorstand. Die Gemeindeverwaltung wurde von einem Fachbeamten, dem Stadt- bzw. Oberstadtdirektor geleitet. Die norddeutsche Ratsverfassung gilt heute nicht mehr.

d) Bürgerbeteiligung

Nach den Gemeindeordnungen der meisten Länder können bzw. müssen Bürgerversammlungen durchgeführt werden, in denen abweichend vom Repräsentationsprinzip Angelegenheiten mit allen Gemeindebürgern erörtert werden. Daneben gibt es als plebiszitäres Element in den meisten Gemeindeordnungen die Möglichkeit des **Bürgerentscheids**, durch den örtliche Angelegenheiten, die in den Aufgabenkreis der Kommune fallen, durch die Bürger mittels Abstimmung entschieden werden. Dabei setzt ein Bürgerentscheid ein Bürgerbegehren voraus, in dem ein bestimmter prozentualer Anteil der Bevölkerung ein bestimmtes Anliegen unterstützt. In fast allen Bundesländern ist für die Wirksamkeit eines Bürgerentscheids ein Zustimmungsquorum (zwischen 10 bis 30% der wahlberechtigten Bürger) notwendig, um zu verhindern, dass eine extreme Minderheit rechtswirksame Beschlüsse für die Gemeinde herbeiführt.

e) Kommunale Zusammenarbeit

Kommunen sind heute, zumeist aus finanziellen Gründen, nicht immer in der Lage, ihre Aufgaben allein zu erfüllen. Sie schließen sich daher häufig im Wege der kommunalen Zusammenarbeit zu Zweckverbänden zusammen. Beispiele hierfür sind Abwasser- oder Müllentsorgungszweckverbände. Nicht jede Gemeinde, vor allem kleinere, ist in der Lage, für eine den heutigen Umweltstandards entsprechende Kläranlage zu bauen und zu unterhalten. Dies übernimmt für die zusammengeschlossenen Gemeinden der Zweckverband, der als Körperschaft des öffentlichen Rechts organisiert ist. Er ist regelmäßig in eine Zweckverbandsversammlung und einen Zweckverbandsvorstand organisiert.

Neben diesen freiwilligen Zusammenschlüssen gibt es eine Reihe von öffentlich-rechtlichen Pflichtverbänden, in denen die Kommunen Mitglieder sind. Beispielhaft aufgeführt seien die Kommunalen Prüfungsverbände, welche die Haushalts- und Wirtschaftsprüfung der Gemeinden und Landkreise übernehmen.

f) Kommunale Spitzenverbände

Als Dachverbände der Kommunen zur gemeinsamen Interessenwahrnehmung bestehen in der BRep. der Deutsche Städtetag als Vereinigung der größeren Städte, der Deutsche Landkreistag sowie der Deutsche Städte- und Gemeindebund. Als Untergliederung bestehen Landesverbände.

115 | Die Kulturhoheit der Länder

Kaiserreich, Weimarer Rep. und nat.-soz. Staat hatten sich zu dem Problem staatlicher Kulturpflege im Bundesstaat sehr verschieden eingestellt. Nach einer lockeren Zusammenfassung im Reich von 1871 gab die WVerf. dem Bund zentrale Befugnisse, z. B. im Schulwesen (Art. 142 ff.). Das Hitlerreich neigte dagegen entsprechend seiner politischen Zielsetzung zu übermäßiger Zentralisierung.

Heute liegen Fragen der Kultur in der Kompetenz der Länder. Das GG gestattet dem Bund nur eine Teilhabe an der staatlichen Kulturpflege in Einzelbereichen, etwa bei der Hochschulzulassung und den Hochschulabschlüssen sowie der Förderung des Hochschulbaus und der wissenschaftlichen Forschung ➢ s. Nr. 169 a), der Ausbildungsförderung (Art. 74 Abs. 1 Nr. 13 GG), dem Schutz deutschen Kulturgutes gegen Abwanderung ins Ausland (Art. 73 Abs. 1 Nr. 5 a GG) und der Regelung der Kulturbeziehungen zum Ausland sowie dem Urheber- und Verlagesrecht (Art. 73 Nrn. 1 u. 9 GG). Im Übrigen sind die kulturellen Angelegenheiten, also alles, was Schule, Bildung und Erziehung, Wissenschaft und Kunst, Kultur und Religionsgemeinschaften betrifft, Sache der Länder. Ihre Verwaltung liegt in den Händen der Kultus- und Wissenschaftsminister.

Die Länder waren in der Vergangenheit bestrebt, ihre Rechte zu wahren und auch länderübergreifende kulturelle Fragen in erster Linie durch eine von ihnen selbst getragene Gemeinschaftsarbeit zu regeln. Schon vor Gründung der BRep. schlossen sie das sog. **Königsteiner Abkommen** zur Förderung überregionaler Forschungseinrichtungen und gründeten zu diesem Zweck einen Fonds. Zu diesem übernahm der Bund, dem nach Art. 74 Nr. 13 GG nur die konkurrierende Gesetzgebung auf dem Gebiet der Förderung der Forschung zusteht, finanzielle Zuschüsse. Das Abkommen legt einen Beteiligungsschlüssel nach Steueraufkommen und Bevölkerungszahl fest. Der Wunsch des Bundes, die **Max-Planck-Gesellschaft**, die **Deutsche Forschungsgemeinschaft** sowie 31 andere wissenschaftliche Institute in seine ausschließliche finanzielle Obhut zu nehmen, scheiterte am Widerstand der Länder, die eine Gefährdung der Zusammenarbeit der Institute mit den Hochschulen und damit der Einheit von Forschung und Lehre befürchteten. Art. 91 b GG erlaubt nur noch eine begrenzte Beteiligung und damit Mitwirkung des Bundes bei Forschungsvorhaben und im Hochschulwesen ➢ s. Nr. 169 a).

Abgeschafft wurde durch die Föderalismusreform ➢ s. Nr. 24 die bisherige Gemeinschaftsaufgabe der Bildungsplanung (Art. 91 b GG a. F.). Insoweit ist eine Förderung von Bildungsaufgaben der Länder durch Bundesmittel nunmehr ausgeschlossen. Ob dies das Aus für die Bund-Länder-Kommission für Bildungsplanung bedeutet, bleibt abzuwarten.

Auch **private Vereinigungen** stellen laufend Mittel für die Förderung der Forschung zur Verfügung, so z. B. die Stiftung Volkswagenwerk und der Stifterverband für die Deutsche Wissenschaft, dem Organisationen, Wirtschaftsunternehmen und Einzelpersonen angehören.

116 | Die Rechtsprechung in den Ländern

Die Organisation der Rechtspflege der Länder ist durch **Bundesgesetze** vorgegeben, auch wenn es sich um **Gerichte der Länder** handelt. Ausnahmsweise üben Landesgerichte nur in Strafsachen wegen bestimmter Staatsschutzdelikte Gerichtsbarkeit des Bundes aus (Art. 96 Abs. 5 GG, § 120 GVG).

In der ordentlichen Gerichtsbarkeit bestehen als Ländergerichte Amts-, Land- und Oberlandesgerichte ➢ s. Nrn. 211 ff., in der Arbeitsgerichtsbarkeit Arbeits- und Landesarbeitsgerichte ➢ s. Nr. 637, in der Verwaltungsgerichtsbarkeit Verwaltungs- und Oberverwaltungsgerichte (Verwaltungsgerichtshöfe, ➢ s. Nr. 151, in der Sozialgerichtsbarkeit Sozial- und Landessozialgerichte ➢ s. Nr. 666 sowie in der Finanzgerichtsbarkeit Finanzgerichte ➢ s. Nr. 505. Als letzte Instanz über den Landesgerichten stehen die Gerichtshöfe des Bundes ➢ s. Nr. 86.

Mit Ausnahme von Schleswig-Holstein ➢ s. Nrn. 111, 135 gibt es in jedem Bundesland auch ein Landesverfassungsgericht für verfassungsrechtliche Streitigkeiten. Die Zuständigkeit variiert je nach Land ➢ s. im Einzelnen Nrn. 121 ff.

VIII. Verfassungsorgane der Länder

121 | Baden-Württemberg

Das Land Baden-Württemberg (www.baden-wuerttemberg.de), das 35 752 qkm umfasst, hat 10,7 Mio. Einwohner und ist nach dem 2. Weltkrieg aus den Nachkriegsländern Württemberg-Baden, Württemberg-Hohenzollern und Baden durch Zusammenschluss hervorgegangen. Die am 9. 3. 1952 gewählte verfassunggebende Landesversammlung beschloss die Verfassung vom 11. 11. 1953, die am 19. 11. 1953 verkündet und in Kraft getreten ist.

Baden-Württemberg gliedert sich in die Regierungsbezirke Stuttgart, Karlsruhe, Tübingen und Freiburg. Es hat 44 Stadt- und Landkreise sowie rund 1 100 Gemeinden. Landeshauptstadt ist Stuttgart. Die Verwaltung ist weitestgehend dreistufig organisiert.

a) Der Landtag

Der Landtag ist die gewählte Vertretung des Volkes. Ihm gehören mindestens 120, zur Zeit (Stand: 1. 1. 2007) 139 Abgeordnete an, die in 70 Wahlkreisen bestimmt werden. Jeder Wähler hat eine Stimme, Landeslisten gibt es nicht. Die Erstmandate werden durch Mehrheitswahl in den Wahlkreisen, Zweitmandate über Verhältnisrechnungen auf der Ebene des Landes und der vier Regierungsbezirke entsprechend dem Anteil am Gesamtergebnis vergeben. Dabei werden die nicht bereits über Erstmandate errungenen Sitze den Bewerbern zugeteilt, welche die höchsten absoluten Stimmenzahlen erreicht haben. Damit ist das Landtagswahlsystem durch starke Persönlichkeitswahlelemente gekennzeichnet. Die Landesregierung beabsichtigt, das Wahlsystem in der laufenden Wahlperiode zu ändern.

Der Landtag ist auf fünf Jahre gewählt, er kann sich aber auf Antrag eines Viertels seiner Mitglieder durch Beschluss, der der Zustimmung von 2/3 seiner Mitglieder bedarf, selbst auflösen. Ferner ist er kraft Gesetzes aufgelöst, wenn 1/6 der wahlberechtigten Bürger die Auflösung verlangt und bei einer Volksabstimmung die Mehrheit der Stimmberechtigten zustimmt.

Gesetze werden vom Landtag oder vom Volk beschlossen. Stimmt der Landtag einem Gesetzentwurf, der von mindestens 1/6 der Wahlberechtigten gestellt wird (Volksbegehren) nicht unverändert zu, findet eine **Volksabstimmung** statt. Das Gesetz ist beschlossen, wenn es die Mehrheit findet und mindestens 1/3 der Stimmberechtigten zustimmen. Eine Volksabstimmung findet auch über vom Landtag beschlossene und noch nicht verkündete Gesetze statt, wenn dies von 1/3 der Landtagsabgeordneten und der Landesregierung beantragt wird, es sei denn der Landtag beschließt das Gesetz erneut mit 2/3-Mehrheit. Ebenso kann die Landesregierung auf Antrag von 1/3 der Landtagsabgeordneten einen von ihr eingebrachten und vom Landtag abgelehnten Gesetzentwurf dem Volk zur Abstimmung vorlegen.

Verfassungsänderungen bedürfen einer 2/3-Mehrheit im Landtag oder einer Volksabstimmung, wobei die Mehrheit der Stimmberechtigten zustimmen muss.

b) Die Landesregierung

Die Landesregierung übt die vollziehende Gewalt aus. Sie besteht aus dem Ministerpräsidenten und den Ministern. Als weitere Mitglieder der Landesregierung können Staatssekretäre und ehrenamtliche Staatsräte ernannt werden. Die Zahl der Staatssekretäre darf ein Drittel der Zahl der Minister nicht übersteigen. Staatssekretären und Staatsräten kann durch Beschluss des Landtags Stimmrecht verliehen werden. Außerdem können Politische Staatssekretäre ernannt werden, denen aber nur eine beratende Funktion zukommt und die kein Stimmrecht im Kabinett haben.

Der Ministerpräsident wird vom Landtag gewählt, der ihn durch ein konstruktives Misstrauensvotum unter Wahl eines Nachfolgers auch wieder abwählen kann.

Ministerpräsidenten des Landes Baden-Württemberg: *Reinhold Maier* (DVP, 1952–1953), *Gebhard Müller* (CDU, 1953–1958), *Kurt Georg Kiesinger* (CDU, 1958–1966), *Hans Karl Filbinger* (CDU, 1966–1978), *Lothar Späth* (CDU, 1978–1991), *Erwin Teufel* (CDU, 1991–2005) und seit 21. 4. 2005 *Günther Oettinger* (CDU).

Der Ministerpräsident beruft und entlässt die Minister, Staatssekretäre und Staatsräte. Die Amtsübernahme der Landesregierung bedarf ebenso der Bestätigung durch den Landtag wie die spätere Berufung eines Mitglieds der Landesregierung, nicht aber dessen Entlassung. Auf Beschluss von 2/3 der Mitglieder des Landtags muss der Ministerpräsident ein Mitglied der Landesregierung entlassen.

Die Behörde des Ministerpräsidenten heißt Staatsministerium (www.baden-wuerttemberg.de/de/Staatsministerium).

Daneben gibt es folgende Fachministerien:
- Innenministerium (www.innenministerium.baden-wuerttemberg.de)
- Ministerium für Kultus, Jugend und Sport (www.km-bw.de)
- Ministerium für Wissenschaft, Forschung und Kunst (www.mwk.baden-wuerttemberg.de)
- Justizministerium (www.jum.baden-wuerttemberg.de)
- Finanzministerium (www.fm.baden-wuerttemberg.de)
- Wirtschaftsministerium (www.wm.baden-wuerttemberg.de)
- Ministerium für Ernährung und Ländlichen Raum (www.mlr.baden-wuerttemberg.de)
- Ministerium für Arbeit und Soziales (www.sm.baden-wuerttemberg.de)
- Umweltministerium (www.um.baden-wuerttemberg.de)

c) Der Staatsgerichtshof

Der Staatsgerichtshof in Stuttgart ist das Verfassungsgericht des Landes Baden-Württemberg. Er entscheidet unter anderem über Streitigkeiten zwischen Verfassungsorganen und über die Verfassungsmäßigkeit von Gesetzen. Anders als das GG und andere Landesverfassungen sieht die baden-württembergische Verfassung keine Verfassungsbeschwerde vor. Fühlt sich also ein Bürger durch einen Akt der öffentlichen Gewalt in seinen Rechten verletzt, muss er das BVerfG anrufen.

Der Staatsgerichtshof besteht aus neun Mitgliedern, und zwar drei Berufsrichtern, drei weiteren Juristen und drei Nichtjuristen. Die Verfassungsrichter werden vom Landtag auf neun Jahre gewählt.

122 | Bayern

Der Freistaat Bayern (www.bayern.de), der 12,5 Mio. Einwohner hat, ist mit einer Fläche von 70 549 qkm der Ausdehnung nach das größte Land der BRep. Die Verfassung des Freistaats Bayern wurde am 1. 12. 1946 durch Volksentscheid angenommen und am 2. 12. 1946 ausgefertigt; sie trat am 8. 12. 1946 in Kraft.

Das Staatsgebiet gliedert sich in sieben Regierungsbezirke (mit den Regierungspräsidenten an der Spitze), die deckungsgleich sind mit den **Bezirken**. Dabei handelt es sich um eine dritte Ebene der kommunalen Gebietskörperschaften neben den Gemeinden und Landkreisen. In den Bezirken werden alle fünf Jahre die Bezirkstage gewählt, die wiederum den Bezirkstagspräsidenten als obersten Repräsentanten bestimmen. Die Bezirke (Ober- und Niederbayern, Schwaben, Oberpfalz, Ober-, Unter- und Mittelfranken) nehmen im Rahmen der kommunalen Selbstverwaltung unter anderem Aufgaben der Heimatpflege sowie des Sozialhilferechts wahr und sind Träger psychiatrischer Einrichtungen. Zudem gibt es 71 Landkreise, 25 kreisfreie Städte und rund 2000 Gemeinden. Landeshauptstadt ist München.

a) Der Bayerische Landtag

Der Landtag ist die parlamentarische Körperschaft Bayerns. Ihm gehören 180 Abgeordnete an, die nach einem System der **personalisierten Verhältniswahl** bestimmt werden. 92 Abgeordnete werden mittels Erststimme direkt in Stimmkreisen gewählt, 88 mittels Zweitstimme über Wahlkreislisten (je Regierungsbezirk). Anders als bei der Bundestagswahl ist die Listenrangfolge nicht im Voraus fest, sondern kann vom Wähler verändert werden.

Die Legislaturperiode des Landtags beträgt fünf Jahre. Der Landtag kann sich aber durch Beschluss der Mehrheit der gesetzlichen Mitglieder (also 91) selbst auflösen. Auf Antrag von 1 Mio. wahlberechtigter Bürger kann er auch durch Volksentscheid vorzeitig abberufen werden. Der Landtag hat das Recht zur **Gesetzgebung**, das daneben aber auch dem Volk zusteht. Auf Antrag von 10% der Wahlberechtigten (Volksbegehren) ist über einen Gesetzentwurf ein **Volksentscheid** herbeizuführen. Verfassungsänderungen bedürfen im Landtag einer 2/3-Mehrheit sowie der Zustimmung des Volkes.

Bis zum 31. 12. 1999 bestand neben dem Landtag als zweite Kammer der Bayerische Senat, der sich (ständeähnlich) aus Vertretern von Berufs- und Interessengruppen zusammensetzte. Der Senat wurde durch Volksentscheid abgeschafft.

b) Die Bayerische Staatsregierung

Die Staatsregierung ist oberste Exekutivbehörde. Sie besteht aus dem Ministerpräsidenten und maximal 17 Staatsministern und Staatssekretären. Staatssekretäre sind in Bayern keine (politischen) Beamte, sondern haben Kabinettsrang.

Der Ministerpräsident wird vom Landtag gewählt. Der Landtag kann den Ministerpräsidenten nicht abwählen, auch nicht durch die Wahl eines neuen Ministerpräsidenten (etwa durch ein konstruktives Misstrauensvotum). Machen aber die politischen Verhältnisse eine vertrauensvolle Zusammenarbeit zwischen Landtag und Ministerpräsidenten unmöglich, muss er von seinem Amt zurücktreten. Dann kann der Landtag einen Nachfolger wählen. Kommt eine solche nicht binnen vier Wochen zustande, ist der Landtag aufzulösen.

Bayerische Ministerpräsidenten seit 1945: *Fritz Schäffer* (CSU, 1945), *Dr. Wilhelm Hoegner* (SPD, 1945–1946, 1954–1957), *Dr. Hans Ehard* (CSU, 1946–1954, 1960–1962), *Dr. Hanns Seidel* (CSU, 1957–1960), *Alfons Goppel* (CSU, 1962–1978), *Franz Josef Strauß* (CSU, 1978–1988), *Max Streibl* (CSU, 1988–1993) und seit 17. 6. 1993 *Dr. Edmund Stoiber* (CSU).

Der Ministerpräsident ernennt die Staatsminister und Staatssekretäre. Er bedarf hierzu ebenso wie zu deren Entlassung der Zustimmung des Landtags. Der Ministerpräsident bestimmt die Richtlinien der Politik, innerhalb derer die Staatsminister ihre Geschäftsbereiche (Ministerien) führen.

Als Behörde des Ministerpräsidenten steht ihm die Staatskanzlei (www.bayern.de/Politik/Staatskanzlei) zur Seite.

An Geschäftsbereichen bestehen:
- das Staatsministerium des Innern (www.stmi.bayern.de)
- das Staatsministerium der Justiz (www.justiz.bayern.de)
- das Staatsministerium für Wissenschaft, Forschung und Kunst (www.stmwfk.bayern.de)
- das Staatsministerium für Unterricht und Kultus (www.stmku.bayern.de)

- das Staatsministerium der Finanzen (www.stmf.bayern.de)
- das Staatsministerium für Wirtschaft, Infrastruktur, Verkehr und Technologie (www.stmwivt.bayern.de)
- das Staatsministerium für Umwelt, Gesundheit und Verbraucherschutz (www.stmugv.bayern.de)
- das Staatsministerium für Landwirtschaft und Forsten (www.stmlf.bayern.de)
- das Staatsministerium für Arbeit und Sozialordnung, Familie und Frauen (www.stmas.bayern.de)

c) Der Bayerische Verfassungsgerichtshof

Ähnlich dem BVerfG ist der Verfassungsgerichtshof (in München) für alle verfassungsrechtlichen Streitigkeiten zuständig. So entscheidet er etwa über die Verfassungsmäßigkeit von Gesetzen, über Ministeranklagen, über Verfassungsbeschwerden und über **Popularklagen**. Dabei muss der klagende Bürger nicht behaupten, durch ein Gesetz in eigenen Rechten verletzt zu sein. Es genügt, dass er es für verfassungswidrig hält.

Die Richter des Verfassungsgerichtshofs werden vom Landtag gewählt und sind nebenamtlich tätig. Sie bestehen aus Berufsrichtern, die im Hauptamt an anderen bayerischen Gerichten tätig sind, und aus weiteren Mitgliedern. Diese sollen, müssen aber nicht Juristen sein.

123 | Berlin

Berlin (www.berlin.de), das 892 qkm umfasst, hat 3,38 Mio. Einwohner. Nach der Spaltung Deutschlands wurde Berlins Insellage inmitten der Sowjetischen Besatzungszone zu einer die Freiheit Berlins (West) und das Leben seiner Einwohner bedrohenden Gefahr, besonders als die sowjetische Blockade 1948/49 alle Schienen-, Straßen- und Wasserwege über die Stadt- und Zonengrenzen nach Westdeutschland sperrte. Mit dem Bau der Mauer (13. 8. 1961) wurde Berlin (West) von seiner natürlichen Umgebung total abgeschnürt. Nach mehreren vorübergehenden Passierschein-Regelungen (ab 1964) führten 1971 das Vier-Mächte-Abkommen und die deutschen Anschlussvereinbarungen zu Erleichterungen im Transit- und Besuchsverkehr. Die Regelungen erloschen mit dem Beitritt der DDR zur Bundesrepublik am 3. Oktober 1990; gleichzeitig wurden mit der Ratifizierung des 4+2-Vertrages ➢ s. Nr. 23, noch bestehende alliierte Vorbehalte bzgl. Groß-Berlin, z. B. für den Luftverkehr, außer Kraft gesetzt.

Berlin ist ein Land der BRep. und zugleich eine Stadt. Wegen der geschichtlichen und kulturellen Gemeinsamkeiten erlaubt die Verfassung des Landes Berlin ausdrücklich einen **Zusammenschluss mit dem Land Brandenburg** durch Staatsvertrag, der der Zustimmung durch Volksabstimmung bedarf. Ein Versuch des Zusammenschlusses scheiterte 1996 an der Ablehnung des Neugliederungsvertrages vom 18. 7. 1995 durch die Brandenburger Bevölkerung. Beide Länder haben daraufhin eine verstärkte Zusammenarbeit beschlossen, etwa durch eine gemeinsame Landesplanung und auch durch die Errichtung gemeinsamer Behörden, was nach der Berliner Verfassung zulässig ist.

Berlin gliedert sich in 12 Bezirke. Diese haben anders als Landkreise und Gemeinden in den Flächenländern keine eigene Rechtspersönlichkeit, sind aber an der Verwaltung nach den Grundsätzen der Selbstverwaltung zu beteiligen.

Berlin als Hauptstadt und Regierungssitz der BRep. (Art. 22 Abs. 1 GG) ist Sitz zahlreicher Bundesbehörden sowie der diplomatischen Vertretungen.

a) Das Abgeordnetenhaus

Die Parlamentarische Körperschaft des Landes Berlin ist das Abgeordnetenhaus. Es tagt im ehem. Preußischen Landtag und besteht aus mindestens 130, zur Zeit (Stand: 1. 1. 2007) 149 Abgeordnete. 78 Abgeordnete werden mittels Erststimme durch Mehrheitswahl in Wahlkreisen, die übrigen mittels der Zweitstimme aus Listen gewählt. Gewinnt eine Partei mehr Wahlkreis bzw. Mandate über die Erststimme, als ihr nach dem Verhältnis der Zweitstimmen zusteht, darf sie die Erststimmenmandate behalten (Überhangmandate). Die anderen Parteien erhalten dann Ausgleichsmandate, um die Verteilung der Abgeordneten wieder an das Verhältnis der abgegebenen Zweitstimmen anzupassen.

Das Abgeordnetenhaus wird auf fünf Jahre gewählt, kann sich aber mit 2/3-Mehrheit selbst auflösen. Auch kann die Legislaturperiode durch Volksentscheid vorzeitig beendet werden, wenn sich mindestens die Hälfte der Wahlberechtigten daran beteiligt und die Mehrheit zustimmt.

Dem Abgeordneten steht das Recht der **Gesetzgebung** zu. Gesetzesvorlagen können auch durch Volksbegehren beim Landtag eingebracht werden. Dazu müssen mindestens 10% der Wahlberechtigten dem Volksbegehren zustimmen. Beschließt das Abgeordnetenhaus den so eingebrachten Gesetzentwurf unverändert oder zumindest in seinem wesentlichen Bestand unverändert, wird er Gesetz. Lehnt das Abgeordnetenhaus den Gesetzentwurf ab oder ändert er in einem wesentlichen Punkt, kommt es zu einem Volksentscheid. Die Vorlage wird Gesetz, wenn mindestens 1/3 der Wahlberechtigten mehrheitlich dafür stimmen.

Verfassungsänderungen erfordern eine 2/3-Mehrheit im Abgeordnetenhaus. Verfassungsänderungen über die Bestimmungen zu Volksbegehren und Volksentscheid bedürfen der Zustimmung des Volkes.

b) Der Senat

Die Landesregierung wird durch den Senat ausgeübt. Er besteht aus dem Regierenden Bürgermeister (entspricht den Ministerpräsidenten der Länder) und bis zu acht Senatoren (entspricht den Landesministern), von denen zwei Bürgermeister sind.

Der **Regierende Bürgermeister** wird vom Abgeordnetenhaus gewählt. Dieses wählt auf Vorschlag des Regierenden Bürgermeisters die Bürgermeister und Senatoren. Das Abgeordnetenhaus kann durch Mehrheitsbeschluss dem Senat als Ganzes sowie jedem einzelnen Mitglied des Senats jederzeit das Vertrauen entziehen, was diese zum sofortigen Rücktritt verpflichtet. Damit kann das Abgeordnetenhaus den Regierenden Bürgermeister stürzen, ohne einen Nachfolger zu wählen.

Regierende Bürgermeister von Berlin (bis 1990: Berlin [West]) seit 1949: *Ernst Reuter* (SPD, bis 1953), *Walther Schreiber* (CDU, 1953–1955), *Otto Suhr* (SPD, 1955–1957), *Willy Brandt* (SPD, 1957–1966), *Heinrich Albertz* (SPD, 1966–1967), *Klaus*

Schütz (SPD, 1967–1977), *Dietrich Stobbe* (SPD, 1977–1981), *Hans-Jochen Vogel* (SPD, 1981), *Richard von Weizsäcker* (CDU, 1981–1984), *Eberhard Diepgen* (CDU, 1984–1989, 1991–2001), *Walter Momper* (SPD, 1989–1991) und seit 16. 6. 2001 *Klaus Wowereit* (SPD).

Die Behörde des Regierenden Bürgermeisters heißt Senatskanzlei (www.berlin.de/rbmskzl/index.html), daneben gibt es folgende Senatsverwaltungen (entspricht den Landesministerien):

- Senatsverwaltung für Wirtschaft, Technologie und Frauen (www.berlin.de/sen/wtf/index.html)
- Senatsverwaltung für Justiz (www.berlin.de/sen/justiz/index.html)
- Senatsverwaltung für Bildung, Wissenschaft und Forschung (www.berlin.de/sen/bwf)
- Senatsverwaltung für Gesundheit, Umwelt und Verbraucherschutz (www.berlin.de/sen/gsv/index.html)
- Senatsverwaltung für Inneres und Sport (www.berlin.de/sen/inneres/index.html)
- Senatsverwaltung für Finanzen (www.berlin.de/sen/finanzen/index.html)
- Senatsverwaltung für Stadtentwicklung (www.stadtentwicklung.berlin.de)
- Senatsverwaltung für Integration, Arbeit und Soziales (www.berlin.de/sen/ias/index.html)

Dem Senat untersteht die Hauptverwaltung, die die Aufgaben wahrnimmt, die von **gesamtstädtischer Bedeutung** sind oder einer einheitlichen Durchführung bedürfen. Alle anderen Aufgaben werden von den Bezirken wahrgenommen, in denen alle fünf Jahre Wahlen zu den Bezirksverordnetenversammlungen stattfinden. Diese wählen die Bezirksbürgermeister, die wiederum den Bezirksämtern vorstehen (hierzu im Einzelnen s. www.berlin.de/rubrik/politik-und-verwaltung/bezirks aemter/index.html).

c) Der Verfassungsgerichtshof

Der Verfassungsgerichtshof entscheidet unter anderem bei Streitigkeiten zwischen Verfassungsorganen, aber auch bei Zuständigkeitskonflikten zwischen der Hauptverwaltung und den Bezirken, über die Gültigkeit von Gesetzen sowie über Verfassungsbeschwerden. Der Verfassungsgerichtshof besteht aus neun Richtern, die vom Abgeordnetenhaus mit 2/3-Mehrheit gewählt werden. Drei Richter müssen bei ihrer Wahl Berufsrichter sein, drei weitere die Befähigung zum Richteramt ➤ s. hierzu Nr. 199, haben.

124 | Brandenburg

Das Land Brandenburg (www.brandenburg.de) umfasst 29 477 qkm und hat rund 2,5 Mio. Einwohner, von denen rund 20 000 Sorben (Wenden) als **nationale Minderheit** im Land leben. Die erste Verfassung nach dem 2. Weltkrieg erging am 6. 2. 1947. Nach der Wiedervereinigung wurde die jetzige Verfassung durch Volksentscheid am 14. 6. 1992 angenommen.

Brandenburg gliedert sich in 14 Landkreise und 436 Gemeinden, davon vier kreisfreie Städte. Landeshauptstadt ist Potsdam. Ebenso wie die Berliner Verfassung erlaubt die Verfassung des Landes Brandenburg einen Zusammenschluss mit dem Land Berlin durch Staatsvertrag und Zustimmung des Volkes ➢ s. auch Nr. 123.

a) Der Landtag

Der Landtag wird auf fünf Jahre gewählt, kann sich aber mit 2/3-Mehrheit selbst auflösen. Außerdem kann er durch Volksentscheid vorzeitig aufgelöst werden. Dabei müssen 2/3 der abgegebenen Stimmen und mindestens die Hälfte der Stimmberechtigten für die Auflösung gestimmt haben.

Der Landtag besteht aus mindestens 88 Abgeordneten, von denen 44 durch Mehrheitswahl (Erststimme) in Wahlkreisen gewählt werden, die übrigen durch Verhältniswahl über Landeslisten der Parteien (Zweitstimme).

Der Landtag hat das Recht zur **Gesetzgebung**, das daneben aber auch dem Volk zusteht. Auf Antrag von 20000 Einwohnern muss sich der Landtag mit einem Gesetzentwurf befassen (Volksinitiative). Stimmt er nicht zu, findet ein Volksbegehren statt. Wird dieses von 80000 Einwohnern unterstützt und entspricht der Landtag dem Gesetzentwurf immer noch nicht, kommt es zum **Volksentscheid**. Das Gesetz ist beschlossen, wenn die Mehrheit der abgegebenen Stimmen, mindestens aber 1/4 der Stimmberechtigten zugestimmt haben. Mit diesem Quorum soll verhindert werden, dass bei einer extrem niedrigen Beteiligungsquote (etwa wegen Abstimmungsmüdigkeit) eine kleine Minderheit Gesetze macht. Verfassungsänderungen bedürfen einer 2/3-Mehrheit im Landtag oder eines Volksentscheids, wobei 2/3 der abgegebenen Stimmen, mindestens aber die Hälfte der Stimmberechtigten zugestimmt haben müssen.

Anders als bei den Mitgliedern des Bundestages hat jeder Abgeordnete des Landtages von Brandenburg ein Recht auf Zutritt zu den Dienststellen des Landes sowie auf Akteneinsicht.

b) Die Landesregierung

Die Landesregierung besteht aus dem Ministerpräsidenten und den Landesministern. Der Ministerpräsident wird vom Landtag gewählt, der ihn durch ein konstruktives Misstrauensvotum unter Wahl eines neuen Ministerpräsidenten auch wieder abwählen kann.

Ministerpräsidenten des Landes Brandenburg seit 1990: *Manfred Stolpe* (SPD, 1990–2002) und seit 26. 6. 2002 *Matthias Platzeck* (SPD).

Die Minister werden durch den Ministerpräsidenten ernannt, ohne dass es einer Mitwirkung des Landtags bedarf. Der Ministerpräsident bestimmt die Richtlinien der Politik, innerhalb derer die Minister ihre Geschäftsbereiche (Ministerien) führen.

Die Behörde des Ministerpräsidenten ist die Staatskanzlei (www.stk.brandenburg.de). An Geschäftsbereichen bestehen:
- das Ministerium des Innern (www.mi.brandenburg.de)
- das Ministerium der Justiz (www.mdj.brandenburg.de)
- das Ministerium der Finanzen (www.mdf.brandenburg.de)

- das Ministerium für Wirtschaft (www.wirtschaft.brandenburg.de)
- das Ministerium für Infrastruktur und Raumordnung (www.mir.brandenburg.de)
- das Ministerium für Bildung, Jugend und Sport (www.mbjs.brandenburg.de)
- das Ministerium für Wissenschaft, Forschung und Kultur (www.mwfk.brandenburg.de)
- das Ministerium für Arbeit und Soziales, Gesundheit und Familie (www.masgf.brandenburg.de)
- das Ministerium für Ländliche Entwicklung, Umwelt und Verbraucherschutz (www.mluv.brandenburg.de)

c) Das Verfassungsgericht

Das Verfassungsgericht des Landes Brandenburg (in Potsdam) ist zuständig für die Entscheidung über die Verfassungsmäßigkeit von Gesetzen, für Verfassungsbeschwerden und sonstige verfassungsrechtliche Streitigkeiten. Es besteht aus insgesamt neun nicht hauptamtlichen Richtern, die vom Landtag ohne Möglichkeit einer Wiederwahl gewählt werden. Dabei sind die politischen Kräfteverhältnisse im Land zu berücksichtigen. Von den Verfassungsrichtern müssen drei Berufsrichter sein, drei weitere Richter müssen Juristen sein, die übrigen drei Richter müssen keine juristische Ausbildung haben. Frauen und Männer sollen jeweils mindestens drei der Verfassungsrichter stellen.

125 | Bremen

Die Freie Hansestadt Bremen (www.bremen.de) ist das kleinste Land der Bundesrepublik. Es zählt rd. 0,66 Mio. Einwohner und hat eine Fläche von 404 qkm. Seine Verfassung vom 21. 10. 1947 ist am 22. 10. 1947 in Kraft getreten. Das Bundesland Bremen setzt sich aus den selbstständigen Stadtgemeinden Bremen und Bremerhaven zusammen. Infolge der Eigenart des Stadtstaates nehmen die Dienststellen der Landesverwaltung zum Teil auch Aufgaben der städtischen Behörden wahr.

a) Die Bremische Bürgerschaft

Die Bremische Bürgerschaft ist die auf vier Jahre gewählte Volksvertretung des Landes. Sie kann sich durch Beschluss mit 2/3-Mehrheit selbst auflösen. Die Legislaturperiode kann aber auch durch Volksentscheid vorzeitig beendet werden, wenn die Mehrheit der Stimmberechtigten dies verlangt.

Die Bürgerschaft besteht aus 83 Mitgliedern aus Bremen (z. Z. 67) und Bremerhaven (z. Z. 16). Wie auch auf Bundesebene gibt es eine 5%-Sperrklausel, wobei diese gesondert für Bremen und Bremerhaven gilt: D. h. Eine Partei, die nur in einer der Stadtgemeinden mehr als 5% der Stimmen auf sich vereinigt, entsendet Vertreter in die Bürgerschaft, auch wenn sie bezogen auf das gesamte Staatsgebiet weniger als 5% der Stimmen erzielt. In Bremen existiert eine reine Verhältniswahl aufgrund von Listenvorschlägen. Die Abgeordneten der Bremischen Bürgerschaft haben nur ein Teilzeitmandat, sind also daneben noch anderweitig berufstätig.

Die **Gesetzgebung** liegt bei der Bürgerschaft und beim Volk. Auf Antrag von 1/10 der Stimmberechtigten muss sich die Bürgerschaft mit einer Gesetzesvorlage befassen. Nimmt diese den Gesetzentwurf nicht unverändert an, kommt es zum Volksentscheid. Das Gesetz ist beschlossen, wenn die Mehrheit, mindestens aber 1/4 der Stimmberechtigten zugestimmt haben.

Verfassungsänderungen bedürfen in der Bürgerschaft einer 2/3-Mehrheit, bei Verfassungsänderungen, die das Verhältnis der beiden Stadtgemeinden Bremen und Bremerhaven betreffen, sogar eines einstimmigen Bürgerschaftsvotums. Daneben kann die Verfassung auch durch Volksentscheid geändert werden, wenn die Bürgerschaft dies mit Mehrheitsbeschluss beantragt oder 1/5 der Stimmberechtigten dies verlangt. Einer Verfassungsänderung aufgrund Volksentscheids müssen mehr als die Hälfte der Stimmberechtigten – nicht der zur Abstimmung gehenden – zustimmen.

Die Bremische Bürgerschaft gliedert sich in (Fach-)Ausschüsse sowie (staatliche) **Deputationen**. Über diese wirken die Mitglieder der Bürgerschaft an der Verwaltung mit. Den Vorsitz führt der fachlich zuständige Senator, die Bürgerschaft ist durch gewählte Mitglieder vertreten. Auch Personen, die der Bürgerschaft nicht angehören, können in die Deputationen gewählt werden.

Die Bremer Abgeordneten der Bürgerschaft bilden zugleich die Stadtbürgerschaft, das Gemeindeparlament der Stadt Bremen. Entsprechend der Bürgerschaft ist auch die Stadtbürgerschaft in Ausschüsse und städtische Deputationen gegliedert. In den Stadt- und Ortsteilen der Stadtgemeinde Bremen werden Beiräte gewählt, in denen örtliche Anliegen beraten werden können. Die Beiräte werden von Ortsämtern unterstützt. In Bremerhaven besteht eine gesondert gewählte Stadtverordnetenversammlung. Oberste Verwaltungsbehörde ist hier der Magistrat, der sich aus dem Oberbürgermeister von Bremerhaven und den Stadträten zusammensetzt.

b) Der Senat

Die Regierung des Landes bildet der Senat, der zugleich das oberste Verwaltungsorgan der Stadtgemeinde Bremen ist. Der Präsident des Senats übt die Funktion des Ministerpräsidenten aus und trägt – wie auch sein Stellvertreter – den Amtstitel Bürgermeister. Die Minister heißen Senatoren. Derzeit (Stand: 1. 1. 2007) besteht der Senat einschließlich des Präsidenten aus sieben Senatoren. Zu weiteren Mitgliedern des Senats können Staatsräte bestellt werden, deren Zahl ein Drittel der Zahl der Senatoren nicht übersteigen darf. Die Mitglieder des Senats werden von der Bürgerschaft gewählt, dürfen dieser aber nicht angehören. Einzelne Senatoren können durch ein konstruktives Misstrauensvotum der Bürgerschaft unter Wahl eines Nachfolgers gestürzt werden.

Präsidenten des Senats seit 1945: *Wilhelm Kaisen* (SPD, 1945–1965), *Willy Dehnkamp* (SPD, 1965–1967), *Hans Koschnik* (SPD, 1967–1985), *Klaus Wedemeier* (SPD, 1985–1995), *Henning Scherf* (SPD, 1995–2005) und seit 8. 11. 2005 *Jens Böhrnsen* (SPD).

Die Behörde des Präsidenten des Senats heißt Senatskanzlei (www.rathaus-bremen.de). Der Präsident des Senats ist zur Zeit (Stand: 1. 1. 2007) auch Senator für Justiz und Verfassung (www.bremen.de/justizsenator) sowie Senator für kirchliche Angelegenheiten. Daneben bestehen folgende Geschäftsbereiche:

- der Senator für Sport und Inneres (www.bremen.de/innensenator)
- der Senator für Arbeit, Frauen, Gesundheit, Jugend und Soziales (www.bremen.de/sozialsenator)
- der Senator für Bau, Umwelt und Verkehr (www.bauumwelt.bremen.de)
- der Senator für Bildung und Wissenschaft (www.bremen.de/bildungssenator)
- der Senator für Finanzen (www.bremen.de/finanzsenator)
- der Senator für Wirtschaft und Häfen (www.bremen.de/wirtschaftssenator), der zugleich auch Senator für Kultur ist.

c) Der Staatsgerichtshof

Dem Staatsgerichtshof (www.bremen.de/staatsgerichtshof) obliegt die Verfassungsgerichtsbarkeit. Präsident des Staatsgerichtshofs ist kraft Amtes der Präsident des OVG Bremen, weitere Mitglieder sind sechs von der Bürgerschaft für die Dauer ihrer Legislaturperiode gewählte Personen, von denen zwei Richter im bremischen Landesdienst sein müssen. Bei der Wahl der Verfassungsrichter sollen die politischen Kräfteverhältnisse in der Bürgerschaft Berücksichtigung finden, die Wiederwahl ist zulässig.

Der Staatsgerichtshof ist zuständig für alle verfassungsrechtlichen Fragen, die ihm seitens des Senats, der Bürgerschaft oder 1/5 der Mitglieder der Bürgerschaft vorgelegt werden, sowie für die Prüfung bremischen Landesrechts anhand des Bremer Verfassung. Eine Verfassungsbeschwerde zum Staatsgerichtshof ist nicht vorgesehen, so dass sich Bürger, die sich durch das Handeln der Behörden des Landes Bremen in ihren Grundrechten verletzt fühlen, an das BVerfG wenden müssen.

126 | Hamburg

Das Gebiet der „Freien und Hansestadt Hamburg“ (www.hamburg.de) umfasst 755 qkm; hierzu gehören auch die vor der Elbmündung gelegenen Inseln Neuwerk und Scharhörn. Hamburg ist ein Stadtstaat mit 1,73 Mio. Einwohnern. Nach der Verfassung vom 6. 6. 1952 werden in Hamburg staatliche und gemeindliche Tätigkeit nicht getrennt.

a) Die Hamburgische Bürgerschaft

Das Landesparlament ist die Bürgerschaft. Sie besteht aus 121 Abgeordneten. 71 Abgeordnete werden über Wahlkreise gewählt und die übrigen über offene Landeslisten. In jedem der 17 Wahlkreise werden drei bis fünf Abgeordnete gewählt (**Mehrmandatswahlkreise**). Im Wahlkreis und auf der Landesliste können die Wähler jeweils fünf Stimmen frei vergeben, wobei die Stimmen auf einen oder mehrere Kandidaten derselben Partei gehäufelt (kumuliert) oder auch auf Kandidaten verschiedener Parteien verteilt (panaschiert) werden können. Die Verteilung der Sitze erfolgt nach dem Verhältnis der Parteistimmen.

Die Abgeordneten der Bürgerschaft werden auf vier Jahre gewählt. Die Bürgerschaft kann sich durch Beschluss der Mehrheit der gesetzlichen Mitgliederzahl selbst auflösen. Die Abgeordneten dürfen neben dem Mandat weiterhin ihrem Beruf nachgehen (Ausnahme: Beamte, Richter).

Die Bürgerschaft beschließt die Gesetze, soweit es nicht eines **Volksentscheids** bedarf. Unterstützen 10 000 Wahlberechtigte einen Gesetzentwurf (Volksinitiative), muss sich die Bürgerschaft damit befassen. Kommt diese dem Anliegen der Volksinitiative nicht durch ein Gesetz, das aber nicht identisch mit dem vorgelegten Gesetzentwurf sein muss, nach, kann ein Volksbegehren beantragt werden. Wird dies von 1/20 der Wahlberechtigten unterstützt, muss sich die Bürgerschaft erneut mit der Vorlage befassen. Kommt es dem mit dem Entwurf verfolgten Anliegen erneut nicht nach, findet ein Volksentscheid statt. Das Gesetz ist angenommen, wenn die Mehrheit, mindestens aber 1/5 der Wahlberechtigten zustimmt.

Verfassungsänderungen durch die Bürgerschaft bedürfen zwei übereinstimmender Beschlüsse mit 2/3-Mehrheit bei Anwesenheit von 3/4 der Abgeordneten, Verfassungsänderungen durch Volksentscheid einer 2/3-Mehrheit, mindestens aber der Zustimmung der Hälfte der Wahlberechtigten.

b) Der Hamburger Senat

Landesregierung ist der Senat. Er besteht aus dem Ersten Bürgermeister, der auch den Titel Präsident des Senats führt, und Senatoren. Der Erste Bürgermeister wird von der Bürgerschaft gewählt. Seine Amtszeit endet unter anderem durch konstruktives Misstrauensvotum unter Wahl eines Nachfolgers.

Der Erste Bürgermeister beruft die Senatoren, die in ihrer Gesamtheit von der Bürgerschaft bestätigt werden müssen. Die Mitglieder des Senats dürfen kein Bürgerschaftsmandat ausüben, ein eventuelles Mandat ruht. Der Senat kann zur Beratung und Bearbeitung von Angelegenheiten beamtete Senatssyndici (= Staatsräte; entsprechen den Staatssekretären) ernennen, die an den Sitzungen des Senats teilnehmen können.

Erste Bürgermeister der Freien und Hansestadt Hamburg seit 1945: *Dr. Rudolf Petersen* (CDU, 1945/1946), *Max Brauer* (SPD, 1946–1953, 1957–1960), *Dr. Kurt Sieveking* (1953–1957), *Dr. Paul Nevermann* (SPD, 1961–1965), *Dr. Herbert Weichmann* (SPD, 1965–1971), *Peter Schulz* (SPD, 1971–1974), *Hans-Ulrich Klose* (SPD, 1974–1981), *Dr. Klaus von Dohnanyi* (SPD, 1981–1988), *Dr. Henning Voscherau* (SPD, 1988–1997), *Ortwin Runde* (SPD, 1997–2001) und seit 31. 10. 2001 *Ole von Beust* (CDU)

Die Verwaltung wird durch den Senat, Senatsämter, Fachbehörden und Bezirks- sowie Ortsämter wahrgenommen. Die Fachbehörden entsprechen den Fachministerien. Sie werden jeweils von einem Senator geleitet, dem eine **Deputation** von 15 gewählten Abgeordneten der Bürgerschaft zur Seite und der der Senator als Präses vorsteht. Es bestehen:

- die Justizbehörde (www.fhh.hamburg.de/stadt/aktuell/behoerden/justizbehoerde/start.html)
- die Kulturbehörde (www.fhh.hamburg.de/stadt/aktuell/behoerden/kultuerbehoerde/start.html)
- die Finanzbehörde (www.fhh.hamburg.de/stadt/aktuell/behoerden/finanzbehoerde/start.html)
- die Behörde für Bildung und Sport (www.fhh.hamburg.de/stadt/aktuell/behoerden/bildung-sport/start.html)
- die Behörde für Wissenschaft und Gesundheit (www.fhh.hamburg.de/stadt/aktuell/behoerden/wissenschaft-gesundheit/start.html)
- die Behörde für Soziales und Familie (www.fhh.hamburg.de/stadt/aktuell/behoerden/soziales-familie/start.html)
- die Behörde für Stadtentwicklung und Umwelt (www.fhh.hamburg.de/stadt/aktuell/behoerden/stadtentwicklung-umwelt/start.html)
- die Behörde für Wirtschaft und Arbeit (www.fhh.hamburg.de/stadt/aktuell/behoerden/wirtschaft-arbeit/start.html)
- die Behörde für Inneres (www.fhh.hamburg.de/stadt/aktuell/behoerden/inneres/start.html)

Als Senatsämter existieren die Senatskanzlei (www.fhh.hamburg.de/stadt/aktuell/behoerden/senatskanzlei/start.html) als Behörde des Ersten Bürgermeisters sowie das Personalamt und das Staatsarchiv. Als untere Verwaltungsbehörden bestehen in den sieben Bezirken Hamburgs Bezirks- und Ortsämter. Die Bevölkerung wirkt über Bezirksversammlungen an den Angelegenheiten des Bezirks sowie den Aufgaben des Bezirksamtes mit.

c) Das Hamburgische Verfassungsgericht

Das Verfassungsgericht entscheidet über verfassungsrechtliche Streitigkeiten zwischen den Verfassungsorganen und überprüft das gesamte Landesrecht anhand höherrangigen Rechts. Da die Hamburgische Verfassung keinen Grundrechtskatalog enthält, steht den Bürgern kein Rechts zur Verfassungsbeschwerde gegen Akte der öffentlichen Gewalt zu. Hier bleibt nur die Möglichkeit, sich an das BVerfG zu wenden und die Verletzung eines Grundrechts des GG zu rügen.

Das Verfassungsgericht besteht insgesamt aus neun Richtern. Der Präsident und drei der Richte müssen Berufsrichter im hamburgischen Landesdienst sein, zwei weitere Verfassungsrichter müssen die Befähigung zum Richteramt ➤ s. Nr. 199, haben, die übrigen Richter nicht. Die Verfassungsrichter werden von der Bürgerschaft auf sechs Jahre gewählt, wobei eine Widerwahl einmal zulässig ist.

127 | Hessen

Das Land Hessen (www.hessen.de) wurde durch die Proklamation Nr. 2 der am. MilReg. vom 19. 9. 1945 gebildet. Es entstand aus dem ehem. Volksstaat Hessen mit Ausnahme der linksrhein. Gebiete und den ehem. preuß. Provinzen Kurhessen und Nassau mit Ausnahme der Landkreise Oberwesterwald, Unterwesterwald, Unterlahn und St. Goarshausen. Das Land umfasst 21 114 qkm und rd. 6,1 Mio. Einwohner. Hauptstadt ist Wiesbaden. Die Verfassung datiert vom 1. 12. 1946.

Hessen ist in 426 Gemeinden, davon fünf kreisfreie Städte, gegliedert. Die kreisangehörigen Gemeinden gehören 21 Landkreisen an.

a) Der Hessische Landtag

Der Landtag ist die parlamentarische Körperschaft des Landes. Ihm gehören 110 Abgeordnete an, von denen 55 Abgeordnete direkt in Wahlkreisen nach dem Mehrheitswahlsystem, die übrigen Abgeordneten nach dem Verhältniswahlrecht über Landeslisten bestimmt werden. Jeder Wähler hat zwei Stimmen. Die Legislaturperiode des Landtags beträgt fünf Jahre. Er kann sich durch Mehrheitsbeschluss selbst vorzeitig auflösen.

Art. 155 der hessischen Verfassung erlaubt ausdrücklich die Einführung eines **Zweikammersystems**, wenn die zweite Kammer ebenfalls durch demokratische Wahl hervorgegangen ist. Hiervon wurde bislang aber nicht Gebrauch gemacht.

Die Gesetzgebung wird durch den Landtag oder durch das Volk im Wege des Volksentscheids ausgeübt. Gegen ein vom Landtag beschlossenes Gesetz kann die Landesregierung Einspruch einlegen, der aber vom Landtag überstimmt werden kann. Beantragt $^1/_5$ der Wahlberechtigten einen Gesetzentwurf (Volksbegehren) und übernimmt der Landtag diesen nicht unverändert, kommt es zu einem **Volksentscheid**. Hierbei entscheidet die Mehrheit. Verfassungsänderungen bedürfen im Landtag der Zustimmung von mehr als die Hälfte der gesetzlichen Mitglieder oder eines Volksentscheids.

b) Die Hessische Landesregierung

Die Landesregierung besteht aus dem Ministerpräsidenten und den Ministern. Der Ministerpräsident wird vom Landtag gewählt und ernennt die Minister. Deren Ernennung ist dem Landtag anzuzeigen. Abberufen kann der Ministerpräsidenten einen Minister nur mit Zustimmung des Landtags. Der Landtag kann dem Ministerpräsidenten das Vertrauen entziehen, so dass dieser zurücktreten muss. Anders als im Verhältnis des Bundestages zum Bundeskanzler muss der Landtag mit dem Misstrauensantrag nicht zugleich einen neuen Ministerpräsidenten wählen (**kein konstruktives Misstrauensvotum**). Wählt der Landtag aber nicht binnen 12 Tagen einen neuen Ministerpräsidenten, ist er aufgelöst.

Ministerpräsidenten seit 1946: *Christian Stock* (SPD, 1946–1950), *Georg August Zinn* (SPD, 1950–1969); *Albert Osswald* (SPD, 1969–1976), *Holger Börner* (SPD, 1976–1987), *Walter Wallmann* (CDU, 1987–1991), *Hans Eichel* (SPD, 1991–1999) sowie seit 7. 4. 1999 *Roland Koch* (CDU).

Zur Zeit (Stand: 1. 1. 2007) besteht die Landesregierung neben dem Ministerpräsidenten aus 10 Ministern. Die Behörde des Ministerpräsidenten ist die Staatskanzlei mit dem Chef der Staatskanzlei als Minister sowie einem Minister für Bundes- und Europaangelegenheiten (www.staatskanzlei.hessen.de). An Fachministerien gibt es:

- das Ministerium des Innern und für Sport (www.hmdi.hessen.de)
- das Ministerium der Finanzen (www.hmdf.hessen.de)
- das Ministerium der Justiz (www.hmdj.hessen.de)
- das Ministerium für Wissenschaft und Kunst (www.hmwk.hessen.de)
- das Kultusministerium (www.hessisches-kultusministerium.de)
- das Ministerium für Wirtschaft, Verkehr und Landesentwicklung (www.wirtschaft.hessen.de)
- das Ministerium für Umwelt, ländlichen Raum und Verbraucherschutz (www.hmulv.hessen.de)
- das Sozialministerium (www.hsm.hessen.de)

Die jeweiligen Minister (nicht die Ministerien) führen den Titel **Staatsminister**.

c) Der Staatsgerichtshof

Der Staatsgerichtshof des Landes Hessen entscheidet über alle Verfassungsstreitigkeiten sowie über Grundrechtsklagen (= Verfassungsbeschwerden). Zudem überprüft er auf Antrag die Vereinbarkeit von Gesetzen mit der Verfassung.

Der Staatsgerichtshof besteht aus 11 Richtern, von denen fünf Berufsrichter sein müssen. Diese werden vom Landtag auf sieben Jahre gewählt. Die übrigen Richter wählt der Landtag für jede Legislaturperiode neu. Eine Widerwahl ist zulässig.

128 | Mecklenburg-Vorpommern

Das Land (www.mecklenburg-vorpommern.de) hat rd. 1,74 Mio. Einwohner und eine Fläche von 23 170 qkm. Die Landeshauptstadt ist Schwerin. In den Landesfarben und im Landeswappen (Blau-Weiß-Gelb-Rot und dem Symbol des zweifachen Stierkopfes sowie ein roter Greif und ein roter Adler) sind Mecklenburg und Vorpommern in gleicher Weise repräsentiert. Die Verfassung Mecklenburg-Vorpommerns datiert vom 23. 5. 1993.

a) Der Landtag

Der Landtag besteht aus mindestens 71 Abgeordneten die nach den Grundsätzen einer **mit der Personenwahl verbundenen Verhältniswahl** gewählt werden. Entsprechend der Bundestagswahl werden 36 Abgeordnete durch die Erststimme in Wahlkreisen (Mehrheitswahl), die übrigen durch die Zweitstimme über die Landeslisten (Verhältniswahl) gewählt.

Die Wahlperiode des Landtags beträgt vier Jahre, der Landtag kann sich aber mit 2/3-Mehrheit selbst auflösen. Der Landtag wählt den Datenschutzbeauftragten, den Landesbeauftragten für die Unterlagen des Staatssicherheitsdienstes der ehemaligen DDR sowie einen **Bürgerbe-**

auftragten, der unabhängig ist und die Rechte der Bürger gegenüber der Landesregierung sowie den Behörden wahren soll und die Bürger in sozialen Angelegenheiten beraten und unterstützen soll.

Das Rechts zur Gesetzgebung liegt beim Landtag sowie beim Volk. Auf Antrag von 15 000 Wahlberechtigten (**Volksinitiative**) kann dem Landtag ein Gesetzentwurf zur Beratung unterbreitet werden. Auf Antrag von 140 000 Wahlberechtigten (Volksbegehren) findet über eine Gesetzesvorlage ein Volksentscheid statt, wenn nicht der Landtag die Vorlage im Wesentlichen unverändert annimmt. Durch Volksentscheid ist ein Gesetz nur dann angenommen, wenn die Mehrheit der Abstimmenden, mindestens ein Drittel der Wahlberechtigten zustimmt.

Verfassungsänderungen im Landtag bedürfen einer 2/3-Mehrheit. Verfassungsänderungen durch Volksentscheid sind nur angenommen, wenn mindestens die Hälfte der Wahlberechtigten zustimmt.

b) Die Landesregierung

Die Landesregierung steht an der Spitze der vollziehenden Gewalt. Sie besteht aus dem Ministerpräsidenten und den Ministern. Der Landtag wählt den Ministerpräsidenten, der dann die Minister ernennt. Der Ministerpräsident kann durch ein konstruktives Misstrauensvotum des Landtags vorzeitig abberufen werden, er kann die Vertrauensfrage stellen. Zur Unterstützung des Ministerpräsidenten sowie einzelner Minister können Landtagsabgeordnete als Parlamentarische Staatssekretäre berufen und mit Sonderausgaben betraut werden.

Ministerpräsidenten seit 1990: *Prof. Dr. Alfred Gomolka* (CDU, 1990–1992), *Dr. Bernhard Seite* (CDU, 1992–1998) sowie seit 3. 11. 1998 *Dr. Harald Ringsdorf* (SPD).

Dem Ministerpräsidenten zur Seite steht die Staatskanzlei (www.mv-regierung.de/stk). Als Fachministerien bestehen:

- das Innenministerium (www.mv-regierung.de/im)
- das Justizministerium (www.jm.mv-regierung.de)
- das Finanzministerium (www.fm.mv-regierung.de)
- das Ministerium für Wirtschaft, Arbeit und Tourismus (www.wm.mv-regierung.de)
- das Ministerium für Landwirtschaft, Umwelt und Verbraucherschutz (www.mv-regierung.de/lm)
- das Ministerium für Bildung, Wissenschaft und Kultur (www.kultus-mv.de)
- das Ministerium für Verkehr, Bau und Landesentwicklung (www.mv-regierung.de/vm)
- das Ministerium für Soziales und Gesundheit (www.sozial-mv.de)

c) Das Landesverfassungsgericht

Das Landesverfassungsgericht in Greifswald entscheidet über alle verfassungsrechtlichen Streitigkeiten, über die Vereinbarkeit von Landesrecht mit der Verfassung und über Verfassungsbeschwerden. Das Gericht besteht aus dem Präsidenten und sechs weiteren Richtern. Der Präsident und drei Richter müssen die Befähigung zum Richteramt ➢ s. Nr. 199, haben. Die Verfassungsrichter werden von einem besonderen Ausschuss des Landtages mit 2/3-Mehrheit auf 12 Jahre gewählt. Eine Widerwahl ist nicht möglich. Die Verfassungsrichter üben ihr Amt ehrenamtlich aus.

129 | Niedersachsen

Das Land Niedersachsen (www.niedersachsen.de) wurde 1946 aus den bisherigen Ländern Oldenburg, Braunschweig und Schaumburg-Lippe sowie aus der früheren preußischen Provinz Hannover gebildet ➢ vgl. Nr. 18 b). Es umfasst 47 636 qkm mit 7,85 Mio. Einwohnern. Landeshauptstadt ist Hannover. Die Verfassung Niedersachsens datiert vom 19. 5. 1993.

Niedersachsen ist in 1023 Gemeinden und 37 Landkreisen gegliedert. Daneben gibt es noch die Region Hannover als kommunale Körperschaft eigener Art.

a) Der Niedersächsische Landtag

Der Landtag ist die auf fünf Jahre gewählte parlamentarische Körperschaft des Volkes. Er kann sich durch Beschluss selbst vorzeitig auflösen. Der Beschluss bedarf einer Mehrheit von 2/3 der anwesenden Mitglieder, mindestens der Mehrheit der Mitglieder.

Der Landtag besteht aus mindestens 135 Abgeordneten, von denen 87 in Wahlkreisen direkt, die übrigen über die Landeslisten nach den Grundsätzen der Verhältniswahl gewählt werden. Die Bürger haben – wie bei der Bundestagswahl – eine Erst- und eine Zweitstimme.

Die Gesetzgebung liegt beim Landtag und beim Volk. Bereits 70 000 Wahlberechtigte können dem Landtag einen Gesetzentwurf zur Beratung vorlegen (**Volksinitiative**), dessen Ablehnung aber folgenlos bleibt. Wird der Gesetzentwurf aber von 10% der Wahlberechtigten unterstützt (Volksbegehren) und nimmt der Landtag die Vorlage nicht im Wesentlichen unverändert an, kommt es zum Volksentscheid. Das Gesetz ist beschlossen, wenn die Hälfte der Abstimmenden, mindestens aber 1/4 der Wahlberechtigten zustimmt.

Verfassungsänderungen durch den Landtag bedürfen einer 2/3-Mehrheit, durch Volksentscheid der Zustimmung der Hälfte der Wahlberechtigten.

b) Die Niedersächsische Landesregierung

An der Spitze der vollziehenden Gewalt steht die Landesregierung. Sie besteht aus dem Ministerpräsidenten und den Ministern. Der Ministerpräsident wird vom Landtag gewählt. Die Minister werden vom Ministerpräsidenten berufen, was der Bestätigung des Landtags bedarf. Der Landtag kann – wie im Bund – durch konstruktives Misstrauensvotum einen neuen Ministerpräsidenten wählen.

Ministerpräsidenten seit 1946: *Hinrich Wilhelm Kopf* (SPD, 1946–1955, 1959–1961), *Heinrich Hellwege* (DP, 1955–1959), *Georg Diederichs* (SPD, 1961–1970), *Alfred Kubel* (SPD, 1970–1976), *Ernst Albrecht* (CDU, 1976–1990), *Gerhard Schröder* (SPD, 1990–1998), *Gerhard Glogowski* (SPD, 1998–1999), *Sigmar Gabriel* (SPD, 1999–2003) sowie seit 4. 3. 2003 *Christian Wulff* (CDU).

Dem Ministerpräsidenten steht zur Erfüllung seiner Aufgaben die Staatskanzlei (www.stk.niedersachsen.de) zur Verfügung. Als Fachministerien bestehen:

- das Ministerium für Inneres und Sport (www.mi.niedersachsen.de)
- das Finanzministerium (www.mf.niedersachsen.de)
- das Ministerium für Soziales, Frauen, Familie und Gesundheit (www.ms.niedersachsen.de)
- das Ministerium für Wissenschaft und Kultur (www.mwk.niedersachsen.de)
- das Kultusministerium (www.mk.niedersachsen.de)
- das Ministerium für Wirtschaft, Arbeit und Verkehr (www.mw.niedersachsen.de)
- das Ministerium für den ländlichen Raum, Ernährung, Landwirtschaft und Verbraucherschutz (www.ml.niedersachsen.de)
- das Justizministerium (www.mj.niedersachsen.de)
- das Umweltministerium (www.mu1.niedersachsen.de)

c) Der Niedersächsische Staatsgerichtshof

Der Staatsgerichtshof mit Sitz in Bückeburg entscheidet unter anderem über die Auslegung der Verfassung bei Streitigkeiten zwischen obersten Landesorganen und prüft niedersächsisches Landesrecht anhand der Verfassung. Eine **Verfassungsbeschwerde** zum Staatsgerichtshof gibt es nicht. Bürger, die sich durch Akte niedersächsischer Behörden in ihren Grundrechten verletzt fühlen, müssen insoweit das BVerfG anrufen.

Der Staatsgerichtshof besteht aus neun Mitgliedern, die vom Landtag mit 2/3-Mehrheit auf sieben Jahre gewählt werden. Eine einmalige Widerwahl ist zulässig. Mindestens sechs Mitglieder müssen die Befähigung zum Richteramt ➤ s. Nr. 199, haben, drei sollen Berufsrichter sein. Männer und Frauen sollen jeweils mindestens drei Mitglieder stellen.

130 | Nordrhein-Westfalen

Das Land Nordrhein-Westfalen (www.nrw.de) wurde 1946 von der Brit. Militärregierung durch Vereinigung der 3 nördlichen Regierungsbezirke der preuß. Rheinprovinz (Aachen, Köln, Düsseldorf) mit der preuß. Provinz Westfalen gebildet. 1947 wurde das Land Lippe angeschlossen.

Das Gebiet von NRW umfasst 34081 qkm mit 18,0 Mio. Einwohnern. Damit ist NRW das bevölkerungsreichste deutsche Land. Die Verfassung datiert vom 28. 6. 1950. NRW besteht aus knapp 400 Gemeinden, davon sind 23 kreisfrei, und 31 Landkreisen. Eine Sonderstellung bei der interkommunalen Zusammenarbeit kommt dem Regionalverband Ruhr zu. Als höhere Gemeindeverbände existieren die Landschaftsverbände Westfalen-Lippe und Rheinland, die Aufgaben im kulturellen und sozialen Bereich übernehmen.

a) Der Landtag

Die mindestens 181 (Stand 1. 1. 2007: 187) Mitglieder des Landtags werden nach einem Mischsystem aus Mehrheits- und Verhältniswahl bestimmt. Es bestehen 128 Wahlkreise, in denen die Direktabgeordneten mit einfacher Mehrheit gewählt werden. Die übrigen Abgeordneten werden über Landesreservelisten entsprechend dem Anteil der Parteien am Gesamtstimmenergebnis gewählt. Hat eine Partei mehr Wahlkreise errungen, als ihr nach ihrem Anteil am Gesamtergebnis zustehen würde, darf sie diese behalten. Die anderen Parteien erhalten dann aber Mehrsitze. Bei der Landtagswahl hat jeder Wähler **eine Stimme**.

Der Landtag wird auf fünf Jahre gewählt. Er kann sich durch Beschluss selbst vorzeitig auflösen, wenn dem die Mehrheit der gesetzlichen Mitgliederzahl zustimmt.

Gesetze werden vom Landtag oder vom Volk beschlossen. Volksinitiativen (mindestens von 0,5 % der Wahlberechtigten) können dem Landtag Gesetzentwürfe unterbreiten. Eine Ablehnung durch den Landtag ist folgenlos. Erst durch ein Volksbegehren, das von mindestens 8 % der Wahlberechtigten beantragt werden muss, kommt es zu einem **Volksentscheid**, es sei denn der Landtag stimmt der Vorlage unverändert zu. Ein Volksentscheid kann auch dann stattfinden, wenn der Landtag einen von der Landesregierung eingebrachten Gesetzentwurf ablehnt. Findet das Gesetz die mehrheitliche Zustimmung des Volkes, kann die Landesregierung den Landtag auflösen. Wird das Gesetz durch den Volksentscheid abgelehnt, muss die Landesregierung zurücktreten.

Verfassungsänderungen durch den Landtag bedürfen einer 2/3-Mehrheit oder einer Volksabstimmung ebenfalls mit 2/3-Mehrheit und einem Beteiligungsquorum von 50 %. Kommt im Landtag eine 2/3-Mehrheit nicht zustande, können Landesregierung oder Landtag einen Volksentscheid einholen.

b) Die Landesregierung

Oberstes Verwaltungsorgan ist die Landeregierung. Sie besteht aus dem Ministerpräsidenten und den Landesministern. Der Ministerpräsident wird vom Landtag gewählt und ernennt die Minister. Dies hat er dem Landtag anzuzeigen. Der Ministerpräsident kann – wie der Bundeskanzler – durch ein konstruktives Misstrauensvotum gestürzt werden. Jedem Mitglied der Landesregierung kann ein Mitglied des Landtags als **Parlamentarischer Staatssekretär** beigegeben werden. Diese werden aber nicht Mitglieder der Landesregierung.

Ministerpräsidenten seit 1946: *Dr. Rudolf Amelunxen* (Zentrum, 1946/1947), *Karl Arnold* (CDU, 1947–1956), *Fritz Steinhoff* (SPD, 1956–1958), *Franz Meyers* (CDU, 1958–1966), *Heinz Kühn* (SPD, 1966–1978), *Johannes Rau* (SPD, 1978–1998), *Wolfgang Clement* (SPD, 1998–2002), *Peer Steinbrück* (SPD, 2002–2005), seit 2005 *Dr. Jürgen Rüttgers* (CDU).

Die Behörde des Ministerpräsidenten ist die Staatskanzlei (www.nrw.de/staatskanzlei_nrw). Daneben bestehen als Fachministerien:

- das Ministerium für Innovation, Wissenschaft, Forschung und Technologie (www.innovation.nrw.de)
- das Finanzministerium (www.fm.nrw.de)
- das Ministerium für Wirtschaft, Mittelstand und Energie (www.wirtschaft.nrw.de)
- das Innenministerium (www.im.nrw.de)

- das Ministerium für Arbeit, Gesundheit und Soziales (www.mags.nrw.de)
- das Ministerium für Schule und Weiterbildung (www.bildungsportal.nrw.de)
- das Ministerium für Bauen und Verkehr (www.mbv.nrw.de)
- das Justizministerium (www.jm.nrw.de)
- das Ministerium für Umwelt und Naturschutz, Landwirtschaft und Verbraucherschutz (www.munlv.nrw.de)
- das Ministerium für Generationen, Familien, Frauen und Integration (www.mgffi.nrw.de)

c) Der Verfassungsgerichtshof

Der Verfassungsgerichtshof des Landes Nordrhein-Westfalen in Münster entscheidet unter anderem bei Streitigkeiten zwischen Verfassungsorganen sowie bei Meinungsverschiedenheiten über die Vereinbarkeit von Landesrecht mit der Verfassung. Bürger können sich nicht mit der **Verfassungsbeschwerde** an den Verfassungsgerichtshof wenden, wohl aber an das BVerfG.

Der Präsident des OVG ist kraft Amtes Präsident des Verfassungsgerichtshofs. Weitere Mitglieder sind kraft Amtes die beiden lebensältesten Präsidenten der OLGs sowie vier vom Landtag auf die Dauer von sechs Jahren gewählte Personen, von denen zwei Juristen sein müssen. Die Wiederwahl ist zulässig.

131 | Rheinland-Pfalz

Rheinland-Pfalz (www.rlp.de) wurde aus ehemaligen Teilen Preußens (Regierungsbezirke Koblenz und Trier, vier Landkreise des Regierungsbezirks Wiesbaden), Hessens (Rheinhessen) und Bayern (Pfalz) durch VO des Oberbefehlshabers der französischen Besatzungszone vom 30. 8. 1946 gebildet. Es ist 19 853 qkm groß und hat eine Wohnbevölkerung von 4,06 Mio. Einwohnern. Landeshauptstadt ist Mainz. Die in einer Volksabstimmung angenommene Landesverfassung datiert vom 18. 5. 1947.

Rheinland-Pfalz gliedert sich in rund 2 300 Ortgemeinden, von denen etwa 2 250 insgesamt 163 Verbandsgemeinden angehören. Es bestehen 24 Landkreise und in der Landesverfassung angesprochen als höherer Gemeindeverband der – im Wesentlichen das ehemals bayerische Gebiet umfassend – Bezirksverband Pfalz, der Träger kultureller und sozialer Aufgaben ist.

a) Der Landtag

Der Landtag ist das vom Volk gewählte oberste Organ der politischen Willensbildung. Die Abgeordneten werden nach den Grundsätzen einer mit der Personenwahl verbundenen Verhältniswahl gewählt. Der Landtag besteht aus mindestens 101 Abgeordneten, von denen 51 Abgeordnete in Wahlkreisen direkt bestimmt werden (Erststimme). Die übrigen Abgeordneten werden über Landeslisten nach Verhältnismäßigkeitsgrundsätzen (Zweitstimmenanteil) verteilt. Überhangmandate ➤ s. Nr. 75 b) aa), werden durch Ausgleichsmandate ausgeglichen. Der Landtag wird auf fünf Jahre gewählt, er kann sich durch Mehrheitsbeschluss selbst vorzeitig auflösen. Auch durch Volksentscheid kann die Legislaturperiode vorzeitig beendet werden.

Die Gesetzgebung liegt beim Landtag und beim Volk. Auf Antrag von 30000 Wahlberechtigten kann dem Landtag ein Gesetzentwurf zur Beratung unterbreitet werden (Volksinitiative). Stimmt der Landtag der Vorlage nicht zu, kann auf Antrag von 300000 Wahlberechtigten ein **Volksbegehren** gestellt werden. Entspricht der Landtag dem Gesetzentwurf immer noch nicht, findet ein Volksentscheid statt. Die Mehrheit entscheidet, wenn 1/4 der Wahlberechtigten an der Abstimmung teilgenommen haben. Auch über ein durch den Landtag bereits beschlossenes Gesetz kann vor dessen Verkündung ein Volksentscheid stattfinden, wenn dies 1/3 der Abgeordneten und 150000 Wahlberechtigten verlangen.

Verfassungsänderungen bedürfen einer 2/3-Mehrheit im Landtag oder eines Volksentscheides mit der Mehrheit der Wahlberechtigten.

Durch Landesgesetz von 1974 wurde ein **Bürgerbeauftragter** geschaffen, der im Rahmen des parlamentarischen Kontrollrechts des Landtags die Rechte der Bürger im Verkehr mit den Behörden stärken soll. Der Bürgerbeauftragte kann von jeder Landesbehörde Auskünfte verlangen sowie Akten einsehen. Er gilt als ständiger Beauftragter des Petitionsausschusses. Der Bürgerbeauftragte wird vom Landtag auf acht Jahre gewählt. Eine Widerwahl ist zulässig.

b) Die Landesregierung

Die Landeregierung besteht aus dem Ministerpräsidenten und den Ministern. Der Ministerpräsident wird vom Landtag gewählt. Er ernennt und entlässt die Minister. Die Landesregierung bedarf zur Übernahme der Geschäfte der Bestätigung des Landtages. Zur Entlassung eines Ministers ist ebenfalls die Zustimmung des Landtags erforderlich.

Der Landtag kann der Landesregierung insgesamt sowie jedem einzelnen Mitglied durch Beschluss das Vertrauen entziehen (**allgemeines Misstrauensvotum**). Die Landesregierung oder das betroffene Mitglied ist zum Rücktritt verpflichtet. Betrifft das Misstrauensvotum die Landesregierung insgesamt, ist der Landtag aufgelöst (mit der Folge von Neuwahlen), wenn er nicht binnen vier Wochen einer neuen Regierung das Vertrauen ausspricht.

Ministerpräsidenten seit 1947: *Dr. Wilhelm Boden* (CDU, 1947), *Peter Altmeier* (CDU, 1947–1969), *Dr. Helmut Kohl* (CDU, 1969–1976), *Dr. Bernhard Vogel* (CDU, 1976–1988), *Dr. Carl-Ludwig Wagner* (CDU, 1988–1991), *Rudolf Scharping* (SPD, 1991–1994) und seit 26. 10. 1994 *Kurt Beck* (SPD)

Zur Erfüllung seiner Aufgaben steht dem Ministerpräsidenten die Staatskanzlei zur Verfügung (www.stk.rlp.de). Daneben bestehen folgende Fachministerien:

- das Ministerium für Wirtschaft, Verkehr, Landwirtschaft und Weinbau (www.mwvlw.rlp.de)
- das Ministerium des Innern und für Sport (www.ism.rlp.de)
- das Ministerium der Finanzen (www.fm.rlp.de)
- das Ministerium der Justiz (www.justiz.rlp.de)

- das Ministerium für Arbeit, Soziales, Familie und Gesundheit (www.masfg.rlp.de)
- das Ministerium für Bildung, Frauen und Jugend (www.mbfj.rlp.de)
- das Ministerium für Wissenschaft, Weiterbildung, Forschung und Kultur (www.mwwfk.rlp.de)
- das Ministerium für Umwelt, Forsten und Verbraucherschutz (www.mufv.rlp.de)

c) Der Verfassungsgerichtshof

Der Verfassungsgerichtshof in Koblenz entscheidet bei Meinungsverschiedenheiten zwischen Verfassungsorganen und überprüft Landesrecht auf seine Vereinbarkeit mit der Verfassung. Jeder Bürger kann Verfassungsbeschwerde erheben.

Der Verfassungsberichtshof besteht aus dem Präsidenten des OVG als Vorsitzenden, aus drei weiteren Berufsrichtern sowie fünf weiteren Mitgliedern, die keine juristischen Ausbildung haben müssen. Mit Ausnahme des Vorsitzenden werden alle Verfassungsrichter vom Landtag mit 2/3-Mehrheit auf sechs Jahre gewählt. Eine Wiederwahl ist einmal zulässig.

132 | Saarland

Das Saarland (www.saarland.de) umfasst ein Gebiet von 2568 qkm mit 1,06 Mio. Einwohnern.

Das Saargebiet mit der seit 1381 dem Hause Nassau gehörigen alten Grafschaft Saarbrücken wurde 1815 preußisch, in seinen kleineren östlichen Teilen bayrisch und nach dem ersten Weltkrieg (ab 10. 1. 1920) durch den **Versailler Vertrag** einer Völkerbundregierung unterstellt. Das Eigentum an den Steinkohlengruben (zwischen Neunkirchen und der Südgrenze des Warndt) und deren Ausbeutung wurde dem französischen Staat zugesprochen. Im Jahre 1935 kehrte das Saargebiet nach einer Volksabstimmung, bei der sich 90,76 v. H. für die Rückkehr aussprachen, zum Deutschen Reich zurück. Von 1940 bis 1945 war das Saarland mit dem bayerischen RegBez. Pfalz zu einer Verwaltungseinheit zusammengefasst (Saarpfalz bzw. Westmark). Nach dem Zusammenbruch 1945 schuf die französische Besatzungsmacht aus dem Saargebiet, Teilen der einstigen bayerischen Pfalz und Teilen der früheren preußischen Rheinprovinz das Saarland. Durch die Verfassung vom 15. 12. 1947 nahm das Saarland politische Unabhängigkeit von Deutschland in Anspruch und schloss sich wirtschaftlich, zoll- und währungspolitisch an die Französische Republik an. Die unter Widerspruch der BReg. zwischen Frankreich und dem Saarland abgeschlossenen Saarkonventionen vom 3. 3. 1950 räumten Frankreich das Recht auf Ausbeutung der Saargruben auf 50 Jahre ein und verstärkten die Autonomie des Saarlandes. Gegen den Widerspruch der BReg., die das Saarland als Teil Deutschlands betrachtete, wurde das Saarland gleichzeitig mit der BRep. in den Europarat ➢ s. Nr. 51 b), als assoziiertes Mitglied aufgenommen. Der endgültige staatsrechtliche Status sollte durch den Friedensvertrag bestimmt werden.

Nachdem eine Lösung der Saarfrage auf europäischer Ebene nicht gelungen war, schloss die BReg. mit Frankreich im Rahmen der Pariser Konferenz am 23. 10. 1954 das Abkommen über das **Statut der Saar**.

Eine **Volksabstimmung** vom 23. 10. 1955 ergab die Ablehnung des Statuts mit etwa Zweidrittelmehrheit. Nachdem zwischen den Regierungen der BRep. und

Frankreich im **Saarvertrag** vom 27. 10. 1956 (BGBl. II 1587) eine Verständigung erzielt war, dass das Saarland ab 1. 1. 1957 politisch in die BRep. eingegliedert wird, war der Weg für die staatliche Gestaltung als Bundesland der BRep. frei. Die wirtschaftliche Eingliederung ist am 5. 7. 1959 vollzogen worden.

Das Saarland gliedert sich in 52 Gemeinden und fünf Landkreise. Ein Gemeindeverband besonderer Art ist der Stadtverband Saarbrücken, der insbesondere einer Ordnung des Stadt-Umland-Bereichs dienen soll. Landeshauptstadt ist Saarbrücken.

a) Der Landtag

Der Landtag ist die gewählte Vertretung des Volkes. Er besteht aus 51 Abgeordneten, die nach den Grundsätzen des **Verhältniswahlrechts** gewählt werden. Jeder Wähler hat eine Stimme, die er einer Partei geben kann. Die Mandatsverteilung erfolgt über Kreis- und Landeslisten. Der Landtag wird auf fünf Jahre gewählt, er kann sich mit 2/3-Mehrheit selbst auflösen.

Die Gesetzgebung liegt beim Landtag und beim Volk. Auf Antrag von 5 000 Wahlberechtigten findet ein **Volksbegehren** statt. Wird dies von 1/5 der Wahlberechtigten unterstützt und stimmt der Landtag dem Gesetzentwurf nicht zu, findet ein Volksentscheid statt. Das Gesetz ist beschlossen, wenn mindestens die Hälfte der Wahlberechtigten zustimmt. Verfassungsänderungen bedürfen einer 2/3-Mehrheit im Landtag, **Verfassungsänderungen** durch Volksentscheid sind nicht zulässig.

b) Die Landesregierung

Die Landesregierung besteht aus dem Ministerpräsidenten und den Ministern sowie den Staatssekretären als weitere Mitglieder. Die Zahl der Staatssekretäre als weitere Mitglieder der Landesregierung darf ein Drittel der Zahl der Minister nicht überschreiten. Die Staatssekretäre als Mitglieder der Landesregierung haben im Kabinett volles Sitz- und Stimmrecht.

Der Ministerpräsident wird vom Landtag gewählt. Er ernennt und entlässt die Minister und Staatssekretäre, bedarf hierzu aber der Zustimmung des Landtags. Die Mitglieder der Landesregierung bedürfen des **Vertrauens des Landtages**, andernfalls sie aus dem Amt ausscheiden. Anders als auf Bundesebene kann nicht der Ministerpräsident die Vertrauensfrage stellen, sondern nur die Landesregierung insgesamt. Erhält diese das Vertrauen des Landtages nicht, kann innerhalb von vier Wochen eine neue Landesregierung gebildet werden, andernfalls der Landtag als aufgelöst gilt. Ein allgemeiner Misstrauensantrag ist gegen jedes einzelne Mitglied der Landesregierung möglich.

Ministerpräsidenten seit 1947: *Johannes Hoffmann* (CVP, 1947–1955), *Heinrich Welsch* (parteilos, 1955/1956), *Dr. Hubert Ney* (CDU, 1956/1957); *Egon Reinert* (CDU, 1957–1959), *Dr. Franz Josef Röder* (CDU, 1959–1979), *Werner Zeyer* (CDU, 1979–1985), *Oskar Lafontaine* (SPD, 1985–1998), *Reinhard Klimmt* (SPD, 1998/1999) sowie seit 29. 9. 1999 *Peter Müller* (CDU)

Die Behörde des Ministerpräsidenten ist die Staatskanzlei (www.staatskanzlei.saarland.de). Als Fachministerien bestehen:

– das Ministerium der Finanzen (www.finanzen.saarland.de)

- das Ministerium für Inneres, Familie, Frauen und Sport (www.innen.saarland.de)
- das Ministerium für Wirtschaft und Arbeit (www.wirtschaft.saarland.de)
- das Ministerium für Justiz, Gesundheit und Soziales (www.justiz-soziales.de)
- das Ministerium für Bildung, Kultur und Wissenschaft (www.bildung.saarland.de)
- das Ministerium für Umwelt (www.umwelt.saarland.de)

c) Der Verfassungsgerichtshof

Der Verfassungsgerichtshof entscheidet unter anderem bei verfassungsrechtlichen Streitigkeiten oberster Landesorgane sowie über die Vereinbarkeit von Landesrecht mit der Verfassung und über Verfassungsbeschwerden. Das Verfassungsgericht besteht aus acht Mitgliedern, die vom Landtag mit 2/3-Mehrheit auf sechs Jahre gewählt werden. Die Widerwahl ist zulässig. Die Mitglieder des Verfassungsgerichts müssen die Befähigung zum Richteramt ➢ s. Nr. 199, haben, mindestens zwei müssen Berufsrichter an einem oberen Landesgericht sein.

133 | Sachsen

Der Freistaat Sachsen (www.sachsen.de) ist mit 4,25 Mio. Einwohnern das bevölkerungsreichste der fünf neuen Länder. Die Landesfläche beträgt 18 413 qkm.

Ebenso wie in Brandenburg leben in Sachsen (in der Oberlausitz) rund 40 000 Sorben als **nationale Minderheit**. Sachsen ist in 22 Landkreise und 511 Gemeinden, davon 7 kreisfreie Städte gegliedert. Landeshauptstadt ist Dresden. Die Verfassung stammt vom 27. 5. 1992.

a) Der Sächsische Landtag

Der Landtag ist die gewählte Vertretung des Volkes. Er besteht aus mindestens 120 Abgeordneten, die nach einem Verfahren gewählt werden, das die Persönlichkeitswahl mit den Grundsätzen der Verhältniswahl verbindet. 60 Abgeordnete werden mit der Erststimme in Wahlkreisen direkt gewählt, die übrigen mit der Zweitstimme über Landeslisten. Überhangmandate ➢ s. Nr. 75 b) aa), sind durch Ausgleichsmandate ins Verhältnis zur Gesamtstimmenanzahl zu bringen. Die Legislaturperiode des Landtags beträgt fünf Jahre; er kann sich mit 2/3-Mehrheit vorzeitig selbst auflösen.

Gesetze werden vom Landtag oder vom Volk durch Volksentscheid beschlossen. Hierzu können 40 000 Wahlberechtigte einen Gesetzentwurf beim Landtag einreichen (**Volksantrag**). Stimmt der Landtag diesem nicht zu, kann ein Volksbegehren beantragt werden. Unterstützten diesen 450 000 Wahlberechtigte, findet ein Volksentscheid statt. Die Mehrheit der abgegebenen Stimmen entscheidet. Verfassungsänderungen durch den Landtag bedürfen einer 2/3-Mehrheit, im Falle eines Volksentscheides der Zustimmung der Mehrheit der Wahlberechtigten.

b) Die Sächsische Staatsregierung

Die Staatsregierung steht an der Spitze der vollziehenden Gewalt. Sie besteht aus dem Ministerpräsidenten und den Staatsministern. Als weitere Mitglieder können Staatsekretäre ernannt werden. Der Ministerpräsident wird vom Landtag gewählt. Er beruft und entlässt die Staatsminister und Staatssekretäre. Einer Mitwirkung des Landtags hierzu bedarf es nicht. Der Landtag kann den Ministerpräsidenten durch konstruktives Misstrauensvotum unter Wahl eines Nachfolgers stürzen.

Ministerpräsidenten seit 1990: *Prof. Dr. Kurt Biedenkopf* (CDU, 1990–2002) sowie seit 18. 4. 2002 *Prof. Dr. Georg Milbradt* (CDU).

Unterstützt wird der Ministerpräsident durch die Staatskanzlei (www.sachsen.de/de/bf/staatsregierung/staatskanzlei).
Daneben bestehen folgende Ministerien:
- das Staatsministerium für Umwelt und Landwirtschaft (www.smul.sachsen.de)
- das Staatsministerium für Soziales (www.sms.sachsen.de)
- das Staatsministerium der Justiz (www.justiz.sachsen.de)
- das Staatsministerium der Finanzen (www.smf.sachsen.de)
- das Staatsministerium für Kultus (www.sachsen-macht-schule.de)
- das Staatsministerium für Wissenschaft und Kunst (www.smwk.sachsen.de)
- das Staatsministerium für Wirtschaft und Arbeit (www.smwa.sachsen.de)
- das Staatsministerium des Innern (www.smi.sachsen.de)

c) Der Verfassungsgerichtshof des Freistaats Sachsen

Der Verfassungsgerichtshof in Leipzig entscheidet unter anderem über Verfassungsrechtliche Streitigkeiten von obersten Staatsorganen, über die Vereinbarkeit von Landesrecht mit der Verfassung und über Verfassungsbeschwerden. Dem Verfassungsgericht gehören neun vom Landtag mit 2/3-Mehrheit auf neun Jahre gewählte Mitglieder an. Fünf Verfassungsrichter müssen Berufsrichter sein. Wiederwahl ist zulässig.

134 | Sachsen-Anhalt

Das Land (www.sachsen-anhalt.de) hat eine Fläche von 20 446 qkm und rund 2,5 Mio. Einwohner. Landeshauptstadt ist Magdeburg. Sachsen-Anhalt ist in 1048 Gemeineden, davon 3 kreisfreie Städte, und 21 Landkreise gegliedert. Die Verfassung für Sachsen-Anhalt ist vom 16. 7. 1992.

a) Der Landtag

Der Landtag ist die gewählte Vertretung des Volkes. Er besteht aus mindestens 91 Abgeordneten. Diese werden nach einem Verfahren gewählt, das die Persönlichkeitswahl mit den Grundsätzen der Verhältniswahl verbindet. 45 Abgeordnete werden mit der Erststimme (Personenstimme) in Wahlkreisen direkt gewählt, die übrigen mit der Zweitstimme (Parteienstimme) über Landeslisten. Der Landtag wird auf fünf

Jahre gewählt. Er kann sich mit 2/3-Mehrheit vorzeitig selbst auflösen. Eine vorzeitige Auflösung durch Volksentscheid ist nicht vorgesehen.

Gesetze beschließt der Landtag oder das Volk. Bereits 30 000 Wahlberechtigte können dem Landtag einen Gesetzentwurf zur Beratung unterbreiten (Volksinitiative). Eine Ablehnung durch den Landtag ist aber folgenlos. Durch **Volksbegehren**, das von 11 % der Wahlberechtigten unterstützt werden muss, findet über eine Gesetzesvorlage ein Volksentscheid statt, wenn nicht der Landtag den Entwurf unverändert beschließt. Ein Gesetz ist durch Volksentscheid beschlossen, wenn die Mehrheit der abgegebenen Stimmen, mindestens aber 1/4 der Wahlberechtigten zugestimmt hat.

Verfassungsänderungen bedürfen im Landtag einer 2/3-Mehrheit, im Falle eines Volksentscheids einer Zustimmung von 2/3 der abgegebenen Stimmen, mindestens der Hälfte der Wahlberechtigten.

b) Die Landesregierung

Die Landesregierung ist das oberste Organ der vollziehenden Gewalt. Sie besteht aus dem Ministerpräsidenten und den Ministern. Der Ministerpräsident wird vom Landtag gewählt. Er ernennt und entlässt die Minister, ohne dass es einer Mitwirkung des Landtags bedarf. Der Landtag kann den Ministerpräsidenten nur über ein konstruktives Misstrauensvotum ➢ s. Nr. 78 b) bb), stürzen. Verliert der Ministerpräsident eine Vertrauensfrage, wird der Landtag auf Antrag des Ministerpräsidenten aufgelöst, es sei denn der Landtag hat vor dem Antrag des Ministerpräsidenten einen Nachfolger gewählt.

Ministerpräsidenten seit 1990: *Gerd Gies* (CDU, 1990/1991), *Werner Münch* (CDU, 1991–1993), *Dr. Christoph Bergner* (CDU, 1993/1994), *Dr. Reinhard Höppner* (SPD, 1994–2002) und seit 16. 5. 2002 *Prof. Dr. Wolfgang Böhmer* (CDU)

Die Staatskanzlei ist der Amtssitz des Ministerpräsidenten. An Ministerien bestehen:

- das Ministerium des Innern
- das Ministerium der Justiz
- das Ministerium der Finanzen
- das Ministerium für Gesundheit und Soziales
- das Kultusministerium
- das Ministerium für Wirtschaft und Arbeit
- das Ministerium für Landwirtschaft und Umwelt
- das Ministerium für Landesentwicklung und Verkehr

c) Das Landesverfassungsgericht

Das Landesverfassungsgericht in Dessau entscheidet über alle verfassungsrechtlichen Streitigkeiten einschließlich der Verfassungsbeschwerden. Das Landesverfassungsgericht besteht aus sieben Mitgliedern, die vom Landtag mit 2/3-Mehrheit für sieben Jahre gewählt werden. Eine einmalige Widerwahl ist zulässig. Drei Verfassungsrichter, darunter der Präsident und der Vizepräsident, werden aus den Präsidenten der Landesgerichte und den Vorsitzenden Richter der oberen Landesgerichte gewählt. Unter den übrigen Verfassungsrichtern muss sich ein Hochschullehrer der Rechte befinden.

135 | Schleswig-Holstein

Das Land Schleswig-Holstein (www.schleswig-holstein.de) wurde aus der früheren preuß. Provinz gleichen Namens (samt der zugehörigen früheren Freien und Hansestadt Lübeck) gebildet. Das Gebiet des Landes umfasst 15 763 qkm mit 2,8 Mio. Einwohnern, davon rund 50 000 Dänen als **nationale Minderheit** sowie zwischen 50 000 und 60 000 Menschen der friesischen Volksgruppe. Schleswig-Holstein besteht aus 1 127 Gemeinden, davon vier kreisfreien Städten und 11 Landkreisen. Hauptstadt ist Kiel. Die Landessatzung vom 13. 12. 1949 wurde als Verfassung des Landes neugefasst durch Gesetz vom 13. 6. 1990.

a) Der Landtag

Der Landtag ist das vom Volk gewählte oberste Organ der politischen Willensbildung. Er besteht aus 69 Abgeordneten, von denen 40 Abgeordnete mit der Erststimme durch Mehrheitswahl in Wahlkreisen gewählt werden. Die übrigen Abgeordneten werden mit der Zweitstimme über Landeslisten durch Verhältniswahl bestimmt. Der Landtag wird auf fünf Jahre gewählt, er kann sich mit 2/3-Mehrheit selbst vorzeitig auflösen.

Gesetze werden vom Landtag oder durch **Volksentscheid** beschlossen. Bereits 20 000 Wahlberechtigte können dem Landtag einen Gesetzentwurf zur Beratung unterbreiten (Volksinitiative). Stimmt der Landtag der Vorlage nicht zu, kann ein Volksbegehren durchgeführt werden. Stimmen dem Volksbegehren 5 % der Wahlberechtigten zu, kommt es zu einem Volksentscheid, es sei denn der Landtag nimmt die Gesetzesvorlage nunmehr in unveränderter oder in einer von der Volksinitiative gebilligten Fassung an. Ein Gesetz ist durch Volksentscheid beschlossen, wenn die Mehrheit der abgegebenen Stimmen, mindestens aber 1/4 der Stimmberechtigten zustimmt. Verfassungsänderungen bedürfen im Landtag einer 2/3-Mehrheit, durch Volksentscheid einer Zustimmung von 2/3 der abgegebenen Stimmen, mindestens der Hälfte der Stimmberechtigten.

b) Die Landesregierung

Die Landesregierung besteht aus dem Ministerpräsidenten und den Landesministern. Er beruft und entlässt die Landesminister, ohne dass es einer Beteiligung des Landtages bedarf. Der Landtag kann den Ministerpräsidenten durch ein konstruktives Misstrauensvotum stürzen. Der Ministerpräsident hat das Recht zur Vertrauensfrage ➢ zum Begriff s. Nr. 78 b) bb).

Ministerpräsidenten seit 1945: *Theodor Steltzer* (CDU, 1945–1947), *Hermann Lüdemann* (SPD, 1947–1949); *Bruno Diekmann* (SPD, 1949/1950), *Walter Bartram* (CDU, 1950/1951), *Friedrich-Wilhelm Lübke* (CDU, 1951–1954), *Kai-Uwe von Hassel* (CDU, 1954–1963), *Dr. Helmut Lemke* (CDU, 1963–1971), *Dr. Gerhard Stoltenberg* (CDU, 1971–1982), *Dr. Dr. Uwe Barschel* (CDU, 1982–1987), *Henning Schwarz* (CDU, 1987/1988, geschäftsführend), *Björn Engholm* (SPD, 1988–1993), *Heide Simonis* (SPD, 1993–2005) und seit 27. 4. 2005 *Peter Harry Carstensen* (CDU).

Die Behörde des Ministerpräsidenten ist die Staatskanzlei (www.landesregierung.schleswig-holstein.de).
An Ministerien bestehen (Stand: 1. 1. 2007):

- das Ministerium für Justiz, Arbeit und Europa (www.mjae.schleswig-holstein.de)
- das Ministerium für Bildung und Frauen (www.mbf.schleswig-holstein.de)
- das Innenministerium (www.im.schleswig-holstein.de)
- das Ministerium für Landwirtschaft, Umwelt und ländlichen Raum (www.mulr.schleswig-holstein.de)
- das Finanzministerium (www.fimi.schleswig-holstein.de)
- das Ministerium für Wissenschaft, Wirtschaft und Verkehr (www.mwv.schleswig-holstein)
- das Ministerium für Soziales, Gesundheit, Familie, Jugend und Senioren (www.msgf.schleswig-holstein.de)

c) Als einziges Land der BRep. hat Schleswig-Holstein **kein eigenes Landesverfassungsgericht**. Dessen Aufgaben werden vom BVerfG wahrgenommen.

136 | Thüringen

Der Freistaat Thüringen (www.thueringen.de) hat 2,35 Mio. Einwohner bei einer Fläche von 16171 qkm.

Thüringen gliedert sich in 998 Gemeinden, davon 6 kreisfreie Städte, und 17 Landkreise. Landeshauptstadt ist Erfurt. Die Verfassung vom 25. 10. 1993 wurde am 16. 10. 1994 durch Volksentscheid angenommen.

a) Der Thüringer Landtag

Der Landtag besteht aus 88 Abgeordneten, von denen 44 in Wahlkreisen mit der Erststimme durch Mehrheitswahl, die übrigen mit der Zweitstimme über Landeslisten durch Verhältniswahl bestimmt werden. Der Landtag wird auf fünf Jahre gewählt, er kann sich aber mit 2/3-Mehrheit selbst vorzeitig auflösen.

Gesetze werden vom Landtag oder vom Volk durch Volksentscheid beschlossen. Bereits 6 % der Wahlberechtigten können dem Landtag einen Gesetzentwurf zur Beratung unterbreiten (**Bürgerantrag**). Eine Ablehnung durch den Landtag ist aber folgenlos. Gesetzentwürfe können dem Landtag auch durch ein Volksbegehren zugeleitet werden. Findet das Volksbegehren die Zustimmung von 14% der Wahlberechtigten und entspricht der Landtag der Vorlage nicht, kommt es zum Volksentscheid. Das Gesetz ist beschlossen, wenn die Mehrheit, mindestens aber 1/3 der Wahlberechtigten zustimmt. Verfassungsänderungen bedürfen im Landtag einer 2/3-Mehrheit, beim Volkentscheid der Zustimmung der Mehrheit der Wahlberechtigten (nicht der abgegebenen Stimmen).

b) Die Thüringer Landesregierung

Die Landesregierung ist das oberste Organ der vollziehenden Gewalt. Sie besteht aus dem Ministerpräsidenten und den Ministern. Der Ministerpräsident wird vom Landtag gewählt. Er ernennt und entlässt die Minister, ohne dass es einer Beteiligung des Landtages bedarf. Der Landtag kann den Ministerpräsidenten über ein konstruktives Misstrauensvotum ➢ s. Nr. 78 b) bb), stürzen.

Ministerpräsidenten seit 1990: *Josef Duchac* (CDU, 1990–1992), *Dr. Bernhard Vogel* (CDU, 1992–2003) und seit 5. 6. 2003 *Dieter Althaus* (CDU)

Die Behörde des Ministerpräsidenten ist die Staatskanzlei (www.thueringen.de/de/tsk). An Ministerien bestehen:

- das Finanzministerium (www.thueringen.de/de/tfm)
- das Kultusministerium (www.thueringen.de/de/tkm)
- das Innenministerium (www.thueringen.de/de/tim)
- das Ministerium für Landwirtschaft, Naturschutz und Umweltschutz (www.thueringen.de/de/tmlnu)
- das Ministerium für Bau und Verkehr (www.thueringen.de/de/tmbv)
- das Justizministerium (www.thueringen.de/de/justiz)
- das Ministerium für Soziales, Familie und Gesundheit (www.thueringen.de/de/tmsfg)
- das Ministerium für Wirtschaft, Technologie und Arbeit (www.th-online.de/index/php)

c) Der Thüringer Verfassungsgerichtshof

Der Verfassungsgerichtshof in Weimar entscheidet über alle verfassungsrechtlichen Streitigkeiten einschließlich der Verfassungsbeschwerden. Er besteht aus neun vom Landtag auf fünf Jahre gewählten Mitgliedern, von denen drei Berufsrichter, darunter der Präsident, sein und drei weitere die Befähigung zum Richteramt ➢ s. Nr. 199, haben müssen. Widerwahl ist zulässig.

2. Teil
Verwaltungsrecht

I. Allgemeines Verwaltungsrecht

141 | Einführung in das Verwaltungsrecht

Das Verwaltungsrecht ist ein Teil des **öffentlichen Rechts** (jus publicum), d. h. der Rechtsnormen, welche die Rechtsbeziehungen des Einzelnen gegenüber einer übergeordneten Gewalt (Staat, Gemeinde, öffentliche Körperschaft) oder die Beziehungen dieser Gewalten untereinander behandeln.

Über den Unterschied zum Privatrecht (bürgerlichen Recht), in welchem sich die Beteiligten gleichgeordnet gegenüberstehen, ➢ vgl. Nr. 192. Im Gegensatz zum Privatrecht ist das öffentliche Recht zwingendes Recht, d. h. es kann nicht durch Parteivereinbarung wie z. B. das zivile Vertragsrecht gestaltet werden. Eine Ausnahme gilt für vertragliche Beziehungen, die Träger der fiskalischen Verwaltung untereinander oder mit Privatpersonen außerhalb hoheitlicher Tätigkeit eingehen, sowie nach Maßgabe der §§ 54 ff. VwVfG für den öffentlich-rechtlichen Vertrag ➢ s. Nr. 148 b).

Zum Verwaltungsrecht gehören insbes. das Polizei-, Beamten-, Sozial-, Steuerrecht, ferner z. B. Gewerbe-, Bau-, Verkehrs-, Schul- und Hochschulrecht, Wege-, Berg-, Wasserrecht.

Verwalten ist das Besorgen eigener oder fremder Angelegenheiten. Die Staatsverwaltung ist die Erfüllung öffentlicher Aufgaben durch die Organe des Staates. Sie bildet einen Teil der Staatsgewalt, die sich in Gesetzgebung, Rechtsprechung und Verwaltung äußert (vgl. Dreiteilung der Gewalten ➢ s. Nrn. 8, 79). Die (öffentliche) **Verwaltung** umfasst die Tätigkeit, die der Staat oder ein anderes öffentlich-rechtliches Gemeinwesen (insbes. ein Verband) zur Erreichung seiner Zwecke unter eigener Rechtsordnung entfaltet und die weder Gesetzgebung noch Rechtsprechung ist.

Die Verwaltung ist an die Gesetzgebung, die den Verwaltungsinstanzen entzogen und dem Parlament zugewiesen ist, gebunden und ihr insofern untergeordnet **(Grundsatz des Vorrangs des Gesetzes)**. Die Gesetzgebung setzt die grundlegenden Rechtsvorschriften für alle Lebensbereiche fest; die Verwaltung vollzieht sie im Rahmen ihres jeweiligen Aufgabenkreises. Nur ausnahmsweise werden Gesetzgebungsorgane bei bestimmten besonders wichtigen staatsleitenden Akten verwaltungsmäßig tätig (z. B. Haushaltsgesetz, Feststellung des Verteidigungsfalles und Friedensschluss, Ermächtigung zur Aufnahme von Staatskrediten und Anleihen). Umgekehrt wird die Verwaltung rechtsetzend tätig, indem sie Durchführungs(Ausführungs)verordnungen, Polizeiverordnungen u. a. allgemeine Rechtsvorschriften auf Grund gesetzlicher Ermächtigung erlässt.

Das Verwaltungsrecht enthält die Rechtsregeln für die Verwaltung, nach denen sich das Handeln ihrer Organe und die Voraussetzungen ihres Tätigwerdens bestimmen. Das staatliche Handeln kann in einem sog. Verwaltungsakt ➢ s. Nr. 149, oder in einer sonstigen Verwaltungsäußerung (z. B. Besichtigung, Weganlegung) bestehen. Allgemein spricht man von **Verwaltungshandeln**. Jedes Verwaltungshandeln ist an das Recht gebunden; es bedarf also einer gesetzlichen Grundlage (Grundsatz der Gesetzmäßigkeit der Verwaltung, **Grundsatz des Vorbehalts des Gesetzes**).

Justiz und Verwaltung stehen gleichberechtigt nebeneinander; sie sind beide den Gesetzen unterworfen. Die Gerichte erforschen und beurteilen in der Vergangenheit liegende Ereignisse, indem sie über private Streitigkeiten (Zivilrechtspflege), strafrechtliche Vorfälle (Strafrechtspflege) oder Verwaltungsstreitigkeiten (allgemeine und besondere Verwaltungsgerichtsbarkeit) entscheiden. Dagegen hat die Verwaltung die Aufgabe, tatsächliche oder rechtliche Verhältnisse, meist auf öffentlich-rechtlichem Gebiet, für die Zukunft zu ordnen, und zwar als gesetzesvollziehende oder gestaltende Verwaltung (z. B. Isolierung von Ansteckungsverdächtigen; Verkehrsregelung).

Nach der Zweckrichtung der Aufgaben wird die Verwaltung eingeteilt in:

Eingriffsverwaltung	**Leistungsverwaltung/ Daseinsvorsorge**	**Regulierungs-/ Gewährleistungsverwaltung**
Beispiel: Polizei, Steuer- und Finanzwesen	*Beispiel:* Studienbeihilfen, Sozialhilfe, Schulwesen, Bereitstellung wichtiger Lebensgüter wie Krankenhäuser und Gesundheitsvorsorge	*Beispiel:* Bundesnetzagentur zur Gewährleistung der Daseinsvorsorge durch Private (Eisenbahnen, Telekommunikation, Energieversorgung)
Lenkungsverwaltung	**Bedarfsverwaltung**	**Erwerbswirtschaftliche Betätigung**
Beispiel: Filmförderung, Wirtschaftbeihilfen, Beihilfen für gesellschaftliche Projekte	*Beispiel:* Beschaffung von Büromaterial, Dienstfahrzeugen, Gebäuden	*Beispiel:* Porzellanmanufakturen, staatliche Weingüter, Landesbanken, Sparkassen, Unternehmensbeteiligungen

Je nach dem Träger der Verwaltung unterscheidet man die Verwaltung des Staates, d. h. des Bundes und der Länder, in unmittelbare und mittelbare **Staatsverwaltung**. Von unmittelbarer Verwaltung spricht man, wenn der Staat durch eigene Behörden tätig wird, von mittelbarer, wenn er Verwaltungsaufgaben auf rechtlich selbständige Körperschaften, Anstalten und Stiftungen des öffentlichen Rechts übertragen hat ➢ s. hierzu Nr. 145, wozu auch die **Kommunalverwaltung** (Gemeinden, Landkreise) zählt ➢ s. Nr. 114. Neben diesen öffentlichen Verwaltungsträgern gibt es auch privatrechtliche Organisationen, denen die hoheitliche Erledigung von Verwaltungsaufgaben übertragen ist. Dann spricht man von **beliehenen Unternehmern** (z. B. TÜV hinsichtlich der Kfz-Verkehrszulassung).

Die Vorschriften des europäischen Gemeinschaftsrechts werden von der innerstaatlichen Verwaltung gemäß den Regeln des deutschen Verwaltungsrechts durchgeführt, soweit das Gemeinschaftsrecht nicht etwas anderes bestimmt (Prinzip der institutionellen und verfahrensmäßigen Autonomie der Mitgliedstaaten). Ein europäisches Verwaltungsrecht gibt es nur auf Teilgebieten, insbesondere im Agrar-, Außenhandels- und Zollrecht sowie bei Wirtschaftsbeihilfen.

Seit 1. 1. 2006 hat jeder Bürger gegenüber Behörden des Bundes einen **Anspruch auf Zugang zu amtlichen Informationen**, soweit nicht schutzwürdige Belange des Staates oder Privater entgegen stehen (s. Gesetz zur Regelung des Zugangs zu Informationen des Bundes). Einzelne Länder haben ähnliche Gesetz für ihre Behörden.

142 | Rechtsgrundlagen der Verwaltung

Die Verwaltungstätigkeit ist an Gesetz und Recht gebunden (Art. 20 Abs. 3 GG). Rechtsquellen des Verwaltungsrechts sind:

- das EG-Recht, d.h. das primäre und sekundäre Gemeinschaftsrecht ➢ s. hierzu Nr. 35,
- das GG und die Verfassungen der Länder,
- die von einem Gesetzgebungsorgan (BT, Landtag) erlassenen **formellen Gesetze** (im Gegensatz zu **Gesetzen im materiellen Sinn**, wozu alle Rechtssätze zählen, die allgemeinverbindliche Regelungen enthalten und Rechte oder Pflichten für den Bürger oder sonstige rechtlich selbständige Rechtspersonen begründen, ändern oder aufheben; hierunter können alle hier aufgeführten Rechtsquellen fallen, begründen sie aber keine Rechte oder Pflichten, wie etwa die Haushaltsgesetze, handelt es sich nur um formelle Gesetze),
- Rechtsverordnungen, die von Exekutivorganen (Regierung, Minister, Verwaltungsbehörden, vgl. Art. 80 GG) erlassen werden und der Ausführung von Gesetzen dienen (z. B. StVO),
- Autonome Satzungen, die von juristischen Personen des öffentlichen Rechts (etwa den Kommunen) zur Regelung ihrer eigenen Angelegenheiten erlassen werden (z. B. Bebauungsplan, Gebührensatzungen, Promotionssatzungen von Universitäten),
- Gewohnheitsrecht ➢ s. Nr. 191; z. B. Aufopferungsanspruch ➢ s. hierzu Nr. 84 e), und Observanz, wobei es sich um eine Sonderform des Gewohnheitsrechts handelt, das sich innerhalb einer juristischen Person des öffentlichen Rechts entwickelt hat.

Die unterschiedlichen Rechtsquellen stehen nicht beziehungslos nebeneinander, sondern in einem Rangverhältnis. Das EG-Gemeinschaftsrecht geht dem deutschen Recht, auch dem GG, in der Anwendung vor. Ansonsten steht das Verfassungsrecht an der Spitze, gefolgt von den formellen Gesetzen, den Rechtsverordnungen und Satzungen (**Normenhierarchie**). Zudem bricht Bundesrecht Landesrecht (Art. 31 GG), d. h. auch eine Rechtsverordnung der Bundesregierung geht einer Landesverfassung vor (Ausnahmen: Art. 72 Abs. 3, Art. 84 Abs. 1 GG mit dem Grundsatz des lex posterior derogat legi priori, ➢ s. Nrn. 71 b) und d), 72 c). Gewohnheitsrecht steht auf der Rangstufe, auf der es entstanden ist (z. B. Verfassungsgewohnheitsrecht).

Normenhierarchie

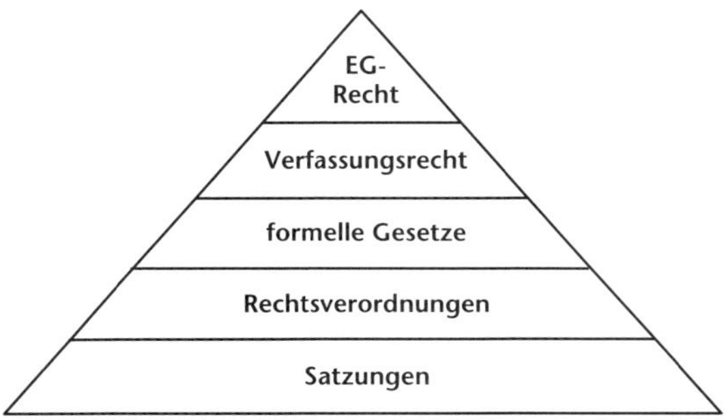

143 | Verwaltungsvorschriften

Verwaltungsvorschriften sind keine Gesetze im materiellen Sinn ➢ s. Nr. 142, sondern auf der Weisungsbefugnis beruhende verwaltungsinterne Anordnungen einer übergeordneten Behörde an ihre nachgeordneten Dienststellen bzw. eines Vorgesetzten an die Behördenmitarbeiter. Ähnlich den Rechtsvorschriften sind Verwaltungsvorschriften **abstrakt-generell**, sind also allgemein und auf eine Vielzahl von Fällen anwendbar (im Gegensatz zur Einzelfallweisung). In der Praxis werden sie häufig als Anordnungen, Richtlinien, Erlasse, Rundschreiben oder Behördenleiterverfügungen überschrieben.

Verwaltungsvorschriften entfalten ihre Rechtswirkungen im **Innenverhältnis der Verwaltung**, begründen für den Bürger unmittelbar keine Rechte und Pflichten. Mittelbar kann sich der Bürger aber auf die Verwaltungsvorschrift berufen, wenn die Behörde ohne sachlichen Grund von ihr abweicht und somit gegen den Gleichheitssatz (Art. 3 Abs. 1 GG) verstößt (**Selbstbindung der Verwaltung**).

Arten von Verwaltungsvorschriften

Organisations- und Dienstvorschriften	Gesetzesauslegende Verwaltungsvorschriften
z. B. für die behördeninterne Gliederung, die Art der Aktenbearbeitung	bestimmen die Auslegung von Rechtsbegriffen, z. B. Zuverlässigkeit im Gewerberecht
Ermessenslenkende Verwaltungsvorschriften	**Gesetzesvertretende Verwaltungsvorschriften**
bestimmen in welcher Weise von dem der Verwaltung eingeräumten Ermessen Gebrauch gemacht werden soll	z. B. wenn Rechtsvorschriften fehlen, etwa Subventionsrichtlinien, Beihilferichtlinien

144 | Öffentliche Sachen

a) Definition

Öffentliche Sachen sind körperliche Gegenstände, die den Zwecken der Verwaltung oder schlechthin der Öffentlichkeit dienen (**Gemeinwohl**).

Nur wenige Sachen sind von Natur öffentliche Sachen (z. B. Wasserläufe). Die meisten werden es erst durch **Widmung**, und zwar (soweit nicht ein Gesetz oder eine RechtsVO ergeht) i. d. R. durch übereinstimmende Willenserklärung des Eigentümers, des Unterhaltspflichtigen und der zuständigen Verwaltung. Die Widmung ist formlos und kann stillschweigend erfolgen. Mit der Widmung tritt eine Bindung der öffentlichen Sache für einen bestimmten Zweck ein (z. B. Rathaus). Umgekehrt führt eine Entwidmung eine Lösung der Bindung herbei (z. B. ein Weg wird eingezogen; ➢ s. Nr. 171. Im Übrigen richten sich die Rechtsverhältnisse an öffentlichen Sachen, namentlich das Eigentum, weitestgehend nach den Vorschriften des Privatrechts (z. B. Kauf, Verkauf, Vermietung), doch unter Berücksichtigung des öffentlich-rechtlichen Zwecks der Sache; dieser hindert die Vornahme entgegenstehender Rechtsgeschäfte und die Zwangsversteigerung.

b) Arten der öffentlichen Sachen

aa) Sachen im Gemeingebrauch

Sie sind der Benutzung durch jedermann zu dienen bestimmt (z. B. öffentliche Wege, Straßen, Parks, Meeresstrand, Brücken, Häfen, soweit sie dem öffentlichen Verkehr gewidmet sind).

Der **Gemeingebrauch** ist eine bes. Art der Benutzung. Die Sache kann im Rahmen ihrer Zweckbestimmung ohne bes. Zulassung von jedermann frei benutzt werden. Für öffentliche Wege setzen die Straßengesetze ➢ s. Nr. 171, für Wasserläufe die Wassergesetze ➢ s. Nr. 173, den Umfang des Gemeingebrauchs fest. So kann Baden, Waschen, Schöpfen, Viehtränken, Schwemmen, Kahnfahren gestattet sein, wenn andere dadurch nicht benachteiligt werden. Ein gesteigerter Gemeingebrauch besteht für **Anlieger** an öffentlichen Wegen und Straßen oder Wasserläufen. Sie können diese, sofern nicht dadurch der Gemeingebrauch behindert wird, erhöht benutzen (z. B. Kohlenabladen auf dem Bürgersteig, Lichtreklame im Luftraum über der Straße, Balkone, Erker, Baugerüste). Darüber hinaus kann ein **Sondernutzungsrecht** von der Wege- oder Wasserbehörde widerruflich eingeräumt werden (Gebrauchserlaubnis, Nutzungsverleihung, meist gegen Entgelt, z. B. Zeitungskiosk, Marktstand, Stühle und Tische auf der Straße, Gleise usw. über die Straße). Andererseits können bei öffentlichem Interesse Beschränkungen des Gemeingebrauchs angeordnet werden. Der Einzelne kann dabei beeinträchtigt werden.

bb) Verwaltungsvermögen

Dieses dient der Erfüllung der Verwaltungsaufgaben; es steht im Eigentum des Verwaltungsträgers (z. B. Dienstgebäude, Schulen, Kasernen, Friedhöfe, Krankenhäuser, Museen, Büchereien, Justizvollzugsanstalten, Geräte).

cc) Betriebsvermögen

Betriebsvermögen ist der Inbegriff der Sachen, die den wirtschaftlichen Einrichtungen der öffentlichen Hand aus dem Bereich der Daseinsvorsorge ➢ s. Nr. 141, dienen. Beispiele sind die Schlachthäuser, die Wasserwerke sowie der Fuhrpark öffentlicher Verkehrsbetriebe. Keine öffentlichen Sachen sind aber Gegenstände des Finanzvermögens, die den Zwecken der öffentlichen Verwaltung nicht durch ihren Gebrauch, sondern ihren Ertrag dienen, z. B. Weingut, Aktienbeteiligung an einem Unternehmen.

145 | Die juristischen Personen des öffentlichen Rechts

Juristische Personen des öffentlichen Rechts sind die Körperschaft des öffentlichen Rechts, die öffentlich-rechtliche Anstalt und die Stiftung des öffentlichen Rechts; auch sie sind Träger der öffentlichen Verwaltung in der Ausprägung der **mittelbaren Staatsverwaltung** ➢ s. Nr. 146.

Juristische Personen des öffentlichen Rechts beruhen – mit Ausnahme des Staates (Bund und Länder) und der Kommunen – auf einem staatlichen Hoheitsakt. Während Stiftungen stets rechtsfähig und damit selbständig sind, können Körperschaften und Anstalten auch nichtrechtsfähig und damit Teil eines anderen Verwaltungsträgers (bisweilen selbst einer juristischen Person des öffentlichen Rechts) sein (z. B. Museen als nichtrechtfähige Anstalten). Sind sie nur teilweise selbständig spricht man von teilrechtsfähigen Anstalten oder Körperschaften (z. B. Fakultäten der Universitäten). Die rechtsfähigen juristischen Personen des öffentlichen Rechts unterliegen der Staatsaufsicht.

a) Die Körperschaft des öffentlichen Rechts

Die Körperschaft des öffentlichen Rechts ist eine Verwaltungseinheit mit verbandsmäßiger Rechtsgestalt. Es müssen bei ihr Mitglieder (physische Personen oder Verbände) vorhanden sein. Man unterscheidet Gebietskörperschaften, die ein bestimmtes Gebiet umfassen und dessen Bewohner betreuen (z. B. Gemeinden, Landkreise), und Personalkörperschaften, die Mitglieder gleicher Berufe oder Interessen verbinden (z. B. Industrie- und Handelskammer, Handwerkerinnung, Ärztekammer, Krankenkasse, Berufsgenossenschaft, Hochschule, Deichgenossenschaft). Häufig besteht eine Zwangsmitgliedschaft (z. B. alle Rechtsanwälte eines Bezirks sind Mitglieder der zuständigen Rechtsanwaltskammer). Körperschaften sind demokratisch organisiert (gewählte Vertreterversammlung, Vorstand).

b) Die öffentlich-rechtliche Anstalt

Die öffentlich-rechtliche Anstalt hat keine Mitglieder, sondern stellt sich als ein Bestand von persönlichen und sächlichen Verwaltungsmitteln dar, der einem besonderen öffentlichen Zweck dauernd zu dienen bestimmt ist (z. B. Schulen, Landeszentralen für politische Bildung, Rundfunkanstalten, Deutsche Nationalbibliothek). Der öffentliche Zweck besteht vornehmlich in der Erbringung von Leistungen für die Bürger. An die Stelle der Mitglieder treten Benutzer, an die Stelle der Beiträge oder Umlagen Gebühren für die Inanspruchnahme.

c) Die Stiftung des öffentlichen Rechts

Eine Stiftung, bei der ein Stifter eine Vermögensmasse einem bestimmten Zweck widmet, kann im Bereich des Privat- oder des öffentlichen Rechts errichtet werden. Die private Stiftung und die öffentliche Stiftung, die einem allgemeinen gemeinnützigen oder kirchlichen Zweck dient, erlangen durch Staatsakt Rechtsfähigkeit. Das Recht der Stiftung ist bundesgesetzlich nur in wenigen Bestimmungen geregelt (für die private Stiftung ➢ vgl. Nr. 315), im Übrigen aber dem Landesrecht (Stiftungsgesetze) überlassen.

Während die Körperschaft Mitglieder und die Anstalt Benutzer hat, gibt es bei der Stiftung allenfalls Nutznießer (Destinäre). Beispiele für Stiftungen des öffentlichen Rechts sind die Stiftung Preußischer Kulturbesitz, die Stiftung Haus der Geschichte der Bundesrepublik Deutschland und – nur noch selten – auf einer Stiftung des öffentlichen Rechts beruhende Krankenhäuser bzw. Altenheime.

146 | Mittelbare Staatsverwaltung

Mittelbare Staatsverwaltung liegt vor, wenn der Staat seine Verwaltungsaufgaben nicht selbst durch eigene Behörden erfüllt, sondern sie selbständigen Verwaltungsträgern überträgt oder überlässt ➢ s. auch Nr. 141. Dies sind in der Mehrzahl der Fälle die juristischen Personen des öffentlichen Rechts ➢ s. Nr. 145, besonders die Gemeinden und Landkreise. Diesen ist das Prinzip der **Selbstverwaltung** eigen; in dem vom Staat gewährleisteten Aufgabenkreis nehmen sie ihre Verwaltungsaufgaben eigenverantwortlich wahr. Damit ist die Befugnis verbunden, Recht selbst zu setzen (**Satzungsautonomie**).

Mittelbare Staatsverwaltung gibt es auf Bundesebene, etwa im Bereich des Sozialversicherungswesens (Art. 87 Abs. 2 GG) ➢ vgl. Nr. 72 a), 642 c), 643 e), sowie auf Landesebene (z. B. Universitäten, Ärztekammer). Die Träger mittelbarer Staatsverwaltung unterliegen einer **Staatsaufsicht** unterschiedlichen Umfangs. Bei Gemeinden etwa ist die Aufsicht in Selbstverwaltungsaufgaben (z. B. bei der Zurverfügungstellung gemeindlicher Einrichtungen an Bürger) auf eine Rechtmäßigkeitskontrolle beschränkt (Rechtsaufsicht), während sie in vom Staat übertragenen Auftragsangelegenheiten (z. B. im Einwohnermeldewesen) auch der Fachaufsicht hinsichtlich der Zweckmäßigkeit des Verwaltungshandelns unterliegen ➢ siehe Nr. 114 b).

Unmittelbare und mittelbare Staatsverwaltung

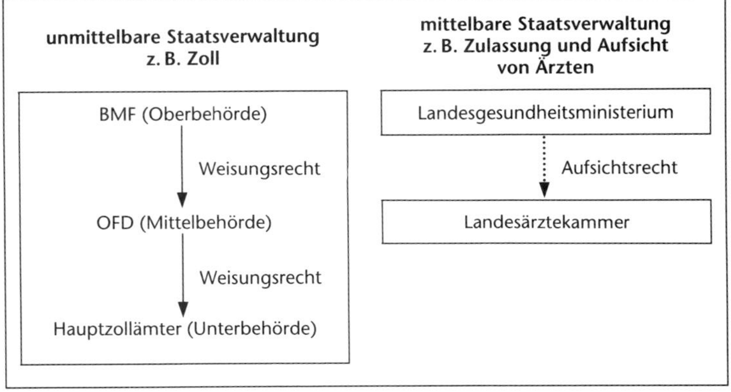

147 | Die Behördenorganisation

Jeder Verwaltungsträger als solcher kann nur durch seine Bediensteten (Amtswalter) handeln. Jede Behörde, egal ob es sich um ein Finanzamt, Landratsamt, Kreiswehrersatzamt oder ein Bundesministerium handelt, ist in Abteilungen oder Bereiche sowie Sachgebiete, Referate oder Dezernate gegliedert. An der Spitze steht der Behördenvorstand. Dies kann eine Person oder ein Kollegium sein.

Schaubild „Aufbau einer Mittelbehörde in Bayern" *s. folgende Seite*

148 | Das Verwaltungsverfahren

a) Allgemeines

Jeder Entscheidung der Verwaltung geht ein Verfahren voraus. In diesem wird die Entscheidung als Ziel vorbereitet. Soweit die Entscheidung Rechte der Bürger tangiert, bedarf nicht nur die Entscheidung einer gesetzlichen Grundlage, sondern auch regelmäßig der Weg dorthin. Neben der AO für das Besteuerungsverfahren ➢ s. Nr. 516, und dem SGB X für das sozialrechtliche Verfahren ➢ s. Nr. 663 wurden hierzu als allgemeine Gesetze für die Verwaltungstätigkeit der Bundesbehörden das VwVfG sowie für die Verwaltungstätigkeit der Länderbehörden weitestgehend gleichlautende LandesVwVfG geschaffen, die zur Anwendung kommen, wenn eine Behörde eine öffentlich-rechtliche nach außen wirkende Tätigkeit entfaltet. Daneben gibt es für besondere Verwaltungsmaterien spezielle Verfahrensvorschriften (z. B. im Flurbereinigungsverfahren, bei Enteignungen). Handelt die Verwaltung dagegen wie ein Privater, etwa in der Bedarfsverwaltung oder beim Betrieb eines Unternehmens ➢ s. Nr. 141, gelten die Verwaltungsverfahrensgesetze nicht.

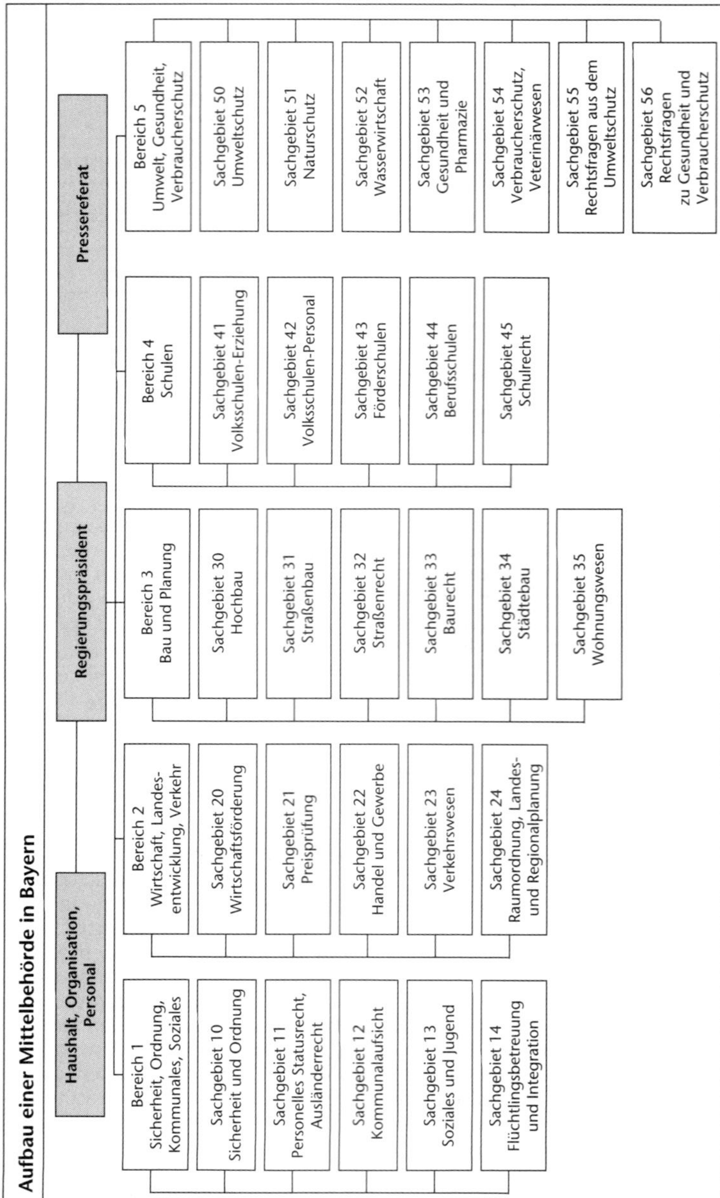

Aufbau einer Mittelbehörde in Bayern

Das Verwaltungsverfahren kann – soweit nicht ein förmliches Verfahren vorgeschrieben ist – formlos sein und soll einfach, zweckmäßig und zügig durchgeführt werden. Die Behörde hat den Sachverhalt von Amts wegen zu erforschen (**Untersuchungsgrundsatz**) und den Bürger zu beraten. Am Ende des Verwaltungsverfahrens steht als Ziel in den meisten Fällen ein **Verwaltungsakt** ➤ hierzu ausführlich Nr. 149. Bedarf dieser einer förmlichen Zustellung – was in der Praxis nur in den seltensten Fällen geschieht – erfolgt diese nach dem VwZG bzw. den Verwaltungszustellungsgesetzen der Länder durch Zustellung mittels Zustellungsurkunde, mittels Einschreiben oder gegen Empfangsbekenntnis.

b) Der öffentlich-rechtliche Vertrag

Ein Verwaltungsverfahren kann aber auch auf den Abschluss eines stets schriftlichen öffentlich-rechtlichen Vertrags (Verwaltungsvertrag) gerichtet sein. Ein solcher liegt nur vor, wenn eine Behörde ein Rechtsverhältnis auf dem Gebiet des öffentlichen Rechts begründet, ändert oder aufhebt (§§ 54 ff. VwVfG). Deshalb fällt etwa ein Kaufvertrag, mit dem die Polizei sich ein neues Auto anschafft, genauso wenig darunter wie die Einigung eines Bürgers mit dem Finanzamt, seine Steuern wegen finanzieller Schwierigkeiten ratenweise zu zahlen (Stundung).

Ein Anwendungsbereich für Verwaltungsverträge liegt im Städtebaurecht, etwa wenn sich eine Baugesellschaft gegenüber einer Gemeinde verpflichtet, bestimmte Erschließungsmaßnahmen oder Folgekosten zu übernehmen. Da die Behörde in solchen Fällen auch durch einen Verwaltungsakt hätte handeln können, spricht man von einem **subordinationsrechtlichen Verwaltungsvertrag**. Einigen sich zwei Gemeinden über die Unterhaltung eines die Gemeindegrenze bildenden Flusses liegt ein **koordinationsrechtlicher Verwaltungsvertrag** vor.

c) Das Planfeststellungsverfahren

Das Planfeststellungsverfahren ist häufig vorgeschrieben, wenn ein Vorhaben eine Vielzahl von Bürgern betrifft, etwa beim Bau eines Flughafens, einer Straße oder eines Kraftwerks. Ein Planfeststellungsverfahren (§§ 72 ff. VwVfG) ist ein besonderes förmliches Verwaltungsverfahren, in dem die betroffenen Bürger ihre Einwendungen vorbringen können, die in einem Anhörungstermin zu erörtern sind. Der **Planfeststellungsbeschluss** beinhaltet eine umfassende Genehmigungswirkung im Hinblick auf alle öffentlichen Belange. Durch diese Konzentration auf ein Verfahren sollen Vorhaben von besonderer Bedeutung beschleunigt und unter Berücksichtigung sämtlicher öffentlich-rechtlicher Vorschriften behandelt werden.

d) Die Verwaltungskostengesetze

Die Verwaltungskostengesetze regeln die Kosten (Gebühren und Auslagen) für die Inanspruchnahme von Verwaltungshandeln sowie Leistungen der Verwaltung sowie Einzelheiten der Kostenerhebung, z. B. Ermäßigung, Verjährung, Rechtsbehelfe.

149 | Der Verwaltungsakt

a) Begriff und Arten des Verwaltungsakts

aa) Definition

Ein Verwaltungsakt ist jede Verfügung, Entscheidung oder andere hoheitliche Maßnahme, die eine Behörde zur Regelung eines Einzelfalles auf dem Gebiet des öffentlichen Rechts trifft und die auf unmittelbare Rechtswirkung nach außen gerichtet ist (§ 35 Satz 1 VwVfG). Verwaltungsakte sind in der Praxis die häufigste Erscheinungsform von Verwaltungsentscheidungen. Beispiele sind die Baugenehmigung, die Fahrerlaubnis, der polizeiliche Platzverweis, die Abrissverfügung, die straßenrechtliche Nutzungsgenehmigung, die Beamtenernennung, die Gewerbeuntersagung, das Versammlungsverbot, die Genehmigung eines Kernkraftwerkes und der Gebührenbescheid.

Eine besondere Form des Verwaltungsakts ist die Allgemeinverfügung (§ 35 Satz 2 VwVfG). Sie richtet sich – im Gegensatz zur Einzelverfügung – an einen nach allgemeinen Merkmalen bestimmten (oder bestimmbaren) Personenkreis oder betrifft die öffentlich-rechtliche Eigenschaft einer Sache oder ihre Benutzung durch die Allgemeinheit (z. B. Straßensperrung während eines Festzugs; Verkehrsschilder). Zu unterscheiden vom Verwaltungsakt ist die **Verordnung**, die sich als Rechtssatz an eine unbestimmte Personenzahl wendet und nicht einen Einzelfall behandelt, sondern viele künftig mögliche Fälle regelt ➢ s. Nr. 83, sowie der **Realakt** als tatsächliches Verwaltungshandeln ohne Rechtswirkungen (z. B. Auskunft, Hinweis, Streifengang eines Polizisten). Keine Verwaltungsakte sind in der Regel Zustimmungen anderer Behörden zum Erlass eines Verwaltungsaktes, wenn diese ein Verwaltungsinternum sind; man spricht dann aber von einem mehrstufigen Verwaltungsakt.

Ein Verwaltungsakt kann als **Nebenbestimmung** eine Bedingung, Auflage oder Befristung erhalten (§ 36 VwVfG), z. B. Baugenehmigung unter der Bedingung, dass ein bestimmter Grünflächenplan eingehalten wird, Erlaubnis, Grundwasser nur für drei Monate, schöpfen zu dürfen). Bei einer Auflage wird der Verwaltungsakt sofort wirksam, während bei der Bedingung die Wirksamkeit des Verwaltungsakts bis zum Bedingungseintritt hinausgeschoben wird. Die Verwaltungsbehörde kann sich aber auch den Widerruf des Verwaltungsakts vorbehalten.

Eine bestimmte Form ist für den Verwaltungsakt in der Regel nicht vorgeschrieben (§ 37 VwVfG). Er kann auch mündlich oder durch Zeichen (z. B. Straßensperre) erlassen werden. Er muss den Betroffenen aber bekannt gegeben werden; erst dann ist er wirksam. Belastende Verwaltungsakte sind zu begründen (§ 39 VwVfG).

bb) Einteilung der Verwaltungsakte

Verwaltungsakte lassen sich unter verschiedenen Gesichtspunkten aufgliedern:

nach dem Regelungsinhalt	nach der Rechtswirkung für den Betroffenen
befehlender Verwaltungsakt z. B. Polizeiliche Anweisung, Versammlungsverbot	begünstigender Verwaltungsakt z. B. Baugenehmigung, Immatrikulation
rechtsgestaltender Verwaltungsakt z. B. Einbürgerung, Beamtenernennung, Baugenehmigung	Belastender Verwaltungsakt z. B. Gebührenbescheid, Ablehnungsbescheide
feststellender Verwaltungsakt z. B. Anerkennung als Kriegsdienstverweigerer, Beihilfebescheide	Verwaltungsakte mit Drittwirkung z. B. Genehmigung eines Kraftwerks im Verhältnis zu den Nachbarn

b) Der fehlerhafte Verwaltungsakt

aa) Begriff des fehlerhaften Verwaltungsakts

Ein Verwaltungsakt ist fehlerhaft, wenn er im Zeitpunkt seines Erlassens rechtswidrig ist, d. h., wenn er den Anforderungen der Rechtsordnung nicht entspricht, z. B. weil er auf einer unrichtigen Rechtsanwendung beruht oder weil er in tatsächlicher Hinsicht unrichtig ist. Die Rechtswidrigkeit kann auf formellen (fehlende Zuständigkeit, fehlerhaftes Verfahren) oder materiellen (fehlerhafte Rechtsgrundlage oder Rechtsanwendung) Gründen beruhen.

Die Gesetzmäßigkeit der Verwaltung ist einer der tragenden Grundsätze des Rechtsstaates. Er besagt, dass die vollziehende Gewalt an Gesetz und Recht gebunden ist (Art. 20 Abs. 3 GG). Für die Exekutive liegt darin die Verpflichtung, in die Rechtssphäre des Bürgers nur auf Grund eines Gesetzes oder einer hierauf beruhenden sonstigen Rechtsnorm – RechtsVO, Satzung ➢ vgl. Nr. 142 – einzugreifen; diese Begrenzung wird auch **Vorbehalt des Gesetzes** genannt.

Der Grundsatz der Gesetzmäßigkeit und Rechtmäßigkeit der Verwaltung verlangt außerdem, dass die öffentliche Verwaltung in die Rechtssphäre des Bürgers nur so weit eingreift, als es erforderlich ist; unter mehreren möglichen Maßnahmen ist diejenige zu treffen, die am ehesten geeignet ist, den angestrebten Zweck zu erreichen; auch dürfen die Wirkungen des Eingriffs nicht außer Verhältnis zum beabsichtigten Erfolg stehen (**Verhältnismäßigkeitsgrundsat**z und Übermaßverbot; besonders ausgeprägt z. B. im Polizeirecht, ➢ s. Nr. 170).

In vielen Bereichen stellt der Gesetzgeber ein Verwaltungshandeln in das **Ermessen** der Behörde („kann"-Bestimmungen). Dann muss die Verwaltung das ihr eingeräumte Ermessen, also ob und wie sie tätig wird, pflichtgemäß ausüben (§ 40 VwVfG). Überschreitet sie die Grenzen ihres eingeräumten Ermessens (z. B. Gebührenbescheid über 150 Euro, obwohl nach den Kostengesetzen ein Gebührenrahmen von 40–100 Euro besteht), spricht man von Ermessensüberschreitung. Übt die Behörde ihr Ermessen nicht aus, weil sie glaubt, sie sei zu einer bestimmten Entscheidung gebunden, liegt ein Ermessensnichtgebrauch vor. Kommt sie aufgrund sachfremder Erwägungen zu einem bestimmten Ergebnis (z. B. Gewerbeuntersagung aus politischen Gründen), handelt sie ermessensmissbräuchlich. In allen drei Fällen ist das Verwaltungshandeln rechtswidrig.

bb) Die Rechtsfolgen der Fehlerhaftigkeit

Die Rechtsfolgen der Fehlerhaftigkeit sind verschieden je nach dem Gewicht des Fehlers. Allgemein gilt der Grundsatz, dass auch der fehlerhafte Verwaltungsakt im Zweifel gültig ist, aber vor den Verwaltungsgerichten ➢ s. Nr. 151 angefochten und danach aufgehoben werden kann. Es ist also stets zu prüfen, ob ein Fehler von wesentlicher Bedeutung für die Bestandskraft des Verwaltungsakts ist. Von vornherein **nichtig** ist nur ein Verwaltungsakt, dessen Mängel offenkundig und so schwer sind, dass er keinesfalls hätte Rechtens erlassen werden können (§ 44 Abs. und 2 VwVfG).

Fälle eines offenkundigen schweren Mangels sind z. B. Entscheidungen, die erkennbar in einen anderen Behördenbereich eingreifen (sog. Ressortverwechslung, z. B. Steuerbescheid eines Bauamtes); nicht dagegen die fehlende örtliche Zuständigkeit. Nichtig ist auch ein Verwaltungsakt, der unausführbar oder auf einen verbotenen oder sittenwidrigen Zweck gerichtet ist.

Vom nichtigen Verwaltungsakt zu unterscheiden ist der „Nichtakt", der gar kein echter VA ist, so insbesondere das Handeln eines Nichtbeamten (z. B. Hochstaplers, Hauptmann von Köpenick); hier liegt ein strafrechtlich zu verfolgender Tatbestand vor. Hat aber die Verwaltung einem Schwindler ein Amt irrtümlich übertragen (z. B. auf Grund falscher Papiere), so bleiben dessen Amtshandlungen wirksam, auch wenn die Ernennung mit rückwirkender Kraft für nichtig erklärt wird, weil die Amtstätigkeit im Interesse der Allgemeinheit sich nicht ungeschehen machen lässt (vgl. § 14 BBG).

Keinen Einfluss auf die Rechtswirksamkeit haben offenbare Unrichtigkeiten wie Schreibfehler, falsche Parteibezeichnung, i. d. R. auch Zitieren eines falschen Gesetzesparagraphen usw. Hier wird einfach berichtigt (§ 42 VwVfG).

Bestimmte Verfahrens- und Formfehler (z. B. Anhörung, Begründung) können, soweit sie nicht zur Nichtigkeit des Verwaltungsakts führen, nachgeholt und damit geheilt werden (§ 45 VwVfG). Auch kann eine Aufhebung eines formell rechtswidrigen Verwaltungsakts nicht verlangt werden, wenn eine andere Entscheidung in der Sache nicht hätte ergehen dürfen (§ 46 VwVfG).

Rechtswidrige, aber nicht nichtige Verwaltungsakte sind gütig, bis sie angefochten und aufgehoben werden. Bis dahin sind sie vom Betroffenen und der Verwaltung zu beachten. Nichtige Verwaltungsakte entfalten keine Rechtswirkungen, können aber aus Gründen der Rechtssicherheit angefochten werden.

c) Bestandskraft des Verwaltungsaktes

Ein nicht nichtiger Verwaltungsakt ist **formell bestandskräftig**, wenn die getroffene Maßnahme nicht mehr mit Rechtsmitteln angefochten werden kann (äußere Unanfechtbarkeit). Er erlangt ferner **materielle Bestandskraft** und behält diese, solange er nicht zurückgenommen, widerrufen oder anderweitig aufgehoben ist oder sich durch Zeitablauf oder sonstwie erledigt (§ 43 Abs. 2 VwVfG). Der Verwaltungsakt bindet also den betroffenen Bürger sowie hinsichtlich seiner rechtsgestaltenden Wirkung die gesamte Verwaltung (z. B. Hat jede Behörde eine Einbürgerung eines Ausländers zu beachten, auch wenn diese rechtswidrig ist).

d) Aufhebung von Verwaltungsakten

Ein Verwaltungsakt weist nicht die Starrheit eines richterlichen Urteils auf, das an einen gegebenen Tatbestand anknüpft, sondern muss sich der ständig wechselnden Sachlage anpassen. Eine Verwaltungsbehörde kann daher ihren Verwaltungsakt unter gewissen Voraussetzungen, wenn die zugrunde gelegten tatsächlichen oder rechtlichen Verhältnisse sich geändert haben, wieder aufheben, auch wenn die Anfechtungsfrist abgelaufen ist.

Man unterscheidet zwischen dem **Widerruf** fehlerfreier und der **Rücknahme** fehlerhafter Verwaltungsakte. Grundsätzlich kann die erlassende Behörde auch einen fehlerfreien Verwaltungsakt widerrufen, außer wenn dadurch gegen berechtigte Interessen eines Beteiligten verstoßen wird. Beim begünstigenden Verwaltungsakt ist der Widerruf, wenn der Empfänger ein Recht erworben hat (z. B. Benutzungsrecht), nur unter bestimmten Voraussetzungen zulässig, insbes. wenn er in einer Rechtsvorschrift oder in dem Verwaltungsakt ausdrücklich vorbehalten ist sowie bei Verstoß gegen Auflagen oder, um schweren Nachteilen für das Gemeinwohl entgegenzuwirken u. dgl. (§ 49 Abs. 2 VwVfG). Ist der Widerruf zulässig, besteht Entschädigungspflicht (§ 49 Abs. 5 VwVfG), soweit der Bürger schützenswert ist.
Die Rücknahme eines fehlerhaften Verwaltungsakts ist grundsätzlich auch nach formeller Bestandskraft zulässig, bei einem begünstigenden Verwaltungsakt aber nur aus überwiegendem Interesse an der Herstellung des gesetzmäßigen Zustandes. Dies ist insbesondere im Bereich der Leistungsverwaltung von Bedeutung, wobei es darauf ankommen kann, ob der Empfänger die Fehlerhaftigkeit gekannt (insbes. wenn er den Verwaltungsakt erschlichen hat) oder grobfahrlässig nicht erkannt hat oder ob ein schutzwürdiges Interesse des Empfängers der Rücknahme entgegensteht (vgl. § 48 VwVfG).

Die Rücknahme sowie der Widerruf eines Verwaltungsakts sind selbst Verwaltungsakte und unterliegen einer Anfechtungsmöglichkeit. Rücknahme und Widerruf stehen im Ermessen ➢ s. hierzu Nr. 149 b), der Behörde (Ausnahme, wenn der rechtswidrige Verwaltungsakt in einer Geldleistung aus EG-Mitteln bestand).

e) Vollziehung und Vollstreckung

Im Verwaltungsrecht wird zwischen Vollziehung und Vollstreckung unterschieden. Erstere ist die Durchführung eines Verwaltungsakts, letztere seine zwangsweise Durchsetzung (im Wege des Verwaltungszwangs), die von der formalen Bestandskraft des Verwaltungsakt (s. oben c) abhängt. Die Behörde kann die Vollziehung ebenso wie die Vollstreckung nach ihrem pflichtgemäßen Ermessen aussetzen, so wenn zu erwarten ist, dass der Betroffene von sich aus den Zustand herstellt, der mit der behördlichen Anordnung erstrebt wird.

Im Wege des Verwaltungszwangs kann der Einzelne, dem durch Verwaltungsakt ein Tun, Dulden oder Unterlassen auferlegt worden ist und der nicht freiwillig seine Rechtspflicht erfüllt, durch die Verwaltungsbehörde mit Zwangsmitteln dazu angehalten oder der erstrebte Erfolg auf seine Kosten herbeigeführt werden.

Vollstreckungsmaßnahmen werden i. d. R. ohne Inanspruchnahme der Gerichte durchgeführt; sie müssen angemessen sein und dürfen nicht mit sachfremden Zwecken oder Interessen gekoppelt werden. Zwangsmittel müssen vor ihrer Anwendung angedroht werden, außer wenn die sofortige Anwendung notwendig ist, um eine drohende Gefahr abzuwenden oder eine Straftat oder Ordnungswidrigkeit zu verhüten. Einzelheiten sind im VwVG geregelt.

Wie bei Zwangsvollstreckung nach der ZPO unterscheidet man

- Die Beitreibung von Geldforderungen (z. B. Steuern, Gebühren, Kosten), die durch Pfändung beweglicher Sachen und Pfandverwertung erfolgt. Forderun-

gen werden durch schriftliche Verfügung der Behörde (an Stelle des zivilprozessualen Pfändungs- und Überweisungsbeschlusses) gepfändet. In das unbewegliche Vermögen kann nur durch die ordentlichen Gerichte vollstreckt werden (vgl. §§ 322, 323 AO);
- die Erzwingung von Handlungen, Duldungen oder Unterlassungen. Sie können durch Ersatzvornahme auf Kosten des Pflichtigen, durch Zwangsgeld oder Ersatzzwangshaft, die als Beugemittel erst nach gerichtlicher Anordnung vollstreckt werden darf, und durch unmittelbaren Zwang erzwungen werden. Der Verwaltungszwang richtet sich i. d. R. gegen das Vermögen (z. B. Schließung einer Gaststätte), in gesetzlich ausdrücklich zugelassenen Fällen aber auch gegen die Person (z. B. Bekämpfung von Geschlechtskrankheiten).

150 | Der Rechtsschutz in der Verwaltung

Gegen einen Verwaltungsakt kann der Betroffene sich mit **formlosen Rechtsbehelfen** oder (förmlichen) **Rechtsmitteln** zur Wehr setzen.
In beiden Fällen hat sich die Verwaltung mit dem Vorbringen des Beschwerdeführers auseinander zu setzen und ihn vom Ergebnis ihrer Überprüfung zu unterrichten. Formlose Rechtsbehelfe sowie Rechtsmittel sind verfassungsrechtlich garantiert (Art. 17, 19 Abs. 4 GG; Ausnahme: bestimmte Überwachungen des (internationalen) Telekommunikationsverkehrs, Art. 10 Abs. 2 GG, § 13 G10).

a) Formlose Rechtsbehelfe sind:

- **Gegenvorstellung (Remonstration)**, die auf den vermeintlichen Fehler hinweist und um Abstellung ersucht. Die Behörde kann dem entsprechen.
- **Aufsichtsbeschwerde** an die vorgesetzte Behörde. Mit der Sachaufsichtsbeschwerde wird der Inhalt einer Entscheidung, mit der Dienstaufsichtsbeschwerde das persönliche Verhalten eines Beamten beanstandet.

Gegenvorstellung und Aufsichtsbeschwerde sind an keine Form oder Frist gebunden.

b) Als förmliche Rechtsmittel sind vorgesehen:

- der **Widerspruch** gem. §§ 68 ff. VwGO ➤ s. hierzu Nr. 151
- die **Klage** vor dem Verwaltungsgericht ➤ s. hierzu Nr. 151
- die Anrufung des ordentlichen Gerichts

  Sie ist nur in gesetzlich bestimmten Fällen möglich, z. B. über die Höhe einer Enteignungsentschädigung. Für alle Klagen eines Beamten aus dem Beamtenverhältnis ist dagegen der Verwaltungsrechtsweg eingeräumt (§ 126 BRRG).

c) Als außerordentliche Rechtsbehelfe kommen in Betracht:

- der Antrag auf Wiederaufgreifen des Verfahrens, etwa bei Änderung der Sach- oder Rechtslage oder Vorlage neuer Beweismittel (§ 51 VwVfG)
- der Antrag auf Wiedereinsetzung in den vorigen Stand, wenn eine gesetzliche Frist oder eine mündliche Verhandlung ohne Verschulden versäumt worden ist (§ 32 VwVfG).

Über den in §§ 23 ff. EGGVG geregelten Rechtsweg gegen Justizverwaltungsakte ➤ vgl. Nr. 195. Zur Verfassungsbeschwerde ➤ s. Nr. 88.

151 | Die Verwaltungsgerichtsbarkeit

a) Geschichtliche Entwicklung
b) Aufbau und Zuständigkeit
c) Klagearten und Widerspruchsverfahren
d) Verfahren im ersten Rechtszug
e) Rechtsmittel
f) Kosten und Vollstreckung

a) Geschichtliche Entwicklung

Nach Ablösung des absoluten Staates, in welchem die Verwaltung keiner gerichtlichen Kontrolle unterlag, gewährte der Verfassungsstaat schon in der konstitutionellen Monarchie zum Schutz gegen staatliche Übergriffe eine Kontrolle der Verwaltung durch die ordentlichen Gerichte (Justizstaat). Frankreich führte 1801 den Grundsatz der Gewaltenteilung durch und richtete eigene Verwaltungsgerichte ein. In Deutschland wurde eine Verwaltungsgerichtsbarkeit in Hessen 1832, in Baden 1863, in Württemberg 1876 und in Bayern 1879 geschaffen. In Preußen wurden durch das Landesverwaltungsgesetz von 1883 Kreis- und Stadtverwaltungsgerichte als untere Stufe, Bezirksverwaltungsgerichte als Mittelinstanz und das Oberverwaltungsgericht in Berlin als oberste Stufe des Verwaltungsrechtsweges errichtet. Nur das letztere war ein von der Verwaltung gesondertes Gericht, während die beiden unteren Instanzen den Behörden angegliedert und personell mit ihnen verbunden waren.

b) Aufbau und Zuständigkeit

Die allgemeine Verwaltungsgerichtsbarkeit ist **dreistufig.** In den Ländern bestehen als erste und zweite Instanz Verwaltungsgerichte und Oberverwaltungsgerichte (in Baden-Württemberg, Bayern und Hessen Verwaltungsgerichtshöfe § 184 VwGO), im Bund als oberste Instanz das Bundesverwaltungsgericht (BVerwG) in Leipzig.

Das VG entscheidet nach mündlicher Verhandlung in Kammern, die mit drei **Berufsrichtern** und zwei **ehrenamtlichen Richtern** besetzt sind; diese wirken bei Beschlüssen außerhalb der mündlichen Verhandlung nicht mit (§ 5 VwGO). Die Kammer soll i. d. R. den Rechtsstreit einem ihrer Mitglieder als Einzelrichter zur Entscheidung übertragen, wenn die Sache keine besonderen Schwierigkeiten tatsächlicher oder rechtlicher Art aufweist und die Rechtssache keine grundsätzliche Bedeutung hat.

Das OVG ist in Senate gegliedert. Diese entscheiden mit drei Berufsrichtern; die Landesgesetzgebung kann fünf bzw. sieben Richter vorsehen, von denen zwei ehrenamtliche Richter sein können (§ 9 VwGO).

Das BVerwG entscheidet in Senaten mit fünf, außerhalb der mündlichen Verhandlung mit drei Richtern. Die Einheitlichkeit der Rechtsprechung wahrt der aus dem Präsidenten und je einem Richter der Revisionssenate, in denen der Präsident nicht den Vorsitz führt, bestehende Große Senat. Ein Vertreter des Bundesinteresses ist zur Wahrung des öffentlichen Interesses beim BVerwG bestellt (§§ 10, 11 VwGO). Bei den VGen und OVGen bestehen noch vereinzelt Landesanwaltschaften nach Landesrecht (§§ 35–37 VwGO).

Der Verwaltungsgerichtsbarkeit entscheidet in allen öffentlich-rechtlichen ➢ s. hierzu Nr. 141, Streitigkeiten nichtverfassungsrechtlicher Art, soweit diese nicht ausdrücklich anderen Gerichten zugewiesen sind, z. B. den Sozial- und Finanzgerichten oder den ordentlichen Gerichten (§ 40 Abs. 1 und 2 VwGO). **Erste Instanz** ist grundsätzlich das örtlich zuständige Verwaltungsgericht, für die Überprüfung von Satzungen und Rechtsverordnungen der Länder sowie für Klagen gegen Großprojekte (z. B. Kraftwerke, Abfallverbrennungsanlagen, Verkehrsflughäfen, Eisenbahnstrecken, Autobahnen) das OVG und – insoweit auch letzte Instanz – für Klagen gegen Vereinsverbote des BMI, gegen Abschiebeanordnungen der Landesinnenminister gegen terrorverdächtige Ausländer sowie für Klagen den BND betreffend das BVerwG (§§ 45, 47, 48, 50 VwGO). **Zweite Instanz** ist das OVG gegen Entscheidungen der Verwaltungsgerichte, das BVerwG gegen Entscheidungen des OVG im ersten Rechtszug. **Dritte Instanz** ist das BVerwG gegen Entscheidungen des OVG im zweiten Rechtszug.

Für die örtliche Zuständigkeit des Verwaltungsgerichts ist bei Klage gegen einen Verwaltungsakt der Sitz der Behörde, in deren Bezirk er erlassen wurde (bei überregionalen Behörden der Sitz oder Wohnsitz des Beschwerten), gegebenenfalls der Gerichtsstand der belegenen Sache und sonst der Wohnsitz des Beklagten maßgebend, bei Klagen von Beamten, Wehr- und Zivildienstpflichtigen usw. aus dem Dienstverhältnis der (dienstliche) Wohnsitz des Klägers (§ 52 VwGO).

c) Klagearten und Widerspruchsverfahren

Die VwGO (§§ 42, 43) unterscheidet drei Arten der Klagen:

- die Anfechtungsklage, die auf Aufhebung eines Verwaltungsakt gerichtet ist;
- die Verpflichtungsklage, welche die Verurteilung zum Erlass eines abgelehnten oder unterlassenen Verwaltungsakt erstrebt (= Vornahmeklage, Untätigkeitsklage);
- die Feststellungsklage auf Feststellung des Bestehens oder Nichtbestehens eines Rechtsverhältnisses oder der Nichtigkeit eines Verwaltungsakts;
- die allgemeine Leistungsklage, mit der eine bloße Leistung (z. B. die Auszahlung eines Geldbetrages; nicht die Bewilligung einer Zuwendung mittels Bescheid, hier Verpflichtungsklage) oder ein Tun, Dulden oder Unterlassen begehrt wird.

In den Fällen zu 1 und 2 muss der Kläger die Verletzung eines eigenen subjektiven Rechts behaupten und beweisen. Die VwGO kennt also eine **Verbandsklage**, mit der z. B. Bürgerinitiativen oder Vereine Interessen ihrer Mitglieder oder der Allgemeinheit geltend machen, ohne selbst unmittelbar betroffen zu sein, grundsätzlich nicht. Eine Ausnahme besteht aber nach § 61 BNatSchG für anerkannte Naturschutzverbände bei bestimmten Naturschutzmaßnahmen.

Ein Sonderfall der Feststellungsklage ist das Normenkontrollverfahren; in diesem prüft das OVG die Gültigkeit von Satzungen und Rechtsverordnungen der Länder.

Anfechtungs- und Verpflichtungsklagen setzen i. d. R. voraus, dass ein Vorverfahren, das sog. **Widerspruchsverfahren**, durchgeführt worden ist (§ 68 VwGO).

Das Vorverfahren beginnt mit Erhebung des Widerspruchs gegen den Verwaltungsakt. Dieser ist innerhalb eines Monats seit Bekanntgabe des Verwaltungsakts schriftlich oder zur Niederschrift bei der erlassenden Behörde zu erheben. Die

Frist wird auch durch Einlegung bei der Behörde, die den Widerspruchsbescheid zu erlassen hat, gewahrt. Die Monatsfrist beginnt aber erst zu laufen, wenn der Betroffene über den Widerspruch, die anzurufende Stelle und die Frist schriftlich belehrt worden ist; ansonsten beträgt die Frist ein Jahr (§ 58 VwGO). Hält die Behörde, die den Verwaltungsakt erlassen oder abgelehnt hat, den Widerspruch für begründet, so hilft sie ihm ab. Andernfalls ergeht ein Widerspruchsbescheid durch die nächsthöhere Behörde (§ 73 VwGO). Nach Zustellung des Widerspruchsbescheids muss dann die Anfechtungs- bzw. Vornahmeklage innerhalb eines Monats erhoben werden (§ 74 VwGO). Sowohl Widerspruch als auch Klage haben im Allgemeinen aufschiebende Wirkung, d. h. die Behörde kann einen belastenden Bescheid, z. B. eine Baubeseitigungsverfügung, nicht vollziehen (**Suspensiveffekt**). Dies gilt nicht bei Gebühren- und Kostenbescheiden, bei Anordnungen der Polizei oder dann, wenn die sofortige Vollziehung im öffentlichen Interesse ist, sei es weil dies durch Gesetz bestimmt oder durch die Behörde gesondert angeordnet ist. Dann kann der Betroffene aber durch das Verwaltungsgericht die aufschiebende Wirkung wiederherstellen lassen (§ 80 VwGO).

d) Verfahren im ersten Rechtszug

Die verwaltungsgerichtliche Klage ist schriftlich oder zu Protokoll der Geschäftsstelle zu erheben. Anwaltszwang besteht nur vor dem OVG und dem BVerwG. Das angerufene Gericht hat die Zulässigkeit der Klage sowie deren Begründetheit zu prüfen. Dabei erforscht es den Sachverhalt von Amts wegen, an das Vorbringen der Parteien oder deren Beweisanträge ist das Gericht nicht gebunden (**Untersuchungsgrundsatz**). Über das Klagebegehren darf das Verwaltungsgericht aber nicht hinausgehen (**Dispositionsgrundsatz**), d. h. wenn sich der Kläger nur gegen den 100 Euro überschreitenden Teil eines Gebührenbescheids wendet, darf das Gericht nicht den gesamten Verwaltungsakt aufheben.

Die Entscheidungen der Verwaltungsgerichte ergehen aufgrund mündlicher Verhandlung (**Mündlichkeitsgrundsatz**). Weist die Sache keine besondere tatsächliche oder rechtliche Schwierigkeit auf und ist der Sachverhalt geklärt, kann auf sie verzichtet werden. Es ergeht dann ein Gerichtsbescheid, gegen den die Beteiligten Rechtsmittel einlegen oder binnen einen Monats mündliche Verhandlung beantragen können (§ 84 VwGO). Ansonsten erlässt das Verwaltungsgericht ein Urteil. Dabei wird, soweit ein mit der Anfechtungsklage angegriffener Verwaltungsakt rechtswidrig ist und den Kläger in seinen Rechten verletzt, dieser aufgehoben. Im Fall der erfolgreichen Verpflichtungsklage verpflichtet das Gericht die Behörde, die begehrte Amtshandlung vorzunehmen. Steht der Erlass eines Verwaltungsakts im Ermessen ➢ s. Nr. 149 b) der Verwaltung, wird auch geprüft, ob ein Ermessensfehler vorliegt (§§ 113, 114 VwGO). Dabei darf sich das Gericht aber nicht an die Stelle der Verwaltung setzen. Begehrt etwa ein Bürger einen im Ermessen der Behörde stehenden Verwaltungsakt, z. B. eine straßenrechtliche Sondernutzung, und lehnt die Behörde diesen aus unzulässigen Gründen ab, darf das Verwaltungsgericht den Verwaltungsakt nicht selbst erlassen. Es verpflichtet die Behörde nur, über den Antrag erneut – diesmal ermessensfehlerfrei – zu entscheiden. Etwas anderes gilt aber, wenn das Ermessen der Verwaltung wegen der Besonderheiten des Einzelfalls auf Null reduziert ist, also nur eine ganz bestimmte Entscheidung rechtmäßig ist. Ähnlich eingeschränkt ist die Kontrolldichte der verwaltungsgerichtlichen Überprüfung, wenn der Verwaltung ein Beurteilungsspielraum eingeräumt ist, z. B. bei Prüfungsentscheidungen (Examina), beamtenrechtlichen Beurteilungen oder Prognose- und Risikobewertungen.

Eine Besonderheit des verwaltungsgerichtlichen Verfahrens ist die **Beiladung** anderer Beteiligter, deren rechtliche Interessen durch die Entscheidung des Gerichts berührt werden (§ 65 VwGO). Dies erfolgt etwa bei einer Klage eines Bauherrn gegen den Träger der Baugenehmigungsbehörde (z. B. Landratsamt), wenn diese ein Bauvorhaben im Außenbereich wegen des fehlenden gemeindlichen Einvernehmens nicht bewilligt hat (§§ 35, 36 BauGB). In diesem Fall wird die Gemeinde in dem Verfahren gegen das Land als Träger des Landratsamts beigeladen.

e) Rechtsmittel

aa) Berufung

Die Berufung ist das Rechtsmittel gegen Urteile des Verwaltungsgerichts. Berufungsgericht ist das OVG, das den Streitfall wie das Erstgericht prüft, also Tatsachen feststellt, Beweise würdigt und Rechtsfragen beantwortet. Die Berufung ist nur zulässig, wenn sie vom Gericht zugelassen wird (**Zulassungsberufung**). Dies kann durch das Verwaltungsgericht oder – soweit dieses hierzu keine Entscheidung getroffen hat – durch das OVG geschehen. Zulassungsgründe sind unter anderem ernstliche Zweifel an der Richtigkeit des Urteils, tatsächliche oder rechtliche Schwierigkeiten der Rechtssache, die grundsätzliche Bedeutung des Falls oder eine Abweichung von der bisherigen Rechtsprechung eines OVG oder des BVerwG.

Die Berufung ist innerhalb eines Monats nach Zustellung des Urteils des Verwaltungsgerichts einzulegen und binnen eines weiteren Monats zu begründen. Hält das OVG die Berufung einstimmig für begründet oder nicht begründet und eine mündliche Verhandlung für nicht erforderlich, entscheidet es durch Beschluss. Ansonsten wird eine mündliche Verhandlung anberaumt, in der durch Urteil über die Berufung entschieden wird.

bb) Revision

Die Revision ist das Rechtsmittel gegen Urteile des OVG sowie – ausnahmsweise – gegen Urteile des Verwaltungsgerichts, wenn Kläger und Beklagter unter Verzicht auf die Berufung der sofortigen Revision zustimmen (**Sprungrevision**) oder wenn durch Bundesgesetz die Berufung ausgeschlossen ist (z. B. gegen Urteile über die Anerkennung als Kriegsdienstverweigerer nach § 10 Abs. 2 KDVG, gegen Urteile über Rechtsstreitigkeiten nach dem WehrPflG, dort § 34). Revisionsgericht ist das BVerwG. Im Revisionsverfahren werden nur Rechtsfragen geprüft, nicht Tatsachenfragen. Die Revision ist nur zulässig, wenn sie vom OVG oder auf Nichtzulassungsbeschwerde vom BVerwG zugelassen wurde (**Zulassungsrevision**). Zulassungsgründe sind unter anderem die grundsätzliche Bedeutung der Rechtssache, die Abweichung von der bisherigen Rechtsprechung des BVerwG sowie ein Verfahrensfehler. Die Revision kann grundsätzlich nur auf eine Verletzung von Bundesrecht gestützt werden (§ 137 VwGO).

Die Revision ist innerhalb eines Monats nach Zustellung des anzufechtenden Urteils zu erheben und binnen eines weiteren Monats zu begründen. Hält das BVerwG die Revision für zulässig, entscheidet es aufgrund mündlicher Verhandlung durch Urteil. Ist die Revision begründet, d. h. das angegriffene Urteil fehlerhaft, entscheidet das BVerwG in der Sache selbst, soweit keine weitere Beweisaufnahme notwendig ist, oder verweist den Fall an das Ausgangsgericht zurück.

cc) Beschwerde

Gegen bestimmte Entscheidungen des Verwaltungsgerichts und seines Vorsitzenden, die nicht Urteile oder Gerichtsbescheide sind, ist die Beschwerde an das OVG zulässig (§ 146 VwGO). Sie muss binnen zwei Wochen dem Verwaltungsgericht oder dem Beschwerdegericht vorliegen (§ 147 VwGO). Das OVG entscheidet durch Beschluss. Eine weitere Beschwerde zum BVerwG ist nicht vorgesehen.

Rechtsmittel und Instanzenzug in der Verwaltungsgerichtsbarkeit

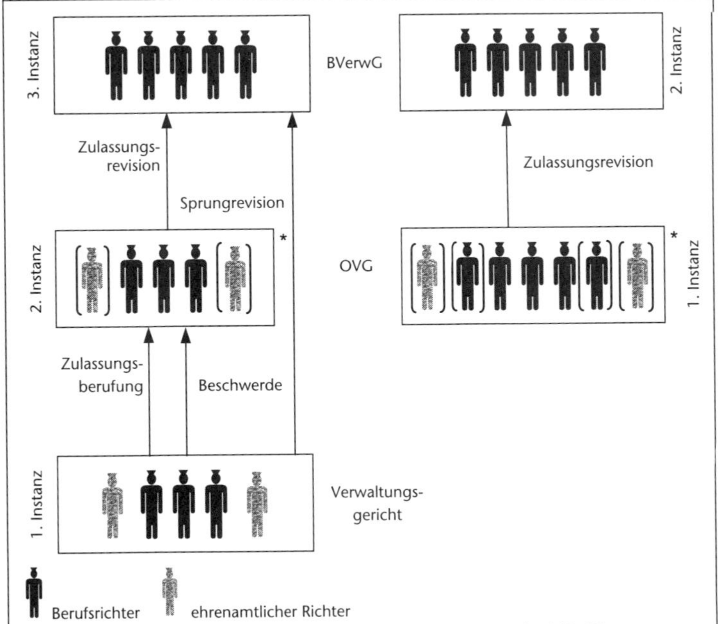

* Besetzung je nach Land unterschiedlich ➢ vgl. Nr. 151 b) sowie § 9 Abs. 3 VwGO.

f) Kosten und Vollstreckung

Die Kosten des verwaltungsgerichtlichen Verfahrens trägt der unterliegende Teil. Gebühren und Auslagen eines Rechtsanwalts sind im Falle des Obsiegens erstattungsfähig.

Vollstreckt die öffentliche Hand aus dem Urteil gilt das VwVG; vollstreckt der Bürger, richtet sich die Vollstreckung nach der ZPO ➤ s. hierzu näher Nr. 249. Vollstreckungsgericht ist dann das das erstinstanzliche Verwaltungsgericht.

152 | Verwaltungsunrecht, Ordnungswidrigkeit und Bußgeldverfahren

a) Noch unter der WVerf. besaßen einzelne Verwaltungsbehörden bei Zuwiderhandlungen gegen Vorschriften des Verwaltungsrechts (**Verwaltungsunrecht**) eine echte **Strafkompetenz**, z. B. bei Verstößen gegen Bewirtschaftungs- oder Preisvorschriften. Diese Strafbefugnis bestand auch nach dem 2. Weltkrieg auf manchen Gebieten fort, so im **Devisenrecht**, im Steuer- und Zollrecht. Träger dieses Verwaltungsstrafrechts waren die Finanz- und Hauptzollämter, die Oberfinanzdirektionen und anderen Verwaltungsbehörden. Nachdem das BVerfG 1967 die Ausübung der Strafgewalt durch Verwaltungsbehörden für unzulässig erklärt hat, dürfen diese echte Kriminalstrafen nicht mehr verhängen.

b) Bereits sei längerem hat sich in Deutschland das Bestreben entwickelt, den Kreis der strafrechtlichen Tatbestände einzuengen, um das Strafrecht auf die wirklichen der Strafe würdigen und bedürftigen Fälle zu beschränken. Zuwiderhandlungen gegen staatliche Gebote und Verbote, die bei einer typisierenden Betrachtung den Makel der Strafe nicht verdienen, deren Bekämpfung aber zum Schutz der Allgemeinheit und individueller Rechtsgüter sowie im Interesse einer geordneten Verwaltungstätigkeit erforderlich ist, sollen anders behandelt werden als kriminelle Verhaltensweisen. Dies führte zur Schaffung des Rechts der **Ordnungswidrigkeiten**.

Heute finden sich in einer Vielzahl von Bundes- und Landesgesetzen Vorschriften, die bei einer vorwerfbaren Zuwiderhandlung eine Ahndung mit Bußgeld vorsehen. Die Verfolgung dieser Ordnungswidrigkeiten richtet sich nach dem OWiG. Zuständig ist je nach gesetzlicher Bestimmung eine Verwaltungsbehörde (z. B. Polizei, Landratsamt, Sonderbehörden). Das **Bußgeldverfahren** ist ein Verwaltungsverfahren, für das aber nicht das VwVfG gilt. Trifft eine Ordnungswidrigkeit mit einer Straftat zusammen, kann die Ordnungswidrigkeit von der Staatsanwaltschaft mitverfolgt werden.

Nach Bekanntwerden einer Ordnungswidrigkeit hat die Behörde den Sachverhalt zu erforschen und den Betroffenen anzuhören. Bei geringfügigen Ordnungswidrigkeiten kann sie eine Verwarnung mit oder ohne Verwarnungsgeld erteilen (z. B. Strafzettel an falsch parkendem PKW), ansonsten erlässt sie einen **Bußgeldbescheid** (§ 66 OWiG). In diesem ist eine bestimmte Geldbuße, ggfs. auch eine Nebenfolge (z. B. Fahrverbot bei Verstößen im Straßenverkehr) festgesetzt. Die Höhe des Bußgeldes ist häufig durch Bußgeldkataloge vorgegeben.

Gegen den Bußgeldbescheid kann der Betroffene binnen zwei Wochen Einspruch einlegen, für den nicht die Verwaltungsgerichte zuständig sind, sondern das Amtsgericht am Sitz der Behörde. Ist der Einspruch zulässig, entscheidet das Amtsgericht regelmäßig aufgrund mündlicher Hauptverhandlung durch Urteil. Der Ablauf des gerichtlichen Verfahrens ist dem Strafprozess ➢ s. hierzu Nrn. 271 ff., angenähert, wobei Erleichterungen bei der Beweisaufnahme bestehen. Gegen die Entscheidung des Amtsgerichts ist nur in bestimmten Fällen die Rechtsbeschwerde zum Oberlandesgericht zulässig, etwa wenn die im Urteil festgesetzte Geldbuße 250 Euro übersteigt oder die Rechtsbeschwerde im Urteil zugelassen wird (§ 79 OWiG). Ist der Betroffene wegen einer Ordnungswidrigkeit rechtskräftig verurteilt, kann die Handlung nicht mehr als Straftat verfolgt werden (§ 84 OWiG).

c) Keine Ordnungswidrigkeiten sind Verhaltensweisen, die durch **Ordnungsgeld** oder Ordnungshaft geahndet werden. Hierbei handelt es sich um Ungehorsamsfolgen für das Nichtbeachten von Verhaltenpflichten (z. B. Ordnungshaft gegen lärmende Zuschauer einer Gerichtsverhandlung, § 177 GVG). Ein **Zwangsgeld** wird als Beugemittel verwendet, um eine bestimmte Handlung, Duldung oder Unterlassung durchzusetzen (vgl. § 11 VwVG).

II. Besonderes Verwaltungsrecht

161 | Das Ausländer- und Asylrecht

a) Ausländerrecht

Durch das am 1. 1. 2005 in Kraft getretene **Zuwanderungsgesetz** wurde das bis dahin die Rechtsstellung der in der BRep. lebenden Ausländer regelnde Ausländergesetz durch das AufenthG ersetzt. Zweck der Neuregelung ist die Steuerung und Begrenzung des Zuzugs von Ausländern unter Berücksichtigung der Integrationsfähigkeit sowie der wirtschaftlichen und arbeitsmarktpolitischen Interessen der BRep. (§ 1 Abs. 1 AufenthG). Nicht vom AufenthG erfasst sind Unionsbürger (zum Begriff ➢ s. Nr. 2 a), soweit sie Freizügigkeit innerhalb der EU genießen, d. h. zur Arbeitssuche, zur Ausbildung, zur Erwerbstätigkeit oder als Arbeitnehmer einreisen. Ihnen und ihren Familienangehörigen steht ein grundsätzliches Einreise- und Aufenthaltsrecht nach dem Gesetz über die allgemeine Freizügigkeit von Unionsbürgern vom 30. 7. 2004 zu.

Nach § 4 AufenthG bedürfen Ausländer für eine Einreise sowie einen Aufenthalt in der BRep. eines **Aufenthaltstitels**, der in Form eines Visums, einer Aufenthaltserlaubnis oder einer Niederlassungserlaubnis erteilt wird. Voraussetzung für die Erteilung eines Aufenthaltstitels ist grundsätzlich, dass der Ausländer einen Pass besitzt, der Lebensunterhalt gesichert ist, kein Ausweisungsgrund besteht und die Interessen der BRep. nicht beeinträchtigt sind (§ 5 AufenthG). Ein Visum kann als Schengen-Visum für die Durchreise sowie für einen kurzfristigen Aufenthalt von drei Monaten oder längerfristig als nationales Visum erteilt werden. Die Aufenthaltserlaubnis ist ein auf eine bestimmte Zeit befristeter Aufenthaltstitel zu einem bestimmten Zweck, der verlängert werden kann. Die Niederlassungserlaubnis gilt unbefristet. Sie kann einem Ausländer erteilt werden, wenn er unter anderem mindestens fünf Jahre eine Aufenthaltserlaubnis besitzt, mindestens 60 Monate Beiträge in die Rentenversicherung bezahlt hat, ausreichende Kenntnisse der deutschen Sprache hat und über ausreichenden Wohnraum verfügt (§ 9 AufenthG).

Aufenthaltserlaubnisse können Ausländern unter anderem erteilt werden

- für ein Hochschulstudium oder einen Schulbesuch,
- für Zwecke der betrieblichen Aus- und Weiterbildung,
- zum Zwecke der abhängigen Beschäftigung als Arbeitnehmer nur mit Zustimmung der Bundesagentur für Arbeit, wobei die Arbeitsmarktlage und die wirksame Bekämpfung der Arbeitslosigkeit zu berücksichtigen sind (Erleichterungen bestehen für Hochqualifizierte wie Wissenschaftler und gutbezahlte Spezialisten),
- zum Zwecke der Ausübung einer selbständigen Tätigkeit, wenn ein übergeordnetes wirtschaftliches Interesse oder ein besonderes regionales Bedürfnis besteht sowie die Finanzierung der Erwerbstätigkeit gesichert ist,
- zum Aufenthalt insbesondere aus humanitären und politischen Gründen mit Zustimmung des BMI oder der zuständigen obersten Landesbehörde (der Aufenthalt ist grundsätzlich auf drei Jahre befristet, kann aber verlängert werden),
- aus familiären Gründen zum Familiennachzug.

Die **Integration** von rechtmäßig in der BRep. lebenden Ausländern wird seitens des Staates gefördert, insbesondere durch Integrationskurse (§§ 43 ff. AufenthG). Die politische Betätigung von Ausländern kann beschränkt oder untersagt werden, etwa wenn sie das friedliche Zusammenleben stören oder außenpolitischen Belange der BRep. berührt sind.

Ausländer, die über keinen Aufenthaltstitel verfügen oder deren Aufenthaltstitel nicht mehr besteht, sind zur Ausreise verpflichtet. Dabei erlischt ein Aufenthaltstitel auch bei einer Ausweisung eines Ausländers, die unter anderem bei Verurteilung wegen bestimmter Straftaten erfolgt, aber selbst dann angeordnet werden kann, wenn der Ausländer Sozialhilfe bezieht oder obdachlos geworden ist (§§ 50 ff. AufenthG). Unerlaubt eingereiste Ausländer sollen binnen sechs Monaten zurückgeschoben werden, andere Ausländer werden abgeschoben, wenn sie nicht freiwillig ausreisen. Die Abschiebeanordnung, ein Verwaltungsakt ➢ s. Nr. 149, kann in Ausnahmefällen (etwa bei Terrorverdächtigen) für sofort vollziehbar erklärt werden. Ein Abschiebeverbot besteht, wenn der Ausländer in seinem Heimatstaat der Verfolgung aus politischen, religiösen oder sozialen Gründen ausgesetzt ist, die konkrete Gefahr der Folterung besteht oder die Todesstrafe droht. Ein Ausländer kann zur Vorbereitung der Abschiebung in Abschiebehaft genommen werden.

Beim Bundesamt für Migration und Flüchtlinge wird ein **Ausländerzentralregister** geführt, in dem die Daten der in der BRep. lebenden Ausländer erfasst sind. Die Behörden haben in bestimmten Fällen Anspruch auf Einsicht bzw. Datenübermittlung aus dem Ausländerzentralregister. Einzelheiten regelt das Ausländerzentralregistergesetz vom 2. 9. 1994.

b) Asylrecht

Das **Grundrecht auf Asyl** gewährt Ausländern Schutz vor politischer Verfolgung; Asylberechtigte dürfen nicht ausgeliefert oder ausgewiesen werden. Das Asylrecht gewährt dagegen keinen Schutz bei Aufnahmeanträgen aus anderen Gründen als einer politischen Verfolgung, z.B. wegen wirtschaftlicher Notlagen in ausländischen Staaten. Das Asylrecht ist durch das GG zum erstenmal in einer deutschen Verfassung gewährleistet.

Das früher in Art. 16 Abs. 2 Satz 2 GG geregelte Asylrecht ist nach Änderung des GG vom 28. 6. 1993 (BGBl. I 1002) nunmehr in Art. 16 a GG gewährleistet. Damit besteht auch weiterhin ein individuelles Grundrecht auf Asyl. Dieses Grundrecht wird jedoch durch Art. 16 a Abs. 2–5 GG für bestimmte Asylbewerbergruppen eingeschränkt. So schließt Art. 16 a Abs. 1 Satz 1 GG bei Einreise aus einem **sicheren Drittstaat** aus, dass sich der Asylbewerber auf das Asylgrundrecht berufen kann. Sichere Drittstaaten sind vor allem die EU-Staaten sowie die östlichen und südlichen Nachbarstaaten Deutschlands. Ferner kann durch Gesetz mit Zustimmung des BR eine Liste sicherer Herkunftsstaaten bestimmt werden, bei denen die widerlegbare Vermutung besteht, dass der Asylbewerber dort keine politische Verfolgung zu befürchten hat (Art. 16 a Abs. 3 GG). Durch Art. 16 a GG werden ferner in bestimmten Fällen aufenthaltsbeendende Maßnahmen unabhängig von einem eingelegten Rechtsmittel ermöglicht. Das BVerfG hat durch drei Urteile vom 14. Mai 1996 entschieden, dass die Vorschriften des neuen Asylrechts in Art. 16 a GG mit dem Grundgesetz vereinbar sind.

Die materiellen und formellen Voraussetzungen der Asylgewährung sind im AsylVfG geregelt. Das Gesetz hat u. a. zum Ziel, die Dauer der Asylverfahren – namentlich bei offensichtlich unbegründeten Asylanträgen – zu beschränken. Über einen Asylantrag entscheidet das Bundesamt für Migration und Flüchtlinge. Die Verfahrensvorschriften (besonders über Asylantrag und Mitwirkungspflichten des Antragstellers, die Aufgaben der Grenzbehörden, Ausländerbehörden und der Polizei, das Verfahren beim Bundesamt sowie über die Maßnahmen zur Aufenthaltsbeendigung, wenn der Antragsteller nicht als Asylberechtigter anerkannt wird) sind in den §§ 12–54 AsylVfG enthalten. Geregelt sind z. B. die Möglichkeit einer Asylgewährung für die Ehefrau und die Kinder eines Asylberechtigten (§ 26 AsylVfG), der Ausschluss von Asyl bei anderweitigem Verfolgungsschutz (§ 27 AsylVfG), die grundsätzliche Unbeachtlichkeit von vom Ausländer selbst nach seiner Flucht geschaffenen Asylgründen, sog. Nachfluchttatbestände (§ 28 AsylVfG) sowie die Voraussetzungen, bei denen ein Asylantrag unbeachtlich (§ 29 AsylVfG) oder offensichtlich unbegründet ist. Ferner bestehen Regelungen über sichere Drittstaaten und sichere Herkunftsstaaten (§§ 26 a, 29 a AsylVfG und Anlagen I, II zum AsylVfG, z. B. außerhalb der EU die Schweiz, Norwegen, Ghana). Ein Asylantrag ist offensichtlich unbegründet, wenn sich der Ausländer nur aus wirtschaftlichen Gründen oder um einer allgemeinen Notsituation oder einer kriegerischen Auseinandersetzung zu entgehen, im Bundesgebiet aufhält (§ 30 AsylVfG) oder wenn er aus einem sicheren Herkunftsstaat stammt und er nicht ausreichend dartun kann, dass ihm dort abweichend von der allgemeinen Lage politische Verfolgung droht (§ 29 a Abs. 1 AsylVfG). Ein Widerspruch ➢ s. Nr. 151 c) gegen Entscheidungen und Maßnahmen nach dem AsylVfG ist ausgeschlossen (§ 11 AsylVfG). Das Asylgerichtsverfahren ist in den §§ 74–83 AsylVfG geregelt. Wenn ein Asylantrag als unbeachtlich oder offensichtlich unbegründet abgelehnt worden ist, hat die Klage keine aufschiebende Wirkung. Das Urteil des VG, durch das die Klage als offensichtlich unzulässig oder unbegründet abgewiesen wird, ist unanfechtbar; im Übrigen ist eine Berufung nur möglich, wenn sie vom OVG zugelassen worden ist (§ 78 Abs. 1, 2 AsylVfG). Die Leistungen an Asylbewerber sind durch das Asylbewerberleistungsgesetz i. d. F. vom 5. 8. 1997 (BGBl. I 2022) geregelt. Asylbewerber erhalten vorrangig Sachleistungen und nur untergeordnet Geldzahlungen.

Auf europäischer Ebene sehen Art. 61 und 63 EGV eine teilweise Harmonisierung des Asylrechts vor. Insbesondere sollen Regeln für die Bestimmung des für die Prüfung eines Asylantrages zuständigen Mitgliedstaates und Mindestnormen für die Aufnahme von Asylbewerbern und für die Anerkennung von Flüchtlingen aufgestellt werden (Art. 63 Nr. 1 EGV). Diese sollen die Bestimmungen ersetzen, die von mehreren Mitgliedstaaten der EU in dem Dubliner Asyl-Übereinkommen vom 15. 6. 1990 (BGBl. 1994 II 791) zu einem Zeitpunkt getroffen worden waren, als es auf diesem Gebiet noch keine Zuständigkeiten der EU gab. Gemäß Art. 63 Nr. 2 EGV soll die Gemeinschaft eine ausgewogene Verteilung von Flüchtlingen auf die Mitgliedstaaten fördern und damit dem Missstand abhelfen, dass einige Staaten, insbesondere Deutschland, einen weit überproportional großen Teil der Flüchtlinge und Asylbewerber in der EU aufnehmen.

162 | Das Beamtenrecht

a) Der öffentliche Dienst
b) Gesetzliche Grundlagen
c) Beginn und Ende des Beamtenverhältnisses
d) Pflichten des Beamten
e) Rechte des Beamten
f) Personalvertretung und Personalverwaltung
g) Die Bundeslaufbahnverordnung
h) Das Disziplinarrecht
i) Rechtsschutzmöglichkeiten für Beamte

a) Der öffentliche Dienst

Der Begriff „öffentlicher Dienst" umfasst funktionell alle Tätigkeiten zur Wahrnehmung öffentlicher Aufgaben (zu den Aufgaben der Verwaltung ➢ s. Nr. 141), personell die öffentlichen Dienstverhältnisse, die zwischen Einzelpersonen und öffentlichen Rechtsträgern als Dienstherren bestehen. Die Verwaltungsaufgaben in den Dienststellen des Staates, der öffentlich-rechtlichen Körperschaften und Anstalten werden heute nicht nur von Beamten, sondern auch von tariflich beschäftigten Arbeitnehmern wahrgenommen. Die Tätigkeit im öffentlichen Dienst kann also auf einem hoheitsrechtlichen Anstellungsakt (Beamte) oder auf einem privatrechtlichen Dienstvertrag (Arbeitnehmer) beruhen.

Nach wie vor sind die wichtigeren Funktionen, nämlich die Hoheitsaufgaben, den Berufsbeamten vorbehalten (Art. 33 Abs. 4 GG); das schließt aber die Betrauung von Arbeitnehmern mit solchen Aufgaben nicht aus ➢ vgl. Nr. 84 d). Der Vorrang des Berufsbeamten knüpft an eine jahrhundertelange geschichtliche Entwicklung an, die vom „Fürstendiener“ des absoluten Monarchen zum „Staatsdiener“ führt, dessen Treue- und Gehorsamspflicht – und entsprechend der Anspruch auf Existenzgarantie – nicht mehr gegenüber einer Einzelperson, sondern im Verhältnis zum Staat besteht.

Während das Beamtenrecht ein Teil des besonderen Verwaltungsrechts und damit öffentlich-rechtlich geregelt ist, sind die Rechtsbeziehungen des Staates zu seinen Arbeitnehmern privat-rechtlicher Natur. Staat und Bediensteter schließen hier einen Arbeitsvertrag i.S.d. §§ 611 ff. BGB, der dem **Tarifvertrag öffentlicher Dienst** bzw. dem Tarifvertrag der Länder unterliegt ➢ zum Arbeitsrecht s. Nr. 601 ff. Zum 30. 6. 2004 waren ca. 4,67 Mio. Personen im öffentlichen Dienst beschäftigt.

Aufteilung der Beschäftigten im öffentlichen Dienst
(Stand: 30. 6. 2004)

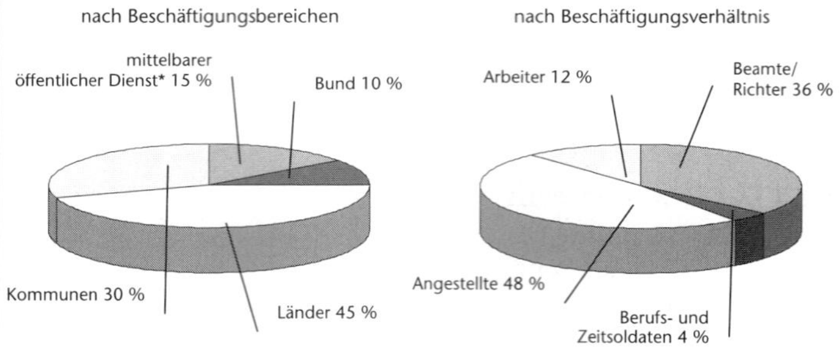

* z. B. Bundesagentur für Arbeit, Sozialversicherungsträger

Beamter ist, wer zum Staat oder zu einer sonstigen juristischen Person des öffentlichen Rechts ➢ s. Nr. 145, in einem öffentlich-rechtlichen, gesetzlich besonders geregelten Dienst- und Treueverhältnis steht (Beamtenverhältnis).

Da auch die hoheitliche Tätigkeit der Arbeitnehmer des öffentlichen Dienstes unter Strafschutz stehen soll, ist in das StGB (§ 11 Abs. 1 Nr. 2) der Begriff des „Amtsträgers“ eingeführt worden; dazu gehören Beamte und Richter sowie alle in einem sonstigen öffentlich-rechtlichen Amtsverhältnis stehenden Personen (z. B. Minister, Notare) und die zur Wahrnehmung öffentlicher Verwaltungsaufgaben besonders Bestellten (z. B. Fleischbeschauer). Im staatsrechtlichen Sinne gehören Notare nicht zu den Beamten, ebenso nicht Minister (Amtsverhältnis besonderer Art) ➢ s. Nr. 78 c).

Richter nehmen im Hinblick auf ihre Unabhängigkeit bei der Rechtsprechung eine Sonderstellung ein. Diese ist in den Richtergesetzen des Bundes und der Länder ➢ s. Nr. 199, unter Anlehnung an das Beamtenrecht geregelt. Entsprechendes gilt für Zeit- und Berufssoldaten ➢ s. Nr. 183 c).

Man unterscheidet folgende Beamtengruppen:

- unmittelbare Beamte, die den Staat (Bund, Land) als Dienstherrn haben, und mittelbare Beamte, die im Dienst eines nachgeordneten Dienstherrn stehen (z. B. Gemeinde oder sonstige öffentlich-rechtliche Körperschaft);
- Berufsbeamte, die ihre Tätigkeit als Lebensberuf ausüben, Ehrenbeamte, die keine Besoldung oder Versorgung erhalten (z. B. ehrenamtliche Bürgermeister oder Stadträte) und kommunale Wahlbeamte, die aufgrund Wahl als Beamte auf Zeit Leitungsfunktionen wahrnehmen (z. B. hauptamtliche Bürgermeister, Beigeordnete in Gemeinden);
- Beamte auf Lebenszeit (Regel), auf Zeit (z. B. Bürgermeister, Beigeordnete) und auf Widerruf oder auf Probe (z. B. im Vorbereitungsdienst oder bei Übertragung eines Amtes mit leitender Funktion);
- nach der Laufbahn: Beamte des einfachen, des mittleren, des gehobenen und des höheren Dienstes;
- planmäßige Beamte mit im Haushaltsplan ausgewiesener Planstelle und außerplanmäßige Beamte (z. B. Assessoren).

Jeder Beamte hat einen Dienstherrn, das ist die Körperschaft, bei der er beschäftigt ist (etwa Bund, Land, Gemeinde). Oberste Dienstbehörde ist die oberste Behörde seines Verwaltungsbereichs (Bundesministerium, Landesministerium). Dienstvorgesetzter ist, wer für beamtenrechtliche Entscheidungen in persönlichen Angelegenheiten des Beamten (Beurteilung, Disziplinarmaßnahmen, Urlaubsgewährung) zuständig ist, Vorgesetzter, wer Anordnungen für dienstliche Tätigkeiten erlassen kann (s. § 3 BBG).

Personen, die in einer Behörde oder einer sonstigen öffentlichen Einrichtung tätig sind und Zugang zu Verschlusssachen mit der Einstufung „Streng Geheim", „Geheim" oder „VS – Vertraulich" haben oder sich verschaffen können, sind einer Sicherheitsüberprüfung zu unterziehen (§§ 1, 2 SÜG). Unter Verschlusssachen versteht man alle im öffentlichen Interesse geheimhaltungsbedürftigen Tatsachen, Gegenstände oder Erkenntnisse (§ 4 SÜG). Die Arten der Sicherheitsüberprüfung und das Verfahren sind in den §§ 7–23 SÜG geregelt.

b) Gesetzliche Grundlagen

Dem Bund steht nach Art. 73 Nr. 8 GG die ausschließliche **Gesetzgebungskompetenz** für die Bundesbeamten zu. Auf dieser Grundlage ergingen etwa das BBG, das BPolBG, das BDG sowie verschiedene Rechtsverordnungen, unter anderem die BLV. Für die Beamten der Länder und Kommunen steht dem Bund nunmehr nur noch für die Statusrechte und -pflichten (ohne Laufbahnen, Besoldung und Versorgung) eine konkurrierende Gesetzgebungskompetenz zu (Art. 74 Abs. 1 Nr. 27 GG). Soweit der Bund bis zur Änderung durch die Föderalismusreform ➢ s. Nr. 24, aufgrund der Rahmengesetzgebungskompetenz ➢ s. Nr. 71, des Art. 75 Abs. 1 Nr. 1 GG a. F. das BRRG erlassen hat, das weitestgehend nur die Grundsätze und den Rahmen festgelegt hatte, so dass die Länder jeweils eigene Landesbeamtengesetze erlassen haben, die dem BBG aber nachempfunden sind, gilt es eingeschränkt als Bundesrecht weiter (Art. 125 b Abs. 1 GG). Das Bundeskabinett hat aber bereits den Entwurf eines Beamtenstatusgesetzes beschlossen, das derzeit vom BT beraten wird (Stand: 1. 2. 2007). Die Besoldung der Beamten der Länder und Kommunen sowie deren Versorgung (im Ruhestand) war bislang aufgrund Art. 74 a GG a. F. bundeseinheitlich durch das BBesG sowie das BeamtenVG geregelt. Nunmehr steht den Ländern hierfür die ausschließliche Gesetzgebungskompetenz zu. BBesG und BeamtenVG gelten für die Beamten der Länder und Kommunen aber zunächst als Bundesrecht fort, von dem die Länder aber durch eigene Gesetze abweichen können (Art. 125 a Abs. 1 GG).

c) Beginn und Ende des Beamtenverhältnisses

Der Zugang zu öffentlichen Ämtern steht jedem Deutschen nach seiner Eignung, Befähigung und fachlichen Leistung in gleichem Umfang zu (Art. 33 Abs. 2 GG). Der darin zum Ausdruck kommende **Leistungsgrundsatz** mit dem Prinzip der Bestenauslese gilt nicht nur bei der erstmaligen Anstellung, sondern auch bei jeder Beförderungsentscheidung.

Eine Berufung in das Beamtenverhältnis ist nur zur Wahrnehmung hoheitsrechtlicher oder aus Sicherheitsgründen von Beamten zu versehender Aufgaben zulässig. Sie kann auf Lebenszeit (dauernd), auf Zeit, auf Probe, auf Widerruf oder als Ehrenbeamter erfolgen. Das Beamtenverhältnis wird durch Aushändigung einer Ernennungsurkunde begründet (mitwirkungsbedürftiger Verwaltungsakt). Es endet außer durch Tod durch Entlassung, Verlust der Beamtenrechte oder Entfernung aus dem Dienst nach den Disziplinargesetzen, s. §§ 4 ff., 28 ff. BBG.

Berufen in das Beamtenverhältnis darf nur werden, wer Deutscher im Sinne des Art. 116 des Grundgesetzes ist oder die Staatsangehörigkeit eines anderen Mitgliedstaates der Europäischen Gemeinschaften besitzt, die Gewähr für jederzeitiges Eintreten für die freiheitliche demokratische Grundordnung i. S. des GG bietet und entweder die für seine Laufbahn vorgeschriebene oder übliche Ausbildung besitzt oder die erforderliche Befähigung durch Lebens- oder Berufserfahrung erworben hat. Im Kernbereich hoheitlichen Handelns (z. B. Richteramt) dürfen nur Deutsche in ein Beamtenverhältnis berufen werden. Die Bewerber sind durch Stellenausschreibung zu ermitteln. Ihre Auslese ist nach Eignung, Befähigung und fachlicher Leistung ohne Rücksicht auf Geschlecht, Abstammung, Rasse, Glauben, religiöse oder politische Anschauungen, Herkunft oder Beziehungen vorzunehmen.

Die **Ernennung** der Bundesbeamten erfolgt durch den BPräs. oder die ermächtigte Stelle (Art. 60 Abs. 1 und 3 GG, § 10 BBG). Die Ernennung ist nichtig, wenn eine Grundvoraussetzung fehlt; sie kann bei arglistiger Täuschung oder Bestechung wieder zurückgenommen werden. Da auch Beamte zunächst auf Probe eingestellt werden, ist auch die Umwandlung des Beamtenverhältnisses auf Probe in ein Beamtenverhältnis auf Lebenszeit (§ 9 BBG) eine Ernennung, bedarf also der Aushändigung einer Urkunde. Entsprechendes gilt für jede Beförderung des Beamten.

Der Beamte kann auf eigenen Antrag oder bei Vorliegen eines dienstlichen Bedürfnisses auch gegen seinen Willen jederzeit **versetzt** werden, d.h. zu einer anderen Behörde seines Dienstherrn geschickt werden. Soll dies nur vorübergehend sei, liegt eine Abordnung vor. Wird dem Beamten innerhalb der Behörde ein anderes Aufgabengebiet übertragen, ohne dass er befördert wird, spricht man von Umsetzung.

Die **Entlassung** des Beamten erfolgt auf eigenen Antrag sowie in bestimmten gesetzlich bestimmten Fällen, ggfs. im Disziplinarverfahren (§§ 28ff. BBG). Für Beamte auf Probe oder Widerruf gelten Erleichterungen. **Politische Beamte**, das sind solche, die ein Amt begleiten, bei dessen Ausübung sie in fortdauernder Übereinstimmung mit den grundsätzlichen Zielen der BReg. stehen müssen, können unabhängig vom Alter jederzeit und ohne Angabe von Gründen in den einstweiligen Ruhestand versetzt werden. Hierzu zählen unter anderem die Staatssekretäre, die Abteilungsleiter der Bundesministerien, hohe Beamte des Auswärtigen Dienstes sowie der Nachrichtendienste, der Generalbundesanwalt und der Präsident des Bundeskriminalamts (§ 36 BBG). Wird ein Beamter von einem Gericht rechtskräftig wegen einer vorsätzlichen Straftat zu einer Freiheitsstrafe von mindestens einem Jahr (auch wenn auf Bewährung) verurteilt, verliert er automatisch seine Beamtenrechte (§§ 48, 49 BBG). Bei niedrigeren Strafen kann der Dienstvorgesetzte eine disziplinarische Entlassung wegen eines Dienstvergehens (➢ s. unten h), betreiben.

d) Pflichten des Beamten

Der Beamte dient dem ganzen Volk, nicht einer Partei. Er hat seine Aufgaben mit voller Hingabe an seinen Beruf, unparteiisch und gerecht zu erfüllen und auf das Wohl der Allgemeinheit Bedacht zu nehmen. Er muss sich durch sein Gesamtverhalten zur freiheitlich demokratischen Grundordnung i. S. des GG bekennen und für deren Erhaltung eintreten, bei politischer Betätigung Mäßigung und Zurückhaltung wahren.

Der Beamte hat sich mit voller Hingabe seinem Beruf zu widmen. Er hat sein Amt uneigennützig nach bestem Gewissen zu verwalten. Sein Verhalten innerhalb und außerhalb des Dienstes muss der Achtung und dem Vertrauen gerecht werden, die sein Beruf erfordert (§§ 52–54 BBG).

Die nach dem sog. „**Radikalen-Beschluss**" der MinPräs. der Länder (abgedr. Bulletin der BReg. vom 3. 2. 1972 S. 142) früher vorgenommene sog. Regelfrage beim Verfassungsschutz über Erkenntnisse bezüglich der Verfassungstreue eines Bewerbers für den öffentlichen Dienst wird nicht mehr durchgeführt. Die Pflicht des Beamten, sich zur freiheitlich demokratischen Grundordnung i. S. des GG zu bekennen und für deren Erhaltung einzutreten, wird hierdurch jedoch nicht berührt (s. § 35 Abs. 1 Satz 3 BRRG, § 52 Abs. 2 BBG).

Weitere Pflichten des Beamten sind (s. §§ 55, 56 BBG: Beratung und Unterstützung der Vorgesetzten, Befolgung ihrer Anordnungen sowie allgemeiner Anweisungen, sofern nicht gesetzlich eine Bindung ausgeschlossen und der Beamte nur dem Gesetz unterworfen ist. Verantwortung für Rechtmäßigkeit der dienstlichen Handlungen; der Beamte ist hiervon befreit, wenn sein unmittelbarer Vorgesetzter trotz Hinweises auf Bedenken gegen die Rechtmäßigkeit (Remonstration) seine Anordnung aufrechterhält und auch der nächsthöhere Vorgesetzte, an den sich der Beamte dann wenden muss, die Anordnung bestätigt (anders nur bei erkennbar strafbaren oder ordnungswidrigen Handlungen oder Verstoß gegen die Menschenwürde). Der Beamte ist gehalten, verfassungsfeindlichen Bestrebungen innerhalb und außerhalb des Dienstes entgegenzutreten. Weil die Erfüllung seiner hoheitlichen Aufgaben rechtlich notwendig und wichtigstes Gebot seiner Treuepflicht ist, steht ihm ein **Streikrecht** zur Durchsetzung persönlicher, wirtschaftlicher oder gar politischer Forderungen nach überwieg. Meinung nicht zu (vgl. BVerfGE 8, 1/17; entsprechend für streikähnliches Verhalten, insbes. den sog. „Bummelstreik": BVerwG NJW 1978, 178).

Der **Diensteid** des Beamten lautet: „Ich schwöre, das Grundgesetz für die Bundesrepublik Deutschland und alle in der Bundesrepublik geltenden Gesetze zu wahren und meine Amtspflichten gewissenhaft zu erfüllen, so wahr mir Gott helfe!" Der Eid kann ohne die Anrufung Gottes oder mit einer gesetzlich zugelassenen Beteuerungsformel einer Religionsgesellschaft geleistet werden (§ 58 BBG).

Weitere Bestimmungen (§§ 59 ff. BBG) betreffen die Beschränkung in der Vornahme von Amtshandlungen (gegenüber Angehörigen, bei gesetzlichem Ausschluss, Verbot aus zwingenden dienstlichen Gründen), Amtsverschwiegenheit und Genehmigung zu Aussagen vor Gericht. Auskünfte an die Presse erteilt der Vorstand der Behörde oder ein von ihm bestellter Pressesprecher. Die Übernahme einer **Nebentätigkeit** (Nebenamt, Nebenbeschäftigung), einer Vormundschaft, Pflegschaft oder Testamentsvollstreckung bedarf der vorherigen Genehmigung, desgleichen bei Nebentätigkeit mit Vergütung oder Eintritt in ein Organ einer privatwirtschaftlichen Gesellschaft. Eine Genehmigung ist nicht erforderlich zu schriftstellerischer, wissenschaftlicher, künstlerischer oder Vortragstätigkeit, zu eigener Vermögensverwaltung, zur Tätigkeit in Wahrung von Berufsinteressen in Gewerkschaften, Berufsverbänden oder Selbsthilfeeinrichtungen der Beamten, zu unentgeltlicher Tätigkeit in Organen von Genossenschaften (s. §§ 64 ff. BBG und die Bundesnebentätigkeitsverordnung). **Geschenke** in Bezug auf das Amt dürfen nur mit Zustimmung der obersten Dienstbehörde oder der von ihr ermächtigten Behörde angenommen werden (§ 70 BBG), ausländische Titel, Orden und Ehrenzeichen nur mit Genehmigung des BPräs. (§ 71 BBG).

Nach der auf Grund des § 72 BBG von der BReg. erlassenen Arbeitszeitverordnung beträgt die regelmäßige Arbeitszeit der Bundesbeamten im Durchschnitt 41 Stunden (Stand: 1. 2. 2007) wöchentlich, die in Gleitzeit abgeleistet werden kann. Bei Beamten mit pflegebedürftigen Angehörigen oder mindestens einem Kind unter 18 Jahren ist, falls sie diese betreuen, Teilzeitbeschäftigung zu bewilligen, soweit dienstliche Belange nicht entgegenstehen. In anderen Fällen kann Teilzeitarbeit bis zur Hälfte der regelmäßigen Arbeitszeit und bis zur jeweils beantragten Dauer bewilligt werden. Der Beamte darf dem Dienst nicht ohne Genehmigung seines Dienstvorgesetzten fernbleiben. Dienstunfähigkeit ist auf Verlangen nachzuweisen. Bei unentschuldigtem schuldhaften Fernbleiben verliert der Beamte für die Zeit des Fernbleibens seine Dienstbezüge. Eine disziplinarrechtliche Verfolgung ist dadurch nicht ausgeschlossen. Die Wohnung ist so zu nehmen, dass die ordnungsmäßige Wahrnehmung der Dienstgeschäfte nicht beeinträchtigt wird (s. §§ 73–75 BBG).

Eine **Dienstkleidung** kann vorgeschrieben werden, wenn sie bei Amtsausübung üblich oder erforderlich ist (§ 7 BBG). Die Bestimmungen über Dienstkleidung (Amtstracht) erlässt der BPräs. oder eine von ihm ermächtigte Stelle. Bundesrechtlich ist Dienstkleidung u. a. vorgeschrieben für Bundeszollverwaltung und Bundespolizei; Amtstracht für das Bundesverfassungsgericht, die Obersten Gerichtshöfe und das Bundespatentgericht.

Die **Nichterfüllung von Pflichten** kann führen zu

- einer Verfolgung wegen Dienstvergehens (§ 7 BBG), falls schuldhafte Verletzung einer Amtspflicht vorliegt. Das nähere bestimmt das Bundesdisziplinargesetz ➢ vgl. unten unter h);
- einer Haftung auf Schadensersatz (§ 78 BBG).

Für Amtspflichtverletzungen der Beamten haftet Dritten gegenüber an Stelle des Beamten der Staat oder sonstige Dienstherr (Art. 34 GG); ➢ vgl. Nr. 84 e). Hat der Dienstherr einem Dritten gemäß Art. 34 Satz 1 GG Schadensersatz geleistet, so ist der Rückgriff (Regress) gegen den Beamten nur insoweit zulässig, als dem Beamten Vorsatz oder grobe Fahrlässigkeit zur Last fällt. Verjährung grundsätzlich in 3 Jahren seit Kenntnis.

e) Rechte des Beamten

aa) Fürsorge und Schutz

Der Dienstherr hat im Rahmen des Dienst- und Treueverhältnisses für das Wohl des Beamten und seiner Familie zu sorgen, ihn bei seiner amtlichen Tätigkeit und in seiner Stellung als Beamter zu schützen (§ 79 BBG). Beamtinnen haben Anspruch auf Mutterschutz ➢ s. hierzu Nr. 631 b) und Elternzeit, für jugendliche Beamte gilt das Jugendarbeitsschutzgesetz ➢ s. hierzu Nr. 631 b, entsprechend (§§ 80, 80 a BBG).

bb) Amtsbezeichnung (§ 81 BBG)

Sie wird vom BPräs. oder der dazu ermächtigten Behörde festgesetzt, soweit sie nicht gesetzlich geregelt sind. Neben der Amtsbezeichnung darf der Beamte nur staatlich verliehene Titel und akademische Grade führen; der Beamte darf die Amtsbezeichnung auch außerhalb des Dienstes führen. Ruhestandsbeamte dürfen ihre Amtsbezeichnung mit dem Zusatz „außer Dienst" (a. D.) weiterführen.

cc) Dienstbezüge (§§ 83 ff. BBG)

Die Dienstbezüge der Beamten, Richter, Professoren und Berufssoldaten sind im BBesG geregelt. Sie bestehen aus Grundgehalt, Familienzuschlag, ggf. Amts- und Stellenzulagen sowie weiteren Zulagen und (Leistungs-)Vergütungen. Sachbezüge werden nach ihrem wirtschaftlichen Wert angerechnet (§ 10 BBesG).

Um angesichts demographischer Veränderungen und der steigenden Zahl von Versorgungsempfängern die Versorgungsleistungen ➢ s. unten dd) sicherzustellen, wurde eine **Versorgungsrücklage** eingeführt. Vom 1. 1. 1999 bis 31. 12. 2017 werden die Besoldungserhöhungen (mit Ausnahme der acht auf den 31. 12. 2002 folgenden Erhöhungen) jeweils um 0,2 v. H. vermindert, die einbehaltenen Beträge werden einem Sondervermögen zugeführt. Dieses Sondervermögen darf nur zur Finanzierung künftiger Versorgungsausgaben verwendet werden (§ 14 a BBesG sowie das Versorgungsrücklagegesetz).

Der **Familienzuschlag** ist ein variabler Bestandteil der Besoldung. Er bestimmt sich nach der Besoldungsgruppe und dem Familienstand (§§ 39 ff. BBesG).

Für herausragende besondere Leistungen können **Leistungsprämien** (Einmalzahlungen) und Leistungszulagen an Beamte der Besoldungsordnung A bezahlt werden (§ 42 a BBesG sowie die Leistungsprämien- und -zulagenVO).

Weihnachtszuwendungen bzw. eine jährliche Sonderzuwendung werden nach § 67 BBesG gewährt. Jubiläumszuwendungen werden bei Dienstjubiläen (25/40/50 Jahre) nach § 80 b BBG und der JubiläumszuwendungsVO gezahlt (307/410/512 Euro). Die Länder können für ihre Beamten vom Bund abweichende Regelungen, insbes. zur Höhe des Urlaubs- und Weihnachtsgeldes, treffen.

Der Beamte hat unverzichtbare Ansprüche auf die laufenden Dienstbezüge; er kann diese nur insoweit abtreten oder verpfänden, als sie der Pfändung unterliegen (§ 84 BBG).

Beamte (auch im Vorbereitungsdienst), Richter, Berufs- und Zeitsoldaten heben ähnlich den Arbeitnehmern Anspruch auf vermögenswirksame Leistungen nach dem VermögensbildungsG ➢ s. hierzu Nr. 616 d).

dd) Versorgungsbezüge (§ 85 BBG)

Die Versorgung des Beamten umfasst unter anderem Ruhegehalt oder Unterhaltsbeitrag, Hinterbliebenenversorgung, Unfallfürsorge, Übergangsgeld und Ausgleich bei besonderen Altersgrenzen (§ 2 BeamtVG).

Die allgemeine **Altersgrenze** für Bundesbeamte ist die Vollendung des 65. Lebensjahres (§ 41 BBG), bei Polizeivollzugsbeamten des Bundes das 60. Lebensjahr (§ 5 BPolBG). Der Beamte (Richter) kann vor Erreichen der Altersgrenze seine Versetzung in den Ruhestand ohne Angabe von Gründen beantragen, wenn er das 63. Lebensjahr vollendet hat oder wenn er schwerbehindert ist und das 60. Lebensjahr vollendet hat. Im Hinblick auf das Hinausschieben des Renteneintrittsalters in der gesetzlichen Rentenversicherung („Rente mit 67") beabsichtigt die BReg. auch eine Erhöhung der Altersgrenzen für Beamte. Ist der Beamte dauerhaft dienstunfähig, kann er ebenfalls in den Ruhestand versetzt werden.

Ein **Ruhegehalt** wird nur gewährt, wenn der Beamte eine Dienstzeit von mindestens 5 Jahren abgeleistet hat oder infolge Krankheit, Verwundung oder sonstiger Dienstbeschädigung, die er ohne grobes Verschulden bei Ausübung oder aus Veranlassung des Dienstes erlitten hat, dienstunfähig geworden (§ 4 BeamtVG).

Ruhegehaltfähige Dienstbezüge sind Grundgehalt, Familienzuschlag und sonstige als ruhegehaltfähig im Besoldungsrecht anerkannte Dienst- und Leistungsbezüge (§ 5 BeamtVG).

Das Ruhegehalt beträgt für jedes Jahr ruhegehaltsfähiger Dienstzeit (zum Umfang §§ 6ff. BeamtVG) 1,79 375 v. H. der ruhegehaltsfähigen Dienstbezüge, höchstens jedoch 71,75 v. H (§ 14 BeamtVG). Bei Ruhestand vor Vollendung des 63. Lebensjahres vermindert sich das Ruhegehalt um 3,6 v. H. für jedes Jahr, um das der Beamte früher in den Ruhestand versetzt wird.

Wird im Falle der Scheidung dem Ehegatten des Beamten ein Versorgungsausgleich ➤ s. Nr. 359, zuerkannt, so werden die Versorgungsbezüge des Beamten um die durch Entscheidung des Familiengerichts für den anderen Ehegatten begründeten monatlichen Rentenanwartschaften gekürzt; der monatliche Betrag erhöht sich entsprechend der nach der Scheidung eintretenden gesetzlichen Erhöhung des Ruhegehaltssatzes. Der Beamte kann die Kürzung durch Leistung eines Kapitalbetrags an den Dienstherrn abwenden (§§ 57, 58 BeamtVG).

Auch für Beamte besteht die Möglichkeit, das durch die Reduzierung der Pensionen verursachte Absinken des Versorgungsniveaus durch Abschluss eines durch staatliche Leistungen geförderten Altersvorsorgevertrages ➤ s. Nr. 647 g), auszugleichen.

Ein Unterhaltsbeitrag kann einem Beamten auf Lebenszeit gewährt werden, wenn er vor Ableistung von 5 Dienstjahren wegen Dienstunfähigkeit oder Erreichens der Altersgrenze entlassen wird (§ 15 BeamtVG).

Auf Grund der **Hinterbliebenenversorgung** verbleiben den Erben eines verstorbenen Beamten die für den Sterbemonat gezahlten Dienstbezüge (§ 17 BeamtVG). Die nächsten Angehörigen (insbesondere Ehefrau und Abkömmlinge) erhalten nach Maßgabe des § 18 BeamtVG ein Sterbegeld in der Höhe des Zweifachen der Dienstbezüge des Verstorbenen. Ferner wird regelmäßig Witwen- und Waisengeld gezahlt (§§ 19, 23 BeamtVG).

Das Witwengeld beträgt grundsätzlich 55 v. H. des Ruhegehalts des Beamten. War die Witwe mehr als 20 Jahre jünger als der Beamte und ist die Ehe kinderlos geblieben, wird das Witwengeld um bis zu 50 v. H. gekürzt (§ 20 BeamtVG).

Waisengeld (Vollwaisen 20 v. H., Halbwaisen 12 v. H. des Ruhegehalts des Beamten) erhalten die leiblichen (auch nichtehelichen) oder adoptierten Kinder eines ruhegehaltberechtigten Beamten oder Ruhestandsbeamten.

Die **Unfallfürsorge** umfasst bei einem **Dienstunfall** des Beamten: Erstattung von Sachschäden und besonderen Aufwendungen, Heilverfahren, Unfallausgleich nach der Minderung der Erwerbsfähigkeit, Unfallruhegehalt oder Unterhaltsbeitrag, Unfall-Hinterbliebenenversorgung, einmalige Entschädigung bei Minderung der Erwerbsfähigkeit von mehr als 50 v. H. (§§ 30ff. BeamtVG).

Der Begriff des „Dienstunfalls" umfasst nach § 31 BeamtVG außer den unmittelbar mit der dienstlichen Tätigkeit zusammenhängenden schädigenden Ereignissen auch solche, die auf dem Weg zwischen Wohnung und Dienststelle eintreten.

Übergangsgeld erhält ein Beamter mit Dienstbezügen, der nicht auf eigenen Antrag entlassen wird (z. B. ein Beamter auf Widerruf), falls er ohne Versorgung ausscheidet und auch kein Unterhaltsbeitrag bewilligt wird.

Das Übergangsgeld beträgt nach vollendeter einjähriger Dienstzeit das Einfache und bei längerer Beschäftigungszeit für jedes volle Jahr ihrer Dauer die Hälfte, insgesamt höchstens das Sechsfache der Dienstbezüge des letzten Monats (§ 47 BeamtVG). Politische Beamte ➢ s. oben c) erhalten 71,75 v. H. der Dienstbezüge für sechs Monate bis zu 3 Jahren als Übergangsgeld (§ 47 a BeamtVG).

ee) Reise- und Umzugskosten (BRKG und BUKG)

Entstehen einem Beamten auf einer genehmigten Dienstreise Kosten (Fahrt- und/oder Übernachtungskosten), kann er diese erstattet erhalten. Für den reisebedingten Mehrbedarf (Verpflegung) besteht ein Anspruch auf Tagegeld bzw. Aufwandsentschädigung. Erfordert eine Neueinstellung oder eine Versetzung eines Beamten einen Umzug, wird eine Umzugskostenvergütung gewährt. Statt eines Umzugs kann ein umzugswilliger Beamter auch Trennungsgeld nebst Familienheimfahrten beanspruchen, wenn er aus bestimmten Gründen (etwa Schulausbildung der Kinder, Erkrankung eines Angehörigen) nicht umziehen kann.

ff) Urlaub

Dem Beamten steht Urlaub zu (§ 89 BBG), und zwar ein alljährlicher Erholungsurlaub unter Fortgewährung seiner Dienstbezüge.

Einzelheiten regelt die VO über den Erholungsurlaub der Bundesbeamten und Richter im Bundesdienst sowie die VO über den Erholungs- und Heimaturlaub der im Ausland tätigen Bundesbeamten. Der Erholungsurlaubsanspruch beträgt je nach Alter für Bundesbeamte zwischen 26 und 30 Tagen. Bundesbeamte müssen ihren Urlaub im Kalenderjahr oder in den ersten neun Monaten des neuen Jahres nehmen, ansonsten verfällt der Urlaubsanspruch. Die Länder können für ihre Beamten abweichendes regeln. So kann in Bayern Erholungsurlaub in begrenzter Anzahl bis zu drei Jahre angespart werden.

gg) Einsicht in Personalakte (§ 90 c BBG)

Das Einsichtrecht umfasst alle den Beamten betreffenden Vorgänge. Der Beamte ist über Beschwerden und tatsächliche Behauptungen, die ihm nachteilig werden können, vor Aufnahme in die Personalakte zu hören. Seine Äußerung ist in die Personalakte aufzunehmen (§ 90 b BBG).

hh) Vereinigungsfreiheit (§ 91 BBG)

Zusammenschluss in Gewerkschaften und Berufsverbänden ist zulässig. Diese können vom Beamten mit seiner Vertretung beauftragt werden, soweit nichts anderes gesetzlich bestimmt ist. Keine Maßregelung wegen Betätigung für Gewerkschaft oder Berufsverband. Zur Frage des Streikrechts ➢ s. oben d).

ii) Erteilung eines Dienstzeugnisses (§ 92 BBG)

Das Zeugnis ist auf Antrag des Beamten von seinem letzten Dienstvorgesetzten über Art und Dauer der bekleideten Ämter zu erteilen, auf Wunsch auch über die ausgeübte Tätigkeit und die Leistungen.

f) Personalvertretung und Personalverwaltung

Ähnlich den Betriebsräten in Unternehmen ➢ s. Nr. 635, bestehen auch bei Behörden **Personalvertretungen** für die Bediensteten. Einzelheiten regelt für Bundesbehörden das BPersVG. Danach finden alle vier Jahre Wahlen zum Personalrat statt, in den die unterschiedlichen Gruppen der Beschäftigten (Beamte/Arbeitnehmer) je nach zahlenmäßiger Größe ihres Anteils an der Zahl der Gesamtbeschäftigten Vertreter bestimmen. Bewerber können sich zu verschiedenen konkurrierenden Listen zusammenschließen. Dem Personalrat steht die Mitwirkung bei bestimmten personalrechtlichen Angelegenheiten, insbesondere bei Einstellungen und Beförderungen sowie Kündigung zu. Er ist allgemeine Anlaufstelle der Bediensteten für Beschwerden und wirkt auch in sonstige Angelegenheiten der Beschäftigten (z.B. Gewährung einer Dienstwohnung) sowie der Dienststelle (Arbeitszeit, Urlaubsplanung, Gestaltung der Arbeitsplätze) mit. Besteht eine Verwaltung aus mehreren Stufen (Ober-/Mittel-/Unterstufe), ➢ s. Nrn. 91, 113) können für jede Stufe Personalvertretungen gewählt werden (Bezirks-, Hauptpersonalräte). Für Richter bestehen Richterräte, für Staatsanwälte Staatsanwaltsräte.

Die Personalverwaltung im Einzelnen obliegt den hierzu bestimmten Dienststellen. Zur einheitlichen Durchführung der beamtenrechtlichen Vorschriften wurde auf Bundesebene ein unabhängiger und weisungsfreier **Bundespersonalausschuss** errichtet. Er wirkt insbesondere bei der Vorbereitung allgemeiner Regelungen sowie der Ausbildungs-, Prüfungs- und Fortbildungsvorschriften mit. Er entscheidet über die Anerkennung von Prüfungen und nimmt in Angelegenheiten von grundsätzlicher Bedeutung Stellung. Der Bundespersonalausschuss besteht aus acht Mitgliedern. Ständige Mitglieder sind der Präsident des Bundesrechnungshofs sowie der Leiter der Personalrechtsabteilung im BMI, nicht ständige Mitglieder andere Bundesbeamte, die vom BPräs. auf Vorschlag des BMI, davon vier aufgrund Benennung durch die Spitzenorganisationen der zuständigen Beamtengewerkschaften, auf vier Jahre ernannt werden. Der Bundespersonalausschuss hat seine Geschäftsstelle im BMI (§§ 95–104 BBG). In den Ländern bestehen für die Landesbeamten Landespersonalausschüsse.

g) Die Bundeslaufbahnverordnung

Das **Laufbahnrecht** für die Bundesbeamten ist neben den grundsätzlichen Bestimmungen im BBG (§§ 15–25) in der BLV zusammengefasst. Sie umfasst auch grundsätzliche Vorschriften über die Beurteilung und die Fortbildung der Beamten. Entscheidend für die Laufbahn eines Beamten ist der Leistungsgrundsatz, über Einstellung, Beförderung oder Aufstieg darf nur nach Eignung, Befähigung und fachlicher Leistung entschieden werden (§ 1 BLV), ➢ s. oben d). Diese sind im Rahmen von Personalentwicklungskonzepten zu erhalten und zu fördern. Fortbildung, Beurteilung, Mitarbeitergespräche und Zielvereinbarungen sind wesentliche Personalentwicklungsmaßnahmen.

Die BLV – und ihr entsprechend die Laufbahnverordnungen der Länder für ihre Beamten – enthält unterschiedliche Vorschriften für die **Laufbahngruppen** einfacher, mittlerer, gehobener und höherer Dienst sowie der Laufbahnen für besondere Fachgruppen (insbesondere technischer oder pädagogischer Art, z. B. Ärzte, Ingenieure). Beurteilungen sind mit dem Beamten zu besprechen und zu den Personalakten zu nehmen.

h) Das Disziplinarrecht

Durch das BDG i.d.F. vom 9. 7. 2001 (BGBl. I 1510) sind die früher in der Reichsdienststraf- und später Bundesdisziplinarordnung zusammengefassten Vorschriften über die Behandlung eines Bundesbeamten, der eines **Dienstvergehens**, also eines Verstoßes gegen seine beamtenrechtlichen Pflichten ➢ s. oben d) verdächtig ist, neu geordnet worden.

Während das materielle Disziplinarrecht grundlegend in § 77 BBG geregelt ist, behandelt das BDG vorwiegend das Verfahrensrecht. Der Geltungsbereich des BDG umfasst die im aktiven Dienst stehenden unmittelbaren und die mittelbaren Bundesbeamten, ferner die Ruhestandsbeamten im einstweiligen oder endgültigen Ruhestand.

Liegen zureichende tatsächliche Anhaltspunkte vor, die den Verdacht eines Dienstvergehens rechtfertigen, so ist der Dienstvorgesetzte dienstlich verpflichtet, ein Disziplinarverfahren einzuleiten. Der Beamte kann auch selbst die Einleitung beantragen, um sich vom Verdacht eines Dienstvergehens zu entlasten (§§ 17, 18 BDG). Über die Einleitung eines Disziplinarverfahrens muss der Beamte unverzüglich unterrichtet werden, ihm ist rechtliches Gehör zu gewähren. Die Einleitung des Disziplinarverfahrens ist aktenkundig zu machen.

Als **Disziplinarmaßnahmen** sieht das Gesetz (§ 5 BDG) vor: Verweis, Geldbuße, Kürzung der Dienstbezüge, Versetzung in ein Amt derselben Laufbahn mit geringerem Endgrundgehalt (Zurückstufung), Entfernung aus dem Dienst, Kürzung des Ruhegehalts und Aberkennung des Ruhegehalts. Während ein Verweis oder eine Geldbuße vom Dienstvorgesetzten, eine Kürzung der Dienstbezüge von einer vorgesetzten Stelle durch Disziplinarverfügung (= Verwaltungsakt ➢ s. Nr. 149), verhängt werden kann (§ 33 BDG), dürfen die strengeren Maßnahmen nur von den Disziplinargerichten im gerichtlichen Disziplinarverfahren nach Erhebung einer Disziplinarklage (§ 34 BDG) ausgesprochen werden.

Schwebt ein gerichtliches Strafverfahren, so hat dieses den Vorrang. Ein wegen gleichen Tatbestandes schwebendes Disziplinarverfahren ist i. d. R. bis zur Beendigung des strafgerichtlichen Verfahrens auszusetzen (§ 22 BDG). Die tatsächlichen Feststellungen in einem rechtskräftigen Strafurteil sind für das Disziplinarverfahren bindend (§ 23 BDG).

Gegen eine Disziplinarverfügung kann durch den Beamten erst nach Durchführung eines Widerspruchsverfahrens Klage erhoben werden (§ 41 BDG). Für die Entscheidung über die Klage eines Beamten gegen eine Disziplinarverfügung oder für eine von der obersten Dienstbehörde gegen ihn erhobene Disziplinarklage sind die Verwaltungsgerichte zuständig. Dort werden Kammern und bei den OVG Senate für Disziplinarsachen gebildet (s. §§ 52 ff. BDG).

Ein **Vertreter des Bundesinteresses** beim BVerwG (mit Befähigung zum Richteramt) hat die Aufgabe, die einheitliche Ausübung der Disziplinargewalt zu sichern und das Interesse der Verwaltung und der Allgemeinheit in jeder Lage des Verfahrens wahrzunehmen. Er kann sich an jedem Verfahren vor dem BVerwG beteiligen. Er untersteht dem BMI (§ 35 VwGO).

Nach § 16 BDG sind die Disziplinarmaßnahmen des Verweises nach zwei und der Geldbuße, der Gehaltskürzung nach drei sowie der Zurückstufung nach sieben

Jahren i. d. R. aus der Personalakte des Beamten zu tilgen (Verwertungsverbot). Die Ausübung des **Begnadigungsrechts** steht dem BPräs. zu und richtet sich nach der Anordnung des BPräs. vom 5. 10. 1965 (BGBl. I 1573).

In den Ländern gelten für Landesbeamte Landesdisziplinarordnungen oder Dienststrafordnungen (Dienstordnungen).

i) Rechtsschutzmöglichkeiten für Beamte

Beamte stehen zwar in einem besonderen Dienst- und Treueverhältnis zu ihrem Dienstherrn, sind aber nicht rechtlos. Die früher vertretene Lehre vom besonderen Gewaltverhältnis ist seit langem überholt. Fühlt sich ein Beamter von seinem Dienstherrn oder seinem Vorgesetzten zu Unrecht behandelt, kann er hiergegen Klage zum VG erheben (zum verwaltungsgerichtlichen Rechtsschutz allgemein ➢ s. Nr. 151. Wird etwa eine Nebentätigkeit verweigert, kann der Beamte Verpflichtungsklage, gegen den Widerruf eines bereits gewährten Urlaubs oder eine Versetzung gegen seinen Willen Anfechtungsklage erheben. Fehlerhafte Beurteilungen sind mit der Feststellungsklage anzugreifen, unrichtig berechnete Bezüge mit der Leistungsklage einzufordern. In Abweichung von § 68 VwGO ist aber in allen Fällen – für Bundes- wie für Landesbeamte – die Durchführung eines Widerspruchsverfahrens vorgeschrieben (§ 172 BBG, § 126 BRRG).

Eine häufige Form des gerichtlichen Rechtsschutzes ist die **Konkurrentenklage**. Fühlt sich ein Beamter bei einer Bewerbung um eine Stelle zu Unrecht übergangen, hilft ihm eine einfache Verpflichtungsklage auf Beförderung regelmäßig nicht, wenn der Dienstherr in der Zwischenzeit den anderen Beamten befördert hat. Ist doch eine einmal erfolgte Ernennung grundsätzlich nicht mehr rückgängig machbar. Der im Beförderungsverfahren unterlegene Beamte, der über seine Nichtberücksichtigung vor der Ernennung des Konkurrenten zu unterrichten ist, muss daher im Wege der einstweiligen Anordnung (§ 123 VwGO) den Dienstherrn verpflichten, die Beförderung des Mitbewerbers nicht zu vollziehen, und seine eigene Beförderung gerichtlich begehren. Erfolg hat eine solche Klage aber nur, wenn die getroffene Beförderungsentscheidung zugunsten des Konkurrenten fehlerhaft war ➢ s. auch Nr. 151 d und der klagende Beamte zwingend der beste Bewerber gewesen ist. War die Beförderungsentscheidung nur fehlerhaft, weil der Dienstherr unsachliche Kriterien angewandt hat, wird der Dienstherr zur Neuentscheidung verurteilt. Dieser kann dann – mit einer anderen fehlerfreien Begründung – den Konkurrenten erneut befördern.

Im Übrigen kann sich ein Beamter über eine Maßnahme seines Vorgesetzten bei der nächsthöheren Stelle **beschweren**. Dabei ist der Dienstweg einzuhalten (§ 171 BBG).

163 | Der Datenschutz

a) Allgemeines

Mit der Entwicklung moderner Informationstechnologien und dem Einsatz der automatisierten sowie später der elektronischen Datenverarbeitung setzte die Diskussion über die Erforderlichkeit und den Umfang eines Schutzes des Bürgers vor unbegrenzter und unbefugter Nutzung seiner personenbezogenen Daten ein. Schlagworte sind der gläserne Mensch und der Überwachungsstaat, der beispielhaft im Roman 1984 von *George Orwell* gesehen wurde. Seit der Entwicklung der Digitaltechnik ist die Bedeutung des Datenschutzes erneut gestiegen, weil Datenerfassung, Datenerhaltung, Datenweitergabe und Datenanalyse immer einfacher werden. Technische Entwicklungen wie Internet, Email, Mobiltelefonie und Videoüberwachung schaffen neue Möglichkeiten. Dabei haben nicht nur staatliche Stelle ein Interesse an personenbezogenen Daten, etwa die Sicherheitsbehörden zur Verbrechensbekämpfung oder die Finanzbehörden zur Aufdeckung von Steuerhinterziehung, sondern auch private Unternehmen, etwa zur Überwachung ihrer Mitarbeiter oder zur Erstellung von Kundenprofilen einschließlich der Erfassung von Daten zur Zahlungsfähigkeit.

Bereits seit Anfang der 80er Jahre des 20. Jahrhunderts bestehen internationale Abkommen zur Definition und Harmonisierung des Datenschutzes. Grundlegend für das deutsche Recht ist das **Volkszählungsurteil** des BVerfG von 15. 12. 1983 (NJW 1984, 419), in dem aus dem allgemeinen Persönlichkeitsrecht des Art. 2 Abs. 1 i. V. m. Art. 1 GG das **Grundrecht auf informationelle Selbstbestimmung** abgeleitet wurde ➢ s. Nr. 66 b). Es gibt jedem Einzelnen die Befugnis, grundsätzlich selbst über die Preisgabe und Verwendung seiner personenbezogenen Daten zu bestimmen. Eingriffe sind nur aufgrund eines Gesetzes und bei einem überwiegenden Allgemeininteresse zulässig; dabei sind organisatorische und verfahrensrechtliche Vorkehrungen zu treffen, welcher der Gefahr einer Verletzung des Persönlichkeitsrechts entgegenwirken. Obwohl das Recht auf Datenschutz mittlerweile sogar in einigen Landesverfassungen verankert ist, etwa in Art. 4 Abs. 2 der Verfassung von NRW sowie in Art. 2 Satz 2 der Verfassung des Saarlandes, wird ihm heute von großen Teilen der Bevölkerung keine oder nur geringe Bedeutung zugemessen.

b) Das Bundesdatenschutzgesetz

Das BDSG, das die Europäische Datenschutzrichtlinie vom 24. 10. 1995 umsetzt, hat den Zweck, den einzelnen davor zu schützen, dass er durch den Umgang mit seinen personenbezogenen Daten in seinem Persönlichkeitsrecht beeinträchtigt wird (§ 1 Abs. 1 BDSG). Das Gesetz gilt für die Erhebung, Verarbeitung und Nutzung **personenbezogener Daten** durch **öffentliche Stellen** des Bundes, öffentliche Stellen der Länder (soweit der Datenschutz nicht durch Landesgesetz geregelt ist und soweit sie Bundesrecht ausführen oder als Organe der Rechtspflege tätig werden) und durch nicht-öffentliche Stellen, soweit sie die Daten in oder aus Dateien geschäftsmäßig oder für berufliche oder gewerbliche Zwecke verarbeiten oder nutzen (§ 1 Abs. 2 BDSG).

Das BDSG definiert im Einzelnen die Begriffe „öffentliche und nicht-öffentliche Stellen“ (§ 2 BDSG), „personenbezogene Daten“ (§ 3 Abs. 1 BDSG), „Datei“ (§ 3 Abs. 2 BDSG) sowie die entscheidenden Datenverarbeitungsvorgänge des „Erhebens“, „Verarbeitens“ und „Nutzens“ (§ 3 Abs. 4–6 BDSG). Die Verarbeitung personenbezogener Daten und deren Nutzung sind nur zulässig, wenn das BDSG oder eine andere Rechtsvorschrift sie erlaubt oder anordnet oder soweit der Betroffene eingewilligt hat (§ 4 Abs. 1 BDSG). Der betroffene Bürger hat – bei Vorliegen der einzelnen Tatbestandsvoraussetzungen – folgende unabdingbaren (§ 6 BDSG) Rechte: auf Auskunft (§§ 19, 34 BDSG) und auf Berichtigung, Löschung oder Sperrung (§§ 20, 35 BDSG). Im Übrigen hat er ein Recht auf Anrufung des Bundesbeauftragten für den Datenschutz (§ 21 BDSG), soweit es um öffentliche Stellen des Bundes geht. Es besteht ein verschuldensunabhängiger Schadensersatzanspruch des Bürgers, wenn ihm durch eine unzulässige oder unrichtige automatisierte Datenverarbeitung einer öffentlichen Stelle ein Schaden entsteht (§ 8 BDSG). Bei Geltendmachung eines Schadensersatzanspruchs gegenüber einer nicht-öffentlichen Stelle besteht zu Gunsten des Bürgers eine Beweislastumkehr (§ 7 BDSG).

Das BDSG regelt im Einzelnen die Zulässigkeitsvoraussetzungen für die Datenverarbeitung öffentlicher Stellen (§§ 12 ff. BDSG) und nicht-öffentlicher Stellen und öffentlich-rechtlicher Wettbewerbsunternehmen (§§ 27 ff. BDSG). Das Erheben personenbezogener Daten durch öffentliche Stellen ist zulässig, wenn ihre Kenntnis zur Erfüllung der Aufgaben der erhebenden Stelle erforderlich ist (§ 13 Abs. 1 BDSG). Das Speichern, Verändern oder Nutzen personenbezogener Daten ist gem. § 14 Abs. 1 BDSG zulässig, wenn es zur Erfüllung der in der Zuständigkeit der speichernden Stelle liegenden Aufgaben erforderlich ist und es für Zwecke erfolgt, für die die Daten erhoben worden sind **(Grundsatz der Zweckbindung)**. Die Übermittlung von Daten an öffentliche Stellen ist zulässig, wenn sie zur Aufgabenerfüllung der übermittelnden oder empfangenden Stelle erforderlich ist und die Voraussetzungen für eine Nutzung der Daten nach § 14 BDSG vorliegen (§ 15 Abs. 1 BDSG). Werden Daten ohne Kenntnis des Betroffenen erhoben, so ist er in der Regel von der Speicherung sowie über den Zweck der Erhebung, Verarbeitung oder Nutzung zu informieren. Ferner ist ihm mitzuteilen, an wen Daten übermittelt wurden oder übermittelt werden sollen (§ 19 a BDSG). Bei nicht-öffentlichen Stellen ist das Speichern, Verändern oder Übermitteln personenbezogener Daten zulässig im Rahmen vertraglicher Vereinbarungen, zur Wahrnehmung berechtigter Interessen, bei Daten aus allgemein zugänglichen Quellen oder zur Durchführung wissenschaftlicher Forschungen (§ 28 BDSG). Das BDSG verpflichtet ferner zu technischen und organisatorischen Vorkehrungen zum Datenschutz (§ 9 Satz 1 BDSG).

Die Einhaltung des BDSG wird durch den **Bundesbeauftragten für den Datenschutz** kontrolliert (§§ 24 ff. BDSG). Der Bundesbeauftragte wird auf Vorschlag der BReg. vom BT auf 5 Jahre gewählt; er ist in Ausübung seines Amtes unabhängig und nur dem Gesetz unterworfen; er untersteht der Rechtsaufsicht der BReg. Die Ausführung des BDSG und sonstiger datenschutzrechtlicher Vorschriften wird durch die Aufsichtsbehörde kontrolliert (§ 38 BDSG).

Durch das **Justizmitteilungsgesetz** vom 18. 6. 1997 (BGBl. I 1430) ist im Einzelnen geregelt, wann personenbezogene Daten von Amts wegen durch Gerichte der ordentlichen Gerichtsbarkeit und Staatsanwaltschaften an öffentliche Stellen des Bundes und der Länder für andere Zwecke als die des Verfahrens, für das die Daten erhoben worden sind, übermittelt werden dürfen.

c) Landesdatenschutzgesetze

Die Länder haben für ihren Bereich Landesdatenschutzgesetze erlassen (s. Zusammenstellung der Landesgesetze bei Sartorius, Verfassungs- und Verwaltungsgesetze, Anm. 4 zum BDSG). Bei der Erhebung, Verarbeitung und Nutzung personenbezogener Daten durch öffentliche Stellen der Länder gilt in erster Linie das Landesdatenschutzgesetz (vgl. § 1 Abs. 2 Nr. 2 BDSG). Auf Länderebene obliegt die Kontrolle des Datenschutzes den **Landesbeauftragten für den Datenschutz**.

164 | Das Gewerberecht

a) Die Gewerbeordnung

Seit dem Erlass der GewO im Jahre 1869 durch den Norddeutschen Bund ➤ s. Nr. 14, gilt in Deutschland **Gewerbefreiheit**. Nach §§ 1 und 3 GewO kann jedermann ein oder mehrere Gewerbe betreiben. Dabei wird unter Gewerbe jede selbständige planmäßige wirtschaftliche Betätigung gesehen, die in der Absicht ausgeübt wird, Gewinn zu erzielen. Nicht unter den Gewerbebegriff zählen die Betriebe der Urproduktion (Land- und Forstwirtschaft, Bergbau, Fischerei) sowie die freien Berufe, etwa der Ärzte, Anwälte und Steuerberater (§ 6 GewO). Zur Wahrung der öffentlichen Sicherheit und Ordnung, der allgemeinen Gesundheit sowie der Wohlfahrt bestehen aber Einschränkungen der freien Gewerbeausübung.

Stehende Gewerbe, das sind solche mit einer ortsfesten Niederlassung, also mit Betriebsräumen, sind **anzeigepflichtig**. Die Anzeige dient dem Zweck, der zuständigen Behörde die Überwachung der Gewerbeausübung zu ermöglichen (§ 14 GewO).

Einer besonderen **Genehmigung** bedürfen Gewerbetreibende unter anderem, wenn sie

- ein Privatkrankenhaus betreiben (§ 30 GewO),
- Personen zur Schau stellen (§ 33 a GewO),
- Spielautomaten aufstellen oder eine Spielhalle betreiben (§§ 33 c ff. GewO),
- dem Pfandleihgewerbe nachgehen (§ 34 GewO),
- ein Sicherheits- und Bewachungsunternehmen betreiben (§ 34 a GewO sowie Bewachungsverordnung),
- ein Auktionshaus führen (§ 34 b GewO),
- Makler, Bauträger oder Baubetreuer sind (§ 34 c GewO sowie Makler- und Bauträgerverordnung, wonach bei Inanspruchnahme von Vermögenswerten des Auftraggebers, d.h. bei Anzahlungen, eine Sicherheitsleistung oder der Abschluss einer Versicherung vorgeschrieben ist sowie bei Bauvorhaben Zahlungen nur stufenweise nach Baufortschritt zulässig ist).

Besondere Vorschriften gelten für das **Reisegewerbe**, d. h. für das persönliche Anbieten von Waren oder Leistungen außerhalb einer Niederlassung ohne vorhergehende Bestellung. Das Reisegewerbe ist grundsätzlich **erlaubnispflichtig**, es wird eine Reisegewerbekarte ausgestellt (§§ 55 ff. GewO). Spezielle Vorschriften regeln Messen, (Groß-, Jahr- und Wochen-)Märkte und Ausstellungen, die ebenfalls einer behördlichen Genehmigung (Festsetzung) bedürfen (§§ 64 ff. GewO).

Die Vorschriften der GewO über Spielhallen und das Schaustellen von Personen sowie über Messen, Ausstellungen und Märkte gelten zunächst als Bundesrecht weiter, können aber durch **Landesrecht** ersetzt werden kann, weil der Bund nach der Föderalismusreform ➤ s. Nr. 24, die Gesetzgebungsbefugnis für diese Bereiche verloren hat.

Alle Gewerbebetriebe unterliegen der **Gewerbeaufsicht**, die i. d. R. von den Gewerbeaufsichtsämtern ausgeübt wird. Diesen obliegt nach § 139 b GewO, die Einhaltung der Arbeitsschutzbestimmungen zu überwachen; sie haben nach landesrechtlicher Vorschrift weitere Überwachungsaufgaben (z. B. hinsichtlich der genehmigungsbedürftigen Anlagen).

Bei Missbrauch der gewerblichen Betätigung sind die Verwaltungsbehörden ermächtigt, die Berufsausübung unzuverlässiger Personen zu untersagen. Voraussetzung ist, dass die Ausübung die Allgemeinheit oder die im Betrieb Beschäftigten gefährdet. Vor der Untersagung soll die zuständige Industrie- und Handelskammer oder Handwerkskammer oder der Genossenschaftsprüfungsverband gehört werden. Bei Gefahr im Verzug kann hiervon Abstand genommen werden; doch sind diese Stellen dann zu unterrichten. Bei Untersagung (wird im **Gewerbezentralregister** eingetragen, §§ 149 ff. GewO) ist Betriebsschließung zulässig (§ 35 GewO). Gegen die Untersagung steht der Verwaltungsrechtsweg offen ➢ s. Nr. 151.

b) Das Gaststättengesetz

Wer im stehenden Gewerbe eine Schank- und/oder Speisewirtschaft, also Getränke und/oder zubereitete Speisen zum Verzehr an Ort und Stelle verabreicht (darunter fällt bereits eine Imbissbude), bedarf grundsätzlich einer gaststättenrechtlichen Erlaubnis (§§ 1 ff. GaststättenG). Diese ist nur an besonders zuverlässige Gewerbetreibende zu erteilen. Nach § 6 GaststättenG darf mindestens ein alkoholfreies Getränk nicht teurer als das billigste alkoholische Getränk sein. Im Übrigen dürfen bestimmte alkoholische Getränke (Brandweine) nicht über Getränkeautomaten verkauft, alkoholische Getränke nicht an erkennbar Betrunkene ausgeschenkt und die Verabreichung von Speisen nicht vom Verkauf von Getränken abhängig gemacht werden. Für Schank- und Speisewirtschaften dürfen durch Landesgesetze **Sperrzeiten** festgesetzt werden, also feste Zeiten, zu denen die Gaststätte zu schießen ist (§ 18 GaststättenG).

Das GaststättenG gilt nach Art. 125 a GG als Bundesrecht weiter, das aber durch **Landesrecht** ersetzt werden kann, weil der Bund nach der Föderalismusreform ➢ s. Nr. 24, die Gesetzgebungsbefugnis für das Gaststättenrecht verloren hat.

c) Weitere gewerberechtliche Vorschriften

Weitere gewerberechtliche Vorschriften finden sich über viele Gesetze verstreut, etwa über das Personenbeförderungsgewerbe (z. B. Busunternehmen) im PBefG ➢ s. Nr. 178, über das Güterkraftgewerbe (z. B. Transportunternehmer) im GüKG ➢ s. Nr. 179, über das Versicherungsgewerbe im VVG ➢ s. Nr. 419, oder über das Betreiben eines Kernkraftwerks im AtG ➢ s. Nr. 417. Die rechtlichen Grundlagen für den Betrieb eines Handwerksgewerbes finden sich in der HandwO ➢ hierzu weiterführend Nr. 458.

165 | Das Gentechnikgesetz

Unter Gentechnik, einem Teilgebiet der **Biotechnologie**, versteht man die Verfahren und Methoden, mit denen das Erbgut von Organismen isoliert, charakterisiert, gezielt verändert und in eine neue Umgebung eingebracht werden kann. Einsatzbereiche der Gentechnik liegen vor allem in der medizinischen Grundlagenforschung, der Entwicklung und Produktion von Arzneimitteln, der Verbesserung der Nahrungs-

und Futtermittelerzeugung, der Erzeugung sog. nachwachsender Rohstoffe und der Abfallentsorgung. Risiken der Gentechnik werden in den u. U. nicht mit letzter Sicherheit vorhersehbaren, möglicherweise menschen-, tier- oder umweltpathogenen Eigenschaften gentechnisch veränderter Organismen gesehen. Weitere Anwendungsgebiete der Gentechnik sind die Genomanalyse (Analyse der in jedem Zellkern eines Lebewesens gespeicherten Erbanlage) und die Gentherapie (Behandlung von Krankheiten durch das Einbringen von Genen in Zellen).

Auf den EG-Richtlinien Nr. 90/219 über die Anwendung gentechnisch veränderter Mikroorganismen in geschlossenen Systemen, ABl. EG 1990 L 117, S. 1, und Nr. 90/220 über die absichtliche Freisetzung gentechnisch veränderter Organismen in die Umwelt, ABl. EG 1990 L 117, S. 15, beruht das GenTG. Sein Zweck ist es, Leben und Gesundheit von Menschen, Tiere, Pflanzen sowie die sonstige Umwelt vor möglichen Gefahren gentechnischer Verfahren und Produkte zu schützen und dem Entstehen solcher Gefahren vorzubeugen; gleichzeitig soll der rechtliche Rahmen für die Erforschung, Entwicklung, Nutzung und Förderung der wissenschaftlichen und technischen Möglichkeiten der Gentechnik geschaffen werden (§ 1 GenTG). Das GenTG regelt nicht die Anwendung gentechnischer Verfahren am Menschen (**Humangenetik**). Es regelt die Durchführung gentechnischer Arbeiten in gentechnischen Anlagen (§§ 7–13 GenTG), die Freisetzung gentechnisch veränderter Organismen sowie das Inverkehrbringen von Produkten, die gentechnisch veränderte Organismen enthalten oder aus solchen bestehen (§§ 14–16 GenTG). Gentechnische Anlagen bedürfen der Genehmigung (Anlagengenehmigung, § 8 Abs. 1 Satz 2 GenTG). Gentechnische Arbeiten werden in vier Sicherheitsstufen eingeteilt und – je nach Sicherheitsstufe oder ihrem Zweck (gewerblich oder zur Forschung) oder der erstmaligen oder weiteren Durchführung der Arbeiten – unterschiedlichen behördlichen Anforderungen (vor allem Aufzeichnungs-, Anmelde- und Genehmigungspflichten und öffentliche Anhörungsverfahren) unterworfen (§§ 7 ff. GenTG). Freisetzungen und das Inverkehrbringen gentechnisch veränderter Produkte bedürfen der Genehmigung (§ 14 GenTG). Zur Prüfung sicherheitsbedeutsamer Fragen ist beim Bundesamt für Verbraucherschutz und Lebensmittelsicherheit eine Sachverständigenkommission („Zentrale Kommission für die Biologische Sicherheit“) eingerichtet (§ 4 GenTG). Für Schäden, die auf gentechnisch erzielten Eigenschaften eines Organismus beruhen, besteht eine Gefährdungshaftung ➢ s. Nr. 344, des Betreibers bis zu einem Höchstbetrag von 85 Mio. Euro (§ 33 GenTG). Für den Vollzug des GenTG sind weitgehend die Länder zuständig.

166 | Das Gesundheitswesen

a) Allgemeines

Nach Art. 74 Nr. 19 GG hat der Bund die konkurrierende Gesetzgebung für Maßnahmen gegen gemeingefährliche und übertragbare Krankheiten bei Menschen und bei Tieren. Als wichtigste Rechtsgrundlagen hat er hierzu für Infektionskrankheiten beim Menschen das IfSG (früher: BSeuchG) und für Tierseuchen das TierSG erlassen. Auch wenn es sich bei diesen Gesetzen um einen Teil des Gesundheitswesens ➢ hierzu s. Nr. 644, handelt, steht der Aspekt der **Abwehr von Gefahren für die öffentliche Sicherheit und Ordnung** im Vordergrund.

b) Der Infektionsschutz beim Menschen

Zweck des IfSG ist das Vorbeugen vor übertragbaren Krankheiten beim Menschen, das frühzeitige Erkennen von Infektionen sowie das Verhindern der Weiterverbreitung. Hierzu ist eine intensive und koordinierende Zusammenarbeit von Behörden des Bundes – insbesondere des Robert-Koch-Instituts ➢ s. auch Nr. 101 – und der Länder sowie von Ärzten und Krankenhäusern vorgesehen.

Zum Schutz vor übertragbaren Krankheiten wurde ein **Meldewesen** für bestimmte Krankheiten bzw. Krankheitserreger (z. B. Cholera, Diphtherie, Masern, Pest, Tollwut, Ebola-, Hepatitis-, Lassa-, Rotarvirus, Salmonellen) geschaffen. Meldepflichtig gegenüber den Gesundheitsämtern sind Ärzte, Krankenhäuser und bestimmte andere Behörden, wobei bei den meisten Krankheiten und Krankheitserregern die Personalien des Kranken- bzw. Krankheitsverdächtigen anzugeben sind. Nur bei wenigen Krankheitserregern (etwa bei **HIV**) genügt eine nichtnamentliche Anzeige, wobei aber auch hier verschlüsselt personenbezogene Angaben (Geschlecht, Alter) zu machen sind. Die Meldungen müssen unverzüglich nach Krankheits- oder Infektionsverdacht, spätestens innerhalb von 24 Stunden erfolgen. Die Gesundheitsämter führen die Einzelmeldungen zusammen und übermitteln diese wöchentlich an die zuständige Landesbehörde und diese an das Robert-Koch-Institut. Bei bestimmten Krankheiten (Cholera, Pest, aber auch bestimmte Grippeerkrankungen) ist Meldung an die WHO zu machen. In dringenden Fällen kann das BMG die Meldepflicht an eine epidemische Lage anpassen und erweitern.

Wichtigste Maßnahme der Verhütung von Infektionen ist neben der Aufklärung und Beratung der Bevölkerung das **Impfwesen**. Zahlreiche Schutzimpfungen werden durch Kostenübernahme durch die Krankenkassen öffentlich gefördert. Schutzimpfungen sind in einem Impfausweis festzuhalten.

Gegenüber Infizierten oder verdächtigen Personen können die Gesundheitsämter Schutzmaßnahmen ergreifen, etwa der ständigen Beobachtung und Untersuchung unterwerfen, eine Quarantäne anordnen oder ein berufliches Tätigkeitsverbot (gegen Entschädigung) aussprechen. Zum Schutz der Allgemeinheit können Massenveranstaltungen verboten oder Schwimmbäder geschlossen werden.

Weitere Vorschriften des IfSG regeln die Qualität von Trink- und Gebrauchswasser für den Menschen (auch für Schwimmbäder) sowie die gesundheitlichen Anforderungen an Personen, die – etwa in Kantinen, Gaststätten oder Unternehmen – mit Lebensmitteln umgehen. Wer mit Krankheitserregern arbeiten will, etwa an einer Universität oder einer Forschungseinrichtung, bedarf der Genehmigung und unterliegt ständiger Aufsicht.

c) Die Tierseuchenbekämpfung

Ähnlich dem IfSG dient das TierSG dem Schutz von Tieren und Menschen vor Tierseuchen (z. B. **BSE**, Schweinepest, **Vogelgrippe**). Diese Aufgabe wird von der Veterinärbehörden und Tierärzten sowie auf der Ebene des Bundes im Wesentlichen durch das Friedrich-Löffler-Institut ➢ s. auch Nr. 98, wahrgenommen. Als allgemeine Maßnahmen zur Bekämpfung von Tierseuchen können durch Rechtsverordnung des BMELV Einfuhrverbote für Tiere und Tierprodukte verhängt sowie Vorschriften zum Halten der Tiere erlassen werden (Stallpflicht); auch können Schutzgebiete ausgewiesen werden, Untersuchungen angeordnet, Ställe gesperrt und Tiere (gegen Entschädigung) getötet (Keulung) werden. Die Zulassung von Impfstoffen erfolgt durch das Paul-Ehrlich- oder das Friedrich-Löffler-Institut.

167 | Organspende und Transplantationsgesetz

Die Spende, Entnahme und Übertragung von Orangen wurde durch das TPG geregelt. Das Gesetz hat zum Ziel, die Bevölkerung über die Möglichkeiten der **Organspende**, die Voraussetzung der Organentnahme und die Bedeutung der Organübernahme aufzuklären (§ 2 TPG). Aufgrund dieses Gesetzes können Organspendeausweise ausgegeben und ein Organspenderegister errichtet werden. Eine Entnahme von Organen zur Organspende ist nur zulässig, wenn

- der Organspender in die Entnahme eingewilligt hatte,
- der Tod des Organspenders nach Regeln, die dem Stand der Erkenntnisse der medizinischen Wissenschaft entsprechen, festgestellt ist und
- der Eingriff durch einen Arzt vorgenommen wird.

Wenn der Verstorbene der Organentnahme widersprochen hatte, so ist die Entnahme von Organen unzulässig. Für den Fall, dass sich der Verstorbene zu Lebzeiten nicht zur Frage der Organentnahme geäußert hat, kann eine Organspende mit Zustimmung anderer Personen, insbesondere mit Zustimmung von Angehörigen durchgeführt werden (§ 4 TPG). Die Entnahme von Organen bei lebenden Personen zum Zwecke der Organspende ist ebenfalls nur zulässig, wenn der Spender volljährig und einwilligungsfähig ist, nach Aufklärung über die Art des Eingriffs, den Umfang und mögliche, auch mittelbare Folgen eingewilligt hat und nach ärztlicher Beurteilung als Spender geeignet und nicht über das Operationsrisiko hinaus gefährdet ist (§ 8 TPG). In den §§ 10 ff. TPG werden Regelungen über Transplantationszentren, Zusammenarbeit bei der Organentnahme und die Organvermittlung getroffen. Mit möglichen Spenderorganen, die einer Heilbehandlung zu dienen bestimmt sind, darf nicht Handel betrieben werden (§ 17 TPG).

168 | Schulwesen und Schulrecht

a) Allgemeines

Das **Schulrecht** umfasst Aufbau der Schulen, Schulpflicht, Eltern- und Lehrerrecht sowie das Privatschulrecht. Nur selten sind Schulen selbstständige Anstalten öffentlichen Rechts (zum Begriff ➢ s. Nr. 145), meist vielmehr unselbstständige Anstalten des **Trägers der Schule**, der i. d. R. eine Körperschaft des öffentlichen Rechts ist, z. B. Gemeinde oder Staat.

Schulrecht ist grundsätzlich Sache der Länder. Das GG regelt nur Elternrecht (Art. 6 Abs. 2 GG), Schulaufsicht des Staates, Religionsunterricht und Privatschulwesen (Art. 7 GG) ➢ s. Nr. 66 j). Auch die Begabtenförderung und das Lehrerbildungswesen sind im wesentlichen Ländersache.

Die Schulpflicht ist in den Ländern der BRep. durch Schulgesetze (z. B. Schulgesetz für Baden-Württemberg, bayerisches Erziehungs- und Unterrichtsgesetz, Schulgesetz für Nordrhein-Westfalen) geregelt. Maßgebend für das Schulverhältnis, d. h. die Rechtsbeziehungen zwischen Schulträger, Schüler und Erziehungsberechtigten, sind außer den Schulgesetzen die Schulordnungen oder Schulverfassungsgesetze; sie enthalten Bestimmungen für die einzelnen Schulgattungen, insbesondere über Aufnahme und Ausscheiden aus der Schule, Schulbesuch, Unterrichtsstoff, Unterrichtsbetrieb, Versetzung, Zeugniserteilung, Prüfungen, Zusammenarbeit mit den Eltern, Schülermitverwaltung. Bei Privatschulen bestimmt sich das Schulverhältnis nach den Grundsätzen des Bürgerlichen Rechts.

Fragen des Unterhalts für die Schulen sind regelmäßig gesondert geregelt, so z. B. in Bayern im Schulfinanzierungsgesetz. Darin ist im Einzelnen festgelegt, wer bei öffentlichen (staatlich/kommunal) und privaten Schulen den Personal- und den Sachaufwand trägt und in welcher Höhe die nichtstaatlichen Schulträger (Kommunen, Kirche, Orden, freie Träger) finanzielle Zuschüsse des Staates erhalten.

Fehlende landesrechtliche Regelungen werden auf verschiedenen Gebieten teilweise durch Ländervereinbarungen ersetzt, die auf den **Kultusministerkonferenzen der Länder** zustande kommen, so z. B. über Schuljahrsbeginn, Ferienordnung, Notenstufen, Fremdsprachenunterricht, Grundsätze über Rechtschreibung und Schulbücher, gegenseitige Anerkennung der Reifezeugnisse, Lehrerbildung u. a. m.

b) Schulaufbau und Schulabschlüsse

Schulwesen und Schulaufsicht sind Staatsaufgaben. Dennoch bestehen neben staatlichen Schulen auch kommunale, kirchliche und freie private Schulen. Diese unterliegen aber der Aufsicht des Staates, die je nach Land und Schultyp durch das Schulministerium, die Mittelbehörden oder Schulämter wahrgenommen wird. Der **Schulaufbau** ist in den Ländern verschieden. Regelmäßig wird zwischen allgemein bildenden (Grund-, Haupt-, Real- und Gesamtschulen, Gymnasium), beruflichen Schulen (Fach-, Berufs- und Wirtschaftsschulen) sowie Förderschulen mit sonderpädagogischer Förderung unterschieden. Die Verweildauer auf den allgemein bildenden Schulen differenziert je nach Bundesland: Grundschule zwischen ein bis sechs Jahren, Hauptschule bis zur 9. oder 10. Klasse, Realschule bis zur 10. Klasse, Gesamtschulen bis zur 10. oder 12/13. Klasse, Gymnasium bis zur 12. oder 13. Klasse. In manchen Ländern (etwa Saarland) ist die Hauptschule abgeschafft, andere Länder (z.B. Bayern) kennen die Gesamtschule als Regelschule nicht. Vorschulische Einrichtungen (Kindertagesstätten, Kindergärten) sind freiwillig.

Ein heftiges Medienecho über das Bildungswesen ausgelöst haben die Ergebnisse der **PISA-Studien** der OECD (PISA = Programm for International Student Assessment). Das deutsche Schulwesen unterliegt seitdem einer umfassenden öffentlichen Diskussion. Gestritten wird seitdem unter anderem über die vorschulische Bildung, das Schuleintrittsalter, die Schultypen, den Fächerkanon und die Klassengrößen. In einigen Ländern führte dies bereits zu gesetzlichen und administrativen Änderungen, etwa in der Umgestaltung des Abiturs.

Weitestgehend übereinstimmend, weil von den Ländern gegenseitig anerkannt, sind die **Schulabschlüsse**: Hauptschulabschluss, mittlerer Bildungsabschluss (mittlere Reife), Fachhochschulreife (Fachabitur) und allgemeine Hochschulreife (Abitur). Je nach Land können niedrigere

Bildungsabschlüsse auch auf weiterführenden Schulen erworben werden, wie umgekehrt ein Übertritt etwa von einer Hauptschule auf eine Realschule oder von einer Realschule auf ein Gymnasium regelmäßig bei Erreichung des entsprechenden Leistungsstandes möglich ist. Insgesamt hat sich in den letzten Jahren die Durchlässigkeit zwischen den einzelnen Schultypen verstärkt, auf deren Gedanken auch das integrierte Gesamtschulsystem beruht. Es soll verschiedene Schultypen miteinander verbinden, um das Lehrangebot breiter zu fächern und eine individuelle Schülerförderung zu ermöglichen. Alle Schüler werden entweder in gemeinsamen Klassen oder je nach Leistungsniveau in unterschiedlichen Kursen mit jeweils anderem Abschlussziel unterrichtet.

Zudem existieren in allen Ländern für Berufstätige Möglichkeiten, einen höheren Bildungsabschluss auf dem **zweiten Bildungsweg** nachzuholen. Berufsaufbauschulen, Fach- oder Berufsoberschulen, Abendrealschulen und Abendgymnasien führen auf mittlere Reife und/oder (Fach-)Abitur hin und ermöglichen so ein Hochschulstudium.

Der Aufbau der allgemein bildenden Schulen in Bayern (Übersicht)

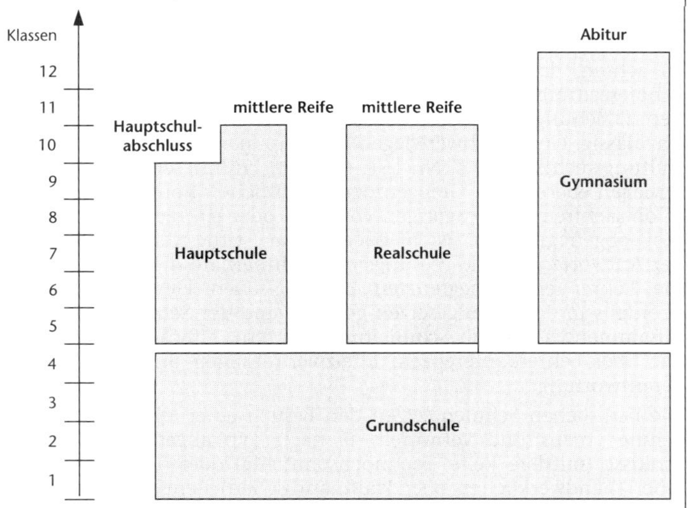

Auch ohne diese schulische Weiterqualifizierung eröffnen einige Länder fachlich und allgemein besonders begabten Praktikern den Weg zu einem Universitätsbesuch über eine Eignungs- bzw. Begabtenprüfung.

Ihrem Schulcharakter nach unterscheidet man Gemeinschaftsschulen, die nicht nach Bekenntnissen getrennt sind, aber auf christlicher Grundlage beruhen können, Bekenntnisschulen und Weltanschauungsschulen, die auf eine bestimmte Weltanschauung ausgerichtet sind. Das GG behandelt alle drei als gleichberechtigt.

Der **Religionsunterricht** ist nach Art. 7 Abs. 3 GG und den meisten Landesverfassungen, abgesehen von den bekenntnisfreien Schulen, ordentliches Lehrfach. Art. 141 GG lässt jedoch für Bremen eine frühere Lösung bestehen, wonach Religionsunterricht durch die Kirchen außerhalb der Schule erteilt wird (sog. Bremer Klausel; ➢ vgl. Nr. 67 b), dort auch zum Fach „Lebensgestaltungen – Ethik – Religionskunde" in Brandenburg). Die Frage, welcher Schulform gesetzlich ein Vorrang einzuräumen sei, hat zu entsprechenden verfassungsrechtlichen Regelungen geführt (z. B. in Baden-Württemberg, Bayern, Rheinland-Pfalz, Saarland: christliche Gemeinschaftsschule). In Nordrhein-Westfalen sind die drei Schultypen bei den Grundschulen gleichgestellt, die Hauptschulen dagegen grundsätzlich Gemeinschaftsschulen).

c) Grundsätze des Schulverhältnisses

Der Inhalt und der Umfang des Unterrichts je nach Schultyp und Klasse werden in **Lehrplänen** und Stundentafeln festgelegt, die von den Schulministerien erlassen werden. Die Eltern sind an diesen Erlassen und Richtlinien regelmäßig nur bei grundlegenden Maßnahmen über die Landesschulbeiräte, hinsichtlich der Art des Sexualkundeunterrichts auch in der jeweiligen Klasse beteiligt, die Schüler über nicht. Dies ist zulässig, auch wenn das Schulverhältnis nicht mehr als besonderes Gewaltverhältnis betrachtet wird (BVerfG NJW 1972, 811). Daher muss das **Schulverhältnis** gesetzlich geregelt sein; dies betrifft Aufnahme, Versetzung und Entlassung. Die Meinungsfreiheit der Schüler ist zwar zu achten, darf aber nicht missbraucht werden. Daher haben auch Schülerzeitungen sich im vorgegebenen Rahmen zu halten und dürfen den Erziehungszwecken nicht zuwiderlaufen. Ein „Schülerstreik" ist unzulässig. Gegen schwerwiegende Disziplinarmaßnahmen ist der Verwaltungsrechtsweg ➢ s. Nr. 151, eröffnet. Prüfungsentscheidungen unterliegen ebenfalls in Grenzen der gerichtlichen Kontrolle, insbesondere ob sachfremde Erwägungen vorliegen oder ein nicht verpflichtender Stoff abgefragt wurde. Nicht nachprüfbar ist die wertende Beurteilung der Antworten auf die Prüfungsfragen. Innerhalb der Lehrpläne haben die Lehrer einen begrenzten pädagogischen Gestaltungsspielraum. Ebenfalls in den Schulgesetzen geregelt sind der **Schulbetrieb** und das Zusammenwirken von Schulleitung, Lehrern, Eltern und Schülern vor Ort über Lehrerkonferenzen, Elternvertretungen und die Schülermitverantwortung.

Die beruflichen Schulen setzen den Besuch einer allgemein bildenden Schule voraus und vermitteln je nach Typ allgemeine Bildungsabschlüsse (mittlere Reife, Fachhochschulreife) oder führen im Rahmen einer (handwerklichen oder kaufmännischen) Berufsausbildung zu einem Berufsabschluss.

Auch wenn ein **Schulgeld** an öffentlichen Schulen nicht mehr erhoben wird, zwingt die Finanznot der öffentlichen Haushalte zu neuen Formen der Beteiligung der Lernenden an den Schulkosten. So wird in Bayern neuerdings ein Büchergeld zur Beteiligung an den Sachkosten erhoben. Umgekehrt kann bedürftigen Schüler für den Besuch weiterführender oder beruflicher Schulen ein Anspruch auf Leistungen zur **Berufsausbildungsförderung** zustehen ➢ s. weiterführend Nr. 656.

Während das BVerfG das Schulgebet für zulässig erachtet hat, wurde 1995 das Aufhängen von Kreuzen **(Kruzifix)** in Volksschulen ohne gesetzliche Grundlage für verfassungswidrig erklärt, weil dies mit der weltanschaulich neutralen Stellung des Staates unvereinbar sei. Eine Verfassungsbeschwerde gegen die daraufhin im bayerischen Erziehungs- und Unterrichtsgesetz verankerte Anbringung von Kreuzen in Räumen von Grund- und Hauptschulen mit einer Abwägung der religiösen Empfindungen aller und der Verpflichtung der Schulleitung zur Herbeiführung eines gerechten Interessenaugleichs wurde vom BVerfG 1997 nicht zur Entscheidung angenommen. Umgekehrt darf der Staat den Lehrkräften durch Gesetz vorschreiben, religiöse oder weltanschauliche Bezüge zurückzustellen. Daher kann die Schulverwaltung die Übernahme einer islamischen Lehrerin in den Schuldienst auf gesetzlicher Grundlage ablehnen, wenn diese sich weigert, ihr **Kopftuch** im Unterricht abzulegen. Entsprechende Regelungen finden sich mittlerweile in einigen Landesschulgesetzen, etwa in Bayern und Nordrhein-Westfalen. Umstr. ist, ob dies auch zulässig ist, wenn zwar ein islamisches Kopftuch verboten, die Tracht einer Nonne aber erlaubt ist. Der BayVerfGH hat am 15. 1. 2007 eine entsprechende Regelung des bayer. Schulrechts für verfassungsgemäß befunden. Demgegenüber hat das VG Stuttgart dies Mitte 2006 für rechtswidrig erklärt (NVwZ 2006, 1444). Zulässig, weil von der Glaubensfreiheit gedeckt, ist das Tragen von religiösen Symbolen durch Schüler.

169 | Das Hochschulrecht

a) Allgemeines

Die Regelung des Hochschulrechts ist weitestgehend Sache der Länder. Dem Bund steht lediglich die konkurrierende Gesetzgebungskompetenz ➢ s. Nr. 71 b), für die Hochschulzulassung und die Hochschulabschlüsse (nach Art. 74 Abs. 1 Nr. 33 GG) sowie die Förderung der wissenschaftlichen Forschung (nach Art. 74 Abs. 1 Nr. 13 GG) zu. Im Wege der Gemeinschaftsaufgabe (Art. 91 b GG) können Bund und Länder bei der finanziellen Förderung von wissenschaftlichen Einrichtungen und Vorhaben sowie von Forschungsbauten zusammenwirken ➢ s. Nr. 72 d). Die bislang bestehende Rahmengesetzgebungskompetenz des Bundes für die **allgemeinen Grundsätze des Hochschulwesens** nach Art. 75 Abs. 1 Nr. 1 a GG a. F. wurde durch die Föderalismusreform ➢ s. Nr. 24, abgeschafft. Damit wurde dem HRG an sich seine Grundlage entzogen. Es gilt nach Art. 125 b Abs. 1 GG aber als Bundesrecht weiter, soweit dem Bund noch die Gesetzgebungskompetenz zusteht. Die Länder können hiervon abweichende Gesetze erlassen, für die Bereiche Hochschulzulassung und Hochschulabschlüsse aber erst ab dem 1. 8. 2008, es sei denn der Bund macht von seiner Befugnis für die Hochschulzulassung und die Hochschulabschlüsse früher Gebrauch.

Hochschulen sind die Universitäten, die Pädagogischen Hochschulen, die Kunsthochschulen, die Fachhochschulen sowie sonstige Einrichtungen des Bildungswesens, die nach Landesrecht als solche bestimmt sind (§ 1 HRG). Hochschulen sind in der überwiegenden Mehrzahl der Fälle staatliche Einrichtungen der Länder (Ausnahme: Bundeswehruniversitäten und Fachhochschule des Bundes für öffentliche Verwaltung) in der Form einer Körperschaft des öffentlichen Rechts (§ 58 HRG; ➢ zum Begriff s. Nr. 145; in Niedersachen Stiftungen des öffentlichen Rechts). Daneben bestehen kirchliche (z. B. Katholische Universität Eichstätt-Ingolstadt, Kirchliche Hochschule Bethel) sowie seit rund 20 Jahren auch private Hochschulen (z. B. Bucerius Law School in Hamburg, Universität Witten/Herdecke, European School of Management and Technology in Berlin). Eine besondere Stellung hat die staatliche Fernuniversität Hagen, die Fernstudien erlaubt und deren Angebot vor allem von berufstätigen Studenten genutzt wird.

Aufgabe der Hochschulen ist die Pflege und Weiterentwicklung der Wissenschaften und der Künste durch Forschung, Lehre, Studium und Weiterbildung. Sie bereiten auf eine berufliche Tätigkeit vor, die die Anwendung wissenschaftlicher Erkenntnisse und Methoden oder die Fähigkeit zu künstlerischer Gestaltung erfordert (§§ 2, 7 HRG). Hierzu sind an den Hochschulen Studiengänge eingerichtet und Studien- bzw. Prüfungsordnungen erlassen. In diesen sind Studieninhalt und Prüfungsstoff sowie die Regelstudienzeit festzulegen (§§ 7–20 HRG). Die Forschung in den Hochschulen dient der Gewinnung wissenschaftlicher Erkenntnisse (§§ 22–26 HRG).

Staatliche Hochschulen haben im Rahmen der Gesetze das Recht auf **Selbstverwaltung**, unterstehen aber der Rechtsaufsicht ➤ zum Begriff s. Nr. 146, des Staates (i. d. R. der Wissenschaftsministerien der Länder). So sind z. B. die Prüfungsordnungen von den obersten Landesbehörden zu genehmigen.

b) Aufbau und Organisation

Die Hochschulen sind regelmäßig in Fakultäten oder Fachbereiche gegliedert, etwa die juristische, medizinische, philosophische Fakultät, die Fakultät für Physik, Architektur oder Elektrotechnik, an deren Spitze der Dekan steht. Die Fakultäten sind wiederum in Institute, Departements und/oder Lehrstühle untergliedert, die mit Professoren und wissenschaftlichen Mitarbeitern besetzt sind. Einstellungsvoraussetzungen für Professoren sind regelmäßig ein abgeschlossenes Hochschulstudium und die besondere Befähigung zum wissenschaftlichen Arbeiten. Auch wenn Promotion und Habilitation in der BRep. nach wie vor die Regel sind, bedarf es je nach Landesrecht solcher akademischer Grade zwingend nicht. Dies gilt besonders für die Juniorprofessur (§§ 44–48 HRG). Geleitet wird die Hochschule von einem Präsidenten oder Rektor, dem eine von einem Kanzler geführte Verwaltungsabteilung zur Seite steht.

Mitglieder der Hochschule sind die hauptamtlich Tätigen und die Studenten. Ihre Mitwirkung an der Selbstverwaltung der Hochschule ist Recht und Pflicht. Die Mitwirkungsgremien setzen sich dabei aus den Gruppen der Hochschullehrer, der akademischen Mitarbeiter, der Studenten und der sonstigen Mitarbeiter zusammen (§§ 36, 37 HRG). Je nach Bundesland (z. B. nicht in Bayern und Baden-Württemberg) besteht eine verfasste Studentenschaft, die ein Studentenparlament wählt, welches wiederum einen Allgemeinen Studentenausschuss (AStA) bestimmt.

c) Die Zulassung der Studenten

Die Studenten müssen über das Reifezeugnis einer höheren Schule oder eine für das Studium erforderliche sonstige Qualifikation verfügen; sie werden immatrikuliert (aufgenommen). Sonstige Hörer erhalten das Benutzungsrecht der Hochschule durch die sog. kleine Matrikel, Gasthörerlaubnis oder andere satzungsmäßige

Zulassung. Soweit das Landesrecht eine verfasste Studentenschaft vorsieht (s. § 31 HRG sowie oben b), bildet diese einen Teilverband der Hochschule zur selbstständigen Erledigung studentischer Angelegenheiten, zur Wahrung der studentischen Belange in Hochschule und Gesellschaft und zur Ermöglichung der Meinungsbildung in der Gruppe der Studenten.

Die Überfüllung der Hochschulen und die begrenzten Ausbildungskapazitäten zwingen zur Festsetzung von Höchstzahlen (**numerus clausus**) für überbesetzte Fachrichtungen; die Aufnahme nach einheitlichen Kriterien wird durch eine Zentralstelle in Dortmund nunmehr auf Grund eines Staatsvertrags zwischen den Ländern von 1999 zentral reguliert. Für das Verteilungsverfahren gelten die §§ 29 ff. HRG. Die Studienplätze werden von der Zentralstelle unter Berücksichtigung der Ortswünsche und der sozialen Lage der Bewerber vergeben. Ein bestimmtes Kontingent ist vorbehalten für soziale Härtefälle, für besonderen öffentlichen Bedarf, für Ausländer und Staatenlose sowie für Bewerber, die eine Qualifikation in einem anderen, noch nicht abgeschlossenen Studiengang besitzen oder einen anderen Studiengang bereits abgeschlossen haben. Im Übrigen werden die Studienplätze nach der Abiturnote, der Wartezeit und nach dem Ergebnis eines universitären Auswahlverfahrens einschließlich eines Bewerbungsgesprächs vergeben.

Ausländische Vorbilder und nicht zuletzt die finanzielle Lage der öffentlichen Haushalte haben seit einigen Jahren die Diskussion um **Studiengebühren** entfacht. Zunächst nur für Zweitstudien sowie Langzeitstudenten vorgesehen, geht es aktuell um Studiengebühren für die erste berufsausbildende Hochschulqualifikation. Der Versuch des Bundes, im Jahr 2002 allgemeine Studiengebühren durch das HRG zu verbieten, wurde vom BVerfG auf Antrag einiger Länder für verfassungswidrig erklärt. Baden-Württemberg, Bayern, Hamburg, Hessen, Niedersachsen, Nordrhein-Westfalen und Saarland haben inzwischen eine allgemeine Studiengebühr von 500 Euro beschlossen (in den meisten Ländern ab dem Sommersemester 2007). In anderen Ländern dauert die Diskussion noch an.

Bedürftige Studenten haben Anspruch auf Ausbildungsförderung ➢ s. Nr. 656. Daneben vergeben private und auch öffentliche Institutionen Stipendien für besonders begabte Studenten.

d) Studienabschluss und Akademische Grade

Das Studium kann abgeschlossen werden entweder durch eine Hochabschlussprüfung, die zur Führung des Diplom-, Magister-, Master-, Bachelor- oder Bakkalaureusgrades einer bestimmten Fachrichtung berechtigt (z. B. Dipl.-Volkswirt, Dipl.-Ing., magister artium), oder durch eine Staatsprüfung (z. B. für Mediziner, Juristen, Lehrer).

Universitäten sowie einige andere Hochschulen haben zudem das **Promotionsrecht**, d. h. die Berechtigung, die Doktorwürde als akademischen Grad zu verleihen. Die bekanntesten Doktortitel sind: Dr. theol. (= der Theologie), Dr. phil. (= der Philosophie), Dr. jur. (= der Rechte), Dr. med. (= der Medizin), Dr. med. dent. (= der Zahnheilkunde), Dr. med. vet. (= der Tierheilkunde), Dr. rer. pol. (= der Staatswissenschaften), Dr. rer. nat. (= der Naturwissenschaften) und Dr. Ing. (= der Ingenieurwissenschaft). Mit der Habilitation wird die Lehrbefugnis für ein größeres universitäres Fach erworden. Sie ist heute noch weitestgehend Voraussetzung für den Berufseinstieg als Hochschullehrer (Professor).

Deutsche bedürfen zur Führung eines ausländischen akademischen Grades im Inland einer Genehmigung der Wissenschaftsverwaltung (BVerwG NJW 1968, 668).

327

Regelmäßig ist zudem der Name der Hochschule, an der der akademische Grad erworben wurde, anzugeben (z. B. Dr. med. [Univ. Bologna]).

e) Fachhochschulen, Gesamthochschulen

Dem ständig wachsenden Bedarf an fachlich besonders ausgebildeten Kräften, die zwar nicht über eine volle Universitätsbildung, aber doch über eine praxisbezogene Ausbildung auf wissenschaftlicher oder künstlerischer Grundlage verfügen, dient die Heranbildung von Fachkräften auf bestimmten Gebieten in Fachhochschulen, deren Besuch i. d. R. den Abschluss der Realschule und einer Fachoberschule voraussetzt (Fachhochschulreife). Die Fachhochschulen fassen entweder mehrere Fachrichtungen zusammen, die früher selbstständig als Ingenieurschulen, Wirtschaftsfachschulen, Akademien für Sozialpädagogik usw. bestanden, oder richten sie für einzelne Disziplinen ein. Sie verleihen gem. § 18 HRG Diplomgrade mit dem Zusatz „Fachhochschule" („FH").

Soweit in Nordrhein-Westfalen und Hessen Gesamthochschulen existieren, wurden diese inzwischen in Universitäten und/oder Fachhochschulen überführt.

170 | Das Polizei- und allgemeine Ordnungsrecht

a) Begriff und Zuständigkeit
b) Aufgaben und Befugnisse der Polizei- und Ordnungsbehörden
c) Polizei- und ordnungsrechtliche Verantwortlichkeit
d) Polizeiliche Zwangsmittel
e) Die Organisation der Polizei

a) Begriff und Zuständigkeit

Polizei- und allgemeines Ordnungsrecht sind **Gefahrenabwehrrecht**, d. h. Ziel der Regelungen ist es, Gefahren für die öffentliche Sicherheit oder Ordnung abzuwehren ➢ s. unter b). Man spricht von Polizei- und Ordnungsrecht, weil die Aufgabe der Gefahrenabwehr nicht nur von der Vollzugspolizei (Exekutivpolizei) ausgeführt wird, sondern auch von Ordnungsbehörden, Sicherheitsbehörden und allgemeinen Verwaltungsbehörden (z. B. durch Gewerbeaufsichtsämter, Baubehörden, Umweltschutzbehörden, Gesundheitsämter sowie durch die Gemeinden und Landratsämter). Unter **„Polizei"** im engeren Sinn versteht man die (zumeist uniformierte) Vollzugspolizei, also die Schutzpolizei, Kriminalpolizei, Bereitschaftspolizei, Wasserschutzpolizei sowie – im Bereich des Bundes – die Bundespolizei (ehemals Bundesgrenzschutz und Bahnpolizei) und das Bundeskriminalamt. Allgemeine Ordnungsbehörden sind in der Regel die Gemeinden und Landratsämter. Diesen sowie Sonderbehörden können auch fachspezifische Ordnungsaufgaben (z. B. nach den Bauordnungen, der Gewerbeaufsicht, dem Straßenverkehrsrecht) übertragen werden. Dann handeln sie aber als besondere Ordnungsbehörden bzw. Gefahrabwehrbehörden.

Gemäß Art. 30, 70 GG fällt das allgemeine Polizei- und Ordnungsrecht, das der präventiv-polizeilichen Gefahrenabwehr (vorbeugenden Gefahrenabwehr) dient, in die grundsätzliche **Gesetzgebungskompetenz der Länder**. Polizei- und allgemeines Ordnungsrecht ist also in erster Linie Landesrecht, die Polizeibehörden sind weitestgehend Länderbehörden.

Abgesehen von der kompetenzrechtlichen Gesetzgebungszuständigkeit des Bundes für die fachspezifischen Aufgaben der Gefahrenabwehr (etwa im Bau-, Gewerbe-, Straßenverkehrsrecht) hat der **Bund** auf dem Gebiet des Polizeirechts Gesetzgebungskompetenzen, soweit er selbst als Verwaltungsträger Polizeibehörden unterhalten kann. So vor allem hinsichtlich des Bundeskriminalamtes (Art. 73 Nr. 9a und 10, Art. 87 Abs. 1 Satz 2 GG), der Bundesgrenzschutz- und Zollbehörden (Art. 73 Abs. 5, Art. 87 Abs. 1 GG).

Die heute den Namen **Bundespolizei** führenden Bundesgrenzschutzbehörden unterstehen dem BMI. Die Bundespolizei sichert das Bundesgebiet gegen verbotene Grenzübertritte, insbesondere durch Passnachschau, und hat bis zu einer Tiefe von 30 km auch alle sonstigen die Sicherheit der Grenzen gefährdenden Störungen zu beseitigen und Gefahren abzuwehren, ist also nicht Zoll-, sondern Polizeibehörde. Ferner obliegt der Bundespolizei die Gefahrenabwehr auf Bahnhöfen und Bahnanlagen der Deutschen Bahn AG sowie auf Flughäfen und in Flugzeugen, der Schutz von Verfassungsorganen und Ministerien sowie der diplomatischen Vertretungen des Bundes. Auf Ersuchen der Vereinten Nationen, der EU oder der WEU kann sie für polizeiliche oder andere nichtmilitärische Zwecke auch im Ausland eingesetzt werden. Letztlich können die Länder die Bundespolizei zur Aufrechterhaltung oder Wiederherstellung der öffentlichen Sicherheit und Ordnung oder zur Hilfe z. B. bei einer Naturkatastrophe anfordern (§ 1 BPolG).

Das **Bundeskriminalamt** in Wiesbaden ist weniger eine Gefahrenabwehr- und mehr eine Strafverfolgungsbehörde bei bestimmten Straftaten (etwa dem international organisierten Drogen- und Falschgeldhandel sowie der Geldwäsche oder bei terroristischen Vereinigungen). Zudem hat es die kriminalpolizeiliche Arbeit mit den Landeskriminalämtern abzustimmen. Das Bundeskriminalamt führt eine Kriminalstatistik, betreibt Forschung, Auswertung der Nachrichten, Erkennungsdienst, Kriminaltechnik und leitet in Zusammenarbeit mit den Landeseinrichtungen die Zentralfahndung; es ist Nationales Zentralbüro für Interpol (insgesamt §§ 1–4 BKAG). Künftig kann dem Bundeskriminalamt auch die Abwehr von Gefahren des internationalen Terrorismus in bestimmten Fällen übertagen werden (Art. 73 Abs. 1 Nr. 9a, Abs. 2 GG, Änderung aufgrund der Föderalismusreform, ➢ s. hierzu Nr. 24. Die vorbeugende Verbrechensbekämpfung und die Verfolgung begangener Straftaten bleiben grundsätzlich Sache der Länder.

Das **Bundesamt für Verfassungsschutz** hat in Verbindung mit den Landesämtern für Verfassungsschutz die Aufgabe, die Untergrund- und staatsgefährdende Arbeit staatsfeindlicher Gruppen und Einzelgänger im Inland zu überwachen, ➢ s. BVerfSchG sowie zur parlamentarischen Kontrolle Nr. 66 m).

Da die organisierte Kriminalität grenzüberschreitend tätig wird, ist zu ihrer wirksamen Bekämpfung eine intensive Zusammenarbeit der nationalen Polizeibehörden unerlässlich. In der EU ist eine europaweite polizeiliche Zusammenarbeit auf verschiedenen Gebieten, insbesondere bei der Verhütung und Aufdeckung von Straftaten, dem Einholen und Speichern von Informationen und bei der Kriminaltechnik vorgesehen (Art. 30 EUV) und teilweise auch schon realisiert worden. Zur Sammlung und Übermittlung von Informationen auf dem Gebiet der Schwerkriminalität ist das Europäische Polizeiamt (**EUROPOL**) mit Sitz in Den Haag gegründet worden, das Ende 1998 seine Arbeit aufgenommen hat. Bereits seit 1994 war in Den Haag die EUROPOL-Drogenstelle tätig.

Speziell zur Bekämpfung der grenzüberschreitenden organisierten schweren Kriminalität ist 2001 mit **EUROJUST** eine weitere Behörde eingerichtet worden, in der Staatsanwälte, Richter und Polizeibeamte aus den Mitgliedstaaten der EU in Zusammenarbeit mit EUROPOL die Zusammenarbeit der Staaten auf diesem Gebiet verbessern sollen (Beschluss des Rates vom 28. Februar 2002, ABl. EG 2002, L 63, S. 1). Ihr Sitz ist ebenfalls in Den Haag.

Zur Erleichterung der Überwachung der EU-Außengrenzen ist von der Mehrzahl der EU-Länder – darunter auch der BRep. – mit dem **Schengener Informationssystem** eine zentrale polizeiliche Datei geschaffen worden, die ihren Sitz in Straßburg hat.

In **Interpol**, der Internationalen Kriminalpolizeilichen Organisation, sind etwa 170 nationale Polizeibehörden zusammengeschlossen. Ihre Hauptaufgaben sind Informationsaustausch und Rechtshilfeverkehr. Das Generalsekretariat hat seinen Sitz in Lyon (Frankreich); das Bundeskriminalamt übt für Deutschland die Funktion des Zentralbüros aus.

Mit der **Strafverfolgung** (Repression), d.h. der Aufklärung von Straftaten und der Ergreifung des Täters, ist der zweite große Aufgabenbereich der Vollzugspolizei angesprochen. Es handelt sich dabei aber nicht um einen Teil des Gefahrenabwehrrechts. Die Polizei handelt hierbei nicht als Ordnungs- bzw. Sicherheitsbehörde, sondern als Ermittlungsbehörde der Staatsanwaltschaft (§ 152 GVG; frühere Bezeichnung „Hilfsbeamte der Staatsanwaltschaft"). Soweit die Polizei im Bereich der Strafverfolgung tätig wird, finden sich die Rechtsgrundlagen ihres Handelns nicht in den Polizeigesetzen der Länder, sondern in der StPO. Durchsucht etwa ein Polizeibeamter eine Wohnung, um Beweismittel zur Aufklärung eine Straftat, etwa das Diebesgut, zu finden, darf er dies im Rahmen der §§ 102ff. StPO, nimmt er einen einer Straftat Verdächtigen fest, handelt er nach §§ 112ff., 127 StPO. Im Einzelnen zu den strafprozessualen Zwangsmaßnahmen ➢ s. Nr. 276ff.

Ob die Polizei als Gefahrenabwehr- oder als Strafverfolgungsbehörde auftritt, richtet sich nach der Zielrichtung ihres Handels. Sperrt sie etwa eine Straße, weil herabstürzende Felsbrocken die Durchfahrt erschweren, liegt präventives Handeln vor, sperrt sie die Straße, um dort Spuren einer Straftat zu suchen, repressives Handeln. Die Unterscheidung ist unter anderem deshalb notwendig, weil die Polizei als Strafverfolgungsbehörde den Weisungen der Staatsanwaltschaft unterliegt. Als Gefahrenabwehrbehörde ist sie originär zuständig. Zudem entscheidet bei Aufsichtsbeschwerden im repressiven Bereich die Staatsanwaltschaft, im präventiven die vorgesetzte Polizeidienststelle. Es kann aber zu Lebenssachverhalten kommen, in denen eine Gemengelage vorliegt, ein Handeln präventiver wie repressiver Natur angezeigt ist. Dies ist zum Beispiel bei einem Banküberfall mit Geiselnahme der Fall. Die Staatsanwaltschaft will in erster Linie die Straftat aufklären und den Geiselnehmer einer Verurteilung zuführen. Aufgabe der Gefahrenabwehr ist es, das Leben der Geisel zu retten. Wann und in welcher Weise in einem solchen Fall unmittelbarer Zwang, etwa in Form eines Einsatzes von Scharfschützen gegen den Geiselnehmer, angewendet wird, entscheidet die Polizei (Anlage A zur RiStBV).

Entsprechendes gilt, wenn die Polizei Ordnungswidrigkeiten verfolgt, also Parkverstöße, Geschwindigkeitsüberschreitungen oder Rotlichtsünder. Hier handelt sie aufgrund des OWiG, einem Bundesgesetz ➢ s. Nr. 152.

Zuständigkeiten und Rechtsgrundlagen der Polizei

Polizei	zur Gefahrenabwehr	→ Polizeigesetze der Länder
	zur Strafverfolgung	→ StPO (Bundesgesetz)
	zur Verfolgung von Ordnungswidrigkeiten	→ OWiG (Bundesgesetz)

b) Aufgaben und Befugnisse der Polizei- und Ordnungsbehörden

Polizei und Ordnungsverwaltung haben allgemein die Aufgabe, von der Allgemeinheit oder dem Einzelnen Gefahren abzuwehren, durch die die **öffentliche Sicherheit oder Ordnung** bedroht wird (vgl. z.B. Art. 2 BayPAG). Sie haben dabei im Rahmen des geltenden Rechts die nach pflichtgemäßem Ermessen (vgl. z.B. Art. 5 Abs. 1 BayPAG) notwendigen Maßnahmen zu treffen. Die Vollzugspolizei hat die Aufgaben zu erfüllen, die ein rasches, unaufschiebbares Eingreifen erfordern; im Übrigen sind die Behörden der Ordnungsverwaltung zuständig (vgl. z.B. Art. 3 BayPAG). Zum Auftrag der Gefahrenabwehr gehört auch die (präventive = vorbeugende) Verhütung von Straftaten.

Die öffentliche Sicherheit in diesem Sinne ist die Unverletzlichkeit der objektiven Rechtsordnung, der subjektiven Rechte und Rechtsgüter des Einzelnen sowie der Einrichtungen und Veranstaltungen des Staates und der sonstigen Träger der Hoheitsgewalt (vgl. z.B. § 2 Nr. 2 BremPolG). Schutzgut ist somit das gesamte Recht, einschließlich der privaten Rechte des Einzelnen, wie auch das Gemeinwesen und seine Einrichtungen. Da der Begriff der „öffentlichen Sicherheit" somit umfassend ist, ist das Schutzgut „öffentliche Ordnung" praktisch bedeutungslos geworden.

Die **Abwehr von Gefahren** setzt das Vorliegen einer aktuellen und konkreten, d.h. einer im Einzelfall tatsächlich bestehenden Gefahr, und eines öffentlichen Interesses voraus. Durch die Worte „nach pflichtgemäßem Ermessen" wird der Polizei ein gewisser Spielraum gewährt, der insbesondere bei Gefahrzuständen von Bedeutung sein kann, die als solche in den Gesetzen nicht gekennzeichnet sind oder für die in Gesetzen oder Dienstvorschriften keine genaue Verhaltensweise vorgeschrieben ist. Der Polizei darf bei der Entscheidung, ob und wie sie reagiert, kein Ermessensfehler ➢ s. hierzu Nr. 149 b), unterlaufen. Damit ist der Polizei auch die Möglichkeit eröffnet, von einem Eingreifen abzusehen (**Opportunitätsprinzip** im Gegensatz zum Legalitätsprinzip im Bereich der Strafverfolgung nach §§ 152 Abs. 2, 163 Abs. 1 StPO, das zu einem Einschreiten verpflichtet, ➢ s. auch Nr. 272). Im Bereich der Gefahrenabwehr soll das Opportunitätsprinzip der Polizei das Recht einräumen, die Vielzahl der von ihr zu erfüllenden Aufgaben nach dem Grad der Wichtigkeit einzuteilen. Es besteht somit kein Anspruch des Bürgers auf ein polizeiliches Einschreiten. Anders ist dies, wenn schwere Gefahren für Leib oder Leben drohen.

Darüber hinaus muss eine polizeiliche Maßnahme notwendig und verhältnismäßig sein. Durch das **Verhältnismäßigkeitsprinzip** wird das Ausmaß polizeilichen Handelns und damit die Schwere des Eingriffs in die Rechte des Bürgers begrenzt. Im Einzelnen muss die polizeiliche Maßnahme geeignet zur Erreichung des bezweckten Erfolges sein, es muss das mildeste Mittel sei, also am wenigsten in die Rechte des Bürgers eingreifen, und der Rechtseingriff darf nicht außer Verhältnis zum erstrebten Erfolg stehen. Behindern etwa Schaulustige einen Rettungseinsatz bei einem schweren Unfall, hat die Polizei diese des Platzes zu verweisen, um eine Durchfahrt der Rettungsfahrzeuge zu ermöglichen. Die Ingewahrsamnahme der Schaulustigen wäre unverhältnismäßig.

Besteht eine Gefahr, bedürfen die Polizei- und Ordnungsbehörden einer **Befugnisnorm**, um eine bestimmte in die Rechte der Bürger eingreifende Maßnahme treffen zu können. Dies ergibt sich aus dem Rechtsstaatsprinzip und dem Grundsatz des Vorbehalts des Gesetzes ➤ s. Nr. 141. Für die Vollzugspolizei enthalten die Polizeigesetze eine ganze Reihe von präventiven Standardmaßnahmen, zu repressiven gleichartigen Maßnahmen ➤ s. oben unter a) sowie unter Nrn. 276 ff., etwa die Identitätsfeststellung (z. B. von Personen, die sich in der Nähe gefährdeter Objekte aufhalten), die Platzverweisung (z.B. von Schaulustigen bei einem Unfall), die Ingewahrsamnahme gefährlicher Personen (z. B. von Hooligans vor Fußballspielen), die Durchsuchung von Personen, Sachen und Wohnungen (z. B. nach einer Bombe) oder den Einsatz technischer Mittel (um z. B. herauszufinden, wo sich ein Entführungsopfer befindet). Der Polizei ist aber durch eine gesetzliche Generalklausel allgemein die Befugnis eingeräumt, die notwendigen Maßnahmen zu treffen, um eine im einzelnen Fall bestehende, konkrete Gefahr für die öffentliche Sicherheit und Ordnung abzuwehren (s. Art. 11 BayPAG). Diese ist aber subsidiär zu den Spezialbefugnissen. Die Polizei hat zunächst aufgrund einer besonderen Ermächtigungsnorm Maßnahmen zu ergreifen.

Trifft die Polizei aufgrund der Polizeigesetze eine Einzelmaßnahme, handelt sie in der Rechtsform eines **Verwaltungsakts** ➤ s. Nr. 149. Dieser kann mündlich, schriftlich oder in anderer Weise erlassen werden. Soweit sich in den Polizeigesetzen keine Sonderregelungen finden, gilt das VwVfG ➤ s. Nr. 148. Möchte sich der betroffene Bürger dagegen wehren, muss er Widerspruch einlegen und Klage zum Verwaltungsgericht erheben ➤ s. Nr. 151, häufig als Fortsetzungsfeststellungsklage, da der Rechtseingriff nicht mehr andauert, z.B. weil der Betroffene aus der Ingewahrsamnahme entlassen wurde oder der sichergestellte Gegenstand zurückgegeben wurde. Anders ist dies, wenn die Polizei im Rahmen der Strafverfolgung tätig geworden ist. Hält etwa der hiervon Betroffene eine Durchsuchung für rechtswidrig, muss er vor dem Amtsgericht die Feststellung der Rechtswidrigkeit begehren.

Auch die für die Gefahrenabwehr zuständigen **Verwaltungs- bzw. Ordnungsbehörden** bedürfen für ein Eingreifen einer gesetzlichen Ermächtigungsgrundlage. Diese finden sich für die besonderen Verwaltungsbehörden (z. B. Bauordnungsbehörde, Gewerbeaufsicht) in den speziellen Fachgesetzen (z. B. Bauordnungen, GewO; ➤ s. hierzu etwa Nrn. 164, 174), für die allgemeinen Ordnungsbehörden in den landesrechtlichen Sicherheitsgesetzen (in Bayern: Landesstraf- und Verordnungsgesetz). Diese berechtigen die Ordnungsbehörden zu Einzelmaßnahmen (Verwaltungsakte), aber auch zum Erlass von sicherheitsrechtlichen Verordnungen, um allgemeine Gefahren für eine Vielzahl von Fällen abzuwehren. Beispiele hierfür sind die Kampfhundeverordnungen der Gemeinden, Verordnungen zum Bekämpfen verwilderter Tauben oder über das (wilde) Zelten auf Gemeindegebiet oder über das

Baden an Seen. Da es sich bei diesen Verordnungen um Gesetze im materiellen Sinn handelt, richtet sich der Rechtsschutz nach § 47 VwGO ➢ s. Nr. 151.

Da sowohl Polizei- als auch Ordnungsbehörden nebeneinander zur Gefahrenabwehr berufen sind, stellt sich die Frage der Abgrenzung. Diese findet sich in den Polizeigesetzen geregelt und erlaubt ein Einschreiten der Polizei nur, soweit nicht auch eine Ordnungsbehörde einzuschreiten in der Lage ist (Subsidiarität der Polizei). Stellt etwa eine Polizeistreife sonderbare Geräusche an einer stählernen Eisenbahnbrücke fest, hat sie die zuständige Verwaltungsbehörde zu informieren, um diese zu einer statischen Überprüfung und ggfs. einer Sperrung der Brücke zu veranlassen. Selbst sperren darf die Polizei diese Brücke nicht. Anders ist es, wenn ein Polizeibeamter nachts feststellt, dass z. B. mehrere Brückenpfeiler angesägt wurden und ein Personenzug in kurzer Zeit die Brücke überfahren wird. Hier ist sofortiges Einschreiten erforderlich, so dass der Polizeibeamte die Brücke sperren und den herannahenden Zug stoppen darf.

Zuständigkeit der Polizei- und Ordnungsbehörden

	Allgemeine Gefahrenabwehr	Besondere Gefahrenabwehr
vor Ort und sofortiges Handeln erforderlich	Polizei	Feuerwehr, Katastrophenschutz
vom Schreibtisch	Ordnungsbehörden	Ordnungsbehörden und Sonderverwaltungsbehörden

c) Polizei- und ordnungsrechtliche Verantwortlichkeit

Eingriffsmaßnahmen im Polizei- und Ordnungsrecht müssen sich gegen den Verantwortlichen richten. Man unterscheidet folgende Arten der Verantwortlichkeit: bei der Verhaltensverantwortlichkeit (wenn eine Person eine Gefahr verursacht hat) ist die Maßnahme gegen diese Person zu richten, gegen den sog. **Störer** der öffentlichen Sicherheit oder Ordnung (Handlungsstörer); bei der Zustandsverantwortlichkeit ist die Maßnahme gegen den Inhaber der tatsächlichen Gewalt über die Sache zu richten, von der eine Gefahr ausgeht (sog. Zustandsstörer).

Wenn weder ein Handlungsstörer noch ein Zustandsstörer vorhanden ist oder Maßnahmen gegen sie nicht rechtzeitig möglich oder nicht Erfolg versprechend sind, kann – wenn dies zur Beseitigung einer Störung oder zur Abwehr einer Gefahr erforderlich ist – eine Maßnahme auch gegen unbeteiligte Dritte, also „Nichtstörer", gerichtet werden (sog. „polizeilicher Notstand"). Voraussetzung hierfür ist – neben anderen Voraussetzungen –, dass eine gegenwärtige erhebliche Gefahr abzuwehren ist und der Nichtstörer nicht unverhältnismäßig beeinträchtigt wird (vgl. z. B. Art. 10 BayPAG). Gegebenenfalls hat der in Anspruch genommene Nichtstörer einen Entschädigungsanspruch (vgl. z. B. Art. 70 BayPAG).

d) Polizeiliche Zwangsmittel

Um die Befolgung ihrer Anordnung nötigenfalls zu erzwingen, können die Polizeibehörden Zwangsmittel einsetzen. Als solche sind, ähnlich dem Verwaltungszwang (§§ 6ff. VwVG; ➢ vgl. Nr. 149 e), in den Polizeigesetzen vorgesehen:

- Ausführung der gebotenen Handlung durch einen Dritten auf Kosten des Pflichtigen (Ersatzvornahme),
- Festsetzung von Zwangsgeld, evtl. Ersatzzwangshaft,
- unmittelbarer Zwang.

Voraussetzung ist, dass der Verwaltungsakt unanfechtbar oder dass sein sofortiger Vollzug angeordnet oder einem eingelegten Rechtsmittel keine aufschiebende Wirkung beigelegt ist. Ein sofortiger Vollzug ohne vorausgegangenen Verwaltungsakt ist nur zulässig, wenn er zur Verhinderung einer rechtswidrigen, mit Strafe oder Bußgeld bedrohten Handlung oder zur Abwehr einer drohenden Gefahr notwendig ist und die Behörde hierbei innerhalb ihrer gesetzlichen Befugnisse handelt (§ 6 VwVG). Andernfalls muss jeder Anwendung eine schriftliche Androhung mit Fristsetzung vorangehen. Die Höhe des Zwangsgeldes ist gesetzlich begrenzt. Alle Zwangsmittel können wiederholt angedroht, festgesetzt und vollstreckt werden. Die Umwandlung des nichtbeitreibbaren Zwangsgeldes in Zwangshaft hat nach Art. 104 Abs. 2 GG in jedem Falle der Richter des Amts- oder Verwaltungsgerichts vorzunehmen. Unmittelbarer Zwang ist nach § 12 VwVG nur zulässig, wenn die anderen Mittel versagen würden. Ist der Pflichtige nicht vorher schriftlich zur Beseitigung bzw. Leistung aufgefordert worden, so fallen entstehende Kosten der Polizei zur Last. Verfügungen des Zwangsverfahrens können als Verwaltungsakte mit den gegen diese vorgesehenen Rechtsmitteln angefochten werden.

Unmittelbarer Zwang ist nach dem für die Vollzugsbeamten des Bundes, insbesondere auch Polizeibeamte, geltenden UZwG vom 10. 3. 1961 (BGBl. I 165) die Einwirkung auf Personen oder Sachen durch körperliche Gewalt, ihre Hilfsmittel oder Waffen (das sind außer Hieb- und Schusswaffen auch Reizstoffe, z. B. Tränengas, und Explosivmittel). Unter mehreren möglichen Maßnahmen hat der Polizeibeamte stets die mildeste zu wählen, so dass von Waffen an letzter Stelle Gebrauch zu machen ist (so wenn eindringliche Warnung, einfache körperliche Gewalt u. dgl. versagen), von der Schusswaffe nur als äußerstem Mittel. Nach dem Grundsatz der Verhältnismäßigkeit darf der zu erwartende Schaden nicht außer Verhältnis zu dem beabsichtigten Erfolg stehen (Körperverletzung zur Abwendung eines drohenden geringen Sachschadens).

Der **Schusswaffengebrauch** ist nach §§ 10, 12, 13 UZwG nur zulässig, wenn andere Maßnahmen erfolglos angewendet worden oder offensichtlich nicht Erfolg versprechend sind. Er darf nur dem Zweck dienen, angriffs- oder fluchtunfähig zu machen. Er ist unzulässig, wenn erkennbar mit hoher Wahrscheinlichkeit Unbeteiligte gefährdet werden, außer wenn es sich beim Einschreiten gegen eine Menschenmenge nicht vermeiden lässt. In aller Regel ist der Schusswaffengebrauch nach dem Grundsatz der Verhältnismäßigkeit nur zulässig zur Verhütung schwerer Straftaten oder zur Verhinderung der Flucht von Personen, die sich in amtlichem Gewahrsam befinden oder einer schweren Straftat verdächtig sind. Gegen eine Menschenmenge dürfen Schusswaffen nur gebraucht werden, wenn aus ihr heraus Gewalttaten begangen werden oder unmittelbar bevorstehen und Zwangsmaßnahmen gegen Einzelne erfolglos oder nicht Erfolg versprechend sind. In allen Fällen ist Schusswaffenanwendung anzudrohen (Abgabe eines Warnschusses genügt); einer Menschenmenge gegenüber ist wiederholte Androhung vorgeschrieben.

Entsprechende Grundsätze gelten nach Landesrecht (vgl. z. B. §§ 53 f. PolG BW; Art. 66 ff. BayPAG; §§ 63 ff. PolG NW). Dort findet sich in den meisten Polizeigesetzen auch eine Befugnisnorm zum **finalen Rettungsschuss**, etwa bei Geiselnahmen.

e) Die Organisation der Polizei

Die Polizei hat sich in Deutschland als Angelegenheit der Länder, nicht des Reiches, entwickelt. Auch die BRep. verfügt nicht über eine eigene allgemeine Bundespolizei, sondern nur zum Zwecke des Bundesgrenzschutzes, des Bahnschutzes sowie als Zentralstelle für das polizeiliche Auskunfts- und Nachrichtenwesen sowie für die Kriminalpolizei, ferner zur Sammlung von Unterlagen für Zwecke des Verfassungsschutzes und gegen Bestrebungen einrichten, die durch Gewaltanwendung auswärtige Belange der BRep. gefährden ➢ s. oben a).

Nach Art. 91 GG kann ein Land zur Abwehr einer drohenden Gefahr für die freiheitliche demokratische Grundordnung oder den Bestand des Bundes oder eines Landes Polizeikräfte anderer Länder anfordern. Ist das bedrohte Land zur Bekämpfung der Gefahr selbst nicht bereit oder in der Lage, so kann die BReg. die Polizei dieses und anderer Länder ihren Weisungen unterstellen sowie Bundesgrenzschutz einsetzen (Art. 91 Abs. 2 GG). Zur Durchführung eines Polizeieinsatzes insbes. zwecks Abwehr eines Staatsnotstandes sind in den Ländern **Bereitschaftspolizeien** eingerichtet worden, wobei der BReg. unter freiwilligem Verzicht der Länder auf Hoheitsrechte eine Mitwirkung eingeräumt worden ist.

Über die Einrichtung der Bereitschaftspolizei sind zwischen Bund und Ländern Verwaltungsabkommen abgeschlossen worden. Auf dieser Grundlage haben die Länder staatliche Bereitschaftspolizeien aufgestellt, die in Sammelunterkünften untergebracht sind, aber nicht militärischen Zwecken dienen. Ihre Aufgabe ist, die mit dem ständigen Vollzugsdienst betrauten Polizeikräfte bei Bedrohung oder Störung der öffentlichen Sicherheit und Ordnung und bei etwaigen Großeinsätzen zu unterstützen. Ferner dienen sie der Schulung und Ausbildung der Polizeibeamten. Ihre Stärke bestimmt sich nach dem Sicherheitsbedürfnis (unter Berücksichtigung möglicher Inanspruchnahme nach Art. 35, 91 GG im Notstandsfall) sowie nach dem Nachwuchsbedarf der Polizei des Landes. Über den Einsatz der Bereitschaftspolizei entscheidet grundsätzlich der Minister (Senator) des Innern, soweit nicht die BReg. ein Weisungs- oder Einsatzrecht – auch über die Landesgrenzen hinaus – hat. Über Organisation, Gliederung und Ausstattung bestehen einheitliche Richtlinien. Weitere Abmachungen betreffen die Kostenbeteiligung des Bundes. Der als Beauftragter des BMI bestellte Inspekteur der Bereitschaftspolizeien der Länder ist befugt, sich nach vorheriger Benachrichtigung des Landesinnenministers über die Einsatzfähigkeit der Bereitschaftspolizei zu unterrichten. Die dienstlichen Verhältnisse der Beamten bestimmen sich nach Landesrecht. In den Ländern bestehen überdies eigene gesetzliche Regelungen (vgl. § 4 PolOrganisG NRW; Art. 6 bayer. PolOrganisG).

Der **organisatorische Aufbau** der Vollzugspolizeien der Länder hat sich zum Teil unterschiedlich entwickelt, auch wenn der Aufgabenkreis weitestgehend übereinstimmt. Allen Ländern gemeinsam ist, dass die oberste allgemeine Dienstaufsicht über die Handhabung der Polizeigewalt dem jeweiligen Landesinnenminister obliegt. Auf der mittleren Ebene bestehen teils Polizeipräsidien, teils sind die Polizeidienststellen den Regeierungspräsidien angegliedert. Auf der unteren Ebene gibt es je nach Bundesland Direktionen, Inspektionen, Stationen, Reviere, Posten, zum Teil mit den Kreisverwaltungsbehörden organisatorisch verflochten. Zudem wurde in jedem Land ein Landeskriminalamt als landesweit zuständige Strafverfolgungsbehörde für bestimmte schwerwiegende Straftaten sowie als zentrale Stelle der Kriminaltechnik und der Datensammlung geschaffen. Der Polizeidienst gliedert sich regelmäßig in eine uniformierte Vollzugslaufbahn und eine nicht uniformierte Kriminalpolizeilaufbahn. Beide Laufbahnen können aber sämtliche Aufgaben der Polizei wahrnehmen.

171 | Das Straßen- und Wegerecht

a) Grundzüge

Das Straßen- und Wegerecht, zum Straßenverkehrsrecht ➢ s. Nr. 177, ist für die Bundesfernstraßen (= Bundesautobahnen und Bundesstraßen mit den Ortsdurchfahrten) **durch Bundesgesetz** im FStrG geregelt, für die übrigen öffentlichen Straßen in den Straßen- und Wegegesetzen **der Länder**. Zu den öffentlichen Straßen zählen außer Staats- bzw. Landes-, Kreis- und Gemeindestraßen u. a. auch öffentliche Wege und Plätze.

Zur **Straße** gehört außer dem Straßenkörper auch der Luftraum über diesem und das Zubehör (Verkehrszeichen usw.) sowie Nebenanlagen und Nebenbetriebe (Straßenmeisterei, Gerätehof, Lager, § 1 Abs. 4, § 15 FStrG). Bei den Wegen unterscheidet man geschlossene, die nur für den Besitzer bestimmt, und offene, die auch dem Verkehr Dritter geöffnet sind; diese können private oder öffentliche Wege sein. Die öffentlichen Wege können dem öffentlichen Verkehr nicht kraft Privatrechts entzogen werden; die privaten kann der Eigentümer jederzeit schließen, soweit er nicht Dritten ein Benutzungsrecht eingeräumt hat. Andere öffentliche Wege stehen nur einem bestimmten Benutzerkreis zur Verfügung (z. B. Wirtschaftswege) oder sind nur für einen beschränkten Verwendungszweck freigegeben und können von der Behörde jederzeit geschlossen werden (z. B. Leinpfade, Deichwege).

Öffentliche Straßen und Wege entstehen durch **Widmung** und Indienststellung seitens der Beteiligten (Eigentümer usw.). Damit wird die Straße bzw. der Weg zu einer öffentlichen Sache ➢ s. Nr. 144. Für die Widmung, einen Verwaltungsakt ➢ s. Nr. 149, ist bei Straßen meist ein förmliches Verfahren und öffentliche Bekanntmachung vorgeschrieben. Bei Wegen ist aus der jahrelangen Benutzung für den allgemeinen Verkehr nicht notwendig zu folgern, dass der Weg ein öffentlicher ist.

Dies gilt insbesondere für Fußwege. Duldet ein Privateigentümer den Durchgang über sein Grundstück, so empfiehlt sich ein Hinweis auf den privatrechtlichen Charakter des Weges (z. B. Tafel „Privatweg").

An öffentlichen Straßen und Wegen besteht **Gemeingebrauch**, d. h. die Benutzung steht jedermann ohne besondere Zulassung frei. Auch gesteigerter Gemeingebrauch (z. B. Überqueren des Bürgersteiges zur Einfahrt) ist gestattet, während eine Sondernutzung der Genehmigung des Eigentümers und der zuständigen Behörde bedarf. Dabei wird unter Sondernutzung jede Benutzung der Straße verstanden, die zu einem Ausschluss der Nutzung der Straße durch andere führt. Dies ist bereits dann der Fall, wenn jemand einen Prospektestand in der Fußgängerzone aufstellt oder am Straßenrand musiziert; werden doch die anderen von der Nutzung dieses Straßenstücks ausgeschlossen. Gleiches gilt für Tische und Stühle vor einem Restaurant oder Werbetafeln, die in die Straße hineinragen. Die zuständigen Behörden verlangen für eine Sondernutzung regelmäßig Gebühren.

Die Straßen- und Wegegesetze begründen u. a. zur Verkehrssicherheit eine Streupflicht der Anwohner bei Schnee und Glätte und regeln die Wegeunterhaltungspflicht. Als Ausgleich für die Vorteile werden die Anlieger zu Straßenbaubeiträgen herangezogen. Vor Beginn eines Baues oder Erwerb von Wegegelände können Baulinien festgesetzt werden.

b) Straßenbaulast. Straßenaufsicht

Die **Straßenbaulast** obliegt bei Bundesfernstraßen (Autobahnen, Bundesstraßen) dem Bund, bei Landstraßen I. Ordnung (Staatsstraßen) dem Land, bei Landstraßen II. Ordnung (Kreisstraßen) dem Kreis bzw. der kreisfreien Stadt, bei Gemeindestraßen (Gemeindeverbindungsstraßen, Ortsstraßen) der Gemeinde, bei sonstigen öffentlichen Straßen dem gesetzlich oder in der Widmungsverfügung Bezeichneten, bei Eigentümerwegen dem Grundstückseigentümer, der sie zur Verfügung stellt. Der Träger der Straßenbaulast nimmt alle mit dem Unterhalt der Straße zusammenhängenden Aufgaben wahr, d. h. sie zu bauen, auszubessern und in einem verkehrssicheren Zustand zu erhalten. Großen Gemeinden obliegt auch die Straßenbaulast für Straßen, deren Träger sie nicht sind, also für Bundesfern-, Staats- oder Kreisstraßen. Sie erhalten dann aber als Ausgleich für die Mehrkosten finanzielle Zuwendungen des Staates. Straßen können aber auch umgestuft werden, z. B. kann eine Kreisstraße Staatsstraße werden oder umgekehrt. Die Einstufung in eine Straßenklasse hängt von der Verkehrsbedeutung ab. Bundesfernstraßen bilden ein zusammenhängendes nationales Verkehrsnetz und dienen dem weiträumigen Verkehr. Staats- bzw. Landesstraßen dienen innerhalb des jeweiligen Bundeslandes dem Durchgangsverkehr und schließen diesen an Bundesfernstraßen an. Kreisstraßen sind für den überörtlichen Verkehr innerhalb eines Landkreises bestimmt, Gemeindestraßen regelmäßig auf das Gemeindegebiet und die Verbindung einzelner Gemeinden beschränkt.

Das Fernstraßenbauprivatfinanzierungsgesetz sieht vor, dass zur Verstärkung von Investitionen in das Bundesfernstraßennetz der Neu- und Ausbau von Bundesfernstraßen von einem privaten Unternehmer übernommen werden kann. Dieser hat dann die Rechte und Pflichten des Straßenbaulastträgers. Zur Finanzierung darf der Private **Mautgebühren** für die Benutzung von neu errichteten Brücken, Tunneln und Gebirgspässen sowie mehrstreifigen Bundesstraßen mit getrennten Fahrbahnen erheben. Die Höhe der Mautgebühren richtet sich nach den Kosten für Bau, Erhaltung und Betrieb des Straßenabschnitts sowie nach gefahrener Strecke und Fahrzeugart. Sie wird von der jeweiligen obersten Landesstraßenbaubehörden festgesetzt. Privat finanziert und damit mautpflichtig sind in der BRep. bislang der Warnowtunnel in Rostock sowie der Herrentunnel in Lübeck.

Die **Straßenaufsicht** über die Bundesfernstraßen wird von den Ländern im Auftrag des Bundes ausgeübt. Kommt ein Träger der Straßenbaulast einer Anordnung der Straßenaufsichtsbehörde nicht nach, so kann letztere die notwendigen Maßnahmen an seiner Stelle und auf seine Kosten verfügen und vollziehen (§ 20 FStrG). Soweit die Gemeinden Träger der Straßenbaulast sind, richtet sich die Zuständigkeit zur Verwaltung der Ortsdurchfahrten nach Landesrecht (§ 21 FStrG).

337

c) Bundesstraßen und Bundesautobahnen

Eine Bundesstraße darf jedermann im Rahmen der Widmung und der verkehrsbehördlichen Vorschriften zum Verkehr benutzen (Gemeingebrauch, § 7 FStrG). Dabei hat der fließende Verkehr den Vorrang vor dem ruhenden Verkehr. Jede über den Gemeingebrauch hinausgehende Sondernutzung bedarf behördlicher Erlaubnis seitens der zuständigen Straßenbaubehörde bzw. bei Ortsdurchfahrten der Gemeinde.

Längs der Bundesfernstraßen dürfen Hochbauten außerhalb von Erschließungsgelände an Ortsdurchfahrten in einer Entfernung bis zu 40 Metern bei Autobahnen und bis zu 20 Metern bei Bundesstraßen nicht errichtet werden. Für andere Bauanlagen und deren Änderungen in einer Entfernung von 100 bzw. 40 Metern ist eine besondere Genehmigung vorgeschrieben. Wird durch diese Vorschriften die bauliche Nutzung eines Grundstücks, auf deren Zulassung bisher ein Rechtsanspruch bestand, ganz oder teilweise aufgehoben, so können für den Eigentümer Entschädigungsansprüche wegen Wertminderung entstehen (§ 9 FStrG). Waldungen und Gehölze längs der Bundesfernstraßen können in einer Breite von 40 Metern zu Schutzwaldungen erklärt werden (§ 10 FStrG). Besondere Einrichtungen (wie z. B. Schneezäune usw.) hat der Angrenzer zu dulden. Anpflanzungen u. a. Einrichtungen, welche die Verkehrssicherheit beeinträchtigen, sind unstatthaft (§ 11 FStrG).

Betriebe an den Autobahnen, die den Belangen der Verkehrsteilnehmer dienen (z. B. Tankstellen, bewachte Parkplätze, Werkstätten, Verlade- und Umschlaganlagen, Raststätten) und einen unmittelbaren Zugang zu den Bundesautobahnen haben, sind Nebenbetriebe. Ihr Bau ist dem Bund vorbehalten. Sie sind i. d. R. zu verpachten (§ 15 FStrG).

Für die Benutzung von Bundesautobahnen mit schweren Nutzfahrzeugen werden seit dem 1. 4. 2005 streckenbezogene Gebühren erhoben (Lkw-Maut). Die Gebühren sind an das Bundesamt für Güterverkehr zu entrichten.

d) Planung und Enteignung

Die Planung und Linienführung der Bundesfernstraßen bestimmt der BMVBS im Einvernehmen mit den beteiligten Bundesministern und im Benehmen mit den Landesplanungsbehörden der beteiligten Länder (§ 16 FStrG). Die oberste Landesstraßenbaubehörde stellt den Plan fest; dieser bezeichnet den Träger der Straßenbaulast und verpflichtet ihn, die im öffentlichen Interesse notwendigen Anlagen zu errichten und zu unterhalten (§§ 17 ff. FStrG). Bei Planung und Planfeststellung ist die Umweltverträglichkeit zu prüfen. Der Straßenbaulastträger hat zur Erfüllung seiner Aufgaben das Enteignungsrecht. Die Enteignung ist zulässig, soweit sie zur Ausführung eines festgestellten Bauvorhabens notwendig ist. Der festgestellte Plan ist für die Enteignungsbehörde bindend. Diese kann in Eilfällen die Straßenbaubehörde vorzeitig in den Besitz der benötigten Grundstücke einweisen (§ 18 f FStrG). Im Übrigen gelten die für öffentliche Straßen erlassenen Enteignungsgesetze der Länder (§ 19 FStrG). An Grundstücken, die durch das Planfeststellungsverfahren betroffen werden, dürfen bis zu ihrer Übernahme durch den Träger der Straßenbaulast wesentlich wertsteigernde oder den geplanten Straßenbau erheblich erschwerende Veränderungen nicht vorgenommen werden. Dauert die Veränderungssperre länger als 4 Jahre, so können die Eigentümer für die dadurch entstehenden Vermögensnachteile vom Träger der Straßenbaulast eine angemessene Entschädigung in Geld und, falls sie in der Nutzung unzumutbar behindert werden, die Übernahme der vom Plan betroffenen Flächen verlangen (§ 9 a FStrG).

Zur Beschleunigung der Planung von Verkehrswegen (vor allem Eisenbahnen des Bundes, Bundesfernstraßen, Bundeswasserstraßen, Flughäfen) in den neuen Bundesländern ist das Verkehrswegeplanungsbeschleunigungsgesetz vom 16. 12. 1991 ergangen. Das Gesetz war bis zum 17. 12. 2006 befristet. Es wurde durch das

Gesetz zur Beschleunigung von Planungsvorhaben für Infrastrukturvorhaben ersetzt.

172 | Das Bergrecht

Das Bergrecht umfasst die den **Bergbau**, d.h. die Gewinnung von Bodenschätzen, betreffenden besonderen Rechtsgrundsätze und Rechtsvorschriften. Für das Bergrecht, das früher im Wesentlichen landesrechtlich geregelt war, ist das auf Grund der konkurrierenden Gesetzgebungszuständigkeit des Bundes (Art. 74 Nr. 11 GG) erlassene BBergG maßgebend. Es wird durch landesgesetzliche Regelungen vorwiegend verwaltungsrechtlichen Inhalts ergänzt; die insbes. mit der Bergaufsicht, den Genehmigungsverfahren usw. betrauten Dienststellen sind meist Landesbehörden (Bergämter usw.).

Das BBergG unterscheidet zwischen grundeigenen, d.h. im Eigentum des Grundeigentümers stehenden, und bergfreien Bodenschätzen, die der staatlichen Verfügungsgewalt unterliegen; zu den letzteren gehören alle für die Allgemeinheit besonders wertvollen Mineralien (wie z.B. Gold und Silber, Aluminium, Blei, Eisen, Kupfer, Mangan, Zink und Zinn, Stein- und Braunkohle, Graphit, Flussspat usw. s. § 3 Abs. 3 BBergG).

Bei den **bergfreien Bodenschätzen** bedarf das Aufsuchen (früher „Schürfen") einer behördlichen Erlaubnis, die Gewinnung einer Bewilligung, sofern sich nicht die Berechtigung aus dem Grundeigentum ergibt (§§ 3, 6ff. BBergG). Bestimmte Vorhaben, z.B. die Gewinnung von Kohle, Erdöl, Erdgas, oder Aufbereitungseinrichtungen bedürfen einer Umweltverträglichkeitsprüfung. Das Bergwerkseigentum bedarf der Verleihung und entsteht mit der Zustellung einer Berechtsamsurkunde an den Antragsteller; die Verleihung setzt eine Bewilligung zur Gewinnung von Bodenschätzen voraus und kann insbes. versagt werden, wenn mit einer wirtschaftlichen Gewinnung nicht zu rechnen ist (§§ 13, 17 BBergG). Für die Erlaubnis zum Aufsuchen von Bodenschätzen zu gewerblichen Zwecken ist eine jährliche Feldesabgabe, vom Inhaber einer Bewilligung zur Gewinnung von Bodenschätzen eine jährliche Förderabgabe zu entrichten (§§ 30, 31 BBergG). Über Erlaubnisse, Bewilligungen und Bergwerkseigentum führen die Bergbehörden Berechtsamtsbücher und -karten (§§ 75, 76 BBergG). Wer einen bergfreien Bodenschatz entdeckt, ohne zum Aufsuchen oder Gewinnen berechtigt zu sein, hat der Bergbehörde Anzeige zu machen; er kann vom Abbauberechtigten Ersatz seiner Aufwendungen verlangen (§ 33 BBergG).

Die **grundeigenen Bodenschätze** kann der Grundeigentümer ohne behördliche Erlaubnis aufsuchen und gewinnen; bezieht er hierbei andere (bergfreie) Bodenschätze ein, greifen die Bestimmungen über die besonderen Voraussetzungen hierfür ein (§ 34 BBergG: Erlaubnis, Bewilligung, Bergwerkseigentum).

Wer Bodenschätze auf einem fremden Grundstück aufsuchen will, bedarf der Zustimmung des Grundeigentümers oder sonst Berechtigten und bei Grundstücken, die auf Grund gesetzlicher Vorschrift öffentlichen Zwecken dienen, außerdem der Zustimmung der verwaltenden Behörde (§ 39 BBergG). Der **grenzüberschreitende Abbau** kann, falls sich die benachbarten Berechtigten nicht einigen, durch behördliche Erweiterung des Gewinnungsrechts (Zulegung) gestattet werden, wenn dies aus bergwirtschaftlichen Gründen und im Interesse des Allgemeinwohls geboten ist (vgl. § 35 BBergG).

Errichtung und Aufnahme eines Betriebs zur Aufsuchung, Gewinnung oder Aufbereitung von Bodenschätzen hat der Unternehmer unter Vorlage eines Betriebsplans der Bergbehörde anzuzeigen; der Plan bedarf – evtl. gegen Sicherheitsleistung – der Zulassung. Die zuständige Behörde kann auch die Aufstellung von Rahmenbetriebsplänen verlangen; für die Zulassung solcher Pläne ist ein Planfeststellungsverfahren durchzuführen, wenn das betreffende Vorhaben einer Umweltverträglichkeitsprüfung bedarf (§§ 50 ff. BBergG). Die für den Betrieb verantwortlichen Personen (Unternehmer, gesetzliche oder satzungsmäßige Vertreter, Beauftragte) müssen die erforderliche Zuverlässigkeit, Fachkunde und körperliche Eignung besitzen; sie sind der Bergbehörde namhaft zu machen (§§ 58 ff. BBergG).

Die **Bergaufsicht** wird von den landesrechtlich bestimmten Behörden (Bergämter, Oberbergämter usw.) geführt. Sie umfasst das Recht zur Besichtigung der Bergbaubetriebe, Einsichtnahme in die Unterlagen, Entnahme von Proben usw. sowie die entsprechende Auskunfts- und Duldungspflicht des Bergbauberechtigten (§§ 69, 70 BBergG). Unerlaubte Tätigkeiten können verhindert, die Beschäftigung ungeeigneter verantwortlicher Personen kann untersagt werden (§§ 72, 73 BBergG). Auf Bundesebene ist eine Bundesprüfanstalt für den Bergbau errichtet (§§ 138 ff. BBergG).

Ein Bergbauunternehmer kann vom Verfügungsberechtigten eine Grundabtretung verlangen, soweit die Erweiterung zur Errichtung oder Führung eines Gewinnungs- oder Aufbereitungsbetriebs notwendig ist; die Abtretung kann das Eigentum, den Besitz oder ein dingliches Recht an einem Grundstück betreffen, aber auch nur die Beschränkung eines solchen Rechts enthalten; Voraussetzung der behördlichen Anordnung ist, dass der Versuch freiwilliger Vereinbarung gescheitert ist und dass die Abtretung dem Wohl der Allgemeinheit dient (§§ 77 ff. BBergG). Der Betroffene ist zu entschädigen. Andererseits können im Interesse der Aufsuchung und Gewinnung volkswirtschaftlich wichtiger Bodenschätze bei den in Anspruch zu nehmenden Grundstücken durch RechtsVO der Länderregierungen Baubeschränkungen angeordnet werden (§§ 107 ff. BBergG).

Für **Bergschaden**, d. h. Tötung oder Körperverletzung eines Menschen oder Beschädigung einer Sache aus Anlass des Bergbaus, besteht Ersatzpflicht des Unternehmers oder sonst Bergbauberechtigten; ausgenommen sind Schäden, die einen beim Bergbau Beschäftigten oder eine dort verwendete Sache betreffen. Die Haftung besteht unabhängig von Verschulden, aber in begrenzter Höhe (§§ 114 ff. BBergG). Zur Sicherung nichtrealisierbarer Ersatzansprüche ist eine „Bergschadensausfallkasse" errichtet (§§ 122 ff. BBergG).

Regelungen für Sicherheit und Gesundheitsschutz enthält die Allgemeine BundesbergVO vom 23. 10. 1995 (BGBl. I 1466).

Für die Forschungs-, Aufsuchungs- und Abbautätigkeit am Festlandsockel und innerhalb der Küstengewässer gelten Sondervorschriften (§ 2 Abs. 3, §§ 49, 132 ff. BBergG sowie Festlandsockel-BergVO und Meeresbodenbergbaugesetz).

173 | Das Wasserrecht

a) Die Gesetzgebungskompetenz

Das Wasserrecht unterliegt der konkurrierenden Gesetzgebung des Bundes (Art. 74 Abs. 1 Nr. 21 und 32 GG). Auf der Grundlage des Art. 74 Abs. 1 Nr. 21 GG ist für die Rechtsverhältnisses an den Bundeswasserstraßen als Verkehrsträger das WStrG ergangen (unten unter c). Art. 74 Abs. 1 Nr. 32 GG (Wasserhaushalt) wurde vom Bundesgesetzgeber bislang nicht ausgefüllt, weil diese Vorschrift erst im Zuge der Föderalismusreform ➤ s. Nr. 24, in das GG eingefügt wurde. Das noch aufgrund des inzwischen aufgehobenen Art. 75 Nr. 4 GG erlassene WHG, ein Rahmengesetz ➤ s. Nr. 71, gilt nach Art. 125 b Abs. 1 GG aber als Bundesrecht fort. Die Länder können hiervon spätestens ab 1. 1. 2010 durch Landesgesetze abweichen. Im Übrigen ist die Ordnung des Wasserrechts durch Landesrecht bestimmt.

b) Das Wasserhaushaltsgesetz

Das WHG stellt im Interesse der **Grundwasserreinhaltung** und der allgemeinen **Wasserversorgung** Richtlinien für oberirdische Gewässer, d.h. für das ständig oder zeitweilig fließende oder stehende oder aus Quellen abfließende Wasser, sowie für das Grundwasser auf.

Das WHG enthält im Teil I gemeinsame Bestimmungen für alle Gewässer, ihre Benutzung, die Erteilung von Erlaubnissen, das Bewilligungsverfahren, Planfeststellungen, Anmeldung alter Rechte und Befugnisse, Wasserschutzgebiete, den Gewässerschutzbeauftragten, die Überwachung der Benutzung und Haftung für Änderung der Beschaffenheit des Wassers. Teil II befasst sich mit dem erlaubnisfreien Gemeingebrauch, dem Eigentümer- und Anliegergebrauch oberirdischer Gewässer und der Benutzung zu Zwecken der Fischerei, ferner mit der Reinhaltung der oberirdischen Gewässer, ihrer Unterhaltung und ihrem Ausbau. Teil III regelt die erlaubnisfreie Benutzung und die Reinhaltung der Küstengewässer. Teil IV gibt Rahmenbestimmungen für erlaubnisfreie Benutzung und die Reinhaltung des Grundwassers sowie für die Überwachung von Erdaufschlüssen, die über eine bestimmte Tiefe hinaus in den Boden eindringen. Teil V behandelt wasserwirtschaftliche Rahmenpläne und das für die Gewässer zu führende Wasserbuch, während Teil VI Bußgeld- und Schlussbestimmungen enthält und früheres Landesrecht aufhebt. Da es sich um ein Rahmengesetz handelt, wird es durch Wassergesetze der Länder ergänzt. In diesen Gesetzen sind die Einteilung der oberirdischen Gewässer, das Eigentum an den Gewässern, Benutzung, Ausbau und Unterhaltung, die Gewässeraufsicht und die zuständigen Verwaltungsbehörden geregelt.

Gewässer I. Ordnung sind die Bundeswasserstraßen und die in den Wassergesetzen der Länder in einem Verzeichnis aufgeführten Flüsse und Seen. Das Eigentum steht bei Bundeswasserstraßen dem Bund, im Übrigen den Ländern zu. Gewässer II. Ordnung sind die für die Wasserwirtschaft wichtigen Strecken natürlicher und künstlicher Wasserläufe, die nicht zur I. Ordnung gehören. Auch hierüber werden bei den höheren Verwaltungsbehörden Verzeichnisse geführt. Zur III. Ordnung zählen alle übrigen Wasserläufe; sie stehen wie die der II. Ordnung im Eigentum der Anlieger.

Die Benutzung der Wasserläufe zum **Gemeingebrauch** ist jedermann gestattet (§ 23 WHG). Dazu gehören Baden, Waschen, Schöpfen mit Handgefäßen (nicht mittels Elektrowasserpumpe), Viehtränken, Schwemmen, Kahnfahren, Eislaufen sowie Entnahme von Wasser und Eis für den eigenen Haushalt, sofern dadurch nicht andere benachteiligt werden, und die Einleitung von Abwässern, die in Haushaltungen und der Wirtschaft entstehen. Gewisse weitergehende Benutzungen bedürfen der behördlichen Erlaubnis oder Bewilligung, insbes. Entnahme und Ableiten von Wasser oder festen Stoffen aus oberirdischen Gewässern, Aufstauen und Absenken solcher Gewässer, Einführen von Stoffen in sie oder in Grundwasser, Entnehmen und Ableiten von Grundwasser. Erlaubnis oder Bewilligung dürfen nicht erteilt werden, wenn die Benutzung das Wohl der Allgemeinheit, insbes. die Wasserversorgung, gefährdet. Das Erlaubnis- bzw. Bewilligungsverfahren muss bei bestimmten Vorhaben den Anforderungen des Ges. über die Umweltverträglichkeitsprüfung ➢ s. Nr. 175 a), entsprechen (§§ 7, 9 WHG).

Auch die Bewirtschaftung der Gewässer muss das Wohl der Allgemeinheit im Auge behalten und insbesondere jede Verunreinigung vermeiden. In oberirdische Gewässer dürfen weder feste Stoffe noch verschmutzte Abwässer oder Fremdstoffe eingebracht werden. In das Grundwasser dürfen Stoffe nur mit behördlicher Erlaubnis eingeleitet werden, die zu versagen ist, wenn eine schädliche Verunreinigung oder Veränderung zu besorgen ist. Wer entgegen den Bestimmungen Stoffe einleitet, ist schadensersatzpflichtig (Gefährdungshaftung) ➢ s. Nr. 344. Die Länder regeln Zuständigkeit und Aufsicht über die Beseitigung der Abwässer und die Errichtung von Anlagen hierfür. Rohrleitungsanlagen zur Beförderung wassergefährdender Stoffe bedürfen der Genehmigung. Das Lagern, Abfüllen und Umschlagen solcher Stoffe in geeigneten Anlagen steht unter Aufsicht. Betriebe, die Abwässer in größeren Mengen einleiten dürfen, haben einen Gewässerschutzbeauftragten zu bestellen.

Nach § 37 WHG sind Wasserbücher zu führen, in welche die Rechte der Anlieger an den einzelnen Wasserläufen eingetragen werden, insbesondere Erlaubnisse, die nicht nur vorübergehenden Zwecken dienen, Bewilligungen, alte Rechte und alte Befugnisse sowie Wasserschutz- und Überschwemmungsgebiete. Die Wasserbücher haben nicht die gleiche Funktion wie das Grundbuch und genießen nicht wie dieses öffentlichen Glauben. Immerhin sind sie im Verhältnis des Eingetragenen zur Behörde von Bedeutung. Die Einsicht des Wasserbuches ist jedem gestattet, der ein berechtigtes Interesse hat.

Die **Unterhaltung der Wasserläufe** obliegt bei Bundeswasserstraßen dem Bund, bei Gewässern I. Ordnung i. d. R. dem Land, bei Gewässern II. Ordnung den zu diesem Zweck zu bildenden Wassergenossenschaften, kommunalen Zweckverbänden oder den Gebietskörperschaften, bei Gewässern III. Ordnung sowie bei künstlichen Wasserläufen den Wassergenossenschaften, sonst dem Eigentümer und, wenn sich dieser nicht ermitteln lässt, dem Anlieger (§ 29 WHG). Zur Unterhaltung von Deichen sind Deichverbände, zur Erschließung von Wasserquellen, Begradigung usw. von Wasserläufen sind Wasserverbände in der Form eines Zweckverbandes gegründet.

Es bestehen zahlreiche Wasser- und Bodenverbände. Ihre Aufgaben können im Ausbau von Gewässern, Bau und Unterhaltung von Anlagen an Gewässern, Abwasserbeseitigung, Beschaffung und Bereitstellung von Wasser u. a. bestehen. Rechtsgrundlage ist nunmehr das Gesetz über Wasser- und Bodenverbände vom 12. 2. 1991 (BGBl. I 405).

c) Das Bundeswasserstraßengesetz

Das Bundeswasserstraßengesetz regelt den Gemeingebrauch und das Befahren der Bundeswasserstraßen mit Wasserfahrzeugen, ferner Unterhaltung, Ausbau und Neubau der Bundeswasserstraßen (Planfeststellungsverfahren, Veränderungssperre). Es enthält außerdem strom- und schifffahrtspolizeiliche Bestimmungen sowie Vorschriften über Schifffahrtszeichen, die Befugnisse der Wasser- und Schifffahrtsämter usw.

Bundeswasserstraßen sind die Seewasserstraßen sowie die Binnenwasserstraßen des Bundes, die dem allgemeinen Verkehr dienen. Dazu gehören die früheren Reichswasserstraßen, deren Eigentümer der Bund ist und die er durch eigene Behörden verwaltet (Art. 89 GG). Dabei handelt es sich um die schiffbaren Flüsse (wie Rhein, Elbe, Donau, Neckar, Main) und Kanäle (Mittellandkanal, Havel-Oder-Wasserstraße, Main-Donau-Kanal u. a.). Der Ausbau der Wasserstraßen ist neben dem Interesse des Verkehrs auch für den Wasserhaushalt und strukturpolitische Ziele wie die Ansiedlung von Industrie in Randgebieten von Bedeutung.

174 | Das öffentliche Baurecht

Das öffentliche Baurecht umfasst die öffentlich-rechtlichen Vorschriften, die sich auf den bebauten oder zu bebauenden Boden beziehen und das Bauwesen sowie das Bauvorhaben betreffen. Man unterscheidet zwischen **Bauplanungsrecht** und Bauordnungsrecht. Ersteres ist ein Teil der Raum- und Landesplanung (hierzu unter c) und regelt die planerische Bebauung von Grundstücken, d. h. ob, was und wieviel gebaut werden darf, einschließlich der Erschließung. Gegenstand des **Bauordnungsrechts** sind die Vorschriften, die ein konkretes Bauvorhaben aus Gründen der Sicherheit sowie der baulichen Ausgestaltung zu erfüllen hat. Bauordnungsrecht ist Landesrecht und in den Bauordnungen der Länder geregelt, für das Bauplanungsrecht hat der Bund die Gesetzgebungskompetenz nach Art. 74 Nr. 18 und 31 GG. Auf dieser Grundlage beruhen BauGB und ROG.

a) Das Bauplanungsrecht

Bauplanung vollzieht sich in verschiedensten Formen, je nach Art und Umfang der vorhandenen Bebauung und dem Planungsziel. Bislang wichtigste Erscheinungsform der Bauplanung ist die **Bauleitplanung**, mit der die bauliche und sonstige Nutzung der Grundstücke bestimmt wurde, d. h. ob auf Grundstücken Wohnhäuser oder Gewerberäume für Industrieanlagen gebaut werden dürfen oder ein Kindergarten mit Spielplatz vorgesehen ist (➤ Einzelheiten unter aa). Regelmäßig geht mit der Bauleitplanung die **Bodenordnung** einher, die zu einer Neuordnung und -gestaltung von Grundstücken führt. Will etwa eine Gemeinde auf einem bisher landwirtschaftlich genutzten Areal eine Neubausiedlung für Wohnhäuser entstehen lassen, wird sie damit große Ackerflächen in Parzellen für Einfamilienhäuser aufteilen und Grundstücksflächen für Straßen und Wege schaffen: aus einem oder wenigen großen Grundstücken werden zahlreiche kleinere ➤ weiter unter bb). Diese Baugrundstücke bedürfen einer verkehrlichen **Erschließung** (§§ 123 ff. BauGB). Straßen, Wege, Plätze und Grünflächen innerhalb eines zu bebauenden Gebiets sind anzulegen. Die Kosten der (erstmaligen) Erschließung können von den zur Erschließung verpflichteten Gemeinden großteils (bis zu 90%, § 129 Abs. 1 Satz 3 BauGB) auf die Grundstückseigentümer umgelegt werden. Ähnliches gilt für weitere Anlagen zur Versorgung der Grundstücke mit Wasser, Strom, Gas und Wärme sowie für Anlagen der Abwasserentsorgung (einschließlich des Baus von Kläranlagen). Allerdings wird dies nicht durch das BauGB geregelt, sondern durch die landesrechtlichen Vorschriften der Kommunalabgabengesetze. In Zukunft von besonderer Bedeutung werden Maßnahmen der Bauplanung nach dem **besonderen Städtebaurecht** sein. Im Hinblick auf strukturelle Veränderungen bebauter Flächen (etwa der Innenstädte), aber auch auf städtebauliche Fehlentwicklungen der Vergangenheit (reine Wohnblocksiedlungen) kommt Sanierungs- und Entwicklungsmaßnahmen und einem Stadtumbau erhöhtes Gewicht zu ➤ siehe unter cc).

aa) Die Bauleitplanung

Bauleitpläne sind (vorbereitend) der **Flächennutzungsplan** und (verbindlich) der **Bebauungsplan**. Sie sollen eine geordnete städtebauliche Entwicklung und eine dem Wohl der Allgemeinheit entsprechende sozialgerechte Bodennutzung gewährleisten und dazu beitragen, eine menschenwürdige Umwelt zu sichern und zu entwickeln. Zu berücksichtigen sind Anforderungen an gesunde Wohn- und Arbeitsverhältnisse, die Wohnbedürfnisse der Bevölkerung, die sozialen und kulturellen Bedürfnisse, die Belange des Umweltschutzes und der Wirtschaft. Mit Grund und Boden ist sparsam und schonend umzugehen. Öffentliche und private Belange sind gegeneinander und untereinander gerecht abzuwägen (§ 1 BauGB).

Träger der Bauleitplanung sind die Gemeinden (die sich aber auch zu einem Planungsverband zusammenschließen können, §§ 2, 204, 205 BauGB) in kommunaler Selbstverantwortung ➢ s. hierzu Nr. 114 a). Sie stellen die Bauleitpläne auf und beteiligen dabei andere Fachbehörden sowie ihre Bürger. Hierzu sind die Bauleitpläne öffentlich auszulegen.

Im Flächennutzungsplan ist für das gesamte Gemeindegebiet die beabsichtigte Art der Bodennutzung in den Grundzügen darzustellen (z. B. wo sind Wohn-, wo Industriegebiete, wo Grünflächen usw.). Er ist der nach dem Kommunalrecht zuständigen Aufsichtsbehörde ➢ s. Nr. 114 b) zur Genehmigung vorzulegen (§§ 5–7 BauGB). Der Bebauungsplan, der in der Regel nur einen bestimmten Teil des Gemeindegebiets erfasst, enthält die rechtsverbindlichen Festlegungen für die städtebauliche Ordnung. Er legt die genaue Lage von Straßen, aber auch der zu bebauenden Bodenflächen fest und kann selbst die Geschossflächenanzahl eines bestimmten Gebäudes oder den maximalen Neigungswinkel eines Dachs vorschreiben (zu Einzelheiten der Darstellung siehe die BauNVO). Der Bebauungsplan wird von der Gemeinde als Satzung erlassen und bedarf der Genehmigung der Aufsichtsbehörde nur, wenn er nicht aus dem Flächennutzungsplan entwickelt wurde, also ohne, zusammen mit (parallel) oder vorab vor einem Flächennutzungsplan beschlossen wurde (§§ 8–10 BauGB).

Da die Ausarbeitung eines Bebauungsplans regelmäßig eine gewisse Zeit in Anspruch nimmt, kann die Gemeinde zu **Sicherung der Bauleitplanung** durch eine Satzung eine Veränderungssperre mit der Folge erlassen, dass Baumaßnahmen unzulässig sind. Damit soll sichergestellt werden, dass die Planungshoheit der Gemeinde nicht durch vorzeitige private Baumaßnahmen unterlaufen wird. Will etwa eine Gemeinde auf einem bislang unbebauten Gebiet einen Gewerbepark vorsehen und beschließt hierzu, einen entsprechenden Bebauungsplan auszuarbeiten, soll diese Planung nicht durch einen Landwirt unterlaufen werden, indem er auf dem Gebiet schnell noch Stallungen und einen Mastbetrieb errichtet. Eine Veränderungssperre gilt grundsätzlich zwei Jahre, kann aber verlängert werden. Führt eine Veränderungssperre dazu, dass ein Grundstück über vier Jahre nicht bebaut werden kann, ist die Gemeinde zur Zahlung einer angemessenen Entschädigung verpflichtet (§§ 14–18 BauGB). Ein weiteres Mittel zur Sicherung der Bauleitplanung ist das gesetzliche Vorkaufsrecht der Gemeinden. So können die Gemeinden unter anderem im Geltungsbereich eines Bebauungsplans, eines Umlegungs- oder Sanierungsgebiets in den Verkauf eines Grundstücks an einen Dritten eintreten und damit automatisch zum Käufer werden, wenn dies zur Durchsetzung der Ziele etwa des Bebauungsplans oder des Sanierungsgebiets dient. Sieht beispielsweise ein Bebauungsplan auf einem Grundstück einen öffentlichen Spielplatz vor und will der Eigentümer des Grundstücks dieses an einen Dritten verkaufen, kann die Gemeinde ihr Vorkaufsrecht ausüben und das Grundstück selbst erwerben, um anschließend den Spielplatz zu errichten. Die Gemeinde muss dafür aber den zwischen dem Verkäufer und dem Dritten vereinbarten Kaufpreis zahlen, nur in bestimmten Fällen tritt eine Verkehrswertentschädigung (§§ 24–28 BauGB).

Entspricht ein Bauvorhaben (etwa ein Hausbau) einem Bebauungsplan, steht dem Vorhaben aus planungsrechtlichen Gründen nichts entgegen. Ist für ein bestimmtes Gebiet kein Bebauungsplan erlassen und die Erstellung eines Bebauungsplans von der Gemeinde auch nicht beabsichtigt, kommt es auf den Charakter des Gebiets an, in dem das Bauvorhaben verwirklicht werden soll. Innerhalb der im Zusammenhang bebauten Ortsteile (Innenbereich) ist es planungsrechtlich zulässig, wenn es sich in die Umgebung, d. h. die bisherige Bebauung einfügt. D. h. innerhalb eines bestehenden Wohngebiets darf ein gleichartiges Wohnhaus, nicht aber ein Eisenwalzwerk gebaut werden. Außerhalb bebauter Ortsteile (Außenbereich) dürfen nur in wenigen Ausnahmefällen Gebäude errichtet werden, etwa Windkraftwerke, bestimmte landwirtschaftliche Bauwerke oder Versorgungseinrichtungen. Unzulässig ist es dagegen, sich an einem kleinen Waldsee oder mitten in den Bergen ein Wochenendhaus zu errichten.

bb) Die Bodenordnung und die Enteignung

Im Geltungsbereich eines Bebauungsplans oder innerhalb eines im Zusammenhang bebauten Ortsteils können zur Erschließung und Umgestaltung Grundstücke durch Umlegung neu geordnet werden. Dabei werden Grundstücke zusammengefasst und nach Absonderung der öffentlich zu nutzenden Flächen auf die Beteiligten, d.h. die bisherigen Grundstückseigentümer, verteilt. Erhält dabei ein Grundstückseigentümer wertmäßig weniger als er in das Umlegungsgebiet eingelegt hat, ist er zu entschädigen.

Ein weiteres Mittel zur Durchsetzung der Bauplanung ist die **Enteignung**. Sie ist etwa zulässig, um ein Grundstück entsprechend den Festsetzungen des Bebauungsplans zu nutzen oder um Baulücken zu schließen (§ 85 BauGB). Ist etwa in einem Bebauungsplan auf einem Grundstück die Errichtung einer Schule vorgesehen und will der Grundstückseigentümer die Fläche nicht an den Staat oder die Gemeinde veräußern, damit dort die Schule errichtet werden kann, kann der Grundstückeigentümer enteignet werden.

Die Enteignung kann in der völligen Entziehung oder in der Belastung des Eigentums an Grundstücken oder von Rechten an solchen oder in der Begründung von Rechtsverhältnissen oder in der Änderung oder Beseitigung von Anlagen bestehen. Sie darf nur zum Wohl der Allgemeinheit (Art. 14 Abs. 3 GG) ➤ s. auch Nr. 66 q), vorgenommen werden und setzt voraus, dass der die Enteignung Beantragende zunächst ernsthaft versucht, das Grundstück durch Kauf zu erwerben (§§ 86–92 BauGB). Der Enteignete ist angemessen zu entschädigen (§§ 93 ff. BauGB).

Das Enteignungsverfahren (§§ 104–122 BauGB) wird nicht von der Gemeinde, sondern von der durch Landesrecht bestimmten höheren Verwaltungsbehörde durchgeführt. Sie entscheidet nach einer mündlichen Verhandlung durch Beschluss (= Verwaltungsakt) ➤ zum Begriff Nr. 149. Hiergegen ist der Rechtsweg zum LG eröffnet, und zwar zur Kammer für Baulandsachen, bestehend aus zwei Zivil- und einem Verwaltungsrichter. Gegen das Urteil des LG ist Berufung zum OLG (Senat für Baulandsachen, bestehend aus zwei Zivil- und einem Verwaltungsrichter), anschließend Revision zum BGH möglich (§§ 217–232 BauGB).

cc) Das besondere Städtebaurecht:

Mit **städtebaulichen Sanierungsmaßnahmen** (§§ 136 ff. BauGB) sollen im öffentlichen Interesse städtebauliche Missstände beseitigt oder gemildert werden. Solche liegen etwa vor, wenn ein Gebiet nach seiner vorhandenen Bebauung den allgemeinen Anforderungen an gesunde Wohn- und Arbeitsverhältnisse nicht mehr entspricht. Beispielhaft seien hier genannt eine räumlich enge Mischbebauung von Industrieanlagen der Chemieindustrie und Wohnanlagen der dort Arbeitenden oder eine Siedlung mit Wohnhäusern aus der Frühindustrialisierung bestehend aus extrem kleinen Wohneinheiten mit kleinen Fenstern und ohne zeitgemäße Installationsanlagen. Hier kann die Gemeinde durch Satzung Sanierungsgebiete beschließen, in denen sie Ordnungsmaßnahmen durchführen, z. B. Bewohner umsiedeln, Grundstücke freilegen oder Erschließungsanlagen herstellen kann. Baumaßnahmen zur Durchführung der Sanierung, d. h. Modernisierungsmaßnahmen, Neu- und Ersatzbauten, Betriebsverlagerungen, werden vom Grundstückseigentümer durchgeführt. Die Gemeinde kann aber auch einen Sanierungsträger beauftragen. Für Sanierungsmaßnahmen stellen Bund und Länder den Gemeinden finanzielle **Städtebauförderungsmittel** zur Verfügung (§§ 164 a, b BauGB).

Mit **städtebaulichen Entwicklungsmaßnahmen** sollen insbesondere Ortsteile einer Gemeinde entsprechend der Landes- und Bauplanung erstmalig entwickelt oder einer neuen Entwicklung zugeführt werden (§§ 165 ff. BauGB). Dies kann etwa ein ehemaliges Kohleabbaugebiet sein, das nun in ein Zentrum für Biotechnologie umgewandelt werden soll. Ähnlich sind **Stadtumbaumaßnahmen** (§§ 171 a ff. BauGB), mit denen in von erheblichen städtebaulichen Funktionsverlusten betroffenen Gebieten Anpassungen vorgenommen werden sollen. Betroffen hiervon sind vor allem Städte, die von einem starken Bevölkerungsschwund betroffen sind, insbesondere in den neuen Bundesländern. Hier besteht häufig ein Überangebot von Wohnraum, der zur Anpassung der Siedlungsstruktur zwingt.

Mit **Erhaltungssatzungen** können die Gemeinden bestehende Stadtviertel in ihrer städtebaulichen Gestalt bzw. Eigenart sichern. In vielen Gemeinden bestehen Gartenkolonien mit freistehenden Häusern aus der Gründerzeit in großzügigen Gärten. Hier können durch Bebauungsplan oder besondere Satzung bauliche Veränderung einer *Genehmigungspflicht* unterworfen und versagt werden, wenn sich ein Bauvorhaben der bisherigen Gestalt entgegensteht (§§ 172–174 BauGB). Mit **städtebaulichen Geboten** können die Gemeinden Grundstückseigentümer zwingen, Baulücken entsprechend dem Bebauungsplan zu schließen (Baugebot) oder Modernisierungs- und Instandsetzungsarbeiten durchzuführen (§§ 175 ff. BauGB).

b) Das Bauordnungsrecht

Das Bauordnungsrecht ist in den jeweiligen Bauordnungen der Bundesländer geregelt, die sich aber an eine Musterbauordnung anlehnen. Bauordnungsrecht ist in erster Linie **Sicherheitsrecht**: Bauliche Anlagen sind so zu gestalten, dass die öffentliche Sicherheit und Ordnung, insbesondere Leben oder Gesundheit, und die natürlichen Lebensgrundlagen nicht gefährdet werden. Diesem Zweck dienen Einzelvorschriften über Abstandsflächen zwischen den einzelnen Gebäuden, über die Standsicherheit und den Brandschutz, über Wärme-, Schall- und Erschütterungsschutz, über die Verkehrssicherheit, Belichtung, Beleuchtung und Beheizung, über die Verwendung von Baustoffen, Bauteilen und Bauarten sowie den Betrieb der Baustelle, über die Statik, Wände, Decken, Treppen und Dächer, über Fenster, Türen, Aufzüge und Lüftungen sowie über die Anzahl von Garagen und Stellplätzen (die der Bauherr gegen Geldzahlung aber ablösen kann).

Neben diesen materiellen Anforderungen regeln die Bauordnungen auch Formalien, wie den Ablauf des Baugenehmigungsverfahrens, die Organisation der Bauaufsichtsbehörden sowie die Voraussetzungen der Bauvorlageberechtigung. Während vor 15 bis 20 Jahren noch fast jedes Bauvorhaben (darunter fiel sogar der Abriss sowie die bloße Nutzungsänderung von Wohnraum in Gewerberaum) einer **Baugenehmigung** bedurfte, setzen die Bundesländer und ihnen folgend die Musterbauordnung seit einigen Jahren auf Deregulierung und Eigenverantwortung des Bauherrn. Seit dem sind über 2/3 aller Bauvorhaben entbürokratisiert. Nach dem Freistellungsverfahren sind vor allem Wohngebäude und kleinere Gewerbegebäude genehmigungsfrei, wenn sie den Feststetzungen eines Bebauungsplans entsprechen. Viele größere Bauvorhaben werden zudem nur noch in einem vereinfachten Verfahren überprüft.

In den Bauordnungen finden sich auch Ermächtigungsgrundlagen für bauaufsichtliche Maßnahmen. Werden Gebäude ohne Genehmigung errichtet, obwohl eine solche (noch) erforderlich ist, oder weicht der Bau von der Genehmigung oder einem Bebauungsplan ab, kann die Baueinstellung und sogar die Baubeseitigung (der Abbruch) verfügt werden.

c) Das Raumordnungs- und Landesplanungsrecht

Das ROG ist das **Planungsgesetz** des Bundes, mit dem der Gesamtraum der BRep. sowie seine Teilräume durch eine zusammenfassende, übergeordnete Planung und Abstimmung zu entwickeln sind. Siedlungs- und Freiraum sollen ausgewogen sein, die dezentrale Siedlungsstruktur soll auf leistungsfähige Zentren ausgerichtet sein, Infrastruktur und Siedlungsstruktur sind in Übereinstimmung zu bringen, ländliche Räume sind angemessen zu entwickeln, die Wirtschaftsstruktur soll ausgewogen sein, die Umwelt und die natürlichen Lebensgrundlagen sollen geschützt und erhalten bleiben. Raumordnung ist also mehr als nur die Abstimmung von Bauvorhaben im Sinne der Errichtung von Wohn- und Gewerbegebäuden. Es schließt Verkehrsprojekte, die Wirtschaftsförderung, die Versorgung der Bevölkerung mit Strom, Gas und Wasser sowie den Umweltschutz ein.

Raumordnung findet sowohl von Oben nach Unten als auch von Unten nach Oben statt (Gegenstromprinzip). Teilräume (z. B. die Planung in einem Regierungsbezirk) sollen sich in den Gesamtraum (z. B. in einen landesweiten Plan) einfügen; die Gesamtraumplanung soll aber auch die Gegebenheiten der Teilräume berücksichtigen.

Raumordnung vollzieht sich auf mehreren Ebenen: Jedes Bundesland stellt für sein Gebiet einen zusammenfassenden und übergeordneten Plan auf (Landesentwicklungsprogramm). In den Ländern erlassen regionale Planungsverbände, die ein zusammenhängendes Gebiet höherer Ordnung umfasst (z. B. den Ballungsraum München), Regionalpläne. Die Bauleitplanung (siehe oben unter a) bildet dabei die unterste Stufe der Raumplanung. Raumordnung kann aber auch einzelprojektbezogen (räumliche Fachplanung) sein. So ist für den Bau eines Verkehrsflughafens oder ein Kraftwerk ein besonderes **Raumordnungsverfahren** vorgeschrieben, mit dem das Bedürfnis der Maßnahme geprüft und die übergeordnete Planung abgestimmt wird. Maßnahmen, die der Raumplanung widersprechen, sind zu unterlassen.

Grundlage des ROG ist nunmehr Art. 74 Abs. 1 Nr. 31 GG. Zwar wurde das ROG noch auf der Grundlage des Art. 75 Abs. 1 Nr. 4 GG als Rahmengesetz ➢ s. Nr. 71, erlassen. Das ROG gilt aber nach Art. 125 b Abs. 1 GG auch nach der Föderalismusreform ➢ s. Nr. 24, als Bundesrecht weiter. Die Länder können hiervon aber abweichende Regelungen erlassen (Art. 72 Abs. 3 GG). Bislang wurde das ROG durch die Landesplanungsgesetze der Länder ausgefüllt und ergänzt.

Bau- und Raumordnungsrecht

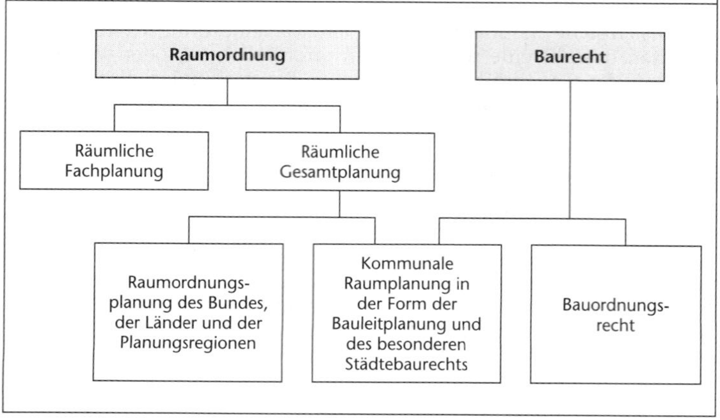

175 | Das Umwelt- und Naturschutzrecht

a) Der Umweltschutz

Zu einem drängenden Gegenwartsproblem ist die Erhaltung und Reinhaltung der Umwelt (Wasser, Boden, Luft, Pflanzen, Tiere) geworden. Seit 1994 bestimmt Art. 20a GG, dass der Staat die natürlichen Lebensgrundlagen zu schützen hat (Staatszielbestimmung). Dennoch existiert ein **Umweltgesetzbuch** – trotz verschiedenster Entwürfe – bis heute nicht. Nach den Vorstellungen von BT und BR im Rahmen der Föderalismusreform ➢ s. Nr. 24, soll ein solches Umweltgesetzbuch nunmehr in Angriff genommen werden und bis Ende 2009 vorliegen.

Bestimmungen zum Schutz der Umwelt sind über zahlreiche Einzelgesetze verstreut. Der Schutz des Wassers ist weitestgehend im WHG und den Wassergesetzen der Länder geregelt ➢ s. Nr. 173, die Luftreinhaltung und Lärmbekämpfung findet sich vor allem im BImSchG ➢ s. unter b). Ziel des Kreislaufwirtschafts- und Abfallgesetzes vom 27. 9. 1994 ist das Schonen der natürlichen Ressourcen durch Vermeidung und Verwertung von Abfällen sowie deren umweltverträgliche Beseitigung. Das Abfallverbringungsgesetz vom 30. 9. 1994 trifft Regelungen über die Überwachung der grenzüberschreitenden Verbringung von Abfällen. Für die Verwertung und Beseitigung bestimmter umweltgefährlicher Stoffe bestehen zudem Sonderregelungen, etwa die Altfahrzeugverordnung, die Altölverordnung oder die Klärschlammverordnung. Zur Verfolgung ökologischer Ziele weicht der Gesetzgeber wiederholt auch auf fiskalische Regelungen aus, etwa durch die Erhöhung der Mineralölsteuer oder die Förderung von Anlagen zur Energieerzeugung aus Wind, Sonne, Wasserkraft oder Wärme.

An übergreifenden allgemeinen Umweltgesetzen existieren:

- Mit dem UVPG sollen bei bestimmten öffentlichen und privaten Vorhaben sowie bei bestimmten Plänen und Programmen (z.B. Kraftwerke, Kohleverhüttung, Stahlwerke, Chemiewerke, große landwirtschaftliche Mastbetriebe, Abfallverwertungsanlagen, Straßenbau) im Wege einer **Umweltverträglichkeitsprüfung** unter Beteiligung der Öffentlichkeit die Auswirkungen auf die Menschen, Tiere, Pflanzen und biologische Vielfalt, den Boden, das Wasser, die Luft, das Klima und die Landschaft sowie die Kulturgüter frühzeitig ermittelt, beschrieben und bewertet sowie berücksichtigt werden. Diese Prüfung hat als unselbständiger Teil im Rahmen des verwaltungsrechtlichen Genehmigungsverfahrens zu erfolgen.
- Nach dem UIG hat jeder Bürger Anspruch auf umweltbezogene Informationen, insbesondere über den Zustand der Gewässer, der Luft, des Bodens sowie der Tier- und Pflanzenwelt. Gleiches gilt über Maßnahmen oder Tätigkeiten, die die Umwelt beeinträchtigen können sowie über Umweltschutzmaßnahmen. Der Anspruch auf Umweltinformationen besteht aber nur gegenüber Bundesbehörden. Diese können einen Antrag nur ablehnen, wenn besondere öffentliche oder private Belange Dritter entgegenstehen.

- Mit dem **Umweltauditgesetz** vom 4. 9. 2002 wurde eine EG-Verordnung über die freiwillige Beteiligung gewerblicher Unternehmer an einem Gemeinschaftssystem für das Umweltmanagement und die Umweltbetriebsprüfung umgesetzt. Zweck des Gesetzes ist insbesondere sicherzustellen, dass unabhängige, zuverlässige und fachkundige Umweltgutachter zugelassen werden, eine wirksame Aufsicht über Umweltgutachter ausgeübt wird und Register über geprüfte Betriebsstandorte gewerblicher Unternehmer geführt werden.
- Durch das **Umwelthaftungsgesetz** ist eine Gefährdungshaftung ➤ zum Begriff s. Nr. 344, für Umwelteinwirkungen eingeführt. Wird durch eine Umwelteinwirkung, die von bestimmten Anlagen (z. B. Kraftwerke, Zementwerke, chemische Fabriken) ausgehen, jemand getötet, verletzt oder eine Sache beschädigt, ist der Inhaber der Anlage zum Schadensersatz verpflichtet. Ist die Anlage geeignet, den eingetretenen Schaden zu verursachen, wird vermutet, dass der Schaden durch die Anlage herbeigeführt wurde, was vom Anlagenbetreiber widerlegt werden kann. Die Inhaber solcher Anlagen sind verpflichtet, zur Schadensbegleichung Haftpflichtversicherungen abzuschließen.

Auf Bundesebene ist das **Bundesumweltamt** (mit Sitz in Dessau) geschaffen worden. Ihm obliegen im Wesentlichen Aufgaben der Planung, Dokumentation und Information in Umweltfragen sowie die wissenschaftliche Unterstützung des BMU bei umweltschützenden Maßnahmen, vor allem bei der Erarbeitung von Rechts- und Verwaltungsvorschriften.

Durch Gesetz vom 18. 7. 1990 wurde die „Deutsche Bundesstiftung Umwelt“ errichtet, deren Aufgabe es ist, Vorhaben zum Schutz der Umwelt unter besonderer Berücksichtigung der mittelständischen Wirtschaft zu fördern.

Umweltschutz ist nicht allein eine nationale Aufgabe, sondern ein internationales Problem. Die Zahl der **internationalen Übereinkommen**, die Zwecken des Umweltschutzes dienen, nimmt ständig zu. Sie haben vor allem die Verhinderung der Verschmutzung der Meere und der Luft zum Inhalt. Zu den bekanntesten zählen die Alpenschutzkonvention zum Schutz der Alpen sowie das UN-Rahmenabkommen über Klimaänderungen und das dazugehörige Kyoto-Protokoll, das verbindliche Ziele für die Verringerung des Ausstoßes von Treibhausgasen festschreibt, welche als Auslöser der globalen Erwärmung gelten. Seit dem Vertrag von Maastricht 1992 sind auch im EGV Umweltschutzziele enthalten. Beispielhaft sei als EU-Maßnahme genannt die Fauna-Flora-Habitat (FFH)-Richtlinie, welche zum Ziel hat, wildlebende Arten, deren Lebensräume und die europäische Vernetzung dieser Lebensräume zu sichern. Hierzu wurden Schutzgebiete ausgewiesen, in die bestimmte Eingriffe unzulässig, andere nur mit einem Ausgleich zulässig sind.

b) Der Immissionsschutz

Wesentliche Rechtsgrundlage ist das BImSchG und die dazu erlassenen über 30 Durchführungsverordnungen. Das BImSchG dient dem Schutz vor schädlichen Umwelteinwirkungen durch **Luftverunreinigung, Geräusche**, Erschütterungen und ähnlichen Vorgängen. Der Schutz vor Sport-, Freizeit- und sozialem Lärm ist dem Landesrecht vorbehalten (Art. 74 Abs. 1 Nr. 24 GG).

Bestimmte Anlagen, von denen der Gesetzgeber ausgeht, dass sie aufgrund ihrer Beschaffenheit oder ihres Betriebs in besonderem Maße geeignet sind, schädliche Umwelteinwirkungen hervorzurufen, bedürfen einer Genehmigung, die unter anderem nur erteilt wird, wenn schädliche Umwelteinwirkungen nicht hervorgerufen werden. Im Genehmigungsverfahren ist das Vorhaben öffentlich bekannt zu machen, Einwendungen sind in einem **Erörterungstermin** zu behandeln. Zu den genehmigungsbedürftigen Anlagen zählen nach der 4. BImSchV beispielsweise Kraftwerke, Zementwerke, Stahlwerke, chemische Betriebe, Lackierbetriebe und landwirtschaftliche Mastbetriebe einer bestimmten Größe. Diese Anlagen unterliegen einer fortlaufenden Aufsicht durch die zuständigen Behörden, die fortlaufende Messungen sowie sicherheitstechnische Prüfungen anordnen können (§§ 26ff. BImSchG). Die Betriebe haben einen Immissionenschutzbeauftragten (§ 53 BImSchG), in bestimmten Fällen auch einen Störfallbeauftragten zu bestellen (§§ 58a–d BImSchG).

Nicht genehmigungsbedürftige Anlagen dürfen zwar errichtet werden, der (weitere) Betrieb kann aber untersagt werden, wenn etwa schädliche Umwelteinwirkungen, die nach dem Stand der Technik vermeidbar sind, nicht verhindert oder unvermeidbare schädliche Umwelteinwirkungen nicht auf ein Mindestmaß beschränkt werden. Bestimmte lärmverursachende Geräte und Maschinen dürfen gewerbsmäßig nur in Verkehr gebracht werden, wenn eine Bauartzulassung bzw. eine bestimmte EU-weite Kennung besteht (§§ 32ff. BImSchG, 32. BImSchV „Geräte- und Maschinenschutzverordnung").

Besondere Vorschriften bestehen zur Luftreinhaltung. So haben die zuständigen Behörden regelmäßig die Luftqualität zu überwachen. Hierzu werden Emissionskataster aufgestellt. Bei Überschreitung von Schadstoffgrenzwerten (etwa bei **Feinstaub**) ist ein **Luftreinhalteplan** aufzustellen, ggfs. kann auch der Kraftfahrzeugstraßenverkehr untersagt werden (§§ 40, 44ff. BImSchG).

§§ 47a ff. BImSchG regeln seit Mitte 2005 die **Lärmminderungsplanung**. Hierzu haben die zuständigen Behörden bis 30. 6. 2007 Lärmkarten für Ballungsräume sowie für bestimmte Hauptverkehrsstrecken auszuarbeiten. Maßnahmen zur Regelung von Lärmproblemen sollen bis 18. 7. 2008 in Lärmaktionsplänen ausgearbeitet werden.

c) Der Naturschutz

Ein wichtiger Zweig des Umweltschutzes, der Naturschutz, ist im BNatSchG geregelt. Schutz, Pflege und Entwicklung von Natur und Landschaft sollen Leistungs- und Funktionsfähigkeit des Naturhaushalts sichern, die Regenerationsfähigkeit der Naturgüter bewahren, die Pflanzen- und Tierwelt schützen sowie Natur und Landschaft in ihrer Vielfalt, Eigenart und Schönheit erhalten und auf Dauer sichern. Naturgüter sind sparsam und schonend zu nutzen, auf ungenutzten Böden ist eine standortgerechte Vegetation zu ermöglichen, natürliche und naturnahe Gewässer sind zu erhalten und wiederherzustellen, in dicht besiedelten Gebieten sind noch vorhandene Naturbestände zu erhalten und zu entwickeln. Dazu unterstützen Bund und Länder auch internationale Bemühungen und fördern die Errichtung des europäischen ökologischen Netzes „Natura 2000" (§§ 1 und 2 BNatSchG). Zur nachhaltigen Sicherung von heimischen Tier- und Pflanzenarten schaffen die Länder einen Biotopverbund, dessen Fläche mindestens 10% der Landesfläche betragen soll (§ 3 BNatSchG), bestehend aus Nationalparks, Biotopen, Naturschutzgebieten, Biosphärenreservaten, Landschaftsschutzgebieten und Naturparks.

Zur Durchsetzung der Grundsätze und Ziele des Naturschutzes und der Landschaftspflege haben die Länder Landschaftsprogramme, regionale Landschaftsrahmenpläne und/oder örtliche Landschaftspläne zu erlassen. Dabei sollen benachbarte Länder zusammenwirken und auf einander Rücksicht nehmen (§§ 12 ff. BNatSchG). Auf Bundesebene wurde 1993 das **Bundesamt für Naturschutz** gegründet, das unter anderem Verwaltungsaufgaben des Bundes wahrnimmt, etwa den Vollzug des Washingtoner Artenschutzabkommens über die Ein- und Ausfuhr geschützter Tier- und Pflanzenarten. Zudem berät es das BMU auf dem Gebiet des nationalen und internationalen Naturschutzes, betreut Naturschutzprojekte in den Bundesländern und betreibt wissenschaftliche Forschung.

Von besonderer Bedeutung ist die Mitwirkung von Vereinen und Verbänden bei der Erarbeitung von Rechtsvorschriften sowie allgemein zur Durchsetzung der Ziele des Naturschutzes. Vereine und Verbände, die vom BMU oder den zuständigen Länderbehörden anerkannt sind, haben nicht nur ein besonderes Beteiligungsrecht, sondern auch eine Klagerecht gegen bestimmte behördliche Maßnahmen, ohne dass sie sich auf die Verletzung eigener Rechte (§ 42 Abs. 2 VwGO ➤ s. Nr. 151 c) berufen müssen, **Verbandsklage**, §§ 58–61 BNatSchG; ebenso Umwelt-Rechtsbehelfsgesetz vom 14. 12. 2006, BGBl. I 2816).

Zum Schutz von Natur und Landschaft enthält das BNatSchG zahlreiche Ge- und Verbote: Eingriffe sind möglichst zu vermeiden, ggfs. ist der Eingriff durch eine Ausgleichs- oder Ersatzmaßnahme zu kompensieren. In Naturschutzgebieten, Nationalparks, Biosphärenreservaten, Landschaftsschutzgebieten, Naturparks, Biotopen und anderen Schutzgebieten sind alle Handlungen, die dem Schutzzweck zuwiderlaufen, verboten (§§ 22–38 BNatSchG). Wild lebende Tier- und Pflanzenarten dürfen nicht mutwillig und ohne Grund entnommen, genutzt, verwüstet, beunruhigt, gefangen, verletzt oder getötet werden (§§ 39 ff. BNatSchG). Ansonsten ist das Betreten der Flur auf Straßen und Wegen sowie ungenutzten Grundstücken auf eigene Gefahr gestattet. Einschränkungen ergeben sich nach landesrechtlichen Vorschriften in besonderen Schutzgebieten (§ 56 BNatSchG).

Das BNatSchG wurde als Rahmengesetz des Bundes ➤ s. Nr. 71, erlassen. Seit der Föderalismusreform ➤ s. Nr. 24, steht dem Bund die konkurrierende Gesetzgebung (Art. 74 Abs. 1 Nr. 29 GG) zu. Das BNatSchG gilt aber als Bundesrecht fort. Die Länder können Abweichungen durch Landesgesetze spätestens ab dem 1. 1. 2010 treffen (Art. 125 b Abs. 1 GG).

Durch das BBodSchG vom 17. 3. 1998 (BGBl. I 502) soll die Funktion des Bodens gesichert oder wieder hergestellt werden. Zweck des Gesetzes ist es, schädliche Bodenveränderungen abzuwehren, den Boden und Altlasten sowie hierdurch verursachte Gewässerverunreinigungen zu sanieren und Vorsorge gegen nachteilige Einwirkungen auf den Boden zu treffen. Grundstückseigentümer werden durch das Gesetz verpflichtet, Maßnahmen zur Abwehr der von ihrem Grundstück drohenden schädlichen Bodenveränderungen zu ergreifen. Das Gesetz stellt ferner den Grundsatz auf, dass jeder, der auf den Boden einwirkt, sich so zu verhalten hat, dass schädliche Bodenveränderungen nicht hervorgerufen werden.

d) Der Waldschutz

Dem Umweltschutz, aber auch einer sinnvollen wirtschaftlichen Nutzung des Waldes dient das Bundeswaldgesetz. Es soll die Forstwirtschaft in den Staats-, Körperschafts- und Privatwäldern fördern, aber zugleich außer der Nutzfunktion auch die Schutz- und Erholungsfunktion des

Waldes sichern. Hierbei sind die Interessen der Allgemeinheit und der Waldbesitzer auszugleichen.

Im Einzelnen regelt das Gesetz die forstliche Rahmenplanung, die Erhaltung und Bewirtschaftung des Waldes (Beschränkung der Rodung und Umwandlung; besonderer Schutz der zu Schutz- oder Erholungswald erklärten Flächen) sowie die auf Stichprobenbasis durchzuführende Bundeswaldinventur. Das Betreten des Waldes zum Zweck der Erholung ist allgemein gestattet. Zur besseren wirtschaftlichen Nutzung sind Forstbetriebsgemeinschaften oder -verbände und andere Zusammenschlüsse zugelassen, die staatlicher Anerkennung oder Aufsicht unterliegen. Das Forstvermehrungsgutgesetz vom 22. 5. 2002 (BGBl. I 1658) dient der Erhaltung der genetischen Vielfalt des Waldes und der Verbesserung der Leistungsfähigkeit der Forstwirtschaft.

Landesrechtliche Schutzvorschriften gelten nach den Waldgesetzen der Länder.

176 | Das Verkehrsrecht (Überblick)

Der Verkehr dient der **Beförderung von Personen und Gütern** (Sachen) und dem Güteraustausch; er übermittelt ferner Nachrichten unter Benutzung von Verkehrsmitteln. Verkehrswege sind auf der Erde Wege, Straßen, Schienen, weiter die Gewässer und die Luft. Aufgabe des Gesetzgebers ist die Ordnung aller dieser Bereiche, um Störungen zu vermeiden, Gefahren für die Allgemeinheit zu verhüten und Rechtsansprüche zu regeln. So ergeben sich viele Vorschriften, die sich gruppieren in:

- Straßenverkehrsrecht ➢ s. Nr. 177, mit Besonderheiten für die Personenbeförderung ➢ s. Nr. 178 und den Güterkraftverkehr ➢ s. Nr. 179;
- Eisenbahnrecht ➢ s. unten;
- Binnenschifffahrts- und Seeschifffahrtsrecht ➢ s. Nr. 181;
- Luftverkehrsrecht ➢ s. Nr. 180.

Nach Art. 73 Nr. 6a GG hat der Bund die ausschließliche Gesetzgebung für den Verkehr von Eisenbahnen, die ganz oder mehrheitlich im Eigentum des Bundes stehen (Eisenbahnen des Bundes). Die Eisenbahnverkehrsverwaltung für diese Eisenbahnen ist in bundeseigener Verwaltung zu führen. Durch das Eisenbahnneuordnungsgesetz vom 27. 12. 1993 (BGBl. I 2378) wurden die Sondervermögen „Deutsche Bundesbahn“ und „Deutsche Reichsbahn“ zu einem Sondervermögen des Bundes unter dem Namen „Bundeseisenbahnvermögen“ zusammengefasst. Zur Erbringung von Eisenbahnverkehrsleistungen, zur Beförderung von Gütern und Personen sowie zum Betreiben der Eisenbahninfrastruktur wurde die **Deutsche Bahn Aktiengesellschaft** mit den Bereichen Personenfernverkehr, Personennahverkehr, Güterverkehr und Fahrweg gegründet. Nähere Begriffsbestimmungen, insbesondere Regelungen über die Eisenbahnaufsicht, die Erteilung, Versagung und den Widerruf erforderlicher Genehmigungen für das Erbringen von Eisenbahnverkehrsleistungen und das Betreiben einer Eisenbahninfrastruktur, über die Tarife, über die Planfeststellung und Enteignung beim Bau und Änderung von Betriebsanlagen und der Eisenbahnen sowie Ermächtigungen zum Erlass von Rechtsverordnungen durch den BMVBS mit Zustimmung des BR enthält das AEG.

Zum **Personennahverkehr** s. Gesetz zur Regionalisierung des öffentlichen Personennahverkehrs vom 27. 12. 1993 (BGBl. I 2395). Die Sicherstellung des Personennahverkehrs als Aufgabe der Daseinsvorsorge ➢ s. Nr. 141, ist den Ländern übertragen, denen hierfür gem. Art. 106a GG ein Betrag aus dem Steueraufkommen des Bundes zusteht.

Der Ausbau des Schienenwegenetzes des Bundes richtet sich nach dem Bundesschienenwegeausbaugesetz vom 15. 11. 1993 (BGBl. I 1874). Hiernach ist ein Bedarfsplan aufzustellen, der nach Ablauf von 5 Jahren zu überprüfen und ggf. anzupassen ist.

Mit dem Gesetz zur Regelung des Planungsverfahrens für Magnetschwebebahnen vom 23. 11. 1994 (BGBl. I 3486) und der MagnetschwebebahnVO vom 23. 9. 1997 (BGBl. I 2329) wurden die rechtlichen Voraussetzungen für die Errichtung von Magnetschwebebahnstrecken geschaffen. Planfeststellungs- und Bauaufsichtsbehörde hierfür ist das Eisenbahn-Bundesamt.

Im internationalen Verkehr auf Eisenbahnlinien bildet das Übereinkommen vom 9. 5. 1980 über den internationalen Eisenbahnverkehr (COTIF), ratifiziert durch Gesetz vom 23. 1. 1985 (BGBl. II 130), eine einheitliche Rechtsordnung für die Beförderung von Personen, Gepäck und Gütern einschließlich der Haftungsfragen.

Aufgabe der staatlichen **Verkehrspolitik** ist, die Zusammenarbeit der Verkehrsmittel so zu regeln, dass sie sich gegenseitig ergänzen.

Ein Hauptproblem der Verkehrspolitik ist der Ausgleich des Wettbewerbs zwischen „Schiene und Straße", namentlich zwischen der Güterbeförderung mittels Eisenbahn oder Lastkraftwagen. Dieser Wettstreit hat wiederholt zu gesetzlichen Maßnahmen geführt.

Von steigender Bedeutung für das Verkehrsrecht sind die Vorschriften des **europäischen Gemeinschaftsrechts**. Sie finden nicht nur auf den grenzüberschreitenden Personen- und Güterverkehr Anwendung, sondern betreffen auch in der Form von rechtsangleichender Maßnahmen das innerstaatliche Verkehrsrecht (Beispiel: Höchstlenkzeiten bei der Güter- und Personenbeförderung über die Straße).

In Art. 70 EGV ist vorgesehen, dass die Mitgliedstaaten der EU eine gemeinsame Verkehrspolitik betreiben. Doch wurde die EU zunächst nur auf Randgebieten des durch zahlreiche interventionistische Regelungen (etwa Zulassungsbeschränkungen, Mengenkontingente und Preisvorschriften) charakterisierten Verkehrssektors tätig. Erst ab Mitte der 80er Jahre des 20. Jahrhunderts wurden gesetzgeberische Schritte zur Liberalisierung eingeleitet. Vor allem wurde der grenzüberschreitende Straßengüterverkehr weitgehend liberalisiert. Die Vorschriften über nationale oder bilaterale Kontingente im grenzüberschreitendem Güterkraftverkehr gelten nicht mehr. Nunmehr kann jeder Güterkraftunternehmer, der die persönlichen Voraussetzungen dazu erfüllt, in dem Mitgliedstaat seiner Niederlassung eine sogenannte „Gemeinschaftslizenz" für den grenzüberschreitenden Güterkraftverkehr erhalten. Die Liberalisierung der Kabotage, also des Rechts eines Unternehmens zum Güterkraftverkehr innerhalb eines Mitgliedstaates, in dem er nicht zugelassen ist, wurde zum 1. 7. 1998 erreicht. Fast völlig liberalisiert wurden der See- und der Luftverkehr. Dagegen ist der Schienenverkehr noch weitgehend in staatlichen Formen organisiert und daher von einer weitgehenden Liberalisierung noch weit entfernt. Die Maßnahmen der EU sind auf die Verbesserung der internationalen Zusammenarbeit auf dem Gebiet der Eisenbahnen gerichtet und auf die Verstärkung des Wettbewerbs auf dem Schienennetz

Daneben wurde die EU durch rechtsangleichende Maßnahmen tätig. So wurde mit der RL Nr. 91/439 (ABl. EG 1991 L 237, S. 1) ein vereinheitlichter Führerschein europaweit eingeführt, der in allen Mitgliedstaaten anzuerkennen ist, wenn sich sein Träger dort niederlässt. Mit der RL Nr. 99/62, ABl. EG 1999 L 187, S. 42 sind für schwere Nutzfahrzeuge Mindestsätze der Kraftfahrzeugsteuern und der Maut- und Straßenbenutzungsgebühren vorgesehen worden. Diese Richtlinie, die Wettbewerbsverzerrungen – oft zu Ungunsten Deutschlands – beseitigen soll, ist bis zum 1. Juli 2000 von den Mitgliedstaaten in nationales Recht umgesetzt worden.

Die EU wird auf dem Verkehrssektor nicht nur gesetzgeberisch, sondern auch durch die Mitfinanzierung von Verkehrinfrastrukturmaßnahmen tätig. Dies geschah zunächst in der Form von einzelnen Maßnahmen und dann auf der Basis des mehrjährigen Aktionsprogramms in Hinblick auf die Vollendung des integrierten Verkehrsmarktes bis 1992 (VO Nr. 3359/90 ABl. EG 1990 L 326, S. 1). Diese Finanzierung hat nunmehr ihre Rechtsgrundlage in den Vorschriften des EGV über **transeuropäische Netze** (Art. 154–156), die mit dem Vertrag über die Europäische Union (Maastrichter Vertrag) in den EGV eingefügt worden sind, und in den sie durchführenden Verordnungen über die Gewährung von Gemeinschaftszuschüssen für solche Netze (VO Nr. 2236/95 über die Grundregeln für die Gewährung von Gemeinschaftszuschüssen für transeuropäische Netze, ABl. EG 1995, L 228, S. 1). Nach Art 154 EGV trägt die Gemeinschaft zum Auf- und Ausbau transeuropäischer Netze in den Bereichen Verkehrs-, Telekommunikations- und Energieinfrastruktur bei und verfolgt damit die Absicht, den wirtschaftlichen und sozialen Zusammenhalt der Gemeinschaft zu verbessern und außerdem den Bürgern und den sonstigen Wirtschaftsteilnehmern eine volle Ausnutzung der Möglichkeiten zu erlauben, die sich aus der Verwirklichung des Binnenmarktes ergeben.

177 | Das Straßenverkehrsrecht

Das Straßenverkehrsrecht ist über eine Reihe von Gesetzen und Verordnungen verstreut, deren wichtigste im Folgenden behandelt werden. Die eigentlichen Verkehrsvorschriften und die Bestimmungen über Zulassung und Teilnahme am Straßenverkehr finden sich insbesondere im StVG, in der StVO, in der FeV und der StVZO.

a) Das StVG

Das StVG enthält die grundlegenden Vorschriften über die Teilnahme am Straßenverkehr. Danach bedürfen alle Kraftfahrzeuge, die auf öffentlichen Straßen (nicht auf bloßem Privatgrund) in Betrieb gesetzt werden, einer Zulassung, d. h. einer Genehmigung. Entsprechendes gilt für die Person, die ein Kraftfahrzeug auf öffentlichen Straßen führt; auch sie bedarf einer Genehmigung, der **Fahrerlaubnis** (umgangssprachlich: Führerschein). Die Fahrerlaubnis wird in verschiedenen Klassen, d. h. für verschiedene Fahrzeugtypen, erteilt (Motorräder, PKWs, LKWs) und setzt eine Fahrausbildung mit bestandener Prüfung voraus. Die Fahrerlaubnis wird zuerst für zwei Jahre auf Probe erteilt. Seit 2005 können bereits Jugendliche ab 17 Jahre die Fahrerlaubnis erwerben, dürfen das Kraftfahrzeug aber nur in Begleitung eines bestimmten Erwachsenen führen. Wer ohne Fahrerlaubnis ein Kraftfahrzeug führt, macht sich strafbar.

Nach §§ 4, 28 StVG wird beim Kraftfahrt-Bundesamt in Flensburg für jeden Fahrerlaubnisbesitzer ein Verkehrszentralregister mit Punktesystem („**Verkehrssünderkartei**") geführt, in dem Straßenverkehrsverfehlungen mit Punkten gespeichert werden. Ab einer bestimmten Punkteanzahl wird eine besondere Verwarnung ausgesprochen, eine Nachschulung angeordnet oder die Fahrerlaubnis eingezogen ➢ s. auch Nr. 396. In § 24 a StVG findet sich die sog. 0,5-Promille-Grenze für das Fahren unter Alkoholgenuss.

Das StVG bildet die Grundlage für die StVO und die StVZO. In diesen werden Rahmenvorschriften des StVG ergänzt sowie Details geregelt.

b) Die StVO

Die StVO bestimmt, wie sich der Verkehrsteilnehmer im Straßenverkehr zu verhalten hat, während die StVZO und die FeV die Voraussetzungen für die Teilnahme am Straßenverkehr behandeln.

§ 1 StVO enthält die Generalklausel auf, dass im Straßenverkehr ständige Vorsicht und gegenseitige Rücksicht zu üben ist; jedermann hat sich so zu verhalten, dass er keinen anderen gefährdet, schädigt oder mehr behindert oder belästigt, als nach den Umständen unvermeidbar ist. Daneben gibt es Sonderbestimmungen für eine bestimmte Verkehrslage (z. B. Vorfahrt, Überholen, Beachten von Verkehrszeichen), deren Nichtbeachtung stets Unrecht darstellt und bei schuldhaftem Handeln auch ohne konkrete Gefährdung anderer als **Ordnungswidrigkeit** geahndet werden kann.

Verkehrsteilnehmer ist jeder, der am öffentlichen Straßenverkehr teilnimmt (Kraftfahrer, Radfahrer, Fußgänger, Reiter, Lenker eines Fuhrwerks), i. d. R. auch der Beifahrer. Wegen der Geschwindigkeit seines Fahrzeuges trifft den Kraftfahrer eine erhöhte Sorgfaltspflicht. Erschwerte Verkehrslagen (z. B. Rückwärtsfahren) zwingen zu besonderer Vorsicht. Unkenntnis der Verkehrsregeln entschuldigt nicht. Jeder Verkehrsteilnehmer ist verpflichtet, seine Verkehrstüchtigkeit im Wege der Selbstkontrolle zu überprüfen (z. B. Alkoholgenuss, Nervosität, Sehkraftbeeinträchtigung). Besondere Vorsicht ist gegenüber Kindern, Hilfsbedürftigen und älteren Menschen geboten.

Im Kraftfahrzeug müssen Sicherheitsgurte angelegt werden; bei Kindern unter 12 Jahren und unter 150 cm Körpergröße müssen amtlich genehmigte Rückhalteeinrichtungen für Kinder benutzt werden; ebenso müssen Fahrer und Beifahrer auf Krafträdern (außer sog. Leichtmofas) Schutzhelme tragen (§§ 21, 21 a StVO). Auf Hindernisse in der Fahrbahn muss der Fahrer stets gefasst sein. Besondere Sorgfaltspflichten bestehen beim Ein- und Aussteigen. Bei einem Verkehrsunfall hat jeder Beteiligte zu halten, sich über etwaige Folgen zu vergewissern und den Verkehr zu sichern; seine Beteiligung am Unfall muss er anderen Beteiligten oder Geschädigten angeben, auf Verlangen mit Personalangaben. Es besteht grundsätzlich Wartepflicht bis zu solchen Feststellungen (sonst ist die Anschrift zu hinterlassen); bei entschuldigtem Entfernen, z. B. um Verletzte ins Krankenhaus zu bringen, sind die Feststellungen nachträglich, z. B. durch Meldung bei der Polizei, zu ermöglichen (§ 34 StVO). Unerlaubtes Entfernen ist strafbar (§ 142 StGB).

Fahrzeuge haben die rechte Fahrbahn einzuhalten und möglichst weit rechts zu fahren (§ 2 StVO); Abweichungen hiervon sind je nach Verkehrsdichte zulässig, ebenso dass rechts schneller gefahren wird als links. Innerhalb geschlossener Ortschaften können Pkw und kleinere Lkw den Fahrstreifen frei wählen (§ 7 StVO). Beim Überholen darf der Mindestabstand von 1,5 m erheblich überschritten werden, wenn der Gegenverkehr es zulässt. Der zu Überholende darf seine Geschwindigkeit nicht erhöhen (§ 5 StVO). Wer einbiegen will, muss dies rechtzeitig durch den Fahrtrichtungsanzeiger zu erkennen geben; er hat sich frühzeitig möglichst weit rechts bzw. (vor Linkseinbiegen) zur Fahrbahnmitte einzuordnen. Fußgänger müssen die Gehwege und, wenn das nicht möglich ist, den Fahrbahnrand benutzen; auf diesem müssen sie bei Dunkelheit oder schlechter Sicht einzeln hintereinander und außerhalb geschlossener Ortschaften links gehen (§ 25 StVO).

Die **Geschwindigkeit** richtet sich nach den Straßen-, Verkehrs-, Sicht- und Wetterverhältnissen sowie nach den persönlichen Fähigkeiten des Fahrzeugführers und nach den Eigenschaften von Fahrzeug und Ladung (§ 3 StVO). Der Abstand von voranfahrenden Fahrzeugen muss so sein, dass bei plötzlichem Bremsen des Vorausfahrenden noch rechtzeitig angehalten werden kann (§ 4 StVO); für den Anhalteweg sind Reaktions- und Bremsenansprechzeit sowie der erforderliche Bremsweg zu berücksichtigen. Der erforderliche Anhalteweg darf nicht größer sein als die Sichtweite. Eine Schrecksekunde billigt die Rechtsprechung nur bei schuldloser Überraschung durch eine Verkehrsgefahr zu, während die natürliche Reaktionszeit auf unvorhersehbare Ereignisse stets in Anspruch genommen werden kann. Ein geblendeter Fahrer muss rechts heranfahren und seine Geschwindigkeit auf sofortiges Anhalten einstellen. Geschwindigkeitsbegrenzungen sind für geschlossene Ortschaften (50 km/Std), außerhalb solcher für größere Kraftfahrzeuge. festgelegt (§ 3 Abs. 3 StVO); sie sind auch beim Überholen einzuhalten. Andererseits darf nicht verkehrsbehindernd langsam gefahren werden. Auf Autobahnen sowie außerhalb geschlossener Ortschaften auf Straßen mit getrennten Fahrbahnen in einer Richtung und Straßen mit zwei Fahrbahnen in beiden Richtungen gilt eine empfohlene, nicht rechtsverbindliche „Richtgeschwindigkeit" von 130 km/Std (VO vom 21. 11. 1978, BGBl. I 1824). Die Überschreitung der Richtgeschwindigkeit kann nach der Rechtsprechung des BGH auch bei ansonsten unverschuldetem Unfall zu einer Schadensersatzpflicht führen. Das Mitführen von Radarwarn- oder Laserstörgeräten, um Verkehrsüberwachungsmaßnahmen anzuzeigen oder zu stören, ist verboten (§ 23 StVO). Das Telefonieren im Kraftfahrzeug ist nur mit Freisprechanlage oder Headset zulässig.

Für die **Vorfahrt** gilt die allgemeine Regel: „rechts vor links", falls keine Verkehrszeichen angebracht sind oder der Verkehr durch besondere Zeichen geregelt ist (§ 8 StVO). Jedoch verbietet die Rücksichtspflicht, die Vorfahrt zu erzwingen. An unübersichtlichen Kreuzungen mit gleichberechtigten Straßen (anders bei geregelter Vorfahrt im städtischen Verkehr) müssen beide Verkehrsteilnehmer warten, bis sie Überblick gewonnen haben. An Fußgängerüberwegen (die nur benutzt werden müssen, wenn die Verkehrslage es erfordert, sowie an Kreuzungen und Einmündungen) ist, wenn der Fußgänger zu erkennen gibt, dass er die Straße überqueren will, langsam zu fahren und nötigenfalls zu halten; Überholen ist verboten. Das gilt nicht für Schienenbahnen (§ 26 StVO). Im Kreisverkehr hat i. d. R. der Verkehr auf der Kreisfahrbahn Vorfahrt, bei der Einfahrt ist die Benutzung des Fahrtrichtungsanzeigers nicht zulässig (§ 9 a StVO). Auch in verkehrsberuhigten Bereichen haben Fußgänger den Vorrang vor dem Fahrverkehr; gekennzeichnete Fußgängerbereiche sind Fußgängern vorbehalten.

Halten ist unzulässig vor allem an engen und unübersichtlichen Stellen, im Bereich scharfer Kurven, auf Fußgängerüberwegen oder bis 5 m davor, auf Bahnübergängen und an gekennzeichneten Stellen. Das Parken, d. h. Halten länger als 3 Min. oder unter Verlassen des Fahrzeugs, ist ferner untersagt bis 5 m vor und hinter Kreuzungen und Einmündungen sowie bis 15 m vor und hinter Haltestellenschildern, an Grundstücksein- und -ausfahrten sowie an bestimmten sonstigen Stellen, wo es gefährdend oder behindernd wirkt. Parkuhren und Parkscheinautomaten sind Ausdruck eines Parkverbots mit Einschränkung für die Dauer des

Laufens der Uhr; Benutzung einer Parkscheibe ist mit gleicher Wirkung innerhalb eines bezirklichen Zonenhalteverbots oder an gekennzeichneter Stelle gestattet (§§ 12, 13 StVO). An Haltestellen darf, wenn der haltende Omnibus die Warnblinkanlage eingeschaltet hat, nur Schrittgeschwindigkeit gefahren und nicht überholt werden (§ 20 StVO).

Zuwiderhandlungen gegen die meisten Gebote und Verbote der StVO (vgl. § 49 i.V.m. § 24 StVG) können als **Ordnungswidrigkeiten** mit Geldbuße, bei grober oder beharrlicher Pflichtverletzung auch mit Fahrverbot geahndet werden (§§ 24 ff. StVG ➢ s. auch Nr. 396). Die Geldbußen werden nach der BKatV festgesetzt. Diese VO enthält die häufigsten Verkehrsverstöße und die für sie im Regelfall, d.h. bei fahrlässiger Begehung und gewöhnlichen Tatumständen, festzusetzenden Geldbußen (Regelsätze), so z.B. bei Missachtung von Rotlicht 50 Euro (bei Gefährdung anderer oder Sachbeschädigung 125 Euro, 4 Punkte und 1 Mon. Fahrverbot), bei überhöhter Geschwindigkeit je nach km/St und Ort (innerhalb oder außerhalb geschlossener Ortschaften) sowie sonstigen Umständen (z.B. Unübersichtlichkeit der Straße, Nebel, geringe Sichtweite o.ä.) 15–425 Euro und u.U. Fahrverbot, bei verbotswidrigem Überholen 30–125 Euro und u.U. Fahrverbot. Die Regelsätze erhöhen sich bei Vorliegen einer Gefährdung oder Sachbeschädigung. Rechtskräftige Entscheidungen wegen einer Verkehrsordnungswidrigkeit werden in das Verkehrszentralregister ➢ s. Nr. 397, eingetragen, wenn eine Geldbuße von mindestens 40 Euro festgesetzt worden ist. Wenn in einem Bußgeldverfahren wegen eines Halt- oder Parkverstoßes der verantwortliche Fahrer nicht ermittelt werden kann, so werden dem Halter die Kosten des Verfahrens auferlegt (§ 25 a StVG).

Zu Straftaten im Straßenverkehr und den dortigen Sanktionsmöglichkeiten ➢ s. Nrn. 391, 395, 396.

In der StVO geregelt sind Aussehen und Bedeutung aller Verkehrszeichen sowie die Zuständigkeit der Straßenverkehrsbehörden, also wer zum Vollzug des Straßenverkehrsrechts, z.B. des Aufstellens von Verkehrsschildern, berechtigt ist.

c) Die FeV und die StVZO

Die FeV regelt die Zulassung von Personen zum Straßenverkehr, also die Voraussetzungen für das Erteilen einer Fahrerlaubnis sowie deren Rechtsfolgen, die StVZO betrifft die Zulassung der Kraftfahrzeuge.

Nach § 1 FeV darf zwar jedermann am Verkehr auf öffentlichen Straßen teilnehmen, z.B. als Fußgänger oder Fahrradfahrer, wer aber ein Kraftfahrzeug führt, bedarf der Erlaubnis, wobei der Führerschein stets mitzuführen ist (§ 4 FeV).

Die Fahrerlaubnis wird in 11 Klassen erteilt (§ 6), in Abhängigkeit zu Hubraum, Gesamtmasse oder Sitzplatzanzahl des Fahrzeugs. Das Mindestalter für die Erteilung einer Fahrerlaubnis beträgt für Leichtkrafträder und Zugmaschinen (Klassen A1, M, L, T) 16 Jahre, im Übrigen (Klassen A, B, BE, C, C1, CE und C1E) grds. 18 Jahre (Ausnahme: 17 Jahre in Begleitung eines bestimmten Erwachsenen) und, insbes. bei Personenbeförderung (Klassen D, D1, DE, D1E) 21 Jahre. Auch bestimmte ausländische Fahrerlaubnisse berechtigen zum Führen von Kraftfahrzeugen im Inland.

Nach der StVZO besteht für alle Kraftfahrzeuge und Anhänger eine Zulassungspflicht. Die Zulassung erfolgt durch Erteilung einer Betriebserlaubnis oder einer EG-Typgenehmigung. Ausnahmen gelten für solche, von denen geringere Gefahren ausgehen, z.B. bei Höchstgeschwindigkeit von 6 km/h sowie bei Kleinkrafträdern, Leichtkrafträdern und Fahrrädern mit Hilfsmotor (§§ 16 ff.). Für reihenweise gefertigte Kraftfahrzeuge kann eine allgemeine Betriebserlaubnis erteilt werden (§ 20).

Auf Grund der Betriebserlaubnis wird ein Fahrzeug(Anhänger)brief ausgefertigt; er dient als Grundlage für die Zuteilung des amtlichen **Kennzeichens**; diese ist bei der Zulassungsbehörde zu beantragen, in deren Bezirk das Kraftfahrzeug seinen regelmäßigen Standort (Heimatort) haben soll. Seit Januar 1995 ist auch das sog. EURO-Kennzeichen (§ 60 StVZO) zugelassen. Nach Zuteilung des Kennzeichens wird ein Fahrzeug(Anhänger)schein mit Angaben über den Halter ausgestellt (§§ 23, 24 StVZO). Auf Antrag ist auch ein sog. Saisonkennzeichen zuzuteilen (§ 23 StVZO). Dieses gilt jeweils für einen nach vollen Monaten bemessenen Zeitraum und kann jedes Jahr in dem festgelegten Zeitraum auch wiederholt verwendet werden. Mit rotem Kennzeichen dürfen Prüfungs-, Probe- und Überführungsfahrten auch ohne Betriebserlaubnis ausgeführt werden (§ 28 StVZO). Die Halter von Fahrzeugen müssen in angemessenen Zeitabständen (i. d. R. 2 Jahre, für Lkw, Omnibusse, Taxis usw. 1 Jahr) die Vorführung der Kraftfahrzeuge und Anhänger zur technischen Überprüfung veranlassen, die durch eine **Prüfplakette** nachzuweisen ist (§ 29 StVZO).

Die StVZO enthält weiter Bau- und Betriebsvorschriften. Jedes Kraftfahrzeug muss für den verkehrsüblichen Betrieb verkehrssicher gebaut und ausgerüstet sein und in betriebssicherem und straßenschonendem Zustand gehalten werden. Hierfür sind Kraftfahrzeugführer und -halter verantwortlich; letzteren trifft insbesondere eine Überwachungspflicht (§§ 30, 31 StVZO). Bei Verkehrsverstößen kann dem Kraftfahrzeughalter die Führung eines Fahrtenbuches auferlegt werden, wenn der Fahrer nicht festzustellen war (§ 31 a StVZO). Im Interesse der Verkehrssicherheit und zur Verhütung vermeidbarer Belästigungen bestimmt § 22 a StVZO, dass bestimmte Teile von Kraftfahrzeugen und Anhängern in einer amtlich genehmigten Bauart ausgeführt sein müssen. Die Verwendung von Spikes-Reifen ist nicht mehr zulässig. Der Bleigehalt der Otto-Kraftstoffe für Kraftfahrzeugmotoren ist durch das Benzinbleigesetz begrenzt. Autofahrer, die ein Kraftfahrzeug mit Fremdzündungsmotor oder Kompressionszündungsmotor besitzen, müssen in regelmäßigen Zeitabständen durch eine Abgasuntersuchung feststellen lassen, ob der Motor ihres Kraftfahrzeugs zur Minimierung der Schadstoffemission richtig eingestellt ist. Die Abgasuntersuchung wird vom Technischen Überwachungsverein (TÜV) oder anerkannten Kfz-Werkstätten durchgeführt und durch eine Prüfplakette am vorderen Kfz-Kennzeichen bescheinigt (§ 47 a StVZO).

Zuwiderhandlungen gegen Vorschriften der StVZO können als Ordnungswidrigkeiten geahndet werden. Beim Kraftfahrt-Bundesamt wird ein Zentrales Fahrzeugregister über die Fahrzeuge geführt, für die ein Kennzeichen zugeteilt worden ist (§§ 31 ff. StVG).

Das Internationale Abkommen über Kraftfahrzeugverkehr regelt die Zulassung und Kennzeichnung von Kraftfahrzeugen sowie die Fahrerlaubnis im zwischenstaatlichen Verkehr. Die innerstaatliche VO über internationalen Kraftfahrzeugverkehr behandelt Zulassung und Kennzeichnung ausländischer Kraftfahrzeuge.

Das Kraftfahrsachverständigengesetz bestimmt die Voraussetzungen, unter denen Kraftfahrsachverständige und Prüfer für den Kraftfahrzeugverkehr amtlich anerkannt werden können, und regelt das Prüfungsverfahren. Das Fahrlehrergesetz regelt die Voraussetzungen für die Erteilung der Fahrlehrererlaubnis und der Fahrschulerlaubnis sowie die Anerkennung von Fahrlehrerausbildungsstätten und die Überwachung durch Landesbehörden.

Für Kraftfahrzeughalter besteht eine **Pflicht zum Abschluss einer Haftpflichtversicherung** – auch zugunsten des Eigentümers und des Fahrers – zwecks Deckung der durch den Gebrauch des Kraftfahrzeugs entstehenden Personen-, Sach- und sonstigen Vermögensschäden nach Maßgabe des PflVG.

178 | Das Personenbeförderungsgesetz

Nach dem PBefG bedarf eine Vielzahl von Personenbeförderungen der vorherigen **Genehmigung**, und zwar immer dann, wenn eine Personenbeförderung mit Straßen-, Untergrund- oder Schwebebahnen, Oberleitungsomnibussen oder Kraftfahrzeugen entgeltlich oder geschäftsmäßig erfolgt. Erfasst sind damit sowohl der **Linienverkehr**, etwa die Beförderungen von Arbeitnehmern durch werkseigene Busse vom Wohnort zur Arbeitsstelle (Berufsverkehr) oder von Schülern zur Schule (Schülerfahrten), als auch der **Gelegenheitsverkehr**, also der Betrieb eines Taxis oder eines Reisebusunternehmens („Kaffeefahrten", Fern- oder Ausflugsreisen).

Der Genehmigungspflicht unterworfen ist bei Straßen-, Untergrund- und Schwebebahnen sowie bei Oberleitungsomnibussen der Bau, der Betrieb und die Linienführung, beim Linienverkehr mit Kraftfahrzeugen die Linienführung und der Betrieb. Das bedeutet, dass ein Unternehmer, dessen Schülerbus bisher von der Gemeinde A nach B und dann nach C fährt, einer neuen Genehmigung bedarf, wenn er künftig zuerst von B nach D und dann von A nach C fahren möchte. Genehmigungspflichtig ist auch jede Änderung der Beförderungsentgelte oder des Fahrplans, also der Abfahrtszeiten. **Unternehmer** nach dem PBefG kann nur sein, wer zuverlässig und fachlich geeignet ist, wird ihm doch durch die Personenbeförderung eine Mehrzahl von Menschen anvertraut. Beim Betreiben eines Taxigewerbes sind zudem die Nachfrage nach weiteren Unternehmern und die Taxidichte zu berücksichtigen.

Für Straßen-, Untergrund-, Schwebebahnen und Oberleitungsomnibusse erfolgt die Genehmigung in einem besonderen Verfahren, da bauliche Maßnahmen wie Gleise, Tunnel oder elektrische Leitungen erforderlich sind. Es kommt in der Regel zu einem Planfeststellungsverfahren ➢ s. Nr. 148 c), in dem alle öffentlichen und privaten Belange einschließlich der Umweltverträglichkeit zu berücksichtigen sind.

Der Personenbeförderungsunternehmer ist verpflichtet, den Betrieb aufzunehmen und aufrechtzuerhalten. Selbst wenn etwa an einem Samstag nur wenige Menschen mit dem Bus fahren wollen, muss der Unternehmer die Fahrt durchführen. Er kann sich nur dann vom weiteren Betrieb entbinden lassen, wenn die wirtschaftliche Lage ein Weiterführen des Betriebs insgesamt unzumutbar macht. Hierzu ist aber eine Genehmigung der zuständigen Behörde erforderlich. Der Unternehmer darf auch keinen Fahrgast abweisen, wenn dieser die Beförderungsbedingungen einhält. Selbst ein notorischer „Schwarzfahrer" kann nicht mit einem „Busverbot" belegt werden, wenn er jetzt eine Fahrkarte löst. Der Unternehmer unterliegt während der ganzen Zeit des Personenbeförderungsbetriebs der Aufsicht der Genehmigungsbehörde, die jederzeit im Unternehmen Prüfungen und Ermittlungen anstellen darf.

179 | Der Güterkraftverkehr

Unter Güterkraftverkehr wird die geschäftsmäßige oder entgeltliche Beförderung von Gütern mit Kraftfahrzeugen, die einschließlich Anhänger ein höheres zulässiges Gesamtgewicht als 3,5 t haben, verstanden (§ 1 Abs. 1 GüKG). Der Güterkraftverkehr ist **genehmigungspflichtig**, es sei denn es handelt sich um Werksverkehr, der nur dann vorliegt, wenn die beförderten Güter im Eigentum des Transporteurs stehen, die Beförderung mit seinen eigenen Kraftfahrzeugen und eigenem Personal erfolgt und die Güter zum Unternehmen angeliefert oder vom Unternehmen versandt werden. Hierunter fällt etwa die Anlieferung von zuvor gekaufter Milch an eine Molkerei mit Fahrzeugen der Molkerei. Im Hinblick auf die fortschreitende Tendenz zum Auslagern von Unternehmensaufgaben („Outsourcing") auf Dritte (Fremdfirmen), hat die Bedeutung des Werksverkehrs heute abgenommen.

Die Genehmigung für den Güterkraftverkehr erhält nur, wer zuverlässig, fachlich geeignet und finanziell leistungsfähig ist. Sie ist zunächst auf fünf Jahre befristet, bei Verlängerung unbefristet (§ 3 GüKG). Neben der deutschen Genehmigung nach dem GüKG berechtigen auch **europäische Genehmigungen** für den Gütertransport in EU-Staaten sowie im grenzüberschreitenden Verkehr. Daher können Transportunternehmer etwa aus den Niederlanden Gütertransporte in der BRep. abwickeln. Die jeweiligen Genehmigungen sind stets im LKW mitzuführen, eine Haftpflichtversicherung auch für das Transportgut ist abzuschließen.

Die Überwachung in- und ausländischer Transportunternehmer erfolgt durch das **Bundesamt für Güterverkehr** (§ 11 GüKG). Hierzu können auf Straßen und an Tankstellen Stichproben durchgeführt werden sowie bei den Unternehmen Unterlagen eingesehen werden, ggfs. kann auch die Weiterfahrt untersagt werden. Alle Transportunternehmer werden in einer Unternehmensdatei (§ 15 GüKG) geführt, zudem besteht eine „schwarze Liste" beanstandeter Firmen (§ 16 GüKG), anhand deren die weitere Zuverlässigkeit beurteilt werden kann. Ggfs. wird die Genehmigung widerrufen.

Besondere Vorschriften gelten für die Beförderung gefährlicher Güter, von denen also Gefahren für die öffentliche Sicherheit und Ordnung sowie die Natur ausgehen können, etwa von Öl oder giftigen Chemikalien (s. GGBefG). Solche **Gefahrguttransporte** bedürfen je nach Art der Gefährlichkeit des beförderten Gutes besonderer Genehmigungen sowie Kennzeichnung, Schutzmaßnahmen und Begleitung durch weitere Fahrzeuge. Gefahrguttransporte sind regelmäßig durch ein orangefarbiges Schild gekennzeichnet, auf der durch eine Zahlenkombination der transportierte Stoff vermerkt ist, damit im Fall eines Unfalls Feuerwehr und Einsatzkräfte sofort die Zusammensetzung und die Gefährlichkeit des Gutes erkennen können.

180 | Das Luftfahrtrecht

a) Allgemeines

Obwohl nach § 1 Abs. 1 LuftVG die Benutzung des Luftraums durch Luftfahrzeuge als frei bezeichnet wird, sind für Flugzeuge, Luftschiffe, Hubschrauber, Segelflugzeuge, Ballone, Fallschirme und selbst für bestimmte Drachen und Modellflugzeuge eine Vielzahl von Vorschriften zu beachten. So dürfen deutsche Luftfahrzeuge nur verkehren, wenn sie, d. h. ein Muster des Luftfahrzeugs, zum Luftverkehr zugelassen sind (**Musterzulassung**), was eine eingehende Prüfung der Verkehrssicherheit erfordert. In der Regel erfolgt dann eine Eintragung in die **Luftfahrzeugrolle**, einem besonderen Register (§§ 1c, 2, 3 LuftVG). Deutsche Luftfahrzeuge müssen das Staatszugehörigkeitszeichen und eine weitere besondere Kennzeichnung tragen (z. B. D – AGID). Ähnlich dem Führerschein für Kraftfahrzeuge bedarf auch jeder, der ein Luftfahrzeug führt oder bedient (Luftfahrer), der Erlaubnis. Voraussetzung ist das Durchlaufen einer Flugausbildung bei einem Fluglehrer (§§ 4, 5 LuftVG).

Genehmigungspflichtig ist auch der Bau und Betrieb von Flughäfen und Landeplätzen. Die Prüfung erfolgt in einem besonderen Verwaltungsverfahren, in dem auch die Umweltverträglichkeit geprüft wird: dem **Planfeststellungsverfahren** (§§ 6 ff. LuftVG) ➤ s. auch Nr. 148 c). Um jeden Flughafen gelten besondere Baubeschränkungen (Bauhöhen) und Sicherheitsbestimmungen. Zudem sind zum Schutz des Flugverkehrs hohe Bauwerke mit Lichtkennzeichen zu versehen.

Wie bei der Personen- und Güterbeförderung durch Schienen- und Kraftfahrzeuge ➤ s. Nr. 178, bedarf sowohl der Betrieb eines gewerblichen Luftfahrtunternehmens, d. h. einer Fluggesellschaft, als auch die öffentliche und regelmäßige Beförderung von Personen und Gütern auf bestimmten Linien der Genehmigung (§§ 20, 21 LuftVG).

Zur Vereinheitlichung der Regelungen des Flugverkehrs sowie zur Bekämpfung der Luftpiraterie hat die BRep. zahlreiche internationale Abkommen geschlossen.

b) Die Luftverkehrsverwaltung

Nach Art. 87 d GG wird die Luftverkehrsverwaltung in bundeseigener Verwaltung geführt, wobei durch Gesetz auch Aufgaben auf die Länder als Auftragsverwaltung ➤ s. Nr. 72 b), übertragen werden können. Seit 1955 besteht das Luftfahrt-Bundesamt in Braunschweig als Bundesoberbehörde, das die Luftfahrzeuge und das Personal auf Sicherheit und Tauglichkeit prüft und überwacht. Die Aufgaben der Flugverkehrslenkung und -überwachung obliegen der **Flugsicherung**, die früher in den Händen der Bundesanstalt für Flugsicherung – einer Bundesoberbehörde – lag. Seit 1993 ist die Flugsicherung privatisiert und obliegt der Deutschen Flugsicherung GmbH, einem Unternehmen des Bundes.

c) Europäische Luftverkehrspolitik

Der Luftverkehr innerhalb der EU ist weitestgehend liberalisiert. Preis- und Luftfrachtraten dürfen sich nur aus dem freien Wettbewerb ergeben; Preisabsprachen sind unzulässig. Jedes Luftfahrtunternehmen innerhalb der EU ist grundsätzlich zu allen Flughäfen in der EU zugelassen und kann auch durch Zwischenlandungen sein Fracht- und Passagieraufkommen steigern.

d) Das Luftsicherheitsgesetz

Nach den Anschlägen vom 11. 9. 2001 suchte die Politik nach administrativen Möglichkeiten zum **Schutz vor Terroranschlägen mit entführten Flugzeugen**. Nach § 5 LuftSiG können die Flugsicherheitsbehörden alle Flugpassagiere einschließlich ihres Gepäcks und auch alle bei Flugplätzen und Fluggesellschaften Beschäftigten besonders überprüfen. Bestimmte Gegenstände dürfen nicht in ein Flugzeug mitgeführt werden. Zudem sind alle Flugplätze gegen unbefugten Zutritt gesondert zu sichern.

Soweit in § 14 Abs. 3 LuftSiG die BReg. ermächtigt war, gegen ein entführtes Flugzeug, das als Waffe gegen Menschen oder Städte eingesetzt werden sollte, notfalls militärische Mittel in der Form eines Abschusses des Zivilflugzeuges durch ein Kampfflugzeug der Bundeswehr einzusetzen, wurde dies vom BVerfG als mit dem GG unvereinbar angesehen. Militärflugzeuge dürfen aber im Wege der Amtshilfe für die Polizei versuchen, das entführte Flugzeug abzudrängen oder zur Landung zu zwingen (§ 14 Abs. 1 LuftSiG).

181 | Das Schifffahrtsrecht

a) Die Gesetzgebungs- und Verwaltungskompetenzen

Für die Schifffahrt auf Binnenwasserstraßen (Binnenschifffahrt) sowie für die Schifffahrt auf Hoher See und Seewasserstraßen (Seeschifffahrt) steht dem Bund gem. Art. 74 Nr. 21 GG die konkurrierende Gesetzgebungszuständigkeit zu. Der Bund nimmt zudem nach Art. 89 Abs. 2 Satz 2 GG die überregionalen Aufgaben der Binnen- und der Seeschifffahrt wahr. Die staatlichen Verwaltungsaufgaben werden nach dem BinSchAufgG und dem SeeAufgG im Wesentlichen durch die Behörden der Wasser- und Schifffahrtsverwaltung des Bundes ➢ s. Nr. 102, wahrgenommen.

b) Die Binnenschifffahrt

Binnenschifffahrt ist die Schifffahrt (auch mit Seeschiffen) auf Binnenwasserstraßen. Nach dem BinSchAufgG obliegen dem Bund auf Binnenwasserstraßen, das sind die großen schiffbaren Flüsse und Kanäle, die Schifffahrtspolizei, die Erteilung von Erlaubnissen zum Befahren, die Schiffseichung (Vermessung) und die Zulassung von Wasserfahrzeugen. So bedarf jedes Befahren einer Bundeswasserstraße der Genehmigung, es sei denn, das Schiff ist im Schiffsregister eingetragen oder die Fahrt dient Sport- und Erholungszwecken.

c) Die Seeschifffahrt

Der Bund fördert die deutsche Handelsflotte im nationalen Interesse, ihm obliegt nach dem SeeAufgG auch die Schifffahrtspolizei auf See sowie die Überwachung der Verkehrs- und Betriebssicherheit der Wasserfahrzeuge, die Untersuchung von Seeunfällen, der nautische Dienst und die Überwachung der Schiffsbesatzung. Seeunfällen werden von speziellen Seeämtern untersucht. Zur Vermeidung von Unfällen auf Hoher See bestehen internationale Vereinbarungen.

182 | Das Waffenrecht

a) Waffenrecht

Aufgrund der von Waffen (Schusswaffen, Hieb- und Stoßwaffen sowie andere Gegenstände, § 1 Abs. 2 und 4 WaffG) ausgehenden Gefahren insbesondere für Leben und Gesundheit unterliegt der Umgang mit ihnen sowie mit Munition zahlreichen Beschränkungen. Die wichtigste gesetzliche Grundlage hierfür bildet das nicht zuletzt aufgrund des Amoklaufs von Erfurt novellierte WaffG.

Zahlreiche Gegenstände, die bisher weder erlaubnispflichtig noch verboten waren, bedürfen seit dem 1. 4. 2003 einer Genehmigung oder sind generell verboten. Zu letzteren zählen etwa Faustmesser, Pumpguns mit Pistolengriff, Wurfsterne, bestimmte Elektroschockgeräte sowie Butterfly-Messer (§ 2 Abs. 2 WaffG). Für andere, in einer Anlage zum WaffG aufgeführte Gegenstände bedarf es einer Erlaubnis, und zwar als Waffenbesitzkarte zum Erwerb und Besitz, als Waffenschein für das Führen sowie als Erlaubnisschein für das Schießen (§ 10 WaffG). Eine Erlaubnis wird grundsätzlich nur erteilt, wenn der Antragsteller die erforderliche Zuverlässigkeit und Sachkunde, die persönliche Eignung und ein Bedürfnis sowie den Abschluss einer Haftpflichtversicherung nachgewiesen hat (§ 4 WaffG). Waffen und Munition müssen besonders gesichert verwahrt werden (§ 36 WaffG).

Von diesen allgemeinen Voraussetzungen enthält das WaffG Ausnahmetatbestände. So ist etwa der Erwerb und Besitz von Gas- oder Schreckschusswaffen erlaubnisfrei, nicht aber das Führen in der Öffentlichkeit. Hierfür bedarf es eines sog. Kleinen Waffenscheins, für dessen Erteilung es einer Prüfung der Sachkunde sowie des Nachweises eines Bedürfnisses und einer Haftpflichtversicherung nicht bedarf. Erleichterungen für das Erteilen von Waffenschein und Waffenbesitzkarte bestehen nach §§ 13 ff. WaffG auch für Jäger, für Sportschützen, im Rahmen der Brauchtumspflege (Gebirgsschützen), für Waffensachverständige, für Mitarbeiter von Bewachungsunternehmen und für besonders gefährdete Personen (Politiker, Wirtschaftsrepräsentanten).

Neben Regelungen zum Umgang mit Waffen und Munition normiert das WaffG auch die Voraussetzungen für die Genehmigung zum gewerbsmäßigen Herstellen von Waffen sowie für Waffenhändler und Betreiber von Schießstätten. Zudem enthalten die §§ 51 ff. WaffG Strafvorschriften.

b) Kontrolle von Kriegswaffen

Nach Art. 26 Abs. 1 GG sind Handlungen, die geeignet sind, das friedliche Zusammenleben der Völker zu stören, insbesondere einen Angriffskrieg vorzubereiten, verfassungswidrig; sie sind unter Strafe zu stellen. Waffen, die zur Kriegführung bestimmt sind, dürfen gemäß Art. 26 Abs. 2 GG nur mit Genehmigung der BReg. hergestellt, befördert und in Verkehr gebracht werden. Hierzu ist das Ausführungsgesetz zu Art. 26 Abs. 2 des Grundgesetzes (Gesetz über die Kontrolle von Kriegswaffen) i. d. F. der Bek. vom 22. 11. 1990 (BGBl. I 2506) ergangen. Zusatzregelungen enthält das Ausführungsgesetz zum Chemiewaffenübereinkommen vom 2. 8. 1994 (BGBl. I 1954), um die Verpflichtungen Deutschlands aus dem Übereinkommen über das Verbot der Entwicklung, Herstellung, Lagerung und des Einsatzes chemischer Waffen und über die Vernichtung solcher Waffen vom 13. 1. 1993 erfüllen zu können.

Nach der Begriffsbestimmung in § 1 sind zur Kriegführung bestimmte Waffen (Kriegswaffen) die in der Anlage zu dem Gesetz im Einzelnen aufgeführten Gegenstände, Stoffe und Organismen (Kriegswaffenliste). Die Kriegswaffenliste ist unterteilt in Teil A (Kriegswaffen, auf deren Herstellung die BRep. verzichtet hat – Atomwaffen, biologische und chemische Waffen) und Teil B (sonstige Kriegswaffen, wie z. B. Raketen, Kampfflugzeuge, Kriegsschiffe, Kampfpanzer, Gewehre, Munition u. a.). Die Herstellung, das Inverkehrbringen, die Beförderung von Kriegswaffen innerhalb des Bundesgebiets oder auf deutschen Seeschiffen sowie die Vermittlung von Auslandsgeschäften über Kriegswaffen bedarf der Genehmigung (§§ 2, 3, 4, 4 a). Ausnahmen gelten für die Bundeswehr, die Polizeien des Bundes und den Zollgrenzdienst sowie die übrigen für die Aufrechterhaltung der öffentlichen Sicherheit zuständigen Behörden (§ 15). Die Genehmigung kann versagt werden, wenn Grund zu der Annahme besteht, dass ihre Erteilung dem Interesse der BRep. an der Aufrechterhaltung guter Beziehungen zu anderen Ländern zuwiderlaufen würde (§ 6 Abs. 2 Nr. 1); sie muss versagt werden, wenn die Gefahr besteht, dass die Waffen bei einer friedensstörenden Handlung, besonders bei einem Angriffskrieg, verwendet werden oder wenn die Genehmigungserteilung völkerrechtliche Verpflichtungen der BRep. verletzen würde oder wenn der Antragsteller die notwendige Zuverlässigkeit nicht besitzt (§ 6 Abs. 3). Die Genehmigung kann in bestimmten Fällen als allgemeine Genehmigung durch RechtsVO erteilt werden (§ 8 Abs. 1). Die Genehmigung kann jederzeit widerrufen werden (§ 7 Abs. 1). Für die Erteilung und den Widerruf einer Genehmigung ist die Bundesregierung zuständig; sie kann diese Zuständigkeit durch RechtsVO – je nach Zuständigkeitsbereich – auf die Bundesminister der Verteidigung, der Finanzen, des Innern und für Wirtschaft und Technologie übertragen (§ 11). Das Gesetz sieht ferner bestimmte Sorgfalts- und Überwachungspflichten vor (§§ 12 ff.). Überwachungsbehörden sind die Bundesminister für Wirtschaft und Technologie, für Verkehr, Bau- und Stadtentwicklung sowie der Finanzen und die von ihm bestimmten Zolldienststellen. Der BMWi kann durch Rechtsverordnung seine Überwachungsbefugnisse auf das Bundesamt für Wirtschaft und Ausfuhrkontrolle übertragen (§ 14). Siehe hierzu auch die KriegswaffenmeldeVO vom 24. 1. 1995 (BGBl. I 92). Die Entwicklung, Herstellung, Ein- und Ausfuhr, Beförderung, Überlassung sowie der Besitz u. ä. sind bezüglich Atomwaffen sowie biologischer und chemischer Waffen sowie hinsichtlich Antipersonenminen verboten (§§ 17, 18, 18 a) und unter Strafe gestellt (§§ 19, 20, 20 a).

183 | Wehrverfassung, Wehrrecht und Zivildienst

a) Entwicklung des Wehrrechts

Auf Grund der Pariser Verträge ist die BRep. verpflichtet, zur Verteidigung der Freien Welt beizutragen. Zur Verwirklichung dieser Verpflichtung und zur Einleitung der Wehrgesetzgebung erging zunächst das Gesetz über die vorläufige Rechtsstellung der Freiwilligen in den Streitkräften (Freiwilligengesetz) vom 23. 7. 1955 (BGBl. I 449). Dieses Gesetz stellte eine Übergangslösung dar, um die Bereitschaft der BRep. zur gemeinsamen Verteidigung dem Ausland gegenüber erkennen zu lassen und um der Bundeswehr vorzubereiten.

Das FreiwG wurde abgelöst durch das SoldatenG ➢ s. unten, seine Bestimmungen über die Sicherung des Arbeitsplatzes durch das Ges. über den Einfluss von Eignungsübungen der Streitkräfte auf Vertragsverhältnisse der Arbeitnehmer und Handelsvertreter sowie auf Beamtenverhältnisse vom 20. 1. 1956 (BGBl. I 13). Dieses sog. Eignungsübungsgesetz hält für die zu einer Übung zwecks Auswahl freiwilliger Soldaten Einberufenen Arbeitsplatz, Werkswohnung und Versicherungsverhältnisse aufrecht und schließt Nachteile durch Teilnahme an einer Eignungsübung aus.

Die beim Bund liegende Wehrhoheit wurde durch den mit Gesetz vom 19. 3. 1956 (BGBl. I 111) in das GG eingefügten Art. 17 a verfassungsmäßig verankert. Danach können Gesetze über Wehrdienst und Ersatzdienst bestimmen, dass für die Angehörigen der Streitkräfte und des Ersatzdienstes während der Dienstzeit gewisse Grundrechte eingeschränkt werden. Auf dieser Grundlage ergingen das Gesetz über die Rechtsstellung der Soldaten vom 19. 3. 1956 (BGBl. I 114), das sog. Soldatengesetz, das vor allem die Rechte und Pflichten der Soldaten bestimmt, und das Wehrpflichtgesetz vom 21. 7. 1956 (BGBl. I 651), das die allgemeine Wehrpflicht wieder einführte.

aa) Auslandseinsätze der Bundeswehr

Verfassungsrechtlich ist der Auftrag der Bundeswehr in Art. 87a GG umrissen: danach werden die Streitkräfte zur Verteidigung aufgestellt. Außer zur Verteidigung dürfen die Streitkräfte nur eingesetzt werden, soweit das GG es ausdrücklich zulässt. Strittig war, ob Einsätze der Bundeswehr im Rahmen der Beistandsverpflichtung, die sich aus dem NATO-Vertrag ergibt, auch „out of area"(Auslandseinsätze), d.h. außerhalb des NATO-Vertragsgebiets, verfassungsrechtlich zulässig sind. Ferner wurde in der Verfassungsdiskussion erörtert, ob sich aus der vom GG zugelassenen (vgl. Art. 24 GG) Mitgliedschaft der BRep. in dem kollektiven Sicherheitssystem der UNO ableiten lässt, dass die Bundeswehr bei UN-Einsätzen, also bei friedenserhaltenden UN-Einsätzen ohne Waffeneinsatz, (sog. Blauhelm-Missionen) oder auch bei friedensherstellenden (friedenserzwingenden) Kampfeinsätzen, mitwirken kann. Mit Urteil vom 12. 7. 1994 (BVerfGE 90, 286ff.) hat das Bundesverfassungsgericht festgestellt, dass die Bundesregierung mit der Entsendung von Einheiten der Bundeswehr auf der Grundlage von Beschlüssen der NATO und der WEU, die sich wiederum auf Entschließungen der Vereinten Nationen stützten (Überwachung des Waffen- und Handlesembargos gegen Jugoslawien in der Adria, Awacs-Einsatz zur Sicherung des Flugverbots über Bosnien-Herzegowina, jeweils 1993) oder direkt auf Ersuchen der UN (Somalia) erfolgten, nicht gegen das Grundgesetz verstoßen hat (2 BV E 2/92 u.a.). Das Gericht hat allerdings klargestellt, dass derartige Entsendungsentscheidungen der vorherigen konstitutiven Zustimmung des Bundestages bedürfen. Nur bei Gefahr im Verzuge dürfe die Bundesregierung zur Aufrechterhaltung der Bündnisfähigkeit der BRep. den Einsatz von Streitkräften vorläufig beschließen. Danach müsse das Parlament aber umgehend befasst werden, entsandte Streitkräfte sind, wenn der BT nicht zustimmt, zurückzurufen. Durch das Gesetz über die parlamentarische Beteiligung bei der Entscheidung über den Einsatz bewaffneter Streitkräfte im Ausland (Parlamentsbeteiligungsgesetz) vom 18. 3. 2005 (BGBl. I 775) wurde Form und Ausmaß der Beteiligung des Deutschen Bundestages bei Auslandseinsätzen auf eine gesetzliche Grundlage gestellt. Demnach bedarf der Einsatz bewaffneter Streitkräfte grds. der vorherigen Zustimmung. Diese ist durch die Bundesregierung in bestimmter Form zu beantragen, wobei bei Einsätzen von geringer Intensität und Tragweite ein vereinfachtes Zustimmungsverfahren möglich ist. Keiner vorherigen Zustimmung des Bundestages bedürfen Einsätze bei Gefahr im Verzug. Hier kann eine nachträgliche Zustimmung erteilt werden. Die Bundesregierung hat das Parlament regelmäßig über den Einsatzverlauf zu unterrichten. Der

Bundestag kann eine erteilte Zustimmung widerrufen. Bislang kam es zu Auslandseinsätzen von Einheiten der Bundeswehr in Bosnien-Herzegowina (SFOR/EUFOR), im Kosovo (KFOR), in Mazedonien im Rahmen der NATO-Mission „Amber Fox" und in Afghanistan im Rahmen der UN-Truppe ISAF. Ferner sind bzw. waren Bundeswehreinheiten nach dem Anschlag auf das World-Trade-Center am 11. 9. 2001 im Anti-Terror-Einsatz an der Mission „Enduring freedom" u.a. in Kuwait und am Horn von Afrika im Einsatz. Am 1. 6. 2006 hat der Bundestag der Entsendung von Bundeswehsoldaten für den EU-geführten Einsatz zur Absicherung der Parlaments- und Präsidentenwahlen in der Demokratischen Republik Kongo zugestimmt (EUFOR RD CONGO). Die Bundeswehr ist ferner an zahlreichen (nicht bewaffneten) Beobachtermissionen der UN beteiligt. Mit dem Gesetz zur Änderung wehrpflichtrechtlicher, soldatenrechtlicher, beamtenrechtlicher und anderer Vorschriften vom 24. 7. 1995 (BGBl. I 962) wurden Regelungen für die besondere Auslandsverwendung getroffen.

bb) Aktueller Auftrag der Bundeswehr

Die Bundeswehr ist nicht mehr ausschließlich eine reine Verteidigungsarmee, sie hat nunmehr folgende Aufgabengebiete:

- Sicherung Deutschlands und seiner Bürger; Rettung und Evakuierung
- Verteidigung Deutschlands und der mit Deutschland verbündeten Staaten im Falle eines Angriffs
- Internationale Konfliktverhütung und Krisenbewältigung einschließlich des Kampfes gegen den internationalen Terrorismus außerhalb des Gebietes der Bundesrepublik
- Katastrophenhilfe. Politisch stark diskutiert wird, inwieweit die Bundeswehr neben den bisherigen Möglichkeiten (vgl. Art. 35, 87a Abs. 3 und 4 GG) zur Abwehr drohender Gefahren auch im Innern eingesetzt werden soll. In seiner Entscheidung zum Luftsicherheitsgesetz, das den Abschuss von Flugzeugen, die zu Terrorzwecken eingesetzt werden sollen, durch die Bundeswehr zuließ, hat das Bundesverfassungsgericht am 15. 2. 2006 (1 BvR 357/05) u.a. festgestellt, dass Art. 35 Abs. 2 Satz 2 und Abs. 3 Satz 1 GG es dem Bund nicht erlauben, die Streitkräfte bei der Bekämpfung von Naturkatastrophen und besonders schweren Unglücksfällen mit spezifisch militärischen Waffen einzusetzen.

Dienstflagge, Erkennungszeichen der Flugzeuge. Eine Anordnung des BPräs. vom 25. 5. 1956 (BGBl. I 447) bestimmt als Dienstflagge der Seestreitkräfte der Bundeswehr die Bundesdienstflagge in der Form eines Doppelstanders. Truppendienstfahne ist die Bundesdienstflagge in der durch Anordnung vom 18. 9. 1964 (BGBl. I 817) bestimmten Form. Eine Anordnung vom 1. 10. 1956 (BGBl. I 788) sieht als Erkennungszeichen für die Luftfahrzeuge und Kampffahrzeuge der Bundeswehr ein schwarzes Kreuz mit weißer Umrandung vor.

b) Sicherung der Verteidigung

Zur Sicherung der Verteidigung sind Gesetze ergangen, die es dem Bund ermöglichen, die für den Verteidigungsfall notwendigen Einrichtungen zu schaffen und im Falle eines Angriffs von außen die erforderlichen Abwehrmaßnahmen zu treffen.

aa) Schutzbereiche

Nach dem Schutzbereichgesetz i. d. F. der Bek. vom 7. 12. 1956 (BGBl. I 899) kann das BMVg. zum Schutz und zur Erhaltung von Verteidigungsanlagen nach Anhörung der Landesregierung durch Anordnung, die den Grundstückseigentümern, anderen und dinglich Berechtigten bekannt zu geben ist, ein Gebiet zum Schutzbereich erklären.

Voraussetzung ist, dass der erstrebte Erfolg nicht auf andere Weise oder nicht rechtzeitig oder nur mit unverhältnismäßigen Mitteln erreicht werden könnte. Im Schutzbereich ist die Benutzung von Grundstücken beschränkt. Die Landesbehörde hört zuvor die betroffene Gemeinde (Gemeindeverband) und nimmt zu dem Vorhaben unter Berücksichtigung der Erfordernisse der Raumordnung (Städtebau, Naturschutz, landwirtschaftliche und wirtschaftliche Interessen) Stellung. Will der BMVg. davon abweichen, so unterrichtet er die Landesregierung von seiner Entscheidung. Für entstehende Vermögensnachteile ist angemessene Entschädigung in Geld durch den Bund zu leisten. Die Festsetzung erfolgt durch von den Landesregierungen bestimmte Festsetzungsbehörden, sofern nicht eine gütliche Einigung erzielt wird, mit schriftlichem Bescheid. Dagegen ist binnen zwei Wochen nach Zustellung Beschwerde an die Aufsichtsbehörde gegeben; gegen deren (Beschwerde-)Entscheidung ist binnen zwei Monaten nach Zustellung Klage beim Landgericht, in dessen Bezirk das zum Schutzgebiet erklärte Grundstück liegt, zulässig (§§ 24, 25). Für die Anfechtung der von den Schutzbereichsbehörden erlassenen Verwaltungsakte gilt die Verwaltungsgerichtsordnung (§ 26).

bb) Landbeschaffung

Die Landbeschaffung für Aufgaben der Verteidigung regelt das Landbeschaffungsgesetz i. d. F. der Bek. vom 23. 2. 1957 (BGBl. I 134).

Die Grundstücke sollen nach Möglichkeit frei erworben werden; jedoch ist Enteignung durch die zuständige Landesbehörde gegen Entschädigung durch den Bund zulässig (§§ 2, 10, 17 ff., 28 ff.). Gegen den Enteignungsbeschluss (§ 47) ist der Verwaltungsrechtsweg eröffnet, während über die Höhe der Entschädigung auf Klage die ordentlichen Gerichte entscheiden (§§ 58, 59).

cc) Im Rahmen des **Bundesleistungsgesetzes** können Anforderungen an die Bevölkerung für Verteidigungszwecke (Überlassung beweglicher Sachen oder baulicher Anlagen, Duldung von Einwirkungen usw.) gestellt werden.

dd) Über den Verteidigungsfall, seine Feststellung und die dadurch in Kraft tretende Notstandsverfassung ➢ vgl. Nr. 82. Über den zivilen Bevölkerungsschutz (Katastrophenschutz, Schutzbauten) sowie die Gesetze zur Sicherstellung von Versorgung, Wirtschaft und Verkehr im Verteidigungsfalle ➢ vgl. Nr. 82.

c) Das Soldatengesetz

Das Gesetz über die Rechtsstellung der Soldaten i. d. F. der Bek. vom 30. 5. 2005 (BGBl. I 1482) – Soldatengesetz (SG) – bestimmt einleitend (§§ 1–5 SG) die Begriffe des Soldaten, des Vorgesetzten und des Disziplinarvorgesetzten sowie die Dauer des Wehrdienstverhältnisses und legt die Ernennungs- und Verwendungsgrundsätze fest. Die Bestimmungen über die Dienstgradbezeichnungen und die Uniform der Soldaten erlässt grundsätzlich der BPräs., der auch das Ernennungs- und Gnadenrecht ausübt; diese Befugnisse können auf andere Stellen, z. B. den BMVg., übertragen (delegiert) werden ➢ s. unten m, n).

Gemäß Art. 12a Abs. 4 GG dürfen Frauen auf keinen Fall zum Dienst mit der Waffe verpflichtet werden. Sie können jedoch aufgrund freiwilliger Verpflichtung Waffendienst leisten.

aa) Die **Rechte und Pflichten aller Soldaten** behandeln die §§ 6–36 SG. Der Soldat hat die gleichen Rechte wie jeder andere Staatsbürger; jedoch werden einige Rechte im Rahmen der Erfordernisse des militärischen Dienstes durch seine gesetzlich begründeten Pflichten beschränkt.

Seine **Grundpflicht** ist, der BRep. treu zu dienen und das Recht und die Freiheit des deutschen Volkes tapfer zu verteidigen. Der Soldat muss für die freiheitliche demokratische Grundordnung eintreten. Berufssoldaten und Soldaten auf Zeit, die weitgehend beamtenrechtlichen Grundsätzen unterliegen, leisten einen Diensteid; Soldaten, die auf Grund der Wehrpflicht Wehrdienst leisten, bekennen sich zu ihren Pflichten durch ein feierliches Gelöbnis (§§ 6–9 SG).

Der **Vorgesetzte** soll in Haltung und Pflichterfüllung ein Beispiel geben. Er hat die Pflicht zur Dienstaufsicht und ist für die Disziplin seiner Untergebenen verantwortlich. Er hat auch für diese zu sorgen und darf Befehle nur zu dienstlichen Zwecken und unter Beachtung der Regeln des Völkerrechts, der Gesetze und der Dienstvorschriften erteilen (§ 10 SG).

Die wesentlichen Soldatenpflichten sind: Gehorsam (§ 11 SG), Kameradschaft (§ 12 SG), Wahrheitspflicht (§ 13 SG), Verschwiegenheit (§ 14 SG), keine politische Betätigung im Dienst zugunsten oder zuungunsten einer bestimmten politischen Richtung, wobei das Recht des Soldaten, im Gespräch mit Kameraden seine Meinung zu äußern unberührt bleibt. (§ 15 SG), einwandfreies Verhalten in und außer Dienst (§ 17 SG), Wahrung der Disziplin. Gemeinschaftsunterkunft und -verpflegung sind in § 18 SG behandelt. Über die politische Betätigung außerhalb des Dienstes, insbes. bei Wahlen zu Volksvertretungen, vgl. Erl. des BMVg. i. d. F. vom 18. 11. 1980, VMBl 1980, 533; über das Uniformtragen außerhalb eines Wehrdienstverhältnisses s. § 4a SoldG und VO vom 14. 12. 1999 (BGBl. I 2000, 9) sowie die hierzu ergangenen Uniformbestimmungen i. d. F. der Bek. vom 2. 2. 2000 (VMBl 2000, 55).

Auf Grund der §§ 27, 93 Abs. 1 Nr. 2 SG hat die Bundesregierung eine VO über die Laufbahnen der Soldatinnen und Soldaten (Soldatenlaufbahn VO) erlassen, die i. d. F. der Bek. vom 4. 5. 2005 (BGBl. I 1244) gilt. Zur Führung der Personalakten der Soldaten s. VO vom 31. 8. 1995 (BGBl. I 1159).

Der Soldat hat Anspruch auf Urlaub (§ 28 SG), Geld- und Sachbezüge, Heilfürsorge und Versorgung (§ 30 SG), Fürsorge (§ 31 SG), Dienstzeitbescheinigung oder Dienstzeugnis (§ 32 SG) ➤ vgl. p)–s) über Besoldung, Urlaub, Unterhaltssicherung und Versorgung der ehemaligen Soldaten der Bundeswehr und ihrer Hinterbliebenen.

Die Soldaten erhalten staatsbürgerlichen und völkerrechtlichen Unterricht (§ 33 SG). Das Beschwerderecht, das § 34 Satz 1 SG gewährleistet, ist durch besonderes Gesetz geregelt ➤ vgl. f). Über Vertrauenspersonen bzw. Personalvertretung ➤ vgl. o).

bb) Das Soldatengesetz unterscheidet zwischen Berufssoldaten, Soldaten auf Zeit (in diesen beiden Gruppen sind auch Frauen) und Soldaten, die auf Grund der Wehrpflicht Wehrdienst leisten. Die Voraussetzungen für die Begründung des Dienstverhältnisses eines Berufssoldaten oder eines Soldaten auf Zeit regeln die §§ 37ff. SG. Begründung des Dienstverhältnisses und Beförderungen erfolgen durch Aushändigung einer Ernennungsurkunde (§§ 41, 42 SG).

Bei **Berufssoldaten** endet das Dienstverhältnis durch Umwandlung, Entlassung, Verlust der Rechtsstellung eines Berufssoldaten, Entfernung aus dem Dienstverhältnis auf Grund eines disziplinargerichtlichen Urteils oder Eintritt in den Ruhestand (§ 43 SG). Nach § 45 SG in der seit 1. 1. 2007 geltenden Fassung bildet das vollendete 62. Lebensjahr die allgemeine Altersgrenze für die Berufssoldaten. Als besondere Altersgrenzen sind für die Berufsunteroffiziere die Vollendung des 54. für die Leutnante, Oberleutnante, für Hauptleute des 55., für Majore und Stabshauptleute des 57., für Oberstleutnante des 59. und für Oberste des 61., für Offiziere als Strahlflugzeugführer oder Waffensystemoffizier des 41. Lebensjahres festgesetzt. Für am 1. 1. 1999 bereits vorhandene Berufsoldaten, wurden je nach Dienstgrad bis zum 31. 12. 2010, 2012, 2014 abweichende Altersgrenzen festgelegt (§ 96 SG in der seit 1. 1. 2007 geltenden Fassung). Ferner kann nach Vollzeitbeschäftigung von mindestens 20 Jahren und nach Vollendung des 50. Lebensjahres Urlaub unter Wegfall der Bezüge bis zum Beginn des Ruhestandes gewährt werden (§ 28 a SG).

Bei **Soldaten auf Zeit** endet das Dienstverhältnis durch Zeitablauf, Entlassung, Verlust der Rechtsstellung eines Soldaten auf Zeit und Entfernung aus dem Dienstverhältnis (§ 54 SG).

Für Klagen aus dem Wehrdienstverhältnis ist grundsätzlich der Verwaltungsrechtsweg gegeben.

In Krisenzeiten kann die Staatsführung, wenn zwingende Gründe der Verteidigung solche Maßnahmen erfordern, zur personellen Verstärkung der Streitkräfte Reserven einberufen oder als mildere Form Entlassungen aus dem Wehrdienst befristet zurückstellen. Nach § 54 Abs. 3 SG kann sie die Dienstzeit der Soldaten auf Zeit aus solchen Gründen um drei Monate verlängern.

cc) Ausführungsvorschriften zum SG enthalten außer den unter aa) erwähnten Bestimmungen über Laufbahn, Urlaub usw. insbes. die Anordnungen des BPräs. über die Ernennung und Entlassung der Soldaten ➢ s. m), sowie über die Dienstgradbezeichnungen und die Uniform der Soldaten ➢ s. n), und die VO des BMVg. über das militärische Vorgesetztenverhältnis ➢ s. o).

d) Das Wehrpflichtgesetz

Das Wehrpflichtgesetz i.d.F. der Bek. vom 30. 5. 2005 (BGBl. I 1465) legt die allgemeine Wehrpflicht fest und regelt den Wehrdienst sowie das Wehrersatzwesen.

aa) Allgemeine Wehrpflicht

Wehrpflichtig sind alle Männer vom vollendeten 18. Lebensjahr an, die Deutsche i.S. des GG sind und ihren ständigen Aufenthalt in der Bundesrepublik Deutschland oder zwar außerhalb haben, aber entweder ihren früheren ständigen Aufenthalt in der BRep. hatten oder einen Pass oder eine Staatsangehörigkeitsurkunde der BRep. besitzen oder sich auf andere Weise ihrem Schutz unterstellt haben (§ 1 Abs. 1).

Das Wehrpflichtgesetz entspricht der Verfassung (BVerfG NJW 1961, 355): Die Einführung der Wehrpflicht habe weder gegen die Menschenwürde noch gegen das verfassungsrechtliche Wertsystem verstoßen. In den meisten demokratischen Staaten, auch in den dauernd neutralen, bestehe die allgemeine Wehrpflicht, in welcher die Zugehörigkeit zu einem allen Bürgern gemeinsamen Staatswesen zum Ausdruck komme. Als Träger der obersten Rechtsgüter müsse der Bürger zur Verteidigung bereit sein. Die Begrenzung der Wehrpflicht auf Männer verstößt nicht gegen europäisches Gemeinschaftsrecht (EuGH, 11. 3. 2003, Dory, C-186/01).

Die Wehrpflicht ruht bei ständigem, für die Dauer beabsichtigtem Aufenthalt mit Lebensgrundlage im Ausland. Für Angehörige aufgerufener Jahrgänge, die ihren ständigen Aufenthalt für länger als 3 Monate ohne Genehmigung aus dem Bundesgebiet verlegen, bleibt sie bestehen (§ 1 Abs. 2, 3; § 3 Abs. 2).

Die **Wehrpflicht** wird durch den Wehrdienst oder (bei berechtigter Kriegsdienstverweigerung, ➢ s. t) durch den Zivildienst ➢ s. u), erfüllt. Sie endet mit Ablauf des Jahres, in dem der Wehrpflichtige das 45. bzw. (bei Offizieren und Unteroffizieren sowie im Verteidigungsfall allgemein) das 60. Lebensjahr vollendet hat (§ 3 Abs. 3–5).

Der auf Grund der Wehrpflicht zu leistende Wehrdienst umfasst
- den Grundwehrdienst (§ 5)
- Wehrübungen (§ 6)
- die besondere Auslandsverwendung (§ 6 a)
- den freiwilligen zusätzlichen Wehrdienst im Anschluss an den Grundwehrdienst (§ 6 b)
- die Hilfeleistung im Innern (§ 6 c)
- im Verteidigungsfall den unbefristeten Wehrdienst.

Der Grundwehrdienst dauert 9 Monate (§ 5 Abs. 1 a).

Der volle Grundwehrdienst muss grds. bis zum 23. Lebensjahr geleistet werden (in Zurückstellungsfällen bei ungenehmigtem Auslandsaufenthalt bis zum 25. Lebensjahr bei vorwiegend militärfachlicher Verwendung bis zum 32. Lebensjahr und von nicht einberufenen Zivil-, Katastrophenschutz- und Entwicklungshelfern sowie in anderen Ausnahmefällen bis zum 30. Lebensjahr). Grundwehrdienst kann in zeitlich getrennten Abschnitten geleistet werden, wenn der Wehrpflichtige sonst wegen einer besonderen Härte zurückgestellt werden müsste. Mit dem 23. (bzw. 25., 30. oder 32.) Lebensjahr erlischt die Pflicht, im Frieden Grundwehrdienst zu leisten. Auf Antrag können mindestens 17 Jahre alte Wehrpflichtige (mit Zustimmung der gesetzlichen Vertreter) und sollen mindestens 18-jährige Wehrpflichtige vorzeitig zum Grundwehrdienst herangezogen werden. Wehrpflichtige müssen die Zeit nachdienen, in der sie dem Wehrdienst schuldhaft unerlaubt ferngeblieben sind oder ihn schuldhaft verweigert haben. Nachzudienen ist ferner die Zeit einer Aussetzung der Vollziehung des Einberufungsbescheids, außerdem die Zeit, in der ein Wehrpflichtiger eine Freiheitsstrafe, Strafarrest, Jugendstrafe, Disziplinarrest oder Jugendarrest verbüßt hat (§ 5 Abs. 3).

Eine einzelne **Wehrübung** dauert grds. höchstens 3 Monate. Die Gesamtdauer der Übungen beträgt bei Mannschaften höchstens 6, bei Unteroffizieren höchstens 9 und bei Offizieren höchstens 12 Monate (§ 6). Mit seinem schriftlichen Einverständnis kann ein gedienter Wehrpflichtiger für höchstens sieben Monate für eine besondere Auslandsverwendung herangezogen werden (§ 6 a). Ferner können Wehrpflichtige im Anschluss an den Grundwehrdienst freiwilligen zusätzlichen Wehrdienst für die Dauer von mindestens einem und längstens 14 Monaten leisten (§ 6 b). Hat sich ein gedienter Wehrpflichtiger schriftlich dazu bereit erklärt, kann er zu Verwendungen im Rahmen der Amtshilfe, zur Hilfeleistung bei einer Naturkatastrophe oder einem besonders schweren Unglücksfall jeweils höchstens für 3 Monate jährlich herangezogen werden (§ 6 c). Freiwillig geleisteter Wehrdienst wird auf Grundwehrdienst angerechnet; auf Wehrübungen kann er angerechnet werden (§ 7). Folgende **Tauglichkeitsgrade** werden festgestellt (§ 8 a): wehrdienstfähig, vorübergehend nicht wehrdienstfähig, (dauernd) nicht wehrdienstfähig. Die Wehrdienstfähigen sind gemäß ärztlicher Beurteilung entweder voll oder nur mit Einschränkung verwendungsfähig (für bestimmte Tätigkeiten).

Zum Eintritt in fremde Streitkräfte ist die Zustimmung des BMVg. (außer bei Dienstpflicht im Ausland) erforderlich. Er bestimmt im Einzelfall über Anrechnung von Wehrdienst und anderen Diensten in fremden Streitkräften oder Staaten; eine Anrechnung soll erfolgen, wenn der Dienst auf Grund Gesetzes geleistet wurde oder das BMVg. zugestimmt hat (§ 8).

Wehrdienstausnahmen sind vorgesehen für folgende Fälle:

- Nicht zum Wehrdienst herangezogen wird, wer nicht wehrdienstfähig ist (§ 9).
- Ausgeschlossen vom Wehrdienst sind Personen, die wegen eines Verbrechens zu Freiheitsstrafe von mindestens 1 Jahr oder wegen vorsätzlichen Friedens-, Hoch- oder Landesverrats, Gefährdung des demokratischen Rechtsstaats oder der äußeren Sicherheit zu 6 Monaten Freiheitsstrafe oder mehr verurteilt worden sind, sowie Personen, welche infolge Richterspruchs die Fähigkeit zur Bekleidung öffentlicher Ämter nicht besitzen oder gegen die auf noch nicht erledigte Maßregeln der Besserung und Sicherung nach § 64 oder § 66 StGB erkannt ist (§ 10).
- Vom Wehrdienst generell befreit sind Geistliche, Schwerbehinderte, auf Antrag u. a. überlebende Angehörige sowie Wehrpflichtige, deren zwei Geschwister vollen Grundwehrdienst, Zivildienst oder andere Dienste geleistet haben, ferner verheiratete oder in eingetragener Lebenspartnerschaft lebende Wehrpflichtige oder solche, die die elterliche Sorge über ein Kind ausüben (§ 11).
- Zurückgestellt vom Wehrdienst wird, wer vorübergehend nicht wehrdienstfähig ist oder wer sich in Untersuchungshaft befindet oder nach § 63 StGB in einem psychiatrischen Krankenhaus untergebracht, Jugendstrafe, einen Straf- oder Jugendarrest oder eine Freiheitsstrafe verbüßt, ferner Bewerber für die Wahl zum Bundestag, einem Landtag oder zum Europäischen Parlament sowie auf Antrag Kandidaten für ein geistliches Amt und Wehrpflichtige, deren Heranziehung aus häuslichen, wirtschaftlichen oder beruflichen Gründen – auch z. B. wegen Unterbrechung der Ausbildung – eine besondere Härte bedeuten würde (§ 12).
- Ein Wehrpflichtiger kann unabkömmlich gestellt werden, wenn und solange er im öffentlichen Interesse für die von ihm ausgeübte anderweitige Tätigkeit nicht entbehrt werden kann. Hierüber entscheidet die Wehrersatzbehörde auf Vorschlag der zuständigen Verwaltungsbehörde (§ 13).
- Wehrpflichtige, die sich vor Vollendung des 23. Lebensjahres auf mindestens 6 Jahre zum ehrenamtlichen Dienst im Zivil- oder Katastrophenschutz verpflichten, werden, solange sie dort als Helfer mitwirken, nicht zum Wehrdienst herangezogen (§ 13 a). Dasselbe gilt für Wehrpflichtige, die dem Polizeivollzugsdienst angehören oder für Grenzschutzdienstpflichtige; über die Anrechnung der Dienstzeit auf die Wehrdienstzeit s. §§ 42, 42 a. Über Entwicklungshelfer s. § 13 b.

bb) Wehrersatzwesen

Für die Durchführung der Aufgaben des Wehrersatzwesens sind Wehrersatzbehörden in bundeseigener Verwaltung errichtet worden. Sie unterstehen dem BMVg. Als Bundesoberbehörde besteht das Bundesamt für Wehrverwaltung, dem als Mittelbehörden Wehrbereichsverwaltungen, als Bundesunterbehörden die Kreiswehrersatzämter unterstellt sind (§ 14).

Zur Erfassung der Wehrpflichtigen werden von Erfassungsbehörden (Landesmeldebehörden) Personennachweise angelegt und laufend geführt; sie werden dem Kreiswehrersatzamt zugeleitet (§ 15).

Ungediente Wehrpflichtige werden vor der Heranziehung zum Wehrdienst gemustert. Bei der Musterung, die von den Kreiswehrersatzämtern durchgeführt wird, werden sie körperlich und geistig untersucht. Taugliche Wehrpflichtige können auf Eignung für bestimmte Verwendungen geprüft werden. Ob sich ein Wehrpflichtiger zum Wehrdienst zu stellen hat, entscheiden die Kreiswehrersatzämter nach Anhörung des Wehrpflichtigen und Erhebung aller erforderlichen Beweise; sie erteilen über das Ergebnis der Musterung dem Wehrpflichtigen einen schriftlichen Musterungsbescheid. Die Wehrpflichtigen werden in Ausführung dieser Bescheide durch die Kreiswehrersatzämter zum Wehrdienst einberufen, (§ 21).

Gediente Wehrpflichtige werden nach Prüfung ihrer Verfügbarkeit durch die Wehrersatzbehörden zum Wehrdienst einberufen. Sie sind zu hören und auf Antrag zu untersuchen, wenn seit dem Ausscheiden aus dem Wehrdienst mehr als 2 Jahre verstrichen sind (§ 23).

Die Wehrpflichtigen unterliegen von ihrer Musterung an der Wehrüberwachung. Sie haben insbesondere jede Änderung ihrer Wohnung der Wehrersatzbehörde zu melden (§ 24). Wehrpflichtige der aufgerufenen Jahrgänge bedürfen für mehr als 3 Monate Auslandsaufenthalt der Genehmigung (§ 3 Abs. 2). Zum Zwecke der Musterungsvorbereitung und der Wehrüberwachung teilt die Meldebehörde dem zuständigen Kreiswehrersatzamt die Änderung von gespeicherten Personaldaten aller männlichen Deutschen im Alter von 17–32 Jahren mit (§ 24 a). Zu Personalakten ungedienter Wehrpflichtiger s. §§ 25–27.

Die Sicherung des Arbeitsplatzes des Soldaten während des Wehrdienstes wird durch das Arbeitsplatzschutzgesetz bewirkt (verstärkter Kündigungsschutz, Ruhen des Arbeitsverhältnisses, Weiterführung der gesetzlichen Krankenversicherung). Der Unterhalt des zum Wehrdienst Einberufenen (bei Verdienstausfall) und seiner Angehörigen wird durch das Unterhaltssicherungsgesetz sichergestellt; ➢ vgl. s).

cc) Personalakten und automatisierte Dateien, Kriegsdienstverweigerung

Die §§ 25–27 WPflG regeln den Umgang mit Personalakten und Daten. Zur Kriegsdienstverweigerung ➢ s. im Einzelnen t) und u).

dd) Beendigung des Wehrdienstes, Verlust des Dienstgrades (§§ 28–31)

Der Wehrdienst endet durch Entlassung, durch Umwandlung in ein Zivildienstverhältnis oder durch Ausschluss aus der Bundeswehr, der in den Fällen des § 10 eintritt. Der Ausgeschlossene verliert seinen Dienstgrad. Weitere Fälle des Dienstgradverlustes vgl. § 30 Abs. 2.

Entlassungsgründe sind z. B.: Zeitablauf, Fehlen der Wehrpflichtvoraussetzungen, Aufhebung des Einberufungsbescheides, Anerkennung als Kriegsdienstverweigerer, ernstliche Gefährdung der militärischen Ordnung oder Sicherheit der Truppe bei Verbleiben in der Bw., Aufstellung für die Wahl zum BT, zu einem Landtag, oder zum Europäischen Parlament, Unabkömmlichstellung, Dienst im Zivil- oder Katastrophenschutz, Dienstunfähigkeit; ein Wehrpflichtiger kann auch aus sonstigen Gründen, insbesondere persönlichen Gründen (häusliche, berufliche, wirtschaftliche) entlassen werden (§ 29).

ee) Rechtsbehelfe (§§ 32–35)

Für Rechtsstreitigkeiten bei der Ausführung des Wehrpflichtgesetzes ist der Verwaltungsrechtsweg gegeben; maßgeblich ist die Verwaltungsgerichtsordnung. Über den Widerspruch gegen den Musterungsbescheid und über den Widerspruch gegen den Einberufungsbescheid entscheidet die Wehrbereichsverwaltung (§ 33 Abs. 3, 4).

Der Widerspruch gegen den Musterungsbescheid hat aufschiebende Wirkung (§ 33 Abs. 2). Dagegen hat ein Widerspruch gegen den Einberufungsbescheid keine aufschiebende Wirkung (§ 33 Abs. 4). Die Frist für die Einlegung des Widerspruchs beträgt 2 Wochen seit Zustellung des Bescheids (§ 33 Abs. 1). Ist der Musterungsbescheid unanfechtbar geworden, so ist ein Rechtsbehelf gegen den Einberufungsbescheid nur insoweit zulässig, als eine Rechtsverletzung durch diesen Bescheid geltend gemacht wird (§ 33 Abs. 5).

Gegen den Musterungsbescheid und den Einberufungsbescheid kann die Anfechtungsklage erhoben werden; die Klage hat aufschiebende Wirkung nur, wenn das Gericht sie auf Antrag anordnet (§ 35). Berufung gegen das Urteil des Verwaltungsgerichts ist ausgeschlossen. Es kann binnen eines Monats nach Urteilszustellung Revision beim Bundesverwaltungsgericht eingelegt werden, wenn das Verwaltungsgericht oder das BVerwG die Revision zugelassen hat (§ 34, § 135 VwGO). Sie muss zugelassen werden, wenn das Urteil von einer Entscheidung des Bundesverwaltungsgerichts abweicht, oder die Rechtssache grundsätzliche Bedeutung hat, oder wenn ein Verfahrensmangel gerügt wird und vorliegt.

ff) Übergangs- und Schlussvorschriften (§§ 42–51)

Die Übergangs- und Schlussvorschriften behandeln u.a. Polizeivollzugsbeamte, Grenzschutzdienstpflicht, Wehrpflichtige im Ausland, Zustellung von Bescheiden, Vorführung und Zuführungen säumiger Wehrpflichtiger.

Bei Wehrpflichtigen, die der Erfassung oder Musterung oder auf eine Aufforderung der Wehrersatzbehörde, sich persönlich zu melden, unentschuldigt fernbleiben, kann die Vorführung angeordnet werden. Die Polizei ist um Durchführung zu ersuchen; sie kann die Räume des Wehrpflichtigen durchsuchen, ebenso – aber nicht zur Nachtzeit – die Räume anderer Personen, die der Gesuchte betritt, um sich dem Zugriff zu entziehen (§ 44). Wer schuldhaft Meldepflichten usw. nicht befolgt, handelt ordnungswidrig und kann mit einer Geldbuße belegt werden (§ 45).

Wehrpflichtige der aufgerufenen Jahrgänge können nach § 49 BundesgrenzschutzG statt zum Wehrdienst zum Polizeivollzugsdienst im Grenzschutz herangezogen werden (§ 42 a). Für Bereitschaftsübungen sowie für den Spannungs- und Verteidigungsfall enthält § 48 besondere Vorschriften.

Die Grundrechte der körperlichen Unversehrtheit (Art. 2 Abs. 2 Satz 1 GG), der Freiheit der Person (Art. 2 Abs. 2 Satz 2 GG), der Freizügigkeit (Art. 11 Abs. 1 GG) und der Unverletzlichkeit der Wohnung (Art. 13 GG) sind nach Maßgabe des Wehrpflichtgesetzes eingeschränkt (§ 51).

e) Die Wehrdisziplinarordnung

aa) Die Wehrdisziplinarordnung (WDO) i.d.F. der Bek. vom 16. 8. 2001 (BGBl. I 2093) regelt das Disziplinarrecht der Soldaten. Sie behandelt außerdem (im 1. Teil) die Würdigung besonderer Leistungen durch förmliche Anerkennungen im Kompanie- oder Tagesbefehl bzw. im Ministerialblatt des BMVg. Eine derartige Anerkennung kann mit Sonderurlaub bis zu 14 Tagen verbunden werden. Der Hauptteil der WDO behandelt die Ahndung von Dienstvergehen der Soldaten und das Verfahren der Disziplinargerichtsbarkeit (Truppendienstgerichte, Wehrdienstsenate).

bb) Bei der Ahndung von Dienstvergehen ist zu unterscheiden zwischen dem Verfahren bei Verhängung einfacher und gerichtlicher Disziplinarmaßnahmen (§§ 22, 58).

Werden Tatsachen bekannt, welche den Verdacht eines Dienstvergehens rechtfertigen, so hat der Disziplinarvorgesetzte den Sachverhalt durch mündliche oder schriftliche Vernehmungen aufzuklären. Der Beschuldigte ist stets zu hören (ob er sich äußern will, steht ihm frei); die Vertrauensperson der Einheit soll über seine Person, zur Sache und zum Disziplinarmaß befragt werden. Liegt ein Dienstvergehen vor, so hat der Disziplinarvorgesetzte eine Prüfungspflicht, ob er es bei einer Belehrung, Warnung, Zurechtweisung oder einer anderen zulässigen Maßnahme bewenden lassen, ob er eine Disziplinarmaßnahme verhängen, die Tat zur disziplinaren Bestrafung weitermelden oder die Entscheidung der Einleitungsbehörde herbeiführen will. Ist das Dienstvergehen eine Straftat, so gibt der Disziplinarvorgesetzte die Sache an die zuständige Strafverfolgungsbehörde ab, wenn dies zur Aufrechterhaltung der militärischen Ordnung oder wegen der Art der Tat oder der Schwere des Unrechts oder der Schuld geboten ist (§§ 32, 33). Die disziplinare Erledigung ist bis zur Beendigung des auf die Abgabe eingeleiteten oder eines sonstigen wegen derselben Tat schwebenden Strafverfahrens auszusetzen (§ 83). Die strafgerichtlich abgeurteilte Tat kann gleichwohl auch disziplinär geahndet werden; doch sind die tatsächlichen Feststellungen des Strafurteils grundsätzlich bindend und bereits vollstreckte Freiheitsentziehungen anzurechnen (§§ 34, 84). Bei Verhängung einer gerichtlichen Freiheitsstrafe ist eine bereits ausgesprochene disziplinare Arreststrafe zu berücksichtigen (BVerfG NJW 1967, 1651). Noch nicht berücksichtigte Disziplinarmaßnahmen können auf Antrag aufgehoben werden (§ 43).

Ob und wie wegen eines Dienstvergehens disziplinarisch einzuschreiten ist, entscheidet der Disziplinarvorgesetzte nach pflichtmäßigem Ermessen unter Berücksichtigung des gesamten dienstlichen und außerdienstlichen Verhaltens des Beschuldigten (§ 15). Wenn die Aufrechterhaltung der Disziplin es gebietet, kann der Disziplinarvorgesetzte zur vorläufigen Festnahme schreiten (§ 21).

cc) Einfache Disziplinarmaßnahmen, die von Disziplinarvorgesetzten verhängt werden können, sind Verweis, strenger Verweis, Disziplinarbuße (nicht mehr als 1 Monatsbezug), Ausgangsbeschränkung von 1 Tag bis zu 3 Wochen und Disziplinararrest von 3 Tagen bis zu 3 Wochen (§§ 22–26). Die Stufen der Disziplinargewalt und die Zuständigkeitsfragen regeln die §§ 28–31.

Eine Disziplinarmaßnahme darf erst nach Ablauf einer Nacht verhängt werden, nachdem der Soldat abschließend gehört wurde. Die Disziplinarverfügung ist schriftlich festzulegen (§ 37).

Disziplinararrest darf erst verhängt werden, nachdem der Richter zugestimmt und ihn damit seiner Art und Dauer nach für rechtmäßig erklärt hat. Über die Rechtmäßigkeit entscheidet ein richterliches Mitglied des zuständigen, notfalls des nächsterreichbaren Truppendienstgerichts (§ 40); ihm steht volle Nachprüfung der Rechtmäßigkeit, insbes. hinsichtlich der Zulässigkeit und Angemessenheit der Disziplinarmaßnahme zu (BVerfG NJW 1968, 243). Gegen eine ablehnende richterliche Entscheidung kann der Disziplinarvorgesetzte binnen 1 Woche das Truppendienstgericht (s. unten) anrufen. Dieses hat drei Möglichkeiten: a) es hält Disziplinararrest für angebracht und verhängt ihn selbst; b) es hält ihn nicht für begründet und gibt an den Disziplinarvorgesetzten zur anderweitigen Erledigung ab; c) es hält eine gerichtliche Disziplinarmaßnahme für geboten und übersendet die Akten der Einleitungsbehörde zur weiteren Entschließung. Die ablehnende richterliche Entscheidung muss begründet werden. Besonderheiten bestehen für das Verhängen und die Vollstreckung von Disziplinararrest an Bord von Schiffen außerhalb der Hoheitsgewässer der BRep. (§ 40 Abs. 5).

Gegen Disziplinarmaßnahmen des Disziplinarvorgesetzten ist die Beschwerde nach Maßgabe des § 42 und der Wehrbeschwerdeordnung ➤ s. f), gegeben.

Jeder Disziplinarvorgesetzte, der eine Disziplinarmaßnahme nachträglich als unberechtigt ansieht, muss bei der für Beschwerden zuständigen Stelle ihre Aufhebung oder Änderung beantragen (§ 44). Die höheren Disziplinarvorgesetzten überwachen die Ausübung der Disziplinargewalt (§ 46). Es kann Aussetzung der Vollstreckung zur Bewährung gewährt werden; die Maßnahme ist, falls inzwischen keine Strafen oder Maßnahmen verhängt werden, nach Ablauf der Bewährungsfrist (5 Monate) zu erlassen (§ 49).

dd) Gerichtliche Disziplinarmaßnahmen sind: Kürzung der Dienstbezüge, Beförderungsverbot, Herabsetzung in der Besoldungsgruppe, Dienstgradherabsetzung, Entfernung aus dem Dienstverhältnis, Kürzung oder Aberkennung des Ruhegehalts sowie Dienstgradherabsetzung (§§ 58 ff.).

Sie können nur im disziplinargerichtlichen Verfahren durch die **Wehrdienstgerichte** verhängt werden (§§ 68 ff.). Als solche sind als Tatsacheninstanz die **Truppendienstgerichte** Nord und Süd in Münster und München nach Maßgabe der VO vom 16. 5. 2006 (BGBl. I 1262) eingerichtet, bei denen Truppendienstkammern bestehen, ferner sind auswärtige Truppendienstkammern dieser Gerichte eingerichtet; die Truppendienstkammern urteilen in der Besetzung mit einem richterlichen Mitglied als Vorsitzenden und zwei ehrenamtlichen Beisitzern, von denen einer mindestens Stabsoffizier sein, der andere der Dienstgradgruppe des Beschuldigten angehören muss. Wegen der besonderen Bedeutung oder des Umfangs der Sache kann die große Besetzung der Truppendienstkammer vom Vorsitzenden durch Heranziehung zweier weiterer richterlicher Mitglieder angeordnet werden (§§ 75, 76). Das Verfahren der Wehrdienstgerichte wird durch schriftliche Verfügung der Einleitungsbehörde (§§ 93, 94) formell in Gang gesetzt. Ein **Wehrdisziplinaranwalt** wirkt mit, der – ggf. nach Durchführung einer richterlichen Untersuchung – je nach dem Ergebnis der Erhebungen eine Anschuldigungsschrift als Grundlage der gerichtlichen Hauptverhandlung vorlegt (§§ 81, 99). Als Rechtsmittel ist gegen Urteile der Truppendienstkammer die Berufung, gegen Beschlüsse die Beschwerde an das Bundesverwaltungsgericht zugelassen (§§ 114 ff.). Bei diesem sind für Wehrdisziplinar- und Beschwerdesachen besondere Wehrdienstsenate mit Sitz in Leipzig eingerichtet (§ 80).

ee) Förmliche Anerkennungen und unanfechtbare Disziplinarmaßnahmen werden in Disziplinarbücher eingetragen. Nach bestimmten Fristen (3–7 Jahre) sind einfache Disziplinarmaßnahmen eine Kürzung der Dienstbezüge bzw. ein Beförderungsverbot zu tilgen. Wird der Soldat vor Fristablauf wegen einer anderen Tat rechtskräftig bestraft oder wird gegen ihn eine Disziplinarmaßnahme unanfechtbar verhängt, so beginnt die Frist erneut zu laufen. Die Tilgungen sind in den Disziplinarbüchern und Personalakten vorzunehmen. Nach Tilgung darf der Soldat jede Auskunft über die Tat und über die Disziplinarmaßnahme verweigern und sich insoweit als disziplinar unbestraft bezeichnen (§§ 7, 8).

f) Die Wehrbeschwerdeordnung

Die Wehrbeschwerdeordnung (WBO) i. d. F. der Bek. vom 11. 9. 1972 (BGBl. I 1738) gestaltet in Ausführung des § 34 des Soldatengesetzes das Beschwerderecht des Soldaten und das Verfahren für alle Arten von Beschwerden näher aus. Für das gerichtliche Verfahren nach der WBO ist die gleiche Gerichtsorganisation (Wehrdienstgerichte) wie für Disziplinarsachen nach der WehrdisziplinarO zuständig.

Das **Recht der Beschwerde** hat der Soldat, wenn er glaubt, von Vorgesetzten oder Dienststellen der Bundeswehr unrichtig behandelt worden zu sein, oder wenn er sich durch pflichtwidriges Verhalten von Kameraden verletzt glaubt. Ferner kann er mit der Beschwerde geltend machen, dass ein Antrag nicht binnen eines Monats beschieden worden ist. Gegen dienstliche Beurteilungen ist hingegen eine Beschwerde nicht möglich (Ausnahmen bei Verletzung von Rechts- oder Verwaltungsvorschriften). Unzulässig sind auch Gemeinschaftsbeschwerden (§ 1). Niemand darf dienstlich gemaßregelt oder benachteiligt werden, weil seine Beschwerde nicht auf dem vorgeschriebenen Weg oder nicht fristgerecht eingelegt ist oder weil er eine unbegründete Beschwerde erhoben hat (§ 2).

Die Beschwerde ist binnen zwei Wochen schriftlich oder mündlich einzulegen, aber frühestens nach Ablauf einer Nacht. Die Einschaltung eines Vermittlers ist zulässig. Die Beschwerde hat keine aufschiebende Wirkung. Über sie ist schriftlich zu entscheiden. Gegen diesen Entscheid kann binnen zwei Wochen eine **weitere Beschwerde** beim nächsthöheren Disziplinarvorgesetzten eingelegt werden. Wenn diese erfolglos geblieben ist, kann der Soldat binnen zwei Wochen die **Entscheidung des Truppendienstgerichts** beantragen, wenn er eine Maßnahme für rechtswidrig hält, weil sie seine Rechte verletzt oder weil ein Vorgesetzter gegen seine Vorgesetztenpflichten verstoßen hat oder weil über die weitere Beschwerde innerhalb eines Monats nicht entschieden worden ist (§ 17).

g) Das Wehrstrafgesetz

Das Wehrstrafgesetz i.d.F. der Bek. vom 24. 5. 1974 (BGBl. I 1213) – WStG – enthält nur materielles Strafrecht ➤ s. Nr. 381, während auf dem Gebiet der Gerichtsverfassung und des Verfahrens bisher keine wesentlichen Abweichungen von der allgemeinen gesetzlichen Regelung vorgesehen sind. Das WStG ist daher von den ordentlichen Gerichten wie jedes andere Strafgesetz anzuwenden; besondere Wehrstrafgerichte lässt Art. 96 GG nur für einen begrenzten Kreis von Fällen zu.

Das WStG gilt für Straftaten, die Soldaten der Bundeswehr begehen. Es gilt auch für Straftaten, durch die militärische Vorgesetzte, die nicht Soldaten sind, ihre Pflichten verletzen, sowie für Anstiftung und Beihilfe zu militärischen Straftaten durch Nichtsoldaten (§ 1).

Neben der durchweg angedrohten Freiheitsstrafe lässt das WStG in den meisten Fällen auch Strafarrest zu; er beträgt mindestens 2 Wochen und höchstens 6 Monate. Den Vollzug des Strafarrestes durch Behörden der Bundeswehr regelt die Bundeswehrvollzugsordnung i. d. F. der Bek. vom 29. 11. 1972 (BGBl. I 2205).

Militärische Straftaten sind insbesondere eigenmächtige Abwesenheit, Fahnenflucht, Selbstverstümmelung, Dienstentziehung durch Täuschung, Ungehorsam, Meuterei; bei Vorgesetzten z. B. Misshandlung, entwürdigende Behandlung, Missbrauch der Befehlsbefugnis zu unzulässigen Zwecken, Verleiten zu einer rechtswidrigen Tat, Unterdrücken von Beschwerden, Missbrauch der Disziplinargewalt, mangelhafte Dienstaufsicht; ferner kennt das WStG Straftaten gegen militärische Pflichten, z.B. unwahre dienstliche Meldung, Wachverfehlung, rechtswidriger Waffengebrauch (§§ 15–48 WStG).

Ein Untergebener, der einen Befehl nicht befolgt, handelt nicht rechtswidrig, wenn der Befehl nicht verbindlich ist, insbes. wenn er nicht zu dienstlichen Zwecken erteilt ist oder die Menschenwürde verletzt oder wenn durch das Befolgen eine Straftat begangen würde (§ 11 SoldatenG). Nimmt der Untergebene irrig an, dass er durch die Ausführung des Befehls eine Straftat begehen würde, kann er nicht wegen Ungehorsams bestraft werden, wenn er den Irrtum nicht vermeiden konnte. Nimmt er irrig an, der Befehl sei aus anderen Gründen nicht verbindlich, so kann Ungehorsamstrafe nur eintreten, wenn der Irrtum vermeidbar war oder wenn ihm Rechtsbehelfe gegen den Befehl zuzumuten waren (§ 22 WStG).

Das Einführungsgesetz zum Wehrstrafgesetz vom 30. 3. 1957 (BGBl. I 306) behandelt ferner den Vollzug von Freiheitsstrafen bei Soldaten der Bundeswehr.

Hat der Jugendrichter nach § 112a Nr. 2 des Jugendgerichtsgesetzes ➢ vgl. Nrn. 294, 295) **Erziehungshilfe durch den Disziplinarvorgesetzten** rechtskräftig angeordnet, so unterliegt der Soldat den §§ 2–9 der RechtsVO zur Durchführung der Erziehungshilfe durch den Disziplinarvorgesetzten vom 25. 8. 1958 (BGBl. I 645). Es können besondere Auflagen wie Verbot alkoholischer Getränke oder anderer Rauschmittel, des Besuchs von Gaststätten, Vergnügungsstätten oder Spielhallen gemacht und Freizeit- und Urlaubsbeschränkungen vom Disziplinarvorgesetzten angeordnet werden. Hält dieser den Zweck der Erziehungshilfe für erreicht, bevor sie ein Jahr gedauert hat oder der Soldat 22 Jahre alt geworden ist oder aus dem Wehrdienst entlassen wird, so schlägt er dem Vollstreckungsleiter vor, die Erziehungsmaßregel für erledigt zu erklären (§ 8 der VO).

h) Die Innere Führung in der Bundeswehr

Das Erziehungsziel der Bundeswehr gründet sich auf die im Soldatengesetz niedergelegten allgemeinen soldatischen Pflichten: Treue gegenüber der Bundesrepublik und ihrer verfassungsmäßigen Ordnung, Verteidigung der Freiheit und der Rechtsordnung, Gehorsam, strenge Pflichterfüllung, Disziplin, Kameradschaft und einwandfreies Verhalten im und außer Dienst. In der Zentralen Dienstvorschrift „Hilfen für die Innere Führung" (ZDv 10/1) vom 10. 8. 1972 stellt der BMVg. die verfassungsmäßigen Grundlagen und die im GG verankerten Aufgaben der Bundeswehr im Frieden und im Verteidigungs- oder Spannungsfall heraus, wobei die Integration der Bw. in die NATO und die Westeuropäische Union hervorgehoben wird. Ferner wird auf die grundgesetzliche Regelung der Befehls- und Kommandogewalt und das Kontrollrecht des Bundestags und seiner Organe (Verteidigungsausschuss, Wehrbeauftragter) hingewiesen. Außerdem sind die Leitsätze für Vorgesetzte in der Bw. dargelegt und durch Beispiele kommentiert; ferner sind wesentliche Aussagen zur Inneren Führung, die ihre Entwicklung von 1951 an deutlich machen, abgedruckt.

Die Regelungen im GG und im Soldatengesetz sind die Grundlage für die Innere Führung, der das Leitbild des „Staatsbürgers in Uniform" zugrundeliegt, wie es sich aus den Besonderheiten des Soldatenverhältnisses und der hierarchischen Ordnung der Bw. ergibt. Innere Führung soll sich in der Ausbildung, der Menschenführung, Fürsorge und Betreuung, in politischer Bildung, im Wehrrecht und in der soldatischen Ordnung verwirklichen.

Zu den besonderen Pflichten des Vorgesetzten gehört es, Würde und Rechte des Soldaten zu respektieren, durch eigene Haltung und Pflichterfüllung innerhalb und außerhalb des Dienstes ein Beispiel zu geben und von seiner Befehlsgewalt im Bewusstsein seiner Verantwortung Gebrauch zu machen. Das gilt besonders bei der Handhabung der Dienstaufsicht und der Disziplinargewalt. Der Vorgesetzte soll den Willen des Soldaten zum Gehorsam stärken, indem er ihm die Einsicht in die Notwendigkeit der militärischen Maßnahme vermittelt.

Die Erziehung des Soldaten zur Verantwortungsbereitschaft und Disziplin wird ergänzt durch staatsbürgerlichen und völkerrechtlichen Unterricht. Die Kenntnis der innen- und außenpolitischen Zusammenhänge soll im Soldaten die politische Mitverantwortung wecken. Für den Führungsstil des Vorgesetzten stellt die ZDv eine Reihe von Leitsätzen auf und ergänzt sie durch Grundsätze über Ausbildungsmethoden und Truppenfürsorge.

Um dieses Gedankengut in die Bundeswehr hineinzutragen, wurde bereits im September 1956 die Schule der Bundeswehr für Innere Führung gegründet (heute: Zentrum Innere Führung). Das Zentrum hat seinen Sitz in Koblenz und verfügt seit 1994 über eine Außenstelle in Strausberg bei Berlin. Es ist die zentrale Lehr- und Forschungsstätte der Bundeswehr auf dem Gebiet der Inneren Führung. Sie vermittelt deren Gedankengut an die Truppe in Lehrgängen und durch die Entwicklung von Ausbildungshilfsmitteln. Das Zentrum hat ferner die Aufgabe, Entwicklungen in Gesellschaft, Politik und Wissenschaft durch Kontakte mit diesen Bereichen für die Innere Führung nutzbar zu machen.

Seit 1969 ist bei dem BMVg. ein Beirat für Fragen der Inneren Führung gebildet, der sich aus Persönlichkeiten des öffentlichen Lebens zusammensetzt. Aufgabe des Beirats ist die Erstellung von gutachtlichen Stellungnahmen zur Beratung des Ministers. Der Beirat umfasst mindestens 10, höchstens 25 Mitglieder mit besonderer Erfahrung in Erziehung und Menschenführung; sie werden auf 4 Jahre berufen.

i) Der Wehrbeauftragte des Bundestages

Nach Art. 45 b GG wird zum Schutz der Grundrechte und als Hilfsorgan des BT bei der Ausübung der parlamentarischen Kontrolle ein Wehrbeauftrager des BT berufen. Hierzu erging das Gesetz über den Wehrbeauftragten des BT i. d. F. der Bek. vom 16. 6. 1982, BGBl. I 677.

Der Wehrbeauftragte des BT (WdBT) wird auf Weisung des BT oder des Verteidigungsausschusses zur Prüfung bestimmter Vorgänge tätig, ohne eine solche Weisung nach pflichtgemäßem Ermessen, wenn ihm Umstände bekannt werden, die auf eine Verletzung der Grundrechte der Soldaten oder der Grundsätze über die Innere Führung schließen lassen. Der WdBT erstattet für das Kalenderjahr dem BT einen schriftlichen Gesamtbericht; er kann aber dem BT oder dem Verteidigungsausschuss jederzeit Einzelberichte vorlegen (§§ 1, 2).

In Erfüllung seiner Aufgaben kann der WdBT vom BMVg. und allen diesem unterstellten Dienststellen und Personen Auskunft und Akteneinsicht verlangen, Truppen, Stäbe und Verwaltungsstellen jederzeit und ohne vorherige Anmeldung besuchen, vom BMVg. Berichte über die Ausübung der Disziplinargewalt in der Bundeswehr und vom BMJ und den Justizministern der Länder statistische Berichte über die Ausübung der Strafgerichtsbarkeit, soweit dadurch die Streitkräfte oder ihre Soldaten berührt werden, anfordern und Gerichtsverhandlungen beiwohnen (§ 3). Der BT und der Verteidigungsausschuss können allgemeine Richtlinien für die Arbeit des WdBT aufstellen; jedoch ist dieser im Übrigen von Weisungen frei (§ 5). Alle Behörden haben dem WdBT Amtshilfe zu leisten (§ 4).

Jeder Soldat kann sich einzeln ohne Einhaltung des Dienstweges unmittelbar an den WdBT wenden; er darf für eine solche Anrufung nicht gemaßregelt oder benachteiligt werden (§ 7); anonyme Eingaben und Beschwerden werden nicht bearbeitet (§ 8). Der WdBT braucht den Namen des Beschwerdeführers nicht bekanntzugeben (§ 9). Er hat Geheimhaltungspflicht und bedarf zur Aussage vor Gericht oder zu außergerichtlichen Erklärungen i. d. R. der Genehmigung des BT-Präsidenten, die dieser im Einvernehmen mit dem Verteidigungsausschuss erteilt (§ 10).

Der WdBT wird vom BT in geheimer Wahl mit der Mehrheit seiner Mitglieder auf 5 Jahre gewählt. Wählbar ist jeder/jede Deutsche, der/die das aktive Wahlrecht zum BT besitzt und das 35. Lebensjahr vollendet hat (§§ 13, 14). Der BT-Präsident ernennt den Gewählten. Der WdBT steht in einem öffentlich-rechtlichen Amtsverhältnis und hat seinen Dienstsitz beim BT, bei dessen Haushalt seine Dienststelle berücksichtigt wird (§§ 15, 16).

Bisher waren WdBT: *General a. D. von Grolmann, Admiral a. D. Heye, Matthias Hoogen, Major d. R. Fritz-Rudolf Schultz, Karl Wilhelm Berkhan, Willi Weiskirch, Alfred Biehle, Claire Marienfeld-Czesla, Dr. Willfried Penner* und seit 12. 5. 2005 *Reinhold Robbe.*

j) Das Bundesministerium der Verteidigung

Oberste Bundesbehörde für Fragen der Verteidigung und der Bundeswehr ist das Bundesministerium der Verteidigung (BMVg.) mit Dienstsitzen in Berlin und Bonn. Das BMVg. besteht aus dem Leitungsbereich, aus fünf zivilen Abteilungen (Personal-, Sozial- und Zentralangelegenheiten; Recht; Wehrverwaltung, Infrastruktur und Umweltschutz; Haushalt; Hauptabteilung Rüstung) und aus den fünf militärischen Führungsstäben (Führungsstab des Heeres, Führungsstab der Luftwaffe, Führungsstab der Marine, Führungsstab Streitkräfte, und Führungsstab des Sanitätsdienstes). Hinsichtlich näherer Einzelheiten ➢ s. Nr. 99 und www.bmvg.de. Der Bundesminister der Verteidigung hat im Frieden die Kommandogewalt über die Streitkräfte (Art. 65 a GG). Gem. Art. 115 b GG geht mit der Verkündung des Verteidigungsfalles im Sinne von Art. 115 a GG die Befehls- und Kommandogewalt vom Verteidigungsminister auf den Bundeskanzler über.

k) Die Bundeswehrverwaltung

Nach Art. 87 b GG wird die Bundeswehrverwaltung (BwV) in bundeseigener Verwaltung mit eigenem Verwaltungsunterbau geführt. Sie dient den Aufgaben des Personalwesens und der unmittelbaren Deckung des Sachbedarfs der Streitkräfte. Aufgaben der Beschädigtenversorgung und des Bauwesens können ihr durch BGes. mit Zustimmung des BR übertragen werden.

Weitere Aufgaben des Verteidigungs- und Zivilschutzwesens können mit Zustimmung des BR der BwV oder den Ländern als Auftragsangelegenheiten oder Bundesoberbehörden übertragen werden.

Die BwV umfasst insbes. das Gebührnis-, Betreuungs-, Kassen- und Rechnungswesen, die Unterkunfts- und Liegenschaftsverwaltung für die Streitkräfte, die Vertretung des Bundesfiskus im Bereich des BMVg., die Personalverwaltung für die Streitkräfte, sonstige Aufgaben auf dem Gebiet der Bereitstellung von Dienstleistungen und Material für den Unterhalt der Streitkräfte, die Beschaffung des Materials, die Fertigungsvorbereitung und die Güteprüfung.

Die territoriale BwV im Geschäftsbereich des BMVg. setzt sich zusammen aus dem Bundesamt für Wehrverwaltung in Bonn als Bundesoberbehörde, den Wehrbereichsverwaltungen als Mittelbehörden sowie den Kreiswehrersatzämtern als untere Verwaltungsstufe (mit Standortverwaltungen usw.). Die vier Wehrbereichsverwaltungen Nord, West, Süd und Ost sind in Hannover, Düsseldorf, Stuttgart und Strausberg. Die Ausstattung der Streitkräfte mit Wehrmaterial ist Aufgabe des Rüstungsbereichs. Dieser gliedert sich in zwei Bundesbehörden, das Bundesamt für Wehrtechnik und Beschaffung mit Hauptsitz in Koblenz und das Bundesamt für Informationsmanagement und Informationstechnik der Bundeswehr, das am 1. 4. 2002 in Koblenz eingerichtet wurde. Dem Bundesamt für Wehrtechnik und Beschaffung sind Beschaffungs- und Erprobungsstellen, der Güteprüfdienst u. a. wehrtechnische Dienststellen unterstellt. Bei den Streitkräften bestehen Abteilun-

gen Verwaltung, Truppen- und Krankenhausverwaltungen. In den USA auch für Kanada, Frankreich, Niederlande, Belgien, Großbritannien, Italien und Polen sind Bundeswehrverwaltungsstellen errichtet.
Die Ernennung und Entlassung von Beamten der BwV regelt die Anordnung des BMVg. vom 2. 2. 1968 (BGBl. I 122). Diese Befugnisse sind auf die Präsidenten des Bundesamtes für Wehrtechnik und Beschaffung, des Bundeswehrverwaltungsamtes, der Wehrbereichsverwaltungen, den Generaldekan des Evang. Kirchenamtes und den Generalvikar des Kath. Militärbischofsamtes für die Bw. übertragen. Die Angehörigen der BwV sind nicht Soldaten, sondern unterliegen den Bestimmungen, die für Bedienstete im zivilen öffentlichen Dienst gelten (Bundesbeamtengesetz, ➢ vgl. Nr. 162; Tarifverträge Arbeitnehmer, ➢ vgl. Nr. 633.

l) Die Militärseelsorge

Mit Art. 1 des Gesetzes vom 26. 7. 1957 (BGBl. II 701) hat der BT dem in Bonn am 22. 2. 1957 unterzeichneten Vertrag der BRep. mit der Evangelischen Kirche in Deutschland (EKD; ➢ vgl. 724) zur Regelung der evangelischen Militärseelsorge zugestimmt.

Auf die katholischen Militärgeistlichen sind nach Art. 2 dieses Gesetzes die beamtenrechtlichen Bestimmungen des obigen Vertrages sinngemäß anzuwenden.

Durch den Vertrag soll die freie religiöse Betätigung und die Ausübung der Seelsorge in der Bundeswehr gewährleistet werden. Es besteht eine ständige evangelische Militärseelsorge, die als Teil der kirchlichen Arbeit im Auftrag und unter Aufsicht der Kirche ausgeübt wird (für je 1500 ev. Soldaten ein – meist hauptamtlicher – Militärgeistlicher). Nach einem Beschluss der Synode der EKD von 1994 soll die Militärseelsorge zukünftig auf Dauer auch von Pfarrerinnen und Pfarrern gewährleistet werden, die unmittelbar im kirchlichen Dienst stehen. Den Soldaten ist im Rahmen der dienstlichen Möglichkeiten Gelegenheit zu geben, sich am kirchlichen Leben zu beteiligen. Die kirchliche Leitung der Militärseelsorge obliegt dem Militärbischof, der vom Rat der EKD nach Fühlungnahme mit der BReg. ernannt wird und abberufen werden kann. Die zentralen Verwaltungsaufgaben nimmt ein Ev. Kirchenamt für die Bw. wahr, das ein Militärgeneraldekan leitet.

Rechtsgrundlage der kath. Militärseelsorge ist Art. 27 des Reichskonkordats vom 20. 7. 1933 (Bek. vom 12. 9. 1933, RGBl. II 679). Die zentralen Verwaltungsaufgaben versieht ein Katholisches Militärbischofsamt unter Leitung eines Generalvikars. Der Bischof wird vom Papst im Einvernehmen mit der BReg. ernannt.

Das Ev. Kirchenamt für die Bw. und das Kath. Militärbischofsamt sind als Bundesoberbehörden dem BMVg. unmittelbar nachgeordnet. Meinungsverschiedenheiten und Sonderregelungen sollen im Wege freundschaftlicher Verständigung erledigt werden.

m) Ernennung und Entlassung der Soldaten

Nach Art. 60 GG steht dem BPräs. die Ernennung und Entlassung der Offiziere und Unteroffiziere (ebenso wie der BBeamten und BRichter) zu, soweit gesetzlich nichts anderes bestimmt ist und der BPräs. seine Befugnis nicht gem. § 4 Abs. 2 Satz 3 Soldatengesetz auf andere Behörden oder Dienststellen delegiert. Durch § 4 Abs. 2 des Soldatengesetzes ist die Zuständigkeit des BPräs. auf Berufssoldaten, Soldaten auf Zeit und Reserveoffiziere beschränkt worden. Der BPräs. hat sich aber nur die Ernennung und Entlassung der Offiziere der Besoldungsgruppe B vorbehalten und im Übrigen die Ausübung seiner Befugnisse dem Bundesverteidigungsminister mit dem Recht der Delegierung übertragen. Dieser hat in seiner Anordnung vom 23. 4. 1997 (BGBl. I 990), geändert durch AO vom 2. 9. 1998 (BGBl. I 2876), grds. die Ernennung und Entlassung der Offiziere und Reserveoffiziere bis zum Oberstleutnant und der Offiziersanwärter dem Amtschef des Personalamtes der Bw. übertragen. Weitere Bestimmungen regeln die Ernennung und Entlassung der Unteroffiziere und Mannschaften.

Zur Anordnung des BPräs. gelten noch Durchführungsbestimmungen vom 9. 6. 1981 (VMBl. 214) m. spät. Änd., die weitgehend den für Beamte und Richter erlassenen Durchführungsbestimmungen entsprechen. Es sind i. d. R. Ernennungsurkunden für Berufssoldaten und Soldaten auf Zeit auszufertigen. Eine Urkunde über die Beendigung des Dienstverhältnisses erhalten Berufssoldaten, die in den Ruhestand treten oder wegen Erreichens der allgemeinen Altersgrenze, wegen Dienstunfähigkeit oder auf Verlangen ausscheiden; in gewissen anderen Fällen ist nur eine Mitteilung erforderlich.

n) Dienstgradbezeichnungen und Uniform der Soldaten

Auf Grund der ihm in § 4 Abs. 3 des Soldatengesetzes übertragenen Befugnis erließ der BPräs. die Anordnung über die Dienstgradbezeichnungen und die Uniform der Soldaten i. d. F. der Bek. vom 14. 7. 1978 (BGBl. I 1067). Hierin sind die Dienstgradbezeichnungen für Offiziere, Unteroffiziere und Mannschaften festgesetzt und Vorschriften für die Uniformen gegeben.

Es gibt folgende Dienstgrade der Bundeswehr:

Heer/Luftwaffe	Marine
Mannschaften:	
Grenadier, Flieger usw.	Matrose
Gefreiter	Gefreiter
Obergefreiter	Obergefreiter
Hauptgefreiter	Hauptgefreiter
Stabsgefreiter	Stabsgefreiter
Oberstabsgefreiter	Oberstabsgefreiter
Unteroffiziere:	
Unteroffizier/Fahnenjunker	Maat/Seekadett
Stabsunteroffizier	Obermaat
Feldwebel/Fähnrich	Bootsmann/Fähnrich zur See
Oberfeldwebel	Oberbootsmann
Hauptfeldwebel/Oberfähnrich	Hauptbootsmann/Oberfähnrich zur See
Stabsfeldwebel	Stabsbootsmann
Oberstabsfeldwebel	Oberstabsbootmann
Offiziere:	
Leutnant	Leutnant zur See
Oberleutnant	Oberleutnant zur See
Hauptmann/Stabsarzt, -apotheker, -veterinär	Kapitänleutnant/Stabsarzt, -apotheker
Stabshauptmann	Stabskapitänleutnant

Major/Oberstabsarzt usw.	Korvettenkapitän/Oberstabsarzt, -apotheker
Oberstleutnant/Oberfeldarzt usw.	Fregattenkapitän/Flotillenarzt, -apotheker
Oberst/Oberstarzt usw.	Kapitän zur See/Flottenarzt, -apotheker
Generale:	
Brigadegeneral/Generalarzt, Generalapotheker	Flotillenadmiral/Admiralarzt
Generalmajor/Generalstabsarzt	Konteradmiral/Admiralstabsarzt
Generalleutnant/Generaloberstabsarzt	Vizeadmiral/Admiraloberstabsarzt
General	Admiral

o) Das militärische Vorgesetztenverhältnis

Das militärische Vorgesetztenverhältnis ist in der Vorgesetztenverordnung i. d. F. der Bek. vom 4. 6. 1956 (BGBl. III 51-1-1) geregelt. Danach ist die Befehlsbefugnis in und außer Dienst unterschiedlich. Nach § 1 Abs. 1 der VO hat ein Soldat, der einen militärischen Verband, eine militärische Einheit oder Teileinheit führt oder eine militärische Dienststelle leitet, die allgemeine Befugnis, den ihm unterstellten Soldaten in und außer Dienst Befehle zu erteilen. Innerhalb umschlossener militärischer Anlagen besteht allgemein eine Befehlsgewalt aller Soldaten einer höheren Dienstgradgruppe in und außer Dienst gegenüber den Soldaten einer niedrigeren Dienstgradgruppe (§ 4 Abs. 3 der VO).

Die Befehlsbefugnis außer Dienst besitzen alle unmittelbaren Vorgesetzten vom Gruppenführer an aufwärts. Innerhalb umschlossener militärischer Anlagen, wozu außer Kasernen, Gebäuden, Hallen, Kantinen, auch Depots, Truppenlager, Übungsplätze, Flugplätze, Schießstände usw. zählen, sofern sie (durch Zaun, Mauer, Hecke oder auf ähnliche Weise) abgegrenzt sind, kann ein Soldat einer höheren Dienstgradgruppe dem Soldaten einer niedrigeren Gruppe in und außer Dienst Befehle erteilen. Dabei gilt die Reihenfolge: Generale, Stabsoffiziere, Hauptleute, Leutnante, Unteroffiziere mit Portepee (alle Feldwebeldienstgrade), Unteroffiziere ohne Portepee (Unteroffiziere, Stabsunteroffiziere), Mannschaften.
Ein Fachvorgesetzter, d. h. ein Soldat, dem die Leitung des Fachdienstes von Soldaten obliegt, ist befugt, den Soldaten im Dienst zu fachdienstlichen Zwecken Befehle zu erteilen (§ 2). Ein Soldat mit besonderem Aufgabenbereich kann anderen Soldaten die zur Erfüllung seiner Aufgaben erforderlichen Befehle erteilen, auch wenn die Soldaten sich nicht im Dienst befinden (§ 3).

Ein Vorgesetzter kann innerhalb seiner Befehlsbefugnis Untergebene einem Soldaten für eine bestimmte Aufgabe vorübergehend unterstellen und damit ein Vorgesetztenverhältnis auf Grund besonderer Anordnung begründen (§ 5). Auf Grund eigener Erklärung kann ein Offizier oder Unteroffizier in und außer Dienst ein Vorgesetztenverhältnis begründen, indem er sich zum Vorgesetzten erklärt, wenn er dies für notwendig hält, weil (§ 6)
- eine Notlage sofortige Hilfe erfordert,
- zur Aufrechterhaltung der Disziplin oder Sicherheit ein sofortiges Eingreifen unerlässlich ist oder
- eine einheitliche Befehlsgebung an Ort und Stelle unabhängig von der gliederungsmäßigen Zusammengehörigkeit der Soldaten zur Behebung einer kritischen Lage hergestellt werden muss.

Niemand kann sich aber zum Vorgesetzten von Soldaten erklären, die über ihn Befehlsbefugnis haben. Mit der Erklärung hat der Erklärende die nach der Lage erforderliche Befehlsbefugnis. In eine fachliche Tätigkeit soll nur ein facherfahrener Offizier oder Unteroffizier eingreifen.

Zu einer wirkungsvollen Dienstgestaltung und zu einer fürsorglichen Berücksichtigung der Belange des einzelnen ist eine Beteiligung der Soldaten vorgesehen. Die Einzelheiten hierzu sind im Soldatenbeteiligungsgesetz (SBG) i. d. F. der Bek. vom 15. 4. 1997 (BGBl. I 766) geregelt. Die Beteiligung der Soldaten erfolgt entweder durch Vertrauenspersonen, Gremien der Vertrauenspersonen und deren Sprecher oder durch Personalvertretungen.

p) Die Besoldung des Soldaten

Das Wehrsoldgesetz i. d. F. der Bek. vom 30. 5. 2005 (BGBl. I 1510) dient der Ausführung des § 30 des SoldatenG, der dem Soldaten einen Anspruch insbes. auf Geld- und Sachbezüge sowie Heilfürsorge gewährt. Das Wehrsoldgesetz gilt nur für Soldaten, die auf Grund der Wehrpflicht Wehrdienst leisten. Dagegen sind die Dienstbezüge der Berufssoldaten und Soldaten auf Zeit (einschl. vermögenswirksamer Leistungen) im Bundesbesoldungsrecht geregelt.

Dem Gesetz liegt der Gedanke zugrunde, dass der Staat den Wehrpflichtigen mit allem auszustatten hat, was zur Ausübung des Dienstes gehört, ihm aber auch die Voraussetzungen schaffen muss, seine Freizeit gestalten zu können. Der Wehrpflichtige erhält neben einem Geldbetrag (Wehrsold, besondere Zuwendung) unentgeltlich Verpflegung, Unterkunft und Dienstbekleidung (§ 1). Bei kurzen Übungen wird statt Wehrsold ein Dienstgeld, bei Entlassung nach mindestens 1 Monat Grundwehrdienst Entlassungsgeld gezahlt (§§ 8, 9).

Außer den oben bezeichneten Leistungen, auf die der Wehrpflichtige Anspruch hat, dürfen Zulagen und Zuwendungen nur insoweit gewährt werden, als der Haushaltsplan Mittel dafür zur Verfügung stellt. Bei schuldhaftem unerlaubten Fernbleiben vom Dienst oder Vollzug einer gerichtlichen Freiheitsstrafe entfällt der Anspruch. Die Höhe des Wehrsolds richtet sich nach einer dem Gesetz beigefügten Tabelle. Er beträgt je nach Dienstgrad für Mannschaften tägl. 7,41–11,25 Euro, für Unteroffiziere 11,25–12,27 Euro, für Offiziere 12,27–15,85 Euro. Ferner können in bestimmten Fällen Zuschläge bezahlt werden (z. B. Leistungs-, Mobilitäts- oder Auslandsverwendungszuschlag, vgl. § 8 a ff.).

q) Der Urlaub des Soldaten

Der Urlaub des Soldaten regelt sich auf der Ermächtigungsgrundlage des § 28 SoldatenG nach der Soldatenurlaubsverordnung i. d. F. der Bek. vom 14. 5. 1997 (BGBl. I 1134) Dem Soldaten steht Erholungsurlaub zu, und zwar dem Soldaten auf Zeit und dem Berufssoldaten grundsätzlich nach den für Bundesbeamte geltenden Vorschriften. Während des Grundwehrdienstes wird für jeden vollen Dienstmonat 1/12 des beamtenrechtlichen Urlaubs gewährt, wenn die Dauer des ununterbrochen abgeleisteten Wehrdienstes mindestens 1 Monat beträgt.

Außerdem kann Urlaub zur Erhaltung der Einsatzfähigkeit oder zur Wiederherstellung der vollen Dienstfähigkeit gewährt werden. Bei Auslandsverwendung wird in Anwendung der Heimaturlaubsverordnung von 3. 6. 2002 (BGBl. I 1784) ein vom Einsatzort unabhängiger Zusatzurlaub zwischen 3 und 18 Tagen gewährt. Sonderurlaub kann nach Beamtenrecht bewilligt werden, wobei Sondervorschriften für Urlaub aus wichtigen, insbes. familiären Gründen, und zum medizinischen oder pharmazeutischen Studium gelten.

Zur Elternzeit für Soldaten s. § 28 Abs. 7 SoldatenG und Elternzeitverordnung für Soldatinnen und Soldaten i. d. F. der Bek. vom 18. 11. 2004 (BGBl. I 2855).
Aus zwingenden dienstlichen Gründen in einem Urlaubsjahr (1. 1.–31. 12.) nicht bewilligter Urlaub der Berufs- und Zeitsoldaten ist auf jeden Fall auf das nächste Urlaubsjahr zu übertragen und steht in diesem bis zum 30. 9. zur Verfügung. Soldaten auf Zeit erhalten beim Ausscheiden innerhalb eines Urlaubsjahres für jeden vollen Monat Dienstzeit nur 1/12 des Jahresurlaubs.

r) Die Versorgung des Soldaten

Die Versorgung des Soldaten bestimmt sich nach dem Gesetz über die Versorgung für die ehemaligen Soldaten der Bundeswehr und ihre Hinterbliebenen, dem Soldatenversorgungsgesetz – SVG – i. d. F. der Bek. vom 9. 4. 2002 (BGBl. I 1258, 1909). Das SVG findet nur auf ehemalige Soldaten und ihre Hinterbliebenen Anwendung und unterscheidet zwischen Ansprüchen

- auf Grund der Rechtsstellung des Soldaten und seiner Dienstzeit = Dienstzeitversorgung und
- auf Grund einer im Wehrdienst erlittenen gesundheitlichen Schädigung = Beschädigtenversorgung.

Beide Ansprüche können auch nebeneinander bestehen. Die Versorgung der Hinterbliebenen richtet sich nach den von dem Soldaten erworbenen Ansprüchen.

Das SVG behandelt im I. Teil den persönlichen Geltungsbereich, die Regelung durch Gesetz und die Wehrdienstzeit (§§ 1, 1 a, 2), im II. Teil die Berufsförderung und Dienstzeitversorgung der Soldaten auf Zeit sowie die Berufsförderung der Grundwehrdienstleistenden (§§ 3–13 d), die Dienstzeitversorgung der Berufssoldaten (§§ 14–40), die Versorgung der Hinterbliebenen von Soldaten, auch von weiblichen Soldaten (§§ 41–44 a), gemeinsame Vorschriften für Soldaten und ihre Hinterbliebenen (§§ 45–61), Umzugskostenvergütung, einmalige Unfallentschädigung, Schadensausgleich in besonderen Fällen, Versorgung bei besonderen Auslandsverwendungen, insbesondere Unfallruhegehalt und einmalige Entschädigung (§§ 62–63 g) sowie Anrechnung sonstiger Zeiten als ruhegehaltsfähige Dienstzeit, besondere Leistungen entsprechend SGB VI (§§ 64–79 a); im III. Teil die Beschädigtenversorgung (§§ 80–86), im IV. Teil Fürsorgeleistungen an ehemaligen Soldaten auf Zeit bei Arbeitslosigkeit (Arbeitslosenbeihilfe, Arbeitslosenhilfe, § 86 a), im V. Teil Organisation, Verfahren, Rechtsweg (§§ 87, 88 a), im VI. Teil Schlussvorschriften (§§ 89–98).

Für Soldaten auf Zeit und Berufssoldaten des fliegerischen Dienstes mit besonderer Altersgrenze 41 Jahre ist Berufsförderung vorgesehen, die in Ausbildung und Weiterbildung für das spätere Berufsleben besteht. Der Berufsförderungsdienst der Bundeswehr mit 22 Regionalteams bei den Kreiswehrersatzämtern und 111 Standortteams berät den Soldaten.

Während ihrer Dienstzeit können Soldaten zunächst ihre schulischen Kenntnisse auffrischen oder einen höheren Schulabschluss in 10 besonders hierfür eingerichteten Bildungsstätten, den sog. BW-Fachschulen, erwerben. Einige BW-Fachschulen bieten zusätzlich auch Kurse zur Studien- und Berufsvorbereitung an. Anschließend erhält der Soldat nach entsprechender Berufsberatung eine zusätzliche fachliche Ausbildung oder Weiterbildung in Bildungseinrichtungen seiner Berufssparte außerhalb der Bundeswehr. Schließlich bahnt die Bundeswehr auch die notwendigen Vermittlungen durch die Organe der Bundesagentur für Arbeit an. Zwecks Zugang zum öffentlichen Dienst wird Unteroffizieren und Mannschaften nach i. d. R. mindestens 12-jähriger Dienstzeit auf Antrag ein Eingliederungsschein oder Zulassungsschein erteilt, der bestätigt, dass der Inhaber zu dem Personenkreis gehört, für den im öffentlichen Dienst bestimmte Stellen freigehalten werden; d. i. jede 9. Stelle des gehobenen und jede 6. des mittleren und einfachen Dienstes der öffentlichen Bundes- und Landesverwaltung (§§ 9, 10 SVG). Zur Erleichterung des Übergangs in den Zivilberuf wird eine Übergangsbeihilfe gezahlt (§§ 12–13 d SVG).

Berufssoldaten erhalten Ruhegehalt entsprechend ihrer ruhegehaltfähigen Dienstzeit oder, falls das Dienstverhältnis infolge eines Dienstunfalls endet, Unfallruhegehalt (§§ 15 ff., 27 SVG). Für einen Teil des Ruhegehalts kann Kapitalabfindung gewährt werden (§§ 28 ff. SVG). Besonders gefährdete Soldaten erhalten neben der allgemeinen Versorgung nach dem SVG eine einmalige Unfallentschädigung zwischen 10 000 und 80 000 Euro, wenn sie infolge eines Unfalls beim Flug- oder Sprungdienst, im Bergrettungsdienst, als Kampfschwimmer, bei der Munitionsuntersuchung o. dgl. zu mindestens 50 v. H. erwerbsbeeinträchtigt sind. Entsprechendes gilt für Verletzung bei lebensgefährdendem Einsatz oder in Ausübung des Dienstes durch einen rechtswidrigen Angriff, ferner kann ein Schadensausgleich in besonderen Fällen (z. B. bei Auslandsverwendung) gewährt werden; besondere Vorschriften gelten bei Auslandsverwendungen. Im Falle des Todes wird die Entschädigung den Hinterbliebenen gezahlt (§§ 63, 63 a–63 g SVG).

s) Das Unterhaltssicherungsgesetz

Das Unterhaltssicherungsgesetz i. d. F. der Bek. vom 20. 2. 2002 (BGBl. I 972) soll den Unterhalt (Lebensbedarf) der zum Wehrdienst einberufenen Wehrpflichtigen und ihrer Angehörigen sichern. Dagegen werden Arbeitsplatz und soziale Ansprüche (Wohnraum, Erholungsurlaub, Sozialversicherung) durch das Arbeitsplatzschutzgesetz gesichert.

Nach § 1 USG erhalten zur Erfüllung der Wehrpflicht einberufene Wehrpflichtige und ihre Familienangehörigen Leistungen zur Sicherung des Lebensbedarfs (Unterhaltssicherung). Das USG findet keine Anwendung auf Berufssoldaten, Soldaten auf Zeit, Beamte, Richter und Arbeitnehmer, soweit sie Dienstbezüge oder Arbeitsentgelt erhalten. Familienangehörige im engeren Sinne, nämlich die Ehefrau oder der Lebenspartner, die Kinder und Stiefkinder, erhalten auf Antrag (§ 4 a) Leistungen, deren Höhe sich nach dem monatlichen durchschnittlichen Nettoeinkommen richtet (§ 5); der Wehrpflichtige und z. T. auch die engeren Angehörigen erhalten ferner Sonderleistungen (§ 7, z. B. Krankenhilfe) sowie Mietbeihilfe, Wirtschaftsbeihilfe für den Betrieb, Ersatz der Aufwendungen für Ersatzkräfte (§§ 7 a, 7 b). Sonstige Familienangehörige (die geschiedene Ehefrau oder der frühere Lebenspartner, Eltern, Enkel, Geschwister, Pflegekinder usw.) erhalten Einzelleistungen entsprechend dem bisher vom Wehrpflichtigen geleisteten oder geschuldeten Unterhalt (§ 6). Einkommensteuerpflichtige Einkünfte werden nach Maßgabe des § 11 angerechnet. Wehrpflichtige, die infolge des Wehrdienstes Verdienstverluste erleiden, erhalten auf Antrag eine Verdienstausfallentschädigung bis zu einer bestimmten Höchstgrenze (§§ 13 ff.). Leistungen nach dem USG sind i. d. R. steuerfrei (§ 15).

Die Leistungen werden durch die landesrechtlich bestimmten Behörden festgestellt und bewilligt, denen die Durchführung im Auftrag des die Kosten tragenden Bundes obliegt (§§ 17 ff.).

Die sonstigen Vorschriften des USG sehen u. a. Ausgleichsleistungen in besonderen Härtefällen vor (§ 23). Vorsätzliche oder fahrlässige Verstöße gegen Auskunfts- oder Anzeigepflichten können als Ordnungswidrigkeiten geahndet werden (§ 24).

t) Kriegsdienstverweigerer

Nach Art. 4 Abs. 3 Satz 1 GG darf niemand gegen sein Gewissen zum Kriegsdienst mit der Waffe gezwungen werden. Wer jedoch aus Gewissensgründen sich der Beteiligung an jeder Waffenanwendung zwischen Staaten widersetzt und deshalb den Kriegsdienst mit der Waffe verweigert, hat statt des Wehrdienstes einen sog. Zivildienst außerhalb der Bw. zu leisten. Durch Ableistung des Zivildienstes ist die Wehrpflicht erfüllt (§ 3 Abs. 1 WehrpflG).

Das Gesetz über die Verweigerung des Kriegsdienstes mit der Waffe aus Gewissensgründen vom 9. 8. 2003 (BGBl. I 1593) regelt das Verfahren der Anerkennung als Kriegsdienstverweigerer.

Über die Berechtigung, den Kriegsdienst mit der Waffe zu verweigern, wird auf Antrag durch das Bundesamt für den Zivildienst entschieden. Der Antrag ist schriftlich oder zur Niederschrift beim Kreiswehrersatzamt zu stellen. Er muss die Berufung auf das Grundrecht der Kriegsdienstverweigerung enthalten, ein vollständiger tabellarischer Lebenslauf und eine persönliche, ausführliche Darlegung der Beweggründe für die Gewissensentscheidung sind beizufügen oder binnen Monatsfrist beim Bundesamt einzureichen (§ 2 KDVG). Antragsteller werden ohne persönliche Anhörung als Kriegsdienstverweigerer anerkannt, wenn der Antrag vollständig ist, die dargelegten Beweggründe das Recht auf Kriegsdienstverweigerung zu begründen geeignet sind und das Gesamtvorbringen und die dem Bundesamt für den Zivildienst bekannten sonstigen Tatsachen keine Zweifel an der Wahrheit der Angaben des Antragstellers begründen (§ 5 KDVG). Über Anträge von Soldaten, einberufenen oder benachrichtigten ungedienten Wehrpflichtigen und bestimmten Reservisten ist vorrangig zu entscheiden (§ 4 KDVG). Bestehen Zweifel an der Wahrheit der Angaben wird durch das Bundesamt eine schriftliche Anhörung durchgeführt. Bestehen danach weitere Zweifel, kann es eine nichtöffentliche mündliche Befragung durchführen. Zur Aufklärung von Zweifeln über den Wahrheitsgehalt von Äußerungen kann auch ein Führungszeugnis eingeholt werden. Der Antrag wird abgelehnt, wenn er nicht vollständig ist, die Angaben kein Recht auf Kriegsdienstverweigerung zu begründen vermögen oder Zweifel an dem Wahrgehalt der Angaben nicht ausgeräumt werden können (§§ 6, 7 KDVG). Gegen ablehnende Entscheidungen des Bundesamtes findet ein Widerspruch statt (§ 9 KDVG). Das verwaltungsgerichtliche Verfahren reichtet sich nach § 10 KDVG.

u) Der Zivildienst

Der Zivildienst ist durch das Zivildienstgesetz (ZDG) i. d. F. der Bek. vom 17. 5. 2005 (BGBl. I 1346) auf der Grundlage der Vorschriften über die Kriegsdienstverweigerung als eine Form der Erfüllung der Wehrpflicht geregelt. Das ZDG bestimmt, dass dieser entweder in vom Bundesamt für den Zivildienst anerkannten Beschäftigungsstellen oder in Zivildienstgruppen geleistet werden soll. Die Rechtsstellung des Zivildienstpflichtigen ist weitgehend der des Soldaten angepasst, der auf Grund der Wehrpflicht Wehrdienst leistet. Wegen des zivilen Charakters des Zivildienstes gelten jedoch in mancher Hinsicht beamtenrechtliche Regeln.

Dem Wehrdienst angenähert sind hauptsächlich die Vorschriften über politische Betätigung (§ 29), dienstliche Unterkunft und Gemeinschaftsverpflegung (§ 31), Fürsorge, Geld- und Sachbezüge, Reisekosten, Urlaub (§ 35), Erhaltung der Gesundheit und ärztliche Eingriffe (§ 40), Versorgung (§§ 47 ff.) sowie die Straf-,

Bußgeld- und Disziplinarvorschriften (§§ 52ff.). Der Zivildienst dauert – wie der Grundwehrdienst – derzeit 9 Monate (§ 24 ZDG).

Beamtenartig geregelt ist dagegen u. a. die regelmäßige Arbeitszeit (§ 32).
Der besonderen Art des Dienstverhältnisses tragen vor allem die Vorschriften über Grundpflichten (§ 27: Gewissenhafte Diensterfüllung, Einfügung in die Gemeinschaft, Gefahrenübernahme, Ausbildung für die vorgesehene Verwendung), Befolgung dienstlicher Anordnungen (§ 30) sowie die Disziplinarvorschriften (§§ 58–70) Rechnung. Dienstliche Anordnungen hat der Dienstpflichtige auszuführen. Erhebt er Bedenken gegen die Rechtmäßigkeit einer dienstlichen Anordnung und wird diese aufrechterhalten, so hat er sie auszuführen, es sei denn, dass die Anordnung nicht zu dienstlichen Zwecken erteilt ist oder die Menschenwürde verletzt oder dass durch das Befolgen eine Straftat begangen würde. Befolgt der Dienstpflichtige eine dienstliche Anordnung, so ist er von der eigenen Verantwortung befreit, sofern nicht die Ausführung strafbar ist und dies entweder von ihm erkannt wird oder nach den ihm bekannten Umständen offensichtlich ist (§ 30).

Bei den **Aufgaben des Zivildienstes**, der dem Gemeinwohl dienen soll, stehen an erster Stelle solche im sozialen Bereich, aber auch solche in den Bereichen Umwelt- und Naturschutz sowie Landschaftspflege. Daneben kommt auch Dienst in anderen dem Gemeinwohl dienenden Einrichtungen in Betracht. Über deren Anerkennung entscheidet der BMFSFJ. Die Einrichtungen müssen die Gewähr bieten, dass sie den Aufgaben des Zivildienstes gerecht werden und dass die Dienstpflichtigen dementsprechend beschäftigt, geleitet und betreut werden; auch müssen sie sich einer gewissen Aufsicht unterstellen (§ 4). Die Verwaltungsaufgaben obliegen einem **Bundesamt für den Zivildienst** (Bundesoberbehörde) und dem **Bundesbeauftragten für den Zivildienst**; ferner wird beim BMFSFJ ein Beirat für den Zivildienst gebildet (§§ 1–2 a).

Die Tauglichkeit für den Zivildienst bestimmt sich entsprechend der Tauglichkeit für den Wehrdienst; Befreiung oder Zurückstellung kann beim Bundesamt aus ähnlichen Gründen wie beim Wehrdienst beantragt werden (§§ 7 ff.; über Befreiung der im Zivil- oder Katastrophenschutz, Entwicklungsdienst, sonstige als friedensfördernd anerkannten Auslandsdienste oder Polizeivollzugsdienst Eingesetzten vgl. §§ 14, 14 a, 14 b, 15). Dienstgruppen werden nach Bedarf aufgestellt (§ 5). Zu einer vertrauensvollen Zusammenarbeit bei der Dienstgestaltung und zu einer fürsorglichen Berücksichtigung der Belange des einzelnen Dienstleistenden ist eine Beteiligung der Zivildienstleistenden in dienstlichen Angelegenheiten vorgesehen. Diese Beteiligung erfolgt regelmäßig durch in geheimer, unmittelbarer Wahl gewählte Vertrauensmänner (vgl. Zivildienstvertrauensmann-Gesetz vom 16. 1. 1991 (BGBl. I 47). S. hierzu VO über die Wahl der Vertrauensmänner der Zivildienstleistenden vom 26. 2. 2002 (BGBl. I 1011).

Die Beschäftigungsstellen sorgen auf ihre Kosten für Unterkunft, Verpflegung und Arbeitskleidung der Dienstleistenden; die Geldbezüge trägt überwiegend der Bund (§ 6).

Für die Zuführung Dienstpflichtiger, die der Einberufung unentschuldigt nicht Folge leisten, gilt nach § 23 a entsprechendes wie beim Wehrpflichtigen ➢ vgl. Nr. d) ff). Die Dienstpflichtigen unterliegen bis zum 32. Lebensjahr der Zivildienstüberwachung, die mit einer Meldepflicht verbunden ist (§ 23). Von der Heranziehung zum Zivildienst kann abgesehen werden, wenn der Wehrpflichtige auch diesem gegenüber Gewissensgründe geltend macht – wie z. B. häufig die Zeugen Jehovas –, aber ein freiwilliges Arbeitsverhältnis in einer Kranken- oder Heil- und Pflegeanstalt nachweist (§ 15 a).

v) Ziviler Bevölkerungsschutz

Nach Art. 73 Nr. 1 GG hat der Bund die ausschließliche Gesetzgebung über die Verteidigung einschl. des Schutzes der Zivilbevölkerung. Nach

Art. 87b Abs. 2 GG können diese Aufgaben ganz oder teilweise in bundeseigener Verwaltung mit eigenem Verwaltungsaufbau oder von den Ländern im Auftrage des Bundes ausgeführt werden.

aa) Aufgabe des Zivilschutzes

Nach dem Gesetz über den Zivilschutz (ZSG) i. d. F. der Bek. vom 25. 3. 1997 (BGBl. I 726) ist es Aufgabe des Zivilschutzes, durch nichtmilitärische Maßnahmen die Bevölkerung, ihre Wohnungen und Arbeitsstätten, lebenswichtige zivile Betriebe, Dienststellen und Anlagen sowie das Kulturgut vor Kriegseinwirkungen zu schützen und deren Folgen zu beseitigen oder zu mildern. Behördliche Maßnahmen ergänzen die Selbsthilfe der Bevölkerung. Zum Zivilschutz gehören insbesondere 1. der Selbstschutz ➢ s. unten bb), 2. die Warnung der Bevölkerung, 3. der Schutzbau ➢ s. unten cc), 4. die Aufenthaltsregelung, 5. der Katastrophenschutz ➢ s. unten bb), 6. Maßnahmen zum Schutz der Gesundheit, 7. Maßnahmen zum Schutz von Kulturgut. Die Verwaltungsaufgaben des Bundes nach dem ZSG werden durch das Bundesamt für Bevölkerungsschutz und Katastrophenhilfe wahrgenommen.

bb) Selbstschutz. Katastrophenschutz

Aufbau, Förderung und Leitung des Selbstschutzes der Bevölkerung sowie Förderung des Selbstschutzes der Behörden und Betriebe gegen die besonderen Gefahren, die im Verteidigungsfall drohen, obliegen den Gemeinden (§ 5). Hierbei wirken öffentliche und private Organisationen mit (§ 20). Die Erfassung der besonderen Gefahren, die der Bevölkerung in einem Verteidigungsfall drohen, obliegt dem Bund. Die Warnung vor den besonderen Gefahren im Verteidigungsfall übernehmen im Auftrage des Bundes die bei Katastrophen zuständigen Behörden der Länder (§ 6). Die nach Landesrecht im Katastrophenschutz mitwirkenden Einheiten und Einrichtungen nehmen auch die Aufgaben zum Schutz der Bevölkerung vor den besonderen Gefahren und Schäden, die im Verteidigungsfall drohen, wahr (§ 11). Sie werden zu diesem Zwecke ausgestattet und ausgebildet. Die Katastrophenschutzbehörde ist jeweils für die Leitung und Koordinierung aller Hilfsmaßnahmen in ihrem Bereich zuständig (§ 14). Zur Mitwirkung von öffentlichen und privaten Organisationen sowie zu den Rechtsverhältnissen der Helferinnen und Helfer s. §§ 20, 21.

cc) Schutzbauten

Öffentliche Schutzräume sind die mit Mitteln des Bundes wiederhergestellten Bunker und Stollen sowie die als Mehrzweckbauten in unterirdischen baulichen Anlagen errichteten Schutzräume zum Schutz der Bevölkerung. Sie werden von den Gemeinden verwaltet und unterhalten. Einnahmen aus einer friedensmäßigen Nutzung der Schutzräume stehen den Gemeinden zu (§ 7). Hausschutzräume, die mit Zuschüssen des Bundes oder steuerlich begünstigt gebaut wurden, sind vom Eigentümer oder Nutzungsberechtigten in einem ihrer Bestimmung entsprechenden Zustand zu erhalten (§ 8).

dd) Sonstige gesetzliche Regelungen

Im Zusammenhang mit den gesetzlichen Schutzmaßnahmen für die Zivilbevölkerung sind die legislativen Maßnahmen zu erwähnen, die der Versorgung der Bevölkerung und der Aufrechterhaltung von Wirtschaft und Verkehr im Verteidigungsfalle dienen. Hierzu zählen: Das Ernährungssicherstellungsgesetz i. d. F. vom 27. 8. 1990 (BGBl. I 1802), das Wirtschaftssicherstellungsgesetz i. d. F. der Bek. vom 3. 10. 1968 (BGBl. I 1069), das Verkehrssicherstellungsgesetz i. d. F. der Bek, vom 8. 10. 1968 (BGBl. I 1082) und das Wassersicherstellungsgesetz i. d. F. der Bek. vom 24. 8. 1965 (BGBl. I 1225), jeweils mit DVOen.

Diese Gesetze dienen der Versorgung mit dem lebenswichtigen Bedarf der Bevölkerung im Verteidigungsfalle und in Krisenfällen; sie sollen das reibungslose Funktionieren von Wirtschaft und Verkehr bei Angriffen auf das Bundesgebiet und in bevorstehenden oder eingetretenen Krisenlagen sicherstellen.
Vorwiegend Verteidigungszwecken, aber auch der Gesundheitsfürsorge für die Bevölkerung im Verteidigungsfalle dient das Arbeitssicherstellungsgesetz i. d. F. der Bek. vom 9. 7. 1968 (BGBl. I 787); vgl. hierzu VO über die Feststellung und Deckung des Arbeitskräftebedarfs nach dem Arbeitssicherstellungsgesetz (ArbSV) i. d. F. der Bek. vom 30. 5. 1989 (BGBl. I 1071).

w) Bundeswehrfachschulen und -universitäten

aa) Nach §§ 4 ff. SoldatenversorgungsG (SVG) ➢ s. unter r), erhalten Soldaten auf Zeit, bestimmte Berufsoldaten und Wehrdienstleistende für die Zeit nach Beendigung ihres Dienstverhältnisses auf Kosten des Bundes eine Förderung der schulischen und beruflichen Bildung zum Zweck der Integration in das spätere Berufsleben. Diese besteht in Bildungsmaßnahmen der Berufsförderungsdienste bzw. der Vermittlung schulischen und beruflichen Wissens in Bildungseinrichtungen der Bundeswehr (Bundeswehrfachschulen) oder geeigneten Einrichtungen außerhalb der Bundeswehr (vgl. §§ 3 ff. SVG).

bb) Bundeswehruniversitäten, an denen Offiziere der Bundeswehr mit mindestens 12-jähriger Dienstverpflichtung unter denselben Voraussetzungen wie an sonstigen Hochschulen (Abitur oder als gleichwertig anerkannte Vorbildung, Fachschulreife) studieren können, sind am 1. 10. 1973 in Hamburg und München eröffnet worden. An den Bundeswehruniversitäten sind auch einige wenige zivile Studenten immatrikuliert.

Für sie gelten die Bestimmungen des Hochschulrahmengesetzes über die wissenschaftlichen Hochschulen, insbesondere über die Gliederung in Fakultäten (universitäre Studiengänge) oder Fachbereiche (Fachhochschulstudiengänge – nur in München), die Zusammensetzung des Lehrkörpers und die Rechtsstellung der Studenten; jedoch bleibt deren disziplinäre Einordnung in die Bundeswehr aufrechterhalten. Die Dauer des Studiums, das mit dem Erwerb eines Diploms oder des Magistergrades abgeschlossen werden kann, beträgt in der Regel 3 1/4 Jahre. Als Fakultäten bzw. Fachbereiche bestehen: z. B. Pädagogik, Wirtschafts- und Organisationswissenschaften, Informatik, Maschinenbau, Luft- und Raumfahrttechnik, Elektronik, Bauingenieur- und Vermessungswesen, Betriebswirtschaft und Elektrotechnik.

3. Teil

Die Rechtspflege; Bürgerliches Recht und Strafrecht

I. Recht und Rechtspflege

191 | Recht und Rechtsquellen

Das **Recht im objektiven Sinne** ist die Rechtsordnung, d.h. die Gesamtheit der Rechtsvorschriften, nach denen sich das Verhältnis der Menschen zueinander, insbes. in ihren Handlungen, sowie ihre Beziehungen zu den öffentlichen Verwaltungsträgern und deren Rechtsbeziehungen untereinander bestimmen. Diese Vorschriften können ausdrücklich durch staatlichen Hoheitsakt als formelles Gesetz, Rechtsordnung oder Satzung gesetzt sein (gesetztes Recht oder Rechtsnorm) oder sich als Gewohnheitsrecht in langjähriger Übung herausgebildet haben. Auch die jeder Rechtsordnung zu Grunde liegenden allgemeinen Rechtsgedanken gehören nach neuerer Auffassung zu den Rechtsquellen. Dagegen ist subjektives Recht die Befugnis, die sich für den einzelnen aus dem objektiven Recht unmittelbar ergibt (gesetzliches Recht) oder auf Grund des objektiven Rechts erworben wird (erworbenes Recht). Die Bundesgesetze und -verordnungen können in ihrer aktuell geltenden (= konsolidierten) Fassung im Internet unter „www.gesetze-im-internet.de" kostenlos abgerufen werden.

Als **positives Recht** bezeichnet man die (gesetzten oder auch nicht gesetzten) Rechtsnormen, die in einer bestimmten Gemeinschaft und einem bestimmten Bereich effektiv Wirksamkeit haben, d. h. tatsächlich verbindlich (i. d. R. von einer staatlichen Autorität garantiert) sind.

Recht und Moral decken sich nicht immer. Die Moral (Sittlichkeit) wendet sich an die Gesinnung des Menschen, während das Recht sein äußeres Verhalten im Zusammenleben mit anderen Menschen regelt. Die Moral ist ebenso wie die Sitte (die in der Allgemeinheit geltenden Anstandsregeln und Gebräuche) nicht immer wie das mit der Macht des Staates erzwingbare Recht durchzusetzen. Als Schutz insbes. gegen Willkür und Gewalt, auch seitens der Behörden, sind im GG die

Grundrechte garantiert; das sind verfassungsmäßig verbürgte, elementare Rechte des Einzelnen.

Nicht jedes Recht jedoch ist erzwingbar (vgl. Völkerrecht, Kirchenrecht). Auch im Privatrecht kann nicht jeder Anspruch zwangsweise durchgesetzt werden (z. B. Verlöbnis – Eheschließung).

Nicht immer entspricht die Anwendung des gesetzten Rechts, das notwendigerweise für eine Vielzahl von Fällen gilt, im Einzelfall auch der Billigkeit, d. h. der (natürlichen) Gerechtigkeit. Manche Rechtsvorschriften lassen daher eine Anwendung von Billigkeitsgrundsätzen zu, so bei der Deliktshaftung ➢ s. Nr. 343, von Kindern und Schuldunfähigen nach § 829 BGB.

192 | Öffentliches Recht und Privatrecht

Das staatliche Recht umfasst das

öffentliche Recht	und das	**Privatrecht**

a) Das öffentliche Recht

Das öffentliche Recht umfasst die Rechtsnormen, welche sich auf das Verhältnis des einzelnen zum Staat und zu den übrigen Trägern öffentlicher Gewalt oder auf das Verhältnis der Verwaltungsträger untereinander beziehen. Dazu zählen Völkerrecht, Kirchen-, Staats-, Straf-, Prozessrecht. Im öffentlichen Recht ist der Einzelne häufig dem Träger öffentlicher Gewalt untergeordnet.

b) Das Privatrecht

Das Privatrecht, auch Zivil- oder bürgerliches Recht genannt, umfasst die Rechtssätze, welche sich auf die Rechtsverhältnisse der Menschen als einzelne untereinander beziehen.

Zentrale Privatrechtsordnung ist das Bürgerliche Gesetzbuch (BGB) ➢ s. Nr. 311 ff. Daneben enthalten zahlreiche weitere Gesetze Bestimmungen, die nur engere Personenkreise berühren oder spezielle Rechtsverhältnisse regeln. Z. B. enthält das Handelsgesetzbuch das Handelsrecht, das Recht der Kaufleute, ➢ vgl. Nr. 437 ff.

Zum innerstaatlichen Zivilrecht gehört auch das sog. **Internationale Privatrecht** (IPR). Das IPR bestimmt, welches nationale Recht bei Sachverhalten mit Auslandsberührung, z. B. wenn eine Partei eines Rechtsverhältnisses Ausländer ist, anzuwenden ist. Das deutsche IPR ist in Art. 3–46 des Einführungsgesetzes zum BGB geregelt. Es enthält die sog. Kollisionsnormen, die durch Zuweisung des Sachverhalts an eine bestimmte nationale Rechtsordnung (Anknüpfung) die maßgebenden Rechtsnormen festlegen. Nach dem deutschen IPR ist für diese Anknüpfung zumeist die Staatsangehörigkeit maßgebend (z. B. wird nach Art. 7 Abs. 1 EGBGB die Rechts- und Geschäftsfähigkeit einer Person nach den Gesetzen des Staates beurteilt, dem die Person angehört). Eine Rechtsnorm eines anderen Staates ist allerdings dann nicht anzuwenden, wenn ihre Anwendung mit wesentlichen Grundsätzen des deutschen Rechts, vor allem den Grundrechten, unvereinbar ist, sog. ordre public (Art. 6 EGBGB).

Zur Frage, welches nationale Recht bei Fällen mit Auslandsberührung anzuwenden ist, s. auch das Übereinkommen vom 19. 6. 1980 über das auf vertragliche Schuldverhältnisse anzuwendende Recht (Gesetz vom 25. 7. 1986, BGBl. II 809).

In der Gesetzgebung sind im Allgemeinen das öffentliche Recht und das private Recht getrennt behandelt. Jedoch enthalten die Gesetzeswerke zahlreicher Rechtsgebiete sowohl privatrechtliche als auch öffentlich-rechtliche Vorschriften (z. B. Wettbewerbsrecht, Patentrecht, Arbeitsrecht).

Die Entwicklung des deutschen Rechts ist seit dem immer stärkeren Zusammenwachsen der Mitgliedstaaten der Europäischen Union zunehmend von Entwicklungen des europäischen Rechts determiniert. Schätzungen gehen davon aus, dass ca. 80 % der neu geschaffenen Rechtsnormen in den Mitgliedstaaten durch das Gemeinschaftsrecht geprägt werden. Auf mannigfaltigen Gebieten des öffentlichen, aber auch des bürgerlichen Rechts findet gegenwärtig eine Rechtsangleichung statt. Hierbei entstammen Lösungsansätze naturgemäß den verschiedensten Rechtsordnungen und sind daher nicht immer mit gewohnten nationalen Traditionen in Einklang zu bringen. Da sich Lösungen im Zweifel an einfacher Handhabung und Praxisnähe orientieren, wird bereits von einem „Wettbewerb der Rechtsordnungen" gesprochen. Das von der EU zur Angleichung der Rechte der Mitgliedstaaten verwendete Rechtsinstitut ist vor allem die Richtlinie ➤ s. Nr. 35 a), eine Art Rahmen- und Zielvorgabe, die vom nationalen Gesetzgeber ausgefüllt werden muss.

193 | Materielles und formelles Recht

Unter **materiellem Recht** versteht man die Normen, die das Recht als solches ordnen (nicht seine Durchsetzung). Das **formelle Recht** hingegen umfasst die Rechtssätze, die den Streit um das materielle Recht im Anwendungsfall oder seine zwangsweise Durchsetzung regeln, insbes. also das Verfahrensrecht (z. B. Zivilprozess-, Strafprozess-, zum Teil Insolvenzordnung).

Materielles Privatrecht ist z. B. das bürgerliche Recht und das Handelsrecht mit den ergänzenden Vorschriften (z. B. Wechselrecht). Materielles Strafrecht ist das Strafrecht, soweit es von der Straftat als solcher handelt. Materielles Insolvenzrecht ist das Insolvenzrecht insoweit, als es die Voraussetzungen und Wirkungen der Insolvenz regelt, im Gegensatz zum Insolvenzverfahrensrecht, das zum formellen Recht gehört.

Die Unterscheidung zwischen formellem und materiellem Recht ist besonders im Strafprozess von Bedeutung, weil bei der Rechtfertigung einer Revision zwischen der Verletzung einer Rechtsnorm über das Verfahren und der Verletzung einer anderen Rechtsnorm unterschieden wird (§ 344 StPO) ➤ vgl. Nr. 258. Wie in der Insolvenzordnung ist auch in anderen Gesetzen materielles und formelles Recht oftmals zugleich behandelt.

194 | Rechtspflege und Gerichtswesen

Rechtspflege ist die Tätigkeit der Justizbehörden, deren Aufgabe die Anwendung des Rechts im Einzelfall ist, sei es durch Rechtsprechung, sei es in anderen Zweigen der Gerichtsbarkeit.

Die rechtsprechende Gewalt wird nach den Verfassungen rechtsstaatlicher Demokratien durch unabhängige und nur dem Gesetz unterworfene Gerichte ausgeübt (vgl. Art. 92, 97 GG). Die Gerichte haben hierbei das materielle Recht anzuwenden, d. h. die Vorschriften, welche die Rechtsverhältnisse der Privatpersonen regeln (Privatrecht) oder das Recht des Staates, zu strafen (Strafrecht), oder die sich aus dem sonstigen öffentlichen Recht (insbes. Staats-, Verwaltungsrecht) ergebenden Rechtsbeziehungen behandeln.

Zur Rechtspflege gehört auch die freiwillige (richtiger: nichtstreitige) Gerichtsbarkeit, deren Tätigkeit sich nicht auf die Entscheidung von Rechtsstreitigkeiten erstreckt, sondern auf die mehr verwaltungsmäßige Begründung, Veränderung oder Beendigung von Rechtsverhältnissen gerichtet ist ➢ vgl. Nr. 301 ff., beispielsweise die Tätigkeit der Grundbuchämter. Die Tätigkeit der Staatsanwaltschaft ➢ s. Nr. 216, ist Rechtspflege. Ebenso hierzu zählt die vorsorgende Arbeit der Notare. Organe der Rechtspflege sind ferner die Rechtsanwälte (vgl. § 1 BRAO).

Es gibt nur noch staatliche Gerichte. Eine geistliche Gerichtsbarkeit hat in weltlichen Angelegenheiten keine bürgerlich-rechtliche Wirkung. Zu Schiedsgerichten ➢ s. Nr. 262.

Über die Rechtsstellung der Richter und das richterliche Prüfungsrecht sowie über Befähigung zum Richteramt ➢ s. Nr. 199, 87.

Überblick über die einzelnen Zweige der Gerichtsbarkeit:

Ordentliche Gerichtsbarkeit	Arbeitsgerichtsbarkeit	Allgemeine Verwaltungsgerichtsbarkeit	Sozialgerichtsbarkeit	Finanzgerichtsbarkeit
Amtsgericht	Arbeitsgericht	Verwaltungsgericht	Sozialgericht	
Landgericht				
Oberlandesgericht	Landesarbeitsgericht	Oberverwaltungsgericht (Verwaltungsgerichtshof)	Landessozialgericht	Finanzgericht
Bundesgerichtshof	Bundesarbeitsgericht	Bundesverwaltungsgericht	Bundessozialgericht	Bundesfinanzhof

Das Oberlandesgericht in Berlin führt die Bezeichnung Kammergericht.

Über die Disziplinargerichtsbarkeit ➢ s. Nr. 162 h), über das Bundesverfassungsgericht ➢ s. Nr. 78 a. Verfassungsgerichte der Länder ➢ s. Nr. 121 ff.

Ausnahmen von der Gerichtsbarkeit bestehen bei Exterritorialität ➢ s. Nr. 44.

195 | Gerichtsverfassung

Die Gerichtsbarkeit wird durch die vom Staat eingesetzten Gerichte ausgeübt. Der Staat bestimmt die **Organisation** der Gerichte und die Abgrenzung ihrer Geschäftsbereiche teils bereits in der Verfassung, im Übrigen in Gerichtsverfassungsregelungen. In der BRep. gilt das Gerichtsverfassungsgesetz (GVG) für die **ordentliche Gerichtsbarkeit**. Diese umfasst die streitige Gerichtsbarkeit zur Entscheidung von Zivilsachen (im Zivilprozess) ➢ s. Nr. 231 ff., die Strafgerichtsbarkeit (für den Strafprozess) ➢ s. Nr. 271 ff., und die sog. freiwillige Gerichtsbarkeit; diese befasst sich mit der Begründung, Veränderung oder Aufhebung von Rechten oder Rechtsverhältnissen, ohne dass ein Rechtsstreit vorliegen muss ➢ s. Nr. 301 ff.

Als **ordentliche Gerichte** bestehen in den **Ländern** Amts-, Land- und Oberlandesgerichte, zu denen auch das Kammergericht in Berlin zählt, und als einziges ordentliches **Bundesgericht** der **Bundesgerichtshof** in Karlsruhe. Die Gerichtsbarkeit in Strafsachen gegen Jugendliche und Heranwachsende obliegt nach dem Jugendgerichtsgesetz den Jugendgerichten, die bei den Amts- und Landgerichten gebildet werden ➢ vgl. Nr. 295.

Das **GVG** wurde im Rahmen der Reichsjustizgesetze am 27. 1. 1877 erlassen. Es enthält die grundlegenden Normen über den Aufbau der ordentlichen Gerichtsbarkeit (z. B. Instanzenzug, sachliche Zuständigkeiten, Besetzung, Präsidium, Geschäftsverteilung, Öffentlichkeit der Sitzungen, Beratung und Abstimmung, Staatsanwaltschaft).

Das zugleich mit dem GVG erlassene **Einführungsgesetz (EGGVG)** erfuhr eine bedeutsame Ergänzung durch die gemäß § 179 der Verwaltungsgerichtsordnung vom 21. 1. 1960 (BGBl. I 17) eingefügten §§ 23 ff. Diese regeln in Ausführung des Art. 19 Abs. 4 GG den Rechtsweg gegen Verwaltungsakte der Justizbehörden (Anrufung des Oberlandesgerichts durch Antrag auf gerichtliche Entscheidung). Die durch Gesetz vom 30. 9. 1977 (BGBl. I 1877) eingefügten §§ 31 ff. normieren die Kontaktsperre, die gegen Untersuchungs- oder Strafgefangene verhängt werden kann, wenn sie wegen Straftaten im Zusammenhang mit der Tätigkeit terroristischer oder krimineller Vereinigungen ➢ s. Nr. 391, verfolgt werden oder verurteilt worden sind. Nach § 34 a (eingefügt durch Änderung des EGGVG durch Gesetz vom 4. 12. 1985, BGBl. I 2141) ist dem Gefangenen auf Antrag ein Rechtsanwalt als Kontaktperson beizuordnen. Die §§ 12–22, eingefügt durch das Justizmitteilungsgesetz regeln die Übermittlung personenbezogener Daten.

Die Gerichtsverfassungsbestimmungen für die Arbeitsgerichte, die allgemeinen und besonderen Verwaltungsgerichte sind in den einschlägigen Verfahrensordnungen enthalten (ArbGG, VwGO, FGO, SGG).

Über die Entwicklung der Arbeitsgerichtsbarkeit ➢ vgl. Nr. 637, der allgemeinen und der besonderen Verwaltungsgerichtsbarkeit ➢ s. Nrn. 151, 504 und 666. Während in diesen Gerichtsbarkeiten seit Ende des 1. Weltkrieges weitgehende Änderungen eingetreten sind, ist die Organisation der ordentlichen Gerichtsbarkeit in den unteren Instanzen (Amts-, Land-, Oberlandesgericht) im Wesentlichen unverändert geblieben. Lediglich die Zuständigkeit des Bundesgerichtshofs weist gegenüber der seines Vorgängers, des Reichsgerichts (RG), erhebliche Abweichungen auf. Das mit Inkrafttreten der Reichsjustizgesetze errichtete RG (Sitz Leipzig) – in Handelssachen Nachfolger des von 1871–1879 amtierenden Reichsoberhandelsgerichts – war nicht nur für Zivil- und Strafsachen zuständig. Ein Zivilsenat des RG war zugleich Reichsarbeitsgericht. Mit dem RG verbunden war der Reichsdisziplinarhof für Disziplinarsachen gegen Reichsbeamte; zeitweise angegliedert waren ihm u. a. der Staatsgerichtshof für das Deutsche Reich und der Staatsgerichtshof zum Schutze der Republik. Die Zuständigkeit für Hoch- und Landesverratssachen wurde dem RG aus politischen Gründen zugunsten des 1934 errichteten Volksgerichtshofs entzogen, dessen Senate überwiegend mit ehrenamtlichen Richtern, insbesondere mit NSDAP-Funktionären und hohen Offizieren besetzt waren.

196 | Das bürgerliche Streitverfahren

Der **Zivilprozess** ist das gerichtliche Verfahren zur Verwirklichung bürgerlich-rechtlicher Ansprüche, also das bürgerlich-rechtliche (im Gegensatz zu den öffentlich-rechtlichen) Streitverfahren. Es war bis zu den Reichsjustizgesetzen einzelstaatlich geregelt, wurde dann vom Reichsrecht übernommen und erhielt nach dem 2. Weltkrieg eine neue Grundlage in der Neufassung der **Zivilprozessordnung** durch das RechtseinheitsG vom 12. 9. 1950 (BGBl. 455).

Im sog. **Erkenntnisverfahren** entscheidet das Gericht über das Bestehen eines Anspruchs oder ein sonstiges Rechtsbegehren (z. B. Ehescheidung, Auflösung einer GmbH). Das Verfahren wird durch Klage (im Urteilsverfahren) oder durch einen Antrag (z. B. auf Erlass eines Mahnbescheides, Ehescheidung) eingeleitet und von den Parteien (Kläger/Antragsteller, Beklagter/Antragsgegner) betrieben. Es endet – ggf. auf mögliche Rechtsmittel nach Durchlaufen von zwei oder mehr Instanzen – durch gerichtliches Urteil oder eine diesem gleichstehende Entscheidung (z. B. Vollstreckungsbescheid), sofern nicht ein Prozessvergleich geschlossen, die Klage zurückgenommen wird oder auf sonstige Art Erledigung eintritt. Über den Verfahrensgang ➢ vgl. Nr. 237 ff. Nach Rechtskraft der gerichtlichen Entscheidung kann sich das **Vollstreckungsverfahren** anschließen, in dem der festgestellte Anspruch vom Gläubiger durchgesetzt wird (Zwangsvollstreckung) ➢ s. Nr. 249 ff.

Ein bürgerliches Streitverfahren ist auch das Verfahren vor den Arbeitsgerichten, soweit es sich um privatrechtliche Ansprüche handelt; meist sind dies Rechtsstreitigkeiten zwischen Arbeitnehmer und Arbeitgeber aus dem Arbeitsverhältnis.

197 | Der Strafprozess

Das **Strafprozessrecht** regelt das Verfahren zur gerichtlichen Entscheidung über eine Straftat und deren Ahndung (formelles Strafrecht). Das Strafrecht im engeren Sinne enthält das materielle Strafrecht, das bestimmt, welche Handlungen mit Strafe bedroht sind.

Ein Strafverfahren beginnt meist mit dem Ermittlungsverfahren, das von der Polizei oder von der Staatsanwaltschaft (in Abgabensachen von der Steuerfahndungsstelle des Finanzamtes oder einer Zolldienststelle) eingeleitet wird. Es schließt, sofern es nicht mangels Beweises oder aus Rechtsgründen (z. B. wegen Verjährung) eingestellt wird, mit der Erhebung der Anklage (oder dem Antrag auf Erlass eines Strafbefehls) ab. Sodann entscheidet das angerufene Gericht (sofern nicht Strafbefehl ergeht) im Eröffnungsverfahren, ob die Anklage zur Hauptverhandlung zugelassen wird. In dieser konzentriert sich das Hauptverfahren, in dem i. d. R. durch Urteil entschieden wird. Nach Rechtskraft der gerichtlichen Entscheidung, die ggf. erst nach einem Rechtsmittelverfahren eintritt, findet im Falle der Verurteilung das Vollstreckungsverfahren statt. Über die einzelnen Abschnitte des Strafprozesses ➢ vgl. Nr. 282 ff.

Sondervorschriften bestehen für das Verfahren in Abgabensachen und für das Verfahren wegen Ordnungswidrigkeiten.

198 | Die freiwillige Gerichtsbarkeit

Während die streitige Gerichtsbarkeit der Durchsetzung bestehender Rechte dient, befasst sich die **freiwillige Gerichtsbarkeit** mit der Gestaltung von Rechten und Rechtsverhältnissen.

Zu ihren Aufgaben gehören insbesondere die Vormundschafts- und anderen Familiensachen, Personenstandssachen (einschl. Todeserklärung, Todeszeitfeststellung nach dem Verschollenheitsgesetz), Nachlass-, Grundbuch-, Register- und Handelssachen, Landwirtschaftssachen (Pachtschutz, Höferecht), Beurkundung und Beglaubigung, ➢ vgl. Nr. 301 ff.

Das Verfahren betrifft meist zivilrechtliche Angelegenheiten und richtet sich im Wesentlichen nach dem Gesetz über die Angelegenheiten der freiwilligen Gerichtsbarkeit (FGG), ➢ vgl. Nr. 301. Es wird teils auf Antrag, teils – wie z. B. in Vormundschaftssachen – von Amts wegen eingeleitet und unterliegt weitgehend dem **Untersuchungsgrundsatz** und dem **Amtsbetrieb**. Derzeit wird eine Reform der freiwilligen Gerichtsbarkeit vorbereitet.

199 | Das Richteramt

Die rechtsprechende Gewalt ist **Richtern** übertragen, die im Dienst des Bundes oder eines Landes stehen. Man unterscheidet Berufsrichter und ehrenamtliche Richter, nach der Vorbildung rechtsgelehrte und Laienrichter. Zu den letzteren zählt man i.e.S. diejenigen ehrenamtlichen Richter, die nicht – wie z.B. in der Handels-, Arbeits-, Sozialgerichtsbarkeit – wegen ihrer besonderen Sachkunde, sondern als Vertreter des Volkes schlechthin tätig werden sollen (z.B. Schöffen).

Bei den ordentlichen Gerichten entscheiden im Zivilprozess nur Berufsrichter, ausgenommen die Kammern für Handelssachen bei den Landgerichten, bei denen zwei ehrenamtliche Richter neben dem vorsitzenden Berufsrichter mitwirken. In Strafsachen sind bei fast allen Tatsacheninstanzen mit Ausnahme der Einzelrichterabteilungen des Amtsgerichts und der nur aus Berufsrichtern bestehenden Strafsenate des Oberlandesgerichts Laienrichter als Beisitzer tätig, also bei den Schöffengerichten und den allgemeinen und besonderen Strafkammern ➢ s. Nr. 274. Auch bei den anderen Gerichten werden ehrenamtliche Richter zugezogen, so beim Verwaltungsgericht, beim Finanzgericht, beim Arbeitsgericht und beim Sozialgericht.

Die Rechtsstellung der Richter ist im Deutschen Richtergesetz (DRiG) i.d.F. der Bek. vom 19. 4. 1972 (BGBl. I 713) sowie in den Richtergesetzen der Länder geregelt. Das DRiG betrachtet dem GG gemäß den Richter nicht mehr als Beamten, sondern gibt ihm eine seiner besonderen Aufgabe als Repräsentant der dritten Gewalt gerecht werdende eigene Rechtsstellung.

Zunächst in seinem 1. Teil behandelt das DRiG (Richteramt in Bund und Ländern) die Befähigung zum Richteramt, das Richterverhältnis, die Unabhängigkeit des Richters, seine besonderen Pflichten und die ehrenamtlichen Richter. Die **Befähigung zum Richteramt** wird durch das Bestehen zweier Prüfungen erworben. Der ersten Prüfung, die aus einer universitären Schwerpunktbereichsprüfung und einer staatlichen Pflichtfachprüfung besteht, muss ein Studium der Rechtswissenschaft von 4 Jahren vorangehen, davon mindestens vier Halbjahre an einer Universität der BRep. Die Studienzeit kann bei Vorliegen entsprechender Leistungsnachweise abgekürzt werden. Zwischen der ersten Prüfung und der zweiten Staatsprüfung muss ein Vorbereitungsdienst von 2 Jahren als Referendar liegen (§§ 5–5 d). Die in einem Land der BRep. abgelegte erste Prüfung und die auf den Vorbereitungsdienst verwendete Zeit werden in jedem anderen Bundesland anerkannt. Wer in der BRep. die Befähigung zum Richteramt erworben hat, besitzt sie im Bund und in jedem deutschen Land (§ 6). Ordentliche Professoren der Rechte an einer Universität in der BRep. sind zum Richteramt befähigt (§ 7).

Richter können nur als Richter auf Lebenszeit, auf Zeit, auf Probe oder kraft Auftrags berufen werden (§ 8). Voraussetzung ist, dass der zu Berufende Deutscher i.S. des Art. 116 GG ist, die Gewähr dafür bietet, jederzeit für die freiheitliche demokratische Grundordnung i.S. des GG einzutreten, die Befähigung zum Richteramt besitzt und über die erforderliche soziale Kompetenz verfügt (§ 9).

Zum **Richter auf Lebenszeit** kann ernannt werden, wer nach Erwerb der Befähigung zum Richteramt mindestens 3 Jahre im richterlichen Dienst tätig gewesen ist (§ 10). Eine **Ernennung auf Zeit** ist nur unter den durch Bundesgesetz bestimmten Voraussetzungen und nur für die bundesgesetzlich bestimmten Aufgaben zulässig (§ 11). Wer später als Richter oder als Staatsanwalt verwendet werden soll, kann zum **Richter auf Probe** ernannt werden. Spätestens 5 Jahre nach seiner Ernennung ist der Richter auf Probe zum Richter auf Lebenszeit oder unter Berufung in das Beamtenverhältnis zum Staatsanwalt auf Lebenszeit zu ernennen (§ 12). Ein Richter auf Probe kann ohne seine Zustimmung nur bei einem Gericht, bei einer Behörde der Gerichtsverwaltung oder bei einer Staatsanwaltschaft verwendet werden (§ 13). Über **Richter kraft Auftrags** s. §§ 14–16.

Die Ernennung der Richter erfolgt durch Aushändigung einer Urkunde (§ 17); über Richteramtsbezeichnungen s. § 19 a. Über Nichtigkeit oder Rücknahme der Ernennung s. §§ 18, 19. Über Entlassung aus dem Richterverhältnis s. § 21, Entlassung eines Richters auf Probe oder kraft Auftrags §§ 22, 23. Beendigung des Dienstverhältnisses kann wie beim Beamten ➢ s. Nr. 162, infolge strafgerichtlicher Verurteilung oder Verwirkung von Grundrechten eintreten (§ 24).

Die in Bund und Ländern verfassungsmäßig gewährleistete **Unabhängigkeit des Richters** behandeln die §§ 25–37. Der Richter ist nur dem Gesetz unterworfen (§ 25). Er untersteht der Dienstaufsicht nur, soweit nicht seine Unabhängigkeit beeinträchtigt wird. Behauptet ein Richter eine solche Beeinträchtigung, so entscheidet auf seinen Antrag das Dienstgericht (§§ 26, 62).

Bei einer gerichtlichen Entscheidung darf nicht mehr als ein Richter auf Probe, kraft Auftrags oder ein abgeordneter Richter mitwirken; der Vorsitzende in Kollegialgerichten muss Richter auf Lebenszeit sein (§§ 28, 29). Richter auf Lebenszeit oder auf Zeit sind ohne ihre Zustimmung nur bei Vorliegen gesetzlich besonders geregelter Gründe versetzbar, s. §§ 30–33.

Besondere Pflichten des Richters sind Richtereid (§ 38), Wahrung der Unabhängigkeit (§ 39), Verbot der Erstattung von Rechtsgutachten (§ 41), Beratungsgeheimnis (§ 43). Zu Nebentätigkeit ist der Richter nur in der Rechtspflege und der Gerichtsverwaltung verpflichtet (§ 42). Eine Nebentätigkeit als Schiedsrichter oder Schlichter darf nur genehmigt werden, wenn die Parteien den Richter gemeinschaftlich beauftragen oder wenn er von einer unbeteiligten Stelle benannt ist. Die Genehmigung ist zu versagen, wenn der Richter mit der Sache befasst ist oder nach der Geschäftsverteilung befasst werden kann (§ 40).

Ehrenamtliche Richter dürfen nur unter den gesetzlich bestimmten Voraussetzungen tätig werden. Sie sind unabhängig wie Berufsrichter und haben ähnliche Pflichten (§§ 44, 45).

Die Entschädigung der ehrenamtlichen Richter bei den Gerichten der ordentlichen sowie der allgemeinen Verwaltungs-, der Finanz-, Arbeits- und Sozialgerichtsbarkeit bestimmt sich nach dem Justizvergütungs- und Entschädigungsgesetz (JVEG). Sie erhalten für Zeitversäumnis 5 Euro pro Stunde, bei Verdienstausfall regelmäßig bis zu 20 Euro, in Ausnahmefällen bis 39 bzw. 51 Euro pro Stunde, ferner Fahrtkostenersatz und Entschädigung für Aufwand (Tagegeld, dessen Höhe sich nach § 4 Abs. 5 Satz 1 Nr. 5 Satz 2 EStG bestimmt) und Ersatz für sonstige Aufwendungen (z. B. für notwendige Vertretungen). Nicht Erwerbstätige mit eigenem Haushalt für mehrere Personen oder Teilzeitbeschäftigte, die außerhalb ihrer vereinbarten regelmäßigen Arbeitszeit herangezogen werden erhalten (an Stelle eines Verdienstausfallersatzes) als Ausgleich für die Versäumung ihrer Hausarbeit eine Entschädigung von 12 Euro je Stunde. Die ea. Richter bei den Kammern für Handelssachen werden gemäß § 107 GVG entschädigt (Fahrtkostenersatz in entsprechender Anwendung von § 5 JVEG; wenn auswärts wohnhaft: Tage- und Übernachtungsgelder nach beamtenrechtlichen Grundsätzen wie Richter beim Landgericht).

Der 2. Teil des DRiG (§§ 46–70) gilt für die Rechtsverhältnisse der **Richter im Bundesdienst**. Für sie gelten bis zu einer besonderen Regelung die Vorschriften für Bundesbeamte ➢ vgl. Nr. 162.

Richter auf Lebenszeit an den obersten Gerichtshöfen des Bundes treten ebenso wie andere Richter (Ausnahme: Bundesverfassungsrichter, vgl. § 4 Abs. 3 BVerfGG) mit dem Ende des Monats in den Ruhestand, in dem sie das 65. Lebensjahr vollenden (Altersgrenze, § 48). Zur Teilzeitbeschäftigung und zum Urlaub ohne Dienstbezüge s. §§ 48 a–d DRiG. Als Richtervertretungen sieht das Gesetz den Richterrat für die Beteiligung an allgemeinen und sozialen Angelegenheiten (§§ 50–53) und den Präsidialrat für die Beteiligung an der Ernennung eines Richters vor (§§ 54–57). Art. 95 GG schreibt für die Berufung der Richter der obersten Gerichtshöfe (71 I) die Beteiligung eines Wahlausschusses vor. Zur Ausführung ist das Richterwahlgesetz vom 25. 8. 1950 (BGBl. I 368) ergangen. Nach § 55 DRiG ist vor jeder Ernennung oder Wahl eines Richters der Präsidialrat des Gerichts, bei welchem der Richter verwendet werden soll, zu beteiligen.

Für die Richter im Bundesdienst ist als Dienstgericht des Bundes ein besonderer Senat des BGH bestimmt. Das Dienstgericht, dessen Zuständigkeit sich aus § 62 ergibt, gilt nach § 61 Abs. 4 als Zivilsenat i. S. des § 132 GVG. ➢ vgl. Nr. 215.

In seinem 3. Teil behandelt das DRiG das Recht der **Richter im Landesdienst**. Die Länder sind verpflichtet, die Rechtsverhältnisse ihrer Richter gemäß den §§ 72–84 und, soweit das DRiG nichts anderes bestimmt, auf der Grundlage der §§ 1–120 des Beamtenrechtsrahmengesetzes ➢ vgl. Nr. 162, zu regeln.

Die Länder haben dabei die gemeinsamen Interessen von Bund und Ländern zu berücksichtigen (§ 71). Nach § 71 a ist das BeamtenversorgungsG ➢ s. Nr. 162 e) dd), anzuwenden. Daneben gibt das DRiG selbst für die Regelung des Landesrechts bindende Vorschriften, und zwar über die Bildung des Richterrates und des Präsidialrates (§§ 72–75) sowie über die Errichtung von Dienstgerichten (§§ 77 ff.)

Die **Dienstgerichte** entscheiden in Besetzung mit dem Vorsitzenden und je zur Hälfte ständigen und nichtständigen Beisitzern, die sämtlich Richter auf Lebenszeit sein müssen (§ 77). Das Verfahren vor den Dienstgerichten besteht aus mindestens zwei Rechtszügen. Die Revision an das Dienstgericht des Bundes ist nur beschränkt zugelassen (§ 79); für die Revision im Disziplinarverfahren, Versetzungsverfahren und Prüfungsverfahren enthalten die §§ 80–83 bindende Vorschriften. Die Regelung der gesetzlichen Altersgrenze ist ebenso wie die Entscheidung über die Anwendung des DRiG auf die Mitglieder des Verfassungsgerichts den Ländern überlassen (§§ 76, 84).

Durch die zum 1. 9. 2006 in Kraft getretene Föderalismusreform ist der Bund für die Regelung der Statusrechte der Landesrichter nunmehr konkurrierend gesetzgebungszuständig. Die Besoldung und Versorgung der Landesrichter ist in die Regelungszuständigkeit der Länder übergegangen. Die überwiegende Anzahl der im DRiG die Landesrichter betreffenden Vorschriften ist gerichtverfassungsrechtlicher bzw. statusrechtlicher Art, so dass der Bund auch nach der Föderalismusreform regelungszuständig bleibt. In § 63 Abs. 10 Nr. 1 des Entwurfs für ein Beamtenstatusgesetz (BT-Drs. 16/4027) soll § 71 DRiG daher so gefasst werden, dass für das Statusrecht der Richter im Landesdienst bis zu einer besonderen Regelung die Vorschriften des Beamtenstatusgesetzes entsprechen gelten.

200 | Der Rechtspfleger

Rechtspfleger ist ein Beamter des gehobenen Justizdienstes, der auf Grund gesetzlicher Ermächtigung mit der Wahrnehmung richterlicher Aufgaben betraut ist. Rechtsgrundlage ist das **Rechtspflegergesetz** i.d.F. der Bek. vom 5. 11. 1969 (BGBl. I 2065). Er entscheidet wie ein

Richter selbstständig und ist hierbei nur dem Gesetz unterworfen, also unabhängig von Weisungen seiner vorgesetzten Dienststelle (§ 9). Bei bestimmten Voraussetzungen hat der Rechtspfleger ihm übertragene Geschäfte dem Richter vorzulegen (s. § 5).

Gegen die Entscheidung des Rechtspflegers ist grundsätzlich das Rechtsmittel gegeben, das nach den allgemeinen Verfahrensrechtlichen Vorschriften zulässig ist. Ist eine derartiges Rechtsmittel nicht gegeben, ist die Erinnerung zulässig. Sie wird nach den sinngemäß anzuwendenden Vorschriften über die Beschwerde behandelt (§ 11).

Voraussetzung für die Betrauung mit den Aufgaben eines Rechtspflegers ist ein Vorbereitungsdienst von mindestens drei Jahren (davon 1 1/2 Jahre fachwissenschaftlicher Studiengang) und Ablegung der Rechtspflegerprüfung. Ferner dürfen das Amt als Rechtspfleger Beamte ausüben, welche die Befähigung zum Richteramt haben. Wer die erste juristische Staatsprüfung bestanden hat, kann vom Vorbereitungsdienst zum Rechtspfleger auf Antrag teilweise befreit werden. Referendare können zeitweilig mit den Geschäften eines Rechtspflegers betraut werden (§ 2).

Die dem Rechtspfleger übertragenen Geschäfte sind vielgestaltig. Er erledigt die meisten früher dem Richter am Amtsgericht zugewiesenen Angelegenheiten der freiwilligen Gerichtsbarkeit. Ihm obliegen grundsätzlich sämtliche Geschäfte in Grundbuch-, Zwangsversteigerungs- und Zwangsverwaltungssachen, Vereins-, Güterrechts- und Musterregistersachen, Verschollenheits-, Aufgebots-, Urkunds- und Hinterlegungssachen; ferner die meisten Angelegenheiten im Mahnverfahren und in der Strafvollstreckung. Andere Bereiche sind teils vom Richter, teils vom Rechtspfleger zu erledigen. Dieser bearbeitet familienrechtliche Angelegenheiten, in denen aber personenrechtliche oder abschließende Entscheidungen meist dem Richter vorbehalten sind. Von Nachlass- und Teilungssachen sind dem Richter vorbehalten u. a. Entscheidungen über Testamentsvollstrecker, Erbschein u. a. m., bei Handelssachen gewisse Eintragungen und andere wichtige Verfügungen. Im Insolvenz- und Vergleichsverfahren entscheidet der Rechtspfleger, soweit der Richter sich die Entscheidung nicht vorbehält, erst im Verfahren nach Entscheidung über die Eröffnung. Allgemein kann der Rechtspfleger auch zur Mitwirkung bei richterlichen Geschäften herangezogen werden, z. B. zur Fertigung von Entwürfen.

201 | Die Rechtsanwälte

Die Rechtsanwälte sind die gesetzlich berufenen, unabhängigen Vertreter und Berater in allen Rechtsangelegenheiten. Sie sind Organ der Rechtspflege und üben kein Gewerbe, sondern einen freien Beruf aus.

Die Tätigkeit als Rechtsanwalt setzt die Befähigung zum Richteramt voraus.

Die **Bundesrechtsanwaltsordnung** (BRAO) i. d. F. der Bek. vom 1. 8. 1959 (BGBl. I 565) vereinheitlichte das deutsche Anwaltsrecht und brachte insbesondere die Abschaffung des Anwärterdienstes und die Trennung des Ehrengerichts (jetzt: Anwaltsgericht) vom Kammervorstand. Standesvertretung sämtlicher im Bezirk eines OLG zugelassenen RAe ist die Rechtsanwaltskammer. Die RA-Kammern und ihr Zusammenschluss, die Bundesrechtsanwaltskammer, haben den Status von Körperschaften des öffentlichen Rechts.

Die Anwaltschaft hat eine eigene **Anwaltsgerichtsbarkeit**, durch die bei Pflichtverletzungen Warnung, Verweis, Geldbuße bis 25 000 Euro, Vertretungsverbot auf bestimmten Rechtsgebieten für 1–5 Jahre oder Ausschluss aus der Anwaltschaft verhängt werden kann. In erster Instanz entscheidet das am Sitz der der RA-Kammer gebildete Anwaltsgericht durch eine mit 3 RAen besetzte Kammer, in zweiter Instanz ein Senat (3 RAe, 2 Berufsrichter) des beim OLG errichteten Anwaltsgerichtshofs. Soweit Revision zulässig ist oder zugelassen wird, entscheidet darüber der beim BGH gebildete Senat für Anwaltssachen (Präsident des BGH bzw. Vorsitzender Richter, 3 Mitglieder des BGH, 3 RAe). Die Berufungs- und die Revisionsfrist betragen jeweils 1 Woche. Der Vorstand der Anwaltskammer hat das Recht, außerhalb des Anwaltsgerichtsverfahrens bei Pflichtverletzungen Rügen zu erteilen, gegen die Einspruch, bei Erfolglosigkeit Anrufung des Anwaltsgerichts zulässig ist. Lassen dringende Gründe den Ausschluss aus der Anwaltschaft erwarten, kann ein vorläufiges Berufs- oder Vertretungsverbot verhängt werden.

Der RA kann als Vertreter einer Partei vor jedem Gericht und jeder Behörde oder sonstigen Einrichtung des öffentlichen Lebens auftreten. Um in Zivilsachen vor dem Bundesgerichtshof auftreten zu können, ist die Zulassung beim BGH erforderlich. Er hat bezüglich der ihm von seinem Mandanten mitgeteilten Angelegenheiten eine besondere Schweigepflicht.

Stellt der RA einem Auftraggeber auf Grund eines ständigen Dienst- oder ähnlichen Beschäftigungsverhältnisses seine Arbeitszeit und Arbeitskraft zur Verfügung (sog. Syndikusanwalt), darf er für diesen vor Gerichten oder Schiedsgerichten nicht in seiner Eigenschaft als RA tätig werden. Wird ein RA als Richter oder Beamter verwendet, ohne auf Lebenszeit ernannt zu sein, oder ist er vorübergehend als Angestellter im öffentlichen Dienst tätig, darf er seinen Beruf als RA nicht ausüben, es sei denn, dass er die ihm übertragenen Aufgaben ehrenamtlich wahrnimmt (§§ 46, 47 BRAO).

Für seine Tätigkeit steht dem RA eine Vergütung (Gebühren und Auslagen) nach Maßgabe des Rechtsanwaltsvergütungsgesetzes – RVG – i. d. F. der Bek. vom 5. 5. 2004 (BGBl. I 718) zu. Die Gebühren bemessen sich i. d. R. nach dem Gegenstand der Anwaltstätigkeit, der sich z. B. in Zivilsachen nach dem gerichtlichen Streitwert ➢ s. Nr. 234, in Strafsachen nach der Gerichtsstufe und der Zahl der Hauptverhandlungstage richtet. Soweit das RVG Rahmengebühren vorsieht, ist die Gebühr im Einzelfall nach Bedeutung, Umfang und Schwierigkeit der Sache zu bestimmen. Überschreitung der Rahmengebühr oder einer gesetzlich fixierten Gebühr setzt schriftliche Vereinbarung voraus. Seit 1. 7. 2006 soll für die Erteilung eines mündlichen oder schriftlichen Rats oder einer Auskunft für die Ausarbeitung eines schriftlichen Gutachtens und für Mediationstätigkeiten eine Gebührenvereinbarung getroffen worden. Teil 2 des Vergütungsverzeichnisses zum RVG sieht hierfür nur noch in Ausnahmefällen (z. B. Prüfung der Erfolgsaussicht eines Rechtsmittels) bestimmte Gebührensätze vor. Wird keine Gebührenvereinbarung getroffen, so erhält der Rechtsanwalt eine Vergütung nach den Vorschriften des bürgerlichen Rechts (vgl. insbes. §§ 315 ff. BGB). Ist keine Gebührenvereinbarung getroffen, kann der Rechtsanwalt von einem Verbraucher für eine Beratung oder ein schriftliches Gutachten höchstens jeweils 250,00 Euro für ein erstes Beratungsgespräch höchstens 190,00 Euro verlangen (§ 34 RVG). In außergerichtlichen Abgelegenheiten können ferner pauschal- oder Zeitvergütungen vereinbart werden, die niedriger sind, als die gesetzlichen Gebühren (§ 2 Abs. 2 RVG).

Wer nach seinen persönlichen und wirtschaftlichen Verhältnissen die Gebühren für die Inanspruchnahme eines RA nicht aufbringen kann, erhält auf Antrag Prozesskostenhilfe, wenn die Rechtsverfolgung nicht aussichtslos oder mutwillig ist. Für die Wahrnehmung von Rechten außerhalb des gerichtlichen Verfahrens wird ihm, falls er nicht auf andere Weise (z. B. als Mitglied einer Gewerkschaft) rechtliche Betreuung erlangen kann, Beratungshilfe nach dem Gesetz vom 18. 6. 1980 (BGBl. I 689) gewährt, außer wenn die Rechtsverfolgung mutwillig ist. Das Amtsgericht, das über den Antrag entscheidet, erteilt dem Antragsteller eine Bescheinigung, die ihn berechtigt, die Beratung und erforderlichenfalls außergerichtliche Vertretung durch einen RA seiner Wahl oder eine amtliche Beratungsstelle in Anspruch zu nehmen; die Beratungshilfe kann vom Amtsgericht gewährt werden, sofern eine sofortige Auskunft, ein Hinweis oder eine Antragsaufnahme ausreicht.

Der Ratsuchende hat dem in Anspruch genommenen Anwalt eine einmalige Gebühr (10 Euro) zu zahlen, deren Erstattung er ggf. von seinem kostenpflichtigen Gegner verlangen kann; etwa getroffene Vergütungsvereinbarungen sind nichtig. Ein RA, der besondere Kenntnisse im Strafrecht, im Verwaltungsrecht, Familienrecht, Steuerrecht, Arbeitsrecht, Versicherungsrecht, Sozialrecht, Insolvenzrecht, Verkehrsrecht, Bau- und Architektenrecht, Erbrecht, Mietrecht, gewerblichen Rechtsschutz, Handels- und Gesellschaftsrecht, Miet- und Wohnungseigentumsrecht sowie Transport- und Speditionsrecht, Urheber- und Medienrecht oder Informationstechnologierecht (IT-Recht) erworben hat, kann hierauf durch die Bezeichnung als **Fachanwalt** hinweisen; die Befugnis, eine Fachanwaltsbezeichnung zu führen, verleiht die Rechtsanwaltskammer (§ 43 c BRAO). Die notwendigen Anforderungen an den Nachweis der besonderen Kenntnisse regelt die als Satzung ausgestaltete Fachanwaltsordnung, zuletzt geändert durch Beschluss der Satzungsversammlung der Bundesrechtsanwaltskammer am 3. 4. 2006. I. d. R. muss der Bewerber mindestens 3 Jahre als RA tätig gewesen sein, ferner können die theoretischen Kenntnisse auf einem Lehrgang mit einer Zeitdauer von mindestens 120 Stunden erworben werden. Zudem ist der Nachweis besonderer praktischer Erfahrung durch selbstständige Fallbearbeitungen auf den jeweiligen Fachgebieten erforderlich.

Zu den Grundpflichten eines RA gehört, keine Bindungen einzugehen, die seine berufliche Unabhängigkeit gefährden (§ 43 a BRAO). Werbung ist nur erlaubt, soweit sie über die berufliche Tätigkeit in Form und Inhalt sachlich unterrichtet (§ 43 b BRAO). Der Abschluss einer Berufshaftpflichtversicherung ist obligatorisch (§ 51 BRAO). Berufliche Zusammenarbeit und die Bildung von Sozietäten ist möglich (§ 59 a BRAO). Nähere Bestimmungen zu den beruflichen Rechten und Pflichten sind in der **Berufsordnung durch Satzung** bestimmt. Die Satzungskompetenz liegt bei der Bundesrechtsanwaltskammer und einer demokratisch zu legitimierenden Satzungsversammlung (§§ 59 b, 191 a ff. BRAO). Die Berufsausübung ist dem RA auch in einer Rechtsanwaltsgesellschaft möglich. Gesellschaften mit beschränkter Haftung, deren Unternehmensgegenstand die Beratung und Vertretung in Rechtsangelegenheiten ist, sind zulässig (§§ 59 c ff. BRAO).

Nach § 29 a BRAO kann der RA auch in anderen Staaten eine Kanzlei unterhalten. Über die Ausbildung der Rechtsanwaltsfachangestellten bzw. der Rechtsanwalts- und Notargehilfen vgl. VO i. d. F. der Bek. vom 23. 11. 1987 (BGBl. I 2392).

Anwälte aus EU-Mitgliedsländern oder anderen Vertragsstaaten des EWR-Abkommens dürfen in der BRep. tätig werden, soweit dies nach dem auf Grund der Art. 49, 50 EGV und der Richtlinien des EG-Rates vom 22. 3. 1977, vom 21. 12. 1988 und vom 16. 2. 1998 erlassenen Gesetz zur Umsetzung von Richtlinien der Europäischen Gemeinschaft auf dem Gebiet des Berufsrechts der Rechtsanwälte vom 9. 3. 2000 (BGBl. I 182, 1349) zulässig ist. Die näheren Einzelheiten regelt in diesem Zusammenhang das EuRAG i. d. F. der Bek. vom 9. 3. 2000 (BGBl. I 182, 1349). Insbesondere können Rechtsanwälte aus der EU und dem EWR sowie der Schweiz nach der auf Antrag erfolgten Aufnahme in eine Rechtsanwaltskammer grds. unbeschränkt und dauerhaft als niedergelassener europäischer Rechtsanwalt (§§ 2 ff. EuRAG) unter der Berufsbezeichnung des Herkunftslands praktizieren. Nach mindestens dreijähriger effektiver und regelmäßiger Tätigkeit als niedergelassener europäischer Rechtsanwalt wird er nach den Vorschriften der BRAO zur Rechtsanwaltschaft zugelassen; die vorübergehende Dienstleistung europäischer Rechtsanwälte richtet sich nach §§ 25 ff. EuRAG. Für Anwälte aus Mitgliedstaaten der WTO ➢ s. Nr. 54, gilt ebenfalls die Berechtigung, sich unter der Berufsbezeichnung des Herkunftsstaates zur Rechtsbesorgung in Deutschland niederzulassen, allerdings beschränkt auf das Recht des Herkunftsstaates und das Völkerrecht (§ 206 Abs. 1 BRAO). Auch für Anwälte anderer Staaten gilt eine entsprechende Niederlassungsberechtigung, wobei die Befugnis zur Rechtsbesorgung auf das Recht des Herkunftsstaates beschränkt ist. Außerdem muss mit dem Herkunftsstaat die Gegenseitigkeit verbürgt sein (§ 206 Abs. 2 BRAO).

202 | Sonstige Rechtsvertreter

Nicht jedermann darf sich berufsmäßig mit der Besorgung fremder Rechtsangelegenheiten, sei es gerichtlich oder außergerichtlich, befassen. Diese obliegt in erster Linie den Rechtsanwälten. Andere Personen dürfen zwar, soweit nicht Anwaltszwang besteht, in Einzelfällen als Bevollmächtigte oder Beistände vor Gericht auftreten, falls sie prozessfähig sind. Eine geschäftsmäßige Besorgung fremder Rechtsangelegenheiten dagegen – gleichgültig ob entgeltlich oder unentgeltlich – ist an die Zulassung durch die Justizverwaltung (Präsident des Amts- bzw. Landgerichts) geknüpft.

Ausnahmen bestehen für behördlich eingesetzte Personen wie Notare, Patentanwälte, Wirtschaftsprüfer, Insolvenz- oder Zwangsverwalter oder Beratung durch berufsständische Vereinigungen und dgl. Sondervorschriften gelten u. a. im Steuer- und Sozialgerichtsverfahren.

Die zur mündlichen Verhandlung nach § 157 Abs. 3 ZPO Zugelassenen heißen Prozessagenten. Diese sowie alle Personen, denen die Erlaubnis zur geschäftsmäßigen Besorgung fremder Rechtsangelegenheiten einschließlich der Rechtsberatung und der Einziehung fremder oder zur Einziehung abgetretener Forderungen erteilt ist, dürfen sich Rechtsbeistände nennen; doch kann eine andere Bezeichnung (z. B. Rentenberater) bestimmt werden, soweit sich die Tätigkeit auf bestimmte Gebiete beschränkt. Vgl. das Rechtsberatungsgesetz, das bei Zuwiderhandlungen Geldbuße androht, nebst 1. AVO – beide vom 13. 12. 1935 (RGBl. I 1478, 1481) – sowie 2. AVO vom 3. 4. 1936 (RGBl. I 359). Die Bedürfnisprüfung bei der Zulassung von Prozessagenten hat das BVerfG (BVerfGE 10, 185) als mit Art. 12 Abs. 1 GG vereinbar befunden.

Die Bundesregierung hat am 23. 8. 2006 den Entwurf für ein ein Gesetz zur Neuregelung des Rechtsberatungsrechts beschlossen (BT-Drs. 16/3655). Im außergerichtlichen Bereich soll das bisherige Rechtsberatungsgesetz durch ein Rechtsdienstleistungsgesetz abgelöst werden. Außergerichtliche Rechtsdienstleistungen, die nicht in Zusammenhang mit einer entgeltlichen Tätigkeit stehen, dürfen danach grds. von jedermann erbracht werden. Personen oder Einrichtungen, die Rechtsdienstleistungen außerhalb des Familien- oder Bekanntenkreises erbringen, sind nach dem Gesetzesentwurf verpflichtet, eine juristisch qualifizierte Person zu beteiligen. Bei dauerhaft unqualifizierten Rechtsdienstleistung ist eine Untersagung vorgesehen. Rechtsdienstleistungen als Nebenleistungen bei sonstiger Berufstätigkeit sollen ebenfalls zulässig sein. Inkassodienstleistungen, Rentenberatung und Beratung in einem ausländischen Recht dürfen nur Personen erbringen, die ihre Sachkunde nachgewiesen haben und im Rechtsdienstleistungsregister registriert sind. In gerichtlichen Verfahren, in denen nicht ohnehin Anwaltszwang besteht, soll durch Änderung der entsprechenden Prozessordnungen grundsätzlich nur die Vertretung durch Familienangehörige, Beschäftigte der Prozesspartei oder durch unentgeltlich tätige Volljuristen bzw. Streitgenossen zugelassen werden. Bestehende Vertretungsbefugnisse für Gewerkschaften, Sozialverbände und Rentenberater werden übernommen. Die kontroverse Diskussion über das Reformvorhaben dauert noch an.

203 | Notare, Notariate

Der Notar ist unabhängiger Träger eines öffentlichen Amtes auf dem Gebiet der vorsorgenden Rechtspflege. Er ist in besonderem Maße als öffentliches Urkundsorgan berufen. Namentlich obliegt ihm, Beurkundungen (z. B. von Gesellschaftsbeschlüssen, Grundstückskaufverträgen,

Testamenten, Erbverträgen usw.) und Beglaubigungen (z. B. von Unterschriften) vorzunehmen. Weiter ist er zuständig zur Entgegennahme von Auflassungen, für Auseinandersetzungen über Nachlässe und eheliche Gütergemeinschaften, für die Verwahrung von Geld, Kostbarkeiten und Wertpapieren, zur Aufnahme von Wechselprotesten, für die Durchführung freiwilliger Versteigerungen usw.

Gesetzliche Grundlage ist die **Bundesnotarordnung** i. d. F. der Bek. vom 24. 2. 1961 (BGBl. I 98). Sie enthält Vorschriften über I. das Amt des Notars (Bestellung; Ausübung des Amtes; Amtstätigkeit; sonstige Pflichten des Notars; Abwesenheit und Verhinderung des Notars, Notarvertreter; Erlöschen des Amtes, vorläufige Amtsenthebung, Notariatsverweser; allgemeine Vorschriften für das Verwaltungsverfahren §§ 1–64 b); II. Notarkammern, Bundesnotarkammer (§§ 65–91); III. Aufsicht, Disziplinarverfahren (§§ 92–110 a); IV. Übergangs- und Schlussbestimmungen (§§ 111–119).

Es werden so viele Notare bestellt, wie es den Erfordernissen einer geordneten Rechtspflege entspricht (§ 4).

Nach § 10 BNotO ist jedem amtlich bestellten Notar ein bestimmter Ort als Amtssitz zugewiesen, an dem er eine Geschäftstelle zu unterhalten hat; der Amtsbereich des Notars ist der Bezirk des Amtsgerichts, in dem er seinen Amtssitz hat; die Landesjustizverwaltung kann die Grenzen des Amtsbereichs abweichend festlegen (§ 10 a Abs. 1); i. d. R. darf der Notar nur in seinem Amtsbezirk (OLG-Bezirk) tätig werden (§ 11). Der Notar ist verpflichtet, sich dienstbereit zu halten, es sei denn, dass für ihn ein Vertreter vorhanden ist. Verhinderungen von mehr als einer Woche sind anzuzeigen; Abwesenheit von mehr als 1 Monat bedarf aufsichtsbehördlicher Genehmigung (§ 38 BNotO).

Als Disziplinargerichte für Notare sind Senate für Notarsachen, im ersten Rechtszug beim OLG (Vorsitzender Richter, 1 weiterer Richter, 1 Notar) und im zweiten Rechtszug beim BGH (Vorsitzender Richter und 2 weitere Richter, 2 Notare) zuständig (§§ 99, 101, 106).

Die Gebühren des Notars bestimmen sich nach §§ 140–157 der Kostenordnung i. d. F. der Bek. vom 26. 7. 1957 (BGBl. I 960).

In Baden-Württemberg sind die Bezirksnotare im früheren württembergischen Landesteil, ebenso wie die Notariate im ehemaligen badischen Landesteil, selbstständige Behörden der Gerichtsorganisation. Für die Bezirksnotare gilt die BNotO nicht (§ 114). Ihre Zuständigkeit umfasst (außer der des Notars) die des Grundbuchamts, des Vormundschafts- und des Nachlasswesens. Die Bezirksnotare gehen aus der besonders geregelten Notariatslaufbahn des gehobenen Justizdienstes hervor.

Über die Ausbildung der Notarfachangestellten bzw. der Rechtsanwalts- und Notarfachangestellten vgl. VO i. d. F. der Bek. vom 23. 11. 1987 (BGBl. I 2392).

Beurkundungen inländischer Vorgänge durch ausländische Notare sind grundsätzlich möglich, wenn die ausländische Beurkundung der deutschen „gleichwertig" ist (s. Art. 11 EGBGB). Dies wird z. B. bei der Beurkundung gesellschaftsrechtlicher Vorgänge durch österreichische oder schweizer Notare überwiegend anerkannt. Bei Grundstücksgeschäften ist jedoch eine Beurkundung durch einen ausländischen Notar ausgeschlossen.

204 | Kostenwesen

Für die Inanspruchnahme öffentlich-rechtlicher Leistungen werden Gebühren erhoben. In bürgerlichen Rechtsstreitigkeiten, in Verfahren vor den allgemeinen Verwaltungsgerichten und den Finanzgerichten, in Insolvenzsachen sowie für Verfahren nach dem Zwangsversteigerungsgesetz, der Strafprozessordnung, dem Gesetz über Ordnungswidrigkeiten oder dem Strafvollzugsgesetz sind Kosten nach dem **Gerichtskostengesetz** – GKG – i. d. F. der Bek. vom 5. 5. 2004 (BGBl. I 718) zu zahlen. Die Kosten in Angelegenheiten der freiwilligen Gerichtsbarkeit bestimmen sich dagegen nach der **Kostenordnung** i. d. F. der Bek. vom 26. 7. 1957 (BGBl. I 960). Über die Gebühren der Rechtsanwälte, Rechtsbeistände und Notare und die Kosten der Gerichtsvollzieher ➤ s. Nrn. 201–203, 219.

In Arbeitsgerichtssachen ist das GKG neben den Sondervorschriften des § 12 ArbGG ergänzend anwendbar. Auch für die Sozialgerichte bestehen Sonderbestimmungen; danach werden von natürlichen Personen nur ausnahmsweise Gerichtskosten erhoben (§§ 183, 184, 192 SGG).

Von Bedeutung sind ferner die Justizverwaltungskostenordnung vom 14. 2. 1940 (RGBl. I 357), nach welcher die Justizbehörden Gebühren und Auslagen für Verwaltungsakte – (z. B. Beglaubigungen, Rechtshilfeangelegenheiten ➤ s. Nr. 221) – berechnen, und die Justizbeitreibungsordnung vom 11. 3. 1937 (RGBl. I 298), welche die durch zwangsweise Einziehung von Gebühren oder Kosten entstehenden Ansprüche regelt. Die **Entschädigung der Zeugen und Sachverständigen** richtet sich nach dem Justizvergütungs- und -entschädigungsgesetz (JVEG) vom 5. 5. 2004 (BGBl. I 7186). Zeugen erhalten Ersatz der Fahrtkosten sowie Entschädigung für Zeitversäumnis oder für Nachteile bei der Hauhaltsführung bzw. für Verdienstausfall 3–17 Euro pro Std., höchstens jedoch für 10 Std. tägl. (ohne Verdienstausfall den Mindestsatz, Hausfrauen bei Mehrpersonenhaushalt 12 Euro pro Std.) Sachverständige erhalten eine nach Honorargruppen bemessene Stundenvergütung grds. zwischen 50 und 85 Euro, für bestimmte medizinische Gutachten auch gesetzlich bestimmte Pauschalhonorare.

II. Das Gerichtswesen der ordentlichen Gerichtsbarkeit

211 | Ordentliche und besondere Gerichte

Vor die ordentlichen Gerichte (Amts-, Land-, Oberlandesgerichte – in Berlin das Kammergericht –, Bundesgerichtshof) gehören alle nicht besonderen Gerichten zugewiesenen Streitigkeiten sowie die Strafsachen und die Angelegenheiten der (nichtstreitigen) freiwilligen Gerichtsbarkeit ➢ s. Nr. 231 ff..

Als **besondere Gerichtsbarkeiten** sieht das GG vor (Art. 95, 96):

- die (allgemeine) Verwaltungsgerichtsbarkeit, ausgeübt durch die Verwaltungs- und Oberverwaltungsgerichte der Länder und als oberste Instanz das Bundesverwaltungsgericht in Leipzig ➢ vgl. Nr. 150, 151;
- die Arbeitsgerichtsbarkeit, gehandhabt durch die Arbeits- und Landesarbeitsgerichte der Länder und in der obersten Instanz das Bundesarbeitsgericht in Erfurt ➢ vgl. Nr. 637;
- die Sozialgerichtsbarkeit, wahrgenommen durch die von den Ländern eingerichteten Sozial- und Landessozialgerichte und das Bundessozialgericht in Kassel ➢ vgl. Nr. 666;
- die Finanzgerichtsbarkeit, in der auf Klage insbes. gegen Entscheidungen der Finanzbehörden die Finanzgerichte der Länder und auf Revision gegen deren Entscheidung (z.T. auch in 1. Instanz) der Bundesfinanzhof in München tätig werden ➢ vgl. Nr. 504;
- die Patentgerichtsbarkeit, in der das gemäß Art. 96 Abs. 1 GG errichtete (Bundes-)Patentgericht in München als erste Instanz in Angelegenheiten des gewerblichen Rechtsschutzes und als Rechtsmittelinstanz im Rechtsbeschwerde- und im Berufungsverfahren der Patentsenat des BGH entscheidet ➢ vgl. Nr. 468 h);

– das Bundesdisziplinargericht wurde durch das Bundesdisziplinargesetz (BDG) vom 9. 7. 2001 (BGBl. I 1510) mit Ablauf des 31. 12. 2003 aufgelöst. Dienstvergehen von Bundesbeamten werden nunmehr von den Verwaltungsgerichten der Länder in 1. und 2. Instanz überprüft, Revisionsgericht ist das Bundesverwaltungsgericht.

Über die Dienstgerichte im Dienstverfahren gegen Soldaten ➢ vgl. Nr. 183 e) cc) dd). Weitere Spezialgerichte sind im GG nicht vorgesehen; ihre Einrichtung würde eine Verfassungsänderung voraussetzen.

Für die Entscheidung von Binnenschifffahrtssachen sind nach § 14 GVG besondere Gerichte zugelassen und gemäß Ges. vom 27. 9. 1952 (BGBl. I 641) bei bestimmten Amtsgerichten als besondere Abteilungen eingerichtet (Schifffahrtsgerichte, für die Binnenschifffahrt auf dem Rhein: Rheinschifffahrtsgerichte; Berufungsinstanz: das Oberlandesgericht als Schifffahrts- bzw. Rheinschifffahrts-Obergericht).

Die gesetzlichen Grundlagen für das Gerichtsverfahren sind in der Zivilprozessordnung, der Strafprozessordnung, in der Verwaltungsgerichtsordnung, im Arbeitsgerichtsgesetz, im Sozialgerichtsgesetz und in der Finanzgerichtsordnung sowie in Sondergesetzen (z. B. PatentG) enthalten. Die Verfahren unterscheiden sich dadurch, dass in der Zivilgerichtsbarkeit die sog. **Verhandlungsmaxime** herrscht (ausschließlich die Parteien bestimmen den Streitstoff, über den das Gericht zu entscheiden hat; Ausnahmen in Familien-, Kindschafts-, Entmündigungssachen, ➢ vgl. Nr. 301 ff., während in den verwaltungsgerichtlichen Verfahren und im Strafprozess nach dem sog. **Untersuchungsprinzip** (Sachverhaltsfeststellung von Amts wegen) vorgegangen wird.

Von den „besonderen Gerichten" zu unterscheiden sind sog. **Ausnahmegerichte**, die zur Entscheidung bestimmter Einzelfälle oder zur Aburteilung bestimmter Personen – oft erst nach Tatbegehung – eingesetzt werden. Sie sind **unzulässig**. Niemand darf seinem gesetzlichen Richter ➢ s. Nr. 85, entzogen werden. Vgl. Art. 101 Abs. 1 GG, § 16 GVG.

Alle deutschen Gerichte haben die Möglichkeit, wenn sie in einem konkreten Sachverhalt europäisches Gemeinschaftsrecht anzuwenden haben, hierbei den EuGH anzurufen. Über das Vorabentscheidungsverfahren ➢ s. Nr. 35 b) bb), können sie dem EuGH Fragen zur Auslegung einzelner Vorschriften des primären und sekundären Gemeinschaftsrechts ➢ s. Nr. 35 a), stellen bzw. das Sekundärrecht einer Normenkontrolle zuführen (s. Art. 234 EGV). Bei Zweifeln an der Gültigkeit einer Gemeinschaftsrechtsvorschrift, die eine Normenkontrolle rechtfertigen, sind sämtliche Gerichte zu einer Vorlage an den EuGH verpflichtet; bei Auslegungsfragen **können** Gerichte, die nicht letztinstanzlich entscheiden, vorlegen, letztinstanzlich entscheidende Gerichte **müssen** dies tun. Ein Verstoß gegen die Vorlagepflicht stellt eine Verletzung des Gebots des gesetzlichen Richters ➢ s. oben, dar.

212 | Amtsgerichte

Die Amtsgerichte sind die untere Instanz der ordentlichen Gerichtsbarkeit. Den Amtsgerichten stehen in der Regel Einzelrichter vor. In der Regel führt ein Richter des Amtsgerichts die Dienstaufsicht, aber nur über die nichtrichterlichen Beamten sowie über die Arbeitnehmer; dagegen steht die Dienstaufsicht über die Richter dem Präsidenten des übergeordneten Landgerichts und nur bei besonders großen Amtsgerichten einem Präsidenten des Amtsgerichts zu. Ein Richter des Amtsgerichts kann gleichzeitig Richter bei einem anderen Amtsgericht oder einem Landgericht sein (§ 22 GVG).

1. In **Zivilsachen** entscheidet stets ein Einzelrichter. Zur sachlichen Zuständigkeit ➢ s. Nr. 234.

2. In **Strafsachen** ist für eine Reihe von Delikten der Einzelrichter (Strafrichter) zuständig ➢ vgl. Nr. 274. Daneben werden für Strafsachen Schöffengerichte gebildet. Sie bestehen aus einem Richter als Vorsitzendem und zwei Schöffen (kleines Schöffengericht). Auf Antrag der Staatsanwaltschaft kann jedoch bei umfangreichen Sachen ein zweiter Richter zur Hauptverhandlung zugezogen werden (erweitertes Schöffengericht; §§ 28, 29 GVG).

Das Amt eines Schöffen ist ein Ehrenamt. Die Gemeinden reichen in jedem fünften Jahr dem AG eine Vorschlagsliste für Schöffen ein. Dieses stellt die Listen des Bezirks zusammen und bereitet den Beschluss über Einsprüche gegen die Vorschläge vor. Ein beim AG jedes fünfte Jahr zusammentretender Ausschuss (Richter, 1 Verwaltungsbeamter, 7 Vertrauenspersonen) entscheidet über die Einsprüche und wählt aus der berichtigten Vorschlagsliste mit Zweidrittelmehrheit der Stimmen für die nächsten fünf Geschäftsjahre die erforderliche Zahl von Hauptschöffen und Hilfsschöffen. Diese Zahl bestimmt der Präsident des Landgerichts so, dass jeder Hauptschöffe voraussichtlich an nicht mehr als 12 ordentlichen Sitzungstagen im Jahr herangezogen wird. Die Namen der Gewählten werden bei jedem AG in eine Schöffenliste aufgenommen. Über Unfähigkeit zum Schöffenamt (insbes. Amtsunfähigkeit kraft Richterspruchs), den Kreis der nicht zu berufenden Personen (Richter und StAe, Geistliche u. a. m.) sowie Ablehnungsgründe (Tätigkeit in Heilberufen, besondere Beanspruchung durch Fürsorge für die Familie, Alter: 65 Jahre) vgl. §§ 32–35 GVG. Das AG setzt die ordentlichen Sitzungstage für das ganze Jahr im Voraus fest; die Reihenfolge, in welcher die Hauptschöffen teilnehmen, wird durch Auslosung in öffentlicher Sitzung bestimmt. Die Hilfsschöffen werden bei Verhinderung von Hauptschöffen und zu außerordentlichen Sitzungen herangezogen. Die Schöffen leisten einen Eid. Über ihre Entschädigung ➢ vgl. Nr. 199. Bei unentschuldigtem Ausbleiben – Entbindung von einzelnen Sitzungstagen ist zulässig bei Verhinderung durch unabwendbare Umstände oder Unzumutbarkeit der Dienstleistung – werden sie zu einem Ordnungsgeld und in die verursachten Kosten verurteilt (§§ 45–56 GVG).

Die Schöffen üben während der Hauptverhandlung das Richteramt in vollem Umfang und mit gleichem Stimmrecht wie die Richter aus und nehmen auch an den im Laufe einer Hauptverhandlung zu erlassenden Entscheidungen teil, die in keiner Beziehung zu der Urteilsfällung stehen und die auch ohne mündliche Verhandlung erlassen werden können (§ 30 GVG).

Über die Zuständigkeit und Besetzung der Amtsgerichte in Jugendstrafsachen ➢ vgl. Nr. 295, in Landwirtschaftssachen ➢ s. Nr. 427.

213 | Landgerichte

Die Landgerichte sind mit dem Präsidenten, Vorsitzenden Richtern und weiteren Richtern besetzt. Es bestehen:

a) Zivilkammern

(Besetzung: 3 Berufsrichter) als **erstinstanzliche** Gerichte in bürgerlichen Rechtsstreitigkeiten, die nicht den Amtsgerichten zugewiesen sind, und als **zweitinstanzliche** Gerichte zur Entscheidung über Berufung und Beschwerde gegen amtsgerichtliche Urteile und Beschlüsse, soweit nicht das Oberlandesgericht zur Entscheidung berufen ist (§§ 71, 72, 75 GVG) ➤ vgl. Nr. 234.

Die Zivilkammer entscheidet i. d. R. durch eines ihrer Mitglieder als Einzelrichter, wenn nicht die Zuständigkeit der Kammer dadurch begründet ist, dass der Rechtsstreit zu bestimmten, im Gesetz enumerativ aufgezählten Sachgebieten gehört (§ 348 ZPO). Mit drei Richtern haben die Kammern z. B. Rechtsstreitigkeiten aus dem Medienbereich, aus Bank- und Finanzgeschäften oder aus dem Bereich des Urheber- und Verlagsrechts zu entscheiden. Wenn die Sache besondere Schwierigkeiten sachlicher oder rechtlicher Art aufweist, grundsätzliche Bedeutung hat oder beide Parteien dies übereinstimmend beantragen, kann die Kammer darüber hinaus auf Vorlage durch den Einzelrichter die Übernahme beschließen. Liegen die vorbezeichneten Voraussetzungen nicht vor, kann auch in originären Kammersachen die Übertragung auf den Einzelrichter beschlossen werden, wenn nicht bereits im Haupttermin vor der Kammer zur Hauptsache verhandelt worden ist, es sei denn es ist inzwischen ein Vorbehalts-, Teil- oder Zwischenurteil ergangen (§ 348 a ZPO).

Falls von der Landesjustizverwaltung ein Bedürfnis angenommen wird, kann am Sitz des LG oder an einem anderen Ort seines Bezirks eine **Kammer für Handelssachen** (KfH) gebildet werden. Diese tritt in Handelssachen an die Stelle der Zivilkammer (§§ 94 ff. GVG), wenn der Kläger es in der Klageschrift beantragt oder der Rechtsstreit auf Antrag des Beklagten von der Zivilkammer an die KfH verwiesen wird. Diese ist mit einem Berufsrichter und zwei Handelsrichtern besetzt, die von der Industrie- und Handelskammer vorgeschlagen und für die Dauer von fünf Jahren ernannt werden (§ 108 GVG; Ersatz ihrer Auslagen usw. nach § 107 GVG). Der Vorsitzende kann bestimmte prozessuale Entscheidungen allein treffen und mit Einverständnis der Parteien auch in der Sache selbst entscheiden (§ 349 ZPO).

Zur Zuständigkeit und Besetzung in Berufsgerichtssachen der Wirtschaftsprüfer, Steuerberater und Steuerbevollmächtigten ➤ s. Nr. 571, 573.

b) Strafkammern

Strafkammern zur Entscheidung in Strafsachen; zur Zuständigkeit im Einzelnen ➤ s. Nr. 274.

Durch Anordnung der Landesjustizverwaltung kann wegen großer Entfernung vom Landgerichtssitz bei einem AG eine detachierte Strafkammer gebildet werden (§ 78 GVG).

Über die Zuständigkeit und die Besetzung des LG in Jugendstrafsachen ➤ vgl. Nr. 295; über die Strafvollstreckungskammer ➤ s. Nr. 292.

214 | Oberlandesgerichte

Die Oberlandesgerichte (in Berlin: Kammergericht) sind mit einem Präsidenten, Vorsitzenden Richtern und weiteren Richtern besetzt. Es bestehen:

a) Zivilsenate

Zivilsenate mit 3 Berufsrichtern, zuständig zur Entscheidung in bürgerlichen Rechtsstreitigkeiten über Berufungen und Beschwerden hauptsächlich gegen Entscheidungen der Landgerichte.

Der Zivilsenat kann unter bestimmten Voraussetzungen den Rechtsstreit einem seiner Mitglieder als Einzelrichter zur Entscheidung übertragen. Ferner kann er die Sache einem seiner Mitglieder zur Vorbereitung der Entscheidung zuweisen (§§ 526, 527 ZPO).

b) Strafsenate

Strafsenate in Strafsachen als Gerichte erster, zweiter und dritter Instanz (§§ 115–122 GVG). Zur Zuständigkeit im Einzelnen➢ s. Nr. 274.

215 | Bundesgerichtshof (BGH)

Der BGH ist oberster Gerichtshof (Art. 95 GG) für die ordentliche Gerichtsbarkeit ➢ s. Nr. 211. Der Geschäftsgang des BGH wird durch eine vom Plenum beschlossene Geschäftsordnung geregelt, die der Bestätigung durch den Bundesrat bedarf (§ 140 GVG).

Der BGH ist mit einem Präsidenten, Vorsitzenden Richtern und weiteren Richtern besetzt. Seine Mitglieder werden durch den Bundesjustizminister gemeinsam mit dem Richterwahlausschuss gemäß dem Richterwahlgesetz ➢ Nr. 199, berufen und vom Bundespräsidenten ernannt. Voraussetzung ist die Vollendung des 35. Lebensjahres (§§ 124, 125 GVG).

Nach dem Geschäftsverteilungsplan des BGH bestehen 12 Zivil- und 5 Strafsenate (der 5. in Leipzig), die in der Besetzung von 5 Richtern mit Einschluss des Vorsitzenden entscheiden. Weiter sind beim BGH ein Kartellsenat zur Entscheidung über die Rechtsbeschwerde gegen Entscheidungen der OLGe in Kartellangelegenheiten und je ein Senat für Anwalts-, Notar-, Patentanwalts-, Wirtschaftsprüfer-, Steuerberater- und Steuerbevollmächtigten-Sachen für die in der Bundesrechtsanwaltsordnung, der Bundesnotarordnung, der Patentanwaltsordnung, der Wirtschaftsprüferordnung und dem Steuerberatungsgesetz dem BGH zugewiesenen Angelegenheiten gebildet.

Außerdem ist der BGH als Dienstgericht des Bundes in denjenigen Angelegenheiten von Richtern bzw. Mitgliedern des Bundesrechnungshofes, Staatsanwälten sowie Bundes- und Landesanwälten zuständig, die ihm durch das Deutsche Richtergesetz übertragen worden sind ➢ s. Nr. 199.

In **bürgerlichen** Rechtsstreitigkeiten ist der BGH zuständig für die Verhandlung und Entscheidung über die Revision gegen Endurteile der OLGe (bei Sprungrevision auch gegen LG-Urteile ➢ vgl. Nr. 243, und in bestimmten Fällen über Beschwerden gegen Beschlüsse des OLG (§ 133 GVG).

Zur Zuständigkeit in **Strafsachen** ➢ s. Nr. 286.

Je ein **Großer Senat** des BGH für Zivilsachen (Präsident und je ein Mitglied der Zivilsenate) bzw. für Strafsachen (Präsident und je zwei Mitglieder der Strafsenate) entscheidet zur Wahrung der Rechtseinheit, wenn ein Zivil- bzw. ein Strafsenat von der Entscheidung eines anderen Zivil- bzw. Strafsenats oder des Großen Senats abweichen will; auch kann der Große Senat in Fragen von grundsätzlicher Bedeutung angerufen werden. Will ein Zivilsenat von der Entscheidung eines Strafsenats oder des Großen Senats für Strafsachen oder ein Strafsenat von der Entscheidung eines Zivilsenats oder des Großen Senats für Zivilsachen oder ein Senat von der früher eingeholten Entscheidung der Vereinigten Großen Senate abweichen, so entscheiden die **Vereinigten Großen Senate** (für Zivil- und für Strafsachen; § 132 GVG).

Ermittlungsrichter des BGH können in Strafsachen, in denen das OLG in 1. Instanz zuständig ist ➢ s. Nr. 274, Untersuchungshandlungen an Stelle des Richters beim Amtsgericht oder neben diesem vornehmen, wenn der Generalbundesanwalt die Ermittlungen führt (§ 169 StPO).

216 | Staatsanwaltschaft

Die Staatsanwaltschaft ist die staatliche Untersuchungs- und Anklagebehörde in Strafsachen. Nach § 141 GVG soll bei jedem Gericht eine Staatsanwaltschaft (StA) bestehen. Das Amt der Staatsanwaltschaft wird beim Bundesgerichtshof durch einen Generalbundesanwalt und einen oder mehrere Bundesanwälte, bei den Oberlandesgerichten und Landgerichten durch einen oder mehrere Staatsanwälte, bei den Amtsgerichten durch einen oder mehrere Staatsanwälte oder Amtsanwälte ausgeübt (§ 142 GVG).

Der Generalbundesanwalt kann auch bei den OLGen im Bereich ihrer erstinstanzlichen Zuständigkeit tätig werden (§ 142 a GVG) ➢ vgl. Nr. 274.

Die örtliche Zuständigkeit der Beamten der StA bestimmt sich grds. nach der örtlichen Zuständigkeit des Gerichts, bei welchem die StA bestellt ist. Die ersten Beamten der StA beim OLG und beim LG (General- bzw. Ltd. Oberstaatsanwalt) sind befugt, bei allen Gerichten ihres Bezirks die Amtsverrichtungen der StA selbst zu übernehmen oder bestimmte Beamte damit zu beauftragen. Amtsanwälte wirken nur beim AG (§§ 143, 145 GVG).

Die Beamten der StA haben den dienstlichen Anweisungen ihrer Vorgesetzten im Rahmen ihrer Bindung an die Rechtsordnung nachzukommen. Die Staatsanwälte müssen zum Richteramt befähigt sein, sind aber nichtrichterliche Beamte. Die StA ist in ihren amtlichen Verrichtungen von den Gerichten unabhängig. Die zu Ermittlungspersonen der StA bestellten (Polizei- u. a.) Beamten haben den Anordnungen der StA ihres Bezirks nachzukommen (§§ 144, 146, 147, 152 GVG) ➢ vgl. Nr. 170.

217 | Bundeszentralregister

Das Bundeszentralregister ist in amtliches Verzeichnis über strafrechtliche Verurteilungen wurde früher nach der StrafregisterVO vom 17. 2. 1934 (RGBl. I 140) von jeder Staatsanwaltschaft beim Landgericht über die im LG-Bezirk geborenen Verurteilten geführt. Im Interesse einer schnellen und einheitlichen Bearbeitung der Mitteilungen und Auskünfte wurden nach dem Bundeszentralregistergesetz i. d. F. der Bek. vom 21. 9. 1984 (BGBl. I 1229) alle Register zu einem **Bundeszentralregister** in Bonn zusammengefasst; es ist seit 1. 1. 2007 beim Bundesamt für Justiz angesiedelt (früher beim Generalbundesanwalt).

Der Registerbehörde sind alle Verurteilungen mitzuteilen, durch die wegen einer Straftat eine Strafe oder eine Maßregel der Besserung und Sicherung ➢ s. Nr. 384, verhängt oder eine Verwarnung mit Strafvorbehalt ausgesprochen worden ist. Es enthält aber auch Eintragungen über Entscheidungen von Verwaltungsbehörden, festgestellte Schuldunfähigkeit u. a. m.

Jedermann (ab 14 Jahren) kann über den ihn betreffenden Inhalt des Registers bei der für ihn zuständigen polizeilichen Meldebehörde ein **Führungszeugnis** beantragen (ggf. also über das Fehlen jeglicher Eintragungen). In das Führungszeugnis nicht aufgenommen werden geringere Verurteilungen, insbes. wenn sie einzige Bestrafung sind, so Freiheitsstrafen bis zu 3 Monaten, Geldstrafen bis zu 90 Tagessätzen, ferner Jugendstrafen bis zu 2 Jahren bei Strafaussetzung oder nach Beseitigung des Strafmakels ➢ s. Nr. 295. Andere Verurteilungen, abgesehen von lebenslanger Freiheitsstrafe und Unterbringung in Sicherungsverwahrung oder in einem psychiatrischen Krankenhaus, erscheinen nach Ablauf von 3, 5 bzw.

10 Jahren nicht mehr. Über Eintragungen, die nicht in das Führungszeugnis aufgenommen werden (wegen geringer Höhe oder nach Fristablauf), erteilt das Zentralregister Auskunft nur an Gerichte, Strafverfolgungsbehörden, oberste Bundes- und Landesbehörden sowie Sicherheitsbehörden, ferner in Einbürgerungs-, Ausländer-, Gnaden-, Waffen- und Sprengstoffsachen sowie im Erlaubnisverfahren nach dem Betäubungsmittelgesetz (unbeschränkte Auskunft).

Alle im Zentralregister vermerkten Verurteilungen (ausgenommen lebenslange Freiheitsstrafe, Unterbringung in Sicherungsverwahrung oder in einem psychiatrischen Krankenhaus) werden im Register nach bestimmten Fristen getilgt: Nach 5 Jahren bei Geldstrafe bis zu 90 Tagessätzen, wenn das Register keine Freiheitsstrafe enthält, bei Freiheitsstrafe bis zu 3 Monaten als einziger Strafe, ferner bei Jugendstrafe bis zu 1 Jahr bzw. bis zu 2 Jahren bei Strafaussetzung oder nach Beseitigung des Strafmakels sowie bei Entziehung der Fahrerlaubnis auf Zeit ➤ s. Nr. 395; die Frist beträgt 10 Jahre bei höheren Jugendstrafen sowie den nicht unter die kürzere Frist fallenden Geldstrafen und Freiheitsstrafen bis zu 3 Monaten, ferner bei einzigen Freiheitsstrafen von mehr als 3 Monaten bis zu 1 Jahr bei Strafaussetzung. Bei Verurteilung wegen bestimmter Sexualstraftaten zu einer Freiheits- oder Jugendstrafe von mehr als 1 Jahr beträgt die Tilgungsfrist 20 Jahre. In allen übrigen Fällen, insbes. bei höheren Freiheitsstrafen, ist die Frist 15 Jahre zuzüglich der Dauer der Freiheitsstrafe (§ 46 Abs. 3 BZRG). Ein Strafvermerk verbleibt jedoch im Register, solange die Vollstreckung der Strafe oder Maßregel nicht erledigt ist. Sind mehrere Verurteilungen eingetragen, wird grundsätzlich erst dann getilgt, wenn alle Vermerke tilgungsreif sind. Eintragungen, die nicht der gesetzlichen Tilgung unterliegen, können im Einzelfall von Amts wegen oder auf Antrag getilgt werden, falls das öffentliche Interesse nicht entgegensteht.

Soweit Verurteilungen in das Führungszeugnis nicht aufgenommen werden oder zu tilgen sind, kann sich der Verurteilte als unbestraft bezeichnen. Getilgte Verurteilungen dürfen ihm i. d. R. im Rechtsverkehr nicht mehr vorgehalten und nicht zu seinem Nachteil verwertet werden.

Im Zentralregister können Nachrichten über Steckbriefe ➤ vgl. Nr. 279, und Suchvermerke von Behörden niedergelegt werden. Letztere müssen angeben, aus welchem Grunde der Betroffene gesucht wird.

Über Sondervorschriften für Jugendliche und Heranwachsende, insbes. das Erziehungsregister ➤ vgl. Nr. 295, über das Verkehrszentralregister ➤ s. Nr. 396.

Bei dem Bundeszentralregister wird auch ein länderübergreifendes, **staatsanwaltschaftliches Verfahrensregister** geführt. Die Staatsanwaltschaften melden zu diesem Register die Personendaten des Beschuldigten, die Tatzeiten und die Tatvorwürfe sowie die Einleitung und Erledigung des Verfahrens (§ 492 StPO).

Wesentlicher Zweck des Registers ist die erleichterte Feststellung etwaiger weiterer, bei einer anderen Staatsanwaltschaft anhängiger Ermittlungsverfahren gegen einen Beschuldigten. Die gespeicherten Daten dürfen nur Strafverfolgungsbehörden für Zwecke eines Strafverfahrens mitgeteilt werden. Unrichtige Daten sind zu berichtigen, bei endgültiger Verfahrenseinstellung oder rechtskräftigem Freispruch sind sie zwei Jahre nach Erledigung des Verfahrens zu löschen, wenn nicht erneut ein Verfahren eingetragen wird (§§ 492 ff. StPO).

218 | Geschäftsstellen der Gerichte. Urkundsbeamte

Nach § 153 GVG wird bei jedem Gericht und jeder Staatsanwaltschaft eine Geschäftsstelle eingerichtet, die mit der erforderlichen Zahl von

Urkundsbeamten besetzt wird. Die näheren Vorschriften erlassen Bund und Länder für ihren Bereich.

Hinsichtlich der Geschäftsstellen beschränkt sich das GVG auf die allgemeine Anordnung, dass und wo solche einzurichten sind. Der Aufgabenbereich der Geschäftsstelle des Gerichts ergibt sich z. T. aus den Verfahrensordnungen (ZPO, StPO usw.). Der Geschäftsstelle als solcher sind z. B. die Entgegennahme von Anträgen, Bewirkung von Zustellungen, Ausfertigung von Ladungen usw. zugewiesen.

Die wichtigeren Geschäfte obliegen dem Urkundsbeamten der Geschäftsstelle. Er ist grds. ein Beamter der Justizverwaltung. Seine Aufgaben kann nach § 153 GVG wahrnehmen, wer nach 2 Jahren Vorbereitungsdienst (davon 6 Mon. Fachlehrgang) die Prüfung für den mittleren Justizdienst oder wer die Rechtspflegerprüfung ➤ s. Nr. 200, bestanden hat, nach näherer Rechtsvorschrift auch, wer einen gleichwertigen Wissens- und Leistungsstand aufweist. Der Urkundsbeamte handelt als Urkundsperson (d. h. mit öffentlichem Glauben versehene Person) bei Aufnahme von Anträgen usw., Protokollführung, Erteilung von Ausfertigungen usw., als Bürobeamter bei Aktenführung und Zustellungen. Er setzt die Prozesskosten im Kostenfestsetzungsbeschluss fest. Die bei der Zustellung zu übergebende Abschrift wird durch den Urkundsbeamten der Geschäftsstelle beglaubigt. Die Tätigkeit des Rechtspflegers ist seit Erlass des Rechtspflegergesetzes ➤ s. Nr. 200, funktionell von der des Urkundsbeamten der Geschäftsstelle getrennt; doch weist ihm § 24 RpflG insoweit bestimmte schwierigere Aufgaben der Geschäftsstelle zu.

Einfachere Geschäfte erledigen Beamte des mittleren Dienstes sowie Angestellte, insbesondere die Verwaltung des Schriftguts.

219 | Gerichtsvollzieher

Die Gerichtsvollzieher sind die mit den **Zustellungen, Ladungen und Vollstreckungen** betrauten Beamten. Ihre Dienst- und Geschäftsverhältnisse werden bei dem Bundesgerichtshof durch den Bundesjustizminister, bei den Landesgerichten durch die Landesjustizverwaltung bestimmt (§ 154 GVG).

Die Gerichtsvollzieher sind grds. Beamte mit eigenem Bezirk und eigener Verantwortung unterhaltenem Bürobetrieb. Der Gerichtsvollzieher handelt stets als Amtsperson gemäß den gesetzlichen Vorschriften. Seine Hauptaufgabe ist die Vornahme von **Pfändungen und Versteigerungen** sowie die Vollstreckung zur Herausgabe von Sachen ➤ vgl. Nr. 249 ff.). Der Gläubiger erteilt hierzu einen Auftrag und übergibt den Vollstreckungstitel. Der Gerichtsvollzieher kann zum Vollzug des Auftrags Wohnung und Behältnisse des Schuldners durchsuchen, verschlossene Türen und Behältnisse öffnen lassen und Widerstand mit Gewalt oder polizeilicher Hilfe brechen (§ 758 ZPO). Er nimmt über die Vollstreckung ein Protokoll auf. Den Titel händigt er erst nach vollständiger Befriedigung des Gläubigers dem Schuldner aus. Bei Fruchtlosigkeit erteilt er dem Gläubiger darüber eine Bescheinigung, die als Grundlage für die eidesstattliche Versicherung ➤ Nr. 251, dient. Zur Abnahme dieser eidesstattlichen Versicherung ist ebenfalls die Zuständigkeit des Gerichtsvollziehers gegeben.

Die Dienst- und Geschäftsverhältnisse der Gerichtsvollzieher sind in landesrechtlichen (jedoch bundeseinheitlichen) Gerichtsvollzieherordnungen und Geschäftsanweisungen geregelt. Die Aufsicht obliegt dem Amtsgericht, in dessen Bezirk der Gerichtsvollzieher seinen Dienstbereich hat. Für Amtspflichtverletzungen der Gerichtvollzieher haftet der Staat nach den Grundsätzen der Amtshaftung ➤ vgl. Nrn. 85, 162.

Die Gebühren der Gerichtsvollzieher regelt das Gerichtsvollzieherkostengesetz (GvKostG) vom 19. 4. 2001 (BGBl. I 623). Hiernach sind für die einzelnen Aufträge festgelegte Gebühren zu erheben. Kostenschuldner sind sowohl der Auftraggeber als auch der Vollstreckungsschuldner.

220 | Justiz-(Gerichts-)wachtmeister

Die Stellung der Beamten des einfachen Gerichtsdienstes ist fast ganz landesrechtlich geregelt. in erster Linie sind die Justizwachtmeister für die Aufrechterhaltung der Sicherheit und Ordnung in den Gerichten zuständig. Als Organ des Gerichts handelt der Justiz- oder Gerichtswachtmeister, wenn er bei der Amtszustellung gemäß §§ 177 ff. ZPO handelt. Er ist insoweit auch öffentliche Urkundsperson.

221 | Rechtshilfe, Amtshilfe

Die Gerichte haben sich **Rechtshilfe** zu leisten. Sie kommt in Betracht, wenn das ersuchende Gericht die Amtshandlung seiner sachlichen Zuständigkeit nach selbst vornehmen könnte, aber Zweckmäßigkeitsgründe für die Vornahme durch das ersuchte Gericht sprechen (z. B. Vernehmung auswärts wohnender Zeugen). Das Ersuchen um Rechtshilfe ist an das örtlich zuständige Amtsgericht zu richten. Das Verfahren regeln die §§ 156–168 GVG.

Amtshilfe ist gegenüber der Rechtshilfe der weitere Begriff; er umfasst jede Unterstützung, die eine Behörde einem Gericht oder einer anderen Behörde zur Erreichung eines dienstlichen Zwecks leistet (über die Amtshilfepflicht vgl. insbes. Art. 35 GG). Sie richtet sich für die Verwaltungsbehörden nach §§ 4 ff. VwVfG bzw. nach den entsprechenden Landesverwaltungsverfahrensgesetzen.

Die Pflicht zur Amtshilfe durch die Gerichte ist nicht in der Gerichtsverfassung geregelt, sondern ergibt sich aus verschiedenen einzelnen Gesetzen.

So ist z. B. Amtshilfe zu leisten seitens der Gerichte für

a) Finanzbehörden (§§ 111 ff. AO);

b) Versicherungsorgane (§§ 3 ff. SGB X).

Sie wird ferner nach Gewohnheitsrecht den Verwaltungsbehörden und der Staatsanwaltschaft in Zivilsachen gewährt.

Der **Rechtshilfeverkehr mit dem Ausland**, namentlich in Zivil- und Strafsachen, vollzieht sich i. d. R. nach besonderen zwischenstaatlichen Verträgen, aber auch außerhalb solcher nach Gegenseitigkeitsvereinbarung. Vgl. Rechtshilfeordnung für Zivilsachen (ZRHO) vom 19. 10. 1956 i. d. F. von 1976 (abgedr. bei Piller-Hermann, Justizverwaltungsvorschriften, 3 g; für Strafsachen ➤ vgl. Nr. 271, für Arbeitsgerichtssachen ➤ vgl. Nr. 637. Auf Ebene der EU sind die mitgliedstaatlichen Behörden schon auf Grund der allgemeinen Vorschrift des Art. 10 EGV zur gegenseitigen Amtshilfe verpflichtet. Sonderregelungen wurden darüber hinaus beispielsweise geschaffen für die Zusammenarbeit der Zoll- und Finanzbehörden (s. hierzu schon die Richtlinie Nr. 77/799, ABl. EG 1977 L 336, 15, in Deutschland umgesetzt durch das EG-Amtshilfe-Gesetz, Art. 2 des Steuerbereinigungsgesetzes vom 19. 12. 1985, BGBl. I 2436, 2441) sowie zur Zusammenarbeit im Hinblick auf die Bekämpfung von Betrug zum Nachteil der finanziellen Interessen der EG (Art. 280 EGV). Eine engere justizielle und polizeiliche Zusammenarbeit der Mitgliedsstaaten ist ferner in den Art. 29 ff. EUV verankert.

222 | Öffentliche Verhandlung und Sitzungspolizei

Die Verhandlungen vor dem erkennenden Gericht einschließlich der Verkündung der Urteile und Beschlüsse sind grundsätzlich **öffentlich**, §§ 169 ff. GVG (Ausnahmen gelten in bestimmten Familien-, in Kindschafts- und Unterbringungs- sowie in Jugendstrafsachen; ➤ vgl. Nrn. 246, 296). Bei Gefährdung der öffentlichen Ordnung, der Staatssicherheit, der Sittlichkeit oder eines wichtigen Geschäfts- oder Betriebsgeheimnisses oder der persönlichen Sphäre eines Prozessbeteiligten oder Zeugen sowie für die Vernehmung noch nicht 16-jähriger Personen kann das Gericht die Öffentlichkeit für die Verhandlung oder einen Teil derselben ausschließen. Die Urteilsformel muss stets öffentlich verkündet werden.

Nach § 169 Satz 2 GVG sind Ton- und Fernseh-Rundfunkaufnahmen sowie Ton- und Filmaufnahmen zwecks öffentlicher Wiedergabe unzulässig. Eine Ausnahme hiervon gilt beim BVerfG insbesondere für die Dauer der Entscheidungsverkündung.

Die Aufrechterhaltung der Ordnung in der Sitzung obliegt dem Vorsitzenden. Er handhabt die „Sitzungspolizei".

Parteien, Angeklagte, Zeugen und Sachverständige, die den zur Aufrechterhaltung der Ordnung erlassenen Anordnungen nicht Folge leisten, können auf Gerichtsbeschluss aus dem Sitzungszimmer entfernt und bis zu 24 Std. festgehalten werden. Bei Ungebühr vor Gericht kann ein Ordnungsgeld bis zu 1 000 Euro oder Ordnungshaft bis zu 1 Woche festgesetzt und sofort vollstreckt werden, unbeschadet der binnen 1 Woche zulässigen Beschwerde (§§ 177, 178, 181 GVG). Gegen Personen, die an der Verhandlung nicht beteiligt sind (z. B. Zuhörer), kann der Vorsitzende die Maßnahmen allein treffen.

223 | Gerichtssprache

Die Gerichtssprache ist deutsch (§ 184 GVG). Falls erforderlich, ist vom Gericht ein Dolmetscher beizuziehen, der die wesentlichen Teile der Verhandlung zu übertragen hat (§§ 185 ff. GVG). Dies gilt i. d. R. auch bei Verhandlung mit tauben oder stummen Personen.

Der Dolmetscher hat eine dem Sachverständigen grds. ähnliche Stellung, kann aber zugleich Zeuge oder Sachverständiger sein. Er wird durch Voreid zur treuen und gewissenhaften Übertragung verpflichtet. Seinen Dienst kann ein Urkundsbeamter der Geschäftsstelle wahrnehmen. Die öffentliche Bestellung und Beeidigung von Dolmetschern richtet sich nach Landesrecht.

224 | Beratung und Abstimmung

Jede Entscheidung eines Kollegialgerichts muss auf einer äußerlich erkennbaren Beratung und Abstimmung beruhen. Dabei dürfen Richter nur in der gesetzlich bestimmten Anzahl mitwirken. Richter, Schöffen sowie andere ehrenamtliche Richter haben über den Hergang bei Beratung und Abstimmung volles Schweigen zu bewahren (§§ 43, 45 DRiG).

Der Vorsitzende leitet die Beratung, stellt die Fragen und sammelt die Stimmen. Das (Kollegial-)Gericht entscheidet mit der absoluten Mehrheit der Stimmen. Bilden sich mehr als zwei Meinungen, so wird die Mehrheit gemäß § 196 GVG festgestellt. Bei Strafurteilen ist für jede dem Angeklagten nachteilige Entscheidung über die Schuldfrage und die Rechtsfolgen der Tat Zweidrittelmehrheit erforderlich (§ 263 StPO). Die Reihenfolge bei der Abstimmung richtet sich bei Richtern nach dem Dienstalter und bei gleichem Dienstalter nach dem Lebensalter, bei ehrenamtlichen Richtern und Schöffen nach dem Lebensalter; der jüngere stimmt vor dem älteren. Schöffen stimmen vor den Richtern. Der Berichterstatter stimmt zuerst, der Vorsitzende zuletzt. Bei dem mit 4 Mitgliedern besetzten erweiterten Schöffengericht gibt bei Stimmengleichheit (außer in den Fällen des § 263 StPO) der Vorsitzende den Ausschlag. Vgl. §§ 192–197 GVG.

III. Der Zivilprozess

231 | Die Zivilprozessordnung
232 | Grundsätze des Zivilprozesses
233 | Allgemeine Verfahrensvorschriften der ZPO
234 | Die sachliche Zuständigkeit der Zivilgerichte
235 | Die örtliche Zuständigkeit der Zivilgerichte
236 | Prozesskosten
237 | Das Verfahren im ersten Rechtszuge
238 | Erhebung der Klage
239 | Verhalten des Beklagten nach der Klageerhebung
240 | Der Verhandlungstermin
241 | Die gerichtliche Entscheidung
242 | Verfahren vor den Amtsgerichten
243 | Die Rechtsmittel im Zivilprozess
244 | Wiederaufnahme des Verfahrens
245 | Urkunden- und Wechselprozess
246 | Familien- und Kindschaftssachen
247 | Das Mahnverfahren
248 | Der Europäische Vollstreckungstitel
249 | Zwangsvollstreckung
250 | Arten der Zwangsvollstreckung
251 | Pfändung beweglicher Gegenstände
252 | Pfändungs- und Überweisungsbeschluss
253 | Die Lohnpfändung
254 | Zwangsvollstreckung in das unbewegliche Vermögen
255 | Zwangsvollstreckung zur Erwirkung der Herausgabe von Sachen
256 | Zwangsvollstreckung zur Erwirkung von Handlungen usw.
257 | Arrest
258 | Einstweilige Verfügung
259 | Rechtsbehelfe in der Zwangsvollstreckung
260 | Vollstreckungsschutz. Anfechtung von Rechtshandlungen
261 | Das Aufgebotsverfahren
262 | Schiedsgerichtliches Verfahren
263 | Insolvenz
264 | Verbraucherinsolvenz. Restschuldbefreiung
265 | Europäische justizielle Zusammenarbeit in Zivilsachen

231 | Die Zivilprozessordnung

Die Zivilprozessordnung vom 30. 1. 1877 i.d.F. der Bek. vom 5. 12. 2005 (BGBl. I 3202, ber. BGBl. 2006 I, 431) ist für das Verfahren in Zivilsachen maßgebend.

Die ZPO von 1877 brachte die Grundsätze des Parteibetriebs, der mündlichen Verhandlung sowie der Unmittelbarkeit und Öffentlichkeit des Verfahrens zur allgemeinen Geltung. Durch das Gesetz zur Erhöhung von Wertgrenzen in der Gerichtsbarkeit vom 8. 12. 1982 (BGBl. I 1615) wurde die amtsgerichtliche Zuständigkeit ab 1. 1. 1983 auf 5000 DM erhöht. Das Rechtspflege-Vereinfachungsgesetz vom 17. 12. 1990 (BGBl. I 2847) sah verschiedene Regelungen zur Vereinfachung und Beschleunigung zivilprozessualer Verfahren ab 1. 4. 1991 vor. Besonders wurden die erstinstanzliche Zuständigkeit des Amtsgerichts auf 6000 DM, die Berufungssumme auf 1200 und die Revisionssumme auf 60 000 DM erhöht. Auch das Gesetz zur Entlastung der Rechtspflege vom 11. 1. 1993 (BGBl. I 50) zielte – neben Vereinfachungen bei den anderen Gerichtsbarkeiten – darauf ab, vor allem durch Erhöhung der Zuständigkeitsgrenze (Streitwertgrenze) für das AG sowie Erweiterung der amtsgerichtlichen Zuständigkeit auf nicht vermögensrechtliche Streitigkeiten, Erhöhung der Berufungssumme auf 1500 DM, regelmäßige Übertragung des Rechtsstreits von der LG-Zivilkammer auf den Einzelrichter in bestimmten Fällen sowie Erweiterung der Möglichkeit des schriftlichen Verfahrens und der Möglichkeit, im Urteil auf Tatbestandsbeschreibung und Entscheidungsgründe zu verzichten, die zivilgerichtlichen Verfahren zu vereinfachen, zu straffen und dadurch zu beschleunigen. Eine umfangreiche Neuordnung der ZPO brachte das Gesetz zur Reform des Zivilprozesses vom 27. 7. 2001 (BGBl. I 1887). Kernpunkte dieser Neugestaltung sind die Einführung einer obligatorischen Güteverhandlung, die Erweiterung der richterlichen Hinweispflichten, die Ausweitung der Einzelrichterzuständigkeit bei den Landgerichten und Beschränkungen der Rechtsmittelmöglichkeiten. Seit dem 1. 1. 2 002 sind die Amtsgerichte in Zivilsachen für Streitwerte bis 5000 Euro zuständig, die Berufungssumme wurde auf 600 Euro festgelegt. Das erste Gesetz zur Modernisierung der Justiz vom 30. 8. 2004 (BGBl. I 2198) schaffte unter anderem Erleichterungen für gerichtliche Vergleiche sowie eine Erweiterung von Entscheidungsmöglichkeiten ohne mündliche Verhandlung. Durch das Gesetz über die Verwendung elektronischer Kommunikationsformen in der Justiz (JKomG) vom 29. 3 2005 (BGBl. I 837) wurde eine weitere Öffnung der Justiz für den elektronischen Rechtsverkehr vorbereitet. Gesetzlich ermöglicht wird insbesondere die umfassende elektronische Aktenführung, die Einführung des gerichtlichen elektronischen Dokuments als Äquivalenz zur Papierform. Die Einführung des elektronischen Rechtsverkehrs bedarf im Bund und in den Ländern jeweils einer Rechtsverordnung. Bisher kann elektronisch mit dem Bundespatentgesetz, dem Bundesgerichtshof, dem Bundesverwaltungsgericht, dem Bundessozialgericht, dem Bundesarbeitsgericht und dem Bundesfinanzhof kommuniziert werden.

Durch das Gesetz zur Förderung der außergerichtlichen Streitschlichtung vom 15. 12. 1999 (BGBl. I 2400) ist den Ländern die Möglichkeit eingeräumt worden, vor Erhebung der Klage beim Amtsgericht ein obligatorisches **Schlichtungsverfahren** einzuführen. Hiernach ist die Erhebung der Klage bei einem Streitwert bis einschl. 750 Euro oder bei Nachbarstreitigkeiten erst zulässig, wenn vorher bei einer durch die Landesjustizverwaltung eingerichteten oder anerkannten Gütestelle versucht worden ist, die Streitigkeit einvernehmlich beizulegen (§ 15 a EGZPO). Das obligatorische Schlichtungsverfahren ist mit unterschiedlichem Anwendungsbereich in den Ländern Baden-Württemberg, Bayern, Brandenburg, Hessen, Nordrhein-Westfalen, Saarland, Sachsen-Anhalt und Schleswig-Holstein eingeführt, wobei die Gesetze teilweise auf nachbarrechtliche und Ehrschutzstreitigkeiten beschränkt sind.

Auf die ZPO wird in anderen Gesetzen häufig verwiesen (z. B. § 46 ArbGG). Zivilprozessuale Normen finden sich auch außerhalb der ZPO, z. B. im Kartellgesetz, bisweilen auch in internationalen Abkommen.

Ein **Haager Übereinkommen über den Zivilprozess** vom 1. 3. 1954 (BGBl. 1958 II 576; AusführungsG vom 18. 12. 1958, BGBl I 939) regelt die Erledigung von Zustellungen, Rechtshilfeersuchen und die Vollstreckbarkeitserklärung von Kostenentscheidungen im Verhältnis zu den Vertragsstaaten. Das Bundesgesetz vom 18. 7. 1961 (BGBl. I 1033, 1962 II 15) enthält Ausführungsbestimmungen zum Haager Übereinkommen vom 15. 4. 1958 über die Anerkennung und Vollstreckung von Entscheidungen auf dem Gebiet der Unterhaltspflicht gegenüber Kindern (BGBl. 1961 II 1005). Der Rechtshilfeverkehr innerhalb der EU richtet sich nach der Verordnung (EG) Nr. 1348/2000 vom 29. 5. 2000 (ABl. Nr. L 160, 37) über die Zustellung gerichtlicher und außergerichtlicher Schriftstücke in Zivil- und Handelssachen in den Mitgliedsstaaten und nach der Verordnung (EG) Nr. 1206/2001 (ABl. Nr. L 174, 1) vom 28. 5. 2001 über die Zusammenarbeit zwischen den Gerichten der Mitgliedstaaten auf dem Gebiet der Beweisaufnahme in Zivil- und Handelssachen.

Die ZPO ist in 10 Bücher gegliedert: I Allgemeine Vorschriften, II Verfahren im ersten Rechtszuge, III Rechtsmittel, IV Wiederaufnahme des Verfahrens, V Urkunden- und Wechselprozess, VI Familien-, Kindschafts-, Unterhaltssachen Minderjähriger, VII Mahnverfahren, VIII Zwangsvollstreckung, IX Aufgebotsverfahren, X Schiedsrichterliches Verfahren.

232 | Grundsätze des Zivilprozesses

a) Parteiherrschaft und Beibringungsgrundsatz

Die Parteien bestimmen den Gegenstand des Prozesses durch ihre Anträge. Dieser Verhandlungsgrundsatz (Berücksichtigung nur des Parteivorbringens) erfährt in Familien- und Kindschaftssachen ➢ Nr. 246, sowie bei Prüfung der Partei- und Prozessfähigkeit, Legitimation eines gesetzlichen Vertreters, Zulässigkeit der Rechtsmittel eine Durchbrechung zugunsten des Untersuchungs(Offizial)prinzips.

b) Aufklärungspflicht des Gerichts (§ 139 ZPO), Güteverhandlung

Die Aufklärungs- und Fragepflicht des Gerichts ist ein wichtiger Teil der richterlichen Pflichten im Prozess. Der Vorsitzende hat mit den Parteien die Sach- und Rechtslage zu erörtern und auf und auf rechtzeitige und vollständige Erklärung über alle sachlich-rechtlich und prozessual erheblichen Tatsachen, insbes. auf Ergänzung unzureichender Erklärungen und Beweisantritte hinzuwirken. Weiter hat er auf sachdienliche Anträge zu achten und auf Bedenken über von Amts wegen zu berücksichtigende Punkte hinzuweisen. Ferner muss der Richter die Parteien darauf hinweisen, dass er die Rechtslage anders beurteilt als die Parteien, es besteht auch Hinweispflicht, wenn eine Partei einen Gesichtspunkt erkennbar übersehen oder für unerheblich gehalten hat. Anderenfalls darf dies in der richterlichen Entscheidung nicht verwertet werden. Die erteilten Hinweise sind aktenkundig zu machen. Das Gericht soll in jeder Lage des Verfahrens um gütliche Beilegung des Rechtsstreits bemüht sein (§ 278 ZPO). Diesem Zweck dient eine Güteverhandlung, die der mündlichen Verhandlung vorausgeht. Zu dieser Güteverhandlung sollen die streitenden Parteien persönlich geladen und gehört werden, da der Gesetzgeber davon ausgeht, dass dies einen Vergleichsabschluss fördern könnte. Neu eingeführt wurde die Möglichkeit, den Parteien schriftlich einen richterlichen Vergleichsvorschlag zu übermitteln, den die Parteien durch Schriftsatz gegenüber dem Gericht annehmen können (§ 278 Abs. 6 ZPO).

c) Wahrheitspflicht, Mitwirkungs- und Förderungspflicht der Parteien

Nach § 138 ZPO haben die Parteien ihre Erklärungen über tatsächliche Umstände vollständig und der Wahrheit gemäß abzugeben.

Die Parteien sollen nach Möglichkeit zur beschleunigten Sammlung des Prozessstoffes beitragen. Sie müssen auf Anordnung des Gerichts persönlich erscheinen. Dem Säumigen drohen prozessrechtliche Nachteile. Verspätetes Vorbringen kann zurückgewiesen werden. In familienrechtlichen Streitigkeiten haben sich Parteien und Zeugen, soweit es zur Feststellung der Abstammung erforderlich ist, erbkundlichen Untersuchungen zu unterziehen und die Entnahme von Blutproben zu dulden. Bei wiederholter unberechtigter Verweigerung der Untersuchung kann auch unmittelbarer Zwang angewendet, insbesondere die zwangsweise Vorführung zum Zwecke der Untersuchung angeordnet werden (§ 372a ZPO).

g) Mündlichkeit, Unmittelbarkeit und Öffentlichkeit

Nach § 128 ZPO verhandeln die Parteien über den Rechtsstreit vor dem erkennenden Gericht mündlich; mit Einverständnis der Parteien und in bestimmten anderen Fällen kann das Gericht eine Entscheidung ohne mündliche Verhandlung treffen.

Der Grundsatz der Mündlichkeit soll eine straffe Prozessleitung und eine enge Fühlung mit den Prozessparteien ermöglichen und den Rechtsstreit rasch und richtig zum Ende bringen. Eine mündliche Verhandlung ist entbehrlich, wenn sie alle Prozessbeteiligten für entbehrlich ansehen oder wenn nur mehr über die Kosten des Rechtsstreits zu entscheiden ist. Das begrenzt zugelassene schriftliche Verfahren ist jedoch nur dort anzuwenden, wo es das Verfahren vereinfacht und verkürzt sowie – im Verfahren vor dem Amtsgericht – eine schreibungewandte Partei nicht schädigt. Ein schriftliches Verfahren ist auch im Rechtsstreit mit Anwaltszwang zulässig. Eine im schriftlichen Verfahren getroffene Entscheidung (Urteil, Beschluss) ist beiden Parteien zuzustellen. Diese Zustellung ersetzt nur die Verkündung; soweit Parteibetrieb herrscht, muss daher ein im schriftlichen Verfahren ergangenes Urteil durch die Partei zugestellt werden, um die Rechtsmittelfrist in Gang zu setzen.

Der Verfahrensgrundsatz der Unmittelbarkeit besagt, dass nur das in der mündlichen Verhandlung Vorgetragene Grundlage der Entscheidung sein darf. Im Einverständnis mit den Prozessbeteiligten und bei Vorliegen der technischen Voraussetzungen kann eine mündliche Verhandlung auch mittels Bild- und Tonübertragung geführt werden, auch Zeugenvernehmungen auf diesem Wege sind möglich (§ 128a ZPO). In Anwaltsprozessen oder auf Anordnung des Gerichts wird die mündliche Verhandlung durch Schriftsätze vorbereitet (§§ 129 ff. ZPO). Über Öffentlichkeit der Verhandlung vgl. §§ 169–175 GVG ➢ s. Nr. 222.

e) Rechtliches Gehör

Das rechtliche Gehör besteht in Gewährung der Gelegenheit zur sachlichen Äußerung. Macht eine Partei hiervon keinen Gebrauch, so hindert dies den Fortgang des Verfahrens nicht. Ist hingegen das Gehör nicht in richtiger Weise gewährt worden, so liegt darin ein wesentlicher Verfahrensmangel. Wenn gegen eine Entscheidung des Gerichts ein Rechtsmittel oder ein anderer Rechtsbehelf nicht gegeben ist, der Anspruch auf rechtliches Gehör aber in entscheidungserheblicher Weise verletzt wurde, muss das Gericht bei Zulässigkeit und Begründetheit einer entsprechenden Rüge durch die beschwerte Partei das Verfahren fortsetzen und ggf. die frühere Entscheidung abändern (§ 321a ZPO).

f) Freie Beweiswürdigung

Nach § 286 ZPO hat das Gericht unter Berücksichtigung des gesamten Inhalts der Verhandlungen und des Ergebnisses einer etwaigen Beweisaufnahme nach freier

Überzeugung zu entscheiden, ob eine tatsächliche Behauptung für wahr oder für nicht wahr zu erachten ist. In den Urteilsgründen ist anzugeben, welche Gesichtspunkte für die richterliche Überzeugung leitend gewesen sind. Unter Wahrheit ist dabei ein solcher Grad von Wahrscheinlichkeit zu verstehen, dass er praktisch der Gewissheit gleichkommt.

233 | Allgemeine Verfahrensvorschriften der ZPO

Die §§ 1–252 ZPO enthalten die allgemeinen Vorschriften über das Verfahren in Zivilsachen. Sie regeln die sachliche und örtliche Zuständigkeit der Gerichte, Ausschließung und Ablehnung der Gerichtspersonen, Partei- und Prozessfähigkeit, Beteiligung Dritter am Rechtsstreit, Prozessbevollmächtigte und Beistände, Prozesskosten, Sicherheitsleistung, Prozesskostenhilfe und Prozesskostenvorschuss, mündliche Verhandlung, Zustellungen, Ladungen, Termine und Fristen, Versäumung von Prozesshandlungen, Wiedereinsetzung in den vorigen Stand bei Fristversäumung, Unterbrechung und Aussetzung des Verfahrens. Sofern die Gerichte dafür ausgestattet sind, ist durch § 130a ZPO die elektronische Übermittlung von Dokumenten gestattet; diese sollen allerdings mit einer qualifizierten elektronischen Signatur versehen sein. Beim Bundesgerichtshof ➢ s. Nr. 215, können in Verfahren nach der Zivilprozessordnung bereits Dokumente in elektronischer Form eingereicht werden, siehe VO über den elektronischen Rechtsverkehr beim Bundesgerichtshof vom 26. 11. 2001 (BGBl. I 3225). Auch gerichtliche elektronische Dokumente sind möglich (§ 130b ZPO)

Hier können nur die wesentlichsten Regelungen näher behandelt werden, insbes. die allgemeinen Verfahrensgrundsätze ➢ s. Nr. 232, Zuständigkeit ➢ s. Nr. 234, Prozesskosten ➢ s. Nr. 236. Über Anwaltszwang ➢ s. Nr. 237.

Im Zivilprozess ist ein Richter von der Ausübung des Richteramts ausgeschlossen, wenn er selbst Partei ist oder zu einer Partei in naher verwandtschaftlicher Beziehung steht, in der anhängigen Sache als Prozessbevollmächtigter bestellt oder als gesetzlicher Vertreter aufzutreten befugt ist oder war. Weiter auch dann, wenn er in derselben Sache als Zeuge oder Sachverständiger vernommen worden ist oder in einer früheren Instanz beim Erlass der angefochtenen Entscheidung mitgewirkt hat. Der Richter kann in diesen Fällen und ferner wegen Befangenheit abgelehnt werden, wenn ein Grund vorliegt, der Misstrauen gegen die Unparteilichkeit des Richters rechtfertigen kann (§§ 41, 42 ZPO). Über die Ablehnung entscheidet das Gericht, dem der Abgelehnte angehört ohne dessen Mitwirkung, beim Amtsgericht ein anderer Richter des Amtsgerichts.

234 | Die sachliche Zuständigkeit der Zivilgerichte

Das GVG bestimmt, ob eine Sache in 1. Instanz vor das Amts- oder Landgericht gehört. Die §§ 2ff. ZPO regeln die Festsetzung des Streitwerts, der i. d. R. für die sachliche Zuständigkeit und die Höhe der Gerichtskosten und Anwaltsgebühren maßgebend ist.

Man unterscheidet zwischen **vermögensrechtlichen** und **nicht vermögensrechtlichen** Ansprüchen. Erstere sind Ansprüche, die eine vermögensrechtliche Leistung zum Gegenstand haben (z. B. Klage auf Zahlung eines Kaufpreises von

300 Euro auf Herausgabe einer Maschine). Streitwert ist im ersten Fall die Höhe der Forderung (300 Euro), im zweiten Fall der Wert der Sachleistung zurzeit der Klageerhebung. Nichtvermögensrechtliche Ansprüche betreffen z. B. Klagen (Anträge) auf Scheidung oder Aufhebung einer Ehe sowie überhaupt Familiensachen. Bei wiederkehrenden Nutzungen oder Leistungen (z. B. Monatsmiete) wird der Streitwert nach dem 3½-fachen Wert des einjährigen Bezugs berechnet (§ 9 ZPO).

In erster Instanz sind sachlich zuständig:

AMTSGERICHT	LANDGERICHT	
Grds. Richter des AG als Einzelrichter (§§ 23, 23 a, 23 b GVG, §§ 689, 764 ZPO) für	Die Kammer für Handelssachen des Landgerichts (§ 95 GVG) für:	Die Zivilkammer oder der Einzelrichter des Landgerichts (§ 71 GVG) für:
1. Streitigkeiten bis zu 5000 Euro Streitwert; Ggf. ist vor der Klageerhebung das obligatorische Schlichtungsverfahren durchzuführen ➢ s. Nr. 231 2. ohne Rücksicht auf den Streitwert für Wohnraum-Mietstreitigkeiten, Streit zwischen Reisenden und Wirten, aus Beförderungsverträgen, wegen Viehmängel, Wildschadens, aus Leibzuchts- und Altenteilsverträgen; 3. (als Familiengericht) ➢ vgl. Nr. 246) Ehe-, Lebenspartnerschafts- und Güterrechtssachen, Kindschaftssachen, Ansprüche aus gesetzlicher Unterhaltspflicht, Streitigkeiten nach dem Gewaltschutzgesetz, sofern ein auf Dauer angelegter gemeinsamer Haushalt geführt wird oder innerhalb 6 Monaten geführt wurde; 4. Mahnverfahren, Aufgebotsverfahren, Zwangsvollstreckungssachen, zum großen Teil Zuständigkeit des Rechtspflegers gem. § 20 Nrn. 1, 2, 17 RPflG, ➢ vgl. Nr. 200.	Handelssachen mit mehr als 5000 Euro Streitwert, d. h. Klagen 1. gegen einen Kaufmann aus beiderseitigen Handelsgeschäften; 2. aus Wechseln u. ä. Urkunden; 3. auf Grund des Scheckgesetzes; 4. aus handelsrechtlichen Gesellschaftsverträgen, Firmen- und Musterrecht und dgl. aus Seerechtsverhältnissen; 5. wegen unlauteren Wettbewerbs mit Ausnahme der Ansprüche aus § 13 a UWG, soweit kein beiderseitiges Handelsgeschäft; 6. wegen börsenmäßiger Ansprüche	alle bürgerlichen Rechtsstreitigkeiten, die nicht den Amtsgerichten zugewiesen sind.

Die LGe sind weiter zuständig für Anfechtungs- und Nichtigkeitsklagen nach dem Aktiengesetz, dem GmbH-Gesetz, Genossenschaftsgesetz, für Ersatzklagen wegen ungerechtfertigter Strafverfolgung, für Patent- und Gebrauchsmusterstreitsachen und andere Klagen auf Grund von Bestimmungen in anderen Bundesgesetzen, z. B. dem Spruchverfahrensgesetz.

Die Verhandlung vor der Kammer für Handelssachen findet grds. nur auf Antrag des Klägers oder des Beklagten statt. Vgl. § 96 ZPO (Ausnahme z. B. § 2 Spruchverfahrensgesetz).

235 | Die örtliche Zuständigkeit der Zivilgerichte

Die örtliche Zuständigkeit der Zivilgerichte behandelt die ZPO unter der Überschrift „Gerichtsstand"; dieser Begriff besagt, welches Gericht für die Entscheidung **örtlich zuständig** ist.

Gerichtsstand

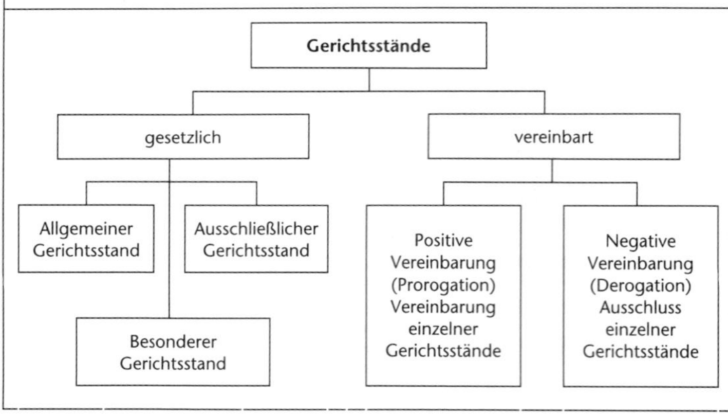

Der **Gerichtsstand** bestimmt sich nach verschiedenen Gesichtspunkten; er ist ein:

a) **gesetzlicher**, falls er in einem Gesetz vorgeschrieben ist (z. B. §§ 246, 249, 275 AktG, §§ 61, 69 GmbHG), oder vereinbarter, wenn er vertraglich durch sog. Prorogation begründet wurde, was unter Vollkaufleuten grundsätzlich, sonst nur eingeschränkt zulässig ist (§§ 38–40 ZPO);

b) **allgemeiner** Gerichtsstand für alle Streitigkeiten, für die kein besonderer oder ausschließlicher Gerichtsstand gegeben ist (§§ 12–18 ZPO), oder ein **besonderer** Gerichtsstand für bestimmte Streitsachen (§§ 20 ff. ZPO);

c) **ausschließlicher** Gerichtsstand, wenn er jeden anderen Gerichtsstand ausschließt, oder wahlweiser Gerichtsstand, wenn der Kläger die Wahl hat.

Jede Person hat bei dem Gericht, in dessen Bezirk sie wohnt, ihren allgemeinen Gerichtsstand (bei wohnsitzlosen Personen ist der inländische Aufenthaltsort, sonst der letzte Wohnsitz maßgebend). Dort kann jede Klage gegen sie erhoben werden, für die nicht ein ausschließlicher Gerichtsstand begründet ist. Körperschaften, Vereine usw. haben ihren allgemeinen Gerichtsstand am Sitz der Verwaltung. Gegenansprüche können durch Widerklage beim Gericht der Klage erhoben werden, wenn sie mit dem Klagegegenstand in rechtlichem Zusammenhang stehen (§ 33 ZPO), z. B. eine Gegenforderung wegen verspäteter Lieferung, mit der gegen die Klageforderung im Rahmen eines Warenlieferungsvertrages aufgerechnet wird; oder eine Widerklage auf Lieferung mangelfreier Ware gegenüber der Kaufpreisklage.

Ein ausschließlicher Gerichtsstand besteht z. B. in Miet- und Grundstücksangelegenheiten (Gerichtsstand der belegenen Sache; §§ 24, 29 a ZPO), ein besonderer Gerichtsstand in Unterhaltssachen gegen den im Ausland wohnhaften Beklagten und bei Deliktsansprüchen (§§ 23 a, 32 ZPO).

236 | Prozesskosten

Für die Inanspruchnahme der Gerichte werden Kosten (Gebühren und Auslagen) nach dem Gerichtskostengesetz – GKG – i. d. F. der Bek. vom 5. 4. 2004 (BGBl. I 718) geregelt. Es gilt u. a. in zivilrechtlichen Angelegenheiten für das Verfahren nach der ZPO, der Insolvenzordnung und dem Zwangsversteigerungsgesetz.

Die ZPO behandelt in den §§ 91–107 nur die Frage, wer die Prozesskosten zu tragen hat. Diese zerfallen in die nach dem GKG zu berechnenden Gerichtskosten, welche die Parteien zu entrichten haben, und die Parteikosten, welche der Prozess den Parteien verursacht hat (einschließlich Auslagen, Fahrt- und Anwaltskosten; letztere sind bei der Inanspruchnahme eines Rechtsanwalts nach dem RVG zu vergüten, ➤ vgl. Nr. 201.

Jede Entscheidung des Gerichts muss über die prozessrechtliche Kostenpflicht befinden. Grundsätzlich hat der Unterliegende die Prozesskosten zu tragen. Falls jede Partei teils obsiegt, teils unterliegt, sind die Kosten i. d. R. gegeneinander aufzuheben oder verhältnismäßig zu teilen. Jedoch kann das Gericht in besonderen Fällen anders entscheiden (§ 92 ZPO). Bei Scheidung, Aufhebung oder Nichtigerklärung einer Ehe – also nicht bei Abweisung des Antrags oder der Klage – sind die Kosten grundsätzlich gegeneinander aufzuheben; aus Billigkeitsgründen kann das Gericht sie aber anderweitig verteilen. Entsprechendes gilt bei der Aufhebung von Lebenspartnerschaften (§ 93 a ZPO).

Eine Kostenentscheidung kann nur zusammen mit der Entscheidung in der Hauptsache angefochten werden (§ 99 Abs. 1 ZPO). Ist die Hauptsache erledigt, so ergeht die Kostenentscheidung nach dem jeweiligen Sach- und Streitstand (§ 91 a ZPO); sie unterliegt der sofortigen Beschwerde (§ 91 a Abs. 2 ZPO).

Das Urteil entscheidet über die Kostenpflicht immer nur dem Grunde nach; über den Antrag auf Festsetzung der zu erstattenden Kosten entscheidet das Gericht des ersten Rechtszugs durch Kostenfestsetzungsbeschluss (§ 104 Abs. 1 ZPO). Bei quotenmäßiger Kostenverteilung fordert das Gericht nach Eingang eines Festsetzungsgesuches den Gegner zur Einreichung seiner Kostenrechnung auf. Nach fruchtlosem Ablauf einer einwöchigen Frist wird ohne Rücksicht auf die Kosten des Gegners entschieden; dieser kann sie nachträglich noch geltend machen, muss aber die Mehrkosten des Nachverfahrens tragen (§ 106 ZPO).

Wer nach seinen persönlichen und wirtschaftlichen Verhältnissen die Prozesskosten nicht, nur zum Teil oder in Raten aufbringen kann, erhält auf Antrag **Prozesskostenhilfe**, wenn die Rechtsverfolgung hinreichende Aussicht auf Erfolg hat und nicht mutwillig erscheint (§§ 114 ff. ZPO). Er muss die erforderlichen Unterlagen beibringen und seine tatsächlichen Angaben auf Verlangen glaubhaft machen. Je nach seiner Einkommens- und Vermögenslage stellt ihn das Gericht ganz oder zum Teil von Prozesskosten frei oder gewährt ihm Zahlung in Monatsraten, die sich unter Berücksichtigung des Einkommens und seiner Unterhaltsverpflichtungen nach einer Tabelle berechnen. Würden die Prozesskosten 4 Monatsraten und die aus dem Vermögen aufzubringenden Teilbeträge nicht übersteigen, wird Prozesskostenhilfe nicht bewilligt. Wenn erforderlich, insbesondere wenn Anwaltszwang besteht ➢ s. Nr. 237, oder wenn der Gegner anwaltlich vertreten ist, wird dem Antragsteller ein Rechtsanwalt seiner Wahl beigeordnet. Die Prozesskostenhilfe wird jeweils für eine Instanz bewilligt; sie kann auch nur für einen Teil des Anspruchs gewährt werden. Gegen Ablehnung ist Beschwerde gegeben. Das Gericht kann die Bewilligung der Prozesskostenhilfe aufheben, wenn der Antragsteller sie durch absichtlich unrichtige Darstellung des Streitverhältnisses erlangt oder absichtlich oder aus grober Nachlässigkeit seine persönlichen oder wirtschaftlichen Verhältnisse unrichtig dargestellt hat oder wenn er mit der Zahlung einer Monatsrate länger als 3 Monate im Rückstand ist. Geht der Prozess im Ergebnis für den Antragsteller ungünstig aus, ändert die Bewilligung der Prozesskostenhilfe nichts daran, dass er dem Gegner dessen Kosten erstatten muss (§ 123 ZPO). – Über die Beratungshilfe außerhalb des gerichtlichen Verfahrens ➢ vgl. Nr. 201.

In **Unterhaltssachen** kann das Prozessgericht auf Antrag einer Partei durch einstweilige Anordnung die Verpflichtung der anderen Partei zur Leistung eines **Prozesskostenvorschusses** regeln (§ 127 a ZPO).

237 | Das Verfahren im ersten Rechtszuge (§§ 253–510 b ZPO)

Der erste Abschnitt regelt das **Verfahren vor den Landgerichten**, und zwar das Verfahren bis zum Urteil, Versäumnisurteil, Verfahren vor dem Einzelrichter, Beweisaufnahme (Augenschein, Zeugenbeweis, Sachverständigenbeweis, Beweis durch Urkunden, Parteivernehmung), Verfahren bei der Abnahme von Eiden, Sicherung des Beweises. Im zweiten Abschnitt werden die Besonderheiten des **Verfahrens vor den Amtsgerichten** behandelt.

Im Verfahren vor den Landgerichten und den höheren Gerichten müssen sich die Parteien durch einen Rechtsanwalt vertreten lassen (Anwaltszwang, § 78). Das gilt auch vor den Familiengerichten beim Amtsgericht in Ehesachen, Folgesachen von Scheidungen u. ä.

Zustellungen finden – mit gewissen wichtigen Ausnahmen (Arrestbefehl, einstweilige Verfügung) – auch in Anwaltsprozessen von Amts wegen statt. Da auch die Ladung der Parteien nach Terminbestimmung durch die Geschäftsstelle zu veranlassen ist (§ 274), ist das landgerichtliche Verfahren, das an sich in besonderem Maße dem Parteibetrieb unterliegt, stark dem Amtsbetrieb des amtsgerichtlichen Verfahrens angeglichen.

238 | Erhebung der Klage

Der Staat gewährt jedem Rechtsschutz, jedoch nur auf ein Gesuch hin. Wo es einer Streitverhandlung im Zivilprozess bedarf, ergeht das Gesuch in Gestalt der **Klage**, d. h. der Bitte um Rechtsschutz durch Urteil. In Scheidungs-, Lebenspartnerschafts- und deren Folgesachen tritt anstelle der Klage- eine Antragsschrift.

Eine Klage kann sich richten auf

a) Verurteilung des Gegners zu einer Leistung oder Unterlassung = **Leistungsklage**;
b) Feststellung eines Rechtsverhältnisses, der Echtheit oder Unechtheit einer Urkunde = **Feststellungsklage**;

c) Begründung, Änderung oder Auflösung eines Rechtsverhältnisses (z. B. Leistungskonkretisierung, Auflösung einer oHG, Anfechtungsklage) = **Gestaltungsklage**.

Nach § 253 ZPO wird die Klage durch Zustellung eines Schriftsatzes, der Klageschrift, an den Beklagten erhoben. Diese ist mit etwaigen sonstigen Anträgen und Parteierklärungen, die zugestellt werden sollen, nebst den erforderlichen Abschriften bei dem angerufenen Gericht einzureichen.

Die Klageschrift muss das Gericht, die Parteien, Gegenstand und Grund des erhobenen Anspruchs bezeichnen und einen bestimmten Antrag enthalten. Sie soll den Wert des Streitgegenstandes angeben, wenn die Zuständigkeit des Gerichts davon abhängt und nicht eine bestimmte Geldsumme eingeklagt wird, und – beim LG – sich dazu äußern, ob Bedenken gegen die Entscheidung durch den Einzelrichter bestehen.

Die Klage wird bei der Geschäftsstelle des Prozessgerichts eingereicht. Der Vorsitzende veranlasst die Zustellung der Klage an die Gegenpartie (i. d. R. erst nach Zahlung des Gebührenvorschusses nach § 12 GKG) und beraumt einen Termin zur mündlichen Verhandlung baldmöglichst an, wobei die Einlassungsfrist zu wahren ist. Diese beträgt 2 Wochen. Es kann auch ein schriftliches Vorverfahren angeordnet werden. Die Ladungen erledigt die Geschäftsstelle des Gerichts (§ 274 ZPO).

Soll durch die Zustellung eine Frist gewahrt oder die Verjährung unterbrochen werden, so tritt die Wirkung, sofern die Zustellung demnächst erfolgt, bereits mit dem Eingang des Antrags oder der Erklärung bei Gericht ein (§ 270 Abs. 3 ZPO). Ein Schreiben, das vor Ablauf des letzten Tages der Frist in den Nachtbriefkasten des zuständigen Gerichts eingeworfen wird, ist rechtzeitig.

239 | Verhalten des Beklagten nach der Klageerhebung

Nach Zustellung der Klageschrift hat der Beklagte mehrere Möglichkeiten:

a) er kann den geltend gemachten Anspruch anerkennen ➢ vgl. Nr. 240;
b) er kann die tatsächlichen Behauptungen der Klage zugeben, aber Tatsachen geltend machen, welche die vom Kläger behauptete Rechtsfolge ausschließen (z. B. er habe den Kaufpreis bezahlt);
c) er kann die behaupteten Tatsachen bestreiten (z. B. er habe vom Kläger, der Darlehensrückzahlung verlangt, kein Geld erhalten);
d) er kann vorbringen, dass die von ihm zugegebenen Klagetatsachen den Klageanspruch rechtlich nicht ausreichend begründen (Rechtsausführungen);
e) er kann zugeben, aber seinerseits Gegenansprüche geltend machen (z. B. Aufrechnung ➢ vgl. Nr. 323, Widerklage ➢ vgl. Nr. 240.

Nach § 282 ZPO hat jede Partei unter Bezeichnung der Beweismittel für ihre tatsächlichen Behauptungen Beweis anzutreten und sich über die von der Gegenpartei angegebenen Beweismittel zu erklären. Das muss so rechtzeitig geschehen, dass der Gegner Zeit zur Stellungnahme hat. Erklärungen, die ohne genügende Entschuldigung erst nach einer vom Gericht gesetzten Frist vorgebracht werden, können zurückgewiesen werden (§ 296 ZPO). Des Beweises bedarf alles, was nicht unstreitig, anerkannt, offenkundig, gesetzlich zu vermuten oder zu unterstellen ist.

Beweisantritt ist die Einführung eines Beweismittels in den Prozess zum Beweis einer bestimmten Behauptung. I. d. R. muss jede Partei die Tatsachen beweisen, aus denen sie Rechte herleitet, d. h. sie trifft grundsätzlich die sog. **Beweislast**; lässt sich durch die Beweisaufnahme nicht klären, ob eine behauptete Tatsache wahr oder unwahr ist, so wird zuungunsten dessen entschieden, dem die Beweislast obliegt. Die Erfahrung des Lebens kann bei freier Beweiswürdigung weiteren Beweis überflüssig machen. Steht ein gewisser Tatbestand fest, der nach der Lebenserfahrung auf eine bestimmte Ursache oder einen bestimmten Ablauf hinweist, so braucht der Beweispflichtige nur diesen Tatbestand darzutun (sog. **Anscheinsbeweis**, prima facie-Beweis). Es ist dann Sache dessen, der einen vom gewöhnlichen Verlauf abweichenden Gang des Geschehens behauptet, ein atypisches Geschehen nachzuweisen.

240 | Der Verhandlungstermin

Der Verhandlungstermin soll im Interesse der Beschleunigung des Verfahrens so vorbereitet werden, dass die Streitsache i. d. R. in einem Haupttermin erledigt werden kann. Der Vorsitzende ordnet entweder einen frühen ersten Termin an, in dem die Sache nach Möglichkeit erledigt wird; andernfalls ergehen die nötigen Anordnungen zur Vorbereitung des Haupttermins; oder er verfügt das schriftliche Vorverfahren und setzt den Parteien Erklärungsfristen. Terminsänderungen sind bei erheblichen Gründen möglich. Ein für die Zeit vom 1. 7. bis 31. 8. (Ferienzeit) bestimmter Termin ist auf Antrag innerhalb einer Woche ab Zugang der Terminsbestimmung i. d. R. aufzuheben (§ 227 Abs. 3 ZPO).

Der mündlichen Verhandlung hat in der Regel eine Güteverhandlung voraus zu gehen. erscheinen beide Partner in der Güteverhandlung nicht, ist das Ruhen des Verfahrens anzuordnen. Für den Fall des Nichterscheinens einer Partei oder der Erfolglosigkeit der Güteverhandlung soll sich die mündliche Verhandlung unmittelbar anschließen (§ 279 ZPO).

Eine mündliche Verhandlung ist jedoch nicht obligatorisch. Das Gericht kann mit Zustimmung der Parteien ein schriftliches Verfahren anordnen (§ 128 ZPO). Diese Zustimmung kann von den Parteien nur bei wesentlicher Änderung der Prozesslage widerrufen werden.

Gegen eine Partei (Kläger oder Beklagter), die im Verhandlungstermin nicht erscheint und auch nicht vertreten ist, kann auf Antrag ein **Versäumnisurteil** ergehen (§§ 330, 331 ZPO).

Erscheint der Beklagte und erkennt er den Klageanspruch an, so kann der Kläger ein **Anerkenntnisurteil** erwirken. Für den Erlass eines Anerkenntnisurteils bedarf es jedoch keiner mündlichen Verhandlung (§ 307 ZPO).

Erscheinen oder verhandeln beide Parteien nicht, so kann das Gericht nach Lage der Akten entscheiden (durch Urteil nur, wenn schon einmal mündlich verhandelt worden ist) oder – bei unverschuldeter Säumnis – auf Antrag einen neuen Termin anberaumen oder das Ruhen des Verfahrens anordnen (§ 251 a ZPO).

Erscheinen beide Parteien und kommt eine Einigung, z. B. durch Prozessvergleich ➢ s. Nr. 339, nicht zustande, so beginnt die streitige (kontradiktorische) Verhandlung.

Die mündliche Verhandlung, die in Anwaltsprozessen ➢ s. Nr. 237, oder auf richterliche Anordnung durch Schriftsätze vorzubereiten ist (§ 129 ZPO), wird dadurch eingeleitet, dass die Parteien ihre Anträge stellen. Vorträge sind in freier Rede zu halten; das Streitverhältnis ist in tatsächlicher und rechtlicher Beziehung zu behandeln, wobei auf Schriftstücke Bezug genommen werden kann (§ 137 ZPO). Soweit das Gericht eine Beweisaufnahme für erforderlich hält, erlässt es einen Beweisbeschluss. Erst wenn der Rechtsstreit zur Endentscheidung reif ist, erlässt das Gericht ein Endurteil (§ 300 ZPO). Das Sitzungsprotokoll gibt die wesentlichen Vorgänge und die Förmlichkeiten wieder (vgl. §§ 159 ff. ZPO).

Der Beklagte kann in demselben Prozess eine Widerklage erheben, die mit der Klage in einem rechtlichen Zusammenhang stehen muss (§ 33 ZPO) ➢ vgl. Nr. 235. In einzelnen Verfahrensarten, die besonders rasch abgeschlossen werden sollen, ist eine Widerklage nicht zugelassen (Urkunden-, Arrestprozess u. a.); in der Berufungs- und Revisionsinstanz ist sie stark eingeschränkt. Grundsätzlich wird über Klage und Widerklage in demselben Urteil entschieden, sonst durch Teilurteil über eine von beiden (§ 301 ZPO).

241 | Die gerichtliche Entscheidung

Das Gericht entscheidet unter Berücksichtigung des gesamten Inhalts der Verhandlungen und des Ergebnisses einer etwaigen Beweisaufnahme nach freier Überzeugung, ob eine tatsächliche Behauptung für wahr oder für nicht wahr zu erachten ist (Beweiswürdigung; § 286 ZPO) und welche rechtlichen Folgerungen hieraus zu ziehen sind. Im Urteil sind die Gründe anzugeben, welche für die richterliche Überzeugung leitend gewesen sind. Wenn die Klage nicht zurückgenommen wird, oder kein Vergleich zustande kommt ➢ vgl. Nr. 240, 339, oder wenn sich der Rechtsstreit nicht auf sonstige Weise erledigt, wird der Prozess durch ein abweisendes oder zusprechendes Urteil beendet (mit nachstehenden Ausnahmen 1 b, 2, 3).

Das Urteil wird in dem Termin verkündet, in dem die mündliche Verhandlung geschlossen wird, oder in einem besonderen, i. d. R. nicht über drei Wochen hinaus anzusetzenden Verkündungstermin (§ 310 ZPO).

Man unterscheidet:

1. **Endurteile**, und zwar
   a) Vollendurteile, die den ganzen Streitfall erledigen;
   b) Teilurteile, wenn nur über einen Teil des Klageanspruchs oder über einen von mehreren Ansprüchen oder bei Klage und Widerklage nur über eine von beiden entschieden wird; das abschließende Urteil über den restlichen Prozessstoff heißt Schlussurteil;
2. **Zwischenurteile**, die über einzelne Prozessfragen im Zwischenstreit entscheiden (z. B. über Prozessvoraussetzungen) oder die nur über den Grund des Anspruchs befinden;
3. **Vorbehaltsurteile**, die den Streit unter Vorbehalt eines Nachverfahrens über bestimmte Einwendungen des Beklagten erledigen (z. B. Urkunden- und Wechselprozess, § 599 ZPO; Aufrechnung, § 302 ZPO).

Jedes Urteil muss ein Rubrum, d. h. einen Urteilskopf, mit Bezeichnung der Parteien, ihrer gesetzlichen Vertreter und Prozessbevollmächtigten, die Namen der mitwirkenden Richter, den Tenor, d. h. die Urteilsformel, einen Tatbestand und Entscheidungsgründe enthalten (§ 313 ZPO). In bestimmten Fällen können Tatbestand und Entscheidungsgründe entfallen (s. § 313 a ZPO).

242 | Verfahren vor den Amtsgerichten (§§ 495–510b ZPO)

Das Verfahren vor den Amtsgerichten weist Besonderheiten auf. Die wichtigsten Abweichungen gegenüber dem Landgerichtsprozess sind folgende:

a) Kein Anwaltszwang wie vor den Kollegialgerichten (wegen der Ausnahme in Familiensachen ➢ vgl. Nr. 246;
b) Vorbereitung der mündlichen Verhandlung durch Schriftsätze ist, falls nicht vom Gericht angeordnet, nicht erforderlich (§ 129 ZPO);
c) Anträge und andere Erklärungen werden, soweit erforderlich, durch das Sitzungsprotokoll festgestellt (§ 510 a ZPO);
d) Klage, Erwiderung, Anträge u. a. Erklärungen können schriftlich oder zu Protokoll der Geschäftsstelle angebracht werden; die protokollierte Klage wird dem Gegner an Stelle der Klageschrift zugestellt (§§ 496, 498 ZPO);
e) Das Gericht kann sein Verfahren nach billigem Ermessen bestimmen, wenn der Streitgegenstand 600 Euro nicht übersteigt, auf Antrag muss mündlich verhandelt werden. (§ 495 a).

243 | Die Rechtsmittel im Zivilprozess (§§ 511–577 ZPO)

a) Überblick über Rechtsmittel gegen Urteile in Zivilsachen

Siehe Schaubild Rechtsmittel gegen Endurteile in Zivilsachen (S. 433).

b) Die Rechtsmittel im Einzelnen

aa) Berufung

Die Berufung findet statt gegen **Endurteile erster Instanz** (AG, LG). Über die Berufung entscheidet das übergeordnete LG bzw. OLG. Einlegung beim Berufungsgericht binnen 1 Monat; diese Frist beginnt mit Zustellung des mit vollständiger Begründung versehenen Urteils, spätestens fünf Monate nach der Urteilsverkündung. Die Berufung ist nur zulässig, wenn der Wert des Beschwerdegegenstandes (= Differenz zwischen Antrag und ergangener Entscheidung) 600 Euro übersteigt oder wenn das Gericht im Urteil die Berufung ausdrücklich zugelassen hat (§ 511 ZPO), so z. B. bei grundsätzlicher Bedeutung oder zur Sicherung einer einheitlichen Rechtsprechung. Eine Zurücknahme der Berufung ist bis zur Verkündung des Berufungsurteils zulässig. Der Berufungskläger muss binnen 2 Monaten ab Zustellung des vollständigen Urteils sein Rechtsmittel begründen (Verlängerung auf Antrag möglich). Die Berufung kann nur damit begründet werden, dass das Erstgericht das Recht falsch angewandt oder damit, dass Zweifel an der Richtigkeit oder Vollständigkeit der festgestellten entscheidungserheblichen Tatsachen bestehen (§ 513 ZPO). Das Berufungsgericht prüft Zulässigkeit und Rechtzeitigkeit (evtl. Verwerfung durch Beschluss, § 522 Abs. 1 ZPO). Gelangt das Berufungsgericht zu der Überzeugung, dass die Berufung keine Aussicht auf Erfolg oder die Angelegenheit keine grundsätzliche Bedeutung hat, so kann es die Berufung nach vorheriger Anhörung der Parteien durch einstimmigen Beschluss zurückweisen (§ 522 Abs. 2 ZPO). Der Berufungsbeklagte kann sich der Berufung anschließen. Wenn die Berufung nicht verworfen oder zurückgewiesen wird, wird Termin zur mündlichen Verhandlung bestimmt, wobei die Sache auch auf den Einzelrichter übertragen werden kann (§ 523 ZPO). Das erste Urteil darf nur insoweit abgeändert werden, als dies beantragt ist.

Rechtsmittel gegen Endurteile in Zivilsachen

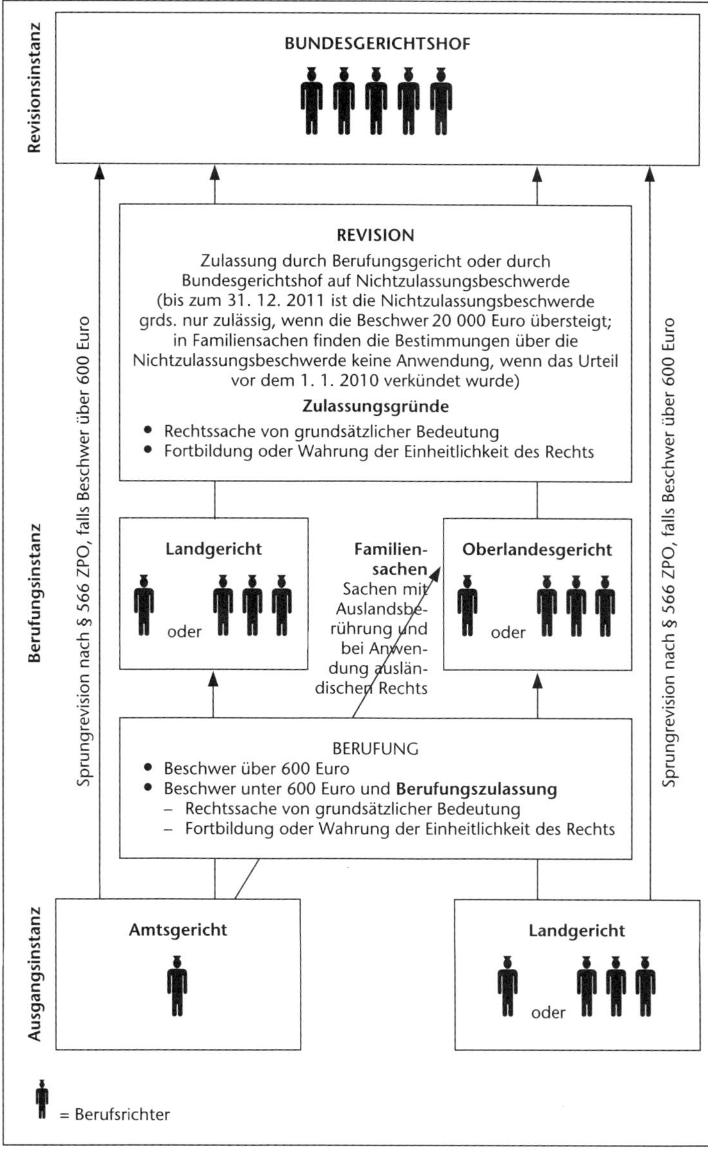

Das Berufungsgericht verweist die Sache an die erste Instanz nur zurück, wenn z. B. in der Sache selbst noch nicht entschieden ist oder ein wesentlicher Verfahrensmangel vorliegt. Grundsätzlich erhebt das Berufungsgericht selbst die notwendigen Beweise und entscheidet selbst (§ 538 ZPO).

Gegen ein **Versäumnisurteil** ist keine Berufung, sondern nur der Einspruch an dasselbe Gericht zulässig. Berufung ist gegen ein zweites Versäumnisurteil möglich, wenn sie darauf gestützt wird, dass der Fall der Versäumung nicht vorgelegen habe (§ 514 ZPO).

bb) Revision

Die Revision findet gegen die Berufungsurteile des LG oder OLG nur statt, wenn sie durch das Berufungsgericht im Urteil oder durch das Revisionsgericht nach Beschwerde über die Nichtzulassung zugelassen wurde. Sie ist zuzulassen wegen grundsätzlicher Bedeutung der Rechtssache oder wenn die Fortbildung des Rechts oder die Sicherung einer einheitlichen Rechtsprechung dies erfordert (§ 543 ZPO). Revisionsfrist sowie Frist zur Erhebung der Nichtzulassungsbeschwerde 1 Monat ab Zustellung des Urteils. Einlegung beim Revisionsgericht, Begründungsfrist 2 Monate seit Zustellung des vollständigen Urteils (Verlängerung auf Antrag möglich). Die Revision kann nur auf Gesetzesverletzung gestützt werden. Gegen erstinstanzliche Urteile, die ohne Zulassung berufungsfähig sind, kann mit Einwilligung des Gegners und Zulassung durch das Revisionsgericht Sprungrevision an den BGH eingelegt werden (§ 566 ZPO). Die Revision ist somit ebenso wie in den anderen Gerichtszweigen (Arbeits-, Verwaltungs-, Finanz-, Sozialgerichtsbarkeit) auf Rechtssachen von grundsätzlicher Bedeutung und auf Fälle beschränkt, in denen die Nachprüfung erforderlich ist, um die Einheit der Rechtsprechung vor allem im Hinblick auf bereits vorliegende Entscheidungen zu wahren. Im Rahmen einer Übergangsregelung ist bis 31. 12. 2011 die Nichtzulassungsbeschwerde grds. nur zulässig, wenn eine Beschwer von 20000 Euro überschritten wird. In Familiensachen finden die Bestimmungen über die Nichtzulassungsbeschwerde keine Anwendung, wenn das Urteil vor dem 1. 1. 2010 verkündet wurde.

cc) Sofortige Beschwerde

Die sofortige Beschwerde ist in gesetzlich besonders hervorgehobenen Fällen sowie dann gegeben, wenn ein das Verfahren betreffendes Gesuch zurückgewiesen wird, über das ohne mündliche Verhandlung entschieden werden kann. Sie geht an das im Rechtszug zunächst höhere Gericht. Gegen Beschlüsse des OLG findet keine sof. Beschwerde statt (§ 567 ZPO) Die sofortige Beschwerde ist an eine Notfrist von 2 Wochen gebunden (§ 569 ZPO). Zur Rechtsbeschwerde s. die §§ 574 ff. ZPO.

244 | Wiederaufnahme des Verfahrens

Ein durch rechtskräftiges Endurteil abgeschlossenes Verfahren kann im Zivilprozess wieder aufgenommen werden (§§ 578–591 ZPO) durch die

a) **Nichtigkeitsklage** (§ 579 ZPO), wenn schwere Verfahrensmängel vorliegen,

z. B. wenn das Gericht nicht vorschriftsmäßig besetzt war, wenn ein kraft Gesetzes ausgeschlossener oder erfolgreich abgelehnter Richter mitgewirkt hat, wenn eine Partei nicht gesetzmäßig vertreten war.

b) **Restitutionsklage** (§ 580 ZPO), wenn geltend gemacht wird, das Urteil beruhe auf der Straftat eines Beteiligten oder werde durch eine neu aufgefundene Urkunde erschüttert.

z. B. wenn der Gegner bei einer wesentlichen Aussage die Eidespflicht strafbar verletzt hat, wenn sich das Urteil auf eine fälschlich angefertigte oder verfälschte Urkunde stützt, bei strafbaren Wahrheitspflichtverletzungen eines Zeugen oder Sachverständigen, wenn das Urteil durch eine Straftat (z. B. Betrug) erwirkt ist usw.

Diese Klagen müssen innerhalb 1 Monats seit Kenntnis des Anfechtungsgrundes erhoben werden. Sie sind nur innerhalb 5 Jahren seit Rechtskraft des angefochtenen Urteils zulässig (§ 586 ZPO; Ausnahme in Abs. 3). Das Gericht entscheidet zunächst darüber, ob die gesetzlichen Voraussetzungen für die Klage gegeben sind (Zulässigkeitsverfahren), und verwirft andernfalls die Klage als unzulässig. Ist die Klage zulässig und ein Wiederaufnahmegrund gegeben, wird in der Sache neu verhandelt und entschieden (§§ 589, 590 ZPO).

245 | Urkunden- und Wechselprozess (§§ 592–605 a ZPO)

Der Urkunden- und Wechselprozess ist ein abgekürztes Verfahren, das dem Gläubiger beschleunigt einen Vollstreckungstitel verschaffen soll.

Voraussetzungen für den **Urkundenprozess** sind:

a) Der Anspruch muss auf Leistung einer bestimmten Geldsumme oder einer bestimmten Menge anderer vertretbarer Sachen ➢ s. Nr. 316, oder Wertpapiere gerichtet sein.
b) Alle klagebegründenden Tatsachen müssen durch Urkunden bewiesen werden (z. B. Schuldschein, Quittung); für andere Tatsachen, z. B. Einreden, Echtheit oder Unechtheit einer Urkunde, ist als weiteres Beweismittel Parteivernehmung zugelassen.
c) Die Klage muss die Erklärung enthalten, dass im Urkundenprozess geklagt wird; die Urkunden müssen beigefügt werden.

Der **Wechselprozess** ist eine Unterart des Urkundenprozesses. Zuständig ist außer dem Gericht des allgemeinen Gerichtsstands des Schuldners auch das des Zahlungsortes. Werden mehrere Wechselverpflichtete verklagt, so kann bei dem für einen Beklagten zuständigen Gericht gegen alle geklagt werden. Die Einlassungs- und Ladungsfristen sind abgekürzt. Zur Geltendmachung von Nebenforderungen (Zinsen, Spesen, Protestkosten, ➢ vgl. Nr. 460), genügt Glaubhaftmachung, §§ 605 Abs. 2, 294 ZPO. Für den **Scheckprozess** gelten die Vorschriften über den Wechselprozess entsprechend (§ 605 a ZPO).

Widerklagen ➢ s. Nr. 240, sind im Urkunden- und Wechselprozess unzulässig. Einwendungen des Beklagten gegen den Anspruch sind in diesem Verfahren nur beachtlich, wenn der Beklagte den ihm obliegenden Beweis durch Urkunden oder Parteivernehmung des Klägers führt. Andernfalls wird der Beklagte unter Vorbehalt seiner Rechte verurteilt (Vorbehaltsurteil); er kann seine Rechte dann in einem Nachverfahren mit den üblichen Beweismitteln (Parteivernehmung, Zeugen, Sachverständige usw.) geltend machen.

246 | Familien- und Kindschaftssachen

Die §§ 606–644 ZPO behandeln das Verfahren in Ehe- und anderen Familiensachen, in Kindschaftssachen und in Unterhaltssachen.

a) Begriffe

aa) Ehesachen

Ehesachen sind Verfahren, die zum Gegenstand haben

– den Antrag auf Scheidung (§§ 1564 ff. BGB)

- den Antrag auf Aufhebung der Ehe (§§ 1313 ff. BGB): Bei Formmängeln, fehlender Geschäftsfähigkeit, Doppelehe, bestehender Lebenspartnerschaft, Verwandtschaft, Irrtum über die Eheschließung, arglistiger Täuschung, Drohung, Wiederverheiratung nach irrtümlicher Todeserklärung;
- die Klage auf Feststellung des Bestehens oder Nichtbestehens einer Ehe nur ausnahmsweise (z. B. bei Zweifeln an der Gültigkeit einer ausländischen Eheschließung);
- die Klage auf Herstellung des ehelichen Lebens.

bb) Kindschaftssachen

Kindschaftssachen betreffen die Feststellung des Bestehens oder Nichtbestehens eines Eltern-Kindes-Verhältnisses oder der elterlichen Sorge, die Feststellung der Wirksamkeit oder Unwirksamkeit der Vaterschaftsanerkennung sowie die Anfechtung der Vaterschaft. Es gelten viele Besonderheiten, die sich aus dem staatlichen Interesse an diesen Verfahren ergeben, insbesondere der Amtsaufklärungsgrundsatz (§§ 640 ff. ZPO). In diesen Sachen entscheidet das Amtsgericht, ebenso in Unterhaltssachen (§§ 642–660 ZPO: Allgemeine Vorschriften, Vereinfachtes Verfahren über den Unterhalt Minderjähriger).

b) Zuständigkeit und Verfahren in Ehe- und Familiensachen

In Ehe- und anderen Familiensachen ist das als Abteilung des Amtsgerichts einzurichtende **Familiengericht** (Einzelrichter, § 23 b GVG) zuständig, das tunlichst in Verbindung mit dem Hauptprozess auch in den sog. Folgesachen entscheidet (Regelung des Unterhalts, der elterlichen Sorge für die Kinder, Umgangsrecht, Versorgungsausgleich, Hausratsverteilung usw.; sog. Scheidungsverbund). Das Verfahren in einer Folgesache kann aber auch unabhängig vom Scheidungsverfahren anhängig gemacht werden. Es richtet sich dann – außer in Unterhalts- und Güterrechtssachen – nach den Grundsätzen der freiwilligen Gerichtsbarkeit ➢ Nr. 301 ff. In Scheidungs- und Folgesachen (außer Unterhalts- und Güterrechtssachen) tritt an die Stelle der Klageschrift eine Antragsschrift. Ist in einer Scheidungssache der Antragsgegner nicht anwaltlich vertreten, so ordnet ihm das Gericht einen Anwalt als Beistand bei, wenn eine zweckmäßige Rechtsverfolgung es erfordert. Für das Verfahren in Lebenspartnerschaftssachen gilt grds. entsprechendes (vgl. § 661 ZPO).

Wegen des öffentlichen Interesses an der Erhaltung der Ehen tritt der Parteiwille im Eheprozess zurück. Das Gericht kann eigene Ermittlungen anstellen. Es gibt kein Versäumnisurteil gegen den Beklagten, keinen vereinbarten Gerichtsstand. Das Gericht soll das persönliche Erscheinen der Parteien anordnen und sie anhören; gegen eine ausgebliebene Partei kann Ordnungsgeld verhängt werden. Die Verhandlung ist nicht öffentlich. Der Prozessbevollmächtigte bedarf einer besonderen Vollmacht. Das Gericht soll das auf Herstellung des ehelichen Lebens gerichtete Verfahren aussetzen, wenn es zur Aufrechterhaltung der Ehe dienlich erscheint; dasselbe gilt für das Scheidungsverfahren, jedoch nicht gegen den Widerspruch beider Ehegatten, wenn sie länger als 1 Jahr getrennt leben. Die Aussetzung darf einmal wiederholt werden, aber insgesamt 1 Jahr (bei mehr als 3 jährigem Getrenntleben: 6 Monate) nicht überschreiten. Tod einer Partei erledigt den Eheprozess in der Hauptsache. Die Urteile werden von Amts wegen zugestellt. Das Prozessgericht kann auf Antrag **einstweilige Anordnungen** erlassen, um beispielsweise das Getrenntleben, die gegenseitige Unterhaltspflicht, die Verpflichtung zu Kostenvorschüssen, die elterliche Sorge für gemeinschaftliche Kinder und die Unterhaltspflicht diesen gegenüber sowie die Benutzung von Ehewohnung und Hausrat zu regeln.

Die Antragsschrift in Scheidungssachen muss als Mindestangaben enthalten, ob gemeinschaftliches Kinder vorhanden sind und ob bestimmte Familiensachen anderweitig anhängig sind (§ 622 ZPO), im Fall der einvernehmlichen Scheidung müssen gem. § 630 ZPO ferner Ausführungen darüber gemacht werden, dass der andere Ehegatte der Scheidung zustimmt ➢ vgl. Nr. 359, und in diesem Falle einen Vorschlag zur Regelung der elterlichen Sorge für minderjährige Kinder (das Gericht kann aber auch von einem übereinstimmenden Vorschlag der Ehegatten abweichen) sowie über das Umgangsrecht, die Regelung der Unterhaltspflicht und die Hausratsverteilung. Endentscheidungen des Familiengerichts in Scheidungs- und ggf. damit verbundenen Folgesachen sowie in Unterhalts- und Güterrechtssachen können mit den gegen Urteile nach der ZPO zugelassenen Rechtsmitteln ➢ s. Nr. 243, angefochten werden; Folgesachen der freiwilligen Gerichtsbarkeit (z. B. elterliche Sorge, Versorgungsausgleich) aber nur insoweit, als sie zusammen mit zivilprozessualen Entscheidungen (z. B. Scheidung) angegriffen werden, die Revision setzt voraus, dass das OLG oder der BGH sie im Urteil zugelassen hat. Im Übrigen ist die befristete Beschwerde an das Oberlandesgericht und in einigen Fällen, die besonders wichtig sind (z. B. elterliche Sorge, Umgang, Kindesherausgabe) die Rechtsbeschwerde zum BGH statthaft, die jedoch an eine Zulassung durch das OLG oder den BGH gebunden ist (§§ 629 a, 621 e ZPO).

c) Anerkennung ausländischer Entscheidungen

Über die Anerkennung einer von einem ausländischen Gericht getroffenen Entscheidung vgl. § 328 ZPO, über die Zuständigkeit deutscher Gerichte für Ausländer in Ehesachen vgl. § 606 a ZPO, in Lebenspartnerschaftssachen vgl. § 661 Abs. 3 ZPO. Ausländische Entscheidungen in Ehesachen werden nur anerkannt, wenn die Landesjustizverwaltung (LJustV) festgestellt hat, dass die Voraussetzungen für die Anerkennung vorliegen. Die Verbürgung der Gegenseitigkeit ist nicht Voraussetzung für die Anerkennung. Hat ein Gericht des Staates entschieden, dem beide Ehegatten zurzeit der Entscheidung angehörten, so hängt die Anerkennung nicht von einer Feststellung der LJustV ab. Die Entscheidung ergeht auf Antrag. Wird er abgelehnt, kann der Antragsteller das OLG anrufen, in dessen Bezirk die LJustV ihren Sitz hat. Stellt die LJustV fest, dass die Voraussetzungen für die Anerkennung vorliegen, so kann ein Ehegatte, der den Antrag nicht gestellt hat, die Entscheidung des OLG beantragen. Das OLG entscheidet im Verfahren der freiwilligen Gerichtsbarkeit und endgültig. Die Feststellung, dass die Voraussetzungen für die Anerkennung vorliegen oder nicht vorliegen, bindet Gerichte und Verwaltungsbehörden (Art. 7 § 1 FamilienrechtsÄndG vom 11. 8. 1961, BGBl. I 1221). Vgl. ferner die diese Regelungen verdrängende EG-Verordnung Nr. 1347/2000 des Rates vom 29. 5. 2000 über die Zuständigkeit und die Anerkennung und Vollstreckung von Entscheidungen in Ehesachen und in Verfahren betreffend die elterliche Verantwortung für die gemeinsamen Kinder der Ehegatten (ABl. Nr. L 160 vom 30. 6. 2000, 19), soweit deren Anwendungsbereich eröffnet ist.

d) Reformbestrebungen

Das Bundesjustizministerium (BMJ) hat im Februar 2006 den ergänzten Referentenentwurf für ein Gesetz zur Reform des Verfahrens in Familiensachen und in den Angelegenheiten der freiwilligen Gerichtsbarkeit vorgestellt. So soll das familiengerichtliche Verfahren einheitlich geregelt und dessen derzeit bestehende Aufsplittung auf verschiedene Verfahrensordnungen (ZPO, FGG, Hausratsverordnung) beseitigt werden. Zu diesem Zweck soll das bisherige FGG durch ein Gesetz über das Verfahren in Familiensachen und in den Angelegenheiten der freiwilligen Gerichtsbarkeit (FamFG) ersetzt werden.

Nach dem Referentenentwurf soll das neue FamFG in 8 Bücher gegliedert sein. **Buch 1** enthält den **Allgemeinen Teil** mit allgemeinen Vorschriften, insbesondere zu Anwendungsbereich, örtlicher Zuständigkeit, zum Verfahren und Beschluss sowie zur Vollstreckung (§§ 1–124 FamFG-E). **Buch 2** regelt sodann **das Verfahren in Familiensachen** (§ 125 FamFG-E), so die Verfahren in Ehesachen-, in Scheidungssachen und Folgesachen (Abschnitt 1 §§ 126–160 FamFG-E), in Kindschaftssachen (Abschnitt 2 – §§ 161–177 FamFG-E), in Abstammungssachen (Abschnitt 3 – §§ 178–193 FamFG-E), in Adoptionssachen (Abschnitt 4 – §§ 194–207 FamFG-E), in Wohnungszuweisungs- und Hausratssachen (Abschnitt 5 – §§ 208–218 FamFG-E), das Verfahren in Gewaltschutzsachen (Abschnitt 6 – §§ 219–225 FamFG-E), in Versorgungsausgleichssachen (Abschnitt 7 – §§ 226–242 FamFG-E), das in Unterhaltssachen (Abschnitt 8 – §§ 243–271 FamFG-E), in Güterrechtssachen (Abschnitt 9 – §§ 272–276 FamFG-E), in sonstigen Familiensachen (Abschnitt 10 – §§ 277–280 FamFG-E), das Verfahren in Lebenspartnerschaftssachen (Abschnitt 11 – §§ 281, 282 FamFG-E). Das BMJ will die einverständliche Scheidung bei kinderloser Ehe erleichtern. So soll das vereinfachte Scheidungsverfahren durch übereinstimmende notariell beurkundete Erklärung gewählt werden können, wenn – in notarieller Form – zwischen den Ehegatten eine Einigung über den nachehelichen Unterhalt sowie – formfrei – über Hausrat und Ehewohnung erzielt wurde. In diesem Fall soll eine Vertretung durch Rechtsanwälte nicht mehr vorgeschrieben werden (§ 143 FamFG-E). Kindschaftssachen, die die elterliche Sorge, das Umgangsrecht oder die Kindesherausgabe betreffen, sollen künftig noch schneller einer Lösung zugeführt werden. Dies soll durch ein ausdrückliches und umfassendes Vorranggebot für solche Angelegenheiten im Gesetz sowie dadurch gesichert werden, dass das Gericht in derartigen Verfahren spätestens einen Monat nach Antragseingang eine Erörterung mit allen Beteiligten durchführen soll (§ 165 FamFG-E). Die Beteiligungs- und Mitwirkungsrechte von Kindern sollen verstärkt werden. Dem Kind soll in schwierigen Fällen ein Verfahrensbeistand, der im Interesse des Kindes eine aktive Rolle übernehmen kann, zur Seite gestellt werden (vgl. § 166 FamFG-E). Die Vollstreckung von Sorge- und Umgangsrechtsentscheidungen soll schneller und effektiver ausgestaltet werden. Anstatt Zwangs- sollen künftig in diesen Verfahren Ordnungsmittel verhängt werden können. Diese haben den Vorteil, dass sie – anders als Zwangsmittel – auch noch nach Ablauf der Verpflichtung wegen Zeitablaufs festgesetzt und vollstreckt werden können (§§ 101 ff. FamFG-E). Es wird ein sog. „Großes Familiengericht" eingeführt, das alle durch den sozialen Verband von Ehe und Familie sachlich verbundenen Rechtsstreitigkeiten entscheidet (z. B. Gesamtschuldnerausgleich, wenn ein Ehepartner aus einem gemeinsamen Darlehen in Anspruch genommen wird; Nutzungsentschädigung für eine von einem Ehepartner nunmehr allein genutzte Wohnung [bisher Amts- oder Landgericht als Streitgericht zuständig]).

Die Reformdiskussion dauert noch an.

247 | Das Mahnverfahren (§§ 688–703d ZPO)

Das Mahnverfahren soll als abgekürztes zivilprozessuales Verfahren dem Gläubiger alsbald zu einem vollstreckbaren Titel verhelfen. Es ist nur zulässig wegen eines Anspruchs auf Zahlung einer bestimmten Geldsumme in Euro bzw. wenn die Zustellung des Mahnverfahrens nach § 32 des Anerkennungs- und Vollstreckungsausführungsgesetzes (AVAG) i.d.F. der Bek. vom 19. 2. 2001 (BGBl. I 266, ber. 436) im Ausland zu erfolgen hat auch wegen Zahlung einer bestimmten Geldsumme in ausländischer Währung (§ 688 ZPO).

Auf Antrag (Inhaltserfordernisse des Mahnantrags s. § 690 ZPO; z.B. ist im Mahnantrag das Gericht zu bezeichnen, das für ein streitiges Verfahren zuständig ist) des Gläubigers erlässt das Amtsgericht (ohne materielle Prüfung, ob der vom Antragsteller erhobene Anspruch gerechtfertigt ist) einen **Mahnbescheid**, d.h. den alternativen Befehl an den Schuldner, innerhalb der in dem Bescheid angegebenen Frist bei Vermeidung der Zwangsvollstreckung entweder den Gläubiger zu befriedigen oder Widerspruch zu erheben. Einige Länder haben das Mahnverfahren zentralisiert und unabhängig von den sonstigen Gerichtsstandsregelungen auf ein bzw. einige wenige Amtsgerichte übertragen (z.B. Baden-Württemberg,, Bayern Berlin, Brandenburg, Hamburg, Hessen, Niedersachsen, Nordrhein-Westfalen, Rheinland-Pfalz, Sachsen-Anhalt, Schleswig-Holstein). Der Antrag ist in diesen Ländern ausschließlich an dieses zentrale Gericht zu richten. Das AG stellt den Mahnbescheid dem Schuldner zu und gibt dem Gläubiger Nachricht vom Zustellungstag. Erhebt der Schuldner Widerspruch, so wird auf Antrag einer Partei der Rechtsstreit von Amts wegen an das Gericht abgegeben, das in dem Mahnbescheid entsprechend den Mahnantragsangaben bezeichnet worden ist. Dieses Gericht fordert nunmehr den Antragsteller auf, seinen Anspruch in einer Klageschrift ➢ s. Nr. 238, zu begründen; bei Eingang einer Anspruchsbegründung wird wie nach Eingang einer Klage weiter verfahren. Der Antrag auf Durchführung des Verfahrens nach Eingang des Widerspruchs kann schon im Gesuch um Erlass des Mahnbescheids gestellt werden.

Erhebt der Schuldner keinen Widerspruch, so erlässt das AG auf Antrag des Gläubigers den **Vollstreckungsbescheid**. Der Antrag ist binnen 6 Monaten seit Zustellung des Mahnbescheids zu stellen. Der Vollstreckungsbescheid steht einem für vorläufig vollstreckbar erklärten Versäumnisurteil ➢ s. Nr. 240, gleich. Der Schuldner kann binnen 2 Wochen nach Zustellung Einspruch einlegen; dann wird die Sache vor dem Prozessgericht verhandelt. Der Gläubiger kann nach Zustellung des Vollstreckungsbescheids, die von Amts wegen, auf Antrag des Gläubigers aber von diesem vorgenommen wird, die Zwangsvollstreckung betreiben, falls kein Einspruch eingeht.

Auf Grund von Schuldurkunden, Schecks oder Wechseln kann ein Urkunden-, Scheck- oder Wechselmahnbescheid erlassen werden (§ 703a ZPO).

Die Durchführung des Mahnverfahrens ist dem Rechtspfleger übertragen (§ 20 Nr. 1 RpflG) ➢ vgl. Nr. 200.

Mit der Verordnung (EG) Nr. 1896 vom 12. 12. 2006 (ABl. L 399 vom 30. 12. 2006, S. 1) wird für die Geltendmachung grenzüberschreitender Geldforderungen innerhalb der EU – ausgenommen Dänemark – ab 12. 12. 2008 ein **Europäisches Mahnverfahren** eingeführt. Die Verordnung regelt den freien Verkehr Europäischer Zahlungsgeschäfte in den Mitgliedsstaaten durch Festlegung von Mindestvorschriften, bei deren Einhaltung die Zwischenverfahren im Vollstreckungsmitgliedsstaat, die bisher für die Anerkennung und Vollstreckung erforderlich waren, entfallen. Für das Verfahren sind bestimmte Formblätter zu verwenden.

248 | Der Europäische Vollstreckungstitel

Zum 31. Oktober 2005 trat in der EU (ausgenommen Dänemark) die Verordnung (EG) Nr. 805/2004 des Europäischen Parlaments und des Rates vom 21. 4. 2004 zur Einführung eines Europäischen Vollstreckungstitels für unbestrittene Forderungen (ABl. EU Nr. L 143, S. 15) in Kraft. Der Europäische Vollstreckungstitel sichert die automatische Anerkennung unbestrittener oder anerkannter Titel über Geldforderungen in den anderen Mitgliedsstaaten (außer Dänemark). Europäische Vollstreckungstitel werden auf Antrag des Gläubigers in dem Staat, in dem der Titel erlangt wurde, auf einem bestimmten Formblatt als Europäischer Vollstreckungstitel bestätigt. Mit einem solchen Europäischen Vollstreckungstitel kann sodann ohne weitere Zwischenschritte im EU-bereich (ohne Dänemark) die Zwangsvollstreckung in das Schuldvermögen betrieben werden. Die Verordnung wurde in Deutschland durch das EG-Vollstreckungstitel-Durchführungsgesetz i. d. F. der Bek. vom 18. 8. 2005 (BGBl. I 2477) konkretisiert. Die wesentlichen Bestimmungen hierzu befinden sich in den §§ 1079 ff. ZPO.

249 | Zwangsvollstreckung

Die Zwangsvollstreckung ist die mit staatlichen Machtmitteln erzwungene Befriedigung eines privatrechtlichen Anspruchs. Das Verfahren ist in den §§ 704 ff. ZPO geregelt.

Beteiligte Parteien sind der die Zwangsvollstreckung (ZV) betreibende Gläubiger und der Schuldner, gegen den die ZV betrieben wird. Voraussetzung ist, dass der Gläubiger gegen den Schuldner einen **vollstreckbaren Titel** erwirkt hat.

Vollstreckungstitel sind in erster Linie rechtskräftige, d. h. unanfechtbar gewordene Urteile, ferner Prozessvergleiche, Vollstreckungsbescheide im Mahnverfahren ➢ s. Nr. 247, Europäische Vollstreckungstitel (Nr. 248), Arreste und einstweilige Verfügungen ➢ s. Nrn. 257, 258), die Feststellung einer Forderung im Insolvenzverfahren, der Zuschlag in der Zwangsversteigerung. Weiter ist die ZV möglich aus Urkunden i. S. des § 794 Abs. 1 Nr. 5 ZPO, d. h. gerichtlichen oder notariellen Urkunden, in denen sich jemand verpflichtet, Geld oder andere vertretbare Sachen oder Wertpapiere zu leisten, und sich der sofortigen ZV unterwirft. Ein Vollstreckungstitel (außer Vollstreckungsbescheid, Arrest, einstweiliger Verfügung und Europäische Vollstreckungstitel) muss vom Urkundsbeamten mit der sog. **Vollstreckungsklausel** versehen sein. Ferner muss der Vollstreckungstitel die Personen, für und gegen die vollstreckt werden soll, genau mit Namen bezeichnen. Der Titel muss spätestens bei Beginn der ZV zugestellt werden.

Um dem Gläubiger schneller, nämlich schon vor Rechtskraft des Urteils die ZV zu ermöglichen, werden die meisten Urteile von Amts wegen (d. h. ohne Antrag des Gläubigers) teils ohne, teils gegen Sicherheit für vorläufig vollstreckbar erklärt (§§ 708–716 ZPO). Ist die vorläufige Vollstreckbarkeit im Urteil ausgesprochen, hat dieses für die ZV praktisch die gleiche Bedeutung wie ein rechtskräftiges Urteil.

Die Anerkennung und Vollstreckung ausländischer Gerichtsentscheidungen richtet sich in erster Linie nach den zwischen der BRep. und einzelnen anderen Staaten bestehenden zweiseitigen Anerkennungs- und Vollstreckungsabkommen auf dem Gebiet des Zivil- und Handelsrechts ➢ s. z. B. Nrn. 246 c), 262, 361, und den zu diesen Verträgen ergangenen Ausführungsgesetzen. S. insoweit auch das Gesetz zur Ausführung zwischenstaatlicher Verträge und zur Durchführung von Verordnungen der EG auf dem Gebiet der Anerkennung und Vollstreckung in Zivil- und Handelssachen vom 19. 2. 2001 (BGBl. I 288) sowie Gesetz zu dem Übereinkommen über die gerichtliche Zuständigkeit und die Vollstreckung gerichtlicher Entscheidungen in Zivil- und Handelssachen vom 30. 9. 1994 (BGBl. II 2658) sowie das EG-Vollstreckungstitel-Durchführungsgesetz vom 18. 8. 2005 (BGBl. I 2477) ➤ s. hierzu auch Nr. 248.

250 | Arten der Zwangsvollstreckung

Die Zwangsvollstreckung wird unterschiedlich durchgeführt, je nachdem, ob sie wegen einer Geldforderung oder wegen anderer Ansprüche betrieben wird, und je nachdem, gegen welches Vermögen des Schuldners sie sich richtet. Man unterscheidet:

1. die Zwangsvollstreckung **wegen Geldforderungen**
   a) in das **bewegliche** Vermögen, und zwar
      - in körperliche Sachen;
      - in Forderungen und andere Vermögensrechte;
   b) in das **unbewegliche** Vermögen;
2. die Zwangsvollstreckung wegen **sonstiger Ansprüche**, und zwar
   a) zur Erwirkung der **Herausgabe** von Sachen;
   b) zur Erwirkung von **Handlungen**;
   c) zur Erwirkung von **Duldungen oder Unterlassungen**.

Die ZV wegen Geldforderungen in das bewegliche körperliche Vermögen erfolgt mittels Pfändung durch den Gerichtsvollzieher (§§ 803, 808 ZPO) ➤ vgl. Nr. 251. Die ZV in Forderungen und andere Vermögensrechte obliegt dem Vollstreckungsgericht (§ 828 ZPO) ➤ vgl. Nrn. 252, 253). Für die ZV in das unbewegliche Vermögen gelten die besonderen Vorschriften der §§ 864–871 ZPO und des Zwangsversteigerungsgesetzes ➤ s. Nr. 254. Die Herausgabe von Sachen wird durch Wegnahme durch den Gerichtsvollzieher vollstreckt (§§ 883 ff. ZPO), während für die Erwirkung von Handlungen, Duldungen oder Unterlassungen das Prozessgericht zuständig ist (§§ 887 ff. ZPO) ➤ vgl. Nr. 256.

251 | Pfändung beweglicher Gegenstände

Die Zwangsvollstreckung wegen Geldforderungen in das bewegliche Vermögen des Schuldners erfolgt durch Pfändung, die der Gerichtsvollzieher vornimmt. Bei den im Gewahrsam des Schuldners befindlichen körperlichen Sachen wird sie dadurch bewirkt, dass der Gerichtsvollzieher die Sachen in Besitz nimmt (§§ 803, 808 ZPO).

Der Gerichtsvollzieher ist hier Vollstreckungsorgan. Durch seine Pfändungen werden die Sachen der Verfügungsgewalt des Schuldners entzogen, d. h. öffentlich-rechtlich „verstrickt". Der Schuldner, der trotz Pfändung über die Sachen (Pfandstücke) verfügt, macht sich wegen Verstrickungsbruchs strafbar (§ 136 Abs. 1 StGB).

Der Gläubiger erwirbt durch die Pfändung ein Pfändungspfandrecht, das ihm die gleichen Rechte wie ein sonstiges (rechtsgeschäftliches) Pfandrecht gewährt (§ 804 ZPO). Der Gerichtsvollzieher kann die gepfändeten Sachen an sich nehmen (so i. d. R. bei Geld, Kostbarkeiten, Wertpapieren) oder die Pfändung durch Anbringung von Siegeln (Pfandmarken), deren Entfernung, Beschädigung usw.

nach § 136 Abs. 2 StGB strafbar ist, oder durch andere Kennzeichnung bewirken. Ein Warenlager wird durch Anbringung eines Zettels mit genauer Bezeichnung der Pfandstücke gepfändet; nach Möglichkeit werden die gepfändeten Waren von anderen Lagerbeständen abgesondert.

Notwendige Kleidungsstücke, Möbel, Betten, Wäsche, Küchengeräte, Nahrungs-, Feuerungs- und Beleuchtungsmittel sind **unpfändbar**. Weiter sind landwirtschaftliches Inventar, Handwerkszeug u. a. zur Berufsausübung unentbehrliche Gegenstände von der Pfändung ausgeschlossen (§ 811 ZPO). Hierdurch soll eine Kahlpfändung vermieden und dem Schuldner die Fortführung eines bescheidenen Haushalts und die Aufrechterhaltung seines Betriebs in bescheidenem Umfang ermöglicht werden. Gleichzeitig soll er vor Inanspruchnahme der öffentlichen Sozialhilfe bewahrt werden. Tiere, die im häuslichen Bereich und nicht zu Erwerbszwecken gehalten werden, sind ebenfalls unpfändbar, jedoch kann bei hohem Wert des Tiers das Vollstreckungsgericht eine Pfändung zulassen (§ 811 c ZPO). Für besonders wertvolle, an sich unpfändbare Gegenstände (z. B. goldene Uhr, Pelzmantel) kann der Gläubiger einfache Ersatzstücke zur Verfügung stellen und dadurch die Pfändung ermöglichen (Austauschpfändung; § 811 a ZPO). Die gepfändeten Sachen werden auf ihren gewöhnlichen Verkaufswert geschätzt (§ 813 ZPO).

Gepfändetes Geld liefert der Gerichtsvollzieher an den Gläubiger ab. Andere Gegenstände werden öffentlich versteigert.

Die ZV darf sich nur gegen das Vermögen des Schuldners richten. Gehört eine gepfändete Sache nicht dem Schuldner, so kann der Eigentümer Drittwiderspruchsklage (§§ 771 ff. ZPO) erheben. Der Gerichtsvollzieher ist nicht berechtigt, Gegenstände des Schuldners, die sich im Gewahrsam eines Dritten befinden, ohne Erlaubnis oder Duldungstitel gegen den Dritten zu pfänden. Bereits für andere Gläubiger gepfändete Gegenstände können im Wege einer Anschlusspfändung (§ 826 ZPO) erneut gepfändet werden. Der Gerichtsvollzieher kann auch für mehrere Gläubiger gleichzeitig dieselben Sachen pfänden. Er hat ein Pfändungsprotokoll aufzunehmen, von dem der Gläubiger auf Antrag eine Abschrift erhält. Der Gerichtsvollzieher soll in jeder Lage der ZV auf eine gütliche und zügige Erledigung hinwirken.

Bei fruchtloser Pfändung muss der Schuldner auf Antrag des Gläubigers vor dem Gerichtsvollzieher an Eides Statt versichern, dass er sein Vermögen in dem von ihm aufzustellenden Verzeichnis vollständig angegeben habe (§ 807 ZPO). Zur Erzwingung der Vermögensoffenbarung kann Haftbefehl erlassen werden (§§ 901 ff. ZPO). Über Personen, die eine eidesstattliche Versicherung abgegeben haben oder gegen die Haft angeordnet ist, führt das Vollstreckungsgericht ein Schuldnerverzeichnis (§§ 915–915 h ZPO).

252 | Pfändungs- und Überweisungsbeschluss

Richtet sich die Zwangsvollstreckung wegen Geldforderungen gegen Forderungen oder sonstige Vermögensrechte des Schuldners, erlässt das **Amtsgericht** auf Antrag des Gläubigers einen **Pfändungs- und Überweisungsbeschluss**. Durch diesen wird dem Drittschuldner die Zahlung an den Schuldner und dem Schuldner die Verfügung über die Forderung verboten; gleichzeitig wird die Forderung dem Gläubiger zur Einziehung oder an Zahlungs Statt überwiesen.

Zuständig ist das AG, bei welchem der Schuldner seinen allgemeinen Gerichtsstand hat, als Vollstreckungsgericht. Die Pfändung ist mit Zustellung des Beschlusses an den Drittschuldner bewirkt (§ 829 ZPO). Im Antrag des Gläubigers ist die Forderung genau zu bezeichnen (z. B. Forderung auf Gehalt gegen die Firma X, Mietforderung gegen Y o. ä.). Der Beschluss des AG überweist gleichzeitig die gepfändete Forderung dem Gläubiger nach dessen Wahl zur Einziehung oder an Zahlungs Statt zum Nennwert. I. d. R. findet die Überweisung zur Einziehung statt (§ 835 ZPO). Gewisse Forderungen sind nicht pfändbar (z. B. Aufwandsentschädigungen, Urlaubsgelder, Mehrarbeitszuschläge und Weihnachtsgratifikationen in dem durch § 850 a ff. ZPO begrenzten Umfang, unübertragbare Forderungen). Für die Lohnpfändung gelten Besonderheiten ➤ vgl. Nr. 253.

Auf Verlangen des Gläubigers hat der **Drittschuldner** binnen zwei Wochen, von der Zustellung des Pfändungsbeschlusses an gerechnet, dem Gläubiger zu erklären, ob und inwieweit er die Forderung als begründet anerkenne und Zahlung zu leisten bereit sei, ob und welche Ansprüche andere Personen an die Forderung stellen, ferner ob und wegen welcher Ansprüche die Forderung bereits für andere Gläubiger gepfändet ist. Diese Aufforderung muss in die Zustellungsurkunde aufgenommen werden. Der Drittschuldner haftet dem Gläubiger für aus der Nichterfüllung seiner Verpflichtung entstandenen Schaden (§ 840 ZPO).

Schon vor der Pfändung kann der Gläubiger auf Grund eines vollstreckbaren Schuldtitels dem Drittschuldner und dem Schuldner durch den Gerichtsvollzieher eine sog. Vorpfändung zustellen lassen mit der Wirkung, dass die Forderung für ihn beschlagnahmt bleibt, sofern der Pfändungsbeschluss innerhalb eines Monats ab Zustellung der Ankündigung zugestellt wird (§ 845 ZPO).

253 | Die Lohnpfändung

Nach § 850 ZPO unterliegen das in Geld zahlbare Einkommen der Beamten, Angestellten und Arbeiter aus Dienst- oder Arbeitsverhältnissen, Ruhegelder sowie ähnliche Bezüge der Pfändung nur in dem durch die §§ 850 a–850 k ZPO festgesetzten Umfang.

Über den Begriff des Arbeitseinkommens s. § 850 Abs. 2–4 ZPO. **Unpfändbar** sind (§ 850 a ZPO) insbes. die Hälfte der Überstundenvergütung, Urlaubsgeld, Aufwandsentschädigungen, Auslösungsgelder u. dgl., Weihnachtsvergütungen bis zur Hälfte des monatlichen Arbeitseinkommens, höchstens aber bis 500 Euro, soziale Zulagen etc. Bedingt pfändbar, d. h. bei fruchtloser Pfändung in das bewegliche Vermögen gemäß Anordnung des Vollstreckungsgerichts, sind Renten und ähnliche Bezüge (§ 850 b ZPO). Pfändungsfrei ist im allgemeinen (Stand: 1. 7. 2005) Arbeitseinkommen bis 985,15 Euro monatlich (226,72 Euro wöchentlich, 45,34 Euro täglich; § 850 c ZPO). Gewährt der Schuldner seinem Ehegatten, einem früheren Ehegatten, einem Verwandten (auch dem nichtehelichen Kind) auf Grund gesetzlicher Verpflichtung Unterhalt, so erhöht sich der unpfändbare Teil des Einkommens auf höchstens 2182,15 Euro monatlich (502,20 Euro wöchentlich, 100,44 Euro täglich), und zwar für den ersten Unterhaltsberechtigten um 370,76 monatlich (85,32 Euro wöchentlich, 17,06 Euro täglich), für den zweiten bis fünften um je 206,56 Euro monatlich (47,54 Euro wöchentlich, 9,51 Euro täglich). Ist das Arbeitseinkommen höher als die danach unpfändbaren Beträge, so ist es hinsichtlich des überschießenden Betrags z. T. (gestaffelt nach der Zahl der Unterhaltsberechtigten) unpfändbar; bei der Berechnung des hiernach unpfändbaren Betrages bleibt der Teil des Arbeitseinkommens der 3020,06 Euro monatlich (695,03 Euro wöchentlich, 139,01 Euro täglich) übersteigt, unberücksichtigt, d. h. er ist voll pfändbar (§ 850c Abs. 2 ZPO). Für die sonach vorzunehmende Berechnung des pfändbaren Betrags ist eine Tabelle – Anlage (zu § 850c ZPO) – maßgebend, die nach der Zahl der Unterhaltsberechtigten gestaffelt ist. Das Vollstreckungsgericht kann auf Antrag des Gläubigers bestimmen, dass hierbei Unterhaltsberechtigte mit eigenem Einkommen außer Betracht bleiben.

Gewisse Unterhaltsberechtigte (Verwandte, Ehegatte, Lebenspartner usw.) sind bei der Pfändung bevorrechtigt. Für sie kann der Arbeitslohn ohne die obigen Einschränkungen gepfändet werden. Dem Schuldner ist jedoch soviel zu belassen, als er für seinen notwendigen Unterhalt und zur Erfüllung seiner laufenden gesetzlichen Unterhaltspflichten bedarf. Näheres § 850 d ZPO.

Für die Berechnung des pfändbaren Arbeitseinkommens ist das Nettoeinkommen des Schuldners nach Abzug von Lohnsteuer und Sozialversicherungsbeiträgen zugrundezulegen. Mehrere Arbeitseinkommen werden vom Vollstreckungsgericht auf Antrag zusammengerechnet; der unpfändbare Grundbetrag ist in erster Linie dem Arbeitseinkommen zu entnehmen, das die wesentliche Grundlage der Lebensstellung des Schuldners ist (§ 850 e ZPO).

Nach § 850f ZPO kann das Vollstreckungsgericht dem Schuldner auf Antrag einen Teil des pfändbaren Arbeitseinkommens belassen, wenn der Schuldner nachweist, dass bei Anwendung der Pfändungsfreigrenzen nach der Anlage (zu § 850c ZPO) der notwendige Lebensunterhalt für sich und die Personen, denen er Unterhalt zu gewähren hat, nicht gedeckt ist, oder wenn dies mit Rücksicht auf seine besonderen persönlichen oder beruflichen Bedürfnisse oder auf besonders umfangreiche gesetzliche Unterhaltspflichten geboten ist und überwiegende Belange des Gläubigers nicht entgegenstehen.

Ändern sich die Voraussetzungen für die Bemessung des unpfändbaren Teils des Arbeitseinkommens, so hat das Vollstreckungsgericht auf Antrag des Schuldners oder des Gläubigers den Pfändungsbeschluss entsprechend zu ändern (§ 850g ZPO). Der Pfändung unterliegt auch das mittelbare Arbeitseinkommen des Schuldners (Vergütung der Arbeiten an einen Dritten, bei Lohnschiebungsverträgen usw.; vgl. § 850h ZPO).

Die Pfändung eines Guthabens bei einem Kreditinstitut, dem das Arbeitseinkommen des Schuldners regelmäßig überwiesen wird, hebt das Vollstreckungsgericht auf Antrag hins. des Teils auf, der dem unpfändbaren Betrag bis zum nächsten Zahlungstermin entspricht. Diese Entscheidung trifft das Gericht auch vorab, um den notwendigen Lebensbedarf des Schuldners bis zum nächsten Zahlungstermin zu sichern. Vgl. § 850k ZPO.

254 | Zwangsvollstreckung in das unbewegliche Vermögen

In das unbewegliche Vermögen wird vollstreckt durch Eintragung einer **Sicherungshypothek** ➢ Nr. 350 a), oder durch **Zwangsverwaltung** des Grundbesitzes oder durch Zwangsversteigerung nach Maßgabe des Zwangsversteigerungsgesetzes (ZVG) i. d. F. der Bek. vom 20. 5. 1898 (RGBl. 713) sowie der §§ 864–871 ZPO.

Die Zwangsversteigerung kann nur ein Gläubiger betreiben, der über seinen Anspruch einen mit der Vollstreckungsklausel versehenen Vollstreckungstitel besitzt. Der Schuldner muss im Grundbuch als Eigentümer eingetragen oder Erbe des Eingetragenen sein. Zuständig als Vollstreckungsgericht ist grds. das Amtsgericht, in dessen Bezirk das Grundstück belegen ist.

Das Gericht ordnet auf Antrag des betreibenden Gläubigers die Versteigerung an und bestimmt den Versteigerungstermin. In diesem werden die Versteigerungsbedingungen festgestellt, insbes. das geringste Gebot, das die Verfahrenskosten und die dem betreibenden Gläubiger im Rang vorgehenden Rechte (z. B. Hypotheken) decken muss. Sodann wird das Grundstück ausgeboten. Ein Teil des geringsten Gebots, nämlich die Verfahrenskosten und bestimmte andere Ansprüche sowie der Teil des Meistgebots, der das geringste Gebot übersteigt, ist als sog. Bargebot im Verteilungstermin grds. durch Barzahlung zu leisten, Einzahlung bei der Gerichtskasse oder Überweisung ist ebenfalls möglich. Dem Meistbietenden wird der Zuschlag erteilt; werden weniger als 7/10 des Grundstücks(Verkehrs)wertes – Mindestgebot – geboten, kann der Zuschlag auf Antrag eines Gläubigers, dessen Anspruch durch das Meistgebot nicht gedeckt ist, versagt werden. Durch den Zuschlag erwirbt der Meistbietende das Grundstückseigentum. Rechte, die dem betreibenden Gläubiger vorgehen, bleiben erhalten; nachrangige erlöschen und bestehen nur noch am Versteigerungserlös. Der Erlös wird nach einem Verteilungsplan des Gerichts unter die Gläubiger verteilt, die, um daran beteiligt zu sein, ihre nicht im Grundbuch eingetragenen Rechte frühzeitig anmelden müssen.

Im Gegensatz zur Zwangsversteigerung bezweckt die Zwangsverwaltung die Befriedigung der Gläubiger aus den Erträgnissen des Grundstücks. Sie kann auch neben der Zwangsversteigerung angeordnet werden.

255 | Zwangsvollstreckung zur Erwirkung der Herausgabe von Sachen

Die Zwangsvollstreckung zur Erwirkung der Herausgabe von Sachen (z. B. eines Kraftwagens) setzt keinen Geldanspruch, sondern den Anspruch auf bestimmte bewegliche Sachen oder eine bestimmte Menge vertretbarer Sachen (§ 91 BGB) ➢ vgl. Nr. 316, oder Wertpapiere voraus. Hier nimmt der Gerichtsvollzieher dem Schuldner die Sache weg und übergibt sie dem Gläubiger. Sind bestimmte Sachen herauszugeben und finden sie sich nicht vor, so muss der Schuldner auf Antrag des Gläubigers zu gerichtlichem Protokoll an Eides Statt versichern, dass er über den Verbleib nichts wisse (§ 883 ZPO).

Befindet sich die herauszugebende Sache im Gewahrsam eines Dritten, so kann sich der Gläubiger den Anspruch des Schuldners auf Herausgabe der Sache zur Einziehung überweisen lassen (§ 886 ZPO) oder beim Prozessgericht Klage auf Leistung seines Interesses, d. h. Schadensersatz, erheben (§ 893 ZPO).

256 | Zwangsvollstreckung zur Erwirkung von Handlungen usw.

a) Ersatzvornahme

Kann die Handlung auch von einem Dritten vorgenommen werden **(vertretbare Handlung)**, so wird der Gläubiger auf Antrag vom Prozessgericht erster Instanz ermächtigt, die Handlung auf Kosten des Schuldners vornehmen zu lassen (sog. Ersatzvornahme; § 887 Abs. 1 ZPO).

Beispiele: Transport von Sachen, Handwerkerleistungen.

Der Schuldner muss zur Vornahme der Handlung verurteilt sein. Er ist vor der Entscheidung zu hören und hat gegen den Gerichtsbeschluss die sofortige Beschwerde (§ 793 ZPO). Er hat die Kosten der Vornahme durch einen Dritten zu tragen und auf Anordnung des Gerichts vorauszuzahlen.

b) Zwangsgeld, Zwangshaft

Kann die Handlung nicht von einem Dritten vorgenommen werden (**unvertretbare Handlung**), so wird der Schuldner, wenn die Handlung von seinem Willen abhängt, vom Prozessgericht erster Instanz durch Zwangsgeld oder Zwangshaft zur Vornahme der Handlung angehalten (§ 888 ZPO).

Beispiele: Rechnungslegung, Auskunftserteilung, Herstellung einer Bilanz, Ausstellung eines Zeugnisses. Bei Verurteilung zur Herstellung des ehelichen Lebens und zur Leistung von Diensten aus einem Dienstvertrag sind Zwangsvollstreckungsmaßnahmen unzulässig (§ 888 Abs. 2 ZPO).

Gegen die Anordnung ist sofortige Beschwerde zulässig (§ 793 ZPO).

c) Ordnungsgeld

Ist der Schuldner zu einer Duldung oder Unterlassung verurteilt, so kann der Gläubiger bei jeder schuldhaften Zuwiderhandlung bei dem Prozessgericht erster Instanz beantragen, dass der Schuldner zu Ordnungsgeld bis 250000 Euro oder Ordnungshaft bis zu 6 Monaten – bei mehreren Zuwiderhandlungen insgesamt höchstens 2 Jahre – verurteilt wird (§ 890 ZPO).

Der Verurteilung, gegen die sofortige Beschwerde zulässig ist (§ 793 ZPO), muss eine entsprechende Androhung vorausgehen, sofern diese nicht – wie meist – schon in dem die Verpflichtung aussprechenden Urteil enthalten ist.

Beispiele: Unterlassung von Besitzstörungen, des Gebrauchs eines Namens oder einer Firma usw.

257 | Arrest

Der Arrest sichert die künftige Beitreibung einer Geldforderung oder eines Anspruchs, der in eine Geldforderung übergehen kann. Er kann vom Gläubiger schon beantragt werden, ehe ein Prozess anhängig ist. Voraussetzung ist die Glaubhaftmachung der Forderung (**Arrestanspruch**) und eines **Arrestgrundes**, d.h. der Besorgnis, dass ohne den Arrest die spätere Zwangsvollstreckung vereitelt oder wesentlich erschwert werden würde (§§ 916ff. ZPO). Hierzu zählt auch, dass das Urteil im Ausland vollstreckt werden müsste und der Gegenseitigkeit nicht verbürgt ist (§ 917 Abs. 2 ZPO).

Zur Glaubhaftmachung sind alle Beweismittel zulässig einschließlich der eidesstattlichen Versicherung des Antragstellers oder Dritter (§ 920 Abs. 2, § 294 ZPO).

Der Arrestbefehl des Gerichts, der ohne mündliche Verhandlung durch Beschluss oder aufgrund mündlicher Verhandlung durch Urteil ausgesprochen wird, lautet entweder auf Beschlagnahme von Vermögenswerten (**dinglicher** Arrest; so die Regel) oder auf Verhaftung oder andere Beschränkung der Freiheit des Schuldners (**persönlicher** Arrest). Der persönliche Sicherheitsarrest findet jedoch nur statt, wenn er zur Sicherung der gefährdeten Zwangsvollstreckung in das Vermögen des Schuldners erforderlich ist (§ 918 ZPO; Höchstdauer 6 Monate, §§ 933, 913 ZPO).

Für den Arrest ist nach Wahl des Gläubigers das Gericht der Hauptsache (späteres Prozessgericht) oder das AG zuständig, in dessen Bezirk der mit Arrest zu belegende Gegenstand oder die in ihrer persönlichen Freiheit zu beschränkende Person sich befindet. Der Schuldner kann gegen einen Arrestbeschluss Widerspruch einlegen. Dann setzt das angerufene Gericht Termin zur mündlichen Verhandlung an und entscheidet durch Endurteil, das mit Berufung angefochten werden kann (§ 925 ZPO). Der Arrestbeklagte kann dem Arrestkläger vom Gericht eine Frist zur Klageerhebung im ordentlichen Verfahren setzen lassen, wenn die Hauptsache noch nicht anhängig ist. Nach erfolglosem Ablauf dieser Frist muss das Arrestgericht den Arrest aufheben (§ 926 ZPO).

Die Vollstreckung aus einem Arrest verschafft dem Gläubiger nur eine Sicherung (Geld wird hinterlegt usw.), keine Befriedigung. Die Vollziehung des Arrestes ist nur binnen 1 Monat seit Verkündung des Arrestbefehls oder seiner Zustellung an den Gläubiger zulässig (§ 929 Abs. 2 ZPO). Erweist sich die Anordnung eines Arrestes als von Anfang an ungerechtfertigt, so ist der Gläubiger schadensersatzpflichtig (§ 945 ZPO).

258 | Einstweilige Verfügung

Die einstweilige Verfügung bezweckt entweder die Sicherung eines strittigen Anspruchs oder die Regelung eines einstweiligen Zustandes (§§ 935, 940 ZPO). Im ersten Fall ist ein Individualanspruch (z. B. auf Herausgabe einer Sache, Unterlassung; kein Geldanspruch) zu sichern; im zweiten Fall ist ein streitiges Rechtsverhältnis vorläufig zu regeln, um wesentliche Nachteile durch Veränderungen usw. zu verhüten (z. B. Notweg).

Die erforderlichen Anordnungen trifft das Gericht nach freiem Ermessen (§ 938 ZPO, z. B. Herausgabe an einen Treuhänder). Die Maßnahme darf aber nicht zu einer Befriedigung des Gläubigers führen. Das Verfahren entspricht im Wesentlichen dem Arrestverfahren. Jedoch ergeht nur in dringenden Fällen eine Entscheidung ohne mündliche Verhandlung. Zuständig ist das Gericht der Hauptsache; in dringenden Fällen kann beim Kollegialgericht der Vorsitzende entscheiden, wenn mündliche Verhandlung nicht erforderlich ist, sonst auch das Amtsgericht, in dessen Bezirk sich der Streitgegenstand befindet; das Amtsgericht bestimmt hierbei eine Frist zur Klageerhebung und Ladung vor das Gericht der Hauptsache (§ 942 ZPO). Schadensersatzansprüche wie beim Arrest ➢ s. Nr. 257 a. E.), wenn sich die einstweilige Verfügung als ungerechtfertigt erweist.

259 | Rechtsbehelfe in der Zwangsvollstreckung

Die wichtigsten Rechtsbehelfe gegen unzulässige Vollstreckungen sind:

a) Die Erinnerung

gegen die Art und Weise der Zwangsvollstreckung (§ 766 ZPO). Mit ihr kann der Schuldner oder ein anderer Beteiligter (Gläubiger, Drittschuldner) beim Vollstreckungsgericht wegen einer Handlung des Gerichtsvollziehers oder einer Maßnahme des Gerichts vorstellig werden.

Beispiele: Pfändung unpfändbarer Sachen, Unzuständigkeit des Gerichts für den Pfändungs- und Überweisungsbeschluss, Pfändung von im Gewahrsam eines Dritten stehenden Sachen, Nichteinhaltung der Räumungsfrist durch den Gerichtsvollzieher.

Die Erinnerung ist an keine Frist gebunden. Die zur Begründung vorgebrachten Tatsachen sind zu beweisen (nicht nur glaubhaft zu machen). Entscheidung ergeht durch Beschluss. Wird der Erinnerung stattgegeben, so wird die Vollstreckungsmaßnahme aufgehoben bzw. für unzulässig erklärt und dem Gerichtsvollzieher Anweisung zur Aufhebung erteilt.

b) Die Vollstreckungsgegenklage (§ 767 ZPO)

Sie wird auf Grund von Einwendungen, die den Anspruch des Gläubigers betreffen, beim Prozessgericht erster Instanz erhoben und kann nur auf Gründe gestützt werden, die nach der letzten mündlichen Verhandlung entstanden sind.

Beispiele: Nachträgliche Vereinbarung von Ratenzahlungen mit dem Gläubiger, Bezahlung der Urteilsforderung nebst Zinsen und Kosten, nachträgliche Einigung mit dem Gläubiger über Wohnungsräumung.

Die Parteien sind die des Vorprozesses in umgekehrter Parteirolle. Örtlich und sachlich ist das Prozessgericht erster Instanz ausschließlich zuständig ohne Rücksicht auf den Streitwert. Der Klageantrag lautet, die Zwangsvollstreckung aus dem früheren Urteil für unzulässig zu erklären.

c) Die Drittwiderspruchsklage

Hier behauptet ein Dritter, dass ihm an dem Gegenstand der Zwangsvollstreckung ein die Veräußerung hinderndes Recht zustehe (§ 771 ZPO).

Beispiele: Pfändung eines gemieteten Klaviers, eines der Ehefrau des Schuldners gehörenden Schrankes, eines unter Eigentumsvorbehalt gelieferten Radioapparates. Der Eigentümer muss den Pfändungsgläubiger zunächst unter Glaubhaftmachung seines Rechtes zur Freigabe auffordern. Kommt dieser der Aufforderung nicht nach, so erhebt er die Drittwiderspruchsklage bei dem Gericht, in dessen Bezirk vollstreckt worden ist.

Zu a)–c): Das Gericht kann die Zwangsvollstreckung bis zur Entscheidung über die Erinnerung bzw. die Vollstreckungsgegenklage oder die Drittwiderspruchsklage einstweilen einstellen (§ 766 Abs. 1 Satz 2, § 732 Abs. 2, §§ 769, 771 Abs. 3 ZPO).

260 | Vollstreckungsschutz. Anfechtung von Rechtshandlungen

a) Vollstreckungsschutz für den Schuldner

aa) Nach § 765 a ZPO kann das Vollstreckungsgericht bei allen Arten der Zwangsvollstreckung auf Antrag des Schuldners jede Maßnahme der Zwangsvollstreckung ganz oder teilweise aufheben, untersagen oder einstweilen einstellen, wenn die Maßnahme unter voller Würdigung des Schutzbedürfnisses des Gläubigers wegen ganz besonderer Umstände eine Härte bedeutet, die mit den guten Sitten nicht vereinbar ist.

Beispiele: Versteigerung gepfändeter Saisonartikel würde zu einer Verschleuderung führen; Vollstreckung eines Räumungsurteils gegen einen schwerkranken Schuldner; Zwangsversteigerung von Grundbesitz, obwohl Befriedigung aus Forderungspfändung möglich.

Das Vollstreckungsgericht muss zwischen den beiderseitigen Interessen abwägen. Entscheidung im schriftlichen Verfahren nach Anhörung des Gläubigers; mündliche Verhandlung kann anberaumt werden. Gegen die Entscheidung ist sofortige Beschwerde binnen 2 Wochen nach Zustellung zulässig (§§ 793, 577 Abs. 2 ZPO).

bb) Gem. § 813 a ZPO kann, wenn der Gläubiger Teilzahlungen nicht ausgeschlossen hat, der Gerichtsvollzieher die Verwertung gepfändeter Sachen aufschieben, wenn sich der Schuldner verpflichtet, den Schuldbetrag sowie die Vollstreckungskosten innerhalb eines Jahres zu bezahlen und zu diesem Zweck Raten festsetzen.

cc) Nach § 813 b ZPO kann das Vollstreckungsgericht auf Antrag des Schuldners die Verwertung gepfändeter Sachen zeitweilig unter Anordnung von Zahlungsfristen aussetzen.

Voraussetzung ist, dass dies nach der Persönlichkeit des Schuldners und nach seinen wirtschaftlichen Verhältnissen sowie nach der Art der Schuld angemessen erscheint und nicht überwiegende Belange des Gläubigers entgegenstehen. Dieser Verwertungsaufschub durch Gerichtsbeschluss steht allen Schuldnern ohne Rücksicht auf Beruf, Gewerbe usw. zu. Ein nicht binnen 2 Wochen seit Pfändung gestellter Antrag kann zurückgewiesen werden. Mehrfache Anordnung ist möglich. Doch darf die Verwertung nicht länger als ein Jahr nach der Pfändung hinausgeschoben werden. Die maßgebenden Tatsachen sind glaubhaft zu machen, der Gegner ist zu hören. Das Gericht soll auf gütliche Abwicklung hinwirken und kann mündliche Verhandlung anordnen. In Wechselsachen findet eine Aussetzung der Verwertung gepfändeter Sachen nicht statt.

dd) Neben diesen allgemeinen Möglichkeiten bestehen besondere Vorschriften über Vollstreckungsschutz bei Urteilen oder Vergleichen über Wohnungsräumung (§§ 721, 794 a ZPO), für Vertragshilfe, für die Binnenschifffahrt, für juristische Personen des öffentlichen Rechts (§ 882 a ZPO), für Landwirte und für Miet- und Pachtzinsen (§§ 851 a, b ZPO).

b) Schutz des Gläubigers

Dem Schutz des Gläubigers dient das Gesetz betreffend die Anfechtung von Rechtshandlungen eines Schuldners außerhalb des Insolvenzverfahrens (Anfechtungsgesetz) i. d. F. vom 5. 10. 1994 (BGBl. I 2911). Danach kann ein Gläubiger, der einen vollstreckbaren Schuldtitel erlangt und dessen Zwangsvollstreckung in das Vermögen des Schuldners nicht zu einer vollständigen Befriedigung geführt hat oder voraussichtlich nicht führen wird, gewisse Rechtshandlungen des Schuldners durch Klage anfechten.

Der Anfechtung unterliegen insbes. Rechtshandlungen, die der Schuldner in der dem anderen Teil bekannten Absicht der Gläubigerbenachteiligung (Frist: 10 Jahre) vorgenommen hat, ferner die in den letzten beiden Jahren vor der Anfechtung abgeschlossenen entgeltlichen Verträge mit dem Ehegatten oder nahen Verwandten, schließlich die in den letzten 4 Jahren vor der Anfechtung vorgenommenen Schenkungen.

Im Falle der Insolvenz greift die Insolvenzanfechtung gem. § 129 InsO ein ➢ s. Nr. 263.

261 | Das Aufgebotsverfahren (§§ 946–1024 ZPO)

Unter Aufgebot versteht man die Aufforderung an unbestimmte oder unbekannte Beteiligte (die Öffentlichkeit), Rechte oder Ansprüche anzumelden.

Das Aufgebotsverfahren wird angewendet:

a) für die **Todeserklärung** eines Verschollenen (s. unten);
b) für den **Ausschluss** unbekannter Berechtigter (z. B. von Nachlassgläubigern);
c) für die **Kraftloserklärung** einer Urkunde (bei Verlust usw.).

Wann ein Aufgebotsverfahren zulässig ist, ergibt sich aus materiell-rechtlichen Vorschriften, z. B. §§ 927, 1970 ff. BGB (Aufgebot des Grundstückseigentümers, der Nachlassgläubiger), § 1162 BGB, Art. 90 WG (Kraftloserklärung eines abhandengekommenen Hypothekenbriefs oder Wechsels).

Das AG erlässt auf Antrag eine öffentliche Aufforderung, Ansprüche oder Rechte anzumelden, widrigenfalls Rechtsnachteile eintreten. Der Aufgebotsbeschluss muss öffentlich durch Anheftung an die Gerichtstafel und einmaliges Einrücken in den elektronischen Bundesanzeiger bekanntgemacht werden, sofern nicht das Gesetz für den betreffenden Fall eine abweichende Anordnung getroffen hat. Zusätzlich kann die öffentliche Bekanntmachung in einem vom Gericht für Bekanntmachungen bestimmten elektronischen Informations- und Kommunikationssystem erfolgen. (§ 948 ZPO). Zwischen Bekanntmachung und Aufgebotstermin muss grds. eine Aufgebotsfrist von mindestens 6 Wochen liegen (§ 950 ZPO). Falls keine Rechte angemeldet werden, ergeht im Aufgebotstermin das **Ausschlussurteil**. Bei Anmeldung setzt das AG entweder das Aufgebotsverfahren bis zur endgültigen Entscheidung über das angemeldete Recht aus oder erlässt ein Ausschlussurteil unter Vorbehalt für das angemeldete Recht (§§ 952, 953). Gegen das Ausschlussurteil ist unter bestimmten Voraussetzungen die Anfechtungsklage binnen 1 Monat seit Kenntnis beim Landgericht, in dessen Bezirk das AG seinen Sitz hat, zulässig (§§ 957, 958 ZPO).

Verschollen ist eine Person, deren Aufenthalt während längerer Zeit unbekannt ist, ohne dass Nachrichten darüber vorliegen, ob sie in dieser Zeit noch gelebt hat oder ob sie gestorben ist, so dass Zweifel an ihrem Fortleben begründet sind. Im allgemeinen ist die Todeserklärung zulässig, wenn seit dem Ende des Jahres, in welchem der Verschollene nach den vorhandenen Nachrichten noch gelebt hat, 10 Jahre verstrichen sind. Bei Achtzigjährigen genügen 5 Jahre. Für Verschollenheit nach besonderen Gefahren gelten kürzere Fristen, für die Verschollenen des letzten Weltkriegs bestehen Sondervorschriften, s. Verschollenheitsgesetz i. d. F. der Bek. vom 15. 1. 1951 (BGBl. I 63).

262 | Schiedsgerichtliches Verfahren

Die Parteien haben die Möglichkeit, einen Rechtsstreit statt durch ein staatliches Gericht durch ein privat vereinbartes Schiedsgericht entscheiden zu lassen. Die Schiedsvereinbarung muss in nachweisbarer Form abgeschlossen sein (§ 1031 ZPO). Für Streitigkeiten über Mietwohnverhältnisse im Inland ist sie nicht zulässig, außer bei möblierten oder vorübergehend vermieteten Räumen (§ 1030 Abs. 2 ZPO). Das Verfahren wird durch Parteivereinbarung, sonst nach freiem Ermessen der Schiedsrichter bestimmt; Anhörung der Parteien ist stets vorgeschrieben (§ 1042 ZPO). Es endet mit einem Vergleich oder **Schiedsspruch**. Gegen diesen ist kein Rechtsmittel, aber unter bestimmten Voraussetzungen ein Aufhebungsantrag vor dem ordentlichen Gericht möglich (§ 1059 ZPO). Zuständiges Gericht ist i. d. R. das Oberlandesgericht, in dessen Bezirk der Ort des schiedsrichterlichen Verfahrens liegt (§ 1062 ZPO).

Das Schiedsgericht hat die Streitigkeit in Übereinstimmung mit den von den Parteien bestimmten Rechtsvorschriften (§ 1051 ZPO) zu entscheiden. Eine Entscheidung nach Billigkeit ist nur nach ausdrücklicher Ermächtigung möglich. Die Anzahl der Schiedsrichter eines Schiedsgerichts ist i. d. R. drei Personen (§ 1034 ZPO), es sei denn, die Parteien treffen eine abweichende Vereinbarung. Zur Bestellung und Ablehnung von Schiedsrichtern s. §§ 1035, 1036 ZPO. Der mit Gründen zu versehende Schiedsspruch wirkt unter den Parteien wie ein rechtskräftiges

Urteil. Doch kann aus ihm die Zwangsvollstreckung nur betrieben werden, wenn er (§ 1060 ZPO) für vollstreckbar erklärt ist. Anerkennung und Vollstreckung ausländischer Schiedssprüche richten sich nach dem Übereinkommen vom 10. 6. 1958 (Gesetz v. 15. 3. 1961, BGBl. II 121).

263 | Insolvenz

Die Insolvenz dient dem Zweck, das gesamte der Zwangsvollstreckung unterliegende Vermögen (Insolvenzmasse) eines zahlungsunfähigen Schuldners für die gemeinschaftliche und gleichmäßige Befriedigung der teilnahmeberechtigten Gläubiger (Insolvenzgläubiger) zu verwenden. Rechtsgrundlage ist die **Insolvenzordnung** (InsO) i. d. F. der Bek. vom 5. 10. 1994 (BGBl. I 2866). Sie ist mit Wirkung vom 1. 1. 1999 in Kraft getreten.

Das Insolvenzverfahren wird auf Antrag eines Gläubigers oder des Schuldners eröffnet (§ 13 InsO). Ein Gläubiger kann dann Antrag auf Eröffnung des Insolvenzverfahrens stellen, wenn er ein rechtliches Interesse hieran hat und seine Forderung und den Eröffnungsgrund glaubhaft macht. Insolvenzgericht ist das AG am Sitz eines Landgerichts für den Landgerichtsbezirk, in dem der Schuldner seinen allgemeinen Gerichtsstand hat. Insolvenzgrund ist im Allgemeinen Zahlungsunfähigkeit, die bei Zahlungseinstellung vermutet wird, bei juristischen Personen auch Überschuldung, bei der Nachlassinsolvenz sowohl Zahlungsunfähigkeit als auch Überschuldung (§ 320 InsO). Weitere Voraussetzung ist das Vorhandensein einer die Verfahrenskosten deckenden Masse (§ 26 InsO), sofern nicht ein ausreichender Vorschuss geleistet wird. Andernfalls wird der Eröffnungsantrag mangels Masse abgewiesen oder, wenn sich die Masseunzulänglichkeit erst nach Eröffnung des Insolvenzverfahrens herausstellt, das Verfahren durch das Insolvenzgericht eingestellt (§ 207 InsO). Grundsätzlich kann ein Insolvenzverfahren über das Vermögen jeder natürlichen und jeder juristischen Person eröffnet werden. Das Insolvenzgericht hat von Amts wegen alle Umstände zu ermitteln, die für das Insolvenzverfahren von Bedeutung sind. Zu diesem Zweck können auch Zeugen und Sachverständige gehört werden.

Das Insolvenzverfahren wird durch Gerichtsbeschluss eröffnet, in dem gleichzeitig der **Insolvenzverwalter** ernannt, ein Termin für die erste Gläubigerversammlung und eine Frist für die Anmeldung der Forderungen der Gläubiger beim Insolvenzverwalter bestimmt wird. Der Insolvenzverwalter nimmt das gesamte zur Insolvenzmasse gehörende Vermögen des Schuldners in Besitz; der Schuldner ist nicht mehr verfügungsberechtigt (§§ 80, 81 InsO). Die angemeldeten Forderungen werden in eine Tabelle eingetragen und im allgemeinen Prüfungstermin anerkannt oder bestritten. Das Ergebnis wird in der Tabelle vermerkt; die Feststellung einer Forderung in der Tabelle wirkt wie ein rechtskräftiges Urteil (§ 178 InsO).

Gläubiger bestrittener Forderungen müssen gegen den Bestreitenden auf Feststellung ihrer Forderungen klagen; andernfalls werden solche Forderungen bei Verteilungen nicht berücksichtigt (§§ 179 ff, 189 InsO). Forderungen unter einer aufschiebenden Bedingung werden bei einer Abschlagszahlung zu dem Betrage berücksichtigt, der auf die unbedingte Forderung fallen würde (§ 191).

Nach dem Prüfungstermin wird, so oft hinreichende Barmittel vorhanden sind, eine (Abschlags-)Verteilung an die Gläubiger vorgenommen. Die nicht bare Masse verwertet der Insolvenzverwalter durch freihändigen Verkauf; Grundbesitz wird auf seinen Antrag vom Gericht zwangsversteigert. Nach Beendigung der Verwertung erfolgt die Schlussverteilung (§ 196 InsO).

Aus der Insolvenzmasse sind die Kosten des Insolvenzverfahrens und die sonstigen Masseverbindlichkeiten vorweg zu berichtigen (§ 53 InsO). Zu den Kosten des Insolvenzverfahrens gehören die Gerichtskosten sowie die Vergütungen und die Auslagen des vorläufigen Insolvenzverwalters, des Insolvenzverwalters und der Mitglieder des Gläubigerausschusses (§ 54 InsO). Zu den Masseverbindlichkeiten rechnen die Ansprüche aus Geschäften und Handlungen des Insolvenzverwalters, die durch die Verwaltung, Verwertung und Verteilung der Insolvenzmasse begründet worden sind. Die Befriedigung der sonstigen Gläubiger erfolgt, sofern hierzu Mittel zur Verfügung stehen, nach einem Verteilungsverzeichnis, das der Insolvenzverwalter aufzustellen hat (§ 188 InsO). Die Schlussverteilung erfolgt, sobald die Verwertung der Insolvenzmasse beendet ist.

Der Insolvenzverwalter hat nach der Schlussverteilung im Schlusstermin (Gläubigerversammlung unter Aufsicht des Gerichts) die Schlussrechnung und das Schlussverzeichnis vorzulegen. Das Gericht beendet nach Genehmigung der Schlussverteilung das Insolvenzverfahren durch Beschluss.

Während der Dauer der Insolvenz finden Arreste und Zwangsvollstreckungen zugunsten einzelner Gläubiger nicht statt, da die Gläubiger gleichmäßig befriedigt werden sollen. Eine Sonderstellung haben die Aussonderungsberechtigten, die Herausgabe der ihnen gehörenden Gegenstände aus der Konkursmasse fordern können (z. B. unter Eigentumsvorbehalt gelieferte), und die Absonderungsberechtigten, die an bestimmten Gegenständen des Gemeinschuldners ein vor Insolvenzeröffnung begründetes Pfandrecht haben und abgesonderte Befriedigung aus diesen Gegenständen verlangen können.

Ein Absonderungs- (nicht Aussonderungs-)recht hat auch der, dem ein Gegenstand zur Sicherung übereignet ist; er steht wirtschaftlich einem Pfandgläubiger gleich. Aus- und Absonderungsberechtigte (§§ 47 ff. InsO) sind also nicht Insolvenzgläubiger. Von diesen zu unterscheiden sind auch die Massegläubiger; sie können wegen Aufwendungen, die sie zur Durchführung des Insolvenzverfahrens gemacht haben (Massekosten), oder aus Ansprüchen, die insbes. aus Geschäften und Handlungen des Insolvenzverwalters entstanden sind (Masseverbindlichkeiten), volle Befriedigung vor den Gläubigern beanspruchen (§ 53 InsO).

Rechtshandlungen, die der Schuldner in der dem anderen Teil bekannten Absicht vorgenommen hat, die Gläubiger zu benachteiligen, unterliegen der Insolvenzanfechtung in ähnlicher Weise, wie dies bei der Anfechtung im Falle fruchtloser Zwangsvollstreckung ➢ s. Nr. 260 b), möglich ist. Bei entgeltlichen gläubigernachteiligen Verträgen, die er mit seinem Ehegatten, Lebenspartner oder nahen Verwandten in den 2 Jahren vor dem Antrag auf Eröffnung des Insolvenzverfahrens abgeschlossen hat, wird die Benachteiligungsabsicht und deren Kenntnis beim Vertragsgegner vermutet. Ferner sind die Verfügungen anfechtbar, die der Schuldner unentgeltlich innerhalb von 4 Jahren vor dem Eröffnungsantrag vorgenommen hat. Schließlich sind unmittelbar gläubigernachteilige Rechtshandlungen oder ungerechtfertigte Sicherung der Befriedigung eines Insolvenzgläubigers anfechtbar, sofern die Rechtshandlungen innerhalb der letzten ein bis drei Monate vor Eröffnung des Insolvenzverfahrens bzw. teilweise vor Antrag auf Eröffnung dieses Verfahrens vorgenommen wurden (§§ 129 ff. InsO).

Der Insolvenzverwalter hat Anspruch auf Vergütung für seine Geschäftsführung und auf Erstattung angemessener Auslagen, die Vergütung wird durch das Insolvenzgericht festgesetzt. Der Insolvenzverwalter ist bei Beendigung seines Amtes gegenüber der Gläubigerversammlung zur Rechnungslegung verpflichtet (§§ 63 ff. InsO).

Die InsO gibt den Verfahrensbeteiligten auch die Möglichkeit, die Verwertung der Insolvenzmasse und die Befriedigung der Gläubiger abweichend von den Vorschriften der InsO in einem **Insolvenzplan** zu regeln (§§ 217 ff. InsO). Insbesondere kann in diesem Plan vorgesehen werden, dass der Schuldner sein Unternehmen fortführt und die Gläubiger aus den Erträgen des vom Schuldner oder von einem Dritten fortgeführten Unternehmens befriedigt werden. In diesem Fall ist dem Insolvenzplan eine Vermögensübersicht sowie ein Ergebnis- und Finanzplan beizufügen. Der Insolvenzplan muss durch die Gläubiger mehrheitlich (§ 244 InsO) angenommen werden. Hierzu hat das Insolvenzgericht einen Erörterungs- und Abstimmungstermin zu bestimmen. Wird der Insolvenzplan angenommen und hat der Schuldner ebenfalls zugestimmt, wird – soweit Hindernisse nicht entgegenstehen – der Insolvenzplan durch das Insolvenzgericht bestätigt. Mit Rechtskraft der Bestätigung wird durch das Insolvenzgericht die Aufhebung des Insolvenzverfahrens beschlossen, die weitere Abwicklung, insbesondere die Befriedigung der Gläubiger erfolgt nach Maßgaben des Insolvenzplanes. Es kann hierzu vorgesehen werden, dass der Insolvenzverwalter die Planerfüllung überwacht (§§ 260 ff. InsO).

Mit dem Gesetz zur Neuregelung des Internationalen Insolvenzrechts i. d. F. der Bek. vom 14. 3. 2003 (BGBl. I 345) wurden Bestimmungen darüber getroffen, wie bei Insolvenzen mit grenzüberschreitenden Auswirkungen zu verfahren ist. In § 335 InsO wird als Grundlage festgelegt, dass sich das Verfahren nach dem Recht des Staates richtet, in dem das Insolvenzverfahren eröffnet worden ist. Ausländische Insolvenzverfahren werden grundsätzlich in der BRD anerkannt (§ 343 InsO). Auf Antrag des ausländischen Insolvenzverwalters ist die Verfahrenseröffnung auch im Inland bekannt zu machen (§ 345 InsO).

264 | Verbraucherinsolvenz. Restschuldbefreiung

Mit der am 1. Januar 1999 in Kraft getretenen Insolvenzordnung ➢ s. Nr. 263, wurde das für das deutsche Recht völlig neue Institut des **Verbraucherinsolvenzverfahrens**, verbunden mit der Möglichkeit der **Restschuldbefreiung** eingeführt. Damit soll überschuldeten Bürgern ein realistische Chance eröffnet werden, nach einem überschaubaren Zeitraum bei entsprechendem Wohlverhalten ein Leben frei von Schulden führen zu können (§§ 286, 304 InsO).

Das Verbraucherinsolvenzverfahren setzt einen Eröffnungsantrag des Schuldners voraus (§ 305 InsO). Mittellosen Schuldnern kann auf Antrag ein Rechtsanwalt seiner Wahl beigeordnet, die Kosten des Insolvenzverfahrens können bis zur Erteilung der Restschuldbefreiung gestundet werden (§ 4 a InsO). Mit diesem Antrag muss der Schuldner eine Bescheinigung einer Schuldnerberatungsstelle darüber vorlegen, dass er erfolglos eine Einigung mit seinen Gläubigern über eine Schuldenbereinigung (beispielsweise durch Ratenzahlung, Stundung oder Teilerlass) versucht hat. Dieser Versuch muss innerhalb der letzten sechs Monate vor dem Antrag auf Eröffnung des Verbraucherinsolvenzverfahrens durchgeführt worden sein. Neben der Bescheinigung über den erfolglosen Einigungsversuch hat der Schuldner auch den Antrag auf Erteilung der Restschuldbefreiung (§ 287 InsO) oder die Erklärung, dass Restschuldbefreiung nicht beantragt werden soll, ein Verzeichnis des vorhandenen Vermögens und des Einkommens und ein Verzeichnis über seine Gläubiger und die gegen ihn bestehenden Forderungen vorzulegen. Weiter muss er dem Gericht einen Schuldenbereinigungsplan unterbreiten, aus dem hervorgehen muss, welche Zahlungen der Schuldner an seine Gläubiger leisten kann.

Nach Vorlage dieser Unterlagen wird durch das Gericht nochmals der Versuch einer gütlichen Einigung mit den Gläubigern unternommen. Unter bestimmten Voraussetzungen kann das Gericht die Zustimmung einzelner Gläubiger ersetzen, wenn die fehlende Zustimmung ungerechtfertigt eine wirtschaftlich sinnvolle Schuldenbereinigung verhindert (§ 309 der InsO). Kommt eine Einigung nicht zustande, wird das Verbraucherinsolvenzverfahren eröffnet. Das pfändbare Vermögen des Schuldners wird verwertet und der Erlös an die Gläubiger verteilt. Hieran schließt sich das Restschuldbefreiungsverfahren an. In einer sog. „Wohlverhaltensperiode" hat der Schuldner sechs Jahre lang den pfändbaren Betrag seines Arbeitseinkommens an einen Treuhänder abzuführen (§ 287 Abs. 2 InsO), der die eingegangenen Beträge gleichmäßig an alle Gläubiger verteilt. Kommt der Schuldner innerhalb der Wohlverhaltensperiode allen Obliegenheiten nach, ist vom Insolvenzgericht über die Erteilung der Restschuldbefreiung durch Beschluss zu entscheiden. Die Restschuldbefreiung wirkt gegen alle Insolvenzgläubiger, auch gegenüber denjenigen, die ihre Forderungen nicht angemeldet haben (§§ 300, 301 InsO). Unter gewissen Voraussetzungen ist die Restschuldbefreiung zu versagen oder zu widerrufen (§§ 290, 303 InsO).

Das System der Verbraucherinsolvenz soll insbesondere für völlig mittellose Schuldner reformiert werden. Nach den vom BMJ vorgelegten Reformeckpunkten für ein vereinfachtes Entschuldungsverfahren bei völlig mittellosen Schuldnern soll bei Masselosigkeit der Insolvenzeröffnungsantrag abgewiesen und sogleich ins Restschuldbefreiungsverfahren übergeleitet werden. In diesem Verfahren soll der Schuldner mit dem Gerichtsvollzieher umfangreiche Formulare zu seinen Vermögensverhältnissen erörtern und die Richtigkeit seiner Angaben an Eides statt zu versichern. Anschließend kündigt das Gericht die 6-jährige Wohlverhaltensphase an, in der den Schuldner die gleichen Obliegenheiten wie im normalen Restschuldbefreiungsverfahren treffen und anschließend die selben Rechtsfolgen eintreten. Der Schuldner soll in bescheidenem Umfang an den Verfahrenskosten beteiligt werden.

265 | Europäische justizielle Zusammenarbeit in Zivilsachen

Seit dem Amsterdamer Vertrag aus dem Jahre 1999 eröffnen Art. 65 ff. EGV die Rechtsgrundlagen für eine intensive justizielle Zusammenarbeit in Zivilsachen in allen Mitgliedstaaten der EU. In diesem Rahmen werden gegenwärtig vielfache Regelungen des internationalen Zivil- und Zivilprozessrechtes der Mitgliedstaaten angeglichen.

So wurden die Inhalte des früheren „EuGVÜ" (Europäisches Übereinkommen über die gerichtliche Zuständigkeit und die Vollstreckung gerichtlicher Entscheidungen in Zivil- und Handelssachen) im Jahre 2001 als Verordnung und damit als unmittelbar anwendbares europäisches Recht ➢ s. Nr. 35 a) cc) verabschiedet (Verordnung 44/2001/EG des Rates vom 22. Dezember 2000 über die gerichtliche Zuständigkeit und die Anerkennung und Vollstreckung von Entscheidungen in Zivil- und Handelssachen, ABl. EG L 12, 1).

Geregelt ist hierin zunächst bei grenzüberschreitenden Prozessen die Frage der Zuständigkeit zur Streitentscheidung. Hierbei geht die Verordnung von dem Grundsatz aus, dass das Gericht am Sitz oder Wohnsitz der beklagten Partei zuständig ist. Daneben regelt sie eine Reihe besonderer Zuständigkeiten, also solcher, die in Anspruch genommen werden können, aber nicht müssen (z.B. Gerichtsstand der Zweigniederlassung), sowie ausschließlicher Zuständigkeiten, also solcher, die zwingend eingehalten werden müssen (z.B. bei Grundstücken Gerichtsstand der belegenen Sache, bei gewerblichen Schutzrechten Gerichtsstand des Eintragungsortes, z.B. bei Marken und Patenten. Die Verordnung sieht sodann für die Vollstreckung gegen einen in einem anderen Mitgliedstaat der EG wohnhaften Schuldner ein besonders rasches und kostengünstigeres Exequaturverfahren vor. Danach muss jeder Mitgliedstaat die Urteile eines anderen ohne weiteres anerkennen und für vollstreckbar erklären, insbesondere ohne eine inhaltliche Nachprüfung vornehmen zu dürfen.

Eine ähnliche Regelung besteht zur Anerkennung von gerichtlichen Entscheidungen in Ehe- und Kindschaftssachen (Verordnung 1347/2000/EG des Rates vom 29. Mai 2000 über die Zuständigkeit und die Anerkennung und Vollstreckung von Entscheidungen in Ehesachen und in Verfahren betreffend die elterliche Verantwortung für die gemeinsamen Kinder der Ehegatten, ABl. EG L 160, 19).

Des Weiteren sind im Rahmen der gerichtlichen Zusammenarbeit zu punktuellen Problemen zu nennen: die Verordnung 1346/2000/EG des Rates vom 29. Mai 2000 über Insolvenzverfahren, ABl. EG L 160, 1, die Verordnung 1348/2000/EG des Rates vom 29. Mai 2000 über die Zustellung gerichtlicher und außergerichtlicher Schriftstücke in Zivil- oder Handelssachen in den Mitgliedstaaten, ABl. EG L 160, 37, die Verordnung 1206/2001/EG des Rates vom 28. Mai 2001 über die Zusammenarbeit zwischen den Gerichten der Mitgliedstaaten auf dem Gebiet der Beweisaufnahme in Zivil- oder Handelssachen, ABl. EG L 174, 1, die Entscheidung 2001/470/EG des Rates vom 28. Mai 2001 über die Einrichtung eines Europäischen justiziellen Netzes für Zivil- und Handelssachen, ABl. EG L 174, 25, das Maßnahmenprogramm zur Umsetzung des Grundsatzes der gegenseitigen Anerkennung gerichtlicher Entscheidungen in Zivil- und Handelssachen, ABl. EG 2001 C 12, 1, die Verordnung 743/2002/EG des Rates vom 25. April 2002 über eine allgemeine Rahmenregelung der Gemeinschaft für Aktivitäten zur Erleichterung der justiziellen Zusammenarbeit in Zivilsachen, ABl. EG L 115, 1, sowie die Richtlinie 2002/8/EG des Rates zur Verbesserung des Zugangs zum Recht bei Streitsachen mit grenzüberschreitenden Bezug durch die Festlegung gemeinsamer Mindestvorschriften für die Prozesskostenhilfe in derartigen Streitsachen, ABl. EG L 26, 41, ferner die Verordnung (EG) Nr. 805/2004 des Europäischen Parlaments und des Rates vom 21. 4. 2004 zur Einführung eines Europäischen Vollstreckungstitels für unbestrittene Forderungen, ABl. EG L 143, 15.

Die Harmonisierungsmaßnahmen betreffen nicht immer sämtliche Mitgliedstaaten (so hat z.B. Dänemark erklärt, an der Insolvenz-Verordnung nicht teilzunehmen); sie unterliegen gemäß Art. 68 EGV einem modifizierten Vorabentscheidungsverfahren vor dem EuGH ➢ zu diesem Verfahren s. Nr. 35 b) bb). Im Einzelnen s. www.europa.eu.int/comm/dgs/justice_home/index_de.htm.

IV. Der Strafprozess

271 | Die Strafprozessordnung

Die Strafprozessordnung datiert vom 1. 2. 1877; sie hat wiederholt umfangreiche und wichtige Änderungen erfahren. Sie gilt jetzt i. d. F. vom 7. 4. 1987 (BGBl. I 1074, 1319).

Die StPO wird ergänzt durch Bestimmungen des GVG ➤ s. Nr. 195, insbes. über die sachliche Zuständigkeit der Strafgerichte ➤ vgl. Nr. 215, 274, und die Einrichtung der Staatsanwaltschaft ➤ s. Nr. 216, Öffentlichkeit der Verhandlungen und Sitzungspolizei ➤ s. Nr. 222, Beratung und Abstimmung ➤ Nr. 224.

Über die **internationale Rechtshilfe in Strafsachen** ➤ vgl. Nr. 66 c). Über den Verkehr mit dem Ausland in strafrechtlichen Angelegenheiten haben die BReg.

und die Regierungen der Länder einheitliche Richtlinien vereinbart (RiVASt i. d. F. der Bek. des BMJ vom 18. 9. 1984, BAnz. Nr. 176, Beilage 47/84.

Die **Rehabilitierung** von Personen, die in der ehemaligen DDR in rechtsstaatswidriger Weise strafgerichtlich verurteilt worden sind, ist in dem Gesetz über die Rehabilitierung und Entschädigung von Opfern rechtsstaatswidriger Strafverfolgungsmaßnahmen im Beitrittsgebiet (Strafrechtliches Rehabilitierungsgesetz – StrRehaG) i. d. F. der Bek. vom 17. 12. 1999 (BGBl. I 2664) geregelt. Das StrRehaG sieht vor, dass die strafrechtliche Entscheidung eines staatlichen Gerichts im Beitrittsgebiet aus der Zeit vom 8. 5. 1945–2. 10. 1990 auf Antrag aufzuheben ist (Rehabilitierung), soweit sie mit wesentlichen Grundsätzen einer freiheitlichen rechtsstaatlichen Ordnung unvereinbar ist. Dies ist vor allem der Fall, wenn die Entscheidung politischer Verfolgung gedient hat (z. B. bei Verurteilungen wegen ungesetzlicher Verbindungsaufnahme oder ungesetzlichem Grenzübertritt o. ä. Strafvorschriften) oder wenn die angeordneten Rechtsfolgen in grobem Missverhältnis zu der zugrundeliegenden Tat stehen (§ 1 StrRehaG). Der Antrag kann noch bis zum 31. 12. 2007 gestellt werden (§ 7 StrRehaG). Zuständig ist das Landgericht, in dessen Bezirk das seinerzeitige Strafverfahren durchgeführt worden ist. Die Rehabilitierung begründet einen Anspruch auf soziale Ausgleichsleistungen für die entstandenen Nachteile. Diese Leistungen werden auf Antrag als Kapitalentschädigung und Unterstützungsleistung gewährt (§ 16 StrRehaG). Die Kapitalentschädigung beträgt 306,78 Euro für jeden angefangenen Monat einer rechtsstaatswidrigen Freiheitsentziehung (§ 17 StrRehaG). Ferner werden Beschädigten- und Hinterbliebenenversorgung gewährt (§§ 21, 22 StrRehaG).

272 | Grundsätze des Strafverfahrens

Der Strafprozess weicht in wesentlichen Punkten von dem i. d. R. vom Parteibetrieb beherrschten Zivilprozess ab; für ihn gelten:

a) Das Legalitätsprinzip

Zur Erhebung der öffentlichen Klage ist die Staatsanwaltschaft (StA) berufen. Sie ist, soweit nicht gesetzlich etwas anderes bestimmt ist, **verpflichtet**, wegen aller verfolgbaren Straftaten einzuschreiten, sofern zureichende tatsächliche Anhaltspunkte vorliegen (§ 152 StPO, sog. Legalitätsprinzip). Die sog. **Offizialmaxime** besagt, dass die Strafverfolgung grundsätzlich dem Staat, und nicht dem einzelnen Bürger obliegt.

Ausnahmsweise besteht **Opportunitätsprinzip** (Einschreiten nach pflichtgemäßem Ermessen) bei Bagatellsachen, Auslandstaten, bei gewissen politischen Straftaten (insbes. wegen tätiger Reue), bei Landesverweisung des Täters oder Auslieferung an eine ausländische Regierung, bei unwesentlichen Nebendelikten und Opfern von Erpressungen (§§ 153 ff. StPO), ferner in Jugendstrafsachen (§§ 45, 47 JGG) und bei Privatklagedelikten (§ 376 StPO).

b) Der Grundsatz „in dubio pro reo" (im Zweifel zugunsten des Beschuldigten oder Angeklagten)

Ohne volle Überzeugung von der Schuld darf das Gericht den Angeklagten nicht verurteilen (§ 261 StPO).

c) Das Anklageprinzip

Wo kein Kläger ist, ist kein Richter. Ohne Anklage kommt der weitere Verfahrensabschnitt, in dem das Gericht das Verfahren leitet, nicht in Gang. Da zur Erhebung der öffentlichen Klage die Staatsanwaltschaft berufen ist, spricht man vom Anklagemonopol der StA. Dieses ist nur für bestimmte Fälle durchbrochen: Bei Privatklagedelikten kann der Verletzte selbst Klage erheben ➤ s. Nr. 288 a); bei anderen Straftaten kann er u. U. die vom StA abgelehnte Anklage erzwingen ➤ vgl. Nr. 282.

d) Richterliche Vorprüfung vor Eröffnung des Hauptverfahrens

Während im Vor-(Ermittlungs-)Verfahren die StA dominiert, unterliegt ihre Anklage der Prüfung des Gerichts dahin, ob in tatsächlicher Hinsicht die dem Angeklagten zur Last gelegte Tat wahrscheinlich festzustellen und auch in rechtlicher Hinsicht mit einer Verurteilung zu rechnen ist. Nur dann erlässt das Gericht den Eröffnungsbeschluss, auf Grund dessen das Hauptverfahren beginnt.

e) Hauptverfahren

Für das Hauptverfahren gelten z. T. die gleichen Grundsätze wie im Zivilprozess (Öffentlichkeit, Mündlichkeit, Unmittelbarkeit, Beschleunigung, Aufklärungspflicht, freie Beweiswürdigung, rechtliches Gehör). Der wichtigste Unterschied besteht darin, dass der Strafprozess nicht vom Verhandlungsgrundsatz ➤ s. Nr. 232, sondern vom **Untersuchungsgrundsatz** beherrscht wird, d. h., das Gericht klärt den Sachverhalt von Amts wegen auf; es ist also insoweit nicht an Vorbringen der übrigen Verfahrensbeteiligten gebunden.

273 | Die örtliche Zuständigkeit der Strafgerichte

Der Gerichtsstand ist bei dem Gericht begründet, in dessen Bezirk die Straftat begangen worden ist. Neben diesem Gerichtsstand des Begehungsortes (Tatortes) ist auch das Gericht zuständig, in dessen Bezirk der Angeschuldigte z. Z. der Erhebung der Klage seinen Wohnsitz bzw. gewöhnlichen Aufenthalt hat, ferner der Gerichtsstand des Ergreifungsortes (§§ 7 ff. StPO).

Für Schiffe und Luftfahrzeuge gilt der Gerichtsstand des Heimathafens. Bei mehreren Gerichtsständen gebührt der Vorzug dem Gericht, das die Untersuchung zuerst eröffnet hat. Das gemeinschaftliche obere Gericht kann Untersuchung und Entscheidung einem anderen zuständigen Gericht übertragen. Bei zusammenhängenden Strafsachen ist ein Gerichtsstand bei jedem Gericht begründet, das für eine der Strafsachen zuständig ist. Fehlt es an einem zuständigen Gericht, so wird es vom BGH bestimmt. Einen Zuständigkeitsstreit entscheidet das gemeinschaftliche obere Gericht.

274 | Die sachliche Zuständigkeit der Strafgerichte

Die sachliche Zuständigkeit der Strafgerichte wird durch das GVG bestimmt. Zusammenhängende Strafsachen, die einzeln zur Zuständigkeit von Gerichten verschiedener Ordnung gehören würden, können verbunden bei dem Gericht der höheren Zuständigkeit anhängig gemacht werden. Das Gericht kann nachträglich Verbindung oder Trennung beschließen (§§ 1 ff. StPO).

Nach dem GVG sind in Strafsachen zuständig:

a) **Amtsgericht**

aa) der Richter beim Amtsgericht als **Einzelrichter**

- als sog. **Ermittlungsrichter** außerhalb der Hauptverhandlung für alle Untersuchungshandlungen einschl. Durchsuchung und Beschlagnahme, Haftbefehl, Rechtshilfe (§ 162 StPO) sowie beim Schöffengericht für alle Entscheidungen außerhalb der Hauptverhandlung, z. B. Eröffnungsbeschluss (§ 30 Abs. 2 GVG);

- als **Strafrichter** (Einzelrichter) bei Privatklagedelikten oder wenn eine höhere Strafe als Freiheitsstrafe von zwei Jahren nicht zu erwarten ist (§ 25 GVG);

bb) das **Schöffengericht** (§§ 28 ff. GVG) ➤ vgl. Nr. 212, für alle zur Zuständigkeit des AG gehörenden Strafsachen, soweit nicht der Einzelrichter entscheidet (alle Verbrechen und Vergehen, falls nicht das LG oder das OLG zuständig ist, s. dazu unten, oder der StA wegen der besonderen Bedeutung des Falles Anklage beim LG erhebt; auch darf weder eine höhere Strafe als vier Jahre Freiheitsstrafe noch Sicherungsverwahrung oder Unterbringung in einem psychiatrischen Krankenhaus zu erwarten sein, § 24 GVG);

b) **Landgericht**

die **Strafkammer** des Landgerichts (§§ 73 ff. GVG):

aa) außerhalb der Hauptverhandlung für Beschlusssachen (z. B. Eröffnungsbeschluss, Beschwerde gegen Haftbefehl usw.); Besetzung: 3 Berufsrichter (§§ 73, 76 GVG);

bb) als erkennendes Gericht:

als **große Strafkammer** (Besetzung: 3 Berufsrichter, 2 Schöffen (§ 76 Abs. 1 GVG); in 1. Instanz für alle Verbrechen, die nicht zur Zuständigkeit des AG oder des OLG gehören, ferner wenn mehr als vier Jahre Freiheitsstrafe oder Unterbringung in einem psychiatrischen Krankenhaus oder in der Sicherungsverwahrung zu erwarten ist oder wenn der StA wegen der besonderen Bedeutung der Sache beim LG Anklage erhebt (§ 74 GVG);

eine große Strafkammer als **Schwurgericht** bei besonders schweren Verbrechen, die auf Tötung gerichtet sind (Mord, Totschlag, Kindestötung) oder den Tod eines Menschen zur Folge hatten (z. B. Geiselnahme, Vergewaltigung, Raub, räuberischer Diebstahl oder räuberische Erpressung), bei einigen nach der Begehungsweise besonders schweren Delikten auch ohne Todesfolge, z. B. besonders schwere Brandstiftung, gefährliche Strahlungsverbrechen (§ 74 Abs. 2). Die Zuständigkeit des Schwurgerichts kann auf mehrere Bezirke erstreckt werden (§ 74 d GVG).

Eine Strafkammer des LG, in dessen Bezirk das OLG seinen Sitz hat, ist für den Bezirk des OLG für leichtere Fälle von Friedensverrat, Gefährdung des demokratischen Rechtsstaates oder der Landesverteidigung, Beteiligung an kriminellen Vereinigungen, Verschleppung und politische Denunziation zuständig (§ 74 a GVG; sog. **Staatsschutzkammer**);

eine große Strafkammer als **Jugendkammer** in Jugendschutzsachen gem. §§ 26, 74 b GVG;

eine große Strafkammer als **Wirtschaftsstrafkammer** für wirtschaftsrechtliche Delikte (z. B. gegen das Wettbewerbs- oder Aktienrecht, gegen lebensmittelrechtliche Vorschriften, aber auch Betrug, Untreue, Wucher u. a. Vermögensdelikte, wenn die Beurteilung besondere Kenntnis des Wirtschaftslebens erfordert); ihre Zuständigkeit kann auf mehrere LG-Bezirke ausgedehnt werden (§ 74 c GVG);

als **kleine Strafkammer** (Besetzung: 1 Berufsrichter, 2 Schöffen) nur als Berufungsinstanz gegen Urteile des Strafrichters (Einzelrichters beim AG) oder des Schöffengerichts (§ 74 Abs. 2, § 76 Abs. 1 GVG).

c) **Oberlandesgericht**

In 1. Instanz sind die Strafsenate der OLGe (5 Berufsrichter, § 122 Abs. 2 GVG), in deren Bezirk eine LdReg. ihren Sitz hat, in bestimmten schwerwiegenden Strafsachen zuständig, z. B. bei Friedens-, Hoch-, Landesverrat, Nötigung von Verfassungsorganen und Völkermord (§ 120 Abs. 1 GVG); ferner in den an sich gem. § 74a GVG zur Zuständigkeit der Strafkammer gehörenden politischen Strafsachen (s. oben) sowie für die Verfolgung terroristischer Gewalttaten, wenn der Generalbundesanwalt wegen der besonderen Bedeutung nach § 74a Abs. 2 GVG die Verfolgung übernimmt (§ 120 Abs. 2 Nrn. 1, 2 GVG). Soweit das OLG in 1. Instanz zuständig ist, können Ermittlungsrichter des OLG Untersuchungshandlungen an Stelle des Richters beim Amtsgericht oder neben diesem vornehmen (§ 169 StPO).

In 2. Instanz wird das OLG (Besetzung: 3 Berufsrichter) tätig bei Revisionen gegen Urteile der großen Strafkammer (auch als Schwurgericht), wenn die Revision ausschließlich auf die Verletzung einer landesrechtlichen Norm gestützt wird, und bei Sprungrevision ➢ s. Nr. 286.

In 3. Instanz ist das OLG in gleicher Besetzung Revisionsinstanz gegen Berufungsurteile der kleinen Strafkammer (§ 121 GVG).

d) **Bundesgerichtshof**

Der BGH entscheidet über die Revisionen gegen die vom LG (große Strafkammer) im ersten Rechtszug erlassenen Urteile, soweit nicht die Zuständigkeit des OLG begründet ist, sowie gegen die erstinstanzlichen Urteile des OLG (§ 135 GVG). Seine frühere erstinstanzliche Zuständigkeit in Hoch- und Landesverratssachen usw. ist durch Ges. vom 8. 9. 1969 (BGBl. I 1582) dem OLG übertragen worden, um dem Verurteilten eine zweite Instanz zu eröffnen.

e) Über die ergänzende Zuständigkeitsregelung nach dem JGG (Jugendrichter, Jugendschöffengericht, Jugendkammer) ➢ vgl. Nr. 295.

275 | Ausschließung und Ablehnung von Gerichtspersonen

Im Strafprozess ist ein Richter von der Ausübung des Richteramtes ausgeschlossen, wenn er selbst durch die Straftat verletzt ist oder zum Beschuldigten oder Verletzten in naher verwandtschaftlicher Beziehung steht, ferner wenn er in der Sache als Beamter der Staatsanwaltschaft oder Polizeibeamter, als Anwalt des Verletzten oder als Verteidiger tätig gewesen oder als Zeuge oder Sachverständiger vernommen worden ist (§ 22 StPO). Der Richter, der in einer früheren Instanz bei der angefochtenen Entscheidung mitgewirkt hat, ist von weiteren Entscheidungen ausgeschlossen (entsprechend im Wiederaufnahmeverfahren; § 23 StPO).

Für die **Ablehnung** gilt im Strafprozess das Gleiche wie im Zivilprozess. Das Ablehnungsrecht steht dem StA, dem Privatkläger und dem Beschuldigten zu. Die Ablehnung wegen Befangenheit ist grundsätzlich nur bis zum Beginn der Vernehmung des ersten Angeklagten über seine persönlichen Verhältnisse zulässig, danach nur, wenn der Ablehnungsgrund später aufgehoben ist und unverzüglich geltend gemacht wird. Über das Ablehnungsgesuch entscheidet das Gericht, dem der Abgelehnte angehört (ohne dessen Mitwirkung, falls nicht das Gesuch unzulässig ist). Der die Ablehnung für begründet erklärende Beschluss ist unanfechtbar; gegen den sie für unzulässig oder unbegründet erklärenden Beschluss ist – abgesehen vom Urteilsverfahren – sofortige Beschwerde zulässig (§ 28 StPO; entsprechend § 46 ZPO).

Für die Ausschließung und Ablehnung von Schöffen, Urkundsbeamten und Protokollführern gilt im Wesentlichen das Gleiche; doch entscheidet hier der Vorsitzende des Gerichts, bei der Großen Strafkammer und beim Schwurgericht die berufsrichterlichen Mitglieder (§§ 49 ZPO, 31 StPO). Ein gesetzliches Recht zur

Ablehnung des Staatsanwalts wegen Befangenheit besteht nicht; seine Ausschließung, z. B. weil er Angehöriger des Beschuldigten ist, kann aber dienstrechtlich begründet sein.

276 | Beschlagnahme (Sicherstellung), Telefonüberwachung, akustische Wohnraumüberwachung

Nach § 94 StPO können Gegenstände, die als Beweismittel für die Untersuchung von Bedeutung sein können, sichergestellt werden; falls sie nicht freiwillig herausgegeben werden, werden sie beschlagnahmt. Zuständig für die Anordnung einer Beschlagnahme sind der Richter, bei Gefahr im Verzug auch die Staatsanwaltschaft und ihre Ermittlungspersonen ➢ s. Nr. 170. Bei Beschlagnahme ohne richterliche Anordnung soll binnen 3 Tagen die richterliche Bestätigung beantragt werden, wenn bei der Beschlagnahme weder der Betroffene noch ein erwachsener Angehöriger anwesend war oder wenn der Betroffene oder ein Angehöriger gegen die Beschlagnahme ausdrücklich Widerspruch erhoben hat (§ 98 StPO).

Der Betroffene kann jederzeit um richterliche Entscheidung nachsuchen. Bis zur Erhebung der öffentlichen Klage entscheidet das Amtsgericht des Bezirks, in dem die Beschlagnahme stattgefunden hat. Nach Klageerhebung muss die StA eine von ihr verfügte Beschlagnahme dem Richter binnen 3 Tagen anzeigen und ihm die beschlagnahmten Gegenstände zur Verfügung stellen.

Für Gegenstände, bei denen dringende Gründe dafür vorliegen, dass ihr Verfall oder die Einziehung ➢ s. Nr. 384 b), angeordnet wird, ist Sicherstellung durch Beschlagnahme bzw. Arrest mit ähnlicher Verfahrensregelung zugelassen (§§ 111 b ff. StPO). Über Presseerzeugnisse ➢ s. Nr. 473.

Die sog. Postbeschlagnahme, d. h. Beschlagnahme der ein- und abgehenden Briefe, Pakete und Telegramme des Beschuldigten auf der Post, ist dem Richter vorbehalten und dem StA nur vorläufig gestattet (§§ 99, 100 StPO). Die gleiche Beschränkung gilt für die (befristete) Anordnung der Überwachung des Fernmeldeverkehrs und die Aufnahme von Telefongesprächen des Beschuldigten auf Tonband (§§ 100 a, b StPO). Diese Maßnahmen dürfen nur angeordnet werden, wenn bestimmte Tatsachen den Verdacht der Beteiligung an einer schweren politischen oder sonstigen Straftat z. B. Friedens-, Hoch-, Landesverrat, Straftaten gegen die Landesverteidigung, Mord, Totschlag, schwerer sexueller Missbrauch von Kindern, Raub, räuberische Erpressung, Straftaten gegen die persönliche Freiheit, gemeingefährliche Verbrechen). Weitere Voraussetzung des Eingriffs in das Fernmeldegeheimnis ist, dass die Sachaufklärung oder die Aufenthaltsermittlung des Beschuldigten sonst aussichtslos oder wesentlich erschwert wäre. Die akustische Wohnraumüberwachung (auch „Lauschangriff" genannt), das Abhören und Aufzeichnen des in einer Wohnung nichtöffentlich gesprochenen Worts des Beschuldigten mit technischen Mitteln, ist in den §§ 100 c ff. StPO näher geregelt. Diese Maßnahme darf nur bei Verdacht des Vorliegens schwerer Straftaten (s. oben) und grds. nur von einem dreiköpfigen Richtergremium angeordnet werden, bei Gefahr im Verzug auch durch den Vorsitzenden, dessen Anordnung außer Kraft tritt, wenn sie nicht binnen 3 Tagen von der Kammer bestätigt wird. Das Abhören und Aufzeichnen ist unverzüglich zu unterbrechen, wenn sich Anhaltspunkte dafür ergeben, dass Äußerungen erfasst werden, die dem Kernbereich privater Lebensgestaltung zuzurechnen sind. Für solche Äußerungen besteht ferner ein Verwertungsverbot. Die §§ 100 g–i StPO ermöglichen Auskünfte über Telekommunikationsverbindungsdaten bzw. über den Standpunkt eines mobilen Telefons.

Über die polizeiliche Beschlagnahme ➢ s. Nr. 170.

277 | Durchsuchungen; Körperliche Untersuchung, Blutprobe, DNA-Analyse

a) Durchsuchungen

Im Strafprozess bedeuten Durchsuchungen eine Beschränkung des Grundrechtes der Unverletzlichkeit der Wohnung (Art. 13 GG) ➢ vgl. Nr. 66 p). Sie dürfen nach § 105 StPO nur durch den Richter, bei Gefahr im Verzug auch durch die Staatsanwaltschaft und ihre Ermittlungspersonen angeordnet werden. Sie dienen der Ergreifung des Verdächtigen oder der Auffindung von Beweismitteln.

Eine **Durchsuchung** kann vorgenommen werden (§§ 102 ff. StPO):

- bei einem als Täter oder Teilnehmer einer Straftat oder der Begünstigung, Strafvereitelung oder Hehlerei Verdächtigen;
- bei anderen (unverdächtigen) Personen nur zur Ergreifung des Beschuldigten oder zur Verfolgung von Spuren einer Straftat oder zur Beschlagnahme bestimmter Gegenstände und nur dann, wenn Tatsachen vorliegen, aus denen zu schließen ist, dass die gesuchte Person, Spur oder Sache sich in den zu durchsuchenden Räumen befindet.

In einem Verfahren wegen Bildung oder Unterstützung einer terroristischen in- oder ausländischen Vereinigung (§§ 129 a und 129 b StGB) kann der Richter, in Eilfällen der Staatsanwalt eine Durchsuchung von Wohngebäuden zwecks Ergreifung eines dringend tatverdächtigen Beschuldigten anordnen, wenn anzunehmen ist, dass er sich in dem Gebäude aufhält.

Eine Haussuchung zur Nachtzeit (= vom 1. 4. bis 30. 9. von 21 bis 4 Uhr früh, vom 1. 10. bis 31. 3. von 21 bis 6 Uhr früh) in Wohnung, Geschäftsräumen oder im befriedeten Besitztum darf nur erfolgen (§ 104 StPO):

- bei Verfolgung auf frischer Tat oder bei Gefahr im Verzug oder wenn es sich um die Wiederergreifung eines entwichenen Gefangenen handelt;
- in Räumen, die zur Nachtzeit jedermann zugänglich oder der Polizei als Herbergen oder Versammlungsorte bestrafter Personen, als Niederlagen von strafbar erlangten Sachen oder als Schlupfwinkel des Glücksspiels, des illegalen Rauschgift- und Waffenhandels oder der Prostitution bekannt sind.

Über das Recht der Polizei zur Durchsuchung aus polizeilichen Gründen ➢ vgl. Nr. 170.

b) Körperliche Untersuchung, Blutprobe, DNA-Analyse

Nach § 81 a StPO darf bei Beschuldigten zur Feststellung von Tatsachen, die für das Verfahren von Bedeutung sind, eine **körperliche Untersuchung** angeordnet werden. Zu diesem Zweck sind die Entnahme von **Blutproben und andere körperliche Eingriffe** durch einen Arzt ohne Einwilligung zulässig, wenn kein Nachteil für die Gesundheit des Beschuldigten zu befürchten ist. Für die Anordnung der Maßnahme ist der Richter, bei Gefahr im Verzug sind auch die Staatsanwaltschaft bzw. deren Ermittlungspersonen zuständig.

Die Untersuchung anderer Personen etwa von Zeugen, ist nach Maßgabe des § 81c StPO auch ohne Einwilligung zulässig. Derartige Untersuchungen können aus den gleichen Gründen wie das Zeugnis verweigert werden.

An dem nach §§ 81a und 81c StPO erlangten Material dürfen zum Nachweis der Abstammung bzw. der Tatsache, ob aufgefundenes Spurenmaterial vom Täter oder dem Verletzten stammt, **molekulargenetische Untersuchungen** durchgeführt werden, bei denen auch das Geschlecht bestimmt werden darf. Sofern eine schriftliche Einwilligung des Betroffenen nicht vorliegt, dürfen derartige Untersuchungen nur durch das Gericht, bei Gefahr im Verzug auch durch die Staatsanwaltschaft und deren Ermittlungspersonen durchgeführt werden. Ohne richterliche Anordnung darf Spurenmaterial molekulargenetisch untersucht werden.

Zum Zwecke der der Identitätsfeststellung dürfen dem wegen einer Straftat von erheblicher Bedeutung oder gegen die sexuelle Selbstbestimmung Verdächtigen, rechtskräftig Verurteilten oder ihnen gleichgestellter Personen zur **Feststellung des DNA-Identifizierungsmusters** und Geschlechts Körperzellen entnommen, molekulargenetisch untersucht und beim Bundeskriminalamt gespeichert werden, wenn wegen der Art oder Ausführung der Tat, der Persönlichkeit des Beschuldigten oder sonstiger Erkenntnisse Grund zu der Annahme besteht, dass gegen ihn künftig Strafverfahren wegen einer Straftat von erheblicher Bedeutung zu führen sind. Ohne schriftliche Einwilligung darf die Entnahme nur durch das Gericht bei Gefahr im Verzug auch durch die Staatsanwaltschaft oder deren Ermittlungspersonen angeordnet werden (§ 81h StPO).

Unter den Voraussetzungen von § 81h StPO dürfen zur Aufklärung schwerwiegender Straftaten Reihengentests auf freiwilliger Grundlage durch das Gericht angeordnet werden.

278 | Vorläufige Festnahme

Vorläufige Festnahme kann durch jedermann erfolgen, wenn jemand auf frischer Tat betroffen oder verfolgt wird und entweder fluchtverdächtig ist oder seine Persönlichkeit nicht sofort festgestellt werden kann (§ 127 StPO; gilt nicht bei Ordnungswidrigkeiten, vgl. § 46 Abs. 3 OWiG).

In solchen Fällen ist eine richterliche oder polizeiliche Anordnung nicht erforderlich. Staatsanwaltschaft und Polizei sind ferner zur vorläufigen Festnahme befugt bei Gefahr im Verzug, wenn die Voraussetzungen eines Haft- oder Unterbringungsbefehls ➢ s. Nr. 279, vorliegen. Der Festgenommene ist spätestens am Tage nach der Festnahme dem Richter des Amtsgerichts zur Vernehmung vorzuführen. Dieser entscheidet über Aufhebung oder Fortdauer der Haft; er ordnet entweder die Freilassung an oder erlässt einen Haftbefehl (§ 128 StPO). Bei einem Beschuldigten, der nicht im Inland ansässig ist, kann gegen Sicherheitsleistung von der Festnahme abgesehen werden, wenn nur Fluchtgefahr ➢ s. Nr. 279), besteht und weder Freiheitsstrafe noch eine freiheitsentziehende Maßregel der Besserung und Sicherung ➢ s. Nr. 384 d), zu erwarten ist (§ 127a StPO; bedeutsam z. B. bei Verkehrsdelikten von Ausländern). Ist eine unverzügliche Entscheidung im beschleunigten Verfahren ➤ s. Nr. 285, wahrscheinlich und zu befürchten, dass der Festgenommene der Hauptverhandlung fernbleibt, kann ebenfalls eine vorläufige Festnahme erfolgen. Ein Haftbefehl aus diesen Gründen darf nur ergehen, wenn die Hauptverhandlung binnen einer Woche zu erwarten ist und muss auf höchstens eine Woche ab dem Tag der Festnahme befristet sein (sog. **Hauptverhandlungshaft**, § 127 b StPO).

279 | Haftbefehl

Der Haftbefehl ist eine schriftliche Anordnung zur Verhaftung (Freiheitsentziehung), gerichtet gegen eine natürliche Person. Er bedeutet eine Ausnahme vom Grundrecht der Freiheit der Person (vgl. Habeas-corpus-Grundsatz, Art. 2, 104 GG) und ist demgemäß an strenge gesetzliche Voraussetzungen gebunden. Im Strafprozess kann der Richter die **Untersuchungshaft** gegen einen Beschuldigten anordnen und einen Haftbefehl erlassen, wenn dringender Verdacht einer Straftat **(Tatverdacht)** gegeben ist und außerdem ein **Haftgrund** besteht. Das ist der Fall, wenn sich aus bestimmten Tatsachen ergibt, dass der Beschuldigte flüchtig ist oder sich verborgen hält oder dass Fluchtgefahr oder Verdunkelungsgefahr vorliegt; Haftgrund ist ferner Wiederholungsgefahr bei schweren Sittlichkeitsdelikten oder in schweren Fällen wiederholter oder fortgesetzter Begehung folgender Straftaten: schwerer Landfriedensbruch, Körperverletzung, Diebstahl, Raub, Erpressung, Hehlerei, Betrug, Brandstiftung, Autostraßenraub oder Betäubungsmitteltaten. Ist der Beschuldigte eines Mordes, Totschlags, Völkermordes, der Unterstützung einer terroristischen Vereinigung oder der lebensgefährdenden Herbeiführung einer Explosion dringend verdächtig, bedarf es keines dieser Haftgründe (§§ 112, 112 a StPO). Ist anzunehmen, dass der Beschuldigte bei der Tat schuldunfähig oder vermindert schuldfähig war und dass seine Unterbringung in einem psychiatrischen Krankenhaus oder einer Entziehungsanstalt angeordnet wird, so ergeht ein **Unterbringungsbefehl** (§ 126 a StPO).

Der Haftbefehl muss schriftlich erlassen werden, den Beschuldigten genau bezeichnen sowie die ihm zur Last gelegte Straftat – einschl. ihrer gesetzlichen Merkmale und der anzuwendenden Strafvorschriften – und die Gründe der Verhaftung angeben (§ 114 StPO). Er ist dem Beschuldigten bekanntzugeben. Der Festgenommene ist unverzüglich, spätestens am folgenden Tage dem Richter vorzuführen. Dieser hat ihn unverzüglich, spätestens am nächsten Tage zu vernehmen und ihm unter Vorhalt der Beschuldigung Gelegenheit zur Verteidigung zu geben (Art. 104 Abs. 3 GG, § 115 StPO; über Hinweise auf das Aussageverweigerungsrecht usw. ➤ vgl. Nr. 282. Angehörige sind zu benachrichtigen; die Benachrichtigung von Angehörigen ist auch dem Verhafteten selbst zu gestatten, sofern der Untersuchungszweck dadurch nicht gefährdet wird (§ 114 b StPO). Der Richter kann den Vollzug des Haftbefehls aussetzen (Haftverschonung), wenn weniger einschneidende Maßnahmen ausreichen, z. B. Sicherheitsleistung (§§ 116, 116 a StPO). Ist Haftgrund nur Fluchtverdacht, so ist die Haftverschonung geboten, wenn der Haftzweck durch andere Maßnahmen erreicht werden kann (z. B. Meldepflicht, Aufenthaltsbeschränkungen; wegen Absehen von Festnahme bei Ausländern gegen Sicherheitsleistung ➤ vgl. Nr. 278. Der Beschuldigte kann jederzeit die gerichtliche Prüfung beantragen, ob der Haftbefehl aufzuheben oder dessen Vollzug auszusetzen ist (Haftprüfung; § 117 StPO). Er hat auch das

Rechtsmittel der Beschwerde; doch schließt ein Rechtsbehelf den anderen aus (§ 117 Abs. 2 StPO). Im Haftprüfungs- oder Beschwerdeverfahren kann er mündliche Verhandlung beantragen (§ 118 StPO).

Der Haftbefehl wird aufgehoben, wenn der Verhaftungsgrund wegfällt oder eine weitere Untersuchungshaft außer Verhältnis zu der zu erwartenden Strafe stehen würde oder wenn der Beschuldigte freigesprochen oder die Eröffnung des Hauptverfahrens abgelehnt wird. Der Haftbefehl ist ferner aufzuheben, wenn dies die Staatsanwaltschaft von Anklageerhebung beantragt (§ 120 StPO). Der Beschuldigte darf, solange ein auf Freiheitsstrafe oder eine freiheitsentziehende Maßregel ➤ s. Nr. 384, lautendes Urteil noch nicht ergangen ist, höchstens 6 Monate in Haft gehalten werden; darüber hinaus nur, wenn bestimmte wichtige Gründe, namentlich besonderer Umfang oder besondere Schwierigkeit der Ermittlungen, eine Urteilsentscheidung noch nicht zulassen und die weitere Haft rechtfertigen (§ 121 StPO; bei Untersuchungshaft wegen Wiederholungsgefahr im Sinne von § 112a StPO beträgt die Frist höchstens 1 Jahr, § 122a).

Nach einer rechtskräftigen Verurteilung kann die Vollstreckungsbehörde ➤ s. Nr. 292), zur Erzwingung des Strafantritts einen Vorführungs- oder Haftbefehl erlassen, wenn sich der Verurteilte trotz Ladung nicht zum Antritt einer Freiheitsstrafe stellt oder fluchtverdächtig ist; ebenso gegen einen flüchtigen Strafgefangenen (§ 457 StPO).

Auf Grund eines Haftbefehls oder eines Unterbringungsbefehls kann die Staatsanwaltschaft oder der Richter die Ausschreibung zur Festnahme veranlassen, insbesondere wenn der Beschuldigte flüchtig ist oder sich verborgen hält (§ 131 StPO). Über Niederlegung im Bundeszentralregister ➤ s. Nr. 217 (Steckbriefnachricht, Suchvermerk).

Die Öffentlichkeitsfahndung und die Veröffentlichung von Abbildungen eines Beschuldigten kann bei Straftaten von erheblicher Bedeutung richterlich angeordnet werden (§ 131a–§ 131c StPO). Unter den gleichen Voraussetzungen kann durch die Staatsanwaltschaft eine planmäßig angelegte Beobachtung (längerfristige Observation – § 183f StPO) veranlasst werden.

Die Entschädigung für unschuldig erlittene Untersuchungshaft regelt sich nach dem Ges. über die Entschädigung für Strafverfolgungsmaßnahmen i. d. F. der Bek. vom 8. 3. 1971 (BGBl. I 157). S. ferner Art. 5 Abs. 5 der Menschenrechtskonvention vom 4. 11. 1950 (BGBl. 1952 II 685).

280 | Strafverfahren in erster Instanz

Die StPO behandelt im 2. Buch das Verfahren im ersten Rechtszug (§§ 151–295) in 7 Abschnitten: öffentliche Klage, Vorbereitung der öffentlichen Klage, Entscheidung über die Eröffnung des Hauptverfahrens, Vorbereitung der Hauptverhandlung, Hauptverhandlung, Entscheidung über die im Urteil vorbehaltene oder die nachträgliche Anordnung der Sicherheitsverwahrung, Verfahren gegen Abwesende.

Die Eröffnung einer gerichtlichen Untersuchung ist durch die Erhebung einer Klage bedingt **(Anklageprinzip)**. Zur Erhebung der öffentlichen Klage ist die Staatsanwaltschaft (StA) berufen und, wenn zureichende tatsächliche Anhaltspunkte für eine Straftat vorliegen, auch verpflichtet **(Legalitätsprinzip)**. Bei geringfügigen Vergehen kann mit Zustimmung des Gerichts von einer Anklage abgesehen werden, wenn die Schuld des Täters gering ist und kein öffentliches Interesse an der Verfolgung besteht; die Zustimmung des Gerichts ist nicht erforderlich bei einem Vergehen, das nicht mit einer im Mindestmaß erhöhten Strafe bedroht ist und bei dem die durch die Tat verursachten Folgen gering sind. Ferner kann der StA mit Zustimmung des Gerichts und des Beschuldigten vorläufig von der Anklage absehen und zugleich dem Beschuldigten Weisungen erteilen oder Auflagen machen, z. B. Schadenswiedergutmachung, Geldzahlung an gemeinnützige Einrichtungen u. dgl.; Voraussetzung ist, dass diese Auflagen und Weisungen geeignet sind, das öffentliche Interesse an der Strafverfolgung zu beseitigen und die Schwere der Schuld nicht entgegensteht (§§ 153, 153 a StPO); wegen vorläufiger Abstandnahme von der öffentlichen Klage bei Straftaten, die in Betäubungsmittelabhängigkeit begangen worden sind, bei Nachweis einer Rehabilitationsbehandlung vgl. § 37 BetäubungsmittelG. Ferner kann in besonderen Fällen (insbesondere bei Auslandstaten, bei Delikten, die neben einer wegen einer anderen Tat verhängten oder zu erwartenden Strafe nicht ins Gewicht fallen, bei Auslieferung des Beschuldigten an eine ausländische Regierung oder Ausweisung sowie bei Nötigungs- oder Erpressungsopfern) nach §§ 153 c, 154, 154 b, 154 c StPO von einer Anklage abgesehen werden. Fallen einzelne Teile einer Tat oder einzelne von mehreren Gesetzesverletzungen für die zu erwartende Strafe oder neben der Verurteilung wegen einer anderen Straftat nicht beträchtlich ins Gewicht, so kann die StA die Strafverfolgung beschränken (§ 154 a StPO). Bei leichteren politischen Straftaten kann zur Vermeidung schwerer Nachteile für die BRep. von der Strafverfolgung abgesehen werden, ebenso, wenn überwiegende öffentliche Interessen entgegenstehen, oder bei tätiger Reue des Beschuldigten (§§ 153 d, 153 e StPO). Hinsichtlich des Absehens der Verfolgung von Straftaten nach dem Völkergesetzbuch vgl. § 153 f StPO.

Untersuchung und Entscheidung erstrecken sich nur auf die in der Klage bezeichnete Tat und auf die durch die Klage beschuldigten Personen. Die öffentliche Klage kann nach Eröffnung des Hauptverfahrens nicht zurückgenommen werden (§ 156 StPO). Im Sinne der StPO ist **Angeschuldigter** der Beschuldigte, gegen den die öffentliche Klage erhoben ist; **Angeklagter** ist der Beschuldigte oder Angeschuldigte, gegen den die Eröffnung des Hauptverfahrens beschlossen ist (§ 157 StPO).

281 | Strafanzeigen

Strafanzeigen können ebenso wie Anträge auf Strafverfolgung bei der Staatsanwaltschaft, den Behörden und Beamten des Polizeidienstes und den Amtsgerichten mündlich oder schriftlich angebracht werden. Die Staatsanwaltschaft hat, sobald sie durch eine Anzeige oder auf anderem Wege von dem Verdacht einer Straftat Kenntnis erlangt, den Sachverhalt zu ermitteln, um sich entschließen zu können, ob die öffentliche Klage zu erheben ist (§§ 158, 160 StPO).

Sind Anhaltspunkte dafür vorhanden, dass jemand eines nicht natürlichen Todes gestorben ist, oder wird der Leichnam eines Unbekannten gefunden, so sind die Polizei- und Gemeindebehörden zur sofortigen Anzeige an die StA oder das Amtsgericht verpflichtet. Zur Bestattung ist schriftliche Genehmigung der StA erforderlich (§ 159 StPO).

Die Nichtanzeige bestimmter geplanter Verbrechen (Angriffskrieg, Hoch- oder Landesverrat, Mord, Totschlag, Völkermord, Verbrechen gegen die Menschlichkeit, Geldfälschung, Raub, schwere Straftaten gegen die persönliche Freiheit, gemeingefährliche Verbrechen, Bildung oder Unterstützung terroristische Vereinigungen u. a.) ist strafbar, wenn jemand von der bevorstehenden Begehung glaubhaft erfahren hat (§ 138 StGB; Ausnahmen für Geistliche sowie bei einem Teil der Delikte für Angehörige, Ärzte, Psychotherapeuten, Rechtsanwälte, Verteidiger, wenn sie sich ernsthaft bemühen, die Tat zu verhindern, § 139 StGB).

Von der Strafanzeige, die von jedermann eingereicht werden kann, ist der **Strafantrag** zu unterscheiden, d. h. der Antrag des Verletzten auf Strafverfolgung. Er ist bei einer Reihe von Delikten Prozessvoraussetzung, insbes. i. d. R. bei Beleidigung, einfacher vorsätzlicher und fahrlässiger Körperverletzung, Sachbeschädigung usw. Der Strafantrag muss binnen 3 Mon. seit Kenntnis von Tat und Täter schriftlich oder zu Protokoll bei Gericht oder Staatsanwaltschaft oder bei der Polizei schriftlich angebracht werden (§§ 77 ff. StGB, § 158 Abs. 2 StPO).

282 | Das vorbereitende (Ermittlungs-)Verfahren

Die zur Erforschung des Sachverhalts berufene und verpflichtete Staatsanwaltschaft hat nicht nur die zur Belastung, sondern auch die zur Entlastung des Beschuldigten dienenden Umstände zu ermitteln und für die Erhebung der Beweise Sorge zu tragen, deren Verlust zu besorgen ist. Ihre Ermittlungen sollen sich auch auf die Umstände erstrecken, die für die Bestimmung der Rechtsfolgen der Tat (insbes. die Strafzumessung) von Bedeutung sind; hierzu kann sie die Gerichtshilfe heranziehen (§ 160 StPO). Die Staatsanwaltschaft kann von allen Behörden Auskunft verlangen und Ermittlungen selbst vornehmen oder durch die Polizei vornehmen lassen ➢ s. Nr. 170. Um richterliche Untersuchungshandlungen ist grds. das Amtsgericht zu ersuchen, in dessen Bezirk die Handlung vorzunehmen ist (§§ 161, 162 StPO).

Die Polizei, der i. d. R. der erste Zugriff obliegt, hat alle keinen Aufschub gestattenden Anordnungen zu treffen, um die Verdunkelung der Sache zu verhüten (§ 163 StPO). Beschlagnahme, Durchsuchung und vorläufige Festnahme sind ihr bei Gefahr im Verzug auch ohne richterliche Anordnung gestattet; der Haftbefehl ist dem Richter vorbehalten ➢ vgl. Nrn. 276–279.

Bei der Durchführung des vorbereitenden Verfahrens haben die Ermittlungsbehörden darauf zu achten, dass die grundgesetzlich gewährleisteten Rechte der Beteiligten nicht verletzt werden. Nach Art. 1 Abs. 1 GG, § 136 a StPO sind Misshandlungen, ermüdende Vernehmungen und Anwendung unlauterer oder verwerflicher Mittel verboten (z. B. Täuschung, Narkoanalyse oder Wahrheitsspritzen, durch die ein Geständnis erzielt werden soll).

Der Richter des AG kann bei Gefahr im Verzug die erforderlichen Untersuchungshandlungen auch ohne Antrag vornehmen, wenn ein Staatsanwalt nicht erreichbar ist (§ 165 StPO). Der Beschuldigte kann bei Vernehmung durch den Richter die Erhebung von Entlastungsbeweisen beantragen; der Richter muss diese Beweise, soweit er sie für erheblich erachtet, erheben, wenn ihr Verlust zu besorgen ist oder die Beweiserhebung die Freilassung des Beschuldigten begründen kann (§ 166 StPO).

Schon bei der ersten Vernehmung hat die Polizei dem Beschuldigten den Schuldvorwurf vorzuhalten und ihn darauf hinzuweisen, dass er sich hierzu nicht zu äußern brauche und jederzeit – auch schon vor der Vernehmung – einen selbstgewählten Verteidiger befragen könne. Richter und Staatsanwalt haben ihm darüber hinaus die in Betracht kommenden Strafvorschriften anzugeben (§§ 136, 163 a StPO). Auf Ladung muss der Beschuldigte vor der Staatsanwaltschaft erscheinen (aber nicht aussagen). Zeugen und Sachverständige sind zum Erscheinen und zur Aussage bzw. Gutachtenerstellung vor der Staatsanwaltschaft verpflichtet. Die Vernehmung eines Zeugen kann auf Bild-Ton-Träger (Videovernehmung) aufgezeichnet werden. Bei Gefahr eines schwerwiegenden Nachteils für das Wohl des Zeugen kann die Vernehmung durch den Richter auch getrennt von sonstigen Anwesenheitsberechtigten (Beschuldigter und sein Verteidiger) durchgeführt werden, wenn diese Vernehmung zeitlich in Bild und Ton übertragen wird (§§ 58 a, 168 e StPO). Gefährdete Zeugen können von Zeugenschutzdienststellen der Polizei betreut werden und im Rahmen des Zeugenschutzes auch eine vorübergehende Tarnidentität bekommen (Zeugenschutzgesetz i. d. F. der Bek. vom

11. 12. 2001, BGBl. I 3510) Die Staatsanwaltschaft kann gegen unentschuldigt nicht erscheinende Zeugen ggf. Zwangsmaßnahmen verhängen; die Anordnung von Haft und die eidliche Vernehmung sind dem Richter vorbehalten. Vgl. §§ 161 a, 163 a StPO. Für jeden Beschuldigten sind nicht mehr als drei Verteidiger zugelassen; andererseits darf kein Verteidiger gleichzeitig mehrere Beschuldigte vertreten (§§ 137, 146 StPO). Ein Verteidiger ist in einem besonderen Verfahren vor dem OLG auszuschließen, wenn er hinreichend verdächtig ist, an der Tat beteiligt zu sein oder den Verkehr mit dem inhaftierten Beschuldigten zu Straftaten oder zur Gefährdung der Sicherheit der Vollzugsanstalt (z. B. durch Einschmuggeln von Ausbruchswerkzeug) zu missbrauchen; ein erweitertes Ausschließungsrecht besteht in Staatsschutzsachen bei Gefährdung der Staatssicherheit und in Verfahren wegen Bildung oder Unterstützung einer terroristischen Vereinigung; vgl. §§ 138 a ff. StPO.

Bieten die Ermittlungen genügenden Anlass zur Erhebung der öffentlichen Klage, so reicht die StA beim zuständigen Gericht eine Anklageschrift ein, falls sie nicht bei leichteren Vergehen den Erlass eines Strafbefehls ➤ s. Nr. 290, beantragt. Die **Anklageschrift** muss die dem Angeschuldigten zur Last gelegte Tat unter Hervorhebung ihrer gesetzlichen Merkmale und des anzuwendenden Strafgesetzes (Anklagesatz), die Beweismittel und das angerufene Gericht bezeichnen und – ausgenommen Anklagen beim Einzelrichter des Amtsgerichts – auch die wesentlichen Ermittlungsergebnisse wiedergeben (§ 200 StPO). Erhebt die StA keine Anklage, so stellt sie das Verfahren ein. Hiervon setzt sie den Beschuldigten in Kenntnis, wenn er als solcher vernommen worden ist oder ein Haftbefehl gegen ihn erlassen war; ebenso wenn er um einen Bescheid gebeten hat oder wenn sein besonderes Interesse an der Bekanntgabe ersichtlich ist (§ 170 StPO). Auch der Antragsteller wird von der Einstellung des Verfahrens benachrichtigt; ist er zugleich der Verletzte, so ist er über die Möglichkeiten der Anfechtung (binnen 2 Wochen Beschwerde an GeneralStA, gegen Ablehnung binnen 1 Monat Antrag auf gerichtliche Entscheidung beim OLG; § 172 StPO) und die einzuhaltende Frist und Form – Unterzeichnung durch Rechtsanwalt – zu belehren (sog. Klageerzwingungsverfahren). Wer durch eine Strafverfolgungsmaßnahme (Inhaftierung, Beschlagnahme usw.) einen Vermögensschaden erlitten hat, kann bei Einstellung des Verfahrens nach Maßgabe des Gesetzes über die Entschädigung für Strafverfolgungsmaßnahmen von der Staatskasse Entschädigung verlangen, bei Freiheitsentziehung auch für den immateriellen Schaden ➤ s. dazu im Einzelnen Nr. 287.

283 | Eröffnung des Hauptverfahrens

Prozessvoraussetzung für die Hauptverhandlung ist ein gerichtlicher **Eröffnungsbeschluss**. Das Gericht beschließt die Eröffnung des Hauptverfahrens, wenn der Angeschuldigte einer Straftat hinreichend verdächtig ist, d. h. wenn die Feststellung der ihm zur Last gelegten Tat wahrscheinlich ist und seine Verurteilung rechtlich begründen würde. Das Landgericht kann das Hauptverfahren vor den erkennenden Gerichten jeder Ordnung (außer OLG) eröffnen, also vor dem Strafrichter oder dem Schöffengericht beim Amtsgericht oder einer großen Strafkammer (§ 209 StPO).

Hierdurch soll ein (negativer) Kompetenzkonflikt zwischen mehreren Gerichten vermieden werden. Im Eröffnungsbeschluss lässt das Gericht die Anklage zur Hauptverhandlung zu und bezeichnet wie die Anklageschrift ➤ s. Nr. 282, die dem Angeschuldigten zur Last gelegte Tat, ihre gesetzlichen Merkmale, das anzuwendende Strafgesetz und das Gericht, vor dem die Hauptverhandlung stattfinden soll (§ 207 StPO). Der Eröffnungsbeschluss kann vom Angeklagten nicht, die Ablehnung der Eröffnung kann von der Staatsanwaltschaft mit sofortiger Beschwerde angefochten werden (§ 210 StPO). Der Eröffnungsbeschluss begründet die Rechtshängigkeit vor dem Gericht und ist dem Angeklagten spätestens mit der Ladung zur Hauptverhandlung ➢ s. Nr. 284, zuzustellen.

284 | Die Hauptverhandlung (§§ 226–275 StPO)

Die Hauptverhandlung im Strafprozess ist die mündliche Verhandlung vor dem erkennenden Gericht. Sie bildet den Schwerpunkt des Verfahrens.

a) Maßgebende Grundsätze der Hauptverhandlung

- Mündlichkeit, d.h. Urteilsgrundlage ist nur das in der mündlichen Verhandlung dem Gericht Vorgetragene;
- Unmittelbarkeit, d.h. das Urteil darf sich nur auf den unmittelbaren Eindruck des Gerichts von dem Angeklagten, den Zeugen und anderen Beweismitteln gründen;
- Öffentlichkeit (Ausschluss nur aus besonderen gesetzlichen Gründen; vgl. §§ 169ff. GVG) ➢ s. Nr. 222, 295;
- Kontinuität und Konzentration der Hauptverhandlung, die ein zusammenhängendes Ganzes bildet (§§ 226, 229 StPO).

b) Ablauf der Hauptverhandlung

Der Vorsitzende des Gerichts bestimmt nach Eröffnung des Hauptverfahrens den Termin zur Hauptverhandlung. Der Angeklagte, der Verteidiger, die Zeugen und Sachverständigen werden durch die Geschäftsstelle des Gerichts geladen. Zwischen der Zustellung der Ladung an den Angeklagten und dem Tag der Hauptverhandlung muss eine Einlassungsfrist von mindestens 1 Woche liegen; andernfalls kann der Angeklagte bis zum Beginn seiner Vernehmung zur Sache Aussetzung der Verhandlung verlangen. Der Angeklagte kann die Ladung von Zeugen und Sachverständigen beantragen oder sie selbst laden. Zeugen werden nur dann durch einen ersuchten oder beauftragten Richter vernommen, wenn ihrem Erscheinen in der Hauptverhandlung besondere Hindernisse entgegenstehen (§§ 213–225 StPO).

Die Hauptverhandlung beginnt mit dem Aufruf der Sache. Der Vorsitzende stellt sodann fest, ob der Angeklagte und der Verteidiger sowie die geladenen Zeugen und Sachverständigen anwesend sowie die Beweismittel herbeigeschafft sind. Die Zeugen werden dann in der Praxis gemeinsam über ihre Wahrheits- und Beeidungspflicht belehrt (§ 57 StPO). Die Zeugen verlassen sodann den Sitzungssaal. Daraufhin vernimmt der Vorsitzende den Angeklagten über seine persönlichen Verhältnisse. Sodann verliest der Staatsanwalt den Anklagesatz. Der Angeklagte wird darauf hingewiesen, dass es ihm freisteht, ob er sich zur Sache äußert. Ist er zur Äußerung bereit, wird er vernommen. Danach folgt die Beweisaufnahme (Vernehmung von Zeugen, Sachverständigen, Augenscheinseinnahmen, Verlesung von Urkunden usw.). In bestimmten Fällen ist zum Schutze des Zeugen eine Vernehmung mittels Videoübertragung möglich (§ 247a StPO). In Verfahren wegen Straftaten gegen die sexuelle Selbstbestimmung, gegen das Leben, wegen Misshandlung von Schutzbefohlenen oder wegen Straftaten gegen die persönliche Freiheit kann bei Zeugen, die noch nicht sechzehn Jahre alt sind, die Vernehmung in der Hauptverhandlung durch die Vorführung einer mittels Video aufgezeichneten früheren richterlichen Vernehmung ersetzt werden (§ 255 a StPO). Die Ablehnung eines Beweisantrages bedarf eines Gerichtsbeschlusses (§§ 243, 244–257 StPO). An die Beweisaufnahme schließt sich der Vortrag (Plädoyer) der StA und des Verteidigers an (Sachvortrag und Anträge). Alsdann erhält der Angeklagte das letzte Wort. Nach geheimer Beratung verkündet der Vorsitzende den Urteilsspruch, der auf Freispruch, Verurteilung, Anordnung einer Maßregel der Besserung und Sicherung oder Einstellung des Verfahrens lauten kann, öffentlich unter Mitteilung der wesentlichen Urteilsgründe und mit einer Rechtsmittelbelehrung (§§ 258–260 StPO).

Die Hauptverhandlung findet in ununterbrochener Anwesenheit der Richter, der StA – ggf. auch eines notwendigen Verteidigers (§ 140 StPO) – und eines Urkundsbeamten statt. Die Richter dürfen in der Hauptverhandlung nicht wechseln.

Die Besetzung der Richterbank ist beim LG und OLG spätestens zu Beginn der Hauptverhandlung bekanntzugeben; der Einwand vorschriftswidriger Besetzung kann dann nur noch bis zum Beginn der Vernehmung des ersten Angeklagten zur Sache erhoben werden. Der Angeklagte darf sich aus der Verhandlung nicht entfernen; ggf. kann ohne ihn verhandelt werden, ebenso wenn er vorsätzlich seine Verhandlungsunfähigkeit herbeigeführt oder seinen Ausschluss veranlasst hat. In Verhandlungen gegen mehrere Angeklagte kann das Gericht einzelnen von ihnen und ihren (notwendigen) Verteidigern gestatten, sich während der sie nicht betreffenden Teile zu entfernen.

Gegen einen ausgebliebenen, nicht genügend entschuldigten Angeklagten kann Haft- oder Vorführungsbefehl ergehen. Ohne den Angeklagten findet eine Hauptverhandlung nur statt, wenn nur Geldstrafe bis zu 180 Tagessätzen, Verwarnung mit Strafvorbehalt, Fahrverbot, Einziehung und ähnliche Maßnahmen, allein oder nebeneinander, und keine Maßregel der Besserung und Sicherung – ausgenommen Entziehung der Fahrerlaubnis – zu erwarten ist; der Angeklagte ist in der Ladung hierauf hinzuweisen. War der Angeklagte durch unabwendbaren Zufall am Erscheinen verhindert oder hatte er keine Kenntnis von der Ladung erhalten, so kann er Wiedereinsetzung in den vorigen Stand mit erneuter Hauptverhandlung verlangen. Eine Entbindung vom Erscheinen ist auf Antrag zulässig, wenn keine Maßregel der Besserung und Sicherung (außer Entziehung der Fahrerlaubnis) und höchstens Freiheitsstrafe bis zu 6 Monaten, Geldstrafe bis zu 180 Tagessätzen, Verwarnung mit Strafvorbehalt, Fahrverbot, Einziehung usw., allein oder nebeneinander, zu erwarten ist. Soweit ohne den Angeklagten verhandelt werden kann, darf er sich durch einen schriftlich bevollmächtigten Verteidiger vertreten lassen (§§ 230 ff. StPO). Über den Ausschluss des Verteidigers ➤ s. Nr. 282.

Über die Kostenentscheidung ➤ vgl. Nr. 293, über die Entschädigung der Zeugen und Sachverständigen ➤ s. Nr. 204.

285 | Beschleunigtes (Schnell-)Verfahren

Im Verfahren vor dem Strafrichter und dem Schöffengericht stellt die Staatsanwaltschaft schriftlich oder mündlich den Antrag auf Entscheidung im beschleunigten Verfahren, wenn die Sache auf Grund des einfachen Sachverhalts oder der klaren Beweislage zur sofortigen Verhandlung geeignet ist (§ 417 StPO). Die Hauptverhandlung wird dann sofort durchgeführt oder mit kürzester Frist anberaumt, ohne dass es einer Anklageschrift und eines Eröffnungsbeschlusses bedarf (§ 418 StPO).

Die Anklage kann bei Beginn der Hauptverhandlung mündlich erhoben werden; der wesentliche Inhalt wird dann in das Sitzungsprotokoll aufgenommen. Die Hauptverhandlung wird kurzfristig anberaumt; zwischen Ladung des Beschuldigten und Hauptverhandlung brauchen nur 24 Stunden zu liegen (abgekürzte Ladungsfrist). Dem Antrag der StA wird vom Strafrichter oder Schöffengericht entsprochen, wenn sich die Sache für ein beschleunigtes Verfahren eignet. Im beschleunigten Verfahren darf nämlich auf mehr als 1 Jahr Freiheitsstrafe oder auf eine Maßregel der Besserung und Sicherung – ausgenommen Entziehung der Fahrerlaubnis – nicht erkannt werden. Die Ablehnung ist noch in der Hauptverhandlung möglich; sie ist nicht anfechtbar. Ist eine Freiheitsstrafe von mindestens 6 Monaten zu erwarten, so ist dem Beschuldigten ein Pflichtverteidiger zu bestellen (§ 418 Abs. 4). Für das beschleunigte Verfahren gelten Verfahrenserleichterungen (erleichterte Verlesbarkeit von Urkunden, Bestimmung des Umfanges der Beweisaufnahme durch den Strafrichter, § 420 StPO).

286 | Rechtsmittel im Strafprozess

Die Rechtsmittel im Strafprozess können vom Angeklagten, von seinem gesetzlichen Vertreter oder von seinem Verteidiger (von diesem nicht gegen den ausdrücklichen Willen des Angeklagten) sowie von der Staatsanwaltschaft eingelegt werden (§§ 296 ff. StPO). Rechtsmittel sind Beschwerde, Berufung und Revision.

Überblick über die Rechtsmittel gegen Urteile in Strafsachen

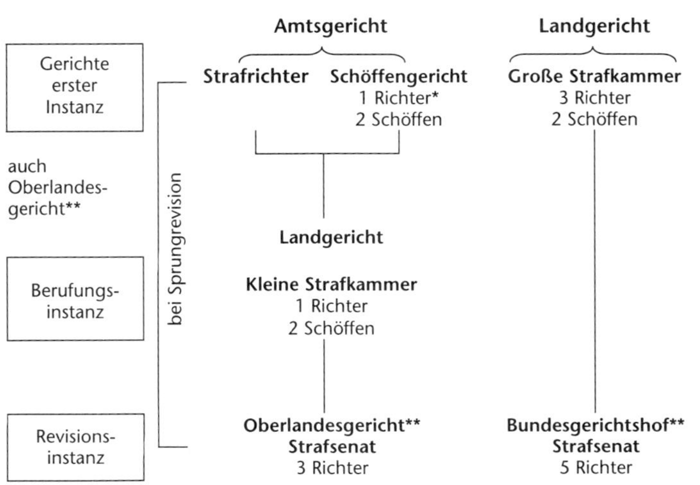

* Auf Antrag der Staatsanwaltschaft kann bei umfangreichen Sachen ein zweiter Richter zur Hauptverhandlung zugezogen werden („Großes Schöffengericht") ➢ vgl. Nr. 274.

** Die OLGe (5 Richter), in deren Bezirk eine LdReg. ihren Sitz hat, sind außerdem in Strafsachen wegen Friedens-, Hoch-, Landesverrats, Völkermordes usw. in erster Instanz zuständig: gegen ihr Urteil ist Revision an den BGH gegeben ➢ vgl. Nrn. 274, 214, 215).

Kennzeichen der Rechtsmittel sind:
- der sog. Suspensiveffekt, d. h. die Hemmung der Rechtskraft bis zur Entscheidung des Rechtsmittelgerichts, und
- der Devolutiveffekt, d. h. der Übergang der Entscheidungsbefugnis auf die höhere Instanz.

Die **Berufung** ist gegen die Urteile des Strafrichters und des Schöffengerichts zulässig (§ 312 StPO). In bestimmten Fällen (u. a. wenn der Angeklagte zu einer Geldstrafe von nicht mehr als 15 Tagessätzen verurteilt worden ist, oder wenn der Angeklagte freigesprochen worden ist und die StA eine Geldstrafe von nicht mehr als 30 Tagessätzen beantragt hatte) ist gem. § 313 StPO die Berufung nur zulässig, wenn sie angenommen wird (Annahmeberufung). Über die Annahme der Berufung entscheidet das Berufungsgericht (§ 322 a StPO); die Berufung wird angenommen, wenn sie nicht offensichtlich unbegründet ist (§ 313 Abs. 2 Satz 1 StPO). Die **Revision** ist zulässig gegen die Urteile der Strafkammern und der Schwurgerichte sowie gegen die im ersten Rechtszug ergangenen Urteile der Oberlandesgerichte (§ 333 StPO). Ein Urteil, gegen das Berufung zulässig ist, kann statt mit der Berufung mit Revision angefochten werden (sog. Sprungrevision, § 335 StPO).

Während die Berufung eine Nachprüfung auch nach der tatsächlichen Seite herbeiführt, kann die Revision nur darauf gestützt werden, dass das Urteil auf einer Gesetzesverletzung beruhe (§ 337 StPO). Das angefochtene Urteil darf in Art und Höhe der Strafe und der sonstigen Rechtsfolgen der Tat – ausgenommen Unterbringung in einem psychiatrischen Krankenhaus oder einer Entziehungsanstalt ➤ s. Nr. 384 d) – nicht zum Nachteil des Angeklagten geändert werden, wenn das Rechtsmittel lediglich zu seinen Gunsten eingelegt worden ist (§ 331 StPO; sog. Verbot der reformatio in peius).

Die **Beschwerde** ist gegen Gerichtsbeschlüsse der Ersten und der Berufungsinstanz, gegen Verfügungen des Vorsitzenden, des Richters im Vorverfahren (mit Einschränkungen beim Ermittlungsrichter des BGH, ➤ s. Nr. 282, sowie des beauftragten oder ersuchten Richters gegeben, wenn nicht das Gesetz die Entscheidung für unanfechtbar erklärt. Gegen Beschlüsse oder Verfügungen eines OLG (Ausnahmen für erstinstanzliche Sachen) oder des BGH findet keine Beschwerde statt (§ 304 StPO). Weitere Beschwerde ist nur in Haftsachen zulässig (§ 310 StPO). Die **einfache Beschwerde** ist an keine Frist gebunden; sieht das Gesetz ausdrücklich eine **sofortige Beschwerde** vor, so ist diese binnen einer Woche seit Bekanntgabe der angefochtenen Entscheidung beim entscheidenden oder beim Beschwerdegericht einzulegen (§ 311 StPO).

287 | Wiederaufnahme des Verfahrens (§§ 359–373 a StPO)

Im Gegensatz zum Wiederaufnahmeverfahren der ZPO ➤ vgl. 244, gibt es im Strafprozess keine Nichtigkeitsklage wegen Verfahrensmängeln. Diese können nur mit den ordentlichen Rechtsmitteln, aber nicht mehr nach Rechtskraft des Strafurteils geltend gemacht werden. Dagegen ist ein Restitutionsantrag (Antrag auf Wiederaufnahme des Verfahrens) zugunsten oder zuungunsten eines Verurteilten (Angeklagten) zulässig, wenn sich das rechtskräftige Strafurteil auf eine falsche Urkunde, ein falsches Zeugnis oder Gutachten gründet oder ein Richter oder Schöffe sich einer strafbaren Pflichtverletzung schuldig gemacht hat (§§ 359, 362 StPO). Die Wiederaufnahme eines durch rechtskräftiges Urteil abgeschlossenen Strafverfahrens zugunsten des Verurteilten findet auch statt, wenn ein zugrunde gelegtes Zivilurteil durch ein anderes rechtskräftiges Urteil aufgehoben ist, ferner, wenn neue Tatsachen oder Beweismittel beigebracht sind, die allein oder in Verbindung mit den früher erhobenen Beweisen die Freisprechung des Angeklagten oder in Anwendung eines milderen Strafgesetzes eine geringere Bestrafung oder eine wesentlich andere Entscheidung über eine Maßregel der Besserung und Sicherung zu begründen geeignet sind sowie dann, wenn der Europäische Gerichtshof für Menschenrechte eine Verletzung der Menschenrechtskonvention festgestellt hat und das Urteil auf dieser Verletzung beruht (§ 359 StPO). Zuungunsten des Verurteilten ist die Wiederaufnahme des Verfahrens – abgesehen von den bereits genannten Fällen – auch zulässig, wenn der Freigesprochene vor Gericht oder außergerichtlich ein glaubwürdiges Geständnis ablegt (§ 362 StPO).

Keine Wiederaufnahme, um eine andere Strafzumessung innerhalb desselben Strafgesetzes oder eine Strafmilderung wegen verminderter Schuldfähigkeit herbeizuführen (§ 363 StPO).

Über den Antrag entscheidet ein anderes Gericht (gleicher Ordnung) als dasjenige, das in der Sache entschieden hat (§ 140a GVG). Dem Verurteilten wird auf Antrag bei schwieriger Sach- oder Rechtslage ein Verteidiger bestellt; das gilt schon für die Vorbereitung der Wiederaufnahme, wenn tatsächliche Anhaltspunkte dafür vorliegen, dass bestimmte Beweiserhebungen einen Wiederaufnahmeantrag begründen können, und wenn der Antragsteller mittellos ist (§§ 364a, b StPO). Zunächst wird im **Zulassungsverfahren** entschieden, ob ein gesetzlicher Wiederaufnahmegrund geltend gemacht und unter Beweis gestellt wird (§§ 367, 368 StPO). Nach Zulassung der Wiederaufnahme wird in einer Hauptverhandlung erneut durch Urteil entschieden; ausnahmsweise ist Freisprechung ohne Hauptverhandlung zulässig (§§ 370ff. StPO). Die Vollstreckung des Urteils wird durch den Wiederaufnahmeantrag nicht gehemmt; doch kann das Gericht Aufschub oder Unterbrechung anordnen (§ 360 StPO). Eine Wiederaufnahme des Verfahrens kann auch noch nach Strafvollstreckung und auch nach dem Tode des Verurteilten durchgeführt werden (§ 361 StPO).

Wird eine Verurteilung im Wiederaufnahmeverfahren aufgehoben oder gemildert, so kann der Verurteilte von der Staatskasse nach Maßgabe des Gesetzes über die Entschädigung für Strafverfolgungsmaßnahmen (StrEG) i. d. F. der Bek. vom 8. 3. 1971 (BGBl. I 157). Entschädigung für den ihm durch die Verurteilung entstandenen Vermögensschaden, bei Freiheitsentziehung auch für immateriellen Schaden verlangen; Ausschluss- und Versagungsgründe, z. B. wegen eigener schuldhafter Verursachung, nach §§ 5, 6. Feststellung der Entschädigungspflicht durch das Gericht (§ 8); über Fristen zur Anmeldung des Anspruchs vgl. §§ 10, 12, über Klagefrist bei Ablehnung § 13. Die Höhe der Entschädigung für den immateriellen Schaden beträgt pro zu Unrecht erlittenem Hafttag elf Euro. S. ferner Art. 5 Abs. 5 der Menschenrechtskonvention.

Über die Beseitigung nationalsozialistischer Unrechtsurteile s. Gesetz vom 25. 8. 1998 zur Aufhebung nationalsozialistischer Unrechtsurteile in der Strafrechts-Pflege und von Sterilisationsentscheidungen der ehemaligen Erbgesundheitsgerichte (BGBl. I 2501).

Zur Rehabilitierung von Personen, die in der ehemaligen DDR entgegen verfassungsmäßig garantierten Grund- und Menschenrechten strafrechtlich verurteilt worden sind, s. das strafrechtliche Rehabilitierungsgesetz, ➢ vgl. Nr. 271.

288 | Beteiligung des Verletzten am Verfahren

Die Beteiligung des Verletzten am Verfahren sieht die StPO in Form der **Privatklage**, der **Nebenklage** und der zivil-rechtlichen Entschädigung des Verletzten (sog. **Adhäsionsverfahren**) vor.

a) Privatklage (§§ 374–394 StPO)

Bei Beleidigung, leichteren Fällen von Körperverletzung, Hausfriedensbruch, Bedrohung, Sachbeschädigung, Verletzung des Briefgeheimnisses, einer Bestechung oder Bestechlichkeit im gewerblichen Verkehr oder von Urheber- oder gewerblichen Schutzrechten ➤ s. Nr. 466 ff. und unlauterem Wettbewerb ➤ s. Nr. 463, erhebt der StA eine Anklage nur, wenn dies im öffentlichen Interesse liegt (§ 376 StPO). Da dies nur selten der Fall ist, der Verletzte aber ein Interesse an der strafrechtlichen Ahndung haben kann, gestattet ihm die StPO, mit **Privatklage** die Zuwiderhandlung zur Bestrafung zu bringen. Bei den meisten Privatklagedelikten (außer unlauterem Wettbewerb, Urheberrechtsverletzung usw.) muss der Klage ein Sühneversuch vor einer durch die Landesjustizverwaltung zu bezeichnenden Vergleichsbehörde vorhergehen (§ 380 StPO). In den Ländern sind Rechtsvorschriften über das Sühneverfahren in Privatklagesachen ergangen (Zusammenstellung bei Schönfelder, Deutsche Gesetze, Anm. 2 zu § 380 StPO).

Die Klage wird durch Einreichung einer Anklageschrift oder zu Protokoll der Geschäftsstelle erhoben (§ 381 StPO); die Bescheinigung über den erfolglosen Sühneversuch ist mit der Klage einzureichen (§ 380 Abs. 1 Satz 3 StPO). Das Gericht teilt dem Beschuldigten die Klageschrift unter Fristsetzung für eine Erklärung mit. Nach deren Eingang entscheidet es, ob das Hauptverfahren zu eröffnen oder die Klage zurückzuweisen ist (§§ 382, 383 StPO). Es kann das Verfahren wegen geringer Tatschuld einstellen, wogegen sofortige Beschwerde zulässig ist (§ 383 Abs. 2 StPO). Im Verfahren nimmt der Privatkläger im Wesentlichen die Stellung des StA ein. Der Angeklagte kann sich durch einen Rechtsanwalt vertreten lassen, muss aber auf Anordnung des Gerichts persönlich erscheinen. Er kann auch Widerklage erheben (§§ 387, 388 StPO). Die Privatklage kann bis zum rechtskräftigen Abschluss des Verfahrens zurückgenommen werden (nach Vernehmung des Angeklagten zur Sache in der erstinstanzlichen Hauptverhandlung aber nur mit seiner Zustimmung); sie kann dann nicht von neuem eingereicht werden (§§ 391, 392 StPO). Beim Tod des Privatklägers wird das Verfahren eingestellt; doch können Personen, die neben dem Verletzten klageberechtigt waren (z. B. der gesetzliche Vertreter), die Privatklage binnen 2 Monaten fortsetzen (§ 393 StPO). Der Privatkläger hat einen Kostenvorschuss an das Gericht zu leisten (§§ 379, 379 a StPO), sofern ihm nicht Prozesskostenhilfe gewährt wird. Bei Verurteilung hat der Beschuldigte die Kosten zu tragen.

b) Nebenklage (§§ 395–402 StPO)

Während die Privatklage an die Stelle der öffentlichen Klage tritt, ermöglicht die **Nebenklage** dem Verletzten, sich einer vom StA erhobenen öffentlichen Klage anzuschließen. Zur Nebenklage sind vor allem diejenigen Verletzten einer Straftat berechtigt, die durch schwerwiegende, im Einzelnen im Gesetz aufgeführte Straftaten gegen persönliche Rechtsgüter (z. B. Opfer von Sittlichkeitsdelikten, Beleidigungen, Körperverletzungen, Mord- oder Totschlagsversuch) betroffen sind und die Eltern, Kinder, Geschwister, Ehegatten und Lebenspartner eines durch rechtswidrige Tat Getöteten (§ 395 StPO). Ferner ist nebenklageberechtigt, wer durch einen Antrag auf gerichtliche Entscheidung nach § 17 StPO die Erhebung der öffentlichen Klage herbeigeführt hat ➤ s. Nr. 282.

Über die Zulassung als Nebenkläger entscheidet das Gericht, bei dem die öffentliche Klage erhoben worden ist. Nach Zulassung hat der Nebenkläger einzelne eigene Verfahrensrechte (§ 397 StPO). Insbes. bei Sexualstraftaten kann dem Nebenkläger auf Antrag vom Gericht ein Rechtsanwalt als Beistand bestellt werden (sog. Opferanwalt, § 397 a StPO). Er kann unabhängig vom StA Rechtsmittel einlegen (§ 401 StPO), wobei die Einschränkungen des § 400 StPO im Hinblick auf den Umfang des Rechtsmittels zu beachten sind.

c) Adhäsionsverfahren (§§ 403–406 c StPO)

Schließlich kann der durch eine Straftat Verletzte oder sein Erbe im Strafverfahren **vermögensrechtliche Ansprüche** gegen den Angeklagten wegen der Straftat geltend machen. Der Antrag kann schriftlich oder zu Protokoll der Geschäftsstelle, in der Hauptverhandlung auch mündlich, gestellt werden (§§ 403, 404 StPO). Das Gericht kann aber von der zivilrechtlichen Entscheidung absehen, wenn der Antrag sich zur Verhandlung im Strafverfahren nicht eignet. Anderenfalls entscheidet es über ihn im Strafurteil, das insoweit die Wirkung eines Zivilurteils hat (§§ 405, 406 StPO).

289 | Besondere Arten des Strafverfahrens

Als solche sieht die StPO (§§ 407 ff.) vor:

- das Verfahren bei Strafbefehlen ➢ vgl. Nr. 290;
- das Sicherungsverfahren ➢ s. unten;
- das Verfahren bei Einziehungen und Vermögensbeschlagnahmen ➢ vgl. Nr. 291 und
- das Verfahren bei Festsetzung von Geldbuße gegen juristische Personen (§ 444 StPO).

Im **Sicherungsverfahren** (§§ 413–416 StPO) können gegen einen Straftäter, gegen den das Strafverfahren wegen Schuld- oder Verhandlungsunfähigkeit nicht durchgeführt werden kann, im sog. objektiven Verfahren Maßregeln der Besserung und Sicherung gemäß § 71 Abs. 1, 2 StGB selbstständig angeordnet werden. Der StA stellt (statt Anklage) einen entsprechenden Antrag, über den in der Hauptverhandlung auch in Abwesenheit des Beschuldigten verhandelt werden kann, wenn sein Zustand oder Sicherheitsgründe seinem Erscheinen vor Gericht entgegenstehen; er ist dann vorher durch einen beauftragten Richter unter Zuziehung eines Sachverständigen zu vernehmen.

290 | Der richterliche Strafbefehl

Der richterliche Strafbefehl ist als besondere Art des Verfahrens in den §§ 407–412 StPO zugelassen. Die Staatsanwaltschaft kann bei leichteren Vergehen, statt öffentliche Klage zu erheben, beim Amtsgericht den Erlass eines (schriftlichen) Strafbefehls beantragen. Durch Strafbefehl dürfen nur Geldstrafe (gegen juristische Personen oder Personenvereinigungen nur Geldbuße), Verwarnung mit Strafvorbehalt, Fahrverbot, Verfall, Einziehung, Vernichtung, Unbrauchbarmachung, Bekanntgabe der Verurteilung oder Entziehung der Fahrerlaubnis mit Sperre bis zu zwei Jahren festgesetzt werden. Hat der Angeschuldigte einen Verteidiger, so kann mit Strafbefehl auch Freiheitsstrafe bis zu einem Jahr festgesetzt werden, wenn deren Vollstreckung zur Bewährung ausgesetzt wird.

Erachtet der Richter den Angeschuldigten nicht für hinreichend verdächtig, so lehnt er den Erlass eines Strafbefehls ab (§ 408 Abs. 2 Satz 1 StPO). Bei sonstigen Bedenken gegen den Antrag der StA ordnet der Richter des AG Hauptverhandlung an. Erlässt er den Strafbefehl, muss dieser die Straftat, das angewendete Gesetz, die Beweismittel und die festgesetzte Strafe und sonstigen Rechtsfolgen angeben und auf die Möglichkeit hinweisen, binnen zwei Wochen seit Zustellung beim Amtsgericht schriftlich oder zu Protokoll der Geschäftsstelle Einspruch einzulegen.

Wird nicht rechtzeitig Einspruch eingelegt, so wird der Strafbefehl rechtskräftig und ist wie ein Urteil vollstreckbar. Wird rechtzeitig Einspruch eingelegt, so wird die Hauptverhandlung anberaumt, in der sich der Angeklagte durch einen mit schriftlicher Vollmacht versehenen Verteidiger vertreten lassen kann. Beim Urteil ist das Gericht an den Schuld- und Strafausspruch des Strafbefehls nicht gebunden. Erscheint unentschuldigt weder der Angeklagte noch ein Vertreter, wird der Einspruch durch Urteil ohne Beweisaufnahme verworfen.

291 | Einziehung, Vermögensbeschlagnahme

Nach §§ 74 ff. StGB können Gegenstände, die durch eine vorsätzlich begangene Straftat hervorgebracht (producta sceleris, z. B. gefälschte Urkunden) oder zur Begehung eines solchen Deliktes gebraucht oder bestimmt sind (instrumenta sceleris, z. B. Schusswaffen), eingezogen werden. Weitere Voraussetzung ist grundsätzlich, dass der Gegenstand im Eigentum eines Tatbeteiligten steht oder dass von ihm eine Gefahr für die Allgemeinheit ausgeht (z. B. Sprengstoff) oder dass die Gefahr der Benutzung zu weiteren Straftaten gegeben ist (z. B. Einbruchswerkzeug). Eigentum eines Dritten unterliegt der Einziehung sonst nur, wenn er es in Kenntnis des Einziehungsgrundes in verwerflicher Weise erworben oder mindestens leichtfertig dazu beigetragen hat, dass der Gegenstand (z. B. Kraftwagen) zur Tatbegehung benutzt worden ist.

Die Einziehung ist im Urteil auszusprechen. Sie unterbleibt nach dem Grundsatz der Verhältnismäßigkeit, wenn sie zur Bedeutung der Tat und des Tatvorwurfs oder zu der zu erwartenden Strafe oder zum erforderlichen Verfolgungsaufwand in keinem angemessenen Verhältnis stehen würde (§ 74 b StGB, § 430 StPO).

Dritte, denen der Einziehungsgegenstand gehört oder die ein Recht an ihm haben (z. B. Pfandrecht), sind zum Verfahren zuzuziehen und zu hören (Einziehungsbeteiligte); sie sind zur Hauptverhandlung zu laden und können selbstständig Rechtsmittel einlegen (§§ 431 ff. StPO). Ist die Verfolgung oder Verurteilung einer bestimmten Person nicht ausführbar, so kann die Einziehung in einem selbstständigen Einziehungsverfahren ausgesprochen werden (§ 76 a StGB, §§ 440 ff. StPO). Der Antrag ist seitens der StA oder des Privatklägers bei dem für den Fall der Verfolgung einer bestimmten Person zuständigen Gericht zu stellen. Das Gericht entscheidet grundsätzlich durch Beschluss, gegen den sofortige Beschwerde zulässig ist; nur auf Antrag eines Beteiligten oder auf Anordnung des Gerichts wird nach Hauptverhandlung durch Urteil entschieden, das den üblichen Rechtsmitteln ➤ Nr. 286, unterliegt.

Nach § 443 StPO kann bei Hoch- oder Landesverrat , bei Bildung bzw. Mitgliedschaft in einer kriminellen oder terroristischen Vereinigung, bei bestimmten Straftaten mit waffenrechtlichem oder außenwirtschaftsrechtlichem Hintergrund und bei einigen Betäubungsmittelstraftaten das in der BRep. befindliche Vermögen eines Beschuldigten, gegen den die öffentliche Klage erhoben oder Haftbefehl erlassen ist, durch den Richter (vom StA bei Gefahr im Verzug und nur vorläufig) beschlagnahmt werden.

292 | Strafvollstreckung. Strafvollzug

a) Strafvollstreckung

Strafvollstreckung ist jede Maßnahme, die der Ausführung eines rechtskräftigen verurteilenden Straferkenntnisses dient, so die Einforderung und Beitreibung einer Geldstrafe, die Ladung zum Strafantritt und der Strafvollzug bei freiheitentziehenden Strafen und Maßregeln der Besserung und Sicherung (s. u. b). Die Strafvollstreckung ist in den §§ 449–463 d StPO behandelt. Eine Strafe wird nur auf Grund eines rechtskräftigen Urteils (od. Strafbefehls) vollstreckt; es gibt keine vorläufige Vollstreckbarkeit wie im Zivilprozess. **Vollstreckungsbehörde** ist die Staatsanwaltschaft, in Jugendsachen der Jugendrichter.

Maßgebend für die Durchführung der Strafvollstreckung ist die **Strafvollstreckungsordnung** i. d. F. der Bek. vom 1. 4. 2002 (BAnz. Nr. 87, 9157). Über Entschädigung wegen unschuldig erlittener Strafhaft ➢ s. Nrn. 279, 287.

Das **Begnadigungsrecht** steht in Sachen, in denen im ersten Rechtszug Gerichtsbarkeit des Bundes ausgeübt wird, dem Bund, sonst den Ländern zu (§ 452 StPO). Es wird vom BPräs. und je nach Bestimmung der Landesverfassung von der Regierung, dem MinPräs. oder dem JustMin. ausgeübt, in beschränktem Umfang auch vom General- oder Oberstaatsanwalt (z. B. bedingte Strafaussetzung bei kürzeren Freiheitsstrafen).

Über **Strafaussetzung zur Bewährung** (die keine Gnadenmaßnahme, sondern eine Modifikation der Verurteilung ist) entscheidet i. d. R. das erkennende Gericht zugleich mit dem Urteil. Es setzt nach § 56 StGB die Vollstreckung einer Freiheitsstrafe von nicht mehr als 1 Jahr – ausnahmsweise bis 2 Jahre – aus, wenn zu erwarten ist, dass der Verurteilte sich schon die Verurteilung zur Warnung dienen lassen und nicht mehr straffällig werden wird. Bei mindestens 6 Monaten Freiheitsstrafe wird nicht ausgesetzt, wenn die Verteidigung der Rechtsordnung die Vollstreckung gebietet. Die Bewährungszeit beträgt mindestens 2 und höchstens 5 Jahre (§ 56 a StGB). Gewährt das Gericht die Strafaussetzung, so können für die Dauer der Bewährungszeit Auflagen und Weisungen erteilt werden (z. B. Wiedergutmachung eines Schadens, Meldepflichten usw.). Auch kann der Verurteilte der Aufsicht eines vom Gericht zu bestellenden Bewährungshelfers unterstellt werden. Die Rechtsstellung der hauptamtlichen Bewährungshelfer ist durch Gesetze der Länder geregelt. Sie sind i. d. R. Beamte und für einen oder mehrere Gerichtsbezirke bestellt. Dagegen werden die ehrenamtlichen Bewährungshelfer stets besonders vom Gericht bestellt. Bei Durchführung ihrer Aufgaben im Einzelfall unterliegen die Bewährungshelfer nur den Weisungen des Richters. Nach einwandfreiem Ablauf der Bewährungszeit wird die Strafe erlassen; andernfalls widerruft das Gericht die Strafaussetzung.

Eine **vorzeitige Entlassung** kann vom Gericht durch Aussetzung des Restes einer zeitigen Freiheitsstrafe nach Verbüßung von zwei Dritteln (mindestens jedoch von 2 Monaten) – ausnahmsweise nach Verbüßung der Hälfte und von mindestens 6 Monaten – verfügt werden, wenn der Verurteilte einwilligt und unter Berücksichtigung des Sicherheitsinteresses der Allgemeinheit der Versuch verantwortet werden kann, ob er sich straffrei führen wird (§ 57 StGB) bei Sexualstraftaten ist vor der Aussetzung des Strafrests einer mehr als zweijährigen Freiheitsstrafe zur Bewährung, ein Sachverständigengutachten zur Gefährlichkeit des Täters einzuholen (§ 454 Abs. 2 Satz 1 Nr. 2 StPO). Die bedingte Aussetzung ist auch bei lebenslanger Freiheitsstrafe nach Strafverbüßung von 15 Jahren unter sonst gleichen Voraussetzungen nach Einholung eines Sachverständigengutachtens (§ 454 Abs. 2 Satz 1 Nr. 1 StPO) zulässig, außer wenn die besondere Schwere der Tatschuld die weitere Vollstreckung gebietet. Bei Freiheitsstrafe bis zu 2 Jahren (auch restlicher) wegen einer in Betäubungsmittelabhängigkeit begangenen Straftat kann die Vollstreckungsbehörde mit Zustimmung des Gerichts die Vollstreckung bis zu 2 Jahren zurückstellen, wenn sich der Verurteilte einer Entziehungsbehandlung unterzieht; das Gericht kann eine Anstaltsbehandlung auf höchstens 2/3 der Strafe anrechnen und ein restliches Drittel zur Bewährung aussetzen; eine sonstige Behandlung kann zur Aussetzung der Strafe oder eines Strafrestes führen. Vgl. §§ 35, 36 BetäubungsmittelG.

Strafaufschub kann dem Verurteilten auf seinen Antrag bis zu 4 Monaten gewährt werden, wenn durch sofortige Vollstreckung ihm oder seiner Familie erhebliche, außerhalb des Strafzwecks liegende Nachteile erwachsen. Die Bewilligung kann an Sicherheitsleistung oder andere Bedingungen geknüpft werden (§ 456 StPO). Ein Berufsverbot kann vom Gericht oder der Vollstreckungsbehörde um höchstens 6 Monate aufgeschoben werden, wenn das sofortige Inkrafttreten für den Verurteilten oder seine Angehörigen eine erhebliche, außerhalb des Verbotszweckes liegende Härte bedeuten würde (§ 456 c StPO).

Ist neben Freiheitsstrafe eine Anstaltsunterbringung ➢ s. Nr. 384, angeordnet worden, so wird diese, wenn das Gericht nichts anderes bestimmt, i. d. R. vor der Strafe vollzogen; die Vollzugszeit wird dann in bestimmtem Umfang auf die Strafe angerechnet (§ 67 StGB).

In Strafvollstreckungssachen kann gegen Entscheidungen der StA das Gericht des ersten Rechtszuges angerufen werden, das auch andere Vollstreckungsentscheidungen (z. B. über Gesamtstrafenbildung) trifft. Ist Freiheitsstrafe zu vollstrecken, so entscheidet die Strafvollstreckungskammer (je nach Strafhöhe 1 oder 3 Richter), in deren Bezirk die Strafanstalt liegt (§§ 462, 462 a StPO, §§ 78 a, b GVG).

Der Strafantritt kann von der StA durch Vorführungs- oder Haftbefehl erzwungen werden, wenn sich der Verurteilte auf Ladung nicht stellt oder der Flucht verdächtig ist. Ist er flüchtig oder hält er sich verborgen, so kann ein Steckbrief erlassen werden (§ 457 StPO).

Geldstrafen, Bußen und andere Vermögensstrafen werden nach der Justizbeitreibungsordnung vollstreckt; vgl. – auch über Absehen von der Vollstreckung in Härtefällen, Gewährung von Teilzahlung usw. – §§ 459 ff. StPO.

Auf Grund des Übereinkommens vom 21. 3. 1983 über die Überstellung verurteilter Personen (BGes. vom 26. 9. 1991, BGBl. II 1006) ist es unter bestimmten Voraussetzungen (u. a. Einigung zwischen Urteils- und Vollstreckungsstaat, Einwilligung des Verurteilten) möglich, die Überstellung ausländischer Gefangener zur Vollstreckung der Strafe in ihrem Heimatland oder die Rückführung eines im Ausland strafgerichtlich verurteilten Deutschen zur Strafvollstreckung in der BRep. zu erreichen. S. hierzu Überstellungsausführungsgesetz – ÜAG – vom 26. 9. 1991 (BGBl. I 1954).

b) Strafvollzug

Als Teil der Strafvollstreckung befasst sich der Strafvollzug mit der Vollziehung der in einer strafgerichtlichen Entscheidung verhängten Freiheitsstrafen und des Jugendarrestes sowie i. w. S. der freiheitsentziehenden sichernden Maßregeln ➢ s. Nr. 384, soweit sie den Justizbehörden obliegt (insbes. Sicherungsverwahrung).

Das **Strafvollzugsgesetz** i. d. F. der Bek. vom 16. 3. 1976 (BGBl. I 581, 2088; 1977 I 436) schafft gegenwärtig noch die bundesgesetzliche Grundlage für Rechte und Pflichten der Gefangenen sowie für Leistungspflichten und Eingriffsbefugnisse der Strafvollzugsbehörden. Ziel des Gesetzes ist neben der Resozialisierung des Verurteilten auch der Schutz der Allgemeinheit vor weiteren Straftaten. Auf Grund eines Vollzugsplans soll der Gefangene auf ein Leben in sozialer Verantwortung vorbereitet werden. Das Ges. regelt Unterbringung, Besuchsempfang und (grundsätzlich unbeschränkten oder in der Regel überwachten) Schriftverkehr, Arbeit, die entlohnt wird (nach §§ 43, 200 sind der Bemessung des Arbeitsentgelts 9 v. H. der Bezugsgröße nach § 18 SGB IV zugrunde zu legen, sog. Eckvergütung) und berufliche Ausbildung. Neben dem Arbeitsentgelt kann sich der Gefangene durch regelmäßige Arbeit auch Freistellungstage erarbeiten, die er entweder als

Urlaub einbringen gem. § 43 Abs. 9 StVollzG für eine vorzeitige Entlassung verwenden kann. Weitere Bestimmungen betreffen Gesundheitsfürsorge, Sicherheit und Ordnung in den Vollzugsanstalten sowie Disziplinarmaßnahmen. Das Ges. regelt ferner das Recht des Gefangenen zur Beschwerde und Anrufung der Strafvollstreckungskammer. Der Übergang in die Freiheit soll erleichtert werden durch weitere Ausgestaltung des sog. offenen Vollzugs mit gelockerter Beaufsichtigung, Außenbeschäftigung, Sonderurlaub u. a. m. Soziale Hilfe wird während des Vollzugs und bei Entlassung gewährt.

Ergänzend gelten RechtsVOen, so die Jugendarrestvollzugsordnung i. d. F. vom 30. 11. 1976 (BGBl. I 3270), sowie die Dienst- und Justizvollzugsvorschriften für die Justizvollzugsanstalten (abgedr. in Piller/Hermann, Justizverwaltungsvorschriften, Nr. 2 o).

Für die einzelnen Vollzugsarten bestehen Sondervorschriften, z. B. über mildere Vollzugsform bei Arrest. An Soldaten der Bundeswehr wird Strafarrest von Bundeswehrbehörden vollstreckt, ebenso auf Ersuchen der Vollstreckungsbehörde Freiheitsstrafe bis zu 6 Monaten und Jugendarrest; beides wird dann wie Strafarrest behandelt (Art. 5 EGWehrstrafG; BwVollzugsO vom 29. 11. 1972, BGBl. I 2205).

Der Vollzug der **Untersuchungshaft** an dem noch nicht rechtskräftig verurteilten Inhaftierten richtet sich nach der Untersuchungshaftvollzugsordnung in der ab 1. 1. 1977 geltenden bundeseinheitlichen Fassung (vgl. JMBl. NRW 1977, 23 ; JMBl. Bay 1977, 49).

Gegen Untersuchungs- oder Strafgefangene, die unter dem Verdacht bzw. nach Verurteilung wegen einer mit der Tätigkeit terroristischer oder krimineller Vereinigungen zusammenhängenden Straftat einsitzen, kann **Kontaktsperre** zur Außenwelt, zu Mitgefangenen und zum Verteidiger angeordnet werden, wenn eine auf eine solche Vereinigung zurückzuführende Gefahr für Leib, Leben oder Freiheit einer Person, z. B. durch Entführung, besteht. Die Anordnung trifft der Ld.-JustMin. (überregional der BMJ); sie bedarf gerichtlicher Bestätigung. Vgl. §§ 31 ff. EGGVG, Art. 2 des Gesetzes vom 30. 9. 1977 (BGBl. I 1877).

Mit der Föderalismusreform, die zum 1. 9. 2006 in Kraft getreten ist (vgl. BGBl. I 2006, 2034) ist die Gesetzgebungskompetenz für den Straf- und Untersuchungshaftvollzug auf die Länder übergegangen. Nach Art. 125 a GG gelten jedoch die durch dien Bund erlassenen Regelungen bis zu einer jeweiligen landesspezifischen Neuregelung fort.

293 | Kosten des Strafverfahrens

Nach § 464 StPO hat jedes Urteil, jeder Strafbefehl und jede eine Untersuchung einstellende gerichtliche Entscheidung zu bestimmen, wer die Kosten des Verfahrens zu tragen hat. Auf Grund dieser Kostenentscheidung setzt der Urkundsbeamte der Geschäftsstelle die Höhe der Kosten des Verfahrens fest. Der Angeklagte hat insoweit die Kosten des Verfahrens zu tragen, als diese wegen einer Tat entstanden sind, wegen der er verurteilt ist oder eine Maßregel der Sicherung und Besserung gegen ihn angeordnet ist. Wird die Eröffnung des Hauptverfahrens abgelehnt, wird er freigesprochen oder das Verfahren eingestellt, so trägt die Staatskasse die Kosten und die notwendigen Auslagen des Angeklagten (z. B. für den Verteidiger); er muss diese selbst tragen, wenn er durch Selbstbezichtigung die Anklage veranlasst hat; er kann mit ihnen belastet werden, wenn die Anklage auf seine unrichtige Darstellung zurückzuführen oder wenn er nur deshalb nicht verurteilt worden ist, weil ein Verfahrenshindernis vorlag. Der Angeklagte kann von Kosten freigestellt werden, die durch einzelne, nicht zur Verurteilung führende Ermittlungen entstanden sind. Vgl. §§ 465 ff. StPO.

An Verfahrenskosten können entstehen:

- Gerichtskosten, d. h. Gebühren, deren Höhe sich nach der Strafe richtet. Sie bestimmen sich nach dem Gerichtskostengesetz ➤ vgl. Nr. 204, dort insbesondere Anlage 1, Teil 3;
- Kosten, die durch die Vorbereitung der Anklage und die Vollstreckung von Rechtsfolgen der Tat entstanden sind;
- Auslagen für Zeugen, Sachverständige, Ferngespräche usw. (GKG Anlage 1, Teil 9); § 464 a StPO).

294 | Jugendstrafsachen

a) Jugendgerichtsgesetz

Die strafrechtliche Verantwortung der Jugendlichen, die Strafarten und das Verfahren in Jugendstrafsachen sind im **Jugendgerichtsgesetz** (JGG) i. d. F. der Bek. vom 11. 12. 1974 (BGBl. I 3427) geregelt. Das JGG gilt für Jugendliche und Heranwachsende, die eine nach den allgemeinen Vorschriften mit Strafe bedrohte Verfehlung begehen.

Das JGG stellt des Zusammenhangs wegen den gerichtsverfassungs- und den verfahrensrechtlichen Vorschriften die Normen des materiellen Jugendstrafrechts voran.

b) Zweck des Jugendgerichtsgesetzes

Das JGG bezweckt, straffällig gewordenen jungen Menschen Selbstbesinnung und Einkehr zu ermöglichen und ihnen den Weg zu einem rechtschaffenen Leben offenzuhalten. Die Vorschriften des allgemeinen Strafrechts gelten nur, soweit nicht das JGG etwas anderes bestimmt (§ 2 JGG). Entscheidende Bedeutung im Jugendstrafrecht hat der **Erziehungsgedanke**.

c) Begriffe

Jugendlicher ist, wer z. Z. der Tat 14, aber noch nicht 18, Heranwachsender, wer z. Z. der Tat 18, aber noch nicht 21 Jahre alt ist (§ 1 Abs. 2 JGG). Ein z. Z. der Tat noch nicht 14jähriger (Kind) ist strafrechtlich nicht verantwortlich (§ 19 StGB).

Nach § 3 JGG ist ein Jugendlicher strafrechtlich nur verantwortlich, wenn er z. Z. der Tat nach seiner sittlichen und geistigen Entwicklung reif genug ist, das Unrecht der Tat einzusehen und nach dieser Einsicht zu handeln. Das Jugendgericht hat in jedem Fall zu prüfen, ob dieses Unterscheidungs- und Hemmungsvermögen gegeben war. Hält es den Jugendlichen mangels Reife strafrechtlich nicht für verantwortlich, so kann der Richter dieselben erzieherischen Maßnahmen anordnen wie der Vormundschaftsrichter (§ 3 Satz 2 JGG, § 1666 BGB).

Begeht ein Heranwachsender eine nach allgemeinen Vorschriften mit Strafe bedrohte Verfehlung, so wendet der Richter das für Jugendliche geltende Jugendstrafrecht an, wenn der Heranwachsende z. Z. der Tat reifemäßig noch einem Jugendlichen gleichstand oder es sich um eine Jugendverfehlung handelt. Das

Höchstmaß der Jugendstrafe für den Heranwachsenden ist 10 Jahre (§ 105 JGG). Wendet der Richter das allgemeine Strafrecht an, so kann er statt lebenslanger Freiheitsstrafe eine zeitige von 10–15 Jahren verhängen; Sicherungsverwahrung darf er nicht anordnen, jedoch kann unter bestimmten Voraussetzungen die Anordnung von Sicherungsverwahrung vorbehalten werden oder (insbesondere bei Verbrechen und Sexualstraftaten) nachträglich erfolgen (§ 106 JGG).

d) Ahndungssystem im Jugendgerichtsgesetz

Verfehlungen von Jugendlichen können nach sich ziehen:

aa) **Erziehungsmaßregeln**, und zwar (§§ 9–12 JGG):

- Erteilung von Weisungen, d. h. Geboten und Verboten, welche die Lebensführung des Jugendlichen regeln und dadurch seine Erziehung fördern und sichern sollen (z. B. Aufenthalt, Wohnung, Ausbildungs- oder Arbeitsstelle, Teilnahme am Verkehrsunterricht, Erbringen von Arbeitsleistungen, Betreuungshelfer, sozialer Trainingskurs, Täter-Opfer-Ausgleich, Verbot des Besuchs von Gast- oder Vergnügungsstätten). Die als Erziehungsmaßregel vorgesehene Weisung, Arbeitsleistungen zu erbringen (§ 10 Abs. 1 Satz 3 Nr. 4 JGG), verstößt nicht gegen das verfassungsrechtliche Verbot der Zwangsarbeit in Art. 12 Abs. 2 und 3 GG (BVerfG NJW 1988, 45).
- die Anordnung, Hilfe zur Erziehung i. S. des § 12, der auf die Erziehungsbeistandschaft gem. § 30 SGB VIII und auf eine Heimerziehung oder sonstige betreute Wohnform i. S. des § 34 SGB VIII verweist, in Anspruch zu nehmen.

bb) **Zuchtmittel**, und zwar (§§ 13–16 JGG):

- Verwarnung, die dem Jugendlichen das Unrecht eindringlich vorhält;
- Erteilung von Auflagen (z. B. Schaden nach Kräften wiedergutzumachen, sich persönlich bei dem Verletzten zu entschuldigen, Arbeitsleistungen zu erbringen, einen Geldbetrag zugunsten einer gemeinnützigen Einrichtung zu zahlen);
- Jugendarrest, bestehend in Freizeitarrest (eine oder zwei wöchentliche Freizeiten), Kurzarrest oder Dauerarrest (mindestens 1 Woche, höchstens 4 Wochen).

Zuchtmittel haben nicht die Rechtswirkung einer Strafe. Sie werden nicht in das Zentralregister, sondern in ein Erziehungsregister ➢ s. Nr. 295 c) eingetragen.

cc) **Jugendstrafe** = Freiheitsentzug in einer Jugendstrafanstalt. Sie wird verhängt, wenn wegen der schädlichen Neigungen des Jugendlichen, die in der Tat hervorgetreten sind, Erziehungsmaßregeln oder Zuchtmittel zur Erziehung nicht ausreichen oder wenn wegen der Schwere der Schuld Strafe erforderlich ist (§ 17 JGG). Das Mindestmaß beträgt 6 Monate, das Höchstmaß 5 Jahre; bei Verbrechen, die nach allg. Strafrecht mit Höchststrafe von mehr als 10 Jahren Freiheitsstrafe bedroht sind, ist das Höchstmaß der Jugendstrafe 10 Jahre. Die Strafrahmen des allg. Strafrechts gelten nicht. Die Jugendstrafe ist so zu bemessen, dass die erforderliche erzieherische Einwirkung erzielt werden kann (§ 18 JGG). Es bestehen besondere Vorschriften über die Aussetzung der Jugendstrafe zur Bewährung (§§ 21–26 a JGG); auch kann in besonderen Fällen die Verhängung der Jugendstrafe ausgesetzt und das Urteil auf den Schuldspruch beschränkt werden (§§ 27–30 JGG).

e) Anwendung auf Bundeswehrangehörige

Das Jugendstrafrecht gilt auch für Soldaten der Bundeswehr mit einigen Sondervorschriften. Hilfe zur Erziehung i. S. des § 12 darf nicht angeordnet werden. Bedarf der Jugendliche oder Heranwachsende nach seiner sittlichen oder geistigen Entwicklung besonderer erzieherischer Einwirkung, so kann der Jugendrichter Erziehungshilfe durch den Disziplinarvorgesetzten als Erziehungsmaßregel anordnen. Bei Erteilung von Weisungen und Auflagen soll der Richter die Besonderheiten des Wehrdienstes berücksichtigen. Als ehrenamtlicher Bewährungshelfer kann ein Soldat bestellt werden, der bei dieser Tätigkeit nicht den Anweisungen des Richters untersteht (§ 112 a JGG). Die Erziehungshilfe regelt sich nach der VO vom 25. 8. 1958 (BGBl. I 645).

295 | Jugendgerichte. Jugendstrafverfahren

a) Jugendgerichte

Die Jugendgerichte entscheiden über die Verfehlungen von Jugendlichen. Als Jugendgerichte sind vorgesehen (§§ 33 ff. JGG):

- der Strafrichter beim Amtsgericht als Jugendrichter,
- das Jugendschöffengericht beim Amtsgericht (Jugendrichter und 2 Jugendschöffen),
- die Jugendkammer beim Landgericht (3 Richter einschließlich des Vorsitzenden und 2 Jugendschöffen (große Jugendkammer), in Verfahren über Berufungen gegen Urteile des Jugendrichters mit dem Vorsitzenden und 2 Jugendschöffen (kleine Jugendkammer) § 33 b Abs. 1 JGG; bei Eröffnung des Hauptverfahrens beschließt die große Jugendkammer eine Besetzung von 2 Richtern und 2 Jugendschöffen, wenn nicht die Sache zur Zuständigkeit des Schwurgerichts gehört oder nach dem Umfang oder der Schwierigkeit der Sache die Mitwirkung eines dritten Richters notwendig erscheint (§ 33 b Abs. 2 JGG). Diese Regelung ist bis 31. 12. 2006 befristet.

Als Jugendschöffen sollen i. d. R. je ein Mann und eine Frau herangezogen werden.

Der Jugendrichter ist zuständig für Verfehlungen, bei denen nur Erziehungsmaßregeln oder Zuchtmittel ➤ vgl. Nr. 294 d), Nebenstrafen, Nebenfolgen oder Entziehung der Fahrerlaubnis zu erwarten sind und der StA vor dem Jugendrichter Anklage erhebt. Er darf auf Jugendstrafe von mehr als 1 Jahr nicht erkennen und nicht Unterbringung in einem psychiatrischen Krankenhaus anordnen (§ 39 JGG).

Vor das Jugendschöffengericht kommen alle Verfehlungen, die nicht zur Zuständigkeit des Jugendrichters oder der Jugendkammer gehören (§ 40 JGG).

Die Jugendkammer ist im ersten Rechtszug zuständig für Straftaten, die nach allg. Vorschriften zur Zuständigkeit des Schwurgerichts gehören, ferner für solche, die sie wegen besonderen Umfangs vom Jugendschöffengericht übernimmt, sowie bei Verbindung mit Verfahren gegen Erwachsene, wenn für diese eine große Strafkammer zuständig wäre. In zweiter Instanz entscheidet sie über die Berufung gegen Urteile des Jugendrichters und des Jugendschöffengerichts (§ 41 JGG).

b) Jugendstrafverfahren

Das Jugendstrafverfahren ist in besonderem Maße darauf gerichtet, außer der Klärung und Feststellung des Sachverhalts und seiner rechtlichen Beurteilung die Persönlichkeit des Täters zu erforschen.

Im Vorverfahren sollen unter diesem Gesichtspunkt seine persönlichen Verhältnisse ermittelt sowie Erziehungsberechtigte, Schule, Ausbildender usw. gehört werden; der Entwicklungsstand des Jugendlichen ist soweit erforderlich zu klären, ggf. durch Gutachten eines zur Untersuchung von Jugendlichen befähigten Sachverständigen (§ 43 JGG). Ist Jugendstrafe zu erwarten, soll der Jugendliche vor Anklageerhebung durch den StA oder den Vorsitzenden des Jugendgerichts vernommen werden (§ 44 JGG). Über die Regelung der §§ 153 ff. StPO hinaus ➤ vgl.

Nr. 272, kann der Richter auf Anregung des StA eine Ermahnung, bestimmte Weisungen (Arbeitsleistungen, Täter-Opfer-Ausgleich, Verkehrsunterricht) durch Beschluss anordnen, wenn diese ausreichen (§§ 45, 47 JGG).

Auch im Hauptverfahren haben die besonderen Ziele des Jugendstrafverfahrens Vorrang. Die Hauptverhandlung gegen Jugendliche ist nicht öffentlich (§ 48). Erziehungsberechtigte und der gesetzliche Vertreter des Jugendlichen sind weitgehend eingeschaltet (§ 67 JGG).

Auf Antrag des StA kann der Jugendrichter im vereinfachten Jugendverfahren entscheiden, wenn nur Weisungen, Hilfe zur Erziehung i.S. des § 12 Nr. 1 JGG, Zuchtmittel, Fahrverbot, Fahrerlaubnisentzug mit einer Sperrfrist von höchstens 2 Jahren, Verfall- oder Einziehungsanordnung zu erwarten ist (§ 76 JGG). Ein Strafbefehl ist gegen Jugendliche nicht zulässig; ebenso wenig ein beschleunigtes Verfahren, Privat- oder Nebenklage (§§ 79, 80 JGG). Untersuchungshaft soll möglichst durch mildere Maßnahmen ersetzt werden, z.B. durch Einweisung in ein Erziehungsheim; bei der Prüfung der Verhältnismäßigkeit sind die besonderen Belastungen des Vollzugs für Jugendliche zu berücksichtigen. Bei Jugendlichen unter 16 Jahren ist Untersuchungshaft wegen Fluchtgefahr nur unter engen Voraussetzungen möglich (§ 72 JGG). Die Rechtsmittel sind eingeschränkt, damit die strafrechtlichen Folgen der Tat möglichst bald eintreten; insbes. kann, wer Berufung eingelegt hat, nicht mehr Revision einlegen (§ 55 JGG).

Im Verfahren vor den Jugendgerichten wirkt stets die Jugendgerichtshilfe mit. Sie obliegt dem Jugendamt. Sie soll das Gericht unterstützen, dem Beschuldigten betreuend zur Seite stehen und die erzieherischen, sozialen und fürsorgerischen Gesichtspunkte zur Geltung bringen (§ 38 JGG).

Nicht alle Sondervorschriften gelten jedoch für Heranwachsende; so ist insbes. die Hauptverhandlung gegen diese i.d.R. öffentlich; ein vereinfachtes Jugendverfahren sowie Einweisung in ein Erziehungsheim finden nicht statt (§ 109 JGG).

c) Die Vollstreckung

leitet der Jugendrichter unter dem Gesichtspunkt der Erziehung (§§ 82–93 a JGG). Sondervorschriften bestehen über die Aussetzung des Restes einer Jugendstrafe zur Bewährung (§ 88 JGG) sowie über die Durchführung des Vollzugs (§§ 90 ff. JGG; Verwaltungsvorschriften zum Jugendstrafvollzug vom 15. 12. 1976, abgedr. JMBl. NRW 1977, 5; Bay 1977, 25; Jugendarrestvollzugsordnung i.d.F. vom 30. 11. 1976, BGBl. I 3270, nebst bundeseinheitlichen Richtlinien – RiJAVollzO – in der ab 1977 gelt. Fassung, abgedr. JMBl. NRW 1977, 148; Bay 1977, 184). Im Zuge der zum 1. 9. 2006 in Kraft getretenen Föderalismusreform ist die Kompetenz zur Regelung des Jugendstrafvollzugs auf die Länder übergegangen. Einige Länder (z.B. Baden-Württemberg, Bayern) streben baldige Neuregelungen auf diesem Gebiet an).

Bei einem zu Jugendstrafe Verurteilten kann der Strafmakel bei günstiger Zukunftsprognose in einem besonderen Verfahren durch Richterspruch getilgt werden, i.d.R. jedoch frühestens 2 Jahre seit Strafverbüßung oder –erlass, die Tilgung kann unter besonderen Voraussetzungen widerrufen werden (§§ 97 bis 101 JGG); dies hat insbes. Wirkung für die Zentralregistereintragung. Die allgemeinen Fristen für die Tilgung im Register sind für Jugendstrafen gekürzt ➢ s. Nr. 217.

Das Bundeszentralregister ➢ s. Nr. 217, führt ein Erziehungsregister, in das Erziehungsmaßregeln, Zuchtmittel usw. eingetragen werden (§§ 59 ff. BZentralregG). Auskunft erhalten nur Strafgerichte und Staatsanwaltschaften für Rechtspflegezwecke, Justizvollzugsbehörden für Strafvollzugssachen, Vormundschaftsgerichte in Sorgerechtsverfahren, Jugend- und Gnadenbehörden. Die Eintragungen werden von Amts wegen gelöscht, wenn der Betroffene das 24. Lebensjahr vollendet hat (Ausnahmen, wenn Eintragungen im Zentralregister bestehen).

296 | Strafprozessreform

Die Reform des Strafverfahrens wurde zunächst vorrangig von dem Bestreben geleitet, die Rechtsstellung des Beschuldigten entsprechend rechtsstaatlichen Grundsätzen zu sichern, um seinem berechtigten Anspruch auf ein „faires Verfahren" zu genügen. Diesem Gedanken trug das Gesetz zur Änderung der StPO und des GVG vom 19. 12. 1964 (BGBl. I 1067) in der sog. kleinen Strafprozessreform in besonderem Maße Rechnung.

Das Gesetz von 1964 schränkte die Voraussetzungen der Untersuchungshaft wesentlich ein und begrenzte sie grundsätzlich auf 6 Monate (Ausnahmen sind zugelassen!). Die Pflicht zur Bestellung eines Verteidigers wurde erweitert und auf das Vorverfahren ausgedehnt. Sein Recht zur Akteneinsicht wurde präzisiert; sein schriftlicher und mündlicher Verkehr mit dem verhafteten Beschuldigten unterliegt grundsätzlich keiner Kontrolle. Weitere Bestimmungen regeln die Belehrung des Beschuldigten über seine Rechte schon bei der ersten Vernehmung.

Das (1.) Gesetz zur Strafverfahrensreform vom 9. 12. 1974 (BGBl. I 3393) hatte hauptsächlich die Beschleunigung des Strafprozesses zum Ziel. Der Betroffene sollte Anspruch auf Durchführung des Verfahrens binnen angemessener Frist haben. Der StA erhielt das Recht, im Vorverfahren Erscheinen und Aussage von Zeugen zu erzwingen. Voruntersuchung, mündliches Schlussgehör und schriftliche Schlussanhörung (§§ 169 a, b StPO a. F.) fielen als entbehrlich und verfahrenshemmend fort. Der Beschleunigung diente schließlich, dass der Richter Strafurteile binnen bestimmter Fristen zu den Akten zu bringen hat.

Im Hinblick auf die in den sog. Terroristenprozessen gemachten Erfahrungen beschränkte das Ergänzungsgesetz vom 20. 12. 1974 (BGBl. I 3686), um dem Missbrauch der Verteidigerrechte entgegenzuwirken, die Zahl der Wahlverteidiger für jeden Beschuldigten auf drei und regelte das Recht zum Ausschluss eines Verteidigers wegen dringenden Verdachts der Tatbeteiligung usw.; ebenso ermöglichte es die Fortführung der Hauptverhandlung gegen einen Beschuldigten, der seine Verhandlungsunfähigkeit oder seinen Ausschluss selbst herbeigeführt hat.

Das Strafverfahrensänderungsgesetz 1979 vom 5. 10. 1978 (BGBl. I 1645) erweiterte für umfangreiche Verfahren die Möglichkeit der Konzentration auf die schwerwiegenden Tatbestände. Die Rüge unvorschriftsmäßiger Besetzung des Gerichts ist beim LG und OLG ab Beginn der Sacherörterung in der Hauptverhandlung ausgeschlossen, sofern die Besetzung der Richterbank rechtzeitig bekanntgegeben worden ist. Das StVÄG ermöglicht ferner die Abwesenheit einzelner Angeklagter und ihrer Verteidiger bei sie nicht betreffenden Teilen der Hauptverhandlung; es lässt technische Hilfsmittel und vereinfachte Urteilsbegründung in größerem Umfang als früher zu. Strafbefehl kann auch in Schöffengerichtssachen ergehen.

Das Strafverfahrensänderungsgesetz 1987 vom 27. 1. 1987 (BGBl. I 475) zielte auf die Beschleunigung namentlich umfangreicherer Strafverfahren sowie auf Entlastung der Strafjustiz ab. Der Zeitpunkt für die Ablehnung eines Richters wegen Befangenheit wurde vorverlegt (§ 25 Abs. 1). Eine Unterbrechung der Hauptverhandlung ist in weiteren Fällen, z. B. bei besonders langer Dauer des Verfahrens oder Erkrankung des Angeklagten, möglich (§ 229). Die Möglichkeit, an Stelle der Vernehmung eines Zeugen eine Niederschrift über eine andere Vernehmung oder eine sonst von dem Zeugen stammende schriftliche Erklärung zu verlesen, wurde erweitert (§ 251 Abs. 2). Die Möglichkeit, bei rechtskräftigen Urteilen statt einer Urteilsbegründung auf den zugelassenen Anklagesatz zu verweisen, wurde ausgedehnt (§ 267 Abs. 4 Satz 1). Andere Neuerungen betrafen das Strafbefehlsverfahren, das die Staatsanwaltschaft stets beantragen soll, wenn sie eine Hauptverhandlung nicht für erforderlich hält. Der Übergang vom ordentlichen Verfahren in ein Strafbefehlsverfahren wurde zugelassen (§ 408 a). Der Einspruch gegen einen Strafbefehl kann auf bestimmte Beschwerdepunkte beschränkt werden (§ 410 Abs. 2). Die Durchbrechung der Rechtskraft des Strafbefehls zuungunsten des Verurteilten wurde eingeschränkt (§ 373 a). Der Beschuldigte hat nunmehr ein Vorschlagsrecht bei der Auswahl des Pflichtverteidigers (§ 142 Abs. 1). Begriff und Rechtsfolge der unzulässigen Mehrfachverteidigung wurden klargestellt (§§ 146, 146 a). Die Befugnis des Berufungsgerichts zur Zurückverweisung der Sache an das Amtsgericht wegen Verfahrensfehlern ist entfallen. Weitere Vereinfachungen betrafen die Vornahme von Zustellungen und das Kostenrecht.

Das Gesetz zur Entlastung zur Rechtspflege vom 11. 1. 1993 (BGBl. I 50) hatte zum Ziel, alle Gerichtsbarkeiten zu entlasten. Hierzu wurden bei der Strafgerichtsbarkeit u. a. der Sanktionsrahmen des Strafbefehlsverfahrens auf Freiheitsstrafe bis zu 1 Jahr mit Bewährung ausgedehnt, die Annahmeberufung eingeführt in Verfahren, in denen der Angeklagte zu Geldstrafe bis zu 15 Tagessätzen verurteilt oder in denen er freigesprochen worden ist und die StA nicht mehr als 30 Tagessätze beantragt hatte, Erleichterungen bei Behandlung von Beweisanträgen auf Vernehmung eines im Ausland zu ladenden Zeugen geschaffen, die Möglichkeiten der StA, von der Verfolgung eines Vergehens wegen Geringfügigkeit ohne Zustimmung des Gerichts abzusehen, erweitert und die Strafgewalt des Amtsgerichts auf Freiheitsstrafen bis zu 4 Jahren erweitert und die Zuständigkeit der kleinen Strafkammer auf Berufungen gegen Urteile des Schöffengerichts ausgedehnt.

Durch das Gesetz zur Änderung des Strafgesetzbuchs, der Strafprozessordnung und des Versammlungsgesetzes und zur Einführung einer Kronzeugenregelung bei terroristischen Straftaten vom 9. 6. 1989 (BGBl. I 1059) wurde außerhalb der Strafprozessordnung die Möglichkeit geschaffen, bei Angehörigen terroristischer Vereinigungen von der Strafverfolgung oder Bestrafung abzusehen bzw. die Strafe zu mildern (mit Ausnahmen hinsichtlich bestimmter Straftaten, besonders bei Mord), wenn sie Tatsachen offenbaren, die zur Verhinderung oder Aufklärung derartiger Straftaten oder zur Ergreifung des Täters geeignet sind (sog. Kronzeugenregelung). Die Regelung galt nur, wenn die Tatsachen bis zum 31. 12. 1999 geoffenbart wurden. Durch das Verbrechensbekämpfungsgesetz vom 28. 10. 1994 (BGBl. I 3186, 3193) wurde die Kronzeugenregelung auf organisiert begangene Straftaten ausgedehnt.

Das Gesetz zur Beseitigung nationalsozialistischer Unrechtsurteile vom 25. 5. 1990 (BGBl. I 966) regelt die Möglichkeit der Aufhebung von Strafurteilen, die in der Zeit zwischen dem 30. 1. 1933 und dem 8. 5. 1945 ergangen sind und denen u. a. Taten zugrunde liegen, die überwiegend aus Gegnerschaft zum Nationalsozialismus begangen worden sind oder die allein nach nationalsozialistischer Auffassung strafbar waren. Die Aufhebung erfolgt auf Antrag, über den das OLG entscheidet. Antragsberechtigt sind der Verurteilte, im Falle seines Todes ein Angehöriger oder die StA beim zuständigen OLG. Die Aufhebungsmöglichkeit nach § 1 des Ges. besteht nur in Hamburg, Niedersachsen, Nordrhein-Westfalen und Schleswig-Holstein (§ 2 Abs. 1).

Im Interesse der wirksamen Bekämpfung von Betäubungsmittelstraftaten und der organisierten Kriminalität wurden durch das OrgKG vom 15. 7. 1992 (BGBl. I 1302) effektivere Ermittlungsmöglichkeiten zugelassen: so die Rasterfahndung, also der Datenabgleich bestimmter personenbezogener Daten (§§ 98 a, 98 b StPO), der Einsatz technischer Mittel zur Erforschung des Sachverhalts oder des Aufenthaltsorts des Täters ohne Wissen des Betroffenen (z. B. Bildaufzeichnungen, Abhören und Aufzeichnungen des nichtöffentlich gesprochenen Wortes außerhalb von Wohnungen, § 100 c StPO) und der Einsatz Verdeckter Ermittler (§§ 110 a ff. StPO); ferner wurde der Schutz gefährdeter Zeugen durch die Möglichkeit der Geheimhaltung ihrer Identität verbessert (§ 68 Abs. 2, 3 StPO).

Das Strafverfahrensänderungsgesetz – DNA-Analyse („Genetischer Fingerabdruck") vom 17. 3. 1997 (BGBl. I 534) regelt, inwieweit an Blutproben oder sonstigen Körperzellen eines Beschuldigten molekulargenetische Untersuchungen (DNA-Analysen) vorgenommen werden dürfen.

Das DNA-Identitätsfeststellungsgesetz vom 7. 9. 1998 (BGBl. I 2646) ermöglicht die Untersuchung auch zum Zweck der Identitätsfeststellung in künftigen Strafverfahren (§ 81 g StPO).

Durch das Gesetz zur Änderung und Ergänzung des Strafverfahrensrechts vom 2. 8. 2000 (BGBl. I 1253) wurden die strafprozessuale Ermittlungstätigkeit, insbesondere die Fahndung sowie die längerfristige Observation, die Verwendung von personenbezogenen Informationen, die in einem Strafverfahren erhoben wurden, sowie die Verarbeitung personenbezogener Daten in Dateien und ihre Nutzung näher geregelt.

Das Gesetz zur Änderung der Strafprozessordnung vom 20. 12. 2001 (BGBl. I 3879) ordnete die Auskunftspflicht über Telekommunikationsverbindungsdaten in die StPO ein und hob die Schwelle für die Erteilung von Auskünften über solche Daten an (§§ 100 g und 100 h). Die Regelungen sind bis 31. Dezember 2007 befristet.

Durch das Gesetz zur Änderung der Strafprozessordnung vom 15. 2. 2002 (BGBl. I 682) wurde das Zeugnisverweigerungsrecht für Medienmitarbeiter umfassend geregelt und insbesondere auf selbstrecherchiertes Material und berufsbezogene Wahrnehmungen erstreckt, das Beschlagnahmeverbot wurde entsprechend angepasst (§ 53 Abs. 1 Satz 1 Nr. 5 und Sätze 2 und 3 sowie § 97 Abs. 5).

Mit dem Gesetz zur Einführung der vorbehaltenen Sicherungsverwahrung vom 21. 8. 2002 (BGBl. I 3344) wurden auch die verfahrensrechtlichen Voraussetzungen für den Vorbehalt der Sicherungsverwahrung sowie die aufgrund des Vorbehalts später erforderlichen Gerichtsentscheidungen geschaffen (insbes. §§ 267 Abs. 6 Satz 1, 268 d, 275 a). Die verfahrensrechtlichen Bestimmungen wurden durch Art. 2 des Gesetzes zur Einführung der nachträglichen Sicherungsverwahrung vom 23. 7. 2004 (BGBl. I 2198) an die mit diesem Gesetz geschaffene Möglichkeit der nachträglichen Anordnung von Sicherungsverwahrung angepasst.

Die Rechte der Opfer von Straftaten wurden durch das Opferrechtsreformgesetz vom 24. 6. 2004 (BGBl. I 1354) weiter gestärkt (u. a. durch Regelungen zur Vermeidung mehrfacher Vernehmungen, Verbesserungen bei der Nebenklage und beim Opferanwalt, eine bessere Information des Verletzten über seine Rechte und den Ablauf des Strafverfahrens).

Das 1. Justizmodernisierungsgesetz vom 24. 8. 2004 (BGBl. I 2198) stellt u. a. die Vereidigung von Zeugen im Strafprozess in das Ermessen des Gerichts, erleichtert die Verlesung von Urkunden und Erklärungen und stellt ein Beschlussverfahren für die Festsetzung von Geldstrafen bereit, wenn der Einspruch gegen einen Strafbefehl lediglich auf die Höhe des Tagessatzes einer verhängten Geldstrafe beschränkt wurde.

Das Anhörungsrügengesetz vom 9. 12. 2004 (BGBl. I 3220) hat durch Einfügung der §§ 33 a und 356 a Verfahren zur Beseitigung von Nachteilen bei Verletzung des rechtlichen Gehörs bereitgestellt.

Die Vorschriften über die akustische Wohnraumüberwachung (§§ 100 c ff.) wurden durch Gesetz vom 24. 6. 2005 (BGBl. I, 1841) umfassend überarbeitet und an die Vorgaben des Bundesverfassungsgerichts im Urteil vom 3. 3. 2004 (1 BvR 2378/98) angepasst.

Durch Art. 1 des Gesetzes zur Novellierung der forensischen DNA-Analyse von 12. 8. 2005 (BGBl. I 2360) wurden insbesondere DNA-Reihenuntersuchungen auf eine gesetzliche Grundlage gestellt (§ 81 h StPO).

V. Die freiwillige Gerichtsbarkeit

301 | Grundzüge der freiwilligen Gerichtsbarkeit

Die sog. freiwillige (nichtstreitige) Gerichtsbarkeit unterscheidet sich von der streitigen im Gegenstand, weil sie nicht wie diese ausschließlich der Durchsetzung von Ansprüchen dient, und im Verfahren. Dieses ist ihrer besonderen Aufgabe angepasst, Rechte und Rechtsverhältnisse zu ordnen und zu regeln, so z. B. in Familien-, Personenstands-, Nachlass-, Grundbuch-, Handelssachen usw. ➤ s. Nr. 302, 304 f.

Die freiwillige Gerichtsbarkeit ist nur zum Teil bundesrechtlich geregelt. Maßgebend ist das Reichsgesetz über die Angelegenheiten der freiwilligen Gerichtsbarkeit (FGG) i. d. F. vom 20. 5. 1898 (RGBl. 771) mit zahlreichen Änderungen. Weitere Bestimmungen sind in verschiedenen anderen Bundes- und in Landesgesetzen enthalten.

Organe der freiwilligen Gerichtsbarkeit sind die Amtsgerichte, Notariate bzw. Notare, Standesämter, Jugendämter und Bürgermeister. Im Gegensatz zum streitigen Verfahren in Zivilsachen herrschen **Amtsbetrieb und Untersuchungsgrundsatz**, d. h. es werden von Amts wegen Ermittlungen angestellt und Beweise aufgenommen (§ 12 FGG). Das Verfahren ist nichtöffentlich. Jedoch sind die Register öffentlich und von jedermann einzusehen; nur beim Grundbuch muss ein berechtigtes Interesse dargelegt werden. Ebenso verlangt Akteneinsicht die Glaubhaftmachung eines berechtigten Interesses. Entscheidungen ergehen durch Verfügung oder Beschluss und erlangen i. d. R. keine Rechtskraft; sie können daher nachträglich geändert werden (Einschränkungen in § 18 FGG). Als Rechtsmittel ist die Beschwerde bzw. in bestimmten Fällen die sofortige Beschwerde an das dem AG übergeordnete LG zugelassen. Gegen dessen Entscheidung ist weitere Beschwerde bzw. sofortige weitere Beschwerde an das OLG möglich, wenn eine Gesetzesverletzung behauptet werden kann (§ 27 FGG). Einlegung schriftlich oder zu Protokoll der Geschäftsstelle; Frist für sofortige Beschwerde 2 Wochen, für die einfache Beschwerde keine Frist. Zur Durchführung der gerichtlichen Anordnungen kann nach vorheriger Androhung Zwangsgeld festgesetzt werden (§ 33 FGG); nur Anordnungen auf Vorlage oder Herausgabe oder solche, die anders nicht durchsetzbar sind, werden mit Hilfe des Gerichtsvollziehers durchgeführt.

Die Kosten bestimmen sich nach der Kostenordnung, ➤ vgl. Nr. 204.

302 | Vormundschafts-, Familien-, Betreuungs- und Unterbringungssachen

Mit der Erledigung der Vormundschaftssachen ist eine als Vormundschaftsgericht bezeichnete Abteilung des Amtsgerichts betraut. Das Vormundschaftsgericht führt die Aufsicht über den Vormund, der nach den Bestimmungen des BGB über die Vormundschaft (§§ 1773–1895) einem Minderjährigen, der nicht elterlicher Sorge untersteht, bestellt wird. Es wird ferner in Betreuungssachen, Pflegschaftssachen (§§ 1896–1921 BGB) und anderen familienrechtlichen Angelegenheiten tätig.

Über die Voraussetzungen der Vormundschaft, Betreuung und Pflegschaft ➢ s. Nr. 365.

Solange ein Elternteil lebt, ist i. d. R. eine Vormundschaft nicht erforderlich, da die elterliche Sorge vom Vater und von der Mutter ausgeübt wird. Über die Voraussetzungen, unter denen aber auch in diesem Falle ein Vormund bestellt werden muss, ➢ s. Nr. 365. Ein Vormund wird ferner von Amts wegen bestellt, wenn der Familienstand eines Kindes nicht zu ermitteln ist (Findelkind). Im Falle des Todes der Eltern ist als Vormund berufen, wer von den Eltern des Mündels benannt ist (§ 1776 BGB). In anderen Fällen wählt das Vormundschaftsgericht den Vormund nach Anhörung des Jugendamtes aus und verpflichtet ihn zu treuer und gewissenhafter Führung der Vormundschaft; er erhält eine Bestallungsurkunde (§§ 1779 ff., 1789–1791 BGB).

Das FGG regelt im Zweiten Abschnitt Vormundschafts-, Familien-, Betreuungs- und Unterbringungssachen. Als **allgemeine Vorschriften** bringt das Gesetz Regelungen darüber, dass für die dem Vormundschaftsgericht obliegenden Verrichtungen die Amtsgerichte zuständig sind (§ 35) sowie über die Pflicht eines jeden Gerichts zur Mitteilung an das Vormundschaftsgericht, wenn dessen Tätigwerden erforderlich wird (§ 35 a). In den §§ 35 b–64 b werden die **Vormundschafts- und Familiensachen** geregelt, darunter die Anhörung des Jugendamts durch das Vormundschaftsgericht und das Familiengericht vor bestimmten Entscheidungen (§§ 49, 49 a), die Anhörung der Eltern und des Kindes sowie von Pflegepersonen in Angelegenheiten der Personen- und Vermögenssorge durch das Gericht (§§ 50 a ff.) und das Beschwerderecht der Beteiligten (§§ 57 ff.). In diesem Zusammenhang regelt das FGG auch die Tätigkeit des Familiengerichts, soweit sie sich nicht nach der ZPO ➢ vgl. Nrn. 189, 231, richtet. Dazu gehören hauptsächlich Entscheidungen über den Versorgungsausgleich anlässlich der Ehescheidung ➢ s. Nr. 359 c) cc) und §§ 1587 b ff. BGB. Soweit in diesen Angelegenheiten das FGG anzuwenden ist, tritt das Familiengericht an die Stelle des Vormundschaftsgerichts (vgl. §§ 53 b–53 g, 64) soweit für Verfahren nach dem Gewaltschutzgesetz vom 11. 12. 2001 (BGBl. I, 3513) ➢ vgl. hierzu Nr. 377, die Familiengerichte zuständig sind, enthält § 64 b FGG Regelungen. Die Regelungen über die Betreuungssachen (zum Institut der Betreuung ➢ s. Nr. 365) sind in den §§ 65–69 o enthalten. Zuständig ist das Vormundschaftsgericht, in dessen Bezirk der Betroffene seinen gewöhnlichen Aufenthalt hat (§ 65 Abs. 1). Vor der Bestellung eines Betreuers hat das Gericht den Betroffenen persönlich anzuhören und sich einen unmittelbaren Eindruck von ihm zu verschaffen (§ 68 Abs. 1). Das Beschwerderecht ist in § 69 g geregelt. Für das Verfahren bei Unterbringungssachen (zivilrechtliche Freiheitsentziehung für Kinder gem. §§ 1631 b, 1800, 1915 BGB, Betreute gem. § 1906 Abs. 1–3 BGB und für psychisch Kranke nach den Unterbringungsgesetzen der Länder) sind die §§ 70–70 n maßgebend. Geregelt sind u. a. Verfahrensfähigkeit (§ 70 a), Anhörung des Betroffenen (§ 70 c), Äußerungsrechte für andere Personen (§ 70 d) sowie Rechtsmittel (§§ 70 l, 70 m).

303 | Nachlasssachen

Als Nachlassgericht ist das Amtsgericht zuständig, in dessen Bezirk der Erblasser z. Z. des Erbfalls seinen Wohnsitz oder Aufenthalt gehabt hat (§ 73 FGG). Es hat, wenn die Erben unbekannt sind oder ungewiss ist, ob sie die Erbschaft angenommen haben, für die Sicherung zu sorgen, soweit ein Bedürfnis vorliegt (§ 1960 BGB). Dazu wird i. d. R. ein Nachlasspfleger bestellt, der die notwendigen laufenden Geschäfte bis zum Eintritt der Erben führt (§§ 74, 75 FGG). Ein Nachlasspfleger ist ferner zu bestellen, wenn ein Nachlassgläubiger vor Annahme der Erbschaft seinen Anspruch einklagen will (§§ 1958, 1961 BGB). Eine Nachlassverwaltung wird zum Zwecke der Verwaltung des Nachlasses und zur Befriedigung der Nachlassgläubiger angeordnet, wenn es ein Erbe oder ein Nachlassgläubiger (wegen Gefährdung seines Anspruchs) beantragt (§ 1981 BGB).

Während der Nachlasspfleger nur den Nachlass für den Erben sichern soll, kann der Nachlassverwalter darüber hinaus zwecks Erfüllung von Nachlassverbindlichkeiten über Nachlassgegenstände verfügen. Er übt ähnlich dem Konkursverwalter ein öffentliches Amt aus und ist für seine Tätigkeit sowohl den Erben als auch den Nachlassgläubigern verantwortlich (§§ 1984, 1985 BGB).

Verfahrensvorschriften für das Nachlassgericht in den §§ 80 ff. FGG betreffen das Beschwerderecht der Beteiligten, das Erbscheinsverfahren, die Erbauseinandersetzung u. a. m.

304 | Grundbuchsachen

Nach der das formelle Grundbuchrecht enthaltenden Grundbuchordnung – GBO – i. d. F. der Bek. vom 26. 5. 1994 (BGBl. I 1114) wird das Grundbuch vom Amtsgericht als Grundbuchamt geführt.

Das Grundbuch ist ein öffentliches Buch, das über Grundstücke und Rechte an Grundstücken Aufschluss gibt. Jedes Grundstück erhält im Grundbuch ein Grundbuchblatt, das Lage, Größe, Kulturart, Bebauung und vor allem die Rechtsverhältnisse des Grundstücks angibt (Bestandsverzeichnis, Abt. I Eigentumsverhältnisse, Abt. II Belastungen, außer den in Abt. III eingetragenen Grundpfandrechten). Nur auf Antrag werden eingetragen die Grundstücke der öffentlichen Hand (Bund, Länder) und der Kirchen, öffentliche Wege und Gewässer und Grundbesitz der öffentlichen Bahnunternehmungen. Grundstücksgleiche Rechte (z. B. Erbbaurecht, Bergwerkseigentum) sind in einem besonderen Erbbau- bzw. Bergwerksgrundbuch eingetragen. Die grundbuchmäßige Behandlung des Wohnungseigentums regelt eine Verfügung vom 24. 1. 1995 (BGBl. I 134).

Die tatsächlichen Angaben über das Grundstück werden dem Kataster (einem vorwiegend für Steuerzwecke angelegten vermessungstechnischen Verzeichnis) und Flurkarten entnommen und durch Nachtragen etwaiger Änderungen auf dem laufenden gehalten.

Einsicht in das Grundbuch ist jedem gestattet, der ein berechtigtes Interesse darlegt. Die Grundbuchordnung bestimmt, in welcher Weise die Eintragungen vorzunehmen sind. Im Übrigen richten sich Einrichtung und Führung der Grundbücher nach der AVO zur GBO und der Vfg. i. d. F. der Bek. vom 24. 1. 1995 (BGBl. I 114) sowie der Gebäudegrundbuchverfügung v. 15. 7. 1994 (BGBl. I 1606) Der Inhalt des Grundbuchs gilt bis zum Beweis des Gegenteils als richtig (Schutz des guten Glaubens) ➤ vgl. Nr. 351.

Durch Rechtsverordnung der Landesregierung kann bestimmt werden, dass das Grundbuch in maschineller Form als automatisierte Datei geführt wird (§§ 126ff. GBO).

305 | Handelssachen

Jeder Kaufmann i.S. des Handelsgesetzbuchs ➢ s. Nr. 438, muss, wenn das Unternehmen einen in kaufmännischer Weise eingerichteten Geschäftsbetrieb erfordert, seine Firma und den Ort seiner Niederlassung sowie jede Änderung seiner Firma oder des Inhabers zur Eintragung in das seit 1. 1. 2007 elektronisch geführte Handelsregister anmelden. Das Handelsregister ist eine öffentliche, vom Amtsgericht in elektronischer Form geführte Datensammlung mit Urkundencharakter, das über die Rechtsverhältnisse der in seinem Bezirk bestehenden Handelsfirmen Auskunft gibt. Das materielle Registerrecht enthalten die §§ 8–16 HGB und die gesellschaftsrechtlichen Nebengesetze. Das Verfahren richtet sich nach den §§ 125–158 FGG, einer Handelsregisterverfügung vom 12. 8. 1937 (wiederholt geändert) und nach landesgesetzlichen Bestimmungen.

Das Handelsregister besteht aus zwei Abteilungen: Abt. A für die Firmen der Einzelkaufleute, der offenen Handels- und der Kommanditgesellschaften und der Europäischen wirtschaftlichen Interessenvereinigungen; Abt. B für die Firmen der Aktiengesellschaften, der Europäischen Aktiengesellschaften (SE), der Investmentaktiengesellschaften mit veränderlichem Kapital, der Kommanditgesellschaften auf Aktien, der GmbH und der Versicherungsvereine auf Gegenseitigkeit. Für die eingetragenen Genossenschaften wird ein Genossenschaftsregister geführt, ➢ vgl. Nr. 447, 308 d).

Die Wirkungen einer Eintragung im Handelsregister sind andere als beim Grundbuch, das öffentlichen (positiven) Glauben besitzt. Ist eine im HReg. einzutragende Tatsache, z.B. das Erlöschen einer Prokura, nicht eingetragen und bekanntgemacht, braucht ein Dritter sie nicht gegen sich gelten zu lassen (**negative Publizität**), außer wenn er sie kennt. Ist sie dagegen eingetragen, so muss jedermann sie vom 16. Tag nach der Bekanntmachung ab gegen sich gelten lassen (er kann also mit dem entlassenen Prokuristen nicht mehr gültig Geschäfte abschließen; **positive Publizität**); § 15 HGB. Eine Eintragung erfolgt nur dann von Amts wegen, wenn das Gesetz dies vorsieht, i.d.R. aber auf Grund einer (öffentlich beglaubigten) elektronisch einzureichenden Anmeldung. Die Anmeldung kann mittels Zwangsgeldes erzwungen werden (§§ 14 HGB, 132ff. FGG). Die Eintragung hat im allgemeinen nur deklatorische Bedeutung (rechtsbezeugend), bei juristischen Personen wirkt sie hingegen rechtserzeugend (konstitutiv); z.B. entsteht eine AG als juristische Person mit der Eintragung. Die Eintragungen werden in dem von der Landesjustizverwaltung bestimmten elektronischen Informations- und Kommunikationsmedium (soweit evtl. auf Verlangen und Kosten des Eintragenden zusätzlich in einer Tageszeitung) bekanntgemacht.

Aufgrund Vorgaben der EU wurde zum 1. Januar 2007 durch das Gesetz über elektronische Handelsregister und Genossenschaftsregister sowie das Unternehmensregister (EHUG) i.d.F. d. Bek. vom 10. 11. 2006 (BGBl. I 2553) ein unter Verantwortung des Bundesministeriums der Justiz elektronisch geführtes Unternehmensregister eingeführt. Über die Internetseite des Unternehmensregisters (www.unternehmens register.de) sind die wichtigsten Veröffentlichungspflichtigen Daten über ein Unternehmen zentral zugänglich, unter anderem Eintragungen im Handels-, Genossenschafts- und Partnerschaftsregister. Das Unternehmensregister ergänzt, ersetzt aber nicht die Handelsregister, deren Eintragungen weiterhin allein rechtlich maßgeblich sind

306 | Vereinssachen, Partnerschafts- und Güterrechtsregister

Beim Amtsgericht wird ferner für die in § 21 BGB erwähnten Vereine ein **Vereinsregister** geführt, in das Vereine, die Rechtsfähigkeit erlangen wollen, eingetragen werden. Hierzu hat der Vorstand den Verein in öffentlich beglaubigter Form zur Eintragung anzumelden und die Satzung sowie abschriftlich die Urkunden über die Bestellung des Vorstandes einzureichen (§ 59 BGB). Auch Änderungen sind anzumelden.

Der Vereinszweck darf nicht auf einen wirtschaftlichen Geschäftsbetrieb gerichtet sein, sondern muss ein idealer sein (z. B. künstlerisch, wissenschaftlich, sportlich, religiös, politisch, sozial). Der eingetragene Verein führt den Zusatz „e. V.". Das Vereinsregister genießt keinen öffentlichen Glauben wie das Grundbuch, sondern nur sog. negative Publizität ➢ Nr. 305, hinsichtlich des Erlöschens von Vorstandsämtern (§ 68 BGB). Ein wirtschaftlicher Verein erlangt Rechtsfähigkeit durch staatliche Verleihung (§ 22 BGB). Jedoch gelten für die wichtigsten Personenzusammenschlüsse Sonderbestimmungen (z. B. Aktiengesellschaften, GmbH, Genossenschaften) ➢ vgl. Nr. 447.

Angehörige freier Berufe (z. B. Ärzte, Rechtsanwälte, Steuerberater, Architekten) können sich nach dem Partnerschaftsgesellschaftsgesetz (PartGG) i. d. F. der Bek. vom 27. 7. 1994 (BGBl. I 1744) zur gemeinsamen Partnerschaft zusammenschließen. Die Partnerschaft ist zu dem bei den Amtsgerichten geführten Partnerschaftsregister anzumelden (§§ 4, 5 PartGG, § 160 b FGG). das Partnerschaftsregister besitzt – wie das Handelsregister – positive und negative Publizität (§ 5 Abs. 2 PartGG).

Das ebenfalls vom Amtsgericht geführte Güterrechtsregister weist alle vom gesetzlichen Güterstand, also der Zugewinngemeinschaft ➢ vgl. Nr. 357, abweichenden vermögensrechtlichen Verhältnisse der Ehegatten aus.

Auch das Güterrechtsregister genießt nur negativen öffentlichen Glauben, d. h. Dritte können sich nicht auf die Richtigkeit einer Eintragung verlassen, wohl aber auf ihr Fehlen (z. B. darauf, dass ein den gesetzlichen Güterstand ändernder Ehevertrag nicht eingetragen ist). Vgl. §§ 1412, 1558 ff. BGB und ➢ Nr. 357.

Verfahrensvorschriften des FGG finden sich für das Vereinsrecht in §§ 159–160 a, 162, für das Partnerschaftsregister in § 160 b und für das Güterrechtsregister in §§ 161, 162.

307 | Beurkundungswesen

Bei der Beurkundung von Rechtsgeschäften oder Erklärungen wird der gesamte Inhalt des Rechtsvorgangs festgestellt und bezeugt. Dagegen bezieht sich die öffentliche Beglaubigung einer Erklärung nur auf die Unterschrift des Erklärenden (§ 129 Abs. 1 BGB). Seit dem Inkrafttreten des Beurkundungsgesetzes i. d. F. der Bek. vom 28. 8. 1969 (BGBl. I 1513) ist für Beurkundungen i.d.R. der **Notar** zuständig, das Amtsgericht dagegen nur noch in bestimmten Fällen, z.B. für die Aufnahme eines Vaterschaftsanerkenntnisses (§§ 1, 62 BeurkG).

Für die öffentliche Beglaubigung ist ebenfalls der Notar zuständig. Doch können die Länder auch andere Personen oder Stellen zur Beglaubigung von Abschriften oder Unterschriften ermächtigen. Dagegen hat die amtliche Beglaubigung von Abschriften, Unterschriften u. dgl. durch Polizei- oder Gemeindebehörden usw. nur Beweiskraft für Verwaltungszwecke. Vgl. §§ 63, 65 BeurkG. Über die Beglaubigung von Abschriften oder Unterschriften im Behördenverkehr vgl. §§ 33, 34 VerwaltungsverfahrensG).

Öffentliche Beglaubigung ist u. a. vorgeschrieben für die Anmeldungen zum Handels-, Partnerschafts-, Vereins- und Güterrechtsregister (§§ 12ff. HGB, § 5 Abs. 2 PartGG, §§ 77, 1560 BGB), für die Ausschlagung einer Erbschaft (§ 1945 BGB) und für Erklärungen im Grundbuchverkehr (§§ 29ff. GBO).

Notarielle Beurkundung erfordern u. a. die Verpflichtung zur Übereignung des gesamten Vermögens und Grundstückskaufvertrag (§ 311 b BGB), Schenkungsversprechen (§ 518 BGB), Güterrechtsverträge (§ 1410 BGB), das öffentliche Testament (§ 2232 BGB), Erbschaftsverkauf (§ 2371 BGB), Erbvertrag (§ 2276 BGB).

Das Beurkundungsgesetz gibt die einzelnen Verfahrensvorschriften, u. a. über Prüfungs- und Belehrungspflicht des Notars, Form der Niederschrift, Unterzeichnung und Behandlung notarieller Urkunden, Erteilung von Ausfertigungen und Abschriften, Ersetzung der Urkunden bei Verlust, Zerstörung oder Abhandenkommen. Es bestimmt ferner, in welchen Fällen der Notar wegen möglicher Interessenkollision von der Vornahme einer Beurkundung ausgeschlossen ist oder sie ablehnen soll (z. B. weil er an dem zu beurkundenden Rechtsgeschäft beteiligt ist oder er oder ein Angehöriger daraus einen Vorteil erlangt) und in welcher Weise er sich Gewissheit von der Identität der Beteiligten verschafft.

308 | Andere Angelegenheiten der freiwilligen Gerichtsbarkeit

Außer den vorstehend aufgeführten Angelegenheiten gehören in das Gebiet der freiwilligen Gerichtsbarkeit u. a. auch:

a) die beim Amtsgericht an Stelle des Grundbuchs für See- und Binnenschiffe geführten **Schiffsregister** und **Register für Rechte an Luftfahrzeugen**;

Eingetragene Schiffe werden wie Grundstücke behandelt (Gesetz vom 15. 11. 1940, RGBl. I 1499). Eintragungspflichtig sind Seeschiffe, wenn das Schiff nach dem Flaggenrechtsgesetz die Bundesflagge zu führen hat, außer die Rumpflänge übersteigt 15 Meter nicht, Binnenschiffe die zur Güterbeförderung bestimmt sind mit mind. 20 t Tragfähigkeit oder mind. 10 cbm Wasserverdrängung; ferner Binnenschlepper und -tanker sowie Stoßboote. Registerbehörde ist das Amtsgericht, das drei getrennte Register (Seeschiffs-, Binnenschiffs-, Schiffsbauregister) führt. Vgl. Schiffsregisterordnung i. d. F. der Bek. vom 26. 5. 1994 (BGBl. I 1133). Entsprechend wird für Luftfahrzeuge ein Luftfahrtregister geführt ➢ vgl. Nr. 345.

Zur Übertragung des Eigentums an eingetragenen Seeschiffen genügt die bloße Einigung; die Eintragung im Schiffsregister hat nur berichtigenden Charakter. Bei eingetragenen Binnenschiffen muss die Eintragung des Eigentumsübergangs hinzukommen. Bei nicht eingetragenen Schiffen ist wie bei beweglichen Sachen Einigung und Übergabe erforderlich ➢ s. Nr. 347; doch genügt bei Seeschiffen bloße Einigung, wenn sie auf sofortigen Eigentumsübergang gerichtet ist.

b) die Tätigkeit der **Hinterlegungsstellen**, geregelt durch die Hinterlegungsordnung i. d. F. der Bek. vom 12. 9. 1950 (BGBl. 455);

Bei einer Hinterlegung wird eine hinterlegungsfähige Sache (Geld, Wertpapiere, Urkunden, Kostbarkeiten) einer öffentlichen Verwahrungsstelle übergeben. Eine Hinterlegung kann entweder zur Sicherheitsleistung erfolgen (§§ 232 ff. BGB, 108 ff. ZPO) oder zur Erfüllung einer Verbindlichkeit in bestimmten Fällen (§ 372 BGB) ➢ vgl. Nr. 323 b).

c) der Ausspruch der **Adoption** bei der Annahme als Kind, ➢ vgl. Nrn. 314, 364;

d) die Führung des **Genossenschaftsregisters**, das die Rechtsverhältnisse der Genossenschaften ➢ s. Nr. 447, beurkundet.

e) Ablegung von **Verklarungen** von See- und Binnenschiffen;

Unter einer Verklarung versteht man eine förmliche Verhandlung, die nach jedem Unfall stattfinden muss, der ein Seeschiff auf der Reise betroffen hat (§§ 522 ff. HGB).

f) Maßnahmen nach dem Bundesgesetz über das **gerichtliche Verfahren bei Freiheitsentziehungen** vom 29. 6. 1956 (BGBl. I 599) und den Landesunterbringungsgesetzen.

309 | Reformbestrebungen

Das Bundesjustizministerium hat im Februar 2006 den ergänzten Referentenentwurf für ein **Gesetz zur Reform des Verfahrens in Familiensachen** und in den Angelegenheiten der freiwilligen Gerichtsbarkeit vorgestellt. So soll das familiengerichtliche Verfahren einheitlich geregelt und dessen derzeit bestehende Aufsplittung auf verschiedene Verfahrensordnungen (ZPO, FGG, Hausratsverordnung) beseitigt werden. Zu diesem Zweck soll das bisherige FGG durch ein Gesetz über das Verfahren in Familiensachen und in den Angelegenheiten der freiwilligen Gerichtsbarkeit (FamFG) ersetzt werden.

Nach dem Referentenentwurf soll das neue FamFG in 8 Bücher gegliedert sein. **Buch 1** enthält den **Allgemeinen Teil** mit allgemeinen Vorschriften, insbesondere zu Anwendungsbereich und örtlicher Zuständigkeit (Abschnitt 1 – §§ 1–13 FamFG-E), zum Verfahren im ersten Rechtszug , insbesondere Amtsermittlungsgrundsatz, Beweiserhebung, persönliche Anhörung (Abschnitt 2 – §§ 14–37 FamFG-E), zum Beschluss (Abschnitt 3 – §§ 38–47 FamFG-E), zur Abänderung und Wiederaufnahme (Abschnitt 4 – §§ 48–52 FamFG-E), zur einstweiligen Anordnung (Abschnitt 5 – §§ 53–61 FamFG-E), zu den Rechtsmitteln (Abschnitt 6 – §§ 62–78 FamFG-E), zur Verfahrenskostenhilfe (Abschnitt 7 – §§ 79–82 FamFG-E), zu Kosten und Vollstreckung (Abschnitte 8 und 9 – §§ 83–124 FamFG-E). **Buch 2** regelt das Verfahren in Familiensachen (§ 125 FamFG-E), so die Verfahren in Ehesachen-, in Scheidungssachen und Folgesachen (Abschnitt 1 – §§ 126–160 FamFG-E), in Kindschaftssachen (Abschnitt 2 – §§ 161–177 FamFG-E), in Abstammungssachen (Abschnitt 3 – §§ 178–193 FamFG-E), in Adoptionssachen (Abschnitt 4 – §§ 194–207 FamFG-E), in Wohnungszuweisungs- und Hausratssachen

(Abschnitt 5 – §§ 208–218 FamFG-E), das Verfahren in Gewaltschutzsachen (Abschnitt 6 – §§ 219–225 FamFG-E), in Versorgungsausgleichssachen (Abschnitt 7 – §§ 226–242 FamFG-E), das in Unterhaltssachen (Abschnitt 8 – §§ 243–271 FamFG-E), in Güterrechtssachen (Abschnitt 9 – §§ 272–276 FamFG-E), in sonstigen Familiensachen (Abschnitt 10 – §§ 277–280 FamFG-E), das Verfahren in Lebenspartnerschaftssachen (Abschnitt 11 – §§ 281, 282 FamFG-E). Das **Buch 3** trifft Regelungen zum Verfahren in Betreuungs- und Unterbringungssachen (§§ 283–353 FamFG-E), **Buch 4** regelt das **Nachlassverfahren** (§§ 354–399 FamFG-E), das **Buch 5 Verfahren in Registersachen** sowie unternehmensrechtliche Verfahren (§§ 400–436 FamFG-E), **Buch 6** betrifft das **Verfahren in sonstigen FGG-Angelegenheiten** (§§ 437–441 FamFG-E), **Buch 7** das **Verfahren in Freiheitsentziehungssachen** (§§ 442–499 FamFG-E) und **Buch 8** enthält **Schlussvorschriften** (§§ 500–504 FamFG-E). Durch die neue Verfahrensordnung sollen umfassend Rechte und Pflichten der Beteiligten definiert und das zersplitterte Rechtsmittelsystem der freiwilligen Gerichtsbarkeit durch die flächendeckende Einführung der fristgebundenen sofortigen Beschwerde und die Eröffnung der Rechtsbeschwerde zur Klärung von Grundsatzfragen an den Bundesgerichtshof harmonisiert werden.

VI. Das Bürgerliche Gesetzbuch

311 | Das Bürgerliche Gesetzbuch (BGB)
312 | Der **Allgemeine Teil** des BGB (Buch 1, §§ 1–240)
313 | Natürliche Personen. Rechts- und Geschäftsfähigkeit
314 | Namensrecht. Namensschutz
315 | Personenvereinigungen und juristische Personen
316 | Sachen und Tiere
317 | Rechtsgeschäfte
318 | Stellvertretung. Vollmacht
319 | Verjährung
320 | Das **Recht der Schuldverhältnisse** (Buch 2, §§ 241–853)
321 | Gesamtschuldner. Gesamtgläubiger
322 | Abtretung von Ansprüchen (Zession)
323 | Erlöschen der Schuldverhältnisse
324 | Vertragstypen des BGB
325 | Verbraucherschutzgesetze
326 | Kauf, Tausch, Schenkung
327 | Miete, Pacht
328 | Leihe
329 | Darlehens und Sachdarlehensvertrag
330 | Dienst- und Werkvertrag
331 | Maklervertrag
332 | Auslobung
333 | Auftrag. Geschäftsbesorgungsvertrag. Überweisung und Girovertrag
334 | Verwahrung. Beherbergung
335 | Gesellschaft. Gemeinschaft
336 | Leibrente
337 | Spiel und Wette
338 | Bürgschaft
339 | Vergleich
340 | Schuldversprechen. Schuldanerkenntnis
341 | Anweisung
342 | Ungerechtfertigte Bereicherung
343 | Unerlaubte Handlung
344 | Gefährdungshaftung. Verkehrshaftpflicht
345 | Das **Sachenrecht** (Buch 3, §§ 854–1296)
346 | Besitz
347 | Eigentum
348 | Wohnungseigentum, Dauerwohnrecht

311 | Das Bürgerliche Gesetzbuch (BGB)

vom 18. 8. 1896, in Kraft getreten am 1. 1. 1900, nunmehr i.d.F. der Bek. vom 2. 1. 2002 (BGBl. I 42) bildet die Grundlage des gesamten deutschen bürgerlichen Rechts (Privatrechts) ➢ s. Nr. 192.

Das BGB ist in 5 Bücher gegliedert: Buch 1. Allgemeiner Teil, Buch 2. Recht der Schuldverhältnisse, Buch 3. Sachenrecht, Buch 4. Familienrecht, Buch 5. Erbrecht. Ergänzt wird das BGB insbesondere durch das Einführungsgesetz (i. d. F. der Bek. vom 21. 9. 1994, BGBl. I 2494) in dem das Verhältnis zum ausländischen Recht ➢ s. hierzu Nr. 192, zum älteren Reichsrecht und zum Landesrecht behandelt ist, und eine Reihe von privatrechtlichen Nebengesetzen z. B. das Gesetz über die Eingetragene Lebenspartnerschaft (LPartG) ➢ vgl. Nr. 376, oder das Haftpflichtgesetz.

Wichtige Änderungen brachten das Gleichberechtigungsgesetz vom 18. 6. 1957 (BGBl. I 609) sowie das Familienrechtsänderungsgesetz vom 11. 8. 1961 (BGBl. I 1221). Das GleichberechtigungsG betraf das Familienrecht durch Einführung der Zugewinngemeinschaft als gesetzlichen Güterstand und Erhöhung des gesetzlichen Erbteils des überlebenden Ehegatten, das FamilienrechtsänderungsG betraf das Scheidungs- und das Kindesrecht. Die in Art. 6 Abs. 5 GG angeordnete Verbesserung der Rechtsstellung der nichtehelich Geborenen verwirklichte erst das Gesetz über die rechtliche Stellung der nichtehelichen Kinder vom 19. 8. 1969 (BGBl. I 1243); ➢ vgl. Nr. 363. Die Ehe- und Familienrechtsreform wurde eingeleitet durch das erste Gesetz vom 14. 6. 1976 (BGBl. I 1421). Im Scheidungsrecht ersetzte es das Verschuldens- durch das Zerrüttungsprinzip und führte den Grundsatz ein, dass einen Unterhaltsanspruch gegen den geschiedenen Ehegatten nur erheben kann, wer nicht selbst für sich sorgen kann, allerdings mit Einschränkungen, z. B. durch den Versorgungsausgleich ➢ vgl. Nr. 359 c) cc)). Weitere wichtige Änderungen betreffen das Namensrecht ➢ s. Nr. 314, sowie die Regelung des Verhältnisses zu den Kindern nach der Scheidung. Auch das Adoptionsgesetz vom 2. 7. 1976 (BGBl. I 1749) ist von erheblicher Bedeutung ➢ vgl. Nr. 364, ebenso das Gesetz zur Neuregelung des Rechts der elterlichen Sorge vom 18. 7. 1979 (BGBl. I 1061;)➢ vgl. Nr. 362. Zum Schutz des Verbrauchers wurden durch das Reisevertragsgesetz vom 4. 5. 1979 (BGBl. I 509) die §§ 651 a–k in das BGB eingefügt ➢ s. Nr. 330. Einschneidende Änderungen im Familienrecht brachte das Gesetz zur Reform des Rechts der Vormundschaft und Pflegschaft für Volljährige (Betreuungsgesetz – BtG) vom 12. 9. 1990, BGBl. I 2002, durch das die Entmündigung abgeschafft und die bisherige Vormundschaft über Volljährige und die Gebrechlichkeitspflegschaft durch das Institut der Betreuung ersetzt wurden ➢ s. Nr. 365. Die völlige Gleichstellung ehelicher und nichtehelicher Kinder brachte das Kindschaftsrechtsreformgesetz vom 16. 12. 1997 (BGBl. I 2942). Mit dem Mietrechtsreformgesetz vom 19. 6. 2001 (BGBl. I 1149) wurde das Mietrecht völlig neu geordnet.

Die bisher größte Reform des BGB brachte das Gesetz zur Modernisierung des Schuldrechts vom 26. 11. 2001 (BGBl. I 3138). Das gesamte Kaufrecht, das sog. Leistungsstörungsrecht, das Werkvertragsrecht und das Verjährungsrecht wurden völlig neu gestaltet. Die Regelungen des Gesetzes über die allgemeinen Geschäftsbedingungen, das Haustürwiderrufsgesetz, das Verbraucherkreditgesetz, das Teilzeitwohnrechtegesetz und das Fernabsatzgesetz wurden in die Systematik des BGB integriert. Ferner wurden drei EU-Richtlinien, nämlich die Verbrauchsgüterkaufrichtlinie, die Zahlungsverzugsrichtlinie und die e-commerce-Richtlinie umgesetzt und in das bürgerliche Recht integriert.

312 | Der Allgemeine Teil des BGB (Buch 1, §§ 1–240)

behandelt für das gesamte bürgerliche Recht geltende Rechtsbegriffe, insbesondere das Personenrecht ➢ vgl. Nrn. 313–315, Sachen und Tiere ➢ s. Nr. 316, Rechtsgeschäfte ➢ s. Nr. 317), Stellvertretung und Vollmacht ➢ s. Nr. 318, Fristen, Termine, Verjährung ➢ s. Nr. 319, Ausübung von Rechten, Selbstverteidigung und Selbsthilfe, Sicherheitsleistung.

313 | Natürliche Personen. Rechts- und Geschäftsfähigkeit

Beim Personenrecht ist zwischen der Einzelperson (physischen Person) und der Personenvereinigung ➢ vgl. Nr. 315, zu unterscheiden. Jeder natürliche Mensch ist mit Vollendung der Geburt rechtsfähig. Die

Rechtsfähigkeit, d.h. die Fähigkeit, Träger von Rechten und Pflichten zu sein, endet mit dem Tode (nicht mit der Todeserklärung, die nur eine widerlegbare Vermutung gibt). Von der Rechtsfähigkeit zu unterscheiden ist die rechtliche Handlungsfähigkeit, die unterteilt wird in die **Geschäftsfähigkeit**, d.h. die Fähigkeit, Rechtsgeschäfte wirksam vornehmen zu können, und die **Deliktsfähigkeit**, d.h. die rechtliche Verantwortlichkeit für gesetzwidrige Handlungen (Delikte).

Die volle Geschäftsfähigkeit tritt mit der Volljährigkeit ein, d.h. mit Vollendung des 18. Lebensjahres. Minderjährige sind bis zur Vollendung des 7. Lebensjahres **geschäftsunfähig**, vom 7. bis 18. Lebensjahre **beschränkt geschäftsfähig**.

Beschränkt Geschäftsfähige können Rechtsgeschäfte nur mit Einwilligung ihres gesetzlichen Vertreters abschließen; ohne Einwilligung nur solche, durch die sie lediglich einen rechtlichen Vorteil erlangen (z.B. Schenkung, aber nicht Schenkung mit Auflage). Ein ohne diese Einwilligung abgeschlossener Vertrag erlangt erst durch nachfolgende Genehmigung des gesetzlichen Vertreters Wirksamkeit (§ 108 BGB). Gültig ist dagegen ein Rechtsgeschäft, wenn der Minderjährige die ihm obliegende Leistung aus den ihm zur freien Verfügung überlassenen Mitteln erbringt (Taschengeld; § 110 BGB). Minderjährige, die zum selbstständigen Betrieb eines Erwerbsgeschäfts oder zum Eintritt in ein Dienst- oder Arbeitsverhältnis ermächtigt sind, gelten für die in diesen Bereich fallenden Rechtsgeschäfte grds. als voll geschäftsfähig (§§ 112, 113 BGB). Ein volljährig Gewordener kann innerhalb der vorgeschriebenen Frist auch selbst den Vertrag genehmigen.

Geschäftsunfähig sind außer Minderjährigen unter 7 Jahren solche Personen, die sich in einem die freie Willensbestimmung ausschließenden Zustand krankhafter Störung der Geistestätigkeit befinden, sofern dieser Zustand nicht seiner Natur nach nur ein vorübergehender ist (§ 104 BGB). Willenserklärungen eines Geschäftsunfähigen sind nichtig. Willenserklärungen gegenüber einem Geschäftsunfähigen werden erst wirksam, wenn sie dem gesetzlichen Vertreter (Vater, Mutter, Vormund) zugehen. Eine Ausnahme gilt bei volljährigen Geschäftsunfähigen für Geschäfte des täglichen Lebens, die nur geringen finanziellen Aufwand erfordern (§ 105 a BGB).

Auch die Willenserklärung eines Bewusstlosen oder vorübergehend geistig Gestörten ist unwirksam (§ 105 Abs. 2 BGB; z.B. ein sinnlos Betrunkener unterschreibt einen Wechsel).

Geschäftsunfähige sind für den durch unerlaubte Handlung ➢ s. Nr. 343, anderen zugefügten Schaden nicht verantwortlich. Minderjährige vom 7. bis zum vollendeten 18. Lebensjahr nur, wenn sie bei Begehung der Tat die zur Erkenntnis der Verantwortlichkeit erforderliche Einsicht besessen haben. Bis zum vollendeten 10. Lebensjahr scheidet eine Haftung für fahrlässig verursachte Schäden anlässlich eines Unfalls mit einem Kraftfahrzeug oder einer Bahn aus. Auch wenn danach keine Verantwortlichkeit besteht, ist Schadensersatz nach Billigkeit zu leisten, falls kein Aufsichtspflichtiger haftet (§§ 828, 829 BGB). Im Jugendstrafrecht gelten für die Verantwortlichkeit andere Grundsätze (Grenzen sind das 14. bzw. 18. Lebensjahr), ➢ vgl. Nrn. 294, 295.

Die Regeln des bürgerlichen Rechts über die Handlungsfähigkeit greifen auch in andere Rechtsgebiete über (vgl. z.B. Verwaltungsvertragsrecht); sie werden jedoch durch zahlreiche Sonderregelungen modifiziert. Danach hängt die Fähigkeit zu rechtswirksamem Handeln häufig von einem bestimmten Lebensalter ab, so z.B. die Testierfähigkeit ➢ s. Nr. 371, vom Erreichen des 16. Lebensjahres.

Die **rechtliche Bedeutung des Lebensalters** und die mit seinem Fortschreiten wachsenden Befugnisse und Pflichten sind aus der nachstehenden Zusammenstellung ersichtlich.

grds. 6. Lj.:	Beginn der Schulpflicht (nach den Landesschulgesetzen)
7. Lj.:	beschränkte Geschäftsfähigkeit (§§ 106 ff. BGB) beschränkte Deliktsfähigkeit nach bürgerlichem Recht (§ 828 Abs. 2 BGB)
10., 12. Lj.:	Recht auf Anhörung bzw. Zustimmungserfordernis zum Bekenntniswechsel (Gesetz über die religiöse Kindererziehung)
14. Lj.:	volle Religionsmündigkeit bedingte Strafmündigkeit (§ 1 Abs. 2, § 3 JGG)
16. Lj.:	beschränkte Testierfähigkeit (§§ 2229 Abs. 1, 2247 Abs. 4 BGB) Beginn der Eidesfähigkeit (§§ 393, 455 Abs. 2 ZPO, § 60 Nr. 1 StPO) Ehefähigkeit (in Ausnahmefällen, § 1303 Abs. 2 BGB) Möglichkeit zum Erwerb der Fahrerlaubnis Kl. A1 , M, S, L und T (§ 10 Abs. 1 Nr. 4 FeV) Pflicht zum Besitz eines Personalausweises (§ 1 PersAuswG) Ende des bedingten Gaststättenverbots, des allgemeinen Verbots zur Teilnahme an öffentlichen Tanzveranstaltungen und des Verbots öffentlichen Tabakgenusses sowie des absoluten Verbots von alkoholhaltigen Getränken zum eigenen Genuss – außer Branntwein – (§§ 4, 5, 9, 10 JuSchG)
17. Lj.:	Möglichkeit der Erteilung einer Fahrerlaubnis der Klassen B und BE unter der Auflage, dass davon nur Gebrauch gemacht werden darf, wenn eine namentlich bestimmte Begleitperson mitfährt (begleitendes Fahren ab 17 Jahre, § 48 a FEV)
18. Lj.:	aktives und passives Wahlrecht zum Bundestag und den Länderparlamenten Volljährigkeit, volle Geschäfts- und Testierfähigkeit (§§ 2, 2229 BGB) Ehefähigkeit (§ 1303 Abs. 1 BGB) volle Deliktsfähigkeit (§ 828 Abs. 2 BGB) Strafmündigkeit als Heranwachsender (§§ 1, 105, 106 JGG) Erlaubnis zum Genuss von sog. Alkopops und von Branntwein, unbeschränktes Recht zum Gaststättenbesuch sowie zur Teilnahme an öffentlichen Tanzveranstaltungen (§§ 4, 5, 9 JuSchG) aktives und passives Wahlrecht zum Betriebsrat (§ 7 BetrVG) Möglichkeit zum Erwerb der Fahrerlaubnis Kl. A bei stufenweisem Zugang, B, BE, C, C1, CE und C1E (§ 10 Abs. 1 Nr. 3 FeV) Beginn der Wehrpflicht (§ 1 WehrpflG)
21. Lj.:	volle strafrechtliche Verantwortlichkeit als Erwachsener (§ 1 Abs. 2 JGG) Möglichkeit zum Erwerb der Fahrerlaubnis Kl. D, D1, DE und D1E (§ 10 Abs. 1 Nr. 2 FeV)
24 Lj.:	Berechtigung zur Ausbildung von Handwerkslehrlingen (§ 21 Abs. 3 HandwO)
25. Lj.:	Adoptionsfähigkeit (§ 1743 BGB) Befähigung zum Amt eines Schöffen/ehrenamtlichen Richters beim Verwaltungs-, Finanz-, Arbeits- oder Sozialgericht (§ 33 GVG, § 20 VwGO, § 15 FGO, § 21 ArbGG, § 16 SGG) Direkterwerb der Fahrerlaubnis Kl. A (§ 10 Abs. 1 Nr. 1 FeV)
27. Lj.:	Fähigkeit, als Beamter auf Lebenszeit angestellt zu werden (§ 6 BRRG, § 9 BBG)
30. Lj.:	Befähigung zum Amt eines Handelsrichters (§ 109 GVG)
35. Lj.:	Befähigung zum Richter an einem Obersten Bundesgericht (§ 125 Abs. 2 GVG, § 15 Abs. 3 VwGO usw.)
40. Lj.:	Befähigung zum Amt des BPräs. (Art. 54 Abs. 1 Satz 2 GG) oder eines Richters beim BVerfG (§ 3 Abs. 1 BVerfGG)
45. Lj.:	Ende der Wehrpflicht für Mannschaften in Friedenszeiten (§ 3 Abs. 3 WehrpflG)

40., 41., 53., 54., 56., 58., 60. Lj.:	Altersgrenze für Berufsunteroffiziere bzw. Truppenoffiziere (§ 45 Abs. 2 SoldG)
60. Lj.:	Ende der Wehrpflicht für Offiziere und Unteroffiziere sowie für alle im Verteidigungsfall (§ 3 Abs. 4, 5 WehrpflG)
61. Lj.:	Altersgrenze für andere Berufssoldaten (§ 45 Abs. 1 SoldG)
62. Lj.:	in der Rentenversicherung möglicher Beginn der Altersrente für langjährig Versicherte (§ 36 SGB VI)
63. Lj.:	Versetzung von Bundesbeamten in den Ruhestand auf Antrag (§ 42 Abs. 4 BBG)
63. Lj.:	Altersrente für schwer Behinderte (vorzeitige Inanspruchnahme mit Vollendung 60. Lj. möglich – § 37 SGB VI)
65. Lj.:	Altersgrenze für Beamte und Richter (§ 41 BBG, § 48 DRiG) Regelaltersrente in der Rentenversicherung (§ 35 SGB VI)
67. Lj.:	Die Altersgrenze in der gesetzlichen Rentenversicherung soll stufenweise auf das 67. Lj. angehoben werden. Entsprechendes ist für die Beamtenversorgung zu erwarten
68. Lj.:	Höchstgrenze bei Hinausschiebung des Eintritts in den Ruhestand für Beamte (§ 25 Abs. 2 BRRG; § 41 Abs. 2 BBG)

314 | Namensrecht. Namensschutz

a) Namensrecht

Der Name einer Person besteht aus einem oder mehreren Vornamen, den die Eltern bestimmen, und dem Familiennamen, der mit der Geburt erworben wird. Nach § 1355 BGB ist der Ehe- und Familienname nicht mehr, wie nach früherem Recht, der Name des Mannes, dem die Frau durch öffentlich beglaubigte Erklärung gegenüber dem Standesbeamten ihren Mädchennamen hinzufügen konnte. Vielmehr sollen die Ehegatten einen gemeinsamen Familiennamen (Ehenamen) bestimmen (§ 1355 Abs. 1 BGB). Hierfür können Sie den Geburtsnamen oder den zur Zeit der Erklärung über die Bestimmung des Ehenamens geführten Namen des Mannes oder den der Frau wählen. Das bedeutet, dass geschiedene oder verwitwete Ehegatten den in einer Vorehe „erheirateten“ Namen auch zum Ehenamen einer neuen Ehe bestimmen können. Die Bestimmung des Ehenamens erfolgt bei der Eheschließung, kann aber auch nachgeholt werden. Der Ehegatte, dessen Name nicht Familienname wird, kann seinen Geburtsnamen oder den zurzeit der Bestimmung des Ehenamens geführten Namen dem Ehenamen voranstellen oder anfügen. Besteht der Name eines Ehename aus mehreren Namen, kann nur einer dieser Namen vorangestellt oder angefügt werden. Bestimmen die Ehegatten keinen gemeinsamen Ehenamen, so behält jeder Ehegatte den Namen bei, den er zu Zeit der Eheschließung geführt hat. Ein verwitweter oder geschiedener Ehegatte behält grundsätzlich den Ehenamen. Er kann aber durch Erklärung gegenüber dem Standesbeamten seinen Geburtsnamen oder den Namen wieder annehmen, den er bis zur Bestimmung der Ehenamens geführt hat, oder dem Ehenamen seinen Geburtsnamen oder den zur Zeit der Bestimmung des Ehenamens geführten Namen voranstellen oder anfügen.

Eheliche Kinder erhalten den Ehenamen der Eltern als Geburtsnamen. Ist kein Ehename bestimmt worden, so erhält das Kind entweder den

Namen des Vaters oder den der Mutter als Geburtsnamen. Dies bestimmen die Eltern mit Wirkung auch für weitere Kinder. Können sich die Eltern innerhalb eines Monats nach der Geburt nicht einigen, so überträgt das Familiengericht nach Anhörung durch unanfechtbaren Beschluss einem Elternteil das Bestimmungsrecht (§§ 1616, 1617 BGB). Ein Kind, dessen Eltern keinen Ehenamen führen und denen die elterliche Sorge nicht gemeinsam zusteht, erhält i. d. R. den Namen des Elternteils, dem die elterliche Sorge alleine zusteht (§ 1617a BGB). Gem. § 1617a Abs. 2 kann ihm unter gewissen Voraussetzungen auch der Name des anderen Elternteils gegeben werden.

b) Schutz des Namens

Der Träger des Namens hat ein absolutes, gegen jeden wirksames Recht. Er kann bei dessen Bestreiten oder Verletzung durch unbefugten Gebrauch des gleichen Namens von dem Missbrauchenden Beseitigung verlangen bzw. auf Unterlassung klagen (§ 12 BGB).

c) Namensänderung

Die höhere Verwaltungsbehörde kann auf Antrag eines deutschen Staatsangehörigen oder auch eines Staatenlosen, der seinen Wohnsitz oder gewöhnlichen Aufenthalt im Bundesgebiet hat, eine Änderung seines Vornamens oder Familiennamens bewilligen, wenn ein wichtiger Grund vorliegt (z. B. lächerlicher Name, Aussterben eines Familiennamens).

Das Nähere bestimmt das Ges. über die Änderung von Familiennamen und Vornamen i. d. F. der Bek. vom 5. 1. 1938 (RGBl. I 9) nebst DVO i. d. F. der Bek. vom 7. 1. 1938 (RGBl. I 12) und die Allgemeine Verwaltungsvorschrift zum Gesetz über die Änderung von Familiennamen und Vornamen (NamÄndVwV) vom 11. 8. 1980 (BAnz. 153, Beilage 26/80).

Der Familienname kann sich in folgenden Fällen ändern:

- Bei Nichtigerklärung der Ehe tritt hinsichtlich der Namen der vor der Eheschließung geltende Rechtszustand ein.
- Begründen die Eltern eines Kindes, das bereits einen Namen führt, erst nachträglich eine gemeinsame Sorge, kann der Name des Kindes innerhalb von 3 Monaten neu bestimmt werden, ab dem 5. Lebensjahr aber nur mit Einverständnis des Kindes (§ 1617b Abs. 1 BGB).
- Bei rechtskräftiger Feststellung einer Scheinvaterschaft kann der Name des Kindes ebenfalls geändert werden. Es erhält dann den Namen, den seine Mutter im Zeitpunkt der Geburt führte, als Geburtsnamen (§ 1617b Abs. 2 BGB).
- Durch die Annahme als Kind erhält dieses als Geburtsnamen grundsätzlich den Familiennamen des Annehmenden, aber nicht den hinzugefügten Namen (§ 1757 BGB). Es verliert ihn grundsätzlich mit der Aufhebung der Adoption (§ 1765 BGB) ➤ vgl. Nr. 364.
- Der Elternteil, dem die elterliche Sorge für ein Kind allein zusteht, und sein Ehegatte, der nicht Elternteil des Kindes ist, können dem Kind durch Erklärung gegenüber dem Standesbeamten ihren Ehenamen erteilen. Sie können diesen Namen auch dem von dem Kind zum Erklärungszeitpunkt geführten Namen voranstellen oder anfügen. Bei gemeinsamem Sorgerecht muss auch der andere Elternteil zustimmen. Gleiches gilt, wenn das Kind den Namen des anderen Elternteils führt. Ab dem 5. Lebensjahr ist die Einwilligung des Kindes erforderlich (§ 1618 BGB; Namenserteilung oder Einbenennung). Die Erklärungen der Beteiligten müssen öffentlich beglaubigt sein.

Zur Namensführung nach Ehescheidung ➤ s. Nr. 356 c) dd).

d) Sonstiges

Adelsbezeichnungen gelten nach Art. 109 Abs. 3 Satz 2 WVerf. nur als Teil des Namens. Erwerb und Verlust des Adels bestimmen sich nicht mehr wie früher nur nach öffentlichem Recht, sondern nach den für den Erwerb und Verlust des Namens geltenden Bestimmungen des BGB.

Knaben dürfen mit Ausnahme des Beivornamens Maria keine weiblichen Vornamen erhalten.

Transsexuelle können, wenn eine Änderung ihres Empfindens nicht zu erwarten ist, nach dreijähriger Dauer beim Amtsgericht beantragen, dass sie ihre Vornamen ändern dürfen; dann wird ein entsprechender Randvermerk im Geburtenbuch eingetragen. Die Voraussetzung, dass der Transsexuelle mindestens 25 Jahre alt sein muss, hat das Bundesverfassungsgericht für nichtig erklärt (NJW 1982, 2061). Ist der Antragsteller unverheiratet und dauernd fortpflanzungsunfähig und hat er sich einer operativen Geschlechtsumwandlung unterzogen, kann er gerichtliche Feststellung der Geschlechtszugehörigkeit beantragen (Transsexuellengesetz i. d. F. der Bek. vom 10. 9. 1980, BGBl. I 1654).

315 | Personenvereinigungen und juristische Personen

a) Personenvereinigungen

Personenvereinigungen sind Zusammenschlüsse, die rechtsfähig sein können; sie können einen festen oder einen wechselnden Mitgliederbestand haben. Rechtsfähig ist insbes. die **Gesellschaft des bürgerlichen Rechts**, bei der sich zwei oder mehrere Personen zur Erreichung eines gemeinsamen Zweckes zusammenschließen, sofern sie nach außen auftritt, also durch Teilnahme am Rechtsverkehr eigene Pflichten und Rechte begründet (vgl. BGHZ 146, 341); im Übrigen ist sie nicht rechtsfähig. Von der Gesellschaft verschieden ist der **nichtrechtsfähige Verein**, auf den zwar dieselben Vorschriften Anwendung finden, der aber nicht wie die Gesellschaft auf bestimmte Personen beschränkt ist, sondern durch den Wechsel von Mitgliedern in seinem Bestande nicht berührt wird. Wie die BGB-Außengesellschaft kann er als Verein vor Gericht verklagt werden.

Der Gesellschaftsvertrag kann im Allgemeinen formlos abgeschlossen werden, falls nicht wegen der übernommenen Pflichten Formvorschriften eingreifen (z. B. Einbringung von Grundbesitz; § 311 b BGB).

Personenvereinigungen des Handelsrechts sind insbes. die offene Handelsgesellschaft (oHG), die Kommanditgesellschaft (KG) und die stille Gesellschaft, sog. Personengesellschaften; desgl. die Genossenschaft, die zwar Kaufmann, aber keine Handelsgesellschaft ist, ➢ vgl. Nr. 447.

Zur gemeinschaftlichen Ausübung freier Beruf steht ferner die Partnerschaft nach dem PartGG ➢ vgl. Nr. 439, zur Verfügung.

Die Europäische Wirtschaftliche Interessenvereinigung (EWIV) stellt eine besondere Form der Personengesellschaft für grenzüberschreitende Unternehmenskooperationen zur Verfügung, deren Zweck nicht Gewinnerzielung, sondern die Erleichterung und Entwicklung der wirtschaftlichen Tätigkeit ihrer Mitglieder ist.

b) Juristische Personen

Juristische Personen sind Personenvereinigungen oder Vermögensmassen, denen die Rechtsordnung eine allgemeine Rechtsfähigkeit zuerkennt. Während der natürlichen Person die Rechtsfähigkeit angeboren ist, erlangt die juristische Person sie erst bei Erfüllung bestimmter gesetzlicher Voraussetzungen (meist Eintragung in einem Register).

Zum Unterschied von der Personenvereinigung tritt bei der juristischen Person die Mitgliedschaft der natürlichen Person hinter dem von ihr unabhängigen eigenen Rechtsträger (Rechtssubjekt) zurück.

Man unterscheidet zwischen den juristischen Personen des öffentlichen Rechts ➢ vgl. Nr. 145, unter denen bes. der Fiskus hervortritt (Staat als Träger von Vermögensrechten, und den juristischen Personen des Privatrechts, die private Zwecke verfolgen und deren Entstehung und Verfassung vom Privatrecht geregelt wird. Von den juristischen Personen des Privatrechts behandelt das BGB nur die rechtsfähigen Vereine und die Stiftungen.

Vereine, deren Zweck nicht auf einen wirtschaftlichen Geschäftsbetrieb gerichtet ist (z. B. Kunst-, Sport-, Geselligkeitsvereine), erlangen die Rechtsfähigkeit durch Eintragung in das beim Amtsgericht geführte Vereinsregister ➢ vgl. Nr. 306 und § 21 BGB. Der Verein muss einen Namen haben, der ihn von anderen am Ort befindlichen eingetragenen Vereinen unterscheidet, ferner einen Sitz, einen Vorstand und eine Satzung, die Bestimmungen u. a. über die Mitgliederversammlung enthält. Er soll bei Anmeldung aus mindestens 7 Personen bestehen. Mit der Eintragung erhält der Verein die Bezeichnung „eingetragener Verein" (e. V.; §§ 55–79 BGB).

Rechtsfähige Vereine mit wirtschaftlichen Zwecken weist insbes. das Handelsrecht auf, nämlich Kapitalgesellschaften (Aktiengesellschaft, Kommanditgesellschaft auf Aktien, Gesellschaft mit beschränkter Haftung) sowie Erwerbs- und Wirtschaftsgenossenschaften, ➢ vgl. Nr. 447.

Eine **Stiftung** ist eine als selbstständige Rechtspersönlichkeit behandelte Vermögensmasse, deren Erträgnisse einem bestimmten dauernden Zweck gewidmet sind. Zu ihrer Entstehung sind ein Stiftungsgeschäft (bzw. letztwillige Verfügung) und staatliche Anerkennung erforderlich (§§ 80–88 BGB). S. hierzu auch das Gesetz zur weiteren steuerlichen Förderung von Stiftungen vom 14. 7. 2000 (BGBl. I 1034). Über die Stiftung öffentlichen Rechts und den Begriff „öffentliche Stiftung" ➢ vgl. Nr. 145.

316 | Sachen und Tiere

a) Definition

Sachen i. S. des Rechts sind nur körperliche Gegenstände (§§ 90 ff. BGB). Während die Person (Rechtssubjekt) der Träger von Rechten und Pflichten ist, bildet die Sache den Gegenstand von Rechten (Rechtsobjekt). Von den Sachen zu unterscheiden sind die Rechte (z. B. Urheber-, Namensrecht), die man mit den Sachen unter dem Oberbegriff Gegenstände zusammenfasst.

Eine Sache kann fest, flüssig oder gasförmig und muss abgrenzbar sein. Der menschliche Körper ist niemals Sache, sondern bildet das Äußere der Person und das Gegenstück zur Sache. Eine Mehrheit von Sachen kann als Sachgesamtheit zu einem bestimmten Zweck zusammengefasst werden (z. B. Bibliothek, Warenlager). Ein Inbegriff verschiedener Gegenstände, die Gesamtheit der Aktiva einer Person, macht ein Vermögen aus.

b) Einteilung der Sachen

Man teilt die Sachen ein in

aa) bewegliche und unbewegliche Sachen (Mobilien – Immobilien);

bb) vertretbare und unvertretbare Sachen, je nachdem, ob sie im Verkehr nach Maß, Zahl oder Gewicht bestimmt zu werden pflegen (z. B. Geld, Kohlen, Mehl, Kaffee) oder nicht (z. B. Grundstück, Schiff, Pferd). Der Unterschied spielt eine Rolle insbes. beim Sachdarlehen, das nur in vertretbaren Sachen bestehen kann, für den Urkunden- und Wechselprozess und bei der Zwangsvollstreckung ➢ vgl. Nrn. 329, 245, 249 ff.;

cc) verbrauchbare und nicht verbrauchbare Sachen, je nachdem, ob ihre bestimmungsgemäße Verwendung in Verbrauch oder Veräußerung besteht (z. B. Lebensmittel, Geld) oder nicht (z. B. Gebäude, Auto). Der Unterschied ist beim Nießbrauch ➢ s. Nr. 352, und bei der Nutznießung von Bedeutung;

dd) teilbare und nicht teilbare Sachen, je nachdem, ob sie ohne Wertänderung zerlegt werden können (z. B. Tuche, Wein) oder nicht (z. B. Maschine, Schmuckstück).

Tiere sind keine Sachen; die für Sachen geltenden Vorschriften sind auf Tiere aber i. d. R. entsprechend anzuwenden (§ 90 a BGB).

c) Wesentliche Bestandteile, Zubehör, Früchte

aa) Wesentliche Bestandteile

Wesentliche Bestandteile sind solche Bestandteile einer Sache, die voneinander nicht getrennt werden können, ohne dass der eine oder andere zerstört oder in seinem Wesen verändert wird (§ 93 BGB). Sie können nicht Gegenstand besonderer Rechte sein, teilen also das rechtliche Schicksal der Hauptsache (z. B. das Dach beim Haus, Zentralheizung im Neubau).

bb) Zubehör

Zubehör einer Sache sind bewegliche Sachen, die, ohne Bestandteil der Hauptsache zu sein, dem wirtschaftlichen Zweck der Hauptsache zu dienen bestimmt sind und zu ihr in einem entsprechenden räumlichen Verhältnis stehen (z. B. Maschinen einer Fabrik, Wirtschaftsinventar eines Landgutes). Zubehör teilt nur im Zweifel das rechtliche Schicksal der Hauptsache (§§ 97, 98, 311 c BGB).

cc) Früchte

Unter den Früchten einer Sache versteht das BGB die auf natürlichem Wege aus einer anderen entstehenden Sachen (z. B. Tierjunge, Baumfrüchte), ferner die sonstige Ausbeute, die eine Sache ihrer Bestimmung gemäß gewährt (z. B. Holz aus dem Forst, Torf aus Torfstich), und endlich Erträge, die eine Sache vermöge eines Rechtsverhältnisses gewährt (z. B. auf Grund eines Miet- oder Pachtverhältnisses). Früchte eines Rechtes sind dessen Erträge (z. B. Zinsen eines Darlehens). Nutzungen sind die Früchte einer Sache oder eines Rechtes sowie die Vorteile, die der Gebrauch der Sache oder des Rechts gewährt (z. B. der Pächter hat neben dem Recht, die Früchte eines Gutes zu ernten, auch das Recht, auf dem Gut zu wohnen). Vgl. §§ 99 ff. BGB.

317 | Rechtsgeschäfte

Die Rechtsgeschäfte bestehen aus einer oder mehreren Willenserklärungen. Die Rechtsgeschäfte (§§ 104–185 BGB) werden eingeteilt in:

a) einseitige Rechtsgeschäfte, die sein können

- streng einseitig = jede Willenserklärung einer Person ohne Rücksicht darauf, ob sie einer anderen zugeht (z. B. Testament, Auslobung; sog. nichtempfangsbedürftige Willenserklärung);

- empfangsbedürftige Willenserklärungen, die erst wirksam werden, wenn sie einem anderen zugehen (z. B. Kündigung, Mahnung);

b) **mehrseitige** Rechtsgeschäfte oder Verträge. Der Vertrag entsteht aus zwei sich entsprechenden Willenserklärungen (Angebot und Annahme).

Die Verträge können nur eine Vertragspartei verpflichten (so z. B. bei Schenkung) oder auf beiden Seiten Leistungsverpflichtungen hervorrufen (so bei Kauf, Tausch, Miete, Werkvertrag). Diese letzteren heißen gegenseitige Verträge.

Nach § 133 BGB ist bei der Auslegung einer Willenserklärung der wirkliche Wille zu erforschen und nicht an dem buchstäblichen Sinne des Ausdrucks zu haften. Verträge sind so auszulegen, wie Treu und Glauben mit Rücksicht auf die Verkehrssitte es erfordern (§ 157 BGB).

Die Rechtsgeschäfte werden ferner eingeteilt in

- Geschäfte unter Lebenden und
- von Todes wegen (Testament, Erbvertrag = Verfügungen von Todes wegen).

Man muss zwischen Verpflichtung und Verfügung unterscheiden (sog. Abstraktionsprinzip). Unter einer Verfügung versteht man ein Rechtsgeschäft, das unmittelbar Rechte überträgt, belastet, verändert oder aufhebt, während eine Verpflichtung dem Schuldner nur die Pflicht auferlegt, den bezweckten Rechtserfolg durch eine Verfügung herbeizuführen. Beim Abschluss eines Kaufvertrages verpflichtet sich der Verkäufer, die Kaufsache zu liefern und dem Käufer das Eigentum daran zu verschaffen; mit der Übergabe der Sache zwecks Eigentumsübertragung verfügt er über sie und erfüllt seine Verkäuferverpflichtung.

Weiter unterscheidet man u. a. zwischen entgeltlichen und unentgeltlichen, abstrakten und kausalen Rechtsgeschäften; die Unterscheidung richtet sich danach, ob das Rechtsgeschäft von einem Rechtsgrund (lat. causa) abhängig ist, z. B. Kauf, oder nicht, z. B. Wechselverpflichtung.

Grundsätzlich sind die Rechtsgeschäfte formfrei. Ausnahmsweise bestehen Formvorschriften; z. B. müssen Mietverträge über Wohnräume, wenn sie länger als ein Jahr laufen sollen, schriftlich (vgl. §§ 126, 126 a BGB) abgeschlossen werden. Wird die Schriftform nicht beachtet, so gilt der Vertrag als für unbestimmte Zeit geschlossen; die Kündigung ist frühestens zum Ablauf eines Jahres nach Überlassung des Wohnraumes zulässig (§ 550 BGB). Kaufverträge über Grundstücke bedürfen der notariellen Beurkundung (§ 311 b BGB).

Nichtbeachtung der gesetzlichen Form macht ein Rechtsgeschäft nichtig, ebenso Verstoß gegen ein gesetzliches Verbot oder gegen die guten Sitten (§§ 134, 138 BGB). Entspricht jedoch ein nichtiges Rechtsgeschäft den Erfordernissen eines anderen Rechtsgeschäfts, so gilt das letztere, wenn anzunehmen ist, dass dessen Geltung bei Kenntnis der Nichtigkeit gewollt sein würde (= Umdeutung; § 140 BGB).

318 | Stellvertretung. Vollmacht

Stellvertretung liegt vor, wenn jemand an Stelle und im Namen eines anderen rechtsgeschäftlich handelt mit der Wirkung, dass die Rechtsfolgen in der Person des Vertretenen eintreten (§§ 164 ff. BGB). Die Berechtigung zur Stellvertretung (Vertretungsmacht) kann auf dem Gesetz beruhen (gesetzliche Vertretung, z. B. durch Eltern, Vormund) oder durch Rechtsgeschäft begründet sein (Vollmacht).

Die Stellung eines gesetzlichen Vertreters haben u. a. die Organe der juristischen Personen (z. B. Vorstand einer AG), die amtlichen Vertreter von Sondervermögen (z. B. Insolvenzverwalter, Nachlasspfleger).

Für bestimmte Rechtsgeschäfte ist die Stellvertretung ausgeschlossen, so besonders im Familien- und Erbrecht (Eheschließung, § 1311 BGB; Testament, § 2064 BGB; für den Erblasser beim Erbvertrag, § 2274 BGB) = höchstpersönliche Rechtsgeschäfte.

Tritt die Stellvertretung nach außen nicht in Erscheinung, sondern handelt der Stellvertreter im eigenen Namen, aber für fremde Rechnung, so spricht man von mittelbarer, dagegen bei Stellvertretung im fremden Namen von unmittelbarer (direkter) Stellvertretung.

Beim Handeln ohne Vertretungsmacht, wenn also der Vertreter weder gesetzlich noch rechtsgeschäftlich zur Stellvertretung berechtigt ist, hängt die Wirksamkeit des Rechtsgeschäfts von der Genehmigung des Vertretenen ab. Bis zur Genehmigung ist das Geschäft schwebend unwirksam und der Vertragspartner zum Widerruf berechtigt (§§ 177, 178 BGB).

Zur Vermeidung einer Interessenkollision ist es dem Vertreter grundsätzlich nicht gestattet, im Namen des Vertretenen mit sich selbst oder als Vertreter mehrerer Personen ein Rechtsgeschäft zwischen diesen vorzunehmen (§ 181 BGB). Erlaubt ist ein solches Selbstkontrahieren des Vertreters nur, wenn es ihm ausdrücklich vom Vertretenen gestattet ist oder wenn das Rechtsgeschäft ausschließlich in der Erfüllung einer Verbindlichkeit besteht.

319 | Verjährung

Das Recht, von einem anderen ein Tun oder Unterlassen zu verlangen (Anspruch), unterliegt der Verjährung (§§ 194 ff. BGB). Die regelmäßige Verjährungsfrist beträgt 3 Jahre (§ 195 BGB). Sie beginnt mit dem Schluss des Kalenderjahres, in dem der Anspruch entstand, also fällig wurde und in dem der Gläubiger von den den Anspruch begründenden Umständen und der Person des Schuldners Kenntnis erlangt hat (§ 199 Abs. 1 BGB). Diese dreijährige Frist gilt für alle Ansprüche aus Vertrag, Delikt, Pflichtverletzung, Geschäftsführung ohne Auftrag, ungerechtfertigte Bereicherung und sachenrechtliche Ansprüche. Sie gilt auch für wiederkehrende Leistungen und Unterhaltsleistungen sowie für künftig fällig werdende regelmäßig wiederkehrende Leistungen (§ 197 Abs. 2 BGB).

Ausnahmen von dieser generellen dreijährigen Frist sind die

- zweijährige Frist für kauf- und werkvertragliche Gewährleistungsansprüche (§§ 438 Abs. 1 Nr. 3, 634 a Abs. 1 Nr. 1 BGB),
- fünfjährige Frist für Gewährleistung an Bauwerken (§§ 438 Abs. 1 Nr. 2, 634 a Abs. 1 Nr. 2 BGB),
- zehnjährige Frist bei Unkenntnis über den Anspruch (Ausnahme Schadensersatzansprüche) und bei Rechten an einem Grundstück (§§ 199 Abs. 4, 196 BGB) und
- dreißigjährige Frist bei Herausgabeansprüchen aus Eigentum, dinglichen Rechten, familien- und erbrechtlichen Ansprüchen, rechtskräftig festgestellten und vollstreckbaren Ansprüchen und Ansprüchen auf Schadensersatz, sofern eine Tötung, Körper-, Gesundheits- oder Freiheitsverletzung zugrunde liegt (§§ 197, 199 Abs. 2 BGB).

Der Verpflichtete kann nach Beendigung der Verjährung die Leistung verweigern (Verjährungseinrede), Geleistetes jedoch nicht zurückfordern (§ 214 BGB). Wenn der Beklagte die Verjährung nicht ausdrücklich geltend macht, darf das Gericht die Verjährung des Anspruchs nicht berücksichtigen (sog. Einrede).

Die Verjährung wird unterbrochen durch Anerkennung des Anspruchs (die auch in einer Abschlags- oder Zinszahlung liegen kann) sowie durch Beantragung oder Vornahme einer gerichtlichen oder behördlichen Vollstreckungshandlung. Nach Ende der Unterbrechung beginnt die Verjährungsfrist von neuem (§ 212 BGB – sog. Neubeginn der Verjährung). Dagegen läuft bei Hemmung der Verjährung die vorher begonnene Verjährungsfrist weiter (§§ 203 ff. BGB). Eine Hemmung der Verjährung tritt ein bei Verhandlungen über den streitigen Anspruch (§ 203 BGB) und durch Rechtsverfolgung (§ 204). Die Hemmung endet im letzteren Fall sechs Monate nach der rechtskräftigen Entscheidung oder der anderweitigen Beendigung des eingeleiteten Verfahrens.

Unverjährbar sind gewisse Ansprüche aus familienrechtlichen Verhältnissen (vgl. § 194 Abs. 2 BGB), aus eingetragenen Grundstücksrechten, aus Nachbarrecht (§ 924 BGB), auf Aufhebung einer Gemeinschaft (§§ 758, 2042 BGB).

320 | Das Recht der Schuldverhältnisse (Buch 2, §§ 241–853)

Das Recht der Schuldverhältnisse behandelt das persönliche schuldrechtliche Verhältnis, das zwischen dem Leistungsberechtigten (Gläubiger) und dem zur Leistung Verpflichteten (Schuldner) besteht, während das Verhältnis zwischen Person und Sache, das Sachenrecht, im Buch 3 geregelt ist.

Schuldverhältnis ist die rechtliche Beziehung zwischen zwei oder mehr Personen, kraft deren der eine (Gläubiger) gegen den anderen (Schuldner) ein Recht auf ein Tun oder Unterlassen, einen Anspruch oder eine Forderung, hat. Diesem Anspruch des Gläubigers entspricht aufseiten des Schuldners die Verbindlichkeit bzw. die Haftung (§§ 241 ff. BGB). Gleichzeitig verpflichtet das Schuldverhältnis beide Parteien zur gegenseitigen Rücksichtnahme auf die Rechte und Interessen des anderen.

Man bezeichnet das Schuldverhältnis im Gegensatz zum dinglichen Recht des Sachenrechts auch als obligatorisches Rechtsverhältnis (obligare lat. = verpflichten).

Ein Schuldverhältnis kann begründet werden durch

- gesetzliche Vorschrift (z. B. familienrechtlicher Unterhaltsanspruch),
- Rechtsgeschäft, meistens Vertrag, oder
- unerlaubte Handlung; z. B. schuldhafte Schädigung eines anderen (§§ 823 ff. BGB) ➢ vgl. Nr. 343.

Es kann auf Leistung einer Sache, auf Vornahme einer Handlung, auf Duldung oder auf ein Unterlassen gerichtet sein.

In § 241 a BGB wird klargestellt, dass die Lieferung unbestellter Sachen oder die Erbringung unbestellter Leistungen durch einen Unternehmer an einen Verbraucher keinen Gegenleistungsanspruch begründen.

Nach § 242 BGB hat der Schuldner die Leistung so zu bewirken, wie es Treu und Glauben mit Rücksicht auf die Verkehrssitte erfordern.

Wichtig ist, ob eine bestimmte Sache (Stückschuld, Speziesschuld) geschuldet wird oder ob es sich um eine Gattungsschuld handelt. Bei letzterer ist der geschuldete Gegenstand nur der Gattung nach bestimmt (z. B. ein Fahrrad). Es ist dann eine Sache von mittlerer Art und Güte zu liefern, während bei der Speziesschuld eine im Einzelnen bestimmte Sache geschuldet wird (z. B. ein genau bezeichnetes Bild eines bestimmten Malers).

Bei denkbaren **Störungen des Schuldverhältnisses** hat das BGB folgende Rechtsfolgen geregelt:

- Schadensersatz wegen Pflichtverletzung (§ 280 BGB), der verlangt werden kann, wenn der Schuldner schuldhaft eine Pflicht aus dem Schuldverhältnis verletzt und hieraus dem Gläubiger ein Schaden entsteht,
- Ausschluss der Leistungspflicht dann, wenn die Leistung für den Schuldner oder jedermann unmöglich (§ 275 Abs. 1 BGB) ist oder wenn der Leistungsaufwand unverhältnismäßig wäre (§ 275 Abs. 2 BGB),
- Rücktritt wegen nicht oder nicht vertragsgemäß erbrachter Leistung (§§ 323 ff. BGB) und
- Schuldnerverzugsregelungen, wenn schuldhaft trotz Fälligkeit und grds. Mahnung der Schuldner nicht leistet (§ 286 BGB). Beim häufigen Fall des Zahlungsverzugs hat der Gläubiger Anspruch auf Verzugszinsen in Höhe von 5 Prozentpunkten über dem jeweiligen Basiszinssatz (§§ 288, 247 BGB).

Eine Schadensersatzpflicht, z. B. aus Vertragsverletzung oder unerlaubter Handlung, kann sich durch mitwirkendes Verschulden des Geschädigten mindern oder sogar entfallen; dies hängt von den Umständen, insbes. davon ab, inwieweit der Schaden vorwiegend von dem einen oder dem anderen Teil verursacht worden ist (§ 254 BGB) ➢ vgl. Nr. 344.

321 | Gesamtschuldner. Gesamtgläubiger

Bei einem Schuldverhältnis können auf der Schuldner- wie auf der Gläubigerseite mehrere Personen stehen. Schulden mehrere eine Leistung und ist diese teilbar, so gilt im Zweifel jeder Schuldner als zu gleichem Anteil verpflichtet. Ist die Leistung unteilbar, so haften sämtliche Schuldner als Gesamtschuldner, d. h. jeder muss die ganze Leistung bewirken; jedoch kann sie der Gläubiger nur einmal fordern (§§ 420, 421, 431 BGB).

Bei mehreren Gläubigern einer teilbaren Leistung hat im Zweifel jeder Gläubiger einen gleichen Anteil zu beanspruchen (§ 420 BGB). Sollen sie Gesamtgläubiger sein, so muss ausdrücklich vereinbart sein, dass jeder Gläubiger berechtigt ist, die ganze Leistung zu fordern; dies gilt auch für unteilbare Leistungen (§ 428 BGB).

Ein Gesamtschuldverhältnis entsteht:

- wenn eine unteilbare Leistung geschuldet wird (§ 431 BGB);
- wenn sich mehrere Schuldner gemeinschaftlich durch Vertrag zu einer teilbaren Leistung verpflichten (§ 427 BGB);
- in vom Gesetz bestimmten Einzelfällen (z. B. § 840 BGB unerlaubte Handlung mehrerer, § 769 BGB mehrere Bürgen, § 2058 BGB Miterben).

Die Gesamtgläubigerschaft kann durch Rechtsgeschäft oder Gesetz (so bei mehreren Vermächtnisnehmern im Falle des § 2151 Abs. 3 BGB) entstehen.

Im Innenverhältnis untereinander sind Gesamtgläubiger und Gesamtschuldner grundsätzlich zum Ausgleich verpflichtet (§§ 426, 430 BGB).

322 | Abtretung von Ansprüchen (Zession)

Forderungen und andere Rechte können durch Vertrag zwischen dem Gläubiger und einem Dritten übertragen (abgetreten) werden (§§ 398 ff. BGB). Unübertragbar sind jedoch Ansprüche,

- bei denen die Übertragung durch Rechtsgeschäft zwischen Gläubiger und Schuldner ausgeschlossen ist (§ 399 BGB) oder
- sich die Unübertragbarkeit aus Sinn und Zweck des Rechtsgeschäfts ergibt (z. B. Werkvertrag, Altenteil);
- die unpfändbar sind (§ 400 BGB);
- die das Gesetz ausdrücklich für unübertragbar erklärt (z. B. § 473 BGB Vorkaufsrecht, § 717 BGB Ansprüche aus dem Gesellschaftsverhältnis).

Der Abtretungsvertrag ist grundsätzlich formfrei; in einzelnen Fällen sind bestimmte Formen vorgeschrieben (z. B. Hypothekenabtretung). Mit der Abtretung gehen Sicherungsrechte (z. B. aus Hypothek, Pfandrecht, Bürgschaft) kraft Gesetzes auf den Abtretungsempfänger über (§ 401 BGB). Über Vorausabtretung einer künftigen Forderung beim sog. verlängerten Eigentumsvorbehalt ➢ vgl. Nr. 324. Wichtig ist, dem Schuldner die Abtretung mitzuteilen, da er sonst mit befreiender Wirkung an den bisherigen Gläubiger leisten kann (§ 407 BGB).

323 | Erlöschen der Schuldverhältnisse

Das BGB nennt in den §§ 362 ff. als Erlöschensgründe der Schuldverhältnisse:

a) Erfüllung, d. h. Bewirken der geschuldeten Leistung an den Gläubiger (§§ 362–371);

b) Hinterlegung (§§ 372–386);

Zur Hinterlegung ist ein Schuldner bei Annahmeverzug des Gläubigers berechtigt. Ferner dann, wenn er aus einem anderen in der Person des Gläubigers liegenden Grund oder wegen Ungewissheit über die Person des Gläubigers seine Verbindlichkeit nicht oder nicht mit Sicherheit erfüllen kann ➢ vgl. Nr. 308 b).

c) Aufrechnung (§§ 387–396) = Tilgung einer Schuld durch Verrechnung mit einer Gegenforderung;

Voraussetzungen der Aufrechnung auf Seiten des Schuldners sind eine voll wirksame Forderung, Gegenseitigkeit, Gleichartigkeit und Fälligkeit der Gegenforderung (§ 387 BGB). Die Verjährung schließt die Aufrechnung nicht aus, wenn die verjährte Forderung zu der Zeit, zu welcher sie gegen die andere Forderung aufgerechnet werden konnte, noch nicht verjährt war (§ 215 BGB). Über Besonderheiten der Aufrechnung in der Insolvenz s. §§ 94–96 InsO. Gegen eine unpfändbare Forderung (z. B. auf Arbeitslohn) kann i. d. R. nicht aufgerechnet werden, ebenso wenig gegen eine Forderung aus vorsätzlicher unerlaubter Handlung (z. B. Diebstahl); §§ 394, 393 BGB.

d) Erlass (§ 397) durch formlosen Vertrag zwischen Schuldner und Gläubiger.

324 | Vertragstypen des BGB

In den §§ 433–853 regelt das BGB einzelne Schuldverhältnisse. Für sie gelten die allgemeinen, grundsätzlich für alle Schuldverhältnisse maßgebenden allgemeinen schuldrechtlichen Bestimmungen (§§ 241–432) nur insoweit, als in den Regelungen über das jeweilige Schuldverhältnis nichts Abweichendes bestimmt ist. Es gilt – anders als im Sachen-, Familien- und Erbrecht, wo nur die dort näher festgelegten Verträge abgeschlossen werden können – im Schuldrecht grundsätzlich Vertragsfreiheit, d.h. die Vertragsparteien können den Vertrag beliebig gestalten; sie müssen nur die unabdingbaren Rechtsgrundsätze (z.B. gute Sitten, gesetzliche Verbote) beachten. Auch die Bestimmungen über einzelne Schuldverhältnisse greifen nur Platz, soweit die Parteien nichts anderes vereinbart haben. Es sind Vertragstypen, die der Gesetzgeber zur Verfügung stellt, die aber durch Parteigestaltung abgewandelt werden können.

Im Wandel der Wirtschaftsstruktur haben sich neue Vertragstypen herausgebildet, z.B. der verlängerte Eigentumsvorbehalt, bei dem sich der Lieferant die Ansprüche des Schuldners aus der Weiterveräußerung an Dritterwerber im Voraus abtreten lässt und beim Sortimentsvertrag im Buchhandel (Rückgaberecht des Buchhändlers, sog. Remittenden); hier findet Kaufrecht entsprechende Anwendung (§ 433 BGB).

Öfters finden sich sog. gemischte Verträge, die Elemente verschiedener Vertragstypen enthalten, z.B. Hotelbestellung des Urlaubsreisenden: Miete (Zimmer), Kauf (Verpflegung), Dienstvertrag (Bedienung). Hier entscheidet sich nach Inhalt und Zweck der Vereinbarungen, inwieweit die Vorschriften über die einzelnen Vertragstypen anzuwenden sind.

325 | Verbraucherschutzgesetze

Mit dem Gesetz zur Modernisierung des Schuldrechts ist der deutsche Gesetzgeber auch seiner Verpflichtung nachgekommen, einige Richtlinien der EU in deutsches Recht umzusetzen. In den letzten Jahren waren, gestützt auf Rechtsangleichungsmaßnahmen der EU, in einzelnen verbraucherrelevanten Materien Sondergesetze ergangen bzw. die bestehenden Vorschriften geändert worden. Die Vorschriften zielten sämtlich auf eine Verbesserung des Verbraucherschutzes in einer bestimmten Situation ab: sehr häufig durch gezielte Aufklärungspflichten, eine Möglichkeit, sich von übereilten vertraglichen Bindungen wieder lösen zu können und eine verstärkte gerichtliche Kontrolle. Mit dem Schuldrechtsmodernisierungsgesetz wurden die EU-Richtlinien und die hierzu in der BRD ergangenen Nebengesetze in das BGB integriert.

Im Einzelnen sind hier zu nennen

- als Ausgangspunkt dieser Entwicklung die Produkthaftungs-Richtlinie Nr. 85/374 (ABl. EG 1995 L 210, S. 29), geändert durch die Richtlinie Nr. 1999/34 (ABl. EG 1999 L 141, S. 20) ➢ s. Nr. 344 e),
- die Haustürwiderrufs-Richtlinie Nr. 85/577 (ABl. EG 1985 L 372, S. 31),
- die Verbraucherkredit-Richtlinie Nr. 87/102 (ABl. EG 1987 L 42, S. 48),
- die Pauschalreisen-Richtlinie Nr. 90/314 (ABl. EG 1990 L 158, S. 59),
- die Richtlinie über missbräuchliche Klauseln in Verbraucherverträgen Nr. 93/13 (ABl. EG 1993 L 95, S. 29),
- die Time-Sharing-Richtlinie Nr. 94/47 (ABl. EG 1994 L 280, S. 83),
- die Fernabsatz-Richtlinie Nr. 97/7 (ABl. EG 1997 L 144, S. 19),
- die Richtlinie über Unterlassungsklagen zum Schutz der Verbraucherinteressen Nr. 98/27 (ABl. EG 1998 L 166, S. 51) sowie, zuletzt,
- die Gewährleistungs-Richtlinie Nr. 1999/44 (ABl. EG 1999 L 171, S. 12).

Die wichtigsten Verbraucherschutzbestimmungen des BGB sind

- das Recht der Allgemeinen Geschäftsbedingungen (§§ 305–310 BGB), die bei Lieferungs- und Leistungsverträgen vielfach üblich sind (Ban-

ken, Spediteure, Versicherungen; ➢ vgl. Nrn. 419, 450, 488). Sie regeln z. B. Leistungsort, Zahlungsart, Gerichtsstand usw. und enthalten häufig Freizeichnungsklauseln mit Haftungsfreistellungen für eine Vertragspartei. Die AGB werden Bestandteil des Grundvertrags nur bei ausdrücklichem Hinweis, Möglichkeit der Kenntnisnahme und Einverständnis der Vertragspartei. Sie können für bestimmte Rechtsgeschäfte im Voraus vereinbart werden (wie bisher schon bei Banken, Versicherungen, Spediteuren usw.). Unwirksam sind Klauseln, die den Vertragsgegner unangemessen benachteiligen oder die dem Verwender der AGB einseitig gewisse Vorteile hins. der Geltendmachung seiner Rechte einräumen, z. B. generelles Aufrechnungsverbot, Ausschluss der Haftung für grobes Verschulden, überhöhte Schadenspauschalierung. Die sog. Klauselverbote (§§ 308, 309 BGB), d. h. die einzelnen Bestimmungen, nach denen insbesondere Allgemeine Geschäftsbedingungen unwirksam sind, gelten auch für Verträge nach ausländischem Recht, wenn bei diesem Vertrag ein enger Zusammenhang mit dem Gebiet der Bundesrepublik Deutschland besteht (z. B. bei Werbefahrten ins Ausland). Die Schutzvorschriften gelten jedoch gegenüber Kaufleuten im Handelsverkehr nur in beschränktem Umfang. Unterlassungs- und Widerrufsansprüche können nur von rechtsfähigen Verbänden bestimmter Art (z. B. Verbraucherverbänden) durch Klage geltend gemacht werden; die Klagen und Urteile werden beim Bundeskartellamt registriert.
- das Widerrufsrecht bei **Haustürgeschäften** (§ 312 BGB) und **Fernabsatzverträgen** (§ 312b BGB), die dem Verbraucher ein Widerrufsrecht von zwei Wochen einräumen (§ 355) und entsprechende Belehrungs- und Unterrichtungspflichten des Unternehmers aufstellen. Fernabsatzverträge sind Verträge, die ausschließlich unter Verwendung von Fernkommunikationsmitteln abgeschlossen werden, also mittels Brief, Telefon, Telefax, E-Mail, Internet u. a. Diese Bestimmungen werden ergänzt durch die
- Pflichten im elektronischen Rechtsverkehr (§ 312 e BGB), wie z. B. die Verpflichtung des Unternehmers, den Zugang einer Bestellung unverzüglich auf elektronischem Weg zu bestätigen und dafür zu sorgen, dass der Kunde die Vertragsbestimmungen einschließlich der AGB abrufen und in wiedergabefähiger Form speichern kann.

Die verschiedenen Informationspflichten des Unternehmers gegenüber dem Verbraucher, insbes. bei Haustür- und Fernabsatzverträgen oder bei Verträgen, die auf elektronischem Weg geschlossen wurden, regelt die BGB-InformationspflichtenVO i. d. F. der Bek. vom 5. 8. 2002 (BGBl. I 3002). Diese VO regelt auch die Mindestanforderungen an einen Reiseprospekt und enthält in der Anlage das Muster einer Widerrufs- und Rückgabebelehrung (BGBl. I 3009, 3011).

Wer in seinen allgemeinen Geschäftsbedingungen unwirksame Bestimmungen verwendet oder in anderer Weise den Verbraucherschutzgesetzen zuwiderhandelt, kann auf Unterlassung verklagt werden (Unterlassungsklagengesetz i. d. F. der Bek. vom 27. 8. 2002, BGBl. I 3422). Das Klagerecht steht qualifizierten Einrichtungen zum Schutz der Verbraucherinteressen, rechtsfähigen Verbänden zur Förderung gewerblicher Interessen oder den Industrie- und Handelskammern sowie den Handwerkskammern zu. Zuständig für den Rechtsstreit ist ausschließlich das Landgericht, in dessen Bezirk der Beklagte seine gewerbliche Niederlassung und in Ermangelung einer solchen seinen Wohnsitz hat.

326 | Kauf, Tausch, Schenkung

a) Kaufvertrag

Der Kaufvertrag ist ein gegenseitiger Vertrag, durch den sich der Verkäufer verpflichtet, dem Käufer den Kaufgegenstand dauernd zu verschaffen, während der Käufer sich zur Zahlung des Kaufpreises und Abnahme des Kaufgegenstandes verpflichtet. Besteht die Gegenleistung nicht in Geld, sondern in der Hingabe einer anderen Sache, so liegt ein Tauschvertrag vor (§§ 433 ff., 480 BGB).

Der Kaufvertrag ist grundsätzlich formfrei (Ausnahmen z. B. beim Grundstücks- und Erbschaftskauf, §§ 311 b, 2371 BGB). Der Verkäufer haftet für Rechts- und Sachmängel. Er muss also die Sache frei von Rechten verschaffen, die von Dritten gegen den Käufer geltend gemacht werden können (z. B. Pfandrecht). Beim Kauf einer Forderung oder eines sonstigen Rechts haftet er aber nur für deren Bestehen (Verität), nicht für Zahlungsfähigkeit des Schuldners (Bonität). Bei Sachen trifft den Verkäufer die Gewährleistungspflicht, d. h., er muss für Fehler der Sache und für zugesicherte Eigenschaften einstehen.

Wenn Mängel vorhanden sind, so hat der Käufer das Recht
- Nacherfüllung (§ 439 BGB) zu verlangen,
- den Rücktritt vom Vertrag (§§ 440, 323, 326 BGB) zu erklären,
- Minderung des Kaufpreises (§ 441 BGB) geltend zu machen,
- Schadensersatz (§§ 440, 280, 281 BGB) zu fordern oder
- den Ersatz vergeblicher Aufwendungen (§ 284 BGB) zu beanspruchen.

Da der Verkäufer die Pflicht hat, die Kaufsache mangelfrei zu übergeben, gilt die Übergabe einer mangelbehafteten Sache als Pflichtverletzung und löst vorstehende Rechte des Käufers aus, wobei der Anspruch auf Nacherfüllung, also Beseitigung des Mangels oder Lieferung einer mangelfreien Sache vorrangig ist. Eine Sache ist dann mangelhaft, wenn sie nicht die vereinbarte oder für die gewöhnliche Verwendung übliche Beschaffenheit aufweist (§ 434 BGB), wobei es auf den Zeitpunkt des sog. Gefahrübergangs (i. d. R. Zeitpunkt der Übergabe der Sache) ankommt. Zur Beschaffenheit der Sache gehören auch die Eigenschaften, die in Werbeaussagen, Produktbeschreibungen oder Montageanleitungen enthalten sind, sofern diese Aussagen dem Verkäufer bekannt waren oder sein mussten.
Die Gewährleistungsansprüche verjähren bei beweglichen Sachen in zwei Jahren seit Ablieferung (§ 438 Abs. 1 Nr. 3, Abs. 2 BGB).

Beim sog. Verbrauchsgüterkauf (§ 474 BGB) gilt zum Vorteil für den Verbraucher in den ersten 6 Monaten nach Übergabe der Sache die Vermutung, dass sie schon bei Gefahrübergang mangelhaft war. Eine gegenteilige Behauptung muss vom Unternehmer bewiesen werden (§ 476 BGB). Garantieerklärungen müssen einfach und verständlich abgefasst sein (§ 477 BGB).

Außer der Abnahmepflicht treffen den Käufer Nebenpflichten, z. B. die Übernahme der Kosten für eine von ihm verlangte Versendung nach einem anderen Ort, beim Grundstückskauf die Kosten für Auflassung und Grundbucheintragung (§ 448 BGB).

Über den Unterschied zwischen Verpflichtungs- und Verfügungsgeschäft (Eigentumsübertragung) beim Kauf ➢ s. Nr. 317. Über Gefahrübergang beim Versendungskauf vgl. § 447 BGB, über Kauf und Werklieferungsvertrag ➢ s. Nr. 330. Für den Abschluss und die Abwicklung von internationalen Kaufverträgen s. das Übereinkommen der Vereinten Nationen vom 11. 4. 1980 über Verträge über den internationalen Warenkauf (BGBl. 1989 II 586).

b) Schenkung

Die Schenkung ist ein Vertrag, durch den jemand aus seinem Vermögen einen anderen bereichert, wenn sich beide über die Unentgeltlichkeit einig sind. Das Schenkungsversprechen bedarf der notariellen Beurkundung. Ein etwaiger Formmangel wird durch Bewirkung der Schenkung (sog. Handschenkung) geheilt. (§§ 516 ff. BGB).

Eine Schenkung kann durch Erklärung gegenüber dem Beschenkten widerrufen werden, wenn dieser sich durch eine schwere Verfehlung gegen den Schenker oder dessen nahe Angehörige groben Undanks schuldig gemacht hat. Die Herausgabe des Geschenks kann aber nur nach den Vorschriften über die ungerechtfertigte Bereicherung ➢ s. Nr. 342, verlangt werden, d. h. grundsätzlich nur, soweit der Beschenkte noch bereichert ist (also z. B. den geschuldeten Gegenstand noch besitzt). Vgl. §§ 530, 531 BGB. Über Steuerpflicht (Schenkungsteuer) ➢ s. Nr. 548.

327 | Miete, Pacht

a) Miete

aa) Der Mietvertrag

Der Mietvertrag verpflichtet den Vermieter, die vermietete Sache dem Mieter gegen einen vereinbarten Mietpreis zum Gebrauch zu überlassen (§ 535 BGB). Der Vertrag ist grundsätzlich formlos. Wird der Mietvertrag mündlich geschlossen und soll er länger als ein Jahr dauern, gilt er für unbestimmte Zeit (§ 550 BGB).

Über Wohnungsmakler ➢ s. Nr. 331.

Der Vermieter hat ein Pfandrecht an den eingebrachten Sachen des Mieters (§§ 562–562 d BGB). Der Mieter ist unter bestimmten Voraussetzungen verpflichtet, Erhaltungs-, Verbesserungs- und Modernisierungsarbeiten, sowie Arbeiten zur Einsparung von Heizenergie oder Wasser sowie der Schaffung neuen Wohnraums zu dulden (§ 554 BGB). Der Mieter kann vom Vermieter die Zustimmung zu Umbauarbeiten fordern, die für eine behindertengerechte Nutzung (Barrierefreiheit) der Mietsache erforderlich sind (§ 554 a BGB). Eine Mietkaution kann nur bis zur dreifachen Höhe des Monatsmietzinses verlangt werden; sie ist vom Vermieter getrennt von seinem Vermögen verzinslich anzulegen; die Zinserträge stehen dem Mieter zu und erhöhen die Sicherheit (§ 551 BGB). Die Kaution kann auch in drei Monatsraten bezahlt werden.

Bei Sach- und Rechtsmängeln der Mietsache steht dem Mieter ein Minderungsanspruch zu, Voraussetzung hierfür ist aber eine unverzügliche Mängelanzeige, wenn der Mangel während der Mietzeit auftritt (§§ 536 ff. BGB). Bei Tod des Mieters treten Ehegatten oder Lebenspartner, ggf. auch Kinder oder andere Familienangehörige bzw. sonstige Personen, die im gemeinsamen Haushalt mit dem Mieter leben, in das Mietverhältnis ein. Diese können aber innerhalb eines Monats, nachdem sie vom Tod des Mieters erfahren haben, erklären, dass sie das Mietverhältnis nicht fortsetzen wollen (§ 563 BGB).

Wenn der vermietete Wohnraum während der Mietzeit verkauft wird, tritt der Erwerber in alle Rechte und Pflichten des Mietverhältnisses ein (Kauf bricht nicht Miete, § 566 BGB).

bb) Kündigung des Mietvertrags

Nach § 580 a BGB richtet sich die Kündigungsfrist bei Grundstücken und Räumen mangels vertraglicher Vereinbarung nach dem Zeitraum, für den der Mietzins bemessen ist. Ist er nach Tagen festgesetzt, gilt tägliche Kündigung; bei wöchentlichem Mietzins muss am ersten Werktag der Woche zum Ablauf des folgenden Samstags gekündigt werden, bei monatlichem oder nach längeren Zeiträumen berechnetem Mietzins ist bis zum 3. Werktag des Monats zum Ende des übernächsten Monats zu kündigen (bei Geschäftsräumen ist die Kündigung am 3. Werktag eines Kalendervierteljahres zum Ablauf des nächsten Kalendervierteljahres zulässig). Die Kündigung für Wohnraum ist grundsätzlich spätestens am 3. Werktag zum Ablauf des übernächsten Monats auszusprechen; nach 5 und 8 Jahren verlängert sich die Frist (nur) für den Vermieter um jeweils drei Monate (§ 573 c BGB). Kürzere Fristen dürfen zugunsten des Vermieters nur bei Vermietung zu vorübergehendem Gebrauch vereinbart werden. Bei möbliert vermieteten Räumen, die nicht einer Familie überlassen sind, ist Kündigung bei monatlichem oder nach längeren Fristen bemessenem Mietzins bis zum 15. des Monats für dessen Ende zulässig.

Bei Eigenbedarf des Vermieters oder bei Planung konkreter, erheblicher Baumaßnahmen in absehbarer Zukunft sind Zeitmietverträge möglich, bei denen der Mieter nach Ablauf der Mietzeit kein Fortsetzungsverlangen stellen kann (§ 575 BGB).

Über Werkwohnungen ➢ vgl. Nr. 621.

Nach § 573 BGB ist bei Wohnraum eine Kündigung des Vermieters nur zugelassen, wenn er ein berechtigtes Interesse an der Beendigung des Mietverhältnisses hat. Dieses berechtigte Interesse des Vermieters an der Kündigung kann sein

- Eigenbedarf,
- schuldhafte nicht unerhebliche Vertragsverletzung durch den Mieter oder
- Behinderung an angemessener wirtschaftlicher Verwertung des Grundstücks.

Ausnahmen gelten für Mietverhältnisse in einem vom Vermieter selbst bewohnten Wohngebäude mit nicht mehr als 2 Wohnungen, wenn die Kündigung hierauf gestützt wird. (§ 573 a BGB). Die Kündigungsfrist verlängert sich in diesem Fall allerdings um drei Monate. Ausnahmen gelten ferner für vorübergehend vermieteten Wohnraum, wenn eine kürzere Frist vereinbart worden ist.

Ist bei einer vermieteten Wohnung nach der Überlassung an den Mieter Wohnungseigentum begründet und dann veräußert worden, kann der Erwerber Eigenbedarf nicht vor Ablauf von 3 Jahren seit der Veräußerung an ihn geltend machen (§ 577 a BGB); in bestimmten Fällen kann diese Frist 10 Jahre betragen. Bei einem Verkauf derartiger Wohnungen steht dem Mieter ein Vorkaufsrecht zu (§ 577 BGB).

Bei Mietverträgen über Wohnraum ermöglicht die sog. Sozialklausel (§ 574 BGB) dem Mieter einen Widerspruch gegen die Kündigung, wenn diese für ihn oder seine Familie unter Würdigung aller Umstände und der berechtigten Interessen des Vermieters eine Härte bedeuten würde; das ist auch der Fall, wenn angemessener Ersatzraum zu zumutbaren Bedingungen nicht zu beschaffen ist, was der Mieter ggf. beweisen muss. Er kann Fortsetzung des Mietverhältnisses auf angemessene Zeit oder unter angemessen geänderten Bedingungen (z. B. Mietpreis) verlangen, worüber notfalls durch Urteil entschieden wird. Kündigung (§ 568 BGB) und Widerspruch (§ 574 b BGB) bedürfen der Schriftform; der Widerspruch ist spätestens zwei Monate vor Vertragsende anzubringen, es sei denn, der Vermieter hat den Mieter nicht rechtzeitig auf Möglichkeit, Form und Frist des Widerspruchs hingewiesen, was er nach § 568 Abs. 2 BGB tun soll (nicht muss). Bei einer ordentlichen Kündigung müssen die Gründe, aus denen sich das berechtigte Interesse des Vermieters an der Kündigung ergibt, im Kündigungsschreiben angegeben werden. Andere Gründe können im Streitfall vor Gericht nur berücksichtigt werden, wenn sie später entstanden sind (§ 573 Abs. 3 BGB). Der Mieter kann die Fortsetzung des Mietverhältnisses nicht verlangen, wenn der Vermieter außerordentlich fristlos aus wichtigem Grund kündigen kann (§ 574 BGB). Fristlose, außerordentliche Kündigungen sind z. B. möglich, wenn eine Vertragspartei den Hausfrieden nachhaltig stört, der Mieter die Mietsache gefährdet oder unbefugt Dritten überlässt oder er über mehr als zwei Monate mit der Mietzahlung im Rückstand ist (§ 543 BGB). Über die Bewilligung von Räumungsfristen für Wohnräume im Zwangsvollstreckungsverfahren vgl. §§ 721, 794 a ZPO.

cc) Miethöhe

Grundsätzlich kann die Miete zwischen den Parteien frei vereinbart werden, auch eine Mieterhöhung durch freie Vereinbarung ist jederzeit möglich. Kommt keine Vereinbarung über eine Erhöhung zustande, dann ist bei Wohnraum eine Kündigung zur Durchsetzung einer Mieterhöhung nicht zulässig. Doch kann der Vermieter, wenn der Mietzins in dem Zeitpunkt zu dem die Erhöhung eintreten soll, seit 15 Monaten unverändert geblieben ist und frühestens 1 Jahr nach der letzten Mieterhöhung, durch begründete textförmliche (§ 126 b BGB) Erklärung (§ 558 a BGB) die Zustimmung des Mieters zur Erhöhung bis zur ortsüblichen Vergleichsmiete verlangen (§ 558 BGB); allerdings kann der Mietzins innerhalb von 3 Jahren nicht um mehr als 20 v. H. (sog. Kappungsgrenze) erhöht werden. Zur Begründung kann auf einen Mietspiegel (§§ 558 c, 558 d BGB), auf die Auskunft aus einer Mietdatenbank (§ 558 e BGB), auf ein Sachverständigengutachten oder auf drei Vergleichswohnungen Bezug genommen werden. Der Mieter hat nach Eingang der Erklärung des Vermieters bis zum Ende des zweiten Monats, der auf den Zugang des Mieterhöhungsverlangens folgt, Überlegungsfrist; stimmt er der Erhöhung nicht zu, kann der Vermieter binnen weiterer 2 Monate auf Erteilung der Zustimmung klagen (§ 558 b BGB). Unabhängig hiervon kann er werterhöhende oder notwendige bauliche Änderungen zum Anlass für eine Mieterhöhung nehmen, wobei er die jährliche Miete um 11% der für die Wohnung aufgewendeten Kosten erhöhen darf (§ 559 BGB) Ein Erhöhungsverlangen berechtigt den Mieter zur Kündigung (§ 561 BGB).

Es kann auch für bestimmte Zeiträume eine Mietsteigerung in bestimmten Abständen vereinbart werden (Staffelmiete). Der Mietzins muss auch innerhalb einer solchen Vereinbarung jeweils 1 Jahr unverändert bleiben, im Vertrag ist die jeweilige Mieterhöhung in einem konkreten Geldbetrag anzugeben (§ 557 a BGB) Durch schriftliche Vereinbarung kann auch eine Indexmiete (§ 557 b BGB) vorgesehen werden. Dann wird die Miete durch den vom Statistischen Bundesamt ermittelten Preisindex für die Lebenshaltung aller privaten Haushalte in Deutschland bestimmt.

Durch Vereinbarung im Mietvertrag kann festgelegt werden, dass der Mieter die Betriebskosten nach der Betriebskostenverordnung i. d. F. der Bek. vom 25. 11. 2003 (BGBl. I 2346) trägt. Hierbei können eine monatliche Pauschale oder monatliche Vorauszahlungen in angemessener Höhe festgesetzt werden. Über die Vorauszahlungen für Betriebskosten ist jährlich, spätestens innerhalb von zwölf Monaten nach dem Abrechnungszeitraum abzurechnen (§ 556 BGB). Nach Ablauf dieser Frist ist die Geltendmachung einer Nachforderung durch den Vermieter grds. ausgeschlossen. Für Einwendungen gegen die Abrechnung hat der Mieter 1 Jahr ab Zugang der Abrechnung Zeit; danach sind sie ausgeschlossen.

dd) Untervermietung

Eine Untervermietung bedarf der Erlaubnis des Vermieters (§ 540 BGB). Auf diese hat der Hauptmieter von Wohnraum Anspruch, wenn nach Abschluss des Mietvertrags für ihn ein berechtigtes Interesse entsteht und die Untervermietung dem Vermieter zumutbar ist; dieser kann u. U. Untermietzuschlag beanspruchen. Für das Verhältnis Hauptmieter/Untermieter gelten die Vorschriften des Mietrechts (§ 553 BGB). Ein unmittelbares Rechtsverhältnis Vermieter/Untermieter besteht nicht;

doch hat der Hauptmieter dem Vermieter gegenüber für Verschulden des Untermieters (z. B. Beschädigung der Mietsache) einzustehen. Das Untermietverhältnis erlischt nicht ohne weiteres mit dem Hauptmietverhältnis; doch kann der Vermieter vom Mieter und vom Untermieter Räumung verlangen (§ 546 Abs. 2 BGB). Eine Umgehung des Mieterschutzes durch gewerbliche Zwischenvermietung ist nicht möglich.

ee) Sonderregelungen

Sonderregelungen bestehen für Studenten- und Jugendwohnheime (vgl. § 549 Abs. 3 BGB).

ff) Leasingvertrag

Eine Abart der Miete ist der Leasingvertrag, bei dem der Mieter das Risiko für Beschädigung, Untergang und Instandhaltung wie beim Kauf trägt; dafür bemisst sich der Leasingzins nicht nach dem Gebrauchs-, sondern nach dem Substanzwert. Beim Mietkauf, der oft mit einem Leasingvertrag verbunden wird, kann der Mieter durch einseitige Erklärung rückwirkend den Miet- in einen Kaufvertrag umwandeln, wobei die gezahlte Miete auf den Kaufpreis angerechnet wird.

b) Pachtvertrag

Der Pachtvertrag gewährt dem Pächter den Gebrauch und den Genuss der Früchte des verpachteten Gegenstandes, während der Verpächter die vereinbarte Pacht verlangen kann. Auch Rechte (z. B. Jagdrecht) können verpachtet werden (§§ 581 ff. BGB).

Für das Pachtverhältnis gelten folgende Besonderheiten:

Das Verpächterpfandrecht sichert alle Rückstände und künftigen Pachtraten; es umfasst bei landwirtschaftlichen Grundstücken die Früchte und das nach § 811 Nr. 4 ZPO unpfändbare Zubehör (§§ 562, 581 Abs. 2, 585 BGB). Für Landpachtverträge, d. h. die Verpachtung eines Grundstücks überwiegend zur Landwirtschaft, gelten die §§ 585 ff. BGB, das Gesetz über die Anzeige und Beanstandung von Landpachtverträgen (Landpachtverkehrsgesetz) i. d. F. der Bek. vom 8. 11. 1985 (BGBl. I 2075) sowie das Gesetz über das gerichtliche Verfahren in Landwirtschaftssachen i. d. F. der Bek. vom 21. 7. 1953 (BGBl. I 667) ➢ vgl. Nr. 427 b).

Pachtverträge über Kleingärten sind durch das Bundeskleingartengesetz i. d. F. der Bek. vom 28. 2. 1983 (BGBl. I 210) geregelt. Die Kündigungsmöglichkeiten für den Verpächter sind erweitert worden (§§ 8 ff.). § 5 enthält eine Begrenzung der Pacht.

c) Teilzeit-Wohnrechtevertrag

Der Teilzeit-Wohnrechtevertrag regelt Vereinbarungen über die Teilzeitnutzung von Wohngebäuden (§ 481 BGB, sog. Time-Sharing-Verträge). Es geht auf die europäische Time-Sharing-Richtlinie zurück ➢ s. Nr. 325. Das Gesetz findet immer dann Anwendung, wenn gegen Zahlung eines Gesamtbetrages das Recht erworben wird, eine Immobilie oder einen Teil davon zu einem bestimmten Zeitraum über mindestens drei Jahre hinweg zu nutzen. Derartige Verträge müssen schriftlich abgeschlossen werden (§ 484 BGB), der Anbieter hat dem Interessenten einen ausführlichen Prospekt mit Pflichtangaben (§ 482 BGB) auszuhändigen. Dem Erwerber wird ein Widerrufsrecht eingeräumt, das binnen einer Frist von 2 Wochen schriftlich ausgeübt werden kann (§ 485 Abs. 1 BGB). Vor Ablauf der Widerrufsfrist darf der Anbieter keine Anzahlungen entgegennehmen oder fordern (§ 486 BGB). Abweichungen von den Vorschriften der §§ 481–486 BGB sind nicht zulässig, sofern sie nicht für den Verbraucher günstigere Regelungen vorsehen (§ 487 BGB).

328 | Leihe

Die Leihe ist ein Vertrag, durch den der Verleiher verpflichtet wird, dem Entleiher den unentgeltlichen Gebrauch einer Sache zu gestatten (§ 598 BGB). Pflichten des Entleihers entstehen erst mit der Überlassung der Sache.

Unterschied zur Miete ➢ s. Nr. 327 a): die Unentgeltlichkeit; zum Sachdarlehen ➢ s. Nr. 329: die geliehene Sache wird nur zum Gebrauch, nicht Verbrauch überlassen.

Rückgabepflicht nach Zeitablauf bzw. Gebrauch. Ist die Vertragsdauer weder vertraglich noch durch den Zweck bestimmt, so kann der Verleiher die Sache jederzeit zurückfordern. Der Entleiher hat die gewöhnlichen Erhaltungskosten zu tragen; für Veränderungen oder Verschlechterungen, die auf vertragsmäßigen Gebrauch zurückzuführen sind (z. B. normale Abnutzung), braucht er nicht aufzukommen (§§ 599 ff. BGB).

329 | Darlehens- und Sachdarlehensvertrag

Der Darlehens- und Sachdarlehensvertrag ist ein Vertrag, durch den sich der Darlehensgeber dem Darlehensempfänger eine Summe Geldes (= Darlehen) oder anderer vertretbarer Sachen (= Sachdarlehen) zu gewähren. Der Darlehensnehmer ist verpflichtet, den geschuldeten Darlehenszins (beim Gelddarlehen) bzw. das Darlehensentgelt (beim Sachdarlehen) zu bezahlen, ferner bei Fälligkeit das gewährte Gelddarlehen zurückzuzahlen oder beim Sachdarlehen, das Empfangene in Sachen von gleicher Art, Güte und Menge zurückzuerstatten (§§ 488, 607 BGB).

Mangels einer Zeitvereinbarung hängt die Fälligkeit des Darlehens davon ab, dass der Gläubiger oder der Schuldner das Darlehen kündigt. Die Kündigungsfrist beträgt 3 Monate. Sind Zinsen nicht vereinbart, so kann der Schuldner auch ohne Kündigungsfrist zurückzahlen (§ 488 Abs. 3 BGB). Festverzinsliche Darlehen können durch den Darlehensnehmer für die Dauer der Zinsbindung nicht gekündigt werden; die Höchstbindung beträgt 10 Jahre. Sonstige verzinsliche Darlehen, die nicht durch ein Grundpfandrecht gesichert sind, können nach Ablauf von 6 Monaten mit einer Kündigungsfrist von 3 Monaten gekündigt werden. Darlehen mit variablem Zinssatz sind mit einer Frist von 3 Monaten kündbar (§ 489 BGB).

Der Darlehensvertrag kann grds. außerordentlich gekündigt werden, wenn in den Vermögensverhältnissen des Darlehensnehmers oder der Werthaltigkeit einer gestellten Sicherheit eine wesentliche Verschlechterung eintritt, die den Anspruch auf Rückzahlung gefährdet (§ 490 BGB).

Eine besondere Art der Darlehensaufnahme sind die Anleihen von Staat, Körperschaften und Privatpersonen (z. B. AG). Sie dienen zur Deckung eines größeren Geldbedarfs durch Fremdkapital und werden entweder unmittelbar durch Zeichnung des Publikums oder durch Vermittlung einer Bank oder Bankengruppe aufgenommen.

Gewerbliche Kredit- und Kreditvermittlungsverträge mit einem Verbraucher unterfallen grds. dem Verbraucherdarlehensvertrag gem. § 491 BGB. Diese Bestimmung erfasst – mit Ausnahme von zinsgünstigeren Arbeitgeberdarlehen sowie Förderdarlehen der öffentlichen Hand und Verträgen mit einem Nettokreditbetrag bis 200 Euro – die üblichen Kreditverträge, aber auch sonstige Kreditgewährungen wie z. B. Überziehungskredite, Zahlungen mit Kreditkarte sowie Abzahlungskäufe. Verbraucherdarlehensverträge mit Ausnahme von Überziehungskrediten bedürfen der schriftlichen Form, sind dem Verbraucher in Abschrift auszuhändigen und müssen folgende Angaben enthalten: Nettokreditbetrag, wenn möglich den Gesamtbetrag aller vom Verbraucher zu entrichtenden Teilzahlungen einschließlich Zinsen und sonstiger Kosten, Art der Rückzahlung des Kredits, Zinssatz und alle sonstigen Kreditkosten, den effektiven Jahreszins, die Kosten einer Restschuld- oder sonstigen Versicherung, zu bestellende Sicherheiten (§ 492 BGB). Bei Überziehungskrediten besteht eine Informationspflicht des Kreditinstituts vor und während der Kontoüberziehung (vgl. § 493 BGB). Bei Verträgen über Lieferung einer bestimmten Sache oder Leistung gegen Teilzahlungen, also vor allem bei Abzahlungskäufen, muss die Vertragsurkunde folgende Angaben enthalten: Barzahlungspreis, Teilzahlungspreis (Gesamtbetrag aller Teilzahlungen, einschließlich Zinsen und sonstiger Kosten), Betrag, Zahl und Fälligkeit der einzelnen Teilzahlungen, den effektiven Jahreszins, Versicherungskosten, die Vereinbarung eines Eigentumsvorbehaltes oder einer anderen Sicherheit (§ 502 BGB). Der Kreditvertrag bzw. das Teilzahlungsgeschäft ist grundsätzlich (abgesehen von verschiedenen Heilungsmöglichkeiten nach § 494 Abs. 2 bzw. § 502 Abs. 3 BGB) nichtig, wenn die Schriftform insgesamt nicht eingehalten ist oder wenn eine der vorgeschriebenen Angaben (mit Ausnahme der Angaben über Sicherheiten) fehlt (§ 494 Abs. 1, § 502 Abs. 3 BGB). Der Verbraucher kann seine Vertragserklärung grds. innerhalb von 2 Wochen schriftlich widerrufen (§§ 495, 355 BGB). Bei Verzug des Verbrauchers ist der geschuldete Betrag pauschal mit 5 Prozentpunkten über dem jeweiligen Basiszinssatz (bei Immobiliardarlehensverträgen 2,5 Prozentpunkte über dem jeweiligen Basiszinssatz) zu verzinsen, wenn nicht der Kreditgeber einen höheren oder der Verbraucher einen niedrigeren Schaden nachweist (§§ 497 Abs. 1, 288 Abs. 1 BGB)). Teilzahlungen werden in einer anderen Reihenfolge als in § 367 Abs. 1 BGB angerechnet (§ 497 Abs. 3 BGB). Eine Gesamtfälligstellung (Kreditkündigung) ist bei einem Teilzahlungskredit (ausgenommen Immobiliardarlehen) nur möglich, wenn der Verbraucher mit mindestens 2 aufeinander folgenden Teilzahlungen und mit mindestens 10 v. H. (bei einer Laufzeit des Verbraucherdarlehensvertrages über drei Jahre mit 5 v. H.) des Darlehensnennbetrages in Verzug ist und der Kreditgeber dem Verbraucher erfolglos eine 2-wöchige Frist zur Zahlung gesetzt hat (§ 498 BGB).

330 | Dienst- und Werkvertrag

Unter einem Dienstvertrag versteht das BGB (§§ 611–630) einen gegenseitigen Vertrag, durch den sich der eine Teil zur Leistung von Diensten, der andere zur Bezahlung verpflichtet. Vom Werkvertrag (§§ 631–651) unterscheidet sich der Dienstvertrag dadurch, dass bei ihm Dienste während einer bestimmten oder unbestimmten Zeit geschuldet werden, während beim Werkvertrag ein gewisser Erfolg gegen Entgelt herbeizuführen ist.

Das Entgelt kann beim **Dienstvertrag** in verschiedener Weise, als Zeitlohn oder als Stücklohn, gewährt werden. Für die häufigsten Dienstverträge des täglichen Lebens, die Arbeitsverträge, gelten so viele Sonderbestimmungen, dass die Vorschriften des BGB nur noch ergänzend zur Anwendung kommen. Siehe Arbeitsrecht, ➤ s. Nr. 610 ff. I. d. R. muss der Verpflichtete die Dienste persönlich leisten; auch der Anspruch des Berechtigten auf die Dienste ist grundsätzlich nicht übertragbar (Ausnahme: Betriebsübergang, vgl. § 613 a BGB). Eine nur vorübergehende Dienstleistungsverhinderung berührt den Vergütungsanspruch des Verpflichteten nicht (z. B. Aufsuchen eines Arztes); vgl. § 616 BGB und ➤ s. Nr. 617. Über Kündigung ➤ s. Nr. 624.

Der **Werkunternehmer** haftet dafür, dass das Werk die vereinbarte Beschaffenheit hat und frei von Sach- und Rechtsmängeln ist, welche die vertragliche oder übliche Beschaffenheit wesentlich mindern. Andernfalls hat der Besteller das Recht auf Nacherfüllung, des Rücktritts, auf Schadensersatz oder Minderung (wie beim Kauf, Nr. 326) sowie auf Selbstvornahme, aber erst, nachdem er dem Unternehmer eine angemessene Frist zur Nacherfüllung gesetzt hat (§§ 634–639 BGB). Über Verjährung der Ansprüche s. § 634a BGB und Nr. 319. Für Baumängel gilt eine regelmäßige Verjährungsfrist von 5 Jahren. Der Werkunternehmer hat ein gesetzliches Pfandrecht wegen seines Werklohns, wenn die Sache bei der Herstellung oder zum Zwecke der Ausbesserung in seinen Besitz gelangt ist (§ 647 BGB). Zur Bauhandwerkersicherung s. § 648a BGB.
Besonderheiten gelten für den Werklieferungsvertrag (§ 651 BGB), bei dem der Unternehmer auch den Stoff der zu bearbeitenden Sache liefert (Kleiderstoff vom Schneider); hier gelten bei vertretbaren Sachen (s. Nr. 316) die Kaufvorschriften, bei unvertretbaren (Maßanzug!) teils Kauf-, teils Werkvertragsbestimmungen (diese für Herstellungs-, Abnahme- und Gewährleistungspflicht).

Bei einem Architektenvertrag liegt i.d.R. ein Werkvertrag vor, da der Architekt letztlich einen Erfolg, nämlich die Errichtung eines mangelfreien Bauwerks, schuldet. Arztverträge können Dienstverträge (Behandlung) oder Werkverträge (Operation) sein.

Ein Vertrag eigener Art ist der Reisevertrag (§§ 651a ff. BGB). Er verpflichtet den Reiseveranstalter, die vereinbarten Leistungen gegen Zahlung des Reisepreises zu erbringen. Eine Preiserhöhung nach Vertragsabschluss ist nur in engen Grenzen möglich (§ 651a Abs. 4 BGB). Im Falle einer Erhöhung um mehr als 5 v.H. oder einer erheblichen Änderung einer wesentlichen Reiseleistung kann der Reisende vom Vertrag zurücktreten. Der Reiseveranstalter hat durch eine Versicherung oder eine Garantie eines Kreditinstituts sicherzustellen, dass dem Reisenden bei Ausfall der Reise wegen Zahlungsunfähigkeit oder Konkurses des Veranstalters der Reisepreis erstattet wird und dass ihm notwendige Aufwendungen für die Rückreise ersetzt werden, wenn der Veranstalter nach Antritt der Reise zahlungsunfähig wird. Dem Reisenden ist die Versicherung oder die Bankbürgschaft durch Übergabe eines Sicherungsscheins nachzuweisen. Vor Übergabe des Sicherungsscheins darf der Veranstalter keine Zahlungen fordern. Der Veranstalter haftet für die zugesagten Leistungen (s. hierzu die VO über die Informationspflichten von Reiseveranstaltern vom 14. 11. 1994, BGBl. I 3436, die auf die europäische Pauschalreisen-Richtlinie zurückgeht, ➢ s. Nr. 325, nach Gewährleistungsgrundsätzen ähnlich dem Kauf ➢ Nr. 326. Der Reisende hat das Recht zur Benennung eines Ersatzmannes oder zum Rücktritt vor Reisebeginn (mit Teilvergütungspflicht). Ein Kündigungsrecht besteht für beide Teile bei erheblicher Erschwerung oder Behinderung der Reise durch höhere Gewalt. Bei erheblichen Mängeln hat der Reisende ein Kündigungsrecht nach fruchtloser Fristsetzung zur Abhilfe; hat der Veranstalter den Mangel zu vertreten, muss er Schadensersatz leisten. Er kann – außer bei Körperschäden – seine Haftung auf den dreifachen Reisepreis beschränken, soweit er nur für leichte Fahrlässigkeit (auch seiner Erfüllungsgehilfen, z.B. Reiseleiter) einzutreten hat oder soweit er für Verschulden eines Leistungsträgers (z.B. Hotel) haftet. Anmeldefrist für Ansprüche des Reisenden 1 Monat, Verjährung der Ansprüche binnen 2 Jahren (jeweils ab dem vorgesehenen Reiseende). Die Sondervorschriften der §§ 651a ff. BGB gelten nicht für das Verschaffen von Einzelleistungen (z.B. Bahnfahrt) oder bloße Vermittlung.

331 | Maklervertrag

Der Maklervertrag verpflichtet den Auftraggeber, dem Makler für den Nachweis der Gelegenheit zu einem Vertragsabschluss oder für dessen Vermittlung (Nachweis- bzw. Vermittlungsmakler) eine Provision zu zahlen, falls der Vertrag infolge der Maklertätigkeit zustande kommt (§ 652 BGB). Die Höhe der Provision bestimmt sich nach der Vereinbarung, sonst nach einer etwa bestehenden Taxe oder nach Üblichkeit (§ 653 BGB). Den Makler trifft eine Treuepflicht, d. h. er darf für den anderen Teil nicht tätig werden (§ 654 BGB).

Der Maklervertrag ist, da entgeltlich, kein Auftrag ➢ s. Nr. 333, i. d. R. auch weder Dienst- noch Werkvertrag ➢ s. Nr. 330), außer wenn der Makler sich zum Tätigwerden ausdrücklich verpflichtet. Dies ist der Fall beim „Alleinauftrag", bei dem der Auftraggeber auf die Inanspruchnahme anderer Makler verzichtet (bei Verstoß ist er schadensersatzpflichtig); auch hier behält er aber das Recht zur freien Entschließung, ob er von der nachgewiesenen Möglichkeit des Vertragsabschlusses Gebrauch machen will. Das grundsätzliche Recht jederzeitigen Widerrufs des Maklervertrags wird beim Alleinauftrag i. d. R. für eine bestimmte Zeit ausgeschlossen, während deren die Tätigkeitspflicht des Maklers besteht.

Der Makler ist Zivil- oder Handelsmakler ➢ s. hierzu Nr. 446. Zu ersteren zählen Grundstücks-, Wohnungs- und Ehemakler. Über die Erlaubnispflicht und andere Sonderpflichten für Immobilien-, Darlehens- und Investmentmakler vgl. § 34 c GewO.

Der Wohnungsmakler darf ein Entgelt für die Vermittlung von Wohnräumen nur beanspruchen, wenn seine Tätigkeit für den Mietvertrag ursächlich ist; auch dann aber nicht, wenn er selbst Eigentümer, Verwalter, Mieter oder Vermieter der Wohnung oder an einem entsprechend tätigen Rechtsträger beteiligt ist. Er darf keine Vorschüsse fordern, vereinbaren oder entgegennehmen, ebenso wenig Nebenleistungen (Einschreibgebühren u. dgl.). Das Entgelt darf zwei Monatsmieten zuzüglich der gesetzlichen Umsatzsteuer nicht übersteigen. Gesetz zur Regelung der Wohnungsvermittlung i. d. F. der Bek. vom 4. 11. 1971 (BGBl. I 1747).

Auf den Ehemäklerlohn besteht kein klagbarer Anspruch. Doch kann das gleichwohl Geleistete nicht deshalb zurückgefordert werden (§ 656 BGB); daher werden Ehemäkler i. d. R. nur nach Vorschusszahlung tätig. Die Unklagbarkeit darf nach § 656 Abs. 2 BGB auch nicht durch ein abstraktes Schuldanerkenntnis ➢ s. Nr. 340, umgangen werden; das gilt auch für einen mit dem Ehemäklervertrag gekoppelten Darlehensvertrag mit einem Kreditinstitut, wenn die Abschlüsse voneinander abhängig gemacht worden sind oder wenn zwischen Makler und Geldgeber eine ständige auf solche Geschäfte gerichtete Verbindung besteht.

332 | Auslobung

Die Auslobung ist ein einseitiges Versprechen, durch das jemand durch öffentliche Bekanntmachung zusagt, für die Vornahme einer Handlung, insbesondere die Herbeiführung eines Erfolgs, eine Belohnung zu zahlen (§ 657 BGB).

Eine besondere Art der Auslobung ist das Preisausschreiben, bei dem i. d. R. ein Wettbewerb um den Preis veranlasst wird und die Preisverteilung von der Entscheidung eines Preisrichters abhängt. Zur Gültigkeit ist erforderlich, dass im Preisausschreiben eine Frist genannt wird, binnen deren die Leistung zu erbringen bzw. die Lösung einzusenden ist, um eine Verzögerung durch den Auslobenden oder den Preisrichter zu verhindern (§ 661 BGB). Ist die zu erbringende Leistung sehr leicht zu bewerkstelligen, so dass es sich praktisch um eine Auslosung des Preises handelt (wie meist bei Zeitungspreisausschreiben), so liegt rechtlich eine Ausspielung (§ 763 BGB) ➢ vgl. Nr. 337, vor. Mitteilungen an Verbraucher, die durch ihre Gestaltung den Eindruck erwecken, dass der Verbraucher einen Preis gewonnen hat, verpflichten den absendenden Unternehmer, diesen Preis an den Verbraucher zu leisten (Gewinnzusagen, § 661 a BGB).

333 | Auftrag. Geschäftsbesorgungsvertrag. Überweisung und Girovertrag

Der Auftrag ist ein Vertrag, durch den sich der Beauftragte verpflichtet, für den Auftraggeber ein ihm von diesem übertragenes Geschäft unentgeltlich zu besorgen (§ 662 BGB), für eine entgeltliche Geschäftsbesorgung s. § 675 BGB.

Wer sich öffentlich zur Besorgung bestimmter Geschäfte anbietet (z. B. Versicherungsabschlüsse), muss, wenn er einen Auftrag nicht annehmen will, diesen zur Vermeidung einer Schadensersatzpflicht unverzüglich ablehnen (§ 663 BGB). Der Beauftragte ist verpflichtet, dem Auftraggeber Auskunft zu erteilen und das durch die Ausführung des Auftrags Erlangte herauszugeben (§§ 666, 667 BGB), kann aber Ersatz seiner Aufwendungen verlangen (§ 670 BGB).

Meist ist mit einem Auftrag eine Vollmacht ➢ s. Nr. 318, verbunden; doch sind beide voneinander zu unterscheiden. Bei Entgelt liegt kein Auftrag, sondern ein Dienst- oder Werkvertrag vor, ➢ vgl. 330.

Ist jemand an der Besorgung einer Angelegenheit verhindert, so kann ein anderer im Wege der Geschäftsführung ohne Auftrag (§§ 677–687 BGB) für ihn tätig werden, ohne von ihm beauftragt oder sonst (z. B. als Vormund) dazu berechtigt zu sein. Er kann Aufwendungsersatz verlangen, wenn er im Interesse und mit (wenn auch nur mutmaßlichem) Willen des Geschäftsherrn gehandelt hat; anderenfalls hat er nur einen Bereicherungsanspruch (§§ 683, 684 BGB).

Durch das Überweisungsgesetz i. d. F. der Bek. vom 21. 7. 1999 (BGBl. I 1642) wurden in Umsetzung einer EU-Richtlinie nähere Regelungen für die Überweisung von Geldbeträgen getroffen. Hiernach besteht für Kreditinstitute die Pflicht, über die Dauer, die Entgelte und die sonstigen Kosten von Überweisungen zu informieren (§ 675 a BGB). Die Überweisungen müssen ferner innerhalb genau definierter Fristen ausgeführt werden: grenzüberschreitende Überweisungen innerhalb der EU und des EWR müssen in fünf (Bankgeschäfts-)Tagen, im Inland innerhalb von drei und bei institutsinternen Überweisungen in einem (innerhalb einer Filiale) bzw. zwei (zwischen zwei verschiedenen Filialen) Tagen erfolgt sein (§ 676 a Abs. 2 BGB). Bei verspäteter Ausführung der Überweisung trifft das Kreditinstitut eine verschuldensunabhängige Haftung, geht eine Überweisung verloren, haftet die erstbeauftragte Bank mit bis zu 12 500 Euro (§ 676 b zum Girovertrag vgl. §§ 676 f ff. BGB).

334 | Verwahrung. Beherbergung

a) Verwahrung

Durch den Verwahrungsvertrag (§§ 688–700 BGB) verpflichtet sich der Verwahrer, eine fremde bewegliche Sache für einen anderen, den Hinterleger, entgeltlich oder unentgeltlich aufzubewahren.

Im Handelsrecht finden sich besondere Arten des Verwahrungsvertrags, insbesondere das Lagergeschäft ➢ vgl. Nr. 451. Der Verwahrungsvertrag der Banken über Wertpapiere ist im Depotgesetz geregelt ➢ vgl. Nr. 462.

Werden vertretbare Sachen in der Weise hinterlegt, dass das Eigentum auf den Verwahrer übergeht (depositum irregulare), so finden bei Geld die Vorschriften über den Darlehensvertrag, bei sonstigen vertretbaren Sachen diejenigen über den Sachdarlehensvertrag Anwendung (§ 700 BGB; sog. Summenverwahrung, darlehensartiger oder unregelmäßiger Verwahrungsvertrag).

b) Beherbergung

Ein Gastwirt, der gewerbsmäßig Fremde zur Beherbergung aufnimmt, hat einem Gast den Schaden zu ersetzen, den dieser durch Verlust oder Beschädigung eingebrachter Sachen (ausgenommen Fahrzeuge nebst Inhalt und lebende Tiere) erleidet, falls der Gast den Schaden unverzüglich nach Feststellung meldet (§§ 701 ff. BGB).

Eingebracht ist schon eine von einem Beauftragten des Gastwirts vor der Aufnahme in Obhut genommene Sache (Gepäck). Die Haftung ist begrenzt auf das Hundertfache des Tagesbeherbergungspreises, mindestens jedoch 600 und höchstens 3500 Euro, bei Geld, Wertpapieren und Kostbarkeiten höchstens 800 Euro (weil der Gastwirt diese auf Verlangen ins Depot nehmen muss). Die Höchstgrenzen gelten nicht für deponierte Sachen oder wenn der Gastwirt oder seine Leute den Schaden verschuldet haben. Dem Gastwirt steht ein gesetzliches Pfandrecht an den eingebrachten Sachen des Gastes für seine Ansprüche zu (§ 704 BGB).

335 | Gesellschaft. Gemeinschaft

a) Gesellschaft

Die Vorschriften des BGB über die Gesellschaft (§§ 705–740) finden auf Personengesellschaften Anwendung, bei denen nicht (wie bei der AG und der GmbH) das Kapital im Vordergrund steht, sondern die Tätigkeit der beteiligten Gesellschafter. Die handelsrechtlichen Personengesellschaften (oHG, KG, stille Gesellschaft) dienen Zwecken des Handels und sind im HGB behandelt ➢ vgl. Nr. 447. Die Personengesellschaft des BGB, die bürgerlich-rechtliche Gesellschaft, kann jeden erlaubten Zweck zum Gegenstand haben (z. B. gemeinsames Lotteriespiel), auch auf einen wirtschaftlichen Zweck gerichtet sein (z. B. Kartell).

Die Gesellschaft bürgerlichen Rechts ist die Grundform aller Personengesellschaften; die für sie geltenden Bestimmungen sind deshalb ergänzend auf die Handelsgesellschaften anzuwenden, soweit für diese keine Sonderregelung besteht. Der Gesellschaftsvertrag ist grundsätzlich formfrei (anders z. B. bei Einbringung eines Grundstücks, § 311 b BGB). Die wichtigsten Rechte der Gesellschafter sind das Informationsrecht, das Recht auf Gewinnbeteiligung und das Geschäftsführungsrecht, das mangels anderweitiger Vereinbarung (ebenso wie die Vertretung der Gesellschaft gegenüber Dritten) allen Gesellschaftern zusteht. Die Haftung für die Verbindlichkeiten der Gesellschaft trifft grundsätzlich alle Gesellschafter als Gesamtschuldner ➢ s. Nr. 321, und bei der BGB-Außengesellschaft auch das Gesellschaftsvermögen. Bei der Gesellschaft kann jeder Gesellschafter kündigen (bei Gesellschaften auf Zeit nur aus wichtigem Grund) und dadurch Auflösung und Auseinandersetzung herbeiführen (§§ 723, 730 ff. BGB).

b) Gemeinschaft

Steht ein Recht mehreren gemeinschaftlich zu, so bilden diese eine Gemeinschaft nach Bruchteilen, falls nicht gesetzlich bestimmt ist, dass sie eine Gemeinschaft zur gesamten Hand bilden (§ 741 BGB).

aa) Bei der Bruchteilsgemeinschaft hat jeder Beteiligte einen ziffernmäßig bestimmten Anteil an dem gemeinschaftlichen Gegenstand (z. B. $1/3$ eines Grundstücks) und kann über diesen Anteil frei verfügen (§§ 742, 747 BGB).

bb) Bei der Gesamthandsgemeinschaft bildet das Vermögen der Gesamthandsgemeinschaft eine vom übrigen Vermögen der Berechtigten getrennte rechtliche

Einheit, bei der der Einzelne über seinen Anteil nicht frei verfügen darf (§§ 718, 719, 1419 BGB; Ausnahme beim Erbteil, § 2033 Abs. 1 BGB). Ein Gesamthandsverhältnis liegt vor bei der Gesellschaft des bürgerlichen Rechts (§§ 705 ff. BGB), bei der ehelichen Gütergemeinschaft (§§ 1415 ff. BGB) und bei der Erbengemeinschaft (§§ 2032 ff. BGB).

336 | Leibrente

Die Leibrente besteht in der regelmäßig wiederkehrenden Leistung von Geld oder anderen vertretbaren Sachen (z. B. Lebensmittel). Sie beruht meist auf einem Vertrag, durch den sich jemand zur Gewährung der Leibrente verpflichtet (im Zweifel auf Lebenszeit, § 759 BGB). Sie kann auch durch letztwillige Verfügung (z. B. als Vermächtnis) begründet werden.

Man unterscheidet zwischen dem Leibrentenrecht als solchem, dem sog. Stammrecht, und dem Anspruch auf die jeweils wiederkehrenden Rentenleistungen. Die Erklärung, durch die eine Leibrente versprochen wird, bedarf zu ihrer Gültigkeit der Schriftform (§ 761 BGB). Bei schenkungsweisem Versprechen ist notarielle Beurkundung erforderlich (§ 518 BGB), ebenso bei Altenteilsverträgen, die in Verbindung mit Grundstücksüberlassungen geschlossen werden (§ 311 b BGB).

337 | Spiel und Wette

Spiel und Wette begründen keine einklagbare Verbindlichkeit. Jedoch kann das auf Grund von Spiel oder Wette Geleistete nicht deshalb zurückgefordert werden (§ 762 BGB).

Wette ist die Aufstellung widerstreitender Behauptungen unter Gewinnzusage für den Obsiegenden. Beim Spiel wird eine Gewinnzusage zur Unterhaltung oder Gewinnerzielung unter entgegengesetzten (oft zufallsbestimmten) Bedingungen gemacht. Lotterie und Ausspielung sind Arten des Spiels nach bestimmtem Plan gegen bestimmten Einsatz, erstere mit Geld-, letztere mit Sachgewinn. Sie werden zu einklagbaren Geschäften, wenn sie staatlich genehmigt sind (§ 763 BGB).

338 | Bürgschaft

Durch den Bürgschaftsvertrag verpflichtet sich der Bürge dem Gläubiger eines anderen gegenüber, für die Verbindlichkeit des Hauptschuldners einzustehen, d. h. die Schuld selbst zu erfüllen, falls der Hauptschuldner nicht erfüllen sollte. Das Bürgschaftsversprechen bedarf (außer wenn der Bürge Vollkaufmann ist und ein Handelsgeschäft vorliegt) der Schriftform. Vgl. §§ 765, 766 BGB; § 350 HGB.

Verbürgen sich mehrere für dieselbe Verbindlichkeit, so haften sie als Gesamtschuldner, auch wenn sie die Bürgschaft nicht gemeinschaftlich übernehmen. Der Bürge hat die Einrede der Vorausklage (Gläubiger muss erst den Hauptschuldner in Anspruch nehmen), wenn er nicht darauf verzichtet hat (selbstschuldnerische Bürgschaft), ferner nicht bei Insolvenz, Anspruchsgefährdung wegen Wohnsitzveränderung oder Unpfändbarkeit des Hauptschuldners (§§ 771, 773 BGB) sowie bei der kaufmännischen Bürgschaft (§ 349 HGB) ➢ s. auch Nr. 322 (Übergang des Bürgschaftsanspruchs bei Forderungsabtretung). Soweit der Bürge den Gläubiger befriedigt, erwirbt er kraft Gesetzes die Forderung gegen den Hauptschuldner (§ 774 BGB).

339 | Vergleich

Der Vergleich ist ein gegenseitiger Vertrag, durch den ein Streit oder eine Ungewissheit der Beteiligten über ein Rechtsverhältnis im Wege gegenseitigen Nachgebens beseitigt wird (§ 779 BGB).

Ein Vergleich ist unwirksam, wenn der nach seinem Inhalt als bestehend zugrunde gelegte Sachverhalt der Wirklichkeit nicht entspricht und der Streit oder die Ungewissheit bei Kenntnis der Sachlage nicht entstanden wäre (Erben haben sich über Auslegung eines Testaments verglichen, das sich als ungültig erweist).

Eine besondere Art des Vergleichs ist der Prozessvergleich, der sich von dem außergerichtlichen Vergleich dadurch unterscheidet, dass er vollstreckbar ist ➤ vgl. Nrn. 241, 249.

340 | Schuldversprechen. Schuldanerkenntnis

Ein Schuldversprechen ist ein (einseitig verpflichtender) Vertrag, durch den eine Leistung in der Weise versprochen wird, dass das Versprechen die Verpflichtung selbstständig begründen soll (§ 780 BGB).

Das Schuldanerkenntnis ist ein Vertrag, durch den das Bestehen eines Schuldverhältnisses anerkannt wird (§ 781 BGB).

Beide sind abstrakte, vom Versprechensgrund gelöste Rechtsgeschäfte (Gegensatz: kausale Geschäfte) ➤ vgl. Nr. 317, und bedürfen zu ihrer Gültigkeit der Schriftform. Ausnahmen: bei Vollkaufleuten und bei Abgabe der Erklärung im Wege einer Abrechnung oder eines Vergleichs (§ 350 HGB, § 782 BGB).

Schuldversprechen liegen u. a. vor bei den Inhaberpapieren, d. h. Urkunden, in denen sich der Aussteller, ohne einen bestimmten Gläubiger zu nennen, zu einer Leistung an den Inhaber der Urkunde verpflichtet (z. B. Schuldverschreibungen der Länder). Über Schuldverschreibungen auf den Inhaber vgl. §§ 793 ff. BGB und ➤ s. Nr. 495.

341 | Anweisung

Die Anweisung ist die schriftliche Ermächtigung des Anweisenden für den Anweisungsempfänger, bei dem angewiesenen Dritten im eigenen Namen eine Leistung von Geld, Wertpapieren oder anderen vertretbaren Sachen (Nr. 316) in Empfang zu nehmen. Sie enthält gleichzeitig die Ermächtigung für den Angewiesenen, die Leistung vorzunehmen (§ 783 BGB).

Der angewiesene Dritte ist aber gegenüber dem Anweisungsempfänger nur dann zur Leistung verpflichtet, wenn er die Anweisung durch schriftlichen Vermerk angenommen hat (Akzept); er braucht nur gegen Aushändigung der Anweisung zu leisten (§§ 784, 785 BGB). Sonderformen sind die kaufmännische Anweisung (§§ 363, 365 HGB), der Scheck und der gezogene Wechsel ➤ s. Nr. 461, 460.

342 | Ungerechtfertigte Bereicherung

Als ungerechtfertigte Bereicherung bezeichnet das BGB (§§ 812–822) eine Reihe rechtlich unbegründeter Vermögensverschiebungen, die durch den Erwerb eines Rechtes, einer Sache, einer Forderung oder des Besitzes, Befreiung von einer Verbindlichkeit oder Ersparung von Aufwendungen eingetreten sind. Wer ohne rechtlichen Grund auf Kosten eines anderen etwas erlangt hat, ist zur Herausgabe verpflichtet.

Die Vermögensverschiebung muss unmittelbar zwischen dem Berechtigten und dem Bereicherten erfolgt sein. Ausnahmen:

a) Ein Nichtberechtigter verfügt unentgeltlich, aber rechtswirksam zum Nachteil des Berechtigten (z. B. der Entleiher eines Buches verschenkt dieses an einen Gutgläubigen). Hier muss auch der Dritte herausgeben (§ 816 Abs. 1 Satz 2 BGB).
b) Ein Bereicherter wendet den erlangten Vermögensvorteil unentgeltlich einem Dritten zu (§ 822 BGB). Auch hier ist der Dritte herausgabepflichtig, soweit dadurch die Herausgabepflicht des ursprünglich Bereicherten ausgeschlossen ist (weil er nicht mehr bereichert ist, § 818 Abs. 3 BGB).

Das BGB unterscheidet folgende 7 Bereicherungsfälle:

- Der rechtliche Grund fehlt von vornherein (z. B. der der Vermögensverschiebung zugrundeliegende Vertrag ist nichtig; § 812 Abs. 1 Satz 1 BGB).
- Der rechtliche Grund fällt weg (z. B. bei auflösender Bedingung; § 812 Abs. 1 Satz 2 BGB).
- Anerkennung oder Leistung einer Nichtschuld (§§ 812 Abs. 1 Satz 1, 813, 814 BGB).
- Der bezweckte Erfolg tritt nicht ein (z. B. die Tochter, die eine Aussteuer erhalten hat, heiratet nicht; § 812 Abs. 1 Satz 2, § 815 BGB).
- Der Geltendmachung der erfüllten Verbindlichkeit steht eine dauernde Einrede entgegen (z. B. beschränkte Erbenhaftung). Keine Rückforderung bei Verjährung (§ 222 Abs. 2 BGB), Spiel und Wette (§ 762 BGB), Anstandsleistungen, Kenntnis des Nichtbestehens der Schuld (§§ 813, 814 BGB).
- Verfügung eines Nichtberechtigten (§ 816 Abs. 1 Satz 2 BGB, ➢ vgl. oben) oder befreiende Leistung an einen Nichtberechtigten (§ 816 Abs. 2 BGB; z. B. Zahlung an den früheren Gläubiger in Unkenntnis der Forderungsabtretung, § 407 BGB).
- Leistung gegen ein gesetzliches Verbot oder gegen die guten Sitten, falls nur der Empfänger dagegen verstößt (§ 817 BGB).

Weitere Bestimmungen über Herausgabe der Bereicherung in den § 516 Abs. 2 Satz 3, § 527 Abs. 1, § 528 Abs. 1 BGB (Schenkung) u. a. Vorschriften.

Besteht Herausgabepflicht, so sind auch die gezogenen Nutzungen ➢ Nr. 316, sowie etwaige Surrogate (z. B. Versicherungsleistung bei Zerstörung der Sache) herauszugeben. Die Herausgabepflicht entfällt, wenn der Verpflichtete nicht mehr bereichert ist, außer wenn er beim Empfang des Gegenstandes den Mangel des Rechtsgrundes gekannt hat (§§ 818, 819 BGB).

343 | Unerlaubte Handlung

Eine Unerlaubte Handlung ist jedes unberechtigte schuldhafte (vorsätzliche oder fahrlässige) Eingreifen in einen fremden Rechtskreis, durch das einem anderen Schaden zugefügt wird. Das BGB behandelt die unerlaubte Handlung in den §§ 823–853. Wer widerrechtlich einem anderen vorsätzlich oder fahrlässig durch Verletzung von Rechten oder Rechtsgütern Schaden zufügt, ist in folgenden vom BGB normierten Fällen zum Schadensersatz verpflichtet:

a) Tötung;
b) Körperverletzung = jeder äußere Eingriff in die körperliche Unversehrtheit;

c) Gesundheitsschädigung = Störung der inneren Lebensvorgänge (z. B. Nervenschock);
d) Verletzung der körperlichen Freiheit;
e) Verletzung des Eigentums (z. B. Diebstahl, Sachbeschädigung);
f) Verletzung eines anderen (absoluten) Rechts (z. B. Störung des Gewerbebetriebes, Verletzung des allgemeinen Persönlichkeitsrechts; nicht eines Forderungsrechts);
g) Verletzung eines Schutzgesetzes (§ 823 Abs. 2 BGB; Schutzgesetze sind Rechtsnormen, die auch den Schutz eines Dritten bezwecken z. B. Arbeitnehmererfindungsgesetz);
h) Kreditgefährdung durch unwahre Behauptungen (§ 824 BGB);
i) Bestimmung zu sexuellen Handlungen (§ 825 BGB) durch Hinterlist, Drohung oder Missbrauch eines Abhängigkeitsverhältnisses;
j) vorsätzliche sittenwidrige Schädigung (§ 826 BGB; z. B. Boykott, Schwarze Liste)
k) bei vorsätzlicher oder grob fahrlässiger, unrichtiger Gutachtenerstellung durch einen vom Gericht bestellten Sachverständigen (§ 839 a BGB).

Der Umfang des zu leistenden Schadensersatzes bestimmt sich nach den allgemeinen Bestimmungen (§§ 249 ff. BGB). Danach ist der Zustand herzustellen, der ohne das schädigende Ereignis bestehen würde (Naturalrestitution). Außer dem materiellen Schaden kann Schmerzensgeld verlangt werden, wenn die unerlaubte Handlung in einer Körperverletzung, Gesundheitsschädigung, Freiheitsentziehung oder in einer Verletzung der sexuellen Selbstbestimmung besteht (§ 253 BGB), nach der Rechtsprechung auch bei Verletzung allgemeiner Persönlichkeitsrechte. Wird durch eine Körperverletzung oder Gesundheitsschädigung die Erwerbsfähigkeit des Verletzten aufgehoben oder gemindert, so ist eine Geldrente zu zahlen; aus wichtigem Grund kann Kapitalisierung verlangt werden (§ 843 BGB). Dritte können Ersatzansprüche stellen, wenn sie durch die unerlaubte Handlung Dienstleistungen des Verletzten, die diesem kraft Gesetzes im Haushalt oder Gewerbebetrieb oblagen, oder im Falle der Tötung gesetzliche Unterhaltsansprüche verlieren; §§ 844, 845 BGB. Die Kosten der Beerdigung eines Getöteten sind zu zahlen.

Eine Verbesserung der durch Straftaten Geschädigten bringt das Opferanspruchssicherungsgesetz i. d. F. der Bek. vom 8. 5. 1998 (BGBl. I 905). Vermarktet nämlich ein Straftäter die Straftat in Form von Exklusiv-Interviews oder in ähnlicher Weise gegen Honorar, so entsteht zu Gunsten des Opfers an diesem Honoraranspruch ein Forderungspfandrecht. Hierdurch soll sichergestellt werden, dass zunächst das Opfer aus diesen Honoraren entschädigt wird, bevor der Täter hierüber verfügen kann.

Mehrere Täter haften als Gesamtschuldner (§ 840 BGB). Der Verletzte kann von jedem Täter Ersatz des gesamten Schadens fordern. Mehrere Täter sind untereinander zum Ausgleich verpflichtet (§ 426 BGB) ➢ vgl. Nr. 321.

Nicht verantwortlich sind infolge Bewusstlosigkeit oder krankhafter Störung der Geistestätigkeit Schuldunfähige sowie Kinder bis zu 7 Jahren. Jugendliche zwischen 7 und 18 Jahren sind dann nicht verantwortlich, wenn sie die zur Erkenntnis der Verantwortlichkeit erforderliche Einsicht nicht besitzen (§§ 827, 828 BGB). Jugendliche bis 10 Jahren ferner nicht bei einem von ihnen verursachten Unfall mit einem Kraftfahrzeug, einer Schienen- oder Schwebebahn, sofern dieser nicht vorsätzlich herbeigeführt wurde. Doch kann in diesen Fällen, sofern nicht ein aufsichtspflichtiger Dritter (z. B. Eltern) haftbar gemacht werden kann, vom Schädiger Ersatz verlangt werden, wenn es der Billigkeit entspricht, nach den Umständen des Falles eine Schadloshaltung erforderlich erscheint und dem Verpflichteten dadurch nicht die Mittel zum angemessenen Unterhalt und zur Erfüllung seiner gesetzlichen Unterhaltsverpflichtungen entzogen werden (§ 829 BGB).

Vielfach ist eine unerlaubte Handlung zugleich eine Straftat, bei deren strafgerichtlicher Verfolgung der Verletzte als Nebenkläger auftreten kann ➢ vgl. Nr. 288. So insbesondere bei Körperverletzung im Straßenverkehr.

Als Sonderfall regelt § 831 BGB die Haftung für den Verrichtungsgehilfen, insbes. den für eine Tätigkeit bestellten Angestellten (z. B. Werkprokurist, Kraftfahrer); bei diesem kann sich der Geschäftsherr – anders als bei vertraglicher Haftung nach § 278 BGB – durch den Nachweis sorgfältiger Auswahl und Überwachung von der Haftung befreien. Der Tierhalter haftet nach § 833 BGB, wenn ohne sein Verschulden ein von ihm gehaltenes Tier Menschen oder Sachen einen Schaden zufügt, außer wenn es sich um ein Haustier handelt, das dem Beruf, der Erwerbstätigkeit oder dem Unterhalt des Tierhalters dient, und die Sorgfaltspflicht erfüllt ist.

Auch ein schuldhafter Verstoß gegen die Verkehrssicherungspflicht kann als unerlaubte Handlung zum Schadensersatz führen. Wer einen Verkehr eröffnet, muss die erforderlichen Sicherungsmaßnahmen zum Schutz Dritter treffen (Baugrube auf der Straße, Warenhaus, Treppe im Miethaus). Haftbar ist, wer den Verkehr eröffnet oder duldet, also nicht notwendig der Eigentümer.

Die Ersatzansprüche verjähren grundsätzlich in 30 bzw. 10 Jahren (je nach verletztem Rechtsgut § 199 Abs. 2 u. 3 BGB); ➢ im Einzelnen vgl. Nr. 319.

344 | Gefährdungshaftung. Verkehrshaftpflicht

a) Wesen der Gefährdungshaftung

Die Verletzung eines gesetzlich geschützten Rechtsguts kann in bestimmten Fällen auch dann eine Schadensersatzpflicht begründen, wenn sie nicht **schuldhaft geschehen** ist. Hierher gehören insbesondere die Fälle der Gefährdungshaftung, in denen der Eigentümer einer Sache, eines Betriebs usw. auch ohne Verschulden für die Schadensfolgen einzutreten hat, die aus einer von der Sache oder Sachgesamtheit ausgehenden Gefahr entstehen; so im Falle der Tierhalterhaftung nach § 833 Satz 1 BGB ➢ vgl. Nr. 343, und vor allem auf Grund der Betriebsgefahr, die der Betrieb von Kraft- und Luftfahrzeugen, Schienenbahnen, Gas- und Elektrizitätswerken, Atomanlagen usw. mit sich bringt.

b) Gefährdungshaftung des Kraftfahrzeughalters

Die Haftpflicht des Kraftfahrzeughalters ist als Gefährdungshaftung ausgestaltet. Wird bei dem Betrieb eines Kraftfahrzeug ein Mensch getötet, der Körper oder die Gesundheit eines Menschen verletzt oder eine Sache beschädigt, so ist der Halter des Kraftfahrzeugs verpflichtet, dem Verletzten den daraus entstehenden Schaden auch ohne Nachweis eines Verschuldens zu ersetzen (§ 7 StVG).

Die Ersatzpflicht ist ausgeschlossen, wenn der Unfall durch höhere Gewalt verursacht ist. (§ 7 Abs. 2 StVG). Benutzt ein Unbefugter das Kraftfahrzeug, so haftet er an Stelle des Halters; neben ihm haftet auch der Halter, wenn er die Benutzung schuldhaft ermöglicht hat (§ 7 Abs. 3 StVG). Die Bestimmungen gelten auch, wenn der Unfall durch ein Kraftrad oder Moped verursacht worden ist. Ausgenommen sind Unfälle durch Kraftfahrzeuge, die auf ebener Bahn mit keiner höheren Geschwindigkeit als 20 km/h fahren können, oder wenn der Verletzte bei dem Betrieb des Kraftfahrzeugs tätig war (§ 8 StVG). Gegenüber Insassen haftet der Halter für Personenschaden jedenfalls dann ohne Ausschluss- oder Beschränkungsmöglichkeit, wenn es sich um entgeltliche, geschäftsmäßige Personenbeförderung handelt. (§ 8 a StVG). Bei mitwirkendem Verschulden des Verletzten hängt die Verpflichtung zum Ersatz sowie der Umfang des zu leistenden Ersatzes von den Umständen und insbesondere davon ab, wieweit der Schaden vorwiegend von dem einen oder dem anderen Teil verursacht worden ist (§ 9 StVG, § 254 BGB).

Bei unentgeltlichen Gefälligkeitsfahrten entfällt die Haftung selbst für leichte Fahrlässigkeit nicht ohne weiteres; vielmehr ist eine Freistellung nur bei Vorliegen besonderer Umstände gerechtfertigt (z. B. Mitfahrt in Kenntnis der Angetrunkenheit des Fahrers oder des schlechten Zustandes des Pkw).

Der Ersatzpflichtige haftet bei Tötung oder Körperverletzung nur bis zu einem Kapitalbetrag von 600 000 Euro oder bis zu einem Rentenbetrag von jährlich 36 000 Euro (bei Tötung oder Verletzung mehrerer Personen: 3 Mio. bzw. 180 000 Euro), bei Sachbeschädigung bis zu 300 000 Euro (Haftungsbegrenzung, § 12 StVG). Bei Beförderung gefährlicher Güter liegt die Haftungsgrenze bei 6 Mio. Euro bzw. 360 000 Euro jährlichem Rentenbetrag (§ 12 a StVG).

Für die Verjährung der Schadensersatzansprüche gelten die Vorschriften über unerlaubte Handlungen ➢ s. Nr. 343. Sie werden aber vorher schon verwirkt, wenn der Ersatzberechtigte nicht binnen zwei Monaten seit Kenntnis von Schaden und Ersatzpflichtigem diesem den Unfall anzeigt, es sei denn, der Verpflichtete erlangt auf andere Weise vom Unfall Kenntnis oder der Berechtigte ist durch Umstände, die er nicht zu vertreten hat, an der Anzeige verhindert (§§ 14, 15 StVG). Der Anspruch nach dem StVG konkurriert mit dem aus unerlaubter Handlung; allerdings besteht nunmehr auch bei Gefährdungshaftung die Möglichkeit, Schmerzensgeld zu erlangen (§ 253 Abs. 2 BGB).

Kann ein Unfallverletzter keinen Schadensersatz erlangen, weil der Schuldige sich durch Unfallflucht der Feststellung entzogen hat oder weil das Kraftfahrzeug vorschriftswidrig nicht versichert war, hat er auf Grund des § 12 des Pflichtversicherungsgesetzes i. d. F. der Bek. vom 5. 4. 1965 (BGBl. I 213) und der VO über den Entschädigungsfonds für Schäden aus Kraftfahrzeugunfällen i. d. F. der Bek. vom 14. 12. 1965 (BGBl. I 2093) einen Entschädigungsanspruch, den er gegen einen vom Verein „Verkehrsopferhilfe e. V." in Hamburg verwalteten Fonds geltend machen kann. Es handelt sich um einen Rechtsanspruch, der ggf. im Klagewege durchgesetzt werden kann, wenn die bei der Verkehrsopferhilfe bestehende Schiedsstelle ohne Erfolg angerufen worden ist.

Wird durch den Gebrauch eines Kraftfahrzeugs im Ausland eine Personen- oder Sachschaden verursacht, kann der Ersatzberechtigte mit Wohnsitz im Ausland Schadensersatzansprüche unter den Voraussetzungen der §§ 12 a und 12 b Pflichtversicherungsgesetz gegen die „Entschädigungsstelle für Schäden aus Auslandsunfällen" geltend machen.

c) Gefährdungshaftung für Luftfahrzeuge

Auch die Haftpflicht des Halters eines Luftfahrzeugs gegenüber nicht beförderten Personen und Sachen ist unter dem Gesichtspunkt der Gefährdungshaftung geregelt, während für die Schadensersatzpflicht aus dem Beförderungsvertrag der Grundsatz des vermuteten Verschuldens gilt (§§ 33 ff., 44 ff. LuftVG).

Hinsichtlich der Haftpflicht gegenüber nicht beförderten Personen und Sachen besteht die sog. Gefährdungshaftpflicht aus dem Betrieb, d. h. Haftung auch ohne Verschulden des Luftfahrzeughalters, und zwar sogar – anders als nach Straßenverkehrsrecht – für höhere Gewalt (§ 33 LuftVG). Jedoch wird mitwirkendes Verschulden des Verletzten gemäß § 254 BGB berücksichtigt (§ 34 LuftVG). Hinsichtlich der Haftungshöchstbeträge vgl. § 37 LuftVG. Bei durch militärische Luftfahrzeuge verursachten Schäden gilt die Haftungsbegrenzung nicht (§ 53 LuftVG). Schadensersatzansprüche verjähren wie bei unerlaubten Handlungen ➢ s. Nr. 343; bei Unterlassung der Unfallanzeige binnen 3 Monaten werden sie verwirkt (§ 40 LuftVG).

Die Haftung aus einem Beförderungsvertrag (auch für verspätete Beförderung) behandeln die §§ 44–52 LuftVG. Grundsätzlich haftet der Luftfrachtführer, wobei wiederum Haftungshöchstbeträge gelten. Ein vertraglicher Ausschluss bei entgeltlicher oder geschäftsmäßiger Luftbeförderung ist unwirksam. Die Luftfahrtunternehmen sind verpflichtet, die Fluggäste gegen Unfälle mit mindestens 20 000 Euro für den Todesfall zu versichern (§ 50 LuftVG).

d) Weitere wichtige Fälle der Gefährdungshaftung

- die Schienenbahn-, (Eisenbahn-, Straßenbahn-)Betriebshaftung im Haftpflichtgesetz i. d. F. der Bek. vom 4. 1. 1978 (BGBl. I 145), das eine Gefährdungshaftung – auch für Schwebebahnen – für Tötung oder Verletzung von Personen oder Beschädigung von Sachen begründet. Haftungsausschluss bei höherer Gewalt (bei Straßenbahnen: unabwendbares Ereignis, das weder auf Fehler am Fahrzeug noch bei den Einrichtungen beruht); bei mitwirkendem Verschulden des Geschädigten Haftungsausschluss oder -minderung gem. § 254 BGB. Das Ges. regelt ferner eine Gefährdungshaftung für Gas- und Elektrizitätswerke; für den Betrieb von Bergwerken, Steinbrüchen oder Fabriken normiert es eine Haftung des Betreibers nur für Personenschäden und bei Verschulden zu den Haftungshöchstbeträgen vgl. §§ 9, 10 HPflG;
- die Haftung für Schädigungen durch Atomanlagen im Atomgesetz;
- die Haftung des Grundstückseigentümers für Immissionen in § 906 BGB und nach dem BImSchG;
- die Haftung für Wild- und Jagdschäden im Bundesjagdgesetz;
- die Haftung nach dem Umwelthaftungsgesetz.
- Weitere Fälle der Gefährdungshaftung sind: § 84 Arzneimittelgesetz, § 114 Bundesberggesetz , § 32 Gentechnikgesetz, § 22 Wasserhaushaltsgesetz.

e) Produkthaftungsgesetz

Eine der Gefährdungshaftung ähnliche Haftung sieht das Gesetz über die Haftung für fehlerhafte Produkte (Produkthaftungsgesetz – ProdHaftG) i. d. F. der Bek. vom 15. 12. 1989 (BGBl. I 2198) vor. Durch das ProdHaftG wurde die europäische Produkthaftungs-Richtlinie ➤ s. Nr. 325 in nationales Recht umgesetzt.

Nach § 1 Abs. 1 ProdHaftG haftet der Hersteller eines fehlerhaften Produkts verschuldensunabhängig für alle durch dieses Produkt verursachten Körper- und Gesundheitsschäden. Bei Beschädigung von Sachen haftet er nur, wenn eine andere Sache als das fehlerhafte Produkt beschädigt wird und diese ihrer Art nach für den privaten Ge- und Verbrauch bestimmt war. Die Ersatzpflicht des Herstellers ist u. a. ausgeschlossen, wenn das Produkt zum Zeitpunkt, als es in den Verkehr gebracht wurde, zwingenden Rechtsvorschriften entsprach oder wenn der Fehler nach dem Stand der Wissenschaft und Technik nicht erkannt werden konnte (§ 1 Abs. 2 ProdHaftG). Produkt i. S. des ProdHaftG ist jede bewegliche Sache, auch landwirtschaftliche Primärerzeugnisse und Jagderzeugnisse. Ein Fehler liegt vor, wenn das Produkt nicht die Sicherheit bietet, die unter Berücksichtigung aller Umstände von ihm erwartet werden kann (§ 3 ProdHaftG). Hersteller i. S. des ProdHaftG ist auch derjenige, der ein fremdes Produkt mit eigenem Namen oder Warenzeichen versieht sowie der Importeur (§ 4 Abs. 1, 2 ProdHaftG). Kann der Hersteller nicht festgestellt werden, so haftet der Lieferant, wenn er dem Geschädigten nicht innerhalb eines Monats den Hersteller benennt. Der Haftungshöchstbetrag bei Personenschäden beträgt 85 Mio. Euro (§ 10 ProdHaftG). Bei Sachbeschädigung hat der Geschädigte einen Schaden bis zu 900 Euro selbst zu tragen (Selbstbeteiligung, § 11 ProdHaftG). Die Produkthaftung kann nicht durch Individualabreden oder Allgemeine Geschäftsbedingungen abbedungen werden (§ 14 ProdHaftG). Der Produkthaftungsanspruch verjährt in 3 Jahren. Er erlischt

10 Jahre nach Inverkehrbringen (§ 13 ProdHaftG). Das ProdHaftG gilt nicht für fehlerhafte Arzneimittel (§ 15 ProdHaftG). Eine Haftung auf Grund anderer Vorschriften wird durch das ProdHaftG nicht ausgeschlossen (§ 15 Abs. 2 ProdHaftG).

In Ergänzung hierzu steht das Produktsicherheitsgesetz i. d. F. der Bek. vom 22. 4. 1997 (BGBl. I 934), das bewirken soll, dass Hersteller und Händler dem Verbraucher nur sichere Produkte zur privaten Nutzung überlassen. Durch dieses Gesetz wird auch festgelegt, dass vor Gefahren, die von einem Produkt ausgehen, die Öffentlichkeit gewarnt werden darf (§ 8).

f) Im Hinblick auf die erweiterte Haftpflicht, die auf der erhöhten Betriebsgefahr beruht, ist für die Halter von Kraft- und Luftfahrzeugen eine Haftpflichtversicherung gesetzlich vorgeschrieben.

345 | Das Sachenrecht (Buch 3, §§ 854–1296)

regelt die Herrschafts- (dinglichen) Rechte an Sachen. Während die im Recht der Schuldverhältnisse (Buch 2) behandelten Forderungsrechte nur einen Leistungsanspruch gegen einen bestimmten Schuldner verleihen, wirken sich die dinglichen Rechte als Herrschaftsrechte von Personen über Sachen gegen jedermann aus (absolute Rechte).

Soweit einer Person ein Recht an einer Sache zusteht, spricht man von einem dinglichen Recht. Soweit sich die Sachherrschaft nur rein tatsächlich äußert, nennt man sie den Besitz einer Sache. Das Vollrecht an einer Sache ist das Eigentum, während die beschränkten dinglichen Rechte (wie Nießbrauch, Pfandrechte usw.) nur eine Teilherrschaft gewähren. Die Formen der dinglichen Rechte sind ihrer Zahl nach beschränkt und inhaltlich fest bestimmt (insoweit keine Vertragsfreiheit wie im Schuldrecht). Das BGB kennt als dingliche Rechte an beweglichen Sachen nur Eigentum, Pfandrecht und Nießbrauch; an Grundstücken: Eigentum, Erbbaurecht, Vorkaufsrecht, Dienstbarkeiten, Reallasten, Hypotheken, Grundschulden, Rentenschulden.

Das Sachenrecht des BGB wird ergänzt durch weitere Rechtsquellen, z. B. das Gesetz über Rechte an Schiffen und Schiffsbauwerken i. d. F. der Bek. vom 15. 11. 1940 (RGBl. 1499) und das Gesetz über Rechte an Luftfahrzeugen i. d. F. der Bek. vom 26. 2. 1959 (BGBl. I 57), die beide ein (besitzloses) Registerpfandrecht – vgl. 340 – zulassen; ferner durch das Pachtkreditgesetz ➢ s. Nr. 429, das Wohnungseigentumsgesetz ➢ s. Nr. 348, die VO über das Erbbaurecht ➢ s. Nr. 349, das landesrechtliche Nachbarrecht (z. B. Licht- und Fensterrecht; vgl. Art. 124 EGBGB) und das Höferecht ➢ s. Nr. 426.

346 | Besitz

Der Besitz ist die tatsächliche Gewalt über eine Sache. Man unterscheidet zwischen dem unmittelbaren und dem mittelbaren Besitz sowie zwischen Eigen- und Fremdbesitz, je nachdem der Besitzer die Sache als ihm gehörend besitzt oder nicht.

Unmittelbarer Besitzer ist, wer eine Sache tatsächlich in der Gewalt hat (z. B. als Entleiher, Pächter). Mittelbarer Besitzer ist die Person, welcher der unmittelbare Besitzer kraft eines bestimmten Rechtsverhältnisses den Besitz vermittelt; er übt zwar nicht die unmittelbare Herrschaft über die Sache aus, wird aber vom Gesetz ebenfalls als Besitzer behandelt (§ 868 BGB). Leitet der mittelbare Besitzer seinen Besitz wieder von einem Dritten ab, so ist auch der Dritte (entfernterer) mittelbarer Besitzer (§ 871 BGB). So ist z. B. bei Untervermietung der Untermieter unmittelbarer Besitzer, der Untervermieter mittelbarer Besitzer und der Hauptvermieter entfernterer mittelbarer Besitzer.

Wer eine Sache mit einem anderen gemeinschaftlich besitzt, ist Mitbesitzer; wer einen Teil einer einheitlichen Sache besitzt, ist Teilbesitzer (§§ 865, 866 BGB).

Der Besitz wird erworben durch Erlangung der tatsächlichen Gewalt über die Sache (§ 854 BGB). Es ist kein rechtlicher, sondern nur ein tatsächlicher Wille zum Erwerb erforderlich. Auf die Erben geht dagegen der Besitz beim Erbfall kraft Gesetzes über, also auch ohne dass sie die tatsächliche Gewalt erlangen (§ 857 BGB). Der unmittelbare Besitz endigt durch freiwillige Aufgabe oder unfreiwilligen Verlust der tatsächlichen Gewalt, nicht hingegen durch vorübergehende Behinderung an der Ausübung (§ 856 BGB).

Der Besitzer genießt Besitzschutz gegen verbotene Eigenmacht Dritter (§ 858 BGB). Er kann gegen Besitzstörungen Gewalt anwenden und Selbsthilfe ausüben, insbes. eine entwendete Sache dem auf frischer Tat angetroffenen oder verfolgten Täter wieder abnehmen, bei einem Grundstück den Störer vertreiben (§ 859 BGB). Zulässige Besitzklagen sind die Besitzentziehungsklage auf Wiedereinräumung des Besitzes und die Besitzstörungsklage auf Beseitigung und Unterlassung weiterer Besitzstörung (§§ 861, 862 BGB). Gelangt eine Sache auf ein anderes Grundstück, so hat der Besitzer einen Abholungsanspruch (§ 867 BGB).

Besitzdiener (Besitzgehilfe) ist, wer die tatsächliche Gewalt über eine Sache für einen anderen (den Besitzer oder Besitzherrn) ausübt, aber auf Grund eines persönlichen oder sozialen Abhängigkeitsverhältnisses den Weisungen des anderen bezüglich der Sache zu folgen hat (§ 855 BGB; z. B. Ladenverkäufer). Hier ist nur der andere (Besitzherr) Besitzer.

347 | Eigentum

a) Nach § 903 BGB kann der Eigentümer einer Sache, soweit nicht das Gesetz oder Rechte Dritter entgegenstehen, mit der Sache nach Belieben verfahren und andere von jeder Einwirkung ausschließen. Gegenüber diesem einer liberalistischen Einstellung entspringenden Grundsatz hebt Art. 14 Abs. 2 Satz 1 GG die soziale Bindung des Eigentums hervor („Eigentum verpflichtet"). Dies gilt für Grundbesitz in erhöhtem Maße.

Auch in den neuen Bundesländern gelten seit 3. 10. 1990 der einheitliche Eigentumsbegriff des BGB, wie er durch § 903 BGB umschrieben ist, sowie die sonstigen eigentumsrechtlich maßgebenden BGB-Bestimmungen (Art. 233 § 2 Abs. 1 EGBGB). Ausnahmen bestehen bei Gebäuden, die auf seinerzeit volkseigenen Grundstücken errichtet worden sind. Sie sind nicht zwingend wesentliche Bestandteile des Grundstücks, wie es die Regel des § 94 BGB vorsähe; an diesen Gebäuden kann somit gesondertes Eigentum bestehen (Art. 231 § 5 Abs. 1, Art. 233 § 4 Abs. 1 EGBGB). Für dieses Gebäudeeigentum gelten seit 3. 10. 1990 die BGB-Vorschriften über Grundstücksrechte, also vor allem die §§ 873–902 BGB entsprechend.

Erwerb und Verlust des Eigentums ist verschieden bei Grundstücken und bei beweglichen Sachen:

aa) Grundeigentum wird erworben:

- durch rechtsgeschäftliche Übertragung, die eine Einigung (Auflassung vor Notar, §§ 873, 925 BGB) und Eintragung im Grundbuch erfordert;
- durch Ersitzung, wenn jemand ein Grundstück 30 Jahre lang im Eigenbesitz hat und entweder zu Unrecht im Grundbuch eingetragen ist (Tabularersitzung;

§ 900 BGB) oder ein Ausschlussurteil gegen den Eigentümer erwirkt (Kontratabularersitzung; § 927 BGB);
- durch Zuschlag in der Zwangsversteigerung ➤ s. Nr. 254;
- durch Enteignungsbeschluss;
- durch Gesamtrechtsnachfolge (z. B. Erbschaft, § 1922 BGB, Gütergemeinschaft, § 1416 BGB);
- durch Aneignung einer herrenlosen Sache (§ 928 BGB, Art. 129, 190 EGBGB).

Das Grundeigentum geht verloren entsprechend den Arten, auf die es erworben werden kann (außer oben Speiegelstrich 5 und 6), insbes. durch rechtsgeschäftliche Übertragung, Ersitzung, Zwangsversteigerung, Enteignung, ferner durch Verzicht oder Ausschlussurteil gegen einen unbekannten Eigentümer.

bb) An beweglichen Sachen (Fahrnis) wird Eigentum erworben:
- rechtsgeschäftlich durch Einigung und Übergabe oder, falls der Erwerber schon im Besitz der Sache ist, nur durch Einigung (§ 929 BGB; Besonderheiten für Seeschiffe und Binnenschiffe; ➤ s. Nr. 308, 453 c) und § 929 a BGB);
- rechtsgeschäftlich durch Einigung und Besitzkonstitut, d. h. anstelle der Übergabe wird vereinbart, dass der Veräußerer die veräußerte Sache weiter als Fremdbesitzer auf Grund eines schuldrechtlichen Vertrags, z. B. Miete, Leihe, Verwahrung, im Besitz behält (§ 930 BGB);
- rechtsgeschäftlich durch Einigung und Abtretung des Herausgabeanspruchs gegen einen Dritten, der die Sache im Besitz hat (§ 931 BGB);
- vom Nichteigentümer bei rechtsgeschäftlichem Erwerb im guten Glauben an das Eigentum des Veräußerers (§§ 932–934 BGB). Dies gilt jedoch nicht bei gestohlenen, verlorenen oder sonst abhanden gekommenen Sachen, sofern es sich nicht um Geld, Inhaberpapiere oder öffentlich versteigerte Sachen handelt (§ 935 BGB);
- ferner kraft Gesetzes durch Ersitzung (10 Jahre, § 937), Verbindung mit einem Grundstück oder einer anderen Sache als wesentlicher Bestandteil (§§ 946, 947), Vermischung (§ 948), Verarbeitung (§ 950), Ausbeutung fremder Sachen auf Grund eines Aneignungsrechts (§ 954), Aneignung einer herrenlosen Sache (§ 958) und Fund, falls sich der Empfangsberechtigte binnen 6 Monaten nach Anzeige nicht meldet (§ 973 BGB).

Finder ist, wer eine verlorene Sache an sich nimmt. Er hat dem Verlierer (wenn dieser unbekannt ist, der zuständigen Behörde – Fundbüro –) oder dem Eigentümer oder einem sonst Empfangsberechtigten, z. B. dem Briefadressaten, den Fund unverzüglich anzuzeigen, außer bei Kleinfunden im Wert von höchstens 10 Euro. Ferner muss er die gefundene Sache verwahren, sofern er sie nicht der Ordnungsbehörde abliefert, Tiere auch füttern und schließlich die Sache dem Empfangsberechtigten herausgeben. Dafür hat er Anspruch auf Ersatz der Aufwendungen, die er für erforderlich ansehen konnte (z. B. Futterkosten für ein zugelaufenes Tier), und auf Finderlohn. Dieser beträgt bei Sachen im Wert bis zu 500 Euro 5 v. H. und von dem Mehrwert 3 v. H.; bei Tieren stets 3 v. H. Sachen, die in Räumen öffentlicher Behörden, in Eisenbahnen oder Straßenbahnen gefunden werden, sind an die zuständige Dienststelle abzuliefern (Finderlohn ab 50 Euro Wert, aber nur $^1/_2$ des sonstigen Satzes). Im Einzelnen vgl. §§ 965 ff. BGB.

Das Eigentum an beweglichen Sachen geht verloren mit Erwerb durch einen anderen sowie durch freiwillige Aufgabe des Eigentums (derelictio); die Sache wird dann herrenlos und ist fremder Aneignung zugänglich.

b) Der Eigentümer hat folgende Ansprüche:

aa) die Klage auf Herausgabe gegen den nicht berechtigten Besitzer (§ 985 BGB);

bb) die Eigentumsfreiheitsklage (negatorische Klage) auf Beseitigung einer Störung und künftige Unterlassung (§ 1004 BGB).

Nach § 906 BGB kann der Grundstückseigentümer die Zuführung von Gasen, Dämpfen, Gerüchen, Rauch, Ruß, Wärme, Geräusch, Erschütterungen u. ä. von einem anderen Grundstück ausgehende Einwirkungen (Immissionen) nicht verbieten, soweit die Einwirkung die Benutzung seines Grundstücks nicht oder nur unwesentlich beeinträchtigt. Das Gleiche gilt insoweit, als eine wesentliche Beeinträchtigung durch eine ortsübliche Benutzung des anderen Grundstücks herbeigeführt wird und nicht durch Maßnahmen verhindert werden kann, die Benutzern dieser Art wirtschaftlich zumutbar sind; hat der Grundstückseigentümer hiernach eine Einwirkung zu dulden, so kann er von dem Benutzer des anderen Grundstücks einen angemessenen Ausgleich in Geld verlangen, wenn die Einwirkung eine ortsübliche Benutzung seines Grundstücks oder dessen Ertrag über das zumutbare Maß hinaus beeinträchtigt. Die Zuführung durch eine besondere Leitung ist unzulässig. Geht die Störung von einer behördlich genehmigten Anlage aus, so kann nicht die Einstellung des Betriebs der Anlage verlangt werden, sondern nur Schutz durch entsprechende Maßnahmen oder Schadensersatz (§ 14 BImSchG) ➢ vgl. Nr. 175 b). Bereits vorher ergangene landesrechtliche Immissionsschutzgesetze verpflichten jeden, der eine Anlage errichtet, zu Schutzmaßnahmen gegen Luftverunreinigung, Geräusche und Erschütterungen, um die Nachbarschaft und die Allgemeinheit vor Gefahren, erheblichen Nachteilen oder Belästigungen durch Immissionen entsprechend dem jeweiligen Stand der Technik zu schützen. Diese Vorschriften bleiben in Kraft, soweit sie nicht vom Bundesrecht verdrängt werden.

c) Mit dem Grundstückseigentum verbunden (§ 96 BGB) ist das Recht auf Ausübung der Jagd und der Fischerei.

aa) Das (subjektive) Jagdrecht

ist die ausschließliche Befugnis, auf einem bestimmten Gebiet wildlebende Tiere, die dem Jagdrecht unterliegen (Wild), zu hegen, auf sie die Jagd auszuüben und sie sich anzueignen (§ 1 des Bundesjagdgesetzes i. d. F. der Bek. vom 29. 9. 1976, BGBl. I 2849). Das Jagdrecht wird entweder im Eigenjagdbezirk von einer Person oder Personengemeinschaft oder in einem gemeinschaftlichen Jagdbezirk von einer Jagdgenossenschaft (Körperschaft öffentlichen Rechts) ausgeübt. Auch können Hegegemeinschaften gebildet werden. Zur Erhaltung eines artenreinen und gesunden Wildbestandes ist die Hege erforderlich; es sind die Grundsätze deutscher Weidgerechtigkeit zu beachten. Jagdbare Tiere sind das in § 2 BJagdG aufgeführte Haarwild (auch Wildkaninchen) und Federwild. Weitere Bestimmungen regeln die Jagdpacht, die forstwirtschaftliche Förderung, die Erteilung des Jagdscheins und den Jagdschutz. Verboten ist die unbefugte Beunruhigung des Wildes sowie die Zufügung vermeidbarer Schmerzen oder Leiden. Wildschaden an den im Jagdbezirk belegenen Grundstücken muss ersetzt werden, bei wertvollen Anlagen (z. B. Forstkulturen) aber nur, wenn Schutzvorrichtungen angebracht sind. Für Wildschaden an Grundstücken außerhalb des Jagdbezirks gelten die Vorschriften über unerlaubte Handlung ➢ s. Nr. 343. Missbräuchliche Jagdausübung, z. B. Treibjagd auf Feldern mit reifender Frucht, verpflichtet stets zum Ersatz des Jagdschadens (§ 33 BJagdG).

Eine VO über die Jagdzeiten i. d. F. der Bek. vom 2. 4. 1977 (BGBl. I 531) bestimmt auf Grund des § 22 BJagdG die Zeiten, in denen die Jagd auf die einzelnen Wildarten ausgeübt werden darf. Die Jagdbehörde kann im Einzelfall genehmigen, dass außerhalb der Jagdzeiten sowie innerhalb dieser über den Abschussplan hinaus krankes oder kümmerndes Wild erlegt werden darf. Die WildschutzVO i. d. F. der Bek. vom 25. 10. 1985 (BGBl. I 2040 dient dem Schutz bestimmter Wildarten. Sie enthält Verbote und Gebote (außer für Jagdberechtigte) bezgl. der Inbesitznahme, des Haltens und Veräußerns, Aufzeichnungs- und Kennzeichnungspflichten für gewerbsmäßige Präparatoren und Händler, Nachweis der Besitzberechtigung für bestimmte Tierarten u. dgl.

Zur Durchführung des Bundesjagdgesetzes sind Landesjagdgesetze ergangen. Nach der zum 1. 9. 2006 in Kraft getretenen Föderalismusreform können die Länder – mit Ausnahme des Rechts der Jagdscheine – abweichende Regelungen vom BJagdG treffen (vgl. Art. 72 Abs. 3 Nr. 1 GG).

bb) Das (subjektive) Fischereirecht

begründet die Befugnis, in Binnengewässern Fische, Krebse und andere nutzbare Wassertiere, z. B. Muscheln, die nicht Gegenstand des Jagdrechts sind, zu jagen und sich anzueignen. Es steht grundsätzlich dem Eigentümer des Gewässers zu. Wer den Fischfang ausüben will, bedarf der Erlaubnis des Inhabers des Fischereirechts; er muss ferner einen Berechtigungsschein bei sich führen (es gelten die einschlägigen landesrechtlichen Vorschriften.

348 | Wohnungseigentum, Dauerwohnrecht

Da Wohnhäuser als wesentliche Bestandteile eines Grundstücks grundsätzlich im Eigentum des Grundeigentümers stehen (§ 93 BGB) ➢ vgl. Nr. 316, konnte früher Teileigentum an einem Wohngebäude oder einer Wohnung für einen anderen Berechtigten nicht begründet werden. Um einer größeren Bevölkerungsschicht, die nicht zu einem Volleigentum an einem Grundstück gelangen kann, wenigstens eine diesem nahekommende Rechtsstellung zu verschaffen, wurde das Wohnungsrecht durch das Wohnungseigentumsgesetz (Gesetz über das Wohnungseigentum und das Dauerwohnrecht – WEG – i. d. F. der Bek. vom 15. 3. 1951, BGBl. I 175) um die Formen des Wohnungseigentums und des Dauerwohnrechts bereichert.

a) Der Inhalt des Wohnungseigentums

Das Wohnungseigentum gewährt die Möglichkeit, Eigentum an Teilen eines Gebäudes ähnlich dem im Ausland und früher bereits in Süddeutschland verbreiteten Stockwerkseigentum (vgl. Art. 189, 182 EGBGB) zu erwerben. Das Wohnungseigentum besteht gem. § 1 WEG aus dem Sondereigentum an einer Wohnung samt den zugehörigen Bestandteilen (Innenwände usw.) in Verbindung mit einem Miteigentumsanteil nach Bruchteilen an dem gemeinschaftlichen Eigentum. Teile eines Gebäudes, die nicht Wohnzwecken dienen, z. B. Geschäftsräume, werden als Teileigentum bezeichnet (§ 1 Abs. 3). Zum Miteigentum gehören alle Gebäudeteile, die für Bestand oder Sicherheit des Hauses erforderlich sind (Grundstück, Fundament, Dach) oder dem gemeinschaftlichen Gebrauch der Wohnungseigentümer dienen (Treppenhaus, Heizungsanlage), § 5 Abs. 2 WEG. Sondereigentum und Miteigentumsanteil sind untrennbar miteinander verbunden, können daher auch nur gemeinschaftlich übertragen oder – z. B. durch Hypotheken – belastet werden; Rechte am Miteigentumsanteil erstrecken sich auf das Sondereigentum (§ 6 WEG).

Begründet wird das WE durch Vertrag der Miteigentümer oder durch Teilung des bisherigen Alleineigentums (§§ 3, 8 WEG). Die Rechtsänderung erfordert die Einigung der Beteiligten (Auflassung) ➢ vgl. Nr. 347 a) aa), und die Eintragung im Grundbuch (§ 4 WEG). Auch der Verpflichtungsvertrag bedarf notarieller Beurkundung wie der Grundstückskaufvertrag (§ 311 b BGB). Für jeden Miteigentumsanteil und das hiermit verbundene Sondereigentum wird ein besonderes Grundbuchblatt angelegt (Wohnungsgrundbuch, Teileigentumsgrundbuch, § 7 WEG) ➢ s. Nr. 304.

b) Die Eigentümergemeinschaft

Das Rechtsverhältnis der Miteigentümer untereinander bestimmt sich nach den speziellen Bestimmungen des WEG und den Grundsätzen der Gemeinschaft ➢ s. Nr. 335; eine Auflösung der Gemeinschaft kann nicht verlangt werden (§§ 10, 11 WEG). Dagegen ist jeder Wohnungseigentümer berechtigt, über Sondereigentum und Miteigentumsanteil durch Übertragung oder Belastung zu verfügen. Im gemeinsamen Nutzungsinteresse kann die Veräußerung vertraglich an die Zustimmung aller Miteigentümer gebunden werden; diese darf aber nur aus wichtigem Grund versagt werden (§ 12 WEG; z.B. bei Gefahr gewerblicher Nutzung in einem Wohnhaus). Jeder Wohnungseigentümer kann sein Sondereigentum (Wohnung) frei nutzen, muss aber die Verpflichtungen beachten, die sich aus dem Gemeinschaftsverhältnis ergeben. Er darf durch die Nutzung andere Eigentümer nicht schädigen oder über das unvermeidliche Maß hinaus belästigen oder stören; er hat dafür zu sorgen, dass diese Pflicht durch die seinem Hausstand oder Geschäftsbetrieb angehörenden Personen eingehalten wird (§§ 13, 14 WEG). Für die Nutzung des Sondereigentums und vor allem des gemeinschaftlichen Eigentums ist in erster Linie die vereinbarte Gebrauchsregelung maßgebend. Auch die Hausverwaltung ist Sache der Vereinbarung; ergänzend gelten die §§ 15 ff., 20 ff. WEG.

Die Eigentümerversammlung beschließt eine Hausordnung und bestellt einen Verwalter (auf höchstens 5 Jahre; Verlängerungsmöglichkeit). Dieser hat mindestens einmal jährlich eine Eigentümerversammlung einzuberufen, der er den jeweils für ein Jahr aufzustellenden Wirtschaftsplan und nach Jahresablauf die Abrechnung zur Beschlussfassung vorzulegen hat. Ihm obliegt die ordnungsmäßige Verwaltung (Instandhaltung des Hauses, Leistung der laufenden Zahlungen, Verwaltung der gemeinschaftlichen Gelder auf Sonderkonten usw.). Er hat eine Instandsetzungsrücklage zu bilden. Nutzungen und Lasten (z.B. Straßen- und Müllabfuhrgebühren, Versicherungen) sind auf die Miteigentümer umzulegen. Die Eigentümerversammlung fasst ihre Beschlüsse in gemeinsamen Angelegenheiten mit Stimmenmehrheit (schriftliche Beschlussfassung im Umlaufwege nur bei Einstimmigkeit zulässig). Sie kann einen Verwaltungsbeirat (Vorsitzender, 2 Beisitzer) aus ihrer Mitte bestellen; er wird vom Vorsitzenden nach Bedarf einberufen, hat den Verwalter zu unterstützen und den Wirtschaftsplan sowie Abrechnungen zu prüfen.

Ein Wohnungseigentümer, der sich einer schweren Verletzung seiner Pflichten gegenüber den Miteigentümern schuldig macht, insbesondere beharrlich deren Erfüllung verweigert oder seiner Kostentragungspflicht nicht nachkommt, kann auf Grund eines Beschlusses der Miteigentümer auf Veräußerung seines WE verklagt werden. Das Urteil ersetzt die bei freiwilliger Versteigerung und Übertragung des WE auf den Ersteher erforderlichen Erklärungen des Eigentümers. Bei sonstigen Streitigkeiten aus dem Gemeinschaftsverhältnis, insbesondere wegen der laufenden Verwaltung, kann der Richter angerufen werden.

c) Das Wohnungserbbaurecht

Das WEG kennt auch ein Wohnungserbbaurecht (§ 30). Steht ein Erbbaurecht, d.h. das Recht, auf einem fremden Grundstück ein Bauwerk zu haben ➢ s. Nr. 349 b) aa), mehreren Berechtigten in Bruchteilsgemeinschaft zu, so können die Anteile in der Weise beschränkt werden, dass jedem Mitberechtigten das Sondereigentum an einer bestimmten Wohnung in dem auf Grund des Erbbaurechts errichteten Gebäude eingeräumt wird.

d) Das Dauerwohnrecht nach dem Wohnungseigentumsgesetz

Da sich das dingliche Wohnungsrecht (§ 1093 BGB), eine Unterart der beschränkten persönlichen Dienstbarkeit ➢ vgl. Nr. 349 b) aa), vielfach als nicht ausreichende Rechtsgrundlage erwiesen hat, gestattet das WEG (§§ 31 ff.) die Begründung eines Dauerwohnrechts. Dieses belastet das Grundstück in der Weise, dass der Berechtigte unter Ausschluss des Eigentümers eine bestimmte Wohnung in einem Gebäude bewohnen oder sonstwie nutzen darf (bei gewerblichen Räumen Dauernutzungsrecht genannt). Dieses Dauerwohn(nutzungs)recht ist ein beschränktes dingliches Recht ➢ s. Nr. 349 b), das aber im Gegensatz zum dinglichen Wohnungsrecht veräußerlich und vererblich ist. Es wird wie das WE im Grundbuch eingetragen und umfasst die Befugnis, die Wohnung zu vermieten. Das Dauerwohnrecht soll nur an in sich abgeschlossenen Wohnungen begründet werden. Es kann vereinbart werden, dass es unter bestimmten Voraussetzungen, z. B. beim Tod des zuletzt versterbenden Ehegatten, an den Grundstückseigentümer zurückfällt (Heimfallanspruch).

e) Reform

Im Jahr 2005 wurde von der Bundesregierung der Gesetzentwurf für eine Reform des Wohnungseigentumsrechts beschlossen. So soll zur Erleichterung der Willensbildung in den Wohnungseigentümergemeinschaften die Möglichkeit, Regelungen durch Mehrheitsbeschluss zu treffen, erweitert werden (z.B. hinsichtlich des Verteilungsmaßstabs bestimmter Kosten; Erleichterung von baulichen Modernisierungsmaßnahmen); zur Verbesserung der Information der Eigentümer ist eine Beschlusssammlung zu führen; Das Verfahren in Wohnungseigentumssachen wird künftig nicht mehr nach den Grundsätzen der freiwilligen Gerichtsbarkeit (unter anderem Amtsermittlungsgrundsatz) abgewickelt, sondern es gilt grundsätzlich das Verfahrensrecht der Zivilprozessordnung. In zweiter Instanz werden (nach der vom Bundestag verabschiedeten Fassung) für die Entscheidung über Berufungen und Beschwerden künftig die Landgerichte am Sitz eines Oberlandesgerichts konzentriert zuständig sein. Im Übrigen gilt die allgemeine Rechtsmittelsystematik. Für Hausgeldforderungen soll ein begrenztes Vorrecht in der Zwangsversteigerung geschaffen werden. Der Bundesgerichtshof hat mit Beschluss vom 2. 6. 2005 (Az. V ZB 32/05, vgl. NJW 2005, 2061) der Gemeinschaft der Wohnungseigentümer Teilrechtsfähigkeit zuerkannt. Die Gemeinschaft könne neben den Wohnungseigentümern im Rahmen der Verwaltung des gemeinschaftlichen Eigentums im Rechtsverkehr auftreten. Die Bundesregierung hat vorgeschlagen, der Rechtsprechung des Bundesgerichtshofs durch eine gesetzliche Regelung der Teilrechtsfähigkeit der Gemeinschaft der Wohnungseigentümer bei der Verwaltung des Eigentums Rechnung zu tragen. Insbesondere kann die Gemeinschaft nunmehr als solche vor Gericht klagen und verklagt werden. Das Verwaltungsvermögen gehört künftig der Gemeinschaft der Wohnungseigentümer. Es besteht aus den im Rahmen der gesamten Verwaltung des gemeinschaftlichen Eigentums gesetzlich begründeten und rechtsgeschäftlich erworbenen Sachen und Rechten sowie den entstandenen Verbindlichkeiten. Die Haftung der einzelnen Wohnungseigentümer für Verbindlichkeiten der Gemeinschaft richtet sich nach ihrem Miteigentumsanteil. Der Gesetzentwurf (BT-Drs. 16/887) in der Fassung der Empfehlungen des Rechtsausschusses (BT-Drs. 16/3843) ist am 26. 1. 2007 in dritter Lesung im Deutschen Bundestag verabschiedet worden. Das Reformgesetz vom 26. 3. 2007 wurde inzwischen verkündet (BGBl. I 370) und tritt im Wesentlichern am 1. 7. 2007 in Kraft.

349 | Beschränkung des Eigentums durch dingliche Rechte

Das Eigentum kann durch andere dingliche Rechte beschränkt werden. Bei beweglichen Sachen kennt das BGB nur Pfandrecht und Nießbrauch, während die Zahl der dinglichen Rechte an Grundstücken weit größer ist ➢ vgl. Nr. 350).

a) Dingliche Rechte an beweglichen Sachen

aa) Das Pfandrecht ist das an einer Sache bestehende dingliche Recht des Gläubigers einer Forderung, den Gegenstand zur Befriedigung seiner persönlichen Forderung zu verwerten (§§ 1204–1296 BGB) ➢ vgl. Nr. 353. Dies geschieht bei beweglichen Sachen durch öffentliche Versteigerung des Pfandes.

bb) Zum Nießbrauch ➢ s. Nr. 352.

b) Dingliche Rechte an Grundstücken

aa) Dienstbarkeiten

Dienstbarkeiten sind auf ein Dulden oder Unterlassen gerichtete beschränkte dingliche Rechte an einem Grundstück. Man unterscheidet die Grunddienstbarkeit, die beschränkte persönliche Dienstbarkeit, den Nießbrauch und das Erbbaurecht.

Grunddienstbarkeit ist die Belastung eines Grundstücks in der Weise, dass der jeweilige Eigentümer eines anderen Grundstücks (sog. herrschendes Grundstück) das belastete Grundstück (sog. dienendes Grundstück) in einzelnen Beziehungen benutzen darf (z.B. Wegegerechtigkeit) oder bestimmte Handlungen auf dem belasteten Grundstück nicht vorgenommen oder Nachbarrechte nicht ausgeübt werden dürfen (z.B. Errichtung von Gebäuden, zulässige Immissionen, § 1018 BGB) ➢ vgl. Nr. 347 b) bb).

Die beschränkte persönliche Dienstbarkeit ist der Grunddienstbarkeit verwandt; jedoch ist bei ihr nicht der jeweilige Eigentümer eines (herrschenden) Grundstücks, sondern eine bestimmte Person berechtigt, mit deren Tod sie endet (§§ 1090, 1061 BGB). Die Berechtigung kann in einem Wohnungsrecht bestehen (§ 1093 BGB).

Zum Nießbrauch ➢ s. Nr. 352. Er ist bei Grundstücken die umfassendste aller Dienstbarkeiten (§ 1030 BGB).

Durch das in der VO vom 15. 1. 1919 (RGBl. 72) geregelte Erbbaurecht wird das Grundstück in der Weise belastet, dass dem Erbbauberechtigten das veräußerliche und vererbliche Recht zusteht, auf oder unter der Oberfläche des Grundstücks ein Bauwerk zu haben. Hierfür ist ein Erbbauzins zu entrichten, dessen vertraglich vereinbarte Erhöhung bei Wohngebäuden nur im Rahmen der allgemeinen wirtschaftlichen Entwicklung und jeweils erst nach 3 Jahren verlangt werden kann. Das Erbbaurecht wird i.d.R. für bestimmte Zeit bestellt (z.B. 90 oder 99 Jahre). Nach Erlöschen wird das Bauwerk Eigentum des Grundstückseigentümers. Falls nicht vertraglich ausgeschlossen, ist der Erbbauberechtigte zu entschädigen. Auf das Erbbaurecht finden im Allgemeinen die für Grundstücke geltenden Vorschriften Anwendung. Es wird dafür ein besonderes Grundbuchblatt angelegt. Darin können Hypotheken, Grund- und Rentenschulden wie bei Grundstücken eingetragen werden.

Über Wohnungseigentum, Wohnungserbbaurecht, Dauerwohnrecht ➢ s. Nr. 348.

bb) Reallast und Grundpfandrechte

Die Reallast belastet ein Grundstück in der Weise, dass an den Berechtigten wiederkehrende Leistungen aus dem Grundstück zu entrichten sind (§ 1105 BGB; z. B. Altenteil, Leibrente).

Grundpfandrechte sind die Hypothek, die Grundschuld und die Rentenschuld, ➢ s. im Einzelnen Nr. 350. Während bei beweglichen Sachen das Pfand durch öffentliche Versteigerung verwertet wird, geschieht dies bei Grundpfandrechten nach dem Zwangsversteigerungsgesetz, ➢ vgl. Nr. 254.

cc) Dingliches Vorkaufsrecht

Bei einem dinglichen Vorkaufsrecht kann der Berechtigte bei einem Verkauf an einen Dritten in den Kaufvertrag eintreten (§§ 1094, 1098, 463 ff. BGB).

350 | Hypothek, Grundschuld, Rentenschuld

Grundstückspfandrechte sind die Hypothek, die Grundschuld und die Rentenschuld. Sie können in Euro, amerikanischem Dollar, Schweizer Franken und den Währungen anderer EU-Staaten eingetragen werden.

a) Hypothek

Sie ist ein Grundstückspfandrecht, bei welchem neben dem persönlichen Schuldner auch das Grundstück für eine Forderung haftet. Die Hypothek ist akzessorisch, d. h. vom Bestand der Forderung abhängig. Wird dem Gläubiger ein Hypothekenbrief erteilt, so spricht man von einer Brief-, andernfalls von einer Buchhypothek;

Besondere Arten der Hypothek sind:

aa) die Sicherungshypothek. Sie bezweckt ausschließlich die Sicherung von (persönlichen) Forderungen und kann nur geltend gemacht werden, soweit eine Forderung besteht. Diese ist also nachzuweisen (§ 1184 BGB);

bb) die Höchstbetrags-(Maximal-)Hypothek (§ 1190 BGB). Hier steht die Forderung der Höhe nach nicht fest; nur der Höchstbetrag wird eingetragen. Es handelt sich um eine Abart der Sicherungshypothek, die besonders zur Sicherung von Krediten im Kontokorrentverkehr verwendet wird;

cc) die Gesamthypothek, bei der mehrere Grundstücke (meist desselben Eigentümers) zur Sicherung einer Forderung belastet werden und jedes Grundstück für die gesamte Forderung haftet (§ 1132 BGB);

dd) die Tilgungshypothek, bei welcher der Schuldner gleich bleibende jährliche Beträge zu zahlen hat, die sowohl die Hypothekenzinsen als auch einen Amortisationsbetrag umfassen (dieser steigt infolgedessen jährlich, weil der zurückgezahlte Kapitalanteil nicht mehr verzinst wird);

ee) die Zwangshypothek. Sie wird im Gegensatz zu den anderen nicht rechtsgeschäftlich bestellt, sondern auf Antrag des Gläubigers, der einen vollstreckbaren Titel besitzt, im Wege der Zwangsvollstreckung in das unbewegliche Vermögen eingetragen (aber nur für einen Betrag von mehr als 750 Euro); sie ist stets eine Sicherungshypothek (§ 866 ZPO) ➢ vgl. Nr. 254.

b) Grundschuld

Bei ihr ist aus dem Grundstück eine bestimmte Geldsumme an den Gläubiger zu zahlen, ohne dass eine persönliche Forderung vorausgesetzt wird. Auch hier kann ein Brief erteilt werden (Brief-, sonst Buchgrundschuld);

Die Grundschuld unterscheidet sich von der Hypothek dadurch, dass sie ihrem Wesen nach von einer Forderung unabhängig ist. Der Gläubiger braucht das Bestehen einer persönlichen Forderung nicht nachzuweisen, um sein Recht am Grundstück zu verwirklichen. Aus diesem Grund wird der Grundschuld im Kreditverkehr der Vorzug vor der Hypothek gegeben.

c) Rentenschuld

Sie ist eine besondere Art der Grundschuld; bei ihr ist an regelmäßig wiederkehrenden Terminen eine bestimmte Geldsumme (rentenmäßig) aus dem Grundstück an den Berechtigten zu zahlen.

351 | Eintragungen im Grundbuch

Eintragungen im Grundbuch betreffen im Wesentlichen ➢ s. Nr. 304, das Eigentum an einem Grundstück und die dieses beschränkenden Rechte ➢ s. Nr. 349 b). Sie werden von dem beim AG bestehenden Grundbuchamt vorgenommen. Das materielle Grundbuchrecht ist im BGB enthalten, während sich das formelle in der Grundbuchordnung (GBO) findet; ➢ vgl. Nr. 304.

Grundsätze des Grundbuchrechts sind:

a) das Spezialitätsprinzip = eingetragene Grundstücke und Rechte müssen genau bestimmt sein;

b) Eintragungsgrundsatz = jede rechtsgeschäftliche Begründung, Änderung oder Übertragung von Grundstücksrechten erfordert eine inhaltlich gleiche Eintragung im Grundbuch;

c) materielles Konsensprinzip (§ 873 BGB) = zur Änderung von Grundstücksrechten ist außer der Eintragung die Einigung des Berechtigten und des anderen Teils erforderlich;

d) materielles Publizitätsprinzip (§ 892 BGB) = das Grundbuch genießt öffentlichen Glauben; sein Inhalt gilt als richtig, sofern nicht der Erwerber die Unrichtigkeit kennt;

e) Prioritätsgrundsatz (§ 879 BGB) = das Rangverhältnis mehrerer Belastungen bestimmt sich nach der Reihenfolge der Eintragungen, bei Eintragung in verschiedenen Abteilungen nach dem Datum der Eintragung.

Dem Grundbuchamt gegenüber genügt (formelles Konsensprinzip) die Vorlage der (beglaubigten) Eintragungsbewilligung des Betroffenen (§ 19 GBO). Nur bei Auflassung eines Grundstücks und bei Bestellung, Änderung und Übertragung eines Erbbaurechts muss die Einigung der Parteien dem Grundbuchamt nachgewiesen werden (§ 20 GBO).

Zum Schutz eines noch nicht eingetragenen Rechts kann eine Vormerkung, für eine spätere Eintragung kann ein Rangvorbehalt und gegenüber einer Unrichtigkeit des Grundbuchs kann ein Widerspruch eingetragen werden (§§ 881, 883, 894, 899 BGB).

Zum Erfordernis einer Grundstücksverkehrsgenehmigung bei Grundstücksveräußerungen und Erbbaurechtsbestellungen in den neuen Bundesländern s. die Grundstücksverkehrsordnung i. d. F. der Bek. vom 20. 12. 1993 (BGBl. I 2182).

352 | Nießbrauch

Nießbrauch ist das dingliche Recht, die Nutzungen eines in fremdem Eigentum stehenden Gegenstandes (bewegliche Sache, Recht, Grundstück) zu ziehen (§§ 1030–1089 BGB).

Der Nießbrauch ist ein auf die Person des Berechtigten abgestelltes höchstpersönliches Recht; er kann weder durch Rechtsgeschäft übertragen noch vererbt werden (§§ 1059, 1061 BGB). Jedoch kann die Ausübung eines Nießbrauchs einem anderen überlassen werden. Der Nießbraucher kann nicht über die ihm zum Nießbrauch überlassene Sache verfügen.

Das BGB unterscheidet den Nießbrauch an beweglichen Sachen, an Rechten, an einer Forderung, an einem Vermögen und an Grundstücken.

Der Nutznießer einer beweglichen Sache hat das Recht zum Besitz und zur Nutzung. Er erwirbt die Sachfrüchte, auch wenn im Übermaß gezogen, mit der Trennung, hat aber den Wert der über das Normalmaß gezogenen Früchte nach Erlöschen des Nießbrauchs dem Eigentümer u. U. zu ersetzen (§ 1039 BGB).

An verbrauchbaren Sachen ist nur ein uneigentlicher Nießbrauch möglich. Hier gehen die Sachen selbst in das Eigentum des Nießbrauchers über; er kann darüber verfügen, muss aber bei Beendigung des Nießbrauchs den Wert ersetzen (§ 1067 BGB).

An einem Recht kann ein Nießbrauch nur bestellt werden, wenn das Recht übertragbar ist und Nutzungen abwerfen kann (§ 1069 BGB).

Beim Nießbrauch an einer unverzinslichen Forderung ist der Nießbraucher zur Kündigung und Einziehung berechtigt; der Gläubiger erwirbt das Eigentum, der Nießbraucher den Nießbrauch an dem Geleisteten (§§ 1074, 1075 BGB). Bei einer verzinslichen Forderung verfügt der Nießbraucher nur über die Zinsen kraft seines Nießbrauchs. Über die Forderung (Kapital) können nur Nießbraucher und Forderungsberechtigter gemeinsam verfügen (z. B. kündigen, in Empfang nehmen). Das eingezogene Kapital ist verzinslich und mündelsicher anzulegen und unterliegt wieder dem Nießbrauch (vgl. §§ 1076–1079 BGB).

Für den Nießbrauch an Inhaberpapieren ➢ vgl. Nr. 340, gilt die Besonderheit, dass der Besitz des Stammpapiers und der Erneuerungsscheine dem Eigentümer und dem Nießbraucher gemeinsam, hingegen Zins-, Renten- und Gewinnanteilscheine dem Nießbraucher allein zustehen (§ 1081 BGB).

Der Nießbrauch an einem Grundstück ist das auf die Person des Berechtigten abgestellte beschränkte dingliche Recht, die gesamten Nutzungen des Grundstücks zu ziehen. Der Nießbrauch kann auf Lebenszeit des Berechtigten, aber auch auf kürzere Zeit bestellt werden. Seine Zeitdauer kann auch von einer auflösenden Bedingung abhängig gemacht werden (z. B. Wegfall bei Wiederverheiratung). Der Nießbraucher trägt die öffentlichen und privaten Lasten (§ 1047 BGB); jedoch kann hierüber mit dinglicher Wirkung eine abweichende Vereinbarung getroffen werden, die der Eintragung im Grundbuch bedarf.

Das BGB kennt keinen einheitlichen Nießbrauch an einem Vermögen; vielmehr ist der Nießbrauch an den einzelnen Sachen und Rechten zu bestellen (§ 1085 BGB). Nur wird zugunsten der Gläubiger des Nießbrauchbestellers ein einheitliches Sondervermögen angenommen (§§ 1086, 1088 BGB); der Besteller kann zur Befriedigung eines Gläubigers Rückgabe der hierzu erforderlichen Gegenstände vom Nießbraucher verlangen (§ 1087 BGB).

353 | Pfandrecht

Pfandrecht ist das dingliche Recht, sich wegen einer Forderung aus einem fremden Gegenstand zu befriedigen. Das Pfandrecht (§§ 1204–1296 BGB) entsteht:

a) rechtsgeschäftlich durch Verpfändung, d. h. Bestellung durch Vertrag (vertragliches Pfandrecht);

b) durch Gesetz (gesetzliches Pfandrecht);
c) durch Pfändung im Wege der Zwangsvollstreckung (Pfändungspfandrecht) ➢ vgl. Nr. 251.

Gegenstand des Pfandrechts können bewegliche Sachen und Rechte sein. Pfandrechte an Grundstücken werden dagegen als Hypothek, Grundschuld oder Rentenschuld bestellt ➢ vgl. Nr. 350.

Das Pfandrecht an beweglichen Sachen und Rechten ist streng akzessorisch, d. h. abhängig vom Bestand der gesicherten Forderung; diese muss eine Geldforderung sein oder in eine solche verwandelt werden können. Zur rechtsgeschäftlichen Bestellung des Pfandrechts ist Einigung zwischen Verpfänder und Pfandgläubiger sowie Übergabe der verpfändeten Sache (Besitzübergabe) erforderlich; die Verpfändung von Rechten erfolgt wie deren Übertragung, erfordert also ggf. Übergabe rechtsbegründender Urkunden (Hypothekenbrief o. dgl.), die Verpfändung einer Forderung Einigung und Anzeige an den Drittschuldner. Ohne Besitz kein Pfandrecht an der Sache; mit Rückgabe der Pfandsache an Verpfänder oder Eigentümer geht es unter. Die Besitzübergabe kann aber ersetzt werden durch die bloße Einigung, dass der bereits im Besitz befindliche Gläubiger die Sache als Pfand behalten soll; ferner durch Abtretung des Herausgabeanspruchs gegen einen Dritten, der unmittelbarer Besitzer ist, und Anzeige der Verpfändung an diesen. Nicht jedoch durch constitutum possessorium (Vereinbarung eines Besitzkonstituts wie beim Eigentumserwerb, ➢ s. Nr. 347 a) bb). Über den Unterschied zum Sicherungseigentum ➢ vgl. Nr. 324.

Besitzlose Registerpfandrechte entstehen nach dem Gesetz über Rechte an Schiffen und Schiffsbauwerken i. d. F. der Bek. vom 15. 11. 1940 (RGBl. I 1499) an im Schiffsregister eingetragenen Schiffen durch Einigung zwischen Eigentümer und Gläubiger und Eintragung des Pfandrechts in das Schiffsregister; entsprechend nach dem Gesetz über Rechte an Luftfahrzeugen i. d. F. der Bek. vom 26. 2. 1959 (BGBl. I 57) an in die Luftfahrzeugrolle eingetragenen Luftfahrzeuge durch Einigung und Eintragung in das Register für Pfandrechte an Luftfahrzeugen. Nach dem Pachtkreditgesetz ➢ vgl. Nr. 429, entsteht das Pfandrecht, das ein Pächter einem Kreditinstitut an dem ihm gehörenden landwirtschaftlichen Grundstücksinventar einräumt, durch Einigung der Vertragsparteien und Niederlegung des Vertrags beim Amtsgericht.

Durch die Verpfändung entsteht ein gesetzliches Schuldverhältnis zwischen Verpfänder und Pfandgläubiger, das letzteren verpflichtet, die Pfandsache ordnungsmäßig zu verwahren. Die Verwertung der Pfandsache ist erst möglich, wenn die gesicherte Forderung fällig und nicht getilgt wird (Pfandreife). Die Pfandsache wird grundsätzlich durch öffentliche Versteigerung verwertet. Im Einverständnis mit dem Eigentümer kann eine andere Verwertungsart gewählt werden. Der Erlös gebührt in Höhe der gesicherten Forderung dem Pfandgläubiger und bringt die Forderung insoweit zum Erlöschen. Im Übrigen tritt er an die Stelle des Pfandes und steht dem Eigentümer der Pfandsache zu (§§ 1247 ff. BGB).

Gesetzliche Pfandrechte sind u. a. die des Vermieters ➢ vgl. Nr. 327, des Werkunternehmers ➢ Nr. 330, des Gastwirts ➢ s. Nr. 334 b), des Kommissionärs, Spediteurs und Lagerhalters ➢ s. Nr. 449–451. Bei den drei erstgenannten ist die Besitzerlangung die Voraussetzung der Entstehung des Pfandrechts, während bei den anderen der Satz „kein Pfandrecht ohne Besitz" nicht gilt, soweit die Übergabe der sog. Traditionspapiere die Besitzübertragung ersetzt. Für das kraft Gesetzes entstandene Pfandrecht gelten im allgemeinen die Vorschriften über das rechtsgeschäftlich begründete Pfandrecht (§ 1257 BGB).

354 | Das Familienrecht (Buch 4, §§ 1297–1921)

Das Familienrecht umfasst die Rechtsnormen, welche sich auf die persönliche und wirtschaftliche Stellung der Mitglieder einer Familie zueinander und zu Dritten beziehen. Es behandelt in 3 Abschnitten: Bürgerliche Ehe, Verwandtschaft, Vormundschaf sowie rechtliche Betreuung und Pflegschaft.

Zahlreiche Bestimmungen über die Beziehungen zwischen Mann und Frau, insbesondere in vermögensrechtlicher Hinsicht, sind durch den Gleichheitsgrundsatz des GG (Art. 3, 117) mit dem 1. 4. 1953 außer Kraft gesetzt worden, soweit sie mit diesem unvereinbar waren. Die daraus entstehenden Fragen wurden aber erst durch das Gleichberechtigungsgesetz vom 18. 6. 1957 (BGBl. I 609) gesetzlich geklärt; die neue Regelung trat zwar großenteils erst am 1. 7. 1958 in Kraft, wurde aber vorher schon als Richtlinie beachtet.

An die Stelle der Vorschriften der §§ 1303–1352, 1564–1587 BGB waren zunächst die Bestimmungen des Ehegesetzes vom 6. 7. 1938 getreten. Anschließend galt das Ehegesetz vom 20. 2. 1946 (KRG Nr. 16), jedoch nur noch hinsichtlich Eheschließung, Nichtigkeit und Aufhebung der Ehe. Es wird ergänzt durch die Hausratsverordnung (6. DOV zum EheG) vom 21. 10. 1944 (RGBl. I 256), nach der der Richter bei mangelnder Einigung der geschiedenen Ehegatten die Rechtsverhältnisse an Ehewohnung und Hausrat nach der Scheidung unter Hintansetzung von Eigentums- und Schuldrecht nach Recht und Billigkeit gestalten kann. Das 1. EherechtsreformG vom 14. 6. 1976 (BGBl. I 1421) brachte wichtige Änderungen im Namens- und vor allem im Ehescheidungsrecht. Hinsichtlich der anschließenden Gesetze zur Regelung von Härten beim Versorgungsausgleich ➢ s. Nr. 359 c) cc). Das Adoptionsrecht wurde durch Ges. vom 2. 7. 1976 (BGBl. I 1749), das Recht der elterlichen Sorge durch das Ges. vom 18. 7. 1979 (BGBl. I 1061) weitgehend neu gestaltet. Bedeutsame Änderungen im Vormundschafts- und Pflegschaftsrecht brachte das Gesetz zur Reform des Rechts der Vormundschaft und Pflegschaft für Volljährige (Betreuungsgesetz – BtG) vom 12. 9. 1990, BGBl. I 2002, durch das die Entmündigung abgeschafft und die bisherige Vormundschaft über Volljährige und die Gebrechlichkeitspflegschaft durch das Institut der Betreuung ersetzt wurden ➢ s. Nr. 365. Eine erneute grundlegende Reform brachte das Gesetz zur Neuordnung des Eheschließungsrechts vom 4. 5. 1998 (BGBl. I 833). Durch dieses Gesetz wurde das Ehegesetz aufgehoben, die Regelungen über die Eingehung der Ehe wurden wieder in das BGB zurückgeführt.

Eine völlige Gleichstellung der ehelichen mit den nichtehelichen Kindern brachten die Gesetze zur Reform des Kindschaftsrechts vom 16. 12. 1997 (BGBl. I 2942) und zur erbrechtlichen Gleichstellung nichtehelicher Kinder (Erbrechtsgleichstellungsgesetz vom 16. 12. 1997, BGBl. I 2968). Ab diesem Zeitpunkt wird der Begriff „nichtehelich“ vom Gesetzgeber nicht mehr verwendet. Das Gesetz spricht vielmehr von Kindern, deren Eltern nicht miteinander verheiratet sind.

Durch das Gesetz zur Beendigung der Diskriminierung gleichgeschlechtlicher Lebenspartnerschaften – Lebenspartnerschaftsgesetz (LPartG) i. d. F. der Bek. vom 16. 2. 2001 (BGBl. I 266) wurde die eingetragene Lebenspartnerschaft zwischen gleichgeschlechtlichen Partnern als eigenständiges, jedoch weitgehend der Ehe angenähertes, familienrechtliches Institut geschaffen ➢ vgl. Nr. 376.

Das Gesetz zur Verbesserung des zivilgerichtlichen Schutzes bei Gewalttaten und Nachstellungen sowie zur Erleichterung der Überlassung der Ehewohnung bei Trennung i. d. F. der Bek. vom 11. 12. 2001 (Gewaltschutzgesetz – GewSchG – BGBl. I 3513) wurden Regelungen zur Verhinderung von Nachstellungen und für die erleichterte Wohnungszuweisung geschaffen ➢ vgl. Nr. 377.

Als wichtige Gesetze zu erwähnen sind in diesem Zusammenhang ferner das Adoptionsvermittlungsgesetz i. d. F. der Bek. vom 22. 12. 2001 (BGBl. 2002 I 354) sowie das Kinderrechteverbesserungsgesetz i. d. F. der Bek. v. 9. 4. 2002 (BGBl. I 1239).

Als weitere das Familienrecht berührende Gesetze sind zu nennen: das Gesetz über die religiöse Kindererziehung vom 15. 7. 1921 (RGBl. 939), das Kinder- und Jugendhilfegesetz (SGB VIII) ➢ vgl. Nr. 658, das Amtsvormundschaft und –pflegschaft behandelt, und das Personenstandsgesetz vom 8. 8. 1957 (BGBl. I 1126) mit AVO i. d. F. der Bek. vom 25. 2. 1977 (BGBl. I 377).

Das alte Personenstandsgesetz vom 6. 2. 1875 kannte nur die Beurkundung von Geburt, Heirat und Tod, ohne eine Verbindung der den einzelnen Menschen betreffenden Eintragungen oder Zusammenfassung der Angehörigen einer Familie herbeizuführen. Dem Beispiel der Schweiz und von Württemberg folgend, sah das Personenstandsgesetz vom 3. 11. 1937 (RGBl. 1146) ein Familienregister vor, in dem jede Familie ein Blatt zur Aufzeichnung der Angehörigen der Familie erhielt. Es bildete zusammen mit dem Heiratsregister das Familienbuch. Letzteres wurde von dem Standesbeamten des Orts geführt, an dem die Ehegatten geheiratet hatten; ihm mussten alle einzutragenden Tatsachen mitgeteilt werden (System des unwandelbaren Führungsortes). Aus Zweckmäßigkeitsgründen und um die Heimatvertriebenen in die Personenstandsbuchführung einzugliedern, führte die Novelle zum Personenstandsgesetz vom 18. 5. 1957 (BGBl. I 518) das (württembergische) System des wandernden Familienbuches ein, nach welchem das Familienregister am Eheschließungsort angelegt wird und bei Verlegung des Wohnsitzes die Ehegatten als Familienbuch begleitet, während das Heirats- ebenso wie Geburten- und Sterbebuch am Beurkundungsort verbleiben. Die besondere Beweiskraft des Heiratsregisters ist auf das Familienbuch ausgedehnt worden. Im Familienbuch werden die Ehegatten, ihre Eltern und die gemeinschaftlichen Kinder eingetragen. Das Familienbuch wird stets nach der Eheschließung, sonst auf Antrag angelegt. Das religiöse Bekenntnis wird in den Personenstandsbüchern nur mit Einverständnis der Beteiligten vermerkt. Gegen ablehnende Entscheidungen des Standesbeamten kann die Entscheidung des Amtsgerichts angerufen werden. Auch kann der Standesbeamte sie in Zweifelsfällen herbeiführen. Ab 1. 1. 2009 wird im Standesamtwesen die elektronische Registerführung eingeführt werden (vgl. Gesetz zur Reform des Personenstandswesens vom 19. 2. 2007 [BGBl. I 122]).

Wegen des öffentlichen Interesses am Bestand von Ehe und Familie (vgl. Art. 6 GG) tritt der Grundsatz der Vertragsfreiheit im Familienrecht zurück; die Bestimmungen sind meist zwingender Natur.

355 | Verlöbnis

Das Verlöbnis ist ein formfreier familienrechtlicher Vertrag auf Eingehung der Ehe. Obwohl die Partner versprochen haben, die Ehe miteinander einzugehen, kann nicht darauf geklagt werden. Das Versprechen einer Vertragsstrafe für den Fall der Weigerung ist nichtig (§ 1297 BGB).

Da das Verlöbnis den allgemeinen Vorschriften über Rechtsgeschäfte und Verträge unterliegt, bedürfen Minderjährige der Zustimmung ihres gesetzlichen Vertreters (§ 107 BGB). Ein ohne diese Zustimmung abgeschlossenes Verlöbnis ist schwebend unwirksam und wird erst mit der Genehmigung rückwirkend wirksam oder aber auch mit der Volljährigkeit, falls der bisher Minderjährige erklärt, er wolle das Verlöbnis fortsetzen (§ 108 BGB).

Die Verlobten haben das Recht jederzeitigen Rücktritts. Jedoch hat bei grundlosem Rücktritt der andere Teil bzw. haben seine Eltern einen Schadensersatzanspruch wegen besonderer Aufwendungen, ebenso der Verlobte, dem der andere schuldhaft einen wichtigen Rücktrittsgrund gegeben hat; jedoch kein Schadensersatzanspruch bei Rücktritt des anderen Teils aus wichtigem Grund oder Verschuldendes Geschädigten (§§ 1298, 1299 BGB). Rückgabe der Verlobungsgeschenke nach Bereicherungsgrundsätzen, wenn die Eheschließung unterbleibt (§ 1301 BGB). Alle Ansprüche verjähren in 2 Jahren seit Auflösung des Verlöbnisses (§ 1302 BGB).

356 | Die Eheschließung und ihre Wirkungen

a) Formalien der Eheschließung

Die Eheschließung ist ein familienrechtlicher Vertrag, der zwischen Mann und Frau vor dem Standesbeamten persönlich und bei gleichzeitiger Anwesenheit dadurch abgeschlossen wird, dass beide erklären, die Ehe miteinander eingehen zu wollen (§§ 1310, 1311, 1312 BGB).

Vor der Eheschließung soll der Standesbeamte die Verlobten befragen, ob sie eine Erklärung über die Wahl des Ehenamens abgeben wollen ➤ s. Nr. 314 a).

Vor der Volljährigkeit soll in der Regel keine Ehe eingegangen werden (Erfordernis der Ehemündigkeit). Das Familiengericht kann hiervon allerdings Befreiung erteilen, wenn der Antragsteller das 16. Lebensjahr vollendet hat und sein künftiger Ehegatte volljährig ist. Abgesehen hiervon bleibt es für Minderjährige oder sonst beschränkt Geschäftsfähige (§ 106 ff. BGB) beim Erfordernis der Einwilligung des gesetzlichen Vertreters. Das Familiengericht kann sich aber über den Widerspruch eines gesetzlichen Vertreters, sofern dieser nicht auf triftigen Gründen beruht, hinwegsetzen (§ 1303 BGB). Vor der Eheschließung ist ferner zu klären, ob Eheverbote bestehen. Diese hindern eine Eheschließung endgültig, wenn es sich um trennende Verbote handelt (fehlende Geschäftsfähigkeit, Verwandtschaft in gerader Linie oder Geschwisterschaft, Doppelehe, bestehende Lebenspartnerschaft).

Der Standesbeamte soll bei der Eheschließung die Eheschließenden einzeln befragen, ob sie die Ehe miteinander eingehen wollen. Nach Bejahung soll er im Namen des Rechts aussprechen, dass die Verlobten nunmehr rechtmäßig verbundene Eheleute sind. Wenn die Verlobten es wünschen, kann die Eheschließung in Gegenwart von einem oder zwei Zeugen erfolgen. Die Eheschließung wird vom Standesbeamten in das Heiratsbuch eingetragen (§ 1312 BGB).

Zum Schutze des öffentlichen Glaubens ist auch die vor einem Nichtstandesbeamten geschlossene Ehe voll wirksam, wenn dieser das Amt öffentlich ausgeübt und die Ehe in das Heiratsbuch eingetragen hat (§ 1310 Abs. 2 BGB).

Die kirchliche Trauung hat nur kirchliche Wirkung. Sie darf erst nach der standesamtlichen stattfinden (Verstoß ist Ordnungswidrigkeit, gleichwohl aber nicht mit Geldbuße bedroht; §§ 67, 67 a PersonenstandsG).

b) Die Rechtswirkungen der Eheschließung

sind in den §§ 1353 ff. BGB geregelt. Die Ehe begründet vor allem die Verpflichtung zur ehelichen Lebensgemeinschaft (Ausnahmen bei Scheitern der Ehe oder wenn das Herstellungsverlangen missbräuchlich wäre, § 1353 Abs. 2) und die gegenseitige Unterhaltspflicht gemäß §§ 1360 ff. Über die Wahl des Ehenamens ➤ s. Nr. 314 a).

Während nach dem bis 30. 6. 1977 geltenden Recht die Leitung des Haushalts der Frau in eigener Verantwortung oblag, gilt ab 1. 7. 1977 der Grundsatz, dass die Ehegatten die Haushaltsführung im gegenseitigen Einvernehmen regeln. Nach

§ 1356 BGB kann jeder Ehegatte erwerbstätig sein, soweit das mit seinen Pflichten in Ehe und Familie vereinbar ist. Unabhängig davon ist jeder Ehegatte nach § 1357 BGB berechtigt, zur angemessenen Deckung des Lebensbedarfs der Familie Rechtsgeschäfte mit Wirkung auch für und gegen den anderen Ehegatten abzuschließen (außer bei Getrenntleben). Der Umfang dieses Verpflichtungsrechts (früher Schlüsselgewalt der Frau) richtet sich nach den Lebensverhältnissen der Ehegatten; er umfasst die laufenden Ausgaben, aber nicht außergewöhnliche wie z. B. Wohnungsmiete oder -kauf, Wechselverbindlichkeiten, langfristige Teilzahlungsverträge. Ausschluss des Verpflichtungsrechts wirkt Dritten gegenüber nur bei Eintragung im Güterrechtsregister ➢ vgl. Nr. 357 c).

Über die Unterhaltspflicht ➢ s. Nr. 361.

Die Aufnahme einer nichtehelichen Lebensgemeinschaft hat nicht die Rechtswirkungen einer gültig geschlossenen Ehe; vor allem begründet sie keine gegenseitigen Unterhalts- oder gesetzlichen Erbansprüche oder einen Anspruch auf Witwenrente.

357 | Eheliches Güterrecht

a) Überblick und geschichtliche Entwicklung

Die Eheschließung wirkt sich auch auf das Vermögen der Ehegatten aus. Die gesetzlichen Vorschriften hierüber, das Ehegüterrecht, geben den Ehegatten mehrere Möglichkeiten, ihre Vermögensverhältnisse zu regeln, indem sie einen bestimmten Güterstand vereinbaren. Seit Inkrafttreten des Gleichberechtigungsgesetzes am 1. 7. 1958 sind drei Güterstände möglich: die Zugewinngemeinschaft, die Gütertrennung oder die Gütergemeinschaft.

Als gesetzlicher Güterstand galt seit 1900 der Güterstand der Verwaltung und Nutznießung des Mannes am eingebrachten Gut der Frau. Da dieser mit dem Grundsatz der Gleichberechtigung nicht vereinbar war, ist er nach allgemeiner Ansicht seit 1. 4. 1953 aufgehoben. An seine Stelle trat am 1. 4. 1953 als gesetzlicher Güterstand die Gütertrennung und ab 1. 7. 1958 die durch das Gleichberechtigungsgesetz eingeführte Zugewinngemeinschaft (§ 1363 BGB). Diese gilt auch zwischen Ehegatten, die am 31. 3. 1953 im damaligen gesetzlichen Güterstand der Verwaltung und Nutznießung des Ehemannes lebten; doch konnte jeder Teil bis 30. 6. 1958 Gütertrennung verlangen. Die vertraglichen Güterstände waren bis 30. 6. 1958: Allgemeine Gütergemeinschaft, Errungenschaftsgemeinschaft und Fahrnisgemeinschaft, nachdem der frühere vertragliche Güterstand der Gütertrennung gesetzlicher Güterstand geworden war. Seit 1. 7. 1958 sind nur noch Gütergemeinschaft und Gütertrennung als Vertragsgüterstände zugelassen (§§ 1414 ff. BGB).

In den neuen Bundesländern gilt bezüglich des ehelichen Güterrechts folgendes: Für Ehegatten, die zum Beitrittszeitpunkt im gesetzlichen Güterstand der Eigentums- und Vermögensgemeinschaft des Familiengesetzbuches der DDR gelebt haben, gilt von diesem Zeitpunkt an der gesetzliche Güterstand der Zugewinngemeinschaft (s. unten b) aa). Jeder Ehegatte konnte bis zum 3. 10. 1992 gegenüber dem Kreisgericht erklären, dass für die Ehe der bisherige gesetzliche Güterstand fortgelten solle (Art. 234 § 4 EGBGB).

b) Die einzelnen Güterstände

aa) Zugewinngemeinschaft

Die Ehegatten leben im (gesetzlichen) Güterstand der Zugewinngemeinschaft, wenn sie nicht durch notariell beurkundeten Ehevertrag einen anderen zugelassenen Güterstand vereinbaren (§§ 1363, 1410 BGB).

Bei der Zugewinngemeinschaft werden das Vermögen des Mannes und das der Frau nicht etwa gemeinschaftliches Vermögen (wie beim Gesamtgut der Gütergemeinschaft), sondern die beiderseitigen Vermögen bleiben getrennt, und zwar einschließlich des Vermögens, das ein Ehegatte nach der Eheschließung erwirbt. Der in der Ehe erzielte Zugewinn wird erst ausgeglichen, wenn die Zugewinngemeinschaft endet. Jeder Gatte verwaltet (wie bei Gütertrennung) sein Vermögen selbstständig, unterliegt aber bestimmten Verfügungsbeschränkungen (Haushaltsgegenstände, Vermögen im ganzen; §§ 1365–1369 BGB). Endet die Zugewinngemeinschaft nicht durch Tod eines Ehegatten, sondern bei Lebzeiten beider Gatten durch Scheidung, Aufhebung der Ehe, Aufhebung der Zugewinngemeinschaft durch Vertrag oder durch Urteil bei Klage auf vorzeitigen Ausgleich, so ist der Zugewinn festzustellen und auszugleichen (§ 1372 BGB). Zugewinn ist der Betrag, um den das Endvermögen eines Ehegatten sein Anfangsvermögen übersteigt. Wer während der Ehe mehr Zugewinn erzielt hat als der Ehepartner, muss diesem die Hälfte des Überschusses auszahlen (§§ 1374–1378 BGB).

Um Meinungsverschiedenheiten zu verhüten, die sich nach dieser Berechnungsart bei Eheauflösung durch Tod eines Gatten ergeben können, bestimmt § 1371 Abs. 1 BGB, dass in diesem Falle der Ausgleich des Zugewinn dadurch verwirklicht wird, dass sich der gesetzliche Erbteil des überlebenden Ehegatten ➢ s. Nr. 367, um 1/4 erhöht (erbrechtliche Regelung). Dabei ist unerheblich, ob ein Zugewinn erzielt ist und ob der überlebende Ehegatte nicht etwa den höheren Zugewinn aufweist. Der überlebende Ehegatte kann aber auch, falls er nicht erbt oder eine Erbeinsetzung oder ein Vermächtnis ausschlägt, die güterrechtliche Regelung wählen und Ausgleich des Zugewinns und den Pflichtteil ➢ s. Nr. 375, nach seinem nicht erhöhten gesetzlichen Erbteil verlangen (§ 1371 Abs. 2, 3 BGB). Der Pflichtteilsanspruch entfällt nur dann, wenn der überlebende Ehegatte durch Vertrag mit seinem verstorbenen Gatten auf sein gesetzliches Erbrecht oder sein Pflichtteilsrecht verzichtet hatte. Über Pfändbarkeit des Anspruchs auf Zugewinnausgleich ➢ s. Nr. 251, über erbschaftsteuerliche Behandlung ➢ s. Nr. 548.

Hinterlässt der erstverstorbene Ehegatte erbberechtigte Abkömmlinge, die nicht aus seiner letzten Ehe stammen (z. B. Kinder erster Ehe bei einer Zweitehe), so ist der überlebende Ehegatte verpflichtet, den Stiefkindern im Bedürfnisfall die Mittel zu einer angemessenen Ausbildung aus dem zu seinem gesetzlichen Erbteil gemäß § 1371 Abs. 1 BGB gewährten zusätzlichen Viertel zur Verfügung zu stellen (§ 1371 Abs. 4 BGB).

bb) Gütertrennung

Im Güterstand der Gütertrennung sind die Vermögen der Ehegatten rechtlich getrennt; jeder kann sein Vermögen allein verwalten und frei darüber verfügen. Mit Ausnahme von Geschäften zur Deckung des Lebensbedarfs im Rahmen der sog. Schlüsselgewalt (§ 1357 BGB) haftet jeder Ehegatte nur für seine eigenen Schulden. Die Ehegatten stehen sich bei diesem Güterstand somit in vermögensrechtlicher Hinsicht wie Unverheiratete gegenüber.

Gütertrennung tritt vor allem ein, wenn dies durch einen Ehevertrag bei gleichzeitiger Anwesenheit beider Ehegatten vor einem Notar (§ 1410 BGB) ausdrücklich vereinbart wird. In einigen Fällen kann sie auch kraft Gesetzes entstehen (vgl. z. B. § 1414 BGB).

cc) Gütergemeinschaft

kann nur durch einen Ehevertrag entstehen (§§ 1410, 1415 ff. BGB). Das in die Ehe eingebrachte und das während der Ehe erworbene Vermögen wird i. d. R. gemeinschaftliches Vermögen der Ehegatten (Gesamtgut, § 1416 BGB). Daneben können die Ehegatten Sondergut haben; dies sind die Gegenstände, die nicht durch Rechtsgeschäft übertragen werden können (§ 1417 BGB), also z. B. unpfändbare Forderungen. Außerdem können einem Ehegatten Vermögensgegenstände als Alleineigentum vorbehalten sein (Vorbehaltsgut, § 1418 BGB).

c) Güterrechtsregister; Eigentumsvermutung

Nach § 1412 BGB können Ehegatten, wenn sie den gesetzlichen Güterstand ausgeschlossen oder geändert haben, hieraus einem Dritten gegenüber Einwendungen nur herleiten, wenn der Ehevertrag im Güterrechtsregister des zuständigen Amtsgerichts eingetragen oder dem Dritten bekannt war ➢ vgl. Nr. 306. Das Güterrechtsregister genießt nicht wie das Grundbuch öffentlichen Glauben derart, dass sein Inhalt als richtig gilt. Seinen Inhalt müssen Dritte gegen sich gelten lassen, nicht aber eintragungspflichtige Tatsachen (z. B. Abschluss eines Gütervertrags), die nicht eingetragen sind (sog. negative Publizität im Gegensatz zum positiven öffentlichen Glauben des Grundbuchs; vgl. Nr. 304, 351).

Allgemein besteht zugunsten der Gläubiger des Mannes und der Gläubiger der Frau eine Eigentumsvermutung dahin, dass die im Besitz eines oder beider Ehegatten befindlichen beweglichen Sachen dem jeweiligen Schuldner gehören. Dies gilt nicht, wenn die Ehegatten getrennt leben und sich die Sachen im Besitz des Nichtschuldners befinden (§ 1362 BGB).

358 | Eheaufhebung

Die Auflösung einer Ehe ist – außer durch Tod eines Ehegatten oder Scheidung (Nr. 359) – nur dadurch möglich, dass sie durch gerichtliches Urteil auf Antrag aufgehoben wird. Zu einer solchen Entscheidung können nur bestimmte, in § 1314 BGB bezeichnete Gründe führen.

a) Eheaufhebungsgründe sind (§ 1314 BGB):

- mangelnde Form der Eheschließung ➢ s. Nr. 356 a). Hier besteht Heilungsmöglichkeit durch (i. d. R.) fünfjähriges Zusammenleben der Ehegatten;
- Fehlen der Geschäftsfähigkeit;
- Doppelehe oder bestehende Lebenspartnerschaft;
- verbotene Ehe unter Verwandten in gerader Linie oder Geschwistern.

b) Weitere Aufhebungsgründe (§ 1314 Abs. 2 BGB) können sein:

- Eheschließung im Zustand der Bewusstlosigkeit oder vorübergehender Störung der Geistestätigkeit eines Ehegatten;
- wenn ein Ehegatte bei der Eheschließung nicht gewusst hat, dass es sich um eine Eheschließung handelt;
- ein Ehegatte zur Eingehung der Ehe durch arglistige Täuschung bestimmt worden ist;

- ein Ehegatte widerrechtlich durch Drohung zur Eingehung der Ehe bestimmt worden ist;
- beide Ehegatten eine eheliche Lebensgemeinschaft nicht begründen wollten;
- unter gewissen Voraussetzungen (§§ 1319, 1320 BGB) bei Wiederverheiratung im Fall einer unrichtigen Todeserklärung.

Trotz Vorliegens von Eheaufhebungsgründen ist eine Eheaufhebung dann ausgeschlossen, wenn nach Wegfall des Grundes (z. B. der Geschäftsunfähigkeit oder der Bewusstlosigkeit) der betroffene Ehegatte zu erkennen gegeben hat, dass er die Ehe fortsetzen will (§ 1315 BGB; Bestätigung).

Die Aufhebung der Ehe setzt ein entsprechendes Verfahren ➢ s. Nr. 246, und einen entsprechenden Antrag, der an Fristen (§ 1317 BGB) gebunden ist, voraus. Die Rechtsfolgen der Eheaufhebung bestimmen sich nach § 1318 BGB. Rechtswirkungen wie bei der Scheidung ➢ s. Nr. 359) treten nur unter bestimmten Voraussetzungen ein. So ist z. B. vorgesehen, dass nur der Ehegatte Anspruch auf Unterhalt wie nach Scheidung gegenüber dem anderen Ehegatten hat, der den Eheaufhebungsgrund bei Eheschließung nicht gekannt hat oder von dem anderen Ehegatten oder mit dessen Wissen getäuscht oder bedroht worden ist.

359 | Ehescheidung

a) Begriff

Die Ehescheidung ist die Auflösung der Ehe für die Zukunft durch Scheidungsurteil aus Gründen, die während der Ehe eingetreten sind (im Gegensatz zur Eheaufhebung aus Gründen, die bereits bei Eheschließung vorlagen oder dieser anhaften) ➢ vgl. Nr. 358.

b) Scheidungsvoraussetzungen

Durch das ab 1. 7. 1977 geltende Scheidungsrecht (1. EherechtsreformG vom 14. 6. 1976, BGBl. I 1421) wurde die Anknüpfung an Schuld- und Zerrüttungsvoraussetzungen gelöst. Scheidung kann nach §§ 1565 ff. BGB ohne Rücksicht auf Verschulden verlangt werden, wenn die Ehe gescheitert ist und die Wiederherstellung der ehelichen Gemeinschaft nicht mehr erwartet werden kann. Das Scheitern der Ehe (Zerrüttungsprinzip) wird nach 3-jährigem Getrenntleben, bei Einverständnis der Ehegatten mit der Scheidung schon nach 1-jähriger Trennung unwiderlegbar vermutet. Leben die Ehegatten aber noch nicht 1 Jahr getrennt, so darf die Ehe nur geschieden werden, wenn ihre Fortsetzung für den Scheidungswilligen aus Gründen, die in der Person des anderen Ehegatten liegen, eine unzumutbare Härte sein würde (Mindesttrennungsdauer). Eine weitere Härteklausel enthält § 1568 BGB für den Fall, dass die Ehe zwar als gescheitert anzusehen ist, dass aber besondere Gesichtspunkte für ihre Aufrechterhaltung sprechen, nämlich, wenn die Fortsetzung der Ehe im Interesse gemeinsamer Kinder notwendig ist oder wenn die Scheidung für den mit ihr nicht einverstandenen Ehegatten wegen ganz besonderer Umstände eine unzumutbare schwere Härte darstellen würde.

c) Scheidungsfolgen

aa) Unterhalt

Wie die Scheidung, richten sich auch deren Folgen nicht nach Schuld-, sondern nach objektiven Merkmalen (§§ 1569 ff. BGB). Für seinen Unterhalt hat grundsätzlich jeder geschiedene Ehegatte selbst zu sorgen. Einen Unterhaltsanspruch gegen den anderen hat aber der Ehegatte, von dem eine Erwerbstätigkeit wegen Alters oder Krankheit oder, weil ihm die Pflege eines gemeinsamen Kindes obliegt, nicht erwartet werden kann; ebenso, soweit er keinen angemessenen Erwerb finden kann oder seine Einkünfte nicht ausreichen.

Auch andere schwerwiegende Gründe können die Verweisung auf eigene Erwerbstätigkeit grob unbillig erscheinen lassen. Umgekehrt ist bei besonderen Gründen ein Unterhaltsanspruch zu versagen, herabzusetzen oder zeitlich zu begrenzen, wenn die Inanspruchnahme des Verpflichteten grob unbillig wäre, z. B. bei kurzer Ehedauer oder schweren Straftaten des Berechtigten gegen den Unterhaltsverpflichteten (§§ 1576, 1579 BGB).

bb) Elterliche Sorge

Leben gemeinschaftlich sorgeberechtigte Elternteile getrennt oder wird die Ehe geschieden, so geht das Gesetz vom Fortbestand der gemeinsamen elterlichen Sorge für das gemeinschaftliche Kind aus (§ 1671 Abs. 1 BGB). Allerdings kann jeder Elternteil beantragen, dass ihm das Familiengericht die elterliche Sorge oder einen Teil hiervon allein überträgt, insbesondere dann, wenn die Eltern nicht nur vorübergehend getrennt leben. Zur Übertragung der alleinigen elterlichen Sorge auf einen Elternteil ist erforderlich, dass der andere Elternteil zustimmt und, sofern das Kind das 14. Lebensjahr vollendet hat, dieses der Übertragung nicht widerspricht oder die Aufhebung der gemeinsamen Sorge und die Übertragung auf einen Elternteil dem Wohl des Kindes am besten entspricht. Wenn das gemeinsame Sorgerecht fortbesteht, die Eltern aber nicht nur vorübergehend getrennt leben, so haben sie bei Entscheidungen, die für das Kind von erheblicher Bedeutung sind, ihr gegenseitiges Einvernehmen herbeizuführen. In Angelegenheiten des täglichen Lebens hat der Elternteil, bei dem das Kind sich gewöhnlich aufhält, die alleinige Entscheidungsbefugnis (§ 1687 BGB). Das Kind hat ein Umgangsrecht mit jedem Elternteil und auch mit Großeltern und Geschwistern sowie mit sonstigen Bezugspersonen, soweit mit diesen eine sozial-familiäre Beziehung bestanden hat, wenn dies dem Wohl des Kindes dient (§§ 1684, 1685 BGB). Die Eltern haben alles zu unterlassen, was das Verhältnis des Kindes zum jeweils anderen Elternteil beeinträchtigt oder die Erziehung erschwert. Der Umfang des Umgangsrechts kann vom Familiengericht näher geregelt werden.

cc) Versorgung

Die Versorgungsnachteile, die einem Ehegatten infolge der Eheschließung entstanden sind, sollen in Anlehnung an den Zugewinnausgleich ➢ Nr. 357 b) aa), ausgeglichen werden: Die Ansprüche auf Sozialversicherungsrente, Ruhegeld usw., die jeder Ehegatte während der Ehe erworben hat, werden gegenübergestellt; sodann wird die Hälfte des Wertunterschiedes dem Ehegatten mit geringeren Versorgungsrechten zu Lasten des Ehegatten gutgebracht, der werthöhere Ansprüche hat. Der Ausgleich erfolgt, wenn es sich um öffentlich-rechtliche Rentenanwartschaften handelt, durch Zuweisung eines Anspruchteils an den Berechtigten (Renten-Splitting; bei anderen Versorgungsansprüchen, z. B. aus einem Beamtenverhältnis, durch fiktive Nachversicherung unter entsprechender Kürzung der Versorgungsbezüge, sog. Quasi-Splitting). Sind andere bzw. weitere Versorgungsansprüche auszugleichen, so erfolgt dies durch Realteilung, erweitertes Quasisplitting oder falls dies dem verpflichteten nach seinen wirtschaftlichen Verhältnissen zumutbar ist dadurch, dass der Verpflichtete für den Berechtigten auf Grund einer Renten-Nachversicherung entsprechende Beiträge leistet. Ist keine dieser Regelungen durchführbar, hat der Verpflichtete eine Ausgleichsrente in Höhe der Hälfte des jeweils übersteigenden Betrags zu zahlen (schuldrechtlicher Versorgungsausgleich). Abweichende Vereinbarungen, insbesondere durch Ehevertrag ➢ s. Nr. 357, haben grds. Vorrang vor der gesetzlichen Regelung; sie bedürfen jedoch notarieller Form (die durch gerichtlichen Vergleich ersetzt werden kann – § 127 a BGB) und ggfs. familiengerichtlicher Genehmigung, die bei nicht ausreichender Sicherung des Berechtigten verweigert werden soll. Im Einzelnen vgl. §§ 1587 a ff. BGB sowie das Gesetz zur Regelung von Härten im Versorgungsausgleich vom 21. 2. 1983 (BGBl. I 105), das Gesetz über weitere Maßnahmen auf dem Gebiet des Versorgungsausgleichs vom 8. 12. 1986 (BGBl. I 2317).

Auf das Beitrittsgebiet ist der Versorgungsausgleich übergeleitet worden (Gesetz vom 25. 7. 1991, BGBl. I, 1606, 1702).

dd) Sonstige Scheidungsfolgen

Der geschiedene Ehegatte behält den Ehenamen, kann aber durch Erklärung, die der öffentlichen Beglaubigung bedarf, gegenüber dem Standesbeamten seinen Geburtsnamen oder den zur Zeit der Zustimmung des Ehenamens geführten Namen wieder annehmen (§ 1355 Abs. 4 BGB). Güterrechtlich wird beim gesetzlichen Güterstand der Zugewinngemeinschaft der Zugewinn ausgeglichen (§§ 1372 ff. BGB, ➢ s. Nr. 357 b) aa); bei Gütergemeinschaft hat eine Auseinandersetzung zu erfolgen. Mit der Ehescheidung entfallen die allgemeinen Ehewirkungen, wie z. B. die Verpflichtung zur ehelichen Lebensgemeinschaft oder die sog. „Schlüsselgewalt“, sowie Erb- und Pflichtteilsrechte gegenüber dem anderen Ehegatten.

d) Verfahren

Über das Verfahren bei Ehescheidung, Festsetzung des Versorgungsausgleichs, Regelung der Wohnungs- und Hausratsverhältnisse usw. ➢ vgl. Nn. 246, 302.

360 | Verwandtschaft

Verwandtschaft ist die auf Abstammung beruhende Rechtsbeziehung zwischen natürlichen Personen (Blutsverwandtschaft). Die Verwandten gliedern sich in:

a) Verwandte gerader Linie = Personen, von denen die eine von der anderen abstammt (z. B. Großeltern-Eltern-Kinder-Enkel);

b) Verwandte in der Seitenlinie = Personen, die nicht in gerader Linie verwandt sind, die aber von derselben dritten Person abstammen (z. B. Geschwister, Onkel und Neffe, Vetter und Kusine).

Der Grad der Verwandtschaft bestimmt sich nach der Zahl der sie vermittelnden Geburten (§ 1589 BGB). Danach sind Eltern und Kinder in gerader Linie im ersten Grade verwandt, Großeltern und Enkel im zweiten Grade. Bei Seitenverwandtschaften sind die Geburten beider Seiten zu zählen. So sind Geschwister im 2., Onkel und Neffe im 3. Grade in der Seitenlinie verwandt.

Nicht miteinander verwandt sind dagegen Verlobte, Ehegatten und Lebenspartner.

Von rechtlicher Bedeutung ist die Verwandtschaft z. B. im Eherecht als Ehehindernis (§ 1307 BGB), für die Unterhaltspflicht (§§ 1601 ff. BGB), für das Verhältnis zwischen Eltern und Kindern (§§ 1616 ff. BGB), für die gesetzliche Erbfolge (§§ 1924 ff. BGB) und das Pflichtteilsrecht (§§ 2033 ff. BGB), ferner bei Ausschließung von Gerichtspersonen (§§ 41 ff. ZPO, §§ 22 ff. StPO) usw.

Die Verwandten eines Ehegatten sind mit dem anderen Ehegatten verschwägert (dagegen nicht Verwandte des einen mit Verwandten des anderen Ehegatten!). Linie und Grad der Schwägerschaft bestimmen sich nach Linie und Grad der sie vermittelnden Verwandtschaft (§ 1590 BGB). Somit sind Schwiegereltern und -kinder sowie Stiefeltern und -kinder im 1. Grad in gerader Linie verschwägert,

Ehegatten mit den Geschwistern des anderen Ehegatten (Schwägern) im 2. Grad in der Seitenlinie.

361 | Unterhaltspflicht

Unterhaltspflicht besteht nach dem BGB

a) zwischen Verwandten in gerader Linie (§§ 1601 ff. BGB);

b) zwischen Ehegatten (§§ 1360 ff. BGB; nach Scheidung: §§ 1569 ff. BGB);

c) zwischen eingetragenen Lebenspartnern (§§ 5, 12 u. 16 LPartG) im Wesentlichen nach den Vorschriften für die Unterhalspflichten aus Ehe

Ansprüche auf regelmäßig wiederkehrende Unterhaltsleistungen verjähren nach 3 Jahren (§ 197 Abs. 1 Nr. 2, Abs. 2 BGB). Der Anspruch ist unvererblich und erlischt mit dem Tod des Berechtigten, i. d. R. auch beim Tod des Verpflichteten (Ausnahmen für fällige Leistungen usw., § 1615 BGB, und bei geschiedenen Ehegatten, §§ 1586 ff. BGB). Da der Anspruch zweckgebunden ist, kann für die Vergangenheit i. d. R. nur bei Verzug oder ab Rechtshängigkeit Unterhalt gefordert werden (§ 1613 BGB). Aus gleichem Grund kann für die Zukunft nicht verzichtet werden (§ 1614 BGB). Jedoch können in Scheidung liegende Ehegatten schon vor Rechtskraft des Scheidungsurteils über den Unterhalt für die Zeit nach der Scheidung Vereinbarungen treffen (§ 1585 c BGB). Solche Vereinbarungen sind nicht etwa deshalb nichtig, weil sie die Ehescheidung erleichtern oder ermöglichen, sondern nur, wenn die Ehegatten im Zusammenhang mit der getroffenen Vereinbarung einen nicht oder nicht mehr bestehenden Scheidungsgrund geltend machen oder wenn sich anderweitig aus dem Inhalt der Vereinbarung oder aus sonstigen Umständen des Falles ergibt, dass sie den guten Sitten widerspricht. Nach dem Urteil des BGH vom 11. 2. 2004 (Az. XII ZR 265/02) kann dann Sittenwidrigkeit vorliegen, wenn Regelungen aus dem Kernbereich des Scheidungsfolgenrechts ganz oder teilweise abbedungen werden, ohne dass ein Nachteilsausgleich getroffen wird oder eine besondere Rechtsfertigung vorliegt. Zum Kernbereich zählen Betreuungs- Alters- und Krankheitsunterhalt. Über Vereinbarungen zum Versorgungsausgleich ➢ vgl. Nr. 359 und § 1587 o BGB.

Die Unterhaltspflicht unter Verwandten, Ehegatten und Lebenspartnern setzt Bedürftigkeit des Berechtigten und Leistungsfähigkeit des Verpflichteten voraus, ausgenommen bei dem von Eltern gegenüber unverheirateten minderjährigen Kindern zu leistenden Unterhalt (vgl. §§ 1602, 1603 BGB). Volljährige unverheiratete Kinder stehen bis zur Vollendung des 21. Lebensjahres diesbezüglich den minderjährigen gleich, wenn sie im Haushalt der Eltern leben und sich in der allgemeinen Schulausbildung befinden. Der Unterhaltsanspruch des Ehegatten (§ 1360 a BGB) umfasst außer dem zur Haushaltsführung notwendigen Wirtschaftsgeld ein angemessenes Taschengeld.

Eine Neufestsetzung der durch Urteil festgelegten Unterhaltszahlung kann bei Änderung der Voraussetzungen durch Abänderungsklage gemäß § 323 ZPO verlangt werden. Ein minderjähriges Kind kann von einem Elternteil, mit dem es nicht in einem Haushalt lebt, den Unterhalt nach dem jeweiligen Regelbetrag verlangen. Die Regelbeträge werden, beginnend ab 1. Juli 1999 zum 1. Juli jeden zweiten Jahres durch eine RegelbetragVO neu festgelegt, wobei 3 Altersstufen (bis zur Vollendung des sechsten Lebensjahres, vom siebten bis zur Vollendung des zwölften und ab dem dreizehnten Lebensjahr) vorgesehen sind (§ 1612 a BGB). Die Neufestsetzung kann in einem vereinfachten Verfahren erfolgen (§§ 642 ff. ZPO).

Leistet der Verpflichtete einem noch nicht 12 jährigen Kind, das im Haushalt eines ledigen, verwitweten, geschiedenen oder dauernd getrennt lebenden Elternteils lebt, nicht regelmäßig mindestens den Regelunterhalt, tritt auf Antrag für höchstens 6 Jahre eine landesrechtlich bestimmte Stelle ein; die Ansprüche des Unterhaltsberechtigten gegen den Verpflichteten gehen auf das Land über (UnterhaltsvorschussG i. d. F. vom 2. 1. 2002 (BGBl. I 2). Am 5. April 2006 hat die Bundesregierung den Entwurf eines Gesetzes zur Änderung des Unterhaltsrechts beschlossen (vgl. BT-Drs. 16/1830). Danach soll u. a. Kindesunterhalt künftig Vorrang vor allen anderen Unterhaltsansprüchen haben. Kinderbetreuende Elternteile erhalten neben Ehegatten bei langer Ehedauer den zweiten Rang. Der nach verhältnismäßig kurzer Ehe geschiedene Ehegatte, der keine Kinder betreut, erhält den dritten Rang. Durch die gesetzliche Definition eines einheitlichen Mindestunterhalts für minderjährige Kinder in Anlehnung an den steuerlichen Kinderfreibetrag soll das Kindesunterhaltsrecht vereinfacht werden Die nacheheliche Eigenverantwortung soll im Ehegattenunterhalt gestärkt werden. Danach sollen die Gerichte die Möglichkeit erhalten, nachehelichen Unterhalt zu befristen und höhenmäßig zu begrenzen. Eine unbegrenzte Garantie des ehelichen Lebensstandards ist nicht mehr vorgesehen. Unterhaltsvereinbarungen sollen der notariellen Form bedürfen. Die Gesetzesberatungen dauern an.

Über die Geltendmachung von Unterhaltsansprüchen im Ausland bestehen Staatsverträge sowie ein UN-Übereinkommen vom 20. 6. 1956 (BGBl. 1959 II 150). Vgl. ferner Gesetz zu den Haager Übereinkommen vom 2. 10. 1973 über die Anerkennung und Vollstreckung von Unterhaltsentscheidungen sowie über das auf Unterhaltspflichten anzuwendende Recht vom 25. 7. 1986, BGBl. II 825, sowie das Unterhaltsvollstreckungs-Übereinkommens-Ausführungsgesetz vom 25. 7. 1986, BGBl. I 1156.

Durch das Auslandsunterhaltsgesetz (AUG) vom 19. 12. 1986 (BGBl. I 2563) wird die Durchsetzung von Unterhaltsansprüchen im Ausland – soweit die Gegenseitigkeit verbürgt ist – erleichtert, indem die deutschen Gerichte und Behörden über eine Zentrale Behörde (Bundesamt für Justiz) mit den ausländischen ähnlich den Bestimmungen im UN-Übereinkommen von 1956 (s. o.) zusammenarbeiten können. Die Staaten bei denen die Gegenseitigkeit verbürgt ist, werden im BGBl., Teil I, bekannt gemacht (s. die Aufstellung dieser Bekanntmachungen im Fundstellennachweis A des Bundesrechts, Gliederungsnummer 319-89-1-1 ff.).

362 | Elterliche Sorge

Die elterliche Sorge – früher „elterliche Gewalt“ – ist der Kern des gesetzlichen Schutzverhältnisses, dem das minderjährige Kind bis zum Eintritt der Volljährigkeit ➢ s. Nr. 313), d. h. bis zum 18. Lebensjahr, unterliegt. Die ab 1. 1. 1980 geltende geänderte Bezeichnung des Eltern-Kindes-Verhältnisses verdeutlicht, dass die Fürsorge den Vorrang vor dem Bestimmungsrecht der Eltern hat. Allgemein haben die Eltern das Recht und die Pflicht, für die Person und das Vermögen des Kindes zu sorgen (Personensorge, Vermögenssorge) und das Kind auf diesen Gebieten gegenüber Dritten zu vertreten (gesetzliche Vertretung). Die elterliche Sorge ist in den §§ 1626–1698 b BGB geregelt.

Die elterliche Sorge steht beiden Eltern zu. Beide Elternteile sind gleichberechtigt. Wenn Eltern bei der Geburt des Kindes nicht verheiratet sind, steht ihnen die elterliche Sorge dann gemeinsam zu, wenn sie dies gemeinsam erklären (Sorgeerklärung) oder ab dem Zeitpunkt der Heirat. Geben die unverheirateten Eltern keine Erklärung ab, so hat die Mutter die elterliche Sorge (§ 1626 a BGB). Bei unlösbaren Meinungsverschiedenheiten bleibt nur die Anrufung des Familiengerichts übrig; dieses kann nach § 1628 BGB einem Elternteil die Entscheidung übertragen.

Eltern und Kinder sind einander Beistand und Rücksicht schuldig (§ 1618a BGB). Recht und Pflicht zur Erziehung und Pflege des Kindes (Art. 6 Abs. 2 GG) umfassen nach § 1626 BGB die Pflicht der Eltern, mit dem Kind entsprechend seinem Entwicklungsstand Fragen der elterlichen Sorge im Sinne eines Einvernehmens zu besprechen. Dementsprechend hat das Gericht außer den Eltern auch das Kind anzuhören, wenn dessen innere Einstellung für die Entscheidung bedeutsam ist; vom 14. Lebensjahr des Kindes ab besteht erweiterte Anhörungspflicht (§§ 50a, b FGG). In Ausbildungsfragen müssen die Eltern auf Eignung und Neigung des Kindes Rücksicht nehmen; bei offensichtlichem Verstoß hiergegen entscheidet das Familiengericht. Dessen Genehmigung ist bei einer mit Freiheitsentziehung verbundenen Unterbringung des Kindes einzuholen. Kinder haben ein Recht auf gewaltfreie Erziehung. Körperliche Bestrafungen, seelische Verletzungen und andere entwürdigende Maßnahmen sind unzulässig (§§ 1631 ff. BGB).

Die Eltern trifft insbes. bei der Vermögensverwaltung eine Sorgfaltspflicht (§ 1664 BGB). Von bestimmten Rechtsgeschäften sind sie ausgeschlossen, etwa weil sie dem Minderjährigen persönlich vorbehalten sind (z. B. Testamentserrichtung), oder es muss wegen möglicher Interessenkollision (Geschäfte zwischen Kind und Eltern u. dgl.) oder wegen der besonderen Bedeutung des Rechtsgeschäfts (z. B. Grundstückskauf oder -verkauf) ein Pfleger bestellt bzw. die Genehmigung des Familiengerichts eingeholt werden (§§ 1629 Abs. 2, 1643 BGB). Die Haftung des Minderjährigen für Verbindlichkeiten, die die Eltern im Rahmen ihrer Vertretungsmacht begründet haben, ist auf dessen Vermögen bei Eintritt der Volljährigkeit beschränkt (§ 1629a BGB). Das Sorgerecht kann bei Missbrauch, Vernachlässigung des Kindes oder Versagen der Eltern entzogen oder beschränkt werden (§§ 1666 ff. BGB). Zu Hilfen bei der Erziehung nach dem Kinder- und Jugendhilferecht ➢ s. Nr. 658.

363 | Kinder, deren Eltern nicht miteinander verheiratet sind

Durch das Gesetz über die rechtliche Stellung der nichtehelichen Kinder vom 19. 8. 1969 (BGBl. I 1243) wurde mit Wirkung vom 1. 7. 1970 in Ausführung des Verfassungsauftrags des Art. 121 WVerf. und des Art. 6 Abs. 5 GG die Stellung des nichtehelichen K. der des ehelichen weitgehend angenähert. Seither besteht Verwandtschaft rechtlich auch mit dem Vater und dessen Verwandten, und das Unterhaltsrecht entspricht dem des ehelichen K. (§§ 1602, 1603 BGB). Durch das Gesetz zur Reform des Kindschaftsrechts (Kindschaftsrechtsreformgesetz) vom 16. 12. 1997 (BGBl. I 2942) und das Gesetz zur erbrechtlichen Gleichstellung nichtehelicher Kinder (Erbrechtsgleichstellungsgesetz) vom 16. 12. 1997 (BGBl. I 2968) wurden alle rechtlichen Unterschiede zwischen ehelichen und nichtehelichen Kindern beseitigt. Der Gesetzgeber spricht auch nicht mehr von nichtehelichen Kindern, sondern von Kindern, deren Eltern nicht miteinander verheiratet sind.

Sind die Eltern des Kindes nicht miteinander verheiratet und hat der männliche Elternteil die Vaterschaft nicht anerkannt (vgl. § 1592 BGB), so ist die Vaterschaft gerichtlich festzustellen (§ 1600d Abs. 1 BGB).

Als Vater wird vermutet, wer der Mutter innerhalb der Empfängniszeit (181. bis 300. Tag vor der Geburt des Kindes, § 1600d BGB) beigewohnt hat. Die Vermutung kann aber durch schwerwiegende Zweifel an der Vaterschaft ausgeräumt und z. B. bei Mehrverkehr durch Blutgruppenuntersuchung oder erbbiologisches Gutachten widerlegt werden. Die Vaterschaft gilt als festgestellt entweder bei rechtskräftiger gerichtlicher Entscheidung (auf Klage des Kindes, der Mutter oder des

Vaters) oder bei öffentlich beurkundeter Anerkennungserklärung (vor Gericht, Notar, Standesamt oder Jugendamt), die der Zustimmung der Mutter bedarf. Die Vaterschaft kann nur im Klagewege und in bestimmter Frist – 2 Jahre – angefochten werden (§§ 1600 a ff. BGB). Mit Blick auf zunehmend durchgeführte heimliche Vaterschafts-DNA-Test wir derzeit eine Reform des Anfechtungsrechts diskutiert.

Die Mutter hat gegen den Vater des Kindes Anspruch auf Ersatz der Entbindungskosten und des Unterhalts für 6 Wochen vor und 8 Wochen nach der Geburt (§ 1615 l BGB). Schon vor der Geburt des Kindes können seine Ansprüche und die der Mutter für die ersten 3 Monate durch einstweilige Verfügung gesichert werden (§ 1615 o BGB). Wenn die Mutter infolge der Schwangerschaft nicht erwerbstätig ist oder von ihr wegen der Pflege oder Erziehung des Kindes eine Erwerbstätigkeit nicht erwartet werden kann, so besteht ein Anspruch auf Unterhalt gegen den Vater für den Zeitraum von 4 Monaten vor und 3 Jahren nach der Geburt sofern es insbesondere unter Kindesbelangen grob unbillig wäre, einen Unterhaltsanspruch auch nach Ablauf dieser Frist zu versagen (§ 1615 l Abs. 2 BGB). Im Übrigen gelten die Vorschriften des allgemeinen Unterhaltsrechts.

Auf Antrag eines Elternteils wird das Jugendamt Beistand des Kindes in Fragen der Vaterschaftsfeststellung und für die Geltendmachung von Unterhaltsansprüchen (Beistandschaft, §§ 1712 ff. BGB). Die elterliche Sorge wird durch die Beistandschaft nicht eingeschränkt.

364 | Adoption

Die Adoption (die Annahme als Kind) begründet ein Eltern- und Kindesverhältnis (Wahlkindschaft). Sie wird durch eine auf Antrag des Annehmenden ergehende Entscheidung des Gerichts ausgesprochen, §§ 1741 ff. BGB. Die Adoption hat die volle rechtliche Eingliederung des Adoptierten in die Adoptionsfamilie zur Folge (Voll-Adoption, §§ 1754–1756 BGB).

Die volle Eingliederung des Adoptierten Minderjährigen in die Familie des Annehmenden hat seine Unterstellung unter die elterliche Sorge ➢ s. Nr. 362, sowie gegenseitige Unterhaltspflicht nach den allgemeinen Vorschriften ➢ s. Nr. 361, und das gegenseitige gesetzliche Erbrecht ➢ s. Nr. 367, zur Folge. Dagegen erlöschen grundsätzlich das Verwandtschaftsverhältnis des Adoptierten und seiner Abkömmlinge zu seinen bisherigen Verwandten und die daraus resultierenden Unterhalts-, Erb- und anderen Ansprüche außer den bereits entstandenen Versorgungsansprüchen (§§ 1754, 1755 BGB). Das Kind erhält den Familiennamen des Annehmenden (aber nicht den nach § 1355 Abs. 3 vorangestellten Namen); Änderung der Vornamen sowie die Voranstellung oder Anfügung des bisherigen Familiennamens können zugelassen werden (§ 1757 BGB).

Ein Ehepaar kann ein Kind grds. nur als gemeinschaftliches annehmen, ein Lediger nur allein.

Der Annehmende muss unbeschränkt geschäftsfähig und mindestens 25 Jahre alt sein, bei annehmenden Ehepaaren der andere Ehegatte mindestens 21 Jahre; Kinderlosigkeit des Annehmenden wird nicht mehr vorausgesetzt, ebenso wenig Minderjährigkeit des Kindes (wegen Adoption Volljähriger ➢ s. unten). Die Adoption bedarf der Einwilligung des Kindes und ggf. der Zustimmung seines gesetzlichen Vertreters; ist das Kind geschäftsunfähig oder noch nicht 14 Jahre alt, so kann nur der gesetzliche Vertreter die Einwilligung erteilen. Die Adoption eines

Kindes bedarf ferner der Einwilligung seiner Eltern. Sie kann erst erteilt werden, wenn das Kind 8 Wochen alt ist (§§ 1746, 1747 BGB). Zulässig ist auch die Inkognitoadoption (ohne dass der Einwilligende den Namen des Annehmenden erfährt). Verweigert ein Elternteil die Einwilligung, so kann sie vom Vormundschaftsgericht nur bei erheblicher Pflichtverletzung oder Interesselosigkeit gegenüber dem Kind ersetzt werden; bei Weigerung des Vormunds oder Pflegers ist die Ersetzung schon bei Fehlen eines triftigen Grundes möglich (§§ 1748, 1746 Abs. 3 BGB). Die Einwilligung (Vertretung unzulässig) ist in notarieller Form gegenüber dem Vormundschaftsgericht zu erklären; sie darf weder bedingt noch befristet sein und ist unwiderruflich (§ 1750 BGB).

Der gerichtliche Ausspruch der Adoption setzt i. d. R. voraus, dass der Annehmende das Kind eine angemessene Zeit in Pflege gehabt hat (§ 1744 BGB). Die Adoption ist nur zulässig, wenn sie dem Wohl des Kindes dient und ein echtes Eltern-Kind-Verhältnis erwarten lässt (also keine Schein- oder Namensadoption). Überwiegende Interessen der Kinder des Annehmenden oder des Anzunehmenden dürfen nicht entgegenstehen; vermögensrechtliche Interessen sollen aber nicht ausschlaggebend sein (§§ 1741 Abs. 1, 1745 BGB).

Auch die Adoption eines Volljährigen ist zulässig, wenn sie sittlich gerechtfertigt und ein echtes Eltern-Kind-Verhältnis zu erwarten ist. Sie unterliegt grundsätzlich den gleichen Regeln wie beim Minderjährigen (§ 1767). Doch wird ein Rechtsverhältnis des Adoptierten nur zum Adoptierenden, nicht auch zu dessen Verwandten begründet; andererseits bleiben die Rechte und Pflichten des Adoptierten und seiner Abkömmlinge gegenüber seinen Verwandten unberührt (§ 1770 BGB).

Unrechts-Adoptionen, d. h. Adoptionen ohne eine wirksame Einwilligung der leiblichen Eltern, die in der ehemaligen DDR vorgekommen sind, konnten auf Antrag aufgehoben werden. (Art. 234 § 13 EGBGB i. d. F. durch das Gesetz zur Änderung adoptionsrechtlicher Fristen – AdoptFristG – vom 30. 9. 1991, BGBl. I 1930).

Das Adoptionsvermittlungsgesetz i. d. F. vom 22. 12. 2001 (BGBl. 2002 I 354) überträgt den Landesjugendämtern und den Jugendämtern die Vermittlung der Annahme an Kindes Statt. Sie ist auch dem Diakonischen Werk, dem Deutschen Caritasverband, der Arbeiterwohlfahrt und als geeignet anerkannten Fachverbänden gestattet, anderen ist die Adoptionsvermittlung untersagt. Bei internationaler Adoptionsvermittlung arbeiten die zugelassenen Vermittlungsstellen mit der Bundeszentralstelle für Auslandsadoption zusammen. Diese ist beim Bundesamt für Justiz errichtet. Die Vermittlung einer sog. Ersatzmutter (Leihmutter), also einer Frau, die bereit ist, sich einer künstlichen oder natürlichen Befruchtung zu unterziehen oder einen nicht von ihr stammenden Embryo auszutragen und das Kind nach der Geburt zur Adoption zu überlassen (§ 13 a–d), ist untersagt.

365 | Vormundschaft. Betreuung. Pflegschaft

a) Begründung der Vormundschaft über Minderjährige

Ein Minderjähriger erhält einen Vormund, wenn er nicht unter elterlicher Sorge steht, so wenn beide Elternteile nicht mehr leben oder wenn ihnen die elterliche Sorge nicht zusteht, etwa weil sie ihnen wegen Missbrauchs, Vernachlässigung des Kindes oder sonstigen Versagens entzogen worden ist (vgl. insoweit § 1666 BGB); dasselbe gilt, wenn sie zwar die elterliche Sorge als solche nicht verloren haben, aber das Kind weder personen- noch vermögensrechtlich vertreten dürfen (§ 1773 BGB).

Zur Übernahme einer Vormundschaft ist grundsätzlich jeder Deutsche verpflichtet; sie kann nur aus bestimmten Gründen abgelehnt werden (§§ 1785, 1786

BGB). Zum Vormund kann auch ein (z. B. karitativer) rechtsfähiger Verein oder, wenn ein geeigneter Einzelvormund nicht vorhanden ist, das Jugendamt bestellt werden.

Der Vormund vertritt den Pflegebefohlenen (Mündel) hinsichtlich seiner Person und seines Vermögens. Die Vormundschaft wird im Allgemeinen unentgeltlich als Ehrenamt geführt. In besonderen Fällen, z. B. bei größeren Vermögensverwaltungen, kann das Vormundschaftsgericht einen Gegenvormund bestellen, der bei bestimmten Handlungen mitzuwirken hat (§ 1792 BGB).

Der Vormund hat ein Vermögensverzeichnis über das Mündelvermögen aufzustellen und dem Vormundschaftsgericht alljährlich Rechnung zu legen (§§ 1802, 1840 BGB). Mündelgeld ist nach Maßgabe besonderer Bestimmungen sicher anzulegen (§§ 1806 ff. BGB) ➢ vgl. Nr. 499. Von einigen Verpflichtungen kann der Vormund befreit werden (befreite Vormundschaft). Bei wichtigeren Geschäften bedarf er dagegen der gerichtlichen Genehmigung (Grundstücksgeschäfte, Erbschaftsangelegenheiten, Erwerb oder Veräußerung eines Erwerbsgeschäfts, Arbeits- oder Lehrvertrag über mehr als ein Jahr, Kreditaufnahme; §§ 1821, 1822 BGB).

Vormund und Gegenvormund haften dem Mündel für ordnungsmäßige Erfüllung ihrer Aufgaben (§ 1833 BGB).

b) Betreuung von Volljährigen

Die nach früherem Recht bestehende Möglichkeit, auch bei Volljährigen (nach Entmündigung) eine Vormundschaft anzuordnen, ist durch das Gesetz zur Reform des Rechts der Vormundschaft und Pflegschaft für Volljährige (Betreuungsgesetz – BtG) vom 12. 9. 1990 (BGBl. I 2002) beseitigt worden. Das BtG hat die Institute der Entmündigung und der Gebrechlichkeitspflegschaft abgeschafft und durch das Institut der Betreuung ersetzt. Für einen Volljährigen bestellt das Vormundschaftsgericht auf dessen Antrag oder von Amts wegen einen Betreuer, wenn er auf Grund einer psychischen Krankheit oder einer körperlichen, geistigen oder seelischen Behinderung seine Angelegenheiten ganz oder teilweise nicht besorgen kann (§ 1896 Abs. 1 BGB).

Ein Betreuer darf nur für Aufgabenkreise bestellt werden, in denen eine Betreuung erforderlich ist (§ 1896 Abs. 2 Satz 1 BGB). Sie ist u. a. nicht erforderlich, wenn der Betroffene einer anderen Person eine sog. Altersvorsorge-Vollmacht erteilt hat. Zum Betreuer bestellt das Vormundschaftsgericht eine geeignete natürliche Person (§ 1897 Abs. 1 BGB), wobei Wünsche des Volljährigen zu berücksichtigen sind (§ 1897 Abs. 4 BGB); es können auch sog. Vereinsbetreuer, Behördenbetreuer oder hilfsweise ein Betreuungsverein oder eine Betreuungsbehörde bestellt werden (§§ 1897 Abs. 2, 1900 Abs. 1, 4 BGB). Auch im Übrigen kann jeder Volljährige schon für den etwaigen (späteren) Fall einer Betreuung vorsorgen, in dem er in einer Betreuungsverfügung (auch „Alterstestament" genannt) Anordnungen für den Betreuungsfall trifft, z. B. über die Lebensführung, Vermögensverwaltung, ärztliche Maßnahmen u. ä.; jeder, der ein entsprechendes Schriftstück besitzt, hat es unverzüglich an das Vormundschaftsgericht abzuliefern, nachdem er von der Einleitung eines Betreuungsverfahrens Kenntnis erlangt hat (§ 1901 a BGB). Trotz Bestellung eines Betreuers bleibt der Betreute, wenn er geschäftsfähig ist, auch weiterhin geschäftsfähig. Das Vormundschaftsgericht kann aber zur Abwendung einer erheblichen Gefahr für den Betreuten anordnen, dass der Betreute zu einer Willenserklärung, die den Aufgabenkreis des Betreuers betrifft, dessen Einwilligung bedarf (Einwilligungsvorbehalt, § 1903 BGB). Der Betreuer hat für seinen Aufgabenkreis die Stellung eines gesetzlichen Vertreters des Betreuten (§ 1902 BGB); er hat die Angelegenheiten des Betreuten so zu besorgen, wie es dessen Wohl entspricht. Zum Wohl des Betreuten gehört auch die Möglichkeit, im Rahmen seiner Fähigkeiten sein Leben nach seinen eigenen Wünschen und Vorstellungen zu gestalten (§ 1901 Abs. 2 BGB). Im Einzelnen ist das Betreuungsrecht in den §§ 1896–1908 i BGB geregelt; das Gesetz trifft z. B. Regelungen über Probleme wie die Untersuchung des Betreuten, des ärztlichen Eingriffs beim Betreuten, der Sterilisation des Betreuten, der Wohnungsauflösung oder der freiheitsentziehenden zivilrechtlichen Unterbringung des Betreuten. Verfahrensrechtlich sind alle Betreuungssachen beim Vormundschaftsgericht konzentriert; das Verfahren richtet sich nach den §§ 65 ff. FGG.

S. hierzu ferner das Betreuungsbehördengesetz (BtBG) vom 12. 9. 1990 (BGBl. I 2002).

c) Pflegschaft

Eine Pflegschaft wird angeordnet, wenn der Inhaber der elterlichen Sorge oder der Vormund an der Besorgung einzelner Angelegenheiten für Kind oder Mündel (z. B. wegen entgegenstehender Interessen bei Erbangelegenheiten, Unterhaltsklagen) verhindert ist. Sie ist eine gerichtlich angeordnete Fürsorgetätigkeit für einen bestimmten Aufgabenkreis, während die Vormundschaft alle Angelegenheiten umschließt. Außer dieser Ergänzungspflegschaft (§ 1909) regelt das BGB die Abwesenheitspflegschaft für die Vermögensangelegenheiten eines abwesenden Volljährigen (§ 1911 BGB) sowie die Pflegschaft für eine Leibesfrucht (§ 1912 BGB), für unbekannte Beteiligte (§ 1913 BGB), für ein Sammelvermögen (§ 1914 BGB) und für einen Nachlass (§ 1961 BGB) ➢ vgl. Nr. 302, 303.

Die Gebrechlichkeitspflegschaft ist durch das Betreuungsgesetz ➢ s. oben b), abgeschafft.

366 | Das Erbrecht (Buch 5, §§ 1922–2385)

Das Erbrecht regelt den Übergang des Vermögens eines Verstorbenen.

In den 9 Abschnitten des Buches 5 des BGB sind Erbfolge, rechtliche Stellung des Erben, Testament, Erbvertrag, Pflichtteil, Erbunwürdigkeit, Erbverzicht, Erbschein und Erbschaftskauf behandelt. Daneben greifen Vorschriften der anderen Bücher des BGB ein. Wichtige Bestimmungen enthält insbesondere das dritte Buch des BGB (Sachenrecht); vgl. § 857 BGB (der Besitz geht auf den Erben über), § 1061 BGB (der Nießbrauch erlischt mit dem Tode des Nießbrauchers). Mit dem Erbfall geht das gesamte Vermögen des Erblassers mit allen Rechten und Pflichten auf den (die) Erben über (Gesamtrechtsnachfolge, sog. Universalsukzession), insbes. das Eigentum, selbst an Grundstücken. Es bedarf keiner Auflassung und Eintragung im Grundbuch, sondern nur einer Berichtigung des Grundbuchs, die den Einklang zwischen diesem und der wirklichen Rechtslage herstellt.

Besondere Bestimmungen hinsichtlich der Erbfolge enthalten ferner die ErbbaurechtsVO ➢ s. Nr. 349 b) aa) und das Höferecht ➢ s. Nr. 426.

367 | Die gesetzliche Erbfolge des BGB

(§§ 1922–1936, § 10 LPartG) beruht auf dem sog. Parentelensystem. Gesetzliche Erben der 1. Parentel (= Erbfolgeordnung) sind die Abkömmlinge des Erblassers (Kinder, Enkel usw.). Neben ihnen erbt der überlebende Ehegatte oder Lebenspartner $^{1}/_{4}$ des Nachlasses. Beim Fehlen von Abkömmlingen kommt die 2. Ordnung zum Zuge, neben welcher der überlebende Ehegatte oder Lebenspartner zu $^{1}/_{2}$ Erbe ist. Gesetzliche Erben der 2. Ordnung sind die Eltern des Erblassers sowie deren Abkömmlinge. Leben beide Eltern, so erben sie allein. Lebt nur ein Elternteil, so erbt er $^{1}/_{2}$. An die Stelle eines verstorbenen Elternteils treten die Geschwister des Erblassers bzw. deren Abkömmlinge.

Erbfolge

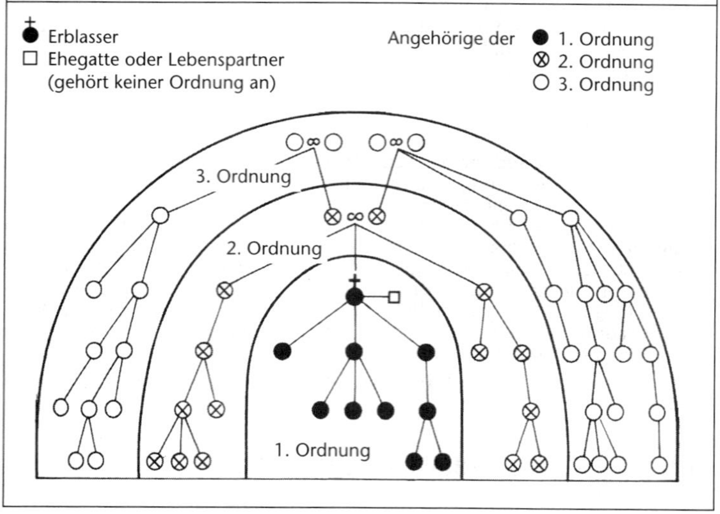

Gesetzliche Erben der 3. Ordnung sind die Großeltern und deren Abkömmlinge. Neben Großeltern erhält der überlebende Ehegatte oder Lebenspartner die Hälfte; weitere Verwandte schließt der überlebende Ehegatte aus.

Sind Abkömmlinge der Ersten drei Parentelen nicht vorhanden und ist kein Ehegatte oder Lebenspartner zu berücksichtigen, so kommen als 4. Parentel die Urgroßeltern und als 5. die entfernteren Voreltern und ihre Deszendenz als gesetzliche Erben in Betracht. Letzter gesetzlicher Erbe ist der Fiskus.

Falls der gesetzliche Güterstand der Zugewinngemeinschaft unter den Eheleuten oder Lebenspartners gilt, erhöht sich gemäß § 1371 Abs. 1 BGB beim Tod eines Ehegatten der gesetzliche Erbteil des überlebenden Ehegatten oder Lebenspartners um $^{1}/_{4}$. Der überlebende Ehegatte oder Lebenspartner erbt dann als gesetzlicher Erbe neben Kindern oder Enkeln $^{1}/_{2}$ (statt $^{1}/_{4}$) und neben Eltern oder Geschwistern des Erblassers $^{3}/_{4}$ (statt $^{1}/_{2}$). Sein Pflichtteil (➤ s. Nr. 375) beträgt bei Zugewinngemeinschaft die Hälfte dieser erhöhten Erbteile, also $^{1}/_{4}$ neben Erben der 1. Ordnung und $^{3}/_{8}$ neben Verwandten der 2. Erbfolgeordnung. Nach

§ 1371 Abs. 2, 3 BGB kann der überlebende Ehegatte oder Lebenspartner bei Zugewinngemeinschaft statt dieser erbrechtlichen Regelung, falls er nicht bedacht worden ist oder ausschlägt, den Ausgleich des Zugewinns nach der güterrechtlichen Regelung verlangen und ferner den Pflichtteil nach Maßgabe des nicht erhöhten gesetzlichen Erbteils geltend machen ➢ vgl. Nr. 357.

Über die Regelung bei Gütertrennung vgl. § 1931 Abs. 4 BGB, § 10 Abs. 2 Satz 2 LPartG.

Es ist dem Erblasser überlassen, durch letztwillige Verfügung Bestimmungen zu treffen, wenn er mit der gesetzlichen Regelung nicht einverstanden ist. Die gesetzliche Erbfolge tritt nur ein, wenn eine letztwillige Verfügung (Testament) oder ein Erbvertrag nicht vorhanden oder nicht wirksam ist oder soweit dadurch nicht der gesamte Nachlass erfasst wird (z. B. E testiert „mein Freund X soll die Hälfte meines Vermögens erben"; dann greift hinsichtlich der anderen Hälfte die gesetzliche Erbfolge ein).

368 | Vor- und Nacherbfolge

Der Erblasser kann einen Erben (Nacherben) in der Weise einsetzen, dass er erst Erbe wird, nachdem zunächst ein anderer Erbe (Vorerbe) geworden ist (§ 2100 BGB). Es erben dann mehrere Personen zeitlich hintereinander: der Vorerbe sofort, der Nacherbe später. Hierdurch kann das Vermögen erhalten, seine Nutzung aber mehreren nacheinander zugewendet werden.

Je nach Anordnung des Erblassers tritt die Nacherbfolge entweder mit dem Tod des Vorerben (§ 2106 BGB) oder mit einem anderen Ereignis (z. B. Wiederverheiratung) oder zu einem anders bestimmten Zeitpunkt (z. B. Volljährigkeit des Nacherben) ein, § 2103 BGB.

Der Erblasser kann auch mehrere Nacherben hintereinander derart einsetzen, dass die Erbschaft dem späteren Nacherben erst anfällt, nachdem der vor ihm Berufene aufgehört hat, Erbe zu sein. Das BGB begrenzt die Zahl der Nacherben nicht, wohl aber die Bindung des Nachlasses – abgesehen von einigen Ausnahmen – auf 30 Jahre nach dem Tod des Erblassers (§ 2109); dann wird der Nachlass frei.

Der Vorerbe kann grundsätzlich über Nachlassgegenstände wie ein Vollerbe verfügen, ist aber im Interesse des Nacherben in der Verfügung nicht unerheblich beschränkt; er darf insbes. nicht verfügen über ein Grundstück oder ein Recht an einem Grundstück (Hypothek, Grundschuld usw.) und auch keine unentgeltlichen Verfügungen treffen (§§ 2112–2115 BGB). Von diesen Einschränkungen kann ihn der Erblasser befreien, indem er ihn als befreiten Vorerben oder den Nacherben auf den Überrest einsetzt. Auch dann sind unentgeltliche Verfügungen nicht zulässig. Der Erblasser kann ferner einen Testamentsvollstrecker einsetzen. Über das Nachvermächtnis ➢ s. Nr. 369.

Erbschaftsteuerlich ist Vor- und Nacherbschaft ungünstig, weil sowohl der Vorerbe als Vollerbe wie auch nach Maßgabe des § 6 ErbStG, der Nacherbe steuerpflichtig ist. Zur Erbschaftsteuer ➢ vgl. Nr. 548.

369 | Vermächtnis. Auflage

Vermächtnis ist die vom Erblasser durch Testament oder Erbvertrag angeordnete Zuwendung eines Vermögensvorteils, ohne dass der Bedachte (Vermächtnisnehmer) Erbe wird (§ 1939 BGB). Während ein

Erbe als Gesamtrechtsnachfolger in die Rechtsstellung des Erblassers einrückt, entsteht für den Vermächtnisnehmer nur ein schuldrechtlicher Anspruch gegen den Erben auf Erfüllung des Vermächtnisses (§§ 2147 ff. BGB).

Vorausvermächtnis ist das einem Miterben zugewendete Vermächtnis. Bei einem Wahlvermächtnis kann der Bedachte einen von mehreren Gegenständen wählen. Bei einem Gattungsvermächtnis hat der Beschwerte eine nur der Gattung nach bestimmte Sache, auch wenn sie nicht zum Nachlass gehört, zu leisten. Ist ein bestimmter Gegenstand in Kenntnis der Tatsache vermacht, dass er nicht zur Erbmasse gehört, aber in diese gelangen soll, so liegt ein Verschaffungsvermächtnis vor (z. B. Kaufrechtsvermächtnis). Ein Untervermächtnis ist vom Vermächtnisnehmer an einen Dritten zu erfüllen. Wird ein Nachvermächtnis angeordnet, so hat der Erstvermächtnisnehmer entsprechend der Nacherbfolge (Nr. 368) zu dem festgesetzten Zeitpunkt den vermachten Gegenstand an den Nachvermächtnisnehmer herauszugeben.

Durch eine Auflage kann der Erblasser im Testament den Erben oder einen Vermächtnisnehmer zu einer Leistung an einen Dritten verpflichten, ohne dass für diesen ein Anspruch entsteht (§§ 1940, 2192 ff. BGB). Damit die Auflage erfüllt wird, kann ihre Vollziehung zwar nicht von dem Bedachten, aber z. B. vom Miterben und von jedem gefordert werden, dem bei Wegfall des Beschwerten das Zugewendete zukäme (z. B. Erbe des Beschwerten).

370 | Testamentsvollstrecker

Der Erblasser kann zur Ausführung seiner letztwilligen Verfügungen, insbesondere zur ordnungsmäßigen Befriedigung der Nachlassgläubiger und zwecks Auseinandersetzung unter mehreren Miterben, einen Testamentsvollstrecker ernennen (§§ 2197 ff. BGB).

Man unterscheidet den Abwicklungs-Testamentsvollstrecker, der in der Hauptsache die Erbauseinandersetzung regelt, und den Verwaltungs-Testamentsvollstrecker, welcher den Nachlass für eine bestimmte Zeit betreut und verwaltet (z. B. einen Geschäftsbetrieb bei minderjährigen Erben).

Findet der Erblasser keine geeignete Persönlichkeit, die er ernennen kann, so kann er sich damit begnügen, eine Testamentsvollstreckung anzuordnen, und das Gericht um Ernennung eines geeigneten Testamentsvollstreckers ersuchen. Dies ist angebracht, da ein Ernannter das Amt nicht anzunehmen braucht. Ohne Anordnung aber findet eine Ernennung nicht statt.

Es können mehrere Testamentsvollstrecker (z. B. bei größeren Vermögen) bestimmt werden. Auch kann ein Miterbe (z. B. Ehefrau) als Testamentsvollstrecker eingesetzt werden, nicht jedoch ein Alleinerbe.

Der Testamentsvollstrecker hat Anspruch auf angemessene Vergütung (i. d. R. zwischen 1–5 v. H. des Reinnachlasses).

371 | Öffentliches, eigenhändiges Nottestament

Das öffentliche Testament wird vor einem Notar errichtet. Dabei kann der Erblasser seinen letzten Willen mündlich erklären oder eine – offene oder verschlossene – Schrift mit der Erklärung überreichen, dass sie seinen letzten Willen enthalte (§ 2232 BGB).

Das eigenhändige (Privat-)Testament (§ 2247 BGB) wird ohne Zuziehung einer Urkundsperson oder von Zeugen vom Erblasser (Testator) allein durch eine von ihm eigenhändig geschriebene und unterschriebene Erklärung errichtet. Orts- und Zeitangabe ist zwar nicht mehr Gültigkeitserfordernis, aber zweckmäßig, zumal das letzte Testament maßgebend ist (§§ 2253 ff. BGB).

Minderjährige sowie Personen, die nicht schreiben oder lesen können, dürfen nur ein öffentliches Testament durch mündliche Erklärung (Minderjährige auch durch Übergabe einer offenen Schrift) errichten; § 2233 BGB.

Ein Minderjähriger kann ein Testament erst errichten, wenn er das 16. Lebensjahr vollendet hat (Testierfähigkeit), dann aber ohne Zustimmung des gesetzlichen Vertreters (§ 2229 BGB).

Auch ein in fremder Sprache abgefasstes eigenhändiges Testament ist gültig. Es ist gleichgültig, ob Tinte, Bleistift oder ein anderes Schreibmittel verwendet wird (aber nicht Maschine!). Auch ein stenographisches Testament ist gültig (aber nicht zu empfehlen, weil oft Zweifel über die Urheberschaft und darüber entstehen, ob es nicht ein bloßer Entwurf sein sollte). Bei mehreren Blättern empfiehlt es sich, sie zusammenzuheften und zu nummerieren.

Außerordentliche Testamentsformen sieht das BGB als Nottestamente bei Todesgefahr zu Protokoll des Bürgermeisters vor 2 Zeugen, bei Verkehrssperre in gleicher Form oder mündlich (protokollarisch) vor 3 Zeugen bzw. als Seetestament vor (§§ 2249–2251 BGB). Sie werden 3 Monate nach Errichtung hinfällig, falls der Testator noch lebt (§ 2252 BGB).

372 | Gemeinschaftliches Testament

Ein gemeinschaftliches Testament (§§ 2265–2273 BGB) kann nur von Ehegatten oder Lebenspartnern (vgl. § 10 Abs. 4 Satz 1 LPartG) (nicht von Verlobten, Geschwistern u. a. Personen) errichtet werden. Als Form steht das eigenhändige (Privat-) und das öffentliche Testament zur Verfügung. Während beim öffentlichen Testament der letzte Wille zu Protokoll erklärt wird, genügt es beim Privattestament, wenn ein Ehegatte das gemeinschaftliche Testament eigenhändig niederschreibt und der andere, falls er nicht Sonderwünsche hat, nur (unter Angabe von Ort und Zeit = Sollvorschrift) unterschreibt.

Das gemeinschaftliche Testament muss räumlich ein einheitliches Ganzes bilden (einheitliche Urkunde, nicht getrennte Bogen).

In außerordentlicher Form ➢ vgl. Nr. 371, kann ein gemeinschaftliches Testament errichtet werden, wenn die Voraussetzungen hierfür (z. B. Lebensgefahr) nur bei einem Ehegatten oder Lebenspartner vorliegen.

Sehr verbreitet ist das sog. Berliner Testament (§ 2269 BGB), bei welchem die Ehegatten in einem gemeinschaftlichen Testament sich gegenseitig als Erben einsetzen und weiter bestimmen, dass nach dem Tode des Letztversterbenden der beiderseitige Nachlass an einen Dritten (z. B. die Kinder, Enkel oder auch andere Personen) als sog. Schlusserben fallen soll. Hier ist im Zweifel anzunehmen, dass der Schlusserbe für den gesamten Nachlass (das Vermögen beider Ehegatten) als Erbe des zuletzt versterbenden Ehegatten eingesetzt ist.

Von einem wechselbezüglichen gemeinschaftlichen Testament spricht man, wenn darin Verfügungen getroffen sind, die in innerer Beziehung zueinander stehen und von denen die eine nur mit Rücksicht auf die andere getroffen ist. In solchem Fall hat die Nichtigkeit oder der Widerruf der einen Verfügung die Unwirksamkeit der anderen zur Folge (§ 2270 Abs. 1 BGB). Aber der Widerruf wechselbezüglicher Verfügungen ist erschwert: Er kann bei Lebzeiten der Ehegatten oder Lebenspartner zwar einseitig, aber bei nachteiliger Wirkung für den anderen Ehegatten oder Lebenspartner nicht durch eine neue Verfügung (Testament), sondern nur durch notariell beurkundete Erklärung gegenüber dem anderen Ehegatten erfolgen. Das Widerrufsrecht erlischt mit dem Tod eines Ehegatten oder Lebenspartners; der überlebende Erbe kann seine Verfügung nur aufheben, wenn er das ihm Zugewendete ausschlägt (§ 2271 BGB). Es empfiehlt sich daher, falls sich die Verhältnisse ändern können, im gemeinschaftlichen Testament dem überlebenden Erben das Recht vorzubehalten, seine letztwillige Verfügung zu ändern.

373 | Erbvertrag

Der Erbvertrag ist im Gegensatz zum Testament eine den Erblasser bindende und i.d.R. unwiderrufliche Verfügung von Todes wegen. Der Abschluss eines Erbvertrages ist nicht wie das gemeinschaftliche Testament auf Ehegatten oder Lebenspartner beschränkt, sondern auch zwischen anderen Personen möglich. Inhalt des Vertrags können eine Erbeinsetzung, die Anordnung von Vermächtnissen und Auflagen sein. Andere Anordnungen können einbezogen werden, sind aber frei widerruflich. Vgl. §§ 2274 ff. BGB.

Ein Erbvertrag muss bei gleichzeitiger Anwesenheit beider Vertragsteile (Erblasser – Begünstigter) vor einem Notar abgeschlossen werden. Zur Aufhebung bedarf es eines besonderen Aufhebungsvertrages. Nach dem Tod eines Beteiligten ist die vertragsmäßige Aufhebung daher unmöglich (§ 2290). Ehegatten können einen Erbvertrag auch durch gemeinschaftliches Testament aufheben (§ 2292). Zum einseitigen Rücktritt ist der Erblasser nur berechtigt, wenn er sich diesen im Erbvertrag vorbehalten oder wenn der Bedachte gegen ihn eine zur Entziehung des Pflichtteils berechtigende Verfehlung begangen hat ➢ s. Nr. 375, sowie bei Wegfall einer rechtsgeschäftlich begründeten Verpflichtung zu Unterhalts- oder anderen wiederkehrenden Leistungen, die der Bedachte dem Erblasser auf dessen Lebenszeit zu erbringen hat (§§ 2293 ff. BGB).

374 | Erbschein

Ein Erbschein (§§ 2353–2370 BGB) kann dem Erben vom Nachlassgericht ➢ s. Nr. 303, zum Nachweis seiner Stellung als Erbe erteilt werden. Er ist eine Bescheinigung über das Erbrecht und den Umfang des Erbteils.

Sind mehrere Erben vorhanden, so kann ein gemeinschaftlicher Erbschein oder für jeden Erben ein Teilerbschein erteilt werden. Einem Vorerben wird ein Erbschein erteilt, der angibt, dass eine Nacherbfolge angeordnet ist, wer Nacherbe ist und wann die Nacherbfolge eintritt. Eine Testamentsvollstreckung muss gleichfalls im Erbschein angegeben werden.

Antragsberechtigt sind jeder Erbe, der Testamentsvollstrecker, der Nachlassverwalter oder ein Gläubiger des Erben, der einen vollstreckbaren Titel gegen ihn besitzt (§ 792 ZPO). Die im Antrag gemachten Angaben sind durch Urkunden oder eidesstattliche Versicherung glaubhaft zu machen und vor Gericht oder Notar zu beurkunden. Es ist darzulegen, ob gesetzliche Erbfolge oder Erbfolge auf Grund einer Verfügung von Todes wegen eingreift.

Der Erbschein begründet die (widerlegbare) Vermutung, dass dem Inhaber das angegebene Erbrecht zusteht und er nur durch die angegebenen Anordnungen (z. B. Nacherbfolge) beschränkt ist. Der Erbschein gilt einem Dritten gegenüber als richtig, es sei denn, dass dieser die Unrichtigkeit kennt. Ist der Erbschein unrichtig, so wird er von Amts wegen eingezogen oder für kraftlos erklärt (§§ 2361, 2365, 2366 BGB).

375 | Pflichtteil

Die grundsätzliche Testierfreiheit des Erblassers wird durch das Pflichtteilsrecht bestimmter Angehöriger (§§ 2303 bis 2338 a BGB, § 10 Abs. 6 LPartG) eingeschränkt. Das Recht auf den Pflichtteil besteht darin, dass die Berechtigten aus dem Nachlass des Erblassers, der sie durch Verfügung von Todes wegen ➢ s. Nrn. 317, 371–373, von der Erbfolge ausgeschlossen hat, eine Geldzahlung in Höhe der Hälfte des Wertes ihres gesetzlichen Erbteils verlangen können. Einen Pflichtteilsanspruch haben nur Abkömmlinge, der Ehegatte oder Lebenspartner und ggfs. die Eltern des Erblassers.

Hat der Erblasser dem Pflichtteilsberechtigten zwar ein Erbteil oder ein Vermächtnis zugewendet, erreicht dieses aber nicht die Höhe des Pflichtteils, kann der Berechtigte entsprechende Ergänzung verlangen (Zusatzpflichtteil, § 2305 BGB).

Zur Berechnung des Pflichtteils ist im Einzelfall die Höhe des gesetzlichen Erbteils und der Geldwert des Nachlasses festzustellen. Maßgebend hierfür ist der Bestand z. Z. des Erbfalles und der gemeine Wert der Nachlassgegenstände (nicht der Einheitswert). Dabei werden die z. Z. des Erbfalles auf dem Nachlass lastenden Verbindlichkeiten vom Aktivnachlass abgesetzt; erst mit dem Tod des Erblassers entstehende Nachlassverbindlichkeiten (z. B. Vermächtnisse) bleiben außer Ansatz. Über Anrechnung von Vorempfängen und Ausgleichungen vgl. §§ 2315, 2316 BGB.

Eine Entziehung des Pflichtteilsrechts durch letztwillige Verfügung ist unter bestimmten Voraussetzungen zulässig (schwere Straftat des Pflichtteilsberechtigten gegen den Erblasser oder dessen nahe Angehörige, böswillige Unterhaltspflichtverletzung, ehrloser oder unsittlicher Lebenswandel; gegenüber den Eltern und dem Ehegatten oder Lebenspartner mit Einschränkungen), §§ 2333 ff. BGB.

376 | Das Lebenspartnerschaftsgesetz

Durch das zum 1. 8. 2001 in Kraft getretene Gesetz über die Beendigung der Diskriminierung gleichgeschlechtlicher Gemeinschaften (Lebenspartnerschaftsgesetz – LPartG) i. d. F. der Bek. vom 16. 2. 2001 (BGBl. I 266) wurde als neues familienrechtliches Institut die Eingetragene Lebenspartnerschaft geschaffen. Sie ermöglicht gleichgeschlechtlichen Paaren ihrem Zusammenleben einen familienrechtlichen Status im Sinne einer Rechts- und Verantwortungsgemeinschaft zu geben. Die Eingetragene Lebenspartnerschaft ist hinsichtlich ihrer Wirkungen – jedenfalls seit dem am 1. 1. 2005 in Kraft getretenen Gesetz zur Überarbeitung des Lebenspartnerschaftsrechts vom 15. 12. 2004 (BGBl. I 3396) – überwiegend an das Institut der Ehe angelehnt.

1. Zwei Personen gleichen Geschlechts begründen eine Lebenspartnerschaft, wenn sie vor der nach Landesrecht bestimmten zuständigen Behörde gegenseitig persönlich und bei gleichzeitiger Anwesenheit erklären, miteinander eine Partnerschaft auf Lebenszeit führen zu

wollen. Die Mehrzahl der Länder hat als zuständige Behörde die Standesbeamten bestimmt. In Bayern sind die Notare für die Beurkundung der Erklärung, eine Lebenspartnerschaft eingehen zu wollen, zuständig. Ab 1. 1. 2009 ist durch das neue Personenstandsgesetz die Begründung einer Lebenspartnerschaft grds. den Standesämtern zugewiesen. Wegen § 23 LPartG – neu beleibt es den Ländern aber unbenommen, abweichende Regelungen zu treffen oder beizubehalten.
Der Begründung einer Lebenspartnerschaft stehen insbesondere entgegen die Minderjährigkeit eines Partners, eine Ehe oder bestehende Lebenspartnerschaft. Sie kann nicht zwischen voll- und halbbürtigen Geschwistern eingegangen werden (§ 1 LPartG).

2. Lebenspartner sind einander zur Fürsorge und Unterstützung sowie zur gemeinsamen Lebensgestaltung verpflichtet. Sie können einen gemeinsamen Lebenspartnerschaftsnamen bestimmen, wobei im Wesentlichen die gleichen Grundsätze wie bei Ehenamen ➢ vgl. Nr. 314 a), gelten (§§2, 3 LPartG). Sie sind nach § 10 LPartG erbberechtigt.
3. Für Lebenspartner gilt seit 1. 1. 2005 ebenfalls der gesetzliche Güterstand der Zugewinngemeinschaft ➢ vgl. Nr. 357, wenn sie nicht durch Lebenspartnerschaftsvertrag, für den die §§ 1409 bis 1563 BGB (insbesondere das Formerfordernis des § 1410 BGB) entsprechend gelten, etwas anderes vereinbaren (§§ 6, 7 LPartG). Bis zum 1. Januar 2005 war dem LPartG ein gesetzlicher Güterstand unbekannt. Es konnte aber die der Zugewinngemeinschaft wesensgleiche Ausgleichsgemeinschaft vereinbart werden.
4. § 9 LPartG enthält Regelungen in Bezug auf Kinder eines Lebenspartners. Steht einem Lebenspartner das alleinige Sorgerecht für ein Kind zu, so hat der andere Lebenspartner in Angelegenheiten des täglichen Lebens grundsätzlich ein Mitentscheidungsrecht. Bei Gefahr im Verzug ist der Lebenspartner dazu berechtigt, alle Rechtshandlungen vorzunehmen, die zum Wohl des Kindes erforderlich sind, wobei der sorgeberechtigte Elternteil unverzüglich zu unterrichten ist. Unter bestimmten Umständen kann einem unverheirateten Kind der Lebenspartnerschaftsname erteilt werden. Die gemeinschaftliche Adoption eines Kindes durch zwei Lebenspartner ist gegenwärtig nicht möglich.
5. Lebenspartner sind einander während der Lebenspartnerschaft, bei Getrenntleben sowie nach Aufhebung der Lebenspartnerschaft (wenn ein Lebenspartner nicht selbst für seinen Unterhalt sorgen kann) im Wesentlichen nach den für die Ehe geltenden Vorschriften ➢ vgl. Nr. 361, zum Unterhalt verpflichtet (§§ 5, 12, 16 LPartG).
6. Hinsichtlich weiterer Wirkungen der Eingetragenen Lebenspartnerschaft vgl. §§ 4, 8, und 11 LPartG.
7. Auf Antrag einer der beiden Partner kann die Lebenspartnerschaft durch gerichtliches Urteil aufgehoben werden. Aufhebungsgründe sind Zerrüttung der Lebenspartnerschaft, wobei hier die gleichen Trennungsfristen wie bei der Ehescheidung gelten ➢ Nr. 359, und bestimmte Willensmängel (§ 15 LPartG).

8. Nach Aufhebung der Ehe findet zwischen Lebenspartnern seit 1. 1. 2005 grundsätzlich auch ein Versorgungsausgleich nach den für die Ehe geltenden Vorschriften statt (§ 20 LPartG).
9. Zu Hausratverteilung und Wohnungszuweisung bei Getrenntleben und bei Aufhebung der Lebenspartnerschaft vgl. §§ 13, 14 und 17 bis 19 LPartG).
10. Das gerichtliche Verfahren in Lebenspartnerschaftssachen richtet sich im Wesentlichen nach den Verfahrensvorschriften in gleichgelagerten Ehe- und Familiensachen ➢ s. Nrn. 246, 302. Zuständig ist das Familiengericht (vgl. § 23 a Nr. 6, § 23 b Abs. 1 Satz 2 Nr. 15 GVG).

377 | Das Gewaltschutzgesetz

Mit dem Gesetz zur Verbesserung des zivilrechtlichen Schutzes bei Gewalttaten (Gewaltschutzgesetz – GewSchG) vom 11. 12. 2001 (BGBl. I 3513) besteht für Opfer von Gewalt, insbes. außerhalb einer Ehe oder Lebenspartnerschaft, seit 1. 1. 2002 die Möglichkeit, gerichtlichen Schutz dafür in Anspruch zu nehmen, weitere Verletzungen abzuwehren. Ist jemand z. B. durch Gewalt verletzt oder in seiner Freiheit beeinträchtigt worden, kann er bei Gericht schützende Maßnahmen beantragen:

Das Gericht kann in diesen Fällen anordnen, dass dem Täter untersagt wird,

- die Wohnung der verletzten Person zu betreten,
- sich in einem bestimmten Umkreis der Wohnung des Opfers aufzuhalten,
- Orte aufzusuchen, an denen die verletzte Person sich regelmäßig aufhält (Arbeitsplatz),
- Kontakt, auch unter Benutzung von Fernkommunikationsmitteln aufzunehmen und
- ein Zusammentreffen mit dem Opfer herbeizuführen.

Diese Möglichkeiten bestehen auch, wenn Gewalt angedroht wird oder versucht wird, in die Wohnung der bedrohten Person einzudringen, ferner wenn eine Person durch Nachstellungen oder unter Benutzung von Fernkommunikationsmitteln unzumutbar belästigt wird (sog. Stalking). Anordnungen des Gerichts können mit Hilfe der Polizei durchgesetzt werden, Verstöße gegen gerichtliche Anordnungen sind mit Geld- oder Freiheitsstrafe bis zu einem Jahr bedroht.

Besteht ein gemeinsamer Haushalt kann der oder die verletzte Person vom Täter verlangen, die gemeinsam genutzte Wohnung zu verlassen und sie dem Opfer zur alleinigen Benutzung zu überlassen. Hierfür sind vom Gericht allerdings Befristungen vorzusehen, insb. dann, wenn der Täter Miteigentümer oder Mitmieter der Wohnung ist.

Der Deutsche Bundestag hat am 30. 11. 2006 den Entwurf eines Gesetzes zur Strafbarkeit beharrlicher Nachstellungen angenommen, mit dem Stalking als eigener Straftatbestand ausgestaltet wird. Das Gesetz zur Strafbarkeit beharrlicher Nachstellungen von 22. 3. 2007 (BGBl. I 354) trat am 31. 3. 2007 in Kraft.

378 | Allgemeines Gleichbehandlungsgesetz

Das Allgemeine Gleichbehandlungsgesetz (AGG) i.d.F. der Bek. vom 14. 8. 2006, das am 18. 8. 2006 in Kraft getreten ist (vgl. BGBl. I 1897), enthält in seinem Abschnitt 3 (§§ 19ff. AGG) auch Vorschriften gegen Benachteiligungen aus Gründen der Rasse oder wegen der ethnischen Herkunft, wegen des Geschlechts, der Religion, einer Behinderung, des Alters oder der sexuellen Identität bei der Begründung, Durchführung und Beendigung zivilrechtlicher Schuldverhältnisse. So sind entsprechende Benachteiligungen bei Massengeschäften sowie bei Geschäften bei denen das Ansehen der Person nach der Art des Schuldverhältnisses eine nachrangige Bedeutung hat und die in einer Vielzahl von Fällen zustande kommen sowie bei privatrechtlichen Versicherungen unzulässig (die Vermietung von Wohnraum stellt kein Massengeschäft dar, wenn der Vermieter insgesamt nicht mehr als 50 Wohnungen vermietet). Darüber hinaus ist eine Benachteiligung aus Gründen der Rasse oder wegen der ethischen Herkunft auch in Fragen des Sozialschutzes (einschließlich soziale Sicherheit und Gesundheitsdienste), in Bezug auf die sozialen Vergünstigungen, die Bildung sowie den Zugang zu und die Versorgung mit Gütern und Dienstleistungen, die der Öffentlichkeit zur Verfügung stehen – einschließlich Wohnraum – verboten. Bei der Vermietung von Wohnraum ist eine unterschiedliche Behandlung im Hinblick auf die Schaffung und Erhaltung sozial stabiler Bewohnerstrukturen und ausgewogener Siedlungsstrukturen sowie ausgeglichener wirtschaftlicher, sozialer und kultureller Verhältnisse zulässig. Die Vorschriften von Abschnitt 3 des AGG finden keine Anwendung auf familien- und erbrechtliche Schuldverhältnisse sowie auf zivilrechtliche Schuldverhältnisse, bei denen ein besonderes Nähe- oder Vertrauensverhältnis der Parteien begründet wird. Dies kann bei Mietverhältnissen dann der Fall sein, wenn die Parteien oder ihre Angehörigen Wohnraum auf demselben Grundstück nutzen (§ 19 AGG). Eine unterschiedliche Behandlung wegen der Religion oder Weltanschauung, einer Behinderung, des Alters, der sexuellen Identität oder des Geschlechts ist zulässig wenn ein sachlicher Grund vorliegt (insbesondere zum Schutz der Intimsphäre oder der persönlichen Sicherheit, zur Vermeidung von Gefahren oder Verhütung von Schäden, etc. – § 20 AGG). Bei einem unzulässigen Verstoß gegen das Benachteiligungsgebot kann der Betroffene unter anderem Beseitigung der Benachteiligung bzw. Unterlassung verlangen. Bei zu vertretender Verletzung des Verbots ist Schadensersatz zu leisten, wobei Ansprüche aus unerlaubter Handlung unberührt bleiben. Entsprechende Ansprüche sind binnen einer Frist von zwei Monaten geltend zu machen (§ 21). Weitere Vorschriften zum Rechtsschutz (Beweislast, Unterstützung durch Antidiskriminierungsverbände) enthalten die §§ 22 und 23 AGG. Durch das AGG werden entsprechende EU-Richtlinien in deutsches Recht umgesetzt.

VII. Das Strafrecht

381 | Strafrecht

Das Strafrecht behandelt die Frage, wann eine Strafe verwirkt ist und somit dem Staat das Recht erwächst, im Wege des Strafprozesses (vgl. Nr. n ff.) Strafe zu verhängen. Die Strafbestimmungen sind im Strafgesetzbuch (StGB), zum Teil aber auch in strafrechtlichen Nebengesetzen ➢ vgl. Nr. 392, enthalten.

Das Strafrecht ist ein Teil des öffentlichen Rechts. Die Strafgewalt steht allein dem Staat zu, das Anklagemonopol der Staatsanwaltschaft. Nur in besonderen Fällen hat der Verletzte das Recht, sich dem Verfahren als Nebenkläger anzuschließen oder die Strafverfolgung im Wege der Privatklage zu betreiben ➢ vgl. Nr. 288. Über Antragsdelikte, bei denen die Strafverfolgung von einem Antrag des Verletzten abhängt, ➢ vgl. Nr. 281.

Während das (materielle) Strafrecht die Straftatbestände und die bei ihrer Erfüllung verwirkten Strafen bestimmt, regelt das formelle Strafrecht den Gang des Strafverfahrens (StPO, GVG). Nicht zum materiellen Strafrecht im eigentlichen Sinne gehört das Disziplinarrecht ➢ vgl. Nr. 162 h), 183 e), ebenso wenig das Ordnungs(Verwaltungs)unrecht ➢ vgl. Nr. 152. Auch die „Strafmaßnahmen“, die im Rahmen der sog. Betriebsjustiz (häufig auf Grund von Betriebsvereinbarungen) ➢ vgl. Nr. 635; wegen innerbetrieblicher Verstöße gegen Verhaltensvorschriften in Form von Geldbußen, Versetzungen, Entzug sozialer Vergünstigungen usw. verhängt werden, fallen nicht unter das Strafrecht.

Eine besondere Regelung hat das Strafrecht für Jugendliche und Heranwachsende im Jugendgerichtsgesetz erfahren, das außer dem auf diese Tätergruppen anwendbaren materiellen Recht auch – und zwar überwiegend – Vorschriften über Gerichtsverfassung und Verfahren vor den Jugendgerichten enthält ➤ vgl. Nrn. 294, 295.

382 | Strafgesetzbuch

Das Strafgesetzbuch vom 15. 5. 1871 (RGBl. 127) i.d.F. der Bek. vom 13. 11. 1998 (BGBl. I 3322) ist in zwei Hauptteile gegliedert:

Allgemeiner Teil	**Besonderer Teil**
(enthält die für alle Straftaten allgemeinen Regelungen, z. B. Versuch, Anstiftung, Schuldfähigkeit usw.)	(enthält die einzelnen Straftatbestände)

Gem. § 1 StGB kann eine Tat nut bestraft werden, wenn die Strafbarkeit gesetzlich bestimmt war bevor die Tat begangen wurde. Als strafrechtliche Grundsätze enthält § 1 StGB somit das Bestimmtheitsgebot, das Rückwirkungsverbot, das Verbot strafverschärfender Analogie sowie die Bindung des Strafrechts an geschriebene Gesetze.

383 | Straftaten

Die Straftaten sind nach der angedrohten Strafe eingeteilt. Gem. § 12 Abs. 1 und 2 StGB gilt die Einteilung in:

Verbrechen	**Vergehen**
(rechtswidrige Taten, die im Mindestmaß mit Freiheitsstrafe von 1 Jahr oder darüber bedroht sind)	(rechtswidrige Taten, die mit einer geringeren Freiheitsstrafe oder Geldstrafe bedroht sind)

Maßgebend für die Einstufung ist die im Gesetz angedrohte abstrakte Strafe, nicht die im Einzelfall verwirkte Strafe.

Die Zweiteilung der Straftaten vereinfacht die Gesetzessprache und ermöglicht unterschiedliche Behandlung der einzelnen Gruppen (z. B. ist bei Verbrechen der Versuch stets, bei Vergehen nur in den ausdrücklich bestimmten Fällen strafbar).

384 | Hauptstrafen, Nebenstrafe, sonstige Rechtsfolgen

a) Hauptstrafen

Als Hauptstrafen kennt das StGB :

aa) **Freiheitsstrafe** (§§ 38, 39 StGB), und zwar entweder als lebenslange oder als zeitige Strafe von 1 Monat bis zu 15 Jahren;

bb) **Geldstrafe** (§§ 40–43 StGB), die in Tagessätzen (mindestens 5, regelmäßig höchstens 360) verhängt wird.

Diese bestimmen sich nach den persönlichen und wirtschaftlichen Verhältnissen des Täters unter Zugrundelegung seines Nettoeinkommens und betragen mindestens einen und höchstens 5 000 Euro (§ 40 StGB).

Freiheitsstrafe unter 6 Monaten wird aber, weil kurze Freiheitsstrafen i. d. R. wenig wirksam sind und sich sogar schädlich auswirken können, nur verhängt, wenn besondere Umstände in der Tat oder in der Person des Täters dies zur Einwirkung auf den Täter oder zur Verteidigung der Rechtsordnung unerlässlich machen (§ 47 StGB).

Ist Geldstrafe von höchstens 180 Tagessätzen verwirkt, so kann das Gericht eine Verwarnung mit Strafvorbehalt aussprechen. Es beschränkt sich dabei auf den Schuldspruch und behält die Verurteilung zu Strafe für den Fall vor, dass der Täter während einer Bewährungszeit (mindestens 1, höchstens 3 Jahre) erneut straffällig wird oder sonst Anlass zum Widderruf der Aussetzung des Strafausspruchs gibt (§§ 59 ff. StGB). Für die Bewährungszeit kann das Gericht dem Verurteilten Auflagen machen (z. B. Schadenswiedergutmachung) oder Weisungen erteilen (Unterhaltszahlung, Heilbehandlung).

Gesetzliche Strafschärfungs- oder Strafmilderungsgründe bestehen vor allem für besonders schwere oder minder schwere Fälle. Nach § 60 StGB kann das Gericht von Strafe absehen, wenn die Folgen der Tat, die den Täter getroffen haben so schwer sind, dass eine Bestrafung offensichtlich verfehlt wäre und keine höhere Strafe als Freiheitsstrafe bis zu 1 Jahr verwirkt wäre.

Über Jugendstrafe ➢ vgl. Nr. 294, über Strafarrest ➢ s. Nr. 183 g).

b) Nebenstrafe. Verfall und Einziehung

Als allgemeine Nebenstrafe kennt das StGB das Fahrverbot (§ 44 StGB) bis zu 3 Monaten (im Unterschied zur Entziehung der Fahrerlaubnis, ➢ s. unten und Nr. 395.

Besonders geregelt sind die Verfallerklärung des durch die Tat erlangten Vermögensvorteils oder des Wertersatzes (§§ 73 ff. StGB) sowie die Einziehung von Gegenständen, die zur Ausführung einer vorsätzlichen Straftat gedient haben bzw. dazu bestimmt waren oder durch sie hervorgebracht worden sind (§§ 74 ff. StGB); diese hat jedoch nicht Straf-, sondern Sicherungscharakter, soweit sie dem Schutz der Allgemeinheit z. B. vor gefährlichen Gegenständen dient.

c) Nebenfolgen

Nebenfolgen sind im Strafgesetz vorgesehene Rechtsfolgen, die kraft Gesetzes mit einer Verurteilung verbunden sind. Hierzu zählt das StGB den Verlust oder die Aberkennung der Amtsfähigkeit oder des passiven Wahlrechts sowie die Aberkennung des aktiven Wahl- und Stimmrechts (§ 45 StGB).

d) Maßregeln der Besserung und Sicherung

Maßregeln der Besserung und Sicherung sind keine Strafen; sie sollen vielmehr die Wiedereingliederung des Täters in die Gemeinschaft ermöglichen und die Allgemeinheit für die Zukunft schützen.

Folgende Maßregeln können angeordnet werden:

aa) Unterbringung in einem psychiatrischen Krankenhaus bei Schuldunfähigkeit (statt Strafe) oder verminderter Schuldfähigkeit (neben der Strafe), wenn es die öffentliche Sicherheit erfordert (§ 63 StGB);

bb) Unterbringung in einer Entziehungsanstalt neben einer Bestrafung wegen Rauschtat oder Volltrunkenheit, bzw. bei Unterbeleiben einer solchen Verurteilung, weil Schuldunfähigkeit erwiesen oder nicht auszuschließen war. Erforderlich ist ferner Hang zum Alkohol- oder Rauschmittelkonsum und hinreichende Erfolgsaussicht für die Entzugsbehandlung (§ 64 StGB);

cc) Sicherungsverwahrung bei Verurteilung von besonders gefährlichen Hangtätern, insbesondere Sexualtätern, zu höheren Strafen (§§ 66 ff. StGB);

dd) Führungsaufsicht bei Verurteilung zu Freiheitsstrafe von mindestens 6 Monaten wegen einer Straftat, bei der das Gesetz Führungsaufsicht besonders vorsieht, wenn die Gefahr besteht, dass der Täter weitere Straftaten begehen wird oder kraft Gesetzes (§ 68 StGB);

ee) Entziehung der Fahrerlaubnis bei Verkehrsdelikten (§§ 69 ff. StGB);

ff) Berufsverbot bei Verletzung beruflicher Pflichten (§§ 70 ff. StGB).

Bei der Führungsaufsicht (dd) wird der Proband einer Aufsichtsstelle und einem Bewährungshelfer unterstellt. Das Gericht kann ihm Weisungen für die Lebensführung erteilen.

Die Unterbringung zu aa–cc dauert so lange, wie ihr Zweck es erfordert; doch besteht eine Höchstfrist in Fall bb (grds. 2 Jahre). Die Unterbringung in der Sicherungsverwahrung (cc) kann auch im Urteil zunächst vorbehalten werden. Es muss dann spätestens sechs Monate vor einer möglichen Haftentlassung geprüft werden, ob der Täter gefährlich und deshalb weiter zu verwahren ist. Die Sicherungsverwahrung kann auch nachträglich angeordnet werden, wenn sich die weitere Gefährlichkeit des Täters erst während der Haft herausstellt, bei seiner Verurteilung wegen schwerster Straftaten (insbes. Tötungen, Sexualdelikte) in erweitertem Umfang (§§ 66 a, 66 b StGB) Die Maßregeln (außer cc, dd) können, wenn die Straftat im Zustand der Schuldunfähigkeit begangen worden ist und die Staatsanwaltschaft das Strafverfahren deshalb oder wegen Verhandlungsunfähigkeit des Täters nicht durchführt, nach § 71 StGB im sog. Sicherungsverfahren (§§ 413 ff. StPO) ➤ vgl. Nr. 289, angeordnet werden.

e) Täter-Opfer-Ausgleich, Schadenswiedergutmachung

Bemüht sich der Täter, mit dem durch seine Tat Verletzten einen Ausgleich zu erreichen, insbes. durch Schadenswiedergutmachung (Täter-Opfer-Ausgleich), so kann das Gericht die Strafe mildern oder bei weniger gravierenden Taten von Strafe absehen. Hierzu können dem Verurteilten auch Auflagen gemacht werden (§§ 46 a, 56 b StGB). Staatsanwaltschaft und Gericht sollen in jedem Stadium des Verfahrens prüfen, ob ein Ausgleich zwischen Beschuldigtem und Verletztem möglich ist. Gegen den ausdrücklichen Willen des Verletzten findet der Täter-Opfer-Ausgleich nicht statt (§ 155 a StPO). Zur weiteren Durchführung s. § 155 b StPO.

385 | Vorsatz und Fahrlässigkeit; Irrtumsproblematik

a) Vorsatz und Fahrlässigkeit

Ein Täter ist nur dann strafbar, wenn ihm die mit Strafe bedrohte Handlung subjektiv vorwerfbar ist, Vorwerfbarkeitskategorien sind:

Vorsatz	**Fahrlässigkeit**
Bewusstsein und Wille, eine rechtswidrige Handlung zu begehen	Außerachtlassen der Sorgfalt, zu der der Täter nach den Umständen des einzelnen Falles und nach seinen persönlichen Fähigkeiten und Kenntnissen imstande und verpflichtet war

Strafbar ist grundsätzlich nur vorsätzliches Handeln, außer wenn auch Fahrlässigkeit in der Einzelvorschrift ausdrücklich unter Strafe gestellt ist (z. B. bei Körperverletzung, Brandstiftung).

Bedingter Vorsatz (dolus eventualis) liegt vor, wenn der Täter nicht unbedingt einen bestimmten strafbaren Erfolg will, wohl aber mit der Möglichkeit rechnet, dass ein solcher Erfolg eintreten wird, und ihn für diesen Fall billigend in Kauf nimmt. Bedingter Vorsatz wird dem Vorsatz gleich beurteilt, reicht aber bei Absichtsdelikten nicht aus.

Die Absicht setzt voraus, dass es dem Täter darauf ankommt, einen bestimmten Erfolg herbeizuführen, während zum Vorsatz genügt, dass der Täter die Verwirklichung des Tatbestandes als notwendige oder mögliche Folge oder als Begleiterscheinung seines Handelns voraussieht und will. Die Absicht hingegen bezeichnet den Gegenstand der Zielvorstellung als herausgehobenen Willensfaktor. Häufig gilt sie nur für ein einzelnes Tatbestandsmerkmal (z. B. Zueignungsabsicht beim Diebstahl, Bereicherungsabsicht beim Betrug).

b) Irrtumsproblematik

aa) Der sog. Tatbestandsirrtum (§ 16 StGB)

(Gegensatz: Verbotsirrtum ➢ vgl. unten bb), ist die Kehrseite des Vorsatzes: Vorsatz bedeutet Wissen und Wollen der Tat ➢ vgl. oben a). Kennt der Täter ein gesetzliches Tatbestandsmerkmal nicht, so ist der Vorsatz ausgeschlossen. Zum gesetzlichen Tatbestand, den der Täter kennen muss, gehören die Tatsachen (z. B. muss der Dieb wissen, dass es sich um eine „fremde bewegliche Sache" handelt, § 242 StGB), die Handlung selbst (er muss wissen und wollen, dass er „wegnimmt", was z. B. nicht der Fall ist, wenn er glaubt, der Berechtigte habe ihm die Sache geschenkt), ferner die Vorstellung über die Art, wie der Erfolg eintritt, also den Kausalverlauf. Ein Tatbestandsirrtum schließt den Vorsatz als subjektives Tatbestandmerkmal aus. Ob es sich um einen Tatbestands- oder einen Verbotsirrtum handelt, hängt davon ab, worauf sich der Irrtum bezieht. Ein Tatbestandsirrtum liegt auch vor, wenn die Kenntnis oder Nichtkenntnis Tatsachen betrifft, aus denen sich ein Rechtfertigungsgrund ➢ s. Nr. 389, ergibt (z. B. Notwehr bei Angriff mit einer Holzpistole). Kennt der Täter dagegen den richtigen Sachverhalt, nimmt er aber irrig an, er stelle eine Notwehrlage dar und er dürfe schießen, so liegt ein bloßer Verbotsirrtum ➢ vgl. unten bb), vor. Beruht der Tatbestandsirrtum auf Fahrlässigkeit, so bleibt der Täter bei Fahrlässigkeitsdelikten aus dieser Norm strafbar; sieht er irrig die Merkmale eines milderen Strafgesetzes als gegeben an (z. B. einfacher Diebstahl, obwohl an einer öffentlichen Kunstsammlung begangen), so kann er wegen vorsätzlicher Begehung nur nach dem milderen Gesetz bestraft werden (§ 16 Abs. 2 StGB).

bb) Verbotsirrtum

Im Gegensatz zum Tatbestandsirrtum betrifft der Verbotsirrtum den Irrtum über die Rechtmäßigkeit des Handelns. Für eine Bestrafung des Täters ist erforderlich, dass er auch das Unrechtsbewusstsein hat, also weiß, dass er rechtswidrig handelt. Das Fehlen des Unrechtsbewusstseins schließt die Schuld (wenn auch nicht den Vorsatz) aus, es sei denn, der Irrtum ist vermeidbar. In diesem Falle ist der Täter strafbar, kann aber milder bestraft werden (§ 17 StGB).

Der Verbotsirrtum spielt insbesondere auf dem Gebiet der strafrechtlichen Nebengesetze (Wirtschaftsstrafrecht!) eine Rolle. Oft ist es für den Laien schwierig, die Rechtslage zu übersehen, so dass ihm aus der Unkenntnis einer Rechtsvorschrift nicht immer ein Schuldvorwurf gemacht werden kann (wohl aber, wenn ihm zuzumuten ist, sich über die Rechtslage zu informieren).

386 | Versuch einer Straftat

Der Versuch einer Straftat ist die Betätigung des Entschlusses, eine Straftat zu verüben, durch Handlungen, durch die der Täter nach seiner Vorstellung zur Verwirklichung eines Tatbestandes unmittelbar ansetzt, ohne dass es zur vollständigen Ausführung der Tat kommt. Der Versuch eines Verbrechens ist stets, der Versuch eines Vergehens nur dann strafbar, wenn es im Gesetz ausdrücklich bestimmt ist (§§ 22, 23 StGB). Der Versuch kann (nicht: muss) milder bestraft werden.

Stets ist Vorsatz zum Versuch erforderlich (kein fahrlässiger Versuch).

Weiter muss mit der Ausführung der Tat begonnen sein; Vorbereitungshandlungen bleiben grds. straffrei. Ausnahmen z. B. in § 30 StGB (Versuch der Beteiligung, Verabredung eines Verbrechens), § 83 StGB (Vorbereitung des Hochverrats), § 149 StGB (Vorbereitung einer Geldfälschung), § 234 a StGB (Verschleppungsvorbereitung).

Strafbar ist auch der sog. untaugliche Versuch (z. B. Schuss auf eine Statue in der Meinung, es sei ein Mensch). Die Betätigung des verbrecherischen Willens wird bestraft; doch kann das Gericht die Strafe mildern oder von Strafe absehen, wenn der Täter aus grobem Unverstand die Untauglichkeit des Mittels oder Tatobjekts nicht erkannt hat (§ 23 Abs. 3 StGB). Nicht strafbar hingegen ist ein Versuch, bei dem die Untauglichkeit in der Person des Täters begründet ist (z. B. ein Nichtbeamter nimmt an, er sei Beamter, und lässt sich bestechen). Auch das Wahndelikt bleibt straffrei (es liegt vor, wenn der Täter irrtümlich glaubt, die vorgenommene Handlung sei strafbar).

Der freiwillige, d. h. ausschließlich durch Willensänderung motivierte Rücktritt vom (nicht beendeten) Versuch oder die tätige Reue (Abwendung des Taterfolges beim beendeten Versuch) machen den Versuch straflos; ist der Taterfolg ohne Zutun des Täters nicht eingetreten, so genügt das freiwillige und ernsthafte Bemühen, die Vollendung zu verhindern (§ 24 StGB).

387 | Mittäter, Anstifter, Gehilfe

Täter ist, wer die Tat ausführt. Mittäterschaft liegt vor, wenn mehrere eine Tat gemeinschaftlich ausführen (§ 25 StGB). Teilnehmer ist, wer den Täter zur Tat anstiftet oder ihm bei der Ausführung hilft. Jeder Beteiligte (Mittäter oder Teilnehmer) ist ohne Rücksicht auf die Schuld des anderen nach seiner Schuld zu bestrafen (§ 29 StGB).

Anstifter ist, wer vorsätzlich einen anderen zu einer von diesem begangenen vorsätzlichen rechtswidrigen Tat bestimmt (§ 26 StGB).

Gehilfe ist, wer vorsätzlich einem anderen zu einer vorsätzlich begangenen rechtswidrigen Tat Hilfe leistet (§ 27 StGB).

Man unterscheidet zwischen unmittelbarer und mittelbarer Täterschaft, je nachdem ob der Täter die Tat selbst ausführt oder sich zur Ausführung eines anderen als Werkzeug bedient, der selbst z. B. wegen eines Willensmangels nicht strafbar ist. Jeder Mittäter muss den Willen haben, die Tat unter Mitwirkung des anderen zu vollbringen. Wirken mehrere bei einer Tat nicht bewusst und gewollt zusammen, so liegt Nebentäterschaft vor mit der Folge, dass die Tatbeiträge eines (Neben)Täters dem anderen (Neben)Täter nicht zugerechnet werden können, sodass jeder nur wegen der persönlich verwirklichten Delikt zu bestrafen ist.

Die Anstiftung wird bei allen vorsätzlichen rechtswidrigen Taten bestraft. Die Strafe richtet sich nach dem gesetzlichen Strafrahmen der Tat, zu der angestiftet ist.

Gehilfe ist, wer an einer vorsätzlichen und rechtswidrigen Tat beteiligt ist, ohne sie als eigene zu wollen; er unterstützt nur einen anderen, den Täter. Der Umfang des Tatbeitrags und des eigenen Interesses an der Tat lässt einen Schluss auf die innere Einstellung und damit eine Unterscheidung zwischen Mittäterschaft und Beihilfe im Einzelfall zu. Die Hilfeleistung muss die Haupttat fördern. Die Strafe des Gehilfen muss ermäßigt werden (§ 27 StGB).

Anstiftung und Beihilfe werden nur dann bestraft, wenn die Haupttat wenigstens das Stadium des strafbaren Versuchs erreicht. Erfolglose Anstiftung wird nur bestraft nach Maßgabe des § 30 StGB (Auffordern zu einem Verbrechen, ebenso Sichbereiterklären oder dessen Annahme oder Verabreden).

388 | Ideal- und Realkonkurrenz

a) Idealkonkurrenz (Tateinheit)

liegt vor, wenn dieselbe Straftat mehrere Strafgesetze oder dasselbe Strafgesetz mehrmals verletzt. Hier wird nur eine Strafe verhängt, im ersten Falle aus dem Gesetz, das die schwerste Strafe androht (§ 52 StGB).

Z. B.: A führt sein Kfz. trotz Trunkenheit und verletzt dabei den B = Verkehrsdelikt und fahrlässige Körperverletzung in Tateinheit.

b) Realkonkurrenz (Tatmehrheit)

liegt vor, wenn ein Täter mehrere selbstständige Straftaten begangen hat; in diesem Falle wird eine Gesamtstrafe durch Erhöhung der verwirkten schwersten Strafe gebildet (§§ 53, 54 StGB).

Begeht A in drei Nächten drei Einbrüche in verschiedenen Häusern, so liegt Tatmehrheit vor. A verwirkt für jede Handlung eine Einzelstrafe, deren schwerste als Einsatzstrafe dient. Die Gesamtstrafe muss höher als die verwirkte schwerste (Einsatz-)Strafe und niedriger als die Summe aller verwirkten Einzelstrafen sein. Neben der Gesamtstrafe müssen oder können Nebenstrafen, Nebenfolgen oder Maßregeln der Besserung und Sicherung ➢ s. Nr. 384, verhängt werden, wenn dies auch nur für eine Einzelhandlung vorgeschrieben oder zugelassen ist. Beim Zusammentreffen von Freiheits- mit Geldstrafe kann eine Gesamtfreiheitsstrafe gebildet oder es können beide Strafarten nebeneinander verhängt werden.

389 | Rechtfertigungs-, Schuld- und Strafausschließungsgründe, Strafaufhebungsgründe

a) Rechtfertigungsgründe

Eine Handlung ist nur dann strafbar, wenn sie tatbestandsmäßig, rechtswidrig und schuldhaft ist. Wenn die Handlung (der Sachverhalt) einen der gesetzlichen, objektiven Tatbestände erfüllt (= tatbestandsmäßig ist), ist sie i. d. R. auch rechtswidrig, da sie ja verboten ist. Die Rechtswidrigkeit und damit die Strafbarkeit der Tat kann aber aus besonderen Gründen (= Rechtfertigungsgründe) entfallen. Diese Rechtfertigungsgründe können sich aus dem Strafrecht oder aus dem sonstigen Recht ergeben.

Gesetzliche Rechtfertigungsgründe sind:

aa) Notwehr = Verteidigung, um einen gegenwärtigen rechtswidrigen Angriff von sich oder einem anderen abzuwenden (§ 32 StGB);

bb) die zivilrechtlichen Rechtfertigungsgründe, die wegen der Einheit des Rechts auch im Strafrecht gelten (Notwehr § 227 BGB, Notstand §§ 228, 904 BGB, Selbsthilfe § 229 BGB); ferner solche des öffentlichen Rechts, z. B. bei Diensthandlungen des Polizeibeamten oder Gerichtsvollziehers;

cc) rechtfertigender Notstand (§ 34 StGB). Der Begriff wurde vor der gesetzlichen Regelung von der Rechtsprechung als sog. übergesetzlicher Notstand entwickelt. Er ist gegeben, wenn der Täter in einer gegenwärtigen, nicht abwendbaren Gefahrenlage mit Rettungswillen ein geringerwertiges Rechtsgut zur Rettung eines höherwertigeren opfert. Jedoch ist zusätzlich Angemessenheit des angewendeten Mittels erforderlich.

Beispiel: Geschwindigkeitsüberschreitung bei dringendem Arztbesuch;

dd) unter gewissen Voraussetzungen die Einwilligung des Betroffenen, insbesondere bei Taten gegen die körperliche Integrität (z. B. beim ärztlichen Heileingriff, nicht dagegen in Tötungen (bei diesen missbilligt die Rechtsordnung die Einwilligung, vgl. § 216 StGB) und bei Delikten gegen Rechtsgüter, über die der Betroffene nicht verfügen darf.

b) Schuldausschließungsgründe

Liegt keiner dieser Rechtfertigungsgründe vor, so ist eine tatbestandsmäßig-rechtswidrige Handlung gegeben. Strafbar ist sie aber nur, wenn der Täter auch schuldhaft, d. h. vorsätzlich oder fahrlässig ➢ vgl. Nr. 385 a), gehandelt hat und keine Schuldausschließungsgründe vorliegen.

Schuldausschließungsgründe sind:

aa) Mangel der Schuldfähigkeit (§ 20 StGB)

Voraussetzung eines Schuldvorwurfs ist die Schuldfähigkeit des Täters. Die Schuldfähigkeit fehlt, wenn der Täter infolge krankhafter seelischer Störung, tiefgreifender Bewusstseinsstörung, Schwachsinns oder schwerer anderer seelischer Abartigkeit unfähig ist, das Unerlaubte der Tat einzusehen (Verstandesmangel) oder nach dieser Einsicht zu handeln (Willensmangel). Verminderte Schuldfähigkeit liegt vor, wenn infolge eines solchen anomalen Zustandes die Fähigkeit des Täters, das Unerlaubte seiner Tat einzusehen oder nach dieser Einsicht zu handeln, z. Z. der Tat erheblich vermindert war (§ 21 StGB). Bei Schuldunfähigkeit tritt keine Bestrafung ein, da es an einer Schuld des Täters fehlt (evtl. Sicherungsmaßregel, ➢ vgl. Nr. 384 d); bei verminderter Schuldfähigkeit kann die Strafe gemildert werden. Wegen der Schuldfähigkeit von Kindern ➢ vgl. Nr. 294.

bb) Entschuldigender Notstand

wenn die Handlung in einer vom Täter nicht verursachten, anders nicht zu beseitigenden Lage zur Rettung aus gegenwärtiger Gefahr für Leib, Leben oder Freiheit des Täters oder eines Angehörigen begangen wird (§ 35 StGB). Es genügt jede Gefahr, die für den Täter oder einen Angehörigen ohne eigene Verursachung entstanden und die er nicht hinzunehmen rechtlich verpflichtet ist (z. B. Zurückstoßen eines anderen bei einem Brand, um das eigene Leben zu retten; anders bei Dienstpflicht z. B. als Feuerwehrmann).

cc) Notwehrüberschreitung (Notwehrexzess)

ist nicht strafbar, wenn der Täter in Bestürzung, Furcht oder Schrecken über die Grenzen der Verteidigung hinausgegangen ist (§ 33 StGB; z. B. Erschießen eines Diebes).

dd) Pflichtenkollision

beim übergesetzlichen Notstand ➢ s. oben a) cc), wenn keines der im Widerstreit stehenden Rechtsgüter höherwertig ist und der Täter eines von ihnen im Pflichtenwiderstreit verletzt (bei einer Schiffskatastrophe opfert der Kapitän das Leben einzelner Besatzungsmitglieder, um die anderen zu retten).

c) Strafausschließungsgründe und Strafaufhebungsgründe

Liegt weder ein Rechtfertigungsgrund noch ein Schuldausschließungsgrund vor, so ist eine Straftat gegeben. Von der Strafe kann den Täter ein persönlicher Strafausschließungsgrund (z. B. Strafvereitelung unter Angehörigen, § 258 Abs. 6 StGB) oder Strafaufhebungsgrund (Rücktritt, tätige Reue, § 31 StGB) befreien. Der Unterschied zwischen Strafausschließungs- und Strafaufhebungsgründen ist der, dass erstere bereits z. Z. der Tat vorhanden sind und eine Bestrafung des Täters von vornherein ausschließen, letztere dagegen erst danach eintreten.

390 | Verjährung

a) Verfolgungsverjährung

Nach Ablauf einer gewissen Zeit seit Begehung einer Straftat entfällt das Strafbedürfnis; die Verfolgung der Tat verjährt, was Ermittlungsbehörden und Gerichte (anders als bei der zivilrechtlichen Verjährung, ➢ s. Nr. 319,) von Amts wegen zu berücksichtigen haben.

Ausgenommen sind nur die schwersten Delikte: Mord und Völkermord (§ 211 StGB, § 5 Völkerstrafgesetzbuch). Für alle übrigen Straftaten gelten Verjährungsfristen, die nach der Schwere der gesetzlichen Strafdrohung abgestuft sind (§ 78 StGB). Ist lebenslange Freiheitsstrafe angedroht, beträgt die Frist 30 Jahre, bei Höchststrafdrohung von mehr als 10 Jahren 20 Jahre, bei geringeren Strafdrohungen 10 bzw. 5 Jahre, bei den mildesten Strafdrohungen 3 Jahre (jeweils gerechnet ab Beendigung der Tat oder Eintritt des Erfolges). Die Verjährung wird unterbrochen (d. h. sie beginnt anschließend neu zu laufen) durch bestimmte gegen den Täter gerichtete Amtshandlungen (Vernehmung des Beschuldigten, Beschlagnahme, Durchsuchung, Haftbefehl usw.); sie ruht (d. h. sie läuft während des Ruhens nicht weiter) bis zur Vollendung des 18. Lebensjahres des Opfers bei Sexualstraftaten an Kindern und Jugendlichen und solange die Verfolgung aus gesetzlichen Gründen, z. B. wegen Immunität oder Auslandsaufenthalts des Beschuldigten und wenn ein Auslieferungsersuchen gestellt ist, gehindert ist. Vgl. §§ 78b, c StGB.

b) Vollstreckungsverjährung

Auch die Vollstreckung einer rechtskräftig erkannten Strafe oder Maßregel unterliegt aus ähnlichen Gründen der Verjährung. Ausgenommen sind Verurteilungen wegen Völkermordes sowie zu lebenslanger Freiheitsstrafe (§ 5 Völkerstrafgesetzbuch, § 79 StGB).

Die Verjährungsfristen beginnen mit Rechtskraft der Entscheidung. Sie richten sich nach der Höhe der verhängten Strafe und betragen zwischen 3 und 25 Jahren (z. B. bei Geldstrafe bis zu 30 Tagessätzen 3 Jahre, bei höheren Geldstrafen und Freiheitsstrafe bis zu 1 Jahr 5 Jahre, bei höheren Freiheitsstrafen 10, 20 oder 25 Jahre). Bei Maßregeln der Besserung und Sicherung gelten Fristen von 5–10 Jahren (bei Sicherungsverwahrung keine Verjährung). Die Verjährung ruht (eine Unterbrechung gibt es hier nicht), solange der Vollstreckung gesetzliche Hinderungsgründe ➢ s. oben a), entgegenstehen, ferner solange dem Verurteilten Strafaussetzung, Strafaufschub oder -unterbrechung oder bei Geldstrafe Teilzahlung o. dgl. gewährt ist (§ 79 a StGB). Ausnahmsweise ist eine Verlängerung der Verjährungsfrist möglich (§ 79 b StGB).

c) Ordnungswidrigkeiten

Für Ordnungswidrigkeiten ➢ s. Nr. 152, gelten entsprechende Regeln nach §§ 31–34 OWiG. Im Regelfalle (angedrohte bzw. verhängte Geldbuße bis 500 Euro) verjährt die Verfolgung in 6 Monaten, die Vollstreckung in 3 Jahren.

391 | Einzelne Straftaten

Der Zweite Teil des StGB (§§ 80–358) behandelt die einzelnen Verbrechen und Vergehen und deren Bestrafung. Es können hier nur die wichtigsten kurz erwähnt werden.

Die Abschnitte 1–8 behandeln Friedensverrat, Hochverrat, Gefährdung des demokratischen Rechtsstaates, Landesverrat, Straftaten gegen ausländische Staatsmänner und gegen Hoheitszeichen ausländischer Staaten, Straftaten gegen Verfassungsorgane und Wahldelikte, Straftaten gegen die Landesverteidigung, Widerstand gegen die Staatsgewalt, Straftaten gegen die öffentliche Ordnung, Geld- und Wertzeichenfälschung. Gemeinsame Schutzzwecke sind der Bestand des Staates und die öffentliche Ordnung.

Staatsgeheimnisse i. S. der §§ 93 ff. (Landesverrat) sind Tatsachen, Gegenstände oder Erkenntnisse (z. B. Schriften, Zeichnungen, Modelle oder Formeln oder Nachrichten darüber), die nur einem begrenzten Personenkreis zugänglich sind und vor einer fremden Macht geheimgehalten werden müssen, um die Gefahr eines schweren Nachteils für die äußere Sicherheit der BRep. abzuwenden. Landesverrat begeht, wer eine solche Gefahr dadurch herbeiführt, dass er ein Staatsgeheimnis an eine fremde Macht übermittelt oder es sonst an einen Unbefugten gelangen lässt oder öffentlich bekannt macht, um die BRep. zu benachteiligen oder die fremde Macht zu begünstigen. Wer sich ein Staatsgeheimnis verschafft, um es zu verraten, wird wegen Ausspähung von Staatsgeheimnissen bestraft.

Während der Landesverrat sich gegen die äußere Sicherheit der BRep. richtet, ist Hochverrat (§§ 81 ff.) ein Angriff auf den inneren Bestand oder die verfassungsmäßige Ordnung der BRep. oder eines Bundeslandes mittels Gewalt oder Gewaltandrohung. Die Gefährdung des demokratischen Rechtsstaates (§§ 84 ff.) kann u. a. begangen werden durch Unterstützung illegaler Parteien, verbotene Propaganda, Vorbereitung von Sabotageakten in fremdem Auftrag, staatsgefährdende Störhandlungen an Fernmeldeeinrichtungen u. dgl. oder Zersetzungsversuche bei Bundeswehr oder öffentlichen Sicherheitsorganen, Verunglimpfung von Verfassungsorganen usw.

Nach § 108 e ist strafbar, wer es unternimmt, für eine Wahl oder Abstimmung im Europäischen Parlament oder in einer Volksvertretung des Bundes, der Länder, Gemeinden oder Gemeindeverbänden eine Stimme zu kaufen oder zu verkaufen (Abgeordnetenbestechung).

Nach §§ 109–109 k werden als Straftaten gegen die Landesverteidigung insbesondere bestraft: Wehrpflichtentziehung durch Verstümmelung oder Täuschung, Störpropaganda gegen die Bundeswehr, Wehrmittelbeschädigung, sicherheitsgefährdender Nachrichtendienst, Abbildung militärischer Gegenstände, Anwerben für fremden Wehrdienst.

Unter dem Oberbegriff Widerstand gegen die Staatsgewalt fasst das StGB außer der eigentlichen Widerstandsleistung gegen Amtsträger, die sich in rechtmäßiger Amtsausübung befinden, eine Reihe weiterer Delikte zusammen: öffentliche Aufforderung zu Straftaten, Gefangenenbefreiung und Gefangenenmeuterei usw. Zu den Delikten gegen die öffentliche Ordnung zählen u. a. Hausfriedensbruch, Landfriedensbruch, Amtsanmaßung und Missbrauch von Titeln, Nichtanzeige bestimmter schweren Straftaten (z. B. Kapitaldelikte, § 138) und unerlaubtes Entfernen vom Unfallort (§ 142). Bildung krimineller Vereinigungen zur Begehung von Straftaten ist in § 129, Bildung terroristischer Vereinigungen zwecks Begehung von Tötungs-, schweren Freiheitsdelikten oder schweren gemeingefährlichen Straftaten in § 129 a unter Strafe gestellt; diese Vorschriften gelten auch für entsprechende Vereinigungen im Ausland (§ 129 b). Strafbar ist auch die Mitgliedschaft bei solchen Vereinigungen, ihre Unterstützung und die Werbung für sie. Nach § 130 ist wegen Volksverhetzung strafbar, wer die Menschenwürde anderer durch Aufstachelung zum Hass gegen Teile der Bevölkerung, Aufforderung zu Gewaltmaßnahmen gegen sie, Verleumdung oder böswilliges Verächtlichmachen angreift.

Es folgen in den Abschnitten 9–13 Verstöße gegen die Eides- und Wahrheitspflicht vor Gericht, falsche Verdächtigung, Religionsvergehen, Straftaten gegen Personenstand, Ehe und Familie, Delikte gegen die sexuelle Selbstbestimmung (sexueller Missbrauch von Kindern, Schutzbefohlenen, Anstaltsinsassen; Vergewaltigung, Förderung der Prostitution, Zuhälterei usw.).

In den Abschnitten 14–26 werden Ehre, Leben, körperliche Unversehrtheit, persönliche Freiheit und Eigentum des Staatsbürgers sowie der persönliche Lebens- und Geheimbereich unter Schutz und Verletzungen (Beleidigung, Körperverletzung, Freiheitsberaubung usw.) unter Strafe gestellt. Alsdann folgen in Abschnitt 27 und 28 gemeingefährliche Straftaten (z. B. Brandstiftung), in Abschnitt 29 Straftaten gegen die Umwelt und in Abschnitt 30 Amtsverfehlungen.

Als Straftaten gegen das Leben stellt das StGB Mord (wenn Tatmotiv, Tatausführung oder Tatzweck besonders verwerflich ist) und Totschlag unter Strafe, ferner Tötung auf Verlangen sowie den unerlaubten Schwangerschaftsabbruch.

Durch § 232 (Menschenhandel zum Zweck der sexuellen Ausbeutung) ist der Schutz vor sexueller Ausbeutung weiter verbessert worden. Strafbar ist hierbei, dass der Täter auf das Opfer einwirkt, um es unter Ausnutzung einer Zwangslage oder einer auslandsbezogenen Hilflosigkeit zur Aufnahme oder Fortsetzung der Prostitution zu bestimmen oder das Opfer zu sexuellen Handlungen bringt. Entsprechend wird bestraft, wer eine Person unter 21 Jahren zur Aufnahme oder Fortsetzung der Prostitution oder zur Vornahme oder Duldung sexueller Handlungen bringt. Als schwerer Menschenhandel zum Zwecke der sexuellen Ausbeutung wird insbesondere bestraft, wenn ein Kind Tatopfer ist, oder der Täter gewerbsmäßig handelt (vgl. § 232 Abs. 3 und 4). Auch Menschenhandel zum Zweck der Ausbeutung der Arbeitskraft ist strafbar (§ 233).

Wegen Verschleppung wird nach § 234 a StGB bestraft, wer einen anderen durch List, Drohung oder Gewalt in ein Gebiet außerhalb der BRep. verbringt, oder veranlasst, sich dorthin zu begeben oder ihn von der Rückkehr abhält und dadurch der Gefahr aussetzt, aus politischen Gründen verfolgt zu werden und hierbei durch Gewalt oder Willkür Schaden an Leib oder Leben zu erleiden, der Freiheit beraubt oder erheblich in seiner wirtschaftlichen oder beruflichen Stellung beeinträchtigt zu werden.

Dem Schutz des Individualbereichs dienen u. a. die Strafvorschriften gegen Verletzung des Briefgeheimnisses (§ 202) und des Berufsgeheimnisses (durch Ärzte,

Rechtsanwälte usw.; § 203) sowie gegen das unbefugte Abhören des nicht öffentlich gesprochenen Wortes, z. B. eines Telefongesprächs, und dessen Aufnahme auf einen Tonträger sowie Benutzung, Weitergabe oder öffentliche Mitteilung der Aufnahme oder des wesentlichen Inhalts der Aufnahme (§ 201), außerdem die Verletzung des höchstpersönlichen Lebensbereichs durch Bildaufnahmen (§ 201 a).

Diebstahl liegt vor, wenn jemand eine fremde bewegliche Sache einem anderen in der Absicht rechtswidriger Zueignung wegnimmt (Gewahrsamsbruch). Diebstahl in einem besonders schweren Fall ist i. d. R. beim Einbruch, Einsteigen sowie bei Wegnahme besonders geschützter Behältnisse gegeben (§§ 242, 243). Unbefugter Gebrauch fremder Fahrräder und Kraftfahrzeuge ist nach § 248 b strafbar (strafbarer Sonderfall des ansonsten straflosen furtum usus). Raub ist Diebstahl unter Anwendung von Gewalt (§ 249). Unterschlagung ist die rechtswidrige Zueignung einer Sache, die der Täter im Besitz oder Gewahrsam hat (§ 246). Diebstahl und Unterschlagung sind, wenn unter Familien- oder Haushaltsangehörigen begangen, Antragsdelikte; grundsätzlich ebenso, wenn an geringwertigen Sachen begangen (§§ 247, 248 a).

Erpressung liegt vor, wenn jemand einen anderen gewaltsam oder durch Drohung rechtswidrig zu einer Handlung, Duldung oder Unterlassung nötigt, um sich oder einen Dritten zu Unrecht zu bereichern (§ 253). Dagegen zählt Kidnapping (erpresserischer Menschenraub, Geiselnahme, §§ 239 a, b) zu den Delikten gegen die persönliche Freiheit und Luftpiraterie (§ 316 c) zu den gemeingefährlichen Delikten.

Begünstigung begeht, wer nach Ausführung einer rechtswidrigen Tat dem Täter Beistand leistet, um ihm die Vorteile der Tat zu sichern. Wegen Strafvereitelung macht sich strafbar, wer absichtlich oder wissentlich die Strafverurteilung eines anderen oder die Strafvollstreckung verhindert, außer wenn er (auch) im eigenen Interesse oder dem eines Angehörigen handelt. Hehler ist, wer in Bereicherungsabsicht Sachen, die ein anderer durch ein rechtswidriges Vermögensdelikt erlangt hat, ankauft oder sonst an sich bringt oder abzusetzen hilft (§§ 257–262). Die gewerbsmäßige Bandenhehlerei ist gem. § 260 a, die sog. Geldwäsche (Verbergen, Verschleiern oder Erschweren der Ermittlung von Gegenständen, besonders Geldern, die aus einem Verbrechen, bestimmten Betäubungsmittelstraftaten oder Vergehen krimineller Vereinigungen herrühren) nach § 261 strafbar.

Betrug liegt vor, wenn jemand in der Absicht, sich oder einem Dritten einen rechtswidrigen Vermögensvorteil zu verschaffen, das Vermögen eines anderen durch Irrtumserregung und eine hierdurch veranlasste Vermögensverfügung schädigt (§§ 263 ff.). Sonderfälle sind der Computerbetrug (§ 263 a), der Kapitalanlagebetrug (§ 264 a), Subventionsbetrug und der Kreditbetrug, durch den der Täter mittels falscher Angaben oder sonstiger unerlaubter Manipulationen Subventionen oder Kredite öffentlicher Behörden oder sonstiger Vergabestellen zu erlangen sucht (§§ 264, 265 b).

Der Missbrauch von Scheck- und Kreditkarten ist nach § 266 b strafbar.

Urkundenfälschung ist die Verfälschung echter oder die Anfertigung unechter rechtserheblicher Urkunden oder das Gebrauchmachen von ihnen zur Täuschung im Rechtsverkehr (§ 267). Ein Sonderfall ist die Fälschung beweiserheblicher Daten in einem Computer (§ 269).

Der 24. Abschnitt (§§ 283–283 d) stellt Insolvenzstraftaten unter Strafe, insbesondere Bankrott, Vernachlässigung von Buchführungs- und Bilanzpflichten im Falle nachfolgender Zahlungseinstellung sowie Gläubiger- und Schuldnerbegünstigung. Die Strafbarkeit wettbewerbsbeschränkender Absprachen bei Ausschreibungen und der Bestechlichkeit und Bestechung im geschäftlichen Verkehr regeln die (§§ 298–302).

Unter strafbarem Eigennutz versteht das StGB u. a. Jagd- und Fischwilderei, unerlaubtes öffentliches oder gewerbsmäßiges Glücksspiel, Vollstreckungsvereitelung und Pfandkehr. Wegen Wuchers macht sich strafbar, wer sich unter Ausbeutung der Zwangslage, der Unerfahrenheit, des Mangels an Urteilsvermögen oder erheblicher Willensschwäche eines anderen bei der Kreditgewährung, Wohnraumvermietung oder einer sonstigen Leistung oder bei deren Vermittlung unverhältnismäßige Vorteile verschafft (§ 291).

Sachbeschädigung ist die vorsätzliche und rechtswidrige Beschädigung oder Zerstörung einer fremden Sache (§ 303; grundsätzlich Antragsdelikt; zudem durch Privatklage verfolgbar). Strafbar ist auch, wer rechtswidrig in einem Computer Daten löscht, unbrauchbar macht oder verändert (§ 303 a). Spezielle Formen der Sachbeschädigung, wie die Zerstörung von Bauwerken und die Zerstörung wichtiger Arbeitsmittel oder von Kraftfahrzeugen der Polizei oder Bundeswehr werden nach den §§ 305 und 305 a bestraft. Unter Strafe gestellt ist ferner die Computersabotage, d. h. die Störung der Datenverarbeitung eines anderen Unternehmens (§ 303 b).

Unter schwerer Brandstiftung versteht man das vorsätzliche Inbrandstecken von Gebäuden, Schiffen, Hütten, die zur menschlichen Wohnung dienen, oder von Räumlichkeiten, die dem zeitweisen Aufenthalt von Menschen dienen. Einfache Brandstiftung liegt vor, wenn andere Gebäude, Vorräte, Früchte auf dem Feld, Waldungen oder Moore in Brand gesteckt werden, falls sie entweder dem Täter nicht gehören oder falls bewohnte Räume gefährdet werden. Auch fahrlässige Brandstiftung ist strafbar. Vgl. §§ 306 ff. Zu den gemeingefährlichen Delikten gehören ferner u. a. die Herbeiführung einer gemeingefährlichen Explosion oder Überschwemmung, die Gefährdung des Transport- oder des Straßenverkehrs sowie das Führen von Fahrzeugen trotz Trunkenheit (§§ 315–316), die Begehung strafbedrohter Handlungen im verschuldeten Vollrausch (§ 323 a), der Autostraßenraub und die Gefährdung öffentlicher Betriebe wie Eisenbahn, Post usw. oder des Fernmeldebetriebs.

Die §§ 324 ff. stellen u. a. unter Strafe: bestimmungswidrige Verunreinigung von Gewässern, des Bodens oder der Luft, unerlaubten Umgang mit Kernbrennstoffen, unerlaubtes Betreiben einer genehmigungspflichtigen Anlage, umweltgefährdende Abfallbeseitigung.

Im 30. Abschnitt (Straftaten im Amt) wird insbesondere die (aktive) Bestechung bestraft, d. h. das Versprechen, Anbieten oder Gewähren von Geschenken oder anderen Vorteilen an Amtsträger, um sie zu pflichtwidrigen Handlungen zu bestimmen. Strafbar ist aber auch die Vorteilsgewährung für eine Ermessenshandlung. Strafbare Vorteilsannahme ist die Annahme, das Fordern oder Versprechenlassen von Geschenken oder anderen Vorteilen für die Dienstausübung, Bestechlichkeit die Annahme usw. für pflichtwidrige Handlungen durch Amtsträger (§§ 331–334). Bei allen einschlägigen Handlungen genügt auch, dass der Vorteil für einen Dritten gefordert oder einem Dritten gewährt wird. Weitere Amtsdelikte sind die Verletzung des Dienstgeheimnisses, Falschbeurkundung, Gebührenüberhebung usw.

392 | Strafrechtliche Nebengesetze

Neben dem StGB gibt es eine Reihe von Gesetzen, die – neben der Regelung einer nicht strafrechtlichen Materie – auch strafrechtliche Bestimmungen enthalten und insoweit als Strafgesetze den Regeln des Allgemeinen Teils des StGB ➢ s. Nr. 382, unterliegen (sog. Nebenstrafrecht). Strafrechtliche Vorschriften enthalten z. B. die Gewerbeordnung ➢ s. Nr. 164, das Depotgesetz ➢ s. Nr. 462, das Gesetz gegen den unlauteren Wettbewerb ➢ s. Nr. 463, das Urheberrechtsgesetz ➢ s. Nr. 467. Dazu treten die Bestimmungen über den Straßenverkehr ➢ vgl. Nr. 176), die Gesetze des Steuerrechts, der Sozialversicherung und des Wirtschaftsrechts ➢ vgl. Nrn. 501 ff., 643 ff., 401 ff.).

Das Gesetz zum Schutz von Embryonen (Embryonenschutzgesetz – ESchG) i. d. F. der Bek. vom 13. 12. 1990 (BGBl. I 2746) stellt die missbräuchliche Anwendung von Fortpflanzungstechniken (z. B. die Übertragung einer fremden unbefruchteten Eizelle auf eine Frau oder die Entnahme von Embryos von einer Frau und Übertragung auf eine andere) sowie die missbräuchliche Verwendung menschlicher Embryonen sowie sonstige bestimmte Einflussnahmen (z. B. Geschlechtswahl bei der künstlichen Befruchtung, Klonen, Chimären- und Hybridbildung) unter Strafe. Ebenso ist die Einfuhr und Verwendung embryonaler Stammzellen grundsätzlich verboten und unter Strafe gestellt (Stammzellengesetz i. d. F. der Bek. vom 28. 6. 2002, BGBl. I 2277). Begründet wurde diese Regelung mit der staatlichen Verpflichtung, die Menschenwürde und das Recht auf Leben zu achten und zu schützen. Unter engen Voraussetzungen sind Ausnahmen für Forschungszwecke zulässig, Forschungsvorhaben mit embryonalen Stammzellen bedürfen einer Genehmigung und werden von einer Zentralen Ethik-Kommission für Stammzellenforschung geprüft und bewertet.

Das Transplantationsgesetz i. d. F. der Bek. vom 5. 11. 1995 (BGBl. I 2631) enthält insbesondere Strafvorschriften für unerlaubten Organhandel.

Weitere bedeutsame nebenstrafrechtliche Regelungen enthalten z. B. folgende Gesetze (alphabetisch geordnet):

Gesetz über den Aufenthalt, die Erwerbstätigkeit und die Integration von Ausländern in Bundesgebiet – AufenthG i. d. F. der Bek. vom 30. 7. 2005 (BGBl. I 1950)
Betäubungsmittelgesetz, ➢ s. Nr. 166;
Bundesjagdgesetz i. d. F. der Bek. vom 29. 9. 1976 (BGBl. I 2849);
Bundesnaturschutzgesetz ➢ s. hierzu Nr. 175;
Lebensmittel-, Bedarfsgegenstände- und Futtermittelgesetzbuch i. d. F. der Bek. vom 26. 4. 2006 (BGBl. I 945) ➢ s. hierzu Nr. 430;
Tierschutzgesetz i. d. F. der Bek. vom 18. 5. 2006 (BGBl. I 1206);
Vereinsgesetz i. d. F. der Bek. vom 5. 8. 1964 (BGBl. I 593);
Waffengesetz i. d. F. der Bek. vom 11. 10. 2002 (BGBl. I 3970) mit mehreren DVOen (Fundstellen s. Sartorius, Fußn. 2 bei Nr. 820, Waffengesetz);
Hinzu kommen Vorschriften des Landesrechts ➢ vgl. Nr. 393. Über das Wirtschaftsstrafgesetz 1954 ➢ vgl. Nr. 459.

393 | Das Landesstrafrecht

Dem Landesrecht ist auch auf dem Gebiet des Strafrechts, das gemäß Art. 74 Nr. 1 GG der konkurrierenden Gesetzgebung des Bundes unterliegt ➢ vgl. Nr. 71, Raum verblieben. Zwar gibt die Zuständigkeit für das Strafrecht dem Bundesgesetzgeber das Recht, jeden Tatbestand zu erfassen, der nach seinem Ermessen als strafwürdig zu erachten ist, ohne dass er dabei auf die Gebiete beschränkt wäre, für die sonst seine Zuständigkeit gegeben ist (h. M.). Soweit der Bund aber von dieser Kompetenz keinen Gebrauch macht, können die Länder Strafgesetze erlassen.

Für das Landesrecht gilt, soweit keine Sonderregelung zugelassen und ergangen ist, der Allgemeine Teil des StGB ➢ s. Nr. 382. Es darf jedoch Freiheitsstrafe nur von mindestens 1 Monat und im Höchstmaß zwischen 6 Monaten und 2 Jahren oder Geldstrafe (beide Strafarten nur wahlweise, nicht einzeln) sowie Einziehung androhen; für das Abgabenstrafrecht sowie das Feld- und Forstschutzrecht gelten Sonderbestimmungen (Art. 1 Abs. 2, Art. 3, 4 EGStGB vom 2. 3. 1974).

394 | Blutalkohol im Straßenverkehr. Blutprobe

Wegen der Gefährdung, die sich für den öffentlichen Verkehr durch Fahren unter Alkoholeinwirkung oder unter dem Einfluss anderer Rauschmittel ergibt, ist schon das Führen von Fahrzeugen im Verkehr in fahruntüchtigem Zustand unter Strafe gestellt. Auch wenn es nicht zu einem Unfall kommt, wird nach § 316 StGB mit Freiheitsstrafe bis zu einem Jahr oder mit Geldstrafe bestraft, wer ein Fahrzeug im Zustand der Trunkenheit führt. Hat ein Fahrzeugführer im Trunkenheitszustand oder einem sonstigen Rauschzustand andere Personen oder bedeutende fremde Sachwerte in Gefahr gebracht, wird die Gefährdung des Verkehrs höher bestraft (§§ 315 a, c, d StGB). Das Führen eines Kraftfahrzeugs trotz eines Blutalkoholgehalts von 0,5‰ oder mehr, wird in § 24 a StVG als Ordnungswidrigkeit mit Geldbuße und regelmäßig Fahrverbot bedroht, auch wenn keine Trunkenheit i.S. des § 316 StGB nachweisbar oder kein Unfall geschehen ist. Ebenso ordnungswidrig handelt wer unter dem Einfluss in der Anlage zu § 24a StVG genannten Droge (z. B. Cannabis, Heroin, Amphetamin, Kokain) ein Kraftfahrzeug führt.

Nach der Rechtsprechung des BGH (Beschluss vom 28. 6. 1990, NJW 1990, 2393) ist für Autofahrer ab 1,1‰ (früher: 1,3‰) Blutalkoholgehalt unwiderleglich absolute Fahruntüchtigkeit anzunehmen. Jedoch kann auch schon ein geringerer Alkoholgehalt die Feststellung der (relativen) Fahruntüchtigkeit begründen, wenn äußere Umstände, wie z. B. Fahren in Schlangenlinien oder sonstige Unsicherheiten in der Fahrweise, darauf hindeuten; auch bei Hinzutreten anderer Faktoren (wie Übermüdung, Krankheit, Medikamenteneinnahme) kann diese Feststellung begründet sein.

Für die Feststellung der Fahruntüchtigkeit aufgrund des Einflusses von Alkohol und anderer berauschender Substanzen bietet die Blutprobe ein wichtiges Beweismittel. Nach §§ 81 a, c StPO kann eine körperliche Untersuchung von einem Richter und, wenn eine Verzögerung den Untersuchungszweck gefährden würde, auch vom Staatsanwalt oder einem Ermittlungsbeamten der StA angeordnet werden. Sie ist bei Verkehrsunfällen i. d. R. zulässig.

Widersetzt sich ein Tatverdächtiger der Blutentnahme, so kann unmittelbarer Zwang angewendet werden; dagegen kann der sog. Alkoholtest (Blasen in ein Teströhrchen) nicht gefordert werden. Ist bei einer Person, die als Zeuge in Betracht kommt (und die kein Zeugnisverweigerungsrecht hat, §§ 52 ff. StPO), die Blutalkoholprobe zur Wahrheitsfeststellung unerlässlich, so darf unmittelbarer Zwang angeordnet werden, aber nur durch den Richter und erst dann, wenn ein nach § 70 StPO festgesetztes Ordnungsgeld erfolglos war oder wenn Gefahr im Verzug ist (§ 81 c StPO).

Die Feststellung des Alkoholgehalts im Blut wird i. d. R. zur besseren Kontrolle nach zwei Methoden (Widmark und ADH) durchgeführt. Zunehmend wird eines dieser Verfahren durch das genauere gaschromatographische (GC-)Verfahren ersetzt.

395 | Entziehung der Fahrerlaubnis. Fahrverbot

Wird jemand wegen einer rechtswidrigen Tat, die er als Führer oder im Zusammenhang mit der Führung eines Kraftfahrzeugs oder unter Verletzung der dem Führer eines Kraftfahrzeugs obliegenden Pflichten begangen hat, zu Strafe verurteilt oder nur wegen Schuldunfähigkeit freigesprochen, so entzieht ihm das Gericht die Fahrerlaubnis, wenn er sich durch die Tat als ungeeignet zum Führen eines Kraftfahrzeugs erwiesen hat; es ordnet zugleich an, dass für bestimmte Zeit (6 Monate bis 5 Jahre) oder für immer keine neue Fahrerlaubnis erteilt werden darf (Sperre). §§ 69 ff. StGB.

Als ungeeignet zum Führen von Kraftfahrzeugen sind i. d. R. Personen anzusehen, die ein Delikt der Gefährdung des Straßenverkehrs (§ 315 c StGB), der Trunkenheit im Verkehr (§ 316 StGB), des unerlaubten Entfernens vom Unfallort (§ 142 StGB) mit schwereren Folgen oder eines dieser Delikte in Volltrunkenheit (§ 323 a StGB) begangen haben.

Die vergleichsweise mildere Maßnahme gegen Kraftfahrer ist das Fahrverbot (§ 44 StGB). Wird jemand wegen einer Straftat, die er beim Führen eines Kraftfahrzeugs begangen hat, zu Freiheitsstrafe oder Geldstrafe verurteilt, so kann ihm das Gericht für die Dauer von einem bis zu drei Monaten verbieten, Kraftfahrzeuge zu führen. Dieses Fahrverbot hat nicht die Entziehung der Fahrerlaubnis zur Folge. Auch bei Verkehrsordnungswidrigkeiten, die mit Geldbuße geahndet werden können, lässt § 25 StVG ein Fahrverbot der Verwaltungsbehörde zu, wenn ein Kraftfahrer sie unter grober oder beharrlicher Verletzung seiner Verkehrspflicht begangen hat. Ein Fahrverbot soll i. d. R. verhängt werden, wenn der Täter trotz eines Blutalkoholgehalts von 0,5‰ oder Genusses von in der Anlage zu § 24 a StVO genannter Rauschmittel ein Kraftfahrzeug geführt hat; das Gleiche gilt, wenn bei einem Trunkenheitsdelikt ausnahmsweise die Entziehung der Fahrerlaubnis unterbleibt (§§ 24 a, 25 StVG, § 44 Abs. 1 Satz 2 StGB).

Eine weitere Möglichkeit zur Entziehung der Fahrerlaubnis besteht nach §§ 3, 4 StVG, §§ 40–47 FeV. Die Verwaltungsbehörde muss die Fahrerlaubnis entziehen, wenn sich jemand als ungeeignet zum Führen von Kraftfahrzeugen erweist. Die Entziehung durch die Verwaltungsbehörde wird i. d. R. angeordnet, wenn körperliche oder geistige Mängel des Inhabers der Fahrerlaubnis festgestellt werden (bei nur bedingter Eignung ist statt der Entziehung eine Beschränkung der Fahrerlaubnis zulässig). Dieses Verfahren setzt keine Straftat voraus; es kann aber z. B. eingeleitet werden, wenn (nichtverkehrsrechtliche) Straftaten die Ungeeignetheit zum Führen von Kraftfahrzeugen ergeben haben. Richtlinien zur Feststellung, ob jemand wegen wiederholter Verkehrszuwiderhandlungen zum Führen eines Kraftfahrzeugs ungeeignet ist, gibt die Anlage 13 zu § 40 der FeV vom 18. 8. 1998 (BGBl. I 2214, 2288). Die Verwaltung hat zur einheitlichen Behandlung bei ihrer Entscheidung das Punktsystem zugrunde zu legen. Danach sind z. B. zu bewerten: Trunkenheit im Verkehr oder Unerlaubtes Entfernen vom Unfallort mit 7 Punkten, Fahren ohne Fahrerlaubnis mit 6 Punkten, fahren mit einer Blutalkoholkonzentration von 0,5‰ oder mehr bzw. unter Rauschmitteleinfluss, Überschreiten der Höchstgeschwindigkeit innerorts um mehr als 40 km/h, außerorts um mehr als 50 km/h oder gefährliches Überholen oder Missachten des Rotlichts mit 4 Punkten, Missachtung der Vorfahrt mit 3 Punkten. Ergeben sich insgesamt 8 Punkte, so ist der Betroffene schriftlich zu verwarnen. Bei 14 Punkten wird ein Aufbauseminar angeordnet. Ergeben sich 18 Punkte, wird i. d. R. die Fahrerlaubnis entzogen. Das Kraftfahrt-Bundesamt informiert die zuständigen Behörden, wenn mindestens 8 Punkte im Verkehrszentralregister ➤ s. Nr. 396, erreicht werden. Kommt die Entziehung der Fahrerlaubnis wegen einer Straftat in Betracht, so hat das deswegen eingeleitete Strafverfahren den Vorrang. Will die Verwaltungsbehörde in dem von ihr eingeleiteten Entziehungsverfahren einen Sachverhalt verwerten, der Gegenstand der Urteilsfindung in einem Strafverfahren war, so darf sie in der Tatsachenfeststellung sowie in der Frage der Täterschuld und der Eignung zum Führen eines Kraftfahrzeugs von dem Urteil nicht zum Nachteil des Betroffenen abweichen. Schweigt das Urteil über die Entziehung, so hat die Verwaltungsbehörde freie Hand.

396 | Verkehrszentralregister

Auf Grund der §§ 6, 28 ff. StVG regeln die §§ 59 ff. FeV die karteimäßige Erfassung rechtskräftiger Entscheidungen der Strafgerichte und Verwaltungsbehörden, die auf Entziehung der Fahrerlaubnis, Verhängung eines Fahrverbots oder auf Geldbuße von mindestens 40 Euro für Verkehrsordnungswidrigkeiten lauten; ferner werden gerichtliche Verurteilungen wegen einer Verkehrsstraftat sowie die Versagung einer Fahrerlaubnis durch die Verwaltungsbehörde, Verzicht, Rücknahme u. dgl. vermerkt.

Das Register wird vom Kraftfahrt-Bundesamt in Flensburg geführt.

Auskunft aus dem Register erhalten nur die Gerichte und Behörden, die mit der Verfolgung von Verkehrsstraftaten oder -ordnungswidrigkeiten, mit Verwaltungsmaßnahmen auf Grund der Verkehrsgesetze u. dgl. befasst sind (§ 30 StVG) sowie der Betroffene selbst. Bestimmte Daten, wie z. B. die Versagung oder Entziehung einer Fahrerlaubnis können von den Fahrerlaubnisbehörden und der Polizei vom Verkehrszentralregister im automatisierten Verfahren abgerufen werden (§ 30 a StVG).

Die Eintragungen werden i. d. R. nach 2 Jahren bei Entscheidungen wegen einer Ordnungswidrigkeit getilgt; nach 5 Jahren bei Entscheidungen werden Straftaten, mit Ausnahme von Entscheidungen wegen Trunkenheit im Verkehr und Gefährdung des Straßenverkehrs bzw. Vollrausch und wenn eine Entziehung der Fahrerlaubnis oder eine Sperre angeordnet wurde, sonst in 10 Jahren.

397 | Strafrechtsreform

Das StGB von 1871 ging in seinem Kern auf das preuß. Gesetz von 1851 zurück; es entsprach seit langem in manchen Teilen nicht mehr fortschrittlichen Rechtsauffassungen. Bereits vor Jahrzehnten eingeleitete Reformbestrebungen brachten zunächst nur Änderungen und Ergänzungen einzelner Teile. Die seit 1953 vom Bundesjustizminister erneut eingeleiteten Vorarbeiten zu einer grundlegenden Reform und die Ergebnisse der aus Vertretern der Wissenschaft und Strafrechtspraxis gebildeten Großen Strafrechtskommission führten im Jahre 1962 zum Entwurf eines neuen StGB. der jedoch bei den Beratungen im Bundestag wesentlich umgestaltet wurde. Die bereits durch das 2. Strafrechtsreformgesetz vom 4. 7. 1969 (BGBl. I 717) eingeleitete Neufassung des Allgemeinen Teils und die Anpassung des Besonderen Teils durch das EGStGB vom 2. 3. 1974 (BGBl. I 469) sowie die Neufassung des gesamten StGB vom 2. 1. 1975 (BGBl. I 1) bildeten den Abschluss der Reformarbeiten.

Das neue StGB berücksichtigt die Entwicklung der Strafrechtswissenschaft und -rechtsprechung und bringt die geltenden Vorschriften mit den heutigen Rechtsauffassungen in Einklang (z. B. in der Frage der Schwangerschaftsunterbrechung, der Bestrafung von Sexualdelikten). Es trägt ferner der fortschreitenden Technisierung unseres Lebens (Tonbandaufnahmen, Missbrauch radioaktiver Substanzen usw.) Rechnung. Auch sind alle Strafvorschriften auf die Strafwürdigkeit der normierten Tatbestände hin überprüft worden, namentlich im Hinblick auf die Abgrenzung zum Ordnungsunrecht. Einige Reformvorschläge waren schon vorher im Wege der sog. Novellengesetzgebung verwirklicht worden, so durch das Gesetz zum

Schutz gegen Missbrauch von Tonaufnahme- und Abhörgeräten vom 22. 12. 1967 (BGBl. I 1360) und die Änderung des politischen Strafrechts durch das 8. Strafrechtsänderungsgesetz vom 25. 6. 1968 (BGBl. I 741). Das 1. Strafrechtsreformgesetz vom 25. 6. 1969 (BGBl. I 645) hat Zuchthaus, Gefängnis, Einschließung und Haft zu einer einheitlichen Freiheitsstrafe zusammengefasst und im Bereich des Sexualstrafrechts u. a. die Tatbestände des Ehebruchs, der Sodomie und der Homosexualität unter Erwachsenen beseitigt. Die Bestimmungen über Landfriedensbruch, Auflauf, Aufruhr und Widerstand gegen die Staatsgewalt sind durch das 3. Strafrechtsreformgesetz vom 20. 5. 1970 (BGBl. I 505) unter Berücksichtigung der Demonstrationsfreiheit umgestaltet und z. T. aufgehoben worden. Das (mit den Änderungen durch das EGStGB) am 1. 1. 1975 in Kraft getretene 2. Strafrechtsreformgesetz vom 4. 7. 1969 (BGBl. I 717) setzte das Mindestmaß der Freiheitsstrafe auf 1 Monat fest und sah für die Geldstrafe das Tagessatzsystem vor, bei geringen Geldstrafen die Verwarnung mit Strafvorbehalt und für Ausnahmefälle das Absehen von Strafe, wenn höchstens 1 Jahr Freiheitsstrafe verwirkt ist. Die Maßregeln der Besserung und Sicherung ➤ s. Nr. 384, wurden erweitert um die Führungsaufsicht und die Unterbringung von schwer Persönlichkeitsgestörten in einer sozialtherapeutischen Anstalt, die allerdings schon vor ihrer Umsetzung in die Praxis (vorgesehen war der 1. 1. 1985) als gerichtliche Maßnahme wieder beseitigt wurde (s. Gesetz vom 20. 12. 1984, BGBl. I 1654). Die Verjährungsfristen sind schon durch das 9. StrafrechtsÄndG vom 4. 8. 1969 (BGBl. I 1065) verlängert und für Völkermord – durch das 16. StrafrechtsÄndG vom 16. 7. 1979 (BGBl. I 1046) auch für die lebenslange Freiheitsstrafe – überhaupt gestrichen worden. Siehe hierzu seit 2002 § 5 Völkerstrafgesetzbuch.

Das 4. Strafrechtsreformgesetz vom 23. 11. 1973 (BGBl. I 1725) brachte weitgehende Änderungen im Bereich der Straftaten gegen die Sittlichkeit und gegen Ehe und Familie. Der Begriff der „Unzucht“ wurde durch den wertfreien Begriff der „sexuellen Handlungen“ ersetzt; die Strafvorschriften richten sich seither gegen die sexuelle Selbstbestimmung. Die Strafbarkeit der Verbreitung unzüchtiger Schriften ist auf den Schutz von Jugendlichen und auf andere wirklich strafwürdige Fälle beschränkt; verboten ist sadistische, pädophile und sodomitische Pornographie. Vergewaltigung u. a. schwere Sittlichkeitsdelikte sind mit strengeren Strafen bedroht.

Unter den wichtigen Neuerungen, die das EGStGB vom 2. 3. 1974 brachte, ist hervorzuheben, dass allgemein die Verhängung von Geld- neben Freiheitsstrafe gestattet ist, wenn der Täter sich durch die Tat vorsätzlich bereichert (oder dies versucht) hat. Andererseits ist die Verfolgung von Vermögensdelikten (Diebstahl, Unterschlagung, Betrug) in Bagatellfällen von einem Strafantrag ➤ s. Nr. 281, abhängig gemacht worden. Mit den Änderungen des Besonderen Teils des StGB verbindet das EGStGB eine Bereinigung und Anpassung des Nebenstrafrechts, aus dem einige Tatbestände (z. B. Geheimnisbruch) in das StGB als generelle Regelung übernommen wurden.

Eines der schwierigsten Reformvorhaben war die Lösung des strafrechtlichen Problems der Schwangerschaftsunterbrechung (§ 218 StGB). Die Änderung der Vorschrift durch das 5. StrafrechtsreformG vom 18. 6. 1974 (BGBl. I 1297) legalisierte die auch bisher in der Rechtsprechung anerkannte medizinische Indikation und erweiterte sie um die eugenische Indikation. Die darüber hinaus zugelassene Schwangerschaftsunterbrechung binnen 12 Wochen seit Empfängnis wurde vom BVerfG (BGBl. 1975 I 625) als mit dem grundgesetzlich garantierten Recht auf Leben unvereinbar erklärt. Auf Grund der vom BVerfG gegebenen, an Art. 2 Abs. 2 GG orientierten Begrenzung traf das 15. Strafrechtsänderungsgesetz vom 18. 5. 1976 (BGBl. I 1213) sodann eine neue Regelung über die Zulässigkeit des Schwangerschaftsabbruchs (nach einem Beratungsverfahren) in 4 Fällen: zur Abwendung einer Lebensgefahr oder einer schweren Gesundheitsschädigung der Schwangeren (medizinische Indikation), binnen 22 Wochen seit Empfängnis bei

Erbkrankheiten des Kindes (eugenische Indikation), binnen 12 Wochen seit Empfängnis nach schwerer Sexualstraftat (ethische Indikation) und binnen gleicher Frist zur Abwendung einer sonst nicht zu beseitigenden, unzumutbaren Notlage der Schwangeren infolge außergewöhnlicher Belastung (soziale Indikation).

Weitere wesentliche Neuerungen brachten das 16. Strafrechtsänderungsgesetz vom 16. 7. 1979 (BGBl. I 1046), durch das Mord für unverjährbar erklärt wurde, sowie das 18. Strafrechtsänderungsgesetz vom 28. 3. 1980 (BGBl. I 373), das den strafrechtlichen Schutz der Umwelt neu regelte. Das Strafaussetzungssystem wurde durch Einbeziehung der lebenslangen Freiheitsstrafe (§ 57 a StGB) im 20. Strafrechtsänderungsgesetz vom 8. 12. 1981 (BGBl. I 1329) sowie durch die Möglichkeit, die Vollstreckung des Restes der Freiheitsstrafe nach Verbüßung der Hälfte der Strafe zur Bewährung auszusetzen (23. Strafrechtsänderungsgesetz vom 13. 4. 1986, BGBl. I 393), erweitert. Durch das 23. StÄG wurde außerdem die frühere Rückfallvorschrift des § 48 StGB zugunsten des flexibleren § 46 StGB gestrichen. Zum Zweiten Gesetz zur Bekämpfung der Wirtschaftskriminalität vom 15. 5. 1986, durch das vor allem die Computerkriminalität sowie der Missbrauch von Scheck- und Kreditkarten unter Strafe gestellt wurde.

Änderungen des materiellen Strafrechts ergaben sich ferner durch das Ges. zur Bekämpfung des illegalen Rauschgifthandels und anderer Erscheinungsformen der Organisierten Kriminalität (OrgKG) vom 15. 7. 1992 (BGBl. I 1302): Einführung der Vermögensstrafe außerhalb des Tagessatzsystems (§ 43 a StGB), die durch den Wert des Tätervermögens begrenzt ist (§ 43 a StGB wurde durch Entscheidung des Bundesverfassungsgerichts vom 20. 3. 2002 (BGBl. I 1340) für nichtig erklärt; Möglichkeit des Verfalls von Gegenständen auch dann, wenn die Umstände die Annahme rechtfertigen, dass diese für rechtswidrige Taten oder aus ihnen erlangt worden sind (§ 73 d StGB); Einführung der neuen Tatbestände der Gewerbsmäßigen Bandenhehlerei (§ 260 a StGB) und der sog. Geldwäsche (§ 261 StGB) sowie verschiedene Strafschärfungen. Mit dem Gesetz über das Aufspüren von Gewinnen aus schweren Straftaten (Geldwäschegesetz – GwG) vom 25. 10. 1993 (BGBl. I 1770) soll die Organisierte Kriminalität wirksamer bekämpft werden. Es sieht vor, dass Banken, Spielbanken, Gewerbetreibende, Vermögensverwalter u. a. verpflichtet sind, bei Bargeschäften über eine Summe von 15 000 Euro oder mehr den Einzahler oder Auftraggeber zu identifizieren (§§ 2–4 GwG). Die Anzeige einer solchen Finanztransaktion und die Offenlegung des Einzahlers oder Auftraggebers soll den Strafverfolgungsbehörden die Möglichkeit geben, das Geschäft zu überprüfen und im Verdachtsfall einzuschreiten. Die Finanztransaktion darf dann nur durchgeführt werden, wenn die Staatsanwaltschaft zustimmt oder wenn nach dem Abgangstag der Anzeige zwei Werktage vergangen sind und die Durchführung nicht strafprozessual untersagt wurde (§ 11 GwG). Die wesentlichen Daten des Geschäfts müssen aufgezeichnet und zur Verwendung in einschlägigen Strafverfahren sechs Jahre aufbewahrt werden (§ 9 GwG).

Mit dem Schwangeren- und Familienhilfeänderungsgesetz vom 21. 8. 1995 (BGBl. I 1050) wurde der jahrelange Streit über die Zulässigkeit von Schwangerschaftsabbrüchen vorerst beendet. Gem. § 218 a StGB liegt ein strafbarer Abbruch nicht vor, wenn mindestens drei Tage vor dem Eingriff eine Beratung durchgeführt wurde, der Abbruch von einem Arzt vorgenommen wurde und seit der Empfängnis nicht mehr als zwölf Wochen vergangen sind. Ferner darf ein Abbruch der Schwangerschaft nach Vergewaltigung oder bei Gefahr für das Leben oder bei schwerwiegender Beeinträchtigung des körperlichen oder seelischen Gesundheitszustandes einer Schwangeren vorgenommen werden. Die vor dem Abbruch zwingend vorgeschriebene Beratung der Schwangeren soll dem Schutz des ungeborenen Lebens dienen und soll die Frau zur Fortsetzung der Schwangerschaft ermutigen (§ 219 StGB). Durch das 33. StrÄndG vom 1. 7. 1997 (BGBl. I 1607) wurden die Strafvorschriften der sexuellen Nötigung und der Vergewaltigung zusammengefasst. Seit diesem Zeitpunkt ist auch die Vergewaltigung des Ehegatten strafbar.

Das 6. Strafrechtsreformgesetz vom 26. 1. 1998 (BGBl. I 164) in Verbindung mit dem Gesetz zur Bekämpfung von Sexualdelikten und anderen gefährlichen Straftaten vom 26. 1. 1998 (BGBl. I 160) brachte Verschärfungen des Sexualstrafrechts und teilweise Strafrahmenerhöhungen im Bereich der Körperverletzungsdelikte.

Durch Gesetz vom 25. 8. 1998 (Gesetz zur Aufhebung nationalsozialistischer Unrechtsurteile, BGBl. I 2501) wurden verurteilende strafgerichtliche Entscheidungen, die unter Verstoß gegen elementare Gedanken der Gerechtigkeit nach dem 30. 1. 1933 zur Durchsetzung oder Aufrechterhaltung des nationalsozialistischen Unrechtsregimes ergangen sind, aufgehoben.

Durch das Gesetz zur Einführung der vorbehaltenen Sicherungsverwahrung vom 21. 8. 2002 (BGBl. I 3344) wurde den Gerichten die Möglichkeit eingeräumt, bei bestimmten Straftaten die Anordnung der Sicherungsverwahrung einer späteren Entscheidung vorzubehalten, wenn bei der Verurteilung selbst nicht mit hinreichender Sicherheit feststellbar ist, ob der Täter für die Allgemeinheit gefährlich ist. Mit dem Gesetz zur Einführung der nachträglichen Sicherungsverwahrung vom 23. 7. 2004 (BGBl. I 1838) wurde ferner die Möglichkeit geschaffen, unter bestimmten Umständen die Sicherungsverwahrung auch noch nachträglich anzuordnen, wenn erst während des Strafvollzugs Tatsachen erkennbar werden, die auf eine erhebliche Gefährlichkeit des Verurteilten für die Allgemeinheit hinweisen. Durch das 34. Strafrechtsänderungsgesetz vom 22. 8. 2002 (BGBl. I 3390) wurde § 129 b in das StGB eingefügt und der Anwendungsbereich der §§ 129, 129 a StGB grds. auch auf im Ausland gebildete kriminelle oder terroristische Vereinigungen erstreckt. Das 35. Strafrechtsänderungsgesetz vom 22. 12. 2003 (BGBl. I 2838) setzte den Rahmenbeschluss des Rates der EU vom 28. Mai 2001 zur Bekämpfung von Betrug und Fälschung im Zusammenhang mit unbaren Zahlungsmitteln um. Durch das zum 1. 4. 2004 in Kraft getretene Gesetz zur Änderung der Vorschriften über die Straftaten gegen die sexuelle Selbstbestimmung und zur Änderung anderer Vorschriften vom 27. 12. 2003 (BGBl. I 3007) wurden insbesondere die Strafnormen gegen den sexuellen Missbrauch von Kindern, Jugendlichen und Widerstandsunfähigen umfangreich weiterentwickelt und die Strafrahmen für den Besitz oder die Verbreitung von Kinderpornografie angehoben. Das 36. Strafrechtsänderungsgesetz vom 30. 7. 2004 (BGBl. I 2012) führte den neuen Straftatbestand der Verletzung des höchstpersönlichen Lebensbereichs durch Bildaufnahmen (§ 201 a StGB) ein. Durch das 37. Strafrechtsänderungsgesetz vom 11. 2. 2005 (BGBl. I 239) wurden die Straftatbestände gegen Menschenhandel neu gefasst, insbesondere eine Differenzierung zwischen Menschenhandel zum Zweck der sexuellen Ausbeutung und zum Zweck der Ausbeutung der Arbeitskraft durchgeführt und an die Strafnormen gegen Menschenraub angeglichen. Das 38. Strafrechtsänderungsgesetz vom 4. 8. 2005 (BGBl. I 2272) brachte eine Neuregelung des Rechts der Verfolgungsverjährung bei flüchtigen Tätern, die sich im Ausland aufhalten. Mit dem 39. Strafrechtsänderungsgesetz vom 1. 9. 2005 (BGBl. I 2674) wurden die Sachbeschädigungstatbestände reformiert; insbesondere wurde das unbefugte, nicht nur vorübergehende und nicht nur unerhebliche Beeinträchtigen des Erscheinungsbilds einer Sache, z. B. durch Graffitti-Schmierereien unter Strafe gestellt.

Ziel künftiger Reformen ist unter anderen die Verbesserung des Schutzes vor sexueller Ausbeutung (Stichworte: Hebung des Schutzalters bei Prostitution und Pornografie, Zwangsprostitution), ferner die Strafbarkeit beharrlicher, unberechtigter Nachstellungen (Stalking). Stalking ist zwischenzeitlich durch Gesetz vom 22. 3. 2007 (BGBl. I 354) strafbar.

4. Teil

Die Wirtschaft

I. Wirtschaftsrecht und Wirtschaftspolitik

401 | Begriff des Wirtschaftsrechts

Wirtschaftsrecht ist die Gesamtheit der Rechtssätze über das Verhältnis von Staat und Wirtschaft sowie über Organisation und Eigenleben der Gesamtwirtschaft, der wirtschaftlichen Verbände und sonstigen Zusammenschlüsse; es umfasst ferner die Normen, welche die Erwerbstätigkeit der einzelnen Unternehmen einschl. ihrer Zulassung sowie die Begrenzung und Lenkung ihrer Betätigung regeln.

Das **Wirtschaftsrecht** umfasst insbesondere:

a) das **Wirtschafts-Verfassungsrecht** als Ausdruck des herrschenden Wirtschaftssystems (z. B. Staats-, Plan-, freie Marktwirtschaft). Vgl. Nr. 402, 404;

b) das **Wirtschafts-Verwaltungsrecht**, das u. a. das Maß staatlicher Lenkung und Kontrolle bestimmt. In der BRep. besteht grundsätzlich Gewerbefreiheit, aber Kontrolle der Betriebe durch Gewerbeaufsichtsämter usw. sowie in verschiedenen Bereichen – z. B. Ernährungswirtschaft – eine Marktordnung (Nr. 403, 405, 407);

c) das **Wirtschaftsprozessrecht**. Vgl. z. B. das Verfahren in Landwirtschafts-, Flurbereinigungs- und Kartellsachen ➢ Nr. 427, 425, 464);

d) das **Wirtschaftsstrafrecht**, das die Ahndung von Straftaten den ordentlichen Gerichten, reine Ordnungswidrigkeiten aber dem verwaltungsbehördlichen Bußgeldverfahren zuweist ➢ vgl. Nr. 459;

e) das **Wirtschafts-Privatrecht**, das die Rechtsverhältnisse der Unternehmen regelt (z. B. Handelsrecht, Urheberrecht, Wettbewerbsrecht) ➢ vgl. Nr. 436 ff.

Die staatlichen Aufgaben auf dem Gebiet der Wirtschaftspolitik und Wirtschaftslenkung obliegen auf nationaler Ebene den Bundesministern für Wirtschaft und Technologie sowie für Ernährung, Landwirtschaft und Verbraucherschutz sowie den entsprechenden Landesministerien und den diesen nachgeordneten Aufsichtsbehörden. Allerdings ist die Wirtschaftspolitik in den vergangenen Jahrzehnten in weiten Bereichen auf die europäische Ebene verlagert worden. Zum Teil werden EU-Behörden direkt tätig (wie die Europäische Kommission auf dem Gebiet der europaweiten Fusionskontrolle), zum Teil bestehen abgestimmte Zuständigkeiten zwischen nationalen und EU-Behörden. Ein erheblicher Teil des nationalen Wirtschaftsrechts geht auf Rechtsangleichungsmaßnahmen der EU zurück.

402 | Wirtschaftspolitik, Wirtschaftsordnung

a) Begriffe

Durch seine Wirtschaftspolitik kann der Staat das Wirtschaftsleben beeinflussen. Sie kann sich z. B. auf Steigerung der Erzeugung, Erhaltung des konjunkturellen Gleichgewichts, auf sozial- und bevölkerungspolitische Ziele, auf gerechte Verteilung des Sozialprodukts oder andere Zwecke richten. Ausmaß, Art und Mittel der Wirtschaftspolitik, d. h. des staatlichen Einwirkens auf den Wirtschaftsablauf, sind für die Wirtschaftsordnung bestimmend.

Wirtschaftsordnung(-verfassung) ist die bewusst nach bestimmten gesellschaftlichen Leitideen – insbes. kollektivistischen oder individualistisch-liberalen – geschaffene Organisation des Wirtschaftslebens. Die beiden Hauptformen sind Plan(Zentralverwaltungs)wirtschaft und Marktwirtschaft. Sie kommen in reiner Form im Wirtschaftsleben praktisch nicht vor; vielmehr bildet eine von ihnen die jeweilige Grundstruktur, in die (mehr oder weniger) Elemente der anderen Wirtschaftsform hineingenommen werden; z. B. die (konjunkturell oder politisch) gelenkte Marktwirtschaft ➢ vgl. Nr. 403.

Manche Wirtschaftssysteme gaben bereits früher einseitig der Steigerung der inländischen Erzeugung den Vorrang; so der Merkantilismus (Merkantilsystem), wie er in Frankreich von Colbert, in England von Cromwell, in Preußen vom Großen Kurfürsten vertreten wurde. Der Außenhandel wurde gefördert, um eine aktive Handelsbilanz zu erreichen; im Lande wurden Handel, Verkehr und Industrie angeregt (Manufakturen, Verlagssystem).

Der Merkantilismus ist eine frühe Form des Protektionismus, d. h. einer Außenhandelspolitik, die auf den Schutz der inländischen Produzenten gegen ausländische Konkurrenz gerichtet ist, z. B. durch Schutzzölle, Erschwerung der Einfuhr mittels Einfuhrsteuern oder Verwaltungsmaßnahmen (kompliziertes Anmeldeverfahren, hohe Gebühren, strenge Sicherheits- und Kontrollvorschriften für Nahrungsmittel usw.) und andere Handelshemmnisse. Weitere Instrumente der Außenhandels- und allgemein der Außenwirtschaftspolitik sind die Unterstützung von Autarkiebestrebungen (Selbstversorgung, z. B. mit landwirtschaftlichen Erzeugnissen), Interventionen auf dem Devisenmarkt ➢ vgl. Nrn. 485, 486), Preis- oder Mengenregulierung bei Ein- oder Ausfuhr ➢ vgl. Nr. 410, 411). Der Protektionismus und alle sonstigen Hemmnisse des zwischenstaatlichen Wirtschaftsverkehrs werden im Interesse der Liberalisierung des Welthandels bekämpft insbesondere von WTO (GATT) ➢ s. Nr. 54 b) und OECD ➢ s. Nr. 51 d), die sich für das Prinzip des Freihandels mit voller Konkurrenz auf dem Welt- wie auf dem Binnenmarkt einsetzen. Die WTO wirft insbesondere der EU oft vor, ihre eigenen Märkte mit zu starkem Protektionismus abzuschotten. Tatsächlich herrscht zwar innerhalb der EU ein absoluter Freihandel, der zu einem einzigen Markt, dem „Binnenmarkt“ ➢ s. Nr. 37, geführt hat, doch nach außen bestehen mannigfaltige Schranken über Außenzölle, Anti-Dumping-Maßnahmen, Subventionierung der eigenen Produktion, insbesondere auf dem Agrarmarkt, und vieles mehr.

b) Innerstaatliche Wirtschaftsordnung

Die innerstaatliche Wirtschaftsordnung wird insbesondere durch das Maß der staatlichen Regelung, die rechtliche Stellung des Eigentums und der wirtschaftlichen Selbstverwaltungskörper, die Formen der Unternehmungen und des Wettbewerbs, den Einflussbereich des Kapitals und die soziale Stellung der Arbeitnehmer sowie die Grundsätze für die Einkommensverteilung bestimmt.

Man unterscheidet allgemein erwerbswirtschaftlich orientierte Wirtschaftssysteme, bei denen Produktionsziel nicht die Versorgung der Bevölkerung mit Gütern, sondern die Gewinnerzielung des Unternehmensträgers ist, und gemeinwirtschaftliche Ordnungen; diese werden von einer Gemeinschaft getragen und erstreben in erster Linie die Bedarfsdeckung ihrer Mitglieder.

Erscheinungsformen der beiden Wirtschaftssysteme sind:

aa) die **(freie) Marktwirtschaft**. Sie ist eine Wirtschaftsform, in der sich der Austausch von Erzeugnissen und Leistungen auf dem freien Markt nach dem Gesetz von Angebot und Nachfrage auf der Grundlage arbeitsteiliger Produktion vollzieht. Es besteht freier Wettbewerb, die Möglichkeit uneingeschränkter Entfaltung des Erwerbsstrebens; staatliche Eingriffe finden nicht statt. Dieses von der klassischen Schule der Volkswirtschaftslehre als gerechte Sozialordnung angesehene freie Spiel der Kräfte kann zu starker Entfaltung des Kapitalismus und zur Bildung monopolartiger Zusammenschlüsse (Kartelle, Syndikate usw.) führen, deren Machtstellung zum Nachteil der Gesamtwirtschaft ausgenutzt werden kann;

bb) die **gelenkte Marktwirtschaft**. Sie gesteht dem Staat gewisse Eingriffe zu, um Auswüchse des kapitalistischen Systems zu verhindern (soziale Marktwirtschaft, vgl. Nr. 404 b) oder das konjunkturelle Gleichgewicht zu erhalten (konjunkturell gelenkte Marktwirtschaft). Je stärker die staatliche Einflussnahme auf Produktion und Preisbildung ist (Dirigismus), umso mehr nähert sich die Wirtschaftsordnung der Planwirtschaft;

cc) die **Bedarfsdeckungswirtschaft**, die als die Grundform der Gemeinwirtschaft ihr Hauptziel in der Versorgung ihrer Mitglieder mit Produktionsgütern sieht. In reiner Form in den – inzwischen zahlenmäßig zurückgegangenen und auch industriell tätigen – israelischen Kibbuzim, vor allem aber in der sozialistischen Form der

dd) **Zentralverwaltungs- oder Planwirtschaft**. Diese erkennt im Gegensatz zur Marktwirtschaft das Prinzip der Selbstregulierung der wirtschaftlichen Vorgänge nicht an, sondern der Staat stellt einen Gesamtwirtschaftsplan auf, mit dem er planmäßig die Wirtschaft beeinflusst. Im System der sozialistischen Planwirtschaft sollen alle Produktionsmittel verstaatlicht, Berufs- und Arbeitsplatzwahl (weitgehend sogar die Einkommensverwendung) behördlich geregelt und der Wirtschaftsablauf nach dem Gesamtwirtschaftsplan gesteuert werden. Eine gemäßigtere sozialistische Planung verlangt nur Verstaatlichung (Sozialisierung) der für andere Wirtschaftszweige existenzwichtigen sog. Schlüsselindustrien (Energie-, Kohle-, Eisenerzeugung usw.) sowie kontrollierte Wirtschaftslenkung auf wichtigen Gebieten mit dem Hauptziel der Vollbeschäftigung, bei der stets ebenso viel Arbeit und entsprechender Lohn vorhanden sein soll, wie Arbeitsuchende zur Verfügung stehen ➢ vgl. Nr. 404.

In der häufig politisch motivierten Wirtschaftsform des Staatskapitalismus schafft sich der Staat entweder privatwirtschaftlich zusätzliche Einnahmen (neben Steuern) durch Gründung von oder Beteiligung an Wirtschaftsunternehmen, oder er benutzt solche Formen nur übergangsweise mit dem Ziel späterer Sozialisierung. Von der gemeinnützigen Wirtschaftsführung (z. B. von Siedlungsunternehmen, Krankenanstalten usw.) unterscheidet er sich durch das Gewinnstreben, von der Planwirtschaft durch das Leistungssystem und von der Sozialisierung durch die privatwirtschaftliche Form (kein Staatseigentum an Produktionsmitteln). Sofern der Staatskapitalismus im eigenen Gewinninteresse den Wettbewerb mit echten privaten Unternehmen ausschaltet, spricht man von Staatsmonopolkapitalismus („Stamokap“).

403 | Wirtschaftslenkung

Wirtschaftslenkung ist die unmittelbare Einflussnahme des Staates auf das Wirtschaftsleben. Sie ist ein echtes Mittel staatlicher Wirtschaftspolitik, soweit dadurch wirtschaftspolitische (nicht allgemeinpolitische) Zwecke verwirklicht werden sollen. Mittel der Wirtschaftslenkung sind:

a) die **Marktordnung**, d. h. Lenkung des „Marktes“ durch Einfuhr- und Zollpolitik, Einflussnahme auf Produktion und Verteilung mittels Anordnungen an Erzeuger und Händler;

b) die **Bewirtschaftung**, d. h. der Erlass von Verfügungsbeschränkungen oder Preisfestsetzungen hinsichtlich gewisser Verbrauchsgüter (vor allem in Notzeiten), um Verknappungserscheinungen zu überwinden;

c) die **Marktregelung**, d. h. absatzpolitische Maßnahmen zum Ausgleich von Angebot und Nachfrage, z. B. durch Subventionen oder durch Einwirkung auf Kartellabreden innerhalb einzelner Wirtschaftszweige.

Während vor 1914 in Deutschland keine Wirtschaftslenkung bestand und sich der Staat auf indirekte Mittel zur Beeinflussung der Wirtschaft beschränkte (z. B. Zollpolitik), nötigten die Blockade Deutschlands im 1. Weltkrieg und die angespannte Versorgungslage der folgenden Jahre zu Bewirtschaftungsmaßnahmen. Die Weltwirtschaftskrise der dreißiger Jahre machte stärkere Eingriffe der Regierung und Lenkungsmaßnahmen notwendig (Brüningsche NotVOen). Der totalitäre Staat trieb ab 1933 diese Entwicklung weiter voran. In und nach dem 2. Weltkrieg wiederholten sich Kriegswirtschaft und Nachkriegsentwicklung in noch schärferer Form als anlässlich des 1. Weltkrieges.

Nach der Währungsreform 1948 schlug das Pendel in Rückbesinnung auf freiheitliches Denken stark nach der liberalen Seite aus. Das Grundgesetz verankerte auch die wirtschaftliche Freiheit des Einzelnen und garantierte das Eigentum, aber auf der Grundlage der Sozialbindung. Damit ist die Grenze für Lenkungsvorschriften gesetzt und weder eine dirigistische noch eine liberalistische Ausartung der Wirtschaftsordnung zugelassen.

Als Maßnahme der Wirtschaftslenkung hat sich nach dem 2. Weltkrieg die Marktordnung insbesondere auf dem Sektor der Ernährungswirtschaft immer stärker entwickelt. Im Rahmen der Europäischen Gemeinschaften wird sie zunehmend für einzelne Erzeugnisse oder Erzeugnisgruppen mit der Möglichkeit der Intervention ausgebildet; dadurch soll ein ausgewogenes Verhältnis zwischen den Versorgungsinteressen der Bevölkerung und der Existenzfähigkeit der Produzenten gesichert werden. Vgl. Nrn. 404 ff., 414 ff.

404 | Die Wirtschaftspolitik der Bundesrepublik Deutschland

a) Grundsätze

Das Grundgesetz verzichtet auf einen Programmsatz und eine Entscheidung über ein bestimmtes Wirtschaftssystem. Richtungweisend ist aber Art. 2 Abs. 1 GG; danach hat jeder das Recht auf freie Entfaltung seiner Persönlichkeit, soweit er nicht die Rechte anderer verletzt und nicht gegen die verfassungsmäßige Ordnung oder das Sittengesetz verstößt. Art. 12 GG gewährleistet die freie Wahl des Berufs und des Arbeitsplatzes; doch kann die Berufsausübung durch Gesetz geregelt werden.

Für das Verbandswesen besteht Organisationsfreiheit. Es hat sich in der BRep. immer mehr entwickelt und ist namentlich im wirtschaftlichen Bereich die hervorstechendste Erscheinungsform des sog. Pluralismus (von Plural = Mehrzahl), d. h. des Bestehens und der Wirksamkeit einer Vielfalt von Verbänden und Gruppen, die auf das öffentliche Leben Einfluss nehmen. Während die Willensbildung in der Politik im Wesentlichen über das Medium der politischen Parteien ➢ s. Nr. 64, verläuft, vollzieht sie sich auf anderen Gebieten durch oft miteinander in Widerstreit stehende Vereinigungen wie Gewerkschaften und Arbeitgeberverbände, Berufsvereinigungen, Kirchen und andere Weltanschauungsgemeinschaften, Bauern-, Beamten- und Fachverbände usw. Wie die Parteien auf politischer Ebene, propagieren auch sie ihre Ziele mit Hilfe der „Massenmedien“ Hörfunk und Fernsehen, Presse usw. und gelangen nach den Grundsätzen demokratischer Willensbildung schließlich zur Gemeinsamkeit im Wege freier Vereinbarung (Tarifverträge, Mitbestimmung in Betrieben, Vertragsabschlüsse zwischen Ärzten und Krankenkassenverbänden usw.).

b) Die Wirtschaftsordnung der Bundesrepublik

Die Wirtschaftsordnung der BRep. ist die soziale Marktwirtschaft. Sie bejaht grundsätzlich das freie Spiel der Kräfte und lehnt die Planwirtschaft ab, weil sie erfahrungsgemäß die wertvollsten Antriebskräfte (Initiative, Leistungswillen, Verantwortungsbewußtsein) einengt. Entgegen dem Manchester-Liberalismus, der unbedingte Freiheit des Handels ohne irgendwelche wirtschafts- und sozialpolitische Eingriffe des Staates forderte, wird aber dem Staat auch im Wirtschaftsleben der BRep. eine wesentliche Ordnungsaufgabe zugestanden. Der Staat hat die Bedingungen und den wirtschaftsrechtlichen Rahmen zu setzen, in dem die wirtschaftlichen Entscheidungen aller am Wirtschaftsprozess Beteiligten sich in Freiheit entfalten können. Dazu gehört u. a. auch die Verhinderung des Entstehens marktbeherrschender Einflüsse. Außer dem ausgleichenden Wettbewerb werden die sozialen Anforderungen berücksichtigt; sie setzen der freien Marktwirtschaft dort eine Grenze, wo soziale und kulturelle Belange entweder dauernd oder zeitweise mit dem Grundsatz des freien Marktes in Widerspruch stehen.

c) Staatliche Eingriffs- und Lenkungsrechte

Im Rahmen der sozialen Marktwirtschaft sind die staatlichen Eingriffs- und Lenkungsrechte zunehmend auf Überwachungsrechte beschränkt worden. Mit dem Stabilitätsgesetz i. d. F. der Bek. vom 8. 6. 1967 (BGBl. I 582) hat die BRep. die staatliche Überwachungsfunktion im Interesse der Sicherung der Gesamtwirtschaft, insbesondere des Preisniveaus, des Beschäftigungsstandes und eines angemessenen Wirtschaftswachstums, intensiviert. In der konjunkturell gelenkten (globalgesteuerten) Marktwirtschaft stehen der BReg. gesetzliche und verwaltungsmäßige Maßnahmen zur Erhaltung einer gesunden Wirtschaft mit sozialem Gepräge zur Verfügung: Sperrung von Ausgabemitteln, Beschränkung der Kreditaufnahme durch die öffentliche Hand; andererseits Ausgabensteigerung bei abgeschwächter Konjunktur, Subventionen. Über solche und andere Maßnahmen zur Wahrung des Geldwertes (Konjunkturausgleichsrücklage, mehrjährige Finanzplanung, wirtschaftliche Orientierungsdaten für Gebietskörperschaften, Unternehmer und Gewerkschaften).

Die Maßnahmen der Wirtschaftspolitik stützen sich vielfach auf das aus statistischen Erhebungen gewonnene Material. Solche Erhebungen können nach dem Ges. über die Statistik für Bundeszwecke vom 22. 1. 1987 (BGBl. I 462) durch Bundesgesetz, in begrenztem Rahmen auch durch RechtsVO der BReg. angeordnet werden. Sie dienen i. d. R. der Vorbereitung von gesetzlichen oder allgemeinen Verwaltungsmaßnahmen. Sie sind geregelt z. B. für Binnenhandel, Außenhandel, Handwerk, Produktion in Gewerbe und Industrie, Dienstleistungen Landwirtschaft (s. hierzu Agrarstatistikgesetz i. d. F. der Bek. vom 8. 8. 2002 [BGBl. I 3118]), Finanzen und Steuern, Bevölkerung und Erwerbsleben (Mikrozensus), s. Mikrozensusgesetz 2005 vom 24. 6. 2004 (BGBl. I 1350), Löhne u. a. m. Alle natürlichen und juristischen Personen, Behörden und Einrichtungen sind zur wahrheitsgemäßen Beantwortung der gestellten Fragen verpflichtet. Nach dem Mikrozensusgesetz (s. o.) werden in den Jahren 2005 bis 2012 Erhebungen auf repräsentativer Grundlage über die Bevölkerung und den Arbeitsmarkt sowie die Wohnsituation der Haushalte durchgeführt.

d) Bruttoinlandsprodukt und Bruttonationaleinkommen

Seit der im Zuge der Anpassung an das Europäische System Volkswirtschaftlicher Gesamtrechnung im Jahr 1999 erfolgten Umstellung der statistischen Methodik sind das **Bruttoinlandsprodukt** und das **Bruttonationaleinkommen** (früher Bruttosozialprodukt) die zentralen statistischen Kenngrößen für die wirtschaftliche Lage eines Landes.

Das **Bruttoinlandsprodukt** (zu Marktpreisen) ist ein Maß für die wirtschaftliche Leistung einer Volkswirtschaft in einem bestimmten Zeitraum. Es ist die wichtigste Größe der Volkswirtschaftlichen Gesamtrechnungen. Es errechnet sich aus dem von allen Produzenten der einzelnen Wirtschaftsbereiche erbrachten Produktionswert, bereinigt um Vorleistungen (= unbereinigte Bruttowertschöpfung zu Herstellungspreisen) abzüglich einer unterstellten Zinsspanne der Kreditinstitute (= bereinigte Bruttowertschöpfung zu Herstellungspreisen). Hierzu werden die Gütersteuern (z. B. Tabak-, Mineralöl- und Mehrwertsteuer) addiert, die Gütersubventionen werden abgezogen.

Das Bruttoinlandsprodukt in Deutschland betrug (in jeweiligen Preisen saison- und kalenderbereinigt) im Jahr 2002 2 146,3 Mrd. Euro, 2003 2 164,4 Mrd. Euro, 2004 2 199,6 Mrd. Euro und 2005 2 237,5 Mrd. Euro.

Das **Bruttonationaleinkommen** (zu Marktpreisen – bisher Bruttosozialprodukt) entspricht dem Bruttoinlandsprodukt abzüglich der an die übrige Welt geleisteten Primäreinkommen (empfangene Arbeitnehmerentgelte, Produktions- und Importabgaben abzüglich Subventionen, per saldo empfangene Vermögenseinkommen, Bruttobetriebsüberschuss und Bruttoselbständigeneinkommen), zuzüglich der aus der übrigen Welt von inländischen Wirtschaftseinheiten bezogenen Primäreinkommen. Es erfasst wirtschaftliche Vorgänge aller Gebietsansässigen, unabhängig von deren Staatsangehörigkeit und der Rechtsform.

Das Bruttonationaleinkommen in Deutschland betrug im Jahr 2002 2 116,6 Mrd. Euro, 2003 2 145,77 Mrd. Euro, 2004 2 209,4 Mrd. Euro und 2005 2 248,16 Mrd. Euro.

405 | Die Wirtschaftsordnung und -politik der EU

Die Wirtschaftspolitik der EU beruht auf dem Grundsatz einer offenen Marktwirtschaft mit freiem Wettbewerb; gemäß Art. 2 EGV werden insbesondere eine harmonische, ausgewogene und nachhaltige Entwicklung des Wirtschaftslebens angestrebt, ein hohes Beschäftigungsniveau, ein hohes Maß am sozialen Schutz, ein beständiges nichtinflationäres Wachstum, sowie ein hoher Grad von Wettbewerbsfähigkeit und Konvergenz der einzelnen Wirtschaftsleistungen.

In Art. 98 bis 100 EGV verpflichten sich die Mitgliedstaaten, ihre jeweilige Wirtschaftspolitik so auszurichten, dass sie zur Verwirklichung dieser Ziele beiträgt, sowie die Wirtschaftspolitik als Angelegenheit von gemeinsamem Interesse anzusehen. Vorgesehen ist, dass die nationalen Politiken eng koordiniert werden, was insbesondere für die Funktionsweise der Europäischen Währungsunion ➢ s. Nr. 480, unabdingbare Voraussetzung ist.

Um eine solche Verklammerung der Wirtschaftspolitiken aller Mitgliedstaaten zu erreichen, sind bestimmte Mechanismen (gemeinsame Zielvorgaben, regelmäßiger Informationsaustausch, Frühwarnsysteme u. ä.) vorgesehen, deren Einhaltung vom Rat der Wirtschafts- und Finanzminister aller Mitgliedstaaten überwacht wird; dieser gibt die Leitlinien vor und hat die Kompetenz, in Krisenzeiten konkrete Empfehlungen an einzelne Länder auszusprechen. Für Notfälle sind im Übrigen auch gegenseitige finanzielle Beistandsregelungen vorgesehen.

406 | Lenkungsvorschriften, Bewirtschaftungsmaßnahmen

a) Lenkungsvorschriften und -maßnahmen

Eine einheitliche Regelung für Lenkungsmaßnahmen des Bundes, die zulässig sind ➢ vgl. 404 c), besteht nicht, wenn man vom Stabilitätsgesetz ➢ Nr. 485 b, absieht. Die Lenkungsvorschriften sind vielmehr in zahlreichen Einzelgesetzen enthalten, die voneinander unabhängig sind. Man kann sie etwa folgendermaßen gruppieren:

aa) Allgemein gültig für die Bereiche der gewerblichen und der Ernährungswirtschaft sind

- das Preisgesetz vom 10. 4. 1948, das allerdings nur noch für einzelne Wirtschaftsbereiche gilt, sowie weitere Preisvorschriften (vgl. Nr. 407);
- die VO über Auskunftspflicht i. d. F. der Bek. vom 13. 7. 1923 (RGBl. I 699, 723).

Sie ermächtigt die BReg., die obersten Landesbehörden und die von diesen bestimmten Stellen, Auskunft über wirtschaftliche Verhältnisse von Unternehmungen oder Betrieben zu verlangen. Zu diesem Zweck können Abschriften, Auszüge und Zusammenstellungen aus Geschäftsbüchern gefordert, diese eingesehen sowie Betriebseinrichtungen und Geschäftsräume besichtigt werden;

- die Bestimmungen über Ein- und Ausfuhr (➢ vgl. Nr. 410, 411).

bb) Für die gewerbliche Wirtschaft bestehen insbesondere folgende Lenkungsvorschriften:

- Art. 3 und 8 des Gesetzes über das Bundesamt für Wirtschaft vom 9. 10. 1954 (BGBl. I 281). Mit Gesetz vom 21. 12. 2000 (BGBl. I 1956) wurde das Bundesamt für Wirtschaft unter der Bezeichnung Bundesamt für Wirtschaft und Ausfuhrkontrolle mit dem Bundesausfuhramt zusammengelegt.

Das Bundesamt (Bundesoberbehörde, Sitz Eschborn/Ts.) hat die Aufgabe, auf den Gebieten der Einfuhr, der Ausfuhr (einschließlich der ausfuhrähnlichen Lieferungen von Waren an ausländische Staaten und internationale Organisationen) die Rechtsvorschriften über den Waren-, Dienstleistungs- und Zahlungsverkehr auszuführen, soweit eine zentrale Erledigung erforderlich ist (Art. 3). Es hat die ihm übertragenen Aufgaben gemäß den marktwirtschaftlichen Grundsätzen der Wirtschaftspolitik durchzuführen;

- die Gesetze über Groß- und Einzelhandel, Versicherungs-, Verkehrs-, Kreditwesen, Energiewirtschaft und andere Spezialgesetze ➢ vgl. Nrn. 419, 431, 455 und 477 ff.

cc) Als Sonderrecht für die Ernährungswirtschaft bestehen die Gesetze der landwirtschaftlichen Marktordnung (➤ vgl. Nr. 408, 410, 415, 416, 424 ff.).

Die Lenkungsvorschriften bestehen zur Zeit in:

- Einzugs- und Absatzregelungen im Milch- und FettG;
- Marktzwang für Vieh nach § 7 des Vieh- und FleischG;

Zu den Lenkungsvorschriften gehören weiter die Vorschriften über Vorratshaltung, Mindestgüteanforderungen (vgl. Handelsklassen, ➤ Nr. 424; Textilkennzeichnung und die Festsetzung von Zahlungs- und Lieferungsbedingungen, Verarbeitungs- und Handelsspannen.

Für die Vorratshaltung sorgt die Bundesanstalt für Landwirtschaft und Ernährung mit ihrer Zentrale in Bonn. Sie ist außerdem Marktordnungsstelle für zahlreiche in der EU bestehenden gemeinsamen Marktorganisationen, und als solche bei der Intervention von Waren, der privaten Lagerhaltung und bei Beihilfemaßnahmen tätig.

Das Erdölbevorratungsgesetz i. d. F. der Bek. vom 6. 4. 1998 (BGBl. I 679) soll die Versorgung mit Benzin, Heizöl, Petroleum usw. sicherstellen. Hierfür ist der Erdölbevorratungsverband mit Sitz in Hamburg erreichtet.

Das Ziel des Ernährungsvorsorgegesetzes vom 20. 8. 1990 (BGBl. I 1766) ist die Sicherung einer ausreichenden Versorgung mit Erzeugnissen der Ernährungs- und Landwirtschaft für den Fall einer Versorgungskrise.

b) Bewirtschaftungsmaßnahmen

Bewirtschaftungsmaßnahmen sind vor allem in Zeiten kriegsbedingter Verknappung der Konsumgüter notwendig. Mit dem Abklingen der nach dem 2. Weltkrieg besonders fühlbaren Mangellage seit der Währungsreform 1948 verlor die Bewirtschaftung zunehmend an Bedeutung.

Das Energiesicherungsgesetz 1975 i. d. F. der Bek. vom 20. 12. 1974 (BGBl. I 3681) ermächtigt die BReg. für den fall der Gefährdung oder Störung des lebenswichtigen Energiebedarfs, die nicht oder unter besonderen Schwierigkeiten durch marktgerechte Mittel zu beheben sind, Produktion von und Verkehr mit Erdöl, Benzin, elektrischer und sonstiger Energie zu rationieren; auch können zur Erfüllung internationaler Verpflichtungen Bestimmungen über Einfuhr, Ausfuhr und Abgabe von Erdöl(erzeugnissen) erlassen werden. Dazu VerfahrensO zur Festsetzung von Entschädigung und Härteausgleich vom 16. 9. 1974 (BGBl. I 2330). S. a. die VOen zur Sicherung der Versorgung mit Elektrizität und Gas sowie über Lieferbeschränkungen für Kraftstoff und Heizöl in Versorgungskrisen i. d. F. der Bek. vom 26. 4. 1982 (BGBl. I 514, 517, 520, 536) und MineralölausgleichsVO vom 13. 12. 1985 (BGBl. I 2267).

Ergänzende Regelungen sollen dem vermeidbaren Energieverbrauch entgegenwirken. Das Energieeinsparungsgesetz i. d. F. der Bek. vom 1. 9. 2005 (BGBl. I 2684) ermächtigt die BReg., zwecks Vermeidung von Energieverlust mit Zustimmung des BR durch RechtsVO Anforderungen an Wärmeschutz bei Einrichtung von Gebäuden sowie den Einbau energiesparender Heizungs- und Versorgungsanlagen festzulegen und die Verteilung der Betriebskosten auf die Benutzer entsprechend ihrem Verbrauch vorzuschreiben. S. dazu VO über energiesparenden Wärmeschutz und energieeinsparenden Anlagentechnik bei Gebäuden (EnEV) i. d. F. der Bek. vom 2. 12. 2004 (BGBl. I 3146). Die HeizkostenVO i. d. F. der Bek. vom 20. 1. 1989 (BGBl. I 115) verpflichtet die Eigentümer zentralbeheizter Gebäude, die Räume mit Vorrichtungen zur Verbrauchserfassung und Verteilung der Kosten für Wärme und Warmwasser zu versehen; die Kosten sind dem Verbrauch der Raumnutzer entsprechend aufzuteilen. Nach dem Energieverbrauchskennzeichnungsgesetz vom 30. 1. 2002 (BGBl. I 570) kann durch RechtsVO festgelegt werden, dass bei Geräten und Kraftfahrzeugen Angaben zum Energieverbrauch zu machen sind, ebenso können Höchstwerte für den Verbrauch festgesetzt werden.

Über die Gesetze, die im Verteidigungsfall die Versorgung der Bevölkerung und die Aufrechterhaltung von Wirtschaft und Verkehr sicherstellen sollen (Ernährungs-, Wirtschafts-, Verkehrs-, Wassersicherstellungsgesetz), ➢ vgl. Nr. 183 v) dd).

407 | Preisregelung, Preisüberwachung

a) Das Übergangsgesetz über Preisbildung und Preisüberwachung (Preisgesetz) vom 10. 4. 1948 (WiGBl. 27) gilt nach dem Gesetz vom 29. 3. 1951 (BGBl. I 223) bis zum Inkrafttreten eines neuen Preisgesetzes weiter. Gesetzliche Preisbindungen bestehen im Hinblick auf die Entwicklung der Marktwirtschaft nur noch auf vereinzelten Gebieten, so z. B. im Gesundheitsbereich, bei Büchern (Buchpreisbindungsgesetz vom 2. 9. 2002, BGBl. I 3448) und bei Sozialwohnungen.

b) Mietpreis

Eine Mietpreisbindung besteht im Kern nur noch für mit öffentlichen Mitteln geförderte Wohnungen des sozialen Wohnungsbaus (Sozialwohnungen). Für **Sozialwohnungen** kann nach dem Wohnungsbindungsgesetz i. d. F. der Bek. vom 13. 9. 2001 (BGBl. I 2404) und dem Wohnraumförderungsgesetz (➢ s. Nr. 422 b) nur eine vorab festgelegte Höchstmiete gefordert werden. Im Übrigen gilt die NeubaumietenVO 1970 i. d. F. der Bek. vom 12. 10. 1990 (BGBl. I 2204) und – soweit die Wirtschaftlichkeit, Wohnfläche oder Aufwendungen zu berechnen sind – die 2. BerechnungsVO. Zum sozialen Wohnungsbau sowie zur Föderalismusreform in diesem Bereich ➢ vgl. im Übrigen Nr. 422.

Um angesichts der steigenden Mietpreise Härten zu vermeiden, gewährt das **Wohngeldgesetz** i. d. F. der Bek. vom 7. 7. 2005 (BGBl. I 2029) auf Antrag einen Miet- oder Lastenzuschuss für Einkommensschwache zur wirtschaftlichen Sicherung angemessenen und familiengerechten Wohnens (§§ 1, 2). Dieses und der Zuschuss werden auf Grund einer Staffelung nach Familienstand, Einkommen, Größe der Gemeinde und Art der Wohnung errechnet (berücksichtigungsfähig z. B. für einen 4-Personen-Haushalt in einer Millionenstadt bei Neubauwohnungen eine Miete bis 630 Euro (§ 8). Die Höhe des Wohngelds ist den Anlagen 1–7 des Wohngeldgesetzes zu entnehmen. Kein Anspruch insbes., wenn wohngeldgleiche Bezüge aus öffentlichen Kassen gewährt werden oder wenn die Inanspruchnahme missbräuchlich wäre (§ 18). Ausgeschlossen von Wohngeld sind Empfänger bestimmter Sozialleistungen (z. B. Arbeitslosengeld II), bei deren Berechnung Kosten der Unterkunft berücksichtigt sind (§ 1). Bewilligung i. d. R. für 12 Monate (§ 27); Zuständigkeit nach Landesrecht. Bei Ablehnung steht der Verwaltungsrechtsweg offen. Vgl. ferner WohngeldVO i. d. F. der Bek. vom 19. 10. 2001 (BGBl. I 2722) über Wohngeld-Mietenermittlung und -Lastenberechnung.

c) Eine **Preisangabepflicht** begründen das Preisangabengesetz i. d. F. der Bek. vom 3. 12. 1984 (BGBl. I 1429) und die PreisangabenVO i. d. F. der Bek. vom 18. 10. 2002 (BGBl. I 4197), besonders für das Anbieten von Waren und Leistungen, im Handel, in der Werbung, bei Krediten, im Gaststättengewerbe und bei Tankstellen. Die Preisangabe muss die Umsatzsteuer und sonstige Preisbestandteile enthalten (Endpreis). Ferner muss angegeben werden, ob Liefer- oder Versandkosten anfallen. Neben dem Endpreis beim Vertrieb bestimmter Waren ist auch jeweils der Preis pro Mengeneinheit (Grundpreis) zu verzeichnen.

d) Wegen **Preisüberhöhung** handelt ordnungswidrig und ist verfolgbar, wer vorsätzlich oder leichtfertig in befugter oder unbefugter Betätigung in einem Beruf oder Gewerbe für Gegenstände oder Leistungen des lebenswichtigen Bedarfs Entgelte fordert, verspricht, vereinbart, annimmt oder gewährt, die infolge einer Beschränkung des Wettbewerbs oder infolge der Ausnutzung einer wirtschaftlichen Machtstellung oder einer Mangellage unangemessen hoch sind. Auch das Fordern, Sichversprechenlassen oder Annehmen unangemessen hoher Entgelte für Vermieten von Wohnräumen ist Ordnungswidrigkeit (§§ 4–6 WirtschaftsstrafG 1954 i. d. F. der Bek. vom 3. 6. 1975, BGBl. I 1313).

408 | Ernährungswirtschaftliche Marktordnung

Auf dem **Agrarsektor** ist das Prinzip der freien Marktwirtschaft besonderen Einschränkungen unterworfen, um einerseits die Versorgung der Bevölkerung zu sichern und andererseits die eigene Landwirtschaft existenzfähig zu erhalten. Hier besteht ein System staatlicher Eingriffsbefugnisse durch Preisfestsetzung, Marktintervention, Einfuhrlenkung, Monopole und Maßnahmen zur gleichmäßigen Güterverteilung, welches mittlerweile praktisch ausnahmslos auf den Rechtsakten der EU beruht ➢ zur gemeinsamen Agrarpolitik s. Nr. 415.

409 | Der Verbraucherpreisindex

Der Verbraucherpreisindex ist Maßstab für die Betroffenheit der Gesamtheit aller privaten Haushalte in Deutschland von Preisveränderungen und somit wichtiger Indikator für die Geldwertstabilität; er wird daher als Inflationsmaßstab verwendet. Die Veränderungsrate wird häufig auch als „Inflationsrate“ bezeichnet. Der Verbraucherpreisindex dient vielfach auch als Kompensationsmaßstab in Form von Wertsicherungsklauseln ➢ vgl. Nr. 479 c), und wird auch zur Berechnung des realen Wachstums herangezogen.

Für die Ermittlung des Verbraucherpreisindex, der ein sog. Laspeyres-Preisindex mit festem Basisjahr ist, werden monatlich die Anschaffungspreise (einschließlich Mehrwertsteuer und Verbrauchssteuern abzüglich gewährter Preisnachlässe) für ca. 750 Waren und Dienstleistungen eines bestimmten Warenkorbs (z. B. bestimmte Lebensmittel, Bekleidung, Mieten, langlebige Gebrauchsgüter, Friseur, Reinigung, Versicherungen) in deutschlandweit 190 Gemeinden und aus etwa 40 000 Berichtsstellen sowie unter Zuhilfenahme weiterer statistischer Daten ermittelt. Die einzelnen Waren und Dienstleistungen werden gemäß ihrer haushaltsbezogenen Verbrauchsbedeutung aufgrund eines sog. Wägeschemas gewichtet. Die Gewichte (Wägungsschema, Warenkorb) werden alle 5 Jahre aktualisiert. Der Verbraucherpreisindex soll nur reine Preisveränderungen abbilden, was durch verschiedene Qualitätsbereinigungsmaßnahmen in der Berechnungsmethodik erreicht wird.

Um die Preisveränderungsraten zwischen den EU-Mitgliedsstaaten miteinander vergleichen zu können, wird zusätzlich nach EU-einheitlichen Vorgaben ein sog. harmonisierter Verbraucherpreisindex ermittelt. Er dient im Rahmen der Europäischen Währungsunion auch zur Messung des Konvergenzkriteriums „Preisstabilität".

Der harmonisierte Verbraucherpreisindex (Basisjahr 2005 = 100%) betrug im Jahr 2000 92,4%, 2001 94,1%, 2002 95,4%, 2003 96,4%, 2004 98,1%, 2005 100% und 2006 101,8%.

Das Statistische Bundesamt (www.destatis.de) veröffentlicht in den Statistischen Jahrbüchern auch Preisindices für einzelne Wirtschaftsbereiche, z.B. für Produktion und Großhandel, Einzelhandel, Ein- und Ausfuhr, und Baupreise. Statistische Daten über die Verhältnisse in allen Mitgliedsländern der EU liefert in großem Umfang das Statistische Amt der Gemeinschaft (EUROSTAT) mit Sitz in Luxemburg. Die Erhebungen sind überwiegend im Internet abrufbar (http://www.europa.eu.int).

410 | Die Einfuhr (der Import)

Die Einfuhr ist nach dem Außenwirtschaftsgesetz (Nr. 412) das Verbringen von Sachen und Elektrizität in das inländische Wirtschaftsgebiet (von außerhalb der EU). Sie ist im Rahmen einer Einfuhrliste (Anlage zum AWG) für Gebietsansässige genehmigungsfrei. Auch für andere Einfuhren ist durch RechtsVO weitgehende Befreiung von der Genehmigungspflicht erteilt worden. Für diese wie für Einzelgenehmigungen sind handelspolitische Gesichtspunkte maßgebend; deshalb sind Begrenzungen der Einfuhrmenge, des Verwendungszwecks u.a. Beschränkungen zugelassen (§§ 10, 12, 13 AWG). Das Einfuhrverfahren ist in §§ 22ff. der AußenwirtschaftsVO geregelt. Innerhalb der EU bestehen grds. keinerlei Einfuhrbeschränkungen; die Mitgliedstaaten bilden untereinander einen Binnenmarkt ➢ s. Nr. 37 b).

Die Einfuhr wird auch durch Zollmaßnahmen gelenkt (wobei übrigens der Einfuhrbegriff ein anderer ist als nach dem AWG). So können, um die heimische Wirtschaft zu schützen, sog. Schutzzölle vorgesehen werden. In ähnlicher Weise wirken devisenrechtliche Bestimmungen auf die Einfuhrmöglichkeiten ein. Über die Zuständigkeit des Bundesamts für Wirtschaft und Ausfuhrkontrolle für Ein- und Ausfuhrregelung ➢ vgl. Nr. 406, über das Verhältnis von Import und Export der BRep. (Außenhandelsbilanz) ➢ vgl. Nr. 411.

Auf dem Gebiet der Ernährungswirtschaft bestehen Vorschriften für die Einfuhr nach den Marktgesetzen für Milch und Fett sowie für Vieh und Fleisch. Die Überwachung der Einfuhr ist der Bundesanstalt für Landwirtschaft und Ernährung (Nr. 406) übertragen.

411 | Die Ausfuhr (der Export)

Die Ausfuhr deutscher Waren in das Ausland erstreckt sich vor allem auf industrielle Fertigerzeugnisse. Sie wird als wirtschaftlicher Gegenwert für die notwendige Einfuhr von Lebensmitteln und Rohstoffen staatlich gefördert (so z.B. bei der Umsatzsteuer, ➢ Nr. 549 e), zumal ein erweiterter Außenhandel den Lebensstandard der Bevölkerung verbessert. Die Ausfuhr ist grundsätzlich genehmigungsfrei, kann aber, wenn sie in Nicht-EU-Mitgliedstaaten erfolgt, auf Grund des Außenwirtschaftsgesetzes beschränkt werden (➢ vgl. Nr. 412, auch über das Genehmigungsverfahren). Im Interesse der Steigerung der Ausfuhr kann die BReg. Sicherheitsleistungen und Gewährleistungen im Ausfuhrgeschäft etwa sog. Hermes-Bürgschaften (Ausfuhrkreditversicherungen) übernehmen.

Die Förderung des Außenhandels liegt im dringendsten Interesse aller Handel treibenden Länder. Durch den Außenhandel sollen die Vorzüge der internationalen Arbeitsteilung im Wege des Güteraustauschs zum Zuge kommen. Deutschland stellt hauptsächlich Verbrauchsgüter oder industrielle Ausrüstungen für das Ausland her und bezieht im Austausch dafür fremde Verbrauchsgüter oder, was noch wichtiger ist, Rohstoffe für die Ernährung oder die industrielle Produktion. Angesichts der knappen Rohstoffdecke, die in der BRep. zur Verfügung steht, und der Unmöglichkeit, die Bevölkerung aus der eigenen landwirtschaftlichen Erzeugung zu versorgen, hat der Außenhandel für die BRep. lebenswichtige Bedeutung. Der deutsche Außenhandel weist entsprechend der wirtschaftlichen Struktur einen hohen Ausfuhranteil arbeitsintensiver Erzeugnisse und einen hohen Einfuhranteil landwirtschaftlicher und industrieller Rohstoffe aus.

Außenhandelsbilanz der BRep. 2005
(lt. Statistisches Bundesamt; Angaben in Mrd. Euro)

	Import	Export	Überschuss
Gesamter Außenhandel	628,1	786,3	158,2 Export-Überschuss

Die Außenhandelsbilanzen zeigten bisher ein Anwachsen des Anteils der spezialisierten Fertigerzeugnisse an der Ausfuhr, so dass die BRep. einen vorderen Platz in der Reihe der Welthandelsländer einnimmt.

412 | Außenwirtschaft

Das Außenwirtschaftsgesetz (AWG) i.d.F. der Bek. vom 26. 6. 2006 (BGBl. I 1386) geht für die staatliche Kontrolle des Wirtschaftsverkehrs mit dem Ausland (außerhalb der EU) von einem grundsätzlich **freien Außenwirtschaftsverkehr** aus. Das AWG ist ein Rahmengesetz. Es enthält Vorschriften über Beschränkungen und Genehmigungen, Warenverkehr, Dienstleistungs- und Kapitalverkehr sowie Verkehr mit Gold, Mitwirkung der Deutschen Bundesbank, Straf-, Bußgeld- und Überwachungsvorschriften. Die Außenwirtschaftsverordnung (AWV) enthält Ausführungsbestimmungen insbes. zur Warenaus- und -einfuhr, für den Transithandel, den Dienstleistungs-, Kapital- und Zahlungsverkehr sowie eine Ausfuhrliste und gilt jetzt i.d.F. vom 10. 7. 2006 (BAnz. Nr. 132, 5093).

Unter Außenwirtschaft versteht man alle wirtschaftlichen Beziehungen einer nationalen Wirtschaftseinheit zur übrigen Welt. In der Gesamtwirtschaft eines Staates nimmt der Außenhandel, der in der gesamten Einfuhr und Ausfuhr erscheinende Warenaustausch, die wichtigste Rolle ein.

Seit 1970 gilt jedoch das Außenwirtschaftsrecht – mit Ausnahmen – nur noch im Verhältnis der Mitgliedstaaten der Europäischen Union zu Drittländern. Innerhalb der EU dagegen ist das Gemeinschaftsrecht maßgebend ➢ s. Nr. 413.

Das Außenwirtschaftsgesetz definiert die im Außenhandel verwendeten Begriffe wie Wirtschaftsgebiet, Gemeinschaftsgebiet, Drittländer, Gebietsansässige sowie Gebietsfremde, Gemeinschaftsansässige und Gemeinschaftsfremde, Auslandswerte, Waren, Ausfuhr, Einfuhr, Durchfuhr usw. (§ 4). Es sieht allgemeine Beschränkungsmöglichkeiten (durch Rechtsverordnung) für Rechtsgeschäfte und Handlungen im Außenwirtschaftsverkehr zwecks Erfüllung zwischenstaatlicher Vereinbarungen, zur Abwehr schädigender Einwirkungen aus fremden Wirtschaftsgebieten und zum Schutz der Sicherheit und der auswärtigen Interessen vor (§§ 5–7). Der BMWi kann im Einvernehmen mit dem AA und dem BMF (hinsichtlich Maßnahmen im Zahlungsverkehr, Kapitalverkehr bzw. mit Gold im benehmen mit der Bundesbank) auch im Einzelfall, also nicht nur allgemein durch VO, die notwendigen Beschränkungen von Rechtsgeschäften oder Handlungen im Außenwirtschaftsverkehr anordnen (§ 2 Abs. 2 AWG); die Anordnung tritt jedoch außer Kraft, wenn sie nicht innerhalb von 6 Monaten durch eine VO bestätigt wird. Die besonderen Beschränkungsmöglichkeiten betreffen jeweils nur einen einzelnen Bereich des Außenwirtschaftsverkehrs. So ist die Einfuhr von Waren grds. genehmigungsfrei, es sei denn, die Einfuhrliste sieht eine Genehmigung oder Überwachung vor (§ 10). Die Warenausfuhr kann durch RechtsVO beschränkt werden (§ 8; vgl. auch §§ 5–7 AWV). Der Kapitalverkehr ist grundsätzlich frei, unterliegt jedoch einzelnen Beschränkungen und Meldepflichten (vgl. hierzu §§ 51 ff. AWV). Durch VO können besondere Meldepflichten bezüglich Waren und Technologien im kerntechnischen, biologischen oder chemischen Bereich angeordnet werden (§ 26 a).

Für die Erteilung von Genehmigungen (Verwaltungsakt) sind die von den Landesregierungen bestimmten Behörden zuständig, im Bereich des Kapital- und Zahlungsverkehrs sowie des Verkehrs mit Auslandswerten und Gold die Bundesbank, für Rechtsgeschäfte über den Erwerb bestimmter Unternehmen (insbesondere aus dem Rüstungs- und Kryptografiebereich) bzw. Anteilen hieran aus sicherheitspolitischen Gründen das BMWi im Einvernehmen mit dem BMVg. bzw. dem AA und evtl. dem BMI, im Rahmen des Waren- und Dienstleistungsverkehrs oder der ernährungswirtschaftlichen Marktorganisation, das im Geschäftsbereich des BMWi errichtete Bundesamt für Wirtschaft und Ausfuhrkontrolle (BAFA) (besonders in Fällen außen- oder sicherheitspolitischer Bedeutung), das Bundesamt für Landwirtschaft- und Ernährung oder die Bundesanstalt für landwirtschaftliche Marktordnung ➤ s. Nr. 406, je für ihren Bereich. Durch RechtsVO kann die Zuständigkeit zur Genehmigung dem Bundesamt für Wirtschaft und Ausfuhrkontrolle, dem Bundesamt für Landwirtschaft und Ernährung und dem BMV für gewisse Bereiche zugewiesen werden (§ 28 Abs. 2 b und 3). Die Genehmigung bedarf der Schriftform; sie wird nur auf Antrag erteilt und kann mit Befristungen, Bedingungen, Auflagen oder Widerrufsvorbehalten verbunden werden (§ 30). Ein ohne die erforderliche Genehmigung vorgenommenes Rechtsgeschäft ist unwirksam, wird aber durch nachträgliche Genehmigung vom Zeitpunkt seiner Vornahme ab wirksam (§ 31).

Nach der Strafvorschrift des § 34 AWG können z. B. Ausfuhren, die entgegen gesetzlichen Verboten vorgenommen werden oder ohne Genehmigung vorgenommene Ausfuhren besonders sensitiver Waren oder technischer Unterlagen mit Freiheitsstrafe bis zu 5 Jahren bestraft werden.

Der **zwischenstaatliche Zahlungsverkehr** (Zahlungen nach dem Ausland oder an Ausländer, Entgegennahme von Zahlungen aus dem Ausland oder von Ausländern) bleibt grundsätzlich genehmigungsfrei. Doch sind für Leistung und Entgegennahme von Zahlungen Meldevorschriften als Grundlage für die Erstellung einer Zahlungsbilanz und für die Beobachtung des Zahlungsverkehrs ergangen (§§ 59–69 AWV).

Eine Ausfuhrsperre (Ausfuhrverbot, **Embargo** – span. = Zurückhalten von Schiff und Ladung) kann aus wirtschaftlichen oder politischen Gründen angeordnet werden.

Über die Außenhandelsbilanz der BRep. ➤ vgl. Nr. 411. Eine wichtige Rolle spielt die Erhaltung des außenwirtschaftlichen Gleichgewichts. Die hierauf gerichteten

Maßnahmen müssen auf die Verflechtung der internationalen Wirtschaft und die Erhaltung der Stabilität der europäischen und ausländischen Währungen im Rahmen des multilateralen Zahlungssystems ➢ Nr. 486, Rücksicht nehmen. Statistische Erhebungen zur Beobachtung der Außenwirtschaft werden nach dem Gesetz über die Statistik des grenzüberschreitenden Warenverkehrs vom 1. 5. 1957 (BGBl. I 1993) nebst DVO i. d. F. der Bek. vom 29. 7. 1994 (BGBl. I 203) angestellt.

413 | Die Außenhandelspolitik der EU

Der Handelsverkehr der EU mit Drittstaaten ist überwiegend in den Vorschriften zur Gemeinsamen Handelspolitik (Art. 131–134 und 177–181 EGV) geregelt.

Danach fällt die gemeinsame Handelspolitik in die ausschließliche Zuständigkeit der Gemeinschaft (um angesichts der Dynamik im Welthandel operativ zu bleiben). Sie wird traditionell in die beiden Kategorien autonom, also einseitig, und vertraglich, also bi- oder multilateral, eingeordnet.

Hierbei zählt man zu **autonomen** Maßnahmen etwa gemeinsame Einfuhrregelungen, Kontingente, Präferenzsysteme sowie die Anti-Dumping-Politik, also die einseitige Anordnung spezieller Zölle, wenn Einfuhren aus Drittländern zu anormal niedrigen Preisen erfolgen.

Zur **vertraglichen** Handelspolitik werden die verschiedenen Formen von Handels- und anderen Verträgen mit Drittstaaten oder Staatenvereinigungen gezählt. Dies können punktuelle Abkommen sein, aber auch sehr weitgehende Formen der Zusammenarbeit („Assoziierung"), wie etwa mit einer Gruppe von Entwicklungsländern aus dem afrikanischen, karibischen und pazifischen Raum (AKP-Staaten) über die sogenannten Abkommen von Lomé sowie das Abkommen von Cotonou. Den Teilnehmerländern werden sehr weitgehende Sonderbedingungen eingeräumt, was Zölle, Kontingente und Plafonds für Exporte in die EU anlangt. Die Entwicklungs- und Transformationsländer können die Vorteile des allgemeine Präferenzsystems der EU (APS) nutzen. Als Teil des APS gilt die „Alles außer Waffen" Initiative, die seit 2001 den 50 am wenigsten entwickelten Ländern für Ausfuhren (außer Waffen) völlige Zollfreiheit gewährt (mit Übergangsregelungen für Bananen, Zucker und Reis).

Eine strenge Unterscheidung in autonome und vertragliche Handelspolitik entspricht allerdings nicht mehr der gegenwärtigen Praxis, vor allem seit die EU der WTO beigetreten ist, in deren multilateralem Rahmen viele Politikbereiche geführt werden, die eigentlich den autonomen Maßnahmen zurechnen sind.

Für Embargomaßnahmen (praktisch die Negation der Handelspolitik) gelten gesonderte Regelungen in Art. 301 EGV für den Warenverkehr und Art. 60 EGV für den Kapital- und Zahlungsverkehr.

Die EU (als eigenständiges Völkerrechtssubjekt) sowie die einzelnen Mitgliedstaaten gehören der Welthandelsorganisation WTO ➢ s. zum WTO-Abkommen vom 1. 1. 1995 bzw. zur WTO Nr. 54 b), an. Diese Mitgliedschaft hat mit sich gebracht, dass in vielen Bereichen der autonomen EU-Handelspolitik nun Rücksicht auf Inhalte von WTO-Übereinkommen genommen werden muss. Dies betrifft Einfuhrregelungen und Kontingente, etwa bezüglich Textilien aus Südostasien, Ausfuhrregelungen, etwa bei sogenannten „dual-use-Gütern" (also solchen, die sowohl zivilen als auch militärischen Zwecken dienen können), die bereits angesprochenen Anti-Dumping-Regelungen, und letztlich auch den wirtschaftlich sehr bedeutenden Bereich der Bekämpfung der internationalen Produktpiraterie.

Im Juli 2004 haben die damals 148 (Stand: 11. 1. 2007: 150) WTO-Mitgliedsländer eine Rahmenvereinbarung zur Fortsetzung der Welthandelsrunde getroffen, worin insbesondere Abmachungen zur weiteren Subventionsbegrenzung im Agrarhandel vorgesehen waren. Auf der Ministerkonferenz im Dezember 2005 in Hongkong wurde als Enddatum für landwirtschaftliche Subventionen das Jahr 2013 festgelegt. Außerdem wurde ein Paket zugunsten der ärmsten Entwicklungsländer geschnürt, woraus diese Nutzen im Handelsbereich (Zollfreiheit für Zugang zu Märkten der Industrie- und Schwellenländer) ziehen sollen. Für die Festlegung aller entsprechenden Details wurde eine Frist bis Ende 2006 vereinbart.

414 | Konjunktur

Unter Konjunktur versteht man im engeren (umgangssprachlichen) Sinn den jeweiligen Zustand der wirtschaftlichen Gesamtlage, besonders die günstige wirtschaftliche Lage. Volkswirtschaftlich bezeichnet „Konjunktur" die Veränderungen des Produktionsvolumens der gesamten Wirtschaft durch zusammenwirkende Änderungen der maßgebenden wirtschaftlichen Bedingungen oder auch die wirtschaftliche Aktivität einer Volkswirtschaft im Verhältnis zu der Aktivität im längerfristigen Gleichgewicht. Das Gleichgewicht der Wirtschaft kann auf der Güterseite durch Über- oder Untererzeugung bzw. Verteilungsfehler oder auf der Geldseite durch Wertveränderungen oder Kreditfehlleitungen gestört werden. Aber auch das Verhalten der wirtschaftenden Menschen (z. B. Arbeitsmarkt, Lohngestaltung, Arbeitszeit) oder Natureinflüsse (z. B. Ernteausfall, klimatische Verhältnisse) können Störungen hervorrufen.

Man unterscheidet i. d. R. vier Hauptabschnitte der Konjunktur:

a) **Tiefstand** (Depression);

b) **Aufschwung** (Expansion);

c) **Hochkonjunktur** (Boom) und

d) **Abschwung** (Kontraktion) oder Krise, d. i. ein Teilabschnitt im Ablauf der Konjunktur, in dem eine Hochkonjunktur plötzlich abbricht und im Wege der Rezession, d. h. des Rückgangs von Produktion, Kursen und Gewinneinkommen, in einen Tiefstand (eine Depression) übergeht.

Äußere Kennzeichen für eine Krise sind u. a. Absatzstockungen, Häufung von Konkursen, Arbeitslosigkeit und Erschütterung des Kreditmarktes.

Die Konjunkturforschung und die für die Wirtschaft wichtigen Konjunktur-Vorhersagen sind zuerst in den USA ausgebildet worden (Harvard-Barometer); in Deutschland werden sie vor allem vom Deutschen Institut für Wirtschaftsforschung in Berlin gehandhabt.

Die Konjunkturpolitik umfasst alle Maßnahmen, mit denen die Beseitigung oder Abschwächung unerwünschter wirtschaftlicher Bewegungsvorgänge angestrebt wird. Sie geht von der Erkenntnis aus, dass eine Überhitzung der Konjunktur immer weitere Kreise (Zyklen) durch Preissteigerung, Lohnerhöhung infolge Arbeitskräftemangels usw. nach sich zieht, umgekehrt eine Rezession Arbeitslosigkeit und demzufolge geringere Nachfrage nach Konsumgütern usw. Daher sollte idealerweise eine antizyklische Wirtschafts- und Finanzpolitik einer Überhitzung der Konjunktur durch Einschränkung staatlicher Ausgaben, höhere Steuerbelastungen usw. entgegenwirken, einer Rezession dagegen durch öffentliche Aufträge, Steuervergünstigungen u. dgl.

415 | Die gemeinsame Agrar- und Fischereipolitik

a) Allgemeines

Der Gemeinsame Markt der EU umfasst auch die Landwirtschaft und den Handel mit landwirtschaftlichen Erzeugnissen (Art. 32 Abs. 1 EGV), zu denen auch die Erzeugnisse der Fischerei gehören. Mit der Entwicklung eines gemeinsamen Marktes für landwirtschaftliche Erzeugnisse muss nach dem EGV die Gestaltung einer gemeinsamen Agrarpolitik (GAP) Hand in Hand gehen (Art. 32 Abs. 4 EGV).

Ziele der GAP sind die Steigerung der Produktivität der Landwirtschaft, Sicherung eines angemessenen Lebensstandards für die Landwirte, Stabilisierung der Märkte, Sicherstellung der Versorgung und Belieferung der Verbraucher zu angemessenen Preisen (Art. 33 EGV).

Die Grundprinzipien der GAP sind die Einheit des Marktes, d. h. dass der EU-Agrarmarkt nach allgemein gültigen Regeln einheitlich organisiert ist und dass jedes Produkt innerhalb der EU frei vermarktet werden kann. Ferner die finanzielle Solidarität (= gemeinsame Finanzierung durch alle EU-Mitgliedstaaten) sowie die Gemeinschaftspräferenz, d. h. Schutz und Bevorzugung der Agrarerzeugnisse der Mitgliedstaaten.

Die GAP beruht auf den beiden Säulen „Gemeinsame Marktordnungen" (Marktstabilisierung, verlässliche Einkommen für die Landwirte, Versorgungssicherheit) und „ländliche Entwicklung" (z. B. durch Umweltschutzmaßnahmen, Schutz des ländlichen Kulturerbes, Diversifizierung der Einkommen im ländlichen Raum). Dazu kommen rechtsangleichende Maßnahmen, insbesondere für die Bereiche Pflanzenschutz, Veterinärwesen, Tierzucht und Saatgut. Die EU-Agrarminister haben am 26. 6. 2003 eine grundlegende Reform der GAP verabschiedet. So sollen grds. produktionsunabhängige einzelbetriebliche Zahlungen erfolgen. die an die Einhaltung von Standards in den Bereichen Umwelt, Lebensmittelsicherheit, Tier- und Pflanzengesundheit, Tierschutz, Arbeitssicherheit u. a. geknüpft werden können. Direktzahlungen an Großbetriebe werden gekürzt. Die Marktstützungspolitik in den Sektoren Milch, Getreide, Reis, Hartweizen, Schalenfrüchte, Kartoffelstärke und Trockenfutter wird angepasst. Die GAP ist – wenn auch stark rückläufig – noch immer der größte Posten im EU-Haushalt (2005 ca. 38 %), Er soll bis 2013 auf rund 32 % absinken.

b) Gemeinsame Agrarmarktordnungen

Für die meisten landwirtschaftlichen Erzeugnisse gibt es europäische Marktordnungen, die weitgehend die Kontrolle und Lenkung des Marktes bestimmen. Zu den Ausnahmen gehören Erbsen, Bohnen und Baumwolle.

Über die Einführung einer Marktordnung beschließt der Rat gem. Art. 37 Abs. 3 EGV auf Vorschlag der Kommission nach Anhörung des Europäischen Parlaments mit qualifizierter Mehrheit.

Inhaltlich unterscheiden sich die Marktordnungen je nach Produkt. Es gibt Marktordnungen mit einer umfassenden Preis- und Marktsicherung für das betreffende Produkt und – in unterschiedlichen Abstufungen – Marktordnungen ohne eine solche Sicherung. Im Einzelnen kann eine Marktordnung alle für die Marktorganisation eines Erzeugnisses erforderlichen Maßnahmen umfassen, so z. B. Erzeugungs- und Absatzbeihilfen, Schutzklauseln, Subventionen, Preisregelungen, Preisgarantien, Absatzgarantien, Ausgleichsabgaben, Abschöpfungen und Erstattungen. Zunehmend stützt sich die GAP auf Direktzahlungen an Landwirte, die produktionsmengenunabhängig gewährt werden.

Ein wichtiges Element von Marktordnungen können gemeinsame Preissysteme sein. Bedeutsam sind hierbei der Richtpreis (der Preis, den die Erzeuger in den Mitgliedstaaten erhalten sollen, also praktisch der Höchstpreis), der Interventionspreis (der Mindestpreis, zu dem die staatlichen Interventionsstellen das Agrarprodukt abnehmen müssen, also in der Praxis ein Garantiepreis) und der Schwellenpreis (es ist der Mindestpreis, zu dem Agrarprodukte in die EU eingeführt werden dürfen.

Der Grundgedanke des gemeinsamen Preissystems ist ein durch die EU garantiertes und damit die Einkommen der landwirtschaftlichen Erzeuger sicherndes einheitliches Preisniveau. Soweit ein Schutz dieses Preisniveaus gegen einen niedrigeren Weltmarktpreis erforderlich ist, werden an den EU-Außengrenzen Abschöpfungen („Gleitzölle") erhoben, die den Preisvorteil des von außen kommenden (billigeren) Produkts „abschöpfen" und dadurch die (teureren) Produkte des EU-Binnenmarkts schützen. Um die EU-Ausfuhren auf dem Weltmarkt zu fördern, werden Erstattungen (Beihilfen) gezahlt, um die EU-Produkte preislich auf dem Weltmarkt wettbewerbsfähig zu machen.

Die Marktordnungen werden von den Behörden der Mitgliedstaaten durchgeführt. In der BRep. sind zuständig die Bundesanstalt für Landwirtschaft und Ernährung (BLE) sowie die Zollbehörden für den Handel mit Drittländern.

Die Durchführung der gemeinsamen Marktorganisationen regelt das Gesetz zur Durchführung der Gemeinsamen Marktorganisationen und der Direktzahlungen (MOG) i. d. F. der Bek. vom 24. 6. 2005 (BGBl. I 1847) das auch für die Durchführung der Gemeinsamen Fischereimarktordnung gilt.

c) Agrarstrukturpolitik

Die wichtigsten Ziele der Strukturpolitik waren bisher die Modernisierung von Betrieben und die Einstellung auf Dauer unrentabler Höfe. Sie ergänzte damit die Marktordnungspolitik, die mit dem für sie charakteristischen Mittel der Preisgarantie nur solchen Betrieben ein ausreichendes Einkommen sichern kann, die ausreichend groß sind und rentabel arbeiten können. Daneben trug sie zur Verbesserung der Produktions- und Vermarktungsbedingungen und zur Absatzförderung bei. In den letzten Jahren spielt die Förderung einer umweltbewussten und den natürlichen Lebensraum schützenden Landwirtschaft eine immer größere Rolle. Die vom EU-Agrarministerrat am 20. 6. 2003 verabschiedete GAP-Reform sieht vor, direkte Beihilfen nicht mehr an die Produktion zu koppeln, sondern sie von der Einhaltung von Standards in den Bereichen Umwelt, Lebensmittelsicherheit, Tierschutz und Betriebssicherheit abhängig zu machen.

Die EU wird bei Strukturmaßnahmen meist nur im Rahmen eine Kofinanzierung tätig, wobei die Mitgliedstaaten einen Teil der anfallenden Ausgaben tragen.

605

Die Strukturpolitik war bis in die achtziger Jahre über den Erlass einiger, untereinander nicht gut koordinierter Maßnahmen nur wenig hinausgekommen. Weniger als 10% des Agrarhaushaltes waren in Strukturmaßnahmen geflossen.

Seit dem Ende der achtziger Jahre ist die Agrarstrukturpolitik der EU zielorientierter und erfolgreicher geworden. So ist mit der Einheitlichen Europäischen Akte von 1987 eine obligatorische Koordinierung der Maßnahmen von Agrar-, Sozial- und Regionalfonds eingeführt worden (Art. 161, 162 EGV). EU-rechtliche Grundlage für Strukturförderungsmaßnahmen im ländlichen Raum stellt für die Förderperiode 2007 bis 2013 die Verordnung (EG) Nr. 1698/2005 des Rates vom 20. 9. 2005 (ABl. L 227, S. 1) über die Förderung und Entwicklung des ländlichen Raums durch den Europäischen Landwirtschaftsfonds für die Entwicklung des ländlichen Raums (ELER) dar. Die EU-Förderung gliedert sich in folgende Schwerpunkte: Verbesserung der Wettbewerbsfähigkeit der Land- und Forstwirtschaft, Verbesserung der Umwelt und der Landschaft sowie der Lebensqualität im ländlichen Raum und Diversifizierung der ländlichen Wirtschaft, wobei jeweils finanzielle Mindestbudgets vorgegeben werden. Aufgrund des strategischen Förderansatzes haben die Mitgliedsländer nationale Strategiepläne vorzulegen, die sich in die strategischen Leitlinien der EU einfügen müssen.

Die Ablösung von Preisstützungsmaßnahmen durch direkt an die Landwirte fließende Zahlungen hat strukturelle Überschüsse vermindern können.

In Deutschland wird die Agrarstrukturpolitik im Wesentlichen auf der Grundlage des Gesetzes über die Gemeinschaftsausgabe „Verbesserung der Agrarstruktur und des Küstenschutzes“ i. d. F. vom 21. 7. 1988 (BGBl. I 1055) und des Marktstrukturgesetzes i. d. F. vom 26. 9. 1990 (BGBl. I 2134) durchgeführt, die auch für Maßnahmen auf dem Gebot der Fischerei gelten.

d) Gemeinsame Fischereipolitik

Die Fischereipolitik der EU verwendet andere Interventionsmethoden als die sonstige Agrarpolitik. Das liegt weitgehend in der Natur der Sache. Fische sind eine natürliche Ressource, die aber durch Überfischung und Umweltverschmutzung gefährdet ist. Auch sind Fischereibetriebe grundsätzlich anders als landwirtschaftliche Betriebe nicht territorial gebunden. Ziele der gemeinsamen Fischereipolitik sind die Erhaltung der Fischbestände, die Förderung einer wettbewerbsfähigen Fischwirtschaft sowie eine Stabilisierung der Märkte für Fischereierzeugnisse.

In der ursprünglich aus sechs Mitgliedstaaten bestehenden EWG hatte man den gegenseitigen nicht-diskriminierenden Zugang zu den Fischgründen vorgesehen. Mit dem Beitritt von Mitgliedstaaten mit großen Fischereiflotten, insbesondere dem Vereinigten Königreich (1973) und Spanien (1986) wurden die Fragen des gegenseitigen Zugangs zu den Fischgründen sehr strittig. In Art. 100 der Beitrittsakte von 1972 (Dänemark, Irland und Vereinigtes Königreich) wurden die „historischen Rechte“ der innerhalb von 12 Seemeilen operierenden Fischer festgelegt.

Im Mittelpunkt der Gemeinsamen Fischereipolitik stehen inzwischen die Erhaltung und die Bewirtschaftung der Fischbestände.

So werden für gefährdete Fischarten zulässige Höchstfangmengen für einzelne Fischbestände oder Bestandsgruppen und nationale Quoten festgelegt (Prinzip der relativen Stabilität). Es bestehen technische Vorschriften, so über Fangmethoden (Festlegung von Mindestmaschengröße) und die anzuwendenden Kontrollmechanismen. Ferner können Schutzgebiete oder Schonzeiten ausgewiesen und die Fischereitätigkeit auf See begrenzt werden. Im Rahmen der Fischereistrukturpolitik werden u. a. Maßnahmen zur Verbesserung der Fischbestände finanziert sowie Abwrackprämien gezahlt. Im Jahr 2002 vereinbarten die EU-Fischereiminister im

Rahmen einer Reform der Gemeinsamen Fischereipolitik, die Flottenförderung nahezu einzustellen. Seit 1. 1. 2005 gibt es keine Zuschüsse mehr für kapazitätserhöhende Schiffsbaumaßnahmen. Förderfähig sind aber Investitionen zur Erhöhung der Sicherheit und Verbesserung der Arbeitsbedingungen auf den Fischereischiffen. In der EU-Fischereistrukturverordnung (Verordnung (EG) Nr. 2792/199 des Rates vom 17. 12. 1999 [ABl. L 337, S. 10] m. spät. Änd.) wurden in den Bereichen Aquakultur, Qualitätsverbesserung von Fischereierzeugnissen, Verkaufsförderung, Schutz der Meeresressourcen, Ausrüstung von Fischereihäfen, Verarbeitung und Vermarktung sowie sozioökonomische Maßnahmen Instrumente ausgebaut oder neu geschaffen. Zur Finanzierung von Strukturmaßnahmen wurde 1993 das sog. Finanzinstrument für die Ausrichtung der Fischerei (FIAF) errichtet. Die Mitgliedstaaten ergänzen die EU-Zuschüsse durch unterschiedlich hohe Kofinanzierung.

Grundvorschriften für die Fischereipolitik sind gegenwärtig die VOen Nr. 2371/2002, ABl. L 358, S. 59, über die Erhaltung und nachhaltige Nutzung der Fischereiressourcen im Rahmen der Gemeinsamen Fischereipolitik m. spät. Änd. und die VO Nr. 104/2000, ABl. EU 2000 L 17, S. 22 über die Gemeinsame Marktorganisation für die Erzeugnisse der Fischerei und der Aquakultur. Letztere wurde u. a. umgesetzt durch das Fischetikettierungsgesetz vom 1. 8. 2002 (BGBl. I 2980).

416 | Weinwirtschaft

Den Anbau, das Verarbeiten, das Inverkehrbringen und die Absatzförderung von Wein und sonstigen Erzeugnissen des Weinbaus regelt, soweit nicht unmittelbar durch Vorschriften der EU geregelt, das Weingesetz 1994 i. d. F. der Bek. vom 16. 5. 2001 (BGBl. I 985). Es sieht ferner einen Deutschen Weinfonds als Anstalt des öffentlichen Rechts vor.

Das Gesetz trifft Anbauregelungen und macht, um den Anbau auf ungeeigneten Grundstücken und die Anpflanzung ungeeigneter Rebsorten zu verhindern, die Neuanpflanzung von einer behördlichen Genehmigung abhängig. Die Landesregierungen werden ermächtigt, durch Rechtsverordnung einen Hektarertrag festzulegen, ferner wird die Verwendung von Übermengen geregelt (§§ 7–12). Die Voraussetzungen für Qualitätsweine werden in §§ 17 ff., die für Landwein in §§ 22 ff. festgelegt. Die §§ 27 ff. regeln die Überwachung der Bestimmungen sowie die Einfuhr aus Drittländern.

Der Qualitäts- und Absatzförderung dient der Deutsche Weinfonds (§§ 37 ff.), der durch Abgaben der Grundstückseigentümer oder Nutzungsberechtigten finanziert wird. Die Organe des Deutschen Weinfonds sind der Vorstand, der Aufsichtsrat und der Verwaltungsrat.

Verstöße gegen die Vorschriften des Weingesetzes können als Straftat oder Ordnungswidrigkeit verfolgt werden (§§ 48–52). Die verschiedenen Weinanbaugebiete, die Anbauregeln, die Behandlungsverfahren und Reinheitsanforderungen, die Herstellung von Qualitätswein und die Grundsätze für die Eintragung von Weinbaulagen, Bezeichnung und Aufmachung der Weinflaschen ergeben sich aus der WeinVO i. d. F. der Bek. vom 15. 5. 2002 (BGBl. I 1583).

417 | Euratom

a) Europäische Atomgemeinschaft

Zugleich mit dem EWG-Vertrag ist der Vertrag über die Europäische Atomgemeinschaft (Euratom) – BGBl. 1957 II 1014 – am 1. 1. 1958 in Kraft getreten. In der Präambel des Vertrags wird auf die besondere

Rolle der Kernenergie für die Entwicklung und Belebung der Produktionskräfte der beteiligten Volkswirtschaften hingewiesen. Durch gemeinsame Bemühungen der beteiligten Länder soll eine Kernindustrie entwickelt und in den Dienst der technisch-wirtschaftlichen Entwicklung gestellt werden. Einheitliche Sicherheitsnormen sollen Leben und Gesundheit der Bevölkerung und der Arbeitskräfte vor den Gefahren der Kernenergie schützen. Die Mitwirkung anderer Länder und eine Zusammenarbeit mit den internationalen Organisationen für die friedliche Verwendung der Atomenergie wird angestrebt.

Die Organe der Euratom entsprechen denen der EU.

Die Kommission errichtet eine gemeinsame Kernforschungsstelle. Zur Ergänzung der Forschung auf nationaler Ebene arbeitet die Kommission in regelmäßigen Abständen Programme aus, die von einer gemeinsamen Stelle auszuführen sind. Ein Teil dieser Programme kann durch Vertrag Personen oder Unternehmen der Mitgliedstaaten oder dritten Ländern übertragen werden. Zur Versorgung der Gemeinschaft mit Erzen, Ausgangsstoffen und spaltbaren Stoffen wird eine besondere Agentur, die Euratom-Versorgungsagentur, eingerichtet, deren Kapitalmehrheit der Gemeinschaft und den Mitgliedstaaten gehört. Die Gemeinschaft ist Eigentümerin der spaltbaren Stoffe, die in den Mitgliedstaaten erzeugt oder in diese eingeführt werden; die Mitgliedsländer sind auf Nutzungsrechte beschränkt. Soweit Mitgliedstaaten vor Inkrafttreten der Euratom mit dritten Staaten Abkommen über die Zusammenarbeit auf dem Kerngebiet geschlossen haben, sind diese im Verhandlungswege auf die Gemeinschaft überzuleiten. Der Haushalt der Euratom wird aus Finanzbeiträgen der Mitgliedstaaten bestritten.

b) Atomrecht in der Bundesrepublik

Das Kernstück des Atomenergierechts der BRep. im Rahmen des nationalen Rechts bildet das Gesetz über die friedliche Verwendung der Kernenergie und den Schutz gegen ihre Gefahren (Atomgesetz) i.d.F. der Bek. vom 15. 7. 1985 (BGBl. I 1565). Sein Zweck ist, die Nutzung der Kernenergie zur gewerblichen Erzeugung von Elektrizität geordnet zu beenden und bis dahin den geordneten Betrieb sicherzustellen. Leben, Gesundheit und Sachgüter vor den Gefahren der Kernenergie und der schädlichen Wirkung ionisierender Strahlen zu schützen und verursachte Schäden auszugleichen. Es soll ferner verhindern, dass durch Anwendung oder Freiwerden der Kernenergie die innere oder äußere Sicherheit der BRep. gefährdet wird, und die Erfüllung internationaler Verpflichtungen der BRep. auf dem Gebiete der Kernenergie und des Strahlenschutzes gewährleisten (s. dazu Pariser und Brüsseler Atomhaftungs-Übereinkommen vom 29. 7. 1960, 17. 12. 1971 und 25. 10. 1974; BGes. vom 8. 7. 1975, BGBl. II 957). Durch das Gesetz zur geordneten Beendigung der Kernenergienutzung zur gewerblichen Erzeugung von Elektrizität vom 22. 4. 2002 (BGBl. I 1351) wurde der Ausstieg aus der Nutzung der Kernenergie festgeschrieben. Hiernach erlischt die Berechtigung zur Erzeugung von Elektrizität durch Nutzung von Kernenergie, sobald die Anlage eine bestimmte Menge Elektrizität produziert hat. Der Atomausstieg ist nach wie vor politisch umstritten.

Zum Schutz gegen die von Kernbrennstoffen ausgehenden Gefahren und zur Kontrolle ihrer Verwendung knüpft das AtomG Ein- und Ausfuhr, Beförderung, Verwahrung, Be- und Verarbeitung sowie sonstige Verwendung der Stoffe, ferner

Errichtung und Betrieb ortsfester kerntechnischer Anlagen und von Reaktoren an eine behördliche Genehmigung (§§ 3–9). Die Genehmigung eines kerntechnischen Anlage setzt voraus (§ 7): Zuverlässigkeit und Fachkunde der Betriebspersonen, bestmögliche technische Vorsorge gegen Schäden, Sicherheitsvorkehrungen gegen Einwirkungen durch Dritte sowie Deckungsvorsorge zur Erfüllung gesetzlicher Schadensersatzverpflichtungen durch eine Haftpflichtversicherung oder eine sonstige finanzielle Sicherheit (dazu §§ 13, 14); ferner dürfen keine öffentlichen Interessen entgegenstehen, insbes. solche des Umweltschutzes. Genehmigungen für Kernkraftwerke und Wiederaufbereitungsanlagen (Neuerrichtung und Betrieb) werden nicht (mehr) erteilt (§ 7 Abs. 1 Satz 2). Genehmigungsbedürftig ist auch die Stilllegung, der sichere Einschluss und der Abbau kerntechnischer Anlagen. Eine Verpflichtung zur Verwertung radioaktiver Reststoffe und zur Beseitigung radioaktiver Abfälle enthält § 9 a. Der Errichtung von Zwischen- und Endlagerstätten für radioaktive Abfälle hat ein Planfeststellungsverfahren, bei dem die Umweltverträglichkeit der Anlage zu prüfen ist, vorherzugehen (§ 9 b). Über Beschränkungen und Auflagen bei der Genehmigung, Zurücknahme und Widerruf vgl. § 17. Genehmigungs- und Überwachungsbehörde ist für Ein- und Ausfuhr das Bundesamt für Wirtschaft und Ausfuhrkontrolle, für andere Genehmigungen usw. das Bundesamt für Strahlenschutz, für kerntechnische Anlagen und Entsorgungseinrichtungen im Auftrag des Bundes/Teilzuständigkeiten nach dem AtomG besitzen ferner das Bundesverwaltungsamt, das Luftfahrt-Bundesamt sowie das BMVg. die oberste Landesbehörde (§§ 22–24).

Das Genehmigungsverfahren regelt die Atomrechtliche Verfahrensordnung i. d. F. vom 3. 2. 1995 (BGBl. I 180) insbes. Antragstellung, Umweltverträglichkeit, Beteiligung Dritter, Erörterungstermin, Entscheidung, Teilgenehmigung und Vorbescheid. Für Schäden, die eine genehmigte Anlage durch Kernspaltungs- oder Strahlungswirkungen an Leben, Gesundheit oder Eigentum verursacht, besteht eine summenmäßig grundsätzlich unbegrenzte Haftpflicht auch ohne Verschulden (Gefährdungshaftung); lediglich in Spezialfällen ist die Haftpflicht auf einen Höchstbetrag begrenzt (§§ 25 ff., 31 AtomG). Über die Strahlenexposition von beruflich strahlenexponierten Personen wird ein Strahlenschutzregister geführt (§ 12 c).

Die Strahlenschutz-Verordnung i. d. F. der Bek. vom 20. 7. 2001 (BGBl. I 1714) enthält Überwachungs- und Schutzvorschriften; sie regelt insbes. den Umgang mit radioaktiven Stoffen, ihre Beförderung, die grenzüberschreitende Verbringung, die Errichtung und den Betrieb von Anlagen zur Erzeugung ionisierender Strahlen, ferner die Pflichten der mit radioaktiven Stoffen befassten Personen zum Schutz von Bevölkerung und Umwelt, die ärztliche Überwachung der beruflich strahlenexponierten Personen usw. Über den Schutz gegen Strahlenschäden durch Röntgeneinrichtungen s. Röntgenverordnung i. d. F. der Bek. vom 30. 4. 2003 (BGBl. I 604). Die Deckungsvorsorge für die erhöhte Haftung nach dem AtomG kann für Anlagen durch eine Haftpflichtversicherung oder durch eine Freistellungs- oder Gewährleistungsverpflichtung eines Dritten getroffen werden (Deckungsvorsorge-Verordnung i. d. F. der Bek. vom 25. 1. 1977, BGBl. I 220).

Durch das Strahlenschutzvorsorgegesetz i. d. F. der Bek. vom 19. 12. 1986 (BGBl. I 2610) wurden zum vorsorgenden Schutz der Bevölkerung gegen Strahlenbelastung Regelungen zur Überwachung der Umweltradioaktivität getroffen. Außerdem sind Maßnahmen vorgesehen, um bei kerntechnischen Unfällen die Strahlenexposition der Menschen und die Kontamination der Umwelt so gering wie möglich zu halten. Durch Gesetz vom 9. 10. 1989 (BGBl. I 1830) wurde ein Bundesamt für Strahlenschutz (Sitz: Salzgitter) errichtet.

c) Internationales Atomrecht

Während die Euratom nur die Mitgliedstaaten der EU umfasst, sind in der **Internationalen Atomenergieagentur** (IAEO) in Wien 139 Staaten vertreten; oberste beschlussfassende Organe sind die Generalkonferenz und der Gouverneursrat. Sie überwacht weltweit die Nuklearanlagen, insbes. nach den Bestimmungen des Kernwaffensperrvertrages. Ferner arbeitet die IAEO Schutzvorschriften für Reaktorsicherheit, Strahlenschutz o. ä. aus und ist Kontrollorgan des Atomsperrvertrags.

Unter dem Eindruck des Kernkraftunfalls im Kraftwerk Tschernobyl (Ukraine) wurden auf einer Sonderkonferenz der IAEO im Sept. 1986 eine Konvention über die Schaffung eines Frühwarnsystems nach Atomunfällen über die Grenzen hinweg und ein Abkommen über gegenseitige Hilfeleistung nach Atomunfällen abgeschlossen (IAEO-Übereinkommen vom 26. 9. 1986 über die frühzeitige Benachrichtigung bei nuklearen Unfällen sowie über Hilfeleistung bei nuklearen Unfällen oder radiologischen Notfällen, Gesetz vom 16. 5. 1989, BGBl. II 434).

418 | Die Europäische Freihandelszone und der Europäische Wirtschaftsraum

Da der Gemeinsame Markt einen beachtlichen Wirtschaftsraum darstellt, entstand bei anderen Staaten die Besorgnis, dass sich der Block der EWG durch seinen gemeinsamen Außenzolltarif abschirmen und so den internationalen Warenaustausch behindern könnte. Daher beschloss der Rat der OEEC, eine Vorläuferorganisation der OECD am 17. 10. 1957, auf einen Zusammenschluss der übrigen Mitglieder dieser Organisation mit der EWG im Wege der Assoziierung hinzuwirken und dadurch eine große Europäische Freihandelszone zu schaffen.

Seit 1. 1. 1995 sind nur noch Island, Norwegen, Liechtenstein und die Schweiz Mitglieder der EFTA. Die wirtschaftliche Bedeutung der Rest-EFTA ist im Hinblick auf die von den meisten Mitgliedsländern mit der EU getroffenen Vereinbarungen nur noch gering.

Der Europäische Wirtschaftsraum (EWR) stellt die Erweiterung des Binnenmarktes der EU um drei der vier EFTA-Mitgliedsstaaten (Island, Liechtenstein, Norwegen) dar. Die Schweiz baut ihre Beziehungen zur EU in bilateralen Abkommen weiter aus. Die EFTA-Staaten übernehmen grundsätzlich die für den Europäischen Binnenmarkt geltenden Regeln für den freien Waren-, Personen-, Dienstleistungs- und Kapitalverkehr sowie die Grundzüge des EU-Wettbewerbsrechts. Im EWR wurden bisher die Zölle zwischen den Mitgliedsstaaten abgeschafft und es gelten etwa 80% der EU-Binnenmarktvorschriften. Es besteht jedoch keine Zollunion mit gemeinsamem Zolltarif. Aufgrund von Art. 128 EWR-Abkommen muss jedes Land, das der EU beitreten will, gleichzeitig Mitglied des EWR werden. Der EWR stellt den weltgrößten gemeinsamen Markt dar.

419 | Versicherungswesen

Unter Versicherung versteht man die entgeltliche Abwälzung eines bestimmten Risikos auf einen anderen. Man unterscheidet:

a) die **öffentlich-rechtliche** Versicherung durch öffentlich-rechtliche Körperschaften (allgemeine Personen- und Schadenversicherung; Sozialversicherung) und

b) die **private** (vertragliche) Versicherung durch Aktiengesellschaften oder Versicherungsvereine auf Gegenseitigkeit für die verschiedenen

Versicherungszweige (z. B. Leben, Unfall, Haftpflicht, Feuer, Einbruchdiebstahl, Transport, Wohngebäude, Hausrat).

Während in der Sozialversicherung grundsätzlich vielfach Versicherungszwang besteht, gilt er in der privaten Versicherung nur für bestimmte Versicherungszweige, vor allem für die Kraftfahrzeug-Haftpflichtversicherung.

Eine Versicherung kann nach zwei Systemen vorgenommen werden:

a) als **Versicherung nach Prämien**. Hier verpflichtet sich der Versicherungsunternehmer (Versicherer), gegen eine laufende Prämienzahlung oder bei Zahlung einer einmaligen Festprämie das Risiko des Eintritts eines bestimmten Falles zu übernehmen. Meist wird vorausgesetzt, dass der Versicherungsfall ein rechtliches Interesse beeinträchtigt (Schadensversicherung); nur in der Lebens-, Unfall- und teilweise in der Krankenversicherung kann die zu zahlende Summe frei vereinbart werden (Summenversicherung). Es kann auch Prämienrückgewähr für den Fall vereinbart werden, dass die Versicherung nicht in Anspruch genommen wird;

b) als **Versicherung auf Gegenseitigkeit**. Bei ihr schließen sich die Versicherten zu einer Versicherungsgemeinschaft zusammen. Der VVaG finanziert sich aus Beiträgen und Umlagen. Es ist eine Gründungsstock zu bilden, der als Gewähr- und Betriebsstock dient. Dem VVaG liegt eine Satzung zu Grunde, die Bestimmungen über Beiträge, Umlagen oder Nachschüsse zu enthalten hat

Der Versicherungsvertrag nach a) ist ein gegenseitiger Vertrag, durch den sich der Versicherungsnehmer zur Zahlung der vereinbarten Prämien, der Versicherungsunternehmer (Versicherer) zur Deckung des ungewissen Vermögensbedarfs verpflichtet, der bei dem anderen Vertragsteil oder einem Dritten, dessen Interesse versichert ist (Versicherter), eintreten kann. Im letzteren Fall handelt es sich um einen Vertrag zugunsten eines Dritten, z. B. bei einer Lebensversicherung, die beim Tod des Versicherten ausgelöst wird. I. d. R. stellt der Versicherungsnehmer einen formularmäßigen Antrag, den der Versicherer durch Aushändigung des Versicherungsscheines (Versicherungspolice) annimmt. Sagt der Versicherer schon vor Abschluss der eigentlichen Versicherung Deckung des Risikos zu (sog. Deckungszusage), so kommt ein vorläufiges Versicherungsverhältnis zustande.

Gesetzesgrundlage: Gesetz über den Versicherungsvertrag i. d. F. der Bek. vom 30. 5. 1908 (RGBl. 263). Das Versicherungsvertragsgesetz wird derzeit novelliert. Ein entsprechender Gesetzesentwurf der Bundesregierung liegt dem deutschen Bundestag vor (BT-Drs. 16/3945). Durch die Novelle sollen v. a. der Verbraucherschutz sowie die Versichertenrechte gestärkt werden. Die erste Lesung des Gesetzentwurfs fand am 1. 2. 2007 statt. Den Einzelverträgen liegen regelmäßig kraft Vereinbarung die Allgemeinen Versicherungsbedingungen der betreffenden Versicherungsart (Lebens-, Unfall-, Haftpflichtversicherung usw.) zugrunde. So enthalten z. B. die Allgemeinen Bedingungen für die Kraftfahrtversicherung (AKB), die je nach Versicherer abweichen können, jedoch aufgrund Muster-AKB meist einen hohen Übereinstimmungsgrad aufweisen, allgemeine Bestimmungen über Kraftfahrzeughaftpflicht-, Fahrzeug-, Kraftfahrtunfallversicherung (§§ 1–9 d; gelten für alle Versicherungszweige). Danach werden behandelt unter B. Haftpflichtversicherung (Umfang der Versicherung, Ausschlüsse; §§ 10–11); C. Fahrzeugversicherung (Umfang der Versicherung, Ersatzleistung, Sachverständigenverfahren, Zahlung der Entschädigung, §§ 12–15; unterschieden wird Teil- oder Vollkaskoversicherung – bei dieser auch Selbstbeteiligung möglich –, erstere vor allem gegen Brand, sonstige Elementarereignisse und Diebstahl, letztere außerdem gegen Unfall oder böswillige Handlungen Dritter); D. Kraftfahrtunfallversicherung (Versicherte Personen, Umfang der Versicherung, Ersatzleistung, Feststellung des Grades der Arbeitsbehinderung, Feststellung der Entschädigung, Zahlung der Entschädigung; §§ 16–23). – Eine weitere, besonders verbreitete Versicherungssparte ist die Hausratversicherung; für sie gelten die bei Vertragsbeginn oder Änderungsvertrag vereinbarten „Allgemeinen Hausratsversicherungsbedingungen (VHB)“, die ebenfalls je nach Versicherer unterschiedlich sein können ➢ s. oben.

Seit der Liberalisierung des Versicherungsmarktes innerhalb der EU am 1. 7. 1994 besteht die volle Öffnung der nationalen Versicherungsmärkte für ausländische Anbieter, die wahlweise in Form von Niederlassungen im Bestimmungsland oder in Form von grenzüberschreitenden Dienstleistungen ihre Tätigkeit entfalten können.

Es gilt dann das Prinzip der einheitlichen, in allen Mitgliedstaaten gültigen Zulassung, sowie das Prinzip der Herkunftslandskontrolle, d. h. dass ausschließlich die Versicherungsaufsichtsbehörden des Landes, in dem das Institut seinen Hauptsitz hat, zuständig sind. In Deutschland ist dies die Bundesanstalt für Finanzdienstleistungsaufsicht in Bonn und Frankfurt am Main, vgl. unten. Eine Ausnahme gilt für Großrisiken, wo die Versicherungsnehmer das Land der Rechtsaufsicht bestimmen können. Über mehrere Rechtsangleichungsrichtlinien wurde ein Mindeststandard für versicherungstechnische Rückstellungen und im Versicherungsvertragsrecht eingeführt. In Deutschland wurde damit u. a. das früher geltende System der präventiven Bedingungs- und Tarifgenehmigung zugunsten des grenzüberschreitenden Wettbewerbs aufgegeben.

420 | Versicherungsaufsicht

Die Aufsicht über Versicherungsunternehmen obliegt dem Bund. Sie wird von der als bundesunmittelbare Anstalt des öffentlichen Rechts errichteten **Bundesanstalt für Finanzdienstleistungsaufsicht** (Sitz Bonn und Frankfurt am Main) wahrgenommen. Sie beaufsichtigt die privaten Versicherungsunternehmen, die im Bundesgebiet Sitz, Niederlassung oder eine Geschäftsstelle haben oder auf andere Weise das Versicherungsgeschäft betreiben. Versicherungsunternehmen mit Sitz in einem anderen Staat der EU werden hingegen hinsichtlich ihrer finanziellen Leistungsfähigkeit ausschließlich von einer Behörde des Herkunftslandes beaufsichtigt (➢ vgl. oben).

Betätigt sich ein öffentlich-rechtliches Wettbewerbs-Versicherungsunternehmen nur innerhalb eines Bundeslandes, so besteht nur Landesaufsicht. Die Aufsicht über kleinere Versicherungsunternehmen, Pensionsfonds und öffentlich-rechtliche Wettbewerbsversicherungen kann auf eine Landesaufsichtsbehörde übertagen werden.

Rechtsgrundlage für die Versicherungsaufsicht ist das Versicherungsaufsichtsgesetz (VAG) i. d. F. der Bek. vom 17. 12. 1992 (BGBl. I 1993, 2).

Die Versicherungsaufsicht erstreckt sich auf die Zulassung von Versicherungsunternehmen und deren laufende Überwachung einschl. der Anlage des Vermögens der Unternehmen und insbesondere des Deckungsstocks (Prämienreservefonds) in der Personenversicherung. Der Aufsichtsbehörde stehen Auskunfts- und Prüfungsrechte zu. Sie kann Sonderbeauftragte zur Wahrung der Belange der Versicherten bestellen und Anordnungen für den Geschäftsbetrieb erlassen. Die Rechtsmittel gegen VAe der Bundesanstalt richten sich nach der VwGO.

Von der Aufsicht nach dem VAG bestehen verschiedene Ausnahmen, so z. B. für Unterstützungseinrichtungen und Unterstützungsvereine der Berufsverbände, für Unterstützungskassen, die auf Grund der Handwerksordnung von Innungen errichtet worden sind, sowie für nichtrechtsfähige Zusammenschlüsse von Gemeinden und Gemeindeverbänden, soweit sie bezwecken, durch Umlegung einen

Schadensausgleich bei Schäden auf Grund gesetzlicher Haftpflicht, bei Schäden aus der Haltung von Kraftfahrzeugen oder wegen Leistungen aus der kommunalen Unfallfürsorge herbeizuführen (wegen der Einzelheiten s. § 1 Abs. 3 VAG).

421 | Bausparwesen

a) Bausparkassen

Um kapitalschwachen Kreisen das Bauen zu ermöglichen, sind durch das Gesetz über Bausparkassen i. d. F. der Bek. vom 15. 2. 1991 (BGBl. I 454) **Bausparkassen** zugelassen, die unter Staatsaufsicht stehen. Sie gewähren dem Bauwilligen, der einen gewissen Betrag „angespart" hat (i. d. R. 40–45 v. H. der Vertragssumme), in einem Zuteilungsverfahren ein Baudarlehen, das durch Hypothek oder Grundschuld gesichert wird. Die Bausparmittel sind zweckgebunden; Gewährte Darlehen müssen durch Grundpfandrechte ➢ s. Nr. 350, gesichert sein. Umgekehrt sind die Einlagen der Bausparer durch die VO zum Schutz der Gläubiger von Bausparkassen (Bausparkassen-VO) i. d. F. der Bek. vom 19. 12. 1990 (BGBl. I 2947) und die darin enthaltenen Verfügungsbeschränkungen geschützt.

Bausparkassen stehen unter Aufsicht der Bundesanstalt für Finanzdienstleistungsaufsicht (§ 3 BausparkassenG).

b) Das Wohnungsbau-Prämiengesetz

Das Wohnungsbau-Prämiengesetz i. d. F. der Bek. vom 30. 10. 1997 (BGBl. I 2678) sieht vor, dass unbeschränkt einkommensteuerpflichtige Personen, die das 16. Lebensjahr vollendet haben oder Vollwaisen sind, nach Ablauf eines Kalenderjahres Zahlung einer **Wohnungsbau-Prämie** beantragen können. Diese beträgt 8,8 v. H. der prämienbegünstigten Aufwendungen für Bausparkassenbeiträge oder ähnliche Aufwendungen zum Wohnungsbau; ausgenommen sind Aufwendungen, für die ein Anspruch auf Sparzulage nach dem 5. VermögensbildungsG besteht. Die prämienbegünstigten Aufwendungen sind auf 512 Euro jährlich begrenzt (für Eheleute 1024 Euro). Der Anspruch steht jedoch nur Beziehern von Jahreseinkommen (bezogen auf das Sparjahr) bis 25 600 Euro (Eheleute: 51 200) zu. Bemessungsgrundlage für das Jahreseinkommen ist das zu versteuernde Einkommen. Bei Bausparverträgen, die nach dem 31. 12. 1991 geschlossen wurden, ist die Prämie bei der Bausparkasse zu beantragen. Diese ermittelt den Prämienanspruch. Eine Gutschrift des Prämienbetrags erfolgt erst nach Ablauf der Sperrfrist, Zuteilung des Bausparvertrags oder unschädlicher Verfügung über diesen, wobei die Bausparkasse die Auszahlung des Prämienbetrags beim Finanzamt im Anmeldungsverfahren zu veranlassen hat. Es besteht eine Sperrfrist von 7 Jahren; Ausnahmen gelten insbesondere für Auszahlung oder Verwendung zur Kreditaufnahme bei unverzüglicher Verwendung der Mittel zum Wohnungsbau (auch Modernisierung durch den Mieter), bei Todesfall, Erwerbsunfähigkeit und mindestens 1-jähriger Arbeitslosigkeit (§ 2 Abs. 2). Einzelheiten regelt die DVO i. d. F. der Bek. vom 30. 10. 1997 (BGBl. I 2684).

422 | Wohnungsbau

Die Förderung des Wohnungsbaues erfolgt durch das Gesetz über die soziale Wohnraumförderung **(WohnraumförderungsG)** i. d. F. der Bek. vom 13. 9. 2001 (BGBl. I 2376). Gefördert wird vordringlich der soziale Wohnungsbau (Mietwohnungen für Einkommensschwache, Alleinerziehende, Schwangere, ältere und behinderte, wohnungslose oder sonst hilfsbedürftige Menschen und für kinderreiche Familien) und die Errichtung von Familieneigenheimen (selbst genutztes Wohnungseigentum).

Wohnbaumaßnahmen können nach diesem Gesetz gefördert werden, auf Antrag wird eine Förderzusage erteilt. Allerdings ist diese Zusage an Auflagen geknüpft: Mietwohnraum unterliegt sowohl einer Belegungs- als auch einer Mietpreisbindung. So darf eine geförderte Wohnung nur demjenigen als Mieter überlasen werden, der einen Wohnberechtigungsschein nachweist (§ 26 ff). Bereits in der Förderzusage wird die höchstzulässige Miete bestimmt.

Das **Wohnungsbindungsgesetz** ➢ s. Nr. 407 b) soll verhüten, dass im sozialen Wohnungsbau errichtete Wohnungen zweckentfremdet werden. Sie dürfen nur an Sozialwohnungsberechtigte vermietet und anderweitig oder für eigene Zwecke des Vermieters nur mit behördlicher Genehmigung verwendet werden. Bei Umwandlung in Eigentumswohnungen, die an Dritte verkauft werden sollen, können die Mieter binnen 6 Monaten ein Vorkaufsrecht geltend machen. Die LdReg. können die Zweckentfremdung in Ballungsgebieten an eine Genehmigung binden (Art. 6 Gesetz vom 4. 11. 1971, BGBl. I 1745). Nach dem Gesetz über den **Abbau der Fehlsubventionierung** im Wohnungswesen i. d. F. der Bek. vom 13. 9. 2001 (BGBl. I 2415) hat der Inhaber einer entgegen dem WohnungsbindungsG genutzten Wohnung in den von der LdReg. bestimmten Gemeinden, in denen die Kostenmieten öffentlich geförderter Mietwohnungen die ortsüblichen Mieten vergleichbarer, nicht preisgebundener Mietwohnungen erheblich unterschreiten, eine Ausgleichszahlung (Fehlbelegungsabgabe) zu leisten, wenn sein Einkommen die für die Begünstigten im sozialen Wohnungsbau festgesetzten Grenzen um mehr als 20 v. H. übersteigt. Die Abgabe beträgt 0,25–1,00 Euro monatlich je qm, je nach dem Grad des Überschreitens der Einkommensgrenze. Eine Ausgleichszahlung muss nicht erbracht werden, wenn es sich um eine Wohnung handelt, die vom Eigentümer selbst genutzt wird, der Wohnungsinhaber Wohngeld oder Sozialhilfe bzw. Grundsicherung erhält. Die Abgabe ist als solche verfassungsgemäß (BVerfG NJW 1988, 2529).

Im Zuge der im Jahr 2006 beschlossenen Föderalismusreform (vgl. Art. 1 Nr. 7 Buchst. a) Doppelbuchstabe ff des Gesetzes zur Änderung des Grundgesetzes vom 28. 8. 2006 (BGBl. I 2039) ist das Recht der sozialen Wohnraumförderung, der Abbau von Fehlsubventionierung im Wohnungswesen, das Wohnungsbindungsrecht, das Zweckentfremdungsrecht sowie das Wohnungsgenossenschaftsvermögensrecht in die Regelungshoheit der Länder übergegangen. Bis zu einer Ersetzung der Vorschriften durch Landesrecht gilt das Bundesrecht fort (Art. 125 a Abs. 1 GG).

423 | Förderung der Wirtschaft in strukturschwachen Gebieten

a) Anlass der Wirtschaftsförderungen

Der wirtschaftliche Aufschwung der BRep. hat sich nicht in allen ihren Gebietsteilen gleichmäßig ausgewirkt. Es bedurfte daher besonderer Förderungsmaßnahmen in sog. strukturschwachen Gebieten, deren Wirtschaft infolge ihrer Grenzlage, wegen beschränkter Verkehrsverbindungen u. dgl. sich nicht ebenso entwickelt hat wie z. B. in stark industrialisierten Gebieten. Der Bund musste daher auf Förderungsmaßnahmen namentlich für Berlin und die Zonenrandgebiete sowie in sog. Bundesausbaugebieten und -orten bedacht sein. Diese Förderungsmaßnahmen konnten mit der Wiederherstellung der Deutschen Einheit auslaufen.

b) Für bestimmte Investitionen, vor allem für die Anschaffung und Herstellung beweglicher Wirtschaftsgüter des Anlagevermögens und im Bereich der Mietwohnungsmodernisierung in den neuen Bundesländern bestand bei Abschluss bis 31. 12. 2004 Anspruch auf eine **Investitionszulage** nach dem Investitionszulagengesetz 1999.

Durch das Investitionszulagengesetz 2007 i.d.F. der Bek. vom 15. 7. 2006 (BGBl. I 1614) wird die Förderung von Investitionen in Betrieben der verarbeitenden Gewerbes und der produktionsnahen Dienstleistungen in den neuen Ländern und Berlin fortgeführt, sofern sie nach dem 21. 7. 2006, aber vor dem 1. 1. 2009, begonnen und die begünstigten Investitionen nach dem 31. 12. 2006, aber vor dem 1. 1. 2010 abgeschlossen werden. Für den davor liegenden Zeitraum siehe Investitionszulagengesetz 2005 (BGBl. I 438).

c) Auch über die EU werden erhebliche Mittel zur Förderung strukturschwacher Gebiete zur Verfügung gestellt, insbesondere über die Regionalfonds und angegliederte Strukturfonds (s. hierzu die Vorschriften über den wirtschaftlichen und sozialen Zusammenhalt, Art. 158–162 EGV).

424 | Agrarpolitik. Agrarpolitischer Bericht

Ziel der Agrarpolitik, die heute fast ausschließlich auf Rechtsvorschriften der EU beruht, ist eine ausreichende Versorgung mit Lebensmitteln, die Hebung der Produktion und der wirtschaftlichen Lage der Ernährungswirtschaft ferner die Qualitätssicherung sowie die Förderung der Nachhaltigkeit; sie strebt die Anwendung naturwissenschaftlicher Erkenntnisse und technischer Neuerungen und die Einordnung des bäuerlichen Betriebs in die neue Produktions- und Arbeitswelt an.

Nach § 1 des Landwirtschaftsgesetzes i. d. F. der Bek. vom 5. 9. 1955 (BGBl. I 565) ist die Landwirtschaft mit den Mitteln der allgemeinen Wirtschafts- und Agrarpolitik – insbesondere der Handels-, Steuer-, Kredit- und Preispolitik – in den Stand zu setzen, die für sie bestehenden naturbedingten und wirtschaftlichen Nachteile gegenüber anderen Wirtschaftsbereichen auszugleichen. Damit soll gleichzeitig die soziale Lage der in der Landwirtschaft tätigen Menschen an die vergleichbarer Berufsgruppen angeglichen werden.

Gem. §§ 4, 5 Landwirtschaftsgesetz erstellt die Bundesregierung jährlich einen Agrarpolitischen Bericht über die Lage der Landwirtschaft, der insbes. auch Vorschläge für die Förderung der Landwirtschaft enthält.

Ein Mittel zur Verbesserung der Lage der Landwirtschaft ist auch die Qualitätssteigerung. Nach dem Handelsklassengesetz können durch RechtsVO gesetzliche Handelsklassen eingeführt werden, um Erzeugung, Qualität und Absatz von Erzeugnissen der Landwirtschaft und Fischerei sowie die Marktübersicht zu fördern. Die Erzeugnisse müssen, um nach Handelsklassen in den Verkehr gebracht zu werden, gewisse Mindestmerkmale nach Qualität usw. aufweisen. Auch können Vorschriften über Bezeichnung, Verpackung u. dgl. erlassen werden. Ferner kann bestimmt werden, dass Erzeugnisse nur nach gesetzlichen Handelsklassen in Verkehr gebracht werden dürfen, dass für bestimmte Erzeugnisse in öffentlichen Bekanntmachungen und Mitteilungen nicht ohne Handelsklassenangaben geworben werden darf u. a. m.

Statistische Unterlagen für die Agrarpolitik liefern die in gemeinschaftsrechtlichen und deutschen Vorschriften vorgesehenen Erhebungen, s. insbes. Gesetz über Agrarstatistiken i. d. F. der Bek. vom 19. 7. 2006 (BGBl. I 2401).

425 | Bodenrecht, Flurbereinigung

a) Bodenrecht

Ziel von Bodenrechtsreformen war es bereits in früheren Jahrhunderten, den Einfluss des Großgrundbesitzes zu verringern und einem größeren Teil der Bevölkerung die Ansiedlung zu ermöglichen. Gemäßigte Bodenreformer (*H. George, F. Oppenheimer, A. Damaschke, J. St. Mill*) erstrebten dieses Ziel ohne Eingriffe in das Privateigentum durch steuerliche Maßnahmen oder durch Gründung privater Siedlungsgenossenschaften. Hingegen forderten die Vertreter sozialistischer Anschauungen die Überführung von Grund und Boden in Gemeineigentum (*K. Marx, K. Kautsky*).

b) Flurbereinigung

Zur Verbesserung der Produktions- und Arbeitsbedingungen in der Land- und Forstwirtschaft sowie zur Förderung der allgemeinen Landeskultur und der Landesentwicklung kann ländlicher Grundbesitz durch Maßnahmen nach dem Flurbereinigungsgesetz i. d. F. der Bek. vom 16. 3. 1976 (BGBl. I 546) neu geordnet werden (dazu Ausführungsgesetze der Länder).

426 | Das Höferecht

Nachdem das Kontrollratsgesetz Nr. 45 vom 20. 2. 1947 das nat.-soz. Erbhofrecht aufgehoben hatte, führte die Verordnung der britischen Militärregierung Nr. 84 vom 24. 4. 1947 für ihre Zone eine neue **Höfeordnung** ein, welche die früheren Erbhöfe dem neuen Höferecht unterstellte. An ihrer Stelle gilt jetzt in Hamburg, Niedersachsen, Nordrhein-Westfalen und Schleswig-Holstein die Höfeordnung vom 26. 7. 1976 (BGBl. I 1933).

Die HöfeO bezweckt die Erhaltung der Einheit des Hofes dadurch, dass dieser abweichend von der gesetzlichen Erbfolge ➢ s. Nr. 367, auf einen von mehreren Miterben übergeht. Bei land- oder forstwirtschaftlich genutzten Betrieben mit mindestens 10 000 Euro Wirtschaftswert fällt der Hof dem vom Erblasser bestimmten Hoferben zu, gegen den die Miterben einen Ausgleichsanspruch in Geld haben (i. d. R. das 1½fache des steuerlichen Einheitswerts, wobei im Einzelfall auf Grund besonderer Umstände nach billigem Ermessen Zuschläge oder Abschläge gemacht werden können). Mangels einer Regelung durch den Erblasser werden Hoferbe nach gesetzlichen Ordnungen zunächst die nach der gesetzlichen Erbfolge berufenen Kinder, nach diesen der Ehegatte, dann die Eltern und schließlich die Geschwister. Innerhalb der gleichen Ordnung ist, falls nicht schon ein Miterbe nach dem Umfang seiner Tätigkeit auf dem Hof zum Hoferben bestimmt ist, je nach Ortsbrauch Ältesten- oder Jüngstenrecht maßgebend. – Betriebe mit Wirtschaftswert von mehr als 10 000 Euro sind kraft Gesetzes Hof, können diese Eigenschaft aber durch Erklärung des Eigentümers verlieren oder wiedergewinnen;

bei 5 000 bis 10 000 Euro Wert ist beides allein von der Erklärung des Eigentümers abhängig. Besondere Bestimmungen gelten für den Ehegattenhof. Eine Übergabe des Hofes kann durch notariellen Übergabevertrag im Wege der vorweggenommenen Hoferbfolge stattfinden (wegen der gerichtlichen Genehmigungspflicht nach dem Grundstücksverkehrsgesetz vgl. dort §§ 8, 31). S. a. Verfahrensordnung vom 29. 3. 1976 (BGBl. I 885). Die ursprüngliche Bevorzugung des männlichen Geschlechts bei der Hoferbfolge hat das BVerfG für verfassungswidrig erklärt. In einem Beschluss vom 14. 12. 1994 (1 BvR 720/90) hat das BVerfG die Hoferbfolge, das Anerbenrecht, aber als mit der Verfassung vereinbar erklärt.

427 | Verkehr mit landwirtschaftlichen Grundstücken

a) Grundstücksverkehrsgesetz

Um land- oder forstwirtschaftliche Grundstücke ihrem eigentlichen Nutzungswert zu erhalten, bindet das Grundstücksverkehrsgesetz vom 28. 7. 1961 (BGBl. I 1091) die Veräußerung eines solchen Grundstücks an eine behördliche Genehmigung. Dasselbe gilt für die Bestellung eines Nießbrauchs, die Einräumung und Veräußerung eines Miteigentumsanteils sowie die Veräußerung eines Erbanteils an einen anderen als einen Miterben, wenn der Nachlass im Wesentlichen aus einem land(forst)wirtschaftlichen Betrieb besteht.

Ausnahmen bei Beteiligung von Bund oder Ländern, Erwerb durch eine als öffentlich-rechtliche Körperschaft anerkannte Religionsgesellschaft, im Rahmen einer Flurbereinigung, eines Siedlungsverfahrens oder eines Aussiedlungsverfahrens nach § 37 BVFG oder von Grundstücken innerhalb eines Bebauungsplanes (§ 30 BauGB). Die Länder können Grundstücke bis zu einer bestimmten Größe von der Genehmigungspflicht freistellen.

Versagungsgründe sind insbes. ungesunde Bodenverteilung, unwirtschaftliche Verkleinerung (z. B. Verlust der Lebensfähigkeit eines landwirtschaftlichen Betriebs), grobes Missverhältnis des Erwerbspreises zum Grundstückswert. Liegen solche nicht vor, so muss die Genehmigung erteilt werden. Dem Erwerber können Auflagen gemacht oder Bedingungen auferlegt werden (z. B. Verpachtung an einen Landwirt, Änderung von Vertragsbestimmungen). Gegen einen ablehnenden oder mit Bedingungen oder Auflagen verbundenen Bescheid können die Beteiligten binnen zwei Wochen nach der Zustellung Antrag auf gerichtliche Entscheidung stellen. Sonderbestimmungen regeln die gerichtliche Zuweisung eines landwirtschaftlichen Betriebs, der einer Erbengemeinschaft kraft gesetzlicher Erbfolge angefallen ist, ohne Teilung an einen Miterben.

b) Landpachtverkehrsgesetz

Auch das Gesetz über die Anzeige und Beanstandung von Landpachtverträgen (Landpachtverkehrsgesetz) vom 8. 11. 1985 (BGBl. I 2075) bezweckt, landwirtschaftlich genutzte Grundstücke ihrer eigentlichen Bestimmung zu erhalten. Es unterwirft Landpachtverträge, d. h. Verträge, durch die Grundstücke überwiegend zur Landwirtschaft gegen Entgelt verpachtet werden (s. § 585 BGB), einer Anzeigepflicht; sie können unter gewissen Voraussetzungen durch die nach Landesrecht zuständige Behörde beanstandet werden, insbes. wenn die Verpachtung zu einer ungesunden Verteilung der Bodennutzung führen würde sowie bei unangemessen hohem Pachtzins.

Will die Behörde einen Landpachtvertrag beanstanden, so fordert sie die Vertragsteile auf, den Vertrag binnen bestimmter Frist zu ändern oder aufzuheben.

Wird weder dieser Aufforderung Folge geleistet noch gerichtliche Entscheidung beantragt, gilt der Vertrag als aufgehoben.

Ferner kann jeder Vertragsteil das Landwirtschaftsgericht anrufen, um eine Vertragsänderung wegen wesentlicher Verschiebung der Vertragsgrundlage oder im Falle der Kündigung eine Verlängerung des Landpachtvertrages zu erwirken (s. § 593 Abs. 4, § 595 Abs. 6 BGB).

Das gerichtliche Verfahren in Landwirtschaftssachen regelt das entsprechende Gesetz i. d. F. der Bek. vom 21. 7. 1953 (BGBl. I 667). Danach sind als Gerichte in Landwirtschaftssachen in erster Instanz die Amtsgerichte (Amtsrichter, zwei ehrenamtliche Richter), in zweiter Instanz die Oberlandesgerichte (drei Mitglieder des Oberlandesgerichts, zwei ehrenamtliche Richter) und in dritter Instanz der Bundesgerichtshof zuständig (drei Mitglieder des Bundesgerichtshofs, zwei ehrenamtliche Richter). Die ehrenamtlichen Richter werden jeweils auf fünf Jahre berufen. Für das Verfahren gelten im Wesentlichen die Vorschriften des FGG (vgl. Nr. 301 ff.).

c) Föderalismusreform

Im Zuge der 2006 durchgeführten Föderalismusreform ist das landwirtschaftliche Grundstücksverkehrsrecht sowie das landwirtschaftliche Pachtwesen in die ausschließliche Gesetzgebungskompetenz der Länder übergegangen (vgl. Art. 1 Nr. 7 Buchst. a Doppelbuchstabe jj des Gesetzes zur Änderung des Grundgesetzes vom 28. 8. 2006 (BGBl. I 2039) Gem. Art. 125 a Abs. 1 GG gilt das Bundesrecht bis zu seiner Ersetzung durch Landesrecht fort.

428 | Regelung der landwirtschaftlichen Erzeugung

a) Bodennutzung und Tierhaltung

Auf dem Gebiet der Bodennutzung und Tierhaltung ergingen zahlreiche, meist auf dem Recht der EU beruhende Vorschriften, die der Regelung und Förderung der landwirtschaftlichen Erzeugung und der Erleichterung des grenzüberschreitenden Agrarhandels dienen.

aa) Düngemittelgesetz vom 15. 11. 1977 (BGBl. I 2134)

Düngemittel dürfen gewerbsmäßig nur in Verkehr gebracht werden, wenn sie einem durch RechtsVO zugelassenen Düngemitteltyp entsprechen. Auch können zur Ordnung des Verkehrs mit Düngemitteln und zum Schutz des Anwenders Vorschriften über Kennzeichnung und Verpackung erlassen sowie zum Schutz der Gesundheit von Menschen, Tieren oder Pflanzen Verkehrsbeschränkungen angeordnet werden. Die Überwachung obliegt den landesrechtlich zuständigen Behörden. Als „EG-Düngemittel" dürfen Düngemittel gewerbsmäßig nur in Verkehr gebracht werden, wenn sie einem Typ entsprechen, der im Anhang I der Verordnung (EG) Nr. 2003/2003 des Europäischen Rates und des Rates vom 13. 10. 2003 über Düngemittel (ABl. EU Nr. L 304, 1) festgelegt ist (§ 2 a). Zur Kennzeichnung vgl. DüngemittelVO i. d. F. der Bek. vom 26. 11. 2003 (BGBl. I 2373). Düngemittel dürfen nur nach guter fachlicher Praxis angewandt werden (§ 1 a Düngemittelgesetz).

bb) Pflanzenschutzgesetz i. d. F. der Bek. vom 14. 5. 1998 (BGBl. I 971, 1527, 3512).

Durch das Pflanzenschutzgesetz wird der Pflanzenschutz außer auf Bekämpfung von Krankheiten und Schädlingen auch auf Verhütungsmaßnahmen, insbes. gegen Einschleppung von Krankheiten und Schädlingen, ausgedehnt. S. a. PflanzenbeschauVO i. d. F. der Bek. vom 3. 4. 2000 (BGBl. I 337). Da Bekämpfungsmittel gegen Pflanzenschädlinge entwickelt worden sind, die nach ihrer Wirkung auf den menschlichen Körper als giftig anzusehen sind, regelt die VO über Pflanzenschutzmittel und Pflanzenschutzgeräte (Pflanzenschutzmittelverordnung) i. d. F. der Bek. vom 9. 3. 2005 (BGBl. I 734) die Zulassung von Pflanzenschutzmitteln und die Anforderungen an die Beschaffenheit von Pflanzenschutzgeräten. S. ferner die Pflanzenschutz-AnwendungsVO i. d. F. der Bek. vom 10. 11. 1992 (BGBl. I 1887), die Rückstands-Höchstmengenverordnung i. d. F. der Bek. vom 21. 10. 1999 (BGBl. I 2082, 2002), die festlegt, dass Höchstmengen bestimmter Pflanzenschutzmittel in oder auf Lebensmitteln und Tabakerzeugnissen beim gewerbsmäßigen Inverkehrbringen nicht überschritten werden dürfen und VO zum Schutz der Bienen vor Gefahren durch Pflanzenschutzmittel – Bienenschutz-VO – i. d. F. der Bek. vom 22. 7. 1992 (BGBl. I 1410).

cc) **Tierzuchtgesetz** i. d. F. der Bek. vom 21. 12. 2006 (BGBl. I 3294).

Zweck des Gesetzes ist es, im züchterischen Bereich die Erzeugung von Rindern, Schweinen, Schafen, Ziegen und Pferden so zu fördern, dass die Leistungsfähigkeit der Tiere unter Berücksichtigung der Vitalität, die Wirtschaftlichkeit, die Qualität der tierischen Erzeugnisse erhalten und verbessert wird und dass die genetische Vielfalt erhalten bleibt. Hierzu regelt das Gesetz vor allem die Voraussetzungen für das Anbieten und Abgeben von Zuchttieren, die Durchführung von Leistungsprüfungen, die Anerkennung von Zuchtorganisationen, Zuchtbücher, Herkunftsbescheinigungen, Besamungserlaubnis, Besamungsstationen, Embryotransfereinrichtungen und dergleichen. S. hierzu die VO über Zuchtorganisationen i. d. F. der Bek. vom 6. 6. 2000 (BGBl. I 811, 1031).

dd) Handelsklassengesetz

Das Handelsklassengesetz i. d. F. der Bek. 23. 11. 1972 (BGBl. I 2201) bezweckt, die Erzeugung, die Qualität und den Absatz von Erzeugnissen der Landwirtschaft und Fischerei zu fördern. Es dient also der Wirtschaftsförderung, während das Lebensmittel-, Bedarfsgegenstände- und Futtermittelgesetzbuch Gefahren für die Gesundheit abwenden will. Auf Grund des HandelsklassenG und der spezifischen Vorgaben des EU-Rechts sind Verordnungen über Handelsklassen bei Fleisch, Obst und Gemüse, Geflügel u. a. landwirtschaftliche Erzeugnisse ergangen, vgl. z. B. VO über gesetzliche Handelsklassen für Rindfleisch vom 20. 12. 1991 (BGBl. I 2387).

ee) **Saatgutverkehrsgeset**z i. d. F. der Bek. vom 16. 7. 2004 (BGBl. I 1673) mit zahlreichen ErgänzungsVOen.

Zweck des Saatgutverkehrsgesetzes ist, die Züchtung wertvoller Sorten von Kulturpflanzen zu fördern und die Interessen der Verbraucher an sortenechtem, sortenreinem und hochkeimfähigem Saatgut zu wahren, das möglichst frei von allen den Gebrauch beeinträchtigenden Beimischungen ist. Ein dem BML unterstehendes Bundessortenamt (Bundesoberbehörde) führt eine Sortenliste, in der die Sortenbezeichnung, wesentliche Merkmale, Name des Züchters usw. eingetragen werden. Die Sortenliste beruht auf dem gemeinsamen Sortenkatalog für landwirtschaftliche Pflanzenarten (Richtlinie 70/457, ABl. EG 1970, L 225, 1). Das Saatgut darf nur vom Sortenschutzinhaber und nur unter der Sortenbezeichnung gewerbsmäßig vertrieben werden. Zum SaatgutverkehrsG sind zahlreiche DVOen für die einzelnen Saatgutarten ergangen.

b) Erzeugung und Absatz

Um Erzeugung und Absatz in der Land- und Fischwirtschaft den Markterfordernissen anzupassen, können **Erzeugergemeinschaften** gebildet und diese zu Vereinigungen zusammengeschlossen werden; sie sollen die Produktion marktgerecht regulieren (also nicht schlechthin steigern). Nach dem Marktstrukturgesetz i. d. F. der Bek. vom 26. 9. 1990 (BGBl. I 2134) können ihnen, falls sie landesbehördlich anerkannt sind, staatliche Beihilfen für ihre Tätigkeit und für Investitionen gewährt werden. Diese beruhen weitgehend auf Programmen der gemeinschaftlichen Agrarpolitik. Ein zentraler Fonds zur Förderung des Absatzes der deutschen Land- und Ernährungswirtschaft ist mit dem Absatzfondsgesetz i. d. F. der Bek. vom 21. 6. 1993 (BGBl. I 998) vorgesehen worden. Nach dem Holzabsatzfondsgesetz i. d. F. der Bek. vom 6. 10. 1998 (BGBl. I 3130) hat der Holzabsatzfonds, eine Anstalt des öffentlichen Rechts mit Sitz in Bonn, die Aufgabe, den Absatz und die Verwertung von Holz- und Forstwirtschaftserzeugnissen durch Erschließung und Pflege von Märkten im In- und Ausland zentral zu fördern. Das Seefischereigesetz i. d. F. der Bek. vom 6. 7. 1998 (BGBl. I 1791) passt das deutsche Recht an das Seerechtsübereinkommen vom 10. 12. 1982 an und enthält Regelungen zur Durchführung des gemeinschaftlichen Fischereirechts.

c) Sonstige Regelungen

Über die Regelung des europäischen Marktes s. Nr. 415.

Zu erwähnen ist noch das Tierseuchengesetz i. d. F. der Bek. vom 22. 6. 2004 (BGBl. I 1260) und mit zahlr. Durchführungsbestimmungen.

429 | Agrarkredit

Zur Beschaffung von Krediten für die Landwirtschaft und Ernährungswirtschaft (einschl. Forstwirtschaft und Fischerei) besteht gem. Gesetz vom 4. 9. 2002 (BGBl. I 3646) die **Landwirtschaftliche Rentenbank** mit Sitz in Frankfurt a. M. Sie ist zentrales Refinanzierungsinstitut und bietet im Rahmen des gesetzlichen Förderungsauftrags in erster Linie Sonderkreditprogramme für spezielle Zwecke und Hilfsmaßnahmen an und legt Darlehen für Landwirtschaft und ländlichen Raum ohne besondere Zweckbindung auf. Die Darlehen werden über die Hausbanken vergeben. Die Kredite sollen in erster Linie die landwirtschaftliche Erzeugung und den ländlichen Raum fördern. Die Bank kann Inhaberschuldverschreibungen ausgeben. Der Kapitalkreditbeschaffung für landwirtschaftliche Pächter dient das Pachtkreditgesetz i. d. F. der Bek. vom 5. 8. 1951 (BGBl. I 494).

Die Landwirtschaftliche Rentenbank ist bundesunmittelbare Anstalt des öffentlichen Rechts.

Nach dem Pachtkreditgesetz kann der Pächter eines landwirtschaftlichen Grundstücks an dem ihm gehörenden Inventar einem zugelassenen Kreditinstitut zur Sicherung eines ihm gewährten Darlehens ein Pfandrecht ohne Besitzübertragung bestellen. Erforderlich ist Einigung zwischen Pächter und Gläubiger über die Bestellung des Pfandrechts und Niederlegung des schriftlichen Verpfändungsvertrages beim zuständigen Amtsgericht.

430 | Das Lebensmittelrecht

a) Zweck der lebensmittelrechtlichen Bestimmungen

Das Lebensmittelrecht, das überwiegend auf gemeinschaftsrechtlichen Vorgaben beruht, bezweckt, den Verbraucher vor gesundheitlicher Schädigung bei Lebensmitten, Futtermitteln, kosmetischen Mitteln und Bedarfsartikeln zu bewahren und ihn vor Täuschung zu schützen.

Ferner soll die Unterrichtung der Wirtschaftsbeteiligten, Verbraucher von Lebensmitteln und Bedarfsartikeln sowie von Verwendern von

Futtermitteln sichergestellt werden. Zweck ist bei Futtermitteln ferner der Schutz der Tiere und der Umwelt sowie die Erhaltung und Verbesserung der Leistungsfähigkeit von Nutztieren sowie die Gewährleistung der Lebensmittelsicherheit.

b) Lebensmittel-, Bedarfsgegenstände- und Futtermittelgesetzbuch (Lebensmittel- und Futtermittelgesetzbuch – LFGB)

Das LFGB i. d. F. der Bek. vom 26. 4. 2006 (BGBl. I 945) ist das Kernstück des Lebensmittelrechts. Das LFGB hat zum 7. 9. 2005 das bisherige Lebensmittel- und Bedarfsgegenständegesetz sowie das Futtermittelgesetz abgelöst und versteht sich insbesondere als umfassendes Verbraucherschutzgesetz.

Das LFGB ist in 11 Abschnitte aufgeteilt.

Abschnitt 1 (§§ 1–4) enthält **allgemeine Bestimmungen** zu Gesetzeszweck, zu Begriffen und zum Geltungsbereich. Die Klärung von Begriffen erfolgt dabei in den §§ 2 und 3. Für die Festlegung des Lebensmittelbegriffs wird auf die Definition in Art. 2 der Verordnung (EG) Nr. 178/200 des Europäischen Parlaments und des Rates vom 28. 1. 2006 zur Festlegung der Allgemeinen Grundsätze und Anforderungen des Lebensmittelrechts usw. (ABl. EU Nr. L 31 vom 1. 2. 2002, S. 1) zurück gegriffen. Sonach sind **Lebensmittel** alle Stoffe oder Erzeugnisse, die dazu bestimmt sind oder von denen nach vernünftigem Ermessen erwartet werden kann, dass sie in verarbeitetem, teilweise verarbeitetem oder unverarbeitetem Zustand von Menschen aufgenommen werden. Zu den Lebensmitteln zählen auch Getränke, Kaugummi sowie alle Stoffe – einschließlich Wasser –, die dem Lebensmittel bei seiner Herstellung oder Ver- oder Bearbeitung absichtlich zugesetzt werden. **Kosmetische Mittel** sind nach § 2 Abs. 5 Stoffe oder Zubereitungen aus Stoffen, die ausschließlich oder überwiegend dazu bestimmt sind, äußerlich am Körper des Menschen oder in seiner Mundhöhle zur Reinigung, zum Schutz, zur Erhaltung eines guten Zustandes, zur Parfümierung, zur Veränderung des Aussehens oder dazu angewendet zu werden, den Körpergeruch zu beeinflussen. **Bedarfsgegenstände** sind beispielsweise Packungen und Umhüllungen, die mit Lebensmitteln oder kosmetischen Mitteln in Berührung kommen, Spielwaren und Scherzartikel, Reinigungs- und Pflegemittel für den häuslichen Bedarf, Gegenstände, die dazu bestimmt sind, nicht nur vorübergehend mit dem menschlichen Körper in Kontakt zu kommen, wie Bekleidung, Bettwäsche, Perücken (§ 2 Abs. 6). Unter **Futtermitteln** sind Stoffe oder Erzeugnisse, auch Zusatzstoffe, verarbeitet, teilweise verarbeitet oder unverarbeitet zu verstehen, die zur oralen Tierfütterung bestimmt sind (§ 2 Abs. 4).

Abschnitt 2 (§§ 5 bis 16) betrifft den **Verkehr mit Lebensmitteln**. Er enthält Verbote zum Schutz der Gesundheit (§ 5), Verbote für Lebensmittel-Zusatzstoffe (§ 6) , das Verbot, Lebensmittel in nicht zugelassener Weise mit ultravioletten oder ionisierenden Strahlen zu behandeln (§ 8), Vorschriften gegen eine unzulässige Belastung mit Pflanzenschutz- und pharmakologischen Mitteln (§§ 9, 10). Zum Schutz vor Täuschung ein Verbot, Lebensmittel unter irreführender Bezeichnung,

Angabe oder Aufmachung gewerbsmäßig in Verkehr zu bringen oder im Einzelfall mit irreführenden Darstellungen oder sonstigen Aussagen zu werben (§ 11) sowie das Verbot krankheitsbezogener Werbung (§ 12).

Abschnitt 3 (§§ 17 bis 25) regelt den **Verkehr mit Futtermitteln, Abschnitt 4** (§§ 26 bis 29) den Verkehr mit **kosmetischen Mitteln, Abschnitt 5** (§§ 30 bis 32) den **Verkehr mit** sonstigen **Bedarfsgegenständen.** Die Einzelregelungen in den jeweiligen Abschnitten sind analog zu Abschnitt 2 aufgebaut. **Gemeinsame Vorschriften für alle Erzeugnisse**, insbesondere Verordnungsermächtigungen zum Schutz der Gesundheit, vor Täuschung, für betriebseigene Kontrollen und Maßnahmen sowie weitere Ermächtigungen enthält **Abschnitt 6** (§§ 34 bis 37).

Abschnitt 7 (§§ 38 bis 49) befasst sich mit der **Überwachung**. Die Durchführung der Lebensmittelüberwachung geschieht nach Landesrecht (z.B. durch die Gewerbeaufsichtsämter, Veterinärbehörden, etc.), wobei sich in bestimmten Fällen die zuständigen Landes- und Bundesbehörden gegenseitig zu unterrichten haben (§§ 38, 39). § 40 regelt die Unterrichtung der Öffentlichkeit. Danach kann unter bestimmten Voraussetzungen zur Gefahrenabwehr die Öffentlichkeit unter Nennung der Bezeichnung des Erzeugnisses bzw. der Hersteller oder Verarbeiterfirma informiert werden. In den §§ 43 und 44 werden Probennahme, Duldungs-, Mitwirkungs- und Übermittlungspflichten geregelt.

Abschnitt 8 (§§ 50 bis 52) beschäftigt sich mit **Monitoring, Abschnitt 9** (§§ 53 bis 57) mit **Im- und Export. Abschnitt 10** (§§ 58 bis 62) enthält **Straf- und Bußgeldvorschriften. Abschnitt 11** (§§ 63 bis 73) beinhaltet Schlussvorschriften (z. B. über Gebühren und Auslagen, Statistik, usw.).

Durch das Gesetz über den Übergang auf das neue Lebensmittel- und Futtermittelrecht vom 1. 9. 2005 (BGBl. I 2618) wird sichergestellt, dass bestimmte Rechtsverordnungen, die aufgrund des bisher geltenden Lebens- und Futtermittelrechts erlassen wurden, bis zu einer Neuregelung aufgrund des LFGB fortgelten.

c) Lebensmittelrechtliche Verordnungen

Im Lebensmittelrecht sind zahlreiche Verordnungen ergangen. Die wichtigsten sind (nach einem Stichwort alphabetisch geordnet):

Aroma: AromenVO i. d. F. der Bek. vom 22. 12. 1981 (BGBl. I 1625);

Bedarfsgegenstände: BedarfsgegenständeVO i. d. F. der Bek. vom 23. 12. 1997 (BGBl. 98 I 5);

Bestrahlung: Lebensmittel-Bestrahlungs-VO i. d. F. der Bek. vom 14. 12. 2000 (BGBl. I 1730);

Bier: BierVO i. d. F. der Bek. vom 2. 7. 1990 (BGBl. I 1332);

Diät: DiätVO i. d. F. der Bek. vom 28. 4. 2005 (BGBl. I 1161);

Eiprodukte: Eiprodukte-VO i. d. F. der Bek. vom 17. 12. 1993 (BGBl. I 2288);

Fisch: Fischhygiene-VO i. d. F. der Bek. vom 8. 6. 2000 (BGBl. I 819);

Fleisch: Fleisch-VO i. d. F. der Bek. vom 21. 1. 1982 (BGBl. I 89) und Fleischhygiene-VO i. d. F. der Bek. vom 29. 6. 2001 (BGBl. I 1366);

Fruchtsaft: Fruchtsaft-VO i. d. F. der Bek. vom 24. 5. 2004 (BGBl. I 1939);

Geflügel: GeflügelfleischhygieneVO i. d. F. der Bek. vom 21. 12. 2001 (BGBl. I 4098);

Hackfleisch: Hackfleisch-VO i. d. F. der Bek. vom 10. 5. 1976 (BGBl. I 1186);
Honig: HonigVO i. d. F. der Bek. vom 16. 1. 2004 (BGBl. I 92);
Kaffee: KaffeeVO i. d. F. der Bek. vom 15. 11. 2001 (BGBl. I 3107);
Kakao: KakaoVO i. d. F. der Bek. vom 15. 12. 2003 (BGBl. I 2738);
Käse: Käse-VO i. d. F. der Bek. vom 14. 4. 1986 (BGBl. I 412);
Kennzeichnung: Lebensmittel-KennzeichnungsVO i. d. F. der Bek. vom 15. 12. 1999 (BGBl. I 2464); Los-KennzeichnungsVO i. d. F. der Bek. vom 23. 6. 1993 (BGBl. I 1022); Milchkennzeichnungs-VO i. d. F. der Bek. vom 19. 6. 1974 (BGBl. I 1310);
Konfitüren: KonfitürenVO i. d. F. der Bek. vom 23. 10. 2003 (BGBl. I 2151);
Kosmetik: Kosmetik-VO i. d. F. der Bek. vom 7. 10. 1997 (BGBl. I 2410);
Lebensmittel: LebensmittelhygieneVO i. d. F. der Bek. vom 5. 8. 1997 (BGBl. I 2008);
Milch: MilchVO i. d. F. der Bek. vom 15. 7. 1970 (BGBl. I 1150);
Mineralwasser: Mineral- und Tafelwasser-VO i. d. F. der Bek. vom 1. 8. 1984 (BGBl. I 1036) ;
Nährwert: Nährwert-KennzeichnungsVO i. d. F. der Bek. vom 25. 11. 1994 (BGBl. I 3526);
Schadstoffe: Schadstoff-HöchstmengenVO i. d. F. der Bek. vom 19. 12. 2003 (BGBl. I 2755);
Tiefgefrorene Lebensmittel: VO über tiefgefrorene Lebensmittel i. d. F. der Bek. vom 29. 10. 1991 (BGBl. I 2051);
Trinkwasser: TrinkwasserVO i. d. F. der Bek. vom 21. 5. 2001 (BGBl. I 959)
Vitaminisierung: VO über vitaminisierte Lebensmittel vom 1. 9. 1942 (RGBl. I 538);
Zucker: ZuckerartenVO i. d. F. der Bek. vom 23. 10. 2003 (BGBl. I 2098)

d) Weitere lebensmittelrechtlich bedeutsame gesetzliche Regelungen

sind z. B. das Hopfengesetz i. d. F. der Bek. vom 21. 10. 1996 (BGBl. I 1530) und das Rindfleischetikettierungsgesetz i. d. F. der Bek. vom 26. 2. 1998 (BGBl. I 380).

Der Durchführung der EWG-VO über Bescheinigungen besonderer Merkmale von Agrarerzeugnissen und Lebensmitteln dient das Lebensmittelspezialitätengesetz vom 29. 10. 1993 (BGBl. I 1814).

431 | Energiewirtschaft

Das zum 13. 7. 2005 in Kraft getretene novellierte **Energiewirtschaftsgesetz** (EnWG) i. d. F. der Bek. vom 7. 7. 2005 (BGBl. I 1970, 3621) bezweckt eine möglichst sichere, preisgünstige, verbraucherfreundliche, effiziente und umweltverträgliche leitungsgebundene Versorgung der Allgemeinheit mit Elektrizität und Gas. Es berücksichtigt die Vorgaben des EU-Binnenmarktpakets für die leitungsgebundene Energieversorgung aus der EU-Stromrichtlinien (2003/54/EG und 2004/67/EG), der EU-Gasrichtlinie (2003/55/EG) und der EU-Verordnung zum grenzüberschreitenden Stromhandel (EG Nr. 1228/2003). Durch die Regulierung der Elektrizitäts- und Gasversorgungsnetze, die überwiegend in den Aufgabenbereich der **Bundesnetzagentur** für Elektrizität, Gas, Telekommunikation, Post und Eisenbahnen mit Sitz in Bonn als selbständige Bundesoberbehörde im Geschäftsbereich des BMWi, teilweise aber auch in die Zuständigkeit von Landesregulierungsbehörden fällt, soll ein wirksamer und unverfälschter Wettbewerb bei der Versorgung mit Strom und Gas gesichert werden. Das EnWG besteht aus 10 Teilen. Es regelt unter anderem die rechtliche und operationelle Entflechtung von Energieversorgungsunternehmen und Netzbetreibern (§§ 6 bis 10), beschreibt die Aufgaben der Netzbetreiber (§§ 11 bis 16 a) sowie die Bedingungen für den Netzanschluss und konstituiert unter bestimmten Bedingungen eine allgemeine Anschlusspflicht (§§ 17, 18). Das EnWG enthält im Interesse eines möglichst fairen und verbraucherfreundlichen Wettbewerbs Regelungen für den Netzzugang sowie die hierfür zu entrichtenden Entgelte (§§ 20 bis 28a). Die Befugnisse der Regulierungsbehörde sowie mögliche Sanktionen für Verstöße sind in den §§ 29 bis 35 festgelegt. Das EnWG legt bestimmten Energieversorgungsunternehmen ferner eine Grundversorgungspflicht für Haushaltskunden auf und regelt in diesem Zusammenhang Grundlagen von Energieversorgungsverträgen (§§ 36, 41). Die Anforderungen an Sicherheit und Zuverlässigkeit der Energieversorgung (z. B. betreffend Mindeststandards hinsichtlich Energieanlagen, Vorratshaltung) regeln §§ 36 bis 53 a. Aufsichtsmaßnahmen bei Gesetzesverstößen, Sanktionen sowie das in diesem Zusammenhang einzuhaltende Verfahren und die gerichtliche Zuständigkeit (ordentliche Gerichtsbarkeit) regeln die §§ 65 bis 108.

Die Versorgung der Bevölkerung und der Wirtschaft mit Heizöl, Petroleum, Benzin und Dieselkraftstoff soll das Erdölbevorratungsgesetz i. d. F. der Bek. vom 6. 4. 1998 (BGBl. I 679) sicherstellen.

Eine fühlbare Verknappung der Erdölzulieferung entstand im Nov. 1973, weil die erdölfördernden arabischen Staaten die Öllieferungen an nicht proarabische Länder einschränkten, um dadurch im Konflikt mit Israel politischen Druck auszuüben. Die hierdurch hervorgerufene Krise in der Energieversorgung, die auch europäische Staaten zu Einschränkungen des Energieverbrauches zwang, konnte im Verhandlungswege gemildert werden. Zum Schutz gegen künftige Energiekrisen schlossen sich 19 ölverbrauchende Industrienationen im November 1974 im Rahmen der OECD zu einer **Internationalen Energie-Agentur** (IEA) zusammen. Diese bildet eine für mehrere Monate ausreichende Reserve, die ggf. nach einem Verteilungsschlüssel auf die Mitglieder aufgeteilt wird; diese treffen ihrerseits Maßnahmen zur Beschränkung der Ölnachfrage. Zur Unterstützung von Staaten, die durch den Ölpreisanstieg in ein Zahlungsdefizit geraten, besteht ein Beistandsfonds mit Sonderziehungsrechten, für welche die beteiligten Länder Risikobürgschaften übernehmen. Die IEA umfasst inzwischen 26 Länder.

Die Suche nach neuen Energiequellen erstreckt sich auf viele Bereiche, die Gegenstand experimenteller Forschung sind, z. B. auf die Ausnutzung der Sonnenenergie oder der im Erdinnern gespeicherten Wärmemengen (Geothermik), ferner auf die Gewinnung von thermischer Energie aus der sonnengewärmten Oberfläche der Ozeane und die Verwertung von Abfallstoffen, wärmespeichernden Pflanzen und anderem organischen Material zur Wärmegewinnung (Biokonversion). Die verstärkte Nutzung erneuerbarer Energiequellen war auch der Hauptgegenstand der im Juni 2004 auf Einladung der Bundesregierung abgehaltenen, von 154 Staaten beschickten Konferenz für erneuerbare Energien „Renewables 2004". In der BRep. regelt das Gesetz für den Vorrang erneuerbarer Energien (EEG) vom 21. 7. 2004 (BGBl. I 1918) die Abnahme und Vergütung von Strom, der ausschließlich aus Wasserkraft, Windkraft, Sonnenenergie, Deponie- oder Klärgas u. ä. gewonnen wird.

II. Handels- und Gesellschaftsrecht

436 | Handelsrecht

Das Handelsrecht ist eines der für die Wirtschaft wichtigsten Rechtsgebiete. Es ist ein Teil des bürgerlichen Rechts im weiteren Sinne und umfasst insbes. die für Kaufleute geltenden besonderen Vorschriften des Privatrechts. Außer dem Handelsgesetzbuch (HGB) ➢ s. unten, kommen als ergänzende Bestimmungen zahlreiche weitere Gesetze aus angrenzenden Rechtsgebieten in Betracht, die handelsrechtliche Vorschriften enthalten ➢ vgl. z. B. im Folgenden Nrn. 460, 461, 463, 473.

437 | Handelsgesetzbuch (HGB)

Das HGB i. d. F. der Bek. vom 10. 5. 1897 (RGBl. 219) gliedert sich in fünf Bücher: Handelsstand, Handelsgesellschaften und stille Gesellschaft, Handelsbücher, Handelsgeschäfte, Seehandel.

Das HGB bringt ein Sonderrecht für die wirtschaftliche Betätigung der meisten gewerblichen Unternehmer. Das im HGB geregelte Handelsrecht umfasst im Besonderen die Rechtsverhältnisse industrieller Betriebe und weitgehend auch die des Handwerks sowie der Urerzeugung von Grund- und Rohstoffen.

438 | Handelsstand, Handelsregister, Kaufleute

Das 1. Buch des HGB behandelt den **Handelsstand** und grenzt das Anwendungsgebiet des Handelsrechts ab. Es enthält ferner Bestimmungen über das seit 1. 1. 2007 elektronisch geführte **Handelsregister** ➢ s. hierzu Nr. 305, das Firmenrecht, die Handelsbücher und die kaufmännischen Hilfspersonen.

Kaufmann i. S. des HGB ist, wer selbstständig ein Handelsgewerbe betreibt.

a) Handelsgewerbe ist jeder Gewerbebetrieb. Das HGB spricht hier vom **Istkaufmann**. Die Kaufmannseigenschaft wird bei jedem Gewerbebetrieb vermutet. Wenn allerdings das Unternehmen nach Art oder Umfang keinen in kaufmännischer Weise eingerichteten Geschäftsbetrieb erfordert, greift die Vermutung nicht, die Kaufmannseigenschaft liegt dann nicht vor (§ 1 Abs. 2 HGB).

b) **Kannkaufmann**. Durch freiwillige Eintragung in das Handelsregister kann ein gewerbliches Unternehmen, das nicht gem. § 1 Abs. 2 HGB, s. o., als Handelsgewerbe gilt, Kaufmannseigenschaft erlangen (§ 2 HGB). Die Eintragung kann wieder gelöscht werden, solange das Unternehmen nicht durch Ausweitung des Geschäftsbetriebs zum Istkaufmann geworden ist (§ 2 Satz 3 HGB). Ebenso kann ein Land- oder Forstwirt Kaufmann werden, wenn sein Unternehmen einen in kaufmännischer Weise eingerichteten Geschäftsbetrieb erfordert (§ 3 Abs. 2 HGB); die Löschung einer solchen Firma aus dem Handelsregister erfolgt jedoch nur nach den allgemeinen Vorschriften.

c) **Kaufleute kraft Rechtsform** sind die Handelsgesellschaften (oHG, KG, AG, KG auf Aktien, GmbH) und die Genossenschaften; das ist (außer bei oHG und KG) auch der Fall, wenn sie kein Handelsgewerbe betreiben ➢ vgl. Nr. 447. Die Gesellschafter der oHG und die persönlich haftenden Gesellschafter der KG sind nach h. M. Kaufleute gemäß a).

439 | Partnerschaft

Angehörige Freier Berufe können sich zur gemeinsamen Berufsausübung zu einer Partnerschaft zusammenschließen (Gesetz über Partnerschaftsgesellschaften Angehöriger Freier Berufe – Partnerschaftsgesellschaftsgesetz – PartGG – i. d. F. der Bek. vom 25. 7. 1994, BGBl. I 1744).

Die **Partnerschaftsgesellschaft** ist als rechtsfähige Personengesellschaft ausgestaltet, die nur Angehörigen Freier Berufe zugänglich ist, kein Handelsgewerbe ausübt, aber namensrechtsfähig, grundbuchfähig und parteifähig ist. In ihr Vermögen kann vollstreckt werden. Als Ausübung eines Freien Berufs i. S. des PartGG gilt z. B. die selbstständige Berufstätigkeit der Ärzte, Zahnärzte, Tierärzte, Rechts- und Patentanwälte, Wirtschaftsprüfer, Ingenieure, Architekten, Journalisten, Wissenschaftler, Künstler oder Schriftsteller (§ 1 Abs. 2 PartGG).

Auf die Partnerschaft finden die Vorschriften des BGB, aber in größerem Umfang auch die Vorschriften des Handelsgesetzbuches Anwendung. Der Partnerschaftsvertrag bedarf der Schriftform (§ 3), sie ist zur Eintragung in das seit 1. 1. 2007 elektronisch geführte **Partnerschaftsregister** beim zuständigen Amtsgericht anzumelden (§§ 4, 7). Näheres regelt die PartnerschaftsregisterVO i. d. F. der Bek. vom 16. 6. 1995 (BGBl. I 808). Für die Verbindlichkeiten der Partnerschaft haften neben der Gesellschaft die Partner als Gesamtschuldner. Zur Auflösung oder Liquidation der Partnerschaft s. §§ 9, 10.

Auf europäischer Ebene wird zurzeit die Einführung der europaweit einheitlichen Rechtsform einer Privatgesellschaft diskutiert, die insbes. auch Angehörigen freier Berufe offen stehen soll.

440 | Unternehmensregister

Aufgrund Vorgaben der EU wurde zum 1. Januar 2007 durch das Gesetz über elektronische Handelsregister und Genossenschaftsregister sowie das Unternehmensregister (EHUG) i. d. F. der Bek. vom 10. 11. 2006 (BGBl. I 2553) ein unter Verantwortung des Bundesministeriums der Justiz elektronisch geführtes Unternehmensregister eingeführt. Über die Internetseite des Unternehmensregisters (www.unternehmensregister.de) sind die wichtigsten veröffentlichungspflichtigen Daten über ein Unternehmen zentral zugänglich, unter anderem Eintragungen im Handels-, Genossenschafts- und Partnerschaftsregister, deren Bekanntmachung und zu diesen Registern eingereichte Dokumente, Unterlagen der Rechnungslegung nach § 325 HGB und deren Bekanntmachung, gesellschaftsrechtliche Bekanntmachungen im elektronischen Bundesanzeiger, Bekanntmachungen der Insolvenzgerichte). Das Unternehmensregister ergänzt, ersetzt aber nicht die Handelsregister, deren Eintragungen weiterhin allein rechtlich maßgeblich sind.

441 | Firmenrecht

Die **Firma** ist der Name, unter dem der Kaufmann (natürliche Person oder Handelsgesellschaft) seine Handelsgeschäfte betreibt und die Unterschrift abgibt (§ 17 HGB).

Der Kaufmann kann unter seiner Firma klagen und verklagt werden. Die Firma als solche kann großen wirtschaftlichen Wert haben (den sog. **goodwill** = Firmenwert, d. i. der die Substanz – Kapital, Betriebsvermögen, Waren usw. – übersteigende tatsächliche Wert einschl. Kundenkreis, Geschäftschancen usw.). Gleichwohl darf die Firma nicht für sich allein ohne das Handelsgeschäft übertragen werden (§ 23 HGB).

Die **Firma** muss zur Kennzeichnung des Kaufmanns geeignet sein, der Name Unterscheidungskraft besitzen. Irreführende Angaben dürfen hierbei nicht gemacht werden (§ 18 HGB).

Für die Firmenbezeichnung gelten folgende Grundsätze (§ 19 HGB):

a) Bei Einzelkaufleuten muss die Bezeichnung „eingetragener Kaufmann" oder „eingetragene Kauffrau" oder eine allgemein verständliche Abkürzung dieser Bezeichnung enthalten sein;

b) bei einer Offenen Handelsgesellschaft diese Bezeichnung oder die Abkürzung „OHG";

c) bei einer Kommanditgesellschaft diese Bezeichnung oder die Abkürzung „KG".

Der Erwerber eines Handelsgeschäfts, der die Firma fortführt, haftet für alle im Betrieb begründeten Verbindlichkeiten des früheren Inhabers (§ 25 HGB). Der frühere Geschäftsinhaber haftet für die Verbindlichkeiten nur, wenn sie innerhalb von 5 Jahren ab Eintragung des neuen Inhabers in das Handelsregister gerichtlich festgestellt sind oder eine gerichtliche oder behördliche Vollstreckungshandlung vorgenommen oder beantragt wird; bei öffentlich-rechtlichen Verbindlichkeiten genügt der Erlass eine Verwaltungsakts (sog. Nachhaftungsbegrenzung, § 26 HGB). Über GmbH und GmbH u. Co. KG ➤ vgl. Nr. 447 b) dd).

Firmenschutz gewähren: § 37 HGB (Klage auf Unterlassung); § 12 BGB (Schutz des Namens).

442 | Handelsbücher, Bilanzen, Inventar

Die Führung der Handelsbücher ist im Dritten Buch des HGB (§§ 238–342 e) geregelt.

Der erste Abschnitt (§§ 238–263) enthält allgemeine Vorschriften, die für alle Kaufleute gelten. Jeder Kaufmann ist verpflichtet, **Bücher** zu führen und in diesen seine Handelsgeschäfte und die Lage seines Vermögens nach den **Grundsätzen ordnungsmäßiger Buchführung** ersichtlich zu machen (§ 238 Abs. 1 Satz 1). Außerdem ist zu Beginn des Handelsgewerbes sowie zu Beginn und Schluss eines jeden Geschäftsjahrs ein **Inventar** (Verzeichnis der Grundstücke, Forderungen und Schulden, des Bargelds sowie der sonstigen Vermögensgegenstände des Kaufmanns) zu erstellen (§ 240). Jeder Kaufmann hat ferner zu Beginn seines Handelsgewerbes und für den Schluss eines jeden Geschäftsjahrs einen sein Vermögen und seine Schulden darstellenden Abschluss (**Eröffnungsbilanz, Bilanz**) durch Gegenüberstellung der Aktiva und Passiva aufzustellen. Am Schluss des Geschäftsjahrs ist eine **Gewinn- und Verlustrechnung** aufzustellen. Die Bilanz und die Gewinn- und Verlustrechnung bilden den Jahresabschluss (§ 242). Die §§ 243–263 enthalten ferner Vorschriften für den Ansatz von Vermögensgegenständen über den Inhalt der Bilanz, Bilanzierungsverbote, die Bildung von Rückstellungen, Bewertungsvorschriften sowie über Aufbewahrung und Vorlage von Geschäftsunterlagen.

Im zweiten Abschnitt sind ergänzende Vorschriften für Kapitalgesellschaften sowie für bestimmte Personengesellschaften enthalten. Vor allem ist die Gliederung der Bilanz in Kontoform (§ 266 HGB) und der Gewinn- und Verlustrechnung in Staffelform (§ 275 HGB) vorgeschrieben. Für Konzerne gelten besondere Vorschriften hinsichtlich des Abschlusses und des Lageberichts (§§ 290 ff. HGB). Der Dritte Abschnitt bringt ergänzende Regelungen für eingetragene Genossenschaften (§§ 336 ff. HGB). Besondere Vorschriften gelten für Kreditinstitute und Versicherungsunternehmen sowie Finanzdienstleistungsinstitute (vgl. §§ 340–340 o und 341–341 p HGB.

Für die **Bewertung** der im Jahresabschluss ausgewiesenen Vermögensgegenstände und Schulden sind in den §§ 252 ff. allgemeine Grundsätze enthalten. Es gilt das Prinzip der Bilanzwahrheit und -vollständigkeit; der Jahresabschluss hat insbesondere sämtliche Vermögensgegenstände und Schulden zu enthalten (§ 246 Abs. 1), besonders für ungewisse Verbindlichkeiten und drohende Verluste aus schwebenden Geschäften sind **Rückstellungen** (z. B. Pensionsrückstellungen) zu bilden (§ 249 Abs. 1).

Der Kaufmann hat geordnet aufzubewahren: Handelsbücher, Inventare, Eröffnungsbilanzen, Jahresabschlüsse, Lageberichte, Konzernabschlüsse und -lageberichte, empfangene sowie Kopien der abgesandten Handelsbriefe sowie die Buchungsbelege 10 Jahre; sonstige Geschäftsunterlagen 6 Jahre (§ 257).

Unterlassen ordnungsmäßiger Buchführung führt zu steuerlichen Nachteilen und bei Bankrott zur Bestrafung. Vgl. §§ 283 ff. StGB.

443 | Kaufmännische Hilfspersonen

Kaufmännische Hilfspersonen sind sowohl selbstständige Kaufleute wie der Kommissionär, Frachtführer, Spediteur und Handelsvertreter als auch unselbstständige Hilfspersonen: Handlungsgehilfen und kaufmännische Lehrlinge.

Handlungsgehilfe ist, wer in einem Handelsgewerbe zur Leistung kaufmännischer Dienste gegen Entgelt angestellt ist (§ 59 HGB). Der kaufmännische Lehrling (früher „Handlungslehrling") ist zur kaufmännischen Ausbildung beschäftigt; er unterliegt als „Auszubildender" dem Berufsbildungsgesetz ➢ s. Nr. 62 d) aa).

Der **Handlungsgehilfe** darf ohne Einwilligung des Geschäftsherrn weder ein Handelsgewerbe betreiben noch im Handelszweig des Geschäftsherrn für eigene oder fremde Rechnung Geschäfte machen (Konkurrenzverbot). Für die Zeit nach Beendigung des Dienstverhältnisses kann eine sog. Konkurrenzklausel vereinbart werden, um den Prinzipal vor Wettbewerb zu schützen. Im Einzelnen s. §§ 74, 74 a HGB.

Die Vergütung des Handlungsgehilfen richtet sich, wenn kein Tarifvertrag besteht, nach Ortsgebrauch. Die Gehaltszahlung hat spätestens am Schluss eines jeden Monats zu erfolgen. Die Entgeltfortzahlung im Krankheitsfall richtet sich grds. nach dem Entgeltfortzahlungsgesetz, der Urlaubsanspruch grds. nach dem Bundesurlaubsgesetz. Die Kündigung des Handlungsgehilfen richtet sich nach § 622 BGB, ➢ s. hierzu auch Nrn. 624 ff. und weitere Schutzvorschriften aus sozialen Gründen nach dem Kündigungsschutzgesetz; ➢ vgl. Nrn. 625 f. Vereinbarte Kündigungsfristen müssen grds. wenigstens vier Wochen betragen. Für die Kündigung durch den Arbeitnehmer darf keine längere Frist vereinbart werden als für die Kündigung durch den Arbeitgeber. Ohne Frist kann bei wichtigem Grund (z. B. grober Pflichtverletzung) gekündigt werden. Der Gehilfe hat gem. § 630 BGB Anspruch auf ein Zeugnis über Art und Dauer der Beschäftigung, das auf Verlangen auf Führung und Leistung zu erstrecken ist.

Der **Ausbildungsvertrag** eines Minderjährigen bedarf der Zustimmung seines gesetzlichen Vertreters (§ 108 BGB). Der Vormund braucht zu einem Vertrag über mehr als ein Jahr die Genehmigung des Vormundschaftsgerichts. Nach Beendigung hat der Ausgebildete Anspruch auf ein Zeugnis über Kenntnisse, Führung, Fähigkeiten und Betragen. Probezeit 1–4 Monate. Der Ausbildende ist für ordnungsmäßige Ausbildung verantwortlich und hat den Besuch einer Berufsschule zu überwachen gem. § 630 BGB ➢ vgl. Nr. 602 d) aa). Eine Konkurrenzklausel darf mit dem Auszubildenden nicht vereinbart werden (andernfalls Nichtigkeit).

444 | Handlungsbevollmächtigte. Prokuristen

a) Handlungsvollmacht

Handlungsvollmacht ist die Vollmacht, die ein Kaufmann einem anderen im Rahmen seines Handelsgewerbes erteilt (§§ 54 ff. HGB). Die Handlungsvollmacht ermächtigt zu allen Geschäften und Rechtshandlungen, die der Betrieb eines derartigen Handelsgewerbes oder die Vornahme derartiger Geschäfte gewöhnlich mit sich bringt.

Bei der **Handlungsvollmacht** unterscheidet man

aa) die **Generalvollmacht** zum Betrieb des ganzen Handelsgewerbes (z. B. Geschäftsführer);

bb) die **Arthandlungsvollmacht** für eine bestimmte Art von Geschäften (z. B. Einkauf);

cc) die **Spezialhandlungsvollmacht** zur Vornahme einzelner abgegrenzter Geschäfte (z. B. Ankauf eines Warenlagers, Anmietung von Räumen usw.).

b) Prokura

Prokura ist eine Handlungsvollmacht besonderer Art; sie kann nur von dem Inhaber des Handelsgeschäfts oder seinem gesetzlichen Vertreter und nur mittels ausdrücklicher Erklärung erteilt werden und geht über den Umfang der gewöhnlichen Handlungsvollmacht hinaus. Sie kann Dritten gegenüber nicht eingeschränkt werden. Die Erteilung und das Erlöschen der Prokura ist zur Eintragung in das Handelsregister anzumelden. Der Prokurist ist zu allen gerichtlichen und außergerichtlichen Geschäften und Handlungen ermächtigt, die der Betrieb eines Handelsgewerbes mit sich bringt (§§ 48–50 HGB).

Die **Prokura** kann erteilt werden als

aa) **Einzelprokura** = der Prokurist kann allein handeln;

bb) **Gesamtprokura** = mehrere Prokuristen dürfen nur gemeinschaftlich handeln (§ 48 Abs. 2 HGB);

cc) **Filialprokura** = auf eine von mehreren Niederlassungen beschränkt (§ 50 Abs. 3 HGB).

Zu Grundstücksveräußerungen und -belastungen sind der Prokurist und der Handlungsbevollmächtigte nur auf Grund besonderer Ermächtigung befugt; für den Handlungsbevollmächtigten gilt diese Einschränkung außerdem für die Eingehung von Wechselverbindlichkeiten, Aufnahme von Darlehen und Prozessführung (§ 49 Abs. 2, § 54 Abs. 2 HGB).

Gegen Dritte wirken Erteilen und Erlöschen der Prokura (anders bei der Handlungsvollmacht!) nur bei Eintragung in das Handelsregister ➢ Nr. 305; §§ 15, 53 Abs. 1, 3 HGB.

445 | Handelsvertreter

Der Handelsvertreter ist im Gegensatz zum Handlungsgehilfen und zum angestellten Geschäftsreisenden als **selbstständiger** Gewerbetreibender ständig damit betraut, für einen anderen Unternehmer Geschäfte zu vermitteln oder in dessen Namen abzuschließen (Vermittlungs- bzw. Abschlussvertreter). Er ist Kaufmann, es sei denn, das Unternehmen des Handelsvertreters erfordert keinen kaufmännisch eingerichteten Geschäftsbetrieb. Auch dann gelten aber die §§ 84 ff.; vgl. §§ 1, 84 Abs. 4 HGB.

Die §§ 84 ff. HGB, die das **Recht der Handelsvertreter** (früher „Handlungsagenten“) regeln, sind durch Gesetz vom 6. 8. 1953 (BGBl. I 771) umgestaltet und durch das Gesetz zur Durchführung der EU-Richtlinie zur Koordinierung des

Rechts der Handelsvertreter vom 23. 10. 1989 (BGBl. I 1910) an die EU-Richtlinie vom 18. 12. 1986 (ABl. EU Nr. L 382, S. 17) angeglichen worden. Seither sind Diskrepanzen zwischen dem nationalen Recht und der Richtlinie auf dem Wege einer Vorabentscheidung durch den EuGH zu klären. Die Tendenz der Richtlinie geht dahin, die Position des Handelsvertreters gegenüber dem Geschäftsherrn zu stärken. Die meisten Neuerungen im deutschen Recht sind davon beeinflusst. Zu nennen sind hier insbes. eine Verringerung der Möglichkeiten, gesetzliche Vorschriften durch Parteivereinbarung abzubedingen (§§ 86 Abs. 4, 86 a Abs. 3, 87 a Abs. 5 HGB), die Verstärkung der Unterrichtungspflichten des Unternehmers gegenüber dem Handelsvertreter (§ 86 a Abs. 2), die Verlängerung und zeitliche Staffelung der Kündigungsfristen (§ 89) sowie die Einschränkung möglicher Wettbewerbsabreden (§ 90 a). Über Sondervorschriften für den Provisionsanspruch der Versicherungsvertreter und Bausparkassenvertreter s. § 92 HGB.

Im Gegensatz zum **Handelsmakler** ➢ s. Nr. 446, steht der Handelsvertreter in einem **ständigen** Verhältnis zu einem oder mehreren Handelsunternehmen; vom Kommissionär ➢ s. Nr. 449, unterscheidet sich der Abschluss-Handelsvertreter dadurch, dass er im Namen des Geschäftsherrn (der Kommissionär im eigenen Namen) handelt.

Der **Handelsvertreter** kann sein:

a) **Bezirksvertreter**, dem die Provision für alle in seinem Bezirk (auch ohne seine Mitwirkung) für oder durch den Geschäftsherrn abgeschlossenen Geschäfte zusteht (§ 87 Abs. 2 HGB);
b) **Platzvertreter**, der ohne Abschlussvollmacht zur Entgegennahme von Mängelrügen u. ä. Erklärungen stets und zum Inkasso je nach Vereinbarung ermächtigt ist (§ 91 Abs. 2 HGB);
c) **Reisevertreter**. Er hat die Befugnisse eines reisenden Handlungsbevollmächtigten und ist meist Handlungsgehilfe (§ 84 Abs. 2 HGB). Er darf Erklärungen wie zu b) entgegennehmen und auch als Abschlussvertreter nur bei besonderer Bevollmächtigung einkassieren oder stunden (§ 55 HGB).

Der **Provisionsanspruch**, dessen Höhe sich – wenn eine Vereinbarung nicht vorliegt – nach den üblichen Sätzen bestimmt, entsteht i. d. R., sobald der Geschäftsherr das vermittelte Geschäft ausgeführt hat; er verjährt nach Aufhebung von § 88 HGB nunmehr gem. § 195 BGB in 3 Jahren ab Jahresende. Abrechnungspflicht des Geschäftsherrn monatlich, längstens dreimonatlich. Spesenersatz kann der Handelsvertreter nur verlangen, wenn handelsüblich. Nach Beendigung des Vertragsverhältnisses mit dem Geschäftsherrn hat der Handelsvertreter Anspruch auf angemessenen Ausgleich (höchstens eine nach dem Durchschnitt der letzten 5 Jahre berechnete Jahresprovision oder sonstige Jahresvergütung), wenn ihm infolge einer von ihm nicht verschuldeten Vertragsbeendigung Provision aus Geschäften mit von ihm geworbenen Kunden entgeht oder wenn der Geschäftsherr auf andere Weise aus der Kundenwerbung Nutzen zieht und wenn der Ausgleich der Billigkeit entspricht. Der Anspruch ist innerhalb eines Jahres nach Beendigung des Vertragsverhältnisses geltend zu machen. Der Anspruch besteht nicht, wenn der Handelsvertreter ohne begründeten Anlass gekündigt hat oder wenn ihm wegen schuldhaften Verhaltens gekündigt worden ist, oder bei vertraglich vereinbartem Eintritt eines Dritten in das Vertragsverhältnis (§§ 87 a–c, 88, 89 b HGB).

446 | Handelsmakler

Handelsmakler ist, wer gewerbsmäßig für andere Personen, ohne von ihnen auf Grund eines Vertragsverhältnisses ständig damit betraut zu sein, die Vermittlung von Verträgen über Anschaffung oder Veräußerung von Waren, Wertpapieren, über Versicherungen, Güterbeförderungen, Schiffsmiete oder von sonstigen Gegenständen des Handelsverkehrs übernimmt (§ 93 HGB).

Der Handelsmakler ist Kaufmann, es sei denn, das Unternehmen des Handelsmaklers erfordert keinen kaufmännisch eingerichteten Geschäftsbetrieb. Auch dann gelten aber die §§ 3ff. (§§ 1, 93 Abs. 3 HGB). Er ist verpflichtet, über alle abgeschlossenen Geschäfte ein Tagebuch zu führen und nach Abschluss eines Geschäfts jeder Partei grds. eine von ihm unterzeichnete Schlussnote zuzustellen. Verweigert eine Partei die Annahme der Schlussnote, so muss der Handelsmakler dies der anderen Partei unverzüglich mitteilen. Der Handelsmakler kann sich in der Schlussnote die Bezeichnung der einen Partei vorbehalten; die annehmende Partei ist hieran gebunden, es sei denn, dass gegen den nachträglich bezeichneten Partner begründete Einwendungen zu erheben sind (§§ 94, 95 HGB). Der Handelsmakler ist nicht ermächtigt, eine Zahlung oder eine andere im Vertrag bezeichnete Leistung in Empfang zu nehmen. Er haftet beiden Parteien für den durch sein Verschulden entstandenen Schaden. Ist nichts darüber vereinbart, wer den Maklerlohn **(Courtage)** zu tragen hat, so ist er in Ermangelung eines abweichenden Ortsgebrauches von jeder Partei zur Hälfte zu entrichten (§§ 97–99 HGB). Über den Unterschied zum Kommissionär ➤ s. Nr. 449.

Besondere Arten der **Handelsmakler** sind:

a) der **Versicherungsmakler** = Kaufmann, der beim Abschluss von Versicherungsverträgen mitwirkt;

b) der **Skontroführer**, der bei der amtlichen Feststellung des Börsenpreises für Wertpapiere mitwirkt, ➤ s. Nr. 494.

Über den sog. Zivilmakler, insbes. den Grundstücks- und Wohnungsmakler sowie den Ehemakler, ➤ vgl. Nr. 331.

447 | Handelsgesellschaften, Genossenschaften

Handelsgesellschaften sind Vereinigungen von Personen zum gemeinsamen Betrieb eines Handelsgewerbes unter gemeinsamer Firma. Man unterscheidet Personen- und Kapitalgesellschaften.

a) Personen(handels)gesellschaften

aa) Offene Handelsgesellschaft (oHG) und Kommanditgesellschaft (KG)

Personenhandelsgesellschaften sind vor allem die oHG und die KG. Beide sind handelsrechtliche Vereinigungen von zwei oder mehr Personen zum Betrieb eines Handelsgewerbes unter gemeinsamer Firma. Beide haben keine eigene Rechtspersönlichkeit ➤ vgl. Nr. 315. Sie unterscheiden sich darin, dass bei der oHG alle Gesellschafter den Gesellschaftsgläubigern unbeschränkbar haften, dagegen bei der KG nur ein oder mehrere Gesellschafter **(Komplementäre)**, während die Haftung der übrigen **(Kommanditisten)** auf eine bestimmte Einlage beschränkt ist.

OHG und KG entstehen nach innen durch den Gesellschaftsvertrag, nach außen mit Beginn des Geschäftsbetriebs, sofern die Gesellschaft ein Handelsgewerbe betreibt, das einen in kaufmännischer Weise eingerichteten Geschäftsbetrieb erfordert (§ 1 Abs. 2 HGB), im Übrigen (vgl. §§ 105 Abs. 2, 161 Abs. 2 HGB) mit der Eintragung im Handelsregister. OHG und KG sind zum Handlesregister anzumelden. Zur Haftung vor Eintragung bei der KG vgl. § 176 HGB. Die Firma muss die Bezeichnung „offene Handelsgesellschaft" oder „oHG" enthalten (§ 19 HGB). Bei der KG sind die Kommanditisten von der Geschäftsführung ausgeschlossen, die den persönlich haftenden Gesellschaftern vorbehalten ist, haben aber ein Widerspruchsrecht gegen die über den gewöhnlichen Betrieb des Handelsgewerbes hinausgehenden Geschäfte (§ 164 HGB). Obwohl ohne eigene Rechtspersönlichkeit, besitzen oHG und KG eine gewisse rechtliche Selbstständigkeit: sie können unter ihrer Firma Rechte erwerben und Verbindlichkeiten eingehen, Eigentum und andere dingliche Rechte an Grundstücken erwerben, vor Gericht klagen oder verklagt werden (§§ 124, 161 HGB). Zur Nachhaftung eines ausgeschiedenen Gesellschafters s. § 160 HGB.

bb) Stille Gesellschaft

Bei ihr beteiligt sich jemand an dem von einem anderen betriebenen Handelsgewerbe mit einer Vermögenseinlage gegen Anteil an Gewinn und Verlust (Verlustbeteiligung kann vertraglich ausgeschlossen werden). Die Einlage geht in das Vermögen des Geschäftsinhabers über, so dass ein eigentliches Gesellschaftsvermögen gar nicht vorhanden ist. Nach außen tritt eine Gesellschaft nicht in Erscheinung; der Inhaber führt allein die Geschäfte. Der stille Gesellschafter hat nur Anteil an dem am Schluss des Geschäftsjahres festgestellten Gewinn oder Verlust (§§ 230–236 HGB). Der Unterschied zum Darlehen ➢ s. Nr. 329, liegt in der Beteiligung am Betriebsergebnis.

cc) Europäische wirtschaftliche Interessenvereinigung (EWIV)

Die Verordnung (EWG) Nr. 2137/85 des Rates der Europäischen Gemeinschaften vom 25. 7. 1985 – ABl. EU L 119, S. 1 – sieht eine neue, supranationale Gesellschafts-Rechtsform, die Europäische wirtschaftliche Interessenvereinigung (EWIV), vor.

Die EWIV soll Unternehmen und Angehörigen freier Berufe die grenzüberschreitende Zusammenarbeit erleichtern. Eine EWIV darf nur auf die Förderung der wirtschaftlichen Tätigkeit ihrer Mitglieder, nicht auf Gewinnerzielung ausgerichtet sein. Sie ist deshalb auf Hilfstätigkeiten beschränkt. Rechtlich ist eine EWIV der deutschen oHG vergleichbar; subsidiär gilt für EWIVs, die in Deutschland eingetragen sind, dann auch das Recht der oHG. Oberstes Organ sind die gemeinschaftlich handelnden Mitglieder, von denen – zur Sicherung des supranationalen Charakters der Vereinigung – mindestens zwei aus verschiedenen EU-Staaten kommen müssen. Die EWIV wird durch Geschäftsführer nach außen vertreten. Der Gläubigerschutz ist durch die unbeschränkte gesamtschuldnerische Haftung der Mitglieder gewährleistet. Maßgebende Rechtsvorschriften für die EWIV sind primär die Bestimmungen der EWG-VO selbst, ergänzend für die BRep. das Gesetz zur Ausführung der EWG-Verordnung über die Europäische wirtschaftliche Interessenvereinigung i. d. F. der Bek. vom 14. 4. 1988 (BGBl. I 514).

b) Kapitalgesellschaften

Kapitalgesellschaften sind insbes. die Aktiengesellschaft (AG), die Kommanditgesellschaft auf Aktien (KGaA) und die Gesellschaft mit beschränkter Haftung (GmbH). Die Kapitalgesellschaften sind juristische Personen; bei ihnen haftet den Gesellschaftsgläubigern nur das Gesellschaftsvermögen, nicht die Gesellschafter persönlich.

In den neuen Bundesländern sind die volkseigenen Betriebe (VEB) und Kombinate sowie sonstige Wirtschaftseinheiten – soweit sie nicht zu Kommunalvermögen wurden – kraft Gesetzes (Gesetz zur Privatisierung und Reorganisation des volkseigenen Vermögens – Treuhandgesetz – vom 17. 6. 1990, GBl. DDR 300) zum 1. 7.

1990 in Kapitalgesellschaften umgewandelt worden; sie waren nach dem auch nach der Wiedervereinigung mit Maßgaben fortgeltenden Treuhandgesetz (s. Art. 25 Abs. 1 Einigungsvertrag) und den dazu ergangenen Durchführungsverordnungen von der Treuhandanstalt zu privatisieren.

aa) Aktiengesellschaft (AG)

Bei der AG ist das Grundkapital – mindestens 50 000 Euro – in Anteile (Aktien, Mindestnennbetrag 1 Euro oder Stückaktien) zerlegt. Den Gesellschaftsgläubigern haftet nur das Gesellschaftsvermögen (Aktiengesetz i. d. F. der Bek. vom 6. 9. 1965, BGBl. I 1089). Nennbetragsaktien müssen auf mindestens 1 Euro lauten, höhere Aktiennennbeträge auf ein Vielfaches hiervon. Stückaktien sind am Grundkapital der AG in gleichem Umfang beteiligt, ohne auf einen Nennbetrag zu lauten. Eine EinpersonenAG ist möglich. Die Aktien können auf den Inhaber oder auf den Namen des Berechtigten lauten. Die Namensaktien sind unter Angabe des Namens, Geburtsdatums und der Adresse des Inhabers sowie der Stückzahl in das Aktienregister der Gesellschaft einzutragen. Nur wer in diesem Register eingetragen ist, gilt im Verhältnis zur Gesellschaft als Aktionär. Die AG erlangt Rechtsfähigkeit erst durch Eintragung in das Handelsregister (Abt. B). Ihre Organe sind der Vorstand, der Aufsichtsrat (mindestens drei Mitglieder) und die Hauptversammlung. Der Vorstand leitet unter eigener Verantwortung die Geschäfte und vertritt die AG gerichtlich und außergerichtlich. Der Vorstand hat eine Berichtspflicht gegenüber dem Aufsichtsrat. Der Aufsichtsrat bestellt den Vorstand und überwacht dessen Geschäftsführung; er überprüft die Geschäftsbücher und ist gerichtlicher Vertreter der AG gegenüber dem Vorstand. Der Jahresabschluss wird vom Vorstand und vom Aufsichtsrat festgestellt, die dies aber auch der Hauptversammlung überlassen können. Diese entscheidet stets über die Bestellung der Mitglieder des Aufsichtsrats (soweit diese nicht kraft Gesetzes berufen sind, z. B. Arbeitnehmervertreter), über Verwendung des Bilanzgewinns und Entlastung des Vorstandes und des Aufsichtsrates; sie bestellt den Abschlussprüfer und befindet über Satzungsänderungen, Kapitalbeschaffung und -herabsetzung sowie die Auflösung der AG; sie hat ein weitgehendes Recht auf Auskunft gegenüber dem Vorstand. Der Jahresüberschuss kann vom Vorstand und Aufsichtsrat i. d. R. höchstens zur Hälfte für freie Rücklagen verwendet werden. Über Anfechtungsklagen gegen Beschlüsse der Hauptversammlung entscheidet das Landgericht (Kammern für Handelssachen – falls dort gebildet). Das zum 1. 11. 2005 in Kraft getretene Gesetz zur Unternehmensintegrität und Modernisierung des Anfechtungsrechts (UMAG) i. d. F. der Bek. vom 22. 9. 2005 (BGBl. I 2802) hat unter anderem zur Verhinderung des Missbrauchs von Anfechtungsklagen gegen besonders wichtige Hauptversammlungsbeschlüsse in Erweiterung des bisherigen Rechts ein sog. **Freigabeverfahren** für Anfechtungsklagen eingeführt. Wird eine Anfechtungsklage gegen einen Beschluss der Hauptversammlung über Maßnahmen der Kapitalbeschaffung, der Kapitalherabsetzung oder einen Unternehmensvertrag erhoben, kann die Gesellschaft bei Gericht beantragen, dass der Beschluss trotzdem in das Handelsregister eingetragen wird und ausgeführt werden kann, so dass die Klage das Unternehmen nicht für längere Zeit lahm legen kann (§ 246 a AktG). Durch das UMAG werden ferner Schadensersatzklagen von Aktionären, die sich auf Pflichtverletzungen von Vorstand und Aufsichtsrat der AG stützen, erleichtert; gleichzeitig wird aber zur Vermeidung missbräuchlicher Rechtsausübung ein gerichtliches Zulassungsverfahren eingeführt (§ 148 AktG). Das Amtsgericht (§ 145 FGG) ordnet bei Verdacht unzulässiger Unterbewertung von Bilanzposten auf Antrag von Aktionären eine Sonderprüfung an.

Sonderbestimmungen bestehen für sog. **verbundene Unternehmen**, d. h. rechtlich selbstständige Unternehmen, die im Verhältnis zueinander entweder in Mehrheitsbesitz stehende Unternehmen oder mit Mehrheit beteiligte Unternehmen, abhängige und herrschende Unternehmen, Konzernunternehmen (Zusammenfassung mehrerer unter einheitlicher Leitung eines beherrschenden Unternehmens) oder wechselseitig beteiligte Unternehmen oder Vertragspartner eines Unternehmensvertrags sind (§ 15 AktG). Als **Unternehmensverträge** bezeichnet das AktG (§§ 291 ff.) Beherrschungs- oder Gewinnabführungsverträge, ferner Gewinngemeinschaften, Teilgewinnabführungsverträge, Betriebspacht- und Betriebsüberlassungsverträge, bei Zusammenschluss von AGen mit wirtschaftlichem Übergewicht für eine von ihnen; sie bedürfen insbes. der Zustimmung der Hauptversammlung mit 3/4-Mehrheit des vertretenen Grundkapitals und sind im Handelsregister einzutragen. Stehen in einem Konzern die Unternehmen unter Leitung einer Obergesellschaft, so hat diese eine Konzernbilanz mit Gewinn- und Verlustrechnung aufzustellen. Zur Eingliederung einer AG in eine andere AG vgl. §§ 319 ff. AktG. Durch das Gesetz zur Regelung von öffentlichen Angeboten zum Erwerb von Wertpapieren und von Unternehmensübernahmen i. d. F. der Bek. vom 20. 12. 2001 (BGBl. I 3822) wurde zum 1. 1. 2002 das sog. **„Sqeeze Out“** in das deutsche Aktienrecht eingeführt. Danach kann ein Hauptaktionär Minderheitsaktionäre gegen Abfindung aus einer AG oder KGaA ausschließen, wenn er mindestens 95 % der Aktien hält. Die Angemessenheit der zu leistenden Abfindung können die Minderheitsaktionäre im sog. **Spruchverfahren** von den Landgerichten (dort funktionell zuständig – falls solche gebildet – die Kammern für Handelssachen) überprüfen lassen. Das Spruchverfahren ist ferner eröffnet für die Bestimmung weiterer angemessener Ausgleichszahlungen und Abfindungen im Falle von Strukturmaßnahmen (Abschluss des Unternehmensvertrags, Eingliederung oder Umwandlung).

Durch das am 1. 9. 2003 in Kraft getretene neue Spruchverfahrensgesetz i. d. F. der Bek. vom 12. 6. 2003 (BGBl. I 838) wurde insbesondere die Stellung sachverständiger Prüfer gestärkt, das Verfahren gestrafft und missbräuchlichen Anträgen durch eine ausgewogene Risikoverteilung und eine neue Kostenregelung vorgebeugt.

Das deutsche Aktienrecht geht zu einem erheblichen Teil auf Rechtsangleichungsmaßnahmen der EU zurück; es kann also davon ausgegangen werden, dass das Aktienrecht in allen Mitgliedstaaten der EU relativ ähnlich ist.

bb) Europäische Aktiengesellschaft (SE)

Seit 29. 12. 2004 ist es möglich auch eine Europäische Aktiengesellschaft („Societas Europaea“, „SE“) zu gründen (s. hierzu das Gesetz zur Einführung der Europäischen Gesellschaft (SEEG) vom 22. 12. 2004 (BGBl. I 3675), ferner die Verordnung 2157/2001/EU des Rates vom 8. 10. 2001 über das Statut der Europäischen Gesellschaft (SE), ABl. EU L 294 S. 1. Hierbei handelt es sich um eine besondere europäische Gesellschaftsform, die in allen Mitgliedstaaten der EU gleichermaßen anerkannt wird, neben nationalen Gesellschaftsformen in Anspruch genommen werden kann und den Unternehmen eine einfache Möglichkeit des Tätigwerdens über die Staatsgrenzen erlaubt. Mit einem Mindestkapital von 120 000 Euro ist die SE allerdings nur für relativ große Unternehmen geeignet.

cc) Kommanditgesellschaft auf Aktien (KGaA)

Bei der KGaA (§§ 278 ff. AktG) haftet mindestens ein Gesellschafter den Gläubigern unbeschränkt, während die übrigen Gesellschafter (Kommanditisten) sich ohne persönliche Haftung nur mit Einlagen auf das in Aktien zerlegte Grundkapital beteiligen. Die Gesellschaft entsteht mit der Eintragung im Handelsregister. Den Vorstand bilden die persönlich haftenden Gesellschafter; die Hauptversammlung besteht aus den Kommandit-Aktionären.

dd) Gesellschaft mit beschränkter Haftung (GmbH)

Die GmbH ist im Gesetz i. d. F. der Bek. vom 20. 5. 1898 (RGBl. 846) geregelt. Sie ist eine juristische Person; obwohl „Gesellschaft“, kann sie seit 1. 1. 1981 auch als Einmanngesellschaft errichtet und geführt werden (vorher waren für die Errichtung mind. zwei Gesellschafter erforderlich). Der Gesellschaftervertrag bedarf notarieller Form und muss von allen Gesellschaftern unterzeichnet sein. Das Stammkapital beträgt mindestens 25 000 Euro, die Stammeinlage eines jeden Gesellschafters bei der Gründung mindestens 100 Euro; vor Anmeldung der GmbH beim Handelsregister ist $^1/_4$ jeder Stammeinlage, auf das Stammkapital insgesamt mindestens die Hälfte zu leisten. Der Geschäftsanteil jedes Gesellschafters bestimmt sich nach der übernommenen Stammeinlage. Die Geschäftsanteile sind grds. veräußerlich und vererblich. Ihre Abtretung und eine hierauf gestützte Verpflichtung bedarf der notariellen Form. Sämtliche Gesellschafter haften nicht persönlich, sondern nur mit ihren Stammeinlagen. **Organe** der GmbH sind (1 oder mehrere) Geschäftsführer und Gesellschafterversammlung; ein Aufsichtsrat kann bestellt werden (vorgeschrieben in § 77 BetrVG 1952 bei mind. 500 Arbeitnehmern). Die Geschäftsführer vertreten die GmbH gerichtlich und außergerichtlich. Der Gesellschafterversammlung sind besonderes wichtige Entscheidungen, wie z. B. die Feststellung des Jahresabschlusses und die Ergebnisverwendung vorbehalten.

Eine Mischform ist die GmbH u. Co., meist eine Kommanditgesellschaft (**GmbH u. Co. KG**), bestehend aus der GmbH als persönlich haftendem Gesellschafter und anderen Personen (meist den Gesellschaftern der GmbH) als Kommanditisten.

Am 29. Mai 2006 hat das BMJ einen Referentenentwurf für ein Gesetz zur Modernisierung des GmbH-Rechts (MoMiG) vorgelegt. Damit soll die Gründung von GmbHs in Deutschland erleichtert und beschleunigt werden, damit die deutsche GmbH im Verhältnis zu deren europäischen Verwandten (z. B. die englische Limited [Ltd.]), die auch in Deutschland tätig werden dürfen, wieder an Attraktivität gewinnt. So wird u. a. vorgeschlagen, das Mindestkapital einer GmbH von künftig 25 000 auf 10 000 Euro abzusenken und die Reistereintragung zu beschleunigen, insbesondere bei der Gründung von Ein-Personen-GmbHs.

c) Genossenschaften

aa) Die eingetragene Genossenschaft

Nicht zu den Handelsgesellschaften gehören die Erwerbs- und Wirtschaftsgenossenschaften, die aber Kaufleute i. S. des HGB sind. Nach dem Gesetz i. d. F. der Bek. vom 16. 10. 2006 (BGBl. I 2230) sind sie Gesellschaften von nicht geschlossener Mitgliederzahl zur Förderung des Erwerbs oder der Wirtschaft ihrer Mitglieder oder deren sozialer oder kultureller Belange mittels gemeinschaftlichen Geschäftsbetriebs.

Eine Genossenschaft kann von mindestens 3 Personen gegründet werden. Die Satzung bedarf der Schriftform. Sie erlangt Rechtsfähigkeit durch Eintragung im Genossenschaftsregister. Die Genossenschaft ist Kaufmann kraft Rechtsform, unabhängig von der Art ihres Betriebes. Die Firma der Genossenschaft muss die Bezeichnung „eingetragene Genossenschaft" oder die Abkürzung „eG" enthalten. Für die Verbindlichkeiten haftet den Gläubigern nur das Vermögen der Genossenschaft. Die Satzung der Genossenschaft muss aber Bestimmungen darüber enthalten, ob Mitglieder für den Fall, dass die Gläubiger im Insolvenzverfahren über das Vermögen der Genossenschaft nicht befriedigt werden, Nachschüsse zur Insolvenzmasse unbeschränkt, beschränkt auf eine bestimmte Haftsumme oder überhaupt nicht zu leisten haben.

Die Mitgliedschaft wird durch schriftliche Beitrittserklärung und die Zulassung des Beitritts durch die Genossenschaft erworben. Eine Eintragung in die Mitgliederliste hat unverzüglich zu erfolgen. Sie wird beendet durch Kündigung, Ausschluss, Übertragung des Geschäftsguthabens, Tod. Rechte und Pflichten des Mitglieds sind in der Satzung der Genossenschaft und im GenG festgelegt. **Orga-**

ne der Genossenschaft sind Vorstand, Aufsichtsrat. Auf einen Aufsichtsrat kann bei Genossenschaften mit mehr als 20 Mitgliedern durch Bestimmung in der Satzung verzichtet werden; die Rechte des Aufsichtsrats nimmt dann die Generalversammlung wahr, soweit gesetzlich nichts anderes bestimmt ist, in dieser hat jeder Genosse grundsätzlich eine Stimme.

Die Satzung kann die Gewährung von Mehrstimmrechten vorsehen. Diese sollen grundsätzlich nur solchen Mitgliedern gewährt werden, die den Geschäftsbetrieb besonders fördern, wobei keinem Mitglied mehr als drei Stimmen gewährt werden dürfen. In besonders wichtigen Angelegenheiten haben auch mehrstimmberechtigte Mitglieder nur eine Stimme (z.B. bei Beschlüssen, die mindestens eine 3/4-Mehrheit der anwesenden Mitglieder erfordern).

Für folgende Fälle gelten Sonderregelungen:

Genossenschaften bei denen mehr als drei Viertel der Mitglieder Unternehmer sind. Hier können Mehrstimmrechte vom einzelnen Mitglied höchstens bis zu einem Zehntel der in der Generalversammlung anwesenden Stimmen ausgeübt werden, wobei Näheres durch die Satzung zu regeln ist.

Bei Genossenschaften, deren Mitglieder ausschließlich oder überwiegend eingetragene Genossenschaften sind, kann durch Satzung das Stimmrecht ihrer Mitglieder nach der Höhe der Geschäftsguthaben oder nach einem anderen Maßstab abgestuft werden.

Die Gesellschaft unterliegt der gesetzlichen Prüfung durch **Prüfungsverbände**, die im Interesse der Gläubiger der Mitglieder Geschäftsführung und Vermögenslage überprüfen. Jede Gesellschaft muss einem Prüfungsverband angehören. Die regionalen rechtlich selbstständigen Prüfungsverbände bilden im Bundesgebiet drei große Gruppen mit folgenden Spitzenverbänden:

Gewerbliche und ländliche Genossenschaften: Deutscher Genossenschafts- und Raiffeisenverband e. V., Bonn (Zusammenschluss der Schulze-Delitzsch- und Raiffeisen-Organisation).

Konsumgenossenschaften: Revisionsverband der KonsumG e. V., Hamburg.

Wohnungsbaugenossenschaften: Gesamtverband gemeinnütziger Wohnungsunternehmen e. V., Köln.

Die Genossenschaft gibt dem Mittelstand und wirtschaftlich Schwächeren Gelegenheit, sich zum leistungsfähigen und wirtschaftlich bedeutenden Geschäftsbetrieb zusammenzuschließen (Einkaufs-, Verkaufs-, Produktions-, Wohnungsbau-, Kreditgenossenschaften; für letztere ➢ vgl. 497. Die AG hingegen wird als Gesellschaftsform für größere Unternehmungen mit hohem Kapitalbedarf bevorzugt, die GmbH bei Gründung mittlerer Unternehmen.

bb) Die Europäische Genossenschaft (SCE)

Der EU-Rat hat am 22. 7. 2003 als grundlegende Rechtsakte für eine Europäische Genossenschaft die Verordnung (EG) Nr. 1435/2003 über das Statut der Europäischen Genossenschaft (SCE) und die Richtlinie 2003/72/EG zur Ergänzung des Statuts der Europäischen Genossenschaft hinsichtlich der Beteiligung der Arbeitnehmer beschlossen (vgl. ABl. EU Nr. L 207 vom 18. 8. 2003 S. 1 und 25). Die EU-Verordnung zur SCE, die seit 18. August 2006 gilt, regelt insbesondere Fragen der Gründung, Struktur und der Organe der SCE. Sie wird flankiert durch das SCE-Ausführungsgesetz. Die Richtlinie zur Arbeitnehmerbeteiligung wird durch das SCE-Beteiligungsgesetz umgesetzt (beide Gesetze sind als Art. 1 und 2 Teil des Gesetzes zur Einführung der Europäischen Genossenschaft und zur Änderung des Genossenschaftsrechts vom 14. 8. 2006 (BGBl. I 1911). Hauptzweck einer SCE ist es, den Bedarf ihrer Mitglieder zu decken und/oder deren wirtschaftliche und/oder soziale Tätigkeiten zu fördern. Grundmerkmal einer SCE ist, dass ihre Mitglieder in mindestens zwei verschienen EU-Staaten leben oder (bei juristischen

Personen) dem Recht mindestens zweier EU-Mitgliedsstaaten unterliegen. Der Sitz der SCE muss innerhalb der EU liegen und zwar in dem Staat, in dem sich die Hauptverwaltung der SCE befindet.

d) Prüfung und Offenlegung

Die Veröffentlichung von Jahresabschlüssen ist durch das Gesetz über die Rechnungslegung von Großunternehmen und Konzernen i. d. F. der Bek. vom 15. 8. 1969 (BGBl. I 1189) – Publizitätsgesetz – für alle Unternehmen (unabhängig von ihrer Rechtsform) vorgeschrieben), die mindestens zwei der folgenden Voraussetzungen erfüllen müssen: 1. eine Bilanzsumme von mehr als 65 Mio. Euro, 2. Umsatzerlös von mehr als 130 Mio. Euro, 3. mehr als 5 000 Arbeitnehmer.

Große und mittelgroße Kapitalgesellschaften (AG, KGaA, GmbH) müssen gem. § 316 HGB den Jahresabschluss (§ 242 Abs. 3 HGB) und ihren Lagebericht (§ 289 HGB) durch einen Abschlussprüfer prüfen lassen. Abschlussprüfer können Wirtschaftsprüfer und Wirtschaftsprüfungsgesellschaften, bei mittelgroßen GmbH's auch vereidigte Buchprüfer und Buchprüfungsgesellschaften sein (§ 319 Abs. 1 HGB). Ob eine Gesellschaft klein, mittelgroß oder groß ist, bemisst sich nach Bilanzsumme, Umsatzerlösen und Arbeitnehmern (s. im Einzelnen § 267 HGB). Nach § 325 HGB haben Kapitalgesellschaften den Jahresabschluss, den Lagebericht, den Bericht des Aufsichtsrats und den Vorschlag für die Verwendung des Ergebnisses und den Beschluss über die Verwendung unter Angabe des Jahresüberschusses oder Jahresfehlbetrags beim Betreiber des elektronischen Bundesanzeigers elektronisch einzureichen und die einzureichenden Unterlagen jeweils unverzüglich nach der Einreichung im elektronischen Bundesanzeiger bekannt machen zu lassen. Für kleine und mittelgroße Kapitalgesellschaften bestehen Erleichterungen bei der Offenlegung (§§ 264, 274 a, 276, 326, 327 HGB). Bei Personenhandelsgesellschaften richtet sich die Offenlegung nach dem Publizitätsgesetz.

e) Umwandlung

Das Umwandlungsgesetz i. d. F. der Bek. vom 28. 10. 1994 (BGBl. I 3210) regelt die Möglichkeiten, Unternehmen durch Umwandlung umzustrukturieren. Gem. § 1 kann eine Umwandlung durch **Verschmelzung**, durch **Spaltung** (Aufspaltung, Abspaltung, Ausgliederung), durch **Vermögensübertragung** und durch **Wechsel der Rechtsform** (Formwechsel) erfolgen. Vorschriften über die Verschmelzung enthalten die §§ 2–122, über die Spaltung die §§ 123–173, über die Vermögensübertragung die §§ 174–189 und über den Formwechsel die §§ 190–304. Bei allen Umwandlungsvorgängen gestaltet sich der verfahrensrechtliche Ablauf im wesentlichen in drei Hauptschritten:

aa) Als rechtsgeschäftliche Grundlage für die Übertragung des Vermögens ist von den beteiligten Rechtsträgern ein Vertrag abzuschließen (s. §§ 4 ff., 125 f., 175 f.). Wenn bei einer Spaltung neue Rechtsträger entstehen sollen, tritt an die Stelle des Vertrages ein Spaltungsplan als einseitiges Rechtsgeschäft (§ 136). Beim Formwechsel, bei dem kein anderer Vertragspartner vorhanden ist, ist der Entwurf eines Umwandlungsbeschlusses zu erstellen (§ 192). In allen Fällen sind bestimmte Mindestinhalte vorgeschrieben (§ 5, 126, 194).

bb) Die Anteilsinhaber der beteiligten Rechtsträger sind grundsätzlich durch einen besonderen Bericht über die Einzelheiten der geplanten Umwandlung zu unterrichten (s. §§ 8, 127, 162, 192). Ferner ist eine Prüfung durch unabhängige Sachverständige vorgeschrieben. Auf dieser Grundlage beschließen die Anteilseigner über die Umwandlung i. d. R. mit der für Satzungsänderungen vorgeschriebenen Mehrheit (vgl. §§ 13, 653, 128, 176, 177, 193). Für den Beschluss ist notarielle Beurkundung vorgeschrieben.

cc) Die Wirksamkeit der Umwandlung, insbes. der Vermögensübergang oder beim Formwechsel das Fortbestehen in der neuen Rechtsform, tritt mit Eintragung im zuständigen Register ein.

448 | Handelsgeschäfte

Handelsgeschäfte sind nach §§ 343 ff. HGB alle Geschäfte eines Kaufmanns, die zum Betrieb seines Handelsgewerbes gehören. Nach § 344 HGB spricht eine Vermutung dafür, dass dies bei allen Rechtsgeschäften eines Kaufmanns, auch wenn sie außerhalb des Handelsbetriebs vorgenommen werden, der Fall ist. Der Gegenbeweis ist aber möglich. Für Handelsgeschäfte stellt das HGB eine Reihe von Sondervorschriften auf, z. B. für Bürgschaft, Behandlung von Angeboten, Schutz des guten Glaubens, Zurückbehaltungsrecht. Sie gelten zumeist für alle, auch für einseitige Handelsgeschäfte, bei denen nur auf einer Seite ein Kaufmann, auf der anderen ein Nichtkaufmann beteiligt ist.

Die Hauptarten der Handelsgeschäfte sind Handelskauf, Kommissions-, Speditions-, Lager- und Frachtgeschäft. Ein **Handelskauf** liegt vor, wenn ein Kauf Waren oder Wertpapiere zum Gegenstand hat und wenigstens auf einer Seite ein Handelsgeschäft ist (§§ 343, 345 HGB). Für den Handelskauf gelten die Bestimmungen des BGB über den Kauf mit einigen Besonderheiten, welche die rasche Abwicklung der beiderseitigen Ansprüche bezwecken (§§ 373 ff. HGB; z. B. Selbsthilfeverkauf bei Annahmeverzug des Käufers, Verpackungsgewicht, Bestimmung der Kaufsache bei Spezifikationskauf). Für **beiderseitigen** Handelskauf bestehen insbesondere strenge Bestimmungen über die **Mängelrüge** (§ 377 HGB). Jeder Käufer hat die Pflicht zur unverzüglichen Untersuchung und Mängelrüge; der beanstandende Käufer die Aufbewahrungspflicht (§ 379 HGB), nach vorheriger Androhung aber das Recht, beanstandete verderbliche Ware versteigern zu lassen (Notverkauf).

449 | Kommissionär

Der Kommissionär ist ein Kaufmann, der es gewerbsmäßig übernimmt, Waren oder Wertpapiere für Rechnung eines anderen (des Kommittenten) in eigenem Namen zu kaufen oder zu verkaufen (§ 383 HGB).

Der Abschluss in eigenem Namen und die Beschränkung auf Kauf und Verkauf von Waren oder Wertpapieren unterscheidet den Kommissionär vom Handelsmakler. Da der Kommissionär **in eigenem Namen** handelt, wird er zunächst aus dem Geschäft unmittelbar berechtigt und verpflichtet. Indessen gehen Vorteile und Nachteile grds. auf Rechnung des Kommittenten. Der Kommissionär ist verpflichtet, die für den Kommittenten günstigsten Geschäftsbedingungen anzustreben und die Rechte des Kommittenten auch gegenüber Frachtführern und Schiffern wahrzunehmen (§§ 384 ff. HGB). Er hat Anspruch auf Provision und Aufwendungsersatz sowie ein gesetzliches Pfandrecht am Kommissionsgut (§§ 396, 397 HGB).

Handelt es sich um eine Kommission zum Einkauf oder zum Verkauf von Waren oder Wertpapieren mit einem Börsen- oder Marktpreis, so hat der Kommissionär das Recht zum Selbsteintritt. Er kann selbst das Gut liefern bzw. als Käufer übernehmen, muss die Börsen- oder Marktpreise bzw. -kurse einhalten und behält sein Pfandrecht und seinen Provisionsanspruch auch in diesem Falle (§§ 400–404 HGB).

450 | Spediteur

Der Spediteur ist, wer es gewerbsmäßig übernimmt, Güterversendungen durch Frachtführer oder durch Verfrachter von Seeschiffen für Rechnung eines anderen (des Versenders) in eigenem Namen zu besorgen (§ 453 HGB).

Der Speditionsvertrag ist ein Werkvertrag; der Spediteur nimmt dem Versender die Sorge für die Versendung des Gutes ab. Seine Stellung ähnelt der des Kommissionärs. Er darf nur die ihm vom Frachtführer berechnete Fracht in Rechnung stellen, erhält aber eine Vergütung und hat für Fracht, Vergütung, Auslagen usw. ein gesetzliches Pfandrecht am Gut des Versenders. Er hat das Recht zum Selbsteintritt, d. h. zur eigenen Ausführung der Beförderung, und hat dann außer der Vergütung Anspruch auf die Fracht. Vgl. §§ 454 ff. HGB.

Der Bahnspediteur ist kein Spediteur i. S. des HGB; er ist als Rollfuhrunternehmer nur Frachtführer.

451 | Lagerhalter

Der Lagerhalter ist ein Kaufmann, der gewerbsmäßig die Lagerung und Aufbewahrung von Gütern übernimmt (§ 467 HGB).

Die Pflichten des Lagerhalters (vgl. §§ 468 ff. HGB) ähneln denen des Kommissionärs (insbes. Empfangnahme, Aufbewahrung, Versicherung des Gutes). Der Lagerhalter hat Anspruch auf die vereinbarte Vergütung und Erstattung der Auslagen für angemessene Aufwendungen für das Gut. Er hat ein gesetzliches Pfandrecht am eingelagerten Gut. Über die Einlagerung wird i. d. R. ein Lagerschein (§ 475 c HGB) ausgestellt.

Über das Depotgeschäft, die Aufbewahrung fremder Wertpapiere, ➤ s. Nr. 462.

452 | Frachtführer

Der Frachtführer übernimmt es gewerbsmäßig, Güter auf dem Landweg, auf Binnengewässern oder mit Luftfahrzeugen zu befördern (§ 407 ff. HGB):

Das Frachtgeschäft beruht auf einem Frachtvertrag, den der Absender in eigenem Namen, evtl. aber für fremde Rechnung (des Versenders) mit dem die Beförderung übernehmenden Frachtführer abschließt. Führt ein Spediteur die Beförderung selbst aus, so ist er gleichzeitig auch Frachtführer. Sind Absender und Empfänger verschiedene Personen, so ist der Frachtvertrag ein Vertrag zugunsten eines Dritten, des Empfängers.

Der Frachtführer kann die Ausstellung eines **Frachtbriefes** verlangen (Beweisurkunde), § 408 HGB. Er hat Anspruch auf Fracht, sowie evtl. Vergütung für Wartezeiten und Aufwandsersatz (§§ 407 Abs. 2, 419 Abs. 4, 420 HGB), ferner hat er ein gesetzliches Pfandrecht am Frachtgut (§ 441 HGB).

Der Frachtführer kann einen **Ladeschein** ausstellen, in dem er sich verpflichtet, das zur Beförderung übernommene Gut an den durch den Ladeschein als Empfänger Ausgewiesenen gegen Rückgabe des Ladescheines auszuliefern. Er kann, falls er an Order gestellt ist, durch Indossament übertragen werden und hat dann Transportfunktion ➤ Nr. 453. (§§ 444 ff. HGB).

Über das Seefrachtgeschäft ➤ s. Nr. 454.

Eine Spezialform des Frachtvertrags ist der **Umzugsvertrag**. Dieser ist in den §§ 451 ff. HGB geregelt. Die Pflichten des Frachtführers umfassen hier insbesondere das Ab- und Aufbauen der Möbel sowie das Ver- und Entladen des Umzugsguts.

453 | Kaufmännische Orderpapiere

In einem Orderpapier verspricht der Aussteller eine Leistung an einen bestimmten Berechtigten „oder an dessen Order". Der Benannte kann dann den Anspruch durch Vermerk auf dem Wertpapier (Indossament) auf einen Dritten übertragen. Man unterscheidet

a) geborene Orderpapiere, d. h. solche Urkunden, denen kraft Gesetzes die Übertragbarkeit durch Indossament zukommt. Hierzu gehören Wechsel, Namensschecks, Interimsscheine, Namensaktien;

b) gekorene Orderpapiere. Sie können nur dann durch Indossament übertragen werden, wenn sie die Orderklausel („an Order") tragen, d. h. wenn in ihnen gesagt ist, dass die Leistung an den im Indossament Bezeichneten zu erbringen ist. Hierzu zählen nach § 363 HGB: Kaufmännische Anweisungen und Verpflichtungsscheine, Konnossemente der Verfrachter, Lagerscheine, Ladescheine ➢ vgl. Nrn. 451, 452, Transportversicherungspolicen (§ 784 HGB).

Die Übertragung durch Indossament geschieht durch Vermerk des Inhabers auf dem Papier. Dadurch wird das Papier selbst und damit auch das durch das Papier vertretene Recht weiter übertragen. Orderlagerschein, Ladeschein und Konnossement haben die Funktion von Traditionspapieren, d. h. mit ihrer rechtsgültigen Weitergabe geht gleichzeitig das Eigentum an den Waren, Sachen oder Gegenständen auf den Inhaber des Papiers ohne besondere Eigentumsübertragung über. Diese Papiere stehen daher praktisch an Stelle der Güter.

454 | Seehandel

a) Überblick

Das V. Buch des HGB (§§ 476–903) enthält Sondervorschriften über den Seehandel, insbes. über die Reederei, das Schiffs- und Seefrachtgeschäft, die Haverei (Seeunfall), die Bergung und Hilfeleistung in Seenot, die Rechtsverhältnisse der Schiffsgläubiger und die Seeversicherung. Weiter gelten für die Seeschifffahrt das Seemannsgesetz, das die Rechtsverhältnisse der Schiffsbesatzung regelt, das Gesetz über die Untersuchung von Seeunfällen (Seesicherheitsuntersuchungsgesetz) i. d. F. der Bek. vom 16. 6. 2002 (BGBl. I 1815, 1817) mit DVO vom 16. 6. 2002 (BGBl. I 1827) sowie das Flaggenrechtsgesetz und die Flaggenrechtsverordnung, durch welches das Recht und die Pflicht zur Führung der deutschen Bundesflagge auf Schiffen bestimmt wird.

b) Reeder, Ausrüster, Kapitän

Die wichtigste Person in der Seeschifffahrt ist der **Reeder**. Er ist der Eigentümer eines ihm zum Erwerb durch Seefahrt dienenden Schiffes (§ 484 HGB). Mehrere Personen können die Seeschifffahrt in Form einer **Reederei** betreiben (§ 489 HGB). Die Teilhaber einer Reederei werden als Mitreeder, ihre Anteile als Schiffsparten bezeichnet. Durch Beschluss der Mehrheit kann für den Betrieb einer Reederei ein **Korrespondentreeder** (Schiffsdirektor oder Schiffsdisponent) bestellt werden (§ 492 HGB). Dieser ist befugt, alle Geschäfte und Rechtshandlungen vorzunehmen, der der Geschäftsbetrieb einer Reederei mit sich bringt (§ 493 HGB). Gewinn und Verlust berechnen sich nach der Partengröße (§ 502 Abs. 1

HGB). Jeder Mitreeder kann seine Part nach den Grundsätzen über die Veräußerung von Rechten unter Eintragung in das Schiffsregister veräußern (§ 503 HGB). **Ausrüster** (Scheinreeder) ist, wer ein ihm nicht gehörendes Schiff zum Erwerb durch Seefahrt für seine Rechnung verwendet und es entweder selbst führt oder die Führung einem Kapitän anvertraut (§ 510 HGB); er wird im Verhältnis zu Dritten als Reeder angesehen. Das Seeschiff kann als nackter Schiffskörper (ohne Mannschaft = Bare-boat-Charter) oder (Regel) mit der Besatzung (Employment-Klausel, Baltime-Charter und Deuzeitvertrag) gechartert werden (Schiffsvermietung mit Dienstvertrag). Der Reeder haftet für den Schaden, den eine Person der Schiffsbesatzung (Schiffer = Kapitän, Schiffsoffiziere, Mannschaften u. a. Schiffsangestellte) oder ein an Bord tätiger Lotse in Ausführung ihrer Dienstverrichtung schuldhaft einem Dritten zufügt. Er kann jedoch die Haftung für den bei Verwendung des Schiffs entstandenen Personen- und Sachschaden begrenzen; die Haftungsbegrenzung wird sodann durch ein gerichtliches Verteilungsverfahren bewirkt (§§ 485 ff. HGB, Schifffahrtsrechtliche Verteilungsordnung i. d. F. der Bek. vom 23. 3. 1999, BGBl. I 530, 2000). Der Reeder haftet ferner als Verfrachter für Verschulden seiner Leute (§ 607 HGB). S. außerdem das Übereinkommen von 1976 über die Beschränkung der Haftung für Seeforderungen (Gesetz vom 23. 7. 1986, BGBl. II 786) sowie das Haftungsübereinkommen von 1992 (BGBl. 1994 II 1152). Der Kapitän (Schiffsführer) ist Stellvertreter des Reeders auf dem Schiff. Er kann die Mannschaft annehmen, hat das Schiff in einen seetüchtigen Zustand zu setzen und für die Erhaltung der Ladung zu sorgen (§§ 511 ff. HGB). Er haftet unbeschränkt; für Rechtsgeschäfte im Rahmen seiner gesetzlichen Vollmacht haftet auch der Reeder (§ 533 HGB).

c) Eintragung im Seeschiffsregister

In das Seeschiffsregister beim Amtsgericht des Heimathafens oder Heimatortes werden die Kauffahrteischiffe und andere zur Seefahrt bestimmten Schiffe eingetragen, die nach §§ 1,2 FlaggRG die Bundesflagge zu führen haben oder führen dürfen. Zur Anmeldung des Seeschiffs ist der Eigentümer verpflichtet, wenn das Schiff nach § 1 FlaggRG die Bundesflagge zu führen hat. Dies gilt allerdings nicht für Seeschiffe, deren Rumpflänge 15 Meter nicht übersteigt. (§§ 3, 4 Abs. 1, 10 SchiffsregO) ➢ vgl. Nr. 308 a). Mit der Eintragung ist die Befugnis zur Ausübung des Flaggenrechts verbunden (§ 3 FlaggRG). Es wird durch das vom Registergericht ausgestellte Schiffszertifikat (§ 60 SchiffsregO) begründet und bewirkt, dass das Seeschiff auf hoher See als Gebietsteil seines Heimatlandes angesehen wird. An Schiffspapieren sind neben dem Schiffszertifikat insbes. der Fahrterlaubnisschein der Seeberufsgenossenschaft, der Messbrief über die Vermessung des Schiffes, das Schiffstagebuch, die Musterrolle nach §§ 13, 14 SeemannsG und das vom Kapitän über die gesamte an Bord befindliche Ladung aufzunehmende Ladungsmanifest zu führen. Deutsche Kauffahrteischiffe, die zur Führung der Bundesflagge berechtigt sind und die im internationalen Verkehr betrieben werden, sind auf Antrag des Eigentümers zusätzlich in das vom BMVBS geführte Internationale Seeschifffahrtsregister einzutragen (§ 12 FlaggRG).

d) Erwerb und Verkauf eines Schiffes

Erwerb und Verkauf eines Schiffes richten sich grundsätzlich nach den Vorschriften für bewegliche Sachen (keine Schriftform oder Registereintragung) ➢ vgl. Nr. 308 a). Bei registrierten Seeschiffen genügt Einigung des Erwerbers und des Veräußerers über den Eigentumsübergang; es ist weder Übergabe noch Registrierung erforderlich (§ 2 des Gesetzes über Rechte an eingetragenen Schiffen und Schiffsbauwerken – SchRG –) ➢ vgl. Nr. 308 a). Dasselbe gilt bei nicht registrierten Seeschiffen, wenn Einigkeit besteht, dass das Eigentum sofort übergehen soll (§ 929 a BGB). Auch das Seeschiff auf hoher See kann daher veräußert werden. Erwerb von Nichtberechtigten ist bei nicht eingetragenen Schiffen möglich, wenn der Erwerber bei Übergabe gutgläubig ist, bei eingetragenen Schiffen auf Grund des Schiffsregisters (§ 932a BGB, § 16 SchRG). Der Erwerb einer Schiffspart geschieht durch Einigung und Umschreibung des Registers (§ 503 HGB).

e) Pfandrechte an Schiffen

Durch eine an einem eingetragenen See- oder Binnenschiff bestellte **Schiffshypothek** wird der Gläubiger berechtigt, wegen einer bestimmten Geldsumme Befriedigung aus dem Schiff zu suchen (§ 8 SchRG). Sie wird durch Einigung und Eintragung bestellt (§ 8 Abs. 2, § 3 Abs. 1 SchRG), während ein nicht eingetragenes Seeschiff nach den für bewegliche Sachen geltenden Regeln verpfändet wird (§§ 1205 ff. BGB). Die Schiffshypothek ist stets Sicherungshypothek ➢ s. Nr. 350 a) aa), und streng akzessorisch. Sie wird durch Abtretung der Forderung (Einigung und Eintragung) übertragen. Der öffentliche Glaube bezieht sich nur auf den Bestellungsakt (§ 16 SchRG). Einreden kann der Schuldner der Forderung auch gegen den gutgläubigen Erwerber der Schiffshypothek geltend machen (§ 41 SchRG). Die Haftung für die Schiffshypothek erstreckt sich auf Schiff und Zubehör, soweit es im Eigentum des Schiffseigners steht, auf Bestandteile und Versicherungsforderungen (§§ 31–38 SchRG). Mit der Forderung erlischt grds. auch die Schiffshypothek (§§ 57, 64, 65 SchRG). Der Gläubiger befriedigt sich aus der Schiffshypothek im Wege der Zwangsvollstreckung durch Hypothekenklage (§ 47 Abs. 1 SchRG). Im Übrigen wird in ein eingetragenes Seeschiff durch Eintragung einer Schiffshypothek oder durch Zwangsversteigerung (§ 870a ZPO), bei einem nicht eingetragenen Seeschiff dagegen durch Inbesitznahme vollstreckt; dabei wird um den vorderen Mast eine Kette mit einem Siegel gelegt („an-die-Kette-Legen"). Das Schiff, das sich auf der Reise und außerhalb eines Hafens befindet, ist jedoch von einer Zwangsvollstreckung und Arrestierung ausgeschlossen (§ 482 HGB).

Schiffsgläubigerrechte (auf Grund von Ansprüchen der Besatzung, Schadensersatzforderungen, Lotsengelder, Abgaben usw.) begründen gesetzliche Pfandrechte an Schiffen, die weder den Besitz des Pfandgläubigers am Schiff notwendig machen noch im Register eintragbar sind. Sie sind gegen jeden dritten Besitzer des Schiffes verfolgbar. Obwohl die Schuld beim Schuldner verbleibt, wandert die Haftung mit dem Schiff. Gegenstand des Schiffsgläubigerrechts sind Schiff, Schiffszubehör und Ansprüche aus Schiffsverlust oder -beschädigung (§§ 754–756 HGB). Die Befriedigung der Schiffsgläubigerrechte richtet sich nach den Vorschriften über die Zwangsvollstreckung; die Klage auf Duldung der Vollstreckung kann sich gegen den Schiffseigentümer, den Ausrüster oder den Kapitän richten (§ 760 HGB).

f) Seefrachtgeschäft

Das Seefrachtgeschäft ist die gewerbsmäßige Beförderung von Gütern zur See gegen Entgelt (§§ 556 ff. HGB). Der Seefrachtvertrag wird zwischen Verfrachter (Frachtunternehmer bzw. Reeder) und Befrachter (Absender) abgeschlossen. Je nach der Vereinbarung im Frachtvertrag unterscheidet man: a) den Raumfrachtvertrag, der eine Miete des ganzen Schiffes (Vollcharter) oder eines Teiles (Teilcharter) umfassen kann, und b) den Stückgutfrachtvertrag, der sich nur auf einzelne Güter bezieht (§ 556 HGB). Bemisst sich der Frachtvertrag nach der Zeit, so kann er c) als Reisecharter (nur für eine Reise) oder d) als Zeitcharter (für eine bestimmte Zeit) geschlossen werden. Üblich ist die Aufstellung eines Frachtvertrags (Chartepartie; § 557 HGB) unter Verwendung von Formularen (z. B. Baltime-Charter). Außer Be- und Verfrachter sind am Frachtvertrag der Ablader, der die Güter an das Schiff bringt, und der Empfänger beteiligt. Der Ablader kann die Ausstellung eines **Konnossements** ➢ s. unten, verlangen. Der Verfrachter hat grundsätzlich die gewöhnlichen und ungewöhnlichen Kosten der Schifffahrt (sog. **kleine Haverei**; § 621 Abs. 2 HGB) zu tragen. Er braucht die Güter nur gegen Zahlung der Fracht auszuliefern und hat ein gesetzliches Pfandrecht am Gut, das er auch noch nach Ablieferung der Ladung 30 Tage lang, soweit der Empfänger die Ladung noch im Besitz hat, realisieren kann (§§ 614, 623 HGB). Der Verfrachter wird von Haftung frei, wenn der Befrachter oder Ablader wissentlich falsche Angaben über Art oder Wert des Gutes im Konnossement gemacht hat (§ 609 HGB) oder wenn Ansprüche gegen ihn nicht unverzüglich (Ausschlussfrist 1 Jahr) geltend gemacht sind; wurde der Wert und die Art der Güter nicht in ein Konnossement aufgenommen, haftet der Verfrachter nur bis zu einem Betrag von 666,67 Rechnungseinheiten (= Sonderziehungsrechte des Internationalen Währungsfonds) ➢ s. Nr. 54 c), für das Stück oder die Einheit (§§ 611 ff., 658 ff. HGB). Der durch ihn Geschädigte hat ein Schiffsgläubigerrecht ➢ s. oben); es haften Schiff und Fracht.

Die Haftung für Schäden, die bei der Beförderung von Reisenden und ihrem Gepäck auf See entstehen, richtet sich gem. § 664 HGB nach der Anlage zu § 664 HGB.

Über das **Konnossement** s. §§ 642 ff. HGB. Man unterscheidet das Bordkonnossement, das bei Anbordnahme der Ware ausgestellt wird, und das schon vorher ausgestellte Übernahmekonnossement. Das Konnossement wird i. d. R. als Orderpapier ausgefertigt und hat Traditionswirkung (Nr. 458).

g) Haverei

Große Haverei (lex Rhodia de jactu) bedeutet vorsätzlichen vom Kapitän an Schiff oder Ladung zugefügten Schaden, um Schiff und Ladung zu retten; sie wird von Schiff, Ladung und Fracht gemeinschaftlich getragen (§ 700 HGB). Die besondere Haverei umfasst alle Schäden und Kosten, die weder zur kleinen noch zur großen Haverei zu rechnen sind, insbes. die durch einen Schiffszusammenstoß entstandenen Unfallschäden; sie wird von den Eigentümern des Schiffs und der Ladung jeweils gesondert getragen (§ 701 HGB). Zur Regelung der Folgen der großen H. wurden die international geltenden Regeln der York-Antwerp-Rules i. d. F. von 1950 (zuerst 1864) aufgestellt.

h) Bergung von Schiffen

Wenn Dritte erfolgreich ein Handelsschiff aus Seenot retten oder an Bord befindliche Sachen bergen, haben sie hierfür Anspruch auf Bergelohn (§§ 740, 742 HGB). Dieser ist, wenn sich die Parteien nicht einigen, so festzusetzen, dass er einen Anreiz für Bergungsmaßnahmen schafft. Leistet ein Schiff Beistand, so werden dem Reeder die Schäden am Schiff und Mehrkosten für Bergung oder Rettung ersetzt; von dem Rest des Berge- und Hilfslohns erhalten der Reeder zwei Drittel, der Kapitän und die übrige Besatzung je ein Sechstel (§ 747 HGB). Menschen, denen das Leben gerettet worden ist, haben keinen Bergelohn zu entrichten (§ 749 HGB).

455 | Groß- und Einzelhandel

a) Großhandel (Engroshandel)

Als Großhandel bezeichnet man den Teil des Handels, der als Vermittler zwischen den verschiedenen Absatzstufen (Handel mit Roh- und Hilfsstoffen bzw. Halbfabrikaten oder Lieferung fertiger Waren an den letzten Verkäufer, den Einzelhandel) tätig ist. Für die Zuordnung zum Großhandel ist nicht der Umfang des Geschäfts, sondern seine Art maßgebend. Beim Großhandel mit Fertigwaren unterscheidet man:

aa) den Spezial-Grossisten oder Verteilergroßhändler, der in Mengen Fertigwaren bestimmter Arten bezieht und dem Einzelhändler die benötigten Mengen zuleitet, und bb) den Engros-Sortimenter, der die bezogenen Mengen zu Warensortimenten (Kollektionen) zusammenstellt und an den Einzelhandel liefert.

b) Einzelhandel betreibt,

aa) wer gewerbsmäßig Waren anschafft und sie unverändert oder nach im Einzelhandel üblicher Be- oder Verarbeitung in einer oder mehreren offenen Verkaufsstellen zum Verkauf an jedermann feilhält;

bb) wer gewerbsmäßig zum Verkauf an jedermann in einer oder mehreren Verkaufsstellen Muster oder Proben zeigt, um Bestellungen auf Waren entgegenzunehmen;

cc) wer gewerbsmäßig zum Verkauf an jedermann Waren versendet, die nach Katalog, Mustern, Proben oder auf Grund eines sonstigen Angebots bestellt sind (Versandhandel).

Die Regelung des Einzelhandels richtet sich nach den allgemeinen gewerberechtlichen Grundsätzen. Sonderregelungen gelten für den Arzneimittelhandel (s. § 50ff. des ArzneimittelG).

456 | Wirtschaftliche Organisationen und Verbände

Zur Wahrung gemeinsamer Interessen auf wirtschaftlichem Gebiet bestehen Zusammenschlüsse, die teils staatlicherseits angeordnet sind (Zwangszusammenschlüsse), teils sich als freiwillige Vereinigungen gebildet haben („selbstgewachsene" Gebilde).

a) Zwangszusammenschlüsse sind folgende Organisationen:

aa) die Industrie- und Handelskammern. Sie stellen einen bezirklichen Zusammenschluss der Gewerbetreibenden aller Wirtschaftszweige (mit Ausnahme des Handwerks) dar und nehmen die allgemeinen Belange der Kaufmannschaft wahr;

bb) die Handwerkskammern als bezirkliche Zusammenschlüsse der handwerklich Tätigen zur Wahrnehmung gemeinsamer Interessen;

cc) die Landwirtschaftskammern, die als berufsständische Vereinigungen zur Wahrnehmung der Belange der Land- und Forstwirtschaft in den Ländern Bremen, Hamburg, Niedersachsen, Nordrhein-Westfalen, Rheinland-Pfalz, Schleswig-Holstein und dem Saarland errichtet sind.

Zwangsmitgliedschaft besteht auch bei den Arbeitskammern, die jedoch bisher nur in Bremen (Arbeitnehmerkammern) und im Saarland errichtet worden sind. Auch sie sind Körperschaften öffentlichen Rechts. Sie haben die Aufgabe, die Interessen der Arbeitnehmer im Einklang mit dem Gemeinwohl zu fördern und Behörden und Gerichte in Fachfragen zu beraten. Ihnen obliegt ferner die Beratung, Schulung und Weiterbildung ihrer Mitglieder sowie deren wirtschafts- und berufspolitische Betreuung.

b) Freiwillige Zusammenschlüsse

Auf Grund freiwilligen Zusammenschlusses bestehen zahlreiche Fachverbände, Berufsvereinigungen und Unternehmergruppen. In den meisten Ländern der BRep. nehmen Bauernverbände die beruflichen

Interessen der Landwirte wahr. Der Verband der Landwirtschaftskammern, der Deutsche Bauernverband, der Deutsche Raiffeisenverband mit den ländlichen Genossenschaften und die Deutsche Landwirtschafts-Gesellschaft sind im Zentralausschuss der Deutschen Landwirtschaft (Sitz: Bonn) zusammengeschlossen.

In der Regel ist jeder Unternehmer nicht nur Mitglied seiner Kammer, sondern wenigstens eines Fachverbandes, einer Berufsvereinigung oder Unternehmerorganisation. Die sozialpolitischen Belange werden von den Arbeitgeberorganisationen, den Innungen und Fachverbänden wahrgenommen. Diese stärken außerdem das Zusammengehörigkeitsgefühl und beraten ihre Mitglieder. Gleich den Kammern, welche die Gesamtinteressen der in ihnen vereinigten Berufe zu vertreten haben, nehmen die freiwilligen Zusammenschlüsse in ihrem Bereich die Belange der Wirtschaft wahr, die sie insbesondere auch bei der Gesetzgebung zur Geltung zu bringen suchen.

Die **Spitzenverbände** des Handels, der Industrie, des Handwerks, des Verkehrsgewerbes, der Versicherungen, Banken und Sparkassen sind im Gemeinschaftsausschuss der Deutschen Gewerblichen Wirtschaft zusammengeschlossen, der sich mit grundsätzlichen und gemeinsam interessierenden Fragen befasst (z. B. Steuer-, Verkehrs-, Wettbewerbsfragen).

Über die Bundesvereinigung der Dt. Arbeitgeberverbände als der sozialpolitischen Spitzenorganisation ➢ vgl. Nr. 632. Weiter besteht als Spitzenorganisation der Bundesverband der Deutschen Industrie mit dem Sitz in Berlin. Ihm gehören Fachverbände und -gemeinschaften an, die in Landesverbände oder -gruppen gegliedert sind.

Allgemeine Organisationen des selbstständigen Unternehmertums sind:

aa) die Arbeitsgemeinschaft selbstständiger Unternehmer (ASU), die sich 1950 in Bonn konstituiert und ihren Sitz jetzt in Berlin hat, um ohne Konkurrenz zu Fach- oder Arbeitgeberverbänden gegenseitigen Gedankenaustausch über die vielfältigen Fragen der Unternehmens-, Betriebs- und Menschenführung zu ermöglichen;

bb) der Bundesverband Junger Unternehmer (BJU; der ASU angeschlossen, aber selbstständig). Er umfasst vornehmlich (bis zu 40 Jahre alte) Inhaber kleiner oder mittlerer Unternehmen. Er steht mit den Industrie- und Handelskammern und anderen Organisationen der gewerblichen Wirtschaft in Verbindung und hat sich als besondere Aufgabe gestellt, den unternehmerischen Nachwuchs heranzubilden.

cc) Das Institut der deutschen Wirtschaft (IW) mit Sitz in Köln hat die Aufgabe, gemeinsame Auffassungen und Ziele der unternehmerischen Wirtschaft auf wissenschaftlicher Grundlage insbesondere der Öffentlichkeit gegenüber zu vertreten. Mit Untersuchungen zu jeweils aktuellen Fragen der Bildungs-, Gesellschafts-, Wirtschafts-, Sozial- und Medienpolitik und deren publizistischen Umsetzung leistet es einen Beitrag zur Sicherung und Fortentwicklung einer freiheitlichen Wirtschafts- und Gesellschaftsordnung. Getragen wird das Institut von wirtschafts- und sozialpolitischen Fachspitzenverbänden als ordentliche Mitglieder und Fach- und Regionalverbänden sowie Unternehmen aus allen Bereichen der Wirtschaft als außerordentliche Mitglieder.

457 | Industrie- und Handelskammern

Die Industrie- und Handelskammern sind Körperschaften des öffentlichen Rechts; ihnen gehören kraft Gesetzes alle zur Gewerbesteuer veranlagten natürlichen Personen, Handelsgesellschaften und juristischen

Personen des privaten und öffentlichen Rechts an, die im Bezirk der Kammer eine gewerbliche Niederlassung, eine Betriebsstätte oder eine Verkaufsstelle unterhalten, ferner die in der Handwerksrolle oder im Verzeichnis der handwerksähnlichen Gewerbe Eingetragenen mit dem nichthandwerklichen bzw. nichthandwerksähnlichen Teil und die sonstigen im Handelsregister eingetragenen Firmen (Pflichtmitgliedschaft – Kammerangehörige).

Aufgabe der IuH-Kammern ist, die Gesamtinteressen der ihnen zugehörigen Gewerbetreibenden wahrzunehmen, für die Förderung der gewerblichen Wirtschaft zu wirken und dabei die wirtschaftlichen Interessen einzelner Gewerbezweige oder Betriebe abwägend und ausgleichend zu berücksichtigen. Dabei obliegt ihnen insbesondere, durch Vorschläge, Gutachten und Berichte die Behörden zu unterstützen und zu beraten sowie für Wahrung von Anstand und Sitte des ehrbaren Kaufmanns zu wirken. Durch Gesetz zur vorläufigen Regelung des Rechts der IuH-Kammern i. d. F. der Bek. vom 18. 12. 1956 (BGBl. I 920) ist eine einheitliche Regelung geschaffen worden.

Durch Beschluss des BVerfG vom 19. 12. 1962 (NJW 1963, 195) ist festgestellt, dass die Pflichtmitgliedschaft zu den Industrie- und Handelskammern nicht gegen das GG, insbesondere Art. 9 GG (Vereinigungsfreiheit), verstößt, weil diese Kammern legitime öffentliche Aufgaben zu erfüllen haben.

Die IuH-Kammern sind auf Landesebene in Arbeitsgemeinschaften bzw. Kammervereinigungen und auf Bundesebene im **Deutschen Industrie- und Handelskammertag** mit dem Sitz in Berlin zusammengeschlossen (www.ihh.de). Diese bereits 1861 gegründete Spitzenorganisation betreut auch die deutschen Auslandshandelskammern, freie Vereinigungen von Kaufleuten der BRep. und eines ausländischen Staates, die nach Satzung, Funktion und Zusammensetzung ihren Mitgliedern und den beteiligten Volkswirtschaften durch Außenhandelsförderung als ehrliche Makler dienen wollen.

Die IuH-Kammern vertreten im Gegensatz zu den wirtschaftlichen Fachverbänden ➢ vgl. Nr. 456 b), nicht Einzel- oder Sonderinteressen, sondern haben die allgemeinen Belange der Kaufmannschaft wahrzunehmen. Sie geben für Behörden und Gerichte Gutachten und Stellungnahmen ab und beraten und betreuen im Rahmen ihrer allgemeinen Aufgaben ihre Mitglieder in allen wirtschaftlichen Fragen. Die IuH-Kammern führen die Verzeichnisse der Berufsausbildungsverhältnisse für kaufmännisch oder gewerblich Auszubildende und nehmen die Abschlussprüfungen der Auszubildenden ab. Sie unterhalten ferner Einigungsämter für Streitigkeiten im Wettbewerb (geregelt durch Verordnungen der Länder).

In der BRep. bestehen z. Z. 81 IuH-Kammern. In über 80 Länder der Welt befinden sich rund 120 Büros der deutschen Auslandshandelskammern.

Der Deutsche IuH-Tag war ursprünglich ein loser Zusammenschluss und wurde dann die Spitzenorganisation der IuH-Kammern. Er hat einen Vorstand mit Präs., 4 Vizepräs. und bis zu 26 weiteren Mitgliedern, 15 Fachausschüsse. Die Geschäftsführung des Deutschen IuH-Tages gliedert sich in die Hauptgeschäftsführung und 9 weitere Fachbereiche.

458 | Innungen, Kreishandwerkerschaften und Handwerkskammern

Gesetzliche Grundlage für die Handwerksausübung und für das handwerkliche Organisationsrecht ist die Handwerksordnung (HwO) i. d. F. vom 24. 9. 1998 (BGBl. I 3074). Die HwO ist durch das Dritte Gesetz zur Änderung der HwO und anderer handwerksrechtlicher Vorschriften vom 24. 12. 2003 (BGBl. I 2934) umfassend novelliert worden. Voraussetzung für die Ausübung eines zulassungspflichtigen Handwerks i. S. d. Anlage A zur HwO als stehendes Gewerbe ist die grds. Eintragung in die Handwerksrolle. Für die Eintragung in die Handwerksrolle wird grundsätzlich das Bestehen der Meisterprüfung oder einer gleichwertigen Prüfung verlangt (§ 7 HwO); Durch den im Zuge der Reform der HandwO neu eingefügten § 7b kann in den meisten zulassungspflichtigen Handwerken grds. eine Ausübungsberechtigung erhalten, wer die Gesellenprüfung in diesem oder einem verwandten Handwerk oder eine Abschlussprüfung in einem dem Handwerk entsprechend anerkannten Ausbildungsberuf bestanden hat sowie eine Tätigkeit von mindestens 6 Jahren, davon mindestens 4 Jahre in leitender Stellung, in dem zu betreibenden oder verwandten Handwerk ausgeübt hat. Weitere Ausnahmeregelungen enthalten die §§ 8 und 9 HwO. Wer den selbständigen Betrieb eines zulassungsfreien Handwerks nach Anlage B Abschnitt 1 oder eines handwerksähnlichen Gewerbes nach Anlage B Abschnitt 2 HwO als stehendes Gewerbe beginnt, hat dieses unverzüglich der Handwerkskammer anzuzeigen. Die Handwerkskammer führt ein Verzeichnis über die Inhaber von Betrieben, die ein zulassungsfreies Handwerk oder ein handwerksähnliches Gewerbe betreiben (§§ 18, 19 HwO).

Selbstständige Handwerker des gleichen zulassungspflichtigen oder zulassungsfreien Handwerks, des gleichen handwerksähnlichen Gewerbes oder solcher Handwerke oder handwerksähnlicher Gewerbe, die sich fachlich oder wirtschaftlich nahe stehen, können sich zur Förderung ihrer gemeinsamen gewerblichen Interessen innerhalb eines bestimmten Bezirks zu einer **Handwerksinnung** (Körperschaft des öffentlichen Rechts) zusammenschließen. Zum Teil bedient sich der Staat der Handwerksinnung zur Erfüllung öffentlicher Aufgaben und überträgt ihr zu diesem Zweck Hoheitsgewalt. Zu solchen öffentlichen Aufgaben zählt u. a. die Regelung und Überwachung der Lehrlingsausbildung, die Abnahme der Gesellenprüfung, die Errichtung von Gesellenprüfungsausschüssen und die Durchführung der von der Handwerkskammer erlassenen öffentlich-rechtlichen Vorschriften. Daneben fallen den Innungen weitere Pflichtaufgaben zu, bei denen es ihnen aber im Einzelfall gestattet ist, aus wichtigem Grund von der Durchführung entsprechender Maßnahmen abzusehen. Dazu zählen z. B. Maßnahmen zur Erhöhung der Wirtschaftlichkeit der Betriebe und zur Verbesserung der Arbeitsweise und der Betriebsführung. Schließlich hat die Innung auch noch Aufgaben, deren Wahrnehmung ihr freigestellt ist. Dazu zählt z. B. die Möglichkeit zum Abschluss von Tarifverträgen und die Einrichtung von Schlichtungsstellen zur Beilegung von Streitigkeiten zwischen den Innungsmitgliedern und ihren Auftraggebern.

Die Innungen können als sog. Trägerinnungen eine eigene Krankenkasse (**Innungskrankenkasse**) bilden. Im Interesse eines guten Verhältnisses zwischen den Innungsmitgliedern und den bei ihnen beschäftigten Gesellen wird ein Gesellenausschuss errichtet, der bei bestimmten Fragen, insbesondere bei der Lehrlingsausbildung ein Beteiligungsrecht hat.

Die Innungen (§§ 52–78 HwO) sind fachlich gegliedert und arbeiten i. d. R. auf Kreisebene. Die Innungen sind in der Regel in Landes- und Bundesinnungsverbänden zusammengefasst (§§ 79–85 HwO) unter bestimmten Voraussetzungen sind auch Landesinnungen bzw. Bundesinnungen zulässig. Die Innungen sind auf Bundesebene in Zentralfachverbänden organisiert. Diese sind Mitglied bei der Bundesvereinigung der Fachverbände des Deutschen Handwerks (www.h-online.net), die ihrerseits dem Zentralverband des Deutschen Handwerks mit Sitz in Berlin (www.zdh.de) angehört.

Sämtliche Innungen eines Land- oder Stadtkreises bilden kraft Gesetzes die **Kreishandwerkerschaft** (§§ 86–89 HwO). Sie nehmen als regional zuständige überfachliche Handwerksorganisation die Gesamtinteressen des selbstständigen Handwerks und des handwerksähnlichen Gewerbes sowie die Interessen der Handwerksinnungen ihres Bezirks wahr. Im Wesentlichen unterstützen sie die Handwerksinnungen bei der Erfüllung ihrer Aufgaben und führen deren Geschäfte, wenn sie keine eigene Geschäftsführung haben.

Die Vertretung der Interessen des Handwerks auf überörtlicher Ebene obliegt den **Handwerkskammern** (Körperschaften des öffentlichen Rechts) mit Pflichtmitgliedschaft (§§ 90–116 HwO). Nach der Gesetzesdefinition (§ 90 Abs. 2 HwO) gehören zur Handwerkskammer in erster Linie die Inhaber eines Betriebs eines Handwerks und eines handwerksähnlichen Gewerbes des Kammerbezirks sowie die Gesellen, andere Arbeitnehmer mit einer abgeschlossenen Berufsausbildung und Lehrlinge dieser Gewerbetreibenden. Die Handwerkskammern werden von den obersten Landesbehörden (Landeswirtschaftsministerien) errichtet. Diese bestimmen deren Bezirk, der sich in der Regel mit dem der höheren Verwaltungsbehörde (z. B. Regierungsbezirk) decken soll. Die Handwerkskammern haben die Interessen des Gesamthandwerks ihres Bezirkes wahrzunehmen. Zu ihren Aufgaben zählt insbesondere die Führung der Handwerksrolle. Sie regelt insbesondere die Prüfungsordnungen und die Berufs- (Lehrlings-)ausbildung, bestellt und vereidigt Sachverständige, erstattet Gutachten, erteilt Auskünfte an Gerichte und Behörden und führt die Aufsicht über die Kreishandwerkerschaften und Innungen ihres Bezirks. In der Bundesrepublik gibt es 54 Handwerkskammern. Sie sind im Deutschen Handwerkskammertag (DHKT) mit Sitz in Berlin (www.zdh.de) zusammengeschlossen, der ebenfalls dem Zentralverband des Deutschen Handwerks angehört.

459 | Wirtschaftsstrafrecht

Nach Beseitigung der Bewirtschaftung auf der Verbraucherebene (Bezugscheinsystem) sind zahlreiche Tatbestände des früheren Wirtschaftsstrafrechts weggefallen. Das Wirtschaftsstrafgesetz 1954 i. d. F. der Bek. vom 3. 6. 1975 (BGBl. I 1313) hat den Bereich weiter verkleinert; es erfasst seit 1. 1. 1975 nur noch:

a) Zuwiderhandlungen gegen **Sicherstellungsgesetze** auf dem Gebiet der Wirtschaft, des Verkehrs, der Ernährung oder der Wasserversorgung;

b) Verstöße gegen die nach einzelnen Rechtsvorschriften noch bestehende **Preisregelung** (§ 3 WiStG);

c) die **Preisüberhöhung** in Beruf oder Gewerbe, bei Wohnungsvermietung oder -vermittlung (§§ 4, 5 WiStG).

Zuwiderhandlungen sind in den Fällen zu a) je nach ihren Auswirkungen oder der Handlungsweise des Täters entweder Straftaten, d. h. kriminelle Delikte, die gerichtlich verfolgt und bei Bestrafung im Bundeszentralregister vermerkt werden, oder Ordnungswidrigkeiten, die im Verwaltungswege mit Geldbuße geahndet werden können ➢ vgl. Nr. 152. In den Fällen zu b) und c) handelt es sich jeweils um Ordnungswidrigkeiten.

Die missbräuchliche Inanspruchnahme von Subventionen und Krediten der öffentlichen Hand ist als Subventions- bzw. Kreditbetrug in §§ 264, 265 b StGB unter Strafe gestellt. § 291 StGB erfasst die sozialschädlichen Formen des Wuchers. Durch das Zweite Ges. zur Bekämpfung der Wirtschaftskriminalität vom 15. 5. 1986 (BGBl. I 721) wurden Lücken des Strafrechts bei der Computerkriminalität geschlossen, die Strafbarkeit bei Kapitalanlagebetrügereien erweitert und der Zahlungsverkehr durch Strafvorschriften über die Fälschung von Euroscheckvordrucken und Euroscheckkarten sowie die missbräuchliche Verwendung von Scheck- und Kreditkarten weiter geschützt.

460 | Wechselrecht

Der Wechsel ist ein schuldrechtliches Forderungspapier, in dem die Zahlung einer bestimmten Geldsumme an den jeweiligen Wechselinhaber versprochen wird; er unterliegt strengen Formvorschriften (Wechselstrenge). Die Wechselverpflichtung ist abstrakt, d.h. losgelöst von dem zugrundeliegenden Rechtsgeschäft (z.B. Kauf), so dass der Wechselverpflichtete aus diesem gegen den Wechselanspruch keine Einwendungen erheben kann.

Das Wechselrecht ist im Wechselgesetz i.d.F. der Bek. vom 21. 6. 1933 (RGBl. I 399) geregelt.

Hauptformen des Wechsels sind:

a) der **gezogene Wechsel** (Tratte). Er ist eine Form der Anweisung. Der Aussteller des Wechsels (Trassant) weist den Bezogenen (Trassat) an, an einen Dritten (Wechselnehmer, Remittent) eine bestimmte Summe zu zahlen. Der Bezogene haftet erst, wenn er den Wechsel angenommen hat **(Akzept)**;

b) der **eigene (Sola-)Wechsel**. In ihm verspricht der Aussteller (Trassant), den im Wechsel angegebenen Betrag an einen anderen (Remittent) zu zahlen („Gegen diesen Wechsel zahle ich").

Während beim gezogenen Wechsel i.d.R. drei Personen beteiligt sind, sind es beim eigenen Wechsel nur zwei.

Allerdings kann eine Tratte auch an die eigene Order des Ausstellers lauten (Art. 3 Abs. 1 WG), so dass nur zwei Personen beteiligt sind. Der „trassiert-eigene" Wechsel kommt in der Wirkung einem Sola-Wechsel nahe.

Der gezogene Wechsel (Tratte) muss folgende 8 Erfordernisse aufweisen:

a) die Bezeichnung als Wechsel im Text (nicht in der Überschrift) = Wechselklausel,
b) die unbedingte Anweisung, eine bestimmte Geldsumme zu zahlen;
c) den Namen dessen, der zahlen soll (Bezogener);
d) die Angabe der Verfallzeit (z.B. am ..., bei Sicht, 1 Monat nach Sicht, nach 3 Monaten);
e) die Angabe des Zahlungsortes;
f) den Namen dessen, an den oder an dessen Order gezahlt werden soll (Wechselinhaber, Remittent);
g) Tag und Ort der Ausstellung;
h) die Unterschrift des Ausstellers.

Bei Nichteinhaltung dieser strengen Formvorschriften ist der Wechsel i.d.R. (Ausnahmen in Art. 2 Abs. 2–4 WG) nichtig. Fehlende Formerfordernisse können u.U. nachgeholt werden; der Bezogene kann seine Verpflichtungserklärung blanko abgeben (Blankowechsel).

Nach dem Zahlungsort unterscheidet man Distanzwechsel, die an einem anderen als dem Ausstellungsort, und Platzwechsel, die am Ausstellungsort zahlbar sind.

Das Recht aus dem Wechsel wird übertragen durch **Indossament**, d.h. schriftlichen Übertragungsvermerk auf der Rückseite des Wechsels (z.B. „für mich an die Order der D.-Bank in X. gez. Y"), und Übereignung des Papiers gem. § 929 BGB. Auch ein Blankoindossament ist zulässig. Das Indossament hat die sog. Transportfunktion (sämtliche Rechte aus dem Wechsel gehen auf den Indossatar über), die Garantiefunktion (der Übertragende haftet auf Grund seiner Unterschrift für Annahme und Zahlung wie der Aussteller) und die Legitimationsfunktion (der durch ununterbrochene Indossamentenkette Ausgewiesene gilt als rechtmäßiger Wechselinhaber); Art. 14–16 WG. Einwendungen des aus einem Wechsel in Anspruch Genommenen aus seinen unmittelbaren Beziehungen zum Aussteller oder zu einem früheren Inhaber des Wechsels sind i. d. R. ausgeschlossen (Art. 17 WG).

Bei Fälligkeit ist der Wechsel dem Bezogenen (Akzeptanten) zur Einlösung vorzulegen. Eine Verweigerung der Zahlung muss durch **Protest** festgestellt werden, der von einem Notar oder Gerichtsvollzieher aufzunehmen ist. Der Protest wird auf dem Wechsel oder einem damit verbundenen Blatt (Allonge) vermerkt. Bei Nichteinlösung haften dem Wechselinhaber der Aussteller und sämtliche Indossanten (Übertrager) auf Wechselsumme und Kosten als Gesamtschuldner. Der Inanspruchgenommene kann gegen seine Vormänner Regress (Rückgriff) nehmen. Über den Wechselbürgen vgl. Art. 30–32 WG. Über den Wechselprozess ➢ s. Nr. 245.

461 | Scheckrecht

Das Scheckrecht i.d.F. der Bek. ist geregelt im Scheckgesetz vom 14. 8. 1933 (RGBl. I 597).

Der Scheck ist eine schriftliche Anweisung an einen Bezogenen (i.d.R. Bank oder sonstiges Kreditinstitut) auf Zahlung einer bestimmten Geldsumme an den im Scheck Bezeichneten. Ein Scheck kann sein:

a) **Namens- oder Inhaber-Scheck**, je nachdem, ob er auf einen Namen oder auf den jeweiligen Inhaber lautet.

b) **Bar- oder Verrechnungs-Scheck**, je nachdem, ob in bar oder durch Gutschrift auf ein anderes Konto gezahlt werden soll.

Im Bankverkehr ist von den Formen zu a) nur der Inhaberscheck gebräuchlich, da alle Formulare den Vermerk tragen „oder an Überbringer".

Auch beim Scheck, der wie der Wechsel ein abstraktes Schuldversprechen enthält, bestehen strenge Formvorschriften: Bezeichnung als Scheck, Datum und Ort der Ausstellung, Zahlungsempfänger (kann auch der Aussteller sein), Namen des Bezogenen (Bank), Anweisung zur Zahlung eines bestimmten Betrags, Unterschrift des Ausstellers. Zahlungsort ist der beim Bezogenen angegebene Ort bzw. der Ausstellungsort. Der Scheck ist bei Sicht zahlbar, so dass sich die Angabe einer Zahlungszeit erübrigt. Der Vermerk „nur zur Verrechnung" verbietet der Bank die Barauszahlung (Verrechnungsscheck; Art. 39 ScheckG). Falls die Bank nicht zahlt (mangels Deckung), kann der Scheckempfänger Rückgriff gegen den Aussteller nehmen (Art. 40 ff. ScheckG).

Die Übertragung des Schecks erfolgt durch Übergabe des Papiers (beim Orderscheck, der aber ungebräuchlich ist, außerdem durch Indossament wie beim Wechsel, s. o.). Der Scheck wird bei Vorlegung fällig. Die Vorlegungsfrist beginnt mit dem Tag der Ausstellung und beträgt für Inlandsschecks 8 Tage, für Auslandsschecks 20–70 Tage (Art. 29 ScheckG). Wird die Vorlegungsfrist versäumt, so erlischt der Rückgriffsanspruch des Scheckinhabers gegen den Aussteller und etwaige Indossanten oder Bürgen (Art. 25–27 ScheckG) unbeschadet des Anspruchs gegen den Aussteller, soweit er sich mit Schaden des Scheckinhabers bereichern würde (Art. 58 ScheckG).

462 | Depotgesetz

Das Depotgesetz i. d. F. der Bek. vom 11. 1. 1995 (BGBl. I 34) verpflichtet jeden Kaufmann, der handelsgewerblich Wertpapiere für seine Kunden verwahrt (insbes. Banken), ein **Verwahrungsbuch** zu führen und dem Kunden, für den er Wertpapiere kauft, ein **Stückeverzeichnis** zu übersenden (§§ 14, 18 DepotG).

Das Depotgeschäft ist ein Bankgeschäft ➢ s. Nr. 488, bei dem die Bank es übernimmt, bestimmte Sachen (Wertpapiere) aufzubewahren und gegebenenfalls zu verwalten. Mit Absendung des Stückeverzeichnisses geht das Eigentum an den darin verzeichneten Wertpapieren auf den Bankkunden (Wertpapierkäufer) über. Dieser kann bei Insolvenz der Bank ein Aussonderungsrecht geltend machen ➢ Nr. 263; über Vorrang der Kommittenten, Hinterleger usw. im Insolvenzverfahren vgl. §§ 32, 33 DepotG.

Man unterscheidet das **Sammeldepot** (Sammelverwahrung), bei dem die Bank die Papiere einer Wertpapiersammelbank zuführen kann (es besteht dann nur Miteigentum der Hinterleger am Sammelbestand), und das **Streifbanddepot** (Sonderverwahrung), bei dem die Wertpapiere gesondert aufzubewahren sind. Depotunterschlagungen sind unter Strafe gestellt (§ 34 DepotG).

III. Wettbewerbsrecht

463 | Unlauterer Wettbewerb

Das im Interesse der Deregulierung und des Verbraucherschutzes umfassend novellierte Gesetz gegen den unlauteren Wettbewerb – UWG – i. d. F. der Bek. vom 3. 7. 2004 (BGBl. I 1414) dient dem Schutz der Mitbewerber, der Verbraucher und sonstiger Marktteilnehmer vor unlauterem Wettbewerb. Es schützt zugleich das Interesse der Allgemeinheit vor unlauterem Wettbewerb. Nach § 3 sind unlautere Wettbewerbshandlungen unzulässig.

Beispiele für unlauteren Wettbewerb enthält **§ 4** UWG. Danach handelt insbesondere unlauter, wer beispielsweise Wettbewerbshandlungen vornimmt, die geeignet sind, die Entscheidungsfreiheit der Verbraucher oder Marktteilnehmer durch Druck, in menschenverachtender Weise oder durch sonstigen unangemessenen unsachlichen Einfluss zu beeinträchtigen, ferner wer Wettbewerbshandlungen vornimmt, die sich dazu eignen, die Unerfahrenheit – insbesondere von Kindern und Jugendlichen –, die Leichtgläubigkeit, die Angst oder Zwangslage von Verbrauchern auszunutzen. Wettbewerbswidrig handelt auch, wer den Werbecharakter von Wettbewerbshandlungen verschleiert, Kennzeichen, Waren, Dienstleistungen, Tätigkeiten oder persönliche oder geschäftliche Verhältnisse eines Mitbewerbers herabsetzt oder verunglimpft bzw. Tatsachen behauptet oder verbreitet, die geeignet sind, den Betrieb des Unternehmens oder den Kredit des Unternehmers zu schädigen, soweit die Tatsachen nicht erweislich wahr sind. Als unlauterer Wettbewerb gilt gem. § 5 UWG auch die **irreführende Werbung**. Auch **bestimmte Formen** der **vergleichenden Werbung** können unlauter sein (§ 6 UWG). Wer Marktteilnehmer in **unzumutbarer Weise belästigt**, z. B. durch Telefonwerbung ohne tatsächliche (gegenüber Verbrauchern) oder mutmaßliche Einwilligung (gegenüber sonstigen Marktteilnehmern) verstößt ebenfalls gegen das UWG (vgl. § 7 UWG).

Wer dem UWG zuwiderhandelt, kann auf Beseitigung, Unterlassung und Schadenersatz verklagt werden. Die Zuwiderhandlungen nach dem UWG sind meist Antragsdelikte. Verjährung der zivilrechtlichen Ansprüche grds. 6 Monate nach Kenntnis von Rechtsverletzung und Person des Verletzenden (§ 11). Zur Beilegung von Wettbewerbsstreitigkeiten bestehen **Einigungsstellen** bei den Industrie- und Handelskammern. Über das Recht von Interessenverbänden, Unterlassungsansprüche geltend zu machen, vgl. § 8 Abs. 3 UWG.

Sachverhalte des unlauteren Wettbewerbs spielen auf der EU-Ebene eine erhebliche Rolle, da der Warenvertrieb aus anderen Mitgliedstaaten durch ein restriktives Lauterkeitsrecht empfindlich gestört werden kann und dadurch die Vorschriften des freien Warenverkehrs (Art. 28 ff. EGV) verletzt werden können. Reine Vertriebsmodalitäten sind zwar vom Anwendungsbereich des freien Warenverkehrs ausgenommen; alle Vorschriften, die die Ware selbst betreffen, etwa zur Bezeichnung, Verpackungsaufmachung, Präsentation etc. unterliegen jedoch der Prüfung, ob sie nicht ausländische Waren ungerechtfertigt beschränken.

Was die Werbung anlangt, so bestehen verschiedene Rechtsangleichungsmaßnahmen auf EU-Ebene, so die Richtlinie Nr. 84/450 (ABl. EU 1984 L 250, S. 17) über irreführende Werbung, die Richtlinie Nr. 97/55 (ABl. EU 1997 L 290, S. 18) über vergleichende Werbung, die Richtlinie Nr. 98/43 (ABl. EU 1998 L 213, S. 9) über die Tabakwerbung, die Richtlinie Nr. 97/36 (ABl. EU 1997 L 202, S. 60) über die Modalitäten der Fernsehwerbung, Art. 13 der Richtlinie Nr. 2002/58 (ABl. EU 2002 L 201, S. 37) über die Verarbeitung personenbezogener Daten und den Schutz der Privatsphäre in der elektronischen Kommunikation.

464 | Wirtschaftskonzentration. Kartellwesen

a) Wirtschaftskonzentrationen (Auswirkungen, Formen)

Der Zusammenschluss wirtschaftlicher Unternehmungen kann, wenn er einen erheblichen Teil eines Wirtschaftszweiges erfasst, unerwünschte Auswirkungen auf die Volkswirtschaft haben. Das gilt insbesondere von **Monopolbildungen** und **Kartellzusammenschlüssen**, die einen gesunden Wettbewerb beeinträchtigen oder ausschließen. Um das zu verhindern, müssen Konzentrationen in der Wirtschaft unterbunden werden, vor allem wenn sie durch die Preisbildung schädliche Folgen für die Verbraucherschaft haben können. Namentlich die Konzernbildung kann insofern staatlichen Eingriffen unterliegen.

Der Zusammenschluss mehrerer selbstständiger Unternehmungen unter einer einheitlichen wirtschaftlichen Leitung (Konzern) oder durch Fusion dient i. d. R. der Rationalisierung oder der Erhöhung der Rentabilität. Man unterscheidet horizontale und vertikale Konzerne, je nachdem, ob die Konzernbildung mehrere Unternehmen gleicher oder aufeinander folgender Produktions- oder Wirtschaftsstufen umfasst (z. B. mehrere Automobilwerke oder Versicherungsgesellschaften; andererseits Zusammenschluss eines Urproduktionswerkes mit einem Veredelungsbetrieb und einer Verkaufsorganisation). Weiter kann unterschieden werden zwischen **Gleichordnungs- und Unterordnungskonzern**, je nachdem, ob den beteiligten Unternehmen gesellschaftsrechtlich die gleiche Rechtsstellung eingeräumt ist oder ob ein oder mehrere Unternehmen von einem anderen beherrscht werden (die „Muttergesellschaft" besitzt die Aktienmehrheit mehrerer „Tochtergesellschaften"). Die häufigsten Formen der Unternehmensverbindung sind die Interessengemeinschaft sowie der Beherrschungsvertrag und der Gewinnabführungsvertrag ➢ vgl. Nr. 447 b) aa).

b) Kartellwesen

Soweit die Konzernbildung lediglich innerbetriebliche (produktionstechnische, finanzielle, organisatorische) Zwecke verfolgt, braucht sie sich auf die Gesamtwirtschaft nicht nachteilig auszuwirken. Dagegen widerspricht die Einschränkung des freien Wettbewerbs durch Kartelle – oft mit dem Ziel, eine monopolartige Stellung zu erringen – dem Grundgedanken des Leistungswettbewerbs, der eine unentbehrliche Triebkraft unseres Wirtschaftslebens ist. Deshalb untersagt das **Gesetz gegen Wettbewerbsbeschränkungen (GWB)** i. d. F. der Bek. vom 15. 7. 2005 (BGBl. I 2114) Wettbewerbsbeschränkungen, lässt aber von diesem Verbot Freistellungen zu.

Das GWB ist durch das 7. Gesetz zur Änderung des Gesetzes gegen Wettbewerbsbeschränkungen vom 7. 7. 2005 (BGBl. I 1954) umfassend novelliert und insbesondere an das europäische Wettbewerbsrecht (vgl. in diesem Zusammenhang die Verordnung (EG) Nr. 1/2003 vom 16. 12. 2002 zur Durchführung der in den Artikeln 81 und 82 des Vertrags niedergelegten Wettbewerbsregeln [ABl. EU L 1 vom 4. 1. 2003, S. 1]) angepasst worden. Die bis zum 1. 7. 2005 bestehende grundsätzliche Anmelde- und Genehmigungspflicht wurde in ein System der Legalausnahme überführt.

aa) Kartellabreden und andere Bindungen

Vereinbarungen zwischen Unternehmen (Kartellverträge) und Beschlüsse von Unternehmensvereinigungen (Kartellbeschlüsse), die eine Veränderung, Einschränkung oder Verfälschung des Wettbewerbs bezwecken oder bewirken, sind verboten (§ 1). Das Verbot wettbewerbsbeschränkender Vereinbarungen wurde in § 1 GWB neben horizontalen Vereinbarungen (zwischen Unternehmen die miteinander im Wettbewerb stehen) auch auf vertikale wettbewerbsbeschränkende Vereinbarungen (kein Wettbewerbsverhältnis erforderlich) zwischen Unternehmen erstreckt (z. B. vertikale Preis- und Konditionenbindungen bei Verträgen mit dritten über die gelieferten Waren). Wer sich über dieses Verbot hinwegsetzt, begeht eine mit Geldbuße bedrohte Ordnungswidrigkeit (§ 81). Die Ordnungswidrigkeit kann, wenn sie durch ein Unternehmen oder eine Unternehmensvereinigung begangen wurde, mit einer Geldbuße bis zu 1 000 000 Euro geahndet werden. Gegen an der Zuwiderhandlung beteiligte Unternehmen oder Unternehmensvereinigungen kann zusätzlich eine Geldbuße bis zu $^1/_{10}$ des im vorausgegangenen Geschäftsjahr erzielten Gesamtumsatzes verhängt werden. In Übrigen ist eine Geldbuße bis zu 100 000 Euro möglich. Gem. § 2 GWB gelten wettbewerbsbeschränkende Vereinbarungen automatisch vom Verbot des § 1 GWB freigestellt, wenn Sie die Freistellungsvoraussetzungen des Art. 81 Abs. 3 EG-Vertrag erfüllen. Dabei kommt den von der EU-Kommission erlassenen **Freistellungsverordnungen für Gruppen und Vereinbarungen** (GVO) zentrale Bedeutung zu. Somit sind wettbewerbsbeschränkende Vereinbarungen, die die Voraussetzungen für die Anwendung einer GVO erfüllen, ohne weiteres freigestellt, vgl. z. B. die Verordnung [EG] Nr. 358/2003 vom 27. 2. 2003 über die Anwendung von Artikel 81 Abs. 3 EG auf Gruppen von Vereinbarungen, Beschlüssen und aufeinander abgestimmten Verhaltensweisen im Versicherungssektor (ABl. EU L 53 vom 28. 2. 2003, S. 8) oder die Verordnung [EG] Nr. 1400/2002 vom 31. 7. 2002 über die Anwendung von Artikel 81 Abs. 3 EG auf Gruppen von vertikalen Vereinbarungen und aufeinander abgestimmten Verhaltensweisen im Kraftfahrzeugsektor (ABl. EU L 202 vom 1. 8. 2002, S. 30). Administrative Freistellungsakte sind grundsätzlich nicht mehr erforderlich. Die bisherigen Regelungen über Normen-, Typen-, Konditionen-, und Spezialisierungskartelle wurden aufgehoben. Ebenso die Regelungen über Einkaufskooperationen, Rationalisierungs- und Strukturkrisenkartelle; in diesen Bereichen werden sachgerechte Lösungen auch durch die Anwendung von Art. 81 EG-Vertrag sowie den hierzu erlassenen Verordnungen erreicht. Weiter besonders geregelt sind die sog. **Mittelstandskartelle** (§ 3 GWB), die horizontale wettbewerbsbeeinträchtigende Kooperationen von kleineren und mittelständischen Wirtschaftsunternehmen – insbesondere aus strukturpolitischen Gründen – zulassen. Die §§ 32–34 a GWB enthalten Vorschriften über **Befugnisse der Kartellbehörden und Sanktionsmöglichkeiten** bei Verstößen. Ebenfalls untersagt ist der Missbrauch einer marktbeherrschenden Stellung (§ 19), die §§ 20 und 21 normieren ein Diskriminierungs- und Boykottverbot. Gemäß § 24 ff. können Wirtschafts- und Berufsvereinigungen für ihren Bereich Wettbewerbsregeln aufstellen.

Für Kartellsachverhalte, die sich grenzüberschreitend auswirken, ist, soweit Mitgliedstaaten der EU betroffen sind, das europäische Kartellrecht (Art. 81 ff. EGV) maßgeblich. § 22 GWB enthält Aussagen zum anwendbaren Recht. Zur Durchsetzung des Verbots steht der Kommission der EU ein Enqueterecht zu (Art. 85 EGV) sowie das Recht, Bußgelder zu verhängen. Hinsichtlich ihrer weiteren Befugnisse und betreffend das Verwaltungsverfahren vgl. insbesondere Art. 4ff. der Verordnung (EG) Nr. 1/2003 vom 16. 12. 2002 zur Durchführung der in den Art. 81 und 82 des Vertrags niedergelegten Wettbewerbsregeln (ABl. EU L 1 vom 4. 1. 2003, S. 1).

bb) Fusionskontrolle

Die §§ 35ff. GWB regeln die Zusammenschlusskontrolle. Ein Zusammenschluss, von dem zu erwarten ist, dass er eine marktbeherrschende Stellung begründet oder verstärkt, ist vom Bundeskartellamt zu untersagen, außer für den Fall, dass durch den Zusammenschluss Verbesserungen der Wettbewerbsbedingungen eintreten und diese die Nachteile der Marktbeherrschung überwiegen (§ 36 GWB). Die Vorschriften über die Fusionskontrolle finden Anwendung, wenn im letzten Geschäftsjahr vor dem Zusammenschluss die beteiligten Unternehmen insgesamt weltweit Umsatzerlöse von mehr als 500 Mio. Euro und mindestens ein beteiligtes Unternehmen im Inland Umsatzerlöse von mehr als 25 Mio. Euro erzielt haben (§ 35 GWB). Eine **Monopolkommission** (§ 44 GWB) erstellt alle zwei Jahre ein Gutachten, in dem sie den Stand und die absehbare Entwicklung der Unternehmenskonzentration in der Bundesrepublik Deutschland beurteilt.

Zusammenschlüsse von europaweiter Bedeutung werden seit 1990 von der europäischen Kommission als Aufsichtsbehörde kontrolliert (VO Nr. 4064/89, ABl. EU 1989 L 395, S. 1). Alle geplanten Vorhaben müssen bei der Kommission – Generaldirektion Wettbewerb – angemeldet werden und dürfen ohne ihre Genehmigung nicht durchgeführt werden. Dies gilt für alle Verschmelzungen von zwei oder mehr bisher voneinander unabhängigen Unternehmen und für Beteiligungen von gemeinschaftsweiter Bedeutung, die zur Kontrolle über die Gesamtheit oder über Teile eines oder mehrerer Unternehmen führen und den Wettbewerb beeinträchtigen. Auch der Erwerb gemeinsamer Kontrolle fällt hierunter, also insbesondere die Gründung von sog. Gemeinschaftsunternehmen. Gemeinschaftsweite Bedeutung ist dann gegeben (Art. 1 der VO), wenn der weltweite Gesamtumsatz aller beteiligten Unternehmen zusammen mehr als 5 Mrd. Euro beträgt und mindestens zwei der beteiligten Unternehmen einen gemeinschaftsweiten Gesamtumsatz von jeweils mehr als 250 Mio. Euro erzielen, es sei denn, dass die beteiligten Unternehmen jeweils mehr als zwei Drittel ihres gemeinschaftsweiten Gesamtumsatzes in ein und demselben Mitgliedstaat erzielen (diese Fälle werden dem nationalen Kartellrecht überlassen).

cc) Kartellbehörden

Zur Wahrnehmung der sich aus dem Kartellgesetz ergebenden Verwaltungsaufgaben und Befugnisse ist ein **Bundeskartellamt** als Bundesoberbehörde mit dem Sitz in Bonn errichtet. Es gehört zum Geschäftsbereich des BMWi. Das Bundeskartellamt ist zuständig für Angelegenheiten von Kartellen und für Fälle der Marktbeeinflussung usw., deren Wirkung über das Gebiet eines Landes hinausgeht. Im Übrigen entscheidet der BMWi oder die nach Landesrecht zuständige oberste Landesbehörde (§ 48 GWB). Das Bundes- oder Landeskartellamt entscheidet auch in Bußgeldsachen.

Die Entscheidungen des Bundeskartellamtes werden von Beschlussabteilungen in der Besetzung mit einem Vorsitzenden und zwei Beisitzern getroffen (§ 51 GWB). Gegen Verfügungen der Kartellbehörde ist die **Beschwerde** an das für den Sitz der Kartellbehörde zuständige Oberlandesgericht bzw. das für das Bundeskartellamt zuständige Oberlandesgericht gegeben (§ 63 GWB). Gegen die Beschlüsse des OLG ist die **Rechtsbeschwerde** zulässig, sofern das OLG sie zugelassen hat (das ist vorgeschrieben in grundsätzlichen Rechtsfragen und wenn eine oberstgerichtliche Entscheidung zur Rechtsfortbildung oder zur Sicherung einer einheitlichen Rechtsprechung erforderlich ist), ferner bei bestimmten schweren Verfahrensmängeln (§ 74 GWB). Sie kann nur darauf gestützt werden, dass die angegriffene Entscheidung auf einer Verletzung des Rechts beruht (§ 76 Abs. 2 GWB). Über sie entscheidet der Bundesgerichtshof. Bei den OLGen und beim BGH werden Kartellsenate gebildet (§§ 91 ff. GWB).

Europäische Kartellbehörde ist die Europäische Kommission in Brüssel. Ihre Entscheidungen unterliegen der Rechtskontrolle durch den EuGH.

dd) Vergabe öffentlicher Aufträge

Gemäß § 97 GWB haben öffentliche Auftraggeber Waren, Bau- und Dienstleistungen im Wettbewerb und im Wege transparenter Vergabeverfahren zu beschaffen. In den §§ 98 ff. GWB werden die Einzelheiten geregelt. Gemäß §§ 102 ff. GWB unterliegt die Vergabe öffentlicher Aufträge der Nachprüfung durch Vergabekammern (§ 104 GWB). Das Verfahren vor der Vergabekammer ist in den §§ 107 ff. GWB näher geregelt.

ee) Kosten

Vgl. VO über die **Kosten** der Kartellbehörden i. d. F. der Bek. vom 16. 11. 1970 (BGBl. I 1535).

c) Syndikate

Die Grundregeln des Kartellrechts gelten auch für Syndikate. Das sind besonders straff organisierte Kartelle, bei denen in den Verkehr zwischen Hersteller und Verbraucher eine rechtlich selbstständige Vertriebs- und Abrechnungsgesellschaft zwischengeschaltet ist.

IV. Gewerblicher Rechtschutz und Urheberrecht

466 | Der Schutz des geistigen Eigentums

Das Recht des Schöpfers (Urhebers) an einem geistigen Werk wird vom Gesetz als eigentumähnliches Recht behandelt. Aus ihm entspringen einerseits persönlichkeitsrechtliche, andererseits vermögensrechtliche Ansprüche.

Durch das Urheberrecht im eigentlichen Sinne geschützt sind Werke der Literatur, Wissenschaft und Kunst (Sprachwerke, Schriftwerke, Reden und Computerprogramme, Musik, pantomimische Werke einschließlich Tanzkunst, bildende Kunst, Lichtbild- und Filmwerke, Darstellungen wissenschaftlicher oder technischer Art). Nicht zum Urheberrecht im eigentlichen Sinne gehört das Recht der Erfindungen, Gebrauchsmuster, Muster und Modelle sowie Handelsmarken. Allen gemeinsam ist der **Schutz einer individuellen geistigen Leistung**. Während aber dem Urheberrechtsschutz ein kulturelles Schaffen zugrunde liegt, bezieht sich der gewerbliche und technische Rechtsschutz auf Leistungen technischer oder „zivilisatorischer" Art.

Sowohl das Urheberrecht i. e. S. als auch der gewerbliche und technische Rechtsschutz sind bundesrechtlich geregelt, wobei in den vergangenen Jahren in großem Umfang Rechtsangleichungsmaßnahmen der EU zu berücksichtigen waren. Durch das Erstreckungsgesetz vom 23. 4. 1992 (BGBl. I 938) wurden alle gewerblichen Schutzrechte (Patente, Gebrauchsmuster, Halbleiterschutzrechte, Geschmacksmuster, Warenzeichen), die vor dem 3. 10. 1990 in der BRep. oder der ehemaligen DDR bestanden, auf ganz Deutschland erstreckt.

Der Schutz im Ausland ist durch internationale Vereinbarungen gesichert. Die Berner Übereinkunft zum Schutze von Werken der Literatur und Kunst vom 9. 9. 1886 gewährleistete für diese Werke den Angehörigen der Vertragsstaaten gleichen Urheberschutz wie den eigenen Staatsangehörigen. Sie wurde 1908 in Berlin (RGBl. 1910 987), 1928 in Rom (RGBl. 1933 II 890), 1948 in Brüssel (BGBl. 1965 II 1213), 1967 in Stockholm (BGBl. 1970 II 348) und 1971 in Paris (BGBl. 1973 II 1071) revidiert (daher heute: Revidierte Berner Übereinkunft). Den Schutz des gewerblichen Eigentums gewährleistet die Pariser Verbandsübereinkunft vom 20. 3. 1883, zuletzt revidiert in Lissabon und Stockholm (vgl. BGes. vom 23. 3. 1961, BGBl. II 273, und 5. 6. 1970, BGBl. II 293, 391). Zur Unterdrückung falscher Herkunftsangaben auf Waren wurde das Madrider Abkommen vom 14. 4. 1891 mit Nachträgen getroffen und eine internationale Registrierung von Fabrik- und Handelsmarken vereinbart (RGBl. 1925 II 115; 1928 II 175, 193; 1937 II 583, 604; BGBl. 1961 II 273, 293; 1970 II 293, 444). Vgl. ferner Haager Abkommen vom 6. 11. 1925 über die internationale Hinterlegung gewerblicher Muster und

Modelle (RGBl. 1928 II 177, 203; 1937 II 583, 617; BGBl. 1962 II 774, 790, 937; 1970 II 293, 448). Am 6. 9. 1952 kam in Genf ein Welturheberrechtsabkommen zustande, das durch BGes. vom 24. 2. 1955 (BGBl. II 101) und in der n. F. von Paris 1971 (BGBl. 1973 II 1111) für die BRep. verbindlich erklärt worden ist. Hinzugetreten sind das Europäische Abkommen zum Schutze von Fernsehsendungen vom 22. 6. 1960 (BGes. vom 15. 9. 1965, BGBl. II 1234), das Internationale Abkommen über den Schutz der ausübenden Künstler, der Hersteller von Tonträgern und der Sendeunternehmen vom 26. 10. 1961 (BGes. vom 15. 9. 1965, BGBl. II 1243) sowie das Übereinkommen zum Schutz der Hersteller von Tonträgern gegen unerlaubte Vervielfältigung ihrer Tonträger vom 29. 10. 1971 (BGes. vom 10. 12. 1973, BGBl. II 1669). Am 14. 7. 1967 sind in Stockholm Übereinkünfte auf dem Gebiet des Schutzes des geistigen Eigentums unterzeichnet worden, welche u. a. die Errichtung einer Weltschutzorganisation (WIPO, autonome Organisation innerhalb der UNO) zum Gegenstand haben (BGes. vom 5. 6. 1970, BGBl. II 293). In der WIPO sind derzeit 183 Staaten Mitglied. Im Rahmen der WIPO sind zahlreiche Übereinkommen geschlossen worden. Zu näheren Einzelheiten vgl. „www.wipo.int". Von herausragender Bedeutung für gewerblichen Rechtsschutz und Urheberrecht ist auch das WTO-Übereinkommen über handelsbezogene Aspekte der Rechts des geistigen Eigentums (TRIPS) vom 1. 1. 1995 (BGBl. 1994 II 1730).

Den Schutz von Erfindungen, Mustern und Warenzeichen auf Ausstellungen regelt das Gesetz vom 18. 3. 1904 (RGBl. 141). Das BMJ gibt im BGBl. das Eintreten des Schutzes für bestimmte Ausstellungen bekannt.

467 | Urheberrecht und verwandte Schutzrechte

Das literarische und das künstlerische Urheberrecht, die früher in getrennten Gesetzen geregelt waren, sind seit 1965 in dem **Gesetz über Urheberrecht und verwandte Schutzrechte** i. d. F. der Bek. vom 9. 9. 1965 (BGBl. I 1273) – **Urheberrechtsgesetz (UrhG)** – zusammengefasst. Mit dem zum 13. 9. 2003 in Kraft getretenen 1. Gesetz zur Regelung des Urheberrechts in der Informationsgesellschaft vom 10. 9. 2003 (BGBl. I 1774) wurde insbes. die EU-Richtlinie 2001/29/EG vom 22. 5. 2001 zur Harmonisierung bestimmter Aspekte des Urheberrechts und der verwandten Schutzrecht in der Informationsgesellschaft in nationales Recht umgesetzt und das Urheberrecht im Hinblick auf das digitale Zeitalter modernisiert. Die BReg. hat am 22. 3. 2006 ein 2. Gesetz zur Regelung des Urheberrechts in der Informationsgesellschaft verabschiedet, das sich insbesondere mit Schrankenbestimmungen beschäftigt (vgl. BT-Drs. 16/1828).

Geschützt sind insbes. Sprachwerke (Schriftwerke und Reden), Computerprogramme, Sammel- und Datenbankwerke, Musikwerke, pantomimische Werke, Werke der bildenden Künste, Lichtbild- und Filmwerke sowie Darstellungen wissenschaftlicher oder technischer Art (§§ 2, 4 UrhG). Es soll auch eine angemessene Vergütung für die Nutzung des Werks sicherstellen (§ 11 UrhG). Der Urheber hat das ausschließliche Recht zur Verwertung eines Werks in körperlicher und unkörperlicher Form, insbes. auch zur öffentlichen Wiedergabe. Er hat das Vervielfältigungs-, Verbreitungs- und Ausstellungsrecht sowie das Recht zu Vortrag, Aufführung, Sendung sowie zur öffentlichen Zugänglichmachung und zur Wiedergabe durch Bild- oder Tonträger oder von Funksendungen (§§ 15 ff. UrhG). Das Urheberrecht ist, ausgenommen im Erbfall, nicht übertragbar (§§ 28, 29). Es kann aber einem anderen ein einfaches oder ausschließliches **Nutzungsrecht** – auch räumlich, zeitlich oder inhaltlich begrenzt – eingeräumt werden (§§ 31 ff.

UrhG). Werden Nutzungsrechte bewilligt, so hat der Urheber einen Anspruch auf die vertraglich vereinbarte oder auf eine angemessene Vergütung (§ 32 UrhG). Ohne Einwilligung des Urhebers ist Vervielfältigung und Verbreitung von Werken oder Werkteilen geringen Umfangs für den Kirchen- oder Unterrichtsgebrauch zulässig, ferner Nachdruck amtl. Schriften, Wiedergabe öffentlicher Reden in Tageszeitungen und Verbreitung von Zeitungsartikeln über politische, wirtschaftliche oder religiöse Tagesfragen, ebenso die Wiedergabe von Tagesnachrichten aus Presse oder Funk (§§ 46 ff. UrhG). I. d. R. ist dem Urheber hierfür eine **angemessene Vergütung** zu zahlen. An öffentlichen Straßen oder Plätzen bleibend befindliche Werke dürfen durch Lichtbild, Film, Grafik oder Malerei vervielfältigt werden (§ 59 UrhG). Zulässig ist es für natürliche Personen, einzelne Vervielfältigungen eines Werks zum privaten Gebrauch auf beliebigen Trägern herzustellen, sofern sie weder unmittelbar noch mittelbar Erwerbszwecken dienen und soweit nicht eine offenbar rechtswidrig hergestellte Vorlage verwendet wird. Mit Einschränkungen sind auch beispielsweise Vervielfältigungen zum wissenschaftlichen Gebrauch sowie zu eigenen Archivzwecken zulässig (§ 53 UrhG). Ist ein digitales Medium durch technische Maßnahmen kopiergeschützt, darf dieser Schutz (DRM-digital rights management) nicht umgangen werden, auch nicht zum Zweck der Privatkopie (§§ 95 a ff. UrhG). Der Urheber hat für derartige Vervielfältigungen einen Anspruch auf Zahlung einer angemessenen Vergütung. Dieser Vergütungsanspruch wird bei Bild- und Tonaufzeichnungen durch eine vom Hersteller bzw. Importeur zu bezahlende sog. **Geräteabgabe** (Abgabe für jedes Bild- oder Tonaufzeichnungsgerät) und eine sog. **Bild- und Tonträgerabgabe** verwirklicht (§ 54 UrhG). Bei reprographischen Vervielfältigungen, besonders bei Fotokopien, besteht ein Anspruch des Urhebers gegen den Hersteller und Importeur von Kopiergeräten sowie gegen bestimmte Großbetreiber von Vervielfältigungsgeräten (§§ 54 a, b, c UrhG). Als angemessene Vergütung des Urhebers gelten die in der Anlage zu § 54 d UrhG bestimmten Sätze. Danach ist z. B. für jedes Bildaufzeichnungsgerät mit oder ohne Tonteil (Videorecorder) eine Abgabe von 9,21 Euro, für jeden Tonträger je Stunde Spieldauer eine Abgabe von 0,0614 Euro zu bezahlen. Die genannten Vergütungsansprüche können nur durch eine Verwertungsgesellschaft geltend gemacht werden. Bei Benutzung ist, außer wenn sie dem eigenen Gebrauch dient, **Quellenangabe** erforderlich (z. B. in wissenschaftlichen Werken), § 63 UrhG.

Die öffentliche Wiedergabe von Werken, vor allem von Musikwerken, ist grundsätzlich tantiemepflichtig; auch bei Benutzung zu kirchlichen Feierlichkeiten ist dem Urheber eine angemessene Vergütung zu zahlen. Die Vergütungspflicht entfällt für Veranstaltungen der Jugendhilfe, Sozialhilfe, Alten- und Wohlfahrtspflege, Gefangenenbetreuung sowie für Schulveranstaltungen, wenn sie nur einem abgegrenzten Personenkreis zugänglich sind und keinem Erwerbszweck dienen (§ 52 UrhG). Eine **Lizenzierungspflicht** besteht für den Urheber dann, wenn er einem Hersteller von Tonträgern ein Nutzungsrecht an einem Musikwerk eingeräumt hat; dann kann jeder andere Tonträgerhersteller gleichfalls die Einräumung eines solchen Nutzungsrechts verlangen, falls nicht schon eine Verwertungsgesellschaft – ➢ s. unten – nutzungsberechtigt ist (§ 42 a UrhG; sog. Zwangslizenz). Für Computerprogramme wurden besondere Bestimmungen geschaffen (§§ 69 a–g, § 137 d UrhG). S. hierzu auch die europäische Richtlinie Nr. 91/250 (ABl. EU 1991 L 122, S. 42) über den Rechtsschutz von Computerprogrammen, die Richtlinie Nr. 96/9 (ABl. EU 1996 L 77, S. 20) über den rechtlichen Schutz von Datenbanken, sowie die Richtlinie Nr. 2001/29/EG zur Harmonisierung bestimmter Aspekte des Urheberrechts und der verwandten Schutzrechte in der Informationsgesellschaft (ABl. EU 2001 L 167, S. 10).

Unter **verwandten Schutzrechten**, die den Grundsätzen des Urheberrechtsschutzes unterliegen, versteht das Urheberrechtsgesetz (§§ 70 ff. UrhG) insbes. den Schutz wissenschaftlicher Ausgaben urheberrechtlich ungeschützter Werke oder Texte, den Schutz der Lichtbilder und des ausübenden Künstlers wegen der eigenen schöpferischen Leistung, die in der Wiedergabe eines Werkes besteht (§§ 73–83 UrhG), ferner den Schutz der Hersteller von Tonträgern, denen die Vervielfältigung und Verbreitung der Aufnahme vorbehalten ist (§§ 85, 86 UrhG). Besondere Vorschriften erhalten den Sendeunternehmen das Recht zur Nutzung der Sendung (Weitersendung, öffentliche Zugänglichmachung, Aufzeichnung, Verbreitung [ohne Vermietung] Vervielfältigung, öffentlich wahrnehmbar machen gegen Eintrittsgeld; § 87 UrhG) und regeln das Recht zur Verfilmung (§ 88 UrhG); den Schutz des Datenbankherstellers regeln die §§ 87 a–e UrhG.

Rechtsverletzungen begründen Ansprüche auf **Unterlassung** sowie bei Verschulden auf **Schadenersatz**, u. U. auch wegen des immateriellen Schadens, auf Vernichtung oder Überlassung der Vervielfältigungsstücke sowie auf Auskunft über Herkunft und Vertriebsweg der Vervielfältigungsstücke, (§§ 97 ff. UrhG), und können zur Strafverfolgung führen (§§ 106 ff. UrhG; z. T. Antragsdelikte).

Die frühere Schutzfrist von 50 Jahren ist auf 70 Jahre verlängert, beginnend mit dem Tode des Urhebers; zugunsten des ausübenden Künstlers, dessen Darbietung auf einem Bild- oder Tonträger aufgenommen worden ist, läuft sie 50 Jahre, beginnend grds. mit dem Erscheinen des Bild- oder Tonträgers bzw. der Darbietung (§§ 64, 82 UrhG; s. auch die europäische Richtlinie Nr. 93/98 (ABl. EU 1993 L 290, S. 9) über die Schutzdauer des Urheberrechts). Die Schutzfrist von 70 Jahren wird bei anonymen (pseudonymen) Werken durch Eintragung des wahren Urhebernamens in das Register anonymer und pseudonymer Werke gesichert (§ 66 Abs. 2, § 138 UrhG). Wichtig ist die Beteiligung des Urhebers am Gewinn, wenn durch gewerbsmäßige Weiterveräußerung des Originals eines Werkes der bildenden Kunst ein Erlös vom mindestens 400 Euro erzielt wird (**Folgerecht**; Anteil zwischen 0,25 % und 4 %, höchstens 12 500 Euro), sowie der Anspruch auf Heraufsetzung des Entgelts für eine Nutzung, wenn das vereinbarte im groben Missverhältnis zu den Erträgnissen steht (§§ 26, 32 a UrhG). Bei Vermietung oder Verleihung von Vervielfältigungsstücken ist, wenn sie aus Erwerbsgründen geschieht, nach § 27 UrhG eine Vergütung an eine Verwertungsgesellschaft (➢ s. unten) zu zahlen, ebenso bei Ausgabe durch eine öffentliche Bücherei o. dgl. (sog. Bibliotheksgroschen). S. hierzu auch die europäische Richtlinie Nr. 92/100 (ABl. EU 1992 L 346, S. 61) über das Vermiet- und Verleihrecht.

Das Urheberrecht ist vererblich, aber nicht veräußerlich; doch kann es in Erfüllung eines Testaments oder Erbvertrags sowie unter Miterben bei deren Auseinandersetzung übertragen werden (§§ 28, 29 UrhG).

Das Recht der Vervielfältigung von Bildnissen steht grds. nur dem Besteller zu (§ 60 UrhG). Das Recht am eigenen Bilde setzt zur Verbreitung oder Ausstellung i. d. R. die Zustimmung des Abgebildeten voraus (Ausnahme z. B. für Bilder aus dem Bereich der Zeitgeschichte, von Versammlungen u. dgl. sowie für Zwecke der Rechtspflege und der öffentlichen Sicherheit); vgl. §§ 22 ff. des insoweit aufrechterhaltenen Kunsturhebergesetz vom 9. 1. 1907 (RGBl. 7).

Die Realisierung der Nutzungsrechte und Vergütungsansprüche kann der Berechtigte einer **Verwertungsgesellschaft** übertragen, die Rechte mehrerer Rechtsinhaber zur gemeinsamen Auswertung wahrnimmt. Das ist schon vor Inkrafttreten des UrhG 1965 zwecks Nutzung und Rechtswahrung bei Musikwerken im Rahmen eines Zweckverbandes der Komponisten, der GEMA (Gesellschaft für musikalische Aufführungs- und mechanische Vervielfältigungsrechte), geschehen. Nach dem Ges. über die Wahrnehmung von Urheberrechten und verwandten Schutzrechten (Urheberrechtswahrnehmungsgesetz) i. d. F. der Bek. vom 9. 9. 1965 (BGBl. I 1294) bedürfen solche Gesellschaften einer behördlichen Erlaubnis und unterliegen der öffentlichen Aufsicht. Sie haben Vergütungstarife aufzustellen und Jahresrechnung zu legen, die einer Prüfung unterliegt. Auch für sie besteht ein Abschlusszwang i. S. einer Zwangslizenz (➢ s. oben). Über die Schiedsstelle gem. § 14 d. Gesetz vgl. VO vom 20. 12. 1985 (BGBl. I 2543). Die Verwertungsgesellschaften GEMA (www.gema.de – Musik), GVL (www.gvl.de – Leistungsschutzrechte), VG Wort (www.vgwort.de) und andere Verwertungsgesellschaften sind in der „Zentralstelle für private Überspielungsrechte (ZPÜ)“ zusammengeschlossen.

Im Hinblick auf die Wiedervereinigung gelten zur Einführung des Urheberrechtsgesetzes besondere Bestimmungen (s. Einigungsvertrag, Anlage I, Kap. III, Sachgebiet E, Abschnitt II Nr. 2).

468 | Patentrecht

Das Patentrecht hat zur Grundlage das Patentgesetz (PatG) i.d.F. der Bek. vom 16. 12. 1980 (BGBl. 1981 I 1). **Patente** werden für neue Erfindungen, die auf einer erfinderischen Tätigkeit beruhen und eine gewerbliche Verwertung gestatten, mit der Wirkung erteilt, dass der Patentinhaber im Rahmen des geltenden Rechts allein zur Benutzung der patentierten Erfindung (gewerbsmäßiger Herstellung, Gebrauch und Veräußerung des geschützten Gegenstandes) befugt ist (§§ 1, 9 PatG). Der menschliche Körper in den einzelnen Phasen seiner Entsehung und Entwicklung, einschließlich Keimzellen, die bloße Entdeckung eines seiner Bestandteile , einschließlich der Sequenz oder Teilsequenz eines Gens können keine patentierbaren Erfindungen sein.

Jedoch kann ein isolierter Bestandteil des menschlichen Körpers oder ein auf andere Weise durch ein technisches Verfahren gewonnener Bestandteil, einschließlich der Sequenz oder Teilsequenz eines Gens, eine patentierbare Erfindung sein. Für Pflanzensorten und Tierrassen sowie im Wesentlichen biologische Verfahren zur Züchtung von Pflanzen und Tieren werden keine Patente erteilt. Ausnahmen gelten in diesem Zusammenhang für technische Verfahren (§§ 1a, 2a PatG).

a) Neuheit der Erfindung

Eine Erfindung ist nur dann neu, wenn sie über den Stand der Technik z. Z. der Anmeldung hinausgeht; hierbei bleibt eine Offenbarung der Erfindung außer Betracht, wenn sie binnen 6 Monaten vor der Anmeldung erfolgt ist und auf einen Missbrauch zum Nachteil des Anmelders oder seines Rechtsvorgängers zurückgeht. Liegt es für einen Fachmann nicht nahe, dass die Erfindung bereits dem Stande der Technik entspricht (also nichts Neues bringt), so wird angenommen, dass sie auf einer erfinderischen Tätigkeit beruht (§§ 1, 3, 4 PatG). Nicht patentiert werden Erfindungen, deren Veröffentlichung oder Verwertung gegen die öffentliche Ordnung oder gegen die guten Sitten verstoßen würde, beispielsweise Verfahren zum Klonen von Menschen, zur Veränderung der genetischen Identität der menschlichen Keimbahn (§ 2 PatG).

b) Schutzwirkung. Verwertung des Patents

Ein Patent wird nur auf Antrag erteilt, und zwar dem, der es zuerst anmeldet. Es hat die Wirkung, dass dieser allein befugt ist, die patentierte Erfindung im Rahmen des geltenden Rechts zu nutzen. Der Patentinhaber darf also allein den Gegenstand herstellen, anbieten, in Verkehr bringen und gebrauchen oder zu solchen Zwecken einführen oder besitzen; der Schutz erstreckt sich auf Verfahren, die Gegenstand eines Patentes sind, und die dadurch unmittelbar hergestellten Erzeugnisse (§§ 9–10 PatG). Man unterscheidet Haupt- und Zusatzpatente, je nachdem ob es sich um eine erstmalige Erfindung oder um eine Verbesserung handelt. Der Patentinhaber kann das Patent selbst verwerten, es durch andere verwerten lassen oder es ganz oder teilweise, zeitlich beschränkt oder unbeschränkt, räumlich begrenzt oder unbegrenzt an andere übertragen. Das Patent ist veräußerlich und vererblich. Es kann auch ein **Lizenzvertrag** (formlos) geschlossen werden, nach dem das Patent oder seine Verwertung gegen eine (einmalige oder laufende) Lizenzgebühr einem anderen überlassen wird (§ 15). Gegenüber dem Vorbenutzer ist die Wirkung des Patents beschränkt. Dieser darf die Erfindung für seinen Betrieb weiternutzen, wenn er sie bereits in Benutzung genommen hatte (§ 12).

c) Anmeldung

Die Erfindung, die geschützt werden soll, wird beim Deutschen Patent- und Markenamt (DPMA) angemeldet. Die Anmeldung kann – ausgenommen bei Anmeldungen die ein Staatsgeheimnis i. S. v. § 93 StGB enthalten – auch über ein im BGB bekannt gemachtes Patentinformationszentrum erfolgen. Dabei ist die Erfindung so deutlich und vollständig zu offenbaren, dass ein Fachmann sie ausführen kann. Ferner muss das, was als patentfähig unter Schutz gestellt werden soll (Patentanspruch), angegeben und Erteilung des Patents beantragt werden (§§ 34–34 a PatG i. V. m. der VO zum Verfahren in Patensachen vor dem DPMA vom 1. 9. 2003 (BGBl. I 1703); auch ist eine Zusammenfassung der technischen Daten vorzulegen und binnen 15 Monaten der Erfinder zu benennen (§§ 36, 37 PatG). Es ist eine Patentgebühr im Anmeldeverfahren und vom 3. Jahr der Schutzzeit ab eine Jahresgebühr zu zahlen (Ges. über die Kosten des DPMA und des Bundespatentgerichts i. d. F. der Bek. vom 13. 12. 2001, BGBl. I 3656).

d) Vorprüfung. Rechercheverfahren. Entscheidung

Die Prüfungsstelle des DPMA nimmt eine Vorprüfung daraufhin vor, ob die Anmeldung formell oder sachlich den gesetzlichen Ansprüchen offensichtlich nicht genügt; dadurch soll dem Anmelder die Möglichkeit gegeben werden, von dem kostspieligen Anmeldeverfahren ggf. zurückzutreten. Das DPMA gibt dem Anmelder die Beseitigung offenbarer Mängel auf. Erscheint eine patentfähige Erfindung offensichtlich als nicht gegeben, so wird der Antragsteller zur Äußerung binnen einer bestimmten Frist aufgefordert. Werden die Mängel nicht beseitigt oder wird die Anmeldung einer nicht patentfähigen Erfindung aufrechterhalten, so weist die Prüfungsstelle die Anmeldung zurück, wogegen binnen Monatsfrist **Beschwerde** beim Patentamt zulässig ist (§§ 42, 73 PatG). Wird die Anmeldung nicht zurückgewiesen, so kann der Anmelder, aber auch jeder Dritte beim Patentamt beantragen, die öffentlichen Druckschriften zu ermitteln, die für die Beurteilung der Patentfähigkeit der Erfindung von Bedeutung sind (§ 43 PatG; zuständig ist z. T. das Europäische Patentamt, VO i. d. F. vom 31. 5. 1978, BGBl. I 660). Dadurch gewinnen Anmelder und Mitbewerber Anhaltspunkte für die Aussichten der Anmeldung. Statt dieses Rechercheantrags oder nach Durchführung der Ermittlungen kann beantragt werden, die Anmeldung und die Patentfähigkeit zu prüfen. Ergibt die nunmehr – ggf. nach Anhörung der Beteiligten und Beweiserhebungen – durchgeführte materielle Prüfung, dass eine patentfähige Erfindung nicht vorliegt, oder weist die Anmeldung Mängel auf, so benachrichtigt das Patentamt den Anmelder (Patentsucher) hiervon und setzt ihm eine Frist zur Äußerung bzw. Beseitigung der Mängel. Ist die Fristsetzung erfolglos, so weist das Patentamt die Anmeldung durch Beschluss, gegen den ebenfalls Beschwerde gegeben ist, zurück. (§§ 44–48 PatG).

e) Erteilung des Patents

Genügt dagegen die Anmeldung den Anforderungen, und sind etwaige Beanstandungen des Patentamts ausgeräumt, so wird das Patent erteilt; der Anmelder kann jedoch die Erteilung 15 Monate – ab Anmeldung gerechnet – aussetzen lassen (§ 49 PatG). Die Veröffentlichung unterbleibt, wenn die Erfindung ein Staatsgeheimnis ist; vor Anmeldung außerhalb der BRep. muss die Genehmigung der zuständigen obersten Bundesbehörde eingeholt werden (§§ 50–52 PatG). Die

Erteilung eines Patentes wird nebst der Patentschrift im Patentblatt veröffentlicht; dem Inhaber wird eine Urkunde erteilt. Wird der Prüfungsantrag (§ 44 PatG) binnen 7 Jahren seit Anmeldung nicht gestellt oder die Jahresgebühr für die Anmeldung nicht entrichtet, gilt diese als zurückgenommen (§ 58 PatG). Nach Veröffentlichung des Patents im Patentblatt kann jedermann (im Fall der widerrechtlichen Entnahme nur der Verletzte) gegen die Erteilung des Patents binnen drei Monaten **Einspruch** erheben, insbesondere weil die Erfindung nicht patentfähig oder nicht verwertungsfähig sei oder ihr wesentlicher Inhalt eine widerrechtliche Entnahme enthalte oder den Gegenstand der Anmeldung überschreite (§ 59 PatG). Diese Gründe berechtigen auch zum Widerruf der Erteilung (§§ 21, 61 PatG) und Nichtigerklärung auf Antrag (§ 22 PatG).

f) Schutzdauer. Patentverletzung

Das Patent dauert 20 Jahre seit Anmeldung (§ 16 PatG); zur Möglichkeit eines ergänzenden Schutzes auf Grund von EU-Verordnungen s. § 16 a PatG; es erlischt, wenn die Gebühren nicht rechtzeitig gezahlt werden oder wenn der Anmelder den Erfinder nicht benennt oder auf das Patent verzichtet (§ 20 PatG). Gestattet der Berechtigte durch schriftliche Erklärung gegenüber dem Patentamt allgemein die Benutzung der Erfindung gegen angemessene Vergütung, so hat er nur die Hälfte der jährlichen Patentgebühr zu entrichten (§ 23 PatG). Verweigert er umgekehrt die Einwilligung in eine Lizenznahme trotz Angebots angemessener Vergütung, so erteilt das Patentgericht auf Klage eine **Zwangslizenz**, wenn dies im öffentlichen Interesse geboten ist (§ 24 PatG).

Werden die Rechte eines Patentinhabers verletzt, so kann dieser Unterlassung und, falls der Verletzer schuldhaft gehandelt hat, Schadensersatz beanspruchen (§ 139 PatG). Ferner bestehen Ansprüche auf Vernichtung des betreffenden Erzeugnisses, auf Auskunft über Herkunft und Vertriebsweg des betreffenden Erzeugnisses (§§ 140 a, 140 b PatG). Patentverletzende Erzeugnisse werden auf Antrag und gegen Sicherheitsleistung des Rechtsinhabers bei Ein- oder Ausfuhr von den Zollbehörden beschlagnahmt (§ 142 a PatG). Vorsätzliche Verletzung von Patentrechten ist strafbar (§ 142 PatG).

g) Patentbehörden

Für die Bearbeitung der Patentsachen ist das **Deutsche Patent- und Markenamt in München** (mit Zweigstelle in Berlin – www.dpma.de) zuständig. Es wurde durch Gesetz vom 12. 8. 1949 (WiGBl. 251) für das Vereinigte Wirtschaftsgebiet eröffnet, von der Bundesrepublik übernommen und bearbeitet außer den Patenten auch die Angelegenheiten der Gebrauchsmuster, Geschmacksmuster und Marken ➢ vgl. Nrn. 469 ff. Nach der VO über das Deutsche Patentamt i. d. F. vom 5. 9. 1968 (BGBl. I 997) bestehen bei diesem Amt Patentabteilungen und Prüfungsstellen für Patente, Gebrauchsmusterabteilungen und eine Gebrauchsmusterstelle, Markenabteilungen und Markenstellen. Vgl. auch § 27 PatG.

Das auf Grund des Europäischen Patentübereinkommens vom 5. 10. 1973 (BGBl. 1976 II 649, 826) als Exekutivorgan der Europäischen Patentorganisation (EPO) in München (Zweigstelle Den Haag und Dienststellen in Berlin und Wien) errichtete Europäische Patentamt ermöglicht die Anmeldung eines innerhalb der Mitgliedstaaten des Übereinkommens wirksamen europäischen Patentes. Das Europäische Patentamt hat mit der EU nichts zu tun; die Mitgliedstaaten des Europäischen Patentübereinkommens sind nur zum Teil deckungsgleich mit den Mitgliedstaaten der EU. Entsprechend wirkt die Anmeldung eines europäischen Patents auch nur wie ein Bündel nationaler Patente; es besteht also keine Vereinheitlichung des Rechtsinhaltes. Das Amt umfasst 5 Generaldirektionen; die Fachabteilungen sind nach technischen Gebieten aufgeteilt. Die Generaldirektion Recherche verbleibt in Den Haag (Dienststelle in Berlin); die übrigen Generaldirektionen – Prüfung und Einspruch, Beschwerde, Verwaltung, Recht und internationale Angelegenheiten – werden in München eingerichtet. Die Daten werden in einem elektronischen Patentregister gespeichert. Auf der EU-Ebene wird seit einiger Zeit versucht, ein einheitliches (supranationales) Schutzrecht zu begründen, das europäische Gemeinschaftspatent mit identischem Schutzinhalt. Hierfür wurde das Europäische Gemeinschaftspatent-Übereinkommen vom 15. 12. 1975 (BGBl. 1979 II 843) geschlossen, welches bislang jedoch nicht ratifiziert wurde, weil die Mitgliedstaaten sich über die Sprachenregelung bei der Anmeldung nicht einigen können. Die Diskussionen sind noch nicht beendet. Es liegt jedoch ein Vorschlag für eine Verordnung des Rates über das Gemeinschaftspatent vor. Derzeit (Anfang 2006) erscheint es eher unwahrscheinlich, dass sich die EU-Mitgliedstaaten auf ein Gemeinschaftspatent einigen (Details hierzu unter www.europa.eu.int/comm/internal_market/de/indprop/patent).

Unabhängig davon sind mehrere Rechtsangleichungsmaßnahmen vorgenommen worden, die sich mit neuen Technologien befassen, wie die Richtlinie Nr. 98/44 (ABl. EU 1998 L 213, S. 13) über biotechnologische Erfindungen.

h) Patentgericht. Patentstreitsachen

Für die Angelegenheiten des gewerblichen Rechtsschutzes ist ein Patentgericht in München als Bundesgericht errichtet worden. Bei diesem bestehen Beschwerde- und Nichtigkeitssenate, in denen auch **technische Mitglieder** mit abgeschlossener Ausbildung zum Richteramt befähigt sind (§ 65 PatG). Sie entscheiden über Beschwerden gegen Beschlüsse der Prüfungsstellen oder Patentabteilungen sowie über Klagen auf Nichtigkeit oder Erteilung von Zwangslizenzen (§ 67 PatG). Über Rechtsbeschwerden gegen Beschlüsse und Berufungen gegen Urteile der Nichtigkeitssenate des Patentgerichts entscheidet der Patentsenat des BGH (§§ 100, 110 PatG). Dagegen sind für sog. **Patentstreitsachen** die Zivilkammern der Landgerichte in 1. Instanz ausschließlich zuständig. Unter diesen Streitsachen versteht man Zivilprozesse über Ansprüche aus den im PatG geregelten Rechtsverhältnissen, z. B. aus Patentverletzung, Lizenzvertrag (§ 143 Abs. 1 PatG). Für das zu diskutierende Gemeinschaftspatentamt soll am Sitz des EuGH in Luxemburg das Gemeinschaftspatentgericht eingerichtet werden.

i) Patentanwälte

Als Berater und Vertreter auf dem Gebiet des gewerblichen Rechtsschutzes sind Patentanwälte zugelassen, deren Stellung durch die Patentanwaltsordnung i. d. F. der Bek. vom 7. 9. 1966 (BGBl. I 557) geregelt ist; die Befähigung für den Beruf des Patenanwalts besitzt, wer die technische Befähigung erworben (abgeschlossenes technisches Hochschulstudium) und danach die Prüfung über die erforderlichen Rechtskenntnisse bestanden hat, ferner mindestens ½ Jahr bei einem Patentanwalt tätig war (§ 5 Abs. 2 PatAnwO). Ausbildungs- und Prüfungsordnung nach § 12 der Patentanwaltsordnung und Prüfungsordnung nach § 10 des Gesetzes über die Eignungsprüfung für die Zulassung zur Patentanwaltschaft (APrO) i. d. F. der Bek. vom 8. 12. 1977 (BGBl. I 2491). Zur Eignungsprüfung für die Zulassung von EU-Angehörigen zur Patentanwaltschaft s. Gesetz über die Eignungsprüfung für die Zulassung zur Patentanwaltschaft i. d. F. der Bek. vom 6. 7. 1990 (BGBl. I 1349). Über die Ausbildung zum Patentanwaltsgehilfen vgl. VO i. d. F. der Bek. vom 23. 11. 1987 (BGBl. I 2392).

j) Über die Arbeitnehmererfindung ➢ s. Nr. 616 e).

k) Über den Schutz der Erfindung (Neuzüchtung) von Pflanzensorten s. Sortenschutzgesetz i. d. F. der Bek. vom 19. 12. 1997 (BGBl. I 3164).

Seit 1996 ist es möglich, ähnlich der Gemeinschaftsmarke (➢ s. unten), eine europaweit einheitliche Anmeldung von Sorten vorzunehmen (VO Nr. 2100/94, ABl. EU 1994 L 227, S. 1). Die Anmeldung hat beim Gemeinschaftlichen Sortenamt (Office communautaire des variétés végétales – www.cpvo.europa.eu) in Frankreich, F-49 021 Angers, BP. 2141, zu erfolgen. Der Schutzinhalt ist dann in sämtlichen Mitgliedstaaten der EU identisch.

469 | Gebrauchsmuster

Nach dem Gebrauchsmustergesetz (GebrMG) i. d. F. der Bek. vom 28. 8. 1986 (BGBl. I 1455) werden Erfindungen als Gebrauchsmuster geschützt, die neu sind, auf einem erfinderischen Schritt beruhen und gewerblich anwendbar sind (§ 1 Abs. 1).

Das Gebrauchsmusterrecht ergänzt das Patentrecht. Während das Patent die bedeutsamen Erfindungen, den erfinderischen Gedanken, schützt, dient das Gebrauchsmuster dem Schutz der kleineren technischen Erfindungen, der Verkörperung des Gedankens. Auch bei ihm muss es sich um einen Fortschritt der technischen Entwicklung handeln. Dem Gebrauchsmusterschutz unterliegen z. B. Haushaltgeräte, Werkzeuge, elektrische Schaltungen an Arbeitsgeräten u. dgl. Als Gebrauchsmuster werden dagegen nicht geschützt Erfindungen, deren Verwertung gegen die öffentliche Ordnung oder gegen die guten Sitten verstoßen würden, sowie Pflanzensorten, Tierarten und Verfahren (§ 2 GebrMG). Die Anmeldung des Gebrauchsmusters (dazu Gebrauchsmusteranmeldeverordnung vom 12. 11. 1986, BGBl. I 1739) erfolgt direkt beim Deutschen Patent- und Markenamt oder über ein Patentinformationszentrum. Die Anmeldung muss neben dem Namen des Anmelders einen Antrag auf Eintragung des Gebrauchsmusters enthalten in dem der Gegenstand des Gebrauchsmusters kurz und genau bezeichnet ist, einen oder mehrere Schutzansprüche, eine Beschreibung des Gegenstands des Gebrauchsmusters sowie Zeichnungen, auf die sich die Schutzansprüche oder die Beschreibung beziehen. Die Gebrauchsmusterstelle beim Patent- und Markenamt prüft die formellen Voraussetzungen und verfügt die Eintragung in das Register für Gebrauchsmuster und Bekanntgabe. Eine Prüfung des Anmeldegegenstands auf Neuheit, erfinderischen Schritt und gewerbliche Anwendbarkeit findet nicht statt (§ 8 GebrMG). Hierdurch erhält der Inhaber die ausschließliche gewerbliche Verwertungsbefugnis des Gebrauchsmusters. Die Schutzdauer des eingetragenen Gebrauchsmusters beträgt 10 Jahre, rechnend vom Anmeldtag und endet 10 Jahre nach Ablauf des Monats in den der Anmeldetag fällt. Die Aufrechterhaltung des Schutzes wird durch Zahlung einer Aufrechterhaltungsgebühr für das 4.–6., 7., 8., 9 und 10. Jahr bewirkt. Für Zwangslizenzen gelten die Bestimmungen des Patentgesetzes ➢ s. Nr. 468 g) entsprechend. Gegen Beschlüsse im Anmeldungs- und Löschungsverfahren (in diesem entscheidet eine Gebrauchsmusterabteilung des Patentamts) ist Beschwerde zum Bundespatentgericht gegeben.

Ein Schutzrecht eigener Art mit Ähnlichkeiten zum Urheber-, Patent- und Gebrauchsmusterrecht besteht nach dem Gesetz über den Schutz der Topographien von mikroelektronischen Halbleitererzeugnissen (**Halbleiterschutzgesetz**) i. d. F. der Bek. vom 22. 10. 1987 (BGBl. I 2294) für sog. Mikro-Chips. Das Gesetz beruht auf der europäischen Richtlinie Nr. 87/85 (ABl. EU 1987 L 24, S. 36).

Auch ansonsten besteht auf europäischer Ebene eine Initiative der Angleichung der nationalen Rechte (s. einen entsprechenden Richtlinienvorschlag in ABl. EU 1997 C 36, S. 13) sowie der Einführung eines einheitlichen Musterrechtes, ähnlich der Gemeinschaftsmarke .

470 | Geschmacksmuster

Während sich das Gebrauchsmuster der Erfindung nähert, liegt die Bedeutung eines Geschmacksmusters in der **ästhetischen Wirkung**. Das Geschmacksmuster will weniger praktisch verwertbar sein, als vielmehr wie ein Kunstwerk schön wirken.

Grundlage ist das Gesetz über den rechtlichen Schutz von Mustern und Modellen (Geschmacksmustergesetz) i. d. F. der Bek. vom 12. 1. 2004 (BGBl. I 390). Es betrifft neue Erzeugnisse, die eine Eigenart haben, d. h. deren Gesamteindruck, den es beim informierten Benutzer hervorruft vom Gesamteinsdruck eines anderen Musters unterscheidet, z. B. industrielle oder handwerklich hergestellte Gegenstände, einschließlich Verpackung, Ausstattung, grafischer Symbole und typografischer Schriftzeichen. Unter **Muster** ist die zwei- oder dreidimensionale Erscheinungsform eines ganzen Erzeugnisses oder Teils davon zu verstehen, die sich insbesondere aus den Merkmalen der Linien, Konturen, Farben, der Gestalt, Oberflächenstruktur oder der Werkstoffe des Erzeugnisses oder seiner Verzierung ergibt. Rechtsinhaber ist der Erwerber. d. h. der, welcher das Geschmacksmuster zuerst hergestellt hat oder dessen Rechtsnachfolger. Das Gesetz gewährt dem Rechtsinhaber das ausschließliche Recht, es zu benutzen und Dritten zu verbieten, es ohne seine Zustimmung zu benutzen. Unter Benutzung ist insbesondere die gewerbliche Herstellung, das Anbieten, das Inverkehrbringen, die Ein- und Ausfuhr, der Gebrauch und der Besitz zu diesen Zwecken zu verstehen. Der Schutz wird für diejenigen Merkmale in der Erscheinungsform begründet, die in der Anmeldung sichtbar wiedergegeben sind. Das Geschmacksmuster wird in das **Geschmacksmusterregister beim DPMA** eingetragen. Schutzdauer 5 Jahre seit Anmeldung, Verlängerung bis zu 50 Jahren durch Zahlung der entsprechenden Gebühr alle 5 Jahre möglich. Verbotene Benutzung ist strafbar und begründet Anspruch auf Auskunft, auf Beseitigung der Beeinträchtigung, auf Vernichtung und ähnliche Maßnahmen, bei Wiederholungsgefahr auf Unterlassung und bei Verschulden auf Schadensersatz (§§ 42 ff. GeschmMG).

Auf europäischer Ebene besteht seit 2003, das Gemeinschaftsgeschmacksmuster (VO Nr. 6/2002/EU, ABl. EU 2002 L 3, S. 1), welches beim Harmonisierungsamt für den Binnenmarkt (Marken, Muster und Modelle) in Alicante/Spanien angemeldet werden kann.

471 | Marken

Nach dem Gesetz über den Schutz von Marken und sonstigen Kennzeichen (Markengesetz – MarkenG) i. d. F. der Bek. vom 25. 10. 1994 (BGBl. I 3082), können Marken, geschäftliche Bezeichnungen und geographische Herkunftsangaben geschützt werden. Das MarkenG, welches auf die europäische Harmonisierungsrichtlinie Nr. 89/104 (ABl. EU 1989 L 40, S. 1) zurückgeht, löste das Warenzeichengesetz vom 2. 1. 1968 ab. Der Markenschutz entsteht durch Eintragung eines Zeichens als Marke in das vom Patent- und Markenamt geführte Register, durch die Benutzung eines Zeichens im geschäftlichen Verkehr, das als Marke Verkehrsgeltung erworben hat oder durch die notorische Bekanntheit einer Marke. Als Marke können alle Zeichen, insbes. Wörter, Abbildungen, Hörzeichen, dreidimensionale Gestaltungen o. ä. geschützt werden, die geeignet sind, Waren oder Dienstleistungen eines Unternehmers von denjenigen anderer Unternehmer zu unterscheiden.

Von der Eintragung ausgeschlossen sind Waren oder Dienstleistungen, denen jegliche Unterscheidungskraft fehlt, die allgemein gebräuchlich sind (sog. **Freizeichen**), die geeignet sind über Art und Herkunft zu täuschen, die gegen die guten Sitten verstoßen oder Staatswappen o. ä. enthalten.

Der Erwerb des Markenschutzes gewährt dem Inhaber der Marke ein ausschließliches Nutzungsrecht, er hat Dritten gegenüber sowohl einen Anspruch auf Unterlassung als auch im Falle des Verstoßes auf Schadensersatz (§§ 14 ff. MarkenG).

Die Anmeldung der Marke beim Patent- und Markenamt hat schriftlich zu erfolgen und den Anmeldeerfordernissen (§ 32 MarkenG) zu entsprechen. Die Anmeldung begründet einen Anspruch auf Eintragung sofern die Anmeldeerfordernisse erfüllt sind und keine Eintragungshindernisse entgegenstehen. Diese Prüfung erfolgt durch das Patent- und Markenamt (§§ 36 ff. MarkenG). Innerhalb von drei Monaten nach Veröffentlichung einer Eintragung kann in genau festgelegten Fällen (§ 42) Widerspruch gegen die Eintragung erhoben werden.

Die Schutzdauer einer eingetragenen Marke beginnt mit dem Eintragungstag und beträgt 10 Jahre. Eine Verlängerung um jeweils 10 Jahre ist möglich. Zu Verzicht, Verfall und Nichtigkeit sowie zum Löschungsverfahren s. §§ 48 ff. MarkenG, zum Verfahren vor dem Patent- und Markenamt §§ 56 ff. MarkenG, zum Verfahren vor dem Patentgericht §§ 66 ff. MarkenG. Zum Schutz von Kollektivmarken und von Marken nach dem Madrider Markenübereinkommen s. §§ 97 ff. bzw. §§ 107 ff MarkenG. Kennzeichenverletzungen sind mit Strafe oder Bußgeld bedroht (§§ 143 ff.), die Zollbehörden können Waren, die widerrechtlich mit einer geschützten Marke versehen sind auf Antrag und gegen Sicherheitsleistung des Rechtsinhabers bei Ein- oder Ausfuhr beschlagnahmen (§§ 146 ff. MarkenG). S. auch die Verordnung zur Ausführung des Markengesetzes (**Markenverordnung**) vom 11. 5. 2004 (BGBl. I 872).

1996 wurde auf europäischer Ebene die Gemeinschaftsmarke begründet, ein einheitliches supranationales Schutzrecht, welches einen identischen Markenschutz in allen Mitgliedstaaten bietet. Die Eintragung hat zu erfolgen beim Europäischen Harmonisierungsamt für den Binnenmarkt (Marken, Muster und Modelle) in Alicante/Spanien (Office for Harmonization in the Internal Market, Avenida de Europa 4, E-03008 Alicante – www.oaumi.europa.eu); im Übrigen werden auch Anmeldungen über die nationalen Behörden weitergeleitet. Die Gemeinschaftsmarke stellt eine erhebliche Erleichterung für alle Unternehmen in Europa dar und einen wichtigen Schritt im Hinblick auf ein Weltmarkenrecht. Sie hat, soweit bislang absehbar, einen außerordentlichen Erfolg; die Anmeldezahlen überschreiten bei weitem die Erwartungen.

Der Schutzumfang der Gemeinschaftsmarke ist in der VO Nr. 40/94 (ABl. EU 1994 L 11, S. 1) niedergelegt; er lehnt sich an die Inhalte der oben zitierten Harmonisierungsrichtlinie an, um eine weitgehende Konvergenz mit den nationalen Rechten zu erreichen. Gegen die Entscheidungen des Europäischen Markenamtes ist der Rechtsweg zum EuGH eröffnet (funktionell zuständig ist das Gericht erster Instanz der EU).

472 | Verlagsrecht

Das Verlagsrecht ist das ausschließliche Recht des Verlegers zur Vervielfältigung und Verbreitung eines Werkes der Literatur oder der Tonkunst. Es entspringt dem Verwertungsrecht des Verfassers und wird dem Verleger durch den Verlagsvertrag eingeräumt. Dieser verpflichtet den Verfasser, dem Verleger das Werk zur Vervielfältigung und Verbreitung auf eigene Rechnung zu überlassen. Der Verleger ist gehalten, für die Nutzung des Werks zu sorgen (§§ 1, 8 des Gesetzes über das Verlagsrecht – VerlG – i. d. F. der Bek. vom 19. 6. 1901, RGBl. 217).

Der Verlagsvertrag legt i. d. R. die Höhe der Auflage und das Honorar fest, das sich meist nach der Auflagenhöhe und dem Absatz richtet (§§ 22, 24). Bei nicht frist- und vertragsgemäßer Ablieferung des Werks hat der Verleger nach erneuter Fristsetzung ein Rücktrittsrecht und Anspruch auf Schadensersatz; der Verfasser kann nach fruchtloser Fristsetzung zurücktreten, wenn der Verleger seine Verpflichtungen nicht erfüllt (§§ 30 ff.). Unabhängig hiervon kann ein fristloses Kündigungsrecht aus wichtigem Grunde analog § 626 BGB gegeben sein. Der Verleger kann den Vertrag ferner kündigen, wenn der Vertragszweck nachträglich entfällt (z. B. infolge Änderung der Verhältnisse, die zu der Herausgabe des Werks Anlass geben sollten), muss dann aber die Vergütung zahlen (§ 18). Mangels besonderer Vereinbarung darf der Verleger nur eine Auflage herausbringen; sind ihm mehrere Auflagen eingeräumt, so gelten im Zweifel die gleichen Abreden (§ 5). Sonderbestimmungen bestehen für Beiträge zu periodischen Druckschriften (Zeitschriften u. dgl.) und Sammelwerken (§§ 41 ff.).

473 | Presserecht

Das Presserecht regelt die besonderen Verhältnisse der Presse in ihrer Eigenschaft als Ausdrucksmittel von Gedanken und geistigen Vorstellungen. Die **Pressefreiheit** ist durch Art. 5 Abs. 1 S. 2 GG gewährleistet, der jede Zensur verbietet. Freilich findet sie ihre Schranken in den allgemeinen Gesetzen (Art. 5 Abs. 2 GG).

Berichtet die Presse über Angelegenheiten von öffentlichem Interesse, so nimmt sie berechtigte Interessen der Allgemeinheit wahr, soweit ein ernsthaftes Informationsbedürfnis der Öffentlichkeit besteht. Das wird bei der Behandlung politischer und sonstiger Tagesfragen i. d. R. der Fall sein. Greift aber die Berichterstattung in die persönliche Sphäre einzelner ein, beeinträchtigt sie insbes. die Ehre oder berufliche oder wirtschaftliche Interessen des Betroffenen, so ist die Frage, ob der Eingriff gerechtfertigt ist, nach Gesichtspunkten der Güter- und Interessenabwägung zu entscheiden; der Eingriff muss in einem vertretbaren Verhältnis zum berechtigten Interesse der Öffentlichkeit an sachgemäßer Information stehen. Eine einseitige oder entstellende Darstellung sowie das Eindringen in die Privatsphäre zur Befriedigung der Sensationslust wird durch das Informationsrecht nicht gedeckt. Unrichtige tatsächliche Angaben berechtigen den Betroffenen, eine Richtigstellung zu verlangen. Periodische Druckschriften müssen auf Verlangen kostenlos eine Gegendarstellung aufnehmen, wenn diese sich auf tatsächliche Angaben beschränkt; sie muss dann in der gleichen Art wie die beanstandete abgedruckt werden. Ungerechtfertigte Eingriffe in die Persönlichkeitssphäre, die berufliche oder gewerbliche Betätigung können bei Verschulden Schadensersatzansprüche auslösen (§ 823 BGB).

Die Rechtsverhältnisse der Presse regeln die in den Ländern der BRep. ergangenen Landespressegesetze. Sie stellen den Grundsatz der Pressefreiheit nochmals heraus und ergänzen ihn meist durch Bestimmungen über die öffentliche Aufgabe der Presse und ihr Informationsrecht; dieses umfasst einen Anspruch auf Auskunft gegenüber Behörden, die aber unter bestimmten Voraussetzungen (z. B. wenn kraft sonstiger gesetzlicher Vorschriften eine Verschwiegenheitspflicht besteht) verweigert werden kann (so Art. bzw. § 4 der meisten Landespressegesetze). Der Gegendarstellungs(Berichtigungs-)anspruch ist im Zivilrechtswege zu verfolgen. Die strafprozessuale Beschlagnahme von Presseerzeugnissen ist in §§ 111 m, 111 n StPO stark eingeengt, bei Beschlagnahme zwecks Einziehung oder Unbrauchbarmachung von periodischen Druckwerken dem Richter vorbehalten; bei anderen Druckwerken kann der Staatsanwalt sie bei Gefahr im Verzug anordnen, muss aber binnen 3 Tagen die richterliche Bestätigung einholen. Über das Zeugnisverweigerungsrecht von Presse- und Rundfunkangehörigen und das entsprechende Verbot der Beschlagnahme von Unterlagen vgl. §§ 53, 97, 98 StPO. Soweit Beschlagnahme unzulässig ist, darf auch grds. keine Durchsuchung zwecks Auffindung beschlagnahmefreier Gegenstände stattfinden. Über das Privileg der Berichterstattung über Parlamentsverhandlungen vgl. Art. 42 Abs. 3 GG.

V. Rundfunk, Film, Post und Telekommunikation

474 | Rundfunk (Hörfunk, Fernsehen)

a) Allgemeines

Nach § 2 des Staatsvertrags über den Rundfunk im vereinigten Deutschland vom 21. 8. 1991 i.d.F. des 8. Rundfunkänderungsstaatsvertrags vom 8.–15. 10. 2004 ist unter Rundfunk (Hörfunk und Fernsehen) die für die **Allgemeinheit bestimmte** Veranstaltung und Verbreitung von Darbietungen aller Art in Wort, in Ton und in Bild unter Benutzung elektromagnetischer Schwingungen ohne Verbindungsleitung oder Längs oder mittels eines Leiters zu verstehen. Der Begriff schließt Darbietungen ein, die verschlüsselt verbreitet werden oder gegen besonderes Entgelt empfangbar sind. Der 9. Rundfunkänderungs-Staatsvertrag wurde zwischenzeitlich abgeschlossen. Zu dessen In-Kraft-Treten vgl. GVBl. Bayern 2007, 239.

b) Gesetzgebungskompetenz für den Rundfunk

In der BRep. kann eine Gesetzgebungskompetenz für das Rundfunkwesen vom Bund lediglich für den **fernmeldetechnischen** Bereich in Anspruch genommen werden (Art. 73 Nr. 7 GG). Der sonstige Wirkungsbereich, besonders die **Rundfunkorganisation**, fällt in die Zuständigkeit der Länder (Art. 30, 70 GG).

c) Entwicklung des Rundfunks in der Bundesrepublik

Während die amerikanische Militärregierung jedem der 4 Länder ihrer Zone eine eigene staatsunabhängige Rundfunkanstalt zugestand, blieb der Rundfunk in der brit. Zone zentralisiert; durch VO Nr. 118 der britischen Militärregierung wurde der Nordwestdeutsche Rundfunk als obligatorische Gemeinschaftseinrichtung der 4 Länder geschaffen. Als NW eine eigene Rundfunkanstalt beanspruchte, wurde mit Gesetz vom 25. 5. 1954 der Westdeutsche Rundfunk in Köln errichtet. Die Länder Niedersachsen, Hamburg und Schleswig-Holstein begründeten zum 1. 10. 1955 den Norddeutschen Rundfunk in Hamburg als gemeinsame Sendeanstalt (der Vertrag wurde zunächst 1978 von Schleswig-Holstein und 1980, wenn auch verspätet, durch Niedersachsen gekündigt, aber am 20. 8. 1980 durch eine neue 3-Länder-Vereinbarung ersetzt). Neben den west- und norddeutschen Sendern und Radio Bremen bestehen der Bayerische Rundfunk und der Hessische Rundfunk. Am 1. 1. 1998 trat der zwischen Baden-Württemberg und Rheinland-Pfalz am 31. 5. 1997 geschlossene Staatsvertrag in Kraft, wonach die bisher selbständigen Rundfunkanstalten Süddeutscher Rundfunk und Südwestfunk zum Südwestrundfunk zusammengeschlossen wurden. Im Frühjahr 1954 konstituierte sich in Berlin der Sender Freies Berlin. Der Saarländische Rundfunk wurde durch Landesgesetz als unabhängige Anstalt des öffentlichen Rechts errichtet. Das erste bundesweite private Fernsehprogramm SAT 1 ist am 1. 1. 1985 gestartet worden. Inzwischen erringen die bundesweit ausgestrahlten Privatsender (RTL, RTL 2, SAT 1, Kabel 1, u. a.) immer mehr Marktanteile und übertreffen teilweise die öffentlich-rechtlichen Sender in der Publikumsgunst. Ferner haben sich eine Vielzahl regionaler oder auch nur örtlicher privater Fernseh- und Rundfunkanbieter etabliert.

Nach der Wiedervereinigung Deutschlands kamen der Mitteldeutsche Rundfunk und der Ostdeutsche Rundfunk Brandenburg zu den in den alten Bundesländern bestehenden Rundfunkanstalten dazu. Zum 1. 5. 2003 wurden der Sender Freies Berlin sowie der Ostdeutsche Rundfunk Brandenburg zum Rundfunk Berlin-Brandenburg zusammengeschlossen.

d) Grundsätze des Rundfunkrechts

Die Programmgestaltung muss staatsfrei bleiben, d. h. sie muss unter Ausschluss staatlicher Beherrschung und Einflussnahme Trägern vorbehalten bleiben, welche die Gewähr bieten, dass von der auf dem Recht der freien Meinungsäußerung basierenden Rundfunkfreiheit (Art. 5 Abs. 1 Satz 2 GG) unter angemessener Beteiligung der politisch, weltanschaulich und wirtschaftlich bedeutsamen Gruppen und unter Wahrung der gebotenen Neutralität Gebrauch gemacht wird (BVerfGE 12, 205 = 1. Fernsehurteil). Die angemessene Beteiligung aller bedeutsamen Gruppen kann in Form der **Binnenpluralität** oder der **Außenpluralität** erreicht werden. Bei einem binnenpluralistisch strukturierten Rundfunk haben die maßgebenden Kräfte intern über Organe des jeweiligen Veranstalters Einfluss auf die Programmgestaltung. Auf diese Weise wird bei den öffentlich-rechtlichen Rundfunkanstalten den Anforderungen der Meinungsvielfalt Rechnung getragen. Bei einer außenpluralistischen Gestaltung wird durch eine Vielzahl konkurrierender Programmveranstalter, die jeweils ihre eigene Meinung vertreten, in der Gesamtsicht aller Programme eine Wiederspiegelung der Meinungsvielfalt erreicht. In diesem Rahmen ist auch der Betrieb **privater Rundfunkanstalten** möglich. In der auf der Grundlage der Mediengesetze der Länder gebildeten **dualen Ordnung** des Rundfunks, d. h. der Veranstaltung von Rundfunk durch öffentlich-rechtliche Anstalten und durch private Anbieter, kommt nach dem Urteil des BVerfG vom 4. 11. 1986 (NJW 1987, 239) die unerlässliche Grundversorgung den öffentlich-rechtlichen Rundfunkanstalten zu. Solange diese ihre Aufgaben für die demokratische Ordnung und für das kulturelle Leben erfüllen, müssen an die Veranstaltung von privatem Rundfunk hinsichtlich der Breite des Programmangebots und der Sicherung gleichgewichtiger Vielfalt nicht die gleichen hohen Anforderungen gestellt werden wie im öffentlich-rechtlichen Rundfunk. Der Gesetzgeber muss aber auch für den privaten Rundfunk Regelungen treffen, die ein möglichst hohes Maß gleichgewichtiger Vielfalt sichern; maßgebend ist ein Grundstandard (Möglichkeit für alle Meinungsrichtungen, zum Ausdruck zu kommen; Verhinderung von einseitig vorherrschender Meinungsmacht und ungleichgewichtigen Einflusses einzelner Veranstalter). Auch private Anbieter müssen somit ein Mindestmaß an Meinungsvielfalt, Ausgewogenheit und Freiheit vom Staat aufweisen. In Entscheidungen vom März 1987 (1 BvR 147/86, 1 BvR 478/86) und Februar 1991 (1 BvF 1/85, 1 BvF 1/88) hat das BVerfG den Begriff „Grundversorgung" dahingehend präzisiert, dass hierunter mindestens der derzeitige Bestand an Programmen zu verstehen sei und den Vorrang des öffentlichen Rundfunksystems in Verbindung mit einer Bestands- und Entwicklungsgarantie bestätigt. Diese Garantien hat das BVerfG im Februar 1994 (1 BvL 30/88) bestätigt und um eine Finanzierungsgarantie erweitert. Die Gebührenfestsetzung sei die dem öffentlich-rechtlichen Rundfunk gemäße Finanzierungsart, da sie es erlaube, unabhängig von Werbeaufträgen und Einschaltquoten ein Programm anzubieten, das dem klassischen Rundfunkauftrag entspreche. Darüberhinaus sind Werbeeinnahmen zur Finanzierung zulässig. Die, so das BVerfG „derzeitigen Defizite des privaten Rundfunks an gegenständlicher Breite und thematischer Vielfalt" sei nur hinzunehmen, soweit und solange die Grundversorgung der Bevölkerung durch den öffentlich-rechtlichen Rundfunk gewährleistet sei. Deshalb sei auch die Gebührenpflicht jedes Teilnehmers ohne Rücksicht auf seine Nutzungsgewohnheiten gerechtfertigt.

e) Rundfunkanstalten in der Bundesrepublik

Als Rundfunkanstalt des Bundes ist gem. Gesetz vom 11. 1. 2005 (BGBl. I 90) die Deutsche Welle als gemeinnützige Anstalt des öffentlichen Rechts für den Auslandsrundfunk mit Sitz in Bonn und Berlin begründet. Sie hat die Aufgabe, für das Ausland Rundfunk und Telemedien anzubieten, insbes. ein umfassendes Bild Deutschlands zu vermitteln. Der innere Aufbau der Rundfunkanstalt zeigt eine Dreigliederung (Rundfunkrat, Verwaltungsrat, Intendant), um Unabhängigkeit und Neutralität zu garantieren. Hinzuweisen ist ferner auf den Sender DeutschlandRadio als nationalen Hörfunk.

Die von den Ländern betriebenen Sender ➢ s. oben, sind mit dem vom Bund errichteten zur „Arbeitsgemeinschaft der öffentlich-rechtlichen Rundfunkanstalten Deutschlands (ARD)" zusammengeschlossen, deren Geschäftsführung unter ihnen jährlich wechselt.

Das Fernsehen wurde in der BRep. erstmals Ende 1952 durch den NWDR aufgenommen. Der Plan eines Zweiten Fernsehprogramms, das durch den Bund ausgestrahlt werden sollte, hatte einen Streit zwischen Bund und Ländern um die Rundfunkhoheit hervorgerufen. Mehrere Länder haben mit der Begründung, der Rundfunk falle nicht unter das zur ausschließlichen Bundesgesetzgebung zählende Post- und Fernmeldewesen (Art. 73 Nr. 7 GG), das BVerfG angerufen, das die von der BReg. gegründete Deutschland-Fernsehen-GmbH wegen Verstoßes gegen Art. 5 GG für verfassungswidrig erklärte (Fernseh-Urteil)➢ s. oben. Daraufhin beschlossen die Länder die Einrichtung des Zweiten Deutschen Fernsehens (ZDF) in Mainz (Staatsvertrag vom 6. 6. 1961).

Ein Drittes Fernsehprogramm mit eigenem Rechtsträger besteht nicht; doch wird in allen Ländern von der für das jeweilige Sendegebiet zuständigen Landesrundfunkanstalt ein 3. Programm ausgestrahlt.

ARD und ZDF sind Mitglieder der Europäischen Rundfunkunion; sie können damit an grenzüberschreitenden Übertragungen (Eurovision) und am Austauschprogramm aller angeschlossenen Sender für aktuelle Sendungen teilnehmen.

Durch den **Staatsvertrag über den Rundfunk im vereinten Deutschland** vom 31. 8. 1991 (mehrfach geändert) (abgedr. Bayer. GVBl. 451) wurde unter Einbeziehung der 5 neuen Bundesländer und unter Neufassung der maßgebenden Vertragsgrundlagen (u. a. ARD-Staatsvertrag, ZDF-Staatsvertrag, Rundfunkgebühren- und Rundfunkfinanzierungsstaatsvertrag, Bildschirmtext-Staatsvertrag) eine neue rechtliche Grundlage für den öffentlich-rechtlichen und den privaten Rundfunk in einem dualen Rundfunksystem im wiedervereinigten Deutschland geschaffen.

f) Spezielle Entwicklungen auf dem Mediengebiet

Spezielle Entwicklungen sind das Satellitenfernsehen, d. h. die Ausstrahlung von Fernsehprogrammen über Satelliten, und das Kabelfernsehen, d. h. die Ausstrahlung von Programmen über Kabel, was zugleich eine Verbreiterung des Programmangebots ermöglicht. Hierzu zu zählen sind auch die digitalen Programmangebote mit terrestrischer (DVB-T), satellitengestützter (DVB-S) und kabelgebundener Verbreitung (DVB-C) Im April 1987 kam es zu einem Saatsvertrag der Bundesländer, der das Nebeneinander von öffentlich-rechtlichem und privatem Rundfunk sowie den Satellitenrundfunk (Aufteilung der Satellitenkanäle) regelte. Mit Gesetz vom 27. 5. 1994 hat der BT dem Europäischen Übereinkommen vom 5. 5. 1989 über das grenzüberschreitende Fernsehen zugestimmt (BGBl. II 638). Kern des Übereinkommens ist die Freiheit des Empfangs und der Weiterverbreitung gem. den Bestimmungen des Übereinkommens.

Die rasante Entwicklung der Informations- und Kommunikationstechnologie, und die Entwicklung hin zu multimedialen Anwendungen hat neue Herausforderungen für die Gesetzgeber zur Regelung dieser Sachverhalte geschaffen. Zu nennen ist in diesem Zusammenhang der zwischen den deutschen Ländern abgeschlossene Staatsvertrag über Mediendienste (**Mediendienste-Staatsvertrag** – MDStV) i. d. F. der Bek. vom 27. 7. 2001 (abgedruckt im bayer. GVBl. S. 540). Durch diesen Staatsvertrag soll im Rahmen der Kompetenzen der Länder eine verlässliche Grundlage für die Gestaltung der Informations- und Kommunikationsdienste geschaffen werden. Er gilt für das Angebot und die Nutzung von **an die Allgemeinheit** gerichteten Informations- und Kommunikationsdiensten in Text, Ton oder Bild, die unter Benutzung elektromagnetischer Schwingungen ohne Verbindungsleitung oder längs oder mittels eines Leiters verbreitet werden. Mediendienste sind nach dem Staatsvertrag insbesondere Verteildienste in Form von direkten Angeboten an die Öffentlichkeit für den Absatz von Waren oder der Erbringung von Dienstleistungen, einschließlich unbeweglicher Sachen, Rechte und Verpflichtungen, gegen Entgelt (Teleshopping), Verteildienste, in denen Messergebnisse und Datenermittlungen in Text oder Bild mit oder ohne Begleitton verbreitet werden, Verteildienste in Form von Fernsehtext, Radiotext und vergleichbaren Textdiensten, Abrufdienste, bei denen Text-, Ton-, oder Bilddarbietungen auf Anforderung aus elektronischen Speichern zur Nutzung übermittelt werden, mit Ausnahme von solchen Diensten, bei denen der individuelle Leistungsaustausch oder die reine Übermittlung von Daten im Vordergrund steht, ferner von Telespielen (§ 2 MDStV). Mediendienste sind grundsätzlich zulassungsfrei- und anmeldefrei (§ 4 MDStV). Die Verantwortlichkeit für eigene und fremde Inhalte richtet sich grds. nach den §§ 6 bis 9 MDStV. Ferner enthält der MDStV Informationspflichten (§ 10), Regelungen über Inhalte, unzulässige Mediendienste, Jugendschutz, Werbung und Sponsoring, Vorschriften über Gegendarstellungen, Auskunftsrechte, etc (§§ 10 ff. MDStV).

Durch die rasche Verbreitung des Internet sind ferner Regelungen für die **individuelle** Nutzung von Informations- und Kommunikationsdienstleistungen erforderlich geworden. Als wichtigste Regelung in diesem Zusammenhang ist **das Informations- und Kommunikationsdienste-Gesetz (IuKDG)** i. d. F. der Bek. vom 22. 7. 1997 (BGBl. I 1870) zu nennen. Art. 1 dieses Gesetzes enthält das Gesetz über die Nutzung von Telediensten (**Teledienstegesetz** – TDG). Unter Teledienste sind elektronische Informations- und Kommunikationsdienste, die für eine individuelle Nutzung von kombinierbaren Daten wie Zeichen, Bilder oder Töne bestimmt sind und denen eine Übermittlung mittels Telekommunikation zugrunde liegt (z. B. Telebanking, individuelle Datendienste, Angebote zur Nutzung des Internets oder weiterer Netze, Angebote zur Nutzung von Telespielen, etc.). Art. 2 des IuKDG enthält das Gesetz über den Datenschutz bei Telediensten (**Teledienstedatenschutzgesetz** – TDDSG), Art. 3 das Gesetz zur digitalen Signatur (**Signaturgesetz** – SiG).

Der Jugendschutz in Rundfunk und Telemedien wird durch den Staatsvertrag über den Schutz der Menschenwürde und den Jugendschutz in Rundfunk und Telemedien (**Jugendmedienschutz-Staatsvertrag** – JMStV) i. d. F. vom 8. 10. 2002 (Bayer. GVBl. 2005 S. 147) gesichert.

Im Zusammenhang mit den ständigen Überlegungen zur Weiterentwicklung der nationalen Medienordnung im Bundes- und Landesrecht wird zur Zeit eine Neukonzeption für Tele- und Mediendienste vorbereitet. Die künftigen Vorschriften sollen weiterhin unabhängig vom Verbreitungsweg, entwicklungsoffen ausgestaltet sein und auch sonst vereinfacht werden. In diesem Zusammenhang sowie zur Umsetzung der EU-Richtlinie 2000/31/EG vom 8. 6. 2000 über bestimmte rechtliche Aspekte der Dienste in der Informationsgesellschaft, etc. (ABl. EG Nr. L 178 S. 1) hat der Deutsche Bundestag am 26. 1. 2007 das Gesetz zur Vereinheitlichung von Vorschriften über bestimmten elektronische Informations- und Kommunikationsdienste (ElGVG) verabschiedet, dessen Art. 1 ein neues Telemediengesetz (TMG) beinhaltet, das das Teledienstegesetz und das Teledienstdatenschutzgesetz ablöst (vgl. BGBl. I 2007, 179). Das Gesetz ist zusammen mit dem 9. Rundfunkänderungs-Staatsvertrag (hierzu vgl. GVBl. Bayern 2007, 239) am 1. 3. 2007 in Kraft getreten (vgl. BGBl. I 2007, 251).

g) Regelungen zum Funkwesen

Funkamateure können nach dem Gesetz über den Amateurfunk (i. d. F. der Bek. vom 23. 6. 1997, BGBl. I 1494) eine Funkstation errichten und betreiben, bedürfen hierzu aber einer Genehmigung der Bundesnetzagentur für Elektrizität, Gas, Telekommunikation, Post und Eisenbahnen. Die Genehmigung setzt die Ablegung einer Prüfung voraus; s. hierzu VO vom 15. 2. 2005 (BGBl. I 242). Das Europäische Übereinkommen vom 22. 1. 1965 gegen sog. Piratensender (BGes. vom 26. 9. 1969, BGBl. II 1939) richtet sich gegen Sender außerhalb der staatl. Hoheitsgebiete, deren Programme im Inland empfangen werden können. Das Gesetz über die elektromagnetische Verträglichkeit von Geräten i. d. F. der Bek. vom 18. 9. 98 (BGBl. I 2882) regelt auf Grund von EU-Richtlinien zur Vermeidung von Störungen des Funkverkehrs das Inverkehrbringen von Hochfrequenzgeräten und Funkanlagen an die Einhaltung bestimmter Störungsgrenzwerte.

475 | Filmwesen und Filmrecht

Ein Film ist urheberrechtlich ein sog. „verbundenes Werk" (§ 9 UrhG), das durch schöpferische geistige Leistung der bei seiner Entstehung Mitwirkenden (Regisseur, Darsteller, Kameramann usw.) geschaffen wird. Diese übertragen i. d. R. dem Filmhersteller die Nutzungsrechte (Aufführung, Verleih usw.), §§ 89, 92 UrhG. Meist entsteht der Film durch Bearbeitung eines vorhandenen (Roman, Bühnenwerk) oder Herstellung eines neuen Werks (Drehbuch, Filmmusik), dessen Urheber dem Filmhersteller das Recht der Verfilmung einräumt (§ 88 UrhG). Dieses umfasst das Nutzungsrecht (Verbreitung, Vorführung, öffentliche Zugänglichmachung) für 10 Jahre, falls nichts anders vereinbart ist, nicht aber das Recht zur Wiederverfilmung. Nach Fristablauf kann der Urheber, falls nichts anderes vereinbart ist, sein Werk anderweit filmisch verwerten.

Staatliche Förderungsmaßnahmen zielen darauf ab, dass außer Spielfilmen auch eine hinreichende Zahl von Dokumentar- und Kulturfilmen angeboten wird. Die BReg. fördert den deutschen Film seit 1950 insbesondere durch den alljährlich zu vergebenden Deutschen Filmpreis (bis 1999 Bundesfilmpreis). Der Deutsche Filmpreis ist Kernstück und zugleich Spitzenpreis im deutschen Filmwesen. Damit ausgezeichnet werden Spielfilme, Dokumentarfilme, Kinder-/Jugendfilme, darstellerische Leistung, Regie sowie weitere Einzelleistungen. Neben seinem Charakter als Auszeichnung für herausragende Leistungen erhält der Hersteller eines ausgezeichneten Films Preisgelder in erheblicher Höhe, die zweckgebunden für die Herstellung eines neuen Films zu verwenden sind. Mit bis zu 2,845 Mio. Euro Preisgeldern ist der Deutsche Filmpreis der höchstdotierte deutsche Kulturpreis. Das Auswahlverfahren und die Ermittlung der Preisträger wird seit 2005 durch die Mitglieder der Deutschen Filmakademie durchgeführt.

Neben dem Deutschen Filmpreis bestehen auch noch andere Förderungsmaßnahmen des Beauftragten der Bundesregierung für Kultur und Medien. In diesem Zusammenhang sind beispielsweise zu nennen: der Deutsche Kurzfilmpreis, der Deutsche Drehbuchpreis, die Produktionsförderung, die Drehbuchförderung für Spiel- sowie für Kinder- und Jugendfilme, die Projektentwicklungsförderung für Kinder- und Jugendfilme, der Verleiherpreis, die Kinoförderung, die Verleihförderung und der Innovationspreis. Für diese und weitere Fördermaßnahmen gelten seit 13. 7. 2005 neue Richtlinien des Beauftragten der Bundesregierung für Kultur und Medien (www.filmfoerderung-bkm.de).

Neben der Filmförderung durch den Beauftragten der Bundesregierung für Kultur und Medien fördern auch einzelne Länder das Filmwesen durch Preisverleihungen. In diesem Zusammenhang ist der Bayerische Filmpreis zu nennen, der seit 1979 auf Vorschlag einer unabhängigen Jury durch die Bayerische Staatsregierung verliehen wird. Er ist mit Preisgeldern von insgesamt 300 000 Euro dotiert. Einen erheblichen Beitrag zur Hebung des allgemeinen Niveaus deutscher Filme leistet die 1949 begründete „Freiwillige Selbstkontrolle der Filmwirtschaft" in Wiesbaden, die den Gefahren zweifelhafter filmischer Produkte vorzubeugen bestrebt ist.

Auf Grund des Gesetzes über Maßnahmen zur Förderung des deutschen Films – Filmförderungsgesetz – FFG – i. d. F. der Bek. vom 24. 8. 2004 (BGBl. I 2277) gewährt die öffentlich-rechtliche Filmförderungsanstalt (Organe: Vorstand, Präsidium, Verwaltungsrat) Förderungshilfen an Hersteller von Filmen deutscher Sprache mit wesentlicher Beteiligung von Deutschen bzw. bestimmte international bedeutsamen Koproduktionen, einbezogen werden können auch Filme aus EU-Ländern und zwar bei programmfüllenden sog. Referenzfilmen einen Zuschuss, wenn eine bestimmte Referenzpunktzahl, die sich grds. aus Zuschauererfolg sowie dem Erfolg bei internationale bedeutsamen Festivals und Preisen errechnet, erreicht wird. Gefördert werden auch Kinder-, Dokumentar und Erstlingsfilme. Für Kurzfilme bestehen eigene Förderungsvoraussetzungen. Für die Förderung von Projektfilmen oder von Drehbüchern, des Filmabsatzes oder von Filmtheatern bestehen Sondervorschriften. Es besteht eine Vergabekommission, die über Anträge auf Förderungshilfen entscheidet für bedeutende Förderungsmaßnahmen ist der Vorstand zuständig. Zur Finanzierung der Förderung wird insbesondere die aus dem Umsatz an Eintrittskarten und dem Verkauf oder der Vermietung von Videofilmen berechnete Filmabgabe verwendet. Die Abgabe wird bis 31. 12. 2008 erhoben. In den darauf folgenden Jahren läuft die Filmförderung aus; nach Gewährung der letzten Förderungshilfe für programmfüllende Filme gehen Aktiva und Passiva der Filmförderungsanstalt auf den Bund, deren Aufgaben auf das Bundesamt für Wirtschaft und Ausfuhrkontrolle über.

476 | Post und Telekommunikation

Mit dem Gesetz zur Änderung des Grundgesetzes vom 30. 8. 1994 (BGBl. I 2245) und dem Gesetz zur Neuordnung des Postwesens und der Telekommunikation (Postneuordnungsgesetz) vom 14. 9. 1994 (BGBl. I 2325) wurde die mit dem Poststrukturgesetz vom 1. 7. 1989 eingeleitete **Postreform** fortgeführt und mit der Privatisierung der Deutschen Bundespost abgeschlossen. Abgeschafft ist damit auch das frühere Dienstleistungsmonopol der Deutschen Bundespost, Dienstleistungen auf dem Gebiet des Post- und Telekommunikationswesens können jetzt umfassend auch durch andere Unternehmen erbracht werden. Im Postgesetz vom 22. 12. 1997 (BGBl. I 3294) sind nähere Vorschriften zur Lizenzerteilung und zur Qualitätssicherung enthalten. Insbesondere sollen der Wettbewerb im Bereich des Postwesens gefördert und flächendeckend angemessene und ausreichende Postdienstleistungen gewährleistet werden. Der Deutschen Post AG steht noch bis 31. Dezember 2007 insbesondere das ausschließliche Recht zur Beförderung von Briefsendungen bis zu einem Gewicht von 50 Gramm zu, eine Verlängerung dieser Frist wird gegenwärtig im politischen Raum diskutiert. Die Post-UniversaldienstleistungsVO vom 15. 12. 1999 (BGBl. I 2418) regelt die Qualitätsmerkmale der Brief-, Paket- und Zeitungsbeförderung. Die PostdienstleistungsVO vom 21. 8. 2001 (BGBl. I 2178) trifft Regelungen über Rechte und Pflichten der Anbieter von Postdienstleistungen im Verhältnis zu den Kunden. Zur Wahrnehmung insbesondere von Aufgaben aus dem Personal- und Sozialbereich in Bezug auf die aus den Teilsondervermögen der Deutschen Bundespost hervorgegangenen Aktiengesellschaften ➢ s. unten, wurde eine Bundesanstalt für Post und Telekommunikation Deutsche Bundespost mit Sitz in Bonn gegründet.

Durch das Postumwandlungsgesetz vom 14. 9. 1994 (BGBl. I 2339) wurden die Unternehmen der Deutschen Bundespost (Deutsche Bundespost POSTDIENST, Deutsche Bundespost POSTBANK und Deutsche Bundespost TELEKOM) mit Wirkung vom 1. 1. 1995 in Aktiengesellschaften umgewandelt:

Die **Deutsche Post AG** mit Sitz in Bonn ist ein Dienstleistungsunternehmen für Kommunikation, Transport und Logistik. Sie ist insbes. für Leistungen des Postwesens zuständig. Die **Deutsche Postbank AG** mit Sitz in Bonn ist ein Kreditinstitut und übt damit zusammenhängende Tätigkeiten aus. Die **Deutsche Telekom AG** mit Sitz in Bonn ist im gesamten Bereich der Telekommunikation tätig. Die Organe der Aktiengesellschaften regeln sich nach dem Recht der Aktiengesellschaften.

Zum Personalrecht der Beschäftigten der früheren Deutschen Bundespost s. das Postpersonalrechtsgesetz vom 14. 9. 1994 (BGBl. I 2353). Die Beamten der früheren Deutschen Bundespost werden unter Beibehaltung ihres Status als Bundesbeamte bei den in privatrechtlicher Rechtsform geführten Unternehmen weiterbeschäftigt. Zugleich werden mit der Beleihung die Unternehmen ermächtigt, die dem Dienstherrn Bund obliegenden hoheitlichen Befugnisse gegenüber diesen Beamten auszuüben.

Den Abschluss des langjährigen Prozesses der **allmählichen Liberalisierung der Telekommunikationsmärkte** in Europa, die von den europäischen Institutionen mit großem Nachdruck betrieben worden war, und der Privatisierung von Dienstleistungen der Telekommunikation bildet das Telekommunikationsgesetz (TKG) vom 25. Juli 1996 (BGBl. I 1120, nunmehr i. d. F. der Novelle vom 22. 6. 2004 (BGBl. I 1190). Zweck dieses Gesetzes ist es, durch Regulierung im Bereich der Telekommunikation den Wettbewerb zu fördern und flächendeckend angemessene und ausreichende Dienstleistungen zu gewährleisten sowie eine Frequenzordnung festzulegen. Die Regulierung der Telekommunikation und der Frequenzordnung wird als hoheitliche Aufgabe des Bundes festgestellt. Mit der Regulierung sollen im Wesentlichen die Interessen der Nutzer auf dem Gebiet der Telekommunikation und des Funkwesens, die Wahrung des Fernmeldegeheimnisses sowie eine flächendeckende Grundversorgung zu erschwinglichen Preisen, ein chancengleicher und funktionsfähiger Wettbewerb, die Sicherstellung einer effizienten und störungsfreien Nutzung von Frequenzen und die Wahrung der Interessen der öffentlichen Sicherheit erreicht werden (§§ 1, 2 TKG).

Im 2. Teil des Gesetzes (§§ 6–43 TKG) werden insbesondere Vorschriften für die Markt- und Zugangs- sowie die Entgeltregelung und die Missbrauchsaufsicht getroffen. Teil 3 des Gesetzes (§§ 44–47 TKG) enthält Regelungen zum Kundenschutz, Teil 4 (§§ 48–51 TKG) solche über Rundfunkübertragung. In Teil 5 des TKG (§§ 52–77) wird die Vergabe von Frequenzen, Nummern und Wegerechten geregelt. Teil 6 (§§ 78–87 TKG) befasst sich mit Universaldienstleistungen, Teil 7 (§§ 88–115 TKG) mit dem Fernmeldegeheimnis, Datenschutz und öffentlicher Sicherheit. Zur Wahrnehmung der sich aus dem Telekommunikationsgesetz ergebenden Aufgaben wurden im Geschäftsbereich des Bundesministeriums für Wirtschaft und Technologie, die Bundesagentur für Elektrizität, Gas, Telekommunikation, Post und Eisenbahnen als Regierungsbehörde mit Sitz in Bonn errichtet (§ 116 ff. TKG). Aufgabe der Regulierungsbehörde ist die Überwachung der Einhaltung des Telekommunikationsgesetzes. Ihre Befugnisse ergeben sich aus den §§ 126 ff. TKG. Die Regulierungsbehörde entscheidet grds. durch bei ihr gebildete Beschlusskammern nach einem eigens geregelten Verfahren.

Folgende wichtige Verordnungen im Post- und Telekommunikationsbereich sind insbesondere zu nennen: die Post-EntgeltregulierungsVO i. d. F. der Bek. vom 22. 11. 1999 (BGBl. I 2386), die PostsicherstellungsVO i. d. F. der Bek. vom 23. 10. 1996 (BGBl. I 1535), die Post- und TelekommunikationsauskunftsVO i. d. F. der Bek. vom 22. 4. 203 (BGBl. I 545), die Post- und Telekommunikations-ZivilschutzVO i. d. F. der Bek. vom 23. 10. 1996 (BGBl. I 1539), die FeldpostVO 1996 (BGBl. I 1543), die NetzzugangsVO i. d. F. der Bek. vom 23. 10. 1996 (BGBl. I 1568) und die Telekommunikations-ÜberwachungsVO i. d. F. der Bek. vom 22. 12. 2002 (BGBl. I 458).

Die Sicherstellung einer ausreichenden Versorgung mit Post- und Telekommunikationsdienstleistungen bei einer Naturkatastrophe, bei einem besonders schweren Unglücksfall sowie im Spannungs- und Verteidigungsfall regelt das Post- und Telekommunikationssicherstellungsgesetz i. d. F. der Bek. vom 14. 9. 1994 (BGBl. I 2378).

Die Kennzeichnung, die Inbetriebnahme und das Inverkehrbringen von Funkanlagen und Telekommunikationsendeinrichtungen regelt das entsprechende Gesetz i. d. F. der Bek. vom 31. 1. 2001 (BGBl. I 170). Das Gesetz zur Bekämpfung des Missbrauchs von 0190er-/0900er Mehrwertdiensterufnummern i. d. F. der Bek. vom 9. 8. 2003 /BGBl. I 1590) stärkt die Rechtsposition der Verbraucher gegenüber den Anbietern von Telefon-Mehrwertdiensten. Verbraucherschutzfragen regelt die Telekommunikations-KundenschutzVO i. d. F. der Bek. vom 11. 12. 1997 (BGBl. I 2910). In diesen VO werden auch einzuhaltende Qualitätsmerkmale festgelegt.

Durch das Informations- und Kommunikationsdienstegesetz vom 22. 7. 1997 (BGBl. I 1870) wurden weitere Rahmenbedingungen für die Telekommunikation geschaffen. Im Einzelnen werden durch das **Teledienstegesetz** und das **Teledienstedatenschutzgesetz** Regelungen für die Anbieter derartiger Dienste, ihre Verantwortlichkeit und ihre Rechte und Pflichten getroffen. Wesentlich ist u. a. § 8 des Teledienstegesetzes, wonach Diensteanbieter zwar für eigene Inhalte verantwortlich sind, für fremde Inhalte aber nur eingeschränkt und insbes. dann nicht, wenn sie lediglich den Zugang zur Nutzung vermitteln. Im Übrigen sind Teledienste im Rahmen der Gesetze zulassungs- und anmeldefrei. Das **Signaturgesetz** i. d. F. der Bek. vom 16. 5. 2001 (BGBl. I 876) schafft die Rahmenbedingungen für sichere digitale Signaturen und zur Verhinderung und Erkennung von Fälschungen. Es schreibt vor, dass für die Speicherung von Signaturschlüsseln und für die Erzeugung qualifizierter elektronischer Signaturen sichere Signatureinheiten einzusetzen sind, die Fälschungen der Signaturen und Verfälschungen signierter Daten zuverlässig erkennbar machen und gegen unberechtigte Nutzung der Signaturschlüssel schützen (§ 17).

Hinsichtlich des neuen Telemediengesetzes ➢ vgl. Nr. 474 f.

VI. Geld-, Bank- und Börsenwesen

477 | Geldwesen im Allgemeinen

Geld ist das allgemeine, vom Staat oder Verkehr anerkannte Umsatzmittel der Vermögensbestandteile. Es ist allgemeines Tauschmittel und Wertmaß. Die meist als Tauschmittel verwendeten Edelmetalle (Gold, Silber) führten zum Währungsgeld, als der Staat eingriff und das Verkehrsgeld zum gesetzlichen Zahlungsmittel erhob.

Während ursprünglich Gebrauchsgegenstände bei den Völkern zum Tausch verwendet wurden (z. B. Tiere, Felle, Salz, Perlen, Stoffe), verdrängten später die Metalle diese Tauschmittel. Sie wurden zunächst gewogen (Wägegeld), bis nach staatlichem Eingreifen dieses Zahlungsmittel in Barren gegossen und später zu Münzen geprägt wurde. Dadurch wurde das Metall zum Münzgeld. Später diente das Gold nur noch als Deckungsgrundlage der Währung, während man zum Papiergeld überging.

In hochentwickelten Wirtschaften spielt ferner der bargeldlose Zahlungsverkehr durch Buch- oder Giralgeld eine wichtige Rolle.

Über den Wert des Geldes bestehen verschiedene Theorien.

a) Der Metallismus leitet den Wert aus der stofflichen Grundlage ab (z. B. dem Wert des Goldes; so *Adolf Wagner, Karl Helfferich*).

b) Nach der Quantitätstheorie bestimmen sich Kaufkraft und Preisniveau nach der umsatzbereiten Geldmenge im Verhältnis zu den damit bewerkstelligten Käufen, dem sog. Handelsvolumen, unter Berücksichtigung der Umlaufgeschwindigkeit des Geldes.

c) Die juristischen Theorien führen den Geldwert auf eine Übereinkunft der Menschen oder auf staatliche Anerkennung zurück (Konventions-, nominalistische Theorie).

478 | Die Währung. Währungssysteme

Unter Währung versteht man die staatlich geordnete Geldverfassung eines Landes (Währungssystem) oder die in einem Land gesetzlich anerkannten Zahlungsmittel (Währungsgeld, Währungseinheit). Währungs- oder Staatsgeld ist das vom Staat als allgemeines Zahlungsmittel bestimmte Geld, das von jedermann in Zahlung genommen werden muss (Kurantgeld). Das daneben vom Verkehr anerkannte Geld wird im Gegensatz zum Währungsgeld als usuelles oder Verkehrsgeld bezeichnet; es hat keinen Zwangkurs.

Man unterscheidet folgende **Währungssysteme**:

a) die monometallische Währung, bei der nur ein Metall (z. B. Gold) die Grundlage der Währung bildet;

b) die bimetallische Währung, wenn zwei Metalle (z. B. Gold und Silber) gleichberechtigt nebeneinander stehen;

c) die Papierwährung, wenn das Währungsgeld ausschließlich aus Papiergeld besteht.

Von **harter** und **weicher** Währung spricht man je nachdem, ob eine Währung **konvertibel** ist, d. h. so stabil, dass sie unbegrenzt zum Wechselkurs gehandelt werden kann, oder ob das wegen eines falschen Wechselkurses und daraus resultierender Devisenbewirtschaftung nicht der Fall ist.

Das Deutsche Reich hatte seit 1871 die Goldwährung, bei der nur Goldmünzen Zwangskurs hatten. Als auch (Silber-)Taler in Zahlung zu nehmen waren, sprach man von einer „hinkenden Goldwährung". Durch die Bankgesetze von 1909 erhielten jedoch die Noten der Reichsbank die Eigenschaft eines gesetzlichen Zahlungsmittels. Im 1. Weltkrieg musste das Reich immer mehr zum Papiergeld übergehen. Gegenüber der Neigung, Zahlung in ausländischer Währung auszubedingen, verpflichtete eine Verordnung vom 7. 11. 1923 (RGBl. I 1081) zur Annahme von Reichsmark bei Inlandsgeschäften. Die erhöhte Ausgabe von Papiergeld führte zur Inflation (Aufblähung) ➢ vgl. Nr. 484, die, nachdem zunächst die Rentenmark eingeführt worden war, erst durch Stabilisierung auf der Basis der Goldkern- oder Golddevisen-Währung (Gesetz vom 30. 8. 1924, RGBl. II 254) behoben wurde. Hierbei dienten Gold und Devisen der Reichsbank lediglich als Deckung für umlaufende Banknoten, während Gold selbst nicht mehr im allgemeinen Verkehr war. Über die Währungsreform vom 20. 6. 1948 ➢ s. Nr. 479 a).

Die Herstellung und Verbreitung nachgeprägter außer Kurs gesetzter Münzen ist zwar keine Geldfälschung i. S. des StGB, sie ist aber Ordnungswidrigkeit nach §§ 11, 12 des Münzgesetzes. Nach der MedaillenVO i. d. F. der Bek. vom 31. 10. 2005 (BGBl. I 3117) dürfen zum Schutz deutscher Euro-Gedenkmünzen, Medaillen und Münzen nur so hergestellt werden, dass eine Verwechslung mit Münzgeld ausgeschlossen ist.

479 | Währungsreform, Währungsausgleich, Währungsklauseln, Auf- und Abwertung

a) Währungsreform

Der durch den 2. Weltkrieg und seine Folgen verursachte Geldüberhang nötigte zu einer Geldreform. Durch die Währungsumstellung nach dem 1. Gesetz zur Neuordnung des Geldwesens vom 20. 6. 1948 (Währungsgesetz) im Zusammenhang mit verschiedenen Durchführungsverordnungen und dem 2. Gesetz zur Neuordnung vom 20. 6. 1948 (Emissionsgesetz) wurde die Reichsmark durch das neue von der Bank deutscher Länder ausgegebene Geld (Deutsche Mark) ersetzt. Bei Forderungen wurde im Verhältnis 10 RM : 1 DM, bei Löhnen, Gehältern, Miet- und Pachtzinsen und anderen wiederkehrenden Leistungen wurde im Verhältnis 1 RM : 1 DM umgestellt. Durch das DM-Beendigungsgesetz vom 16. 12. 1999 (BGBl. I 2402) wurde festgelegt, dass mit Ablauf des 31. Dezember 2001 alle von der Deutschen Bundesbank ausgegebenen Banknoten und Münzen, die auf Deutsche Mark oder Pfennig lauten, ihre Eigenschaft als gesetzliches Zahlungsmittel verlieren. Sie wurden in Euro umgetauscht. Zum Gedenken an die Deutsche Mark wurde die Deutsche Bundesbank ermächtigt, im Jahr 2001 eine 1-DM-Goldmünze in einer Auflage bis zu einer Million Stück auszugeben.

b) Währungsausgleich

Die im Lastenausgleichsgesetz vorbehaltene besondere Regelung über einen Währungsausgleich für verlorene Sparguthaben enthielt das Altsparergesetz i. d. F. vom 1. 4. 1959 (BGBl. I 169). Für Sparguthaben Vertriebener war das Gesetz über einen Währungsausgleich i. d. F. vom 1. 12. 1965 (BGBl. I 2060) maßgebend.

c) Währungsklauseln

Unter einer Währungsklausel versteht man die Vereinbarung, dass bei einer auf Euro lautenden Geldschuld der Betrag der Schuld durch den Kurs einer fremden Währung (z. B. Dollar, Schweizer Franken) oder durch den Preis anderer Güter oder Leistungen oder durch eine Menge Feingold bestimmt werden soll.

Wertsicherungsklauseln oder Preisklauseln bestimmen den Betrag von Geldschulden unmittelbar und selbständig durch den Preis oder Wert von anderen Gütern oder Leistungen, die mit den vereinbarten Gütern und Leistungen nicht vergleichbar sind. Sie bedürfen nach § 2 Preisangaben- und Preisklauselgesetz i. d. F. der Bek. vom 3. 12. 1984 (BGBl. I 1629) i. V. m. der Preisklauselverordnung i. d. F. der Bek. vom 23. 8. 1998 (BGBl. I 3043) grundsätzlich der Genehmigung. Die Genehmigung wird bei Vorliegen der Voraussetzungen vom Bundesamt für Wirtschaft und Ausfuhrkontrolle in Eschborn erteilt.

Nicht genehmigungspflichtig sind Leistungsvorbehaltsklauseln (Ermessenspielraum hinsichtlich des Ausmaßes eines geschuldeten Betrags, der es ermöglicht, eine Geldschuld nach Billigkeitsgesichtspunkten zu bestimmen) und Spannungsklauseln (die zueinander ins Verhältnis gesetzten Güter oder Leistungen sind im Wesentlichen gleichartig oder vergleichbar). Das Gleiche gilt für Kostenelementklauseln, die eine Anpassung an gesteigerte Selbstkosten vorsehen.

d) Auf- und Abwertung

Eine Aufwertung oder Abwertung stellt keine Währungsreform dar, weil sie nur den Wechselkurs (Außenkurs der Währung) betrifft, die Währungsreform dagegen den Geldwert im Innern des Landes. Die Aufwertung hat zur Folge, dass die Ausfuhrpreise sich erhöhen, während die Einfuhrpreise sinken; bei der Abwertung sind die Auswirkungen umgekehrt.

480 | Die Europäische Währungsunion

Seit 1. 1. 1999 ist in Deutschland eine neue währungspolitische Ära angebrochen: mit Inkrafttreten der Europäischen Währungsunion ist der **Euro** die in Deutschland alleingültige Währung geworden, während die DM zunächst zu einer bloßen Rechnungseinheit des Euro zurückgestuft und mit Ablauf des 31. 12. 2001 völlig abgeschafft wurde. Am 31. 12. 1998 wurde der Wechselkurs von DM zu Euro auf Dauer und unveränderbar festgesetzt: Ein Euro entspricht 1,95 583 DM, eine DM entspricht 0,5113 Euro.

Die Vorschriften der Art. 105–124 EGV enthalten in Verbindung mit Art. 8 EGV die rechtlichen Grundlagen der Europäischen Währungsunion. Die Einführung des Euro als gemeinsame Währung ist eine der wichtigsten politischen Errungenschaften im Prozess der europäischen Einigung. Die Währungsunion ist das Ergebnis eines langwierigen Entwicklungsprozesses, der im Jahre 1970 mit dem sog. „Werner-Plan" begann, mit der Begründung des Europäische Währungssystems (EWS) 1979 und der Einführung der ECU als Rechnungseinheit 1981 fortgeführt wurde, und dann letztlich mit dem Delors-Plan 1989 seinen Höhepunkt fand, der einen konkreten Stufenplan zur Einführung der Währungsunion enthielt:

- Am 1. 7. 1990 begann die 1. Stufe mit der Liberalisierung des Geld- und Kapitalverkehrs sowie einer intensiven wirtschafts- und währungspolitischen Abstimmung unter den Mitgliedstaaten.
- Am 1. 1. 1994 begann die 2. Stufe. Die Mitgliedstaaten hatten sich bis zum Ende dieser Stufe zu bemühen, die sog. Konvergenzkriterien zu erfüllen:
  - Der Anstieg der Verbraucherpreise (Inflationsrate) darf das Mittel der drei preisstabilsten Länder nicht um mehr als 1,5 % übersteigen.
  - Die jährliche Neuverschuldung darf 3 % des Bruttoinlandsprodukts nicht überschreiten, wobei die Staatschulden insgesamt 60 % davon nicht überschreiten dürfen.
  - Das Zinsniveau darf das Mittel der drei bezüglich der Preisstabilität bestplazierten Länder nicht um mehr als 2% übersteigen.
- Am 1. 1. 1999 begann schließlich die 3. Stufe mit der unwiderruflichen Festlegung der Wechselkurse der beteiligten Staaten und der Einführung des Euro als gemeinsamer Währung. Teilnehmer der Währungsunion waren die EU-Staaten Belgien, Bundesrepublik Deutschland, Griechenland, Spanien, Frankreich, Irland, Italien, Luxemburg, Niederlande, Österreich, Portugal und Finnland. Seit diesem Zeitpunkt sind alle wirtschaftspolitischen und monetären Kompetenzen auf die Gemeinschaftsorgane übergegangen.
- Am 1. 1. 2002 wurden die bisherigen nationalen Währungen in den Euro-Teilnehmerländern definitiv abgeschafft. Die Währungsunion bestand bis

31. 12. 2006 aus 12 Mitgliedstaaten; als 13 EU-Land hat Slowenien zum 1. 1. 2007 den Euro eingeführt. Die Erweiterungsstaaten erhielten bzw. erhalten mit dem Beitritt eine Option in Bezug auf die Teilnahme, soweit sie die Konvergenzkriterien erfüllen. Der Euro darf ferner nur von den Ländern eingeführt werden, die mindestens 2 Jahre lang ohne große Spannungen am Wechselkursmechanismus II teilgenommen haben. Als Nachfolger des Europäischen Währungssystems ist der WKM II eine Vereinbarung über die Wechselkurspolitik zwischen dem Euro und der jeweiligen Landeswährung. Er sieht Schwankungsbreiten von +/– 15 % um den Leitkurs vor. Mitglieder im WKM II sind Dänemark, Estland, Litauen, Lettland, Malta, Zypern, die Slowakei, Bulgarien und Rumänien (Nennung in der Reihenfolge des Beitritts zum WKM II). Des Weiteren gibt es in einigen Drittstaaten wie der Türkei so genannte „currency-board-Lösungen", d. h. eine freiwillige Bindung an den Euro, oder, wie im Kosovo, sogar eine „Euroisierung" durch einseitige Übernahme des Euro als nationales Zahlungsmittel. Über besondere Währungsbeziehungen nehmen im Übrigen das Fürstentum Monaco, die Republik San Marino sowie der Vatikan an der Währungsunion teil; sie haben auch jeweils eigene Münzen geprägt.

Gegenwärtig gibt es demnach 16 unterschiedliche Münzversionen (s. hierzu die nachfolgende Tabelle); die Banknoten sind überall identisch. Die Einführung des Euro-Bargeldes sowie die Umstellung der nationalen Vorschriften gingen allenthalben reibungslos vonstatten. Nach einer anfänglichen Schwächeperiode erreichte der Euro zu Beginn des Jahres 2003 eine Parität, die beträchtlich über dem Dollar lag, was die langfristigen Erwartungen sogar noch übertraf.

Zur Sicherstellung einer stabilen Gemeinschaftswährung wurde 1996 in Dublin der Stabilitäts- und Wachstumspakt vereinbart, der die Beachtung des Drei-Prozent-Defizitkriteriums sowie die zulässige Gesamtverschuldung auch über den Euro-Eintritt hinaus als Verpflichtung festschreibt. Der Stabilitäts- und Wachstumspakt beinhaltet ein Frühwarnsystem (sog. „Blauer Brief" bei drohender Überschreitung des 3 %-Defizitkriteriums) sowie ein Defizit-Sanktionsverfahren (notfalls können Bußgelder in Millionenhöhe zur Erzwingung einer Senkung des Haushaltsdefizits verhängt werden). Angesichts anhaltender konjunktureller Schwierigkeiten haben sich die EU-Finanzminister im März 2005 auf eine Reform des Stabilitätspakts verständigt, die der EU-Rat gebilligt hat. Künftig sollen Phasen mit gutem Wachstum verstärkt zur Sanierung des jeweiligen Nationalbudgets des betroffenen Mitgliedsstaats genutzt werden. Bei Einleitung eines Defizit-Strafverfahrens kann die Kommission Ausnahmetatbestände (z. B. Reformen der sozialen Sicherungssysteme) berücksichtigen. Die Überschreitung der Defizitgrenze muss jedoch vorübergehend sein und nahe am Grenzwert von drei Prozent bleiben. Für die Defizitreduktion erhalten die Staaten mehr Zeit. Gegen die Bundesrepublik Deutschland wurde am 19. 11. 2002 das Defizitverfahren eingeleitet. Am 21. 11. 2003 hat der Rat der Wirtschafts- und Finanzminister das deutsche Defizit als „übermäßig" erkannt und Empfehlungen zur Reduktion des Defizits ausgesprochen. Am 25. 11. 2003 wurde eine Verschärfung des Verfahrens gegen Deutschland abgelehnt, nachdem die Kommission bestätigt hatte, dass ein von Deutschland vorgelegtes Konsolidierungspaket den Ratsempfehlungen entsprach. Vor dem Hintergrund, dass das gesamtstaatliche Defizit im Jahr 2005 weiterhin 3 % lag, empfahl die Kommission am 1. 3. 2006 die Wiederaufnahme des Verfahrens.

Die Rückseiten der Cent- und Euromünzen

	1 Cent	2 Cent	5 Cent	10 Cent	20 Cent	50 Cent	1 Euro	2 Euro
Belgien	König Albert	König Albert	König Albert	König Albert	König Albert	König Albert	König Albert	König Albert
Deutschland	Eichenzweig	Eichenzweig	Eichenzweig	Brandenburger Tor	Brandenburger Tor	Brandenburger Tor	Bundesadler	Bundesadler
Griechenland	Schiff-Trireme	Schiff Dromon	Tankschiff	Rigas Velestinlis Fereos	Ioannis Capodistrias	Eleftherios Venizelos	Eule	Raub der Europa durch Zeus
Spanien	Kathedrale Santiago de Compostela	Kathedrale Santiago de Compostela	Kathedrale Santiago de Compostela	Miguel de Cervantes	Miguel de Cervantes	Miguel de Cervantes	König Juan Carlos	König Juan Carlos
Frankreich	Marianne	Marianne	Marianne	Säerin (Jorio)	Säerin (Jorio)	Säerin (Jorio)	Baum (Jimenez)	Baum (Jimenez)
Irland	keltische Harfe	keltische Harfe	keltische Harfe	keltische Harfe	keltische Harfe	keltische Harfe	keltische Harfe	keltische Harfe
Italien	Castel del Monte	Turm von Antonelli	Kolosseum von Rom	Geburt der Venus (Botticelli)	Skulptur Forme nello spazio (Bocconi)	Marc Aurel (Michelangelo)	Uomo vitruviano (Leonardo da Vinci)	Dante Alighieri
Luxemburg	Großherzog Henri	Großherzog Henri	Großherzog Henri	Großherzog Henri	Großherzog Henri	Großherzog Henri	Großherzog Henri	Großherzog Henri
Niederlande	Königin Beatrix	Königin Beatrix	Königin Beatrix	Königin Beatrix	Königin Beatrix	Königin Beatrix	Königin Beatrix	Königin Beatrix
Österreich	Enzian	Edelweiß	Primel	Wiener Stephansdom	Schloss Belvedere	Wiener Secession	Wolfgang Amadeus Mozart	Bertha von Suttner
Portugal	Siegel, Burgen und Wappen	Siegel, Burgen und Wappen	Siegel, Burgen und Wappen	Siegel, Burgen und Wappen	Siegel, Burgen und Wappen	Siegel, Burgen und Wappen	Siegel, Burgen und Wappen	Siegel, Burgen und Wappen
Finnland	Löwe	Löwe	Löwe	Löwe	Löwe	Löwe	fliegende Schwäne	Moltebeere
Monaco	fürstliches Wappen	fürstliches Wappen	fürstliches Wappen	fürstliches Siegel	fürstliches Siegel	fürstliches Siegel	Fürst Rainier III./ Fürst Albert	Fürst Rainier III.
San Marino	Monte Titano: Il Montale	Freiheitsstatue	Monte Titano: La Guaita	Basilica del Santo	Hl. Marinus	Monte Titano	Staatswappen	Regierungspalast
Slowenien	Storch	Fürstenstein (mittelalterliches Denkmal)	Gemälde „Der Samurai" von Ivan Grohar	Entwurf des Architekten Jose Piecnik für ein Parlamentsgebäude in Ljubljana (nicht realisiert)	Zwei Lippizaner-Pferde	Berg Triglav	Autor Primoz Trubar	Dichter France Preseren
Vatikan	Benedikt XVI	Benedikt XVI	Benedikt XVI	Benedikt XVI	Benedikt XVI	Benedikt XVI	Benedikt XVI	Benedikt XVI

Der Rat der Wirtschafts- und Finanzminister ist dieser Empfehlung gefolgt und setzte Deutschland mit der Maßgabe in Verzug, das übermäßige Defizit spätestens 2007 korrigiert zu haben. Zur Prüfung ob wirksame Maßnahmen ergriffen wurden, musste Deutschland bis 14. 7. 2006 berichten. Im Hinblick auf die Unterschreitung des Defizitkriteriums durch Deutschland wurde das Verfahren im Herbst 2006 vorläufig eingestellt. Nachdem das deutsche Haushaltsdefizit 2006 nur 1,9 % betrug, wird mit einer endgültigen Verfahrenseinstellung im Frühsommer 2007 gerechnet. Außer gegen Deutschland wurden seit Sommer 2004 gegen zehn weitere Mitgliedsstaaten Defizitverfahren eingeleitet (Frankreich, Niederlande, Griechenland, Malta, Polen, die Slowakei, die Tschechische Republik, Ungarn und Zypern). Das Verfahren gegen Frankreich wurde wegen Einhaltung der Defizitkriterien im Januar 2007 eingestellt.

Der institutionelle Rahmen der Währungsunion sieht wie folgt aus:

- Wichtigstes Gremium ist die **Europäische Zentralbank** (**EZB** – www.ecb.int) in Frankfurt am Main, eine Einrichtung der EU, die völlig unabhängig ist und keinerlei Weisungen von Seiten der EU oder den Mitgliedstaaten entgegennehmen darf. Sie hat mit Beginn der 3. Stufe ihre Arbeit aufgenommen. Die EZB handelt eigenständig in Form von Verordnungen, Entscheidungen, Empfehlungen und Stellungnahmen; sie kann gegen Mitgliedstaaten, Banken und unter Umständen auch gegen bestimmte Unternehmen Sanktionen verhängen. Die nationalen Zentralbanken sind ihr generell weisungsunterworfen. Die EZB wird vertreten durch den EZB-Rat, der sich aus den Mitgliedern des Direktoriums der EZB (Präsident, Vizepräsident und vier weitere Mitglieder) und den Präsidenten der nationalen Zentralbanken zusammensetzt. Erster Präsident der EZB wurde der Holländer *Wim Duisenberg*, seit 1. 11. 2003 ist der Franzose *Jean-Claude Trichet* EZB-Präsident.
- Zur „Koordinierung der Politiken der Mitgliedstaaten in dem für das Funktionieren des Binnenmarkts erforderlichen Umfang“ besteht ein Wirtschafts- und Finanzausschuss, der Beratungs- und Kontrollaufgaben hat.
- Des Weiteren ist das Europäische System der Zentralbanken (ESZB) zu nennen, das ebenfalls mit Beginn der 3. Stufe seine Arbeit aufgenommen hat und aus der EZB und den nationalen Zentralbanken aller EU-Mitgliedstaaten, unabhängig davon, ob sie den Euro eingeführt haben oder nicht, besteht. Das ESZB soll gemäß Art. 105 Abs. 5 EGV „zur reibungslosen Durchführung der von den zuständigen Behörden auf dem Gebiet der Aufsicht über die Kreditinstitute und der Stabilität des Finanzsystems ergriffenen Maßnahmen“ beitragen und damit praktisch die „Rückkoppelung“ an die Mitgliedstaaten darstellen.

481 | Bargeld

Der bare Zahlungsverkehr des Alltags wird durch Übergabe von Papiergeld (Banknoten) oder von Münzen abgewickelt.

a) Papiergeld

Das Papiergeld ist ein Geld ohne Stoffwert, dessen Geltung auf Vertrauen zum Staat beruht. Das ausschließliche Recht zur Ausgabe von Noten und Münzen steht der Deutschen Bundesbank zu (vgl. Art. 106 EG-Vertrag i. V. m. Art. 16 der Satzung des Europäischen Systems der Zentralbanken. Die Banknote ist ein von der gesetzlich berechtigten Bank (Notenbank) ausgestelltes Geldzeichen, das auf einen abgerundeten, an den Überbringer bei Sicht zahlbaren Betrag einer Währungseinheit lautet.

Die Einlösung der Banknoten kann gegen Metallgeld oder aber auch gegen andere währungsgesetzliche Zahlungsmittel erfolgen.

Von der Deutschen Bundesbank sind bis 2001 Banknoten über 5, 10, 20, 50, 100, 200, 500 und 1000 DM ausgegeben worden. Seit 1. 1. 2002 werden nur noch auf Euro lautende Banknoten in den Werten 5, 10, 20, 50, 100, 200 und 500 Euro ausgegeben.

Unbefugte Ausgabe und Verwendung von Geldzeichen ist strafbar. Alle Kreditinstitute sind verpflichtet, Falschgeld anzuhalten (§§ 35, 36 BBkG).

b) Münzen

Die Ausprägung von deutschen Euro-Münzen ist durch das Münzgesetz vom 16. 12. 1999 (BGBl. I 2402) dem Bund übertragen. Die Gestaltung der deutschen Euro-Münzen, insbes. der nationalen Münzseite ist Aufgabe der Bundesregierung (§ 4 MünzG). Münzprägung und das Inverkehrbringen der Euro-Münzen regeln §§ 6, 7 des MünzG.

Die Münzen werden im Auftrag und für Rechnung des Bundes in den Münzstätten (München, Stuttgart, Karlsruhe, Hamburg) ausgeprägt und durch die Bundesbank nach Maßgabe des Verkehrsbedarfs in Umlauf gesetzt.

Das Recht der Gesetzgebung auf dem Gebiet des Münzwesens stand früher allein dem Reich zu. Bei der Neuordnung des Geldwesens wiesen die Besatzungsmächte der Bank deutscher Länder das ausschließliche Recht zu, im Währungsgebiet Banknoten und Münzen auszugeben. Nunmehr bestimmt Art. 73 Nr. 4 GG, dass der Bund die ausschließliche Gesetzgebung über das Geld- und Münzwesen hat.

482 | Bargeldloser Zahlungsverkehr

Unter bargeldlosem (unbarem) Zahlungsverkehr versteht man die Begleichung einer Geldschuld oder einen sonstigen Zahlungsausgleich durch Wechsel, Scheck, Überweisung (Giroverkehr) oder sonstige unbare Weise. Hingegen bezeichnet man die Zahlung durch Banknoten der Zentralbanken als Barzahlung.

Der bargeldlose Zahlungsverkehr wurde durch die Gründung von Girobanken (1609 Amsterdamer Girobank, 1619 Hamburger Bank) eingeleitet. Der Kunde erhielt gegen Einzahlung in Edelmetallgeld eine Gutschrift („Mark Banko"), deren Verrechnungseinheit das **Buch- oder Giralgeld** schuf. Eine Überweisung setzt voraus, dass beide Beteiligten ein Konto besitzen und dass das Konto des Empfängers dem Überweisenden bekannt ist.

Weit verbreitet ist das im Rahmen eines Girovertrags vereinbarte Lastschriftverfahren. Hierbei kann entweder der Schuldner den Gläubiger ermächtigen, durch seine Bank den geschuldeten Betrag bei der Bank des Schuldners einzuziehen; der

Schuldner muss außerdem seine Bank zur Zahlung ermächtigen (Einziehungsermächtigungsverfahren); oder der Schuldner beauftragt seine Bank, den Betrag der Bank des Gläubigers im Wege des Giros im Abbuchungsverfahren zu überweisen.

Über den Scheck ➢ s. Nr. 461, über den Wechsel ➢ s. Nr. 460.

Der Scheck wird namentlich verwendet, wenn eine Überweisung nicht in Frage kommt. Er gründet sich auf ein Zahlungsversprechen und wird nur erfüllungshalber angenommen. Er hilft jedoch das Bargeld vermindern, weil der Empfänger ihn i. d. R. zur Bank gibt und die Banken in einem Bereinigungssystem „Clearing" alle an einem Tag zu begleichenden Forderungen und Gegenforderungen durch Kompensation ausgleichen (Abrechnungsverkehr).

Weitere Formen des bargeldlosen Zahlungsverkehrs sind die Zahlung mittels einer von einem Kreditkartenunternehmen ausgegebenen Kreditkarte (z. B. Eurocard, American Express Karte, Visa, Diner's Club Karte u. a.) oder das Zahlen mittels „Electronic Cash", d. h. Zahlung nur mit Scheckkarte (ohne Ausstellung eines Schecks) unter (verdeckter) Angabe einer Geheimnummer.

Der zwischenstaatliche bargeldlose Zahlungsverkehr hat sich als bilateraler und multilateraler entwickelt, je nach Beteiligung von zwei oder mehreren Ländern. Zur Beschleunigung des internationalen Zahlungsverkehrs, aber auch zum Schutz gegen Fälschungen haben sich im Jahre 1977 zahlreiche im zwischenstaatlichen Geschäftsverkehr tätige Banken und Sparkassen zu einer Gesellschaft für weltweite Fernübertragung von Finanzdaten (Society for Worldwide Financial Telecommunication, SWIFT) zusammengeschlossen. In diesem Datenfernverarbeitungs-Pool werden Finanznachrichten zwischen den Computern der angeschlossenen Partnerinstitute übermittelt (Überweisungen, Auszahlungsaufträge, Last- und Gutschriften, Devisengeschäfte usw.).

483 | Staatsschulden

Nach Art. 115 GG dürfen Geldmittel für den Bund im Wege des Kredits nur auf Grund einer der Höhe nach bestimmten oder bestimmbaren Ermächtigung durch Bundesgesetz beschafft werden. Die Einnahmen aus Krediten dürfen die Summe der im Haushalt veranschlagten Ausgaben für Investitionen außer bei Störung des gesamtwirtschaftlichen Gleichgewichts nicht überschreiten.

Kreditermächtigungen werden i. d. R. gemäß § 18 der Bundeshaushaltsordnung durch die jährlichen Haushaltsgesetze ausgesprochen.

Staatliche Schulden können durch Ausgabe von Schuldverschreibungen, Eingehung von Wechselverbindlichkeiten, Bankkredite, sonstige an Finanzmärkten übliche Finanzierungsinstrumente oder Aufnahme von Darlehen gegen Schuldschein aufgenommen werden. Der Bund führt durch die Bundesrepublik Deutschland-Finanzagentur GmbH mit Sitz in Frankfurt a.M. (www.deutsche-finanzagentur.de) für sich und seine Sondervermögen das Bundesschuldbuch. Es dient der Begründung, Dokumentation und Verwaltung der Schulden. Das **Bundesschuldbuch** genießt öffentlichen Glauben (§§ 5–9 Bundesschuldenwesengesetz i. d. F. der Bek. vom 12. 7. 2006, BGBl. I 1466).

484 | Inflation, Deflation, Reflation

Eine **Inflation** (Aufblähung) entsteht, wenn die Zahlungsmittel über den Liquiditätsbedarf hinaus vermehrt und dadurch entwertet werden, weil ihnen keine entsprechende Menge an Waren gegenübersteht.

Den Gegensatz bildet die **Deflation**, bei der ein Überangebot an Waren und Dienstleistungen einem verminderten Zahlungsmittelumlauf gegenübersteht, wodurch die Kaufkraft der Währung steigt.

Die **Reflation** ist eine künstliche Einführung von Geld in die Volkswirtschaft, um die Preise wieder zu heben. Sie bezweckt die Behebung von Absatzstockungen, welche dadurch entstehen, dass die umlaufende Geldmenge im Verhältnis zur Warenmenge zu gering ist, und die Beseitigung der daraus folgenden Arbeitslosigkeit.

Eine Inflation kann dadurch ausgelöst werden, dass der Staat zur Deckung seines Finanzbedarfs in erhöhtem Maße Papiergeld ausgibt. Das Geld kann aber auch durch eine überspannte Kreditgewährung der Banken an Wert verlieren (sog. Kreditinflation, ➢ vgl. Nr. 487. Diese offene Inflation kann bei fortgesetzter Kaufkraftsenkung und dadurch bedingter Preissteigerung zur Entwertung der Währung führen.

Eine versteckte Inflation (latente Inflation) liegt vor, wenn der Preisspiegel zwar durch wirtschaftspolitische Maßnahmen (Preisstopp) gehalten, das Geld aber durch Vermehrung entwertet wird, so dass eine Flucht in die Sachwerte eintritt.

Um die Ausfuhr ohne Rücksicht auf Gewinn oder Verlust zu steigern und den ausländischen Wettbewerb auszuschalten, werden beim Auslandsabsatz bisweilen niedrigere Verkaufspreise als im Inland festgesetzt (Dumping). Dies kann so weit gehen, dass der Auslandspreis sogar unter den Produktionskosten liegt. Insbesondere Kartelle haben einen inländischen Zollschutz zum Dumping ausgenutzt, das dann durch höhere Inlandspreise oder staatliche Subventionen ausgeglichen wurde.

Jede Inflation führt zu einer vorübergehenden Belebung der Wirtschaft durch Steigerung der Ausfuhr (sog. Valutadumping), aber zu sozialen Umwälzungen, insbesondere Schädigung der Sparer, Gläubiger, Lohn- und Gehaltsempfänger. Eine weitere Form der Konjunkturstörung ist die Stagflation, d. i. eine Wortkombination aus Stagnation der Wirtschaft (mangelndes Wachstum, häufig verbunden mit steigender Arbeitslosigkeit) und gleichzeitigem Fortschreiten der Inflation.

Die ersten Inflationen erlebte Frankreich 1719 und in der Revolution von 1789 (Assignaten). Der 1. Weltkrieg brachte Deutschland eine schwere offene Inflation; die Mark sank bis 1923 auf den billionsten Teil ab. Nach dem 2. Weltkrieg kam es in vielen Ländern auf Grund vorbeugender Maßnahmen nur zu einer versteckten Inflation, deren offene Auswirkungen durch die Abwertungen der Währung verhindert wurden (in Deutschland durch die Währungsreform vom 20. 6. 1948).

Als Mittel zur Deflation (Verminderung des Zahlungsmittelumlaufs) dienen vor allem die Krediteinschränkungen (Kreditrestriktion) durch Verweigerung oder Verteuerung der Kredite oder durch eine Währungsabwertung. Sie kann jedoch auch durch Zurückhalten von Bargeld seitens der Privatwirtschaft (Geldhortung) oder durch Ablehnung angebotener Kredite seitens der Produzenten (Kreditscheu) herbeigeführt werden. Ihre Gefahren sind groß, da sie eine Flucht aus den Sachwerten verursachen und die wirtschaftliche Entwicklung nachhaltig hemmen kann. Die durch die Deflation verursachten Schäden können durch monetäre Maßnahmen (z. B. Erhöhung des Geldumlaufs zwecks Anregung privater Investitionen) gemindert und es kann bei geschickter Anwendung unter Umständen das Gleichgewicht wiederhergestellt werden.

Bedenklich ist auch die Reflation, die nur von der Geldseite her eine kranke Volkswirtschaft gesundzumachen strebt. So war Roosevelts „New Deal", der 1933 nach Abwertung des Dollars durch gewaltige öffentliche Aufträge die Wiederbelebung der amerikanischen Wirtschaft erreichen wollte, ebenso ein Fehlschlag wie das Experiment der französischen Regierung Blum, das 1936 mit der erneuten Abwertung des Franc begann.

485 | Stabilität und Kaufkraft der Währung

a) Grundfragen der Währungsstabilität

Die Stabilität der Währung kann durch inflationistische Tendenzen gefährdet oder erschüttert werden. Diese machen sich in einem ständigen Preisanstieg bemerkbar, der vielfach und z. T. gegenseitig bedingt mit Lohnerhöhungen abwechselt (die Aufeinanderfolge wird häufig als „Lohn-Preis-Spirale" bezeichnet). Die Anlässe sind teils innen-, teils außenwirtschaftlicher Natur.

Das Preisgefüge wird wesentlich von den Aufwendungen für Rohstoffe und Produktionsmittel und vom Lohnaufwand bestimmt. Mittelbar wird es von wirtschaftlichen Programmzielen beeinflusst, in deren Vordergrund meist die Forderungen nach kontinuierlichem Wirtschaftswachstum und Vollbeschäftigung stehen. Weltwirtschaftlich gesehen, ergibt sich die Notwendigkeit des Wachstums der Wirtschaft vor allem aus der ständigen Bevölkerungszunahme und aus dem Streben nach Verbesserung der Lebensbedingungen. Innenwirtschaftlich wird das Wirtschaftswachstum als gegenüber dem Ausland wettbewerbsnotwendig angesehen, die Vollbeschäftigung als unabdingbare Folge des Rechts auf Arbeit. Um sie zu sichern, können sogar „Außenhandelsbarrieren" durch Einschränkung der Einfuhr errichtet werden. Andererseits hat die Ausdehnung der Produktion einen steigenden Kapitalbedarf (und somit eine wachsende Kreditschöpfung) sowie erhöhte Verbrauchstendenzen, eine gesamtwirtschaftliche Übernachfrage und steigenden Bedarf an Arbeitskräften zur Folge, der sich besonders in lohnintensiven Branchen (Baugewerbe, Elektrotechnik, Maschinenbau usw.) auswirkt. Übersteigt dann die durch Lohnerhöhungen ausgelöste Zuwachsrate der Einkommen die Rate des allgemeinen Wirtschaftswachstums, so liegt darin ein preistreibender Faktor, weil das Angebot an Gütern mit der Einkommensentwicklung nicht Schritt hält. Geldwirtschaftlich tritt eine Vergrößerung des Geldumlaufs ein, die außer durch die allgemeine Einkommensexpansion noch durch höhere öffentliche Ausgaben, Zustrom von Devisen aus dem Ausland und Geldschöpfung durch die Banken verursacht sein kann. Berücksichtigt man noch die Notwendigkeit einer geordneten äußeren Handelsbilanz und den Ausgleich der Zahlungsbilanz (d. h. der Einnahmen und Ausgaben im Zahlungsverkehr mit dem Ausland), so ergibt sich das „magische Viereck" Vollbeschäftigung-Geldwertstabilität-Zahlungsbilanzausgleich-Wirtschaftswachstum. Dynamische Gehälter sind daher nur teilweise effektiv, weil die Preisstabilität relativ ist. Auch Steuererhöhungen, die durch staatliche Mehrausgaben z. B. im Verteidigungs- und Sozialwesen bedingt sein können, führen wirtschaftlich zur Kosten- und dadurch zur Preissteigerung.

Da Lohnerhöhungen regelmäßig von der inflationären Entwicklung überholt und oft auch deshalb nicht effektiv werden, weil sie einen höheren Steuersatz auslösen, wird gelegentlich Einführung der sog. Indexierung befürwortet; sie ist im Ausland (Finnland, Brasilien) versuchsweise, aber ohne dauernden Erfolg praktiziert worden. Sie besagt, dass von dem Grundsatz „Euro = Euro" abgegangen und generell zugelassen wird, Vereinbarungen über Geldleistungen (z. B. in Miet- oder Versicherungsverträgen) mit dem Verbraucherpreisindex ➢ s. Nr. 409, zu koppeln; solche Vereinbarungen, insbes. derartige Wertsicherungsklauseln (➢ vgl. Nr. 479 c), sind teilweise genehmigungsbedürftig

b) Stabilitätsgesetz

Nach dem Gesetz zur Förderung der Stabilität und des Wachstums der Wirtschaft i. d. F. der Bek. vom 8. 6. 1967 (BGBl. I 582) sollen Bund und

Länder wirtschafts- und finanzpolitische Maßnahmen zur Wahrung des Geldwertes aufeinander abstimmen, um ein stabiles Preisniveau, einen hohen Beschäftigungsstand und außenwirtschaftliches Gleichgewicht bei angemessenem Wirtschaftswachstum zu gewährleisten. Die BReg. legt alljährlich dem BT und BR einen Jahreswirtschaftsbericht vor, in dem sie ihre wirtschafts- und finanzpolitischen Ziele darlegt (Jahresprojektion); um die genannten Grundziele zu erreichen, kann sie für Gebietskörperschaften, Gewerkschaften und Unternehmerverbände sog. wirtschaftliche Orientierungsdaten aufstellen, die Gegenstand eines abgestimmten Verhaltens (konzertierte Aktion) sein sollen. Bei übermäßigem Ansteigen der Konsumentennachfrage sollen Mittel zur zusätzlichen Schuldentilgung bei der Bundesbank oder zur Überweisung an eine Konjunkturausgleichsrücklage bereitgestellt werden, auf die bei gefährlichem Konjunkturrückgang zurückgegriffen werden kann.

Unerwünschter Konjunktursteigerung soll u. a. mit Sperre von Ausgabemitteln durch den BMF sowie einem Baustopp und einer Beschränkung der Kreditaufnahme durch die öffentliche Hand begegnet werden. Andererseits kann die BReg. bei Konjunkturabschwächung eine Ausgabensteigerung z. B. durch Finanzhilfen für Investitionen der Wirtschaft oder von Ländern oder Gemeinden, Subventionen u. dgl. anordnen; der BMF kann zusätzliche Kredite bis 2,5 Mrd. Euro aufnehmen. Die zusätzlichen Ausgaben sollen aus der Konjunkturausgleichsrücklage gedeckt werden. Um eine Störung des gesamtwirtschaftlichen Gleichgewichts abzuwenden, kann die BReg. mit Zustimmung des BR bestimmen, wie Bund und Länder die Rücklage aufzufüllen haben. Auch kann die Kreditbeschaffung durch Bund, Länder und Gemeinden im Rahmen der bereits bestehenden Haushaltsbewilligungen durch RechtsVO der BReg. beschränkt werden. Ein bei der BReg. gebildeter Konjunkturrat, in dem auch Länder und Gemeinden vertreten sind, stellt durch einen besonderen Ausschuss Pläne für jeweils drei Monate auf. Mehrjährige Finanzplanung soll die Kontinuität der Haushaltswirtschaft sichern.

486 | Zahlungsbilanz, Wechselkurse, Devisenwirtschaft

a) Zahlungsbilanz

Die Zahlungsbilanz ist die Gegenüberstellung der gesamten Zahlungen, die im Lauf eines bestimmten Zeitraumes (i. d. R. eines Jahres) zwischen In- und Ausland fällig geworden sind. Vertikal gliedert sie sich in die Leistungsbilanz (Warenverkehr, Dienstleistungen für ausländische Rechnung, Erwerbs- und Vermögenseinnahmen sowie laufende Übertragungen), Vermögensübertagungen, die Kapitalbilanz (internationaler Kapitalaustausch sowie den Saldo der statistisch aufgliederbaren Transaktionen (Restposten). Durch Ausfuhr, Dienstleistungen für das Ausland usw. entstehen Devisen, d. h. Barmittel oder Forderungen in ausländischer Währung an das Ausland.

b) Devisen- oder Wechselkurs

Der Devisen- oder Wechselkurs ist der Preis, der für 100 Einheiten der fremden Währung angelegt werden muss bzw. dafür gezahlt wird.

Man unterscheidet

aa) **freie (flexible) Kurse**, bei denen sich das Austauschverhältnis (der Preis der Währungseinheit) nach dem Gesetz von Angebot und Nachfrage auspendelt.

Der Wechselkurs spiegelt dann die jeweilige inländische Kaufkraft der Währung wider;

bb) **festgesetzte (fixierte) Kurse.** Die Festsetzung kann erfolgen, indem man alle Kurse am Gold orientiert (Goldparität) oder an einer repräsentativen Leitwährung, z. B. dem Dollar. Die Kurse können festgesetzt werden durch den einzelnen Staat oder durch mehrere Staaten gemeinsam in Form eines internationalen Abkommens.

c) Devisenbewirtschaftung

Die Devisenbewirtschaftung bezweckt die Sicherung einer inländischen Währung durch planmäßige Regelung des Devisenverkehrs unter zweckmäßiger Verwendung der vorhandenen und Verteilung anfallender Devisen entsprechend der Dringlichkeit der Einfuhr. Auch kann der Devisenanfall durch Ausfuhrregelung erhöht und die Kapitalflucht in das Ausland unterbunden werden.

Der freie Devisenverkehr war während und nach dem 2. Weltkrieg fast überall aufgehoben. Durch das Außenwirtschaftsgesetz vom 28. 4. 1961 (BGBl. I 481) ist in der BRep. wieder freier Devisenverkehr eingeführt worden.

487 | Kreditwesen

Ein Kredit kommt dadurch zustande, dass eine Person (Kreditgeber) einer anderen (Kreditnehmer) eine bestimmte eigene Geldsumme zur wirtschaftlichen Verfügung, meist gegen Zins, überlässt. Man unterscheidet insbesondere folgende Kreditarten:

a) den langfristigen Kredit (für Investitionen, Meliorationen usw.), den mittelfristigen Kredit (z. B. für zeitweilige Anlagen) und den kurzfristigen Kredit (Betriebskredit, z. B. für Wareneinkauf, Wechselkredit);

b) nach der Sicherung den Personalkredit (nach der persönlichen Vertrauenswürdigkeit), den Mobiliarkredit (unter Übereignung von beweglichen Gütern; wenn es sich um Waren oder Wertpapiere handelt: Lombardkredit) und den Immobiliarkredit, der durch Eintragung eines Grundpfandrechts im Grundbuch gesichert wird.

Zur Kreditvermittlung werden Sparkapitalien bei den Kreditanstalten angesammelt. Darüber hinaus können die Banken, insbesondere die Zentralnotenbanken, die Kreditschöpfung betreiben, indem sie über die angesammelten Mittel hinaus auf Grund zusätzlicher Geldschöpfung Kredit gewähren.

Aufgabe der Wirtschaftslenkung (Wirtschaftspolitik) ist, eine zu starke Kreditschöpfung, bei welcher der Zahlungsmittelumlauf im Verhältnis zum Güterumlauf zu hoch ist (Kreditinflation), zu vermeiden. Diese Regelung obliegt in der Bundesrepublik seit 1. 1. 1999 der Europäischen Zentralbank, die als Zentralbank ihre Zinspolitik hiernach einrichtet.

Das Gesetz über das Kreditwesen ➢ s. Nr. 498, soll die gesamtwirtschaftliche Funktionsfähigkeit des Kreditgewerbes wahren und zugleich die Bankgläubiger schützen. Dementsprechend stellt es Errichtung und Betrieb von Kreditinstituten unter eingehende Struktur- und Ordnungsvorschriften; Aufsichtsbehörde ist die Bundesanstalt für Finanzdienstleistungsaufsicht in Bonn und Frankfurt am Main.

Unter Kreditlinie versteht man innerstaatlich den einem Kreditnehmer eingeräumten Kredithöchstbetrag. Im internationalen Handel bezeichnet sie den Betrag, bis zu dem bei bilateralen Verrechnungsabkommen ein Land von seinem Partnerland Kredit erhält. Bei multilateralen Verrechnungsabkommen fixiert die Kreditlinie die Höhe des Kredits, den ein Land der Zentrale geben muss (Gläubigerland) oder den es von der zentralen Verrechnungsstelle erhalten kann (Schuldnerland).

488 | Bankwesen

Eine Bank ist ein Unternehmen zur Vermittlung des Zahlungs- und Kreditverkehrs. Es kann von einer Personengesellschaft oder einer juristischen Person (nicht mehr von einem Einzelkaufmann) betrieben werden. Banken sind die häufigste Form der Kreditinstitute, zu denen aber auch Sparkassen ➢ s. Nr. 496, Kreditgenossenschaften ➢ s. Nr. 497 und Investment-Gesellschaften ➢ s. Nr. 493, zählen.

Alle Kreditinstitute (außer der Bundesbank und einigen anderen) bedürfen besonderer staatlicher Genehmigung und unterstehen staatlicher Aufsicht. Sie haben ihre Geschäfte nach den Vorschriften des Gesetzes über das Kreditwesen ➢ s. Nr. 498, zu führen, das insbes. Vorschriften über Ausstattung mit Eigenkapital und Liquidität, Vergabe von Großkrediten, Behandlung von Spareinlagen usw. enthält (im Einzelnen ➢ vgl. Nr. 498 Bankenaufsicht). Die Bezeichnung „Bank" oder „Bankier" dürfen grds. nur zugelassene Kreditinstitute und ihre Inhaber benutzen.

Man unterscheidet:

a) **Universalbanken**, die alle Arten von Bankgeschäften betreiben (z. B. die deutschen Großbanken: Deutsche Bank, Dresdner Bank, Commerzbank, Hypo-Vereinsbank);

b) **Depotbanken**, die insbesondere das Depositengeschäft (Verwahrung und Verwaltung fremder Geldeinlagen) pflegen;

c) **Notenbanken**, die vom Staat zur Ausgabe von Banknoten (Papiergeld), die als Zahlungsmittel dienen, ermächtigt sind;

d) **Pfandbriefbanken**, die langfristig Grundbesitz beleihen und auf Grund von Hypotheken Pfandbriefe ausgeben;

e) **Direkt- oder Internetbanken**, die kein Filialnetz betreiben und die nur über Telefon oder Internet die Geschäfte abwickeln.

Depotbanken sind Unternehmen, die die Verwahrung und Überwachung von Investmentvermögen ausführen. Über Pfandbriefbanken ➢ s. Nr. 490.

Kapitalanlagegesellschaften sind Kreditinstitute, deren Geschäftsbereich darauf gerichtet ist, Sondervermögen zu verwalten und Dienstleistungen oder Nebendienstleistungen i. S. v. § 7 Abs. 2 Investmentgesetz zu erbringen. Neben der Verwaltung von Investmentvermögen (Vermögen zur gemeinschaftlichen Kapitalanlage, die nach dem Grundsatz der Risikomischung in bestimmten Vermögensgegenständen, z. B. in Form von Wertpapier-, Beteiligungs- oder Grundstücks-Sondervermögen angelegt sind) ist z. B. die individuelle Vermögensverwaltung oder die Anlageberatung zulässig. Über die sich ergebenden Rechte der Einleger (Anteilinhaber) sind Urkunden (Anteilscheine) auszustellen ➢ vgl. Nr. 493.

Durch das Gesetz über Unternehmensbeteiligungsgesellschaften (UBGG) i. d. F der Bek. vom 9. 9. 1998 (BGBl. I 2765) werden Aktiengesellschaften zugelassen, die lediglich Beteiligungskapital sammeln und es der Wirtschaft zur Verfügung stellen. Durch diese Unternehmensbeteiligungsgesellschaften wird nichtbörsennotierten mittelständischen Unternehmen der indirekte Zugang zu Fremdkapital eröffnet und breiten Anlegerschichten die indirekte Beteiligung an mittelständischen Unternehmen ermöglicht.

Eine besondere Stellung nehmen die Zentralnotenbanken ein; nur diese dürfen für ein bestimmtes Gebiet Banknoten ausgeben. Zentralnotenbank der BRep. ist die Deutsche Bundesbank.

Zu den Kreditinstituten, denen öffentliche oder öffentlich geförderte Aufgaben obliegen, zählt auch die durch Ges. vom 5. 11. 1948, jetzt i. d. F. vom 23. 6. 1969 (BGBl. I 573) errichtete Kreditanstalt für Wiederaufbau. Sie ist Körperschaft des öffentlichen Rechts und fördert durch mittel- und langfristige Kredite Vorhaben in verschiedenen Bereichen (z. B. Wohnungswirtschaft, Umweltschutz, Bildungsförderung, Infrastruktur, Risikokapital, technischer Fortschritt ...). Sie umfasst die Bereiche KFW-Mittelstandsbank, KFW-Förderbank, KFW-IPEX-Bank und KFW-Entwicklungsbank.

Über die der Kreditbeschaffung für die Land- und Forstwirtschaft dienenden Kreditinstitute (Landwirtschaftliche Rentenbank u. a.) ➢ vgl. Nr. 429.

489 | Die Deutsche Bundesbank

a) Rechtliche Stellung und gesetzliche Grundlage

Die Deutsche Bundesbank (www.bundesbank.de) ist rechtlich eine Einheitsbank, organisatorisch aber stark dezentralisiert, weil das Gesetz über die Deutsche Bundesbank i. d. F. der Bek. vom 22. 10. 1992 (BGBl. I 1782), die Hauptverwaltungen der Deutschen Bundesbank mit weitgehender Selbstständigkeit und Eigenverantwortung beibehält. Es bestehen 9 Hauptverwaltungen. Die Deutsche Bundesbank ist eine bundesunmittelbare juristische Person des öffentlichen Rechts mit einem Grundkapital von 2,5 Mrd. Euro, das dem Bund zusteht. Der Sitz der Bank ist Frankfurt am Main (§ 2 BBankG).

Die Deutsche Bundesbank ist bei der Ausübung ihrer Befugnisse unabhängig, soweit dies unter Wahrung ihrer Aufgabe als Bestandteil des Europäischen Systems der Zentralbanken möglich ist, unterstützt sie die allgemeine Wirtschaftspolitik der BReg. (§ 12 BBankG).

Die Deutsche Bundesbank nimmt eine Sonderstellung ein. Der Vorstand ➢ (s. unten b) hat die Stellung einer obersten Bundesbehörde, die Hauptverwaltungen und Filialen die von Bundesbehörden (§ 29 BBankG). Die Rechtsverhältnisse der Beamten, Angestellten und Arbeiter der Deutschen Bundesbank regelt § 31 BBankG, die Schweigepflicht der BBankbediensteten § 32 BBankG.

Die Aufgaben und Befugnisse der Deutschen Bundesbank im Rahmen der Europäischen Union sind der Europäischen Zentralbank übertragen worden.

b) Organe der Deutschen Bundesbank

Organ der Deutschen Bundesbank ist der Vorstand, der die Bank leitet und verwaltet. Zuständigkeiten und Aufgaben sind durch ein Organisationsstatut verteilt. Sie können auch auf die Hauptverwaltungen der Deutschen Bundesbank übertragen werden (§§ 7, 8). Bei der Erfüllung der Aufgaben des Europäischen Systems der Zentralbanken handelt der

Vorstand im Rahmen der Leitlinien und Weisungen der Europäischen Zentralbank. Der Vorstand besteht aus dem Präsidenten, dem Vizepräsidenten und sechs weiteren Mitgliedern, welche für in der Regel acht Jahre vom Bundespräsidenten bestellt werden.

c) Aufgabe der Deutsche Bundesbank

aa) Die Deutsche Bundesbank ist integraler Bestandteil des Europäischen Systems der Zentralbanken. Sie wirkt an der Erfüllung seiner Aufgaben mit dem vorrangigen Ziel mit, die Preisstabilität zu gewährleisten, hält und verwaltet die Währungsreserven der Bundesrepublik, sorgt für die bankmäßige Abwicklung des Zahlungsverkehrs im Inland und mit dem Ausland und trägt zur Stabilität der Zahlungs- und Verrechnungssysteme bei (§ 3 BBankG). Sie hat das ausschließliche Recht, Banknoten innerhalb der BRD auszugeben (§ 14 BBankG). Die einzigen unbeschränkten gesetzlichen Zahlungsmittel sind auf Euro lautende Banknoten. Zur Festsetzung des Basiszinssatzes (früher: Diskontsatz) ➢ vgl. Nr. 491 a) bb).

bb) Der Geschäftskreis der Deutschen Bundesbank ist in den §§ 19–25 BBankG umgrenzt. Er umfasst insbes. Geschäfte mit Kreditinstituten, kurzfristige Kredite an Bund und Länder und Geschäfte am offenen Markt. Die §§ 26, 27 BBankG regeln Jahresabschluss und Gewinnverteilung. Nach Zuführung bestimmter Teile des Gewinns zur gesetzlichen Rücklage ist der Rest an den Bund abzuführen (§ 27 BBankG). Die Deutsche Bundesbank ist berechtigt, statistische Erhebungen bei allen Kreditinstituten anzuordnen und durchzuführen (§ 18 BBankG).

Die Deutsche Bundesbank ist berechtigt, sich an der Bank für Internationalen Zahlungsausgleich und mit Zustimmung der BReg. an anderen internationalen Einrichtungen zu beteiligen (§ 4 BBankG).

490 | Pfandbriefbanken

Als besondere Einrichtungen schufen die Länder die Bodenkreditinstitute, die langfristigen Hypothekarkredit gewähren und durch Ausgabe von Pfandbriefen die erforderlichen Kapitalien heranziehen. Sie wurden als Hypothekenbanken (Pfandbriefanstalten), Landschaften oder Stadtschaften betrieben.

Friedrich d. Gr. gründete unter Zusammenschluss der Großgrundbesitzer als Debitoren auf regionaler Grundlage 1770 die Schlesische Landschaft, die durch Ausgabe von Pfandbriefen die erforderlichen Kapitalien beschaffte. Ähnliche Institute folgten bald. Im Jahre 1835 wurde in München als erste Realkredit- Aktienbank die Bayerische Hypotheken- und Wechselbank, jetzt HypoVereinsbank geschaffen. Die Zentral- Landschaft für die preußischen Staaten (1873) war ein Verband landwirtschaftlicher Kreditanstalten, die den Grundeigentümern unkündbare, hypothekarisch gesicherte Tilgungsdarlehen in Form von Pfandbriefen gewährte, durch deren Verkauf die Darlehensnehmer sich die Barmittel verschafften. In ähnlicher Weise vermittelte die Stadtschaft als öffentlich-rechtliche Körperschaft auf genossenschaftlicher Grundlage hypothekarisch gesicherte Pfandbriefdarlehen auf städtischen Grundstücken. Die von den Pfandbriefbanken (Öffentliche Pfandbriefe) ausgegebenen Schuldverschreibungen zur Deckung von Krediten, die sie an kommunale Körperschaften vergeben, werden als Kommunalobligationen oder Kommunalschuldverschreibungen bezeichnet; sie sind mündelsicher.

Gesetzliche Grundlage bildet für Pfandbriefbanken nunmehr das seit 19. 2. 2005 in Kraft getretene Pfandbriefgesetz (Art. 1 des Gesetzes vom 22. 5. 2005, BGBl. I

1373), das das bis dahin geltende Hypothekenbankgesetz sowie das Schiffsbankgesetz abgelöst hat. Kreditinstitute, die Hypotheken- oder Schiffspfandbriefe sowie Öffentliche Pfandbriefe emittieren wollen, bedürfen hierfür der schriftlichen Erlaubnis der Bundesanstalt für Finanzdienstleistungsaufsicht. Neben anderen allgemeinen Voraussetzungen muss das Institut insbesondere über ein Kernkapital von mindestens 25. Mio. Euro verfügen. der jeweilige Gesamtbetrag der im Umlauf befindlichen Pfandbriefe einer Gattung muss in Höhe des Nennwerts jederzeit durch Werte von mindestens gleicher Höhe und mindestens gleichem Zinsertrag gedeckt sein. Ist der Einlösungswert zum Emissionszeitpunkt höher als der Nennwert, tritt er an die Stelle des Nennwerts. Zusätzlich muss eine nach dem Barwert bestimmte sichernde Überdeckung vorhanden sein. Die zur Deckung der Pfandbriefe verwendeten Deckungswerte sind einzeln in ein Deckungsregister einzutragen. Hypotheken dürfen nur bis zur Höhe der ersten 60 % des festgesetzten Beleihungswerts, zur Deckung von Hypotheken, Pfandbriefen, Schiffspfandbriefen benutzt werden. Sondervorschriften gelten für die Deckung Öffentlicher Pfandbriefe. Für das Pfandbriefgeschäft muss die Bank über ein eigenes Risikomanagement verfügen; sie unterliegt speziellen Transparenzvorschriften.

491 | Aktiv- und Passivgeschäfte der Banken

Man teilt die Geschäfte einer Bank üblicherweise in Aktivgeschäfte, bei denen die Bank Gläubigerin wird, und in Passivgeschäfte, bei denen sie Schuldnerin ist, sowie in sog. indifferente (sonstige) Geschäfte ein.

a) Die wichtigsten Aktivgeschäfte sind

aa) das **Kontokorrentgeschäft**, d. h. die Eröffnung einer laufenden Rechnung für einen Kunden (auch als Passivgeschäfte denkbar, falls der Kunde ein Guthaben hat);

bb) das **Diskontgeschäft**;

Diskont ist der Zinsbetrag, der bei Erwerb einer noch nicht fälligen Forderung abgezogen wird. Die Diskontierung (Diskontgeschäft) ist ein bevorzugtes aktives Kreditgeschäft der Banken, bei dem namentlich Wechsel unter Abzug der bis zum Verfalltag noch ausstehenden Zinsen hereingenommen werden (Diskontkredit). Die Wechsel bleiben bei der Bank bis zum Einzugstag liegen oder werden an die Zentralnotenbank rediskontiert.

Seit 1. 1. 1999 werden die Leitzinsen von der Europäischen Zentralbank festgelegt. Der früher von der Deutschen Bundesbank festgesetzte Diskontsatz ist durch den Basiszinssatz nach § 247 des Bürgerlichen Gesetzbuchs ersetzt worden. Als Bezugsgröße für den **Basiszinssatz** wurde der Zinssatz für die jeweils jüngste Hauptrefinanzierungsoperation der Europäischen Zentralbank bestimmt. Der jeweils gültige Basiszinssatz wird jeweils zum 1. Januar und zum 1. Juli durch die Deutsche Bundesbank im Bundesanzeiger bekanntgegeben.

cc) der **Devisenhandel**, d. h. der An- und Verkauf von Devisen (Wechsel, Schecks oder Anweisungen, die im Ausland in ausländischer Währung zahlbar sind) für eigene und fremde Rechnung;

dd) das **Kreditgeschäft**, die Gewährung kurzfristiger Darlehen (Personal- oder Sachkredit, insbes. gegen Verpfändung von Waren oder Wertpapieren, sog. Lombardgeschäft).

Darunter fällt die Erteilung eines Akkreditivs (Zahlungsversprechen bis zu einem bestimmten Betrag und unter gewissen Voraussetzungen), bei verbindlicher Bestätigung durch die Bank als Bankavis bezeichnet;

ee) das **Hypothekengeschäft**, die Einräumung langfristigen Kredits gegen Verpfändung von Grundstücken;

ff) das **Depotgeschäft** ➢ vgl. Nr. 462.

Die Übergabe von Wertpapieren an einen Bankier kann als Schrankfachvertrag (Safemiete) und als geschlossenes oder offenes Depot erfolgen. Beim geschlossenen Depot hat die Bank nur für die sichere Aufbewahrung in ihren Stahlkammern (Safes) aufzukommen; es handelt sich um einen Verwahrungsvertrag. Wichtiger ist das offene Depot, bei dem die Bank auch die Verwaltung der Wertpapiere besorgt (z. B. Abtrennung und Einlösung der Zinsscheine). Hierfür stellt wegen möglicher Bankzusammenbrüche das Depotgesetz besondere Pflichten für den Verwahrer auf und bedroht Zuwiderhandlungen mit Strafe.

Von einem Depotstimmrecht spricht man, wenn ein Aktionär, der seine Aktien der Bank zur Aufbewahrung (in das Depot) übergeben hat, die Bank beauftragt, das Stimmrecht gegenüber der Aktiengesellschaft für ihn auszuüben. Der Aktionär kann die Depotbank hierzu schriftlich und jederzeit widerruflich ermächtigen. Er ist vor jeder Hauptversammlung über deren Tagesordnung und die Vorschläge der Bank hierzu so frühzeitig zu informieren, dass er der Bank Weisung erteilen kann, wie sie abstimmen soll (§§ 135, 128 Abs. 2 AktG).

b) Zu den Passivgeschäften gehören

aa) das **Depositengeschäft;**

Beim Depositen(Geldverwahrungs)geschäft empfängt die Bank Geld mit der Vereinbarung, dass das Eigentum daran auf die Bank übergehen soll und sie später einen gleichen Betrag zurückzugeben hat. Je nach der Abmachung stehen dem Einzahler die Gelder entweder täglich oder nach ein- bzw. mehrmonatiger Kündigung zur Verfügung; der Zinssatz richtet sich nach der Dauer der Festlegung. Bei laufender Rechnung richtet die Bank dem Kunden ein Konto ein, auf welchem links (Debet) die Entnahmen, rechts (Kredit) die Einzahlungen und Gutschriften verbucht werden.

Depot- und Depositengeschäfte dürfen nur von Depositenbanken betrieben werden, die zur Sicherung der Einlagen bestimmte gesetzliche Bedingungen nach dem Gesetz über das Kreditwesen erfüllen.

bb) die Ausgabe von Pfandbriefen, Kommunalobligationen u. dgl.;

cc) die Aufnahme von Geldern bei anderen Kreditinstituten.

c) Wegen der sonstigen **(indifferenten) Bankgeschäfte** ➢ vgl. unten Nr. 492.

492 | Indifferente Bankgeschäfte

Unter die sonstigen (indifferenten, d. h. nicht besonders unterschiedenen) Geschäfte der Banken fallen unter anderen

a) der Zahlungs- und Einziehungsverkehr, bei dem die Bank für den Kunden die Bezahlung von Rechnungen und anderen Verpflichtungen übernimmt und seine Außenstände und sonstigen Forderungen einzieht;

b) das Sorten(Geldwechsel)geschäft, d. h. das Umwechseln ausländischen Geldes in inländisches Geld und umgekehrt;

c) das Effektengeschäft, d. h. der An- und Verkauf von Wertpapieren;

d) das Gründungs- und Emissionsgeschäft.

Beim Effektengeschäft berechnet die Bank i. d. R. den An- oder Verkaufspreis, die Stückzinsen, d. h. die seit der letzten Zins- oder Gewinnzahlung aufgelaufenen Zinsen, die Vermittlergebühr (Courtage) und die Provision.

Beim Gründungsgeschäft beteiligt sich die Bank an der Neugründung oder Umwandlung eines Unternehmens. Beim Emissionsgeschäft vermittelt sie die Ausgabe von Wertpapieren, deren Einführung an der Börse und die Ausübung der Bezugsrechte.

Grundlage eines Bankgeschäfts bildet i. d. R. der zwischen Bank und Kunden abgeschlossene Bankvertrag, dem die bei allen Großbanken im Regelfall gleichen Allgemeinen Geschäftsbedingungen zugrunde gelegt werden. In diesen werden der Bank u. a. weitergehende Pfandrechte als durch die gesetzlichen Vorschriften ➢ vgl. Nr. 353, eingeräumt. Die Bank ist zur Wahrung des Bankgeheimnisses verpflichtet und bei Verletzung der Schweigepflicht schadensersatzpflichtig; doch bestehen gesetzliche Ausnahmen, z. B. beim Erbschaftsanfall (§ 33 ErbStG, § 5 ErbStDV) sowie auf Grund des allgemeinen Auskunftsrechts des Finanzamts (§§ 93 ff. AO), von dem jedoch in der Praxis zurückhaltend Gebrauch gemacht wird (z. B. bei mangelhafter Sachaufklärung durch den Steuerpflichtigen, insbes. im Rahmen der Steuerfahndung). Der normale Gang einer Bankverbindung führt zur Eröffnung eines Kontokorrentkontos für den Kunden, auf dem die beiderseitigen Forderungen und Zahlungen verbucht werden. Die Bank gibt dem Kunden über jede Veränderung des Kontos durch Gutschrifts- oder Belastungsanzeige Nachricht.

493 | Kapitalanlage(Investment)gesellschaften

a) Begriff

Unter einem Investmenttrust versteht man in England und in den USA eine Kapitalgesellschaft, deren Geschäftsbetrieb lediglich in Beteiligungen bei anderen Unternehmungen besteht. Die Gesellschaft beschafft für einen gemeinsamen Fonds, der beliebig erweitert werden kann, Aktien und festverzinsliche Wertpapiere und gibt auf den Gesamtbetrag dieses Fonds an ihre Gesellschafter Zertifikate, d. h. auf den Namen des ersten Erwerbers ausgestellte Anteilscheine aus. Jeder Anteilscheininhaber ist Miteigentümer des Fonds.

b) Deutsche Kapitalanlagegesellschaften

Für die deutschen Verhältnisse legt Investmentgesetz (InvG) i. d. F. der Bek. vom 15. 12. 2003 (BGBl. I 2676) die Verwaltung von Investmentfonds in die Hand von Kapitalanlagegesellschaften (sog. Investmentgesellschaften). Diese sind Kreditinstitute und unterliegen den für diese geltenden Vorschriften, haben aber einen begrenzten Aufgabenkreis. Sie dürfen nur in der Rechtsform einer Aktiengesellschaft oder GmbH betrieben werden. Sie haben die Fonds von ihrem eigenen Vermögen getrennt als Publikums- und Spezialsondervermögen zu verwalten.

Die Kapitalanlagegesellschaft legt die bei ihr eingezahlten Gelder für gemeinschaftliche Rechnung der Anleger je nach vertraglicher Vereinbarung nach dem Grundsatz der Risikomischung in Wertpapieren, Geldmarktinstrumenten, Bankguthaben (mit einer Laufzeit von 12 Monaten), Investmentanteilen (Investmentfondsanteile, Investmentaktiengesellschaften mit veränderlichem Kapital, EG-Investmentanteile, ausländische Investmentanteile), sonstigen Anlageinstrumenten, Immobilien an. Es werden jeweils Sondervermögen gebildet, die bestimmten Anlagehöchstgrenzen und Zusammenstellungsvorschriften genügen müssen. Bekannt sind dabei EU-Richtlinienkonforme Sondervermögen, Immobilien-, Gemischte und Altersvorsorgesondervermögen, ferner Sondervermögen mit zusätzlichen Risiken (Hedgefonds) gem. §§ 112, 113 InvG. Gebildet werden können ferner Spezial-Sondervermögen, die nicht mehr als 30 Anteilseigner haben, die sämtlich nicht natürliche Personen sein müssen. Mit der Verwahrung von Investmentvermögen sowie den sonstigen Aufgaben nach §§ 24–29 InvG hat die Kapitalanlagegesellschaft ein anderes Kreditinstitut als Depotbank zu beauftragen (§ 20 InvG). Die Auswahl sowie der Wechsel der Depotbank bedürfen der Genehmigung der Bundesanstalt für Finanzdienstleistungsaufsicht. Die Anteile an Sondervermögen werden in Anteilsscheinen, die auf den Inhaber oder auf Namen lauten können, verbrieft. Sie lauten auf einen Anteil an einem mit einem Kennwort bezeichneten Fonds, nicht auf einen Nennbetrag, ähneln äußerlich Aktienurkunden und können wie Aktien gehandelt werden. Sie werden aber nicht an der Börse notiert. Der Kurs wird aus dem Wert des Fonds von der Depotbank unter Mitwirkung der Kapitalanlagegesellschaft täglich errechnet. Neue Anteilscheine gibt die Depotbank zum Tageskurs aus. Für die eingehenden Gelder werden neue Wertpapiere für den Fonds angeschafft, so dass sich der Kurs der umlaufenden Anteilscheine durch diesen Vorgang nicht ändert. In gleicher Weise können Anteilscheine zum Fonds zurückgegeben und aus seiner Substanz ausbezahlt werden. Die Investmentgesellschaft erhält ebenso wie die Depotbank für ihre Tätigkeit eine Vergütung und Ersatz ihrer Aufwendungen.

Zum Schutz der Erwerber von Anteilscheinen hat der Käufer bei sog. „Haustürkäufen" das Recht des Widerrufs binnen 2 Wochen (§ 126 InvG). Da die Anteilinhaber keinen Einfluss auf die Verwaltung der Fonds haben, ist die Beaufsichtigung durch die Bundesanstalt für Finanzdienstleistungsaufsicht angeordnet worden.

Ausschüttungen auf Anteilscheine sowie die von Sondervermögen vereinnahmten, nicht zur Kostendeckung oder Ausschüttung verwendeten Zinsen und Dividenden gehören zu den einkommensteuerpflichtigen Einkünften aus Kapitalvermögen.

Steuerliche Sondervorschriften gelten insbes. für die Erstattung der anrechenbaren Körperschaftsteuer und der Kapitalertragsteuer, die steuerrechtliche Behandlung der in den Ausschüttungen enthaltenen steuerfreien und couponsteuerpflichtigen Zinsen sowie der bei der Veräußerung von Bezugsrechten erzielten Beträge. Die Investmentgesellschaften sind gehalten, die Gewinnausschüttungen und den auf einen Anteil entfallenden Betrag (unter Aufteilung nach Veräußerungsgewinnen, Zinsen usw.) bekanntzugeben. Die §§ 96 ff. InvG enthalten Regelungen über die **Investmentaktiengesellschaften**. Unternehmensgegenstand ist hier alleine die Anlage und Verwaltung der Geldmittel nach dem Grundsatz der Risikomischung in Vermögensgegenständen nach § 2 Abs. 4 Nr. 1–4 und 7–9 InvG. Sie können über veränderliches oder fixes Grundkapital verfügen. Ihr Geschäftsbetrieb ist erlaubnispflichtig.

Wegen Unternehmensbeteiligungsgesellschaften ➢ s. Nr. 488.

c) Ausländische Investmentgesellschaften

Ausländische Investmentgesellschaften die in großem Umfang namentlich aus den USA auf den deutschen Kapitalmarkt vorgedrungen sind, die aber nicht der

Überwachung durch die Bundesanstalt unterstehen, können nach §§ 135 ff. InvG ihre Anteile, genügende öffentliche Aufsicht im Sitzland außerhalb der EU vorausgesetzt, nur noch unter bestimmten Sicherungen vertreiben (z. B. Anzeigepflicht, inländische Repräsentanz, Vermögensverwahrung durch Depotbank, regelmäßige Veröffentlichung von Ertragsrechnungen, Beachtung bestimmter Vertragserfordernisse).

494 | Börse und Börsengeschäfte

Die Börse ist der ständige Markt für nicht gegenwärtige Waren und vertretbare Werte, an dem die Preise nach gewissen Regeln in bestimmter Weise festgelegt werden. Man unterscheidet:

a) **Fonds- oder Effektenbörsen**, an denen Geld oder Wertpapiere umgesetzt werden;

b) **Waren- oder Produktenbörsen**, an denen bestimmte Warengattungen (z. B. Getreide, Baumwolle, Metalle) gehandelt werden;

c) **Devisenbörsen** für den Devisenhandel.

Gesetzliche Grundlage ist das Börsengesetz i. d. F. der Bek. vom 21. 6. 2002 (BGBl. I 2010). S. ferner die VO über die Zulassung von Wertpapieren zur amtlichen Notierung an einer Wertpapierbörse (Börsenzulassungs-Verordnung) i. d. F. der Bek. vom 9. 9. 1998 (BGBl. I 2832). Auf den börslichen und außerbörslichen Handel von Wertpapieren ist ferner das Gesetz über den Wertpapierhandel i. d. F. der Bek. vom 9. 9. 1998 (BGBl. I 2708) anzuwenden (Wertpapierhandelsgesetz – WpHG), ferner das Wertpapierprospektgesetz (WpPG) i. d. F. der Bek. vom 22. 6. 2005 (BGBl. I 1698). Gem. § 4 WpHG wird die Aufsicht durch die Bundesanstalt für Finanzdienstleistungsaufsicht ausgeübt. Die Bundesanstalt, bei der ein Wertpapierrat (§ 5 WpHG) gebildet wird, soll im Rahmen ihrer Tätigkeit insbes. sog. Insidergeschäfte (§§ 12 ff. WpHG) verfolgen und bekämpfen. Hierunter versteht man Geschäfte, die ein Insider (§ 13 WpHG) unter Ausnutzung seiner Kenntnis von einer nicht öffentlichen, kurserheblichen Tatsache beim Kauf oder Verkauf von Wertpapieren tätigt. Die §§ 6 und 7 WpHG regeln die Zusammenarbeit mit in- und ausländischen Stellen. Das WpHG sieht ferner Mitteilungs- und Veröffentlichungspflichten bei Veränderungen des Stimmrechtsanteils vor (§§ 21 ff. WpHG), für Wertpapierdienstleistungsunternehmen werden Verhaltensregeln aufgestellt (§§ 31 ff. WpHG). Wer es als Emittent von Finanzmarktinstrumenten unterlässt, kursbeeinflussende Insiderinformationen unverzüglich zu veröffentlichen oder unwahre Insiderinformationen veröffentlicht, kann sich schadensersatzpflichtig machen (§§ 37 b, 37 c WpHG). § 38 WpHG enthält die Strafdrohung für verbotene Insidergeschäfte. Das Wertpapiererwerbs- und Übernahmegesetz i. d. F. der Bek. vom 20. 12. 2001 (BGBl. I 3822) trifft Bestimmungen über Angebote zum Erwerb von Wertpapieren z. B. einer Aktiengesellschaft und über Angebote, die eine Übernahme der Gesellschaft zum Ziel haben. Hauptziel des Gesetzes ist der Schutz der Anleger und die Vermeidung von Nachteilen für den Wertpapiermarkt. Die Aufsicht über entsprechende Angebote ist der Bundesanstalt für Finanzdienstleistungsaufsicht übertragen.

Die Errichtung einer Börse bedarf der Genehmigung der zuständigen obersten Landesbehörde (Börsenaufsichtsbehörde). Diese Behörde führt die Aufsicht und kann an den Beratungen der Börsenorgane teilnehmen (§ 1 Börsengesetz). Sie ist auch befugt, die Aufhebung bestehender Börsen anzuordnen. Die Aufsichtsbehörde kann Auskünfte oder die Vorlage von Unterlagen verlangen und Prüfungen vornehmen (§ 2 Börsengesetz). Zur Unterstützung der Börsenaufsicht ist an jeder Börse eine Handelsüberwachungsstelle eingerichtet, die die Daten über den Börsenhandel lückenlos erfasst und der Aufsichtsbehörde berichtet, wenn börsenrechtliche Vorschriften verletzt sein könnten (§ 4 Börsengesetz). An einer Wertpapierbörse wird ein **Börsenrat** gebildet, der eine Börsenordnung als Satzung erlässt (§ 9 Börsengesetz). Zur Leitung der Börse wird eine Geschäftsführung für fünf Jahre bestellt, wiederholte Bestellung ist zulässig (§§ 12 ff Börsengesetz). Die zur Teilnahme am Börsenhandel zugelassenen **Skontroführer** (früher: Kursmakler) unterliegen der Aufsicht der Börsenaufsichtsbehörde. Die Ermittlung des Börsenpreises an Wertpapierbörsen erfolgt entweder im elektronischen Handel oder durch zugelassene Unternehmen (Skontroführer, § 25 Börsengesetz). Die Skontroführer werden von der Geschäftsführung der Börse zugelassen (§ 26 Börsengesetz). Der Skontroführer hat die Vermittlung und den Abschluss von Börsengeschäften zu betreiben und auf einen geordneten Marktverlauf hinzuwirken. Er hat seine Tätigkeit neutral auszuüben und die Einhaltung der ihm obliegenden Pflichten sicherzustellen bei der Preisfeststellung handelt er weisungsfrei (§ 27 Börsengesetz). Die Zulassung von Wertpapieren zum Handel an einer Börse erfolgt, wenn der Antragsteller die entsprechenden Voraussetzungen in einem Prospekt darlegt (§§ 30 ff Börsengesetz). Über die Haftung für unrichtige Angaben im Prospekt vgl. §§ 44 ff. Nach dem Wertpapierprospektgesetz (WpPG) i. d. F. der Bek. vom 22. 6. 2005 (BGBl. I 1698) muss bei Wertpapieren, die im Inland öffentlich angeboten werden oder die zum Handel an einer Börse zugelassen werden sollen, der Anbieter einen von der Bundesanstalt für Finanzdienstleistungsaufsicht gebilligten Verkaufsprospekt veröffentlichen (§§ 1, 3 Abs. 1 und 3 WertpapierprospektG); Ausnahmen bestehen nach den §§ 3 und 4 WertpapierprospektG bei bestimmten Arten des Angebots (z. B. bei Angebot an Berufs-Wertpapierhändler), bei bestimmten Emittenten (z. B. wenn die Wertpapiere vom Staat oder – bei Schuldverschreibungen – einem inländischen Kreditinstitut ausgegeben werden) oder bei bestimmten Wertpapieren. Bei unrichtigen oder unvollständigen Angaben im Verkaufsprospekt greift die Haftung nach den §§ 44–47 des Börsengesetzes mit einer Verjährungsfrist von einem Jahr ab Kenntnis der Unrichtigkeit oder Unvollständigkeit, längstens von 3 Jahren seit Prospektveröffentlichung ein (§ 46 Börsengesetz).

Die Börsengeschäfte sind entweder Kassageschäfte, bei denen Lieferung und Zahlung innerhalb kürzester Frist stattfinden, oder Termingeschäfte, die erst zu einem bestimmten späteren Zeitpunkt, meist am Monatsende, zu erfüllen sind.

Das Börsentermingeschäft hat mit dem allgemeinen Termin- oder Zeitgeschäft, das erst einige Zeit nach Geschäftsabschluss zu erfüllen ist (auch Fixgeschäft genannt), gemein, dass die gehandelten Gegenstände erst später, meist am letzten Monatstage, geliefert oder bezogen zu werden brauchen. Es wird aber unter Zugrundelegung des börsenmäßig gebildeten Tagespreises und besonderer für den Terminhandel festgesetzter Bedingungen abgeschlossen. Bis zum Liefertermin eintretende Preisänderungen können dem Käufer oder dem Verkäufer zustatten kommen. Die Börsentermingeschäfte zählen daher zu den Spekulationsgeschäften. Die gewerbsmäßige Verleitung zu Börsenspekulationsgeschäften ist verboten, soweit dies unter Ausnutzung der Unerfahrenheit geschieht (§ 23 Börsengesetz).

Die Börse unterscheidet sich von einer Messe dadurch, dass bei der letzteren Fabrikate aller Art nach vorgelegten Proben gekauft oder regelmäßig bestellt werden,

700

während bei einer Börse keine Fabrikate, sondern nur vertretbare Sachen gekauft oder verkauft werden.

495 | Effekten

Effekten sind vertretbare (d. h. durch andere, gleich lautende Papiere ersetzbare) Wertpapiere, die als Schuldverschreibungen (Obligationen) ein Forderungsrecht mit bestimmtem Zinsertrag, als Aktien oder Kuxe ein Anteilsrecht mit dauerndem, aber unbestimmtem Ertrag verkörpern. Zu den Schuldverschreibungen zählen auch Pfandbriefe, d. h. durch Hypotheken gesicherte langfristige festverzinsliche Schuldverschreibungen von Pfandbriefkreditanstalten. S. hierzu das Pfandbriefgesetz (Art. 1 des Gesetzes vom 22. 5. 2005 (BGBl. I 1373).

Über die Aktiengesellschaft ➤ s. Nr. 447 b) aa). Die Aktien können als Inhaber- oder Namensaktien ausgegeben werden. Die sog. Stammaktien gewähren den Aktionären die normalen gesetzlichen Rechte (Stimmrecht, Dividende), die Vorzugsaktien Sonderrechte z. B. durch erhöhte oder garantierte Dividenden. Der Genussschein gewährt das Recht auf einen bestimmten Anteil am Reingewinn ohne Aktionärsrechte.

Die Obligationen sind Schuldverschreibungen; sie müssen entweder Inhaberpapiere oder Namenspapiere mit Orderklausel sein.

Keine echten Inhaberpapiere ➤ s. Nr. 340, sind Sparbücher, weil in ihnen der Berechtigte benannt ist, aber mit der Maßgabe, dass i. d. R. Zahlung an den jeweiligen Inhaber schuldbefreiend wirkt (§ 808 BGB). Sie werden daher oft als hinkende Inhaberpapiere bezeichnet.

Unter Convertible Bonds versteht man Wandelschuldverschreibungen, d. h. Schuldverschreibungen, die ihren Inhaber berechtigen, innerhalb einer bestimmten Frist unter Zugrundlegung eines Umtauschverhältnisses den Umtausch der Obligationen in Aktien zu verlangen. Sie sind ein Mittelding zwischen Aktien und Obligationen. Durch die Ausgabe von Wandelschuldverschreibungen soll bei der Emission ein höherer Gegenwert erzielt werden, als er bei einfachen Obligationen ohne Umtauschrecht zu erwarten wäre. Es wird gewissermaßen „der künftige Aktienwert" diskontiert. Das Risiko trägt der Inhaber des Papiers, weil das bei der Ausgabe gezahlte Aufgeld (Agio) dem Unternehmer verbleibt, unabhängig davon, ob sich die Erwartungen verwirklichen.

496 | Sparkassen

Die Sparkassen sind Kreditinstitute im Sinne des Gesetzes über das Kreditwesen, die auf Grund der Sparkassengesetze der Bundesländer und der dazu für jede einzelne Sparkasse erlassenen kommunalen Satzung arbeiten. Dadurch ist die Geschäftstätigkeit einer Sparkasse auf ein bestimmtes Gebiet (Stadt, Landkreis oder Zusammenschluss von kleineren Städten) begrenzt. Zweck dieser Regelung ist, sicherzustellen, dass der Bevölkerung und den Unternehmen überall im Bundesgebiet eine Sparkasse als Universal-Kreditinstitut zur Verfügung steht. Die bisher bestehende Gewährträgerhaftung der jeweiligen Gebietskörperschaft wurde im Hinblick auf Vergaben der EU nicht mehr aufrecht erhalten. Die Sparkassen unterliegen als rechtsfähige Anstalten des öffentlichen rechts neben der Aufsicht der Bundesanstalt für Finanzdienstleistungsaufsicht zusätzlich der Aufsicht ihres Bundeslandes. In Deutschland dürfen nur die öffentlichen Sparkassen die Bezeichnung Sparkasse führen.

Die Sparkassen bieten alle Formen der Geldanlage (z. B. Spareinlagen, Sparkassenbriefe, Termineinlagen, Wertpapieran- und -verkauf), alle Kreditmöglichkeiten (z. B. Wohnungsbau-, Wirtschafts-, Konsumenten-, Kommunal- und Agrarkredite), den Zahlungsverkehr (Überweisungen, Schecks, Lastschrift- Abbuchungen) und die finanzielle Abwicklung von Auslandsgeschäften. Als Schwerpunkte ihrer Aufgaben entfallen auf die Sparkassen 50 v. H. aller Spareinlagen, 60 v. H. aller Sparbriefanlagen, etwa die Hälfte aller Wohnungsbaufinanzierungen und aller Privatgirokonten.

Der Deutsche Sparkassen- und Giroverband e. V. in Berlin und Bonn umfasst die 12 regionalen Sparkassen- und Giroverbände, 11 regionalen Landesbanken/Girozentralen und die Deka Bank Deutsche Girozentrale sowie die 11 öffentlichen Bausparkassen.

497 | Kreditgenossenschaften

Kreditgenossenschaften sind Kreditinstitute i. S. des Gesetzes über das Kreditwesen in der Rechtsform einer Genossenschaft. Sie betreiben für ihre Mitglieder und mit Nichtmitgliedern Bankgeschäfte aller Art für jedermann (Kontokorrentgeschäfte, Zahlungs- und Einziehungsverkehr, Wechsel- und Scheckgeschäfte, Wertpapier- und Depotgeschäfte, Spareinlagen, Devisenhandel).

Die genossenschaftliche Bankengruppe ist seit 1972 im Bundesverband der Deutschen Volksbanken und Raiffeisenbanken eV, Berlin und Bonn, zusammengeschlossen. Das Spitzeninstitut der genossenschaftlichen Bankengruppe ist die DZ BANK AG, Deutsche Zentral-Genossenschaftsbank Aktiengesellschaft, Frankfurt. Die Volksbanken und Raiffeisenbanken haben über 15,5 Mio. Mitglieder und verfügen über rd. 14 500 Bankstellen.

Als Spezialinstitute bestehen im genossenschaftlichen Bankenbereich u. a. die Bausparkasse Schwäbisch Hall AG – Bausparkasse der Volksbanken und Raiffeisenbanken –, die R + V Versicherung im Raiffeisen-Volksbankenverbund, die Deutsche Genossenschafts-Hypothekenbank AG und verschiedene weitere Institute, z. B. Union-Investment, VR LEASING GmbH.

Volksbanken sind i. d. R., durch die historische Entwicklung bedingt, besonders im gewerblichen Bereich in der bankmäßigen Betreuung mittelständischer Berufsgruppen tätig.

Raiffeisenbanken (erste Gründungen durch Friedrich Wilhelm Raiffeisen, 1818–1888; bis 1972 im Deutschen Raiffeisenverband e. V. verbunden) haben ihr Arbeitsgebiet traditionsgemäß mehr im ländlichen Wirtschaftsbereich. Die generelle Einkommensentwicklung mit Zunahme des Geldvolumens und der wirtschaftliche Strukturwandel auf dem Lande haben jedoch eine Annäherung der Mitglieder- und Kundenstruktur und eine starke Ausdehnung der Geschäftstätigkeit auf Lohn- und Gehaltsempfänger bei den Volksbanken und Raiffeisenbanken sowie Fusionierungen zwischen Volks- und Raiffeisenbanken eingeleitet.

Über die laufende Überwachung der Genossenschaften durch Prüfungsverbände ➢ vgl. Nr. 447 c) aa).

498 | Bankenaufsicht

Alle Unternehmen, die Bankgeschäfte betreiben (Kreditinstitute) und Finanzdienstleistungsinstitute, unterstehen der Aufsicht der Bundesanstalt für Finanzdienstleistungsaufsicht in Bonn und Frankfurt am Main nach Maßgabe des Gesetzes über das Kreditwesen – KWG – i.d.F. der Bek. vom 9. 9. 1998 (BGBl. I 2776). Ausgenommen sind insbes. die Deutsche Bundesbank sowie Sozialversicherungsträger und die besonderer Aufsicht unterstehenden Versicherungen. Die Bundesanstalt (bundesunmittelbare Anstalt des öffentlichen Rechts) hat Missständen im Kreditwesen entgegenzuwirken, welche die Sicherheit der Vermögenswerte gefährden, die Durchführung der Bankgeschäfte beeinträchtigen oder erhebliche Nachteile für die Gemeinwirtschaft herbeiführen können.

Wer Bankgeschäfte betreiben will, bedarf der schriftlichen Erlaubnis der Bundesanstalt, die auch unter Auflagen erteilt werden kann. Einzelkaufleute sind als Bankinhaber nicht mehr zugelassen.

Die Bundesanstalt hat in Zusammenarbeit mit der Deutschen Bundesbank Missständen in Kredit- und Finanzdienstleistungewesen entgegenzuwirken, welche die Sicherheit der dem Institut anvertrauten Vermögenswerte gefährden, die ordnungsgemäße Durchführung der Bankgeschäfte oder Finanzdienstleistungen beeinträchtigen oder erhebliche Nachteile für die Gesamtwirtschaft herbeiführen können (§§ 6 ff. KWG). Die Institute müssen über bestimmte haftende Eigenmittel verfügen, die zur Sicherung ihrer Gläubiger ausreichen; bei der Anlage ihrer Mittel müssen sie auf Erhaltung ihrer Liquidität achten (§§ 10, 11 KWG). Die Vergabe von Großkrediten, die 10 v.H. des haftenden Eigenkapitals übersteigen, ist der BBank anzuzeigen. (§§ 13, 13 a KWG). Für Kredite von mehr als 1,5 Millionen Euro an denselben Kreditnehmer besteht Anzeigepflicht bei der BBank (§ 14 KWG). Weitere Beschränkungen bestehen für sog. Organkredite an leitende Personen, Teilhaber, Aufsichtsorgane, Angestellte usw.; die Vergabe setzt den einstimmigen Beschluss aller Geschäftsleiter des Instituts und Zustimmung des Aufsichtsorgans voraus (§ 15 KWG).

Die Kreditinstitute haben insbesondere die Bestellung von Geschäftsleitern, Prokuristen usw. sowie Veränderungen der Bundesanstalt und der BBank anzuzeigen, ebenso Verlegung oder Schließung des Betriebs, einer Niederlassung, ferner die Errichtung, Verlegung oder Schließung einer Zweigstelle in einem Drittstaat, außerdem Verluste, die 25 v.H. des Kapitals übersteigen. Der BBank sind Monatsausweise einzureichen; Jahresabschlüsse und Prüfungsberichte sind bei der Bundesanstalt und Bundesbank einzureichen (§§ 24 ff. KWG). Die Bundesanstalt kann Auskünfte über alle Geschäftsangelegenheiten und Vorlage der Bücher verlangen. Bei Gefahr für die Erfüllung der Verpflichtungen des Instituts hat es die notwendigen Maßnahmen zu treffen (§§ 46 ff. KWG). Für Zweigstellen ausländischer Kreditinstitute gelten Sondervorschriften; für ihre Repräsentanzen besteht Anzeigepflicht gegenüber Bundesanstalt und BBank bei Errichtung, Verlegung oder Schließung der Vertretung (§§ 53, 53 a–d KWG).

Auch die Geschäftsbedingungen der Kreditinstitute unterstehen der ständigen Überwachung.

499 | Mündelgelder

Nach §§ 1806, 1807 BGB hat der Vormund das zum Vermögen des Mündels gehörende Geld verzinslich und mündelsicher anzulegen.

Außer sicheren inländischen Hypotheken, Grund- und Rentenschulden sowie Guthaben bei inländischen für mündelsicher erklärten öffentlichen Sparkassen bzw. bei einem Kreditinstitut, das einer ausreichenden Einlagesicherungseinrichtung angehört, bezeichnet § 1807 BGB folgende Anlagen als mündelsicher:

a) staatliche Schuldverschreibungen oder Schuldbuchforderungen;
b) verbriefte Forderungen, deren Verzinsung vom Bund oder von einem Land gewährleistet ist;
c) Wertpapiere, insbesondere Pfandbriefe und Schuldverschreibungen kommunaler Körperschaften und Kreditanstalten, falls sie von den zuständigen Stellen für mündelsicher erklärt sind.

Über die Mündelsicherheit von Pfandbriefen und verwandten Schuldverschreibungen vgl. VO i. d. F. der Bek. vom 7. 5. 1940 (RGBl. I 756).

Nach § 1811 BGB kann das Vormundschaftsgericht dem Vormund eine von § 1807 BGB abweichende Anlegung von Mündelgeld gestatten. Die Erlaubnis soll nur verweigert werden, wenn die beabsichtigte Art der Anlegung nach Lage des Falles den Grundsätzen einer wirtschaftlichen Vermögensverwaltung zuwiderlaufen würde. Die Gerichte machen im Hinblick auf mögliche Regressansprüche hiervon allerdings wenig Gebrauch, halten sich vielmehr an den in § 1807 BGB umschriebenen Kreis mündelsicherer Papiere, zu denen Aktien, Fonds und andere Gesellschaftsanteile nicht zählen.

Über die Mitwirkung eines Gegenvormunds, falls ein solcher bestellt ist, vgl. §§ 1809, 1810 BGB.

5. Teil
Steuerrecht

I. Das Finanzwesen des Bundes und der Länder

501 | Die Finanzhoheit des Bundes und der Länder

Der heutige Staat beschränkt sich nicht auf eine reine Ordnungsfunktion, sondern hat vielfältige Aufgaben. Vor diesem Hintergrund hat das Finanzwesen elementare Bedeutung für den Staat. So ist das Finanzwesen des Staates im X. Abschnitt des Grundgesetzes (Art. 104 a ff. GG) geregelt. Entsprechend dem föderativen Staatsaufbau wird die Finanzhoheit zwischen Bund und Ländern aufgeteilt. Dabei gilt der Grundsatz, dass jede staatliche Ebene ihre Aufgaben selbst zu finanzieren hat. Dabei besteht eine Verknüpfung zwischen der Finanzierungszuständigkeit und der Verwaltungskompetenz. Die Kosten der Erfüllung einer öffentlichen Aufgabe fallen der staatlichen Ebene zur Last, die im Rahmen ihres Verwaltungshandelns im konkreten Fall entscheidet, wie die Aufgabe wahrgenommen wird.

Dieser Grundsatz wird durchbrochen bei Gemeinschaftsaufgaben, Finanzhilfen und der Auftragverwaltung.

502 | Die Gesetzgebung in Finanzangelegenheiten

Im Hinblick auf die Beurteilung der Finanzausstattung von Bund, Ländern und Gemeinden ist die Steuergesetzgebungshoheit von besonderer Bedeutung. Diese beinhaltet u. a. das Recht einer Gebietskörperschaft, Steuersätze und Bemessungsgrundlagen der Steuer zu verändern und damit die Einnahmen eigenständig zu beeinflussen.

Die Gesetzgebungskompetenzen des Bundes sind für den Bereich Steuern in Art. 105 GG geregelt. Zu unterscheiden sind:

- die **ausschließliche Gesetzgebungskompetenz** über Zölle und Finanzmonopole (Art. 105 Abs. 1 GG)
- die **konkurrierende Gesetzgebungskompetenz** (Art. 105 Abs. 2 GG). Bei dieser haben die Länder die Gesetzgebungskompetenz, solange und soweit der Bund von seiner Kompetenz keinen Gebrauch gemacht hat.

Zur Wahrung der Rechts- und Wirtschaftseinheit sowie der Gleichwertigkeit der Lebensverhältnisse hat der Bund in zahlreichen Fällen die

Gesetzgebungskompetenz an sich gezogen. Daher wird die Gesetzgebung überwiegend durch den Bund ausgeübt.

Die Gesetzgebungskompetenz der Länder erstreckt sich auf örtlichen Verbrauch- und Aufwandsteuern, solange und soweit sie nicht bundesgesetzlich geregelten Steuern gleichartig sind (Art. 105 Abs. 2a GG).

503 | Die Finanzverwaltung

Im Gegensatz zur Situation im Bereich der Gesetzgebung liegt die Zuständigkeit für den Vollzug der Gesetze wie auch deren Verwaltung überwiegend bei den Ländern. Die Steuerwaltung obliegt dem Bund nur hinsichtlich der Zölle, Finanzmonopole und bundesgesetzlich geregelten Verbrauchsteuern, einschließlich der Einfuhrumsatzsteuer (Art. 108 GG). Im Übrigen wird sie von den Ländern wahrgenommen. Dabei ist das anzuwendende Verfahren in der Abgabenordnung bundeseinheitlich geregelt. Soweit die Länder Steuern verwalten, deren Aufkommen ganz oder teilweise dem Bund zustehen, verwalten die Länder im Auftrag des Bundes.

Der Behördenaufbau der Finanzverwaltung ergibt sich aus dem Finanzverwaltungsgesetz (FVG). Demnach sind Bundesfinanzbehörden das Bundesministerium der Finanzen (BMF) als oberste Behörde, die Bundeswertpapierverwaltung, die Bundesmonopolverwaltung für Branntwein, das Bundeszentralamt für Steuern und das Bundesamt für zentrale Dienste und offene Vermögensfragen als Oberbehörden, die Oberfinanzdirektionen (OFD) und das Zollkriminalamt als Mittelbehörden und Hauptzollämter und Zollfahndungsämter als örtliche Behörden (§ 1 FVG).

Landesfinanzbehörden sind das Landesfinanzministerium als oberste Behörde, die Oberfinanzdirektionen als Mittelbehörden und Finanzämter als örtliche Behörden (§ 2 FVG).

504 | Die Rechtsprechung in Finanzangelegenheiten

a) Die Finanzgerichtsbarkeit

Gerichtlichen Rechtsschutz gegen Verwaltungsakte der Finanzbehörden gewährt die Finanzgerichtsbarkeit (Art. 108 Abs. 6 GG). Die Finanzgerichtsbarkeit ist zweistufig aufgebaut. In den Ländern gibt es Finanzgerichte als obere Landesgerichte, im Bund den Bundesfinanzhof mit Sitz in München. Spruchkörper bei den Finanzgerichten sind Senate, die mit drei Berufsrichtern und zwei ehrenamtlichen Richtern besetzt sind. Bei Beschlüssen außerhalb der mündlichen Verhandlung und Gerichtsbescheiden wirken die ehrenamtlichen Richter nicht mit. Die Senate beim Bundesfinanzhof entscheiden in der Besetzung von fünf Berufsrichtern, bei Beschlüssen außerhalb der mündlichen Verhandlung in der Besetzung von drei Berufsrichtern. Anders als vor den Finanzgerichten besteht beim Bundesfinanzhof Vertretungszwang.

Die Verfahrensordnung der Finanzgerichtsbarkeit ist in der Finanzgerichtsordnung (FGO) bundeseinheitlich geregelt. Die FGO ist in vier Hauptteile gegliedert: 1. personelle und organisatorische Grundlagen der Finanzgerichtsbarkeit;

2. Klagearten und ihre Voraussetzungen sowie Verfahrensfragen; 3. Vorschriften über die Kosten und die Vollstreckung; 4. Übergangs- und Schlussbestimmungen.

b) Zuständigkeit

Die Finanzgerichte sind zuständig für öffentlich-rechtliche Streitigkeiten zwischen den Steuerpflichtigen und den Finanzbehörden, und zwar nicht nur in Abgabenangelegenheiten, sondern auch in anderen Angelegenheiten, die den Finanzbehörden übertragen sind, z. B. die Gewährung von Bausparbeiträgen und Investitionszulagen und bestimmte Angelegenheiten aus dem Steuerberatergesetz (§ 33 FGO). Darüber hinaus sind die Finanzgerichte auch für Streitigkeiten über die Gewährung von Kindergeld zuständig.

c) Wesentliche formelle Voraussetzungen

Die Klage beim Finanzgericht ist schriftlich binnen eines Monats nach Bekanntgabe des Verwaltungsakts zu erheben. Dabei sind Kläger, beklagte Behörde, angefochtener Bescheid, Einspruchsentscheidung und Gegenstand des Klagebegehrens zu bezeichnen (§ 65 FGO).

Grundsätzlich ist eine Klage erst zulässig, wenn das Verfahren über den außergerichtlichen Rechtsbehelf ➢ vgl. Abgabenordnung Nr. 516, erfolglos geblieben ist.

d) Untersuchungsgrundsatz

Das finanzgerichtliche Verfahren wird durch den Untersuchungsgrundsatz geprägt, d. h. das Gericht muss die für eine Entscheidung erheblichen Tatsachen selbst ermitteln und ist nicht an das Vorbringen der Beteiligten gebunden (§ 76 Abs. 1 FGO). Dennoch liegt die Verantwortung für die Sachaufklärung nicht allein beim Gericht, sondern die Beteiligten trifft bei der Aufklärung des Sachverhalts eine Mitwirkungspflicht, deren Verletzung erhebliche prozessuale Folgen nach sich ziehen kann.

e) Rechtsmittel

Gegen Urteile des Finanzgerichts kann Revision an den BFH eingelegt werden, wenn das Gericht diese zugelassen hat (§ 115 FGO). Ansonsten kann die Nichtzulassungsbeschwerde erhoben werden (§ 116 FGO).

505 | Verteilung des Steueraufkommens

a) Allgemeines

Die Verteilung der Einnahmen auf die einzelnen staatlichen Ebenen, die in der Finanzverfassung des Grundgesetzes vorgesehen ist, soll bewirken, dass die jeweilige Ebene angemessen am Gesamtertrag der Volkswirtschaft beteiligt wird, so dass sie ihren Aufgaben und ihrer Finanzierungslast gerecht werden kann. Das Ziel wird verfolgt durch die Aufteilung der Steuereinnahmen in zwei Richtungen: Vertikal zwischen Bund, Ländern und Gemeinden und horizontal innerhalb der Länderebene.

b) Vertikaler Finanzausgleich

aa) Trennsystem

Während die kommunale Finanzausstattung im Wesentlichen nicht im Grundgesetz geregelt ist, enthält das Grundgesetz grundlegende Vorgaben für die Verteilung der Steuereinnahmen auf Bund und Länder. Dabei wird zunächst nach dem sog. Trennsystem ein Teil der Steuereinnahmen einer staatlichen Ebene zugeordnet. So stehen z.B. dem Bund sämtliche Einnahmen aus der Mineralöl- und der Tabaksteuer zu (Art. 106 Abs. 1 GG), den Ländern dagegen sämtliche Einnahmen der Kraftfahrzeug-, Bier- und Erbschaftsteuer (Art. 106 Abs. 2 GG). Den Gemeinden werden die Einnahmen aus Gewerbe- und Grundsteuer zugeordnet (Art. 106 Abs. 6 GG).

bb) Verbundsystem

Demgegenüber werden die drei hinsichtlich ihres finanziellen Gewichts sehr bedeutenden Steuern (Einkommen-, Körperschaft- und Umsatzsteuer) nach einem Verbundsystem auf Bund, Länder und Gemeinden verteilt (Art. 106 Abs. 3b bis 5a GG). Im Hinblick auf die Verteilung der Umsatzsteuer haben sich ab 2005 Änderungen ergeben.

Hintergrund ist die Entscheidung des BVerfG vom 11. 11. 1999 (BVerfGE 101, 158ff.) zu den verfassungsrechtlichen Anforderungen an die gesetzliche Ausgestaltung des Finanzausgleichsystems sowie die Notwendigkeit, die neuen Länder im Rahmen einer Anschlussregelung für den 2004 ausgelaufenen Solidarpakt weiterhin zu unterstützen. Auf die Entscheidung des BVerfG hat der Gesetzgeber mit dem Maßstäbegesetz und einem reformierten Finanzausgleichgesetz reagiert. Das Maßstäbegesetz legt dabei allgemein und abstrakt die Grundlagen des Verteilungs- und Ausgleichsystems fest, die durch das Finanzausgleichgesetz konkretisiert werden. Die Geltung beide Gesetze ist bis 2019 befristet.

Demnach erfolgt die vertikale Umsatzsteuerverteilung erfolgt nach dem grundlegenden Prinzip der **Deckungsquote**. Demnach soll das Verhältnis der Einnahmen zu den Ausgaben bei Bund und Ländern auf Dauer etwa gleich groß sein, wie im Maßstäbegesetz verankert. Zusätzlich werden in die Festsetzung der Anteile von Bund und Ländern Steuerminderungen einbezogen, die den Ländern aus der Berücksichtigung von Kindern im Einkommensteuerrecht entstehen.

Darüber hinaus ist bei der Abstimmung der Deckungsbedürfnisse von Bund und Ländern sowie der Gestaltung der öffentlichen Haushalte sicherzustellen, dass durch eine gemeinsame Ausgabenlinie die Bestimmungen des Maastricht-Vertrages und des europäischen Stabilitäts- und Wachstumspaktes zur Begrenzung des gesamtstaatlichen Defizits umgesetzt werden.

Beim Umsatzsteueraufkommen stehen dem Bund 2007 vorab 3,9 % des Umsatzsteueraufkommens als Ausgleich für die Belastungen aufgrund der Senkung des Beitragssatzes zur Arbeitslosenversicherung zu. Weitere 5,15 % stehen ihm als Ausgleich für die Belastungen wegen des Bundeszuschusses zur gesetzlichen Rentenversicherung zu. Weitere 2,2 % wurden den Gemeinden zugewiesen. Von den übrigen Einnahmen standen dem Bund 50,5 % und den Ländern 49,5 % zu. Dabei

709

wird im Zusammenhang mit der Übernahme der Finanzierungslasten des Fonds „Deutsche Einheit" durch den Bund der Umsatzsteueranteil der Länder jährlich um einen Festbetrag gekürzt. Dieser beträgt für 2007 2 262 712 000 Euro. Im Zuge der Erhöhung der Umsatzsteuer zum 1. 1. 2007 verändern sich die prozentualen Anteile von Bund und Ländern zugunsten des Bundes um 0,08 %.

Aufteilung wichtiger Steuerarten auf die Gebietskörperschaften (2005)

Steuerart	Anteil der Gebietskörperschaften in %		
	Bund	Länder	Gemeinden
Lohnsteuer und veranlagte Einkommensteuer	42,5	42,5	15,0
Nicht veranlagte Steuern vom Ertrag	50,0	50,0	–
Körperschaftsteuer	50,0	50,0	–
Zinsabschlag	44,0	44,0	12,0

cc) Der Länderfinanzausgleich (horizontaler Finanzausgleich)

Zweck des Länderfinanzausgleiches ist es durch Zuweisungen, einen angemessenen Ausgleich zwischen wirtschaftlich leistungsfähigen und leistungsschwachen Ländern zu erreichen (horizontaler Finanzausgleich). Dabei ist nicht beabsichtigt, die Unterschiede zwischen den Ländern zu nivellieren, sondern es muss für das einzelne Land interessant bleiben, die Wirtschaftskraft zu steigern und möglichst leistungsfähig zu werden.

Diese Anreize wurden durch die Reform des Finanzausgleichs ab 2005 gestärkt. Dabei wurde der Tarifverlauf abgesenkt, wobei max. 72,5 % der Überschüsse der Geberländer abgeschöpft werden. Im Gegenzug entfällt eine Vollauffüllung auf der Empfängerseite. Weiter wurde die Bemessungsgrundlage durch die erhöhte Einbeziehung kommunaler Finanzkraft erweitert. Sämtliche ausgleichserheblichen Einnahmen sind hier mit 64 % (früher 50 %) zu berücksichtigen. Weiteres zu berücksichtigendes Kriterium ist die Einwohnerzahl. Ein neues Element im Finanzausgleich ist das sog. Prämienmodell. Für Länder mit überproportionalen Steuerzuwächsen je Einwohner gegenüber dem Vorjahr wird zukünftig der überproportionale Teil teilweise ausgleichsfrei gestellt.

dd) Bundesergänzungszuweisungen

Die Vergabe von Bundesergänzungszuweisungen wurde ab 2005 neu ausgerichtet. Künftig erhalten nur noch diejenigen finanzschwachen Länder allgemeine Bundesergänzungszuweisungen, deren Finanzkraft nach Länderfinanzausgleich unter 99,5 % statt bisher unter 100 % der Finanzkraft der Ländergesamtheit liegt. Zugleich wird die Ausgleichsintensität von 90 % auf 77,5 % abgesenkt.

Sonderbedarfs-Bundesergänzungszuweisungen werden nur noch zum Abbau teilungs-bedingter Sonderlasten aus dem bestehenden starken infrastrukturellen Nachholbedarf und zum Ausgleich unterproportionaler kommunaler Finanzkraft für die neuen Länder sowie als Ausgleich für überdurchschnittlich hohe Kosten politischer Führung zugunsten – gemessen an der Einwohnerzahl – kleiner Länder.

Für 2007 sind an Sonderbedarfs-Bundesergänzungszuweisungen an die neuen Länder (einschl. Berlin) 10 379 Mio. Euro vorgesehen. Die Summe soll sich bis 2019 auf 2 096 Mio. Euro reduzieren.

506 | Der Haushaltsplan und die Rechnungslegung

Nach Art. 110 GG sind alle Einnahmen und Ausgaben des Bundes in einem Haushaltsplan einzustellen. Der Haushaltsplan wird für ein oder mehrere Rechnungsjahre durch Haushaltsgesetz festgestellt. Es handelt sich um ein formelles Gesetz, aus dem der Bürger keine Rechte unmittelbar herleiten kann. Überplanmäßige Ausgaben bedürfen der Zustimmung des Bundesfinanzministers (Art. 112 GG). Soweit der Bundestag ein Gesetz beschließt, das eine Erhöhung des Etats über den Ansatz der Bundesregierung zur Folge hätte, ist die Zustimmung der Bundesregierung erforderlich (Art. 113 GG). Damit soll verhindert werden, dass das Parlament Haushaltsausgaben beschließt oder verursacht, die eine ordentliche Wirtschaftsführung in Frage stellen.

Der Bundesminister der Finanzen hat dem Bundestag und dem Bundesrat über alle Einnahmen und Ausgaben sowie über das Vermögen und die Schulden im Laufe des nächsten Rechnungsjahres zur Entlastung der Bundesregierung Rechnung zu legen. (Art. 114 Abs. 1 GG). Der Bundesrechnungshof prüft die Rechnung sowie die Wirtschaftlichkeit und Ordnungsmäßigkeit der Haushalts- und Wirtschaftsführung (Art. 114 Abs. 2 GG).

II. Allgemeines Steuerrecht

511 | Systematische Einordnung des Steuerrechts

Das Steuerrecht ist originär Teilgebiet des öffentlichen Rechts und hat sich zu einem eigenständigen Rechtsgebiet entwickelt. Eine allgemein gültige Definition des Steuerrechts existiert nicht. Wegen seiner vielfältigen Beziehungen zu wirtschaftlichen Vorgängen und damit einhergehend auch wirtschaftspolitischen Zielsetzungen (z. B. Investitionslenkung durch Steuervergünstigungen) wird es auch als Wirtschaftsrecht charakterisiert.

Im Hinblick auf die Vielfältigkeit des Rechtsgebiet wird das Steuerrecht häufig als die Gesamtheit der Rechtsnormen, die das Steuerwesen eines Staates regeln, insbes. die Rechtsbeziehungen zwischen den Trägern der Steuerhoheit und den ihr Unterstellten, bezeichnet. Steuerrechtliche Tatbestände und Begriffe sind nach Maßgabe des Verfassungsrechts eigenständig auf Grundlage des Steuerrechts zu definieren. Eine Bindung an das Zivilrecht besteht selbst bei der Verwendung zivilrechtlicher Begriffe nicht (sog. **Autonomie des Steuerrechts**, BVerfG v. 27. 12. 1991, BStBl. II 1992, 212).

512 | Abgaben: Steuern, Gebühren, Beiträge

Steuern, Gebühren und Beiträge gehören zu den öffentlich-rechtlichen Lasten, d. h. denjenigen Leistungen, die dem einzelnen durch das öffentliche Recht auferlegt werden und deren Empfänger der Staat oder ein sonstiger Träger öffentlicher Gewalt (z. B. Handwerkskammern) ist. Die öffentlich-rechtlichen Lasten lassen sich wie folgt untergliedern.

Öffentlich-rechtliche Lasten

- Geldabgabepflichten
  - Steuern
  - andere Abgaben
    - Gebühren
    - Beiträge
    - Sonderabgaben
- Sach- und Dienstleistungspflichten z. B. Zivildienst, Wehrpflicht

Die Legaldefinition des Begriffs Steuer findet sich in § 3 Abs. 1 AO:

Steuern sind Geldleistungen, die nicht eine Gegenleistung für eine besondere Leistung darstellen und von einem öffentlich-rechtlichen Gemeinwesen zur Erzielung von Einnahmen allen auferlegt werden, bei denen der Tatbestand zutrifft, an den das Gesetz die Leistungsfähigkeit knüpft; die Erzielung von Einnahmen kann Nebenzweck sein. Auch Zölle sind Steuern i. S. des Gesetzes.

Gebühren sind gesetzlich geregelte Entgelte für eine besondere Inanspruchnahme der Verwaltung, z. B. Benutzungsgebühren.

Beiträge sind für die Möglichkeit der Benutzung besonderer öffentlicher Einrichtungen zu entrichten.

Sonderabgaben werden einer bestimmten Gruppe von Bürgern zur Finanzierung besonderer Aufgaben auferlegt. Sie sind nur ausnahmsweise unter engen Voraussetzungen zulässig.

Die Gruppe der Abgabepflichtigen muss eine homogene Gruppe sein, die sich von der Allgemeinheit durch besondere gemeinsame Gegebenheiten abgrenzt. Weiter muss die belastete Gruppe eine spezifische Sachnähe zu dem mit der Abgabe verfolgten Zweck aufweisen und aus der Sachnähe muss eine besondere Gruppenverantwortung für die Erfüllung der zu finanzierenden Abgabe bestehen. Das Abgabeaufkommen muss im Interesse der Gruppe der Abgabepflichtigen verwendet werden. (Vgl. zu den Einzelheiten die sog. „Kohlepfennig-Entscheidung" des BVerfG vom 11. 10. 1994, NJW 1995, 381).

513 | Einteilung der Steuern

a) Eine grobe Einteilung des Steuerrechts ergibt sich bereits durch die Differenzierung zwischen allgemeinen und besonderen Steuerrecht.

Steuerrecht

Allgemeines Steuerrecht	**Besonderes Steuerrecht**
Dazu gehören u. a.	Einzelsteuergesetze, z. B.
– Abgabenordnung	– Einkommensteuergesetz
– Bewertungsgesetz	– Körperschaftsteuergesetz
– Finanzgerichtsordnung	– Umsatzsteuergesetz
– Finanzverwaltungsgesetz	

b) Für die weitere Aufgliederung der Steuerarten (besonderes Steuerrecht) sind unterschiedliche Ansätze gebräuchlich. Diese kann erfolgen nach:

aa) dem Steuerträger (direkte und indirekte Steuern)

Direkte Steuern liegen vor, wenn der Steuerschuldner wirtschaftlich die Steuer zu tragen hat, d. h. eine Überwälzung der Steuer auf Dritte nicht möglich ist. Gelingt dagegen die Überwälzung, so ist eine indirekte Steuer gegeben. Typisches Beispiel für eine direkte Steuer ist die Einkommensteuer, klassisches Beispiel einer indirekten Steuer ist die Umsatzsteuer. Weitere indirekte Steuern sind die Branntwein-, Kaffee-, Strom- und Tabaksteuer.

bb) der Person des Steuerpflichtigen (Personen- und Realsteuern)

Personensteuern knüpfen an die Person des Steuerpflichtigen. Wichtigste Personensteuern sind die Einkommen- und die Körperschaftsteuer. Besteuerungsgegenstand ist das Einkommen des jeweiligen Steuersubjekts, wobei die Verhältnisse des Steuerschuldners berücksichtigt werden.

Für Real- bzw. Objektsteuern ist dagegen das Besteuerungsobjekt maßgeblich. Auf die persönlichen Verhältnisse des Steuerschuldners wird nicht eingegangen. Zu diesen gehören die Gewerbesteuer, für die entscheidend ist, dass ein Gewerbebetrieb vorliegt und die Grundsteuer, die an das Grundstück anknüpft.

cc) dem Steuergegenstand (Ertrag- und Substanzsteuern)

Die Einordnung erfolgt danach, ob Gegenstand der Besteuerung die Einkünfte oder das Vermögen sind. Zu den Ertragsteuern gehören u.a. die Einkommen-, Körperschaft- und Gewerbesteuer. Für Substanzsteuern ist dagegen das Vermögen des Steuerpflichtigen maßgeblich. Typische Substanzsteuer war die Vermögensteuer, die ab 1. 1. 1997 nicht mehr erhoben werden darf. Hierher gehört auch die Grund- und die Erbschaftsteuer.

dd) Besitz- und Verkehrsteuern

Verkehrsteuern erfassen mit ihren Steuertatbeständen die Übertragung von Gütern. Klassisches Beispiel sind die Umsatz- und die Grunderwerbsteuer. Maßgeblich für den Besteuerungstatbestand ist allein der Rechtsträgerwechsel. Auf die wirtschaftliche Leistungsfähigkeit des Steuerpflichtigen kommt es nicht an.

ee) Sonstige Untergliederungen

Solche ergeben sich durch Differenzierung danach, ob eine Steuer regelmäßig anfällt (periodische/aperiodische Steuer), nach ihrer Erhebungsform oder der Ertragshoheit.

514 | Übersicht über das Steuersystem und die wichtigsten Steuerarten

Ertragshoheit	Besitzsteuern	Verkehrsteuern	Verbrauchsteuer auf
Bund	–	Kapitalverkehr- Versicherung- Wechselsteuer	Branntwein Kaffee Energie Schaumwein Strom Tabak
Bund und Länder Gemeinschaftsteuern	Einkommensteuer (einschließlich Lohn- und Kapitalertragsteuer) Körperschaftsteuer	Umsatzsteuer	–

Ertragshoheit	Besitzsteuern	Verkehrsteuern	Verbrauchsteuer auf
Länder	Erbschaft- und Schenkungsteuer	Kraftfahrzeug-steuer Rennwett- und Lotteriesteuer Feuerschutzsteuer Spielbanken-abgabe	Biersteuer
Gemeinden	Gewerbesteuer Grundsteuer Anteil an Ein-kommensteuer	Grunderwerb-steuer Vergnügungsteuer Hundesteuer	Getränkesteuer

515 | Rechtsquellen und Prinzipien des Steuerrechts

a) Allgemeine und Einzelsteuergesetze

Wegen des Prinzips der Gesetzmäßigkeit der Besteuerung darf eine Besteuerung nur auf Grund eines Gesetzes erfolgen. Gesetz ist jede Rechtsnorm, vgl. § 4 Abgabenordnung.

Zu den Rechtsnormen gehören:

- supranationale Vorschriften, z. B. EG-Verordnungen
  Umstritten ist die Wirkung von EG-Richtlinien. Nach der Rechtsprechung des EuGH kann sich ein Steuerpflichtiger unmittelbar auf eine ihn begünstigende Bestimmung der EG-Richtlinie berufen, wenn diese nicht fristgerecht in nationales Recht umgesetzt worden ist.
- Doppelbesteuerungsabkommen. Diese werden durch Transformation (Art. 59 Abs. 2 GG) innerstaatliches Recht und haben Vorrang gegenüber sonstigen Steuergesetzen
- Verfassungsnormen des Grundgesetzes,
- Förmliche Bundesgesetze und Rechtsverordnungen
- Landesgesetze und Rechtsverordnungen
- Satzungen der Gebietskörperschaften, z. B. Satzungen über den Gewerbesteuerhebesatz).

Verwaltungsanordnungen sind dagegen behördeninterne Vorschriften, die sich an die Nachgeordneten Behörden richten. Richtlinien der Bundesregierung nach Art. 108 Abs. 7 GG binden nicht nur die Bundesbehörden, sondern auch die Landesfinanzbehörden. Ein Anspruch für den Steuerpflichtigen lässt sich aus den Richtlinien nicht direkt ableiten. Vielmehr kann ein Steuerpflichtiger nur unter Berufung auf die Selbstbindung der Verwaltung auf die Anwendung einer für ihn günstigen Richtlinienregelung hinwirken.

Die Finanzgerichte sind grundsätzlich nicht an diese Verwaltungsanordnungen gebunden. Sie müssen jedoch Verwaltungsregelungen zur Vereinfachung der Sachverhaltsermittlung (normkonkretisierende Verwaltungsvorschriften) wegen der Gleichmäßigkeit der Besteuerung akzeptieren. Sie dürfen jedoch von ihnen abweichen, wenn die Anwendung der Verwaltungsvorschriften zu einer unzutreffenden Besteuerung führen würde, z. B. bei Anwendung von Pauschbeträgen.

b) Prinzipien des Steuerrecht

Weiter wird das Steuerrecht durch folgende – verfassungsrechtliche verankerte – Prinzipien geprägt:

aa) Besteuerung nach der Leistungsfähigkeit

Verfassungsrechtlicher Ansatz für das Leistungsfähigkeitsprinzip ist Art. 3 Abs. 1 GG. Aus dem Verfassungsgebot der Steuergerechtigkeit folgt, dass die Besteuerung nach der wirtschaftlichen Leistungsfähigkeit auszurichten ist (vgl. Beschluss des BVerfG 2 BvL 37/91 v. 22. 6. 1995, BStBl. II 1995, 655 u. 671). Das Prinzip der Besteuerung nach Leistungsfähigkeit findet sich insbes. in der Einkommensteuer wieder.

bb) Sozialstaatsprinzip (Art. 20, 28 GG)

Dieses geht mit dem Leistungsfähigkeitsprinzip einher, richtet sich jedoch als Adressaten an den Staat. Demnach soll das Steuerrecht auf den wirtschaftlich schwachen Steuerpflichtigen Rücksicht nehmen und ein sozialer Ausgleich bei der Besteuerung bewirkt werden. Ausdruck des Sozialstaatsprinzips ist z. B. die Staffelung der Steuertarife in der Einkommensteuer.

cc) Gesetzmäßigkeit der Besteuerung

Eine Besteuerung darf nur erfolgen, wenn der Steuertatbestand durch Gesetz festgelegt ist. Verfassungsrechtliche Grundlage sind Art. 2 Abs. 1 und Art. 20 Abs. 3 GG. Dieser Grundsatz wird in § 85 AO wiedergegeben. Er hat zur Folge, dass eine Besteuerung nur vorgenommen werden kann, wenn zuvor der Tatbestand gesetzlich normiert ist. Aus diesem Grund ist die sog. echte **Rückwirkung** von Steuergesetzen unzulässig.

Eine solche liegt vor, wenn ein Gesetz in abgeschlossene Sachverhalte eingreift und daran anknüpfenden Rechtsfolgen zum Nachteil des Steuerpflichtigen ändert.

Aus dem Prinzip der Gesetzmäßigkeit der Besteuerung folgt auch, dass die Finanzbehörden nicht nur berechtigt, sondern auch verpflichtet sind, die gesetzlich geschuldeten Steuern zu erheben. Steuerbefreiungen dürfen nur aufgrund gesetzlicher Grundlage erfolgen.

Eine weitere Konsequenz aus dem Grundsatz der Gesetzmäßigkeit der Besteuerung ist das Verbot steuerverschärfender Analogien.

dd) Gleichmäßigkeit der Besteuerung

Verfassungsrechtliche Grundlage ist der in Art. 3 Abs. 1 GG niedergelegte allgemeine Gleichheitsgrundsatz. Steuerrechtlich findet er seine einfachgesetzliche Ausprägung in § 85 AO. Sein Gebot ist, gleiche Sachverhalte gleich zu besteuern und damit die Steuerpflichtigen gleich zu behandeln. Dies beinhaltet auch, dass Steuergesetze gleichmäßig angewendet und durchgesetzt werden.

Beispiel: Verfassungswidrigkeit der Besteuerung von privaten Spekulationsgeschäften bei Wertpapieren in den Veranlagungszeiträumen 1997 und 1998, Urteil des BVerfG 2 BvL 17/02 v. 9. 3. 2004, NJW 2004, 169.

Aus dem Grundsatz folgt jedoch nicht, dass eine Gleichheit im Unrecht zu schaffen ist. Steuerpflichtige können sich daher nicht auf eine rechtswidrige Verwaltungspraxis, z. B. eine rechtswidrige Begünstigung eines anderen Steuerpflichtigen berufen.

516 | Abgabenordnung

a) Rechtsgrundlage und Regelungsbereich der Abgabenordnung

Die für alle Steuern geltenden gemeinsamen Regeln sind als sog. allgemeines Steuerrecht in der Abgabenordnung (AO) vom 16. 3. 1976 (BGBl. I 613), zul. geänd. durch Gesetz v. 19. 7. 2006 (BGBl. I 1652), enthalten.

Während die einzelnen Steuergesetze regeln, in welchen Fällen die Steuer entsteht, trifft die AO Regelungen darüber, wie die Steuer festzusetzen und wann sie zu entrichten ist. Sie gilt grundsätzlich für alle Steuern und Steuervergütungen, die durch Bundesrecht oder Recht der Europäischen Union geregelt und von Bundes oder Landesfinanzbehörden verwaltet werden. Für Zölle ist sie vorbehaltlich des Rechts der Europäischen Gemeinschaften, insbes. des Zollkodex anwendbar. Darüber hinaus ist sie aufgrund landesrechtlicher Vorschriften auch für die Erhebung zahlreicher anderer Abgaben anzuwenden. Die AO wird daher auch als Mantelgesetz oder Steuergrundgesetz bezeichnet.

b) Überblick über die Abgabenordnung

Die AO ist in neun Teile gegliedert:

aa) In den Einleitenden Vorschriften (§§ 1–32) ist zunächst der Anwendungsbereich des Gesetzes geregelt. Anschließend werden **steuerliche Grundbegriffe** erläutert, die für alle Steuern gelten. Hier finden sich u. a. neben der Definition des Begriffs der Steuer auch Vorschriften über die Ermessensausübung der Finanzverwaltung (§ 5) sowie über die Begriffe Finanzbehörde (§ 6), Amtsträger (§ 7), Wohnsitz (§ 8), gewöhnlicher Aufenthalt (§ 9), Geschäftsleitung (§10) und Betriebsstätte (§ 12) und nahe Angehörige (§ 15). Es folgen Bestimmungen über die sachliche und örtliche Zuständigkeit der Finanzbehörden.

Bedeutsam sind die ebenfalls im ersten Teil aufgenommenen Vorschriften über das **Steuergeheimnis** §§ 30 ff. Da der Steuerpflichtige im Rahmen seiner Mitwirkungspflicht seine steuerlichen Verhältnisse der Finanzbehörde vollständig zu offenbaren hat, muss die Geheimhaltung seiner Angaben gewährleistet sein. Deshalb verbietet § 30 Amtsträgern oder ihnen gleichgestellten Personen die unbefugte Offenbarung der von ihnen dienstlich erlangten Kenntnisse der Verhältnisse des Steuerpflichtigen. Unter welchen Voraussetzungen eine Offenlegung zulässig ist, regeln die §§ 30 Abs. 4, 31 und 31 a. Sie darf insbes. bei zwingenden öffentlichen Interesse vorgenommen werden, z. B. bei Verbrechen und vorsätzlichen Vergehen gegen Leib und Leben. Aber auch zur Bekämpfung der illegalen Beschäftigung und des Leistungsmissbrauches. Die Verletzung des Steuergeheimnisses ist strafbar (§ 355 StGB).

bb) Das Steuerschuldrecht ist im 2. Teil der Abgabenordnung geregelt (§§ 33–77). Hier finden sich vor allem materiell-rechtliche Vorschriften über das Steuerschuldverhältnis und über die Haftung für Steuerschulden eines anderen.

Wer **Steuerschuldner** ist, bestimmen die Steuergesetze (§ 43). Mit diesem Hinweis auf das Einzelsteuergesetz hat der Gesetzgeber auf eine allgemeine Definition des Steuerschuldners verzichtet. Enthalten die Einzelsteuergesetze keine ausdrückliche Bestimmung, kann grundsätzlich davon ausgegangen werden, dass Steuerschuldner derjenige ist, der den Besteuerungstatbestand des Einzelsteuergesetzes verwirklicht.

Der Steuerschuldner ist in der Regel auch der Steuerpflichtige. **Steuerpflichtiger** ist nach der Legaldefinition des § 33 Abs. 1, wer eine Steuer schuldet, für eine Steuer haftet, eine Steuer für Rechnung eines Dritten einzubehalten oder abzuführen hat, wer eine Steuererklärung abzugeben, Sicherheit zu leisten, Bücher und Aufzeichnungen zu führen oder andere ihm durch die Steuergesetze auferlegte Pflichten zu erfüllen hat. Mit dieser Definition geht der Begriff des Steuerpflichtigen über den des Steuerschuldners hinaus.

Aus dem Steuerschuldverhältnis ergeben sich folgende Ansprüche (§ 37 Abs. 1)

Steuer-anspruch	Steuervergütungs-anspruch	Steuererstattungs-anspruch	Haftungs-anspruch	Ansprüche steuerliche Neben-leistungen

Nach § 38 entsteht der Anspruch aus dem Steuerschuldverhältnis mit der Verwirklichung des Tatbestandes, an den das Steuergesetz die Leistungspflicht knüpft. Wann der Tatbestand erfüllt ist, ergibt sich aus den Einzelsteuergesetzen.

Der Steueranspruch ist als Hauptanspruch des Steuerrechts auf Zahlung der Steuer gerichtet. Der Anspruch ergibt sich aus den Einzelsteuergesetzen.

Der Steuervergütungsanspruch richtet sich gegen den Fiskus und verpflichtet ihn zu einer Zahlung.

Der Steuererstattungsanspruch erstreckt sich auf die Rückzahlung einer ohne Rechtsgrund gerichteten Steuer, z. B. bei versehentlicher doppelter Bezahlung der Steuerschuld.

Beim Haftungsanspruch hat der Haftungsschuldner für eine fremde Steuerschuld einzustehen, §§ 69 ff.

Die steuerlichen Nebenleistungen sind abschließend in § 3 Abs. 3 geregelt. Zu ihnen gehören Verspätungszuschläge (§ 152), Zinsen (§§ 233–237), Säumniszuschläge (§ 240), Zwangsgelder (§ 329) sowie die Kosten nach §§ 178 und 337–345.

Das Steuerrecht stellt bei der Beurteilung von Sachverhalten regelmäßig auf das wirtschaftliche Ergebnis ab. Ausdruck dieser **wirtschaftlichen Betrachtungsweise** sind die §§ 39–41. Aus diesem Grund können Vorgänge nicht dem bürgerlich-rechtlichen Eigentümer, sondern dem wirtschaftlichen Eigentümer zuzurechnen sein. Auch ist es unerheblich für die Besteuerung, ob ein Rechtsgeschäft gegen ein gesetzliches Verbot oder die guten Sitten verstößt. Weiterer Ausfluss ist der sog. Missbrauch der Gestaltungsmöglichkeiten, bei dem der Steueranspruch sich nicht an der vertraglichen Gestaltung ausrichtet, sondern danach, wie es bei einer den wirtschaftlichen Vorgängen angemessenen Gestaltung der Fall wäre.

cc) Der dritte Teil (§§ 78–133) befasst sich mit **allgemeinen Verfahrensgrundsätzen**. Hier wird besonders der Grundsatz der Gleichmäßigkeit und Gesetzmäßigkeit der Besteuerung hervorgehoben. Es werden Auskunftspflichten einzelner Personen, die Hinzuziehung von Sachverständigen, die Vorlage von Urkunden und Wertsachen sowie die Befugnis zum Betreten von Grundstücken geregelt. Aber auch Vorschriften über Auskunftsverweigerungsrechte, Fristen und die Wiedereinsetzung in versäumte Fristen finden sich hier.

dd) Kernstück der AO ist die im vierten Teil (§§ 134–217) geregelte **Durchführung der Besteuerung.** Es hat die Aufgabe, den Steueranspruch zu konkretisieren und geltend zu machen. Bei der Ermittlung der Besteuerungsgrundlagen ist das Finanzamt auf die Mitwirkung des Steuerpflichtigen angewiesen. Deshalb enthält die AO in diesem Abschnitt zunächst Regelungen über die Steuererklärungs- und Buchführungspflichten. Dabei sind Buchführungs- und sonstige Aufzeichnungspflichten nach den Grundsätzen ordnungsgemäßer Buchführung vorzunehmen.

Bei den meisten Steuerarten hat der Steuerpflichtige seine steuerlichen Verhältnisse durch Abgabe einer Steuererklärung darzulegen (§ 149 AO i.V.m. § 25 EStG, § 49 KStG, § 18 UStG, § 25 GewSt-Durchführungsverordnung, § 31 ErbStG). Die Form der Erklärung bestimmt sich nach § 150. Die Abgabefrist für Veranlagungssteuern, z.B. die Einkommensteuer, läuft grundsätzlich bis zum 31. 5. des Folgejahres mit Verlängerungsmöglichkeit (§ 149 II). Die Finanzbehörde überprüft die Angaben in der Steuererklärung. Dabei hat sie grundsätzlich von der Richtigkeit der Angaben auszugehen. Andererseits ist sie jedoch wegen des Untersuchungsgrundsatzes (§ 88) gehalten, den Sachverhalt von Amts wegen zu ermitteln. Dies kann auch durch eine Außenprüfung erfolgen, wobei auch zu Gunsten des Steuerpflichtigen ermittelt werden soll. Die Grenzen der Ermittlungspflicht ergeben sich aus dem Grundsatz des Zumutbaren und der Verhältnismäßigkeit der Mittel. Auf Grundlage der Steuererklärung und ggf. der Ermittlungen der Finanzbehörde wird ein Steuerbescheid (§ 155) erlassen. Soweit der Steuerpflichtige die Steuer in der Steuererklärung selbst zu berechnen hat, tritt diese Steueranmeldung an die Stelle des Steuerbescheids. Das Steueranmeldungsverfahren (§§ 167, 168) vermindert den Verwaltungsaufwand aller Beteiligten und ermöglicht eine schnellere Verwirklichung der Steueransprüche. Werden Besteuerungsgrundlagen selbständig in einem Feststellungsbescheid (Grundlagenbescheid) festgestellt, übermittelt das für den Grundlagenbescheid zuständige Finanzamt eine Mitteilung an das Wohnsitzfinanzamt. Dieses nimmt in der Steuerfestsetzung die selbständigen Besteuerungsgrundlagen auf. Wird keine Steuererklärung eingereicht, erfolgt der Steuerbescheid durch Schätzung der Besteuerungsgrundlagen (§ 162).

Eine Steuerfestsetzung sowie ihre Aufhebung, Änderung oder Berichtigung ist nicht mehr zulässig, wenn die Festsetzungsfrist abgelaufen ist (§ 169). Die Festsetzungsfrist beträgt für Verbrauchsteuern und Verbrauchsteuervergütungen ein Jahr. Für Zölle und Agrarabgaben ist Art. 221 Abs. 3 Zollkodex anzuwenden, wonach die Festsetzungsfrist grundsätzlich drei Jahre nach Entstehen der Steuerschuld beträgt. Für alle anderen Steuern und Steuervergütungen (z. B. für die Einkommen-, Umsatz- und Körperschaftsteuer beträgt die Festsetzungsfrist vier Jahre. Bei Steuerhinterziehung erhöht sich die Festsetzungsfrist auf 10 Jahre und auf 5 Jahre, soweit die Steuer leichtfertig verkürzt worden ist. Sowohl der Anlauf als auch der Ablauf der Festsetzungsfrist können gehemmt werden. Die wichtigsten Fälle sind in § 171 geregelt, wobei es sich nicht um eine abschließende Aufzählung handelt.

Zur Ablaufhemmung führen z. B. ein vor Ablauf der Festsetzungsfrist gestellter Antrag auf Berichtigung der Steuerfestsetzung wegen grober Unrichtigkeit oder ein sonstiger Änderungsantrag, ebenso Einspruch oder Klage gegen den Steuerbescheid sowie der Beginn einer Außenprüfung oder sonstiger zoll- oder fahndungsrechtlichen Ermittlungen. Besonderheiten gelten auch bei vorläufiger Steuerfestsetzung.

ee) Im **Erhebungsverfahren** werden die festgesetzten Ansprüche aus dem Steuerschuldverhältnis verwirklicht, d. h. geltend gemacht (§§ 218 ff). Die Fälligkeit der Ansprüche richtet sich grundsätzlich nach den Einzelsteuergesetzen (§ 220). Gesetzlich festgelegt sind hier die Voraussetzungen für die Stundung (§ 222) sowie den Erlass einer Steuerzahlung (§ 227).

Sowohl Stundung als auch Erlass einer Steuerzahlung sind Ermessensentscheidungen der Finanzbehörden und unterliegen nur einer beschränkten gerichtlichen Kontrolle (vgl. § 102 FGO).

Bei der **Stundung** wird vorübergehend auf die Einziehung der Steuer verzichtet. Voraussetzung ist, dass die Einziehung bei Fälligkeit eine erhebliche Härte für den Schuldner bedeuten würde und der Anspruch durch die Stundung nicht gefährdet erscheint (§ 222 Satz 1). Stunden bedeutet Hinausschieben der Fälligkeit. Solange gestundet ist, können keine Säumniszuschläge entstehen und keine Vollstreckungsmaßnahmen getroffen werden (§ 254 , § 257 Abs. 1 Nr. 4). Bereits durchgeführte Vollstreckungsmaßnahmen bleiben allerdings bestehen, soweit ihre Aufhebung nicht ausdrücklich angeordnet wird (§ 257 Abs. 2 Nr. 3). Die Stundung kann von einer Sicherheitsleistung abhängig gemacht werden. Für die Zeit der Stundung fallen Stundungszinsen an (§ 234).

Erlass (§ 227) bedeutet dagegen den endgültigen Verzicht auf die Einziehung der Forderung. Er setzt voraus, dass die Einziehung der Steuer unbillig wäre. Die Unbilligkeit ist gesetzlich nicht definiert. Sie kann sich aus sachlichen oder persönlichen Gründen ergeben.

Sachliche Billigkeitsgründe können vorliegen, wenn bereits die Besteuerung an und für sich im Einzelfall unbillig ist. Die Steuerfestsetzung entspricht zwar dem

Steuergesetz, sie läuft aber nach dem Sinn und Zweck des Gesetzes den Wertungen des Gesetzgebers zuwider. Hätte der Gesetzgeber diesen Einzelfall, um den es geht, gesehen, hätte er ihn im Sinn des Erlasses geregelt (sog. Überhang des Gesetzes). Persönliche Erlassgründe ergeben sich aus der Person des Schuldners, insbes. aus seinen wirtschaftlichen Verhältnissen. Bei einem Erlass aus persönlichen Gründen müssen sowohl Erlassbedürftigkeit als auch Erlasswürdigkeit vorliegen.

Weiter finden sich hier Vorschriften über die Verzinsung der Ansprüche (§§ 233 ff.) und die Erhebung von Säumniszuschlägen (§ 240).

Säumniszuschläge entstehen kraft Gesetzes, wenn ein Steuerpflichtiger die Steuer nicht bei Fälligkeit entrichtet. Der Säumniszuschlag beträgt für jeden angefangenen Monat der Säumnis 1 v. H. (§ 240 Abs. 1 AO). Auf ein Verschulden des Steuerpflichtigen kommt es nicht an. Säumniszuschläge gehören zu den steuerlichen Nebenleistungen (§ 3 Abs. 3 AO). Wird die Festsetzung der Steuer aufgehoben oder geändert, so bleibt der bis dahin entstandene Säumniszuschlag bestehen. Will der Steuerpflichtige gegen die Säumniszuschläge vorgehen, so muss er zunächst einen Abrechnungsbescheid (§ 218) beim Finanzamt beantragen. Gegen diesen kann er dann Einspruch einlegen und ggf. Klage erheben.

ff) Der sechste Teil der AO regelt die **Vollstreckung** (§§ 249 ff.). Die Finanzämter können Verwaltungsakte, mit denen eine Geldleistung, eine sonstige Handlung, eine Duldung oder Unterlassung gefordert wird, im Verwaltungsverfahren vollstrecken.

Voraussetzung für die Vollstreckung ist, dass

- die Leistung fällig ist
- der Steuerschuldner zur Zahlung aufgefordert worden ist (Leistungsgebot) und
- seit der Aufforderung mindestens eine Woche verstrichen ist.

Das Leistungsgebot ergeht regelmäßig zusammen mit dem Steuerbescheid (§ 254 Abs. 1 Satz 2 AO). Handelt es sich um eine Vollstreckungsmaßnahme wegen Säumniszuschlägen und Zinsen, bedarf es eines Leistungsgebots nicht, wenn diese Leistungen zusammen mit der Steuer beigetrieben werden. Das gilt sinngemäß für die Kosten der Vollstreckung, wenn sie zusammen mit dem Hauptanspruch beigetrieben werden.

Die Anordnung von Vollstreckungsmaßnahmen ist eine verwaltungsinterne –nicht anfechtbare- Maßnahme. Die Vollstreckungsbehörde kann Vollstreckungsmaßnahmen selbst ausführen (insbes. Forderungspfändungen oder Pfändung beweglicher Sachen durch den Vollziehungsbeamten). Bei der Vollstreckung in das unbewegliche Vermögen muss das Finanzamt entsprechende Anträge beim Amtsgericht als Vollstreckungsgericht oder beim Grundbuchamt stellen.

Einwendungen des Vollstreckungsschuldners gegen die zu vollstreckende Steuerschuld sind im Vollstreckungsverfahren unbeachtlich (§ 256). Die Kosten der Vollstreckung (Gebühren und Auslagen) fallen dem Vollstreckungsschuldner zur Last.

gg) Im nachfolgenden Teil ist das **außergerichtliche Rechtsbehelfsverfahren** (Einspruchsverfahren §§ 347 ff.) geregelt. Hält der Steuerpflichtige den gegen ihn ergangenen Verwaltungsakt für fehlerhaft, so kann er Einspruch einlegen. Auf Grundlage des Einspruchs überprüft die Finanzbehörde den Verwaltungsakt. Dabei gelten die allgemeinen Vorschriften der AO hier entsprechend (§ 365 Abs. 1). Aus diesem Grund wird das Einspruchsverfahren auch als sog. verlängertes Festsetzungsverfahren bezeichnet.

Das Einspruchsverfahren dient dem Rechtsschutz des Steuerpflichtigen und ermöglicht der Finanzverwaltung, ihre Entscheidungen nochmals zu überprüfen. Das Einspruchsverfahren ist kostenfrei. Es endet in der Regel mit einem Abhilfebescheid oder einer Einspruchsentscheidung, die Gegenstand einer gerichtlichen Überprüfung nach Klageerhebung ist. Im Hinblick auf das gerichtliche Rechtsbehelfsverfahren in Form der Klage wird das Einspruchsverfahren auch als Vorverfahren bezeichnet (§§ 44, 46 FGO). Ohne dessen Durchführung kann eine Klage beim Finanzgericht grundsätzlich nicht erhoben werden.

Ein zulässiger Einspruch setzt u. a. voraus, dass der Einspruchsführer durch den Verwaltungsakt beschwert ist (§ 350). Der Einspruch muss schriftlich oder zur Niederschrift eingelegt werden. Die Einspruchsfrist beträgt einen Monat nach Bekanntgabe. Die Behörde, die den Verwaltungsakt erlassen hat, entscheidet schriftlich über den Einspruch (§§ 366, 367). Wird die Einspruchsfrist versäumt, so ist ggf. Wiedereinsetzung in den vorigen Stand (§ 110) zu beantragen. Durch den Einspruch wird die Vollziehung des angefochtenen Verwaltungsakts nicht gehemmt. Das Finanzamt kann daher auch bei offenen Einspruchsverfahren bereits vollstrecken. Soll dies verhindert werden, so ist zusätzlich die Aussetzung der Vollziehung (§ 361) zu beantragen.

hh) Schließlich enthält die AO die materiellen Vorschriften über **Steuerstraftaten und Steuerordnungswidrigkeiten** sowie besondere Bestimmungen über das Steuerstraf- und Bußgeldverfahren.

ii) Im 9. Teil der AO finden sich Schlussvorschriften.

517 | Das Bewertungsgesetz

a) Rechtsgrundlagen und Regelungsbereich des Bewertungsgesetzes

Das Bewertungsgesetz bezweckt einheitliche Regeln für die Bewertung von Wirtschaftsgütern für alle Steuerrechtsgebiete aufzustellen. Das Bewertungsgesetz stellt die dafür maßgebenden Bewertungsgrundsätze zur Verfügung, nach denen zu verfahren ist, soweit einzelne Steuergesetze nicht spezielle Vorschriften enthalten. Das Bewertungsgesetz gibt Regeln über den Bewertungsgegenstand, das Bewertungsverfahren und den Bewertungszeitpunkt vor. Es gilt nur für steuerliche Zwecke und wird – wie die Abgabenordnung – als ein Steuergrundgesetz bezeichnet.

b) Aufbau des Bewertungsgesetzes

Der erste Teil des Gesetzes (§§ 1–16) befasst sich mit der allgemeinen Bewertung von Wirtschaftsgütern. Die allgemeinen Bewertungsvorschriften sind – vorbehaltlich spezieller Regelungen – auf alle öffentlich-rechtlichen Abgaben anzuwenden, die durch Bundesrecht geregelt sind und durch Bundes- oder Länderfinanzbehörden verwaltet werden (§ 1 Abs. 1). Im Folgenden werden zentrale Begriffe des Bewertungsrechts festgelegt. Ein solcher ist die wirtschaftliche Einheit (§ 2), aus der sich der Bewertungsgegenstand ergibt.

Jede wirtschaftliche Einheit ist für sich zu bewerten. Ihr Wert ist im Ganzen festzustellen. Was als wirtschaftliche Einheit zu gelten hat, ist nach den Anschauungen des Verkehrs zu entscheiden. Die örtliche Gewohnheit, die tatsächliche Übung, die Zweckbestimmung und die wirtschaftliche Zusammengehörigkeit der einzelnen Wirtschaftsgüter sind zu berücksichtigen.

Zentraler Bewertungsmaßstab ist der gemeine Wert (§ 9), der festzustellen ist, wenn im Bewertungsgesetz oder in anderen Gesetzen nichts anderes vorgeschrieben ist. Anwendung findet er u. a. auch bei der Bewertung nicht notierter Anteile der Kapitalgesellschaften.

Gemäß § 9 Abs. 2 wird der gemeine Wert wird durch den Preis bestimmt, der im gewöhnlichen Geschäftsverkehr nach der Beschaffenheit des Wirtschaftsgutes bei einer Veräußerung zu erzielen wäre. Dabei sind alle Umstände, die den Preis beeinflussen, zu berücksichtigen. Ungewöhnliche oder persönliche Verhältnisse sind nicht zu berücksichtigen.

Ableitungen vom gemeinen Wert sind der Teilwert (§ 10), der Kurswert (§ 11), der Rücknahmepreis (§ 11 Abs. 4), der Kapitalwert (§ 13 Abs. 1), der Nennwert (§ 12), der Ertragswert (§ 36 Abs. 1), der Steuerbilanzwert (§ 109 Abs. 1) und der ertragsteuerliche Wert (§ 109). Wirtschaftsgüter, die einem Unternehmen dienen sind grundsätzlich mit dem Teilwert anzusetzen.

Teilwert ist der Betrag, den ein Erwerber des ganzen Unternehmens im Rahmen des Gesamtkaufpreises für das einzelne Wirtschaftsgut ansetzen würde. Dabei ist davon auszugehen, dass der Erwerber das Unternehmen fortführt.

Im zweiten Teil (§§ 17–150) sind die besonderen Bewertungsvorschriften aufgeführt. Hier wird zunächst die Ermittlung des Einheitswertes festgelegt. Es schließen sich Regelungen über die Bewertung land- und forstwirtschaftlichen Vermögens, des Grundvermögens, und Betriebsvermögens an. Sondervorschriften gelten für das Beitrittsgebiet. Die Bewertung von Grundbesitz für die Erbschafts- und Schenkungsteuer und die Grunderwerbsteuer sind in den §§ 138–150 festgelegt.

Der Einheitswert bei land- und forstwirtschaftlichen Vermögen ist der Ertragswert, der auf Grund von Vergleichen mit bestimmten Vergleichsbetrieben ermittelt wird. Beim Grundvermögen, d. h. dem nicht land- oder forstwirtschaftlich oder betrieblich genutzten Grund und Boden einschl. Gebäuden und Zubehör, werden Mietwohngrundstücke, Geschäftsgrundstücke, gemischt- genutzte Grundstücke sowie Ein- und Zweifamilienhäuser im Ertragswertverfahren bewertet (§§ 78 ff.). Andere bebaute Grundstücke dagegen im Sachwertverfahren (§§ 83 ff.).

Für Einheitswertfeststellungen werden die tatsächlichen und wertmäßigen Verhältnisse zu Beginn eines bestimmten Kalenderjahres der Feststellung zugrunde gelegt (Stichtagsprinzip). Diese allgemeine Feststellung der Einheitswerte, die nach Ablauf von bestimmten Stichtagen durchgeführt wird, wird als **Hauptfeststellung** bezeichnet. Für Grundbesitz sieht das BewG eine allgemeine Feststellung im zeitlichen Turnus von 6 Jahren vor. Wirtschaftliche Einheiten sind im Turnus von drei Jahren zu bewerten.

Tatsächlich ist die letzte Hauptfeststellung in den alten Bundesländern auf den 1. 1. 1964 durchgeführt worden. In den neuen Bundesländern gelten noch die Einheitswerte, die auf den Hauptfeststellungsstichtag 1. 1. 1935 festgestellt worden sind.

Änderungen der Verhältnisse während des Hauptfeststellungszeitraums (Zeitraum zwischen zwei Hauptfeststellungen), z. B. durch Bebauung des Grundstücks oder Nachfeststellungen (z. B. Entstehen einer neuen wirtschaftlichen Einheit durch Grundstücksteilung) werden über **Fortschreibungen** erfasst.

Bei diesen ist zu unterscheiden zwischen:

- Wertfortschreibung: wenn bestimmte Wertabweichungsgrenzen überschritten sind (§ 22 BewG),
- Artfortschreibung, wenn sich die Grundstücksart ändert, z. B. vom unbebauten Grundstück zum Mietwohngrundstück,
- Zurechnungsfortschreibung, wenn der Eigentümer wechselt.
- fehlerbeseitigender Fortschreibung, zur Beseitigung eines Fehlers in der letzten Feststellung.

III. Besonderes Steuerrecht

521 | Einkommensteuer

Die Einkommensteuer ist eine Steuer, die vom Einkommen natürlicher Personen erhoben wird. Sie ist eine der wichtigsten Einnahmequellen des Staates.

Neben dem grundlegenden Prinzip der Leistungsfähigkeit wird das Einkommensteuerrecht wird von folgenden Merkmalen geprägt:
- Besteuerung des jeweils gesamten Einkommens aller natürlicher Personen (Universalitätsprinzip)
- Besteuerung des Reineinkommens (Nettoprinzip)
- Prinzip der gestaffelten Steuersätze
- Perioditätsprinzip

Rechtsgrundlagen sind das Einkommensteuergesetz sowie die dazu ergangene Einkommensteuerdurchführungsverordnung (EStDV). Um eine einheitliche Anwendung des Einkommensteuerrechts durch die Finanzverwaltung sicherzustellen, wurden von der Bundesregierung mit Zustimmung des Bundesrats (Art. 108 Abs. 7 GG) Einkommensteuerrichtlinien (EStR) erlassen, die insbes. Zweifels- und Auslegungsfragen von allgemeiner Bedeutung behandeln.

522 | Steuerpflicht/Steuersubjekt

Steuersubjekt ist bei der Einkommensteuer die natürliche Person. Rechtsgrundlage für die Erhebung der Einkommensteuer ist das Einkommensteuergesetz (EStG). Das EStG unterscheidet dabei hinsichtlich der Voraussetzungen und Rechtsfolgen zwischen unbeschränkter und beschränkter Steuerpflicht.

Unbeschränkt steuerpflichtig ist gemäß § 1 EStG:
- jede natürliche Person, die in der Bundesrepublik Deutschland ihren Wohnsitz oder gewöhnlichen Aufenthalt hat.

  Einen Wohnsitz hat jemand dort, wenn er eine Wohnung unterhält und aus äußeren Anhaltspunkten zu schließen ist, dass er sie beibehalten und benutzen wird (§ 8 AO). Regelmäßig genügt hierfür bereits eine Ferien- bzw. Zweitwohnung. Seinen gewöhnlichen Aufenthalt hat grundsätzlich jemand in der BRD, wenn er sich – ohne eine Wohnung zu nehmen – zeitlich zusammenhängend länger als sechs Monate hier aufhält. Kurzfristige Unterbrechungen bleiben bei der Fristberechnung unberücksichtigt (§ 9 AO).

- Deutsche Auslandsbedienstete einschließlich deren Angehörigen, wenn diese aus einer öffentlichen Kasse entlohnt werden

- auf Antrag natürliche Personen, die nicht in der Bundesrepublik Deutschland leben, aber hier arbeiten und deren Einkünfte aus nichtselbständiger Tätigkeit zu mindestens 90 v.H. der deutschen Einkommensteuer unterliegen (z.B. Grenzpendler).

Bei der unbeschränkten Steuerpflicht unterliegt das gesamte **Welteinkommen**, des Steuerpflichtigen, d.h. sein gesamtes Einkommen ohne Rücksicht darauf, ob er es im Inland oder Ausland erzielt hat, der Einkommensteuerpflicht, soweit nicht ein Doppelbesteuerungsabkommen mit einem anderen steuerberechtigtem Staat greift.

Beschränkt steuerpflichtig sind Personen, die weder Wohnsitz noch gewöhnlichen Aufenthalt in der Bundesrepublik Deutschland haben, die aber inländische Einkünfte i. S. d. § 49 EStG erzielen. Nur diese – abschließend in § 49 EStG aufgezählten – inländischen Einkünfte unterliegen der Einkommensteuer. Dabei ist auch hier Besteuerungsrechte anderer Staaten aufgrund von Doppelbesteuerungsabkommen zu beachten.

523 | Bemessungsgrundlage

für die Einkommensteuer ist das zu versteuernde Einkommen. Dies ergibt sich im Wesentlichen aus folgender Berechnung: (ohne Berücksichtigung des § 15b EStG)

Summe der Einkünfte aus jeder Einkunftsart nach § 2 Abs. 3
./. Altersentlastungsbetrag, § 24 a
./. Entlastungsbetrag für Alleinerziehende, § 24 b
./. Freibetrag für Land- und Forstwirtschaft, § 13 Abs. 3

= Gesamtbetrag der Einkünfte, § 2 Abs. 3
./. Verlustabzug, § 10 d
./. Sonderausgaben § 10
./. Außergewöhnliche Belastungen, §§ 33 bis 33 b

= Einkommen § 2 Abs. 4
./. Freibeträge für Kinder, § 32 Abs. 6
= zu versteuerndes Einkommen

524 | Einkunftsarten

Steuerpflichtig sind nach der abschließenden Aufzählung in § 2 Abs. 1 EStG nur die dort genannten 7 Einkünfte. Steuerpflichtige Einkünfte sind solche aus:

a) Land- und Forstwirtschaft § 13 EStG

z. B. Einkünfte aus Weinbau, Gartenbau und sonstigen land- und forstwirtschaftlichen Nutzungen.

b) Gewerbebetrieb § 15 EStG

z. B. Einkünfte aus Handels-, Handwerks-, und Industriebetrieben, Gewinnanteile der Gesellschafter einer OHG, einer KG. Auch Zahlungen, die ein Gesellschafter für seine Tätigkeit im Dienst der Gesellschaft oder für die Überlassung von Wirtschaftsgütern von der Personengesellschaft erhält werden hier erfasst.

c) Selbständiger Arbeit § 18 EStG

z. B. Einkünfte aus freiberuflicher Tätigkeit, z. B. als selbständiger Arzt, Architekt oder Anwalt. Die freiberuflichen Tätigkeiten sind in § 18 Nr. 1 und 3 EStG aufgezählt, sog. Katalogberufe. Charakteristisch und erforderlich ist die persönliche Arbeitsleistung des Berufsträgers. Da es sich nicht um eine abschließende Aufzählung handelt, können ähnliche Tätigkeiten auch erfasst werden. Der ähnliche

Beruf muss dann in wesentlichen Punkten (insbes. Ausbildung und beruflicher Tätigkeit) mit einem Katalogberuf vergleichbar sein.

d) Nichtselbständiger Arbeit § 19 EStG

dazu gehören alle Einkünfte, die einem Arbeitnehmer aus einem bestehenden Arbeitsverhältnis oder im Hinblick auf ein künftiges bzw. früheres Dienstverhältnis erhält. Hier werden neben Geldleistungen auch Sachbezüge erfasst (geldwerter Vorteil). Für die Beurteilung, ob jemand Arbeitnehmer ist, ist das Gesamtbild der Beschäftigung maßgebend. Der Arbeitnehmerbegriff des Steuerrechts deckt sich nicht mit dem des Arbeits- und Sozialversicherungsrecht. Typisches Kriterium für den steuerrechtlichen Arbeitnehmerbegriff ist die Weisungsgebundenheit. Besondere Beurteilungskriterien bestehen für Geschäftsführer.

e) Kapitalvermögen § 20 EStG

Kapitaleinkünfte sind die als Früchte der Kapitalüberlassung laufenden Erträge, die der Steuerpflichtigen auf Grund eines Rechtsverhältnisses zur Nutzung erhält. Nur die Einkünfte aus der privaten Nutzungsüberlassung von Kapitalvermögen werden hier erfasst. Da Einkünfte aus Kapitalvermögen auch in engem Zusammenhang mit anderen – vorrangigen – Einkunftsquellen stehen können, ist eine Abgrenzung zu diesen erforderlich.

Diese bestimmt sich danach, welche Einkunftsart hinsichtlich der konkreten Einnahme im Vordergrund steht bzw. welchen Zwecken das Kapital primär dient, z. B. Zinsen des Vermieters auf Mietforderungen gehören nicht zu den Einkünften aus Kapitalvermögen, sondern zu den Einkünften aus Vermietung und Verpachtung.

Zu den Einkünften aus Kapitalvermögen gehören z. B. Beteiligungserträge aus Kapitalgesellschaften und Genossenschaften, d. h. Gewinnanteile, Dividenden, Zinsen aus Hypotheken und Grundschulden sowie Erträge aus Investmentfonds.

f) Vermietung und Verpachtung § 21 EStG

hierunter fällt jede Überlassung eines Gegenstandes zum Gebrauch oder zur Nutzung gegen Entgelt, z. B. Einkünfte aus Vermietung und Verpachtung von unbeweglichen Vermögen, insbesondere Grundstücken und Gebäuden, aus beweglichem Betriebsvermögen, aus der zeitlichen begrenzten Überlassung von Rechten sowie Einkünfte aus der Veräußerung von Miet- und Pachtzinsforderungen. Die Aufzählung der Einkünfte aus Vermietung und Verpachtung in § 21 EStG ist abschließend und erfasst nur die dort genannten Gegenstände. Beträgt das Entgelt für die Überlassung einer Wohnung zu Wohnzwecken weniger als 56 v. H. der ortsüblichen Miete, so ist die Nutzungsüberlassung in einen entgeltlichen und einen unentgeltlichen Teil aufzuteilen. Dies hat die Folge, dass auch die Aufwendungen für die Wohnung nur anteilig als Werbungskosten steuermindernd berücksichtigt werden können. Besonderheiten bestehen bei Mietverhältnissen mit nahen Angehörigen. Diese werden steuerlich nur anerkannt, wenn die Hauptpflichten der Vertragsparteien klar und eindeutig vereinbart sind, diese Vereinbarungen auch durchgeführt werden und auch ein Dritter einen solchen Mietvertrag abschließen würde (Fremdvergleich).

g) sonstige Einkünfte § 22 EStG

Die sonstigen Bezüge sind nicht als allgemeiner Auffangtatbestand für alle übrigen Erträge zu verstehen. Nur die in § 22 genannten Einnahmen werden erfasst, z. B. Einkünfte aus wiederkehrenden Bezügen, insbesondere Renten und dauernde Lasten, Unterhaltsleistungen an den geschiedenen Ehegatten, private Veräußerungsgeschäfte (Spekulationsgeschäfte), Abgeordnetenbezüge sowie aus Leistungen, die mehr als 256 Euro im Kalenderjahr betragen.

Eine eigenständige Regelung haben die privaten Veräußerungsgeschäfte in § 23 EStG erfahren. Solche liegen vor, wenn die Anschaffung und die Veräußerung innerhalb einer bestimmten Frist erfolgt bzw. die Veräußerung vor dem Erwerb liegt. Die Frist beträgt derzeit für Grundstücke und Gebäude zehn Jahre, für andere Wirtschaftsgüter beträgt sie ein Jahr. Eine Spekulationsabsicht des Steuerpflichtigen ist nicht erforderlich.

525 | Sachliche Zuordnung der Einkünfte

Die sieben Einkunftsarten stehen nicht gleichrangig nebeneinander. Einkünfte aus Gewerbebetrieb liegen nur dann vor, wenn die Betätigung nicht als Ausübung von Land- und Forstwirtschaft, eines freien Berufs oder einer anderen selbständigen Arbeit zu beurteilen ist. Wenn Einkünfte sowohl einer der Gewinn- als auch einer der Überschusseinkunftsarten zugerechnet werden kann, so geht die Zuordnung zu den Gewinneinkünften vor, z. B. ein Unternehmer gewährt seinem Unternehmen ein Darlehen und erhält dafür Zinsen. Die Zinsen gehören zu den Einkünften aus Gewerbebetrieb und nicht zu den Einkünften aus Kapitalvermögen.

526 | Einkünfteerzielungsabsicht

Subjektive Voraussetzung für die Annahme von Einkünften ist, dass die Tätigkeit mit **Einkünfteerzielungsabsicht** ausgeübt wird. Eine solche ist anzunehmen, wenn der Steuerpflichtige die Tätigkeit mit der Absicht der Vermögensmehrung ausführt. Fehlt es an der Einkünfteerzielungsabsicht ist die Tätigkeit des Steuerpflichtigen als **Liebhaberei** einzuordnen. Sie gehört damit zum steuerlich nicht relevanten Bereich der privaten Lebensführung.

527 | Einkommensteuerfreie Einnahmen

Die steuerfreien Einnahmen sind in § 3 EStG abschließend aufgezählt, z. B. Leistungen aus der Krankenversicherung, Mutterschaftsgeld, Arbeitslosengeld. Zu beachten ist, dass Ausgaben, die im Zusammenhang mit den steuerfreien Einnahmen stehen weder als Betriebsausgaben noch als Werbungskosten berücksichtigt werden. Ein Teil der in § 3 EStG aufgezählten Einnahmen erhöht über den sog. Progressionsvorbehalt die zu entrichtende Einkommensteuer, z. B. Arbeitslosengeld oder Krankengeld.

Ab 1. 1. 2006 ist die betragsmäßig begrenzte Steuerbefreiung für **Abfindungen** wegen einer vom Arbeitgeber veranlassten oder gerichtlich ausgesprochenen Auflösung des Dienstverhältnisses nach § 3 Nr. 9 EStG aufgehoben. Aus Gründen des Vertrauensschutzes gilt eine Übergangsregelung für vor dem 1. 1. 2006 entstandene Ansprüche des Arbeitnehmers auf Abfindungen, ergangene Gerichtsentscheidungen über Abfindungszahlungen und anhängige Klageverfahren, soweit die Abfindung dem Arbeitnehmer vor dem 1. 1. 2008 zufließt. Für diese gilt die bisherige Regelung nach der eine Abfindung bis höchstens 7 200 Euro steuerfrei war. Hat der Arbeitnehmer das 50. Lebensjahr vollendet und das Dienstverhältnis mindestens 15 Jahre bestanden, so beträgt der Höchstbetrag 9 000 Euro. Hat der

Arbeitnehmer das 55. Lebensjahr vollendet und das Dienstverhältnis mindestens 20 Jahre bestanden, erhöht sich der Höchstbetrag auf 11 000 Euro.

528 | Die Einkunftsermittlung

Der Begriff Einkünfte in § 2 Abs. 1 EStG ist nicht mit dem der Einnahmen gleichzusetzen. Einkünfte sind der **Reinertrag** aus allen wirtschaftlichen Betätigungen, die zu derselben Einkunftsart gehören (Nettoprinzip). Dieser kann positiv oder negativ sein. Da die Einkunftsarten sehr unterschiedlich sind, hat das Gesetz zwei unterschiedliche Arten der Einkunftsermittlung festgelegt. Dies ist zum einen die Gewinnermittlung nach den Vorschriften der §§ 4 bis 7 g, 9 b EStG für die Einkunftsarten Land- und Forstwirtschaft, Gewerbebetrieb, selbständige Arbeit (**Gewinneinkünfte**). Dementsprechend werden die ermittelten Einkünfte bei diesen Einkunftsarten Gewinn genannt.

a) Die Ermittlung des Gewinns

Das Einkommensteuergesetz sieht folgende Arten der Gewinnermittlung vor:

- **Betriebsvermögensvergleich** nach § 4 Abs. 1 EStG für Land- und Forstwirte und selbständig Tätige oder Betriebsvermögensvergleich nach § 5 EStG für Gewerbetreibende (Bilanzierung)

Beide Arten des Betriebsvermögensvergleichs knüpfen als Grundlage an den Gewinnbegriff des § 4 Abs. 1 EStG an. Anders als beim „reinen" Betriebsvermögensvergleich nach § 4 Abs. 1 EStG, bei dem die handelsrechtlichen Bilanzierungsvorschriften nur sinngemäß zu beachten sind (§ 141 Abs. 1 Satz 2 Abgabenordnung), müssen bei der Gewinnermittlung nach § 5 EStG die Bewertungsvorschriften des Handelsrechts beachtet werden, soweit das Steuerrecht keine andere Bewertung vorsieht.

Beim Betriebsvermögensvergleich wird der Gewinn durch Bestandsvergleich wie folgt ermittelt:

Betriebsvermögen am Ende des Wirtschaftsjahres
./. Betriebsvermögen am Schluss des vorangegangenen Wirtschaftsjahres
\+ Entnahmen
./. Einlagen

Gewinn/Verlust

Entnahmen sind alle Wirtschaftsgüter, die der Steuerpflichtige dem Betrieb für betriebsfremde Zwecke entnommen hat. Einlagen sind alle Wirtschaftsgüter, die der Steuerpflichtige dem Betrieb zugeführt hat (§ 4 Abs. 1 EStG), z. B. das Betriebsvermögen eines Gewerbebetriebs in 01 beträgt zum 31. 12. 01 laut Bilanz 100 000 und zum 31. 12. 02 laut Bilanz 120 000. Einlagen und Entnahmen wurden nicht vorgenommen. Somit beträgt der in 02 erzielte Gewinn 20 000.

- **Einnahme-Überschussrechnung** nach § 4 Abs. 3 EStG, die grundsätzlich bei allen Gewinneinkünften möglich ist.

Dabei werden die Betriebseinnahmen den Betriebsausgaben gegenübergestellt. Aufgrund der gesetzlichen Grundlage wird diese Art der Gewinnermittlung auch 4/3 Rechnung genannt. Zweck dieser Vorschrift ist, die Gewinnermittlung gegenüber der Bilanzierung zu vereinfachen. Es handelt sich um eine einfache Geldverkehrsrechnung, für die der Zu- und Abfluss von Zahlungen maßgeblich ist.

- Gewinnermittlung nach **Durchschnittssätzen** für Land- und Forstwirte, sofern diese nicht zur Buchführung oder zur Gewinnermittlung nach § 4 Abs. 1 EStG verpflichtet sind und die Voraussetzungen des § 13a EStG erfüllen.

Welche der Gewinnermittlungsarten anzuwenden ist, hängt neben der jeweilig vorliegenden Einkunftsart (Spezialregelung für Land- und Forstwirtschaft) davon ab, ob aufgrund gesetzlicher Vorschriften für den Gewerbetreibenden eine Buchführungspflicht und die Pflicht zu regelmäßigen Abschlüssen besteht oder diese Pflichten von ihm freiwillig erfüllt werden.

Den Gewinn durch Betriebsvermögensvergleich nach § 5 Abs. 1 EStG haben alle Kaufleute i. S. d. § 1 HGB, die nach Handelsrecht und anderen außersteuerlichen Gesetzen verpflichtet sind, Bücher zu führen und Abschlüsse zu machen (§ 5 EStG, § 140 AO) zu ermitteln, z. B. Personengesellschaften (§ 6 HGB), Kapitalgesellschaften (§ 13 Abs. 3, §§ 41 ff. GmbHG; § 3 AktG, §§ 264 ff. HGB) und Genossenschaften (§§ 17 Abs. 2, 33 GenG, §§ 336 ff. HGB). Außerdem sind nach Aufforderung durch das Finanzamt buchführungspflichtig alle gewerblichen Unternehmer und Land- und Forstwirte, bei denen im Kalenderjahr der Umsatz 350 000 Euro (ab 2007: 500 000 Euro) oder der Gewinn 30 000 Euro übersteigt bzw. die selbständig bewirtschafteten Flächen einen Wirtschaftswert von mehr als 25 000 Euro, vgl. § 141 AO). Dagegen sind Freiberufler und andere Selbständige unabhänigig von der Höhe der Einnahmen nicht buchführungspflichtig. Sie haben in der Art der Gewinnermittlung ein Wahlrecht und können ihren Gewinn durch Bilanzierung nach § 4 Abs. 1 EStG oder Einnahme-Überschuss-Rechnung ermitteln.

Voraussetzung für die Gewinnermittlung nach der Einnahme-Überschuss-Rechnung ist, dass der Steuerpflichtige keine gesetzlichen Pflichten zur Buchführung und zu regelmäßigen Abschlüssen hat und sich auch nicht freiwillig hierzu verpflichtet hat. Für Wirtschaftsjahre, die nach dem 31. Dezember 2004 enden, muss zur Ermittlung der Einkünfte bei der Einnahme-Überschuss-Rechnung ein amtlicher Vordruck verwendet werden (Anlage EÜR). Liegen die Einnahmen unter 17 500 Euro wird es nicht beanstandet, wenn anstelle des Vordrucks die Gewinnermittlung formlos erfolgt.

b) Die Ermittlung des Überschusses

Die weitere Methode zur Ermittlung der Einkünfte ist die sog. Ermittlung des Überschusses. Diese findet Anwendung bei den Einkunftsarten nichtselbständige Arbeit, Kapitalvermögen, Vermietung und Verpachtung sowie sonstige Einkünfte. Hierbei werden die Einkünfte durch den Überschuss der Einnahmen gegenüber den Werbungskosten ermittelt. Aus diesem Grund werden diese Einkunftsarten auch **Überschusseinkünfte** genannt.

529 | Betriebsausgaben/Werbungskosten/ Kosten der privaten Lebensführung

Von den jeweiligen Einnahmen sind die Betriebsausgaben bzw. Werbungskosten in Abzug zu bringen.

a) Betriebsausgaben

Betriebsausgaben sind die Aufwendungen, die durch den Betrieb veranlasst sind (§ 4 EStG). Dies sind Aufwendungen, die in tatsächlichen oder wirtschaftlichen Zusammenhang mit dem Betrieb stehen. Auf die Notwendigkeit oder Zweckmäßigkeit kommt es grundsätzlich nicht an. Hierzu gehören z. B. Personalkosten oder Kosten für den Wareneinkauf.

Abzugsfähig sind nicht nur die laufenden im Betrieb anfallenden Aufwendungen, sondern auch die vor der Betriebseröffnung gemachten Ausgaben, die im Zusammenhang mit der Aufnahme der Tätigkeit stehen, sog. **vorweggenommene Betriebsausgaben**.

Aufwendungen nach Betriebsbeendigung sollen i. d. R. nicht mehr betrieblich veranlasst sein. Die Betriebsbeendigung soll einen Schlussstrich unter die betrieblichen Geschäftsvorfälle setzen, das verbleibende Aktivvermögen soll zur Schuldentilgung eingesetzt werden. Gleichwohl sind **nachträgliche Betriebsausgaben** nicht völlig ausgeschlossen.

Die Betriebsausgaben lassen nach ihrer Abzugsfähigkeit einteilen:

- **sofort abzugsfähige** Betriebsausgaben sind insbesondere solche betriebliche Aufwendungen, die laufend anfallen, z. B. Miet- und Zinszahlungen, Lohn- und Gehaltszahlungen, Reparaturkosten, soweit es sich nicht um Herstellungskosten handelt, Zahlung von Versicherungsbeiträgen, Anschaffungskosten für Roh-, Hilfs-, und Betriebsstoffe.

  Darüber hinaus können die Anschaffungs- oder Herstellungskosten für sog. **geringwertige Wirtschaftsgüter** (GWG) sofort als Betriebsausgabe abgezogen werden (§ 6 Abs. 2 EStG). Ein GWG liegt vor, wenn die Anschaffungs- oder Herstellungskosten eines betrieblich genutzten, abnutzbaren beweglichen Gegenstands des Anlagevermögens nicht mehr als 410 Euro (ohne Umsatzsteuer) betragen.

- **nicht sofort abzugsfähige** Betriebsausgaben sind Aufwendungen über 410 Euro (netto) für die Anschaffung von Wirtschaftsgütern des Anlagevermögens, die zur Erzielung von Einkünften dienen und deren Nutzung sich über mehrere Jahre erstreckt ➢ vgl. Absetzung für Abnutzung Nr. 530.

  Beispiel: Anschaffung einer Maschine im Juni 2006 für 410 Euro Die gesamten Anschaffungskosten können im Jahr 2006 als Betriebsausgaben abgezogen werden. Würden die Anschaffungskosten der Maschine netto 435 Euro betragen, so könnten diese nicht sofort als Betriebsausgabe berücksichtigt werden, sondern nur verteilt auf die voraussichtliche Nutzungsdauer des Geräts durch jährliche Abschreibungen.

- **nicht abzugsfähige oder beschränkt abzugsfähige** Betriebsausgaben: Bestimmte in § 4 Abs. 5 EStG abschließend aufgezählte Aufwendungen dürfen trotz ihrer betrieblichen Veranlassung nicht oder nicht in voller Höhe als Betriebsausgaben abgezogen werden und damit den steuerlichen Gewinn nicht mindern. Es handelt sich hierbei regelmäßig um Aufwendungen, die den Bereich der privaten Lebensführung berühren. Sie sind einzeln und getrennt von den sonstigen Betriebsausgaben aufzuzeichnen. Dazu gehören u. a. Aufwendungen für Jagd oder Fischerei oder Segeljachten. Beschränkt abzugsfähig sind **Aufwendungen für Bewirtung** von Geschäftsfreunden.

  Dabei sind Höhe der Aufwendungen und die betriebliche Veranlassung durch Belege nachzuweisen, die Angaben zum Ort, Tag, Teilnehmer und Anlass der

Bewirtung enthalten. Bei Rechnungen ab 100 Euro ist auch der Name der bewirtenden Person aufzunehmen. Anerkannt werden nur Rechnungen die maschinell erstellt und registriert sind. Rechnungen, die nur die Angabe „Speisen und Getränke" und eine Gesamtsumme enthalten, werden steuerlich nicht berücksichtigt.

Mehraufwendungen für Verpflegung können bei einer vorübergehenden betrieblichen Tätigkeit pro Kalendertag nur pauschal in folgender Höhe geltend gemacht werden:

- bei einer Abwesenheit von 24 Std.: 24 Euro,
- bei einer Abwesenheit von mindestens 14 Std.: 12 Euro,
- bei einer Abwesenheit von mindestens 8 Std.: 6 Euro

Dabei ist auf die Dauer der Abwesenheit von der Wohnung zum Tätigkeitsmittelpunkt abzustellen. Der Abzug ist auf die ersten drei Monate der Tätigkeit beschränkt.

Ab 1. 1. 2007 sind die **Fahrten Wohnung/Betriebsstätte** steuerlich nicht mehr als Betriebsausgaben zu berücksichtigen. Zur Vermeidung unbilliger Härten können Fernpendler ab dem 21. Entfernungskilometer die Fahrtkosten steuerlich wie Betriebsausgaben geltend machen, vgl. zu den Einzelheiten Pendlerpauschale. Aufwendungen für ein Arbeitszimmer werden ab 1. 1. 2007 nur noch berücksichtigt, wenn dieses den Mittelpunkt der betrieblichen Tätigkeit bildet, vgl. zu den Einzelheiten Arbeitszimmer.

b) Werbungskosten

Werbungskosten treten bei den Überschusseinkünften an die Stelle der Betriebsausgaben. Darunter fallen alle Aufwendungen, die durch die Erzielung von steuerpflichtigen Einnahmen veranlasst sind. Eine auf Einnahmeerzielung bezogene Veranlassung ist anzunehmen, wenn objektiv ein Zusammenhang mit der auf Einnahmeerzielung gerichteten Tätigkeit besteht und subjektiv die Aufwendungen zur Förderung dieser Tätigkeit vorgenommen wurden.

Werbungskosten können sowohl vorweg als auch nachträglich entstehen. Die Beschränkungen des Betriebsausgabenabzugs gelten auch hier.

aa) Pendlerpauschale

Die Kosten für die Fahrten Wohnung/Arbeitsstätte konnten bis einschließlich 2006 als Werbungskosten mit dem verkehrsmittelunabhängigen Pauschbetrag in Höhe von 0,30 Euro je Entfernungskilometer geltend gemacht werden. Ab 2007 sind diese Aufwendungen nicht mehr als Werbungskosten absetzbar. Zur Vermeidung von Härten für Fernpendler wird die Entfernungspauschale in Höhe von 0,30 Euro ab dem 21. Kilometer wie Werbungskosten berücksichtigt. Mit dieser Regelung soll bei Fahrtkosten grundsätzlich dem sog. „Werktorprinzip" Geltung verschafft werden. Demnach wird ausschließlich die Arbeitsstätte der Berufssphäre, das Wohnen dagegen dem Privatbereich zugeordnet. Die Wege zwischen Wohnung und Berufs- bzw. Arbeitsstätte gehören zur Privatsphäre.

Für die Berechnung der Entfernungskilometer ist auch weiterhin die kürzeste benutzbare Straßenverbindung maßgeblich. Eine weitere Strecke ist dann zu berücksichtigen, wenn diese verkehrsgünstiger ist, d. h. eine nicht nur geringfügige Zeitersparnis erreicht und diese Strecke vom Arbeitnehmer regelmäßig genutzt wird. Angefangene Kilometer werden nicht berücksichtigt. Max. können 4 500 Euro steuerlich geltend gemacht werden. Diese Beschränkung gilt nicht bei Nutzung eines Kfz und für Flugstrecken. Für Behinderte sind weiter Härtefallregelungen vorgesehen, die einen höheren Abzug erlauben. Unfallkosten sind ab 2007 durch die Pauschale mitabgegolten.

bb) Arbeitszimmer

Ein häusliches Arbeitszimmer ist ein zur Wohnung gehörender Raum, der seiner Lage, Funktion und Ausstattung nach vorwiegend der Erledigung gedanklicher, schriftlicher, verwaltungstechnischer oder organisatorischer Arbeiten dient, beruflich genutzt wird und von den übrigen Räumlichkeiten abgetrennt ist. Die unmittelbare Verbindung zur Wohnung ist nicht erforderlich. Bis zum 31. 12. 2006 sind für die steuerliche Berücksichtigung des Arbeitszimmers drei Gruppen zu unterscheiden:

- Arbeitnehmer, die nur bis zu 50 v. H. ihrer betrieblichen und beruflichen Tätigkeit im häuslichen Arbeitszimmer verrichten **und** denen ein anderer Arbeitsplatz außerhalb des Arbeitszimmers zur Verfügung steht: keine steuerliche Berücksichtigung des Arbeitszimmers.
- Arbeitnehmer, die mehr als 50 v. H. der beruflichen Tätigkeit im häuslichen Arbeitszimmer verrichten **oder** denen kein anderer Arbeitsplatz zur Verfügung steht: Begrenzter Abzug bis 1 250 Euro.
- Arbeitnehmer, bei denen das Arbeitszimmer den Mittelpunkt der beruflichen Tätigkeit darstellt: unbegrenzte steuerliche Berücksichtigung als Werbungskosten. Der Tätigkeitsmittelpunkt ist unter Berücksichtigung des Gesamtbilds der Verhältnisse und der Tätigkeitsmerkmale zu ermitteln. Maßgeblich ist, wo der Schwerpunkt aller im betrieblichen und beruflichen Bereich ausgeübten Tätigkeiten liegt. Dabei ist auf den Kernbereich der Tätigkeit abzustellen. Entscheidend ist, wo der Steuerpflichtige nach der allgemeinen Verkehrsauffassung die für seinen beruflichen Erfolg wesentlichen Leistungen erbringt.

In allen anderen Fällen ist eine steuerliche Berücksichtigung ausgeschlossen. Ab 1. 1. 2007 wird die Regelung verschärft. Ein Abzug der Aufwendungen für ein häusliches Arbeitszimmer ist dann nur noch möglich, wenn dort der Mittelpunkt der gesamten betrieblichen oder beruflichen Tätigkeit liegt.

c) Erwerbsbedingte Kinderbetreuungskosten

Ab 1. 1. 2006 sind diese zur besseren Vereinbarkeit von Kinderbetreuung und Erwerbstätigkeit neu geregelt worden. Alleinerziehende und Paare, bei denen beide Partner erwerbstätig sind, können zwei Drittel der Aufwendungen für die Betreuung von Kindern, die das 14. Lebensjahr noch nicht vollendet haben, wie Betriebsausgaben oder wie Werbungskosten bei der Ermittlung der Einkünfte abziehen. Ist das Kind wegen einer vor Vollendung des 25. Lebensjahres eingetretenen körperlichen, geistigen oder seelischen Behinderung außerstande sich selbst zu unterhalten, gilt die Begrenzung auf die Vollendung des 14. Lebensjahres nicht.

Voraussetzung ist die Erwerbstätigkeit des Alleinerziehenden bzw. beider Elternteile. Es muss eine auf Erzielung von Einkünften gerichtete Tätigkeit in selbständiger oder abhängiger Stellung ausgeübt werden. Auf die Dauer der Erwerbstätigkeit kommt es nicht an, so dass eine Teilzeittätigkeit ausreicht. Dagegen genügt es nicht, wenn Einkünfte aus Vermietung oder Verpachtung, Kapitalvermögen oder Renten erzielt werden, es sei denn die vermögensverwaltende Tätigkeit ist mit einer Erwerbstätigkeit vergleichbar.

Berücksichtigungsfähig sind alle Aufwendungen für Dienstleistungen zur Betreuung des Kindes, z. B. Babysitter, Tagesmütter, Kindergärten und -horte. Aufwendungen für Unterricht oder die Vermittlung besonderer Fähigkeiten, z. B. Hausaufgabenbetreuung, Nachhilfe- und Musikunterricht oder für sportliche Aktivitäten werden nicht berücksichtigt.

Maximal können 4000 Euro jährlich pro Kind geltend gemacht werden (§ 4 f EStG).

Bei den Einkünften aus nichtselbständiger Tätigkeit ist der Abzug der Kinder neben dem Arbeitnehmer-Pauschbetrag möglich.

Beispiel: Eine Familie in der beide Elternteile erwerbstätig sind, wendet 666 Euro jährlich für die Betreuung ihres Kindes auf. Von diesem Betrag können sie 444 Euro steuerlich in Abzug bringen können. Die verbleibenden 222 Euro sind von der Familie zu tragen.

Ist das Kind nicht unbeschränkt einkommensteuerpflichtig, wird der zu berücksichtigende Betrag auf das nach den Verhältnissen im Wohnsitzstaat des Kindes notwendige und angemessene Maß gekürzt (vgl. BMF-Ländergruppenregelung BStBl. I 2005, 369). Private Kinderbetreuungskosten, d. h. solche bei denen nur ein Elternteil erwerbstätig ist, können Sonderausgaben sein vgl. § 10 Abs. 1 Nr. 5 EStG).

d) Kosten der privaten Lebensführung

Kosten der privaten Lebensführung sind steuerlich grundsätzlich nicht zu berücksichtigen (§ 12 EStG). Dies gilt selbst dann, wenn die Aufwendungen auch dem betrieblichen Bereich nutzen, sog. **gemischte Aufwendungen**.

Beispiel: Kosten für Konzertkarten, wenn dort auch Geschäftspartner getroffen werden.

Ausnahmsweise kann eine Aufteilung der Aufwendungen nach privaten und beruflichen/betrieblichen Bereich erfolgen (vgl. BFH BStBl. II 1971, 17). Voraussetzung ist, dass sich der beruflich/betrieblich veranlasste Teil im Einzelfall von dem privaten Teil leicht abgrenzen lässt. Auf dieser Grundlage werden von der Rechtsprechung die Kosten für die Kfz- sowie die Telefon- und Computernutzung aufgeteilt.

530 | Absetzung für Abnutzung

a) Begriff

Für die Ermittlung der jährlich als Betriebsausgabe abzugsfähigen Abschreibungen (AfA) sind die Anschaffungs- oder Herstellungskosten eines Wirtschaftsguts, das zur Erzielung von Einkünften dient, auf dessen voraussichtliche Nutzungsdauer zu verteilen (§ 7 EStG). Die Abschreibung wird dabei grundsätzlich so bemessen, dass die Anschaffungs- oder Herstellungskosten nach Ablauf der betriebsgewöhnlichen Nutzungsdauer voll abgeschrieben sind, d. h. der Restbuchwert 0 Euro beträgt.

Str. ist, ob durch die AfA der Werteverzehr eines über mehrere Jahre genutzten Wirtschaftsguts steuerlich berücksichtigt wird (sog. Werteverzehrthese) oder der Aufwand, der mit der Anschaffung/Herstellung angefallen ist, über die Jahre der Nutzung verteilt wird und nur anteilig als Betriebsausgabe/Werbungskosten berücksichtigt wird (sog. Aufwandsverteilungsthese).

Anschaffungskosten sind die Aufwendungen, die geleistet werden, um das Wirtschaftsgut zu erwerben und es in einen betriebsbereiten Zustand zu versetzen. Dazu gehören auch Anschaffungsnebenkosten und nachträgliche Anschaffungskosten.

Herstellungskosten sind die Aufwendungen, die durch den Verbrauch von Gütern und die Inanspruchnahme von Diensten für die Herstellung eines Wirtschaftsguts, seine Erweiterung oder für eine über seinen ursprünglichen Zustand hinausgehende wesentliche Verbesserung entstehen.

b) Reguläre Abschreibung

Die in § 7 EStG geregelte AfA knüpft grundsätzlich an den im Rahmen der betriebsgewöhnlichen Nutzung angefallenen Substanz- oder Werteverzehr der Wirtschaftsgüter an (sog. **normale Abschreibung**). Die Finanzverwaltung hat auf Grundlage von Erfahrungswerten über die Nutzung von Wirtschaftsgütern verschiedener Wirtschaftszweige sog. AfA-Tabellen erstellt (vgl. BMF, BStBl. I 2000, 1532). In diesen sind die betriebsgewöhnliche Nutzungsdauer und die entsprechenden Abschreibungssätze festgelegt. Die AfA-Tabellen haben die Vermutung der Richtigkeit für sich, sind aber für die Gerichte nicht bindend. Eine Abweichung von den AfA-Tabellen bedarf aber einer besonderen Begründung. Die AfA ist für Anschaffungen während des Jahres zeitanteilig (pro-rata-temporis) vorzunehmen.

aa) AfA-Berechtigung

Das Recht, die AfA geltend zu machen, steht demjenigen zu, der die Abnutzung wirtschaftlich trägt und das Wirtschaftsgut zur Erzielung von Einkünften nutzt. Das ist der bürgerlich- rechtliche Eigentümer. Ausreichend kann aber auch wirtschaftliches Eigentum (§ 39 AO) sein.

bb) Abschreibungsmethoden

Bei den Abschreibungsmethoden kann grundsätzlich zwischen der linearen und der degressiven AfA gewählt werden:

- **Lineare AfA**: Die Abschreibung erfolgt in gleichen Jahresbeträgen. Dies erfolgt, indem die Anschaffungs- oder Herstellungskosten gleichmäßig mit einem einheitlichen Prozentsatz über die gesamte Nutzungsdauer verteilt werden.

  Beispiel: Im Januar 2006 wird eine Maschine für 20 000 Euro zzgl. USt erworben. Die Nutzungsdauer beträgt 8 Jahre. Somit ergibt sich eine jährliche lineare AfA von 2 500 Euro.

- **Degressive AfA**: Die Abschreibung erfolgt in jährlich fallenden Jahresbeträgen. Dabei wird ein gleich bleibender Prozentsatz vom jeweils am Ende des Wirtschaftsjahres verbleibenden Restwerts (Buchwert) berücksichtigt. Anders als bei der linearen AfA ist der jährliche Abschreibungsbetrag nicht gleich bleibend.

  Der Prozentsatz darf für Wirtschaftsgüter, die nach dem 31. Dezember 2000 angeschafft oder hergestellt werden weder 20 v. H. der Anschaffungs- oder Herstellungskosten noch das Doppelte der jährlichen linearen AfA übersteigen. Wurden die Wirtschaftsgüter nach dem 31. 12. 2005 angeschafft bzw. hergestellt, wird die degressive AfA auf 30 v. H. – begrenzt auf das Dreifache der linearen AfA – angehoben. Ab dem 1. 1. 2008 soll die degressive AfA wieder auf das bisherige Niveau von 20 v. H. gesenkt werden.

  Beispiel: Im Januar 2006 wird eine Maschine für 20 000 Euro zzgl. USt erworben. Die Nutzungsdauer beträgt 8 Jahre. Dementsprechend ist der lineare AfA-Satz 12,5 %. Die degressive AfA darf max. 20 % betragen. Somit ist diese mit 4 000 Euro zu berücksichtigen. Für das Folgejahr berechnet sich die degressive AfA aus dem Restwert von 16 000 Euro und beträgt 3 200 Euro. Somit ergibt sich zum 31. 12. des Wirtschaftsjahres ein Restwert von 12 800 Euro, von dem wieder die AfA in Höhe von 20 % geltend gemacht wird.

Von der degressiven AfA kann jederzeit zur linearen AfA übergegangen werden. Der Buchwert zum Ende des Wirtschaftsjahres wird dann durch die zu diesem Zeitpunkt verbleibende Restnutzungsdauer geteilt. Sinnvoll ist der Wechsel dann, wenn die lineare AfA in den späteren Jahren die degressive AfA übersteigt. Ein Wechsel von der linearen AfA auf die degressive ist unzulässig (§ 7 Abs. 3 EStG). Wurde in der Handelsbilanz die lineare AfA gewählt, so ist wegen des **Maßgeblichkeitsgrundsatzes** dies auch für die Steuerbilanz. Ansonsten gilt, dass Abschreibungen in der Handelsbilanz steuerlich nur soweit maßgebend sind, als sie § 7 EStG nicht widersprechen.

cc) AfA für Gebäude und selbständige Gebäudeteile

Bei bebauten Grundstücken handelt es sich steuerrechtlich um verschiedene Wirtschaftsgüter. Abschreibungen werden nur von den Anschaffungs- oder Herstellungskosten des Gebäudes vorgenommen. Der Grund und Boden unterliegt keiner Abnutzung, so dass die Anschaffungskosten für Grund und Boden grundsätzlich nicht abgeschrieben werden können. Wird ein Gebäude teilweise für den eigenen Betrieb, teilweise für den Betrieb eines anderen, teilweise zu eigenen Wohnzwecken und teilweise zu fremden Wohnzwecken genutzt, ist jeder der unterschiedlichen Gebäudeteile ein eigenes Wirtschaftsgut, das selbständig abzuschreiben ist.

Die Wahlmöglichkeiten und Abschreibungssätze werden durch gesetzliche Vorgaben eingeschränkt. Ihre Höhe hängt vom Baubeginn, Nutzung und Nutzungsdauer ab (vgl. § 7 Abs. 5 EStG). Für Objekte, die zu Wohnzwecken genutzt werden und die nach dem 31. 12. 2005 angeschafft oder hergestellt wurden, ist eine degressive AfA nicht mehr möglich.

c) Immaterielle Wirtschaftsgüter

Immaterielle Wirtschaftsgüter können – soweit sie gegen Entgelt erworben wurden – abnutzbar sein und sind abzuschreiben, z. B. der Firmen- oder Geschäftswert. Grundsätzlich ist hier nur die lineare AfA möglich (§ 6 Abs. 1 Nr. 1, § 7 Abs. 1 EStG). Der Firmen- oder Geschäftswert ist steuerrechtlich über 15 Jahre abzuschreiben (§ 7 Abs. 1 Satz 3 EStG).

d) Sonderformen der Abschreibung

Neben der normalen Abschreibung bestehen weitere Möglichkeiten der Abschreibung. Eine solche ist nach Maßgabe der Leistung (§ 7 Abs. 1 S. 5 EStG) und für **außergewöhnliche technische oder wirtschaftliche Abnutzung** (§ 7 Abs. 1 Satz 6 EStG) möglich.

Letztere setzt eine außergewöhnliche Abnutzung des Wirtschaftsguts voraus, die wirtschaftlicher oder technischer Art sein kann. Sie kann nicht neben der degressiven AfA gewährt werden.

Kleine und mittlere Betriebe können eine Sonderabschreibung in Form der **Ansparabschreibung** in Anspruch nehmen. Bei dieser können im Jahr der Anschaffung oder Herstellung von beweglichen Wirtschaftsgütern und in den vier folgenden Jahren neben der normalen AfA Sonderabschreibungen bis zu insgesamt 20 v. H. der Anschaffungs- oder Herstellungskosten geltend gemacht werden (§ 7 g Abs. 1 EStG).

Voraussetzung ist u. a., dass das Wirtschaftsgut mindestens ein Jahr nach der Anschaffung oder Herstellung im inländischen Betrieb verbleibt und jedenfalls fast ausschließlich betrieblich genutzt wird. Für die Anschaffung oder Herstellung des Wirtschaftsguts muss zuvor eine Rücklage gebildet worden sein, sog. **Anspar-Rücklage**. Eine Ausnahme besteht für Existenzgründer im Gründungsjahr.

Die Bildung einer Anspar-Rücklage setzt voraus, dass das Betriebsvermögen am Schluss des Wirtschaftsjahres, das dem Wirtschaftsjahr der Bildung der Rücklage vorangeht, nicht mehr als 204 517 Euro beträgt und der Einheitswert 122 710 Euro nicht übersteigt. Die Rücklage ist für jede einzelne Investition zu bilden und in der Buchführung zu kennzeichnen. Dazu muss die Investitionsabsicht glaubhaft gemacht werden. Die voraussichtliche Investition ist so genau zu bezeichnen, dass dann im Investitionsjahr festgestellt werden kann, ob diese Investition derjenigen entspricht, für die die Rücklage gebildet wurde (BFH Urt. v. 12. 12. 2001, BStBl. II 2002, 385).

Wird die Anspar- Rücklage in einem Wirtschaftsjahr, das vor dem 1. 1. 2001 beginnt, gebildet, beträgt sie bis zu 50 v. H. der voraussichtlichen Anschaffungs- oder Herstellungskosten (§ 7 g Abs. 3 Satz 2 i. V. mit § 52 XXIII EStG). Wird sie in einem Wirtschaftsjahr vorgenommen, das nach dem 31. 12. 2000 beginnt, darf sie 40 v. H. der voraussichtlichen Anschaffungs- oder Herstellungskosten nicht überschreiten. Das Wirtschaftsgut ist bis zum Ende des zweiten auf die Bildung der Rücklage folgenden Wirtschaftsjahres anzuschaffen oder herzustellen.

Die gebildeten Rücklagen dürfen insgesamt den Betrag von 154 000 Euro nicht übersteigen. Die Anspar-Rücklage ist gewinnerhöhend aufzulösen, sobald das neue bewegliche Wirtschaftsgut abgeschrieben werden kann. Für Existenzgründer sieht § 7 g Abs. 7 EStG Sonderregelungen vor, durch die der begünstigte Zeitraum verlängert und der Höchstbetrag erhöht wird. Die Förderung ist für die in § 7 g Abs. 7 EStG Sektoren ausgeschlossen (sog. sensible Sektoren). Dazu gehören u. a. die Eisen- und Stahlindustrie, die Kraftfahrzeugindustrie, der Landwirtschaftssektor, der Steinkohlebergbau und der Verkehrssektor.

531 | Verlustausgleich

Ergeben sich aus den einzelnen Einkunftsarten sowohl Verluste als auch Gewinne ist grundsätzlich eine Saldierung zulässig.

a) Horizontaler Verlustausgleich

Die Verrechnung von positiven und negativen Einkünften innerhalb derselben Einkunftsart ist unbeschränkt möglich (sog. **horizontaler Verlustausgleich**).

Beispiel: M erzielt in 2006 Einkünfte aus seinem Einzelunternehmen in Höhe von 50 000 Euro. Aus seiner Beteiligung als Kommanditist wird ihm ein Verlust in Höhe von 30 000 Euro zugewiesen. Somit hat M Einkünfte aus Gewerbebetrieb in Höhe von 20 000 Euro.

b) Vertikaler Verlustausgleich

Die Verrechnung von positiven und negativen Einkünften zwischen verschiedenen Einkunftsarten (sog. **vertikaler Verlustausgleich**) war bis einschließlich 2003 durch ein komplexes System eingeschränkt. Mit diesem sollte eine Mindestbesteuerung sichergestellt werden (vgl. § 2 Abs. 2–8 EStG). Gerade wegen der Komplexität wurde es zum 1. 1. 2004 aufgegeben. Damit ist grundsätzlich auch hier eine Verrechnung uneingeschränkt möglich. Besonderheiten bestehen jedoch durch die gesetzlich eingeschränkte Verlustverrechnung bei Einkünften aus gewerblicher Tierzucht/gewerblicher Tierhaltung oder bestimmten Termingeschäften (§ 15 Abs. 4 EStG); für Kommanditisten nach § 15 a EStG und für sog. Steuerstundungsmodelle (§ 15 b EStG). Solche Verluste können nur mit späteren Gewinnen aus der Beteiligung verrechnet werden.

Steuerstundungsmodelle liegen vor, wenn ein Anbieter mithilfe eines vorgefertigten Konzepts, das auf die Erzielung steuerlicher Verluste aufgrund negativer Einkünfte ausgerichtet ist, Anleger wirbt. Dies ist gegeben, wenn dem Steuerpflichtigen aufgrund eines vorgefertigten Konzepts die Möglichkeit geboten wird, zumindest in der Anfangsphase Investitionsverluste mit übrigen Einkünften zu verrechnen. Typisch sind geschlossene Fonds, z. B. Medienfonds, Schiffsbeteiligungen, soweit sie nur Verluste vermitteln. Charakteristisch ist ein Bündel von Verträgen bzw. Leistungen, z. B. Vermittlung der Finanzierung, Abgabe einer Mietgarantie. Für ein Steuerstundungsmodell spricht auch, wenn der Anleger vorrangig eine kapitalmäßige Beteiligung anstrebt, ohne Interesse an einem Einfluss auf die Geschäftsführung zu haben. Voraussetzung für die Annahme eines Steuerstundungsmodells ist, dass die innerhalb der Anfangsphase prognostizierten Verluste 10 v. H. des gezeichneten und aufzubringenden Kapitals bzw. der konzeptionsbedingte Verlust mehr als 10 v. H. des eingesetzten Kapitals beträgt. Anfangsphase ist der Zeitraum, bis zu dem nach dem Konzept nachhaltig keine positiven Einkünfte erzielt werden. Unerwartete Verluste, d. h. solche, die bei der Konzeption nicht abzusehen waren, (unerwarteter Mietausfall, Beschädigung des Investitionsobjekts) sind nicht einzubeziehen.

Die Verlustverrechnungsbeschränkung gilt für Stpfl., die entweder nach dem 10. 11. 2005 ein solches Steuerstundungsmodell gezeichnet haben oder beigetreten sind oder der Außenvertrieb des Fonds erst nach dem 10. 11. 2005 begonnen hat.

Nicht betroffen von der Regelung ist u. a. die normale unternehmerische Tätigkeit bei denen Existenzgründer Anlaufverluste erleiden (keine modellhafte Gestaltung).

Verbleibt nach der Verlustverrechnung ein negativer Saldo als Gesamtbetrag der Einkünfte, ist dieser im Rahmen des Verlustabzugs zu berücksichtigen, ➤ vgl. Nr. 535.

532 | Altersentlastungsbetrag

Von der Summe der Einkünfte ist der Altersentlastungsbetrag in Abzug zu bringen (§ 24a EStG). Diesen erhalten unbeschränkt Steuerpflichtige, die vor dem Beginn des Veranlagungsjahres das 64. Lebensjahr vollendet haben. Bis einschließlich 2004 wurde er in Höhe von 40 v. H. des Arbeitslohns (ohne Versorgungsbezüge i. S. d. § 19 Abs. 2 EStG) und der positiven Summe der Einkünfte, die keine Arbeitseinkünfte sind (ohne Leibrenten, § 22a Nr. 1a EStG), maximal 1908 Euro gewährt. Bei Ehegatten erfolgt stets eine getrennte Berechnung.

Durch die Neuregelung der Besteuerung von Alterseinkünften ab 2005 wurde die Forderung des BVerfG nach der Gleichbehandlung von gesetzlichen Altersrenten und Pensionen umgesetzt. Die Besteuerung wird schrittweise auf eine nachgelagerte Besteuerung umgestellt, d. h. die in der Erwerbsphase geleisteten Aufwendungen für den Aufbau der Altersvorsorge werden schrittweise steuerfrei gestellt. Im Gegenzug erfolgt in der Auszahlungsphase eine Besteuerung. Aufgrund der Neuregelung verliert der Altersentlastungsbetrag seine Berechtigung, denn in der Endstufe werden die Renten und die Versorgungsbezüge gleichbehandelt und vollständig besteuert. Der Altersentlastungsbetrag wird daher schrittweise abgebaut. Sowohl der Prozentsatz als auch der Höchstbetrag werden über 35 Jahre auf Null abgesenkt. Dabei wird der Prozentsatz bis 2020 jährlich um 1,6 v. H. und für die dann folgenden 20 Jahre jährlich mit 0,8 v. H. reduziert. Der Höchstbetrag wird auf gleiche Weise abgesenkt.

Für 2007 beträgt der Altersentlastungsbetrag 36,8 v. H., max. 1748 Euro.

Auf die Einzelfragen geht das BMF-Schreiben v. 24. 2. 2005 (BStBl. I 2005, 429) ein.

533 | Entlastungsbetrag für Alleinerziehende

Anstelle des Haushaltsfreibetrages können ab 2004 Alleinerziehende, die eine Haushaltsgemeinschaft mit minderjährigen Kindern bilden, 1 308 Euro jährlich als Entlastungsbetrag beanspruchen (§ 24b EStG).

Der Freibetrag knüpft daran an, dass die alleinstehende Person und das Kind in einer gemeinsamen Wohnung mit Hauptwohnsitz gemeldet sind, in der keine weitere erwachsene Person lebt, die sich an der Haushaltsführung beteiligt. Ist in dieser Wohnung eine weitere erwachsene Person mit Haupt- oder Nebenwohnsitz gemeldet, spricht eine widerlegbare Vermutung für das Vorliegen einer Hauhaltsgemeinschaft des Alleinerziehenden mit dieser erwachsenen Person.

534 | Freibetrag für Land- und Forstwirte

Nach § 13 Abs. 3 EStG werden die Einkünfte aus Land- und Forstwirtschaft nur dann berücksichtigt, wenn diese den Betrag von 670 Euro übersteigen und die Summe der Einkünfte niedriger als 60 000 Euro ist. Bei Ehegatten, die zur Einkommensteuer zusammen veranlagt werden, verdoppeln sich diese Beträge.

535 | Verlustabzug

Ist ein Verlustausgleich durch Verrechnung negativer Einkünfte mit positiven Einkünften im gleichen Veranlagungsjahr nicht möglich, kann über den Verlustabzug nach § 10 d EStG der Verlust in einem anderen Veranlagungszeitraum eingebracht werden. Die durch die Mindestbesteuerung eingeführten Beschränkungen beim Verlustabzug sind ab 2004 wieder weggefallen. Nunmehr kann der verbleibende Verlust zunächst in den vorangehenden Veranlagungszeitraum zurückgetragen werden (Verlustrücktrag). Verbleiben trotz Rücktrags nicht ausgeglichene Verluste, so werden diese in künftige Veranlagungszeiträume vorgetragen (Verlustvortrag), vgl. § 10 d Abs. 2 Satz 1 EStG.

Der **Verlustrücktrag** ist nur in den der Verlustentstehung unmittelbar vorgehenden Veranlagungszeitraum möglich. Er ist der Höhe nach auf Verluste von 511 500 Euro begrenzt. Bei Zusammenveranlagung erhöht sich dieser Höchstbetrag auf 1 023 000 Euro.

Der Steuerpflichtige hat jedoch ein Wahlrecht und kann anstelle des Verlustrücktrags sofort den **Verlustvortrag** wählen, § 10 d Abs. 1 Satz 4, 5 EStG. Beim Verlustvortrag können Verluste bis 1 Mio. Euro unbegrenzt mit positiven Einkünften verrechnet werden. Bei Zusammenveranlagung erhöht sich dieser Betrag auf 2 Mio. Euro. Darüber hinausgehende Verluste werden nur mit 60 v. H. berücksichtigt (Deckelung).

Der Verlustabzug ist vorrangig vor anderen Sonderausgaben, außergewöhnlichen Belastungen und sonstigen Abzugsbeträgen abzuziehen. Reicht der Gesamtbetrag der Einkünfte nur für den Verlustausgleich, dann bleiben die in diesem Veranlagungszeitraum angefallenen Sonderausgaben und außergewöhnlichen Belastungen ohne steuerliche Berücksichtigung.

Verfahrensrechtlich wird der am Schluss eines Veranlagungsjahres verbleibende Verlustvortrag durch Bescheid gesondert festgestellt, § 10 d Abs. 3 EStG. Bereits bestandskräftige Einkommensteuerbescheide des vorangegangenen Veranlagungszeitraums können auf Grund § 10 d

Abs. 1 Satz 5 EStG geändert werden. Es handelt sich um eine eigenständige Änderungsvorschrift außerhalb der Abgabenordnung.

536 | Sonderausgaben und gleichgestellte Aufwendungen

a) Begriff

Sonderausgaben sind Aufwendungen, die weder Betriebsausgaben noch Werbungskosten sind. Es handelt sich um Privatausgaben (Lebensführungskosten), die nicht im Zusammenhang mit einer der sieben Einkunftsarten stehen. Die in §§ 10, 10a, 10b EStG abschließend aufgezählten Sonderausgaben können bei der Einkommensteuer vom Gesamtbetrag der Einkünfte abgezogen werden.

Bei den Sonderausgaben ist zu unterscheiden zwischen

aa) allgemeinen Sonderausgaben:

dazu gehören: Renten und dauernde Lasten, Kirchensteuer saldiert mit Erstattungen, Steuerberatungskosten bis 31. 12. 2005, 30 v. H. des Schulgeldes an einer staatlich genehmigten oder nach Landesrecht erlaubten Ersatz- oder Ergänzungsschule, ausgenommen sind die Aufwendungen für Unterbringung, Betreuung und Verpflegung (§ 10 Abs. 1 Nrn. 1a, 4–6, 9); bis 13 805 Euro Unterhaltsleistungen an den geschiedenen oder dauernd getrennt lebenden Ehegatten auf gemeinsamen Antrag (Realsplitting, § 10 Abs. 1 Nr. 1 EStG); bis 4 000 Euro für die eigene Berufsausbildung (§ 10 Abs. 1 Nr. 7 EStG); zwei Drittel der Aufwendungen für die Betreuung von Kindern bis 14 Jahre, max. 4 000 Euro, wobei Besonderheiten bei Behinderung bestehen.

bb) Altersvorsorgeaufwendungen

Bei den Altersvorsorgeaufwendungen ist zwischen Basisversorgung und anderen Vorsorgeaufwendungen zu differenzieren:

Zur **Basisversorgung** (§ 10 Abs. 1 Nr. 2 EStG) gehören Beiträge zur gesetzlichen Rentenversicherung, zu landwirtschaftliche Alterskassen und berufsständischen Versorgungswerken, die den gesetzlichen Rentenversicherungen vergleichbare Leistungen erbringen. Hier einzuordnen sind auch Beiträge zugunsten privater Leibrentenversicherungen (private Basisrentenprodukte), deren erworbene Anwartschaften nicht beleihbar, nicht vererblich, nicht übertragbar, nicht veräußerbar und nicht kapitalisierbar sind. Eine Auszahlung dieser privaten Basisrente ist nur als lebenslange monatliche Leibrente und nicht vor Vollendung des 60. Lebensjahres zulässig. Als Ergänzung dürfen diese begünstigten Vorsorgeprodukte mit Zusatzabsicherungen (Eintritt der Berufsunfähigkeit oder der verminderten Erwerbsfähigkeit, Hinterbliebenenversorgung) verbunden werden. Begünstigt sind auch Beiträge zum Aufbau von Anwartschaften einer betrieblichen Altersversorgung, wenn die Versorgungszusage die oben genannten Voraussetzungen für private Leibrentenversicherungen erfüllt.

Es handelt sich hierbei um eine abschließende Aufzählung der begünstigten Altersvorsorgeaufwendungen.

Für Beiträge zur Basisversorgung wird der Sonderausgabenabzug schrittweise erhöht. Bis 2025 sind max. 20000 Euro bzw. bei Zusammenveranlagung 40000 Euro als Sonderausgabe zu berücksichtigen. In 2005 beträgt der Höchstbetrag 60 v. H. der Aufwendungen. Er steigt in jedem Folgejahr um 2 Prozentpunkte an. Im Gegenzug zum erweiterten Sonderausgabenabzug ist die Besteuerung der Altersbezüge und Renten in der Auszahlungsphase. Diese steigt ebenfalls stufenweise bis eine vollständige Besteuerung in 2040 erreicht ist, sog. nachgelagerte Besteuerung.

Durch die Umstellung des Systems auf die nachgelagerte Besteuerung ab 1. 1. 2005 kann es für Geringverdiener zu Nachteilen kommen. Aus diesem Grund führt die Finanzverwaltung eine Günstigerprüfung mit der alten Rechtslage durch. Soweit diese für den Steuerpflichtigen günstiger ist, wird die alte Rechtslage fortgeführt.

cc) Andere Vorsorgeaufwendungen

Andere Vorsorgeaufwendungen sind Versicherungen gegen Arbeitslosigkeit, Erwerbs- und Berufsunfähigkeit, Kranken-, Pflege-, Unfall-, und Haftpflichtversicherungen sowie Risikoversicherungen, die nur für den Todesfall eine Leistung vorsehen (§ 10 Abs. 1 Nr. 3 a EStG).

Nach § 10 Abs. 4 EStG können diese Aufwendungen je Kalenderjahr und Steuerpflichtiger bis 2400 Euro geltend gemacht werden. Erhält der Steuerpflichtige als Arbeitnehmer einen steuerfreien Arbeitnehmerbeitrag zur gesetzlichen Krankenversicherung oder hat er ohne eigene Aufwendungen einen Anspruch auf Ersatz von Krankheitskosten, reduziert sich der Höchstbetrag auf 1500 Euro.

Beiträge zu **Lebensversicherungen** gehören grundsätzlich zu den anderen Vorsorgeaufwendungen. Dabei muss es sich um Rentenversicherungen gegen laufende Beitragsleistung ohne Kapitalwahlrecht bzw. mit Kapitalwahlrecht, wenn dieses nicht vor Ablauf von 12 Jahren seit Vertragsabschluss ausgeübt werden kann, handeln. Kapitalversicherungen gegen laufende Beitragsleistung mit Sparanteil, bei denen der Vertrag über die Dauer von mindestens 12 Jahre abgeschlossen ist, werden hier auch erfasst. Wurde der Vertrag vor dem 1. 1. 2005 abgeschlossen und bis zum 31. 12. 2004 mindestens ein Versicherungsbeitrag geleistet, gehören die Erträge aus diesen Versicherungen nicht u den steuerpflichtigen Einkünften aus Kapitalvermögen (§ 20 Abs. 1 Nr. 6 Satz 2 EStG).

Lebensversicherungsverträge, die nach dem 1. 1. 2005 abgeschlossen wurden, werden wie andere Vorsorgeaufwendungen behandelt. In der Auszahlungsphase werden nach § 20 Abs. 1 Nr. 6 EStG die Versicherungserträge in Höhe des Unterschieds zwischen Auszahlungsbetrag und eingezahlten Beiträgen als Einkünfte aus Kapitalvermögen besteuert. Erfolgt die Auszahlung nach Vollendung des 60. Lebensjahres des Steuerpflichtigen und nach Ablauf von 12 Jahren seit Vertragsschluss, werden diese nur zur Hälfte der Besteuerung unterworfen.

Macht der Steuerpflichtige keine Vorsorgeaufwendungen geltend, wird – soweit der Steuerpflichtige Arbeitslohn bezieht – eine **Vorsorgepauschale** berücksichtigt. Diese setzt sich bei rentenversicherungspflichtigen Arbeitnehmern aus 50 v.H. des Beitrags zur gesetzlichen Rentenversicherung und 11 v.H. des Arbeitslohns (max. 1500 Euro) zusammen. Bei nicht rentenversicherungspflichtigen Arbeitnehmern sind nur 1500 Euro zu berücksichtigen.

b) Sonstige Aufwendungen

Wie Sonderausgaben abzugsfähig sind Aufwendungen des Steuerpflichtigen für die Wiederherstellung/Sanierung von zu eigenen Wohnzwecken genutzten Baudenkmalen und Gebäuden im Sanierungsgebiet (§ 10f EStG) sowie an Kulturgütern (§ 10g EStG).

537 | Außergewöhnliche Belastungen

a) Begriff

Dies sind Aufwendungen, die steuerlich weder als Betriebsausgaben oder Werbungskosten noch als Sonderausgaben abzugsfähig sind. Vielmehr handelt es sich um Lebensführungskosten, die an sich steuerlich nicht relevant wären. Da sie die Leistungsfähigkeit des einzelnen Steuerpflichtigen beeinflussen, finden sie gleichwohl aufgrund der Regelung der §§ 33ff. EStG steuerliche Berücksichtigung und werden auf Antrag vom Gesamtbetrag der Einkünfte abgezogen werden. Bei Zusammenveranlagung wird der jeweilig zu berücksichtigende Betrag bei jedem Ehegatten zur Hälfte abgezogen. Die Ehegatten können jedoch gemeinsam eine andere Aufteilung beantragen. Die außergewöhnlichen Belastungen unterteilen sich in individuelle Einzelfälle, die nicht einheitlich geregelt werden können (§ 33 EStG) und in wesentlich gleichartige Fälle, die durch Typisierung berücksichtigt werden (§§ 33 a–c EStG).

b) Voraussetzungen

Voraussetzung für außergewöhnliche Belastungen nach § 33 EStG ist, dass die Aufwendungen größer sind, als die der überwiegenden Mehrzahl der Steuerpflichtigen mit gleichen Einkommens-, Vermögensverhältnissen und gleichem Familienstand. Erforderlich ist eine echte wirtschaftliche Belastung des Steuerpflichtigen, d.h. er muss zu Ausgaben gezwungen sein, die er endgültig selbst zu tragen hat. Erhält der Steuerpflichtigen einen Gegenwert für seine Aufwendungen, liegt keine Belastung vor (Gegenwerttheorie). Ebenso werden Vorgänge auf der reinen Vermögensebene, die die individuelle Leistungsfähigkeit nicht berühren, grundsätzlich nicht berücksichtigt. Weiter müssen die Aufwendungen zwangsläufig entstehen, d.h. der Steuerpflichtige. kann sich ihnen aus rechtlichen, tatsächlichen oder sittlichen Gründen nicht entziehen. Sie müssen notwendig und angemessen sein (§ 33 Abs. 1 und 2 EStG). Die tatsächlich angefallenen Aufwendungen sind für ihre steuerliche Berücksichtigung um den Teil der zumutbaren Belastung zu kürzen. Die zumutbare Belastung beträgt 1–7 v.H. des Gesamtbetrags der Einkünfte (§ 33 Abs. 3 EStG). Beispiele für außergewöhnliche Belastungen sind Aufwendungen für Krankheit, Sanatoriumsaufenthalt, Beerdigungskosten und bestimmte Kosten der Ehescheidung.

c) Typisierte Fallgestaltungen

Bei den außergewöhnlichen Belastungen der §§ 33a und 33b EStG handelt es sich um besondere Fälle, die bei einer größeren Zahl von Steuerpflichtigen auftreten und die zweckmäßig typisiert geregelt werden, um eine Gleichmäßigkeit der Besteuerung herbeizuführen. Eine zumutbare Belastung ist bei diesen nicht zu berücksichtigen. Dazu gehören:

aa) Aufwendungen bis 7 680 Euro für den Unterhalt und eine etwaige Berufsausbildung gegenüber einer gesetzlich unterhaltsberechtigten Person (§ 33 a EStG).

Voraussetzung ist, dass weder der Steuerpflichtige noch eine andere Person Anspruch auf einen Kinderfreibetrag oder Kindergeld hat. Eigene Einkünfte und Bezüge des Unterhaltsberechtigten sind bis 624 Euro unschädlich; Ausbildungsbeihilfen usw. sind voll anzurechnen (§ 33 a Abs. 1 EStG).

bb) Aufwendungen in Höhe von 924 Euro für die Berufsausbildung eines auswärtig untergebrachten, volljährigen Kindes, für das der Steuerpflichtige einen Kinderfreibetrag oder Kindergeld erhält, (§ 33 a Abs. 2 EStG, Ausbildungsfreibetrag).

Soweit die eigenen Einkünfte und Bezüge des Kindes 1 848 Euro übersteigen, wird der Ausbildungsfreibetrag um den übersteigenden Betrag gekürzt. Ausbildungshilfen aus öffentlichen Mitteln (z. B. BAföG) oder Zuschussleistungen öffentlich geförderter Förderungseinrichtungen werden in voller Höhe angerechnet. Wird das 18. Lebensjahr erst während des Kalenderjahrs vollendet, werden die Ausbildungsfreibeträge gezwölftelt, angefangene Monate zählen voll (§ 33 a Abs. 4 EStG). Der Freibetrag kann nur einmal abgezogen werden. Jedem Elternteil steht grundsätzlich die Hälfte des Abzugsbetrages zu. Auf gemeinsamen Antrag der Eltern ist eine andere Aufteilung möglich.

cc) Aufwendungen bis 624 Euro für eine Hilfe im Haushalt, wenn der Steuerpflichtige bzw. sein Ehegatte das 60. Lebensjahr vollendet hat, bei Krankheit des Steuerpflichtige oder einer zum Haushalt gehörenden unterhaltenen Person. Bei Hilflosigkeit oder schwerer Behinderung erhöht sich der Betrag auf max. 924 Euro (§ 33 a Abs. 3 Satz 1 EStG).

Wird der Steuerpflichtige oder sein Ehegatte in einem Heim untergebracht, so ist ein Heimbewohner-Freibetrag in Höhe von max. 624 Euro bzw. 924 Euro zu berücksichtigen.

dd) Zur Abgeltung der außergewöhnlichen Belastungen, die einem behinderten Menschen infolge seiner Belastung entstehen, sind in § 33 b Abs. 1 bis 3 EStG Pauschalen vorgesehen (Behindertenpauschbetrag).

Diese sind nach dem Grad der Behinderung gestaffelt und betragen 310 Euro bis 3 700 Euro. Daneben ist bei Geh- und Stehbehinderten der Abzug von Kfz-Aufwendungen möglich.

ee) Weitere Pauschbeträge werden für Hinterbliebene, die Hinterbliebenenrente beziehen (370 Euro, § 33b Abs. 4 EStG), und für die persönliche Pflege eines Hilflosen gewährt (924 Euro, Pflege-Pauschbetrag, § 33b Abs. 4 EStG).

Dabei zählt das von den Eltern eines behinderten Kindes für dieses empfangene Pflegegeld unabhängig von seiner Verwendung nicht zu den Einnahmen.

538 | Freibeträge für Kinder

a) Familienleistungsausgleich

Die steuerliche Berücksichtigung des Mehraufwandes durch Kinder erfolgt seit 1996 durch den Familienleistungsausgleich. Zentrale Vorschrift ist § 31 EStG.

Danach wird die steuerliche Entlastung für das Existenzminimum von Kindern durch die Freibeträge nach § 32 Abs. 6 EStG (= Kinderfreibetrag und Freibetrag für den Betreuungs- und Erziehungs- oder Ausbildungsbedarf – Bedarfsfreibetrag) oder durch das Kindergeld (§§ 62 ff. EStG) bewirkt. Während des Jahres wird Kindergeld gewährt. Im Rahmen der Einkommensteuerveranlagung wird geprüft, ob der Abzug der Freibeträge günstiger als der Anspruch auf Kindergeld ist. In diesen Fällen erhöht sich die tarifliche Einkommensteuer, die sich unter Berücksichtigung des Abzugs der Freibeträge für Kinder ergibt, um den Anspruch auf Kindergeld.

b) Das Kindergeld

Im laufenden Kalenderjahr wird Kindergeld als Steuervergütung monatlich gezahlt. Anspruchsberechtigt sind unbeschränkt Steuerpflichtige, die mit ihren Kindern i. S. d. § 32 Abs. 1 EStG in einer Haushaltsgemeinschaft leben. Zu den Kindern gehören neben den leiblichen Kindern des Steuerpflichtigen auch Pflegekinder. Großeltern können für ihre Enkel kindergeldberechtigt sein. Auch die im Haushalt des Berechtigten aufgenommenen Kinder des Ehegatten sind begünstigt. Das Kindergeld wird auf Antrag gewährt. Für die ersten drei Kinder beträgt das Kindergeld monatlich 154 Euro, für jedes weitere Kind 179 Euro. Kindergeld wird grundsätzlich bis zur Vollendung des 18. Lebensjahres gewährt. Die darüber hinausgehende Gewährung knüpft an weitere Voraussetzungen an. So wird Kindergeld u. a. bis zur Vollendung des 21. Lebensjahres gewährt, wenn das Kind arbeitslos, d. h. nicht in einem Beschäftigungsverhältnis steht und beim Arbeitsamt als arbeitsuchend gemeldet ist. Weitere Verlängerungen der Anspruchsberechtigung bis zur Vollendung des 25. Lebensjahres sieht § 32 Abs. 4 EStG vor, z. B. wenn das Kind für einen Beruf ausgebildet wird oder eine Berufsausbildung mangels Ausbildungsplatzes nicht beginnen oder fortsetzen kann. Voraussetzung ist, dass die eigenen Einkünfte und Bezüge des Kindes 7 188 Euro nicht übersteigen.

Kinder, die wegen körperlicher, geistiger oder seelischer Behinderung außerstande sind, sich selbst zu unterhalten, erhalten über das 18. Lebensjahr hinaus Kindergeld, wenn die Behinderung vor der Vollendung des 25. Lebensjahres eingetreten ist.

c) Kinderfreibetrag

Wird aufgrund der Höhe des zu versteuernden Einkommens die gebotene steuerliche Entlastung durch das Kindergeld nicht erreicht, sind die Freibeträge nach § 32 Abs. 6 EStG vom Einkommen abzuziehen. Der Kinderfreibetrag beträgt 1 824 Euro für das sächliche Existenzminimum des Kindes. Zusätzlich wird ein Freibetrag von 1 080 Euro für den Betreuungs- und Erziehungs- oder Ausbildungsbedarf des Kindes bei der Veranlagung zur Einkommensteuer vom Einkommen abgezogen (§ 32 Abs. 6 EStG). Bei Zusammenveranlagung verdoppeln sich die Beträge auf 3 648 Euro und 2 160 Euro, wenn das Kind zu beiden Ehegatten in einem Kindschaftsverhältnis steht. Der Kinderfreibetrag wird auch abgezogen, wenn der andere Elternteil verstorben oder nicht unbeschränkt einkommensteuerpflichtig ist oder der Steuerpflichtige allein das Kind angenommen hat oder das Kind nur zu ihm in einem Pflegekindschaftsverhältnis steht (§ 32 Abs. 6 Satz 1 bis 3 EStG). Liegen die Voraussetzungen zur Zusammenveranlagung zur Einkommensteuer nicht vor, ist auf Antrag eines Elternteils der Kinderfreibetrag des anderen Elternteils auf ihn zu übertragen, wenn dieser seiner Unterhaltspflicht gegenüber dem Kind für das Kalenderjahr im Wesentlichen nicht nachkommt (§ 32 Abs. 6 Satz 5 EStG). Der Kinderfreibetrag kann auch auf einen Stiefelternteil oder auf Großeltern übertragen werden, wenn sie das Kind in ihren Haushalt aufgenommen haben (§ 32 Abs. 6 Satz 6 EStG).

539 | Ermittlung der tariflichen Einkommensteuer

a) Der Steuertarif

Durch die Anwendung des Steuertarifs auf das zu versteuernde Einkommen ergibt sich grundsätzlich die festzusetzende Einkommensteuer (sog. tarifliche Einkommensteuer). Der Steuertarif wird nach einer mathematischen Funktion auf Grundlage des zu versteuernden Einkommens berechnet, § 32 a EStG. Das Ergebnis dieser Funktion ist in den sog. Einkommensteuertabellen (Grund- und Splittingtabelle) zusammengefasst. Die Splittingtabelle ist grundsätzlich nur bei Ehegatten anzuwenden, die zu Einkommensteuer zusammen veranlagt werden. Im Übrigen gilt die Grundtabelle.

Der Steuertarif hat einen linear-progressiven Verlauf, womit dem Grundsatz der Leistungsfähigkeit des Steuerpflichtigen Rechnung getragen werden soll. Bis zum **Grundfreibetrag** von derzeit 7 664 Euro fällt keine Steuer an. Anschließend beginnt der linear-progressive Verlauf, der ab 2006 mit einem **Eingangsteuersatz** von 16 v. H. beginnt.

Der **Spitzensteuersatz** wird bei einem zu versteuernden Einkommen von 52 151 Euro erreicht und beträgt derzeit 42 v. H. Für sog. Spitzenverdiener, d. h. Steuerpflichtige bei den das zu versteuernde Einkommen über 250 000 Euro (bei Verheirateten 500 000 Euro) liegt, wird der Steuersatz ab Veranlagungszeitraum 2007 um 3 Prozentpunkte auf

45 v. H. angehoben (§ 32a EStG, sog. **Reichensteuer**). Gewinneinkünfte (Einkünfte aus Land- und Forstwirtschaft, Gewerbebetrieb oder selbständiger Arbeit) werden davon ausgenommen. Dies erfolgt durch die Einführung eines Entlastungsbetrages (§ 32c EStG), der bis zum Inkrafttreten der Unternehmensteuerreform 2008 gewährt werden soll.

Die durchschnittliche Steuerbelastung eines Steuerpflichtigen ergibt sich durch die Division der Einkommensteuer durch das zu versteuernde Einkommen. Aufgrund des Grundfreibetrags und des linear-progressiven Verlaufs des Steuertarifs haben selbst Steuerpflichtige mit hohem zu versteuernden Einkommen keine Durchschnittsbelastung von 42 v. H., sondern diese wird abgemildert. Die Auswirkungen des Grundfreibetrags und des linear- progressiven Verlaufs des Steuertarifs werden jedoch mit steigendem Einkommen geringer, so dass dennoch eine höhere steuerliche Belastung entsteht.

Beispiel: Der ledige Steuerpflichtige A erzielt in 2005 ein zu versteuerndes Einkommen von 100 000 Euro. Der durchschnittliche Steuersatz beträgt für ihn 34,1 v. H. Der Steuerpflichtige B erzielt 200 000 Euro, so dass der durchschnittliche Steuersatz 38 v. H. beträgt.

b) Progressionsvorbehalt

Der Steuertarif kann sich durch die Berücksichtigung steuerfreier Einnahmen des Steuerpflichtigen erhöhen. Die Steuerfreiheit der Einnahmen führt dazu, dass diese nicht bei der Ermittlung des zu versteuernden Einkommens zu berücksichtigen sind. Somit ergibt sich ein niedrigeres zu versteuerndes Einkommen mit der Folge der Anwendung eines niedrigeren Steuersatzes als bei Einbeziehung dieser Einnahmen. Diese Folge ist bei bestimmten steuerfreien Einnahmen vom Gesetzgeber nicht gewollt und wird durch den sog. Progressionsvorbehalt beseitigt (§ 32b EStG). Demnach werden die steuerfreien Einnahmen fiktiv zum zu versteuernden Einkommen addiert und der sich nun ergebende Steuersatz ermittelt. Dieser höhere Steuersatz wird dann auf das tatsächlich zu berücksichtigende zu versteuernde Einkommen angewandt. Unter den Progressionsvorbehalt fallen insbesondere Lohnersatzleistungen, wie Kranken- und Arbeitslosengeld aber auch steuerfrei ausländische Einkünfte.

Bsp. Der ledige Steuerpflichtige A erzielt in 2005 ein zu versteuerndes Einkommen von 40 000 Euro. In 2005 wurde ihm Arbeitslosengeld in Höhe von 6 000 Euro gewährt. Dieses ist grundsätzlich steuerfrei. Ohne Berücksichtigung des Arbeitslosengeldes ergibt sich für A eine Einkommensteuer von 9 223 Euro. Dies entspricht einem Steuersatz von 23,1 v. H.; da das Arbeitslosengeld zwar steuerfrei ist, aber unter den Progressionsvorbehalt fällt, ist es für die Ermittlung des Steuersatzes einzubeziehen. Somit ist der Steuersatz der sich aus einem zu versteuernden Einkommen von 46 000 Euro ergibt, zu ermitteln. Dieser beträgt 25 v. H. Die für A festzusetzende Einkommensteuer beträgt daher 25 v. H. aus 40 000 Euro, d. h. 10 000 Euro.

c) Außerordentliche Einkünfte

Bestimmte Einkünfte, die meist im Zusammenhang mit der Aufgabe einer Tätigkeit stehen, unterliegen nicht dem gleichen Steuersatz wie die übrigen Einkünfte. Auf Antrag des Steuerpflichtigen, der in der Steuererklärung zu stellen ist, wird ein spezieller Steuersatz angewandt.

Zu den außerordentlichen Einkünften gehören u.a. Gewinne aus der Veräußerung eines Betriebs oder Ersatz für entgangene oder entgehende Einnahmen (vgl. § 34 EStG).

Die Einkommensteuer für außerordentliche Einkünfte wird nach der **sog. Fünftel-Regelung** ermittelt: Zunächst ist die Einkommensteuerschuld zu ermitteln, die sich für das Kalenderjahr ergibt, ohne Berücksichtigung der außerordentlichen Einkünfte. Anschließend ist in einer Vergleichsrechnung diejenige Einkommensteuer zu errechnen, die sich unter Einbeziehung von 1/5 der als außerordentliche Einkünfte zu besteuernden Einkünfte ergibt. Sodann ist in einem weiteren Schritt der Unterschiedsbetrag zwischen beiden Steuerbeträgen zu verfünffachen. Dieser Betrag ist dann der Einkommensteuer für das Einkommen ohne die außerordentlichen Einkünfte hinzuzurechnen. Die Summe ergibt die Einkommensteuerschuld unter Berücksichtigung der Tarifermäßigung für die außerordentlichen Einkünfte.

Ist das zu versteuernde Einkommen ohne Einbezug der außerordentlichen Einkünfte (s. o. Schritt 1) negativ und das zu versteuernde Einkommen inkl. außerordentlicher Einkünfte positiv, so beträgt die Einkommensteuer das Fünffache der auf 1/5 des positiven zu versteuernden Einkommens entfallenden Einkommensteuer.

540 | Veranlagungsarten

a) Einzelveranlagung

Die Einzelveranlagung ist die grundsätzliche Veranlagungsart des Einkommensteuerrechts. Sie kommt zur Anwendung, wenn nicht eine der besonderen Veranlagungsarten in Betracht kommt, die in den §§ 26 bis 26b EStG bei Vorliegen bestimmter Voraussetzungen für Ehegatten vorgesehen sind. Einer besonderen Erläuterung der Einzelveranlagung bedarf es im Steuerbescheid nicht. Im Einzelnen greift die Einzelveranlagung bei Ledigen, Geschiedenen, dauernd Getrenntlebenden (Besonderheiten gelten für das Trennungsjahr) und Verwitweten (Besonderheiten gelten für das Todesjahr und das folgende Jahr).

b) Ehegatten-Veranlagung

Ehegatten, die eine Ehe nach bürgerlichem Recht führen, beide unbeschränkt steuerpflichtig sind und nicht dauernd getrennt leben, können bei der Einkommensteuer zwischen Zusammenveranlagung, getrennter Veranlagung und im Jahr der Heirat besonderer Veranlagung, wählen (§ 26 EStG). Das Wahlrecht zwischen den verschiedenen Veranlagungsformen kann grundsätzlich auch nachträglich noch geändert werden, solange die Steuerbescheide nicht endgültig und bestandskräftig sind. Der Widerruf kann auch noch im Einspruchs- und Klageverfahren erklärt werden, nicht mehr aber im Revisionsverfahren vor dem Bundesfinanzhof.

aa) Zusammenveranlagung § 26 b EStG

Im Rahmen der Zusammenveranlagung werden die Einkünfte der Ehegatten getrennt ermittelt; bei der weiteren Berechnung des zu versteuernden Einkommens werden die Ehegatten dann jedoch gemeinsam als ein Steuerpflichtiger behandelt. Der Hauptvorteil der Zusammenveranlagung liegt im Splittingtarif. Dabei werden die Ehegatten im Ergebnis so behandelt, als wenn jeder die Hälfte des gemeinsamen Einkommens erzielt hätte. Die höchsten Vorteile bietet der Splittingtarif, wenn nur ein Ehegatte Einkünfte erzielt. Im Vergleich zu einer Einzelveranlagung wird dabei der Grundfreibetrag der Tabelle doppelt angesetzt. Für das übersteigende Einkommen steigen die Steuersätze halb so schnell wie im Rahmen der Grundtabelle.

Jeder Ehegatte schuldet die sich aus der Zusammenveranlagung ergebende Steuer als Gesamtschuldner (§§ 44, 153 Abs. 3 AO). Im Vollstreckungsverfahren kann aber jeder der Ehegatten nach § 268 AO beantragen, dass die Vollstreckung der Steuern jeweils auf den Betrag beschränkt wird, der sich bei einer Aufteilung nach Maßgabe der §§ 269 bis 278 AO für seine Einkünfte ergibt.

bb) Getrennte Veranlagung, § 26 a EStG

Bei der getrennten Veranlagung werden die Einkünfte der Ehegatten getrennt ermittelt. Jeder Ehegatte wird selbständig als einzelner Steuerpflichtiger veranlagt. Dementsprechend kommt der Steuertarif nach der Grundtabelle zur Anwendung.

Gleichwohl ist die getrennte Veranlagung von einer Einzelveranlagung zu unterscheiden. Sonderausgaben nach § 10 Abs. 1 Nr. 5 und 8 EStG (sog. private Kinderbetreuungskosten) und außergewöhnliche Belastungen werden auch bei getrennter Veranlagung zusammengerechnet und hälftig auf die Ehegatten aufgeteilt. Eine andere Aufteilung kann jedoch beantragt werden.

cc) Besondere Veranlagung im Jahr der Eheschließung, § 26 c EStG

Bei der besonderen Veranlagung, die nur für das Jahr der Eheschließung beantragt werden kann, werden die Ehegatten so behandelt, als ob sie die Ehe nicht geschlossen hätten. Voraussetzung für die besondere Veranlagung ist, dass beide Ehegatten diese Veranlagungsart wählen. Das zu versteuernde Einkommen wird dann für jeden Ehegatten grundsätzlich nach den Vorschriften ermittelt, die für unverheiratete Personen gelten. Grundsätzlich kommt der Steuertarif nach der Grundtabelle zur Anwendung. Der Splittingtarif kommt jedoch in den Fällen des Gnadensplittings weiter zur Anwendung.

c) Gnadensplitting

Verwitwete Arbeitnehmer erfüllen im Jahr des Todes ihres nicht dauernd getrennt lebenden Ehegatten die Voraussetzungen des Splittingtarifs und erhalten im Folgejahr das sog. Gnadensplitting (§ 32 a Abs. 6 Nr. 1 EStG). Das bedeutet, dass im Folgejahr, in dem der Ehegatte bereits verstorben ist, trotzdem der Steuertarif der Zusammenveranlagung zur Anwendung kommt. Dieser ist für den überlebende Steuerpflichtigen günstiger.

541 | Ermittlung der festzusetzenden Einkommensteuer

Von der tariflichen Einkommensteuer sind weitere Steuerermäßigungen in Abzug zu bringen.

a) Steuerermäßigung bei Einkünften aus Gewerbebetrieb, § 35 EStG

Demnach wird bei gewerblichen Einkünften eines Steuerpflichtigen die Gewerbesteuer angerechnet. Die Anrechnung erfolgt nicht in Höhe der tatsächlich gezahlten Gewerbesteuer, sondern es wird an das 1,8-fache des Gewerbesteuermessbetrags angeknüpft, der für das Unternehmen in dem Veranlagungszeitraum festgesetzt wurde.

b) Haushaltsnahe Beschäftigungsverhältnisse, § 35 a EStG

Aufwendungen für Beschäftigungsverhältnisse im Privathaushalt können auf Antrag von der tariflichen Einkommensteuer in Abzug gebracht werden. Das haushaltsnahe Beschäftigungsverhältnis muss in einem inländischen Haushalt des Steuerpflichtigen ausgeübt bzw. erbracht werden. Die Aufwendungen dürfen weder Betriebsausgaben noch Werbungskosten oder außergewöhnliche Belastungen sein.

Eine Beschäftigung im Privathaushalt liegt vor, wenn diese durch einen privaten Haushalt begründet ist und die Tätigkeit sonst gewöhnlich durch Mitglieder des privaten Haushalts erledigt wird. Der Begriff „haushaltsnahe Beschäftigung" umfasst Tätigkeiten wie Einkaufen von Lebensmitteln, Kochen, Backen, Nähen, Wäschepflege, Reinigung der Räume, Pflege, Versorgung und Betreuung von Kindern und alten Menschen sowie Gartenarbeit. Nicht begünstigt sind Tätigkeiten als Chauffeur, Sekretärin oder Gesellschaftsdame.

Die Bemessungsgrundlage für die Steuerermäßigung umfasst nicht nur den Barlohn, sondern alle durch das Beschäftigungsverhältnis verursachten Leistungen, z. B. Sachbezüge, Arbeitgeberleistungen zur Sozialversicherung. Der höchstmögliche Steuerermäßigungsbetrag erhöht sich nicht, wenn mehrere Personen beschäftigt werden.

Die Höhe der Steuerermäßigung richtet sich nach der Art des Beschäftigungsverhältnisses, sie beträgt für haushaltsnahe Beschäftigungsverhältnisse bei geringfügiger Beschäftigung i. S. des § 8 a SGB IV (also bei einem Monatsverdienst bis 400 Euro) 10 v. H. der Aufwendungen, höchstens 510 Euro jährlich, und bei anderen haushaltsnahen Beschäftigungsverhältnissen, für die Pflichtbeiträge zur gesetzlichen Sozialversicherung entrichtet werden und die keine geringfügige Beschäftigung (kein 400 Euro-Mini-Job) darstellen, 12 v. H. der Aufwendungen, höchstens 2 400 Euro jährlich. Für jeden Monat, in dem die Voraussetzungen nicht gegeben sind, reduzieren sich diese Beträge um 1/12.

c) Haushaltsnahe Dienstleistungen und Handwerkerleistungen § 35 a EStG

Haushaltsnahe Dienstleistungen können auf Antrag in Höhe von 20 v. H. der Aufwendungen, höchstens 600 Euro im Kalenderjahr, von der tariflichen Einkommensteuer abgezogen werden. Dieser Betrag erhöht sich für die Inanspruchnahme von Pflege- und Betreuungsleistungen für Personen, bei denen ein Schweregrad der Pflegebedürftigkeit im Sinne des § 14 des Elften Buches Sozialgesetzbuch besteht oder die Leistungen der Pflegeversicherung beziehen, die in einem inländischen Haushalt des Steuerpflichtigen oder im Haushalt der vorstehend genannten gepflegten oder betreuten Person erbracht werden, auf 1 200 Euro.

Es handelt sich dabei um Tätigkeiten, die nicht im Rahmen eines Arbeitsverhältnisses erbracht werden, z. B. Inanspruchnahme haushaltsnaher Tätigkeiten über eine Dienstleistungsagentur oder Fensterputzer.

Daneben sind die Arbeitskosten aus Handwerkerleistungen für private Renovierungs-, Erhaltungs-, und Modernisierungsmaßnahmen von Eigentümern und Mietern bis zu 20 v. H. der Aufwendungen von der tariflichen Einkommensteuer abzugsfähig. Auch hier ist der Abzug auf 600 Euro begrenzt.

Voraussetzung ist in jedem Fall, dass der Steuerpflichtige die Aufwendungen durch Vorlage einer Rechnung und die Zahlung auf das Konto des Erbringers der haushaltsnahen Leistung/Handwerkerleistung durch einen Beleg des Kreditinstituts nachweist. Der Abzug ist ausgeschlossen, wenn es sich um Betriebsausgaben oder Werbungskosten handelt oder soweit die Aufwendungen als außergewöhnliche Belastung berücksichtigt worden sind.

542 | Erhebungsverfahren

a) Erhebungszeitraum

Die Einkommensteuer beruht auf dem Prinzip der Abschnittsbesteuerung. Veranlagungszeitraum ist das Kalenderjahr (§ 25 Abs. 1 EStG, Perioditätsprinzip). Die Grundlagen für die Festsetzung der Einkommensteuer werden deshalb für ein Kalenderjahr ermittelt. Dementsprechend wird grundsätzlich der Überschuss der Einnahmen über die Ausgaben jeweils auf den 31. Dezember des Kalenderjahres ermittelt. Kürzere Ermittlungszeiträume können sich bei Neugründung oder Aufgabe der Tätigkeit ergeben.

Bei den Gewinneinkünften ist der Gewinn für das Wirtschaftsjahr zu ermitteln. Wirtschaftsjahr ist bei Gewerbetreibenden, deren Firma im Handelsregister eingetragen ist, der Zeitraum für den sie regelmäßig Abschlüsse machen (§ 4 a Abs. 1 Nr. 2 Satz 1 EStG). Insoweit kann das Wirtschaftsjahr vom Kalenderjahr abweichen. Für die übrigen Gewerbetreibenden ist das Kalenderjahr das Wirtschaftsjahr (§ 4 a Abs. 1 Nr. 3 Satz 1 EStG).

Auf Antrag kann ein vom Kalenderjahr abweichendes Wirtschaftsjahr vom Finanzamt bewilligt werden. Soweit das Wirtschaftsjahr weniger als 12 Monate beträgt, handelt es sich um ein sog. **Rumpf-Wirtschaftsjahr**. Ein solches ist nur im Jahr bei Beginn, Beendigung und Wechsel des Wirtschaftsjahres zulässig. Besonderheiten beim Wirtschaftsjahr bestehen bei Land- und Forstwirten. Hier ist Wirtschaftsjahr der Zeitraum vom 1. Juli bis 30. Juni.

Durch die unterschiedlichen Gewinnermittlungsmethoden kann es zu Gewinnverlagerungen in den Erfassungszeiträumen kommen. So werden z.B. Forderungen bei der Einnahme-Überschuss-Rechnung erst bei tatsächlicher Zahlung erfasst (§ 11 EStG sog. Zufluss- und Abflussprinzip). Gleiches gilt für Verbindlichkeiten. Der **Totalgewinn** eines Unternehmens, d.h. der Gewinn, der von der Eröffnung bis zur Einstellung erwirtschaftet wird, ist dennoch bei den Gewinnermittlungsmethoden gleich. Deshalb sind bei Beendigung der Gewinnermittlung nach § 4 Abs. 3 EStG Vorgänge, die sich bei der Gewinnermittlung durch Bestandsvergleich ausgewirkt hätten, durch Zu- und Abrechnungen zu berücksichtigen. Durch sie wird der Steuerpflichtige so gestellt, als habe er den Gewinn während der ganzen Zeit des Bestehens durch Vermögensvergleich ermittelt (vgl. zu den Einzelheiten Anlage R 4.6 der Einkommensteuerrichtlinien 2005).

b) Steuererklärung

Die Veranlagung zur Einkommensteuer erfolgt in der Regel auf Grundlage der vom Steuerpflichtigen eingereichten Steuererklärung. Die Verpflichtung zur Abgabe von Steuererklärungen ergibt sich aus § 25 Abs. 2 EStG i.V.m. § 149 AO. Weitere Einzelheiten sind in §§ 56 und 60 Einkommensteuer-Durchführungsverordnung geregelt. Unabhängig von dieser durch Einzelsteuergesetz bestimmten Erklärungspflicht ist nach § 149 Abs. 1 Satz 2 AO auch derjenige zur Abgabe verpflichtet, den das Finanzamt – nach pflichtgemäßen Ermessen – dazu auffordert.

Die Einkommensteuererklärung ist schriftlich auf amtlichen Vordruck beim Finanzamt einzureichen. Sie muss vom Steuerpflichtigen eigenhändig unterschrieben werden.

Die Frist zur Abgabe der Steuererklärung beträgt grundsätzlich 5 Monate nach Ablauf des Kalenderjahres. Eine allgemeine Fristverlängerung besteht bis zum 30. September. Soweit triftige Gründe vorliegen, kann die Abgabefrist auf Antrag des Steuerpflichtigen verlängert werden.

Wird keine Steuererklärung eingereicht, hat das Finanzamt die Besteuerungsgrundlagen zu schätzen (§ 162 AO) und auf dieser Grundlage einen Steuerbescheid zu erlassen.

c) Einkommensteuerbescheid

Der Steuerpflichtige wird durch den Einkommensteuerbescheid über das Ergebnis der Veranlagung unterrichtet. Dieser Steuerbescheid enthält nicht nur die festgesetzte Einkommensteuer, sondern auch eine Abrechnung und Zahlungsaufforderung bzw. die Mitteilung einer Überzahlung. Der Steuerbescheid wird in dem Zeitpunkt und mit dem Inhalt wirksam, in dem er demjenigen für den er bestimmt ist oder der von ihm betroffen ist, bekannt gegeben wird (§ 124 AO). Ergibt die Abrechnung eine Forderung gegen den Steuerpflichtigen, so hat dieser die Zahlung innerhalb eines Monats nach Bekanntgabe zu erbringen.

Auf die Einkommensteuer werden angerechnet:
- die geleisteten Vorauszahlungen
- die durch Steuerabzug erhobene Einkommensteuer
- die Kapitalertragsteuer

d) Vorauszahlungen

Da die Einkommensteuer erst mit Ablauf eines Kalenderjahres entsteht und nach Festsetzung fällig wird, hat der Gesetzgeber auch aus fiskalischen Gründen zur Überbrückung des langen Zeitraums die Entrichtung von Vorauszahlungen gesetzlich normiert, § 37 EStG. Demnach sind Einkommensteuervorauszahlungen zum 10. 3., 10. 6., 10. 9. und 10. 12. eines Kalenderjahres zu entrichten. Für Land- und Forstwirte mit überwiegend Einkünften aus Land- und Forstwirtschaft können die Oberfinanzdirektionen abweichende Fälligkeitszeitpunkte festlegen, § 37 Abs. 2 EStG.

Die Vorauszahlungen entstehen jeweils mit Beginn des Kalendervierteljahres, in dem sie zu entrichten sind (§ 37 Abs. 1 Satz 2 EStG) und werden durch das Finanzamt durch Vorauszahlungsbescheid festgesetzt. Dieser Vorauszahlungsbescheid kann zusammen mit dem Steuerbescheid ergehen. Es handelt sich dennoch um einen eigenständigen rechtsbehelfsfähigen Verwaltungsakt.

Bemessungsgrundlage für die Vorauszahlungen ist grundsätzlich die festgesetzte Steuer des zuletzt veranlagten Kalenderjahres unter Berücksichtigung der Anrechnungen. Sind Umstände erkennbar, dass sich eine wesentliche veränderte Einkommensteuerschuld für das laufende Kalenderjahr ergibt, kann das Finanzamt die Vorauszahlungen anpassen. Gleiches gilt, wenn der Steuerpflichtige darlegt, dass die Einkommensteuer wesentlich niedriger sein wird. Auch eine nachträgliche Anpassung für abgelaufene Zeiträume ist möglich.

Die Festsetzung von Vorauszahlungen erfolgt nur, wenn Vorauszahlungen in Höhe von mindestens jährlich 200 Euro festgesetzt werden. Eine nachträgliche Erhöhung erfolgt nur wenn diese mindestens 2500 Euro beträgt.

543 | Lohnsteuer

a) Rechtsgrundlage und Regelungsbereich

Lohnsteuer (LSt) wird bei den Einkünften aus nichtselbständiger Arbeit (u. a. Gehälter, Löhne, Pensionen, vgl. § 2 LStDV) durch Abzug vom Arbeitslohn erhoben (§ 38 EStG). Die Lohnsteuer ist keine selbständige Steuerart, sondern eine Erhebungsform der Einkommensteuer bei Arbeitnehmern.

Rechtsgrundlagen sind insbes. die §§ 19, 38-42f EStG und die LStDV 1999 v. 2. 10. 1998 (BGBl. I SonderNr. 1), zul. geänd. durch Gesetz v. 5. 7. 2004 (BGBl. I 1427). Zu beachten sind auch die Lohnsteuerrichtlinien 2005 v. 11. 10. 2001 (BStBl. I SonderNr. 1), zul. geänd. durch Verwaltungsvorschrift v. 21. 10. 2004 (BGBl. I 965; Lohnsteuer- Änderungsrichtlinien – LStÄR 2005 –).

Der Arbeitnehmer wird zur Einkommensteuer nur unter bestimmten Voraussetzungen veranlagt (§ 46 EStG), z. B. bei anderen Einkünften, Lohnersatzleistungen über 410 Euro, bei Lohn von mehreren Arbeitgebern, bei Lohnsteuerklasse V oder VI oder auf Antrag. Entfällt eine Veranlagung, gilt die Einkommensteuer durch den Lohnsteuerabzug als abgegolten. Bei Veranlagung wird die einbehaltene Lohnsteuer auf die Einkommensteuerschuld angerechnet (§ 36 Abs. 2 Nr. 2 EStG;). Die Lohnsteuer ist dann eine Vorauszahlung auf die Einkommensteuer.

b) Bemessungsgrundlage

Zu berücksichtigen sind die Einkünfte aus nichtselbständiger Tätigkeit. Diese ergeben sich aus dem Saldo der Einnahmen und der Werbungskosten.

aa) Einnahmen

Der Lohnsteuer unterliegt der gesamte Arbeitslohn. Auch geldwerte Vorteile und Sachbezüge sind grundsätzlich zu berücksichtigen. Nicht zum steuerpflichtigen Arbeitslohn gehören u.a. Aufmerksamkeiten, Aufwandsentschädigungen aus öffentlichen Kassen (§ 3 Nr. 12 EStG) oder von Übungsleitern usw. bis 1848 Euro (§ 3 Nr. 26 EStG), Reise- und Umzugskostenvergütungen (§ 3 Nr. 16 EStG), durchlaufende Gelder und Auslagenersatz (§ 3 Nr. 50 EStG), Trinkgelder ohne Rechtsanspruch (§ 3 Nr. 51 EStG) und Zuschläge für Sonntags-, Feiertags- und Nachtarbeit, Feiertagszuschlag.

bb) Werbungskosten

Der Arbeitnehmer kann die mit den Einnahmen im Zusammenhang stehenden Aufwendungen als Werbungskosten abziehen. Dabei trägt der Steuerpflichtige die Feststellungslast für die Werbungskosten, d.h. er hat durch Belege die Kosten nachzuweisen bzw. glaubhaft zu machen. Soweit der Arbeitnehmer seine Werbungskosten nicht im Einzelnen belegt bzw. keine Werbungskosten angefallen sind, kann er den Arbeitnehmer-Pauschbetrag in Höhe von 920 Euro in Anspruch nehmen.

c) Lohnsteuerabzugsverfahren

Der Arbeitgeber hat monatlich Lohnsteueranmeldungen abzugeben und die darin errechneten Lohnsteuerbeträge an das Finanzamt zu entrichten (Steueranmeldung). Für Zeiträume nach dem 31. 12. 2004 sind die Lohnsteueranmeldungen grundsätzlich auf elektronischem Weg dem Finanzamt zu übermitteln. Der Arbeitgeber führt Lohnkonten und füllt Lohnsteuer-Bescheinigungen aus. Die Höhe der Lohnsteuer ergibt sich aus den amtlichen (Jahres-, Monats-, Wochen-, Tages-) Tabellen unter Berücksichtigung der Eintragungen auf der Lohnsteuer-Karte (Steuerklasse, Familienstand, Kinder, Religionsgemeinschaft, Hinzurechnungsbetrag oder steuerfreier Betrag). Werbungskosten, können nach Wahl des Steuerpflichtigen als steuerfreie Beträge auf der Lohnsteuer-Karte eingetragen (§ 39a EStG) oder durch Antragsveranlagung nachträglich geltend gemacht werden. Unbeschränkt Steuerpflichtige werden in 6 Steuerklassen eingeteilt (§ 38b EStG).

d) Steuerschuldner/Haftung

Der Arbeitnehmer ist Schuldner der Lohnsteuer (§ 38 Abs. 2 EStG); jedoch haftet der Arbeitgeber für die Einbehaltung und Abführung

(§ 42d EStG). Bei Zweifeln oder Unklarheiten können sich Arbeitgeber und Arbeitnehmer an das Finanzamt wenden und dort eine verbindliche Auskunft verlangen (sog. Lohnsteuer-Anrufungsauskunft, § 42e EStG).

e) Lohnsteuerkarte

Arbeitnehmer sind verpflichtet, die von der Gemeindebehörde unentgeltlich ausgeschriebene Lohnsteuerkarte dem Arbeitgeber auszuhändigen (§ 39b EStG) und Änderungen der Eintragungen beim Finanzamt bzw. bei der Gemeinde zu beantragen (§ 39 Abs. 4 EStG). Arbeitgeber haben den Steuerbetrag der Lohnsteuertabelle zu entnehmen, bei der Lohnauszahlung einzubehalten und an das Finanzamt abzuführen (§§ 41–41c EStG).

544 | Kapitalertragsteuer

Die Kapitalertragsteuer ist, wie die Lohnsteuer, eine Erhebungsform der Einkommensteuer. Besteuert werden Einkünfte aus Kapitalvermögen.

Rechtsgrundlagen für den Kapitalertragsteuerabzug sind die §§ 43–45e EStG.

Die Kapitalertragsteuer beträgt:

- 25 v.H. u.a. bei Gewinnanteilen (Dividenden) aus Aktien, Anteilen an GmbHs und Genossenschaften
- 30 v.H. (Zinsabschlag) u.a. bei Anleihen des Bundes und anderer Gebietskörperschaften (z.B. Bundesschatzbriefe, Finanzierungsschätze, Kommunalobligationen), Pfandbriefen, Bankschuldverschreibungen, sowie, wenn der Schuldner ein inländisches Kreditinstitut ist, einfache Geldforderungen (z.B. Sichteinlagen mit Zins über 1 Prozent, Termineinlagen, Festgelder und Sparkonten).
- 35 v.H. bei Tafelgeschäften.

Die Kapitalertragsteuer entsteht mit dem Zufluss der Kapitalerträge beim Gläubiger. Zu diesem Zeitpunkt hat der Schuldner der Kapitalerträge bzw. die auszahlende Stelle den Steuerabzug für Rechnung des Gläubigers vorzunehmen. Sofern die Steuerschuld des Gläubigers der Kapitalerträge niedriger ist als die einbehaltene Kapitalertragsteuer, wird diese im Rahmen der Einkommensteuerveranlagung ganz oder teilweise erstattet.

Liegt ein Freistellungsauftrag oder eine Nichtveranlagungsbescheinigung vor, kann der Kapitalertragsteuerabzug unterbleiben. Der Freistellungsauftrag (privatrechtlicher Auftrag) kann bis zur Höhe des Sparer-Freibetrags (§ 20 Abs. 4 EStG) und des Werbungskosten-Pauschbetrags (§ 9a Nr. 2 EStG) erteilt werden. Der Sparerfreibetrag beträgt derzeit 1 370 Euro (bei Zusammenveranlagung 2 740 Euro). Er reduziert sich ab 1. 1. 2007 auf 750 Euro bzw. 1 500 Euro. Der Werbungskosten-Pauschbetrag beträgt 51 Euro (bei Zusammenveranlagung 102 Euro).

545 | Solidaritätszuschlag

Der Solidaritätszuschlag wird in Höhe von 5,5 v.H. der festgesetzten Einkommen- bzw. Körperschaftsteuer erhoben. Der Solidaritätszuschlag wird fällig auf Vorauszahlungen und Abzugsteuern. Die Festsetzung erfolgt i.d.R. im Einkommen- oder Körperschaftsteuerbescheid bzw. in den entsprechenden Vorauszahlungsbescheiden. Es handelt sich um eine Ergänzungsabgabe, deren Erhebung zeitlich nicht befristet ist. Bedenken gegen die Verfassungsmäßigkeit des Zuschlags wurden von den Finanzgerichten nicht befürwortet (vgl. BFH-Beschluss v. 28. 6. 2006 VII B 324/05, BStBl. II 2006, 692). Derzeit ist eine Verfassungsbeschwerde beim BVerfG anhängig (2 BvR 1708/05).

Rechtsgrundlage ist das Solidaritätszuschlaggesetz.

546| Körperschaftsteuer

a) Rechtsgrundlage und Regelungsbereich

Die Körperschaftsteuer (KSt) ist die „Einkommensteuer der Körperschaften". Es bestehen daher viele Gemeinsamkeiten mit der Einkommensteuer.

Mit dem Wegfall des Anrechnungsverfahrens aufgrund der Unternehmenssteuerreform 2001 ist die Körperschaftsteuer wie die Einkommensteuer zur Definitivbesteuerung zurückgekehrt, d.h. es wird ein einheitlicher Steuersatz erhoben, unabhängig davon, ob der Gewinn ausgeschüttet oder thesauriert wird.

Rechtsgrundlage für die KSt ist das Körperschaftsteuergesetz (KStG). Zugehörige Verordnung (Art. 80 GG) ist die KSt-Durchführungsverordnung (KSt DVO) Allgemeine Verwaltungsvorschriften zur KSt sind in den KSt-Richtlinien festgelegt.

b) Steuersubjekt

Die KSt ist die Einkommensteuer der nicht natürlichen Personen. Ihr unterliegen Kapitalgesellschaften, Genossenschaften, Versicherungsvereine auf Gegenseitigkeit, sonstige juristische Personen des privaten Rechts, rechtsfähige Vereine, Anstalten, Stiftungen und andere Zweckvermögen, nichtrechtsfähige Vereine sowie die Betriebe gewerblicher Art von juristischen Personen des öffentlichen Rechts (§ 1 KStG). Diese sind unbeschränkt steuerpflichtig und werden mit sämtlichen Einkünften erfasst, wenn ihre Geschäftsleitung oder ihr Sitz im Inland belegen ist. Befindet sich die Geschäftsleitung oder der Sitz nicht im Inland, so besteht nur eine beschränkte Steuerpflicht, die sich auf die inländischen Einkünfte erstreckt (§§ 1, 2 KStG). Befreit sind u.a. Unternehmen des Bundes, kirchlichen, gemeinnützigen oder mildtätigen Zwecken dienende Körperschaften, politische Parteien i.S.d. § 2 PartG und ihre Gebietsverbände sowie kommunale Wählervereinigungen und Dachverbände, wenn kein wirtschaftlicher Geschäftsbetrieb unterhalten wird (§ 5 KStG, §§ 51 ff. AO). Unter die Befreiung fallen auch Zweckbetriebe.

c) Bemessungsgrundlage

Besteuerungsmaßstab ist das zu versteuernde Einkommen, das nach den Vorschriften des EStG und den §§ 8 ff. KStG ermittelt wird. Bei Steuerpflichtigen, die nach HGB zur Führung von Büchern verpflichtet sind, sind alle Einkünfte als solche aus Gewerbebetrieb zu behandeln (§ 8 Abs. 2 KStG). Auszugehen ist vom Steuerbilanzgewinn, korrigiert um verdeckte Einlagen.

Eine **verdeckte Einlage** (Abschn. 36 a KStR) liegt vor, wenn der Anteilseigner oder eine ihm nahe stehende Person der Gesellschaft einen bilanzierungsfähigen Vermögensvorteil zuwendet, z. B. verbilligte Lieferung eines Lkw. Es handelt sich um eine einseitige Vorteilsgewährung an die Gesellschaft. Sie erfolgt ohne Gegenleistung und hat ihre Ursache im Gesellschaftsverhältnis. In der Steuerbilanz wird unterstellt, dass die Gesellschaft ein angemessenes Entgelt zahlt, z. B. mit der Folge höherer Anschaffungskosten des Lkw und der Passivierung der verdeckten Einlage in Höhe des Vorteils. Beim Gesellschafter führt die verdeckte Einlage zu höheren Anschaffungskosten der Beteiligung und damit bei Veräußerung einer wesentlichen Beteiligung (§ 17 EStG) oder einer Beteiligung im Betriebsvermögen zu einem niedrigeren Veräußerungsgewinn. In der Handelsbilanz wird der Lkw mit dem vereinbarten Kaufpreis aktiviert.

Hinzuzurechnen sind die nichtabziehbaren Aufwendungen des § 10 KStG (Erfüllung von Satzungszwecken, Personensteuern, Hälfte der Aufsichtsratsvergütungen) und verdeckte Gewinnausschüttungen; abzuziehen sind die abziehbaren Aufwendungen des § 9 KStG (z. B. Spenden).

Verdeckte Gewinnausschüttungen (§ 8 Abs. 3 Satz 2 KStG) sind alle Vorteile, die eine Gesellschaft ihrem Gesellschafter oder einer diesem nahestehenden Person (z. B. Angehörige) zuwendet und die sie einem Nicht-Gesellschafter bei Anwendung der Sorgfalt eines ordentlichen und gewissenhaften Geschäftsleiters nicht zugewendet hätte; z. B. zinsgünstiges Darlehen, verbilligte Miete, unentgeltliche Pkw-Nutzung. Die Korrektur einer verdeckten Gewinnausschüttung führt regelmäßig bei der Kapitalgesellschaft zu einem Mehreinkommen (= mehr KSt und GewSt); beim Anteilseigner zu Mehr-Einnahmen aus Kapitalvermögen oder aus Gewerbebetrieb. Die verdeckte Gewinnausschüttung bewirkt beim betroffenen Gesellschafter einen höheren Gewinnanteil als den von der Gesellschafterversammlung beschlossenen. Rückzahlungsklauseln sind handelsrechtlich möglich, steuerlich aber ohne Auswirkung.

Der sich ergebende steuerliche Gewinn (Verlust) führt nach Verlustabzug zum zu versteuernden Einkommen, auf das der Steuersatz anzuwenden ist.

d) Steuertarif

Der Steuersatz beträgt ab 2001 grundsätzlich 25 v. H. (§ 23 Abs. 1 KStG). Durch den einheitlichen Steuersatz entfällt die Differenzierung zwischen einbehaltenen und ausgeschütteten Gewinnen der Körperschaft und das Anrechnungsverfahren. An seine Stelle ist eine Definitivbesteuerung der Körperschaft getreten. Auf der Ebene der Anteilseigner wird die steuerliche Vorbelastung der ausgeschütteten Gewinne dadurch berücksichtigt, dass die Nettodividende nur zur Hälfte in die Bemessungsgrundlage für die persönliche Einkommensteuer einbezogen wird.

Beispiel: Eine Kapitalgesellschaft erwirtschaftet in 2003 einen Gewinn von 100 Euro, den sie an ihren Anteileigner ausschüttet. Dies stellt sich steuerlich wie folgt dar:

Ebene der Kapitalgesellschaft:

Gewinn vor Körperschaftsteuer	100
Körperschaftsteuer (§ 23 Abs. 1): 25 %	./. 25
Dividende	75
Kapitalertragsteuer (20 %)	./. 15
	60

Ebene des Anteilseigners:

Nettoausschüttung	60
Zuzüglich Kapitalertragsteuer	15
Einnahmen (§ 20 Abs. 1 Nr. 1 EStG)	75
50 % steuerfrei (§ 3 Nr. 40 d EStG)	37,50
Einkommensteuertarif z. B. 40 %	15
Anrechnung Kapitalertragsteuer (§ 36 Abs. 2 Nr. 2 EStG)	15
Verbleibende Steuerschuld/Erstattung	0

547 | Vermögensteuer

Das BVerfG hat die Bewertung des Grundvermögens mit dem Einheitswert für verfassungswidrig erklärt. Der Gesetzgeber erhielt den Auftrag, bis spätestens 31. 12. 1996 eine verfassungskonforme Neuregelung zu schaffen. Dabei sollte eine Überbesteuerung, nämlich eine Steuerbelastung von mehr als 50 v. H., die durch Vermögensteuer und Einkommensteuer gegeben sein konnte, vermieden werden (sog. Halbteilungsgrundsatz; BVerfG BStBl. II 1995, 655). Nachdem sich der Gesetzgeber auf eine Neuregelung des Vermögensgesetzes nicht einigen konnte, ist dieses zum 31. 12. 1996 außer Kraft getreten

548 | Erbschaft- und Schenkungsteuer

a) Rechtsgrundlage und Regelungsbereich

Die Erbschaftsteuer (ErbSt) besteuert den Vermögensübergang, wie er sich von Todes wegen vollzieht. Sie ist keine Nachlasssteuer, sondern eine Erbanfallsteuer. Besteuert wird der Vermögensanfall beim einzelnen Erwerber (Erbe, Vermächtnisnehmer usw.). Die Erbschaftsteuer wird ergänzt durch die Schenkungsteuer, die den Vermögensübergang durch Zuwendungen zu Lebzeiten erfasst. Sowohl bei der Erbschaft- als bei der Schenkungsteuer ist der beim Erwerber bewirkte Zuwachs an wirtschaftlicher Leistungsfähigkeit (Bereicherung) Gegenstand und Rechtfertigung der Steuer. Die Steuerbelastung richtet sich nach der verwandtschaftlichen Beziehung zwischen Erblasser und Erwerber (Steuerklasseneinteilung) und innerhalb der Steuerklasse nach dem Wert des steuerpflichtigen Erwerbs.

Rechtsgrundlagen der ErbSt ist das Erbschaft- und Schenkungsteuergesetz (ErbStG). Allgemeine Verwaltungsvorschriften zur Anwendung des ErbStG sind in den Erbschaftsteuerrichtlinien festgelegt. Das Aufkommen der ErbSt betrug 2002 2,2 Mrd. Euro. Dabei lagen 68 v. H. der steuerpflichtigen Nachlässe unter 50 000 Euro.

b) Steuerbare Vorgänge

Als Erwerbe von Todes wegen unterliegen u. a. der ErbSt (§ 3 Abs. 1, 2 ErbStG):

- der Erwerb durch Erbanfall,
- der Erwerb aufgrund Erbersatzanspruchs oder durch Vermächtnis oder Pflichtteilsanspruchs sowie Abfindungen für den Verzicht auf diese Ansprüche,
- der Erwerb durch Schenkung auf den Todesfall,
- der Erwerb aufgrund eines Vertrages zugunsten Dritter, wenn das Recht des Dritten auf Leistung erst mit dem Tod des Versprechungsempfängers entsteht,
- der Erwerb aufgrund einer vom Erblasser angeordneten Auflage oder einer sonstigen Bedingung,
- Turnusbesteuerung von Familienstiftungen und -vereinen.

Als Schenkung unter Lebenden sind u. a. steuerpflichtig (§7 ErbStG):

- jede freigebige Zuwendung, die den Bedachten bereichert,
- das aufgrund einer Schenkung unter Auflage oder Bedingung Erlangte,
- die Bereicherung, die ein Ehegatte bei Vereinbarung der Gütergemeinschaft erfährt,
- was als Abfindung für einen Erbverzicht gewährt wird,
- was durch vorzeitigen Erbausgleich erworben wird.

c) Persönliche Steuerpflicht (§ 2)

Sind Erblasser, Schenker oder Erwerber Inländer, so ist der gesamte Vermögensanfall steuerpflichtig, sonst nur der Vermögensanfall, der in Inlandsvermögen (§ 121 BewG) oder in einem Nutzungsrecht an solchen Vermögensgegenständen besteht (§ 2 Abs. 1 ErbStG).

Inländer sind natürliche Personen, die im Inland einen Wohnsitz (§ 8 AO) oder ihren gewöhnlichen Aufenthalt (§ 9 AO) haben, ferner Auslandsbedienstete sowie deutsche Staatsangehörige, die sich nicht länger als 5 Jahre dauernd im Ausland aufgehalten haben, ohne im Inland einen Wohnsitz zu haben. Erst wenn diese „verlängerte unbeschränkte Steuerpflicht" des § 2 Abs. 1 Nr. 1b ErbStG abgelaufen ist, setzt bei Auswanderern in ein Niedrigsteuerland die „erweiterte beschränkte Steuerpflicht" des § 4 AStG ein. Für das Auslandsvermögen bezahlte ausländische ErbSt wird nach § 21 ErbStG angerechnet; Doppelbesteuerung.

d) Wertermittlung

Die Wertermittlung des übergehenden Vermögens erfolgt nach dem Bewertungsgesetz, wobei grundsätzlich der gemeine Wert (§ 9 BewG) anzusetzen ist. Für bestimmte Vermögensgruppen wird der Wertansatz konkretisiert. Hiernach wird Geldvermögen mit dem Nennwert, Aktien mit dem Kurswert, sonstiges Vermögen (Schmuck, Kunstgegenstände

u. ä.) mit dem Verkehrswert und Betriebsvermögen mit den Steuerbilanzwerten angesetzt (BMF 14. 4. 1997, BStBl. I 1997, 399). Die Wertermittlung des Grundvermögens ist wegen der Entscheidung des BVerfG (BStBl. II 1995, 655, 671), das den Ansatz der Einheitswerte auf der Basis 1. 1. 1964 mit Zuschlag zum 1. 1. 1974 für verfassungswidrig erklärte, mit Rückwirkung ab 1. 1. 1996 neu geregelt (Jahressteuergesetz 1997; §§ 138 ff. BewG). Hiernach findet für Zwecke der einmaligen Besteuerung eine sog. Bedarfsbewertung statt. Für unbebaute Grundstücke ermittelt sich der Wert nach der Fläche und dem um 20 v. H. ermäßigten Bodenrichtwert; Einzelheiten BMF 15. 4. 1997, BStBl. I 1997, 394. Die Bodenrichtwerte sind von den Gutachterausschüssen auf den 1. 1. 1996 zu ermitteln und den Finanzämtern mitzuteilen. Bei bebauten Grundstücken bemisst sich der Wert nach der Jahresdurchschnittsmiete der letzten 3 Jahre multipliziert mit dem Faktor 12,5, vermindert um den Alterswert Faktor 0,5 pro Jahr, höchstens 25 v. H., und erhöht um einen 20 v. H.-Zuschlag für selbstgenutzte Einfamilien- und Zweifamilienhäuser.

Beispiel: Jahresmiete 12 000 Euro × 12,5 abzüglich 10 v. H. (20 Jahre alt) zuzüglich 20 v. H. für selbstgenutztes Einfamilienhaus = 165 000 Euro.

Hieraus ist ersichtlich, dass der für die ErbSt anzusetzende Wert wieder erheblich hinter dem Verkehrswert zurückbleibt (ca. 40 v. H.–50 v. H.). Als Mindestwert sind jedoch 80 v. H. des Bodenrichtwertes anzusetzen.

Die unterschiedliche Bewertung von Grundbesitzvermögen, Betriebsvermögen sowie land- und forstwirtschaftlichen Vermögen gegenüber dem übrigen Vermögen ist verfassungswidrig (vgl. BVerfG-Beschluss v. 7. 11. 2006 1 BvL 10/02). Dem Gesetzgeber wurde aufgegeben, bis 2009 eine Neuregelung zu schaffen. Kernpunkt der neuen Regelung wird sein, dass Grundlage der Besteuerung sämtlicher Vermögensarten der tatsächliche, einheitlich ermittelte Verkehrswert sein muss. In einem zweiten Schritt kann der Gesetzgeber bestimmte Vermögensarten (z. B. Immobilien) privilegieren, wenn dies durch das Gemeinwohl gerechtfertigt ist. Bis zum 31. 12. 2008 bleiben die derzeitigen Regeln des Erbschafts- und Schenkungssteuerrechts anwendbar.

e) Berechnung der Steuer

Die ErbSt wird nach drei Steuerklassen erhoben und ist nach dem Wert des steuerpflichtigen Erwerbs gestaffelt (§§ 19 ff. ErbStG):

Steuerklasse I: Ehegatten, Kinder, Enkel, Urenkel, bei Erwerb von Todes wegen auch Eltern und Großeltern;

Steuerklasse II: Eltern, Großeltern (soweit nicht I), Geschwister, geschiedene Ehegatten, Schwieger- und Stiefeltern, Cousins und Cousinen

Steuerklasse III: alle übrigen Erwerber.

Bei unbeschränkter Erbschaftsteuerpflicht erhält jeder Erwerber in Abhängigkeit von seiner Steuerklasse einen persönlichen Freibetrag (§ 16 Abs. 1 ErbStG).

Erwerber:	**Freibetrag:**
Ehegatte	307 000 Euro
Kind	205 000 Euro
Übrige Person der Steuerklasse I	51 200 Euro
Erwerber der Steuerklasse II	10 300 Euro
Erwerber der Steuerklasse III	5 200 Euro

Bei beschränkter Erbschaftsteuerpflicht erhält jeder Erwerber unabhängig von seiner Steuerklasse einen persönlichen Freibetrag von 1 100 Euro (§ 16 Abs. 1 ErbStG).

Alle zehn Jahre werden die genannten Freibeträge neu gewährt (§ 14 ErbStG).

Einzelheiten BMF-Schreiben v. 16. 4. 1997, BStBl. I 1997, 406.

Beim Erwerb von Einzelunternehmen, Anteilen an Personengesellschaften und Anteilen an Kapitalgesellschaften im Betriebsvermögen durch Erbfall oder durch vorweggenommene Erbfolge (Schenkung) werden derzeit ein Freibetrag mit 225 000 Euro und ein Bewertungsabschlag von 35 v. H. des übersteigenden Wertes gewährt (§ 13 a ErbStG).

f) Steuertarif

Der Erbschaftsteuertarif ist ein Stufentarif mit Härteausgleich bei geringfügigem Überschreiten einer Wertstufe (§ 19 ErbStG). Es gelten folgende Steuersätze:

Wert des steuerpflichtigen Erwerbs bis einschließlich	Prozentsatz in der Steuerklasse		
Euro	I	II	III
52 000	7	12	17
256 000	11	17	23
512 000	15	22	29
5 113 000	19	27	35
12 783 000	23	32	41
25 565 000	27	37	47
25 565 000	30	40	50

g) Steuerfestsetzung und Erhebung

Jeder der Erbschaft- und Schenkungsteuer unterliegende Erwerb ist vom Erwerber oder Schenker innerhalb von drei Monaten nach Kenntnis des Anfalls dem Finanzamt schriftlich anzuzeigen (§ 30 ErbStG). Dementsprechend kann das Finanzamt von jedem Beteiligten die Abgabe einer Steuererklärung verlangen (§ 31 ErbStG). Für Vermögensverwalter, Versicherungsunternehmen, Gerichte, Behörden und Notare bestehen Anzeigepflichten (§§ 33, 34 ErbStG). Auf Grundlage der Steuererklärung ergeht dann der Steuerbescheid.

549 | Umsatzsteuer

a) Rechtsgrundlage und Regelungsbereich

Die Umsatzsteuer (USt) ist die wichtigste Verkehrsteuer und eine indirekte Steuer. Das USt-Aufkommen belief sich im Jahr 2000 auf ca. 140,86 Mrd. Euro. Das sind ca. 30 v.H. des gesamten Steueraufkommens.

Die USt wird allgemein auch als Mehrwertsteuer bezeichnet, da im Ergebnis nur der unternehmerische Mehrwert, d.h. der Unterschied zwischen Eingangs- und Ausgangsleistung (z.B. Einkaufspreis/Verkaufspreis) erfasst wird. Der Unternehmer stellt dem Abnehmer die USt in Rechnung, führt diese an das Finanzamt ab, darf jedoch seinerseits die ihm vom Lieferer in Rechnung gestellte USt als Vorsteuer abziehen (Netto-USt mit Vorsteuerabzug). Die USt belastet somit den Unternehmer nicht als Aufwand, sog. Steuerneutralität. Die USt ist eine fraktionierte, d.h. in Teilbeträgen erhobene Konsumsteuer, die wirtschaftlich vom Verbraucher zu tragen ist.

Beispiel: Unternehmer A liefert an Unternehmer B in 2006 Schrauben für 1000 Euro netto. Es fallen 160 Euro Umsatzsteuer an. Diese muss B zusätzlich zum Nettokaufpreis an A bezahlen. A hat diese an das Finanzamt abzuführen. B kann diesen Betrag beim Finanzamt als Vorsteuer geltend machen und erhält insoweit eine Erstattung.

Verkauft B die Ware an den Kunden C für 2000 Euro netto, so fallen hier 320 Euro Umsatzsteuer an. B muss diese an das Finanzamt abführen. Da er die 320 Euro von C erhält, ist er wirtschaftlich nicht belastet. C kann als Endverbraucher keinen Erstattungsanspruch geltend machen. Er trägt daher bei wirtschaftlicher Betrachtung die Umsatzsteuer.

Rechtsgrundlagen für die Erhebung der Umsatzsteuer sind das Umsatzsteuergesetz (UStG), die USt-Durchführungsverordnung (UStDV), die Einfuhrumsatzsteuer-Befreiungsverordnung 1993 (EUStBV) und die Umsatzsteuerrichtlinien (UStR).

b) Gegenstand der Steuer

Gegenstand der Umsatzsteuer sind die gesamten steuerbaren Umsätze (§ 1 Abs. 1 UStG). Dies sind Lieferungen (§ 3 Abs. 1 UStG) und sonstige Leistungen (§ 3 Abs. 9 UStG), die ein Unternehmer im Rahmen seines Unternehmens (§ 2 UStG) im Inland (§ 1 Abs. 2, 3 UStG) gegen Entgelt (§ 10 UStG) ausführt. Die Einfuhr in das Gemeinschaftsgebiet der EU wird durch die Einfuhrumsatzsteuer erfasst. Steuerpflichtig ist auch der innergemeinschaftliche Erwerb.

Lieferung bedeutet Verschaffung der Verfügungsmacht. **Sonstige Leistung** ist jede Leistung (Tun, Dulden oder Unterlassen), die keine Lieferung ist. Steuerbarer Umsatz ist auch die Einfuhr von Gegenständen ins Inland (Einfuhrumsatzsteuer) und der innergemeinschaftliche Erwerb im Inland gegen Entgelt. Verwendet der Unternehmer einen betrieblich genutzten Gegenstand für nichtunternehmerische Zwecke oder wird vom Unternehmer eine sonstige Leistung für Zwecke, die außerhalb des Unternehmens liegen, erbracht, dann liegt **Eigenverbrauch** vor, der einer Lieferung oder sonstigen Leistung entspricht. Die Geschäftsveräußerung, d.h. wenn ein Unternehmen oder ein gesondert geführter Betrieb im Ganzen übereignet oder in eine Gesellschaft eingebracht wird, ist ab 1994 nicht umsatzsteuerbar (§ 1 Abs. 1a UStG).

c) Unternehmer

Es sind nur Leistungen steuerbar, die ein Unternehmer im Rahmen seines Unternehmens ausführt. Unternehmer ist nach § 2 UStG, wer eine gewerbliche oder berufliche Tätigkeit selbständig ausübt. Gewerblich oder beruflich ist jede nachhaltige Tätigkeit zur Erzielung von Einnahmen, auch wenn die Absicht Gewinn zu erzielen, fehlt. Tätigkeit i.d.S. ist die auf Entgelt gerichtete Tätigkeit.

Die umsatzsteuerliche Unternehmereigenschaft geht weiter als die bürgerlich- rechtliche Rechtsfähigkeit. Unternehmer kann jedes Rechtsgebilde sein, von dem Umsätze ausgehen. Dazu gehören neben Einzelunternehmern auch nichtrechtsfähige Personenzusammenschlüsse und juristische Personen des öffentlichen Rechts.

d) Ort der Lieferung/ sonstigen Leistung

Wichtiger Anknüpfungspunkt für die Umsatzbesteuerung ist der Ort der Lieferung bzw. der sonstigen Leistung. Er bestimmt, ob die Leistung im Inland ausgeführt und hier steuerbar ist. In den Mitgliedstaaten des Binnenmarkts vermeidet der einheitlich geregelte Leistungsort die Doppelbesteuerung der Umsätze. Der Leistungsort findet eine komplexe Regelung in den § 3 Abs. 6, 7, 8 sowie §§ 3a, 3b, 3c, 3e, 3f UStG.

aa) Ort der Lieferung. Geliefert wird grundsätzlich dort, wo die Beförderung oder Versendung beginnt (§ 3 Abs. 6 UStG). Wird nicht befördert oder versendet, ist maßgeblich, wo sich der Gegenstand zurzeit der Verschaffung der Verfügungsmacht befindet (§ 3 Abs. 7 UStG). Bei einer Beförderung oder Versendung von einem Drittlandsgebiet ins Inland gilt der Ort der Lieferung als im Inland belegen, wenn der Lieferant Schuldner der Einfuhrumsatzsteuer ist (§ 3 Abs. 8 UStG).

bb) Beim **Ort der sonstigen Leistung** sind 7 Fälle zu unterscheiden: Sitzort des leistenden Unternehmers als Grundsatz (§ 3a Abs. 1 UStG); Belegenheitsort des Grundstücks (§ 3a Abs. 2 Nr. 1 UStG, z.B. Architektenleistung); Tätigkeitsort (§ 3a Abs. 2 Nr. 3, z.B. Künstler); Ort des vermittelten Umsatzes oder Ort der Umsatzsteuer- Identitätsnummer des Geschäftsherrn bei Vermittlungsleistungen (§ 3a Abs. 2 Nr. 4 UStG); Sitzort des Leistungsempfängers (z.B. Patente, Werbeleistungen, Rechtsberatung, Datenverarbeitung, Telekommunikation; § 3a Abs. 3, 4 UStG); Ort der Nutzung oder Auswertung im Inland (§ 1 UStDV); Beförderungsort (§ 3b UStG).

e) Befreiungen von USt

Die Befreiungen von der USt finden sich in § 4 Nrn. 1 bis 28 UStG und von der Einfuhr-USt in § 5 UStG sowie in der EUStBV. Ausfuhrtatbestände und innergemeinschaftliche Lieferungen (§ 4 Nrn. 1–6, §§ 6–8 UStG) sind befreit, berechtigen jedoch zum Vorsteuerabzug, damit der Leistungsverkehr über die Grenze umsatzsteuerneutral ist. Vgl. auch §§ 25 Abs. 2, 26 Abs. 5 UStG. Befreit ohne Vorsteuerabzug sind die Umsätze nach § 4 Nrn. 7 bis 28 UStG.

Um den Vorsteuerabzug zu gewinnen, darf der Unternehmer jedoch auf bestimmte Steuerbefreiungen verzichten, d. h. zur Umsatzsteuerpflicht **optieren**, z. B. bei Vermietung von Grundstücken, wenn der Mieter das Grundstück ausschließlich für Abzugsumsätze verwendet (§ 9 UStG). Ein Verzicht ist nur möglich bei Leistungen an Unternehmer. Er erfolgt durch Erteilung einer Rechnung mit Umsatzsteuerausweis (§ 14 UStG), durch Zustimmung zu einer Abrechnungsgutschrift oder durch Abrechnung im Vertrag.

f) Bemessungsgrundlage

Bemessungsgrundlage ist bei Lieferungen und sonstigen Leistungen das Entgelt, d. h. alles, was der Leistungsempfänger aufwendet, um die Lieferung oder sonstige Leistung zu erhalten, jedoch abzüglich Umsatzsteuer (§ 10 Abs. 1 UStG).

g) Ist-Besteuerung/Soll-Besteuerung

Grundsätzlich unterliegen der Umsatzsteuer die vereinbarten Entgelte, d. h. die Umsatzsteuer entsteht bereits vor der tatsächlichen Entgegennahme des Entgeltes (Sollbesteuerung, § 16 Abs. 1 Satz 1 UStG). Auf Antrag kann das Finanzamt jedoch Ist- Besteuerung, d. h. eine Besteuerung nach vereinnahmten Entgelten, gestatten. Voraussetzung ist, dass der Vorjahresgesamtumsatz 250 000 Euro (alte Bundesländer) und 500 000 Euro (neue Bundesländer bis 2009) nicht übersteigt oder der Unternehmer Freiberufler ist (§ 20 Abs. 1 UStG). Dieser Antrag ist bei Gewinnermittlung durch Einnahmen-Überschussrechnung (§ 4 Abs. 3 EStG) zweckmäßig. Anzahlungen unterliegen ohne Rücksicht auf die Höhe auch bei Sollbesteuerung einer Mindest-Ist-Besteuerung, d. h. die USt entsteht beim leistenden Unternehmer bereits mit dem Empfang der Anzahlung vor Empfang der Leistung.

h) Steuertarif

Der Regelsteuersatz beträgt 16 v. H. und wird mit Wirkung zum 1. 1. 2007 auf 19 v. H. erhöht. Ein ermäßigter Satz von 7 v. H. gilt u. a. für Lieferungen, Eigenverbrauch und Einfuhr der in der Anlage zum UStG bezeichneten Gegenstände (z. B. bestimmte Lebensmittel, Hölzer, Bücher, Kunstgegenstände) und Leistungen von Körperschaften, die gemeinnützige, mildtätige oder kirchliche Zwecke verfolgen (§ 12 UStG).

i) Verfahren

Der Unternehmer hat bis zum 10. Tag nach Ablauf jedes Voranmeldungszeitraums eine Voranmeldung nach amtlich vorgeschriebenem Vordruck beim Finanzamt einzureichen. In dieser hat der Unternehmer die Steuer für den Voranmeldungszeitraum selbst zu berechnen. Voranmeldungszeitraum ist das Kalendervierteljahr. Beträgt die Steuer für das vorangegangene Kalenderjahr mehr als 6 136 Euro, so ist der Kalendermonat der Voranmeldungszeitraum. Ab 1. 1. 2005 sind Voranmeldungen grundsätzlich auf elektronischem Weg dem Finanzamt zu übermitteln. Für das Kalenderjahr hat der Unternehmer eine Steuererklärung einzureichen. Die Steuererklärung ist eine Steueranmeldung, die gemäß § 168 AO einer Steuerfestsetzung unter Vorbehalt der Nachprüfung gleichsteht.

550 | Vorsteuer

a) Vorsteuerabzug

Der Unternehmer darf die ihm von anderen Unternehmern gesondert in Rechnung gestellte USt, Einfuhr-USt und Erwerbsteuer von der eigenen Umsatzsteuerschuld abziehen (§ 15 UStG), soweit er die empfangene Leistung zur Ausführung von Abzugsumsätzen verwendet.

Abzugsumsätze sind umsatzsteuerpflichtige Lieferungen, sonstige Leistungen, Eigenverbrauch, innergemeinschaftlicher Erwerb, befreite Ausfuhrtatbestände, befreite innergemeinschaftliche Lieferungen und nichtsteuerbare Umsätze im Ausland. **Ausschlussumsätze**, die nicht zum Vorsteuerabzug berechtigen, sind die nach § 4 Nrn. 7 bis 28 UStG befreiten Umsätze. Haben Unternehmer neben Ausschlussumsätzen auch Abzugsumsätze, müssen sie die Vorsteuerbeträge in abziehbare und nichtabziehbare Vorsteuerbeträge nach einem wirtschaftlichen Schlüssel aufteilen (§ 15 Abs. 4).

Die Aufteilung nach Umsätzen ist ab 1. 1. 2004 eingeschränkt worden. Sie ist nur zulässig, wenn keine andere wirtschaftliche Zurechnung möglich ist. Bei gemischt genutzten Gebäuden ist daher die Vorsteueraufteilung vorrangig nach dem Flächenschlüssel vorzunehmen.

Aufwendungen, die unter das einkommensteuerliche Abzugsverbot des § 4 Abs. 5 Satz 1 Nr. 1 bis 4, Nr. 7 und Abs. 7 EStG fallen, sowie alle Aufwendungen der allgemeinen Lebensführung i. S. d. § 12 EStG sind vom Vorsteuerabzug ausgeschlossen (Lebensführungskosten).

Voraussetzung für den Vorsteuerabzug ist eine Rechnung mit den in §§ 14, 14 a UStG genannten Merkmalen. Dabei ist ab 1. 1. 2004 die Angabe der Steuernummer oder der Umsatzsteuer-Identifikationsnummer in der Rechnung zwingend erforderlich. Lediglich bei Kleinbetragsrechnungen, d. h. Rechnungen bis 100 Euro (ab 1. 1. 2007 bis 150 Euro) und Fahrausweisen muss keine Steuernummer oder Umsatzsteuer-Identifikationsnummer angegeben werden. Soweit Vorsteuerbeträge von der Umsatzsteuerschuld abziehbar sind, mindern sie die Anschaffungs- oder Herstellungskosten (AHK); nichtabziehbare Vorsteuerbeträge sind grundsätzlich Teil der AHK (§ 9 b Abs. 1 EStG).

b) Vorsteuerkorrektur

Ändert sich bei einem Gegenstand die Verwendung für Abzugs- oder Ausschlussumsätze gegenüber dem Kalenderjahr der erstmaligen Verwendung, so ist eine Berichtigung des Vorsteuerabzugs durchzuführen. Änderungen können sich aus Veränderungen der Abzugsquote (z. B. Gegenstand wird weniger unternehmerisch genutzt) oder durch Veräußerung oder Eigenverbrauch ergeben, falls diese Umsätze für den Vorsteuerabzug anders zu beurteilen sind als die Verwendung im ersten Kalenderjahr (§ 15 a UStG). Der Berichtigungszeitraum beträgt 5 Jahre, bei Grundstücken 10 Jahre. Ist die Abzugsquote größer geworden, so ist der vom Finanzamt zu zahlende Berichtigungsbetrag Betriebseinnahme oder Einnahme; ist sie kleiner geworden, ist der an das Finanzamt zu zahlende Berichtigungsbetrag Betriebsausgabe oder Werbungskosten (§ 9b Abs. 2 EStG). Die Anschaffungs- oder Herstellungskosten werden durch die Berichtigung nicht berührt. Bei einer Geschäftsveräußerung wird der maßgebliche Berichtigungszeitraum der Wirtschaftsgüter nicht unterbrochen. Der erwerbende Unternehmer tritt an die Stelle des Veräußerers (§ 15a Abs. 6a UStG).

c) Vorsteuerpauschalierung

Für nicht buchführungspflichtige Gewerbetreibende und Freiberufler kann auf Antrag die Vorsteuer aus 58 Berufs- und Gewerbezweigen ganz oder teilweise mit einem v. H. Satz des betreffenden Umsatzes pauschaliert werden (§ 23 UStG, §§ 69, 70 UStDV). Hat der Vorjahres-Umsatz 61 356 Euro überstiegen, ist eine Vorsteuerpauschalierung ausgeschlossen (§ 69 Abs. 3 UStDV). Einzelheiten BMF 20. 11. 1997, BStBl. I 1997, 968.

d) Sicherheitsleistung

Im Hinblick auf die besondere Betrugsanfälligkeit der Vorsteuer wurde ab 1. 1. 2002 die Möglichkeit eingeführt, Zustimmungen des Finanzamts zur Steueranmeldung im Einvernehmen mit dem Unternehmer von einer Sicherheitsleistung abhängig zu machen. Durch diese Regelung soll eine zügige Auszahlung der Vorsteuer für den Unternehmer erfolgen. Ein Abwarten bis zur abschließenden Prüfung der Vorsteuerberechtigung und damit einhergehende Liquiditätsengpässe werden vermieden. Gleichzeitig wird ein im Raum stehender Rückforderungsanspruch durch die Sicherheitsleistung abgesichert.

551 | Kleinunternehmer

Bei Kleinunternehmern wird die geschuldete USt nicht erhoben, wenn der Ist-Gesamtumsatz zuzüglich USt – jedoch ohne Umsätze von Wirtschaftsgütern des Anlagevermögens – im Vorjahr 17 500 Euro nicht überstiegen hat und im laufenden Kalenderjahr voraussichtlich 50 000 Euro nicht übersteigen wird (§ 19 Abs. 1 UStG). Andererseits darf der Kleinunternehmer weder USt in Rechnung stellen noch Vorsteuer abziehen. Bis zur Bestandskraft der USt-Jahreserklärung kann der Kleinunternehmer auf diese Vergünstigung verzichten, d. h. zur USt optieren, um den Vorsteuerabzug zu gewinnen (§ 19 II). Die Erklärung bindet den Kleinunternehmer mindestens für fünf Jahre.

552 | Umsatzsteuerrechtliche Haftung

Ab 1. 1. 2002 kann der Unternehmer für die ihm in Rechnung gestellte Vorsteuer haften. Voraussetzung ist, dass die Vorsteuer in einer Rechnung ausgewiesen wurde und der Aussteller der Rechnung die Absicht hatte, diese Steuer nicht an das Finanzamt zu entrichten bzw. sich vorsätzlich oder fahrlässig zur Steuerentrichtung außer Stande setzt. Der Unternehmer muss bei Abschluss des Geschäfts von dieser Absicht Kenntnis haben. Ausreichend ist, wenn er aufgrund der Umstände hätte Kenntnis haben können. Die Regelung dient der Bekämpfung sog. Karussellgeschäfte. Bei diesen werden Rechnungen mit Umsatzsteuerausweis ausgestellt, um dem Rechnungsempfänger den Vorsteuerabzug zu ermöglichen, ohne die ausgewiesene Umsatzsteuer zu entrichten. Der Haftungstatbestand soll verhindern, dass Steuerbeträge ausbezahlt werden, die nicht abgeführt wurden. Zu diesem Zweck wurde ab 1. 1. 2004 die Haftung verschärft, vgl. § 25 d UStG. Nunmehr ist von der Kenntnis oder dem Kennenmüssen insbes. dann auszugehen, wenn der Unternehmer für seinen Umsatz einen Preis in Rechnung stellte, der unter dem marktüblichen Preis oder unter dem Einkaufspreis des Unternehmers liegt. Um sich von der Haftung zu befreien, obliegt es dann dem Unternehmer nachzuweisen, dass diese Preisgestaltung betriebswirtschaftlich begründet ist.

553 | Rennwett- und Lotteriesteuer

Obwohl Rennwettsteuer und die Lotteriesteuer in einem Gesetz zusammengefasst sind, handelt es sich doch um zwei voneinander unabhängige Gesetze. Der Rennwettsteuer unterliegen Wetten anlässlich öffentlicher Pferderennen, der Lotteriesteuer dagegen wettverwandte Spiele aus anderen Anlässen als Pferderennen. Die Rennwettsteuer unterwirft am Totalisator oder bei einem Buchmacher anlässlich öffentlicher Pferderennen abgeschlossene Wetten einem Steuersatz von sechzehn zwei Drittel v. H. vom Wetteinsatz (Rennwettsteuer).

Im Inland veranstaltete öffentliche Lotterien und Ausspielungen werden mit einem Steuersatz von 20 v. H. des planmäßigen Preises besteuert. Auch das Hereinbringen ausländischer Lose in das Inland wird steuerlich erfasst. Soweit entsprechende Umsätze von der Rennwett- und Lotteriesteuer befreit sind oder diese im Einzelfall nicht erhoben wird, entsteht Umsatzsteuer (§ 4 Nr. 9 b UStG).

Steuerschuldner ist bei beiden Steuerarten der Veranstalter.

Rechtsgrundlage ist das Rennwett- und Lotteriegesetz und seinen Ausführungsbestimmungen Die Rennwett- und Lotteriesteuer ist eine Verkehrsteuer. Das Aufkommen steht den Ländern zu (Art 106 Abs. 2 Nr. 4 GG) und wird von den Länderfinanzbehörden verwaltet. (Art. 108 GG).

554 | Feuerschutzsteuer

schulden die Feuerversicherungsunternehmen. Die Einnahmen aus der Feuerschutzversicherung sind zweckgebunden und dürfen nur zur Förderung des Brandschutzes verwendet werden. Der Steuersatz beträgt 8 v. H.; Bemessungsgrundlage ist das erhaltene Versicherungsentgelt.

Rechtsgrundlage ist das Feuerschutzgesetz. Das Steueraufkommen steht den Ländern zu.

555 | Kraftfahrzeugsteuer

a) Rechtsgrundlage und Regelungsbereich

Die Kraftfahrzeugsteuer (KraftSt) wird erhoben für das Halten eines Kraftfahrzeugs oder Kfz-Anhängers zum Verkehr auf öffentlichen Straßen, die Zuteilung eines Kennzeichens für Probe- und Überführungsfahrten und die widerrechtliche Benutzung auf öffentlichen Straßen (§ 1 KraftStG). **Steuerbefreiungen** bestehen u. a. für nicht zulassungspflichtige Kfz und für bestimmte Kfz von Bund und Ländern, Gemeinden, Polizei und Körperbehinderten (§§ 3, 3 a KraftStG).

Rechtsgrundlage ist das Kraftfahrzeugsteuergesetz (KraftStG). Zugehörige Rechtsverordnung (Art. 80 GG) ist die KraftSt-Durchführungsverordnung. Die KraftSt ist eine Verkehrsteuer. Sie steht den Ländern zu (Art. 106 II Nr. 3 GG).

b) Steuerschuldner

Steuerschuldner ist die Person, für welche das Kraftfahrzeug zugelassen ist, bei widerrechtlicher Benutzung jeder Benutzer, bei gebietsfremden Fahrzeugen, wer das Fahrzeug im Inland benutzt, bei rotem Kennzeichen der, dem es zugeteilt ist (§ 7 KraftStG).

c) Bemessungsgrundlage

Bemessungsgrundlage für die KraftSt ist bei Krafträdern und Personenkraftwagen grundsätzlich der Hubraum, bei Personenkraftwagen sind zusätzlich die Schadstoffemissionen und Kohlendioxidemissionen zu beachten. Bei anderen Fahrzeugen ist auf das zulässige Gesamtgewicht, die Anzahl der Achsen und Schadstoff- und Geräuschemissionen abzustellen (§ 8 KraftStG). Ab 11. 12. 1999 ist für Fahrzeuge mit einem zulässigen Gesamtgewicht von nicht mehr als 2 500 kg die sog. EG-Abgasrichtlinie zu beachten. Fahrzeuge mit hohem Schadstoffausstoß werden höher belastet. Die Schadstoffemission wird in der Schlüsselnummer im Fahrzeugschein ausgewiesen.

Für die Besteuerung von Pkw, die durch Hubkolbenmotor angetrieben werden, existieren derzeit unter Berücksichtigung der verschiedenen zeitlichen Anwendungsbereiche 15 verschiedene Steuersätze für Pkw mit Otto-Motor sowie 15 verschiedene Steuersätze für Pkw mit Dieselmotor.

So sind z. B. für geschlossene schadstoffarme Pkw mit Schlüsselnummer 01 und Antrieb durch Otto-Motor ab 1. 1. 2005 15,13 Euro je angefangene 100 ccm Hubraum zu entrichten. Bei Antrieb durch Dieselmotor steigt der Betrag auf 27,35 Euro je angefangene 100 ccm Hubraum. Fahrzeuge, die den Normen Euro-3 (Zulassung vor 1. 1. 2000) und Euro-4 (Zulassung vor 1. 1. 2005) entsprechen, erhalten der Höhe nach begrenzte Steuerbefreiungen bis 31. 12. 2005. Für Oldtimer, d. h. Fahrzeuge, die älter als 25 Jahre sind, müssen 191,73 Euro jährlich entrichtet werden.

d) Partikelrussfilter

Im Hinblick auf die Feinstaubbelastung soll die Nachrüstung von Kraftfahrzeugen mit Partikelfiltern steuerlich gefördert werden. Für Diesel-

Pkw ohne Filter soll eine höhere Kfz-Steuer erhoben werden. Die Steuervorteile für die Nachrüstung sollen ab 2007 und die höhere Kfz-Steuer für Diesel-Fahrzeuge ohne Filter soll ab 2008 gelten.

e) Verfahren

Der Halter eines inländischen Kfz hat dieses über die Zulassungsbehörde beim Finanzamt, der eines ausländischen bei der Zollstelle anzumelden (§§ 3, 10ff. KraftStDV). Es handelt sich dabei um eine Steuererklärung. Das Finanzamt (die Zollstelle) setzt die Steuer fest und gibt sie dem Steuerschuldner durch einen Steuerbescheid bekannt (§ 12 Abs. 1 KraftStG). Eine Steuerkarte erhalten nur die Halter nicht im Inland zugelassener Fahrzeuge. Die Steuer wird grundsätzlich unbefristet festgesetzt, es sei denn der Zeitpunkt der Beendigung der Steuerpflicht steht fest. Es handelt sich daher um einen Dauerbescheid. Die KraftSt ist i. d. R. jährlich im Voraus zu entrichten (§ 11 KraftStG).

556 | Grunderwerbsteuer

a) Rechtsgrundlage und Regelungsbereich

Der Grunderwerbsteuer (GrESt) unterliegt der Erwerb inländischer Grundstücke. Nach der Absicht der GrESt soll von ihr jeder Rechtsträgerwechsel erfasst werden (Verkehrsteuer). Daher knüpft die GrESt in erster Linie an Kauf- oder andere schuldrechtliche Verträge an, die den Anspruch auf die Übereignung eines inländischen Grundstücks begründen. Aber nicht nur die Veräußerung eines Grundstücks ist steuerpflichtig, sondern auch die Vereinigung sämtlicher Anteile an grundstückbesitzenden Kapitalgesellschaften in einer Hand. Ab 1. 1. 2000 genügt es, wenn unmittelbar oder mittelbar mindestens 95 v. H. der Anteile der Gesellschaft durch Übertragung vereinigt werden (§ 1 Abs. 3 Nr. 1 GrEStG). Des Weiteren ist die vollständige oder wesentliche Änderung des unmittelbaren oder mittelbaren Gesellschafterverbandes einer Personengesellschaft steuerpflichtig. Auch hier genügt ein Wechsel von 95 v. H. der Gesellschaftsanteile auf neue Gesellschafter (§ 1 Abs. 2 a GrEStG). Wechselt eine grundstückbesitzende Gesellschaft ihre Rechtsform, so kann durch die Umwandlung GrESt anfallen. Eine langfristige Verpachtung unter Einräumung des Rechts, das Grundstück zu bebauen, kann grunderwerbsteuerpflichtig sein, wenn der Pächter die wirtschaftliche Verwertungsmacht erlangt (§ 1 Abs. 2 GrEStG).

Rechtsgrundlage für die Erhebung der GrESt ist das Grunderwerbsteuergesetz.

b) Grundstücksbegriff

Der Grundstücksbegriff der GrESt knüpft an den bürgerlich- rechtlichen Begriff an. Zum Grundstück gehören auch die wesentlichen Bestandteile (§§ 93, 94 BGB). Nicht steuerpflichtig ist der Miterwerb von Maschinen und Betriebsvorrichtungen, die zu einer Betriebsanlage gehören, auch wenn sie zivilrechtlich wesentliche Bestandteile des Grundstücks sind. Den Grundstücken gleichgestellt sind nach § 2 Abs. 2 GrEStG

Erbbaurechte, Wohnungs- und Teileigentum und Gebäude auf fremdem Boden.

Wird ein Kaufvertrag über ein Baugrundstück zusammen mit weiteren zivilrechtlich getrennten Verträgen über die Herstellung eines auf dem Grundstück zu errichtenden Gebäudes abgeschlossen, können grunderwerbsteuerlich auch die Kosten für die Herstellung des Gebäudes in die Bemessungsgrundlage der GrESt einzubeziehen sein (sog. **einheitliches Vertragswerk**). Ein solches wird nach der Rechtsprechung typischerweise angenommen, wenn dem Grundstückserwerber durch Zeitungsinserate, Prospekte oder auf andere Weise ein bautechnisch und finanziell bis annähernd zur Baureife vorgeplantes Gebäude auf einem bestimmten Grundstück zu einem im wesentlichen festen Preis angeboten wird und er dieses Angebot nur als Ganzes annehmen kann. Diese Grundsätze gelten auch, wenn Grundstücksveräußerer und Gebäudehersteller verschiedene Rechtspersonen sind.

c) Entstehungszeitpunkt/Steuerschuldner

Die GrESt entsteht grundsätzlich nicht erst mit der Eigentumsverschaffung, sondern bereits mit Abschluss des schuldrechtlichen Vertrags, z. B. des Kaufvertrags. Schuldner der GrESt sind Veräußerer und Erwerber als Gesamtschuldner, wobei sich das Finanzamt zunächst an denjenigen wendet, der nach dem notariellen Vertrag die GrESt zu entrichten hat.

d) Bemessungsgrundlage

Besteuerungsmaßstab ist die vereinbarte Gegenleistung (§ 8 GrEStG). Außer dem Kaufpreis rechnen hierzu auch sonstige Leistungen des Erwerbers, z. B. die Übernahme von Hypotheken, Grund- oder Rentenschulden, von Wohn- und Nießbrauchsrechten, von Vermessungskosten und Umzugskosten, ferner Dienstleistungen (§ 9 GrEStG).

Ist eine Gegenleistung nicht vorhanden oder nicht zu ermitteln (ggf. durch Schätzung), wird der Grundbesitzwert als Besteuerungsgrundlage herangezogen (§ 8 Abs. 2 GrEStG). Dieser ist auch maßgeblich bei der Vereinigung oder Übertragung aller Anteile bzw. ab 1. 1. 2000 mindestens 95 % der Anteile einer grundbesitzenden Kapitalgesellschaft bzw. GmbH & Co. KG; bei der Abtretung der Rechte aus einem Kaufangebot; bei Umwandlungen auf Grund eines Bundes- oder Landesgesetzes, bei Einbringungsvorgängen in Personen- und Kapitalgesellschaften und anderen Erwerbsvorgängen auf gesellschaftsvertraglicher Grundlage sowie beim Übergang von mindestens 95 % der Anteile einer Personengesellschaft innerhalb von 5 Jahren auf neue Gesellschafter.

Der Steuertarif beträgt 3,5 v. H. der Bemessungsgrundlage.

e) Steuerbefreiungen

Steuerbefreit (§ 3 GrEStG) ist u. a. Erwerb bis 2 500 Euro, Erwerb von Todes wegen und Grundstücksschenkungen, Erwerb von Miterben zur Teilung des Nachlasses, Erwerb durch Personen, die in gerader Linie verwandt sind, Erwerb durch Ehegatten oder geschiedenen Ehegatten.

f) Rückabwicklung des Erwerbs

Wird ein Grundstücksgeschäft innerhalb von 2 Jahren rückgängig gemacht, wird die Steuer auf Antrag nicht festgesetzt oder der Steuerbescheid aufgehoben (§ 16 Abs. 1 GrEStG). War das Eigentum bereits übergegangen, muss innerhalb von 2 Jahren die Rückauflassung erklärt und die Eintragung im Grundbuch beantragt sein (§ 16 Abs. 2 GrEStG). Die 2-Jahresfrist gilt nicht, wenn das Geschäft nichtig ist oder wenn Vertragsbedingungen nicht erfüllt wurden und der Grundstückserwerb daher aufgrund eines Rechtsanspruchs rückgängig gemacht wird.

Die Vergünstigung gilt nicht, wenn der Veräußerer seine volle Rechtsstellung nicht wieder erlangt, sondern er angewiesen wird, das Grundstück nach der Vertragsaufhebung an eine bestimmte Person zu veräußern. Dem ersten Käufer muss das weitere Schicksal des Grundstücks und die Person des neuen Käufers gleichgültig sein.

g) Anzeigepflichten

Notare, Gerichte und Behörden haben dem Finanzamt alle beurkundeten Rechtsvorgänge über ein Grundstück anzuzeigen (§ 18 GrEStG). Soweit der Erwerbsvorgang keiner Beurkundung bedarf, trifft den Steuerschuldner diese Anzeigepflicht (§ 19 GrEStG). Auch die nachträgliche Erhöhung der Gegenleistung ist dem Finanzamt mitzuteilen (§ 19 Abs. 2 GrEStG).

h) Unbedenklichkeitsbescheinigung

Der Erwerber eines Grundstücks darf im Grundbuch als Eigentümer erst eingetragen werden, wenn das Finanzamt eine Unbedenklichkeitsbescheinigung erteilt hat (§ 22 GrEStG). Diese Bescheinigung wird erteilt, wenn die Grunderwerbsteuer gezahlt, gestundet oder sichergestellt oder eine Steuerbefreiung gegeben ist.

557 | Versicherungsteuer

Die Versicherungsteuer (VersSt) ist für Versicherungsentgelte zu zahlen, die auf Grund von Versicherungsverträgen u. ä. von inländischen Versicherungsnehmern oder über im Inland befindliche Gegenstände entrichtet werden.

Rechtsgrundlage ist das Versicherungsteuergesetz. Es handelt sich um eine Verkehrsteuer.

Die VersSt beträgt für Schadenversicherungen 16 v. H. und erhöht sich ab 1. 1. 2007 auf 19 v. H.; für Feuerversicherung 10 v. H. (ab 1. 1. 2007 14 v. H.), für Gebäude und Hausrat 13,75 v. H. bzw. 14 v. H. (ab 1. 1. 2007 17,75 bzw. 18 v. H.), für Unfallversicherungen mit Prämienrückgewähr 3 v. H. (ab 1. 1. 2007 3,8 v. H.) des Versicherungsentgelts, bei Hagelversicherung 0,2 vom Tausend der Versicherungssumme (§ 6 VersStG). Reine Lebensversicherungen sind von der V. befreit. Steuerschuldner ist der Versicherungsnehmer; für die Steuer haftet der Versicherer (§ 7 VersStG).

558 | Verbrauchsteuern

a) Allgemeines

Bei den Verbrauchsteuern wird die Beschaffung von Gütern, die dem Verbrauch oder Gebrauch dienen, besteuert. Steuerschuldner ist in der Regel der Erzeuger oder Händler, der sie über den Verkaufspreis auf den Käufer überwälzt. Sie entstehen in der Regel mit der Entfernung aus dem Steuerlager (z.B. Herstellungsbetrieb) oder mit dem Verbrauch im Steuerlager. Die Verwaltung erfolgt durch die Zollverwaltung. Das Aufkommen steht mit Ausnahme der Biersteuer dem Bund zu.

b) Aufzählung der wichtigsten Verbrauchsteuern

aa) Biersteuer

Die Biersteuer wird auf Bier und bierähnliche Getränke erhoben. Ihre Höhe richtet sich nach dem Stammwürzegehalt des Bieres, der in Grad Plato gemessen wird. Das Aufkommen. betrug in 2004 ca. 0,8 Mrd. Euro und stehen den Ländern zu.

bb) Branntweinsteuer

Die Branntweinsteuer wird auf Branntwein (Alkohol) erhoben. Der Steuergegenstand Branntwein wird durch die Kombinierte Nomenklatur des Zolltarifs bestimmt. Dazu gehören u.a. Ethylalkohol, schäumende und nicht schäumende Weine sowie gegorene Getränke. Die Höhe der Steuer bemisst sich nach der im Erzeugnis enthaltenen Alkoholmenge. Ihr Aufkommen betrug 2004 ca. 2,2 Mrd. Euro.

cc) Kaffeesteuer

Die Kaffeesteuer wird auf Röstkaffee und löslichen Kaffee erhoben. Bei kaffeehaltigen Waren unterliegt der in ihnen enthaltene Kaffeeanteil der Steuer. Das Aufkommen betrug 2004 ca. 1 Mrd. Euro.

dd) Schaumweinsteuer

Die Schaumweinsteuer wird auf Schaumweine und schaumweinähnliche Getränke erhoben. Das Aufkommen betrug 2004 ca. 0,4 Mrd. Euro.

ee) Tabaksteuer

Die Tabaksteuer wird auf Zigaretten, Zigarren, Zigarillos und Rauchtabak (Pfeifentabak und Feinschnitt) erhoben. Die Tabaksteuer wird durch Anbringen von Steuerzeichen (Banderolen) entrichtet. Die Hersteller und Importeure von Tabakwaren müssen diese vom Staat kaufen und an der Einzelverpackung anbringen. Anhand der Steuerbanderole ist sofort erkennbar, ob die Tabakwaren ordnungsgemäß versteuert wurden. Das Aufkommen aus der Tabaksteuer betrug 2004 ca. 13,6 Mrd. Euro.

ff) Energiesteuer

Die Energiesteuer wird auf Energieerzeugnisse erhoben. Sie wurde mit Wirkung zum 1. August 2006 eingeführt und ersetzt die bisherige Mineralölsteuer. Der Kreis der steuerpflichtigen Energieerzeugnisse wurde um Kohleerzeugnisse erweitert. Auch erfolgt ein Einstieg in die Besteuerung der Biokraftstoffe.

Das Aufkommen der ehemaligen Mineralölsteuer betrug 2004 ca. 41,8 Mrd. Euro.

gg) Stromsteuer

Die Stromsteuer wird auf elektrischen Strom erhoben. Das Aufkommen betrug 2004 ca. 6,6 Mrd. Euro.

559 | Die Finanzmonopole

Eine allgemeine Begriffsbestimmung für Finanzmonopole gibt es nicht. Kennzeichnend für den Monopolcharakter sind Ausschließlichkeitsrechte. Nach diesen wird eine bestimmte Tätigkeit ausschließlich unmittelbar oder mittelbar vom Staat ausgeübt. Finanzmonopole dienen der Erzielung von Einnahmen. Sie werden daher auch als eine besondere Form der Erhebung von Abgaben angesehen. Das gegenwärtig einzige bestehende Finanzmonopol ist das Branntweinmonopol.

Rechtsgrundlage für das Branntweinmonopol ist das Gesetz über das Branntweinmonopol v. 8. 4. 1922, RGBl. I 405, nebst Ausführungsbestimmungen, mehrfach geändert, zul. durch VO v. 29. 10. 2001, BGBl. I 2785).

Das Branntweinmonopol umfasst grundsätzlich die Übernahme des im Monopolgebiet hergestellten Branntweins aus den Brennereien sowie die Einfuhr, die Reinigung und die Verwertung von Branntwein und den Branntweinhandel. Die Bundesmonopolverwaltung setzt dafür das Jahresbrennrecht der Brauerein und die Übernahme für Branntwein fest. Sie übernimmt den abgelieferten Branntwein, reinigt ihn und setzt ihn als Sprit, Spiritus oder absoluten Alkohol ab. Der von der Monopolverwaltung verwertete Branntwein unterliegt der Branntweinsteuer.

560 | Zölle

a) Allgemeines

Als Zölle werden Abgaben oder Steuern (§ 3 Abs. 3 AO) bezeichnet, die im grenzüberschreitenden Warenverkehr mit Drittländern zu entrichten sind. Drittländer sind solche Staaten, die nicht der EU angehören. Die Erhebung durch die Zollverwaltung knüpft dabei an den Eingang einer Ware in den EG-Wirtschaftskreislauf (Einfuhrzoll) bzw. an das Verlassen aus dem EG-Wirtschaftskreislauf (Ausfuhrzoll) an. Zwischen den Mitgliedsstaaten der EU besteht seit 1993 ein einheitliches Zollgebiet, in dem kein Zoll erhoben wird.

Rechtsgrundlagen für die Zölle sind das Zollverwaltungsgesetz und der Zollkodex.

b) Zolltarif/Ertragshoheit

Die Höhe des zu zahlenden Zölle richtet sich nach dem sog. Zolltarif. Nach dem Grundgesetz liegen die Zuständigkeit für gesetzgeberische

Maßnahmen sowie der Anspruch auf diese Einnahmen beim Bund (Art. 105 Abs. 1, 106 Abs. 1 GG). Durch die Entwicklungen des Gemeinschaftsrechts ist die Gesetzgebungs- und Ertragskompetenz fast vollständig auf die Europäische Gemeinschaft übergegangen. Die Einnahmen fließen seit 1975 abzüglich einer Pauschale für die Kosten der Erhebung der EU zu. Die Zolleinnahmen, die die BRD dementsprechend abführt, beliefen sich in 2005 auf ca. 3,4 Mrd. Euro.

c) Zollverwaltung

Verwaltet werden die Zölle durch die Bundesfinanzverwaltung (Zollbehörden). Sie ist wie folgt aufgebaut:

1. Stufe:	Bundesministerium der Finanzen (BMF)
Oberste Bundesbehörde	Abteilung III
Bundesoberbehörde	Bundesmonopolverwaltung für Branntwein
2. Stufe:	
Mittelbehörde	Oberfinanzdirektionen/Zollkriminalamt
3. Stufe	
örtliche Behörden	Hauptzollämter/Zollfahndungsämter

561 | Gewerbesteuer

a) Rechtsquellen und Regelungsbereich

Die Gewerbesteuer gehört zu den Real- Objekt- oder Sachsteuern. Sie ist eine Gemeindesteuer und wesentliche Einnahmequelle der Kommunen.

Die Festsetzung und Erhebung ist im Gewerbesteuergesetz (GewStG) v. 21. 3. 1991 (BGBl. I 814), zul. geänd. durch Gesetz v. 15. 12. 2004 (BGBl. I 1653).

Der Gewerbesteuer unterliegen Gewerbebetriebe und das Reisegewerbe. Der Begriff des Gewerbebetriebs entspricht dem des § 15 EStG.

Unter Gewerbebetrieb ist eine selbständige nachhaltige Betätigung, die mit der Absicht Gewinn zu erzielen, unternommen wird und sich als Beteiligung am allgemeinen wirtschaftlichen Verkehr darstellt, die weder als Ausübung von Land- und Forstwirtschaft noch als Ausübung selbständiger Arbeit anzusehen ist und den Rahmen privater Vermögensverwaltung überschreitet. Personengesellschaften, z. B. OHG gelten stets und in vollem Umfang als Gewerbebetrieb, wenn sie eine gewerbliche Tätigkeit ausüben, (Gewerbebetrieb kraft Tätigkeit).

Unabhängig von ihrer Tätigkeit gelten Personengesellschaften in vollem Umfang als Gewerbebetrieb, bei denen ausschließlich eine oder mehrere Kapitalgesellschaften persönlich haftende Gesellschafter sind und nur diese oder Personen, die nicht Gesellschafter sind, zur Geschäftsführung befugt sind. Weiter gelten als Gewerbebetrieb die Tätigkeit der Kapitalgesellschaften (Aktiengesellschaften, Kommanditgesellschaften auf Aktien, Gesellschaften mit beschränkter Haftung), der Erwerbs- und Wirtschaftsgenossenschaften und der Versicherungsvereine auf Gegenseitigkeit (Gewerbebetriebe kraft Rechtsform).

b) Steuerschuldner

Steuerschuldner ist der Unternehmer, d.h. derjenige für dessen Rechnung das Gewerbe betrieben wird. Dieser hat eine Erklärung zur Festsetzung des einheitlichen Steuermessbetrages und ggf. eine Zerlegungserklärung beim Finanzamt einzureichen (§ 14a GewStG).

c) Festsetzungs- und Erhebungsverfahren

Die Gewerbesteuer wird in einem zweistufigen Verfahren festgesetzt und erhoben:

aa) Zunächst ermitteln die Finanzämter als Besteuerungsgrundlage den sog. **Gewerbesteuermessbetrag.**

Grundlage für diesen ist der Gewer**beertrag**, der nach Vorschriften des Einkommen- oder Körperschaftsteuergesetz ermittelte Gewinn:

	Gewinn (lt. EStG bzw. KStG)
+	Hinzurechnungen (§ 8 GewStG), z.B. Dauerschuldzinsen
./.	Kürzungen (§ 9 GewStG)
=	Gewerbeertrag

Der auf diese Weise ermittelte Gewerbeertrag – ggf. nach Abzug eines Gewerbeverlustes aus Vorjahren – ist auf volle 100 Euro nach unten abzurunden. Von dem abgerundeten Gewerbeertrag ist bei Einzelunternehmen und Personengesellschaften ein Freibetrag in Höhe von 24500 Euro abzuziehen. Für den übersteigenden Betrag wird in Stufen von jeweils 12000 Euro der Messbetrag von 1% auf bis zu 5% erhöht

Das Finanzamt setzt den Messbetrag durch **Gewerbesteuermessbescheid** fest (§ 184 AO) und teilt diesen der hebeberechtigten Gemeinde mit. Unterhält ein Gewerbebetrieb Betriebsstätten in mehreren Gemeinden, wird der Steuermessbetrag durch **Zerlegungsbescheid** (§§ 28–34 GewStG) regelmäßig nach den gezahlten Löhnen aufgeteilt.

bb) Auf der Grundlage des vom Finanzamt erlassenen Gewerbesteuermessbescheids ergeht durch die Gemeinde unter Anwendung des von ihr durch Satzung festgelegten **Hebesatzes** der Gewerbesteuerbescheid. Die Festlegung des Hebesatzes obliegt der hebeberechtigten Gemeinde. Bis einschließlich 2003 war auch ein Hebesatz von 0% zulässig. Diese Möglichkeit haben verschiedene Gemeinden auch tatsächlich wahrgenommen. Ab 2004 wurde gesetzlich ein Mindesthebesatz festgelegt (§ 16 Abs. 4 GewStG).

d) Anrechnung und Ermäßigung

Die Gewerbesteuer kann ertragsteuerlich als Betriebsausgabe geltend gemacht werden. Des Weiteren wird die Einkommensteuer bei Einzelunternehmen oder Mitunternehmern einer Personengesellschaft durch Anrechnung der Gewerbesteuer ermäßigt. Die Ermäßigung setzt positive Einkünfte aus Gewerbebetrieb voraus. Der Ermäßigungsbetrag wird pauschal mit dem 1,8-fachen des festgesetzten Gewerbesteuermessbetrags ermittelt. Die Ermäßigung ist auf die Höhe der festgesetzten Einkommensteuer beschränkt. Eine Erstattung von Einkommensteuer ist nicht möglich.

Für Kapitalgesellschaften greift keine Ermäßigung durch Anrechnung. Bei den Kapitalgesellschaften wurde zum Ausgleich die tarifliche Körperschaftsteuer deutlich gesenkt.

e) Rechtsbehelfe

Aus der Zweistufigkeit des Festsetzungsverfahrens folgt:

- Einwendungen des Steuerschuldners gegen den Gewerbesteuermessbescheid (z.B. gegen die vom Finanzamt festgestellte Höhe des Gewinns) sind mit Einspruch gegenüber dem Finanzamt geltend zu machen.
- Anträge auf Stundung oder Erlass der Gewerbesteuer sind gegenüber der Gemeinde geltend zu machen.

f) Zukunft der Gewerbesteuer

Die Erhebung der Gewerbesteuer ist umstritten. Sie wird als hemmende Belastung für die Wirtschaft angeprangert. Ob sie im Rahmen der Unternehmensteuerreform abgeschafft wird ist noch offen und hängt wohl maßgeblich davon ab, auf welchem Weg die finanzielle Ausstattung der Gemeinden dann erfolgen soll.

562 | Grundsteuer

a) Rechtsgrundlage und Regelungsbereich

Die Grunderwerbsteuer ist wie die Gewerbesteuer eine Real- (Objekt-) oder Sachsteuer. Sie wird objektbezogen von dem in der Gemeinde belegenen Grundbesitz erhoben. Das Aufkommen steht den Gemeinden zu.

Rechtsgrundlage für die Erhebung der Grundsteuer ist das Grundsteuergesetz (GrStG) i.d.F. der Bek. v. 7. 8. 1973 (BGBl. I 965), zul. geänd. durch Gesetz v. 1. 9. 2005 (BGBl. I 2676).

Der Grundsteuer unterliegt der Grundbesitz i.S.d. § 2 Bewertungsgesetz. Darunter fallen das land- und forstwirtschaftliche Vermögen, das Grundvermögen und das Betriebsvermögen, soweit es in Betriebsgrundstücken besteht.

b) Steuerschuldner

Steuerschuldner der Grundsteuer A, die für land- und forstwirtschaftliches Grundvermögen erhoben wird, ist der jeweilige Nutzer. Steuerschuldner der Grundsteuer B (für die übrigen zum Grundvermögen gehörenden Grundstücke) ist der jeweilige Eigentümer.

c) Festsetzungsverfahren

Die Festsetzung der Grundsteuer erfolgt in einem dreistufigen Verfahren:

aa) Zunächst wird vom Finanzamt der Einheitswert festgestellt. Durch den Einheitswertbescheid werden verbindlich Wert, Art und Zurechnung des Grundstücks festgelegt.

bb) Im zweiten Schritt wird durch das Finanzamt der Grundsteuermessbetrag festgesetzt.

Für die alten und neuen Bundesländer bestehen unterschiedliche Bemessungsgrundlagen. Wertbasis sind die auf den Wertverhältnissen 1964 (alte Bundesländer) bzw. auf den Wertverhältnissen 1935 (neue Bundesländer) beruhenden mittlerweile veralteten Einheitswerte.

Für das land- und forstwirtschaftliche Vermögen in den neuen Bundesländern wird anstelle des Einheitswertes ein Ersatzwirtschaftswert nach den Wertverhältnissen 1. 1. 1964 ermittelt.

In diesen sind alle von derselben Person regelmäßig selbstgenutzten Wirtschaftsgüter einzubeziehen. Die Wohngebäude einschließlich zugehörigem Grund und Boden werden dem Grundvermögen zugeordnet. Durch Anwendung der Steuermesszahl 6 v. T. auf den Ersatzwirtschaftswert wird der für die Grundsteuer maßgebende Grundsteuermessbetrag ermittelt. Für die zum Grundvermögen gehörenden Grundstücke wird die Grundsteuer in den neuen Bundesländern i. d. R. auf der Grundlage eines nach den Wertverhältnissen vom 1. 1. 1935 festgestellten Einheitswerts ermittelt. Die Steuermesszahl beträgt für unbebaute Grundstücke einheitlich 10 v. T. und für bebaute Grundstücke in Abhängigkeit von Baujahr, Gebäudeart und Einwohnerzahl der Gemeinde zwischen 5 und 10 v. T.

cc) Anschließend wird von der Gemeinde nach dem geltenden Hebesatz die Grundsteuer festgesetzt und erhoben.

d) Rechtsbehelfe

Dem dreistufigen Verfahren entsprechend sind auch die Rechtsbehelfe gegen die jeweiligen Entscheidungen einzulegen. Gegen die Festsetzungen auf den ersten beiden Stufen, die vom Finanzamt getroffen werden, ist der Einspruch statthaft und der Finanzrechtsweg eröffnet. Gegen die Festsetzung der Grundsteuer durch die Gemeinde ist der Widerspruch und das verwaltungsgerichtliche Verfahren gegeben. Anträge auf Erlass oder Stundung der Grundsteuer sind bei der Gemeinde zu stellen.

e) Zukunft der Grundsteuer

Die gegen die Grunderwerbsteuer erhobene Verfassungsbeschwerde beim BVerfG (1 BvR 1644/05), die sich gegen die Erhebung von Grundsteuer auf selbstgenutztes Wohneigentum richtete, ist nicht zur Entscheidung angenommen worden. Dennoch erscheint eine Reform der Grundsteuer wahrscheinlich, da diese noch immer an die völlig veralteten Einheitswerte anknüpft. Diese sind aufgrund bundesverfassungsrechtlicher Entscheidungen für die Vermögen-, sowie die Erbschaft- und Schenkungsteuer nicht mehr anwendbar. Gleichwohl knüpft die Grundsteuer weiter an diese an, worauf sich zahlreiche Kritik stützt.

778

563 | Vergnügungsteuer

Die Vergnügungsteuer ist eine Gemeindesteuer. Ihr unterliegen alle im Gemeindegebiet veranstalteten Vergnügungen (Tanzbelustigungen, Spielautomaten, Preiskegeln usw.). Rechtsgrundlage sind die Vergnügungsteuergesetze der Länder, in deren Gesetzgebungsbefugnis sie fällt (Art. 105 Abs. 2 Buchst. a GG).

Von der Steuer befreit sind u. a. (länderrechtlich abweichend) Opern- und Operettenaufführungen, Symphoniekonzerte, Veranstaltungen der Jugendpflege, Tierschauen und Veranstaltungen, die kirchlichen oder wohltätigen Zwecken dienen. Die Vergnügungsteuer wird als Kartensteuer nach dem Eintrittspreis oder als Pauschalsteuer z. B. nach der Roheinnahme oder nach der Größe des benutzten Raums erhoben. Mehrere Länder haben die Vergnügungsteuer aufgehoben. Sie ist nach der Rechtsprechung des BVerfG verfassungsgemäß.

564 | Sonstige Gemeindesteuern

Weitere Gemeindesteuern sind:

a) **Getränkesteuer**: Steuerschuldner ist derjenige, der die Getränke abgibt. Die Bedeutung der Getränkesteuer ist rückläufig.

Rechtsgrundlage ist die der NotVO v. 26. 7. 1930 nebst DurchfBest. vom 4. 9. 1930 (RGBl. I 311, 450) oder landesgesetzliche Ermächtigung.

b) **Hundesteuer**: steuerlich erfasst wird das Halten eines über 3 Monate alten Hundes. Befreit sind u. a. Diensthunde, Blindenhunde. Ermäßigte Sätze gelten für Wachhunde, Melde-, Sanitäts-, Schutz- und Fährtenhunde, für Hundezüchter (Zwingersteuer) und -händler.

c) **Zweitwohnungsteuer**: wird vorwiegend von Fremdenverkehrsgemeinden, aber auch von Großstädten (z. B. Hamburg).

Rechtsgrundlage ist eine gemeindliche Satzung, die auf landesgesetzlicher Ermächtigung beruht. Sie bedarf der Genehmigung der Aufsichtsbehörde. Die **Zweitwohnungsteuer** kann von den Gemeinden als örtliche Aufwandsteuer (Art. 105 Abs. 2 Buchst. a GG) erhoben werden. Die Zweitwohnungssteuer fällt an, wenn jemand eine Zweitwohnung hat und diese für seinen persönlichen Bedarf benutzt. Ausreichend ist die Nutzung an wenigen Tagen des Jahres. Maßgeblich ist, dass die Wohnung für eigene Zwecke freigehalten wird. Auf das Eigentum an der Wohnung kommt es nicht an.

Die Bemessungsgrundlage für die Steuer ist die tatsächliche Jahresrohmiete oder die zu schätzende ortsübliche Miete. Der Steuertarif wird durch die gemeindliche Satzung festgelegt.

Die Z. ist grundsätzlich nicht verfassungswidrig, es sei denn, es werden nur auswärtige Zweitwohnungsinhaber zu der Steuer herangezogen (BVerfG NJW 1984, 785) oder die Zweitwohnungsteuer wird trotz Vermietung in Gewinnerzielungsabsicht erhoben (BVerfG 29. 6. 1995, DStR 95, 1270).

IV. Berufsrecht

571 | Steuerberater und Steuerbevollmächtigte

Steuerpflichtige können bei der Erfüllung ihrer steuerlichen Pflichten die Hilfe Dritter in Anspruch nehmen. Die geschäftsmäßige Hilfeleistung ist jedoch nur denjenigen Personen oder Gesellschaften erlaubt, die nach den gesetzlichen Vorschriften dazu befugt sind. Dies sind in erster Linie Steuerberater, Steuerbevollmächtigte, Steuerberatungsgesellschaften sowie Rechtsanwälte, Wirtschaftsprüfer und vereidigte Buchprüfer (vgl. §§ 3, 4 StBerG).

Das Verbot unbefugter Hilfeleistung gilt nicht für die Erstattung wissenschaftlich begründeter Gutachten, die unentgeltliche Hilfeleistung für Angehörige, das geschäftsmäßige Kontieren von Belegen und Führen von Lohnkonten durch Personen, die eine kaufmännische Gehilfenprüfung bestanden haben.

Rechtsgrundlage ist das G über die Rechtsverhältnisse der Steuerberater und Steuerbevollmächtigten (StBerG), das ergänzt wird durch die VO zur Durchführung der Vorschriften über Steuerberater, Steuerbevollmächtigte und Steuerberatungsgesellschaften (DVStB). Weitere Rechtsgrundlagen sind die VO zur Durchführung der Vorschriften über die Lohnsteuerhilfevereine (DVLStHV), die Steuerberatergebührenverordnung und die VO über die Berufshaftpflichtversicherung der Steuerberater, Steuerbevollmächtigte und Steuerberatungsgesellschaften.

Die Voraussetzungen für die Zulassung zum Steuerberater und Steuerbevollmächtigten sind im StBerG normiert. Die Berufsbezeichnung ist geschützt. Der unbefugte Gebrauch der Berufsbezeichnung ist strafbar (§ 132 a Abs. 1 Nr. 2 StGB).

Steuerberater und Steuerbevollmächtigte haben ihren Beruf unabhängig, eigenverantwortlich, gewissenhaft, verschwiegen und unter Verzicht auf berufswidrige Werbung auszuüben. Sie dürfen ihren Beruf im Angestelltenverhältnis grundsätzlich nur bei StB, StBv, Steuerberatungsgesellschaften, Rechtsanwälten, Wirtschaftsprüfern, vereidigten Buchprüfern und den entsprechenden Gesellschaften sowie als Leiter von Buchstellen oder Beratungsstellen der Lohnsteuerhilfevereine ausüben (§ 58 StBerG), falls sie das Recht der Zeichnung haben (§ 60 Abs. 1 Nr. 3 StBerG).

Steuerberater und Steuerbevollmächtigte eines Oberfinanzdirektionsbezirks bilden eine Berufskammer (Steuerberaterkammer, § 73 StBerG); die Kammern bilden die Bundessteuerberaterkammer (§ 85 StBerG).

572 | Lohnsteuerhilfevereine

Lohnsteuerhilfevereine sind Selbsthilfeeinrichtungen von Arbeitnehmern zur Hilfeleistung in Lohnsteuersachen für ihre Mitglieder (§ 13 Abs. 1 StBerG). Sie bedürfen der Anerkennung durch die Oberfinanzdirektion (§ 15 StBerG), die Aufsichtsbehörde (§ 27 StBerG) ist.

Lohnsteuerhilfevereine sind zur geschäftsmäßigen Hilfeleistung in Steuersachen für ihre Mitglieder befugt, wenn diese Einkünfte aus nichtselbständiger Arbeit, sonstige Einkünfte aus wiederkehrenden Bezügen (§ 22 Nr. 1 EStG) oder Einkünfte aus Unterhaltsleistungen (§ 22 Nr. 1a EStG) erzielen. Zusätzlich dürfen die Mitglieder Einnahmen aus anderen Einkunftsarten haben, die zusammen die Höhe von 9000 Euro (bei Zusammenveranlagung 18000 Euro) nicht übersteigen. Ausgenommen sind Einkünfte aus Land- und Forstwirtschaft, Gewerbebetrieb und selbständiger Arbeit sowie umsatzsteuerpflichtige Umsätze. Die Befugnis erstreckt sich nur auf die Hilfeleistung bei der Einkommensteuer, ihren Zuschlagsteuern, der Eigenheimzulage, der Investitionszulage nach den § 3 und § 4 des Investitionszulagengesetzes 1999 sowie des Altervermögensgesetzes und des Wohnungsbau-Prämiengesetzes.

573 | Wirtschaftsprüfer

Wirtschaftsprüfer haben die Aufgabe, betriebswirtschaftliche Prüfungen von Jahresabschlüssen wirtschaftlicher Unternehmen durchzuführen und Bestätigungsvermerke über die Vornahme solcher Prüfungen zu erteilen. Sie sind zur steuerlichen Beratung, zum Auftreten als Sachverständige, zur Wirtschaftsberatung und zur treuhänderischen Verwaltung befugt. Sie üben einen freien Beruf und kein Gewerbe aus (§§ 1, 2 der Wirtschaftsprüferordnung (WPO). Wirtschaftsprüfer haben nach § 319 HGB die ausschließliche Befugnis, große Kapitalgesellschaften und mittelgroße Aktiengesellschaften zu prüfen.

Mittelgroße GmbHs können von einem Wirtschaftsprüfer, aber auch von einem vereidigten Buchprüfer geprüft werden. Kleine Kapitalgesellschaften können von einem Wirtschaftsprüfer oder vereidigten Buchprüfer geprüft werden, müssen aber nicht geprüft werden.

Die Zulassungsvoraussetzungen für die Stellung zum Wirtschaftsprüfer sind in der WPO geregelt, §§ 8ff). Die Berufsbezeichnungen Wirtschaftsprüfer und vereidigter Buchprüfer sind geschützt; die Bezeichnungen „Buchprüfer, Bücherrevisor, Wirtschaftstreuhänder“ dürfen wegen Verwechslungsgefahr nicht mehr geführt werden.

Der Wirtschaftsprüfer hat seinen Beruf unabhängig, gewissenhaft, verschwiegen und eigenverantwortlich auszuüben; er muss eine Berufshaftpflichtversicherung eingehen (§ 54 WPO; VO vom 18. 12. 1998, BGBl. I 3820). Wirtschaftsprüfer können sich an jedem Ort in der Bundesrepublik niederlassen, Zweigniederlassungen errichten und ohne räumliche Beschränkung tätig werden (§ 3 WPO).

Zur beruflichen Selbstverwaltung besteht eine Wirtschaftsprüferkammer als öffentlich-rechtliche Körperschaft (§ 4 WPO) mit Zwangsmitgliedschaft; sie führt ein Berufsregister und wahrt die beruflichen Belange ihrer Mitglieder. Sie kann Richtlinien erlassen (§ 57 WPO); ihre Organe sind die Wirtschaftsprüfer-Versammlung, der Beirat, der Vorstand und die Kommission für Qualitätskontrolle. Sie hat eine Satzung und untersteht der staatlichen Aufsicht des Bundesministeriums für Wirtschaft und Arbeit (§§ 66 WPO).

6. Teil

Arbeits- und Sozialrecht

I. Arbeitsrecht

601 | Allgemeines zum Arbeitsrecht
602 | Arbeitnehmer, Arbeitgeber und arbeitnehmerähnliche Personen
603 | Einstellungsvorbereitende Maßnahmen des Arbeitgebers
604 | Stellenausschreibung
605 | Anbahnung des Arbeitsverhältnisses
606 | Verbot der Diskriminierung bei der Einstellung
607 | Beteiligung des Betriebsrats an der Einstellung
608 | Abschluss des Arbeitsvertrages
609 | Befristete Arbeitsverträge
610 | Probearbeitsverhältnis
611 | Pflichten des Arbeitnehmers
612 | Arbeitspflicht
613 | Nicht- und Schlechtarbeit des Arbeitnehmers
614 | Nebenpflichten des Arbeitnehmers
615 | Pflichten des Arbeitgebers
616 | Vergütungspflicht
617 | Lohn ohne Arbeit
618 | Aufwendungsersatz und Ersatz unfreiwilliger Schäden
619 | Beschäftigungspflicht
620 | Nebenpflichten des Arbeitgebers
621 | Werkwohnung
622 | Betriebliche Altersversorgung
623 | Beendigung des Arbeitsverhältnisses
624 | Kündigung
625 | Ordentliche Kündigung
626 | Außerordentliche Kündigung
627 | Änderungskündigung
628 | Gerichtliche Geltendmachung der Kündigung
629 | Aufhebungsvertrag
630 | Folgen der Beendigung des Arbeitsverhältnisses
631 | Arbeitsschutz
632 | Arbeitsrechtliche Koalitionen
633 | Tarifvertragsrecht
634 | Arbeitskampfrecht
635 | Betriebsverfassungsrecht, Personalvertretungsrecht
636 | Unternehmensmitbestimmung
637 | Arbeitsgerichtsbarkeit
638 | Schiedgerichtsverfahren, Schlichtung

601 | Allgemeines zum Arbeitsrecht

a) Begriff des Arbeitsrechts

Das Arbeitsrecht umfasst die Gesamtheit der Rechtsvorschriften, die die unmittelbar zwischen Arbeitnehmer und Arbeitgeber bestehende Rechtsbeziehung sowie die Rechtsverhältnisse der arbeitsrechtlichen Zusammenschlüsse regeln.

b) Regelungsgegenstände des Arbeitsrechts

Regelungsgegenstand des Arbeitsrechts ist nur die Erbringung abhängiger Dienste gegen Arbeitsentgelt.

Nicht dem Arbeitsrecht unterfällt die Erbringung von Diensten durch Selbständige, durch Beamte, Richter und Soldaten, auf Grund gesetzlicher Verpflichtung (z. B. Wehrpflichtige, Zivildienstleistende, Familienangehörige) und durch erwerbsfähige Hilfebedürftige in einer Arbeitsgelegenheit (vgl. § 16 Abs. 3 SGB II).

Das Arbeitsrecht regelt ferner nicht alle Rechtsfragen abhängiger Dienste. So knüpfen zwar die Regelungen zur Sozialversicherung der Beschäftigten und zur Lohnsteuer am Bestehen eines Arbeitsverhältnisses an, gehören aber auf Grund des Sachzusammenhanges zum Sozial- bzw. Steuerrecht.

Regelungsgegenstände des Arbeitsrechts sind:

Individualarbeitsrecht	**Kollektives Arbeitsrecht**	**Arbeitsschutzrecht**	**Arbeitsgerichtsverfahrensrecht**
= Regelungen zur unmittelbar zwischen Arbeitnehmer und Arbeitgeber bestehenden Rechtsbeziehung „Arbeitsvertragsrecht“	= Regelungen zu den Rechten und Pflichten arbeitsrechtlicher Zusammenschlüsse	= Regelungen zum Schutz von Leben, Gesundheit und Sittlichkeit der Arbeitnehmer, die erforderlichenfalls mit staatlichem Zwang durchgesetzt werden können	= Regelungen zum Arbeitsgerichtsverfahren
• Anbahnung und Begründung des Arbeitsverhältnisses • Pflichten des Arbeitnehmers • Pflichten des Arbeitgebers • Beendigung des Arbeitsverhältnisses	• Recht der arbeitsrechtlichen Koalitionen • Tarifvertragsrecht • Arbeitskampf- und Schlichtungsrecht • Betriebsverfassungsrecht • Unternehmensmitbestimmungsrecht	• Allgemeines Arbeitsschutzrecht = Vorschriften, die für alle Arbeitnehmer gelten, z. B. Arbeitszeitschutz – Besonderes Arbeitsschutzrecht = Vorschriften, die nur für bestimmte Arbeitnehmer gelten; z. B. Mutterschutz, Jugendarbeitsschutz, Schwerbehindertenschutz	• Organisation der Arbeitsgerichte • Rechtsweg zu den Arbeitsgerichten • Einleitung des arbeitsgerichtlichen Verfahrens • Ablauf des arbeitsgerichtlichen Verfahrens • Beendigung des arbeitsgerichtlichen Verfahrens • Rechtsmittel • Vollstreckung arbeitsgerichtlicher Entscheidungen

c) Aufgaben des Arbeitsrechts

Hauptfunktion des Arbeitsrechts ist der Schutz des Arbeitnehmers.

Dieser Schutz wird für erforderlich gehalten, weil angesichts des Ungleichgewichts von Arbeitnehmer und Arbeitgeber die Vertragsfreiheit allein keine ausgewogenen Arbeitsverträge sicherstellen kann. Der Arbeitnehmerschutz wird mit verschiedenen Mitteln realisiert: mit zwingenden gesetzlichen Arbeitnehmerschutzvorschriften, mit der Anerkennung von Gewerkschaften und Betriebsräten, mit der Anerkennung von Tarifverträgen und mit der Einräumung von Mitbestimmungsrechten für die Arbeitnehmer auf betrieblicher und in größeren Unternehmen auf Unternehmensebene.

Daneben hat das Arbeitsrecht Ordnungsfunktion sowohl auf überbetrieblicher als auch auf betrieblicher Ebene.

Durch das Arbeitsrecht werden wesentliche institutionelle Rahmenbedingungen für das Arbeitsleben festgelegt (z. B. Zulassung von Gewerkschaften, Einrichtung der Arbeitsgerichtsbarkeit). Auf die innerbetrieblichen Abläufe nimmt das Arbeitsrecht u. a. mit dem BetrVG und dem KSchG erheblichen Einfluss.

Schließlich hat das Arbeitsrecht auch sozialpolitische Funktion.

Es ist neben dem Sozialrecht eines der zentralen Instrumente der Umsetzung des Sozialstaatsprinzips ➢ s. Nr. 62. Zumindest im 19. und 20. Jahrhundert kam dem Arbeitsrecht zudem staatserhaltende Funktion zu. Mit der Verbesserung der Lage der Arbeiter sollten diese extremen politischen Gruppierungen entfremdet und damit sollte revolutionären Bestrebungen entgegengewirkt werden.

d) Stellung des Arbeitsrechts im Rechtssystem

Die Einordnung des Arbeitsrechts in das **Rechtssystem** ist nicht nur von rechtsdogmatischer Bedeutung, sondern hat Auswirkung auf die anzuwendenden Vorschriften (allgemeines Verwaltungsrecht oder allgemeiner Teil des BGB) sowie auf den Rechtsweg (Arbeitsgericht oder Verwaltungsgericht).

Stark vereinfachend wird das Arbeitsrecht im Schrifttum oftmals einheitlich dem Zivilrecht zugeordnet. Bei näherer Betrachtung zeigt sich indessen, dass das Arbeitsrecht teilweise zum Zivilrecht (Arbeitsvertragsrecht, Betriebsverfassungsrecht, Tarifvertragsrecht), teilweise zum öffentlichen Recht (Arbeitsschutzrecht, Arbeitsgerichtsverfahrensrecht) gehört.

e) Rechtsquellen des Arbeitsrechts

aa) Allgemeines

Bislang ist es nicht gelungen, die Vorschriften des Arbeitsrechts in einem Gesetzbuch zusammenzufassen. Weiterhin findet sich im Arbeitsrecht ein stark zersplittertes mehrschichtiges Rechtsquellensystem.

Die Rangfolge dieser Rechtsquellen richtet sich nach allgemeinen Grundsätzen. Bei verschiedenrangigen Normen hat die ranghöhere grundsätzlich vor der niedrigrangigeren Vorrang. Etwas anderes gilt nur, wenn die rangniedrigere Norm für den Arbeitnehmer günstiger ist (sog. Günstigkeitsprinzip; vgl. § 4 Abs. 3 Hs. 2 TVG) bzw. wenn die ranghöhere Norm dispositiv ist, z. B. der Tarifvertrag eine Öffnungsklausel für eine Betriebsvereinbarung enthält.

Bei gleichrangigen Vorschriften hat die jüngere vor der älteren und die speziellere vor der allgemeineren Vorrang.

bb) Internationales Recht

Vorschriften zum Arbeitsrecht finden sich nicht nur im deutschen, sondern auch im internationalen Recht.

Vorschriften des supranationalen Rechts enthält insbesondere das **Recht der EU**. Diesem kommt in den nationalen Rechtsordnungen zunehmende Bedeutung zu. Arbeitsrechtliche Vorschriften enthält sowohl der EGV als auch die EG-VO und die EG-RiL.

Art. 39 EGV garantiert Arbeitnehmern das Recht auf grenzüberschreitende Freizügigkeit in der EU. Art. 141 EGV verpflichtet zur Zahlung gleichen Lohns für Frauen und Männer, wenn sie gleiche Arbeit leisten. Die Art. 137 ff. EGV räumen den Organen der EU Befugnisse auf dem Gebiet des Arbeitsrechts ein. Nach Art. 137 Abs. 1 und 2 kann der Rat in der Rechtsform von Richtlinien Mindestvorschriften erlassen: zur Arbeitsumwelt, zur Arbeitssicherheit, zu den Arbeitsbedingungen, zur Unterrichtung und Anhörung von Arbeitnehmern, zur beruflichen Eingliederung und zur Förderung der Chancengleichheit und der Gleichbehandlung von Männern und Frauen. Keine Zuständigkeit hat die Gemeinschaft dagegen für die Regelung des Arbeitsentgelts und das Arbeitskampfrecht (Art. 137 Abs. 6 EGV).

Die EG-VO enthalten ebenfalls unmittelbar verbindliches Recht, das keinen innerstaatlichen Umsetzungsakt erfordert. Bedeutung für das Arbeitsrecht hat die VO 1408/71 (Soziale Sicherheit für Wanderarbeitnehmer und deren Familienangehörige) und die VO 1271/70 (Verbleibe-Verordnung).

Die EG-RiL enthalten kein unmittelbar verbindliches Recht. Sie kommen in den Mitgliedstaaten grundsätzlich erst zur Anwendung, wenn sie von dem Mitgliedstaat in innerstaatliches Recht umgesetzt wurden. Ohne einen solchen Umsetzungsakt entfalten sie nur Rechtswirkung, wenn sie nicht fristgemäß umgesetzt werden und die Klausel unbedingt und hinreichend bestimmt ist. Die EU hat bislang u. a. folgende RiL zum Arbeitsrecht erlassen: Gleiches Entgelt für Männer und Frauen (RiL 75/117/EWG), Gleichbehandlung beim Zugang zur Beschäftigung, bei der Berufsbildung, dem beruflichen Aufstieg und den Arbeitsbedingungen (RiL 76/207/EWG), Schutz der Arbeitnehmer bei Zahlungsunfähigkeit der Arbeitgeber (RiL 80/987/EWG), Gleichbehandlung von Männern und Frauen bei der Betriebsrente (RiL 86/987/EWG), Sicherheit und Gesundheitsschutz der Arbeitnehmer (RiL 89/391/EWG), schriftlicher Nachweis des Arbeitsvertrages (RiL 91/533/EWG), Schutz der werdenden Mutter (RiL 92/85/EWG), Arbeitszeit (RiL 93/104/EWG), Jugendarbeitsschutz (RiL 94/33/EWG), Einsetzung eines europäischen Betriebsrats oder die Schaffung eines Verfahrens zur Unterrichtung und Anhörung der Arbeitnehmer in gemeinschaftsweit operierenden Unternehmen (RiL 94/45/EG), Entsendung von Arbeitnehmern (RiL 96/71/EG), Elternurlaub (RiL 96/34/EG), Beweislast bei Diskriminierung wegen des Geschlechts (RiL 97/80/EG), Teilzeitarbeit (RiL 97/81/EG), Schutz vor Massenentlassungen (RiL 98/59/EG), Befristete Arbeitsverträge (RiL 99/70/EG), Gleichbehandlung wegen Rasse, Geschlecht, Alter (RiL 2000/43/EG), Gleichbehandlung in Beschäftigung und Beruf (RiL 2000/78/EG), Betriebsübergang (RiL 2001/23/EG), Beratung und Anhörung der Arbeitnehmer (RiL 2002/14/EG).

Materielles Arbeitsrecht findet sich ferner in Vorschriften der **Vereinten Nationen**, so vor allem im internationalen Pakt über wirtschaftliche, soziale und kulturelle Rechte vom 19. 12. 1966 (BGBl. 1973 II 1569), die indessen innerstaatlich nicht unmittelbar anwendbar sind, sondern eher programmatischen Charakter haben. Dasselbe gilt für die europäische Sozialcharta des Europarats vom 18. Oktober 1961 (BGBl. 1964 II 1261).

Von praktisch größerer Bedeutung war und ist die Normsetzung der schon in den zwanziger Jahren des vergangenen Jahrhunderts errichteten **Internationalen Arbeitsorganisation** mit Sitz in Genf (ILO), der fast alle UN-Mitgliedstaaten angehören. Die zahlreichen von der ILO ausgearbeiteten Übereinkommen und Empfehlungen (von der Abschaffung der Zwangsarbeit – 1957 – bis zum Schutz von Arbeitnehmervertretern im Betrieb – 1971 –) haben dank der moralischen Autorität der Organisation und unterstützt von ihrem effektiven Überwachungs-, Berichts- und Kontrollsystem eine weltweit rechtsbildende Kraft entwickelt, die insbesondere in zurückgebliebenen Staaten bei der Entwicklung eines modernen Arbeitsrechts von großem Nutzen war und weiterhin ist.

Vorschriften des internationalen Arbeitsrechts finden sich schließlich in **bilateralen völkerrechtlichen Verträgen**.

Das internationale Arbeitsrecht umfasst ferner das **Arbeitskollisionsrecht**, nach dem sich entscheidet, welches nationale Recht bei grenzüberschreitenden Sachverhalten (z. B. in Fällen der zeitweiligen Entsendung eines Arbeitnehmers in einen anderen Staat) anzuwenden ist. Dies regeln die Art. 27, 30 EGBGB.

Die Arbeitsvertragsparteien können das anzuwendende Arbeitsrecht vereinbaren (Art. 27 EGBGB). Diese Rechtswahl darf aber nicht dazu führen, dass den Arbeitnehmern der Schutz zwingender Bestimmungen des Staates, in dem er gewöhnlich arbeitet, entzogen würde (Art. 30 Abs. 1 EGBGB). Haben die Arbeitsvertragsparteien keine oder eine unwirksame Rechtswahl getroffen, ist das Recht des Staates anzuwenden, in dem der Arbeitnehmer gewöhnlich seine Arbeit verrichtet (Art. 30 Abs. 2 EGBGB). Arbeitet er in verschiedenen Staaten, kommt das Arbeitsrecht des Staates zur Anwendung, in dem sich die Niederlassung befindet, die den

Arbeitnehmer eingestellt hat (Art. 30 Abs. 2 EGBGB). Ausnahmsweise ist das Arbeitsrecht des Staates anzuwenden, zu dem das Arbeitsverhältnis engere Bezüge aufweist (Art. 30 Abs. 2 EGBGB).

cc) Verfassungsrecht

Das Grundgesetz wirkt auf das Arbeitsrecht mit den Grundrechten, den Verfassungsprinzipien und den Kompetenznormen ein.

Die **Grundrechte** gelten zwischen Arbeitgeber und Arbeitnehmer nicht unmittelbar (Art. 1 Abs. 3 GG). Sie sind aber bei der Auslegung der Generalklauseln (z. B. §§ 138, 242, 315 BGB) zu beachten und erlangen damit im Arbeitsrecht mittelbare Drittwirkung. Unmittelbare Drittwirkung hat nur Art. 9 Abs. 3 GG.

Für das Arbeitsrecht bedeutsam sind folgende Grundrechte: Menschenwürde (Art. 1 Abs. 1 GG), allgemeine Handlungsfreiheit (Art. 2 Abs. 1 GG), allgemeines Persönlichkeitsrecht (Art. 2 Abs. 1 i. V. m. Art. 1 Abs. 1 GG), Gleichheitsgrundsätze (Art. 3 GG), Religions- und Gewissensfreiheit (Art. 4 GG), Meinungsfreiheit (Art. 5 GG), Schutz von Ehe und Familie, Mutterschutz (Art. 6 GG), Koalitionsfreiheit (Art. 9 Abs. 3 GG), Berufsfreiheit (Art. 12 GG), Unantastbarkeit der Wohnung (Art. 13 GG) und das Eigentumsrecht (Art. 14 GG).

Folgende **Verfassungsprinzipien** sind für das Arbeitsrecht von Bedeutung: das Sozialstaatsprinzip (Art. 20, 28 GG), das Rechtsstaatsprinzip (Art. 20 Abs. 3 GG), das Demokratieprinzip (Art. 20 Abs. 2 GG) und das Prinzip der Bundesstaatlichkeit (Art. 20 Abs. 1 GG).

Auf dem Gebiet des Arbeitsrechts hat der Bund die konkurrierende **Gesetzgebungskompetenz** (Art. 75 Nr. 12 GG) ➢ s. Nr. 71. Da der Bund weitestgehend von dieser Gesetzgebungskompetenz Gebrauch gemacht hat, bleibt für Landesgesetze nur wenig Raum.

dd) Bundesgesetze

Wie bereits erwähnt sind alle Versuche, die gesetzlichen Vorschriften zum Arbeitsrecht in einem Gesetzbuch zusammenzuführen, gescheitert. Weiterhin ist das Arbeitsrecht in einer Fülle von Einzelgesetzen niedergelegt, u. a. im BGB, im HGB, in der GewO, im JArbSchG, im SeemG, im BetrVG, im Nachweisgesetz, im AGG, im KSchG, im TzBfG, im AufenthG, im SGB III, im SGB IX, im MuSchG, um nur einige Beispiele zu nennen.

ee) Rechtsverordnungen des Bundes

Rechtsverordnung des Bundes ist z. B. die Tarifvertragsverordnung.

ff) Autonome Satzungen

Von erheblicher Bedeutung für das Arbeitsrecht sind die Unfallverhütungsvorschriften der Berufsgenossenschaften.

gg) Landesgesetze

Landesgesetze (z. B. Bildungsurlaub) haben, wie bereits erwähnt, im Arbeitsrecht nur untergeordnete Bedeutung. Selbst Normen in Landesverfassungen werden durch Bundesgesetze verdrängt (Art. 31 GG).

hh) Tarifverträge

Überragende praktische Bedeutung haben im Arbeitsrecht die Tarifverträge ➢ s. Nr. 633.

ii) Betriebsvereinbarungen, Dienstvereinbarungen und Richtlinienvereinbarungen

Ebenfalls große praktische Bedeutung haben die zwischen Betriebsrat und Arbeitgeber geschlossenen Betriebsvereinbarungen, Dienstvereinbarungen (öffentlicher Dienst) und Richtlinienvereinbarungen (leitende Angestellte) ➢ s. Nr. 635.

jj) Arbeitsvertrag

Mit dem Arbeitsvertrag wird das Arbeitsverhältnis begründet ➢ s. Nr. 608. Häufig wird dem Vertragsschluss ein Einheitsarbeitsvertrag zu Grunde gelegt ➢ s. Nr. 603. Ergänzungen des Arbeitsvertrages können sich ferner aus einer Gesamtzusage oder einer sog. betrieblichen Übung ergeben.

Unter einer **Gesamtzusage** versteht man eine generelle Zusage einer Leistung durch den Arbeitgeber an die Arbeitnehmer. Eine solche Zusage kann z. B. durch Aushang am schwarzen Brett, durch eine Zusage auf einer Betriebsversammlung oder über das Intranet des Betriebes erfolgen.

Die **betriebliche Übung** erfolgt durch regelmäßige wiederholte Verhaltenweisen, aus der der Vertragspartner schließen kann, dass die Leistung auf Dauer Bestand haben wird. Eine betriebliche Übung entsteht z. B. durch Zahlung einer Weihnachtsgratifikation in drei aufeinanderfolgenden Jahren. Das Entstehen einer betrieblichen Übung kann der Arbeitgeber durch einen Freiwilligkeits- oder Widerrufsvorbehalt verhindern. Ein Anspruch aus der betrieblichen Übung kann durch Änderungsvertrag oder Änderungskündigung beseitigt werden. Die betriebliche Übung entfällt ferner, wenn der Arbeitgeber in drei aufeinanderfolgenden Jahren nichts oder weniger zahlt und der Arbeitnehmer dem nicht widerspricht. Auf diesem Wege kann auch ein Freiwilligkeitsvorbehalt eingeführt werden. Ob eine betriebliche Übung auch mittels einer Betriebsvereinbarung beseitigt werden kann, ist str.

602 | Arbeitnehmer, Arbeitgeber und arbeitnehmerähnliche Personen

a) Arbeitnehmer

Der Arbeitnehmerbegriff ist in einer ganzen Reihe arbeitsrechtlicher Vorschriften Tatbestandsvoraussetzung, so etwa in § 1 KSchG, § 3 EFZG und in § 1 BUrlG. Er ist ferner für das Sozialversicherungsrecht von Bedeutung ➢ s. Nr. 643.

Merkmale des Arbeitnehmerbegriffes		
Privatrechtlicher Vertrag	**Dienstvertrag**	**Unselbstständige Dienste**

Kein Arbeitnehmer ist, wer nicht auf Grund eines **privatrechtlichen Vertrages**, sondern einer gesetzlichen Pflicht (z. B. Familienangehörige, Wehrpflichtige und Zivildienstleistende) oder eines Verwaltungsaktes (z. B. Beamte, Richter und Soldaten) Dienste leistet.

Vom Werkvertrag unterscheidet sich der Arbeitsvertrag dadurch, dass dort ein bestimmtes „Werk", ein Erfolg als Ergebnis einer selbständigen Arbeit geschuldet wird.

Zentrales Merkmal des Arbeitnehmerbegriffes ist die **„persönliche Abhängigkeit"** des Dienstleistenden. Persönlich abhängig ist ein Arbeitnehmer, wenn der Arbeitgeber ihm Weisungen bezüglich Zeit, Ort, Art und Inhalt der Arbeit erteilen kann. Weitere Kennzeichen der Abhängigkeit sind die Eingliederung in den Betrieb des Arbeitgebers und das fehlende Unternehmerrisiko.

Unerheblich für die Qualifikation als Arbeitnehmer ist die Bezeichnung des Dienstverhältnisses im Vertrag. Maßgeblich ist allein dessen tatsächliche Umsetzung. Deshalb ist auch derjenige Arbeitnehmer, der im Vertrag als freier Mitarbeiter qualifiziert wird, tatsächlich aber abhängige Dienste leistet.

Lange Zeit wurden **Arbeitnehmer** in Arbeiter und Angestellte **eingeteilt**.

Im Arbeitsrecht hat diese Unterteilung zunehmend an Bedeutung verloren. Und seit im Rentenversicherungsrecht seit dem 1. 10. 2005 diese Unterscheidung bei der Zuständigkeit der Rentenversicherungsträger aufgegeben wurde, kommt der Unterscheidung keine praktische Bedeutung mehr zu.

Die Unterscheidung in verschiedene **Berufsgruppen** hat demgegenüber praktische Relevanz, weil für diese unterschiedliche Normen gelten: für gewerbliche Arbeitnehmer die GewO und für kaufmännische Arbeitnehmer das HGB.

Nach der Rechtsform des Arbeitgebers können Arbeitnehmer im **öffentlichen Dienst** und Arbeitnehmer in privaten Unternehmen unterschieden werden.

Auch diese Unterscheidung hat die Anwendbarkeit unterschiedlicher Normen zur Folge und ist deshalb nicht nur von akademischer Bedeutung.

Auch **leitende Angestellte** sind Arbeitnehmer und unterliegen deshalb grundsätzlich den für diese geltenden Regelungen des Arbeitsrechts. Auf Grund ihrer Nähe zum Arbeitgeber kommen bei ihnen aber einige Sonderregelungen zur Anwendung:

Sie werden vom BetrVG nicht erfasst (§ 5 Abs. 3, 4 BetrVG); ihre Vertretung erfolgt über die Sprecherausschüsse nach dem SprAuG. Sie unterliegen nicht dem ArbZG (§ 18 ArbZG). Ihr Kündigungsschutz ist eingeschränkt (§ 14 KSchG). Sie dürfen als ehrenamtliche Richter nur als Vertreter der Arbeitgeber tätig werden.

Der Begriff des leitenden Angestellten wird in den einzelnen Gesetzen unterschiedlich definiert. Vereinfacht können leitende Angestellte als Arbeitnehmer mit Aufgaben von erheblicher Bedeutung für das Unternehmen mit eigenem Entscheidungsspielraum beschrieben werden (vgl. etwa § 5 Abs. 3 BetrVG).

b) Arbeitnehmerähnliche Personen

Arbeitnehmerähnlich sind Personen, die zwar nicht persönlich, aber wirtschaftlich von einem Unternehmen abhängig und deshalb vergleichbar schutzbedürftig wie Arbeitnehmer sind. Nach § 12a TVG ist eine Person wirtschaftlich abhängig, wenn sie überwiegend nur für eine Person tätig ist und von dieser mehr als die Hälfte des Entgelts aus ihrer Erwerbstätigkeit bezieht. Arbeitnehmerähnliche Personen sind z.B. Heimarbeiter und Einfirmenvertreter.

Heimarbeiter ist, wer, ohne Gewerbetreibender zu sein, in eigener Wohnung oder selbstgewählter Betriebsstätte allein oder unter Mithilfe von Familienangehörigen im Auftrag von Gewerbetreibenden oder Zwischenmeistern gegen Entgelt arbeitet. Einzelheiten des Heimarbeitsverhältnisses regelt das HAG. Dieses Gesetz soll der Gefahr sozialer Missstände entgegenwirken.

Das Entgelt der Heimarbeiter wird durch Tarifvertrag oder bindende Festsetzung durch dem Heimarbeitsausschuss geregelt (§§ 1ff. HAG) und ist auf eine sichere Grundlage (Stücklohn, Auslegung von Entgeltverzeichnissen, Mithaftung des Auftraggebers) gestellt. Ferner ist ein Kündigungsschutz mit gestaffelten Kündigungsfristen festgelegt (§ 29 HAG). Außerdem enthält das Gesetz Vorschriften über die Einrichtung der Arbeitsstätte, die Gefahren für Gesundheit und Sittlichkeit der Beschäftigten und die öffentliche Gesundheit ausschließen sollen (§§ 12ff. HAG). Geregelt sind ferner Auskunfts-, Aufklärungs- und Unterrichtungspflichten sowie das Verbot der Ausgabe von Heimarbeit bei wiederholten Verstößen gegen das Gesetz (§§ 28, 30 HAG).

Das HAG kann auf weitere Personen ausgedehnt werden: Zwischenmeister, Hausgewerbetreibende.

Bei den arbeitnehmerähnlichen Personen kommt das Arbeitsrecht grundsätzlich nicht zur Anwendung. Hiervon gibt es aber einige Ausnahmen: § 2 BUrlG, § 5 ArbGG, § 12a TVG.

c) Arbeitgeber

Arbeitgeber sind natürliche Personen, Personenvereinigungen und juristische Personen, die zumindest einen Arbeitnehmer beschäftigen.

Auf Arbeitgeberseite werden Betrieb, Unternehmen und Konzern unterschieden.

d) Besondere Arbeitsverhältnisse

aa) Ausbildungsverhältnis

Einzelheiten der zwischen Auszubildenden und Ausbildenden bestehenden Ausbildungsverhältnisse regelt vor allem das BBiG. Zusätzlich gelten das kollektive Arbeitsrecht (Tarifvertrag, Betriebsvereinbarung) und das BGB, soweit im Hinblick auf den Ausbildungszweck keine Sonderregelungen getroffen wurden. Die Ausbildung in bestimmten staatlich anerkannten Ausbildungsberufen wird durch Ausbildungsordnungen geregelt (§§ 25 BBiG).

Der Ausbildungsvertrag ist in einer von allen Beteiligten zu unterzeichnenden Niederschrift mit Angaben über Dauer, Probezeit (1–3 Monate), Vergütung (mindestens jährliche Steigerung), Urlaub, Kündigungsfristen usw. niederzulegen (§§ 3, 4, 10, 13 BBiG). Vertragsstrafen und Wettbewerbsverbote dürfen nicht vereinbart werden (§ 5 BBiG).

Der Ausbildende muss persönlich und fachlich geeignet sein. Ferner muss eine geeignete Ausbildungsstätte vorhanden sein (§§ 20ff. BBiG).

Zu den Pflichten des Ausbildenden gehört neben der Vermittlung der erforderlichen Kenntnisse und Fertigkeiten auch die persönliche Fürsorge für den Auszubildenden. Er hat diesen zum Berufsschulbesuch anzuhalten.

Bei unverschuldeter Krankheit hat der Auszubildende bis zu 6 Wochen Anspruch auf Vergütung (§ 12 BBiG).

Für die Kündigung ist Schriftform erforderlich. Sie ist während der Probezeit jederzeit fristlos zulässig, danach nur noch aus wichtigem Grunde oder vom Auszubildenden wegen Berufsänderung mit 4 Wochen Frist; ein wichtiger Grund kann nur binnen 2 Wochen geltend gemacht werden (§ 15 BBiG). Bei Beendigung des Ausbildungsverhältnisses hat der Ausbildende dem Auszubildenden ein Zeugnis auszustellen, das auf Verlangen des Auszubildenden auch Angaben über Führung, Leistungen und besondere fachliche Fähigkeiten enthalten muss.

Die Durchführung von Zwischen- und Abschlussprüfungen richtet sich nach den §§ 34ff. BBiG und den einzelnen Prüfungsordnungen.

Für Auszubildende im Handwerk bestehen entsprechende Vorschriften in den §§ 21 ff. HandwO mit einigen Besonderheiten. Zur Ausbildung fachlich geeignet ist, wer das 24. Lebensjahr vollendet und die Meisterprüfung bestanden hat, ferner wer eine andere fachliche Abschlussprüfung abgelegt und entweder die Gesellenprüfung bestanden oder eine vierjährige praktische Tätigkeit abgeleistet hat. Die Handwerkskammer überwacht die persönliche und fachliche Eignung der Ausbildenden und die Eignung der Ausbildungsstätten. Sie führt die Lehrlingsrolle, in der die Ausbildungsverhältnisse verzeichnet werden. Die Ausbildungsordnungen regeln den Gang der Ausbildung; diese soll mindestens zwei und höchstens drei Jahre dauern (§ 25 HandwO).

bb) Seeleute

Das Seemannsrecht wird im SeemG geregelt. Ergänzend kommen die Vorschriften des BGB, HGB, StGB und OWiG zur Anwendung.

Das SeemG gilt für alle Kauffahrteischiffe, die nach dem FlaggenrechtsG die Bundesflagge führen. Es regelt die Rechte und Pflichten der Schiffsbesatzung. Nicht geregelt wird dagegen das Rechtsverhältnis des Kapitäns.

Das Heuerverhältnis kann schriftlich oder mündlich begründet werden. Bei mündlicher Vereinbarung muss ein Heuerschein mit gesetzlichem Mindestinhalt ausgestellt werden. Vor Antritt oder Fortsetzung der Reise erfolgt die Anmusterung. Der Heuervertrag wird vor einem Seemannsamt verlautbart. Dieses stellt ein Seefahrtbuch aus, das Passersatz und Ausweispapier ist.

Bezüglich Arbeitszeit, Verpflegung, Unterkunft, Krankenfürsorge, Urlaub und Landgang gelten Sondervorschriften. Die Kündigung des Heuerverhältnisses ist an Fristen gebunden, die bis zu sieben Monate dauern können. Nach der Beendigung des Heuerverhältnisses erfolgt die Abmusterung.

Für Seelotsen bestehen Besonderheiten nach dem Seelotsengesetz.

cc) Ausländische Arbeitnehmer

Für ausländische Arbeitnehmer gelten weitestgehend dieselben arbeitsrechtlichen Vorschriften wie für deutsche. Ggfs. können im Hinblick auf die Sprachschwierigkeiten gesteigerte Fürsorgepflichten bestehen.

Grundsätzlich bedürfen Arbeitnehmer, die einem Staat außerhalb der EU angehören, einer **Arbeitsberechtigung**.

Die Arbeitsberechtigung wird vom Ausländeramt mit dem aufenthaltsrechtlichen Titel erteilt. Der Erteilung muss die Bundesagentur für Arbeit zustimmen. Einzelheiten regelt das Aufenthaltsgesetz. Bulgaren, Rumänen sowie die Angehörigen der am 1. 5. 2004 der EU beigetretenen Staaten benötigen eine Arbeitsgenehmigung der Agentur für Arbeit (§§ 284 ff. SGB III).

Eine privilegierte Stellung haben türkische Arbeitnehmer nach dem Beschluss Nr. 1/80 des durch das Assoziierungsabkommen zwischen der EWG und der Türkei errichteten Assoziierungsrates vom 19. 9. 1980. Nach diesem Beschluss steht einem türkischen Arbeitnehmer ein Anspruch auf Erteilung sowohl einer Arbeits- als auch einer Aufenthaltserlaubnis zu, wenn er die in Art. 6 ARB 1/80 vorgesehenen Zeiten ordnungsgemäßer Beschäftigung nachweisen kann.

Ausländische Arbeitnehmer, die ohne eine Arbeitserlaubnis eine Beschäftigung ausüben, handeln ordnungswidrig. Arbeitgeber, die einen ausländischen Arbeitnehmer ohne Arbeitserlaubnis beschäftigen, handeln ordnungswidrig, bei Hinzutreten erschwerender Umstände sogar strafbar.

603 | Einstellungsvorbereitende Maßnahmen des Arbeitgebers

Dem ersten Kontakt des Arbeitgebers mit dem Arbeitnehmer gehen häufig einstellungsvorbereitende Maßnahmen voraus. Da bereits diese die Rechtsstellung der Arbeitnehmer beeinflussen können, räumt das BetrVG dem Betriebsrat Mitwirkungsrechte ein.

a) Personalplanung

Die Personalplanung umfasst alle zukünftigen personellen Maßnahmen, die sich in personellen Einzelmaßnahmen niederschlagen können. Zu unterscheiden ist die qualitative und die quantitative Personalplanung.

Der Betriebsrat hat bei der Personalplanung ein Recht auf rechtzeitige und umfassende Information durch den Arbeitgeber, auf Aushändigung von Unterlagen und auf Anhörung (§ 92 BetrVG). Kommt der Arbeitgeber dieser Verpflichtung nicht nach, steht dem Betriebsrat ein Klagerecht zu (§ 23 Abs. 3 BetrVG). Ferner liegt eine Ordnungswidrigkeit des Arbeitgebers vor, die mit einer Geldbuße bis zu 10000 Euro geahndet werden kann (§ 121 BetrVG).

b) Maßnahmen der Gleichbehandlung von Frauen und Männern und zur Vereinbarkeit von Familie und Erwerbstätigkeit

Bei Maßnahmen der Gleichbehandlung von Frauen und Männern und der Förderung der Vereinbarkeit von Familie und Erwerbstätigkeit stehen dem Betriebsrat dieselben Rechte wie bei der Personalplanung zu (§ 92 Abs. 3 BetrVG).

c) Stellenausschreibung (§ 93 BetrVG) ➢ s. dazu Nr. 604.

d) Personalfragebogen

Häufig verwenden die Arbeitgeber sog. Personalfragebögen mit standardisierten Fragen an die Bewerber. Die Personalfragebögen bedürfen der Zustimmung des Betriebsrats (§ 94 Abs. 1 BetrVG). Mit diesem Zustimmungserfordernis sollen Eingriffe in das allgemeine Persönlichkeitsrecht des Arbeitnehmers verhindert werden. Können sich Arbeitgeber und Betriebsrat nicht über den Inhalt des Personalfragebogens einigen, entscheidet die Einigungsstelle (§ 94 Abs. 1 Satz 2 BetrVG). Deren Schiedsspruch ist für beide Seiten verbindlich. Verwendet der Arbeitgeber einen Fragebogen ohne Zustimmung des Betriebsrats, berechtigt dies den Bewerber nicht zur Lüge (BAG NZA 2001, 107 (108]), wenn es sich um eine individualarbeitsrechtlich zulässige Frage handelt ➢ s. näher dazu Nr. 605. Individualarbeitsrechtlich unzulässige Fragen werden durch die Zustimmung des Betriebsrats nicht legitimiert.

e) Einheitsarbeitsverträge

Will der Arbeitgeber einheitliche Arbeitsverträge für alle Arbeitnehmer des Betriebs verwenden, bedürfen persönliche Angaben im Vertrag der Zustimmung des Betriebsrats (§ 94 Abs. 2 BetrVG).

Die Klauseln in Einheitsarbeitsverträgen müssen ferner den Anforderungen für allgemeine Geschäftsbedingungen (§§ 305 ff. BGB) entsprechen.

f) Beurteilungsgrundsätze

Beurteilungsgrundsätze sind Regelungen, die Kriterien zur Beurteilung des Verhaltens und der Leistung des Arbeitnehmers festlegen. Die Einführung von Beurteilungsgrundsätzen bedarf der Zustimmung des Betriebsrats (§ 94 Abs. 2 BetrVG). Können sich Arbeitgeber und Betriebsrat nicht einigen, entscheidet wiederum die Einigungsstelle. Ein Initiativrecht steht dem Betriebsrat nicht zu.

g) Auswahlrichtlinien

In Auswahlrichtlinien werden Kriterien für die Auswahl von Bewerbern bei der Einstellung, Versetzung, Umgruppierung und Kündigung festgesetzt. Praktische Bedeutung haben die Auswahlrichtlinien insbesondere bei der Kündigung. Die Einführung der Auswahlrichtlinien bedarf der Zustimmung des Betriebsrats (§ 95 Abs. 1 Satz 1 BetrVG). Können Arbeitgeber und Betriebsrat sich nicht einigen, entscheidet die Einigungsstelle mit verbindlicher Wirkung für beide Seiten (§ 95 Abs. 1 Satz 2 und 3 BetrVG).

In Betrieben mit mehr als 500 Arbeitnehmern hat der Betriebsrat ein Initiativrecht.

604 | Stellenausschreibung

Für die Stellenausschreibung stehen dem Arbeitgeber verschiedene Wege zur Verfügung: interne Stellenausschreibung, Befragen von Mitarbeitern, Bekannten, anderen Arbeitgebern, Zeitungsannonce, Internet, Einschalten der Agentur für Arbeit oder eines privaten Arbeitsvermittlers.

Bei der Auswahl des Ausschreibungsweges und bei der inhaltlichen Ausgestaltung der Ausschreibung ist der Arbeitgeber nicht völlig freigestellt, sondern muss folgenden rechtlichen Anforderungen genügen.

a) Pflicht zur betriebsinternen Stellenausschreibung

Der Betriebsrat kann vom Arbeitgeber verlangen, dass eine Stelle betriebsintern ausgeschrieben wird (§ 93 BetrVG). Dieses Verlangen führt zwar nicht dazu, dass der Arbeitgeber die Stelle nicht extern ausschreiben darf. Die externe Ausschreibung muss aber den Anforderungen der internen entsprechen. Mit der internen Stellenausschreibung soll Mitarbeitern des Betriebs die Chance eröffnet werden, sich auf den zu besetzenden Arbeitsplatz zu bewerben. Ein Einstellungsanspruch räumt § 93 BetrVG dagegen nicht ein. Kommt der Arbeitgeber dem Verlangen des Betriebsrats nicht nach, kann dieser die Zustimmung zur Einstellung des vom Arbeitgeber auserwählten Bewerbers verweigern (§ 99 Abs. 2 Nr. 5 BetrVG). Zu Einzelheiten dazu ➢ s. Nr. 607.

b) Beachtung der Gleichbehandlung bei der Stellenausschreibung

Der Arbeitgeber ist zur Beachtung des Gebots der Gleichbehandlung bei der Stellenausschreibung verpflichtet (§ 11 AGG), ungeachtet, welche Art der Stellenausschreibung er wählt. Seine Stellenausschreibung darf deshalb grundsätzlich nicht wegen der Rasse, der ethnischen Herkunft, des Geschlechts, der Religion, der Weltanschauung, einer Behinderung, des Alters oder der sexuellen Identität differenzieren.

Ein Verstoß gegen die Verpflichtung zur Beachtung des Gebots der Gleichbehandlung begründet zwar keinen Einstellungsanspruch (§ 15 Abs. 6 AGG). Die Benachteiligung kann aber zu einem Schadensersatz- oder einen Entschädigungsanspruch (§ 15 Abs. 1, 2 AGG) führen, da starke Indizien für eine unzulässige Diskriminierung vorliegen ➢ s. Nr. 606.

c) Ausschreibung als Teilzeitstelle

Der Arbeitgeber muss eine Stelle, die sich als Teilzeitstelle eignet, auch als solche ausschreiben (§ 7 Abs. 1 TzBfG). Ein Verlangen des Betriebsrats ist nicht erforderlich. Ob ein Verstoß gegen § 7 Abs. 1 TzBfG den Betriebsrat berechtigt, die Zustimmung zur Einstellung zu verweigern, ist umstritten.

d) Hinweis auf freie Stellen

Der Arbeitgeber ist verpflichtet, einem Arbeitnehmer, der ihm den Wunsch auf Veränderung von Dauer und Lage der vertraglich vereinbarten Arbeitszeit angezeigt hat, über entsprechende Arbeitsplätze, die im Betrieb oder Unternehmen besetzt werden sollen, zu informieren (§ 7 Abs. 2 TzBfG).

e) Ausschreibung für schwerbehinderte Menschen

Der Arbeitgeber ist verpflichtet zu prüfen, ob freie Arbeitsplätze mit schwerbehinderten Menschen besetzt werden können (§ 81 Abs. 1 Satz 1 SGB IX). Ist dies der Fall, hat er die Agentur für Arbeit hierüber zu informieren (§ 81 Abs. 1 Satz 2 SGB IX). Diese schlägt dem Arbeitgeber geeignete schwerbehinderte Menschen vor (§ 81 Abs. 1 Satz 2 SGB IX); entsprechende Vorschläge kann auch das Integrationsamt unterbreiten. Unterlässt der Arbeitgeber die Information der Agentur für Arbeit, bestehen Indizien für eine Diskriminierung wegen der Behinderung. Kann der Arbeitgeber nicht nachweisen, dass keine solche Diskriminierung vorliegt, ist er zur Entschädigung verpflichtet (s. § 81 Abs. 2 Satz 1 SGB IX i. V. m. § 15 AGG). Der Arbeitgeber hat die Schwerbehindertenvertretung und den Betriebsrat zu informieren.

605 | Anbahnung des Arbeitsverhältnisses

Bereits vor Abschluss des Arbeitsverhältnisses besteht ein vorvertragliches Schuldverhältnis, das mit Eingang der Bewerbungsunterlagen beim Arbeitgeber entsteht und bis zum Abschluss des Bewerbungsverfahrens fortdauert. Während der Anbahnung des Arbeitsverhältnisses bestehen Aufklärungs-, Informations- und Schutzpflichten. Der Bewerber hat ferner Ansprüche auf Ersatz seiner Vorstellungskosten sowie auf Herausgabe/Vernichtung seiner Bewerbungsunterlagen und der bei der Vorstellung gewonnenen Informationen.

a) Informationspflichten

aa) Offenbarungspflichten

Sowohl Bewerber als auch Arbeitgeber müssen während des Bewerbungsverfahrens besonders wichtige Umstände dem anderen **ungefragt** mitteilen (sog. Offenbarungspflichten).

Der Bewerber muss alle Umstände, die die Arbeitsaufnahme zum beabsichtigten Zeitpunkt unmöglich machen bzw. die sonst von ausschlaggebender Bedeutung für den Arbeitgeber sind, offenbaren (BAG AP Nr. 35 zu § 123 BGB). Der Arbeitgeber ist bei Umständen offenbarungspflichtig, die so bedeutsam sind, dass sie einer Durchführung des Arbeitsverhältnisses entgegenstehen.

Offenbarungspflichten des Bewerbers	Offenbarungspflichten des Arbeitgebers
• Krankheiten, die eine Arbeitsaufnahme ausschließen (z. B. offene TBC, HIV-Infektion bei Chirurgen) • Behinderungen, die eine Ausübung der Tätigkeit ausschließen (?) • Wettbewerbsverbote, die der Tätigkeit beim neuen Arbeitgeber entgegenstehen • Haftantritt zum Zeitpunkt der Arbeitsaufnahme • bei Ausländern: bevorstehende Ausweisung • Kur- oder Heilverfahren zum Zeitpunkt der Arbeitsaufnahme • laufende Ermittlungsverfahren, die die Ausübung der Tätigkeit ausschließen • Einleitung eines für den Arbeitsplatz relevanten Ermittlungsverfahrens nach dem Vorstellungsgespräch (BAG NJW 1999, 3653) • Bewerber für eine Kraftfahrerstelle müssen dem Arbeitgeber mitteilen, dass sie seit mehreren Jahren nicht mehr gefahren sind (BAG AP Nr. 74 zu § 611 BGB; BAG AP Nr. 6 zu § 276 BGB) nicht: • Schwangerschaft, selbst wenn die vereinbarte Tätigkeit wegen eines Beschäftigungsverbots nicht ausgeübt werden kann (vgl. BAG 6. 2. 2003 DB 2003, 1795 f.)	• drohende Zahlungsunfähigkeit des Arbeitgebers (BAG AP Nr. 10 zu § 276 BGB) • erhebliche Zahlungsschwierigkeiten des Arbeitgebers • bevorstehender Abbau des Arbeitsplatzes • bevorstehende Verlegung des Arbeitsplatzes • Verweigerung der Zustimmung zur Einstellung durch den Betriebsrat

Werden offenbarungspflichtige Umstände nicht offen gelegt und hätte der Vertragspartner das Arbeitsverhältnis bei Kenntnis des wahren Sachverhalts nicht abgeschlossen, kann er dieses wegen arglistiger Täuschung anfechten (§ 123 BGB). Ferner können Schadensersatzansprüche in Betracht kommen (§ 280 Abs. 1 BGB i. V. m. § 311 Abs. 2 BGB).

bb) Fragerecht des Arbeitgebers

Von großer praktischer Bedeutung ist das Fragerecht des Arbeitgebers. Die Rechtsprechung muss – mangels gesetzlicher Regelung – einen Ausgleich zwischen dem Interesse des Arbeitgebers an einer möglichst umfassenden Information über den Bewerber und dem Interesse des Bewerbers, nicht unbegrenzt seine Privatsphäre offen legen zu müssen suchen.

Sie orientiert sich dabei an folgenden Leitgedanken:

- Zulässig sind nur Fragen, die für das beabsichtigte Arbeitsverhältnis von Bedeutung sind.
- Die Fragen dürfen nicht in unzulässiger Weise in durch EU-Recht oder Grundgesetz geschützte Rechte des Bewerbers eingreifen.

Auf der Grundlage dieser Leitlinien wurde in einer Vielzahl von Einzelfällen über die Zulässigkeit von Fragen des Arbeitgebers entschieden. Dabei wurden die folgenden Ergebnisse erzielt:

Uneingeschränkt zulässige Fragen	Eingeschränkt zulässige Fragen	Unzulässige Fragen
• Schulausbildung • Berufsausbildung • Zeugnisse • berufliche Vorerfahrungen • fachliche Qualifikation • zuletzt ausgeübte Tätigkeit (BAG 12. 2. 1970 E 22, 278 (281) • Schwerbehinderung? (BAG 7. 6. 1984 AP Nr. 26 zu § 123 BGB; BAG 10. 5. 1995 E 81, 120 (124), aber: § 81 Abs. 2 SGB IX • bei Bewerbung im öffentlichen Dienst: Mitgliedschaft in einer verfassungsfeindlichen Partei (BAG AP Nr. 6, 8, 20 zu Art. 33 Abs. 2 GG; str.)	• Familienstand und Kinderzahl • frühere Gehaltshöhe: nur soweit diese für das Entgelt der neuen Stelle von Bedeutung ist (BAG AP Nr. 25 zu § 123 BGB) • Gewerkschaftszugehörigkeit: nur bei arbeitsrechtlichen Koalitionen zulässig • Krankheiten, wenn sie chronisch und/oder schwerwiegend sind und sich auf das Arbeitsverhältnis auswirken können • Lohnpfändung, unzulässig (ArbG Berlin BB 1986, 1853) • Parteizugehörigkeit, nur bei politischen Parteien zulässig	• Schwangerschaft (vgl. BAG 6. 2. 2003 DB 2003, 1795 f.) • bevorstehende Heirat, • Frage nach Empfängnisverhütung, • Frage nach Monatsblutung, • Frage nach Zigarettenkonsum (str.) • Frage nach Zivildienst (LAG BW DB 1985, 2567)

Uneingeschränkt zulässige Fragen	Eingeschränkt zulässige Fragen	Unzulässige Fragen
	• Religions-/ Konfessionszugehörigkeit, nur bei kirchlichen Trägern zulässig • Schulden: nur bei Führungspositionen und Positionen mit Zugang zum Arbeitgeber-/Kundenvermögen • Vorstrafen, die sich auf das Arbeitsverhältnis auswirken (BAG AP Nr. 7 zu § 1 KSchG) und noch nicht im Bundeszentralregister gelöscht sind	

Wird eine unzulässige Frage gestellt, hat der Bewerber ein Recht zur Lüge. Zulässige Fragen sind dagegen wahrheitsgemäß zu beantworten. Hat er eine wahrheitswidrige Antwort gegeben und hätte der Arbeitgeber ihn bei Kenntnis der wahren Sachlage nicht eingestellt, kann der Arbeitgeber das Arbeitsverhältnis durch Anfechtung wegen arglistiger Täuschung sofort beenden (§§ 123, 142 BGB). Ggfs. bestehen zusätzlich Schadensersatzansprüche (§§ 280, 311 BGB).

cc) Ärztliche Untersuchung

Der Arbeitgeber ist grundsätzlich berechtigt, vom Arbeitnehmer eine medizinische Untersuchung vor der Einstellung zu verlangen. Die Untersuchung ist auf für den Arbeitsplatz relevante medizinische Befunde beschränkt. Sie bedarf der vorherigen Einwilligung des Bewerbers. Umstritten ist, ob der Arzt dem Arbeitgeber seine Diagnose übermitteln darf.

dd) Psychologische Untersuchung

Der Arbeitgeber darf vom Bewerber ferner eine psychologische Untersuchung verlangen. Zu den Grenzen dieser Untersuchung gilt das soeben zur medizinischen Untersuchung Gesagte entsprechend.

ee) Graphologische Gutachten

Graphologische Gutachten sind zulässig, wenn der Bewerber in diese einwilligt, das Gutachten durch einen ausgebildeten Graphologen nach anerkannten Methoden erstellt wird und auf für das Arbeitsverhältnis relevante Umstände begrenzt ist. Die Einwilligung erteilt der Bewerber konkludent mit der Übersendung einer Handschriftprobe.

ff) Genomanalyse

Genomanalysen sind generell unzulässig.

799

gg) Auskünfte des früheren Arbeitgebers

Der Arbeitgeber ist ferner berechtigt, beim früheren oder beim aktuellen Arbeitgeber Auskünfte einzuholen. Der Bewerber kann dies im Bewerbungsschreiben ausschließen (z. B. „Ich bitte, die Bewerbung vertraulich zu behandeln"). Der frühere bzw. aktuelle Arbeitgeber darf die Auskünfte nur in dem Umfange beantworten, wie er im Arbeitszeugnis sich äußern darf. Bei unzulässigem Nachfragen bzw. bei Überschreiten der Grenzen des Auskunftsrechts kommen Schadensersatzansprüche in Betracht.

b) Schutzpflichten

Bereits während der Anbahnung des Arbeitsverhältnisses bestehen gegenseitige Pflichten zum Schutz von Gesundheit und Eigentum des Verhandlungspartners und zur Verschwiegenheit. Ferner ist der Arbeitgeber verpflichtet, den Bewerber von einer vorzeitigen Aufgabe seines Arbeitsplatzes abzuhalten. Ein Verstoß gegen diese Pflichten kann Schadensersatzansprüche aus § 311 Abs. 1 BGB i. V. m. § 280 Abs. 1 BGB zur Folge haben.

c) Ersatz von Vorstellungskosten

Der Arbeitgeber hat Bewerbern, die er zum Vorstellungsgespräch einlädt, Vorstellungskosten zu ersetzen (§ 670 BGB). Dies gilt selbst dann, wenn kein Arbeitsverhältnis zu Stande kommt. Der Arbeitgeber kann den Ersatz der Vorstellungskosten durch ausdrücklichen – schriftlichen oder mündlichen – Hinweis ausschließen oder reduzieren. Ist der Arbeitgeber erstattungspflichtig, muss er dem Bewerber notwendige Fahrtkosten, Verpflegungskosten und Übernachtungskosten in angemessener Höhe ersetzen. Für vertanen Urlaub muss der Arbeitgeber dagegen nicht aufkommen.

Kosten der Erstellung von Bewerbungsunterlagen hat der Arbeitgeber nur zu erstatten, wenn er dies dem Bewerber vor der Bewerbung zugesagt hat.

Die Agentur für Arbeit kann Bewerbern, denen der Arbeitgeber die Bewerbungs- bzw. Vorstellungskosten nicht erstattet, Leistungen hierfür gewähren (§§ 45 f. SGB III, 16 SGB II i. V. m. § 45 f. SGB III).

d) Rückgabe von Bewerbungsunterlagen/Vernichtung von Daten

Der Arbeitgeber ist verpflichtet, den Bewerbern, denen er eine Absage erteilt, die Bewerbungsunterlagen – außer dem Bewerbungsschreiben – unbeschädigt zurückzugeben. Er darf die Bewerbungsunterlagen nur aufbewahren, wenn der Bewerber sich hiermit einverstanden erklärt hat. Die Bewerbungsunterlagen eines eingestellten Bewerbers werden dagegen Bestandteil der Personalakte.

Daten der Bewerber, denen der Arbeitgeber eine Absage erteilt hat, hat er nach Abschluss des Bewerbungsverfahrens zu vernichten.

606 | Verbot der Diskriminierung bei der Einstellung

Dem Arbeitgeber ist untersagt, bei der Auswahl der Arbeitnehmer wegen der Rasse, der ethnischen Herkunft, des Geschlechts, der Religion oder Weltanschauung, des Alters oder der sexuellen Identität zu benachteiligen (§ 7 Abs. 1 AGG). Ausnahmen von diesem Benachteiligungsverbot enthalten die §§ 8 ff. AGG. So darf etwa wegen der beruflichen Anforderungen einem Bewerber der Vorzug gegeben werden, wegen des Geschlechts kann benachteiligt werden, wenn dieses unabdingbare Voraussetzung für die Tätigkeit ist (§ 8 AGG) und eine Religionsgemeinschaft oder eine ihr nahestehende Einrichtung kann ihrer Religionsgemeinschaft zugehörige Bewerber bevorzugen (§ 9 AGG).

Benachteiligt der Arbeitgeber wegen des Geschlechts, haben die Bewerber keinen Anspruch auf Einstellung (§ 15 Abs. 6 AGG). Der Arbeitgeber muss den benachteiligten Bewerbern allerdings Schadensersatz oder eine Entschädigung zahlen (§ 15 Abs. 1, 2 SGG). Bei Bewerbern, die auch ohne die Benachteiligung nicht eingestellt worden wären, ist die Entschädigung auf drei Monatsgehälter (§ 15 Abs. 2 Satz 2 AGG) begrenzt. Bewerber, die ohne die Diskriminierung eingestellt worden wären, z. B. weil sie besser als die Mitbewerber qualifiziert sind, erhalten volle Entschädigung.

Der Entschädigungsanspruch ist innerhalb einer Frist von zwei Monaten schriftlich geltend zu machen (§ 15 Abs. 4 AGG). Eine andere Frist kann sich aus Tarifvertrag ergeben.

Eine Klage auf Entschädigung muss innerhalb von drei Monaten nach der schriftlichen Geltendmachung des Anspruchs erhoben werden (§ 61 ArbGG).

Bei behinderten Menschen ist zusätzlich das Benachteiligungsverbot in § 81 SGB XI zu beachten. Bezüglich der Folgen gegen dieses Benachteiligungsverbot gilt das oben Gesagte entsprechend.

607 | Beteiligung des Betriebsrats an der Einstellung

In Unternehmen mit mehr als 20 nach dem BetrVG wahlberechtigten Arbeitnehmern hat der Arbeitgeber den Betriebsrat über die beabsichtigte Einstellung zu unterrichten, die erforderlichen Bewerbungsunterlagen vorzulegen, über die Person des ausgewählten und der abgelehnten (BAG AP Nr. 7 zu § 99 BetrVG) Bewerber sowie über die Auswirkungen der Einstellung zu informieren und die Zustimmung des Betriebsrats einzuholen.

Der Betriebsrat darf seine Zustimmung nur verweigern, wenn

- die Einstellung gegen ein Gesetz, eine Verordnung, eine Unfallverhütungsvorschrift, einen Tarifvertrag oder eine Betriebsvereinbarung verstoßen würde,
- sie gegen eine Auswahlrichtlinie verstoßen würde,
- die durch Tatsachen begründete Besorgnis besteht, dass infolge der Einstellung im Betrieb beschäftigte Arbeitnehmer gekündigt werden oder sonstige Nachteile erleiden,
- bei unbefristeter Einstellung gleich geeignete befristete beschäftigte Mitarbeiter des Betriebs nicht berücksichtigt werden,
- die Stelle trotz Verlangens des Betriebsrats nicht im Betrieb ausgeschrieben wurde oder

- die durch Tatsachen begründete Besorgnis besteht, dass der ausgewählte Arbeitnehmer den Betriebsfrieden durch gesetzwidriges insbesondere rassistische oder fremdenfeindliche Betätigung stören wird (§ 99 Abs. 2 BetrVG).

Verweigert der Betriebsrat die Zustimmung, muss er dies dem Arbeitgeber innerhalb von einer Woche schriftlich unter Angabe von Gründen mitteilen (§ 99 Abs. 2 BetrVG). Äußert er sich in dieser Frist nicht, gilt die Zustimmung als erteilt (§ 99 Abs. 3 BetrVG).

Will der Arbeitgeber den Bewerber trotz der verweigerten Zustimmung einstellen, kann er das Arbeitsgericht anrufen, um die Zustimmung des Betriebsrats ersetzen zu lassen (§ 99 Abs. 4 BetrVG). In dringenden Fällen kann der Arbeitgeber den Arbeitnehmer vorläufig einstellen (§ 100 BetrVG). Über die vorläufige Einstellung hat der Arbeitgeber den Betriebsrat unverzüglich zu informieren. Bestreitet der Betriebsrat den sachlichen Grund für die vorläufige Einstellung, muss der Arbeitgeber innerhalb von drei Tagen das Arbeitsgericht anrufen (§ 100 Abs. 2 BetrVG). Ersetzt das Arbeitsgericht die Zustimmung nicht oder verneint es einen Eilfall, endet das Arbeitsverhältnis des Eingestellten innerhalb von zwei Wochen nach Rechtskraft der arbeitsgerichtlichen Entscheidung (§ 100 Abs. 2 BetrVG).

Stellt der Arbeitgeber ohne Zustimmung des Betriebsrats ein oder hält er sie aufrecht, kann der Betriebsrat beim Arbeitsgericht beantragen, dem Arbeitgeber aufzugeben, den eingestellten Arbeitnehmer zu entlassen (§ 101 BetrVG). Kommt der Arbeitgeber dem nicht nach, kann der Betriebsrat die Festsetzung eines Zwangsgelds von bis zu 250 Euro je Tag der Zuwiderhandlung beantragen (§ 101 BetrVG).

Der Arbeitgeber muss dem Mitarbeiter, den er wieder entlassen muss, Schadensersatz zahlen – i. d. R. in Höhe des Differenzbetrages zwischen dem Arbeitslosengeld und dem früheren Arbeitsentgelt –, wenn er diesen nicht über die fehlende Zustimmung des Betriebsrats informiert hat.

608 | Abschluss des Arbeitsvertrages

a) Anwendung allgemeinen Vertragsrechts

Beim Abschluss des Arbeitsvertrages gelten grundsätzlich die Vorschriften des allgemeinen Vertragsrechts (➢ s. Nr. 317 ff.). Der Arbeitsvertrag wird demgemäß durch übereinstimmende Willenserklärungen von Arbeitnehmer und Arbeitgeber geschlossen.

Die Vertragsfreiheit ist im Arbeitsrecht eingeschränkt. Die Abschlussfreiheit wird durch Abschlussge- und -verbote (z. B. Kinderarbeitsverbot) begrenzt. Der inhaltlichen Gestaltungsfreiheit werden durch zwingende arbeitsrechtliche Vorschriften (z. B. Urlaubsregelungen im BUrlG und in Tarifverträgen) Grenzen gesetzt. Ferner sind seit einigen Jahren die Vorschriften zu den allgemeinen Geschäftsbedingungen (§§ 305 ff. BGB) auch im Arbeitsrecht zu beachten (§ 310 Abs. 4 BGB).

b) Form des Arbeitsvertrages

Arbeitsverträge können grundsätzlich formfrei – also auch mündlich – geschlossen werden. Schriftform kann aber durch Gesetz, Tarifvertrag oder Vertrag vorgeschrieben sein; so muss z. B. bei einem befristeten Arbeitsvertrag die Befristungsabrede schriftlich getroffen werden.

Ein Verstoß gegen Formvorschriften beim Abschluss des Arbeitsvertrages führt nur dann zur Nichtigkeit des Arbeitsvertrages (§ 125 BGB), wenn es sich um ein sog. konstitutives Formerfordernis handelt, also die Wirksamkeit des Arbeitsvertrages von der Einhaltung der Form abhängig sein soll. I.d.R. dienen die Formerfordernisse im Arbeitsrecht nur Beweiszwecken (sog. deklaratorische Formerfordernisse) und sind deshalb ohne Auswirkung auf die Gültigkeit des Arbeitsvertrages.

Der Arbeitgeber ist bei mündlich oder konkludent geschlossenen Arbeitsverträgen verpflichtet, spätestens einen Monat nach Beginn des Arbeitsverhältnisses dessen wesentlichen **Inhalt schriftlich niederzulegen** (§ 1 NachwG), die Niederschrift zu unterzeichnen und dem Arbeitnehmer auszuhändigen. Den Mindestinhalt der Niederschrift legt § 2 NachwG fest. Die Niederschrift ist nicht bei Aushilfen mit einer Beschäftigungsdauer von bis zu einem Monat erforderlich (§ 1 NachwG).

Legt der Arbeitgeber den Inhalt des Arbeitsverhältnisses nicht schriftlich fest, hat dies nicht die Nichtigkeit des Arbeitsverhältnisses zur Folge, sondern begründet nur Beweiserleichterungen zu Gunsten des Arbeitnehmers.

Für Leiharbeitnehmer und Auszubildende regeln die §§ 11 AÜG und 2 BBiG den Nachweis.

c) Mängel des Arbeitsvertrages

Ob ein Arbeitsvertrag nichtig ist, richtet sich grundsätzlich nach allgemeinen vertragsrechtlichen Grundsätzen ➢ s. Nr. 317 ff.

Der Arbeitsvertrag kann nichtig sein wegen
- fehlender oder beschränkter Geschäftsfähigkeit (§§ 104 ff. BGB),
- Verstoßes gegen Formvorschriften (§ 125 BGB),
- Verstoßes gegen ein Schutzgesetz (§ 134 BGB),
- Verstoßes gegen die guten Sitten (§ 138 BGB),
- Anfechtung (§§ 142, 119 ff. BGB) sowie
- fehlender Vertretungsmacht (§ 177 BGB).

aa) Mangelnde Geschäftsfähigkeit

Arbeitsverträge von Menschen, die sich in einem die freie Willensbestimmung ausschließenden Zustand krankhafter Störung der Geistestätigkeit befinden, sind nichtig (§ 105 Abs. 1 i. V. m. § 104 BGB). Wollen sie einer Beschäftigung nachgehen, z. B. in einer Werkstatt für behinderte Menschen, muss der Vertrag durch den gesetzlichen Vertreter geschlossen werden. Nichtig ist ferner der Abschluss eines Arbeitsvertrages von Personen, die sich nur vorübergehend in einem solchen Zustand befinden (§ 105 Abs. 2 BGB), z. B. beim Abschluss des Arbeitsvertrages betrunken sind.

Bis zur Vollendung des 18. Lebensjahres ist beim Abschluss eines Arbeitsvertrages grundsätzlich die Zustimmung des gesetzlichen Vertreters erforderlich (§ 107 BGB). Ausnahmen hiervon enthalten die §§ 112, 113 BGB.

Minderjährige Arbeitgeber, die mit Genehmigung des Vormundschaftsgerichts von ihrem gesetzlichen Vertreter ermächtigt wurden, ein Erwerbsgeschäft zu führen, dürfen Arbeitsverträge mit den Mitarbeitern ihres Betriebes rechtswirksam ohne Zustimmung des gesetzlichen Vertreters abschließen. Sie sind für alle Geschäfte, die der Betrieb ihres Erwerbsgeschäfts mit sich bringt, voll geschäftsfähig (§ 112 BGB).

Minderjährige Arbeitnehmer, die von ihrem gesetzlichen Vertreter, also regelmäßig den Eltern ermächtigt wurden, ein Arbeitsverhältnis einzugehen, gelten ebenfalls als voll geschäftsfähig bzgl. der mit dem Arbeitsverhältnis im Zusammenhang stehenden Rechtsgeschäfte (§ 113 BGB). Sie dürfen ohne Zustimmung des gesetzlichen Vertreters Arbeitsverträge abschließen oder aufheben (kündigen), ein neues vergleichbares Arbeitsverhältnis eingehen, der Gewerkschaft beitreten etc. Die Ermächtigung kann vom gesetzlichen Vertreter jederzeit zurückgenommen oder eingeschränkt werden. Bei Ausbildungsverhältnissen gilt § 113 BGB nicht.

bb) Formmängel ➤ s. oben b)

cc) Verstoß gegen ein gesetzliches Verbot

Im Arbeitsrecht finden sich zahlreiche gesetzliche Verbote. Zur Nichtigkeit des gesamten Arbeitsvertrages wegen Verstoßes gegen ein gesetzliches Verbot (§ 134 BGB) führen diese indessen nur, wenn sie die tatsächliche Beschäftigung des Arbeitnehmers verhindern sollen, z. B. Unterbindung von Kinderarbeit oder Schutz von Kindern und Jugendlichen vor Sexualstraftätern in Jugendhilfeeinrichtungen. Bei Schwarzarbeit geht das BAG dagegen von einem wirksamen Vertrag aus (BAG NZA 2004, 313 [315]). In den übrigen Fällen ist nur die betroffene Vertragsklausel nichtig, etwa Vereinbarungen, die zu Ungunsten des Arbeitnehmers von unabdingbaren Vorschriften des Arbeitnehmerschutzes, z. B. vom Gesundheitsschutz nach den §§ 617, 618 BGB, von der Entgeltfortzahlung im Krankheitsfall (§ 12 EFZG), von der Mindesturlaubsregelung (§ 13 Abs. 1 Satz 1 BUrlG), den Schutzvorschriften zu Gunsten Schwangerer, Jugendlicher, Kinder abweichen.

dd) Verstoß gegen die guten Sitten

Ein Arbeitsvertrag kann ferner wegen Verstoßes gegen die guten Sitten nichtig sein (§ 138 Abs. 1 BGB). Auch hier bleibt die Nichtigkeit i.d.R. auf einzelne Vertragsklauseln beschränkt.

Hauptanwendungsfall beim Arbeitsvertrag ist die Sittenwidrigkeit der Lohnabrede. Diese ist objektiv sittenwidrig, wenn Leistung und Gegenleistung in einem objektiven Missverhältnis zueinander stehen (BAG NZA 2004, 971 [972]). Ein solches Missverhältnis liegt vor, wenn der Arbeitgeber dem Arbeitnehmer die Arbeitsvergütung völlig vorenthält, z. B. während der Probezeit (LAG Köln LAGE § 138 BGB Nr. 10). Sittenwidrig ist ferner eine Vereinbarung, die eine Verlustbeteiligung des Arbeitnehmers vorsieht (BAG NZA 1991, 264 [265]).

Sittenwidrig ist die Höhe der Arbeitsvergütung ferner, wenn sie in einem auffälligen Missverhältnis zum objektiven Wert der Arbeit steht. Bei der Ermittlung dieses Wertes ist vom allgemeinen Lohnniveau im Wirtschaftsgebiet auszugehen (BAG NZA 2004, 971 [973]). Wird üblicherweise Tariflohn gezahlt, entspricht der objektive Wert dem Tariflohn. Ein auffälliges Missverhältnis von Leistung und Gegenleistung liegt nach Auffassung des BAG noch nicht vor, wenn die Vergütung 70 % der üblichen Vergütung beträgt (BAG EzA § 138 BGB Nr. 29). Der BGH ging in einer Strafsache dagegen davon aus, dass ein auffälliges Missverhältnis bereits dann besteht, wenn die Arbeitsvergütung 2/3 beträgt (BGHSt 43, 53 [59 ff.]). Unerheblich ist dagegen, dass durch die Arbeit der notwendige Lebensunterhalt des Arbeitnehmers abgedeckt wird. Bei einer das Existenzminimum nicht deckenden Arbeitsvergütung, ist diese ggfs. mit Arbeitslosengeld II aufzustocken ➤ s. Nr. 661.

804

Ist die Lohnabrede sittenwidrig, hat der Arbeitgeber die übliche Vergütung zu zahlen (§ 612 Abs. 2 BGB; BAG NZA 2002, 1334 [1335]).

dd) Anfechtung des Arbeitsvertrages

Der Arbeitsvertrag kann angefochten werden, wenn ein Anfechtungsgrund vorliegt (§§ 119 ff. BGB). Im Arbeitsrecht ist insbesondere der Eigenschaftsirrtum (§ 119 Abs. 2 BGB) und die arglistige Täuschung (§ 123 BGB) von Bedeutung.

Wegen Eigenschaftsirrtums kann der Arbeitsvertrag angefochten werden, wenn der Arbeitgeber sich über eine verkehrswesentliche Eigenschaft des Arbeitnehmers geirrt hat. Nicht zu den Eigenschaften i. d. S. gehören solche, die vom Fragerecht des Arbeitgebers im Vorstellungsgespräch nicht umfasst sind ➢ s. Nr. 605. Die Anfechtung ist unverzüglich zu erklären, nachdem der Anfechtungsberechtigte Kenntnis von den Anfechtungsgründen erlangt hat. Unverzüglich wird die Anfechtung erklärt, wenn sie innerhalb von zwei Wochen erfolgt (BAG AP Nr. 4 zu § 119 BGB).

Eine Anfechtung wegen arglistiger Täuschung kommt insbesondere bei wahrheitswidriger Beantwortung einer zulässigen Frage des Arbeitgebers in Betracht. Sie muss innerhalb eines Jahres ab Kenntnis der Täuschung erklärt werden (§ 124 BGB).

Bei der Anfechtung des Arbeitsverhältnisses kommt der allgemeine und der besondere Kündigungsschutz ➢ s. Nr. 625, nicht zur Anwendung.

ee) Folgen der Nichtigkeit

Hat der Arbeitnehmer noch nicht gearbeitet und hat der Arbeitgeber noch keine Arbeitsvergütung gezahlt, tritt die Nichtigkeit des Arbeitsvertrages von Anfang an ein. Hat dagegen bereits ein Leistungsaustausch stattgefunden, tritt die Nichtigkeit erst ab dem Zeitpunkt der Erklärung der Nichtigkeit bzw. der Anfechtung ein. In dem davor liegenden Zeitraum besteht dagegen ein sog. faktisches Arbeitsverhältnis, während dem dem Arbeitnehmer die Ansprüche auf die vertraglichen Leistungen zustehen. Hiermit verhindert man die in der Praxis schwierige Rückabwicklung des Arbeitsverhältnisses nach den §§ 812 ff. BGB.

Anders als im allgemeinen Zivilrecht ➢ s. Nr. 317 ff., führt die Nichtigkeit einzelner Vertragsklauseln nicht zur Nichtigkeit des gesamten Arbeitsvertrages. Die Lücke des Arbeitsvertrages wird durch ergänzende Vertragsauslegung geschlossen. Lässt sich nicht ermitteln, was die Parteien bei redlichem Verhalten vereinbart hätten, kommen die Vorschriften des Tarifvertrages oder Gesetzes zur Anwendung.

609 | Befristete Arbeitsverträge

Häufig werden Arbeitsverhältnisse nicht auf Dauer, sondern nur befristet abgeschlossen: als Zeitbefristung (bei dieser wird die Dauer des Arbeitsverhältnisses kalendermäßig bestimmt), als Zweckbefristung (bei dieser ergibt sich die Dauer des Arbeitsverhältnisses aus Art, Zweck oder Beschaffenheit des Arbeitsverhältnisses) (§ 3 Abs. 1 TzBfG) oder mittels einer auflösenden Bedingung (z. B. Fertigstellung eines Projektes) (§§ 158 Abs. 2 BGB, 21 TzBfG).

Die Befristung ist zulässig, wenn sie durch einen **sachlichen Grund** gerechtfertigt ist (§ 14 Abs. 1 TzBfG). Sachliche Gründe sind ein vorübergehender Arbeitsbedarf, Beschäftigung im Anschluss an ein Studium oder Ausbildung, Vertretung eines anderen Arbeitnehmers, die Eigenart des Arbeitsverhältnisses (z. B. Berufsordnung), die Erprobung des Arbeitnehmers, die Person des Arbeitnehmers (dieser wünscht z. B. nur eine befristete Beschäftigung bis zur Aufnahme seines Studiums), ein gerichtlicher Vergleich und sonstige Gründe, die nur eine Beschäftigung für eine begrenzte Zeit möglich machen. Der sachliche Grund muss im Zeitpunkt des Abschlusses des Arbeitsverhältnisses vorliegen. Mehrfache Befristungen (sog. Kettenbefristungen) sind zulässig. Die Rspr. überprüft in diesen Fällen nur die Zulässigkeit der letzten Befristung, unterstellt diese aber erhöhten Anforderungen.

Ohne sachlichen Grund kann ein Arbeitsverhältnis befristet werden, wenn es erstmals und für maximal zwei Jahre eingegangen wird (§ 14 Abs. 2 TzBfG). War der Arbeitnehmer bereits früher bei demselben Arbeitgeber unbefristet oder befristet beschäftigt, ist eine Befristung des Arbeitsverhältnisses ohne sachlichen Grund unzulässig (§ 14 Abs. 2 Satz 2 TzBfG). Innerhalb des Zweijahreszeitraums können maximal vier Arbeitsverträge aneinander geknüpft werden. Die Verlängerung muss schriftlich erfolgen. Bei der Verlängerung wird der Endtermin des Arbeitsverhältnisses hinausgeschoben; im Übrigen bleibt das Arbeitsverhältnis bestehen. Ist der Arbeitsvertrag bereits ausgelaufen, ist keine Verlängerung mehr möglich. Die Verlängerungszeiträume müssen nicht gleichmäßig verteilt sein.

Bei **Firmenneugründungen** ist eine kalendermäßige Befristung des Arbeitsverhältnisses bis zu vier Jahren zulässig (§ 14 Abs. 2a TzBfG).

Regelungen zur Befristung von Arbeitsverhältnissen finden sich ferner im BEEG, im HRRG, bei der Arbeitsübernehmerüberlassung und bei den Arbeitsbeschaffungsmaßnahmen.

Die Befristungsabrede bedarf, ungeachtet, ob sie nach dem TzBfG oder nach Spezialgesetzen erfolgt, der **Schriftform** (§ 14 Abs. 4 TzBfG). Unterbleibt die schriftliche Vereinbarung der Befristungsabrede, ist sie nichtig (§ 125 BGB) mit der Folge, dass das Arbeitsverhältnis ein unbefristetes ist, das nur durch Kündigung, ggfs. unter Beachtung des Kündigungsschutzes, beendet werden kann.

Das befristete Arbeitsverhältnis **endet** mit Ablauf der vereinbarten Zeit (§ 15 Abs. 1 TzBfG). Bei zweckbefristeten einschließlich der auflösend bedingten Arbeitsverhältnissen tritt das Ende mit der Zweckerreichung bzw. mit dem Eintritt der auflösenden Bedingung ein (§§ 15 Abs. 2, 21 TzBfG). Über die Zweckerreichung bzw. den Bedingungseintritt muss der Arbeitgeber den Arbeitnehmer schriftlich informieren. Das Arbeitsverhältnis endet frühestens zwei Wochen nach dieser Information. Arbeitet der Arbeitnehmer nach der Zweckerreichung bzw. dem Bedingungseintritt weiter und widerspricht der Arbeitgeber nicht unverzüglich, gilt das Arbeitsverhältnis als auf unbestimmte Zeit verlängert (§§ 15 Abs. 5, 21 TzBfG).

Das befristete Arbeitsverhältnis kann grundsätzlich nur außerordentlich gekündigt werden (§ 626 BGB). Eine ordentliche Kündigung ist nur zulässig, wenn dies vereinbart wurde (§ 15 Abs. 3 TzBfG).

Ein **unwirksam befristetes Arbeitsverhältnis** gilt als auf unbestimmte Zeit eingegangen. Der Arbeitgeber kann dieses Arbeitsverhältnis – außer bei Formverstoß – erst nach Ablauf der ursprünglich vereinbarten Befristung kündigen (§ 16 TzBfG).

Die Unwirksamkeit der Befristung muss der Arbeitnehmer innerhalb von drei Wochen nach Ende des befristeten Arbeitsverhältnisses vor dem Arbeitsgericht geltend machen (sog. **Entfristungsklage**, § 17 TzBfG). Versäumt der Arbeitnehmer diese Frist, gilt das Arbeitsverhältnis als von Anfang an wirksam befristet (§ 17 TzBfG).

610 | Probearbeitsverhältnis

Arbeitgeber haben ein Interesse daran, zu Beginn des Arbeitsverhältnisses zu erproben, ob der Arbeitnehmer für dieses geeignet ist. Ein Probearbeitsverhältnis kann unbefristet mit vorgeschalteter Probezeit, befristet oder als Arbeitsverhältnis mit Mindestvertragslaufzeit vereinbart werden.

Bei unbefristeten Arbeitsverhältnissen können max. die ersten sechs Monate als Probezeit vereinbart werden. Das Arbeitsverhältnis kann mit einer verkürzten Kündigungsfrist von zwei Wochen gekündigt werden (§ 622 Abs. 3 BGB). Kürzere Probezeiten und Kündigungsfristen können sich aus Tarifvertrag ergeben.

Die Befristung des Arbeitsverhältnisses zur Erprobung ist zulässig (§ 14 Abs. 1 Nr. 5 TzBfG). Das befristete Arbeitsverhältnis läuft mit Erreichen der Frist aus. Kündigungsschutz kommt nicht zur Anwendung.

Die Probezeit als Mindestvertragszeit, d. h. die Zulässigkeit der Kündigung erst nach Ablauf der Probezeit, ist in der Praxis kaum anzutreffen.

611 | Pflichten des Arbeitnehmers

<table>
<tr><th colspan="4">Pflichten des Arbeitnehmers</th></tr>
<tr><td>Arbeitspflicht (§ 611 BGB)</td><td colspan="3">Nebenpflichten</td></tr>
<tr><td rowspan="2"></td><td colspan="2">Pflicht zur Rücksichtnahme auf berechtigte Interessen des Arbeitgebers (§ 241 Abs. 1 BGB)</td><td>Vereinbarte Nebenpflichten</td></tr>
<tr><td>Handlungspflichten
• Pflicht zur Anzeige drohender Schäden
• Pflicht zur Abwendung von Schäden
• Pflicht zur Ablieferung des Arbeitsergebnisses
• Pflicht zur Herausgabe von Arbeitgebereigentum</td><td>Unterlassungspflichten
• Verschwiegenheitspflicht
• Unterlassung rufschädigender Äußerungen
• Verbot der Schmiergeldannahme
• Pflicht zur politischen Mäßigung
• Unterlassung von Wettbewerb</td><td>• Rückzahlung von Gratifikationen
• Rückzahlung von Ausbildungskosten
• Ersatz von Fehlbeträgen/Fehlbeständen</td></tr>
</table>

612 | Arbeitspflicht

Hauptpflicht des Arbeitnehmers ist die Erbringung der vereinbarten Arbeitsleistung (§ 611 Abs. 1 BGB).

Diese Pflicht steht mit der Vergütungspflicht des Arbeitgebers in einem Gegenseitigkeitsverhältnis, so dass bei Leistungsstörungen grundsätzlich die §§ 323 ff. BGB zur Anwendung kommen.

a) Schuldner der Arbeitsleistung

Die Arbeitsleistung muss der Arbeitnehmer selbst erbringen (sog. höchstpersönliche Verpflichtung, § 613 Satz 1 BGB). Er ist weder berechtigt noch verpflichtet, einen Vertreter zu beauftragen, z. B. bei Krankheit. Abweichende Vereinbarungen sind möglich („im Zweifel").

b) Gläubiger der Arbeitsleistung

Gläubiger der Arbeitsleistung ist der Arbeitgeber. Er kann den Anspruch auf die Arbeitsleistung grundsätzlich nicht auf andere übertragen (abtreten) (§ 613 Satz 2 BGB). Auch hier ist eine abweichende Vereinbarung möglich („im Zweifel").

Die Übertragung des Anspruchs auf die Arbeitsleistung ist im Zusammenhang mit einem rechtsgeschäftlichen Betriebsübergang möglich (§ 613 a BGB).

Das Arbeitsverhältnis geht vom bisherigen Betriebsinhaber auf den neuen über. Der bisherige Betriebsinhaber und der neue haften gesamtschuldnerisch für bereits bestehende Ansprüche des Arbeitnehmers. Der Arbeitnehmer kann innerhalb eines Monats, nachdem er vom Arbeitgeber über den Betriebsübergang informiert wurde, widersprechen (§ 613 a Abs. 5 BGB). Das Arbeitsverhältnis bleibt dann mit dem alten Arbeitgeber bestehen, der dieses aber betriebsbedingt kündigen kann, wenn er keine anderweitige Beschäftigungsmöglichkeit für den Arbeitnehmer hat. Eine Kündigung allein wegen des Betriebsübergangs ist unwirksam.

Die Übertragung des Anspruchs auf die Arbeitsleistung auf einen anderen Arbeitgeber ist ferner bei der Arbeitnehmerüberlassung zulässig.

Der Arbeitgeber stellt hierbei den Arbeitnehmer einem anderen Arbeitgeber zur Verfügung. Der Entleiher hat den Anspruch auf die Arbeitsleistung. Er übt das Direktionsrecht aus und hat Fürsorgepflichten. Die Pflicht zur Zahlung der Arbeitsvergütung, der Sozialversicherungsbeiträge etc. hat der Verleiher. Eine Kündigung ist von ihm bzw. gegenüber ihm auszusprechen. Die gewerbsmäßige Arbeitnehmerüberlassung ist erlaubnispflichtig. In bestimmten Fällen genügt die Anzeige der Arbeitnehmerüberlassung (§ 1 a AÜG). Der „Verleiher" muss zuverlässig sein und die gesetzlichen Vorschriften einhalten. Der Entleiher muss den Leiharbeitnehmer vor Beginn der Beschäftigung über eventuelle Gefahren für Sicherheit und Gesundheit in seinem Arbeitsbereich informieren.

c) Inhalt der Arbeitsleistung

Der Inhalt der geschuldeten Arbeitsleistung ergibt sich aus der Tätigkeitsbeschreibung im Arbeitsvertrag. Ergänzend ist ggfs. die tarifliche Eingruppierung heranzuziehen. Innerhalb des durch den Arbeitsvertrag gesetzten Rahmens kann der Arbeitgeber die geschuldete Arbeitsleistung durch sein Direktionsrecht (§ 106 GewO) konkretisieren. Neben der Tätigkeitsbeschreibung im Arbeitsvertrag hat der Arbeitgeber das Mitbestimmungsrecht des Betriebsrats und höherrangiges Recht zu beachten. Andere als im Arbeitsvertrag vereinbarte Tätigkeiten darf der Arbeitgeber nur zuweisen, wenn ein Notfall vorliegt. Im Übrigen bedarf die Änderung der Tätigkeitsart der Zustimmung des Arbeitnehmers.

d) Qualität der Arbeitsleistung

Die Qualität der Arbeitsleistung richtet sich nach dem durch Weisung festgelegten Inhalt der Arbeitsleistung und der persönlichen Leistungsfähigkeit des Arbeitnehmers. Er muss die Arbeitsleistung so gut erbringen, wie er kann.

e) Arbeitsort

Die Arbeitsleistung ist an dem Ort zu erbringen, der im Arbeitsvertrag vereinbart wurde. Wurde kein Arbeitsort vereinbart, ist dieser durch Auslegung zu ermitteln (§ 269 BGB). I. d. R. ist der Betriebssitz der Arbeitsort. Etwas anderes gilt bei Arbeitnehmern mit wechselnden Einsatzorten z. B. Montagearbeitern.

Der Arbeitgeber kann den Arbeitsort innerhalb derselben Stadt mit seinem Direktionsrecht ändern. Eine Verlegung des Arbeitsortes außerhalb der Stadt durch Direktionsrecht darf nicht gegen zwingendes Recht verstoßen. Ferner muss der Arbeitgeber kollektive Regeln und das Mitbestimmungsrecht des Betriebsrats beachten. Schließlich muss die Veränderung des Arbeitsortes billigem Ermessen entsprechen (§ 106 Abs. 1 GewO).

f) Arbeitszeit

Die Dauer der Arbeitszeit wird von den Arbeitsvertragsparteien festgelegt. Dabei kann auf die tarifvertragliche oder betriebsübliche Arbeitszeit Bezug genommen werden. Fehlt eine Vereinbarung, ist im Zweifel die betriebliche Arbeitszeit maßgeblich.

Die **Höchstarbeitszeit** wird gesetzlich auf acht Stunden täglich und 48 Stunden wöchentlich begrenzt; sie darf 10 Stunden täglich betragen, wenn sie innerhalb eines halben Jahres im Tagesdurchschnitt acht Stunden beträgt (§ 3 ArbZG).

In Tarifverträgen und Betriebsvereinbarungen können abweichende Regelungen getroffen werden (§ 7 ArbZG).

Bei **Nachtarbeit** darf die werktägliche Arbeitszeit 8 Stunden nicht überschreiten. Wird sie ausnahmsweise auf 10 Stunden verlängert, so ist ein Ausgleich auf durchschnittlich 8 Stunden innerhalb 1 Monats herbeizuführen. Nachtarbeitnehmer sind berechtigt, sich vor Beginn der Beschäftigung und danach regelmäßig arbeitsmedizinisch untersuchen zu lassen (§ 6 ArbZG).

An **Sonntagen** besteht grundsätzlich ein Arbeitsverbot. Abweichungen vom Gebot der Sonntagsruhe sind bei Not- und Rettungsdiensten, bei der Feuerwehr, zur Aufrechterhaltung der öffentlichen Sicherheit, für Zwecke der Verteidigung, in Krankenhäusern und Pflegeeinrichtungen, im Gaststätten- und Beherbergungsgewerbe und im Haushalt, bei Musik- und Theateraufführungen, bei nichtgewerblichen Aktionen der Kirchen, Parteien o. ä., beim Sport und in Freizeiteinrichtungen, in Museen, in Verkehrsbetrieben, in Energie- und Wasserversorgungsbetrieben, in der Landwirtschaft, im Bewachungsgewerbe, bei der Reinigung und Instandhaltung von Betriebseinrichtungen, zur Verhütung des Verderbens von Naturerzeugnissen oder Rohstoffen und zur Vermeidung einer Zerstörung oder erheblichen Beschädigung von Produktionseinrichtungen (§ 10 ArbZG) zulässig.

Jugendliche dürfen nur an fünf Tagen wöchentlich beschäftigt werden, ferner grundsätzlich nicht samstags, sonntags und an gesetzlichen Feiertagen sowie am 24. und 31. Dezember ab 14 Uhr. Ausnahmen bestehen für bestimmte Betriebsarten (z. B. Gaststätten). Ein Beschäftigungsverbot besteht ferner ab 20 Uhr (§§ 14 ff. JArbSchG).

Besonderheiten bei der Arbeitszeit gelten für die in Bäckereien und Konditoreien Beschäftigten, bei Kraftfahrern, Straßenbahnfahrern, Beifahrern und Schaffnern.

Die Arbeitszeit beginnt mit Erreichen des Arbeitsortes und endet mit dessen Verlassen, soweit in Tarifvertrag oder Betriebsvereinbarung nichts Abweichendes vereinbart ist.

Der Arbeitgeber kann **Kurzarbeit** nicht einseitig anordnen, wenn dies vertraglich nicht vereinbart wurde. Der Betriebsrat hat ein Mitbestimmungsrecht (§ 87 Abs. 1 Nr. 3 BetrVG). Bei unwirksamer Anordnung von Kurzarbeit gerät der Arbeitgeber in Annahmeverzug. Er muss dann Arbeitsvergütung zahlen, obwohl die Arbeitnehmer keine entsprechende Gegenleistung erbracht haben (§ 615 BGB) ➢ s. Nr. 615.

Arbeitnehmer haben Anspruch auf **Herabsetzung ihrer Arbeitszeit**, wenn betriebliche Gründe nicht entgegenstehen (§ 8 TzBfG). Der Arbeitnehmer muss der Herabsetzung der Arbeitszeit spätestens drei Monate, bevor diese beginnen soll, geltend machen (§ 8 Abs. 2 TzBfG). Kommt es zu einer Einigung über die neue Arbeitszeit, ist hierüber ein Nachweis zu erteilen (§ 3 NachwG).

Der Arbeitgeber kann die Herabsetzung der Arbeitszeit ablehnen, wenn betriebliche Gründe entgegenstehen (§ 8 Abs. 4 TzBfG). Solche Gründe können in der Organisation, im Arbeitsablauf, in der Sicherheit des Betriebs oder in unverhältnismäßig hohen Kosten liegen.

Will der Arbeitgeber dem Wunsch des Arbeitnehmers nicht entsprechen, hat er dies ihm spätestens einen Monat vor Beginn der gewünschten Arbeitszeitänderung schriftlich mitzuteilen (§ 8 Abs. 5 TzBfG). Gründe muss der Arbeitgeber in der Ablehnung nicht angeben. Teilt der Arbeitgeber seine Ablehnung dem Arbeitnehmer nicht fristgemäß mit, reduziert sich die Arbeitszeit und tritt die Lage der Arbeitszeit entsprechend den Wünschen des Arbeitnehmers ein.

Bei der Herabsetzung der Arbeitszeit ist das Mitbestimmungsrecht des Betriebsrats zu beachten (§ 87 Abs. 1 Nr. 2 BetrVG).

Will der Arbeitnehmer die **Arbeitszeit verlängern**, kann er dies dem Arbeitgeber anzeigen (§ 7 TzBfG). Dieser muss ihm den Wünschen entsprechende Arbeitsplätze anzeigen. Hat der Arbeitnehmer die gleiche Eignung wie andere Bewerber, muss der Arbeitgeber ihn bevorzugt behandeln.

Der Arbeitgeber kann in Notfällen einseitig auf Grund seines Direktionsrechts **Überstunden** anordnen. Im Übrigen bedarf er der Zustimmung des Arbeitnehmers oder der Berechtigung zur Anordnung von Überstunden durch Tarifvertrag oder Betriebsvereinbarung.

Die **Lage der Arbeitszeit** kann der Arbeitgeber mittels seines Direktionsrechts festlegen. Dabei hat er ausdrückliche oder konkludente Vereinbarungen und gesetzliche Vorschriften zu beachten. Der Betriebsrat hat ein Mitbestimmungsrecht (§ 87 BetrVG). Nach sechs Arbeitsstunden ist eine Ruhepause einzulegen (§ 4 ArbZG). Bei einer Arbeitszeit von mehr als 6 Stunden sind von vornherein feststehende Ruhepausen von 30 Minuten einzulegen. Zwischen der Beendigung der Arbeitszeit und der Wiederaufnahme der Arbeit muss eine Ruhezeit von mindestens 11 Stunden liegen (§ 5 Abs. 1 ArbZG).

613 | Nicht- und Schlechtarbeit des Arbeitnehmers

a) Nichtarbeit

Da die Arbeitsleistung häufig nur zu einem bestimmten Zeitpunkt erbracht werden kann (z. B. ein bestimmter Handgriff am Fließband), führt das Nichtarbeiten zu diesem Zeitpunkt nicht zum Schuldnerverzug, sondern zur **Unmöglichkeit** der Arbeitsleistung. Der Arbeitnehmer wird, ungeachtet, ob er die Unmöglichkeit zu vertreten hat oder nicht, von seiner Leistungspflicht befreit (§ 275 BGB). Er verliert in diesem Fall aber auch grundsätzlich den Anspruch auf die Arbeitsvergütung für die ausgefallene Zeit (§ 326 Abs. 1 BGB), zu den Ausnahmen ➢ s. Nr. 617.

Verweigert der Arbeitnehmer vorsätzlich seine Arbeitsleistung, steht dem Arbeitgeber ein Erfüllungsanspruch (§ 611 Abs. 1 BGB) zu, der aber nach h. M. nicht vollstreckt werden kann.

Hat der Arbeitnehmer den Arbeitsausfall vorsätzlich oder fahrlässig herbeigeführt, ist er dem Arbeitgeber zum Ersatz des daraus entstandenen Schadens verpflichtet (§ 280 Abs. 1, 3, 283 BGB). Er hat sowohl Mehraufwendungen (z. B. für Überstunden anderer Arbeitnehmer) als auch Gewinnausfälle zu ersetzen. Nicht zu ersetzen hat er die Bewerbungskosten, da diese dem Arbeitgeber auch bei ordnungsgemäßer Kündigung entstanden wären.

Das nach allgemeinem Vertragsrecht bei Erlöschen der Leistungspflicht nach § 275 BGB bestehende Rücktrittsrecht besteht im Arbeitsrecht nicht. Das Arbeitsverhältnis kann in diesem Fall aber ggfs. durch ordentliche oder außerordentliche Kündigung beendet werden ➢ s. Nr. 624.

b) Schlechtleistung

Eine Schlechtleistung des Arbeitnehmers liegt vor, wenn er bei der Arbeit Fehler macht, er ein mangelhaftes Arbeitsergebnis vorlegt oder er weniger arbeitet, als er nach seinem Leistungsvermögen könnte. Arbeitet er indessen bewusst langsam, geht die Rspr. i. d. R. von einer Nichtleistung aus (BAG AP Nr. 27 zu § 123 GewO).

Der Arbeitgeber darf bei einer Schlechtleistung die Arbeitsvergütung nicht mindern, da dies beim Dienstvertrag nicht vorgesehen ist. Ggfs. kommt aber in den Grenzen des § 394 BGB eine Aufrechnung mit Schadensersatzansprüchen in Betracht.

Hat der Arbeitnehmer durch seine Schlechtleistung schuldhaft den Arbeitgeber geschädigt, hat der Arbeitgeber einen Schadensersatzanspruch aus § 280 Abs. 1 BGB und – wenn das Eigentum oder ein anderes Rechtsgut oder absolutes Recht bzw. ein den Schutz des Arbeitgebers bezweckendes Gesetz verletzt ist, – aus § 823 Abs. 1 bzw. Abs. 2 BGB. Das Verschulden muss der Arbeitgeber nachweisen (§ 619 a BGB).

Hat der Arbeitnehmer den Schaden bei einer betrieblich veranlassten Tätigkeit herbeigeführt – dies ist sie, wenn sie ihm arbeitsrechtlich übertragen wurde oder wenn sie im Interesse des Arbeitgebers liegt, – kommt eine Privilegierung des Arbeitnehmers in Betracht. Steht die schadensverursachende Tätigkeit in keinem oder nur einem losen Zusammenhang mit der Beschäftigung des Arbeitnehmers, haftet der Arbeitnehmer dagegen voll (BAG NZA 2003, 37 [38]).

Umstritten ist die rechtsdogmatische Begründung dieser Haftungsprivilegierung. Teilweise wird sie auf § 254 BGB, teilweise auf § 276 BGB gestützt.

Die Haftung des Arbeitnehmers ist wie folgt begrenzt:

- leichteste Fahrlässigkeit: keine Haftung des Arbeitnehmers
- mittlere (normale) Fahrlässigkeit: Schadensteilung zwischen Arbeitnehmer und Arbeitgeber.

  Bei der Verteilung des Haftungsumfangs zwischen Arbeitnehmer und Arbeitgeber sind zu berücksichtigen:
  - die Gefahrgeneigtheit der Arbeit
  - der Umfang der Schadensgefahr
  - die Versicherbarkeit des Risikos

    Hat der Arbeitgeber bei einem KFZ keine Vollkaskoversicherung abgeschlossen, haftet der Arbeitnehmer nur in Höhe der Selbstbeteiligung.
  - die Stellung des Arbeitnehmers im Betrieb
  - die Höhe des Arbeitsentgelts
  - die Höhe des Schadens
  - der Grad des Verschuldens
  - persönliche Umstände des Arbeitnehmers
  - Nicht generell zu berücksichtigen ist die wirtschaftliche Leistungsfähigkeit des Arbeitnehmers.
- grobe Fahrlässigkeit: grundsätzlich volle Haftung des Arbeitnehmers

  Bei einem deutlichen Missverhältnis zwischen Schaden und Verdienst des Arbeitnehmers sind Haftungserleichterungen möglich (BAG AP Nr. 97 zu § 611 BGB).
- gröbste Fahrlässigkeit: der Arbeitnehmer haftet immer voll (BAG NZA 1998, 310 [311]).
- Vorsatz: volle Haftung des Arbeitnehmers, wenn sowohl die Pflichtverletzung als auch der konkrete Schaden vorsätzlich herbeigeführt wurde (BAG NZA 2003, 37 [38]).

Diese Haftungserleichterungen können weder einzelvertraglich noch kollektivrechtlich zu Ungunsten des Arbeitnehmers abgeändert werden (BAG NZA 2004, 649 [650]).

Hat der Arbeitnehmer einem Dritten oder einem Arbeitskollegen einen Schaden zugefügt, ist er diesem bei Vorliegen der §§ 823 ff. BGB zum Schadensersatz verpflichtet (BAG AP Nr. 99 zu § 611 BGB). Ist der Schaden des Dritten bei einer betrieblich veranlassten Tätigkeit eingetreten, hat der Arbeitnehmer gegenüber dem Arbeitgeber einen Freistellungsanspruch in dem Umfange, in dem er dem Arbeitgeber bei einer Schädigung nicht haften würde (BAG AP Nr. 4 zu § 898, 899 RVO).

c) Mankohaftung

Bei der sog. Mankohaftung haftet der Arbeitnehmer für Fehlbeträge in der Kasse bzw. für Fehlbestände im Warenlager des Arbeitgebers.

In der Praxis versuchen Arbeitgeber den Nachweisschwierigkeiten bei der Mankohaftung dadurch zu entgehen, dass sie in den Arbeitsverträgen über sog. Mankoklauseln mit dem Arbeitnehmer eine verschuldensunabhängige Erfolgs- oder Garantiehaftung vereinbaren. Diese Mankoklauseln sind nur zulässig, wenn die Haftung bis zur Höhe der vereinbarten Mankovergütung begrenzt ist (BAG NZA 2000, 715 [716]).

Fehlt eine Vereinbarung oder ist diese unwirksam, haftet der Arbeitnehmer nach allgemeinen Grundsätzen, wenn er den alleinigen Zugang zur Kasse oder zum Warenlager hat und diese selbstständig verwaltet. Der Umfang der Haftung richtet sich nach den oben stehenden Ausführungen. Das Verschulden hat der Arbeitgeber nachzuweisen (§ 619 a BGB).

d) Haftung bei Arbeitsunfällen

Die Haftung des Arbeitnehmers für Personenschäden eines Arbeitskollegen ist davon abhängig, ob ein Arbeitsunfall ➢ s. Nr. 646, vorliegt. Der Arbeitnehmer haftet dann nur, wenn er den Unfall vorsätzlich herbeigeführt hat oder wenn der Unfall sich auf dem Weg zur Arbeit oder von dieser zurück ereignete (§ 105 Abs. 1 SGB VII). Dasselbe gilt bei Verletzungen des Arbeitgebers (§ 105 Abs. 2 SGB VII).

Fügt der Arbeitnehmer einer nicht zum Betrieb gehörenden Person einen Personenschaden zu, ist er dieser nach allgemeinen Regeln zum Schadensersatz verpflichtet. Er hat gegenüber dem Arbeitgeber aber u. U. einen Freistellungsanspruch entsprechend den oben dargestellten Grundsätzen. Die Haftung ist auf vorsätzliche Schädigung und Wegeunfälle begrenzt, wenn diese bei der beruflichen Aus- und Fortbildung, in Lehrwerkstätten und Schulungskursen, bei Untersuchungen oder Prüfungen oder in einer Tageseinrichtung, einer Schule oder einer Hochschule (§ 106 Abs. 1 Nr. 3 SGB VII) oder auf einer gemeinsamen Betriebsstätte eintritt (§ 106 Abs. 3 Alt. 3 SGB VII).

Die Haftung für Sachschäden wird durch die §§ 105 ff. BGB dagegen nicht begrenzt.

614 | Nebenpflichten des Arbeitnehmers

Neben der Verpflichtung zur Erbringung der Arbeitsleistung hat der Arbeitnehmer Nebenpflichten. Im Schrifttum wird insoweit häufig von Treuepflicht gesprochen. Der Arbeitnehmer ist verpflichtet, Rechte, Rechtsgüter und Interessen des Arbeitgebers nicht zu beeinträchtigen

(§ 241 Abs. 2 BGB). Teilweise werden die Nebenpflichten spezialgesetzlich geregelt, z. B. die Pflicht zur Anzeige von Arbeitsunfähigkeit in § 5 Abs. 1 Satz 1 und 2 EFZG.

a) Anzeige drohender Schäden

Der Arbeitnehmer ist zur Anzeige drohender Schäden (z. B. eines drohenden Motorschadens) verpflichtet (§ 241 Abs. 2 BGB).

Geht die Schädigungsgefahr von Arbeitskollegen aus, ist die Anzeigepflicht eingeschränkt. Spesenbetrug eines Arbeitskollegen muss z. B. dem Arbeitgeber nur von Arbeitnehmern angezeigt werden, zu deren Aufgaben die Bearbeitung der Spesenabrechnung gehört bzw. die Führungsfunktion haben.

b) Abwendung von Schäden

Droht der Eintritt eines Schadens, muss der Arbeitnehmer selbstständig tätig werden, um diesen abzuwenden. In einem Notfall gilt dies selbst dann, wenn die zu dessen Abwendung erforderliche Handlung nicht zu den arbeitsvertraglichen Aufgaben des Arbeitnehmers gehört. Ggfs. muss er Überstunden leisten.

c) Verschwiegenheitspflicht

Der Arbeitnehmer ist zur Wahrung von Betriebs- und Geschäftsgeheimnissen verpflichtet. Teilweise ist dies ausdrücklich gesetzlich geregelt (§§ 17, 18 UWG, § 5 Satz 2 BDSG), im Übrigen folgt die Schweigepflicht aus § 241 Abs. 2 BGB.

Betriebsgeheimnisse haben den technischen Betriebsablauf zum Inhalt, Geschäftsgeheimnisse den allgemeinen Geschäftsverkehr des Unternehmens. Geheimhaltungspflichtig sind nur Tatsachen, die nur einem eng begrenzten Personenkreis bekannt sind und nach dem erkennbaren Willen des Arbeitgebers geheim gehalten werden sollen und an deren Geheimhaltung der Arbeitgeber ein berechtigtes wirtschaftliches Interesse hat (BAG NZA 1988, 502 [504]).

Die Geheimhaltungspflicht kann im Widerstreit zum öffentlichen Interesse an der Verhinderung bzw. Aufklärung von Straftaten treten. In den letzten Jahren wurden in zunehmendem Maße Kündigungen wegen Strafanzeigen eines Arbeitnehmers gegen seinen Arbeitgeber – z. B. wegen Bestechung – von den Arbeitsgerichten aufgehoben. Das BAG hält eine Strafanzeige des Arbeitgebers für unzulässig, wenn diese nur dazu dient, den Arbeitgeber zu schädigen. Im Übrigen verlangt es vom Arbeitnehmer, zunächst eine innerbetriebliche Klärung herbeizuführen. Unmittelbar an die Strafverfolgungsbehörden darf sich der Arbeitnehmer nur wenden, wenn er sich durch die Nichtanzeige selbst strafbar machen würde, oder innerbetriebliche Versuche erfolglos geblieben oder nicht erfolgversprechend sind (BAG NZA 2004, 427 [429]).

d) Einhaltung eines Wettbewerbsverbots

814 Der Arbeitnehmer darf während des Arbeitsverhältnisses keine Konkurrenztätigkeit aufnehmen (§ 60 HGB, der bei Arbeitnehmern, die nicht kaufmännische Handlungsgehilfen sind, entsprechend angewandt wird). Ein ausdrückliches Wettbewerbsverbot im Arbeitsvertrag ist nicht erforderlich.

Nach Beendigung des Arbeitsverhältnisses unterliegt der Arbeitnehmer dagegen nur einem Wettbewerbsverbot, wenn der Arbeitgeber und der Arbeitnehmer dies vereinbart haben (§§ 74ff. HGB, 110 GewO).

Die Vereinbarung bedarf der Schriftform; dem Arbeitnehmer muss eine unterzeichnete Urkunde ausgehändigt werden. Der Arbeitgeber muss ein berechtigtes geschäftliches Interesse an dem Wettbewerbsverbot haben, das berufliche Fortkommen des Arbeitnehmers darf nicht unbillig erschwert werden und dem Arbeitnehmer ist für die Dauer des Wettbewerbsverbots eine Karenzentschädigung zu zahlen. Das Verbot ist nur wirksam, wenn sich der Arbeitgeber für die gesamte Dauer zur Zahlung einer Entschädigung verpflichtet. Sie muss für jedes Jahr des Verbots mindestens die Hälfte der zuletzt bezogenen vertragsmäßigen Leistungen erreichen. Bei wechselnden Bezügen ist der Durchschnitt der letzten drei Jahre anzusetzen. Die Entschädigung ist in monatlichen Teilen zu zahlen. Anderweitiger Erwerb ist anzurechnen (§§ 74ff. HGB).

Verletzt der Arbeitnehmer die Verpflichtungen aus dem Wettbewerbsverbot, so kann der Arbeitgeber auf Erfüllung bzw. Unterlassung klagen. Er kann ferner vom Vertrag zurücktreten und eine bereits gezahlte Entschädigung zurückfordern (§§ 325, 326 BGB). Soweit eine Vertragsstrafe wirksam vereinbart ist, kann er diese verlangen.

e) Anzeige/Genehmigung von Nebentätigkeiten

Der Arbeitnehmer ist berechtigt, Nebentätigkeiten, mit denen er nicht in Konkurrenz zu seinem Arbeitgeber tritt, auszuüben.

Das Recht zur Ausübung von Nebentätigkeiten ist von der Berufsfreiheit (Art. 12 GG) mitumfasst. Nicht zulässig ist eine Nebentätigkeit, wenn die Arbeitszeit aus der Nebentätigkeit gemeinsam mit der Arbeitszeit aus anderen Arbeitsverhältnissen die gesetzliche Höchstarbeitszeit überschreitet, wenn sie während des Urlaubs ausgeübt wird (§ 8 BUrlG), wenn sie die Genesung eines arbeitsunfähigen Arbeitnehmers oder die Arbeitskraft des Arbeitnehmers beeinträchtigt. Der generelle Ausschluss einer Nebentätigkeit durch den Arbeitgeber ist nicht zulässig. Er kann die Ausübung einer Nebentätigkeit aber von einer Anzeige oder seiner Genehmigung abhängig machen.

f) Außerdienstliches Verhalten

Bei privatwirtschaftlichen Unternehmen darf der Arbeitgeber grundsätzlich keinen Einfluss auf die Lebensführung des Arbeitnehmers nehmen. Etwas anderes gilt nur dann, wenn sich das private Verhalten auf den Betrieb auswirkt und dort zu Störungen führt (BAG NZA 1994, 1080 [1081]).

Bei öffentlichen Bediensteten bestehen erhöhte Anforderungen. So kann etwa ein Bediensteter des Finanzamtes wegen privater Steuerhinterziehung gekündigt werden (BAG NZA 2002, 1030 [1031]).

Bedienstete von Kirchen, Religionsgemeinschaften und diesen nahestehenden Verbänden, z.B. Caritasverband, Diakonie, unterliegen erhöhten Verhaltensanforderungen. Sie müssen sich auch in ihrer privaten Lebensführung an die Morallehre ihres Arbeitgebers halten. Deshalb kann die Katholische Kirche etwa einen Arbeitnehmer, der Ehebruch begangen hat, kündigen.

615 | Pflichten des Arbeitgebers

Arbeitgeberpflichten			
Vergütungspflicht (§ 611 Abs. 1 BGB)	**Beschäftigungspflicht**	**Nebenpflichten**	**Vereinbarte Pflichten**
		• Pflicht zur Rücksichtnahme auf berechtigte Interessen des Arbeitnehmers (§ 241 Abs. 2 BGB) • Pflicht zum Schutz von Leben und Gesundheit des Arbeitnehmers • Pflicht zum Schutz der Persönlichkeit des Arbeitnehmers • Pflicht zum Schutz des Eigentums des Arbeitnehmers • Pflicht zur Entschädigung von Eigenschäden des Arbeitnehmers • Pflicht zur Urlaubsgewährung (§ 1 BUrlG) • Pflicht zur Abführung von Sozialversicherungsbeiträgen • Pflicht zur Herausgabe der Lohnsteuerkarte	• Betriebliche Altersversorgung • Pflicht zur Aufstockung von Sozialleistungen • Pflicht zur Bereitstellung eines Fahrzeugs

616 | Vergütungspflicht

a) Bestandteile der Vergütung

Neben der Grundvergütung (Gehalt/Lohn) können Provisionen, Tantiemen, Gewinnbeteiligungen, Gratifikationen Bestandteil der Vergütung sein. Bei höheren Angestellten kommen zusätzlich Sachbezüge (Dienstwagen, Aktienoptionen, etc.) in Betracht.

b) Höhe der Vergütung

Die Höhe der Vergütung ergibt sich aus dem Arbeitsvertrag oder dem Tarifvertrag. In Betriebsvereinbarungen kann die Arbeitsvergütung dagegen nicht festgelegt werden (§ 77 Abs. 3 Satz 1 BetrVG). Bei der Festsetzung der Arbeitsvergütung darf nicht diskriminiert werden.

Richtet sich die Arbeitsvergütung nach einem Tarifvertrag, ist sie zumindest in Höhe der tariflichen Vergütung zu zahlen. Eine höhere Vergütung ist zulässig (Günstigkeitsprinzip, § 4 Abs. 3 TVG). Besteht keine Tarifbindung, kann die Arbeitsvergütung frei vereinbart werden. Da bislang – außer in der Bauwirtschaft – keine Mindestlöhne festgesetzt sind, sind die vereinbarten Arbeitsvergütungen nur bei Sittenwidrigkeit unwirksam ➢ s. Nr. 608.

Bei der Höhe der Arbeitsvergütung gibt es zwar keinen generellen Anspruch auf Gleichbehandlung. Es gibt aber einige speziell zu beachtende Gleichheitssätze. So verstößt es etwa gegen § 4 Abs. 1 TzBfG und gegen das europarechtliche Verbot der mittelbaren Diskriminierung wegen des Geschlechts (Art. 3 RiL 76/207/EWG), wenn der Arbeitgeber geringfügig Beschäftigten Sonderzuwendungen nicht zahlt, die die Vollzeit- und Teilzeitbeschäftigten erhalten (EuGH NZA 1999, 1151 (1151 ff.). Gegen den allgemeinen arbeitsrechtlichen Gleichbehandlungsgrundsatz würde es verstoßen, wenn der Arbeitgeber Arbeitnehmergruppen ohne sachlichen Grund ungleich behandeln würde, z. B. Arbeitern eine niedrigere Gratifikation als den Angestellten zahlt.

c) Überstundenvergütung

Leistet der Arbeitnehmer Überstunden, hat er Anspruch auf die übliche (Stunden-) Vergütung. Zusätzliche Zuschläge zu Überstunden sind dagegen nur zu zahlen, wenn diese vereinbart sind.

d) Gratifikationen

Gratifikationen sind Sonderzuwendungen zum laufenden Arbeitsentgelt, die nicht regelmäßig anfallen (z. B. Weihnachts- und Urlaubsgeld, Jubiläumszuwendungen).

Sie beruhen oftmals auf einer Gesamtzusage oder betrieblichen Übung. Der Betriebsrat hat ein Mitbestimmungsrecht (§ 87 Abs. 1 Nr. 10 BetrVG). Freiwillige Gratifikationen kann der Arbeitgeber mit einem Freiwilligkeitsvorbehalt versehen. Ist der Freiwilligkeitsvorbehalt in einem Einheitsarbeitsvertrag enthalten, ist § 308 Nr. 4 BGB zu beachten.

Die Gratifikation darf wegen Fehlzeiten gekürzt werden, wenn dies vorgesehen ist und ein zur Kürzung berechtigender Grund vorliegt. Unzulässig ist die Kürzung wegen mutterschutzrechtlicher Fehlzeiten (EuGH NZA 1999, 1325 [1328]). Bei krankheitsbedingten Fehlzeiten darf eine Gratifikation je Tag bis zu einem Viertel des Arbeitsentgelts eines Arbeitstages gekürzt werden (§ 4 a EFZG). Bei Fehlzeiten aus anderen Gründen (z. B. Elternzeit) ist dagegen eine Kürzung nur zulässig, wenn dies eindeutig festgelegt ist (BAG NZA 2002, 1184 [1185]). Der bloße Hinweis auf den Zweck der Gratifikation ist nicht ausreichend (BAG NZA 1993, 130 [131]).

e) Vermögenswirksame Leistungen

Vermögenswirksame Leistungen sind Geldleistungen, die der Arbeitgeber in folgenden Anlageformen für den Arbeitnehmer anlegt:

- Sparbeiträge des Arbeitnehmers auf Grund eines Sparvertrages über Wertpapiere und andere Vermögensbeteiligungen (§ 2 Abs. 1 Nr. 1, § 5 5. VermBG)
- Aufwendungen des Arbeitnehmers auf Grund eines Wertpapier-Kaufvertrags (§ 2 Abs. 1 Nr. 2, § 5 5. VermBG)
- Aufwendungen des Arbeitnehmers auf Grund eines Beteiligungs-Vertrags oder eines Beteiligungs-Kaufvertrags (§ 2 Abs. 1 Nr. 3, §§ 6, 7 5. VermBG)

- Aufwendungen des Arbeitnehmers nach den Vorschriften des Wohnungsbau-Prämiengesetzes (§ 2 Abs. 1 Nr. 4 5. VermBG)
- Aufwendungen des Arbeitnehmers zum Bau, Erwerb, Ausbau oder zur Erweiterung eines Wohngebäudes oder einer Eigentumswohnung sowie eines Dauerwohnrechts oder eines Grundstücks im Inland (§ 2 Abs. 1 Nr. 5 5. VermBG)
- Sparbeiträge des Arbeitnehmers auf Grund eines Sparvertrages (§ 2 Abs. 1 Nr. 6, § 8 5. VermBG)
- Beiträge des Arbeitnehmers auf Grund eines Kapitalversicherungsvertrags (§ 2 Abs. 1 Nr. 7, § 9 5. VermBG)

Vermögenswirksame Leistungen können Arbeitnehmer, Auszubildende, Heimarbeiter, Beamte, Richter, Berufssoldaten und Soldaten auf Zeit beanspruchen. Auf schriftliches Verlangen des Arbeitnehmers sind Teile seines Arbeitslohns unabhängig davon, ob ihm vom Arbeitgeber zusätzliche vermögenswirksame Leistungen gewährt werden, vermögenswirksam anzulegen (§§ 10, 11 5. VermBG).

Der Arbeitgeber oder der Dienstherr kann auf Grund Gesetzes oder durch Tarifvertrag, Betriebsvereinbarung oder Einzelvertrag sowie durch bindende Festsetzungen nach dem Heimarbeitsgesetz verpflichtet sein, vermögenswirksame Leistungen zu gewähren.

Arbeitnehmer mit Einkünften aus nichtselbständiger Arbeit haben für die nach § 2 Abs. 1 Nr. 1 bis 5, Abs. 2 bis 4 5. VermBG angelegten vermögenswirksamen Leistungen Anspruch auf eine Arbeitnehmer-Sparzulage, soweit sie 480 Euro für Bausparen und (kumulativ) 408 Euro für Beteiligungen im Jahr nicht übersteigen (§ 13 5. VermBG). Voraussetzung ist, dass das zu versteuernde Einkommen des Arbeitnehmers 17 900 Euro (bei Zusammenveranlagung 35 800 Euro) nicht übersteigt. Die Arbeitnehmer-Sparzulage beträgt 9 v. H. der vermögenswirksamen Leistungen für Bausparen und 18 v. H. bei Beteiligungen.

Sparzulagen i. S. d. Gesetzes gelten – anders als die vermögenswirksame Leistung – nicht als steuerpflichtige Einnahmen und nicht als Entgelt i. S. d. Sozialversicherungsrechts.

f) Arbeitnehmererfindungen

Erfindungen in Ausführungen seiner Arbeitsverpflichtung muss der Arbeitnehmer dem Arbeitgeber zur Verfügung stellen. Dies gilt selbst dann, wenn der Arbeitnehmer keine Betriebserfahrungen und -mittel verwendet. Für die Erfindung hat der Arbeitnehmer i. d. R. Anspruch auf angemessene Vergütung. Einzelheiten regelt das Arbeitnehmererfindungsgesetz.

617 | Lohn ohne Arbeit

Die Arbeitsvergütung ist grundsätzlich nur zu zahlen, wenn der Arbeitnehmer die Arbeitsleistung erbracht hat. Von diesem Grundsatz gibt es einige Ausnahmen.

Lohn ohne Arbeit	
BGB	**Sonstige**
• Vom Arbeitgeber zu vertretende Unmöglichkeit (§ 326 Abs. 2 BGB) • Annahmeverzug des Arbeitgebers (§ 615 Satz 1 und 2 BGB) • Betriebsrisiko (§ 615 Satz 3 BGB) • Persönlicher Hinderungsgrund (§ 616 BGB)	• Entgeltfortzahlung im Krankheitsfall (§ 3 Abs. 1 EFZG i. V. m. § 611 Abs. 1 BGB) • Entgeltfortzahlung an Feiertagen (§ 2 EFZG i. V. m. § 611 Abs. 1 BGB) • Fortzahlung der Vergütung im Urlaub (§ 1 BUrlG)

a) Unmöglichkeit der Arbeitsleistung

Ist die Erbringung der Arbeitsleistung unmöglich, weil der Zeitpunkt, zu der sie hätte erbracht werden müssen, abgelaufen ist, hat der Arbeitnehmer dennoch einen Anspruch auf die Arbeitsvergütung, wenn der Arbeitgeber die Unmöglichkeit zu vertreten hat (§ 326 Abs. 2 BGB); Verschulden des Erfüllungsgehilfen wird dem Arbeitgeber zugerechnet.

b) Annahmeverzug

Ist der Arbeitgeber im Annahmeverzug, hat er die Arbeitsvergütung fortzuzahlen (§ 615 Satz 1 BGB).

Annahmeverzug i. d. S. liegt vor, wenn der Arbeitnehmer in der Lage ist, die Arbeitsleistung zu erbringen, der Arbeitgeber diese aber nicht annimmt. Unmöglichkeit liegt demgegenüber vor, wenn der Arbeitnehmer die Leistung nicht erbringen kann, z. B. weil sein Arbeitsgerät zerstört ist. In diesem Falle sind die Regelungen über den Annahmeverzug nicht anwendbar (§ 297 BGB).

Die Vorschriften zum Annahmeverzug gelten bei einem wirksamen, bei einem faktischen Arbeitsverhältnis und während der Weiterbeschäftigung im Kündigungsschutzprozess. Nicht zur Anwendung kommt § 615 BGB, wenn die Arbeitspflicht suspendiert ist, z. B. während eines Arbeitskampfes (BAG NZA 2001, 597 [597]).

Im ungekündigten Arbeitsverhältnis muss der Arbeitnehmer seine Arbeitsleistung persönlich zur rechten Zeit am rechten Ort in der rechten Art und Weise anbieten (§ 294 BGB), d. h. er muss an den Arbeitsplatz kommen. Ein wörtliches Angebot ist ausreichend, wenn der Arbeitgeber dem Arbeitnehmer erklärt hat, dass er seine Arbeitsleistung nicht annehmen wird (§ 295 BGB).

Hat der Arbeitgeber das Arbeitsverhältnis gekündigt, kommt der Arbeitgeber ohne Angebot des Arbeitnehmers in Annahmeverzug (§ 296 BGB). Der Annahmeverzug des Arbeitgebers wird nur durch die Zuweisung eines funktionsfähigen Arbeitsplatzes beendet (BAG AP Nr. 34 § 615 BGB, AP Nr. 53 zu § 615 BGB).

Kein Annahmeverzug tritt ein, wenn der Arbeitnehmer nicht leistungsfähig bzw. -willig ist (§ 297 BGB). Gründe der fehlenden Leistungsfähigkeit können eine Erkrankung, eine fehlende Arbeitsgenehmigung oder eine erhebliche Alkoholisierung sein.

Leistungsbereit ist ein Arbeitnehmer, wenn er zeigt, dass er die geschuldete Arbeitsleistung in vollem Umfang erbringen will. Die Leistungsbereitschaft wird durch die Aufnahme einer anderen Arbeit nicht ausgeschlossen (BAG AP Nr. 106 zu § 615 BGB).

Annahmeverzug setzt weiter voraus, dass der Arbeitgeber die angebotene Arbeitsleistung nicht annimmt. Verschulden ist nicht erforderlich. In Annahmeverzug gerät der Arbeitgeber auch dann, wenn er die geschuldete Arbeitsleistung zwar annehmen will, der Arbeitnehmer aber die Arbeitsleistung berechtigterweise verweigert, weil der Arbeitsplatz arbeitsschutzrechtlichen Vorschriften nicht entspricht.

Während des Annahmeverzuges hat der Arbeitgeber die geschuldete Arbeitsvergütung fortzuzahlen (§ 615 Satz 1 BGB). Der Arbeitnehmer ist dagegen nicht verpflichtet, die geschuldete Arbeitsleistung nachzuholen (§ 615 Satz 1 BGB).

Fortzuzahlen ist die gesamte vertraglich geschuldete Arbeitsvergütung einschließlich der Gratifikationen, Prämien, Tantiemen und sonstigen Nebenleistungen. Für entgangene Sachleistungen ist Ersatz zu zahlen.

Der Arbeitnehmer muss sich auf diesen Vergütungsanspruch ersparte Aufwendungen (z. B. Fahrtkosten), Zwischenverdienst und öffentlich-rechtliche Leistungen – über diese Einkünfte muss der Arbeitnehmer Auskunft geben (§ 74 c HGB) – sowie böswillig unterlassenen Zwischenverdienst anrechnen lassen. Böswillig handelt der Arbeitnehmer nur, wenn er vorsätzlich untätig bleibt und dies vorwerfbar ist. Nicht vorwerfbar ist die Ablehnung einer Beschäftigung, wenn diese dem Arbeitnehmer unzumutbar ist (BAG NZA 2004, 90 [91]), BAG NZA 2004, 1155 [1156]). Nicht böswillig ist das Unterlassen einer Arbeitslosmeldung.

c) Betriebsrisikolehre

Der Arbeitgeber muss die Arbeitsvergütung ferner fortzahlen, wenn der Arbeitnehmer seine Arbeitsleistung wegen eines Betriebs- oder Wirtschaftsrisikos nicht erbringen kann (§ 615 Satz 3 BGB; sog. Betriebsrisikolehre).

Von der Betriebsrisikolehre kann durch Tarifvertrag, Betriebsvereinbarung oder Arbeitsvertrag abgewichen werden (BAG NZA 1991, 519 [520]).

Die Betriebsrisikolehre kommt nur zur Anwendung, wenn der Arbeitnehmer zur Arbeitsleistung verpflichtet und der Arbeitgeber zur Entgegennahme der Arbeitsleistung berechtigt ist. Weiter setzt die Betriebsrisikolehre die tatsächliche Unmöglichkeit der Arbeitsleistung voraus. Gründe hierfür können betrieblich-technischer Art (Stromausfall, Maschinendefekt, Brand, Überschwemmungen), rechtlicher Art (Versagung oder Entzug der Betriebserlaubnis) oder wirtschaftlicher Art (Ausbleiben von Vorprodukten, Absatzschwierigkeiten) sein.

Nach der Betriebsrisikolehre hat der Arbeitgeber die Vergütung nur fortzuzahlen, wenn der Arbeitsausfall weder vom Arbeitgeber noch vom Arbeitnehmer verschuldet ist. Er muss die Vergütung nicht fortzahlen, wenn die Existenz des Unternehmens gefährdet würde (BAG NJW 1983, 2159), also insbesondere wenn Insolvenz droht.

Nicht fortzahlen muss der Arbeitgeber die Arbeitsvergütung, wenn die Produktion nicht möglich ist, weil sein Betrieb bestreikt wird, oder wenn er aus diesem Grund die Produktion einstellt (BAG NZA 1994, 1097 [1098 ff.]). Dasselbe gilt, wenn die Produktion wegen fehlender Zulieferteile infolge eines Arbeitskampfes in einem derselben Branche angehörenden Unternehmen eingestellt werden muss.

Die Höhe der fortzuzahlenden Arbeitsvergütung entspricht jener beim Annahmeverzug.

d) Persönliche Hinderungsgründe

Der Arbeitgeber ist weiter zur Fortzahlung der Vergütung verpflichtet, wenn der Arbeitnehmer vorübergehend an der Erbringung der Arbeitsleistung aus persönlichen Gründen verhindert ist (§ 616 BGB).

Die Anwendung von § 616 BGB kann durch Tarifvertrag, Betriebsvereinbarung oder Arbeitsvertrag ausgeschlossen werden.

Persönliche Hinderungsgründe sind z. B. Todesfälle, Geburten, Hochzeit, Pflege naher Angehöriger, Arztbesuche, die nur während der Arbeitszeit möglich sind. Objektive Gründe, die für mehrere Arbeitnehmer bestehen, sind nicht ausreichend. Dies gilt insbesondere für witterungsbedingte Wegerisiken. Diese hat der Arbeitnehmer zu tragen. Nicht verschuldet ist das persönliche Hindernis, wenn der Arbeitnehmer nicht gröblich gegen das von einem verständigen Menschen im eigenen Interesse zu fordernde Verhalten verstoßen hat (BAG AP Nr. 71 zu § 1 LFZG).

Nach § 616 BGB ist die Vergütung nur fortzuzahlen, wenn der Arbeitsausfall nur „für eine verhältnismäßig nicht erhebliche Zeit" eintritt. Überschreitet der Arbeitsausfall diesen Zeitraum, entfällt der Fortzahlungsanspruch ganz. Bei der Feststellung der Erheblichkeit sind einerseits die Dauer des Arbeitsverhältnisses und andererseits die Dauer des Arbeitsausfalls zu berücksichtigen. Bei einem Dauerarbeitsverhältnis können mehrere Tage noch unerheblich sein.

e) Fortzahlung der Vergütung an Feiertagen

Arbeitnehmer haben Anspruch auf Fortzahlung der Vergütung für den Arbeitsausfall an gesetzlichen Feiertagen (§ 2 Abs. 1 EFZG).

Dies gilt nicht, wenn der Arbeitnehmer an diesen Tagen ohnehin nicht gearbeitet hätte (z. B. bei Teilzeitarbeit). Bei Arbeitsunfähigkeit am Feiertagen wird Vergütung nach § 3 EFZG fortgezahlt (§ 4 EFZG). Der Arbeitnehmer erhält die Vergütung, die angefallen wäre, wenn er gearbeitet hätte (sog. Lohnausfallprinzip), einschließlich von Überstundenzuschläge, Prämien, Tantiemen etc.

Keinen Anspruch auf Fortzahlung der Vergütung an einem Feiertag hat der Arbeitnehmer, wenn er am letzten Tag vor oder am ersten Tag nach dem Feiertag unentschuldigt der Arbeit fernblieb (§ 2 Abs. 3 EFZG).

f) Fortzahlung der Arbeitsvergütung bei Arbeitsunfähigkeit

Ist ein Arbeitnehmer unverschuldet infolge einer Krankheit arbeitsunfähig, hat er bis zu sechs Wochen Anspruch auf Fortzahlung der Arbeitsvergütung (§ 3 Abs. 1 EFZG).

Nicht fortgezahlt wird die Arbeitsvergütung bei Arbeitnehmern, die noch nicht ununterbrochen vier Wochen die Arbeit ausüben (§ 3 Abs. 3 EFZG).

Die Frist beginnt am Tag der tatsächlichen bzw. der vereinbarten Arbeitsaufnahme. Ist der Arbeitnehmer nach dem Auslaufen der Wartefrist weiterhin krank, hat er danach Anspruch auf Entgeltfortzahlung für sechs Wochen (BAG NZA 1999, 1273 [1274 f.]). Während der Wartezeit erhalten gesetzlich krankenversicherte Arbeitnehmer Krankengeld von ihrer gesetzlichen Krankenkasse ➢ s. Nr. 644.

Krank ist ein Arbeitnehmer, wenn bei ihm ein regelwidriger der Heilbehandlung bedürfender körperlicher oder geistiger Zustand vorliegt (BAG NZA 1992, 69).

Die Ursache der Krankheit ist unerheblich. Krankheit kann auch eine Sucht sein. Bei komplikationslos verlaufenden Schwangerschaften liegt dagegen keine Krankheit vor.

Die Arbeitsunfähigkeit muss Folge der Krankheit sein.

Dies ist sie, wenn der Arbeitnehmer die nach dem Arbeitsvertrag geschuldete Arbeitsleistung nicht erbringen kann bzw. bei Fortsetzung der Arbeit die Gefahr besteht, dass sich der Gesundheitszustand verschlimmert (BAG NZA 1992, 69). Ob dies der Fall ist, ist anhand der konkret geschuldeten Arbeitsleistung zu beurteilen.

Nicht kausal ist die Krankheit für die Arbeitsunfähigkeit, wenn sie nicht die alleinige Ursache für die Arbeitsverhinderung ist. Der Arbeitnehmer erhält deshalb keine Entgeltfortzahlung im Krankheitsfall während eines Arbeitskampfes, einer Kurzarbeit oder eines Sonderurlaubs. Erkrankte er dagegen während des Erholungsurlaubs, werden die Krankheitstage nicht auf den Erholungsurlaub angerechnet. Er erhält an diesen Tagen Entgeltfortzahlung im Krankheitsfall.

Keine Entgeltfortzahlung im Krankheitsfall wird gezahlt, wenn der Arbeitnehmer die Arbeitsunfähigkeit schuldhaft herbeigeführt hat.

Verschulden i. d. S. liegt vor, wenn der Arbeitnehmer gröblich gegen das von einem verständigen Menschen im eigenen Interesse zu erwartende Verhalten verstößt. Schuldhaft hat der Arbeitnehmer die Arbeitsunfähigkeit herbeigeführt, wenn dies z.B. auf Alkoholmissbrauch, auf unterlassenes Anlegen des Sicherheitsgurtes oder auf Missachtung von Arbeitsschutzbestimmungen zurückzuführen ist. Sportverletzungen sind i.d.R. nicht schuldhaft herbeigeführt, wenn der Sport regelgerecht ausgeübt wird. Dies gilt selbst für gefährliche Sportarten wie Motorradrennen (BAG NJW 1972, 1215 (1215 f.), Amateurboxen (BAG AP Nr. 42 zu § 1 LohnFG) und Drachenfliegen (BAG NJW 1982, 1014 (1014 f.).

Der Arbeitgeber darf die Entgeltfortzahlung verweigern (§ 7 EFZG), wenn der Arbeitnehmer:

- seiner Bescheinigungspflicht nicht nachgekommen ist
- bei einer Auslandserkrankung seiner Bescheinigungspflicht nicht nachgekommen ist
- den Übergang des Anspruchs verhindert.

Kommt der Arbeitnehmer der Anzeige- bzw. Nachweispflicht nachträglich nach, muss der Arbeitgeber die Entgeltfortzahlung im Krankheitsfall nachträglich zahlen.

Der Anspruch auf Entgeltfortzahlung im Krankheitsfall besteht bis zu sechs Wochen (§ 3 Abs. 1 Satz 1 EFZG).

Dies gilt auch dann, wenn sich während der Arbeitsunfähigkeit eine andere Krankheit anschließt oder eine andere eintritt (sog. Einheit des Versicherungsfalls). Erkrankt der Arbeitnehmer nach der Wiederherstellung der Arbeitsfähigkeit erneut, hat er wiederum einen Anspruch auf Entgeltfortzahlung im Krankheitsfall. Ist die Arbeitsunfähigkeit auf dieselbe Erkrankung oder dasselbe Grundleiden innerhalb von 12 Monaten zurückzuführen, sog. Fortsetzungserkrankung, beschränkt sich der Anspruch auf insgesamt sechs Wochen. Dies gilt nicht, wenn seit der vorausgegangenen Erkrankung mindestens sechs Monate vergangen sind (§ 3 Abs. 1 Satz 2 EFZG).

Der Anspruch auf Entgeltfortzahlung im Krankheitsfall endet grundsätzlich nach sechs Wochen bzw. mit der Beendigung des Arbeitsverhältnisses (§ 8 Abs. 2 EFZG).

Über das Ende des Arbeitsverhältnisses hinaus bis zur Gesamtdauer von sechs Wochen besteht ein Anspruch auf Entgeltfortzahlung im Krankheitsfall, wenn der Arbeitgeber aus Anlass der Erkrankung kündigt (§ 8 Abs. 1 EFZG).

Das Arbeitsentgelt wird in der Höhe fortgezahlt, in der es ohne den Arbeitsausfall gezahlt worden wäre (sog. Lohnausfallprinzip) einschließlich der Zulagen und dem Arbeitgeberanteil zur Sozialversicherung.

Nicht fortgezahlt wird das Arbeitsentgelt für Überstunden sowie Leistungen für Aufwendungen, die während der Arbeitsunfähigkeit nicht anfallen (§ 4 Abs. 1 a EFZG).

Abweichende Regelungen zur Fortzahlung der Arbeitsvergütung – auch zu Ungunsten des Arbeitnehmers – können in einem Tarifvertrag getroffen werden (§ 12 TVG). Diese können im Geltungsbereich eines Tarifvertrags von nicht tarifgebundenen Arbeitgebern und Arbeitnehmern in Bezug genommen werden (§ 4 Abs. 4 Satz 2 TVG).

Der Arbeitnehmer ist verpflichtet, die Arbeitsunfähigkeit am ersten Tag unverzüglich dem Arbeitgeber anzuzeigen.

Die ärztliche Diagnose muss er nur in Ausnahmefällen mitteilen (meldepflichtige Krankheit, Ansteckungsgefahr für Arbeitskollegen etc.).

Dauert die Arbeitsunfähigkeit länger als zwei Kalendertage, muss der Arbeitnehmer am darauf folgenden Arbeitstag dem Arbeitgeber eine ärztliche Arbeitsunfähigkeitsbescheinigung vorlegen (§ 5 Abs. 1 Satz 2 EFZG).

Der Arbeitgeber ist berechtigt, bereits vor diesem Zeitpunkt die Vorlage eines ärztlichen Attests mit Angaben zur Person, die Feststellung der Arbeitsunfähigkeit und deren voraussichtliche Dauer zu verlangen (§ 5 Abs. 1 Satz 2 EFZG). Der Betriebsrat hat hierbei ein Mitbestimmungsrecht.

Mit der Vorlage der Arbeitsunfähigkeitsbescheinigung erbringt der Arbeitnehmer den Beweis seiner Arbeitsunfähigkeit. Etwas anderes gilt nur, wenn der Arbeitgeber die fehlende Beweiskraft darlegt und ggfs. beweist. Umstände, die den Beweiswert der Arbeitsunfähigkeitsbescheinigung erschüttern, sind z. B. die Androhung der Arbeitsunfähigkeit durch den Arbeitnehmer oder die Ausübung einer Nebentätigkeit durch den Arbeitnehmer.

Bei einer Arbeitsunfähigkeitsbescheinigung aus einem anderen EU-Staat ist das Erschüttern von deren Beweiskraft nicht ausreichend. Der Arbeitgeber muss vielmehr den Nachweis erbringen, dass der Arbeitnehmer nicht krank war (BAG NZA 1997, 652).

Die Krankenkassen sind verpflichtet, bei Zweifeln an der Arbeitsunfähigkeit des Arbeitnehmers diesen durch ihren Medizinischen Dienst untersuchen zu lassen (§ 275 Abs. 1 Nr. 3 b SGB V). Diese Untersuchung kann der Arbeitgeber verlangen (§ 275 Abs. 1 a Satz 3 SGB V).

Wurde die Arbeitsunfähigkeit durch einen Dritten verschuldet, z. B. bei einem Verkehrsunfall, gehen die Ansprüche des Arbeitnehmers gegen diesen auf Verdienstausfall auf den Arbeitgeber in Höhe der Entgeltfortzahlung und der auf diese entrichteten Sozialversicherungsbeiträge über (§ 6 Abs. 1 EFZG).

Der Arbeitnehmer hat dem Arbeitgeber unverzüglich die für die Geltendmachung der Ansprüche erforderlichen Auskünfte zu erteilen (§ 6 Abs. 2 EFZG).

g) Fortzahlung der Arbeitsvergütung während des Urlaubs

Der Arbeitgeber hat dem Arbeitnehmer während des Urlaubs ➢ s. Nr. 620 b) **Urlaubsentgelt** zu zahlen (§ 1 BUrlG).

Das Urlaubsentgelt entspricht dem durchschnittlichen Arbeitsentgelt der letzten 13 Wochen vor dem Urlaub (§ 11 Abs. 1 BUrlG), soweit durch Tarifvertrag nichts Abweichendes vereinbart ist (§ 13 Abs. 1 BUrlG). Nicht eingerechnet wird die Vergütung für Überstunden (§ 11 Abs. 1 Satz 1 BUrlG).

Urlaubsgeld, also eine einmalige Gratifikation für den Urlaub, ist nur zu zahlen, wenn dies im Arbeitsvertrag, in einer Betriebsvereinbarung oder in einem Tarifvertrag vereinbart ist oder wenn eine entsprechende betriebliche Übung besteht.

618 | Aufwendungsersatz und Ersatz unfreiwilliger Schäden

Der Arbeitgeber hat dem Arbeitnehmer Aufwendungen, die dieser für den Arbeitgeber tätigt, zu ersetzen (§ 670 BGB analog).

Voraussetzung ist, dass der in einem gültigen oder faktischen Arbeitsverhältnis stehende Arbeitnehmer bei der Ausführung der Arbeit ein freiwilliges Vermögensopfer erbringt, das er für erforderlich halten durfte und das vom Arbeitgeber nicht gesondert vergütet wird. Aufwendungsersatz kommt z. B. für die dienstliche Nutzung des Privatfahrzeugs in Höhe der steuerrechtlich anerkannten Pauschalbeträge in Betracht.

Weiter hat der Arbeitgeber dem Arbeitnehmer bei der Arbeit entstehende unfreiwillige Schäden zu ersetzen (§ 670 BGB analog). Voraussetzung ist, dass dem in einem gültigen oder faktischen Arbeitsverhältnis stehenden Arbeitnehmer im Betätigungsbereich des Arbeitgebers ein Sachschaden entsteht, für den der Arbeitnehmer keine gesonderte Vergütung erhält. Arbeitsadäquate Schäden, die notwendig und regelmäßig entstehen, muss der Arbeitgeber nicht ersetzen (z. B. Abnutzung der Arbeitskleidung). Für Sachmittel dagegen, für die der Arbeitgeber eigene hätte einsetzen und damit selbst das Schadensrisiko tragen müssen, muss er Aufwendungsersatz (z. B. Schäden am Privatfahrzeug des Arbeitnehmers) zahlen (vgl. BAG NZA 2000, 727 und 1052). Mitverschulden des Arbeitnehmers wird berücksichtigt.

619 | Beschäftigungspflicht

Der Arbeitgeber ist verpflichtet, den Arbeitnehmer im ungekündigten Arbeitsverhältnis zu beschäftigen (§ 611 BGB i. V. m. Art. 2 Abs. 1, 1 Abs. 1 GG).

Etwas anderes gilt nur, wenn der Arbeitgeber mit dem Arbeitnehmer dessen Freistellung von der Arbeit vereinbart hat. Einseitig darf der Arbeitgeber den Arbeitnehmer von seiner Arbeitspflicht nur suspendieren, wenn er hierfür wichtige Gründe, z. B. schwere Pflichtverletzungen des Arbeitnehmers hat.

Zur Weiterbeschäftigungspflicht im Kündigungsschutzprozess ➢ s. Nr. 625.

620 | Nebenpflichten des Arbeitgebers

Der Arbeitgeber ist verpflichtet, auf Rechte, Rechtsgüter und Interessen des Arbeitnehmers Rücksicht zu nehmen (§ 241 Abs. 2 BGB). Im Schrifttum wird insoweit häufig der Begriff „Fürsorgepflicht" verwendet. Die Pflicht zur Rücksichtnahme wird teilweise spezialgesetzlich konkretisiert.

a) Schutz von Leben und Gesundheit des Arbeitnehmers

Der Arbeitgeber ist verpflichtet, die Räume, Vorrichtungen und Gerätschaften so einzurichten und zu unterhalten und die Dienstleistungen des Arbeitnehmers so zu regeln, dass der Arbeitnehmer gegen Gefahren für Leben und Gesundheit soweit geschützt ist, wie es die Dienstleistung zulässt (§ 618 Abs. 1 BGB).

Einzelheiten regeln insoweit das Arbeitsschutzrecht und die Unfallverhütungsvorschriften der Berufsgenossenschaften. Verstößt der Arbeitgeber gegen diese Pflicht, hat der Arbeitnehmer ein Leistungsverweigerungsrecht (§ 273 BGB) bei Fortzahlung der Vergütung (§ 615 Satz 1 BGB). Schadensersatzansprüche (§§ 280 Abs. 1 BGB bzw. § 823 Abs. 1, 2 BGB) scheiden dagegen i. d. R. aus (§ 104 SGB VII).

b) Schutz der Persönlichkeit des Arbeitnehmers

Der Arbeitgeber ist zum Schutz der Persönlichkeit und des Intimbereichs des Arbeitnehmers verpflichtet. So ist u. a. die Einführung und

Anwendung technischer Überwachungseinrichtungen von der Zustimmung des Betriebsrats abhängig (§ 87 Abs. 1 Nr. 6 BetrVG).

Eine verdeckte Videoüberwachung ist nur bei hinreichendem Tatverdacht und nur, wenn andere Aufklärungsmittel fehlen, zulässig (BAG NZA 2003, 1193).

Die Verpflichtung zum Schutz des allgemeinen Persönlichkeitsrechts des Arbeitnehmers beinhaltet ferner die Pflicht des Arbeitgebers zum Schutz personenbezogener Daten des Arbeitnehmers.

Einzelheiten regelt insoweit das Bundesdatenschutzgesetz.

Der Arbeitgeber ist weiter zum Schutz des Arbeitnehmers gegen Mobbing verpflichtet.

Ausdrücklich gesetzlich geregelt ist die Verpflichtung des Arbeitgebers, insbesondere Arbeitnehmerinnen gegen sexuelle Belästigungen zu schützen (§ 2 AGG).

c) Schutz eingebrachter Sachen

Der Arbeitgeber ist verpflichtet, Sachen, die der Arbeitnehmer notwendigerweise an den Arbeitsplatz mitbringt, zu schützen.

So muss er beispielsweise einen verschließbaren Spind zur Verfügung stellen, wenn der Arbeitnehmer sich zur Arbeit umziehen muss. Einen Parkplatz für den PKW seiner Arbeitnehmer muss der Arbeitgeber dagegen nur bereitstellen, wenn er sich hierzu im Arbeitsvertrag oder in einer Betriebsvereinbarung verpflichtet hat oder wenn der Arbeitnehmer den Arbeitsplatz ohne PKW nicht erreichen kann (z. B. bei Schichtarbeit). Stellt der Arbeitgeber einen Parkplatz zur Verfügung, muss der Arbeitgeber für dessen Verkehrssicherheit sorgen.

d) Pflicht zur Gewährung von Urlaub

Der Arbeitgeber ist verpflichtet, den Arbeitnehmern – und Heimarbeitern – jedes Jahr bezahlten Urlaub zu gewähren.

Der gesetzliche Urlaub beträgt 24 Arbeitstage im Jahr, wobei auch Samstage als Arbeitstage gezählt werden (§ 3 BUrlG). Bei einer Fünf-Tage-Arbeitswoche wird der Urlaubsanspruch nach Formel 24 : 6 x 5 berechnet, so dass in diesem Fall der Urlaubsanspruch 20 Tage im Jahr umfasst. Muss der Arbeitnehmer an Sonn- oder Feiertagen arbeiten, gelten diese Tage als Werktag. Sonderregelungen zum Urlaubsanspruch finden sich in § 125 SGB IX für schwerbehinderte Menschen, in § 19 JArbSchG für Jugendliche und in § 17 BEEG für Arbeitnehmer in Elternzeit. In einzelnen Bundesländern kommt zusätzlich Bildungsurlaub in Betracht.

In Arbeits- und Tarifverträgen wird häufig eine längere Urlaubsdauer sowie abweichende Regelungen zur Übertragung und zur Abgeltung des Urlaubs getroffen. Für diese Vergünstigungen gelten die Vorschriften des BUrlG nur, wenn sich aus der Vereinbarung nichts Abweichendes ergibt.

Anspruch auf Urlaub haben alle Arbeitnehmer und die zu ihrer Berufsausbildung Beschäftigten.

Unerheblich ist, ob die Tätigkeit nebenberuflich, zur Aushilfe oder in Teilzeit ausgeübt wird. Bei Teilzeit besteht der Urlaubsanspruch entsprechend des Umfangs der Arbeitsleistung.

Der Urlaubsanspruch wird mit seiner Entstehung fällig (§ 271 BGB).

Der erste volle Urlaubsanspruch entsteht erstmals nach sechs Monaten (§ 4 BUrlG). In den folgenden Jahren entsteht er jeweils am 1. 1. des betroffenen Jahres. Die Wartezeit wird nur bei rechtlichen, dagegen nicht bei tatsächlichen (z.B. Arbeitskampf, Arbeitsunfähigkeit) Gründen unterbrochen. Dem Arbeitnehmer steht deshalb auch dann der Urlaub zu, wenn er wegen Arbeitsunfähigkeit das gesamte Jahr nicht arbeiten konnte.

Beginnt das Arbeitsverhältnis erst in der zweiten Jahreshälfte, so dass die Wartezeit nicht erfüllt werden kann, steht dem Arbeitnehmer ein Anspruch auf Teilurlaub zu (§ 5 Abs. 1 Nr. 1 a BUrlG). Teilurlaub kann er ferner beanspruchen, wenn er vor Erfüllen der Wartezeit aus dem Arbeitsverhältnis ausscheidet (§ 5 Abs. 1 Nr. 1 b BUrlG) oder er in der ersten Hälfte des Kalenderjahres aus dem Arbeitsverhältnis ausscheidet (§ 5 Abs. 1 Nr. 1 c BUrlG).

Zur Berechnung des Teilurlaubs sind für jeden vollen Monat des Arbeitsverhältnisses ein Zwölftel des Jahresurlaubs anzusetzen (§ 5 Abs. 1 BUrlG). Nicht volle Monate werden nicht berücksichtigt. Ergeben sich bei der Berechnung Bruchteile von Urlaubstagen, die mindestens ein halben Tag betragen, sind diese auf volle Urlaubstage aufzurunden (§ 5 Abs. 2 BUrlG).

Ergibt die Berechnung, dass dem Arbeitnehmer zuviel Urlaub gewährt wurde, muss er das zu viel gezahlte Urlaubsentgelt nicht zurückzahlen (§ 5 Abs. 3 BUrlG).

Der Anspruch auf Urlaub besteht nicht, soweit dem Arbeitnehmer bereits bei einem früheren Arbeitgeber Urlaub gewährt wurde (§ 6 Abs. 1 BUrlG).

Hierüber hat der Arbeitgeber dem Arbeitnehmer eine Bescheinigung bei Beendigung des Arbeitsverhältnisses auszuhändigen (§ 6 Abs. 2 BUrlG).

Der Urlaubsanspruch besteht für das jeweilige Kalenderjahr und erlischt mit dessen Ablauf (§ 7 Abs. 3 Satz 1 BUrlG).

Eine Übertragung auf das nächste Urlaubsjahr ist nur bei einem Anspruch auf Teilurlaub nach § 5 Abs. 1 Nr. 1 a BUrlG sowie bei dringenden betrieblichen oder persönlichen Gründen möglich (§ 7 Abs. 3 Satz 2 BUrlG). Der Urlaub muss in diesen Fällen bis spätestens zum 31. 3. genommen worden sein. Ansonsten verfällt er (§ 7 Abs. 3 Satz 3 BUrlG).

Der Urlaub muss vom Arbeitgeber bewilligt werden.

Die Urlaubserteilung ist eine Willenserklärung des Arbeitgebers, mit der er den Arbeitnehmer von der Arbeitsleistung freistellt. Bloßes Schweigen des Arbeitgebers ist nicht ausreichend. Tritt der Arbeitnehmer den Urlaub ohne Genehmigung des Arbeitgebers an, verstößt er gegen seine Arbeitspflichten und kann ggfs. aus wichtigem Grund fristlos gekündigt werden (BAG NZA 1994, 548). Ist der Arbeitnehmer der Auffassung, dass der Arbeitgeber die Urlaubserteilung ohne ausreichenden Grund ablehnt, kann er seinen Anspruch nur mit der Leistungsklage und ggfs. mit Antrag auf einstweilige Verfügung vor dem Arbeitsgericht durchsetzen.

Bei der Festlegung des Urlaubszeitpunktes muss der Arbeitgeber grundsätzlich den Urlaubswünschen des Arbeitnehmers entsprechen.

Etwas anderes gilt nur, wenn dringende betriebliche Belange entgegenstehen oder Urlaubswünsche anderer Arbeitnehmer aus sozialen Gründen (z. B. Arbeitskollegen mit schulpflichtigen Kindern) vorrangig sind. Ein betrieblicher Belang ist z. B. die Festlegung einheitlicher Betriebsferien. Setzt der Arbeitgeber solche fest, muss dem Arbeitnehmer mindestens ein Fünftel des Jahresurlaubs zur freien Verfügung bleiben (BAG AP Nr. 2 zu § 87 BetrVG).

826

Der Betriebsrat hat bei der Festlegung allgemeiner Urlaubsgrundsätze, des Urlaubsplans und des Urlaubszeitpunkts und bei Arbeitnehmern, mit denen sich der Arbeitgeber nicht über den Urlaubszeitpunkt einigen kann, ein Mitbestimmungsrecht (§ 87 Abs. 1 Nr. 5 BetrVG).

Der Arbeitgeber kann die Erteilung des Urlaubs weder widerrufen noch den Arbeitnehmer aus dem Urlaub zurückrufen. Der Arbeitnehmer ist nicht verpflichtet, den Urlaub zu verschieben, zu unterbrechen oder abzubrechen (BAG NZA 2001, 100 [101]).

Der Urlaub ist grundsätzlich zusammenhängend zu gewähren (§ 7 Abs. 2 BUrlG).

Eine Teilung des Urlaubs ist nur bei dringenden betrieblichen oder persönlichen Gründen des Arbeitnehmers zulässig. Auch in diesem Fall müssen mindestens 12 Tage zusammenhängend genommen werden (§ 7 Abs. 2 Satz 2 BUrlG).

Während des Urlaubs darf der Arbeitnehmer keine Erwerbstätigkeit ausüben (§ 8 BUrlG).

Erkrankt der Arbeitnehmer während des Urlaubs, werden die durch ärztliches Attest nachgewiesenen Tage der Arbeitsunfähigkeit nicht auf den Urlaub angerechtet (§ 9 BUrlG).

Der Urlaub ist abzugelten, wenn ganz oder teilweise wegen der Beendigung des Arbeitsverhältnisses der Urlaub nicht genommen werden kann.

Voraussetzung der Abgeltung des Urlaubsanspruchs ist, dass der Urlaubsanspruch noch besteht, also insbesondere nicht verfallen ist.

621 | Werkwohnung

Der Arbeitgeber kann dem Arbeitnehmer Wohnräume mit Rücksicht auf das Arbeitsverhältnis überlassen. In diesem Fall gelten besondere Kündigungsvorschriften für den Wohnraum.

Die Werkwohnung kann unter erleichterten Voraussetzungen gekündigt werden. Es gelten verkürzte Kündigungsfristen, wenn der Wohnraum für einen anderen Arbeitnehmer benötigt wird. Bei funktionsgebundenem Wohnraum, z. B. Hausmeisterwohnung, kann sich der Arbeitnehmer nicht auf die Sozialklausel berufen (§§ 576, 574 BGB). Bei Werkdienstwohnungen, die im Rahmen des Arbeitsvertrags vermietet sind, besteht kein besonderer Mietvertrag. Nach Beendigung des Arbeitsverhältnisses gelten dennoch die mietrechtlichen Kündigungsbestimmungen. Widerspruch gegen die Wohnungskündigung kommt in Betracht, wenn die Wohnung vom Arbeitnehmer ganz oder überwiegend mit Hausrat versehen wurde oder er in ihr mit seiner Familie einen eigenen Hausstand führt (§ 576 b BGB).

622 | Betriebliche Altersversorgung

Viele Arbeitgeber stellen ihren Arbeitnehmern Leistungen der betrieblichen Altersvorsorgung zur Verfügung. Einzelheiten regelt das BetrAVG.

Die betriebliche Altersversorgung ist grundsätzlich eine freiwillige Sozialleistung des Arbeitgebers. Eine gesetzliche Verpflichtung besteht nur bei der sog. Entgeltumwandlung (§ 1 a BetrAVG). Bei dieser kann der Arbeitnehmer vom Arbeitgeber verlangen, dass seine künftigen Entgeltansprüche bis max. 4 % der Beitragsbemessungsgrenze in der gesetzlichen Rentenversicherung durch Entgeltumwandlung für seine Altersvorsorgung verwendet wird. Im Übrigen kann sich eine Verpflichtung zur Einrichtung einer betrieblichen Altersversorgung aus Tarifvertrag ergeben.

Durchführungsformen der betrieblichen Altersversorgung sind die unmittelbare Versorgungszusage, die Direktversicherung, die Pensionskasse und die Unterstützungskasse. Diese Durchführungsformen unterscheiden sich im Versorgungsträger (Arbeitgeber selbst bzw. rechtlich selbständige Einrichtung). Weitere Unterschiede bestehen in der Finanzierung und in der steuerlichen Behandlung.

Mit der Versorgungszusage entsteht zunächst eine Versorgungsanwartschaft (Versorgungsaussicht bei der Unterstützungskasse). Im Versorgungsfall (Alter, Invalidität, Tod) besteht ein Versorgungsanspruch (bzw. Versorgungsrecht gemäß Leistungsplan der Unterstützungskasse), wenn in der Versorgungszusage vorgesehene Voraussetzungen (z. B. Ablauf einer Wartezeit) erfüllt sind.

Die Anwartschaften auf betriebliche Altersversorgung sind unverfallbar, wenn der Arbeitnehmer beim Ausscheiden aus dem Arbeitsverhältnis mindestens 30 Jahre als ist und entweder die Versorgungszusage mindestens 5 Jahre bestanden hat oder er sie wegen einer Vorruhestandsregelung nicht erreicht (§§ 2 f. BetrAVG).

Der Arbeitgeber hat alle drei Jahre die laufenden Leistungen darauf zu prüfen, ob diese anzupassen sind (§ 16 BetrAVG).

Die Leistungen der betrieblichen Altersversorgung unterliegen einem Auszehrungsverbot (§ 5 BetrAVG). Sie dürfen nicht durch die Anpassung oder Anrechnung anderer Versorgungsleistungen gemindert oder entzogen werden.

Bei Zahlungsunfähigkeit des Arbeitgebers besteht Insolvenzschutz durch den Pensionssicherungsverein (§§ 7 ff., 14 BetrAVG).

Die Versorgungszusage erlischt, wenn der Arbeitgeber sie berechtigterweise widerruft oder aus wichtigem Grund außerordentlich kündigt.

623 | Beendigung des Arbeitsverhältnisses

Da das Arbeitsverhältnis auf Dauer angelegt ist, bedarf es zu seiner Beendigung eines Beendigungstatbestandes:

Beendigungsgründe	Keine Beendigungsgründe
• Kündigung (ordentliche und außerordentliche) • Fristablauf, Bedingungseintritt • Aufhebungsvertrag • Anfechtung, Geltendmachung der Nichtigkeit eines Arbeitsvertrages • Entscheidung des Arbeitsgerichts • Tod des Arbeitnehmers	• Tod des Arbeitgebers (Ausnahme: Pflege des Arbeitgebers • Insolvenz des Arbeitgebers (§ 113 InsO) • Erreichen der Altersgrenze • Verlegung des Betriebssitzes • Betriebsübergang (§ 613 a BGB) • Einberufung zum Grundwehr- oder Zivildienst • Arbeitskampf • Berufs- oder Erwerbsunfähigkeit

624 | Kündigung

Die Kündigung des Arbeitsverhältnisses kann vom Arbeitgeber oder vom Arbeitnehmer ausgesprochen werden. Sie kann ordentlich unter Einhaltung einer Kündigungsfrist, außerordentlich aus wichtigem

Grund oder als Änderungskündigung erfolgen. Eine Teilkündigung ist unwirksam.

625 | Ordentliche Kündigung

a) Kündigungserklärung

Die Kündigungserklärung ist eine einseitige **Willenserklärung**.

Sie muss **hinreichend bestimmt** sein. Aus ihr muss sich zumindest durch Auslegung entnehmen lassen, dass das Arbeitsverhältnis nach Ablauf der Kündigungsfrist beendet werden soll. Die Verwendung des Begriffes Kündigung ist dabei nicht zwingend erforderlich. Von einer Bedingung darf die Kündigung nur abhängig gemacht werden, wenn der Eintritt oder das Ausbleiben der Bedingung allein vom Gekündigten herbeigeführt werden kann (z.B. Annahme eines geänderten Arbeitsvertrages).

Die Kündigung kann auch durch einen **Stellvertreter** ausgesprochen werden.

Der Kündigung ist in diesem Falle eine Vollmachtsurkunde beizufügen. Ist diese nicht beigefügt, kann sie unverzüglich – i.d.R. innerhalb einer Woche – zurückgewiesen werden und ist unwirksam (§ 174 Satz 1 BGB). Die Zurückweisung ist nicht möglich, wenn der Gekündigte von der Bevollmächtigung Kenntnis hatte (§ 174 Satz 2 BGB). Diese Kenntnis kann sich entweder aus einer ausdrücklichen Mitteilung oder aus den Umständen (z.B. Personalchef) ergeben. Hat der Stellvertreter keine Vertretungsmacht, ist die Kündigung unwirksam (§ 180 BGB).

Die Kündigung muss **schriftlich** erklärt werden (§ 623 BGB).

Dies gilt sowohl für die Kündigung des Arbeitnehmers als auch jene des Arbeitgebers und ist unabhängig von der Art der Kündigung. Um der Schriftform zu genügen, muss der Kündigende die Kündigung schriftlich verfassen und eigenhändig unterzeichnen (§ 126 BGB). Eine Kündigung durch Telefax oder durch E-Mail ist unwirksam. Eine Kündigung, die der Schriftform nicht genügt, ist nichtig (§ 125 Satz 1 BGB).

Eine **Begründung** muss die Kündigungserklärung grundsätzlich nicht enthalten.

Der Arbeitnehmer hat aber das Recht, die Kündigungsgründe auf Verlangen zu erfahren (§ 626 Abs. 2 Satz 2 BGB analog, § 1 Abs. 3 Satz 1 KSchG). Eine Begründung ist erforderlich, wenn sich dies aus dem Arbeitsvertrag oder einem Kollektivvertrag ergibt, sowie bei Kündigung eines Berufsausbildungsverhältnisses (§ 22 Abs. 3 BBiG) und bei der Kündigung einer Schwangeren (§ 9 Abs. 3 Satz 2 MuSchG).

Die Kündigung wird mit ihrem **Zugang** beim Gekündigten wirksam (§ 130 Abs. 1 BGB).

Der Zugang der Kündigung ist maßgeblich für die Berechnung der Kündigungsfrist und der Klagefrist. Zugegangen ist die Kündigungserklärung, wenn sie so in den Machtbereich des Gekündigten gelangt ist (Einwurf in den Briefkasten, Übergabe an Empfangsboten), dass der Empfänger diese unter normalen Umständen zur Kenntnis nehmen kann. Die fristgemäße Absendung der Kündigungserklärung ist nicht ausreichend.

Die Kündigung geht auch dann zu, wenn der Arbeitnehmer im Urlaub ist (BAG NZA 1988, 875 [876]). Versäumt der Arbeitnehmer wegen des Urlaubs die Klagefrist, kann seine Kündigungsschutzklage (§ 4 KSchG) auf Antrag nachträglich zugelassen werden (§ 5 KSchG). Wird das Arbeitsverhältnis per Einschreiben gekündigt und trifft der Postzusteller den Kündigungsempfänger nicht an, geht das Kündigungsschreiben nicht bereits in dem Zeitpunkt zu, in dem der Empfänger benachrichtigt wird, dass das Einschreiben bei der Post abgeholt werden kann (BAG NZA 1996, 1227 [1228]). Zugegangen ist die Kündigung in diesem Fall erst dann, wenn das Kündigungsschreiben in Empfang genommen wurde. Etwas anderes gilt nur bei treuewidriger Vereitelung des Zugangs der Kündigung.

Nach dem Zugang der Kündigung kann diese **nicht** mehr **zurückgenommen** werden (BAG NZA 2004, 1346 [1348]).

Der Kündigende kann in diesem Fall ein neues Vertragsangebot unterbreiten, das der andere Teil entweder annehmen oder ablehnen kann. Keine Annahmeerklärung ist insbesondere die Rücknahme der Kündigungsschutzklage durch den Arbeitnehmer.

b) Nichtigkeit der Kündigung

Die Kündigung ist unwirksam, wenn einer der allgemeinen **Nichtigkeitsgründe** vorliegt ➢ s. Nr. 608 c).

Sie ist z. B. nichtig, wenn sie von einem Minderjährigen ohne – vorherige – Einwilligung des gesetzlichen Vertreters (§ 111 BGB) oder wegen Verstoßes gegen die guten Sitten (§ 138 BGB) ausgesprochen wird.

c) Anhörung des Betriebsrats

Vor der Kündigung muss der Arbeitgeber den Betriebsrat anhören (§ 102 Abs. 1 BetrVG).

Dies gilt nicht für die Kündigung eines leitenden Angestellten (§ 105 Abs. 3 BetrVG). Bei diesem muss die Kündigung dem Betriebsrat lediglich mitgeteilt werden (§ 105 BetrVG). Anzuhören ist bei einer Kündigung aber der Sprecherausschuss, soweit ein solcher besteht (§ 31 Abs. 2 Satz 3 SprAuG). Unterbleibt dies, ist die Kündigung des leitenden Angestellten unwirksam.

Die Verpflichtung zur vorherigen Anhörung des Betriebsrats besteht nur bei ordentlichen, außerordentlichen und Änderungs-Kündigungen, dagegen nicht beim Auslaufen eines befristeten oder eines bedingten Arbeitsverhältnisses, beim Abschluss eines Aufhebungsvertrages sowie bei der Anfechtung des Arbeitsverhältnisses.

In dem Anhörungsverfahren hat der Arbeitgeber den Betriebsrat über die betroffene Person des Arbeitnehmers, die Art und den Zeitpunkt der Kündigung und die Kündigungsgründe zu informieren.

Insbesondere über die Kündigungsgründe muss der Arbeitgeber den Betriebsrat so umfassend informieren, dass dieser selbst keine Nachforschungen anstellen muss. Gründe, die dem Arbeitgeber bei Anhörung des Betriebsrats bekannt waren, die er aber diesem nicht mitgeteilt hat, kann er im Kündigungsschutzprozess nicht nachschieben (BAG AP Nr. 39 zu § 102 BetrVG).

Die Anhörung kann sowohl schriftlich als auch mündlich erfolgen. Die maßgeblichen Mitteilungen muss der Vorsitzende des Betriebsrats und im Falle seiner Verhinderung sein Stellvertreter entgegennehmen.

Der Betriebsrat hat eine Woche Zeit, zur Kündigung Stellung zu nehmen. Vor Ablauf dieser Frist darf der Arbeitgeber die Kündigung grundsätzlich nicht aussprechen.

Hat der Betriebsrat Bedenken gegen die ordentliche Kündigung, muss er diese dem Arbeitgeber schriftlich mitteilen. Der Kündigung widersprechen kann der Betriebsrat, wenn einer der Gründe des § 102 Abs. 3 BetrVG vorliegt.

Auf die Wirksamkeit der Kündigung hat dieser Widerspruch keine Auswirkung. Hat der Betriebsrat form- und fristgerecht aus einem der Gründe des § 102 Abs. 3 BetrVG widersprochen und erhebt der Arbeitnehmer Kündigungsschutzklage, so ist dieser auf Antrag während des Kündigungsschutzprozesses weiterzubeschäftigen (§ 102 Abs. 5 BetrVG).

Schweigt der Betriebsrat, so wird dieses als Zustimmung zur Kündigung gewertet (§ 102 Abs. 2 Satz 2 BetrVG).

d) Ausschluss der ordentlichen Kündigung

Eine ordentliche **Kündigung** ist nicht möglich, wenn sie durch Gesetz, Tarifvertrag oder Arbeitsvertrag **ausgeschlossen** ist.

So ist z. B. bei einem befristeten Arbeitsvertrag die ordentliche Kündigung grundsätzlich ausgeschlossen. Etwas anderes gilt nur, wenn die Möglichkeit einer ordentlichen Kündigung vereinbart wurde (§ 15 Abs. 3 TzBfG).

e) Kündigungsfrist

Bei einer ordentlichen Kündigung muss die **Kündigungsfrist** beachtet werden.

Diese kann sich aus Gesetz (§ 622 Abs. 1, 2 BGB), Tarifvertrag (§ 622 Abs. 4 BGB) oder Arbeitsvertrag (§ 622 Abs. 5, 6 BGB) ergeben.

Die gesetzliche Grundkündigungsfrist beträgt vier Wochen zum 15. oder zum Ende des Kalendermonats (§ 622 Abs. 1 BGB). Bei der Kündigung durch den Arbeitgeber verlängert sich die Kündigungsfrist in Abhängigkeit von der Dauer der Betriebszugehörigkeit des Arbeitnehmers (§ 622 Abs. 2 BGB). Hierbei werden nur Zeiten berücksichtigt, die nach der Vollendung des 25. Lebensjahres zurückgelegt wurden.

Von der gesetzlichen Kündigungsfrist kann durch Tarifvertrag zu Gunsten und zu Ungunsten des Arbeitnehmers abgewichen werden (§ 622 Abs. 4 BGB). Die Tarifvertragsparteien können sogar vereinbaren, dass eine ordentliche Kündigung ohne Einhaltung einer Frist möglich ist.

Die Arbeitsvertragsparteien können längere Kündigungsfristen als die gesetzlichen vereinbaren (§ 622 Abs. 5 Satz 3 BGB). Eine Verkürzung der Kündigungsfristen ist dagegen nur zulässig, wenn

- der Arbeitnehmer nur zur vorübergehenden Aushilfe bis zu höchstens drei Monaten eingestellt ist
- der Arbeitnehmer in einem Kleinbetrieb mit nicht mehr als 20 Beschäftigten eingestellt ist.
- einzelvertraglich Bezug auf einem Tarifvertrag mit kürzerer Kündigungsfrist genommen wird.

Eine kürzere Kündigungsfrist von 2 Wochen gilt ferner, wenn die Parteien eine Probezeit (von maximal sechs Monaten) vereinbart haben (§ 622 Abs. 3 BGB).

Für die Kündigung des Arbeitsverhältnisses durch den Arbeitnehmer darf einzelvertraglich keine längere Frist vereinbart werden als für die Kündigung durch den Arbeitgeber (§ 622 Abs. 6 BGB). Dies gilt auch in den Fällen, in denen die Kündigung des Arbeitnehmers in anderer Weise erschwert wird, z. B. durch den Verlust einer Kaution oder durch die Verpflichtung zur Zahlung einer Vertragsstrafe. Diese Klauseln sind nach der Rechtsprechung nichtig.

Für **schwerbehinderte Menschen** gelten besondere Kündigungsfristen.

f) Kündigungsschutz

Der Kündigungsschutz soll Arbeitnehmer gegen ungerechtfertigte Kündigungen schützen. Zu unterscheiden sind der allgemeine Kündigungsschutz nach dem KSchG und der besondere Kündigungsschutz für bestimmte Arbeitnehmer (z. B. für Betriebsräte, behinderte Arbeitnehmer, Schwangere).

Der **allgemeine Kündigungsschutz** ist bei ordentlichen Kündigungen von Arbeitnehmern, die länger als sechs Monate im selben Betrieb oder Unternehmen beschäftigt sind, zu beachten (§ 1 Abs. 1 KSchG).

Die sechsmonatige Wartezeit beginnt mit dem rechtlichen Beginn des Arbeitsverhältnisses; dies ist der Tag des Vertragsbeginns (BAG NZA 2003, 377 [378]). Nicht maßgeblich ist der Tag des Vertragsschlusses bzw. der Tag der tatsächlichen Arbeitsaufnahme. Unerheblich ist, wenn der Arbeitnehmer am ersten Tag der Arbeitsaufnahme krank ist. Unterbrechungen der Arbeit, die ohne Auswirkungen auf den Bestand des Arbeitsverhältnisses sind (Urlaub, Krankheit), wirken sich auf den Fristlauf nicht aus. Eine rechtliche Unterbrechung, also die Beendigung und spätere Neubegründung des Arbeitsverhältnisses, setzen demgegenüber den Fristlauf erneut in Gang (BAG NZA 2004, 1240). Etwas anderes gilt nur, wenn die Arbeitsverhältnisse in engem sachlichen Zusammenhang stehen (BAG NZA 1999, 481). Bei einem unmittelbar vorausgehenden Ausbildungsverhältnis ist die Zeit der Berufsausbildung auf die Wartezeit anzurechnen (BAG NZA 2000, 720).

Das KSchG gilt nicht in Betrieben, in denen i. d. R. 10 oder weniger Arbeitnehmer beschäftigt werden (§ 23 Abs. 1 Satz 3 KSchG).

Nicht als Arbeitnehmer mitgerechnet werden die Auszubildenden. Teilzeitarbeitnehmer werden anteilig gerechnet, bei einer wöchentlichen Arbeitszeit bis zu 20 Stunden mit 0,5, bis zu 30 Stunden mit 0,75 und mit einer darüberliegenden Arbeitszeit mit 1,0.

In Betrieben mit weniger Arbeitnehmern darf die Kündigung nach der Rspr. des BVerfG und des BAG nicht sozialwidrig sein (BVerfG NZA 1998, 469; BAG NZA 2001, 883).

Eine Kündigung in dem KSchG unterfallenden Betrieben ist unwirksam, wenn sie **sozial ungerechtfertigt** ist (§ 1 Abs. 1 KSchG). Dabei unterscheidet das KSchG absolute und relative Gründe der Sozialwidrigkeit.

Absolut sozial ungerechtfertigt ist die ordentliche Kündigung, wenn sie gegen eine Auswahlrichtlinie gem. § 95 BetrVG verstößt, der Arbeitnehmer an einen anderen Arbeitsplatz im selben Betrieb oder in einem anderen Betrieb des Unternehmens weiterbeschäftigt werden kann, die Weiterbeschäftigung des Arbeitnehmers nach einer zumutbaren Umschulung oder Fortbildungsmaßnahme oder eine Weiterbeschäftigung des Arbeitnehmers unter veränderten Vertragsbedingungen möglich ist und der Arbeitnehmer sein Einverständnis hiermit erklärt hat und der Betriebsrat aus einem dieser Gründe form- und fristgerecht gem. § 102 Abs. 3 BetrVG widersprochen hat (§ 1 Abs. 2 Satz 2 und 3 KSchG).

Relativ sozialwidrig ist die Kündigung, wenn weder Gründe in der Person des Arbeitnehmers noch in dessen Verhalten noch dringende betriebliche Erfordernisse vorliegen (§ 1 Abs. 2 KSchG).

Bei einer Kündigung aus einem der genannten Gründe müssen das Prognoseprinzip, das ultima-ratio-Prinzip und das Prinzip der Interessenabwägung beachtet werden.

- Das ultima-ratio-Prinzip besagt, dass die Kündigung das letzte zur Verfügung stehende Mittel sein muss. Stehen mildere Mittel zur Verfügung – z. B. die Ver-

setzung des Arbeitnehmers, die Veränderung der Vertragsbedingungen, die Umschulung des Arbeitnehmers sowie die Abmahnung bei einer verhaltensbedingten Kündigung, scheidet eine Kündigung aus. Aus dem ultima-ratio-Prinzip folgt weiter, dass die Kündigung geeignet sein muss. Dies ist sie nur, wenn auch in Zukunft mit Störungen zu rechnen ist. Schließlich muss die Kündigung erforderlich sein. Stehen dem Arbeitgeber mildere Mittel zur Verfügung, sind diese anzuwenden.
- Bei der Interessenabwägung sind die Interessen des Arbeitgebers und jene des Arbeitnehmers einzubeziehen.

Aus **personenbedingten Gründen** kann das Arbeitsverhältnis gekündigt werden, wenn der Arbeitnehmer nicht über die erforderliche Eignung oder Fähigkeit verfügt, die geschuldete Arbeitsleistung zu erbringen. Hauptanwendungsfall ist die krankheitsbedingte Kündigung. Ferner kommt eine personenbedingte Kündigung in Betracht, wenn die Arbeitsleistung altersbedingt nachlässt oder wenn der Arbeitnehmer die Tätigkeit aus rechtlichen Gründen (z. B. fehlende Arbeitserlaubnis) nicht ausüben darf. Die personenbedingte Kündigung setzt folgendes voraus

1. Vorliegen eines Grundes, der den Arbeitnehmer an der Erbringung der geschuldeten Arbeitsleistung hindert,
2. eine negative Zukunftsprognose, also dass zu erwarten ist, dass die Beeinträchtigung nicht behoben werden kann,
3. das Fehlen milderer Mittel und
4. ein überwiegendes Interesse des Arbeitgebers an der Beendigung des Arbeitsverhältnisses. Hierbei sind u. a. die Ursache der Störung, das Alter des Arbeitnehmers, die Dauer der Betriebszugehörigkeit, die Unterhaltspflichten und zumutbare Überbrückungsmaßnahmen zu beachten.

Hauptanwendungsfall der personenbedingten Kündigung ist die Kündigung wegen Krankheit. Eine Kündigung wegen Krankheit kommt sowohl bei einer lang andauernden Krankheit als auch bei häufigen Kurzerkrankungen in Betracht. Eine Kündigung wegen Krankheit ist nach der Rspr. des BAG zulässig, wenn folgende Anforderungen erfüllt sind:

Es muss eine negative Gesundheitsprognose vorliegen. Nach der Rspr. erfordert dies bei häufigen Erkrankungen, dass im Zeitpunkt der Kündigung Tatsachen vorliegen, die weitere Erkrankungen im bisherigen Umfang erwarten lassen. Bei einer lang andauernden Erkrankung (2 Jahre; BAG NZA 2003, 1081 [1083]) ist erforderlich, dass der Arbeitnehmer im Zeitpunkt des Zugangs der Kündigung erkrankt ist und damit zu rechnen ist, dass dieser Zustand noch längere Zeit andauert. Weiter muss die Krankheit zu erheblichen Beeinträchtigungen betrieblicher Interessen geführt haben. Betriebliche Interessen i. d. S. können z. B. Störungen des Betriebsablaufs, Überlastung des verbliebenen Personals, Abzug von Arbeitnehmern aus anderen Abteilungen, aber auch hohe Entgeltfortzahlungskosten sein, wobei eine Entgeltfortzahlung bis sechs Wochen nicht zu berücksichtigen ist. Weiter muss sich aus der Abwägung der Interessen des Arbeitnehmers mit jenen des Arbeitgebers ergeben, dass der Arbeitgeber durch die betrieblichen Beeinträchtigungen unzumutbar belastet wird. Zu Gunsten des Arbeitnehmers ist hierbei z. B. zu berücksichtigen, wenn die Fehlzeiten auf betriebliche Ursachen zurückzuführen sind, das Alter und der Familienstand, eine Schwerbehinderung des Arbeitnehmers sowie die Aussichten des Arbeitnehmers auf dem Arbeitsmarkt. Zu Gunsten des Arbeitgebers können außergewöhnliche Entgeltfortzahlungskosten (BAG NZA 1991, 185 [188]), Unmöglichkeit/Unzumutbarkeit von Überbrückungsmaßnahmen berücksichtigt werden.

Bei einer **verhaltensbedingten Kündigung** wird das Arbeitsverhältnis wegen der Verletzung von Haupt- oder Nebenpflichten im Arbeitsverhältnis gekündigt. Voraussetzung der verhaltensbedingten Kündigung ist i. d. R. Verschulden des Arbeitnehmers (BAG NJW 1961, 1021 [1022]). Nur ausnahmsweise kann schuldloses Verhalten ausreichen. Wie bei der personenbedingten Kündigung ist bei der verhaltensbedingten eine negative Zukunftsprognose erforderlich. Ist nicht mit weiteren Beeinträchtigungen zu rechnen, darf das Arbeitsverhältnis nicht verhaltensbedingt gekündigt werden.

Aus dem ultima-ratio-Prinzip folgt, dass bei der verhaltensbedingten Kündigung i.d.R. eine Abmahnung vorausgehen muss. In der Abmahnung muss der Arbeitgeber konkret umschreiben, welches Verhalten des Arbeitnehmers er rügt, weiter muss er ausdrücklich darlegen, dass es sich hierbei um eine Pflichtverletzung handelt, zusätzlich muss er den Arbeitnehmer zu vertragstreuem Verhalten in der Zukunft auffordern und schließlich muss er für den Wiederholungsfall eindeutig arbeitsrechtliche Konsequenzen androhen. Keine Abmahnung ist erforderlich, wenn es sich um besonders schwere Vertragsverletzungen handelt, bei denen der Arbeitnehmer wissen muss, dass diese zur Kündigung führen werden (BAG NZA 1999, 1270 [1272]; BAG NZA 2000, 1282 [1285]) oder wenn trotz Abmahnung kein Vertrauensverhältnis zwischen Arbeitnehmer und Arbeitgeber hergestellt werden kann.

Weitere Voraussetzung der verhaltensbedingten Kündigung ist, dass der Arbeitnehmer auf einem anderen Arbeitsplatz nicht weiterbeschäftigt werden kann und eine Interessenabwägung ergibt, dass die weitere Beschäftigung des Arbeitnehmers dem Arbeitgeber unzumutbar ist. Die Anforderungen an diese Interessenabwägung sind jedoch geringer als bei der personenbedingten Kündigung.

Gründe einer **betriebsbedingten Kündigung** können Rationalisierungsmaßnahmen, Umstellung oder Einstellung der Produktion, Auftragsmangel, Umsatzrückgang, ausbleibender Gewinn, Unrentabilität sein. Die sich hieraus ergebende unternehmerische Entscheidung ist nur in engen Grenzen gerichtlich überprüfbar, weil sie von der unternehmerischen Handlungsfreiheit und der Eigentumsfreiheit rechtlich geschützt ist (Art. 12, 14 GG). Die gerichtliche Kontrolle ist darauf beschränkt zu überprüfen, ob die unternehmerische Entscheidung offenbar unsachlich, unvernünftig oder willkürlich erscheint (BAG NZA 2003, 549 [551]). Die unternehmerische Entscheidung darf nicht gegen zwingendes Recht (Gesetz, Tarifvertrag, Unfallverhütungsvorschriften) verstoßen. Hat sich der Arbeitgeber etwa tarifvertraglich verpflichtet, keine betriebsbedingten Kündigungen auszusprechen, so sind betriebsbedingte Kündigungen rechtswidrig. Überprüft werden darf durch die Gerichte ferner, ob die betriebsbedingten Gründe tatsächlich vorliegen sowie ob die betriebsbedingten Gründe einen Überhang an Arbeitskräften im Betrieb zur Folge haben (BAG NZA 2004, 68 [12]).

Sozial nicht gerechtfertigt ist die betriebsbedingte Kündigung, wenn dem Arbeitgeber mildere Mittel zur Verfügung stehen. Mildere Mittel sind z. B. die Möglichkeit, den Arbeitnehmer weiter auf einem anderen Arbeitsplatz im Betrieb oder in einem anderen Betrieb des Unternehmens zu beschäftigen, die Änderung von Arbeitsbedingungen sowie die weitere Beschäftigung nach einer Umschulung oder Fortbildungsmaßnahme.

Bei der Auswahl der zu kündigenden Arbeitnehmer muss der Arbeitgeber soziale Gesichtspunkte beachten (§ 1 Abs. 3 KSchG). In einem ersten Schritt sind bei dieser Sozialauswahl zunächst alle vergleichbaren Arbeitnehmer zu ermitteln. Unberücksichtigt bleiben dabei Arbeitnehmer, die wegen eines Sonderkündigungsschutzes nicht gekündigt werden dürfen. In einem zweiten Schritt kann der Arbeitgeber Arbeitnehmer, an deren Weiterbeschäftigung ein besonderes betriebliches Interesse besteht, aus der Sozialauswahl ausnehmen. Betriebliche Interessen i. d. S. können besondere Kenntnisse und Fähigkeiten und Leistungen des Arbeitnehmers (Leistungsträger) und die Schaffung einer ausgewogenen Personalstruktur sein.

In einer dritten Stufe schließlich wird anhand der vier in § 1 Abs. 3 KSchG genannten Sozialdaten (Betriebszugehörigkeit, Lebensalter, Unterhaltsverpflichtungen, Schwerbehinderung) der konkret zu entlassende Arbeitnehmer ausgewählt.

Um die Nachvollziehbarkeit der Sozialauswahl zu erhöhen, kann durch Tarifvertrag oder Betriebsvereinbarung ein Punkteschema vereinbart werden, nach dem die Sozialauswahl erfolgen soll (§ 1 Abs. 4 KSchG).

Arbeitgeber und Arbeitnehmer können bei einem Interessenausgleich im Rahmen einer beabsichtigten Betriebsänderung (§ 111 BetrVG) die Arbeitnehmer, die der Arbeitgeber kündigen darf, namentlich bezeichnen. Folge ist, dass in diesem Fall der Arbeitnehmer das Nichtvorliegen betriebsbedingter Gründe nachweisen muss (§ 1 Abs. 5 KSchG).

Bei betriebsbedingten Kündigungen hat ein Arbeitnehmer Anspruch auf eine Abfindung, wenn der Arbeitgeber hierauf in der Kündigung hinweist und der Arbeitnehmer nicht innerhalb der Klagefrist des § 4 KSchG Kündigungsschutzklage erhebt (§ 1 a Abs. 1 KSchG). Die Höhe der Abfindung beträgt 0,5 Monatsgehälter für jedes Jahr des Arbeitsverhältnisses (§ 1 a Abs. 2 KSchG).

Unter **besonderem Kündigungsschutz** stehen Schwangere und junge Mütter, Eltern in Elternzeit, schwerbehinderte Menschen und die betriebsverfassungsrechtlichen Funktionsträger.

Die ordentliche Kündigung von Arbeitnehmerinnen ist während der **Schwangerschaft** und während der ersten vier Monate nach der Entbindung unzulässig, wenn dem Arbeitgeber die Schwangerschaft im Zeitpunkt der Kündigung bekannt war oder ihm innerhalb von 2 Wochen nach der Kündigung mitgeteilt wird (§ 9 Abs. 1 KSchG). Die Kündigung ist ausnahmsweise zulässig, wenn die für den Arbeitsschutz zuständige oberste Landesbehörde zugestimmt hat (§ 9 Abs. 2 KSchG).

Die ordentliche Kündigung von Eltern in **Elternzeit** ist ab dem Zeitpunkt, ab dem sie die Elternzeit verlangt haben, höchstens jedoch während der letzten acht Wochen vor Beginn der Elternzeit, bis zum Ende der Elternzeit unzulässig (§ 18 BErzGG). Die Kündigung ist ausnahmsweise zulässig, wenn die für den Arbeitsschutz zuständige oberste Landesbehörde zugestimmt hat.

Schwerbehinderte Menschen, die länger als sechs Monate beschäftigt sind, dürfen nur mit Zustimmung des Integrationsamtes gekündigt werden (§§ 85 ff. SGB IX).

Mitglieder des Betriebsrats, der Personalvertretung und der Jugendlichen- und Auszubildendenvertretung dürfen während ihrer Amtszeit und des ersten Jahres nach Beendigung der Amtszeit nicht ordentlich gekündigt werden (§ 15 Abs. 1 KSchG).

Mitglieder des Wahlvorstands einer Betriebsratswahl dürfen von ihrer Bestellung an und während der ersten sechs Monate nach der Bekanntgabe des Wahlergebnisses nicht ordentlich gekündigt werden (§ 15 Abs. 3 KSchG).

626 | Außerordentliche Kündigung

Die außerordentliche Kündigung wird ohne Einhaltung einer Kündigungsfrist aus wichtigem Grund i. d. R. fristlos ausgesprochen (§ 626 BGB).

Wie bei der ordentlichen Kündigung muss die Kündigung ordnungsgemäß erklärt werden und es dürfen keine Nichtigkeitsgründe vorliegen. Insoweit gelten die obigen Ausführungen entsprechend. Abweichungen bestehen nur insoweit, als sich aus der Kündigungserklärung ergeben muss, dass die Kündigung ohne Einhaltung der ordentlichen Kündigungsfrist erfolgt. Vor der ordentlichen Kündigung muss der Betriebsrat angehört werden.

Ein wichtiger Grund liegt vor, wenn objektiv Tatsachen vorliegen, die einen solchen begründen können, und die subjektiv das Abwarten bis zum Auslaufen eines befristeten Arbeitsverhältnisses oder der ordentlichen Kündigung unzumutbar machen.

Wichtige Gründe können in der Person des Arbeitnehmers (dauernde oder lang anhaltende Arbeitsunfähigkeit), seinem Verhalten (Arbeitsverweigerung, Arbeitsvertragsbruch, strafbares Verhalten im Zusammenhang mit dem Arbeitsverhältnis, Verstoß gegen Wettbewerbsverbote, aber auch wiederholte kleinere Pflichtverstöße), oder in betrieblichen Gründen (Betriebsstilllegung) liegen. Ausnahmsweise kann der Verdacht einer strafbaren Handlung ausreichen, wenn der Arbeitgeber alle Möglichkeiten zur Aufklärung genutzt und dem Arbeitnehmer Gelegenheit zur Stellungnahme gegeben hat (BAG AP Nr. 27 zu § 626 BGB).

Die außerordentliche Kündigung muss innerhalb von 2 Wochen ab Kenntnis des wichtigen Grundes ausgesprochen werden (§ 626 Abs. 2 BGB).

Nach Ablauf dieser Frist ist eine außerordentliche Kündigung ausgeschlossen. Bei der Verdachtskündigung beginnt diese Frist erst nach Abschluss der Sachverhaltsaufklärung zu laufen.

627 | Änderungskündigung

Die Änderungskündigung ist eine Kündigung des Arbeitsverhältnisses mit dem Angebot zur Fortsetzung des Arbeitsverhältnisses mit veränderten Arbeitsbedingungen (§ 2 KSchG).

Die Änderungskündigung führt zur Beendigung des Arbeitsverhältnisses, wenn der Arbeitnehmer die veränderten Arbeitsbedingungen nicht annimmt. Akzeptiert er diese, wird das Arbeitsverhältnis zu veränderten Bedingungen fortgeführt.

Der Arbeitnehmer kann die Änderungskündigung unter Vorbehalt annehmen und auf ihre soziale Rechtfertigung gerichtlich überprüfen lassen (§ 2 KSchG).

Sozial gerechtfertigt ist sie, wenn dringende betriebliche Erfordernisse die Änderung erforderlich machen und der Arbeitgeber die Änderungskündigung auf das vom Arbeitnehmer billigerweise hinzunehmende beschränkt (BAG AP Nr. 28 zu § 2 KSchG). Ist die Klage erfolgreich, werden rückwirkend die alten Arbeitsbedingungen wiederhergestellt. Ist sie ohne Erfolg, werden die Arbeitsbedingungen endgültig verändert.

628 | Gerichtliche Geltendmachung der Kündigung

Die Unwirksamkeit der Kündigung muss innerhalb von drei Wochen nach Zugang der schriftlichen Kündigung vor dem Arbeitsgericht geltend gemacht werden. Dies gilt für die ordentliche, die außerordentliche, die Kündigung in einem dem Kündigungsschutzgesetz nicht unterliegenden Kleinbetrieb sowie die Kündigung von noch nicht sechs Monate beschäftigten Arbeitnehmern.

Die Kündigungsschutzklage ist auf die Feststellung, dass das Arbeitsverhältnis durch die Kündigung nicht aufgelöst wurde, zu richten.

Bei mehreren Kündigungen ist bei jeder diese Feststellung erforderlich (BAG AP Nr. 28 zu § 4 KSchG).

Erhebt der Arbeitnehmer nicht fristgerecht die Kündigungsschutzklage, gilt die Kündigung als von Anfang an wirksam (§ 7 KSchG).

Dies gilt nur für eine wegen Verstoßes gegen das Schriftformerfordernis unwirksame Kündigung nicht.

629 | Aufhebungsvertrag

Ein Aufhebungsvertrag ist ein Vertrag zwischen Arbeitgeber und Arbeitnehmer über die Beendigung des Arbeitsverhältnisses.

Der Aufhebungsvertrag muss schriftlich geschlossen werden (§ 623 BGB).

In anderer Form geschlossene Aufhebungsverträge sind nichtig (§ 125 BGB).

Der Abschluss eines Aufhebungsvertrages kann sowohl für Arbeitnehmer als auch Arbeitgeber im Arbeitsförderungsrecht nachteilig sein.

Der Aufhebungsvertrag kann nur widerrufen werden, wenn ein Widerrufsvorbehalt vereinbart wurde. Ein Widerruf nach § 312 BGB ist dagegen nicht möglich.

630 | Folgen der Beendigung des Arbeitsverhältnisses

Die Beendigung des Arbeitsverhältnisses begründet Pflichten sowohl des Arbeitgebers als auch des Arbeitnehmers.

Der **Arbeitgeber** wird durch die Beendigung des Arbeitsverhältnisses zur Erstellung eines Arbeitszeugnisses, der Herausgabe der Arbeitspapiere, der Information des Arbeitnehmers über bestimmte Pflichten und zur Freistellung des Arbeitnehmers zur Stellensuche (§ 630 BGB) verpflichtet.

Das **Arbeitszeugnis** ist bei Beendigung des Arbeitsverhältnisses zu erstellen (§§ 109 GewO, 630 BGB). Da der Arbeitnehmer das Arbeitszeugnis für Bewerbungen benötigt, muss der Arbeitgeber das Arbeitszeugnis bereits mit der Kündigung aushändigen. Ein Zwischenzeugnis ist dem Arbeitnehmer nur zu erteilen, wenn er an einem solchen ein berechtigtes Interesse hat.

Das Arbeitszeugnis muss schriftlich erteilt werden. Die Verwendung der elektronischen Form ist nicht zulässig. Es enthält Angaben über Art und Dauer des Arbeitsverhältnisses (sog. einfaches Zeugnis). Auf Verlangen des Arbeitnehmers muss es außerdem Angaben über die Leistung und Führung des Arbeitnehmers enthalten (sog. qualifiziertes Zeugnis).

Das Arbeitszeugnis muss in gehöriger Form erteilt werden. Es muss klar und verständlich verfasst sein (§ 109 Abs. 2 GewO). Entspricht das Arbeitszeugnis nicht dieser Anforderung oder ist es inhaltlich falsch, kann der Arbeitnehmer seine Berichtigung verlangen.

631 | Arbeitsschutz

Der Arbeitgeber ist zum Schutz von Leben, Gesundheit und Sittlichkeit der Arbeitnehmer verpflichtet. Zu unterscheiden ist der allgemeine Arbeitsschutz, der für alle Arbeitnehmer gilt, und der besondere Arbeitsschutz, der nur für bestimmte Personengruppen gilt.

a) Allgemeiner Arbeitsschutz

Der allgemeine Arbeitsschutz ist u.a. im ArbSchG niedergelegt. Mit dem ArbSchG sollen die Sicherheit und der Gesundheitsschutz der Beschäftigten bei der Arbeit sichergestellt und verbessert werden. Es gilt für alle Beschäftigten außer jenen in Privathaushalten und auf Seeschiffen.

Der Arbeitgeber ist verpflichtet, die erforderlichen Maßnahmen des Arbeitsschutzes zu treffen, diese auf ihre Wirksamkeit zu überprüfen und sie ggfs. anzupassen. Die Arbeit muss er so gestalten, dass eine Gefährdung für Leben und Gesundheit möglichst vermieden und die verbleibende Gefährdung möglichst gering gehalten wird (§§ 3, 4 ArbSchG). Er muss seine Beschäftigten über die Sicherheit und den Arbeitsschutz ausreichend und angemessen unterweisen (§ 12 ArbSchG).

Die Einhaltung des Arbeitsschutzes wird von den Gewerbeaufsichtsämtern überwacht (§§ 21 ff. ArbSchG).

Vorschriften zum allgemeinen Arbeitsschutz finden sich weiter u. a. im ArbZG ➢ s. Nr. 612, in der ArbeitsstättenVO, in der Bildschirmarbeits-VO u. a. Nach § 120a GewO sind die Gewerbeunternehmer verpflichtet, Arbeitsräume, Betriebsvorrichtungen, Maschinen und Gerätschaften so einzurichten und den Betrieb zu regeln, dass die Arbeitnehmer gegen Gefahren für Leben und Gesundheit soweit geschützt sind, als es die Natur des Betriebes gestattet. Ferner sind das Arbeitssicherheitsgesetz und das Gerätesicherheitsgesetz zu beachten.

b) Besonderer Arbeitsschutz

Für bestimmte Personengruppen besteht ein besonderer Arbeitsschutz.

Anders als früher sind Frauen mittlerweile weitestgehend Männern gleichgestellt. Besonderheiten ergeben sich aber weiterhin aus dem MutterschutzG.

Das MuSchG verbietet für die letzten 6 Wochen vor der Niederkunft jede Beschäftigung und während der Schwangerschaft schwere körperliche Arbeiten. Das Beschäftigungsverbot gilt auch die ersten 8 bzw. bei Früh- und Mehrlingsgeburten der ersten 12 Wochen nach der Niederkunft. Die Schwangerschaft soll dem Arbeitgeber gemeldet werden, der sie an das Gewerbeaufsichtsamt weitermelden muss. Die Schwangere erhält in dieser Zeit Mutterschaftsgeld (§ 200 RVO). Während der Schwangerschaft besteht ein besonderer Kündigungsschutz ➢ s. Nr. 625.

Kinder und **Jugendliche** unterliegen dem Jugendarbeitsschutz nach dem JArbSchG.

Die Beschäftigung von Kindern unter 15 Jahren ist grundsätzlich verboten. Ausnahmen sind für Kinder über 13 Jahren für leichte Beschäftigungen mit zeitlicher Begrenzung (2–3 Stunden täglich) sowie für Kinder über 3 bzw. 6 Jahre bei Musik- und Theateraufführungen, im Rundfunk und bei Filmaufnahmen bis täglich, 2, 3 oder 4 Stunden auf Antrag möglich (§§ 5, 6 JArbSchG). Die Arbeitszeit bei Jugendlichen (15–18 Jahre) ist auf 8 Stunden täglich und 40 Stunden wöchentlich begrenzt. In der Landwirtschaft darf sie bei über 16-jährigen 9 Stunden täglich und 85 Stunden in der Doppelwoche betragen (§ 8 JArbSchG).

Für gefährliche oder schädliche Tätigkeiten, Akkordarbeit usw. bestehen ein Beschäftigungsverbot bzw. -beschränkungen (§§ 22–24 JArbSchG).

Besonderheiten gelten ferner bei der Arbeitszeit (§§ 11–18 JArbSchG) und beim Urlaub (§ 19 JArbSchG).

Die Aufsicht über die Durchführung des Jugendarbeitsschutzgesetz führen von den Landesregierungen bestimmte Behörden (§ 51 JArbSchG). Bei der obersten Landesaufsichtsbehörde und den Aufsichtsbehörden werden Ausschüsse für Jugendarbeitsschutz gebildet, denen Vertreter der Arbeitgeber und der Arbeitnehmer, der Arbeits-, Gesundheits- und Jugendverwaltung und der für die Berufsbildung zuständigen Verwaltung sowie ein Arzt und ein Vertreter des Landesjugendrings angehören müssen (§§ 55, 56 JArbSchG). Die Ausschüsse wirken aufklärend über Sinn und Inhalt des JArbSchG und werden in Angelegenheiten von besonderer Bedeutung gehört.

Das JArbSchG gilt auch für jugendliche Bundesbeamte (§ 80a BBG) und beim Vollzug gerichtlich angeordneter Freiheitsentziehung (§ 62 JArbSchG).

Dem Jugendschutz dienen ferner das Jugendschutzgesetz und der erzieherische Kinder- und Jugendschutz ➢ s. Nr. 658.

Arbeitsschutzrechtliche Vorschriften für **schwerbehinderte Menschen** enthält das SGB IX in seinen §§ 68 ff. Die schwerbehinderten Menschen genießen einen besonderen Kündigungsschutz ➢ s. Nr. 625, und haben Anspruch auf Zusatzurlaub ➢ s. Nr. 620. Die Durchführung des Gesetzes obliegt den Integrationsämtern und der Bundesagentur für Arbeit. Es bestehen beratende Ausschüsse bei der Bundesagentur für Arbeit und jedem Integrationsamt sowie ein Beirat für die Teilhabe behinderter Menschen beim Bundesministerium (§ 64 SGB IX), ferner Integrationsfachdienste (§§ 109 ff. SGB IX) und Integrationsprojekte (§§ 132 ff. SGB IX). Die Interessen der schwerbehinderten Menschen werden in den Betrieben außer von den Betriebs(Personalräten) durch besondere Vertrauenspersonen wahrgenommen (§§ 94 ff. SGB IX).

632 | Arbeitsrechtliche Koalitionen

Die arbeitsrechtlichen Koalitionen (Gewerkschaften, Arbeitgeberverbände) haben im Arbeitsleben große Bedeutung. Sie haben maßgeblichen Einfluss auf die Arbeitsbedingungen und die Arbeits- und Wirtschaftspolitik.

Der **Begriff** der **arbeitsrechtlichen Koalition** ist zwar Anknüpfungspunkt verschiedener Rechte und Pflichten, eine gesetzliche Definition fehlt indessen. Art. 9 Abs. 3 Satz 1 GG spricht insoweit lediglich von einer „Vereinigung zur Wahrung und Förderung der Arbeits- und Wirtschaftsbedingungen“. Rechtsprechung und Literatur versteht unter einer arbeitsrechtlichen Koalition einen freiwilligen dauerhaften Zusammenschluss von Arbeitnehmern und Arbeitgebern auf privatrechtlicher Grundlage, die eine körperschaftliche Struktur aufweisen, gegnerfrei und -unabhängig sind und die Wahrung von Arbeits- und Wirtschaftsbedingungen zum Ziel haben.

Nicht erforderlich ist demgegenüber Durchsetzungsfähigkeit, Arbeitskampfbereitschaft, Tarifwilligkeit, demokratische Willensbildung und Überbetrieblichkeit. Diese sind aber Voraussetzung der Tariffähigkeit ➢ s. Nr. 633.

Die arbeitsrechtlichen Koalitionen stehen unter dem Schutz des Grundgesetzes (Art. 9 Abs. 3 GG). Zu unterscheiden ist dabei die individuelle und die kollektive Koalitionsfreiheit.

Die individuelle Koalitionsfreiheit steht jedermann zu, also sowohl Deutschen als auch Ausländern als auch Heimatlosen. Sie hat einen positiven und einen negativen Schutzbereich.

633 | Arbeits- und Sozialrecht

Die positive individuelle Koalitionsfreiheit umfasst das Recht auf Gründung einer Koalition, auf Beitritt, auf Verbleib und auf Betätigung in einer Koalition.

Die negative Koalitionsfreiheit beinhaltet demgegenüber das Recht, einer Koalition nicht beizutreten, und auf Austritt aus einer Koalition. Maßregelungen eines Arbeitnehmers, der von seiner individuellen Koalitionsfreiheit Gebrauch macht, sind rechtswidrig; so darf etwa ein Arbeitsverhältnis nicht gekündigt werden, weil der Arbeitnehmer der Gewerkschaft beitritt. Eine untertarifliche Vergütung für gewerkschaftlich nicht organisierte Arbeitnehmer ist dagegen zulässig (vgl. BAG NZA 2000, 1294 [1295 f.]).

Wenngleich dies nicht gesetzlich ausdrücklich geregelt ist, so besteht dennoch Einigkeit, dass die Koalitionsfreiheit auch die Koalitionen selbst schützt, da nur so die Koalitionsfreiheit umfassend zur Geltung kommen kann (**kollektive Koalitionsfreiheit**).

Die kollektive Koalitionsfreiheit garantiert den arbeitsrechtlichen Koalitionen ihren Bestand (sog. Bestandsgarantie). Außerdem werden den Koalitionen die freie Gründung, der Fortbestand, die innerverbandliche freie Organisation und das Recht zur Werbung garantiert. Weiter besteht das Recht auf spezifische koalitionsmäßige Betätigung. Zu dieser gehört insbesondere das Recht zum Abschluss von Tarifverträgen und zur Durchführung von Arbeitskampfmaßnahmen.

In die Koalitionsfreiheit darf nur eingegriffen werden, wenn dies zum Schutz anderer Grundrechte oder zur Verfolgung des Gemeinwohlinteresses erforderlich ist (sog. praktische Konkordanz).

Der Arbeitgeber muss z. B. die Nutzung seines Eigentums (etwa eines firmeneigenen Helms) für Werbezwecke der Koalition nur dann dulden, wenn diese ohne diese Werbemaßnahmen in ihrem Bestand gefährdet würde. Einschränkungen aufgrund des Gemeinwohlinteresses sind nur zulässig, wenn der Eingriff in die Koalitionsfreiheit verhältnismäßig ist, also ein legitimes Ziel verfolgt wird und die Einschränkung der Koalitionsfreiheit geeignet, erforderlich und angemessen ist. Des BVerfG hielt deshalb etwa Eingriffe in die Tarifautonomie durch ein Lohnabstandsgebot bei Arbeitsbeschaffungsmaßnahmen für zulässig.

633 | Tarifvertragsrecht

Der Tarifvertrag ist ein gegenseitiger schriftlicher privatrechtlicher Vertrag zwischen einem Arbeitgeber (sog. Haus- oder Firmentarifvertrag) bzw. einem oder mehreren Arbeitgeberverbänden (sog. Verbandstarifvertrag) und einer oder mehreren Gewerkschaften, in dem Rechtsnormen für das Arbeitsverhältnis festgesetzt werden (§ 1 TVG).

Sog. Lohntarifverträge beschränken sich auf die Festsetzung des Lohnes und werden i. d. R. nur für kurze Zeiträume geschlossen. Manteltarifverträge regeln demgegenüber für längere Zeit allgemeine Arbeitsbedingungen (Lohngruppenbildung, Akkord- und Zulagensystem etc.).

Für den **Abschluss des Tarifvertrags** gelten die allgemeinen vertragsrechtlichen Grundsätze. Erforderlich sind übereinstimmende Willenserklärungen tarifvertragsfähiger Parteien innerhalb von deren Tarifzuständigkeit. Diese Vereinbarung muss schriftlich getroffen werden. Nichtig ist der Tarifvertrag, wenn einer der allgemeinen Nichtigkeitsgründe vorliegt.

Nichtig ist ein Tarifvertrag insbesondere, wenn er nicht schriftlich geschlossen wurde (§ 125 Satz 1 BGB).

Bei der Ausgestaltung des Tarifvertrages müssen die Tarifvertragsparteien das Europäische Gemeinschaftsrecht, das Verfassungsrecht und einfaches Gesetzesrecht, soweit dieses nicht tarifdispositiv ist, beachten.

Tariffähig, also fähig, Partei eines Tarifvertrag sein zu können, sind nur die arbeitsrechtlichen Koalitionen, Innungen und Innungsverbände, einzelne Arbeitgeber (§ 2 Abs. 1 TVG) und Spitzenorganisationen der Koalitionen (§ 2 Abs. 2, 3 TVG). Die Tariffähigkeit der Koalitionen setzt neben der Qualifikation als Koalitionen i. S. v. Art. 9 Abs. 3 GG zusätzlich Tarifwilligkeit und soziale Mächtigkeit voraus. Nicht erforderlich ist Arbeitskampfbereitschaft.

Ein Tarifvertrag ist nur anwendbar, wenn das Arbeitsverhältnis in den Geltungsbereich des Tarifvertrages fällt.

Hierbei ist zu unterscheiden zwischen räumlicher, zeitlicher, betrieblicher und persönlicher Zuständigkeit.

Der Tarifvertrag hat einen normativen und einen schuldrechtlichen Teil. Der **normative** Teil beinhaltet Normen für die Arbeitsverhältnisse. Dabei werden Inhaltsnormen, die den Inhalt des Arbeitsverhältnisses (z.B. Arbeitsvergütung, Urlaub, Ruhegeld etc.) regeln, Abschlussnormen mit Bestimmungen zum Abschluss des Arbeitsverhältnisses (z. B. Formvorschriften, Abschlussge- und -verbote), Beendigungsnormen (z. B. Kündigungsfristen, Kündigungsschutz für ältere Arbeitnehmer), Betriebsnormen mit Regelungen zu betrieblichen Fragen (dies sind einerseits Solidarnormen, andererseits Ordnungsnormen (z. B. Torkontrolle, Rauchverbot) und betriebsverfassungsrechtliche Normen.

Der **schuldrechtliche Teil** beinhaltet arbeitsrechtliche Rechte und Pflichten der Tarifvertragsparteien. Zu diesen Pflichten gehören insbesondere die relative Friedenspflicht – d. h. die Pflicht, während der Geltung des Tarifvertrages keinen Arbeitskampf bezüglich der in diesem geregelten Gegenstände zu führen – und die Verpflichtung zur Durchführung des Tarifvertrages.

Zusätzlich können die Tarifvertragsparteien die Errichtung, Erhaltung und Benutzung gemeinsamer Einrichtungen, z. B. von Lohnausgleichs- und Urlaubskassen regeln (§ 4 Abs. 2 TVG).

Die Normen des Tarifvertrages haben **unmittelbare und zwingende Wirkung**. Sie sind unverbrüchlich.

Unmittelbare Wirkung bedeutet, dass die Normen mit dem Abschluss des Tarifvertrages für die tarifgebundenen Arbeitnehmer und Arbeitgeber gelten. Einer Umsetzung durch die Arbeitsvertragsparteien bedarf es nicht.

Aufgrund der zwingenden Wirkung des Tarifvertrages darf grundsätzlich nicht von den Normen des Tarifvertrages abgewichen werden.

Ausnahmen gelten dann, wenn die Abweichung für den Arbeitnehmer günstiger ist (§ 4 Abs. 3 TVG; sog. **Günstigkeitsprinzip**), wenn der Tarifvertrag eine Öffnungsklausel enthält (§ 4 Abs. 3 TVG), wenn er z. B. zulässt, dass der Betriebsrat mit dem Arbeitgeber auf den Produktionsprozess angepasste Arbeitszeiten vereinbart. Abweichende Vereinbarungen sind ferner zulässig, wenn der Tarifvertrag ausgelaufen ist.

Die Normen des Tarifvertrages sind **unverbrüchlich**. Dies hat zur Folge, dass von ihnen auch durch einen gerichtlichen Vergleich nur abgewichen werden darf, wenn die Tarifvertragsparteien diesen Vergleich gebilligt haben (§ 4 Abs. 4 Satz 1). Weiter können tarifliche Ansprüche nicht verwirkt werden. Ausschlussfristen für tarifliche Rechte dürfen nur durch Tarifvertrag vereinbart werden (§ 4 Abs. 4 Satz 3 TVG).

Die Normen eines Tarifvertrages gelten nach seinem Auslaufen weiter, bis eine abweichende Regelung getroffen wurde.

Die Anwendbarkeit eines Tarifvertrages setzt voraus, dass die Arbeitsvertragsparteien **tarifgebunden** sind.

Dabei unterscheidet das TVG zwischen Inhalts-, Abschluss- und Beendigungsnormen und Betriebs- und betriebsverfassungsrechtlichen Normen. Bei den erstgenannten besteht nur Tarifbindung, wenn der Arbeitnehmer Gewerkschaftsmitglied und der Arbeitgeber Mitglied des Arbeitgeberverbandes ist bzw. selbst den Tarifvertrag geschlossen hat (§ 3 Abs. 1 TVG). Die betriebs- und betriebsverfassungsrechtlichen Normen sind dagegen auch dann anzuwenden, wenn nur der Arbeitgeber Vertragspartei bzw. im Arbeitgeberverband organisiert ist. Gewerkschaftsmitgliedschaft des Arbeitnehmers ist nicht erforderlich (§ 3 Abs. 2 TVG).

Bei nicht tarifgebundenen Arbeitnehmern bzw. Arbeitgebern ist der Tarifvertrag nur anzuwenden, wenn der Tarifvertrag vom Bundesministerium für allgemeinverbindlich erklärt wurde (§ 5 TVG) oder Arbeitnehmer und Arbeitgeber im Arbeitsvertrag auf den Tarifvertrag Bezug nehmen.

Die **Allgemeinverbindlicherklärung** spricht das Bundesministerium im Einvernehmen mit einem aus Vertretern der Spitzenorganisationen der Arbeitgeber und der Arbeitnehmer bestehenden Tarifausschuss aus. Sie setzt voraus, dass die tarifgebundenen Arbeitgeber nicht weniger als 50 v.H. der unter den Tarifvertrag fallenden Arbeitnehmer beschäftigen und die Allgemeinverbindlicherklärung im öffentlichen Interesse liegt (§ 5 Abs. 1 TVG; §§ 4 ff. TVO).

Der Tarifvertrag ist in Urschrift und in beglaubigter Abschrift beim Bundesministerium und den Arbeitsministerien der beteiligten Länder **einzureichen**. Über die Tarifverträge wird beim Bundesministerium ein Tarifvertragsregister geführt (§ 6 TVG; §§ 14 TVO).

Die Arbeitgeber haben die für ihren Betrieb maßgebenden Tarifverträge an geeigneter Stelle auszulegen (§ 8 TVG).

634 | Arbeitskampfrecht

Durch die kollektive Koalitionsfreiheit ➢ s. Nr. 632, wird insbesondere das Recht der arbeitsrechtlichen Koalitionen zur Führung eines Arbeitskampfes geschützt. Unter einem Arbeitskampf werden übereinstimmend von der Arbeitgeber- oder Arbeitnehmerseite erfolgende kollektive Maßnahmen zur Störung der Arbeitsbeziehungen zur Erreichung eines bestimmten Zieles verstanden. Wichtigste Formen des Arbeitskampfes sind der Streik und die Aussperrung. Weiter kann der Arbeitskampf durch die kollektive Ausübung eines Zurückbehaltungsrechts, durch Betriebsbesetzungen und durch Betriebsblockaden erfolgen.

Ein Arbeitskampf ist nur rechtmäßig, wenn er auf den **Abschluss eines Tarifvertrages gerichtet** ist.

Unzulässig sind deshalb Arbeitskämpfe zur Durchführung von Forderungen, die der Kampfgegner nicht herbeiführen kann, z. B. politische Arbeitskämpfe sind deshalb rechtswidrig. Rechtswidrig sind Arbeitskämpfe ferner, wenn sie nicht von einer tarifvertragsfähigen Partei – sog. wilder Streik – geführt werden.

Rechtswidrig ist ein Arbeitskampf ferner, wenn er tarifvertragswidrig ist.

Dies ist er insbesondere, wenn er gegen die Friedenspflicht verstößt. Deshalb ist ein Warnstreik rechtswidrig, wenn er während dieser Friedenspflicht durchgeführt wird. Danach dürfen sie auch dann durchgeführt werden, wenn noch nicht alle Verständigungsmöglichkeiten genutzt wurden.

Ein Arbeitskampf muss ferner den Geboten der **Kampfparität** und der **Verhältnismäßigkeit** entsprechen.

Mit dem Gebot der **Kampfparität** soll sichergestellt werden, dass sich annähernd gleich starke Parteien gegenüberstehen. Aus dem Grundsatz folgt zunächst, dass der Staat sich in Arbeitskämpfen neutral zu verhalten hat. So darf die Bundesagentur für Arbeit kein Arbeitslosengeld oder Kurzarbeitergeld an streikende bzw. bestimmte mittelbar vom Arbeitskampf betroffene Arbeitnehmer zahlen (§ 146 SGB III).

Aus dem Grundsatz der Kampfparität folgt ferner die Unzulässigkeit der Angriffsaussperrung. Eine Abwehraussperrung ist dagegen zulässig, wenn ohne sie das Kampfgleichgewicht gefährdet wäre.

Aus dem Gebot der **Verhältnismäßigkeit** folgt, dass Kampfmaßnahmen unzulässig sind, die für das Erreichen des angestrebten Zieles nicht geeignet bzw. nicht erforderlich sind oder außer Verhältnis zu diesem stehen.

Ein Arbeitskampf darf deshalb nicht geführt werden, wenn das Ziel auf dem Rechtsweg zu erreichen ist. Außerdem ist ein Arbeitskampf erst zulässig, wenn alle Möglichkeiten einer friedlichen Einigung erschöpft wurden. Für die Aussperrung hat das Bundesarbeitsgericht zudem aus dem Grundsatz der Verhältnismäßigkeit quantitative Schranken abgeleitet. Bei einem Streik, an dem weniger als 25 Prozent der Arbeitnehmer beteiligt sind, dürfen die Arbeitgeber bis maximal 25 % weitere Arbeitnehmer aussperren. Streiken mehr als 25 % der Arbeitnehmer, darf der Arbeitgeber bis insgesamt maximal 50 % aussperren. Sind mehr als 50 % der Arbeitnehmer am Streik beteiligt, ist eine Aussperrung weiterer Arbeitnehmer nicht zulässig.

Schließlich muss während des Streiks das Gebot der **fairen Kampfführung** beachtet werden.

So sind notwendige Erhaltungsmaßnahmen und eine ausreichende Versorgung der Bevölkerung bei lebensnotwendigen Versorgungsbereichen (z.B. Kliniken) sicherzustellen.

Besondere **Arbeitskampfverbote** können sich aus der Verfassung, aus dem öffentlichen Dienstrecht, aus dem Betriebsverfassungsrecht und aus dem Strafrecht ergeben.

So verletzt z. B. eine Betriebsbesetzung das Eigentums- und Hausrecht des Arbeitgebers (§ 123 StGB).

Ein rechtswidrig geführter Arbeitskampf kann zu **Schadensersatzansprüchen** führen.

635 | Betriebsverfassungsrecht, Personalvertretungsrecht

a) Betriebsverfassungsrecht

aa) Allgemeines

Das Betriebsverfassungsrecht regelt die Mitbestimmung der Betriebsräte in Betrieben in privatrechtlicher Rechtsform. Es ist vor allem im Betriebsverfassungsgesetz geregelt.

bb) Grundsätze des Betriebsverfassungsrechts

Das Betriebsverfassungsrecht baut auf folgenden Grundsätzen auf:
- vertrauensvolle Zusammenarbeit zwischen Betriebsrat und Arbeitgeber (§ 2 Abs. 1 BetrVG),
- betriebsverfassungsrechtliche Friedenspflicht (§ 74 Abs. 2 BetrVG)
- Diskriminierungsverbot (§ 75 Abs. 1 BetrVG) und
- Schutz der Persönlichkeit und der Entfaltungsmöglichkeiten (§ 75 Abs. 2 BetrVG).

Gewerkschaften sollen auf der Arbeitnehmerseite ebenfalls vertrauensvoll mit dem Arbeitgeber zusammenarbeiten und haben grundsätzlich ein Zugangsrecht zum Betrieb. Sie haben ferner ein Informationsrecht gegenüber dem Betriebsrat über Betriebsversammlungen und können evtl. deren Einberufung verlangen und bei Verstößen des Arbeitgebers oder der Betriebsorgane gegen das Betriebsverfassungsrecht sowie bei der Wahl des Betriebsrats tätig werden.

cc) Organe der Betriebsverfassung

Organe der Betriebsverfassung sind die Betriebsversammlung (§§ 42ff. BetrVG), der Betriebsrat (§ BetrVG), der Gesamtbetriebsrat (§ 47 BetrVG), der Konzernbetriebsrat (§§ 54, 55 BetrVG), die Jugend- und Auszubildendenvertretung (§§ 60ff. BetrVG), der Wirtschaftsausschuss (§§ 106ff. BetrVG), die Versammlung der leitenden Angestellten (§ 15 SprAuG) und die Sprecherausschüsse der leitenden Angestellten (§ 1 SprAuG).

Ein Betriebsrat wird in allen Betrieben gebildet, die i.d.R. mindestens 5 ständige wahlberechtigte Arbeitnehmer beschäftigen (§ 1 BetrVG). Er ist mit einer ungeraden Anzahl an Mitgliedern besetzt. Die Zahl der Mitglieder ist gestaffelt nach der Zahl der wahlberechtigten Arbeitnehmer im Betrieb.

Der Betriebsrat wird nach den Grundsätzen der Verhältniswahl in geheimer und unmittelbarer Wahl gewählt (§ 14 BetrVG). Wahlberechtigt ist, wer das 18. Lebensjahr vollendet hat; wählbar ist, wer wahlberechtigt ist und dem Betrieb mindestens ein halbes Jahr angehört (§§ 7, 8 BetrVG).

Die Wahl findet alle vier Jahre statt (§§ 13 Abs. 1, 21 BetrVG). Sie wird durch einen Wahlvorstand vorbereitet. Bei Verfahrensfehlern kann die Wahl angefochten werden (§ 19 BetrVG). Bei schweren Verstößen ist die Wahl nichtig.

Dem Betriebsrat steht der Betriebsratsvorsitzende vor (§ 26 BetrVG).

Der Arbeitgeber hat die Kosten des Betriebsrats zu tragen (§ 40 BetrVG).

Die Mitglieder des Betriebsrats üben ihr Amt ehrenamtlich und unentgeltlich aus (§ 37 Abs. 1 BetrVG). Sie haben gegen den Arbeitgeber einen Anspruch auf Freistellung von der Arbeit (§ 37 Abs. 2, 3 BetrVG). Bei größeren Betrieben ist ein Teil der Betriebsratsmitglieder völlig von der Arbeit freizustellen (§ 38 BetrVG). Die Betriebsratsmitglieder sind zur Verschwiegenheit verpflichtet (§ 79 BetrVG). Sie haben besonderen Kündigungsschutz (§ 15 KSchG).

Bei den Mitbestimmungsrechten des Betriebsrats ist zu unterscheiden zwischen Informationsrechten, Anhörungs- und Vorschlagsrecht, Beratungsrecht, Widerspruchsrecht, Initiativrecht und Zustimmungsrecht.

Ein allgemeiner Katalog der Aufgaben des Betriebsrats findet sich in § 80 BetrVG. Der Betriebsrat hat danach die Aufgabe, beim Arbeitgeber Maßnahmen anzuregen, die dem Betrieb oder der Belegschaft dienlich sind, die Durchführung der Tarifverträge, Betriebsvereinbarungen, Gesetze und Verordnungen zu überwachen, Anregungen der Arbeitnehmer entgegenzunehmen und darüber mit dem Arbeitgeber zu verhandeln, die Eingliederung schwerbehinderter Menschen u.a. Hilfsbedürftiger und der ausländischen Betriebsangehörigen, die Beschäftigung älterer Arbeitnehmer sowie die Durchsetzung der tatsächlichen Gleichstellung von Männern und Frauen zu fördern.

Differenziert geregelt ist die Mitbestimmung in sozialen Angelegenheiten (§§ 87 ff. BetrVG), in personellen Angelegenheiten (§§ 92 ff. BetrVG) und in wirtschaftlichen Angelegenheiten (§§ 106 ff. BetrVG).

Ein Mitbestimmungsrecht in sozialen Angelegenheiten hat der Betriebsrat in allen Betrieben bei der Festsetzung der Arbeitszeit, Pausen, Urlaubszeit und Urlaubsplan, von Akkordsätzen, bei sozialen Einrichtungen, Zuweisung und Kündigung von Werkswohnungen, in Fragen der Betriebsordnung, bei der Aufstellung von Entlohnungsgrundsätzen und -methoden (§ 87 BetrVG).

In Betrieben mit mehr als 20 Arbeitnehmern ist der Betriebsrat bei geplanten Betriebsänderungen (z.B. Einschränkung, Stilllegung, Verlegung) zu beteiligen (§§ 111 ff. BetrVG).

In personellen Angelegenheiten hat der Betriebsrat bei einstellungsvorbereitenden Maßnahmen Anhörungs- und Mitbestimmungsrechte ➢ s. Nr. 603. In Betrieben mit mehr als 20 Arbeitnehmern ist er bei der Einstellung, Eingruppierung, Umgruppierung, Versetzung und Entlassung von Arbeitnehmern zu beteiligen (§§ 99 ff. BetrVG).

Zu den Konzernbetriebsräten vgl. §§ 54 ff. BetrVG, zur Jugend- und Auszubildendenvertretung §§ 60 ff. BetrVG.

Betriebsrat und Arbeitgeber können schriftliche Betriebsvereinbarungen treffen (§ 77 BetrVG).

Die Betriebsvereinbarung ist eine Vereinbarung zwischen dem Arbeitgeber und dem Betriebsrat.

Ein Anspruch auf Abschluss einer Betriebsvereinbarung besteht nicht. Wünscht der Arbeitgeber bzw. der Betriebsrat den Abschluss einer Betriebsvereinbarung so müssen entsprechende Verhandlungen geführt werden.

Gegenstand einer Betriebsvereinbarung kann alles sein, was zu den Aufgaben des Betriebsrats gehört. In der Betriebsvereinbarung dürfen allerdings keine Regelungen getroffen werden zu Arbeitsbedingungen, die tarifvertraglich geregelt sind oder üblicherweise in einem Tarifvertrag geregelt werden. Etwas anderes gilt nur, wenn der Tarifvertrag eine Öffnungsklausel enthält (§ 77 Abs. 3 BetrVG).

Die Betriebsvereinbarung ist schriftlich zu schließen, zu unterzeichnen und im Betrieb anzulegen (§ 77 Abs. 2 BetrVG). Formlose Absprachen zwischen Arbeitgeber und Betriebsrat sind zulässig, entfalten aber nicht die Wirkung einer Betriebsvereinbarung.

Die Betriebsvereinbarung wirkt unmittelbar für alle Arbeitsverhältnisse des Betriebs. Zugunsten des Arbeitnehmers darf von ihr abgewichen werden. Sie endet durch Kündigung des Betriebsrats oder des Arbeitgebers oder durch Aufhebung im gegenseitigen Einverständnis, durch anderslautende Tarifverträge und durch Beendigung des Betriebes. Sie wirkt nach ihrer Beendigung bis zum Abschluss einer neuen Vereinbarung weiter.

Die Arbeitnehmer haben Informations- (§ 81 BetrVG), Anhörungs- und Erörterungsrechte (§ 82 BetrVG), ein Recht auf Einsicht der Personalakte (§ 83 BetrVG) und ein Beschwerderecht (§§ 84, 85 BetrVG).

Die Betriebsversammlung umfasst alle Arbeitnehmer des Betriebes (§ 43 BetrVG).

Bei Unternehmen mit mehr als 100 ständigen Arbeitnehmern wird ein Wirtschaftsausschuss gebildet (§§ 106 ff. BetrVG). Der Wirtschaftsausschuss informiert den Betriebsrat über Wirtschaftsfragen des Unternehmens.

b) Personalvertretung

In öffentlichen Dienststellen werden Personalräte gebildet. Einzelheiten regeln das Bundespersonalvertretungsgesetz und die Personalvertretungsgesetze der Länder.

Die Personalräte werden in den Dienststellen des öffentliche Dienstes eingerichtet. Der Personalrat besteht aus Gruppen für Beamte, Angestellte und Arbeiter.

Im mehrstufig aufgebauten Verwaltungsaufbau bestehen örtliche, Bezirks- und Hauptpersonalräte, z. B. bei der Bundesagentur für Arbeit. Ferner sind ggfs. Jugend- und Auszubildendenvertretungen und Gesamtpersonalräte zu bilden.

Die Mitwirkungs- und Mitbestimmungsrechte in sozialen und personellen Angelegenheiten ähneln dem BetrVG. Besonderheiten können aufgrund der hoheitlichen Aufgaben bestehen.

In Streitigkeiten aus dem Personalvertretungsrecht entscheiden die Verwaltungsgerichte.

c) Mitarbeitervertretungen im kirchlichen Bereich

Das BetrVG gilt nicht bei den kirchlichen Arbeitgebern und diesen nahestehenden Organisationen. Bei diesen werden kirchenrechtlich geregelte Mitarbeitervertretungen eingerichtet.

d) Europäischer Betriebsrat

In gemeinschaftsweit tätigen Unternehmen ist ein Europäischer Betriebsrat einzurichten, wenn ein Unternehmen mindestens 1000 Arbeitnehmer in den Mitgliedstaaten der Europäischen Union und davon mindestens jeweils 150 Mitarbeiter in mindestens zwei Mitgliedstaaten beschäftigt. Kein Betriebsrat ist zu bilden, wenn Unternehmen und Arbeitnehmer ein Verfahren grenzüberschreitender Unterrichtung vereinbaren. Einzelheiten regelt das EBRG.

636 | Unternehmensmitbestimmung

Bei der Unternehmensmitbestimmung werden die Arbeitnehmer durch Arbeitnehmervertreter an der Leitung des Unternehmens beteiligt. Die Unternehmensmitbestimmung ist nicht in allen Unternehmen vorgesehen, sondern nur in Unternehmen bestimmter Größe und in bestimmter Rechtsform. Keine Unternehmensmitbestimmung ist in Tendenzunternehmen vorgesehen.

In Aktiengesellschaften, Kommanditgesellschaften auf Aktien und Gesellschaften mit beschränkter Haftung, die mehr als 500 Arbeitnehmer beschäftigen, sind im Aufsichtsrat $^1/_3$ der Sitze mit Arbeitnehmervertretern zu besetzen. In der Unternehmensleitung sind keine Arbeitnehmervertreter vorgesehen (DrittelbG).

In Aktiengesellschaften und Gesellschaften mit beschränkter Haftung der Montanindustrie mit in der Regel mehr als 1000 Arbeitnehmern sind die Aufsichtsräte paritätisch zusammengesetzt. Zusätzlich gehört dem Aufsichtsrat ein neutrales Mitglied an. In der Unternehmensleitung sind die Arbeitnehmer durch einen sog. Arbeitsdirektor vertreten (zu Einzelheiten s. Montan-MitbestG).

In Aktiengesellschaften, Kommanditgesellschaften auf Aktien und Gesellschaften mit beschränkter Haftung, die regelmäßig mehr als 2000 Arbeitnehmer beschäftigen, setzen sich die Aufsichtsräte je zur Hälfte aus Arbeitgeber- und Arbeitnehmervertretern zusammen. In Patt-Situationen entscheidet der Aufsichtsratsvorsitzende. Der Unternehmensleitung gehört ein sog. Arbeitsdirektor an (zu Einzelheiten s. das MitbestG).

637 | Arbeitsgerichtsbarkeit

a) Zuständigkeit der Arbeitsgerichte

Die Arbeitsgerichte entscheiden ausschließlich in bürgerlichrechtlichen Rechtsstreitigkeiten zwischen den Tarifvertragsparteien oder zwischen diesen und Dritten aus Tarifverträgen, über deren Bestehen und Nichtbestehen und aus unerlaubten Handlungen, soweit es sich um Maßnahmen zum Zwecke des Arbeitskampfes oder um Fragen der Vereinigungsfreiheit handelt, in bürgerlichrechtlichen Streitigkeiten zwischen Arbeitnehmern und Arbeitgebern aus dem Arbeitsverhältnis, über dessen Bestehen oder Nichtbestehen, aus der Eingehung des Arbeitsverhältnisses und dessen Nachwirkungen sowie aus unerlaubten Handlungen im Zusammenhang mit dem Arbeitsverhältnis, z.B. Beschädigung einer Maschine), in mit dem Arbeitsverhältnis in Zusammenhang stehenden Streitigkeiten zwischen den Arbeitnehmern sowie in Rechtsstreitigkeiten nach dem BetrVG (§§ 2ff. ArbGG).

b) Aufbau der Arbeitsgerichtsbarkeit

Die Arbeitsgerichtsbarkeit ist dreistufig aufgebaut. In der ersten Instanz entscheidet das **Arbeitsgericht**. Die Kammern sind mit einem Vorsitzenden und je einem ehrenamtlichen Richter aus den Kreisen der Arbeitgeber und der Arbeitnehmer besetzt. Die Arbeitsgerichte sind Landesgerichte. Die Dienstaufsicht über die Arbeitsgerichte führt die durch Landesrecht bestimmte oberste Landesbehörde.

In der zweiten Instanz entscheiden die **Landesarbeitsgerichte**. Ihre Besetzung entspricht der der Arbeitsgerichte. Auch sie sind Landesgerichte. Die Dienstaufsicht führt wiederum die durch Landesrecht bestimmte zuständige oberste Landesbehörde.

In der dritten Instanz entscheidet das **Bundesarbeitsgericht**. Es entscheidet über Revisionen gegen Urteile der Landesarbeitsgerichte und Sprungrevisionen gegen Urteile der Arbeitsgerichte. Das Bundesarbeitsgericht ist in Senate gegliedert. Die Senate setzen sich aus einem Vorsitzenden Richter, 2 berufsrichterlichen Beisitzern und je einem ehrenamtlichen Richter aus den Kreisen der Arbeitgeber und der Arbeitnehmer zusammen.

c) Verfahren vor den Arbeitsgerichten

Das ArbGG unterscheidet das Urteilsverfahren und das Beschlussverfahren.

aa) Urteilsverfahren

Im Urteilsverfahren werden privatrechtliche Rechtsstreitigkeiten aus Tarifvertrag und aus Arbeitsvertrag entschieden.

Das Urteilsverfahren vor den Arbeitsgerichten (§§ 46ff. ArbGG) entspricht grundsätzlich jenem vor den Amts- und Landgerichten nach der ZPO ➢ s. Nr. 232ff. Von diesem Verfahren weicht das Urteilsverfahren wie folgt ab:

- Die Kündigungsverfahren haben Vorrang (§ 61 a ArbGG).
- Die Urteile werden grundsätzlich bereits im Verhandlungstermin verkündet und können ohne Sicherheitsleistung vollstreckt werden.
- Die Gerichtskosten sind niedriger und es ist kein Gerichtskostenvorschuss zu leisten.
- Die Beweisaufnahme findet grundsätzlich vor dem Prozessgericht und nicht vor dem Einzelrichter statt.
- Die Gewerkschaften und Arbeitgeberverbände sind parteifähig (§ 10 ArbGG).
- Die Vertreter der Gewerkschaften und der Arbeitgeberverbände sind in erster und zweiter Instanz postulationsfähig (§ 11 ArbGG).
- Die Klage kann schriftlich oder mündlich zu Protokoll der Geschäftsstelle des Arbeitsgerichts erhoben werden.

- Es findet zunächst eine Güteverhandlung mit den Parteien vor dem Vorsitzenden statt.
- Der Vorsitzende entscheidet allein über den Erlass eines Versäumnis-, eines Verzichts- und eines Anerkenntnisurteils und auf Antrag beider Parteien. Im Übrigen entscheidet die Kammer.
- Die Kostenerstattung ist eingeschränkt. Grundsätzlich trägt jede Partei ihre Kosten selbst. Dies gilt auch im Falle des Obsiegens (§ 12a ArbGG).

Im arbeitsgerichtlichen Verfahren kann ein Mahnverfahren stattfinden (§ 46a ArbGG).

Gegen Urteile des Arbeitsgerichts ist die Berufung nur statthaft, wenn in vermögensrechtlichen Streitigkeiten der Beschwerdewert mehr als 600 Euro beträgt, in dem Urteil über den Bestand eines Arbeitsverhältnisses oder über eine Kündigung entschieden wurde oder die Berufung durch das Arbeitsgericht zugelassen wurde (§ 64 ArbGG).

Die Revision ist nur statthaft, wenn sie zugelassen wurde. Dies ist sie, wenn sie von einer landesarbeitsgerichtlichen Entscheidung oder einer Entscheidung des Bundesarbeitsgerichts abweicht (§ 72 ArbGG). Sprungrevision ist zulässig.

bb) Beschlussverfahren

Im Beschlussverfahren werden Streitigkeiten in betriebsverfassungsrechtlichen Angelegenheiten aus dem BetrVG entschieden (§§ 80, 2a BetrVG).

Rechtsmittel im Beschlussverfahren sind die Beschwerde gegen verfahrensabschließende Entscheidungen des Arbeitsgerichts und die Rechtsbeschwerde gegen Entscheidungen des Landesarbeitsgerichts. Die Rechtsbeschwerde muss vom Landesarbeitsgericht zugelassen werden. Sprungrechtsbeschwerde ist möglich.

638 | Schiedsgerichtsverfahren, Schlichtung

Die Tarifvertragsparteien können für Rechtsstreitigkeiten die Arbeitsgerichtsbarkeit durch Vereinbarung eines Schiedsgerichts ersetzen (§§ 101 ff. ArbGG). Der Schiedsvertrag begründet eine prozesshindernde Einrede.

Das Schiedsgericht ist mit der gleichen Zahl von Arbeitnehmern und Arbeitgebern und ggfs. einem unparteiischen Vorsitzenden besetzt.

Das Verfahren des Schiedsgerichtsverfahrens richtet sich nach freiem Ermessen des Schiedsgerichts. Gewisse prozessuale Grundregeln müssen beachtet werden.

Die Zwangsvollstreckung aus dem Schiedsspruch setzt voraus, dass dieser vom Vorsitzenden des Arbeitsgerichts für vollstreckbar erklärt wurde.

Für die Aufhebungsklage gegen den Schiedsspruch gelten die Regeln der ZPO ➢ s. Nr. 262, entsprechend (§ 110 ZPO).

II. Sozialrecht

641 | Grundlagen des Sozialrechts

a) Begriff des Sozialrechts

Der Begriff „Sozialrecht" wird gesetzlich nicht definiert. Im sozialrechtlichen Schrifttum versteht man unter Sozialrecht überwiegend den Teil der Rechtsordnung, den der Gesetzgeber erkennbar dem Sozialrecht zuweist. Das Sozialrecht in diesem formellen Sinne umfasst einerseits die im SGB, andererseits die in den durch § 68 SGB I in das SGB einbezogenen Gesetze geregelten Materien (z. B. BAföG). Ob das Sozialrecht nach inhaltlichen Kriterien (sog. materieller Sozialrechtsbegriff) definiert werden kann, ist umstritten.

b) Regelungsgegenstände und Gliederung des Sozialrechts

Das Sozialrecht wird von der herrschenden Meinung in die Teilbereiche soziale Vorsorge, soziale Entschädigung, soziale Förderung und Sozialhilfe eingeteilt.

Soziale Vorsorge	Soziale Entschädigung	Soziale Förderung	Sozialhilfe
= Leistungen für Risiken, für die der Einzelne durch Beitragseinzahlung Vorsorge treffen kann	= steuerfinanzierte Sozialleistungen zum Ausgleich von Gesundheitsschäden, für die der Staat eine besondere Verantwortung trägt	= steuerfinanzierte Leistungen zur Herstellung von Chancengleichheit	= steuerfinanzierte Leistungen zur Absicherung des Existenzminimums bedürftiger Menschen
• Krankenversicherung • Pflegeversicherung • Unfallversicherung • Rentenversicherung • Arbeitsförderung	• Kriegsopferversorgung und -fürsorge • Entschädigung von Impfopfern • Entschädigung von Kriminalopfern • Entschädigung von Soldatenopfern • Entschädigung von SED-Opfern	• Ausbildungsförderung • Familienlastenausgleich • Wohngeld • Kinder- und Jugendhilfe • Rehabilitation und Teilhabe behinderter Menschen	• Grundsicherung für Arbeitsuchende • Sozialhilfe

c) Standort des Sozialrechts im Rechts- und sozialen Sicherungssystem

Das Sozialrecht wird überwiegend dem öffentlichen Recht zugeordnet.

Dies darf indessen nicht zu dem Fehlschluss verleiten, dass es im Sozialrecht ausschließlich öffentlich-rechtliche Rechtsbeziehungen gäbe. Vor allem im sog. Leistungserbringungsrecht, also der zwischen den Leistungsträgern und den Leistungserbringern (soziale Einrichtungen, Ärzten, etc.), finden sich dem Privatrecht zuzurechnende Rechtsbeziehungen.

Soziale Risiken werden in der Bundesrepublik Deutschland nicht nur mit Sozialleistungen, sondern auch mit sonstigen öffentlich-rechtlichen Leistungen, Steuererleichterungen, Leistungen der Arbeitgeber und privater Vorsorge geleistet.

Bei den öffentlichen Leistungen kommt den Sozialleistungen die größte Bedeutung zu. Sonstige öffentliche Leistungen sind z. B. die Leistungen nach dem Asylbewerberleistungsgesetz sowie der Lastenausgleich für Vertriebene.

Die Arbeitgeber sind teilweise zur Beteiligung an der sozialen Sicherung ihrer Arbeitnehmer verpflichtet (z. B. Tragung eines Teiles der Sozialversicherungsbeiträge, Entgeltfortzahlung im Krankheitsfall), teilweise erbringen sie diese freiwillig (z. B. Zahlung von Betriebsrenten).

Zunehmende Bedeutung kommt in den letzten Jahren bei der Absicherung sozialer Risiken der privaten Vorsorge zu. Da die öffentlichen Systeme keine ausreichenden Leistungen mehr zur Verfügung stellen können, müssen die Bürger vermehrt private Vorsorge für soziale Risiken treffen. Teilweise wird dies durch staatliche Zuschüsse, z. B. zu den Beiträgen zur Riesterrente, gefördert.

d) Aufgaben des Sozialrechts

Aufgabe des Sozialrechts ist, soziale Gerechtigkeit und soziale Sicherheit zu verwirklichen (vgl. § 1 Abs. 1 Satz 1 SGB I).

Was mit diesen beiden Begriffen gemeint ist, wird im SGB nicht näher definiert. Es finden sich aber zumindest Konkretisierungen. Nach § 1 Abs. 1 Satz 2 SGB I hat das Sozialrecht dazu beizutragen, ein menschenwürdiges Dasein zu sichern, gleiche Voraussetzungen für die freie Entfaltung der Persönlichkeit, insbesondere auch für junge Menschen, zu schaffen, die Familie zu schützen und zu fördern, den Erwerb des Lebensunterhalts durch eine frei gewählte Tätigkeit zu ermöglichen und besondere Belastungen des Lebens, auch durch Hilfe zur Selbsthilfe, abzuwenden und auszugleichen. Eine weitere Konkretisierung erfolgt durch die sozialen Rechte ➤ s. Nr. 642. Die dritte Konkretisierungsstufe findet sich in den §§ 18–29 SGB I, die jeweils in ihren Abs. 1 eine Übersicht über die Leistungen eines Bereiches der sozialen Sicherung z. B. § 18 Abs. 1 SGB I über jene der Ausbildungsförderung, und in ihrem Abs. 2 über die jeweils zuständigen Träger geben. Rechtliche Wirkung entfalten diese Einweisungsvorschriften indessen nicht.

Weiter kommt dem Sozialrecht **Ordnungsfunktion** zu.

Ordnend wirkt es zunächst dadurch, dass es institutionelle Rahmenbedingungen für den Bereich der sozialen Sicherung schafft. Es legt die Organisationsstruktur der für die soziale Sicherung zuständigen Leistungsträger, z. B. Krankenkassen, und deren Zuständigkeit fest. Es bestimmt, wer als Leistungserbringer (z. B. Arzt) tätig sein darf, welchen qualitativen Anforderungen diese genügen müssen und wie sich deren Vergütung bemisst. Das Sozialrecht nimmt ferner ordnend auf das Verfahren Einfluss; so verpflichtet es z. B. die Leistungsträger, vor einer nachteiligen Entscheidung die Beteiligten anzuhören (§ 24 SGB X).

In den Anfangszeiten kam dem Sozialrecht zudem **staatsstabilisierende Funktion** zu.

Die Arbeiterschaft sollte u. a. mit den Leistungen des Sozialrechts in das gesellschaftliche System eingebunden werden, um so revolutionären Bestrebungen entgegenzuwirken.

e) Rechtsgrundlagen des Sozialrechts

Das Sozialrecht wird von einem komplexen Rechtsquellensystem gesteuert.

Bezüglich der Rangfolge dieser Rechtsnormen gelten die allgemeinen Grundsätze. Bei verschiedenrangigen Vorschriften hat die höherrangige Norm vor der niedrigrangigeren, bei gleichrangigen die jüngere vor der älteren bzw. die speziellere vor der allgemeineren Vorrang.

aa) Internationales Recht

Sozialrechtliche Vorschriften des internationalen Rechts finden sich sowohl im supranationalen Recht als auch in multi- und bilateralen Verträgen. Regelungsgegenstand ist vor allem die soziale Sicherung von Menschen mit internationalen Biographien (Berücksichtigung ausländischer Versicherungszeiten, Export von Sozialleistungen ins Ausland) und Bestimmung des bei grenzüberschreitenden Sachverhalten maßgeblichen Sozialrechts ➢ s. auch Nr. 642 d).

Die Vorschriften des internationalen Sozialrechts beschränken sich bislang darauf, das Sozialrecht der verschiedenen Staaten zu koordinieren und zu verhindern, dass den Menschen durch den Wechsel des Beschäftigungs- oder Wohnstaates Nachteile entstehen. Eine Angleichung der Sozialsysteme ist dagegen nicht beabsichtigt.

Für das Sozialrecht der Bundesrepublik Deutschland besonders bedeutsam sind die Vorschriften des EG-Rechts. Bereits der EG-Vertrag setzt auch im Sozialrecht zu beachtende zwingende Rahmenbedingungen sowohl für das Leistungs- als auch das Leistungserbringungsrecht. Bei der Ausgestaltung der nationalen Sozialrechtsordnungen sind die Waren- und Dienstleistungsfreiheit sowie das europäische Wettbewerbsrecht zu beachten. Einzelheiten der sozialen Sicherung der Wanderarbeitnehmer regelt die VO Nr. 1408/71. In dieser VO finden sich Regelungen zur Kranken-, Unfall- und Rentenversicherung sowie zu den Leistungen bei Arbeitslosigkeit und zu den Familienleistungen. Die Art. 13 ff. der VO legen fest, welches nationale Recht auf einen Sachverhalt anzuwenden ist (Kollisionsnormen). Danach ist grundsätzlich das Recht des Staates der Beschäftigung (nicht des Staates des Wohnsitzes oder des Arbeitgebers) anzuwenden. Weiter ermöglicht die VO, bei der Berechnung und der Gewährung von Leistungen an Berechtigte, die in mehreren Staaten der EU beschäftigt waren, die Zeiten aus diesen Staaten zu berücksichtigen und den Export von Leistungen in einen anderen EU-Staat. Regelungen zum Verfahren und zur Zusammenarbeit zwischen den Leistungsträgern finden sich in der VO Nr. 574/72.

Vorschriften mit Bezug zum Sozialrecht enthalten weiter das Übereinkommen 102 der Internationalen Arbeitsorganisation vom 28. 6. 1952 über die Mindestnormen der Sozialen Sicherheit und die Gemeinschaftscharta der Sozialen Grundrechte der Arbeitnehmer vom 9. 12. 1989. Beide haben indessen nur programmatischen Charakter und räumen dem Einzelnen keine einklagbare Rechtsposition ein. Dies gilt auch für die Europäische Grundrechtecharta.

bb) Verfassungsrecht

Das im Grundgesetz niedergelegte **Verfassungsrecht** ist sowohl vom Gesetzgeber beim Erlass von Gesetzen als auch von den Verwaltungsbehörden und den Gerichten bei der Anwendung sozialrechtlicher Vorschriften zu beachten. Auf das Sozialrecht wirken sich vor allem die Grundrechte ➢ s. Nr. 66, und das Sozialstaatsprinzip (Art. 20, 28 GG ➢ s. Nr. 62), aus.

cc) Parlamentsgesetze

Das **Sozialgesetzbuch** ist das wichtigste Parlamentsgesetz des Sozialrechts. Mit ihm sollten die bis zur Schaffung des Sozialgesetzbuchs stark zersplitterten Gesetze zusammengeführt und die sozialrechtlichen Vorschriften harmonisiert werden, um das Sozialrecht zu vereinfachen, Rechtsprechung und Verwaltung zu erleichtern und mehr Rechtssicherheit zu schaffen.

Diese Ziele werden mit dem SGB nicht in vollem Umfang erreicht. Weiterhin enthält das SGB eine Vielzahl an Ermächtigungen zu untergesetzlicher Rechtsetzung bzw. zum Abschluss von Vereinbarungen, so dass die oben bereits angedeutete hochkomplexe Rechtsquellenstruktur des Sozialrechts erhalten bleibt. Dies hat zur Folge, dass die für die Beurteilung eines Falles einschlägigen Regelungen selbst für juristisch vorgebildete Rechtsanwender schwer durchschaubar sind. Der Laie scheitert häufig bereits bei seinen Bemühungen, alle einschlägigen Rechtsnormen aufzufinden.

Folgende Bücher des Sozialgesetzbuchs sind bislang in Kraft getreten:

Buch I	Allgemeiner Teil	1. 1. 1976
Buch II	Grundsicherung für Arbeitsuchende	1. 1. 2005
Buch III	Arbeitsförderung	1. 1. 1998
Buch IV	Gemeinsame Vorschriften für die Sozialversicherung	1. 7. 1977
Buch V	Gesetzliche Krankenversicherung	1. 1. 1989
Buch VI	Gesetzliche Rentenversicherung	1. 1. 1992
Buch VII	Gesetzliche Unfallversicherung	1. 1. 1997
Buch VIII	Kinder- und Jugendhilfe	1. 1. 1991/3. 10. 1990 in den neuen Bundesländern
Buch IX	Rehabilitation und Teilhabe behinderter Menschen	1. 7. 2001
Buch X	Verwaltungsverfahren, Datenschutz und Zusammenarbeit der Leistungsträger und ihre Zusammenarbeit mit Dritten	1. 1. 1981 1. 7. 1983
Buch XI	Soziale Pflegeversicherung	1. 1. 1995
Buch XII	Sozialhilfe	1. 1. 2005

Weitere besondere Teile des SGB ergeben sich aus § 68 SGB I. Danach sind u. a. das Bundesausbildungsförderungsgesetz, das Bundesversorgungsgesetz, das Infektionsschutzgesetz, das Opferentschädigungsgesetz, das Wohngeldgesetz sowie das Unterhaltsvorschussgesetz Bestandteil des SGB, obwohl diese Gesetze noch nicht in ein Buch des SGB integriert sind. Dies hat insbesondere zur Folge, dass die allgemeinen Teile des SGB (SGB I und SGB X) anzuwenden sind.

Gesetzestechnisch weist das SGB die Besonderheit auf, dass jedes Buch neu durchgezählt wird. Dies hat Auswirkungen auf die Zitierweise der Vorschriften. Bei dieser muss jeweils das Buch mit römischer Ziffer angegeben werden, dem die zitierte Vorschrift angehört (z. B. lautet das Zitat von § 1 des Ersten Buches Sozialgesetzbuch § 1 SGB I).

642 | Allgemeiner Teil des Sozialgesetzbuchs (SGB I)

a) Allgemeines

Das am 11. 12. 1975 verkündete und am 1. 1. 1976 in Kraft getretene SGB I enthält Vorschriften, die grundsätzlich für alle Bücher des SGB und die durch § 68 SGB I in das SGB einbezogenen Gesetze gelten, soweit keine abweichenden Regelungen getroffen wurden (§ 37 Satz 1 SGB I). Immer zur Anwendung kommen die Vorschriften zu den Aufgaben des SGB, zu den sozialen Rechten und zu den allgemeinen sozialrechtlichen Grundsätzen (§ 37 Satz 2 SGB I).

b) Soziale Rechte

In den §§ 3–10 SGB I werden einzelne soziale Rechte umschrieben: Bildungs- und Arbeitsförderung (§ 3), Sozialversicherung (§ 4), soziale Entschädigung bei Gesundheitsschäden (§ 5), Minderung des Familienaufwands (§ 6), Zuschuss für eine angemessene Wohnung (§ 7), Kinder- und Jugendhilfe (§ 8), Sozialhilfe (§ 9) und Teilhabe behinderter Menschen (§ 10).

Diese sozialen Rechte haben in erster Linie sozialpolitische Bedeutung. Subjektive Rechtsansprüche können aus ihnen allein nicht hergeleitet werden (§ 2 Abs. 1 Satz 2 SGB I). Leistungsansprüche bestehen nur, wenn diese in den Vorschriften der besonderen Teile des SGB geregelt sind. Rechtliche Wirkung erzeugen die sozialen Rechte bei der Auslegung der Vorschriften des SGB und bei der Ausübung von Ermessen. Hierbei ist sicherzustellen, dass die sozialen Rechte möglichst weitgehend verwirklicht werden (§ 2 Abs. 2 SGB I).

c) Sozialleistung und Leistungsträger

Die §§ 11, 12 SGB I definieren die für das gesamte SGB grundlegenden Begriffe der Sozialleistung und des Leistungsträgers.

Sozialleistungen i. d. S. sind nach § 11 Satz 1 Dienst-, Sach- und Geldleistungen der Sozialleistungsträger nach dem SGB und den nach § 68 SGB I einbezogenen Gesetze.

Keine Sozialleistungen sind demgegenüber Zuwendungen der öffentlichen Hand außerhalb des SGB (z. B. Steuervergünstigungen) und Zuwendungen Privater, selbst wenn diese aus sozialer Motivation heraus erfolgen (z. B. die Entgeltfortzahlung des Arbeitgebers).

Das SGB unterscheidet drei Leistungsarten: Dienst-, Sach- und Geldleistungen (§ 11 Satz 1 SGB I).

Die Geldleistung beinhaltet die Zahlung eines Geldbetrages, z. B. von Krankengeld oder von Arbeitslosengeld. Bei der Sachleistung stellt der Leistungsträger dagegen eine Sache zur Verfügung, sei es, dass der Leistungsträger diese unmittelbar dem Leistungsberechtigten aushändigt, sei es, dass ein sog. Leistungserbringer dies für den Leistungsträger tut. Dienstleistungen beinhalten z. B. die persönliche und erzieherische Hilfe (§ 11 Satz 2 SGB I).

Sozialleistungsträger sind die in den §§ 18–29 SGB I aufgezählten Körperschaften, Anstalten und Behörden (§ 12 Satz 1 SGB I), also z. B. Krankenkassen, Bundesagentur für Arbeit, Jugendämter, Sozialämter. Keine Leistungsträger sind die sog. Leistungserbringer. Diese werden von den Leistungsträgern mit der Erbringung von Sach- oder Dienstleistungen nach dem SGB beauftragt. Leistungserbringer sind z. B. die Ärzte, Kliniken, die Wohlfahrtsverbände, aber auch gewerbliche Anbieter von sozialen Dienstleistungen. Bei der Erbringung von Sach- und Dienstleistungen sind damit i. d. R. drei Rechtsbeziehungen zu unterscheiden, was mit dem Begriff des sozialrechtlichen Dreiecksverhältnisses zum Ausdruck gebracht wird.

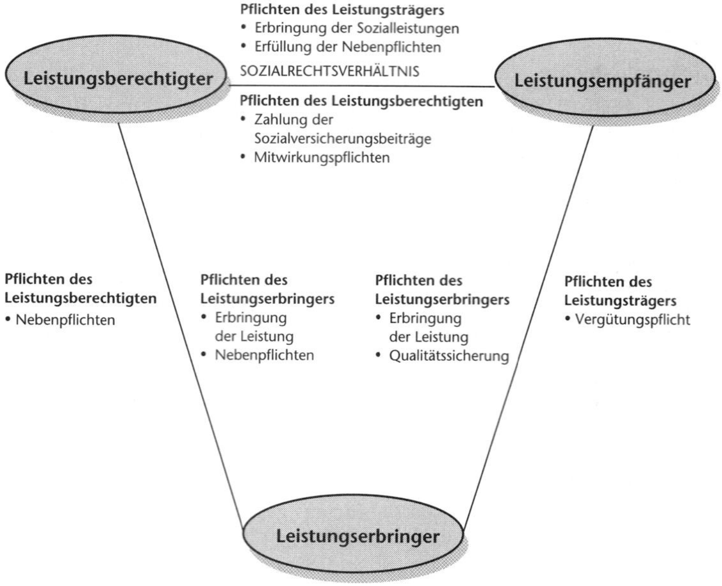

d) Allgemeine sozialrechtliche Grundsätze (§§ 30–37 SGB I)

Neben den oben genannten internationalen Vorschriften des SGB regelt § 30 SGB I den **internationalen Geltungsbereich des deutschen Sozialrechts**. Grundsätzlich gilt das SGB nur für Personen, die ihren

Wohnsitz oder ihren gewöhnlichen Aufenthalt in der Bundesrepublik Deutschland haben.

Von diesem Grundsatz finden sich aber eine Vielzahl von Ausnahmen in den besonderen Teilen des SGB, die teilweise den Export von Sozialleistungen ins Ausland ermöglichen (z. B. § 6 Abs. 3 SGB VIII) oder Ausländer von Sozialleistungen ausnehmen (z. B. §§ 7 SGB II, 24 SGB XII).

Im Sozialversicherungsrecht gilt das sog. Beschäftigungsortprinzip, nach dem Personen, die in der Bundesrepublik Deutschland eine Beschäftigung ausüben, in den sozialversicherten Personenkreis einbezogen und damit leistungsberechtigt sind. Dies gilt auch, wenn der Arbeitnehmer vorübergehend zur Ausübung einer Beschäftigung ins Ausland entsandt wurde (sog. Ausstrahlung, § 4 SGB IV). Ausgeschlossen sind demgegenüber Personen, die aus dem Ausland nur vorübergehend zur Ausübung einer Beschäftigung in die Bundesrepublik Deutschland entsandt wurden (sog. Einstrahlung, § 5 SGB IV).

Im Sozialrecht gilt ein umfassender, weiter als der verfassungsrechtliche reichender **Vorbehalt des Gesetzes** (§ 31 SGB I). Sozialleistungen werden deshalb nur gewährt, wenn die Leistung gesetzlich geregelt ist.

Privatrechtliche Vereinbarungen, die zum Nachteil des Betroffenen von den Vorschriften des SGB abweichen, sind **nichtig** (§ 32 SGB I). So kann etwa ein Arbeitgeber nicht mit seinem Arbeitnehmer vereinbaren, dass der Arbeitnehmer auch den Arbeitgeberanteil zur Sozialversicherung tragen muss.

Bei der **Ausgestaltung von Rechten und Pflichten** nach dem SGB sind die individuellen Verhältnisse des Leistungsberechtigten bzw. -verpflichteten (Bedarf, Leistungsfähigkeit) sowie die örtlichen Verhältnisse zu berücksichtigen (§ 33 SGB I). Angemessenen Wünschen der Leistungsberechtigten soll bzw. kann entsprochen werden. Die Besonderen Teile des Sozialgesetzbuchs enthalten teilweise Konkretisierungen dieses Wunschrechts (z. B. die §§ 5, 36 SGB VIII).

Bei **altersabhängigen Rechten und Pflichten** ist grundsätzlich das Geburtsdatum maßgeblich, das der Leistungsberechtigte oder sein Angehöriger das erste Mal gegenüber dem Leistungsträger oder gegenüber dem Arbeitgeber angegeben hat (§ 33 a SGB I). Ein anderes Geburtsdatum darf der Entscheidung nur zu Grunde gelegt werden, wenn ein Schreibfehler vorliegt oder sich aus einer vor dem Zeitpunkt der Datumsangabe ausgestellten Urkunde ein anderes Datum ergibt.

Der Begriff der **Lebenspartnerschaft** unterliegt im Sozialrecht demselben Begriffsverständnis wie im bürgerlichen Recht (§ 33 b SGB I). Lebenspartnerschaften sind damit eingetragene Partnerschaften von Personen gleichen Geschlechts ➢ s. Nr. 376.

Im Sozialrecht gilt ein umfassendes **Benachteiligungsverbot** (§ 33 c SGB I). Niemand darf wegen seiner Rasse, seiner ethnischen Herkunft oder einer Behinderung bei der Inanspruchnahme sozialer Rechte benachteiligt werden.

Im Ausland begründete **familienrechtliche Rechtsverhältnisse** werden in Deutschland nur berücksichtigt, wenn es einem familienrechtlichen Rechtsverhältnis in Deutschland entspricht (§ 34 SGB I). Haben mehrere Ehegatten Anspruch auf Witwen-/Witwerrente, werden diese aufgeteilt.

Im Sozialrecht gilt ein umfassendes **Sozial- und Betriebs- und Geschäftsgeheimnis** (§ 35 SGB I; ➢ s. Nr. 664).

Handlungsfähig sind im Sozialrecht nicht nur Personen, die nach bürgerlichem Recht geschäftsfähig sind, sondern auch Minderjährige, die das 15. Lebensjahr vollendet haben. Diese können ohne Mitwirkung ihres gesetzlichen Vertreters, also insbesondere der Eltern, Leistungen beantragen, entgegennehmen und Widerspruch und Klage einlegen. Von der vorgezogenen Handlungsfähigkeit ausgenommen sind die Rücknahme von Anträgen, der Verzicht auf Sozialleistungen und die Entgegennahme eines Darlehens. Ferner können die gesetzlichen Vertreter die vorgezogene Handlungsfähigkeit durch entsprechende Erklärung gegenüber dem Leistungsträger einschränken oder ausschließen.

e) Sozialleistungsanspruch

Die Vorschriften des SGB sind auf die Erbringung von Sozialleistungen zentriert – dies macht bereits § 1 Abs. 1 Satz 1 SGB I deutlich.

Soweit sich aus dem Gesetz nicht zweifelsfrei ergibt, dass die Gewährung einer Sozialleistung in das Ermessen des Leistungsträgers gestellt ist, besteht ein Rechtsanspruch auf die Sozialleistung (§ 38 SGB I). Ist die Gewährung der Sozialleistung dagegen in dessen Ermessen gestellt („kann“, „ist befugt“, „darf“), besteht lediglich ein Anspruch auf fehlerfreie Ermessensausübung (§ 39 SGB I). Bei diesen erlangt der Betroffene erst einen Anspruch auf die Sozialleistung, wenn der Leistungsträger diese bewilligt hat (§ 40 Abs. 2 SGB I).

aa) Voraussetzungen des Sozialleistungsanspruchs

Die Grundstruktur eines sozialrechtlichen Anspruches entspricht der eines zivilrechtlichen Anspruches. Ein Anspruch auf eine Sozialleistung besteht, wenn der Anspruch entstanden ist, er nicht weggefallen ist und keine Einreden gegen ihn bestehen.

Ansprüche auf Sozialleistungen entstehen, sobald ihre in einem Gesetz oder aufgrund eines Gesetzes bestimmten Voraussetzungen vorliegen (§ 40 Abs. 1 SGB I).

Bei Ansprüchen auf regelmäßig wiederkehrende Sozialleistungen entsteht zunächst das Stammrecht. Dieses beinhaltet die Grundberechtigung auf die Leistung, aus der sich Einzelansprüchen ergeben. Der Antrag auf die Leistung gehört zu den Voraussetzungen, wenn ihm nicht nur formelle, sondern auch materielle Wirkung (z. B. der Beginn der Leistungsgewährung ist von ihm abhängig) zukommt.

Ansprüche auf Ermessensleistungen entstehen erst mit dem Wirksamwerden der Ermessensentscheidung (§ 40 Abs. 2 SGB I). Der Leistungsträger kann hiervon abweichende Zeitpunkte bestimmen.

Mit dem **Entstehen** wird der Sozialleistungsanspruch fällig (§ 41 SGB I), d. h. die Sozialleistung kann von diesem Zeitpunkt an verlangt werden.

In den besonderen Teilen des SGB wird hiervon teilweise abgewichen, so wird etwa der Anspruch auf Arbeitslosengeld erst am Ende des Zahlungszeitraums fällig (§ 337 Abs. 2 SGB III).

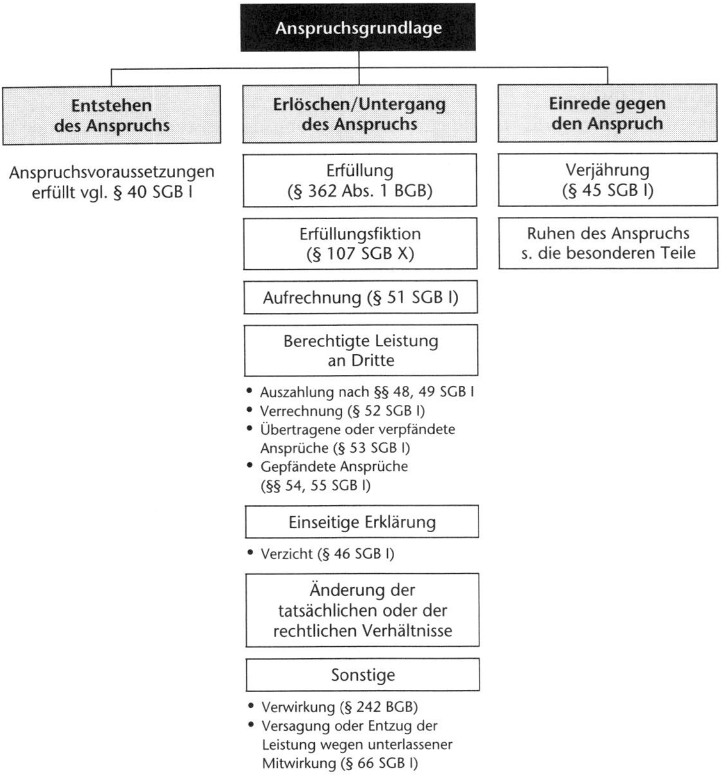

Der Anspruch auf eine Sozialleistung **fällt weg**, wenn Ereignisse eintreten, die zur zeitweisen oder dauerhaften Beseitigung des Anspruches führen.

Abzugrenzen ist der Wegfall vom Ruhen des Anspruches. Beim Ruhen eines Anspruches besteht dieser zwar weiter, aus ihm können aber keine Rechte geltend gemacht, z. B. kein Krankengeld bezogen werden, solange der Arbeitgeber Entgeltfortzahlung zahlt. Der Wegfall des Anspruches kann sich nur auf den konkreten Leistungsanspruch beziehen oder auch das Stammrecht miterfassen, er kann sich auf den gesamten Anspruch beziehen bzw. auf Teile des Anspruches beschränkt sein.

Folgende Gründe führen zum Wegfall eines Sozialleistungsanspruchs:

Der Sozialleistungsanspruch erlischt wegen **Erfüllung**, wenn der richtige Leistungsträger an den richtigen Leistungsberechtigten die richtige Sozialleistung in der richtigen Art und Weise zum richtigen Zeitpunkt am richtigen Ort erbringt (§ 362 BGB analog). Die Erfüllungswirkung tritt auch dann ein, wenn ein anderer unzuständiger Leistungsträger die Leistung gewährt (§ 107 SGB X).

Zur **Aufrechnung** ist sowohl der Leistungsberechtigte als auch der Leistungsträger berechtigt. Die Aufrechnung des Leistungsträgers wird durch § 51 SGB I eingeschränkt. In weiterem Umfange ist eine Aufrechnung in der Arbeitsförderung, in der Grundsicherung für Arbeitsuchende und in der Sozialhilfe möglich (§§ 333 SGB III, 43 SGB II, § 26 SGB XII).

Bei der **Verrechnung** wird nicht eine Forderung des Leistungsträgers, sondern eines anderen Leistungsträgers „aufgerechnet". Damit wird von der bei der Aufrechnung grundsätzlich erforderlichen Gegenseitigkeit eine Ausnahme gemacht. Die Verrechnung setzt eine Ermächtigung des anderen Leistungsträgers voraus (§ 52 SGB X).

Der Sozialleistungsanspruch fällt auch weg, wenn die Leistung berechtigterweise **an Dritte ausbezahlt** wird: bei Unterhaltspflichtverletzung (§ 48 SGB I), bei richterlich angeordneter stationärer Unterbringung (§ 49 SGB I), bei Abtretung/Verpfändung (§ 53 SGB I) bzw. Pfändung (§§ 54, 55 SGB I) des Sozialleistungsanspruches sowie bei Übergang nach dem Tod des Leistungsberechtigten (§§ 56 ff. SGB I). Weitere Fälle berechtigter Auszahlung an Dritte finden sich in den besonderen Teilen des SGB.

Auf einen Sozialleistungsanspruch kann schriftlich **verzichtet** werden. Der Verzicht ist jederzeit mit Wirkung für die Zukunft widerrufbar (§ 46).

Der Sozialleistungsträger kann die Erfüllung eines Sozialleistungsanspruchs verweigern, wenn er eine **Einrede** gegen diesen hat.

Wichtigste Einrede ist die der **Verjährung**. Ein Sozialleistungsanspruch verjährt innerhalb von vier Jahren nach Ablauf des Kalenderjahres, in dem er entstanden ist (§ 45 SGB I).

bb) Einstweilige Sozialleistungen

Bis zur abschließenden Entscheidung über einen Sozialleistungsanspruch verstreicht nicht selten ein längerer Zeitraum. Die Betroffenen sind aber häufig auf die sofortige Gewährung der Sozialleistung angewiesen. Das SGB ermöglicht deshalb die Gewährung einstweiliger Sozialleistungen.

Ein **Vorschuss** kann gewährt werden, wenn der Anspruch dem Grunde nach feststeht und nur die Höhe der Leistung zweifelhaft ist (§ 42 SGB I). Eine **vorläufige Leistung** kann erbracht werden, wenn zwischen Leistungsträgern strittig ist, wer für die Leistung aufkommen muss. Weitere Fälle einstweiliger Sozialleistungen finden sich in den besonderen Teilen des SGB.

cc) Übertragung des Sozialleistungsanspruches

Der Sozialleistungsanspruch steht grundsätzlich dem Leistungsberechtigten zu. Ein Übergang des Anspruches auf andere Personen ist in folgenden Fällen möglich:

Der Leistungsträger, dem die Kosten einer richterlich angeordneten **Unterbringung** zur Last fallen, kann Ansprüche auf laufende Geldleistungen des Leistungsberechtigten auf sich überleiten (§ 50 SGB I).

Der Leistungsberechtigte kann seinen Anspruch auf eine Geldleistung an Dritte (z. B. eine Bank) **verpfänden** oder **abtreten** (§ 53 SGB I).

Sozialleistungsansprüche können in den Grenzen der §§ 54, 55 SGB I von Gläubigern des Leistungsberechtigten **gepfändet** werden.

Verstirbt der Leistungsberechtigte, gehen bereits entstandene Sozialleistungsansprüche auf seine **Sonderrechtsnachfolger** bzw. seine **Erben** über (§§ 56 ff. SGB I).

e) Sonstige Pflichten der Leistungsträger und -berechtigten

Neben der Erbringung von Sozialleistungen ergeben sich aus dem zwischen Leistungsträger und -berechtigten bestehenden Sozialrechtsverhältnis weitere Pflichten des **Leistungsträgers**:

aa) Verzinsung der Sozialleistungen

Sozialleistungen sind mit 4 v.H. ab Ablauf des Kalendermonats, in dem sie fällig wurden, frühestens jedoch nach Ablauf von 6 Kalendermonaten ab Eingang des vollständigen Antrages zu verzinsen (§ 44 SGB I).

bb) Informations- und Betreuungspflichten

Die Leistungsträger müssen die Öffentlichkeit über die Rechte und Pflichten nach dem SGB – z.B. mittels Presseerklärungen – aufklären (§ 13 SGB I) und die Leistungsberechtigten beraten (§ 14 SGB I). Die Krankenkassen müssen zusätzlich Auskunft zumindest über den zuständigen Leistungsträger geben (§ 15 SGB I). Verletzen die Leistungsträger diese Informationspflichten, können dem Betroffenen Ansprüche aus dem sozialrechtlichen Herstellungsanspruch bzw. aus Amtshaftung zustehen.

Die Leistungsträger sind zudem verpflichtet, auf sachdienliche und vollständige Anträge hinzuwirken und – bei Unzuständigkeit – den Antrag unverzüglich an den zuständigen Leistungsträger weiterzuleiten (§ 16 SGB I).

Der Leistungsträger ist schließlich zur Wahrung des Sozialgeheimnisses verpflichtet (§ 35 SGB I) ➢ s. Nr. 662.

Die **Leistungsberechtigen** sind im Sozialversicherungsrecht zumindest zur Zahlung eines Teiles der Beiträge verpflichtet.
Weiter müssen sie Sozialleistungen erstatten, die sie zu Unrecht bezogen haben (§ 50 SGB X) ➢ s. Nr. 663.

Schließlich sind sie zur Mitwirkung im Sozialverwaltungsverfahren verpflichtet. Sie haben Tatsachen mitzuteilen und Beweismittel zu benennen, auf Verlangen des Leistungsträgers persönlich zu erscheinen, an Untersuchungen, Heilmaßnahmen und Maßnahmen der Teilhabe am Arbeitsleben mitzuwirken (§§ 60ff. SGB I). Kommen sie ihrer Mitwirkungspflicht nicht nach, kann der Leistungsträger die Leistung versagen oder entziehen, wenn der Leistungsberechtigte zuvor entsprechend informiert wurde.

643 | Sozialversicherung

Gemeinsame Grundsätze der Sozialversicherung werden im SGB IV geregelt.

Dieses gilt für die Träger der gesetzlichen Krankenversicherung, Pflegeversicherung, Unfallversicherung und Rentenversicherung und teilweise für die Arbeitsförderung, die Grundsicherung für Arbeitsuchende und die Sozialhilfe (§ 1 SGB IV).

Das SGB IV enthält u.a. wichtige Begriffsbestimmungen und allgemeine beitragsrechtliche Vorschriften, ferner regelt es die Meldepflichten und die Abführung des Gesamtsozialversicherungsbeitrags, die Organisation der Sozialversicherungsträger einschließlich der Zusammensetzung, Wahl und Verfahren der Selbstverwaltungsorgane und den Sozialversicherungsausweis.

a) Versicherter Personenkreis

Der in der Sozialversicherung versicherte Personenkreis setzt sich aus kraft Gesetzes oder kraft Satzung versicherungspflichtigen Personen – bei diesen beginnt die Versicherung mit dem Vorliegen der gesetzlichen Voraussetzungen – und freiwillig Versicherten zusammen. Einzelheiten regeln insoweit die besonderen Teile des SGB.

b) Grundbegriffe

Versicherungspflichtig in den einzelnen Zweigen der Sozialversicherung sind insbesondere **Beschäftigte**. Dies sind nach der Legaldefinition in § 7 SGB IV Personen, die eine weisungsgebundene Arbeit verrichten.

Nicht versicherungspflichtig sind die **geringfügig Beschäftigten**. Dies sind Personen, deren Arbeitsentgelt 400 Euro im Monat nicht übersteigt bzw. die innerhalb eines Jahres die Tätigkeit längstens für zwei Monate bzw. 50 Arbeitstage ausüben (§ 8 SGB IV).

Arbeitsentgelt sind alle laufenden oder einmaligen Einnahmen aus einer Beschäftigung (§ 14 SGB IV). Ob ein Anspruch auf das Arbeitsentgelt besteht, ist unerheblich.

c) Beiträge

Die Sozialversicherung wird durch Beiträge finanziert. Allgemeine Regelungen (Entstehen des Beitragsanspruchs, Einmalzahlungen, Fälligkeit, Verjährung, Beitragserstattung) regeln die §§ 20ff. SGB IV. Ferner findet sich dort die Regelung der sog. Gleitzone. Nicht in voller Höhe sind die Arbeitnehmeranteile zu zahlen, wenn das Einkommen zwischen 400,01 Euro und 800 Euro beträgt (sog. Gleitzone).

d) Meldung und Gesamtsozialversicherungsbeitrag

Der Arbeitgeber ist verpflichtet, bei Beginn und bei Ende der Beschäftigung eines Arbeitnehmers der Einzugsstelle eine Meldung zu erstatten (§ 28a SGB IV).

Ferner muss er der Einzugsstelle den Gesamtsozialversicherungsbeitrag – dieser umfasst die Arbeitgeber- und Arbeitnehmeranteile – abführen (§ 28d SGB IV). Die Arbeitnehmeranteile kann er vom Lohn des Arbeitnehmers abziehen (§ 28g SGB IV). Der Arbeitgeber hat für jeden Beschäftigten Lohnunterlagen zu führen und geordnet aufzubewahren (§ 28f Abs. 1 SGB IV) sowie der Einzugsstelle rechtzeitig einen Beitragsnachweis einzureichen (§ 28f Abs. 3 SGB IV). Die Einzugsstelle hat Überwachungspflichten (§ 28p SGB IV).

e) Organisation der Sozialversicherungsträger

Die Durchführung der Sozialversicherung obliegt den Versicherungsträgern: Krankenkassen, Pflegekassen, Berufsgenossenschaften, Deutsche Rentenversicherung u.a. Die Versicherungsträger sind Körperschaften des öffentlichen Rechts mit Selbstverwaltung (§ 29 SGB IV). Sie verwalten ihre Geschäfte selbst durch Organe, in denen ehrenamtliche Vertreter der Versicherten und der an der Versicherung beteiligten Arbeitgeber tätig sind. Sie werden vom Staat beaufsichtigt.

Einzelheiten der Selbstverwaltung der Versicherungsträger regeln die §§ 29 ff. SGB IV: Verfassung, Zusammensetzung und Wahl der Organe, Haushalts- und Rechnungswesen, Vermögensverwaltung und Aufsichtsbehörden.

f) Versicherungsbehörden

Versicherungsbehörden sind die Versicherungsämter und das Bundesversicherungsamt (§§ 91–94 SGB IV). Zusätzlich können die Länder weitere Versicherungsämter errichten. Die Versicherungsämter werden i. d. R. bei den unteren Verwaltungsbehörden (Stadt, Kreis) als besondere Abteilung eingerichtet.

g) Sozialversicherungsausweis

Beschäftigte erhalten einen Sozialversicherungsausweis, den sie dem Arbeitgeber zu Beginn der Beschäftigung vorzulegen haben. In einigen Branchen muss der Arbeitnehmer einen mit Lichtbild versehenen Sozialversicherungsausweis mitführen (§§ 95 ff. SGB IV).

644 | Gesetzliche Krankenversicherung

a) Allgemeines

In der gesetzlichen Krankenversicherung sind derzeit knapp 85 % der Bevölkerung der Bundesrepublik Deutschland bei Krankheit, Schwangerschaft und Mutterschaft versichert.

Vorschriften zur gesetzlichen Krankenversicherung finden sich vor allem im Fünften Buch Sozialgesetzbuch (SGB V), ferner im Gesetz über die gesetzliche Krankenversicherung der Landwirte (KVLG 1989) sowie im Künstlersozialversicherungsgesetz (KSVG). Vorschriften mit Bezug zur Krankenversicherung enthalten auch die anderen besonderen (vor allem im SGB VI, IX, XI und XII) und die allgemeinen Teile (SGB I, IV und X) des SGB und die durch § 68 SGB I in das SGB einbezogenen Gesetze (z. B. in den §§ 195 ff. RVO), Rechtsverordnungen und autonomen Satzungen der Krankenkassen (z. B. Beitragssatzung). Weiter sind Kollektivverträge, Sprüche der Schiedsgerichte, Richtlinien und Empfehlungen sowie Verwaltungsvorschriften zu beachten.

Aufgabe der gesetzlichen Krankenversicherung ist vor allem, zur Erhaltung, Wiederherstellung und Verbesserung des Gesundheitszustandes der Versicherten beizutragen, die Versicherten über eine gesundheitsbewusste Lebensführung aufzuklären und zu beraten sowie auf gesunde Lebensverhältnisse hinzuwirken (§ 4 SGB V). Daneben dient die GKV, wie andere Sozialleistungsbereiche, der Verwirklichung allgemeiner sozialrechtlicher Ziele, insbesondere der Verwirklichung sozialer Gerechtigkeit und Sicherheit (vgl. § 1 SGB I).

b) Versicherter Personenkreis

Leistungen der gesetzlichen Krankenversicherung erhalten nur die in dieser versicherten Personen, ferner Bezieher von Sozialhilfeleistungen (§ 264 SGB V). Deren Leistungen muss das zuständige Sozialamt der Krankenkasse erstatten.

Der versicherte Personenkreis der gesetzlichen Krankenversicherung setzt sich aus versicherungspflichtigen, freiwillig versicherten und familienversicherten Personen zusammen.

Versicherungspflichtige Personen (§ 5 SGB V)	Freiwillig versicherte Personen (§ 9 SGB V)	Familienversicherte (§ 10 SGB V)
• Beschäftigte einschließlich der zu ihrer Berufsausbildung Beschäftigten • Bezieher von Arbeitslosengeld I und II • selbstständige Landwirte, Künstler und Publizisten • Jugendliche in Einrichtungen • Behinderte Menschen in Einrichtungen • Studierende und Praktikanten • Rentner • Nichtversicherte	• Personen, die aus der gesetzlichen Krankenversicherung ausscheiden und zuvor mindestens 24 Monate während der letzten 5 Jahre oder die letzten 12 Monate ununterbrochen versichert waren • Personen, die erstmals eine Beschäftigung aufnehmen und die Jahresarbeitsentgeltgrenze überschreiten • Personen, deren Familienversicherung erlischt • Schwerbehinderte Menschen	• Ehegatten • Lebenspartner • Kinder eines Mitglieds – leibliche Kinder – Adoptivkinder – zur Annahme aufgenommen Pflegekinder – Stiefkinder – Enkel

Versicherungspflichtig sind die in § 5 SGB V aufgezählten Personen. Die Versicherungspflicht tritt bei diesen Personen ein, wenn die gesetzlichen Voraussetzungen vorliegen. Unerheblich ist, ob Beiträge gezahlt wurden, eine Meldung erfolgte oder ein Antrag auf die Versicherung gestellt wurde.

Durch die Gesundheitsreform 2007 werden alle verpflichtet, sich entweder gesetzlich oder privat kranken zu versichern (§ 5 Abs. 1 Nr. 13 SGB V).

Keine Versicherungspflicht besteht, wenn eine gesetzliche Ausnahme besteht. Kraft Gesetzes nicht versicherungspflichtig sind u. a. Personen,

- die eine selbständige Tätigkeit hauptberuflich ausüben (§ 5 Abs. 3 SGB V)
- deren regelmäßiges Jahresarbeitsentgelt 75 % der Beitragsbemessungsgrenze in der gesetzlichen Rentenversicherung (Jahresarbeitsentgeltgrenze) übersteigt,
- Beamte, Richter und Zeitsoldaten und
- geringfügig Beschäftigte.

Keine Versicherungspflicht besteht ferner bei Personen, die auf Antrag von dieser **befreit** wurden. Den Antrag können nur Personen, die hierzu nach § 8 SGB V berechtigt sind, innerhalb von drei Monaten nach Eintritt der Versicherungspflicht stellen (§ 8 SGB V). Antragsberechtigt sind u. a. Studierende.

Freiwillig versichern können sich in der gesetzlichen Krankenversicherung nur die in § 9 SGB V aufgezählten Personen. Die freiwillige Versicherung muss innerhalb von drei Monaten schriftlich erklärt werden (§ 9 Abs. 2 SGB V).

Die versicherungspflichtigen und die freiwillig versicherten Personen sind zugleich **Mitglieder** der Krankenkasse. Ihnen stehen auf Grund der Mitgliedschaft zusätzliche Rechte in der Selbstverwaltung (aktives und passives Wahlrecht zu den Selbstverwaltungsorganen der Sozialversicherungen) sowie das Kassenwahlrecht zu.

c) Leistungen der gesetzlichen Krankenversicherung

Leistungen der gesetzlichen Krankenversicherung				
Leistungen zur Krankheitsverhütung	**Leistungen zur Familienplanung**	**Leistungen zur Früherkennung von Krankheiten**	**Leistungen Krankheit**	**Sonstige Leistungen**
• Primärprävention • Zusammenarbeit der Leistungsträger • Betriebliche Gesundheitsförderung • Schutzimpfung • Gruppenprophylaxe • Individualprophylaxe • Medizinische Vorsorge • Medizinische Vorsorge für Mütter und Väter	• Leistungen zur Empfängnisregelung (insbesondere Empfängnisverhütung) • Sterilisation • Schwangerschaftsabbruch	• Früherkennungsuntersuchungen bei Erwachsenen • Früherkennungsuntersuchungen bei Kindern	• Krankenbehandlung – ärztliche Behandlung – zahnärztliche Behandlung einschließlich der Versorgung mit Zahnersatz – psychotherapeutische Behandlung – Versorgung mit Arznei-, Verband-, Heil- und Hilfsmitteln – Häusliche Krankenpflege – Soziotherapie – Palliativversorgung – Haushaltshilfe – Krankenhausbehandlung – Leistungen in einem Hospiz • medizinische und ergänzende Leistungen zur Rehabilitation – Belastungserprobung – Arbeitstherapie – künstliche Befruchtung • Krankengeld	• Zuschuss zum Zahnersatz • Übernahme von Fahrkosten • Weiterentwicklung der Versorgung • Unterstützung der Versicherten bei Behandlungsfehlern • Leistungen bei Schwangerschaft und Mutterschaft – Ärztliche Betreuung – Hebammenhilfe – Versorgung mit Arznei-, Verband- und Heilmitteln – Stationäre Entbindung – Häusliche Pflege – Haushaltshilfe – Mutterschaftsgeld

Allen Leistungen der gesetzlichen Krankenversicherung ist gemeinsam, dass sie die Zugehörigkeit zum versicherten Personenkreis voraussetzen. Die Leistungen werden unter Beachtung des Wirtschaftlichkeitsgebots erbracht (§ 12 SGB V). Die Versicherten erhalten die Leistungen als Sach- oder Dienstleistungen (§ 2 Abs. 1, 2 SGB V). Eine Erstattung der Kosten einer medizinischen Leistung ist nur in Ausnahmefällen möglich (§ 13 SGB V), z.B. wenn eine rechtzeitige Entscheidung der Krankkasse nicht erreichbar war oder wenn die Krankenkasse die Kostenübernahme rechtswidrig abgelehnt hat.

Die Leistungen der gesetzlichen Krankenversicherung werden grundsätzlich nur auf **Antrag** erbracht (§ 19 SGB IV). Bei der ärztlichen und zahnärztlichen Behandlung ist die Vorlage einer von der Krankenkasse ausgestellten Krankenversichertenkarte ausreichend.

Keine Leistungen werden erbracht, wenn der Anspruch ruht (§§ 16 ff. SGB V).

Die Leistungen der **Primärprävention**, der betrieblichen Gesundheitsförderung, der Zusammenarbeit der Krankenkassen mit den Trägern der Unfallversicherung und des Arbeitsschutzes (§ 20 SGB V) sowie die Schutzimpfungen (§ 20 d SGB V) sollen den Eintritt einer Krankheit vorbeugen.

Zahnerkrankungen bei Kindern soll mit der **Gruppenprophylaxe** und der **Individualprophylaxe** begegnet werden (§§ 21, 22 SGB V). Die Maßnahmen der Gruppenprophylaxe werden vornehmlich in Gruppen, z. B. im Kindergarten oder in der Schule durchgeführt. Anspruch auf Individualprophylaxe haben Versicherte zwischen dem 6. und 18. Lebensjahr. Die Individualprophylaxe beinhaltet eine zahnärztliche Untersuchung je Kalenderhalbjahr.

Anspruch auf ärztliche Behandlung und medizinische Versorgung (**medizinische Vorsorgeleistungen**) haben Versicherte, wenn diese notwendig sind, eine Schwächung der Gesundheit, die in absehbarer Zeit voraussichtlich zu einer Krankheit führen würde, zu beseitigen, der Gefährdung der gesundheitlichen Entwicklung entgegenzuwirken oder um Pflegebedürftigkeit zu vermeiden (§ 23 SGB V). Unter den genannten Voraussetzungen können die Krankenkassen Maßnahmen in Form einer Vorsorgekur für Mütter oder Väter erbringen (§ 23 a SGB V).

Der **Familienplanung** dienen die Leistungen der Empfängnisregelung, der Sterilisation und des Schwangerschaftsabbruches. Die Leistungen der Empfängnisregelung umfassen Beratung, Untersuchung und Verordnung empfängnisverhütender Mittel und bis zur Vollendung des 20. Lebensjahres die Kosten ärztlich verordneter empfängnisverhütender Mittel (§ 24 a SGB V).

Versicherte haben ferner Anspruch auf Leistungen bei einer medizinisch erforderlichen **Sterilisation** und bei einem nicht rechtswidrigen **Abbruch der Schwangerschaft** durch einen Arzt in einem Krankenhaus oder einer sonstigen hierfür vorgesehenen Einrichtung (§ 24 b SGB V).

Früherkennungsuntersuchungen sollen das frühzeitige Erkennen einer Erkrankung ermöglichen (§§ 25, 26 SGB V). Auf die Früherkennungsuntersuchungen haben Versicherte, die das 35. Lebensjahr vollendet haben, Anspruch (§ 25 SGB V). Gegenstand der Untersuchung ist insbesondere die frühzeitige Erkennung von Herz-, Kreislauf- und Nierenerkrankungen und der Zuckerkrankheit. Höchstens einmal jährlich besteht für Frauen ab dem 20., und für Männer ab dem 45. Lebensjahr Anspruch auf eine Untersuchung zur Früherkennung von Krebserkrankungen.

Bei Kindern besteht ein Anspruch bis zur Vollendung des sechsten Lebensjahres und einmal mit Vollendung des zehnten Lebensjahres auf Früherkennungsuntersuchung (§ 26 SGB V).

Die Leistungen der **Krankenbehandlung** setzen eine Krankheit voraus. Dies ist ein regelwidriger Körper- oder Geisteszustand, der der Behandlung bedarf und/oder Arbeitsunfähigkeit zur Folge hat.

Die **ärztliche Behandlung** umfasst die Tätigkeit des Arztes, die zur Verhütung, Früherkennung und Behandlung von Krankheiten nach den Regeln der ärztlichen Kunst ausreichend und zweckmäßig ist. Soweit dabei Hilfspersonen tätig werden, müssen diese ärztlich verordnet und verantwortet sein (§ 28 SGB V).

Die **zahnärztliche Behandlung** beinhaltet die Tätigkeit eines Zahnarztes, die zur Verhütung, Früherkennung und Behandlung von Zahn-, Mund und Kieferkrankheiten nach den Regeln der zahnärztlichen Kunst ausreichend und zweckmäßig ist. Die zahnärztliche Behandlung umfasst auch die kieferorthopädische Behandlung, die nach Vollendung des 18. Lebensjahres aber nur bei schweren Kieferanomalien zu den Leistungen der Krankenkassen gehört (§ 28 SGB V).

Die **psychotherapeutische Behandlung** wird durch niedergelassene ärztliche oder nichtärztliche Vertrags-Psychotherapeuten und -Psychologen durchgeführt (§ 28 Abs. 3 SGB V).

Die Versorgung mit **Arzneimitteln** umfasst nur solche Arzneimittel, die verordnungspflichtig sind und vom Gemeinsamen Bundesausschuss als Kassenleistung benannt sind. Die Arzneimittel müssen ärztlich verordnet sein (§ 31 SGB V).

Heilmittel sind z. B. Bäder und Massagen (§ 32 SGB V).

Hilfsmittel sind z. B. Seh- und Hörhilfen und sonstige Körperersatzstücke. Die Krankenkassen übernehmen die Kosten erforderlicher ärztlich verordneter Hilfsmittel (§ 33 SGB V).

Die **häusliche Krankenpflege** beinhaltet die Grund- und Behandlungspflege sowie die hauswirtschaftliche Versorgung von Versicherten in ihrem Haushalt oder in ihrer Familie (§ 37 SGB V). Sie wird erbracht, wenn Krankenhauspflege geboten, jedoch nicht ausführbar ist bzw. Krankenhauspflege vermieden wird. Sie wird bis zu vier Wochen je Krankheitsfall erbracht. Medizinische Behandlungspflege wird zudem gewährt, wenn diese zur Sicherung des Zieles der ärztlichen Behandlung erforderlich ist (§ 37 Abs. 2 SGB V).

Anspruch auf **Soziotherapie** haben psychisch schwer kranke Menschen, die die für sie vorgesehenen Leistungen nicht selbst in Anspruch nehmen können (§ 37 a SGB V). Die Leistung ist auf maximal 120 Stunden innerhalb von 3 Jahren begrenzt.

Haushaltshilfe erhalten Versicherte, wenn ihnen wegen einer Krankenhausbehandlung oder einer anderen Maßnahme die Weiterführung des Haushalts nicht möglich ist und im Haushalt ein Kind lebt, das das 12. Lebensjahr noch nicht vollendet hat oder das wegen einer Behinderung auf Hilfe angewiesen ist (§ 38 SGB V).

Anspruch auf vollstationäre **Behandlung** in einem zugelassenen **Krankenhaus** haben Versicherte, wenn die Aufnahme nach Prüfung durch das Krankenhaus erforderlich ist, weil das Behandlungsziel nicht durch teilstationäre, vor- und nachstationäre oder ambulante Behandlung einschließlich häuslicher Krankenpflege erreicht werden kann (§ 39 SGB V).

Versicherten in einem stationären **Hospiz**, in dem eine palliativ-medizinische Behandlung erbracht wird, erhalten eine Zuschuss, wenn eine ambulante Versorgung im Haushalt oder in der Familie nicht sichergestellt werden kann (§ 39 a SGB V).

Leistungen der **medizinischen Rehabilitation** kann die Krankenkasse erbringen, wenn die Leistungen der Krankenbehandlung nicht ausreichend sind (§ 40 SGB V). Soweit ambulante Maßnahmen nicht ausreichend sind, hat die Krankenkasse stationäre Leistungen zu erbringen. Die Maßnahme kann auch als Mutter-Vater-Kind-Kur in einer Einrichtung des Müttergenesungswerks oder einer vergleichbaren Einrichtung erbracht werden (§ 41 SGB V).

Ergänzende Leistungen der Rehabilitation der Krankenkassen sind: ärztlich verordneter Rehabilitationssport, sonstige medizinische notwendige Rehabilitationsleistungen und Patientenschulung für chronisch Kranke (§ 43 SGB V).

Versicherte haben Anspruch auf **Krankengeld**, wenn sie wegen einer Krankheit arbeitsunfähig sind oder stationär behandelt werden (§ 44 SGB V). Das Krankengeld beträgt 70 v. H. des regelmäßigen Arbeitsentgelts, jedoch nicht mehr als 90 v. H. des Netto-Arbeitsentgelts; es erhöht sich entsprechend der Anhebung der Rente in der gesetzlichen Rentenversicherung (§ 47 Abs. 5 SGB V). Das Krankengeld wird für dieselbe Krankheit längstens für 78 Wochen innerhalb von drei Jahren gezahlt (§ 48 SGB V). Der Anspruch auf Krankengeld ruht, soweit der Versicherte Arbeitsentgelt, Verletztengeld, Arbeitslosengeld oder ähnliche Leistungen erhält (§ 49 SGB V). Das Krankengeld kann ganz oder teilweise versagt werden, wenn sich der Versicherte die Krankheit vorsätzlich zugezogen hat (§ 52 SGB V).

Dies gilt ferner für Folgeerkrankungen auf Grund eines medizinisch nicht erforderlichen Eingriffs (z. B. Schönheitsoperation, Tätowierung, Piercing). In den letztgenannten Fällen sind die Versicherten an den Kosten zu beteiligen (§ 52 Abs. 2 SGB V).

Krankengeld erhalten ferner Versicherte, die der Arbeit fernbleiben müssen, weil ihr bis zu 12 Jahre altes oder behindertes Kind erkrankt ist und nach ärztlichem Zeugnis der Beaufsichtigung, Betreuung oder Pflege bedarf (§ 45 SGB V). Die Leistung wird je Kind für höchstens 10 und für alle Kinder 25 – bei Alleinerziehenden 20 bzw. 50 – Arbeitstage im Kalenderjahr erbracht.

Versicherte erhalten einen Festzuschuss in Höhe von 50% des für die Regelversorgung mit **Zahnersatz** festgesetzten Betrages (§ 55 SGB V). Der Zuschuss erhöht sich um 20%, wenn sich der Versicherte während der letzten 5 Jahre vor der Behandlung mindestens einmal jährlich hat untersuchen lassen und sein Gebisszustand regelmäßige Zahnpflege erkennen lässt. Die über die Regelversorgung hinausgehenden Kosten hat der Versicherte selbst zu tragen. In Härtefällen wird ein höherer Zuschuss geleistet.

Fahrtkosten übernimmt die Krankenkasse nur bei Fahrten zur stationären Behandlung und zurück sowie bei allen Rettungsfahrten zum Krankenhaus und bei Fahrten im Krankenwagen mit fachlicher Betreuung (Krankentransport), sowie bei Fahrten zu einer ambulanten Krankenbehandlung, wenn dadurch eine an sich gebotene voll- oder teilstationäre Krankenhausbehandlung vermieden oder verkürzt wird, soweit die Kosten 13 Euro je einfache Fahrt übersteigen (§ 60 SGB V).

Zu den Leistungen müssen die Versicherten teilweise **Zuzahlungen** zahlen (§ 61 SGB V). In Härtefällen hat die Krankenkasse die Versicherten von der Zuzahlung ganz oder teilweise zu befreien, wenn der Versicherte unzumutbar belastet würde (§ 62 SGB V). Dies ist dann der Fall, wenn die Aufwendungen für die Zuzahlungen 2%, bei chronisch Kranken 1% der jährlichen Bruttoeinnahmen übersteigen. Versicherte, die Vorsorgeuntersuchungen nicht wahrgenommen haben, unterfallen der Chroniker-Regelung nicht.

Die Leistungen bei **Schwangerschaft** und **Mutterschaft** (§§ 195 ff. RVO) erhalten, weibliche Versicherte, bei denen der Versicherungsfall Schwangerschaft oder Mutterschaft vorliegt.

d) Leistungserbringung

Die gesetzlichen Krankenkassen haben sicherzustellen, dass den Versicherten genügend Leistungserbringer (z. B. Krankenhäuser, Ärzte etc.). für die notwendigen medizinischen Leistungen zur Verfügung stehen. Einzelheiten (z. B. Zulassung der Leistungserbringer und deren Vergütung) des zwischen den Krankenkassen und den Leistungserbringern bestehenden Rechtsverhältnisses regelt das sog. Leistungserbringungsrecht (vgl. vor allem §§ 69 ff. SGB V). Leistungserbringer sind die Vertrags(zahn)ärzte, die zugelassenen Krankenhäuser und Rehabilitationseinrichtungen, Leistungserbringer von Heilmitteln und Hilfsmitteln, Apotheken und sonstige Leistungserbringer.

Vertragsärzte können alle Ärzte sein, die in das Arzt- oder Vertragsarztregister eingetragen sind (§ 95 SGB V). Welche Ärzte dies sind, regelt die Bundesärzteordnung. Der Arzt dient der Gesundheit des einzelnen Menschen. Er übt kein Gewerbe aus. Er bedarf zur Ausübung seines Berufes der Approbation oder einer besonderen Zulassung. Die Approbation ist an einen Deutschen oder einen Angehörigen eines anderen EG-Staates, eines anderen Vertragsstaates des EWR-Abkommens oder einen heimatlosen Ausländer zu erteilen, der sich nicht als unwürdig, oder unzuverlässig erwiesen hat, körperlich und geistig nicht unfähig oder ungeeignet ist und der nach einem Studium der Medizin von mindestens 6 Jahren (davon 8–12 Monate praktische Ausbildung in Krankenanstalten) die ärztliche Prüfung bestanden und eine 18-monatige Tätigkeit als Arzt im Praktikum abgeleistet hat (§§ 1–3 BundesärzteO). Die Entscheidung über die Erteilung der Approbation trifft die zuständige Behörde des Landes, in dem die ärztliche Prüfung abgelegt worden ist, nach der Approbationsordnung. Das Honorar der Ärzte richtet sich nach der Gebührenordnung. Als Honorar kann bis zum 3,5-fachen des Gebührensatzes beansprucht werden. Für medizinisch-technische Leistungen gelten geringere Gebührensätze (§ 5 GOÄ).

Zugelassene Krankenhäuser sind die Hochschulkliniken, die Plankrankenhäuser und die Krankenhäuser, mit denen ein Versorgungsvertrag geschlossen wurde (§ 108 SGB V). Einzelheiten regelt das Krankenhausfinanzierungsgesetz (KHG). Die Vergütung der Krankenhausleistungen regelt das Fallpauschalengesetz und das Krankenhausentgeltgesetz.

e) Organisation der gesetzlichen Krankenversicherung

Träger der gesetzlichen Krankenversicherung sind die gesetzlichen Krankenkassen (§§ 4 Abs. 1 SGB V): die Ortskrankenkassen, die Betriebskrankenkassen, die Innungskrankenkassen, die landwirtschaftlichen Krankenkassen, die See-Kasse und die Ersatzkassen. Die Zuständigkeit der Krankenkassen richtet sich nach der Wahl der Mitglieder (sog. Kassenwahlrecht; §§ 173 ff. SGB V).

Die gesetzlichen Krankenkassen sind rechtsfähige Körperschaften des öffentlichen Rechts mit Selbstverwaltung (§ 4 Abs. 1 SGB V). Organe der Krankenkassen sind der Verwaltungsrat und der Vorstand als Vollzugsorgan. Der Verwaltungsrat erlässt die Satzung der Krankenkasse, die der Zustimmung der Aufsichtsbehörde bedarf. Der Verwaltungsrat wird durch die Sozialwahlen bestellt.

Die Krankenkassen haben neben der Durchführung des SGB V auch die Aufgabe, die Beiträge für die Pflege-, Renten- und Arbeitslosenversicherung einzuziehen. Hierfür werden sie gesondert vergütet.

Die Krankenkassen können sich zu Krankenkassenverbänden zusammenschließen (§§ 207–219 SGB V). Es bestehen Landesverbände der Orts-, Betriebs- und Innungskrankenkassen. Auf Bundesebene bilden die Krankenkassen künftig einem Spitzenverband, der die Krankenkassen in der Gemeinsamen Selbstverwaltung vertritt, Kollektivverträge schließt und für zwingend einheitlich zu treffende Entscheidungen zuständig ist (§§ 217 a ff. SGB V). Die Verbände haben die ihnen gesetzlich zugewiesenen Aufgaben zu erfüllen; sie unterstützen die Mitgliedskassen bei der Erfüllung ihrer Aufgaben insbesondere durch Beratung und Unterrichtung, Abschluss und Änderung von Verträgen, besonders mit anderen Trägern der Sozialversicherung sowie Übernahme der Vertretung gegenüber anderen Sozialversicherungsträgern und Entscheidung von Zuständigkeitskonflikten.

f) Finanzierung

Die Leistungen der gesetzlichen Krankenversicherung werden ganz überwiegend durch **Beiträge** finanziert (§§ 220 ff. SGB V). Die Höhe der Beiträge richtet sich nach den beitragspflichtigen Einnahmen und dem von der gesetzlichen Krankenkasse festgesetzten Beitragssatzes. Studierende zahlen $^{7}/_{10}$ des durchschnittlichen allgemeinen Beitragssatzes der

Kranken- und Ersatzkassen. Ab dem 1. 1. 2009 wird der Beitragssatz einheitlich durch Rechtsverordnung festgesetzt (§ 241 Abs. 1 SGB V n. F.). Rentner zahlen den normalen Beitrag, der sich nach dem durchschnittlichen allgemeinen Beitragssatz der Krankenkasse richtet (§ 247 SGB V).

Die Krankenkassen können Selbstbehalttarife einführen und Mitgliedern die selbst und deren mitversicherte Angehörige keine Leistungen in Anspruch genommen haben, Prämien zahlen (§ 53 SGB V).

Bei versicherungspflichtigen Arbeitnehmern trägt der Arbeitgeber und der Arbeitnehmer den Beitrag je zu Hälfte. Alleine hat der Arbeitnehmer den Beitrag für das Krankengeld und den Zahnersatz zu tragen, bei freiwilligen Mitgliedern hat er einen Zuschuss zu deren Beitrag zu zahlen. Den Beitragsanteil für den Zahnersatz und das Krankengeld trägt der Versicherte allein. Studierende tragen den Beitrag allein (§ 254 SGB V).

Die Beiträge der Arbeitnehmer zahlt der Arbeitgeber an die Krankenkassen. Der Arbeitgeber kann den Anteil des Arbeitnehmers bei der Lohnzahlung abziehen (§§ 243 SGB V, 28 d ff. SGB IV).

Eine weitere zunehmend bedeutsamere Einnahmequelle der gesetzlichen Krankenkassen sind die **Zuzahlungen** der Versicherten.

Ab dem 1. 1. 2009 wird beim Bundesversicherungsamt ein sog. Gesundheitsfonds als Sondervermögen eingerichtet. In diesen Gesundheitsfonds fließen einerseits die Krankenversicherungsbeiträge, andererseits ein Bundeszuschuss für die beitragsfreie Versicherung von Kindern. Die Krankenkassen erhalten aus dem Gesundheitsfonds eine Grundpauschale (§§ 266 Abs. 1 SGB V n. F.). Die unterschiedlichen Risikostruktur wird mit Zu- und Abschlägen ausgeglichen. Ist der Finanzbedarf durch den Gesundheitsfonds nicht abgedeckt, haben die Krankenkassen einen Zusatzbeitrag bis maximal 1 Prozent der beitragspflichtigen Einnahmen des Mitglieds zu erheben. Keine Einkommensprüfung erfolgt bei einem Zusatzbeitrag bis 8 Euro.

g) Krankenversicherung der Landwirte

Die Krankenversicherung der Landwirte wird im Gesetz über die Krankenversicherung der Landwirte (KVLG), im Zweiten Gesetz über die Krankenversicherung für Landwirte sowie im Gesetz zur Organisationsreform in der landwirtschaftlichen Sozialversicherung geregelt.

Die Krankenversicherung für Landwirte gilt für alle Unternehmer der Land(Forst)wirtschaft einschl. Wein-, Obst-, Gemüse-, Gartenbau, Teichwirtschaft und Fischzucht sowie Unternehmer der Seen- und Flussfischerei und der Imkerei nebst mitarbeitenden Familienangehörigen (mindestens 15-jährige) und Auszubildende.

Pflichtversichert ist auch, wer das 65. Lebensjahr vollendet hat und während der letzten 15 Jahre mindestens 60 Monate als landwirtschaftlicher Unternehmer tätig war.

„Unternehmer" ist, für dessen Rechnung das Unternehmen geführt wird, falls dieses – unabhängig vom jeweiligen Unternehmer – eine auf Bodenbewirtschaftung beruhende Existenzgrundlage bildet und die Mindestgröße erreicht (s. hierzu § 1 Abs. 5 ALG).

Ein Unternehmer, dessen Einkommen die Versicherungspflichtgrenze übersteigt, kann sich von der Pflichtversicherung befreien lassen. Die Möglichkeit freiwilliger Versicherung besteht wie in der allgemeinen Krankenversicherung (§§ 1–6 KVLG).

Auch die Leistungen entsprechen der allgemeinen Krankenversicherung. Zusätzlich sind in der Krankenversicherung der Landwirte Betriebshilfe bis zu drei Monaten bei längerer Krankheit und Haushaltshilfe für eine Ersatzkraft für die Führung des Haushalts (§§ 9, 10ff. KVLG) vorgesehen.

Träger der Krankenversicherung der Landwirte sind die bei den landwirtschaftlichen Berufsgenossenschaften eingerichteten landwirtschaftlichen Krankenkassen. Diese sind Körperschaften des öffentlichen Rechts. Die landwirtschaftlichen Krankenkassen sind in einem Bundesverband zusammengeschlossen (§§ 17, 34 KVLG).

Die landwirtschaftliche Krankenversicherung wird durch Beiträge der landwirtschaftlichen Unternehmer – diese werden nach Beitragsklassen erhoben –, Bundeszuschüsse und sonstige Einnahmen finanziert (§§ 37ff. KVLG).

645 | Soziale Pflegeversicherung

a) Allgemeines

In der sozialen Pflegeversicherung werden ca. 85 % der Bevölkerung der Bundesrepublik Deutschland gegen das Risiko der Pflegebedürftigkeit abgesichert.

Die soziale Pflegeversicherung wird vor allem im Elften Buch Sozialgesetzbuch (SGB XI) geregelt. Vorschriften mit Bezug zur Pflegeversicherung finden sich ferner in den anderen besonderen (vor allem im SGB V, VII, IX und XII) und in den allgemeinen Teilen (SGB I, IV und X) des SGB und den durch § 68 SGB I in dieses einbezogenen Gesetzen (vor allem im BVG), in Rechtsverordnungen und in autonomen Satzungen der Pflegekassen. Weiter sind Kollektivverträge, Sprüche der Schiedsgerichte, Richtlinien und Empfehlungen sowie Verwaltungsvorschriften zu beachten.

Mit der Einführung der Pflegeversicherung sollte der Schutz des Einzelnen im Falle der Pflegebedürftigkeit verbessert und er damit aus der Sozialhilfe herausgeführt werden. Zum anderen sollte die Allgemeinheit gegen finanzielle Belastungen durch unzureichende Vorsorge der Einzelnen geschützt werden.

Im Übrigen hat die Pflegeversicherung die allgemeinen sozialrechtlichen Aufgaben: Verwirklichung sozialer Gerechtigkeit und Sicherheit (§ 1 Abs. 1 SGB XI), Organisation der Pflegeversicherung und Stabilisierung des Gesellschaftssystems.

b) Versicherter Personenkreis der sozialen Pflegeversicherung

Leistungen der sozialen Pflegeversicherung erhalten nur die in dieser versicherten Personen. Den Regelungen des versicherten Personenkreises der sozialen Pflegeversicherung liegt der Grundsatz „Pflegeversicherung folgt Krankenversicherung" zu Grunde, nach dem die in der gesetzlichen Krankenversicherung versicherungspflichtigen und freiwilligen Versicherten der sozialen Pflegeversicherung und jene der privaten Krankenkassen der privaten Pflegeversicherung zugeordnet werden (§§ 1 Abs. 2 Satz 1 , 20 Abs. 2 Satz 1 SGB XI).

Pflegeversicherter Personenkreis		
Versicherungspflichtige Personen (§§ 20, 21 SGB XI)	**Freiwillig versicherte Personen (§§ 26, 26 a SGB XI)**	**Familienversicherte Personen (§ 25 SGB IX)**
• Versicherungspflichtige und freiwillige Versicherte der gesetzlichen Krankenversicherung • Personen mit Anspruch auf Heilbehandlung nach dem BVG oder in entsprechender Anwendung des BVG • Bezieher von Kriegsschadenrente oder vergleichbaren Leistungen nach dem Lastenausgleichsgesetz • Bezieher von ergänzender Hilfe zum Lebensunterhalt nach dem BVG oder in entsprechender Anwendung des BVG • Bezieher laufender Leistungen zum Unterhalt und von Krankenhilfe nach dem SGB VIII • Krankenversorgungsberechtigte nach dem BEG • Soldaten auf Zeit, soweit sie nicht gesetzlich oder privat krankenversichert sind	• Personen, die aus der Versicherungspflicht ausscheiden • Personen, die aus der Familienversicherung ausscheiden • Personen, die ihren Wohnsitz ins Ausland verlegen • Beitritt nach § 26 a SGB XI • Zuwanderer aus dem Ausland • Auslandsrückkehrer	• Ehegatte • Lebenspartner • Kinder des Mitglieds – leibliche – Adoptivkinder – zur Annahme aufgenommene Pflegekinder – Stiefkinder – Enkel

c) Leistungen der sozialen Pflegeversicherung

Leistungen der sozialen Pflegeversichtung erhalten nur pflegebedürftige Versicherte.

Pflegebedürftig sind Personen, die wegen einer körperlichen, geistigen oder seelischen Krankheit oder Behinderung für die gewöhnlichen und regelmäßig wiederkehrenden Verrichtungen im Ablauf des täglichen Lebens auf Dauer, voraussichtlich für mindestens sechs Monate, in erheblichem oder höherem Maße der Hilfe bedürfen (§ 14 Abs. 1 SGB XI). Zu den Krankheiten und Behinderungen gehören Funktionsstörungen am Stütz- und Bewegungsapparat, der inneren Organe oder der Sinnesorgane sowie Störungen des Zentralnervensystems (§ 14 Abs. 2 SGB XI).

Bei gewöhnlich und wiederkehrenden Verrichtungen im Ablauf des täglichen Lebens werden nur Hilfestellungen im Bereich der Körperpflege, der Ernährung, der Mobilität und der hauswirtschaftlichen Versorgung berücksichtigt (§ 14 Abs. 4 SGB XI). Andere Hilfestellungen, insbesondere die medizinische Behandlungspflege – z. B. Messen des Blutzuckerspiegels, Insulinspritzen – werden nicht eingerechnet. Erheblich ist der Hilfebedarf nur, wenn er täglich durchschnittlich 90 Minuten beträgt, wovon mehr als 45 Minuten auf die Grundpflege – zu dieser gehört die Körperpflege, die Ernährung und die Mobilität – entfallen müssen.

Die Höhe der Pflegeleistungen ist überwiegend davon abhängig, welcher Pflegestufe der Betroffene angehört.

Pflegestufen (§ 15 SGB XI)		
Pflegestufe I: erheblich Pflegebedürftige	**Pflegestufe II: Schwerpflegebedürftige**	**Pflegestufe III: Schwerstpflegebedürftige**
• mindestens einmal täglich Hilfe für mindestens zwei Verrichtungen aus den Bereichen Körperpflege, Ernährung und Mobilität erforderlich • zusätzlich mehrmals wöchentlich Hilfe bei der hauswirtschaftlichen Versorgung erforderlich • Zeitlicher Mindestumfang: täglich durchschnittlich mindestens 90 Minuten, davon mehr als 45 Minuten für die Körperpflege, Ernährung und Mobilität	• mindestens mehrmals täglich Hilfe in den Bereichen Körperpflege, Ernährung und Mobilität erforderlich • zusätzlich mehrmals wöchentlich Hilfe bei der hauswirtschaftlichen Versorgung erforderlich • Zeitlicher Mindestumfang: täglich durchschnittlich mindestens drei Stunden, davon mindestens zwei Stunden für die Körperpflege, Ernährung und Mobilität	• täglich Rund-um-die-Uhr- Pflege in den Bereichen Körperpflege, Ernährung und Mobilität erforderlich • zusätzlich mehrmals wöchentlich Hilfe bei der hauswirtschaftlichen Versorgung erforderlich • Zeitlicher Mindestumfang: täglich durchschnittlich mindestens fünf Stunden, davon mehr als vier Stunden für die Körperpflege, Ernährung und Mobilität

Die Pflegeleistungen müssen **beantragt** werden (§ 33 Abs. 1 SGB XI).

Die Pflegeleistungen setzen weiter voraus, dass der Antragsteller in den letzten 10 Jahren vor der Antragstellung mindestens 5 Jahre der sozialen Pflegeversicherung angehörte (§ 33 Abs. 3 SGB XI). Bei Kindern ist ausreichend, dass die Eltern diese **Vorversicherungszeit** zurückgelegt haben.

Keine Pflegeleistungen werden geleistet, wenn der Anspruch ruht (insbesondere wegen eines Auslandsaufenthalts oder des Bezugs von Pflegeleistungen der gesetzlichen Unfallversicherung oder der sozialen Entschädigung; § 34 SGB XI) oder erloschen ist (§ 34 SGB XI).

Leistungen der Pflegeversicherung			
Leistungen bei häuslicher Pflege	**Leistungen der teil-stationären Pflege**	**Vollstationäre Pflege**	**Leistungen für Pflege-personen**
• Häusliche Pflegehilfe • Pflegegeld • Kombinationsleistung • Ersatzpflege • Pflegehilfsmittel • Wohnumfeldverbesserung • Betreuungsbetrag	• Tages- und Nachtpflege	• Kurzzeitpflege • Vollstationäre Pflege	• Soziale Sicherung der Pflege-personen • Pflegekurse

Häusliche Pflegehilfe erhalten Pflegebedürftige, die nicht in einer stationären Pflegeeinrichtung oder einem Altenpflegeheim untergebracht sind (§ 36 SGB XI). Sie beinhaltet Pflegeeinsätze bei der Grundpflege und der hauswirtschaftlichen Versorgung durch professionelle Pflegekräfte. Der Umfang der Pflegeeinsätze richtet sich nach der Pflegestufe, in die der Pflegebedürftige eingestuft ist. Bei Pflegestufe I werden Pflegeeinsätze bis zum Gesamtwert von 384 Euro, bei Pflegestufe II bis 921 Euro und bei Pflegestufe III bis 1432 Euro im Monat erbracht. In Härtefällen, z. B. im Endstadium einer Krebserkrankung erhalten Pflegebedürftige der Pflegestufe III bis zu 1918 Euro.

An Stelle der häuslichen Pflegehilfe kann der Pflegebedürftige **Pflegegeld** in Anspruch nehmen, wenn er die Pflege anderweitig sicherstellt, z. B. durch die Pflege von Angehörigen und Nachbarn (§ 37 SGB XI). Das Pflegegeld beträgt im Kalendermonat je nach der Pflegestufe, der der Pflegebedürftige angehört 205 Euro (Pflegestufe I), 410 Euro (Pflegestufe II) oder 665 Euro (Pflegestufe III). Pflegebedürftige der Pflegestufe I und II müssen einmal halbjährlich und die Pflegebedürftigen der Pflegestufe III einmal vierteljährlich eine häusliche Beratung durch zugelassene Pflegeeinrichtungen oder einer durch die Pflegekasse beauftragten Pflegefachkraft abrufen. Unterlassen sie dies, wird das Pflegegeld angemessen gekürzt und im Wiederholungsfall ganz gestrichen. Verstirbt der Pflegebedürftige, wird das Pflegegeld bis zum Ende des Versterbemonats gezahlt.

Kombinationsleistung (§ 38 SGB XI) erhalten Pflegebedürftige, die die Pflegesachleistung nach § 36 SGB XI nicht in vollem Umfang abrufen. Der Pflegebedürftige erhält dann anteiliges Pflegegeld in Höhe des Prozentsatzes der nicht abgerufenen Pflegesachleistung.

Ersatzpflege erhalten Pflegebedürftige, deren Pflegeperson wegen Erholungsurlaubs, Krankheit und ähnlichen Hinderungsgründen die Pflege nicht erbringen kann (§ 39 SGB XI). Der Pflegebedürftige muss bereits mindestens 12 Monate häuslich gepflegt worden sein. Die Ersatzpflege wird bis zu einem Höchstbetrag von 1 432 Euro im Kalenderjahr und für maximal 28 Kalendertage erbracht. Ggfs. kann nach Erschöpfen des Anspruches auf Ersatzpflege Kurzzeitpflege in Anspruch genommen werden.

Die Pflegekasse haben **Pflegehilfsmittel** zu erbringen, wenn diese weder von den Krankenkassen noch von anderen Leistungsträgern gewährt werden (§ 40 Abs. 1 SGB XI). Bei Pflegehilfsmitteln, die zum Verbrauch bestimmt sind (z. B. Desinfektionsmittel, Einmalhandschuhe) ist die Leistung auf 31 Euro im Monat begrenzt.

Bei Pflegebedürftigen, bei denen infolge der Pflegebedürftigkeit ein Umbau der Wohnung erforderlich ist, kann die Pflegekasse Leistungen der **Wohnumfeldverbesserung** erbringen (§ 40 Abs. 4 SGB XI). Die Leistung beträgt maximal 2.557 Euro. Sie kann erneut erst wieder abgerufen werden, wenn sich der Gesundheitszustand so verschlechtert, dass ein weiterer Umbau erforderlich ist.

Leistungen der teilstationären Pflege sind die **Tages-** und die **Nachtpflege** (§ 41 SGB XI). Sie beinhaltet neben der Pflege die Beförderung des Pflegebedürftigen von der Wohnung zur Pflegeeinrichtung und wieder zurück. Die Leistungen sind bei Pflegestufe I auf 384 Euro, bei Pflegestufe II auf 928 Euro und bei Pflegestufe III auf 1 432 Euro im Kalendermonat begrenzt.

Leistungen der **Kurzzeitpflege** erhalten Pflegebedürftige, wenn die Pflegeperson ausfällt oder sich der Gesundheitszustand des Pflegebedürftigen kurzzeitig verschlechtert und häusliche Pflege oder teilstationäre Pflege nicht ausreichend oder möglich ist (§ 42 SGB XI). Die Leistung ist auf 4 Wochen und auf 1 432 Euro im Kalenderjahr begrenzt.

Leistungen der **vollstationären Pflege** erhalten Pflegebedürftige, bei denen die häusliche oder teilstationäre Pflege nicht möglich ist und die Unterbringung in einem Pflegeheim oder einer anderen vollstationären Pflegeeinrichtung erforderlich ist (§ 43 Abs. 1 SGB XI). Ist sie nicht notwendig, erhalten die Betroffenen einen Zuschuss zu ihren Pflegeaufwendungen (§ 43 Abs. 4 SGB XI). Die Pflegekasse erbringt Leistungen für die pflegebedingten Aufwendungen einschließlich der medizinischen Behandlungspflege bis zu 1 023 Euro im Kalendermonat bei Pflegestufe I, 1 279 Euro bei Pflegestufe II und 1 432 Euro bei Pflegestufe III. In Härtefällen, z. B. im Endstadium einer Krebserkrankung können bis zu 1 688 Euro im Kalendermonat erbracht werden. Die Kosten für Unterkunft und Verpflegung (sog. Hotelkosten) muss der Pflegebedürftige selbst tragen (§ 4 Abs. 2 Satz 2 SGB XI).

Für die Pflegepersonen sind Leistungen der sozialen Sicherung in der Rentenversicherung, in der Unfallversicherung und in der Arbeitsförderung vorgesehen (§ 44 SGB XI). Ferner haben die Pflegekassen für an der Pflege Interessierte Pflegekurse durchzuführen (§ 45 SGB XI).

d) Leistungserbringungsrecht

Soweit sich aus dem SGB XI nichts Abweichendes ergibt, werden die Pflegeleistungen als Sachleistung erbracht. Die Pflegekassen haben dafür Sorge zu tragen, dass mit einer ausreichenden Zahl an Leistungserbringern Versorgungs- und Vergütungsvereinbarungen abgeschlossen sind (§§ 69 Satz 2, 71 Abs. 1, Abs. 2 SGB XI). Leistungserbringer in der sozialen Pflegeversicherung sind (§§ 71 ff. SGB XI): vollstationäre Pflegeeinrichtungen (Pflegeheime), vollstationäre Einrichtungen der Behindertenhilfe, Anbieter von Pflegehilfsmitteln, ambulante Pflegeeinrichtungen und geeignete Pflegekräfte.

e) Organisation der sozialen Pflegeversicherung

Träger der sozialen Pflegeversicherung sind die Pflegekassen (§ 46 SGB XI). Bei jeder gesetzlichen Krankenkasse ist eine Pflegekasse eingerichtet.

Die Pflegekassen sind rechtsfähige Körperschaften des öffentlichen Rechts. Organe der Pflegekasse sind die Organe der Krankenkasse, bei der sie errichtet ist (§ 46 SGB V). Für die Pflegeversicherung ist die Pflegekasse zuständig, die der Krankenkasse zugeordnet ist, bei der der Pflegebedürftige gesetzlich krankenversichert ist.

f) Finanzierung

Die Pflegeversicherung wird im Wesentlichen durch Beiträge finanziert (§ 54 SGB XI). Weitere Einnahmen erhält die Pflegekasse aus den Zuzahlungen der Pflegebedürftigen zu den Hilfsmitteln. Schließlich können einer Pflegekasse Mittel aus dem Finanzausgleich zwischen den Pflegekassen zufließen (§§ 66 ff. SGB XI).

Der Beitrag zur sozialen Pflegeversicherung wird durch die Anwendung des Beitragssatzes auf die beitragspflichtigen Einnahmen ermittelt. Der Beitragssatz ist gesetzlich auf 1,7 v. H. festgesetzt (§ 55 SGB XI). Die Beiträge kinderloser Versicherter sind um 0,25 % höher als bei Versicherten mit Kindern. Bei versicherungspflichtigen Arbeitnehmern trägt der Arbeitgeber und der Arbeitnehmer den Beitrag je zur Hälfte, soweit zur Kompensation der wirtschaftlichen Belastungen des Arbeitgebers ein immer auf einen Wochentag fallender gesetzlicher Feiertag gestrichen wurde – dies ist in allen Bundesländern mit Ausnahme von Sachsen der Fall. Rentner tragen ihren Pflegeversicherungsbeitrag voll. Freiwillig Versicherte und privat Versicherte erhalten von ihrem Arbeitgeber einen Zuschuss zu den Beiträgen der Pflegeversicherung.

646 | Gesetzliche Unfallversicherung

a) Allgemeines

Die gesetzliche Unfallversicherung bietet Schutz bei Krankheit, Minderung der Erwerbsfähigkeit und Tod infolge von Arbeitsunfällen, Wegeunfällen und Berufskrankheit. Sie war zunächst auf die Beschäftigten beschränkt (sog. echte Unfallversicherung). Nach dem Zweiten Weltkrieg wurde sie auf weitere Personenkreise ausgedehnt, z. B. Schüler, Studierende, Kinder in Kindergärten, Nothelfer (sog. unechte Unfallversicherung).

Die gesetzliche Unfallversicherung wird vor allem im **Siebten Buch Sozialgesetzbuch** geregelt. Vorschriften mit Bezug zur Unfallversicherung finden sich ferner in den anderen besonderen (vor allem im SGB V, IX, und XI) und in den allgemeinen Teilen (SGB I, IV und X) des SGB, in Rechtsverordnungen und in autonomen Satzungen der Unfallversicherungsträger.

Die gesetzliche Unfallversicherung hat die **Aufgabe**, Arbeitsunfälle und Berufskrankheiten sowie arbeitsbedingte Gesundheitsgefahren mit allen geeigneten Mitteln zu verhüten und nach Eintritt von Arbeitsunfällen oder Berufskrankheiten die Gesundheit und Leistungsfähigkeit der Versicherten wiederherzustellen oder sie oder ihre Hinterbliebenen durch Geldleistungen zu entschädigen (§ 1 SGB VII).

b) Versicherter Personenkreis

Nothelfer sind Personen, die bei Unglücksfällen und gemeiner Gefahr oder Not Hilfe leisten oder andere bei erheblicher gegenwärtiger Gefahr für deren Gesundheit retten (§ 2 Abs. 1 Nr. 3 SGB VII).

Wie-Beschäftigte sind Personen, die nicht Beschäftigte sind, aber wie ein Beschäftigter für ein Unternehmen tätig werden (§ 2 Abs. 2 Satz 1 SGB VII).

Versicherungsfrei sind in der gesetzlichen Unfallversicherung Personen, die nach beamtenrechtlichen oder vergleichbaren Vorschriften bei Dienstunfällen und Berufskrankheiten abgesichert sind (§ 4 SGB VII). Anders als in den anderen Zweigen der Sozialversicherung sind die geringfügig Beschäftigten nicht versicherungsfrei. Von der Versicherungspflicht **befreien** lassen können sich Unternehmer kleiner landwirtschaftlicher Unternehmen (§ 5 SGB VII).

Versicherter Personenkreis der gesetzlichen Unfallversicherung		
Versicherungspflichtige Personen		Freiwillig versicherte Personen (§ 6 SGB VII)
Kraft Gesetzes (§ 2 SGB VII)	Kraft Satzung (§ 3 SGB VII)	
• Beschäftigte • Lernende, insbesondere zu ihrer Berufsausbildung Beschäftigte • Behinderte Menschen in anerkannten Werkstätten für behinderte Menschen • Mitarbeitende Familienangehörige • Ehrenamtlich Tätige • Selbständige Küstenschiffer • Kinder in Tageseinrichtungen • Schüler während des Schulbesuchs • Studierende während des Hochschulbesuchs • Blutspender • Zeugen • Nothelfer • Personen, die einen Straftäter festnehmen • Wie-Beschäftigte	• Unternehmer • Mitarbeitende Ehegatten, Lebenspartner • Personen, die sich auf der Unternehmensstätte aufhalten	

c) Leistungen der gesetzlichen Unfallversicherung

Die Leistungen der gesetzlichen Unfallversicherung setzen neben der Zugehörigkeit zum unfallversicherten Personenkreis insbesondere einen Versicherungsfall der gesetzlichen Unfallversicherung voraus. Versicherungsfälle der gesetzlichen Unfallversicherung sind der Arbeitsunfall und die Berufskrankheit.

Ein **Arbeitsunfall** liegt vor, wenn bei einer versicherten Tätigkeit sich ein zeitlich begrenztes (max. eine Arbeitsschicht) von außen auf den Körper einwirkendes Ereignis eintritt und hierdurch ein Gesundheitsschaden oder der Tod herbeigeführt wird (§ 8 SGB VII). Zwischen dem unfallbringenden Verhalten und der versicherten Tätigkeit muss ein innerer Zusammenhang bestehen. Bei Unfällen bei sog. eigenwirtschaftliche Tätigkeiten, z. B. die Einnahme von Mahlzeiten, liegt kein Arbeitsunfall vor.

Um einen Arbeitsunfall handelt es sich auch dann, wenn dieser sich auf dem Weg von der Wohnung zum Ort der versicherten Tätigkeit und von dieser zurück ereignet (sog. Wegeunfall).

Berufskrankheiten sind Krankheiten, die in der Berufskrankheitenverordnung als solche bezeichnet werden und die der Versicherte bei einer versicherten Tätigkeit erleidet. Andere Krankheiten werden nur als Berufskrankheit anerkannt, wenn im Zeitpunkt der Entscheidung nach neuen Erkenntnissen der medizinischen Wissenschaft die Voraussetzungen hierfür erfüllt sind (§ 9 SGB VII).

Der Eintritt eines Versicherungsfalles muss dem Versicherungsträger vom Unternehmen angezeigt werden (§ 193 SGB VIII). Ein Antrag des Anspruchsberechtigten ist nicht erforderlich.

In der gesetzlichen Unfallversicherung sind folgende Leistungen vorgesehen *s. nächste Seite.*

878

Leistungen der gesetzlichen Unfallversicherung						
Prävention (§§ 14–25 SGB VII)	**Heilbehandlung** (§§ 27–34 SGB VII)	**Leistungen zur Teilhabe am Arbeitsleben** (§ 35 SGB VII)	**Leistungen zur Teilhabe am Leben in der Gemeinschaft und ergänzende Leistungen** (§§ 39–43 SGB VII)	**Leistungen bei Pflegebedürftigkeit** (§ 44 SGB VII)	**Geldleistungen während der Heilbehandlung und der Leistungen zur Teilhabe am Arbeitsleben** (§§ 45–55 SGB VII)	**Renten**
• Erlass von Unfallverhütungsvorschriften • Bestellung von Aufsichtspersonen • Bestellung eines Sicherheitsbeauftragten in den Unternehmen • Einrichtung arbeitsmedizinischer und sicherheitstechnischer Dienste • Berichtspflicht gegenüber der Bundesregierung	• Erstversorgung • ärztliche Behandlung • zahnärztliche Behandlung einschließlich der Versorgung mit Zahnersatz • Versorgung mit Arznei-, Verband-, Heil- und Hilfsmitteln • häusliche Krankenpflege • Behandlung in Krankenhäusern • Leistungen zur medizinischen Rehabilitation		• Kraftfahrzeughilfe • Wohnungshilfe • Haushaltshilfe • Kinderbetreuungskosten • Reisekosten	• Pflegegeld • Stellung einer Pflegekraft • Heimpflege	• Übergangsgeld • Verletztengeld	• Verletztenrente • Witwen-/Witwerrente • Waisenrente • Elternrente

Aufgabe der Unfallversicherungsträger ist es, mit allen Mitteln für die **Verhütung von Arbeitsunfällen, Berufskrankheiten und arbeitsbedingten Gesundheitsgefahren** und für eine wirksame Erste Hilfe zu sorgen (§ 14 SGB VII). Sie sollen hierbei auch die Ursachen von arbeitsbedingten Gefahren für Leben und Gesundheit nachgehen. Zur Verhütung der Arbeitsunfälle können die Unfallversicherungsträger Unfallverhütungsvorschriften erlassen (§ 15 SGB VII). Diese enthalten Bestimmungen über betriebliche Einrichtungen und das Verhalten der Versicherten; sie wenden sich an die Unternehmer und die Beschäftigten. Dem Arbeitsschutz dienen ferner Vorschriften außerhalb der Unfallversicherung, z. B. Gewerbeordnung und Arbeitsschutzgesetz, nach dem die Unternehmer verpflichtet sind, die Arbeitsräume, Betriebsvorrichtungen, Maschinen und Gerätschaften unfallsicher bereitzustellen ➤ s. Nr. 631. Unternehmen mit mehr als 20 Beschäftigten müssen einen Sicherheitsbeauftragten bereitstellen (§ 22 SGB VII).

Der Betriebsrat hat auf die Bekämpfung von Unfall- und Gesundheitsgefahren zu achten und Arbeitsschutzbehörden, die Berufsgenossenschaften und sonstigen Stellen bei der Gefahrenbekämpfung durch Anregungen, Beratung und Auskunft zu unterstützen sowie sich für die Durchführung der Arbeitsschutzvorschriften einzusetzen. Unternehmer und Versicherte sind zur Beachtung der Unfallverhütungsvorschriften gleichermaßen verpflichtet.

Die Berufsgenossenschaften überwachen die Durchführung und beraten ihre Mitglieder. Sie sind zur Anstellung von technischen Aufsichtsbeamten verpflichtet.

Versicherte haben Anspruch auf **Heilbehandlung** einschließlich Leistungen der medizinischen Rehabilitation, der Teilhabe am Arbeitsleben und zur Teilhabe am Leben in der Gemeinschaft. Der Versicherungsträger hat mit allen geeigneten Mitteln möglichst frühzeitig darauf hinzuwirken, dass ein Gesundheitsschaden beseitigt oder gebessert wird, dass Versicherte nach Genesung möglichst auf Dauer wieder beruflich eingegliedert werden, dass bei schweren Gesundheitsschäden Hilfen zur Bewältigung der Anforderungen des täglichen Lebens gewährt werden. Leistungen zur Heilbehandlung und zur Rehabilitation haben Vorrang vor Rentenleistungen. Mit den Leistungen der Heilbehandlung und der Teilhabe am Arbeitsleben soll die Arbeitsfähigkeit für die bisherige oder eine andere Tätigkeit wiederhergestellt werden, ggfs. durch eine Umschulung.

Ferner können Leistungen bei **Pflegebedürftigkeit** gewährt werden (§ 44 SGB VII).

Verletztengeld erhalten gesetzlich Unfallversicherte während der Arbeitsunfähigkeit. **Übergangsgeld** wird während einer Maßnahme zur Teilhabe am Arbeitsleben geleistet.

Verletztenrente erhalten Versicherte, die infolge eines Versicherungsfalles über die 26. Woche nach dem Versicherungsfall hinaus um mehr als 20 v. H. in ihrer Erwerbsfähigkeit gemindert sind. Die Höhe der Rente richtet sich nach dem Jahresarbeitsverdienst. Bei völliger Erwerbsunfähigkeit wird die Vollrente ($^2/_3$ des Jahresarbeitsverdienstes), bei teilweiser Erwerbsunfähigkeit wird eine entsprechende Teilrente gewährt. Die Rente mindert sich mit der Verringerung der Einbuße an Erwerbsfähigkeit; ist diese um weniger als $^1/_5$ gemindert, so fällt die Rente i. d. R. ganz weg (§ 56 SGB VII). Zur Feststellung erfolgen Nachuntersuchungen.

Im **Todesfall** werden Sterbegeld, Hinterbliebenenrente (Witwen-/Witwer-, Waisenrente) und Beihilfen gewährt (§§ 63 ff. SGB VII).

Eine Rente kann durch **Kapitalabfindung** abgelöst werden. Auch kleine Dauerrenten bei einer Minderung der Erwerbsfähigkeit von weniger als 40 v. H. können abgefunden werden.

Besondere Bestimmungen gelten für die Seeunfallversicherung, die land- und forstwirtschaftliche Unfallversicherung und für Schwerverletzte.

d) Organisation der gesetzlichen Unfallversicherung

Träger der gesetzlichen Unfallversicherung sind die gewerblichen und landwirtschaftlichen Berufsgenossenschaften sowie die sog. Eigenunfallversicherungsträger – dies sind insbesondere die Gebietskörperschaften, die Länder und der Bund.

Die Berufsgenossenschaften sind rechtsfähige Körperschaften des öffentlichen Rechts mit Selbstverwaltung (§ 29 SGB IV). Organe sind der Vorstand und die Vertreterversammlung.

e) Finanzierung der gesetzlichen Unfallversicherung

Die gesetzliche Unfallversicherung wird durch Beiträge finanziert (§§ 150ff. SGB VII). Anders als in den anderen Zweigen der Sozialversicherung tragen die Arbeitgeber die Beiträge alleine. Die Höhe der Beiträge bemisst sich nach den Einkünften der Versicherten und der Unfallgefahr in dem jeweiligen Unternehmen. Die Unfallgefahr richtet sich nach sog. Gefahrklassen, denen Unternehmen mit vergleichbaren Unfallgefahren zugeordnet werden.

647 | Gesetzliche Rentenversicherung

a) Allgemeines

Die gesetzliche Rentenversicherung sichert die Risiken der Gefährdung der Erwerbsfähigkeit, des Alters, der Erwerbsminderung und des Todes ab.

Die gesetzliche Rentenversicherung ist vor allem im **Sechsten Buch Sozialgesetzbuch** geregelt. Vorschriften mit Bezug zur gesetzlichen Rentenversicherung finden sich ferner in den anderen besonderen (vor allem im SGB V und IX) und in den allgemeinen Teilen (SGB I, IV und X) des SGB und in Rechtsverordnungen.

b) Versicherter Personenkreis der gesetzlichen Rentenversicherung

Der versicherte Personenkreis der gesetzlichen Rentenversicherung setzt sich aus versicherungspflichtigen und freiwillig versicherten Personen zusammen.

Versicherungsfrei sind Beamte und Richter auf Lebenszeit, Soldaten, Mitglieder geistlicher Genossenschaften, Diakonissen und Angehörige ähnlicher Gemeinschaften, wenn ihnen eine Versorgungsanwartschaft bei dieser Gemeinschaft zugesichert ist, sowie geringfügig Beschäftigte und Bezieher einer Vollrente wegen Alters (§ 5 SGB VI).

Von der Versicherungspflicht **befreien** lassen können sich insbesondere Mitglieder von berufsständischen Versorgungseinrichtungen (z. B. Ärzte, Rechtsanwälte), Lehrer und Erzieher an nichtöffentlichen Schulen sowie selbständige Handwerker (§ 6 SGB VI).

Versicherungsfreie oder von der Versicherungspflicht befreite Personen können sich nur **freiwillig versichern**, wenn sie die allgemeine Wartezeit von 5 Jahren erfüllt haben (§ 7 Abs. 2 SGB VI).

Kraft Gesetzes sind schließlich Personen rentenversichert, die nachversichert wurden (z. B. Beamte, die ohne Versorgungsanspruch aus dem Dienst ausscheiden) oder denen auf Grund eines Versorgungsausgleichs (§§ 1587ff. BGB) eine Versorgungsanwartschaft übertragen wurde (§ 8 SGB VI).

Versicherter Personenkreis der Rentenversicherung					
Versicherungspflichtige Personen					**Freiwillig Versicherte** (§ 7 SGB VI)
Beschäftigte (§ 1 SGB VI)	**Selbstständige** (§ 2 SGB VI)	**Sonstige** (§ 3 SGB VI)	**Auf Antrag Versicherungspflichtige** (§ 4 SGB VI)	**Nachversicherte/ Versorgungsausgleich** (§ 8 SGB VI)	
• Beschäftigte gegen Arbeitsentgelt • zur Ausbildung Beschäftigte • behinderte Menschen • etc.	• Lehrer/ Erzieher • Hebammen/ Entbindungspfleger • arbeitnehmerähnliche Selbstständige • etc.	• Kindererziehungszeiten • Pflegepersonen • Alg II-Bezieher • etc.	• Entwicklungshelfer • im Ausland vorübergehend beschäftigte Deutsche • etc.		

c) Leistungen der gesetzlichen Rentenversicherung

aa) Rehabilitationsleistungen

In der gesetzlichen Rentenversicherung sind Leistungen zur medizinischen Rehabilitation, Leistungen zur Teilhabe am Arbeitsleben, Übergangsgeld und ergänzende Leistungen vorgesehen.

Die Rehabilitationsleistungen können an Versicherte erbracht werden, deren Erwerbsfähigkeit erheblich gefährdet oder bereits gemindert ist und die die Wartezeit erfüllt haben (§§ 10, 11 SGB VI). Ausgeschlossen sind die Rehabilitationsleistungen u.a. bei älteren Versicherten und wenn seit der letzten Maßnahme zur Rehabilitation 4 Jahre noch nicht verstrichen sind (§ 12 SGB VI).

Die Rehabilitationsleistungen müssen beantragt werden. Sie stehen im Ermessen des Rentenversicherungsträgers (§ 9 Abs. 2 SGB VI).

bb) Renten

In der gesetzlichen Rentenversicherung werden folgende Renten gewährt:

Renten		
Altersrente	**Erwerbsminderungsrente**	**Hinterbliebenenrente**
• Regelaltersrente • Altersrente für langjährig Versicherte • Altersrente für schwerbehinderte Menschen • Altersrente wegen Arbeitslosigkeit • Altersrente für Frauen • Altersrente für langjährig unter Tage beschäftigte Bergleute	• Rente wegen teilweiser Erwerbsminderung • Rente wegen voller Erwerbsminderung • Rente wegen teilweiser Erwerbsminderung bei Berufsunfähigkeit	• Witwen-/ Witwerrente • Waisenrente

Regelaltersrente erhalten Versicherte, die das 65. Lebensjahr vollendet und die allgemeine Wartezeit von fünf Jahren erfüllt haben (§ 35 SGB VI).

Anspruch auf **Altersrente für langjährig Versicherte** haben Versicherte, die das 62. Lebensjahr vollendet und eine Wartezeit von 35 Jahren erfüllen (§ 36 SGB VI). Für ältere Versicherte bestehen Sonderregelungen (§ 236 SGB VI).

Altersrente für schwerbehinderte Menschen erhalten Versicherte, die das 63. Lebensjahr vollendet haben, bei Beginn der Altersrente als Schwerbehinderte anerkannt sind und eine Wartezeit von 35 Jahren erfüllen (§ 37 SGB VI). Ältere schwerbehinderte Menschen können die Rente bereits ab Vollendung des 60. Lebensjahres beanspruchen (§ 236 a SGB VI).

Anspruch auf **Altersrente wegen Arbeitslosigkeit** haben Versicherte, die vor dem 1. 1. 1952 geboren sind, das 60. Lebensjahr vollendet haben, arbeitslos sind und innerhalb der letzten 1 ½ Jahre vor Rentenbeginn 52 Wochen arbeitslos waren, 8 Jahre Pflichtbeitragszeiten in den letzten 10 Jahren vor Rentenbeginn und eine Wartezeit von 15 Jahren erfüllt haben (§ 237 SGB VI).

Anspruch auf **Altersrente für Frauen** haben versicherte Frauen, die das 60. Lebensjahr vollendet und nach Vollendung des 40. Lebensjahres Pflichtbeitragszeiten von mehr als 10 Jahren und eine Wartezeit von 15 Jahren erfüllen (§ 237 a SGB VI).

Anspruch auf **Altersrente für langjährig unter Tage beschäftigte Bergleute** haben diejenigen, die das 60. Lebensjahr vollendet haben und ein Wartezeit von 25 Jahren erfüllen (§ 40 SGB VI). Ggfs. kommt zusätzlich eine Knappschaftsausgleichsleistung in Betracht (§ 239 SGB VI).

Versicherte können die Rente wegen Alters in voller Höhe (sog. Vollrente) oder in Höhe eines Drittels, der Hälfte oder von $^2/_3$ (sog. Teilrente) in Anspruch nehmen (§ 42 SGB VI). Die Teilrente ist eine im Vergleich zur Vollrente in der Höhe herabgesetzte Altersrente; sie gibt dem Versicherten durch die bei der Teilrente höheren Hinzuverdienstgrenzen die Möglichkeit eines gleitenden Übergangs in den Ruhestand.

Eine Rente wegen Alters wird vor Vollendung des 65. Lebensjahres nur geleistet, wenn die Hinzuverdienstgrenze nicht überschritten wird (§ 34 Abs. 2 Satz 1 SGB VI). Die Hinzuverdienstgrenze beträgt bei der Altersrente als Vollrente $^1/_7$ der monatlichen Bezugsgröße (2006: 350 Euro) (§ 34 Abs. 3 Nr. 1 SGB VI). Bei einer Teilrente richtet sich die individuelle Hinzuverdienstgrenze bis zur Vollendung des 65. Lebensjahres nach dem aktuellen Rentenwert, vervielfältigt mit der Summe der Entgeltpunkte der letzten drei Kalendermonate vor Rentenbeginn (§ 34 Abs. 3 Nr. 2 SGB VI). Wird die Hinzuverdienstgrenze überschritten, besteht Anspruch auf die niedrigere Teilrente. Vom 65. Lebensjahr an darf ohne Minderung der Rente hinzuverdient werden.

Rentner, deren monatliche Rente den Grundsicherungsbedarf nicht deckt, erhalten ergänzend Leistungen der Grundsicherung im Alter und bei Erwerbsminderung (§§ 41 ff. SGB XII) ➢ s. Nr. 662.

Versicherte haben bis zur Vollendung des 65. Lebensjahres Anspruch auf Rente wegen **teilweiser Erwerbsminderung**, wenn sie teilweise erwerbsgemindert sind, in den letzten 5 Jahren vor Eintritt der Erwerbsminderung 3 Jahre Pflichtbeitragszeiten haben und vor Eintritt der Erwerbsminderung die allgemeine Wartezeit von fünf Jahren erfüllt haben (§ 43 Abs. 1 SGB VI). Teilweise erwerbsgemindert sind Versicherte, die wegen Krankheit oder Behinderung auf nicht absehbare Zeit außerstande sind, unter den üblichen Bedingungen des allgemeinen Arbeitsmarktes mindestens sechs Stunden täglich erwerbstätig zu sein.

Anspruch auf **Rente wegen voller Erwerbsminderung** haben Versicherte, die voll erwerbsgemindert sind, in den letzten fünf Jahren vor Eintritt der Erwerbsminderung drei Jahre Pflichtbeitragszeiten und die allgemeine Wartezeit von fünf Jahren erfüllen (§ 43 Abs. 2 SGB VI). Voll erwerbsgemindert sind Versicherte, die wegen Krankheit oder Behinderung auf nicht absehbare Zeit außerstande sind, unter den üblichen Bedingungen des allgemeinen Arbeitsmarktes täglich mindestens drei Stunden erwerbstätig zu sein.

Rente wegen teilweiser Erwerbsminderung bei Berufsunfähigkeit erhalten Versicherte, die vor dem 2. 1. 1961 geboren sind, berufsunfähig sind, in den letzten fünf Jahren vor Eintritt der Berufsunfähigkeit drei Jahre Pflichtbeitragszeiten für eine Beschäftigung und die allgemeine Wartezeit erfüllen (§ 240 SGB VI). Berufsunfähig ist, wer in seinem bisherigen Beruf oder einem zumutbaren Verweisungsberuf nicht mindestens 50% eines gesunden Beschäftigten mit gleichwertigen Kenntnissen zu leisten und zu verdienen vermag (§ 240 Abs. 2 SGB VI).

Versicherte Bergleute haben bis zur Vollendung des 65. Lebensjahres Anspruch auf Rente für Bergleute, wenn sie im Bergbau vermindert berufsfähig sind, in den letzten fünf Jahren vor Eintritt der im Bergbau verminderten Berufsfähigkeit drei Jahre knappschaftliche Pflichtbeitragszeiten und vor Eintritt der im Bergbau verminderten Berufsfähigkeit die allgemeine Wartezeit in der knappschaftlichen Rentenversicherung erfüllt haben (§ 45 SGB VI).

Witwen oder Witwer, die nicht wieder geheiratet haben, haben nach dem Tod ihres rentenversicherten Ehegatten Anspruch auf eine kleine **Witwen-/Witwerrente**, wenn der Ehegatte die allgemeine Wartezeit erfüllt hat (§ 46 Abs. 1 SGB VI). Anspruch auf große Witwen-/Witwerrente haben Witwen/Witwer eines Rentenversicherten, wenn sie ein eigenes Kind oder ein Kind des versicherten Ehegatten, das das 18. Lebensjahr noch nicht vollendet hat, erziehen, das 45. Lebensjahr vollendet haben oder erwerbsgemindert sind (§ 46 Abs. 2 SGB VI).

Versicherte haben bis zur Vollendung des 65. Lebensjahres Anspruch auf **Erziehungsrente**, wenn ihre Ehe nach dem 30. 6. 1977 geschieden und der geschiedene Ehegatte verstorben ist, sie ein eigenes Kind oder ein Kind des geschiedenen Ehegatten erziehen, sie nicht wieder geheiratet haben und bis zum Tode des geschiedenen Ehegatten die allgemeine Wartezeit von 5 Jahren erfüllt haben (§ 47 SGB VI).

Kinder haben nach dem Tode eines versicherten Elternteils Anspruch auf **Halbwaisenrente**, wenn sie noch einen Elternteil haben, der unterhaltspflichtig ist und der verstorbene Elternteil die allgemeine Wartezeit von fünf Jahren erfüllt hat (§ 48 SGB VI). Sie haben Anspruch auf Vollwaisenrente, wenn kein unterhaltspflichtiger Elternteil mehr vorhanden ist und der verstorbene Elternteil die allgemeine Wartezeit erfüllt hat (§ 48 SGB VI). Der Anspruch auf Halb- und Vollwaisenrente besteht längstens bis zur Vollendung des 18., bei Ausbildung bis zur Vollendung des 27. Lebensjahres.

Die Höhe der Rente richtet sich nach der Höhe der während des Versicherungslebens durch Beiträge versicherten Arbeitsentgelte und Arbeitseinkommen (Grundsatz der Lohn- und Beitragsbezogenheit der Rente) (§ 63 Abs. 1 SGB VI). Das in den Kalenderjahren durch Beiträge versicherte Arbeitsentgelt und Arbeitseinkommen wird in Entgeltpunkte umgerechnet.

Die Versicherung eines Arbeitsentgelts oder Arbeitseinkommens in Höhe des Durchschnittsentgelts eines Kalenderjahres (s. dazu Anlage 1 zum SGB VI) ergibt einen vollen Entgeltpunkt (§§ 63 Abs. 2, 66 SGB VI). Bei der Ermittlung der Entgeltpunkte wird das versicherte Arbeitsentgelt bis zur Beitragsbemessungsgrenze zunächst für jedes Kalenderjahr durch das Durchschnittsentgelt aller Versicherten für dasselbe Kalenderjahr geteilt. Zu- und Abschläge ergeben sich aus den jeweiligen individuellen Verhältnissen, z. B. nach Durchführung eines Versorgungsausgleichs oder bei Rentensplitting unter Ehegatten. Für jeden Monat an Kindererziehungszeiten werden 0,0833 EP gutgeschrieben. Ferner gibt es Zuschläge bei Witwen- und Waisenrenten (§§ 76 ff. SGB VI).

Für beitragsfreie Zeiten werden Entgeltpunkte angerechnet, deren Höhe von der Höhe der in der übrigen Zeit versicherten Arbeitsentgelte und Arbeitseinkommen abhängig ist (§ 63 Abs. 3 SGB VI).

Mit dem **Rentenartfaktor** wird der Wert der Rente im Verhältnis zur Altersrente ausgedrückt (§§ 63 Abs. 4, 67 SGB VI).

Bei der Rente wegen Alters und bei der Rente wegen voller Erwerbsminderung beträgt er 1,0, bei der Rente wegen teilweiser Erwerbsminderung 0,5.

Bei vorzeitiger Inanspruchnahme der Rente oder bei Verzicht auf eine Rente nach Vollendung des 65. Lebensjahres werden die Vor- und Nachteile der unterschiedlichen Rentenbezugsdauer durch einen **Zugangsfaktor** ausgeglichen (§§ 63 Abs. 5, 77 SGB VI).

Der Zugangsfaktor beträgt grundsätzlich 1,0, wenn eine Altersrente mit Erreichen der maßgeblichen Altersgrenze bewilligt wird und wenn bei vorzeitigem Rentenbezug Vorteile nicht auszugleichen sind (z. B. bei der Rente wegen verminderter Erwerbsfähigkeit oder der Altersrente für schwerbehinderte Menschen). Der Zugangsfaktor mindert sich für jeden Monat, um den die Rente vor Erreichen der maßgeblichen Altersgrenze in Anspruch genommen wird, um 0,003. Wird die Rente erst nach Vollendung des 65. Lebensjahres in Anspruch genommen, erhöht sich der Zugangsfaktor um 0,005. Beispiel: Nimmt A erst 1 Jahr nach Erreichen der Altersgrenze Altersrente in Anspruch, erhöht sich der Zugangsfaktor um 12 x 0,005 auf 1,060, d. h. seine monatliche Rente ist 6% höher.

Der Monatsbetrag der Rente ergibt sich, indem die unter Berücksichtigung des Zugangsfaktors ermittelten persönlichen Entgeltpunkte mit dem Rentenartfaktor und dem aktuellen Rentenwert vervielfältigt werden. Hierdurch wird die Lohnentwicklung und so die eingetretene Geld- und Produktivitätsentwicklung berücksichtigt, so dass die Renten als dynamische Renten oder Produktivitätsrenten bezeichnet werden können.

Der **aktuelle Rentenwert** wird jährlich durch Rechtsverordnung der Bundesregierung angepasst entsprechend der Entwicklung des Durchschnittsentgelts unter Berücksichtigung des Beitragssatzes zur gesetzlichen Rentenversicherung (§§ 63 Abs. 7, 68 f. SGB VI).

Mit dem ab dem 1. 7. 2005 eingeführten **Nachhaltigkeitsfaktor** soll sichergestellt werden, dass das Verhältnis der Anzahl der Rentner zur Anzahl der Beitragszahler bei der Anpassung des aktuellen Rentenwerts sichergestellt wird. Verschlechtert sich dieses Verhältnis, fällt die Anpassung des aktuellen Rentenwertes niedriger aus.

Nach diesen Grundsätzen ergibt sich die monatliche Rente, wenn die unter Berücksichtigung des Zugangsfaktors ermittelten persönlichen Entgeltpunkte der Rentenartfaktor und der aktuelle Rentenwert multipliziert werden. Dies ergibt die Rentenformel: MR = PEP X RAF X RAR (§ 64 SGB VI).

Das **Verfahren** zur Festsetzung und Auszahlung der Rente setzt einen Antrag voraus (§ 115 Abs. 1 SGB VI). Die Renten werden durch Rentenbescheid des Versicherungsträgers festgestellt und durch die Post ausgezahlt (§§ 117–119 SGB VI). Die Post erteilt ferner die Rentenanpassungsmitteilungen (§ 119 Abs. 2 SGB VI).

Für den Versicherten wird ein **Versicherungskonto** geführt, das durch die Versicherungsnummer gekennzeichnet ist. Der Versicherte erhält regelmäßig eine Mitteilung über die dort gespeicherten Daten (Versicherungsverlauf) (§ 149 SGB VI).

Nach Vollendung des 27. Lebensjahres erhalten alle Versicherten jährlich eine schriftliche **Renteninformation**. Versicherte, die das 54. Lebensjahr vollendet haben, erhalten alle drei Jahre Auskunft über die bisher erworbene Anwartschaft auf Rente (Rentenauskunft). Die Rentenauskunft kann auf Antrag auch jüngeren Versicherten erteilt werden (§ 109 SGB VI).

d) Organisation der gesetzlichen Rentenversicherung

Seit dem 1. 1. 2005 wird zwischen der allgemeinen Rentenversicherung, der knappschaftlichen Rentenversicherung und der Alterssicherung für Landwirte unterschieden (§§ 125 ff. SGB VI).

Für die allgemeine Rentenversicherung ist die Deutsche Rentenversicherung zuständig. Diese gliedert sich in die Deutsche Rentenversicherung Bund und die Regionalträger, z.B. die DRV Westfalen. Die Bundesknappschaft, Bahnversicherung und die Seekasse wurden in die Deutsche Rentenversicherung Knappschaft-Bahn-See zusammengeführt.

Die Rentenversicherungsträger sind öffentlich-rechtliche Körperschaften mit Selbstverwaltung (§ 29 SGB IV).

e) Finanzierung der gesetzlichen Rentenversicherung

Die gesetzliche Rentenversicherung wird durch Beiträge und durch Zuschüsse des Bundes finanziert (§ 213 SGB VI).

Die Beiträge werden nach einem Vomhundertsatz (Beitragssatz) von der Beitragsbemessungsgrundlage erhoben. Der Beitragssatz wird durch Gesetz festgesetzt (§ 158 SGB VI). Derzeit beträgt er 19,5 %; in der knappschaftlichen Rentenversicherung beträgt er 25,9%. Der Beitragssatz ist so festzusetzen dass die Einnahmen der Rentenversicherung – einschließlich des Bundeszuschusses – die Ausgaben decken und am Ende des Kalenderjahres eine Schwankungsreserve von 80% einer Monatsausgabe vorhanden ist (§ 158 SGB VI).

Beiträge sind vom monatlichen Bruttolohn bis zur Beitragsbemessungsgrenze zu entrichten (§ 157 SGB VI). Diese wird jährlich durch Rechtsverordnung der Bundesregierung festgesetzt (§ 160 SGB VI). Im Jahr 2006 beträgt sie in den alten Bundesländern 63.000 Euro und in den neuen Bundesländern 52 800 Euro; in der knappschaftlichen Rentenversicherung beträgt sie in den alten Bundesländern 77 400 Euro und in den neuen Bundesländern 64.800 Euro.

Die Beiträge der Beschäftigten tragen die Arbeitgeber und die Arbeitnehmer zur Hälfte (§ 168 SGB VI). Selbständige tragen ihre Beiträge alleine (§ 169 SGB VI). Bei Wehr- und Zivildienstleistenden trägt der Bund die Beiträge, bei Beziehern von Entgeltersatzleistungen anteilig der Leistungsträger, bei Pflegepersonen die Pflegekasse bzw. das private Versicherungsunternehmen (§ 170 SGB VI).

Der Beitragsanteil von Arbeitsnehmern wird vom Arbeitgeber einbehalten und mit seinem Anteil und den weiteren Sozialversicherungsbeiträgen als Gesamtsozialversicherungsbeitrag an die Einzugsstelle abgeführt (§§ 28 d ff. SGB VI), die den Beitrag an den zuständigen Rententräger weiterleitet (§ 174 SGB VI). Im Übrigen sind die Beiträge – soweit nichts anderes bestimmt ist – von demjenigen, der sie zu tragen hat, zu zahlen (§ 173 SGB VI).

Die Zuschüsse des Bundes werden zur Deckung nicht beitragsgedeckter Leistungen erbracht (§ 213 SGB VI). Der Bundeszuschuss wird durch die Ökosteuer finanziert.

f) Alterssicherung der Landwirte

Die Soziale Sicherung der selbständig (als Unternehmer) tätigen Landwirte wird im Gesetz über die Alterssicherung der Landwirte (ALG) vom 29. 7. 1994 geregelt.

Die Alterssicherung der Landwirte geht davon aus, dass Landwirte und mitarbeitende Familienangehörige, also grundsätzlich auch die Bäuerinnen versicherungs- und beitragspflichtig sind (§ 1 ALG). Landwirte und mitarbeitende Familienangehörige, die das 18. Lebensjahr noch nicht oder das 65. Lebensjahr bereits vollendet haben, sind versicherungsfrei. Voraussetzung für die Landwirtseigenschaft ist ferner, dass der Landwirt als Unternehmer ein auf Bodenbewirtschaftung beruhendes Unternehmen der Landwirtschaft betreibt und dieses Unternehmen die Mindestgröße (§ 1 Abs. 5 ALG) erreicht. Befreiung von der Versicherungspflicht, freiwillige Versicherung oder Weiterversicherung ist in bestimmten Fällen möglich (§§ 3–5 ALG).

Anspruch auf Altersrente haben Landwirte, wenn sie das 65. Lebensjahr vollendet und die Wartezeit von 15 Jahren erfüllt haben und das Unternehmen der Landwirtschaft abgegeben ist (§ 21 ALG). Für mitarbeitende Familienangehörige gilt dies ebenso (§ 11 ALG). Eine vorzeitige Altersrente ab dem 55. Lebensjahr ist möglich, wenn der Betrieb abgegeben und die Wartezeit erfüllt ist und wenn einer der Ehegatten bereits Anspruch auf eine Altersrente vom 65. Lebensjahr an hat. Die Voraussetzungen der Rente wegen Erwerbsunfähigkeit regelt § 13 ALG. Witwen oder Witwer, die nicht wieder geheiratet haben, haben nach dem Tode des Versicherten Anspruch, wenn das Unternehmen der Landwirtschaft des Verstorbenen abgegeben ist, dieser die Wartezeit von 5 Jahren erfüllt hat, der überlebende Ehegatte nicht Landwirt ist und entweder ein noch nicht 18-jähriges Kind erzieht oder das 45. Lebensjahr vollendet hat oder erwerbsunfähig ist (§ 14 ALG). Zur Waisenrente s. § 15 ALG.

Die Rentenberechnung richtet sich nach den §§ 23 ff. ALG. Der Monatsbetrag der Alters- oder Erwerbsunfähigkeitsrente ergibt sich durch Vervielfältigung des jeweiligen allgemeinen Rentenwertes, der jeweils zum 1. Juli eines Jahres durch Rechtsverordnung festgesetzt wird, mit der Steigerungszahl, die nach § 23 Abs. 2 und 3 zu ermitteln ist. Die Witwen- oder Witwerrente beträgt das 0,6-fache, die Rente für Vollwaisen jeweils das 0,2-fache, die für Halbwaisen das 0,2-fache der Rente wegen Erwerbsunfähigkeit des oder der Verstorbenen. Die Anpassung der Renten erfolgt jährlich zum 1. Juli. Die Altersicherung für Landwirte erbringt ferner medizinische und ergänzende Leistungen zur Rehabilitation (§§ 7 ff. ALG), bei Arbeitsunfähigkeit, Schwangerschaft und Kuren kann eine Betriebs- und Haushaltshilfe beansprucht werden, wenn dies zur Aufrechterhaltung des Betriebs erforderlich ist (§§ 36 ff. ALG).

Für die Erfüllung der Aufgaben der Alterssicherung der Landwirte sind landwirtschaftliche Alterskassen als Träger zuständig, die bei jeder landwirtschaftlichen Berufsgenossenschaft errichtet werden. Die landwirtschaftlichen Alterskassen bilden einen Gesamtverband, der eine Körperschaft des öffentlichen Rechts ist und seine Tätigkeit durch Satzung regelt (§§ 49 ff. ALG).

Die Alterssicherung beruht auf dem Prinzip, dass die Ausgaben eines Kalenderjahres durch die Einnahmen des gleichen Kalenderjahres gedeckt werden. Hierzu werden von den Versicherten Beiträge erhoben.

Für mitarbeitende Familienangehörige beträgt der Beitrag die Hälfte des Beitrags eines Landwirts (§§ 68 ff. ALG).

g) Riesterrente

Da absehbar ist, dass die gesetzliche Rentenversicherung infolge der demographischen Entwicklung künftig nicht mehr lebensstanderhaltend sein kann, kommt künftig der betrieblichen und der individuellen Vorsorge mehr Bedeutung zu. Personen, die in Form der sog. Riesterrente Altersvorsorge betreiben, erhalten staatliche Zuschüsse. Voraussetzung ist, dass es sich um eine zertifizierte Vorsorgeform handelt (s. dazu das Altersvorsorgeverträge-Zertifizierungsgesetz). Die staatliche Förderung beträgt im Jahre 2007 jährlich 114 Euro zzgl. 138 Euro und ab dem Jahre 2008 154 Euro und 185 Euro je Kind. Ferner können im Jahre 2007 1 575 Euro und ab dem Jahre 2008 2 100 Euro steuerlich als Sonderausgaben geltend gemacht werden. Voraussetzung der Förderung ist ein Mindesteigenbeitrag in Höhe von 4% des Vorjahreseinkommens ab dem Jahr 2008. Der geförderte Altersvorsorgevertrag darf eine Auszahlung an den Versicherten nicht vor Vollendung des 60. Lebensjahres vorsehen und hat in Form einer lebenslangen gleich bleibenden oder steigenden monatlichen Leibrente zu erfolgen.

648 | Arbeitsförderung

a) Allgemeines

Die Arbeitsförderung bietet Schutz gegen das Risiko der Arbeitslosigkeit. Einzelheiten der Arbeitsförderung regelt vor allem das **Dritte Buch Sozialgesetzbuch** (SGB III). Ergänzende Regelungen finden sich in Rechtsverordnungen und Anordnungen der BA (z. B. die Erreichbarkeits-Anordnung). Zusätzlich hat die BA eine Vielzahl interner Weisungen erlassen. In Angelegenheiten, die in der Fachaufsicht des Bundesministeriums für Wirtschaft und Arbeit unterstehen (z. B. Erstellung von Statistiken, § 283 SGB III), kann dieses ferner Weisungen erteilen.

b) Versicherter Personenkreis der Arbeitsförderung

Dem versicherten Personenkreis der Arbeitsförderung gehören anders als in den anderen Zweigen der Sozialversicherung nur versicherungspflichtige Personen an. Eine freiwillige Versicherung und eine Familienversicherung ist nicht vorgesehen.

888

Versicherter Personenkreis der Arbeitsförderung		
Versicherungspflichtige kraft Gesetzes		**Versicherungspflichtige auf Antrag** (§ 28 a SGB III)
Beschäftigte (§ 25 SGB III)	**Sonstige Versicherungspflichtige** (§ 26 SGB III)	
• gegen Arbeitsentgelt Beschäftigte • Auszubildende in betrieblichen und Einrichtungen • Weiterbeschäftigte Wehr- und Zivildienstleistende	• Jugendliche Teilnehmer an Maßnahmen zur Teilhabe am Arbeitsleben in Einrichtungen der beruflichen Rehabilitation nach § 35 SGB IX) • Personen, die in Einrichtungen der Jugendhilfe für eine Erwerbstätigkeit befähigt werden sollen • Wehr- und Zivildienstleistende, die unmittelbar vor Dienstantritt versicherungspflichtig waren oder eine Entgeltersatzleistung nach den SGB III bezogen haben oder eine Beschäftigung gesucht haben • Personen, die im Anschluss an den Grundwehrdienst freiwilligen zusätzlichen Wehrdienst nach § 6b WPflG leisten • Gefangene, die Arbeitsentgelt, Ausbildungsbeihilfe oder Ausfallentschädigung erhalten • Personen, die als nicht satzungsmäßige Mitglieder geistlicher Genossenschaften oder ähnlicher religiöser Gemeinschaften für den Dienst in einer solchen Genossenschaft oder ähnlichen religiösen Gemeinschaft außer schulisch ausgebildet werden • Bezieher von Mutterschaftsgeld, Krankengeld, Versorgungskrankengeld, Verletztengeld oder Übergangsgeld, die unmittelbar vor Beginn der Leistung versicherungspflichtig waren oder eine laufende Entgeltersatzleistung nach dem SGB III bezogen haben • Personen, die von einem privaten Krankenversicherungsunternehmen Krankentagegeld beziehen, wenn sie unmittelbar vor Beginn der Leistung versicherungspflichtig waren oder eine laufende Entgeltersatzleistung nach dem SGB III bezogen haben • Personen, die von einem Träger der gesetzlichen Rentenversicherung eine Rente wegen voller Erwerbsminderung beziehen, wenn sie unmittelbar vor Beginn der Leistung versicherungspflichtige waren oder eine laufende Entgeltersatzleistung nach dem SGB III bezogen haben • Personen, die ein Kind, das das 3. Lebensjahr noch nicht vollendet hat, erziehen, wenn sie unmittelbar vor der Kindererziehung versicherungspflichtig waren oder eine laufende Entgeltersatzleistung nach dem SGB III bezogen haben und das Kind sich im Inland gewöhnlich aufhält oder bei Aufenthalt im Ausland Anspruch auf Kindergeld nach dem EStG oder dem BKGG besteht	• Pflegepersonen • Selbständige • Personen, die eine Beschäftigung außerhalb des EU/EWR-Raumes aufnehmen

Von der Versicherungspflicht nimmt § 27 SGB III zahlreiche Beschäftigte aus (sog. **versicherungsfreie Beschäftigte**). So sind u. a. Richter, Beamte und Soldaten, geringfügig Beschäftigte und Schüler und Studierende, die während ihrer Ausbildung oder ihres Studiums eine Beschäftigung ausüben, nicht versicherungspflichtig. Versicherungsfrei sind ferner Personen in einer Beschäftigung, die als Arbeitsbeschaffungsmaßnahme gefördert (§ 27 Abs. 3 Nr. 5 SGB III) wird, sowie Personen, die eine Beschäftigung während einer Zeit ausüben, in der ein Anspruch auf Arbeitslosengeld besteht (§ 27 Abs. 5 Satz 1 SGB III). Dies gilt nicht für Personen, die nur Anspruch auf Teilarbeitslosengeld haben (§ 27 Abs. 5 Satz 2 SGB III).

Die Versicherungspflicht kann durch **Antrag** herbeigeführt werden, wenn der Antragsteller innerhalb der letzten 24 Monate vor der Aufnahme der Tätigkeit oder Beschäftigung mindestens 12 Monate in einem Versicherungspflichtverhältnis gestanden ist oder eine Entgeltersatzleistung nach dem SGB III bezogen hat und nicht versicherungsfrei ist (§ 28 a SGB III).

c) Leistungen der Arbeitsförderung

Leistungen der Arbeitsförderung		
Leistungen für Arbeitnehmer (§§ 29 ff. SGB III)	**Leistungen für Arbeitgeber** (§§ 217 ff. SGB III)	**Leistungen für Träger**
• Berufsberatung • Vermittlung • Unterstützung der Beratung und Vermittlung • Verbesserung der Eingliederungsaussichten • Förderung der Aufnahme einer Beschäftigung • Förderung der Aufnahme einer selbstständigen Tätigkeit • Förderung der Berufsausbildung • Förderung der beruflichen Weiterbildung • Förderung der Teilhabe behinderter Menschen am Arbeitsleben • Entgeltersatzleistungen – Arbeitslosengeld – Teilarbeitslosengeld – Übergangsgeld – Kurzarbeitergeld – Insolvenzgeld – Transferleistungen • Vermittlungsgutschein • Entgeltsicherung für ältere Arbeitnehmer • Existenzgründungszuschuss	• Arbeitsberatung • Vermittlung • Eingliederungszuschüsse für schwer vermittelbare und besonders betroffene schwerbehinderte Menschen • Einstellungszuschuss bei Neugründungen • Förderung der beruflichen Weiterbildung durch Vertretung • Förderung der Berufsausbildung und der beruflichen Weiterbildung • Förderung der Teilhabe am Arbeitsleben • Tragung von Beiträgen zur Arbeitsförderung der Beschäftigung älterer Arbeitnehmer	• Förderung der Berufsausbildung und Beschäftigung begleitende Eingliederungshilfen • Förderung von Einrichtungen der betrieblichen Aus- oder Weiterbildung oder der beruflichen Rehabilitation • Förderung von Arbeitsbeschaffungsmaßnahmen • Förderung von Beschäftigung schaffenden Infrastrukturmaßnahmen • Beauftragung von Trägern mit Eingliederungsmaßnahmen • Sozialpädagogische Begleitung bei Berufsausbildungsvorbereitung nach dem BBiG

Abgesehen vom Arbeitslosengeld bei Arbeitslosigkeit, dem Teilarbeitslosengeld und dem Insolvenzgeld sind die Leistungen der Arbeitsförderung Leistungen der aktiven Arbeitsförderung (§ 3 Abs. 4 SGB III). Sie sind damit i. d. R. Ermessensleistungen (§ 3 Abs. 5 SGB III). Ein Anspruch besteht nur auf die Beauftragung Dritter mit der Vermittlung nach 6 Monaten, den Gründungszuschuss, die Berufsausbildungsbeihilfe, besondere Leistungen zur Teilhabe am Arbeitsleben, Arbeitslosengeld bei beruflicher Weiterbildung, Kurzarbeitergeld, Wintergeld und Leistungen zur Förderung der Teilnahme an Transfermaßnahmen (§ 3 Abs. 5 SGB III).

10 % der in ihrem Eingliederungstitel enthaltenen Mittel können die AA für Ermessensleistungen der aktiven Arbeitsförderung, insbesondere zur Projektförderung, einsetzen (sog. freie Leistungen; § 10 SGB III).

Die **Berufsberatung** steht auch nicht versicherten Ratsuchenden offen. Sie beinhaltet Auskunft und Rat zur Berufswahl, zur beruflichen Entwicklung und zum Berufswechsel, zur Lage und Entwicklung des Arbeitsmarktes und der Berufe, zu den Möglichkeiten der beruflichen Bildung, zur Ausbildungs- und Arbeitsplatzsuche sowie zu den Leistungen der Arbeitsförderung, (§ 32 SGB III), Berufsorientierung (§ 33 SGB III) und berufsorientierende Maßnahmen (§ 33 SGB III).

Neben der BA bieten auch privater Berufsberater – vergütete Berufsberatung an. Die BA kann deren Tätigkeit ganz oder teilweise untersagen, wenn dies zum Schutz des Ratsuchenden erforderlich ist (§§ 288 a ff. SGB III).

Die **Vermittlung** steht auch nicht versicherten Ausbildungs- und Arbeitsuchenden offen. Sie umfasst die Vermittlung, bei Arbeitslosen und Ausbildungsuchenden, deren Eingliederung voraussichtlich erschwert ist, eine verstärkte vermittlerische Unterstützung, die Beauftragung Dritter mit der Vermittlung oder mit Teilaufgaben der Vermittlung (§§ 35–44 SGB III).

Neben der BA bieten auch private Vermittler vergütete Vermittlung an. Die Vermittler unterliegen einer Missbrauchsaufsicht der BA (§§ 296 ff. SGB III). Arbeitslosengeldberechtigte und Beschäftigte in einer Arbeitsbeschaffungs- oder Strukturanpassungsmaßnahme, die nach 3 Monaten Arbeitslosigkeit noch nicht vermittelt sind, erhalten zur Finanzierung der Vergütung einen Vermittlungsgutschein (§ 421 g SGB III).

Die Leistungen zur **Unterstützung der Beratung und Vermittlung** beinhalten die Übernahme der Kosten für die Erstellung und Versendung von Bewerbungsunterlagen sowie die Reisekosten für Fahrten zu Berufsberatung, Vermittlung, Eignungsfeststellung und Vorstellungsgesprächen (§§ 45–47 SGB III).

Die Leistungen zur **Verbesserung der Eingliederungsaussichten** umfassen die Übernahme der Kosten (Lehrgangskosten, Prüfungsgebühren, Fahrtkosten, Kinderbetreuungskosten) von Maßnahmen der Eignungsfeststellung und von Trainingsmaßnahmen sowie bei Arbeitslosen die Leistung von **Arbeitslosengeld**, soweit sie dieses erhalten oder beanspruchen können (§§ 48 ff. SGB III).

Die **Mobilitätshilfen** sollen verhindern, dass fehlende finanzielle Mittel die Aufnahme einer Beschäftigung vereiteln. Sie können Arbeitslosen und von Arbeitslosigkeit bedrohten Arbeitnehmern gewährt werden, soweit die Hilfen zur Aufnahme einer Beschäftigung notwendig sind. Die Mobilitätshilfe umfasst die Übergangsbeihilfe, die Ausrüstungsbeihilfe, die Reisekostenbeihilfe, die Fahrkostenbeihilfe, die Trennungskostenbeihilfe und die Umzugskostenbeihilfe (§§ 53–55 SGB III).

Mit dem **Gründungszuschuss** wird die Aufnahme einer selbständigen Tätigkeit gefördert (§§ 57 ff. SGB III).

Berufsausbildungsbeihilfe erhalten Auszubildende in einer Lehre, die ihren Lebensunterhalt weder aus eigenem Einkommen noch aus dem Einkommen ihres Ehe- bzw. Lebenspartners oder ihrer Eltern finanzieren können (§§ 59 ff. SGB III).

Die **berufliche Weiterbildung** (§§ 77 ff. SGB III) wird gefördert, wenn sie notwendig ist, vor Beginn der Maßnahme eine Beratung durch die Agentur für Arbeit erfolgt ist und sowohl die Maßnahme als auch der Träger der Maßnahme für die Förderung zugelassen sind. Die Agentur für Arbeit ist verpflichtet, Arbeitnehmern, die die Voraussetzungen der Förderung der beruflichen Weiterbildung erfüllen, dies in einem Bildungsgutschein zu bescheinigen. Die Förderung beinhaltet die Übernahme der unmittelbar mit der Maßnahme entstehenden Weiterbildungskosten (Lehrgangskosten, Kosten für die Eignungsfeststellung, Fahrkosten, Kosten für die auswärtige Unterbringung und Verpflegung, Kinderbetreuungskosten für die Betreuung von Kindern) und die Leistung von Arbeitslosengeld wegen beruflicher Weiterbildung (§§ 77 ff. SGB III).

Leistungen zur **Teilhabe behinderter Menschen am Arbeitsleben** (§§ 97–115 SGB III) erhalten behinderte oder von Behinderung bedrohte einschließlich der lernbehinderten Menschen, wenn die Leistungen erforderlich sind, um die Erwerbsfähigkeit zu erhalten, zu bessern, herzustellen oder wiederherzustellen und die Teilhabe am Arbeitsleben zu sichern (§ 97 Abs. 1 SGB III). Die Leistungen zur Teilhabe behinderter Menschen am Arbeitsleben umfassen allgemeine sowie besondere Leistungen zur Teilhabe am Arbeitsleben und diese ergänzende Leistungen. Der Inhalt der allgemeinen Leistungen zur Teilhabe am Arbeitsleben entspricht weitestgehend jenem für nicht behinderte Personen nach den §§ 45 ff. SGB III. Besondere Leistungen zur Teilhabe am Arbeitsleben können erbracht werden, wenn die allgemeinen Leistungen nicht ausreichend sind. Besondere Leistungen zur Teilhabe am Arbeitsleben sind das Übergangsgeld (§§ 160 ff. SGB III), das Ausbildungsgeld (§§ 104 ff. SGB III) und die Übernahme der Teilnahmekosten für eine Maßnahme (§ 103 SGB III).

Arbeitslosengeld wird bei Arbeitslosigkeit (§§ 118 ff. SGB III) und bei beruflicher Weiterbildung gewährt (§ 124 a SGB III). Anspruch auf Arbeitslosengeld bei Arbeitslosigkeit haben Arbeitnehmer, die arbeitslos sind, sich bei der Agentur für Arbeit arbeitslos gemeldet und die Anwartschaftszeit erfüllt haben (§ 118 Abs. 1 SGB III). Mit Beginn des dem 65. Geburtstag folgenden Monat wird kein Arbeitslosengeld mehr gezahlt (§ 117 Abs. 2 SGB III). Arbeitnehmer i. S. d. Arbeitsförderungsrechts sind Personen, die in Zukunft eine versicherungspflichtige Beschäftigung ausüben wollen. Unerheblich ist, ob sie zuvor eine selbstständige Tätigkeit ausgeübt haben oder Beamter waren. Arbeitslos ist ein Arbeitnehmer, der nicht in einem Beschäftigungsverhältnis steht (sog. Beschäftigungslosigkeit), sich bemüht, die Beschäftigungslosigkeit zu beenden (sog. Eigenbemühungen) und den Vermittlungsbemühungen der Agentur für Arbeit zur Verfügung steht (sog. Verfügbarkeit) (§ 119 Abs. 1 SGB III). Die Arbeitslosmeldung muss persönlich erfolgen. Die Anwartschaftszeit erfüllt, wer innerhalb der letzten 24 Monate 12 Monate in einem versicherungspflichtigen Beschäftigungsverhältnis gestanden hat. Kein Arbeitslosengeld wird gewährt, wenn der Anspruch ruht: wegen Bezugs bestimmter anderer Sozialleistungen, wegen Anspruchs oder des Bezugs einer Abfindung oder einer Urlaubsabgeltung, wegen einer Sperrzeit oder wegen eines Arbeitskampfes (§§ 146 ff. SGB III). Das Arbeitslosengeld beträgt 60 v. H., bei Arbeitnehmern mit mindestens 1 Kind 67 v. H. des vorherigen durchschnittlichen Nettoverdienstes. Es wird je nach Dauer der Vorbeschäftigungszeit und des Alters des Antragstellers für 6 bis 18 Monate gezahlt. Das Arbeitslosengeld muss beantragt werden (§ 323 SGB III). Vor der Antragstellung wird kein Arbeitslosengeld gezahlt.

Arbeitslosengeld bei beruflicher Weiterbildung erhalten Teilnehmer an beruflichen Bildungsmaßnahmen (§ 124 a SGB III).

Teilarbeitslosengeld erhalten Arbeitnehmer, die eine versicherungspflichtige Beschäftigung verloren haben, die sie neben einer anderen versicherungspflichtigen Beschäftigung ausübten, sich teilarbeitslos gemeldet haben und innerhalb der letzten 2 Jahre mindestens 12 Monate neben einer versicherungspflichtigen Beschäftigung eine weitere versicherungspflichtige Beschäftigung ausübten. Es wird für 6 Monate gezahlt.

Anspruch auf **Übergangsgeld** haben behinderte Menschen, die die Vorbeschäftigungszeit – mindestens zwölf Monate innerhalb der letzten drei Jahre (§ 161 Abs. 1 Nr. 1 SGB III) – erfüllen und an einer Maßnahme der Berufsausbildung, der Berufsvorbereitung einschließlich einer wegen der Behinderung erforderlichen Grundausbildung oder an einer Maßnahme der beruflichen Weiterbildung teilnehmen, für die besondere Leistungen der Teilhabe am Arbeitsleben erbracht werden (§ 160 SGB III).

Anspruch auf **Kurzarbeitergeld** haben Arbeitnehmer, wenn ein erheblicher Arbeitsausfall mit Entgeltausfall vorliegt, der Betrieb regelmäßig mindestens einen Arbeitnehmer beschäftigt, der Arbeitnehmer in einem ungekündigten Arbeitsverhältnis steht und der Arbeitsausfall vom Arbeitgeber oder von der Betriebsvertretung der AA angezeigt wurde. Das Kurzarbeitergeld beträgt 67% bzw. 60% der Differenz zwischen dem ohne Arbeitsausfall anfallenden Arbeitsentgelt und dem tatsächlichen Nettoentgelt (§§ 169 ff. SGB III).

Anspruch auf **Insolvenzgeld** haben Arbeitnehmer, die im Inland beschäftigt waren und bei Eintritt eines sog. Insolvenzereignisses (Eröffnung des Insolvenzverfahrens über das Vermögen ihres Arbeitgebers, Abweisung des Antrags auf Eröffnung des Insolvenzverfahrens mangels Masse oder vollständige Beendigung der Betriebstätigkeit im Inland bei offensichtlich unzureichender Insolvenzmasse) für die vorausgehenden drei Monate des Arbeitsverhältnisses noch Ansprüche auf Arbeitsentgelt haben (§§ 183 ff. SGB III).

Anspruch auf Förderung der Teilnahme an **Transfermaßnahmen** haben Arbeitnehmer, die auf Grund von Betriebsänderungen von Arbeitslosigkeit bedroht sind. Gefördert werden Transfermaßnahmen, wenn sie von einem Dritten durchgeführt werden, die vorgesehene Maßnahme der Eingliederung der Arbeitnehmer in den Arbeitsmarkt dienen soll, die Durchführung der Maßnahme gesichert ist und ein System der Qualitätssicherung angewandt wird (§ 216a SGB III). Transferkurzarbeitergeld wird zur Vermeidung von Entlassungen und zur Verbesserung ihrer Vermittlungsaussichten geleistet (§ 216b SGB III).

Arbeitnehmer, die das 50. Lebensjahr vollendet haben und ihre Arbeitslosigkeit durch Aufnahme einer versicherungspflichtigen Beschäftigung beenden oder vermeiden, haben Anspruch auf Leistungen der **Entgeltsicherung**, wenn sie bei Aufnahme der Beschäftigung einen Anspruch auf Arbeitslosengeld mit einem Restanspruch von mindestens 180 Tagen haben und das Arbeitsentgelt den tariflichen oder – wenn eine tarifliche Regelung nicht besteht – den ortsüblichen Bedingungen entspricht. Der Zuschuss umfasst einen Zuschuss zum Arbeitsentgelt in Höhe von 50% der monatlichen Nettoentgeltdifferenz und den Beitrag zur gesetzlichen Rentenversicherung (§ 421j Abs. 2 Satz 1 SGB III).

Arbeitgeber können zur **Eingliederung** von Arbeitnehmern mit in deren Person liegenden Vermittlungshemmnissen **Zuschüsse** zu den Arbeitsentgelten in Höhe von 50 % des Arbeitsentgelts für längstens 12 Monate erhalten (§ 217 SGB III). Bei schwerbehinderten oder sonst gehbehinderten Menschen kann die Förderhöhe bis zu 70 Prozent des berücksichtigungsfähigen Arbeitsentgelts und die Förderdauer bis zu 24 Monate betragen (§ 218 SGB III). Bei besonders betroffenen schwerbehinderten Menschen, die wegen in ihrer Person liegender Umstände nur erschwert vermittelbar sind, darf die Förderung 70 Prozent des berücksichtigungsfähigen Arbeitsentgelts sowie 36 Monate – bzw. wenn sie das 55. Lebensjahr vollendet haben, 96 Monate – nicht überschreiten (§ 219 SGB III). Arbeitgeber, die höchstens fünf Arbeitnehmer beschäftigen und in den letzten zwei Jahren vor der Antragstellung eine selbstständige Tätigkeit aufgenommen haben, können (Ermessen) für die unbefristete Beschäftigung von zwei zuvor arbeitslosen förderungsbedürftigen Arbeitnehmern auf einem neu geschaffenen Arbeitsplatz einen Zuschuss zum Arbeitsentgelt in Höhe von 50% des Arbeitsentgelts und des Gesamtsozialversicherungsbeitrags erhalten (§§ 225 ff. SGB III).

Arbeitgeber, die ein Beschäftigungsverhältnis mit einem zuvor Arbeitslosen, der das 55. Lebensjahr vollendet hat, erstmalig begründen, werden von der Beitragstragung in der Arbeitsförderung befreit. Der versicherungspflichtig Beschäftigte muss dagegen die Hälfte des üblicherweise entstehenden Beitrages tragen (§ 421 k SGB III).

Die Agentur für Arbeit kann einem Arbeitgeber einen **Eingliederungszuschuss** in Höhe von 50% bis 100% des Arbeitsentgelts zuzüglich des Arbeitgeberanteils am Sozialversicherungsbeitrag für 12 Monate gewähren, wenn er einem Arbeitnehmer die Teilnahme an einer **beruflichen Weiterbildung** ermöglicht und zur Vertretung dieses Arbeitnehmers einen Arbeitslosen einstellt (§§ 229 ff. SGB III).

Arbeitgebern, bei denen von der Agentur für Arbeit geförderte ausbildungsbegleitende Hilfen während der betrieblichen Ausbildungszeit durchgeführt oder durch Abschnitte der Berufsausbildung in einer außerbetrieblichen Einrichtung ergänzt werden und während dieser Zeit die Ausbildungsvergütung weitergezahlt wird, kann von der Agentur für Arbeit ein **Zuschuss zur Ausbildungsvergütung** gewährt werden (§ 235 SGB III). Die betriebliche Aus- bzw. Weiterbildung von schwerbehinderten Menschen durch Zuschüsse in Höhe von maximal 80% der Ausbildungsvergütung oder einer vergleichbaren Vergütung zzgl. des Arbeitgeberanteils am Gesamtsozialversicherungsbeitrag kann gefördert werden, wenn die Aus- oder Weiterbildung sonst nicht zu erreichen ist (§ 235 a SGB III).

Arbeitgebern können (Ermessen) **Zuschüsse** zum Arbeitsentgelt von Arbeitnehmern gewährt werden, bei denen die Notwendigkeit der Weiterbildung wegen eines **fehlenden Berufsabschlusses** anerkannt ist, soweit die Weiterbildung im Rahmen eines bestehenden Arbeitsverhältnisses stattfindet (§ 235 c SGB III).

Zur Ausbildungsvergütung behinderter Menschen können (Ermessen) Arbeitgebern Zuschüsse in Höhe von maximal 60 % der monatlichen Ausbildungsvergütung für das letzte Ausbildungsjahr gewährt werden, wenn sie die behinderten Menschen in Ausbildungsberufen ausbilden und die Aus- und Weiterbildung sonst nicht zu erreichen ist (§ 236 Abs. 1 SGB III).

Die Agenturen für Arbeit können (Ermessen) Arbeitgebern Zuschüsse für eine **behindertengerechte Ausgestaltung von Ausbildungs- oder Arbeitsplätzen** gewähren, soweit dies erforderlich ist, um die dauerhafte Teilhabe am Arbeitsleben zu erreichen oder zu sichern und der Arbeitgeber diese selbst nicht finanzieren muss (§ 237 SGB III).

Die Kosten einer **befristeten Probebeschäftigung** eines schwerbehinderten oder gleichgestellten Menschen kann die Agentur für Arbeit einem Arbeitgeber bis zu einer Dauer von drei Monaten erstatten, wenn dadurch die Möglichkeit der Teilhabe am Arbeitsleben zu erreichen ist (§ 238 SGB III).

Berufsausbildung und Beschäftigung begleitende Hilfen durch einen Träger kann die Agentur für Arbeit durch Zuschüsse fördern, wenn sie durch zusätzliche Maßnahmen zur beruflichen Ausbildung für förderungsbedürftige Auszubildende diesen eine berufliche Ausbildung ermöglichen und damit ihre Eingliederungsaussichten verbessern (§§ 240 ff. SGB III).

Darlehen und Zuschüsse für Einrichtungen der beruflichen Aus- oder Weiterbildung oder der beruflichen Rehabilitation können Träger von Einrichtungen der beruflichen Aus- oder Weiterbildung oder Einrichtungen der beruflichen Rehabilitation von der Agentur für Arbeit erhalten, wenn dies für die Erbringung von anderen Leistungen der aktiven Arbeitsförderung erforderlich ist und die

Träger sich in angemessenem Umfang an den Kosten beteiligen (§ 248 Abs. 1 Satz 1 SGB III).

Zuschüsse und Darlehen können ferner für den Ausbau, die Erweiterung, den Umbau und die Ausstattung von **Jugendwohnheimen** erbracht werden (§ 252 Satz 1 SGB III).

Zuschüsse zu **Sozialplanmaßnahmen** können die AA zu den in Sozialplänen nach § 112 BetrVG vereinbarten Maßnahmen Eingliederungszuschüsse in Höhe des Produkts der Anzahl der in der Maßnahme teilnehmenden Arbeitnehmer mit den durchschnittlichen Aufwendungen an Arbeitslosengeld je Bezieher von Arbeitslosengeld leisten (§ 257 SGB III).

Die Träger von **Arbeitsbeschaffungsmaßnahmen** können (Ermessen) für die Beschäftigung von zugewiesenen Arbeitnehmern in zusätzlichen im öffentlichen Interesse liegenden Arbeiten durch Zuschüsse in Höhe von 30% bis 75% des berücksichtigungsfähigen Arbeitsentgelts für in der Regel maximal 12 Monate gefördert werden (§§ 259 ff. SGB III).

Bis zum 31. 12. 2007 können öffentliche Träger durch einen angemessenen Zuschuss zu den Kosten von Arbeiten zur **Verbesserung der Infrastruktur** gefördert werden (§ 279 a SGB III).

d) Weitere Aufgaben der Arbeitsförderung

Neben der Gewährung von Leistungen weist das SGB III der BA weitere Aufgaben zu: Erstellung von Statistiken, Arbeitsmarkt- und Berufsforschung, Berichterstattung, Erteilung von Arbeitsgenehmigungen für die Angehörigen der am 1. 5. 2004 der EU beigetretenen Staaten sowie Untersagung privater Berufsberatung (§§ 280ff. SGB III)

e) Finanzierung der Arbeitsförderung

Die Arbeitsförderung wird durch Beiträge, Umlagen für den Winterbau und das Insolvenzgeld, Mittel des Bundes sowie sonstige Einnahmen finanziert (§ 340 SGB III).

Die Beiträge werden in Höhe von 4,5 % der Einnahmen insbesondere aus einer Beschäftigung erhoben (vgl. §§ 341 ff. SGB III).

Die Beiträge der Beschäftigten tragen der versicherungspflichtige Beschäftigte und der Arbeitgeber zur Hälfte (§ 346 Abs. 1 SGB III), jene der Personen in Einrichtungen der beruflichen Rehabilitation und in Einrichtungen der Jugendhilfe tragen die Einrichtungsträger, die der Wehr- und Zivildienstleistenden der Bund, die der Gefangenen das zuständige Land, die aus Krankengeld und Verletztengeld grundsätzlich der Leistungsträger und der Leistungsberechtigte je zur Hälfte, bei den sonstigen Leistungen der Leistungsträger oder der Bund (vgl. § 347 SGB III).

Die Beiträge sind grundsätzlich von dem zu **zahlen**, der sie zu tragen hat, jene aus einer Beschäftigung werden vom Arbeitgeber an die Einzugsstelle abgeführt (§ 348 SGB III).

f) Organisation

Träger der Arbeitsförderung ist die Bundesagentur für Arbeit. Diese Besteht aus der Zentrale mit Sitz in Nürnberg, den Regionaldirektionen und den Agenturen für Arbeit (§§ 367ff. SGB III). Die Bundesagentur für Arbeit ist eine Körperschaft des öffentlichen Rechts mit Selbstverwaltung. Selbstverwaltungsorgane sind bei der Zentrale der Verwaltungsrat und bei den Agenturen für Arbeit die Verwaltungsausschüsse.

649 | Soziale Entschädigung

Die soziale Entschädigung ist einer der Teilbereiche des Sozialrechts. § 5 SGB I räumt ein nicht eigenständig einklagbares soziales Recht auf soziale Entschädigung bei Gesundheitsschäden ein. Mit den Leistungen der sozialen Entschädigung sollen Gesundheitsschäden ausgeglichen werden, für die die staatliche Gemeinschaft eine gesteigerte Verantwortung trägt. Der sozialen Entschädigung werden die Kriegsopferversorgung und -fürsorge nach dem BVG ➢ s. Nr. 650, die Entschädigung von Impfopfern nach IfSchG ➢ s. Nr. 653, die Entschädigung von Kriminalopfern nach dem OEG ➢ s. Nr. 652, die Entschädigung von Häftlingen nach dem HHG ➢ s. Nr. 654, und die Entschädigung von Soldaten und Zivildienstleistenden zugerechnet.

650 | Kriegsopferversorgung und -fürsorge

Die im BVG geregelte Kriegsopferversorgung und -fürsorge erhält, wer durch Militärdienst oder durch dem Krieg eigentümliche Verhältnisse, durch unmittelbare Kriegseinwirkungen, Kriegsgefangenschaft, Internierung im Ausland wegen deutscher Staatsangehörigkeit oder Volkszugehörigkeit oder damit zusammenhängende unrechtmäßige Straf- oder Zwangsmaßnahmen eine gesundheitliche Schädigung erlitten hat (§§ 1–5 BVG). Ist ein Beschädigter an den Folgen der Schädigung verstorben, erhalten seine Hinterbliebenen auf Antrag Versorgung (§ 1 Abs. 5 BVG). Keine Leistungen erhält, wer während der Herrschaft des Nationalsozialismus gegen die Grundsätze der Menschlichkeit oder Rechtsstaatlichkeit verstoßen hat (§ 1 a BVG).

Die **Grundrente** erhalten Beschädigte, deren Erwerbsfähigkeit um mindestens 30 v. H. gemindert ist (MdE). Die Rente beträgt je nach Grad der MdE zwischen 117 und 615 Euro (§ 31 Abs. 1 BVG). Für über 65 Jahre alte Schwerbeschädigte (MdE 50 und mehr v. H.) erhöht sich die Grundrente um 24–37 Euro (§ 31 Abs. 1 Satz 2 BVG). Schwerbeschädigte erhalten außerdem je nach den wirtschaftlichen Verhältnissen als Ausgleichsrente von 377–615 Euro (§ 32 BVG), einen Ehegattenzuschlag und Kinderzuschläge.

Im Falle von Hilflosigkeit wird eine **Pflegezulage** in Höhe von 259 Euro (Stufe I) bis 1291 Euro (Stufe VI) gewährt. Schwerstbeschädigte erhalten zusätzlich eine besondere Zulage in Höhe von 70 Euro (Stufe I) bis 437 Euro (Stufe VI) (§ 31 Abs. 5 BVG). Bei besonderem beruflichem Betroffensein wird die MdE höher bewertet oder ein Berufsschadensausgleich gewährt (§§ 29 ff. BVG).

Witwen erhalten eine Grundrente von 368 Euro und, wenn ihr Einkommen geringer ist als die Hälfte des ohne die Schädigung vom Ehemann erzielten Einkommens, unter bestimmten Voraussetzungen (45. Lebensjahr oder erhebliche Erwerbsbeschränkung usw.) 42,5 v. H. des Schadensausgleichs, außerdem ggfs. Ausgleichsrente. Im Falle der Wiederverheiratung tritt an die Stelle des Rentenanspruchs eine Abfindung (§§ 40–44 BVG). Der Witwer erhält Versorgung wie eine Witwe (§ 43 BVG).

Waisen erhalten bis zur Vollendung des 18., bei Schul- oder Berufsausbildung des 27. Lebensjahres, Grund- und Ausgleichsrente. Die monatliche Grundrente beträgt bei Halbwaisen 104 Euro, bei Vollwaisen 194 Euro; die Ausgleichsrente beträgt 182 Euro und 253 Euro (§§ 45–47 BVG).

Leistungen der Kriegsopferversorgung und -fürsorge

Heilbehandlung	Kriegsopferfürsorge	Beschädigtenrente	Bestattungs-geld/Sterbegeld	Hinterbliebenen-leistungen
• ambulante ärztliche und zahnärztliche Behandlung • Versorgung mit Arznei- und Verbandmitteln • Versorgung mit Heilmitteln • Versorgung mit Zahnersatz • Krankenhausbehandlung • Behandlung in einer Rehabilitationseinrichtung • Häusliche Krankenpflege • Versorgung mit Hilfs-mitteln • orthopädische Hilfsmittel • Blindenführhund • Belastungserprobung und Arbeitstherapie • Nichtärztliche sozial-pädiadrische Leistungen • Kleider- und Wäscheverschleiß • Versorgungskrankengeld • Beiträge für Ausfallzeiten und Aufwendungen für die Altersvorsorge • Ersatz persönlicher Unkosten	• Teilhabe am Arbeits-leben (§ 26, 26 a BVG) • Krankenhilfe (§ 26 b BVG) • Hilfe zur Pflege (§ 26 c BVG) • Hilfe zur Weiterführung eines Haushalts (§ 26 d BVG) • Altenhilfe (§ 26 e BVG) • Erziehungsbeihilfe (§ 27 BVG) • Ergänzende Hilfe zum Lebensunterhalt (§ 27 a BVG) • Erholungshilfe (§ 27 b BVG) • Wohnungshilfe (§ 27 d BVG) • Hilfen in besonderen Lebenslagen (§ 27 d BVG)	• Beschädigten-Grundrente (§ 31 BVG) • Ausgleichrente für Schwerbeschädigte (§ 32 BVG) • Zuschlag für Ehegatten (§ 33a BVG) • Kinderzuschlag (§ 33b BVG) • Pflegezulage (§ 35 BVG)	• Bestattungsgeld (§ 36 BVG) • Sterbegeld (§ 37 BVG)	• Hinterbliebenenrente (§ 38 ff. BVG) • Witwengrundrente (§ 40 BVG) • Schadensausgleich für Witwen (§ 40 a BVG) • Pflegeausgleich für Witwen (§ 41 BVG) • Ausgleichsrente für Witwen (§ 41 BVG) • Waisenrente (§§ 45 ff. BVG) • Witwen- und Waisen-beihilfe (§ 48 BVG) • Elternrente (§§ 49 ff. BVG) • Verschollenheitsrente (§ 52 BVG) • Bestattungsgeld beim Tod eines Hinterbliebenen (§ 53 BVG) (§ 37 BVG)

Witwen und Waisen von Rentenberechtigten, die nicht an einer Schädigung i. S. d. BVG verstorben sind, erhalten als **Beihilfe** i. d. R. 2/3 der Rente (§ 48 BVG).

Eltern erhalten eine Rente, wenn sie erwerbsunfähig sind oder das 60. Lebensjahr vollendet haben. Sie wird frühestens vom 18. Lebensjahr des Beschädigten an gerechnet. Die Höhe der Elternrente richtet sich danach, ob ein Elternpaar oder nur ein Elternteil anspruchsberechtigt ist, ob eines oder mehrere Kinder verstorben sind und ob das Einkommen der Eltern anzurechnen ist (§§ 49 ff. BVG). Der Grundbetrag ist bei einem Elternpaar 499 Euro, bei einem Elternteil 347 Euro (§ 51 BVG).

Welche **Einkommen** bei der Feststellung der Ausgleichsrenten, der Ehegatten- und Kinderzuschläge sowie der Elternrenten **anzurechnen** sind, ergibt sich aus der Anrechnungs-VO.

Kapitalabfindung können alle Beschädigten, die eine Rente beziehen, unabhängig vom Grad ihrer Erwerbsminderung zum Erwerb oder zur wirtschaftlichen Stärkung ihres eigenen Grundbesitzes erhalten. Der Antrag auf Kapitalabfindung ist bei dem für die Feststellung der Versorgungsbezüge zuständigen Versorgungsamt schriftlich oder mündlich zu stellen.

Die Kapitalabfindung kann auch zum Erwerb oder zur Stärkung eines Wohnungseigentums oder zur Erlangung eines Dauerwohnrechts nach dem Wohnungseigentumsgesetz sowie zur Finanzierung eines Bausparvertrages bewilligt werden, ferner zur Finanzierung eines Kaufeigenheims, einer Trägerkleinsiedlung, einer Kaufeigentumswohnung, wenn die baldige Rechtsübertragung gesichert ist. Das Gleiche gilt für den Erwerb der Mitgliedschaft in einem als gemeinnützig anerkannten Wohnungs- oder Siedlungsunternehmen mit Anwartschaft auf ein Familienheim, eine Eigentumswohnung oder eine Siedlerstelle. Auch Witwen, die Rente oder Witwenbeihilfe erhalten, gehören zu den Berechtigten. Bei Wiederverheiratung muss die abgefundene Witwe die Kapitalabfindung insoweit zurückzahlen, als diese die Gesamtsumme der bis dahin erloschenen Versorgungsbezüge übersteigt.

Voraussetzung der Kapitalabfindung ist, dass der Beschädigte das 55. Lebensjahr noch nicht vollendet hat, der Versorgungsanspruch anerkannt und nicht zu erwarten ist, dass innerhalb des Abfindungszeitraums die Rente wegfallen wird. In Ausnahmefällen kann die Kapitalabfindung auch nach Vollendung des 55., aber nicht mehr nach dem 65. Lebensjahr bewilligt werden.

Die Kapitalabfindung kann einen Betrag bis zur Höhe der Grundrente umfassen. Als Abfindungssumme wird das Neunfache des der Kapitalabfindung zu Grunde liegenden Jahresbetrags gezahlt. Die Abfindung ist auf die für einen Zeitraum von 10 Jahren zustehende Grundrente beschränkt. Mit Ablauf des auf die Auszahlung folgenden Monats erlischt der Anspruch auf die Bezüge, an deren Stelle die Kapitalabfindung tritt, für die Dauer von 10 Jahren. Abweichungen gelten, wenn der Antrag erst nach Vollendung des 60. Lebensjahres gestellt wird (z. B. Begrenzung der Abfindung auf die für 5 Jahre zustehende Grundrente). Die ordnungsgemäße Verwendung des Kapitals muss gewährleistet sein. Die Kapitalabfindung ist zurückzuzahlen, wenn sie nicht innerhalb einer von der Verwaltungsbehörde bestimmten Frist ordnungsmäßig verwendet worden ist. Bei Rückzahlung leben die der Kapitalabfindung zu Grunde liegenden Bezüge vom folgenden Monat an wieder auf.

An Stelle der Kapitalabfindung kann gegen Abtretung des Rentenanspruchs auf 10 Jahre ein Rentenkapitalisierungsbetrag gewährt werden.

Das BVG wird von den Ländern als eigene Angelegenheit (Art. 83 GG) durch die nach dem **Organisation**sgesetz zuständigen Behörden und Stellen durchgeführt (Landesversorgungsämter, Versorgungsämter sowie besondere Einrichtungen zur Heilbehandlung). Das **Verwaltungsverfahren** richtet sich nach dem Gesetz über das Verwaltungsverfahren der Kriegsopferversorgung. Gegen Verwaltungsakte der

Versorgungsbehörden ist nach einem Vorverfahren vor den Verwaltungsbehörden der Rechtsweg zu den Gerichten der Sozialgerichtsbarkeit, in Angelegenheiten der Kriegsopferfürsorge der Verwaltungsgerichtsbarkeit gegeben.

Die Aufwendungen für die Kriegsopferversorgung trägt der **Bund** (Art. 120 GG). Die persönlichen und sachlichen Verwaltungskosten haben die Länder aufzubringen.

651 | Entschädigung sonstiger Kriegsfolgen

Vertriebene und **Flüchtlinge** erhalten Leistungen nach dem BVFG und dem LAG. Nach dem BVFG erhalten ferner Spätaussiedler Leistungen (§§ 4 ff. BVFG).

Vertriebene sind u. a. deutsche Staatsangehörige oder Volkszugehörige, die ihren Wohnsitz in den deutschen Ostgebieten oder in Gebieten außerhalb des Deutschen Reiches nach dem Gebietsstand vom 31. 12. 1937 im Zusammenhang mit den Ereignissen des 2. Weltkrieges infolge von Vertreibung, insbesondere Ausweisung oder Flucht verloren haben (§ 1 BVFG; s. dort auch die gleichgestellten Vertreibungsgründe).

Leistungen erhalten ferner Sowjetzonenflüchtlinge. Dies sind deutsche Staatsangehöriger oder Volkszugehörige, die in der ehemaligen DDR Wohnsitz hatten und von dort vor dem 1. 7. 1990 geflüchtet sind, um sich einer von ihnen nicht zu vertretenden und durch politische Verhältnisse bedingten besonderen Zwangslage (insbes. unmittelbare Gefahr für Leib und Leben oder persönliche Freiheit) zu entziehen (§ 3 Abs. 1 BVFG).

Politisch nicht belastete Vertriebene und Flüchtlinge können durch Eingliederung, insbesondere Umsiedlung als Landwirte, Handwerker usw., gefördert werden. Es wird ihre Zulassung zu Berufs- und Gewerbeausübung, Eintragung in die Handwerksrolle usw. erleichtert. Weiter sind Kreditgewährung, Zinsverbilligung, Berücksichtigung bei Vergebung öffentlicher Aufträge, bevorzugte Wohnraumversorgung, Unterbringung in Lehr- und Ausbildungsstellen usw. vorgesehen.

Den durch den Krieg und seine Folgen betroffenen Personen, insbesondere den Vertriebenen, Flüchtlingen und Kriegsgeschädigten, beschafft oder gewährt die „Deutsche Ausgleichsbank" Kredite und finanzielle Beihilfen. Die Mittel werden meist über andere Kreditinstitute weitergeleitet.

Deutsche, die aus der ehemaligen DDR im Zuge der Besetzung oder nach dieser für dauernd in die BRep. gezogen sind, erhalten bei Existenzverlust oder Erwerbsunfähigkeit Beihilfe zum Lebensunterhalt nach dem Flüchtlingshilfegesetz.

Die Vertreibungs-, Kriegssach- oder Ostschäden werden nach dem Feststellungsgesetz ermittelt. Dieses legt die Vermögenswerte, die antragsberechtigten Personen, die Schadensberechnung, die Organisation und das Verfahren fest. Zuständig sind die Ausgleichs- und Lastenausgleichsämter sowie das Bundesausgleichsamt.

Die **Wiedergutmachung nationalsozialistischen Unrechts** regeln das Bundesrückerstattungsgesetz und das BEG.

Das Bundesrückerstattungsgesetz regelte die Anmeldung von Ansprüchen aus Geldverbindlichkeiten des Reiches und gleichgestellter Rechtsträger (Reichsbahn, Land Preußen usw.) und setzte eine Frist zur Anmeldung bis 1. 4. 1959 fest.

Das BEG und die zu diesem erlassenen Rechtsverordnungen befassen sich mit dem Ersatz sonstiger Personen- und Vermögensschäden. Das BEG räumt Personen einen Anspruch auf Entschädigung ein, die aus Gründen politischer Gegnerschaft gegen den Nationalsozialismus oder aus Gründen der Rasse, des Glaubens, oder der Weltanschauung durch nationalsozialistische Gewaltmaßnahmen verfolgt worden sind und dadurch Schaden an Leben, Körper, Gesundheit, Freiheit, Eigentum, Vermögen, in seinem beruflichen oder wirtschaftlichen Fortkommen erlitten haben (Verfolgter). Es legt die Schadenstatbestände im Einzelnen sowie das Verfahren fest. Als Entschädigung werden geleistet: Rente, Abfindung im Falle der Wiederverheiratung, Kapitalentschädigung, Heilverfahren, Krankenversorgung, Darlehen, Ausbildungsbeihilfen, Hinterbliebenenversorgung. Zuständig sind die Entschädigungsbehörden der Länder und die Entschädigungsgerichte (Landgerichte, Oberlandesgerichte, Bundesgerichtshof). Ansprüche mussten grundsätzlich bis 1. 4. 1958 angemeldet, Anträge konnten nur bis 31. 12. 1958 gestellt werden.

Der Entschädigung der Opfer nationalsozialistischer Verfolgung dienen ferner das Gesetz zur Regelung der Wiedergutmachung national-sozialistischen Unrechts in der Sozialversicherung, das Gesetz zur Wiedergutmachung national-sozialistischen Unrechts in der Kriegsopferversorgung und das Gesetz zur Wiedergutmachung national-sozialistischen Unrechts in der Kriegsopferversorgung für Berechtigte im Ausland.

Die mit Gesetz vom 2. 8. 2000 errichtete Stiftung „Erinnerung, Verantwortung und Zukunft" gewährt finanzielle Leistungen an ehemalige Zwangsarbeiter und andere, die von Unrecht aus der Zeit des Nationalsozialismus betroffen sind. Die Stiftung wurde hierfür mit einem Vermögen i. H. v. 10 Mrd. DM ausgestattet.

Die allgemeine Regelung der durch den Krieg und den Zusammenbruch des Deutschen Reiches entstandenen Schäden finden sich im Allgemeinen Kriegsfolgengesetz – AKG, im Reparationsschädengesetz und im Wertausgleichgesetz.

652 | Opferentschädigung

Durch einen vorsätzlichen, rechtswidrigen tätlichen Angriff oder dessen Abwehr Verletzte erhalten für die hierbei erlittenen Gesundheitsschäden Opferentschädigung nach dem OEG. Der Inhalt der Entschädigung richtet sich nach dem BVG.

Für Streitfälle ist der Weg zu den Sozialgerichten eröffnet.

Kostenträger ist grundsätzlich das Land, in dessen Bereich die Schädigung eingetreten ist. Der Bund trägt 40 v. H. der Aufwendungen

653 | Impfopferentschädigung

➢ Siehe Nr. 166.

654 | Entschädigung politischer Häftlinge

Inhaftierte in Mittel- und Ostdeutschland und in den übrigen Vertreibungsgebieten, die während der Haft Gesundheitsschäden erlitten haben, und deren Hinterbliebene erhalten in entsprechender Anwendung des BVG eine Versorgung (§ 4 HHG).

655 | Soziale Förderung

Die soziale Förderung ist einer der Teilbereiche des Sozialrechtssystems der Bundesrepublik Deutschland ➢ s. Nr. 641. Der sozialen Förderung werden steuerfinanzierte Leistungen zugerechnet, die zur Chancengleichheit beitragen sollen: die Ausbildungsförderung ➢ s. Nr. 656, der Familienlastenausgleich ➢ s. Nr. 657, das Wohngeld, die Kinder- und Jugendhilfe ➢ s. Nr. 658 und die Rehabilitation und Teilhabe behinderter Menschen ➢ s. Nr. 659.

656 | Ausbildungsförderung

In der Bundesrepublik Deutschland hat jeder ein – allerdings nicht eigenständig einklagbares – Recht auf individuelle Förderung einer seiner Neigung, Eignung und Leistung entsprechenden Ausbildung, wenn ihm die hierfür erforderlichen Mittel nicht anderweitig zur Verfügung stehen. Hiermit soll jeder in die Lage versetzt werden, eine angemessene Ausbildung zu absolvieren, das allgemeine Ausbildungsniveau gehoben und die Ausnutzung der Bildungskapazitäten gesichert werden. Leistungen der Ausbildungsförderung sind einerseits das BAföG und andererseits die Berufsausbildungsbeihilfe ➢ s. Nr. 648.

Weitere Sozialleistungen zur Finanzierung des ausbildungsbedingten Lebens- und sonstigen ausbildungsgeprägten Bedarfs können i. d. R. Auszubildende nicht beanspruchen. Insbesondere ist die Gewährung von Arbeitslosengeld II und Hilfe zum Lebensunterhalt nach dem SGB XII ausgeschlossen. Diese werden i. d. R. bei dem Grunde nach mit BAföG oder Berufsausbildungsförderung förderungsfähigen Ausbildungen selbst dann nicht geleistet, wenn die genannten Leistungen nicht ausreichend sind oder überhaupt nicht gewährt werden (vgl. §§ 7 Abs. 5, 6 SGB II, 22 SGB XII). Ausnahmen bestehen nur in Härtefällen.

Ausbildungen können ferner mit Meister-BAföG gefördert werden, das allerdings nicht zum Sozialrecht gerechnet wird.

657 | Kindergeld, Elterngeld, Unterhaltsvorschuss

a) Kindergeld

Seit 1996 wird Kindergeld überwiegend als Steuervergütung nach den §§ 62 ff. EStG erbracht ➢ s. Nr. 538. Sozialrechtliches Kindergeld nach dem BKGG wird nur noch gezahlt, wenn keine unbeschränkte Steuerpflicht in der Bundesrepublik Deutschland besteht. Ferner erhalten nach dem BKGG Entwicklungshelfer, Missionare, einer Tätigkeit außerhalb der Bundesrepublik Deutschland zugewiesene Beamte und Ehegatten von Mitgliedern der Truppe oder des zivilen Gefolges eines Nato-Mitgliedstaates Kindergeld nach dem BKGG.

Das Kindergeld wird nur für berücksichtigungsfähige Kinder gewährt (§ 2 Abs. 1 BKGG).

Zu diesen gehören: leibliche Kinder, Adoptivkinder, in den Haushalt aufgenommene Stief- oder Pflegekinder, in den Haushalt aufgenommene oder überwiegend unterhaltene Enkel oder Geschwister (§ 2 Abs. 1 BKGG). Die Kinder werden bis zur Vollendung des 18. Lebensjahres berücksichtigt. Bis zum 25. Lebensjahr werden sie berücksichtigt, wenn sie sich in einer Schul- oder Berufsausbildung befinden und ihr Einkommen weniger als 7 680 Euro jährlich beträgt. Berücksichtigt werden ferner Kinder, die ein freiwilliges soziales oder ökologisches Jahr ableisten, bzw. die sich wegen einer körperlichen, geistigen oder seelischen Behinderung nicht selbst unterhalten können. Über das 25. Lebensjahr hinaus wird Kindergeld bei Kindern gezahlt, die den gesetzlichen Grundwehrdienst oder Zivildienst geleistet haben. Nicht berücksichtigt werden Kinder, die in der Bundesrepublik Deutschland weder Wohnsitz noch gewöhnlichen Aufenthalt haben.

Das Kindergeld beträgt für das erste, zweite und dritte Kind 154 Euro und für jedes weitere Kind 179 Euro. Es ist (außer für Unterhaltsansprüche des Kindes selbst) nicht pfändbar, verpfändbar und abtretbar. Es ist nicht zu versteuern (§ 3 Nr. 24 EStG).

Das BKGG wird von der Bundesagentur für Arbeit ausgeführt (§ 7 BKGG). Sie führt dabei die Bezeichnung „Familienkasse".

Das Kindergeld ist bei der zuständigen Familienkasse zu beantragen. Bei Ablehnung kommen Widerspruch und Klage vor dem Sozialgericht in Betracht (§ 15 BKGG).

Die Mittel für das Kindergeld werden vom Bund bereitgestellt.

b) Elterngeld

Mit dem im BEEG geregelten Elterngeld und der Elternzeit soll Eltern ermöglicht werden, sich in der ersten Lebensphase ihres Kindes dessen Betreuung und Erziehung zu widmen.

Anspruch auf Elterngeld hat, wer seinen Wohnsitz oder gewöhnlichen Aufenthalt in der Bundesrepublik Deutschland hat, mit einem Kind, für das ihm die Personensorge zusteht, in einem Haushalt lebt und dieses selbst betreut und erzieht und nicht oder nicht voll (d.h. nicht mehr als 30 Stunden wöchentlich) erwerbstätig ist.

Einer vollen Erwerbstätigkeit steht der Bezug von Sozialleistungen, die sich aus einer vollen Erwerbstätigkeit ableiten, gleich, z.B. Arbeitslosengeld, Krankengeld, Verletztengeld.

Für ein Kind wird nur einer Person Elterngeld gewährt. Erfüllen beide Elternteile die Anspruchsvoraussetzungen, können sie einen von ihnen zum Berechtigten bestimmen. Hieran sind sie grundsätzlich gebunden. Eine Änderung ist nur in Härtefällen möglich,

Das Elterngeld muss beantragt werden. Es wird vom Tag der Geburt an für 12 Monate gezahlt. Für 14 Monate wird es gezahlt, wenn der andere Elternteil seine Erwerbstätigkeit einschränkt, um sich der Betreuung und Erziehung des Kindes zu widmen. Bis zu 28 Monaten wird das Elterngeld gezahlt, wenn der Monatsbetrag halbiert wird.

Das Elterngeld beträgt 67% des Nettoeinkommens, mindestens aber 300 Euro und höchstens 1800 Euro monatlich. Zusätzliche 75 Euro werden gezahlt, wenn im Haushalt zwei Kinder unter drei Jahren oder drei und mehr Kinder unter sechs Jahren leben.

Das Elterngeld muss schriftlich beantragt werde. Es wird für längstens 3 Monate vor dem Eingang des Antrags rückwirkend gewährt.

Auf Sozialleistungen, auf die Einkommen anzurechnen ist (z.B. Arbeitslosengeld II), wird es in Höhe von 300 Euro nicht angerechnet.

Bei bis zum 31. 12. 2006 Geborenen wurde Erziehungsgeld gezahlt.

c) Unterhaltsvorschuss

➢ s. Nr. 361.

658 | Kinder- und Jugendhilfe

a) Allgemeines

Die Kinder- und Jugendhilfe wird vor allem im SGB VIII geregelt. Ergänzende Vorschriften finden sich im Landesrecht.

Die Kinder- und Jugendhilfe soll die Eltern bei der Erziehung ihrer Kinder unterstützen. Oberstes Ziel der Kinder- und Jugendhilfe ist, die Entwicklung der Kinder und Jugendlichen zur einer eigenständigen und gemeinschaftsfähigen Persönlichkeit zu ermöglichen (§ 1 SGB VIII). Sie soll zur Verwirklichung des Erziehungsrechts des jungen Menschen diese in ihrer individuellen und sozialen Entwicklung fördern, Benachteiligungen vermeiden oder abbauen sowie die Eltern bei der Erziehung beraten und unterstützen, Kinder und Jugendliche vor Gefahren für ihr Wohl schützen und dazu beitragen, positive Lebensbedingungen für junge Menschen und ihre Familien sowie eine entsprechende Umwelt zu schaffen (§ 1 Abs. 3 SGB VIII).

Um diese Ziele und Aufgaben zu realisieren, erbringen die Träger der Jugendhilfe Leistungen und nehmen andere Aufgaben wahr (§ 2 SGB VIII).

Die Leistungen der Kinder- und Jugendhilfe werden von Trägern der freien und der öffentlichen Jugendhilfe erbracht; andere Aufgaben der Jugendhilfe werden grundsätzlich von den Trägern der öffentlichen Jugendhilfe wahrgenommen (§ 3 SGB VIII). Die Träger der öffentlichen Jugendhilfe sollen mit jenen der freien Jugendhilfe partnerschaftlich zusammenarbeiten. Eigene Einrichtungen, Dienste und Maßnahmen sollen sie nur errichten, wenn die freien Träger keine bedarfsgerechten Angebote haben und diese auch nicht rechtzeitig schaffen können (sog. Subsidiaritätsgrundsatz) (§ 4 SGB VIII).

Kinder und Jugendliche sind entsprechend ihrem Entwicklungsstand an allen sie betreffenden Entscheidungen der öffentlichen Jugendhilfe zu beteiligen (§ 8 SGB VIII). Das Jugendamt ist verpflichtet, bei Anhaltspunkten für eine Gefährdung des Wohles des Kindes oder Jugendlichen, zu seinem Schutz einzuschreiten (§ 8a SGB VIII).

Die Leistungen der Kinder- und Jugendhilfe sind gegenüber anderen Sozialleistungen nachrangig. Gegenüber jenen der Sozialhilfe sind sie dagegen vorrangig. Dies gilt nur bei der Eingliederungshilfe für körperlich und geistig behinderte Kinder und Jugendliche nicht (§ 10 SGB VIII).

b) Leistungen der Jugendhilfe

Schwerpunkte der **Jugendarbeit** sind Bildungsangebote, Erholungs- und Freizeitangebote (§ 11 SGB VIII).

Die **Jugendsozialarbeit** richtet sich an Kinder und Jugendliche mit sozialen und individuellen Beeinträchtigungen. Sie beinhaltet Maßnahmen der schulischen und beruflichen Integration (z. B. Schulsozialarbeit). Allen Jugendlichen stehen die Betreuungsleistungen offen, wenn sie ausbildungsbedingt nicht bei ihren Eltern leben können (§ 13 SGB VIII).

Der **erzieherische Kinder- und Jugendschutz** soll die jungen Menschen befähigen, sich vor gefährdenden Einflüssen zu schützen und sie zur Kritik und Entscheidungsfähigkeit, Eigenverantwortung sowie Verantwortung gegenüber ihren Mitmenschen führen (§ 14 SGB VIII).

Die allgemeine **Förderung der Erziehung in der Familie** beinhaltet Angebote der Familienbildung, der Beratung in allgemeinen Fragen der Erziehung und Entwicklung junger Menschen und der Familienfreizeit und -erholung (§ 16 SGB VIII).

Mit der **Beratung in Fragen der Partnerschaft und Trennung** soll dazu beigetragen werden, ein partnerschaftliches Zusammenleben in der Familie aufzubauen, Konflikte und Krisen in der Familie zu bewältigen und im Falle der Trennung oder

Leistungen der Kinder- und Jugendhilfe					
Jugendarbeit, Jugendsozialarbeit, erzieherischer Kinder- und Jugendschutz	**Förderung der Erziehung in der Familie**	**Förderung der Erziehung in Tageseinrichtungen und in Kindertagespflege**	**Hilfe zur Erziehung**	**Eingliederungshilfe für seelisch behinderte Kinder und Jugendliche**	**Hilfe für junge Volljährige**
• Jugendarbeit • Jugendsozialarbeit • erzieherischer Kinder- und Jugendschutz	• Allgemeine Förderung der Erziehung in der Familie • Beratung in Fragen der Partnerschaft, Trennung und Scheidung • Beratung und Unterstützung bei der Ausübung der Personensorge und des Umgangsrechts • Gemeinsame Wohnformen für Mütter/ Väter und Kinder • Betreuung und Versorgung des Kindes in Notsituationen • Unterstützung bei notwendiger Unterbringung zur Erfüllung der Schulpflicht	• Förderung in Tageseinrichtungen • Förderung in Kindertagespflege	• Erziehungsberatung • Soziale Gruppenarbeit • Erziehungsbeistand/ Betreuungshelfer • Sozialpädagogische Familienhilfe • Erziehung in einer Tagesgruppe • Vollzeitpflege • Heimerziehung, sonstige betreute Wohnform • Intensive sozialpädagogische Einzelbetreuung		

Scheidung die Bedingungen für eine dem Wohl des Kindes oder des Jugendlichen förderliche Wahrnehmung der Elternverantwortung zu schaffen. Die Beratung kann sowohl psychosoziale als auch rechtliche Inhalte haben (§ 17 SGB VIII).

Gegenstand der **Beratung und Unterstützung bei der Ausübung der Personensorge und des Umgangsrechts** können sein: die Personensorge und der Unterhalt bzw. der Unterhaltsersatz der Kinder, der Unterhaltsanspruch einer nicht verheirateten Mutter, die Sorgerechtserklärung nicht verheirateter Eltern, das Umgangsrecht und der Anspruch junger Volljähriger bezüglich deren Unterhalts- bzw. Unterhaltsersatzansprüche. Die Beratung und Unterstützung kann psychosoziale und rechtliche Inhalte haben (§ 18 SGB VIII).

Die **gemeinsame Wohnform für Mütter/Väter und Kinder** wendet sich an Alleinerziehende, die wegen ihrer Persönlichkeitsentwicklung auf diese Wohnform angewiesen sind (§ 19 SGB VIII).

Die **Betreuung und Versorgung des Kindes in Notsituationen** soll erbracht werden, wenn der überwiegend erziehende Elternteil, beide Elternteile oder der allein erziehende Elternteil aus gesundheitlichen Gründen ausfällt und die Pflege und Erziehung des Kindes anderweitig nicht sichergestellt ist (§ 20 SGB VIII).

Eltern, die die **Erfüllung der Schulpflicht** ihres Kindes wegen beruflich bedingtem ständigen Ortswechsel nicht sicherstellen können, haben Anspruch auf Beratung und Unterstützung durch das Jugendamt z. B. bei der Auswahl eines geeigneten Internats (§ 21 SGB VIII).

Kinder ab vollendetem dritten Lebensjahr haben Anspruch auf einen Platz in einer **Tageseinrichtung**. Für sonstige Kinder sollen die Jugendämter ein bedarfsgerechtes Angebot vorhalten (§§ 22 ff. SGB VIII).

Die Förderung in **Kindertagespflege** umfasst die Vermittlung der Tagespflegeperson, die fachliche Beratung, Begleitung und Qualifizierung der Tagespflegeperson sowie die Gewährung einer laufenden Geldleistung (§ 23 SGB VIII).

Die **Hilfe zur Erziehung** wird erbracht bei Kindern und Jugendlichen, bei denen ein Erziehungsdefizit vorliegt, das nicht anderweitig, insbesondere nicht durch die Personensorgeberechtigten selbst und andere Sozialleistungen, aber durch eine Hilfe zur Erziehung behoben werden kann. Bei stationärer Unterbringung umfasst die Leistung auch Unterhaltsleistungen und Krankenhilfe (§§ 27 ff. SGB VIII).

c) Andere Aufgaben der Jugendhilfe

Andere Aufgaben der Jugendhilfe sind vor allem die Inobhutnahme von Kindern und Jugendlichen (§ 42 SGB VIII), die Erteilung von Erlaubnissen für Pflegefamilien und den Betrieb von Jugendhilfeeinrichtungen sowie deren Aufsicht (§§ 43ff. SGB VIII), die Mitwirkung in gerichtlichen Verfahren (§§ 50 ff. SGB VIII), die Beistandschaft, Pflegschaft und Vormundschaft für Kinder und Jugendliche (§§ 52a ff. SGB VIII).

d) Träger der Jugendhilfe

Die Jugendhilfe wird von öffentlichen und freien Trägern durchgeführt. Träger der öffentlichen Jugendhilfe sind die örtlichen Träger (Kreise und kreisfreie Städte) und die überörtlichen Träger, die durch Landesrecht bestimmt werden (§ 69 Abs. 1 SGB VIII).

Jeder örtliche Träger errichtet ein Jugendamt, jeder überörtliche Träger ein Landesjugendamt (§ 69 Abs. 3 SGB VIII). Die Aufgaben des Jugendamts werden durch den Jugendhilfeausschuss und durch die Verwaltung des Jugendamts wahrgenommen (§ 70 Abs. 1 SGB VIII). Der Jugendhilfeausschuss setzt sich zu $^3/_5$ aus Mitgliedern der Vertretungskörperschaft und zu 2/5 aus Personen, die auf Vorschlag der Träger der freien Jugendhilfe von der Vertretungskörperschaft gewählt werden, zusammen (§ 71 SGB VIII).

Sachlich ist grundsätzlich der örtliche Träger – also das Jugendamt – **zuständig**. Der überörtliche Träger ist nur zuständig, soweit ihm eine Angelegenheit gesetzlich zugewiesen ist (§ 85 SGB VIII). Die örtliche Zuständigkeit des Jugendamts richtet sich nach dem gewöhnlichen Aufenthalt der Eltern, bei einem nichtehelichen Kind der Mutter, der Pflegeperson oder des Kindes und des Jugendlichen (§§ 86ff. SGB VIII).

Als Träger der freien Jugendhilfe kann anerkannt werden, wer auf dem Gebiet der Jugendhilfe tätig ist, gemeinnützige Ziele verfolgt, auf Grund der fachlichen und personellen Voraussetzungen erwarten lässt, dass er einen Beitrag zur Jugendhilfe leistet, und wer die Gewähr für eine den Zielen des Grundgesetzes förderliche Arbeit bietet (§ 75 SGB VIII). Die Träger der öffentlichen Jugendhilfe sollen die freiwillige Tätigkeit auf dem Gebiet der Jugendhilfe anregen und sie fördern (§ 74 SGB VIII).

Personenbezogene Daten dürfen in der Kinder- und Jugendhilfe nur erhoben und in Akten und auf Datenträgern gespeichert werden, soweit ihre Kenntnis zur Erfüllung der jeweiligen Aufgabe erforderlich ist (§§ 62, 63 SGB VIII). Sie dürfen nur zu dem Zweck verwendet werden, zu dem sie erhoben worden sind (§ 64 SGB VIII). Dem Betroffenen ist auf Antrag Auskunft über die zu seiner Person gespeicherten Daten zu erteilten (§ 67 SGB VIII).

Die oberste Landesjugendbehörde hat die Tätigkeit der Träger der öffentlichen Jugendhilfe anzuregen und zu fördern (§ 82 SGB VIII). Die fachlich zuständige oberste Bundesbehörde soll – soweit eine überregionale Bedeutung gegeben ist und eine Förderung durch ein Land allein nicht möglich ist – die Tätigkeit der Jugendhilfe anregen und fördern (§ 83 SGB VIII). Die Bundesregierung legt nach § 84 SGB VIII durch eine von ihr beauftragte Sachverständigenkommission (Jugendberichtskommission) dem Bundestag und Bundesrat in jeder Legislaturperiode einen Bericht über die Lage junger Menschen und über die Bestrebungen und Leistungen der Jugendhilfe vor (Jugendbericht).

Zur Beurteilung der Auswirkungen des Jugendhilferechts und zu seiner Fortentwicklung werden laufende Erhebungen als Bundesstatistik (Kinder- und Jugendhilfestatistik) durchgeführt (§§ 98ff. SGB VIII).

e) Kostenbeteiligung

Für die Inanspruchnahme von Angeboten der Jugendarbeit, der allgemeinen Förderung der Erziehung in der Familie und die Förderung von Kindern in Tageseinrichtungen können Teilnahme- oder Kostenbeiträge erhoben werden (§ 90 SGB VIII).

Zu den Kosten der Unterbringung eines Kindes oder Jugendlichen in einer sozialpädagogischen Wohnform, der Betreuung und Versorgung des Kindes in Notsituationen, der Hilfe zur Erziehung, der vorläufigen Unterbringung des Kindes oder des Jugendlichen und ähnlichen Leistungen werden das Kind oder der Jugendliche und dessen Eltern zu den Kosten herangezogen, soweit dies nach ihrem Einkommen und Vermögen zumutbar ist (§§ 91ff. SGB VIII).

659 | Rehabilitation und Teilhabe behinderter Menschen

a) Allgemeines

Das Sozialrecht und das Arbeitsrecht behinderter Menschen wird seit dem 1. 7. 2001 im SGB IX geregelt. In diesem Gesetzbuch wurde das bis dahin zersplitterte Rehabilitationsrecht in einem Gesetzbuch zusammengeführt und vereinheitlicht. Weitere Regelungen finden sich in den anderen Büchern des Sozialgesetzbuches, nach denen sich insbesondere die Voraussetzungen und die Zuständigkeit für Rehabilitationsleistungen richten.

b) Grundbegriffe und Grundsätze des Rehabilitationsrechts

Im SGB IX werden zunächst die Begriffe des behinderten, des schwerbehinderten und des Schwerbehinderten gleichgestellten Menschen definiert (§ 2 SGB IX).

Eine **Behinderung** liegt vor, wenn ein Mensch in seiner körperlichen Funktion, seiner geistigen Fähigkeit oder seiner seelischen Gesundheit mit hoher Wahrscheinlichkeit länger als 6 Monate von dem für das Lebensalter typischen Zustand abweicht und deshalb seine Teilhabe am Leben in der Gesellschaft beeinträchtigt ist (§ 2 Abs. 1 SGB IX).

Von einer Behinderung bedroht ist er, wenn eine solche Beeinträchtigung zu erwarten ist (§ 2 Abs. 1 Satz 2 SGB IX).

Schwerbehindert ist ein Mensch, wenn bei ihm ein Grad der Behinderung von mindestens 50 v. H. vorliegt (§ 2 Abs. 2 SGB IX). Menschen mit einem Grad der Behinderung von mindestens 30 v. H. sind den schwerbehinderten Menschen gleichgestellt, wenn sie infolge ihrer Behinderung einen Arbeitsplatz nicht behalten oder erlangen können (§ 2 Abs. 3 SGB IX).

Das Recht nach dem SGB IX ist von folgenden Grundsätzen geprägt: gegliedertes System, Vorrang der Rehabilitation vor der Rente, Wunsch- und Wahlrecht der Betroffenen,

Mit dem Begriff „**Gegliedertes System**" wird zum Ausdruck gebracht, dass auch nach Inkrafttreten des SGB IX verschiedene Träger für die Rehabilitation und Teilhabe zuständig sind: die Träger der gesetzlichen Krankenversicherung, die Träger der gesetzlichen Unfallversicherung, die Träger der gesetzlichen Rentenversicherung, die Bundesagentur für Arbeit, die Träger der sozialen Entschädigung, die Träger der öffentlichen Jugendhilfe und die Träger der Sozialhilfe. Die Nachteile der Aufteilung der Kompetenzen sucht der Gesetzgeber dadurch abzumildern, dass er die Rehabilitationsträger zur Zusammenarbeit verpflichtet, die Zuständigkeit in einem sog. Zuständigkeitsklärungsverfahren schnell geklärt werden soll (§ 14 SGB IX) und Gemeinsame Servicestellen zur Beratung der Betroffenen (§ 23 SGB IX) eingerichtet wurden.

Aus dem Grundsatz „**Rehabilitation vor Rente**" folgt, dass die Rehabilitationsträger vor der Bewilligung einer Rente zu prüfen haben, ob Maßnahmen der Rehabilitation und Teilhabe erfolgversprechend sind (§ 8 SGB IX).

Die Betroffenen können **Wünsche** zu ihrer Rehabilitation äußern, denen der Rehabilitationsträger Folge leisten muss, wenn sie berechtigt sind (§ 9 Abs. 1 SGB IX). Die Betroffenen haben ferner das Recht, statt einer Geldleistung eine Sachleistung zu wählen, wenn die selbst beschaffte Leistung gleich wirksam ist (§ 9 Abs. 2 SGB XI). Ferner besteht die Möglichkeit, ein sog. persönliches Budget zu wählen (§ 17 SGB IX).

<table>
<tr><th colspan="4">Rehabilitationsleistungen</th></tr>
<tr><th>Leistungen zur medizinischen Rehabilitation</th><th>Leistungen zur Teilhabe am Arbeitsleben</th><th>Unterhaltsichernde und ergänzende Leistungen</th><th>Leistungen zur Teilhabe am Leben in der Gemeinschaft</th></tr>
<tr><td>• Ärztliche und zahnärztliche Behandlung
• Früherkennung und Frühförderung behinderter Kinder
• Arznei- und Verbandmittel
• Heilmittel einschließlich physikalischer, Sprach- und Beschäftigungstherapie
• Psychotherapie
• Hilfsmittel
• Belastungserprobung und Arbeitstherapie</td><td>• Hilfen zur Erhaltung und Erlangung eines Arbeitsplatzes
• Berufsvorbereitung einschließlich einer wegen der Behinderung erforderlichen Grundausbildung
• Berufliche Anpassung und Weiterbildung
• Berufliche Ausbildung
• Überbrückungsgeld
• Sonstige Hilfen zur Teilnahme am Arbeitsleben
• Leistungen an Arbeitgeber und Träger
• Leistungen in Werkstätten für behinderte Menschen</td><td>• Krankengeld
• Versorgungskrankengeld
• Verletztengeld
• Übergangsgeld
• Ausbildungsgeld
• Unterhaltsbeihilfe
• Beiträge und Beitragszuschüsse
• Rehabilitationssport
• Funktionstraining
• Reisekosten
• Betriebs- und Haushaltshilfe
• Kinderbetreuungskosten</td><td rowspan="2">• Hilfsmittel
• Heilpädagogische Leistungen für Kinder
• Hilfen zum Erwerb lebenspraktischer Fähigkeiten
• Hilfen zur Förderung der Verständigung mit der Umwelt
• Hilfen zur Beschaffung, dem Umbau, der Ausstattung und der Erhaltung der Wohnung
• Hilfen zu selbstbestimmten betreuten Wohnmöglichkeiten
• Hilfen zur Teilhabe am gemeinschaftlichen und kulturellen Leben</td></tr>
<tr><td colspan="2">• Hilfe zur Unterstützung bei der Krankheits- und Behinderungsverarbeitung
• Aktivierung von Selbsthilfepotentialen
• Information und Beratung von Partnern und Angehörigen, Vorgesetzten und Kollegen
• Vermittlung von Kontakten zu örtlichen Selbsthilfe- und Beratungsmöglichkeiten
• Hilfen zur seelischen Stabilisierung und zur Förderung der sozialen Kompetenz
• Training lebenspraktischer Fähigkeiten
• Anleitung und Motivation bei der Inanspruchnahme von Leistungen der medizinischen Rehabilitation</td><td></td></tr>
</table>

c) Leistung der Rehabilitation

Das SGB IX zählt in den §§ 26 ff. Leistungen der medizinischen Rehabilitation, der Teilhabe am Arbeitsleben, Unterhaltsleistungen und ergänzende Leistungen und Leistungen zur Teilhabe am Leben in der Gemeinschaft auf. Soweit das für einen Rehabilitationsträger einschlägige Leistungsgesetz auf diese Leistungen zurückgreift, gehören diese zu seinen Rehabilitationsleistungen. Die Voraussetzungen richten sich indessen nach dem für ihn maßgeblichen Buch des SGB (§ 7 SGB IX). So müssen z. B. in der Sozialhilfe die Regelungen zur Einkommens- und Vermögensanrechnung beachtet werden.

d) Klagerecht der Behindertenverbände

Verbände, die nach ihrer Satzung behinderte Menschen auf Bundes- und Landesebene vertreten und nicht selbst am Prozess beteiligt sind, können mit Einverständnis des behinderten Menschen an dessen Stelle klagen (§ 63 SGB IX).

e) Behindertengleichstellungsgesetz

Nachteile für behinderte Menschen sollen ferner mit dem Behindertengleichstellungsgesetz beseitigt werden. Zugleich soll mit diesem Gesetz wie mit dem SGB IX behinderten Menschen eine selbstbestimmte Lebensführung und die Teilhabe am gesellschaftlichen Leben ermöglicht und sichergestellt werden.

Eine **Behinderung** liegt nach dem Behindertengleichstellungsgesetz vor, wenn bei einem Menschen mit hoher Wahrscheinlichkeit für länger als sechs Monate die körperliche Funktion, die geistige Fähigkeit oder die seelische Gesundheit vom lebensaltertypischen Zustand abweicht und deshalb die Teilhabe am Leben in der Gemeinschaft beeinträchtigt ist (§ 3 BGG).

Bei allen **baulichen** oder sonstigen **Anlagen** ist darauf zu achten, dass sie barrierefrei sind, also von behinderten Menschen in der üblichen Weise ohne besondere Erschwernis und grundsätzlich ohne fremde Hilfe genutzt werden können (§ 4 BGG). Zur Herstellung der Barrierefreiheit sollen zwischen anerkannten Behindertenverbänden und den Unternehmen der verschiedenen Wirtschaftsbranchen Zielvereinbarungen abgeschlossen werden (§ 5 BGG).

Die Deutsche **Gebärdensprache** ist als eigenständige Sprache anerkannt, hörbehinderte Menschen haben das Recht, die Deutsche Gebärdensprache oder lautsprachbegleitende Gebärden zu verwenden (§ 6 BGG).

Bei der Bundesregierung wird eine Beauftragte oder ein Beauftragter für behinderte Menschen bestellt (§ 14 BGG).

In einzelnen Bundesländern finden sich dem BGG entsprechende Gleichstellungsgesetze.

660 | Sozialhilfe i. w. S.

Einer der Teilbereiche des Sozialrechts ist die Sozialhilfe i. w. S. Diese beinhaltet steuerfinanzierte Leistungen, die an bedürftige Leistungsberechtigte geleistet werden. Die Sozialhilfe i. w. S. umfasst die Leistungen der Grundsicherung für Arbeitsuchende nach dem SGB II ➢ s. Nr. 661, sowie die Sozialhilfe nach dem SGB XII ➢ s. Nr. 662.

661 | Grundsicherung für Arbeitsuchende

a) Allgemeines

Die Grundsicherung für Arbeitsuchende wurde zum 1. 1. 2005 in das SGB II neu eingefügt.

Mit den Leistungen der Grundsicherung für Arbeitsuchende soll die Eigenverantwortung von erwerbsfähigen Hilfebedürftigen und den mit ihnen in einer Bedarfsgemeinschaft lebenden Personen gestärkt und dazu beigetragen werden, dass diese ihren Lebensunterhalt unabhängig von den Grundsicherungsleistungen aus eigenen Mitteln und Kräften bestreiten können (§ 1 SGB II).

Die Grundsicherung für Arbeitsuchende ist vom Grundsatz des Forderns und Förderns geprägt. Nach dem Grundsatz des Forderns sind die Betroffenen gehalten, alle Möglichkeiten zur Beseitigung bzw. Verringerung ihrer Hilfsbedürftigkeit auszuschöpfen. Aus dem Grundsatz des Förderns folgt, dass die Grundsicherungsträger verpflichtet sind, die Betroffenen bei der Eingliederung in Arbeit umfassend zu unterstützen.

b) Berechtigter Personenkreis

Leistungsberechtigt sind sog. erwerbsfähige Hilfebedürftige. Dies sind Personen, die

- ihren gewöhnlichen Aufenthalt in der Bundesrepublik Deutschland haben und
- mindestens 15, aber noch nicht 65 Jahre alt,
- erwerbsfähig und hilfebedürftig sind (§ 7 Abs. 1 SGB II).

Nicht **erwerbsfähig** ist, wer aus gesundheitlichen Gründen nicht in der Lage ist, unter den üblichen Bedingungen des allgemeinen Arbeitsmarktes mindestens drei Stunden täglich zu arbeiten bzw. in der Bundesrepublik Deutschland keine Erwerbstätigkeit ausüben darf (§ 8 SGB II). Können die Betroffenen eine Erwerbstätigkeit aus anderen Gründen nicht ausüben, z. B. wegen der Erziehung eines Kindes, bleibt dies ohne Einfluss auf die Erwerbsfähigkeit.

Hilfebedürftig ist, wer den eigenen Grundsicherungsbedarf und den der Angehörigen seiner Bedarfsgemeinschaft nicht aus eigenen Mitteln und den Mitteln der Angehörigen der Bedarfsgemeinschaft sowie der Verwandten- und Verschwägertengemeinschaft bestreiten kann (§ 9 SGB II). Der erwerbsfähige Hilfebedürftige hat grundsätzlich sein gesamtes Einkommen und Vermögen einzusetzen. Ausnahmen von diesem Grundsatz finden sich in den §§ 11, 12 SGB II und in der Alg II–V. Der Bedarfsgemeinschaft gehören nicht getrennt lebende Ehegatten, nicht getrennt lebende Partner einer eingetragenen Lebenspartnerschaft sowie Partner einer eheähnlichen bzw. lebenspartnerschaftsähnlichen Gemeinschaft, Kinder und ggfs. Stiefkinder an. Zusätzlich können die Grundsicherungsträger Unterhaltspflichtige zu den Kosten der Grundsicherung heranziehen (§ 33 SGB XII).

Keine Leistungen der Grundsicherung für Arbeitsuchende erhalten Asylbewerber, erwerbsfähige Hilfebedürftige, die Altersrente beziehen, für länger als sechs Monate stationär untergebracht sind, und Auszubildende die dem Grunde nach BAföG- bzw. berufsausbildungsbeihilfeberechtigt sind (§ 7 Abs. 4 ff. SGB II).

e) Leistungen der Grundsicherung für Arbeitsuchende

In der Grundsicherung für Arbeitsuchende sind Leistungen zur Eingliederung in Arbeit und Leistungen zur Sicherung des Lebensunterhalts vorgesehen.

aa) Leistungen zur Eingliederung in Arbeit

Mit den Leistungen zur Eingliederung in Arbeit sollen Erwerbsfähige wieder in Arbeit eingegliedert werden (§ 14 SGB II). Die Leistungen und die eigenen Anstrengungen des Betroffenen werden in einer sog. Eingliederungsvereinbarung zwischen dem sog. Fallmanager und den Betroffenen vereinbart (§ 15 SGB II).

Leistungen zur Eingliederung in Arbeit sind: bestimmte Leistungen der Arbeitsförderung, z. B. Mobilitätshilfen, Betreuung minderjähriger Kinder und pflegebedürftiger Angehöriger, Schuldnerberatung, psychosoziale Betreuung, Suchtberatung, Einstiegsgeld, Leistungen nach dem Altersteilzeitgesetz und eine angemessene Entschädigung bei einer Tätigkeit in einer Arbeitsgelegenheit (sog. Ein-Euro-Job).

bb) Leistungen zur Sicherung des Lebensunterhalts

Leistungen zur Sicherung des Lebensunterhalts sind das Arbeitslosengeld II und das Sozialgeld.

Das **Arbeitslosengeld II** umfasst eine sog. Regelleistung (für Alleinstehende 345 Euro), und die Kosten für Unterkunft und Heizung. Bei bestimmten Bedarfen wird zusätzlich ein Mehrbedarfszuschlag gezahlt.

Bei Arbeitslosen, die innerhalb der letzten zwei Jahre Arbeitslosengeld nach dem SGB III bezogen haben, wird ferner ein Zuschlag nach Bezug von Arbeitslosengeld bis max. 160 Euro im ersten Jahr und 80 Euro im zweiten Jahr gezahlt (§ 24 SGB II).

Anspruch auf **Sozialgeld** haben nicht erwerbsfähige Angehörige einer Bedarfsgemeinschaft eines erwerbsfähigen Hilfebedürftigen. Das Sozialgeld setzt sich aus einer Regelleistung für Kinder unter 14 Jahren in Höhe von 207 Euro monatlich, für Kinder von 14 bis 18 Jahren in Höhe von 276 Euro monatlich und für Partner in Höhe von 311 Euro, ferner einer Leistung für Unterkunft und Heizung sowie ggfs. einem Mehrbedarfszuschlag zusammen (§ 28 SGB II).

f) Anreize und Sanktionen

Um ausreichend **Anreize** für eine Erwerbstätigkeit zu schaffen, kann der Grundsicherungsträger ein Einstiegsgeld zahlen (§ 29 SGB II). Außerdem sind vom Einkommen Freibeträge abzusetzen (§ 30 SGB II).

Bei Pflichtverletzungen sind im SGB II als **Sanktion** die Absenkung bzw. der Wegfall des Arbeitslosengeldes II vorgesehen (§§ 31, 32 SGB II). Dies gilt insbesondere, wenn der Betroffene sich weigert, ohne wichtigen Grund zumutbare Arbeit aufzunehmen oder fortzuführen (§ 31 SGB II). Zumutbar ist dabei jede Tätigkeit, die nicht gegen Gesetz oder die guten Sitten verstößt. Auch Beschäftigungen, die untertariflich oder unter dem ortsüblichen Satz vergütet werden, sind zumutbar (§ 10 SGB II).

g) Soziale Sicherung der Bezieher von Arbeitslosengeld II

Die Bezieher von Arbeitslosengeld II sind in die Kranken- und Pflegeversicherung kraft Gesetzes einbezogen, soweit sie nicht familienversichert sind. Sie sind ferner in den rentenversicherungspflichtigen Personenkreis einbezogen.

h) Träger der Grundsicherung der Arbeit

Träger der Grundsicherung für Arbeitsuchende sind die Bundesagentur für Arbeit und die kommunalen Träger (§ 6 SGB II). Die kommunalen Träger sind für die Leistungen für Unterkunft und Heizung, Kinderbetreuungsleistungen, Schuldner- und Suchtberatung, psychosoziale Betreuung und die Übernahme von besonderen einmaligen Bedarfen (Wohnungseinrichtung/Bekleidung) zuständig. Im Übrigen ist die Bundesagentur für Arbeit zuständig. Die Bundesagentur für Arbeit und die kommunalen Träger sollen Arbeitsgemeinschaften bilden, die in den sog. Jobcentern als einheitliche Anlaufstelle eingerichtet sind. In 69 Landkreisen sind sog. zugelassene kommunale Träger zuständig, die für die gesamte Grundsicherung für Arbeitsuchende zuständig sind.

662 | Sozialhilfe

a) Allgemeines

Mit den Leistungen der Sozialhilfe sollen bedürftige Menschen befähigt werden, ein menschenwürdiges Leben zu führen (§ 1 SGB XII). Sie sollen in die Lage versetzt werden, ohne Sozialhilfe zu leben.

Die Leistungen der Sozialhilfe sind gegenüber anderen Leistungen, insbesondere gegenüber anderen Sozialleistungen nachrangig (§ 2 SGB XII). Die Leistungen der Sozialhilfe sind nach den Besonderheiten des Einzelfalles zu bemessen (§ 9 SGB XII).

Die Leistungen der Grundsicherung im Alter und bei Erwerbsminderung müssen beantragt werden. Die sonstigen Sozialhilfeleistungen müssen von Amts wegen erbracht werden (§ 18 SGB XII).

Die Leistungen der Sozialhilfe werden grundsätzlich an alle Personen erbracht, die sich in der Bundesrepublik Deutschland tatsächlich aufhalten. Dies gilt nicht für Leistungsberechtigte nach § 1 AsylbLG und Ausländer, die in die Bundesrepublik Deutschland eingereist sind, um hier Sozialhilfe zu beziehen (§ 23 SGB XII). An Deutsche im Ausland wird Sozialhilfe nur in eng begrenzten Ausnahmefällen geleistet (§ 24 SGB XII).

b) Leistungen der Sozialhilfe

Hilfe zum Lebensunterhalt erhält nur, wer weder in der Grundsicherung für Arbeitsuchende ➢ s. Nr. 661, noch in der Grundsicherung im Alter und bei Erwerbsminderung leistungsberechtigt ist und seinen notwendigen Lebensbedarf weder mit eigenen Mitteln noch mit jenen naher Angehöriger bestreiten kann.

Bei der Leistung an Personen außerhalb von Einrichtungen setzt sich der Bedarf aus dem Regelsatz (§ 28 SGB XII) sowie Leistungen für angemessene Unterkunft und Heizung (§ 29 SGB XII) zusammen. Bei gehbehinderten Menschen mit einem Schwerbehindertenausweis mit dem Merkzeichen G oder aG, bei Schwangeren ab der 13. Schwangerschaftswoche, bei Alleinerziehenden, bei behinderten Menschen in einer Maßnahme zur Teilhabe am Arbeitsleben sowie bei kranken Menschen mit aufwändiger Diät wird zusätzlich ein Mehrbedarfszuschlag geleistet (§ 30 SGB XII). Einmalige Leistungen werden bei mehrtägigen Klassenfahrten, bei der Erstausstattung mit Kleidung und der Erstausstattung der Wohnung gewährt (§ 31 SGB XII).

Leistungen der Sozialhilfe	
Leistungen zur Sicherung des Lebensunterhalts	**Leistungen zur Sicherung sonstiger Bedarfe**
• Hilfe zum Lebensunterhalt (§§ 27 ff. SGB XII) • Grundsicherung im Alter und bei Erwerbsminderung (§§ 41 ff. SGB XII)	• Hilfen zur Gesundheit (§§ 47 ff. SGB XII) • Eingliederungshilfe für behinderte Menschen (§§ 53 ff. SGB XII) • Hilfe zur Pflege (§§ 61 ff. SGB XII) • Hilfe zur Überwindung besonderer sozialer Schwierigkeiten (§§ 68 ff. SGB XII) • Hilfe zur Weiterführung des Haushalts (§ 70 SGB XII) • Altenhilfe (§ 71 SGB XII) • Blindenhilfe (§ 72 SGB XII) • Hilfe in sonstigen Lebenslagen (§ 73 ff. SGB XII) • Bestattungskosten (§ 74 SGB XII)

Ferner müssen bzw. können Beiträge für Kranken- und Pflegeversicherung (§ 32 SGB XII) sowie für eine angemessene Alterssicherung übernommen werden (§ 33 SGB XII).

Personen in stationären Einrichtungen erhalten den in der Einrichtung erforderlichen Lebensbedarf, einen angemessenen Barbetrag sowie Leistungen für die Kleidung (§ 35 SGB XII).

Mit den Leistungen der **Grundsicherung im Alter und bei Erwerbsminderung** (§§ 41 ff. SGB XII) soll die Altersarmut bekämpft werden. Die Leistungen erhalten Personen mit gewöhnlichem Aufenthalt in der Bundesrepublik Deutschland, die entweder das 65. Lebensjahr vollendet haben oder das 18. Lebensjahr vollendet haben und dauerhaft täglich weniger als 3 Stunden arbeiten können, und keine ausreichenden Mittel zur Finanzierung ihres Grundsicherungsbedarfs haben. Dieser Grundsicherungsbedarf setzt sich aus dem Regelsatz, den angemessenen tatsächlichen Kosten für Unterkunft und Heizung, evtl. einem Mehrbedarfszuschlag sowie Kranken- und Pflegeversicherungsbeiträgen zusammen (§ 42 SGB XII). Auf diesen Bedarf wird das eigene Einkommen und Vermögen, jenes des nicht getrennt lebenden Ehegatten, Lebenspartners, Partners einer gleichgeschlechtlichen Lebensgemeinschaft bzw. einer eheähnlichen Lebensgemeinschaft angerechnet. Nicht als Einkommen werden beim Leistungsberechtigten Unterhaltsansprüche gegen Kinder bzw. gegen die Eltern angerechnet, wenn deren Gesamteinkommen unter 100 000 Euro liegt.

Die **Hilfen zur Gesundheit** umfassen die vorbeugende Gesundheitshilfe, die Hilfe bei Krankheit, die Hilfe zur Familienplanung, die Hilfe bei Schwangerschaft und Mutterschaft sowie Hilfe bei Sterilisation (§§ 47 ff. SGB XII). Bei nicht versicherten Empfängern von Leistungen zur Hilfe zum Lebensunterhalt, die diese mindestens einen Monat beziehen, wird die Hilfe bei Krankheit durch die Krankenkasse übernommen (§ 264 Abs. 2 SGB V). Der Leistungsinhalt der Hilfen bei Gesundheit entspricht dem der gesetzlichen Krankenversicherung. Insbesondere müssen auch die Bezieher von Sozialhilfe die in der Krankenversicherung vorgesehenen Zuzahlungen zahlen.

Eingliederungshilfe erhalten behinderte oder von Behinderung bedrohte Menschen (§§ 53 ff. SGB XII). Sie beinhaltet Leistungen zur medizinischen Rehabilitation, zur Teilhabe am Arbeitsleben und zur Teilhabe am Leben in der Gemeinschaft.

912

Hilfe zur Pflege erhalten pflegebedürftige Menschen, die keine oder keine ausreichenden Leistungen aus der sozialen Pflegeversicherung erhalten (§§ 61 ff. SGB XII). Die Hilfe zur Pflege umfasst häusliche Pflege (Pflegesachleistung, Pflegegeld, Aufwendungen für Pflegepersonen), Hilfsmittel, teilstationäre Pflege, Kurzzeitpflege und stationäre Pflege.

Die **Hilfe zur Überwindung besonderer sozialer Schwierigkeiten** wird an Menschen erbracht, bei denen besondere Lebensverhältnisse mit sozialen Schwierigkeiten verbunden sind (z. B. Wohnsitzlose). Die Leistung umfasst Beratung und persönliche Unterstützung, Erhaltung und Beschaffung einer Wohnung, Ausbildung, Erlangung und Sicherung eines Platzes im Arbeitsleben sowie Hilfe zum Aufbau und zur Aufrechterhaltung sozialer Beziehungen und zur Gestaltung der Freizeit (§§ 67 ff. SGB XII).

Die **Hilfe zur Weiterführung des Haushalts** erhalten Personen mit eigenem Haushalt, dessen Weiterführung geboten ist, der aber von ihnen selbst und Angehörigen nicht weitergeführt werden kann. Die Hilfe umfasst die persönliche Betreuung von Haushaltsangehörigen und sonstige für die Weiterführung des Haushalts erforderliche Tätigkeiten (§ 70 SGB XII).

Mit den Leistungen der **Altenhilfe** sollen Schwierigkeiten, die durch das Alter entstehen, verhütet, überwunden oder gemildert werden und alten Menschen die Möglichkeit erhalten werden, am Leben in der Gemeinschaft teilzunehmen (§ 71 SGB XII). Die Leistung umfasst Leistungen zu einer Betätigung und zum gesellschaftlichen Engagement, zur Beschaffung und Erhaltung einer Wohnung, die den Bedürfnissen des alten Menschen entspricht, Beratung und Unterstützung in allen Fragen der Aufnahme in eine Einrichtung, die der Betreuung alter Menschen dient, Beratung und Unterstützung in allen Fragen der Inanspruchnahme altersgerechter Dienste, Leistungen zum Besuch von Veranstaltungen oder Einrichtungen, die der Geselligkeit, der Unterhaltung, der Bildung oder den kulturellen Bedürfnissen alter Menschen dienen, sowie Leistungen, die alten Menschen die Verbindung mit nahestehenden Personen ermöglicht.

Mit der **Blindenhilfe** sollen schwer sehbehinderten und erblindeten Menschen Mehraufwendungen ausgeglichen werden (§ 72 SGB XII). Die Leistung umfasst das sog. Blindengeld, das nach Vollendung des 18. Lebensjahres 585 Euro, und davor 283 Euro monatlich beträgt.

Die **Bestattungskosten** werden übernommen, wenn den hierzu Verpflichteten nicht zugemutet werden kann, diese Kosten zu tragen (§ 74 SGB XII).

Die Leistungen der Sozialhilfe werden nur erbracht, wenn die Leistungsberechtigten den Sozialhilfebedarf nicht mit eigenem Einkommen und Vermögen sowie dem Einkommen und Vermögen der Angehörigen ihrer Einsatzgemeinschaft und der Wohngemeinschaft decken können. Zusätzlich werden unterhaltspflichtige Angehörige zu den Kosten der Sozialhilfe herangezogen (§ 94 SGB XII).

Einkommen umfasst alle geldwerten Zuflüsse im Bedarfsmonat. Es wird grundsätzlich voll angerechnet. Bestimmte Einkünfte sind von der Anrechnung ausgenommen (§§ 82 ff. SGB XII). Bei den Hilfen zur Gesundheit, der Eingliederungshilfe etc. wird grundsätzlich nur das Einkommen, das eine Einkommensgrenze überschreitet, in angemessenen Umfang berücksichtigt. Einkommen unter dieser Einkommensgrenze ist nur einzusetzen bei zweckgebundenen Leistungen, bei der Notwendigkeit geringfügiger Mittel sowie bei Ersparnis häuslichen Lebensunterhalts (§§ 88 ff. SGB XII).

Vermögen umfasst alle geldwerten Positionen, die bereits zu Beginn des Bedarfsmonats vorhanden sind. Nicht berücksichtigt wird das sog. Schonvermögen. Im Übrigen ist das Vermögen bis zum sog. kleinen Barbetrag aufzubrauchen. Insbesondere bei der Eingliederungshilfe ist das Vermögen teilweise nicht einzusetzen (§§ 90 ff. SGB XII).

c) Ersatz der Kosten der Sozialhilfe

Die Sozialhilfe ist zurückzuzahlen, wenn der Hilfebedarf von Leistungen durch vorsätzliches oder grobfahrlässiges Verhalten herbeigeführt wurde oder z. B. durch wahrheitswidrige Angaben die Sozialhilfe zu Unrecht bezogen wurde (§§ 103, 104 SGB XII). Zusätzlich können Erben ersatzpflichtig sein (§ 102 SGB XII).

d) Sozialhilfeträger

Für die Sozialhilfe sind grundsätzlich die Landkreise und die kreisfreien Städte, in der sich die Leistungsberechtigten tatsächlich aufhalten, zuständig (§§ 96 ff. SGB XII).

663 | Sozialverwaltungsverfahren

a) Allgemeines

Die öffentlich-rechtliche Verwaltungstätigkeit in Angelegenheiten nach dem SGB wird in den §§ 1 bis 66 SGB X geregelt. Diese Vorschriften kommen zur Anwendung, soweit in den besonderen Teilen keine abweichenden Regelungen getroffen wurden (§ 37 Satz 1 SGB I).

Bei der Verfolgung und Ahndung von Ordnungswidrigkeiten gelten sie nicht. Diese regelt das OWiG.

Das Verwaltungsverfahren nach dem SGB X umfasst die nach außen wirkende Tätigkeit der Behörden, die auf die Prüfung der Voraussetzungen, die Vorbereitung und den Erlass von Verwaltungsakten bzw. auf den Abschluss eines öffentlich-rechtlichen Vertrag gerichtet ist (§ 8 SGB X).

Bei anderen öffentlich-rechtlichen Handlungsformen gelten die Vorschriften über das Sozialverwaltungsverfahren u. U. entsprechend.

In Sozialverwaltungsverfahren gilt der Grundsatz der Nichtförmlichkeit (§ 9 SGB X).

Amtssprache im Sozialverwaltungsverfahren ist Deutsch (§ 19 SGB X).

Hörbehinderte Menschen können Gebärdensprache verwenden. Hierdurch entstehende Kosten für einen Dolmetscher muss die Behörde tragen (§ 19 SGB X).

Geht ein Antrag oder eine sonstige Erklärung in einer Fremdsprache bei der Behörde ein, soll sie dem Einsender eine angemessene Frist zur Einreichung einer Übersetzung setzen. Verstreicht diese Frist fruchtlos, kann sie das Schriftstück selbst übersetzen lassen und Ersatz der Kosten verlangen (§ 19 Abs. 2 SGB X). Fristen beginnen erst ab dem Zeitpunkt, in dem die Übersetzung bei der Behörde vorliegt (§ 19 Abs. 3 SGB X). Bereits ab dem Eingang des Schriftstücks beginnt die Frist zu laufen, wenn die Behörde das Schriftstück verstehen kann sowie wenn die Übersetzung in der gesetzten Frist eingereicht wird (§ 19 Abs. 4 SGB X).

b) Subjekte des Sozialverwaltungsverfahrens

Trägerin des Sozialverwaltungsverfahrens ist die Behörde. Mit der Sache befassen muss bzw. kann sie sich, wenn sie international, sachlich, instanziell und örtlich zuständig ist. Soweit unterschiedliche Organe innerhalb einer Behörde gebildet sind, ist ggfs. zusätzlich zu prüfen, welches dieser Organe funktionell zuständig ist.

Einzelheiten der Zuständigkeit regeln die besonderen Teile des SGB. Lediglich in § 2 SGB X finden sich ergänzende allgemeine Regelungen zur örtlichen Zuständigkeit. In diesen Vorschriften wird der Grundsatz der Erstbefassung festgelegt (§ 2 Abs. 1 SGB X), die die Behörden zur Sicherstellung der Nahtlosigkeit der Leistungsgewährung bei einem Zuständigkeitswechsel verpflichtet (§ 2 Abs. 3 SGB X) und zu unaufschiebbaren Maßnahmen in einem dringenden Fall berechtigt (§ 2 Abs. 4 SGB X).

Mitarbeiter der Behörde dürfen in einer Angelegenheit nicht mitwirken, wenn es sich um ihren eigenen Fall handelt, ein enger Angehöriger beteiligt ist oder sie bei einem Beteiligten beschäftigt sind oder diesen beraten oder vertreten haben (§ 16 SGB X). Ferner kann der Dienststellenleiter anordnen, dass ein Mitarbeiter sich weiterer Verfahrenshandlungen zu enthalten hat, wenn bei ihnen die Besorgnis der Befangenheit besteht (§ 17 SGB X).

Die Behörden sind gegenseitig zur Amtshilfe verpflichtet. Dabei haben sie den Sozialdatenschutz zu wahren (§§ 3–7 SGB X).

Beteiligte des Sozialverwaltungsverfahrens sind der Antragsteller, der Antragsgegner, Adressaten des Verwaltungsakts und von der Verwaltungsbehörde zum Verwaltungsverfahren hinzugezogene Personen (§ 12 SGB X). Beteiligungsfähig sind natürliche und juristische Personen, Vereinigungen, denen ein Recht zustehen kann, und Behörden bei von anderen Behörden geführten Verfahren (§ 10 SGB X); im eigenen Verfahren sind die Behörden dagegen nicht Beteiligte. Handlungsfähig sind geschäftsfähige Personen, ferner wer der das 15. Lebensjahr vollendet hat (§ 11 SGB X) ➤ s. Nr. 642.

Die Beteiligten können sich in dem Verfahren durch Bevollmächtigte (z.B. Rechtsanwalt) vertreten lassen bzw. sich von einem Beistand zu Verhandlungen bei der Behörde begleiten lassen (§ 13 SGB X). Der Bevollmächtigte bzw. der Beistand ist von der Behörde zurückzuweisen, wenn er unbefugt geschäftsmäßig fremde Rechtsgeschäfte besorgt, ferner, wenn er zum schriftlichen bzw. mündlichen Vortrag nicht fähig ist (§ 13 SGB X).

c) Ablauf des Sozialverwaltungsverfahrens

Die **Einleitung des Sozialverwaltungsverfahrens** setzt bei vielen Leistungen einen Antrag voraus. Von Amts wegen hat die Behörde das Verfahren in der gesetzlichen Unfallversicherung und in der Sozialhilfe – außer bei der Grundsicherung im Alter und bei Erwerbsminderung – einzuleiten. Im Übrigen steht die Entscheidung über die Einleitung des Verfahrens in pflichtgemäßem Ermessen der Behörde (§ 18 SGB X).

Den **Sachverhalt ermittelt** die Behörde von Amts wegen (§ 20 SGB X). An Beweisanträge ist sie dabei nicht gebunden. Sie hat alle für die Entscheidung maßgeblichen Umstände einschließlich der für den Beteiligten günstigen zu ermitteln. Über die hierbei zu verwendenden Beweismittel entscheidet die Behörde nach pflichtgemäßem Ermessen. Die

Behörde kann das Sozialgericht um die Vernehmung von Zeugen oder Sachverständige, die ohne Zeugnisverweigerungsrecht die Aussage verweigern, ersuchen (§ 21 SGB X).

Die Behörde hat i.d.R. vor Entscheidungen, die in die Rechte des Beteiligten eingreifen, diesem Gelegenheit zu geben, sich zu äußern (§ 24 SGB X).

Jeder Beteiligte hat im Sozialverwaltungsverfahren ein Recht auf Akteneinsicht, wenn die Kenntnis des Akteninhalts zur Geltendmachung oder zur Verteidigung rechtlicher Interessen erforderlich ist (z.B. zur Entscheidung über die Einlegung eines Widerspruchs) (§ 25 SGB X).

d) Verwaltungsakt

Wichtigste Entscheidungsform der Leistungsträger ist der Verwaltungsakt. Der Verwaltungsakt ist eine Verfügung, Entscheidung oder andere hoheitliche Maßnahme, die eine Behörde zur Regelung eines Einzelfalles auf dem Gebiet des öffentlichen Rechts trifft und auf unmittelbare Rechtswirkung nach außen gerichtet ist (§ 31 SGB X).

Die Behörde ist zum Erlass eines Verwaltungsakts verpflichtet, wenn sie dies zuvor schriftlich zugesichert hat (§ 34 SGB X). An die Zusicherung ist sie unter Umständen nicht gebunden, wenn sich nach deren Erteilung die Sach- oder Rechtslage geändert hat.

Der Verwaltungsakt kann mit einer Nebenbestimmung verbunden werden, denn dies durch eine Rechtsvorschrift zugelassen ist oder die Erfüllung der gesetzlichen Voraussetzungen sichergestellt wird. Nebenbestimmungen sind die Befristung, die Bedingung, der Widerrufsvorbehalt, die Auflage und der Vorbehalt einer nachträglichen Aufnahme, Änderung oder Ergänzung einer Auflage (§ 32 SGB X).

Der Verwaltungsakt muss inhaltlich hinreichend bestimmt sein (§ 33 Abs. 1 SGB X). Er kann grundsätzlich schriftlich, elektronisch oder in anderer Weise erlassen werden. Etwas anderes gilt, wenn eine bestimmte Form gesetzlich vorgeschrieben ist, z.B. Schriftform bei Erstattungsbescheiden nach § 50 SGB X. Bei einem mündlichen Verwaltungsakt kann der Beteiligte eine schriftliche Bestätigung des Verwaltungsakts verlangen, wenn hieran ein rechtliches Interesse besteht (§ 33 Abs. 2 SGB X).

Ein schriftlicher, ein schriftlich bestätigter bzw. elektronisch bestätigter Verwaltungsakt muss folgenden Mindestinhalt haben: erlassenden Behörde, eindeutig bestimmter Verfügungssatz, Begründung, Unterschrift und Rechtsbehelfsbelehrung (§§ 33, 35, 36 SGB X).

Der Verwaltungsakt ist demjenigen, für den er bestimmt oder der von ihm betroffen ist, bekannt zu geben. Ist ein Bevollmächtigter bestellt, erfolgt die Bekanntgabe an diesen (§ 37 Abs. 1 SGB X).

Schriftliche Verwaltungsakte gelten mit dem dritten Tage nach der Aufgabe zur Post, elektronische Verwaltungsakte nach der Absendung als bekannt gegeben. Etwas anderes gilt, wenn der Verwaltungsakt später zugegangen ist. Bestehen Zweifel am Zugang des Verwaltungsakts, muss die Behörde den Zugang nachweisen (§ 37 Abs. 2 SGB X).

Ein Verwaltungsakt wird mit seiner Bekanntgabe wirksam. Formelle Bestandskraft erlangt er mit seiner Unanfechtbarkeit (§ 39 SGB X).

Ist ein Verwaltungsakt rechtswidrig, so kann dies verschiedene Rechtsfolgen haben. Bei Schreib-, Rechen- und sonstigen offensichtlichen Fehlern kann er berichtigt werden (§ 42 SGB X). Form- und Verfahrensfehler können oftmals geheilt werden (§ 41 SGB X). Fehlende örtliche Zuständigkeit bzw. Verfahrensfehler sind unbeachtlich, wenn der Verwaltungsakt im Übrigen rechtmäßig ist (§ 42 SGB X). Bei sonstigen Fehlern ist der Verwaltungsakt aufhebbar, solange er noch nicht bestandskräftig ist (vgl. § 42 SGB X). Nach Ablauf der Rechtsbehelfsfristen tritt Bestandskraft ein (§ 39 SGB X). Seine Aufhebung kann nicht mehr verlangt werden. Ohne Rechtswirkung bleibt ein Verwaltungsakt dann nur, wenn er wegen schwerwiegender Fehler nichtig ist (§ 40 SGB X).

Auch nach Erlangen der Bestandskraft kann ein Verwaltungsakt zurückgenommen, widerrufen oder aufgehoben werden, wenn die Voraussetzungen der §§ 44 ff. SGB X vorliegen.

Rechtswidrige, nicht begünstigende Verwaltungsakte (z. B. Ablehnung einer Sozialleistung) können mit Wirkung für die Vergangenheit zurückgenommen werden. Rechtswidrig ist ein Verwaltungsakt, wenn bei seinem Erlass das Recht unrichtig angewandt oder eine unrichtiger Sachverhalt zugrundegelegt wurde. Etwas anderes gilt, wenn der Betroffene vorsätzlich unrichtige Angaben gemacht hat (§ 44 SGB X).

Ein begünstigender rechtswidriger Verwaltungsakt, also insbesondere die Bewilligung einer Sozialleistung, kann zurückgenommen werden, wenn der Betroffene auf dem Bestand des Verwaltungsaktes nicht vertrauen durfte bzw. sein Vertrauen unter Abwägung mit öffentlichen Interessen nicht schutzwürdig ist. Dies ist vor allem der Fall, wenn der Betroffene falsche Angaben machte (§ 45 SGB X). Schutzwürdig ist sein Vertauen, wenn er die Leistung verbraucht oder eine Vermögensdisposition getroffen hat.

Der Widerruf rechtmäßiger nicht begünstigender Verwaltungsakte ist möglich, wenn dies nicht aus anderen Gründen unzulässig ist (§ 46 Abs. 1 SGB X).

Rechtmäßige begünstigende Verwaltungsakte dürfen mit Wirkung für die Zukunft nur widerrufen werden, wenn dies durch Rechtsvorschriften zugelassen oder in dem Verwaltungsakt vorbehalten oder der Begünstigte eine im Verwaltungsakt enthaltene Auflage nicht erfüllt hat und die Rücknahme ermessensgerecht ist (§ 47 Abs. 1 SGB X).

Verwaltungsakte mit Dauerwirkung sind für die Zukunft aufzuheben, wenn sich nach ihrem Erlass in der tatsächlichen oder rechtlichen Lage eine wesentliche Änderung ergeben hat. Bereits ab Eintritt der Änderung ist der Verwaltungsakt aufzuheben, wenn die Änderung für den Betroffenen günstig ist oder der Betroffene seiner Mitwirkungspflicht vorsätzlich oder grobfahrlässig nicht nachgekommen ist (§ 48 SGB X).

Ist ein Verwaltungsakt aufgehoben worden und hat der Betroffene aufgrund dieses Verwaltungsaktes Leistungen bezogen, so ist er zur Erstattung verpflichtet (§ 50 SGB X).

917

e) Öffentlich-rechtlicher Vertrag

Im Sozialrecht können öffentlich-rechtliche Verträge geschlossen werden, soweit dies durch Rechtsvorschriften nicht ausgeschlossen wird (§§ 53 ff. SGB X). Das SGB X unterscheidet dabei zwischen Vergleichsvertrag, durch den eine Unsicherheit in der Würdigung des Sachverhalts oder der Rechtslage beseitigt wird (§ 54 SGB X) und dem Austauschvertrag (§ 55 SGB X). Der Abschluss und die Wirksamkeit des öffentlich-rechtlichen Vertrages richtet sich nach den allgemeinen vertragsrechtlichen Grundsätzen. Er ist schriftlich zu schließen.

f) Rechtsbehelfsverfahren, Kosten und Vollstreckung

Das Rechtsbehelfsverfahren richtet sich in sozialrechtlichen Angelegenheiten weitestgehend nach dem Sozialgerichtsgesetz. In der Kinder- und Jugendhilfe, in der Kriegsopferfürsorge und in wohngeldrechtlichen Angelegenheiten ist die VwGO anzuwenden.

Das Sozialverwaltungsverfahren ist gebührenfrei.

Die Vollstreckung richtet sich in sozialrechtlichen Angelegenheiten nach dem VwVG bzw. den entsprechenden landesrechtlichen Vorschriften (§ 66 SGB X).

664 | Sozialdatenschutz

Die Leistungsträger sind verpflichtet, Sozialdaten und Betriebs- und Geschäftsgeheimnisse geheimzuhalten (§ 35 SGB I). Sozialdaten sind Einzelangaben über persönliche oder sachliche Verhältnisse einer Person (Betroffener), die von einem Träger oder einer anderen in § 35 SGB I genannten Institutionen zur Durchführung der gesetzlichen Aufgaben erhoben, verarbeitet oder genutzt werden. I. d. R. nicht unmittelbar an das Sozialgeheimnis gebunden sind die freien Träger – z. B. die Wohlfahrtsverbände, derer sich die Leistungsträger bei der Erbringung der Sozialleistungen bedienen. Diese sind aber an das Bundesdatenschutzgesetz und an die Landesdatenschutzgesetze gebunden. Kirchliche Träger und ihre Wohlfahrtsverbände haben kirchenrechtliche Datenschutzvorschriften zu beachten. Ferner unterliegen die staatlich anerkannten Sozialarbeiter und Sozialpädagogen der strafrechtlichen Schweigepflicht (§ 203 StGB).

Die Erhebung von Sozialdaten durch Leistungsträger ist nur zulässig, wenn die Kenntnis dieser Daten zu Erfüllung einer Aufgabe der Stelle erforderlich ist. Die Daten sind grundsätzlich beim Betroffenen zu erheben. Bei anderen Personen dürfen sie nur in den gesetzlich zugelassenen Fällen erhoben werden (§ 67 a SGB X).

Die Verarbeitung und die Nutzung von Sozialdaten ist nur zulässig, soweit dies durch das SGB X oder die besonderen Teilen des Sozialgesetzbuchs zugelassen oder angeordnet ist oder der Betroffene eingewilligt hat (§ 67 b SGB X). Dies gilt insbesondere für die Übermittlung von Sozialdaten. Einzelne die Übermittlung legitimierende Übermittlungstatbestände finden sich in den §§ 68 ff. SGB X.

Die Leistungsträger sind verpflichtet, technische und organisatorische Maßnahmen zu treffen, um die gesetzlichen Anforderungen sicherzustellen. Verarbeiten oder nutzen Dritte Sozialdaten, hat der Auftraggeber sicherzustellen, dass bei diesen der Schutz der Sozialdaten sichergestellt ist (§ 80 SGB X).

Die Betroffenen haben das Recht, sich bei Verletzung ihres Datenschutzrechtes an die für die Kontrolle zuständige Stelle zu wenden (§ 81 SGB X). Haben sie einen Schaden erlitten, haben sie einen Schadensersatzanspruch. Sie können Auskunft über die zu ihrer Person gespeicherten Sozialdaten verlangen (§ 83 SGB X). Unrichtige Sozialdaten sind zu berichtigen (§ 84 SGB X).

Der Missbrauch von Sozialdaten ist mit Strafe bzw. Geldbuße bedroht (§§ 85, 85 a SGB X).

665 | Zusammenarbeit der Leistungsträger und ihre Beziehungen zu Dritten

Die §§ 86 ff. SGB X sollen das Zusammenwirken der Leistungsträger sicherstellen. Diese, ihre Verbände und die beteiligten öffentlich-rechtlichen Vereinigungen sind verpflichtet, bei der Erfüllung ihrer Aufgaben im einzelnen Fall als auch von diesem unabhängig allgemein zusammenzuarbeiten (§ 86 SGB X). Sie sollen insbesondere bei der Planung und Forschung zusammenwirken (§ 95 SGB X) und bei Eingliederung behinderter Menschen Arbeitsgemeinschaften bilden (§ 94 SGB X).

Im Einzelfall sollen die Leistungsträger die Ergebnisse von ärztlichen und psychologischen Untersuchungen anderen Leistungsträgern zugänglich machen, die diese für ihre Entscheidung benötigen (§ 96 SGB X). Ein Leistungsträger kann einen anderen im Einzelfall oder in gleichgelagerten Fällen mit der Wahrnehmung von Aufgaben beauftragen, soweit dies gesetzlich nicht ausgeschlossen ist (§ 88 SGB X).

Die zuständigen Leistungsträger sind zur Erstattung von Sozialleistungen, die ein anderer Leistungsträger vorübergehend erbracht hat oder der nur nachrangig verpflichtet ist, verpflichtet (§§ 102 bis 114 SGB X).

Die §§ 98 ff. SGB X verpflichten Dritte zur Mitwirkung im Sozialverwaltungsverfahren. Arbeitgeber, Angehörige, Unterhaltspflichtige, Ärzteangehörige anderer Heilberufe und Leistungsträger sind auskunftspflichtig (§§ 98 ff. SGB X). Zusätzliche Mitwirkungspflichten können sich aus den besonderen Teilen des SGB ergeben.

Haben Leistungsträger Sozialleistungen erbracht, deren Notwendigkeit durch andere verursacht wurde, sind diese zu erstatten.

So geht ein Anspruch des Leistungsberechtigten gegen seinen Arbeitgeber auf Arbeitsvergütung auf den Leistungsträger über, wenn dieser Sozialleistungen erbracht hat (§ 115 SGB X). Dasselbe gilt für Ansprüche gegen Dritte (§ 116 SGB X).

666 | Sozialgerichtsbarkeit

a) Rechtsweg zu den Sozialgerichten

In sozialrechtlichen Angelegenheiten ist teilweise der Rechtsweg zu den Sozialgerichten, teilweise zu den Verwaltungsgerichten ➤ näher dazu Nr. 151, eröffnet. Die Sozialgerichte entscheiden u. a. in öffentlich-rechtlichen Streitigkeiten auf dem Gebiet (§ 51 SGG).

- der Sozialversicherung,
- der Arbeitsförderung und der sonstigen Aufgaben der Bundesagentur für Arbeit, z. B. Kindergeld nach dem BKGG,
- der Grundsicherung für Arbeitsuchende,
- der sonstigen Angelegenheiten der Sozialversicherung,
- der sozialen Entschädigung,
- der öffentlich-rechtlichen Angelegenheiten der Entgeltfortzahlung sowie
- der Sozialhilfe und des Asylbewerberleistungsgesetzes.

In anderen sozialrechtlichen Streitigkeiten, z. B. Jugendhilfe, Wohngeld, BAföG ist demgegenüber der Rechtsweg zu den Verwaltungsgerichten eröffnet. Die Streitigkeiten im Zusammenhang mit dem steuerrechtlichen Kindergeld sind den Finanzgerichten zugewiesen.

b) Aufbau der Sozialgerichtsbarkeit

Die Sozialgerichtsbarkeit ist dreistufig aufgebaut:

- Die erste Instanz bilden die **Sozialgerichte**.

  In den Sozialgerichten sind Fachkammern für die einzelnen Sachgebiete eingerichtet, z. B. zur Rentenversicherung, Krankenversicherung, Unfallversicherung, etc. Die Kammern sind jeweils mit einem Vorsitzenden (= Berufsrichter) und zwei ehrenamtlichen Richtern besetzt. Bei Beschlüssen außerhalb der mündlichen Verhandlung und bei Gerichtsbescheiden wirken die ehrenamtlichen Richter nicht mit. Die Dienstaufsicht über die Sozialgerichte führt die Landesregierung. Sie kann Aufsichtsbefugnisse auf den Präsidenten des Landessozialgerichts oder den Vorsitzenden des Sozialgerichts übertragen.

  Zu Einzelheiten s. §§ 8–27 SGG.

- Die **Landessozialgerichte** entscheiden in der zweiten Instanz über Berufungen gegen Urteile und Beschwerden gegen andere Entscheidungen der Sozialgerichte (§ 29 SGG).

  Sie sind zweite und letzte Tatsacheninstanz. In den Landessozialgerichten sind für die einzelnen Sachgebiete Fachsenate eingerichtet. Diese sind mit einem Berufsrichter als Vorsitzendem, zwei weiteren Berufsrichtern und zwei ehrenamtlichen Richtern besetzt.

  Zu Einzelheiten s. §§ 28–35 SGG.

- Das **Bundessozialgericht** in Kassel ist der **oberste Gerichtshof** in sozialrechtlichen Angelegenheiten.

  Es entscheidet über Revisionen gegen Urteile der Landessozialgerichte, über Beschwerden gegen die Nichtzulassung von Revisionen sowie erstinstanzlich in nichtverfassungsrechtlichen Streitigkeiten zwischen dem Bund und den Ländern bzw. zwischen verschiedenen Ländern in der Sozialgerichtsbarkeit zugewiesenen Angelegenheiten. Beim Bundessozialgericht sind Fachsenate für die einzelnen Sachgebiete eingerichtet. Die Senate sind mit drei Berufsrichtern und zwei ehrenamtlichen Richtern besetzt.

Zu Einzelheiten s. §§ 38–50 SGG.

Der Große Senat entscheidet in Fragen grundsätzlicher Bedeutung oder zur Vereinheitlichung der Rspr. Er ist mit dem Präsidenten des Bundessozialgerichts, den übrigen vorsitzenden Bundesrichtern und sechs ehrenamtlichen Richtern besetzt (§ 41 SGG).

Örtlich zuständig ist das Sozialgericht bzw. Landessozialgericht, in dessen Bezirk der Wohnsitz bzw. – wenn ein solcher fehlt – der Aufenthalt des Klägers ist (§ 57 SGG). Die Klage kann ferner am Beschäftigungsort erhoben werden. Für die Klage einer Körperschaft oder Anstalt des öffentlichen Rechts, eines Unternehmens der privaten Pflegeversicherung oder eines Landes gegen eine natürliche Person oder eine juristische Person richtet sich die örtliche Zuständigkeit nach dem Wohnsitz bzw. Aufenthaltsort des Beklagten.

c) Klagearten

Man unterscheidet in der Sozialgerichtsbarkeit folgende Klagearten (§§ 54, 55 SGG):

1. die Anfechtungsklage gegen einen den Kläger beschwerenden Verwaltungsakt (§ 54 Abs. 1 Satz 1 SGG),
2. die kombinierte Anfechtungs- und Leistungsklage, mit der neben der Aufhebung eines Verwaltungsakts die Erbringung einer Sozialleistung begehrt wird (§ 54 Abs. 4 SGG),
3. die kombinierte Anfechtungs- und Verpflichtungsklage, mit der neben der Aufhebung eines Verwaltungsakts die Entscheidung über eine Ermessensleistung begehrt wird (§ 54 Abs. 1 Satz 1 SGG),
4. die Leistungsklage, die auf die Durchsetzung eines Anspruches gerichtet ist, für die keine Aufhebung eines Verwaltungsakts erforderlich ist (§ 54 Abs. 5 SGG),
5. die Feststellungsklage (§ 54 Abs. 3 SGG) und
6. die Untätigkeitsklage (§ 88 SGG).

d) Ablauf des Verfahrens und Verfahrensabschluss

In den Verfahren vor den Sozialgerichten gilt das sog. **Amtsprinzip**.

Die Sozialgerichte sind an das Vorbringen und an die Beweisanträge der Beteiligten nicht gebunden, sondern ermitteln den Sachverhalt von Amts wegen (§ 103 SGG).

Beteiligte des Verfahrens sind der Kläger, der Beklagte und durch Beschluss des Gerichts Beigeladene (§§ 69, 75 SGG). Prozessfähig sind Personen, die geschäftsfähig sind, darüber hinaus Personen, die das 16. Lebensjahr vollendet haben. Diese bedürfen bei der Rücknahme des Rechtsbehelfs oder eines Rechtsmittels allerdings der Zustimmung des gesetzlichen Vertreters. Für nicht prozessfähige Beteiligte kann ein besonderer Vertreter bestellt werden (§ 72 SGG).

Die Beteiligten können sich durch einen **Prozessbevollmächtigten** vertreten lassen. Vor den Sozialgerichten und den Landessozialgerichten können dies natürliche prozessfähige Personen, die fremde Rechtsangelegenheiten nicht geschäftsmäßig besorgen, Bevollmächtigte, die Mitglieder und Angestellte von Gewerkschaften, Arbeitnehmer- oder Arbeitgeberverbänden, von der berufsständischen Vereinigung der Landwirtschaft oder von Vereinigungen der Kriegsopfer sind, Rechtsanwälte und zugelassene Prozessagenten sein.

In den Streitigkeiten vor dem Bundessozialgericht müssen sich die Beteiligten entweder durch einen Bevollmächtigten einer der genannten Verbände oder durch einen Rechtsanwalt vertreten lassen.

Soweit die Beteiligten nicht über ausreichende finanzielle Mittel verfügen, kommt die Gewährung von **Prozesskostenhilfe** in Betracht (§ 73a SGG i. V. m. §§ 114 bis 127 ZPO) ➤ vgl. Nr. 236 bzw. Beratungshilfe nach dem Beratungshilfegesetz in Betracht.

Den Beteiligten ist in den Verfahren **rechtliches Gehör** zu gewähren (§ 62 SGG). Die Beteiligten können Akteneinsicht beantragen (§ 120 SGG).

Die **Klage** ist schriftlich oder zur Niederschrift beim Urkundsbeamten zu **erheben**. Sie wird mit der Einreichung anhängig. Sie ist innerhalb eines Monats nach Zustellung oder Bekanntgabe des Widerspruchsbescheids (mit Rechtsmittelbelehrung, §§ 66, 87 SGG) zu erheben.

Der Klage muss, soweit ein Verwaltungsakt angefochten oder der Erlass eines Verwaltungsakts begehrt wird, i. d. R. ein sog. Vorverfahren vorausgehen, das mit der Erhebung des **Widerspruchs** beginnt (§§ 78, 83 ff. SGG). Will die Behörde dem Widerspruch nicht abhelfen, erlässt sie einen Widerspruchsbescheid, den sie begründen, mit einer Rechtsbehelfsbelehrung versehen und dem Beteiligten bekanntgeben muss (§ 85 SGG). Für die Zustellung des Widerspruchsbescheids gelten die §§ 2 bis 15 VwZG.

Das Verfahren wird regelmäßig durch Urteil beendet (vgl. §§ 124, 125, 130 ff. SGG). Ansonsten kann das Verfahren durch Vergleich, Anerkenntnis oder Klagerücknahme beendet werden.

e) Einstweiliger Rechtsschutz

Seit 2002 ist der einstweilige Rechtsschutz im SGG ausdrücklich geregelt.

In Fällen, in denen Widerspruch oder Klage keine aufschiebende Wirkung haben oder die Behörde den Sofortvollzug angeordnet hat, kann das Sozialgericht zur gerichtlichen Wiederherstellung der aufschiebenden Wirkung angerufen werden (§ 86b Abs. 1 Satz 1 Nr. 2 SGG). Voraussetzung hierfür ist, dass ernstliche Zweifel an der Rechtmäßigkeit des angefochtenen Bescheides bestehen oder die Vollziehung für den Betroffenen unbillige nicht gerechtfertigte Härten zur Folge hat.

In Leistungs- und Verpflichtungssachen kann das Gericht zum Erlass einer einstweiligen Anordnung angerufen werden (§ 86b Abs. 2 SGG). Die einstweilige Anordnung kann als Sicherungsanordnung oder als Regelungsanordnung ergehen. Sie darf die Entscheidung in der Hauptsache nicht vorwegnehmen.

f) Rechtsmittel

Rechtsmittel im sozialgerichtlichen Verfahren sind die Berufung (§§ 143–159 SGG), die Revision (§§ 160–171 SGG) und die Beschwerde (§§ 172–178 SGG).

Die Berufung findet gegen Urteile der Sozialgerichte statt. Berufungsgericht ist das Landessozialgericht. Die Berufung eröffnet eine zweite Tatsacheninstanz. Das Berufungsverfahren endet durch Urteil. Weitere Beendigungsgründe sind die Berufungsrücknahme, der Vergleich und das Anerkenntnis.

Gegen Urteile der Landessozialgerichte findet die **Revision** statt. Revisionsgericht ist das Bundessozialgericht. Die Revision ist nur zulässig, wenn das Landessozialgericht diese in seinem Urteil oder das Bundessozialgericht sie auf Grund einer Nichtzulassungsbeschwerde zugelassen hat. In der Revision wird nur die Rechtmäßigkeit überprüft.

Die **Beschwerde** ist bei sonstigen Entscheidungen der Sozialgerichte eröffnet.

g) Kosten und Vollstreckung

Das Verfahren vor den Sozialgerichten ist grundsätzlich gebührenfrei (§ 183 SGG). Lediglich bei Streitigkeiten zwischen den Sozialleistungsträgern sowie Arbeitgebern und Vertragsärzten ist eine Gebühr vorgesehen (§ 197a SGG).

Die Vollstreckung der sozialgerichtlichen Entscheidungen richtet sich nach den §§ 704–945 ZPO ➢ s. Nr. 249 ff.

7. Teil
Kirchenrecht

I. Kirchenrecht und Staatshoheit

701 | Begriff des Kirchenrechts

Das Kirchenrecht umfasst die Rechtssätze, welche sich auf die **Kirche**, d. h. die Gemeinschaft der durch christlichen Glauben verbundenen Personen, und auf kirchliche Verhältnisse beziehen.

Das Wort „Kirche" ist von dem griechischen kyriakè (dem Herrn gehörig) abgeleitet. Es bezeichnet äußerlich das christliche Gotteshaus, inhaltlich die im Bekenntnis vereinigte Gemeinde und Glaubensgemeinschaft, die Christenheit eines Landes und der Erde. Der Begriff der **Religionsgesellschaft** (vgl. Art. 137 WVerf.) ist weiter; er umfasst auch andere christliche sowie die nichtchristlichen Glaubensgemeinschaften ➢ s. Nr. 731 ff.

Das Kirchenrecht ist nach katholischer Auffassung eine religiöse Notwendigkeit, es hat als Quelle das jus divinum, das göttliche unveränderliche Recht, und das jus humanum, das menschliche veränderliche, vom Papst oder Konzil gesetzte Recht. Nach evangelischer Auffassung ist das Kirchenrecht eine praktische Notwendigkeit zur Ordnung des Lebens in der Gemeinde; seine Ableitung ist jedoch im Einzelnen umstritten.

Man unterscheidet das innere Kirchenrecht, die von der Religionsgemeinschaft selbst zur Regelung ihrer Angelegenheiten geschaffenen Rechtsnormen, und das äußere Kirchenrecht, d. h. die Regelungen, welche der Staat für sein Verhältnis zur Kirche getroffen hat **(Staatskirchenrecht)**. Letzteres ist vor allem durch die Verfassung und andere staatliche Gesetze oder durch Verträge geregelt ➢ vgl. Nrn. 703, 705.

702 | Staat und Kirche

Das Verhältnis von Staat und Kirche ist seit dem Urchristentum umstritten. Je nach der Betonung der Sätze des Neuen Testaments (Römer 13,1: „Jedermann sei untertan der Obrigkeit"; Apostelgeschichte 5, 29: „Du sollst Gott mehr gehorchen als den Menschen") ergab sich ein Widerstreit zwischen weltlichen und kirchlichen Vorrangansprüchen. Nachdem die Kirche noch über das Mittelalter hinaus ein Weisungsrecht über den Staat beansprucht hatte ➢ s. Nr. 12, führte die Gleichordnung von Staat und Kirche in den siebziger Jahren des 19. Jahrhunderts zu einem Konflikt in Deutschland (besonders in Preußen) und zum Kulturkampf, der erst durch den versöhnlicheren Papst *Leo XIII.* und das Einlenken *Bismarcks* überwunden wurde. Nachdem es

1918 zu einer Trennung von Staat und Kirche gekommen war, brachte die nationalsozialistische Zeit Ansätze zu einer Kirchenhoheit des Staates mit verstärktem politischen Einfluss auf die Kirchen; dieses Ziel wurde jedoch gegenüber der katholischen Kirche angesichts ihrer fester gefügten Ordnung weit weniger erreicht als gegenüber der evangelischen Kirche.

Im Deutschen Reich und besonders in Preußen führte, nachdem das I. Vatikanische Konzil 1870 das universale Episkopat des Papstes und seine Unfehlbarkeit bei Entscheidungen in Glaubensfragen verkündet hatte, unter der Ägide *Bismarcks* eine Überbetonung des Gedankens eines absolutistischen Staatskirchenrechts zu heftigen Auseinandersetzungen zwischen Staat und kath. Kirche, die sich bis zum sog. **Kulturkampf** steigerten: In dem Ende 1871 in das StGB eingefügten sog. Kanzelparagraphen (§ 130a) wurde die den öffentlichen Frieden gefährdende öffentliche Erörterung staatlicher Angelegenheiten unter Strafe gestellt. Das 1872 erlassene Jesuitengesetz verwies die Ordensangehörigen aus dem Reich. In den in Preußen 1873 ergangenen sog. Maigesetzen wurden Vorbildung und Anstellung der Geistlichen staatlich geregelt, insbes. die Zulassung zum geistlichen Amt von Schulausbildung und Studium in Deutschland sowie einer staatl. Prüfung abhängig gemacht und ein staatl. Einspruchsrecht gegen die Amtsübertragung eingeführt. Auch wurde die kirchliche Disziplinargewalt staatlich geregelt. Der Widerstand des kath. Episkopats und finanzielle Gegenmaßnahmen des Staates (Einstellung von Leistungen) sowie Zwangsmaßnahmen gegen opponierende Bischöfe trugen zur Verschärfung des Konflikts bei. Erst nach dem Tode des dogmatisch strengen Papstes *Pius IX.* gelangte *Bismarck* mit dessen Nachfolger *Leo XIII.* zu einer Verständigung, in deren Verlauf die Kampfgesetze abgebaut wurden.

Der Nationalsozialismus sah in den christlichen Kirchen seine grundsätzlichen Gegner, weil sie den Gleichschaltungs- und Unterdrückungsmaßnahmen des „Dritten Reiches“ Widerstand entgegensetzten. Man versuchte, das kirchliche Leben lahmzulegen, griff das kirchliche Schrifttum an, überwachte die Geistlichen und übte in mannigfacher Weise Druck auf sie aus. In die evangelische Kirche drangen starke national-sozialistische Kräfte in Form der Gemeinschaft „Deutsche Christen“ ein, die aber infolge der Gegenwirkung der „Bekennenden Kirche“ nur begrenzte Anhängerschaft fand. Unter dem Druck des Regimes traten 1937 108 000 Katholiken und weit mehr evangelische Christen aus der Kirche aus. Trotzdem war der Widerstand beider Kirchen innerlich so stark, dass es *Hitler* nicht gelang, die Kirchen aus dem Volksleben auszuschalten. Die Zahl der einer Kirche angehörenden Personen sank nicht unter 94 v. H. der Bevölkerung. Als die Kirchen sich nach vielen Opfern unter Pfarrern und Laien nach dem Zusammenbruch des Reiches 1945 von staatlichem Druck befreit sahen, konnten sie einen erheblichen Aufschwung verzeichnen.

In der BRep. besteht auf der Grundlage des GG eine **„balancierte“** (oder „hinkende“) **Trennung von Staat und Kirche**, im Besonderen aber ein partnerschaftliches Verhältnis mit bestimmten gegenseitigen Bindungen (z. B. Hilfe bei Einziehung der Kirchensteuer, besonderer Schutz kirchlicher Einrichtungen, Ausstattung von Religionsgesellschaften mit Körperschaftsrechten usw.).

Im **Ausland** ist die Trennung von Staat und Kirche vielfach ohne kirchenfeindliche Einstellung durchgeführt worden (so in den USA, Brasilien und den meisten Ländern des Commonwealth). Mit kirchenfeindlicher Richtung vollzog sich die Trennung in Frankreich (Trennungsgesetz 1904), in der früheren UdSSR und den ehemaligen Ostblockstaaten. Dagegen ist der Katholizismus in manchen Ländern noch **Staatsreligion**. In Italien war dies bisher auf Grund der Lateranverträge der

Fall, die jedoch durch ein Konkordat von 1984 insoweit geändert worden sind (zugleich wurden die Bindung weltlicher Behörden an kirchliche Urteile in Ehesachen und das Pflichtfach Religionsunterricht beseitigt). In Spanien ist das Konkordat von 1953, das den Katholizismus zur Staatsreligion erhob, durch neue Abkommen von 1979 aufgehoben worden. In Griechenland ist die griech.-orthodoxe Lehre noch Grundlage der Staatsideologie; auf Cypern ist die Kirche Trägerin des griechischen Nationalismus. Im Iran ist der islamische Schiismus nach der Vertreibung des Schahs zur Staatsreligion erklärt worden. Dies ist auch in anderen islamischen Ländern der Fall, so in Ägypten, im Sudan, in Pakistan, Marokko und Tunesien. **Staatskirchen** bestehen u.a. in Großbritannien (Anglikanische Kirche in England, Presbyterianische Kirche in Schottland, beide mit dem König als Oberhaupt) sowie Schweden (Evang.-luth. Kirche), wo aber ebenfalls Trennungsbestrebungen eingesetzt haben.

703 | Die Bundesrepublik Deutschland und die Kirchen

Grundlage des Verhältnisses zwischen Staat und Kirchen ist in der BRep. Art. 4 GG, wonach die **Freiheit des Glaubens**, des Gewissens und des religiösen oder weltanschaulichen Bekenntnisses unverletzlich und die ungestörte Religionsausübung gewährleistet ist. Ähnlich ist Art. 13 EGV, der der EG eine Zuständigkeit einräumt, Diskriminierungen aus Gründen der Religion zu bekämpfen. Im Übrigen verweist Art. 140 GG auf die Art. 136, 137, 138, 139 und 141 der WVerf. und macht sie zu Bestandteilen des Grundgesetzes. Nach Art. 137 WVerf. besteht **keine Staatskirche**, d.h. keine Verbindung zwischen staatlicher und kirchlicher Verwaltung. Jede Religionsgesellschaft ordnet und verwaltet ihre Angelegenheiten selbstständig innerhalb der Schranken der für alle geltenden Gesetze. Sie verleiht ihre Ämter ohne Mitwirkung des Staates oder der bürgerlichen Gemeinde. Die weitere Regelung kirchlicher Fragen als Teil des kulturellen Bereichs ist den Ländern überlassen.

Hiernach gelten die mit Verfassungskraft ausgestatteten Grundsätze der Weimarer Republik über die Kirchen weiter. Da die kirchliche Tätigkeit sich von der staatlichen wesensmäßig grundsätzlich unterscheidet, können die Kirchen nicht wie andere öffentlich-rechtliche Körperschaften dem Staat eingeordnet werden.

Die bürgerlichen und staatsbürgerlichen Rechte und die Zulassung zu den öffentlichen Ämtern sind unabhängig vom religiösen Bekenntnis (Art. 3 Abs. 3, 33 Abs. 3 GG). Es steht jedermann frei, sich mit anderen zu religiösen Gesellschaften zu vereinigen. Der Erwerb der Rechtsfähigkeit durch religiöse Vereinigungen vollzieht sich nach den allgemeinen Grundsätzen für Vereine; eine schon bestehende Eigenschaft als öffentlich-rechtliche Körperschaft wird aufrechterhalten. Art. 138 WVerf. gewährleistet den Religionsgemeinschaften und religiösen Vereinen das Eigentum und andere Rechte am **Kirchengut**, d.h. an den kirchlichen Zwecken dienenden Vermögensgegenständen, und schützt sie vor entschädigungsloser Wegnahme **(Säkularisation)**, nicht aber vor Besteuerung. Der Sonntag und die staatlich anerkannten Feiertage bleiben als Tage der Arbeitsruhe und der seelischen Erhebung gesetzlich geschützt. Die Religionsgesellschaften sind nach Art. 141 WVerf. zur Vornahme religiöser Handlungen im Heer, in Krankenhäusern, Strafanstalten und sonstigen öffentlichen Anstalten zuzulassen, soweit ein Bedürfnis besteht; ein Zwang zur Teilnahme darf nicht ausgeübt werden.

Nach Art. 137 Abs. 6 WVerf. sind die Religionsgesellschaften, die Körperschaften des öffentlichen Rechts sind, berechtigt, auf Grund der bürgerlichen Steuerlisten nach Maßgabe der landesrechtlichen Bestimmungen Steuern zu erheben. I.d.R.

besteht die Kirchensteuer in prozentualen Zuschlägen (8–10 v.H.) zur Einkommen(Lohn)steuer; ihre Einziehung kann den Finanzämtern übertragen werden. Die Einzelheiten sind in den Kirchensteuergesetzen der Länder geregelt. Bei konfessionsverschiedenen Ehegatten, d.h. wenn beide steuerberechtigten Kirchen angehören, wird die Kirchensteuer bei Zusammenveranlagung ➢ s. Nr. 540, nach der Hälfte der Einkommensteuer, sonst nach der Einkommensteuer eines jeden Ehegatten erhoben. Bei glaubensverschiedenen Ehegatten (ein Ehegatte gehört keiner steuerberechtigten Kirche an) darf nach den Urteilen des BVerfG vom 14. 12. 1965 (BGBl. 1966 I 65, 66) die Kirchensteuer bei dem einer Religionsgemeinschaft angehörenden Teil nicht mehr nach dem in manchen Landesgesetzen früher enthaltenen Halbteilungsgrundsatz aus der Hälfte des zusammengerechneten Einkommens berechnet werden. Jede Religionsgemeinschaft darf nur den ihr angehörenden Teil besteuern. Wer keiner Religionsgemeinschaft angehört, darf nicht verpflichtet werden, Kirchensteuer nur deshalb zu entrichten, weil sein Ehegatte Mitglied einer Religionsgemeinschaft ist.

Im 4. Jahrhundert, als Kirchen, Klöster und christliche Hospitäler zum Asyl (griech.: heiliger, unter göttlichem Schutz stehender Ort) erklärt wurden, entwickelte sich das sog. **Kirchenasyl.** Wer sich durch Flucht in eine Kirche strafrechtlicher Verfolgung entzog, durfte dort nicht verhaftet werden. In einem Rechtsstaat gibt es für ein Kirchenasyl keine rechtliche Grundlage.

704 | Die Europäische Union und die Kirchen

Mit der zunehmenden Verankerung Deutschlands in der EU und einem Anwachsen der Befugnisse der europäischen Institutionen in den mannigfaltigsten Bereichen des Wirtschafts- und Soziallebens stellte sich auch für die Kirchen allmählich die Frage, ob insoweit eine Statussicherung notwendig sei.

Auf Anregung der beiden großen deutschen Kirchen wurde dem 1999 in Kraft getretenen Amsterdamer Vertrag ➢ s. Nr. 31, die Erklärung Nr. 11 zum Status der Kirchen und weltanschaulichen Gemeinschaften beigefügt, wonach „die Union den Status, den Kirchen, religiöse Vereinigungen oder Gemeinschaften und weltanschauliche Gemeinschaften in den Mitgliedstaaten nach deren Rechtsvorschriften genießen, achtet und nicht beeinträchtigt“. Zwar ist diese Erklärung nicht verbindliches Recht (wie dies ursprünglich von den Kirchen gewünscht worden war); sie kann jedoch als Auslegungsmaxime bei der Beurteilung anderer Rechtsvorschriften u.ä. herangezogen werden.

Betroffen von europäischem Gemeinschaftsrecht können z.B. sein das kirchliche Dienst- und Arbeitsrecht (Dienstzeiten, Gleichbehandlung von Mann und Frau im Arbeitsleben, Problem der Arbeitnehmer-Mitbestimmung, wo auf Ebene des deutschen Rechts die allgemeinen Vorschriften durch eine kirchliche Speziallösung, den sog. „Dritten Weg“ ersetzt sind), das Wohlfahrts- und das Bildungswesen. Eine besondere Problematik liegt daneben aus der Sicht der deutschen Kirchen im Steuerrecht: Deutschland ist eines der wenigen Länder, in denen eine Kirchensteuer mit Hilfe staatlicher Organe eingezogen werden kann. Eine vor einiger Zeit geplante EG-Datenschutz-Richtlinie hätte dies verhindert, da der insoweit nötige Datenfluss nicht mehr erlaubt gewesen wäre. Nur noch eine rasche Intervention der katholischen Kirche bei den deutschen Vertretern der EG konnte dies verhindern.

Mittlerweile haben die meisten großen Kirchen Büros in Brüssel, um den Dialog mit den Institutionen der EG sicherzustellen und frühzeitig im Legislativprozess in für die Kirchen wichtigen Bereichen eine Mitsprache zu erzielen. Auf der Ebene des geographischen Europa existiert im Übrigen die grenzüberschreitende Vereinigung der Konferenz europäischer Kirchen (KEK).

Auf Kritik der Kirchen gestoßen ist der Europäische Verfassungsvertrag ➢ s. Nr. 31, weil er z. B. anders als im GG – in der Präambel keine Bezug auf Gott und die christliche Tradition Europas enthält.

705 | Verträge zwischen Staat und Kirche

Zwischen dem Staat und der kath. Kirche wurden schon im Mittelalter als **Konkordate** bezeichnete Vereinbarungen getroffen. Für die evang. Kirche ergab sich die Notwendigkeit vertraglicher Regelungen erst seit dem Umsturz von 1918, der das Staatskirchentum beseitigte und eine Trennung von Staat und Kirche herbeiführte.

In der Zeit zwischen den beiden Weltkriegen wurden Konkordate zwischen der kath. Kirche einerseits und den Ländern Bayern (1924), Preußen (1929) und Baden (1932) andererseits abgeschlossen; sie haben ihre Geltung nach 1945 behalten. Auch das Reichskonkordat, das am 20. 7. 1933 zwischen der Kirche und dem Deutschen Reich unter Hitler abgeschlossen wurde (RGBl. II 679), ist durch Urteil des BVerfG vom 26. 3. 1957 als gültig bestätigt worden.

Das Konkordat vom 20. 7. 1933 enthält Vereinbarungen über die Rechtsfähigkeit der Kirchengemeinden, der Bistümer und ihrer Anstalten, über das Recht der Kirche zur Besetzung der Kirchenämter, Garantie der Freiheit des Verkehrs zwischen der Kurie und den Angehörigen der kath. Kirche, das Recht zur freien Bekanntgabe von Verfügungen der Kirchenbehörden im Rahmen ihrer Zuständigkeit, Bestellung eines päpstlichen Nuntius und eines deutschen Botschafters beim Vatikan, freie Zulassung der kath. Orden, Gewährleistung des Kircheneigentums durch den Staat sowie der Zulassung von kath. Fakultäten sowie der Möglichkeit der Errichtung von Bekenntnisschulen ➢ s. Nr. 168 b); anderseits das ausschließliche Recht des Staates zur Ziviltrauung und Ausübung der Rechtsprechung in allen Angelegenheiten des Rechts. Die geistliche Gerichtsbarkeit hat keine Wirkung in weltlichen Angelegenheiten.

Die Kirchen haben das Recht, ihre Angehörigen zur Erfüllung der innerkirchlichen Pflichten anzuhalten und hierzu von den ihnen zustehenden Zuchtmitteln (Disziplinargewalt) Gebrauch zu machen. Sie können Mitglieder ihrer Gemeinschaft ausschließen; anderseits ist jeder Kirchenangehörige berechtigt, den Austritt aus der Kirche zu erklären ➢ vgl. Nr. 744.

Die kirchliche Trauung ist nach dem Personenstandsgesetz nur statthaft, wenn eine gültige Eheschließung vor dem zuständigen Standesamt vorausgegangen ist. Zuwiderhandlung ist eine Ordnungswidrigkeit, außer wenn ein Verlobter lebensgefährlich erkrankt und ein Aufschub nicht möglich ist oder ein von der Kirche bestätigter schwerer sittlicher Notstand vorliegt.

Oftmals enthalten Verträge zwischen Staat und Kirche die Verpflichtung des Staates zu geldlichen Leistungen zwecks Unterhaltung der oberen Kirchenbehörden (kath. Bischöfe, Domkapitel; evg. kirchliche Zentralbehörden). Ihre in Art. 138 Abs. 1 WVerf. angekündigte Ablösung ist nicht durchgeführt worden. Der Rechtsgrund solcher **Dotationen** ist bisweilen noch im Patronatsrecht ➢ s. Nr. 742, begründet. Soweit Klöster oder Stifte mit derartigen Dotationspflichten im Wege der Säkularisation (Reichsdeputationshauptschluss von 1803 ➢ s. Nr. 12), auf die

Länder übergegangen sind, trägt das Land als Rechtsnachfolger des Klosters oder Stifts die Dotationspflicht.

Vor allem aus der Säkularisation werden auch gewisse Privilegierungen der Kirchen abgeleitet, die ihnen als öffentlich-rechtliche Körperschaften zugestanden werden, so insbes. das Abzugsverfahren bei der Lohnsteuer und die sonstige Hilfeleistung bei der Einziehung der Kirchensteuer, Gebührenfreiheit bei Beurkundungen u. dgl.

II. Die katholische Kirche

711 | Die Verfassung der katholischen Kirche

Nach katholischer Auffassung ist die Kirche die von Christus zum Heil der Menschheit gestiftete, von ihm und seinen Nachfolgern auf dem Stuhle Petri regierte Anstalt, eine hierarchische Ordnung im Dienste des Reiches Gottes.

Die kath. Kirche ist in allen deutschen Ländern als Körperschaft des öffentlichen Rechts ➢ s. Nr. 145, anerkannt. Deutschland ist kirchlich in **Erzdiözesen** und **Diözesen** eingeteilt, die ihre Angelegenheiten weitgehend selbstständig verwalten ➢ vgl. Nr. 715. Ca. 31 % der Deutschen bekennen sich zur katholischen Kirche (überwiegend in West- und Süddeutschland).

Im Gebiet der BRep. bestehen folgende Diözesen und Erzdiözesen:

a) Kölner Kirchenprovinz. Erzbistum Köln (Nordrhein-Westfalen). Suffragane: Aachen, Münster, Essen (Nordrhein-Westfalen), Osnabrück (Niedersachsen), Limburg (Hessen), Trier (Rheinland-Pfalz).

b) Paderborner Kirchenprovinz. Erzbistum Paderborn (Nordrhein-Westfalen), Suffragane: Hildesheim (Niedersachsen), Fulda (Hessen).

c) Freiburger Kirchenprovinz. Erzbistum Freiburg i. B. (Baden-Württemberg). Suffragane: Mainz (Rheinland-Pfalz), Rottenburg-Stuttgart (Baden-Württemberg).

d) Bamberger Kirchenprovinz. Erzbistum Bamberg (Bayern). Suffragane: Würzburg, Eichstätt (Bayern), Speyer (Rheinland-Pfalz).

e) München-Freisinger Kirchenprovinz. Erzbistum München-Freising, Sitz München (Bayern). Suffragane: Augsburg, Passau, Regensburg (Bayern).

f) Berliner Kirchenprovinz. Erzbistum Berlin, Suffragane: Erfurt (Thüringen), Görlitz (Sachsen), Magdeburg (Sachsen-Anhalt).

g) Hamburger Kirchenprovinz. Erzbistum Hamburg.

Zur Beratung gemeinsamer Angelegenheiten sind die Bischöfe in der **Deutschen Bischofskonferenz** zusammengeschlossen. Sie vertritt den deutschen Episkopat den Verfassungsorganen des Bundes gegenüber und vermittelt die Haltung der katholischen Kirche der Bevölkerung und den Medien. Neben der Deutschen Bischofskonferenz besteht in Freising die Konferenz der bayerischen Bischöfe.

Die Erzdiözesen und Diözesen in der BRep. sind zur Wahrnehmung überregionaler Aufgaben im rechtlichen und wirtschaftlichen Bereich zu einem „Verband der

Diözesen Deutschlands" (öffentlich-rechtliche Körperschaft) zusammengeschlossen.

712 | Die Kirchengewalt

Die **Kirchengewalt** beruht auf den der Kirche durch göttliche Anordnung gegebenen Vollmachten. Sie äußert sich in der Verwaltung der Sakramente durch den Klerus, d. h. durch die Bischöfe und Priester (potestas ordinis – **Weihegewalt**), und in der Regierung der Kirche durch Papst und Bischöfe (potestas jurisdictionis – **Verwaltungs- und Rechtsprechungsgewalt**).

Für kirchliche Angelegenheiten ist das **kanonische Recht** maßgebend (von griechisch kanon = Maßstab, Regel). Jedoch ist die geistliche Gerichtsbarkeit ohne bürgerlich-rechtliche Wirkung. In Österreich, Italien und vielen anderen romanischen Staaten hat dagegen das kanon. Recht, oft auf Grund von Konkordaten, auch bürgerliche Wirkung.

Der älteste und umfassendste Teil des gegen Ausgang des Mittelalters entstandenen Corpus Iuris Canonici ist das Decretum Gratiani, das den älteren kirchlichen Rechtsstoff zusammenfasste. Sein Verfasser *Gratian* (bis 1139 im Kloster zu Bologna) konnte die päpstlichen Dekretalen und die Konzilienbeschlüsse nur bis zu seiner Lebenszeit aufnehmen. Danach liefen sie zunächst ungesammelt und einzeln um (sog. Extravagantes), bis 1234 als weitere Bücher des Corpus Iuris Canonici die Dekretalen *Gregors IX.* (fünf Teile: judex, judicium, clerus, sponsalia, crimen), 1298, der Liber Sextus, 1311 die Clementinae *Clemens' V.* und weiter die Extravagantes *Johannes' XXII.* und die Extravagantes communes hinzutraten. Die Bedeutung des Corpus Iuris Canonici erschöpft sich nicht in der Darstellung des inneren autonomen Kirchenrechts; sie liegt vielmehr darin, dass es in Wettbewerb mit dem weltlichen Recht seiner Zeit trat. Die Gesetze des Corpus Iuris Canonici besaßen für die kath. Kirche bis 1918 Gültigkeit.

Die wichtigste Zusammenfassung des kath. Kirchenrechts ist der **Codex Iuris Canonici**, der seit 1918 kirchliche Gesetzeskraft hat und damit an die Stelle des Corpus Iuris Canonici getreten ist. Er enthielt in fünf Büchern: Allgemeine Vorschriften, Personen-, Sachen-, Prozess- und Strafrecht. Eine am 27. 11. 1983 in Kraft getretene überarbeitete Fassung des CIC soll Beschlüsse des II. Vatikanischen Konzils verwirklichen. Das Gesetzeswerk ist nunmehr in 7 Bücher aufgeteilt: Allgemeine Normen, Kirchenverfassung, Verkündigungsdienst der Kirche, Sakramente usw., Kirchenvermögen, Strafbestimmungen, Prozessrecht. Die Leitungsgewalt bleibt Klerikern vorbehalten, Laien können nur zu deren Unterstützung bei Ausübung des Priesteramtes mitwirken (auch Altardienst und Wortgottesdienste), Frauen sind vom Priesteramt ausgeschlossen. Als mitwirkende Laienvertretung können Pastoralräte berufen werden. Bei Pfarrern ist Abberufung oder Versetzung im Interesse des Dienstes möglich. Ein kirchliches Begräbnis ist auch bei Feuerbestattung zulässig und bei Selbsttötung nicht grundsätzlich ausgeschlossen. Im kirchlichen Strafrecht ist die Zahl der Fälle, in denen die Exkommunikation automatisch eintritt, auf 14 beschränkt (u. a. Häresie = Ketzerei oder Irrlehre, Apostasie = Abfall vom Glauben, Schisma = Kirchenspaltung, vollendete Abtreibung, Entweihung der Hostie, Bruch des Beichtgeheimnisses). Eine Verwaltungsgerichtsbarkeit ist nicht vorgesehen. Gegen Verwaltungsakte nachgeordneter kirchlicher Behörden ist die Beschwerde an den Bischof gegeben, gegen dessen ablehnende Entscheidung (nach vergeblich beantragter Aufhebung oder Änderung) Beschwerde beim Apostolischen Stuhl.

Für päpstliche Gesetze ist die Form der **Konstitution** und des motu proprio üblich. Die Konstitution regelt Angelegenheiten von großer Wichtigkeit und von bleibender Bedeutung, während das motu proprio nicht durch Berichte oder Anfragen Dritter veranlasst ist, sondern freier Initiative des Papstes entspringt. Nach der äußeren Form unterscheidet man die feierlichen Bullen (bulla = Bleisiegel) und die einfacheren Breven. Dagegen ist eine **Enzyklika** kein kirchliches Gesetz, sondern ein Rundschreiben, in dem der Papst zu Glaubens- oder sonstigen Fragen Stellung nimmt. Ihr Inhalt ist im Rahmen der dogmatischen Lehrgewalt des Papstes bindend. Die Sprache ist lateinisch. Die Enzykliken werden nach ihren Anfangsworten bezeichnet.

Bedeutsame Verlautbarungen enthalten u. a. die Enzyklika „Rerum Novarum“, in der Papst *Leo XIII.* 1891 die **katholische Soziallehre** festlegte; sie verdammte sowohl den Kommunismus als auch den zügellosen Kapitalismus. Zu weiteren aktuellen sozialpolitischen Problemen hat *Papst Johannes XXIII.* in einer Enzyklika von 1961 „Mater et Magistra“ (die Kirche als Mutter und Lehrerin) Stellung genommen, insbes. zur Situation der Entwicklungsländer, der wachsenden Einflussnahme des Staates auf die Wirtschaft und damit auf den Menschen sowie zur Bedeutung des Privateigentums und der Privatinitiative in unserer modernen Welt, aus der richtig verstandene Sozialisierungsbestrebungen nicht mehr wegzudenken seien. Die von Papst *Paul VI.* am 25. 7. 1968 erlassene Enzyklika „Humanae vitae“, die zu der vom II. Vatikanischen Konzil nicht entschiedenen Frage der Geburtenregelung Stellung nimmt, hat durch den Anspruch auf Bindung aller Katholiken zu Meinungsverschiedenheiten über die Verbindlichkeit päpstlicher Auslegungen und Verlautbarungen im Grenzbereich von Glaubensfragen und Gewissensentscheidungen geführt. Papst *Johannes Paul II.* tritt in der Enzyklika „Redemptor hominis“ vom 4. 3. 1979 für die Verteidigung der Menschenrechte, für eine Umverteilung der Reichtümer und ihre Kontrolle ein und verurteilt das Wettrüsten; im kirchlichen Bereich wird die Kollegialität der Bischofssynoden und der Synoden der Ostkirchen sowie die Notwendigkeit einer Annäherung zwischen den christlichen Glaubensgemeinschaften betont, aber auch die Bedeutung der Unfehlbarkeit des Lehramtes gegenüber neueren Entwicklungen in der Theologie und die Bindung der Priester an das Zölibat. Zum hundersten Jahrestag der Sozial-Enzyklika „Rerum novarum“ erging im Mai 1991 die Enzyklika „Centesimus annus“, in der zwar die Grunderscheinungen des westlichen Systems, wie z. B. Marktwirtschaft, Privateigentum, Unternehmertum, bejaht werden, zugleich aber vor dessen Auswüchsen (Überschätzung des Marktsystems und des reinen Kapitalismus sowie die negativen Seiten der Konsumgesellschaft) gewarnt wird. Im Okt. 1993 wurde durch Papst *Johannes Paul II.* die Enzyklika „Veritatis splendor“ veröffentlicht, die sich mit Fragen des Glaubens und der Moral beschäftigt und den Anspruch des Papstes auf die Ausübung des kirchlichen Lehramtes in diesen Bereichen bekräftigt. Die Enzyklika „Evangelium vitae“ vom März 1997 wendet sich entschieden gegen Abtreibung und Euthanasie und stellt mit Sorge einen tiefgreifenden Wandel in der Betrachtungsweise des Lebens und der zwischenmenschlichen Beziehungen fest. Der Papst spricht sich ferner gegen die Todesstrafe aus. In einem historischen „Mea Culpa“ bekannte sich Papst *Johannes Paul II.* im März 2000 auch zu Intoleranz und Verfehlungen der Kirche und bat hierfür um Verzeihung. Papst *Benedikt XVI.* befasst sich in seiner ersten Enzyklika „Deus caritas est“ vor allem mit der Liebe Gottes und ihrer Bedeutung für die Kirche und die Glaubenden.

Im Juni 1992 wurde ein neuer „Katechismus der Katholischen Kirche“ vom Papst genehmigt; dieser sog. Weltkatechismus richtet sich an die gesamte Kirche und stellt die derzeit geltende kath. Glaubens- und Morallehre dar.

713 | Der Klerus

Unter dem **Klerus** versteht man die durch den Empfang der Diakonatsweihe (früher: der Tonsur) dem Dienste Gottes Geweihten im Gegensatz zum heilsabhängigen, geleiteten Volke, dem laos (griechisch), den **Laien**. Daneben besteht die Gruppe der Religiosen (lat. religiosi); das sind die Angehörigen der Ordensstände, die ein Gelübde abgelegt haben.

Das ältere Kirchenrecht unterschied zwischen niederen und höheren Weihen (ordines minores/maiores) mit jeweils mehreren nacheinander zu durchlaufenden Stufen (Ostiarius, Lektor, Exorzist usw./Subdiakon bis zum Bischof). Die kirchliche Gesetzgebung nach dem II. Vatikan. Konzil hat die niederen Weihen teils abgeschafft, aber zwei von ihnen (Lektor, Akolyth = Begleiter, Gehilfe) in der Gruppe der ministeria ohne Weihecharakter zusammengefasst. Als Weihegrade bestehen allein Diakonat, Presbyteriat und Episkopat. Nach der Weihestufe und dem kirchenamtlichen Auftrag (missio canonica) bestimmt sich der Umfang der auszuübenden kirchlichen Befugnisse.

Die Priesterweihe findet i. d. R. in der Kathedrale (Hauptkirche, Dom) der Bischofsstadt in feierlicher Form statt. Diakone und Priester unterliegen dem Zölibat (Eheverbot). Der Zölibat, der biblische Verankerung hat, ist stark umstritten. Priestermangel, aber auch sexuelle Verfehlungen von Priestern haben die öffentliche Diskussion verstärkt. Ein 1995 in Österreich und anschließend auch in Deutschland durchgeführtes Volksbegehren hat die Anschaffung des Zölibats gefordert.

Eine **Ordensgenossenschaft** ist eine freiwillige, von den kirchlichen Behörden genehmigte Vereinigung von Katholiken gleichen Geschlechts zu einem gemeinsamen Leben nach bestimmter Regel. Ihre Mitglieder haben die Verpflichtung des Gehorsams, der Keuschheit und der Armut. Die Klostergenossenschaften gliedern sich in die eigentliche Ordensgemeinschaft mit feierlichen (ewigen) und die Klosterkongregationen mit einfachen (ewigen oder zeitlichen) Gelübden. Den Orden sind vielfach auch äußere Aufgaben wie Seelsorge, Predigt, Mission, Unterricht und Werke der Barmherzigkeit übertragen. Das Klosterrecht enthält der Codex Iuris Canonici. Der Papst ist das geistliche Oberhaupt aller Klosterleute; für ihre Angelegenheiten besteht an der päpstlichen Kurie eine eigene Behörde (congregatio de religiosis). Meist, aber nicht immer, sind die religiösen Genossenschaften auch dem Diözesanbischof unterstellt. Die verbandsmäßige Leitung der Orden und Kongregationen liegt bei den eigenen Oberen (Abt, Äbtissin, Provinzial-, Generalobere, General).

Die bereits bestehenden Orden (insbes. Benediktiner, Franziskaner, Dominikaner) dürfen nur vom Apostolischen Stuhl aufgehoben, neue nur mit seiner Genehmigung errichtet werden. Zu einem folgenreichen Streit im sog. Kulturkampf ➢ s. Nr. 702, führten die besonderen Ziele und das Wirken des **Jesuitenordens** (Gesellschaft Jesu, Societas Jesu), der 1534 von *Ignatius von Loyola* gegründet wurde und der die Ausbreitung und Befestigung der kath. Kirche durch äußere und innere Mission zum Hauptziel hat. Seine Mitglieder sind durch besonderes Gelübde zu unbedingtem Gehorsam gegenüber dem Papst verpflichtet. Er wird von einem auf Lebenszeit gewählten General mit dem Sitz in Rom geleitet und betätigt sich besonders auf schulischem Gebiet. In Deutschland war er durch das im Kulturkampf ergangene Jesuitengesetz vom 4. 7. 1872 verboten, das aber 1904 (Aufenthaltsverbot) gemildert und 1917 ganz aufgehoben wurde.

714 | Papst, Kurie und Kardinäle

Der **Papst** ist nach kath. Auffassung das von Christus selbst eingesetzte Oberhaupt der gesamten kath. Kirche. Er ist Bischof von Rom, Erzbischof der römischen Kirchenprovinz, Primas von Italien, Primas der Gesamtkirche, Gesetzgeber der Kirche, Inhaber der obersten Lehrgewalt und als solcher nach röm.-kath. Lehre unfehlbar.

715 | Die katholische Kirche

Die **Kardinäle** sind vom Papst ernannte geistliche Würdenträger mit Fürstenrang und besonderen Ehrenrechten (u. a. Anrede „Eminenz"). Sie bilden den Senat des Papstes und sind seine obersten Ratgeber. Es bestehen drei Rangklassen: Kardinalbischöfe (Inhaber bestimmter suburbikanischer Bistümer), Kardinalpriester, denen eine römische Titelkirche, und Kardinaldiakone, denen eine Diakonie zugewiesen ist. Das Kardinalskollegium leitet der Kardinaldekan (rangältester Kardinalbischof), aber ohne besondere Vorrechte.

Der Papst ist höchster Richter der Kirche, oberster Verwalter der kirchlichen Angelegenheiten und Repräsentant der Gesamtkirche. Ihm stehen viele Ehrenrechte zu, u. a. die Anrede als „Eure Heiligkeit", die dreifache Krone (tiara), Hirtenstab, Fischerring, Pallium (Halsbinde). Nach Verlust des Kirchenstaates an das geeinigte Königreich Italien 1870 war der Papst nicht mehr weltlicher Herrscher; jedoch wurde durch die **Lateranverträge** vom 11. 2. 1929 seine Herrschaft über die **Vatikanstadt** anerkannt. Der Papst hat völkerrechtlich die Stellung eines souveränen Monarchen. Die Vatikanstadt umfasst im Wesentlichen die Peterskirche nebst den angrenzenden Palästen und Regierungsgebäuden. Italien erkannte weiterhin das volle Eigentum des Heiligen Stuhles an drei außerhalb gelegenen Patriarchalbasiliken sowie an der Sommerresidenz der Päpste Castel Gandolfo an. Diese Gebäude sind nach internationalem Recht exterritorial. Die Vatikanstadt ist dauernd neutralisiert.

Die **Papstwahl** (das Wahlverfahren wurde im Februar 1996 reformiert) erfolgt auf Lebenszeit durch die Kardinäle im **Konklave**, d. h. unter Abschluss von der Außenwelt. Sie erfordert eine Zweidrittelmehrheit der teilnehmenden Kardinäle. Wird die Zweidrittelmehrheit bis einschl. des 30. Wahlgangs nicht erreicht, kann mit absoluter Mehrheit ein neuer Wahlmodus festgelegt werden. Eine Wahl durch Akklamation oder durch delegierte Kardinäle ist nicht mehr zulässig. Die Zahl der wahlberechtigten Kardinäle ist auf 120 begrenzt.

Als Regierungsorgan steht dem Papst die römische Kurie zur Seite. Sie besteht zur Zeit aus 9 **Kardinalskongregationen** (kollegial organisierten Verwaltungsbehörden, den Ministerien vergleichbar), 3 Gerichtshöfen (poenitentiarie, Rota, Apostolische Signatur) und Ämtern sowie Kommissionen (officia, darunter die Apostolische Kanzlei und das Staatssekretariat).

Kongregationen bestehen insbesondere für die Glaubenslehre, für den Klerus, für den Gottesdienst und die Sakramentenordnung sowie die (aus der früheren Kongregation propaganda fidei hervorgegangene) Kongregation für Evangelisierung der Völker, die das Missionswerk leitet. Das Staatssekretariat unter Leitung des **Kardinalstaatssekretärs** ist eine Art Innen- und Außenministerium. Der Kardinalstaatssekretär ist der erste Beamte der Kurie; sein Amt erlischt mit dem Tode des Papstes. Seine Stellung innerhalb der päpstlichen Verwaltung ist durch die Neuordnung von 1967 der eines MinPräs. angenähert worden. Die als Leiter der Kongregationen fungierenden **Kurienkardinäle** werden nicht mehr auf Lebenszeit ernannt, sondern nur bis zum 80. Lebensjahr; im Übrigen erlischt auch ihr Amt mit dem Tode des Papstes.

715 | Die weiteren kirchlichen Ämter

Die **Bischöfe** stehen einer Diözese vor, in der sie alle priesterlichen Rechte und – vom Papst abhängig – die Jurisdiktion (Gesetzgebungs- und Rechtsprechungs- einschl. Strafgewalt) wahrnehmen; sie leiten die kirchliche Verwaltung, insbes. auch die des Kirchenvermögens.

Erzbischöfe sind Bischöfe, denen neben der Leitung ihrer Diözese die Verwaltung einer Kirchenprovinz, die mehrere Diözesen umfasst ➢ s. für die BRep. Nr. 711, übertragen ist.

Der (Residenzial-)Bischof wird vom Papst ernannt, in Deutschland auf Grund einer Wahl des **Domkapitels** (Domprobst, Domherren, canonici), wozu der Papst drei Kandidaten vorschlägt; nur in Bayern entscheidet der Papst allein auf Grund eingereichter Vorschlagslisten. Der Staat muss über die Person des Gewählten gehört werden.

Unter **Weihbischöfen** versteht man Bischöfe ohne Diözese, die meist zur Unterstützung des regierenden Bischofs bei Ausübung der Weihgewalt in großen Bistümern verwendet werden. Sie sind Titularbischöfe, ebenso die einen Ehrenrang bekleidenden nichtresidierenden Bischöfe (ohne Diözese).

Dem Bischof steht vielfach ein Generalvikar als Berater und Gehilfe in Verwaltungsgeschäften zur Seite. Zur Entlastung in der gesamten bischöflichen Tätigkeit kann dem Bischof vom Papst ein Koadjutor beigegeben werden, insbesondere bei längerer Behinderung durch Krankheit.

Dechant (Dekan) ist ein Geistlicher, dem die Aufsicht über einen mehrere Pfarreien umfassenden Sprengel innerhalb der Diözese vom Bischof übertragen ist.

Die **Pfarrer** üben zufolge bischöflichen Auftrags in einer Parochie, d. h. in einem bestimmten Bezirk der Diözese (Pfarrei), die Seelsorge aus. Sie nehmen die kirchlichen Amtshandlungen (Taufe, Aufgebot, Eheschließung, Begräbnis usw.) vor und stehen an der Spitze der Gemeindevertretung, der die Vermögensverwaltung obliegt. Ihre Gehilfen sind Kaplane und Kooperatoren. Ein Pfarrvikar (Pfarrkurat) leitet eine Pfarrei, die mit einem Kloster, einer Kapitelkirche o. dgl. voll vereinigt ist.

Durch Motu proprio *Pauls VI.* vom 27. 6. 1967 ist den Bischofskonferenzen die Entscheidung über die Wiedereinführung des Diakonats übertragen worden, das bereits in der Frühkirche bestanden hat. Es war früher eine Stufe auf dem Weg zur Priesterweihe. Nunmehr können die Diakone sich mit diesem unteren Weihegrad begnügen und das Diakonat zum Lebensberuf wählen; für jüngere Anwärter ist Ehelosigkeit vorgeschrieben, während Verheiratete von mindestens 35 Jahren mit Zustimmung der Ehefrau den Beruf des **Diakons** ergreifen können. Ihre Funktionen sind gegenüber denen des Priesters beschränkt. Auch die Neufassung des Codex Iuris Canonici von 1983 hat aber nichts daran geändert, dass Frauen nur zu nichtpriesterlichen Ämtern zugelassen sind. Dies hat Papst *Johannes Paul II.* in dem Apostolischen Schreiben „Mulieris dignitatem" im Sept. 1988 nochmals bekräftigt; gleichzeitig hat er aber hervorgehoben, dass Männer und Frauen gleichen Anspruch auf Würde und die gleichen Rechte haben. Seit April 1989 haben alle kirchlichen Amtsträger zusätzlich zum Glaubensbekenntnis einen besonderen Treueid auf das kirchliche Lehramt abzulegen.

In vielen Ländern treten innerhalb der Priesterschaft wie auch im Kirchenvolk seit längerem Bestrebungen zutage, die auf eine Demokratisierung der kirchlichen Hierarchie abzielen. Nach kirchenamtlicher Auffassung leitet sich das Bischofsamt aus der Nachfolgerschaft nach den Aposteln ab, die ihren Auftrag von Christus erhalten haben. Hierauf stützen sich die bischöfliche Autorität und das umfassende Recht zur Leitung der Diözese; diese Ordnung lasse zwar eine Beratung, aber keine Mitbestimmung durch Priester und Laien zu. Die Gegenmeinung (auch vieler jüngerer Kleriker) weist demgegenüber auf Widersprüche in Stellungnahmen der Bischöfe zu einzelnen Glaubensfragen hin (z. B. „Holländischer Katechismus"); somit könne die offizielle kirchliche Lehramtsentscheidung nicht göttlichen Ursprungs sein. Glaubensfragen, Rechtsprobleme und noch mehr solche organisatorischer Art könnten daher nicht autoritär entschieden werden (z. B. Mischehenrecht und -seelsorge, überkonfessionelle Gottesdienste usw.). Unbeschadet der grundsätzlichen Anerkennung des bischöflichen Lehr- und Hirtenamts setzt sich diese Bewegung für eine stärkere Beteiligung der Kleriker unterer Grade z. B. bei der Besetzung höherer kirchlicher Ämter und für eine verantwortliche Heranziehung von Laien in nichttheologischen Bereichen der Kirchenverwaltung (Steuer-, Bauangelegenheiten usw.) ein.

Im Zuge der Demokratisierung der Kirchenverwaltung sind in Anlehnung an die Regelungen im weltlichen Bereich ➢ s. Nr. 635, für die nicht dem priesterlichen Dienst angehörenden Mitarbeiter in den Diözesen Mitarbeitervertretungsordnungen erlassen worden. Sie regeln die Wahl der Mitarbeitervertretungen (auf 3 Jahre) sowie deren Mitwirkungs-, Anhörungs-, Vorschlags- und Antragsrechte. Die Vertretungen sind zu beteiligen bei Einstellung, Eingruppierung, Beförderung usw. Es bestehen Schlichtungsstellen.

716 | Konzilien, Synoden

Konzilien sind Versammlungen der Bischöfe und anderer Kleriker, die entweder kraft ihres höheren Amtes ständige Mitglieder sind (Kardinäle, Patriarchen, Primaten, Erzbischöfe, regierende Bischöfe, gefreite Äbte) oder besonders berufen werden. Den Vorsitz führt der Papst oder ein beauftragter Stellvertreter. Unter einem Provinzialkonzil versteht man die Versammlung der Bischöfe einer Kirchenprovinz. **Synoden** sind Versammlungen ausgewählter Vertreter zur Beratung kirchlicher Angelegenheiten. So setzt sich z. B. eine Diözesansynode aus den höherrangigen und weiteren, vom Bischof berufenen Klerikern einer Diözese zusammen; sie wird vom Bischof geleitet.

Der Papst kann auch ein ökumenisches (die Welt umfassendes) Konzil einberufen (erstes ökumenisches Konzil in Nicäa 325). Das Tridentiner Konzil (1545–1563) stellte im Gegensatz zur protestantischen Lehre von der alleinigen Autorität der Bibel als Glaubensquelle die Autorität der Kirche mit dem Papst als Oberhaupt fest.

Das I. Vatikanische Konzil (1869/70) befasste sich vorwiegend mit der Abwehr von Atheismus und Materialismus; es bekräftigte Primat und universalen Episkopalanspruch des Papstes („episcopus episcoporum") sowie das Dogma von seiner Unfehlbarkeit (Infallibilität) bei den in Glaubensfragen „ex cathedra" getroffenen Lehrentscheidungen. Über die hierdurch veranlasste Abspaltung und Gründung der Altkatholischen Kirche ➢ vgl. Nr. 718. Die strenge Dogmatik der Beschlüsse, die innerkirchliche, erst nach längerer Zeit abflauende Auseinandersetzungen, aber auch erbitterte staatliche Reaktionen besonders im deutschen Sprachraum zur Folge hatte, war eine der folgenreichsten Ursachen des Kulturkampfes ➢ s. Nr. 702.

Das II. Vatikanisches Konzil tagte, von Papst *Johannes XXIII.* einberufen, von 1962–1965 (mit Unterbrechungen). Es schloss mit 16 Dekreten, in denen richtungweisende Beschlüsse über die Entwicklung der kath. Kirche und ihr Verhältnis zur Umwelt niedergelegt sind. Die Dekrete betreffen insbes. Änderungen der Liturgie und des Rituals, die Ausbildung, Erziehung und das Leben der Priester, die Erneuerung des Ordenslebens, die Missionstätigkeit, die Stellung der Laien in der Kirche (Laienapostolat) sowie Fragen der christlichen Erziehung in Schule und Elternhaus. Die Stellung der Bischöfe wurde gestärkt (Ableitung ihres Amtes nicht mehr durch päpstliche Ernennung, sondern kraft göttlicher Vollmacht) und zur Beratung des Papstes eine Bischofssynode vorgesehen. Schließlich proklamierte das Konzil den Grundsatz der Religionsfreiheit (Gewissensfreiheit, Möglichkeit freier Entfaltung für alle Religionsgemeinschaften) und revidierte die Stellung der kath. Kirche zu anderen Religionsgemeinschaften, die sie erstmalig als Kirchen bezeichnete; die Sakramente und Riten der orthodoxen Ostkirchen wurden ausdrücklich anerkannt. Papst *Paul VI.* hat im Mai 1967 in einem „Ökumenischen Direktorium" zur Ausführung der Konzilsbeschlüsse Richtlinien u. a. über Anerkennung nichtkatholischer Taufen, interkonfessioneller Gottesdienste u. dgl. gegeben (wobei Unterschiede – Anerkennung der Ostkirchen, Nichtanerkennung der Reformationskirchen – deutlich hervortreten). In der vom Konzil offengelassenen Frage der Geburtenregelung hat *Paul VI.* in der Enzyklika „Humanae Vitae" vom 25. 7. 1968 die Auffassung der Kirche bestätigt, dass Katholiken die Anwendung aller künstlichen Verhütungsmittel, Sterilisation und Abtreibung untersagt ist; Ausnahmen sind nur aus medizinischen Gründen zugelassen. Gegen die Bindung an diese Auffassung hat sich in Kreisen der Katholiken erheblicher Widerspruch erhoben. Die Enzyklika wurde jedoch von Papst *Johannes Paul II.* in den Jahren 1978 und 1981 bestätigt. In der „Instruktion über die Achtung vor dem beginnenden Leben und die Würde der Fortpflanzung" (März 1987) hat die kath. Kirche die künstliche Befruchtung abgelehnt.

717 | Die Sakramente

Die Sakramente tun nach den Auffassungen beider christlichen Bekenntnisse Gottes unsichtbare Gnade in sichtbaren Zeichen kund; sie bilden daher den Mittelpunkt des kirchlichen Lebens. Während aber die evang. Kirche nur Taufe und Abendmahl als Sakramente anerkennt, zählt die kath. Kirche **sieben Sakramente**: Taufe, Abendmahl (Eucharistie = „Danksagung": Messopfer und Spendung = Kommunion), Firmung, Buße, Ehe, Krankensalbung und Priesterweihe.

Durch das Sakrament der Priesterweihe wird der für die kath. Kirche grundlegende Unterschied zwischen Klerus und Laien begründet.

Die **Ehe** ist nach kath. Auffassung unauflöslich und endet erst mit dem Tode eines Ehegatten. Die Mischehe zwischen einem Katholiken und dem Angehörigen eines anderen christlichen Bekenntnisses ist nach dem Codex Iuris Canonici von 1983 nicht mehr verboten; das Ehehindernis der mixta religio ist beseitigt. Jedoch bedarf der kath. Teil zum Abschluss einer konfessionsverschiedenen Ehe der Erlaubnis des Ortspfarrers. Die „Gemeinsame Trauung" (oft fälschlich als „Ökumenische Trauung" bezeichnet) kann aber nur nach dem Ritus der einen oder der anderen Konfession vollzogen werden; die Mitwirkung eines Geistlichen der Konfession, deren Ritus nicht angewendet wird, hat keine kirchenrechtliche Wirkung, sondern beschränkt sich auf den die Trauung umrahmenden Wortgottesdienst. Überdies bedarf der kath. Teil, falls die Trauung nicht nach kath. Ritus erfolgen soll, der Befreiung von der Formpflicht durch den Bischof. Diese und andere Fragen sind Gegenstand Gemeinsamer Empfehlungen der Deutschen Bischofskonferenz und der Evang. Kirche in Deutschland (EKD) für die Seelsorge an konfessionsverschiedenen Ehen und Familien.

Da eine kirchenrechtlich gültige und von den Ehegatten durch copula carnalis (ehelicher Geschlechtsverkehr) vollzogene (konsumierte) Ehe nur durch den Tod lösbar ist, wird eine Ehescheidung vom kath. Kirchenrecht nicht anerkannt. Wohl aber kennt das kanonische Recht eine Nichtigerklärung durch ein kirchliches Ehegericht, wenn die Ehe mangels gehöriger kirchlicher Eheschließungsform oder wegen eines Ehehindernisses nicht gültig zustandegekommen ist (Mangel der Ehefähigkeit, z. B. wegen Doppelehe oder naher Verwandtschaft – nach der neuen Fassung des Codex Iuris Canonici von 1983 auch psychische Anomalie –, oder Mangel des Ehewillens: reine Versorgungsehe, Scheidungsvereinbarung). Eine nicht konsumierte Ehe kann durch päpstlichen Dispens gelöst werden. Weiter kennt das kath. Eherecht die Trennung von Tisch und Bett, bei der ohne Lösung des Ehebandes das eheliche Zusammenleben aufgehoben wird, aber beide Teile verhindert sind, eine neue Ehe einzugehen. Bei Ehen zwischen Ungetauften, auch wenn sie vollzogen sind, gestattet das sog. Privilegium Paulinum die Auflösung, wenn ein Ehepartner sich taufen lässt, der andere aber im Unglauben beharrt; die Auflösung der Ehe tritt ein, wenn der bekehrte Ehegatte eine neue Ehe eingeht.

718 | Die altkatholische Kirche

Die alt-katholische Kirche in Deutschland und Österreich ist ein von der röm.-kath. Kirche nach dem I. Vatikanischen Konzil losgelöster Diözesanverband (ca. 25 000 Mitglieder) mit Bischofssitz in Bonn, der zusammen mit anderen autonomen katholischen Bistümern die Utrechter Union bildet.

Die alt-katholische Kirche anerkennt nicht die Unfehlbarkeit des Papstes ohne Gesamtkirche (ex sese) und nicht seine oberste Jurisdiktionsvollmacht. Als allgemeinverpflichtend werden nur die Konzilsentscheidungen der ungeteilten Christenheit des 1. Jahrtausends angenommen.

Das I. Vatikanische Konzil (1869–1870) erklärte die Unfehlbarkeit des Papstes als Inhaber der obersten Lehrgewalt (Constitutio Pastor aeternus vom 18. 7. 1870) in Sachen des Glaubens und der Sitten, wenn er ex cathedra spricht, d. h. amtlich eine für die gesamte Kirche bestimmte Entscheidung trifft. Zahlreiche Theologen, Priester und Laien, unter ihnen der führende Kirchengeschichtsprofessor *Ignaz Döllinger*, verweigerten die Zustimmung zu diesem neuen Dogma und wurden deshalb exkommuniziert, d. h. aus der katholischen Kirche ausgeschlossen. Es bildeten sich Gottesdienstgemeinden, deren gewählte Vertreter 1873 *Joseph Hubert Reinkens* zu ihrem Bischof wählten. Die alt-katholische Kirche hat eine bischöflich-synodale Verfassung, die Laien sind in allen Gremien mitbestimmend, nicht nur beratend, die Pfarrer werden von der Gemeindeversammlung, der Bischof von der Synode (1/3 Geistliche, 2/3 Laien) gewählt.

Die alt-katholische Kirche stellt die Eheschließung von Geistlichen frei (kein Zölibatszwang), praktiziert neben der Einzelbeichte die sakramentale allgemeine Bußandacht und hat viele Reformen des II. Vatikanischen Konzils vorweggenommen, so die Landessprache in der Liturgie.

Die alt-katholische Kirche versteht sich seit ihren Anfängen als ökumenische Brückenkirche; bereits 1874/75 fanden in Bonn Unionskonferenzen mit Vertretern orthodoxer, anglikanischer und reformatorischer Kirchen statt. Seit 1931 besteht volle Kirchengemeinschaft zwischen der alt-katholischen und der anglikanischen Kirche. Seit 1985 haben die alt-katholische Kirche und die Evangelische Kirche in Deutschland (EKD) die Einladung der Mitglieder der jeweils anderen Kirchen zum Abendmahl (eucharistische Gastfreundschaft) ausgesprochen.

Es gibt weitere alt-katholische Kirchen in den Niederlanden (seit 1723), der Schweiz, Österreich, Polen, Tschechei, Slowakei, Kroatien, den USA und Kanada sowie auf den Philippinen und synodale Zusammenschlüsse in Frankreich, Italien und Skandinavien.

Die Bistumssynode 1989 hat mit großer Mehrheit die Einbeziehung der Frau in das dreifache Amt der Kirche beschlossen und den Bischof beauftragt, sich in der Internationalen Alt-Katholischen Bischofskonferenz für die Verwirklichung einzusetzen. Das Diakoninnenamt ist bereits freigegeben.

III. Die evangelische Kirche

721 | Die Kirche als Glaubensgemeinschaft

Nach evang. Verständnis ist Kirche überall dort, wo das Evangelium rein gelehrt und die Sakramente dem göttlichen Wort gemäß verwaltet werden. Nach der **Lehre vom allgemeinen Priestertum der Gläubigen** ist jedes Glied der christlichen Gemeinde nach seinen Gaben zur Verkündigung des Evangeliums berufen.

Die evang. Kirche lehnt deshalb die strenge Scheidung der kath. Kirche zwischen Klerus und Laien ➢ s. Nr. 713, ab. Wortverkündigung und Sakramentsverwaltung sind i. d. R. zwar besonders vorgebildeten Gemeindegliedern (Pfarrern) vorbehalten. Die Ermächtigung hierzu, die sog. Ordination, hebt sie jedoch nicht als besonderen Stand aus dem Kreise der Gläubigen heraus.

Die Grundauffassung der heutigen evang. Kirche aller Prägungen geht auf die von *Martin Luther* (1483–1546) eingeleitete **Reformation** zurück. *Luther* wurde nach Abschluss seiner Studien an der Universität Erfurt 1505 Magister, trat in das Erfurter Augustinerkloster ein und empfing 1507 die Priesterweihe. Er lehrte als Doktor der Theologie an der Universität Wittenberg und schlug dort am 31. 10. 1517 die 95 Thesen über den Ablass an. Der Streit mit *Joh. Tetzel* und *Dr. Eck* drängte *Luther* vorwärts in der Entwicklung zum Reformator. Er betonte die bloß menschlich-geschichtliche Entstehung des Papsttums und bestritt die Unfehlbarkeit der Konzilien. Im Evangelium als dem „Wort Gottes" erblickt seine Lehre das religiöse Gesetz. Auf Grund der unmittelbaren Glaubensbeziehung zwischen Gott und Mensch, die jede priesterliche Mittlerschaft unnötig macht, gelangte er zum Grundsatz des allgemeinen Priestertums aller Gläubigen. Lehrgrundlage des Luthertums ist die Augsburgische Konfession (1530). Nach Verbrennung der päpstlichen Bann-Androhungsbulle am 20. 2. 1520 in Wittenberg vollzog sich der Bruch mit Rom. Als *Luther* auf dem Reichstag zu Worms 1521 einen Widerruf ablehnte, wurde er in die Reichsacht getan, aber von seinem Landesherrn Kurfürst *Friedrich dem Weisen* auf die Wartburg gerettet. Hier übersetzte er das Neue Testament. Er vermählte sich 1525 mit der früheren Nonne *Katharina von Bora*, die ihm drei Söhne und drei Töchter schenkte. *Luther* übersetzte auch das Alte Testament. Durch seine Übersetzungen wirkte er entscheidend auf die Entwicklung der deutschen Sprache ein.

Spätere Reformatoren (*Ulrich Zwingli, Johann Calvin*) unterschieden sich von der Lehre *Luthers* in der Auffassung des Abendmahls. Während die lutherische Lehre in der Austeilung von Brot und Wein eine solche des Leibes und Blutes Christi sieht, fasst die reformierte Kirche beide nur als Symbole und das Abendmahl nur als Gedächtnisfeier auf. Beide Lehren, die lutherische wie die reformierte, unterscheiden sich vom Katholizismus hauptsächlich dadurch, dass sie ein besonderes Priestertum, Marienkult und Heiligenverehrung sowie die Ableitung des Papsttums aus einer Stiftung Christi und seine Unfehlbarkeit in Glaubensfragen nicht und von den Sakramenten nur zwei, Taufe und Abendmahl, anerkennen.

Auf Initiative des preuß. Königs *Friedrich Wilhelm III.* vereinigten sich beide Kirchen in der sog. Union (1817). Diese umfasste die evangelischen Gemeinden (Konsensgemeinden), die wie die meisten preußischen Gemeinden den Unterschied der lutherischen und der reformierten Lehre für unerheblich erklärten, sowie uniert-reformierte und uniert-lutherische Gemeinden. Daneben bestanden rein-reformierte und rein-lutherische Gemeinden, die nicht der Union, aber der Preußischen Evangelischen Landeskirche angehörten, sowie die Altlutheraner, die seit 1840 als Freikirche anerkannt sind. Seither unterscheidet man Kirchen nach lutherischem und reformiertem Bekenntnis und neben diesen unierte Kirchen, in denen beide Bekenntnisse in Geltung sind. Vertreter aller Richtungen tagen regelmäßig in Leuenburg (Schweiz), um die Unterschiede in der Glaubenslehre zu überwinden; sie erzielten 1973 eine Übereinkunft über Verkündigung, Taufe und Abendmahl (Leuenburger Konkordie).

Bestrebungen zur Vereinigung der röm.-kath. und der evang. Kirche sind bisher der Erfolg versagt geblieben, so der von dem kath. Theologen *Max Joseph Metzger* begründeten Una-Sancta-Bewegung, die seit 1945 vor allem in Deutschland eine zunehmende Anhängerschaft verzeichnet (Zentrale in der Benediktinerabtei Niederalteich). Auch „Ökumenische Treffen" (wie z. B. Pfingsten 1971 in Augsburg) haben nicht zur Überbrückung der theologischen Differenzpunkte geführt, ebenso nicht zu gemeinsamen Abendmahlsfeiern („Interkommunion"). Eine sog. Konzelebration, d. h. die gleichzeitige oder unmittelbar aufeinander folgende Eucharistie und Abendmahlsfeier in gemeinsamen („ökumenischen") Gottesdiensten wird seitens der kath. Kirche abgelehnt, während Anfang 1988 erstmals gemeinsame Eucharistiefeiern lutherischer und altkatholischer Gemeinden stattfanden. Begrenzte Übereinstimmung in der Lehre strebt ein im Jahre 1978 veröffentlichtes Dokument einer „Gemeinsamen röm.-kath./evang.-luth. Kommission" an, das in der Frage der Eucharistie im Gegensatz zur evang.-reformierten Auffassung die reale Gegenwart Christi mit Leib und Blut bejaht. Die weiteren Arbeiten der Kommission, die 1985 abgeschlossen werden sollten, ließen jedoch eine volle Übereinstimmung in Grundfragen insbes. der Eucharistie, gemeinsamen Gottesdienste und Behandlung der Mischehen kaum erwarten; sie sind 1984 eingestellt worden.

722 | Geschichtliche Entwicklung

Von den Anfängen der Reformation bis zur Revolution 1918 war die Entwicklung des Staatskirchenrechts durch den Begriff des **landesherrlichen Kirchenregiments** bestimmt. Jedes Territorium des Römischen Reiches Deutscher Nation hatte sein eigenes Kirchenwesen. Der Landesherr beanspruchte das Recht, die Konfession seiner Untertanen nach seinem Bekenntnis zu bestimmen („cuius regio eius religio"). Neben der äußeren Aufsicht über die Kirche übte er in gewissen innerkirchlichen Angelegenheiten auch die Kirchengewalt aus (Besetzung kirchlicher Ämter, Erlass kirchlicher Rechtsnormen).

Im 19. Jahrhundert wurde entsprechend der Entwicklung im staatlichen Bereich das landesherrliche Kirchenregiment in der evang. Kirche mehr und mehr eingeschränkt und selbstständigen kirchlichen Behörden **(Konsistorien)** übertragen, deren sich der Landesherr bei der Wahrnehmung des Kirchenregiments bediente. Die Kirchenhoheit übte für den Landesherrn der Kultusminister aus. Kirchliche Selbstverwaltungsorgane (Synoden) erhielten ein verfassungsmäßiges Mitwirkungsrecht.

Mit der staatlichen Umwälzung 1918 entfiel das landesherrliche Kirchenregiment; die Kirchengewalt ging auf die Konsistorien über. Der in der Weimarer Verfassung proklamierte Grundsatz der Trennung von Staat und Kirche führte zur Verselbstständigung der Landeskirchen, die 1919–1922 eigene Kirchenverfassungen beschlossen.

Die 28 Landeskirchen schlossen sich 1922 im Deutschen Evangelischen Kirchenbund zusammen. Dieser war keine einheitliche Kirche. Er nahm vor allem die Interessen der Landeskirchen gegenüber dem Reich und den übrigen Kirchen wahr.

Nach der Machtübernahme durch den Nationalsozialismus 1933 forderten die „Deutschen Christen" die Gründung einer nach dem „Führerprinzip" geleiteten Reichskirche. Unter politischem Druck kam es zur Bildung der Deutschen Evangelischen Kirche (DEK). Sie gliederte sich in Landeskirchen, die in Bekenntnis und Kultus selbstständig blieben.

Die Versuche des 1933 von der Nationalsynode gewählten „Reichsbischofs", die Landeskirchen in eine Einheitskirche nationalsozialistischer Prägung einzugliedern, scheiterten am Widerstand der Bekennenden Kirche. Diese proklamierte auf der Bekenntnissynode 1934 das kirchliche Notrecht und bildete eigene kirchliche Organe.

Nach dem Zusammenbruch Deutschlands 1945 verstärkten sich die Bestrebungen, die evang. Kirchen zu vereinigen. Es kam jedoch – hauptsächlich infolge der Unterschiede im Bekenntnis der lutherischen und der übrigen Landeskirchen – am 13. 7. 1948 nur zu einem organisatorischen Zusammenschluss im Rahmen der **Grundordnung der Evangelischen Kirche in Deutschland (EKD)**.

Die lutherischen Kirchen in der BRep. hatten sich bereits vor Gründung der EKD am 8. 7. 1948 zur **Vereinigten Evangelisch-Lutherischen Kirche Deutschlands (VELKD)** zusammengeschlossen.

Organe sind Generalsynode, Bischofskonferenz und Kirchenleitung; Kirchenamt in Hannover.

1954 bildete sich die **Evangelische Kirche der Union (EKU)**, in der die aus den früheren Kirchenprovinzen der Evangelischen Kirche der altpreußischen Union hervorgegangenen Landeskirchen ihre Gemeinschaft fortsetzen. Aus der EKU ging 2003 die **Union evangelischer Kirchen (UEK)** hervor. Ihr Sitz ist Berlin. Organe sind die Vollkonferenz, Präsidium und Kirchenkanzlei.

Regionale Zusammenschlüsse sind die 1971 gegründete Konföderation evang. Kirchen in Niedersachsen (luth. Landeskirchen Hannover, Braunschweig, Oldenburg und Schaumburg-Lippe; Ref. Kirche in Nordwestdeutschland) sowie die Föderation Evangelischer Kirchen in Mitteldeutschland (Thüringen/Sachsen) seit 2004.

723 | Die Grundordnung der Evangelischen Kirche in Deutschland

Die derzeit 23 selbstständigen **Gliedkirchen der EKD** sind:

Die Evang.-Luth. Landeskirchen setzen sich zusammen aus der Evangelischen Landeskirche Anhalts, der Evangelischen Landeskirche in Baden, der Evangelisch-Lutherischen Kirche in Bayern, der Evangelischen Kirche in Berlin-Brandenburg, der Evangelisch-lutherischen Landeskirche in Braunschweig, der Bremischen Evangelischen Kirche, der Evangelisch-Lutherischen Landeskirche Hannover, der Evangelischen Kirche in Hessen und Nassau, der Evangelischen Kirche von Kurhessen-Waldeck, der Lippischen Landeskirche, der Evangelisch-Lutherischen Landeskirche Mecklenburgs, der Nordelbischen Evangelisch-Lutherischen Kirche, der Evangelisch-Lutherischen Kirche in Oldenburg, der Evangelischen Kirche der Pfalz, der Pommerschen Evangelischen Kirche, der Evangelisch-reformierten Kirche – Synode evangelisch-reformierter Kirchen in Bayern und Norddeutschland, der Evangelischen Kirche im Rheinland, der Evangelischen Kirche der Kirchenprovinz Sachsens, der Evangelisch-Lutherischen Landeskirche Sachsens, der Evangelisch-Lutherischen Landeskirche Schaumburg-Lippe, der Evangelisch-Lutherischen Kirche in Thüringen, der Evangelischen Kirche von Westfalen und der Evangelischen Landeskirche in Württemberg. VELKD und UEK ➢ s. Nr. 722, sind nicht Gliedkirchen der EKD. Zur Zeit gibt es Überlegungen innerhalb der EKD, die Anzahl der Gliedkirchen zu reduzieren.

Organe der EKD sind:

a) Die Synode. Sie beschließt Kirchengesetze, erörtert Fragen des kirchlichen Lebens und gibt dem Rat Richtlinien. Die Synode besteht aus 120 Mitgliedern, die von den synodalen Organen der Gliedkirchen auf 6 Jahre gewählt werden. 20 weitere Mitglieder werden vom Rat der EKD berufen. Nicht mehr als die Hälfte der Synodalen dürfen Theologen sein. Die Synode wählt aus ihrer Mitte ein Präsidium für ihre Amtsdauer. Seit 1991 hat die Synode neun ständige Ausschüsse („Schrift und Verkündigung“, „Diakonie, Mission und Ökumene“, „Recht“, „Kirche, Gesellschaft und Staat“, „Erziehung, Bildung und Jugend“, „Haushalt“, „Europa“ und „Umwelt“). Daneben wählt die Synode bei dieser ersten Tagung die zehn Mitglieder, die – zusammen mit den drei Vertretern der Kirchenkonferenz – den „Ratswahlausschuss“ bilden.

Die Ausschüsse leisten einen wesentlichen Teil der Sacharbeit der Synode. Jeder Ausschuss bereitet in seinem Bereich die Beratungen für die Tagung vor. Während der Synodaltagung werden alle Tagungsordnungspunkte, auch Anträge und Eingaben an die Synode, nach ihrer Einbringung und einer ersten Aussprache im Plenum an die betreffenden Ausschüsse zur Beratung überwiesen.

Aus der Arbeit der Ausschüsse entstehen Beschlussvorlagen zur Beratung und endgültigen Beschlussfassung durch die Synode. Hieraus können auch öffentliche Erklärungen entstehen, deren wichtigste Form die Kundgebung ist.

Die Synode kommt in der Regel einmal im Jahr an wechselnden Orten zu einer mehrtägigen Tagung zusammen. Diese Tagungen sind öffentlich.

b) Die Kirchenkonferenz, bestehend aus je 1 Vertreter der Kirchenleitungen der Gliedkirchen, der aber nicht dem Rat der EKD angehören darf. Leiter ist der Vorsitzende des Rates, dessen Mitglieder an den Sitzungen ohne Stimmrecht teilnehmen.

c) Der Rat, bestehend aus 15 Mitgliedern, von denen 14 von der Synode in Gemeinschaft mit der Kirchenkonferenz gewählt werden; weiteres Mitglied ist der Präses der Synode. Der Rat leitet die EKD, vertritt sie nach außen und kann Kundgebungen erlassen, wenn die Synode nicht versammelt ist. Die bisher selbstständigen Amtsstellen, die Kirchenkanzlei in Hannover-Herrenhausen und das Kirchliche Außenamt in Frankfurt/M., sind nunmehr unter der Bezeichnung „Kirchenamt der EKD" zusammengefasst.

d) Bei Meinungsverschiedenheiten entscheidet ein Schiedsgerichtshof.

Heute gehören ca. 31 % der Deutschen zu einer Gliedkirche der EKD.

724 | Die Verfassung der Gliedkirchen der EKD

Fast alle Gliedkirchen haben sich nach 1945 neue Verfassungen (Ordnungen, Grundordnungen) gegeben. Sie sind in gleicher Weise von synodalen Elementen (Gemeinde, Volkskirche) und **konsistorialen Prinzipien** (Behördenverwaltung) beherrscht, die sich wechselseitig ergänzen.

Die derzeitigen Verfassungen stimmen im Aufbau (Gemeinde, Kirchenkreis, Landeskirche) im Wesentlichen überein, weisen aber in Einzelheiten z. T. beträchtliche Abweichungen auf.

- Kirchenmitgliedschaft wird durch die Taufe, evang. Bekenntnisstand (Zugehörigkeit zu einem in der EKD geltenden Bekenntnis) und durch den Wohnsitz im Bereich einer Gliedkirche der EKD begründet.

  Sie besteht zur Kirchengemeinde und zur Gliedkirche des Wohnsitzes und setzt sich bei Umzug in den Bereich einer anderen Gliedkirche innerhalb der EKD fort.

- Die Kirchengemeinde ist das Fundament der kirchlichen Verfassung. Sie ist die mit Körperschaftsrechten ➢ s. Nr. 145, ausgestattete Gemeinschaft der Kirchenmitglieder eines örtlich begrenzten Gebietes.

  Der Gemeindekirchenrat (Kirchenvorstand, Presbyterium) vertritt die Gemeinde im Rechtsverkehr. Er besteht aus den Pfarrern, von denen einer den Vorsitz führt, und den von der Gemeinde auf Zeit gewählten Ältesten (Presbytern; Zahl je nach Größe der Gemeinde). Mehrere Gemeinden können sich zur Wahrnehmung bestimmter Aufgaben zu Gemeindeverbänden (Gesamtverbänden) zusammenschließen.

- Der Kirchenkreis (Dekanat), ebenfalls Körperschaft des öffentlichen Rechts, besteht aus mehreren Gemeinden.

  Leitungsorgan ist die Kreissynode (Dekanatssynode), deren laufende Geschäfte vom Synodalvorstand geführt werden. Die Mitglieder der Kreissynode, die aus Pfarrern und Laien besteht, werden von den Gemeindekirchenräten gewählt. Das zahlenmäßige Verhältnis zwischen Pfarrern und Laien ist gesetzlich festgelegt. Vorsitzender der Kreissynode und des Kreissynodalvorstandes ist i. d. R. der Superintendent (Dekan). In den presbyterial-synodal verfassten Kirchen wird er von der Kreissynode aus den Pfarrern des Kirchenkreises für eine befristete Amtszeit gewählt; in den meisten Kirchen ist er ein von der Kirchenleitung auf Lebenszeit berufener Pfarrer. Er übt die kirchliche Aufsicht und die Seelsorge an den Pfarrern des Kirchenkreises aus. In einigen Landeskirchen sind mehrere Kirchenkreise zum Sprengel zusammengefasst, in dem der Generalsuperintendent (Propst) die kirchliche Aufsicht ausübt.

- Die Landeskirche setzt sich aus den Kirchenkreisen zusammen. Sie wird vom Bischof (Kirchenpräsident, Präses) repräsentiert und hat ebenfalls Körperschaftsrechte.

Leitungs- und Gesetzgebungsorgan ist die Landessynode, deren Mitglieder z. T. von den Kreissynoden gewählt, z. T. von der Kirchenleitung berufen werden oder ihr kraft Amtes angehören. Sie wird von dem von ihr gewählten Präsidium geleitet. Die Landessynode wählt den Landesbischof (Kirchenpräsidenten, Präses) und die Kirchenleitung (Kirchenregierung). Die Kirchenleitung nimmt die Geschäfte der Synode wahr, wenn diese nicht versammelt ist, ferner bestimmte kirchenregimentliche Aufgaben. Vorsitzender ist der Bischof (in Rheinland und Westfalen der Präses der Synode).

Das Konsistorium (Landeskirchenamt, Kirchenverwaltung, Oberkirchenrat; i. d. R. Kollegialbehörde) führt die Verwaltung der Landeskirche nach den Weisungen der Kirchenleitung.

725 | Gottesdienst, Amtshandlungen, Kirchenzucht

Als wesentlicher Bestandteil gehört zum evang. Gottesdienst die **Wortverkündung** (Predigt). Grundsätzlich predigen ordinierte Geistliche, zuweilen auch Predigtamtskandidaten.

Zu den kirchlichen Amtshandlungen zählt die Spendung der **Sakramente** – das sind in der evang. Kirche nur Taufe und Abendmahl – sowie Konfirmation, Trauung und Bestattung.

Diese kann bei Personen entfallen, die in „offenbarer Sünde" gestorben sind, wozu auch der Selbstmord gerechnet wird. Feuerbestattung ist kein Ablehnungsgrund.

Durch die Taufe wird die Kirchenmitgliedschaft erworben. Sie wird i. d. R. als Säuglingstaufe geübt, kann jedoch auf Wunsch der Eltern auch hinausgeschoben werden. Die Konfirmation ist die Bestätigung der Taufe; sie ist Voraussetzung für die Teilnahme am Abendmahl und für die Übernahme des Patenamtes.

Die liturgischen Formen der Gottesdienste und Amtshandlungen sind in der sog. Agende geregelt, die auf der Tradition der christlichen Kirche beruht, aber zeitentsprechenden Änderungen wie der in neuerer Zeit vielfach geforderten Reform des Gemeindegottesdienstes zugänglich ist. Weitere Grundlagen des kirchlichen Handelns sind die sog. Lebensordnungen. Sie behandeln die Spendung der Sakramente, die kirchlichen Amtshandlungen – insbes. die Trauung und ihre Voraussetzungen –, Seelsorge, Eintritt in die Kirche und Austritt, Kirchenzucht usw. Sie sind, obwohl in Form von Kirchengesetzen erlassen, keine Rechtsvorschriften mit Zwangs- und Strafcharakter, sondern Richtlinien für eine einheitliche kirchliche Praxis.

Als **Kirchenzuchtmaßnahmen** kommt die Versagung der Teilnahme an den Sakramenten und den kirchlichen Amtshandlungen in Betracht, nicht aber der Ausschluss aus der Gemeinde. Die Maßnahmen sind Angelegenheiten der ganzen Gemeinde und können daher vom Pfarrer, der die seelsorgerliche Verantwortung trägt, nur nach Anhörung des Leitungsorgans der Gemeinde (Gemeindekirchenrat, Presbyterium, Kirchenvorstand) ausgesprochen werden.

726 | Die Ämter in der evangelischen Kirche

In der evang. Kirche ist nicht die bischöfliche Hierarchie, sondern die Gemeinde der Träger der Verkündigung des Evangeliums. Das geistliche

Amt ist der Gemeinde zugeordnet und nicht ihr übergeordnet. Dem Pfarrer (abgeleitet von parochus) oder Pastor (Hirte) ist die geistliche Leitung der Gemeinde übertragen. Der Begriff Pfarrer meint mehr die rechtliche Seite des Amtes, der Begriff Pastor die seelsorgerliche.

Die Anstellung im Pfarramt setzt ein abgeschlossenes theologisches Hochschulstudium und eine zweieinhalbjährige kirchliche Ausbildung (Vikariat, Predigerseminar) voraus. Mit der nach dem Studium abgelegten ersten Prüfung erwirbt der Kandidat die Predigterlaubnis (venia concionandi), mit dem Abschlussexamen (pro ministerio) nach der praktischen Ausbildung das Recht, ein geistliches Amt zu bekleiden. Evang. Kirchliche Hochschulen bestehen in Berlin, Bethel, Oberursel und Wuppertal. Die Gliedkirchen unterhalten Predigerseminare, so das Kloster Loccum der evang.-luth. Landeskirche Hannover, und Fachhochschulen (so die Pfälzische Landeskirche).

Die Übertragung des geistlichen Amtes erfolgt durch die **Ordination**. Sie ist die Ermächtigung und der Auftrag zur öffentlichen Wortverkündigung und zur Sakramentsverwaltung; hiervon zu unterscheiden ist die Berufung (Einführung) in ein bestimmtes Pfarramt. Die Anstellung des Pfarrers begründet ein öffentlich-rechtliches Dienstverhältnis auf Lebenszeit, das beamtenrechtliche Züge trägt, jedoch ein Dienstverhältnis besonderer Art ist. Der Pfarrer wird grundsätzlich von der Gemeinde gewählt, zumindest nach deren Anhörung (dann begrenztes Einspruchsrecht).

Der Pfarrer ist zuständig für alle Amtshandlungen in seiner Gemeinde (Gemeindebezirk). Ausnahmen erfordern das Dimissiorale des zuständigen Pfarrers. Dem Pfarrer obliegen ferner gewisse Verwaltungsaufgaben.

Die Zulassung von **Frauen** (auch verheirateten) zum Pfarramt (Pastorin, Vikarin) hat sich in den meisten Landeskirchen nach 1945 durchgesetzt. Zur öffentlichen Wortverkündigung und Sakramentsverwaltung werden zunehmend auch nichtakademisch vorgebildete Theologen (Prediger) zugelassen, die unter bestimmten Voraussetzungen sogar in ein volles Pfarramt berufen werden können. Laien können mit der Wortverkündigung im Gottesdienst als Predigthelfer und Lektoren beauftragt werden. Für sie ist eine Ordination nicht vorgesehen, weil es sich um einen örtlich und zeitlich begrenzten Auftrag handelt.

Als Körperschaften des öffentlichen Rechts können die Landeskirchen und kirchlichen Zusammenschlüsse Beamte berufen, deren Dienstverhältnis als öffentlicher Dienst ➢ s. Nr. 162, anerkannt und durch Kirchenbeamtengesetze entsprechend dem staatlichen Beamtenrecht geregelt ist; dasselbe gilt für Besoldung und Versorgung der Kirchenbeamten.

Auf die Dienstverhältnisse der kirchlichen Angestellten sind durchweg die Bestimmungen für Angestellte im öffentlichen Dienst anzuwenden.

Entsprechend den Regelungen im Personalvertretungsrecht des öffentlichen Dienstes haben die Landeskirchen für ihre Mitarbeiter rechtliche Vorschriften für die Mitbestimmung und Mitwirkung erlassen; diese Aufgaben obliegen sog. Mitarbeitervertretungen. Ihre Vereinheitlichung ist Gegenstand von Verhandlungen, bei denen insbesondere Fragen der Einschaltung der Gewerkschaften, die Regelung arbeitsrechtlicher Verhältnisse durch Tarifvertrag oder – wie von kirchlicher Seite gefordert – in kircheninternen Sondervereinbarungen und der Ausschluss von Arbeitskampfmaßnahmen eine Rolle spielen; deren Zulassung würde nach kirchlicher Auffassung der Struktur der Kirche als einer Dienstgemeinschaft besonderer Art widersprechen.

IV. Sonstige Religionsgesellschaften

731 | Die orthodoxe Kirche

Als **orthodox** (griech.: rechtgläubig) werden vor allem die Kirchen bezeichnet, die aus der oströmischen Kirche (Byzanz, Konstantinopel; im Gegensatz zur römischen Kirche) oder im orientalischen Raum entstanden sind. Zu den orthodoxen Kirchen byzantinischer Prägung zählen neben den Patriarchaten von Konstantinopel, Alexandria, Antiochia und Jerusalem unter anderem die orthodoxen Kirchen von Griechenland, Bulgarien, Russland und Serbien. Zu den altorientalische Kirchen, die gegenüber den orthodoxen Kirchen byzantinischer Prägung selbständig sind, gehören etwa die koptische Kirche in Ägypten sowie die syrisch-orthodoxe Kirche von Antiochien. Daneben gibt es die sog. Unierten Kirchen, auch katholische Ostkirchen bezeichnet, die nach Ritus, Tradition und Organisation orthodox sind, aber den römisch-katholischen Papst als Oberhaupt anerkennen. Zu diesen Kirchen zählen etwa die Christen der griechisch-katholischen Kirche, die Maroniten im Libanon, die armenisch-katholische Kirche oder die chaldäisch-katholische Kirche im Irak.

Der Anteil der Christen orthodoxen Bekenntnisses in Deutschland beläuft sich auf etwa 1,1 % der Bevölkerung. Verschiedene orthodoxe Kirchen, etwa die russisch-orthodoxe Kirche, die serbisch-orthodoxe Kirche sowie die griechisch-orthodoxe Kirche des Patriarchats von Konstantinopel haben Vertretungen in der BRep., zuweilen haben sie sogar den Status einer Körperschaft des öffentlichen Rechts, wie etwa die griechisch-orthodoxe Metropolie von Deutschland und Exarchat von Zentraleuropa oder die Berliner Diözese der Russischen Orthodoxen Kirche des Moskauer Patriarchats.

Die orthodoxen Kirchen verstehen sich als die ursprüngliche christliche Kirche, von der sich die anderen Kirchen abgespalten oder entfernt haben. Die orthodoxen Kirchen sind hierarchisch aufgebaut. An der Spitze steht der Patriarch, Metropolit oder Erzbischof als primus inter pares unter den Bischöfen, dann kommen Bischof, Priester und Diakon. Zum Zölibat sind nur die Bischöfe sowie die Mönche verpflichtet. Eine Frauenordination kennt die orthodoxe Kirche nicht.

732 | Freikirchen und Sekten

Neben der evang. und der kath. Kirche bestehen in der BRep. **freireligiöse Vereinigungen christlichen Gepräges (Freikirchen)**, insbesondere freie evang. Gemeinden, die im 19. Jahrhundert entstanden sind und nicht zu den Landeskirchen gehören, und Sekten, d. h. Gemeinschaften, die vom allgemeinen bekenntnisgebundenen Kirchentypus in bestimmten Punkten der Lehre abweichen, die aber streng an den Grundsätzen des christlichen Glaubens festhalten. Im Abschlussbericht der Enquete-Kommission „sogenannte Sekten und Psychogruppen" des BT vom 9. 6. 1998 (Drs. 13/10950) wird auf den Begriff Sekte verzichtet, da er mit der Religionsfreiheit unvereinbar sei und das GG nur Religionen, Religionsgemeinschaften und Religionsgesellschaften kenne. Umgangssprachlich wird der Begriff für religiöse Gruppen verwendet, die als gefährlich oder problematisch angesehen werden, z. T. weil sie im Verdacht stehen, unter dem Mantel der Religion wirtschaftliche Interessen zu verfolgen oder Gewaltaktionen zu begehen. Beispiele sind für letztere die Davidianer, Sonnentempler, Aum.

Auch den Religionsgesellschaften gewähren Art. 4 und 140 GG in Verbindung mit Art. 137 WVerf. freie Vereinigung und Religionsausübung. Sie ordnen und verwalten ihre Angelegenheiten selbstständig innerhalb der Schranken der für alle geltenden Gesetze und erwerben privatrechtliche Rechtsfähigkeit nach dem Vereinsrecht des BGB ➢ s. Nr. 315. Sofern sie jedoch beim Inkrafttreten des GG die Stellung von Körperschaften des öffentlichen Rechts besaßen, bleibt ihnen diese erhalten; auch sie stehen unter der Staatsaufsicht der Länder.

Als christliche freikirchliche Gemeinschaften in Deutschland sind hervorzuheben:

- die Altlutheraner, die 1835 unter Ablehnung der protestantischen Unionsbestrebungen eigene Gemeinden mit starker Betonung der reinen lutherischen Lehre bildeten ➢ vgl. Nr. 721. In der BRep. sind die Mitglieder in den Gemeinden der „Selbstständigen Evang.-Luth. Kirche (SELK)" zusammengeschlossen, deren Synode den Bischof wählt. die SELK zählt ca. 37 000 Mitglieder;
- die Altkatholiken ➢ s. Nr. 718;
- die Baptisten, eine weitverzweigte christliche Gemeinschaft, die nur die Erwachsenentaufe auf Grund bewussten Bekenntnisses zum Christentum zulässt. Sie sind Gegner der Staatskirchen und fordern, dass jede Gemeinde selbstständig sei und streng nach der Bibel lebe. Entstanden in England, verbreitete sich diese Glaubensrichtung vor allem in Nordamerika und seit 1834 auch in Deutschland. Sie hat hier ca. 86 000 Mitglieder;
- die Freien evang. Gemeinden mit ca. 35 000 Mitgliedern; sie sind in einem Bund der F. E. G. vereinigt, der wiederum mit dem „Bund Evang.-Freikirchlicher Gemeinden" (Baptisten, Bund freikirchlicher Christen, Elimgemeinden) und der „Evang.-Methodistischen Kirche" (Methodisten, Evang. Gemeinschaft) zur „Vereinigung Evang. Freikirchen in Deutschland" zusammengeschlossen ist;
- die Evang. Brüderunität, auch Herrnhuter Brüdergemeine mit ca. 7 000 Mitgliedern. Ihr Stifter war *Nikolaus Ludwig Graf von Zinzendorf*, der auf seinem Gut Berthelsdorf (Oberlausitz) Deutsche aus Mähren, die mit Böhmischen Brüdern in Zusammenhang standen, ansiedelte und die Kolonie Herrnhut gründete, die 1722 Sitz der Brüdergemeine wurde. Die Böhmischen Brüder gingen um 1467 aus den Hussiten hervor und erstrebten eine Erneuerung des ganzen Lebens im Sinn des Urchristentums; sie wurden aber im Dreißigjährigen Krieg vernichtet. Reste gingen später in der Erneuerten Brüderunität auf. Die Glaubensrichtung ist vor allem in Nordamerika und Europa verbreitet;
- die Adventisten mit ca. 36 000 Mitgliedern, eine seit Anfang des 19. Jahrhunderts aufgetretene christliche Religionsgemeinschaft. Die Adventisten glauben an den nahe bevorstehenden Anbruch eines tausendjährigen Reiches nach Christi Wiederkunft (sog. Chiliasmus, vom griech.: chilioi = tausend);

- die Methodisten, eine aus der Anglikanischen Kirche, der Staatskirche Englands (entstanden unter *Heinrich VIII.*), hervorgegangene Religionsgemeinschaft, die Bekehrung nach einer bestimmten Methode (Gnadendurchbruch durch Bußkampf) fordert. Sie entstand aus einer Erweckungspredigt der anglikanischen Theologen *Wesley* und *Whitefield*, die 1738 unter herrnhutischen Eindrücken ihre Bekehrung erlebten. Stark vertreten in England und den USA; insgesamt ca. 26 Mio. Mitglieder. In Deutschland Zentralkonferenz und Theologisches Seminar der Evangelisch-methodistischen Kirche in Reutlingen. Sie zählt in der BRep. ca. 63 000 Mitglieder;

- die Neuapostolische Kirche mit ca. 377 000 Mitgliedern. Sie ist eine um 1860 entstandene Abspaltung der kath.-apostolischen (altapostolischen) Gemeinden, die etwa 1830 von Anhängern der Anglikanischen Kirche gegründet wurden und die nahe Wiederkunft Christi verkündeten (Vorsteher der ersten kath.-apostolischen Gemeinde in London war *Edward Irving*, nach dem die Anhänger dieser Gemeinden oft fälschlich Irvingianer genannt werden). Wie die altapostolischen Gemeinden, die nach dem Tod des letzten „Apostels" zunehmend an Bedeutung verloren, orientiert sich auch die Neuapostolische Kirche nach dem Vorbild der urchristlichen, von Aposteln gegründeten und geführten Gemeinde. Sie hat eine streng hierarchische Ordnung und anerkennt neben einem „Stammapostel" als geistige Autorität in den Gemeinden Apostel mit den Ämtern von Bischöfen, Ältesten usw.;

- die Mennoniten (Taufgesinnte), eine von dem früheren kath. Priester *Menno Simons* im 16. Jahrhundert gestiftete evang. Gemeinschaft des Täufertums. Selbstständigkeit der Gemeinde, Erwachsenentaufe nach Unterricht, Bindung an die Bibel ohne festgelegtes Bekenntnis, Verwerfung des Eides und des Waffendienstes sind gemeinsame Eigenart der über die Erde verstreuten Gemeinden. Europäisches Zentrum in den Niederlanden (theologisches Seminar für Berufsprediger); stärkere Verbreitung in Nordamerika und Kanada. Gesamtzahl etwa 1,2 Mio., in Deutschland ca. 5 700 Mitglieder;

- die Zeugen Jehovas („Ernste Bibelforscher"), eine 1910 gegründete religiöse Vereinigung, die an ein tausendjähriges Messiasreich glaubt, Eidesleistung und Wehrdienst ablehnt und daher unter dem nat.-soz. Regime, aber auch in der ehemaligen DDR vielfachen Verfolgungen ausgesetzt war. Trotz starker Anfeindungen – namentlich in kriegführenden Ländern – verfügt die Gemeinschaft über eine große Anhängerschaft. Sie ist auch in Deutschland verbreitet und hat hier ca. 165 000 Mitglieder;

- die Heilsarmee, eine in England 1878 von *William Booth* ins Leben gerufene, über die ganze Welt verbreitete religiöse Gemeinschaft, die militärisch organisiert ist und vor allem praktische Nächstenliebe übt. Sie nimmt sich besonders der entkirchlichten und verwahrlosten Großstadtbevölkerung an, legt das Hauptgewicht auf evangelistische Tätigkeit und soziale Arbeit. Sie gehört in Deutschland mit ca. 2 000 Mitgliedern der Arbeitsgemeinschaft Christlicher Kirchen an, spendet aber nicht wie diese Sakramente. Sie betont in ihrer christlichen Lehre die persönliche Bekehrung durch Reue und Buße, der vor allem Freiversammlungen ohne feste Liturgie gewidmet sind. Ihr Sitz ist London. Sie hat einen General, einen Generalstab, männliche und weibliche Offiziere und Soldaten;

- Die Pfingstbewegung, eine in der Zeit der Wende des 20. Jahrhunderts entstandene, in Lehre und Organisation vielfach gespaltene christliche Erweckungsbewegung, deren Heilslehre sich in Zungenreden, geistlichen Übungen bis zur Schwärmerei manifestiert; verbreitet vor allem in Nordamerika, England und Deutschland; lebhafte missionarische Tätigkeit; hier mit ca. 39 000 Mitgliedern.

733 | Die jüdischen Gemeinden in Deutschland

Nach dem Zusammenbruch des „Dritten Reiches" entstanden 1945 wieder die ersten jüdischen Gemeinden in Deutschland, deren Mitgliederzahl zunächst weiter sank, in den letzten Jahren vor allem durch die Einwanderung russischer Juden aber wieder kontinuierlich steigt. So gab es Mitte 2006 im Bundesgebiet wieder 102 jüdische Gemeinden mit über 105 000 Mitgliedern. Sie sind in Landesverbänden/Mitgliedsverbänden zusammengefasst, diese wieder in Gemeinden, die sich teils als liberal, progressiv oder orthodox bezeichnen, gegliedert. Mit einem Staatsvertrag, der am 27. 1. 2003 unterzeichnet wurde, wurde eine vertragliche Grundlage für die Zusammenarbeit zwischen der BRep. und dem Zentralrat der Juden in Deutschland geschaffen.

Die Berliner jüdische Gemeinde ist mit ca. 11 000 Mitgliedern die größte. Ihr folgen die Gemeinden in München, Köln, Frankfurt, Hamburg und Düsseldorf.

Dachorganisation aller jüdischen Organisationen ist der **Zentralrat der Juden in Deutschland**, eine Körperschaft des öffentlichen Rechts. Für soziale Wohlfahrtspflege besteht eine Zentralwohlfahrtsstelle der Juden in Deutschland e. V. mit dem Sitz in Frankfurt; jüdische Altersheime wurden in Berlin und den größeren Städten des Bundesgebietes eingerichtet. Die Frauenvereine sind im Jüdischen Frauenbund zusammengefasst. Als jüdische Zeitung erscheint in Berlin die „Jüdische Allgemeine ".

In Heidelberg besteht seit 1979 eine Hochschule für Jüdische Studien, mit dem Abschluss eines Magister Artium in Jüdischen Studien.

734 | Islamische Gemeinden

Der Islam (arabisch: Hingabe an Gott) hat weltweit ca. 1,2 Milliarden Anhänger, die als Muslime bezeichnet werden. Er ist eine streng monotheistische Religion, die sich auf den Koran gründet. Zweite Erkenntnisquelle sind die Worte und Handlungen (Sunna) des Propheten *Mohammed* (571–632).

Der Islam ist in mehrere Richtungen gespalten. Mit etwa 90% stellen die Sunniten die größte Gruppierung, die sich aber wiederum – meist geographisch – in verschieden Rechtsschulen (der Hanafiten, Malikiten, Hanbaliten und Schaffiiten) unterteilen. Die zweite große Richtung des Islam sind die Schiiten mit der Hauptrichtung der Imamiten sowie mit den Ismailiten und den Zaiditen. Der Unterschied zu den Sunniten liegt im Wesentlichen in der Überzeugung, auf welcher Grundlage sich die Herrschaft des obersten Führers (Kalif bzw. Imam) gründet. Für die Sunniten ist der Kalif ein Führer, der aufgrund seiner weltlichen, administrativen Fähigkeiten gewählt wird. Für die Schiiten kann der Imam nur ein rechtmäßiger Nachfolger *Mohammeds*, also ein unfehlbares und vollkommenes geistliches und mit göttlicher Macht ausgestattetes Oberhaupt sein. Daneben gibt es noch weitere kleinere Gruppierungen innerhalb des Islam, wie die Ibaditen oder die Aleviten.

Die **Scharia** ist als religiöse Pflichtenlehre das islamische Recht, welche die Regelung aller Bereiche des menschlichen Daseins anstrebt. Insoweit unterscheidet sich der Islam vom Christentum, das zwischen kirchlichem und weltlichem Recht differenziert. Die Scharia ist kein niedergeschriebenes Gesetzbuch, so dass Einzelfragen immer wieder strittig diskutiert werden. Als Wurzeln des islamischen Rechts werden angesehen der Koran, die Sunna, das durch Analogieschlüsse entwickelte Juristenrecht sowie der Konsens der Rechtsgelehrten. Die Scharia teilt die menschlichen Handlungen in fünf Kategorien ein: Pflichten, Empfehlungen, Erlaubnisse, Missbilligungen, Verbote. Sie umfassen traditionelle Rechtsgebiete, wie das Straf-, Wirtschafts-, Ehe- und Erbrecht, aber auch Bekleidungsvorschriften. Die Scharia ist Basis der Gesetzgebung in vielen islamischen Ländern, wenn auch die praktische Umsetzung sehr unterschiedlich ist.

Mit der Anwerbung ausländischer Arbeitskräfte für die nach dem zweiten Weltkrieg wachsende deutsche Wirtschaft kamen auch tausende Muslime in die BRep. Heute leben über 3 Mio. Menschen islamischen Glaubens in Deutschland (ca. 4 % der Bevölkerung). Die meisten von ihnen stammen aus der Türkei, wobei vor allem viele junge Menschen in zweiter oder zuweilen in dritter Generation in der BRep. geboren wurden; ➤ zum Erwerb der deutschen Staatsangehörigkeit s. Nr. 2 b). In den meisten größeren Städten gibt es islamische Zentren und zahlreiche Moscheen. Die islamischen Gemeinschaften sind weitestgehend als eingetragene Vereine ➤ s. Nr. 315, organisiert. Größter Dachverband ist der Islamrat für die BRep. mit Sitz in Bonn, der 1986 in Berlin gegründet wurde. Größter Mitgliedsverein ist die Islamische Gemeinschaft Milli Görüs, die enge Verbindungen zur Türkei unterhält, mit etwa 26 000 Mitgliedern. Daneben gibt es als weiteren Dachverband den 1994 gegründeten Zentralrat der Muslime in Deutschland mit etwa 12 000 Mitgliedern.

Nicht zuletzt aufgrund der Anschläge islamischer Terroristen vom 11. 9. 2001 sind islamische Vereine und Zentren in den Mittelpunkt des öffentlichen Interesses sowie deutscher Sicherheitsbehörden gerückt. Soweit Vereinigungen sich gegen die freiheitliche Grundordnung betätigten, wurden und werden sie verboten ➤ s. Nr. 66 l), Ausländer wurden ausgewiesen und abgeschoben. Bekanntestes Beispiel ist Metin Kaplan, selbsternannter Kalif von Köln, der die radikale und 2001 verbotene Islamistenvereinigung **Kalifatsstaat** führte, und nach einem Aufruf zur Ermordung eines Gegners 2004 abgeschoben wurde (zu ausländerrechtlichen Maßnahmen s. Nr. 161 a).

Seit Jahren streiten sich die politischen Parteien in der BRep. um die Integration von Ausländern und damit auch um das Verhältnis zu den Muslimen in Deutschland. Nach dem seit den 80er Jahren bekannten Begriff der **multikulturellen Gesellschaft** und der Forderung nach einer Migrationspolitik kam im Gegensatz dazu 2004 der Begriff der **Parallelgesellschaft** auf, der eine nicht den Regeln der Mehrheitsgesellschaft entsprechende, diese regelmäßig ablehnende gesellschaftliche Selbstorganisation einer Minderheit bezeichnet. Da der Begriff der Parallelgesellschaft in weiten Teilen die Realität des Zusammenlebens von Ausländern und hierbei vor allem von Muslimen in deutschen Großstädten (überwiegend Berlin) beschreibt, in der Gesetze und Vorschriften der BRep. außer Acht bleiben und Konflikte ohne Behörden und Gerichte meist unter Zuhilfenahme der Scharia gelöst werden, bemüht sich die Politik nunmehr verstärkt um eine Integration.

V. Kirchenwesen und Religionsübung

741 | Kirchliche Gerichtsbarkeit

Die christliche Urgemeinde lehnte die Inanspruchnahme weltlicher Gerichte zur Austragung von Streitigkeiten innerhalb der Gemeinde ab. Das Neue Testament (1. Kor. 6, 1 ff.) weist die Glieder der Gemeinde an, Streitigkeiten durch Spruch eines aus der Gemeinde gewählten Schiedsrichters zu schlichten. Später erhielt das Bischofsamt auch richterliche Autorität. Die Reformation beseitigte die bischöfliche Jurisdiktion in der evang. Kirche. Sie wurde von den Konsistorien übernommen. Im 18. und 19. Jahrhundert wurde die Gerichtsbarkeit der Konsistorien aufgehoben.

In der kath. Kirche ist die Gerichtsbarkeit ein Teil der **Jurisdiktionsgewalt**, die hier einen umfassenderen Inhalt hat als im allgemeinen Rechtswesen: sie umfasst außer der Rechtsprechung (in kirchlichen Straf- und Disziplinarsachen, Streitigkeiten betr. Sakramente, Kirchenämter usw.) auch die kirchliche Gesetzgebung und die Verwaltung im inneren Bereich der Kirche. Die höchste Jurisdiktionsgewalt besitzt der Papst ➢ vgl. Nr. 514; Konzilsbeschlüsse bedürfen seiner Bestätigung, und Rechtssachen, die in die Jurisdiktion der Bischöfe fallen, kann er an sich ziehen (ius evocandi). Die Bischöfe besitzen für ihren Bereich die Jurisdiktion; ihnen obliegt somit auch die erstinstanzliche Rechtspflege, die i. d. R. durch einen Offizial (Priester mit den erforderlichen Rechtskenntnissen) ausgeübt wird, soweit sich nicht der Bischof die Entscheidung vorbehält.

In der **evang. Kirche** entwickelte sich seit der Verselbstständigung der Landeskirchen wieder eine eigene **kirchliche Gerichtsbarkeit** entsprechend dem verfassungsrechtlichen Grundsatz, dass jede Religionsgesellschaft ihre Angelegenheiten selbstständig ordnet und verwaltet (Art. 137 WVerf., Art. 140 GG). Es wurden kircheneigene Verfassungs- und Verwaltungsgerichte gebildet, die kirchliche Verwaltungsakte auf ihre Gesetzmäßigkeit in richterlicher Unabhängigkeit überprüfen und Streitigkeiten zwischen kirchlichen Körperschaften entscheiden. Besetzung, Verfahren und Instanzenzug folgen den im staatlichen Bereich entwickelten rechtsstaatlichen Grundsätzen. Die Zuständigkeit kirchlicher Verwaltungsgerichte schließt regelmäßig die Anrufung staatlicher Gerichte aus.

In Grenzfragen ist dies umstritten. Für vermögensrechtliche Ansprüche von Geistlichen und Kirchenbeamten ist der Rechtsweg zu den staatlichen Verwaltungsgerichten nur gegeben, wenn eine entsprechende innerkirchliche Regelung besteht (BVerwG vom 27. 10. 1966, NJW 1967, 1672); das ist für die kath. Kirche zu verneinen.

Im Bereich des Dienstrechts ist eine eigene kirchliche Disziplinargerichtsbarkeit für Pfarrer und Beamte geschaffen. Für die EKD insbesondere gilt das Disziplinargesetz der EKD vom 11. 3. 1955, das sich weitgehend an das staatliche Disziplinarrecht anlehnt. In erster Instanz entscheiden Disziplinarkammern, in zweiter Instanz der Disziplinarhof. Die Disziplinarmaßnahmen entsprechen im Wesentlichen den beamtenrechtlichen ➢ vgl. Nr. 162 h).

Stellungnahmen zu Fragen des Bekenntnisses und der Lehre unterliegen nicht der Disziplinargerichtsbarkeit. Wesentliche Abweichungen von Bekenntnis und Lehre können in verschiedenen Landeskirchen zum Gegenstand eines eigenen rechtsförmigen **Lehrbeanstandungsverfahrens** gemacht werden.

Im Hinblick auf die besondere dienstrechtliche Stellung des Pfarrers sind in verschiedenen Landeskirchen neben dem Disziplinarverfahren besondere Versetzungsverfahren für Fälle vorgesehen, in denen disziplinarische Tatbestände nicht vorliegen, eine Ablösung des Pfarrers aber im Interesse der Gemeinde dringend geboten ist.

742 | Das Patronatsrecht

Das Patronatsrecht hat sich aus dem Eigenkirchenwesen entwickelt, das schon in der germanischen Zeit dem Grundherrn Eigentums- und andere Rechte an den von ihm errichteten kirchlichen Bauten, den kirchlichen Einnahmen usw. sicherte. Das Patronatsrecht als eigenständige Rechtsform kann weder dem öffentlichen noch dem Privatrecht, weder dem geistlichen noch dem weltlichen Recht eindeutig zugerechnet werden. Es haftet meist am Grund und Boden; Patron ist i. d. R. dessen jeweiliger Eigentümer. Als wichtigste Pflicht obliegt dem Patron die **kirchliche Baulast**. Andererseits gebührt ihm u. a. das Recht, für eine vakante Stelle einen geeigneten Geistlichen zu präsentieren.

Meist waren Staat, Stadtgemeinden oder Großgrundbesitzer, aber auch Universitäten, alte Schulen, Klöster und deren Rechtsnachfolger die Patrone. Nach dem Preußischen Landrecht erwarb das Patronat, wer eine Kirche erbaute oder wiederaufbaute und hinlänglich dotierte. Das Recht haftete am Grund und Boden, doch musste der Eigentümer volljähriger Christ sein; andernfalls ruhte das Patronat. Heute sehen Staat und Kirche das Patronat als eine überholte Einrichtung an; Ansprüche aus dem Patronat, z. B. das Recht auf einen Kirchenstuhl und Beisetzung in der Kirche, wurden im Wege der Vereinbarung abgelöst.

743 | Die Religion in Erziehung und Unterricht

Nach Art. 6 Abs. 2 GG sind Pflege und Erziehung der Kinder das natürliche Recht der Eltern und die zuvörderst ihnen obliegende Pflicht Über ihre Betätigung wacht die staatliche Gemeinschaft. Damit ist das Elternrecht hinsichtlich Pflege und Erziehung gesichert und eine staatliche Gemeinschaftserziehung abgelehnt. Nach dem fortgeltenden Reichsgesetz über die **religiöse Kindererziehung** vom 15. 7. 1921 (RGBl. 939) entscheidet über diese die freie Einigung der Eltern. Mangels einer solchen greift das BGB ein, ➢ vgl. Nr. 362: Anrufung des Vormundschaftsgerichts. Kein Elternteil kann einseitig bestimmen, dass das Kind in einem anderen Bekenntnis erzogen werden soll als demjenigen, dem beide Eltern zurzeit der Eheschließung angehörten oder in dem das Kind bisher erzogen worden ist. Ein Bekenntniswechsel bedarf vom 12. Lebensjahr ab der Zustimmung des Kindes. Mit 14 Jahren tritt volle religiöse Mündigkeit ein.

Der Religionsunterricht ist in den öffentlichen Schulen mit Ausnahme der bekenntnisfreien Schulen ordentliches Lehrfach; er wird in Übereinstimmung mit den Grundsätzen der Religionsgemeinschaften erteilt. Die Erziehungsberechtigten haben das Recht, über die Teilnahme des Kindes am Religionsunterricht zu bestimmen (Art. 7 Abs. 2, 3 GG); für die An- und Abmeldung zum Religionsunterricht gilt nach dem Ges. vom 15. 7. 1921 das gleiche Entscheidungsrecht für Eltern und Kind wie für die Zugehörigkeit zu einem Bekenntnis. Im Schultyp herrscht in den meisten Ländern die Gemeinschaftsschule ➢ s. Nr. 168 b), vor, in der Religionsunterricht nach der Konfession der Schüler erteilt wird. Sofern Schüler nicht am Religionsunterricht teilnehmen, kann Ethikunterricht als Wahlpflichtfach vorgesehen werden. Hiergegen gerichtete Verfassungsbeschwerden hat das Bundesverfassungsgericht 1999 abgewiesen. Zum Aufhängen von Kreuzen in Klassenzimmern sowie zum Tragen eines Kopftuches ➢ s. Nr. 168 c).

Die theologischen Fakultäten sind staatliche Einrichtungen; sie stehen zum Teil unter Verfassungsschutz der Länder (so in Hessen und Rheinland-Pfalz). Die neueren Kirchenverträge sehen ein Mitwirkungsrecht der Kirche bei der Besetzung der theologischen und zum Teil auch der philosophischen Lehrstühle vor. Die Lehrerbildungsanstalten (Pädagogischen Hochschulen) wurden früher von den Ländern unterschiedlich teils in simultaner, teils in konfessioneller Form geführt, jedoch nach und nach in simultane umgewandelt.

Die evang. Kirchen unterhalten in Deutschland höhere Konfessionsschulen sowie kirchliche Hochschulen. Die kath. Kirche unterhält neben höheren Lehranstalten und Seminaren mehrere philos.-theol. Hochschulen.

744 | Kirchenaustritt und -übertritt

Obwohl der Kirchenaustritt überwiegend das innerkirchliche Verhältnis berührt, gilt er als Angelegenheit des Staatskirchenrechts und ist staatlich geregelt. Kindern ist nach Vollendung des 14. Lebensjahres der selbständige Austritt aus der Kirche möglich ➢ vgl. Nr. 743. Die Form des Kirchenaustritts ist durch Landesgesetz geregelt.

Der Austritt ist i. d. R. beim Amtsgericht (so etwa in Berlin, Brandenburg, Hessen, Thüringen) oder beim Standesbeamten zu Protokoll oder schriftlich (z. T. in öffentlich beglaubigter Form) zu erklären. Das Gericht erteilt dem Ausgetretenen eine Bescheinigung und benachrichtigt die Kirchengemeinde. Die (in den meisten Ländern gebührenfreie) Austrittserklärung befreit den Ausgetretenen von seinen Verpflichtungen gegenüber der Religionsgesellschaft, insbesondere von den steuerlichen, spätestens mit Ablauf des Kalendermonats der Austrittserklärung (BVerfG NJW 1977, 1279/1281). Eine modifizierte Austrittserklärung, d. h. unter Aufrechterhaltung der Zugehörigkeit zur Kirche als Glaubensgemeinschaft, ist nach den Kirchensteuergesetzen unzulässig. Innerkirchenrechtlich erkennt die katholische Kirche den Austritt nicht an, da das Sakrament der Taufe einen unauflöslichen Charakter hat. Der Ausgetretene befindet sich aber u. U. im Zustand der Häresie oder Apostasie, ggfs. mit der Folge der Exkommunikation. Die katholische Kirche erkennt den Austritt aber als formelle Trennung von der Kirche an.

Anders in der evangelischen Kirche. Die Mitgliedschaft in einer Landeskirche endet automatisch mit dem Kirchenaustritt.

In den letzten Jahren traten ca. 100 000 Mitglieder jährlich aus den katholischen Kirche aus, während über 150 000 Deutsche jährlich der evangelischen Kirche den Rücken kehrten.

Für den Übertritt von einer Religionsgemeinschaft zu einer anderen (sog. Konversion) ist – anders als beim Austritt – eine Form nicht vorgeschrieben. Er wird vom Staat auch ohne Erklärung vor einer Behörde anerkannt.

745 | Die kirchliche Wohlfahrtspflege

Die staatliche Fürsorge kann die private und kirchliche Liebestätigkeit nicht entbehren. Die Kirchen haben die Beseitigung leiblicher und sozialer Nöte stets in ihren Aufgabenkreis einbezogen. Ihre Wohlfahrtseinrichtungen sind zu hoher Bedeutung gelangt.

a) Die evang. Kirche hat die **Innere Mission** als Liebestätigkeit zur Bekämpfung leiblicher und sittlicher Nöte geschaffen.

Die Fürsorge- und Sozialarbeit der evang. Kirchen ist ein wesenhafter Zweig ihrer Tätigkeit, die über die mittelalterlichen Formen des Almosen- und Hospitalwesens auch nach der Reformation auf diesen Gebieten sich entfaltete. Im 19. Jahrhundert wurden diese Einrichtungen, veranlasst durch die Rede *Wicherns* auf dem Kirchentag 1848, im „Central-Ausschuss für die Innere Mission der Deutschen Evang. Kirche" zusammengefasst.

Das nach dem 2. Weltkrieg von *Eugen Gerstenmaier* gegründete „Hilfswerk der Evang. Kirchen in Deutschland" hatte sich die Linderung der durch Krieg und Zerstörung verursachten Notstände und die Förderung des kirchlichen Wiederaufbaues zur Aufgabe gemacht. In gemeinsamem Dienst aller evang. Kirchen und Gemeinschaften leistete es vor allem mit Unterstützung ausländischer Kirchen in den ersten Jahren nach dem Krieg entscheidende Hilfe für Kinder, Jugendliche, Vertriebene, Heimatlose, Kriegsgefangene, Kriegsversehrte und Heimkehrer.

Im Jahre 1957 wurden die Innere Mission und das Evang. Hilfswerk zum jetzigen **„Diakonischen Werk der Evang. Kirche in Deutschland"** zusammengeführt. Dieses unterhält Heime und Anstalten, in der halboffenen Hilfe Kindergärten, -horte, -krippen und -tagesheime, Altentagesstätten, Mütterschulen, Clubs für Suchtkranke, Sondertagesstätten für behinderte Kinder, Jugendliche und Erwachsene sowie Tagesstätten für ausländische Arbeitnehmer. Im Rahmen der offenen Hilfe bestehen Gemeindepflegestationen, Hauspflegestellen, Ausländerbetreuungsstellen sowie Suchtkrankenhilfe. Ferner werden Mutterhäuser, Schwesternschaften, Diakonenanstalten und Ausbildungsstätte für kirchliche und soziale Berufe unterhalten.

b) In der kath. Kirche nimmt der **Deutsche Caritasverband** etwa die gleichen Aufgaben wahr wie das Diakonische Werk der evang. Kirche.

Der Deutsche Caritasverband wurde als Zusammenfassung der kath. Wohlfahrtspflege 1897 in Köln durch *Lorenz Werthmann* gegründet und hat seine Zentrale im Lorenz-Werthmann-Haus in Freiburg i. Br. Er ist die von den deutschen Bischöfen anerkannte institutionelle Zusammenfassung und Vertretung der kath. Caritas in Deutschland und widmet sich allen Aufgaben sozialer und caritativer Hilfe. Er umfasst Diözesan-Caritasverbände und innerhalb dieser Dekanats-, Bezirks-, Kreis- bzw. Ortscaritasverbände. Ihm angeschlossen sind die überregional wirkenden caritativen Fachverbände (z. B. Sozialdienste Kath. Frauen und Männer, Caritas-Konferenzen, Vinzenzkonferenzen, Deutscher Verband kath. Mädchensozialarbeit, Bahnhofsmissionen, Malteser-Hilfsdienst). Der Deutsche Caritasverband pflegt eine enge Zusammenarbeit mit den caritativ tätigen Ordensgemeinschaften. Zur Wahrnehmung internationaler Aufgaben (z. B. Katastrophenhilfe) gehört er der Caritas Internationalis mit Sitz in Rom an. Die Caritas unterhält in der BRep. Krankenhäuser, Heime, Tageseinrichtungen und Ausbildungsstätten. Sie berät, betreut und unterstützt einen großen Personenkreis im Rahmen der sog. offenen Hilfe (Erziehungsberatungsstellen, Gemeindekrankenpflegestationen usw.).

746 | Weltmission und ökumenische Bewegung

Die Kirchen leiten ihren **Missionsauftrag** von der Sendung (lat. missio) der Jünger Jesu zur Verkündigung des Evangeliums ab. Der Raum der Verkündigung ist die ganze bewohnte Erde (griech. ökumene).

Der zunächst auf das Judentum gerichteten Missionsarbeit der Apostel folgte bald die systematische Christianisierung des europäischen Raumes (Germanen, Slawen). An sie knüpfte im Zeitalter der Entdeckungen die insbesondere von den Jesuiten getragene kath. Mission in Indien, Japan, China und Südamerika an. Entscheidend für die kath. Missionsgeschichte war die Gründung der Kardinalskongregation „de propaganda fide“ (1622). Sie fasste die gesamte kath. Missionsarbeit zusammen und sicherte ihre päpstliche Leitung. Seit 1967 trägt sie die Bezeichnung Kongregation für die Evangelisierung der Völker.

In der evang. Kirche ist der Missionsgedanke seit dem 18. Jahrhundert besonders durch den Pietismus (Brüdergemeinde) gefördert worden. Im 19. Jahrhundert kam es zur Gründung von Missionsvereinen und Missionsgesellschaften, die unabhängig voneinander und nur in loser Verbindung mit den Kirchen arbeiteten. Zu engerer Zusammenarbeit kam es auf Missionskonferenzen (Edinburgher Konferenz 1910) und durch Gründung des Internationalen Missionsrates. In Deutschland sind die Missionsgesellschaften im Evangelische Missionswerk als Dachverband vereint.

Die Entstehung selbstständiger Kirchen in den Missionsgebieten Asiens und Afrikas hat die Aufgabenstellung der Missionsgesellschaften seit dem 2. Weltkrieg wesentlich verändert. Sie beschränkt sich zunehmend auf Beratung und Hilfe bei der Bildung einheimischer Kirchen, Einrichtung von Schulen, medizinische Hilfe und Förderung von Aufbauobjekten in den Ländern der „Dritten Welt“.

Die ökumenische Bewegung des 20. Jahrhunderts hat von der Weltmission, der Jugendarbeit (Weltbund der christlichen Vereine junger Männer – YMCA) und der Studentenseelsorge (Christlicher Studentenweltbund) ihre stärksten Impulse erfahren. Die Bewegungen „Praktisches Christentum“ (Weltkonferenz in Stockholm 1925) und „Glauben und Kirchenverfassung“ (Weltkonferenz in Lausanne 1927) weckten das Bedürfnis nach Gründung eines internationalen christlichen Rates, der auf der Weltkirchenkonferenz in Amsterdam 1948 als **Ökumenischer Rat der Kirchen** errichtet wurde. Er ist die Gemeinschaft der Kirchen, die „unsern Herrn Jesus Christus als Gott und Heiland anerkennen“. Zur Mitgliedschaft sind (Art. 2) alle Kirchen zugelassen, die ihrer Zustimmung zu der Grundlage Ausdruck geben, auf welcher der Ökumenische Rat begründet ist.

Aufgabe des Ökumenischen Rates ist die Fortführung der Arbeit der ökumenischen Bewegungen, Erleichterung eines gemeinsamen Vorgehens der Kirchen, Förderung gemeinsamer Studienarbeit, Vertiefung und Stärkung des ökumenischen Bewusstseins unter den Mitgliedern aller Kirchen, Pflege der Beziehungen zu den konfessionellen Weltbünden (Lutherischer und Reformierter Weltbund) und anderen ökumenischen Bewegungen sowie die Einberufung von Weltkonferenzen.

Organe des Ökumenischen Rates sind die Vollversammlung, die etwa alle 7 Jahre tagt, der Zentralausschuss, der zwischen den Tagungen der Vollversammlung deren Funktionen wahrnimmt, und der aus 25 Mitgliedern des Zentralausschusses bestehende Exekutivausschuss. Die Zentrale des Ökumenischen Rates in Genf wird von einem Generalsekretariat geleitet.

Der deutsche Protestantismus wird im Ökumenischen Rat durch die EKD vertreten. Die kath. Kirche gehört ihm nicht an, beteiligt sich aber durch Beobachter an den Vollversammlungen und arbeitet auch mit der Zentrale in Genf zusammen. Die russ.-orthodoxe Kirche ist auf der Vollversammlung in Neu-Delhi 1961 aufgenommen worden. Dem Weltkirchenrat gehören 348 Kirchen aus ca. 123 Ländern mit rd. 400 Mio. nichtkath. Christen an. Er befasst sich u. a. mit der kirchlichen Entwicklungshilfe, aber auch mit humanitären Grundsatzfragen wie z. B. dem Kampf gegen den Rassismus.

Sachregister

Die Zahlen verweisen auf die Ordnungsnummern des Werkes.
Die Hauptfundstellen sind durch Fettdruck hervorgehoben.

Buchanzeigen

FLAGGEN DER BUNDESREPUBLIK DEUTSCHLAND

Standarte des Bundespräsidenten

Bundesflagge

Bundesdienstflagge

Fahne der Europäischen Union

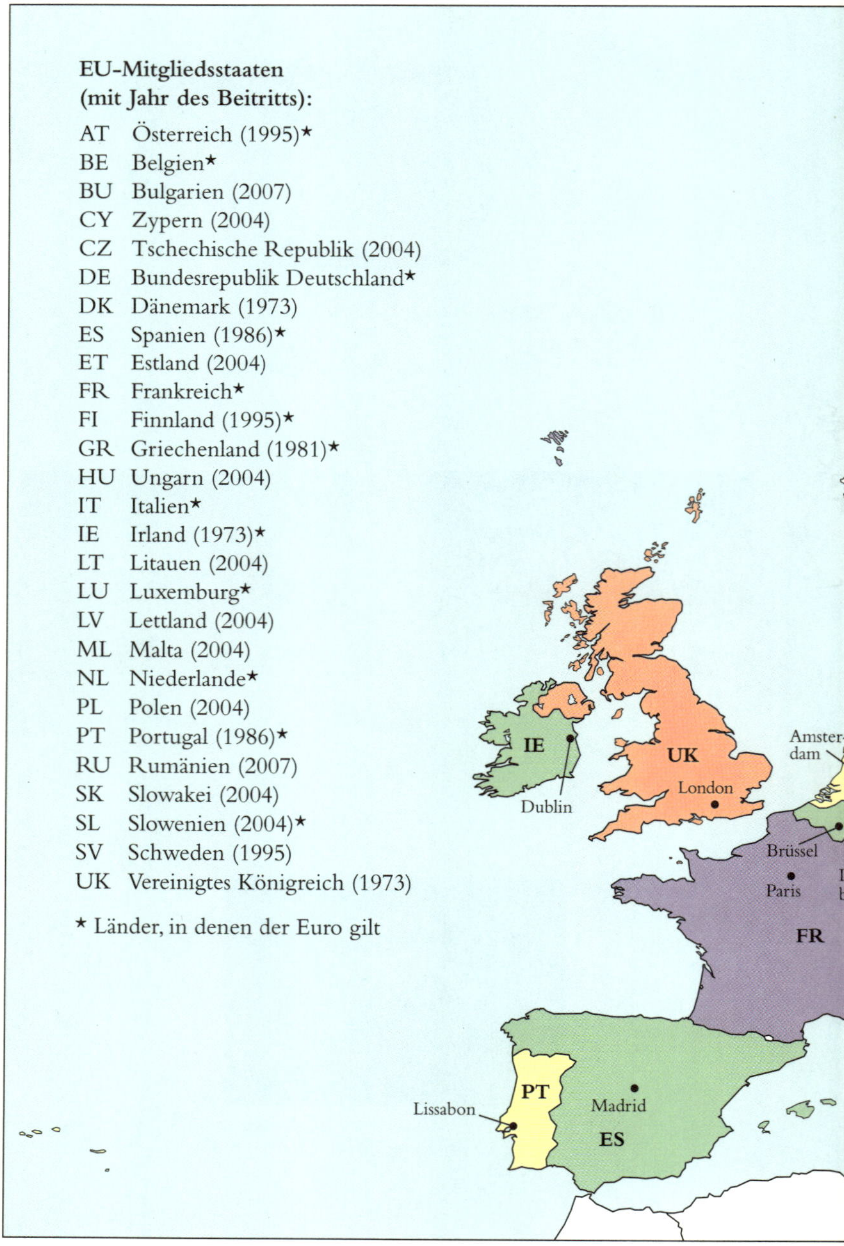
EU-Mitgliedsstaaten
(mit Jahr des Beitritts):
AT Österreich (1995)*
BE Belgien*
BU Bulgarien (2007)
CY Zypern (2004)
CZ Tschechische Republik (2004)
DE Bundesrepublik Deutschland*
DK Dänemark (1973)
ES Spanien (1986)*
ET Estland (2004)
FR Frankreich*
FI Finnland (1995)*
GR Griechenland (1981)*
HU Ungarn (2004)
IT Italien*
IE Irland (1973)*
LT Litauen (2004)
LU Luxemburg*
LV Lettland (2004)
ML Malta (2004)
NL Niederlande*
PL Polen (2004)
PT Portugal (1986)*
RU Rumänien (2007)
SK Slowakei (2004)
SL Slowenien (2004)*
SV Schweden (1995)
UK Vereinigtes Königreich (1973)
* Länder, in denen der Euro gilt
IE
Dublin
UK
London
Amster-
dam
Brüssel
Paris
FR
PT
Lissabon
Madrid
ES